W9-AAU-147

TODO MARLOWE

Raymond Chandler

TODO MARLOWE

Pérez Galdós, 36 - 08012 Barcelona
rba-libros@rba.es / www.rbalibros.com

Tercera edición: marzo de 2010

Ref.: OAFI396 / ISBN: 978-84-9867-751-5
Composición: Víctor Igual, S.L.
Depósito legal: B-16.058-2010
Impreso por Printer industria gráfica Newco, S.L.

ÍNDICE

EL SUEÑO ETERNO

TRADUCCIÓN DE JOSÉ LUIS LÓPEZ MUÑOZ

1

Eran más o menos las once de un día nublado de mediados de octubre, y se tenía la sensación de que podía empezar a llover con fuerza pese a la limpidez del cielo en las estribaciones de la sierra. Me había puesto el traje azul añil, con camisa azul marino, corbata y pañuelo a juego en el bolsillo del pecho, zapatos negros, calcetines negros de lana con dibujos laterales de color azul marino. Iba bien arreglado, limpio, afeitado y sobrio y no me importaba nada que lo notase todo el mundo. Era sin duda lo que debe ser un detective privado bien vestido. Me disponía a visitar a cuatro millones de dólares.

El vestíbulo principal de la residencia Sternwood tenía una altura de dos pisos. Sobre la doble puerta principal, que hubiera permitido el paso de una manada de elefantes indios, había una amplia vidriera que mostraba a un caballero de oscura armadura rescatando a una dama atada a un árbol y sin otra ropa que una cabellera muy larga y conveniente. El adalid había levantado la visera del casco para mostrarse sociable, y estaba tratando de deshacer los nudos que aprisionaban a la dama, pero sin conseguir ningún resultado práctico. Me quedé allí parado y pensé que, si viviera en la casa, antes o después tendría que trepar allí arriba para ayudarle. No daba la impresión de esforzarse mucho.

Había puertas-ventanas al fondo del vestíbulo y, más allá, una amplia extensión de césped color esmeralda que llegaba hasta un garaje muy blanco, delante del cual un joven chófer, esbelto y moreno, con relucientes polainas negras, limpiaba un Packard descapotable de color granate. Más allá del garaje se alzaban algunos árboles ornamentales, arreglados con tanto cuidado como si fueran caniches. Y todavía quedaba sitio para un invernadero de grandes dimensiones con techo abovedado. Finalmente más árboles y, al fondo de todo, la línea sólida, desigual y cómoda de las últimas estribaciones de la sierra.

En el lado este del vestíbulo una escalera exenta, con suelo de azulejos, se alzaba hasta una galería con una barandilla de hierro forjado y otra historia caballeresca recogida en vidriera. Por todo el perímetro, grandes sillas de respaldo recto con asientos redondos de felpa roja ocupaban espacios vacíos a lo largo de las paredes. No parecía que nadie se hubiera sentado nunca en ellas. En el centro de la pared orientada hacia el oeste había una gran chimenea vacía con una pantalla de latón dividida en cuatro paneles por medio de bisagras y, encima de la chimenea, una repisa de mármol con cupidos en los extremos. Sobre la repisa colgaba un retrato al óleo de grandes dimensiones y, encima del cuadro, cruzados en el interior de un marco de cristal, dos gallardetes de caballería agujereados por las balas o comidos por la polilla. El retrato era de un oficial en una postura muy rígida y con uniforme de gala, aproximadamente de la época de la guerra entre México y Estados Unidos. El militar tenía bigote y mosca negros, ojos duros y ardientes también negros como el carbón y todo el aspecto de alguien a quien no sería conveniente contrariar. Pensé que quizá fuera el abuelo del general Sternwood. Difícilmente podía tratarse del general en persona, incluso aunque me hubieran informado de que, pese a tener dos hijas veinteañeras, era un hombre muy mayor.

Todavía contemplaba los ardientes ojos negros del militar cuando se abrió una puerta, muy atrás, por debajo de la escalera. No era el mayordomo que volvía. Era una jovencita como de unos veinte años, pequeña y delicadamente proporcionada, pero con aspecto resistente. Llevaba unos pantalones de color azul pálido que le sentaban bien. Caminaba como si flotase. Su cabello —mucho más corto de lo que reclama la moda actual de peinado a lo paje— era una magnífica onda leonada. Los ojos, gris pizarra, casi carecían de expresión cuando me miraron. Se me acercó y al sonreír abrió la boca, mostrándome afilados dientecitos de depredador —tan blancos como médula fresca de naranja y tan relucientes como porcelana—, que brillaban entre sus labios finos, demasiado tensos. A su cara le faltaba color y reflejaba cierta falta de salud.

—Más bien alto, ¿no es cierto? —dijo.

—No era ésa mi intención.

Se le abrieron mucho los ojos, sorprendida. Estaba pensando. Comprendí, pese a lo breve de nuestra relación, que pensar sería siempre una cosa más bien molesta para ella.

—Además de bien parecido —añadió—. Seguro que lo sabe.

Dejé escapar un gruñido.

—¿Cómo se llama?

—Reilly —dije—. Chucho Reilly.

—Un nombre curioso.

Se mordió el labio, torció la cabeza un poco y me miró de reojo. Bajó los párpados hasta que las pestañas casi le acariciaron las mejillas y luego los alzó muy despacio, como si fueran un telón teatral: un truco con el que llegaría a familiarizarme, destinado a lograr que me tumbara patas arriba.

—¿Boxeador profesional? —me preguntó cuando no lo hice.

—No exactamente. Soy sabueso.

—Ah... —Enfadada, agitó la cabeza, y el cálido color de sus cabellos resplandeció en la luz más bien escasa del enorme vestíbulo—. Me está tomando el pelo.

—Ajá.

—¿Cómo?

—No pierda el tiempo —dije—. Ya me ha oído.

—No ha dicho nada. No es más que un bromista. —Alzó un pulgar y se lo mordió. Era un pulgar con una forma curiosa, delgado y estrecho como un dedo corriente, sin curva en la segunda falange. Se lo mordió y lo chupó despacio, girándolo lentamente dentro de la boca, como un bebé con un chupete.

»Es usted terriblemente alto —dijo. Luego dejó escapar una risita, secretamente regocijada. A continuación giró el cuerpo lenta y ágilmente, sin levantar los pies del suelo. Las manos le colgaron sin vida. Después se inclinó hacia mí hasta caer de espaldas sobre mis brazos. La sujeté para impedir que se rompiera la cabeza contra el suelo de mosaico, agarrándola por los sobacos, pero las piernas se le doblaron de inmediato. Tuve que hacer fuerza para que no se cayera. Ya con la cabeza sobre mi pecho, la giró para mirarme y lanzó otra risita.

»Es usted muy atractivo —rió—. Yo también.

No dije nada. De manera que el mayordomo eligió aquel momento tan conveniente para regresar por la puerta que daba al jardín y verme con ella en brazos.

No pareció preocuparle. Era un hombre alto, delgado y de pelo cano, de unos sesenta años, más o menos. Sus ojos azules eran todo lo remotos que pueden ser unos ojos. Tenía piel suave y reluciente y se movía como una persona con excelentes músculos. Atravesó lentamente el vestíbulo en dirección nuestra y la chica se apartó de mí precipitadamente. Luego corrió hasta el principio de la escalera y la subió como un gamo. Había desaparecido antes de que yo pudiera respirar hondo y soltar el aire.

El mayordomo dijo con voz totalmente neutra:

—El general le recibirá ahora, señor Marlowe.

Alcé discretamente la barbilla hundida en el pecho e hice un gesto de asentimiento.

—¿Quién es? —pregunté.

—La señorita Carmen Sternwood, señor.

—Deberían ustedes destetarla. Parece que ya tiene edad suficiente.

Me miró con cortés seriedad y repitió el anuncio que acababa de hacerme.

2

Salimos por la puerta doble que daba al jardín y avanzamos por un sendero muy uniforme de baldosas rojas que bordeaba el lado del césped más alejado del garaje. El chófer de aspecto juvenil había sacado un majestuoso sedán, negro y con cromados, y estaba limpiándole el polvo. El sendero nos llevó hasta un lateral del invernadero, donde el mayordomo abrió una puerta y se hizo a un lado. Me encontré con un vestíbulo donde hacía un calor de horno. El mayordomo entró detrás de mí, cerró la puerta exterior, abrió la interior y también atravesamos la segunda. Entonces empezó a hacer calor de verdad. El aire era denso, húmedo, lleno de vapor y perfumado con el empalagoso olor de orquídeas tropicales en plena floración. Las paredes y el techo de cristal estaban muy empañados, y grandes gotas de humedad caían ruidosamente sobre las plantas. La luz tenía un color verdoso irreal, como luz filtrada a través de un acuario. Las plantas lo llenaban todo, un verdadero bosque, con desagradables hojas carnosas y tallos como dedos de muertos recién lavados. Y olían de manera tan agobiante como alcohol en ebullición debajo de una manta.

El mayordomo se esforzó al máximo por guiarme sin que las hojas empapadas me golpearan la cara y, al cabo de un rato, llegamos a un claro en el centro de la jungla, bajo el techo abovedado. Allí, en una zona de baldosas exagonales, habían extendido una vieja alfombra turca de color rojo; sobre la alfombra se hallaba una silla de ruedas y, desde la silla de ruedas, nos veía venir un anciano a todas luces agonizante con unos ojos muy negros de los que hacía ya tiempo que había desaparecido todo el fuego, pero que conservaban aún la franqueza de los del retrato que colgaba sobre la repisa de la chimenea en el gran vestíbulo. El resto de la cara era una máscara plomiza, de labios exangües, nariz afilada, sienes hundidas y el giro hacia el exterior de los lóbulos de las orejas que marca la cercanía de la desintegración. El cuerpo, largo y flaco, estaba envuelto —pese al calor sofocante— en una manta de viaje y un albornoz de un rojo desvaído. Las manos, semejantes a garras, de uñas moradas, estaban apenas cruzadas sobre la manta de viaje. Algunos mechones de lacio pelo cano se aferraban a su cráneo, como flores silvestres luchando por la supervivencia sobre una roca desnuda.

El mayordomo se colocó delante de él y dijo:

—El señor Marlowe, mi general.

El anciano no se movió ni habló; no hizo siquiera un gesto de asentimiento. Se limitó a mirarme sin dar signo alguno de vida. El mayordomo empujó una húmeda silla de mimbre contra la parte posterior de mis piernas, obligándome a sentarme. Luego, con un hábil movimiento, se apoderó de mi sombrero.

El anciano sacó la voz del fondo de un pozo y dijo:

—Brandy, Norris. ¿Cómo le gusta el brandy, señor Marlowe?

—De cualquier manera —dije.

El mayordomo se alejó entre las abominables plantas. El general habló de nuevo, despacio, utilizando sus fuerzas con el mismo cuidado con que una corista sin trabajo usa las últimas medias presentables que le quedan.

—A mí me gustaba tomarlo con champán. El champán ha de estar tan frío como el invierno en Valley Forge antes de añadirlo a la tercera parte de una copa de brandy. Se puede quitar la chaqueta, señor Marlowe. Aquí hace demasiado calor para cualquier hombre que tenga sangre en las venas.

Me puse en pie, me desprendí de la americana, saqué un pañuelo del bolsillo y me sequé la cara, el cuello y las muñecas. Saint Louis en agosto no era nada comparado con aquel invernadero. Volví a sentarme, busqué maquinalmente un cigarrillo y luego me detuve. El anciano advirtió mi gesto y sonrió débilmente.

—Puede fumar. Me gusta el olor a tabaco.

Encendí el cigarrillo y arrojé una buena bocanada en dirección al anciano, que lo olisqueó como un terrier la madriguera de una rata. La débil sonrisa le distendió un poco las comisuras en sombra de la boca.

—Triste situación la de un hombre obligado a satisfacer sus vicios por tercero interpuesto —dijo con sequedad—. Contempla usted una reliquia muy descolorida de una existencia bastante llamativa; un inválido paralizado de ambas piernas y con sólo medio vientre. Son muy escasas las cosas que puedo comer y mi sueño está tan cerca de la vigilia que apenas merece la pena darle ese nombre. Se diría que me nutro sobre todo de calor, como una araña recién nacida, y las orquídeas son una excusa para el calor. ¿Le gustan las orquídeas?

—No demasiado —dije.

El general cerró los ojos a medias.

—Son muy desagradables. Su carne se parece demasiado a la de los hombres. Y su perfume tiene la podredumbre dulzona del de una prostituta.

Me quedé mirándolo con la boca abierta. El calor húmedo y pegajoso era como un sudario a nuestro alrededor. El anciano hacía unos gestos de asentimiento tan medidos como si su cuello tuviera miedo del peso de la cabeza. Luego apareció el mayordomo, que salió de entre la jungla con el carrito de las bebidas, me preparó un brandy con soda, envolvió el cubo del hielo con una servilleta húmeda y volvió a desaparecer entre las orquídeas sin hacer ruido. Más allá de la jungla una puerta se abrió y se cerró.

Tomé un sorbo de brandy. Una y otra vez el anciano se pasó la lengua por los labios mientras me contemplaba, moviéndolos lentamente, uno sobre otro, con fúnebre concentración, como un empresario de pompas fúnebres secándose las manos después de habérselas lavado.

—Hábleme de usted, señor Marlowe. Supongo que tengo derecho a preguntar.

—Por supuesto, pero no hay mucho que contar. Tengo treinta y tres años, fui a la universidad una temporada y todavía sé hablar inglés si alguien me lo pide, cosa que no sucede con mucha frecuencia en mi oficio. Trabajé en una ocasión como investigador para el señor Wilde, el fiscal del distrito. Su investigador jefe, un individuo llamado Bernie Ohls, me llamó y me dijo que quería usted verme. Sigo soltero porque no me gustan las mujeres de los policías.

—Y cultiva una veta de cinismo —sonrió el anciano—. ¿No le gustó trabajar para Wilde?

—Me despidieron. Por insubordinación. Consigo notas muy altas en materia de insubordinación, mi general.

—A mí me sucedía lo mismo. Me alegra oírlo. ¿Qué sabe de mi familia?

—Se me ha dicho que es usted viudo y que tiene dos hijas jóvenes, las dos bonitas y alocadas. Una de ellas se ha casado en tres ocasiones, la última con un antiguo contrabandista, al que conocían en su círculo con el nombre de Rusty Regan. Eso es todo lo que he oído, mi general.

—¿Hay algo que le haya parecido peculiar?

—Quizá el capítulo de Rusty Regan. Pero siempre me he llevado bien con los contrabandistas.

Mi interlocutor me obsequió con otro de sus conatos de sonrisa, tan económicos.

—Parece que a mí me sucede lo mismo. Siento gran afecto por Rusty. Un irlandés grandote con el pelo rizado, natural de Clonmel, de ojos tristes y una sonrisa tan amplia como el bulevar Wilshire. La primera vez que lo vi pensé lo mismo que probablemente piensa usted: que se trataba de un aventurero que había tenido la suerte de dar el braguetazo.

—Debe de haberle caído muy bien —dije—. Aprendió a expresarse como lo hubiera hecho él.

Escondió las afiladas manos exangües bajo el borde de la manta de viaje. Yo aplasté la colilla del pitillo y terminé mi copa.

—Fue un soplo de vida para mí..., mientras duró. Pasaba horas conmigo, sudando como un chancho, bebiendo brandy a litros y contándome historias sobre la revolución irlandesa. Había sido oficial del IRA. Ni siquiera estaba legalmente en Estados Unidos. Su boda fue una cosa ridícula, por supuesto, y es probable que no durase ni un mes como tal matrimonio. Le estoy contando los secretos de la familia, señor Marlowe.

—Siguen siendo secretos —dije—. ¿Qué ha sido de él?

El anciano me miró con rostro inexpresivo.

—Se marchó, hace un mes. Bruscamente, sin decir una palabra a nadie. Sin despedirse de mí. Eso me dolió un poco, pero estaba educado en una escuela muy dura. Tendré noticias suyas cualquier día de éstos. Mientras tanto, vuelven a querer chantajearme.

—¿Vuelven? —dije yo.

Sacó las manos de debajo de la manta con un sobre marrón.

—Me habría compadecido sinceramente de cualquiera que hubiese tratado de chantajearme cuando Rusty andaba por aquí. No mucho antes de que él apareciera (es decir, hace nueve o diez meses) pagué cinco mil dólares a un individuo llamado Joe Brody para que dejara en paz a mi hija Carmen.

—Ah —dije.

El general alzó las finas cejas canas.

—¿Qué significa eso?

—Nada —respondí.

Siguió mirándome fijamente, frunciendo a medias el ceño.

—Coja este sobre y examine lo que hay dentro —dijo al cabo de un rato—. Y sírvase otro brandy.

Recogí el sobre de sus rodillas y volví a sentarme. Me sequé las palmas de las manos y le di la vuelta. Estaba dirigido al general Guy Sternwood, 3765 Alta Brea Crescent, West Hollywood, California. Habían escrito la dirección con tinta, utilizando el tipo de letra de imprenta inclinada que usan los ingenieros. El sobre había sido abierto. Saqué de dentro una tarjeta marrón y tres hojas de un papel muy poco flexible. La tarjeta era de fina cartulina marrón, impresa en oro: «Arthur Gwynn Geiger». Sin dirección. Y con letra muy pequeña en la esquina inferior izquierda: «Libros raros y ediciones de lujo». Le di la vuelta a la tarjeta. Más letra de imprenta, esta vez inclinada hacia el otro lado. «Muy señor mío: Pese a la imposibilidad de reclamar legalmente lo que aquí le incluyo (reconozco con toda sinceridad que se trata de deudas de juego) doy por sentado que preferirá usted pagarlas. Respetuosamente, A. G. Geiger.»

Examiné las tiesas hojas de papel blanco. Se trataba de pagarés impresos, completados con tinta, con distintas fechas de comienzos de septiembre, un mes antes. «Me comprometo a pagar a Arthur Gwynn Geiger, cuando lo solicite, la suma de Mil dólares ($1.000,00) sin intereses, por valor recibido. Carmen Sternwood.»

La letra de la parte escrita a mano era desordenada e infantil, con muchas florituras y con círculos en lugar de puntos. Me preparé otro brandy, tomé un sorbo y dejé a un lado el sobre con su contenido.

—¿Sus conclusiones? —preguntó el general.

—Todavía no las tengo. ¿Quién es ese tal Arthur Gwynn Geiger?

—No tengo ni la más remota idea.

—¿Qué dice Carmen?

—No se lo he preguntado. Y no tengo intención de hacerlo. Si se lo preguntara, se chuparía el pulgar y se haría la inocente.

—Me encontré con ella en el vestíbulo. Y fue eso lo que hizo conmigo. Luego trató de sentárseme en el regazo.

Nada cambió en la expresión del general. Sus manos entrelazadas siguieron descansando, tranquilas, sobre el borde de la manta de viaje, y el calor, que a mí me hacía borbotear como un guiso puesto al fuego, no parecía proporcionarle siquiera un poco de tibieza.

—¿Tengo que mostrarme cortés? —pregunté—. ¿O basta que me comporte con naturalidad?

—No he advertido que le atenacen muchas inhibiciones, señor Marlowe.

—¿Salen juntas sus dos hijas?

—Creo que no. Me parece que las dos siguen caminos de perdición separados y un tanto divergentes. Vivian es una criatura malcriada, exigente, lista e implacable. Carmen es una niña a la que le gusta arrancarle las alas a las moscas. Ninguna de las dos tiene más sentido moral que un gato. Yo tampoco. Ningún Sternwood lo ha tenido nunca. Siga.

—Imagino que se las ha educado bien. Las dos saben lo que hacen.

—A Vivian se la envió a buenos colegios para las clases altas y luego a la universidad. Carmen fue a media docena de centros cada vez más liberales, y acabó donde había empezado. Supongo que ambas tenían, y todavía tienen, los vicios usuales. Si le resulto un tanto siniestro como progenitor, señor Marlowe, se debe a que mi control sobre la vida es demasiado reducido para dedicar espacio alguno a la hipocresía victoriana. —Echó la cabeza hacia atrás y cerró los ojos, que luego volvió a abrir con brusquedad—. No necesito añadir que el varón que se permite ser padre a los cincuenta y cuatro años se merece todo lo que le sucede.

Bebí otro sorbo de mi brandy e hice un gesto de asentimiento. El pulso le latía visiblemente en la gris garganta descarnada, pero era tan lento, al mismo tiempo, que apenas se le podía calificar de pulso. Un anciano muerto en dos terceras partes, pero todavía decidido a creer que podía mantener el rumbo.

—¿Sus conclusiones? —preguntó de repente.

—Yo pagaría.

—¿Por qué?

—Es cuestión de elegir entre muy poco dinero o muchas molestias. Ha de haber algo detrás. Pero nadie le va a romper el corazón si no lo han hecho ya antes. Y un número enorme de estafadores tendrían que robarle durante muchísimo tiempo para que llegara a darse cuenta.

—Me queda un poco de orgullo, señor Marlowe —respondió con frialdad.

—Alguien está contando con eso. Es la manera más fácil de engañarlos. Eso o la policía. Geiger podría cobrar esos pagarés, a no ser que usted demostrara que se trata de una estafa. En lugar de eso se los ofrece como regalo y reconoce que son deudas de juego, lo que le permite a usted defenderse, incluso aunque Geiger se hubiera quedado con los pagarés. Si se trata de un sinvergüenza, sabe lo que hace, y si es un tipo honrado con un pequeño negocio de préstamos para ayudarse, es normal que recupere su dinero. ¿Quién era ese Joe Brody al que pagó cinco mil dólares?

—Creo que un jugador de ventaja. Apenas lo recuerdo. Norris lo sabrá. Mi mayordomo.

—Sus hijas disponen de dinero propio, ¿no es eso, mi general?

—Vivian sí, pero no demasiado. Carmen es todavía menor, de acuerdo con las disposiciones del testamento de su madre. Las dos reciben una generosa asignación mía.

—Estoy en condiciones de quitarle de encima a ese tal Geiger, mi general, si es eso lo que quiere —dije—. Sea quien sea y tenga lo que tenga. Puede que le cueste algo de dinero, aparte de lo que me pague a mí. Y, por supuesto, no le servirá de gran cosa. Nunca se consigue nada dándoles dinero. Está usted en su lista de nombres productivos.

—Me hago cargo. —Bajo la descolorida bata roja, sus hombros, anchos pero descarnados, esbozaron un gesto de indiferencia—. Hace un momento ha hablado usted de pagar a ese Geiger. Ahora dice que no me servirá de nada.

—Quiero decir que quizá sea más barato y más fácil aceptar cierto grado de presión. Eso es todo.

—Mucho me temo que soy más bien una persona impaciente, señor Marlowe. ¿Cuáles son sus honorarios?

—Veinticinco dólares diarios más gastos..., cuando tengo suerte.

—Entiendo. Parece razonable tratándose de extirpar bultos patológicos de las espaldas ajenas. Una operación muy delicada. Espero que se dé cuenta de ello y que realice la intervención conmocionando lo menos posible al paciente. Quizá resulten ser varios, señor Marlowe.

Terminé el segundo brandy y me sequé los labios y la cara. El calor no resultaba menos intenso después de una bebida alcohólica. El general parpadeó y tiró del borde de la manta de viaje.

—¿Puedo llegar a un acuerdo con ese individuo si me parece remotamente sincero?

—Sí. El asunto está por completo en sus manos. Nunca hago las cosas a medias.

—Le libraré de ese individuo —dije—. Tendrá la impresión de que se le ha caído un puente encima.

—Estoy seguro de ello. Y ahora deberá disculparme. Estoy cansado. —Se inclinó y tocó un timbre en el brazo de su sillón de ruedas. El hilo estaba enchufado a un cable negro que se perdía entre las amplias cajas de color verde oscuro donde las orquídeas crecían y se pudrían. El general cerró los ojos, volvió a abrirlos en una breve mirada penetrante, y se acomodó entre sus cojines. Los párpados bajaron de nuevo y ya no volvió a interesarse por mí.

Me puse en pie, recogí la chaqueta de la húmeda silla de mimbre, salí con ella entre las orquídeas, abrí las dos puertas del invernadero y, al encontrarme con el aire fresco de octubre, me llené los pulmones de oxígeno. El chófer que trabajaba junto al garaje había desaparecido. El mayordomo se acercó a buen paso por el camino de baldosas rojas con la espalda tan recta como una tabla de planchar. Me puse la chaqueta y lo contemplé mientras se acercaba.

Se detuvo a medio metro y me dijo con aire circunspecto:

—A la señora Regan le gustaría hablar con usted antes de que se marche. Y, por lo que respecta al dinero, el general me ha dado instrucciones para que le entregue un cheque por la cantidad que usted considere conveniente.

—¿Cómo le ha dado esas instrucciones?

Pareció sorprendido, pero luego sonrió.

—Ah, ya entiendo. Es usted detective, por supuesto. Por la manera de tocar el timbre.

—¿Es usted quien firma los cheques?

—Es mi privilegio.

—Eso debería evitarle la fosa común. No tiene que darme ahora ningún dinero, gracias. ¿Por qué desea verme la señora Regan?

Sus ojos azules, honestos, me miraron calmosamente.

—Tiene una idea equivocada sobre el motivo de su visita, señor Marlowe.

—¿Quién la ha informado de mi visita?

—Las ventanas de la señora Regan dan al invernadero. Nos vio entrar. He tenido que decirle quién era usted.

—No me gusta eso —dije.

Sus ojos azules se helaron.

—¿Trata de decirme cuáles son mis deberes, señor Marlowe?

—No. Pero me estoy divirtiendo mucho tratando de adivinar en qué consisten.

Nos miramos durante unos instantes. Norris con ferocidad antes de darse la vuelta.

3

La habitación era demasiado grande, el techo y las puertas demasiado altas, y la alfombra blanca que cubría todo el suelo parecía nieve recién caída sobre el lago Arrowhead. Había espejos de cuerpo entero y chismes de cristal por todas partes. Los muebles de color marfil tenían adornos cromados, y las enormes cortinas del mismo color se derramaban sobre la alfombra blanca a un metro de las ventanas. El blanco hacía que el marfil pareciera sucio y el marfil hacía que el blanco resultara exangüe. Las ventanas daban a las oscurecidas estribaciones de la sierra. Llovería pronto. Ya se notaba la presión en el aire.

Me senté en el borde de un sillón muy blando y profundo y miré a la señora Regan, que era merecedora de atención, además de peligrosa. Estaba tumbada en una *chaise-longue* modernista, sin zapatos, de manera que contemplé sus piernas, con las medias de seda más transparentes que quepa imaginar. Parecían colocadas para que se las mirase. Eran visibles hasta la rodilla y una de ellas bastante más allá. Las rodillas eran redondas, ni huesudas ni angulosas. Las pantorrillas merecían el calificativo de hermosas, y los tobillos eran esbeltos y con suficiente línea melódica para un poema sinfónico. Se trataba de una mujer alta, delgada y en apariencia fuerte. Apoyaba la cabeza en un almohadón de satén de color marfil. Cabello negro y fuerte con raya al medio y los ojos negros ardientes del retrato del vestíbulo. Boca y barbilla bien dibujadas. Aunque los labios, algo caídos, denotaban una actitud malhumorada, el inferior era sensual.

Tenía una copa en la mano. Después de beber me miró fríamente por encima del borde de cristal.

—De manera que es usted detective privado —dijo—. Ignoraba que existieran, excepto en los libros. O, en caso contrario, creía que se trataba de hombrecillos grasientos que espiaban en los vestíbulos de los hoteles.

No me concernía nada de todo aquello, de manera que dejé que se lo llevara la corriente. La señora Regan abandonó la copa sobre el brazo plano de la *chaise-longue*, hizo brillar una esmeralda y se tocó el pelo.

—¿Le ha gustado mi padre? —preguntó, hablando muy despacio.

—Me ha gustado —respondí.

—A mi padre le gustaba Rusty. Supongo que sabe quién es Rusty.

—Ajá.

—Rusty era campechano y vulgar a veces, pero muy de carne y hueso, y papá se divertía mucho con él. No debería haber desaparecido como lo hizo. Papá está muy dolido, aunque no lo diga. ¿O sí se lo ha dicho?

—Dijo algo acerca de eso.

—A usted no se le va la fuerza por la boca, ¿verdad, señor Marlowe? Pero papá quiere que se le encuentre, ¿no es cierto?

Me quedé mirándola cortésmente durante una pausa.

—Sí y no —respondí.

—No se puede decir que eso sea una respuesta. ¿Cree que lo podrá encontrar?

—No he dicho que fuese a intentarlo. ¿Por qué no probar con la Oficina de Personas Desaparecidas? Cuentan con una organización. No es tarea para un solo individuo.

—No, no; papá no querría por nada del mundo que interviniera la policía. —Desde el otro lado de la copa me miró de nuevo, muy segura de sí, antes de vaciarla y de tocar el timbre. Una doncella entró en la habitación por una puerta lateral. Era una mujer de mediana edad, de rostro largo y amable, algo amarillento, nariz larga, ausencia de barbilla y grandes ojos húmedos. Parecía un simpático caballo viejo al que hubieran soltado en un prado para que pastara después de muchos años de servicio. La señora Regan agitó la copa vacía en su dirección y la doncella le sirvió otra, se la entregó y salió de la habitación sin pronunciar una sola palabra, ni mirar una sola vez en mi dirección.

Cuando la puerta se hubo cerrado, la señora Regan dijo:

—Y bien, ¿qué es lo que se propone hacer?

—¿Cómo y cuándo se largó?

—¿Papá no se lo ha contado?

Le sonreí con la cabeza inclinada hacia un lado. La señora Regan enrojeció. Sus cálidos ojos negros manifestaron enfado.

—No entiendo qué razones puede tener para ser tan reservado —dijo con tono cortante—. Y no me gustan sus modales.

—Tampoco a mí me entusiasman los suyos —dije—. No he sido yo quien ha pedido verla. Me ha mandado usted a buscar. No me importa que se dé aires conmigo, ni que se saque el almuerzo de una botella de scotch. Tampoco me parece mal que me enseñe las piernas. Son unas piernas estupendas y es un placer contemplarlas. Como tampoco me importa que no le gusten mis modales. Son detestables. Sufro pensando en ellos durante las largas veladas del invierno. Pero no pierda el tiempo tratando de sonsacarme.

Dejó la copa con tanta violencia que el contenido se derramó sobre uno de los cojines de color marfil. Bajó las piernas al suelo y se puso en pie echando fuego por los ojos y con las ventanas de la nariz dilatadas. Tenía la boca abierta y vi cómo le brillaban los dientes. Apretó tanto los puños que los nudillos perdieron por completo el color.

—No consiento que nadie me hable de esa manera —dijo con la voz velada.

Seguí donde estaba y le sonreí. Muy despacio, la señora Regan cerró la boca y contempló la bebida derramada. Luego se sentó en el borde de la *chaise-longue* y apoyó la barbilla en una mano.

—¡Vaya! ¡Qué hombre tan sombrío, tan guapo y tan bruto! Debiera tirarle un Buick a la cabeza.

Froté una cerilla contra la uña del dedo gordo y, de manera excepcional, se encendió. Lancé al aire una nube de humo y esperé.

—Detesto a los hombres autoritarios —dijo—. No los soporto.

—¿De qué es de lo que tiene miedo exactamente, señora Regan?

Abrió mucho los ojos. Luego se le oscurecieron, hasta dar la impresión de que eran todo pupila. Incluso pareció que se le arrugaba la nariz.

—Mi padre no le ha mandado llamar por esa razón —dijo con voz crispada, de la que aún colgaban retazos de indignación—. No se trataba de Rusty, ¿no es cierto?

—Será mejor que se lo pregunte usted.

Estalló de nuevo.

—¡Salga! ¡Váyase al infierno!

Me puse en pie.

—¡Siéntese! —me gritó.

Volví a sentarme. Tamborileé con los dedos de una mano en la palma de la otra y esperé.

—Por favor —dijo—. Se lo ruego. Usted podría encontrar a Rusty..., si papá quisiera que lo hiciese.

Tampoco aquello funcionó. Asentí con la cabeza y pregunté:

—¿Cuándo se marchó?

—Una tarde, hace un mes. Se marchó sin decir una palabra. Encontraron el automóvil en un garaje privado en algún sitio.

—¿Quiénes lo encontraron?

Apareció en su rostro una expresión astuta y dio la impresión de que todo el cuerpo se le relajaba. Luego me sonrió cautivadoramente.

—Entonces es que no se lo ha contado. —Su voz sonaba casi exultante, como si se hubiera apuntado un tanto a mi costa. Quizá sí.

—Me ha hablado del señor Regan, es cierto. Pero no me ha llamado para tratar de esa cuestión. ¿Era eso lo que quería oír?

—Le aseguro que me tiene sin cuidado lo que diga.

Volví a ponerme en pie.

—En ese caso me iré.

La señora Regan no dijo nada. Fui hasta la puerta blanca, muy alta, por la que había entrado. Cuando me volví para mirar, tenía el labio inferior entre los dientes y jugueteaba con él como un perrillo con los flecos de una alfombra.

Descendí por la escalera de azulejos hasta el vestíbulo, y el mayordomo, como sin quererlo, surgió de algún sitio con mi sombrero en la mano. Me lo encasqueté mientras él me abría la puerta principal.

—Se equivocó usted —dije—. La señora Regan no quería verme.

El mayordomo inclinó la plateada cabeza y dijo cortésmente:

—Lo siento, señor. Me equivoco con frecuencia. —Luego cerró la puerta a mis espaldas.

Desde el escalón de la entrada, mientras aspiraba el humo del cigarrillo, contemplé una sucesión de terrazas con parterres y árboles cuidadosamente podados hasta la alta verja de hierro con remates dorados en forma de hoja de lanza que rodeaba la finca. Una sinuosa avenida descendía entre taludes hasta las puertas abiertas de la entrada. Más allá de la verja, la colina descendía suavemente por espacio de varios kilómetros. En la parte más baja, lejanas y casi invisibles, apenas se distinguían algunas de las viejas torres de perforación —esqueletos de madera— de los yacimientos petrolíferos con los que los Sternwood habían amasado su fortuna. La mayoría de los antiguos yacimientos eran ya parques públicos, adecentados por el general Sternwood y donados a la ciudad. Pero en una pequeña parte aún seguía la producción, gracias a grupos de pozos que bombeaban cinco o seis barriles al día. Los Sternwood, después de mudarse colina arriba, no tenían ya que oler el aroma de los sumideros ni el del petróleo, pero aún podían mirar desde las ventanas de la fachada de su casa y ver lo que los había enriquecido. Si es que querían hacerlo. Supongo que no querían.

Descendí, de parterre en parterre, por un camino de ladrillos que me fue llevando, cerca de la verja, hasta las puertas de hierro y hasta donde había dejado mi coche en la calle, bajo un turbinto. Los truenos empezaban a crepitar por las estribaciones de la sierra y el cielo, sobre ellas, había adquirido un color morado cercano al negro. Llovería con fuerza. El aire tenía el húmedo sabor anticipado de la lluvia. Levanté la capota de mi coche antes de ponerme en camino hacia el centro.

La señora Regan tenía unas piernas encantadoras. Eso había que reconocérselo. Y ella y su padre eran una pareja de mucho cuidado. Él, probablemente, sólo estaba probándome; el trabajo que me había encargado era una tarea de abogado. Incluso aunque Arthur Gwynn Geiger, *Libros raros y ediciones de lujo*, resultara ser un chantajista, seguía siendo tarea para un abogado. A no ser que fuese todo mucho más complicado. A primera vista me pareció que podría divertirme averiguándolo.

Fui en coche hasta la biblioteca pública de Hollywood e hice una primera investigación de poca monta en un libro muy pomposo titulado *Primeras ediciones célebres*. Media hora de aquel ejercicio me obligó a salir en busca del almuerzo.

4

El establecimiento de A. G. Geiger estaba en la parte norte de Hollywood Boulevard, cerca de Las Palmas. La puerta de entrada quedaba muy hundida con respecto a los escaparates, con molduras de cobre y cerrados por detrás con biombos chinos, de manera que no me permitían ver el interior. En los escaparates vi muchos cachivaches orientales. No estaba en condiciones de decir si se trataba de objetos de calidad, dado que no colecciono antigüedades, a excepción de facturas sin pagar. La puerta de entrada era de cristal, pero tampoco se podía ver mucho a través de ella porque apenas había luz en el interior. La tienda estaba flanqueada por el portal de un edificio y por una resplandeciente joyería especializada en la venta a plazos. El joyero había salido a la calle, y se balanceaba sobre los talones con cara de aburrimiento. Era un judío alto y de buena presencia, de pelo blanco, ropa oscura muy ajustada y unos nueve quilates de brillantes en la mano derecha. Una sonrisa de complicidad casi imperceptible apareció en sus labios al verme entrar en la tienda de Geiger. Dejé que la puerta se cerrase despacio a mi espalda y avancé sobre una gruesa alfombra azul que cubría todo el suelo. Me encontré con sillones tapizados de cuero azul flanqueados por altos ceniceros. Sobre estrechas mesitas barnizadas descansaban, entre sujetalibros, grupos de volúmenes encuadernados en piel. En distintas vitrinas había más volúmenes encuadernados de la misma manera. Mercancías con muy buen aspecto, del tipo que un rico empresario adquiriría por metros y luego contrataría a alguien para que les pegase su ex libris. Al fondo había una mampara de madera veteada con una puerta en el centro, cerrada. En la esquina que formaban la mampara y una de las paredes, una mujer, sentada detrás de un pequeño escritorio con una lámpara de madera tallada encima, se levantó despacio y se dirigió hacia mí balanceándose dentro de un ajustado vestido negro que no reflejaba la luz. Tenía largas las piernas y caminaba con un cierto no sé qué que yo no había visto con frecuencia en librerías. Rubia de ojos verdosos y pestañas maquilladas, se recogía el cabello, suavemente ondulado, detrás de las orejas, en las que brillaban grandes pendientes de azabache. Llevaba las uñas plateadas. A pesar de su apariencia anticipé que tendría un acento más bien plebeyo.

Se me acercó con suficiente *sex-appeal* para hacer salir de estampida a todos los participantes en una comida de negocios e inclinó la cabeza para colocarse un mechón descarriado, aunque no demasiado, de cabellos suavemente luminosos. Su sonrisa era indecisa, pero se la podía convencer para que resultara decididamente amable.

—¿En qué puedo ayudarle? —me preguntó.

Yo me había puesto las gafas de sol con montura de concha. Aflauté la voz y le añadí un trémolo de pájaro.

—¿Tendría usted por casualidad un *Ben Hur* de 1860?

No dijo «¿eh?», pero era eso lo que le apetecía. Sonrió desoladamente.

—¿Una primera edición?

—Tercera —dije—. La que tiene la errata en la página 116.

—Mucho me temo que no..., por el momento.

—¿Qué me dice de un *Chevalier Audobon* 1840..., la colección completa, por supuesto?

—No..., no de momento —dijo con aspereza. La sonrisa le colgaba ya de los dientes y las cejas y se preguntaba dónde iría a estrellarse cuando cayera.

—¿De verdad venden ustedes libros? —pregunté con mi cortés falsete.

Me miró de arriba abajo. La sonrisa desaparecida. Ojos entre desconfiados y duros. Postura muy recta y tiesa. Agitó dedos de uñas plateadas en dirección a las vitrinas.

—¿Qué le parece que son, pomelos? —me respondió, cortante.

—No, no, ese tipo de cosas no me interesa nada, compréndalo. Probablemente tienen grabados de segunda mano, de dos centavos los de colores y de uno los que estén en blanco y negro. La vulgaridad de siempre. No. Lo siento, pero no.

—Comprendo. —Trató de colocarse otra vez la sonrisa en la cara. Pero estaba tan molesta como un concejal con paperas—. Quizá el señor Geiger..., aunque no está aquí en este momento. —Sus ojos me estudiaron cuidadosamente. Sabía tanto de libros raros como yo de dirigir un circo de pulgas.

—¿Quizá llegue un poco más tarde?

—Mucho me temo que será bastante más tarde.

—Qué lástima —dije—. Sí, una verdadera lástima. Me sentaré y fumaré un cigarrillo en uno de estos sillones tan cómodos. Tengo la tarde más bien vacía. Nada en que pensar excepto mi lección de trigonometría.

—Sí —dijo ella—. Sí..., claro.

Estiré las piernas en uno de los sillones y encendí un cigarrillo con el encendedor redondo de níquel vecino al cenicero. La chica de la tienda se quedó inmóvil, mordiéndose el labio inferior y con una expresión incómoda en los ojos. Asintió finalmente con la cabeza, se dio la vuelta despacio y regresó a su mesita en el rincón. Desde detrás de la lámpara se me quedó mirando. Crucé las piernas y bostecé. Sus uñas plateadas se movieron hacia el teléfono de mesa, no llegaron a tocarlo, descendieron y empezaron a tamborilear sobre el escritorio.

Silencio durante cerca de cinco minutos. Luego se abrió la puerta de la calle y entró con gran desparpajo un pájaro alto y de aspecto hambriento con bastón y una enorme nariz, cerró la puerta sin esperar a que lo hiciera el mecanismo, se llegó hasta el escritorio y dejó un paquete bien envuelto. Luego se sacó del bolsillo un billetero de piel de foca con adornos dorados en las esquinas y mostró algo a la rubia, que presionó un botón situado sobre la mesa. El pájaro alto se dirigió hacia la puerta situada en la mampara y la abrió apenas lo justo para deslizarse dentro.

Terminé mi primer cigarrillo y encendí otro. Los minutos siguieron arrastrándose. En el bulevar los claxons pitaban y gruñían. Un gran autobús rojo interurbano pasó por delante refunfuñando. Un semáforo sonó como un gong antes de cambiar de luz. La rubia se apoyó en un codo, se tapó los ojos con una mano y me observó disimuladamente. La puerta de la mampara se abrió de nuevo y el pájaro alto con el bastón salió deslizándose. Llevaba otro paquete bien envuelto, del tamaño de un libro grande. Se llegó hasta el escritorio y pagó en efectivo. Se marchó como había llegado, caminando casi de puntillas, respirando con la boca abierta y lanzándome una mirada penetrante de reojo al pasar a mi lado.

Me puse en pie, dediqué un sombrerazo a la rubia y salí detrás del tipo alto, que se dirigió hacia el oeste, describiendo con el bastón, al caminar, un breve arco, tan sólo un poco por encima del zapato derecho. No era difícil seguirlo. La chaqueta estaba cortada de una pieza de tela estilo manta de caballo bastante llamativa, de hombros tan anchos que el cuello de su propietario asomaba por encima como si fuera un tallo de apio, con la cabeza bamboleándose mientras caminaba. Recorrimos manzana y media. En el semáforo de Highland Avenue me puse a su lado para que me viera. Me miró de reojo, primero con despreocupación, pero enseguida con alarma, y se apartó rápidamente de mí. Cruzamos Highland con la luz verde y recorrimos otra manzana. Luego estiró las largas piernas y ya me sacaba treinta metros al llegar a la esquina. Torció a la derecha. A unos treinta metros colina arriba se detuvo, se colgó el bastón del brazo y sacó una pitillera de cuero de un bolsillo interior. Después de colocarse un cigarrillo en la boca, dejó caer la cerilla, miró para atrás al agacharse para recogerla, me vio mirándolo desde la esquina, y se enderezó como si alguien le hubiera propinado una patada en el trasero. Casi levantó polvo subiendo calle arriba, al caminar con largas zancadas y clavar el bastón en la acera. De nuevo torció a la izquierda. Me llevaba por lo menos media manzana cuando llegué al sitio en donde había cambiado de dirección. Me había quedado casi sin aliento. Nos encontrábamos en una calle estrecha con árboles en las aceras, un muro de contención a un lado y tres patios de bungalows al otro.

El tipo alto había desaparecido. Recorrí con calma toda la manzana, mirando a izquierda y derecha. En el segundo patio vi algo. Se llamaba La Baba, un sitio tranquilo y poco iluminado con una doble hilera de bungalows bajo la sombra de los árboles. El camino central tenía a ambos lados cipreses italianos muy recortados y macizos, semejantes por su forma a las tinajas de aceite de «Alí Babá y los cuarenta ladrones». Detrás de la tercera tinaja se movió el borde de una manga con un dibujo bastante llamativo.

Me recosté en un turbinto del paseo y esperé. En las estribaciones de las montañas volvían a gruñir los truenos. El resplandor de los relámpagos se reflejaba sobre negras nubes apiladas, procedentes del sur. Algunas gotas vacilantes golpearon el suelo, dejando manchas del tamaño de monedas de dólar. El aire estaba tan quieto como el aire del invernadero donde el general Sternwood cultivaba sus orquídeas.

La manga tras el árbol reapareció y, a continuación, lo hizo una nariz monumental y un ojo y algo de pelo de color arena, sin un sombrero que lo cubriera. El ojo me miró y desapareció. Su compañero reapareció como un pájaro carpintero al otro lado del árbol. Pasaron cinco minutos. No pudo resistirlo. Las personas como él son mitad nervios. Oí rascar una cerilla y luego alguien empezó a silbar. A continuación una tenue sombra se deslizó por la hierba hasta el árbol siguiente. Luego salió de nuevo al camino, viniendo directamente hacia mí mientras agitaba el bastón y silbaba. Un silbido agrio lleno de nervios. Miré vagamente hacia el cielo oscurecido. El del bastón pasó a menos de tres metros de mí y no me miró una sola vez. Estaba a salvo. Se había desprendido del paquete.

Seguí mirándolo hasta que se perdió de vista, avancé por el camino central de La Baba y separé las ramas del tercer ciprés. Saqué un libro bien envuelto, me lo puse debajo del brazo y me marché de allí. Nadie me dijo nada.

5

De nuevo en el bulevar, entré en la cabina telefónica de un *drugstore* y busqué el número de teléfono del señor Arthur Gwynn Geiger. Vivía en Laverne Terrace, una calle muy en cuesta que salía del bulevar Laurel Canyon. Puse mi moneda de cinco centavos en la ranura y marqué su teléfono sólo para darme ese gusto. Nadie contestó. Pasé a las páginas amarillas y anoté la dirección de un par de librerías a poca distancia de donde me encontraba.

La primera a la que llegué estaba en el lado norte, un amplio piso bajo dedicado a artículos de escritorio y material de oficina, y libros abundantes en el entresuelo. No me pareció el sitio adecuado. Crucé la calle y recorrí dos manzanas en dirección este para llegar a la otra, que se parecía más a lo que yo necesitaba: una tiendecita estrecha y abarrotada, con libros desde el suelo hasta el techo y cuatro o cinco fisgones que se dedicaban calmosamente a dejar las huellas de sus pulgares en las sobrecubiertas nuevas. Nadie les hacía el menor caso. Me abrí camino hasta el fondo del establecimiento, pasé al otro lado de una mampara y encontré, detrás de una mesa, a una mujer morena y pequeña que leía un libro de derecho.

Coloqué mi billetero abierto encima de la mesa y le permití ver la placa de policía que estaba sujeta dentro. La mujer la miró, se quitó las gafas y se recostó en la silla. Me guardé el billetero. Mi interlocutora tenía el rostro, delicadamente dibujado, de una judía inteligente. Se me quedó mirando y no dijo nada.

—¿Me haría usted un favor, un favor insignificante? —le pregunté.

—No lo sé. ¿De qué se trata? —Tenía una voz suave pero un poco ronca.

—¿Conoce usted la tienda de Geiger, en la acera de enfrente, dos manzanas hacia el oeste?

—Creo que he pasado por delante alguna vez.

—Es una librería —dije—. Aunque no se parece a la suya. Eso no hace falta que se lo diga.

Torció la boca un poco y no respondió.

—¿Conoce usted a Geiger de vista? —pregunté.

—Lo siento. No conozco al señor Geiger.

—En ese caso no me puede decir qué aspecto tiene.

Torció la boca un poco más.

—¿Por qué tendría que hacerlo?

—Ninguna razón. Si no quiere, no la voy a obligar.

Mi interlocutora miró hacia el exterior por la puerta abierta y volvió a recostarse en la silla.

—Era una estrella de sheriff, ¿no es cierto?

—Ayudante honorario. No significa nada. Vale lo que un puro de diez centavos.

—Entiendo. —Alcanzó el paquete de cigarrillos, lo agitó hasta soltar uno y lo cogió directamente con los labios. Le ofrecí una cerilla encendida. Me dio las gracias, volvió a recostarse en el asiento y me miró a través del humo. Luego dijo, midiendo muy bien las palabras—: ¿Quiere usted saber el aspecto que tiene, pero no desea entrevistarse con él?

—No está —dije.

—Supongo que aparecerá más pronto o más tarde. Después de todo es su librería.

—No deseo entrevistarme con él en este momento —dije.

Mi interlocutora miró de nuevo hacia el exterior.

—¿Sabe usted algo sobre libros raros? —le pregunté.

—Haga la prueba.

—¿Tendría usted un *Ben Hur* de 1860, tercera edición, con una línea repetida en la página 116?

Apartó a un lado el libro amarillo de derecho, se apoderó de un grueso volumen que tenía encima de la mesa, buscó una página y la estudió.

—No lo tiene nadie —dijo, sin alzar los ojos—. No existe.

—Efectivamente.

—¿Qué demonios es lo que intenta demostrar?

—La dependienta de Geiger no lo sabía.

Mi interlocutora alzó la vista.

—Entiendo. Me interesa usted. De manera más bien vaga.

—Soy detective privado y estoy trabajando en un caso. Quizá pregunto demasiado. A mí no me parece mucho de todos modos.

Lanzó al aire un blando anillo de humo gris y lo atravesó con el dedo. El anillo se deshizo en frágiles hilachas.

—Poco más de cuarenta, en mi opinión. Estatura media, tirando a gordo. Debe de pesar algo más de setenta kilos. Cara redonda, bigote a lo Charlie Chan, cuello ancho y blando. Blando todo él. Bien vestido, no usa sombrero, pretende ser experto en antigüedades, pero no sabe nada. Sí, claro, se me olvidaba. El ojo izquierdo es de cristal —dijo con voz suave y tono indiferente.

—Serviría usted para policía.

Volvió a dejar el catálogo de libros en una estantería abierta al extremo de la mesa y se interesó de nuevo por el libro de derecho.

—Espero que no —dijo, poniéndose las gafas.

Le di las gracias y salí. Había empezado a llover. Eché a correr, con el libro envuelto debajo del brazo. Mi coche se hallaba en una bocacalle, mirando hacia el bulevar, casi frente a la librería de Geiger. Cuando llegué me había mojado a conciencia. Me metí a trompicones en el coche, subí los cristales de las ventanillas y sequé el paquete con el pañuelo. A continuación lo abrí.

Sabía lo que iba a encontrar dentro, como es lógico. Un libro pesado, bien encuadernado, impreso con cuidado, el texto compuesto a mano y en papel excelente. Y salpicado de fotografías artísticas a toda página. Fotos y textos tenían en común la indescriptible audacia de su pornografía. El libro no era nuevo. Había fechas, impresas con un sello de goma, en la guarda delantera, fechas de entrada y de salida. Era un ejemplar de una biblioteca circulante. Una biblioteca que prestaba libros de refinada indecencia.

Envolví de nuevo el volumen y lo escondí debajo del asiento. Un negocio como aquél, a plena luz del día en Hollywood Boulevard, parecía estar necesitado de muchísima protección. Me quedé allí, envenenándome con humo de tabaco mientras escuchaba el ruido de la lluvia y pensaba sobre todo aquello.

6

La lluvia llenaba las alcantarillas y salpicaba a los peatones hasta la altura de las rodillas al caer sobre la calzada. Fornidos policías con impermeables que brillaban como cañones de pistola se divertían mucho transportando en brazos a chicas con ataques de risa para evitar los sitios inundados. La lluvia tamborileaba con fuerza sobre el techo del automóvil y la capota empezó a tener goteras. En el suelo se formó un charco de agua que me permitía tener los pies en remojo. El otoño era aún demasiado joven para que lloviese de aquella manera. Me enfundé como pude en un impermeable y salí corriendo en busca del *drugstore* más cercano para comprarme medio litro de whisky. Al regresar al coche utilicé la bebida para conservar el calor y el interés. Llevaba estacionado mucho más tiempo del permitido, pero los policías estaban demasiado ocupados transportando a las chicas y tocando el silbato para darse cuenta.

Pese a la lluvia, o quizá incluso a causa de ella, a la tienda de Geiger no le faltaban clientes. Coches de muy buena calidad se paraban delante y personas de aspecto acomodado entraban y salían con paquetes muy bien envueltos. No todos varones.

El dueño apareció a eso de las cuatro. Un cupé color crema se detuvo delante de la librería y vislumbré apenas el rostro redondo y el bigote estilo Charlie Chan mientras el señor Geiger tardaba el menor tiempo posible en trasladarse al interior del establecimiento. Iba sin sombrero y llevaba un impermeable verde de cuero provisto de cinturón. Desde tan lejos no logré verle el ojo de cristal. Un muchacho muy joven, alto y bien parecido, con una chaqueta sin mangas, salió de la librería y desapareció con el cupé por la primera esquina. Después regresó a pie, brillándole el pelo negro, aplastado por la lluvia.

Pasó otra hora. Se hizo de noche y las luces de las tiendas, enturbiadas por la lluvia, fueron absorbidas por la negrura de la calle. Las campanas de los tranvías resonaban enfadadas. A eso de las cinco y cuarto el chico alto de la chaqueta sin mangas salió de la librería con un paraguas y fue en busca del cupé color crema. Después de situarlo delante de la puerta salió Geiger y el chico alto sostuvo el paraguas sobre la cabeza descubierta del dueño. Luego lo cerró, lo sacudió y se lo entregó al ocupante del coche. Acto seguido corrió a refugiarse en la tienda. Yo puse en marcha el motor de mi coche.

El cupé se dirigió hacia el oeste por el bulevar, lo que me forzó a hacer un giro a la izquierda y muchos enemigos, incluido un conductor de tranvía que, a pesar de la lluvia, sacó la cabeza fuera para chillarme. Iba ya con dos manzanas de retraso cuando empecé de verdad a seguir a Geiger. Tenía la esperanza de que se dirigiera hacia su domicilio. Divisé el coche a lo lejos en dos o tres ocasiones y volví a descubrirlo cuando torció hacia el norte por Laurel Canyon Drive. A mitad de la cuesta torció a la izquierda y tomó una sinuosa cinta de cemento húmedo llamada Laverne Terrace. Era una calle estrecha con un terraplén a un lado y al otro unas cuantas casas, con aspecto de cabañas, construidas en pendiente de manera que los tejados no quedaban muy por encima del nivel de la calzada. Setos y arbustos ocultaban las ventanas de las fachadas. Árboles empapados goteaban sobre todo el paisaje.

Geiger había encendido los faros y yo no. Aceleré y le adelanté en una curva, me fijé en el número de una casa mientras pasaba, seguí adelante y torcí al final de la manzana. Geiger se había detenido. Sus faros iluminaban ya el garaje de una casita provista de un seto de boj cuadrado que ocultaba por completo la puerta principal. Le vi salir del garaje con el paraguas abierto y entrar por una abertura del seto. No actuaba como si temiera que alguien pudiese seguirlo. Se encendieron luces dentro de la casa. Descendí con el coche, por el procedimiento de quitar el freno de mano, hasta la casa contigua, que parecía desocupada, aunque sin cartel alguno indicando que estuviera en venta. Detuve el automóvil, lo aireé, bebí un trago de whisky y esperé. No sabía qué era lo que estaba esperando, pero algo me dijo que me convenía hacerlo. Otro ejército de lentísimos minutos pasó arrastrándose.

Dos coches subieron por la colina y pasaron del otro lado del cambio de rasante. Poco después de las seis las luces brillantes de otros faros aparecieron a través de la lluvia torrencial. Para entonces la noche era oscura como boca de lobo. Un coche se arrastró hasta detenerse delante de la casa de Geiger. Los filamentos de sus luces brillaron débilmente antes de apagarse. Se abrió la portezuela y salió una mujer del coche. Una mujer pequeña y esbelta con un sombrero de ala ancha y un impermeable transparente. Después de que atravesara el seto se oyó sonar un timbre débilmente, una luz entre la lluvia, una puerta que se cerraba y más silencio.

Saqué una linterna de la guantera, descendí la cuesta y examiné el coche de la recién llegada. Era un Packard descapotable, granate o marrón oscuro. El cristal de la ventanilla izquierda estaba bajado. Busqué a tientas el permiso de circulación y lo enfoqué con la linterna. La propietaria era Carmen Sternwood, 3765 Alta Brea Crescent, West Hollywood. Regresé a mi coche y seguí esperando. La capota me goteaba sobre las rodillas y el whisky me había dado ardor de estómago. No subieron más coches colina arriba. Tampoco se encendió ninguna luz en la casa donde yo estaba aparcado. Parecía un barrio muy conveniente para dedicarse a las malas costumbres.

A las siete y veinte un único fogonazo de violenta luz blanca salió de casa de Geiger como un relámpago veraniego. Mientras la oscuridad se cerraba de nuevo, devorándolo, resonó un grito agudo, tintineante, que se perdió entre los árboles empapados por la lluvia. Yo ya había salido del coche antes de que muriese el eco.

No había miedo en aquel grito. Parecía expresar una emoción casi placentera, a la que se añadía un acento de embriaguez, e incluso un toque de puro cretinismo. Un sonido muy desagradable. Me hizo pensar en individuos vestidos de blanco, en ventanas con barrotes y en estrechos catres duros con correas de cuero para las muñecas y los tobillos. El silencio era otra vez completo en el escondite de Geiger cuando alcancé la abertura del seto y superé el ángulo que ocultaba la puerta principal. El llamador era un anillo de hierro que colgaba de la boca de un león. En el instante mismo de empuñarlo, como si alguien estuviera esperando aquella señal, retumbaron en la casa tres disparos. Se oyó después algo que podría haber sido un largo suspiro áspero y, a continuación, el golpe poco preciso de un objeto blando al caer. Finalmente pasos rápidos dentro de la casa; pasos que se alejaban.

A la puerta principal se llegaba por un camino estrecho, como un puentecito sobre un cauce, que llenaba el hueco entre la pared de la casa y el límite del talud. No había porche, ni tierra firme; nada que permitiera dar la vuelta hasta la parte posterior. La puerta trasera estaba en lo alto de una escalera de madera que ascendía desde la calle inferior, semejante a un callejón. Me di cuenta porque oí ruido de pasos en los escalones, descendiendo. Luego me llegó el rugido inesperado de un coche que se ponía en marcha. Rápidamente se perdió en la distancia. Me pareció que a aquel ruido le seguía el eco de otro coche, pero no podría asegurarlo. La casa que tenía delante estaba tan en silencio como un panteón. No había ninguna prisa. Lo que allí estuviera, allí seguía.

Me senté a horcajadas sobre la valla lateral del caminito de la entrada y me incliné todo lo que pude hacia la amplia ventana con cortinas pero sin contraventana y traté de mirar por donde las cortinas se unían. Vi luz sobre una pared y el extremo de una estantería para libros. Volví al camino, retrocedí hasta meterme un poco en el seto y luego corrí hasta golpear la puerta con el hombro. Una tontería. En una casa de California, casi el único sitio que no se puede romper de una patada es la puerta principal. Todo lo que conseguí fue hacerme daño en el hombro y enfadarme. Volví a pasar por encima de la barandilla y di una patada a la ventana; después usé el sombrero a modo de guante y retiré la mayor parte del vidrio inferior. Ya me era posible meter la mano y correr el pasador que fijaba la ventana al suelo. El resto fue fácil. No había otro pasador arriba. El pestillo cedió. Trepé y me aparté la cortina de la cara.

Ninguno de los dos ocupantes de la habitación repararon en mi manera de entrar, aunque sólo uno estaba muerto.

7

Era una habitación amplia, que ocupaba todo el ancho de la casa. Tenía un techo bajo con vigas en relieve y paredes de estuco marrón, adornadas con tiras de bordados chinos, además de grabados chinos y japoneses en marcos de madera veteada. Había estanterías bajas para libros, y una gruesa alfombra china de color rosado en la que una rata podría haberse pasado una semana sin necesidad de enseñar nunca el hocico. En el suelo abundaban los cojines y trozos de extrañas sedas, arrojados por todas partes, como si quienquiera que viviese allí siempre necesitara tener a mano un fragmento para poder manosearlo. Había también un amplio diván de poca altura tapizado de color rosa viejo, sobre el que descansaba un montón de ropa, incluidas prendas interiores de seda de color lila. Vi, sobre un pedestal, una gran lámpara tallada, y otras dos lámparas de pie con pantallas verde jade y largos flecos, así como un escritorio negro con gárgolas talladas en las esquinas y detrás un cojín amarillo de satén sobre un sillón negro barnizado y con los brazos y el respaldo tallados. La habitación albergaba además una extraña mezcla de olores, de los cuales el más sobresaliente en aquel momento parecía ser un acre resto de pólvora quemada y el aroma mareante del éter.

En un extremo de la habitación, sobre algo parecido a un estrado de poca altura, había un sillón de madera de teca y de respaldo recto en el que estaba sentada la señorita Carmen Sternwood sobre un chal naranja con flecos. Permanecía muy erguida, con las manos sobre los brazos del sillón, las rodillas muy juntas, el cuerpo rígido, en la postura de una diosa egipcia, la barbilla horizontal, los resplandecientes dientecitos brillando entre los labios, ligeramente separados. Tenía los ojos completamente abiertos. El color pizarra del iris había devorado por completo la pupila. Eran ojos de loca. Parecía haber perdido el conocimiento, pero su postura no era la de una persona inconsciente. Daba la sensación de estar pensando que hacía algo muy importante y de que lo que fuera que hacía lo estaba haciendo muy bien. De la boca le brotaba un sonido apenas audible como de regocijo que no le cambiaba la expresión de la cara ni le hacía mover los labios.

Lucía unos largos pendientes de jade, muy bonitos, que probablemente habían costado un par de cientos de dólares. No llevaba nada más.

El cuerpo de Carmen Sternwood era hermoso, pequeño, compacto, firme, redondeado. A la luz de la lámpara, su piel tenía el brillo cálido de una perla. Las piernas no igualaban el encanto picante de las de su hermana, pero estaban muy bien. La contemplé de arriba abajo sin vergüenza ni salacidad. No estaba allí en calidad de chica desnuda. Era sencillamente una drogada. Para mí nunca fue otra cosa que una drogada.

Dejé de mirarla y examiné a Geiger. Estaba de espaldas en el suelo, más allá del fleco de la alfombra china, delante de algo que parecía un tótem, con un perfil muy semejante al de un águila: su ojo redondo muy abierto era la lente de una cámara, orientada hacia la chica desnuda del sillón. Había una bombilla de flash ennegrecida sujeta al lateral del tótem. Geiger calzaba zapatillas chinas con gruesas suelas de fieltro, llevaba un pantalón de pijama de satén negro y una chaqueta china con bordados, cuya parte delantera estaba ensangrentada casi en su totalidad. Su ojo de cristal me lanzaba brillantes destellos y era —con diferencia— lo más vivo de toda su persona. Me bastó una primera inspección para comprobar que los tres disparos habían dado en el blanco. Geiger estaba francamente muerto.

La bombilla de flash explicaba el fogonazo que yo había visto. El grito enloquecido fue la reacción de la muchacha drogada y desnuda. Los tres disparos habían sido, en cambio, la iniciativa de otra persona para dar un nuevo giro a la reunión. La iniciativa del fulano que había escapado por la escalera de atrás, había cerrado con fuerza la portezuela de un coche y se había alejado a toda velocidad. No era difícil entender las ventajas de su punto de vista.

Un par de frágiles copas veteadas de oro descansaban sobre una bandeja de laca roja en un extremo del escritorio negro, junto a una panzuda botella de líquido marrón. Retiré el tapón y olí el contenido. Olía a éter y a algo más, posiblemente láudano. Yo no había probado nunca aquella mezcla pero parecía estar muy de acuerdo con el ambiente de la casa.

Escuché el ruido de la lluvia que caía con fuerza sobre el tejado y las ventanas del lado norte. Más allá no había ningún otro ruido: ni coches, ni sirenas, tan sólo el repiquetear de la lluvia. Me acerqué al diván, me quité la trinchera y revisé la ropa de la señorita Sternwood. Una de las prendas era un vestido de lana basta y de color verde pálido de los que se meten por la cabeza, con manga corta, y me pareció que podía estar en condiciones de utilizarlo con éxito. Decidí prescindir de la ropa interior, no por un sentimiento de delicadeza, sino porque no me veía poniéndole las bragas o abrochándole el sujetador. Llevé el vestido hasta el sillón de madera de teca sobre el estrado. También la señorita Sternwood olía a éter, incluso a más de un metro de distancia. El sonido casi metálico y apenas audible como de regocijo seguía saliendo de su boca y un poquito de espuma le caía por la barbilla. La abofeteé. Parpadeó y dejó de hacer ruido. Volví a abofetearla.

—Vamos —le dije alegremente—. Ahora hay que portarse bien. Vistámonos.

Se me quedó mirando, los ojos de color pizarra tan vacíos como los agujeros de una máscara.

—An..., an..., anda y que te... —dijo.

La abofeteé un poco más. No le importó. Las bofetadas no conseguían sacarla a flote. Me puse a trabajar con el vestido. Tampoco aquello le importó. Me permitió alzarle los brazos y luego extendió los dedos, como quien hace un gesto seductor. Conseguí meterle las manos por las mangas, tiré del vestido hacia abajo por la espalda y luego la obligué a levantarse. Entonces se echó en mis brazos entre risitas. La volví a colocar en el sillón y conseguí ponerle medias y zapatos.

—Vamos a darnos un paseíto —dije—. Un agradable paseíto.

Nos dimos el paseíto. Unas veces sus pendientes me chocaban contra el pecho y otras separábamos las piernas al mismo tiempo, como bailarines a cámara lenta. Fuimos hasta el cadáver de Geiger, ida y vuelta. Hice que lo mirase. Le pareció que estaba muy bien. Lanzó una risita y trató de decírmelo, pero sólo consiguió mascullar. La llevé hasta el diván y la obligué a tumbarse. Le dio hipo un par de veces, lanzó un par de risitas y se quedó dormida. Me metí todas sus cosas en los bolsillos y me fui detrás del tótem. La cámara estaba allí, desde luego, colocada en el interior, pero faltaba el bastidor de la placa. Miré por el suelo, pensando que quizá Geiger lo hubiera sacado antes de los disparos. No lo encontré. Cogí al cadáver por una mano fláccida y helada y moví un poco el cuerpo. El bastidor tampoco estaba debajo. No me gustó el cariz que tomaba aquello.

Salí al vestíbulo, situado al fondo de la habitación, e investigué el resto de la casa. Había un baño a la derecha y una puerta cerrada con llave; una cocina en la parte de atrás. La ventana de la cocina había sido apalancada. Faltaba la pantalla exterior y en el alféizar se veía el sitio de donde había desaparecido el gancho. La puerta trasera no estaba cerrada con llave. La dejé tal cual y entré en un dormitorio en el lado izquierdo del vestíbulo. Estaba muy limpio, muy cuidado, con un toque de afeminamiento. La cama tenía una colcha con volantes. Sobre el tocador, con espejo triple, había perfume al lado de un pañuelo, algún dinero suelto, varios cepillos de hombre y un llavero. En el armario, ropa de hombre y unas zapatillas masculinas bajo el borde de la colcha con volantes. La habitación del señor Geiger. Volví con el llavero al cuarto de estar y examiné el contenido del escritorio. Encontré una caja fuerte en el cajón más profundo. Utilicé una de las llaves para abrirla. Dentro sólo había una libreta encuadernada en piel azul con un índice y muchas cosas escritas en clave; la letra inclinada era la misma de la nota enviada al general Sternwood. Me guardé la libreta en el bolsillo, limpié los sitios donde había tocado con los dedos la caja fuerte, cerré los cajones del escritorio, me guardé las llaves, apagué el gas que daba realismo a los falsos troncos de la chimenea, me puse la trinchera y traté de despertar a la señorita Sternwood. No hubo manera. Le encasqueté el sombrero de ala ancha, la envolví en su abrigo y la saqué hasta su coche. Luego volví a la casa, apagué todas las luces, cerré la puerta principal, encontré las llaves que mi dormida acompañante llevaba en el bolso y puse en marcha el Packard. Descendimos colina abajo sin encender los faros. El trayecto hasta Alta Brea Crescent fueron menos de diez minutos. Carmen los empleó en roncar y en echarme éter a la cara. Imposible que me quitase la cabeza del hombro. Era la única solución para evitar que acabara en mi regazo.

8

Había una luz muy tenue detrás de los vidrios emplomados en la puerta de servicio de la mansión Sternwood. Detuve el Packard junto a la *porte-cochère* y me vacié los bolsillos en el asiento. Carmen roncaba en el rincón, el sombrero desenfadadamente inclinado sobre la nariz y las manos, sin vida, entre los pliegues del impermeable. Salí del coche y toqué el timbre. Oí pasos que se acercaban lentamente, como si vinieran de muy lejos. La puerta se abrió y el mayordomo de cabellos plateados y tan tieso como un uso se me quedó mirando. La luz del vestíbulo hacía que su cabeza se adornara con un halo.

—Buenas noches, señor —dijo cortésmente antes de dirigir la mirada hacia el Packard. Luego sus ojos volvieron a encontrarse con los míos.

—¿Está en casa la señora Regan?

—No, señor.

—El general descansa, espero.

—Así es. De noche es cuando mejor duerme.

—¿Qué tal la doncella de la señora Regan?

—¿Mathilda? Está en casa, señor.

—Más valdrá que baje. La tarea que hay que hacer requiere un toque femenino. Eche una ojeada al coche y entenderá el porqué.

El mayordomo fue hasta el automóvil.

—Ya veo —dijo al regresar—. Voy a buscar a Mathilda.

—Mathilda sabrá cómo hacer las cosas —dije.

—Todos nos esforzamos por hacerlo bien —me respondió.

—Imagino que tienen ustedes práctica —observé.

Hizo caso omiso de aquel comentario mío.

—Buenas noches —continué—. La dejo en sus manos.

—Buenas noches, señor. ¿Quiere que llame a un taxi?

—En absoluto —dije—. En realidad no estoy aquí. Sufre usted una alucinación.

Esta vez sonrió. Hizo una inclinación de cabeza, me di la vuelta, recorrí en sentido contrario la avenida para los coches y salí de la finca.

Recorrí diez manzanas de calles en curva y cuesta abajo, azotadas por la lluvia, bajo árboles que goteaban sin cesar, entre las ventanas iluminadas de grandes casas con enormes jardines fantasmales, conjuntos imprecisos de aleros y gabletes y ventanas iluminadas en lo más alto de la colina, remotas e inaccesibles, como casas de brujas en un bosque. Llegué por fin a una gasolinera deslumbrante de luz innecesaria, donde un aburrido empleado con una gorra blanca y una cazadora impermeable de color azul marino leía un periódico, encorvado sobre un taburete, en el interior de una jaula de cristal empañado. Iba a pararme, pero decidí seguir adelante. Era imposible que me mojase más de lo que estaba. Y en una noche así se podía conseguir que a uno le creciera la barba esperando un taxi. Los taxistas, además, tienen buena memoria.

Volví a casa de Geiger en poco más de media hora de caminar a buen paso. No había nadie: ningún coche en la calle a excepción del mío, estacionado una casa más allá y que resultaba tan melancólico como un perro perdido. Saqué mi botella de whisky, me eché al coleto la mitad de lo que quedaba y entré en el coche para encender un cigarrillo. Fumé la mitad, tiré lo que quedaba, salí de nuevo y bajé hasta la casa de Geiger. Abrí la puerta, di un paso en la oscuridad, aún tibia, y me quedé allí, dejando que el agua goteara sobre el suelo mientras escuchaba el ruido de la lluvia. Luego busqué a tientas una lámpara y la encendí.

Lo primero que noté fue la desaparición de la pared de un par de tiras de seda bordada. No había contado cuántas había, pero las franjas de enlucido marrón destacaban con una desnudez demasiado evidente. Avancé un poco más y encendí otra luz. Examiné el tótem. Debajo, más allá del borde de la alfombra china, alguien había extendido otra alfombra sobre el suelo desnudo. Aquella alfombra no estaba allí antes; sí, en cambio, el cuerpo de Geiger, ahora desaparecido.

Aquello me dejó helado. Apreté los labios contra los dientes y miré con desconfianza el ojo de cristal del tótem. Recorrí de nuevo la casa. Todo seguía exactamente como antes. Geiger no estaba ni en su cama con la colcha de volantes, ni debajo de la cama, ni en el armario. Tampoco estaba en la cocina ni en el cuarto de baño. Sólo quedaba la puerta cerrada con llave a la derecha del vestíbulo. Una de las llaves de Geiger encajaba en la cerradura. El dormitorio que encontré era interesante, pero tampoco estaba allí el cadáver. El interés radicaba en que era muy masculino, completamente distinto del otro, sin apenas mobiliario, con suelo de madera barnizada, un par de alfombritas con dibujos indios, dos sillas de respaldo recto, un buró de madera oscura veteada con un juego de tocador para hombre y dos velas negras en candelabros de bronce de treinta centímetros de altura. La cama, estrecha, parecía dura y tenía un batik marrón a modo de colcha. La habitación daba sensación de frío. Volví a cerrarla con llave, limpié el pomo de la puerta con el pañuelo y regresé junto al tótem. Me arrodillé y examiné la superficie de la alfombra hasta la puerta principal. Me pareció advertir dos surcos paralelos, como de talones arrastrados, que apuntaban en aquella dirección. Quienquiera que lo hubiera hecho era una persona decidida. Un muerto es más pesado que un corazón roto.

No se trataba de las fuerzas del orden. Aún estarían allí, y no habrían hecho más que empezar a entonarse con sus cintas métricas, sus trozos de tiza, sus cámaras, sus polvos de talco y sus tagarninas. Habrían estado por toda la casa. Tampoco se trataba del asesino, que se había marchado a toda velocidad. Sin duda había visto a la chica. Nada le garantizaba que estuviera tan grogui como para no enterarse. Iría de camino hacia el sitio más lejano posible. No adivinaba el motivo exacto, pero no me costaba trabajo imaginar que alguien prefiriese un Geiger desaparecido a un Geiger simplemente asesinado. Y a mí me daba la oportunidad de averiguar si podía contarlo sin mencionar a Carmen Sternwood. Cerré la casa de nuevo, puse mi coche en marcha y volví a mi apartamento en busca de una ducha, ropa seca y una cena tardía. Después me senté y bebí demasiados ponches calientes mientras trataba de descifrar la clave de la libreta azul de Geiger. Sólo tuve la certeza de que se trataba de una lista de nombres y direcciones, clientes suyos probablemente. Había más de cuatrocientos. Eso lo convertía en un tinglado muy productivo, sin mencionar las posibilidades de chantaje, que probablemente abundaban. Cualquier nombre de aquella lista podía ser un candidato a asesino. Me compadecí de la policía al pensar en el trabajo que les esperaba cuando llegase a sus manos la libreta.

Me acosté lleno de whisky y de frustración y soñé con un individuo que llevaba una chaqueta oriental ensangrentada y perseguía a una chica desnuda con largos pendientes de jade mientras yo corría tras ellos y trataba de hacer una fotografía con una cámara sin película.

9

A la mañana siguiente el tiempo era luminoso, claro y soleado. Me desperté con sabor a guante de motorista en la boca, bebí un par de tazas de café y repasé los periódicos de la mañana. No encontré ninguna referencia al señor Arthur Gwynn Geiger en ninguno de ellos. Estaba intentando quitar las arrugas de mi traje húmedo cuando sonó el teléfono. Era Bernie Ohls, el investigador jefe del fiscal del distrito, la persona que me había puesto en contacto con el general Sternwood.

—Bueno, ¿cómo te va la vida? —empezó. Tenía voz de persona que ha dormido bien y que no debe demasiado dinero.

—Intentando que se me pase la resaca —le respondí.

—Vaya, vaya. —Rió distraídamente y luego su tono se hizo demasiado despreocupado, demasiado parecido al de un policía cauteloso—. ¿Has visto ya al general Sternwood?

—Sí.

—¿Has hecho algo para él?

—Demasiada lluvia —contesté, si es que aquello era una respuesta.

—Parece ser una familia a la que le pasan cosas. Un Buick muy grande que les pertenece ha aparecido esta mañana, arrastrado por la marea, no muy lejos del muelle pesquero de Lido.

Apreté el teléfono lo suficiente para romperlo. Y además contuve la respiración.

—Sí —dijo Ohls alegremente—. Un bonito Buick sedán muy nuevo, estropeado por la arena y el agua de mar... Ah, casi se me olvidaba. Hay un fiambre dentro.

Dejé que el aliento saliera tan despacio que se me quedó colgando de los labios.

—¿Regan? —pregunté.

—¿Cómo? ¿Quién? Ah; te refieres al ex contrabandista del que la chica mayor se encaprichó y fue y se casó con él. No llegué a verlo nunca. ¿Qué se le podía haber perdido en medio del mar?

—Deja de marear la perdiz. ¿Qué se le podía haber perdido a nadie en medio del mar?

—No lo sé, muchacho. Voy a pasarme por allí para echar una ojeada. ¿Quieres venir conmigo?

—Sí.

—Pon la directa —dijo—. Estaré en mi guarida.

Afeitado, vestido y casi sin desayunar, me presenté en el palacio de justicia en menos de una hora. Subí al séptimo piso y me dirigí hacia el grupo de diminutas oficinas utilizado por los subordinados del fiscal del distrito. La de Ohls no era mayor que las demás, pero no la compartía con nadie. Sobre la mesa sólo había un secante, un juego barato de pluma y lapicero, el sombrero y uno de sus pies. Ohls era un individuo de tamaño medio, tirando a rubio, de cejas hirsutas completamente blancas, ojos calmosos y dientes bien cuidados. No era distinto de cualquier persona que uno se pueda cruzar por la calle. Aunque yo sabía que había matado a nueve delincuentes..., tres cuando lo tenían encañonado, o alguien creía que lo tenían encañonado.

Ohls se puso en pie, se metió en el bolsillo una lata muy plana de puros miniatura llamados Entreactos, movió arriba y abajo el que tenía en la boca y, con la cabeza echada hacia atrás, me miró detenidamente nariz abajo.

—No es Regan —dijo—. Lo he comprobado. Regan es un tipo grande. Tan alto como tú y con un poco más de peso. Se trata de un chico joven.

No dije nada.

—¿Por qué se largó Regan? —preguntó Ohls—. ¿Te interesa ese asunto?

—Me parece que no —respondí.

—Cuando un tipo salido del contrabando de bebidas se casa con la hija de una familia rica y luego dice adiós a una chica guapa y a un par de millones de dólares legales..., da que pensar incluso a alguien como yo. Supongo que creías que era un secreto.

—Más bien.

—De acuerdo, punto en boca, chico. Tan amigos como siempre. —Rodeó la mesa dándose golpecitos en los bolsillos y echando mano del sombrero.

—No estoy buscando a Regan —dije.

Cerró con llave la puerta del despacho, bajamos al aparcamiento para funcionarios y subimos a un pequeño sedán azul. Salimos por Sunset, utilizando de cuando en cuando la sirena para evitarnos un semáforo. Era una mañana tersa, y había en el aire el vigor suficiente para lograr que la vida pareciera sencilla y agradable si no tenías demasiadas cosas en la cabeza. Pero yo las tenía.

Eran casi cincuenta kilómetros hasta Lido por la carretera de la costa, los quince primeros con mucho tráfico. Ohls hizo el viaje en tres cuartos de hora. Al cabo de ese tiempo nos detuvimos derrapando delante de un descolorido arco de escayola, despegué los pies del suelo y nos apeamos. Desde el arco se extendía hacia el mar un muelle muy largo con un pretil blanco de poca altura. Un puñado de personas se había reunido en el extremo más distante y un policía motorizado, debajo del arco, impedía que otro grupo de gente avanzara por el muelle. Había coches aparcados —los habituales morbosos de ambos sexos— a ambos lados de la carretera. Ohls mostró su placa al agente motorizado y pasamos al muelle, entre un fuerte olor a pescado que la intensa lluvia de una noche no había conseguido suavizar en lo más mínimo.

—Allí está..., en la gabarra de motor —dijo Ohls, apuntando con uno de sus diminutos cigarros.

Una gabarra baja y negra con una timonera como la de un remolcador estaba agazapada junto a los pilares al final del muelle. Sobre su cubierta había algo que brillaba al sol de la mañana: un automóvil negro y cromado de gran tamaño, rodeado aún por las cadenas con las que lo habían izado a bordo. El brazo de la grúa estaba otra vez en su posición de reposo sobre cubierta. Había varias personas alrededor del coche. Ohls y yo descendimos hasta la gabarra por unos peldaños resbaladizos.

Mi acompañante saludó a un ayudante del sheriff uniformado en marrón verdoso y a otro individuo vestido de paisano. Los tres tripulantes de la gabarra contemplaban la escena recostados en la timonera mientras mascaban tabaco. Uno de ellos se frotaba el pelo, todavía húmedo, con una sucia toalla de baño. Debía de ser el que se había lanzado al agua para ponerle las cadenas al automóvil.

Examinamos el coche. Tenía doblado el parachoques delantero, destrozado uno de los faros y torcido el otro, pero el cristal seguía intacto. La rejilla del radiador estaba abollada y arañados por todo el coche la pintura y los cromados. La tapicería, empapada y negra. Ninguno de los neumáticos parecía tener desperfectos.

El conductor aún estaba caído sobre el volante, con la cabeza en un ángulo poco natural en relación al cuerpo. Un chico esbelto de cabellos oscuros que sin duda resultaba apuesto muy pocos días antes. Ahora su rostro tenía un color blanco azulado, en los ojos subsistía un tenue brillo opaco por debajo de los párpados medio cerrados y se le había metido arena en la boca abierta. Sobre la blancura de la piel destacaba un hematoma en el lado izquierdo de la frente.

Ohls retrocedió, hizo un ruido con la garganta y acercó una cerilla encendida a su purito de juguete.

—¿Cómo ha sido?

El policía de uniforme señaló a los curiosos al final del embarcadero. Uno de ellos estaba tocando el sitio donde faltaba un trozo bastante grande de pretil. Se veía el color amarillo y limpio de la madera astillada, como de pino recién cortado.

—Cayó por ahí. El golpe debió de ser bastante violento. Aquí dejó pronto de llover, a eso de las nueve de la noche. La madera rota está seca por dentro. Eso sitúa el accidente después de que cesara la lluvia. El automóvil cayó sobre agua abundante porque de lo contrario habría salido peor librado, aunque no más de media marea porque se hubiera alejado más de la costa, ni más de media marea descendente porque estaría pegado a los pilares del muelle. Lo que sitúa la caída a eso de las diez. Quizá nueve y media, pero no antes. Cuando los chicos llegaron a pescar esta mañana lo vieron bajo el agua, de manera que trajimos la gabarra para que lo sacase, y entonces descubrimos al muerto.

El policía de paisano frotaba la cubierta con la punta del zapato. Ohls me miró de reojo y sacudió el purito como si fuera un cigarrillo.

—¿Borracho? —preguntó, sin dirigirse a nadie en particular.

El tripulante de la gabarra que se había estado secando el pelo con la toalla se acercó a la borda y se aclaró la garganta con un ruido tan fuerte que todo el mundo se le quedó mirando.

—He tragado un poco de arena —dijo, antes de escupir—. No tanto como ese muchacho, pero sí algo.

—Puede que estuviera borracho —dijo el policía uniformado—. No es normal aparecer por aquí completamente solo cuando llueve. Y ya se sabe que los borrachos hacen cualquier cosa.

—Nada de borracho —dijo el que iba de paisano—. El acelerador de mano estaba a mitad de recorrido y al muerto le dieron con una cachiporra en la cabeza. Si alguien me pregunta, yo a eso lo llamo asesinato.

Ohls miró al tipo con la toalla.

—¿Qué piensa usted, amigo?

Al de la toalla pareció gustarle que le preguntaran.

—Para mí es un suicidio. —Sonrió—. No es asunto mío, pero ya que me pregunta, yo digo suicidio. En primer lugar ese sujeto ha dejado un surco bien recto en el muelle. Se reconocen las huellas de los neumáticos por todo el recorrido. Eso lo sitúa después de terminada la lluvia, como ha dicho el ayudante del sheriff. Luego golpeó el pretil con mucha fuerza: de lo contrario no lo hubiera atravesado ni hubiese caído de lado. Lo más probable es que diera un par de vueltas de campana. De manera que tenía que venir a buena velocidad y golpear el pretil de frente. Y se necesitaba algo más que el acelerador a medio gas. Podría haberlo tocado al caer y cabe que el golpe en la cabeza se lo diera entonces.

—Tiene usted buen ojo, amigo —dijo Ohls—. ¿Lo han registrado? —le preguntó al ayudante del sheriff, que procedió a mirarme a mí y luego a la tripulación, junto a la timonera—. De acuerdo, lo dejamos para después.

Un individuo pequeño, con gafas, cara de cansancio y un maletín negro descendió desde el muelle por los peldaños de la escalera. Luego eligió un sitio relativamente seco de la cubierta y dejó allí el maletín. A continuación se quitó el sombrero, se frotó el cogote y se quedó mirando al mar, como si no supiera dónde estaba o qué era lo que tenía que hacer.

—Ahí está su cliente, doctor —dijo Ohls—. Se tiró desde el muelle anoche. Entre las nueve y las diez. Es todo lo que sabemos.

El hombrecillo contempló al muerto con aire taciturno. Le tocó la cabeza, se la movió en todas las direcciones con ambas manos, examinó el hematoma de la sien, le palpó las costillas. Alzó una mano muerta, totalmente relajada, y examinó las uñas. La dejó caer y siguió la trayectoria con la vista. A continuación dio un paso atrás, abrió el maletín, sacó un bloc de formularios para muertes por traumatismo y empezó a escribir poniendo debajo un papel carbón.

—La causa de la muerte es, a primera vista, la rotura del cuello —dijo, al tiempo que escribía—. Lo que quiere decir que no habrá tragado mucha agua. También significa que el rígor mortis no tardará en presentarse una vez que está en contacto con el aire. Será mejor sacarlo del automóvil antes de que eso suceda. No les gustará tener que hacerlo después.

Ohls asintió con un gesto.

—¿Cuánto tiempo lleva muerto, doctor?

—No sabría decirlo.

Ohls lo miró con severidad; luego se sacó el purito de la boca y también lo contempló indignado.

—Encantado de conocerle, doctor. Un forense incapaz de establecer la hora de la muerte con un margen de cinco minutos es algo que no entiendo.

El hombrecillo sonrió amargamente, volvió a meter el bloc en el maletín y se enganchó el lápiz en el bolsillo del chaleco.

—Si cenó anoche, se lo podré decir..., si sé a qué hora cenó. Pero no con un margen de cinco minutos.

—¿Cómo se hizo ese cardenal? ¿Pudo ser al caer?

El hombrecillo examinó de nuevo el moratón.

—Creo que no. Ese golpe procede de algo que estaba cubierto. Y la hemorragia subcutánea se produjo mientras aún vivía.

—¿Cachiporra, eh?

—Muy probablemente. —Al tiempo que asentía con la cabeza. Luego recogió el maletín y regresó al muelle por la escalerilla.

Una ambulancia estaba avanzando marcha atrás para colocarse en posición al otro lado del arco de escayola. Ohls se me quedó mirando y dijo:

—Vayámonos. No merecía la pena venir hasta aquí, ¿no es cierto?

Regresamos por el muelle y subimos de nuevo al sedán. Ohls se las apañó para hacer un giro de 180 grados y regresamos a la ciudad por una autovía de tres carriles, reluciente gracias a la lluvia, dejando atrás una sucesión de insignificantes dunas coronadas de musgo rosado. Del lado del mar algunas gaviotas revoloteaban y se dejaban caer sobre algo que arrastraban las olas. Muy a lo lejos, un yate blanco parecía colgado del cielo.

Ohls me apuntó con la barbilla y dijo:

—¿Lo conocías?

—Claro. El chófer de los Sternwood. Lo vi ayer en la casa del general limpiando ese mismo coche.

—No quisiera presionarte, Marlowe, pero dime, ¿tenía algo que ver con el chófer el encargo que te han hecho?

—No. Ni siquiera sé cómo se llama.

—Owen Taylor. ¿Cómo lo sé? Es una historia curiosa. Hace cosa de un año lo pusimos a la sombra por una infracción de la ley Mann. Parece que se escapó a Yuma con la hija de Sternwood que es un bombón, la más joven. La hermana mayor salió corriendo tras ellos, los trajo de vuelta e hizo meter a Owen en la fresquera. Al día siguiente se presenta ante el fiscal del distrito para suplicarle que retiren los cargos. Dice que el muchacho quería casarse con su hermana y estaba dispuesto a hacerlo, pero que su hermana lo ve de otra manera. La pequeña sólo deseaba echar una cana al aire y correrse una juerga. De manera que soltamos al chico y que me aspen si no lo ponen otra vez a trabajar para ellos. Poco después recibimos el informe habitual de Washington sobre sus huellas, y resulta que ya lo habían detenido en Indiana, un intento de atraco seis años antes. Sólo le cayeron seis meses en la cárcel del distrito, la misma de donde se escapó Dillinger. Les pasamos el informe a los Sternwood, pero siguen con él de todos modos. ¿Lo encuentras normal?

—Parecen una familia de chiflados —dije—. ¿Saben algo de lo de anoche?

—No. Tengo que ir ahora a contárselo.

—No le digas nada al viejo, si puedes evitarlo.

—¿Por qué?

—Ya tiene suficientes problemas y además está enfermo.

—¿Te refieres a Regan?

Puse cara de pocos amigos.

—No sé nada de Regan, ya te lo he dicho antes. No estoy buscando a Regan. Regan no ha molestado a nadie, que yo sepa.

—Ah —dijo Ohls, que se puso a mirar al mar pensativamente y estuvo a punto de salirse de la carretera. Durante el resto del viaje de vuelta apenas dijo nada. Me dejó en Hollywood, cerca del Teatro chino, y se volvió hacia Alta Brea Crescent. Almorcé en el mostrador de una cafetería y estuve viendo el periódico de la tarde, pero tampoco encontré nada sobre Geiger.

Después de almorzar caminé hacia el este por el bulevar para echar otra ojeada a su librería.

10

El joyero judío —un hombre esbelto de ojos negros— estaba a la entrada de su establecimiento en la misma postura que la tarde anterior, y me lanzó la misma mirada de complicidad cuando me vio entrar. La tienda de Geiger seguía exactamente igual. La misma lámpara brillaba en el mismo escritorio del rincón y la misma chica con el pelo color rubio ceniza y el mismo vestido negro imitación de ante se levantó y se acercó a mí con la misma sonrisa provisional en los labios.

—¿Era...? —empezó a decir antes de enmudecer. Le temblaron un poco los dedos de uñas plateadas. También había tensión en su sonrisa. No era una sonrisa, sino una mueca. Pero ella creía que era una sonrisa.

—Otra vez aquí —dije con despreocupación, agitando un cigarrillo—. ¿Ha venido hoy el señor Geiger?

—Me... me temo que no. No, mucho me temo que no. Veamos..., ¿qué era lo que...?

Me quité las gafas de sol y las utilicé para darme delicados golpecitos en la parte interior de la muñeca izquierda. Aunque es difícil pesar noventa kilos y parecer un mariquita, lo estaba haciendo lo mejor que podía.

—Aquello de las ediciones príncipe era sólo una cortina de humo —susurré—. He de tener cuidado. Dispongo de algo que el señor Geiger querrá con toda seguridad. Algo que quiere desde hace mucho tiempo.

Las uñas plateadas tocaron cabellos rubios sobre una orejita adornada con un pendiente de azabache.

—Ah, agente de ventas —dijo—. Bien..., venga mañana, creo que el señor Geiger estará aquí mañana.

—Déjese de circunloquios —respondí—. Yo también trabajo en este negocio.

Entornó los ojos hasta dejarlos reducidos a un débil resplandor verdoso, como un estanque en un bosque, muy lejos entre la sombra de los árboles. Se clavó las uñas en la palma de la mano. Me miró fijamente y contuvo un suspiro.

—¿Acaso está enfermo? Podría ir a su casa —dije con tono impaciente—. No me voy a pasar la vida esperando.

—Me... me... —Se le obstruyó la garganta. Tuve la impresión de que se iba a caer de bruces. Le tembló todo el cuerpo y se le desmoronó la cara como un bizcocho mal cocido. Luego la recompuso poco a poco, como si levantara un peso enorme sólo a fuerza de voluntad. Recuperó la sonrisa, aunque le quedaron abolladuras en un par de sitios.

»No —dijo—. No. Se ha marchado de la ciudad. Eso... no serviría de nada. ¿No puede... volver... mañana?

Tenía ya la boca abierta para decir algo cuando la puerta de la mampara se abrió treinta centímetros. El chico alto, moreno y bien parecido con el chaleco sin mangas se asomó, pálido y con cara de pocos amigos; al verme volvió a cerrar la puerta precipitadamente, pero no antes de que yo hubiera visto tras él, en el suelo, un buen número de cajas de madera forradas con periódicos y llenas de libros. Un individuo con un mono recién estrenado las estaba manipulando. Parte de las existencias de Geiger iban camino de otro sitio.

Cuando la puerta se cerró volví a ponerme las gafas de sol y me toqué el sombrero.

—Mañana, entonces. Me gustaría darle una tarjeta, pero usted ya sabe lo que pasa.

—Sí. Sé lo que pasa. —Se estremeció un poco más e hizo un ligero ruido como de succión con los labios, de un rojo intenso. Salí de la tienda, caminé hasta la esquina del bulevar en dirección este y luego hacia el norte por la calle que daba al callejón situado detrás de las tiendas. Una camioneta negra con laterales de tela metálica y sin letreros de ninguna clase se hallaba delante del edificio de Geiger. El individuo del mono recién estrenado alzaba una caja para meterla dentro. Regresé al bulevar y, en la manzana inmediata a la tienda de Geiger, encontré un taxi estacionado delante de una boca de incendios. Un muchacho de aspecto sano leía una revista de terror detrás del volante. Me incliné hacia él y le enseñé un billete de dólar:

—¿Qué tal se te da seguir a otro coche?

Me miró de arriba abajo:

—¿Policía?

—Detective privado.

Sonrió.

—Eso es pan comido.

El chico metió la revista detrás del espejo retrovisor y me subí al taxi. Dimos la vuelta a la manzana y fue a pararse frente al callejón de Geiger, delante de otra boca de incendios.

Había cargado una docena de cajas más o menos cuando el tipo del mono cerró las puertas metálicas, enganchó la pared trasera de la camioneta y se colocó detrás del volante.

—No lo pierdas de vista —le dije a mi muchacho.

El tipo del mono lanzó una ojeada a izquierda y derecha, apretó a fondo el acelerador, y se alejó a toda velocidad. Al salir del callejón torció a la izquierda. Nosotros hicimos lo mismo. Sólo vi un instante la camioneta cuando giraba en Franklin hacia el este, y le dije a mi taxista que se acercara un poco más. No lo hizo o no pudo hacerlo. La camioneta nos llevaba dos manzanas de ventaja cuando llegamos a Franklin. Seguimos viéndola hasta que llegó a Vine, la cruzó y también durante todo el camino hasta Western. Después de Western la vimos dos veces. Había mucho tráfico y mi joven taxista de aspecto sano la seguía desde demasiado lejos. Se lo estaba diciendo sin muchos miramientos cuando la camioneta, que nos sacaba ya mucha ventaja, torció una vez más hacia el norte. La calle por la que entró se llamaba Britanny Place. Cuando llegamos a Britanny Place había desaparecido.

Mi taxista me obsequió con ruidos consoladores desde el asiento delantero y, a seis kilómetros por hora, seguimos colina arriba buscando a la camioneta detrás de los setos. Dos manzanas más tarde Britanny Place giró hacia el este y se reunió con Randall Place en una lengua de tierra en la que se alzaba un edificio de apartamentos pintado de blanco, cuya fachada daba a Randall Place y cuyo garaje tenía salida hacia Britanny. Estábamos pasando por delante y el chico de la cara simpática me decía que la camioneta no podía estar lejos cuando, al mirar por los arcos de la entrada al garaje, volví de nuevo a verla en la penumbra interior con las puertas traseras abiertas.

Nos dirigimos a la entrada principal del edificio de apartamentos y me apeé. No había nadie en el vestíbulo, tampoco una centralita. Un escritorio de madera estaba pegado a la pared, junto a un panel con casilleros dorados. Repasé los nombres. El apartamento 405 lo ocupaba un individuo llamado Joseph Brody. Tal vez el mismo Joe Brody que había recibido cinco mil dólares del general Sternwood para que dejara de jugar con Carmen y buscara alguna otra niñita con quien distraerse. Me sentí inclinado a apostar en favor de aquella posibilidad.

El vestíbulo torcía para llegar al pie de unas escaleras embaldosadas y al hueco del ascensor. La parte superior del ascensor se hallaba a la altura del suelo. En una puerta junto al hueco del ascensor se leía «Garaje». La abrí y descendí por unos escalones muy estrechos hasta el sótano. El ascensor tenía las puertas abiertas y el individuo del mono recién estrenado resoplaba con fuerza mientras amontonaba en su interior pesadas cajas de madera. Me puse a su lado, encendí un cigarrillo y me dediqué a verlo trabajar. No le gustó que lo estuviese mirando.

Al cabo de un rato dije:

—Cuidado con el peso, socio. Sólo está calculado para media tonelada. ¿Adónde van esas cajas?

—Brody, cuatro-cero-cinco —me respondió—. ¿Encargado?

—Sí. Buena cosecha, por lo que parece...

Unos ojos claros rodeados de piel muy pálida me miraron indignados.

—Libros —gruñó—. Cincuenta kilos cada caja, seguro, y mi espalda sólo está calculada para treinta.

—De acuerdo; tenga cuidado con el peso —le respondí.

Se metió en el ascensor con seis cajas y cerró las puertas. Regresé al vestíbulo por la escalera, salí a la calle y el taxi me devolvió al centro de la ciudad y a mi despacho. Al chico de la cara simpática le di demasiado dinero y él me correspondió con una tarjeta comercial bastante usada de la que por una vez no me desprendí dejándola caer en la vasija de cerámica llena de arena al lado del ascensor.

Yo alquilaba habitación y media en la parte trasera del séptimo piso. La media habitación era parte de un despacho que se había dividido para conseguir dos pequeñas salas de espera. En la puerta de la mía, que nunca cerraba con llave, por si acaso llegaba un cliente y estaba dispuesto a sentarse y a esperar, sólo estaba escrito mi nombre.

En aquella ocasión tenía una cliente.

11

La señora Regan llevaba un traje de *tweed* de color marrón claro con motitas, camisa y corbata de aspecto masculino y zapatos deportivos cosidos a mano. Las medias eran tan transparentes como el día anterior, pero la hija del general no enseñaba tanto las piernas. Sus cabellos negros brillaban bajo un sombrero marrón estilo Robin Hood que quizá le hubiera costado cincuenta dólares aunque diera la impresión de que cualquiera lo podía hacer sin el menor esfuerzo con un secante.

—Vaya, pero si resulta que también usted se levanta de la cama —dijo arrugando la nariz ante el sofá rojo descolorido, las dos extrañas aspirantes a butacas, las cortinas estilo red que necesitaban un buen lavado y la mesa con material de lectura, tamaño infantil, con algunas venerables revistas para dar al despacho el toque profesional—. Empezaba a pensar que quizá trabajaba en la cama, como Marcel Proust.

—¿Quién es ése? —Me puse un cigarrillo en la boca y me quedé mirándola. Parecía un poco pálida y tensa, pero daba la sensación de ser una mujer capaz de funcionar bien bajo presión.

—Un escritor francés, experto en degenerados. No es probable que lo conozca.

Chasqueé la lengua desaprobadoramente.

—Pase a mi *boudoir* —dije.

La señora Regan se puso en pie.

—Ayer no nos entendimos demasiado bien —dijo—. Quizá me mostré descortés.

—Los dos fuimos descorteses —respondí. Saqué la llave para abrir la puerta de comunicación y la mantuve abierta para que pasase. Entramos en el resto de mi despacho, que contenía una alfombra rojo ladrillo, no demasiado nueva, cinco archivadores verdes de metal, tres de ellos llenos únicamente del clima de California, un calendario de anuncio que mostraba a los Quin revolcándose sobre un suelo azul cielo, vestidos de rosa, con pelo de color marrón foca y penetrantes ojos negros tan grandes como ciruelas gigantes. También había tres sillas casi de nogal, la mesa de despacho habitual con el habitual secante, juego de pluma y lapicero, cenicero y teléfono, y detrás la acostumbrada silla giratoria que gime cuando se la mueve.

—No se preocupa demasiado de su imagen —dijo ella, sentándose en el lado de la mesa reservado a los clientes.

Fui hasta el buzón del correo y recogí seis sobres: dos cartas y cuatro anuncios. Puse el sombrero encima del teléfono y me senté.

—Tampoco lo hacen los Pinkerton —dije—. No se gana mucho dinero en este oficio si se es honrado. Cuidan las apariencias quienes hacen dinero..., o esperan hacerlo.

—Ah, ¿de manera que es usted honrado? —me preguntó mientras abría el bolso. Sacó un cigarrillo de una pitillera francesa de esmalte, lo encendió con un mechero y luego dejó caer pitillera y mechero en el interior del bolso sin molestarse en cerrarlo.

—Dolorosamente.

—¿Cómo es que se metió entonces en este negocio tan desagradable?

—¿Cómo es que usted se casó con un contrabandista?

—¡Dios santo, vamos a no pelearnos otra vez! Llevo toda la mañana al teléfono intentando hablar con usted. Aquí y en su apartamento.

—¿Acerca de Owen?

Se le contrajeron las facciones de manera muy brusca, pero su voz era dulce cuando habló:

—Pobre Owen. De manera que está enterado.

—Alguien de la oficina del fiscal del distrito me llevó a Lido. Pensaba que quizá yo supiera algo sobre el asunto. Pero era él quien sabía más. Que Owen, por ejemplo, quiso casarse en una ocasión con su hermana.

La señora Regan exhaló en silencio el humo del cigarrillo y me examinó, sin inmutarse, desde la negrura de sus ojos.

—Quizá no hubiese sido tan mala idea —dijo sin alzar la voz—. Estaba enamorado de Carmen. No encontramos mucho de eso en nuestro círculo.

—Owen tenía antecedentes penales.

Se encogió de hombros.

—No conocía a las personas adecuadas —dijo con desenfado—. Eso es todo lo que quiere decir tener antecedentes penales en este país podrido, infestado de delincuentes.

—Yo no iría tan lejos.

Se quitó el guante derecho y se mordió el índice a la altura de la primera articulación, mirándome fijamente.

—No he venido a hablar con usted de Owen. ¿Le parece que me puede contar ya para qué quería verle mi padre?

—No sin el permiso del general.

—¿Relacionado con Carmen?

—Ni siquiera le puedo decir eso. —Terminé de llenar la pipa y acerqué una cerilla. La señora Regan me contempló durante un momento mientras fumaba. Luego metió la mano en el bolso y la sacó con un sobre blanco que procedió a arrojar sobre el escritorio.

—Será mejor que lo mire de todos modos —dijo.

Lo recogí. La dirección, a máquina, decía «Señora Regan, 3765 Alta Brea Crescent, West Hollywood». Un servicio de mensajería había realizado la entrega y el sello de la empresa daba las 8.35 de la mañana como hora de salida. Lo abrí y saqué una lustrosa fotografía de doce por nueve que era todo lo que había dentro.

Se trataba de Carmen en casa de Geiger, sentada —sobre el estrado— en el sillón de madera de teca y respaldo recto, tan desnuda como Dios la trajo al mundo, a excepción de los pendientes de jade. Los ojos, incluso, parecían desvariar un poco más de lo que recordaba. No había nada escrito en el revés de la foto. Volví a meterla en el sobre.

—¿Cuánto piden? —pregunté.

—Cinco mil por el negativo y por el resto de las copias. El trato hay que cerrarlo esta noche misma, de lo contrario pasarán el material a algún periódico sensacionalista.

—¿Quién le ha hecho la petición?

—Me ha telefoneado una mujer, cosa de media hora después de que llegase la fotografía.

—Lo del periódico sensacionalista es mentira. Los jurados condenan ya ese tipo de chantaje sin molestarse en abandonar la sala del tribunal. ¿Qué más han dicho?

—¿Tiene que haber algo más?

—Sí.

Se me quedó mirando, un poco sorprendida.

—Lo hay. La mujer que llamó dijo que la policía estaba interesada en un problema relacionado con la foto y que más me valía pagar, porque de lo contrario dentro de poco tendría que hablar con mi hermana pequeña a través de una reja.

—Eso ya está mejor —dije—. ¿Qué clase de problema?

—No lo sé.

—¿Dónde está Carmen?

—En casa. Se puso mala ayer. Creo que no se ha levantado.

—¿Salió anoche?

—No. Yo sí salí, pero los criados dicen que ella no. Estuve en Las Olindas, jugando a la ruleta en el club Cypress de Eddie Mars. Perdí hasta la camisa.

—De manera que le gusta la ruleta. No me sorprende.

Cruzó las piernas y encendió otro cigarrillo.

—Me gusta la ruleta, sí. A toda la familia Sternwood le gustan los juegos en los que pierde, como la ruleta, o casarse con hombres que desaparecen o participar en carreras de obstáculos a los cincuenta y ocho años para que les pisotee un caballo y quedar inválidos de por vida. Los Sternwood tienen dinero. Pero todo lo que el dinero les ha comprado ha sido la posibilidad de volver a intentarlo.

—¿Qué hacía Owen anoche con un automóvil de la familia?

—Nadie lo sabe. Se lo llevó sin pedir permiso. Siempre le dejamos que se lleve uno de los automóviles la noche que libra, pero anoche no era su día. —Torció el gesto—. ¿Cree que...?

—¿...estaba al tanto de la fotografía? ¿Cómo quiere que lo sepa? No lo descarto. ¿Puede usted conseguir a tiempo cinco mil dólares en efectivo?

—Tendría que contárselo a papá..., o pedirlos prestados. Es probable que Eddie Mars me los deje. Bien sabe Dios que debería ser generoso conmigo.

—Más vale que lo intente. Quizá los necesite enseguida.

Se recostó en el asiento y pasó un brazo por detrás del respaldo.

—¿Qué tal contárselo a la policía?

—Es una buena idea. Pero usted no lo va a hacer.

—¿No lo voy a hacer?

—No. Tiene que proteger a su padre y a su hermana. No sabe lo que la policía puede sacar a relucir. Tal vez algo que no sea posible ocultar. Aunque de ordinario lo intentan en casos de chantaje.

—¿Puede usted hacer algo?

—Creo que sí. Pero no estoy en condiciones de decirle por qué ni cómo.

—Me gusta usted —dijo, de repente—. Cree en los milagros. ¿No tendrá algo de beber?

Abrí el último cajón de la mesa y saqué la botella del despacho y dos vasitos. Los llené y bebimos. La señora Regan cerró el bolso y corrió la silla para atrás.

—Conseguiré los cinco grandes —dijo—. He sido una buena cliente de Eddie Mars. Hay otra razón por la que debería tratarme bien que quizá usted no conozca. —Me obsequió con una de esas sonrisas que los labios han olvidado antes de que lleguen a los ojos—. La mujer de Eddie, una rubia, es la señora con la que Rusty se escapó.

No dije nada. La señora Regan me miró fijamente y añadió:

—¿Eso no le interesa?

—Debería hacer más fácil encontrarlo..., si lo estuviera buscando. Usted no cree que se haya metido en un lío, ¿no es cierto?

Empujó hacia mí el vaso vacío.

—Sírvame otro whisky. Nunca he conocido a una persona a la que costara tanto sonsacar. Ni siquiera mueve las orejas.

Le llené el vaso.

—Ya ha conseguido todo lo que quería de mí... Estar casi segura de que no voy a buscar a su marido.

Al retirarse muy deprisa el vaso de la boca se atragantó o fingió que se atragantaba. Luego respiró muy despacio.

—Rusty no era un sinvergüenza. Y, desde luego, no se hubiera comprometido por unos céntimos. Llevaba encima quince mil dólares en efectivo. Lo llamaba su dinero loco. Los tenía cuando me casé con él y seguía teniéndolos cuando me dejó. No..., Rusty no está metido en un chantaje de tres al cuarto.

Recogió el sobre y se puso en pie.

—Seguiré en contacto con usted —dije—. Si quiere dejarme un mensaje, la telefonista del edificio donde vivo se encargará de ello.

Fuimos juntos hasta la puerta. Dando golpecitos en el sobre blanco con los nudillos, volvió a repetir:

—Todavía cree que no me puede decir lo que papá...

—He de hablar antes con él.

Sacó la foto del sobre y se la quedó mirando, junto a la puerta.

—Tiene un cuerpo precioso, ¿no es cierto?

—No está mal.

Se inclinó un poco en mi dirección.

—Tendría que ver el mío —dijo con mucha seriedad.

—¿Podríamos arreglarlo?

Se echó a reír bruscamente y con fuerza, cruzó a medias la puerta y luego volvió la cabeza antes de decir con descaro:

—Es usted el tipo con más sangre fría que he conocido nunca, Marlowe. ¿O puedo llamarte Phil?

—Claro.

—Llámame Vivian.

—Gracias, señora Regan.

—Váyase al infierno, Marlowe. —Terminó de salir sin volver la cabeza.

Dejé que la puerta se cerrase y seguí mirándome la mano, todavía en el tirador. Me ardía un poco la cara. Volví a la mesa del despacho, guardé la botella de whisky, lavé los dos vasos y los guardé también.

Retiré el sombrero del teléfono, llamé al despacho del fiscal del distrito y pregunté por Bernie Ohls.

Estaba otra vez en su minúscula guarida.

—Bueno, he dejado en paz al viejo —dijo—. El mayordomo me aseguró que él o una de las chicas se lo contaría. El tal Owen Taylor vivía encima del garaje y he estado viendo sus cosas. Padres en Dubuque, Iowa. He mandado un telegrama al jefe de policía de allí para que se entere de qué es lo que quieren hacer con el cadáver. La familia Sternwood pagará los gastos.

—¿Suicidio? —pregunté.

—Imposible decirlo. No ha dejado ninguna nota. No tenía permiso para llevarse el automóvil. Anoche todo el mundo estaba en casa a excepción de la señora Regan, que fue a Las Olindas con un *playboy* llamado Larry Cobb. Hice la comprobación. Conozco a un muchacho que trabaja en una de las mesas.

—Deberíais acabar con algunas de esas timbas elegantes —dije.

—¿Con lo bien organizadas que están en nuestro distrito? No seas ingenuo, Marlowe. Esa señal de cachiporra en la cabeza del chico me preocupa. ¿Estás seguro de que no me puedes ayudar?

Me gustó que me lo preguntase de aquel modo. Me permitía decir que no sin mentir de manera descarada. Nos despedimos, salí del despacho, compré los tres periódicos de la tarde y fui en taxi hasta el palacio de justicia para recoger mi coche, que se había quedado en el aparcamiento. Ninguno de los periódicos publicaba nada sobre Geiger. Eché otra ojeada a su bloc azul, pero el código —igual que la noche anterior— se me seguía resistiendo.

12

Los árboles en la parte más alta de Laverne Terrace tenían nuevas hojas verdes después de la lluvia. A la fría luz del atardecer pude ver la marcada pendiente de la colina y la escalera exterior por la que el asesino había escapado a todo correr después de disparar tres veces en la oscuridad. En la calle de más abajo había dos casitas casi enfrente. Sus ocupantes podían haber oído los disparos.

No se advertía actividad alguna delante de la casa de Geiger ni en ningún otro sitio a lo largo de la manzana. El seto de boj parecía muy verde y lleno de paz y las tejas aún estaban húmedas. Pasé despacio con el coche por delante, mientras daba vueltas a una idea. La noche anterior no había mirado en el garaje. Al ver que el cuerpo de Geiger había desaparecido, no tuve en realidad deseos de encontrarlo. Hacerlo me hubiera comprometido. Pero arrastrarlo hasta el garaje, meterlo en su propio coche y llevarlo hasta alguna de las más de cien gargantas que rodean Los Ángeles sería una manera excelente de librarse de él durante días e incluso meses. Aquello suponía dos cosas: las llaves del coche y dos personas en el festejo, lo que facilitaba mucho la búsqueda, sobre todo teniendo en cuenta que las llaves de Geiger estaban en mi bolsillo cuando sucedió todo aquello.

No tuve oportunidad de echar una ojeada al garaje. Las puertas estaban cerradas y con el candado puesto, y algo se movió detrás del seto cuando pasé a su altura. Una mujer con un abrigo a cuadros verdes y blancos y un sombrero diminuto sobre suaves cabellos rubios salió de entre las plantas de boj y se quedó mirando mi coche con ojos desorbitados, como si no hubiera oído el ruido del motor subiendo la cuesta. Luego se dio la vuelta y desapareció haciendo un rápido quiebro. Era Carmen Sternwood, por supuesto.

Seguí calle arriba, aparqué el coche y regresé a pie. A la luz del día daba la sensación de ser una iniciativa expuesta y peligrosa. Pasé del otro lado del seto. Encontré a la hija menor del general, erguida y silenciosa, de espaldas a la puerta principal, que estaba cerrada. Alzó una mano lentamente hacia la boca para morderse el curioso pulgar, delgado y estrecho. Tenía ojeras considerables y el rostro marcado por una palidez nerviosa.

Me sonrió a medias.

—Hola —dijo con un frágil hilo de voz—. ¿Qué...?

No terminó nunca la frase y, al cabo de un momento, volvió a ocuparse del pulgar.

—¿No se acuerda de mí? —dije—. Chucho Reilly, el hombre que creció demasiado. ¿Me sitúa?

Asintió con la cabeza y una sonrisa un tanto descoyuntada le atravesó el rostro por un momento.

—Vamos a entrar —dije—. Tengo una llave. ¿No es estupendo?

—¿Qué...?

La aparté, metí la llave en la cerradura, abrí la puerta y empujé a Carmen para que entrase. Volví a cerrar y me quedé allí olfateando. A la luz del día la casa tenía un aspecto horrible. Las tiras de seda en las paredes, la alfombra, las lámparas recargadas, los muebles de teca, el violento contraste de colores, el tótem, el frasco con éter y láudano...; todo aquello, a la luz del día, resultaba de una obscenidad vergonzante, como una fiesta de mariquitas.

Mi acompañante y yo nos miramos. La señorita Sternwood trató de mantener una sonrisita simpática, pero su cara estaba demasiado cansada para perseverar. Una y otra vez se le borró. La sonrisa le desaparecía como el agua sobre la arena y su piel pálida tenía una áspera textura granular debajo de la estúpida vacuidad aturdida de los ojos. Con una lengua blanquecina se lamió las comisuras de la boca. Una guapa muchachita, mimada y no muy lista, que había seguido un pésimo camino sin que nadie hiciera gran cosa por evitarlo. Al infierno con los ricos. Me daban ganas de vomitar. Di vueltas a un cigarrillo entre los dedos, aparté unos cuantos libros y me senté en un extremo de la mesa de color negro. Encendí el pitillo, lancé una nube de humo y durante un rato contemplé en silencio el ritual del pulgar que los dientes mordisqueaban. Carmen seguía inmóvil delante de mí, como una alumna revoltosa en el despacho del director.

—¿Qué hace aquí? —le pregunté finalmente.

Dio un pellizco a la tela del abrigo y no respondió.

—¿Qué es lo que recuerda de anoche?

Aquella pregunta sí la contestó..., con el destello de astucia que le apareció en el fondo de los ojos.

—¿Qué quiere que recuerde? Anoche no me encontraba bien y me quedé en casa. —Hablaba con un hilo de voz, ronco y cauteloso, que apenas me llegaba a los oídos.

—Y un cuerno.

Los ojos le bailaron arriba y abajo muy deprisa.

—Antes de que volviera a casa —dije—. Antes de que yo la llevara. Ahí. En ese sillón —se lo señalé con el dedo—, sentada sobre el chal de color naranja. Eso lo recuerda perfectamente.

Una lenta ola de rubor le trepó por la garganta. Ya era algo. Todavía se sonrojaba. Un destello blanco apareció bajo los atascados iris grises. Se mordió el pulgar con fuerza.

—¿Fue usted el que...? —susurró.

—Yo. ¿Qué es lo que recuerda?

—¿Es usted de la policía? —preguntó distraídamente.

—No. Soy un amigo de su padre.

—¿No es de la policía?

—No.

Dejó escapar un débil suspiro.

—¿Qué... qué es lo que quiere?
—¿Quién mató a Geiger?
Los hombros se estremecieron, pero no hubo movimiento alguno en el rostro.
—¿Quién más... lo sabe?
—¿Que Geiger está muerto? Lo ignoro. La policía desde luego no, de lo contrario estarían acampados aquí. Puede que Joe Brody.
Era un palo de ciego, pero dio en el blanco.
—¡Joe Brody!
Los dos nos callamos. Yo aspiré el humo del cigarrillo y Carmen siguió comiéndose el pulgar.
—No se pase de lista, por el amor del cielo —le supliqué—. Es un momento para dedicarse a la sencillez a la antigua usanza. ¿Fue Brody quien lo mató?
—¿A quién?
—Cielo santo —dije.
Pareció dolida. Inclinó la barbilla un par de centímetros.
—Sí —dijo con tono solemne—. Fue Joe.
—¿Por qué?
—No lo sé. —Agitó la cabeza, convenciéndose de que no lo sabía.
—¿Lo ha visto con frecuencia últimamente?
Sus manos descendieron y formaron pequeños nudos blancos.
—Sólo una o dos veces. Es un ser aborrecible.
—Entonces sabe dónde vive.
—Sí.
—¿Y ya ha dejado de gustarle?
—¡Lo aborrezco!
—Entonces no le importará que le aprieten las clavijas.
Otro breve instante de desconcierto. Iba demasiado deprisa para ella. Era difícil ir a su velocidad.
—¿Está dispuesta a decirle a la policía que fue Joe Brody? —investigué.
Un pánico repentino se apoderó de su rostro.
—Si consigo eliminar el problema de la foto sin ropa —añadí con voz tranquilizadora.
Carmen dejó escapar una risita. Aquello me produjo una sensación muy desagradable. Si hubiera lanzado un alarido o se hubiese echado a llorar o hubiera caído al suelo, presa de un desmayo, me habría parecido lo más natural del mundo. Pero se limitó a reír tontamente. De repente se trataba de una cosa muy divertida. La habían fotografiado en pose de Isis, alguien había birlado la foto, alguien había liquidado a Geiger delante de ella, que estaba más borracha que una convención de excombatientes, y, de repente, todo era una cosa muy divertida y simpática. De manera que reaccionaba con risitas. Encantador. Las risitas crecieron en volumen y empezaron a correr por los rincones de la habitación como ratas por detrás del revestimiento de madera. La señorita Sternwood estaba a punto de tener una crisis histérica. Me bajé de la mesa y le di un cachete.
—Lo mismo que anoche —dije—. Somos de lo más divertido los dos juntos. Reilly y Sternwood, dos comparsas en busca de un buen cómico.

Las risitas cesaron al instante, pero la bofetada le importó tan poco como la de la noche anterior. Probablemente todos sus novios acababan abofeteándola antes o después. No era difícil entender el porqué. Volví a sentarme en el extremo de la mesa.

—No se llama usted Reilly —dijo con mucha seriedad—, sino Philip Marlowe. Es detective privado. Me lo dijo Viv y me enseñó su tarjeta. —Se pasó la mano por la mejilla abofeteada y me sonrió, como si yo fuera una compañía muy agradable.

—Bueno, ya veo que se acuerda —dije—. Y ha vuelto aquí buscando la foto y no ha podido entrar en la casa. ¿No es eso?

La barbilla subió y bajó. Siguió trabajando con la sonrisa. Me estaba convirtiendo en el objeto de todas sus atenciones. Pronto iba a pasarme a su bando. En menos de un minuto empezaría a dar gritos de júbilo y a proponerle que nos fuésemos a Yuma.

—La foto ha desaparecido —le dije—. Ya la busqué anoche, antes de acompañarla a casa. Probablemente Brody se la llevó. ¿No me estará engañando respecto a Brody?

Negó con la cabeza enérgicamente.

—Eso es pan comido —le dije—. No tiene que volver a preocuparse. Pero no le diga a nadie que ha estado aquí, ni anoche ni hoy. Ni siquiera a Vivian. Olvídese de que ha estado aquí. Déjelo en manos de Reilly.

—Usted no se... —empezó a decir antes de detenerse y de mover la cabeza vigorosamente para manifestar su acuerdo con lo que yo había dicho o con lo que ella acababa de pensar. Sus ojos, entre los párpados semicerrados, se hicieron casi negros y tan inexpresivos como el esmalte de una bandeja de cafetería. Se le había ocurrido una idea—. Ahora tengo que irme a casa —afirmó, como si nos hubiésemos estado tomando una taza de té.

—Claro.

No me moví. La señorita Sternwood me obsequió con otra mirada seductora y se dirigió hacia la puerta. Ya tenía la mano en el picaporte cuando los dos oímos un automóvil que se acercaba. Carmen me miró con ojos interrogadores. Yo me encogí de hombros. El coche se detuvo delante de la casa. El terror le deformó la cara. Se oyeron pasos y sonó el timbre. Carmen me miró por encima del hombro, la mano en el picaporte, casi babeando de miedo. El timbre dejó de sonar. Una llave rozó la puerta y Carmen se apartó de un salto, inmovilizándose después por completo. La puerta se abrió. Un individuo entró con paso decidido y se detuvo en seco, mirándonos calmosamente, sin perder en absoluto la compostura.

13

Era un individuo todo gris, de la cabeza a los pies, con la excepción de los relucientes zapatos negros y de dos piedras preciosas de color rojo escarlata —en la corbata gris de satén— que parecían los rombos del tapete de una mesa de ruleta. La camisa era gris y la chaqueta cruzada, de un corte muy elegante y de suave franela. Al ver a Carmen se quitó el sombrero gris; debajo, sus cabellos también eran grises y tan finos como si los hubieran colado a través de una gasa. Las espesas cejas grises poseían un indefinible aire deportivo. El recién llegado contaba además con una barbilla pronunciada, una nariz ganchuda y unos pensativos ojos grises de mirar sesgado, porque el pliegue de piel sobre el párpado superior bajaba hasta el rabillo mismo del ojo.

Nada más entrar se inmovilizó cortésmente, tocando con una mano la puerta que tenía a su espalda y sosteniendo con la otra el sombrero gris, al tiempo que se golpeaba suavemente el muslo. Parecía un tipo duro, pero no con la dureza de los matones, sino, más bien, con la dureza de un jinete muy curtido. Pero no era un jinete. Era Eddie Mars.

A continuación cerró la puerta y puso la mano —libre ya— en el bolsillo de la chaqueta, de solapa cosida, dejando fuera el pulgar, brillante a la luz más bien escasa de la habitación. Luego sonrió a Carmen con una sonrisa llena de naturalidad y muy agradable. Carmen se pasó la lengua por los labios y lo miró fijamente. El miedo desapareció de su rostro y procedió a devolverle la sonrisa.

—Perdonen que haya entrado así —dijo—. He pensado que no había nadie. ¿Podría hablar con el señor Geiger?

—No —respondí—. No sabemos dónde está exactamente. Hemos encontrado la puerta entreabierta.

Eddie Mars hizo un gesto de asentimiento y se tocó la prominente barbilla con el ala del sombrero.

—Son amigos suyos, como es lógico.

—Sólo conocidos por motivos comerciales. Veníamos a por un libro.

—Un libro, ¿eh? —Lo dijo deprisa y alegremente, y también me pareció que con cierta picardía, como si estuviera al tanto del peculiar negocio de Geiger. Luego miró de nuevo a Carmen y se encogió de hombros.

Me dirigí hacia la puerta.

—Nos íbamos ya —dije, cogiendo del brazo a la señorita Sternwood, que se había quedado mirando a Eddie Mars. Era evidente que le gustaba.

—¿Algún recado..., si Geiger regresa? —preguntó amablemente el recién llegado.

—No hace falta que se moleste.

—Es una lástima —respondió él, cargando las palabras de sentido. Sus ojos grises brillaron primero y luego se endurecieron mientras yo pasaba a su lado para abrir la puerta. Enseguida añadió con tono despreocupado—: La chica se puede ir. Pero me gustaría hablar un momento con usted, capitán.

Solté el brazo de la señorita Sternwood y le contemplé con expresión perpleja.

—¿Le parece que bromeo? —dijo con tono cordial—. No se confunda. Ahí fuera tengo un coche con dos muchachos que siempre hacen exactamente lo que les digo.

Carmen emitió un sonido entrecortado y abandonó la casa a toda velocidad. Sus pasos se perdieron enseguida pendiente abajo. Yo no había visto su coche, de manera que debía de estar mucho más abajo.

—¡Qué demonios...! —empecé a decir.

—No me venga con ésas —suspiró Eddie Mars—. Aquí hay algo que no cuadra y voy a descubrir qué es. Si quiere tener que sacarse plomo de la tripa, interpóngase en mi camino.

—Vaya, vaya —dije—, un tipo duro.

—Sólo cuando hace falta, capitán. —Había dejado de mirarme. Caminaba por la habitación, el ceño fruncido, sin hacerme el menor caso. Miré hacia la calle por encima del cristal roto de la ventana. El techo de un automóvil asomaba por encima del seto, con el motor al ralentí.

Eddie Mars encontró sobre la mesa el frasco morado y las dos copas con vetas doradas. Olió una de las copas y luego el frasco. Una sonrisa de desaprobación le torció los labios.

—Condenado chulo —dijo sin pasión.

Examinó un par de libros, gruñó, dio la vuelta alrededor de la mesa y se detuvo delante del pequeño tótem con su objetivo. Lo estudió y luego bajó los ojos al trozo de suelo que tenía delante. Movió con el pie la alfombra pequeña y luego se inclinó rápidamente, el cuerpo en tensión, hasta apoyar una rodilla gris. Desde donde yo estaba, la mesa lo ocultaba en parte. Una seca exclamación se le escapó antes de incorporarse. Un brazo desapareció bajo la chaqueta para reaparecer con una Luger empuñada por largos dedos morenos, y con la que no me apuntaba a mí ni a nada en particular.

—Sangre —dijo—. Sangre ahí en el suelo, debajo de la alfombra. Mucha sangre.

—¡Qué me dice! —me asombré, con aire interesado.

Se sentó en la silla de detrás de la mesa, se acercó el teléfono de color morado y se pasó la Luger a la mano izquierda. Frunció el ceño en dirección al teléfono, juntando mucho las espesas cejas grises y haciendo un pliegue muy hondo en la curtida piel por encima de la ganchuda nariz.

—Creo que vamos a pedir ayuda a la policía —dijo.

Me acerqué a donde había estado el cuerpo de Geiger y empujé la alfombra con el pie.

—Es sangre antigua —dije—. Sangre seca.

—De todos modos vamos a pedir ayuda a la policía.

—¿Por qué no? —dije yo.

Entornó los ojos. Se le había caído el barniz y lo que quedaba era un tipo duro, bien vestido, con una Luger. No le gustó que estuviese de acuerdo con él.

—Exactamente, ¿quién demonios es usted, capitán?

—Me llamo Marlowe. Detective privado.

—No le conozco de nada. ¿Quién es la chica?

—Una cliente. Geiger trataba de echarle el lazo con un poquito de chantaje. Veníamos a hablar del asunto, pero no le hemos encontrado. Al ver la puerta abierta, hemos entrado para esperar. ¿O eso ya se lo he dicho?

—Muy conveniente —respondió él—. Dado que la puerta estaba abierta y que no tiene llave.

—Sí. ¿Cómo es que usted sí la tiene?

—Me parece que eso no es de su competencia, capitán.

—Podría conseguir que lo fuera.

Me obsequió con una sonrisa tensa y se echó el sombrero para atrás sobre los cabellos también grises.

—Y yo que sus asuntos fuesen los míos.

—No creo que le gustara. Se gana muy poco dinero.

—De acuerdo, tío listo. Soy el dueño de esta casa. Geiger es mi inquilino. Dígame ahora qué piensa de eso.

—Que trata usted con gente encantadora.

—Tomo lo que me viene. Y vienen de todas clases. —Bajó la vista hacia la Luger, se encogió de hombros y volvió a guardársela en la funda sobaquera—. ¿Tiene alguna idea que merezca la pena, capitán?

—Montones. Alguien se cargó a Geiger. Geiger se cargó a alguien y luego salió corriendo. O se trata de otras dos personas. O Geiger dirigía una secta y hacía sacrificios con derramamiento de sangre delante de ese tótem. O solía cenar pollo y le gustaba matarlos en el cuarto de estar.

El hombre de gris hizo una mueca.

—Renuncio —dije—. Será mejor que llame a sus amigos de la ciudad.

—No lo entiendo —dijo Eddie Mars—. No entiendo a qué está jugando.

—Vamos, a qué espera, llame a los polis. Armarán una buena.

Se lo estuvo pensando sin moverse del sitio. Apretó los labios contra los dientes.

—Tampoco entiendo eso —dijo con sequedad.

—Quizá no sea hoy su día. Le conozco, señor Mars. El Club Cypress en Las Olindas. Juego llamativo para personas ostentosas. Tiene a la policía local en el bolsillo y una comunicación con Los Ángeles que funciona como la seda. En pocas palabras, protección. Geiger estaba metido en un tinglado en el que también se necesita. Quizá le echaba usted una mano de cuando en cuando, dado que era su inquilino.

Su boca se convirtió en una dura línea blanca.

—¿En qué tinglado estaba Geiger?

—En el de la pornografía.

Se me quedó mirando fijamente durante más de un minuto.

—Alguien le ha dado un repaso —dijo con suavidad—. Y usted sabe algo. Hoy no ha aparecido por la librería. No saben dónde está. No ha contestado al teléfono cuando le han llamado aquí. He venido a ver qué pasaba. Encuentro sangre en el suelo, debajo de una alfombra. Y a usted y a una chica aquí.

—Poca cosa —dije—. Pero quizá le pueda vender esa historia a un comprador bien dispuesto. Se le ha escapado un pequeño detalle, sin embargo. Alguien se ha llevado hoy los libros de Geiger, los simpáticos volúmenes que alquilaba.

Chasqueó los dedos con fuerza y dijo:

—Debería de haber pensado en eso, capitán. Parece que tiene usted buenos contactos. ¿Cómo lo interpreta?

—Creo que han acabado con Geiger. Y que eso de ahí es su sangre. Y el hecho de que se hayan llevado los libros es un buen motivo para ocultar el cadáver. Alguien se va a quedar con el negocio y necesita algún tiempo para organizarse.

—No se van a salir con la suya —comentó Eddie Mars con aire decidido.

—¿Quién dice eso? ¿Usted y un par de pistoleros en su coche ahí fuera? Vivimos en una ciudad que se ha hecho ya muy grande, Eddie. Últimamente se han apuntado algunos tipos muy duros. Es el castigo por crecer.

—Habla usted más de la cuenta —dijo Eddie Mars. Luego me enseñó los dientes y silbó un par de veces con fuerza. La portezuela del coche se cerró con violencia y se oyeron pasos apresurados que cruzaban el seto. Mars sacó de nuevo la Luger y me apuntó al pecho.

»Abra esa puerta.

El picaporte hizo ruido y se oyó una voz que llamaba. No me moví. La boca de la Luger parecía la entrada del túnel de la Segunda Avenida, pero no me moví. Hacía ya tiempo que me había acostumbrado a la idea de que no era invulnerable.

—Ábrala usted, Eddie. ¿Quién demonios se cree que es para darme órdenes? Sea amable conmigo y quizá le eche una mano.

Se puso en pie como un autómata, bordeó la mesa y llegó hasta la puerta. La abrió sin quitarme los ojos de encima. Dos individuos entraron de golpe en la habitación, y se echaron mano al sobaco de inmediato. Uno de ellos era sin duda boxeador, un chico pálido y bien parecido con la nariz en mal estado y una oreja como un medallón de solomillo. El otro era esbelto, rubio, con cara de póquer y ojos muy juntos e incoloros.

—Comprobad si lleva armas —dijo Eddie Mars.

El rubio sacó rápidamente una pistola de cañón corto y se inmovilizó apuntándome. El de la nariz torcida me metió la mano en el bolsillo interior de la chaqueta y me sacó el billetero. Lo abrió y estudió su contenido.

—Se llama Philip Marlowe, Eddie. Vive en Hobart Arms, en la calle Franklin. Licencia de detective privado, placa de ayudante y todo lo demás. Un sabueso. —Volvió a meterme la cartera en el bolsillo, me abofeteó sin ensañarse y se dio la vuelta.

—Fuera —dijo Eddie Mars.

Los dos pistoleros salieron de nuevo y cerraron la puerta. Se les oyó cuando volvieron a entrar en el automóvil. Pusieron el motor en marcha y lo mantuvieron una vez más al ralentí.

—De acuerdo. Hable —dijo Eddie Mars. Las cejas, al alzarse, formaron ángulos muy agudos contra la frente.

—Todavía no estoy preparado. Matar a Geiger para quedarse con su tinglado sería una cosa muy tonta y no estoy seguro de que haya sucedido así, suponiendo que hayan acabado con él. Pero estoy seguro de que quien se llevó los libros sabe de qué va, y también estoy seguro de que la rubia de la tienda está muerta de miedo por alguna razón. Y no me faltan ideas sobre quién se ha llevado los libros.

—¿Quién?

—Eso es parte de lo que no estoy dispuesto a contar. Tengo un cliente, compréndalo.

Eddie Mars arrugó la nariz.

—Esa... —pero se detuvo muy deprisa.

—Yo pensaba que conocería usted a la chica —dije.

—¿Quién se ha llevado los libros, capitán?

—No estoy en disposición de hablar, Eddie. ¿Por qué tendría que hacerlo?

Dejó la Luger sobre la mesa y la golpeó con la palma de la mano.

—Ésta —dijo—. Y quizá pueda hacer que le merezca la pena.

—Eso ya me gusta más. Deje fuera la artillería. El sonido del dinero siempre me parece agradable. ¿Cuánto me está ofreciendo?

—¿Por hacer qué?

—¿Qué quiere que haga?

Eddie Mars golpeó la mesa con fuerza.

—Escuche, capitán. Le hago una pregunta y me responde con otra. No estamos llegando a ningún sitio. Por razones personales quiero saber dónde está Geiger. No me gustaba su tinglado y no lo protegía. Sucede que soy propietario de esta casa. No es algo que me haga muy feliz en este momento. Estoy dispuesto a creer que lo que usted sabe acerca de todo esto es todavía confidencial, porque de lo contrario habría un rebaño de polizontes gastando suela por los alrededores de esta madriguera. Pero no tiene nada que vender. Mi impresión es que también necesita protección. De manera que escupa.

Eddie Mars tenía razón, pero no estaba dispuesto a confesárselo. Encendí un cigarrillo, soplé la cerilla para apagarla y la arrojé contra el ojo de cristal del tótem.

—No le falta razón —dije—. Si a Geiger le ha pasado algo, lo que sé he de contárselo a la policía. Y eso hará que pase a ser de dominio público y me quede sin nada que vender. De manera que, con su permiso, me voy a marchar.

Su rostro palideció debajo del bronceado. Por un instante me pareció amenazador, duro y capaz de tomar decisiones en una fracción de segundo. Hizo un movimiento para alzar la pistola.

—Por cierto —añadí con tono despreocupado—, ¿qué tal está la señora Mars últimamente?

Por un instante pensé que me había pasado de la raya. Su mano, temblorosa, se crispó sobre el arma y se le acentuó la tensión en los músculos de la cara.

—Lárguese —dijo con considerable suavidad—. Me tiene sin cuidado dónde vaya o lo que haga cuando llegue allí. Pero déjeme darle un consejo, capitán. No haga planes contando conmigo o acabará deseando llamarse Murphy y vivir en Limerick.

—Bueno; eso no está demasiado lejos de Clonmel —respondí—. Según he oído uno de sus compinches procede de ahí.

Eddie Mars se inclinó sobre la mesa, los ojos helados, indiferente. Fui hacia la puerta, la abrí y me volví para mirarlo. Me había seguido con los ojos, pero su cuerpo —gris, esbelto— seguía inmóvil. Su mirada estaba llena de odio. Salí de la casa, atravesé el seto, subí calle arriba hasta mi automóvil y me metí dentro. Hice un giro de ciento ochenta grados y subí hasta lo más alto de la colina. Nadie disparó contra mí. Algunas manzanas después apagué el motor y esperé unos instantes. Nadie me había seguido, de manera que emprendí el regreso hacia Hollywood.

14

Eran las cinco menos diez cuando estacioné el coche cerca del edificio de apartamentos de Randall Place. Había luz detrás de algunas ventanas y radios que se lamentaban a grandes voces de que cayera la tarde. Subí en el ascensor hasta el cuarto piso y caminé por un amplio vestíbulo alfombrado de moqueta verde y con las paredes de color marfil. Una brisa fresca recorría el vestíbulo, procedente de la escalera de incendios, cuya puerta de acceso estaba abierta.

Había un pequeño timbre, también de color marfil, junto a la puerta con el número «405». Llamé y esperé un tiempo que se me antojó larguísimo. Luego la puerta se abrió en silencio unos treinta centímetros, de manera un tanto cautelosa y furtiva. El individuo que lo hizo era una persona de piernas y torso largos, hombros atléticos y ojos de color marrón oscuro en el rostro moreno e inexpresivo de quien ha aprendido hace mucho tiempo a controlar sus emociones. El pelo, semejante a lana de acero, que le empezaba muy atrás, dejaba al descubierto una gran extensión de bronceada frente que, en apariencia, podría albergar un cerebro de considerables proporciones. Sus ojos oscuros me examinaron de manera impersonal. Sus largos dedos, delgados y morenos, sujetaban el borde de la puerta. No dijo nada.

—¿Geiger? —pregunté yo.

En su rostro no se produjo ningún cambio que yo pudiera advertir. Desde detrás de la puerta hizo aparecer un cigarrillo del que extrajo, al aspirar, una reducida cantidad de humo que dirigió hacia mí en una bocanada perezosa y despreciativa a la que siguieron palabras pronunciadas con voz fría, reposada, sin más entonación que la voz de un crupier.

—¿Qué es lo que ha dicho?

—Geiger. Arthur Gwynn Geiger. El tipo de los libros.

Mi interlocutor dio vueltas a aquellas palabras sin apresuramiento. Bajó la vista para contemplar el extremo del cigarrillo. La otra mano, con la que había estado sujetando la puerta, dejó de verse. Su hombro dio la impresión de que la mano escondida podría estar moviéndose.

—No conozco a nadie que se llame así —dijo—. ¿Vive cerca de aquí?

Sonreí. No le gustó mi sonrisa. Apareció en sus ojos un brillo desagradable.

—¿Es usted Joe Brody? —pregunté.

El rostro moreno se tensó.

—¿Y qué? ¿Tiene algo que contarme, hermano, o sólo se está divirtiendo?

—De manera que es usted Joe Brody —dije—. Y no conoce a nadie llamado Geiger. Eso es muy divertido.

—¿Sí? Quizá sea usted quien tiene un curioso sentido del humor. Lléveselo y juegue con él en otro sitio.

Me apoyé en la puerta y le obsequié con una sonrisa soñadora.

—Usted tiene los libros, Joe. Y yo la lista de pardillos. Creo que deberíamos hablar.

No apartó los ojos de mi cara. Se oía un débil ruido procedente de la habitación que tenía detrás, como si el anillo de una cortina metálica golpease apenas una varilla también de metal. Brody miró de reojo hacia el interior de la habitación. Luego abrió más la puerta.

—¿Por qué no..., si cree que tiene algo? —dijo con frialdad. Se apartó dejando la puerta libre y entré en la habitación.

Era un cuarto alegre con muebles buenos y sin ningún exceso. En la pared del fondo, dos puertas-ventanas daban a una terraza de piedra y al atardecer sobre las estribaciones de la sierra. Cerca de las ventanas había una puerta cerrada en la pared oeste y otra más en la misma pared, cerca de la puerta de entrada. Esta última estaba cubierta por una cortina de felpa suspendida, por debajo del dintel, de una delgada varilla de bronce.

Sólo quedaba la pared este, donde no había ninguna puerta, pero sí un sofá situado en el centro, de manera que me senté en él. Brody cerró la puerta y caminó estilo cangrejo hasta una alta mesa de madera de roble decorada con tachuelas de cabeza cuadrada. Una caja de madera de cedro con goznes dorados descansaba sobre la mesa. Brody llevó la caja hasta un sillón a mitad de camino entre las otras dos puertas y se sentó. Dejé el sombrero sobre el sofá y esperé.

—Bien, le escucho —dijo Brody. Abrió la caja para cigarros y dejó caer la colilla del pitillo en un cenicero que tenía al lado. Luego se colocó en la boca un puro delgado y largo—. ¿Un cigarro? —Acto seguido arrojó uno en mi dirección.

Al recogerlo yo, Brody sacó un revólver de la caja de cigarros y me apuntó con él a la nariz. Me quedé mirándolo. Era negro, de calibre 38, como los que usa la policía. En aquel momento me faltaban argumentos en contra.

—¿No ha estado mal, eh? —dijo Brody—. Bastará con que se levante un minuto. Avance unos dos metros. Puede llenarse los pulmones de aire mientras tanto. —Su voz era la voz exageradamente despreocupada de los tipos duros de las películas. El cine los ha hecho a todos así.

—Vaya, vaya —dije, sin moverme en absoluto—. Tanta artillería por toda la ciudad y tan pocos cerebros. En el espacio de muy pocas horas es usted el segundo personaje convencido de que un revólver en la mano es lo mismo que tener al mundo sujeto por el rabo. Baje el arma y no haga el tonto, Joe.

Se le juntaron las cejas y adelantó la barbilla en mi dirección. Me miraba otra vez desagradablemente.

—El otro personaje es Eddie Mars —dije—. ¿No ha oído hablar de él?

—No. —Seguía apuntándome con la pistola.

—Si alguna vez llega a enterarse de dónde estaba usted anoche durante el aguacero, lo borraría con la facilidad con que un falsificador cambia el importe de un cheque.

—¿Qué represento yo para Eddie Mars? —preguntó Brody fríamente. Pero bajó el revólver hasta la rodilla.

—Ni siquiera un recuerdo —dije.

Nos miramos el uno al otro. Procuré no ver el puntiagudo zapato negro que asomaba bajo la cortina de felpa a mi izquierda.

—No se equivoque conmigo —dijo Brody sin alzar la voz—. No soy un tipo duro, tan sólo procuro tener cuidado. No tengo ni la más remota idea de quién es usted. Podría ser un asesino.

—No es usted lo bastante cuidadoso —dije—. El jueguecito con los libros de Geiger fue terrible.

Aspiró aire muy despacio durante mucho tiempo y luego lo dejó salir en silencio. A continuación se recostó en el asiento, cruzó las piernas y se colocó el Colt sobre la rodilla.

—No cometa el error de pensar que no voy a usar la artillería si tengo que hacerlo —dijo—. ¿Qué es lo que quiere contarme?

—Haga que su amiguita de zapatos puntiagudos salga de ahí detrás. Se cansa de contener la respiración.

Brody se dirigió a ella sin apartar los ojos de mi estómago.

—Sal, Agnes.

La cortina se corrió, y la rubia de ojos verdes y andares sinuosos que ya había encontrado en la tienda de Geiger se reunió con nosotros. Me miró con odio impotente. Tenía dilatadas las ventanas de la nariz y bastante acentuada la negrura de las pupilas. Parecía muy desgraciada.

—Supe desde el primer momento que iba a traernos problemas —me ladró con odio—. Le dije a Joe que se fijase en dónde ponía los pies.

—No se trata de los pies, sino del sitio donde la espalda deja de serlo —respondí.

—Imagino que eso le parece gracioso —contraatacó la rubia.

—Lo fue —dije—. Pero probablemente ya no.

—Ahórrese los chistes —me advirtió Brody—. Joe sabe muy bien dónde pone los pies. Enciende alguna luz para que pueda liquidar a este tipo si es eso lo que hay que hacer.

La rubia encendió una gran lámpara cuadrada de pie. Luego se dejó caer en una silla junto a la lámpara y se quedó muy rígida, como si la faja le apretara demasiado. Me puse el cigarro en la boca y mordí el extremo. El Colt de Brody me vigiló muy de cerca mientras sacaba las cerillas y lo encendía. Saboreé el humo y dije:

—La lista de pardillos de la que hablaba está en clave. Todavía no la he descifrado, pero hay alrededor de quinientos nombres. Por lo que yo sé, tiene usted doce cajones de libros. En total, unos quinientos como mínimo. Habrá un buen montón más en préstamo, pero supongamos que quinientos es toda la cosecha, para que nadie nos acuse de exagerar. Si se trata de una lista activa que funciona bien e incluso aunque sólo se la pueda hacer funcionar al cincuenta por ciento, aún nos situaríamos en ciento veinticinco mil préstamos. Su amiguita está al corriente de todo eso; yo no paso de hacer suposiciones. Pongamos el precio medio del alquiler todo lo bajo que se quiera, pero no será menos de un dólar. Esa mercancía cuesta dinero. A dólar el alquiler, se recogen ciento veinticinco grandes y el capital sigue íntegro. Me refiero al capital de Geiger. Eso es suficiente para liquidar a un tipo.

—¡Está loco! —dijo la rubia—. ¡Maldito sabelotodo!

Brody torció la boca y le gritó:

—¡Cierra el pico, hazme el favor!

La rubia se hundió en una indignada mezcla de angustia desconcertada e indignación reprimida al tiempo que se arañaba las rodillas con las uñas plateadas.

—No es un tinglado para muertos de hambre —le dije a Brody casi con afecto—. Se necesita un tipo como usted, Joe, con mucha mano izquierda. Hay que inspirar confianza y conservarla. La gente que gasta dinero en experiencias sexuales de segunda mano está tan nerviosa como señoras de edad que no encuentran un aseo. Personalmente me parece que mezclarlo con el chantaje es una terrible equivocación. Soy partidario de prescindir de todo eso y dedicarse exclusivamente a las ventas y a los alquileres.

Los ojos sombríos de Brody examinaban mi cara, rasgo a rasgo. Su Colt seguía interesándose por mis órganos vitales.

—Es usted un tipo curioso —dijo, sin expresión en la voz—. ¿Quién es el propietario de ese tinglado tan productivo?

—Usted —dije—. Casi.

La rubia se atragantó y se echó mano a una oreja. Brody no dijo nada. Se limitó a seguir mirándome.

—¿Qué dice? —intervino la rubia—. ¿Se sienta ahí tan campante y nos quiere hacer creer que el señor Geiger llevaba un negocio así en la calle más importante de la ciudad? ¡Está como una cabra!

La miré de reojo cortésmente:

—Sin duda. Todo el mundo sabe que el negocio existe. Hollywood está hecho a la medida. Si una cosa así tiene que funcionar, todos los polizontes con sentido práctico quieren que funcione precisamente donde mejor se vea. Por la misma razón que están a favor de los barrios de tolerancia. Saben dónde levantar la liebre cuando quieren hacerlo.

—Dios del cielo —dijo la rubia—. ¿Dejas que ese anormal se siente ahí y me insulte? ¿Tú con una pistola en la mano y él sólo con un puro y el pulgar?

—Me gusta —dijo Brody—. Tiene buenas ideas. Cierra el pico y no lo vuelvas a abrir o te lo cerraré con esto. —Agitó la pistola de una manera que cada vez era más descuidada.

La rubia, muda de indignación, volvió la cara hacia la pared. Brody me miró y dijo, con tono malicioso:

—¿Cómo he logrado hacerme con ese tinglado tan apetitoso?

—Mató a Geiger para conseguirlo. Anoche, mientras llovía. Un tiempo inmejorable para pegar unos cuantos tiros. El problema es que no estaba solo cuando mandó a Geiger al otro barrio. O no se dio cuenta, lo que parece poco probable, o le silbaron los oídos y salió por pies. Pero tuvo la presencia de ánimo suficiente para sacar la placa de la cámara y para regresar, más tarde, y esconder el cadáver, de manera que pudiera hacer limpiamente el traslado de los libros antes de que la policía encontrase el fiambre.

—Claro —dijo Brody lleno de desprecio. El Colt le tembló sobre la rodilla. Su rostro moreno tenía la rigidez de una talla de madera—. Le gusta jugar con fuego, amigo. Tiene más suerte de la que se merece, porque no fui yo quien acabó con Geiger.

—Puede dar un paso al frente de todos modos —le dije alegremente—. Esa acusación le viene que ni pintada.

La voz de Brody se volvió agresiva.

—¿Cree que me tiene entre la espada y la pared?

—Del todo.

—¿Cómo?

—Hay alguien que no tendría inconveniente en afirmarlo. Ya le dije que había un testigo. No se haga el ingenuo conmigo, Joe.

Aquello le hizo explotar.

—¡Esa condenada perra en celo! —gritó—. ¡Claro que sí, maldita sea! ¡Por supuesto que sí!

Me recosté en el asiento y le sonreí.

—Estupendo. Pensaba que era usted quien tenía las fotos en las que está desnuda.

No respondió. La rubia tampoco. Les dejé que lo rumiaran. El rostro de Brody se fue serenando poco a poco, con una expresión de alivio un tanto gris. Dejó el Colt sobre la mesita que tenía al lado, pero mantuvo cerca la mano derecha. Quitó la ceniza del puro sin importarle que cayera en la alfombra y me escudriñó con ojos que no eran más que una línea brillante entre párpados casi cerrados.

—Imagino que le parezco idiota —dijo.

—Sólo lo normal, tratándose de un estafador. Páseme las fotos.

—¿Qué fotos?

Hice un gesto negativo con la cabeza.

—Jugada en falso, Joe. La pretensión de inocencia no le llevará a ningún sitio. O usted estaba allí anoche, o alguien que estuvo allí le dio las fotos. Sabe que la señorita Sternwood estaba allí porque ha hecho que su amiguita amenace a la señora Regan con informar a la policía. Sólo hay dos maneras de que sepa lo suficiente para hacer eso: o presenció lo sucedido o ha podido, con la foto en la mano, saber dónde y cuándo se hizo. Sea sensato y entregue lo que tiene.

—Necesitaría algún dinero —dijo Brody. Volvió un poco la cabeza para mirar a la rubia de ojos verdes, que ya no tenía los ojos verdes y sólo era rubia en apariencia. Se había quedado tan mustia como un conejo recién muerto.

—Nada de dinero —dije.

Brody torció el gesto con amargura.

—¿Cómo me ha localizado?

Saqué el billetero y le mostré la placa.

—Me interesa Geiger..., encargo de un cliente. Anoche estaba allí fuera, mojándome bajo la lluvia. Oí los disparos. Entré como pude. No vi al asesino pero sí todo lo demás.

—Y ha tenido la boca bien cerrada —dijo Brody con sorna.

Me guardé la cartera.

—Así es —reconocí—. Hasta ahora. ¿Me entrega las fotos?

—Quedan los libros —dijo Brody—. Eso no lo entiendo.

—Los seguí hasta aquí desde la tienda de Geiger. Tengo un testigo.

—¿Ese mocoso?

—¿Qué mocoso?

Torció otra vez el gesto.

—El chico que trabaja en la tienda. Desapareció después de que saliera el camión. Agnes ni siquiera sabe dónde duerme.

—Interesante —dije, sonriéndole—. Ese detalle me tenía un poco preocupado. ¿Han visitado, cualquiera de los dos, la casa de Geiger antes de anoche?

—Ni siquiera anoche —dijo Brody con tono cortante—. De manera que la chica dice que yo disparé contra Geiger, ¿no es eso?

—Con las fotos en la mano quizá pueda convencerla de que se equivoca. Bebieron con cierto entusiasmo.

Brody lanzó un suspiro.

—No me puede ver. Tuve que quitármela de encima. Me pagaron, es cierto, pero hubiera tenido que hacerlo de todos modos. Está demasiado chiflada para un tipo corriente como yo. —Se aclaró la garganta—. ¿Qué tal un poco de pasta? Estoy en las últimas. Agnes y yo tenemos que marcharnos.

—No de mi cliente.

—Escuche...

—Las fotos, Brody.

—Maldita sea —dijo—. Usted gana.

Se puso en pie y se metió el Colt en el bolsillo. Con la mano izquierda se buscó dentro de la chaqueta. Aún la tenía allí, la cara torcida por la indignación, cuando el timbre de la puerta empezó a sonar y siguió sonando durante un rato.

15

A Brody no le gustó. El labio inferior le desapareció debajo de los dientes y se le cayeron los extremos de las cejas. Todos sus rasgos se afilaron y adquirieron una expresión de astucia y de maldad.

El timbre siguió sonando. Tampoco a mí me gustó. Si la visita resultara ser Eddie Mars y sus muchachos, quizá acabasen conmigo por el simple hecho de estar allí. Si era la policía, me pillaban sin nada que darles a excepción de una sonrisa y una promesa. Y si era alguno de los amigos de Brody —suponiendo que tuviera alguno—, podían resultar más duros de pelar que él.

Y menos que a nadie, a la rubia. Se puso en pie de un salto y golpeó el aire con una mano. La tensión nerviosa hacía que pareciese vieja y fea.

Sin dejar de vigilarme, Brody abrió de golpe un cajoncito de la mesa y sacó una pistola automática con cachas de hueso que le ofreció a la rubia. Ella se deslizó hasta donde él estaba y la tomó, temblando.

—Siéntate a su lado —dijo Brody—. Tenlo encañonado, pero sin que se te vea desde la puerta. Si hace alguna tontería usa tu buen juicio. Todavía no hemos dicho la última palabra, cariño.

—Oh, Joe —gimió la rubia. Luego se acercó a donde yo estaba, se sentó en el sofá y me apuntó con la pistola a la femoral. No me gustó nada la expresión de descontrol en sus ojos.

El timbre dejó de sonar y le siguió un golpeteo rápido e impaciente sobre la madera de la puerta. Brody metió la mano en el bolsillo y, con la pistola bien sujeta, se dirigió hacia la puerta y la abrió con la mano izquierda. Carmen Sternwood lo empujó hacia el interior de la habitación por el procedimiento de ponerle un revólver pequeño sobre la morena boca enjuta.

Brody retrocedió moviendo la boca y con expresión de pánico en el rostro. Carmen cerró la puerta sin mirarnos ni a Agnes ni a mí. Se acompasó cuidadosamente al ritmo de retroceso de Brody, mostrando apenas la lengua entre los dientes. Brody se sacó las dos manos de los bolsillos e hizo un gesto apaciguador. Sus cejas dibujaron una extraña sucesión de curvas y ángulos. Agnes dejó de apuntarme y dirigió el arma contra Carmen. Intervine sujetándole la mano y metiendo el pulgar en el seguro. Comprobé que estaba puesto y lo dejé como estaba. Hubo un breve forcejeo silencioso, al que ni Brody ni Carmen prestaron la menor atención. La pistola con cachas de hueso pasó a mi poder. Agnes respiró hondo y todo su cuerpo se estremeció. El rostro de Carmen había adquirido un aspecto huesudo, de calavera, y su boca hacía un ruido silbante al respirar. Cuando habló, lo hizo sin entonación:

—Quiero las fotos, Joe.

Brody tragó saliva e intentó sonreír.

—Claro, chiquilla, claro. —Lo dijo con una vocecita inocua que se parecía tanto a la que había utilizado conmigo como un patinete a un camión de diez toneladas.

—Disparaste contra Arthur Geiger. Te vi. Quiero las fotos.

El rostro de Brody adquirió una tonalidad verdosa.

—Eh, Carmen, espere un minuto —exclamé.

La rubia Agnes entró en acción con gran rapidez. Bajó la cabeza y me clavó los dientes en la mano derecha. Yo hice un poco de ruido y conseguí soltarme.

—Escucha, chiquilla —dijo Brody—. Escucha un momento...

La rubia me escupió, se lanzó sobre mi pierna y trató de morderme. Le di en la cabeza con la pistola, no demasiado fuerte, y traté de ponerme en pie. Ella se abrazó a mis piernas y me desequilibró. Caí hacia atrás sobre el sofá. La furia del amor o del miedo, o una mezcla de las dos cosas, le dio alas; aunque puede que fuera una mujer fuerte.

Brody trató de apoderarse del pequeño revólver tan cercano a su cara, pero falló. El arma hizo un ruido seco, como el de un martillazo, no muy intenso. El proyectil rompió un panel de una ventana que estaba abierta. Brody gimió horriblemente y, al derrumbarse, se abrazó a los pies de Carmen, que cayó hecha un ovillo, mientras el revólver salía disparado hacia una esquina. Brody logró ponerse de rodillas y echó mano al bolsillo.

Volví a golpear a Agnes en la cabeza con menos cuidado que la vez anterior, la aparté de una patada y me puse en pie. Brody me miró de reojo. Le enseñé la pistola automática y renunció a meterse la mano en el bolsillo.

—¡Jesús! —gimió—. ¡No deje que me mate!

Me eché a reír. Reí como un idiota, incapaz de controlarme. Agnes estaba sentada en el suelo con las palmas de las manos sobre la alfombra, la boca completamente abierta y un mechón de cabellos de color rubio platino sobre el ojo derecho. Carmen caminaba a cuatro patas y seguía haciendo un ruido silbante. El metal de su diminuto revólver brillaba contra el rodapié del rincón y hacia allí se dirigía ella sin desfallecer.

Agité mi parte de la artillería en dirección a Brody y le dije:

—No se mueva. No corre ningún peligro.

Pasé por encima de Carmen, que seguía arrastrándose, y recogí el revólver. La señorita Sternwood me miró y empezó a reír tontamente. Me guardé su arma en el bolsillo y le di unos golpecitos en la espalda.

—Levántese, cariño. Parece usted un perro pequinés.

Fui hasta Brody, le puse la automática en la tripa y le saqué el Colt del bolsillo. Había reunido ya todas las armas esgrimidas por los contendientes. Me las guardé en los bolsillos y extendí la mano.

—Démelas.

Asintió con la cabeza y se pasó la lengua por los labios, todavía con miedo en los ojos. Luego sacó un voluminoso sobre del bolsillo interior del pecho y me lo entregó. Dentro había una placa revelada y cinco copias en papel brillante.

—¿Seguro que están todas?

Asintió de nuevo con la cabeza. Me guardé el sobre en el bolsillo del pecho y me di la vuelta. Agnes había vuelto al sofá y se arreglaba el pelo. Sus ojos devoraban a Carmen con un verde destilado de odio. La señorita Sternwood también había recobrado la verticalidad y se dirigía hacia mí con la mano extendida, todavía entre risitas y ruidos silbantes. Tenía las comisuras de la boca ligeramente manchadas de espuma. Y le brillaban los dientes, pequeños y muy blancos, entre los labios.

—¿No me las da? —me preguntó con una sonrisa tímida.

—Las guardaré yo por usted. Váyase a casa.

—¿A casa?

Fui hasta la puerta y miré fuera. El aire fresco de la noche soplaba suavemente por el vestíbulo. No había ningún vecino inquisitivo asomado a la puerta de su apartamento. Un arma de poco calibre se había disparado y había roto un cristal, pero ruidos como ése no significan ya gran cosa. Mantuve la puerta abierta e hice un gesto con la cabeza a Carmen, que vino hacia mí, sonriendo insegura.

—Vuelva a casa y espéreme —dije con tono tranquilizador.

La señorita Sternwood recurrió una vez más al pulgar. Luego asintió y pasó a mi lado para salir al vestíbulo. Pero me rozó la mejilla con los dedos al hacerlo.

—Cuidará usted de Carmen, ¿no es cierto? —dijo.

—Claro.

—Es usted un encanto.

—Pues lo que se ve no es nada —respondí—. Llevo una bailarina de Bali tatuada en el muslo derecho.

Abrió mucho los ojos.

—¡Qué pillo! —dijo, agitando un dedo en mi dirección. Luego susurró—: ¿Me da el revólver?

—Ahora no. Más tarde. Se lo llevaré a casa.

De repente me sujetó por el cuello y me besó en la boca.

—Me gusta —dijo—. A Carmen le gusta usted muchísimo.

Echó a correr vestíbulo adelante, tan alegre como una alondra, me saludó al llegar a la escalera y empezó a bajarla a toda prisa.

Cuando dejé de verla regresé al apartamento de Brody.

16

Me acerqué a la puerta-ventana y examiné el pequeño panel de cristal que se había roto en la parte alta. El proyectil del revólver de Carmen no lo había agujereado sino hecho añicos. Había un agujerito en el yeso que un ojo perspicaz no tardaría en descubrir. Corrí las cortinas sobre el cristal roto y saqué del bolsillo el revólver de Carmen. Era un Banker's Special de calibre 22, con proyectiles de punta hueca. Tenía las cachas de nácar y en una plaquita redonda de plata en la culata estaba grabado: «Para Carmen de Owen». La hija pequeña del general conseguía poner en ridículo a todos los hombres de su vida.

Después de guardarme el revólver me senté junto a Brody y le miré a los ojos, llenos de desolación. Pasó un minuto. La rubia se arregló el maquillaje con ayuda de un espejo de bolsillo. Brody jugueteó con un pitillo y finalmente preguntó con brusquedad:

—¿Satisfecho?

—De momento. ¿Por qué le enseñó el cebo a la señora Regan en lugar de al general?

—A él ya le pedí dinero en una ocasión. Hará unos seis o siete meses. Temí que se enfadara lo bastante como para llamar a la policía.

—¿Qué le hizo pensar que la señora Regan no acudiría a su padre?

Se lo pensó con cierto cuidado, fumando el cigarrillo y sin quitarme los ojos de encima.

—¿La ha tratado mucho? —preguntó finalmente.

—La he visto dos veces. Usted debe de conocerla mucho mejor que yo para arriesgarse a chantajearla con esa foto.

—Anda bastante de picos pardos. Se me ocurrió que quizá tenga un par de puntos débiles de los que no quiere que se entere el viejo. Imagino que puede conseguir cinco grandes sin despeinarse.

—No es muy convincente —dije—. Pero lo dejaremos pasar. Está usted sin blanca, ¿no es eso?

—Llevo un mes meneando un par de monedas para ver si consigo que se reproduzcan.

—¿Cómo se gana la vida?

—Seguros. Tengo un despacho en las oficinas de Puss Walgreen, edificio Fulwider, Western y Santa Mónica.

—Cuando se decide a hablar, habla. ¿Los libros están en el apartamento?

Chasqueó los dientes y agitó una mano morena. Volvía a sentirse lleno de confianza.

—Ni hablar. En el almacén.

—¿Hizo que un tipo se los trajera aquí e inmediatamente después llamó a una empresa de almacenaje para que se los llevaran?

—Claro. No quería que desde el local de Geiger fueran directamente allí, ¿no le parece?

—Es usted listo —dije con tono admirativo—. ¿Algo comprometedor aquí ahora mismo?

Volvió a tener aire preocupado, pero negó enérgicamente con la cabeza.

—Eso está bien —le dije. Me volví para mirar a Agnes. Había terminado de arreglarse la cara y miraba hacia la pared, los ojos vacíos, sin escuchar apenas. Su rostro tenía el aire de estupor que provocan la tensión y el *shock* nervioso.

Brody parpadeó indeciso.

—¿Qué más quiere saber?

—¿Cómo tiene esa foto en su poder?

Hizo una mueca.

—Escuche: ha conseguido lo que vino a buscar y le ha salido muy barato. Ha hecho un buen trabajo. Ahora vaya a vendérselo a su jefe. Yo estoy limpio. No sé nada acerca de ninguna foto, ¿no es cierto, Agnes?

La rubia abrió los ojos y lo miró haciendo unos cálculos poco precisos pero que nada tenían de admirativos.

—Tipos que sólo son listos a medias —dijo con un cansado resoplido—. Eso es lo único que consigo. Nunca un tipo que sea listo de principio a fin. Ni una sola vez.

La obsequié con una sonrisa.

—¿Le he hecho mucho daño?

—Usted y todos los hombres que he conocido.

Me volví a mirar a Brody. Su manera de apretar el cigarrillo tenía algo de tic nervioso. Parecía que le temblaba un poco la mano. Pero su rostro moreno de jugador de póquer se mantenía sereno.

—Hemos de ponernos de acuerdo acerca de la historia que vamos a contar —dije—. Carmen, por ejemplo, no ha estado aquí. Eso es muy importante. No ha estado aquí. Usted ha tenido una visión.

—¡Vaya! —dijo Brody con tono despectivo—. Si usted lo dice, amigo, y si... —Extendió la mano con la palma hacia arriba y procedió a frotar suavemente el pulgar contra los dedos índice y corazón.

Asentí con la cabeza.

—Veremos. Quizá haya una pequeña recompensa. Pero no piense en contarla por miles. Ahora dígame, ¿cómo consiguió la foto?

—Me la pasó un tipo.

—Claro. Un tipo con el que se cruzó casualmente por la calle. No sería capaz de reconocerlo. No lo había visto nunca.

Brody bostezó.

—Se le cayó del bolsillo —dijo.

—Ya. ¿Dispone de una coartada para ayer por la noche, cara de póquer?

—Claro. Estuve aquí. Y Agnes conmigo. ¿No es cierto, Agnes?

—Está empezando a darme pena otra vez —dije.

Se le dilataron mucho los ojos y se le abrió la boca, el pitillo en equilibrio sobre el labio inferior.

—Se cree listo cuando en realidad es más tonto que mandado a hacer de encargo —le dije—. Incluso aunque no lleguen a colgarlo en San Quintín, le esperan unos años muy largos y muy solitarios.

El cigarrillo sufrió una sacudida y parte de la ceniza se le cayó sobre el chaleco.

—En los que tendrá tiempo para pensar en lo listo que es —dije.

—Váyase al diablo —gruñó de repente—. Con la música a otra parte. Ya hemos hablado más que suficiente. Ahueque el ala.

—De acuerdo. —Me puse en pie, fui hasta la mesa de roble, saqué del bolsillo las dos pistolas que le pertenecían y las coloqué una al lado de otra sobre el secante, de manera que los dos cañones estuvieran perfectamente paralelos. Recogí mi sombrero del suelo, al lado del sofá, y me dirigí hacia la puerta.

—¡Eh! —me llamó Brody.

Me volví hacia él y esperé. Su pitillo se movía como una marioneta al extremo de un muelle.

—Todo en orden, ¿no es cierto? —preguntó.

—Sí, claro. Estamos en un país libre. No tiene por qué seguir fuera de la cárcel si no quiere. Es decir, si tiene la nacionalidad. ¿La tiene?

Se me quedó mirando, moviendo el pitillo. La rubia Agnes volvió la cabeza y también me miró de la misma manera. Sus ojos albergaban casi exactamente la misma mezcla de astucia, duda y cólera contenida. Alzó bruscamente las uñas plateadas, se arrancó un cabello y lo rompió entre los dedos con un tirón brutal.

—No va a ir con el cuento a los polis, hermano. No lo va a hacer si está trabajando para los Sternwood. Sé demasiadas cosas de esa familia. Ya tiene las fotos y la promesa de que no vamos a hablar. Vaya a vender lo que ha conseguido.

—Aclárese de una vez —dije—. Me ha dicho que me vaya y ya estaba saliendo cuando me ha llamado; y ahora estoy otra vez camino de la calle. ¿Es eso lo que quiere?

—No tiene nada contra mí —dijo Brody.

—Sólo un par de asesinatos. Nada importante en su círculo.

No saltó más allá de dos centímetros, pero parecieron treinta. El blanco de la córnea apareció ampliamente en torno a los iris de color tabaco. La piel morena de su rostro adquirió una tonalidad verdosa a la luz de la lámpara.

La rubia Agnes dejó escapar un ronco gemido animal y enterró la cabeza en un cojín al extremo del sofá. Por mi parte seguí donde estaba y admiré la larga silueta de sus muslos.

Brody se humedeció lentamente los labios y dijo:

—Siéntese, amigo. Quizá tenga un poquito más que ofrecer. ¿Qué significa ese chiste sobre dos asesinatos?

Me apoyé contra la puerta.

—¿Dónde estaba anoche hacia las siete y media, Joe?

Se le cayó la boca, incapaz de ocultar el mal humor, y se puso a mirar al suelo.

—Estaba vigilando a un tipo; un tipo con un tinglado muy apetitoso y que, en mi opinión, necesitaba un socio. Geiger. Lo vigilaba de cuando en cuando para ver si tenía relaciones con algún pez gordo. Supuse que no le faltaban amigos porque, de lo contrario, no llevaría el negocio de una manera tan pública. Pero esos amigos no aparecían por su casa. Sólo iban prójimas.

—No le vigiló lo bastante —comenté—. Siga.

—Estuve allí anoche, una calle por debajo de la casa de Geiger. Diluviaba, me puse a cubierto en mi cupé y no veía nada. Había un coche delante de la casa de Geiger y otro un poco más arriba. Por eso me quedé abajo. También había un Buick de gran tamaño estacionado en el mismo sitio que yo, y al cabo de un rato fui a echarle una ojeada. Matrícula a nombre de Vivian Regan. No pasó nada, de manera que me largué. Eso es todo. —Agitó el cigarrillo. Sus ojos se arrastraron arriba y abajo por mi cara.

—Podría ser —dije—. ¿Sabe dónde se encuentra ahora ese Buick?

—¿Por qué tendría que saberlo?

—En el garaje del sheriff. Lo sacaron esta mañana del agua; estaba cerca del muelle de pesca de Lido a cuatro metros de profundidad. Dentro había un muerto. Le atizaron con una cachiporra, colocaron el coche para que saltara al agua y bloquearon el acelerador de mano.

Brody empezó a respirar mal. Con un pie golpeó el suelo nerviosamente.

—Dios santo, hermano, no me puede colgar eso a mí —dijo con dificultad.

—¿Por qué no? Ese Buick estaba muy cerca de la casa de Geiger según su propio testimonio. Lo cierto es que no lo sacó la señora Regan. Lo hizo su chófer, un muchacho llamado Owen Taylor, que se acercó al domicilio de Geiger para tener unas palabras con él, porque Owen Taylor estaba colado por Carmen y no le gustaba la clase de pasatiempos a los que Geiger jugaba con ella. Gracias a una ganzúa consiguió entrar por la puerta trasera con una pistola en la mano y sorprendió a Geiger haciendo una foto de Carmen en cueros. De manera que se le disparó el arma, como suele suceder en esos casos, Geiger cayó muerto y Owen salió corriendo, pero no sin llevarse antes el negativo de la foto que Geiger acababa de hacer. De manera que usted corrió tras él y le quitó la foto. ¿Cómo, si no, pudo llegar a su poder?

Brody se humedeció los labios.

—Sí —dijo—. Pero eso no quiere decir que lo mandara al otro barrio. Es cierto; oí los disparos y vi al asesino que bajaba corriendo las escaleras, se metía en el Buick y arrancaba. De manera que lo seguí. Fue a toda velocidad hasta el final de la pendiente y siguió hacia el oeste por Sunset. Más allá de Beverly Hills se salió de la carretera y tuvo que pararse; yo me acerqué e hice de polizonte. El chico tenía un arma, pero estaba muy nervioso, de manera que lo puse fuera de combate. Lo registré, me enteré de quién era y le quité el bastidor con la placa fotográfica por pura curiosidad. Estaba preguntándome a qué venía todo aquello y poniéndome como una sopa cuando revivió de repente y me tiró del coche. Ya había desaparecido cuando me levanté. No volví a verlo.

—¿Cómo supo que había disparado contra Geiger? —le pregunté, poco convencido.

Brody se encogió de hombros.

—Fue lo que pensé, aunque podría haberme equivocado. Cuando hice revelar la placa y vi de quién era la fotografía, no me quedaron muchas dudas. Y al no presentarse Geiger en la tienda por la mañana, ni responder al teléfono, tuve la seguridad total. De manera que me pareció un buen momento para llevarme los libros, dar un toque rápido a los Sternwood para el dinero del viaje y desaparecer durante una temporada.

Asentí con la cabeza.

—Parece razonable. Quizá no asesinara usted a nadie después de todo. ¿Dónde escondió el cuerpo de Geiger?

Brody alzó las cejas. Luego sonrió.

—Nada de nada. ¡Olvídelo! ¿Le parece que iba a volver allí para hacerme cargo del cadáver, sin saber cuándo un par de coches llenos de polizontes iban a aparecer dando la vuelta a la esquina a toda velocidad? Ni hablar.

—Alguien escondió el cuerpo —dije.

Brody se encogió de hombros. No se le borró la sonrisa de la cara. No me creía. Aún seguía sin creerme cuando el timbre de la puerta empezó otra vez a sonar. Brody se puso en pie al instante, el gesto endurecido. Lanzó una mirada a las pistolas, encima de la mesa.

—De manera que ha vuelto —gruñó.

—Si es la señorita Sternwood está sin revólver —le consolé—. ¿No podría ser algún otro amigo suyo?

—Sólo uno que yo sepa —gruñó—. Ya está bien de jugar al escondite. —Se dirigió al escritorio y se apoderó del Colt. Se lo pegó al costado y fue hacia la puerta. Puso la mano izquierda en el pomo, lo giró, abrió unos treinta centímetros y se asomó, manteniendo el arma pegada al muslo.

—¿Brody? —dijo una voz.

El aludido dijo algo que no oí. Las dos rápidas detonaciones quedaron ahogadas. El arma debía de presionar con fuerza el cuerpo de Brody al hacer los disparos. La víctima se inclinó hacia adelante contra la puerta; el cuerpo, con su peso, la cerró de golpe, deslizándose luego hasta el suelo de madera. Los pies empujaron la alfombra, apartándola. La mano izquierda soltó el pomo y el brazo golpeó el suelo con un ruido sordo. La cabeza permaneció erguida contra la puerta. No hizo ningún otro movimiento. El Colt le colgaba de la mano derecha.

Salté, atravesando la habitación, y aparté el cuerpo lo suficiente para poder abrir la puerta y salir con dificultad al vestíbulo. Una mujer estaba asomada casi enfrente. Su rostro reflejaba un miedo muy intenso y —con una mano que tenía algo de garra— señaló el extremo del vestíbulo.

Corrí hacia la escalera, oí un fuerte ruido de pasos que descendían los escalones de baldosines y me lancé en su persecución. Cuando llegué al piso bajo la puerta principal se estaba cerrando sin ruido y en el exterior resonaba sobre la acera un ruido de pies. Llegué a la puerta antes de que terminara de cerrarse, la abrí de nuevo como pude y salí a paso de carga.

Una figura alta y sin sombrero, con una chaqueta de cuero sin mangas, corría en diagonal por la calle entre los coches estacionados. La figura se volvió y escupió fuego. Dos pesados martillos golpearon la pared de estuco a mi lado. La figura corrió de nuevo, se deslizó entre dos coches y desapareció.

Un individuo se me acercó y preguntó:

—¿Qué ha sucedido?

—Están disparando —respondí.

—¡Dios santo! —Se escabulló de inmediato, refugiándose en el edificio de apartamentos.

Me dirigí rápidamente por la acera hasta mi automóvil, lo puse en marcha y empecé a descender colina abajo, sin apresurarme. No arrancó ningún vehículo más al otro lado de la calle. Me pareció oír pasos, pero no podría asegurarlo. Descendí manzana y media colina abajo, di la vuelta al llegar al cruce y volví a subir. Desde la acera me llegó débilmente la melodía de alguien que silbaba. Luego un ruido de pasos. Aparqué en doble fila, me deslicé entre dos coches, me agaché todo lo que pude y saqué del bolsillo el diminuto revólver de Carmen.

El ruido de los pasos se hizo más intenso y los silbidos continuaron alegremente. Al cabo de un momento apareció la chaqueta sin mangas. Salí de entre los dos coches y dije:

—¿Me da fuego, amigo?

El muchacho se volvió hacia mí y su mano derecha se alzó rápidamente hacia el interior de la chaqueta. Sus ojos tenían un brillo acuoso bajo el resplandor de las redondas lámparas eléctricas. Húmedos ojos oscuros y almendrados, un rostro pálido y bien parecido y pelo negro ondulado que crecía desde muy abajo en la frente, sobre todo en dos puntos. Un chico muy apuesto, desde luego, el dependiente de la tienda de Geiger.

Se inmovilizó, mirándome en silencio, la mano derecha en el borde de la chaqueta, pero sin ir más allá. Yo mantenía pegado al costado el revólver de Carmen.

—Debías de tener muy buena opinión de esa loca —dije.

—Váyase a tomar por el... —dijo el muchacho sin alzar la voz, inmóvil entre los coches aparcados y el muro de metro y medio de altura que cerraba la acera por el otro lado.

Una sirena ululó a lo lejos mientras subía la prolongada cuesta de la colina. La cabeza del chico se volvió bruscamente hacia el ruido. Me acerqué más y apoyé el revólver en su chaqueta sin mangas.

—¿Los polis o yo? —le pregunté.

La cabeza se le torció un poco, como si le hubiera dado una bofetada.

—¿Quién es usted? —preguntó.

—Un amigo de Geiger.

—Apártese de mí, hijo de puta.

—Lo que tengo en la mano es un revólver pequeño, hijo mío. Si te meto una bala en la tripa tardarás tres meses en recuperarte lo bastante para poder andar. Pero te curarás. De manera que podrás ir andando a la nueva cámara de gas que han instalado en San Quintín.

—Váyase a tomar por el... —Metió la mano dentro de la chaqueta. Aumenté la presión del revólver contra su estómago. Dejó escapar un larguísimo suspiro, retiró la mano y la dejó caer sin vida. También se le cayeron los hombros.

—¿Qué es lo que quiere? —susurró.

Con un movimiento rápido le quité la pistola automática.

—Entra en el coche, hijo.

Pasó delante de mí y lo empujé desde detrás hasta meterlo en el automóvil.

—Ponte al volante. Conduces tú.

Hizo lo que le decía y me situé a su lado.

—Vamos a esperar a que el coche patrulla suba colina arriba. Pensarán que nos hemos apartado al oír la sirena. Luego darás la vuelta para irnos a casa.

Guardé el revólver de Carmen y apoyé la pistola automática en las costillas del chico. Después miré por la ventanilla. El ulular de la sirena era muy fuerte ya. En el centro de la calle dos luces rojas se hicieron cada vez mayores hasta fundirse en una, y el automóvil de la policía pasó a toda velocidad envuelto en una desenfrenada catarata de sonidos.

—En marcha —dije.

El chico dio la vuelta con el coche y descendimos colina abajo.

—A casa —dije—. A Laverne Terrace.

Se le crisparon los labios. En Franklin torció hacia el oeste.

—Eres demasiado ingenuo, muchacho. ¿Cómo te llamas?

—Carol Lundgren —dijo con voz apagada.

—Te has equivocado de blanco, Carol. Joe Brody no mató a tu loca.

Repitió la misma frase con la que ya me había obsequiado dos veces y siguió conduciendo.

17

La luna, en cuarto menguante, brillaba a través de un halo de neblina entre las ramas más altas de los eucaliptos de Laverne Terrace. En una casa al pie de la colina sonaba con fuerza una radio. El chico acercó el coche al seto de boj delante de la casa de Geiger, apagó el motor y se quedó inmóvil, mirando al frente, las dos manos sobre el volante.

—¿Hay alguien en casa, hijo? —pregunté.

—Usted debería saberlo.

—¿Por qué?

—Váyase a tomar por el...

—Hay personas que consiguen dientes postizos de ese modo.

Me enseñó los suyos en una tensa sonrisa. Luego abrió la puerta de un empellón y salió fuera. Le seguí lo más deprisa que pude. Carol Lundgren se quedó con los puños apoyados en las caderas, mirando en silencio la casa por encima del borde del seto.

—De acuerdo —dije—. Tienes una llave. Entremos.

—¿Quién ha dicho que tuviera una llave?

—No me tomes el pelo, hijo. El mariquita te dio una llave. Ahí dentro dispones de una habitacioncita muy limpia y muy masculina. Cuando recibía visitas de señoras, Geiger te echaba de casa y cerraba con llave la puerta de tu habitación. Era como César, un marido para las mujeres y una esposa para los hombres. ¿Piensas que no soy capaz de entenderos a personas como él y como tú?

Aunque más o menos seguía apuntándole con su automática, me lanzó un puñetazo que me alcanzó en la barbilla. Retrocedí con la rapidez suficiente para no llegar a caerme, pero encajé buena parte del golpe. Aunque la intención era hacerme daño, un invertido no tiene hierro en los huesos, cualquiera que sea su aspecto.

Le tiré la pistola a los pies y dije:

—Quizá sea esto lo que necesitas.

Se agachó a por ella con la velocidad del rayo. No había lentitud en sus movimientos. Le golpeé con un puño en el cuello y cayó de lado, todavía intentando alcanzar la automática pero sin conseguirlo. La recogí y la lancé dentro del coche. El chico se acercó a cuatro patas, llenos de odio los ojos muy abiertos. Tosió y sacudió la cabeza.

—No quieres luchar —le dije—. Te sobran demasiados kilos.

Pero sí quería luchar. Se lanzó en mi dirección como un avión proyectado por una catapulta, tratando de sujetarme por las rodillas. Me hice a un lado y conseguí sujetarlo por el cuello. El chico resistió como pudo y logró recuperar el equilibrio lo suficiente para usar las manos contra mí en sitios donde hacía daño. Le hice girar y conseguí levantarlo del suelo un poco más. Le sujeté la muñeca derecha con la mano izquierda, lo empujé con la cadera derecha y por un momento el peso de los dos se equilibró. Nos inmovilizamos bajo la neblinosa luz de la luna, convertidos en dos criaturas grotescas cuyos pies raspaban el asfalto y cuya respiración entrecortaba el esfuerzo.

Yo tenía el antebrazo derecho apoyado en su tráquea, junto con toda la fuerza de mis dos brazos. Los pies del muchacho iniciaron una frenética agitación y dejó de jadear. No se podía mover. Extendió hacia un lado la pierna izquierda y se le aflojó la rodilla. Aún lo retuve un minuto más. Se desmoronó sobre mi brazo, un peso enorme que a duras penas conseguía sostener. Luego lo solté. Cayó a mis pies cuan largo era, inconsciente. Fui al coche, saqué unas esposas de la guantera y se las coloqué, juntándole las muñecas a la espalda. Luego lo alcé por las axilas y logré arrastrarlo hasta detrás del seto, de manera que no fuese visible desde la calle. Regresé al coche, lo moví unos treinta metros colina arriba y volví a cerrarlo con llave.

Aún estaba sin sentido cuando regresé. Abrí la puerta de la casa, lo arrastré dentro y volví a cerrar. El chico empezaba a respirar entrecortadamente. Encendí una lámpara. Parpadeó varias veces antes de abrir los ojos y de fijarlos lentamente en mí.

Me incliné, manteniéndome fuera del alcance de sus rodillas, y dije:

—No te muevas o tendrás una repetición del mismo tratamiento y un poco más. Quédate quieto y no respires. Sigue sin respirar hasta que no puedas más y reconoce entonces que no tienes otro remedio, que se te ha puesto morada la cara, que se te están saliendo los ojos de las órbitas y que vas a respirar ya, aunque estás bien atado en el sillón de la cámara de gas de San Quintín, bien limpia, eso así, y que, cuando te llenes los pulmones, aunque estás luchando con toda tu alma para no hacerlo, no será aire lo que entre, sino cianógeno. Y que eso es lo que en nuestro estado llaman ahora una ejecución humanitaria.

—Váyase a tomar por el... —dijo, acompañando sus palabras con un suave suspiro de aflicción.

—Te vas a declarar culpable de un delito menos grave, hermanito, y ni se te ocurra pensar que está en tu mano evitarlo. Dirás exactamente lo que queramos que digas y nada que no queramos que digas.

—Váyase a tomar por el...

—Repite eso y te pondré una almohada debajo de la cabeza.

Le tembló la boca. Lo dejé tumbado en el suelo con las muñecas esposadas a la espalda, la mejilla sobre la alfombra y un brillo animal en el ojo visible. Encendí otra lámpara y salí al vestíbulo situado detrás de la sala de estar. No parecía que nadie hubiera tocado el dormitorio de Geiger. Abrí la puerta, que ya no estaba cerrada con llave, del dormitorio situado frente al suyo. Había una débil luz parpadeante y olor a sándalo. Dos conos de cenizas de incienso descansaban, uno junto a otro, sobre una bandejita de bronce en la mesa. La luz procedía de dos altas velas negras encajadas en los candeleros de treinta centímetros, colocados en sillas de respaldo recto, una a cada lado de la cama.

Geiger estaba tumbado en el lecho. Las dos tiras de bordados chinos desaparecidas formaban una cruz de san Andrés sobre el centro de su cuerpo, ocultando la pechera manchada de sangre de la chaqueta china. Debajo de la cruz, las perneras del pijama negro aparecían rígidas y perfectamente rectas. El cadáver llevaba unas zapatillas con gruesas suelas de fieltro blanco. Por encima de las tiras de bordados los brazos estaban cruzados a la altura de las muñecas y las manos descansaban abiertas sobre los hombros, las palmas hacia abajo, los dedos muy juntos y ordenadamente extendidos. Tenía la boca cerrada y su bigote a los Charlie Chan resultaba tan irreal como un tupé. La nariz, ancha, había perdido color al contraerse. Los ojos estaban casi cerrados, pero no por completo. El de cristal emitió un débil resplandor al reflejar la luz y tuve la impresión de que me hacía un guiño.

No lo toqué. Ni siquiera me acerqué mucho. Tendría la frialdad del hielo y estaría tan tieso como una tabla.

La corriente provocada por la puerta abierta hizo que parpadearan las velas negras. Gotas de cera igualmente negra se deslizaron por sus costados. El aire del cuarto era venenoso e irreal. Salí, cerré la puerta de nuevo y volví a la sala de estar. El chico no se había movido. Me quedé quieto, tratando de oír las sirenas. Todo dependía de lo pronto que Agnes hablara y de lo que dijese. Si hablaba de Geiger, la policía aparecería en cualquier momento. Pero podía tardar horas en hacerlo. Podía incluso haber escapado.

Miré al chico.

—¿Quieres sentarte, hijo?

Cerró los ojos y fingió estar dormido. Me llegué hasta la mesa, cogí el teléfono de color morado y marqué el número de la oficina de Bernie Ohls. Se había marchado a las seis a su casa. Marqué el número de su casa y allí estaba.

—Marlowe al habla —dije—. ¿Encontraron tus muchachos esta mañana un revólver en el cadáver de Owen Taylor?

Le oí aclararse la garganta y también advertí cómo trataba de que no se le notara la sorpresa en la voz.

—Eso entraría en el capítulo de información reservada a la policía —dijo.

—Si lo encontraron, tenía tres cartuchos vacíos.

—¿Cómo demonios lo sabes? —preguntó Ohls sin alzar la voz.

—Ven al 7244 de Laverne Terrace, una bocacalle del bulevar Laurel Canyon. Te enseñaré dónde fueron a parar los proyectiles.

—Así de sencillo, ¿eh?

—Así de sencillo.

—Si miras por la ventana me verás torcer la esquina de la calle. Ya me pareció que estabas siendo un tanto cauteloso con este asunto.

—Cauteloso no es la palabra adecuada —dije.

18

Ohls se quedó mirando al muchacho, que estaba recostado en el diván y vuelto más bien hacia la pared. Lo contempló en silencio, con las cejas —de un color muy claro— tan hirsutas, despeinadas y redondas como los cepillitos para limpiar patatas y zanahorias que regala el representante de la casa Fuller.

—¿Reconoces haber disparado contra Brody? —le preguntó.

El chico, con voz apagada, utilizó una vez más su frase favorita.

Ohls suspiró y me miró.

—No hace falta que lo reconozca. Tengo su pistola.

—¡Si me hubieran dado un dólar por cada vez que me han dicho eso! —dijo Ohls—. ¿Qué tiene de divertido?

—No pretende ser divertido —respondí.

—Bien, eso ya es algo —dijo Ohls. Luego se volvió—: He llamado a Wilde. Iremos a verlo y le llevaremos a ese niñato. Vendrá conmigo, pero tú nos sigues, no sea que intente patearme.

—¿Qué te ha parecido lo que hay en el dormitorio?

—Me ha parecido muy bien —dijo Ohls—. Hasta cierto punto, me alegro de que Taylor se cayera al mar desde el muelle. No me hubiera gustado nada contribuir a mandarlo a la cámara de gas por cargarse a esa mofeta.

Volví al dormitorio pequeño, apagué las velas de color negro y las dejé que humearan. Cuando regresé a la sala de estar Ohls había puesto en pie al muchacho, que se esforzaba por fulminarlo con unos penetrantes ojos negros en el interior de un rostro tan duro y tan blanco como sebo frío de cordero.

—Vamos —dijo Ohls, cogiéndolo por los brazos como si le desagradara mucho tocarlo. Apagué las lámparas y salí tras ellos de la casa. Subimos a nuestros automóviles respectivos y seguí las luces traseras de Ohls mientras descendíamos la larga colina en curva. Deseé no tener que aparecer nunca más por la casa de Laverne Terrace.

Taggart Wilde, el fiscal del distrito, vivía en la esquina de la Cuarta Avenida con Lafayette Park, en una casa blanca de madera, del tamaño de un garaje de grandes dimensiones, con una *porte-cochère* de piedra arenisca roja construida en uno de los laterales y una hectárea de suave césped delante de la casa. Era una de esas sólidas construcciones antiguas que, siguiendo la moda de una determinada época, se trasladó entera a un nuevo emplazamiento cuando la ciudad creció hacia el oeste. Wilde pertenecía a una destacada familia de Los Ángeles y probablemente había nacido en aquella casa cuando aún se alzaba en West Adams, Figueroa o Saint James's Park.

Había ya dos automóviles estacionados delante de la casa. Un sedán muy grande de un particular y un coche de la policía cuyo chófer uniformado había salido a fumar y contemplaba la luna apoyado en el guardabarros posterior. Ohls se acercó a hablar con él para que vigilara al chico.

Nos llegamos hasta la casa y tocamos el timbre. Un individuo rubio muy peinado nos abrió la puerta y, después de atravesar el vestíbulo, nos hizo cruzar una enorme sala de estar, situada a un nivel más bajo que el resto de la casa y llena de pesados muebles oscuros, hasta un nuevo vestíbulo. Nuestro acompañante llamó a una puerta y entró, luego mantuvo la puerta abierta y nos hizo pasar a un estudio con revestimiento de madera, una puerta-ventana al fondo, abierta, que daba a un jardín oscuro y a árboles misteriosos. También llegaba olor a tierra húmeda y a flores. Las paredes estaban adornadas con grandes cuadros al óleo de temas apenas discernibles, y había además sillones, libros y el aroma de un buen habano que se mezclaba con el olor a tierra húmeda y a flores.

Taggart Wilde, sentado detrás de su escritorio, era una persona rolliza de mediana edad y ojos de color azul claro que conseguían una expresión amistosa sin tener en realidad expresión alguna. Tenía delante una taza de café solo, y sostenía un delgado cigarro veteado entre los cuidados dedos de la mano izquierda. Otro individuo estaba sentado en una esquina de la mesa en un sillón de cuero azul, un sujeto de ojos fríos, rostro muy estrecho y rasgos muy acusados, tan flaco como una ganzúa y tan duro como el gerente de una casa de empeño. Su rostro, impecable, se diría recién afeitado. Llevaba un traje marrón muy bien planchado y una perla negra en el alfiler de la corbata. Tenía los dedos largos y nerviosos de alguien con una inteligencia rápida. Y parecía preparado para pelear.

Ohls tomó una silla, se sentó y dijo:

—Buenas noches, Cronjager. Le presento a Philip Marlowe, un detective privado con un problema. —A continuación sonrió.

Cronjager me miró sin hacer gesto alguno de saludo, como si estuviera contemplando una fotografía. Luego bajó la barbilla un par de centímetros.

—Siéntese, Marlowe —dijo Wilde—. Trataré de que el capitán Cronjager se muestre considerado, pero ya sabe las dificultades con que tropezamos. La ciudad ha crecido mucho.

Me senté y encendí un cigarrillo. Ohls miró a Cronjager y preguntó:

—¿Qué hay de nuevo sobre el homicidio de Randall Place?

Cronjager se tiró de un dedo hasta que le crujieron los nudillos. Habló sin levantar los ojos.

—Un muerto con dos heridas de bala. Dos pistolas que nadie había utilizado. En la calle encontramos a una rubia intentando poner en marcha un automóvil que no le pertenecía. El suyo estaba al lado y era del mismo modelo. Parecía muy nerviosa, de manera que los muchachos la trajeron a la comisaría y lo contó todo. Estaba presente cuando dispararon contra Brody. Asegura que no vio al asesino.

—¿Es eso todo? —preguntó Ohls.

Cronjager alzó levemente una ceja.

—Sólo ha transcurrido una hora desde los hechos. Qué esperaba, ¿una película del asesinato?

—Quizá una descripción del asesino —dijo Ohls.

—Un tipo alto con una chaqueta de cuero sin mangas..., si a eso le llama usted una descripción.

—Lo tengo ahí fuera en mi tartana —dijo Ohls—. Esposado. Aquí está la pistola que utilizó. Marlowe les ha hecho el trabajo. —Se sacó del bolsillo la automática del chico y la depositó en un rincón de la mesa de Wilde. Cronjager contempló el arma pero no hizo ademán de cogerla.

Wilde rió entre dientes. Se había recostado en el asiento y lanzaba bocanadas de humo sin sacarse el cigarro de la boca. Luego se inclinó para beber un sorbo de la taza de café. A continuación se sacó un pañuelo de seda del bolsillo del esmoquin, se lo pasó por la boca y volvió a guardarlo.

—Hay otras dos muertes que están relacionadas con esa última —dijo Ohls, pellizcándose la barbilla.

Cronjager se tensó visiblemente. Sus ojos hoscos se convirtieron en puntos de luz acerada.

—¿Están enterados de que esta mañana hemos sacado un coche del mar, cerca del muelle de Lido, con un muerto dentro? —preguntó Ohls.

—No —dijo Cronjager, con la misma expresión desagradable.

—El muerto era chófer de una familia rica —dijo Ohls—. Una familia a la que se estaba haciendo chantaje en relación con una de las hijas. El señor Wilde recomendó a Marlowe a la familia por mediación mía. Y se puede decir que Marlowe ha seguido el asunto muy de cerca.

—Me encantan los sabuesos que siguen asesinatos muy de cerca —dijo Cronjager—. No tiene por qué ser tan condenadamente circunspecto.

—Claro —dijo Ohls—. No tengo por qué ser tan condenadamente circunspecto. Es un privilegio del que no disfruto con demasiada frecuencia cuando trato con policías de ciudad. Me paso la mayor parte del tiempo diciéndoles dónde poner los pies para que no se rompan los tobillos.

Cronjager palideció alrededor de las ventanillas de su afilada nariz. Su respiración hizo un suave ruido silbante en la habitación en silencio.

—A mis hombres no ha tenido que decirles nunca dónde poner los pies, tío listo —dijo Cronjager sin levantar la voz.

—Eso ya lo veremos —dijo Ohls—. El chófer del que he hablado y que hemos sacado del mar frente a Lido mató a un tipo anoche en el territorio de ustedes. Un individuo llamado Geiger que llevaba un tinglado de libros pornográficos en un establecimiento de Hollywood Boulevard. Geiger vivía con el mocoso que tengo en el coche. Hablo de vivir con él, no sé si capta usted la idea.

Cronjager lo miraba ahora de hito en hito.

—Todo eso parece que podría llegar a convertirse en una historia muy sucia —dijo.

—Según mi experiencia, eso es lo que sucede con la mayoría de las historias policíacas —gruñó Ohls, antes de volverse hacia mí, las cejas más hirsutas que nunca—. Estás en directo, Marlowe. Cuéntaselo.

Se lo conté.

Me callé dos cosas, aunque sin saber exactamente, en aquel momento, por qué dejaba fuera la segunda. No hablé de la visita de Carmen al apartamento de Brody, pero tampoco de la visita de Eddie Mars a la casa de Geiger. Conté todo lo demás como había sucedido.

Cronjager nunca apartó los ojos de mi cara, y su rostro no se inmutó en lo más mínimo durante todo el relato. Cuando hube terminado, permaneció en completo silencio más de un minuto. Tampoco Wilde dijo nada, bebiendo sorbos de café y lanzando suaves bocanadas de humo de su cigarro veteado. Ohls, mientras tanto, se contemplaba uno de los pulgares.

Cronjager se recostó despacio en el asiento, cruzó un tobillo sobre la rodilla y se frotó el hueso del tobillo con una mano delgada y nerviosa. El ceño muy fruncido, dijo con cortesía glacial:

—De manera que todo lo que ha hecho ha sido no comunicar un asesinato cometido anoche y luego emplear el día de hoy en husmear, permitiendo que el chico de Geiger cometiera un segundo asesinato.

—Eso ha sido todo lo que he hecho —dije—. Me hallaba en una situación bastante apurada. Imagino que hice mal, pero quería proteger a mi cliente y no tenía ningún motivo para pensar que al chico le diera por deshacerse de Brody a balazos.

—Ese tipo de cálculo es privilegio de la policía, Marlowe. Si hubiera informado anoche de la muerte de Geiger, nadie se habría llevado las existencias de la librería al apartamento de Brody. El chico no habría tenido esa pista y no hubiera matado a Brody. Digamos que Brody estaba viviendo con tiempo prestado. Los de su especie siempre lo están. Pero una vida es una vida.

—De acuerdo —dije—. Dígaselo a sus muchachos la próxima vez que acaben a tiros con algún ladronzuelo de poca monta que escapa por un callejón después de robar una rueda de repuesto.

Wilde puso las dos manos sobre el escritorio dando una fuerte palmada.

—Ya es más que suficiente —dijo con voz cortante—. ¿Qué le hace estar tan seguro, Marlowe, de que Taylor, el chófer, fue quien disparó contra Geiger? Aunque el arma que mató a Geiger la llevara Taylor encima y estuviera en el coche, no se sigue necesariamente que fuera el asesino. Alguien habría podido colocarle la pistola para inculparlo..., Brody, por ejemplo, el verdadero asesino.

—Es posible físicamente —dije—, pero no moralmente. Sería aceptar demasiadas coincidencias y demasiadas cosas que no concuerdan con la manera de ser de Brody y de su chica, y que tampoco están de acuerdo con lo que se proponían hacer. Estuve hablando con Brody durante un buen rato. Era un sinvergüenza, pero no encaja como asesino. Tenía dos armas, pero no llevaba encima ninguna de las dos. Buscaba un modo de meter la cuchara en el tinglado de Geiger, del que, como es lógico, estaba informado por la chica. Me dijo que vigilaba a Geiger para ver si tenía apoyos importantes. Creo que decía la verdad. Suponer que mató a Geiger para quedarse con sus libros, que luego se escabulló con la foto de Carmen Sternwood desnuda hecha por Geiger y que finalmente colocó la pistola para comprometer a Owen Taylor antes de tirarlo al mar cerca de Lido es suponer muchísimas más cosas de las necesarias. Taylor tenía el motivo, rabia provocada por los celos, y la oportunidad de matar a Geiger. Sacó sin permiso uno de los coches de la familia. Mató a Geiger delante de la chica, cosa que Brody nunca hubiera hecho, incluso aunque fuera un asesino. No veo por qué alguien con un interés puramente comercial en Geiger haría una cosa así. Pero Taylor sí. La foto de la chica desnuda es exactamente lo que le habría llevado a hacerlo.

Wilde rió entre dientes y miró de reojo a Cronjager. El policía se aclaró la garganta con un resoplido.

—¿Por qué molestarse en esconder el cadáver? —preguntó Wilde—. No le veo ningún sentido.

—El chico no lo ha confesado, pero debió de hacerlo él —respondí—. Brody no hubiera vuelto a la casa después de la muerte de Geiger. El chico debió de llegar después de que yo saliera con la señorita Sternwood. Se asustó al pensar en la policía, por supuesto, siendo lo que es, y probablemente le pareció una buena idea esconder el cuerpo hasta que se hubiera llevado sus efectos personales de la casa. Luego lo sacó a rastras por la puerta principal, a juzgar por las señales en la alfombra, y lo más probable es que lo metiera en el garaje. A continuación recogió sus pertenencias y se las llevó a otro sitio. Y más adelante, en algún momento de la noche y antes del rígor mortis, le dominó el sentimiento de culpabilidad al pensar que no había tratado nada bien a su amigo muerto. De manera que volvió y lo llevó a la cama. Todo esto no son más que suposiciones, como es lógico.

Wilde asintió.

—Hoy por la mañana ha ido a la librería como si nada hubiera sucedido y con los ojos bien abiertos. Al llevarse Brody los libros se entera de dónde van y concluye que la persona que se dispone a quedárselos ha matado a Geiger precisamente con ese fin. Cabe incluso que supiera más sobre Brody y la chica de lo que ellos sospechaban. ¿Qué te parece a ti, Ohls?

—Nos enteraremos —dijo Ohls—, pero eso no disminuye los problemas de Cronjager. Lo que le parece mal es todo lo que sucedió anoche y que sólo se le haya informado ahora.

—Creo que también yo conseguiré acostumbrarme a la idea —dijo Cronjager con acritud. Luego me miró con dureza y apartó la vista de inmediato.

Wilde agitó su cigarro y dijo:

—Veamos las pruebas, Marlowe.

Me vacié los bolsillos y coloqué los objetos sobre la mesa: los tres pagarés y la tarjeta de Geiger dirigida al general Sternwood, las fotos de Carmen y la libreta de pastas azules con la lista de nombres y direcciones en clave. Ya le había dado a Ohls las llaves del apartamento de Geiger.

Wilde lo examinó todo entre suaves bocanadas de humo. Ohls encendió uno de sus diminutos puros y lanzó tranquilamente el humo hacia el techo. Cronjager se inclinó sobre la mesa y contempló las pruebas.

El fiscal del distrito dio unos golpecitos sobre los tres recibos firmados por Carmen y dijo:

—Imagino que esto no era más que un señuelo. Si el general Sternwood pagó, fue por miedo a algo peor. Llegado el momento Geiger le hubiera apretado los tornillos. ¿Sabe de qué tenía miedo? —Me estaba mirando.

Negué con la cabeza.

—¿Nos ha contado la historia completa con todos los detalles pertinentes?

—He omitido un par de cuestiones personales. Y tengo intención de seguir haciéndolo, señor Wilde.

—¡Ajá! —dijo Cronjager, lanzando al mismo tiempo un resoplido lleno de sentimiento.

—¿Por qué? —preguntó Wilde sin alzar la voz.

—Porque mi cliente tiene derecho a esa protección, siempre que no se enfrente con un jurado de acusación. Dispongo de una licencia para trabajar como detective privado. Imagino que la palabra «privado» significa algo. Aunque la policía de Hollywood se enfrenta con dos asesinatos, los dos están resueltos. Tiene además a los dos asesinos. Y motivo y arma en ambos casos. Hay que eliminar el aspecto del chantaje, al menos en lo referente a los nombres de las víctimas.

—¿Por qué? —preguntó Wilde de nuevo.

—No hay nada que objetar —dijo Cronjager secamente—. Es una satisfacción hacer de comparsa cuando se trata de un sabueso de tanta categoría.

—Se lo voy a enseñar —dije yo. Me levanté, salí de la casa, fui hasta mi coche y saqué el libro procedente de la tienda de Geiger. El chófer uniformado se hallaba junto al coche de Ohls. El muchacho seguía dentro, recostado de lado en un rincón.

—¿Ha dicho algo? —pregunté.

—Me ha hecho una sugerencia —dijo el policía, escupiendo a continuación—. Pero la voy a ignorar.

Volví a la casa y puse el libro sobre el escritorio de Wilde después de desenvolverlo. Cronjager estaba usando un teléfono en el extremo de la mesa. Colgó y se sentó cuando entré yo.

Wilde hojeó el libro con cara de palo, lo cerró y lo empujó en dirección a Cronjager. El capitán lo abrió, miró una o dos páginas y lo cerró rápidamente. Un par de manchas rojas del tamaño de monedas le aparecieron en las mejillas.

—Mire las fechas impresas en la guarda delantera.

Cronjager abrió de nuevo el libro y las examinó.

—¿Y bien?

—Si es necesario —dije—, testificaré bajo juramento que ese libro procede del establecimiento de Geiger. Agnes, la rubia, reconocerá qué clase de negocio se hacía allí. Resulta evidente para cualquiera que tenga ojos en la cara que esa librería no era más que una fachada para otra cosa. Pero la policía de Hollywood le permitía trabajar, por razones que ellos sabrán. Me atrevo a decir que el jurado de acusación estará interesado en conocer esas razones.

Wilde sonrió.

—Los jurados de acusación —dijo— hacen a veces preguntas muy embarazosas..., en un esfuerzo bastante ineficaz para descubrir precisamente por qué las ciudades funcionan como lo hacen.

Cronjager se puso en pie de repente y se encajó el sombrero.

—Estoy en minoría de uno contra tres —dijo con voz cortante—. Soy miembro de la Brigada Criminal. Si ese tal Geiger prestaba o vendía libros pornográficos es algo que me tiene sin cuidado. Pero estoy dispuesto a reconocer que no sería de ninguna ayuda para nuestro trabajo que saliera a relucir en los periódicos. ¿Qué es lo que quieren, señores?

Wilde miró a Ohls, que dijo con la mayor calma:

—Lo que yo quiero es hacerle entrega del detenido. Vamos.

Se puso en pie. Cronjager lo miró con ferocidad y salió a grandes zancadas del estudio. Ohls lo siguió y la puerta se cerró de nuevo. Wilde tamborileó con los dedos sobre la mesa y me miró con sus ojos de color azul claro.

—Debería comprender los sentimientos de cualquier policía acerca de una maniobra de encubrimiento como ésta —dijo—. Tendrá usted que redactar informes acerca de todo ello..., al menos para los archivos. Creo que quizá sea posible mantener separados los dos asesinatos y no mezclar el apellido del general con ninguno de los dos. ¿Sabe por qué no le estoy arrancando una oreja?

—No. Temía que fuera a arrancarme las dos.

—¿Qué es lo que saca en limpio de todo esto?

—Veinticinco dólares al día más gastos.

—Lo que, hasta el momento, supone cincuenta dólares y un poco de gasolina.

—Más o menos.

Inclinó la cabeza hacia un lado y se pasó el dedo meñique de la mano izquierda por el borde de la barbilla.

—¿Y por esa cantidad de dinero está dispuesto a enemistarse con la mitad de las fuerzas de policía de este país?

—No me gusta nada —dije—. Pero ¿qué demonios voy a hacer si no? Trabajo en un caso. Vendo lo que tengo que vender para ganarme la vida. Las agallas y la inteligencia que Dios me ha dado y la disponibilidad para dejarme maltratar si con ello protejo a mis clientes. Va contra mis principios contar todo lo que he contado esta noche sin consultar antes al general. Por lo que respecta a encubrimientos, también yo he trabajado para la policía, como usted sabe. Se encubre sin descanso en cualquier ciudad importante. Los polizontes se ponen muy solemnes y virtuosos cuando alguien de fuera trata de ocultar cualquier cosa, pero ellos hacen lo mismo un día sí y otro también para contentar a sus amigos o a cualquier persona con un poco de influencia. Y todavía no he terminado. Sigo en el caso. Y volveré a hacer lo mismo si tengo que hacerlo.

—Con tal de que Cronjager no le retire la licencia —sonrió Wilde—. Ha dicho que había omitido un par de cuestiones personales. ¿De qué trascendencia?

—Todavía sigo en el caso —dije, mirándole directamente a los ojos.

Wilde me sonrió. Tenía la sonrisa franca y audaz de los irlandeses.

—Déjeme contarle algo, hijo. Mi padre era amigo íntimo del viejo Sternwood. He hecho todo lo que me permite mi cargo (y tal vez bastante más) para evitar amarguras al general. Pero a la larga resulta imposible. Esas hijas suyas están destinadas a tropezar con algo que no habrá manera de silenciar, sobre todo la rubita malcriada. No deberían andar por ahí tan descontroladas, y de eso creo que tiene la culpa el viejo. Imagino que no se da cuenta de cómo es el mundo en la actualidad. Y aún hay otra cosa que quizá no esté de más mencionar ahora que hablamos de hombre a hombre y que no tengo que reñirle. Me apostaría un dólar contra diez centavos canadienses a que el general teme que su yerno, el antiguo contrabandista, esté mezclado en todo esto de algún modo y que lo que en realidad esperaba era que usted descubriera que eso no es cierto. ¿Cuál es su opinión?

—No me parece que Regan fuese un chantajista, por lo que he oído de él. Podía llevar una vida regalada con la familia Sternwood, y sin embargo se marchó.

Wilde resopló.

—Ni usted ni yo estamos en condiciones de juzgar sobre lo regalado de esa vida. Si Regan tenía una determinada manera de ser, quizá no le resultase tan regalada. ¿Le ha dicho el general que estaba buscando a Regan?

—Me dijo que le gustaría saber dónde se encuentra y tener la seguridad de que no le van mal las cosas. Regan le caía bien y le dolió la manera que tuvo de dar la espantada sin despedirse.

Wilde se recostó en el asiento y frunció el ceño.

—Entiendo —dijo con una voz distinta. Luego procedió a cambiar de sitio las cosas que tenía sobre la mesa, colocando a un lado la libreta azul de Geiger y empujando en mi dirección las otras pruebas—. Más valdrá que se quede con ésas —dijo—. Ya no las necesito.

19

Eran cerca de las once cuando dejé el coche y me dirigí hacia el portal del Hobart Arms. La puerta de cristal se cerraba a las diez, de manera que tuve que sacar mis llaves. Dentro, en el impersonal vestíbulo cuadrado, un individuo dejó un periódico de la tarde en el suelo, junto a una maceta con una palmera, y tiró una colilla dentro. Luego se levantó, me saludó quitándose el sombrero y dijo:

—El jefe quiere hablar con usted. Desde luego sabe hacer esperar a los amigos, socio.

Me quedé quieto y contemplé la nariz hundida y la oreja como un medallón de solomillo.

—¿Sobre qué?

—¿Qué más le da? Pórtese como un buen chico y todo irá de perlas. —Mantenía la mano cerca de la parte alta de la chaqueta, que llevaba sin abrochar.

—Me huele la ropa a policías —dije—. Estoy demasiado cansado para hablar, demasiado cansado para comer, demasiado cansado para pensar. Pero si cree que no lo estoy para aceptar órdenes de Eddie Mars, trate de sacar la artillería antes de que le arranque la oreja buena de un disparo.

—Y un cuerno. No va armado. —Me miró desapasionadamente. Sus hirsutas cejas oscuras formularon una interrogación y la boca se le curvó hacia abajo.

—Eso fue entonces —le dije—. No siempre estoy en cueros.

Agitó la mano izquierda.

—De acuerdo. Usted gana. No me han dicho que me líe a tiros con nadie. Ya tendrá noticias suyas.

—Demasiado tarde será demasiado pronto —dije, y me volví lentamente mientras él se cruzaba conmigo de camino hacia la puerta. Luego la abrió y salió sin mirar atrás. Sonreí ante mi propia insensatez, llegué hasta el ascensor y subí a mi apartamento. Saqué del bolsillo el diminuto revólver de Carmen y me eché a reír. Luego lo limpié concienzudamente, lo engrasé, lo envolví en un trozo de franela y lo guardé bajo llave. Preparé un whisky y me lo estaba bebiendo cuando sonó el teléfono. Me senté junto a la mesa donde lo tenía instalado.

—De manera que esta noche hace de duro —dijo la voz de Eddie Mars.

—Grande, rápido, duro y lleno de espinas. ¿En qué puedo ayudarle?

—Polizontes en aquella casa..., ya sabe dónde. ¿Ha tenido a bien no mezclarme en el asunto?

—¿Por qué tendría que mostrarme tan considerado?

—Da buenos resultados ser amable conmigo, capitán. Y lo contrario también es cierto.

—Escuche con atención y oirá cómo me castañetean los dientes.

Rió sin ganas.

—¿Lo ha hecho o no lo ha hecho?

—Lo he hecho. Que me aspen si sé por qué. Imagino que ya era bastante complicado sin necesidad de usted.

—Gracias, capitán. ¿Quién lo mandó al otro barrio?

—Léalo mañana en los periódicos..., quizá.

—Quiero saberlo ahora.

—¿Consigue todo lo que quiere?

—No. ¿Es eso una respuesta, capitán?

—Alguien de quien usted no ha oído hablar nunca acabó con él. Dejémoslo así.

—Si eso es verdad, quizá algún día esté en condiciones de hacerle un favor.

—Cuelgue y deje que me acueste.

Se rió de nuevo.

—Está buscando a Rusty Regan, ¿no es cierto?

—Mucha gente lo piensa, pero no es cierto.

—En el caso de que lo estuviera buscando, podría darle alguna idea. Pásese a verme por la playa. A la hora que quiera. Me alegraré de saludarlo.

—Quizá.

—Hasta pronto, entonces. —Se cortó la comunicación y seguí sosteniendo el auricular con una paciencia que tenía algo de salvaje. Luego marqué el número de Sternwood, que sonó cuatro o cinco veces antes de que se oyera la impecable voz del mayordomo diciendo: «Residencia del general Sternwood».

—Aquí Marlowe. ¿Se acuerda de mí? Nos conocimos hace unos cien años..., ¿o fue ayer?

—Sí, señor Marlowe. Me acuerdo de usted, por supuesto.

—¿Está en casa la señora Regan?

—Sí, creo que sí. Le importa...

Le interrumpí porque había cambiado repentinamente de idea.

—No. Basta con que le dé un recado. Dígale que tengo todas las fotos y que todo lo demás está en orden.

—Sí, sí... —La voz pareció temblar un poco—. Tiene las fotos..., y todo lo demás está en orden... Sí, señor. ¿Me permite decirle que... muchísimas gracias, señor Marlowe?

El teléfono volvió a sonar cinco minutos después. Para entonces había terminado mi whisky, lo que hizo que recordara la cena que había olvidado casi por completo; salí del apartamento dejando sonar el teléfono. Seguía sonando cuando regresé. Volvió a sonar de rato en rato hasta las doce y media. A esa hora apagué las luces, abrí la ventana y amortigüé el timbre del teléfono con un trozo de papel antes de meterme en la cama. Estaba hasta la coronilla de la familia Sternwood.

Al día siguiente leí los tres periódicos de la mañana mientras me tomaba unos huevos con beicon. Los tres relatos de lo sucedido estaban tan cerca de la verdad como cabe esperar de la prensa: tan cerca como Marte de Saturno. Ninguno de los tres relacionaba a Owen Taylor, chófer del coche suicida del muelle de Lido, con el Asesinato en el Exótico Bungalow de Laurel Canyon. Ninguno de ellos mencionaba ni a los Sternwood, ni a Bernie Ohls ni a mí. Owen Taylor era el «chófer de una familia acaudalada». El capitán Cronjager, de la policía de Hollywood, se apuntaba un éxito por haber resuelto dos muertes ocurridas en su distrito, consecuencia de conflictos surgidos, al parecer, acerca de las recaudaciones de un servicio de teletipo instalado por un tal Geiger en la trastienda de su librería en Hollywood Boulevard. Brody había disparado contra Geiger y Carol Lundgren, para vengarse, había acabado con Brody. Carol Lundgren estaba detenido y había confesado. Tenía antecedentes penales (probablemente de cuando estudiaba secundaria). La policía había detenido también a una tal Agnes Lozelle, secretaria de Geiger, como testigo presencial.

Era un reportaje bien escrito. Daba la impresión de que Geiger había sido asesinado la noche anterior, de que Brody había muerto —más o menos— una hora después y de que el capitán Cronjager había resuelto los dos asesinatos en el tiempo que se necesita para encender un cigarrillo. El suicidio de Taylor aparecía en la primera página de la Sección II. Había una foto del sedán en la gabarra, con la placa de la matrícula oscurecida, y un bulto sobre cubierta, cerca de la barandilla, tapado con una sábana. Owen Taylor estaba deprimido y mal de salud. Su familia vivía en Dubuque, adonde se procedería a enviar sus restos mortales. No se llevarían a cabo pesquisas judiciales.

20

El capitán Gregory, de la Oficina de Personas Desaparecidas, puso mi tarjeta sobre su amplia mesa y la colocó de tal manera que sus bordes quedaran exactamente paralelos a los lados del escritorio. La estudió con la cabeza inclinada hacia un lado, resopló, se dio la vuelta en la silla giratoria y contempló las ventanas enrejadas del último piso del Palacio de Justicia, que estaba a media manzana de distancia. Era un hombre fornido de ojos cansados y con los movimientos lentos y precisos de un vigilante nocturno. Su voz resultaba monótona y desinteresada.

—Detective privado, ¿eh? —dijo, sin mirarme en absoluto, absorto en el panorama que se veía desde la ventana. Un hilo de humo se alzó de la ennegrecida cazoleta de la pipa de brezo que le colgaba del colmillo—. ¿Qué puedo hacer por usted?

—Trabajo para el general Guy Sternwood, de 3765 Alta Brea Crescent, West Hollywood.

El capitán Gregory expulsó un poco de humo por una comisura, sin quitarse por ello la pipa de la boca.

—¿Sobre qué?

—No se trata exactamente de lo mismo que hacen ustedes, pero su trabajo me interesa. He pensado que podrían ayudarme.

—¿Ayudarle acerca de qué?

—El general Sternwood es un hombre rico —dije—. Amigo fraternal del padre del fiscal del distrito. El hecho de que decida contratar para los recados a una persona con dedicación exclusiva no significa que le haga ningún reproche a la policía. Se trata tan sólo de un lujo que se puede permitir.

—¿Qué le hace pensar que estoy haciendo algo por él?

No contesté a su pregunta. Gregory se dio la vuelta en su sillón giratorio lenta y pesadamente y apoyó los pies —que eran grandes— en el linóleo que cubría el suelo. Aquel despacho tenía el olor mohoso de muchos años de rutina. El capitán me miró sombríamente.

—No quiero hacerle perder el tiempo —dije, echando un poco para atrás la silla..., unos diez centímetros.

Gregory no se movió. Siguió mirándome con ojos descoloridos y cansados.

—¿Conoce al fiscal del distrito?

—He hablado con él varias veces y en otro tiempo trabajé para él. Conozco bien a Bernie Ohls, su investigador jefe.

El capitán Gregory descolgó un teléfono y murmuró:

—Póngame con Ohls en el despacho del fiscal del distrito.

Dejó el teléfono en su soporte sin soltarlo. Pasaron los segundos. Siguió saliendo humo de la pipa. Los ojos permanecieron tan cansinos e inmóviles como la mano. Sonó el teléfono y el capitán echó mano de mi tarjeta con la mano izquierda.

—¿Ohls? Al Gregory, de jefatura. Tengo en mi despacho a un individuo llamado Philip Marlowe. Su tarjeta dice que es investigador privado. Quiere que le dé información... ¿Sí? ¿Qué aspecto tiene?... De acuerdo, gracias.

Dejó el teléfono, se sacó la pipa de la boca y apretó el tabaco con la contera de latón de un grueso lápiz. Lo hizo con mucho cuidado y de manera solemne, como si fuera una operación tan importante o más que cualquier otra cosa que tuviera que hacer a lo largo del día. Luego se recostó en el sillón y siguió mirándome algún tiempo más.

—¿Qué es lo que quiere?

—Tener una idea de los progresos que han hecho, si los ha habido.

Estuvo pensándoselo.

—¿Regan? —preguntó por fin.

—Efectivamente.

—¿Lo conoce?

—No lo he visto nunca. Según he oído es un irlandés bien parecido, con menos de cuarenta años, que se dedicó en otro tiempo al contrabando de bebidas, que se casó con la hija mayor del general Sternwood y que el matrimonio no funcionó. También se me ha dicho que desapareció hace cosa de un mes.

—Sternwood debería considerarse afortunado, en lugar de contratar a un hombre tan capaz como usted como ojeador.

—El general le tomó mucho cariño. Son cosas que pasan. El general es un inválido y está muy solo. Regan se sentaba con él y le hacía compañía.

—¿Qué cree usted que va a conseguir que nosotros no podamos?

—Nada en absoluto, por lo que se refiere a encontrar a Regan. Pero también existe un componente más bien misterioso de chantaje. Quisiera tener la seguridad de que Regan no está mezclado en eso. Saber dónde está, o dónde no está, podría ayudar.

—Hermano, me gustaría ayudarle, pero no sé dónde está. Regan bajó el telón y de ahí no hemos pasado.

—Resulta muy difícil hacer eso cuando se tiene enfrente a una organización como la suya, ¿no es cierto, capitán?

—Cierto..., pero se puede hacer..., durante una temporada. —Tocó un timbre situado a un lado del escritorio. Una mujer de mediana edad asomó la cabeza por una puerta lateral.

—Tráigame el expediente sobre Terence Regan, Abba.

La puerta se cerró. El capitán y yo nos miramos, inmersos en un silencio todavía más denso. La puerta se abrió de nuevo y la mujer dejó sobre la mesa una carpeta verde con una etiqueta. Gregory hizo un gesto con la cabeza para despedirla, se puso unas pesadas gafas con montura de concha sobre una nariz en la que se marcaban las venas y fue pasando lentamente los papeles del expediente. Yo me dediqué a dar vueltas entre los dedos a un pitillo.

—Se esfumó el 16 de septiembre —dijo—. Lo único importante es que era el día libre del chófer y nadie vio a Regan sacar su coche. Fue a última hora de la tarde, de todos modos. Encontramos el automóvil cuatro días después en el garaje de una lujosa urbanización de bungalows cercana a Sunset Towers. Uno de los empleados llamó al destacamento de coches robados, explicando que no era de allí. El sitio se llama la Casa de Oro. Hay un detalle curioso del que le hablaré dentro de un momento. No conseguimos averiguar nada sobre quién había dejado allí el coche. Buscamos huellas, pero no encontramos ninguna que estuviera fichada en ningún sitio. El auto en el garaje no cuadra con la posibilidad de actos delictivos, aunque sí hay un motivo para sospechar juego sucio. Cuadra, en cambio, con otra posibilidad de la que le hablaré dentro de un momento.

—Cuadra con el hecho de que la esposa de Eddie Mars figure en la lista de personas desaparecidas.

Gregory pareció contrariado.

—Sí. Investigamos a los inquilinos, descubrimos que la señora Mars vivía allí y que se marchó más o menos al mismo tiempo que Regan, una diferencia de dos días como máximo. Se la había visto con un tipo cuya descripción casi coincide con la de Regan, aunque nunca logramos una identificación positiva. Quizá lo más curioso en este condenado negocio de la policía es comprobar cómo una anciana puede asomarse a una ventana, ver a un individuo corriendo y reconocerlo en una rueda de identificación seis meses después, y cómo nosotros, en cambio, aunque mostremos a cualquier empleado de hostelería una fotografía nítida nunca llega a estar seguro.

—Es uno de los requisitos para ser un buen empleado de hostelería —dije yo.

—Sí, claro. Eddie Mars y su mujer no vivían juntos, pero mantenían una relación amistosa, dice Eddie. Le enumero algunas de las posibilidades. La primera es que Regan siempre llevaba encima quince de los grandes. Dinero en efectivo, me dicen. No sólo un billete de muestra y algo de calderilla. Es mucha pasta junta, pero quizá el tal Regan lo tenía para sacarlo y contemplarlo cuando alguien le estaba mirando. Aunque quizá, por otra parte, le tuviera completamente al fresco. Su mujer dice que nunca le sacó un centavo al viejo Sternwood, si se exceptúa la comida y el alojamiento y un Packard 120 que le regaló su mujer. ¿Cómo se compagina todo eso con un antiguo contrabandista metido en una salsa tan apetitosa?

—No logro entenderlo —dije.

—Bien; de manera que nos encontramos con un tipo que se esfuma, lleva quince grandes encima y la gente lo sabe. Es mucho dinero. Tampoco a mí me importaría desaparecer con quince grandes, y eso que tengo un par de chavales en secundaria. De manera que la primera idea es que alguien le roba, pero le atiza un poco más de la cuenta y tienen que llevárselo al desierto y plantarlo entre los cactos. Pero esa hipótesis no me gusta demasiado. Regan llevaba un arma y tenía experiencia más que suficiente sobre cómo usarla, y no sólo con la gente de tres al cuarto de la mafia de las bebidas. Según me han contado mandó toda una brigada durante el conflicto irlandés de 1922 o cuando quiera que fuese. Un tipo así no sería presa fácil para un atracador. Por otra parte, el que su coche estuviera en ese garaje demuestra que quien le robó sabía que estaba a partir un piñón con la mujer de Eddie Mars, cosa cierta, creo yo, pero no algo que pudiera saber cualquier muerto de hambre de sala de billar.

—¿Tiene una foto? —pregunté.

—De él, no de ella. También eso es curioso. Hay muchas cosas curiosas en este caso. Aquí lo tiene. —Empujó hacia mí una fotografía brillante desde el otro lado de la mesa, y pude contemplar un rostro irlandés que me pareció más triste que alegre y más reservado que excesivamente desenvuelto. No era la cara de un tipo duro ni tampoco la de una persona que se dejara avasallar por nadie sin oponer resistencia. Cejas rectas y oscuras con huesos sólidos debajo. Una frente más ancha que alta, una copiosa mata de pelo oscuro, nariz delgada y breve, boca ancha. Una barbilla con líneas muy definidas pero pequeña para la boca. Un rostro que parecía un poco en tensión, el rostro de un hombre que se mueve deprisa y hace las cosas en serio. Sin duda reconocería aquella cara si alguna vez llegaba a verla.

El capitán Gregory vació la pipa, volvió a llenarla y prensó el tabaco con el pulgar. Luego la encendió, lanzó una bocanada de humo y tomó de nuevo la palabra.

—Quizá otras gentes supieran que Regan se entendía con la *Frau* de Eddie Mars. Además del mismo Eddie Mars. Porque lo sorprendente es que él lo sabía. Pero no parecía importarle lo más mínimo. Lo investigamos muy a fondo por aquel entonces. Por supuesto, Eddie no lo habría eliminado por celos. Las circunstancias hubieran estado demasiado en contra de él.

—Depende de lo listo que sea —dije—. Podría intentar un doble farol.

El capitán Gregory negó con la cabeza.

—Si es lo bastante listo para llevar adelante su tinglado, quiere decirse que es demasiado listo para una cosa así. No crea que no entiendo lo que quiere usted decir. Hace la tontería porque piensa que nosotros no esperamos que haga una tontería. Desde el punto de vista de la policía eso no funciona. Porque estaríamos tan encima de él que resultaría perjudicial para su negocio. Quizá usted piense que hacerse el tonto puede tomarse como una demostración de astucia. Quizá lo piense también yo. Pero el policía corriente y moliente, no. Le haría la vida imposible. He descartado esa hipótesis. Si me equivoco y puede usted demostrar lo contrario, le prometo comerme el cojín de mi sillón. Hasta entonces seguiré pensando que Eddie está libre de sospechas. Los celos son una razón desastrosa para personas como él. Los mafiosos de alto nivel tienen cabeza para los negocios. Aprenden a hacer las cosas que son buena política económica y dejan que sus sentimientos personales se las apañen como puedan. No contemplo esa posibilidad.

—¿Quién le queda entonces?

—La esposa de Eddie y el mismo Regan. Nadie más. La señora Mars era rubia por entonces, aunque no lo será ya. No encontramos su coche, de manera que lo más probable sea que se marcharan en él. Nos sacaron una ventaja considerable: catorce días. De no ser por el coche de Regan, no creo que nos hubieran asignado el caso. Por supuesto estoy acostumbrado a que las cosas sean así, sobre todo cuando se trata de buenas familias. Y por supuesto todo lo que he hecho ha sido estrictamente confidencial.

Se recostó en el asiento y golpeó los brazos del sillón con los pulpejos de las manos, grandes y pesadas.

—No veo que se pueda hacer otra cosa que esperar —dijo—. Hemos desplegado las antenas, pero es demasiado pronto para pensar en resultados. Sabemos que Regan tenía quince grandes. La chica también contaba con algo, quizá bastante, en piedras preciosas. Pero algún día se les acabará el dinero. Regan cobrará un talón, dejará una señal, escribirá una carta. Están en una ciudad nueva para ellos y se han cambiado de nombre, pero siguen teniendo los mismos apetitos de siempre. Acabarán por volver a entrar en el sistema financiero.

—¿Qué hacía la chica antes de casarse con Eddie Mars?

—Cantante.

—¿No puede usted conseguir alguna foto profesional?

—No. Eddie debe de haber tenido alguna, pero no las suelta. Quiere que la dejen tranquila. No le puedo obligar. Cuenta con buenos amigos en la ciudad; de lo contrario no sería lo que es. —Resopló—. ¿Le resulta útil algo de esto?

—No los encontrarán nunca a ninguno de los dos —dije—. El océano Pacífico está demasiado cerca.

—Lo que he dicho sobre el cojín de mi silla sigue en pie. A él lo encontraremos. Puede que lleve tiempo. Tal vez incluso un año o dos.

—Es posible que el general Sternwood no viva tanto tiempo —dije.

—Hemos hecho todo lo que hemos podido, hermano. Si está dispuesto a ofrecer una recompensa y a gastar dinero, quizá obtengamos resultados. Pero la ciudad no me da la cantidad de dinero que haría falta. —Se me quedó mirando con mucha fijeza y alzó las cejas hirsutas—. ¿De verdad cree que Eddie Mars acabó con los dos?

Me eché a reír.

—No. Sólo bromeaba. Creo lo mismo que usted, capitán. Que Regan se escapó con una mujer que significaba para él más que una esposa rica con la que no se llevaba bien. Además su mujer todavía no es rica.

—¿La ha conocido, supongo?

—Sí. Estupenda para un fin de semana con mucho ritmo, pero un poco cansada como dieta estable.

El capitán lanzó un gruñido. Le di las gracias por su tiempo y la información que me había proporcionado y me marché. Un Plymouth sedán de color gris me siguió cuando dejé el ayuntamiento. Le di la posibilidad de alcanzarme en una calle tranquila. Como rechazó el ofrecimiento me lo quité de encima y me dediqué a mis asuntos.

21

Me mantuve a distancia de la familia Sternwood. Regresé a mi despacho, me senté en la silla giratoria y traté de recuperar todo el atraso acumulado en materia de balanceo de pies. Había un viento racheado que entraba por las ventanas y las carbonillas de los quemadores de gasoil del hotel vecino venían a parar a mi despacho y corrían por encima de la mesa como plantas rodadoras moviéndose sin rumbo por un solar vacío. Estaba pensando en salir a almorzar y en que la vida tenía muy pocos alicientes y en que probablemente no mejoraría si me tomaba un whisky y en que tomarme un whisky completamente solo a aquella hora del día no me iba a resultar, en cualquier caso, nada divertido, cuando llamó Norris. Con su habitual tono cortés y cuidadoso dijo que el general Sternwood no se sentía muy bien, que se le habían leído determinados artículos de la prensa diaria y que había llegado a la conclusión de que mi investigación estaba terminada.

—Sí, por lo que se refiere a Geiger —respondí—. No sé si hace falta decirlo, pero no fui yo quien disparó contra él.

—El general nunca ha supuesto que lo haya hecho usted, señor Marlowe.

—¿Sabe el general algo acerca de las fotografías que preocupaban a la señora Regan?

—No, señor. Nada en absoluto.

—¿Está usted al corriente de lo que el general me entregó?

—Sí, señor. Tres pagarés y una tarjeta, creo recordar.

—Exacto. Se las devolveré. En cuanto a las fotos, creo que será mejor que me limite a destruirlas.

—Muy bien, señor. La señora Regan trató en varias ocasiones de hablar con usted anoche...

—Había salido a emborracharme —dije.

—Sí. Muy necesario, señor, no me cabe la menor duda. El general me ha dado instrucciones para que le envíe un talón por valor de quinientos dólares. ¿Le parece adecuado?

—Más que generoso.

—¿Y puedo aventurarme a pensar que consideramos cerrado el incidente?

—Sí, claro. Seré tan hermético como una cámara acorazada a la que se le ha estropeado el mecanismo de relojería que sirve para abrirla.

—Muchas gracias, señor. Todos se lo agradecemos mucho. Cuando el general se sienta un poco mejor, mañana, posiblemente, querrá darle las gracias personalmente.

—Estupendo —dije—. Aprovecharé la ocasión para beber un poco más de su brandy, tal vez con champán.

—Me ocuparé de poner a enfriar una botella —dijo el bueno del mayordomo con la sombra de una sonrisita en la voz.

Eso fue todo. Nos despedimos y colgamos. El olor de la vecina cafetería me llegó por las ventanas junto con las carbonillas pero no consiguió despertarme el apetito. De manera que eché mano de la botella del despacho, me bebí un whisky y dejé que mi conciencia se ocupara de sus problemas.

Luego empecé a hacer cuentas con los dedos. Rusty Regan había abandonado dinero a espuertas y una guapa esposa para irse a vagabundear con una rubia imprecisa que estaba más o menos casada con un mafioso llamado Eddie Mars. Se había marchado de repente, sin decir adiós a nadie, y podía haber varias razones distintas para ello. O al general le había pesado demasiado el orgullo o se había pasado de prudente en nuestra primera entrevista, y no me había dicho que el Departamento de Personas Desaparecidas se estaba ocupando del asunto. La gente del Departamento había llegado a un punto muerto y, a todas luces, no pensaba que mereciese la pena molestarse más. Regan había hecho lo que había hecho y era asunto suyo. Yo coincidía con el capitán Gregory en que era muy poco probable que Eddie Mars hubiera participado en un doble asesinato sólo porque otro hombre se había marchado con una rubia con la que él ni siquiera vivía ya. Puede que le hubiese molestado, pero los negocios son los negocios y, en un sitio como Hollywood, hay que llevar los dientes bien apretados para evitar que se le cuelen a uno por el gaznate las rubias sin dueño. Con mucho dinero de por medio quizá las cosas hubieran sido diferentes. Pero quince grandes no serían mucho dinero para Eddie Mars. No era un estafador de tres al cuarto como Brody.

Geiger había muerto y Carmen tendría que encontrar algún otro personaje turbio con quien beber exóticas mezclas de licores. No me parecía que fuera a resultarle difícil. Le bastaría con quedarse parada cinco minutos en una esquina y adoptar aire tímido. Esperaba que el próximo sinvergüenza que le echara el anzuelo lo hiciera con un poco más de suavidad y para un recorrido más largo y no cuestión de pocos momentos.

La señora Regan conocía a Eddie Mars lo bastante bien como para pedirle dinero prestado. Lógico, dado que jugaba a la ruleta y era buena perdedora. Cualquier propietario de casino prestaría dinero a un buen cliente en apuros. Tenían además un interés común en Regan, el marido de Vivian que se había escapado con la esposa de Eddie Mars.

Carol Lundgren, el homicida de pocos años y con un vocabulario muy limitado, iba a quedar fuera de circulación para una larga, larguísima temporada, incluso aunque no lo ataran a una silla en la cámara de gas. No lo harían, porque se declararía culpable de un delito menos grave, ahorrándole dinero al país. Todos lo hacen cuando no pueden pagar a un abogado de prestigio. Agnes Lozelle estaba detenida como testigo fundamental. No iban a necesitarla si se llegaba a un acuerdo y Carol se declaraba culpable en la primera comparecencia ante el juez, momento en que dejarían en libertad a mi rubia amiga. La justicia tampoco querría explorar otras posibilidades del negocio de Geiger, único campo en el que podían tener algo contra ella.

Sólo quedaba yo, que había ocultado, durante veinticuatro horas, un asesinato y las pruebas con él relacionadas, pero nadie me había detenido y estaba a punto de recibir un talón por valor de quinientos dólares. Lo más sensato por mi parte habría sido tomarme otro whisky y olvidarme de todo aquel lío.

Como eso era con toda claridad lo más sensato, llamé a Eddie Mars y le dije que iría a Las Olindas por la noche para hablar con él. Así de sensato fui.

Me presenté allí hacia las nueve, bajo una luna de octubre brillante y muy alta que acabó perdiéndose en las capas superiores de una niebla costera. El club Cypress, situado en el extremo más alejado de la ciudad, era una laberíntica mansión de madera, en otro tiempo residencia de verano de un creso llamado De Cazens, convertida después en hotel. En la actualidad era un lugar grande, oscuro, exteriormente destartalado y rodeado por un denso bosquecillo de cipreses de Monterrey, retorcidos por el viento, que eran los que le daban nombre. Tenía amplios porches decorados con volutas, torrecillas por todas partes, adornos de vidrios de colores alrededor de los amplios ventanales, grandes establos vacíos en la parte de atrás, y un aire general de nostálgica decadencia. Eddie Mars había dejado el exterior casi como lo había encontrado, en lugar de remodelarlo para que pareciese un decorado a la Metro Goldwyn Mayer. Dejé el coche en una calle con chisporroteantes lámparas de arco y penetré en el recinto siguiendo un húmedo camino de grava que me llevó hasta la entrada principal. Un portero ataviado con un abrigo cruzado de aspecto militar me hizo pasar a un enorme vestíbulo silencioso y con poca luz del que nacía, curvándose, una majestuosa escalera blanca de roble hasta perderse en la oscuridad del piso superior. Me desprendí del sombrero y del abrigo y esperé, escuchado música y voces indistintas que me llegaban desde detrás de pesadas puertas dobles. Todo aquello parecía estar lejísimos y no pertenecer del todo al mismo mundo que el edificio. Luego el individuo rubio, esbelto y pálido, que había estado en casa de Geiger con Eddie Mars y con el boxeador, apareció por una puerta debajo de la escalera, me sonrió sombríamente y me llevó con él a lo largo de un pasillo alfombrado hasta el despacho del jefe.

Entramos en una habitación cuadrada con una antigua ventana en saliente muy profunda y una chimenea de piedra en la que ardía perezosamente un fuego de madera de enebro. El revestimiento de las paredes era de madera de nogal, con un friso por encima de damasco desvaído. El techo más que alto era remoto. Y había olor a frialdad marina.

El escritorio de Eddie Mars, oscuro y sin brillo, no encajaba en la habitación, pero lo mismo sucedía con todos los objetos posteriores a 1900. La alfombra mostraba un bronceado propio de Florida. Había una combinación de radio y bar en un rincón y un juego de té de porcelana de Sèvres sobre una bandeja de cobre al lado de un samovar. Me pregunté quién lo usaría. En otro rincón se distinguía la puerta de una caja fuerte que tenía conectado un mecanismo de relojería.

Eddie Mars me sonrió amablemente, nos estrechamos la mano y enseguida me señaló la cámara acorazada con un gesto de la barbilla.

—Resultaría pan comido para cualquier banda de atracadores si no fuera por ese artilugio —dijo alegremente—. La policía local se presenta todas las mañanas y vigilan mientras lo abro. Tengo un acuerdo con ellos.

—Me dio usted a entender que disponía de algo que estaba dispuesto a ofrecerme —dije—. ¿De qué se trata?

—¿Por qué tanta prisa? Siéntese y tómese una copa.

—Ninguna prisa. Pero usted y yo no tenemos nada de que hablar, excepto negocios.

—Se tomará la copa y además le gustará —dijo. Mezcló un par de whiskis, puso el mío junto a un sillón de cuero rojo y él se quedó de pie, las piernas cruzadas, recostado en el borde de la mesa, y una mano en el bolsillo lateral de su esmoquin azul marino, con el pulgar fuera y la uña reluciente. Vestido de etiqueta parecía un poco más duro que con el traje gris de franela, pero seguía teniendo aspecto de deportista. Bebimos y nos hicimos mutuas inclinaciones de cabeza.

—¿Ha estado alguna vez aquí? —me preguntó.

—Durante la prohibición. No me divierte nada jugar.

—No es lo mismo cuando se dispone de dinero —sonrió—. Tendría que echar una ojeada en este momento. Una de sus amigas está ahí fuera apostando a la ruleta. Me han dicho que hoy se le da muy bien. Vivian Regan.

Bebí otro sorbo de mi whisky y encendí uno de los cigarrillos con monograma que Eddie me ofrecía.

—Me gustó bastante su manera de maniobrar ayer —dijo—. En aquel momento consiguió irritarme, pero después he podido ver cuánta razón tenía. Usted y yo deberíamos llevarnos bien. ¿Qué le debo?

—¿Por hacer qué?

—Todavía cauteloso, ¿eh? Tengo mis contactos con jefatura; de lo contrario no seguiría aquí. Me entero de las cosas tal como suceden, no como luego se leen en los periódicos. —Me mostró los dientes, grandes y muy blancos.

—¿Qué es lo que me ofrece?

—¿No se refiere a dinero?

—He entendido que nos referíamos a información.

—¿Información acerca de qué?

—Tiene usted muy mala memoria. Acerca de Regan.

—Ah, eso. —Agitó las uñas resplandecientes ante la luz discreta de una de las lámparas de bronce que lanzaban sus rayos hacia el techo—. Me han dicho que ya la tiene. Y considero que le debo una recompensa. Estoy acostumbrado a pagar cuando me tratan bien.

—No he venido hasta aquí para darle un sablazo. Me pagan por lo que hago. No mucho, según las tarifas de usted, pero me defiendo. Un único cliente en cada momento es una buena norma. No liquidó usted a Regan, ¿verdad?

—No. ¿Es eso lo que pensaba?

—No lo consideraría imposible.

Se echó a reír.

—Bromea.

Reí yo también.

—Claro que bromeo. No he visto nunca a Regan, pero sí su foto. No tiene usted gente para un trabajo así. Y ya que estamos hablando de ese tema, no me vuelva a mandar a sus matones para darme órdenes. Podría darme un ataque de histeria y acabar con alguno.

Miró al fuego a través de la copa, la dejó al borde de la mesa y se limpió los labios con un pañuelo transparente de batista.

—Sabe usted hablar —dijo—. Pero seguro que también podría batir cualquier marca. Regan en realidad no le interesa, ¿no es cierto?

—No; al menos de manera profesional. Nadie me ha pedido que lo haga. Pero sé de alguien a quien le gustaría saber dónde está.

—A su mujer le tiene sin cuidado —dijo Eddie Mars.

—Me refiero al padre de su mujer.

Volvió a limpiarse los labios y contempló el pañuelo casi como si esperase encontrar una mancha de sangre. Unió las espesas cejas grises en un gesto de interrogación y se pasó un dedo por un lado de la curtida nariz.

—Geiger trataba de chantajear al general —dije—. El general no me lo confesó, pero mi impresión fue que le asustaba la posibilidad de que Regan estuviese metido en ello.

Eddie Mars se echó a reír de nuevo.

—Claro. Geiger intentaba ese truco con todo el mundo. Era estrictamente idea suya. Conseguía de la gente pagarés que parecían legales..., que eran legales, me atrevería a decir, aunque nunca se hubiera arriesgado a presentarse con ellos ante un tribunal. Lo que hacía era enviarlos, con un toque amable para mejor efecto, quedándose con las manos vacías. Si la respuesta era positiva, había conseguido asustar a alguien y se ponía a trabajar. Si no le hacían caso, dejaba el asunto.

—Un tipo listo —dije—. En este caso está bien claro que lo dejó. Lo dejó y dio un buen traspiés. ¿Cómo es que está usted enterado de todo eso?

Se encogió de hombros en un gesto de impaciencia.

—Ya me gustaría no estar enterado de la mitad de los asuntos que llegan a mis manos. Conocer los negocios de otras personas es la peor inversión que puede hacer una persona en mi posición. En ese caso, si era únicamente Geiger quien le interesaba, ha liquidado el asunto.

—Liquidado y sin recibos pendientes.

—Lo siento. Me gustaría que el viejo Sternwood contratase a un experto como usted y le pusiera un sueldo fijo para ocuparse de esas chicas suyas al menos unas cuantas noches a la semana.

—¿Por qué?

Su boca hizo una mueca hosca.

—No causan más que problemas. La morena, por ejemplo. Aquí no hace más que dar la tabarra. Si pierde, se hunde, y yo acabo con un puñado de pagarés que nadie descuenta a ningún precio. No dispone de dinero propio, si se exceptúa una asignación, y el testamento del viejo es un secreto. Pero si gana, se lleva a casa mi dinero.

—Lo recupera usted a la noche siguiente.

—Algo sí recupero. Pero a la larga salgo perdiendo.

Me miró con mucha seriedad, como si lo que decía tuviera que importarme mucho. Me pregunté por qué consideraba siquiera necesario contármelo. Bostecé y me terminé el whisky.

—Voy a salir a echar una ojeada al local —dije.

—Hágalo, por favor. —Señaló una puerta cercana a la de la cámara acorazada—. Por ahí se sale muy cerca de las mesas.

—Prefiero entrar por donde lo hacen los que se dejan aquí la camisa.

—De acuerdo. Como prefiera. Amigos, ¿no es cierto, capitán?

—Claro. —Me puse en pie y nos dimos la mano.

—Quizá le pueda hacer un verdadero favor algún día —dijo—. Gregory le dijo todo lo que sabe.

—De manera que también lo tiene usted bajo control.

—No hasta ese punto. Sólo somos amigos.

Me quedé mirándolo un momento y luego me dirigí hacia la puerta por donde había entrado. Me volví para mirarlo cuando la hube abierto.

—¿No tiene por casualidad a alguien siguiéndome en un Plymouth sedán de color gris?

Se le abrieron mucho los ojos. Dio la impresión de haber recibido un golpe.

—Caramba, no. ¿Por qué tendría que hacerlo?

—No sabría decírselo —le respondí antes de salir. Me pareció que su sorpresa era lo bastante espontánea para ser auténtica. Pensé incluso que estaba un poquito preocupado, pero no se me ocurrieron razones que lo justificaran.

22

Eran más o menos las diez y media cuando la orquestina mexicana que lucía llamativas fajas amarillas se cansó de interpretar en voz baja una rumba excesivamente americanizada con la que nadie bailaba. El músico que tocaba los tambores hechos con calabazas se frotó las puntas de los dedos como si le dolieran y, casi con el mismo movimiento, se puso un pitillo en la boca. Los otros cuatro, agachándose simultáneamente con un gesto que pareció cronometrado, sacaron de debajo de las sillas vasos de los que —con chasquidos de lengua y un brillo repentino en los ojos— procedieron a beber. Tequila, parecía decir su actitud. Probablemente se trataba de agua mineral. La simulación era tan innecesaria como la música. Nadie los estaba mirando.

La habitación fue en otro tiempo sala de baile y Eddie Mars sólo la había cambiado hasta donde lo exigían las necesidades de su negocio. Nada de cromados, nada de luces indirectas desde detrás de cornisas angulares, nada de cuadros hechos con vidrio fundido, ni sillas de cuero de colores violentos y armazón de tubos de metal reluciente, nada del circo pseudomodernista del típico antro nocturno de Hollywood. La luz procedía de pesadas arañas de cristal y los paneles de damasco rosa de las paredes eran todavía del damasco rosa original —un poco desvaído por el tiempo u oscurecido por el polvo— que se colocara hacía mucho tiempo para combinarlo con el suelo de parqué, del que únicamente quedaba al descubierto un pequeño espacio, tan pulido como cristal, delante de la orquestina mexicana. El resto lo cubría una pesada moqueta de color rosa oscuro que debía de haber costado mucho dinero. Formaban el parqué una docena de maderas nobles diferentes, desde la teca de Birmania hasta la palidez del lilo silvestre de las colinas de California, pasando por media docena de tonalidades de roble y madera rojiza que parecía caoba, todas mezcladas en complicados dibujos de regularidad matemática.

Seguía siendo un hermoso salón aunque ahora se jugase a la ruleta en lugar de bailar reposadamente a la antigua usanza. Junto a la pared más alejada había tres mesas. Una barandilla baja de bronce las separaba del resto del salón y formaba una valla alrededor de los crupieres. Las tres mesas funcionaban, pero la gente se amontonaba en la del centro. Desde mi posición al otro lado de la sala, donde estaba apoyado contra la barra y daba vueltas sobre el mostrador de caoba a un vasito de ron, veía los cabellos oscuros de Vivian Regan muy cerca de la mesa.

El barman se inclinó hacia mí, contemplando el grupo de gente bien vestida de la mesa central.

—Hoy se lo lleva todo, no falla ni una —dijo—. Esa tipa alta y morena.

—¿Quién es?

—No sé cómo se llama. Pero viene mucho.

—No me creo que no sepa cómo se llama.

—Sólo trabajo aquí, caballero —me respondió sin enfadarse—. Además se ha quedado sola. El individuo que la acompañaba se desmayó y lo sacaron hasta su coche.

—La llevaré a casa —dije.

—No creo que pueda. Pero le deseo buena suerte de todos modos. ¿Quiere que le rebaje el ron o le gusta como está?

—Me gusta como está, dentro de que no me gusta demasiado —dije.

—Yo preferiría irme antes que beber esa medicina contra la difteria —dijo él.

El grupo compacto se abrió para dar paso a dos individuos vestidos de etiqueta y tuve ocasión de ver la nuca y los hombros descubiertos de la señora Regan. Llevaba un vestido escotado de terciopelo de color verde apagado que parecía demasiado de vestir para aquel momento. La multitud se volvió a cerrar ocultándolo todo excepto su cabeza morena. Los dos hombres cruzaron la sala, se apoyaron contra el bar y pidieron whiskis con soda. Uno de ellos tenía el rostro encendido y estaba entusiasmado y para secarse el sudor utilizó un pañuelo con una orla negra. Las dobles tiras de satén a los lados de su pantalón eran tan anchas como huellas de neumáticos.

—Chico, no he visto nunca una serie como ésa —dijo con voz llena de nerviosismo—. Ocho aciertos y dos empates seguidos con el rojo. Eso es la ruleta, muchacho, precisamente eso.

—Me pone a cien —dijo el otro—. Está apostando un billete grande cada vez. No puede perder. —Se aplicaron a beberse lo que habían pedido y regresaron junto a la mesa.

—Los que no se juegan nada siempre tan sabios —dijo el barman—. Mil dólares cada vez, vaya. Una vez, en La Habana, vi a un viejo con cara de caballo...

El ruido se hizo más intenso en la mesa central y una voz extranjera, bien modulada, se alzó para decir:

—Tenga la amabilidad de esperar unos instantes, señora. La mesa no puede igualar su apuesta. El señor Mars estará aquí dentro de un momento.

Dejé el ron y atravesé la sala. La orquestina empezó a tocar un tango con más fuerza de la necesaria. Nadie bailaba ni tenía intención de hacerlo. Avancé entre diversas personas vestidas con esmoquin, o totalmente de etiqueta, o con ropa deportiva o traje de calle, reunidas alrededor de la última mesa de la izquierda. Nadie jugaba ya. Detrás, dos crupieres, con las cabezas juntas, miraban de reojo. Uno movía el rastrillo adelante y atrás sin objeto alguno. Los dos estaban pendientes de Vivian Regan.

A la hija del general Sternwood le temblaban las pestañas y su rostro estaba increíblemente pálido. Se hallaba en la mesa central, frente a la rueda de la ruleta. Tenía delante un desordenado montón de dinero y de fichas que parecía ser una cantidad importante.

—Me gustaría saber qué clase de local es éste —le dijo al crupier con tono insolente, frío y malhumorado—. Póngase a trabajar y hágale dar vueltas a la rueda, larguirucho. Quiero jugar una vez más y apostar todo lo que hay en la mesa. Ya me he fijado en lo deprisa que recoge el dinero cuando perdemos los demás, pero si se trata de pagar, lloriquea.

El crupier le respondió con una sonrisa fría y cortés, muchas veces utilizada contra miles de pelmazos y millones de tontos. Reforzado por su estatura, su comportamiento indiferente resultaba impecable.

—La mesa no puede igualar su apuesta, señora. Tiene usted más de dieciséis mil dólares.

—Es dinero suyo —se burló Vivian—. ¿No quiere recuperarlo?

Un individuo que estaba a su lado trató de decirle algo. Ella se volvió con rabia y le soltó algo que le sonrojó y le obligó a desaparecer entre los espectadores. En el extremo más distante del espacio acotado por la barandilla de bronce se abrió una puerta, en la pared tapizada de damasco, por la que salió Eddie Mars con una estudiada sonrisa indiferente y las manos en los bolsillos del esmoquin, a excepción de los pulgares, con sus uñas relucientes. Parecía gustarle aquella pose. Avanzó por detrás de los crupieres y se detuvo en la esquina de la mesa central. Habló con tranquilidad casi indolente y de manera menos cortés que su subordinado.

—¿Algún problema, señora Regan?

La hija del general volvió el rostro en su dirección como si se dispusiera a arremeter contra él. Vi cómo se tensaba la curva de su mejilla, resultado de una tirantez interior casi insoportable. No le contestó.

—Si no va a jugar más —dijo Eddie Mars con tono más serio—, tendrá que permitirme que busque a una persona para acompañarla a casa.

La muchacha se ruborizó, aunque sin perder la palidez de los pómulos. Luego rió desafinadamente.

—Una apuesta más, Eddie —dijo con tono glacial—. Lo he colocado todo al rojo. Me gusta el rojo. Es el color de la sangre.

Eddie Mars esbozó una sonrisa, hizo un gesto de asentimiento, metió la mano en el bolsillo interior del pecho y extrajo un voluminoso billetero de piel de foca con cantos dorados que lanzó descuidadamente a lo largo de la mesa en dirección al crupier.

—Iguale su apuesta con billetes de mil —dijo—, si nadie se opone a que este juego sea sólo para la señora.

Nadie se opuso. Vivian Regan se inclinó y, casi con ferocidad y con las dos manos, empujó todas sus ganancias hasta colocarlas sobre el gran rombo rojo del tapete.

El crupier se inclinó sin prisa sobre la mesa. Contó y apiló el dinero y las fichas de la señora Regan, hasta colocarlo todo, menos una pequeña cantidad, en un montón muy pulcro; luego, con el rastrillo, sacó el resto del tapete. A continuación abrió el billetero de Eddie Mars y extrajo dos paquetes con billetes de mil dólares. Rompió uno, contó seis billetes, los añadió al otro paquete intacto, puso los cuatro restantes que habían quedado sueltos en el billetero, que a continuación procedió a apartar tan descuidadamente como si se tratara de una caja de cerillas. Eddie Mars no tocó el billetero. Nadie se movió a excepción del crupier, que hizo girar la rueda con la mano izquierda y lanzó la bola de marfil por el borde superior con un tranquilo movimiento de muñeca. Luego retiró las manos y cruzó los brazos.

Los labios de Vivian se separaron lentamente hasta que sus dientes reflejaron la luz y brillaron como cuchillos. La bola se deslizó perezosamente pendiente abajo y rebotó en los resaltes cromados por encima de los números. Después de mucho tiempo, pero con una trayectoria final muy rápida, cayó definitivamente con un seco clic. La rueda perdió velocidad, llevándose la bola consigo. El crupier no extendió los brazos hasta que la rueda se detuvo por completo.

—El rojo gana —dijo ceremoniosamente, sin interés. La bolita de marfil descansaba sobre el 25 rojo, el tercer número desde el doble cero. Vivian Regan echó la cabeza hacia atrás y rió triunfalmente.

El crupier alzó el rastrillo, empujó lentamente el montón de billetes de mil dólares, los añadió a la apuesta, y lo empujó todo con la misma lentitud hasta sacarlo de la zona de juego.

Eddie Mars sonrió, se guardó el billetero en el bolsillo, giró en redondo y desapareció por la puerta de la pared del fondo.

Una docena de personas respiró simultáneamente y se dirigió hacia el bar. Me puse en movimiento con ellos y llegué al otro extremo del salón antes de que Vivian hubiera recogido sus ganancias y se diera la vuelta para separarse de la mesa. Pasé al amplio vestíbulo tranquilo, recogí el sombrero y el abrigo de manos de la encargada del guardarropa, dejé una moneda de veinticinco centavos en la bandeja y salí al porche. El portero se me acercó y dijo:

—¿Desea que le traiga el coche?

—Sólo voy a dar un paseo —le respondí.

Las volutas a lo largo del borde del porche estaban humedecidas por la niebla, una niebla que goteaba de los cipreses de Monterrey, que se perdían en la nada en dirección al acantilado suspendido sobre el océano. No se veía más allá de tres o cuatro metros en cualquier dirección. Bajé los escalones del porche y me perdí entre los árboles, siguiendo un sendero apenas marcado hasta que oí el ruido de la marea lamiendo la niebla, muy abajo, al pie del acantilado. No brillaba ninguna luz. Desde cualquier sitio se veía una docena de árboles con claridad, otra docena de manera muy borrosa y luego nada en absoluto, a excepción de la niebla. Di la vuelta hacia la izquierda y retomé la senda de grava que rodeaba los establos donde se estacionaban los coches. Cuando empecé a distinguir la silueta de la casa me detuve. Por delante de mí había oído toser a alguien.

Mis pasos no habían hecho el menor ruido sobre el suave césped húmedo. La misma persona volvió a toser y luego sofocó la tos con un pañuelo o una manga. Mientras estaba así ocupado me acerqué más y pude distinguirlo ya, una vaga sombra cerca del sendero. Algo me hizo esconderme detrás de un árbol y agacharme. El individuo de las toses volvió la cabeza. Su rostro debería de habérseme presentado como una mancha blanca. Pero no fue así. Vi una mancha oscura. Llevaba la cara cubierta por una máscara.

Esperé detrás del árbol.

23

Pasos ligeros, los pasos de una mujer, se acercaban por el camino invisible. El individuo delante de mí avanzó y pareció apoyarse en la niebla. En un primer momento yo no veía a la mujer, luego empecé a distinguir su silueta. La manera arrogante de mover la cabeza me pareció familiar. El enmascarado avanzó muy deprisa. Las dos figuras se fundieron, dando la impresión de formar parte de la niebla. El silencio fue total durante un momento. Luego el enmascarado dijo:

—Lo que tengo en la mano es una pistola, señora. No haga ruido. Las voces llegan lejos con la niebla. Limítese a pasarme el bolso.

La señora Regan no hizo el menor ruido. Di un paso adelante. De repente vi pelusa húmeda en el ala del sombrero del atracador. Su víctima permanecía inmóvil. Luego su respiración empezó a producir un sonido rasposo, como una lima pequeña sobre madera blanda.

—Grite —dijo el enmascarado— y la hago picadillo.

Vivian ni gritó ni se movió. El atracador actuó y dejó escapar después una risita seca.

—Más le valdrá que el dinero esté aquí —dijo. El cierre del bolso hizo clic y llegó hasta mí el ruido de alguien que buscaba a tientas. El enmascarado se dio la vuelta y se dirigió hacia mi árbol. Después de dar tres o cuatro pasos dejó escapar otra risita. Una risita que formaba parte de mis recuerdos. Me saqué una pipa del bolsillo y la empuñé a modo de pistola.

—Hola, Lanny —dije sin alzar mucho la voz.

El otro se detuvo en seco y empezó a alzar la mano que no sujetaba el bolso.

—No —exclamé—. Te dije que no hicieras nunca eso. Te tengo encañonado.

Nada se movió. Vivian, un poco más allá, en el camino, no se movió. Lanny tampoco.

—Deja el bolso entre los pies, muchacho —le dije—. Despacio y tranquilo.

Lanny se agachó. Salté y le alcancé cuando todavía estaba agachado. Se incorporó junto a mí y respirando con fuerza. Tenía las manos vacías.

—Di que no me saldrá bien. —Me incliné y le quité la pistola que llevaba en el bolsillo del abrigo—. Siempre hay alguien dispuesto a darme un arma —le dije—. Acaban pesándome tanto que camino torcido. Lárgate.

Nuestros alientos se encontraron y se mezclaron y nuestros ojos eran como los ojos de dos gatos encima de un muro. Di un paso atrás.

—Sigue tu camino, Lanny. Sin rencor. Si tú no dices nada tampoco lo haré yo. ¿De acuerdo?

—De acuerdo —dijo él con dificultad.

La niebla se lo tragó. El sonido cada vez más débil de sus pasos y luego nada. Recogí el bolso, palpé el interior y me dirigí hacia el sendero. La señora Regan seguía sin moverse, el abrigo gris de piel muy cerrado en torno a la garganta por una mano desenguantada en la que brillaba débilmente una sortija. No llevaba sombrero. Sus cabellos oscuros con raya en el centro eran parte de la negrura de la noche. También sus ojos.

—Buen trabajo, Marlowe. ¿Se ha convertido en mi guardaespaldas? —Había en su voz una nota discordante.

—Eso es lo que parece. Tome el bolso.

La señora Regan lo recogió.

—¿Tiene coche? —le pregunté.

Se echó a reír.

—He venido con acompañante. ¿Qué hace usted aquí?

—Eddie Mars quería verme.

—No sabía que lo conociera. ¿Para qué?

—No me importa decírselo. Creía que buscaba a alguien que, según pensaba él, se había escapado con su mujer.

—¿Es eso cierto?

—No.

—En ese caso, ¿por qué ha venido?

—Para averiguar por qué creía que yo buscaba a alguien que, en opinión suya, se había escapado con su mujer.

—¿Lo ha averiguado?

—No.

—Da usted información con la misma parsimonia que un locutor de radio —dijo—. Supongo que no es cosa mía, incluso aunque esa persona fuese mi marido. Creía que no le interesaba.

—La gente no se cansa de hablarme de Rusty Regan.

La señora Regan hizo ruido con los dientes para manifestar su desagrado. El incidente del atracador no parecía haberle hecho la menor impresión.

—Lléveme al garaje —dijo—. He de buscar a mi acompañante.

Caminamos por el sendero, torcimos por una esquina del edificio y vimos claridad delante de nosotros; luego volvimos a torcer otra esquina y llegamos al patio cerrado de un establo, muy bien iluminado por dos reflectores. Seguía pavimentado con los ladrillos primitivos y el suelo descendía hasta una rejilla en el centro. Los automóviles brillaban y un individuo con un guardapolvo marrón se levantó de un taburete y vino hacia nosotros.

—¿Todavía no se le ha pasado la borrachera a mi amigo? —preguntó Vivian despreocupadamente.

—Mucho me temo que no, señorita. Le eché encima una manta de viaje y subí los cristales de las ventanillas. Imagino que está bien. Descansando un poco.

Nos dirigimos hacia un Cadillac y el individuo del guardapolvo marrón abrió una de las portezuelas traseras. Sobre el amplio asiento, más o menos tumbado, y cubierto hasta la barbilla por una manta a cuadros, había un hombre joven que roncaba con la boca abierta. Rubio, alto y fuerte, parecía capaz de aguantar grandes cantidades de bebidas alcohólicas.

—Le presento al señor Larry Cobb —dijo Vivian—. Señor Cobb, el señor Marlowe.

Dejé escapar un gruñido.

—El señor Cobb era mi acompañante. Un acompañante muy agradable el señor Cobb. Muy atento. Debería verlo cuando no ha bebido. Alguien debiera verlo cuando está sereno. Sólo para poner las cosas en su sitio. De manera que pueda pasar a la historia el breve momento deslumbrante, pronto enterrado por el tiempo, pero nunca olvidado, en el que Larry Cobb no estaba bebido.

—Claro —dije yo.

—Llegué incluso a pensar en casarme con él —continuó la señora Regan con voz muy alta y tensa, como si el sobresalto del atraco empezara ya a dejarse sentir—. En momentos peculiares en los que nada agradable se me pasaba por la cabeza. Todos tenemos esos malos ratos. Significa mucho dinero, compréndalo. Un yate, casa en Long Island, casa en Newport, casa en las Bermudas, fincas repartidas aquí y allá, probablemente por todo el mundo..., a la distancia, unas de otras, de una botella de buen whisky. Y para el señor Cobb una botella de whisky nunca supone una gran distancia.

—Claro —dije yo—. ¿Tiene un chófer que lo lleve a casa?

—No diga «claro» de esa manera tan despectiva. —Me miró arqueando las cejas. El tipo de la bata marrón se estaba mordiendo con fuerza el labio inferior—. Sin duda dispone de todo un pelotón de chóferes. Probablemente pasan revista delante del garaje todas las mañanas, botones relucientes, correajes brillantes, guantes blancos inmaculados..., con una elegancia a lo West Point.

—De acuerdo, ¿dónde demonios está ese chófer? —pregunté.

—Esta noche conducía el señor Cobb —dijo el individuo de la bata marrón, casi como si se disculpara—. Se podría llamar a su casa y conseguir que alguien viniera a buscarlo.

Vivian se volvió y le sonrió como si acabara de regalarle una tiara de diamantes.

—Eso sería estupendo —dijo—. ¿Le importaría hacerlo? No me gustaría nada que el señor Cobb muriese así..., con la boca abierta. Quizá alguien podría pensar que había muerto de sed.

—No si le olían, señorita —dijo el de la bata.

Vivian abrió el bolso, sacó un puñado de billetes y se los puso en la mano.

—Estoy segura de que cuidará de él.

—¡Caray! —dijo el otro, abriendo mucho los ojos—. Claro que sí, señorita.

—Mi apellido es Regan —dijo Vivian con mucha dulzura—. Señora Regan. Es probable que me vuelva a ver. No lleva mucho tiempo aquí, ¿verdad?

—No, se... —Sus manos no sabían qué hacer con el puñado de billetes.

—Le gustará mucho este sitio —dijo ella. Luego me cogió del brazo—. Vayamos en su coche, Marlowe.

—Está fuera, en la calle.

—Me parece perfecto. Me encantan los paseos entre la niebla. Se tropieza una con gente muy interesante.

—¡Ya vale! —dije.

La señora Regan se agarró con fuerza a mi brazo y empezó a temblar. Se apretó contra mí durante todo el trayecto, pero había dejado de temblar cuando subimos al automóvil. Conduje por una calle en curva bordeada de árboles, por detrás de la casa, que desembocaba en el bulevar De Cazens, la arteria principal de Las Olindas. Pasamos bajo unas antiquísimas y chisporroteantes lámparas de arco y después de algún tiempo apareció una pequeña ciudad, edificios, tiendas cerradas, una gasolinera con una luz sobre un timbre para llamar al encargado del turno de noche y, finalmente, un *drugstore* que todavía estaba abierto.

—Será mejor que se tome una copa —dije.

Movió la barbilla, un punto de palidez en el rincón del asiento. Torcí en diagonal hacia el bordillo de la acera y aparqué.

—Un café con una pizca de whisky le sentará bien —dije.

—Podría emborracharme como dos marineros y disfrutar muchísimo.

Le abrí la portezuela y se apeó pasando muy cerca de mí y rozándome la mejilla con el pelo. Entramos en el *drugstore*. Compré medio litro de whisky de centeno en el mostrador de las bebidas alcohólicas, lo llevé hasta donde estaban los taburetes y dejé la botella sobre el agrietado mostrador de mármol.

—Dos cafés —dije—. Solos, cargados y hechos este año.

—No se puede beber licor aquí —dijo el camarero. Llevaba una bata azul descolorida, le clareaba el pelo, tenía ojos de persona honrada y su barbilla nunca se tropezaría con una pared antes de que él la viera.

Vivian Regan sacó un paquete de cigarrillos del bolso y lo zarandeó hasta dejar suelto un par, igual que habría hecho un varón. Luego me los ofreció.

—Es ilegal beber licores aquí —repitió el camarero.

Encendí los cigarrillos y no le hice ningún caso. El de la bata azul llenó dos tazas con el contenido de una deslustrada cafetera de níquel y nos las puso delante. Contempló la botella de whisky, murmuró algo de manera inaudible y dijo finalmente con voz cansada:

—De acuerdo; miraré hacia la calle mientras se lo sirven.

Fue a colocarse delante del escaparate, de espaldas a nosotros y con las orejas más bien gachas.

—Tengo el corazón en un puño —dije, al destapar la botella y añadir whisky al café—. Es fantástico cómo se cumplen las leyes en esta ciudad. Durante la prohibición el local de Eddie Mars era un club nocturno y todas las noches dos individuos uniformados se aseguraban en el vestíbulo de que los clientes no trajeran sus propias bebidas y tuvieran que comprar las de la casa.

El camarero se volvió de repente, regresó detrás del mostrador y luego cruzó la puerta de cristal que lo separaba del sitio donde se despachaban las medicinas.

Bebimos nuestro café reforzado con whisky. Contemplé el rostro de Vivian en el espejo situado detrás de la cafetera. Estaba tenso y pálido y era hermoso y un poco salvaje, con labios rojos y crueles.

—Hay algo perverso en esos ojos suyos —dije—. ¿Con qué le aprieta las clavijas Eddie Mars?

No me miró a mí, sino a mi imagen en el espejo.

—Esta noche he ganado mucho a la ruleta..., y empecé con cinco grandes que le pedí prestados ayer y que no he necesitado utilizar.

—Quizá eso le haya molestado. ¿Cree que Eddie le ha mandado al buchantero?

—¿Qué es un buchantero?

—Un tipo con una pistola.

—¿Es usted buchantero?

—Claro —reí—. Pero estrictamente hablando un buchantero está en el lado equivocado de la valla.

—Con frecuencia me pregunto si existe un lado equivocado.

—Nos estamos apartando del tema. ¿Con qué le aprieta las clavijas Eddie Mars?

—¿Quiere decir que tiene sobre mí poder de algún tipo?

—Sí.

Sus labios esbozaron una mueca de desprecio.

—Tiene que ser más ingenioso, Marlowe. Mucho más ingenioso.

—¿Qué tal está el general? No pretendo ser ingenioso.

—No demasiado bien. Hoy no se ha levantado. Podría al menos dejar de interrogarme.

—Recuerdo una ocasión en la que pensé lo mismo de usted. ¿Hasta qué punto está enterado el general?

—Probablemente lo sabe todo.

—¿Se lo ha contado Norris?

—No. Ha venido a verlo Wilde, el fiscal del distrito. ¿Quemó usted esas fotos?

—Claro. A usted le preocupa su hermana menor, ¿no es cierto? De cuando en cuando.

—Creo que es lo único que me preocupa. También me preocupa papá en cierta manera, tratar de que sepa lo menos posible.

—El general no se hace muchas ilusiones —dije—. Pero imagino que todavía le queda algo de orgullo.

—Somos de su sangre. Eso es lo peor. —Me miró en el espejo con ojos distantes, sin fondo—. No quiero que se muera despreciando a su propia sangre. Siempre ha sido sangre sin freno, pero no necesariamente podrida.

—¿Es eso lo que sucede ahora?

—¿No es eso lo que piensa usted?

—La suya no. Usted sólo representa su papel.

Bajó los ojos. Bebí un poco más de café y encendí otro cigarrillo para los dos.

—De manera que dispara contra la gente —dijo con mucha calma—. Es un homicida.

—¿Yo? ¿Cómo es eso?

—Los periódicos y la policía lo arreglaron de manera muy conveniente. Pero no me creo todo lo que leo.

—Ah. Cree que acabé con Geiger, o con Brody, o quizá con los dos.

No respondió.

—No fue necesario —dije—. Podría haber tenido que hacerlo, supongo, sin consecuencias desagradables. Ninguno de los dos hubiera vacilado a la hora de llenarme de plomo.

—Eso le hace ser asesino por vocación, como todos los polis.

—¡Ya vale!

—Una de esas criaturas oscuras, mortalmente tranquilas, sin más sentimientos que los que tiene un carnicero por las reses que despedaza. Lo supe la primera vez que lo vi.

—Tiene usted suficientes amigos poco recomendables para saber que eso no es cierto.

—Son unos blandos comparados con usted.

—Gracias, duquesa. Tampoco usted es una perita en dulce.

—Salgamos de este poblachón podrido.

Pagué la cuenta, me metí la botella de whisky en el bolsillo y nos fuimos. Al camarero no acababa de caerle en gracia.

Nos alejamos de Las Olindas pasando por una serie de fríos y húmedos pueblecitos playeros; había casas, con aspecto de chozas, construidas sobre la arena, cerca del ruido sordo de la marea, y otras de mayor tamaño, edificadas sobre las laderas de detrás. En alguna ventana brillaba una luz de cuando en cuando, pero la mayoría estaban a oscuras. El olor a algas llegaba desde el mar y se pegaba a la niebla. Los neumáticos cantaban sobre el cemento del bulevar. El mundo no era más que una húmeda desolación.

Estábamos ya cerca de Del Rey cuando Vivian Regan habló por primera vez desde que salimos del *drugstore*. Su voz tenía una extraña resonancia, como si, por debajo, algo palpitara muy en lo hondo.

—Siga hasta el club náutico en Del Rey. Quiero contemplar el mar. Tome la próxima calle a la izquierda.

En el cruce había una luz amarilla intermitente. Torcí con el coche y me deslicé por una cuesta con un risco a un lado, vías férreas interurbanas a la derecha, una acumulación de luces a poca altura mucho más lejos, al otro lado de las vías, y luego, todavía más lejos, el brillo de las luces del muelle y una neblina en el cielo por encima de los edificios. En aquella dirección la niebla había desaparecido casi por completo. La carretera cruzó las vías en el sitio donde torcían para pasar por debajo del risco; luego penetró en un segmento pavimentado de paseo marítimo que bordeaba una playa abierta y despejada. Había automóviles aparcados a lo largo de la acera, mirando hacia el mar, oscuro. Las luces del club náutico quedaban a unos cientos de metros de distancia.

Detuve el automóvil pegándolo al bordillo, apagué las luces y me quedé quieto con las manos sobre el volante. Bajo la niebla, cada vez menos espesa, las olas se ondulaban y se llenaban de espuma, casi sin hacer ruido, como una idea que tratara de tomar forma de manera independiente en el límite de la conciencia.

—Acérquese más a mí —dijo ella con voz casi pastosa.

Me aparté del volante para situarme en el centro del asiento. Vivian giró un poco el cuerpo en la dirección contraria a mí, como para mirar por la ventanilla. A continuación se dejó caer hacia atrás, en mis brazos, sin emitir sonido alguno. Casi se golpeó la cabeza con el volante. Su rostro quedaba a oscuras y había cerrado los ojos. Luego vi que los abría y parpadeaba, su brillo bien visible incluso en la oscuridad.

—Estrécheme en sus brazos, bruto —dijo.

Al principio la abracé sin apretar en absoluto. Sus cabellos tenían un tacto áspero contra mi cara. Luego la estreché de verdad y la levanté. Lentamente coloqué su rostro a la altura del mío. Sus párpados se abrían y cerraban muy deprisa, como alas de mariposas nocturnas.

Primero la besé con fuerza y deprisa. Después le di un beso largo y despacioso. Sus labios se abrieron bajo los míos. Su cuerpo empezó a temblar entre mis brazos.

—Asesino —dijo con suavidad, su aliento entrándome en la boca.

La apreté contra mí hasta que los estremecimientos de su cuerpo casi me hicieron temblar a mí. Seguí besándola. Después de mucho tiempo apartó la cabeza lo suficiente para preguntar:

—¿Dónde vives?

—Hobart Arms. Franklin cerca de Kenmore.

—No he visto nunca tu casa.

—¿Quieres verla?

—Sí.

—¿Con qué te aprieta las clavijas Eddie Mars?

Su cuerpo se tensó en mis brazos y su respiración hizo un ruido áspero. Apartó la cabeza hasta que sus ojos, muy abiertos, mostrando una gran cantidad de córnea, me miraron fijamente.

—De manera que así es como están las cosas —dijo con voz suave y apagada.

—Así es como están. Besarte es muy agradable, pero tu padre no me contrató para que me acostara contigo.

—Hijo de puta —dijo tranquilamente, sin moverse.

Me reí en sus narices.

—No creas que soy un témpano —repliqué—. No estoy ciego ni privado de sentidos. Tengo la sangre tan caliente como cualquier hijo de vecino. Eres fácil de conseguir..., demasiado fácil, si quieres saber la verdad. ¿Con qué te aprieta las clavijas Eddie Mars?

—Si dices eso otra vez, gritaré.

—Por mí no dejes de hacerlo.

Se apartó bruscamente, enderezándose, hasta situarse lo más lejos que pudo en el asiento del coche.

—Hay hombres que han muerto por pequeñeces como ésa, Marlowe.

—Hay hombres que han muerto prácticamente por nada. La primera vez que nos vimos te dije que era detective. Métetelo de una vez en esa cabeza tuya tan encantadora. Trabajo en eso, encanto. No me dedico a jugar.

Vivian buscó en el bolso, sacó un pañuelo y empezó a morderlo, la cabeza vuelta hacia la ventanilla. Me llegó el sonido de la tela al rasgarse. Lo estaba rompiendo con los dientes, una y otra vez.

—¿Qué te hace pensar que Eddie Mars tiene algo para presionarme? —susurró, la voz ahogada por el pañuelo.

—Te deja ganar un montón de dinero y luego manda un sicario para recuperarlo. Y tú apenas te sorprendes. Ni siquiera me has dado las gracias por impedirlo. Creo que todo el asunto no ha sido más que una representación. Y si quisiera hacerme ilusiones diría que, al menos en parte, la comedia me estaba destinada.

—Crees que Eddie gana o pierde según le apetece.

—Claro. En apuestas iguales, cuatro de cada cinco veces.

—¿Tengo que decirte que me inspiras una profunda repugnancia, señor detective?

—No me debes nada. Ya me han pagado lo que me correspondía.

La hija del general arrojó el pañuelo destrozado por la ventanilla del coche.

—Tienes una manera encantadora de tratar a las mujeres.

—He disfrutado besándote.

—No pierdes la cabeza por nada del mundo. Eso es muy de agradecer. ¿Debo felicitarte yo o será mejor que lo haga mi padre?

—He disfrutado besándote.

Su voz se hizo glacial:

—Haz el favor de sacarme de aquí, si eres tan amable. Estoy completamente segura de que me gustaría volver a casa.

—¿No vas a ser una hermana para mí?

—Si tuviera una navaja de afeitar te rebanaría el cuello..., sólo para ver lo que sale.

—Sangre de oruga —dije.

Puse el coche en marcha, di la vuelta, crucé de nuevo las vías interurbanas para regresar a la carretera principal, y luego seguí adelante hasta nuestra ciudad y West Hollywood. Vivian no me dirigió la palabra ni una sola vez. Apenas se movió durante todo el camino. Atravesé las puertas de la verja principal y ascendí por la avenida para los automóviles hasta llegar a la *porte-cochère* de la casa grande. Vivian abrió con un gesto brusco la portezuela y estaba fuera del coche antes de que se detuviera por completo. Tampoco habló entonces. Contemplé su espalda mientras permanecía inmóvil después de tocar el timbre. La puerta se abrió y fue Norris quien se asomó. Vivian lo empujó para apartarlo y desapareció. La puerta se cerró de golpe y yo me quedé allí mirándola.

Di la vuelta para recorrer en sentido inverso la avenida y regresar a casa.

24

Esta vez el vestíbulo del edificio estaba vacío. Junto a la maceta con su palmera no me esperaba ningún pistolero para transmitirme órdenes. Tomé el ascensor hasta mi piso y avancé por el pasillo al ritmo de una radio que tocaba en sordina detrás de una puerta. Necesitaba una copa y me faltaba tiempo para servírmela. No encendí la primera luz al entrar en el apartamento. Me dirigí directamente a la cocina, pero me detuve a los tres o cuatro pasos. Había algo que no cuadraba. Algo en el aire, un olor. Las persianas estaban echadas y la luz de la calle que lograba entrar por las rendijas apenas diluía la oscuridad. Me inmovilicé y escuché. El olor que había en el aire era un perfume; un perfume denso, empalagoso.

No se oía ningún ruido, ninguno en absoluto. Luego mis ojos se fueron acostumbrando a la oscuridad y vi que, en el suelo, delante de mí, había algo que no debería estar allí. Retrocedí, busqué el interruptor de la pared con el pulgar y encendí la luz.

La cama plegable estaba bajada. Lo que había dentro dejó escapar una risita. Una cabeza rubia descansaba sobre la almohada. Vi alzados unos brazos desnudos y unidas, en lo más alto de la rubia cabeza, las manos en las que terminaban. Carmen Sternwood ocupaba mi cama y dejaba escapar risitas tontas en beneficio mío. La onda leonada de su cabello se extendía sobre la almohada de manera muy cuidadosa y nada natural. Sus ojos color pizarra me miraban y conseguían dar la impresión, como de ordinario, de mirar desde detrás del cañón de un arma de fuego. Sonrió y le brillaron los puntiagudos dientecitos.

—Soy muy atractiva, ¿no es cierto? —preguntó.

—Tan atractiva como una filipina endomingada —dije con aspereza.

Me llegué hasta la lámpara de pie y la encendí; volví para apagar la luz del techo y atravesé una vez más la habitación hasta el tablero de ajedrez colocado sobre una mesita debajo de la lámpara. Las piezas estaban colocadas para tratar de resolver un problema en seis jugadas. Aún no había sido capaz de encontrar la solución, como me sucede con otros muchos de mis problemas. Extendí la mano y moví un caballo, luego me quité el sombrero y el abrigo y los dejé caer en algún sitio. Durante todo aquel tiempo me seguían llegando de la cama suaves risitas, un sonido que me hacía pensar en ratas detrás del revestimiento de madera en una casa vieja.

—Apuesto a que ni siquiera se imagina cómo he conseguido entrar.

Saqué un cigarrillo y la miré sombríamente.

—Ya lo creo que sí. Ha entrado por el ojo de la cerradura, igual que Peter Pan.

—¿Quién es ése?

—Bah. Un tipo con el que solía coincidir en una sala de billar.

Carmen Sternwood dejó escapar otra risita.

—Es usted muy atractivo, ¿no es cierto? —comentó.

Empecé a decir: «En cuanto a ese pulgar...». Pero se me adelantó. No tuve que recordárselo. Retiró la mano derecha de detrás de la cabeza y empezó a chupárselo mientras me miraba con ojos muy abiertos y llenos de picardía.

—Estoy completamente desnuda —dijo, después de que yo dejara pasar un par de minutos fumando y mirándola con fijeza.

—Vaya —dije—; la idea me estaba rondando por la cabeza y quería atraparla. Casi lo había conseguido. Un minuto más y hubiera dicho: «Apuesto a que está completamente desnuda». Yo no me quito nunca los chanclos para meterme en la cama, por si acaso me despierto con mala conciencia y tengo que salir por piernas.

—Es usted muy atractivo. —Torció un poco la cabeza, juguetonamente. Luego retiró la mano izquierda de detrás de la cabeza, la puso sobre las sábanas, hizo una pausa dramática y procedió a apartarlas. Era verdad que estaba desnuda. Tumbada en la cama a la luz de la lámpara, tan desnuda y resplandeciente como una perla. Las chicas Sternwood estaban dándome lo mejor de sí mismas aquella noche.

Me quité una hebra de tabaco del labio inferior.

—Encantador —dije—. Pero ya lo había visto todo. ¿Se acuerda? Soy el tipo que insiste en encontrarla sin ropa encima.

Carmen dejó escapar algunas risitas más y volvió a taparse.

—Bien, ¿cómo ha conseguido entrar? —le pregunté.

—Me dejó pasar el encargado. Le enseñé su tarjeta. Se la había robado a Vivian. Le he contado que me había dicho que viniera y que le esperase. Me he comportado... muy misteriosamente. —Se la veía encantada consigo misma.

—Perfecto —dije—. Los encargados son así. Ahora que ya sé cómo ha entrado, dígame cómo se va a marchar.

Otra risita.

—Me voy a quedar mucho tiempo... Me gusta este sitio. Y usted es muy atractivo.

—Escuche —dije, apuntándola con el cigarrillo—. No me obligue a vestirla. Estoy cansado. Valoro todo lo que me está ofreciendo. Pero sucede que es más de lo que puedo aceptar. Chucho Reilly nunca ha traicionado a un amigo de esa manera. Y yo soy su amigo. No voy a traicionarla..., a pesar suyo. Usted y yo tenemos que seguir siendo amigos, y ésa no es la manera. ¿Me hará el favor de vestirse como una niñita buena?

Carmen movió la cabeza negativamente.

—Escuche —volví a la carga—; yo, en realidad, no le intereso lo más mínimo. Sólo está haciendo una demostración de lo atrevida que puede ser. Pero no me lo tiene que demostrar. Ya lo sabía. Soy el individuo que...

—Apague la luz —dijo con otra risita.

Tiré el pitillo al suelo y lo pisé con fuerza. Saqué el pañuelo y me sequé las palmas de las manos. Lo intenté una vez más.

—No se trata de los vecinos —le expliqué—. A decir verdad no les importa demasiado. Hay un montón de prójimas descarriadas en cualquier edificio de apartamentos y una más no hará que la casa se tambalee. Es una cuestión de orgullo profesional. ¿Sabe lo que es orgullo profesional? Trabajo para su padre. Es un hombre enfermo, muy frágil, muy indefenso. Puede decirse que cuenta con que yo no le gaste bromas pesadas. ¿Me hará el favor de vestirse, Carmen?

—Usted no se llama Chucho Reilly —dijo—, sino Philip Marlowe. A mí no me puede engañar.

Miré el tablero del ajedrez. La jugada con el caballo no era la correcta. Volví a ponerlo donde estaba antes. Ni los caballos ni los caballeros tenían ningún valor en aquel momento. No era un juego para caballeros.

La contemplé de nuevo. Se había quedado quieta, la palidez del rostro sobre la almohada, los ojos grandes y oscuros y vacíos como barriles para lluvia en época de sequía. Una de sus manitas de cinco dedos sin pulgares pellizcaba inquieta la sábana. Un vago atisbo de duda empezaba a nacerle en algún lugar. Aún no lo sabía. Es difícil para las mujeres —incluso las prudentes— darse cuenta de que su cuerpo no es irresistible.

—Voy a la cocina a prepararme una copa. ¿Me quiere acompañar? —dije.

—Bueno. —Oscuros ojos silenciosos y desconcertados me miraban solemnemente, la duda creciendo en ellos sin cesar, introduciéndoseles sin ruido, como un gato acechando a un mirlo joven entre hierbas altas.

—Si se ha vestido cuando vuelva, le daré su whisky. ¿De acuerdo?

Abrió la boca y un leve sonido silbante brotó de su interior. No me contestó. Fui a la cocina y preparé dos whiskis con soda. No tenía nada realmente emocionante para beber, ni nitroglicerina ni aliento de tigre destilado. Carmen no se había movido cuando regresé con los vasos. Había cesado el ruido que hacía con la boca. Sus ojos estaban otra vez muertos. Sus labios empezaron a sonreírme. Luego se incorporó de repente, apartó las sábanas y extendió un brazo.

—Deme.

—Cuando se haya vestido. Sólo cuando se haya vestido.

Dejé los dos vasos en la mesa de juego, me senté y encendí otro cigarrillo.

—Adelante. No voy a mirar.

Aparté los ojos. Pero enseguida tomé conciencia del ruido silbante que había empezado a hacer. Me sorprendió tanto que la miré de nuevo. Seguía desnuda en la cama, apoyada en las manos, la boca un poco abierta, la cara como un cráneo descarnado. El ruido silbante le brotaba de la boca como si no tuviera nada que ver con ella. Había algo detrás de sus ojos, a pesar del vacío, que yo no había visto nunca en los ojos de una mujer.

Luego sus labios se movieron muy despacio y con mucho cuidado, como si fueran labios artificiales y hubiera que manejarlos con muelles, y me obsequió con el insulto más indecente que se le ocurrió.

No me importó. No me importaba lo que me llamase, ni lo que nadie pudiera llamarme. Porque aquélla era la habitación en la que yo vivía. No tenía otra cosa que pudiera llamarse hogar. Allí estaba todo lo que era mío, todo lo que tenía alguna relación conmigo, todo lo que podía recibir el nombre de pasado, todo lo que podía hacer las veces de familia. No era mucho; unos cuantos libros, fotografías, radio, piezas de ajedrez, cartas viejas, cosas así. Nada. Pero tales como eran contenían todos mis recuerdos.

No podía soportarla por más tiempo en aquella habitación. Lo que me llamó sólo sirvió para recordármelo.

—Le doy tres minutos para vestirse y salir de aquí —dije pronunciando con mucho cuidado todas las palabras—. Si no se ha marchado para entonces, la echaré..., por la fuerza. Tal como esté, desnuda si hace falta. Y después le tiraré la ropa al corredor. Ahora, empiece.

Los dientes le castañetearon y el ruido silbante adquirió fuerza y animalidad. Bajó los pies al suelo y alcanzó su ropa, en una silla junto a la cama. Se vistió. La estuve mirando. Se vistió con dedos rígidos y torpes —para tratarse de una mujer— pero deprisa de todos modos. Tardó poco más de dos minutos. Los cronometré.

Luego se quedó quieta junto a la cama, el bolso verde muy apretado contra el abrigo con adornos de piel. Llevaba además, torcido, un sombrero verde bastante desenfadado. Estuvo allí un momento, lanzándome el sonido silbante, el rostro todavía como un cráneo descarnado, los ojos siempre vacíos, pero llenos, sin embargo, de alguna emoción de la jungla. Luego se dirigió rápidamente hacia la puerta, la abrió y salió sin hablar, sin mirar atrás. Oí la sacudida del ascensor al ponerse en marcha y el ruido mientras descendía.

Fui hasta las ventanas y, después de alzar las persianas, las abrí todo lo que pude. Entró en el apartamento el aire de la noche, arrastrando consigo algo así como un dulzor añejo que todavía traía el recuerdo de los tubos de escape y de las calles de la ciudad. Busqué mi whisky con soda y empecé a bebérmelo despacio. Debajo de mí se cerró la puerta principal del edificio y se oyó un tintineo de pasos sobre la tranquilidad de la acera. Un automóvil se puso en marcha no muy lejos, lanzándose a la noche con un áspero entrechocar de marchas. Volví junto a la cama y la contemplé. Aún quedaba la marca de su cabeza sobre la almohada y de su corrompido cuerpecito sobre las sábanas.

Me desprendí del vaso vacío y rasgué la ropa de la cama con ensañamiento.

25

Volvió a llover a la mañana siguiente, en grises ráfagas inclinadas, semejantes a cortinas de cuentas de cristal en movimiento. Me levanté sintiéndome deprimido y cansado y me quedé un rato mirando por la ventana, con el áspero sabor amargo de los Sternwood todavía en la boca. Estaba tan vacío de vida como los bolsillos de un espantapájaros. En la cocina me bebí dos tazas de café solo. Se puede tener resaca con cosas distintas del alcohol. Resaca de mujeres. Las mujeres me ponían enfermo.

Me afeité, me duché y me vestí, saqué el impermeable, bajé al portal y miré fuera. Al otro lado de la calle, unos treinta metros más arriba, estaba aparcado un Plymouth sedán de color gris. Era el mismo que había tratado de seguirme el día anterior, el mismo que había motivado mi pregunta a Eddie Mars. Quizá hubiera dentro un policía, si es que había policías con tantísimo tiempo disponible y dispuestos a perderlo siguiéndome. O un tipo con labia y buenas maneras, detective de profesión, que procuraba meter la nariz en el caso de un colega para tratar de apropiárselo. O tal vez el obispo de las Bermudas, en desacuerdo con mi vida nocturna.

Salí por la puerta de atrás, recogí mi descapotable en el garaje y di la vuelta a la casa hasta pasar por delante del Plymouth gris. Dentro había un hombrecillo, solo, que puso su coche en marcha para seguirme. Trabajaba mejor con lluvia. Se mantuvo lo bastante cerca como para evitar perderme en una manzana corta y lo bastante lejos para que casi siempre hubiera otros automóviles entre los dos. Bajé por el bulevar, aparqué en el solar vecino a mi edificio y salí de allí con el cuello del impermeable levantado, el ala del sombrero baja y, entre ambas cosas, las gotas de lluvia, heladas, golpeándome la cara. El Plymouth estaba al otro lado de la calle, delante de una boca de incendios. Fui andando hasta el cruce, atravesé el paso de peatones con la luz verde y luego regresé por el mismo camino, pegado al borde de la acera y a los coches estacionados. El Plymouth no se había movido. No salió nadie de él. Extendí la mano y abrí de golpe la portezuela que daba al bordillo de la acera.

Un hombrecillo de ojos brillantes estaba muy arremetido en el rincón de detrás del volante. Me quedé quieto y lo miré, con la lluvia golpeándome la espalda. Sus ojos parpadearon detrás de la espiral del humo de un cigarrillo y las manos tamborilearon inquietas sobre el volante.

—¿No es capaz de decidirse? —dije.

Tragó saliva y le tembló el cigarrillo entre los labios.

—Creo que no le conozco —dijo con una tensa vocecita.

—Me apellido Marlowe y soy el tipo al que intenta seguir desde hace un par de días.

—No estoy siguiendo a nadie, caballero.

—Pues este cacharro sí. Quizá no pueda controlarlo. Como mejor le parezca. Me voy a desayunar a la cafetería del otro lado de la calle, zumo de naranja, huevos con beicon, tostada, miel, tres o cuatro tazas de café y un palillo. Luego subiré a mi despacho, que está en el piso séptimo del edificio que tiene usted enfrente. Si hay algo que le preocupa por encima de su capacidad de resistencia, pase a verme y cuéntemelo. Sólo estaré engrasando la ametralladora.

Lo dejé parpadeando y me marché. Veinte minutos más tarde empecé a airear mi despacho para eliminar el aroma a Soirée d'Amour de la mujer de la limpieza y abrí un grueso sobre, áspero al tacto, con la dirección escrita en una agradable letra picuda pasada de moda, en cuyo interior había una breve nota protocolaria y un talón de color malva por un importe de quinientos dólares, pagaderos a Philip Marlowe, y firmado Guy de Brisay Sternwood, por Vincent Norris. Aquello dio un tono muy agradable a la mañana. Estaba rellenando el impreso para ingresarlo en el banco cuando el timbre me hizo saber que alguien había entrado en mi diminuta sala de recepción. Se trataba del hombrecillo del Plymouth.

—Estupendo —dije—. Pase y quítese el abrigo.

Se deslizó junto a mí mientras le sostenía la puerta, y lo hizo con tantas precauciones como si temiera un puntapié en su diminuto trasero. Nos sentamos frente a frente, a los dos lados de la mesa. Era un individuo muy pequeño, que medía menos de un metro sesenta y difícilmente pesaría tanto como el proverbial pulgar del carnicero. Tenía ojos muy juntos y brillantes, que querían mirar con dureza, pero que resultaban tan duros como ostras sobre su media concha. Llevaba un traje gris oscuro cruzado, con hombros excesivamente anchos y solapas demasiado grandes. Encima, y sin abrochar, un abrigo de *tweed* irlandés demasiado gastado en algunos sitios. Una gran cantidad de corbata de seda, mojada por la lluvia, se desbordaba de las solapas cruzadas.

—Tal vez me conozca —dijo—. Soy Harry Jones.

Dije que no lo conocía. Empujé en su dirección una lata plana de cigarrillos. Sus dedos, pequeños y cuidados, se apoderaron de uno como lo haría una trucha mordiendo el anzuelo. Lo encendió con el encendedor de mesa y agitó la mano con la que lo sostenía.

—He visto bastante mundo —dijo—. Conozco a los muchachos y todo lo demás. Hice un poco de contrabando de bebidas desde Hueneme Point. Un tinglado muy duro, hermano. Ir en el coche de reconocimiento con un arma en las rodillas y en la cintura un fajo de billetes que bastaría para atascar el desagüe de una presa. Muchas veces teníamos que sobornar a cuatro retenes de polizontes antes de llegar a Beverly Hills. Un trabajo muy duro.

—Terrible —dije.

Se recostó en el asiento y lanzó humo hacia el cielo por la estrecha comisura de una boca igualmente mínima.

—Quizá no me cree —dijo.

—Tal vez no —dije—. O quizá sí. O más bien puede que no me haya molestado en decidirlo. Exactamente, ¿qué es lo que trata de conseguir con toda esta preparación?

—Nada —dijo Harry Jones con aspereza.

—Me ha estado siguiendo por espacio de dos días —dije—. Como un individuo que quiere ligar con una chica pero le falta valor para dar el último paso. Quizá vende usted seguros. Tal vez conocía a un sujeto llamado Joe Brody. Son muchísimos «tal vez», pero es una moneda que abunda mucho en mi profesión.

Mi visitante abrió mucho los ojos y el labio inferior casi se le cayó en el regazo.

—Dios santo, ¿cómo sabe eso? —dijo.

—Soy adivino. Abra el saco y enséñeme lo que lleva dentro. No dispongo de todo el día.

El brillo de sus ojos casi desapareció entre los párpados repentinamente entornados. Se produjo un silencio. La lluvia golpeaba con fuerza el tejado plano alquitranado sobre el vestíbulo de Mansion House, situado debajo de mis ventanas. Los ojos de Harry Jones se abrieron un poco, brillaron de nuevo, y cuando me habló, lo hizo con tono pensativo:

—Trataba de hacerme una idea sobre usted, es cierto —dijo—. Tengo algo que vender..., barato, por un par de cientos. ¿Cómo me ha relacionado con Joe?

Abrí una carta y la leí. Me ofrecía un curso por correspondencia de seis meses sobre todo lo relacionado con la recogida de huellas dactilares, con un descuento especial para profesionales. La tiré a la papelera y miré de nuevo al hombrecillo.

—No me haga caso. Sólo ha sido una suposición. No es usted de la policía. No pertenece al equipo de Eddie Mars. Se lo pregunté anoche. No se me ocurría nadie más que pudiera interesarse por mí hasta ese punto, excepto algún amigo de Joe Brody.

—Dios del cielo —dijo, antes de pasarse la lengua por el labio inferior. Se había quedado tan pálido como el papel al oírme mencionar a Eddie Mars. La boca se le abrió y el pitillo se le quedó colgando de la comisura como por arte de magia, como si le hubiera crecido allí—. Vaya, se está quedando conmigo —dijo por fin, con una sonrisa como las que se ven en los quirófanos.

—De acuerdo. Me estoy quedando con usted. —Abrí otra carta. Alguien se ofrecía a enviarme un boletín diario desde Washington, todo información privilegiada, directamente desde donde se cocía—. Supongo que han puesto en libertad a Agnes —añadí.

—Sí. Me envía ella. ¿Está interesado?

—Bueno..., es rubia.

—¡Ya vale! Hizo usted un comentario cuando estuvo en el piso aquella noche, la noche que se cargaron a Joe. Dijo que Brody tenía que saber algo importante sobre los Sternwood, porque de lo contrario no se habría atrevido a mandarles la fotografía.

—Uh-hum. ¿Así que era cierto? ¿De qué se trataba?

—Eso es lo que compran los doscientos machacantes.

Dejé caer en la papelera más correo de admiradores y encendí otro cigarrillo.

—Agnes y yo tenemos que marcharnos —dijo mi interlocutor—. Es una buena chica. No le podían echar la culpa de lo que ha pasado. No es fácil para una prójima salir adelante en los tiempos que corren.

—Demasiado grande para usted —dije—. Si le rueda encima podría asfixiarlo.

—Eso es un golpe bajo, hermano —dijo con algo que estaba lo bastante cerca de la dignidad como para obligarme a mirarlo.

—Tiene razón —reconocí—. He tratado con gente muy poco recomendable últimamente. Dejémonos de palique y vayamos al grano. ¿Qué es lo que me ofrece por ese dinero?

—¿Está dispuesto a pagarlo?

—¿Si me proporciona qué?

—Si le ayuda a encontrar a Rusty Regan.

—No estoy buscando a Rusty Regan.

—Eso es lo que dice. ¿Quiere oírlo, sí o no?

—Adelante, póngase a piar. Pagaré por lo que utilice. Dos billetes de cien sirven para comprar mucha información en mi círculo.

—Eddie Mars hizo que liquidaran a Regan —dijo muy despacio; luego se recostó en el asiento como si acabaran de hacerlo vicepresidente.

Agité una mano en dirección a la puerta.

—No tengo intención de discutir con usted —dije—. No voy a malgastar oxígeno. Por la puerta se va a la calle, pequeñín.

Se inclinó sobre el escritorio, líneas de palidez en las comisuras de la boca. Aplastó el cigarrillo con cuidado, una y otra vez, sin mirarlo. Desde detrás de una puerta de comunicación llegó el ruido de una máquina de escribir, tableteando monótonamente hasta llegar a la campana y al movimiento del carro, línea tras línea.

—No bromeo —dijo.

—Lárguese. No me moleste. Tengo cosas que hacer.

—No, no es cierto —dijo con tono cortante—. No es tan fácil librarse de mí. He venido aquí a decir lo que tengo que decir y no me iré sin hacerlo. Conocí a Rusty. No bien, pero sí lo bastante para decir «¿Cómo te va, muchacho?», y él me contestaba o no, según de qué humor estuviera. Un buen tipo de todos modos. Siempre me cayó bien. Tenía debilidad por una cantante llamada Mona Grant. Luego esa chica cambió de apellido; ahora se llama Mars. A Rusty no le hizo ninguna gracia y se casó con una prójima con mucho dinero que andaba siempre rondando por los garitos como si no durmiera bien en su casa. Usted la conoce perfectamente, alta, morena, tan vistosa como un ganador del Derby, pero del tipo que hace difícil la vida de un hombre. Un manojo de nervios. Rusty no se llevaba bien con ella. Aunque, cielo santo, ¿qué trabajo le costaba llevarse bien con la pasta del viejo? Eso es lo que pensaría cualquiera. Pero el tal Regan era un pájaro peculiar y un poco disparatado. Veía muy lejos. Todo el tiempo mirando más allá, al valle siguiente. Casi nunca estaba donde estaba. Creo que el dinero le traía al fresco. Y eso es todo un elogio viniendo de mí, hermano.

El hombrecillo no era tan tonto después de todo. A un estafador de tres al cuarto nunca se le hubieran ocurrido semejantes ideas, y aún menos habría sido capaz de expresarlas.

—De manera que se escapó —dije.

—Empezó a escaparse, quizá. Con esa chica, Mona, que ya no vivía con Eddie Mars porque no le gustaban sus tinglados. Especialmente las actividades complementarias, como el chantaje, los coches robados, los refugios para fugitivos procedentes del este, y todo lo demás. Lo que se cuenta es que Regan le dijo una noche a Eddie, delante de otras personas, que si mezclaba a Mona en algún proceso criminal se las tendría que ver con él.

—La mayor parte de lo que me cuenta es información conocida, Harry —dije yo—. No espere que le pague por eso.

—Estoy llegando a lo que sí vale dinero. De manera que Regan desapareció. Yo solía verlo todas las tardes en Vardi's bebiendo whisky irlandés y mirando a la pared. No hablaba mucho ya. Me daba dinero para alguna apuesta de cuando en cuando, que era por lo que estaba yo allí; iba a recoger apuestas para Puss Walgreen.

—Creía que Walgreen trabajaba en el negocio de los seguros.

—Eso es lo que dice en la puerta. Aunque imagino que le vendería seguros si le presiona usted mucho. Bien, hacia mediados de septiembre dejé de ver a Regan. Al principio no me di cuenta. Ya sabe cómo es. Un tipo está allí y lo ves y luego no está y no lo notas hasta que algo hace que pienses en ello. Lo que me hizo pensar fue que oí decir riendo a un fulano que la mujer de Eddie Mars se las había pirado con Rusty Regan y que Mars se comportaba como si fuese el padrino, en lugar de cabrearse. De manera que se lo conté a Joe Brody, que era un tipo listo.

—Y un cuerno —dije yo.

—No listo a la manera de los polis, pero listo de todos modos. Sabía dónde buscar pasta. A Joe se le ocurre que si descubre dónde están los dos tortolitos, quizá pueda cobrar dos veces, una de Eddie Mars y otra de la mujer de Regan. Joe conocía un poco a la familia.

—Por valor de cinco grandes —dije—. Consiguió sacarles ese dinero hace algún tiempo.

—¿Sí? —Harry Jones pareció sorprenderse, pero no demasiado—. Agnes me lo tendría que haber contado. Las mujeres. Siempre callándose algo. Bueno, Joe y yo estamos atentos a los papeles y no vemos nada, de manera que comprendemos que el viejo Sternwood ha echado encima un tupido velo. Y luego, un buen día, veo a Lash Canino en Vardi's. ¿Lo conoce?

Negué con la cabeza.

—Canino es todo lo duro que otros creen ser. Hace trabajos para Eddie Mars cuando Mars lo necesita..., es el que le resuelve los problemas. Puede eliminar a quien sea mientras se toma unas copas. Cuando Mars no lo necesita lo mantiene lejos. Y no se queda en Los Ángeles. Bien; puede ser algo y puede no serlo. Quizá hayan descubierto dónde está Regan y lo que hacía Mars mientras tanto, con su sonrisa de oreja a oreja, era esperar su oportunidad. Aunque también podría ser algo completamente distinto. De todos modos yo se lo digo a Joe y Joe se pone a seguir a Canino. Es una cosa que sabe hacer. Yo no. Esa información la doy gratis. No cobro nada. Joe sigue a Canino hasta la casa de los Sternwood. Canino aparca fuera. Sale un coche que se pone a su lado con una chica dentro. Hablan durante un rato y Joe piensa que la chica entrega algo a Canino, quizá pasta. La chica se marcha. Es la mujer de Regan. De acuerdo, conoce a Canino y Canino conoce a Mars. De manera que Joe deduce que Canino sabe algo de Regan y que está tratando de exprimir a la familia por su cuenta y riesgo. Canino se marcha y Joe lo pierde. Fin del primer acto.

—¿Qué aspecto tiene ese tal Canino?

—Bajo, fornido, pelo castaño y ojos marrones. Y siempre, siempre, lleva traje y sombrero marrones. Incluso usa un impermeable de ante marrón. Conduce un cupé marrón. Todo marrón para el señor Canino.

—Pasemos al segundo acto.

—Sin algo de pasta eso es todo.

—No veo que eso valga dos billetes de cien. La señora Regan se casa con un antiguo contrabandista salido de la cárcel. Conoce a otra gente parecida. Trata bastante con Eddie Mars. Si creyera que a Regan le había sucedido algo, Eddie sería la persona a la que acudiría, y Canino el enlace que Eddie elegiría para ocuparse del encargo. ¿Es todo lo que tiene?

—¿Daría los doscientos por saber dónde está la mujer de Eddie? —preguntó calmosamente el hombrecillo.

Había conseguido que le prestara toda mi atención. Casi rompí los brazos del sillón al apoyarme en ellos.

—¿Incluso aunque estuviera sola? —añadió Harry Jones con un tono confidencial más bien siniestro—. ¿Incluso aunque nunca llegara a escaparse con Regan, y la tuvieran ahora escondida a sesenta kilómetros de Los Ángeles, de manera que la bofia siguiera pensando que había volado con él? ¿Pagaría usted doscientos dólares por esa noticia, sabueso?

Me pasé la lengua por los labios, secos y con sabor a sal.

—Creo que sí —dije—. ¿Dónde?

—Agnes la encontró —dijo Harry Jones con tono sombrío—. Pura suerte. La vio en un coche y consiguió seguirla hasta su casa. Agnes le dirá dónde es..., cuando le ponga el dinero en la mano.

Endurecí el gesto.

—Quizá se lo tenga que contar a los polis por nada, Harry. En jefatura no faltan buenos expertos en conseguir confesiones. Y si acabaran con usted en el intento, aún les quedaría Agnes.

—Que lo hagan —dijo—. No soy tan frágil.

—Agnes debe de tener algo en lo que no me fijé.

—Es estafadora, sabueso. Yo también lo soy. Y como todos somos estafadores nos vendemos unos a otros por unas monedas, ¿no es eso? De acuerdo. Pruebe a ver si lo consigue conmigo. —Alcanzó otro de mis cigarrillos, se lo puso cuidadosamente entre los labios e intentó encenderlo como lo hago yo, pero falló dos veces con la uña del pulgar y tuvo que recurrir finalmente a la suela del zapato. Aspiró el humo con tranquilidad y me miró seguro de sí mismo, un curioso hombrecillo que apenas me serviría de aperitivo si llegáramos a un enfrentamiento. Un hombre pequeño en un mundo de grandullones. Había algo en él que me gustaba.

»No me he tirado ningún farol —dijo con voz firme—. He empezado hablando de dos billetes de cien y el precio sigue siendo el mismo. He venido porque pensaba que iba a conseguir, de hombre a hombre, un "lo tomo o lo dejo". Pero ahora me amenaza con los polis. Debería darle vergüenza.

—Le daré los dos billetes por esa información —dije—. Pero primero tengo que conseguir el dinero.

Harry Jones se puso en pie, asintió con la cabeza y se apretó contra el pecho el gastado abrigo de *tweed* irlandés.

—Eso no es problema. Y, en cualquier caso, mejor hacerlo después de anochecer. No es buena idea contrariar a tipos como Eddie Mars. Pero la gente tiene que comer. Las apuestas han producido muy poco últimamente. Creo que los peces gordos le han dicho a Puss Walgreen que vaya pensando en retirarse. Supongamos que viene usted mañana al edificio Fulwider, Western y Santa Mónica, oficina 428, por la parte de atrás. Traiga el dinero y yo le llevaré a donde está Agnes.

—¿No me lo puede decir usted mismo? A Agnes la he visto ya.

—Se lo he prometido —dijo con sencillez. Se abrochó el abrigo, se colocó con gracia el sombrero, hizo un gesto con la cabeza y se dirigió hacia la puerta. Salió y sus pasos se perdieron por el corredor.

Bajé al banco, deposité mi talón de quinientos dólares y retiré doscientos en efectivo. Subí otra vez al despacho y me senté a pensar en Harry Jones y en su historia. Parecía demasiado fácil. Poseía la austera sencillez de la ficción en lugar de la retorcida complejidad de la realidad. El capitán Gregory tendría que haber sido capaz de encontrar a Mona Mars si es que estaba tan cerca de su territorio. Suponiendo, claro está, que lo hubiera intentado.

Pensé sobre aquel asunto casi todo el día. Nadie apareció por el despacho. Nadie me llamó por teléfono. Y siguió lloviendo.

26

A las siete la lluvia nos había dado un respiro, pero los sumideros seguían desbordados. En Santa Mónica el agua cubría la calzada y una delgada lámina había superado el bordillo de la acera. Un policía de tráfico, cubierto de lustroso caucho negro de pies a cabeza, chapoteó al abandonar el refugio de un alero empapado. Mis tacones de goma resbalaron sobre la acera cuando entré en el estrecho vestíbulo del edificio Fulwider. Una única bombilla —colgada del techo— lucía muy al fondo, más allá de un ascensor abierto, dorado en otro tiempo. Vi una escupidera deslustrada —en la que muchos usuarios no conseguían acertar— sobre una alfombrilla de goma bastante desgastada. Una vitrina con muestras de dentaduras postizas colgaba de la pared color mostaza, semejante a una caja de fusibles en un porche cerrado. Sacudí el agua de lluvia del sombrero y consulté el directorio del edificio, junto a la vitrina de las dentaduras postizas. Números con nombre y números sin nombre. Muchos apartamentos vacíos y muchos inquilinos que preferían el anonimato. Dentistas que garantizaban las extracciones sin dolor, agencias de detectives sin escrúpulos, pequeños negocios enfermos que se habían arrastrado hasta allí para morir, academias de cursos por correspondencia que enseñaban cómo llegar a ser empleado de ferrocarriles o técnico de radio o escritor de guiones cinematográficos..., si los inspectores de correos no les cerraban antes el negocio. Un edificio muy desagradable. Un edificio donde el olor a viejas colillas de puros sería siempre el aroma menos ofensivo.

Un anciano dormitaba en el ascensor, en un taburete desvencijado, sobre un cojín con el relleno medio salido. Tenía la boca abierta y sus sienes de venas prominentes brillaban bajo la débil luz. Llevaba una chaqueta azul de uniforme, en la que encajaba como un caballo encaja en la casilla de una cuadra, y, debajo, unos pantalones grises con los dobladillos deshilachados, calcetines blancos de algodón y zapatos negros de cabritilla, uno de ellos con un corte sobre el correspondiente juanete. En su asiento, el viejo ascensorista dormía inquieto, esperando clientes. Pasé de largo sin hacer ruido, inspirado por el aire clandestino del edificio. Al encontrar la puerta de la salida contra incendios procedí a abrirla. Hacía un mes que nadie barría la escalera. En sus escalones habían comido y dormido vagabundos, dejando un rastro de cortezas y trozos de periódicos grasientos, cerillas, una cartera destripada de imitación a cuero. En un ángulo oscuro, junto a la pared llena de garabatos, descansaba un preservativo usado que nadie se había molestado en retirar. Un edificio encantador.

Llegué jadeante al cuarto piso. El descansillo tenía la misma sucia escupidera y la misma alfombrilla desgastada, las mismas paredes color mostaza, los mismos recuerdos abandonados por alguna marea baja. Seguí hasta el fondo del corredor y torcí. El nombre «L. D. Walgreen: Seguros» se leía sobre una puerta de cristal esmerilado que estaba a oscuras, luego sobre una segunda también a oscuras, y sobre otra tercera detrás de la cual había una luz. Una de las puertas que estaban a oscuras decía: «Entrada».

Encima de la puerta iluminada había un montante de cristal abierto. A través de él me llegó la aguda voz pajaril de Harry Jones, que decía:

—¿Canino?... Sí, le he visto a usted por ahí en algún sitio. Claro que sí.

Me inmovilicé. Habló la otra voz, que producía un fuerte ronroneo, como una dinamo pequeña detrás de una pared de ladrillo. «Pensé que se acordaría», dijo la otra voz, con una nota vagamente siniestra.

Una silla chirrió sobre el linóleo, se oyeron pasos, el montante situado encima de mí se cerró con un crujido y una sombra se disolvió detrás del cristal esmerilado.

Regresé hasta la primera puerta en la que se leía «Walgreen». Probé a abrirla cautelosamente. Estaba cerrada con llave, pero el marco le venía un poco ancho; era una puerta con muchos años, de madera curada sólo a medias, que había encogido con el tiempo. Saqué el billetero y retiré, del permiso de conducir, el duro protector de celuloide donde lo guardaba. Una herramienta de ladrón que la ley se había olvidado de prohibir. Me puse los guantes, me apoyé suave y amorosamente contra la puerta y empujé el pomo lo más que pude para separarla del marco. Introduje la funda de celuloide en la amplia abertura y busqué el bisel del pestillo de resorte. Se oyó un clic muy seco, como la rotura de un pequeño carámbano. Me inmovilicé, como un pez perezoso dentro del agua. Dentro no sucedió nada. Giré el pomo y empujé la puerta hacia la oscuridad. Después de entrar, la cerré con tanto cuidado como la había abierto.

Tenía enfrente el rectángulo iluminado de una ventana sin visillos, interrumpida por la esquina de una mesa. Sobre la mesa tomó forma una máquina de escribir cubierta con una funda, luego distinguí también el pomo metálico de una puerta de comunicación. Esta última estaba abierta. Pasé al segundo de los tres despachos. La lluvia golpeteó de repente la ventana cerrada. Al amparo de aquel ruido crucé la habitación. Una abertura de un par de centímetros en la puerta que daba al despacho iluminado creaba un delgado abanico de luz. Todo muy conveniente. Caminé —como un gato sobre la repisa de una chimenea— hasta situarme detrás de las bisagras de la puerta, miré por la abertura y no vi más que una superficie de madera que reflejaba la luz de una lámpara.

La voz que era como un ronroneo decía con gran cordialidad:

—Aunque un tipo no haga más que calentar el asiento, puede estropear lo que otro fulano ha hecho si sabe de qué va el asunto. De manera que fuiste a ver a ese sabueso. Bien, ésa ha sido tu equivocación. A Eddie no le gusta. El sabueso le dijo a Eddie que alguien con un Plymouth gris lo estaba siguiendo. Eddie, como es lógico, quiere saber quién y por qué.

Harry Jones rió sin demasiado entusiasmo.

—¿Qué más le da a él?

—Esa actitud no te llevará a ningún sitio.

—Usted ya sabe por qué fui a ver al sabueso. Ya se lo he dicho. Se trata de la chica de Joe Brody. Tiene que pirárselas y está sin blanca. Calcula que el tipo ese podría conseguirle algo de pasta. Yo no tengo un céntimo.

La voz que era como un ronroneo dijo amablemente:

—¿Pasta a cambio de qué? Los sabuesos no regalan dinero a inútiles.

—Marlowe podía conseguirlo. Conoce a gente de posibles. —Harry Jones rió, con una risa breve llena de valor.

—No me busques las cosquillas, hombrecito. —En el ronroneo había surgido un chirrido, como arena en un cojinete.

—De acuerdo. Ya sabe lo que pasó cuando liquidaron a Brody. Es cierto que lo hizo ese chico al que le falta un tornillo, pero la noche que sucedió el tal Marlowe estaba en el apartamento.

—Eso se sabe, hombrecito. Se lo contó él mismo a la policía.

—Claro, pero hay algo que no se sabe. Brody trataba de vender una foto con la pequeña de las Sternwood desnuda. Marlowe se enteró. Mientras discutían se presentó la chica Sternwood en persona..., con un arma. Disparó contra Brody. Falló y rompió una ventana. Pero el sabueso no le dijo nada a la policía. Agnes tampoco. Y ahora piensa que puede sacar de ahí su billete de ferrocarril.

—¿Y eso no tiene nada que ver con Eddie?

—Dígame cómo.

—¿Dónde está la tal Agnes?

—Eso es harina de otro costal.

—Me lo vas a decir, hombrecito. Aquí o en la trastienda donde cantan los canarios flauta.

—Ahora es mi chica, Canino. Y a mi chica no la pongo en peligro por nada ni por nadie.

Se produjo un silencio. Oí el azotar de la lluvia contra las ventanas. El olor a humo de cigarrillo me llegó por la abertura de la puerta. Tuve ganas de toser. Mordí con fuerza el pañuelo.

La voz que era como un ronroneo dijo, todavía amable:

—Por lo que he oído esa rubia no era más que un señuelo para Geiger. Lo hablaré con Eddie. ¿Cuánto le has pedido al sabueso?

—Dos de cien.

—¿Te los ha dado?

Harry Jones rió de nuevo.

—Voy a verlo mañana. Tengo esperanzas.

—¿Dónde está Agnes?

—Escuche...

—¿Dónde está Agnes?

Silencio.

—Mírala, hombrecito.

No me moví. No llevaba pistola. No me hacía falta utilizar la rendija de la puerta para saber que era un arma lo que Harry Jones tenía que mirar. Pero no creía que el señor Canino fuese a hacer nada con el arma aparte de mostrarla. Esperé.

—La estoy mirando —dijo Harry Jones, con voz muy tensa, como si a duras penas lograra que le atravesase los dientes—. Y no veo nada que no haya visto antes. Siga adelante y dispare, a ver qué es lo que consigue.

—Un abrigo de los que hacen en Chicago es lo que vas a conseguir tú, hombrecito.

Silencio.

—¿Dónde está Agnes?

Harry Jones suspiró.

—De acuerdo —dijo cansinamente—. Está en un edificio de apartamentos en el 28 de la calle Court, Bunker Hill arriba. Apartamento 301. Supongo que soy tan cobarde como el que más. ¿Por qué tendría que hacer de pantalla para esa prójima?

—Ningún motivo. No te falta sentido común. Tú y yo vamos a ir a hablar con ella. Sólo quiero saber si te está tomando el pelo, hombrecito. Si las cosas son como dices, todo irá sobre ruedas. Puedes echar el anzuelo para el sabueso y ponerte en camino. ¿Sin rencor?

—Claro —dijo Harry Jones—. Sin rencor, Canino.

—Estupendo. Vamos a mojarlo. ¿Tienes un vaso? —La voz ronroneante era ya tan falsa como las pestañas de una corista y tan resbaladiza como una pipa de sandía. Se oyó tirar de un cajón para abrirlo. Un roce sobre madera. Chirrió una silla. Arrastraron algo por el suelo—. De la mejor calidad —dijo la voz ronroneante.

Se oyó un gorgoteo.

—A la salud de las polillas en la estola de visón, como dicen las señoras.

—Suerte —respondió Harry Jones en voz baja.

Oí una breve tos muy aguda. Luego violentas arcadas y un impacto de poca importancia contra el suelo, como si hubiera caído un recipiente de cristal grueso. Los dedos se me agarrotaron sobre el impermeable.

La voz ronroneante dijo con suavidad:

—¿No irás a decir que te ha sentado mal un solo trago?

Harry Jones no contestó. Se oyó una respiración estertorosa durante algunos segundos. Un denso silencio se apoderó de todo hasta que chirrió una silla.

—Con Dios, hombrecito —dijo el señor Canino.

Pasos, un clic, la cuña de luz desaparecida a mis pies y una puerta abierta y cerrada en silencio. Los pasos se alejaron, sin prisa, seguros de sí.

Abrí por completo la puerta de comunicación y contemplé la oscuridad, un poco menos intensa por el tenue resplandor de una ventana. La esquina de una mesa brillaba débilmente. Detrás, en una silla, tomó forma una silueta encorvada. En el aire inmóvil había un olor denso, pegajoso, que era casi un perfume. Llegué hasta el pasillo y escuché. Oí el distante ruido metálico del ascensor.

Encontré el interruptor junto a la puerta y brilló la luz en una polvorienta pantalla de cristal que colgaba del techo por tres cadenas de latón. Harry Jones me miraba desde el otro lado de la mesa, los ojos completamente abiertos, el rostro helado en un tenso espasmo, la piel azulada. Tenía la cabeza —pequeña, oscura— torcida hacia un lado. Mantenía el tronco erguido, apoyado en el respaldo de la silla.

La campana de un tranvía resonó a una distancia casi infinita: un sonido amortiguado por innumerables paredes. Sobre el escritorio descansaba, destapada, una botella marrón de cuarto de litro de whisky. El vaso de Harry Jones brillaba junto a una de las patas de la mesa. El segundo vaso había desaparecido.

Respirando de manera superficial, sólo con la parte alta de los pulmones, me incliné sobre la botella. Detrás del olor a whisky se ocultaba otro, apenas perceptible, a almendras amargas. Harry Jones, agonizante, había vomitado sobre su chaqueta. Se trataba sin duda de cianuro.

Di la vuelta a su alrededor cuidadosamente y retiré el listín de teléfonos de un gancho en el marco de madera de la ventana. Pero lo dejé caer de nuevo y procedí a apartar el teléfono lo más lejos que pude del hombrecillo muerto. Marqué información.

—¿Puede darme el número del apartamento 301, en el 28 de la calle Court? —pregunté cuando me respondieron.

—Un momento, por favor. —La voz me llegaba envuelta en el olor a almendras amargas. Silencio—. El número es Wentworth 2528. En la guía figura como Apartamentos Glendower.

Di las gracias a mi informadora y marqué. El teléfono sonó tres veces y luego alguien lo descolgó. Una radio atronó la línea y fue reducida al silencio.

—¿Sí? —preguntó una voz masculina y robusta.

—¿Está Agnes ahí?

—Aquí no hay ninguna Agnes, amigo. ¿A qué número llama?

—Wentworth dos-cinco-dos-ocho.

—Número correcto, chica equivocada. ¿No es una lástima? —La voz rió socarronamente.

Colgué, cogí de nuevo la guía de teléfonos y busqué los Apartamentos Wentworth. Marqué el número del encargado. Tenía una imagen borrosa del señor Canino conduciendo a toda velocidad a través de la lluvia hacia otra cita con la muerte.

—Apartamentos Glendower. Schiff al habla.

—Aquí Wallis, del Servicio de Identificación de la Policía. ¿Vive en su edificio una joven llamada Agnes Lozelle?

—¿Quién ha dicho usted que era?

Se lo repetí.

—Si me dice dónde llamarle, enseguida...

—No me haga el numerito —respondí con tono cortante—. Tengo prisa. ¿Vive o no vive ahí?

—No. No vive aquí. —La voz era tan tiesa como un colín.

—¿No vive en ese antro de mala muerte una rubia alta, de ojos verdes?

—Oiga, esto no es un...

—¡No me dé la matraca! —le reprendí con voz de policía—. ¿Quiere que mande a la Brigada Antivicio y les den un buen repaso? Sé todo lo que pasa en las casas de apartamentos de Bunker Hill, señor mío. Sobre todo las que tienen en la guía un número de teléfono para cada apartamento.

—Escuche, agente, no es para tanto. Estoy dispuesto a cooperar. Aquí hay un par de rubias, desde luego. ¿Dónde no? Apenas me he fijado en sus ojos. ¿La suya está sola?

—Sola, o con un hombrecillo que no llega al metro sesenta, cincuenta kilos, ojos oscuros penetrantes, traje gris oscuro con chaqueta cruzada y un abrigo de *tweed* irlandés, sombrero gris. Según mis datos se trata del apartamento 301, pero allí sólo consigo que se burlen de mí.

—No, no; esa chica no está ahí. En el tres-cero-uno viven unos vendedores de automóviles.

—Gracias, me daré una vuelta por ahí.

—Venga sin alborotar, ¿me hará el favor? ¿Directamente a mi despacho?

—Muy agradecido, señor Schiff—le dije antes de colgar.

Me sequé el sudor de la frente. Fui hasta la esquina más distante del despacho y, con la cara hacia la pared, le di unas palmadas. Luego me volví despacio y miré a Harry Jones, que hacía muecas en su silla.

—Bien, Harry, conseguiste engañarlo —dije hablando alto, con una voz que me sonó bien extraña—. Le contaste un cuento y te bebiste el cianuro como un perfecto caballero. Has muerto envenenado como una rata, Harry, pero para mí no tienes nada de rata.

Había que registrarle. Una tarea muy poco agradable. Sus bolsillos no me dijeron nada acerca de Agnes, nada de lo que yo quería. No tenía muchas esperanzas, pero había que asegurarse. Quizá volviera el señor Canino, una persona con el aplomo suficiente para no importarle en lo más mínimo regresar a la escena del crimen.

Apagué la luz y me dispuse a abrir la puerta. El timbre del teléfono empezó a sonar de manera discordante junto al zócalo. Lo estuve escuchando, apretando las mandíbulas hasta que me dolieron. Finalmente cerré la puerta y encendí la luz.

—¿Sí?

Una voz de mujer. Su voz.

—¿Está Harry ahí?

—No en este momento, Agnes.

Eso hizo que tardara un poco en volver a hablar. Luego preguntó despacio:

—¿Con quién hablo?

—Marlowe, el tipo que sólo le causa problemas.

—¿Dónde está Harry? —preguntó con voz cortante.

—He venido a darle doscientos dólares a cambio de cierta información. El ofrecimiento sigue en pie. Tengo el dinero. ¿Dónde está usted?

—¿Harry no se lo ha dicho?

—No.

—Será mejor que se lo pregunte a él. ¿Dónde está?

—No se lo puedo preguntar. ¿Conoce a un sujeto llamado Canino?

Su exclamación me llegó con tanta claridad como si estuviera a mi lado.

—¿Quiere los dos billetes de cien o no? —le pregunté.

—Me... me hacen muchísima falta.

—Entonces estamos de acuerdo. Dígame dónde tengo que llevarlos.

—No..., no... —Se le fue la voz y, cuando la recobró, estaba dominada por el pánico—. ¿Dónde está Harry?

—Se asustó y puso pies en polvorosa. Reúnase conmigo en algún sitio..., cualquier sitio... Tengo el dinero.

—No le creo... lo que me dice de Harry. Es una trampa.

—No diga tonterías. A Harry podría haberle echado el guante hace mucho tiempo. No hay ninguna razón para una trampa. Canino se enteró de lo que Harry iba a hacer y su amigo salió por pies. Yo quiero tranquilidad, usted quiere tranquilidad y lo mismo le pasa a Harry. —Harry la tenía ya. Nadie se la podía quitar—. No irá a creer que hago de soplón para Eddie Mars, ¿verdad, encanto?

—No..., supongo que no. Eso no. Me reuniré con usted dentro de media hora. Junto a Bullocks Wilshire, en la entrada este del aparcamiento.

—De acuerdo —dije.

Colgué el teléfono. El olor a almendras amargas y el agrio del vómito se apoderaron otra vez de mí. El hombrecillo muerto seguía silencioso en su silla, más allá del miedo, más allá del cambio.

Salí del despacho. Nada se movía en el deprimente corredor. Ninguna puerta con cristal esmerilado estaba iluminada. Bajé por la escalera de incendios hasta el primer piso y desde allí vi el techo iluminado del ascensor. Apreté el botón. Muy despacio, el aparato se puso en marcha. Corrí de nuevo escaleras abajo. El ascensor estaba por encima de mí cuando salí del edificio.

Seguía lloviendo con fuerza. Al echar a andar, gruesas gotas me golpearon la cara. Cuando una de ellas me acertó en la lengua supe que tenía la boca abierta; y el dolor a los lados de la mandíbula me dijo que la llevaba bien abierta y tensada hacia atrás, imitando el rictus que la muerte había esculpido en las facciones de Harry Jones.

27

—Deme el dinero.

El motor del Plymouth gris vibraba en contrapunto con la voz de Agnes. La lluvia golpeaba con fuerza el techo. La luz violeta, en lo alto de la torre verde de Bullocks, quedaba muy por encima de nosotros, serena y apartada de la ciudad, oscura y empapada. Agnes extendió una mano enguantada en negro y cuando le entregué los billetes se inclinó para contarlos bajo la tenue luz del salpicadero. Su bolso hizo clic al abrirse e inmediatamente volvió a cerrarse. Después dejó que un suspiro se le muriera en los labios antes de inclinarse hacia mí.

—Me marcho, sabueso. Ya estoy de camino. Me ha dado el dinero para irme. Sólo Dios sabe lo mucho que lo necesitaba. ¿Qué le ha pasado a Harry?

—Ya le he dicho que se fue. Canino se enteró, no sé cómo, de lo que se traía entre manos. Olvídese de Harry. He pagado y quiero mi información.

—La va a tener. Hace dos domingos Joe y yo paseábamos en coche por Foothill Boulevard. Era tarde, se estaban encendiendo las luces y los coches se amontonaban como de costumbre. Adelantamos a un cupé marrón y vi quién era la chica que lo conducía. A su lado iba un hombre, un individuo bajo y moreno. A la chica, una rubia, la había visto antes. Era la mujer de Eddie Mars y Canino el tipo que la acompañaba. Tampoco usted se olvidaría de ninguno de los dos si los hubiera visto. Joe siguió al cupé precediéndolo. Eso lo sabía hacer bien. Canino, el perro guardián, la había sacado a que le diera el aire. A kilómetro y medio al este de Realito, poco más o menos, una carretera tuerce hacia las estribaciones de la sierra. Hacia el sur es país de naranjos, pero hacia el norte la tierra está tan yerma como el patio trasero del infierno; pegada a las colinas hay una fábrica de cianuro donde hacen productos para fumigaciones. Nada más salir de la carretera principal se tropieza uno con un pequeño garaje y taller de chapa que lleva un tipo llamado Art Huck. Probablemente un sitio donde compran coches robados. Detrás del garaje hay una casa de madera y más allá de la casa sólo quedan las estribaciones de la sierra, las rocas que afloran y la fábrica de cianuro tres kilómetros más allá. Ése es el sitio donde la tienen escondida. Canino y la chica se metieron por esa carretera, Joe dio la vuelta y vimos cómo se dirigían hacia la casa de madera. Nos quedamos allí media hora viendo pasar los coches. Nadie salió de la casa. Cuando fue completamente de noche Joe se acercó sin ser visto y echó una ojeada. Dijo que había luces y una radio encendida y sólo un coche delante, el cupé. De manera que nos marchamos.

Agnes dejó de hablar y yo escuché el rumor de los neumáticos sobre el bulevar.

—Puede que se hayan mudado de sitio mientras tanto —dije—, pero lo que usted tiene para vender es eso y no hay más. ¿Está segura de haberla reconocido?

—Si llega a verla tampoco usted se equivocará la segunda vez. Hasta siempre, sabueso; deséeme suerte. La vida ha sido muy injusta conmigo.

—Y un cuerno —dije antes de cruzar la calle para volver a mi automóvil.

El Plymouth gris se puso en movimiento, fue ganando velocidad, y torció muy deprisa por Sunset Place. Pronto dejó de oírse el ruido del motor, y con él la rubia Agnes desapareció para siempre de la escena, al menos por lo que a mí se refería. A pesar de tres muertos —Geiger, Brody y Harry Jones—, la mujer que había tenido que ver con los tres se alejaba bajo la lluvia con mis doscientos dólares en el bolso y sin un rasguño. Apreté a fondo el acelerador y me dirigí hacia el centro para cenar. Comí bien. Más de sesenta kilómetros bajo la lluvia es toda una excursión y yo esperaba hacer de un tirón el viaje de ida y vuelta.

Me dirigí hacia el norte cruzando el río, llegué hasta Pasadena, la atravesé, y casi de inmediato me encontré entre naranjales. La lluvia incansable era sólido polvo blanco delante de los faros. El limpiaparabrisas apenas era capaz de mantener el cristal lo bastante limpio para ver. Pero ni siquiera la oscuridad saturada de agua podía esconder la línea impecable de los naranjos, que se alejaban en la noche girando como una interminable sucesión de radios en una rueda.

Los coches pasaban emitiendo un silbido desgarrador y lanzando en oleadas agua sucia pulverizada. La carretera atravesó un pueblo que era todo fábricas de conservas y cobertizos, rodeados de instalaciones ferroviarias. Los naranjales se hicieron más escasos y terminaron por desaparecer hacia el sur; luego la carretera empezó a trepar y descendió la temperatura; hacia el norte se agazapaban cercanas las oscuras estribaciones de la sierra, y un viento cortante descendía por sus laderas. Por fin, saliendo de la oscuridad, dos luces amarillas de vapor de sodio brillaron en lo alto y entre ellas un cartel en neón que anunciaba: «Bienvenido a Realito».

Casas de madera edificadas a considerable distancia de la amplia calle principal, luego un inesperado puñado de tiendas, las luces de un *drugstore* detrás de cristales empañados, la acumulación de coches delante de un cine, un banco a oscuras en una esquina con un reloj que sobresalía por encima de la acera y un grupo de personas bajo la lluvia que contemplaban sus ventanales como si ofrecieran algún espectáculo. Seguí adelante. Campos vacíos volvieron a dominar el paisaje.

El destino lo orquestó todo. Más allá de Realito, a menos de dos kilómetros, al describir la carretera una curva, la lluvia me engañó y me acerqué demasiado al arcén. La rueda delantera derecha se empezó a deshinchar con un enojado silbido. Antes de que pudiera detenerme la trasera del mismo lado decidió acompañarla. Frené el coche con fuerza para detenerlo, la mitad en la calzada y la otra mitad en el arcén; me apeé y encendí la linterna. Tenía dos pinchazos y un solo neumático de repuesto. La cabeza plana de una recia tachuela galvanizada me miraba fijamente desde la rueda delantera. El límite de la calzada estaba sembrado de tachuelas. Las habían apartado, pero no lo suficiente.

Apagué la linterna y me quedé allí, tragando lluvia, mientras contemplaba, en una carretera secundaria, una luz amarilla que parecía proceder de un tragaluz. El tragaluz podía pertenecer a un garaje, el garaje podía estar regentado por un individuo llamado Art Huck y quizá hubiera muy cerca una casa de madera. Metí la barbilla en el pecho y eché a andar en aquella dirección, pero regresé para retirar el permiso de circulación del árbol del volante y guardármelo en el bolsillo. Luego me agaché aún más por debajo del volante. Detrás de una solapa de cuero, directamennte debajo de la portezuela derecha cuando me sentaba en el asiento del conductor, había un compartimento oculto que contenía dos armas. Una pertenecía a Lanny, el chico de Eddie Mars, y la otra era mía. Escogí la de Lanny. Hubiera sido más práctica que la mía. Con el cañón hacia abajo la metí en un bolsillo interior y empecé a subir por la carretera secundaria.

El garaje se hallaba a unos cien metros de la vía principal, dirección en la que sólo mostraba una pared lateral ciega. La recorrí rápidamente con la linterna: «Art Huck — Reparación de motores y pintura». Reí entre dientes; luego el rostro de Harry Jones se alzó delante de mí y dejé inmediatamente de reír. Las puertas del garaje estaban cerradas, pero rayos de luz se filtraban por debajo y también en el lugar donde las dos hojas se unían. Seguí adelante. La casa de madera —luz en dos ventanas de la fachada y persianas echadas— estaba a considerable distancia de la carretera, detrás de un reducido grupo de árboles. Delante, en el camino de grava, había un automóvil aparcado. Dada la oscuridad era difícil reconocerlo, pero se trataba sin duda del cupé marrón propiedad del señor Canino, descansando pacíficamente delante del estrecho porche de madera.

El señor Canino dejaría que la chica lo utilizase para dar una vuelta de cuando en cuando; él se sentaría junto a la chica, probablemente con una pistola a mano. La chica con la que Rusty Regan debería haberse casado, la que Eddie Mars no había sido capaz de conservar, la chica que no se había escapado con Regan. Encantador señor Canino.

Regresé como pude al garaje y golpeé la puerta de madera con el extremo de mi linterna. Se produjo un prolongado instante de silencio, tan ominoso como un trueno. La luz de dentro se apagó. Me quedé allí, sonriendo y apartando con la lengua la lluvia que me caía encima del labio superior. Dirigí la luz de la linterna al centro de las puertas. Sonreí al ver el círculo blanco que acababa de crear. Estaba donde quería estar.

Una voz habló a través de la puerta, una voz malhumorada:

—¿Qué es lo que quiere?

—Abran. Me he quedado tirado en la carretera con dos pinchazos y sólo una rueda de repuesto. Necesito ayuda.

—Lo siento, caballero. Estamos cerrados. Realito queda a kilómetro y medio hacia el este. Será mejor que lo intente allí.

Aquello no me gustó. Me dediqué a dar violentas patadas a la puerta. Y seguí haciéndolo durante un rato. Otra voz se hizo oír, una voz ronroneante, como una dinamo pequeña detrás de una pared. La segunda voz sí me gustó.

—Un tipo que se las sabe todas, ¿eh? —dijo—. Abre, Art.

Chilló un pestillo y la mitad de la puerta se dobló hacia dentro. Mi linterna iluminó brevemente un rostro descarnado. Luego cayó un objeto que brillaba, quitándome la linterna de la mano. Alguien me tenía encañonado con una pistola. Me agaché hasta donde la linterna seguía brillando sobre la tierra húmeda y la recogí.

—Fuera esa luz, jefe —dijo la voz malhumorada—. A veces la gente se puede hacer daño si no tiene cuidado.

Apagué la linterna y recuperé la vertical. Dentro del garaje se encendió una luz, recortando la figura de un individuo alto, vestido con mono, que se alejó de la puerta abierta y siguió apuntándome con la pistola.

—Pase y cierre la puerta, forastero. Veremos lo que se puede hacer.

Entré en el garaje y cerré la puerta. Miré al tipo del rostro demacrado, pero no al otro, que permanecía silencioso en la sombra, junto a un banco de trabajo. El aliento del garaje resultaba dulce y siniestro al mismo tiempo por el olor a pintura caliente con piroxilina.

—¿Ha perdido la cabeza? —me riñó el individuo demacrado—. Hoy al mediodía han atracado un banco en Realito.

—Lo siento —dije, recordando al grupo que contemplaba bajo la lluvia los escaparates de un banco—. No he sido yo. Voy de paso.

—Pues sí, eso es lo que ha sucedido —dijo mi interlocutor, con aire taciturno—. Hay quien dice que no eran más que un par de gamberros y que los tienen acorralados en las colinas por aquí cerca.

—Buena noche para esconderse —dije—. Supongo que han sido ellos los que han esparcido las tachuelas. A mí me han tocado algunas. Pensé que a usted no le vendría mal un poco de trabajo.

—Nunca le han partido la cara, ¿no es cierto? —me preguntó sin más rodeos el tipo demacrado.

—De su peso, nadie, desde luego.

—Deja de amenazar, Art —intervino la voz ronroneante desde la sombra—. Este señor está en un aprieto. Lo tuyo son los coches, ¿no es cierto?

—Gracias —dije, y ni siquiera entonces lo miré.

—De acuerdo —refunfuñó el del mono. Se guardó la pistola entre la ropa y procedió a morderse un nudillo, sin dejar de mirarme con gesto malhumorado. El olor a pintura con piroxilina resultaba tan mareante como el éter. En una esquina, bajo una luz colgada del techo, había un sedán de grandes dimensiones y aspecto nuevo; sobre el guardabarros delantero descansaba una pistola para aplicar pintura.

Miré al individuo junto al banco de trabajo. Era bajo, robusto y de hombros poderosos. Tenía un rostro impasible y fríos ojos oscuros. Vestía un impermeable marrón de ante —sujeto por un cinturón— con signos evidentes de haberse mojado. El sombrero marrón lo llevaba inclinado con desenvoltura. Apoyó la espalda en el banco de trabajo y me examinó sin prisa, sin interés, como si estuviera viendo un trozo de carne ya frío. Quizá era ésa su opinión de la gente.

Movió los ojos arriba y abajo lentamente y luego se examinó las uñas de los dedos una a una, colocándolas a contraluz y estudiándolas con cuidado, como Hollywood ha enseñado que se debe hacer. No se quitó el cigarrillo de la boca para hablar.

—Dos pinchazos, ¿no es eso? Mala suerte. Creía que habían barrido las tachuelas.

—Derrapé un poco en la curva.

—¿Forastero?

—Voy de paso. Camino de Los Ángeles. ¿Me queda mucho?

—Sesenta kilómetros. Se le harán más largos con este tiempo. ¿De dónde viene, forastero?

—Santa Rosa.

—Dando un rodeo, ¿eh? ¿Tahoe y Lone Pine?

—Tahoe no. Reno y Carson City.

—Dando un rodeo de todos modos. —Una fugaz sonrisa le curvó los labios.

—¿Alguna ley en contra? —le pregunté.

—¿Cómo? No, claro que no. Supongo que le parecemos entrometidos. Pero es a causa del atraco. Coge un gato y ocúpate de los pinchazos, Art.

—Estoy ocupado —gruñó el del mono—. Tengo trabajo que hacer. Pintar ese coche. Y además está lloviendo, no sé si te has dado cuenta.

—Demasiada humedad para trabajar bien con la pintura —dijo con tono jovial el individuo vestido de marrón—. Muévete, Art.

—Son las dos ruedas de la derecha, delante y detrás. Podría usar la rueda de repuesto para uno de los cambios si está muy ocupado.

—Llévate dos gatos, Art —dijo el hombre de marrón.

—Escucha... —Art adoptó un tono bravucón.

El tipo de marrón movió los ojos, miró a Art con una suave mirada tranquila y luego volvió a bajar los ojos casi con timidez. No llegó a hablar. Art se estremeció como si lo hubiera zarandeado una ráfaga de viento. Fue hasta el rincón pisando con fuerza, se puso un abrigo de caucho sobre el mono y un sueste en la cabeza. Agarró una llave de tubo y un gato de mano y empujó otro sobre ruedas hasta la puerta.

Salió en silencio, dejando la puerta entreabierta. La lluvia empezó a meterse dentro y el individuo de marrón la cerró, regresó junto al banco de trabajo y puso las caderas exactamente en el mismo sitio donde habían estado antes. Podría haberme hecho con él entonces. Estábamos solos. Canino no sabía quién era yo. Me miró despreocupadamente, tiró el pitillo sobre el suelo de cemento y lo aplastó sin mirar.

—Seguro que no le vendría mal un trago —dijo—. Mojar el interior e igualar las cosas un poco. —Alcanzó una botella que estaba tras él en el banco de trabajo, la colocó cerca del borde y puso dos vasos al lado. Sirvió una respetable cantidad en ambos y me ofreció uno.

Caminando como un sonámbulo me acerqué y acepté el whisky. El recuerdo de la lluvia aún me enfriaba el rostro. El olor a pintura caliente dominaba el aire inmóvil del garaje.

—Ese Art —dijo el hombre de marrón—. Todos los mecánicos son iguales. Siempre agobiado por un encargo que tendría que haber acabado la semana pasada. ¿Viaje de negocios?

Olí con cuidado el vaso. El aroma era normal. Esperé a que mi interlocutor bebiera del suyo antes de tomar el primer sorbo. Me paseé el whisky por la boca. No contenía cianuro. Vacié el vasito, lo dejé sobre el banco y me alejé.

—En parte —dije. Me llegué hasta el sedán pintado a medias, con la voluminosa pistola descansando sobre el guardabarros. La lluvia golpeaba con violencia el tejado plano del garaje. Art la padecía en el exterior, sin duda lanzando maldiciones.

El individuo de marrón contempló el automóvil.

—En principio sólo había que pintar un trozo —dijo con desenvoltura, la voz ronroneante suavizada aún más por la bebida—. Pero el dueño es un tipo con dinero y el chófer necesitaba unos pavos. Ya conoce el tinglado.

—Sólo hay uno más antiguo —dije. Tenía los labios secos. No deseaba hablar. Encendí un cigarrillo. Quería que me arreglaran los neumáticos. Los minutos pasaron de puntillas. El individuo de marrón y yo éramos dos desconocidos que se habían encontrado por casualidad y que se miraban por encima de un hombrecillo muerto llamado Harry Jones. Si bien el de marrón no lo sabía aún.

Se oyó el crujido de unos pasos fuera y la puerta se abrió. La luz iluminó hilos de lluvia transformándolos en alambres de plata. Art metió malhumoradamente dentro del garaje dos ruedas embarradas, cerró la puerta de una patada y dejó que uno de los neumáticos pinchados cayera de lado. Me miró con ferocidad.

—Elige bien los sitios para mantener derecho un gato —rugió.

El de marrón se echó a reír, se sacó del bolsillo un cilindro de monedas envueltas en papel y empezó a tirarlo al aire con la palma de la mano.

—No rezongues tanto —dijo con sequedad—. Arregla esos pinchazos.

—¿No es eso lo que estoy haciendo?

—Bien, pero no le eches tanto teatro.

—¡Claro! —Art se quitó el impermeable de caucho y el sueste y los tiró lejos. Levantó uno de los neumáticos hasta colocarlo sobre un separador y soltó el borde con extraordinaria violencia. Luego sacó la cámara y le puso un parche en un instante. Todavía con cara de pocos amigos, se acercó a la pared más cercana a donde yo estaba, echó mano del tubo del aire comprimido, puso en la cámara el suficiente para que adquiriese cuerpo y dejó que la boquilla del aire fuera a estrellarse contra la pared encalada.

Yo estaba viendo cómo el rollo de monedas envueltas en papel bailaba en la mano de Canino. El momento de tensión expectante había pasado ya para mí. Volví la cabeza y contemplé cómo el mecánico, a mi lado, lanzaba al aire la cámara hinchada y la recogía con las manos bien abiertas, una a cada lado de la cámara. La contempló malhumoradamente, miró hacia un gran barreño de hierro galvanizado lleno de agua sucia y situado en un rincón y dejó escapar un gruñido.

El trabajo en equipo fue, sin duda, excelente. No advertí ninguna señal, ni mirada significativa, ni gesto de especial trascendencia. Art tenía la cámara hinchada por encima de la cabeza y la estaba mirando. Giró a medias el cuerpo, dio una zancada con rapidez, y me embutió la cámara sobre la cabeza y los hombros, un acierto total en el juego del herrón.

Luego saltó detrás de mí y tiró con fuerza de la goma, presionándome el pecho y sujetándome los brazos a los costados. Podía mover las manos, pero no alcanzar la pistola que llevaba en el bolsillo.

Canino se acercó casi con paso de bailarín. Su mano se tensó sobre el rollo de monedas. Vino hacia mí sin ruido alguno y también sin expresión en el rostro. Me incliné hacia adelante, tratando de levantar a Art del suelo.

El puño con el peso añadido del metal pasó entre mis manos extendidas como una piedra a través de una nube de polvo. Recuerdo el momento inmóvil del impacto cuando las luces bailaron y el mundo visible se desdibujó, aunque siguiera presente. Canino volvió a golpearme. La cabeza no recogió sensación alguna. El brillante resplandor se hizo más intenso. Sólo quedó una violenta y dolorosa luz blanca. Luego oscuridad en la que algo rojo se retorcía como un microorganismo bajo la lente del microscopio. Luego nada brillante ni nada que se retorciera; tan sólo oscuridad y vacío, un viento huracanado y un derrumbarse como de grandes árboles.

28

Parecía que había una mujer y que estaba sentada cerca de una lámpara: sin duda donde le correspondía estar, bien iluminada. Otra luz me daba con fuerza en la cara, de manera que cerré los ojos y traté de verla a través de las pestañas. Era tan rubia platino que su cabello brillaba como un frutero de plata. Llevaba un vestido verde de punto con un ancho cuello blanco. A sus pies descansaba un bolso reluciente lleno de aristas puntiagudas. Fumaba y, cerca del codo, tenía un vaso —alto y pálido— de líquido ambarino.

Moví la cabeza un poco, con cuidado. Dolía, pero no más de lo que esperaba. Me habían atado como a un pavo listo para el horno. Unas esposas me sujetaban las muñecas a la espalda y una cuerda iba desde los brazos a los tobillos y luego al extremo del sofá marrón en el que estaba tumbado. La cuerda se perdía de vista por encima del sofá. Me moví lo suficiente para comprobar que estaba bien sujeta.

Abandoné aquellos movimientos furtivos, abrí de nuevo los ojos y dije:

—Hola.

La joven apartó la vista de alguna lejana cumbre montañosa. Volvió despacio la barbilla, pequeña pero decidida. El azul de sus ojos era de lagos de montaña. La lluvia aún seguía cayendo con fuerza por encima de nuestras cabezas, aunque con un sonido remoto, como si fuese la lluvia de otras personas.

—¿Qué tal se siente? —Era una suave voz plateada que hacía juego con el pelo. Había en ella un pequeño tintineo, como de campanas en una casa de muñecas. Pero me pareció una tontería tan pronto como lo pensé.

—Genial —dije—. Alguien ha construido una gasolinera en mi mandíbula.

—¿Qué esperaba, señor Marlowe, orquídeas?

—Sólo una sencilla caja de pino —dije—. No se molesten en ponerle asas ni de bronce ni de plata. Y no esparzan mis cenizas sobre el azul del Pacífico. Prefiero los gusanos. ¿Sabía usted que los gusanos son hermafroditas y que cualquier gusano puede amar a cualquier otro gusano?

—Me parece que está usted un poco ido —dijo, mirándome con mucha seriedad.

—¿Le importaría mover esa luz?

Se levantó y pasó detrás del sofá. La luz se apagó. La penumbra me pareció una bendición.

—No creo que sea usted tan peligroso —dijo. Era más alta que baja, pero sin el menor parecido con un espárrago. Esbelta, pero no una corteza seca. Volvió a sentarse en la silla.

—De manera que sabe cómo me llamo.

—Dormía usted a pierna suelta. Han tenido tiempo para registrarle los bolsillos. Han hecho de todo menos embalsamarlo. Así que es detective.

—¿No saben nada más de mí?

La mujer guardó silencio. Un hilo de humo se le escapó del cigarrillo al agitarlo en el aire. Su mano, pequeña, tenía curvas delicadas, y no era la habitual herramienta huesuda de jardín que hoy en día se ve en tantas mujeres.

—¿Qué hora es? —pregunté.

Se miró de reojo la muñeca, más allá de la espiral de humo, en el límite del brillo tranquilo de la lámpara.

—Diez y diecisiete. ¿Tiene una cita?

—No me sorprendería. ¿Es ésta la casa cercana al garaje de Art Huck?

—Sí.

—¿Qué hacen los muchachos? ¿Cavar una tumba?

—Tenían que ir a algún sitio.

—¿Me está diciendo que la han dejado sola?

Giró otra vez despacio la cabeza. Sonrió.

—No tiene usted aspecto peligroso.

—La creía prisionera.

No pareció sorprendida; más bien un tanto divertida.

—¿Qué le hace pensar eso?

—Sé quién es usted.

Sus ojos, muy azules, brillaron con tanta fuerza que casi capté el movimiento de su mirada, semejante a una estocada. Su boca se tensó. Pero la voz no cambió.

—En ese caso me temo que está en una situación muy poco conveniente. Y aborrezco los asesinatos.

—¿Siendo la esposa de Eddie Mars? Debería avergonzarse.

Aquello no le gustó. Me miró indignada. Sonreí.

—A no ser que esté dispuesta a quitarme estas pulseras, cosa que no le recomiendo, quizá no le importe cederme un poco de ese líquido del que hace tan poco uso.

Acercó el vaso a donde yo estaba y de él brotaron burbujas semejantes a falsas esperanzas. La joven se inclinó sobre mí. Su aliento era tan delicado como los ojos de un cervatillo. Bebí con ansia del vaso. Luego lo apartó de mi boca y vio cómo parte del líquido me caía por el cuello.

—Tiene la cara como un felpudo —dijo.

—Pues aprovéchela al máximo. No va a durar mucho en tan buenas condiciones.

Giró bruscamente la cabeza para escuchar. Durante un instante su rostro palideció. El ruido que se oía era sólo el de la lluvia deslizándose por las paredes. Cruzó otra vez la habitación y se colocó a mi lado, un poco inclinada hacia adelante, mirando al suelo.

—¿Por qué ha venido aquí a meter las narices? —preguntó sin alzar la voz—. Eddie no le estaba haciendo ningún daño. Sabe perfectamente que si no me hubiera escondido aquí, la policía habría creído a pies juntillas que asesinó a Rusty Regan.

—Lo hizo —dije.

No se movió; no cambió de posición ni un centímetro, pero produjo un ruido áspero al respirar. Recorrí la habitación con la vista. Dos puertas, las dos en la misma pared, una de ellas abierta a medias. Una alfombra a cuadros rojos y pardos, visillos azules en las ventanas, y en las paredes papel pintado con brillantes pinos verdes. Los muebles parecían salidos de uno de esos almacenes que se anuncian en las paradas de autobús. Alegres, pero muy resistentes.

—Eddie no le tocó un pelo de la ropa —dijo con suavidad la señora Mars—. Hace meses que no he visto a Rusty. Eddie no es un asesino.

—Usted abandonó su lecho y su casa. Vivía sola. Inquilinos del sitio donde se alojaba identificaron la foto de Regan.

—Eso es mentira —dijo con frialdad.

Intenté recordar si era el capitán Gregory quien había dicho aquello. Estaba demasiado atontado y era incapaz de sacar conclusiones.

—Además no es asunto suyo —añadió.

—Toda esta historia es asunto mío. Me han contratado para descubrir lo que pasó realmente.

—Eddie no va por ahí asesinando.

—Ah, a usted le encantan los mafiosos.

—Mientras la gente quiera jugarse las pestañas habrá sitios para hacerlo.

—Eso no pasa de ser una disculpa sin sentido. Cuando se sale uno de la ley, queda completamente fuera. Cree que Eddie no es más que jugador. Pues yo estoy convencido de que es pornógrafo, chantajista, traficante de coches robados, asesino por control remoto y sobornador de policías corruptos. Eddie es cualquier cosa que le produzca beneficios, cualquier cosa que tenga un billete colgado. No trate de venderme a ningún mafioso de alma grande. No los fabrican en ese modelo.

—No es un asesino. —Frunció el ceño.

—No lo es en persona. Tiene a Canino. Canino ha matado hoy a un hombre, un hombrecillo inofensivo que trataba de ayudar a alguien. Casi vi cómo lo mataba.

La señora Mars rió cansinamente.

—De acuerdo —gruñí—. No me crea. Si Eddie es una persona tan estupenda, me gustaría hablar con él sin que esté presente Canino. Ya sabe lo que va a hacer su guardián: dejarme sin dientes a puñetazos y luego patearme el estómago por farfullar.

Echó la cabeza para atrás y se quedó quieta, pensativa y retraída, dando vueltas a alguna idea.

—Creía que el pelo rubio platino estaba pasado de moda —proseguí, sólo para mantener un sonido vivo en la habitación, sólo para no tener que escuchar.

—Es una peluca, tonto. Hasta que me crezca el pelo. —Se llevó la mano a la cabeza y se la quitó. Llevaba el cabello muy corto, como un muchacho. Enseguida se la volvió a colocar.

—¿Quién le ha hecho eso?

Pareció sorprendida.

—Fue idea mía. ¿Por qué?
—Eso. ¿Por qué?
—Pues para demostrar a Eddie que estaba dispuesta a hacer lo que quería que hiciese, esconderme. Que no necesitaba vigilarme. Que no le fallaría. Le quiero.
—Dios del cielo —gemí—. Y me tiene aquí, en la misma habitación que usted.
Dio la vuelta a una mano y se la quedó mirando. Luego salió bruscamente de la habitación y regresó con un cuchillo de cocina. Se inclinó y cortó la cuerda que me sujetaba.
—Canino tiene la llave de las esposas —dijo—. Ahí no puedo hacer nada.
Dio un paso atrás, respirando con fuerza. Había cortado todos los nudos.
—Es usted increíble —dijo—. Bromeando cada vez que respira..., a pesar del aprieto en que se encuentra.
—Creía que Eddie no era un asesino —dije.
Se dio la vuelta muy deprisa, regresó a su silla junto a la lámpara, se sentó y escondió la cara entre las manos. Bajé los pies al suelo y me puse en pie. Me tambaleé de inmediato, las piernas entumecidas. El nervio del lado izquierdo de la cara se estremecía en todas sus ramificaciones. Di un paso. Aún era capaz de andar. Podría correr, si resultaba necesario.
—Supongo que quiere que me vaya —dije.
La chica asintió sin levantar la cabeza.
—Será mejor que venga conmigo..., si quiere seguir viva.
—No pierda tiempo. Canino volverá en cualquier momento.
—Enciéndame un cigarrillo.
Me puse a su lado, tocándole las rodillas. Se incorporó con una brusca sacudida. Nuestros ojos quedaron a pocos centímetros.
—Qué tal, Peluca de Plata —dije en voz baja.
Retrocedió un paso, luego dio la vuelta alrededor de la silla, y se apoderó de un paquete de cigarrillos que estaba sobre la mesa. Consiguió separar uno y me lo puso en la boca casi con violencia. Le temblaba la mano. Con un ruido seco encendió un mechero verde de cuero y lo acercó al cigarrillo. Aspiré el humo contemplando sus ojos color azul lago. Mientras aún estaba muy cerca de mí, le dije:
—Un pajarillo llamado Harry Jones me trajo hasta usted. Un pajarillo que iba de bar en bar recogiendo por unos céntimos apuestas para las carreras de caballos. También recogía información. Y ese pajarillo se enteró de algo acerca de Canino. De una forma o de otra él y sus amigos descubrieron dónde estaba la mujer de Eddie Mars. Vino a mí para venderme la información porque sabía (cómo, es una larga historia) que yo trabajaba para el general Sternwood. Conseguí la información, pero Canino se ocupó del pajarillo. Ahora está muerto, con las plumas alborotadas, el cuello roto y una perla de sangre en el pico. Canino lo ha matado. Pero Eddie Mars no haría una cosa así, ¿no es cierto, Peluca de Plata? Nunca ha matado a nadie. Sólo contrata a otro para que lo haga.
—Váyase —dijo con brusquedad—. Salga de aquí cuanto antes.
Su mano apretó en el aire el mechero verde. Tensos los dedos y los nudillos blancos como la nieve.

—Pero Canino ignora —dije— que estoy enterado de la historia del pajarillo. Sólo sabe que he venido a husmear.

En aquel momento se echó a reír. Una risa casi incontrolable, que la sacudió como el viento agita un árbol. Me pareció que había desconcierto en la risa, más que sorpresa, como si una nueva idea se hubiera añadido a algo ya conocido y no encajara. Luego pensé que era demasiado deducir de una risa.

—Es muy divertido —dijo, casi sin aliento—. Muy divertido, porque, ¿sabe? Todavía le quiero. Las mujeres... —Empezó otra vez a reír.

Agucé el oído, el corazón saltándome dentro del pecho.

—Vayámonos —dije—. Deprisa.

Retrocedió dos pasos y su expresión se endureció.

—¡Váyase usted! ¡Salga! Llegará andando a Realito. Lo conseguirá..., y, como mínimo, mantenga la boca cerrada una o dos horas. Me debe eso por lo menos.

—Vayámonos —dije—. ¿Tiene una pistola, Peluca de Plata?

—Sabe que no me voy a ir. Lo sabe perfectamente. Por favor, márchese de aquí cuanto antes.

Me acerqué más, casi apretándome contra ella.

—¿Se va a quedar aquí después de dejarme en libertad? ¿Va a esperar a que vuelva ese asesino para decirle que lo siente mucho? ¿Un individuo que mata como quien aplasta a una mosca? Ni hablar. Se viene conmigo, Peluca de Plata.

—No.

—Imagínese —dije— que su apuesto marido liquidó a Regan. O suponga que lo hizo Canino, sin que Eddie lo supiera. Basta con que se imagine eso. ¿Cuánto tiempo va usted a durar, después de dejarme ir?

—Canino no me da miedo. Sigo siendo la mujer de su jefe.

—Eddie es un blandengue —rugí—. Canino no necesitaría ni una cucharilla para acabar con él. Se lo comería como el gato al canario. Un completo blandengue. Una mujer como usted sólo se cuela por un tipo como él cuando es un blandengue.

—¡Váyase! —me escupió casi.

—De acuerdo. —Giré en redondo alejándome de ella y, por la puerta abierta a medias, llegué a un vestíbulo a oscuras. La chica vino detrás de mí corriendo y me abrió la puerta principal. Miró fuera, a la húmeda oscuridad, y escuchó. Luego me hizo gestos para que saliera.

—Adiós —dijo en voz muy baja—. Buena suerte en todo, pero no olvide una cosa. Eddie no mató a Rusty Regan. Lo encontrará vivo y con buena salud cuando decida reaparecer.

Me incliné sobre ella y la empujé contra la pared con mi cuerpo. Con la boca le tocaba la cara. Le hablé en esa posición.

—No hay prisa. Todo esto se preparó de antemano, se ensayó hasta el último detalle, se cronometró hasta la fracción de segundo. Igual que un programa de radio. No hay ninguna prisa. Béseme, Peluca de Plata.

Su rostro, junto a mi boca, era como hielo. Alzó las manos, me tomó la cabeza y me besó con fuerza en los labios. También sus labios eran como hielo.

Crucé la puerta, que se cerró detrás de mí sin ruido alguno. La lluvia entraba en el porche empujada por el viento, pero no estaba tan fría como sus labios.

29

El garaje vecino se hallaba a oscuras. Crucé el camino de grava y un trozo de césped empapado. Por la carretera corrían riachuelos que iban a desaguar en la cuneta del otro lado. Me había quedado sin sombrero. Debió de caérseme en el garaje. Canino no se había molestado en devolvérmelo. No pensaba que fuese a necesitarlo. Me lo imaginé conduciendo con desenvoltura bajo la lluvia, de regreso a la casa, solo ya, después de haber dejado al flaco y malhumorado Art y al sedán, probablemente robado, en algún sitio seguro. Peluca de Plata quería a Eddie Mars y estaba escondida para protegerlo. De manera que contaba con encontrarla allí cuando regresase, esperando tranquilamente junto a la lámpara, el whisky intacto y a mí atado al sofá. Llevaría las cosas de la chica al automóvil y recorrería cuidadosamente toda la casa para asegurarse de que no dejaba nada comprometedor. Luego le diría que saliera y que le esperase. La chica no oiría ningún disparo. A poca distancia una cachiporra puede ser tan eficaz como un arma de fuego. Después le contaría que me había dejado atado, pero que terminaría por soltarme al cabo de algún tiempo. Pensaría que la chica era así de estúpida. Encantador, el señor Canino.

Llevaba abierto el impermeable por delante y no me lo podía abrochar, debido a las esposas. Los faldones aleteaban contra mis piernas como las alas de un pájaro grande y muy cansado. Llegué a la carretera principal. Los automóviles pasaban envueltos en remolinos de agua iluminados por los faros. El ruido áspero de los neumáticos se desvanecía rápidamente. Encontré mi descapotable donde lo había dejado, los dos neumáticos reparados y montados, para poder llevárselo si era necesario. Pensaban en todo. Entré y me incliné de lado por debajo del volante y aparté la solapa de cuero que ocultaba el compartimento. Recogí la otra pistola, me la guardé en un bolsillo del impermeable y emprendí el camino de vuelta. Habitaba en un mundo pequeño, cerrado, negro. Un mundo privado, sólo para Canino y para mí.

Los faros de su coche casi estuvieron a punto de descubrirme antes de que alcanzase el garaje. Canino abandonó a toda velocidad la carretera principal y tuve que deslizarme por el talud hasta la cuneta empapada y ocultarme allí respirando agua. El coche pasó a mi lado sin disminuir la velocidad. Alcé la cabeza, oí el raspar de los neumáticos al meterse por el camino de grava. El motor se apagó, luego las luces y una portezuela se cerró de golpe. No oí cerrarse la puerta de la casa, pero unos flecos de luz se filtraron por entre el grupo de árboles, como si se hubiera levantado la persiana de una ventana o encendido la lámpara del vestíbulo.

Regresé a la empapada zona de hierba y la crucé como pude, chapoteando.

El coche estaba entre la casa y yo, y la pistola la llevaba lo más hacia el lado derecho que me era posible sin arrancarme de raíz el brazo izquierdo. El coche estaba a oscuras, vacío, tibio. El agua gorgoteaba agradablemente en el radiador. Miré por la ventanilla. Las llaves colgaban del salpicadero. Canino estaba muy seguro de sí. Di la vuelta alrededor del coche, avancé con cuidado por la grava hasta la ventana más cercana y escuché. No se oía voz alguna, ningún sonido a excepción del rápido retumbar de las gotas de lluvia que golpeaban los codos de metal al extremo de los canalones.

Seguí escuchando. Nada de gritos, todo muy tranquilo y refinado. Canino le estaría hablando con su ronroneo habitual y ella le estaría contando que me había dejado marchar y que yo había prometido darles tiempo para desaparecer. Canino no creería en mi palabra, como tampoco creía yo en la suya. De manera que no seguiría allí mucho tiempo. Se pondría de inmediato en camino y se llevaría a la chica. Todo lo que tenía que hacer era esperar a que saliera.

Pero eso era lo que no podía hacer. Me cambié la pistola a la mano izquierda y me incliné para recoger un puñado de grava que arrojé contra el enrejado de la ventana. Lo hice francamente mal. Fueron muy pocas las piedras que llegaron hasta el cristal, pero su impacto resultó tan audible como el estallido de una presa.

Corrí hacia el coche y me situé sobre el estribo a cubierto de vistas desde la casa. Todas las luces se apagaron al instante. Nada más. Me agazapé sin hacer ruido en el estribo y esperé. Nada de nada. Canino era demasiado cauteloso.

Me enderecé y entré en el coche de espaldas; busqué a tientas la llave de contacto y la giré. Luego busqué con el pie, pero el mando del arranque tenía que estar en el salpicadero. Lo encontré finalmente, tiré de él y empezó a girar. El motor, todavía caliente, prendió al instante con un ronroneo suavemente satisfecho. Salí y me agazapé de nuevo junto a las ruedas traseras.

Tiritaba ya, pero sabía que a Canino no le habría gustado aquella última iniciativa mía. Necesitaba el coche más que ninguna otra cosa. Una ventana a oscuras fue abriéndose centímetro a centímetro: tan sólo algún cambio de luz sobre el cristal me permitió advertir que se estaba moviendo. Llamas brotaron de allí bruscamente, junto con los rugidos casi simultáneos de tres disparos. Se rompieron algunos cristales del cupé. Lancé un grito de dolor. El grito se transformó en gemido quejumbroso. El gemido pasó a húmedo gorgoteo, ahogado por la sangre. Hice que el gorgoteo terminara de manera escalofriante, con un jadeo entrecortado. Fue un trabajo de profesional. A mí me gustó. A Canino mucho más. Le oí reír, lanzar una sonora carcajada, algo muy distinto de sus habituales ronroneos.

Luego silencio durante unos momentos, a excepción del ruido de la lluvia y de la tranquila vibración del motor del coche. Finalmente se abrió muy despacio la puerta de la casa, creando una oscuridad más profunda que la negrura de la noche. Una figura apareció en ella cautelosamente, con algo blanco alrededor de la garganta. Era el cuello del vestido de la chica. Salió al porche rígida, convertida en mujer de madera. Advertí el fulgor pálido de su peluca plateada. Canino salió agazapándose metódicamente detrás de ella. Lo hacía con una perfección tal que casi resultaba divertido.

La chica bajó los escalones y pude ver la pálida rigidez de su rostro. Se dirigió hacia el coche. Todo un baluarte para defender a Canino, en el caso de que yo estuviera todavía en condiciones de hacerle frente. Oí su voz que hablaba entre el susurro de la lluvia, diciendo despacio, sin entonación alguna:

—No veo nada, Lash. Los cristales están empañados.

Canino lanzó un gruñido ininteligible y el cuerpo de la muchacha se contrajo bruscamente, como si él la hubiera empujado con el cañón de la pistola. Avanzó de nuevo, acercándose al coche sin luces. Detrás vi ya a Canino: su sombrero, un lado de la cara, la silueta del hombro. La muchacha se paró en seco y gritó. Un hermoso alarido, agudo y penetrante, que me sacudió como un gancho de izquierda.

—¡Ya lo veo! —gritó—. A través de la ventanilla. ¡Detrás del volante, Lash!

Canino se tragó el anzuelo con toda la energía de que era capaz. La apartó con violencia y saltó hacia adelante, alzando la mano. Tres nuevas llamaradas rasgaron la oscuridad. Nuevas roturas de cristales. Un proyectil atravesó el coche y se estrelló en un árbol cerca de donde estaba yo. Una bala rebotada se perdió, gimiendo, en la distancia. Pero el motor siguió funcionando tranquilamente.

Canino estaba casi en el suelo, agazapado en la oscuridad, su rostro una informe masa gris que parecía recomponerse lentamente después de la luz deslumbrante de los disparos. Si era un revólver lo que había usado, quizá estuviera vacío. Pero tal vez no. Aunque había disparado seis veces no se podía descartar que hubiese recargado el arma dentro de la casa. Deseé que lo hubiera hecho. No lo quería con una pistola vacía. Pero podía tratarse de una automática.

—¿Terminado? —dije.

Se volvió hacia mí como un torbellino. Quizá hubiera estado bien permitirle disparar una o dos veces más, exactamente como lo hubiese hecho un caballero de la vieja escuela. Pero aún tenía el arma levantada y yo no podía esperar más. No lo bastante para comportarme como un caballero de la antigua escuela. Disparé cuatro veces contra él, el Colt golpeándome las costillas. A él le saltó el arma de la mano como si alguien le hubiera dado una patada. Se llevó las dos manos al estómago y oí el ruido que hicieron al chocar contra el cuerpo. Cayó así, directamente hacia adelante, sujetándose el vientre con sus manos poderosas. Cayó de bruces sobre la grava húmeda. Y ya no salió de él ningún otro ruido.

Peluca de Plata tampoco emitió sonido alguno. Permaneció completamente inmóvil, con la lluvia arremolinándose a su alrededor. Sin que hiciera ninguna falta, pegué una patada a la pistola de Canino. Luego fui a buscarla, me incliné de lado y la recogí. Eso me dejó muy cerca de la chica, que me dirigió la palabra con aire taciturno, como si hablara sola:

—Temía que hubiera decidido volver.

—No suelo faltar a mis citas —dije—. Ya le expliqué que todo estaba preparado de antemano.

Empecé a reír como un poseso.

Luego la chica se inclinó sobre Canino, tocándolo. Y al cabo de un momento se incorporó con una llavecita que colgaba de una cadena muy fina.

—¿Era necesario matarlo? —preguntó con amargura.

Dejé de reír tan bruscamente como había empezado. La chica se colocó detrás de mí y abrió las esposas.

—Sí —dijo con voz suave—. Supongo que sí.

30

Era otro día y el sol brillaba de nuevo.

El capitán Gregory, de la Oficina de Personas Desaparecidas, contempló con aire fatigado, por la ventana de su despacho, el piso superior del Palacio de Justicia, blanco y limpio después de la lluvia. Luego se volvió pesadamente en su sillón giratorio, aplastó el tabaco de la pipa con un pulgar chamuscado por el fuego y me contempló sombríamente.

—De manera que se ha metido en otro lío.

—Ah, ya está enterado.

—Es cierto que me paso aquí todo el día engordando el trasero y no doy la impresión de tener dos dedos de frente, pero le sorprendería enterarse de todo lo que oigo. Supongo que acabar con el tal Canino estuvo bien, pero no creo que los chicos de la Brigada Criminal le den una medalla.

—Ha muerto mucha gente a mi alrededor —dije—. Antes o después tenía que llegarme el turno.

Sonrió con paciencia.

—¿Quién le dijo que la chica que estaba allí era la mujer de Eddie Mars?

Se lo expliqué. Escuchó con atención y bostezó, tapándose una boca llena de dientes de oro con la palma de una mano tan grande como una bandeja.

—Como es lógico, opina que deberíamos haberla encontrado.

—Es una deducción acertada.

—Quizá lo sabía —dijo—. Quizá pensaba que si Eddie y su prójima querían jugar a un jueguecito como ése, sería inteligente (o al menos todo lo inteligente que soy capaz de ser) dejarles creer que se estaban saliendo con la suya. Aunque quizá opine usted que les he dejado campar por sus respetos por razones más personales. —Extendió su mano gigantesca y frotó el pulgar contra el índice y el corazón.

—No —dije—. Realmente no pensé eso. Ni siquiera cuando Eddie dio la impresión de estar al corriente de nuestra conversación del otro día.

Gregory alzó las cejas como si alzarlas le supusiera un esfuerzo, como si fuera un truco que había practicado poco en los últimos tiempos. La frente se le llenó de surcos y, cuando volvió a bajar las cejas, los surcos se transformaron en líneas blancas que luego fueron enrojeciendo mientras yo las contemplaba.

—Soy policía —dijo—. Un policía corriente y moliente. Razonablemente honesto. Todo lo honesto que cabe esperar de un hombre que vive en un mundo donde eso ya no se lleva. Ésa es la razón fundamental de que le haya pedido que viniera hoy a verme. Me gustaría que lo creyera. Dado que soy policía me gusta que triunfe la justicia. No me importaría que tipos ostentosos y bien vestidos como Eddie Mars se estropearan esas manos tan bien cuidadas en la cantera de Folsom, junto a los pobres desgraciados de los barrios bajos a los que echaron el guante en su primer golpe y no han vuelto a tener una oportunidad desde entonces. No me importaría nada. Usted y yo hemos vivido demasiado para creer que llegue a verlo. No en esta ciudad, ni en ninguna ciudad que sea la mitad de grande que ésta, ni en ninguna parte de nuestros Estados Unidos, tan grandes, tan verdes y tan hermosos. Sencillamente no es ésa la manera que tenemos de gobernar este país.

No dije nada. El capitán Gregory lanzó una nube de humo con un brusco movimiento hacia atrás de la cabeza, contempló la boquilla de su pipa y continuó:

—Pero eso no quiere decir que yo piense que Eddie Mars acabara con Regan ni que tuviera razones para hacerlo ni que lo hubiera hecho aunque las tuviera. Supuse, sencillamente, que quizá sabía algo, y que quizá antes o después ese algo acabaría por salir a la luz. Esconder a su mujer en Realito fue una cosa infantil, pero es la clase de reacción infantil que los monos listos consideran que es una manifestación de inteligencia. A Eddie lo tuve aquí anoche, después de que el fiscal del distrito terminara con él. Lo reconoció todo. Dijo que sabía que Canino era un tipo solvente en materia de protección y que lo había contratado para eso. Ni sabía ni quería saber nada de sus aficiones. No conocía a Harry Jones. No conocía a Joe Brody. Conocía a Geiger, claro está, pero asegura que no estaba al tanto de su tinglado. Imagino que usted ya ha oído todo eso.

—Sí.

—Actuó de manera muy inteligente en Realito, Marlowe. Hizo bien al no intentar ocultar lo sucedido. Ahora ya contamos con un archivo de proyectiles no identificados. Algún día quizá use usted otra vez esa arma. Y entonces tendrá problemas.

—Pero actué de manera inteligente —dije, mirándolo socarronamente.

Vació la pipa golpeándola y se quedó mirándola, pensativo.

—¿Qué ha pasado con la chica? —preguntó, sin alzar la vista.

—No lo sé. La dejaron marchar. Hicimos nuestras declaraciones, tres veces, para Wilde, para el despacho del sheriff y para la Brigada Criminal. Y después se fue. No la he visto desde entonces, ni creo que la vuelva a ver.

—Parece una buena chica, dicen. No es probable que esté metida en asuntos sucios.

—Parece una buena chica —repetí yo.

El capitán Gregory suspiró y se despeinó el pelo ratonil.

—Una cosa más —dijo, casi con amabilidad—. Usted también parece buena persona, pero es demasiado violento. Si realmente quiere ayudar a la familia Sternwood..., déjelos en paz.

—Creo que tiene razón, capitán.

—¿Qué tal se encuentra?

—Estupendamente —dije—. Me he pasado casi toda la noche de pie en distintos trozos de alfombra, permitiendo que me gritaran. Antes de eso me zurraron de lo lindo y acabé empapado hasta los huesos. Estoy en perfectas condiciones.

—¿Qué demonios esperaba, hermano?

—Nada. —Me puse en pie, le sonreí y me dirigí hacia la puerta. Cuando casi había llegado, Gregory se aclaró la garganta de repente y dijo, con aspereza en la voz:

—No he hecho más que malgastar aliento, ¿no es cierto? Todavía sigue pensando que puede encontrar a Regan.

Me volví y lo miré de hito en hito.

—No, no creo que pueda encontrar a Regan. Ni siquiera lo voy a intentar. ¿Le parece bien?

Hizo un lento gesto de asentimiento con la cabeza. Luego se encogió de hombros.

—No sé por qué demonios he dicho eso. Buena suerte, Marlowe. Venga a verme cuando quiera.

—Gracias, capitán.

Salí del ayuntamiento, recogí mi coche en el aparcamiento y me volví a casa, al Hobart Arms. Me tumbé en la cama después de quitarme la chaqueta, miré al techo, escuché el ruido del tráfico en la calle y observé cómo el sol avanzaba lentamente por lo alto de la pared. Intenté dormir, pero el sueño no acudió a la cita. Me levanté, me tomé un whisky, aunque no era el momento de hacerlo, y volví a tumbarme. Seguía sin poder dormir. El cerebro me hacía tictac como un reloj. Me senté en el borde de la cama, llené una pipa y dije en voz alta:

—Ese viejo pajarraco sabe algo.

La pipa me supo a lejía. Prescindí de ella y volví a tumbarme. Mi cabeza empezó a dejarse invadir por oleadas de falsos recuerdos, en los que me parecía hacer lo mismo una y otra vez, ir a los mismos sitios, encontrarme con las mismas personas, decirles las mismas frases, una y otra vez, y sin embargo todo era siempre igual de real, como algo que sucediera de verdad y por vez primera. Conducía a mucha velocidad bajo la lluvia, con Peluca de Plata en un rincón del coche, sin decir nada, de manera que cuando llegábamos a Los Ángeles parecíamos de nuevo completos desconocidos. Me apeaba en un *drugstore* abierto las veinticuatro horas del día y telefoneaba a Bernie Ohls para decirle que había matado a un individuo en Realito y que iba camino de la casa de Wilde con la mujer de Eddie Mars, que me había visto hacerlo. Conducía el coche por las calles silenciosas, abrillantadas por la lluvia, de Lafayette Park, hasta llegar a la *porte-cochère* de la gran casa de madera de Wilde, y la luz del porche ya estaba encendida, porque Ohls había telefoneado para decir que íbamos de camino. Me hallaba en el estudio de Wilde y el fiscal estaba detrás de su escritorio con un batín floreado y una expresión dura y tensa, mientras un cigarro veteado iba y venía de los dedos a la glacial sonrisa de los labios. También intervenían Ohls y un individuo del despacho del sheriff, delgado y gris y con aire académico, cuyo aspecto y palabras eran más de profesor de ciencias económicas que de policía. Yo les contaba la historia, ellos escuchaban en silencio y Peluca de Plata permanecía en la sombra, las manos cruzadas sobre el regazo, sin mirar a nadie. Se hacían abundantes llamadas telefónicas. Había dos funcionarios de la Brigada Criminal que me miraban como si fuese un animal extraño que se hubiera escapado de un circo ambulante. Volvía a conducir, con uno de ellos a mi lado, al edificio Fulwider. Estábamos en la habitación donde Harry Jones seguía en la silla, detrás de la mesa, mostrando la retorcida rigidez de su rostro y donde aún era perceptible un olor agridulce. Había un forense, muy joven y fornido, con hirsutos pelos rojos en el cuello. Y un encargado de tomar huellas dactilares que iba de aquí para allá y al que yo le decía que no se olvidara del pestillo del montante. (Encontró en él la huella del pulgar de Canino, la única que había dejado, para apoyar mi relato, el asesino vestido de marrón.)

Después volvía a casa de Wilde, y firmaba una declaración escrita a máquina que su secretaria había preparado en otra habitación. Luego se abría la puerta, entraba Eddie Mars y en su rostro aparecía de repente una sonrisa al ver a Peluca de Plata, y decía «Hola, cielo», aunque ella no lo miraba ni respondía a su saludo. Un Eddie Mars descansado y alegre, con traje oscuro y bufanda blanca con flecos colgando por fuera del abrigo de *tweed*. Luego ya se habían ido, se había marchado todo el mundo de la habitación, excepto Wilde y yo, y el fiscal estaba diciendo con frialdad y enojo en la voz:

—Ésta es la última vez, Marlowe. La próxima vez que nos haga una jugarreta lo echaré a los leones, y me dará lo mismo que se le rompa a alguien el corazón.

Así se repetía todo, una y otra vez, tumbado en la cama, mientras veía cómo la mancha de sol bajaba por la esquina de la pared. Luego sonó el teléfono, y era Norris, el mayordomo de los Sternwood, con su habitual voz distante.

—¿Señor Marlowe? Después de telefonear sin éxito a su despacho, me he tomado la libertad de intentar localizarlo en su domicilio.

—Estuve fuera casi toda la noche —dije—. No he pasado por el despacho.

—Comprendo, señor. El general quisiera verlo hoy por la mañana, si le resulta conveniente.

—Dentro de media hora, más o menos —dije—. ¿Qué tal está?

—En cama, señor, pero no demasiado mal.

—Espere hasta que me vea —dije antes de colgar.

Me afeité y me cambié de ropa; cuando ya estaba abriendo la puerta volví sobre mis pasos, busqué el pequeño revólver de Carmen con cachas de nácar y me lo metí en el bolsillo. La luz del sol era tan brillante que parecía bailar. Llegué a casa de los Sternwood en veinte minutos y me situé con el coche bajo el arco en la puerta lateral. El reloj marcaba las once y cuarto. En los árboles ornamentales, los pájaros cantaban como locos después de la lluvia, y las terrazas donde crecía el césped estaban tan verdes como la bandera de Irlanda. Toda la finca daba la impresión de que acababan de terminarla diez minutos antes. Toqué el timbre. Tan sólo cinco días desde que lo tocara por primera vez. A mí me parecía un año.

Me abrió una doncella que me condujo por un pasillo al vestíbulo principal y me dejó allí, diciendo que el señor Norris bajaría enseguida. El gran vestíbulo tenía el mismo aspecto de siempre. El retrato sobre la repisa de la chimenea conservaba los mismos negros ojos ardientes y el caballero de la vidriera seguía sin desatar del árbol a la doncella desnuda.

Al cabo de unos minutos apareció Norris, y tampoco él había cambiado. Los ojos intensamente azules eran tan distantes como siempre, la piel entre gris y rosada tenía aspecto saludable y descansado, y todo él se movía como si fuera veinte años más joven. Era yo el que sentía el paso del tiempo.

Subimos por la escalera con suelo de azulejos y torcimos en dirección opuesta a las habitaciones de Vivian. A cada paso que dábamos la casa parecía hacerse más grande y silenciosa. Llegamos a una sólida puerta antigua que parecía sacada de una iglesia. Norris la abrió suavemente y miró dentro. Luego se hizo a un lado y entré y me dispuse a atravesar lo que me pareció algo así como medio kilómetro de alfombra hasta una enorme cama con dosel, semejante al lecho mortuorio de Enrique VIII.

El general Sternwood estaba recostado sobre varias almohadas, las manos exangües cruzadas por encima del blancor de la sábana y grises en contraste con ella. Los ojos negros seguían tan poco dispuestos a rendirse como siempre, pero el resto de la cara parecía la de un cadáver.

—Siéntese, señor Marlowe. —Su voz sonaba cansada y un poco incómoda.

Acerqué una silla a la cama y me senté. Todas las ventanas estaban herméticamente cerradas. A aquella hora el sol no daba en la habitación. Los toldos impedían que entrara desde el cielo cualquier resplandor. El aire tenía el ligero olor dulzón de la vejez.

El general me contempló en silencio durante más de un minuto. Luego movió una mano como para demostrarse que aún podía hacerlo y a continuación volvió a ponerla sobre la otra.

—No le pedí que buscara a mi yerno, señor Marlowe —dijo con voz apagada.

—Pero quería que lo hiciera.

—No se lo pedí. Supone usted demasiado. De ordinario pido lo que quiero.

No dije nada.

—Se le ha pagado —continuó fríamente—. El dinero carece de importancia de todos modos. Me parece, sencillamente, que ha traicionado mi confianza, de manera involuntaria, sin duda.

A continuación cerró los ojos.

—¿Era ése el único motivo de que quisiera verme? —pregunté.

Abrió los ojos de nuevo, muy despacio, como si los párpados estuvieran hechos de plomo.

—Supongo que le ha disgustado mi observación —dijo.

Negué con la cabeza.

—Tiene usted una ventaja sobre mí, general. Una ventaja de la que no quisiera en absoluto privarle, ni en su más mínima parte. No es mucho, considerando lo que tiene que aguantar. A mí me puede decir lo que se le antoje y jamás se me ocurrirá enfadarme. Me gustaría que me permitiera devolverle el dinero. Quizá no signifique nada para usted. Pero puede significar algo para mí.

—¿Qué significa para usted?

—Significa que no acepto que se me pague por un trabajo poco satisfactorio. Eso es todo.

—¿Hace usted muchos trabajos poco satisfactorios?

—Algunos. Es algo que le pasa a todo el mundo.

—¿Por qué fue a ver al capitán Gregory?

Me recosté y pasé un brazo por detrás del respaldo. Estudié el rostro de mi interlocutor. No me reveló nada. Y yo carecía de respuesta para su pregunta; al menos, de respuesta satisfactoria.

—Estaba convencido —dije— de que me entregó usted los pagarés de Geiger a manera de prueba, y de que temía que Regan hubiera participado en el intento de chantaje. No sabía nada de Regan en aquel momento. Sólo al hablar con el capitán Gregory me di cuenta de que, con toda probabilidad, Regan no era ese tipo de persona.

—Eso no es ni mucho menos una respuesta a mi pregunta.

Hice un gesto de asentimiento.

—No. Ni mucho menos. Supongo que no me gusta admitir que me fié de una corazonada. El día que estuve aquí, después de dejarle a usted en el invernadero de las orquídeas, la señora Regan me hizo llamar. Pareció dar por supuesto que se me contrataba para buscar a su marido y dio a entender que no le gustaba la idea. Me informó, sin embargo, de que «ciertas personas habían encontrado» su coche en un garaje privado. Aquellas «personas» sólo podía ser la policía. De manera que la policía debía de saber algo. Y la Oficina de Personas Desaparecidas el departamento que se ocupara del caso. No sabía si usted había presentado una denuncia, por supuesto, ni si lo había hecho alguna otra persona, o si habían encontrado el coche al denunciar alguien que estaba abandonado en un garaje. Pero conozco a los policías, y sé que si sabían todo eso, irían un poco más lejos, dado sobre todo que el chófer de ustedes tenía antecedentes penales. Ignoraba hasta dónde serían capaces de llegar. Eso hizo que empezase a pensar en la Oficina de Personas Desaparecidas. Y lo que me convenció fue el comportamiento del señor Wilde la noche que tuvimos una reunión en su casa relacionada con Geiger y todo lo demás. Nos quedamos solos durante un minuto y me preguntó si usted me había contado que buscaba a Regan. Respondí que usted me había dicho que le gustaría saber dónde estaba y si se encontraba bien. Wilde se mordió el labio y cambió de expresión. Supe entonces con tanta claridad como si lo hubiera dicho que con «buscando a Regan» se refería a utilizar la maquinaria de la policía para hacerlo. Incluso entonces traté de enfrentarme con el capitán Gregory de manera que yo no tuviera que decirle nada que él no supiera ya.

—¿Y permitió que el capitán Gregory pensara que yo le había contratado para encontrar a Rusty?

—Sí. Imagino que lo hice..., cuando estuve seguro de que el caso era suyo.

El general cerró los ojos. Los párpados le temblaron un poco. No los abrió para hablar.

—¿Y eso lo considera usted ético?

—Sí —dije—. Desde luego.

Los ojos se abrieron de nuevo. Su penetrante negrura, de manera sorprendente, destacaba de repente en aquel rostro muerto.

—Quizá no lo entiendo —dijo.

—Puede que no. El jefe de la Oficina de Personas Desaparecidas no es hablador. No estaría en ese despacho si lo fuera. Es un tipo muy listo y cauteloso que procura, con gran éxito en un primer momento, dar la impresión de que sólo es otro infeliz más de mediana edad, completamente harto de lo que hace. Yo, cuando trabajo, no juego a los palillos chinos. Siempre interviene un elemento importante de farol. Le diga lo que le diga a un policía, lo más probable es que el policía no lo tenga en cuenta. Y en el caso de este policía particular iba a dar más o menos lo mismo lo que yo le dijera. Cuando se contrata a un fulano de mi profesión no se está contratando a alguien para limpiar ventanas; alguien a quien se le enseñan ocho y se le dice: «Cuando hayas acabado con ésas habrás terminado». Usted no sabe por dónde voy a tener que pasar ni por encima o por debajo de qué para hacer el trabajo que me ha encargado. Hago las cosas a mi manera. Y las hago lo mejor que sé para protegerlo a usted; puede que me salte unas cuantas reglas, pero me las salto en favor suyo. El cliente es lo más importante, a no ser que sea deshonesto. Incluso en ese caso lo único que hago es renunciar al trabajo y cerrar la boca. Después de todo usted no me dijo que no fuese a ver al capitán Gregory.

—Eso hubiera sido bastante difícil —dijo el general con una débil sonrisa.

—Bien, ¿qué es lo que he hecho mal? Norris, su mayordomo, parecía pensar que con Geiger eliminado el caso estaba cerrado. Yo no lo veo así. La manera de actuar de Geiger me pareció desconcertante y todavía me lo sigue pareciendo. No soy Sherlock Holmes ni Philo Vance. No es lo mío repetir investigaciones que la policía ha hecho ya, ni encontrar una plumilla rota y construir un caso a partir de ahí. Si cree usted que hay alguien trabajando como detective que se gana la vida haciendo eso, no sabe mucho de la policía. No son cosas como ésa las que pasan por alto si es que hay algo que pasan por alto. Estoy más bien diciendo que con frecuencia no pasan nada por alto si verdaderamente se les permite trabajar. Pero en el caso de que algo se les escape, es probable que se trate de algo menos preciso y más vago, como el hecho de que una persona como Geiger mande las pruebas que tiene de una deuda y pida a alguien que pague como un caballero; Geiger, un individuo metido en un tinglado muy turbio, en una situación vulnerable, protegido por un mafioso y disfrutando al menos de una protección que consiste en no ser molestado por algunos miembros de la policía. ¿Por qué hizo lo que hizo? Porque quería descubrir si había algo que le creaba a usted dificultades. Si era cierto, le pagaría. Si no, no le haría caso y esperaría nuevas iniciativas. Pero sí había algo que le creaba a usted dificultades. Regan. Tenía miedo de que no fuera lo que parecía ser, que se hubiera quedado en su casa una temporada y se hubiera mostrado amable con usted sólo para descubrir cómo jugar ventajosamente con su dinero.

El general empezó a decir algo pero le interrumpí.

—Incluso aunque a usted no le importase el dinero. Ni sus hijas. Más o menos las ha dado por perdidas. El verdadero problema es que todavía tiene demasiado orgullo para dejar que lo tomen por tonto..., y Regan le caía realmente bien.

Se produjo un silencio. Luego el general dijo con voz pausada:

—Habla demasiado, Marlowe. ¿He de entender que todavía está tratando de resolver ese rompecabezas?

—No. He abandonado. Personas con autoridad me han sugerido que lo deje. Los chicos de la policía piensan que soy demasiado bruto. Por eso pienso que debo devolverle el dinero, porque, según mi criterio, no he terminado el trabajo que me encargó.

El general sonrió.

—No abandone nada —dijo—. Le pagaré mil dólares más para encontrar a Rusty. No hace falta que vuelva. Ni siquiera necesito saber dónde está. Todo el mundo tiene derecho a vivir su propia vida. No le reprocho que dejara plantada a mi hija, ni siquiera que se marchase tan de repente. Es probable que fuera un impulso repentino. Sólo quiero saber si está a gusto dondequiera que esté. Quiero saberlo de él directamente, y en el caso de que necesitara dinero, también estoy dispuesto a proporcionárselo. ¿Soy suficientemente claro?

—Sí, mi general —dije.

Descansó durante unos momentos, relajado sobre la cama, los ojos cerrados con párpados oscurecidos, la boca tensa y exangüe. Estaba cansado. Prácticamente agotado. Abrió los ojos de nuevo y trató de sonreírme.

—Supongo que soy un pobre viejo sentimental —dijo—. Lo menos parecido a un soldado. Le tomé cariño a ese muchacho. Me parecía una buena persona. Supongo que me envanezco demasiado de mi capacidad para juzgar al prójimo. Encuéntremelo, Marlowe. Sólo tiene que encontrarlo.

—Lo intentaré —dije—. Ahora será mejor que descanse usted un poco. Le he puesto la cabeza como un bombo.

Me levanté rápidamente, atravesé la amplia habitación y salí. El anciano había vuelto a cerrar los ojos antes de que yo abriera la puerta. Las manos descansaban sin vida sobre la sábana. Tenía más aspecto de muerto que la mayoría de los difuntos. Cerré la puerta sin hacer ruido, recorrí el pasillo y descendí las escaleras.

31

El mayordomo se presentó con mi sombrero. Me lo puse y dije:

—¿Cómo cree usted que se encuentra?

—No tan débil como parece, señor.

—Si lo estuviera, habría que pensar en preparar el funeral. ¿Qué tenía ese tal Regan que le hizo tanta impresión?

El mayordomo me miró desapasionadamente y, sin embargo, con una extraña falta de expresión.

—Juventud, señor —dijo—. Y la fibra del militar.

—Como en su caso —dije.

—Si se me permite decirlo, señor, tampoco a usted le falta esa fibra.

—Gracias. ¿Qué tal están las señoras esta mañana?

Se encogió de hombros cortésmente.

—Exactamente lo que yo pensaba —dije, y Norris procedió a abrirme la puerta.

Me detuve en el escalón de la entrada y contemplé el panorama de terrazas con césped, árboles recortados y arriates que llegaban hasta las altas verjas de metal al fondo de los jardines. Vi a Carmen a mitad de la pendiente, sentada en un banco de piedra, con la cabeza entre las manos y aspecto triste y solitario.

Descendí por las escaleras de ladrillo rojo que llevaban de terraza en terraza. La hija menor del general no me oyó hasta que estuve casi a su lado. Se puso en pie de un salto y se dio la vuelta como un felino. Llevaba los mismos pantalones de color azul pálido que cuando la vi por primera vez. Sus cabellos rubios formaban la misma onda leonada. Estaba muy pálida. Al mirarme le aparecieron manchas rojas en las mejillas. Sus ojos tenían el color de la pizarra.

—¿Aburrida? —pregunté.

Sonrió despacio, con bastante timidez; luego asintió rápidamente.

—¿No está enfadado conmigo? —susurró a continuación.

—Creía que era usted la que estaba enfadada conmigo.

Alzó el pulgar y dejó escapar una risita.

—No lo estoy.

Cuando reía tontamente dejaba de gustarme. Miré alrededor. Un blanco colgaba de un árbol a unos diez metros de distancia, con varios dardos clavados. Y tres o cuatro más en el banco de piedra donde había estado sentada.

—Tratándose de personas con tanto dinero, usted y su hermana no parecen divertirse demasiado —dije.

Me miró desde debajo de sus largas pestañas. Era la mirada destinada a lograr que me pusiera patas arriba.

—¿Le gusta lanzar dardos? —pregunté.

—Sí.

—Eso me recuerda algo. —Miré hacia la casa. Avanzando unos pasos conseguí quedar oculto detrás de un árbol. Saqué del bolsillo el pequeño revólver con cachas de nácar—. Le he traído su artillería. Limpia y cargada. Hágame caso y no dispare contra nadie a no ser que consiga afinar más la puntería. ¿Recuerda?

Palideció y se le cayó de la boca aquel pulgar que parecía un dedo más. Primero me miró a mí y luego al arma que tenía en la mano. Había fascinación en sus ojos.

—Sí —dijo, asintiendo además con la cabeza. Luego, de repente—: Enséñeme a disparar.

—¿Cómo?

—Enséñeme a disparar. Me gustaría mucho.

—¿Aquí? Es ilegal.

Se acercó a mí, me quitó el revólver de la mano y acarició la culata. Luego se lo guardó rápidamente en un bolsillo del pantalón, con un movimiento que tuvo algo de furtivo, y miró a su alrededor.

—Ya sé dónde —me informó confidencialmente—. Abajo, junto a uno de los antiguos pozos de petróleo. —Señaló con el dedo colina abajo—. ¿Me enseñará?

Escudriñé sus ojos azul pizarra. Hubiera conseguido lo mismo estudiando dos tapones de botella.

—De acuerdo. Devuélvame el revólver hasta que vea si el sitio es adecuado.

La pequeña de las Sternwood sonrió, hizo un mohín, y luego me devolvió el arma con aire pícaro, como si me estuviera dando la llave de su dormitorio. Subimos por los escalones de ladrillo y dimos la vuelta a la casa para llegar hasta mi coche. Los jardines parecían desiertos. La luz del sol resultaba tan vacua como la sonrisa de un jefe de camareros. Subimos al automóvil y por la avenida que quedaba un poco hundida entre los jardines abandonamos la propiedad.

—¿Dónde está Vivian? —pregunté.

—No se ha levantado aún —me respondió con otra risita.

Descendimos por la colina a través de calles tranquilas, opulentas, con la cara recién lavada por la lluvia, después torcimos hacia el este hasta La Brea y finalmente hacia el sur. Tardamos unos diez minutos en llegar al sitio que Carmen buscaba.

—Aquí. —Se asomó por la ventanilla y señaló con el dedo.

Era una estrecha pista de tierra, no mucho más que un camino, semejante a la entrada de algún rancho en las estribaciones de la sierra. Una barrera ancha, dividida en cinco secciones, estaba recogida junto a un tocón, y parecía llevar años sin que nadie la desplegara. Eucaliptos muy altos bordeaban el camino, marcado por profundas rodadas. Lo habían utilizado camiones. Ahora estaba vacío y soleado, pero todavía sin polvo. La lluvia había sido demasiado intensa y reciente. Fui siguiendo las rodadas y, curiosamente, el ruido del tráfico ciudadano se hizo muy pronto casi remoto, como si ya no estuviésemos en la ciudad, sino muy lejos, en una tierra de ensueño. Finalmente divisamos el balancín inmóvil, manchado de petróleo, de una rechoncha torre de taladrar, asomando por encima de una rama. Vi el viejo cable de hierro oxidado que unía aquel balancín con otra media docena. Los balancines no se movían; probablemente llevaban más de un año sin trabajar. Los pozos ya no bombeaban petróleo. Había un montón de tubos oxidados, una plataforma de carga —caída por un extremo— y media docena de barriles vacíos en desordenada confusión. Y el agua estancada, manchada de petróleo, de un antiguo sumidero, que lanzaba reflejos irisados bajo la luz del sol.

—¿Van a hacer un parque con todo esto? —pregunté.

Carmen bajó la barbilla y me miró con ojos brillantes.

—Ya va siendo hora. El olor de ese sumidero envenenaría a un rebaño de cabras. ¿Es éste el sitio que usted decía?

—Sí. ¿Le gusta?

—Precioso. —Aparqué el coche junto a la plataforma de carga. Nos apeamos. Me detuve a escuchar. El ruido del tráfico era una remota telaraña de sonidos, como un zumbido de abejas. Aquel lugar era tan solitario como un cementerio. Incluso después de la lluvia los altos eucaliptos seguían pareciendo polvorientos. La verdad es que siempre parecen polvorientos. Una rama rota por el viento había ido a caer sobre el borde del sumidero y las hojas planas, semejantes a cuero, se balanceaban en el agua.

Di la vuelta alrededor del sumidero y miré dentro de la cabina de bombeo. Había algunos trastos dentro, pero nada que diese idea de actividad reciente. En el exterior, una gran rueda de giro hecha de madera estaba apoyada contra la pared. Daba la impresión de ser el sitio adecuado.

Regresé al coche. Carmen seguía junto a él, arreglándose el pelo y alzándolo para que le diera el sol.

—Deme —dijo, y extendió la mano.

Saqué el revólver y se lo entregué. Luego me incliné y recogí una lata oxidada.

—Ahora tómeselo con calma —dije—. Dispone de cinco proyectiles. Voy a colocar esta lata en la abertura cuadrada que hay en el centro de la gran rueda de madera. ¿Lo ve? —Se lo indiqué con el dedo. Carmen inclinó la cabeza, encantada—. Son unos diez metros. No empiece a disparar hasta que vuelva junto a usted. ¿De acuerdo?

—De acuerdo —respondió ella con una risita.

Di la vuelta en torno al sumidero y coloqué la lata en el centro de la rueda de madera. Era un blanco perfecto. Si no acertaba con la lata, que era lo más probable, daría al menos en la rueda. Eso bastaría para frenar por completo un proyectil pequeño. Pero no acertaría ni siquiera con eso.

Regresé hacia ella evitando el agua estancada. Cuando me hallaba a unos tres metros, al borde del sumidero, me mostró todos sus afilados dientecitos, sacó la pistola y empezó a emitir un sonido silbante.

Me detuve en seco, con el agua del sumidero, estancada y maloliente, a la espalda.

—Quédate ahí, hijo de puta —me conminó.

El revólver me apuntaba al pecho. La mano de Carmen parecía muy segura. El sonido que emitía su boca se hizo más silbante, y su rostro volvió a tener aspecto de calavera. Avejentada, deteriorada, transformada en animal, y en un animal muy poco agradable.

Me reí de ella y eché a andar en dirección suya. Vi cómo su dedo índice se tensaba sobre el gatillo y cómo la última falange palidecía. Estaba a unos dos metros cuando empezó a disparar.

El sonido del revólver fue como una palmada violenta, pero sin cuerpo, un frágil chasquido bajo la luz del sol. Me detuve de nuevo y le sonreí.

Disparó dos veces más, muy deprisa. No creo que ninguno de los disparos hubiera fallado el blanco. En el pequeño revólver sólo había sitio para cinco proyectiles. Había disparado cuatro. Corrí hacia ella.

No deseaba recibir el último fogonazo en la cara, de manera que me incliné bruscamente hacia un lado. Siguió apuntándome con todo cuidado, sin perder la calma. Creo que sentí un poco el cálido aliento de la pólvora al estallar.

Me enderecé.

—Vaya —dije—. De todos modos es usted encantadora.

La mano que sostenía el revólver vacío empezó a temblar violentamente. El arma se le cayó. También la boca empezó a temblarle. Todo el rostro se le descompuso. Luego la cabeza se le torció hacia la oreja izquierda y le apareció espuma en los labios. Su respiración se transformó en un gemido. Vaciló.

La sujeté cuando ya caía. Había perdido el conocimiento. Conseguí separarle los dientes y le introduje un pañuelo hecho un rebujo. Necesité de toda mi fuerza para conseguirlo. La cogí en brazos y la llevé al coche. Luego regresé a por el revólver y me lo guardé en el bolsillo. Me coloqué detrás del volante, retrocedí para dar la vuelta y regresé por donde habíamos venido: el camino de tierra con las rodadas, la barrera recogida junto al tocón, y después colina arriba hasta la residencia de los Sternwood.

Carmen permaneció inmóvil, acurrucada en un rincón del coche. Estábamos ya dentro de la propiedad cuando empezó a dar señales de vida. Luego se le abrieron los ojos de repente, dilatados y enloquecidos. Se irguió por completo.

—¿Qué ha sucedido? —jadeó.

—Nada. ¿Por qué?

—Sí que ha sucedido algo —dijo con una risita—. Me lo he hecho encima.

—Es lo que les pasa siempre —respondí.

Me miró con repentina perplejidad de enferma y empezó a gemir.

32

La doncella de ojos amables y cara de caballo me llevó hasta el salón gris y blanco del piso alto con cortinas de color marfil que se derramaban desmesuradamente sobre el suelo y una alfombra blanca que cubría toda la habitación. *Boudoir* de estrella de la pantalla o lugar de encanto y seducción, resultaba tan artificial como una pata de palo. En aquel momento estaba vacío. La puerta se cerró detrás de mí con la forzada suavidad de una puerta de hospital. Junto a la *chaise-longue* había una mesa de desayuno con ruedas. La vajilla de plata resplandecía. Había cenizas de cigarrillo en la taza de café. Me senté y esperé.

Me pareció que pasaba mucho tiempo hasta que la puerta se abrió de nuevo y entró Vivian. Llevaba un pijama para andar por casa de color blanco ostra, adornado con tiras de piel blanca, y tan amplio y suelto como la espuma de un mar de verano sobre la playa de alguna isla tan pequeña como selecta.

Pasó a mi lado con largas zancadas elásticas y fue a sentarse en el borde de la *chaise-longue*, con un cigarrillo en la comisura de la boca. Se había pintado de color rojo cobre las uñas enteras, sin dejar medias lunas.

—De manera que no eres más que una bestia —dijo con mucha tranquilidad, mirándome fijamente—. Una bestia sin conciencia y de la peor calaña. Anoche mataste a un hombre. Da lo mismo cómo me he enterado. El caso es que me he enterado. Y ahora tienes que venir aquí y asustar a mi hermana hasta el punto de provocarle un ataque.

No respondí. Vivian empezó a sentirse incómoda. Se trasladó a un sillón de poca altura y apoyó la cabeza en un cojín blanco colocado en el respaldo y también contra la pared. Luego lanzó hacia lo alto una bocanada de humo gris pálido y observó cómo flotaba en dirección al techo y se deshacía en volutas que se distinguían del aire durante unos instantes pero que enseguida se desvanecían y no eran nada. A continuación, muy despacio, bajó los ojos y me miró con frialdad y dureza.

—No te entiendo —dijo—. Estoy más que contenta de que uno de los dos no perdiera la cabeza la otra noche. Ya es bastante cruz tener a un contrabandista en mi pasado. ¿Por qué no dices algo, por el amor del cielo?

—¿Qué tal está?

—¿Carmen? Perfectamente, supongo. Dormida como un tronco. Siempre se duerme. ¿Qué le has hecho?

—Nada en absoluto. Salí de la casa después de hablar con tu padre y vi a Carmen en el jardín. Había estado tirando dardos contra un blanco en un árbol. Bajé a reunirme con ella porque tenía algo que le pertenecía. Un revólver casi de juguete que Owen Taylor le regaló en una ocasión. Tu hermana se presentó con él en el apartamento de Brody la otra noche, cuando lo mataron. Tuve que quitárselo. No lo había mencionado, de manera que quizá no lo sabías.

Los ojos negros de los Sternwood se dilataron, vaciándose. Le había llegado a Vivian el turno de no decir nada.

—Se puso muy contenta al recuperar el revólver y me pidió que le enseñara a disparar; de paso me enseñaría los antiguos pozos de petróleo, colina abajo, con los que tu familia hizo parte de su dinero. Así que fuimos allí; el sitio era bastante repulsivo, todo metal oxidado, maderas viejas, pozos silenciosos y sumideros grasientos llenos de desechos. Quizá eso la afectó. Supongo que tú también has estado allí. Es un sitio inquietante.

—Sí..., sí que lo es. —Su voz era apenas audible y le faltaba el aliento.

—Fuimos allí y coloqué una lata en una rueda de madera para que disparase contra ella. Pero lo que tuvo fue una crisis. A mí me pareció un ataque epiléptico de poca importancia.

—Sí. —La misma voz inaudible—. Los padece de vez en cuando. ¿Era ésa la única razón para hablar conmigo?

—Imagino que no querrás decirme qué es lo que utiliza Eddie Mars para presionarte.

—Nada en absoluto. Y estoy empezando a cansarme un poco de esa pregunta —dijo con frialdad.

—¿Conoces a un sujeto llamado Canino?

Pensativa, frunció las delicadas cejas negras.

—Vagamente. Me parece recordar ese apellido.

—Es el matarife de Eddie Mars. Un tipo de mucho cuidado, decían. Supongo que sí. Sin el poquito de ayuda que me prestó cierta señora, yo estaría ahora donde él..., en el depósito de cadáveres.

—Se diría que las señoras... —Se detuvo en seco y palideció—. No soy capaz de bromear acerca de eso —añadió con sencillez.

—No estoy bromeando, y si parece que hablo sin llegar a ningún sitio, sólo lo parece, porque no es cierto. Todo encaja..., absolutamente todo. Geiger y sus inteligentes trucos para hacer chantaje, Brody y sus fotos, Eddie Mars y sus mesas de ruleta, Canino y la chica con la que Rusty Regan nunca se escapó. Todo encaja perfectamente.

—Mucho me temo que ni siquiera entiendo de qué estás hablando.

—Suponiendo que seas capaz de entenderlo..., sería más o menos así. Geiger enganchó a tu hermana, cosa no demasiado difícil, consiguió algunos pagarés suyos y trató de chantajear amablemente a tu padre con ellos. Eddie Mars estaba detrás de Geiger, protegiéndolo y utilizándolo. Tu padre, en lugar de pagar, me mandó llamar, lo que demostró que no tenía miedo. Eso era lo que Eddie Mars quería saber. Disponía de algo con que presionarte y quería saber si también le iba a servir con el general. De ser así, podía recoger una buena cantidad de dinero en poco tiempo. Si no, tendría que esperar a que heredaras tu parte de la fortuna familiar, y conformarse mientras tanto con el dinero suelto que pudiera quitarte en la ruleta. A Geiger lo mató Owen Taylor, que estaba enamorado de la tonta de tu hermanita y no le gustaban los juegos a los que Geiger se dedicaba con ella. Eso no tenía ningún valor para Eddie, que andaba metido en otro juego de más envergadura, del que Geiger no sabía nada, ni tampoco Brody, ni nadie, excepto Eddie y tú y un tipo de mucho cuidado llamado Canino. Tu marido desapareció y Eddie, sabedor de que todo el mundo estaba al tanto de sus malas relaciones con Regan, escondió a su mujer en Realito y contrató a Canino para que cuidara de ella, dando así la impresión de que se había fugado con Regan. Incluso llevó el coche de tu marido al garaje de la casa donde Mona Mars había estado viviendo. Aunque todo eso parece un poco tonto si sólo se trataba de impedir que Eddie se hiciera sospechoso de haber matado a tu marido o de haber contratado a alguien para hacerlo. Pero Eddie no es tan tonto, ni mucho menos. Tenía otro motivo, en realidad. Estaba apostando por un millón de dólares, céntimo más o menos. Sabía adónde había ido a parar Regan y el porqué, y no quería que la policía lo descubriese. Quería que dispusieran de una razón para la desaparición de Regan que les resultase satisfactoria. ¿Te estoy aburriendo?

—Me cansas —dijo Vivian con una voz sin vida, exhausta—. ¡No sabes hasta qué punto me cansas!

—Lo siento. No estoy diciendo tonterías para parecer inteligente. Esta mañana tu padre me ha ofrecido mil dólares por encontrar a Regan. Eso es mucho dinero para mí, pero no lo puedo hacer.

La boca se le abrió de golpe. Su respiración se hizo tensa y difícil.

—Dame un cigarrillo —dijo con dificultad—. ¿Por qué?

En la garganta se le notaba el latido de una vena.

Le di un pitillo, encendí una cerilla y se la sostuve. Se llenó los pulmones de humo, lo expulsó a retazos y luego pareció que el cigarrillo se le olvidaba entre los dedos. Nunca llegó a darle otra chupada.

—Resulta que la Oficina de Personas Desaparecidas no ha sido capaz de encontrarlo —dije—. No debe de ser tan fácil. Lo que ellos no han podido hacer no es fácil que lo haga yo.

—Ah. —Hubo una sombra de alivio en su voz.

—Ésa es una razón. Los responsables de Personas Desaparecidas piensan que se esfumó porque quiso, que bajó el telón, que es como ellos lo dicen. No creen que Eddie Mars acabara con él.

—¿Quién ha dicho que alguien haya acabado con él?

—A eso es a lo que vamos a llegar —dije.

Por un momento su rostro pareció desintegrarse, convertirse en un conjunto de rasgos sin forma ni control. Su boca parecía el preludio de un grito. Pero sólo durante un instante. La sangre de los Sternwood tenía que haberle proporcionado algo más que ojos negros y temeridad.

Me puse en pie, le quité el pitillo que tenía entre los dedos y lo aplasté en un cenicero. Luego me saqué del bolsillo el revólver de Carmen y lo coloqué cuidadosamente, con exagerada delicadeza, sobre su rodilla, cubierta de satén blanco. Lo dejé allí en equilibrio y retrocedí con la cabeza inclinada hacia un lado, como un escaparatista que valora el efecto de otra vuelta más de la bufanda alrededor del cuello de un maniquí.

Me volví a sentar. Vivian no se movió. Sus ojos descendieron milímetro a milímetro hasta tropezarse con el revólver.

—Es inofensivo —dije—. No hay ningún proyectil en el tambor. Tu hermana disparó todos los proyectiles. Contra mí.

El latido de la garganta se le desbocó. Trató de decir algo pero no encontró la voz. Tragó con dificultad.

—Desde una distancia de metro y medio o dos metros —dije—. Una criaturita encantadora, ¿no es cierto? Lástima que el revólver sólo estuviera cargado con cartuchos de fogueo. —Sonreí desagradablemente—. Tenía un presentimiento sobre lo que haría..., si se le presentaba la oportunidad.

Consiguió que le volviera la voz, aunque de muy lejos.

—Eres un ser horrible —dijo—. Espantoso.

—Claro. Tú eres su hermana mayor. ¿Qué es lo que vas a hacer?

—No puedes probar nada.

—¿No puedo probar nada de qué?

—De que disparó contra ti. Has dicho que estabas con ella en los pozos, los dos solos. No puedes probar una sola palabra de lo que dices.

—Ah, eso —dije—. Ni se me había ocurrido intentarlo. Estaba pensando en otra ocasión..., cuando los cartuchos de ese revólver sí tenían proyectiles de verdad.

Sus ojos eran pozos de oscuridad, mucho más vacíos que la oscuridad.

—Estaba pensando en el día en que Regan desapareció —dije—. A última hora de la tarde. Cuando bajó con Carmen a esos viejos pozos para enseñarle a disparar y puso una lata en algún sitio y le dijo que probara y se quedó a su lado mientras tu hermana disparaba. Pero Carmen no disparó contra la lata. Giró el revólver y disparó contra Regan, de la misma manera que hoy ha tratado de disparar contra mí y por la misma razón.

Vivian se movió un poco y el revólver se le cayó de la rodilla al suelo. Fue uno de los ruidos más fuertes que he oído nunca. Los ojos de mi interlocutora no se apartaron de mi rostro.

—¡Carmen! ¡Dios misericordioso, Carmen!... ¿Por qué? —Su voz era un prolongado susurro de dolor.

—¿De verdad tengo que explicarte por qué disparó contra mí?

—Sí. —Sus ojos eran todavía terribles—. Mucho me temo que sí.

—Anteanoche, cuando llegué a mi casa, me la encontré allí. Había engatusado al encargado para que la dejase esperarme. Estaba en la cama, desnuda. La eché tirándole de la oreja. Imagino que quizá Regan hizo lo mismo en alguna ocasión. Pero a Carmen no se le puede hacer eso.

Vivian apretó los labios e hizo un intento desganado de humedecérselos, lo que, durante un breve instante, la convirtió en una niña asustada. Después endureció la curva de las mejillas y alzó lentamente una mano como si fuera un instrumento artificial, movido por alambres, y los dedos se cerraron lenta y rígidamente alrededor de la piel blanca del cuello del pijama, tensándola contra la garganta. Finalmente se quedó inmóvil, mirándome con fijeza.

—Dinero —dijo con voz ronca—. Supongo que quieres dinero.

—¿Cuánto dinero? —Me esforcé por no hablar desdeñosamente.

—¿Quince mil dólares?

Asentí con la cabeza.

—Eso sería más o menos lo adecuado. La suma habitual. Lo que Regan tenía en el bolsillo cuando Carmen disparó contra él. Lo que probablemente recibió Canino por deshacerse del cadáver cuando fuiste a pedir ayuda a Eddie Mars. Aunque poco más que calderilla comparado con lo que Eddie espera recibir cualquier día de éstos, ¿no es cierto?

—¡Hijo de puta! —dijo ella.

—Claro. Soy un tipo muy listo. Carezco de sentimientos y de escrúpulos. Lo único que me mueve es el ansia de dinero. Soy tan avaricioso que por veinticinco dólares al día y gastos, sobre todo gasolina y whisky, pienso por mi cuenta, en la medida de mis posibilidades, arriesgo mi futuro, me expongo al odio de la policía y de Eddie Mars y de sus compinches, esquivo balas, encajo cachiporrazos y a continuación digo «muchísimas gracias, si tiene usted algún otro problema espero que se acuerde de mí, le voy a dejar una de mis tarjetas por si acaso surgiera algo». Hago todo eso por veinticinco pavos al día..., y tal vez también para proteger el poco orgullo que le queda a un anciano enfermo cuando piensa que su sangre no es un veneno y que, aunque sus dos hijitas sean un poco alocadas, como sucede con tantas chicas de buena familia en los días que corren, no son ni unas pervertidas ni unas asesinas. Y eso me convierte en hijo de puta. De acuerdo. Me tiene sin cuidado. Eso me lo ha llamado gente de las características y de los tamaños más diversos, incluida tu hermanita. Incluso me llamó cosas peores por no meterme en la cama con ella. He recibido quinientos dólares de tu padre, que yo no le pedí, pero que puede permitirse darme. Conseguiría otros mil por encontrar al señor Rusty Regan, si fuese capaz. Ahora tú me ofreces quince mil. Eso me convierte en pez gordo. Con quince mil podría ser propietario de una casa, tener coche nuevo y cuatro trajes. Podría incluso irme de vacaciones sin preocuparme por perder algún caso. Eso está muy bien. Pero ¿para qué me ofreces esa cantidad? ¿Puedo seguir siendo hijo de puta o debo convertirme en caballero, como ese borrachín que estaba inconsciente en su automóvil la otra noche?

Vivian permaneció tan silenciosa como una estatua.

—De acuerdo —continué sin gran entusiasmo—. ¿Harás el favor de llevártela? ¿A algún sitio muy lejos de aquí donde sepan tratar a gente como ella y mantengan fuera de su alcance pistolas y cuchillos y bebedizos extraños? Quién sabe, ¡hasta es posible que consiga curarse! No sería la primera vez.

La señora Regan se levantó y se dirigió despacio hacia las ventanas. Las cortinas descansaban a sus pies en pesados pliegues de color marfil. Se detuvo entre ellos y miró hacia el exterior, hacia las tranquilas estribaciones de la sierra. Inmóvil, fundiéndose casi con las cortinas. Brazos caídos a lo largo del cuerpo. Manos completamente inmóviles. Luego se volvió, cruzó la habitación y pasó a mi lado a ciegas. Cuando estaba detrás de mí, respiró con dificultad y empezó a hablar.

—Está en el sumidero —dijo—. Una horrible cosa en descomposición. Hice exactamente lo que has dicho. Fui a ver a Eddie Mars. Carmen volvió a casa y me lo contó, como una niñita. No es una persona normal. Me di cuenta de que la policía se lo sacaría todo. Y de que al cabo de poco tiempo incluso ella presumiría de lo que había hecho. Y si papá se enteraba, llamaría al instante a la policía y les contaría todo. Y esa misma noche se moriría. No era porque se fuese a morir, sino por lo que iba a estar pensando antes. Rusty no era mala persona, más bien todo lo contrario, supongo, pero yo no le quería. Sencillamente no significaba nada para mí, en cualquier sentido, ni vivo ni muerto, comparado con evitar que papá se enterase.

—De manera que has dejado que siga campando a sus anchas —dije—, y metiéndose en líos.

—Intentaba ganar tiempo. Sólo ganar tiempo. Me equivoqué, por supuesto. Pensé que quizá era posible que olvidara. He oído que olvidan lo que sucede cuando tienen esos ataques. Quizá lo haya olvidado. Sabía que Eddie Mars iba a chuparme hasta la última gota de sangre, pero me daba igual. Necesitaba ayuda y sólo podía conseguirla de alguien como él... Ha habido ocasiones en las que apenas lograba creérmelo yo misma. Y otras en las que tenía que emborracharme lo más deprisa posible, a cualquier hora del día. Emborracharme a velocidad de vértigo.

—Te vas a llevar a Carmen —dije—. Y lo vas a hacer a velocidad de vértigo.

Aún estaba de espaldas a mí.

—¿Y tú? —preguntó, amablemente ya.

—¿Yo? Nada. Me marcho. Te doy tres días. Si te has ido para entonces, de acuerdo. En caso contrario, lo sacaré todo a relucir. Y no pienses que no tengo intención de hacerlo.

Se volvió de repente.

—No sé qué decirte. No sé por dónde empezar.

—Ya. Sácala de aquí y asegúrate de que no la pierdes de vista ni un minuto. ¿Lo prometes?

—Prometido. Eddie...

—Olvídate de Eddie. Iré a verlo cuando haya descansado un poco. De Eddie me ocupo yo.

—Tratará de matarte.

—Bien —dije—. Su mejor esbirro no pudo. Me arriesgaré con los demás. ¿Lo sabe Norris?

—No lo dirá nunca.

—Tenía la impresión de que estaba al tanto.

Me alejé de ella lo más deprisa que pude y bajé por la escalera de azulejos al vestíbulo principal. No vi a nadie al salir. Encontré mi sombrero yo solo. En el exterior, los jardines llenos de sol tenían un no sé qué de embrujados, como si ojos enloquecidos me observaran desde detrás de los arbustos, como si la luz misma del sol tuviera un algo misterioso. Entré en mi coche y descendí colina abajo.

¿Qué más te daba dónde hubieras ido a dar con tus huesos una vez muerto? ¿Qué más te daba si era en un sucio sumidero o en una torre de mármol o en la cima de una montaña? Estabas muerto, dormías el sueño eterno y esas cosas no te molestaban ya. Petróleo y agua te daban lo mismo que viento y aire. Dormías sencillamente el sueño eterno sin que te importara la manera cruel que tuviste de morir ni el que cayeras entre desechos. Yo mismo era parte ya de aquellos desechos. Mucho más que Rusty Regan. Pero en el caso del anciano no tenía por qué ser así. Podía descansar tranquilo en su cama con dosel, con las manos exangües cruzadas sobre la sábana, esperando. Su corazón no era ya más que un vago murmullo incierto. Y sus pensamientos, tan grises como cenizas. Y al cabo de no mucho tiempo también él, como Rusty Regan, pasaría a dormir el sueño eterno.

De camino hacia el centro entré en un bar y me tomé dos whiskis dobles. No me hicieron ningún bien. Sólo sirvieron para que me pusiera a pensar en Peluca de Plata, a quien nunca volví a ver.

ADIÓS MUÑECA

TRADUCCIÓN DE JOSÉ LUIS LÓPEZ MUÑOZ

1

Era una de las manzanas de Central Avenue donde todavía no todos los habitantes son negros. Yo acababa de salir de una peluquería de cierta importancia en la que una agencia de colocaciones creía que podía estar trabajando un barbero suplente llamado Dimitrios Aleidis. Era un asunto de poca monta. Su mujer estaba dispuesta a gastar algún dinero para conseguir que volviera a casa.

No llegué a encontrarlo, pero la verdad es que la señora Aleidis tampoco me pagó por el tiempo empleado.

Era un día tibio, casi a finales de marzo, y, delante de la peluquería, me paré a mirar un prominente cartel luminoso que anunciaba, en el piso de arriba, un emporio de comidas y juego de dados llamado Florian's. Otra persona miraba también el anuncio. Contemplaba las polvorientas ventanas con una fijeza en la expresión cercana al éxtasis, como un robusto inmigrante que divisara por vez primera la Estatua de la Libertad. Era un hombre grande, aunque no medía más allá de un metro noventa y cinco ni era mucho más ancho que un camión de cerveza. Se hallaba a una distancia de unos tres metros, con los brazos completamente caídos y un humeante cigarro olvidado entre los enormes dedos de su mano izquierda.

Negros esbeltos y silenciosos iban y venían por la calle y lo miraban de reojo porque era todo un espectáculo. Llevaba el sombrero de fieltro típico de un gánster, una chaqueta gris de sport con bolas de golf en miniatura a modo de botones, una camisa marrón, una corbata amarilla, pantalones grises de franela con la raya muy marcada y zapatos de piel de cocodrilo con las punteras de color blanco. Del bolsillo del pecho le caía en cascada un pañuelo que hacía juego con el amarillo brillante de la corbata. También llevaba dos plumas de colores metidas en la banda del sombrero, pero hay que reconocer que no las necesitaba. Incluso en Central Avenue, que no es la calle más discreta del mundo en materia de vestimenta, pasaba tan inadvertido como una tarántula en un trozo de bizcocho.

Estaba demasiado pálido y necesitaba un afeitado. Pensándolo bien, siempre daría la impresión de necesitar un afeitado. Pelo negro rizado y cejas muy tupidas que casi se unían por encima de su nariz porruda. Las orejas, en cambio, resultaban pequeñas y delicadamente dibujadas para un individuo de su tamaño, y sus ojos tenían un brillo similar al que otorgan las lágrimas y que a menudo parece una característica de los ojos grises. Durante un rato conservó la inmovilidad de una estatua y, finalmente, sonrió.

Luego cruzó despacio la acera hacia la doble puerta batiente que cerraba la escalera por la que se subía al piso de arriba. La empujó para abrirla, examinó desapasionadamente la calle a izquierda y derecha, y acabó entrando. Si hubiera sido un tipo menos gigantesco y hubiese ido vestido de manera un poco menos llamativa, quizá habría pensado yo que se disponía a perpetrar un atraco a mano armada. Pero no con aquella ropa; no con aquel sombrero y todo aquel conjunto.

Las puertas batientes giraron de nuevo hacia afuera y casi se detuvieron, pero antes de inmovilizarse por completo se abrieron de nuevo, con violencia. Algo atravesó volando la acera y fue a caer en la calzada, entre dos coches estacionados. Aterrizó sobre las manos y las rodillas y emitió un sonido muy agudo, como de rata acorralada. Luego se levantó muy despacio, recogió el sombrero que había perdido y regresó a la acera. Era un negro joven de tez clara, delgado, estrecho de hombros, con un traje color lila y un clavel en el ojal. Pelo negro muy brillante y repeinado. Mantuvo la boca abierta y lloriqueó durante un momento. La gente lo miró con aire distraído. El joven optó por volver a colocarse el sombrero con rapidez, se deslizó hasta la pared de la casa y echó a andar sin hacer nuevos ruidos, los pies hacia afuera, calle adelante.

Silencio. El tráfico recobró la normalidad. Yo me acerqué a las puertas batientes y me detuve delante. Se habían inmovilizado ya. No eran asunto mío. Pero las empujé para abrirlas y miré dentro.

Una mano en la que me podría haber sentado salió de la oscuridad, me agarró por un hombro y lo hizo añicos. Luego la mano me hizo atravesar la puerta y sin esfuerzo alguno me levantó en el aire la altura de un escalón. La cara de grandes dimensiones se me quedó mirando. Una voz suave y grave me habló muy bajo:

—¿Morenos aquí, no es eso? Explíquemelo, amigo.

El comienzo de la escalera estaba a oscuras y en silencio. De lo alto llegaban vagos ruidos de humanidad, pero nosotros estábamos solos. El gigante me miró fijamente con expresión solemne y siguió aplastándome el hombro.

—Un negro —dijo—. Acabo de echarlo fuera. ¿Me ha visto echarlo fuera?

Me soltó el hombro. No parecía tener roto el hueso, pero sí dormido el brazo.

—Es uno de esos sitios —dije, frotándome la parte dolorida—. ¿Qué esperaba?

—No diga eso, amigo —ronroneó suavemente el gigante, como cuatro tigres después de cenar—. Velma trabajaba aquí. Mi pequeña Velma.

Me buscó otra vez el hombro. Traté de esquivarlo, pero era tan rápido como un felino. Empezó a machacarme otra vez los músculos con sus dedos de hierro.

—Sí —dijo—. Mi pequeña Velma. Llevo ocho años sin verla. ¿Dice que es un local para negros?

Respondí que sí con un hilo de voz.

El gigante me levantó dos escalones más. Me zafé como pude y traté de conseguir un mínimo de espacio para maniobrar. No llevaba pistola. No había considerado que me hiciera falta para buscar a Dimitrios Aleidis. Tampoco creo que me hubiera servido de gran cosa. Probablemente mi acompañante me la hubiese quitado y se la habría comido.

—Suba y compruébelo usted mismo —dije, tratando de que mi voz no reflejara el dolor que sentía.

Me soltó una vez más y se me quedó mirando con una expresión como de tristeza en los ojos grises.

—Me siento bien —dijo—. No me gustaría que nadie se enfadara conmigo. Vamos a subir usted y yo y quizá nos tomemos unas copas.

—No le servirán bebidas. Ya le he dicho que es un local para negros.

—Hace ocho años que no veo a Velma —dijo con su voz grave y triste—. Ocho largos años desde que le dije adiós. Y seis sin escribirme. Pero seguro que ha tenido sus razones. Trabajaba aquí. Era una preciosidad. Vamos a subir usted y yo, ¿eh?

—De acuerdo —grité—. Subiré con usted. Pero deje de llevarme. Permítame que ande. Estoy perfectamente. Ya terminé de crecer. Incluso voy solo al cuarto de baño. Deje de llevarme.

—Mi pequeña Velma trabajaba aquí —dijo con suavidad. No me estaba escuchando.

Subimos las escaleras. Me permitió que caminara. Me dolía el hombro y tenía húmeda la nuca.

2

En el piso alto otras dos puertas batientes separaban la escalera de lo que hubiera más allá. El gigante las abrió suavemente con los pulgares y entramos en la sala. Era una habitación larga y estrecha, no muy limpia, no muy bien iluminada, no muy alegre. En el otro extremo un grupo de negros canturreaba y charlaba bajo el cono de luz que iluminaba la mesa donde jugaban a los dados. El mostrador del bar ocupaba la pared de la derecha. El resto de la sala eran sobre todo mesitas redondas, con unos cuantos clientes, hombres y mujeres, todos negros.

El canturreo en la mesa de dados se detuvo bruscamente y la luz se apagó de golpe. Se produjo un silencio tan pesado como un barco con una vía de agua. Ojos que nos miraban, ojos de color castaño, en rostros que iban del gris al negro carbón. Cabezas que se volvían lentamente y ojos que brillaban y miraban fijamente en medio del denso silencio ajeno de otra raza.

Un negro grande, de cuello poderoso, estaba inclinado sobre el extremo del mostrador; llevaba unas ligas de color rosa en las mangas de la camisa y tirantes blanco y rosa que le cruzaban la amplia espalda. Tenía escrita en todos los detalles de su persona la condición de gorila. Apoyó muy despacio el pie que tenía levantado, se dio la vuelta sin prisa y se nos quedó mirando, separando los pies con mucha calma y pasándose una lengua muy ancha por los labios. Su rostro, lleno de señales, daba la impresión de haber sido golpeado por todo a excepción del cubo de una draga. Había en él cicatrices, depresiones, bultos y verdugones. Era una cara que no tenía nada que temer. Se le había hecho todo lo que cupiera imaginar.

El corto pelo ensortijado tenía un toque gris. A una de las orejas le faltaba el lóbulo.

Era un negro pesado y ancho, de piernas sólidas, un poco combadas en apariencia, lo que no es frecuente entre los negros. Se pasó otra vez la lengua por los labios, sonrió y empezó a moverse todo él, dirigiéndose hacia nosotros y adoptando sin esfuerzo una postura de boxeador. El gigante lo esperó en silencio.

El negro con las ligas de color rosa en los brazos apoyó una enorme mano morena contra el pecho del gigante. Pese a su tamaño, dio la sensación de no ser mayor que una tachuela. El gigante no se movió. El gorila sonrió amablemente.

—Blancos no, hermano. Sólo para gente de color. Lo siento.

El gigante recorrió la sala con sus ojillos grises. Se le enrojecieron un tanto las mejillas.

—Garito para negros —dijo, enojado, casi para sus adentros. Luego alzó la voz—: ¿Qué está haciendo Velma? —le preguntó al gorila.

El otro no llegó del todo a reírse. Examinó la ropa del gigante, la camisa marrón y la corbata amarilla, la chaqueta deportiva y las bolas de golf en miniatura. Movió delicadamente la poderosa cabeza, estudiándolo todo desde diferentes ángulos. Contempló también los zapatos de piel de cocodrilo. Rió con suavidad entre dientes. Dio la impresión de estar divirtiéndose. Me dio un poco de pena. Volvió a hablar amablemente.

—¿Velma ha dicho? No Velma aquí, hermano. Ni matarratas, ni chicas; nada de nada. Tan sólo salir pitando, figurín blanco, nada más que eso.

—Velma trabajaba aquí —dijo el gigante. Hablaba casi como en sueños, como si estuviera completamente solo, perdido en el bosque, recogiendo violetas. Saqué el pañuelo del bolsillo y me sequé otra vez la nuca.

El gorila rió de repente.

—Sí, claro —dijo, lanzando por encima del hombro una mirada a su público—. Velma trabajaba aquí. Pero ya no. Se ha retirado. Ja, ja.

—Quíteme la pezuña de la camisa —dijo el gigante.

El gorila frunció el entrecejo. No estaba acostumbrado a que le hablaran así. Retiró la mano de la camisa y la cerró formando un puño del tamaño y el color de una berenjena grande. Tenía que pensar en su trabajo, en su reputación de tipo duro, en el aprecio de su público. Pensó en todo aquello durante un segundo y cometió una equivocación. Movió el puño con fuerza mediante un breve y repentino movimiento del codo y golpeó al gigante en la mandíbula. Un suave suspiro recorrió la sala.

El puñetazo fue bueno. El hombro descendió y el cuerpo entero giró con él. Había mucha fuerza en aquel golpe y el individuo que lo propinó tenía toda la experiencia del mundo. El gigante no se movió más allá de un par de centímetros. Tampoco trató de parar el golpe. Lo encajó, agitó un poco la cabeza, su garganta emitió un sonido apenas audible y luego sujetó al gorila por la garganta.

El otro trató de darle un rodillazo en la entrepierna. El gigante le hizo girar en el aire y le separó las piernas obligándole a deslizar los pies sobre el sucio linóleo que cubría el suelo. Luego lo dobló hacia atrás y trasladó la mano derecha a su cinturón, que se rompió como un trozo de cordel. El gigante extendió entonces su enorme mano sobre la columna vertebral del gorila, y lo empujó, lanzándolo al otro lado de la sala, tropezando, girando sobre sí mismo, agitando los brazos. Tres clientes saltaron para apartarse de su camino, antes de que, al caer, derribase una mesa y se estrellara contra el zócalo, produciendo un estrépito que debió de oírse en Denver. Sus piernas se agitaron espasmódicamente. Luego dejó de moverse.

—Algunos tipos —dijo el gigante— no saben cuándo tienen que ponerse duros. —Se volvió hacia mí—: Sí —dijo—. Vamos a tomarnos un trago usted y yo.

Nos acercamos al mostrador. Los clientes, de uno en uno, de dos en dos y de tres en tres, se convirtieron en sombras silenciosas que se deslizaron sin hacer el menor ruido hasta desaparecer por las puertas batientes que daban a la escalera. Tan en silencio como sombras sobre la hierba. Ni siquiera permitieron que las puertas se balancearan.

Nos acodamos sobre el mostrador.

—Un whisky sour —dijo el gigante—. Usted pida lo que quiera.

—Otro whisky sour —dije yo.

Nos sirvieron whisky sour.

El gigante, sin inmutarse, se bebió el suyo hasta vaciar el vaso, grueso y de poca altura. Luego contempló con gesto solemne al barman, un negro flaco, de aire preocupado, con una chaqueta blanca, que se movía como si le dolieran los pies.

—¿Usted sabe dónde está Velma?

—¿Velma, dice usted? —gimió el barman—. No la he visto por aquí últimamente. No en estos últimos tiempos, no señor.

—¿Cuánto tiempo lleva usted aquí?

—Déjeme que eche la cuenta. —El barman dejó la servilleta que le colgaba del brazo, arrugó la frente y empezó a contar con los dedos—. Unos diez meses, calculo. Más o menos un año. Alrededor de...

—Decídase —dijo el gigante.

Al barman se le pusieron los ojos como platos y la nuez empezó a movérsele de un sitio para otro como un pollo descabezado.

—¿Desde cuándo este tugurio es un bar para negros? —preguntó el gigante con aspereza.

—¿Cuándo ha sido otra cosa?

El gigante convirtió la mano derecha en un puño en el que el vaso del whisky sour se perdía hasta casi desaparecer.

—Cinco años como mínimo —intervine yo—. Ese tipo no puede saber nada de una chica blanca llamada Velma. Ninguno de los de aquí.

El gigante me miró como si yo acabara de brotar del suelo. El whisky sour no parecía haberle mejorado el humor.

—¿Quién demonios le ha dado permiso para meter baza? —me preguntó.

Sonreí. Me esforcé por obsequiarle con una gran sonrisa llena de afecto y amistad.

—Soy el tipo que entró aquí con usted. ¿Recuerda?

Me devolvió entonces la sonrisa, una mueca blanca sin fuerza, carente de sentido.

—Whisky sour —le dijo al barman—. Deje de mirar a las musarañas. Sírvanos.

El barman se movió de aquí para allá, poniendo los ojos en blanco. Yo me recosté en el mostrador y contemplé la sala, completamente vacía ya, a excepción del barman, del gigante, de un servidor y del gorila, que, aplastado todavía contra la pared, empezó por entonces a moverse. Lo hizo muy despacio, como si le costara un gran esfuerzo e intenso dolor. Se arrastró con mucho cuidado a lo largo del zócalo, como una mosca que sólo tuviera un ala. Se movió por detrás de las mesas, cansinamente, convertido en un individuo repentinamente viejo, repentinamente desilusionado. Lo miré mientras avanzaba. El barman nos sirvió otros dos whisky-sours. Me volví hacia el mostrador. El gigante contempló un instante con indiferencia al gorila que se arrastraba y luego dejó por completo de prestarle atención.

—No queda nada del bar de entonces —se lamentó—. Tenían un escenario pequeño y una orquesta y habitacioncitas muy agradables donde una persona podía divertirse. Velma hacía gorgoritos de cuando en cuando. Pelirroja. Estaba para comérsela. Íbamos a casarnos cuando caí en la trampa y me metieron en chirona.

Me bebí mi segundo whisky sour. Empezaba a cansarme tanta aventura.

—¿Qué trampa? —pregunté.

—¿Dónde se figura que he estado los últimos ocho años?

—Cazando mariposas.

Se tocó el pecho con un índice del tamaño de un plátano.

—En chirona. Malloy es mi apellido. Me llaman Moose Malloy en razón de mi tamaño. Por el atraco a un banco, el Great Bend. Cuarenta grandes. Trabajo en solitario. ¿Verdad que estuvo muy bien?

—¿Se lo va a gastar ahora?

Puso cara de que no le parecía bien aquel comentario. Se oyó un ruido detrás de nosotros. El gorila estaba otra vez en pie, un poco tambaleante. Tenía la mano en el tirador de una puerta de color oscuro situada detrás de la mesa donde se jugaba a los dados. Consiguió abrirla y pasó del otro lado cayéndose a medias. La puerta se cerró con violencia. Se oyó el ruido de un pestillo.

—¿Adónde da? —preguntó Moose Malloy.

Los ojos del barman regresaron a la tierra, fijándose con dificultad en la puerta por la que el gorila había pasado a trompicones.

—Es... el despacho del señor Montgomery, caballero. El jefe. Tiene el despacho ahí.

—Quizá lo sepa él —dijo el gigante. Se bebió de un trago lo que le quedaba en el vaso—. Más le valdrá no ponerse tonto. Otros dos de lo mismo.

Cruzó la sala despacio pero con paso elástico, sin preocupación alguna. Su enorme espalda ocultó la puerta. Estaba cerrada con llave. La zarandeó un poco y una pieza del revestimiento saltó por un lado. Malloy entró y volvió a cerrar.

Se produjo un silencio. Miré al barman. El barman me miró. Sus ojos adquirieron una expresión pensativa. Limpió el mostrador, suspiró y se inclinó, con la mano derecha extendida.

Yo me estiré por encima del mostrador y le sujeté el brazo. Era muy delgado y frágil. Lo sostuve y le sonreí.

—¿Qué tiene ahí debajo, jefe?

Se pasó la lengua por los labios y se apoyó en mi brazo, pero no dijo nada. Su rostro reluciente se fue volviendo gris.

—Ese individuo es un tipo duro —dije—. Y no me extrañaría que se enfadara. La bebida le produce ese efecto. Busca a una chica que conocía en otro tiempo. Y este sitio antes era un local para blancos. No sé si se da cuenta.

El barman se pasó la lengua por los labios.

—Ha estado a la sombra mucho tiempo —dije—. Ocho años. No parece entender lo mucho que es, aunque yo pienso que debiera parecerle toda una vida. Cree que la gente de aquí tendría que saber dónde está su chica. ¿Me comprende?

El barman dijo muy despacio:

—Pensaba que venía usted con él.

—No he podido evitarlo. Me hizo una pregunta ahí abajo y luego me subió a rastras. No lo había visto en mi vida. Pero no me apeteció que me hiciera salir volando. ¿Qué tiene ahí?

—Una escopeta de cañones recortados —dijo el barman.

—No, no. Eso es ilegal —susurré—. Escúcheme; usted y yo estamos juntos en esto. ¿Tiene algo más?

—Una pistola —dijo el barman—. En una caja de puros. Suélteme el brazo.

—Muy bien —dije—. Apártese un poco. Con calma. De lado. No es momento de sacar la artillería.

—Lo dice usted —respondió, despectivo, el barman, apoyando todo el peso de su cansancio contra mi brazo—. Lo...

Dejó de hablar. Movió la cabeza bruscamente y puso los ojos en blanco.

Se oyó un ruido seco y ahogado en la parte trasera, detrás de la puerta cerrada más allá de la mesa donde se jugaba a los dados. Podía haber sido un portazo. Pero no me pareció que lo fuera. Al barman tampoco, porque se inmovilizó por completo y empezó a babear. Yo me quedé escuchando. No se oyó ningún otro ruido. Eché a andar deprisa hacia el final del mostrador, pero había tardado demasiado en reaccionar.

La puerta del fondo se abrió de golpe, empujada con fuerza y suavidad por Moose Malloy, que se detuvo en seco nada más entrar en la sala, los pies bien puestos sobre el suelo y en el rostro una amplia sonrisa incolora.

En su mano, un Colt 45 del ejército parecía una pistola de juguete.

—Que nadie intente nada ingenioso —dijo con tono amigable—. Las manos quietas sobre el mostrador.

El barman y yo hicimos lo que nos decía.

Moose Malloy recorrió la sala con una mirada que no se perdía ningún detalle. Su sonrisa era tensa, helada. Luego se dirigió hacia nosotros en silencio. Parecía perfectamente capaz de atracar un banco sin ayuda..., incluso como iba vestido.

—Arriba, negro —dijo sin levantar la voz cuando llegó junto al mostrador. El barman levantó las manos todo lo que pudo.

El gigante se colocó detrás de mí y me cacheó cuidadosamente de arriba abajo con la mano izquierda. Sentí el calor de su aliento en el cogote. Luego se alejó.

—El señor Montgomery tampoco sabía dónde estaba Velma —nos explicó—. Trató de decírmelo... con esto. —Palmeó el revólver con una mano. Se volvió despacio para mirar al negro—. Sí —dijo—. Me reconocerás. No te vas a olvidar de mí, socio. Pero diles a tus compinches que no se descuiden. —Agitó el revólver—. Bueno, hasta la vista, capullos. Tengo que coger el tranvía.

Echó a andar hacia el comienzo de las escaleras.

—No ha pagado los whiskis —dije.

Se detuvo y me miró con interés.

—Puede que tenga razón —dijo—. Pero yo no insistiría demasiado.

Siguió adelante, se deslizó entre la doble puerta batiente, y sus pasos sonaron muy remotos mientras bajaba las escaleras.

El barman se agachó. Salté detrás del mostrador y lo empujé para apartarlo. En un estante inferior había una escopeta de cañones recortados tapada con un paño. Y a su lado una caja de puros con una pistola automática de calibre 38. Cogí las dos. El barman se aplastó contra las hileras de vasos a su espalda.

Salí de detrás del mostrador y crucé la sala hasta la puerta que Malloy había dejado abierta. A continuación había un vestíbulo en forma de L, casi completamente a oscuras. El gorila, tumbado en el suelo, inconsciente, respiraba con dificultad y sostenía una navaja en una mano sin fuerza. Me incliné, se la quité y la tiré por una escalera trasera.

Pasé por encima y abrí una puerta en la que estaba escrito «Despacho» con pintura negra descascarillada a medias.

Dentro había un escritorio pequeño muy estropeado, junto a una ventana tapada en parte con tablas. El torso de un hombre estaba muy erguido en una silla de respaldo alto que llegaba hasta la nuca del individuo. La cabeza se había doblado hacia atrás sobre el respaldo, de manera que la nariz apuntaba a la ventana tapiada. Sencillamente doblada, como un pañuelo o un gozne.

A la derecha del cadáver estaba abierto un cajón de la mesa. Dentro había un periódico con una mancha de grasa en el centro. El revólver habría salido de allí. Probablemente al señor Montgomery le pareció una buena idea en un primer momento, pero la posición de su cabeza demostraba que se trataba de una idea equivocada.

También había un teléfono sobre el escritorio. Me desprendí de la escopeta de cañones recortados y cerré la puerta con llave antes de llamar a la policía. Me sentí así más seguro, y al señor Montgomery no pareció importarle.

Cuando los muchachos del coche patrulla subieron las escaleras pisando fuerte, el gorila y el barman habían desaparecido y yo me había convertido en dueño absoluto del local.

3

Encargaron del caso a un tal Nulty, un tipo amargado de mandíbula estrecha, con largas manos amarillas que mantuvo cruzadas sobre las rodillas casi todo el tiempo que estuvo hablando conmigo. Era un teniente de detectives, adscrito a la comisaría de la calle 77, y conversamos en una habitacioncita donde sólo cabían dos mesas pequeñas pegadas a las paredes, una frente a otra, y sitio para circular entre ellas si dos personas no lo intentaban al mismo tiempo. Cubría el suelo un sucio linóleo marrón y había en el aire un persistente olor a viejas colillas de cigarros puros. Nulty llevaba una camisa deshilachada y le habían arreglado las mangas de la chaqueta metiéndole los puños. Parecía lo bastante pobre para ser honrado, pero no daba la impresión de ser la persona capaz de enfrentarse con Moose Malloy.

Nulty encendió la mitad de un puro y tiró la cerilla al suelo, donde la esperaban otras muchas. Al hablar, su voz estaba llena de amargura:

—Morenos. Otro asesinato de morenos. Ése es todo el aprecio que merezco después de dieciocho años en esta comisaría. Ni fotografías, ni espacio; ni siquiera cuatro líneas en la sección de anuncios por palabras.

No dije nada. Tomó mi tarjeta, la leyó de nuevo y la dejó caer.

—Philip Marlowe, detective privado. Uno de ésos, ¿eh? En realidad no parece un mal tipo. ¿Qué hizo durante todo aquel tiempo?

—¿Qué tiempo?

—Todo el tiempo que ese tal Malloy le estuvo retorciendo el cuello al negro.

—Ah; eso pasó en otra habitación —dije—. Malloy no me explicó que fuera a romperle el cuello a nadie.

—Ríase de mí —dijo Nulty con amargura—. Sí, sí; no se prive y ríase de mí. Lo hace todo el mundo. ¿Qué importa uno más? ¡Ese pobre Nulty! Basta con echarle un par de frases ingeniosas. Nulty siempre sirve para reírse un poco.

—No trato de burlarme de nadie —dije—. Así fue como pasó... En otra habitación.

—Sí, claro —respondió Nulty, junto con una apestosa nube de humo de tabaco—. Yo también he estado allí y tengo ojos para ver, ¿sabe? ¿No va armado?

—No para esa clase de trabajo.

—¿Qué clase de trabajo?

—Buscaba a un barbero que había dejado a su mujer. La señora creía que se le podría convencer para que volviera a casa.

—¿Me habla de un moreno?

—No, de un griego.

—De acuerdo —dijo Nulty, escupiendo en la papelera—. De acuerdo. ¿Cómo conoció a ese tío grande?

—Ya se lo he dicho. Sencillamente yo estaba allí. Arrojó a un negro a la calle desde dentro de Florian's y yo, imprudentemente, asomé la cabeza para ver qué pasaba. Y él me llevó arriba.

—¿Quiere decir que lo atracó?

—No; no tenía aún el revólver. Por lo menos no sacó ningún arma. El revólver, probablemente, se lo quitó a Montgomery. A mí me invitó a subir. A veces le caigo bien a la gente.

—No sabría decirlo —respondió Nulty—. Pero parece que no tiene usted problemas para irse con el primero que aparece.

—De acuerdo —dije—. ¿Qué necesidad tenemos de discutir? Yo he visto a ese individuo y usted no. Nos podría llevar a los dos como colgantes de la cadena del reloj. Me enteré de que había matado a alguien después de que se marchara. Oí un disparo, pero pensé que alguien, asustado, había hecho fuego contra Malloy y que Malloy le quitó el arma a quienquiera que fuese.

—¿Y qué le hizo pensar una cosa así? —preguntó Nulty casi con amabilidad—. Utilizó una pistola para atracar aquel banco, ¿no es cierto?

—Piense en la ropa que llevaba. No fue a Florian's a matar a nadie; no iba vestido para eso. Fue allí en busca de esa chica llamada Velma que había sido su novia antes de que lo pescaran por el asunto del banco. La chica trabajaba en Florian's o como se llamara el local que había allí cuando era todavía un bar para blancos. Allí lo pillaron. Y usted acabará por atraparlo.

—Claro —dijo Nulty—. Dado el tamaño y la ropa. Sin problemas.

—Quizá tenga otro traje —dije—. Y un coche y un escondrijo y dinero y amigos. Pero acabará echándole el guante.

Nulty escupió de nuevo en la papelera.

—Lo atraparé más o menos cuando me vuelvan a salir los dientes —dijo—. ¿Cuánta gente han puesto a trabajar? Una persona. ¿Y sabe por qué? No hay espacio. En una ocasión cinco morenos se cosieron a navajazos en la calle 84. Uno de ellos ya estaba frío cuando llegamos. Había sangre en los muebles, sangre en las paredes, sangre incluso en el techo. Voy hacia allí y, antes de entrar, un tipo que trabaja en el *Chronicle*, un cazanoticias, sale de la casa y se dirige hacia su coche. Hace una mueca mirándonos, dice «Negros, maldita sea», se sube a su cacharro y se marcha. Ni siquiera entró en el piso.

—Quizá Malloy se haya saltado la condicional —dije—. En ese caso encontrará cooperación. Pero atrápelo con buenos modos o se cargará a un par de policías. Entonces sí que le dedicarán espacio en los periódicos.

—Si pasara eso tampoco me dejarían el caso —dijo desdeñosamente Nulty.

Sonó el teléfono que tenía sobre la mesa. Al escuchar lo que le decían sonrió dolorido. Luego colgó, garrapateó algo en un bloc mientras aparecía un leve brillo en sus ojos, una luz muy lejana al fondo de un corredor polvoriento.

—Vaya, está fichado. Llamaban del Registro. Tienen las huellas dactilares, la jeta, todo. Bueno, ya es algo en cualquier caso. —Leyó lo que había escrito—. Caray, vaya tipo. Casi dos metros, ciento veinte kilos sin corbata. Un tío con todas las de la ley. Al diablo con él de todos modos. Estarán dando su descripción por la radio. Probablemente al final de la lista de coches robados. No se puede hacer otra cosa que esperar.

Tiró lo que le quedaba del puro en una escupidera.

—Trate de encontrar a la chica —dije—. Velma. Malloy la está buscando. Es el origen de todo. Inténtelo con Velma.

—Hágalo usted —dijo Nulty—. No he entrado en un burdel desde hace veinte años.

Me puse en pie.

—De acuerdo —dije, y me dirigí hacia la puerta.

—Eh, espere un momento —dijo Nulty—. Sólo era una broma. No está demasiado ocupado, ¿no es cierto?

Di vueltas a un cigarrillo entre los dedos y me quedé mirándolo mientras esperaba junto a la puerta.

—Quiero decir que tiene tiempo para echar una ojeada y ver si encuentra a esa tipa. No es una mala idea la que ha tenido. Quizá descubra algo. Puede trabajar si no llama la atención.

—¿Qué saco yo en limpio?

Nulty, en un gesto de impotencia, abrió las manos de piel amarillenta. Su sonrisa era tan astuta como una ratonera estropeada.

—Ha tenido problemas con nosotros otras veces. No me diga que no. He oído cosas. La próxima vez no le vendrá mal tener un amigo.

—Sigo sin ver las ventajas.

—Escuche —insistió Nulty—. No soy una persona que hable mucho. Pero cualquier miembro del departamento puede serle muy útil.

—¿Se trata de pura amistad, o va usted a pagar algo en efectivo?

—Dinero no —dijo Nulty mientras arrugaba la nariz—. Pero necesito hacer algún mérito. Desde la última reorganización el trabajo se ha puesto muy duro. Yo no lo olvidaría, desde luego. Nunca.

Miré la hora en mi reloj.

—Bien, si se me ocurre algo, será para usted. Y cuando atrape usted al tipo ese, lo identificaré. Pero después de comer.

Nos dimos la mano, salí al corredor, descendí por las escaleras de color fango hasta la puerta principal y volví a mi coche.

Habían pasado dos horas desde que Moose Malloy saliera de Florian's con el Colt del ejército en la mano. Almorcé en un *drugstore*, compré medio litro de bourbon y me dirigí hacia el este para volver a Central Avenue y, una vez allí, seguí en dirección norte. La corazonada que tenía era tan imprecisa como las ondulaciones que el calor hacía bailar en el aire por encima de la acera.

No había ningún motivo para que me ocupara de todo aquello excepto la curiosidad. Pero, hablando en plata, llevaba un mes sin trabajar. Hasta un encargo sin remuneración era un paso adelante.

4

Florian's estaba cerrado, por supuesto. Un inconfundible policía de paisano, dentro de un coche, fingía leer el periódico delante de la puerta. No entendía por qué se molestaban. Allí nadie sabía nada sobre Moose Malloy. Tampoco habían encontrado ni al gorila ni al barman, y no había nadie en la manzana que pudiera contarle a la policía algo acerca de ellos.

Pasé por delante muy despacio, estacioné el coche a la vuelta de la esquina y me quedé mirando a un hotel para negros situado al otro lado de la calle y más allá del cruce más próximo. Se llamaba Sans Souci. Salí del coche, crucé la calle y entré. Dos hileras de austeras sillas vacías se enfrentaban desde los lados de una tira de alfombra marrón. En la penumbra del fondo había un mostrador y, detrás de él, un individuo calvo con los ojos cerrados y las manos pacíficamente entrelazadas sobre la superficie que tenía delante. Dormitaba o parecía hacerlo. Llevaba una corbata estilo Ascot con un lazo anudado quizá hacia 1880. La piedra verde del alfiler no llegaba a tener el tamaño de una manzana. La barbilla, grande y un poco floja ya, descansaba mansamente sobre la corbata, y las tranquilas manos entrelazadas estaban muy limpias, con uñas bien arregladas y medias lunas grises en el morado de las uñas.

A la altura de su codo, un cartel metálico en relieve decía: «Este hotel se halla bajo la protección de la Agencia Internacional Consolidada, Sociedad Anónima».

Cuando el individuo moreno, de plácida apariencia, abrió un ojo y me contempló meditativamente, señalé el cartel.

—Empleado del DPH haciendo una comprobación. ¿Algún problema por aquí?

DPH significa Departamento de Protección de Hoteles, sección de un organismo más amplio que se ocupa de los que pagan con talones sin fondos y de las personas que se marchan por la escalera de atrás dejando facturas pendientes y maletas de segunda mano llenas de ladrillos.

—Los problemas, hermano —me respondió el recepcionista con voz sonora—, se nos han terminado hace muy poco. —Bajó la voz media octava y añadió—: ¿Cómo me ha dicho que se llamaba?

—Marlowe, Philip Marlowe...

—Un nombre agradable, hermano. Limpio y alegre. Hoy tiene usted muy buen aspecto. —Bajó aún más la voz—. Pero no es empleado del DPH. Hace años que no veo a ninguno. —Separó las manos y señaló lánguidamente el cartel—. Lo compré de segunda mano, sólo por el efecto.

—Bien —dije. Me incliné sobre el mostrador y empecé a hacer girar una moneda de medio dólar sobre la gastada madera.

—¿Ya se enteró de lo que ha pasado esta mañana en Florian's?

—Se me olvida todo, hermano. —Pero tenía los dos ojos bien abiertos y seguía la mancha de luz producida por la moneda que giraba.

—Al jefe le dieron el pasaporte —dije—. Un individuo llamado Montgomery. Alguien le rompió el cuello.

—Que el Señor se apiade de su alma. —La voz volvió a bajar—: ¿Poli?

—Detective privado..., en un trabajo confidencial. Y reconozco a una persona que sabe ser discreta cuando la veo.

Me estudió unos momentos, cerró los ojos y pensó. Volvió a abrirlos cautelosamente y miró otra vez a la moneda que giraba. No era capaz de apartar la vista.

—¿Quién ha sido? —preguntó en voz muy baja—. ¿Quién ha liquidado a Sam?

—Un tipo duro, recién salido de la cárcel, se enfadó porque Florian's ya no es un local para blancos. Antes lo era, por lo que parece. ¿Quizá usted lo recuerda?

No dijo nada. La moneda cayó sobre el mostrador con un suave repiqueteo metálico y se quedó inmóvil.

—Enseñe sus cartas —le propuse—. Yo le leeré un capítulo de la Biblia o le invitaré a un trago. Diga lo que prefiere.

—Hermano, la Biblia me gusta leerla más bien en la intimidad de mi familia. —Los ojos le brillaban, tranquilos, con un algo de batracio.

—Quizá acabe usted de almorzar —dije.

—El almuerzo —dijo— es algo de lo que una persona de mi constitución y temperamento tiende a prescindir. —De nuevo bajó la voz—. Pase a este lado.

Di la vuelta alrededor del mostrador y saqué del bolsillo la botella plana con medio litro de bourbon de cuatro años y la coloqué en el estante. Mi interlocutor se inclinó y la examinó. Pareció satisfecho.

—Hermano —dijo—, esto no le da derecho a nada. Pero tomaré con gusto una copita en su compañía.

Abrió la botella, colocó dos vasitos sobre el mostrador y procedió a llenarlos calmosamente hasta el borde. Luego alzó uno, lo olió con cuidado y se lo echó al coleto con el dedo meñique levantado.

Saboreó el bourbon, reflexionó unos instantes, asintió con la cabeza y dijo:

—Sin duda procede de la botella adecuada, hermano. ¿De qué manera puedo serle de utilidad? No hay una grieta en la acera por estos alrededores que yo no conozca por su nombre de pila. Sí, señor, este whisky no ha estado en malas compañías. —Volvió a llenarse el vaso.

Le conté lo que había sucedido en Florian's y por qué. Me miró con expresión solemne y agitó la calva cabeza.

—El de Sam también era un sitio tranquilo y agradable —dijo—. Nadie ha usado allí una navaja desde hace un mes.

—Cuando Florian's era un local para blancos hace unos seis u ocho años, ¿cómo se llamaba?

—Los letreros luminosos son muy caros, hermano.

Asentí con la cabeza.

—Ya se me había ocurrido que quizá tuviera el mismo nombre. Probablemente Malloy habría dicho algo si lo hubieran cambiado. Pero ¿quién llevaba el local?

—Me deja usted un poco sorprendido, hermano. Aquel pobre pecador se llamaba Florian. Mike Florian...

—¿Y qué pasó con Mike Florian?

El negro extendió sus comprensivas manos oscuras. Su voz se hizo sonora y triste.

—Muerto, hermano. El Señor se lo llevó. Mil novecientos treinta y cuatro, quizá treinta y cinco. No lo recuerdo con precisión. Una vida malgastada, y un caso de riñones escabechados, según he oído decir. El impío cae como una res apuntillada, pero la misericordia divina lo espera en el más allá. —Su voz descendió al nivel de temas más mundanos—: Que me aspen si sé por qué.

—¿Dejó familia? Sirva otra copa.

Puso el tapón en la botella y la empujó con gesto firme hacia mí por encima del mostrador.

—Dos es el límite, hermano, antes de que se ponga el sol. Le estoy muy agradecido. Su método de acercamiento es tranquilizador para la dignidad del interrogado... Dejó viuda. Jessie de nombre.

—¿Qué ha sido de ella?

—La búsqueda del conocimiento, hermano, lleva a la multiplicación de las preguntas. Lo ignoro. Utilice la guía de teléfonos.

Había una cabina en el rincón más oscuro del vestíbulo. Entré y cerré la puerta lo suficiente para que se encendiera la luz. Miré el apellido en la maltrecha guía, encadenada a la pared. No había ningún Florian en ella. Regresé junto al mostrador.

—Nada de nada —dije.

Mi interlocutor se inclinó, muy a su pesar, y sacó con dificultad un directorio urbano; después de dejarlo sobre el mostrador, lo empujó en mi dirección. Luego cerró los ojos. Empezaba a aburrirse. En el directorio había una Jessie Florian, viuda. Vivía en el 1644 de West 54th Place. Me pregunté qué era lo que yo había estado usando en lugar de cerebro toda mi vida.

Escribí la dirección en un trozo de papel y empujé el directorio hacia el otro lado del mostrador. El recepcionista volvió a colocarlo donde lo había encontrado, me dio la mano y luego cruzó las suyas exactamente como las tenía antes de que yo entrara. Los ojos se le cerraron muy despacio y dio la impresión de quedarse dormido.

Para él, el incidente había terminado. A mitad de camino hacia la puerta, me volví a mirarlo. Con los ojos cerrados, respiraba con suavidad y de manera regular, resoplando un poco al final de cada ciclo. Le brillaba la calva.

Salí del hotel Sans Souci y crucé la calle para volver a mi coche. Parecía facilísimo. Demasiado fácil.

5

El número 1644 de West 54th Place era una casa marrón y reseca que tenía delante un jardincillo marrón igualmente reseco. Una gran calva rodeaba a una palmera de aspecto resistente. Presidía el porche una solitaria mecedora de madera y, con la brisa de la tarde, los renuevos de las poinsettias, que nadie había podado, golpeaban la agrietada pared de estuco. Una hilera de amarillentas prendas mal lavadas se agitaba rígidamente sobre un alambre oxidado en el patio lateral.

Pasé de largo con el coche algo así como la cuarta parte de la manzana, aparqué en la acera del otro lado y regresé a pie.

El timbre no funcionaba, de manera que di unos golpes en el marco de madera de la puerta mosquitera. Se oyó un lento arrastrar de pies, la puerta se abrió y descubrí ante mí en la penumbra a una mujer de aspecto desastrado que se sonaba la nariz. Tenía el rostro hinchado y grisáceo. Pelo ensortijado de ese color incierto que no es ni castaño ni rubio, que tampoco tiene la vida suficiente para llamarlo rojo y no está lo bastante limpio para calificarlo de gris. El cuerpo, con algunos kilos de más, quedaba oculto por un informe albornoz de franela de una venerable antigüedad en cuanto a color y diseño. Era sencillamente algo con que cubrirse el cuerpo. Los dedos de los pies, grandes, resultaban bien visibles en unas zapatillas abiertas de hombre, de cuero marrón muy estropeado.

—¿La señora Florian? ¿La señora Jessie Florian?

Emitió un vago sonido afirmativo, pero la voz le salió de la garganta como un enfermo que se levanta con mucha dificultad de la cama.

—¿Es usted la señora Florian cuyo marido llevaba un local en Central Avenue? ¿Mike Florian?

Se colocó un mechón de pelo detrás de una oreja de considerables dimensiones. En sus ojos brilló la sorpresa.

—¿Có... cómo? Por el amor del cielo —dijo con voz ronca—. A Mike lo perdí hace cinco años. ¿Quién me ha dicho usted que era?

La puerta mosquitera seguía cerrada y con el gancho puesto.

—Soy detective —dije—. Busco un poquito de información.

Me miró fijamente durante un minuto interminable. Luego, con notable esfuerzo, retiró el gancho de la puerta y se dio la vuelta, alejándose.

—Pase, entonces. Todavía no he tenido tiempo de limpiar —dijo con entonación quejumbrosa—. ¿Polis, eh?

Entré y volví a cerrar la puerta, colocando el gancho en su sitio. Un mueble radio, grande y de buena calidad, zumbaba a la izquierda, en una esquina de la habitación. Era la única cosa decente que había en la casa. Parecía recién comprado. Todo lo demás eran trastos viejos: sillones sucios, con excesivo relleno, una mecedora de madera que hacía juego con la del porche, un arco cuadrado por el que se pasaba al comedor con una mesa manchada, marcas de dedos por todas partes en la puerta batiente del otro lado, que llevaba a la cocina. Un par de lámparas deshilachadas, con pantallas de colores chillones que ahora resultaban tan alegres como prostitutas jubiladas.

La mujer se sentó en la mecedora, dejó caer las zapatillas y me miró. Yo contemplé la radio y me senté en el extremo de un sofá. La señora Florian se dio cuenta de que miraba la radio. Una falsa animación, tan insípida como té chino, apareció en su rostro y en su voz:

—No tengo otra compañía —dijo. Luego dejó escapar una risita ahogada—. Mike no ha hecho nada malo, ¿verdad? No recibo muchas visitas de polis.

Su risita contenía un deje alcohólico. Al recostarme tropecé con algo duro, metí la mano y saqué una botella de ginebra vacía. La señora Florian dejó escapar de nuevo una risita.

—Era una broma, no me haga caso —dijo—. Pero le pido a Dios que haya suficientes rubias de bote donde esté. Aquí abajo siempre le parecieron pocas.

—Yo estaba pensando más bien en una pelirroja —dije.

—Supongo que tampoco despreciaría unas cuantas. —Su mirada, me pareció, no era ya tan imprecisa—. No recuerdo. ¿Alguna pelirroja en especial?

—Sí. Una chica llamada Velma. No sé qué apellido usaba, excepto que no sería el suyo. Trato de localizarla porque me lo ha pedido su familia. El local de su marido de usted en Central Avenue es ahora un sitio para negros, aunque no le han cambiado el nombre, y, por supuesto, la gente que está allí nunca han oído hablar de ella. De manera que pensé en usted.

—La familia se ha tomado su tiempo antes... de empezar a buscarla —dijo la mujer con aire pensativo.

—Hay algo de dinero en el asunto. No mucho. Supongo que la necesitan para cobrarlo. El dinero agudiza la memoria.

—También las bebidas fuertes —respondió la mujer—. Hoy hace calor, ¿no le parece? Pero usted ha dicho que era poli. —Ojos calculadores, rostro atento, concentrado. Los pies, de nuevo en las zapatillas de hombre, no se movieron.

Alcé la botella vacía y la agité. Luego la tiré a un lado y metí la mano en el bolsillo trasero donde llevaba el medio litro de bourbon que el recepcionista negro y yo apenas habíamos probado y coloqué la botella sobre mi rodilla. Los ojos de la mujer la contemplaron con incredulidad. Luego la sospecha le trepó por toda la cara, como un gatito, pero no tan juguetona.

—Usted no es un poli —dijo un voz baja—. Ningún poli ha comprado nunca ese whisky. ¿Dónde está el chiste, amigo?

Se volvió a sonar la nariz, con uno de los pañuelos más sucios que yo había visto nunca. Sus ojos no se apartaban de la botella. La sed forcejeaba con la sospecha y acabaría ganando. Siempre lo hace.

—La tal Velma era una artista, una cantante. ¿No la conocía usted? Supongo que no iba mucho por allí.

Sus ojos, de color alga marina, seguían fijos en la botella. La señora Florian se humedeció los labios con la lengua.

—Vaya, eso es whisky de buena calidad —suspiró—. Me tiene sin cuidado quién sea usted. Sujétela con cuidado, amigo. No es momento de dejar caer nada.

Se puso en pie, salió de la habitación caminando como un pato y regresó con dos vasos de cristal grueso nada limpios.

—Sin hielo ni agua. Basta con lo que usted ha traído —dijo.

Le serví un lingotazo que me hubiera hecho ignorar la ley de la gravedad. La señora Florian se apoderó del vaso con hambre, se lo echó al coleto como una aspirina y clavó de nuevo los ojos en la botella. Le serví por segunda vez y yo me adjudiqué una cantidad más discreta. Ella se volvió con el vaso a la mecedora. Los ojos le habían adquirido ya una tonalidad mucho más marrón.

—Conmigo este bourbon se muere sin sentirlo —dijo antes de acomodarse otra vez—. Nunca sabe quién acaba con él. ¿De qué estábamos hablando?

—Una pelirroja llamada Velma que trabajaba en el local de su marido en Central Avenue.

—Claro. —Hizo uso de su segunda copa. Me acerqué y le dejé la botella al alcance de la mano. No tardó en cogerla—. Claro. ¿Quién me ha dicho usted que era?

Saqué una tarjeta de visita y se la pasé. La leyó utilizando lengua y labios, luego la dejó caer en la mesa que tenía al lado y puso encima el vaso vacío.

—Ah, un detective privado. Eso no me lo había dicho, amigo. —Movió un dedo en mi dirección, en regocijada advertencia—. Pero el whisky dice que es usted un buen tipo después de todo. Brindemos por la delincuencia. —Se sirvió una tercera copa y procedió a bebérsela.

Me senté y esperé, manoseando maquinalmente un cigarrillo. O sabía algo o no sabía nada. Si sabía algo, me lo diría o se lo callaría. Era así de sencillo.

—Pelirroja muy atractiva —dijo despacio y con trabajo—. Sí que la recuerdo. Canto y baile. Bonitas piernas y generosa con ellas. Se marchó a algún sitio. ¿Cómo voy a saber lo que hacen esas golfas?

—En realidad, no pensaba que lo supiera —dije—. Pero era lógico que viniera a preguntárselo, señora Florian. Sírvase usted misma..., puedo ir a por más whisky cuando lo necesitemos.

—Usted no está bebiendo —dijo de repente.

Cubrí mi vaso con la mano y bebí despacio lo que quedaba para que pareciese más.

—¿Dónde tiene a la familia? —preguntó de pronto.

—¿Qué más da?

—De acuerdo —dijo desdeñosamente—. Todos los polis son iguales. De acuerdo, hermoso. Un fulano que me invita a una copa es un amigo. —Alcanzó la botella y se sirvió por cuarta vez—. No debería pegar la hebra con usted. Pero cuando alguien me cae bien, me puede pedir la luna. —Sonrió sin gracia. Resultaba tan atractiva como una bañera—. Agárrese al asiento y no pise ninguna serpiente —me dijo—. Se me ha ocurrido una idea.

Se alzó de la mecedora, estornudó, casi perdió el albornoz, se lo volvió a colocar, ciñéndoselo sobre el estómago, y me miró con frialdad.

—No está permitido mirar —dijo; luego abandonó de nuevo el cuarto, golpeando el marco de la puerta con el hombro.

Oí sus pasos inciertos mientras se dirigía a la parte trasera de la casa.

Los renuevos de las poinsettias golpeaban monótonamente contra la fachada. La cuerda de tender la ropa gemía vagamente a un lado de la casa. El hombre de los helados pasó por la calle tocando la campanilla. En un rincón, el aparato de radio —grande, nuevo, lustroso— hablaba en susurros de danzas y amores con una suave nota, profunda y vibrante, semejante al temblor en la voz de un cantante de romanzas.

Luego me llegó, desde el fondo de la casa, ruido de tropiezos diversos. Una silla pareció caerse hacia atrás, el cajón de un escritorio, abierto con demasiada violencia, acabó en el suelo, todo acompañado de revolver de objetos, de ruidos sordos y de palabras inconexas entre dientes. A continuación el clic de una cerradura y el chirrido de la tapa de un baúl al levantarse. Nuevas búsquedas y nuevos ruidos. Una bandeja derribada. Me levanté del sofá, me escurrí hasta el comedor y desde allí a un pasillo muy corto. Me asomé por el borde de una puerta abierta.

La señora Florian se balanceaba delante del baúl, tratando de coger lo que había dentro y luego, muy enfadada, se apartaba el pelo de la frente. Estaba más borracha de lo que creía. Se inclinó hacia atrás, recobró el equilibrio, tosió y suspiró. Luego se arrodilló y metió ambas manos en el baúl para apoderarse de algo.

Las manos reaparecieron sosteniendo, de manera muy precaria, un grueso paquete atado con una descolorida cinta rosa. Despacio, torpemente, desató la cinta. Sacó un sobre del paquete y de nuevo se inclinó hacia atrás para esconder el sobre en el lado derecho del baúl. Después ató otra vez la cinta con dedos inseguros.

Volví sigilosamente por donde había venido y me senté en el sofá. La señora Florian regresó al cuarto de estar, entre respiraciones que parecían estertores, y se detuvo en el marco de la puerta, balanceándose, con el paquete.

Me sonrió con gesto triunfal, y lo arrojó a mis pies. Después volvió contoneándose a su mecedora, se sentó y echó mano del whisky.

—Mírelas —masculló—. Fotos. Instantáneas de periódicos. Aunque esas golfas sólo salieron en la prensa procedentes de los ficheros de la policía. Gente que trabajó en el local. Es todo lo que me dejó el muy hijo de puta; eso y su ropa usada.

Ojeé el mazo de brillantes fotografías de hombres y mujeres en posturas profesionales. Los varones tenían rostros afilados y astutos y ropa de hipódromo o estaban maquillados de la manera más excéntrica a manera de payasos. Bailarines y cómicos que sólo actuarían en giras por provincias de ínfima categoría. Pocos con esperanzas de llegar a locales de lujo. Se los encontraría en funciones de vodevil en pueblos de mala muerte, recién lavados, o en baratos teatros de revista, todo lo subidos de tono que la ley les permitía y de cuando en cuando pasándose lo suficiente como para una redada de la policía y una aparición por el juzgado, y de vuelta al espectáculo, sonriendo, desafiantemente sucios y con el olor repugnante del sudor rancio. Las mujeres tenían buenas piernas y exhibían sus curvas más de lo que el código de la decencia consideraba permisible. Pero los rostros resultaban tan manidos como el gato de un despacho de contable. Rubias, morenas, con grandes ojos vacunos faltos de vida. Ojillos penetrantes, con codicia de pilluelos. En uno o dos casos, con expresión a todas luces depravada. También una o dos de las muchachas podrían haber sido pelirrojas. No era posible saberlo por las fotografías. Las miré despreocupadamente, sin interés, y volví a atar el paquete con la cinta.

—¿Por qué me las enseña? —dije—. No sabría reconocerla.

La señora Florian me miró de reojo por encima de la botella que su mano derecha lograba apenas sostener.

—¿No buscaba a Velma?

—¿Es una de ésas?

Una expresión de increíble astucia se paseó por su rostro, pero no se encontró a gusto y se marchó a otro sitio.

—¿No tiene una foto suya... que le haya dado la familia?

—No.

Aquello la preocupó. Todas las chicas tienen alguna foto, aunque sea vestidas de corto y con un lazo en el pelo. Tendrían que habérmela dado.

—Está otra vez dejando de gustarme —dijo mi interlocutora casi con indiferencia.

Me levanté con el vaso en la mano y fui a ponerlo junto al suyo en la mesita vecina a la mecedora.

—Sírvame un trago antes de que se acabe la botella.

Mientras extendía el brazo me di la vuelta y salí deprisa por el arco que comunicaba con el comedor, crucé el pasillo y entré en el abarrotado dormitorio con el baúl abierto y la bandeja revuelta. Una voz gritó detrás de mí. Busqué directamente en el lado derecho del baúl, encontré el borde del sobre y lo saqué inmediatamente.

Jessie Florian se había levantado de la mecedora cuando volví al cuarto de estar, pero sólo para dar dos o tres pasos. Había en sus ojos una peculiar vidriosidad. Una vidriosidad asesina.

—Siéntese —le gruñí con firmeza—. Esta vez no trata con un ingenuo pedazo de carne como Moose Malloy.

Fue, más o menos, un palo de ciego, pero no acertó en ningún blanco. La señora Florian parpadeó dos veces y trató de levantar la nariz con el labio superior. Aparecieron unos cuantos dientes bastante sucios en una sonrisa de conejo.

—¿Moose? ¿Qué pasa con él? —preguntó tragando saliva.

—Anda suelto —dije—. Ha salido de la cárcel. Va por ahí con un Colt del 45. Hoy por la mañana ha matado a un negro en Central Avenue porque no quiso decirle dónde estaba Velma. Ahora busca al soplón que lo mandó a la cárcel hace ocho años.

La palidez le manchó la cara. Se llevó la botella a los labios y bebió con ansia. Parte del whisky le cayó por la barbilla.

—¡Y los polis lo están buscando! —dijo, echándose a reír—. Los polis. ¡Ja, ja! Una vieja muy simpática. Me encantaba estar con ella. Me hacía tilín emborracharla para mis propios sórdidos fines. Yo era un tipo estupendo. Disfrutaba siendo yo. En mi profesión uno se puede tropezar casi con cualquier cosa, pero empezaba a sentir alguna que otra náusea.

Abrí el sobre que mi mano sujetaba con fuerza y saqué una fotografía. Era como las otras pero diferente, mucho más agradable. La chica iba vestida de Pierrot por encima de la cintura. Cubierto por el sombrero cónico de color blanco con una borla negra en la punta, el pelo, muy ahuecado, podría haber sido rojo. La cara estaba de perfil, pero en el ojo visible se reconocía algo semejante a un destello de alegría. No voy a decir que fuera un rostro encantador e inocente: no soy un experto. Pero la chica era bonita. La gente se había portado bien con aquella cara, o lo suficientemente bien para su círculo. Se trataba sin embargo de una cara muy corriente y era bonita como pueda serlo algo que sale de una cadena de montaje. A mediodía se ven doce caras así en una manzana de cualquier ciudad.

Por debajo de la cintura la fotografía era sobre todo piernas, y muy bonitas, por cierto. Estaba firmada en el ángulo inferior derecho: «Siempre tuya, Velma Valento».

La coloqué delante de la señora Florian, pero fuera de su alcance. Me embistió, pero se quedó corta.

—¿Por qué esconderla? —le pregunté.

No emitió otro sonido que el ronco murmullo de su respiración. Introduje la foto en el sobre y me lo guardé en el bolsillo.

—¿Por qué esconderla? —volví a preguntar—. ¿Qué es lo que la hace diferente de las demás? ¿Dónde está?

—Muerta —dijo ella—. Era una chica maja, pero está muerta, señor policía. Váyase.

Las cejas pardas, depiladas tiempo atrás hasta desaparecer, subieron y bajaron. Abrió la mano, la botella de whisky se deslizó hasta la alfombra y empezó a gorgotear. Me agaché para recogerla. Ella trató de golpearme en la cara con el pie. Me aparté hasta una distancia prudencial.

—Pero eso no explica que la esconda —le dije—. ¿Cuándo murió? ¿Cómo?

—Soy una pobre mujer enferma —gruñó—. Déjeme en paz, condenado hijo de puta.

Me quedé allí mirándola, sin decir nada, sin pensar en nada especial que decir. Me coloqué a su lado al cabo de un momento y puse la botella plana, ya casi vacía, en la mesita.

La señora Florian contemplaba la alfombra. La radio murmuraba agradablemente en el rincón de la habitación. Un automóvil pasó por la calle y una mosca zumbó en una ventana. Después de mucho tiempo la dueña de la casa movió los labios y habló dirigiéndose al suelo, una confusa mezcla de palabras sin sentido alguno. Luego empezó a reír, echó la cabeza para atrás y un hilo de saliva le cayó por la comisura de la boca. Buscó la botella con la mano derecha y, mientras la vaciaba, el cristal hizo ruido al chocar con los dientes. Cuando ya no quedó nada, la levantó hacia la luz, la agitó y me la tiró. La botella aterrizó cerca de un rincón, resbaló por la alfombra hasta golpear el rodapié con un ruido sordo.

Volvió a mirarme una vez más de reojo; luego se le cerraron los ojos y empezó a roncar.

Puede que estuviera fingiendo, pero me daba igual. De repente tuve más que suficiente de aquella escena; demasiado; más que demasiado.

Recogí el sombrero que había dejado en el sofá, me llegué hasta la puerta y la abrí; luego, alzando el gancho exterior, salí al jardincillo. La radio seguía murmurando y la señora Florian roncaba suavemente en su sillón. Le lancé una última ojeada antes de cerrar la puerta. A continuación volví a abrirla en silencio y miré de nuevo.

Seguía con los ojos cerrados, pero algo brillaba debajo de los párpados. Bajé los escalones y llegué hasta la calle por el agrietado camino empedrado.

En la casa vecina un visillo estaba corrido hacia un lado y una cara alargada, muy cerca del cristal, miraba en mi dirección con evidente interés: el rostro de una anciana de cabellos blancos y nariz afilada.

La típica entrometida controlando a sus vecinos. Siempre hay al menos una como ella en cada manzana de casas. La saludé con un gesto de la mano. El visillo se cerró de inmediato.

Volví a mi coche, lo puse en marcha, regresé a la comisaría de la calle 77 y subí al maloliente cuchitril que Nulty utilizaba a modo de despacho.

6

Nulty no parecía haberse movido. Seguía en el mismo sitio y con la misma actitud de paciencia agriada. Pero había otras dos colillas de puro en el cenicero y más cerillas gastadas en el suelo.

Me senté en la silla tras la otra mesa, Nulty dio la vuelta a una ficha que tenía sobre su escritorio y me la pasó. Eran unas fotos hechas por la policía, de frente y de perfil, con las correspondientes huellas digitales debajo. Malloy, sin duda alguna, y con una luz muy fuerte, de manera que daba toda la impresión de no tener más cejas que un panecillo.

—Ése es nuestro hombre. —Se la devolví.

—Nos ha llegado un telegrama de la penitenciaría de Oregón —dijo Nulty—. Cumplido el tiempo de condena, excluido el que le redujeron por buena conducta. Las cosas se enderezan. Lo tenemos acorralado. La dotación de un coche patrulla ha hablado con un cobrador de tranvía al final de la línea de la calle Séptima. El cobrador dijo que había visto a un tipo de ese tamaño y con el mismo aspecto. Se apeó en la esquina de la Tercera y Alexandria. Seguro que se habrá metido en alguna casa grande donde ya no vivan los dueños. Hay muchas por allí, sitios pasados de moda, demasiado cerca del centro y difíciles de alquilar. Se habrá metido en una de ellas por las bravas y le echaremos el guante. ¿Usted qué ha hecho?

—¿Llevaba un sombrero de fantasía y botones como pelotas de golf en la chaqueta?

Nulty frunció el entrecejo y crispó las manos sobre las rodillas.

—No, un traje azul. Quizá marrón.

—¿Está seguro de que no era un *sarong*?

—¿Eh? Ah, sí, muy divertido. Recuérdeme que me ría cuando tenga un día de permiso.

—No era Malloy —dije—. Malloy no viaja en tranvía. No le falta dinero. Piense en cómo iba vestido. No le sirve la ropa hecha. Todo a la medida.

—De acuerdo, ensáñese conmigo. —Nulty hizo una mueca—. ¿Qué ha hecho usted?

—Lo que usted debiera haber hecho. El local llamado Florian's tenía el mismo nombre cuando la clientela era blanca. Hablé con el recepcionista de un hotel para negros, buen conocedor del barrio. El anuncio luminoso era caro, de manera que los morenos siguieron usándolo cuando ocuparon el sitio. El dueño se llamaba Mike Florian. Lleva varios años muerto, pero su viuda aún colea. Vive en el 1644 de West 54th Place. Se llama Jessie Florian. No está en la guía de teléfonos pero sí en el directorio urbano.

—Bien, y qué quiere que haga... ¿Salir con ella? —preguntó Nulty.

—Lo hice yo por usted. Le llevé una botella de bourbon. Se trata de una encantadora dama de mediana edad con una cara como de masa de pan, y si se ha lavado alguna vez la cabeza desde la segunda presidencia de Coolidge, estoy dispuesto a comerme mi rueda de repuesto, llanta incluida.

—Ahórreme los chistes —dijo Nulty.

—Le pregunté por Velma. ¿Se acuerda, señor Nulty, de la pelirroja llamada Velma que Moose Malloy está buscando? ¿No le aburro en exceso, verdad que no, señor Nulty?

—¿Qué mosca le ha picado?

—No lo entendería. La señora Florian dijo que no se acordaba de Velma. Su casa es un desastre, a excepción de una radio nueva, valor aproximado setenta u ochenta dólares.

—Todavía no me ha explicado por qué tengo que ponerme a dar gritos.

—La señora Florian, Jessie para los amigos, me dijo que su marido sólo le había dejado ropa vieja y un montón de fotos de la gente que trabajaba en su local. Insistí un poco con el bourbon, y es una chica muy dispuesta a echar un trago aunque tenga que dejarte fuera de combate para hacerse con la botella. Después de la tercera o la cuarta copa se trasladó a su casto dormitorio, revolvió algunas cosas y sacó una colección de fotografías del fondo de un viejo baúl. Pero sin que se diera cuenta, la estaba vigilando, y vi cómo retiraba una del paquete y la escondía. De manera que al cabo de un rato me colé allí y la recuperé.

Metí la mano en el bolsillo y le puse a la chica vestida de Pierrot encima de la mesa. Nulty la levantó, estuvo mirándola y esbozó un conato de sonrisa.

—Bonita —dijo—. No está nada mal. No me importaría pasar un rato con ella. Ja, ja. Velma Valento, ¿eh? ¿Qué ha sido de esa muñeca?

—La señora Florian dice que ha muerto..., pero eso no explica, ni mucho menos, por qué escondió la foto.

—No, desde luego. ¿Por qué lo hizo?

—No me lo explicó. Al final, después de decirle que Moose había salido de la cárcel, empezó a mirarme con malos ojos. ¿Verdad que no parece posible?

—Siga —dijo Nulty.

—No hay más. Le he contado lo que pasó y le he entregado la prueba. Si no es usted capaz de llegar a algún sitio a partir de aquí, nada de lo que yo diga le ayudará.

—¿Adónde quiere que llegue? Sigue siendo un moreno el asesinado. Espere a que atrapemos a Malloy. Demonios, lleva ocho años sin echarle el ojo a la chica a no ser que fuese a visitarlo a la cárcel.

—Muy bien —dije—. Pero no olvide que la está buscando y que no es un hombre que se deje intimidar. Por cierto, lo metieron en chirona por robar un banco. Eso significa una recompensa. ¿Quién se la llevó?

—No lo sé —dijo Nulty—. Quizá me pueda enterar. ¿Por qué?

—Alguien dio el chivatazo. Quizá Malloy sepa quién. Ése es otro trabajillo al que quizá dedique tiempo. —Me puse en pie—. Bueno, hasta la vista y buena suerte.

—¿Me va a dejar tirado?

Fui hasta la puerta.

—Tengo que ir a casa, darme un baño, hacer gárgaras y arreglarme las uñas.

—¿No estará enfermo?

—Sólo sucio —dije—. Pero sucio sucio.

—Bueno, ¿y qué prisa tiene? Siéntese un minuto. —Se inclinó hacia atrás y metió los pulgares en las sisas del chaleco, lo que le dio un poco más aspecto de policía, pero no mejoró en lo más mínimo su magnetismo.

—Ninguna prisa —dije—. Ninguna en absoluto. No hay nada más que pueda hacer. Parece que la tal Velma está muerta, si la señora Florian dice la verdad..., y en este momento no sé de ninguna razón para que esté mintiendo. No hay nada más que me interese.

—Claro —dijo Nulty con desconfianza, por pura fuerza de la costumbre.

—Y como usted tiene a Malloy en el saco de todos modos, no hay más que hablar. De manera que yo me vuelvo a casa, a intentar otra vez ganarme la vida.

—Puede que no nos salga bien lo de Malloy —dijo Nulty—. La gente se escabulle de cuando en cuando. Incluso pesos pesados. —También había desconfianza en sus ojos, en la medida en que se les podía atribuir una expresión—. ¿Cuánto le ha dado ella?

—¿Qué?

—¿Cuánto le ha dado la vieja por dejarlo?

—¿Dejar qué?

—Lo que sea que va usted a dejar de ahora en adelante. —Sacó los pulgares de las sisas del chaleco, y los unió delante del pecho, empujándolos uno contra otro. Sonrió.

—¡Por el amor de Dios! —dije, marchándome del despacho y dejándolo con la boca abierta.

Cuando ya tenía la puerta a mi espalda, di marcha atrás, la abrí de nuevo sin hacer ruido y miré dentro. Nulty estaba sentado en la misma postura, apretando los pulgares, uno contra otro. Pero ya no sonreía. Parecía preocupado. Y seguía con la boca abierta.

No se movió, ni alzó los ojos. No sé si me oyó o no. Cerré la puerta de nuevo y me marché.

7

Aquel año habían puesto a Rembrandt en el calendario, un autorretrato bastante borroso debido a unas planchas de color que no se correspondían como es debido. El pintor, tocado con una boina escocesa nada limpia, sujetaba, con un pulgar muy sucio, una paleta embadurnada. Con la otra mano sostenía un pincel en el aire, como preparándose para trabajar al cabo de un rato, si alguien le pagaba el anticipo. Su rostro estaba avejentado, caído, lleno de la repugnancia que le inspiraba la vida y de los efectos abotagantes de la bebida. Pero tenía, con todo, una alegría severa que me gustaba, y los ojos le brillaban como gotas de rocío.

Me dedicaba a contemplarlo desde detrás de la mesa de mi despacho cuando sonó el teléfono y oí una voz fría, desdeñosa, muy convencida de su valor. Después de que yo contestara, dijo, arrastrando las palabras:

—¿Es usted Philip Marlowe, detective privado?

—Jaque.

—Ah..., quiere decir que sí. Me lo han recomendado como persona capaz de tener la boca bien cerrada. Me gustaría que viniera a mi casa esta tarde a las siete para tratar un asunto. Me llamo Lindsay Marriott y vivo en el 4212 de la calle Cabrillo, Montemar Vista. ¿Sabe dónde es?

—Sé dónde está Montemar Vista, señor Marriott.

—Sí, claro. Pero Cabrillo es bastante difícil de encontrar. Por aquí el trazado de las calles forma un conjunto de curvas interesante pero intrincado. Le sugiero que suba andando las escaleras desde el café con terraza al aire libre. Si hace eso, Cabrillo es la tercera calle, y mi casa es la única de la manzana. ¿A las siete entonces?

—¿De qué clase de trabajo se trata, señor Marriott?

—Preferiría no hablar de ello por teléfono.

—¿No me puede adelantar algo? Montemar Vista queda bastante lejos.

—Le pagaré los gastos con mucho gusto si no llegamos a un acuerdo. ¿Tiene usted preferencias especiales en cuanto al tipo de trabajo?

—No, siempre que sea legal.

La voz se hizo helada.

—No le hubiera llamado si no lo fuese.

Un chico de Harvard. Buen uso del subjuntivo. Sentí un picor en la punta del pie, pero mi cuenta en el banco estaba otra vez en pañales. Endulcé la voz y dije:

—Gracias por llamarme, señor Marriott. Allí estaré.

Mi interlocutor colgó y eso fue todo. Me pareció que el señor Rembrandt había adoptado una expresión desdeñosa. Del cajón más hondo del escritorio saqué la botella que guardo para las emergencias y bebí discretamente. El señor Rembrandt perdió enseguida su aire desdeñoso.

Una cuña de luz de sol resbaló sobre el borde de la mesa y cayó sin ruido sobre la alfombra. En el bulevar los semáforos cambiaban de luces con estrépito, los tranvías interurbanos retumbaban sobre el asfalto y al otro lado de la pared medianera una máquina de escribir tableteaba monótona en el despacho del abogado. Acababa de llenar y de encender la pipa cuando sonó de nuevo el teléfono.

Esta vez era Nulty. La voz le sonaba como si tuviera la boca llena de patatas.

—Bueno, supongo que no se me ha dado demasiado bien —dijo, cuando supo con quién estaba hablando—. He tenido un fallo. Malloy fue a ver a la tal señora Florian.

Apreté el teléfono lo suficiente para abrirlo como una nuez. De repente sentí frío en el labio superior.

—Siga. Creía que lo tenía atrapado.

—Era otro. Malloy no está por allí. Nos llamó una de esas viejas que se pasan el día espiando detrás de los visillos y que vive en West 54th Place. Dos visitantes para la Florian. El primero aparcó al otro lado de la calle y tomó muchas precauciones. Estuvo mirando el sitio un buen rato antes de entrar. Pasó en la casa cerca de una hora. Metro ochenta, cabello oscuro, no demasiado corpulento. Salió sin prisa.

—Además le olía el aliento a whisky —dije.

—Sí, claro. Era usted, ¿no es cierto? Bien, el segundo era Malloy. Un tipo con ropa llamativa y tan grande como una casa. También llegó en automóvil, pero la vieja no apuntó la matrícula, no distingue los números desde tan lejos. Como una hora después de usted, dice nuestra informadora. Entró deprisa y no se quedó más allá de cinco minutos. Antes de volver a subir al coche sacó una pistola muy grande y abrió la recámara. Creo que fue eso lo que la vieja le vio hacer. Y el motivo de que nos llamara. No oyó ningún disparo dentro de la casa, sin embargo.

—Eso ha debido suponerle una gran desilusión —dije yo.

—Claro. Muy ingenioso. Recuérdeme que me ría en mi día libre. La vieja también ha tenido un fallo. Los chicos del coche patrulla fueron allí y no les contestó nadie cuando llamaron, de manera que entraron, porque la puerta principal no estaba cerrada con llave. No encontraron ningún fiambre en el suelo. La casa estaba vacía. La pájara Florian había dejado el nido. Así que han hecho una visita a la casa de al lado y la vieja se quedó más dolida que un forúnculo cuando supo que no había visto marcharse a su vecina. Los de la patrulla han vuelto para informar y siguen con su trabajo. Una hora después, quizá hora y media, la vieja ha vuelto a telefonear para decir que la señora Florian está otra vez en casa. Me pasan la llamada y le pregunto qué tiene eso de importante y va y me deja con la palabra en la boca.

Nulty hizo una pausa para recobrar el aliento y esperar mis comentarios. No dije nada. Al cabo de un momento siguió, refunfuñando:

—¿Qué saca usted en limpio?

—Poca cosa. Era casi seguro que Malloy iba a pasarse por allí. En su época debió de tener bastante trato con la señora Florian. Como es lógico no se quedó mucho tiempo. Tenía miedo de que la policía hubiera localizado a la antigua dueña del garito donde trabajaba Velma.

—Se me ocurre —dijo Nulty con mucha calma— que quizá debiera ir yo allí y verla..., averiguar adónde fue.

—Buena idea —respondí—. Si consigue que alguien lo levante a usted de la silla.

—¿Cómo? Ah, otro rasgo de ingenio. De todos modos, ahora tiene ya poca importancia. Creo que no me voy a molestar.

—De acuerdo —dije—. No me tenga en la incertidumbre; explíqueme de qué se trata.

Nulty rió entre dientes.

—Lo tenemos en el bote. Esta vez Malloy no se nos escapa. Lo hemos localizado en Girard, dirigiéndose hacia el norte en un coche alquilado. Llenó allí el depósito y el chico de la gasolinera lo reconoció gracias a la descripción que hemos dado por la radio. Dijo que todo cuadraba, excepto que se había puesto un traje oscuro. Tenemos a la policía local y estatal ocupándose del asunto. Si sigue hacia el norte le echaremos el guante a la entrada de Ventura, y si va hacia el este, a la autopista, tiene que pararse en el peaje de Castaic. Si no para, telefonearán para que bloqueen la carretera más adelante. No queremos que se líe a tiros con los agentes si podemos evitarlo. ¿Qué le parece?

—Todo en orden —dije—, si de verdad se trata de Malloy y si hace exactamente lo que usted espera que haga.

Nulty se aclaró la voz con mucho cuidado.

—Claro. ¿Y usted qué va a hacer? Por si acaso.

—Nada. ¿Por qué tendría yo que hacer algo?

—Le fue bastante bien con la tal señora Florian. Quizá pueda darle más información.

—Todo lo que se necesita es una botella sin estrenar —dije.

—Supo tratarla con guante blanco. Quizá tendría que pasar con ella un poco más de tiempo.

—Creía que era trabajo para la policía.

—Sí, claro. Pero fue a usted a quien se le ocurrió lo de la chica.

—Parece que eso no nos lleva a ningún sitio..., a no ser que Florian esté mintiendo.

—Las prójimas mienten sobre cualquier cosa..., sólo para practicar —dijo Nulty, lúgubremente—. Usted no está muy ocupado, ¿no es cierto?

—Tengo trabajo. Me ha salido después de verlo a usted. Un trabajo por el que me pagan. Lo siento.

—¿Abandona, eh?

—Yo no diría eso. Sencillamente tengo que trabajar para ganarme la vida.

—De acuerdo, amigo. Si es así como lo ve, de acuerdo.

—No lo veo de ninguna manera —grité casi—. Lo único que pasa es que no tengo tiempo para hacer de criado de usted ni de ningún otro piesplanos.

—De acuerdo, enfádese —dijo Nulty, y a continuación colgó.

Me quedé con el teléfono en la mano y gruñí:

—Mil setecientos polis en esta ciudad y quieren que les haga yo los recados.

Colgué el teléfono y bebí otro trago de la botella para las emergencias.

Al cabo de un rato bajé al vestíbulo para comprar un periódico de la tarde. Nulty tenía razón al menos en una cosa. Hasta entonces, la muerte de Montgomery ni siquiera había llegado a la sección de anuncios por palabras.

Me marché del despacho lo bastante pronto como para cenar a primera hora.

8

Llegué a Montemar Vista cuando la luz empezaba a difuminarse, pero el mar tenía aún un hermoso centelleo y las olas rompían muy lejos de la orilla en largas curvas suaves. Exactamente debajo del borde espumoso de las olas, un grupo de pelícanos volaba en formación de bombarderos. Un yate solitario regresaba al puerto de Bay City. Más allá, el enorme vacío del océano tenía un color gris amoratado.

Montemar Vista no era más que unas cuantas docenas de casas de distintas formas y tamaños agarradas con uñas y dientes al espolón de una montaña, y daba toda la sensación de que un buen estornudo bastaría para derribarlas entre los almuerzos de los bañistas.

Sobre la playa discurría la carretera, y atravesaba un amplio arco de cemento que era en realidad un puente para peatones. A continuación, una escalera de cemento, con una sólida barandilla de hierro galvanizado a un lado, ascendía, recta como una regla, por la ladera de la montaña. Más allá del arco, el café con una terraza al aire libre del que mi cliente había hablado parecía bien iluminado y alegre en el interior, pero bajo el toldo a rayas las mesas con patas de hierro y tableros de mármol estaban vacías, a excepción de una solitaria mujer morena con pantalones, frente a una botella de cerveza, que fumaba y contemplaba el mar con aire taciturno. Un foxterrier estaba usando una de las sillas de hierro a manera de farola. La mujer regañó al perro con aire ausente y yo pasé por delante con el coche y me convertí en cliente del café al decidir utilizar el espacio reservado para aparcar.

Luego crucé a pie el arco e inicié la subida por la escalera de cemento. Era un paseo agradable si a uno le gusta resoplar. Hasta la calle Cabrillo conté doscientos ochenta escalones —cubiertos de arena arrastrada por el viento—, y la barandilla me pareció tan fría y húmeda como el vientre de un sapo.

Cuando llegué arriba, el mar había perdido su centelleo y una gaviota a la que le colgaba una pata rota se debatía contra la brisa procedente del océano. Me senté en el último escalón, frío y húmedo, vacié los zapatos de la arena que se me había metido y esperé a que mi pulso se hiciera más lento y se situara apenas por encima de cien. Cuando de nuevo respiraba ya más o menos normalmente, me despegué la camisa de la espalda y seguí hasta la casa iluminada, la única que, dando un grito, se podía alcanzar desde donde estaba.

Era una casita agradable, con una escalera de caracol que la sal había deslustrado y que llegaba hasta la puerta principal, y con un farol como de diligencia para iluminar la entrada. El garaje se hallaba debajo y a un lado. La puerta corredera estaba alzada y enrollada, y la luz del porche iluminaba oblicuamente un enorme coche negro con adornos cromados que parecía un acorazado, y que llevaba una cola de coyote atada a la victoria alada del radiador, además de unas iniciales grabadas donde debería estar la marca. Tenía el volante a la derecha y daba la sensación de haber costado más que la casa.

Subí por la escalera de caracol, busqué el timbre y acabé utilizando un llamador con forma de cabeza de tigre. La niebla del atardecer se tragó su estrépito. No oí paso alguno en el interior de la casa. Sobre la espalda sentía la camisa húmeda como si fuera una bolsa de hielo. Finalmente la puerta se abrió sin hacer ruido y me encontré delante de un individuo alto y rubio con un traje blanco de franela y un pañuelo violeta de satén en torno al cuello.

En el ojal de la chaqueta llevaba un aciano, y el azul pálido de sus ojos resultaba desvaído en comparación. El pañuelo violeta, poco apretado, permitía ver que no llevaba corbata y que tenía un cuello ancho, moreno y blando, como el de una mujer robusta. Sus facciones tendían un tanto a la tosquedad, pero era bien parecido; medía un par de centímetros más que yo, un metro ochenta y cinco, aproximadamente. Sus cabellos rubios estaban distribuidos, no sé si de manera natural o por artificio, en tres planos muy precisos que me hicieron pensar en escalones y no me gustaron. No me hubieran gustado en ningún caso. Además de todo aquello tenía —en líneas generales— todo el aspecto de un individuo destinado a llevar un traje blanco de franela con un pañuelo violeta en torno al cuello y un aciano en el ojal.

Se aclaró levemente la garganta y miró por encima de mi hombro al mar ensombrecido.

—¿Sí? —dijo su voz, fría y desdeñosa.

—Las siete —respondí—. En punto.

—Sí, claro. Veamos, se llama usted... —Hizo una pausa y frunció el entrecejo esforzando la memoria. El efecto resultó tan poco creíble como el historial de un coche usado. Le dejé trabajar durante un minuto y luego dije:

—Philip Marlowe. Lo mismo que hace un rato.

Me obsequió con un rápido fruncimiento de ceño, como si quizá debiera tomar alguna medida contra mi impertinencia. Luego dio un paso atrás y dijo con frialdad:

—Ah, sí. Efectivamente. Pase, Marlowe. Mi criado libra esta noche.

Abrió del todo la puerta con la punta de un dedo, como si abrirla en persona le ensuciara un poco.

Al pasar a su lado me llegó olor a perfume. Mi anfitrión cerró la puerta. Estábamos en una galería baja, con una barandilla de metal, que rodeaba tres lados de un amplio estudio y sala de estar. El cuarto lado contenía una gran chimenea y dos puertas. En el hogar crepitaba un fuego. A todo lo largo de la galería había estanterías con libros y, colocadas sobre pedestales, esculturas con un vidriado de aspecto metálico.

Descendimos los tres escalones hasta la parte principal del cuarto de estar. La alfombra casi me hizo cosquillas en los tobillos. Había también un piano de cola, cerrado. Sobre él, en un extremo, descansaba un florero de plata, muy alto, con una sola rosa amarilla, y debajo una tira de terciopelo color melocotón. Había muchos muebles agradables y blandos, además de cojines sobre el suelo, algunos con borlas doradas y otros sin nada. Era una habitación acogedora, si uno no se ponía violento. Había también un diván muy amplio, cubierto de damasco, en un rincón oscuro, a modo de sofá donde comprobar el talento de jóvenes aspirantes a actrices. Era la clase de habitación en la que la gente se sienta con las piernas recogidas debajo del cuerpo, saborea terrones de azúcar empapados en ajenjo, habla con voz artificiosa y en ocasiones sencillamente chilla. Era una habitación donde podía suceder cualquier cosa, excepto que alguien se pusiera a trabajar.

El señor Lindsay Marriott se colocó artísticamente en la curva del piano de cola, se inclinó para aspirar el aroma de la rosa amarilla, luego abrió una pitillera francesa esmaltada y encendió un largo cigarrillo de papel oscuro y filtro dorado. Yo me senté en una silla de color rosa no muy seguro de no dejarla marcada. Encendí un Camel, lancé el humo por la nariz y contemplé un trozo reluciente de metal negro colocado sobre un pedestal. El metal describía una amplia curva muy suave, con un pliegue poco profundo, y dos protuberancias en la curva. Marriott se dio cuenta de que lo estaba mirando.

—Una pieza interesante —dijo con despreocupación—. Tan sólo hace unos días que la tengo. *El espíritu de la aurora*, de Asta Dial.

—Pensaba que era *Dos verrugas en un trasero*, de Klopstein —respondí yo.

El rostro del señor Lindsay Marriott adquirió la expresión de alguien que se acaba de tragar una avispa. Le costó algún trabajo recobrar la serenidad.

—Tiene usted un sentido del humor un tanto peculiar —dijo.

—Peculiar no —respondí—. Tan sólo desenvuelto.

—Sí —dijo con gran frialdad—. Supongo que sí. No tengo la menor duda... Bien, el motivo de que haya querido verlo es, de hecho, un asunto de muy poca importancia. Apenas merecedor de hacerle venir hasta aquí. Dentro de un rato estoy citado con dos individuos a los que he de entregar una cantidad. Me ha parecido que quizá no esté de más que alguien me acompañe. ¿Lleva usted pistola?

—A veces, sí —respondí, fijándome en el hoyuelo que tenía Marriott en la barbilla, carnosa y ancha. Se podría esconder dentro una canica.

—No quiero que la lleve. No se trata de eso. Tan sólo de una transacción estrictamente financiera.

—Casi nunca disparo contra nadie —dije—. ¿Un problema de chantaje?

Marriott frunció el entrecejo.

—No, desde luego. No es costumbre mía dar a nadie pie para hacerme chantaje.

—Pasa hasta en las mejores familias. Diría que sobre todo a las mejores familias.

Marriott agitó el cigarrillo. Sus ojos de color aguamarina adquirieron una expresión ligeramente pensativa, pero sus labios sonrieron. El tipo de sonrisa que va bien con un lazo de seda.

Lanzó una bocanada de humo e inclinó la cabeza hacia atrás, lo que acentuó las líneas firmes pero suaves de su garganta. Los ojos descendieron lentamente y me miró con detenimiento.

—Casi con toda seguridad voy a reunirme con esas personas en un sitio más bien solitario. Aún no sé dónde. Espero una llamada telefónica en la que se me darán los detalles. He de estar preparado para salir al instante. No será muy lejos de aquí. Eso es lo acordado.

—¿Le ha llevado algún tiempo concertar ese trato?

—Tres o cuatro días, de hecho.

—Ha dejado el problema de su guardaespaldas para el último momento.

Se puso a pensar en lo que le decía. Dio un golpecito al cigarrillo para quitarle la ceniza.

—Es cierto. Me ha costado trabajo decidirme. Sería mejor que fuera solo, aunque no se ha dicho nada definitivo sobre ese punto. Por otra parte, tampoco tengo madera de héroe.

—A usted lo conocen de vista, ¿no es eso?

—No..., no estoy seguro. Voy a transportar mucho dinero que no es mío. Represento a otra persona. No me sentiría justificado si renunciara a llevarlo personalmente, como es lógico.

Aplasté mi pitillo, me recosté en la silla de color rosa y esperé.

—¿Cuánto dinero y para qué?

—Bueno, en realidad... —Esta vez era una sonrisa bastante agradable, pero seguía sin gustarme—. No puedo ser más específico.

—¿Sólo quiere que vaya con usted para darle la mano?

Los dedos que sostenían el pitillo se le movieron bruscamente y algo de ceniza le cayó sobre el puño blanco de la camisa. La sacudió y se quedó mirando el sitio manchado.

—Me temo que no me gustan sus modales —dijo, utilizando el filo de la voz.

—No es la primera vez que alguien se queja —respondí—. Pero no parece que sea capaz de corregirme. Vamos a examinar un poco el trabajo que me propone. Quiere un guardaespaldas, pero que no lleve un arma. Quiere alguien que le ayude, pero no considera necesario que esa persona sepa lo que tiene que hacer. Quiere usted que yo arriesgue el tipo sin saber por qué o para qué ni cuál es el riesgo. ¿Qué me ofrece a cambio?

—En realidad no había pensado en ello. —Sus pómulos habían adquirido una tonalidad roja muy marcada.

—¿Cree usted que podría hacerlo?

Se inclinó hacia adelante con elegancia y sonrió entre dientes.

—¿Qué le parecería un buen puñetazo en la nariz?

Hice una mueca, me levanté y me puse el sombrero. Empecé a cruzar la alfombra en dirección a la puerta principal, pero sin apresurarme.

Su voz sonó bruscamente a mi espalda.

—Le estoy ofreciendo cien dólares por unas pocas horas de su tiempo. Si no es bastante, dígalo. No hay riesgo alguno. A una amiga le quitaron unas joyas en un atraco, y me dispongo a recuperarlas. Siéntese y no sea tan susceptible.

Volví a la silla rosa y me senté de nuevo.

—De acuerdo —dije—. Cuéntemelo.

Nos miramos el uno al otro durante diez largos segundos.

—¿Ha oído hablar alguna vez de jade Fei Tsui? —preguntó despacio, mientras encendía otro de sus cigarrillos oscuros.

—No.

—Es la única clase valiosa de verdad. Otras variedades lo son hasta cierto punto por el material, pero sobre todo por la manera en que están trabajadas. Fei Tsui es intrínsecamente valioso. Todos los depósitos conocidos se agotaron hace cientos de años. Una amiga mía posee un collar de sesenta cuentas, delicadamente talladas, de unos seis quilates cada una. Con un valor de ochenta o noventa mil dólares. El gobierno chino posee otro un poco mayor valorado en ciento veinte mil. Mi amiga fue víctima de un atraco hace muy pocas noches y le robaron el collar. Yo estaba presente, pero no pude hacer nada. La había llevado en coche a una fiesta y después al Trocadero, y regresábamos a su casa desde allí. Un coche nos rozó el guardabarros y se detuvo, creía yo, para disculparse. Pero se trataba de un atraco muy rápido y muy limpio. Tres o cuatro hombres: aunque yo sólo vi a dos, estoy seguro de que otro se quedó en el coche, empuñando el volante, y me pareció vislumbrar a un cuarto a través de la ventanilla posterior. Mi amiga llevaba puesto el collar. Se apoderaron de él y también de dos sortijas y una pulsera. El que parecía jefe examinó las joyas sin prisa a la luz de una linterna. A continuación devolvió una de las sortijas; dijo que aquello nos daría idea del tipo de gente con que estábamos tratando, y nos pidió que esperásemos una llamada telefónica suya antes de informar a la policía o a la compañía de seguros. De manera que obedecimos sus instrucciones. Pasan muchas cosas por el estilo, claro. O se es discreto y se paga el rescate, o no se vuelven a ver las joyas. Si están aseguradas al cien por cien, quizá no importe, pero si se trata de piezas únicas, todo el mundo opta por pagar el rescate.

Asentí con la cabeza.

—Y ese collar de jade no es una cosa que se encuentre todos los días.

Deslizó un dedo por la brillante superficie del piano con expresión soñadora, como si tocar cosas suaves le resultara muy placentero.

—Precisamente. Es irremplazable. Mi amiga no debería haberlo sacado de casa. Pero es una mujer temeraria. Las otras joyas eran buenas pero ordinarias.

—Ya. ¿Cuánto va a pagar?

—Ocho mil dólares. Una ganga. Aunque dado que no es posible conseguir otro igual, tampoco esos delincuentes se desharían de él con facilidad. Probablemente lo conocen todos los que comercian con joyas en los Estados Unidos.

—Esa amiga suya..., ¿tiene nombre?

—Prefiero no revelarlo de momento.

—¿Cómo va a hacer la entrega?

Me miró despacio, acentuada la palidez de sus ojos azules. Tuve la impresión de que estaba un poco asustado, pero la verdad es que no lo conocía apenas. Quizá se tratase de resaca. La mano que sostenía el cigarrillo de papel oscuro no conseguía estarse quieta.

—Llevamos varios días negociando por teléfono..., yo hago de intermediario. Lo hemos acordado todo excepto la hora y el lugar. Ha de ser esta noche misma. Espero una llamada de los atracadores. No será muy lejos, me dijeron, y he de estar preparado para salir de inmediato. Imagino que lo hacen así para que no les tiendan una trampa. Me refiero a la policía.

—Ya. ¿Está marcado el dinero? Porque supongo que es dinero.

—Billetes, por supuesto. De veinte dólares. No, ¿por qué tendrían que estar marcados?

—Se puede hacer de manera que sea necesario utilizar luz negra para reconocerlos. Por ninguna razón especial, excepto que a la poli le gusta acabar con esas bandas..., si consiguen que la gente coopere. Parte del dinero podría aparecer encima de algún sujeto con antecedentes.

Frunció el entrecejo con aire pensativo.

—Me temo que no sé qué es luz negra.

—Ultravioleta. Hace que determinadas tintas metálicas brillen en la oscuridad. Podría hacer que se lo preparasen.

—Me temo que ahora ya no hay tiempo —dijo con tono cortante.

—Ésa es una de las cosas que me preocupan.

—¿Por qué?

—No me gusta que haya esperado hasta tan tarde para llamarme. Por qué me ha elegido a mí. ¿Quién le dio mi nombre?

Se echó a reír. Su risa era bastante juvenil, aunque no de un muchacho muy joven.

—Si he de serle sincero, tengo que confesar que elegí su nombre al azar en el listín de teléfonos. En realidad no pensaba llevar a nadie conmigo. Pero esta tarde he cambiado de idea.

Encendí otro de mis cigarrillos aplastados y estudié los músculos de su garganta.

—¿Cuál es el plan?

Marriott extendió los brazos.

—He de ir, simplemente, a donde me digan, entregar el paquete con el dinero y recibir a cambio el collar de jade.

—Ya.

—Parece gustarle esa palabra.

—¿Qué palabra?

—Ya.

—¿Dónde estaré yo? ¿En la parte de atrás del coche?

—Imagino que sí. Es un coche grande. Podría esconderse con facilidad en la parte de atrás.

—Escuche —dije muy despacio—. Se propone ir, conmigo escondido en su automóvil, a un lugar que le indicarán por teléfono en algún momento de la noche. Llevará encima ocho mil dólares en billetes, con lo que se supone que recuperará un collar de jade que vale diez o doce veces más. Probablemente le darán un paquete que no le permitirán abrir..., si es que recibe algo. También es posible que se limiten a quitarle el dinero, contarlo en otro sitio, y mandarle el collar por correo, si se sienten compasivos. Nada les impide darle gato por liebre. Ni yo podré hacer nada para detenerlos. Son atracadores. Gente dura. Puede incluso que le den un golpe en la cabeza, no muy fuerte, pero sí lo bastante para inutilizarlo mientras se ponen a salvo.

—Sí, de hecho me asusta un poco que pueda suceder una cosa así —dijo en voz baja, al tiempo que le temblaban los párpados—. Imagino que ése es el motivo de que haya querido que alguien me acompañe.

—¿Lo enfocaron con una linterna durante el atraco?

Lo negó con un gesto de cabeza.

—Es igual. Han tenido una docena de oportunidades de examinarlo desde entonces. Probablemente sabían todo lo que hay que saber acerca de usted antes del atraco. Esos golpes se estudian siempre. Los preparan igual que los dentistas hacen moldes antes de ponerle a alguien un diente de oro. ¿Sale mucho con esa prójima?

—Bueno..., con cierta frecuencia —dijo, bastante molesto.

—¿Casada?

—Escuche —dijo con brusquedad—. Vamos a dejar a la señora al margen de este asunto.

—Está bien —dije—. Pero cuanto más sepa menos platos romperé. Tendría que dejarlo plantado, Marriott. Ni más ni menos. Si esos chicos se van a portar como es debido, no me necesita. En caso contrario, no serviré de nada.

—Todo lo que quiero es su compañía —dijo muy deprisa.

Me encogí de hombros y extendí las manos.

—De acuerdo, pero yo conduzco el coche y llevo el dinero; y usted se esconde detrás. Somos más o menos de la misma estatura. Si hay algún problema, simplemente les decimos la verdad. No perdemos nada con ello.

—No.

Se mordió el labio.

—Voy a recibir cien dólares por no hacer nada. Si a alguien le dan un porrazo, debería ser a mí.

Frunció el entrecejo y negó con la cabeza, pero después de un buen rato su gesto se dulcificó poco a poco y acabó sonriendo.

—Muy bien —dijo muy despacio—. No creo que tenga mucha importancia. Estaremos juntos. ¿Qué tal una copa de coñac?

—Bien. También me puede traer los cien dólares. Me gusta el tacto del dinero.

Se alejó como un bailarín, el cuerpo casi inmóvil de la cintura para arriba.

Sonó el teléfono mientras se alejaba. Estaba en un pequeño hueco, distinto del cuarto de estar propiamente tal, en la galería. Pero no era la llamada que esperábamos. El tono de su voz fue demasiado afectuoso.

Al cabo de un rato regresó, siempre como si bailara, con una botella de Martell de cinco estrellas y cinco billetes de veinte dólares completamente nuevos. Aquello dio un cariz muy agradable a la velada..., hasta el momento.

9

La casa estaba en completo silencio. De muy lejos llegaba un ruido que podría haber sido el golpear del oleaje, coches a gran velocidad por una autopista o el viento entre los pinos. Era el mar, por supuesto, rompiendo contra la costa mucho más abajo. Yo me limitaba a escuchar y a dar vueltas a largos pensamientos cuidadosos.

El teléfono sonó cuatro veces durante la hora y media siguiente. La llamada importante se produjo a las diez y ocho minutos. Marriott habló muy poco, en voz baja, colgó el aparato sin hacer el menor ruido y se levantó con un movimiento que también tuvo algo de silencioso. Su rostro parecía desencajado. Se había puesto ropa de color oscuro. Regresó en silencio al cuarto de estar y se sirvió una generosa cantidad de coñac en una copa que alzó un momento contra la luz con una extraña sonrisa triste; luego hizo girar una vez el contenido muy rápidamente, echó la cabeza hacia atrás y se lo bebió de un trago.

—Bien..., todo a punto, Marlowe. ¿Listo?

—Eso es lo único que he estado toda la noche. ¿Dónde vamos?

—A un lugar llamado Purissima Canyon.

—No he oído nunca ese nombre.

—Vamos a mirarlo en un mapa. —Encontró uno, lo abrió rápidamente y la luz brilló un instante en su pelo dorado mientras se inclinaba. Luego señaló con el dedo. Se trataba de una de las muchas gargantas por debajo del bulevar que tuerce en dirección al centro de la ciudad desde la carretera de la costa al norte de Bay City. Yo tenía una vaga idea de aquellos parajes, pero nada más. Purissima Canyon parecía encontrarse al final de una calle llamada Camino de la Costa.

—Serán unos doce minutos desde aquí —dijo Marriott muy deprisa—. Más vale que nos marchemos cuanto antes. Sólo disponemos de veinte minutos.

Me tendió un abrigo de color claro que me convertía en un blanco excelente. Casi parecía hecho a mi medida. En cuanto al sombrero, me puse el mío. Llevaba la pistola en una funda sobaquera, pero no se lo dije a Marriott.

Mientras me ponía el abrigo él siguió hablando en tono casual, aunque con nerviosismo, al tiempo que daba vueltas en las manos al abultado sobre amarillo con los ocho mil dólares.

—Purissima Canyon termina en algo semejante a una plataforma, me han dicho. Está separada de la carretera por una cerca blanca, pero es posible entrar, aunque el espacio sea muy justo. Un camino de tierra lleva hasta una pequeña hondonada y hemos de esperar allí con los faros apagados. No hay casas alrededor.

—¿Hemos?

—Bueno, quiero decir «he de esperar»..., teóricamente.

—Ah.

Me entregó el sobre amarillo, lo abrí y comprobé lo que había dentro. Era dinero de verdad, un grueso fajo de billetes. No lo conté. Volví a colocar la goma que sujetaba el sobre y me lo metí en el bolsillo del abrigo. Casi me hundió una costilla.

Nos dirigimos hacia el exterior y Marriott apagó todas las luces. Luego abrió la puerta principal con cuidado y escudriñó el aire neblinoso. Descendimos por la escalera deslustrada por el salitre y llegamos al nivel de la calle y del garaje.

Había un poco de niebla, como siempre sucede de noche por aquella zona. Tuve que utilizar el limpiaparabrisas durante algún tiempo.

El enorme automóvil extranjero se conducía solo, pero yo empuñaba el volante para guardar las apariencias.

Durante dos minutos trenzamos y destrenzamos nuestro camino por la ladera de la montaña hasta que aparecimos de pronto al lado del café con la terraza al aire libre. Ahora entendía por qué Marriott me había dicho que subiera andando las escaleras. Podría haber conducido durante horas por aquellas calles retorcidas sin avanzar más que un gusano para cebo dentro de una lata.

En la autopista los faros de los coches que pasaban producían unos rayos casi sólidos en ambas direcciones. Los grandes camiones de transporte rodaban hacia el norte entre gruñidos, engalanados por todas partes con luces verdes y amarillas. Tres minutos más y torcimos hacia el interior, a la altura de una importante gasolinera, y serpenteamos por el borde de las estribaciones. Se me quitaron las ganas de hablar. Se sentía la soledad, el olor a algas y el aroma a salvia que bajaba de las colinas. De cuando en cuando, una ventana con luz amarilla, completamente aislada, como la última naranja de un árbol. Pasaban los coches, rociando la calzada de fría luz blanca, para luego perderse refunfuñando en la oscuridad. Mechones de niebla perseguían a las estrellas por el cielo.

Marriott se inclinó hacia adelante desde el asiento de atrás y dijo:

—Esas luces a la derecha son el Club Belvedere Beach. La próxima garganta es Las Pulgas y la siguiente Purissima. Hemos de torcer a la derecha en lo alto de la segunda cuesta. —Su voz era apagada y tensa.

Dejé escapar un gruñido y seguí conduciendo.

—Mantenga la cabeza baja —le dije sin volverme—. Puede que nos vigilen durante todo el camino. Este coche destaca como un sombrero de copa en una fiesta campestre. Puede que a esos chicos no les guste que seamos hermanos gemelos.

Descendimos a una hondonada al extremo de un cañón y luego volvimos a subir; y, al cabo de un rato, abajo y arriba otra vez. Luego la tensa voz de Marriott me dijo al oído:

—La próxima calle a la derecha. La casa con una torre cuadrada. Tuerza allí.

—No les habrá ayudado a elegir el sitio, ¿verdad?

—¡Claro que no! —dijo, y rió tristemente—. Pero sucede que conozco muy bien estos parajes.

Giré el coche a la derecha después de una casa grande que hacía esquina, con una torre blanca cuadrada, rematada con azulejos redondos. Los faros del coche iluminaron por un instante el letrero que decía: «Camino de la Costa». Nos deslizamos por una amplia avenida bordeada por postes para la luz nunca terminados y aceras invadidas por las malas hierbas. El sueño de algún agente inmobiliario convertido en pesadilla. Los grillos cantaban y las ranas croaban en la oscuridad detrás de las aceras cubiertas de maleza. Tan silencioso era el coche de Marriott.

Primero encontramos una casa por manzana, luego una casa cada dos manzanas y finalmente desaparecieron las casas. Apenas una o dos ventanas estaban iluminadas, si bien, al parecer, la gente de la zona se iba a la cama con las gallinas. Luego la avenida pavimentada se terminó de repente para convertirse en camino de tierra, tan endurecida, en tiempo seco, como el cemento, que se fue estrechando y fue descendiendo lentamente colina abajo entre paredes de maleza. Las luces del Club Belvedere Beach colgaban en el aire a la derecha y, a lo lejos, por delante, se advertía un resplandor de agua en movimiento. El aroma acre de la salvia llenaba la noche. Luego apareció en nuestro camino una barrera pintada de blanco y Marriott se me acercó al hombro para hablarme.

—No creo que pueda pasar —dijo—. Me parece que no hay espacio suficiente.

Apagué el motor, reduje la luz de los faros y me quedé quieto, escuchando. Nada. Apagué los faros y salí del automóvil. Los grillos dejaron de cantar. Durante unos instantes el silencio fue tan completo que se oía el ruido de los neumáticos en la autopista a más de un kilómetro. Luego, uno a uno, los grillos reanudaron su canto hasta que la noche se llenó con ellos.

—No se mueva. Voy a bajar y a echar una ojeada —susurré hacia la parte trasera del coche.

Toqué la culata de la pistola dentro de la chaqueta y eché a andar. Entre la maleza y el final de la barrera blanca quedaba más hueco de lo que parecía desde dentro del coche. Alguien había cortado la maleza a machetazos y se distinguían señales de neumáticos en la tierra. Probablemente parejas de jóvenes que iban allí a besarse en noches cálidas. Pasé del otro lado de la barrera. La calle descendía y se curvaba. Por debajo había oscuridad, un vago sonido de mar a lo lejos y los faros de los coches en la autopista. Seguí adelante. El camino terminaba en una hondonada poco profunda y vacía, rodeada de maleza. No parecía existir otra manera de llegar hasta allí. Me detuve sin hacer ruido y escuché.

Los minutos, uno tras otro, fueron pasando lentamente, pero yo seguí esperando algún ruido nuevo. Ninguno se produjo. Tuve la impresión de que aquella hondonada era exclusivamente mía.

Miré hacia el Club, bien iluminado. Desde las ventanas del piso alto un individuo con unos buenos prismáticos podía probablemente vigilar sin problemas el sitio donde yo estaba. Ver un coche que llegaba y se marchaba, ver quién se apeaba, si se trataba de un grupo o de una sola persona. En una habitación a oscuras con unos buenos prismáticos se puede ver mucho más de lo que uno se imagina.

Me di la vuelta para emprender el regreso. Al pie de un matorral un grillo se puso a cantar con tanta energía que di un salto. Seguí adelante, más allá de la curva, hasta atravesar la barrera blanca. Nada todavía. El coche negro relucía apenas sobre un fondo gris que no era ni oscuridad ni luz. Me llegué hasta él y puse un pie en el guardabarros junto al asiento del conductor.

—Parece un ensayo —dije entre dientes, pero lo bastante alto para que Marriott me oyera desde atrás—. Se trata de comprobar si obedece usted las órdenes.

Se produjo un vago movimiento en el interior del automóvil, pero mi acompañante no respondió. Yo seguí tratando de ver algo entre los matorrales.

Quienquiera que fuese podía pegarme un tiro en la nuca sin problemas. Después pensé que tal vez había oído el susurro de una cachiporra agitada en el aire. Quizá siempre se piensa eso..., después.

10

—Cuatro minutos —dijo la voz—. Cinco, quizá seis. Deben de haberse movido deprisa y en silencio. Ni siquiera tuvo tiempo de gritar.

Abrí los ojos y contemplé un fría estrella borrosa. Estaba tumbado de espaldas. Me sentía mareado.

—Puede haber sido un poco más —dijo la voz—. Quizá incluso ocho minutos en total. Probablemente estaban entre la maleza, justo en el sitio donde se detuvo el coche. El tipo era asustadizo. Le echaron la luz de una linterna a la cara y se desmayó... de miedo. El muy mariquita.

Hubo un silencio. Me incorporé dejando una rodilla en el suelo. El dolor se disparó desde la nuca hasta los tobillos.

—Luego uno de ellos entró en el coche —dijo la voz—, y esperó a que regresaras. Los otros se escondieron de nuevo. Deben de haber imaginado que le daba miedo venir solo. O algo en su tono de voz les hizo sospecharlo cuando hablaron con él por teléfono.

Todavía atontado, traté de equilibrarme sobre las palmas de las manos, escuchando.

—Sí, más o menos fue así —dijo la voz.

Era mi voz. Hablaba conmigo mismo mientras me recuperaba. Sin darme cuenta, trataba de aclarar lo sucedido.

—Cállate, pedazo de mendrugo —exigí; y dejé de hablar solo.

Lejos, el murmullo de los motores; más cerca el canto de los grillos y el peculiar grito prolongado de las ranas arbóreas. Me pareció que aquellos sonidos iban a dejar de gustarme para siempre.

Alcé una mano del suelo, la sacudí tratando en vano de librarme del jugo pringoso de la salvia, y luego la restregué contra un lateral de la chaqueta. Buen trabajo por cien dólares. La mano saltó al bolsillo interior del abrigo. Nada de sobre amarillo, como era lógico. La mano pasó al interior de mi chaqueta. Mi cartera seguía allí. Me pregunté si aún conservaba los cien dólares. Probablemente no. Sentí un objeto duro contra las costillas del lado izquierdo. La pistola en la funda sobaquera.

Todo un detalle. Dejarme la pistola. Todo un detalle, sí señor... Como cerrarle a una persona los ojos después de haberla apuñalado.

Intenté tocarme la nuca. Aún tenía puesto el sombrero. Me lo quité, no sin molestias, y palpé la cabeza que había debajo. Mi pobre cabeza, con la que convivía desde hacía tanto tiempo. La encontré un poco blanda, un poco hinchada y más que un poco dolorida. Pero el cachiporrazo había sido más bien ligero. En parte gracias al sombrero. Aún podía usar la cabeza. Iba a poder usarla al menos un año más.

Apoyé otra vez la mano derecha en el suelo, levanté la izquierda y la giré hasta ver mi reloj. En la medida en que me fue posible fijar la vista, la esfera luminosa marcaba las diez y cincuenta y seis minutos.

La llamada telefónica se había producido a las diez y ocho. Marriott no había hablado más allá de dos minutos. Otros cuatro para salir de la casa. El tiempo pasa muy despacio cuando ya se está haciendo algo. Quiero decir que puede uno moverse mucho en pocos minutos. ¿Es eso lo que quiero decir? ¿Qué demonios me importa lo que quiero decir? De acuerdo, hombres mejores que yo han querido decir incluso menos. De acuerdo, lo que quiero decir es que nos ponemos tan sólo en las diez y cuarto, digamos. Nuestro destino estaba a unos doce minutos de distancia. Las diez y veintisiete. Salgo del coche, voy andando hasta la hondonada, gasto casi ocho minutos haciendo el tonto y regreso para que me traten la cabeza. Diez treinta y cinco. Hay que darme un minuto para caer y golpear el suelo con la cara. Sé que di en el suelo con la cara porque tengo la barbilla raspada. Me duele. No; no me la veo. No necesito verla. Es mi barbilla y sé si está raspada o no. ¿Es que quieres buscarme las vueltas? Pues si no, cierra el pico y déjame pensar. ¿Qué tal si...?

El reloj marcaba las diez cincuenta y seis. Eso quería decir que había estado veinte minutos inconsciente.

Un sueño de veinte minutos. Una agradable cabezada. En ese tiempo había conseguido estropearlo todo y perder ocho mil dólares. Sí, ¿por qué no? En veinte minutos se puede hundir un acorazado, derribar a tres o cuatro aviones, consumar una doble ejecución. Te puedes morir, casarte, que te despidan y encontrar otro empleo, sacarte un diente, quitarte las amígdalas. En veinte minutos puedes incluso levantarte por la mañana. Conseguir que te traigan un vaso de agua en un club nocturno..., quizá.

Un sueño de veinte minutos. Muchísimo tiempo. Sobre todo en una noche fría y al aire libre. Empecé a tiritar.

Aún seguía de rodillas. El olor de la salvia empezaba a fastidiarme. El pringoso jugo del que las abejas silvestres fabrican su miel. La miel era dulce, demasiado dulce. El estómago se me arremolinó. Apreté los dientes con toda mi alma y conseguí apenas que no se me saliera por la garganta. En la frente se me formaron grumos de sudor frío, pero seguí tiritando igual. Me alcé sobre un pie, después sobre los dos, me enderecé, tambaleándome un poco. Tenía la sensación de que me habían amputado una pierna.

Me di la vuelta despacio. El coche había desaparecido. El camino de tierra, vacío, retrocedía, colina arriba, hacia la calzada pavimentada, hacia el final del Camino de la Costa. A la izquierda, la barrera pintada de blanco destacaba en la oscuridad. Más allá de la breve pared de maleza, el pálido resplandor en el cielo debía de ser el reflejo de las luces de Bay City. Y más hacia la derecha y no tan lejos se veían las del Club Belvedere.

Me llegué hasta donde se había detenido el coche, saqué del bolsillo una linterna del tamaño de una pluma estilográfica y con un minúsculo rayo de luz enfoqué el suelo, de color rojo arcilla: aunque muy duro en tiempo seco, en aquel momento la niebla espesaba un tanto el aire, y había recibido humedad suficiente para mostrar la posición del automóvil de Marriott antes de que me atacaran. Vi, aunque muy débiles, las marcas de los pesados neumáticos Vogue. Las iluminé con la linterna y me incliné, aunque el dolor hizo que se me fuera la cabeza. Empecé a seguir las marcas, que continuaban rectas por espacio de unos tres metros y luego se desviaban hacia la izquierda, sin dar la vuelta. Iban hacia el hueco en el extremo izquierdo de la barrera blanca. Luego se perdían.

Llegué hasta la barrera e iluminé la maleza con la débil luz de la linterna. Tallos recién quebrados. Pasé por el hueco y seguí hacia abajo por el camino que se curvaba. Allí el suelo aún estaba más blando. Más señales de los pesados neumáticos. Seguí bajando, doblé la curva y llegué al borde de la hondonada rodeada de maleza.

Allí estaba, efectivamente, con los cromados y la lustrosa pintura que brillaban un poco incluso en la oscuridad, y el cristal reflectante rojo de las luces traseras lanzando destellos al recibir la luz de la linterna. Allí estaba, silencioso, a oscuras, cerradas todas las portezuelas. Me dirigí lentamente hacia él, apretando los dientes a cada paso. Abrí una de las traseras y enfoqué el interior con la linterna. Vacío. También estaban vacíos los asientos delanteros. Y apagado el motor. La llave de contacto seguía en su sitio, con una cadena muy fina. Ni tapicerías rasgadas, ni cristales rotos, ni sangre, ni cadáveres. Todo limpio y en perfecto orden. Cerré las puertas y di la vuelta alrededor del coche, muy despacio, buscando indicios y sin encontrar ninguno.

Un ruido hizo que me detuviera.

Más allá del borde de la maleza vibraba un motor. No salté más de medio metro. La linterna que sostenía se apagó. Una pistola apareció en mi mano como por arte de magia. Luego los rayos de luz de unos faros se desviaron primero hacia el cielo, para volver a continuación a la tierra. El ruido del motor hacía pensar en un coche pequeño. Producía el ruido amortiguado que acompaña a la humedad en el aire.

Las luces se volvieron todavía más hacia el suelo y aumentó su intensidad. Un coche se acercaba por la curva del camino de tierra. Recorrió dos terceras partes de la distancia y luego se detuvo. Se encendió un foco que giró hacia un lado y se quedó así durante un buen rato antes de volver a apagarse. El coche siguió descendiendo por la pendiente. Me metí la pistola en el bolsillo y me agaché detrás del motor del coche de Marriott.

Un pequeño cupé sin forma ni color particulares penetró en la hondonada y giró de tal manera que sus faros barrieron el sedán de un extremo a otro. Agaché la cabeza a toda prisa. La luz pasó por encima de mí como una espada. El cupé se detuvo. Se apagó el motor. Se apagaron las luces. Silencio. Luego se abrió una portezuela y un pie ligero tocó el suelo. Más silencio. Hasta los grillos se habían callado. Luego un rayo de luz cortó la oscuridad a poca altura, sólo unos centímetros por encima del suelo y paralelo a él. La luz se movió y me fue imposible lograr que mis tobillos desaparecieran con la rapidez suficiente. La luz se detuvo sobre mis pies. Silencio. La luz se alzó y barrió de nuevo la parte alta del capó.

Luego se oyó una risa. Una risa de muchacha. Forzada, tensa como una cuerda de mandolina. Un sonido extraño en aquel lugar. El rayo de luz volvió de nuevo bajo el coche y se detuvo en mis pies.

La voz dijo, sin caer del todo en la estridencia:

—Eh, usted, oiga. Salga con las manos en alto y vacías, si sabe lo que le conviene. Le estoy apuntando.

No me moví.

La luz vaciló un poco, como si también lo hiciera la mano que la sostenía, y luego, una vez más, recorrió lentamente el capó. La voz me lanzó otro dardo.

—Escuche, quienquiera que sea. Estoy empuñando una pistola automática con diez proyectiles. Y me ofrece los dos pies como blanco. ¿Quiere apostar algo?

—¡Deje de apuntarme o le vuelo la pistola de la mano! —gruñí. Mi voz sonó como alguien arrancando tablas de un gallinero.

—Ah..., un tipo duro. —Hubo un ligero temblor en la voz, un agradable temblorcillo. Pero enseguida recobró la firmeza—. ¿No sale? Voy a contar hasta tres. Considere las oportunidades que le estoy dando... Doce cilindros, quizá dieciséis. Pero los pies le van a doler. Y los huesos del tobillo tardan años y años en restablecerse y a veces no se recuperan nunca del todo...

Me incorporé despacio y me encaré con el rayo de luz de la linterna.

—También yo hablo mucho cuando estoy asustado —dije.

—No..., ¡no se mueva un centímetro más! ¿Quién es usted?

Di la vuelta alrededor de la parte delantera del automóvil para avanzar hacia ella. Cuando estuve a dos metros de la esbelta silueta oscura detrás de la linterna, me detuve. La linterna siguió deslumbrándome, impertérrita.

—Quédese donde está —me dijo muy enfadada, cuando me hube detenido—. ¿Quién es usted?

—Déjeme ver la pistola.

La sacó delante de la luz. Apuntando a mi estómago. Era un arma pequeña; parecía un pequeño Colt automático de bolsillo.

—Ah, eso —dije—. Ese juguete. No es cierto que tenga diez proyectiles. Sólo seis. No es más que una pistolita, una pistola para mariposas. Las matan con ésas. Debería darle vergüenza decir a sabiendas una mentira así.

—¿Está loco?

—¿Yo? Un atracador me ha atizado con una cachiporra. Puede que esté un poco atontado.

—¿Es ése su coche?

—No.

—¿Quién es usted?

—¿Qué era lo que estaba mirando ahí detrás con la linterna?

—Ya entiendo. Responde con preguntas. Todo un hombre. Estaba mirando a un individuo.

—¿Es rubio y con ondas en el pelo?

—Ahora no —dijo con mucha calma—. Quizá lo fuera..., antes.

Aquello me afectó. Por alguna razón no me lo esperaba.

—No lo he visto —dije patéticamente—. Estaba siguiendo las marcas de los neumáticos pendiente abajo con una linterna. ¿Está malherido? —Di otro paso hacia ella. La pistolita me encañonó con decisión y la mano que empuñaba la linterna se mantuvo firme.

—Sin prisa —dijo con calma—. Tiene todo el tiempo del mundo. Su amigo está muerto.

No respondí nada en un primer momento.

—De acuerdo —dije después—; vamos a echarle una ojeada.

—Nos quedaremos aquí y no nos moveremos hasta que me diga quién es y qué es lo que ha pasado. —La voz era tajante. No estaba asustada. Sabía lo que decía.

—Marlowe. Philip Marlowe. Detective privado.

—Ése es usted, si es cierto lo que dice. Demuéstrelo.

—Voy a sacar el billetero.

—Será mejor que no. Limítese a dejar las manos donde las tiene. Prescindiremos de la prueba por el momento. Cuénteme lo que ha pasado.

—Ese individuo puede no estar muerto.

—Está bien muerto, no le quepa duda. Con los sesos al aire. Su versión, y deprisa.

—Como ya he dicho, quizá no esté muerto. Vamos a verlo. —Avancé un pie.

—¡Muévase y lo dejo seco! —me ladró.

Avancé el otro pie. La linterna se agitó un poco. Creo que dio un paso atrás.

—Se arriesga usted demasiado, forastero —dijo, siempre sin perder la calma—. De acuerdo, vaya delante; yo le seguiré. Parece usted enfermo. Si no hubiera sido por eso...

—Habría disparado contra mí, lo sé. Me han golpeado con una cachiporra. Eso siempre hace que tenga ojeras.

—Agradable sentido del humor..., de guardián de depósito de cadáveres —gimió casi.

Me volví de espaldas a la luz y al instante el haz de la linterna brilló en el suelo delante de mí. Dejé atrás el pequeño cupé, un cochecito corriente, limpio y brillante bajo la difusa luz de las estrellas. Seguí adelante, por el camino de tierra, hasta dejar atrás la curva. Los pasos de la muchacha me seguían de cerca y la linterna me guiaba. No se oía otra cosa que el ruido de sus pasos y su respiración. Los míos yo no los oía.

11

A mitad de camino, al mirar hacia la derecha, vi un pie. La chica acompañó mi gesto con la linterna y entonces lo vi de cuerpo entero. Tendría que haberme dado cuenta mientras bajaba, pero caminaba inclinado, estudiaba el suelo con una linterna del tamaño de una pluma estilográfica, y trataba de interpretar las huellas de unos neumáticos con una luz del diámetro de una moneda de veinticinco centavos.

—Deme la linterna —dije, extendiendo la mano hacia atrás.

Me la entregó sin decir nada. Puse una rodilla en tierra. El suelo me transmitió una sensación fría y húmeda a través de la tela.

Marriott estaba tumbado de espaldas, junto a un matorral, en esa posición como de bolsa de ropa que siempre significa lo mismo. Su rostro era un rostro que yo no había visto nunca. Tenía el pelo oscurecido por la sangre, las llamativas ondulaciones rubias enredadas con los coágulos y con una espesa supuración grisácea, semejante a un limo primigenio.

La chica que estaba detrás de mí respiró con fuerza pero no dijo nada. Iluminé la cara de Marriott con la linterna. Se la habían destrozado a golpes. Una de las manos estaba extendida, inmovilizada a mitad de un gesto, los dedos doblados. El abrigo, retorcido a medias por debajo, hacía pensar que había rodado al caer. Tenía las piernas cruzadas. De una comisura de la boca le escapaba un hilo de un líquido tan oscuro como aceite sucio.

—Manténgalo iluminado —dije, ofreciendo la linterna a mi acompañante—. Si es que no se marea.

La chica la cogió y la sostuvo sin decir palabra, con tanta entereza como un veterano del departamento de homicidios. Saqué de nuevo mi diminuta linterna y empecé a registrar los bolsillos de Marriott, tratando de no moverlo.

—No debería hacer eso —me dijo ella, un tanto nerviosa—. No debería tocarlo hasta que llegue la policía.

—Cierto —dije—. Ni los chicos del coche patrulla hasta que lleguen los detectives, ni tampoco ellos hasta que vea el cadáver el delegado del juez de instrucción y los fotógrafos hayan hecho sus instantáneas y el experto haya recogido las huellas digitales. ¿Sabe cuánto es probable que lleve todo eso en un sitio como éste? Un par de horas.

—De acuerdo —dijo ella—. Imagino que siempre tiene usted razón. Supongo que es usted ese tipo de persona. Alguien debía de tenerle muy poco afecto para aplastarle la cabeza de esa manera.

—Puede que no tuviera nada contra él personalmente —gruñí—. A algunas personas les gusta aplastar cabezas.

—Como no sé lo que estaba pasando, no puedo aventurar una opinión —dijo la chica de manera cortante.

Revisé toda la ropa de Marriott. Tenía monedas y billetes en un bolsillo del pantalón, un llavero de cuero repujado en el otro, y también un cortaplumas. El bolsillo izquierdo de atrás produjo una carterita con más dinero en efectivo, tarjetas de seguros, un permiso de conducir y un par de recibos. En la chaqueta, cerillas, un lápiz estilográfico chapado en oro y enganchado en un bolsillo y dos finos pañuelos de batista, tan delicados y blancos como nieve seca en polvo. Luego la pitillera esmaltada de la que le había visto sacar sus cigarrillos marrones con boquilla de oro. Eran sudamericanos, de Montevideo. Y en el otro bolsillo interior una segunda pitillera que no había visto hasta entonces, hecha de seda bordada, un dragón a cada lado y un armazón de imitación de carey tan delgado que casi no existía. La abrí con mucho cuidado y encontré tres cigarrillos rusos de gran tamaño bajo la banda elástica. Apreté uno. Me dio la sensación de ser viejo y de estar seco y poco compacto. Los tres tenían boquillas huecas.

—El muerto fumaba de los otros —dije por encima del hombro—. Éstos eran tal vez para una amiga. Debía de ser una de esas personas que tienen muchas amigas.

La chica se inclinó y sentí su aliento en el cuello.

—¿No lo conocía?

—Lo he conocido esta noche. Me contrató como guardaespaldas.

—Menudo guardaespaldas.

No respondí.

—Lo siento. —Su voz se hizo casi un susurro—. En realidad no sé lo que ha pasado. ¿Cree usted que puedan ser cigarrillos de marihuana? ¿Me deja verlos?

Le pasé la pitillera bordada.

—Conocí una vez a un tipo que fumaba marihuana —dijo—. Tres whiskis y tres porros y se necesitaba una llave inglesa para bajarlo de la araña.

—Mantenga fija la luz.

Oí un ligero rumor y luego la chica habló de nuevo.

—Lo siento. —Me devolvió la pitillera y la deslicé de nuevo en el bolsillo de Marriott.

No había nada más, todo lo cual probaba que, en su caso, no se trataba de robo.

Me levanté y eché mano a mi cartera. Los cinco billetes de veinte seguían allí.

—Ladrones con mucha clase —dije—. Sólo se han llevado los miles.

El haz de luz se dirigía ahora hacia el suelo. Me guardé el billetero, luego la linterna diminuta en el bolsillo interior y con un movimiento rápido busqué el arma que la chica sostenía aún con la misma mano que la linterna. Dejó caer la linterna, pero yo me apoderé de la pistola. Ella retrocedió rápidamente y también recogí la linterna. Le iluminé la cara por un momento y luego la apagué.

—No hacía falta que se pusiera violento —dijo, metiendo las manos en los bolsillos del largo abrigo de tela gruesa y hombreras muy marcadas—. Nunca he pensado que lo hubiera matado usted.

Me gustó la tranquilidad de su voz así como su valor. Nos quedamos en la oscuridad, uno frente a otro, sin decir nada por el momento. Se veía la maleza y luz en el cielo.

Volví a iluminarle la cara con la linterna y ella parpadeó. El suyo era un rostro nítido, lleno de fuerza y con unos ojos muy grandes. Una cara con huesos debajo de la piel, delicadamente dibujada como un violín de Cremona. Un rostro muy agradable.

—Pelirroja —dije—. Tiene aspecto irlandés.

—Y me apellido Riordan. ¿Pasa algo? Apague la luz. Y no tengo el pelo rojo, sino de color caoba.

Apagué la linterna.

—¿Nombre de pila?

—Anne. Y haga el favor de no llamarme Annie.

—¿Qué hace usted en este sitio?

—A veces salgo a conducir por la noche. Cuando estoy desazonada. Vivo sola. Soy huérfana. Me conozco esta zona como la palma de la mano. Pasaba por aquí y vi una luz que parpadeaba, abajo en la hondonada. Hacía demasiado frío para que fuesen jóvenes haciendo el amor. Y no necesitan luz, ¿no es cierto?

—Yo no la necesité nunca. Se arriesga usted demasiado, señorita Riordan.

—Me parece que antes le he dicho yo lo mismo. Tenía un arma. Y no soy miedosa. No hay ninguna ley que me prohíba bajar ahí.

—Ajá. Sólo el instinto de conservación. Tenga. No es una de mis noches brillantes. Supongo que tiene licencia de armas. —Le ofrecí la pistola para que la cogiera por la culata.

La tomó y se la guardó en el bolsillo.

—Es extraño lo curiosa que puede ser la gente, ¿no es cierto? Soy escritora a ratos. Artículos de fondo para la prensa.

—¿Se gana dinero?

—Demasiado poco, se lo aseguro. ¿Qué buscaba usted..., en sus bolsillos?

—Nada en particular. Soy un experto en fisgonear. Llevábamos ocho mil dólares para rescatar las joyas que le habían robado a una señora. Nos han atracado. Y han matado a mi acompañante, pero no sé por qué. No me parecía una persona que fuese a ofrecer resistencia. Y tampoco he oído ruido de pelea. Había bajado a la hondonada cuando lo asaltaron a él, que se había quedado dentro del coche, más arriba. Nos habían dicho que bajáramos hasta la hondonada, pero no parecía que hubiera sitio para pasar con el coche sin rozarlo con la barrera. De manera que bajé a pie, y mientras tanto debieron de atracarlo. Luego uno de ellos se metió en el coche y me atizó en la cabeza. Pensé que el muerto estaba aún en el coche, como es lógico.

—Pero eso no quiere decir que se haya comportado usted como un idiota —dijo ella.

—Desde el principio había algo en este trabajo que no encajaba. Lo sentí enseguida. Pero necesitaba el dinero. Ahora tengo que ir a contárselo a los polis y a tragar quina. ¿Le importaría llevarme a Montemar Vista? Dejé allí mi coche. Era donde vivía el muerto.

—Claro. Pero ¿no debería quedarse alguien con él? Puede usted llevarse mi coche..., o puedo ir yo a avisar a la policía.

Miré la esfera de mi reloj. Las manecillas, débilmente luminosas, me dijeron que casi era ya medianoche.

—No.

—¿Por qué no?

—No sé por qué no. Pero lo siento así. Voy a actuar solo.

Mi acompañante guardó silencio. Descendimos por la pendiente, montamos en su cochecito y la señorita Riordan lo puso en marcha, le dio la vuelta sin luces, seguimos colina arriba y pasó la barrera sin problemas. A una manzana de distancia encendió los faros.

Me dolía la cabeza. No hablamos hasta llegar a la altura de la primera casa en la parte pavimentada de la calle.

—Usted necesita un trago —dijo mi acompañante—. ¿Por qué no volvemos a mi casa y se toma una copa? Puede telefonear a la comisaría desde allí. Tienen que venir desde Los Ángeles, en cualquier caso. Por estos alrededores no hay más que un cuartel de bomberos.

—Siga adelante por la costa. Voy a actuar solo.

—Pero ¿por qué? No tengo miedo de la policía. Lo que yo cuente puede serle de ayuda.

—No quiero ayuda. Tengo que pensar. Necesito estar solo durante un rato.

—Pero... De acuerdo.

Hizo un ruido impreciso con la garganta y giró hacia el bulevar. Llegamos a la gasolinera de la carretera de la costa y seguimos hacia el norte, camino de Montemar Vista y del café con la terraza al aire libre. Estaba iluminado como un trasatlántico de lujo. La señorita Riordan metió el coche en el arcén, yo me apeé y mantuve abierta la portezuela.

Busqué una tarjeta en el billetero y se la pasé.

—Algún día quizá necesite un buen apoyo —dije—. Hágamelo saber. Pero no me llame si sólo se trata de trabajar con la cabeza.

La señorita Riordan golpeó varias veces la tarjeta contra el volante y dijo muy despacio:

—Me encontrará en la guía de teléfonos de Bay City, 819 de la calle 25. Venga a verme y cuélgueme una medalla de cartón piedra por ocuparme de mis propios asuntos. Me parece que todavía está grogui por el golpe que le han dado.

Hizo un giro de 180 grados en un abrir y cerrar de ojos y vi cómo las luces traseras de su cochecito se perdían en la oscuridad.

Dejé atrás el arco y el café con la terraza al aire libre; al llegar al aparcamiento subí a mi automóvil. Tenía delante un bar y estaba otra vez temblando. Pero parecía más sensato entrar en la comisaría de policía de Los Ángeles Oeste —como hice veinte minutos después— tan frío como una rana y tan verde como un billete de dólar recién estrenado.

12

Hora y media después habían levantado el cadáver, habían examinado el lugar de los hechos y yo había contado mi historia tres o cuatro veces. Éramos cuatro las personas reunidas en el despacho del oficial de guardia en la comisaría de Los Ángeles Oeste. Todo el edificio estaba muy tranquilo, a excepción de un borracho que, desde su celda, seguía lanzando la llamada australiana de la selva mientras esperaba a que lo llevaran al centro de la ciudad para un juicio matutino.

La intensa luz blanca de un reflector iluminaba una mesa sobre la que estaban extendidos los objetos encontrados en los bolsillos de Lindsay Marriott, objetos que ahora parecían tan muertos y tan perdidos como su dueño. La persona sentada frente a mí se apellidaba Randall y pertenecía a la Brigada Criminal de Los Ángeles, un individuo delgado y callado de unos cincuenta años con cabellos grises muy bien peinados, ojos fríos y aire distante. Llevaba una corbata de color rojo oscuro con lunares negros y los lunares no cesaban de bailar delante de mis ojos. Detrás de él, más allá del cono de luz, dos individuos muy fornidos, con aspecto de guardaespaldas y repantigados en sus asientos, vigilaban mis orejas, una cada uno.

Jugueteé con un cigarrillo antes de encenderlo, y cuando aspiré el humo no me gustó el sabor. Me quedé quieto viendo cómo se me quemaba entre los dedos. Me parecía tener ochenta años y sentí que me deterioraba a toda velocidad.

—Cuantas más veces cuenta usted esa historia más improbable resulta. El tal Marriott había negociado durante días el rescate y luego, tan sólo unas horas antes de la cita definitiva, llama a un perfecto desconocido y lo contrata para llevarlo con él como guardaespaldas.

—No era exactamente como guardaespaldas —dije—. Ni siquiera le expliqué que llevaba un arma. Sólo quería que lo acompañara.

—¿Quién le había dado su nombre?

—Primero dijo que un amigo común. Luego que se había limitado a sacarlo del listín de teléfonos.

Randall jugueteó con las cosas que había sobre la mesa y separó una tarjeta de visita con aire de tocar algo que no estaba del todo limpio. Luego la empujó hacia mí sobre la madera.

—Marriott tenía una tarjeta suya. Donde consta su profesión.

Examiné la tarjeta. Había salido del billetero de Marriott, junto con otras tarjetas que no me había molestado en revisar mientras estábamos en la hondonada de Purissima Canyon. Era una de las mías, desde luego. Y a decir verdad parecía bastante sucia, sobre todo tratándose de un hombre como Marriott. Tenía una mancha redonda en una esquina.

—Claro —dije—. Las reparto siempre que se presenta una ocasión. Como es lógico.

—Marriott le dio el dinero para que usted lo llevara —dijo Randall—. Ocho mil dólares. Era más bien un tipo confiado.

Aspiré el humo del cigarrillo y lo arrojé contra el techo. La luz me hacía daño en los ojos. Me dolía la nuca.

—No tengo los ocho mil dólares —dije—. Lo siento.

—No. No estaría aquí si tuviera el dinero. ¿O quizá sí? —Ahora había en su rostro una fría expresión desdeñosa, pero me pareció artificial.

—Haría muchas cosas por ocho mil dólares —dije—. Pero si quisiera matar a un individuo con una cachiporra sólo le daría dos veces como máximo, y en la parte trasera de la cabeza.

Randall hizo un leve gesto de asentimiento. Uno de los polizontes que tenía detrás escupió en la papelera.

—Ésa es una de las cosas desconcertantes. Parece un trabajo de aficionados, aunque, claro está, alguien puede haber querido que parezca un trabajo de aficionados. El dinero no era de Marriott, ¿no es cierto?

—No lo sé. Saqué la impresión de que no, pero no es más que una impresión. No quiso decirme quién era la víctima del atraco.

—No sabemos nada de Marriott..., aún —dijo Randall muy despacio—. Supongo que existe la posibilidad de que se propusiera robar él los ocho mil.

—¿Eh? —Aquello me sorprendió. Probablemente se notó mi sorpresa. En el rostro terso de Randall no se produjo el menor cambio.

—¿Contó usted el dinero?

—Por supuesto que no. Marriott me pasó un paquete. Había dinero dentro y parecía mucho. Dijo que eran ocho de los grandes. ¿Para qué iba a querer robármelo cuando ya lo tenía antes de que yo apareciera?

Randall examinó una esquina del techo y bajó las comisuras de la boca. Luego se encogió de hombros.

—Retrocedamos un poco —dijo—. Alguien atracó a Marriott y a una señora, llevándose su collar de jade y otras cosas, y luego se ofreció a devolverlo por una cantidad que parece francamente pequeña si se tiene en cuenta el valor que se atribuye al collar. Marriott iba a ocuparse del pago. Pensó en hacerlo solo y no sabemos si la otra parte insistió en ello o si ni siquiera se mencionó. De ordinario son bastante quisquillosos en esos casos. Pero Marriott, por lo que parece, decidió que no era ningún problema llevarlo a usted. Los dos supusieron que estaban tratando con una banda organizada y que se atendrían a las reglas establecidas por su profesión. Marriott estaba asustado. Parece lógico. Quería compañía. Usted era esa compañía. Pero también era un desconocido, nada más que un nombre en una tarjeta que le había pasado otro desconocido que, según Marriott, era un amigo común. Luego, en el último minuto, el muerto decide que lleve usted el dinero y sea quien hable mientras él se esconde en el coche. Nos ha dicho que fue usted mismo quien tuvo la idea, pero quizá él estaba deseoso de que lo sugiriera, y si usted no lo hacía, quizá se le hubiera ocurrido a él.

—En un primer momento no le gustó la idea —dije.

Randall se encogió de hombros una vez más.

—Fingió que no le gustaba la idea, pero acabó cediendo. De manera que por fin se produce la llamada telefónica y salen ustedes hacia el sitio que él describe. Todo procede de Marriott. No hay nada que usted sepa por su cuenta. Cuando llegan allí parece que no hay nadie. Se supone que han de bajar con el coche hasta la hondonada, pero tienen la impresión de que no hay hueco suficiente para pasar con un automóvil tan grande. No lo había, de hecho, porque el coche quedó bastante arañado por el lado izquierdo. Usted se apea y baja a pie hasta la hondonada, no ve ni oye nada, espera unos minutos, vuelve al coche y entonces alguien que está dentro le golpea en la nuca. Supongamos ahora que Marriott quería el dinero y pensaba utilizarlo a usted de cabeza de turco..., ¿no habría actuado precisamente de la manera en que lo hizo?

—Es una teoría estupenda —dije—. Marriott me atizó con la cachiporra, me quitó los ocho grandes, luego se arrepintió y, después de enterrar el dinero bajo unos matorrales, se machacó los sesos.

Randall me miró impasible.

—Tenía un cómplice, por supuesto. Iba a dejarlos a los dos sin sentido, y el cómplice se largaría con el dinero. Sólo que el cómplice traicionó a Marriott matándolo. Con usted no tuvo que acabar porque no lo conocía.

Lo miré con admiración y aplasté lo que quedaba del cigarrillo en un cenicero de madera que tuvo en otro tiempo un recubrimiento de cristal.

—Encaja con los hechos..., al menos con lo que sabemos —dijo Randall con mucha calma—. No es peor que cualquier otra teoría que se nos pueda ocurrir en este momento.

—Hay un hecho que no encaja: a mí me golpearon desde el coche, ¿no es cierto? Eso me haría sospechar que era Marriott el agresor..., si aceptamos que todo lo demás no cambia. Pero lo cierto es que no sospeché de él después de que lo mataran.

—La manera de golpearle es lo que mejor encaja —dijo Randall—. Usted no le dijo a Marriott que tenía una pistola, pero él pudo notar el bulto bajo el brazo o sospechar al menos que sí la tenía. En ese caso querría golpearlo cuando usted no sospechara nada. Y usted no esperaba que lo atacaran desde dentro del coche.

—De acuerdo —dije—. Usted gana. Es una buena teoría, siempre que supongamos que el dinero no era de Marriott, que quería robarlo y que tenía un cómplice. De manera que su plan es que los dos nos despertemos con sendos chichones, el dinero ha desaparecido, los dos decimos cuánto lo siento y yo me voy a mi casa y olvido todo lo que ha pasado. ¿Es así como termina? Pregunto si es así como él esperaba que terminase. Porque también él tenía que quedar bien, ¿no es eso?

Randall sonrió irónicamente.

—Tampoco a mí me gusta. Sólo estaba ensayándola. Encaja con los hechos..., hasta donde los conocemos, que no es mucho.

—Creo que no sabemos lo suficiente para empezar siquiera a teorizar

—dije—. ¿Por qué no dar por bueno que decía la verdad y que quizá reconoció a uno de los atracadores?

—Pero usted dice que no oyó ruido de forcejeo ni grito alguno.

—No. Pero puede ser que lo agarrasen del cuello, por sorpresa. O que estuviera demasiado asustado para gritar cuando se le echaron encima. Pongamos que lo vigilaban desde la maleza y que me vieron salir pendiente abajo. Me alejé un buen trecho, ¿sabe? Treinta metros largos. Los atracadores se acercan al coche a mirar y ven a Marriott. Alguien le pone un arma delante de las narices y le obliga a salir, en silencio. Entonces le golpean. Pero algo que dice, o su manera de mirar, les hace creer que ha reconocido a alguien.

—¿A oscuras?

—Sí —dije—. Tiene que haber sido una cosa así. Hay voces que se le quedan a uno en la cabeza. Incluso a oscuras se reconoce a la gente.

Randall negó con la cabeza.

—Si se trataba de un grupo organizado de ladrones de joyas, no matarían excepto por razones de fuerza mayor. —Se detuvo de repente y sus ojos adquirieron un aspecto vidrioso. Cerró la boca muy despacio, pero con mucha fuerza. Tenía una idea—. Secuestro —dijo.

Asentí con la cabeza.

—Creo que es una idea.

—Hay otra cosa más —dijo—. ¿Cómo llegó usted a casa de Marriott?

—En mi coche.

—¿Dónde estaba?

—En Montemar Vista, en el aparcamiento junto al café con terraza al aire libre.

Me miró con aire muy pensativo. Los polizontes que tenía detrás me contemplaron con desconfianza. El borracho que estaba en el calabozo trató de cantar al estilo tirolés, pero le falló la voz, se desanimó y empezó a llorar.

—Volví andando a la carretera —dije—. Hice señas a un coche para que parase. Lo conducía una chica sola. Me recogió y me llevó hasta Montemar Vista.

—Una valiente —dijo Randall—. Era muy de noche y estaban en una carretera poco frecuentada, pero se detuvo.

—Sí. Algunas lo hacen. No llegamos a intimar, pero parecía agradable. —Los miré fijamente, sabiendo que no me creían y preguntándome por qué les estaba mintiendo.

—Un coche pequeño —dije—. Un Chevrolet cupé. No recuerdo la matrícula.

—Ja, no recuerda la matrícula —dijo uno de los polizontes antes de escupir de nuevo en la papelera.

Randall se inclinó hacia adelante y me examinó con mucho cuidado.

—Si está usted ocultándonos algo con la idea de trabajar por su cuenta en este caso para hacerse un poco de publicidad, yo me lo pensaría dos veces, Marlowe. No me gustan todos los detalles de su historia y le voy a dar la noche para que haga memoria. Mañana, probablemente, le pediré una declaración jurada. Mientras tanto déjeme darle un consejo. Estamos ante un asesinato y ante un trabajo para la policía, y no querríamos su ayuda aunque fuese muy grande. Lo único que queremos de usted son hechos. ¿Me explico?

—Claro. ¿Me puedo ir a casa? No me siento nada bien.

—Se puede marchar.

Sus ojos eran de hielo.

Me levanté y me dirigí hacia la puerta en medio de un silencio sepulcral. Cuando había dado cuatro pasos Randall se aclaró la garganta y dijo al desgaire:

—Ah, una pequeñez. ¿Se fijó usted en qué clase de cigarrillos fumaba Marriott?

Me volví hacia él.

—Sí. Marrones. Sudamericanos, en una pitillera francesa esmaltada.

Randall se inclinó hacia adelante, apartó la pitillera de seda bordada del montón de pertenencias que había sobre la mesa.

—¿Ha visto esto antes alguna vez?

—Claro. La he estado mirando hace un momento.

—Quiero decir antes, en el curso de la tarde.

—Creo que sí —dije—. Encima de alguna mesa, quizá. ¿Por qué?

—¿No registró usted el cadáver?

—Está bien —dije—. Sí, le registré los bolsillos. Esa pitillera estaba en uno de ellos. Lo siento. Nada más que curiosidad profesional. No cambié nada de sitio. Después de todo era mi cliente.

Randall tomó la pitillera bordada con las dos manos, la abrió y se quedó mirándola. Estaba vacía. Los tres cigarrillos habían desaparecido.

Apreté los dientes con fuerza y conseguí que mi rostro no perdiera la expresión de cansancio. Pero no fue fácil.

—¿Le vio fumar algún cigarrillo sacado de aquí?

—No.

Randall asintió fríamente con la cabeza.

—No hay nada dentro, como puede usted ver. Pero Marriott la llevaba en el bolsillo de todos modos. Hay un poquito de polvo. Voy a hacer que lo examinen al microscopio. No estoy seguro, pero no me extrañaría que se tratase de marihuana.

—Si tenía de ésos —dije—, creo que debió de fumarse un par anoche. Necesitaba algo que lo alegrara un poco.

Randall cerró la pitillera con mucho cuidado y la dejó a un lado.

—Eso es todo —dijo—. No se meta en líos.

Salí del despacho.

La niebla se había levantado y las estrellas brillaban tanto como falsas estrellas de cromo en un cielo de terciopelo azul. Conduje muy deprisa. Necesitaba más una copa de lo que necesitaba respirar, pero todos los bares estaban cerrados.

13

Me levanté a las nueve, tomé tres tazas de café solo, me mojé la nuca con agua helada y leí los dos periódicos que el repartidor había estrellado por la mañana contra la puerta del apartamento. En el segundo cuadernillo había poco más de un párrafo sobre Moose Malloy, pero Nulty no había conseguido que apareciese su nombre. Nada sobre Lindsay Marriott, a no ser que la noticia estuviera en la página de sociedad.

Me vestí, comí dos huevos pasados por agua, me tomé una cuarta taza de café y procedí a mirarme al espejo. No había perdido del todo las ojeras. Con la puerta abierta ya para irme sonó el teléfono.

Era Nulty. No parecía de muy buen humor.

—¿Marlowe?

—Sí. ¿Le han echado el guante?

—Sí, por supuesto. Claro que sí. —Hizo una pausa para gruñir—. A la entrada de Ventura, como le dije. ¡No nos hemos divertido poco! Dos metros, tan sólido como un pilar de puente, camino de San Francisco para ver la Feria. Cinco botellas de whisky de garrafa en el asiento delantero del coche que había alquilado, y otra abierta de la que iba bebiendo mientras conducía a ciento veinte. Todo lo que teníamos para hacerle frente eran dos polis de la localidad con revólveres y cachiporras.

Hizo una pausa y yo repasé mentalmente unos cuantos comentarios ingeniosos, pero ninguno me pareció lo bastante divertido para la ocasión. Luego siguió Nulty:

—Se ejercitó con los guardias durante un rato y cuando estaban lo bastante cansados para irse a la cama, les arrancó un lado del coche, tiró la radio a la cuneta, abrió otra botella de whisky y se echó a dormir. Al cabo de un rato los nuestros reaccionaron y comprobaron cómo, por espacio de diez minutos, sus cachiporras rebotaban sobre la cabeza del infractor sin que se diera cuenta. Cuando empezaba a enfadarse lo esposaron. La cosa más fácil del mundo. Lo tenemos a la sombra, claro está: conducir borracho, consumo de bebidas alcohólicas en un vehículo, agresión a un agente de policía en el cumplimiento del deber, dos delitos, daño intencionado a propiedad pública, intento de evasión después de haberlo detenido, rebelión, escándalo en la vía pública y estacionamiento en autopista. Divertido, ¿no le parece?

—¿Dónde está el chiste? —pregunté—. No me ha contado todo eso sólo para regodearse.

—No era Malloy —dijo Nulty con ferocidad—. El individuo de marras se llama Stoyanoffsky, vive en Hemet, trabajaba para abrir el túnel de San Jack y acababa de terminar la perforación. Tiene mujer y cuatro hijos. Le ahorro el enfado de su media naranja. ¿Qué está usted haciendo acerca de Malloy?

—Nada. Me duele la cabeza.

—Si le sobra un poco de tiempo...

—No creo —respondí—. Pero gracias de todos modos. ¿Cuándo es la vista sobre el moreno?

—¿Qué más le da? —dijo Nulty desdeñosamente antes de colgar.

Fui en coche a Hollywood Boulevard, lo dejé en el aparcamiento junto al edificio, y subí en el ascensor hasta mi piso. Abrí la puerta de la pequeña antesala que —por si acaso me llega algún cliente y no le importa esperar— nunca cierro con llave.

La señorita Anne Riordan levantó los ojos de la revista que leía y me sonrió.

Llevaba un traje sastre color tabaco con un jersey blanco de cuello alto a modo de blusa. Con la luz del día su pelo era pura caoba, y lo llevaba cubierto con un sombrero cuya parte central tenía el tamaño de un vaso de whisky, mientras que el ala podría servir para envolver la colada semanal. La inclinación era de unos cuarenta y cinco grados, de manera que el borde del ala casi le rozaba el hombro. A pesar de eso parecía elegante. Quizá por ello.

La señorita Riordan tenía unos veintiocho años y una frente estrecha, más alta de lo que se considera elegante. La nariz era pequeña e inquisitiva, el labio superior un poquito demasiado largo y la boca más que un poco demasiado ancha. Los ojos, de color gris azul con reflejos de oro. Su sonrisa resultaba muy agradable. Tenía aspecto de haber dormido bien. Una cara simpática, una de esas caras que caen bien. Bonita, pero no tanto como para tener que ponerse nudilleras de metal cada vez que se saliera con ella.

—No sabía cuáles eran sus horas de oficina —dijo—. De manera que esperé. He supuesto que su secretaria no trabajaba hoy.

—No tengo secretaria.

Crucé la antesala y abrí la puerta interior. Luego procedí a conectar el timbre situado en la puerta exterior.

—Vayamos al salón privado donde acostumbro a reflexionar.

Pasó delante de mí, dejando una ligera fragancia a sándalo, y se detuvo a contemplar los cinco archivadores de color verde, la gastada alfombra de color marrón rojizo, los muebles a quien nadie había quitado el polvo y las cortinas no demasiado limpias.

—Se me ocurre que no le vendría mal alguien para contestar al teléfono —dijo—. Y para mandar de cuando en cuando las cortinas al tinte.

—Las mandaré cuando las ranas críen pelo. Siéntese. Puede que me pierda algunos trabajos de poca importancia. Y mucha utilización de piernas. Pero ahorro dinero.

—Entiendo —dijo muy recatadamente, al tiempo que colocaba un voluminoso bolso de ante sobre el cristal de la mesa de despacho. Luego se inclinó hacia atrás y cogió uno de mis cigarrillos. Yo, por mi parte, procedí a quemarme un dedo con una cerilla de papel al encendérselo.

La señorita Riordan lanzó una cortina de humo y me obsequió con otra sonrisa. Dientes bonitos, más bien grandes.

—Probablemente no esperaba volver a verme tan pronto. ¿Qué tal la cabeza?

—Mal. No, no lo esperaba.

—¿Se portó bien con usted la policía?

—Más o menos como siempre.

—No le estoy impidiendo hacer nada importante, ¿verdad?

—No.

—De todos modos, no parece muy contento de verme.

Llené la pipa y alargué la mano para utilizar la caja de cerillas. Encendí la pipa con mucho cuidado. La señorita Riordan me contempló con aprobación. Los hombres que fuman en pipa son individuos sólidos. Yo no iba a desilusionarla.

—Traté de no mezclarla en lo que pasó —dije—. No sé exactamente por qué. De todos modos, ya no es asunto mío. Tragué la quina que me tocaba anoche, conseguí dormirme con ayuda de una botella y ahora el asunto está ya en manos de la policía: se me ha dicho que no me entrometa.

—La razón por la que no quiso mezclarme —dijo con calma la señorita Riordan— fue el convencimiento de que la policía no se iba a creer que la simple curiosidad me llevara anoche a aquella hondonada. Probablemente me atribuirían algún motivo poco claro y me interrogarían hasta dejarme hecha un guiñapo.

—¿Cómo sabe que yo no pensé eso mismo?

—Los polis sólo son personas —dijo sin venir a cuento.

—Empiezan así, según me han dicho.

—Ah, cinismo matutino. —Recorrió el despacho con los ojos, de una manera en apariencia distraída pero sin perder detalle—. ¿Qué tal se defiende aquí? Quiero decir económicamente. Me refiero a... ¿Gana usted mucho dinero..., con unos muebles como éstos?

Lancé un gruñido.

—¿O debería ocuparme de mis asuntos y no hacer preguntas impertinentes?

—¿Lo conseguiría si lo intentara?

—Ahora ya somos dos. Dígame, ¿por qué me echó un capote anoche? ¿Acaso lo hizo porque soy más bien pelirroja y tengo buena figura?

Guardé silencio.

—Probemos con otra —dijo alegremente—. ¿Le gustaría saber quién es la propietaria del collar de jade?

Noté una rigidez en los músculos de la cara. Me esforcé mucho por recordar, pero no estaba del todo seguro. De repente, sin embargo, lo vi con toda claridad. Nunca había mencionado en su presencia el collar de jade.

Busqué de nuevo las cerillas y encendí la pipa por segunda vez.

—No demasiado —dije—. ¿Por qué?

—Porque yo lo sé.

—Ajá.

—¿Qué hace cuando se vuelve de verdad locuaz? ¿Mueve los dedos de los pies?

—De acuerdo —gruñí—. Ha venido a decírmelo. Dígamelo.

Sus ojos azules se abrieron mucho y por un momento me pareció que se humedecían. Se mordió el labio inferior y se quedó un rato así, contemplando la superficie del escritorio. Luego se encogió de hombros, dejó de morderse el labio y me obsequió con una sonrisa llena de inocencia.

—Ya sé que no soy más que una condenada moza preguntona. Pero hay en mí una veta de sabueso. Mi padre era de la pasma. Se llamaba Cliff Riordan y fue jefe de policía de Bay City siete años. Supongo que es eso lo que me sucede.

—Me parece recordarlo. ¿Qué fue de él?

—Lo echaron. Se le rompió el corazón. Una pandilla de jugadores de ventaja encabezados por un tipo llamado Laird Brunette ganó las elecciones a alcalde. Y pusieron a papá al frente de la Oficina de Registros e Identificación, que en Bay City tiene el tamaño aproximado de una bolsita de té. De manera que papá dimitió, estuvo un par de años zascandileando por ahí y después se murió. Y mi madre le siguió muy poco después. Llevo sola dos años.

—Lo siento —dije.

La señorita Riordan aplastó lo que le quedaba del pitillo. No estaba manchado de lápiz de labios.

—La única razón de que le aburra contándoselo es que eso explica por qué me resulta fácil entenderme con los policías. Supongo que tendría que habérselo dicho anoche. Hoy por la mañana me he enterado de a quién le habían encargado el caso y he ido a verlo. Se ha enfadado un poco con usted al principio.

—No tiene importancia —dije—. Aunque le hubiera dicho toda la verdad habría seguido sin creerme. No irá más allá de morderme una oreja.

La señorita Riordan pareció dolida. Me levanté y abrí la otra ventana. El ruido del tráfico procedente del bulevar nos llegó en oleadas, como el mareo. Me sentí fatal. Abrí el último cajón del escritorio, saqué la botella que guardo para ocasiones así y me serví un trago.

Mi visitante me miró con desaprobación. Había dejado de ser un individuo sólido. Pero no hizo ningún comentario. Me bebí el whisky, guardé la botella y me senté.

—No me ha invitado a una copa —dijo con frialdad.

—Lo siento. Todavía no son las once. No me ha parecido que fuera usted del gremio.

Se le rieron los ojos.

—¿Es un cumplido?

—En mí círculo, sí.

Se lo pensó durante unos momentos. No significaba nada para ella. Tampoco para mí, cuando reflexioné un poco. Pero el whisky hizo que me sintiera mucho mejor.

Se inclinó hacia adelante y restregó los guantes lentamente por la superficie del escritorio.

—¿No estaría interesado en contratar una ayudante? Aunque sólo le costara una palabra amable de cuando en cuando.

—No.

Asintió con la cabeza.

—Ya imaginaba lo que me iba a decir. Será mejor que le pase mi información y me vuelva a casa.

No dije nada. Encendí otra vez la pipa. Hace que uno parezca pensativo cuando no está pensando.

—En primer lugar se me ocurrió que un collar de jade como ése tiene que ser una pieza de museo y todo el mundo lo conocería —dijo.

Mantuve en el aire la cerilla encendida, viendo cómo la llama se me acercaba a los dedos. Luego soplé suavemente para apagarla, la dejé caer en el cenicero y dije:

—A usted no le he contado nada sobre un collar de jade.

—No; pero lo hizo el teniente Randall.

—Alguien tendría que ponerle botones en la boca.

—Conocía a mi padre. Prometí no contarlo.

—Me lo está contando a mí.

—Usted ya lo sabía, tonto.

La mano se le alzó de pronto como si fuera a taparse la boca, pero se detuvo a mitad de camino y luego regresó despacio sobre la mesa y los ojos se le abrieron mucho. La interpretación no fue mala, pero yo sabía algo más acerca de ella que echó a perder el efecto.

—Usted *lo* sabía, ¿no es cierto? —Las palabras apenas se oyeron.

—Creía que eran diamantes. Un brazalete, unos pendientes, un colgante, tres sortijas, una de ellas con esmeraldas, además.

—No tiene gracia —dijo—. Ni siquiera ha sido muy rápido.

—Jade Fei Tsui. Muy escaso. Cuentas talladas de unos seis quilates cada una, sesenta piezas. Con un valor de ochenta mil dólares.

—Tiene usted unos ojos castaños bien bonitos —dijo—. Y se cree un tipo duro.

—Bien, ¿a quién pertenece y cómo lo descubrió?

—Ha sido muy sencillo. Se me ocurrió que era probable que lo supiera el mejor joyero de la ciudad, de manera que me fui a preguntar al gerente de Block's. Le dije que era escritora y que quería preparar un artículo sobre tipos de jade que apenas se encuentran..., ya sabe usted cómo se hacen esas cosas.

—De manera que se creyó el pelo rojo y la buena figura.

La señorita Riordan se ruborizó hasta las cejas.

—Bueno. El caso es que me lo dijo. Pertenece a una señora muy rica de Bay City, que posee una finca en uno de los cañones. La señora Lewin Lockridge Grayle. Su marido es banquero de inversiones o algo semejante, enormemente rico, unos veinte millones. Era dueño de una emisora de radio en Beverly Hills, la KFDK, y su futura mujer trabajaba allí. Se casaron hace cinco años. La señora Grayle es una rubia despampanante. El señor Grayle es mayor, no está bien del hígado, se queda en casa y toma calomelanos mientras su mujer va a todas partes y se lo pasa en grande.

—Ese gerente de Block's —dije— es un tipo que sabe mucho.

—No fue él quien me proporcionó toda la información, tonto. Sólo lo del collar. Lo demás me lo dijo Giddy Gertie Arbogast.

Me incliné hasta el último cajón y saqué otra vez la botella.

—¿No irá usted a ser uno de esos detectives que están borrachos todo el tiempo? —me preguntó preocupada.

—¿Por qué no? Siempre resuelven sus casos y ni siquiera sudan. Siga con su historia.

—Giddy Gertie es el encargado de la sección de sociedad del *Chronicle*. Hace años que lo conozco. Pesa cien kilos y lleva bigote a lo Hitler. Sacó la carpeta que tiene en su archivo sobre los Grayle. Mire.

Buscó dentro de su bolso y empujó en mi dirección por encima de la mesa una fotografía de tamaño postal.

Era rubia. Pero qué rubia. Cualquier obispo haría un agujero en una vidriera para verla. Iba vestida de calle, con un conjunto que parecía blanco y negro, y un sombrero a juego; tal vez un poco altiva, pero no demasiado. Fueran las que fuesen tus necesidades, dondequiera que estuvieses, aquella mujer tenía la solución. Edad, unos treinta años.

Me serví rápidamente otra copa y me quemé la garganta al tragarla.

—Quítemela de delante —dije—. Voy a empezar a dar saltos.

—La he traído para usted. Querrá hablar con ella, ¿no es cierto?

Contemplé de nuevo la fotografía. Luego la metí debajo del secante.

—¿Qué tal esta noche a las once?

—Escúcheme, señor Marlowe, esto es algo más que una colección de chistes. He telefoneado a su casa. Está dispuesta a verlo a usted para hablar de negocios.

—Quizá empiece de esa manera.

La señorita Riordan hizo un gesto de impaciencia, de manera que dejé de bromear y saqué a relucir mi expresión de guerrero curtido en cien batallas.

—¿Para qué va a querer verme?

—Su collar, como es lógico. Le cuento lo que ha pasado. Llamé por teléfono y me costó muchísimo que me dejaran hablar con ella, pero por fin lo conseguí. Le conté la misma historia que hizo que el señor de Block's se mostrara tan amable, pero no funcionó. Le sonaba la voz como si tuviera resaca. Dijo algo sobre hablar con su secretario, pero conseguí que siguiera al teléfono y le pregunté si era cierto que poseía un collar de jade Fei Tsui. Al cabo de un rato dijo «sí». Le pregunté si me permitiría verlo. ¿Para qué? respondió ella. Le repetí la historia sobre el artículo, pero tampoco funcionó. Yo oía cómo bostezaba y regañaba a alguien, tapando el teléfono, por haberme puesto con ella. Entonces dije que trabajaba para Philip Marlowe. Y ella respondió: «Bueno, ¿y qué?». Ni más ni menos.

—Increíble. Pero todas las señoras de la buena sociedad hablan como golfas en los tiempos que corren.

—No sabría decirlo —me replicó la señorita Riordan con mucha dulzura—. Es probable que algunas *sean* golfas. Así que le pregunté si tenía un teléfono personal, sin necesidad de extensión, y me dijo que eso no era asunto mío. Pero lo curioso es que no me había colgado.

—Estaba pensando en el collar de jade y no sabía por dónde iba a salir usted. Y quizá Randall ya le hubiera contado algo.

La señorita Riordan negó con la cabeza.

—No. A Randall lo llamé después y no sabía quién era la propietaria del collar hasta que se lo dije. Le sorprendió bastante que lo hubiera descubierto yo.

—Acabará acostumbrándose —dije—. Probablemente no le quedará más remedio. ¿Qué pasó después?

—Pues le dije a la señora Grayle: «Sigue usted queriendo recuperarlo, ¿no es cierto?». Tal cual. No se me ocurrió nada mejor. Tenía que utilizar algo que la descolocase un poco. Así fue. Se apresuró a darme otro número de teléfono. La llamé y dije que quería verla. Pareció sorprendida. Así que tuve que contarle toda la historia. No le gustó nada. Pero había estado preguntándose por qué no tenía noticias de Marriott. Imagino que quizá pensaba que su amigo se había fugado con el dinero o algo por el estilo. De manera que estoy citada con ella a las dos. Le voy a hablar de usted y de lo estupendo y discreto que es y de cómo sería la persona indicada para ayudarla a recuperarlo, si es que hay alguna posibilidad, y todo lo demás. Ya está bastante interesada.

No dije nada. Tan sólo me quedé mirándola. Puso cara de estar dolida.

—¿Qué sucede? ¿No lo he hecho bien?

—¿Por qué no se mete en la cabeza que se trata ya de un caso de la policía y que me han aconsejado que no meta la nariz?

—La señora Grayle tiene perfecto derecho a contratarlo a usted si así lo desea.

—¿Para hacer qué?

Abrió y cerró varias veces el cierre metálico del bolso, dando evidentes signos de impaciencia.

—Vaya por Dios..., una mujer como ella..., tan atractiva..., no se da cuenta... —No supo cómo continuar y se mordió el labio—. ¿Qué clase de persona era Marriott?

—Apenas lo conocía. Me pareció un tanto afeminado. No me cayó demasiado simpático.

—¿Era un hombre que las mujeres considerarían atractivo?

—Algunas. A otras les daría ganas de vomitar.

—Bien, quizá a la señora Grayle le pareciera atractivo. Salía con él.

—Probablemente sale con un centenar de hombres. Ya hay muy pocas posibilidades de recuperar el collar.

—¿Por qué?

Me levanté, fui hasta el fondo del despacho y golpeé la pared con la mano abierta, fuerte. El tecleo de la máquina de escribir se detuvo al otro lado por un momento, pero enseguida se reanudó. Miré, por la ventana abierta, el hueco entre mi edificio y el hotel Mansion House. El olor de la tienda de café era lo bastante sólido como para construir un garaje con él. Regresé a mi mesa, dejé la botella de whisky en el cajón, lo cerré y volví a sentarme. Luego encendí la pipa por octava o novena vez y contemplé con interés, al otro lado del cristal limpio sólo a medias, la cara seria y sincera de la señorita Riordan.

A uno le podía llegar a gustar mucho aquella cara. Rubias artificialmente embellecidas las hay a patadas, pero allí había un rostro que aguantaría el paso del tiempo. La obsequié con una sonrisa.

—Escucha, Anne. Matar a Marriott fue un error estúpido. La banda que está detrás de ese atraco nunca haría una cosa así a sabiendas. Lo que debió de suceder fue que algún mequetrefe un poco cargado al que llevaron para hacer bulto perdió la cabeza. Marriott hizo un movimiento en falso y algún gamberro le atizó en la cresta y lo hizo tan deprisa que no hubo manera de evitarlo. Estamos ante una banda organizada con información privilegiada sobre las joyas y las idas y venidas de las mujeres que las llevan. Piden rescates moderados y cumplen lo que prometen. Pero aquí nos encontramos con un asesinato sin pies ni cabeza que no encaja en absoluto. Mi idea es que quienquiera que lo hizo lleva varias horas muerto, con unos pesos colgándole de los tobillos, a mucha profundidad en el Pacífico. Y o bien el collar de jade se ha hundido con él o tienen cierta idea de su valor real y lo han escondido en un sitio donde va a seguir mucho tiempo, quizá años, antes de que se atrevan a sacarlo de nuevo. O, si la banda es lo bastante grande, quizá reaparezca al otro extremo del mundo. Los ocho mil que pidieron parecen muy poca cosa si realmente sabían su valor. Pero sería difícil de vender. Y estoy seguro de una cosa. Nunca tuvieron intención de asesinar a nadie.

Anne Riordan me escuchaba con los labios ligeramente separados y una expresión embelesada, como si estuviera viendo al Dalai Lama.

Cerró la boca despacio y asintió con la cabeza.

—Es usted estupendo —dijo suavemente—. Pero está como una cabra.

Se puso en pie y recogió el bolso.

—Irá a verla, ¿sí o no?

—Randall no me lo puede impedir..., si me llama ella.

—De acuerdo. Voy a ver a otro redactor de páginas de sociedad y a conseguir más información sobre los Grayle si puedo. Sobre la vida amorosa de la dueña del collar. Porque la tendrá, ¿no es lo normal?

Su rostro, enmarcado por cabellos de color caoba, adquirió una expresión nostálgica.

—¿Quién no la tiene? —dije yo con tono despectivo.

—Yo no la he tenido nunca. En realidad, no.

Me tapé la boca con una mano. Anne me lanzó una mirada muy intensa y se dirigió hacia la puerta.

—Te has olvidado de algo —le dije.

Se detuvo y se dio la vuelta.

—¿Qué? —Recorrió con la vista toda la superficie de la mesa.

—Sabes de sobra qué.

Regresó junto a la mesa y se inclinó hacia mí, cargada de razón.

—¿Por qué tendrían que matar al que mató a Marriott, si lo suyo no es el asesinato?

—Porque sin duda será uno de esos tipos a los que se acaba por coger y hablan..., cuando les quitan la droga. Lo que quiero decir es que no matarían a uno de sus clientes.

—¿Qué le hace estar tan seguro de que el asesino se drogaba?

—No estoy seguro. Sólo lo supongo. La mayoría de los matones lo hacen.

—Ah. —Se enderezó, asintió con la cabeza y sonrió—. Supongo que se refiere a éstos —dijo, metiendo muy deprisa la mano en el bolso y poniendo sobre la mesa un paquetito hecho con papel de seda.

Quité la goma que lo sujetaba con cuidado y abrí el paquete. Dentro había tres cigarrillos rusos, largos y gruesos, con boquillas de papel. Me quedé mirando a Anne y no abrí la boca.

—Sé que no debiera haberlo hecho —dijo casi jadeante—. Pero sabía que eran cigarrillos de marihuana. De ordinario vienen con papel de fumar corriente, pero en la zona de Bay City, últimamente, los preparan así. He visto varios. Me pareció muy triste que al pobre Marriott lo encontrasen muerto con cigarrillos de marihuana en el bolsillo.

—Tendrías que haberte llevado también la pitillera —dije con mucha calma—. Había polvo dentro. Y el que estuviera vacía les pareció sospechoso.

—No pude..., con usted delante. Casi..., estuve a punto de volver para hacerlo. Pero me faltó valor. ¿Le he perjudicado?

—No —mentí—. ¿Por qué tendría que haberlo hecho?

—Me alegro —dijo ella con tono nostálgico.

—¿Por qué no te deshiciste de ellos?

Se lo pensó, el bolso apretado contra el costado, el absurdo sombrero de ala ancha tan inclinado que le tapaba un ojo.

—Supongo que se debe a que soy hija de policía —dijo por fin—. Nunca se destruye una prueba. —Su sonrisa era frágil y culpable y tenía las mejillas encarnadas. Me encogí de hombros.

—Bueno... —La palabra quedó colgada en el aire, como el humo en una habitación cerrada. Anne no cerró la boca después de pronunciarla. Yo la dejé que siguiera allí. El rubor de sus mejillas se hizo más intenso.

—Lo siento muchísimo. No debiera haberlo hecho.

Tampoco hice ningún comentario.

Se dirigió muy deprisa hacia la puerta y salió.

14

Apreté con un dedo uno de los largos cigarrillos rusos, luego los coloqué cuidadosamente en fila, uno al lado de otro, e hice crujir la silla al moverme. Nunca se destruye una prueba. De manera que eran pruebas. Pero ¿pruebas de qué? De que una persona fumaba marihuana de cuando en cuando; una persona con aspecto de que cualquier toque de exotismo tenía atractivo para él. Por otra parte, gran cantidad de tipos duros también fumaban, al igual que muchos intérpretes de jazz, alumnos de secundaria y hasta chicas estupendas cansadas de pelear. Hachís americano. Una mala hierba que crece en cualquier sitio. De cultivo ilegal en la actualidad. Eso significa mucho en un país tan grande como los Estados Unidos.

Seguí aspirando el humo de mi pipa, al tiempo que escuchaba el teclear de la máquina de escribir al otro lado de la pared, el ruido de los semáforos en Hollywood Boulevard y el susurro de la primavera en el aire, semejante a una bolsa de papel arrastrada por la brisa sobre una acera de cemento.

Eran francamente grandes, pero les sucede a muchos cigarrillos rusos, y las hojas de marihuana son gruesas. Cáñamo indio. Hachís americano. Eran una prueba. Cielos, qué sombreros se ponen las mujeres. Me dolía la cabeza. Me daban ganas de mandarlo todo al carajo.

Saqué el cortaplumas y abrí la hoja pequeña, la que no utilizaba para limpiar la pipa, y eché mano de uno. Eso era lo que haría un químico de la policía. Abrir uno a todo lo largo y examinar el contenido al microscopio, para empezar. Puede suceder que encontrara algo inusual. No muy probable, pero, qué caramba, ¡para eso le pagaban todos los meses!

Abrí uno a todo lo largo. La parte de la boquilla era mucho más dura. Pero yo era un tipo duro y la rajé de todos modos. A ver quién era el guapo que me lo impedía.

Del interior de la boquilla, relucientes fragmentos de fina cartulina enrollada, que contenían letra impresa, se desplegaron en parte. Intenté ordenarlos sobre el cristal de la mesa, pero se me escapaban. Cogí otro de los cigarrillos y traté de ver lo que había dentro de la boquilla. Luego opté por trabajar de otra manera con la hoja del cortaplumas. Fui palpando el cigarrillo hasta el sitio donde empezaba la boquilla. El papel de fumar era muy fino y se sentía la textura de lo que había debajo. De manera que separé cuidadosamente la boquilla y después, todavía con más cuidado, la corté a lo largo, pero sólo lo necesario. Al abrirse descubrió en su interior otra tarjeta, enrollada, esta vez intacta.

La extendí con mimo. Era una tarjeta de visita. De color marfil muy pálido, casi blanco. Impresas en relieve había palabras delicadamente sombreadas. En el ángulo inferior izquierdo, un número de teléfono de Stillwood Heights. En el inferior derecho, la frase «Previa petición de hora». En el centro, un poco más grande, pero siempre discreto: «Jules Amthor». Debajo, un poco más pequeño: «asesor en ciencias ocultas».

Cogí el tercer cigarrillo. Esta vez, con mucho trabajo, conseguí sacar la tarjeta de visita sin cortar nada. El texto era el mismo. Volví a ponerla donde estaba.

Miré el reloj de pulsera, dejé la pipa en el cenicero, y tuve que mirar otra vez el reloj para ver la hora que era. Envolví los dos cigarrillos cortados y los trozos de la primera tarjeta en parte del papel de seda, y el pitillo que estaba entero con la tarjeta dentro en otro trozo del papel de seda, y luego guardé los dos paquetitos en el escritorio.

Examiné con atención la tarjeta. Jules Amthor, asesor en ciencias ocultas, previa petición de hora, número de teléfono de Stillwood Heights, sin dirección. Tres tarjetas iguales, enrolladas en el interior de tres porros, dentro de una pitillera de seda china o japonesa con montura de imitación de concha, una mercancía que podía haber costado entre treinta y cinco y setenta y cinco centavos en cualquier tienda oriental, Huey Fuey Sing o Long Sing Tung, uno de esos sitios donde un amarillo muy educado te habla en susurros y ríe encantado cuando le dices que el incienso Luna de Arabia huele como las chicas de los burdeles en los barrios bajos de San Francisco.

Y todo ello en el bolsillo de un individuo que estaba muy muerto y que tenía otra pitillera, lujosa de verdad, con cigarrillos que eran los que fumaba de verdad.

Quizá se había olvidado de aquella pitillera. De lo contrario no se entendía. Quizá nunca había sido suya. Quizá se la encontró en el vestíbulo de un hotel y la llevaba encima sin darse cuenta. Había olvidado devolverla. Jules Amthor, asesor en ciencias ocultas.

Sonó el teléfono y contesté distraídamente. La voz tenía la fría dureza de un polizonte convencido de su valía. Era Randall. No ladró. Lo suyo era el tono glacial.

—¿De manera que no sabía quién era la chica de anoche? Le recogió en el bulevar, hasta donde llegó usted andando. Miente con mucho estilo, Marlowe.

—Quizá tenga usted una hija y no creo que le gustase que los reporteros gráficos le saltasen de entre la maleza y la deslumbraran con sus flashes.

—Me mintió.

—Fue un placer.

Guardó silencio un momento, como si debatiera algo consigo mismo.

—Lo dejaremos pasar —dijo—. He hablado con ella. Vino y me contó su historia. Sucede que es hija de un hombre que conocí y respeté.

—La señorita Riordan le contó su historia —dije— y usted le contó la suya.

—Le conté un poco —dijo Randall con frialdad—. Y por una razón. La misma por la que ahora le llamo a usted. Esta investigación se va a llevar en secreto. Tenemos una posibilidad de acabar con esa banda de ladrones de joyas y vamos a aprovecharla.

—Así que hoy es un asesinato perpetrado por una banda. De acuerdo.

—Por cierto, era polvo de marihuana lo que había en esa pitillera tan curiosa..., con los dragones pintados. ¿Está seguro de que no le vio fumarse ningún cigarrillo de ahí?

—Por completo. En mi presencia sólo fumó de los otros. Pero no estuvo en mi presencia todo el tiempo.

—Entiendo. Bien, eso es todo. Recuerde lo que le dije anoche. No tome iniciativas en este caso. Todo lo que queremos de usted es silencio. De lo contrario...

Hizo una pausa. Bostecé ante el teléfono.

—Lo he oído —dijo Randall con tono cortante—. Quizá piensa que no estoy en condiciones de cumplir mis amenazas. Sí que lo estoy. Un movimiento en falso y lo encerraremos como testigo presencial.

—¿Me quiere decir que la prensa no se va a enterar de nada?

—Se les informará del asesinato, pero no sabrán lo que hay detrás.

—Tampoco lo sabe usted.

—Ya le he advertido dos veces —dijo—. A la tercera, se acabó.

—Habla usted demasiado —le respondí— para un tipo que tiene tantos triunfos en la manga.

Aquello sirvió para que Randall colgara como quien da un portazo. Muy bien, al diablo con él, que se lo trabajara solo.

Me paseé por la oficina para calmarme un poco, me serví medio whisky, volví a mirar el reloj sin enterarme de la hora y me senté una vez más ante el escritorio.

Jules Amthor, asesor en ciencias ocultas. Consulta previa petición de hora. Si se le da el tiempo suficiente y se le paga el dinero adecuado, resolverá cualquier problema, desde un marido hastiado hasta una plaga de langostas. Sería experto en amores frustrados, en mujeres que dormían solas y no les gustaba, en chicos y chicas que se habían marchado de casa y no escribían, en saber si una propiedad había que venderla ya o era mejor esperar un año más, en «esta interpretación que me ofrecen, ¿me perjudicará ante mi público o servirá para que parezca más polifacética?». También los varones irían a verlo de tapadillo, tipos grandes y fuertes que rugían como leones en sus despachos pero a los que, debajo del chaleco, no les llegaba la camisa al cuerpo. Pero serían sobre todo mujeres, mujeres gordas que jadeaban y flacas que se quemaban, viejas que soñaban y jóvenes con un posible complejo de Electra, mujeres de todos los tamaños, aspectos y edades, pero con una cosa en común: dinero. Seguro que el señor Jules Amthor no pasaba consulta los jueves en el hospital del distrito. Dinero en efectivo. Mujeres ricas a las que quizá el lechero tuviera que perseguir para que le abonaran la cuenta del mes, a él seguro que le pagaban sin dilación.

Un artista de la estafa, difusor de patrañas, y un sujeto cuyas tarjetas habían aparecido enrolladas en los cigarrillos de marihuana que llevaba encima un cadáver.

La cosa prometía. Descolgué el auricular y pedí a la telefonista el número de Stillwood Heights.

15

Me contestó una voz de mujer, seca, ronca, con acento extranjero:

—Diga.

—¿Podría hablar con el señor Amthor?

—Ah, no. Lamento. Sien-to mu-cho. Amthor nunca habla por teléfono. Soy sicretaria. ¿Dejar quiere mensaje?

—¿Cuál es la dirección? Quiero verlo.

—Ah, ¿usted quiere consultar Amthor profisionalmente? Alegrará mucho. Pero es muy ocupado. ¿Cuándo quiere ver?

—Inmediatamente. Hoy mismo.

—Ah —se lamentó la voz—; no puede ser. Semana próxima, quizá. Miraré agenda.

—Oiga —dije—, olvídese de la agenda. ¿Tiene lápiz?

—Claro que tengo el lápiz. Me...

—Apunte. Me llamo Philip Marlowe. Mi dirección es 615 Edificio Cahuenga, Hollywood. Eso está en Hollywood Boulevard, cerca de Ivar. Mi teléfono es Glenview 7537. —Deletreé las palabras más difíciles y esperé.

—Sí, siñor Marlowe. Apuntado.

—Quiero ver al señor Amthor acerca de un individuo llamado Marriott. —Se lo deletreé—. Es muy urgente. Cuestión de vida o muerte. Quiero verlo enseguida. En-se-gui-da. Pronto. Cuanto antes, dicho de otra manera. ¿Me explico?

—Habla usted muy extraño —dijo la voz extranjera.

—No. —Agité con fuerza el pie del teléfono—. Me encuentro perfectamente. Siempre hablo así. Se trata de un asunto muy extraño. El señor Amthor querrá verme con toda seguridad. Soy detective privado. Pero no quiero ir a la policía hasta que haya hablado con él.

—Ah. —La voz se volvió tan fría como una cena de cafetería—. Es usted de la policía, ¿no?

—Escuche —dije—. ¿Soy de la policía? No. Soy detective privado. Asunto confidencial. Pero muy urgente de todos modos. Usted me llamará, ¿no? Tiene número de teléfono, ¿sí?

—Sí. Tengo número de teléfono. El señor Marriott, ¿está enfermo?

—Bueno, no sale a la calle —dije—. ¿De manera que lo conoce?

—No, no. Usted dice cuestión de vida o muerte. Amthor cura mucha gente...

—En este caso fracasó —dije—. Esperaré su llamada.

Colgué y me lancé a por la botella de whisky. Tenía la sensación de haber pasado por una trituradora. Diez minutos más tarde sonó el teléfono. La voz dijo:

—Amthor verá a usted a las seis en punto.

—Eso está bien. ¿Cuál es la dirección?

—Mandará coche.

—Tengo coche propio. Deme la...

—Mandará coche —dijo la voz fríamente, y el teléfono me hizo clic en el oído.

Miré el reloj una vez más. Era más que hora de almorzar. Me ardía el estómago después del último whisky, pero no tenía hambre. Encendí un pitillo. Me supo a pañuelo de fontanero. Hice una inclinación de cabeza al señor Rembrandt, al otro lado del despacho, me puse el sombrero y salí. Ya estaba a mitad de camino hacia el ascensor cuando se me ocurrió. Se me ocurrió sin motivo ni razón, como se le cae a uno encima un ladrillo. Me detuve y me apoyé contra la pared de mármol, le di la vuelta al sombrero, y me eché a reír de repente.

Una chica que se cruzó conmigo, procedente del ascensor, de vuelta a su trabajo, me lanzó una de esas miradas que, según dicen, hace que sientas en la columna vertebral algo así como una carrera en una media. La saludé con un gesto de la mano, regresé a mi despacho y eché mano del teléfono. Llamé a un tipo que conocía y que trabajaba en el registro de una empresa inmobiliaria.

—¿Podrías encontrar una propiedad sólo con la dirección? —le pregunté.

—Claro. Tenemos un fichero de comprobaciones. ¿Dónde está esa propiedad?

—1644 West 54th Place. Me gustaría saber algunos detalles sobre la situación del título de propiedad.

—Será mejor que te vuelva a llamar yo. ¿En qué teléfono estás?

Tardó unos tres minutos.

—Saca el lápiz —dijo—. Es la parcela 8 de la manzana 11 de la Adición Caraday a la Zona Maplewood número 4. La propietaria del título, con reservas por ciertos detalles, es Jessie Pierce Florian, viuda.

—Sí. ¿Qué detalles?

—Pago de la mitad del impuesto catastral, dos créditos de diez años para mejora de la calle, otro crédito de diez años para reparación del alcantarillado, todos ellos cancelables, y también un primer contrato fiduciario por un importe de 2.600 dólares.

—¿Te refieres a uno de esos documentos que permiten dejar a alguien en la calle por medio de unos trámites que duran diez minutos?

—No tan deprisa como todo eso, pero mucho más deprisa que si se tratara de una hipoteca. No tiene nada de extraordinario a excepción de la cantidad. Es alta para ese barrio, a no ser que se trate de una casa nueva.

—Es una casa muy vieja y está mal conservada —dije—. No creo que nadie diera por ella más de mil quinientos.

—En ese caso se sale por completo de lo corriente, dado que la nueva financiación se firmó hace sólo cuatro años.

—De acuerdo. ¿Quién hizo el contrato? ¿Alguna sociedad de inversiones?

—No. Un individuo llamado Lindsay Marriott, soltero. ¿Era lo que querías saber?

No recuerdo lo que le dije ni cómo le di las gracias. Probablemente le parecieron simples palabras. Me quedé un rato sin hacer nada, mirando la pared.

De repente se me arregló el estómago. Tenía hambre. Bajé a la cafetería de Mansion House, almorcé y saqué el coche del aparcamiento al lado de mi despacho.

Me dirigí hacia el sudeste, camino de West 54th Place. Esta vez no llevaba conmigo una botella de whisky.

16

La manzana tenía exactamente el mismo aspecto que el día anterior. La calle estaba desierta, a excepción del camión del hielo, de dos Fords en las entradas para coches de otras tantas casas y de un remolino de polvo en una esquina. Pasé muy despacio por delante del número 1644, aparqué más allá y examiné las viviendas a ambos lados de la que me interesaba. Regresé a pie y me detuve delante, contemplando la palmera, con aspecto de aguantar lo que le echaran, y el miserable trozo de césped que nadie se molestaba en regar. La casa parecía vacía, pero probablemente no lo estaba. Sólo lo parecía. La solitaria mecedora del porche seguía exactamente en el mismo sitio. En el caminito que llevaba hasta la entrada había un periódico, arrojado aquella mañana por el repartidor. Lo recogí, me golpeé la pierna con él y vi cómo se movía un visillo en la casa de al lado, en la ventana más próxima.

De nuevo la vieja entrometida. Bostecé y me empujé el sombrero hacia atrás. Una nariz muy afilada casi se aplastó contra el cristal. Pelo blanco por arriba y ojos que, desde donde yo estaba, no eran más que una mirada. Eché a andar por la acera y los ojos me siguieron. Torcí al llegar a la altura de su casa. Subí los escalones de madera y toqué el timbre.

La puerta se abrió como movida por un resorte y me encontré delante de una vieja alta, de aspecto pajaril y barbilla de conejo. Vistos desde cerca, sus ojos eran tan penetrantes como luces sobre un agua inmóvil. Me quité el sombrero.

—¿Es usted la persona que llamó a la policía acerca de la señora Florian?

Me miró fríamente y su examen de toda mi persona fue tan completo que, probablemente, ni siquiera se le escapó el lunar que tengo en el omóplato derecho.

—No voy a decir que sí, joven, ni tampoco que no. ¿Quién es usted? —Tenía una voz aguda y gangosa, hecha para hacerse oír en medio de un tumulto.

—Soy detective.

—¡Haberlo dicho antes, demontres! ¿Qué ha sido esta vez? No he visto nada aunque no he faltado ni un minuto. Henry se ha encargado de ir a la tienda. Pero no se ha oído ni un ruido en esa casa.

Quitó el gancho de la puerta mosquitera y me dejó entrar. El recibidor, que olía a cera, estaba repleto de muebles oscuros de buena calidad que estuvieron de moda en otro tiempo. Tableros con incrustaciones y con adornos en las esquinas. Pasamos a una sala de estar que tenía antimacasares de algodón con encajes prendidos con infinitos alfileres.

—Oiga, ¿no le he visto antes? —preguntó de repente, con un atisbo de sospecha en la voz—. Claro que sí. Usted es la persona que...

—Tiene razón. Pero no dejo de ser detective. ¿Quién es Henry?

—¿Henry? No es más que un chico de color que me hace los recados. Bien, ¿qué es lo que quiere, joven? —Se dio palmaditas en el limpio delantal rojo y blanco que llevaba puesto, al tiempo que me miraba de hito en hito. Luego entrechocó un par de veces la dentadura postiza para hacer prácticas.

—¿Vinieron ayer los agentes después de entrar en casa de la señora Florian?

—¿Qué agentes?

—Los agentes de uniforme —dije pacientemente.

—Sí, estuvieron aquí un minuto. No sabían nada.

—Descríbame al hombre alto y corpulento..., el que tenía una pistola y fue la razón de que llamara usted a la policía.

Lo describió, con total precisión. No había duda de que se trataba de Malloy.

—¿Cómo era el coche que llevaba?

—Pequeño. Apenas cabía.

—¿Es todo lo que puede decir? ¡Se trata de un asesino!

La boca se le abrió, pero en sus ojos apareció un brillo de satisfacción.

—Demontres, me gustaría ayudarle, joven, pero nunca he sabido mucho de coches. Asesinato, ¿eh? Ya nadie está a salvo en esta ciudad. Cuando vine a vivir aquí, hace veintidós años, casi nunca cerrábamos la puerta con llave. Ahora no hay más que gánsters, policías corruptos y políticos luchando entre sí con ametralladoras, según he oído. Un escándalo; eso es lo que es, joven.

—Sí. ¿Qué sabe usted de la señora Florian?

Torció el gesto.

—No es nada amable. Tiene la radio a todo volumen hasta altas horas de la noche. Canta. No habla con nadie. —Se inclinó un poco hacia adelante—. No lo puedo asegurar, pero mi opinión es que bebe.

—¿Recibe muchas visitas?

—Ninguna.

—Lo sabe usted con seguridad, señora...

—Señora Morrison. Claro que sí, demontres. ¿Qué otra cosa puedo hacer, excepto mirar por la ventana?

—Seguro que es muy entretenido. ¿La señora Florian lleva mucho tiempo viviendo aquí?

—Cosa de diez años, calculo. Tuvo marido en otro tiempo. Poco recomendable, creo yo. Murió. —Hizo una pausa para pensar—. Imagino que de muerte natural —añadió—. Nunca he oído otra cosa.

—¿Le dejó dinero?

Se le hundieron los ojos y la barbilla retrocedió con ellos. Olisqueó con intensidad.

—Usted ha estado bebiendo —dijo con frialdad.

—Me acaban de sacar una muela. Prescripción del dentista.

—Estoy en contra.

—No es nada conveniente, excepto como medicina —dije.

—Ni siquiera como medicina.

—Es muy posible que tenga usted razón —dije—. ¿Le dejó dinero? ¿Su marido?

—No sabría decirle. —Su boca tenía el tamaño y el aspecto de una ciruela pasa. Sólo me quedaba batirme en retirada.

—¿Ha entrado alguien en casa de la señora Florian después de los agentes?

—No he visto a nadie.

—Muchísimas gracias, señora Morrison. No voy a molestarla más. Ha sido usted muy amable y nos ha ayudado mucho.

Salí de la sala y abrí la puerta principal. Me siguió, se aclaró la garganta y entrechocó los dientes un par de veces más.

—¿A qué teléfono debo llamar? —preguntó, ablandándose un poco.

—University 4-5000. Pregunte por el teniente Nulty. ¿De qué vive? ¿Beneficencia?

—En este barrio no vive nadie de la beneficencia —me respondió con gran frialdad la señora Morrison.

—Seguro que ese mueble fue en otro tiempo la admiración de Sioux Falls —dije contemplando un aparador tallado que estaba en el recibidor porque en el comedor no cabía. Lados curvos, finas patas talladas, todo él con incrustaciones y, en el panel delantero, un cesto de fruta.

—Mason City —dijo con voz más amable—. Sí señor, allí teníamos una buena casa en otro tiempo, George y yo. La mejor.

Abrí la puerta mosquitera, salí y volví a darle las gracias. Ahora sonreía, y su sonrisa era tan áspera como su mirada.

—Recibe una carta certificada el primero de mes —dijo de repente.

Me volví y esperé. Se inclinó hacia mí.

—El cartero llama a la puerta ese día y le hace firmar. Todos los meses. Y ella se viste de punta en blanco y sale. No vuelve hasta las tantas. Canta toda la noche. Hay veces en que podría haber llamado a la policía por lo mucho que grita.

Di unas palmaditas a un brazo tan delgado como lleno de malevolencia.

—Es usted una entre mil, señora Morrison —dije. Me puse el sombrero, me toqué el ala a modo de saludo y di la vuelta. A mitad de camino hacia la calle, me acordé de algo y volví. La señora Morrison no se había movido, la puerta principal todavía abierta tras ella. Subí los tres escalones hasta el porche.

—Mañana es primero de mes —dije—. Primero de abril. Día de los inocentes. Compruebe si recibe su carta certificada, ¿se acordará, señora Morrison?

Sus ojos me lanzaron destellos de complicidad y se echó a reír, una risa de anciana, muy aguda.

—El día de los inocentes —repitió sin contener apenas la risa—. Quizá no la reciba.

La dejé riendo. Sonaba como una gallina con hipo.

17

Nadie contestó en la casa de al lado cuando llamé primero al timbre y luego a la puerta con los nudillos. Hice otra tentativa. El gancho de la puerta mosquitera no estaba puesto. Probé con la puerta principal. Tampoco estaba cerrada, de manera que entré.

Nada había cambiado, ni siquiera el olor a ginebra. Y seguía sin haber cuerpos tendidos en el suelo. Sobre la mesita vecina a la silla donde se sentara el día anterior la señora Florian había un vaso usado. La radio estaba apagada. Me acerqué al sofá y palpé detrás de los almohadones. La botella vacía del día anterior tenía ya una compañera.

Llamé. Nadie me respondió. Luego me pareció oír una respiración larga y lenta, nada alegre, que era más bien un gemido. Atravesé el arco y llegué hasta el pequeño pasillo. La puerta del dormitorio estaba abierta a medias y el ruido semejante a una queja venía de detrás. Asomé la cabeza y miré.

La señora Florian estaba en la cama, boca arriba, con una colcha tapándola hasta la barbilla, una de cuyas borlas de adorno casi se le había metido en la boca. Se le habían aflojado todos los músculos del largo rostro amarillento y parecía medio muerta. Los cabellos, sucios, se extendían desordenadamente por la almohada. Sus ojos se abrieron lentamente y me miró sin expresión. Del dormitorio se desprendía un repulsivo olor a sueño, a ginebra y a ropa sucia. Un despertador de tres al cuarto hacía tictac sobre la blanquecina pintura descascarillada de la cómoda. Su tictac era tan fuerte que hacía temblar las paredes. Por encima, un espejo mostraba una imagen deformada del rostro de la señora Florian. El baúl del que sacara las fotos seguía abierto.

—Buenas tardes, señora Florian —dije—. ¿Está enferma?

Consiguió, muy despacio, juntar los labios y, después de frotarlos entre sí, sacó la lengua para humedecérselos; finalmente, empezó a mover la mandíbula. La voz le brotó de la boca como si procediera de un disco de gramófono muy estropeado. En sus ojos apareció una luz de reconocimiento, aunque no de agrado.

—¿Lo han pillado?

—¿A Malloy?

—Claro.

—Todavía no; pero pronto, espero.

Cerró con fuerza los ojos y luego los abrió bruscamente como si tratase de librarse de una sustancia extraña que los cubría.

—Debería tener la puerta de su casa cerrada con llave —dije—. Podría volver.

—Cree que le tengo miedo a Malloy, ¿no es eso?

—Se comportó como si se lo tuviera cuando hablé ayer con usted.

Se puso a pensar sobre lo que le decía, pero era un trabajo muy duro.

—¿Tiene whisky?

—No; hoy no he traído, señora Florian. Ando un poco escaso de dinero.

—La ginebra es barata y pega fuerte.

—Quizá salga a comprarla dentro de un rato. ¿De manera que le asusta Malloy?

—¿Por qué tendría que asustarme?

—De acuerdo, no le tiene miedo. ¿Qué es lo que le asusta entonces?

Sus ojos brillaron por un momento, pero enseguida volvieron a apagarse.

—Bah, váyase con viento fresco. Ustedes los polis me dan dolor de estómago.

No dije nada. Me recosté contra la jamba de la puerta, me puse un pitillo en la boca y traté de alzarlo lo bastante para darme con él en la nariz, algo que es más difícil de lo que parece.

—Los polis —dijo la señora Florian muy despacio, como si hablara sola— nunca atraparán a ese muchacho. Es listo, tiene dinero y además amigos. Está perdiendo el tiempo, piesplanos.

—Sólo hacemos nuestro trabajo —dije—. De todos modos, se puede decir que fue un caso de legítima defensa. ¿Dónde imagina que está?

Rió entre dientes y luego se limpió la boca con la colcha de algodón.

—Ahora me da un poco de jabón —dijo—. El toque de terciopelo. Astucias de piesplanos. Todavía creen que les sirven para algo.

—A mí Malloy me cayó simpático —dije.

El interés se asomó a sus ojos.

—¿Lo conoce?

—Estaba ayer con él..., cuando mató al negro en Central Avenue.

La señora Florian abrió mucho la boca y se desternilló sin hacer más ruido del que haría cualquiera partiendo un colín. Las lágrimas de risa, desbordadas, le corrieron por las mejillas.

—Un tipo grande y fuerte —dije—. Tampoco le falta corazón. Decidido a recuperar a su Velma.

A la señora Florian se le velaron los ojos.

—Creía que era su familia la que estaba buscándola —dijo en voz baja.

—Lo está. Pero usted me dijo que había muerto. Que no había nada que hacer. ¿Dónde murió?

—En Dalhart, Texas. Un resfriado que se le bajó al pecho y acabó con ella.

—¿Usted la vio?

—Claro que no. Me lo contaron.

—Ah. ¿Quién se lo dijo, señora Florian?

—Alguna bailarina. Ahora no recuerdo el nombre. Quizá una copa me ayudara. Tengo la impresión de estar en el Valle de la Muerte.

«Y parece una mula muerta», pensé, pero no lo dije en voz alta.

—Sólo hay una cosa más —dije—, y quizá después salga a por un poco de ginebra. Se me ocurrió mirar la escritura de propiedad de su casa, no sé exactamente por qué.

Su cuerpo adquirió rigidez bajo la ropa de la cama, como si fuese una mujer de madera. Incluso los párpados se detuvieron a mitad de camino sobre los turbios iris de los ojos. Dejó de respirar.

—Hay constancia de un primer préstamo con la casa como garantía —dije—. Un préstamo importante si se tiene en cuenta el escaso valor de la propiedad en esta zona. Y quien concedió el préstamo fue un individuo llamado Lindsay Marriott.

Parpadeó muy deprisa varias veces, pero no se movió. Siguió mirándome fijamente.

—Trabajaba para él —dijo por fin—. Fui criada de su familia. Puede decirse que se ocupa de mí hasta cierto punto.

Me saqué de la boca el cigarrillo que no había encendido aún, lo contemplé como si no supiera qué hacer con él y me lo volví a meter en la boca.

—Ayer por la tarde, pocas horas después de mi conversación con usted, el señor Marriott llamó a mi despacho para ofrecerme un trabajo.

—¿Qué clase de trabajo? —La voz se le había enronquecido mucho.

Me encogí de hombros.

—Eso no se lo puedo decir. Confidencial. Fui a verlo anoche.

—Es usted un hijo de puta muy listo —dijo con dificultad, mientras una de sus manos se movía bajo la ropa de la cama.

Me la quedé mirando sin decir nada.

—Un piesplanos muy listo —dijo con sorna.

Moví una mano arriba y abajo por la jamba de la puerta. Estaba pegajosa. Bastaba tocarla para sentir ganas de darse un baño.

—Bien, eso es todo —dije amablemente—. Sólo me preguntaba cuál podía ser la razón. Quizá no tenga importancia. Tan sólo una coincidencia. Pensé, sencillamente, que podía querer decir algo.

—Muy listo para piesplanos —dijo, sin convicción ya—. Ni siquiera un poli de verdad. Nada más que un detective de tres al cuarto.

—Supongo que sí —dije—. Bueno, hasta la vista, señora Florian. Por cierto, no creo que reciba usted una carta certificada mañana por la mañana.

Apartó la ropa de la cama y se irguió de golpe con los ojos echando chispas. Algo le brillaba en la mano derecha. Un revólver muy pequeño, de calibre 22 y cañón corto. Viejo y gastado, pero con aspecto de funcionar perfectamente.

—Diga lo que tenga que decir —rugió—. Y dígalo deprisa.

Miré al revólver y el revólver me miró. No con demasiada firmeza. La mano que lo sostenía empezó a temblar, pero los ojos aún echaban chispas y en las comisuras de la boca burbujeaba la saliva.

—Usted y yo podríamos trabajar juntos —dije.

Revólver y mandíbula cayeron al mismo tiempo. Yo me encontraba a pocos centímetros de la puerta. Mientras el arma seguía cayendo, me deslicé hasta el otro lado, a cubierto de vistas.

—Piénselo bien —dije, volviéndome.

No se oyó nada, ni el más mínimo ruido.

Atravesé deprisa el pasillo y el comedor y salí de la casa. Tuve una sensación extraña en la espalda mientras bajaba por el sendero hasta la acera. Como si los músculos se me retorcieran.

No sucedió nada. Seguí calle adelante, llegué hasta mi coche y me marché de allí.

Era el último día de marzo, pero hacía calor de verano. Mientras conducía tuve ya ganas de quitarme la chaqueta. Delante de la comisaría de la calle Setenta y siete, dos policías de un coche patrulla fruncían el ceño ante un parachoques abollado. Crucé las puertas batientes y encontré a un teniente de uniforme que, detrás del espacio acotado, estudiaba el registro con las últimas detenciones. Le pregunté si Nulty estaba en su despacho. Respondió que le parecía que sí y que si yo era amigo suyo. Dije que sí. De acuerdo, respondió, suba, de manera que subí las gastadas escaleras, avancé por el pasillo y llamé a la puerta. Una voz dio un grito y entré.

Nulty, sentado en una silla y con los pies en otra, se estaba hurgando los dientes con un palillo. Se miraba el pulgar izquierdo, colocado a la altura de los ojos y lo más lejos que le permitía la longitud del brazo. Al pulgar, en mi opinión, no le pasaba nada, pero la mirada de Nulty era sombría, como si pensara que tenía muy pocas esperanzas.

Luego se llevó la mano al muslo, bajó los pies al suelo y me miró en lugar de contemplarse el pulgar. Llevaba un traje gris oscuro y los restos de un cigarro muy mordido esperaban sobre la mesa a que terminara con el mondadientes.

Di la vuelta a la funda de fieltro de la segunda silla, cuyas cintas no estaban sujetas a nada, me senté y me puse un pitillo en la boca.

—Usted —dijo Nulty, y miró el mondadientes, para ver si estaba suficientemente mascado.

—¿Alguna novedad?

—¿Malloy? Ya no me ocupo de eso.

—¿Quién, entonces?

—Nadie. ¿Por qué? Se nos ha escapado. Hemos mandado su descripción por teletipo y se han puesto carteles en las comisarías. Pero seguro que ya está en México.

—Bueno; todo lo que ha hecho ha sido matar a un negro —dije—. Supongo que eso no es más que un delito de poca monta.

—¿Todavía le interesa? Creía que estaba trabajando. —Sus ojos incoloros se me pasearon por toda la cara con una mirada acuosa.

—Tuve un trabajo ayer, pero no duró mucho. ¿Todavía conserva la foto de la chica disfrazada de Pierrot?

Extendió un brazo y buscó bajo el secante. Cuando la tuvo en la mano me la mostró. La chica seguía pareciendo bonita. Contemplé su cara.

—En realidad esa foto es mía —dije—. Si no la necesita, me gustaría quedármela.

—Debería ir con el expediente, supongo —dijo Nulty—. Pero me olvidé de ella. De acuerdo, quédesela sin que nadie se entere, porque el expediente lo he entregado ya.

Me guardé la foto en el bolsillo del pecho y me puse en pie.

—Bien —dije, quizá con excesiva displicencia—. Creo que eso es todo.

—Huelo algo —dijo Nulty con frialdad.

Miré el trozo de cuerda en el borde de la mesa. Sus ojos siguieron la dirección de los míos. Tiró el mondadientes al suelo y se puso en la boca los restos del cigarro.

—No se trata de esto —dijo.

—Todo lo que tengo es un vago presentimiento. Si llega a ser algo más sólido no me olvidaré de usted.

—Estoy en una situación muy difícil. Necesito una oportunidad, amigo.

—Un hombre que trabaja tanto como usted se la merece —dije.

Encendió un fósforo con la uña del pulgar, puso cara de satisfacción al lograrlo a la primera y empezó a inhalar el humo del cigarro.

—Me estoy riendo —dijo Nulty con voz muy triste mientras yo salía de su despacho.

El corredor estaba en silencio; todo el edificio permanecía en calma. Abajo, en la calle, los dos agentes del coche patrulla seguían mirando el parachoques abollado. Volví en mi automóvil a Hollywood.

El teléfono estaba sonando cuando entré en el despacho. Me incliné sobre el escritorio.

—¿Diga?

—¿Hablo con el señor Philip Marlowe?

—Sí, soy yo.

—Le llamo de parte de la señora Lewin Lockridge Grayle. Le gustaría verle tan pronto como le sea posible.

—¿Dónde?

—La dirección es Aster Drive, 862, en Bay City. ¿Puedo decir que llegará usted en el espacio de una hora?

—¿Es usted el señor Grayle?

—Nada de eso. Habla usted con el mayordomo.

—¿No oye llamar ya al timbre de la puerta? Pues soy yo —dije.

18

Se sentía en el aire la presencia del océano, porque estaba cerca, pero no se veía el agua desde delante de la finca. Aster Drive hacía allí una larga curva muy suave y las casas situadas hacia el interior no pasaban de ser viviendas agradables, pero del lado de la costa se extendían grandes propiedades silenciosas, con muros casi de cuatro metros de altura, verjas de hierro forjado y setos ornamentales; y dentro, si es que podías entrar, una variedad especial de luz de sol, muy silenciosa, almacenada, en contenedores a prueba de ruido, exclusivamente para las clases altas.

Un individuo con una casaca de color azul marino, brillantes polainas negras y pantalones anchos se hallaba delante de la verja a medio abrir. Un muchacho moreno, bien parecido, ancho de hombros y de pelo suave y reluciente. La visera de la gorra —ladeada con gracia— le arrojaba una sombra suave sobre los ojos. Tenía un cigarrillo en la comisura de la boca y la cabeza un poco inclinada, como para evitar que el humo se le metiera en la nariz. Llevaba una mano cubierta por una manopla negra y la otra descubierta, con una voluminosa sortija en el dedo corazón.

No se veía el número de la casa, pero debía de ser el 862. Detuve el coche, me asomé y le pregunté. El tipo de la casaca tardó un buen rato en contestar. Tuvo que examinarme con gran detenimiento. También el coche que conducía. Se me acercó y, al hacerlo, bajó distraídamente la mano desenguantada hacia la cadera. Era el tipo de descuido destinado a hacerse notar.

Se detuvo a medio metro de mi automóvil y volvió a mirarme de arriba abajo.

—Estoy buscando la residencia de los señores Grayle —dije.

—Es ésta. Pero no hay nadie.

—Me están esperando.

Asintió con la cabeza. Sus ojos brillaron como agua.

—¿Su nombre?

—Philip Marlowe.

—Espere ahí. —Se dirigió sin prisa hacia la verja y abrió una puertecita de hierro situada en uno de los sólidos pilares. Dentro había un teléfono. Habló brevemente, cerró con fuerza la puertecita y volvió hacia mí.

—¿Algún documento que acredite su identidad?

Le señalé el permiso de circulación encima de la guantera.

—Eso no prueba nada —dijo—. ¿Cómo sé yo que el coche es suyo?

Apagué el motor del coche, saqué la llave de contacto, abrí la portezuela y salí. Eso me dejó a menos de treinta centímetros de mi interlocutor. Le olía bien el aliento. Haig and Haig como mínimo.

—Te has servido otra vez del aparador —le dije.

Sonrió. Sus ojos me calibraron.

—Escucha —dije—: hablaré por ese teléfono con el mayordomo y él reconocerá mi voz. ¿Bastará eso o tendrás que llevarme a caballo?

—No soy más que un empleado —dijo en tono conciliador—. Si no lo fuera... —Siguió sonriendo sin terminar la frase.

—Eres un chico simpático —dije, acompañando la frase con unas palmaditas en el hombro—. ¿Dartmouth o Dannemora?

—Dios —dijo—. ¿Por qué no me ha dicho que era policía?

Los dos sonreímos. Hizo un gesto con la mano y pasé por la verja a medio abrir. La avenida que conducía hasta la casa hacía una curva, y altos setos recortados de color verde oscuro la ocultaban por completo de la calle y de la casa. A través de una puerta de hierro pintada de verde vi a un jardinero japonés que quitaba las malas hierbas de una enorme extensión de césped. Estaba arrancando a un intruso de la aterciopelada superficie y lo trataba desdeñosamente, como tienen por costumbre los jardineros japoneses. Luego el alto seto se cerró de nuevo y no vi nada más por espacio de treinta metros, hasta que la avenida concluyó en un amplio círculo en el que estaba aparcada media docena de automóviles.

Uno de ellos era un pequeño cupé. Había un par de Buicks de dos colores muy bonitos y último modelo, lo bastante buenos sin duda para ir con ellos a recoger el correo. No faltaba, además, una limusina negra, con la rejilla del radiador de níquel mate y tapacubos del tamaño de ruedas de bicicleta. Y un largo deportivo descapotable. Una breve calzada muy ancha de cemento llevaba desde allí hasta la entrada lateral de la casa.

Hacia la izquierda, más allá del espacio reservado para aparcar, había un jardín situado a un nivel más bajo, con una fuente en cada una de sus cuatro esquinas. La entrada estaba cerrada por otra verja de hierro forjado, adornada en el centro por un Cupido en vuelo. Había bustos sobre esbeltos pilares y un asiento de piedra con grifos agazapados en los extremos. Y un estanque ovalado con nenúfares de piedra y una gran rana del mismo material sobre una de las hojas. Todavía más allá, una rosaleda conducía a algo muy parecido a un altar, resguardado por setos a ambos lados, pero no hasta el punto de evitar que la luz del sol formase un arabesco en los escalones. Y mucho más hacia la izquierda había un jardín silvestre, no muy grande, con un reloj de sol cercano a un ángulo del muro construido para dar apariencia de ruina. Tampoco faltaban las flores. Un millón de flores.

La casa misma no era para tanto. Más pequeña que el palacio de Buckingham, más bien gris tratándose de California y, probablemente, con menos ventanas que el edificio Chrysler.

Me deslicé hasta la entrada lateral, toqué un timbre y en algún lugar un carillón emitió un melodioso sonido profundo, como de campanas de iglesia.

Un sujeto con un chaleco a rayas y botones dorados abrió la puerta, hizo una reverencia, me cogió el sombrero y concluyó con ello la jornada de trabajo. Detrás de él, en la penumbra, otro individuo con pantalones a rayas impecablemente planchados, chaqueta negra y camisa de frac con corbata gris de rayas inclinó hacia adelante la canosa cabeza cosa de un centímetro y dijo:

—¿Señor Marlowe? Si tiene la amabilidad de seguirme...

Avanzamos por un corredor en completo silencio. Ni siquiera una mosca zumbaba en él. El suelo estaba cubierto de alfombras orientales y había cuadros a lo largo de las paredes. Doblamos una esquina y el corredor continuó. Una puerta-ventana me permitió ver a lo lejos un brillo de agua azul, lo que me hizo recordar, casi con sorpresa, que estábamos cerca del mar y que la casa se hallaba sobre el borde de una de las gargantas que terminan en el Océano Pacífico.

El mayordomo llegó a una puerta; al abrirla salió del interior un rumor de voces. Luego se hizo a un lado para dejarme pasar. Era una habitación muy agradable con amplios sofás y cómodos sillones tapizados de cuero amarillo pálido, distribuidos alrededor de una chimenea delante de la cual, sobre un suelo reluciente pero no resbaladizo, había una alfombra tan fina como si fuese de seda y tan antigua como la tía de Esopo. Una profusión de flores brillaba en un rincón, otra en una mesa baja y las paredes estaban pintadas de un color mate a imitación de pergamino. Todo era cómodo, espacioso, acogedor, con un toque de lo muy moderno y otro de lo muy antiguo, y había tres personas sentadas que guardaron silencio de repente mientras yo atravesaba la habitación.

Una de ellas era Anne Riordan, con el mismo aspecto que la última vez que la había visto, excepto que tenía en la mano un vaso con un líquido ambarino. Otra era un hombre alto y delgado, de rostro melancólico, barbilla saliente, ojos hundidos y sin otro color en la cara que el amarillo de una persona enferma. Tenía sus buenos sesenta años, probablemente no tan buenos. Llevaba un terno oscuro, un clavel rojo y parecía un tanto apagado.

La tercera era la rubia, que llevaba un vestido de calle, de color azul verdoso pálido. No me fijé demasiado en la ropa. Era lo que su modisto diseñaba para ella y sin duda la señora Grayle iba al mejor. El efecto era hacer que pareciese muy joven y muy azules sus ojos de color lapislázuli. Sus cabellos estaban hechos con el oro de los viejos maestros y peinados lo justo, pero no demasiado. Poseía un perfecto conjunto de curvas que nadie habría sido capaz de mejorar. El traje era bastante sencillo a excepción de un broche de brillantes en la garganta. No tenía las manos pequeñas, pero sí bien formadas, y las uñas, pintadas de color morado, ofrecían la habitual nota discordante. Y me estaba obsequiando con una de sus sonrisas. Daba la impresión de sonreír con facilidad, pero sus ojos tenían un aire tranquilo, como si pensaran despacio y con cuidado. Y su boca era sensual.

—Le agradezco mucho que haya venido —dijo—. Le presento a mi marido. Prepárale un whisky al señor Marlowe, cariño.

El señor Grayle me estrechó la mano; la suya estaba fría y un poco húmeda. Había tristeza en sus ojos. Mezcló scotch con soda y me ofreció el vaso.

Luego se sentó en un sillón y guardó silencio. Yo bebí la mitad de lo que me habían dado y sonreí a la señorita Riordan. Ella me miró con aire ausente, como si estuviera pensando en otra cosa.

—¿Cree que podrá hacer algo por nosotros? —preguntó la rubia muy despacio, contemplando el vaso que tenía en la mano—. Si cree que sí, me dará una gran alegría. Pero la pérdida tiene poca importancia, si se compara con tener que seguir tratando con gánsteres y otras personas horribles.

—No sé mucho de ese asunto, en realidad —dije.

—Espero que pueda. —Me obsequió con otra sonrisa que sentí hasta en el bolsillo trasero del pantalón.

Me bebí la otra mitad del whisky. Empezaba a sentirme descansado. La señora Grayle tocó un timbre colocado en el brazo del sofá de cuero y entró un lacayo. La dueña de la casa señaló discretamente la bandeja. El criado miró alrededor y preparó dos whiskis más. La señorita Riordan seguía utilizando como decoración el que tenía en la mano y al parecer el señor Grayle no era partidario. El lacayo salió del cuarto.

La señora Grayle y yo alzamos nuestros vasos. La dueña de la casa cruzó las piernas de manera un tanto descuidada.

—No sé si voy a poder ayudarles —dije—. Tengo mis dudas. ¿Disponemos de algo nuevo en que apoyarnos?

—Estoy segura de que podrá. —La señora Grayle me obsequió con otra sonrisa—. ¿Hasta qué punto se confió Lin Marriott con usted?

Miró de reojo a la señorita Riordan, que no pudo captar la mirada y se limitó a seguir sentada, mirando, también de reojo, en la dirección opuesta.

La señora Grayle se volvió hacia su marido.

—No hace falta que pierdas el tiempo con estas cosas tan poco interesantes, cariño.

El señor Grayle se levantó, dijo que se alegraba mucho de haberme conocido y que iba a echarse un rato. No se sentía muy bien. Confiaba en que supiera disculparle. Se mostró tan cortés que tuve deseos de sacarlo personalmente de la habitación para testimoniarle mi aprecio.

Al marcharse, el señor Grayle cerró la puerta con muchísima suavidad, como temeroso de despertar a alguien que durmiera. Su mujer contempló la puerta un momento, luego recobró la sonrisa y me miró.

—Doy por supuesto que no tiene usted secretos con la señorita Riordan.

—Nadie conoce todos mis secretos, señora Grayle. Sucede que está al tanto de este caso..., lo que sabemos de él.

—Claro. —Bebió un par de sorbitos, luego terminó el vaso y se desprendió de él.

—Al diablo con el ambiente de fiesta de sociedad —dijo de repente—. Hablemos de cosas serias. Es usted un hombre muy bien parecido para dedicarse a lo que se dedica.

—El aroma no siempre es de rosas —dije.

—No me refería a eso. ¿Se gana dinero..., o es una pregunta impertinente?

—Dinero más bien poco. Y es mucho lo que se sufre. Pero también es muy divertido. Y siempre existe la posibilidad de un caso importante.

—¿Cómo se llega a ser detective privado? ¿No le importa que me haga una idea acerca de usted? Y empuje esa mesa hacia aquí, si es tan amable. Para que pueda ocuparme de las bebidas.

Me levanté y empujé la enorme bandeja de plata, con su base, por el suelo resplandeciente hasta colocarla a su lado. La señora Grayle preparó otros dos whiskis. Todavía me quedaba la mitad del segundo.

—La mayoría somos antiguos policías —dije—. Trabajé en el despacho del fiscal del distrito durante algún tiempo. Pero me despidieron.

La señora Grayle sonrió amablemente.

—Estoy segura de que no fue por incompetencia.

—No; por contestar cuando nadie me lo pedía. ¿Ha recibido más llamadas telefónicas?

—Bueno... —Miró a Anne Riordan. Esperó. Sus ojos decían cosas.

Anne Riordan se puso en pie. Llevó su vaso, todavía lleno, hasta la bandeja y lo dejó allí.

—Probablemente no les faltará —dijo—. Pero en caso contrario..., y muchísimas gracias por hablar conmigo, señora Grayle. No voy a utilizar nada de lo que me ha dicho. Tiene usted mi palabra.

—Caramba, no irá usted a marcharse —dijo la señora Grayle sin perder su sonrisa.

Anne Riordan se mordió el labio inferior y lo mantuvo así un momento como si vacilara entre apretar, cortárselo y escupirlo o mantenerlo donde estaba un poco más de tiempo.

—Lo siento, pero debo irme, mucho me temo. No trabajo para el señor Marlowe, ¿sabe usted? Sólo es un amigo. Hasta la vista, señora Grayle.

La rubia la obsequió con la más deslumbrante de las sonrisas.

—Espero que vuelva por aquí muy pronto. En cualquier momento.

Tocó dos veces el timbre, lo que hizo aparecer al mayordomo, que mantuvo la puerta abierta.

La señorita Riordan salió a buen paso y la puerta volvió a cerrarse. Durante un buen rato la señora Grayle se la quedó mirando con la sombra de una sonrisa en los labios.

—Es mucho mejor así, ¿no le parece? —dijo después de un silencio.

Asentí con la cabeza.

—Probablemente se preguntará usted por qué está tan bien informada si no es más que una amiga —dije—. Se trata de una muchachita muy especial. Algunas de las cosas las ha averiguado ella misma, como saber quién era usted y a quién pertenecía el collar de jade. Otras, sencillamente, sucedieron. Anoche se presentó en el sitio donde asesinaron a Marriott. Estaba dando un paseo en coche. Vio una luz y se acercó.

—Oh. —La señora Grayle alzó el vaso e hizo una mueca—. Es horrible pensar en ello. Pobre Lin. Era más bien un sinvergüenza. La mayoría de los amigos que tiene una lo son. Pero morir así es espantoso. —Se estremeció. Los ojos se le dilataron y oscurecieron.

—De manera que no hay nada que temer de la señorita Riordan. No se irá de la lengua. Su padre fue el jefe de policía de esta zona durante mucho tiempo —dije.

—Sí. Eso es lo que me ha contado. No está usted bebiendo.

—A esto que hago le llamo yo beber.

—Usted y yo deberíamos entendernos. ¿Le contó Lin..., el señor Marriott..., le contó cómo había sido el atraco?

—En algún sitio entre Bay City y el Trocadero. No fue muy preciso. Tres o cuatro individuos.

La señora Grayle asintió con su resplandeciente cabeza dorada.

—Sí. Déjeme decirle que hubo algo bastante curioso acerca de ese atraco. Me devolvieron una de las sortijas, bastante buena, por añadidura.

—Marriott me lo contó.

—Pero, por otra parte, el collar de jade no me lo pongo casi nunca. Si bien se mira, es una pieza de museo, probablemente no hay muchos así en el mundo, un tipo de jade muy poco frecuente. Pero se abalanzaron sobre él. Nunca hubiera pensado que se dieran cuenta al instante de su mucho valor. ¿Qué le parece a usted?

—Quizá sabían que usted no se lo habría puesto si no fuese valioso. ¿Quién estaba al tanto?

La señora Grayle se dedicó a pensar. Era agradable verla pensar. Aún tenía las piernas cruzadas y de manera no muy cuidadosa.

—Todo tipo de personas, imagino.

—Pero no todas estaban al tanto de que iba a llevarlo esa noche. ¿Quién lo sabía?

Se encogió de hombros, pálidamente azules. Traté de mantener los ojos donde debían estar.

—Mi doncella. Pero ha tenido cientos de ocasiones, y me fío de ella...

—¿Por qué?

—No lo sé. De algunas personas me fío. De usted, por ejemplo.

—¿Se fiaba usted de Marriott?

El gesto se le endureció un poco. La mirada un poco vigilante.

—En algunas cosas, no. En otras, sí. Hay grados. —Tenía una agradable manera de hablar, tranquila, medio cínica, sin llegar a dura. Redondeaba bien las palabras.

—De acuerdo... ¿Quién más, aparte de la doncella? ¿El chófer?

Movió la cabeza para decir que no.

—Fue Lin quien me llevó aquella noche, en su coche. Creo que George libraba. ¿No era jueves?

—Yo no estaba allí. Marriott habló de cuatro o cinco días antes. Jueves habría sido una semana entera contando desde anoche.

—Bien, pero era jueves. —Extendió el brazo en busca de mi vaso, sus dedos rozaron los míos y me resultaron muy suaves al tacto—. George libra el jueves por la tarde. Es el día habitual, ¿sabe? —Vertió una buena cantidad de whisky de aspecto añejo en mi vaso y añadió un poco de soda. Era el tipo de bebida alcohólica que piensas que puedes beber eternamente y que te hace temerario. La señora Grayle se aplicó el mismo tratamiento.

—¿Lin le dio mi nombre? —preguntó suavemente, la mirada cauta todavía.

—Tuvo buen cuidado de no hacerlo.

—En ese caso, quizá le engañó también sobre la hora. Veamos lo que tenemos. Doncella y chófer, descartados. No los consideramos como cómplices, quiero decir.

—Yo no los excluyo.

—Bien, al menos lo estoy intentando —rió ella—. Luego está Newton, el mayordomo. Pudo vérmelo puesto esa noche. Pero cuelga bastante bajo y llevaba una capa de zorro blanco; no, no creo que lo viera.

—Apuesto cualquier cosa a que parecía usted un sueño —dije.

—¿No estará usted un poco piripi, por casualidad?

—Se sabe de ocasiones en las que estuve más sobrio.

Echó la cabeza hacia atrás y lanzó una carcajada. Sólo he conocido a cuatro mujeres en mi vida capaces de hacerlo sin dejar de parecer bellas. La señora Grayle era una de ellas.

—Newton está descartado —dije—. No es del tipo de los que se asocian con malhechores. Son meras suposiciones, de todos modos. ¿Qué hay del lacayo?

Pensó y recordó; luego movió la cabeza.

—No me vio.

—¿Alguien le pidió que se pusiera el collar de jade?

Sus ojos se volvieron al instante más cautelosos.

—Si cree que no le veo venir, está muy equivocado —dijo.

Tomó de nuevo mi vaso para volver a llenarlo. La dejé hacerlo, aunque todavía me quedaban un par de dedos. Estudié las encantadoras curvas de su cuello.

Cuando hubo llenado los vasos y estábamos otra vez jugando con ellos, le dije:

—Vamos a dejarlo todo bien claro y luego le diré algo. Describa la velada.

Se miró el reloj de pulsera, subiéndose, para hacerlo, la manga hasta el hombro.

—Debería estar...

—Déjelo que espere.

Sus ojos lanzaron un destello de enojo al oír aquello. Me gustaron así.

—Existe la posibilidad de pasarse un poco en la franqueza —dijo.

—En mi profesión, no. Descríbame la velada. O póngame de patitas en la calle. Lo uno o lo otro. Esa cabeza suya tan encantadora es la que tiene que tomar la decisión.

—Será mejor que venga a sentarse a mi lado.

—Llevo un buen rato pensando en esa posibilidad —dije—. Desde que cruzó usted las piernas, para ser exactos.

Se tiró de la falda.

—En cuanto te descuidas estos malditos chismes se te suben hasta el cuello.

Me senté a su lado en el sofá de cuero amarillo.

—¿No va usted un poco demasiado deprisa? —preguntó en voz baja.

No le respondí.

—¿Tiene mucha práctica en este tipo de cosas? —me preguntó, mirándome de reojo.

—Ninguna, en realidad. Soy un monje tibetano en mi tiempo libre.

—Excepto que no tiene usted tiempo libre.

—Vamos a centrarnos —dije—. A concentrar la capacidad mental que nos quede (o que me queda a mí) en el problema. ¿Cuánto me va a pagar?

—Ah. Es ése el problema. Creía que iba usted a recuperar mi collar. O a intentarlo al menos.

—Tengo que trabajar a mi manera. Esta manera. —Bebí un trago muy largo que estuvo a punto de acabar conmigo. Respiré hondo—. E investigar un asesinato —dije.

—Eso no tiene nada que ver con nuestro problema. Quiero decir que de eso se encarga la policía, ¿no es cierto?

—Claro..., pero el pobre Marriott me pagó cien dólares para que cuidara de él. Eso hace que me sienta culpable y que tenga ganas de llorar. ¿Debo llorar?

—Tómese mejor otra copa. —Me sirvió un poco más de scotch. A ella la bebida no parecía afectarle más que un vaso de agua a las cataratas del Niágara.

—Bien, ¿adónde hemos llegado? —dije, tratando de sujetar el vaso de manera que el whisky siguiera dentro—. Ni la doncella, ni el chófer, ni el mayordomo, ni el lacayo. El paso siguiente será hacernos nuestra propia colada. ¿Cómo se produjo el atraco? La versión de usted quizá incluya unos cuantos detalles que Marriott no me proporcionó.

La señora Grayle se inclinó hacia adelante y apoyó la barbilla en la mano. Una actitud seria, sin caer en la exageración.

—Fuimos a una fiesta en Brentwood Heights. Luego a Lin se le ocurrió que pasásemos por el Troc para tomar unas copas y bailar un poco. Y fue lo que hicimos. Sunset estaba en obras y muy polvoriento. De manera que a la vuelta tomamos el camino de Santa Mónica. Pasamos por delante de un sitio muy venido a menos que se llama Hotel Indio, en el que me fijé por un motivo muy tonto y sin sentido. Del otro lado de la calle había una cervecería con un coche aparcado delante.

—¿Sólo un coche..., delante de una cervecería?

—Sí. Sólo uno. Era un sitio muy deprimente. Bien; lo cierto es que aquel automóvil se puso en marcha y nos siguió y, por supuesto, tampoco a aquello le di ninguna importancia. No había motivo alguno. Después, antes de que llegáramos a donde Santa Mónica desemboca en el bulevar Arguello, Lin dijo: «Vayamos por la otra carretera», y se metió en una calle residencial con muchas curvas. A continuación, de golpe, otro coche aceleró para adelantarnos, nos rozó el guardabarros y se detuvo delante. Un tipo con abrigo y bufanda y el sombrero tapándole la cara se acercó para pedir disculpas. La bufanda era blanca, estaba anudada por fuera y me llamó la atención. Creo que fue lo único suyo que vi, a excepción de que era alto y delgado. Tan pronto como estuvo cerca... Luego recordé que en ningún momento se había situado delante del haz de luz de nuestros faros...

—Es lo lógico. A nadie le gusta mirar de frente unos faros. Otro trago. Esta vez invito yo.

Estaba inclinada hacia adelante, las delicadas cejas —que no eran pintadas— unidas por el esfuerzo del recuerdo.

—Tan pronto como estuvo cerca del coche por el lado de Lin —continuó la señora Grayle—, se subió la bufanda más arriba de la nariz y nos puso delante una pistola reluciente. «Arriba las manos», dijo. «Esténse muy quietos y no tendremos el menor problema.» Luego un segundo individuo apareció por el otro lado.

—Todo eso en Beverly Hills —dije—. Los seis kilómetros cuadrados mejor vigilados de toda California.

Mi interlocutora se encogió de hombros.

—Sucedió, de todos modos. Me pidieron las joyas y el bolso. El de la bufanda. El que estaba por mi lado nunca dijo nada. Le entregué las cosas a Lin para que se las entregara al de la bufanda, que me devolvió el bolso y una sortija. Dijo que esperásemos algún tiempo antes de llamar a la policía y al seguro. Nos harían una proposición muy sencilla por poco dinero. Dijo que les resultaba más conveniente limitarse a un tanto por ciento. Daba la sensación de tener todo el tiempo del mundo. Dijo que también podían trabajar con la gente del seguro, si no les quedaba otro remedio, pero eso significaba recurrir a un picapleitos con pocos escrúpulos y preferían no hacerlo. Parecía una persona con cierta educación.

—Podría haber sido Eddie el Elegante —dije—, si no fuera porque acabaron con él en Chicago hace algún tiempo.

La señora Grayle se encogió de hombros. Bebimos un poco más de scotch.

—Luego se fueron —continuó ella— y nosotros nos volvimos a casa y le dije a Lin que no contase nada. Al día siguiente recibí una llamada. Tenemos dos teléfonos, uno con extensiones y otro en mi dormitorio. Me llamaron a este último. No figura en la guía, por supuesto.

Asentí con la cabeza.

—Los números de teléfono se compran por unos pocos dólares. Es algo que se hace constantemente. Algunas personas que trabajan en el cine tienen que cambiar de número todos los meses.

Bebimos un poco más.

—Le dije al que llamó que se entendiera con Lin, que él me representaría y que si eran razonables quizá llegásemos a un acuerdo. Respondió que muy bien, y a partir de entonces imagino que dieron largas el tiempo suficiente para poder vigilarnos un poco. Finalmente, como usted ya sabe, nos pusimos de acuerdo para entregarles ocho mil dólares...

—¿Podría reconocer a alguno de ellos?

—Por supuesto que no.

—¿Randall está enterado de todo esto?

—Claro. ¿Tenemos que seguir hablando de ello? Es muy aburrido. —Me obsequió con otra de sus encantadoras sonrisas.

—¿Hizo Randall algún comentario?

La señora Grayle bostezó.

—Probablemente. Se me ha olvidado.

Me quedé quieto con el vaso vacío en la mano y pensé. La dueña de la casa me lo quitó y empezó a llenarlo de nuevo.

Tomé el vaso que me ofrecía y me lo pasé a la mano izquierda, al tiempo que me apoderaba de su mano izquierda con mi derecha. Me pareció suave y delicada y tibia y consoladora y noté que su mano apretaba la mía. Los músculos eran de verdad. Se trataba de una mujer hecha y derecha y no de una florecilla de papel.

—Creo que tenía una idea —explicó—. Pero no dijo cuál.

—Cualquiera tendría una idea con tanta información —respondí yo.

La señora Grayle se volvió despacio hacia mí y me miró. Luego asintió con la cabeza.

—Es difícil no darse cuenta, ¿verdad?

—¿Desde cuándo conocía usted a Marriott?

—Hace años. Era locutor en la emisora de radio propiedad de mi marido. KFDK. Fue donde lo conocí. También conocí allí a mi marido.

—Eso lo sabía. Pero Marriott vivía como si tuviera dinero. Nada del otro mundo, pero lo bastante como para vivir con comodidad.

—Heredó cierta cantidad y dejó la radio.

—¿Sabe con certeza que heredó o fue tan sólo algo que Marriott le dijo?

Se encogió de hombros y me apretó la mano.

—O quizá no fuera mucho dinero y tal vez se lo gastó muy deprisa. —Le devolví el apretón de manos—. ¿Le pidió dinero prestado?

—Usted está un poco chapado a la antigua, ¿no es cierto? —Contempló la mano que yo tenía sujeta.

—Todavía estoy en mi jornada laboral. Y su whisky es tan bueno que me mantiene sereno a medias. No es que tenga que estar borracho para...

—Claro. —Separó su mano de la mía y se la frotó—. No dudo de que tenga usted garra..., en su tiempo libre. Lin Marriott era un chantajista de lujo, por supuesto. Eso es evidente. Vivía de las mujeres.

—¿Sabía algo acerca de usted?

—¿Se lo debo contar?

—Lo más probable es que no sea prudente.

La señora Grayle rió con ganas.

—Se lo voy a contar, de todos modos. En una ocasión bebí un poco más de la cuenta en su casa y perdí el conocimiento. No me sucede casi nunca. Me hizo algunas fotos..., con la ropa por el cuello.

—El muy hijo de Satanás —comenté—. ¿Tiene alguna a mano?

Me dio un golpe en la muñeca. Luego dijo con suavidad:

—¿Como te llamas?

—Phil. ¿Y tú?

—Helen. Bésame.

Se dejó caer suavemente sobre mi regazo y yo me incliné sobre su rostro y empecé a explorarla. Ella trabajó con las pestañas y me dio besos de mariposa en las mejillas. Cuando llegué a la boca, la tenía abierta a medias, quemaba, y su lengua era una serpiente veloz entre los dientes.

La puerta se abrió y el señor Grayle entró sin hacer ruido en la habitación. Yo tenía a su mujer entre mis brazos sin ninguna posibilidad de apartarme. Alcé la cara y lo miré. Me quedé tan frío como los pies de Finnegan el día que lo velaron.

La rubia sobre mi regazo no se movió, ni siquiera cerró la boca. Tenía una expresión soñadora y sarcástica a medias.

El señor Grayle se aclaró ligeramente la garganta y dijo:

—Les ruego me disculpen.

Luego salió otra vez del cuarto sin hacer el menor ruido. Había en sus ojos una tristeza infinita.

Empujé a la señora Grayle para apartarla, me puse en pie, saqué el pañuelo y me limpié la cara.

Ella se quedó donde yo la había dejado, recostada a medias en el sofá, mostrando una generosa extensión de piel por encima de una media.

—¿Qué ha sido eso? —preguntó con lengua un poco estropajosa.

—El señor Grayle.

—No te preocupes.

Me aparté de ella y fui a sentarme en la silla que había ocupado al entrar en la habitación.

Al cabo de un momento la señora Grayle se irguió, volvió a sentarse normalmente y me miró de hito en hito.

—No tiene importancia. Lo entiende. ¿Qué otra cosa puede esperar?

—Supongo que lo sabe.

—Te digo que no tiene importancia. ¿No te basta? Es un enfermo. ¿Qué demonios...?

—No me grites. No me gustan las mujeres que gritan.

Abrió un bolso que tenía al lado, sacó un pañuelo pequeño, se limpió los labios y luego se miró en un espejito de mano.

—Supongo que tienes razón —dijo—. Demasiado whisky. Esta noche en el club Belvedere. A las diez. —No me estaba mirando. Respiraba agitadamente.

—¿Es un buen sitio?

—Laird Brunette es el propietario. Lo conozco muy bien.

—De acuerdo —dije. Aún tenía frío. Me sentía mal, como si hubiera robado a un pobre.

Helen se retocó ligeramente la pintura de los labios y luego me miró al tiempo que se estudiaba los ojos en el espejo. Terminó arrojándomelo. Lo atrapé y me miré la cara. También yo utilicé el pañuelo; luego me puse en pie y le devolví el espejito.

Estaba recostada en el respaldo del sofá, mostrando toda la curva de la garganta, y me miraba con aire somnoliento y los ojos medio cerrados.

—¿Qué sucede?

—Nada. A las diez en el club Belvedere. No te pases de elegancia. No tengo más que un traje de etiqueta. ¿En el bar?

Asintió con la cabeza, perdida todavía la mirada.

Atravesé la habitación y salí sin mirar atrás. El lacayo se reunió conmigo en el corredor y, con tan poca expresión como la de un rostro tallado en la piedra, me devolvió el sombrero.

19

Recorrí la avenida en curva, perdiéndome en la sombra de los altos setos perfectamente cuidados, hasta llegar a la verja de la entrada. Era ya otro el individuo encargado de custodiar el fuerte, un tipo grandote, vestido de paisano, a todas luces un guardaespaldas, que me dejó salir con una simple inclinación de cabeza.

Sonó un claxon. El cupé de la señorita Riordan estaba aparcado detrás de mi automóvil. Me acerqué. Su ocupante parecía tranquila y un tanto sarcástica.

Con las manos enguantadas en el volante, me sonrió: un prodigio de esbeltez.

—He decidido esperar. Supongo que no era asunto mío. ¿Qué piensa de ella?

—Apuesto a que a más de uno le gustaría jugar con su liga.

—¿Siempre tiene que decir cosas como ésa? —Enrojeció, muy enfadada—. A veces aborrezco a los hombres. Viejos, jóvenes, jugadores de fútbol, tenores de ópera, millonarios elegantes, guapos que son gigolós y semicanallas que son... detectives privados.

Sonreí tristemente.

—Ya sé que digo cosas demasiado ingeniosas. Es algo que se respira en el aire. ¿Cómo has sabido que era un gigoló?

—¿Quién?

—No te hagas la inocente. Marriott.

—Era bastante fácil llegar a esa conclusión. Lo siento. No tenía intención de mostrarme desagradable. Supongo que podrá jugar con su liga siempre que quiera, sin que la interesada oponga mucha resistencia. Pero hay una cosa de la que puede estar seguro..., son muchos los que le han precedido en ese ejercicio.

La amplia calle en curva dormitaba apaciblemente al sol. Una furgoneta pintada de un color muy agradable se deslizó sin ruido hasta detenerse delante de una casa al otro lado de la calle, luego retrocedió un poco y siguió por el camino hasta llegar a una entrada lateral. En uno de los lados, la furgoneta lucía el siguiente letrero: «Servicio infantil de Bay City».

Anne Riordan se inclinó hacia mí, sus ojos, de color gris azulado, llenos de resentimiento y turbación. Su labio superior, un poco más prominente de lo normal, inició un puchero y luego se aplastó contra los dientes, mientras ella emitía un breve sonido agudo con la respiración.

—Probablemente preferiría que me ocupara de mis asuntos, ¿no es cierto? Y que no tuviera ideas que no haya tenido usted antes. Creía que estaba ayudando un poco.

—No necesito ayuda. La policía tampoco me la ha pedido a mí. No puedo hacer nada por la señora Grayle. Cuenta que un coche, aparcado a la puerta de una cervecería, se puso en marcha y los siguió, pero ¿qué valor tiene eso? Un sitio de mala muerte en Santa Mónica. Y los otros, una pandilla con mucha clase. Uno de ellos incluso era capaz de reconocer el jade Fei Tsui sólo con verlo.

—Si es que no le habían avisado.

—También está eso —dije, mientras sacaba torpemente un cigarrillo del paquete—. De una forma o de otra, no es asunto mío.

—¿Ni siquiera aunque se trate de ciencias ocultas?

La miré con cara de no entender nada.

—¿Ciencias ocultas?

—Dios del cielo —dijo suavemente—. Y yo creía que era usted detective.

—Existe una consigna de silencio sobre algunas de las cosas que están pasando —dije—. He de andarme con pies de plomo. El tal Grayle tiene dinero para dar y tomar. Y en esta ciudad las leyes se hacen para los que pagan. Fíjese en la curiosa manera de actuar que tiene la policía. Nada de acudir a la opinión pública, nada de comunicados de prensa, ni la menor posibilidad de que un desconocido sin arte ni parte en el tinglado proporcione la pista insignificante que podría resultar decisiva. Tan sólo silencio y advertencias a mi persona para que no me inmiscuya. No me gusta en absoluto.

—Se ha quitado casi todo el lápiz de labios —dijo Anne Riordan—. He mencionado las ciencias ocultas. Bueno, hasta la vista. Ha sido un placer conocerlo..., en cierto modo.

Puso el coche en marcha, apretó el acelerador y desapareció en medio de un torbellino de polvo.

Estuve mirándola mientras se alejaba. Cuando se perdió de vista miré hacia el otro lado de la calle. El tipo de la furgoneta del «Servicio infantil de Bay City» salió de la entrada lateral de la casa con un uniforme tan blanco, tan almidonado y resplandeciente que hizo que me sintiera limpio sólo con mirarlo. Llevaba una caja de cartón de algún tipo. Se subió a la furgoneta y también se fue.

Deduje que acababa de cambiar un pañal.

Subí a mi coche y miré el reloj antes de arrancar. Eran casi las cinco.

El whisky, como sucede cuando es lo bastante bueno, me hizo compañía durante todo el camino de vuelta hasta Hollywood, y acepté los semáforos en rojo sin rechistar.

—Una chiquita encantadora donde las haya —me dije en voz alta mientras conducía el coche—, para alguien que esté interesado en una chiquita encantadora. —Nadie respondió—. Pero yo no lo estoy —dije. Tampoco esta vez respondió nadie—. A las diez en el club Belvedere —dije. Alguien respondió—: ¡Cuentos chinos!

Sonaba como mi voz.

Eran las seis menos cuarto cuando llegué otra vez a mi despacho. El edificio estaba en completo silencio. Tampoco se oía la máquina de escribir al otro lado de la pared medianera. Encendí una pipa y me senté a esperar.

20

El indio olía mal. El olor me llegaba ya desde el otro lado del antedespacho cuando sonó el timbre y abrí la puerta intermedia para ver quién era. Sólo había avanzado un paso más allá de la puerta del pasillo y daba toda la sensación de estar tallado en bronce. Era un hombre grande de la cintura para arriba y de pecho poderoso. Tenía, por lo demás, aspecto de vagabundo.

Llevaba un traje marrón del que la chaqueta era demasiado pequeña para sus hombros y el pantalón probablemente le quedaba demasiado justo en la entrepierna. Por lo que respecta al sombrero —dos tallas más pequeño como mínimo—, alguien a quien le sentaba mejor lo había sudado a conciencia. El indio se lo colocaba más o menos a la altura que una casa la veleta. El cuello de la camisa lo llevaba tan suelto como un caballo la collera y tenía aproximadamente el mismo tono marrón sucio. Por fuera de la chaqueta abotonada le colgaba una corbata; una corbata negra en la cual, con ayuda de unos alicates, alguien había conseguido hacer un nudo del tamaño de un guisante. En torno a su magnífica garganta descubierta, por encima del sucio cuello, llevaba un ancho trozo de cinta negra, como una anciana que intentara disimular las arrugas.

Tenía una cara grande y plana y una carnosa nariz aguileña que parecía tan dura como la proa de un crucero. Ojos sin párpados, mofletes caídos, hombros de herrero y las piernas cortas y en apariencia torpes de un chimpancé. Más adelante descubrí que sólo eran cortas.

Limpiándolo un poco y vestido con un camisón blanco podría haber pasado por un senador romano muy perverso.

Su olor era el olor telúrico del hombre primitivo y no el de la porquería viscosa de las ciudades.

—¡Eh! —dijo—. Venir deprisa. Venir ahora.

Retrocedí hacia mi despacho moviendo el dedo y él me siguió haciendo el mismo ruido que hace una mosca al andar por la pared. Me senté detrás de mi escritorio, hice crujir mi silla giratoria profesionalmente y señalé el asiento del otro lado, reservado para los clientes. No se sentó. Sus ojillos negros eran hostiles.

—¿Ir dónde? —dije.

—Yo Segunda Siembra. Yo indio de Hollywood.

—Tome asiento, señor Siembra.

Resopló y se le ensancharon mucho las ventanas de la nariz. Ya antes eran tan grandes como ratoneras.

—Nombre Segunda Siembra. Nombre no señor Siembra.

—¿Qué puedo hacer por usted?

Alzó la voz y, logrando una resonancia cavernosa, empezó a entonar:

—Él dice venir deprisa. Gran jefe blanco dice venir deprisa. Dice a mí llevarle en carro de fuego. Dice...

—De acuerdo. Deje el latín macarrónico. No soy una maestrita en la danza de la serpiente.

—Pamplinas —dijo el indio.

Nos miramos despectivamente el uno al otro por encima de la mesa durante un rato. El indio lo hacía mejor. Luego se quitó el sombrero con infinita repugnancia y le dio la vuelta. Pasó un dedo por debajo de la badana, con lo que consiguió volverla, sacándola de la copa con todo el sudor acumulado. Retiró un clip sujeto en el borde y arrojó sobre la mesa un envoltorio de papel de seda. Lo señaló muy enfadado, con una uña mordida hasta la carne viva. Su pelo lacio presentaba una depresión muy arriba, en todo su perímetro, a causa de lo apretado del sombrero.

Desenvolví el papel de seda y dentro encontré una tarjeta de visita que no era ninguna novedad para mí. Había encontrado tres, exactamente iguales, en la boquilla de tres cigarrillos, rusos en apariencia.

Jugueteé con mi pipa, miré fijamente al indio y traté de intimidarlo con la mirada, pero no dio sensación de ponerse más nervioso que una pared.

—De acuerdo, ¿qué es lo que quiere?

—Quiere que usted venir deprisa. Venir ahora. En carro...

—Pamplinas —dije.

Al indio le gustó aquello. Cerró la boca despacio, guiñó un ojo con mucha solemnidad y luego sonrió casi.

—Le va a costar además cien pavos como anticipo —añadí, procurando dar la impresión de que se trataba de una moneda de cinco centavos.

—¿Eh? —De nuevo desconfiado. Tenía que limitarme al inglés básico.

—Cien dólares —dije—. Machacantes. Plata. Pavos hasta sumar cien unidades. Yo no dinero, yo no ir. *Capisci?*

Empecé a contar cien con las dos manos.

Mi visita volvió a explorar la grasienta badana del sombrero y arrojó otro envoltorio de papel de seda sobre la mesa. Lo abrí. Contenía un billete completamente nuevo de cien dólares.

El indio se encasquetó el sombrero sin molestarse en volver a poner la badana dentro de la copa. El resultado sólo era ligeramente más cómico. Yo, por mi parte, me quedé mirando el billete de cien dólares con la boca abierta.

—Más que médium, adivino —dije por fin—. Un tipo tan listo me da miedo.

—No tener todo el día —señaló el indio, adoptando un tono coloquial.

Abrí un cajón de la mesa y saqué un Colt automático del 38, del tipo conocido como Super Match. Lo había llevado para ir a visitar a la señora de Lewin Lockridge Grayle. Me quité la chaqueta, me coloqué la funda sobaquera, metí el revólver, abroché la correa inferior y me puse otra vez la americana.

El indio pareció tan impresionado como si me hubiera rascado el cuello.

—Tener coche —dijo—. Coche grande.

—Los coches grandes han dejado de gustarme —dije—. Tener coche propio.

—Ir en mi coche —dijo el indio con tono amenazador.

—Ir en su coche —respondí yo.

Cerré con llave los cajones del escritorio y la puerta del despacho, desconecté el timbre y salí, dejando como siempre la posibilidad de que quien quisiera esperar pudiera entrar en el antedespacho.

Recorrimos el pasillo y descendimos hasta la calle en el ascensor. El indio olía. Hasta el ascensorista se dio cuenta.

21

El coche era un sedán de siete plazas azul marino, un Packard último modelo, fabricado de encargo. La clase de automóvil que invita a ponerse el collar de perlas. Lo habían estacionado delante de una boca de riego y detrás del volante se sentaba un chófer moreno de aspecto extranjero con el rostro tallado en madera. El interior estaba tapizado en felpilla gris guateada. El indio me colocó detrás. Sentado allí solo, tuve la sensación de ser un cadáver aristocrático, amortajado por un empresario de pompas fúnebres con muy buen gusto.

El indio se sentó junto al chófer y el coche hizo un giro de 180 grados a mitad de manzana. Al otro lado de la calle, un guardia municipal dijo «Eh» débilmente, como si en realidad no tuviera intención de hacerlo, y luego se agachó muy deprisa para atarse un zapato.

Fuimos hacia el oeste, bajamos hasta Sunset y nos deslizamos por allí deprisa y en silencio. El indio permanecía inmóvil al lado del chófer. De cuando en cuando, una ráfaga de su personalidad llegaba hasta el asiento de atrás. El conductor parecía estar medio dormido, pero adelantaba a los amantes de la velocidad en sus sedanes descapotables con tanta soltura como si a los demás los estuvieran remolcando. Todos los semáforos se ponían verdes cuando llegaba él. Algunos conductores son así. Nunca le fallaba ninguno.

Recorrimos los dos o tres kilómetros deslumbrantes de la sección de Sunset Boulevard conocida como «The Strip», dejamos atrás las tiendas de antigüedades que llevan nombres de famosos astros de la pantalla, los escaparates llenos de encajes y de peltre antiguo, los lujosos clubs nocturnos de nueva planta con cocineros famosos y salones de juego igualmente famosos, regentados por elegantes graduados del Purple Gang, el sindicato de los bajos fondos de Detroit; dejamos atrás la moda arquitectónica georgiana-colonial, una novedad muy antigua, los hermosos edificios modernistas en los que los comerciantes de carne humana de Hollywood nunca dejan de hablar de dinero, y también un restaurante para comer sin bajarse del coche que, por alguna razón, resultaba fuera de lugar, aunque las chicas llevasen blusas blancas de seda, chacós de *majorettes* y nada por debajo de las caderas, excepto botas altas glaseadas de cabritilla. Dejamos atrás todo aquello, hasta llegar, describiendo una suave curva amplia, al camino de herradura de Beverly Hills, las luces hacia el sur, todos los colores del espectro y una completa transparencia en una noche sin niebla; dejamos atrás las mansiones en sombra sobre las colinas del norte, atrás por completo Beverly Hills, hasta alcanzar el serpenteante bulevar de las estribaciones y la repentina oscuridad fresca y el soplo del viento desde el mar.

La tarde calurosa no era ya más que un recuerdo. Pasamos como una exhalación un grupo de edificios iluminados y una serie inacabable de mansiones también iluminadas, no demasiado próximas a la carretera. Descendimos para evitar un enorme campo de polo con otro a su lado para entrenarse, igualmente enorme; nos elevamos de nuevo hasta la cima de una colina y torcimos en dirección a las montañas por un camino empinado de puro cemento que pasaba entre naranjales, capricho de algún rico, porque no era aquélla tierra de naranjos, y luego, poco a poco, desaparecieron las ventanas iluminadas de los hogares de los millonarios y la carretera se estrechó y nos encontramos en Stillwood Heights.

El aroma de la salvia que nos llegó desde el fondo del cañón hizo que me acordara de un muerto y de un cielo sin luna. Aquí y allá, casas recubiertas de estuco se aplastaban contra la pendiente de la colina, como si fueran bajorrelieves. Luego desaparecieron las casas, tan sólo las inmóviles estribaciones oscuras, con una o dos estrellas madrugadoras más arriba, la cinta de cemento de la carretera y a un lado un corte vertiginoso hacia una maraña de robles achaparrados y gayubas donde a veces se oye al canto de la codorniz si uno se para, se queda quieto y escucha. Al otro lado de la calzada había un talud de arcilla pura en cuyo borde algunas flores silvestres, inasequibles al desaliento, perseveraban como niños traviesos que no se quieren ir a la cama.

Luego llegamos a una curva muy cerrada, los grandes neumáticos crujieron sobre guijarros sueltos, y el coche se lanzó, haciendo un poco más de ruido, por una larga avenida bordeada de geranios silvestres. En lo más alto, apenas iluminado, tan solitario como un faro, se alzaba un verdadero nido de águilas, un edificio con muchas aristas, de estuco y ladrillos de cristal, modernista sin ser feo y, en conjunto, un sitio estupendo para que un asesor en ciencias ocultas estableciera su consulta. Nadie estaría en condiciones de oír grito alguno.

El coche giró hacia un lateral de la casa y se encendió una luz sobre una puerta negra situada en el espesor del muro. El indio se apeó resoplando y abrió la portezuela trasera del coche. El chófer encendió un cigarrillo con el encendedor eléctrico y un acre olor a tabaco llegó hasta el asiento trasero. También yo me apeé.

Nos situamos ante la puerta negra, que se abrió sola, lentamente, con un algo casi amenazador. Más allá, un estrecho pasillo se adentraba en la casa. Las paredes de ladrillos de cristal irradiaban luz.

—Eh —gruñó el indio—. Entre usted, pez gordo.

—Después de usted, señor Planting.

Frunció el ceño, pero me precedió; luego la puerta se cerró detrás de nosotros de manera tan silenciosa y misteriosa como se había abierto. Al final del estrecho pasillo nos metimos a duras penas en un ascensor muy pequeño; el indio cerró la puerta y apretó un botón. Subimos con gran suavidad, sin ruido alguno. Los efluvios anteriormente despedidos por mi acompañante no eran más que una pálida imitación de lo que estaba consiguiendo ahora.

El ascensor se detuvo y la puerta se abrió. Salí a una habitación circular, con ventanas por todo su perímetro, donde la luz del día hacía esfuerzos para no ser olvidada. Muy a lo lejos el mar lanzaba destellos. La oscuridad merodeaba sin prisa por las colinas. Había paredes revestidas con paneles que carecían de ventanas, alfombras en el suelo con los suaves colores de antiguas manufacturas persas, y una mesa de recepción que tenía todo el aspecto de haberse confeccionado con tallas robadas de alguna iglesia muy antigua. Y detrás del escritorio una mujer me obsequió con una sonrisa tensa, marchita, que se hubiera convertido en polvo en caso de tocarla.

Tenía cabellos lacios y brillantes recogidos en moño y un rostro asiático, muy enflaquecido. Llevaba pesadas piedras de colores en las orejas y sortijas igualmente pesadas en los dedos, incluidos un ópalo y una esmeralda montada sobre plata que podría haber sido una esmeralda auténtica pero que, por alguna razón, lograba parecer tan falsa como las esclavas de oro en una tienda de todo a diez centavos. Y sus manos producían sensación de sequedad y eran oscuras y no tenían nada de jóvenes y no parecían adecuadas para llevar sortijas.

Cuando habló su voz me resultó familiar.

—Ah, siñor Marlowe, muy amable de usted venir. Amthor aligrarse mucho.

Puse sobre la mesa el billete de cien dólares que me había dado el indio. Miré a mi espalda, pero mi acompañante ya había utilizado el ascensor para desaparecer.

—Lo siento. Ha sido un buen detalle, pero no lo puedo aceptar.

—Amthor..., desea que usted trabaje para él, ¿no es eso? —Mi interlocutora sonrió de nuevo. Sus labios susurraron como papel de seda.

—Primero he de saber cuál es el trabajo que me ofrece.

Asintió con la cabeza y se levantó despacio. Luego pasó por delante de mí con un vestido muy ajustado que se le pegaba al cuerpo como una piel de sirena y mostraba que tenía una buena figura si a uno le gustan las mujeres cuatro tallas mayores por debajo de la cintura.

—Voy a conducirle —dijo.

Pulsó un botón en uno de los paneles y otra puerta se abrió sin ruido, deslizándose. Más allá me recibió un resplandor lechoso. Me volví para contemplar su sonrisa antes de cruzar el umbral. Ya era más antigua que Egipto. La puerta se volvió a cerrar en silencio.

En la habitación no había nadie.

Se trataba de un recinto octogonal, las paredes cubiertas de terciopelo negro desde el suelo hasta el techo, igualmente negro y muy alto, y quizá también de terciopelo. En el centro de una alfombra de color negro opaco estaba colocada una mesa blanca octogonal, del tamaño justo para los codos de dos personas y, en el centro, un globo de color blanco lechoso sobre un pie negro. La luz procedía de allí, aunque no era posible ver cómo. A ambos lados de la mesa había sendos taburetes octogonales, ediciones reducidas de la mesa. Pegado a la pared había otro taburete de las mismas características. No existían ventanas ni había nada más en la habitación, ni siquiera apliques en las paredes. Si había otras puertas, no las vi. Me volví para examinar la que yo había utilizado para entrar, pero tampoco pude verla.

Permanecí allí durante unos quince segundos con la vaga sensación de ser vigilado. Probablemente había una mirilla en algún sitio, pero no fui capaz de detectarla y terminé por renunciar. Lo único que escuchaba era mi propia respiración. La habitación estaba tan en silencio que oía el ruido del aire al pasar por mi nariz, suavemente, como un susurrar de cortinas.

Luego, deslizándose, se abrió una puerta en el lado más alejado; a continuación entró un hombre y la puerta volvió a cerrarse tras él. El recién llegado se dirigió directamente a la mesa con la cabeza baja, se sentó en uno de los taburetes octogonales y, con un amplio movimiento de una de las manos más elegantes que he visto nunca, me indicó el otro.

—Haga el favor de sentarse. Frente a mí. No fume y procure no moverse. Trate de relajarse por completo. Veamos, ¿en qué puedo servirle?

Me senté, me coloqué un cigarrillo en la boca y lo fui moviendo con los labios sin encenderlo, mientras examinaba al recién llegado, delgado, alto y tan recto como una barra de acero. El cabello era de una blancura y una finura extremas y podría haberse colado a través de una malla de seda. La piel, tan lozana como pétalos de rosas. Podía haber tenido treinta y cinco o sesenta y cinco años, porque era una persona sin edad. Llevaba el pelo hacia atrás, sobre un perfil que nada tenía que envidiar a la mejor época de John Barrymore. Cejas de color negro carbón, como las paredes, el techo y el suelo. Sus ojos resultaban insondables: los ojos perdidos de un sonámbulo. Como un pozo cuya historia había leído en cierta ocasión. El pozo de un viejo castillo con novecientos años de existencia. Había que dejar caer una piedra y esperar; escuchar, esperar, renunciar a esperar y reír, y luego, cuando estabas a punto de marcharte, un ruido débil, insignificante, llegaba hasta ti desde el fondo del pozo, tan mínimo, tan remoto que apenas llegabas a creer que un pozo así fuera posible.

Sus ojos poseían una profundidad de ese tipo. Y carecían además de expresión, de alma, ojos que podrían contemplar cómo unos leones despedazaban a un ser humano sin cambiar en absoluto, que podrían contemplar sin inmutarse a un semejante empalado y gritando, con los párpados cortados, bajo un sol cegador.

Vestía un impecable traje negro cruzado que había sido cortado por un artista. Contempló mis dedos con aire ausente y dijo:

—Por favor, no se mueva. El movimiento rompe las ondas y perturba mi concentración.

—Hace que el hielo se licue, que la mantequilla se derrita y que el gato maúlle —respondí yo.

Sonrió la mínima cantidad posible de sonrisa.

—Estoy seguro de que no ha venido aquí a decir impertinencias.

—Parece usted olvidar el motivo de mi visita. Por cierto, le he devuelto a su secretaria el billete de cien dólares. Estoy aquí, como quizá recuerde usted, por unos cigarrillos rusos de marihuana. Con su tarjeta de visita enrollada en las boquillas huecas.

—¿Desea averiguar por qué ha sucedido eso?

—Así es. Debería ser yo quien le pagara a usted los cien dólares.

—No será necesario. La respuesta es muy sencilla. Hay cosas que yo no sé. Ésa es una de ellas.

—En ese caso, ¿por qué enviarme cien dólares (además de un indio que apesta) y un automóvil? Por cierto, ¿es imprescindible que el indio apeste? Si trabaja para usted, ¿no podría de algún modo conseguir que se diera un baño?

—Es un médium natural, algo poco frecuente..., como los diamantes; también, como los diamantes, se los encuentra a veces en sitios muy sucios. Según tengo entendido, usted es detective privado.

—Sí.

—Creo que es una persona muy estúpida. Parece estúpido y hace un trabajo perfectamente estúpido. Ha venido aquí con una misión muy estúpida.

—Me doy por enterado —dije—. Soy estúpido. Al cabo de un rato termino por hacerme cargo.

—Y también creo que no necesito retenerlo más tiempo.

—No me está reteniendo —dije—. Soy yo quien lo retiene a usted. Quiero saber por qué esas tarjetas estaban en esos cigarrillos.

Se encogió de hombros con el encogimiento de hombros más insignificante que se pueda imaginar.

—Mis tarjetas están a disposición de cualquiera. Y a mis amigos no les doy cigarrillos de marihuana. Su pregunta sigue siendo estúpida.

—Ignoro si lo que voy a decir a continuación la hará un poco más inteligente. Los cigarrillos se hallaban en una pitillera china o japonesa de mala calidad, imitación de concha. ¿Ha visto alguna vez algo parecido?

—No. No que yo recuerde.

—Aún voy a esforzarme un poco más por hacerla inteligente. La pitillera estaba en el bolsillo de un individuo llamado Lindsay Marriott. ¿Ha oído hablar de él alguna vez?

Estuvo pensando unos instantes.

—Sí. En cierta ocasión inicié con él un tratamiento para curarlo de su timidez ante las cámaras. Quería trabajar en el cine. Fue una pérdida de tiempo. El cine no estaba interesado en él.

—Eso lo entiendo —dije—. En la pantalla hubiera parecido Isadora Duncan. Pero me sigue faltando lo más importante. ¿Por qué me mandó el billete de cien dólares?

—No soy tonto, mi querido señor Marlowe —dijo con gran frialdad—. La mía es una profesión muy delicada. Soy curandero o charlatán, según se prefiera. Eso quiere decir que hago cosas que los médicos y su gremio, pequeño, egoísta, asustado, son incapaces de lograr. Corro peligro constantemente..., a causa de personas como usted. Sólo pretendo valorar el peligro antes de enfrentarme con él.

—Insignificante en mi caso, ¿eh?

—Apenas existe —dijo cortésmente, antes de realizar un movimiento peculiar con la mano izquierda que atrajo instantáneamente mi atención. Luego depositó la mano muy lentamente sobre la mesa blanca y se la quedó mirando. Después alzó de nuevo sus ojos sin fondo y entrelazó las manos.

—Su oído...

—Ahora lo huelo —dije—. No estaba pensando en él.

Volví la cabeza hacia la izquierda. El indio, recortado sobre terciopelo negro, estaba sentado en el tercer taburete blanco.

Llevaba algo semejante a una bata sobre el resto de la ropa. Permanecía inmóvil, los ojos cerrados, la cabeza un poco doblada hacia adelante, como si llevara una hora dormido. Su rostro cetrino, de facciones muy marcadas, estaba lleno de sombras.

Miré de nuevo a Amthor. Sonreía con la más mínima de las sonrisas.

—Apuesto cualquier cosa a que es suficiente para que a las viudas ricas se les caigan los dientes postizos —dije—. ¿Qué hace cuando hay más dinero en juego? ¿Canta canciones francesas sentado sobre sus rodillas?

Mi interlocutor hizo un gesto de impaciencia.

—Vaya al grano, hágame el favor.

—Anoche Marriott me contrató para que lo acompañara porque tenía que pagar una cantidad a unos delincuentes en un lugar elegido por ellos. Me dieron un golpe en la cabeza. Cuando recobré el conocimiento Marriott había sido asesinado.

El rostro de Amthor no cambió apenas. No se puso a gritar ni a subirse por las paredes. Pero tratándose de él, la reacción fue notable. Separó las manos y volvió a unirlas de otra manera. La expresión de su boca se hizo sombría. Luego siguió allí como si fuera un león de piedra a la entrada de la Biblioteca Nacional.

—Marriott llevaba encima los cigarrillos de marihuana —dije.

Me contempló con frialdad.

—Pero no los encontró la policía, me parece entender. Puesto que la policía no ha aparecido por aquí.

—Así es.

—Los cien dólares —dijo con mucha suavidad— distaban mucho de ser la cifra adecuada.

—Depende de lo que espere usted comprar con ellos.

—¿Lleva encima los pitillos?

—Uno. Pero no demuestran nada. Como usted ha dicho, sus tarjetas están a disposición de todo el mundo. Lo único que me pregunto es por qué estaban donde estaban. ¿Alguna idea?

—¿Conocía usted bien al señor Marriott? —preguntó, siempre con la misma suavidad.

—En absoluto. Pero se me ocurrieron algunas cosas cuando lo vi. Cosas tan obvias que no se me han olvidado.

Amthor dio unos golpecitos sobre la mesa blanca. El indio dormía aún con la barbilla sobre el pecho poderoso, los ojos de pesados párpados completamente cerrados.

—Por cierto, ¿conoce tal vez a la señora Grayle, una dama adinerada que vive en Bay City?

Asintió con aire ausente.

—Sí, le traté los centros nerviosos ligados a la elocución. Tenía un ligero defecto.

—Hizo usted un excelente trabajo —dije—. Ahora habla tan bien como yo.

Aquello no le pareció divertido. Volvió a dar golpecitos en la mesa. Los estuve escuchando y hubo algo en ellos que no me gustó. Daban la impresión de estar codificados. Cuando acabó, cruzó los brazos de nuevo y se recostó en el aire.

—Lo que me gusta de este trabajo es que todo el mundo conoce a todo el mundo —dije—. También la señora Grayle conocía a Marriott.

—¿Cómo lo ha averiguado? —preguntó muy despacio.

No respondí.

—Tendrá que hablar con la policía..., sobre esos cigarrillos —dijo.

Me encogí de hombros.

—Se está preguntando por qué no hago que lo echen a patadas —dijo Amthor amablemente—. Segunda Siembra podría romperle el cuello con la misma facilidad que una ramita de apio. Yo mismo me lo estoy preguntando. Parece tener usted una teoría de algún tipo. No pago chantaje. Pagándolo no se compra nada..., y tengo muchos amigos. Pero, como es lógico, existen ciertos elementos a quienes les gustaría que se me viera con una luz poco favorable. Psiquiatras, sexólogos, neurólogos, siniestros hombrecillos con martillos de goma y estanterías repletas de libros sobre aberraciones. Y, por supuesto, todos ellos doctores en medicina, mientras que yo no paso de ser... un curandero. ¿Cuál es su teoría?

Traté de amedrentarlo con la mirada, pero no me fue posible. Noté que me estaba humedeciendo los labios con la lengua.

Amthor se encogió levemente de hombros.

—No le culpo por querer reservársela. Se trata de una cuestión sobre la que debo meditar. Quizá es usted mucho más inteligente de lo que pensaba. También yo me equivoco. Mientras tanto... —Se inclinó hacia adelante y colocó ambas manos a los lados del globo de color lechoso.

—Creo que Marriott era chantajista de mujeres —dije—. E informador de una banda de ladrones de joyas. Pero ¿quién le indicaba qué mujeres cultivar..., para estar al tanto de sus idas y venidas, intimar con ellas, hacerles el amor, sugerirles que se cargaran de piedras preciosas para sacarlas de paseo, y luego deslizarse hasta un teléfono para decir a los muchachos dónde hacer acto de presencia?

—Eso —dijo Amthor pronunciando las palabras con mucho cuidado— es su imagen de Marriott..., y de mí. Estoy ligeramente indignado.

Me incliné hacia adelante hasta que mi cara no estuvo a mucho más de un palmo de la suya.

—Está usted metido en un negocio sucio. Por mucho que lo adorne siempre seguirá siendo un negocio sucio. Y no eran sólo las tarjetas, Amthor. Como usted dice, están a disposición de todo el mundo. Tampoco se trataba de la marihuana. No se dedicaría usted a una cosa de tan poca monta..., no con sus posibilidades. Pero el reverso de las tarjetas está en blanco. Y en espacios en blanco, o incluso en los que están escritos, a veces se escribe con tinta invisible.

Sonrió, desolado, pero apenas vi su sonrisa. Sus manos se movieron sobre el globo de color lechoso.

Las luces se apagaron y la habitación adquirió la negrura de la cofia de Carrie Nation, famosa propagandista de la abstinencia alcohólica.

22

Di una patada a mi taburete al tiempo que me incorporaba, y saqué la pistola de la funda sobaquera. Pero no sirvió de nada. Llevaba la chaqueta abotonada y fui demasiado lento. Habría resultado demasiado lento, de todos modos, si hubiera tenido que disparar contra alguien.

Se produjo una silenciosa ráfaga de aire y me llegó un olor primitivo. En medio de la más completa oscuridad el indio me golpeó por detrás, sujetándome los brazos a los costados. Luego empezó a levantarme. Aún podría haber sacado el revólver y haber rociado de balas la habitación disparando a ciegas, pero estaba demasiado lejos de cualquier amigo. No me pareció que tuviera sentido hacer una cosa así.

Prescindí del arma y le agarré por las muñecas, grasientas y escurridizas. El indio emitió un sonido gutural y me dejó en el suelo con tanta violencia que tuve la sensación de que iba a saltárseme la tapa de los sesos. Ahora era él quien me sujetaba por las muñecas y no yo a él. Me las retorció muy deprisa por detrás y una rodilla semejante a una rueda de molino se me clavó en la espalda. Me dobló hacia atrás. Se me puede doblar. No soy el edificio del ayuntamiento. El hecho es que me dobló.

Traté de gritar, sólo para pasar el rato. El aliento jadeó en mi garganta pero no pudo salir. El indio me tiró de lado y me hizo una llave mientras caía. Me dominaba por completo. Sentí sus manos en el cuello. A veces me despierto por la noche. Las siento ahí y huelo su olor. Siento los esfuerzos de mi aliento, cada vez más débiles, y sus dedos grasientos que siempre aprietan más. Entonces me levanto de la cama, bebo un whisky y enciendo la radio.

Estaba ya al borde del abismo cuando la luz se encendió de nuevo, color rojo sangre, en razón de la sangre en mis globos oculares y detrás de ellos. Un rostro empezó a flotar delante de mí y una mano me tocó delicadamente, pero las otras siguieron apretándome la garganta. Una voz dijo con suavidad:

—Déjalo respirar..., un poco.

La presión de los dedos del indio disminuyó y conseguí librarme de ellos. Algo que brillaba me golpeó en la mandíbula.

La voz volvió a hablar con suavidad:

—Ponlo de pie.

El indio me puso de pie. Luego me empujó hasta colocarme contra la pared, sujetándome por las dos muñecas.

—Aficionado —dijo la voz sin emoción alguna; luego el objeto brillante, tan duro y amargo como la muerte, me golpeó de nuevo, esta vez en la cara. Algo tibio empezó a gotear. Lo lamí: sabía a hierro y a sal.

Una mano registró primero mi billetero y luego todos mis bolsillos. El cigarrillo envuelto en papel de seda fue encontrado y desenvuelto, hasta desaparecer en algún lugar de la bruma situada delante de mí.

—¿Había tres cigarrillos? —dijo la voz con amabilidad, antes de que el objeto brillante me golpeara de nuevo en la mandíbula.

—Tres —dije tragando saliva.

—¿Exactamente dónde dijo que estaban los otros?

—En mi mesa..., en el despacho.

El objeto brillante me golpeó de nuevo.

—Es probable que mienta..., pero estoy en condiciones de averiguarlo.

Unas curiosas lucecitas rojas brillaron delante de mí. La voz dijo:

—Apriétale un poco más.

Los dedos de hierro volvieron a mi garganta. Estaba aplastado contra él, contra su olor y los duros músculos de su estómago. Busqué y encontré uno de sus dedos y traté de retorcérselo.

La voz dijo sin inmutarse:

—Asombroso. Está aprendiendo.

El objeto brillante cruzó el aire de nuevo, golpeándome en la mandíbula, en lo que había sido en otro tiempo mi mandíbula.

—Suéltalo. Ya está domesticado —dijo la voz.

Los brazos —fuertes, pesados— que me sujetaban desaparecieron; me incliné hacia adelante y tuve que dar un paso para recobrar el equilibrio. Amthor sonreía apenas, como perdido en ensoñaciones, delante de mí. Su mano, delicada, casi femenina, empuñaba mi pistola, con la que me apuntaba al pecho.

—Podría educarlo —dijo, con su voz siempre suave—, pero ¿de qué serviría? Un sucio hombrecillo en un sucio mundo insignificante. Ningún barniz conseguiría disimular tanta porquería. ¿No es cierto? —Sonrió de nuevo, con verdadera elegancia.

Lancé un puño contra su sonrisa con toda la fuerza que me quedaba.

No lo hice demasiado mal, teniendo en cuenta las circunstancias. Amthor se tambaleó y le salió sangre por las dos ventanas de la nariz. Luego se sobrepuso, se irguió y alzó de nuevo el revólver.

—Siéntate, hijo mío —dijo con suavidad—. Tengo que atender a una visita. Me alegro de que me hayas golpeado. Eso ayuda mucho.

Busqué a tientas el taburete blanco, me senté y puse la cabeza sobre la mesa blanca junto al globo lechoso que ya brillaba de nuevo con suavidad. Lo contemplé de lado, mi cara sobre la mesa. La luz me fascinaba. Luz agradable; suave y agradable.

Detrás de mí y a mi alrededor sólo había silencio.

Creo que me quedé dormido, ni más ni menos, la cara ensangrentada sobre la mesa, mientras un apuesto y esbelto demonio con mi revólver en la mano me contemplaba y sonreía.

23

—De acuerdo —dijo el más grande—. Se acabaron los disimulos.

Abrí los ojos y alcé la cabeza.

—A la habitación de al lado, socio.

Me levanté, todavía medio en sueños. Fuimos a algún sitio, atravesando una puerta. Una vez allí vi que se trataba de la recepción, con ventanas por todo el perímetro. En el exterior había oscurecido ya.

La mujer con las sortijas de bisutería estaba sentada en su escritorio. En pie, a su lado, había un individuo.

—Siéntate aquí, socio.

Me empujó. Era una silla agradable, recta pero cómoda, aunque yo no estaba de humor para sentarme en ningún sitio. La mujer de la recepción tenía delante un cuaderno abierto y leía en voz alta lo que estaba escrito. Un individuo de corta estatura y avanzada edad, con cara de póquer y bigote gris, la escuchaba.

Amthor, junto a una ventana, de espaldas a la habitación, contemplaba el plácido límite del océano, muy a lo lejos, más allá de las luces del embarcadero, más allá del mundo. Lo contemplaba como si lo amara de verdad. En una ocasión volvió a medias la cabeza para mirarme, y comprobé que se había lavado la sangre de la cara, pero que la nariz no era la primera que yo había visto: ahora abultaba más del doble. Aquello me hizo sonreír, pese a los labios partidos y a todo lo demás.

—¿Te diviertes, socio?

Miré al autor de aquel ruido: lo tenía delante y me había ayudado a llegar hasta donde estaba. Con sus cerca de cien kilos, sus dientes manchados y su suave voz de presentador de circo, no era precisamente una florecilla que se llevara el viento, sino un tipo duro, descarado y comedor de carne roja, que no se dejaba pisar por nadie. La clase de poli que escupe todas las noches en su cachiporra en lugar de decir sus oraciones. Pero había un destello de humor en sus ojos.

Con las piernas bien separadas y mi cartera abierta en una mano, hacía rayas en la piel con la uña del dedo gordo, como si le gustase estropear cosas. Nada más que pequeñeces, si era todo lo que tenía a mano. Pero una cara, probablemente, le divertiría más.

—Un metomentodo, ¿eh, socio? De la gran ciudad perversa, ¿eh? Un poquito de chantaje, ¿no es eso?

Llevaba el sombrero echado hacia atrás y cabello castaño descolorido que el sudor le oscurecía sobre la frente. Sus ojos, donde el humor seguía siendo perceptible, estaban surcados por venillas rojas.

Tenía la garganta como si me la hubieran pasado bajo un rodillo. Alcé una mano para tocármela. El indio, con sus dedos de acero templado.

La mujer morena dejó de leer lo que tenía escrito en su cuaderno y lo cerró. El individuo relativamente pequeño y de más edad, con el bigote gris, asintió con la cabeza y vino a situarse detrás del que me estaba hablando.

—¿Polis? —pregunté, frotándome la barbilla.

—¿Tú qué crees, socio?

Humor de policías. El más pequeño tenía una nube en un ojo y daba la impresión de ver muy poco con él.

—No de Los Ángeles —dije, mirándolo—. En Los Ángeles ese ojo le hubiera supuesto jubilarse.

El grandullón me devolvió la cartera. Miré lo que tenía dentro. No me faltaba dinero ni había desaparecido ninguna tarjeta. Todo seguía en su sitio. Aquello me sorprendió.

—Di algo, socio —dijo el grandullón—. Algo que nos haga tomarte cariño.

—Devuélvanme mi revólver.

Mi interlocutor se inclinó un poco hacia adelante y pensó. Se le veía pensar; hacía que le dolieran los callos.

—Que te devolvamos el revólver, ¿no es eso? —Miró de reojo al del bigote gris—. Quiere su revólver —le dijo. Me miró de nuevo—. ¿Y para qué querrías tu revólver, socio?

—Quiero pegarle un tiro a un indio.

—Así que quieres pegarle un tiro a un indio, ¿eh, socio?

—Eso es; sólo a un indio, pum.

Miró de nuevo al del bigote.

—Este tipo es muy duro —le dijo—. Quiere pegarle un tiro a un indio.

—Escuche, Hemingway, no repita todo lo que digo —le reprendí.

—Me parece que este fulano está como una cabra —dijo el grandullón—. Acaba de llamarme Hemingway. ¿No crees que está como un cencerro?

El del bigote mordió el puro que tenía en la boca y no dijo nada. El hombre alto y bien parecido que estaba junto a la ventana se volvió lentamente y dijo sin levantar la voz:

—No me extrañaría que estuviera un poco trastornado.

—No se me ocurre ninguna razón para que me llame Hemingway —dijo el grandullón—. No me llamo Hemingway.

—Yo no he visto ningún revólver —dijo el de más edad.

Los dos miraron a Amthor.

—Está dentro —dijo—. Lo tengo yo. Se lo voy a entregar, señor Blane.

El grandullón se inclinó desde las caderas, dobló un poco las rodillas y me echó el aliento a la cara.

—¿Por qué me has llamado Hemingway, socio?

—Hay señoras delante.

Mi interlocutor se irguió de nuevo.

—Ya lo ves. —Miró al del bigote. El del bigote asintió con la cabeza, se dio la vuelta y se alejó, atravesando la habitación. La puerta de corredera se abrió. Pasó del otro lado y Amthor le siguió.

Hubo un silencio. La mujer morena contempló la superficie de su escritorio y frunció el entrecejo. El grandullón se fijó en mi ceja derecha y movió despacio la cabeza de un lado a otro, incrédulo.

La puerta se abrió de nuevo y el del bigote reapareció. Recogió un sombrero de algún sitio y me lo ofreció. Se sacó mi revólver del bolsillo y me lo pasó. Supe por el peso que estaba vacío. Lo metí en la funda y me puse en pie.

El grandullón dijo:

—Vayámonos, socio. Lejos de aquí. Es posible que un poco de aire sirva para que te recompongas.

—De acuerdo, Hemingway.

—Lo está haciendo otra vez —dijo el grandullón con tristeza—. Llamándome Hemingway porque hay señoras delante. ¿Crees que para él eso es una grosería?

—Date prisa —dijo el del bigote.

El grandullón me cogió del brazo y juntos fuimos hasta el ascensor. Cuando se abrió la puerta, entramos.

24

Salimos en el piso bajo, recorrimos el estrecho pasillo y llegamos a la puerta de color negro. En el exterior el aire era transparente y seco. Estábamos a altura suficiente para quedar por encima de las ráfagas de agua pulverizada procedentes del océano.

El grandullón seguía llevándome del brazo. Había un automóvil delante de la casa, un sedán corriente de color oscuro, con matrícula distintiva.

—Desmerece de tu categoría —se lamentó mi acompañante mientras abría la portezuela delantera—. Pero un poco de aire fresco te será beneficioso. ¿Te parece bien? No quisiéramos hacer nada que a ti no te gustara, socio.

—¿Dónde está el indio?

Movió un poco la cabeza y me obligó a entrar en el coche. Quedé colocado a la derecha del conductor.

—Sí, claro, el indio —dijo—. Debes dispararle con un arco y una flecha. Es lo que manda la ley. Lo tenemos en la parte trasera del coche.

Miré hacia atrás. La parte trasera estaba vacía.

—No lo veo, demonios —dijo el grandullón—. Alguien nos lo ha birlado. Ya no se puede dejar nada en un coche que no esté cerrado con llave.

—Date prisa —dijo el del bigote, instalándose en el asiento de atrás. Hemingway dio la vuelta en torno al automóvil y consiguió meter todo el estómago detrás del volante. Puso el motor en marcha. Giramos y descendimos por la avenida flanqueada de geranios silvestres. Del mar se levantó un aire frío. Las estrellas estaban demasiado lejos y no decían nada.

Llegamos al final de la avenida, salimos a la carretera con firme de cemento y seguimos descendiendo sin prisa.

—¿Cómo es que no has traído tu coche, socio?

—Amthor mandó a buscarme.

—¿Por qué tendría que hacer eso, socio?

—Habrá sido porque quería verme.

—Este tipo no es tonto —dijo Hemingway—. Saca conclusiones.

Escupió a un lado de la carretera, tomó muy bien una curva y dejó que el coche descendiera a su ritmo por la colina.

—El señor Amthor dice que tú le llamaste por teléfono y le pediste dinero. De manera que supuso que más le valía echarle un ojo al tipo con el que iba a tratar..., si es que tenía que tratar con él. Así que mandó su coche.

—Porque sabe que va a llamar a unos polis que conoce y que no voy a necesitar el mío para volver a casa —dije—. De acuerdo, Hemingway.

—Vaya, otra vez. Está bien. Bueno, tiene un dictáfono debajo de la mesa y su secretaria lo pone todo por escrito y cuando llegamos se lo lee al señor Blane, aquí presente.

Me volví para mirar al señor Blane. Fumaba tranquilamente su puro, como si llevara puestas las zapatillas. Él no me miró a mí.

—Leyó lo que le vino en gana —dije yo—. Más bien un texto que tienen preparado para un caso como éste.

—Quizá te apetezca contarnos por qué querías ver a ese caballero —sugirió Hemingway cortésmente.

—¿Quiere decir mientras todavía conservo parte de la cara?

—Vaya, nosotros no somos gente de esa clase —dijo, acompañando la frase de un gesto muy amplio.

—Conoce usted muy bien a Amthor, ¿no es cierto, Hemingway?

—Creo que el señor Blane lo conoce un poco. Yo sólo hago lo que me mandan.

—¿Quién demonios es el señor Blane?

—El caballero del asiento de atrás.

—Y, además de estar en el asiento de atrás, ¿quién demonios es?

—Cielo santo, todo el mundo conoce al señor Blane.

—De acuerdo —dije, sintiéndome de repente muy cansado.

Hubo algún silencio más, nuevas curvas, más cintas de cemento que se enrollaban y desenrollaban, más oscuridad y más dolor.

—Ahora que estamos entre amigos —dijo el grandullón— y no hay señoras delante, no tenemos que dedicarle más tiempo a saber por qué fuiste allá arriba, pero en cambio ese asunto de Hemingway me preocupa de verdad.

—Un chiste —dije—. Un chiste muy muy viejo.

—¿Quién demonios es ese tal Hemingway?

—Un tipo que repite una y otra vez la misma cosa hasta que quien la escucha empieza a creer que se trata de algo bueno.

—Eso debe de llevar una barbaridad de tiempo —dijo el grandullón—. Para ser un detective privado no parece que pienses muy a derechas. ¿Los dientes que llevas son todos tuyos?

—Sí, con algunos empastes aquí y allá.

—Bueno, pues desde luego has tenido suerte, socio.

El tipo sentado detrás dijo:

—Este sitio está bien. Tuerce a la derecha en el primer cruce.

—A la orden.

Hemingway introdujo el sedán por un estrecho camino de tierra que seguía la ladera de la montaña. Avanzamos por allí algo menos de dos kilómetros. El olor a salvia llegó a ser abrumador.

—Aquí —dijo el individuo del asiento de atrás.

Hemingway detuvo el coche y puso el freno de mano. Se inclinó por delante de mí y abrió la portezuela.

—Bueno, ha sido un placer conocerte, socio. Pero no vuelvas. Al menos no por razones de trabajo. Fuera.

—¿Tengo que volver andando a casa desde aquí?

El individuo del asiento de atrás dijo:

—Date prisa.

—Eso es, desde aquí vuelves andando a casa, socio. ¿Te parece un arreglo satisfactorio?

—Seguro; eso me dará tiempo para aclarar unas cuantas cosas. Ustedes, por ejemplo, no son policías de Los Ángeles. Pero uno al menos sí es policía; quizá los dos. Diría que son los dos policías de Bay City. Pero me pregunto por qué están fuera de su territorio.

—¿No va a resultar un poco difícil probarlo, socio?

—Buenas noches, Hemingway.

No me contestó, ni habló ninguno de los dos. Empecé a salir del coche, puse el pie en el estribo y me incliné hacia adelante, todavía un poco mareado.

El tipo sentado atrás hizo de repente un movimiento muy veloz que sentí, más que vi. Un pozo de oscuridad se abrió a mis pies, y era más profundo, mucho más profundo que la más negra de las noches.

Me zambullí en él, pero no tenía fondo.

25

La habitación estaba llena de un humo que permanecía inmóvil en el aire, en líneas delgadas, rectas, como una cortina de cuentecitas de color claro. Dos ventanas parecían estar abiertas en la pared más lejana, pero el humo no se movía. Era una habitación desconocida. Las ventanas tenían barrotes.

Estaba atontado, incapaz de pensar, con la sensación de haber dormido un año entero. Pero el humo me molestaba. Tumbado boca arriba pensé en ello. Después de mucho tiempo hice una inspiración profunda y me dolieron los pulmones.

—¡Fuego! —grité.

Aquello me hizo reír. No sé qué era lo que tenía de divertido, pero empecé a reírme. Me reí tumbado en la cama y no me gustó cómo sonaba. Era la risa de un chiflado.

Un solo grito fue suficiente. Se oyeron pasos rápidos y decididos en el exterior, una llave se introdujo en la cerradura y la puerta se abrió de golpe. Entró un individuo de un salto y de costado y acto seguido cerró la puerta. Luego se llevó la mano derecha a la cadera.

Era un tipo bajo y robusto con una bata blanca. Sus ojos tenían un aire extraño, muy negros y sin expresión. Bolsas de piel gris le agrandaban las ojeras.

Volví la cabeza sobre la dura almohada y bostecé.

—No lo tengas en cuenta, Jack. Se me escapó —dije.

Se inmovilizó, frunciendo el ceño, la mano derecha flotando sobre la cadera. Rostro verdoso y malévolo, ojos negros sin expresión, piel grisácea o blancuzca y una nariz que sólo parecía una cáscara.

—Quizá quiere un poco más de camisa de fuerza —dijo con sorna.

—Estoy bien, Jack. Francamente bien. He dormido un buen rato. Y he soñado un poco, imagino. ¿Dónde estoy?

—Donde le corresponde.

—Parece un sitio agradable —dije—. Gente agradable, buen ambiente. Creo que me voy a echar otra siestecilla.

—Será mejor que sólo haga eso —gruñó.

Se marchó, cerrando la puerta. Sonó la llave en la cerradura. Los pasos se alejaron hasta perderse.

Pero la visita de mi carcelero no había mejorado nada la cuestión del humo, que seguía colgando en medio de la habitación, atravesándola toda. Como una cortina. Ni se disolvía, ni se alejaba flotando, ni se movía. Había aire en el cuarto y lo sentía en la cara. Pero no sentía el humo. Era un entramado gris tejido por mil arañas. Me pregunté cómo habían conseguido que trabajaran todas en equipo.

Pijama de franela. Del tipo que usan en el hospital del distrito. No se abrochaba por delante y no tenía ni una puntada más de las estrictamente necesarias. Tela áspera, basta. El cuello me rozaba la garganta, aún dolorida. Empecé a recordar cosas. Me palpé los músculos del cuello. Aún me dolían. Sólo a un indio, pum. De acuerdo, Hemingway. ¿De manera que quieres ser detective? Ganar dinero en abundancia. En nueve fáciles lecciones. Proporcionamos placa sin costo adicional. Por cincuenta centavos más le mandamos un braguero.

La garganta me dolía, pero los dedos que la palpaban no sentían nada. Podrían haber sido un racimo de plátanos. Los miré. Parecían dedos. No era suficiente. Dedos contra reembolso. Debían de haber llegado con la placa y el braguero. Y con el diploma.

Era de noche. Del otro lado de las ventanas reinaba la oscuridad. Un cuenco de porcelana translúcida colgaba del centro del techo por tres cadenas de latón. Dentro había luz y tenía, por todo el borde, pequeños bultos de color naranja y azul, alternativamente. Me dediqué a contemplarlos. Estaba cansado del humo. Mientras los miraba empezaron a abrirse como pequeños ojos de buey y de dentro salieron cabezas. Cabecitas diminutas, pero vivas, cabezas como de muñequitos, pero vivas. Una era la de un individuo con gorra de marino y nariz de bebedor, otra la de una rubia de cabellos suaves y sedosos con una pamela y una tercera la de un sujeto muy flaco con una corbata de lazo torcida. Parecía un camarero de restaurante barato en una playa. Abrió la boca y dijo con sorna: «¿El filete le gusta poco hecho, caballero?».

Cerré los ojos con fuerza y cuando volví a abrirlos sólo había un cuenco de imitación de porcelana colgado de tres cadenas de latón.

Pero el humo seguía colgando inmóvil del aire en movimiento.

La esquina de una sábana muy áspera me sirvió para limpiarme el sudor de la cara con los dedos insensibles que la academia por correspondencia me había enviado después de nueve fáciles lecciones, la mitad por adelantado, apartado de correos dos millones cuatrocientos sesenta y ocho mil novecientos veinticuatro, Cedar City, Iowa. Loco. Me había vuelto completamente loco.

Me senté en la cama y al cabo de un rato pude bajar al suelo los pies descalzos, en los que sólo sentía pinchazos como de alfileres. El mostrador de mercería a la izquierda, señora. Imperdibles de tamaño gigante a la derecha. Los pies empezaron a notar el suelo. Me puse en pie. La distancia era excesiva. Me agaché, respirando hondo y agarrado al borde de la cama, mientras una voz que parecía salir de debajo repetía una y otra vez: «Ya has llegado al delírium trémens...».

Empecé a andar, tambaleándome como un borracho. Había una botella de whisky sobre una mesita esmaltada de blanco entre las dos ventanas con barrotes. La forma era la adecuada. Parecía estar medio llena. Fui hacia ella. Hay muchísima gente buena en el mundo, pese a todo. Quizá refunfuñes cuando lees el periódico por la mañana y le des patadas en las espinillas al tipo en la butaca de al lado en el cine y te sientas mezquino y desalentado y desprecies a los políticos, pero de todos modos hay mucha gente buena en el mundo. Piensa, sin ir más lejos, en la persona que dejó esa botella de whisky medio llena. Tenía un corazón tan grande como una de las caderas de Mae West.

La agarré con las dos manos —todavía insensibles a medias— y me la llevé a la boca, sudando como si levantara un extremo del Golden Gate.

Me eché al coleto un trago muy largo y poco preciso. Luego volví a dejar la botella con todo el cuidado del mundo y traté de lamerme por debajo de la barbilla.

El whisky tenía un sabor curioso. Mientras me daba cuenta de que tenía un sabor curioso vi un lavabo encastrado en una esquina. Conseguí llegar. Por los pelos. Vomité. El mejor jugador de béisbol del mundo no ha arrojado nunca con más entusiasmo.

Fue pasando el tiempo en un paroxismo de náuseas, mareo, aturdimiento, de agarrarme al borde del lavabo y de emitir sonidos animales pidiendo ayuda.

Lo superé y pude volver a trompicones hasta la cama, tumbarme de espaldas y quedarme allí, jadeante, contemplando el humo. El humo no era una cosa tan clara. No era una cosa tan real. Quizá era algo que tenía yo detrás de los ojos. Y luego, de repente, ya no estaba allí en absoluto y la luz de la lámpara de porcelana dibujaba con nitidez todos los contornos de la habitación.

Volví a incorporarme. Había una pesada silla de madera pegada a la pared cerca de la puerta. Y otra puerta además de la que había utilizado para entrar el individuo de la bata blanca. Probablemente la puerta de un armario. Era incluso posible que estuviera allí mi ropa. El suelo se hallaba cubierto por un linóleo a cuadros verdes y grises. Las paredes, pintadas de blanco. Una habitación limpia. El lecho donde me encontraba era una estrecha cama de hospital con armazón de hierro, más baja que de ordinario, y sólidas correas de cuero con hebillas sujetas a los lados, a la altura a la que suelen situarse las muñecas y los tobillos de una persona.

Era una habitación estupenda..., para salir zumbando.

A mi cerebro le llegaban ya sensaciones de todo el cuerpo, dolores en la cabeza, la garganta y el cuello. No recordaba que me hubiera sucedido nada en el brazo. Me subí la manga del pijama de algodón y lo miré, aunque todo lo veía borroso. La piel estaba llena de pinchazos desde el codo hasta el hombro. Alrededor de cada pinchazo había un círculo descolorido, del tamaño de una moneda de veinticinco centavos.

Droga. Me habían inyectado droga hasta las cejas para que no alborotase. Quizá también escopolamina, para hacerme hablar. Me habían dado demasiada droga en muy poco tiempo. Me estaba costando Dios y ayuda salir de aquel estado. Algunas personas lo consiguen, otras no. Todo depende de tu constitución. Droga.

Aquello explicaba el humo, las cabecitas en el borde de la lámpara, las voces, las ideas descabelladas, las correas, los barrotes y los dedos y los pies insensibles. El whisky era probablemente parte de un tratamiento de cuarenta y ocho horas para algún alcohólico. Lo habían dejado en la habitación para que no echara nada de menos.

Me puse en pie y estuve a punto de chocar con la pared que tenía delante. Aquello hizo que me tumbara y que respirase suavemente durante mucho rato. Tenía un hormigueo por todo el cuerpo y sudaba profusamente. Sentía cómo se me formaban gotitas de sudor en la frente y luego se deslizaban despacio y con mucho cuidado por los lados de la nariz hasta las comisuras de la boca. Y mi lengua las lamía sin saber por qué.

Luego me incorporé una vez más en la cama, puse los pies en el suelo y finalmente me levanté.

—De acuerdo, Marlowe —dije entre dientes—. Eres un tipo duro. Un metro ochenta de acero templado. Ochenta kilos en cueros y con la cara lavada. Buenos músculos y buen fajador. Puedes salir adelante. Te han dado dos veces con una cachiporra, casi te estrangulan y te han hecho papilla la mandíbula con la culata de un revólver. Te han inyectado opio hasta las cejas y te han mantenido la dosis hasta volverte tan loco como un rebaño de cabras. ¿Y a qué se reduce todo eso? Al pan nuestro de cada día. Vamos a ver si eres capaz de hacer algo realmente difícil, como ponerte los pantalones.

Volví a tumbarme en la cama.

Siguió pasando el tiempo. No sé cuánto. No tenía reloj. De todos modos no se hacen relojes para medir esa clase de tiempo.

Me senté en la cama. Todo aquello empezaba a estar un poco visto. Me puse en pie y comencé a andar. No resultaba nada divertido. Hacía que el corazón me diera saltos como un gato asustado. Mejor tumbarse y volver a dormir. Mejor tomárselo con calma durante un rato. No estás en forma, socio. De acuerdo, Hemingway, estoy débil. No podría derribar un florero ni rasgar una cuartilla.

No importa. Estoy andando. Soy duro. Voy a marcharme de aquí.

Volví a tumbarme en la cama.

La cuarta vez fue un poco mejor. Crucé la habitación, ida y vuelta, dos veces. Me llegué hasta el lavabo, lo enjuagué, me incliné sobre él y bebí agua con la palma de la mano. Conseguí no devolverla. Esperé un poco y bebí más. Mucho mejor.

Caminé, caminé y seguí caminando.

Al cabo de media hora de andar me temblaban las rodillas pero tenía la cabeza clara. Bebí más agua, grandes cantidades de agua. Casi lloré en el lavabo mientras la estaba bebiendo.

Volví a la cama. Era una cama deliciosa, hecha con pétalos de rosa. Era la cama más hermosa del mundo. Se la habían quitado a Carole Lombard. Era demasiado blanda para ella. Merecía la pena renunciar al resto de mi vida por un par de minutos tumbado en ella. Hermosa cama blanda, sueño maravilloso, hermosos ojos cerrándose y párpados cayendo y el suave sonido de la respiración y la oscuridad y el descanso hundido en mullidas almohadas...

Caminé.

Construyeron las Pirámides y se cansaron de ellas y las derribaron y machacaron la piedra para hacer cemento para la presa de Boulder; luego la construyeron, llevaron el agua a Sunny Southland y la utilizaron para provocar una inundación.

Seguí andando mientras pasaba todo aquello. Que no me molestaran.

Dejé de andar. Ya estaba en condiciones de hablar con alguien.

26

El armario estaba cerrado y la silla resultaba demasiado pesada para mí. No era casualidad. Quité las sábanas y aparté el colchón. Debajo, la tela metálica del somier estaba sujeta en la cabecera y en los pies por muelles de metal, esmaltados de negro, de unos veinte centímetros de largo. Puse manos a la obra para soltar uno. Fue el trabajo más duro que he hecho en toda mi vida. Diez minutos después, aunque con dos dedos ensangrentados, tenía un muelle a mi disposición. Lo agité en el aire y comprobé que podía manejarlo bien. Pesaba bastante y sería eficaz.

Después de haber hecho todo aquello, mis ojos se tropezaron con la botella de whisky, que también hubiera servido como arma, pero de la que me había olvidado por completo.

Bebí algo más de agua. Luego descansé un poco sobre el somier. Finalmente me acerqué a la puerta, coloqué la boca del lado de las bisagras y grité:

—¡Fuego! ¡Fuego!

Fue una espera corta y agradable. Mi carcelero llegó corriendo a todo correr por el pasillo, metió la llave en la cerradura y la hizo girar con ferocidad.

La puerta se abrió de golpe. Yo me había pegado a la pared del lado por donde se abría. Esta vez llevaba la cachiporra en la mano, un simpático instrumento de unos quince centímetros, cubierto de tiras de cuero marrón entrelazadas. Se le salieron los ojos de las órbitas al ver el estado de la cama y, a continuación, empezó a torcer la cabeza.

No pude evitar reírme mientras le atizaba. Le golpeé con el muelle en un lado de la cabeza y cayó hacia adelante. Lo seguí hasta que estuvo de rodillas y le golpeé dos veces más. Dejó escapar un gemido. Le quité la cachiporra. Volvió a gemir.

Le puse una rodilla en la cara y me hice daño. No me dijo si también le dolía. Mientras seguía gimiendo lo dejé inconsciente con la cachiporra.

Retiré la llave del exterior de la puerta, cerré por dentro y procedí a registrarlo. Encontré otras llaves. Una de ellas era la del armario, donde estaba colgada mi ropa. Miré en los bolsillos. Habían desaparecido los billetes de mi cartera. Volví a mi carcelero de la bata blanca. Llevaba demasiado dinero para el trabajo que hacía. Me quedé con lo que yo tenía antes de ir a casa de Amthor, lo arrastré hasta la cama, le até muñecas y tobillos con las correas y le metí medio metro de sábana en la boca. Tenía rota la nariz. Esperé lo suficiente para asegurarme de que podía respirar por ella.

Sentí pena por él. Un hombrecillo ingenuo y trabajador que trataba de conservar su empleo y recibir su paga semanal. Quizá con mujer e hijos. Una verdadera lástima. Y todo lo que tenía para ayudarse era una cachiporra. No parecía justo. Puse el whisky drogado donde podría haberlo alcanzado de no tener las manos atadas.

Le di unas palmaditas en el hombro. A punto estuve de derramar algunas lágrimas.

Toda mi ropa, incluida la funda sobaquera y el revólver, aunque sin balas, estaba en el armario. Me vestí con dedos temblorosos y entre continuos bostezos.

El ocupante de la cama descansaba. Lo dejé allí y cerré con llave al salir de la habitación.

Fuera encontré un amplio corredor silencioso con tres puertas cerradas. De ninguna me llegó el menor ruido. La alfombra de color vino situada en el centro parecía acentuar el ambiente de silencio del resto de la casa. El pasillo torcía luego en ángulo recto y en el nuevo corredor encontré el inicio de una gran escalera a la antigua usanza, con pasamanos de roble, que se curvaba elegantemente hasta perderse en la penumbra del piso inferior. Dos puertas interiores con vidrieras de colores cerraban el pasillo inferior. El suelo era de mosaico y estaba cubierto por espesas alfombras. Una puerta casi cerrada dejaba escapar un rayo de luz. Pero seguía sin oírse nada.

Una casa antigua, construida como ya no se construyen los edificios. Probablemente se alzaba en una calle tranquila con una rosaleda lateral y gran abundancia de flores delante de la fachada principal. Hermosa, elegante y tranquila bajo el brillante sol californiano. Y dentro..., a quién le importa, si se evita que griten con demasiada fuerza.

Me disponía a bajar la escalera cuando oí toser a alguien. Eso hizo que me diera la vuelta bruscamente y descubriera una puerta abierta a medias al extremo del otro corredor. Avancé de puntillas por la alfombra. Esperé, muy cerca de la puerta abierta a medias, pero sin entrar. Una cuña de luz caía sobre la alfombra junto a mis pies. La persona tosió de nuevo. Era una tos profunda, de un pecho amplio. La tos de alguien sin preocupaciones. No era asunto mío. Lo mío era salir de allí. Pero, en aquella casa, un huésped cuya puerta estuviera abierta me interesaba. Sería sin duda una persona de posición, merecedora de que uno se quitase el sombrero. Me introduje un poco en la cuña de luz. Se oyó el crujido de un periódico.

Veía ya parte de una estancia que estaba amueblada como una habitación y no como una celda. Un sombrero y varias revistas sobre una cómoda de color oscuro. Ventanas con visillos de encaje y una buena alfombra.

Los muelles de una cama gimieron pesadamente. Un tipo de gran tamaño, como su tos. Con la punta de los dedos empujé la puerta unos centímetros. Todo siguió igual. Nada ha avanzado nunca más despacio que mi cabeza al asomarse. Vi entonces la habitación, la cama, al hombre que estaba en ella y el cenicero tan lleno de colillas que algunas habían caído sobre la mesilla de noche e incluso en la alfombra. Una docena de periódicos destrozados por toda la cama. Uno de ellos entre un par de manos gigantescas delante de un rostro también enorme. Vi los cabellos por encima del borde del periódico: rizados, oscuros —negros incluso— y muy abundantes. Una franja de piel blanca por debajo. El periódico se movió un poco más, yo no respiré y el individuo que ocupaba la cama no levantó la vista.

Necesitaba un afeitado. Siempre necesitaría un afeitado. Lo había visto antes, en Central Avenue, en un local para negros llamado Florian's, con un traje muy llamativo —bolas blancas de golf a modo de botones en la chaqueta— y un whisky sour en la mano. Y también lo había visto con un Colt del ejército que, al empuñarlo él, parecía de juguete, cuando salía sin prisa por una puerta que previamente había descerrajado. Había visto algunas muestras de su manera de trabajar; las cosas que hacía quedaban hechas.

Tosió de nuevo, movió las posaderas, bostezó con toda el alma y buscó sobre la mesilla de noche un maltratado paquete de cigarrillos, uno de los cuales acabó en su boca. Una llama se encendió al final de su dedo gordo y por su nariz empezó a salir humo.

—Ah —dijo, poniéndose de nuevo el periódico delante de la cara.

Lo dejé allí y regresé por el pasillo hacia la escalera, que me dispuse a bajar. El señor Moose Malloy parecía estar en muy buenas manos.

Una voz murmuró desde detrás de la puerta casi cerrada. Esperé a que alguien contestara. Nadie respondió. Era una conversación telefónica. Me acerqué mucho a la puerta y escuché. Apenas se oía nada, era un simple murmullo. Ninguna sucesión de palabras que tuviera un significado. Finalmente se oyó un clic que concluía la comunicación. Después sólo hubo más silencio.

Era el momento de marcharse, de irse muy lejos. De manera que empujé la puerta para abrirla y entré sin hacer ruido.

27

Estaba en un despacho, ni grande ni pequeño, con aspecto decididamente profesional. Una librería con puertas de cristal y llena de pesados volúmenes. Un armarito de metal esmaltado de blanco, con muchas jeringuillas y agujas hipodérmicas, algunas de las cuales estaban siendo esterilizadas. Un amplio escritorio con un secante, un abrecartas de bronce, pluma y tintero, una agenda y muy poco más, a excepción de los codos de un hombre que meditaba, el rostro entre las manos.

Entre los dedos amarillentos y separados vi cabellos como de arena húmeda, tan lisos que parecían pintados sobre el cráneo. Di tres pasos más, y los ojos debieron dirigirse más allá de la mesa y advertir el movimiento de mis zapatos. El ocupante del despacho alzó la cabeza y me miró. Hundidos ojos incoloros en un rostro semejante a pergamino. Separó las manos, se reclinó lentamente en el asiento y me miró sin expresión alguna.

Acto seguido extendió las manos en un gesto de impotencia pero, al mismo tiempo, de desaprobación; cuando se posaron sobre la mesa, una de ellas quedó muy cerca de uno de los ángulos.

Di dos pasos más y le enseñé la cachiporra. Pero el índice y el anular siguieron moviéndose hacia el ángulo de la mesa.

—El timbre —dije—, no le servirá de nada hoy. He retirado de la circulación a su matón.

Sus ojos parecieron aletargarse.

—Ha estado usted muy enfermo, señor mío. Francamente enfermo. No le puedo aconsejar todavía que se levante y camine.

—La mano derecha —dije. Se la golpeé con la cachiporra, y el brazo se dobló sobre sí mismo como una serpiente herida.

Di la vuelta a la mesa con una sonrisa en los labios aunque no había motivo alguno para sonreír. El ocupante del despacho tenía un arma en el cajón, por supuesto. Siempre la tienen y siempre la sacan demasiado tarde, si es que llegan a hacerlo. Se la quité. Era una 38 automática, un modelo estándar, no tan buena como la mía, pero los proyectiles me servían. No parecía que hubiera más balas en el cajón. Empecé a extraer el cargador.

Advertí un movimiento indeciso, los ojos siempre hundidos y llenos de tristeza.

—Quizá tenga otro timbre debajo de la alfombra —dije—. Quizá suene en el despacho del jefe de policía. No lo utilice. Durante una hora voy a ser un tipo muy duro. Si alguien entra por esa puerta irá a parar directamente a un ataúd.

—No hay ningún timbre debajo de la alfombra —dijo. Su acento extranjero era casi imperceptible.

Terminé de extraer el cargador y lo cambié por el mío. Saqué el proyectil que estaba en la recámara y dejé su pistola sobre la mesa. Hice subir uno a la recámara de la mía y me situé otra vez del otro lado del escritorio.

La puerta tenía un picaporte de resbalón. Retrocedí, la empujé para cerrarla y esperé hasta oír el clic. También tenía un pestillo, y lo eché.

Volví junto al escritorio y me senté en una silla, con lo que consumí los últimos gramos de energía que me quedaban.

—Whisky —dije.

Mi interlocutor empezó a mover las manos.

—Whisky —repetí.

Fue al armario de los medicamentos y sacó una botella plana —con su timbre de hacienda de color verde— y un vaso.

—Dos vasos —dije—. He probado su whisky una vez y casi llego volando hasta la isla Catalina.

Buscó un segundo vaso, rompió el sello de la botella y llenó los dos.

—Usted primero —dije.

Sonrió débilmente y alzó uno de los vasos.

—A su salud, señor mío..., lo que le queda de ella.

Bebió él y bebí yo. Eché mano a la botella, me la puse cerca y esperé a que el calor tibio me llegara al corazón. Poco después empezó a latir con violencia, pero estaba de nuevo en mi pecho y no colgando de un hilo.

—He tenido una pesadilla —dije—. Una cosa muy tonta. Soñé que me ataban a un catre, que me inyectaban droga a tope y que estaba encerrado en una habitación con barrotes en las ventanas. Llegué a estar muy débil. Dormí. Carecía de alimentos. Era un hombre enfermo. Primero me habían atizado en la cabeza y luego me trajeron a un sitio donde me hicieron todo eso. Se tomaron muchas molestias y no soy tan importante.

El individuo sentado al otro lado de la mesa no dijo nada. Sólo me contemplaba. Parecía estar considerando cuánto tiempo me quedaba de vida.

—Me desperté en una habitación llena de humo —dije—. No era más que una alucinación, irritación del nervio óptico o cualquier otra cosa que un profesional como usted quiera llamarle. En lugar de culebras de color rosa veía humo. De manera que grité y un tipo duro con bata blanca entró y me enseñó una cachiporra. Me llevó mucho tiempo prepararme para quitársela. Conseguí sus llaves y mi ropa y hasta recuperé mi dinero, sacándoselo del bolsillo. De manera que aquí estoy. Completamente curado. ¿Qué ha dicho?

—No he hecho ninguna observación —dijo.

—Las observaciones quieren que usted las haga —dije yo—. Están con la lengua fuera esperando a ser dichas. Esto que ve usted aquí... —agité ligeramente la cachiporra— puede resultar muy convincente. Tuve que pedírselo prestado a cierto individuo.

—Haga el favor de dármelo al instante —dijo, con una sonrisa que llegaría a gustarle a cualquiera. Era como la sonrisa del verdugo cuando viene a tu celda a medirte para ver a qué altura hay que colocar el lazo de la horca. Entre amistosa y paternal, y un tanto precavida al mismo tiempo. Llegaría a gustarle a cualquiera si estuviese seguro de ir a vivir lo bastante.

Le puse la cachiporra en la palma de la mano, la izquierda.

—Ahora la pistola, por favor —dijo—. Ha estado usted muy enfermo, señor Marlowe. Tendré que insistir en que vuelva usted a la cama.

Lo miré fijamente.

—Soy el doctor Sonderborg —dijo—, y no voy a permitir más locuras.

Dejó la cachiporra sobre la mesa. Su sonrisa tenía la tiesura de un pez congelado. Sus largos dedos hicieron movimientos de mariposas agonizantes.

—La pistola, por favor —dijo con suavidad—. Le aconsejo con la mayor firmeza...

—¿Qué hora es, alcaide?

Pareció ligeramente sorprendido. Yo llevaba reloj de pulsera pero se había quedado sin cuerda.

—Casi medianoche, ¿por qué?

—¿Qué día de la semana?

—Carece de importancia, mi querido señor... Domingo, por supuesto.

Me apoyé contra el escritorio y traté de pensar, manteniendo la pistola lo bastante cerca como para que el doctor Sonderborg tuviera tentaciones de apoderarse de ella.

—Más de cuarenta y ocho horas. No me sorprende que haya tenido ataques. ¿Quién me trajo aquí?

Mientras me miraba fijamente su mano izquierda empezó a avanzar poco a poco hacia la pistola. Pertenecía sin duda a la Sociedad de la Mano Errabunda. Seguro que las chicas habían tenido más de un problema con él.

—No me obligue a enfadarme —protesté—. No me haga perder mis buenos modales y mi inglés impecable. Dígame tan sólo cómo llegué aquí.

Tenía valor. Echó mano a la pistola, pero ya no estaba allí. Me recosté en la silla y me la coloqué sobre el regazo.

El doctor Sonderborg enrojeció, echó mano a la botella de whisky, se llenó el vaso y lo apuró muy deprisa. Respiró hondo y tuvo un escalofrío. No le gustaba el sabor del whisky. Es algo que les pasa siempre a los drogadictos.

—Lo detendrán de inmediato si sale de aquí —dijo con tono cortante—. Ha sido usted debidamente internado por un agente de la ley...

—Los agentes de la ley no están autorizados para eso.

Aquello le afectó un poco. Su rostro amarillento empezó a contraerse.

—Decídase y cuéntemelo —dije—. Quién me ha traído aquí, por qué y cómo. Estoy de un humor extraño. Me noto con ganas de ir a bailar entre la espuma de las olas. Oigo la llamada de las almas en pena. Hace una semana que no disparo contra nadie. Confiese, doctor Fell. Puntee la antigua viola, que fluya la música más suave.

—Sufre usted un envenenamiento por estupefacientes —dijo con frialdad—. Ha estado a punto de morir. Tuve que darle digital en tres ocasiones. Luchó, gritó y fue necesario sujetarlo. —Sus palabras salían tan deprisa de su boca que se adelantaban unas a otras—. Si abandona mi hospital en estas condiciones, tendrá problemas graves.

—¿Ha dicho usted que era médico? ¿Doctor en medicina?

—Por supuesto. Soy el doctor Sonderborg, como le he dicho antes.

—Nadie grita ni lucha en el caso de un envenenamiento por estupefacientes, doctor. Sencillamente permanece en coma. Inténtelo de nuevo. Y resúmalo. Sólo quiero lo esencial. ¿Quién me ha traído a esta casa de orates suya?

—Pero...

—No me venga con peros. O hago sopas con usted. Lo ahogo en un barril de malvasía. Ya quisiera yo tener un barril de malvasía para ahogarme en él. Shakespeare. También él sabía algo de vinos. Tomemos un poco más de nuestra medicina. —Alcancé su vaso y serví whisky para los dos—. Siga contando, Karloff.

—La policía le trajo aquí.

—¿Qué policía?

—La policía de Bay City, claro está. —Sus inquietos dedos amarillos dieron vueltas al vaso—. Esto es Bay City.

—Ah. ¿Tenían nombre esos policías?

—Un tal sargento Galbraith, creo. No es uno de los habituales de los coches patrulla. Otro detective y él lo encontraron a usted deambulando por los alrededores de esta casa, aturdido, el viernes por la noche. Lo trajeron aquí porque era el sitio más cercano. Pensé que era usted un drogadicto que había tomado una sobredosis. Pero quizá estuviera equivocado.

—Es una buena historia. No estoy en condiciones de demostrar que es falsa. Pero ¿por qué mantenerme aquí dentro?

Extendió sus manos inquietas.

—Le he dicho una y otra vez que era un hombre muy enfermo y que lo sigue siendo. ¿Qué habría esperado usted que hiciera?

—En ese caso le debo dinero.

Se encogió de hombros.

—Naturalmente. Doscientos dólares.

Empujé un poco hacia atrás mi silla.

—Una miseria. Venga a buscarlo.

—Si se marcha ahora —dijo con tono cortante—, lo detendrán de inmediato.

Me incliné sobre la mesa y le eché el aliento en la cara.

—Sólo por salir de aquí, no creo, Karloff. Abra la caja de caudales que tiene en la pared.

Se puso en pie con un movimiento felino.

—Esto ha ido ya demasiado lejos.

—¿No quiere abrirla?

—Por supuesto que no.

—Es una pistola lo que tengo en la mano.

Sonrió sin apenas separar los labios y con amargura.

—Es una caja de caudales francamente grande —dije—. Nueva, además. Y esta pistola es excelente. ¿No la va a abrir?

Nada cambió en su cara.

—Maldita sea —dije—. Cuando uno tiene una pistola en la mano, se supone que la gente hace lo que se le dice. No funciona, ¿verdad que no?

El doctor Sonderborg sonrió. Había un placer sádico en aquella sonrisa. Yo perdía pie. Estaba a punto de derrumbarme.

Me apoyé con dificultad en la mesa mientras él esperaba, los labios ligeramente abiertos.

Me quedé allí durante mucho tiempo, mirándole a los ojos. Luego sonreí y a él se le cayó la sonrisa de la cara como un trapo viejo. En la frente le aparecieron gotas de sudor.

—Hasta la vista —me despedí—. Lo dejo en manos más sucias que las mías.

Retrocedí de espaldas hasta la puerta, la abrí y salí.

La entrada principal no estaba cerrada con llave. La casa tenía un porche cubierto. En el jardín abundaban las flores. Había una cerca blanca y un portón. La finca ocupaba una esquina de la calle. Era una noche fresca y húmeda, sin luna.

Fuera, el letrero decía calle Descanso. Manzana adelante había casas iluminadas. Escuché para ver si oía la sirena de un coche de la policía, pero no apareció ninguno. El otro letrero decía calle 23. Me dirigí con dificultad hacia la calle 25 y, una vez en ella, hacia la manzana de los ochocientos. El 819 era el número de la casa de Anne Riordan. Un refugio.

Llevaba ya mucho tiempo andando cuando me di cuenta de que aún empuñaba la pistola. Y seguía sin oír sirenas.

Continué andando. El aire me sentó bien, pero el whisky se estaba muriendo y se retorció antes de morir. Había abetos a todo lo largo de la manzana, y casas de ladrillo con más aspecto de edificios de Seattle que del sur de California.

Aún encontré una luz encendida en el número 819. La casa disponía de un garaje diminuto, aplastado contra un seto muy alto de cipreses. Había rosales delante de la casa. Entré por el camino que llevaba hasta la puerta y escuché antes de tocar el timbre. Seguía sin oírse el gemido de las sirenas. Al cabo de algún tiempo una voz habló con dificultad a través de uno de esos ingenios eléctricos que permiten hablar mientras la puerta principal está aún cerrada.

—¿Quién es?

—Marlowe.

Tal vez contuvo el aliento o fue sólo que el aparato eléctrico, al desconectarlo, hizo un sonido que se le parecía.

La puerta se abrió de par en par, y la señorita Anne Riordan, con un traje sastre verde claro, se me quedó mirando. Asustada, los ojos se le abrieron mucho. Su rostro, bajo el resplandor de la luz del porche, perdió color de repente.

—Dios mío —gimió—. ¡Pareces el fantasma del padre de Hamlet!

28

El cuarto de estar tenía una alfombra marrón con dibujos, sillas de color blanco y rosa, una chimenea de mármol negro con morillos de latón, altas librerías empotradas en las paredes y ásperas cortinas de color crema sobre las venecianas bajadas.

No había nada femenino en la habitación a excepción de un espejo de cuerpo entero con un buen trozo de suelo delante, totalmente despejado.

Yo estaba medio tumbado en un sillón muy hondo con las piernas sobre un escabel. Me había tomado dos tazas de café solo, luego una copa, después huevos pasados por agua y una tostada y finalmente algo más de café con brandy añadido. Todo eso había sucedido en el comedor, pero ya no me acordaba del aspecto que tenía. Había pasado demasiado tiempo.

Me hallaba otra vez en buena forma. Casi sobrio, mi estómago iba camino de la tercera base en lugar de correr hacia el mástil del centro del campo.

Anne Riordan estaba frente a mí, inclinada hacia adelante, la agradable barbilla descansando en una mano no menos agradable, los ojos oscuros en sombra bajo el ahuecado cabello rojizo castaño. Llevaba un lápiz metido en el pelo. Parecía preocupada. Le había contado algo de lo sucedido, pero no todo. De manera especial, no le había dicho nada sobre Moose Malloy.

—Pensé que estabas borracho —dijo—. Pensé que te habías emborrachado antes de venir a verme. Pensé que habías salido con la rubia esa. Pensé... No sé lo que pensé.

—Apuesto a que no has conseguido todo esto con lo que escribes —dije, mirando a mi alrededor—. Ni aunque te pagaran por contar lo que crees que piensas.

—Tampoco mi padre lo consiguió aprovechándose de otros policías —dijo—. Como ese cerdo panzudo que tienen ahora por jefe.

—No es asunto mío —respondí.

—Teníamos algunas parcelas en Del Rey. Unos terrenos arenosos que mi padre compró engañado. Pero luego resultó que había petróleo.

Hice un gesto de asentimiento con la cabeza y bebí otro sorbo de un agradable vaso de cristal tallado. Lo que había dentro tenía un reconfortante sabor cálido.

—A nadie le costaría trabajo instalarse aquí —dije—. Trasladarse sin más. Con todo preparado.

—Si el tal nadie fuera de ese tipo de personas. Y si alguien quisiera que lo hiciese —dijo ella.

—Falta el mayordomo —respondí—. Eso lo hace más duro.

Anne enrojeció.

—Pero tú... prefieres que te machaquen la cabeza, que te acribillen el brazo inyectándote droga y que utilicen tu barbilla como tablero en un partido de baloncesto. Como si no tuviéramos ya suficiente violencia.

No respondí. Estaba demasiado cansado.

—Al menos —dijo—, tuviste la suficiente cabeza para mirar en las boquillas. Por las cosas que dijiste en Aster Drive, pensé que no te habías enterado de nada.

—Esas tarjetas carecen de valor.

Me fulminó con la mirada.

—¿Te sientas ahí y te atreves a decirme eso después de que el tal Amthor haya hecho que dos policías deshonestos te den una paliza y te metan en una cura antialcohólica durante dos días para enseñarte a que te ocupes de tus asuntos? La cosa está tan clara que habría que ser cegato perdido para no verla.

—Eso tendría que haberlo dicho yo —protesté—. Precisamente mi estilo, que siempre ha sido un poco vulgar. ¿Qué es lo que está tan claro?

—Que esa elegante persona con poderes paranormales no es más que un gánster de postín. Escoge los clientes, obtiene la información y luego le dice al brazo ejecutivo que salga y consiga las joyas.

—¿De verdad crees eso?

Se me quedó mirando. Terminé lo que tenía en el vaso y puse otra vez cara de estar muy débil. No surtió efecto.

—Claro que lo creo —dijo—. Lo mismo que tú.

—Yo creo que es un poco más complicado.

Su sonrisa resultó amable y ácida al mismo tiempo.

—Discúlpame. Olvidé por un momento que eres detective. *Tiene* que ser complicado, ¿no es cierto? Imagino que un caso sencillo casi resulta indecente.

—Es más complicado —dije.

—Muy bien. Te escucho.

—No lo sé. Es sólo lo que yo pienso. ¿Me puedo tomar otro whisky?

Anne se puso en pie.

—¿Sabes? Alguna vez tendrás que probar el agua, aunque sólo sea para divertirte un poco. —Se acercó y recogió mi vaso—. Éste va a ser el último.

Salió de la habitación y en algún sitio tintinearon cubitos de hielo; yo cerré los ojos y escuché aquellos ruiditos sin importancia. Había sido un error venir a casa de Anne. Si mis enemigos sabían tanto de mí como yo imaginaba, quizá aparecieran por allí buscándome. Y eso sería un desastre.

Mi anfitriona regresó con el vaso y sus dedos, fríos por el contacto con el vaso, tocaron los míos; los retuve un momento y luego los dejé ir lentamente, como se deja ir un sueño cuando te despiertas con el sol en la cara y has estado en un valle encantador.

Anne se ruborizó, volvió a su silla, se sentó y se dedicó con gran detenimiento a colocarse como es debido.

Luego encendió un cigarrillo mientras me miraba beber.

—Amthor es un caballerete bastante despiadado —dije—. Pero de todos modos no lo veo como cerebro de una banda de ladrones de joyas. Quizá esté equivocado. Si lo fuese y pensara que yo tenía algo contra él, no creo que hubiera salido con vida de la clínica. Pero es, sin duda, un individuo que tiene cosas que ocultar. No se puso realmente duro hasta que empecé a farfullar sobre tinta invisible.

Anne me miró sin alterarse.

—¿Era cierto?

Sonreí.

—Si la había, yo no llegué a leerla.

—Es una manera curiosa de esconder observaciones desagradables sobre una persona, ¿no te parece? En boquillas de cigarrillos. Supongamos que nadie las encontrara.

—Lo importante, en mi opinión, es que Marriott tenía miedo y pensó que, si algo le sucedía, se encontrarían las tarjetas. La policía habría mirado con lupa todo lo que tuviera en los bolsillos. Eso es lo que me desconcierta. Si Amthor es un delincuente, no habría quedado nada para que la policía lo encontrara.

—¿Quieres decir si Amthor lo asesinó o hizo que lo asesinaran? Pero quizá lo que Marriott sabía sobre Amthor no tuviera relación directa con el asesinato.

Me incliné hacia atrás, apoyándome en el respaldo del sillón, terminé el whisky y puse cara de estar pensando en lo que mi anfitriona acababa de decir. Luego asentí con la cabeza.

—Pero el robo de las joyas sí que estaba relacionado con el asesinato. Y damos por sentado que Amthor tenía que ver con ese robo.

Sus ojos adquirieron un aire travieso.

—Apuesto a que no te encuentras nada bien —dijo—. ¿No te gustaría acostarte?

—¿Aquí?

Enrojeció hasta la raíz del pelo. Sacó barbilla.

—De eso se trata. No soy una niña. ¿A quién demonios le importa lo que hago o cuándo o cómo?

Dejé el vaso y me puse en pie.

—Uno de mis raros ataques de delicadeza se está apoderando de mí en este momento —afirmé—. ¿Te importaría llevarme hasta una parada de taxis, si no estás demasiado cansada?

—Maldito tonto —dijo muy enfadada—. Lo dejan hecho fosfatina y le inyectan sólo Dios sabe cuántas clases de estupefacientes, pero todo lo que necesita es dormir una noche para levantarse temprano con la sonrisa en los labios y empezar de nuevo a ser detective.

—Tenía intención de dormir un poco más de lo habitual.

—¡Deberías estar en un hospital, estúpido!

Me estremecí.

—Escucha —dije—. Esta noche no tengo la cabeza muy clara y no creo que deba quedarme aquí mucho tiempo. Carezco de pruebas contra esa gente, pero parece que no les caigo bien. Todo lo que yo pueda decir sería mi palabra contra la de las fuerzas del orden, y en esta población las fuerzas del orden parecen bastante corruptas.

—Es una ciudad donde se vive bien —dijo ella con energía y de manera un poco entrecortada—. No se puede juzgar...

—De acuerdo, es una ciudad donde se vive bien. También lo es Chicago. Cualquiera puede vivir allí mucho tiempo sin ver una metralleta. Seguro que aquí se vive bien. Probablemente no es más corrupta que Los Ángeles. Pero en el caso de una gran ciudad, sólo se puede comprar una parte. En el caso de una población de este tamaño, es posible comprarla entera, con el embalaje original e incluso envuelta en celofán. Ésa es la diferencia. Y eso hace que me quiera marchar.

Se puso en pie y me enseñó la barbilla con aire autoritario.

—Te vas a ir a la cama ahora mismo. Tengo un dormitorio para invitados donde te puedes instalar y...

—¿Prometes cerrar tu puerta con llave?

Volvió a ruborizarse y se mordió el labio.

—A ratos me pareces una persona excepcional —dijo—, y otras el peor sinvergüenza que he conocido nunca.

—En cualquiera de los dos casos, ¿tendrás la amabilidad de llevarme a un sitio donde pueda coger un taxi?

—Te vas a quedar aquí —dijo con tono cortante—. No estás en condiciones de marcharte. Eres un enfermo.

—No estoy tan enfermo como para que alguien no intente sacarme información —dije con intención de molestarla.

Anne abandonó tan deprisa el cuarto que estuvo a punto de caerse en los dos escalones que llevaban al vestíbulo. Casi antes de haberse ido regresó sin sombrero pero con un largo abrigo de franela sobre el traje sastre; su pelo rojizo daba la misma sensación de enojo que su cara. Luego abrió una puerta lateral arrancándola casi, salió de un salto y sus pasos repiquetearon sobre el asfalto de la entrada para el coche. La puerta de un garaje hizo un suave ruido al levantarse. Luego se abrió la portezuela de un coche que enseguida se cerró de golpe. Chirrió el motor de arranque, el automóvil se puso en marcha y brilló la luz de los faros más allá de la puerta-ventana del cuarto de estar, que había quedado abierta.

Recogí mi sombrero, que estaba sobre una silla, apagué un par de lámparas y vi que la puerta-ventana tenía una cerradura Yale. Volví la vista un momento antes de cerrar. Era una habitación muy agradable. Sería muy agradable estar allí en zapatillas.

Cerré la puerta, el cochecito se colocó a mi altura y di la vuelta por detrás para entrar.

Anne me llevó hasta mi casa sin abrir la boca, furiosa. Cuando me apeé delante de mi apartamento, me dio las buenas noches con voz helada, hizo un giro de 180 grados con el coche a mitad de la manzana y ya había desaparecido antes de que yo sacara las llaves del bolsillo.

Mi edificio de apartamentos lo cierran a las once. Crucé el vestíbulo, que siempre huele a húmedo, hasta llegar a las escaleras y al ascensor, que utilicé para subir a mi apartamento. Iluminaban el corredor unas luces muy deprimentes. Botellas de leche hacían guardia ante las entradas de servicio. Al fondo se distinguía la puerta roja contra incendios, con una sección de tela metálica que dejaba pasar una mínima corriente de aire que nunca eliminaba por completo el olor a comida. Me hallaba en casa, en un mundo en reposo, tan inofensivo como un gato dormido.

Abrí la puerta de mi apartamento, entré y aspiré el olor, de pie junto a la puerta, durante algún tiempo, antes de encender la luz. Un olor casero, a polvo y a humo de tabaco, el olor de un mundo donde seres humanos viven y se esfuerzan por seguir viviendo.

Me desnudé y me metí en la cama. Tuve pesadillas y me desperté varias veces sudando. Pero por la mañana había vuelto a ser el mismo de siempre.

29

Estaba sentado en el borde de la cama, todavía en pijama, pensando en levantarme, pero sin decidirme del todo. No me sentía demasiado bien, pero tampoco tan mal como debiera, ni tan enfermo como me sentiría si trabajara en una oficina. Me dolía la cabeza, con la sensación añadida de que me había crecido y de que ardía; tenía seca la lengua y la boca como llena de tierra; me notaba con tortícolis y tampoco mi mandíbula había recobrado la sensibilidad. Pero guardaba en mi memoria el recuerdo de peores amaneceres.

Era un día gris con niebla alta, sin tibieza aún, pero con posibilidades de llegar a ser un día cálido. Conseguí arrancarme de la cama, me froté la boca del estómago, en el sitio donde me dolía a causa de los vómitos. El pie izquierdo estaba bien. No me dolía. De manera que fui a tropezar con la esquina de la cama.

Aún estaba lanzando maldiciones cuando se oyeron unos golpes enérgicos en la puerta, el tipo de llamada imperiosa que despierta el deseo de abrir la puerta cinco centímetros, hacer una pedorreta y dar un portazo.

Abrí un poco más de cinco centímetros y me encontré delante al teniente Randall, traje marrón de gabardina, un fieltro ligero en la cabeza, muy pulcro y limpio y solemne y con una expresión muy desagradable en los ojos.

Randall empujó un poco la puerta y yo me aparté para dejarlo pasar. Entró, cerró y miró alrededor.

—Llevo dos días buscándolo —dijo. No me miró: valoraba la habitación con la mirada.

—He estado enfermo.

Recorrió el apartamento a paso gimnástico, brillándole el cabello gris, el sombrero ahora debajo del brazo, las manos en los bolsillos. No era un hombre muy fornido tratándose de un policía. Se sacó una mano del bolsillo y dejó el sombrero con mucho cuidado encima de unas revistas.

—Aquí no —dijo.

—En una clínica.

—¿Qué clínica?

—Una clínica veterinaria.

Dio un respingo como si le hubiese abofeteado. Una sombra de color le apareció debajo de la piel.

—¿No es un poco pronto..., para ese tipo de chiste?

No respondí y encendí un cigarrillo. Di una chupada y me senté de nuevo en la cama, muy deprisa.

—Los tipos como usted no tienen remedio, ¿no es eso? —dijo—. Sólo el de meterlo entre rejas.

—He estado muy enfermo y no he desayunado todavía. No cabe esperar de mí un ingenio excepcional.

—Le dije que no trabajara en este caso.

—No es usted Dios. Ni siquiera Jesucristo.

Di una segunda chupada al pitillo. Sentí que algo dentro de mí estaba todavía en carne viva, pero no me pareció tan mal como la primera.

—Le asombraría saber los muchos problemas que podría causarle.

—Probablemente.

—¿Sabe por qué no lo he hecho todavía?

—Sí.

—¿Por qué? —Estaba un poco inclinado hacia adelante, tenso como un fox-terrier, con esa mirada glacial que a todos se les acaba poniendo, tarde o temprano.

—Porque no ha podido encontrarme.

Se recostó en el respaldo y echó la silla hacia atrás apoyándose en los talones. Se le iluminó un poco la cara.

—Creía que iba a decir otra cosa. Y si la hubiera dicho, le habría atizado un buen mamporro.

—Veinte millones de dólares no le asustarían. Pero pueden darle órdenes.

Respiró hondo, con la boca un poco abierta. Muy despacio sacó del bolsillo un paquete de tabaco y rompió el celofán. Le temblaban un poco los dedos. Su puso un pitillo entre los labios y fue a la mesa de las revistas en busca de cerillas. Encendió el cigarrillo con mucho cuidado, echó la cerilla en el cenicero y no en el suelo, y aspiró el humo.

—El otro día le di algunos consejos por teléfono —dijo—. El jueves.

—Viernes.

—Sí; el viernes. No sirvieron de nada. Entiendo por qué. Si bien no sabía por entonces que había estado ocultando pruebas. Yo sólo recomendaba una línea de acción que parecía una buena idea en este caso.

—¿Qué pruebas?

Me miró sin decir nada.

—¿Quiere un poco de café? —pregunté—. Eso quizá le haga más humano.

—No.

—Yo sí quiero. —Me puse en pie para dirigirme a la cocina.

—Siéntese —dijo Randall con tono cortante—. No he terminado, ni mucho menos.

Seguí camino de la cocina y puse agua a hervir. Bebí un vaso de agua fría directamente del grifo y luego otro. Regresé con un tercer vaso en la mano hasta apoyarme en el quicio de la puerta y mirarlo. No se había movido. La nube de humo que tenía al lado era casi sólida. Estaba contemplando el suelo.

—¿Qué tiene de malo que fuese a ver a la señora Grayle? —le pregunté—. Me buscó ella.

—No hablaba de eso.

—Ahora no, pero sí hace un momento.

—No mandó a buscarlo. —Alzó los ojos, en los que persistía la misma expresión glacial. Tampoco había desaparecido el vago rubor en sus marcados pómulos—. Fue usted quien se presentó sin que nadie lo llamara, habló de escándalo y prácticamente consiguió el trabajo haciéndole chantaje.

—Curioso. Tal como yo lo recuerdo, ni siquiera hablamos de un empleo. Me pareció que lo que me contaba no tenía ningún peso. Quiero decir, algo donde hincar el diente. Nada donde empezar. Y por supuesto, imagino que ella ya se lo ha dicho.

—Efectivamente. La cervecería de Santa Mónica es una guarida de malhechores. Pero eso no significa nada. No se sacaría nada en limpio. El hotel al otro lado de la calle tampoco es trigo limpio, pero no es la gente que buscamos. Maleantes de poca monta.

—¿Le ha dicho ella que me presenté sin que nadie me llamara?

Bajó los ojos un poco.

—No.

Sonreí.

—¿Quiere un poco de café?

—No.

Volví a la cocina, eché el agua hirviendo sobre el café y esperé a que se colara. Esta vez Randall me siguió y fue él quien se quedó en la puerta.

—Esa banda de ladrones de joyas trabaja en Hollywood y sus alrededores desde hace más de diez años, según mis informaciones —dijo—. Esta vez han ido demasiado lejos. Han matado a una persona. Y creo que conozco el motivo.

—Pues si se trata de una banda y consigue usted resolver el caso, será la primera vez que suceda desde que vivo en esta ciudad. Y podría enumerar y describir al menos una docena.

—Muy amable por su parte, Marlowe.

—Corríjame si me equivoco.

—Maldita sea —dijo, molesto—. No se equivoca. Un par de casos se resolvieron en apariencia, pero era todo mentira. Algún pobre desgraciado cargó con las culpas de los mandamases.

—Claro. ¿Café?

—Si acepto una taza, ¿hablará conmigo en serio, de hombre a hombre, sin hacer chistes?

—Lo intentaré. Pero no prometo divulgar todas mis ideas.

—Me puedo pasar sin ellas —dijo mordazmente.

—Lleva usted un traje muy elegante.

Enrojeció de nuevo.

—Cuesta veintisiete cincuenta —dijo con tono cortante.

—Vaya, un policía susceptible —respondí, mientras regresaba junto al fogón.

—Huele bien. ¿Cómo lo hace?

Serví el café.

—Al estilo francés. Café poco molido. Nada de filtros de papel.

Saqué el azúcar del armario y la leche del refrigerador. Nos sentamos frente a frente.

—¿Ha sido un chiste eso de estar enfermo, en una clínica?

—Nada de chiste. Tuve un problema..., en Bay City. Me metieron allí. No en la cárcel, sino en un sitio privado para alcohólicos y drogadictos.

Su mirada se hizo distante.

—Bay City, ¿eh? Busca lo difícil, ¿no es eso, Marlowe?

—No es que busque lo difícil, sino que lo difícil me encuentra a mí. Pero nunca me había sucedido nada parecido. Me han dejado dos veces sin sentido, la segunda vez por mano de un policía, o por alguien que lo parecía y que afirmaba serlo. También me han golpeado con mi propia pistola y un piel roja ha estado a punto de estrangularme. Me dejaron cuando estaba inconsciente en esa clínica para drogadictos y me han tenido allí encerrado; parte del tiempo sujeto con correas. Y no estoy en condiciones de probar nada, excepto una bonita colección de cardenales y mi brazo izquierdo, más agujereado que un acerico.

Randall contempló fijamente la esquina de la mesa.

—En Bay City —dijo despacio.

—El nombre es como una canción. Una canción para cantar en una bañera llena de agua sucia.

—¿Qué estaba usted haciendo allí?

—No fui allí. Los policías se encargaron de eso. Yo fui a ver a un tipo en Stillwood Heights, que está en Los Ángeles.

—Un tipo llamado Jules Amthor —dijo Randall sin alzar la voz—. ¿Por qué se quedó con esos cigarrillos?

Contemplé mi taza. ¡La muy tonta!

—Resultaba curioso que él, que Marriott, tuviera una segunda pitillera. Con porros dentro. Parece que en Bay City los hacen para que parezcan cigarrillos rusos, con boquillas huecas y hasta el escudo de los Romanoff.

Randall empujó en mi dirección la taza vacía y se la volví a llenar. Sus ojos examinaban mi rostro, arruga por arruga, poro a poro, como Sherlock Holmes con su lupa o el doctor Thorndyke con la suya.

—Tendría que habérmelo contado —dijo con amargura. Bebió un sorbo de café y se limpió la boca con una de esas cosas con flecos que ponen en los apartamentos amueblados como si fueran servilletas—. Pero no se los quedó usted. La chica me lo ha dicho.

—Vaya —dije—. Los hombres ya no pintan nada en este país. Son siempre las mujeres.

—Usted le gusta —dijo Randall, como un educado agente del FBI en una película, un poco triste, pero muy varonil—. Su padre era el policía más honrado que jamás perdió su puesto. La señorita Riordan no tenía por qué haberse llevado esos pitillos. Usted le gusta.

—Una chica simpática, pero no es mi tipo.

—¿No le gustan simpáticas?

—Me gustan las chicas atractivas y lustrosas, duras y muy pecadoras.

—Ésas son las que traen más problemas —dijo Randall con tono indiferente.

—Claro. ¿Es que a mí me ha pasado otra cosa en la vida? ¿Cómo clasificar esta entrevista?

Randall utilizó su primera sonrisa del día. Probablemente no gastaba más de cuatro al día.

—Hasta ahora no he sacado mucho en limpio —comentó.

—Le voy a ofrecer una teoría, aunque lo más probable es que me lleve usted varios cuerpos de ventaja. Marriott era chantajista de mujeres; eso al menos fue lo que vino a decirme la señora Grayle. Pero era algo más: el informador de los ladrones de joyas. Informaba sobre la alta sociedad; era la persona que cultivaba a las víctimas y preparaba el escenario. Se relacionaba con mujeres con las que podía salir y a las que llegaba a conocer muy bien. Fíjese en el atraco de hace poco más de una semana. Todo huele francamente mal. Si Marriott no hubiera conducido el coche o no hubiese llevado a la señora Grayle al Trocadero o no hubiera vuelto a casa por el camino que lo hizo, por delante de la cervecería, el atraco no habría podido consumarse.

—Podría haber conducido el chófer —observó Randall juiciosamente—. Pero eso no habría cambiado mucho las cosas. Los chóferes prefieren no cruzarse en el camino del plomo que disparan los atracadores..., si no cobran más que noventa dólares al mes. Pero tampoco podría haber muchos atracos con Marriott como único acompañante de diferentes mujeres, porque eso habría dado que hablar.

—Precisamente lo más importante de este tipo de golpes es que no se habla de lo sucedido —comenté—. A cambio de eso, el propietario recupera las joyas por poco dinero.

Randall se recostó en la silla e hizo un gesto negativo con la cabeza.

—Tendrá que sacarse de la manga algo mejor para interesarme. Las mujeres hablan de cualquier cosa. Se correría la noticia de que el tal Marriott era un tipo con el que pasaban cosas desagradables.

—Probablemente fue eso lo que pasó. Y el motivo de que acabaran con él.

Randall me miró sin expresión. Su cucharilla movía el aire en una taza vacía. Me incliné hacia adelante y él hizo un gesto para rechazar la cafetera.

—Siga hablando de esa posibilidad —dijo.

—Lo exprimieron más de la cuenta. Su utilidad estaba acabada. Había llegado el momento de que se hablara un poco de él, como usted sugiere. Pero en ese tipo de negocios, uno no dimite ni tampoco lo despiden. De manera que este último atraco lo fue también para él. No olvide que en realidad pedían muy poco por el jade si se tiene en cuenta su valor. Y Marriott se encargó del contacto. Pero, de todos modos, estaba asustado. En el último momento se le ocurrió que sería mejor no ir solo. E incluso un truquito para que, si a él le sucedía algo, hubiera algo que señalara a un hombre, a un individuo sin el menor escrúpulo y lo bastante listo para ser el cerebro de ese tipo de bandas, un individuo en una posición excepcional para conseguir información sobre mujeres ricas. Un truco al que se podría calificar de infantil, pero que de hecho funcionó.

Randall negó con la cabeza.

—Una banda le hubiera quitado todo; incluso se habría llevado el cadáver para tirarlo al mar.

—No. Querían que pareciese una cosa de aficionados. Querían seguir haciendo lo que hacían. Es probable que tengan ya otro informador preparado —dije.

Randall siguió negando con la cabeza.

—El individuo al que señalaban esos cigarrillos no es el tipo. Tiene un tinglado propio que le va muy bien. He hecho averiguaciones. ¿A usted qué le pareció?

Su mirada estaba desprovista de expresión; demasiado, para mi gusto.

—A mí me pareció de lo más peligroso. Y carece de sentido hablar de alguien con demasiado dinero. Por otra parte, el tinglado de la comunicación con el más allá dura lo que dura. Se pone de moda y todo el mundo va a ver al médium, pero al cabo de algún tiempo la moda se pasa y el negocio se esfuma. Quiero decir si se es un vidente y nada más. Igual que las estrellas de la pantalla. Pongamos cinco años. Podría seguir tirando durante ese tiempo. Pero si la información que consigue de esas mujeres puede utilizarla de un par de maneras, es seguro que no perderá la oportunidad de hacer un buen negocio.

—Lo estudiaré con más detenimiento —dijo Randall con la misma mirada inexpresiva—. Pero en este momento sigue siendo Marriott quien más me interesa. Volvamos atrás, mucho más atrás. A cómo llegó usted a conocerlo.

—Sencillamente me llamó por teléfono. Encontró mi nombre en la guía. Eso fue lo que dijo, al menos.

—Tenía una tarjeta suya.

Puse cara de sorpresa.

—Claro. Me había olvidado de eso.

—¿No se ha preguntado por qué eligió su nombre, dejando de lado el problema de que se haya vuelto usted tan olvidadizo?

Me quedé mirándolo por encima de la taza de café. Empezaba a caerme bien. Tenía muchas cosas debajo del chaleco, además de la camisa.

—¿De manera que es ése el verdadero motivo de su visita? —pregunté.

Hizo un gesto de asentimiento.

—Lo demás, como usted bien sabe, son trivialidades. —Me sonrió cortésmente y esperó.

Serví un poco más de café.

Randall se inclinó hacia un lado y contempló la superficie de la mesa, de color crema.

—Un poco de polvo —dijo con aire ausente; luego se enderezó y me miró de hito en hito—. Quizá sea conveniente que trate este asunto de manera un poco distinta —dijo—. Por ejemplo, creo que, probablemente, su corazonada sobre Marriott era correcta. Se han encontrado veintitrés mil dólares en metálico en su caja de seguridad; caja que, por cierto, hay que ver lo que nos ha costado encontrar. También había algunos valores muy bien cotizados y un contrato fiduciario sobre una propiedad en West 54th Place.

Randall cogió una cucharilla, golpeó suavemente con ella el borde de su platillo y sonrió.

—¿Eso le interesa? —preguntó con mucha suavidad—. El número era 1644 West 54th Place.

—Sí —respondí con cierta dificultad.

—Ah, también hay unas cuantas joyas en la caja de Marriott..., cosas de buena calidad. Pero no creo que las robara. Lo más probable, en mi opinión, es que se trate de regalos. Lo que confirmaría su punto de vista. Tenía miedo de venderlas, debido a los recuerdos que le traían a la memoria.

Hice un gesto de asentimiento.

—Tenía la sensación de haberlas robado.

—Sí. El contrato fiduciario no me interesó en un primer momento, pero le voy a explicar cómo funciona. Es uno de los problemas que tienen ustedes, los detectives, cuando se trata del trabajo rutinario de la policía. Nosotros recibimos, de distritos de la periferia, todos los informes acerca de homicidios y muertes sobre los que existen dudas. En teoría tenemos que leerlos el mismo día. Es una regla, como la de que no se debe hacer un registro sin orden judicial ni cachear a un tipo para ver si lleva un arma sin motivo fundado. Pero a veces nos saltamos las reglas. Tenemos que hacerlo. Algunos de los informes no los he leído hasta hoy por la mañana. Uno era sobre el asesinato, el jueves pasado, de un negro en Central Avenue. Por un expresidiario que es un tipo muy duro, llamado Moose Malloy. Y en presencia de un testigo que podría identificar al culpable. Y que el demonio me lleve si no era usted ese testigo.

Me ofreció, muy amablemente, su tercera sonrisa.

—¿Le gusta?

—Le estoy escuchando.

—Hablo de hoy mismo, dese cuenta. De manera que busqué el nombre de la persona que hacía el informe y resultó que lo conozco: se trata de Nulty. Supe de inmediato que el caso no llevaba camino de solucionarse. Nulty es de esa clase de personas..., ¿ha estado alguna vez en Crestline?

—Sí.

—Cerca ya de Crestline hay un sitio donde un grupo de vagones de mercancías se han habilitado como bungalows. También yo tengo un bungalow allí arriba, pero no es un vagón reformado. Esos vagones los llevaron en camiones, aunque no se lo quiera usted creer, y allí están, sin ruedas de ninguna clase. Pues Nulty es la clase de persona que haría muy bien de guardafrenos en uno de esos vagones.

—No está bien decir eso —protesté—. Tratándose de un colega.

—De manera que he llamado a Nulty, que ha carraspeado y dudado un rato, además de escupir unas cuantas veces, antes de contarme por fin que usted tenía una idea acerca de cierta chica llamada Velma, no recuerdo el apellido, por la que Malloy estaba colado hace mucho tiempo y cómo fue usted a ver a la viuda del personaje propietario del antro donde se cometió el asesinato cuando era un local para blancos, y donde Malloy y la chica trabajaban por entonces. Y la dirección de la viuda era 1644 West 54th Place, el sitio sobre el que Marriott tenía el contrato fiduciario.

—¿Y?

—Pensé tan sólo que ya eran suficientes coincidencias para una sola mañana —dijo Randall—. Y aquí estoy. Y hasta ahora me he mostrado francamente comprensivo acerca de todo este asunto.

—El problema —dije yo— es que parece mucho más de lo que es. La tal Velma ha muerto, según la señora Florian. Tengo su foto.

Volví al cuarto de estar y cuando mi mano estaba a mitad de camino para buscar en el bolsillo interior del traje, empecé a tener una extraña sensación de vacío. Pero ni siquiera me habían quitado las fotos. Las saqué, las llevé a la cocina y arrojé a la chica vestida de Pierrot en la mesa, delante de Randall, que la estudió cuidadosamente.

—No la he visto nunca —dijo—. ¿Y esa otra?

—Es una instantánea de periódico de la señora Grayle. Anne Riordan la consiguió.

Después de mirarla, asintió con la cabeza.

—Por veinte millones, yo mismo me casaría con ella.

—Hay algo que debo contarle —dije—. Anoche estaba tan enfadado que se me ocurrió la idea descabellada de ir allí y ponerlos firmes yo sólo. La clínica está en la esquina de las calles 23 y Descanso en Bay City. La dirige un individuo llamado Sonderborg que asegura ser médico. Además aprovecha el sitio para esconder a delincuentes. Anoche vi allí a Moose Malloy. En una habitación.

Randall se me quedó mirando, perfectamente inmóvil.

—¿Seguro?

—No hay manera de equivocarse. Es un tipo muy grande, enorme. No se parece a nadie que haya visto usted nunca.

Siguió mirándome, sin moverse. Luego, muy despacio, sacó las piernas de debajo de la mesa y se puso en pie.

—Vayamos a ver a esa tal viuda Florian.

—¿Y Malloy?

Volvió a sentarse.

—Cuéntemelo de pe a pa sin olvidar detalle.

Así lo hice. Me escuchó sin quitarme los ojos de encima. Tengo la impresión de que ni siquiera parpadeó. Respiraba con la boca ligeramente abierta. Su cuerpo no se movió. Repiqueteaba suavemente con los dedos sobre el borde de la mesa. Cuando terminé dijo:

—Ese tal doctor Sonderborg, ¿qué aspecto tenía?

—De drogadicto, y probablemente de camello. —Se lo describí a Randall lo mejor que pude.

El teniente pasó en silencio a la otra habitación y se sentó junto al teléfono. Marcó un número y habló en voz baja durante mucho tiempo. Luego regresó a la cocina. Yo acababa de hacer más café, de pasar por agua dos huevos, de tostar dos rebanadas de pan y de untarlas con mantequilla. Me senté a comer.

Randall se sentó frente a mí y apoyó la barbilla en una mano.

—He mandado a un miembro de la Brigada de Estupefacientes con una denuncia falsa para que pida que le enseñen las instalaciones. Tal vez saque algo en limpio. No vamos a pillar a Malloy. Malloy salió de allí diez minutos después de que usted se marchara. Sobre eso se admiten apuestas.

—¿Por qué no la policía de Bay City? —pregunté mientras añadía sal a los huevos.

Randall no dijo nada. Cuando levanté la vista había enrojecido y daba signos evidentes de incomodidad.

—Tratándose de un piesplanos —dije—, es usted la persona más susceptible que he conocido nunca.

—Coma deprisa. Nos vamos enseguida.

—Tengo que ducharme, afeitarme y vestirme.

—¿No podría salir en pijama? —preguntó mordazmente.

—¿De manera que Bay City está tan corrompida como todo eso? —dije.

—Es el feudo de Laird Brunette. Dicen que aportó treinta mil dólares para elegir al alcalde.

—¿El tipo que es dueño del club Belvedere?

—Y de los dos casinos flotantes.

—Pero eso está en nuestro distrito —dije.

Randall se miró las uñas, muy limpias y relucientes.

—Pasaremos por su despacho para recoger los otros dos porros —dijo—. Si todavía están allí. —Chasqueó los dedos—. Déjeme las llaves y lo haré yo mientras se afeita y se viste.

—Iremos juntos —respondí—. Puede que tenga alguna carta.

Asintió con un gesto y, al cabo de un momento, se sentó y encendió otro cigarrillo. Me afeité y me vestí y nos marchamos en el coche de Randall.

Había algunas cartas para mí, pero nada que mereciera la pena. Los dos cigarrillos cortados seguían en el mismo sitio. No daba la sensación de que nadie hubiera registrado el despacho.

Randall se apoderó de los dos pitillos rusos, olisqueó el tabaco y se los guardó en el bolsillo.

—Amthor consiguió de usted una de las tarjetas —murmuró—. Como no había nada escrito en tinta invisible, decidió olvidarse de las otras. Tengo la impresión de que no está muy asustado; pensó, sencillamente, que trataba usted de hacerle una jugada. Vamos.

30

La vieja entrometida sacó la nariz un par de centímetros después de abrir la puerta, olisqueó cuidadosamente como si estuviese esperando un florecimiento prematuro de las violetas, barrió la calle en ambas direcciones con una mirada implacable y luego inclinó la canosa cabeza. Randall y yo nos quitamos el sombrero. En aquella barriada, aquel gesto nos puso probablemente a la altura de Rodolfo Valentino. La dueña de la casa parecía acordarse de mí.

—Buenos días, señora Morrison —dije—. ¿Podemos entrar un minuto? Le presento al teniente Randall, de Jefatura.

—Estoy muy nerviosa, demontres. Tengo muchísimo que planchar —dijo.

—No le robaremos más de un minuto.

Se apartó un poco de la puerta y entramos en su recibidor con el aparador tallado —procedente de Mason City o de dondequiera que fuese— y de allí al ordenado cuarto de estar con las cortinas de encaje en las ventanas. Un olor a planchado nos llegó desde el fondo de la casa. La señora Morrison procedió a cerrar la puerta de comunicación con tanto cuidado como si estuviera hecha de hojaldre.

Llevaba un delantal azul y blanco. Sus ojos seguían siendo igual de penetrantes y no le había crecido nada la barbilla.

Se situó a menos de medio metro de mí, adelantó el rostro y me miró a los ojos.

—No la recibió.

Puse cara de hacerme cargo. Asentí con un gesto, miré a Randall y Randall también inclinó la cabeza. Luego se acercó a una ventana y contempló un lateral de la casa de la señora Florian. A continuación regresó despacio, el sombrero bajo el brazo, afable como un conde francés en una representación teatral de aficionados.

—No la recibió —dije yo.

—No, señor; no la recibió. El sábado fue primero de mes. El día de los inocentes. —Inició una risa que fue más bien un cacareo. Se interrumpió y estaba para limpiarse los ojos con el delantal cuando recordó que era de goma. Aquello la amargó un poco. Su boca adquirió aspecto de ciruela pasa.

—Cuando pasó el cartero y no se acercó a su puerta, salió y lo llamó. Él movió la cabeza y siguió adelante. Ella volvió a entrar y dio un portazo tan tremendo que pensé que se había roto una ventana. Como si estuviera furiosa.

—¡Qué me dice! —contesté.

La vieja entrometida se volvió bruscamente hacia Randall:

—Déjeme ver su placa, joven. A su compañero le olía el aliento el otro día. Nunca he llegado a fiarme de él.

Randall se sacó del bolsillo la placa esmaltada de oro y azul y se la mostró.

—Parece de verdad —reconoció la vieja—. Bien; no sucedió nada el domingo. Salió a la calle y volvió con dos botellas cuadradas.

—Ginebra —dije—. Eso le da una idea. La gente de bien no bebe ginebra.

—La gente de bien no bebe alcohol de ninguna clase —dijo ella con mucha intención.

—Claro —dije yo—. Llega el lunes, es decir, hoy, y el cartero ha vuelto a pasar de largo. Esta vez sí que estaba enfadada.

—Se las sabe usted todas, ¿no es eso, joven? Ni siquiera es capaz de esperar a que otras personas empiecen a abrir la boca.

—Lo siento, señora Morrison. Se trata de un asunto muy importante para nosotros...

—A este otro joven no parece costarle ningún trabajo mantener la boca cerrada.

—Está casado —dije—. Tiene práctica.

Su rostro adquirió una tonalidad violeta que me hizo pensar, desagradablemente, en alguien al borde de la apoplejía.

—¡Salga de mi casa antes de que llame a la policía! —gritó.

—Tiene usted un oficial de policía a su lado, señora —dijo Randall de manera un tanto brusca—. No corre usted ningún peligro.

—Tiene razón —reconoció ella. La tonalidad violeta empezó a desaparecer de su cara—. No me gusta este individuo.

—Está usted bien acompañada, señora. Su vecina tampoco ha recibido hoy su carta certificada, ¿no es eso?

—Sí. —La voz era cortante y brusca. La mirada, huidiza. Empezó a hablar deprisa, demasiado deprisa—. Anoche hubo gente en su casa. Ni siquiera los vi. La familia me llevó al cine. Precisamente cuando volvíamos...; no, nada más marcharse ellos, también salió un coche de la puerta de al lado. Muy deprisa y con las luces apagadas. No vi la matrícula.

Me lanzó una furtiva mirada de reojo, y me pregunté cuál podía ser el significado de una mirada tan huidiza. Fui hasta la ventana y alcé el visillo de encaje. Una persona con uniforme gris azulado se acercaba a la casa; llevaba una pesada bolsa de cuero al hombro y gorra de visera.

Me aparté de la ventana sonriendo.

—Está usted perdiendo facultades —le dije groseramente—. El año que viene jugará de suplente en un equipo de tercera regional.

—No hay motivo para hablar así —dijo Randall con frialdad.

—Mire por la ventana.

Lo hizo y su gesto se endureció. Se quedó muy quieto mirando a la señora Morrison. Estaba esperando un sonido que no se parece a ninguna otra cosa, y que llegó al cabo de un momento.

Era el ruido de algún objeto postal al ser empujado por la ranura de la puerta principal. Podría haber sido un folleto de propaganda, depositado por un cartero comercial, pero no lo era. Se oyeron los pasos que se alejaban por el camino y después por la calle. Randall regresó de nuevo junto a la ventana. El cartero no se detuvo en la casa de la señora Florian. Siguió adelante, la espalda, de color gris azulado, acompasada y tranquila bajo la pesada bolsa de cuero.

Randall volvió la cabeza y preguntó con terrible cortesía:

—¿Cuántas veces pasa el cartero por este distrito durante la mañana, señora Morrison?

La interpelada trató de hacerle frente.

—Sólo una —dijo con tono cortante—. Una vez por la mañana y otra por la tarde.

Pero los ojos la traicionaban, saltando de aquí para allá. También le temblaba la barbilla conejil, al límite de su resistencia. Con las manos apretaba el fleco de goma que adornaba el delantal blanco y azul.

—Acaba de pasar el cartero —dijo Randall con aire soñador—. ¿Es el cartero habitual quien trae el correo certificado?

—Siempre le llega por correo exprés. —A la vieja entrometida se le quebró la voz.

—Sí, pero el sábado la señora Florian salió corriendo para hablar con el cartero porque no se había detenido en su casa. Y usted no ha dicho nada sobre correo exprés.

Era fascinante verlo trabajar..., tratándose de otra persona.

A ella se le abrió mucho la boca, mostrando una dentadura con el aspecto reluciente que adquiere después de pasarse toda la noche en un vaso con una solución limpiadora. Luego, de repente, lanzó algo semejante a un graznido, se cubrió la cabeza con el delantal y salió corriendo de la habitación.

Randall contempló algún tiempo la puerta por donde había desaparecido, más allá del arco que comunicaba con el comedor, y luego sonrió con una sonrisa más bien cansada.

—Muy preciso y nada chabacano —dije—. La próxima vez hace usted de duro. No me gusta ser descortés con señoras ancianas, aunque sean cotillas que además mienten.

Randall siguió sonriendo.

—La misma historia de siempre. —Se encogió de hombros—. Trabajo de policía. Vaya broma. Empezó contándonos hechos, tal como ella los entiende. Pero no sucedían con bastante rapidez ni parecían del todo emocionantes. De manera que empezó a rizar el rizo.

Se dio la vuelta y salimos al recibidor. Un débil eco de sollozos nos llegó desde el fondo de la casa. Para algún varón con mucha paciencia, que llevaba años muerto, aquélla había sido —probablemente— el arma definitiva de su derrota. Para mí no era más que una anciana sollozando, aunque nada que me produjera especial regocijo.

Salimos de la casa sin hacer ruido, cerramos la puerta principal en silencio y nos aseguramos de que no golpeara la puerta mosquitera. Randall se encasquetó el sombrero y suspiró. Luego se encogió de hombros, y extendió las manos, elegantes y bien cuidadas, apartándolas lo más posible del cuerpo. Desde la casa, aún llegaban, audibles, los sollozos de la señora Morrison.

La espalda del cartero estaba ya dos casas más allá.

—Trabajo de policía —repitió Randall casi para su coleto y torciendo la boca.

Cruzamos el espacio que separaba las dos casas. La señora Florian ni siquiera había recogido la colada. Todavía se agitaba, tiesa y amarillenta, en el tendedero de alambre del patio lateral. Subimos los escalones y llamamos al timbre. Nadie respondió. Golpeamos la puerta con los nudillos. Nada.

—La última vez no estaba cerrada con llave —dije.

Randall trató de abrirla, ocultando cuidadosamente el movimiento con su cuerpo. Esta vez sí estaba cerrada. Bajamos del porche y dimos la vuelta alrededor de la casa por el lado más alejado de la vieja entrometida. El porche trasero tenía también una pantalla cerrada con un gancho. Randall llamó con la mano. No sucedió nada. Bajó los dos escalones de madera casi completamente despintada y utilizó la entrada de coches, llena de malas hierbas, que nadie utilizaba, para llegar hasta el garaje. Las puertas de madera crujieron al abrirlas. El garaje estaba lleno de todo y de nada. Había unos cuantos baúles de madera, muy baqueteados y pasados de moda, que ni siquiera merecía la pena romper para utilizarlos como leña. Oxidadas herramientas de jardinería, latas viejas, muchísimas, dentro de cajas de cartón. A los lados de la puerta, en las esquinas de la pared, sendas arañas negras de buen tamaño esperaban pacientemente en sus descuidadas telarañas. Randall cogió del suelo un trozo de madera y las mató con aire ausente. Luego cerró el garaje, recorrió de nuevo la entrada de coches llena de malas hierbas hasta la puerta principal, siempre a cubierto de vistas de la señora Morrison. Nadie respondió ni al timbre ni a los golpes con los nudillos.

Regresó junto a mí sin apresurarse, mirando por encima del hombro al otro lado de la calle.

—La puerta trasera es la más fácil —dijo—. La vieja cotorra de ahí al lado no hará nada esta vez. Ha mentido demasiado.

Subió los dos escalones traseros, deslizó limpiamente la hoja de un cortaplumas por la rendija de la puerta y alzó el gancho interior, lo que nos situó en el porche protegido por la pantalla, que estaba lleno de latas y algunas de las latas llenas de moscas.

—¡Vaya manera de vivir! —dijo Randall.

La puerta trasera resultó muy fácil. Una llave maestra de cinco centavos bastó para correr el cerrojo. Pero había además un pestillo.

—Eso no me gusta nada —dije—. Me parece que ha puesto pies en polvorosa. No habría cerrado la casa de esa manera. Es demasiado descuidada.

—Su sombrero es más viejo que el mío —dijo Randall. Examinó el cristal de la puerta trasera—. Déjemelo para hundir el cristal. ¿O lo hacemos por las bravas?

—Dele una patada. No le va a importar a nadie.

—Allá va.

Dio un paso atrás y se lanzó contra la cerradura con la pierna paralela al suelo. Algo crujió de manera casi imperceptible y la puerta cedió unos centímetros. Terminamos de abrirla empujando, recogimos del linóleo un trozo irregular de hierro forjado que depositamos cortésmente en el escurreplatos, junto a unas nueve botellas vacías de ginebra.

Las moscas zumbaban, golpeándose contra las ventanas cerradas de la cocina. La casa apestaba. Randall, desde el centro de la estancia, lo examinó todo cuidadosamente.

Luego atravesó despacio la puerta batiente sin tocarla excepto con la punta del pie y utilizándola para empujarla hasta conseguir que quedara abierta. El cuarto de estar era casi exactamente como yo lo recordaba, aunque la radio no sonaba.

—Una radio de buena calidad —dijo Randall—. Cara. Si es que está pagada. Aquí hay algo.

Puso una rodilla en tierra y examinó de cerca la alfombra. Luego fue a un lado de la radio y movió con el pie un cable suelto, hasta que apareció el enchufe. Se inclinó y estudió los mandos de la radio.

—Claro —dijo—. Lisos y bastante grandes. Muy inteligente. No se dejan huellas en un cable eléctrico, ¿no es cierto?

—Enchúfelo para ver si la radio está encendida.

Randall fue hasta la pared y enchufó la radio. El aparato se iluminó de inmediato. Esperamos. El altavoz zumbó durante algún tiempo y luego, de repente, empezó a emitir un notable volumen de sonido. Randall dio un salto hacia el cable y tiró de él para desenchufarlo. El sonido se cortó bruscamente.

Cuando se incorporó le brillaban los ojos.

Fuimos rápidamente al dormitorio. La señora Jessie Pierce Florian estaba tumbada en diagonal sobre la cama, con una bata de algodón muy arrugada, la cabeza cerca del pie de la cama. En la esquina del tablero había una mancha oscura producida por una sustancia que a las moscas les gustaba.

Hacía bastante tiempo que estaba muerta.

Randall no la tocó. La estuvo mirando durante mucho rato y luego me miró al tiempo que enseñaba los dientes con un gesto que tenía algo de lobuno.

—El cráneo destrozado y los sesos al aire —dijo—. Parece, decididamente, el leitmotiv de este caso. Aunque esta vez el arma ha sido un par de manos. Pero ¡qué par de manos! Mire los cardenales en la garganta, la distancia entre las huellas de los dedos.

—Más valdrá que las mire usted —dije, dándome la vuelta—. Pobre Nulty. Ya no son asesinatos de gente de color.

31

Un reluciente coleóptero negro de cabeza rosada y lunares del mismo color por el resto del cuerpo se arrastraba lentamente sobre la bruñida superficie del escritorio de Randall y movía las antenas de vez en cuando como si estuviera comprobando la dirección de la brisa antes de despegar. Al arrastrarse se bamboleaba un poco, como una anciana que transportara demasiados paquetes. Un policía anónimo, sentado en otra mesa, no cesaba de hablar por un modelo de teléfono muy anticuado, y su voz sonaba como alguien cuchicheando en un túnel. Mantenía los ojos medio cerrados y una mano enorme, llena de cicatrices, en la mesa delante de él, sostenía, entre los nudillos del dedo índice y el corazón, un cigarrillo encendido.

El bicho llegó al extremo de la mesa de Randall e intentó seguir avanzando por el aire. Cayó al suelo de espaldas, agitó débilmente unas cuantas patitas muy delgadas y finalmente optó por hacerse el muerto. A nadie le importó, de manera que empezó otra vez a moverse hasta que, con mucho esfuerzo, se dio la vuelta. Luego avanzó lentamente hasta una esquina, en dirección a nada, yendo a ningún sitio.

El altavoz situado en la pared transmitió un boletín sobre un atraco en San Pedro, al sur de la calle 44. El atracador era un individuo de mediana edad que vestía un traje gris oscuro y sombrero de fieltro del mismo color. Se le había visto correr hacia el este por la calle 44 y luego desaparecer entre dos casas. «Acérquense a él con prudencia —dijo el locutor—. El sospechoso va armado con un revólver de calibre 32 y acaba de atracar al propietario de un restaurante griego en el número 3966 de San Pedro Sur.»

La voz desapareció, acompañada de un clic seco, y otra vino a sustituirla, para proceder a la lectura de una lista de coches robados, con entonación lenta y monótona y repitiéndolo todo dos veces.

Se abrió la puerta y apareció Randall con un mazo de hojas mecanografiadas de tamaño carta. Atravesó a buen paso la habitación y, después de sentarse al otro lado de la mesa, empujó algunos papeles en mi dirección.

—Firme cuatro ejemplares —dijo.

Firmé cuatro ejemplares.

El bicho llegó a un rincón del despacho y movió las antenas buscando un buen sitio para despegar. Parecía un tanto desanimado. Luego siguió bordeando el rodapié hacia otra esquina. Yo encendí un pitillo y el policía que hablaba por teléfono se puso en pie de golpe y salió del despacho.

Randall se recostó en la silla, con el mismo aspecto de siempre, igual de frío, igual de sereno, igual de dispuesto a mostrarse amable o desagradable según lo requiriese la ocasión.

—Le voy a contar unas cuantas cosas —dijo—, con el objeto de que no siga teniendo ideas brillantes. De que renuncie a ir de aquí para allá planeando y organizándolo todo. Para que, por el amor de Dios, deje de inmiscuirse en este caso.

Esperé.

—No se han encontrado huellas en el basurero —dijo—. Ya sabe de qué basurero estoy hablando. Tiraron del cable para apagar la radio, pero probablemente fue la señora Florian quien subió el volumen. Eso parece evidente. A los borrachos les gusta que la radio esté muy alta. Pero si una persona se pone guantes para cometer un asesinato y sube el volumen de la radio para ahogar los disparos o cualquier otra cosa, también la puede apagar del mismo modo. Pero no fue así como se hizo. Y a la señora Florian le rompieron el cuello. Ya estaba muerta antes de que el culpable empezase a golpearle la cabeza contra el mobiliario. Ahora bien, ¿por qué empezó a hacer eso?

—Soy todo oídos.

Randall frunció el ceño.

—Probablemente el asesino no se dio cuenta de que le había roto el cuello. Estaba muy enfadado con ella —dijo—. Es una deducción. —Sonrió con amargura.

Eché un poco de humo y moví la mano para apartármelo de la cara.

—Bien, pero ¿por qué estaba tan enfadado con ella? Cuando lo detuvieron en el local de Florian por el asalto al banco de Oregón, ofrecían mil dólares por cualquier información para detenerlo. Quien cobró la recompensa fue un picapleitos con pocos escrúpulos que en paz descanse, pero parece probable que a los Florian les llegara algo. Quizá Malloy lo sospechaba. Puede incluso que lo supiera a ciencia cierta. O quizá estaba tratando de arrancarle una confesión a su víctima.

Asentí con la cabeza. Era una posibilidad razonable. Randall continuó:

—La agarró una vez por el cuello y no se le resbalaron los dedos. Si le echamos el guante, tal vez podamos probar, por la distancia entre los hematomas, que fueron sus manos. Tal vez no. El forense piensa que sucedió anoche, a primera hora. A la hora del cine, en cualquier caso. Todavía no tenemos pruebas de la presencia de Malloy en la casa en ese momento, al menos por el testimonio de los vecinos. Pero sin duda parece obra de Malloy.

—Claro —dije—. Malloy, desde luego. Aunque es probable que no se propusiera matarla. El problema es que tiene demasiada fuerza.

—Eso no le va a servir de gran cosa —dijo Randall con ferocidad.

—Supongo que no. Sólo quería señalar que Malloy no me parece un asesino nato. Mata si se siente acorralado, pero no por gusto ni por dinero; tampoco por mujeres.

—¿Es eso importante? —preguntó Randall con sequedad.

—Quizá sepa usted lo bastante como para distinguir lo que es importante de lo que no lo es. Yo no.

Se me quedó mirando el tiempo suficiente para que el locutor de la policía leyera otro boletín sobre el atraco al restaurante griego de San Pedro Sur. El sospechoso había sido detenido. Más tarde se supo que era un mexicano de catorce años armado con una pistola de agua. Las ventajas de los testigos presenciales.

Randall esperó a que el locutor terminara y luego prosiguió:

—Esta mañana usted y yo hemos hecho buenas migas. Sigamos así. Váyase a casa, acuéstese y descanse. Parece exhausto. Deje que el departamento de policía y yo nos ocupemos del asesinato de Marriott, de encontrar a Moose Malloy y de todo lo demás.

—A mí me contrataron para proteger a Marriott —dije—. Y fallé. También la señora Grayle me ha contratado. ¿Qué quiere que haga? ¿Que me retire y viva de mis ahorros?

Me miró de nuevo:

—Me hago cargo. Soy un ser humano. Les dan su licencia, lo que quiere decir que esperan de ustedes algo más que colgarla de la pared del despacho. Por otra parte, cualquier capitán de policía en funciones que tenga ganas de dar la lata puede acabar con usted.

—No, si tengo a Grayle respaldándome.

Consideró lo que le decía. No le hacía ninguna gracia admitir, ni siquiera a medias, que podía estar en lo cierto. De manera que frunció el entrecejo y dio golpecitos sobre el escritorio.

—Vamos a ver si nos entendemos —dijo, después de una pausa—. Si resuelve usted el caso, tendrá problemas. Quizá sean problemas de los que, por esta vez, consiga zafarse. No lo sé. Pero poco a poco habrá creado una corriente de hostilidad en este departamento que terminará por hacer que casi le sea imposible trabajar.

—Cualquier detective privado se enfrenta con eso todos los días de su vida..., a no ser que se dedique a los divorcios.

—No puede usted trabajar en casos de asesinato.

—Usted ya me ha dicho lo que me tenía que decir y yo le he escuchado. Ni se me pasa por la cabeza que vaya a ser capaz de conseguir cosas que no puede lograr una jefatura de policía tan importante como ésta. Si tengo alguna idea, privada e insignificante, no pasa de ser eso: privada e insignificante.

Randall se inclinó lentamente hacia mí por encima de la mesa. Sus finos dedos inquietos repiquetearon como los renuevos de las poinsettias contra la fachada de la casa de la señora Jessie Florian. Le brillaban los lustrosos cabellos grises. Sus ojos, tranquilos, fríos, no se apartaban de los míos.

—Sigamos —dijo— con lo que todavía tengo que contarle. Amthor se ha marchado de viaje. Su mujer, y también secretaria, no sabe adónde o no quiere decirlo. El indio, por supuesto, ha desaparecido. ¿Está dispuesto a firmar una denuncia contra esa gente?

—No. No podría probar nada.

Randall pareció aliviado.

—La mujer de Amthor dice que no ha oído nunca el apellido Marlowe. En cuanto a los dos policías de Bay City, si es que lo eran..., eso no está a mi alcance. Y preferiría no complicar la situación más de lo que ya lo está. Hay una cosa sobre la que no albergo la menor duda: Amthor no tuvo nada que ver con la muerte de Marriott. Los cigarrillos con su tarjeta en la boquilla eran una pista falsa.

—¿Y el doctor Sonderborg?

Extendió las manos.

—No ha quedado nadie en la casa. Gente del despacho del fiscal del distrito se presentó allí con la mayor discreción. Sin contacto alguno con Bay City. El edificio está vacío y cerrado a cal y canto. Ellos entraron, claro está. Los desaparecidos habían hecho intentos un poco precipitados de limpiarlo todo, pero hay huellas..., en abundancia. Pasará una semana antes de que sepamos qué es lo que hemos encontrado. Hay también una caja de caudales en la pared; están trabajando en eso ahora. Probablemente contendrá drogas..., y otras cosas. Mi idea es que Sonderborg tiene antecedentes penales, no aquí, sino en algún otro sitio, por provocar abortos o atender heridas de arma de fuego o alterar huellas dactilares o utilización ilegal de drogas. Si se trata de algún delito federal tendremos mucha más ayuda.

—Dijo que era médico —comenté.

Randall se encogió de hombros.

—Quizá lo fuera en otro tiempo. Tal vez no lo hayan condenado nunca. Hay un personaje que ejerce ahora mismo de médico cerca de Palm Springs a quien se acusó de vender droga en Hollywood hace cinco años. Era todo lo culpable que se puede ser y más, pero funcionó la protección de que disponía. Lo absolvieron. ¿Hay algo más que le preocupe?

—¿Qué sabe acerca de Brunette? ¿Qué es lo que me puede decir, al menos?

—Brunette es jugador. Gana mucho. Y lo gana sin esforzarse demasiado.

—De acuerdo —dije, y empecé a levantarme—. Parece razonable. Pero no nos acerca más a esa banda de ladrones de joyas que asesinó a Marriott.

—No se lo puedo contar todo, Marlowe.

—Tampoco yo lo espero —respondí—. Por cierto, Jessie Florian me dijo, la segunda vez que hablé con ella, que en otro tiempo había sido criada de la familia de Marriott. Y que ésa era la razón de que le mandase dinero. ¿Hay alguna prueba de que su afirmación fuera verdad?

—Sí. Cartas de la señora Florian en la caja fuerte de Marriott dándole las gracias y diciendo eso mismo. —Puso cara de que estaba a punto de perder la paciencia—. Ahora, ¿quiere hacerme el favor, por lo que más quiera, de irse a su casa y ocuparse de sus asuntos?

—Muy conmovedor por parte de Marriott conservar con tanto cuidado esas cartas, ¿no le parece?

Alzó los ojos hasta que su mirada descansó en lo más alto de mi cabeza. Después bajó los párpados hasta cubrir la mitad del iris. Me miró así durante diez largos segundos. Luego sonrió. Sonreía muchísimo aquel día. Había utilizado ya las existencias de toda una semana.

—Tengo una teoría acerca de eso —dijo—. Parece descabellada, pero es así la naturaleza humana. Marriott era, por las circunstancias de su vida, un hombre amenazado. Todos los sinvergüenzas son jugadores, más o menos, y todos los jugadores son supersticiosos, más o menos, también. Creo que Jessie Florian era la pata de conejo de Marriott. Mientras se ocupara de ella, a él no iba a sucederle nada.

Volví la cabeza buscando al coleóptero. Había probado con dos esquinas de la habitación y avanzaba, desconsolado, hacia la tercera. Fui a recogerlo con mi pañuelo y volví con él a la mesa.

—Escuche —dije—. Este despacho está en el piso dieciocho. Y este bichejo ha trepado hasta aquí sin otra razón que hacer un amigo. Que soy yo. Es mi talismán de la suerte. —Lo envolví cuidadosamente con la parte más blanda del pañuelo y procedí a guardármelo en el bolsillo. A Randall se le habían puesto los ojos como platos. Movió la boca, pero no llegó a decir nada.

»Me pregunto a quién servía Marriott de talismán —dije.

—A usted no, amigo. —Su voz era ácida; ácida y fría.

—Quizá tampoco a usted. —Mi voz no era más que una voz. Salí del despacho y cerré la puerta.

Bajé en el ascensor rápido hasta la salida por la calle Spring, fui a la entrada del ayuntamiento y bajé unos escalones hasta llegar a los macizos de flores. Una vez allí, puse con mucho cuidado al bicho detrás de un matorral.

Me pregunté, mientras volvía a casa en taxi, cuánto tardaría en presentarse de nuevo en el Departamento de Homicidios.

Saqué mi coche del garaje situado detrás del edificio de apartamentos y almorcé en Hollywood antes de ponerme en camino hacia Bay City. La tarde, en la playa, era fresca y maravillosamente soleada. Abandoné el bulevar Arguello en la Tercera y me dirigí al ayuntamiento.

32

El edificio tenía una apariencia más bien pobre para una ciudad tan próspera. Daba la sensación de pertenecer a alguna población de la América más profunda. Una larga hilera de mendigos se había instalado, sin que nadie los molestara, junto al muro de contención que separaba de la calle la extensión de césped situada delante del edificio, invadida ahora por plantas carnosas propias de regiones desérticas. El edificio tenía tres pisos y un antiguo campanario, del que todavía colgaba una campana. Probablemente, en los viejos tiempos del tabaco mascado y los escupitajos, la utilizaban para llamar a los bomberos voluntarios.

El camino de baldosas agrietadas y los escalones de la entrada llevaban a una puerta doble completamente abierta, en donde estaba reunido un grupo de intermediarios —imposible de confundir con cualquier otro colectivo profesional— en espera de que sucediera algo que les permitiera hacer uso de sus peculiares habilidades. Todos tenían estómagos bien alimentados, mirar cauto, ropa cuidada, modales de segunda mano y no me dejaron más allá de diez centímetros por donde pasar.

Dentro había un largo y oscuro vestíbulo que nadie había vuelto a limpiar desde que McKinley se instalara en la Casa Blanca. Un letrero señalaba el emplazamiento del mostrador de información del departamento de policía, y un individuo uniformado dormitaba detrás de una diminuta centralita telefónica instalada al extremo de un deteriorado mostrador de madera. Otro defensor de la ley y el orden, vestido de paisano, en mangas de camisa, y con un pistolón que parecía una boca de incendios apoyado sobre las costillas, levantó un ojo del periódico de la tarde, acertó en la escupidera que tenía a más de tres metros de distancia, bostezó y dijo que más arriba y en la parte de atrás encontraría el despacho del jefe.

El segundo piso estaba más iluminado y más limpio, lo que no quiere decir que estuviera ni bien iluminado ni limpio. Una puerta hacia el lado del océano, casi al final del pasillo, tenía el siguiente rótulo: «John Wax, Jefe de Policía. Pase».

En el interior encontré una barandilla de madera de poca altura y un policía uniformado detrás de una mesa, que trabajaba en una máquina de escribir con dos dedos índices y un pulgar, y que cogió mi tarjeta de visita cuando se la ofrecí, bostezó, dijo que iría a ver y consiguió arrastrarse hasta el otro lado de una puerta de caoba en la que se leía «John Wax, Jefe de Policía. Privado». Cuando regresó, abrió una puertecita en la barandilla para dejarme pasar.

Entré en el despacho del jefe y cerré la puerta. Era una habitación fresca y amplia con ventanas en tres de las paredes. Un manchado escritorio de madera estaba situado muy al fondo, como el de Mussolini, de manera que era necesario recorrer una considerable extensión de alfombra azul para llegar hasta él, y mientras se llevaba a cabo esa operación el ocupante del escritorio contemplaba al recién llegado con frialdad.

Llegué hasta la mesa. Encima de ella una placa en relieve decía: «John Wax, Jefe de Policía». Concluí que no me sería difícil recordar aquel nombre. Miré al individuo que estaba detrás del escritorio. Aunque fuese un hombre de paja ninguna le asomaba entre el cabello.

Era un peso pesado muy compacto, de pelo corto que dejaba transparentar, reluciente, el rosado cuero cabelludo. Tenía unos ojillos ávidos, de párpados pesados, pero tan inquietos como pulgas. Vestía un traje de franela beis, camisa y corbata color café, una sortija de brillantes, una insignia de logia masónica también cargada de brillantes en la solapa y las tres tiesas puntas de pañuelo que requiere el protocolo, sobresaliendo un poco más de los requeridos cinco centímetros por encima del bolsillo del pecho.

Una mano de dedos como salchichas sostenía mi tarjeta. La leyó, le dio la vuelta y leyó el dorso, que estaba en blanco, leyó de nuevo la parte delantera, la dejó sobre la mesa y le puso encima un pisapapeles de bronce con forma de mono, como para asegurarse de que no iba a perderla.

Luego me ofreció una zarpa rosada. Cuando se la devolví me indicó una silla con un gesto.

—Siéntese, señor Marlowe. Ya veo que, más o menos, es usted de nuestra profesión. ¿En qué puedo ayudarle?

—Un problemilla, jefe. Puede usted solucionármelo en un minuto, si lo tiene a bien.

—Problemas —dijo sin alzar la voz—. Un problemilla.

Hizo girar su sillón, cruzó las piernas poderosas y dirigió la vista con aire pensativo hacia una de sus ventanas dobles. Eso me permitió ver calcetines de hilo de Escocia tejidos a mano y zapatos estilo Oxford que parecían teñidos con vino de Oporto. Calculando lo que no me estaba permitido ver, y prescindiendo del contenido de su billetero, llevaba puestos más de quinientos dólares. Supuse que su mujer tenía dinero.

—Los problemas —dijo, siempre con mucha suavidad— son algo sobre lo que nuestra pequeña ciudad no sabe demasiado, señor Marlowe. Nuestra ciudad es pequeña, pero está limpia, muy limpia. Miro por las ventanas de mi despacho que dan al oeste y veo el océano Pacífico. Nada más limpio, ¿no es cierto? —No dijo nada de los dos casinos flotantes, sobre las aguas doradas, un poco más allá del límite de los cinco kilómetros.

Yo tampoco.

—Muy cierto, jefe —respondí.

John Wax sacó unos cinco centímetros más de pecho.

—Miro por las ventanas que dan al norte y veo el tráfago del bulevar Arguello y las hermosas estribaciones de los montes de California y, más en primer término, una de las zonas comerciales más agradables del país, pese a sus modestas dimensiones. Miro por las ventanas que dan al sur, que es a donde dirijo la vista en este momento, y veo el mejor puerto de yates del mundo, aunque se trate de un puerto pequeño. No tengo ventanas que den al este, pero si las tuviera, vería un barrio residencial capaz de conseguir que a usted y a mí se nos hiciera la boca agua. No, señor, los problemas son algo que apenas conocemos en nuestra pequeña ciudad.

—Imagino que he traído los problemas conmigo, jefe. Parte de ellos, al menos. ¿Tiene usted entre sus hombres a una persona llamada Galbraith, un sargento de paisano?

—Sí, creo que sí —dijo, volviéndose para mirarme—. ¿Sucede algo con él?

—¿También trabaja para usted un individuo de estas características? —Y pasé a describirle al otro, el que había hablado muy poco, era bajo, tenía bigote y me golpeó con una cachiporra—. Va por ahí con Galbraith, casi con toda seguridad. Alguien lo llamó señor Blane, pero a mí me pareció un nombre falso.

—Muy al contrario. —Mi rollizo interlocutor dijo aquello con toda la tiesura con que un gordo puede decir cualquier cosa—. Es mi jefe de detectives. El capitán Blane.

—¿Podría ver a esas dos personas en su despacho?

Cogió de nuevo mi tarjeta y volvió a leerla. Luego la dejó e hizo un gesto amplio con una mano suave y reluciente.

—No sin una razón mejor de las que me ha dado hasta el momento —dijo cortésmente.

—No pensaba que pudiera, jefe. ¿Conoce usted por casualidad a un individuo llamado Jules Amthor? Dice ser asesor en ciencias ocultas. Vive en lo más alto de una colina en Stillwood Heights.

—No. Y Stillwood Heights no está en mi territorio —respondió el jefe. Sus ojos eran ya los de una persona que está pensando en otras cosas.

—Eso es lo que hace que sea tan curioso —dije—. Sucede que fui a ver al señor Amthor por un asunto relacionado con uno de mis clientes. El señor Amthor pensó que me proponía hacerle chantaje. Es probable que personas que se dedican a esa actividad suya tiendan a pensar eso con bastante facilidad. El señor Amthor tenía un guardaespaldas indio bastante duro a quien no pude controlar. De manera que el indio me sujetó mientras Amthor procedía a golpearme con mi propia pistola. Después mandó llamar a una pareja de policías, que resultaron ser Galbraith y el señor Blane. ¿Cree usted que eso podría interesarle?

El jefe Wax agitó las manos sobre la mesa con mucha suavidad. Cerró los ojos casi por completo, pero no del todo. Sus frías pupilas brillaron directamente hacia mí entre los pesados párpados. Se quedó muy quieto, como si escuchara. Luego abrió los ojos por completo y sonrió.

—¿Y qué sucedió después? —quiso saber, cortés como un gorila del club Stork.

—Me registraron, me metieron a la fuerza en su coche, me abandonaron en la ladera de un monte y me golpearon con una cachiporra en el momento en que salía del automóvil.

El jefe Wax hizo un gesto afirmativo con la cabeza, como si lo que le estaba contando fuese la cosa más normal del mundo.

—Y eso pasaba en Stillwood Heights —dijo en voz baja.

—Así es.

—¿Sabe lo que pienso que es usted? —Se inclinó un poco sobre la mesa, pero no mucho, debido al obstáculo de su vientre.

—Un mentiroso —respondí.

—Ahí tiene la puerta —dijo, señalándola con el dedo pequeño de la mano izquierda.

No me moví. Seguí mirándolo. Cuando empezó a enfadarse lo suficiente como para tocar el timbre y llamar a alguien, dije:

—Vamos a no cometer los dos la misma equivocación. Usted piensa que soy un detective privado de tres al cuarto que trata de levantar diez veces su peso, que trata de acusar a un oficial de policía, el cual, aunque la acusación fuera cierta, se habría cuidado muy bien de que no fuese posible probarla. En absoluto. No he venido aquí a presentar ninguna denuncia. Creo que la equivocación fue una cosa lógica. Quiero tener una explicación con Amthor y que Galbraith me ayude a hacerlo. No es necesario molestar para nada al señor Blane. Galbraith bastará. Y no he venido aquí sin cierto respaldo. Tengo personas importantes detrás de mí.

—¿A qué distancia? —preguntó el jefe, antes de celebrar con una risita complacida su propio ingenio.

—¿Qué le parece el número 862 de Aster Drive, donde vive el señor Lewin Lockridge Grayle?

Le cambió la cara tan por completo que fue como si otra persona se hubiera sentado en su sillón.

—Sucede que la señora Grayle es mi cliente —dije.

—Cierre la puerta —dijo—. Usted es más joven que yo. Eche el pestillo. Vamos a empezar esto de manera amistosa. Tiene usted cara de ser una persona honrada, Marlowe.

Me levanté, cerré la puerta y eché el pestillo. Cuando volví junto a la mesa siguiendo la alfombra azul, el jefe había hecho aparecer una botella de aspecto muy agradable y dos vasos. Depositó un puñado de pipas de cardamomo sobre el secante que ocupaba el centro del escritorio y llenó los dos vasos.

Bebimos. El jefe cascó algunas pipas de cardamomo y nos las comimos en silencio, mirándonos a los ojos.

—No sabe mal —dijo. Volvió a llenar los vasos. Ahora me tocaba a mí cascar las pipas de cardamomo. El jefe tiró al suelo las cáscaras que quedaron sobre el secante, sonrió y se recostó en el sillón.

—Y ahora vayamos al grano —dijo—. Este trabajo que está usted haciendo para la señora Grayle, ¿tiene algo que ver con Amthor?

—Existe una relación. Mejor será que compruebe si le estoy diciendo la verdad, de todos modos.

—Buena idea —dijo, echando mano del teléfono. Luego sacó una libretita de un bolsillo del chaleco y miró un número—. Donantes para la campaña —me dijo, al tiempo que guiñaba un ojo—. El alcalde insiste mucho en que se tengan con ellos todas las deferencias posibles. Sí, aquí está.

Guardó la libreta y marcó.

Tuvo con el mayordomo los mismos problemas que había tenido yo, lo que hizo que las orejas se le pusieran coloradas. Finalmente la señora Grayle se puso al teléfono. Las orejas del jefe siguieron coloradas. Su interlocutora no debió de tratarlo con muchos miramientos.

—Quiere hablar con usted —dijo, empujando el teléfono a través de su amplio escritorio.

—Aquí Phil —dije guiñando maliciosamente un ojo al jefe.

Me respondió una risa espontánea y provocativa.

—¿Qué haces con ese gordo que no tiene dos dedos de frente?

—Estamos bebiendo un poco.

—¿Tienes que hacerlo con él?

—En este momento, sí. Asuntos profesionales. ¿Hay alguna novedad? Imagino que ya sabes a qué me refiero.

—No. ¿Te das cuenta, mi querido amigo, de que me tuviste una hora esperando la otra noche? ¿Te parece que soy el tipo de chica que permite que le sucedan cosas así?

—Tuve problemas. ¿Qué tal hoy por la noche?

—Vamos a ver... Esta noche es... ¿A qué día de la semana estamos, por el amor de Dios?

—Será mejor que te llame —dije—. Quizá no pueda. Estamos a viernes.

—Mentiroso. —Me llegó de nuevo la risa suave y un poco ronca—. Hoy es lunes. A la misma hora, en el mismo sitio. Y nada de bromas esta vez.

—Será mejor que te llame.

—Más te vale estar allí a la hora.

—No es seguro. Déjame que te llame.

—¿Te vendes caro? Ya veo. Quizá sea una estúpida por molestarme.

—De hecho lo eres.

—¿Por qué?

—Soy pobre, pero pago a mi manera. Y quizá no sea una manera tan agradable como a ti te gustaría.

—Maldito testarudo, si no estás allí...

—He dicho que te llamaré.

La señora Grayle suspiró.

—Todos los hombres son iguales.

—Lo mismo sucede con las mujeres..., después de las nueve primeras.

Me maldijo una vez más y colgó. Al jefe se le salían tanto los ojos de las órbitas que parecían ir sobre zancos.

Llenó los dos vasos con mano temblorosa y empujó uno en mi dirección.

—De modo que así es como están las cosas —dijo, con tono muy meditabundo.

—A su marido no le importa —respondí—, de manera que no merece la pena tomar nota.

Puso cara de ofendido mientras bebía. Cascó las pipas de cardamomo muy despacio, pensándoselo mucho. Brindamos a nuestra salud respectiva. Desgraciadamente el jefe escondió la botella y los vasos y movió una palanca en el aparato que tenía sobre la mesa para hablar con sus subordinados.

—Dígale a Galbraith que suba a mi despacho, si está en el edificio. Si no, traten de contactarlo para que venga a verme.

Me levanté, descorrí el pestillo de la puerta y me volví a sentar. No tuvimos que esperar mucho. Se oyeron unos golpes en la puerta lateral, el jefe dio su permiso y Hemingway entró en el despacho.

Después de caminar con firmeza hasta el escritorio, se detuvo y miró al jefe Wax con la adecuada expresión de correosa humildad.

—Le presento al señor Philip Marlowe —dijo el jefe con gran cordialidad—. Un detective privado de Los Ángeles.

Hemingway se volvió lo bastante como para mirarme. Si me había visto antes alguna vez, no hubo nada en su cara que lo demostrara. Me tendió una mano, yo le tendí la mía y él miró de nuevo al jefe.

—El señor Marlowe cuenta una curiosa historia —dijo el jefe, con tanta astucia como Richelieu detrás del tapiz— sobre un individuo que se llama Amthor, que tiene una casa en Stillwood Heights y es algo así como un adivino. Parece que Marlowe fue a verlo y Blane y usted llegaron más o menos al mismo tiempo y hubo una discusión de algún tipo. No recuerdo bien los detalles. —Miró hacia el exterior por sus ventanas con expresión de hombre que no recuerda detalles.

—Se trata de una equivocación —dijo Hemingway—. No he visto nunca a este individuo.

—Sí que hubo una equivocación, desde luego —dijo el jefe como en sueños—. Sin mucha importancia, pero una equivocación de todos modos. El señor Marlowe cree que no tiene ninguna importancia.

Hemingway me miró de nuevo. Su rostro seguía pareciendo una máscara de piedra.

—De hecho, ni siquiera está interesado en la equivocación —siguió el jefe en el mismo tono—. Pero está interesado en hacer una visita a ese tal Amthor que vive en Stillwood Heights. Le gustaría que alguien lo acompañara. He pensado en usted. Le gustaría ir con alguien que se ocupara de que lo traten bien. Parece que el señor Amthor tiene un guardaespaldas indio muy duro y el señor Marlowe se inclina a poner en duda su propia capacidad para resolver la situación sin ayuda. ¿Cree usted que podría averiguar dónde vive ese tal Amthor?

—Claro —dijo Hemingway—. Pero Stillwood Heights no es de nuestro distrito, jefe. ¿Se trata sólo de un favor personal a un amigo suyo?

—Lo podemos enfocar desde ese ángulo —dijo el jefe, mirándose el pulgar izquierdo—. No querríamos hacer nada que no fuera estrictamente legal, por supuesto.

—Claro —dijo Hemingway—. No. —Tosió—. ¿Cuándo vamos?

El jefe me miró con benevolencia.

—Ahora estaría bien —dije yo—. Si el señor Galbraith no tiene inconveniente.

—Yo hago lo que me dicen —respondió Hemingway.

El jefe lo miró de arriba abajo, rasgo a rasgo. Lo peinó y lo cepilló con los ojos.

—¿Qué tal está hoy el capitán Blane? —preguntó mientras masticaba una pipa de cardamomo.

—Mal. Apendicitis aguda —dijo Hemingway—. Situación crítica.

El jefe movió la cabeza entristecido. Luego se agarró a los brazos del sillón y consiguió ponerse en pie. A continuación me ofreció una zarpa rosada por encima de la mesa.

—Galbraith sabrá cuidarlo bien, Marlowe. Puede estar seguro.

—Ha sido usted muy amable, jefe —dije—. Le aseguro que no sé cómo darle las gracias.

—¡Bah! No hay ninguna necesidad. Siempre es una satisfacción atender al amigo de un amigo, por así decirlo. —Me guiñó un ojo. Hemingway estudió el guiño pero no hizo manifestaciones sobre su significado.

Salimos, con los corteses murmullos del jefe llevándonos casi en volandas hasta la puerta, que cerramos después de cruzarla. Hemingway miró por todo el pasillo y luego me miró a mí.

—Has movido bien tu ficha, muchacho —dijo—. Debes de contar con algo que no nos dijeron.

33

El coche se deslizó sin prisa por una calle tranquila donde sólo había viviendas. Turbintos de ramas arqueadas casi se unían por encima de la calzada para formar un túnel verde. El sol centelleaba a través de sus ramas más altas y de sus hojuelas lanceoladas. Un cartel en la esquina decía que era la calle 18.

Yo iba al lado de Hemingway, que conducía muy despacio, absorto en sus pensamientos.

—¿Qué es lo que le ha dicho? —preguntó, decidiéndose por fin.

—Le dije que Blane y usted fueron allí, me sacaron, me metieron en el coche y me atizaron por detrás en la cabeza. No le dije lo demás.

—Nada sobre la calle 23 y Descanso, ¿eh?

—No.

—¿Por qué no?

—Pensé que quizá consiguiera más cooperación por parte de usted si no lo hacía.

—Es una idea. ¿Quiere ir realmente a Stillwood Heights, o era un simple pretexto?

—Nada más que un pretexto. Lo que realmente quiero es que me diga usted por qué me metieron en esa casa de locos y por qué me retuvieron allí.

Hemingway estuvo pensando. Pensó con tanta intensidad que los músculos de la mejilla formaron pequeños nudos bajo la piel grisácea.

—Ese Blane —dijo—. Ese pedazo de carne con ojos. No era mi intención que le atizara. Ni tampoco que tuviera usted que volver andando a casa. Sólo se trataba de hacer un número, en razón de que somos amigos del gurú ese y procuramos evitar que la gente lo moleste. Le sorprendería comprobar la cantidad de gente que trata de molestarlo.

—Me asombraría —dije.

Volvió la cabeza hacia mí. Sus ojos grises eran trozos de hielo. Luego miró otra vez a través del polvoriento parabrisas y siguió pensando un rato.

—A los policías viejos de vez en cuando les entran unas ganas locas de atizar a alguien —dijo—. Necesitan abrir alguna cabeza. Tuve el corazón en un puño, porque cayó usted como un saco de cemento. No crea que no le dije cuatro verdades a Blane. Luego lo llevamos al sitio de Sonderborg porque estaba un poco más cerca, es una buena persona y se iba a ocupar de usted como es debido.

—¿Sabe Amthor que me llevaron ustedes allí?

—Claro que no. Fue idea nuestra.

—Porque Sonderborg es una buena persona y se iba a ocupar de mí como es debido. Y sin molestas consecuencias. Sin la menor posibilidad de que un médico respaldara una denuncia si yo hubiera intentado presentarla. Aunque es cierto que una denuncia nunca hubiera tenido muchas posibilidades en esta idílica ciudad.

—¿Se va usted a poner en mal plan? —preguntó Hemingway con aire pensativo.

—Yo no —dije—. Y, por una vez en su vida, tampoco usted. Porque su puesto pende de un hilo. Miró usted al jefe y lo vio en sus ojos. En esta ocasión no he venido sin referencias.

—De acuerdo —dijo Hemingway antes de escupir por la ventanilla—. No tenía intención alguna de ponerme en mal plan a excepción de darle un poco a la sin hueso, como es de rigor. ¿Qué más?

—¿Es cierto que Blane está muy enfermo?

Hemingway asintió con la cabeza, pero ni siquiera aparentó ponerse triste.

—Ya lo creo que sí. Dolores en el vientre anteayer y el apéndice reventado antes de que pudieran operarlo. Hay posibilidades de que salga adelante, pero no muchas.

—Desde luego sentiríamos mucho perderlo —dije—. Una persona como él es todo un puntal para cualquier departamento de policía.

Hemingway mascó aquello durante un rato y luego lo escupió por la ventanilla del coche.

—De acuerdo, otra pregunta —dijo.

—Me ha dicho por qué me llevaron a la clínica de Sonderborg. Pero no por qué me retuvieron allí cuarenta y ocho horas, encerrado y poniéndome todo el tiempo inyecciones de droga.

Hemingway frenó el coche suavemente, acercándolo a la acera. Luego puso las manos —muy grandes— en la parte inferior del volante y se frotó los pulgares.

—No tengo ni idea —dijo, con una voz que venía de muy lejos.

—Llevaba encima documentos que me acreditaban como detective privado —dije—. Llaves, algo de dinero, un par de fotografías. Si Sonderborg no los hubiera conocido muy bien a ustedes, podría haber pensado que la brecha en la cabeza era una estratagema para entrar en la clínica y echar una ojeada. Pero imagino que los conoce demasiado bien para eso. De manera que estoy desconcertado.

—Siga desconcertado, socio. Es mucho más seguro.

—No me cabe la menor duda —respondí—. Pero no produce ninguna satisfacción.

—¿Tiene usted a la policía de Los Ángeles apoyándole en esto?

—¿A qué «esto» se refiere?

—A su manera de pensar sobre Sonderborg.

—No exactamente.

—Eso no quiere decir ni sí ni no.

—No soy tan importante —dije—. La policía de Los Ángeles puede venir aquí siempre que le venga en gana, dos terceras partes, por lo menos. Los muchachos del sheriff y los del fiscal del distrito. Tengo un amigo en la oficina del fiscal del distrito. Trabajé allí en otros tiempos. Mi amigo se llama Bernie Ohls. Es investigador jefe.

—¿Le ha contado su historia?

—No. Hace un mes que no hablo con él.

—¿Está pensando en contársela?

—No, si interfiere con el trabajo que tengo entre manos.

—¿Trabajo privado?

—Sí.

—De acuerdo, ¿qué es lo que quiere saber?

—¿Cuál es el verdadero tinglado de Sonderborg?

Hemingway retiró las manos del volante y escupió por la ventanilla.

—Aquí estamos en una calle muy agradable, ¿no es cierto? Buenas casas, jardines muy bien cuidados, atmósfera cordial. ¿Oye usted hablar mucho sobre policías corruptos?

—De vez en cuando.

—De acuerdo, ¿cuántos policías encuentra usted que vivan en una calle que se parezca de lejos a ésta, con un césped bien cuidado y flores? Yo conozco a cuatro o cinco, y son de la Brigada Antivicio. Se llevan todos los extras. Los polis como yo vivimos en casas pequeñas de madera en la zona pobre de la ciudad. ¿Quiere ver dónde vivo?

—¿Qué probaría eso?

—Escuche, socio —dijo el grandullón con mucha seriedad—. Me tiene usted colgando de un hilo, pero el hilo se podría romper. Los policías no se hacen deshonestos por dinero. No siempre, ni siquiera con mucha frecuencia. Se ven atrapados por el sistema. Llevan a quien sea a donde tienen que llevarlo; hacen lo que les dicen que hagan o se acabó lo que se daba. Y tampoco da las órdenes el tipo ese que está sentado en un despacho tan bonito y tan amplio, con un traje de muy buena calidad y que huele a whisky caro aunque él crea que masticar esas pipas hace que huela a violetas, cosa que no es cierta... ¿Me entiende?

—¿Qué clase de persona es el alcalde?

—¿Qué clase de persona es un alcalde en cualquier sitio? Un político. ¿Cree usted que es él quien da las órdenes? Ni por el forro. ¿Sabe usted cuál es el problema con este país, muchacho?

—Demasiado capital inmovilizado, según tengo entendido.

—Nadie puede seguir siendo honrado aunque quiera —dijo Hemingway—. Ése es el problema con este país. Te quedas con el culo al aire si lo intentas. Tienes que jugar sucio si quieres comer. Muchos malnacidos creen que todo lo que necesitamos son noventa mil agentes del FBI con cuellos bien limpios y carteras. Tonterías. Las comisiones acabarían con ellos como sucede con todos nosotros. ¿Sabe lo que pienso? Pienso que este mundo nuestro había que volver a hacerlo desde el principio. Fíjese por ejemplo en el Rearme Moral. Eso sí vale la pena. El RMA. Eso sí vale la pena, muchacho.

—Si Bay City es un ejemplo de cómo funciona, me quedo con la aspirina —dije.

—Se puede uno pasar de listo —dijo Hemingway con suavidad—. Quizá usted no lo crea, pero puede suceder. Se puede llegar a ser tan listo que se deja de pensar en todo menos en ser más listo. Yo, por mi parte, no soy más que un piesplanos con pocas luces. Cumplo órdenes. Tengo mujer y dos hijos y hago lo que dicen los peces gordos. Blane podría contarle cosas. Yo no soy más que un ignorante.

—¿Seguro que Blane tiene apendicitis? ¿Seguro que no se pegó un tiro en el estómago por pura maldad?

—No sea así —se lamentó Hemingway al tiempo que golpeaba el volante con las manos—. Trate de pensar bien acerca de la gente.

—¿Acerca de Blane?

—Es un ser humano..., igual que todos nosotros —dijo Hemingway—. Es un pecador, pero tiene su corazoncito.

—¿Cuál es el tinglado de Sonderborg?

—Eso es lo que le estaba diciendo. Quizá me equivoque, pero me parecía que era usted un tipo al que se le puede vender una buena idea.

—Tampoco usted sabe a qué se dedica —dije.

Hemingway sacó el pañuelo y se limpió la cara.

—Colega, no me gusta nada tener que reconocerlo —dijo—. Pero debería usted saber mejor que nadie que si Blane o yo estuviéramos al tanto de que Sonderborg tenía un tinglado, o no le hubiéramos llevado allí o no habría salido nunca, al menos por su propio pie. Estoy hablando de un tinglado de verdad ilegal, como es lógico. No una cosa de poca monta como predecir el porvenir a unas pobres viejas mirando una bola de cristal.

—Creo que nadie tenía intención de que yo saliera de allí por mi propio pie —dije—. Hay una droga llamada escopolamina, también conocida como suero de la verdad, que a veces hace hablar a la gente sin que se dé cuenta. No es infalible, como tampoco lo es el hipnotismo. Pero a veces da resultado. Creo que me estuvieron interrogando para averiguar qué era lo que yo sabía, si bien sólo se me ocurren tres razones de que Sonderborg pudiera estar informado de que yo sabía algo capaz de perjudicarle. Se lo pudo decir Amthor, o Moose Malloy le mencionó que fui a ver a Jessie Florian, o tal vez pensó que llevarme allí era una estratagema de la policía.

Hemingway me miró con infinita tristeza.

—Ni siquiera sé de qué me está hablando —dijo—. ¿Quién demonios es Moose Malloy?

—Un gigantón que mató a un negro en Central Avenue hace pocos días. Está en su teletipo, si es que lo lee alguna vez. Puede incluso que hayan puesto una circular en el tablón de anuncios.

—Bien, ¿y qué?

—Pues que Sonderborg lo estaba escondiendo. Lo vi allí, leyendo periódicos en la cama, la noche que me escapé.

—¿Cómo lo hizo? ¿No lo tenían encerrado?

—Aticé al vigilante con un muelle de la cama. Tuve suerte.

—¿Le vio el tipo ese tan grande?

—No.

Hemingway apartó el coche de la acera y en su rostro apareció una sonrisa de catorce quilates.

—Saquemos conclusiones —dijo—. Es lo más lógico, sin duda alguna. Sonderborg escondía a tipos buscados por la policía. Si tenían dinero, claro está. Su clínica era perfecta para eso. Y es una actividad productiva.

Aumentó la velocidad y torció por la primera esquina.

—Ingenuo de mí, pensaba que vendía marihuana —dijo muy molesto—. Con la protección adecuada a sus espaldas. Pero eso es un apaño de nada. Una estafa de poca monta.

—¿Ha oído hablar alguna vez de la lotería ilegal? —le pregunté—. También eso es un apaño de nada, si no ves más que una parte de todo el conjunto.

Hemingway dobló otra esquina con brusquedad y movió la cabeza.

—Exacto. Y máquinas tragaperras y bingos y locales donde apostar a las carreras de caballos. Pero si se junta todo y lo controla un solo tipo, entonces sí tiene sentido.

—¿Qué tipo?

Enmudeció de nuevo. Cerró la boca con fuerza y vi que apretaba los dientes. Estábamos en la calle Descanso y avanzábamos en dirección este. Era una calle tranquila incluso a media tarde. Al acercarnos a la calle 23, empezó a estar menos tranquila de una manera un tanto vaga. Dos individuos examinaban una palmera como si estuvieran estudiando la mejor manera de moverla. Había un coche aparcado cerca de la casa del doctor Sonderborg, pero no se veía actividad dentro. A mitad de la manzana, otra persona estaba leyendo los contadores del agua.

De día la clínica de Sonderborg era un sitio alegre. Las begonias «rosa de té» formaban una pálida masa sólida debajo de las ventanas de la fachada y los pensamientos una mancha de color en torno a la base de una acacia blanca en flor. Una rosa trepadora de color escarlata empezaba a abrir sus capullos sobre un enrejado con forma de abanico. Había un arriate de guisantes de olor y un colibrí de color bronce y verde que los exploraba delicadamente. La casa tenía todo el aspecto de ser el hogar de un matrimonio de edad y desahogada situación económica a los que les gustaba trabajar en el jardín. Pero el sol de última hora de la tarde la dotaba de una inmovilidad silenciosa y amenazadora.

Hemingway pasó lentamente con el coche por delante de la casa mientras una sonrisita tensa luchaba con las comisuras de su boca. Su nariz captaba olores. Torció en la siguiente esquina, miró por el espejo retrovisor y aceleró el coche.

Al cabo de tres manzanas, frenó de nuevo para colocarse a un lado de la calle y se volvió, mirándome con dureza.

—Policía de Los Ángeles —dijo—. Uno de los tipos junto a la palmera se apellida Donnelly. Lo conozco. Tienen la casa vigilada. De manera que no le dijo nada a su compinche de allí, ¿no es eso?

—Ya le he dicho que no.

—Al jefe le va a encantar esto —ladró Hemingway—. Vienen hasta aquí, asaltan un local y ni siquiera se paran a saludar.

Yo no dije nada.

—¿Han atrapado a ese tal Moose Malloy?

Negué con la cabeza.

—No, hasta donde llega mi información.
—¿Y hasta dónde demonios llega, socio? —preguntó con mucha suavidad.
—No lo bastante lejos. ¿Existe alguna conexión entre Amthor y Sonderborg?
—No, que yo sepa.
—¿Quién manda en esta ciudad?
Silencio.
—He oído que un jugador profesional llamado Laird Brunette dio treinta mil dólares para elegir al alcalde. También he oído que es el dueño del club Belvedere y de los dos casinos flotantes.
—Podría ser —dijo Hemingway cortésmente.
—¿Dónde se puede encontrar a Brunette?
—¿Por qué me lo pregunta a mí, muchacho?
—¿Hacia dónde se dirigiría usted si perdiera su escondite en esta ciudad?
—Hacia México.
Me eché a reír.
—De acuerdo, ¿quiere hacerme un gran favor?
—Con mucho gusto.
—Lléveme otra vez al centro.
Puso el coche en marcha apartándolo de la acera y luego lo llevó sin tropiezos por una calle en sombra hacia el océano. Al llegar al ayuntamiento, Hemingway aparcó en la zona reservada para la policía y me apeé.
—Venga a verme alguna vez —dijo Hemingway—. Es probable que esté limpiando las escupideras.
Sacó una manaza por la ventanilla.
—¿Sin resentimiento?
—Rearme Moral —dije, y le estreché la mano.
Se le iluminó la cara con una gran sonrisa y volvió a llamarme cuando ya había echado a andar. Miró primero en todas direcciones y luego me acercó mucho la boca al oído.
—Se supone que los casinos flotantes están más allá de la jurisdicción de la ciudad y del estado —dijo—. Bandera de Panamá. Si fuera yo el que... —Se detuvo en seco, y sus ojos fríos se tiñeron de preocupación.
—Me hago cargo —dije—. A mí se me había ocurrido la misma idea. No sé por qué me he tomado tantas molestias para que la tuviéramos juntos. Pero no funcionaría..., no para una sola persona.
Asintió primero con la cabeza y luego sonrió.
—Rearme Moral —dijo.

34

Me tumbé boca arriba en la cama de un hotel del puerto y esperé a que se hiciera de noche. Estaba en una habitacioncita con un somier muy duro y un colchón sólo ligeramente más grueso que la manta de algodón que lo cubría. Debajo de mí había un muelle roto que se me clavaba en el lado izquierdo de la espalda. Pero seguí tumbado, permitiendo que me aguijoneara.

El reflejo de una luz roja de neón brillaba en el techo. Cuando tiñese de encarnado toda la habitación sería noche cerrada y habría llegado el momento de salir. En el exterior, los coches tocaban el claxon en una calle estrecha llamada «Vía rápida». Debajo de mi ventana se oía ruido de pasos sobre la acera. Murmullos y exclamaciones iban y venían por el aire. A través de las contraventanas oxidadas se filtraba olor a grasa para freír que se había vuelto a utilizar muchas veces. Lejos, una de esas voces que se hacen oír a gran distancia gritaba: «No se queden sin comer, amigos. Estupendos perritos calientes. No pasen hambre, amigos».

Empezó a anochecer. Me puse a pensar y mis ideas se movieron con algo semejante a un perezoso sigilo, como si las vigilaran ojos amargados y sádicos. Pensé en ojos muertos contemplando un cielo sin luna, con sangre negra en las comisuras de la boca que tenían debajo. Pensé en desagradables ancianas golpeadas contra las esquinas de sus sucias camas hasta perder la vida. Pensé en un hombre de cabellos rubios que tenía miedo y no sabía bien de qué, que tenía la sensibilidad suficiente para notar que algo iba mal, pero que era demasiado vanidoso o demasiado torpe para imaginar qué era lo que iba mal. Pensé en hermosas mujeres con mucho dinero que eran accesibles. Pensé en simpáticas muchachas, esbeltas y curiosas, que vivían solas y que también eran accesibles, aunque de manera distinta. Pensé en policías, tipos duros a los que se podía comprar, pero que no eran ni mucho menos malos del todo, como sucedía con Hemingway. En policías gordos y prósperos con una voz perfecta para la Cámara de Comercio, como el jefe Wax. En policías esbeltos, inteligentes e implacables como Randall, a quienes, pese a su agudeza y a su certera puntería, no les era posible hacer un buen trabajo de manera limpia. Pensé en gentes maniáticas y amargadas como Nulty, que había renunciado a hacer cualquier cosa. Pensé en indios y en videntes y en médicos que vendían drogas.

Pensé en muchísimas cosas. Se hizo completamente de noche. El resplandor del anuncio rojo de neón se extendía cada vez más por el techo. Me senté en la cama, puse los pies en el suelo y me froté la nuca.

Me levanté, fui al lavabo que estaba en una esquina y me mojé la cara con agua fría. Al cabo de un rato me sentí un poco mejor, pero muy poco. Me hacía falta un lingotazo, un buen seguro de vida, unas vacaciones, una casa en el campo. Pero lo único que de hecho tenía era una chaqueta, un sombrero y una pistola. Lo cogí todo y salí del cuarto.

No había ascensor. Los corredores olían y las barandillas de la escalera estaban llenas de mugre. Bajé por ella, tiré la llave sobre el mostrador y dije que me marchaba. Un recepcionista con una verruga en el párpado izquierdo hizo un gesto de asentimiento y un botones mexicano con una raída chaqueta de uniforme salió de detrás del ficus más polvoriento de toda California para ocuparse de mis maletas. Yo no tenía maletas, de manera que, como era mexicano, me abrió la puerta y me sonrió cortésmente de todos modos.

Fuera, la estrecha calle estaba llena de humo y en las aceras se amontonaban los estómagos prominentes. Al otro lado de la calzada un local de bingo funcionaba a todo volumen e inmediatamente más allá un par de marineros salían con dos chicas del establecimiento de un fotógrafo donde probablemente habrían sido inmortalizados a lomos de camellos. La voz del vendedor de perritos calientes cortaba la oscuridad como un hacha. Un autobús azul de gran tamaño atronó la calle mientras se dirigía hacia la pequeña plaza donde los tranvías solían dar la vuelta sobre una plataforma giratoria. Eché a andar en aquella dirección.

Al cabo de algún tiempo advertí un débil olor a mar. No mucho; más bien como si se hubiera conservado una muestra para recordar a la gente que aquello había sido en otro tiempo una limpia playa abierta hasta donde las olas llegaban y rompían, donde soplaba el viento y donde era posible oler otras cosas, además de grasa caliente y sudor frío.

El pequeño tranvía se acercó despacio por el amplio camino de cemento. Me monté, llegué hasta el final de la línea, me apeé y me senté en un banco tranquilo y fresco y donde, casi a mis pies, había un gran montón de algas marrones. En el mar se encendieron las luces de los casinos flotantes. Tomé otra vez el tranvía cuando apareció de nuevo, y volví con él casi hasta el hotel donde me había alojado. Si alguien me seguía lo estaba haciendo sin moverse. Pero yo no creía que nadie lo hiciera. En aquella pequeña ciudad tan limpia no se cometían delitos suficientes como para que los detectives tuvieran mucha experiencia en ese terreno.

Los negros embarcaderos brillaban en toda su longitud antes de hundirse en el oscuro fondo de noche y agua. Aún olía a grasa caliente, pero también se advertía el aroma del océano. El vendedor de perritos calientes seguía diciendo:

—No se queden sin comer, amigos. Estupendos perritos calientes. Aprovechen la oportunidad.

Lo localicé, con su carrito pintado de blanco, haciendo cosquillas a las hamburguesas con un tenedor muy largo. Le iba bien el negocio, aunque la temporada no había hecho más que empezar. Tuve que esperar algún tiempo para hablarle a solas.

—¿Cómo se llama el que está más lejos? —pregunté, señalando con la nariz.

—*Montecito*. —Y se me quedó mirando de hito en hito.

—¿Puede una persona a la que no le falta dinero pasárselo bien allí?

—¿Pasárselo bien cómo?

Reí, desdeñosamente, en plan muy duro.

—Perritos calientes —salmodió el del puesto—. Estupendos perritos calientes, amigos. —Bajó la voz—. ¿Mujeres?

—No. Estaba pensando en un camarote donde soplara una agradable brisa, buena comida y nadie que me molestara. Algo así como unas vacaciones.

Se apartó de mí.

—No oigo una palabra de lo que me dice —respondió, y acto seguido reanudó su salmodia.

Sirvió a algunos clientes. No sé por qué me molesté en hablar con él. Quizá tenía la cara adecuada. Una pareja de jóvenes en pantalón corto se acercó, compró perritos calientes y se alejó con el brazo del chico sobre el sujetador de la chica y ambos comiendo del perrito caliente del otro.

El tipo del puesto dio dos pasos hacia mí y me examinó de arriba abajo.

—Ahora mismo tendría que estar poniendo cara de que no he roto un plato en mi vida —dijo, e hizo una pausa—. Eso le costará dinero —añadió.

—¿Cuánto?

—Cincuenta. Menos no. Más si lo buscan por algo.

—Antiguamente esta ciudad era un sitio agradable —dije—. Una ciudad donde refrescarse.

—Yo creía que todavía lo era —dijo arrastrando las palabras—. Pero ¿por qué preguntarme a mí?

—No tengo ni idea —dije. Luego arrojé un billete de dólar sobre su mostrador—. Métalo en la hucha —añadí—. O ponga cara de que nunca ha roto un plato.

El otro se apoderó del billete, lo dobló a lo largo, luego por la mitad y todavía una vez más. Lo puso sobre el mostrador, colocó el dedo corazón detrás del pulgar y a continuación lo soltó. El billete doblado me golpeó suavemente en el pecho y cayó al suelo sin hacer ruido. Me agaché, lo recogí y me volví muy deprisa. Pero no había nadie detrás de mí con aspecto de policía.

Me incliné sobre el mostrador y de nuevo puse encima el billete de dólar.

—La gente no me tira dinero —dije—. Me lo entregan en mano. ¿Le importa?

Mi interlocutor recogió el billete, lo desdobló, lo extendió y lo limpió con su mandil. Abrió la caja registradora y dejó caer el billete en el cajón.

—Dicen que el dinero no huele mal —dijo—. Pero a veces no estoy demasiado seguro.

Yo no dije nada. Se acercaron nuevos clientes que acabaron marchándose. El calor del día se disipaba rápidamente.

—Yo no lo intentaría con el *Royal Crown* —dijo—. Eso es para ardillitas que se portan bien y no se ocupan más que de sus frutos secos. Para mí que tiene usted aire de polizonte, pero eso es cosa suya. Espero que se le dé bien nadar.

Lo dejé, preguntándome por qué me había acercado a él en primer lugar. Creer en las corazonadas. Creer en las corazonadas y salir trasquilado. Al cabo de algún tiempo te despiertas con la boca llena de corazonadas. No puedes pedir una taza de café sin cerrar los ojos y elegir al azar. Obedecer a las corazonadas.

Volví a pasear y traté de descubrir si alguien me seguía. Luego busqué un restaurante que no oliera a grasa de freír y encontré uno con letrero de neón de color morado y un bar de cócteles detrás de una cortina de bambú. Un efebo que llevaba el pelo teñido con alheña se dejó caer delante de un piano, empezó a acariciar las teclas lascivamente y cantó «Escalera a las estrellas» con una voz a la que le faltaban la mitad de los peldaños.

Me eché al coleto un martini seco y me apresuré a pasar al comedor a través de la cortina de bambú.

La cena de ochenta y cinco centavos sabía a saca de correos desechada y me la sirvió un camarero que parecía capaz de darme una paliza por veinticinco centavos, cortarme el cuello por setenta y cinco y tirarme al mar en un barril de cemento por dólar y medio, impuesto incluido.

35

Fue un trayecto muy largo por veinticinco centavos. El taxi acuático, una vieja lancha motora repintada y con tres cuartas partes de eslora encristaladas, se deslizó entre los yates anclados y sobrepasó el ancho montón de piedras que marcaba el final del rompeolas. La marejada nos alcanzó sin previo aviso, moviéndonos como a una cáscara de nuez. A tan primera hora de la noche, sin embargo, había sitio abundante para vomitar. Sólo me acompañaban tres parejas y el individuo que manejaba la lancha, un ciudadano de aspecto robusto que se sentaba más bien sobre la cadera izquierda debido a que en el bolsillo de la derecha llevaba una pistolera de cuero negro. Las tres parejas empezaron a besuquearse tan pronto como abandonamos la orilla.

Me puse a contemplar las luces de Bay City y traté de no complicar demasiado mi digestión. Puntos dispersos de luz acabaron por reunirse, transformándose en un brazalete enjoyado y expuesto en el escaparate de la noche. Luego el brillo perdió intensidad y las luces quedaron reducidas a un suave resplandor naranja que el oleaje mostraba y ocultaba rítmicamente. Se trataba en realidad de una sucesión de largas olas uniformes que no llegaban a reventar, pero con la fuerza suficiente para que yo me alegrara de no haber rociado la cena con whisky de garrafa. El taxi acuático se deslizaba ya sobre ellas con la siniestra suavidad de la danza de una cobra. El aire era frío, con la frialdad húmeda que a los marinos acaba por metérseles en la médula de los huesos. A la izquierda, los trazos de neón rojo que señalaban la silueta del *Royal Crown* se difuminaban hasta perderse en la huida incesante de grises fantasmas marinos, para reaparecer luego, brillantes como bolas de cristal.

Nos guardamos muy mucho de acercarnos. Parecía bien agradable desde lejos. Nos llegó una música apenas audible, traída por las olas, y la música que llega por el agua ha de ser necesariamente deliciosa. El *Royal Crown*, sujeto por sus cuatro guindalezas, parecía tan estable como un muelle, y su embarcadero tan iluminado como la marquesina de un teatro. Luego todo aquello se perdió en la distancia y otra embarcación más vieja y más pequeña surgió de la noche en nuestra dirección. No era una cosa demasiado digna de verse. Un carguero de altura reformado, de casco sucio y oxidado, la superestructura cortada a la altura del puente, y por encima únicamente dos mástiles mochos, justo de la altura suficiente para poder colocar una antena radiofónica. También había luz en el *Montecito* y la música flotaba sobre el mar, oscuro y húmedo. Las parejas que se estaban besuqueando retiraron los dientes del cuello del otro, contemplaron el barco y estallaron en risitas.

El taxi describió una amplia curva, aceleró lo justo para proporcionar un estremecimiento a los pasajeros, y luego se acercó con más calma a los amortiguadores de cáñamo a todo lo largo del embarcadero. El motor del taxi se puso al ralentí y petardeó en la niebla. El rayo de un reflector sin prisa describió un círculo a unos cincuenta metros del barco.

El taxista enganchó la lancha a la plataforma y un muchacho de ojos color azabache, chaquetilla corta azul de botones brillantes, una sonrisa esplendorosa y boca de gánster, ayudó a saltar a las chicas desde la lancha. Yo fui el último. La mirada en apariencia despreocupada pero atenta con que me examinó de arriba abajo me dijo algo acerca de él. La manera despreocupada pero atenta con que se tropezó con la funda sobaquera donde llevaba la pistola me dijo aún más.

—No —dijo con suavidad—. No.

Tenía una voz delicadamente ronca, la de un tipo duro con pañuelo de seda. Le hizo un gesto con la barbilla al piloto del taxi, que echó un cabo corto alrededor de una bita, giró un poco el volante y trepó al embarcadero, colocándose detrás de mí.

—Nada de artillería a bordo, muchacho. Lo siento y todo eso —ronroneó el de la chaquetilla de uniforme.

—Puedo dejarla en el guardarropa. Es parte de mi vestuario. Soy una persona que quiere ver a Brunette, por negocios.

Mi interlocutor pareció vagamente divertido.

—No he oído nunca ese nombre —sonrió—. En marcha, amigo.

El del taxi me sujetó una muñeca por dentro del brazo derecho.

—Quiero ver a Brunette —dije. Mi voz sonó débil y frágil, como la de una anciana.

—Vamos a no discutir —respondió el chico de ojos color azabache—. Aquí no estamos ni en Bay City ni en California y, según algunas opiniones autorizadas, ni siquiera en Estados Unidos. Largo.

—Vuelva a la lancha —gruñó el taxista detrás de mí—. Le debo veinticinco centavos. Vámonos.

Regresé a la lancha. El de la chaquetilla corta me contempló con su elegante sonrisa silenciosa. La estuve contemplando hasta que dejó de ser una sonrisa, ni siquiera un rostro, tan sólo una figura oscura sobre las luces del embarcadero. La contemplé, lleno de frustración.

El viaje de vuelta me pareció más largo. No hablé con el piloto ni él conmigo. Al apearme en el muelle me devolvió la moneda de veinticinco centavos.

—Lo dejaremos para otra noche —dijo con tono cansado—, cuando tengamos más sitio para ajustarle las cuentas.

Media docena de clientes que esperaban para embarcar se me quedaron mirando al oír sus palabras. Los dejé atrás, crucé la puerta de la diminuta sala de espera en el embarcadero, y me dirigí hacia los escalones de poca altura que me devolverían a tierra firme.

Un grandullón pelirrojo, calzado con unas sucias playeras, pantalones manchados de alquitrán, al igual que un lado de la cara, y los restos de un jersey azul de marinero, se apartó de la barandilla y tropezó conmigo casualmente.

Me detuve. Parecía demasiado grande. Ocho centímetros y quince kilos más que yo. Pero me estaba llegando el momento de ponerle el puño en los dientes a alguien, aunque todo lo que sacara en limpio fuese un brazo insensible.

Había poca luz y casi toda tras él.

—¿Qué le pasa, compadre? —dijo arrastrando las palabras—. ¿Ha pinchado en hueso en el barco del pecado?

—Anda y zúrcete la camisa —le dije—. Vas por ahí enseñando la tripa.

—Podría ser peor —dijo—. La artillería abulta más de la cuenta debajo de ese traje tan liviano.

—¿Quién te manda meter la nariz en eso?

—No se sulfure. Curiosidad, nada más. No he querido ofenderle.

—Bien, pues ya te puedes marchar con viento fresco.

—Claro. No hago más que descansar.

Me obsequió con una lenta sonrisa cansada. Tenía una voz suave, soñadora, tan delicada para un hombrón como él que resultaba sorprendente. Me hizo pensar en otro gigante de voz suave que, extrañamente, me había caído simpático.

—No es ése el camino —dijo con tristeza—. Sólo tiene que llamarme Red.

—Hazte a un lado, Red. Hasta las mejores personas cometen equivocaciones. Noto una que me está reptando por la espalda.

Red miró pensativamente en una y otra dirección. Me tenía acorralado en una esquina del espacio cubierto dentro del embarcadero. Y estábamos más o menos solos.

—¿Quiere subir al *Monty*? Se puede. Si tiene usted un motivo.

Gente con ropa alegre y expresión risueña cruzó por delante de nosotros, camino de la lancha motora. Esperé a que estuvieran a bordo.

—¿Cuánto es el motivo?

—Cincuenta pavos. Diez más si sangra en mi barco.

Hice intención de marcharme.

—Veinticinco —dijo en voz baja—. Quince si vuelve con amigos.

—No tengo ningún amigo —dije, y me marché. No intentó detenerme.

Tomé la calzada de cemento por donde iban y venían los tranvías casi de juguete que avanzaban con lentitud de cochecitos de niño y tocaban unas campanitas que no sobresaltarían ni a una embarazada. Al pie del primer muelle había un local de bingo profusamente iluminado y lleno de gente hasta la bandera. Entré y me coloqué contra la pared, detrás de los que jugaban, en el lugar donde otras muchas personas que querían sentarse esperaban de pie a que quedaran sitios libres.

Vi cómo aparecían unos cuantos números en el tablero eléctrico, oí vocearlos a los crupieres, traté de localizar a los jugadores de la casa y no pude, y me di la vuelta para marcharme.

Una masa azul de considerable tamaño que olía a alquitrán se materializó a mi lado.

—¿No tiene el dinero o es un problema de tacañería? —me preguntó al oído la voz suave y delicada.

Lo contemplé de nuevo. Tenía los ojos que nunca se ven, de los que sólo se sabe que existen por lecturas. Ojos de color violeta. Ojos de muchacha, de muchacha bonita. Y la piel tan suave como seda. Ligeramente enrojecida, pero nunca se broncearía. Demasiado delicada. Más grande que Hemingway y más joven, con una diferencia de muchos años. No tan grande como Moose Malloy, pero daba sensación de gran agilidad. Su cabello tenía ese tono de rojo que se vuelve dorado cuando brilla. A excepción de los ojos, sin embargo, su cara era una cara normal de campesino, sin nada de apostura teatral.

—¿A qué se dedica? —preguntó—. ¿Detective privado?

—¿Por qué te lo tendría que decir? —gruñí.

—Había pensado que podía tratarse de eso —dijo—. ¿Veinticinco es demasiado? ¿No le pagan los gastos aparte?

—No.

Suspiró.

—Era una locura de todos modos —dijo—. Le harían pedazos allí arriba.

—No me sorprendería nada. ¿A qué te dedicas tú?

—Un dólar aquí, un dólar allá. En otro tiempo era policía. Me echaron.

—¿Por qué me lo cuentas?

Pareció sorprendido.

—Es la verdad.

—Debiste decir alguna inconveniencia.

Sonrió de manera casi imperceptible.

—¿Conoces a un tipo llamado Brunette?

La sombra de la sonrisa no se le borró de la cara. Una detrás de otra, tres personas hicieron bingo. Se trabajaba deprisa en aquel local. Un tipo alto con cara de pájaro, cetrinas mejillas hundidas y un traje muy arrugado se acercó mucho a nosotros y se apoyó contra la pared sin mirarnos. Red se inclinó apenas hacia él y le preguntó:

—¿Hay algo que podamos contarle, socio?

El individuo alto con cara de pájaro sonrió y se alejó. Red también sonrió e hizo que retemblara el edificio al recostarse de nuevo contra la pared.

—He conocido a un tipo que podría contigo —dije.

—Ojalá hubiera más —respondió con mucha seriedad—. La gente grande cuesta dinero. Las cosas no están pensadas para ellos. Cuesta alimentarlos, vestirlos, y no pueden dormir con los pies dentro de la cama. Le voy a decir cómo están las cosas. Quizá no le parezca un buen sitio para hablar, pero sí que lo es. Si se acerca algún soplón los conozco a todos y el resto de la gente está pendiente de esos números y de nada más. Dispongo de una lancha con un silenciador submarino. Quiero decir que la puedo conseguir prestada. Hay un muelle mal iluminado al otro extremo del puerto. Y conozco una puerta de carga en el *Monty* que sé cómo abrir. Llevo alguna que otra carga allí de vez en cuando. No hay mucha gente por debajo de las cubiertas.

—Tienen un reflector y vigilantes —dije yo.

—Podemos evitarlos.

Saqué la cartera, extraje un billete de veinte y otro de cinco junto al estómago y luego los doblé varias veces. Los ojos de color violeta me vigilaban sin dar la sensación de hacerlo.

—¿Sólo la ida?

Asentí.

—Habíamos quedado en quince.

—Han subido los precios.

Una mano manchada de alquitrán hizo desaparecer los billetes. Red se alejó sin hacer ruido y desapareció en la calurosa oscuridad exterior. El individuo con cara de pájaro se materializó a mi izquierda y dijo sin levantar la voz:

—Me parece que conozco al fulano con ropa de marinero. ¿Amigo suyo? Creo que lo he visto antes.

Me enderecé para apartarme de la pared y me marché sin responder, abandonando el local. Torcí hacia la izquierda, vigilando una cabeza —destacada sobre las demás— que avanzaba, unos treinta metros por delante de mí, siguiendo la hilera de los faroles eléctricos con varios brazos. Al cabo de un par de minutos me detuve entre dos puestos. Enseguida apareció el de la cara de pájaro, paseando con los ojos en el suelo. Me puse a su lado.

—Buenas noches —dije—. ¿Me deja que le adivine el peso por veinticinco centavos? —Me apoyé en él. Había una pistola debajo de la chaqueta llena de arrugas.

Me miró sin manifestar emoción alguna.

—¿Me vas a obligar a que te detenga, hijo mío? Soy el encargado de mantener la ley y el orden en este trozo de calle.

—¿Quién está haciendo nada contra la ley y el orden en este momento?

—Tu amigo me resulta familiar.

—No me extraña. Es poli.

—Claro. Eso es —dijo cara de pájaro pacientemente—. Ahí es donde lo he visto. Buenas noches.

Giró en redondo y se volvió por donde había venido. A Red no se le veía ya. No me preocupó. Nada de lo que hiciera aquel muchacho volvería a preocuparme.

Seguí caminando despacio.

36

Había llegado más allá de los faroles de varios brazos, más allá del traqueteo y el resonar de las campanas de los pequeños tranvías, más allá del olor a grasa caliente y a palomitas de maíz, más allá de los gritos de los niños y de los voceadores de los espectáculos de *striptease*, más allá de todo lo que no fuese el olor del océano, la línea de la costa, repentinamente clara, y el romper de las olas hasta convertirse en espuma entre guijarros. Ya casi caminaba solo. Los ruidos morían detrás de mí, y las chillonas luces mentirosas se convertían en resplandor incierto. Luego un muelle —dedo oscuro— se proyectó en dirección al mar. Debía de ser aquél. Torcí para seguirlo.

Red se alzó de un cajón situado junto al comienzo de los pilares y me dirigió la palabra:

—Bien —dijo—. Siga adelante y deténgase en los escalones que descienden hasta el nivel del mar. Voy a buscar la lancha y a calentar el motor.

—El poli de los muelles me ha seguido. El tipo del bingo. Tuve que pararme y hablar con él.

—Olson. Se ocupa de los rateros. Competente. Aunque de tarde en tarde arrambla con una cartera y se la cuelga a alguien para dar más brillo a su historial de detenciones. Eso es pasarse un poco, ¿no le parece?

—Tratándose de Bay City yo diría que es casi perfecto. Pongámonos en marcha. Me parece que se está levantando el viento y no quiero que desaparezca la niebla. No parece gran cosa pero puede ayudarnos mucho.

—Durará lo bastante para burlar al reflector —dijo Red—. Tienen metralletas en la cubierta de ese barco. Siga adelante por el embarcadero. No tardaré.

Red se fundió con la oscuridad y yo avancé por tablas a veces un poco resbaladizas a causa de los restos de pescado. Al fondo había una barandilla baja de hierro. Una pareja estaba apoyada en un rincón. Se alejaron, el hombre murmurando, molesto.

Durante diez minutos escuché el golpetear del agua contra los pilares. Un pájaro nocturno se agitó en la oscuridad: el gris ligero de un ala cruzó mi campo de visión y desapareció al instante. En lo alto del cielo zumbó un avión. Luego, a lo lejos, un motor tosió y rugió y siguió rugiendo como si se tratara de media docena de camiones. Al cabo de un rato, el ruido fue disminuyendo hasta que, de repente, dejó de existir.

Pasaron más minutos. Volví a la escalera que llevaba al nivel del agua y descendí por los peldaños con la cautela de un gato que camina sobre suelos húmedos. Una forma oscura surgió de la noche y algo vibró sordamente.

—Todo listo. Suba —dijo una voz.

Monté en la lancha y me senté junto a Red en la cabina. La embarcación se deslizó sobre el agua. El tubo de escape no emitía ruido alguno; tan sólo un furioso borboteo a ambos lados del casco. Una vez más las luces de Bay City se convirtieron en lejanos puntos luminosos más allá del subir y bajar de las olas. De nuevo las luces chillonas del *Royal Crown* quedaron a un lado, dando la sensación de que el barco se exhibía como una modelo en una pasarela. Y una vez más los costados del *Montecito* brotaron de la oscuridad del Pacífico y el lento barrido uniforme del reflector fue rodeándolo como el haz de luz de un faro.

—Tengo miedo —dije de pronto—. Estoy muerto de miedo.

Red disminuyó la velocidad y dejó que la lancha se deslizara como si el agua se moviera por debajo y la embarcación siguiese en el mismo sitio. Volvió la cabeza y me miró.

—Tengo miedo de la muerte y la desesperación —dije—. De aguas oscuras, rostros de ahogados y cráneos con las órbitas vacías. Tengo miedo de morir, de no ser nada, de no encontrar a un individuo llamado Brunette.

Red rió entre dientes.

—Casi me había convencido durante un minuto. Se ha echado una buena arenga. Brunette puede estar en cualquier sitio. En uno de los dos barcos, en el club del que es propietario, en la costa este, en Reno, en zapatillas en su hogar. ¿Es eso todo lo que quiere?

—Quiero a un individuo que se llama Malloy, una bestia muy grande que salió no hace mucho de la penitenciaría del estado de Oregón después de cumplir una condena de ocho años por robar un banco. Estaba escondido en Bay City. —Le hablé de todo ello. Le conté mucho más de lo que me proponía contarle. Puede que fueran sus ojos.

Al final estuvo pensando y luego habló despacio y lo que dijo tenía retazos de niebla colgando, como gotitas en un bigote. Quizá eso hacía que pareciera más juicioso de lo que era, quizá no.

—Parte tiene sentido —dijo—. Parte no. De algunas cosas no sé nada, de otras un poco. Si ese Sonderborg llevaba un refugio para delincuentes, vendía marihuana y mandaba a sus chicos a robar las joyas de señoras ricas un poco salidas de madre, parece razonable que tuviera un acuerdo con las autoridades de la ciudad, pero eso no significa que esas autoridades supieran todo lo que hacía ni que todos los policías del cuerpo supieran que tenía un acuerdo. Puede que Blane lo tuviera y Hemingway, como usted lo llama, no. Blane es mala gente, el otro tipo no es más que un poli duro, ni malo ni bueno, ni vendido ni honesto, con muchas agallas y lo bastante estúpido, como yo, para creer que ser de la policía es una manera razonable de ganarse la vida. El vidente ese ni entra ni sale en todo esto. Se compró un sistema de protección en el mejor mercado, Bay City, y lo utilizaba cuando tenía que hacerlo. Nunca se sabe qué es lo que está haciendo un tipo como él, de manera que nunca se sabe lo que tiene sobre la conciencia ni qué es lo que le asusta. Puede que tenga algo de ser humano y de vez en cuando se haya liado con alguna cliente. Esas señoras con dinero caen más deprisa que los muñecos del pimpampum. De manera que mi explicación sobre su estancia en la clínica es sencillamente que Blane sabía que Sonderborg se asustaría cuando descubriera quién era usted (y la historia que le contaron es probablemente la que él le contó, que lo encontraron perdido y desorientado) y Sonderborg no sabría qué hacer con usted y le daría el mismo miedo dejarlo ir que eliminarlo, y cuando pasara el tiempo suficiente Blane aparecería por allí y pediría más dinero. Eso es todo lo que hay. Sucedió que podían utilizarlo a usted y lo hicieron. Cabe que Blane supiera además lo de Malloy. No me extrañaría nada.

Yo le escuché y vigilé el lento recorrido del reflector y las idas y venidas del taxi acuático mucho más a la derecha.

—Sé los cálculos que hace esa gente —dijo Red—. El problema con los polis no es que sean estúpidos, ni venales ni duros, sino el que crean que por el hecho de ser polis tienen un algo más que antes no tenían. Quizá eso fuera verdad en otro tiempo, pero no ahora. Se ven desbordados por demasiada gente lista. Eso nos lleva a Brunette. No dirige la ciudad. No le hace falta molestarse. Dio mucho dinero para elegir a un alcalde y conseguir así que dejaran en paz a sus taxis acuáticos. Si hubiera algo en particular que quisiera, se lo darían de inmediato. Como cuando hace algún tiempo a uno de sus amigos, un abogado, lo detuvieron por cometer un delito grave cuando conducía borracho y Brunette consiguió que la acusación quedara reducida a imprudencia temeraria. Para hacerlo cambiaron el registro de la policía, y también eso es un delito grave. Lo que sirve para que se haga usted una idea. El tinglado de Brunette es el juego, y en los tiempos que corren todos los tinglados están conectados. De manera que quizá distribuya marihuana o reciba un porcentaje de alguno de sus subordinados al que ha cedido el negocio. Tal vez conozca a Sonderborg y tal vez no. Pero el robo de joyas hay que excluirlo. Imagínese todo lo que esos muchachos han tenido que trabajar por ocho grandes. Es como para reírse pensar que Brunette esté relacionado con eso.

—Sí —dije—. Pero también asesinaron a un hombre, ¿te acuerdas?

—Tampoco hizo eso, ni mandó a nadie para que lo hiciera. Si Brunette lo hubiera hecho, no se habría encontrado el cadáver. Nunca se sabe lo que puede estar cosido a la ropa de un individuo. ¿Por qué correr riesgos? Fíjese en lo que estoy haciendo para usted por veinticinco dólares. ¿Qué no podría conseguir Brunette con el dinero del que dispone?

—¿Haría asesinar a alguien?

Red pensó unos momentos.

—Tal vez. Quizá lo haya hecho. Pero no es un tipo duro. Estos mafiosos de ahora son distintos. Los equiparamos con ladrones de cajas de caudales a la antigua usanza o con gamberros drogados hasta las cejas. Comisarios de policía gritan por la radio que son todos ratas cobardes, que asesinan a mujeres y niños pequeños y aúllan pidiendo clemencia si ven un uniforme de policía. Deberían tener el sentido común suficiente para no vender al público esas tonterías. Hay policías cobardes y hay pistoleros cobardes, pero muy pocos de unos y otros. En cuanto a los que están arriba, como Brunette, no han llegado ahí asesinando gente. Han llegado con agallas e inteligencia, y sin contar con el valor colectivo que sostiene a los policías. Pero sobre todo son hombres de negocios. Lo que hacen, lo hacen por dinero. Igual que otros hombres de negocios. A veces hay algún tipo que les estorba muchísimo. De acuerdo. Fuera. Pero se lo piensan despacio antes de hacerlo. ¿Por qué demonios le estoy dando una clase?

—Un tipo como Brunette no escondería a Malloy —dije—. Después de que hubiera matado a dos personas.

—No. A no ser que hubiera alguna otra razón aparte del dinero. ¿Quiere volver a tierra?

—No.

Red movió las manos sobre el timón. La velocidad de la lancha aumentó.

—No piense que simpatizo con esos hijos de mala madre —dijo—. Me caen tan bien como una patada en el estómago.

37

El reflector giratorio era un pálido dedo enturbiado por la niebla que apenas iluminaba las olas hasta unos treinta metros alrededor del barco. Se trataba más de una operación de imagen que de otra cosa, sobre todo a aquellas horas de la noche. Cualquiera que planease robar la recaudación de uno de aquellos casinos flotantes necesitaría ayuda en abundancia y trataría de dar el golpe a eso de las cuatro de la madrugada, cuando el público quedara reducido a unos pocos jugadores empedernidos, y la tripulación estuviera agotada por el cansancio. Incluso entonces sería una manera poco afortunada de ganar dinero. Ya lo habían intentado en una ocasión.

Un taxi acuático describió una curva para llegar al embarcadero, descargó al pasaje y se dirigió de nuevo hacia tierra firme. Red mantuvo su lancha motora al ralentí en el límite del recorrido del reflector. Si lo hubieran levantado un par de metros, sólo para cambiar un poco..., pero no lo hicieron. Pasó lánguidamente y el agua apagada brilló un momento y nuestra lancha motora se deslizó del otro lado y se acercó muy deprisa, dejando atrás las dos enormes y sucias guindalezas de popa. Nos pegamos a las grasientas planchas del casco con la misma discreción con que un detective de hotel se dispone a echar a una buscona del vestíbulo de su establecimiento.

Muy por encima de nosotros aparecieron dos puertas de hierro que me dieron la impresión de estar demasiado altas para alcanzarlas y que eran demasiado pesadas para abrirlas aunque pudiéramos llegar hasta ellas. La lancha motora rozó el viejo costado del *Montecito* mientras, bajo nuestros pies, el oleaje palmeaba sin fuerza el casco. Una alta silueta se levantó a mi lado en la oscuridad y una cuerda enrollada salió disparada hacia lo alto, golpeó, se enganchó y el extremo volvió a caer hasta tropezar con el agua. Red lo pescó con un bichero, tiró hasta poner tensa la cuerda y lo ató a algo sobre la cubierta del motor. Había la niebla suficiente para hacer que todo pareciese irreal. El aire húmedo estaba tan frío como las cenizas del amor.

Red se inclinó mucho en mi dirección y su aliento me cosquilleó la oreja.

—Sobresale demasiado del agua. Un buen golpe de mar acabaría por dejar al aire las hélices. Pero tenemos que trepar por esas planchas de todos modos.

—Me mata la impaciencia —dije, tiritando.

Me colocó las manos sobre el timón, lo giró hasta la posición donde quería tenerlo, fijó el acelerador y me dijo que mantuviera la lancha tal como estaba. Había una escalerilla de hierro, atornillada al casco, del que iba siguiendo la curva, y con unos travesaños probablemente tan resbaladizos como una cucaña.

Ascender por ella parecía tan tentador como caminar por la cornisa de un rascacielos. Red se agarró como pudo, después de restregarse con fuerza las manos en los pantalones para manchárselas un poco de alquitrán. Luego se elevó sin ruido, sin siquiera un resoplido, sus playeras encontraron los travesaños de metal, y fue subiendo casi en ángulo recto para conseguir mejor tracción.

El haz del reflector pasó muy lejos de nosotros. La luz saltó del agua y pareció convertir mi rostro en algo tan llamativo como una bengala, pero no sucedió nada. Después se oyó un chirriar de pesadas bisagras sobre mi cabeza. El débil resplandor de una luz amarillenta se derramó por la niebla y murió. Apareció la silueta de media puerta de carga abierta. Era imposible que estuviera cerrada desde el interior. Me pregunté por qué.

El susurro fue un simple sonido, sin significado. Dejé el timón y me dispuse a subir. No he hecho un viaje más duro en toda mi vida. Lo terminé, jadeante, en una bodega maloliente, llena de cajas de embalaje, barriles, rollos de cuerda y montones de cadenas oxidadas. En los rincones oscuros chillaban las ratas. La luz amarilla procedía de una puerta estrecha en el tabique más alejado.

Red me pegó la boca al oído.

—Desde aquí vamos directamente a la pasarela de la sala de calderas. Tendrán una auxiliar encendida, porque en esta cafetera carecen de motores diésel. Probablemente encontraremos a alguien abajo. La tripulación hace un doble papel en las cubiertas donde se juega; también son crupieres, vigilantes, camareros y todo lo demás. Pero han de alistarse como miembros de alguna profesión relacionada con el mar. En la sala de calderas le enseñaré un ventilador que no tiene rejilla y que desemboca en la cubierta de botes, en zona prohibida. Pero toda suya..., mientras siga con vida.

—Debes de tener familiares a bordo —dije.

—Cosas más extrañas han sucedido. ¿Volverá deprisa?

—No hay duda de que haré bastante ruido al caer desde la cubierta de botes —dije, al tiempo que sacaba el billetero—. Creo que eso se merece algún dinero más. Toma. Trata mis restos mortales como si fueran los tuyos.

—No me debe nada más, socio.

—Me estoy comprando un viaje de vuelta..., incluso aunque no lo utilice. Coge el dinero antes de que me eche a llorar y te moje la camisa.

—¿Necesita un poco de ayuda ahí arriba?

—Lo que necesito es un pico de oro, pero en este momento me parece que sólo estoy capacitado para graznar.

—Guárdese el dinero —dijo Red—. Ya me ha pagado el viaje de vuelta. Me parece que está asustado. —Me tomó de la mano. La suya era fuerte, dura, tibia y estaba un tanto pegajosa—. Sé que está asustado —susurró.

—Lo superaré —dije—. De una manera o de otra.

Se dio la vuelta con una curiosa expresión que no pude interpretar con aquella luz. Lo seguí entre los cajones de embalaje y los barriles, hasta cruzar el umbral de hierro de la puerta y llegar a un largo pasadizo oscuro con olor a barco. De allí salimos a una plataforma con rejilla de acero, resbaladiza a causa del aceite, y descendimos por una escalera en la que era difícil sujetarse. El lento silbido de los quemadores de aceite llenaba ahora el aire y silenciaba todos los demás sonidos. Nos dirigimos hacia el silbido atravesando montañas de hierro silencioso.

Al llegar a un cruce vimos a un espagueti, sucio y bajito, con una camisa de seda morada, acomodado en un viejo sillón de oficina reparado con alambres, debajo de una bombilla sin pantalla, que leía el periódico de la tarde con la ayuda de un dedo índice negro de carbón y unos lentes con montura de acero que probablemente habían pertenecido a su abuelo.

Red se colocó tras él sin hacer ruido.

—Hola, chaparrito —dijo amablemente—. ¿Qué tal los bambinos?

El italiano abrió la boca con un chasquido y se llevó una mano a la abertura de su camisa morada. Red le golpeó en el ángulo de la mandíbula y lo sujetó antes de que cayera. Lo dejó con cuidado sobre el suelo y procedió a convertir en tiras su camisa morada.

—Esto le va a doler más que el golpe que le he dado —dijo Red sin alzar la voz—. Pero la idea es que alguien que sube por la escalera de un ventilador hace muchísimo ruido abajo. Arriba, en cambio, no oirán nada.

Ató y amordazó limpiamente al italiano y luego plegó las gafas y las puso en un sitio seguro. Nosotros seguimos hasta el ventilador que no tenía rejilla. Miré hacia arriba y no vi más que oscuridad.

—Adiós —dije.

—Quizá necesite un poco de ayuda.

Me sacudí como un perro mojado.

—Necesito una compañía de infantes de marina. Pero o lo hago solo o no lo hago. Hasta la vista.

—¿Cuánto tardará? —Aún había preocupación en su voz.

—Una hora o menos.

Me miró fijamente y se mordió el labio. Luego asintió con la cabeza.

—A veces hay cosas que uno tiene que hacer —dijo—. Pásese por el bingo si dispone de un rato.

Echó a andar despacio, dio cuatro pasos y regresó.

—Esa puerta de carga que estaba abierta —dijo—. Quizá le sirva para comprar algo. Utilícela.

Después se marchó a buen paso.

38

Por el ventilador bajaba con fuerza aire frío. Me pareció muy largo el camino hasta arriba. Después de tres minutos que me pesaron como una hora, asomé cautelosamente la cabeza por la abertura en forma de trompa. Cerca, botes cubiertos con lonas no eran más que manchas grises. Un murmullo de voces me llegó desde la oscuridad. El haz del reflector se movía lentamente en círculo. Procedía de un punto situado más arriba, probablemente una cofa en lo alto de uno de los cortos mástiles. Allí, además, habría alguien con una metralleta, o incluso una ametralladora ligera. Un trabajo gélido, con muy pocas compensaciones cuando alguien dejaba una puerta de carga tan oportunamente mal cerrada.

A lo lejos la música vibraba como los falsos bajos de una radio de mala calidad. Una luz brillaba en lo alto de un mástil y a través de las capas más altas de niebla algunas estrellas heladas miraban en nuestra dirección.

Salí del ventilador, saqué la pistola del 38 de la funda sobaquera y la mantuve pegada a las costillas, ocultándola con la manga. Di tres pasos en silencio y escuché. No sucedió nada. Los murmullos habían cesado, pero no por mi culpa. Ahora los situé ya entre dos botes salvavidas. Y procedente de la noche y de la niebla, como, misteriosamente, es capaz de hacerlo, se congregó en un punto focal la luz suficiente para dejar al descubierto la silueta glacial de una ametralladora montada sobre un trípode y asomada por encima de la barandilla de la cofa. A su lado había dos hombres inmóviles, sin fumar, y sus voces empezaron de nuevo a murmurar, un susurro tranquilo que nunca se transformaba en palabras.

Lo estuve escuchando demasiado tiempo. Otra voz habló con claridad detrás de mí.

—Lo siento, pero los invitados no deben entrar en la cubierta de botes.

Me volví, sin darme demasiada prisa, y le miré las manos. Eran manchas claras y estaban vacías.

Me aparté al tiempo que asentía con la cabeza, y el extremo de una lancha nos ocultó. El otro me siguió sin precipitarse, sin que sus zapatos hicieran ruido sobre la cubierta húmeda.

—Debo de haberme perdido —dije.

—Eso parece. —Tenía una voz juvenil, sin resonancias pétreas—. Pero hay una puerta al final de la escalera de toldilla que tiene una cerradura de resbalón. Es una buena cerradura. Antes había una escalera abierta con una cadena y un cartel. Pero descubrimos que los más curiosos se la saltaban.

Llevaba mucho tiempo hablando, ya fuera para mostrarse amable o porque estaba esperando. Yo no sabía cuál de las dos cosas.

—Alguien —dije— debe de haber dejado abierta esa puerta.

La cabeza en la sombra asintió. Estaba por debajo de la mía.

—Ya se da usted cuenta de que eso nos coloca ante una disyuntiva. Si alguien la dejó abierta, al jefe no le va a gustar un pelo. Si no es así, nos gustará saber cómo ha llegado usted hasta aquí. Estoy seguro de que lo entiende.

—No parece difícil de entender. Podemos entrar y hablar con él para aclararlo.

—¿Viene usted con alguien?

—Con alguien muy agradable.

—No deberían haberse separado.

—Ya sabe lo que pasa... Uno vuelve la cabeza y otro la está invitando a una copa.

Mi interlocutor rió entre dientes. Luego movió ligeramente la barbilla arriba y abajo.

Me agaché y salté hacia un lado y el silbido de la cachiporra fue un largo suspiro que se perdió en el aire tranquilo. Empezaba a tener la impresión de que todas las cachiporras de la zona se lanzaban sobre mí automáticamente. El más alto dijo una palabrota.

—Intentadlo de nuevo y os convertiréis en héroes —dije.

Amartillé la pistola haciendo bastante ruido.

A veces una escena detestable consigue que el teatro se venga abajo con los aplausos. El alto se inmovilizó y vi la cachiporra colgándole de la muñeca. Mi interlocutor se lo pensó sin prisa.

—Eso no le va a servir de nada —dijo con mucha seriedad—. No conseguirá salir del barco.

—He pensado en eso. Y luego pensé en lo poco que les importaría a ustedes.

Seguía siendo una escena detestable.

—¿Qué es lo que quiere? —dijo con calma.

—Tengo una pistola cargada —dije—. Pero no hay por qué dispararla. Quiero hablar con Brunette.

—Ha ido a San Diego por cuestión de negocios.

—Hablaré con el que haga sus veces.

—Tiene agallas —dijo el simpático—. Iremos abajo. Pero entregará ese juguete antes de que pasemos por la puerta.

—Entregaré el juguete cuando esté seguro de que voy a pasar por la puerta.

Mi interlocutor rió discretamente.

—Vuelve a tu sitio, Slim. Ya me ocupo yo de esto.

Se movió sin prisa delante de mí y el alto pareció desaparecer en la oscuridad.

—Sígame.

Recorrimos la cubierta uno detrás de otro. Descendimos por escalones resbaladizos con bordes de latón. Al final había una pesada puerta. Mi acompañante la abrió y examinó el cierre. Sonrió, movió afirmativamente la cabeza, sostuvo la puerta, y yo crucé, guardándome la pistola.

El cierre automático hizo clic detrás de nosotros.

—Una noche tranquila hasta ahora —dijo él.

Había un arco dorado delante de nosotros y más allá una sala de juego, no muy llena. Se parecía mucho a cualquier otra sala de juego. Al fondo divisé un pequeño bar con espejos y algunos taburetes. Desde el centro del local descendía una escalera por la que subía a ráfagas la música. Oí ruedas de ruletas. Un crupier jugaba al faraón con un único cliente. No había más de sesenta personas en la sala. Sobre la mesa de faraón había billetes suficientes como para justificar la apertura de un banco. La persona que jugaba era un caballero de edad y pelo cano que miraba al crupier con cortés atención, pero nada más.

Dos individuos silenciosos, vestidos de esmoquin, cruzaron el arco con aire despreocupado, sin mirar a nada. Era de esperar. Se dirigieron hacia nosotros y la persona esbelta y de poca estatura que me acompañaba los esperó. Habían pasado con creces el arco cuando buscaron con la mano un bolsillo lateral, para sacar cigarrillos, por supuesto.

—A partir de ahora tenemos que organizarnos un poco —dijo mi acompañante—. Supongo que no le importará.

—Usted es Brunette —dije de repente.

Se encogió de hombros.

—Por supuesto.

—No parece tan duro —dije.

—Espero que no.

Los dos individuos con esmoquin me fueron llevando discretamente.

—Aquí —dijo Brunette— podremos hablar con tranquilidad.

Abrió una puerta y los otros dos me metieron dentro.

La habitación sólo parecía en parte un camarote. Dos lámparas de latón colgaban de suspensiones de cardán encima de un escritorio oscuro que no era de madera, probablemente plástico. Al fondo había dos literas en madera veteada. La cama de abajo estaba hecha y sobre la de arriba descansaba media docena de montones de álbumes de discos. En un rincón había un mueble de gran tamaño, combinación de radio y fonógrafo. Completaban el mobiliario un sofá de cuero rojo, una alfombra roja, ceniceros muy altos, un taburete con cigarrillos, una licorera con vasos y un barecito colocado en diagonal en el extremo opuesto a las literas.

—Siéntese —dijo Brunette, dando la vuelta alrededor de la mesa, sobre la que había muchos papeles de aspecto comercial, con columnas de cifras, hechas con una máquina de calcular, y sentándose en un sillón de respaldo alto; después lo echó un poco para atrás y me examinó detenidamente. A continuación se levantó otra vez, se desprendió del abrigo y la bufanda y los arrojó a un lado. Finalmente se sentó de nuevo. Cogió una pluma y se acarició con ella el lóbulo de la oreja. Tenía sonrisa de gato, pero a mí me gustan los gatos.

No era ni joven ni viejo, ni gordo ni delgado. Pasar mucho tiempo en el mar o cerca del mar le había dado aspecto de disfrutar de muy buena salud. Cabello castaño con ondas naturales que el aire del mar acentuaba. Frente estrecha, aire inteligente y algo sutilmente amenazador en sus ojos, de color un tanto amarillento. Tenía manos agradables, no mimadas hasta la insipidez, pero sí bien cuidadas. Su esmoquin era de color azul marino, razón por la que parecía completamente negro. También tuve la sensación de que la perla que llevaba en la corbata era un poco demasiado grande, pero puede que fueran celos.

Me estuvo mirando durante mucho tiempo antes de decir:
—Tiene una pistola.
Uno de los elegantes tipos duros apoyó sobre el centro de mi columna vertebral algo que, probablemente, no era una caña de pescar. Manos exploratorias me quitaron la pistola y buscaron otras armas.
—¿Algo más? —preguntó una voz.
Brunette hizo un gesto negativo con la cabeza.
—Ahora no.
Uno de los guardaespaldas empujó mi automática por encima de la mesa en dirección a Brunette, que dejó la pluma, cogió un abridor de cartas y dio vueltas suavemente a la pistola encima de su secante.
—Bien —dijo tranquilamente, mirando por encima de mi hombro—. ¿Tengo que explicar lo que quiero ahora?
Uno de ellos salió rápidamente y cerró la puerta. El otro se quedó tan quieto como si no estuviera allí. Hubo un largo silencio sin tensión, roto por un distante murmullo de voces, una música de acordes graves y, en algún lugar mucho más abajo, una monótona vibración, casi imperceptible.
—¿Whisky?
—Gracias.
El guardaespaldas preparó dos en el bar. No trató de ocultar los vasos mientras lo hacía. Luego colocó uno a cada lado de la mesa, sobre dos posavasos de cristal negro.
—¿Un cigarrillo?
—Gracias.
—¿Le parecen bien los egipcios?
—Por supuesto.
Encendimos los pitillos y bebimos. El whisky parecía de buena calidad. El guardaespaldas no se había servido.
—Lo que quiero... —empecé.
—Perdóneme, pero eso tiene muy poca importancia, ¿no es cierto?
La suave sonrisa como de gato y el perezoso cerrarse a medias de los ojos amarillos.
La puerta se abrió para dar paso al otro guardaespaldas; iba acompañado del muchacho de la chaquetilla corta, con su boca de gánster y todo lo demás. Al reconocerme palideció.
—Yo no le dejé pasar —dijo muy deprisa, torciendo la boca.
—Tenía una pistola —dijo Brunette, empujándola con el abrecartas—. Ésta. Incluso me encañonó con ella, más o menos, en la cubierta de botes.
—No pasó por donde estaba yo, jefe —dijo el de la chaquetilla corta, hablando siempre a gran velocidad.
Brunette alzó ligeramente las cejas y me sonrió.
—¿Y bien?
—Échelo —dije—. Aplástelo en otro sitio.
—El piloto del taxi corroborará lo que digo —gruñó el de la chaquetilla.
—¿Has dejado la plataforma desde las cinco y media?
—Ni siquiera un minuto, jefe.

—Esa respuesta no me sirve. Un imperio puede venirse abajo en un minuto.

—Ni un segundo, jefe.

—Pero se le puede comprar —dije, y me eché a reír.

El de la chaquetilla adoptó una postura de boxeador y disparó el puño como si fuera un látigo. Casi me alcanzó en la sien. Se oyó un golpe sordo. El puño pareció derretirse a mitad de camino. Mi fallido agresor se derrumbó de lado e intentó agarrarse a la esquina de la mesa, pero acabó cayendo boca arriba. Era agradable, para variar, ver cómo ponían fuera de combate a otra persona.

Brunette siguió sonriéndome.

—Espero que no haya sido usted injusto con él —dijo—. Aún está sin resolver el asunto de la puerta de la escalera de toldilla.

—Abierta por accidente.

—¿Se le ocurre alguna otra explicación?

—No en medio de una multitud.

—Hablaremos a solas —dijo Brunette, sin mirar a nadie excepto a mí.

El guardaespaldas alzó al de la chaquetilla por los sobacos, cruzó el camarote y su compañero abrió una puerta interior. Los tres pasaron del otro lado. La puerta se cerró.

—Bien —dijo Brunette—. ¿Quién es usted y qué es lo que quiere?

—Soy detective privado y quiero hablar con un individuo llamado Moose Malloy.

—Demuéstreme que es detective privado.

Le enseñé la licencia. Me devolvió la cartera arrojándola por encima de la mesa. Sus labios, curtidos por el viento, seguían sonriendo, pero la sonrisa empezaba a ser excesivamente teatral.

—Estoy investigando un asesinato —dije—. Un tipo llamado Marriott, en el acantilado que está cerca de su club Belvedere, el jueves por la noche. Se trata de una muerte relacionada con otro asesinato, el de una mujer, obra de Malloy, ex presidiario, ladrón de bancos y tipo duro donde los haya.

Brunette asintió con la cabeza.

—No le voy a preguntar todavía qué tiene todo eso que ver conmigo. Doy por sentado que llegaremos a ello. Pero supongamos que antes me dice cómo ha entrado en mi barco.

—Ya se lo he dicho.

—No me ha dicho la verdad —dijo amablemente—. ¿Es Marlowe su apellido? No me ha dicho la verdad, Marlowe. Y usted lo sabe. El chico de la plataforma no miente. Selecciono a mis hombres con cuidado.

—Es usted dueño de una parte de Bay City —dije—. No sé de qué tamaño, pero el suficiente para sus necesidades. Un sujeto llamado Sonderborg dirigía allí un lugar donde esconder gente. Distribuía marihuana, organizaba atracos y escondía a gente buscada por la policía. Como es lógico, todo eso no se hace sin estar bien relacionado. No creo que haya podido hacerlo sin usted. Malloy estaba en su clínica. Malloy se ha marchado de allí. Malloy mide dos metros y no resulta fácil de esconder. Creo, en cambio, que no costaría demasiado trabajo ocultarlo en un casino flotante.

—Es usted un ingenuo —dijo Brunette sin alterarse—. Supongamos que quisiera esconderlo, ¿por qué tendría que arriesgarme a traerlo aquí? —Bebió un sorbo de su whisky—. Después de todo, me dedico a otro negocio. Ya es bastante difícil mantener en funcionamiento un buen servicio de taxis acuáticos sin montones de problemas. El mundo está lleno de sitios donde esconder a un delincuente. Si tiene dinero. ¿No se le ocurre otra idea mejor?

—Se me podría ocurrir, pero al diablo con ella.

—Lo siento, pero no puedo hacer nada por usted. Así que dígame cómo entró en el barco.

—No me apetece contárselo.

—Mucho me temo que tendré que conseguir que me lo diga, Marlowe. —Le brillaron los dientes con la luz de las lámparas de latón—. Ya sabe que se puede hacer.

—Si se lo cuento, ¿le hará llegar mi mensaje a Malloy?

—¿Qué mensaje?

Recogí mi cartera, que seguía encima de la mesa, saqué una tarjeta y le di la vuelta. Me guardé la cartera y saqué un lápiz. Escribí cinco palabras y empujé la tarjeta hacia el otro lado de la mesa. Brunette la cogió y leyó lo que había escrito.

—Para mí no significa nada —dijo.

—Malloy lo entenderá.

Brunette se recostó en el asiento y me miró fijamente.

—No consigo entenderle. Se juega la piel para venir aquí, sin otro fin que entregarme una tarjeta para que se la pase a un delincuente que ni siquiera conozco. No tiene sentido.

—No lo tiene si no conoce a Malloy.

—¿Por qué no dejó la pistola en tierra y vino a bordo como todo el mundo?

—La primera vez se me olvidó hacerlo. Luego comprendí que el muchacho de la chaquetilla nunca me dejaría entrar. Y después me tropecé con alguien que conocía otro camino.

Los ojos amarillos se encendieron como con una nueva luz. Sonrió y no dijo nada.

—Ese otro individuo no es un delincuente pero ha estado en la orilla con los oídos bien abiertos. Tiene usted una puerta de carga que ha sido desatrancada desde el interior y un tiro de ventilación del que se ha retirado la rejilla. Basta con deshacerse de un tripulante para llegar a la cubierta de botes. Será mejor que repase la lista de sus hombres.

Brunette movió los labios muy despacio, uno sobre otro. Contempló de nuevo la tarjeta.

—Nadie llamado Malloy se encuentra en este barco —dijo—. Pero si me ha dicho la verdad sobre esa puerta, trato hecho.

—Vaya y compruébelo.

Siguió mirando hacia abajo.

—Si hay alguna manera de hacer llegar el mensaje a Malloy, lo haré. No sé por qué me tomo esa molestia.

—Eche una ojeada a la puerta de carga.

Se quedó muy quieto durante un momento, luego se inclinó hacia adelante y empujó la pistola en dirección mía.

—Hay que ver qué de cosas hago —reflexionó, como si estuviera solo—. Gobierno ciudades, elijo alcaldes, corrompo a la policía, vendo droga, escondo a delincuentes, despojo a ancianas que han sido estranguladas con collares de perlas. ¡Cómo me cunde el tiempo! —Rió sin ganas—. ¡Muchísimo!

Recogí la pistola y volví a colocármela en la funda sobaquera.

Brunette se puso en pie.

—No prometo nada —dijo, mirándome de hito en hito—. Pero le creo.

—Por supuesto que no.

—Se ha arriesgado mucho para averiguar muy poco.

—Sí.

—Bien... —Hizo un gesto desprovisto de sentido y luego me ofreció la mano por encima de la mesa.

—Estréchesela a un mastuerzo —dijo a media voz.

Le di la mano. La suya era pequeña y firme y estaba más bien caliente.

—¿No me va a decir cómo ha descubierto lo de la puerta de carga?

—No me es posible. Pero la persona que me lo dijo no es un delincuente.

—Podría hacer que me lo contara —dijo, pero al instante movió la cabeza—. No. Le he creído una vez. Le sigo creyendo. No se mueva y tómese otro whisky.

Tocó un timbre. Se abrió la puerta de atrás y uno de los tipos duros que eran todo elegancia se presentó de nuevo.

—Quédate aquí. Dale de beber si quiere. Nada de violencia.

El pistolero se sentó y me obsequió con una sonrisa llena de benevolencia. Brunette salió rápidamente del despacho. Encendí un cigarrillo. Terminé el whisky y mi acompañante me preparó otro. Tuve tiempo de acabármelo y de fumar otro cigarrillo.

Brunette regresó y se lavó las manos en el rincón; luego se sentó de nuevo ante el escritorio e hizo un gesto con la cabeza al pistolero, que salió de la habitación sin decir nada.

Los ojos amarillos me estudiaron.

—Usted gana, Marlowe. Aunque tengo ciento sesenta y cuatro hombres en mi tripulación. Bien... —Se encogió de hombros—. Puede volver en el taxi. Nadie le molestará. Por lo que hace al mensaje, dispongo de algunos contactos. Los utilizaré. Buenas noches. Probablemente debería darle las gracias. Por la demostración.

—Buenas noches —respondí. Luego me levanté y salí del cuarto.

Había un tipo nuevo en la plataforma de embarque. Volví a tierra en un taxi distinto. Después me llegué hasta el bingo y me apoyé contra la pared entre la multitud.

Red se presentó al cabo de unos minutos y se colocó a mi lado.

—Fácil, ¿eh? —dijo suavemente, en contraste con las voces fuertes y nítidas de los crupieres anunciando los números.

—Gracias a ti. Aceptó el trato. Está preocupado.

Red miró en una dirección y en otra y luego acercó los labios un poco más a mi oído.

—¿Agarró a su hombre?

—No. Pero confío en que Brunette encuentre la manera de hacerle llegar un mensaje.

Red volvió la cabeza y miró de nuevo a las mesas. Bostezó y se estiró, apartándose de la pared. El individuo con cara de pájaro había reaparecido. Red se acercó a él, dijo «¿Qué tal, Olson?» y casi consiguió tirarlo al suelo al abrirse paso para seguir adelante.

Olson se le quedó mirando con cara de pocos amigos y procedió a enderezarse el sombrero. Luego escupió con rabia en el suelo.

Tan pronto como se marchó, dejé el bingo y volví al aparcamiento, cercano a las vías, donde había dejado el automóvil.

Regresé a Hollywood, dejé el coche y subí a mi apartamento.

Me quité los zapatos y paseé por las habitaciones en calcetines, sintiendo el suelo con los dedos de los pies. Aún se me volvían a dormir de vez en cuando.

Luego me senté en el borde de la cama plegable y traté de calcular el tiempo. No era factible. Quizá se necesitaran días para localizar a Malloy. Quizá no se le encontrara nunca hasta que la policía diera con él. Si es que lo encontraban... vivo.

39

Eran cerca de las diez de la noche cuando llamé al teléfono de los Grayle en Bay City. Temía que quizá fuera demasiado tarde para encontrarla en casa, pero me equivocaba. Tuve que pelearme primero con una doncella y después con el mayordomo, pero finalmente me llegó su voz a través del hilo. La señora Grayle parecía despreocupada y tuve la impresión de que ya se había tomado alguna copa para preparar la velada.

—Prometí llamarte —dije—. Es un poco tarde, pero he tenido mucho que hacer.

—¿Me vas a dejar plantada otra vez? —La voz se le llenó de frialdad.

—Quizá no. ¿Hasta qué hora trabaja tu chófer?

—Hasta la hora que yo le diga.

—¿Qué tal si pasaras a recogerme? Estaré metiéndome como pueda en el traje de graduación.

—Qué amable por tu parte —dijo arrastrando las palabras—. ¿Merece la pena que me moleste?

Amthor había hecho sin duda un trabajo maravilloso con sus centros del lenguaje..., si es que alguna vez había tenido algún problema con ellos.

—Te enseñaré mi aguafuerte.

—¿Sólo tienes uno?

—Es un apartamento de soltero.

—Me han dicho que los solteros tienen cosas así. —Arrastró otra vez las palabras, luego cambió de tono—. No te hagas el difícil. Tienes una carrocería que no está nada mal. Y no te creas a nadie que te diga lo contrario. Vuelve a darme la dirección.

Se la di y el número del apartamento.

—La puerta del vestíbulo está cerrada —dije—. Pero voy a bajar a abrirla.

—Eso está bien —dijo ella—. No necesitaré la palanqueta.

Acto seguido colgó, dejándome la curiosa impresión de haber hablado con alguien que no existía.

Bajé al vestíbulo y descorrí el pestillo. Luego me duché, me puse el pijama y me tumbé. Podría haber dormido durante una semana, pero salí de nuevo de la cama para quitar el seguro de la puerta de mi apartamento, algo que había olvidado hacer; luego me costó tanto trabajo llegar a la cocina y sacar dos vasos y una botella de buen scotch (reservado para una seducción de mucha altura) como si hubiera tenido que atravesar la nieve acumulada durante varias ventiscas.

A continuación volví a tumbarme en la cama.

—Reza —dije en voz alta—. No queda otra cosa que hacer excepto rezar.

Cerré los ojos. Las cuatro paredes de la habitación parecían contener la vibración de un barco, y el aire inmóvil rezumar niebla y susurrar con el viento del mar. Me llegó el olor rancio y agrio de una bodega abandonada. Olí aceite de máquina y vi a un espagueti con una camisa morada leyendo bajo una bombilla sin pantalla con las gafas de su abuelo. Trepé y trepé por el tiro de un ventilador. Coroné el Himalaya y al llegar a la cima me encontré rodeado por tipos con metralletas. Hablé con un hombrecillo de ojos amarillos, pero con mucha humanidad, que era mafioso y probablemente algo peor. Pensé en el gigante de pelo rojo y ojos de color violeta, que era, tal vez, la mejor persona con quien me había tropezado.

Dejé de pensar. Hubo un movimiento de luces detrás de mis párpados cerrados. Estaba perdido en el espacio. Era un infeliz de primera clase de regreso de una aventura inútil. Era un paquete de dinamita de cien dólares que estallaba con un ruido como el de un prestamista ante un reloj de plástico. Era un coleóptero de color rosa trepando por la pared del ayuntamiento.

Estaba dormido.

Me desperté despacio, sin ganas, y mis ojos contemplaron la luz de la lámpara reflejada en el techo. Algo se movía con muchas precauciones por la habitación.

El movimiento era furtivo, silencioso y de mucho peso. Lo escuché atentamente. Luego volví despacio la cabeza y descubrí que estaba mirando a Moose Malloy. Había sombras y él se movía en las sombras, tan en silencio como ya se lo había visto hacer en otra ocasión. La pistola que empuñaba tenía un oscuro brillo lustroso muy eficiente. Llevaba el sombrero echado hacia atrás sobre el pelo negro y rizado y su nariz olisqueaba como la de un perro de caza.

Me vio abrir los ojos. Se acercó sin prisa al borde de la cama y se me quedó mirando.

—Me pasaron su nota —dijo—. Creo que no hay nadie más aquí. Y tampoco he visto polis fuera. Pero si esto es una encerrona, nos harán a los dos el pijama de pino.

Me aparté un poco y Malloy comprobó que no escondía nada debajo de la almohada. Seguía teniendo una cara ancha y pálida y los ojos, muy hundidos en las órbitas, conservaban un poso de amabilidad. Llevaba un abrigo que le quedaba estrecho y que, ya al ponérselo, probablemente, se le había descosido por un hombro. Sería la talla más grande que hubiera en la tienda, pero no lo bastante para Moose Malloy.

—Tenía la esperanza de que pasara a verme —dije—. Ningún piesplanos sabe nada de esto. Sólo quería verlo a usted.

—Adelante —dijo.

Se movió de lado hasta una mesa, dejó la pistola, se quitó el abrigo y se sentó en mi mejor butaca, que resistió, no sin lanzar un crujido ominoso. Malloy se recostó sin prisa y colocó la pistola de manera que estuviese cerca de su mano derecha. Agitando un paquete de cigarrillos que se sacó del bolsillo, consiguió que quedara uno suelto, y se lo puso en la boca sin tocarlo con los dedos. Luego encendió un fósforo con una uña. El intenso olor del humo se paseó por la habitación.

—¿No está enfermo ni nada parecido? —dijo.

—Sólo descansando. He tenido un día muy duro.

—La puerta estaba abierta. ¿Espera a alguien?

—Una prójima.

Me miró pensativo.

—Quizá no venga —dije—. Si aparece, me las apañaré para librarme de ella.

—¿Qué prójima?

—Nada más que una prójima. Si viene me libraré de ella. Prefiero hablar con usted.

Su tenue sonrisa apenas le movió la boca. Aspiró el humo torpemente, como si el cigarrillo fuese demasiado pequeño para que sus dedos lo sujetasen con comodidad.

—¿Qué le hizo pensar que yo estaba en el *Monty*? —preguntó.

—Un poli de Bay City. Es una historia larga y he dado demasiados palos de ciego.

—¿Los polis de Bay City me están buscando?

—¿Le molestaría que fuese así?

Sonrió de nuevo de la misma manera casi imperceptible. E hizo un mínimo gesto negativo con la cabeza.

—Ha matado a una mujer —dije—. Jessie Florian. Y ha sido una equivocación.

Pensó y luego asintió.

—Yo me olvidaría de eso —dijo con calma.

—Pero lo ha echado todo a perder —dije—. No le tengo miedo. Sé que no es usted un asesino. No tenía intención de matarla. Con el otro, el tipo de Central Avenue, aunque con dificultad, podría haberse arreglado. Pero aplastarle la cabeza a una mujer contra el pie de la cama es otra historia.

—Le gusta demasiado jugar con fuego, hermano —dijo sin levantar la voz.

—Teniendo en cuenta cómo me han tratado —repliqué—, ya no noto la diferencia. No era su intención matarla, ¿no es cierto?

Sus ojos se movieron inquietos. Tenía la cabeza inclinada en actitud de escuchar.

—Ya va siendo hora de que aprenda a medir su propia fuerza —dije.

—Demasiado tarde —dijo.

—Quería que Jessie Florian le contara algo —dije—. La agarró por el cuello y la zarandeó. Ya estaba muerta cuando le golpeó la cabeza contra el pie de la cama.

Se me quedó mirando.

—Sé lo que quería que le dijera —continué.

—Adelante.

—Había un poli conmigo cuando la encontramos. Tuve que decir la verdad.

—¿Cuánta verdad?

—Bastante —dije—. Pero nada sobre esto de ahora.

Me miró fijamente.

—De acuerdo, ¿cómo supo que estaba en el *Monty*? —Ya me lo había preguntado antes. Parecía haberlo olvidado.

—No lo sabía. Pero la manera más segura de escapar era hacerlo por mar. Tal como funcionan las cosas en Bay City, podía usted trasladarse a uno de los casinos flotantes. Y desde allí desaparecer. Con la ayuda adecuada.

—Laird Brunette es un buen tipo —dijo abstraídamente—. Eso he oído. No he hablado nunca con él.

—Le hizo llegar mi mensaje.

—Radio macuto funciona en todos los ambientes, socio. ¿Cuándo hacemos lo que decía usted en la tarjeta? Tuve la corazonada de que no me estaba engañando. No me hubiera arriesgado a venir aquí de lo contrario. ¿Dónde vamos?

Aplastó lo que le quedaba del cigarrillo y se me quedó mirando. Su sombra —la sombra de un gigante— ocupaba toda la pared. Malloy era tan grande que resultaba irreal.

—¿Qué le hizo pensar que yo liquidé a Jessie Florian? —preguntó de repente.

—La distancia entre las huellas de dedos que tenía en el cuello. El hecho de que había algo que usted quería que le dijera, además de que tiene la fuerza suficiente para matar a alguien sin proponérselo.

—¿También me lo ha colgado la policía?

—No lo sé.

—¿Qué quería yo de Jessie Florian?

—Usted pensaba que tal vez conociera el paradero de Velma.

Asintió en silencio y siguió mirándome.

—Pero no lo sabía —dije—. Velma era demasiado lista para ella.

Se oyeron unos suaves golpes en la puerta.

Malloy se inclinó un poco hacia adelante, sonrió y cogió la pistola. Alguien movió el tirador de la puerta. Malloy se levantó despacio, se inclinó, agachándose, y escuchó. Luego se volvió hacia mí después de mirar hacia la puerta.

Me incorporé en la cama, puse los pies en el suelo y me levanté. Malloy me miró en silencio, sin moverse en lo más mínimo. Me dirigí hacia la puerta.

—¿Quién es? —pregunté con los labios pegados a la madera.

—Abre, tonto. —No había duda de que era su voz—. Soy la duquesa de Windsor.

—Un segundo.

Me volví para mirar a Malloy. Tenía el ceño fruncido. Me acerqué mucho y le dije en voz muy baja:

—No hay otra manera de salir. Métase en el vestidor detrás de la cama y espere. Me libraré de ella.

Escuchó lo que le decía y pensó. Su expresión resultaba indescifrable. Era una persona que tenía ya muy poco que perder y que no conocería nunca el miedo, algo que no entraba en la composición de aquel cuerpo gigantesco. Asintió finalmente con un gesto, recogió sombrero y abrigo y se movió en silencio alrededor de la cama para entrar después en el vestidor. La puerta se cerró, pero dejando una mínima rendija.

Miré alrededor para comprobar que no quedaba ningún otro rastro suyo. Nada, excepto la colilla de un pitillo que podría haber fumado cualquiera. Me dirigí a la puerta del apartamento y abrí. Malloy había puesto otra vez el seguro después de entrar.

La señora Grayle sonreía a medias, con la capa de zorro blanco y cuello alto de la que me había hablado. Los pendientes de esmeraldas casi se hundían en la suave piel blanca. Sus dedos, también suaves, se curvaban sobre el bolso de noche, más bien pequeño, que llevaba en la mano.

La sonrisa se le murió en los labios al verme. Me miró de arriba abajo. En sus ojos ya no quedaba más que frialdad.

—Es éste el programa —dijo con severidad—. Pijama y bata. Para mostrarme su encantador aguafuerte. Estúpida de mí.

Me aparté y sujeté la puerta.

—No es éste el programa. Me estaba vistiendo cuando se presentó un poli. Acaba de marcharse.

—¿Randall?

Asentí. Mentir con un movimiento de cabeza sigue siendo mentir, pero es una mentira fácil. La señora Grayle vaciló un momento y luego entró, acompañada de un remolino de pieles perfumadas.

Cerré la puerta. Mi visitante cruzó despacio la habitación, mirando a la pared sin verla, y luego se dio la vuelta muy deprisa.

—Entendámonos mutuamente —dijo—. No soy tan pan comido como todo eso. No me interesan las aventuras que van directamente del vestíbulo a la cama. En otra época de mi vida tuve más de las necesarias. Ahora me gustan las cosas con cierta elegancia.

—¿No tomarás una copa antes de marcharte? —Yo seguía apoyado contra la puerta, al otro extremo de la habitación.

—¿Me voy a ir?

—He tenido la sensación de que no te gusta este sitio.

—Quería dejar las cosas claras. Y tengo que mostrarme un tanto vulgar para hacerlo. No soy una de esas hembras que se van con todos. Se me puede conseguir..., pero no basta con extender la mano. Sí, acepto una copa.

Pasé a la cocina y preparé un par de whiskis con mano no demasiado segura. Volví con ellos al dormitorio y le ofrecí uno.

No llegaba el menor ruido del vestidor, ni siquiera el de una respiración.

La señora Grayle aceptó el vaso, probó el whisky y miró más allá, a la pared del fondo.

—Me molesta que los hombres me reciban en pijama —dijo—. Es curioso. Me gustabas. Me gustabas mucho. Pero lo puedo superar. Lo he hecho con frecuencia.

Hice un gesto de asentimiento y bebí de mi vaso.

—La mayoría de los hombres no son más que animales asquerosos —dijo—. Si quieres saberlo, el mundo entero es una cosa bastante asquerosa.

—El dinero debe ayudar algo.

—Eso lo piensas cuando no siempre has tenido dinero. En realidad sólo sirve para crear nuevos problemas. —Sonrió de una manera peculiar—. Y para olvidar lo difíciles que eran los problemas antiguos.

Sacó del bolso una pitillera de oro y yo me acerqué y le ofrecí una cerilla encendida. Luego lanzó una incierta bocanada de humo y se quedó contemplándola con los ojos medio cerrados.

—Siéntate a mi lado —dijo de repente.

—Hablemos un poco antes.

—¿Sobre qué? Ah, ¿mi collar de jade?

—Sobre asesinatos.

No se produjo cambio alguno en su expresión. Lanzó otra bocanada de humo, esta vez con más cuidado, más despacio.

—Es un tema muy desagradable. ¿Tenemos que hacerlo?

Me encogí de hombros.

—Lin Marriott no era un santo —dijo—. Pero de todos modos no quiero hablar de eso.

Me miró fríamente durante un buen rato y después hundió la mano en el bolso en busca de un pañuelo.

—En mi opinión, tampoco creo que fuera confidente de una banda de ladrones de joyas —dije—. La policía finge creerlo, pero ya se sabe que los polizontes fingen una barbaridad. Ni siquiera creo que fuera chantajista, en el sentido estricto de la palabra. Curioso, ¿no es cierto?

—¿Sí? —Su voz se había vuelto más que fría, helada.

—Bueno; en realidad, no —asentí, antes de acabarme el whisky—. Ha sido muy amable al venir aquí, señora Grayle. Pero parece que el ambiente no es de lo más propicio. Ni siquiera creo, por ejemplo, que a Marriott lo matara una banda. Tampoco creo que fuese a aquel sitio tan apartado a comprar un collar de jade. Ni siquiera creo que alguien llegara a robar un collar de jade. Creo que fue a aquel sitio a que lo asesinaran, aunque pensó que iba allí para ayudar a cometer un asesinato. Pero Marriott era un asesino detestable.

La señora Grayle se inclinó un poco hacia adelante y su sonrisa se crispó un poco. De repente, sin que se produjera ningún cambio real en ella, dejó de ser hermosa. Parecía tan sólo una mujer que podría haber sido peligrosa cien años antes, y osada hacía veinte, pero que en la actualidad no pasaba de serie B hollywoodense.

No dijo nada, pero con la mano derecha tamborileaba sobre el broche del bolso.

—Un asesino deplorable —dije—. Como el Segundo Asesino de Shakespeare en aquella escena de *Ricardo III*. El tipo al que aún le quedan algunos posos de conciencia, pero sigue queriendo el dinero y al final no hace el trabajo que le han encomendado porque no acaba de decidirse. Asesinos como ése son muy peligrosos. Hay que eliminarlos..., a veces con cachiporras.

La señora Grayle sonrió.

—¿Y quién supones que se disponía a asesinar?

—A mí.

—Eso debe de ser muy difícil de creer..., que alguien te odie tanto. Y has dicho que nadie robó mi collar de jade. ¿Tienes alguna prueba de todo eso?

—No he dicho que la tuviera. Sólo he dicho que era lo que pensaba.

—Entonces, ¿por qué has sido tan estúpido como para hablar de ello?

—La prueba —dije— es siempre una cosa relativa. Es la acumulación de probabilidades lo que termina por inclinar la balanza. E incluso entonces es un problema de interpretación. Había un motivo para asesinarme, muy poca cosa:

el hecho de que estuviera tratando de localizar a una antigua cantante de tres al cuarto en el mismo momento en que un preso llamado Moose Malloy salía de la cárcel y también empezaba a buscarla. Quizá le estaba ayudando a encontrarla. Evidentemente, era posible encontrarla, de lo contrario no hubiera merecido la pena convencer a Marriott de que había que acabar conmigo y lo antes posible. Como es lógico, él no se lo hubiera creído de no ser así. Pero había un motivo mucho más importante para asesinar a Marriott, motivo que él, por vanidad o por amor o por avaricia, o una mezcla de las tres cosas, no supo valorar. Marriott tenía miedo, pero no se sentía amenazado. Tenía miedo de la violencia de la que él era parte y por la que se exponía a ser condenado. Pero, por otro lado, estaba luchando por lo que le daba de comer. De manera que se arriesgó.

Dejé de hablar.

Asintió con la cabeza y dijo:

—Muy interesante. Si una sabe de lo que estás hablando.

—Y una sabe —dije.

Nos miramos. La señora Grayle tenía otra vez la mano derecha dentro del bolso. Yo estaba bastante seguro de lo que empuñaba. Pero no había empezado aún a sacar el arma. Todos los acontecimientos requieren su tiempo.

—Dejémonos de bromas —dije—. Estamos completamente solos. Nada de lo que diga uno tiene más valor que lo que diga el otro. Nos anulamos mutuamente. Una chica que empezó en el arroyo se convirtió en esposa de un multimillonario. En su camino hacia la cumbre, una vieja venida a menos la reconoció; probablemente la oyó cantar por la radio, reconoció la voz y fue a ver..., y a aquella vieja había que tenerla callada. Pero sus apetencias eran modestas y sabía muy poco en realidad. El hombre que trataba con ella, en cambio, el que hacía los pagos mensuales, poseía un contrato fiduciario y podía echarla a la calle si causaba la menor molestia..., ese hombre lo sabía todo y era caro. Pero eso tampoco importaba, siempre que no lo supiera nadie más. Aunque algún día un tipo duro llamado Moose Malloy iba a salir de la cárcel y empezaría a enterarse de cosas acerca de su antigua amiguita. Porque el muy tonto la quería, y todavía la quiere. Eso es lo que hace que todo sea tan divertido, tan trágicamente divertido. Y por entonces también un detective privado empezó a meter la nariz en el asunto. De manera que el eslabón más débil de la cadena, Marriott, dejó de ser un lujo para convertirse en una amenaza. Si llegaban a él, se vendría abajo. Era una de esas personas. Con el calor, se derretía. Lo asesinaron antes de que pudiera derretirse. Con una cachiporra. Y lo hizo usted.

La señora Grayle se limitó a sacar la mano del bolso de noche, empuñando una pistola. Luego se limitó a apuntarme con ella y a sonreír. Yo me limité a no hacer nada.

Pero no fue aquello todo lo que pasó. Moose Malloy salió del vestidor con el Colt 45, que seguía pareciendo un juguete en su peluda manaza.

A mí no me miró en absoluto. Sólo a la señora de Lewin Lockridge Grayle. Se inclinó hacia adelante, le sonrió y le dirigió la palabra con todo el afecto del mundo.

—Me ha parecido que conocía la voz —dijo—. He pasado ocho años escuchándola..., todo lo que lograba recordar. Aunque creo que me gustaba más tu pelo cuando lo llevabas rojo. Qué tal, cariño. Mucho tiempo sin vernos.

La señora Grayle cambió la dirección de la pistola.

—Apártate de mí, hijo de la gran puta —dijo.

Malloy se detuvo en seco y bajó el brazo que empuñaba el Colt. Aún se hallaba a un metro de ella. Se respiración se hizo agitada.

—Nunca lo había pensado —dijo en voz baja—. Pero se me ha ocurrido de pronto. Fuiste tú quien me denunció a los polis. Tú. Mi pequeña Velma.

Tiré una almohada, pero no llegó a tiempo. La señora Grayle le disparó cinco veces en el estómago. Los proyectiles no hicieron más ruido que dedos al entrar en un guante.

Luego giró la pistola y disparó contra mí, pero el cargador estaba vacío. Entonces se lanzó a por el Colt de Malloy, caído en el suelo. No fallé con la segunda almohada. Y había dado la vuelta a la cama y lo había puesto fuera de su alcance antes de que se la apartara de la cara. Recogí el Colt y volví a dar la vuelta a la cama empuñándolo.

Malloy aún estaba en pie, pero se tambaleaba. Tenía la boca desencajada y movía las manos a ciegas. Luego se le doblaron las rodillas y cayó de lado sobre la cama, el rostro hacia abajo. Sus estertores llenaron la habitación.

Alcancé el teléfono antes de que la señora Grayle se moviera. Sus ojos eran de color gris mate, como agua medio helada. Corrió hacia la puerta y no traté de detenerla. La dejó completamente abierta, de manera que cuando terminé de telefonear fui a cerrarla. A Malloy le moví un poco la cabeza sobre la cama para que no se asfixiara. Seguía vivo, pero después de cinco balas en el estómago, ni siquiera un Moose Malloy vive demasiado tiempo.

Descolgué otra vez el teléfono y llamé a Randall a su casa.

—Malloy —dije—. En mi apartamento. Cinco disparos en el estómago, obra de la señora Grayle, que no se ha quedado a comprobar el daño causado. He llamado a urgencias.

—De manera que ha tenido que hacer la guerra por su cuenta —fue todo lo que dijo Randall antes de colgar.

Volví junto al herido, de rodillas ahora junto a la cama, tratando de levantarse, un revoltijo de sábanas en una mano. El sudor le caía a chorros por la cara. Parpadeaba de cuando en cuando y se le habían oscurecido los lóbulos de las orejas.

Aún seguía de rodillas y todavía trataba de levantarse cuando llegó la ambulancia. Se necesitaron cuatro personas para colocarlo en la camilla.

—Tiene una remota posibilidad..., si los proyectiles son del 25 —dijo el médico que llegó con la ambulancia—. Todo depende de lo que hayan alcanzado dentro. Pero tiene una posibilidad.

—No la querrá —dije.

Así fue. Murió aquella misma noche.

40

—Tendrías que haber organizado una cena —dijo Anne Riordan, mirándome desde el otro lado de su alfombra marrón con dibujos—. Plata y cristal resplandecientes, blanca mantelería almidonada (si es que todavía usan mantelerías en los sitios donde se dan cenas), candelabros, las damas con sus mejores joyas y los caballeros con corbata de lazo, los criados discretamente atentos con botellas de vino envueltas en servilletas, los policías un poco incómodos en sus esmóquines alquilados, como le pasaría a cualquiera, los sospechosos de sonrisas crispadas y manos inquietas, y tú, a la cabecera de una larga mesa, explicándolo todo, paso a paso, con tu encantadora sonrisa casi imperceptible y un falso acento inglés a lo Philo Vance.

—Claro —dije—. ¿Qué tal un poco de algo para tenerlo en la mano mientras te dedicas a ser inteligente?

Anne se fue a la cocina, hizo ruidos diversos, regresó con dos whiskis con mucho hielo y volvió a sentarse.

—Las facturas de licores de tus amigas deben de ser temibles —comentó antes del primer sorbo.

—Y de repente el mayordomo se desmayó —dije—. Aunque no era él el asesino. Se desmayó para llamar la atención.

Bebí parte de mi whisky.

—No era ese tipo de historia —dije—. No era ágil e inteligente, sino oscura y llena de sangre.

—¿De manera que la señora Grayle escapó?

Asentí con la cabeza.

—De momento. No ha vuelto a casa. Debía de tener un escondite donde cambiar de ropa y de aspecto. En realidad vivía en peligro, como los marineros. Estaba sola cuando vino a verme. Sin chófer. Llegó en un coche pequeño y lo dejó a unas cuantas manzanas.

—La atraparán..., si de verdad se lo proponen.

—No pienses tan mal. Wilde, el fiscal del distrito, es buena gente. Trabajé para él en otro tiempo. Pero si le echan el guante, ¿qué pasará después? Tendrán en contra a veinte millones de dólares, un rostro encantador y a Lee Farrell o a Rennenkamp. Va a ser terriblemente difícil probar que mató a Marriott. Todo lo que tiene la policía es algo que parece un motivo sólido y su vida pasada, si es que pueden rastrearla. Probablemente carece de antecedentes, porque de lo contrario hubiera jugado sus cartas de otra forma.

—¿Y Malloy? Si me hubieras hablado antes de él, habría sabido de inmediato quién era ella. Por cierto, ¿cómo lo supiste tú? Esas dos fotos no son de la misma mujer.

—No. Ni siquiera estoy seguro de que la vieja señora Florian supiera que le habían dado el cambiazo. Pareció más bien sorprendida cuando le puse la foto (la que tenía escrito Velma Valento) delante de las narices. Pero puede que lo supiera. O tal vez la escondió con la idea de vendérmela más adelante, sabiendo que era inofensiva, que se trataba de la foto de otra chica que le había proporcionado Marriott.

—Todo eso no son más que suposiciones.

—Tenía que ser así. Del mismo modo que cuando Marriott me llamó y me contó toda una novela sobre el pago para rescatar unas joyas, el motivo era que yo había ido a ver a la señora Florian preguntándole por Velma. Y a Marriott lo mataron porque era el eslabón más débil de la cadena. La señora Florian ni siquiera sabía que Velma se había convertido en esposa de Lewin Lockridge Grayle. No es posible. Compraron su silencio por muy poco dinero. Grayle dice que fueron a Europa a casarse y que ella contrajo matrimonio con su verdadero nombre. No ha querido decir ni dónde ni cuándo. Tampoco cuenta cuál era su verdadero nombre. Ni dónde está ahora. A mí me parece que no lo sabe, pero la policía no se lo cree.

—¿Por qué tendría que ocultarlo? —Anne Riordan apoyó la barbilla en las manos entrelazadas y me miró fijamente con ojos ensombrecidos.

—Está tan loco por ella que no le importa en qué regazo se siente.

—Espero que disfrutara sentándose en el tuyo —dijo Anne Riordan con entonación mordaz.

—Jugaba conmigo. Me tenía un poquito de miedo. No quería matarme porque es mal negocio liquidar a alguien que es algo así como un policía. Pero probablemente lo hubiera intentado al final, como también hubiera acabado con Jessie Florian si Malloy no le hubiera evitado la molestia.

—Apuesto a que es bien divertido que jueguen con uno rubias despampanantes —dijo Anne Riordan—. Incluso aunque se corra algún riesgo. Como, imagino, sucede de ordinario.

Yo no dije nada.

—Supongo que no podrán hacerle nada por matar a Malloy, puesto que empuñaba un arma.

—No. No con las influencias que tiene.

Los ojos con motas doradas me estudiaron solemnemente.

—¿Crees que tenía intención de matar a Malloy?

—Le tenía miedo —dije—. Lo había denunciado ocho años antes. Malloy acabó por darse cuenta. Pero no le hubiera hecho daño. También él estaba enamorado de Velma Valento. Sí, creo que estaba dispuesta a matar a todos los que hiciera falta. Era mucho lo que tenía que defender. Pero no se puede seguir haciendo una cosa así indefinidamente. Disparó contra mí en mi apartamento, pero no le quedaban proyectiles. Tendría que haberme matado cuando acabó con Marriott.

—Estaba enamorado de ella —dijo Anne casi con dulzura—. Me refiero a Malloy. No le importó que llevara seis años sin escribirle ni que no hubiera ido a verlo mientras estuvo en la cárcel. Tampoco le importó que lo hubiera denunciado para cobrar la recompensa. Se compró ropa de buena calidad y lo primero que hizo al salir de la cárcel fue ponerse a buscarla. De manera que ella le metió cinco balas en el cuerpo a manera de saludo. Él, por su parte, había matado a dos personas, pero estaba enamorado de ella. ¡Qué mundo!

Acabé mi whisky y puse otra vez cara de sed. No me hizo caso.

—Y tuvo que decirle a Grayle de dónde había salido y tampoco a él le importó. Se marchó al extranjero para casarse con ella utilizando otro nombre y vendió la emisora de radio para romper todo contacto con cualquiera que pudiese conocerla y le dio todo lo que se puede comprar con dinero y ella le dio..., ¿qué le dio?

—Eso es difícil de decir. —Agité los cubos de hielo en el fondo del vaso, pero tampoco me sirvió de nada—. Imagino que le dio algo así como la satisfacción de que un hombre más bien mayor tuviera una mujer joven, hermosa y elegante. La quería. ¿Para qué demonios estamos hablando de eso? Cosas así suceden todo el tiempo. Daba lo mismo lo que hiciera o con quién tuviera líos o lo que hubiera sido en otro tiempo. La quería.

—Como Moose Malloy —dijo Anne sin alzar la voz.

—Salgamos a dar un paseo en coche por la orilla del mar.

—No me has dicho nada de Brunette ni de las tarjetas que había dentro de aquellos porros, ni de Amthor ni del doctor Sonderborg ni de aquella pista insignificante que te puso en el camino de la gran solución.

—Le di una de mis tarjetas a la señora Florian, y ella le puso encima un vaso que estaba mojado. Una tarjeta así apareció en los bolsillos de Marriott, señal de vaso incluida. Marriott no era una persona descuidada. Eso era una pista, si se le puede llamar así. Una vez que sospechas algo es fácil descubrir otros vínculos, como que Marriott poseía un contrato fiduciario sobre la casa de la señora Florian, con la finalidad evidente de tenerla controlada. En lo referente a Amthor, es un tipo de cuidado. Lo han localizado en un hotel de Nueva York y dicen que es un estafador internacional. Scotland Yard tiene sus huellas y también están en la Sureté de París. Cómo demonios han conseguido todo eso desde ayer o anteayer es algo que ignoro. Esos muchachos trabajan deprisa cuando les da por ahí. Creo que Randall lo había preparado todo desde hace días y temía que yo metiera la pata. Pero Amthor no estaba relacionado con el asesinato de nadie. Ni tampoco con Sonderborg, a quien siguen sin encontrar. Creen que tiene antecedentes, pero no estarán seguros hasta que le echen el guante. En cuanto a Brunette, no se puede probar nada contra un tipo como él. Pueden llevarlo ante un jurado de acusación y negarse él a hablar, basándose en sus derechos constitucionales. No tiene que preocuparse por su reputación. Pero aquí en Bay City están llevando a cabo una agradable reorganización. Han puesto al jefe de patitas en la calle, la mitad de los detectives han sido degradados a simples policías en funciones y un tipo estupendo llamado Red Norgaard, que me ayudó a entrar en el *Montecito*, ha recuperado su puesto. Es el alcalde quien está haciendo todo esto, y se cambia de pantalones cada hora mientras dura la crisis.

—¿Por qué tienes que decir cosas como ésa?

—El toque a lo Shakespeare. Vayámonos a dar ese paseo en coche. Después del último whisky.

—Puedes beberte el mío —dijo Anne Riordan; levantándose, me ofreció su vaso, que no había tocado. Se quedó delante de mí sosteniéndolo, los ojos muy abiertos y un poco asustados.

—Eres tan maravilloso —dijo—. Tan valiente, tan decidido, y trabajas por tan poco dinero. Todo el mundo te golpea en la cabeza y te estrangula y te machaca la mandíbula y te atiborra de morfina, pero tú sigues adelante con la cabeza baja hasta que los destrozas a todos. ¿Qué es lo que te hace ser tan maravilloso?

—Sigue —gruñí—. Pide por esa boca.

Anne Riordan dijo con aire pensativo:

—¡Me gustaría que me besaran, maldita sea!

41

Se necesitaron tres meses para encontrar a Velma. Insistieron en no creerse que Grayle no sabía dónde estaba y que no la había ayudado a escapar. De manera que todos los policías y cazanoticias del país buscaron en todos los sitios donde el dinero podía tenerla escondida. Y no era el dinero lo que la escondía. Aunque una vez que se supo lo que había hecho, todo el mundo pensó que la cosa saltaba a la vista.

Cierta noche, un detective de Baltimore con memoria fotográfica, que es una cosa tan poco frecuente como una cebra de color rosa, entró por casualidad en un club nocturno, y escuchó a la orquesta y a su vocalista —intérprete de canciones románticas—, guapa, cabellos y cejas de color azabache, que cantaba como si se creyera lo que decía. Algo de aquel rostro despertó un eco, y aquel eco siguió sonando después.

El detective regresó a jefatura, sacó el fichero de los delincuentes buscados y empezó a repasar el montón de expedientes. Cuando llegó a la que le interesaba la estuvo mirando mucho tiempo. Luego se enderezó el jipijapa, volvió al club nocturno y localizó al encargado. Juntos se dirigieron a los camerinos situados detrás del escenario. El encargado llamó a una de las puertas. No estaba cerrada. El detective apartó a su acompañante, entró en el camerino y echó el pestillo.

Debió de advertir el olor a marihuana, porque era eso lo que ella estaba fumando, pero en aquel momento no le prestó atención. La vocalista, sentada delante de un espejo de tres cuerpos, examinaba las raíces de sus cabellos y de sus cejas, que no eran pintadas. El detective cruzó el camerino sonriendo y le presentó el boletín de búsqueda y captura.

La cantante debió de mirar la fotografía del boletín casi tanto tiempo como el detective en jefatura. Se podía pensar en muchas cosas mientras ella contemplaba aquella imagen. El policía se sentó, cruzó las piernas y encendió un cigarrillo. Tenía buen ojo, pero se había especializado en exceso. No sabía lo bastante acerca de las mujeres.

Finalmente ella se rió un poco y dijo:

—Eres un chico listo, piesplanos. Pensaba tener una voz que la gente recordaría. Un amigo me reconoció hace tiempo oyéndola por la radio. Pero llevo un mes cantando con esta orquesta (y dos veces a la semana por la radio) y nadie se ha parado a pensar.

—Yo no había oído nunca su voz —dijo el detective sin dejar de sonreír.

—Supongo que no será posible que lleguemos a un acuerdo —dijo ella—. No sé si lo sabes, pero hay mucho dinero de por medio si lo llevas bien.

—Conmigo no —respondió el otro—. Lo siento.

—Salgamos en ese caso —dijo ella, poniéndose en pie. Recogió el bolso y el abrigo que colgaba de una percha. Se acercó al detective sosteniendo el abrigo para que pudiera ayudarla a ponérselo. El otro se levantó y le sostuvo el abrigo como un caballero.

Velma se volvió, sacó una pistola del bolso y le disparó tres veces a través del abrigo.

Le quedaban dos proyectiles cuando rompieron la puerta para entrar. Pero sólo les dio tiempo a cruzar la mitad del camerino antes de usarlos. Utilizó los dos, aunque el segundo disparo debió de ser un simple reflejo. La sujetaron antes de que cayera al suelo, pero la cabeza le colgaba ya como un trapo.

—El detective vivió hasta el día siguiente —dijo Randall, al contarme lo sucedido—. Habló cuando le fue posible. Por eso disponemos de la información. No entiendo cómo pudo descuidarse tanto, a no ser que en realidad estuviera pensando en dejarse convencer y llegar a algún tipo de acuerdo. Quizá eso le impidió ver claro. Pero no me gusta pensar en esa posibilidad, por supuesto.

Le contesté que suponía que existía esa posibilidad.

—La señora Grayle se atravesó el corazón..., dos veces —dijo Randall—. Y he conocido a expertos que afirmaban ante un tribunal que eso no es posible, aunque yo he sabido siempre que sí. ¿Y sabe usted otra cosa?

—¿Qué?

—Hizo una tontería matando a ese detective. Nunca la habríamos condenado, no con su belleza y el dinero de su marido y la historia de mujer perseguida que esos tipos que cobran un dineral acabarían montando. Pobre muchachita del arroyo llega a ser la esposa de un hombre rico y los buitres con los que antes se trataba no la dejan en paz. Ese tipo de cosas. Rennenkamp habría presentado ante el tribunal a media docena de decrépitas artistas de *varietés* para confesar entre gemidos que la habían chantajeado durante años, y lo habría hecho de manera que nosotros no pudiéramos acusarlas de nada al mismo tiempo que el jurado se tragaba el anzuelo. Hizo una cosa inteligente cuando se escapó por su cuenta y dejó a Grayle fuera de todo este asunto, pero aún hubiera sido más inteligente volver a casa cuando la atraparon.

—Ah. ¿De manera que ahora cree usted que dejó a Grayle al margen? —pregunté.

Asintió con la cabeza.

—¿Cree que tenía algún motivo particular para hacerlo? —quise saber.

Se me quedó mirando.

—Estoy dispuesto a creérmelo, sea lo que sea.

—Era una asesina —dije—. Y aunque Malloy también lo era, estaba muy lejos de ser un completo canalla. Quizá el detective de Baltimore no era tan honesto como dice el informe. Quizá Velma vio una posibilidad..., no de escapar..., estaba cansada de esconderse para entonces..., pero sí de portarse bien con el único hombre que de verdad se había portado bien con ella.

Randall se me quedó mirando con la boca abierta y la incredulidad en la mirada.

—Caramba, no tenía por qué disparar contra un policía para hacer eso —dijo.

—No estoy diciendo que fuera una santa; ni siquiera medio buena. Ni hablar. No pensó en suicidarse hasta que se vio acorralada. Pero lo que hizo, y la manera en que lo hizo, impidió que volviera aquí para ser juzgada. Piense en ello un momento. ¿A quién le iba a hacer más daño ese proceso? ¿Quién sería el menos capaz de soportarlo? Y tanto si ganaba, como si perdía o hacía tablas, ¿quién iba a pagar el precio más alto por el espectáculo? Un anciano que no había amado con mucha prudencia, pero sí con todo su ser.

—Demasiado sentimental —dijo Randall con voz cortante.

—Claro. Eso era lo que estaba pareciendo mientras lo decía. Probablemente todo es una equivocación en cualquier caso. Hasta la vista. ¿Volvió aquí mi bicho de color rosa?

Randall no supo de qué demonios le estaba hablando.

Descendí en el ascensor hasta la altura de la calle y bajé por los escalones del ayuntamiento. Era un día fresco y la atmósfera tenía una gran transparencia. Se veía hasta muy lejos..., pero no tan lejos como había ido Velma.

LA VENTANA ALTA

TRADUCCIÓN DE JUAN MANUEL IBEAS DELGADO

1

La casa estaba en la avenida Dresden, en la zona de Oak Knoll de Pasadena, una casa grande, sólida, de aspecto tranquilo, con muros de ladrillo color borgoña, tejas de terracota y adornos de piedra blanca. Las ventanas de abajo de la fachada delantera estaban emplomadas. Las de la planta alta eran del tipo casa rural y tenían a su alrededor montones de adornos de piedra de estilo rococó de imitación.

A partir de la fachada principal y los arbustos en flor que la acompañaban se extendía como un cuarto de hectárea de cuidado césped verde, que llegaba en suave pendiente hasta la calzada, encontrando a su paso un enorme cedro de la India y fluyendo a su alrededor como una fresca marea verde en torno a una roca. La acera y la mediana de la avenida eran muy anchas, y en ésta había tres acacias blancas que eran dignas de admiración. Había un fuerte aroma a verano aquella mañana, y todo lo que crecía estaba perfectamente inmóvil en ese aire sofocante que tienen por allí cuando hace lo que llaman un día agradable y fresquito.

Lo único que sabía de aquella gente era que se trataba de una tal señora Elizabeth Bright Murdock y familia, y que dicha señora quería contratar a un detective privado bueno y limpio, que no tirara al suelo la ceniza del puro y que nunca llevara más de una pistola. También sabía que era la viuda de un viejo imbécil con patillas llamado Jasper Murdock, que había ganado un montón de dinero en pro de la comunidad y cuya foto salía todos los años en el periódico de Pasadena, el día de su aniversario, con las fechas de su nacimiento y su muerte y la leyenda «Una vida al servicio de los ciudadanos».

Dejé mi coche en la calle, caminé sobre unas cuantas docenas de piedras planas incrustadas en el verde césped y toqué el timbre que había en el pórtico de ladrillo, bajo un tejadillo picudo. Una tapia baja de ladrillo rojo se extendía paralela a la fachada de la casa, cubriendo la corta distancia desde la puerta al borde de la entrada para coches. Al final del sendero, sobre un bloque de hormigón, había un negrito pintado, con pantalones blancos de montar, chaquetilla verde y gorra roja. Empuñaba una fusta, y en el bloque que tenía a sus pies había una argolla de hierro. Parecía un poco triste, como si llevara mucho tiempo esperando allí y empezara a perder las esperanzas. Me acerqué y le di una palmadita en la cabeza mientras esperaba a que alguien abriera la puerta.

Al cabo de un rato, una mujer madura y avinagrada con uniforme de doncella abrió la puerta principal aproximadamente un palmo y me lanzó una mirada suspicaz con ojos chispeantes.

—Philip Marlowe —dije—. Vengo a ver a la señora Murdock. Tengo cita.

La madura avinagrada hizo rechinar los dientes, cerró los ojos de golpe, los abrió también de golpe y preguntó, con una de esas voces duras y angulosas, como de pionero:

—¿A cuál?

—¿Eh?

—¿Que a cuál señora Murdock? —dijo casi a gritos.

—A la señora Elizabeth Bright Murdock —dije—. No sabía que hubiera más de una.

—Pues sí —dijo en tono cortante—. ¿Tiene tarjeta?

Seguía con la puerta abierta un palmo escaso. Asomó por la abertura la punta de la nariz y una mano delgada y musculosa. Saqué mi cartera, cogí una de las tarjetas que sólo llevan mi nombre y se la puse en la mano. La mano y la nariz volvieron a entrar y la puerta se cerró de golpe en mis narices.

Pensé que tal vez tendría que haber llamado a la puerta de servicio. Volví a acercarme al negrito y le di otra palmadita en la cabeza.

—Hermano —dije—. Ya somos dos.

Pasó el tiempo, bastante tiempo. Me puse un cigarrillo en la boca, pero no lo encendí. Pasó el Hombre de los Helados en su carrito azul y blanco, haciendo sonar «El pavo en la paja» en su caja de música. Una enorme mariposa negra y dorada llegó revoloteando y se posó en una hortensia que casi me rozaba el codo. Movió despacio las alas arriba y abajo unas cuantas veces, y después despegó lentamente y se alejó tambaleante a través del aire inmóvil, caliente y aromático.

La puerta principal volvió a abrirse. La avinagrada dijo:

—Por aquí.

Entré. La habitación que había tras la puerta era grande y cuadrada, estaba a un nivel más bajo, era fresca, y tenía la atmósfera reposada de una capilla funeraria y hasta un olor parecido. Tapices en las rugosas paredes blancas de estuco, rejas de hierro imitando balcones en las altas ventanas laterales, sillas de madera muy tallada con asientos de felpa, respaldos tapizados y borlas doradas y deslustradas colgando a los lados. Al fondo, una vidriera del tamaño de una pista de tenis. Debajo, una puerta doble acristalada, con cortinas. Una habitación vieja, anticuada, conservadora, pulcra y triste. Daba la impresión de que nadie se había sentado nunca en ella, y que a nadie le apetecería hacerlo jamás. Mesas con tableros de mármol y patas retorcidas, relojes dorados, figuritas de mármol de dos colores. Un montón de quincalla, que se tardaría una semana en quitarle el polvo. Un montón de dinero, y todo malgastado. Treinta años antes, en la ciudad próspera, provinciana y discreta que era entonces Pasadena, debía de haber parecido toda una señora habitación.

La dejamos atrás, recorrimos un pasillo y, al cabo de un rato, la avinagrada abrió una puerta y me hizo un gesto para que entrara.

—El señor Marlowe —dijo a través de la puerta con voz desagradable, y se marchó rechinando los dientes.

2

Era una habitación pequeña, que daba al jardín trasero. Tenía una alfombra roja y marrón muy fea y estaba amueblada como un despacho. Contenía todo lo que uno espera encontrar en un despacho pequeño. Una chica rubita y delgada, de aspecto frágil y con gafas de concha, estaba sentada ante un escritorio con una máquina de escribir en un tablero accesorio que salía a su izquierda. Tenía las manos sobre las teclas, pero no había papel en la máquina. Me miró entrar en la habitación con la expresión rígida y medio atontada de una persona apocada que posa para una foto. Con una voz clara y suave, me pidió que me sentara.

—Soy la señorita Davis, la secretaria de la señora Murdock. Quiere que le pida algunas referencias.

—¿Referencias?

—Pues claro. Referencias. ¿Le extraña?

Dejé el sombrero sobre su escritorio y puse el cigarrillo sin encender en el ala.

—No me diga que me ha hecho llamar sin saber nada de mí.

Le empezó a temblar un labio y se lo mordió. Yo no sabía si estaba asustada o molesta, o si simplemente le costaba trabajo parecer fría y eficiente. Pero no parecía estar a gusto.

—Le dio su nombre el gerente de una sucursal del Banco de Seguridad de California. Pero él no le conoce a usted personalmente —dijo.

—Prepare el lápiz —dije.

Lo levantó para enseñarme que lo tenía recién afilado y listo para entrar en acción.

—En primer lugar —dije—, uno de los vicepresidentes de ese mismo banco, George S. Leake. Está en la oficina central. Después, el senador del estado Huston Oglethorpe. Puede que esté en Sacramento, o en su despacho del State Building, en Los Ángeles. Además, Sidney Dreyfus, hijo, del bufete de Dreyfus, Turner & Swayne, en el edificio de Seguros sobre la Propiedad. ¿Lo tiene ya?

Escribía con rapidez y soltura. Asintió sin levantar la mirada. La luz bailaba en sus cabellos rubios.

—Oliver Fry, de la Fry-Kantz Corporation, maquinaria para pozos de petróleo. Están en la Novena Este, en el distrito industrial. Además, por si quiere un par de polis, Bernard Ohls, de la oficina del fiscal del distrito, y el teniente Carl Randall, de la Brigada Central de Homicidios. ¿Le parece que eso será suficiente?

—No se burle de mí —dijo—. Yo sólo hago lo que me ordenan.

—A los dos últimos, es mejor que no los llame, a menos que sepa en qué consiste el trabajo —dije—. Y no me burlo de usted. Hace calor, ¿verdad?

—Para Pasadena, esto no es calor —dijo, poniendo la guía de teléfonos sobre el escritorio y metiéndose en faena.

Mientras ella buscaba los números y telefoneaba a unos y a otros, yo la observé bien. Era pálida, con una palidez que parecía natural, y se la veía bastante sana. Su áspero cabello rubio cobrizo no era feo en sí mismo, pero lo llevaba peinado hacia atrás, tan aplastado sobre la estrecha cabeza que casi no daba la impresión de ser pelo. Tenía las cejas finas y sorprendentemente rectas, más oscuras que el pelo, casi de color castaño. Las ventanas de la nariz tenían el aspecto blanquecino propio de una persona anémica. La barbilla era demasiado pequeña, demasiado puntiaguda, y parecía inestable. No llevaba maquillaje, con excepción de un tono rojo anaranjado en los labios, y no mucho. Detrás de las gafas tenía unos ojos muy grandes, de color azul cobalto, con el iris enorme y una expresión imprecisa. Los párpados eran tirantes, de modo que los ojos tenían un aire ligeramente oriental, como si la piel de la cara estuviera tan tensa que tirara de los ojos por las comisuras. Toda la cara tenía una especie de encanto neurótico desentonado, que sólo necesitaba un maquillaje bien pensado para resultar llamativo.

Llevaba un vestido de lino de una pieza, de manga corta y sin adornos de ningún tipo. Los brazos desnudos tenían pelusilla y unas cuantas pecas.

No presté mucha atención a lo que decía por teléfono. Lo que le decían a ella lo apuntaba en taquigrafía, manejando el lápiz con destreza y soltura. Cuando terminó, colgó la guía telefónica de un gancho, se puso en pie, se alisó el vestido de lino sobre los muslos y dijo:

—Si hace el favor de esperar un momento...

Y se dirigió a la puerta.

A medio camino se volvió y cerró uno de los cajones superiores de su escritorio. Salió. Todo quedó en silencio. Por fuera de la ventana, zumbaban las abejas. A lo lejos se oía el pitido de un aspirador. Recogí el cigarrillo sin encender que había dejado en el sombrero, me lo coloqué entre los labios y me puse en pie. Pasé al otro lado del escritorio y abrí el cajón que ella había vuelto para cerrar. No era asunto mío. Sólo pura curiosidad. No era asunto mío que tuviera una pequeña automática Colt en el cajón. Lo cerré y volví a sentarme.

Estuvo fuera unos cuatro minutos. Abrió la puerta, se quedó en ella y dijo:

—La señora Murdock le recibirá ahora.

Recorrimos algo más de pasillo y ella abrió la mitad de una puerta doble de cristales y se quedó a un lado. Entré y la puerta se cerró detrás de mí.

Aquello estaba tan oscuro que al principio no vi nada, aparte de la luz del exterior que se colaba a través de densos arbustos y persianas. Después vi que la habitación era una especie de solana completamente tapada por las plantas que crecían fuera. Estaba equipada con esteras y muebles de mimbre. Junto a la ventana había una tumbona de mimbre, con el respaldo curvo y cojines suficientes para rellenar un elefante, y en ella estaba recostada una mujer con un vaso de vino en la mano. Olí el penetrante aroma alcohólico del vino antes de verla bien a ella. Después, mis ojos se fueron acostumbrando a la luz y pude verla.

Tenía mucha cara y mucha barbilla. El pelo, de color peltre, sometido a una despiadada permanente. Pico largo y duro, y unos ojos grandes y húmedos con una expresión tan simpática como la de dos piedras mojadas. Llevaba encajes en el cuello, pero era la clase de cuello que habría quedado mejor dentro de una camiseta de futbolista. Vestía un vestido de seda grisáceo. Los gruesos brazos estaban desnudos y moteados. Pendientes de azabache en las orejas. A su lado tenía una mesita con tablero de cristal, y sobre la mesa una botella de oporto. Tomó un sorbito del vaso que tenía en la mano y me miró de arriba abajo sin decir nada.

Me quedé allí plantado. Ella me dejó de pie mientras se terminaba el oporto del vaso, dejaba el vaso en la mesa y lo volvía a llenar. Luego se dio un toque en los labios con un pañuelo. Y por fin habló. Su voz tenía un tono duro de barítono, y sonaba como quien no admite ningún tipo de tonterías.

—Siéntese, señor Marlowe. Por favor, no encienda ese cigarrillo. Soy asmática.

Me senté en una mecedora de mimbre y me metí el cigarrillo, todavía sin encender, detrás del pañuelo de mi bolsillo de pecho.

—Nunca he tenido tratos con detectives privados, señor Marlowe. No sé nada sobre ellos. Sus referencias parecen satisfactorias. ¿Cuáles son sus tarifas?

—¿Por hacer qué, señora Murdock?

—Es un asunto muy confidencial, naturalmente. No tiene nada que ver con la policía. Si fuera asunto de la policía, la habría llamado.

—Cobro veinticinco dólares al día, señora Murdock. Más los gastos, claro.

—Me parece mucho. Debe de ganar usted mucho dinero.

Bebió un poco más de oporto. A mí no me gusta el oporto cuando hace calor, pero me gusta que me den la oportunidad de rechazarlo.

—No —dije—. No es mucho. Claro que se pueden encontrar detectives que trabajen a cualquier precio..., como los abogados, o como los dentistas. Yo no tengo una agencia. Soy sólo uno, y trabajo sólo en un caso cada vez. Corro riesgos, a veces riesgos muy grandes, y no siempre tengo trabajo. No, no me parece que veinticinco dólares al día sean demasiado.

—Ya veo. ¿Y en qué consisten esos gastos?

—Cosillas que van saliendo por aquí y por allá. Nunca se sabe.

—A mí me gustaría saberlo —dijo en tono mordaz.

—Lo sabrá —dije yo—. Lo tendrá todo por escrito. Podrá reclamar si no le gusta.

—¿Y cuánto espera cobrar de anticipo?

—Con cien dólares me apañaría —dije.

—Espero que sí —dijo, terminándose su oporto y llenando de nuevo el vaso sin esperar siquiera a haberse limpiado los labios.

—Tratándose de una persona de su posición, señora Murdock, no es imprescindible que me dé un anticipo.

—Señor Marlowe —dijo—, soy una mujer de carácter fuerte. Pero no permita que yo le asuste, porque si se deja asustar por mí, no me va a servir de mucho.

Asentí y dejé que la marea se llevara su comentario.

De pronto se echó a reír y después eructó. Fue un bonito eructo, ligero y nada ostentoso, ejecutado con soltura y despreocupación.

—El asma —dijo, sin darle importancia—. Bebo este vino como medicina. Por eso no le he ofrecido.

Crucé las piernas, confiando en que aquello no le sentara mal a su asma.

—En realidad —dijo—, el dinero no tiene mucha importancia. A una mujer de mi posición siempre le cobran de más, y una llega a acostumbrarse. Espero que valga usted lo que cobra. La situación es ésta: me han robado algo de considerable valor. Quiero recuperarlo, pero quiero algo más. No quiero que se detenga a nadie. El caso es que el ladrón es un miembro de mi familia... por matrimonio.

Dio vueltas al vaso de vino con sus gruesos dedos y sonrió desmayadamente en la penumbra de la sombría habitación.

—Mi nuera —dijo—. Una chica encantadora..., dura como una tabla de roble.

Me miró con un brillo repentino en los ojos.

—Tengo un hijo que es un maldito idiota —continuó—. Pero le quiero mucho. Hace como un año se casó a lo tonto, sin mi consentimiento. Fue una idiotez por su parte, porque es incapaz de ganarse la vida y no tiene más dinero que el que yo le doy, y no soy generosa con el dinero. La chica que eligió, o que le eligió a él, era una cantante de club nocturno. Responde al apropiado nombre de Linda Conquest. Han estado viviendo aquí, en esta casa. No nos hemos peleado porque yo no permito que nadie se pelee conmigo en mi casa, pero no nos hemos llevado bien. Les he pagado sus gastos, les he comprado un coche a cada uno, le he dado a la chica una asignación suficiente aunque no exagerada para ropa y cosas así. Estoy segura de que la vida aquí le resultaba bastante aburrida. Seguro que mi hijo le parecía aburrido. Hasta a mí me parece aburrido. Bueno, el caso es que se marchó de repente, hace una semana o así, sin dejar ninguna dirección y sin despedirse.

Tosió, buscó desmañadamente un pañuelo y se sonó la nariz.

—Lo que se llevó —continuó— fue una moneda. Una moneda rara de oro, que se llama un doblón Brasher. Era el orgullo de la colección de mi marido. A mí me tienen sin cuidado esas cosas, pero a él le importaban. He mantenido intacta su colección desde que él murió, hace cuatro años. Está arriba, en una habitación cerrada a prueba de incendios, en una serie de cajas a prueba de incendios. Está asegurada, pero aún no he informado de la pérdida. No quiero hacerlo, si es posible evitarlo. Estoy segura de que Linda se lo llevó. Dicen que la moneda vale más de diez mil dólares. Es un ejemplar en condición impecable.

—Pero muy difícil de vender —dije yo.

—Puede ser. No lo sé. No eché en falta la moneda hasta ayer. Y no la habría echado en falta, porque nunca me acerco a la colección, de no ser porque llamó un hombre de Los Ángeles llamado Morningstar, que dijo que se dedicaba a esto y preguntó si el Brasher de Murdock, como él lo llamó, estaba en venta. Fue mi hijo el que contestó la llamada. Dijo que no creía que estuviera en venta, que nunca lo había estado, pero que si el señor Morningstar llamaba en otro momento, probablemente podría hablar conmigo. En aquel momento no podía ser, porque yo estaba descansando. El hombre dijo que llamaría. Mi hijo le contó la conversación a la señorita Davis, y ella me informó a mí. Le dije que llamara a ese hombre. Sentía una cierta curiosidad.

Sorbió un poco más de oporto, hizo ondear su pañuelo y gruñó.

—¿Por qué sentía curiosidad, señora Murdock? —pregunté, sólo por decir algo.

—Si el hombre era un numismático de cierto prestigio, tendría que saber que la moneda no estaba en venta. Mi marido, Jasper Murdock, dejó estipulado en su testamento que ninguna pieza de su colección podía venderse, empeñarse o hipotecarse mientras yo viviera. Tampoco se pueden sacar de esta casa, a menos que la casa sufra daños que justifiquen el traslado, y eso sólo con permiso de los albaceas. Por lo visto —sonrió con una falsa sonrisa—, mi marido opinaba que debí haber prestado más atención a sus piececitas de metal mientras él estaba vivo.

Fuera hacía un día estupendo; el sol brillaba, las flores se abrían, los pajaritos cantaban. Por la calle pasaban coches con un sonido lejano y agradable. En la habitación en penumbra, con aquella mujer de rostro pétreo y aquel olor a vino, todo parecía un poco irreal. Balanceé el pie por encima de la rodilla y aguardé.

—Hablé con el señor Morningstar. Su nombre completo es Elisha Morningstar, y tiene su despacho en el edificio Belfont, en la calle Nueve, en el centro de Los Ángeles. Le dije que la colección Murdock no estaba en venta, que nunca lo había estado y que, si de mí dependía, nunca lo estaría, y que me extrañaba que él no lo supiera. Soltó unas tosecitas y después me preguntó si podía examinar la moneda. Le dije que desde luego que no. Me dio las gracias con bastante sequedad y colgó. Tenía voz de viejo. Así que fui arriba a mirar yo misma la moneda, cosa que no había hecho desde hace un año. Había desaparecido de su sitio en una de las cajas cerradas y a prueba de incendios.

No dije nada. Ella volvió a llenar su vaso y tamborileó con sus gruesos dedos en el brazo de la tumbona.

—Supongo que se imaginará lo que pensé entonces.

—La parte referente al señor Morningstar, tal vez —dije—. Alguien le había ofrecido venderle la moneda y él sabía o sospechaba de dónde procedía. Debe de ser una moneda muy rara.

—Lo que llaman un ejemplar en perfectas condiciones, sí, es muy raro. Sí, yo pensé lo mismo.

—¿Cómo pudieron robarla? —pregunté.

—Cualquiera de la casa pudo hacerlo, con mucha facilidad. Las llaves están en mi bolso y yo dejo el bolso en cualquier parte. Sería facilísimo coger las llaves el tiempo suficiente para abrir una puerta y una vitrina, y después devolver las llaves. A uno de fuera le resultaría difícil, pero cualquiera de la casa pudo haberla robado.

—Ya veo. ¿Cómo sabe que se la llevó su nuera, señora Murdock?

—No lo sé..., en el sentido estricto de tener pruebas. Pero estoy bastante segura de ello. Las sirvientas son tres mujeres que llevan aquí muchísimos años..., desde mucho antes de que yo me casara con el señor Murdock, que fue hace sólo siete años. El jardinero nunca entra en la casa. No tengo chófer, porque me llevan mi hijo o mi secretaria. Mi hijo no la cogió; primero, porque no es tan idiota como para robarle a su madre, y segundo, porque si la hubiera cogido él, podría haber impedido fácilmente que yo hablara con ese numismático, el señor Morningstar. La señorita Davis... Ridículo. No es de esa clase, en absoluto. Demasiado timorata. No, señor Marlowe, Linda es la clase de mujer que se la llevaría sólo por fastidiar, aunque no tuviera otro motivo. Ya sabe usted cómo es esa gente de los clubes nocturnos.

—Hay de todo..., como entre la demás gente —dije—. Supongo que no hay huellas del ladrón. Para llevarse una sola moneda valiosa tendría que ser un especialista muy fino, así que no las habrá. De todas maneras, sería mejor que le echara un vistazo a la habitación.

Me apuntó con la barbilla y los músculos de su cuello formaron bultos duros.

—Ya le he dicho, señor Marlowe, que el doblón Brasher se lo llevó la señora de Leslie Murdock, mi nuera.

La miré fijamente y ella me devolvió la mirada fija. Sus ojos eran tan duros como los ladrillos de la fachada de la casa. Me encogí de hombros para quitarme de encima la mirada y dije:

—Suponiendo que sea así, señora Murdock, ¿qué quiere usted que haga?

—En primer lugar, quiero recuperar la moneda. En segundo lugar, quiero un divorcio sin problemas para mi hijo. Y no tengo intención de pagar por él. Me atrevería a decir que usted sabe cómo manejar estos asuntos.

Se terminó la correspondiente entrega de oporto y soltó una risa ordinaria.

—Algo he oído —dije—. Dice usted que la señora no dejó ninguna dirección. ¿Eso significa que no tiene usted ni idea de adónde ha ido?

—Exacto.

—Entonces, es una desaparición. Puede que su hijo tenga alguna idea que no le ha comunicado a usted. Tendré que hablar con él.

La cara grande y gris se endureció, formando líneas aún más duras.

—Mi hijo no sabe nada. Ni siquiera sabe que han robado el doblón. Y no quiero que sepa nada. Cuando llegue el momento, ya me ocuparé de él. Hasta entonces, quiero que lo dejen en paz. Hará exactamente lo que yo quiera que haga.

—No siempre lo ha hecho —dije.

—Lo de su boda —dijo en tono desagradable— fue un impulso momentáneo. Después de eso, ha procurado portarse como un caballero. Yo no tengo tantos escrúpulos.

—En California se tardan tres días en tener ese tipo de impulso momentáneo, señora Murdock.

—Joven, ¿quiere usted este trabajo o no?

—Lo quiero si se me cuentan los hechos y se me deja que lleve el caso como yo juzgue conveniente. No lo quiero si va usted a imponer un montón de normas y reglas para que yo tropiece con ellas.

Soltó una risa áspera.

—Se trata de un asunto familiar muy delicado, señor Marlowe. Y hay que manejarlo con delicadeza.

—Si me contrata, tendrá toda la delicadeza que yo poseo. Si no tengo suficiente delicadeza, tal vez lo mejor sería que no me contratara. Por ejemplo, doy por supuesto que no querrá incriminar en falso a su nuera. No soy tan delicado como para eso.

Se puso del color de una remolacha cocida fría y abrió la boca para gritar. Pero se lo pensó mejor, levantó el vaso de oporto y se embuchó un poco más de su medicina.

—Usted servirá —dijo secamente—. Ojalá le hubiera conocido hace dos años, antes de que él se casara con ésa.

No sé qué quería decir exactamente con eso, así que lo dejé pasar. Se inclinó hacia un lado y manoseó el contacto de un teléfono interno. Cuando le contestaron, soltó unos gruñidos.

Sonaron unos pasos y la rubita cobriza entró trastabillando en la habitación, con la cabeza gacha, como si alguien le fuera a dar un guantazo.

—Hazle a este hombre un cheque de doscientos cincuenta dólares —rugió el viejo dragón—. Y no te vayas de la lengua.

La chiquilla se ruborizó hasta el cuello.

—Ya sabe que nunca hablo de sus asuntos, señora Murdock —baló—. Ya sabe que no. Ni se me ocurriría. Yo...

Dio media vuelta con la cabeza gacha y salió de la habitación. La miré cuando cerraba la puerta. Le temblaba el labio, pero su mirada era de rabia.

—Necesitaré una foto de la señora y algo de información —dije cuando la puerta se cerró de nuevo.

—Mire en el cajón del escritorio. —Sus anillos brillaron en la penumbra al señalar el sitio con su grueso dedo gris.

Me acerqué y abrí el único cajón del escritorio de mimbre. Saqué la foto que yacía solitaria en el fondo del cajón, cara arriba, mirándome con fríos ojos oscuros. Me volví a sentar con la foto y la examiné. Pelo oscuro con raya más o menos en el medio y peinado más o menos hacia atrás sobre un buen ejemplar de frente. Una boca grande, fría, despreciativa, con labios muy besables. Nariz bonita, ni demasiado pequeña ni demasiado grande. Una buena estructura ósea en toda la cara. A la expresión de la cara le faltaba algo. En otro tiempo, a ese algo se le habría llamado buena crianza, pero hoy día ya no sabría cómo llamarlo. Era una cara que parecía demasiado avisada y demasiado recelosa para su edad. Habían intentado ligársela demasiadas veces y había acabado pasándose un poco de lista para evitar los intentos. Y detrás de esa expresión de lista estaba la mirada ingenua de la niña que todavía sigue creyendo en Santa Claus.

Asentí después de mirar la foto y me la metí en el bolsillo, pensando que estaba sacando demasiadas conclusiones de una simple foto, y con una luz tan mala.

Se abrió la puerta y entró la muchachita del vestido de lino con un talonario de tres pisos y una pluma estilográfica, y ofreció su brazo a modo de mesa para que la señora Murdock firmara. Se enderezó con una sonrisa forzada y la señora Murdock hizo un brusco gesto hacia mí; la muchachita arrancó el cheque y me lo entregó. Se detuvo en el marco de la puerta, esperando. Al ver que no le decían nada, volvió a salir en silencio y cerró la puerta.

Agité el cheque para que se secara, lo doblé y me senté con él en la mano.

—¿Qué me puede decir de Linda?

—Prácticamente nada. Antes de casarse con mi hijo, compartía un piso con una chica que se llama Lois Magic, vaya nombrecitos que se pone esta gente..., que trabaja en algún tipo de espectáculo. Trabajaban en un sitio llamado el Idle Valley Club, que está por la zona del bulevar Ventura. Mi hijo Leslie lo conoce demasiado bien. No sé nada de la familia de Linda, ni de su procedencia. Una vez dijo que había nacido en Sioux Falls. Supongo que tendría padres. Nunca me interesó lo suficiente como para averiguarlo.

Y un cuerno que no. Me la imaginaba perfectamente cavando a dos manos, con todas sus fuerzas, para sacar sólo un par de puñados de grava.

—¿No sabe la dirección de la señorita Magic?

—No. No la he sabido nunca.

—¿Cree que la sabrá su hijo? ¿O la señorita Davis?

—Se lo preguntaré a mi hijo cuando venga. No lo creo. Puede preguntarle a la señorita Davis. Estoy segura de que no lo sabe.

—Ya veo. ¿No conoce usted a ningún otro amigo de Linda?

—No.

—Es posible que su hijo siga en contacto con ella, señora Murdock..., sin decírselo a usted.

Empezó otra vez a ponerse púrpura. Levanté una mano y arranqué a mi cara una sonrisa tranquilizadora.

—Al fin y al cabo, ha estado casado con ella un año —dije—. Algo tiene que saber de ella.

—No meta a mi hijo en esto —gruñó.

Me encogí de hombros e hice un sonido de disgusto con los labios.

—Está bien. Supongo que se llevaría el coche. El que usted le regaló.

—Es un Mercury gris acero de 1940, cupé. La señorita Davis le puede dar el número de matrícula, si le interesa. No sé si se lo llevó.

—¿Sabe cuánto dinero y qué ropas y joyas tenía?

—Dinero, no mucho. Como máximo, tendría unos doscientos dólares. —Una gruesa sonrisa burlona le marcó profundas líneas alrededor de la nariz y la boca—. A menos, claro, que haya encontrado un nuevo amigo.

—Claro —dije—. ¿Y joyas?

—Un anillo de esmeraldas y diamantes que no vale demasiado, un reloj Longines de platino con rubíes en la montura, un collar de ámbar turbio muy bueno que le regalé yo, tonta de mí. Tiene un broche de diamantes con veintiséis diamantes pequeñitos formando un diamante de baraja. Tenía más cosas, claro. Nunca les hice mucho caso. Se vestía bien, pero sin llamar la atención. Gracias a Dios, tenía algunas pequeñas virtudes.

Volvió a llenar el vaso y emitió unos cuantos de sus eructos semicorteses.

—¿Es eso todo lo que puede decirme, señora Murdock?

—¿No es bastante?

—Ni mucho menos, pero tendré que contentarme con eso por el momento. Si descubro que ella no robó la moneda, ahí se acaba la investigación en lo que a mí respecta, ¿de acuerdo?

—Ya hablaremos de eso —dijo con aspereza—. Claro que la robó ella. Y no tengo intención de dejar que se salga con la suya. Métase eso en la cabeza, joven. Y espero que sea usted por lo menos la mitad de duro de lo que pretende aparentar, porque estas chicas de cabaret suelen tener amigos muy desagradables.

Yo todavía seguía sujetando el cheque doblado entre las rodillas. Saqué la cartera, lo guardé y me puse en pie, recogiendo del suelo mi sombrero.

—Me gustan desagradables —dije—. Los desagradables tienen mentes muy simples. Ya le informaré cuando haya algo de que informar, señora Murdock. Creo que primero iré a ver a ese numismático. Parece que ahí hay una pista.

Me dejó llegar hasta la puerta y entonces gruñó a mis espaldas.

—No le gusto mucho, ¿verdad?

Me volví sonriéndole, con la mano en el picaporte.

—¿Le gusta usted a alguien?

Echó la cabeza hacia atrás, abrió la boca de par en par y rugió de risa. En mitad de la carcajada, abrí la puerta, salí y cerré la puerta a aquel sonido rudo y hombruno. Recorrí el pasillo y llamé a la puerta entreabierta de la secretaria, la abrí y eché un vistazo al interior.

Tenía los brazos cruzados sobre el escritorio y la cara hundida entre los brazos. Estaba sollozando. Giró la cabeza y me miró con ojos bañados en lágrimas. Cerré la puerta, me acerqué a ella y le puse un brazo alrededor de los hombros.

—Anímese —dije—. Esa mujer debería darle lástima. Se cree dura y se está partiendo el pecho intentando demostrarlo.

La muchachita se irguió de golpe, apartándose de mi brazo.

—No me toque —dijo sin aliento—. Por favor. Nunca dejo que los hombres me toquen. Y no diga cosas horribles de la señora Murdock.

Tenía toda la cara enrojecida y bañada en llanto. Sin las gafas, los ojos eran muy bonitos.

Me metí en la boca el tan aplazado cigarrillo y lo encendí.

—Yo no... no pretendía ponerme grosera —gimoteó—. Pero es que me humilla tanto... Y yo sólo quiero hacerlo todo lo mejor posible.

Gimoteó un poco más y después sacó del escritorio un pañuelo de hombre, lo agitó para desplegarlo y se secó los ojos con él. En la esquina que colgaba vi las iniciales L. M. bordadas en hilo morado. Me quedé mirándolas mientras echaba el humo del cigarrillo hacia un rincón de la habitación, lejos de su pelo.

—¿Quería usted algo? —me preguntó.

—Quiero el número de matrícula del coche de la señora de Leslie Murdock.

—Es 2X1111, un Mercury gris descapotable de 1940.

—Ella me ha dicho que era un cupé.

—Ése es el coche del señor Leslie. Son de la misma marca, el mismo año y el mismo color. Linda no se llevó el coche.

—Ah. ¿Qué sabe usted de una tal Lois Magic?

—Sólo la vi una vez. Compartía un piso con Linda. Vino aquí con un tal... un tal señor Vannier.

—¿Quién es ése?

Bajó la mirada hacia el escritorio.

—Yo... sólo sé que vino con ella. Yo no le conozco.

—Está bien. ¿Qué aspecto tiene la señorita Lois Magic?

—Es una rubia alta y guapa. Muy... muy atractiva.

—¿Quiere decir sexy?

—Bueno... —Se ruborizó intensamente—. Sí, pero en un sentido como más fino, no sé si me entiende.

—La entiendo —dije—. Pero a mí eso nunca me ha servido de mucho.

—Eso me lo creo —dijo con mala intención.

—¿Sabe dónde vive la señorita Magic?

Negó con la cabeza. Dobló con mucho cuidado el gran pañuelo y lo guardó en el cajón del escritorio, el mismo donde tenía la pistola.

—Cuando ése esté sucio, puede birlar otro —dije.

Se echó hacia atrás en su asiento, puso sus pulcras manitas sobre la mesa y me miró a los ojos.

—Yo en su lugar no me daría tantos aires de duro, señor Marlowe. Al menos, conmigo.

—¿No?

—No. Y no puedo responder a más preguntas sin tener instrucciones concretas. Mi puesto aquí es de mucha confianza.

—No soy duro —dije—. Sólo viril.

Cogió un lápiz e hizo una marca en un cuaderno. Me sonrió débilmente, ya recuperada su compostura.

—A lo mejor es que no me gustan los hombres viriles —dijo.

—Está usted chiflada —dije—. De las más chifladas que he visto. Adiós.

Salí de su despacho, cerré bien la puerta y emprendí el camino de vuelta por los desiertos pasillos y a través del gran cuarto de estar, silencioso, hundido y fúnebre, hasta salir por la puerta principal.

Afuera, el sol bailaba sobre el césped recalentado. Me puse las gafas oscuras y me acerqué a palmear de nuevo la cabeza del negrito.

—Hermano, es aún peor de lo que esperaba —le dije.

Las losas del sendero se notaban calientes a través de las suelas de los zapatos. Entré en el coche, lo puse en marcha y me separé de la acera.

Un pequeño cupé de color arena se apartó del bordillo detrás de mí. No le di importancia. El hombre que lo conducía llevaba un sombrero de paja oscura de copa baja, con una cinta estampada de colores alegres, y se cubría los ojos con gafas oscuras, igual que yo.

Tomé el camino de vuelta a la ciudad. Unas doce manzanas más allá, en un semáforo, el cupé de color arena seguía detrás de mí. Me encogí de hombros y, sólo por divertirme, di la vuelta a unas cuantas manzanas. El cupé mantuvo su posición. Me metí por una calle flanqueada por enormes pimenteros, di la vuelta en una rotonda y me paré, pegado al bordillo.

El cupé dobló cautelosamente la esquina. La cabeza rubia bajo el sombrero color cacao con cinta tropical ni siquiera se volvió en mi dirección. El cupé pasó de largo y yo volví hasta Arroyo Seco y seguí hacia Hollywood. Miré con atención varias veces, pero no volví a ver el cupé.

3

Yo tenía una oficina en el edificio Cahuenga, sexto piso, dos pequeñas habitaciones en la parte trasera. Una la dejaba abierta para que los clientes pacientes pudieran esperar sentados, si es que tenía un cliente paciente. En la puerta tenía un zumbador que yo podía conectar y desconectar desde mi gabinete privado de meditación.

Miré en la sala de recepción. Estaba completamente vacía, salvo de olor a polvo. Levanté otra ventana, abrí con llave la puerta de comunicación y entré en el cuarto interior. Tres sillas normales y una giratoria, un escritorio plano con tablero de cristal, cinco ficheros verdes, tres de ellos llenos de nada, un calendario y una licencia enmarcada colgados de la pared, un teléfono, un lavabo en un mueble de madera teñida, un perchero, una alfombra que no era más que una cosa en el suelo, y dos ventanas abiertas con visillos mal fruncidos, cuyos pliegues entraban y salían como los labios de un viejo desdentado dormido. Lo mismo que tenía el año pasado, y el anterior. Ni bonito ni alegre, pero mejor que una tienda de campaña en la playa.

Colgué el sombrero y la chaqueta en el perchero, me lavé la cara y las manos con agua fría, encendí un cigarrillo y coloqué la guía telefónica sobre el escritorio. Elisha Morningstar aparecía en el 824 del edificio Belfont, calle Nueve Oeste número 422. Lo apunté, junto con el número de teléfono que acompañaba a la dirección, y ya tenía la mano en el aparato cuando me acordé de que no había conectado el zumbador de la recepción. Alargué la mano hacia un costado del escritorio, le di al interruptor y lo pillé en pleno funcionamiento. Alguien acababa de abrir la puerta de la habitación exterior.

Puse el cuaderno de notas boca abajo sobre el escritorio y me acerqué a ver quién era. Era un fulano alto y flaco, con aspecto de estar muy satisfecho de sí mismo, que vestía un traje tropical de estambre color azul pizarra, zapatos blancos y negros, camisa color marfil mate, y corbata y pañuelo a juego, del color de la flor del jacarandá. Sostenía una larga boquilla negra con un guante de piel de cerdo blanco y negro, y arrugaba la nariz ante la visión de las revistas atrasadas que había sobre la mesita de lectura, las sillas, la cosa mugrienta que cubría el suelo y el ambiente general de que allí no se ganaba mucho dinero.

Cuando abrí la puerta de comunicación, dio un cuarto de vuelta y se me quedó mirando con un par de ojos claros bastante soñadores y muy pegados a una nariz delgada. Tenía la piel sonrosada por el sol, el pelo rojizo peinado hacia atrás y aplastado sobre el cráneo estrecho, y un bigotito muy fino y mucho más rojo que su pelo.

Me miró de arriba abajo, sin prisa y sin mucho placer. Exhaló delicadamente un poco de humo y me habló a través de él con un leve tono de desdén.

—¿Es usted Marlowe?

Asentí.

—Estoy un poco decepcionado —dijo—. Esperaba ver a alguien con las uñas sucias.

—Pase —dije—, y podrá hacerse el gracioso sentado.

Le sujeté la puerta y él pasó airosamente a mi lado, sacudiendo al suelo la ceniza del cigarrillo con la uña del dedo corazón de la mano libre. Se sentó en el lado del escritorio destinado a los clientes, se quitó el guante de la mano derecha, lo dobló junto con el que ya se había quitado y colocó los dos sobre la mesa. De un golpecito, sacó la colilla de la larga boquilla negra, aplastó la ceniza con una cerilla hasta que dejó de humear, insertó otro cigarrillo y lo encendió con una cerilla ancha de color caoba. Se echó hacia atrás en su silla con una sonrisa de aristócrata aburrido.

—¿Ya está preparado? —pregunté—. ¿Pulso y respiración normales? ¿No le apetece una toalla fría en la cabeza o algo así?

No torció la boca porque ya la tenía torcida cuando entró.

—Un detective privado —dijo—. Nunca había conocido a ninguno. Un oficio poco honorable, me imagino. Fisgar por el ojo de la cerradura, destapar escándalos, y cosas por el estilo.

—¿Ha venido a hablar de trabajo? —pregunté—. ¿O sólo está de turismo por los barrios bajos?

Su sonrisa era tan desfallecida como una gorda en un baile de bomberos.

—Me llamo Murdock. Seguramente, eso le dirá algo.

—Desde luego, no ha tardado mucho en venir aquí —dije, empezando a llenar la pipa.

Me miró llenar la pipa. Habló despacio:

—Tengo entendido que mi madre le ha contratado para algún tipo de trabajo. Le ha dado un cheque.

Terminé de llenar la pipa, le apliqué una cerilla, conseguí que tirara y me eché hacia atrás para expulsar el humo por encima del hombro derecho, hacia la ventana abierta. No dije nada.

Él se echó un poco más hacia delante y dijo, muy serio:

—Sé que ser receloso forma parte de su oficio, pero no estoy haciendo suposiciones. Me lo ha dicho una lombriz, una humilde lombriz de jardín, a la que muchas veces pisotean, pero que se las apaña para sobrevivir..., lo mismo que yo. Resulta que yo no andaba muy lejos de usted. ¿Le aclara eso las cosas?

—Sí —dije—. Suponiendo que me importara algo.

—Le han contratado para que encuentre a mi esposa, supongo.

Solté una especie de bufido y le sonreí por encima de la cazoleta de la pipa.

—Marlowe —dijo, cada vez más serio—, lo voy a intentar con todas mis fuerzas, pero creo que usted no me va a gustar.

—Mire cómo lloro de rabia y dolor —respondí.

—Y si me perdona que use una expresión vulgar, su numerito de tipo duro es un asco.

—Viniendo de usted, eso duele.

Se volvió a echar hacia atrás y me contempló con sus ojos claros. Se removió en la silla, intentando ponerse cómodo. Mucha gente ha intentado ponerse cómoda en esa silla. Debería probar yo alguna vez. A lo mejor me estaba haciendo perder clientela.

—¿Por qué puede querer mi madre encontrar a Linda? —preguntó despacio—. La odiaba a muerte. O sea, mi madre odiaba a Linda. Linda se portó bastante bien con mi madre. ¿Qué piensa usted de ella?

—¿De su madre?

—Pues claro. A Linda no la conoce, ¿no?

—Esa secretaria de su madre tiene su empleo pendiente de un hilo. Habla cuando no debe.

Negó tajantemente con la cabeza.

—Mamá no se enterará. Y de todas maneras, mamá no podría pasarse sin Merle. Necesita tener alguien a quien avasallar. Puede que le chille e incluso que la abofetee, pero no podría pasarse sin ella. ¿Qué opina usted de ella?

—Es bastante mona..., aunque de otra época.

Frunció el ceño.

—Me refiero a mi madre. Merle no es más que una chiquilla ingenua, ya lo sé.

—Su capacidad de observación me asombra —dije.

Pareció sorprendido. Casi se olvidó de sacudir la ceniza del cigarrillo con la uña. Pero no del todo. Aun así, puso mucho cuidado en no dejar caer nada dentro del cenicero.

—Hablemos de mi madre —insistió pacientemente.

—Un guerrero curtido, grande y viejo —dije—. Un corazón de oro, con el oro bien enterrado a mucha profundidad.

—Pero ¿para qué quiere encontrar a Linda? No lo puedo entender. Y encima, gastar dinero en ello. Mi madre odia gastar dinero. Cree que el dinero forma parte de su piel. ¿Por qué quiere encontrar a Linda?

—A mí que me registren —dije—. ¿Quién ha dicho que quiere eso?

—Bueno, usted lo ha dado a entender. Y Merle...

—Merle no es más que una romántica. Se lo habrá inventado. Qué demonios, si se suena la nariz con un pañuelo de hombre. Probablemente, uno de los suyos.

Se sonrojó.

—Qué tontería. Mire, Marlowe. Por favor, sea razonable y deme una idea de qué se cuece aquí. Me temo que no tengo mucho dinero, pero tal vez con un par de cientos...

—Debería sacudirle un guantazo —dije—. Además, no puedo hablar con usted. Tengo órdenes.

—¿Por qué, por amor de Dios?

—No me pregunte cosas que no sé. No puedo darle respuestas. Y no me pregunte cosas que sé, porque no pienso darle respuestas. ¿Dónde ha estado usted toda su vida? Si a un hombre de mi oficio le encomiendan un trabajo, ¿cree que va por ahí respondiendo a todas las preguntas que le haga cualquier curioso sobre su trabajo?

—Debe de haber mucha electricidad en el aire —dijo malhumorado— para que un hombre de su oficio rechace doscientos dólares.

Aquello tampoco me hizo mella. Recogí del cenicero su cerilla ancha color caoba y la miré. Tenía finos bordes amarillos y unas letras blancas impresas: ROSEMONT. H. RICHARDS '3... el resto estaba quemado. Doblé la cerilla, apreté las dos mitades y la tiré a la papelera.

—Yo quiero a mi mujer —dijo de pronto, enseñándome los bordes duros y blancos de sus dientes—. Una cursilada, pero es verdad.

—A los románticos les sigue yendo bien.

Mantuvo los labios abiertos sobre los dientes y me habló a través de éstos.

—Ella no me quiere. No sé por qué razón tendría que quererme. La situación entre nosotros se ha puesto tirante. Ella estaba acostumbrada a un modo de vida muy movido. Con nosotros..., bueno, se ha aburrido bastante. No nos hemos peleado. Linda es del tipo tranquilo. Pero la verdad es que no se ha divertido mucho desde que se casó conmigo.

—Es usted muy modesto —dije.

Sus ojos echaron chispas, pero mantuvo bastante bien los buenos modales.

—Eso no tiene gracia, Marlowe, ni siquiera es original. Mire, tiene usted pinta de ser un tipo decente. Sé que mi madre no suelta doscientos cincuenta pavos sólo para hacerse la espléndida. A lo mejor no se trata de Linda. Tal vez sea otra cosa. A lo mejor... —Se detuvo y luego dijo esto muy despacio, mirándome a los ojos—: A lo mejor es por lo de Morny.

—A lo mejor es eso —dije alegremente.

Recogió sus guantes, azotó con ellos el escritorio y volvió a dejarlos.

—Es verdad que estoy en un lío por ese lado —dijo—. Pero no pensé que ella estuviera enterada. Será que Morny la ha llamado. Prometió no hacerlo.

Aquello era fácil. Dije:

—¿Por cuánto le tiene pillado?

No era tan fácil. Volvió a ponerse suspicaz.

—Si él la hubiera llamado, se lo habría dicho. Y ella se lo habría dicho a usted —dijo con voz muy débil.

—A lo mejor no es por lo de Morny —dije, empezando a sentir unas ganas tremendas de beber—. A lo mejor es que la cocinera está embarazada del repartidor de hielo. Pero si es lo de Morny, ¿cuánto es?

—Doce mil —dijo, bajando la mirada y ruborizándose.

—¿Le ha amenazado?

Asintió.

—Mándele a freír espárragos —dije—. ¿Qué clase de tipo es? ¿Duro?

Alzó de nuevo la mirada, poniendo cara de valiente.

—Supongo que sí. Supongo que todos ellos lo son. Antes hacía de malo en el cine. Un tío guapo y exuberante, un conquistador. Pero no se imagine cosas. Linda sólo trabajaba allí, como los camareros y los músicos. Y si usted la está buscando, le va a costar mucho encontrarla.

Le miré con educado desprecio.

—¿Por qué me iba a costar mucho encontrarla? No estará enterrada en el jardín de atrás, espero.

Se puso en pie con un relámpago de ira en sus ojos claros. Y una vez de pie, inclinándose un poco sobre el escritorio, movió como un látigo la mano derecha, en un gesto bastante conseguido, y sacó una pequeña automática, más o menos del calibre 25, con cachas de nogal. Parecía la hermana de la que yo había visto en el cajón del escritorio de Merle. El cañón que me apuntaba tenía un aspecto suficientemente siniestro. No me moví.

—Si alguien intenta meterse con Linda, tendrá que meterse primero conmigo —dijo entre dientes.

—Eso no iba a ser mucho problema. Más vale que se busque una pistola más grande..., a menos que sólo piense matar abejas.

Volvió a guardarse la pistolita en el bolsillo interior. Me lanzó una mirada directa y dura, recogió sus guantes y se dirigió a la puerta.

—Hablar con usted es perder el tiempo —dijo—. No hace más que soltar gracias.

—Espere un momento —dije, pasando al otro lado del escritorio—. Sería conveniente que no le dijera nada a su madre de esta entrevista, aunque sólo sea por el bien de la chiquilla.

Asintió.

—En vista de la cantidad de información que he obtenido, no creo que valga la pena mencionarlo.

—¿Es verdad eso de que le debe a Morny doce de los grandes?

Bajó la mirada, la volvió a alzar y la bajó de nuevo.

—Quien se endeude con Alex Morny por doce mil pavos debería ser mucho más listo que yo —dijo.

Yo ya estaba muy cerca de él.

—A decir verdad —dije—, no me creo que esté usted preocupado por su mujer. Creo que sabe dónde está. Ella no huyó de usted. Sólo huyó de su madre.

Levantó la mirada y se puso un guante. No dijo nada.

—Puede que ella encuentre trabajo —continué— y gane lo suficiente para mantenerle.

Miró otra vez al suelo, giró el cuerpo un poquito a la derecha y el puño enguantado describió un tenso arco hacia arriba a través del aire. Aparté mi mandíbula de su camino, le agarré la muñeca y la empujé lentamente hacia su pecho, apoyándome en ella. Un pie le resbaló hacia atrás; empezó a respirar fuerte. Era una muñeca muy delgada; mis dedos la rodeaban y se tocaban al otro lado.

Nos quedamos allí quietos, mirándonos a los ojos. Él respiraba como un borracho, con la boca abierta y los labios replegados. En sus mejillas se encendieron pequeñas manchas redondas de color rojo brillante. Intentó liberar su muñeca, pero cargué tanto peso sobre él que tuvo que dar otro corto paso atrás para mantener el equilibrio. Nuestras caras estaban a pocos centímetros de distancia.

—¿Cómo es que su viejo no le dejó nada de dinero? —me burlé—. ¿O es que se lo ha fundido todo?

Habló entre dientes, todavía intentando soltarse.

—Maldito lo que le importa, pero si se refiere a Jasper Murdock, él no era mi padre. Yo no le gustaba y no me dejó ni un céntimo. Mi padre fue un hombre llamado Horace Bright, que perdió su dinero en el crac y se tiró por la ventana de su despacho.

—Es usted fácil de ordeñar —dije—, pero da una leche muy aguada. Perdone lo que le he dicho sobre que su mujer le iba a mantener. Sólo quería fastidiarle.

—Pues lo ha conseguido. Si ya está satisfecho, me marcho.

—Le estaba haciendo un favor —dije—. Cuando uno lleva pistola, no debe ir insultando tan alegremente. Será mejor que se quite esa costumbre.

—Eso es asunto mío —dijo—. Siento haber intentado pegarle. Probablemente no le habría hecho mucho daño si le hubiera dado.

—No pasa nada.

Abrió la puerta y salió. Sus pasos se fueron extinguiendo a lo largo del pasillo. Otro chiflado. Me golpeé los dientes con un nudillo al ritmo del sonido de sus pasos, hasta que dejé de oírlos. Después volví al escritorio, consulté mi cuaderno y levanté el teléfono.

4

Después de que el timbre sonara tres veces al otro extremo de la línea, una voz de chica más bien infantil se filtró a través de una masa de chicle y dijo:

—Buenos días. Oficina del señor Morningstar.

—¿Está el anciano caballero?

—¿Quién llama, por favor?

—Marlowe.

—¿Le conoce a usted, señor Marlowe?

—Pregúntele si quiere comprar monedas norteamericanas antiguas.

—Un momento, por favor.

Hubo una pausa de duración adecuada para hacer saber a una persona mayor en un despacho interior que alguien quería hablar por teléfono con ella. Después, el teléfono hizo clic y un hombre habló. Tenía la voz seca. Incluso se la podría calificar de chamuscada.

—Aquí Morningstar.

—Me han dicho que llamó usted a la señora Murdock, de Pasadena, señor Morningstar. Para hablar de cierta moneda.

—De cierta moneda —repitió—. Ah, sí. ¿Y bien?

—Tengo entendido que quería usted comprar la moneda en cuestión, de la colección Murdock.

—¿Ah, sí? ¿Y usted quién es, señor?

—Philip Marlowe, detective privado. Trabajo para la señora Murdock.

—Ah, sí —dijo por tercera vez. Carraspeó cuidadosamente—. ¿Y de qué quiere usted hablar conmigo, señor Marlowe?

—De esa moneda.

—Pero si se me dijo que no estaba en venta.

—Aun así, querría hablar de ello con usted. En persona.

—¿Quiere decir que la señora ha cambiado de opinión sobre la venta?

—No.

—Entonces, me temo que no entiendo qué desea usted, señor Marlowe. ¿De qué tenemos que hablar? —Su voz ya sonaba recelosa.

Saqué el as de la manga y lo jugué con elegante languidez.

—El caso es, señor Morningstar, que cuando usted llamó ya sabía que la moneda no estaba en venta.

—Interesante —dijo despacio—. ¿Cómo?

—Usted es del oficio y tenía que saberlo. Es del dominio público que la colección Murdock no se puede vender mientras viva la señora Murdock.

—Ah —dijo—. Ah. —Hubo un silencio, y después—: A las tres en punto.

—No hablaba en tono cortante, pero sí deprisa—. Le recibiré con mucho gusto aquí, en mi despacho. Seguro que sabe dónde es. ¿Le viene bien eso?

—Allí estaré —dije.

Colgué, volví a encender mi pipa y me senté mirando la pared. Tenía la cara rígida a fuerza de pensar, o por alguna otra causa que me ponía la cara rígida. Saqué del bolsillo la foto de Linda Murdock, la miré durante un rato, decidí que, después de todo, era un rostro bastante vulgar, y guardé la foto en el escritorio. Saqué del cenicero la segunda cerilla de Murdock y la examiné. La rotulación de ésta decía: TOP ROW W. D. WRIGHT '36.

La dejé caer de nuevo en el cenicero, preguntándome por qué aquello me parecía importante. Tal vez fuera una pista.

Saqué de mi cartera el cheque de la señora Murdock, lo crucé, rellené una hoja de ingreso y un talón para cobrar, saqué del escritorio la libreta del banco, sujeté todo el lote con una goma elástica y me lo guardé en el bolsillo.

Lois Magic no figuraba en la guía de teléfonos.

Coloqué sobre el escritorio las páginas amarillas, hice una lista de la media docena de agencias teatrales que se anunciaban en letras más grandes y las llamé. Todos tenían voces alegres y animosas y querían hacer un montón de preguntas, pero o no sabían o no querían decir nada sobre una tal Lois Magic, presunta profesional del espectáculo.

Tiré la lista a la papelera y llamé a Kenny Haste, reportero de sucesos del *Chronicle*.

—¿Qué sabes de Alex Morny? —le pregunté cuando acabamos de decirnos gracias el uno al otro.

—Lleva un night-club de lujo, con garito de juego, en Idle Valley, a unos tres kilómetros de la autopista, en dirección a las colinas. Antes trabajaba en el cine. Era un actor pésimo. Parece que está muy protegido. Nunca he oído que le pegara un tiro a alguien en plena plaza a mediodía. Bueno, ni a ninguna otra hora. Pero tampoco me gustaría apostar.

—¿Peligroso?

—Yo diría que podría serlo, si fuera necesario. Todos esos chicos han ido al cine y saben cómo se supone que debe comportarse el dueño de un garito. Tiene un guardaespaldas que es todo un personaje. Se llama Eddie Prue, mide unos dos metros y es más delgado que una coartada auténtica. Tiene un ojo pocho, por una herida de guerra.

—¿Morny es peligroso con las mujeres?

—No seas victoriano, chaval. Las mujeres a eso no lo llaman peligro.

—¿Conoces a una chica que se llama Lois Magic, que dicen que era artista? Una rubia alta y llamativa, por lo que me han dicho.

—No, pero por lo que dices me gustaría conocerla.

—No te pases de listo. ¿Conoces a alguien que se llame Vannier? Ninguno de éstos viene en la guía de teléfonos.

—No. Pero le puedo preguntar a Gertie Arbogast, si no te importa llamar dentro de un rato. Conoce a todos los aristócratas de la noche. Y a los granujas.

—Gracias, Kenny. Eso haré. ¿Dentro de media hora?

Dijo que le parecía bien y colgamos. Cerré el despacho y me marché.

Al final del pasillo, en el recodo, un tipo rubio y tirando a joven, con traje marrón y sombrero de paja color cacao con una cinta tropical marrón y amarilla, estaba leyendo el periódico de la tarde con la espalda apoyada en la pared. Cuando pasé a su lado bostezó, se metió el periódico bajo el brazo y se enderezó.

Entró en el ascensor conmigo. El tipo estaba tan cansado que apenas conseguía mantener los ojos abiertos. Salí a la calle y caminé una manzana hasta el banco para ingresar mi cheque y sacar un poco de dinero en efectivo para gastos. Desde allí fui al Tigretail Lounge, me senté en un reservado, me bebí un martini y me comí un sándwich. El tipo del traje marrón se instaló al extremo de la barra y bebió coca-colas con aire aburrido mientras hacía montoncitos de monedas de un centavo, igualando cuidadosamente los cantos. Se había vuelto a poner las gafas de sol. Aquello le hacía invisible.

Hice durar mi sándwich todo lo que pude y después me dirigí a la cabina telefónica que había en el extremo interior de la barra. El hombre del traje marrón volvió rápidamente la cabeza y después disimuló el movimiento levantando su vaso. Marqué de nuevo el número del *Chronicle*.

—Ya está —dijo Kenny Haste—. Gertie Arbogast dice que Morny se casó hace poco con tu rubia llamativa, Lois Magic. No conoce a Vannier. Dice que Morny compró una casa más allá de Bel-Air, una casa blanca en Stillwood Crescent Drive, a unas cinco manzanas al norte del Sunset. Dice Gertie que se la compró a un ricachón arruinado llamado Arthur Blake Popham, al que pillaron en un fraude postal. Según Gertie, en las puertas todavía están las iniciales de Popham. Y probablemente, también en el papel higiénico. Era de esa clase de tíos. Eso es todo lo que sabemos.

—No se puede pedir más. Muchas gracias, Kenny.

Colgué, salí de la cabina, miré hacia las gafas de sol encima del traje marrón y debajo del sombrero de paja color cacao, y vi cómo se volvían rápidamente hacia otro lado.

Di media vuelta, crucé una puerta de batientes que daba a la cocina y de ahí salí al callejón. Caminé por el callejón un cuarto de manzana hasta la parte trasera del aparcamiento donde había dejado mi coche.

Ningún cupé de color arena consiguió ponerse detrás de mí cuando arranqué, más o menos en dirección a Bel-Air.

5

Stillwood Crescent Drive salía en una suave curva hacia el norte desde el Sunset Boulevard, bastante más allá del campo de golf del Club de Campo de Bel-Air. A ambos lados de la calle había mansiones con tapias y vallas. Algunas tenían tapias altas, otras las tenían bajas, algunas tenían verjas ornamentales de hierro, otras eran un poco anticuadas y se conformaban con setos altos. La calle no tenía acera. En aquel vecindario nadie iba andando, ni siquiera el cartero.

Hacía calor aquella tarde, pero no era un calor como el de Pasadena. Había un olor soñoliento a flores y a sol, un suave siseo de aspersores detrás de los setos y tapias, el claro traqueteo de segadoras que se movían delicadamente sobre céspedes tranquilos y confiados.

Subí la cuesta conduciendo despacio, buscando iniciales en las puertas. Si el nombre era Arthur Blake Popham, las iniciales tendrían que ser A. B. P. Las encontré casi en lo alto de la cuesta, en dorado sobre un escudo negro. Las puertas estaban abiertas hacia atrás sobre un sendero de asfalto negro.

Era una casa de un blanco deslumbrante, con aspecto de ser completamente nueva, aunque el trabajo de jardinería estaba bastante avanzado. Era bastante modesta para la zona: no más de catorce habitaciones y probablemente una sola piscina. La tapia era baja, de ladrillo, con el cemento rebosando en las junturas. Lo habían dejado secar así y lo habían pintado todo de blanco. Encima de la tapia había una verja baja de hierro pintada de negro. El nombre A. P. Morny estaba pintado con plantilla en el gran buzón plateado de la entrada de servicio.

Aparqué mi coche en la calle y subí a pie por el sendero negro hasta una puerta lateral blanca y reluciente, con toques de color procedentes de la marquesina con vidriera que tenía encima. Aporreé con una enorme aldaba de latón. Al fondo de la fachada lateral de la casa, un chófer estaba lavando un Cadillac.

La puerta se abrió y un filipino de mirada dura con chaqueta blanca me hizo una mueca. Le entregué una tarjeta.

—La señora Morny —dije.

Cerró la puerta. Pasó el tiempo, como ocurre siempre que voy a algún sitio. El chorro de agua sobre el Cadillac sonaba a fresco. El chófer era un pequeñajo con pantalones de montar, polainas y una camisa manchada de sudor. Parecía un jockey que hubiera crecido demasiado, y al trabajar en el coche hacía el mismo tipo de sonido siseante que los mozos de cuadra cuando cepillan a un caballo.

Un colibrí de pecho rojo se acercó a un arbusto escarlata que había junto a la puerta, agitó un poquito las largas flores tubulares y salió disparado a tal velocidad que simplemente desapareció en el aire.

Se abrió la puerta y el filipino intentó devolverme mi tarjeta. No la cogí.

—¿Qué quiere?

Tenía una voz sonora y crepitante, como si alguien anduviera de puntillas sobre un montón de cáscaras de huevo.

—Quiero ver a la señora Morny.

—No está en casa.

—¿No lo sabía cuando le di la tarjeta?

Abrió los dedos y dejó que la tarjeta cayera revoloteando al suelo. Sonrió, enseñándome un abundante trabajo de dentista de saldo.

—Lo sé cuando ella me lo dice.

Me cerró la puerta en las narices, sin nada de suavidad.

Recogí la tarjeta y caminé a lo largo de la fachada de la casa hasta donde el chófer estaba regando el Cadillac sedán con una manguera y quitando la suciedad con una esponja grande. Tenía rebordes rojos en los ojos y una mata de pelo de color paja. Un cigarrillo apagado le colgaba de la comisura del labio inferior.

Me dirigió la rápida mirada de reojo típica de un hombre que ya tiene bastantes problemas ocupándose de sus asuntos.

—¿Dónde está el jefe? —pregunté.

El cigarrillo le bailoteó en la boca. El agua siguió chorreando suavemente sobre la pintura.

—Pregunta en la casa, tío.

—Ya he preguntado. Me han cerrado la puerta en las narices.

—Me rompes el corazón, tío.

—¿Y la señora Morny?

—Te digo lo mismo, tío. Yo sólo trabajo aquí. ¿Vendes algo?

Le enseñé mi tarjeta de modo que pudiera leerla. Esta vez era una tarjeta profesional. Dejó la esponja en el estribo del coche y la manguera sobre el cemento. Rodeó los charcos de agua para secarse las manos con una toalla que estaba colgada junto a la puerta del garaje. Pescó una cerilla en los pantalones, la rascó y echó la cabeza hacia atrás para encender la colilla apagada que llevaba pegada a la cara.

Sus ojillos de zorro miraban de un lado a otro. Se situó detrás del coche e hizo un gesto con la cabeza. Me acerqué a él.

—¿Cómo está la cuenta de gastos? —preguntó en voz baja y cautelosa.

—Engordando, a base de no hacer nada.

—Por cinco pavos podría empezar a pensar.

—No quisiera ponértelo tan difícil.

—Por diez podría cantar como cuatro canarios y una guitarra hawaiana.

—No me gustan esas orquestaciones suntuosas —dije.

Torció la cabeza hacia un lado.

—Habla en cristiano, tío.

—No quiero que pierdas tu empleo, hijo. Lo único que quiero saber es si la señora Morny está en casa. ¿Eso cuesta más de un pavo?

—No te preocupes por mi empleo, tío. Estoy bien agarrado.

—¿A Morny o a algún otro?

—¿Eso lo quieres saber por el mismo pavo?

—Dos pavos.

Me miró de arriba abajo:

—No trabajas para él, ¿verdad?

—Pues claro.

—Eres un mentiroso.

—Pues claro.

—Dame los dos pavos —dijo cortante.

Le di dos dólares.

—Ella está en el patio de atrás con un amigo —dijo—. Un amigo muy majo. Te echas un amigo que no trabaje y un marido que sí trabaje y ya te lo tienes montado, ¿a que sí? —dijo con mirada maliciosa.

—A ti sí que te van a dejar bien montado en una acequia un día de éstos.

—A mí no, tío. Soy listo. Sé cómo manejarlos. He andado con esta clase de gente toda mi vida.

Frotó los dos billetes de dólar entre las palmas de las manos, los sopló, los dobló a lo largo y a lo ancho y se los guardó en el bolsillo del reloj de sus pantalones de montar.

—Eso era sólo el aperitivo —dijo—. Ahora, por cinco más...

Un cocker spaniel rubio y bastante grande llegó corriendo alrededor del Cadillac, patinó un poquito sobre el cemento mojado, despegó del suelo limpiamente, me golpeó en el estómago y en los muslos con las cuatro patas, me lamió la cara, cayó al suelo, correteó alrededor de mis piernas, se sentó entre ellas, sacó una buena longitud de lengua y empezó a jadear.

Pasé por encima de él, me apoyé en el costado del coche y saqué mi pañuelo.

Una voz de hombre llamó:

—Ven, *Heathcliff*. Aquí, *Heathcliff*.

Sonaron pasos sobre un pavimento duro.

—Éste es *Heathcliff* —dijo el chófer en tono malhumorado.

—¿*Heathcliff*?

—Sí, caray, así llaman al perro, tío.

—¿*Cumbres borrascosas*? —pregunté.

—Ya estás otra vez hablando raro —se burló—. Cuidado. Tenemos compañía.

Recogió la esponja y la manguera y reanudó el lavado del coche. Me aparté de él. Al instante, el cocker spaniel se volvió a meter entre mis piernas y casi me hace caer.

—Ven aquí, *Heathcliff* —La voz masculina sonó más fuerte, y un hombre apareció por la entrada de una pérgola en forma de túnel cubierta de rosales trepadores.

Alto, moreno, con piel aceitunada clara, ojos negros y brillantes, dientes blancos y relucientes. Patillas. Un bigotito negro y fino. Patillas larguísimas, demasiado largas. Camisa blanca con iniciales bordadas en el bolsillo, pantalones blancos, zapatos blancos. Un reloj de pulsera que cubría la mitad de una muñeca fina y morena, sujeto por una cadena de oro. Un fular amarillo en torno a un cuello delgado y bronceado.

Vio al perro agazapado entre mis piernas y no le gustó. Hizo chasquear unos dedos largos y también hizo chasquear una voz clara y dura:

—Aquí, *Heathcliff*. ¡Ven aquí inmediatamente!

El perro jadeó y no se movió, excepto para apretarse un poco más contra mi pierna izquierda.

—¿Quién es usted? —preguntó el hombre, mirándome desde las alturas.

Le extendí mi tarjeta. Unos dedos aceitunados la cogieron. El perro retrocedió discretamente saliendo de entre mis piernas, pasó por delante del coche y desapareció sin ruido en la distancia.

—Marlowe —dijo el hombre—. Marlowe, ¿eh? ¿Qué es esto? ¿Un detective? ¿Qué quiere?

—Quiero ver a la señora Morny.

Me miró de arriba abajo, recorriéndome lentamente con sus brillantes ojos negros, seguidos por los bordes sedosos de sus largas pestañas.

—¿No le han dicho que no estaba?

—Sí, pero no me lo he creído. ¿Es usted el señor Morny?

—No.

—Es el señor Vannier —dijo el chófer a mi espalda, con esa voz arrastrada y supereducada típica de la insolencia intencionada—. El señor Vannier es un amigo de la familia. Viene mucho por aquí.

Vannier miró más allá de mi hombro, con ojos de furia. El chófer rodeó el coche y escupió la colilla con olímpico desprecio.

—Ya le he dicho al sabueso que el jefe no está, señor Vannier.

—Ya veo.

—Le dije que la señora Morny y usted sí que estaban. ¿He hecho mal?

—Podías haberte ocupado de tus propios asuntos —dijo Vannier.

—Me pregunto cómo demonios no se me ocurrió —replicó el chófer.

—Largo de aquí, antes de que te rompa ese cuello tan sucio.

El chófer le miró sin decir nada, volvió a meterse en la penumbra del garaje y se puso a silbar. Vannier desplazó hacia mí sus ardientes y furiosos ojos y dijo en tono cortante:

—Le dijeron que la señora Morny no estaba, pero no le valió, ¿no es así? En otras palabras, la información no le pareció satisfactoria.

—Si es preciso decirlo con otras palabras —dije yo—, ésas podrían servir.

—Ya veo. ¿Y se dignaría usted decir qué asuntos desea comentar con la señora Morny?

—Preferiría explicárselo a la señora Morny en persona.

—Debería entender que ella no tiene ganas de verle.

Desde detrás del coche, el chófer dijo:

—Vigila su derecha, tío. Puede tener una navaja.

La piel aceitunada de Vannier se puso del color de las algas secas. Giró sobre sus talones y me dijo secamente, con voz apagada:

—Sígame.

Recorrió el sendero de ladrillo bajo la pérgola de rosas y cruzó una puerta blanca que había al final. Al otro lado había un jardín rodeado por una tapia, que contenía macizos de flores repletos de vistosos ejemplares anuales, una pista de bádminton, una bonita franja de césped y una pequeña piscina de azulejos que brillaba furiosamente al sol. Más allá de la piscina había un espacio enlosado, equipado con muebles de jardín azules y blancos: mesitas bajas con tableros sintéticos, tumbonas con apoyapiés y enormes cojines, y encima de todo ello una sombrilla azul y blanca tan grande como una tienda de campaña.

Una rubia de piernas largas con pinta de corista y del tipo lánguido estaba cómodamente tendida en una de las tumbonas, con los pies en alto sobre un mullido apoyapiés y con un vaso alto y empañado junto a su codo, al lado de un cubo de hielo plateado y una botella de whisky escocés. Nos miró perezosamente mientras nos acercábamos por el césped. Vista a diez metros de distancia, parecía tener mucha clase. Pero a los tres metros parecía una cosa diseñada para ser vista a diez metros. La boca era demasiado ancha, los ojos demasiado azules, el maquillaje demasiado intenso, el fino arco de sus cejas era casi fantástico por su curvatura y longitud, y las pestañas estaban tan recargadas que parecían una verja en miniatura.

Vestía pantalones blancos de dril, sandalias azules y blancas que dejaban al descubierto las puntas de los pies, sin medias y con las uñas pintadas de laca carmesí, una blusa blanca y un collar de piedras verdes que no eran esmeraldas talladas. El peinado era tan artificial como el vestíbulo de un club nocturno.

Sobre la tumbona que tenía a su lado había un sombrero de jardín de paja blanca, con el ala del tamaño de una rueda de coche y una cinta de raso blanco para anudarlo a la barbilla. Y sobre el ala del sombrero, un par de gafas de sol verdes, con cristales del tamaño de rosquillas.

Vannier se dirigió hacia ella y habló con rapidez:

—A ver si te deshaces de ese asqueroso chófer tuyo de los ojos rojos, pero deprisa. Si no, cualquier día le voy a romper el cuello. No puedo acercarme a él sin que me insulte.

La rubia tosió un poquito, hizo ondear un pañuelo sin hacer nada con él y dijo:

—Siéntate y deja descansar tu belleza. ¿Quién es tu amigo?

Vannier buscó mi tarjeta, descubrió que la tenía en la mano y se la arrojó en el regazo. Ella la recogió lánguidamente, pasó por encima la mirada, la pasó por encima de mí, suspiró y se golpeó los dientes con las uñas.

—Es grande, ¿verdad? Demasiado para que lo manejes tú, supongo.

Vannier me dirigió una mirada desagradable.

—Venga, suéltelo ya, sea lo que sea.

—¿Se lo digo a ella? —pregunté— ¿O se lo digo a usted, y usted lo traduce?

La rubia se echó a reír. Una vibración cristalina de risa que poseía la naturalidad no manipulada de un torbellino de burbujas. Una lengua pequeña jugueteaba con picardía entre sus labios.

Vannier se sentó y encendió un cigarrillo con filtro dorado. Yo me quedé de pie, mirándolos, y dije:

—Estoy buscando a una amiga suya, señora Morny. Tengo entendido que compartía piso con usted hace cosa de un año. Se llama Linda Conquest.

Vannier movió rápidamente los ojos, arriba y abajo, arriba y abajo. Volvió la cabeza y miró al otro lado de la piscina. El cocker spaniel llamado *Heathcliff* estaba sentado allí, mirándonos con el blanco de un ojo.

Vannier chasqueó los dedos.

—¡Aquí, *Heathcliff*! ¡Ven aquí, *Heathcliff*! ¡Ven aquí, chico!

—Cállate —dijo la rubia—. El perro te odia. Dale un descanso a tu vanidad, por amor de Dios.

—A mí no me hables así —saltó Vannier.

La rubia soltó una risita y le acarició la cara con los ojos.

Yo insistí:

—Estoy buscando a una chica llamada Linda Conquest, señora Morny.

La rubia me miró y dijo:

—Ya le oí. Estaba pensando. Creo que hace seis meses que no la veo. Se casó.

—¿No la ha visto desde hace seis meses?

—Eso acabo de decir, grandullón. ¿Por qué quiere saberlo?

—Es una investigación privada que estoy haciendo.

—¿Acerca de qué?

—Acerca de un asunto confidencial —dije yo.

—Date cuenta —dijo la rubia alegremente—. Está haciendo una investigación privada sobre un asunto confidencial. ¿Has oído, Lou? Pero importunar a completos desconocidos que no quieren verle, eso le parece bien, ¿eh, Lou? Y es porque está haciendo una investigación privada sobre un asunto confidencial.

—Entonces, ¿no sabe usted dónde está, señora Morny?

—¿No se lo he dicho ya? —Su voz subió un par de tonos.

—No. Ha dicho que no la ha visto en seis meses. No es exactamente lo mismo.

—¿Quién le ha dicho que compartí piso con ella? —saltó la rubia.

—Nunca revelo mis fuentes de información, señora Morny.

—Cariño, es usted más exigente que un coreógrafo. Yo se lo tengo que decir todo y usted a mí no me dice nada.

—La situación es muy diferente —dije—. Yo soy un empleado que obedece instrucciones. La chica no tiene ningún motivo para esconderse, ¿verdad?

—¿Quién la busca?

—Su familia.

—Inténtelo otra vez. No tiene familia.

—Debe conocerla muy bien, si sabe eso —dije.

—Puede que la conociera en otro tiempo. Eso no quiere decir que la conozca ahora.

—Está bien —dije—. La respuesta es que lo sabe, pero no quiere decirlo.

—La respuesta —dijo Vannier de pronto— es que aquí no pinta usted nada y que cuanto antes se largue, más a gusto nos quedaremos.

Seguí mirando a la señora Morny. Ella me guiñó un ojo y le dijo a Vannier:

—No te pongas tan hostil, cariño. Tienes muchísimo encanto, pero los huesos pequeños. No estás hecho para trabajos duros. ¿No es verdad, grandullón?

—No había pensado en eso, señora Morny —dije—. ¿Cree usted que el señor Morny podría... o querría ayudarme?

Negó con la cabeza.

—¿Cómo lo voy a saber yo? Puede intentarlo. Si usted no le gusta, él sí que tiene a mano tipos capaces de echarle.

—Yo creo que usted podría decírmelo, si quisiera.

—¿Y cómo va a convencerme de que quiera? —Su mirada era una invitación.

—Con tanta gente alrededor —dije—, ¿cómo voy a poder?

—Bien pensado —dijo ella, dando un sorbito a su vaso y mirándome por encima de él.

Vannier se puso en pie muy despacio. Tenía el rostro blanco. Metió la mano dentro de la camisa y habló despacio, entre dientes.

—Largo de aquí, bocazas. Ahora que todavía puedes andar.

Le miré con gesto de sorpresa.

—¿Qué ha sido de sus modales finos? —pregunté—. Y no me diga que lleva una pistola en esa ropa de jardín.

La rubia se echó a reír, mostrando un buen juego de dientes sanos. Vannier se metió la mano bajo el brazo izquierdo, por dentro de la camisa, y apretó los labios. Sus ojos negros eran penetrantes e inexpresivos al mismo tiempo, como los de una serpiente.

—Ya me ha oído —dijo, casi con suavidad—. Y no me descarte tan deprisa. Podría pegarle un tiro como quien enciende una cerilla. Y arreglarlo después.

Miré a la rubia. Tenía los ojos brillantes y su boca parecía sensual y ansiosa mientras nos miraba.

Di media vuelta y me alejé caminando por el césped. Aproximadamente a mitad de camino, me volví a mirarlos. Vannier seguía de pie, exactamente en la misma posición, con la mano dentro de la camisa. Los ojos de la rubia seguían muy abiertos y sus labios separados, pero la sombra de la sombrilla había difuminado su expresión, y a aquella distancia lo mismo podría haber sido de miedo que de expectación complacida.

Seguí andando sobre la hierba, atravesé la puerta blanca y recorrí el sendero de ladrillo bajo la pérgola de rosas. Llegué al final, di media vuelta, regresé sin hacer ruido hasta la puerta y les eché otro vistazo. No sabía qué iba a ver ni si me importaría cuando lo viera.

Lo que vi fue a Vannier prácticamente despatarrado encima de la rubia, besándola.

Meneé la cabeza y volví por el sendero.

El chófer de ojos rojos seguía trabajando en el Cadillac. Había terminado de lavarlo y estaba limpiando los cristales y los niquelados con una gamuza grande. Rodeé el coche y me situé a su lado.

—¿Qué tal te ha ido? —me preguntó, hablando con un lado de la boca.

—Mal. Me han pisoteado —dije.

Asintió y continuó haciendo el sonido silbante de un mozo de cuadras que cepilla un caballo.

—Más vale que te andes con cuidado. El tío va armado —dije—. O finge que va.

El chófer soltó una breve risita.

—¿Con esa ropa? Ni hablar.

—¿Quién es ese Vannier? ¿A qué se dedica?

El chófer se incorporó, dejó la gamuza en el marco de una ventanilla y se limpió las manos con la toalla que ahora llevaba sujeta al cinturón.

—Yo diría que a las mujeres —respondió.

—¿No es un poco peligroso... jugar con esta mujer en particular?

—Yo diría que sí —coincidió—. Pero cada uno tiene su propia idea del peligro. A mí me daría miedo.

—¿Dónde vive?

—En Sherman Oaks. Ella va a verle allí. Un día va a hacer rebosar el vaso.

—¿Alguna vez te has cruzado con una chica que se llama Linda Conquest? Alta, morena, guapa, que cantaba con una orquesta.

—Tío, por dos pavos pides mucho servicio.

—Podría subir hasta cinco.

Negó con la cabeza.

—A ésa no la conozco. Al menos, por ese nombre. Por aquí viene toda clase de tías, casi todas de muy buen ver. A mí no me las presentan. —Sonrió.

Saqué la cartera y deposité tres billetes de dólar en su pequeña y húmeda zarpa. Añadí una tarjeta profesional.

—Me gustan los hombres pequeños y enjutos —dije—. Parece que nunca tienen miedo de nada. Ven a verme alguna vez.

—A lo mejor voy, tío. Gracias. Linda Conquest, ¿eh? Tendré abiertas las orejas.

—Hasta la vista —dije—. ¿Cómo te llamas?

—Me llaman Shifty. Nunca he sabido por qué.

—Hasta luego, Shifty.

—Hasta luego. ¿Una pipa debajo del brazo... con esa ropa? Ni de broma.

—No sé —dije—. Hizo el amago. No me pagan por meterme en tiroteos con desconocidos.

—Demonios, si esa camisa que lleva sólo tiene dos botones en la parte de arriba. Me he fijado. Tardaría una semana en sacar un hierro de debajo de eso.

Pero su voz sonaba ligeramente preocupada.

—Supongo que era un farol —admití—. Si oyes hablar de Linda Conquest, me encantaría hablar de negocios contigo.

—De acuerdo, tío.

Volví por el camino asfaltado. Él se quedó allí rascándose la barbilla.

6

Conduje a lo largo de la manzana, buscando un sitio donde aparcar de modo que pudiera subir corriendo un momento a mi oficina antes de seguir hasta el centro.

Un Packard con chófer se separó de la acera delante de un estanco, a unos diez metros de la entrada a mi edificio. Me deslicé en el hueco, cerré el coche y salí. Sólo entonces me di cuenta de que el coche que estaba estacionado detrás del mío era un cupé de color arena que me resultaba conocido. No tenía por qué ser el mismo. Había miles de ésos. No había nadie dentro. Tampoco había nadie por las cercanías que llevara un sombrero de paja color cacao con una cinta amarilla y marrón.

Pasé al lado de fuera y miré el sitio del conductor. No había nombre del propietario. Apunté el número de matrícula en el reverso de un sobre, por si acaso, y entré en mi edificio. El tipo no estaba en el vestíbulo, ni en el pasillo de arriba.

Entré en la oficina, miré al suelo por si había correo, no vi nada, me invité a un traguito de la botella del despacho y me marché. No podía perder tiempo si quería llegar al centro antes de las tres.

El cupé color arena seguía aparcado y vacío. Me metí en mi coche, lo puse en marcha y me incorporé a la corriente de tráfico.

Ya estaba más allá de la esquina de Sunset con Vine cuando me alcanzó. Seguí adelante, sonriendo y preguntándome dónde se habría escondido. Puede que en el coche aparcado detrás del suyo. Eso no se me había ocurrido.

Conduje en dirección sur hasta la Tercera, y seguí por la Tercera hasta el centro. El cupé de color arena se mantuvo en todo momento a media manzana detrás de mí. Me metí por el cruce de la Séptima y Grand, aparqué cerca de la esquina de la Séptima con Olive, me paré a comprar cigarrillos que no me hacían falta, y después seguí andando por la Séptima hacia el este, sin mirar atrás. Al llegar a Spring, me metí en el Hotel Metropole, me dirigí al gran mostrador en forma de herradura del despacho de tabacos, encendí uno de mis cigarrillos y después me senté en uno de los viejos sillones de cuero marrón del vestíbulo.

Un tipo rubio con traje marrón, gafas oscuras y el ya célebre sombrero entró en el vestíbulo y se movió discretamente entre las macetas con palmeras y los arcos de estuco hasta llegar al despacho de tabaco. Compró un paquete de cigarrillos y lo abrió allí mismo, aprovechando la ocasión para apoyar la espalda en el mostrador y aplicar al vestíbulo los poderes de su ojo de águila.

Recogió el cambio y fue a sentarse de espaldas a una columna. Se echó el sombrero hacia delante, sobre las gafas negras y aparentó que se quedaba dormido con un cigarrillo sin encender entre los labios.

Me levanté, deambulé un poco y me dejé caer en el sillón que había junto al suyo. Le miré de lado. No se movió. Vista de cerca, su cara parecía juvenil, sonrosada y regordeta, y la barba rubia de su barbilla estaba afeitada de cualquier manera. Detrás de las gafas oscuras, sus pestañas subían y bajaban con rapidez. Una mano que tenía sobre la rodilla se crispó y agarró la tela, arrugándola. Tenía una verruga en la mejilla, justo debajo del párpado derecho.

Encendí una cerilla y acerqué la llama a su cigarrillo.

—¿Fuego?

—Ah, gracias —dijo, muy sorprendido.

Aspiró aire hasta que la punta del cigarrillo se puso brillante. Sacudí la cerilla para apagarla, la tiré al jarrón de arena que había a mi lado y esperé. Me miró de reojo varias veces antes de hablar.

—¿No le he visto en alguna parte?

—En la avenida Dresden de Pasadena. Esta mañana.

Vi cómo las mejillas se le ponían más sonrosadas de lo que ya estaban. Suspiró.

—Debo de ser malísimo —dijo.

—Chico, eres un asco —le di la razón.

—Será por el sombrero —dijo.

—El sombrero ayuda —dije yo—, pero lo harías igual sin él.

—Hay que ver lo que cuesta ganarse un dólar en esta ciudad —dijo con tristeza—. No puedes ir a pie, si vas en taxis te arruinas, y si usas tu propio coche, siempre estás en sitios donde no puedes llegar a él con suficiente rapidez. Tienes que quedarte demasiado cerca.

—Pero tampoco hace falta que te metas en los bolsillos de la gente —dije—. ¿Querías algo de mí o sólo estabas practicando?

—Pensaba averiguar si es usted lo bastante listo como para que valga la pena que hablemos.

—Soy listísimo —dije—. Sería una pena no hablar conmigo.

Miró cuidadosamente tras el respaldo de su sillón y a ambos lados de donde estábamos sentados y después sacó una carterita de piel de cerdo. Me pasó una tarjeta nuevecita, que decía: «George Anson Phillips. Investigaciones confidenciales. Edificio Seneger 212. Avenida Wilcox Norte 1924, Hollywood». Un número de teléfono de Glenview. En la esquina superior izquierda había un ojo abierto, con una ceja arqueada en gesto de sorpresa y pestañas muy largas.

—No puedes usar eso —dije, señalando el ojo—. Es el emblema de Pinkerton. Les estás pisando el negocio.

—Qué demonios —dijo—. Con lo poco que saco no debería molestarles.

Le di un papirotazo con la uña a la tarjeta, apreté bien los dientes y me guardé la tarjeta en el bolsillo.

—¿Quieres una de las mías... o ya me has hecho la ficha completa?

—Oh, ya lo sé todo sobre usted. Era ayudante en la comisaría de Ventura cuando usted estuvo trabajando en el caso Gregson.

Gregson era un timador de Oklahoma City al que una de sus víctimas estuvo siguiendo por todos los Estados Unidos durante dos años, hasta que se puso tan nervioso que le pegó un tiro al empleado de una gasolinera que le confundió con un conocido. Me parecía que había pasado muchísimo tiempo.

—Cuéntame a partir de ahí —dije.

—Recordé su nombre cuando lo vi en la licencia de su coche esta mañana. Así que cuando le perdí camino de la ciudad, sólo tuve que buscar su dirección. Iba a entrar a hablar con usted, pero eso habría sido quebrantar la confidencialidad. De este modo, no puedo evitarlo.

Otro chiflado. Con éste ya iban tres en un día, sin contar a la señora Murdock, que también era posible que estuviera chiflada.

Esperé mientras él se quitaba las gafas oscuras, limpiaba los cristales, se las volvía a poner y hacía una nueva inspección de los alrededores. Entonces dijo:

—Pensé que tal vez pudiéramos hacer un trato. Unir nuestras fuerzas, como se suele decir. Vi a ese tío entrar en su oficina, así que me figuré que le habría contratado.

—¿Sabes quién era?

—Estoy investigándole —dijo, y su voz sonaba floja y desanimada—. Y no estoy llegando a ninguna parte.

—¿Qué te ha hecho?

—Bueno, estoy trabajando para su esposa.

—¿Divorcio?

Miró con cautela a su alrededor y dijo en voz muy baja:

—Eso dice ella. Pero no sé yo.

—Los dos quieren el divorcio —dije—. Y los dos quieren sacar algo del otro. Es gracioso, ¿no?

—Por mi lado no me gusta tanto. Hay un tío que me sigue algunas veces. Un tipo muy alto, con un ojo raro. Me lo quito de encima, pero al cabo de un rato lo vuelvo a ver. Un tío muy alto. Parece una farola.

Un hombre muy alto con un ojo raro. Fumé pensativamente.

—¿Tiene algo que ver con usted? —me preguntó el rubio con cierta ansiedad.

Negué con la cabeza y tiré mi cigarrillo al jarrón de arena.

—Que yo sepa, nunca lo he visto. —Miré mi reloj de pulsera—. Más vale que nos reunamos para hablar de esto como es debido, pero ahora no puedo. Tengo una cita.

—Me gustaría —dijo—. Mucho.

—Pues venga. ¿En mi oficina, en mi piso, en tu oficina, o dónde?

Se rascó la barbilla mal afeitada con una uña bien mordida.

—En mi piso —dijo por fin—. No está en la guía de teléfonos. Deme esa tarjeta un momento.

Cuando se la entregué, le dio la vuelta sobre la palma de la mano y escribió despacio con un lapicerito metálico, moviendo la lengua a lo largo de los labios. Se iba volviendo más joven a cada minuto que pasaba. Ya no parecía tener mucho más de veinte años, pero tenía que ser mayor, porque el caso Gregson había ocurrido seis años atrás.

Se guardó el lápiz y me devolvió la tarjeta. La dirección que había escrito en ella era Apartamentos Florence 204, Calle Court 128.

Le miré con curiosidad.

—¿La calle Court de Bunker Hill?

Asintió, ruborizándose por toda su piel de rubio.

—No es gran cosa —se apresuró a decir—. No he andado muy boyante últimamente. ¿Le importa?

—No. ¿Por qué habría de importarme?

Me puse en pie y extendí la mano. Él me la estrechó y la soltó. Yo me la metí en un bolsillo y me sequé la palma con el pañuelo que guardaba allí. Mirándole la cara con más atención vi que había una línea de humedad en su labio superior y más de lo mismo en el costado de la nariz. Y no hacía tanto calor como para eso.

Hice ademán de marcharme y de pronto me volví, me incliné para acercarme a su cara y dije:

—Casi cualquiera puede tomarme el pelo, pero, sólo para asegurarnos, ella es una rubia alta con ojos indiferentes, ¿no?

—Yo no los llamaría indiferentes —dijo.

Acerqué más mi cara y dije:

—Y aquí entre nosotros, eso del divorcio es un cuento chino. Es algo completamente diferente, ¿verdad?

—Sí —dijo en voz baja—. Y es algo que cuanto más pienso en ello, menos me gusta. Tome.

Se sacó algo de un bolsillo y me lo puso en la mano. Era una llave plana.

—No hace falta que espere en el vestíbulo si yo no estoy. Tengo dos. ¿A qué hora cree que podrá venir?

—A eso de las cuatro y media, tal como van las cosas de momento. ¿Seguro que quieres darme esta llave?

—Caramba, los dos somos del oficio —dijo, mirándome inocentemente, o tan inocentemente como pudo mirar a través de las gafas oscuras.

Al final del vestíbulo me volví a mirar. Estaba sentado apaciblemente, con el cigarrillo a medio fumar apagado entre los labios y con la chillona cinta amarilla y marrón en su sombrero, y parecía tan inmóvil como un anuncio de cigarrillos en la contraportada del *Saturday Evening Post*.

Los dos éramos del oficio. O sea, que yo no se la jugaría. Así de fácil. Podía llevarme la llave de su piso, entrar en él y ponerme cómodo. Podía ponerme sus zapatillas, beberme su licor y levantar la alfombra y contar los billetes de mil dólares que tenía escondidos debajo. Los dos éramos del oficio.

7

El Edificio Belfont constaba de ocho pisos de nada en particular y estaba encajado entre unos grandes almacenes de ropa a precios de oferta, de color verde y niquelado, y un garaje de tres plantas y sótano que hacía un ruido parecido al de las jaulas de los leones a la hora de comer. El pequeño vestíbulo, oscuro y estrecho, estaba sucio como un gallinero. El directorio del edificio tenía muchos espacios vacíos. Sólo uno de los nombres significaba algo para mí, y ya conocía ese nombre. Enfrente del directorio, un cartelón apoyado en la pared de falso mármol decía: «Se alquila local, ideal para estanco. Preguntar en el despacho 316».

Había dos ascensores con puerta de reja, pero sólo uno parecía funcionar y en aquel momento estaba parado. Dentro de él había un anciano de mandíbula caída y ojos acuosos, sentado en un taburete de madera sobre el que había una tela de arpillera doblada. Parecía como si estuviera sentado allí desde la Guerra Civil, y ya hubiera salido malparado de ella.

Entré con él, le dije «octavo», y él forcejeó con las puertas para cerrarlas, le dio a la manivela y empezamos a subir a tirones y dando bandazos. El viejo jadeaba como si llevara el ascensor a cuestas.

Salí en mi piso y eché a andar por el pasillo. Detrás de mí, el viejo asomó la cabeza fuera del ascensor y se sonó la nariz con los dedos, encima de una caja de cartón llena de barridos del suelo.

La oficina de Elisha Morningstar estaba al fondo, enfrente de la salida de incendios. Dos habitaciones, y las dos puertas rotuladas con pintura negra descascarillada sobre cristal esmerilado. «Elisha Morningstar. Numismático.» En la de más al fondo decía también «Entrada».

Hice girar el picaporte y entré en un cuartito estrecho con dos ventanas, una desvencijada mesa para máquina de escribir cerrada, unas cuantas vitrinas de pared con monedas deslustradas insertadas en ranuras inclinadas, con etiquetas amarillentas escritas a máquina debajo, dos archivadores marrones contra la pared del fondo, sin cortinas en las ventanas, y una moqueta de color gris polvo, tan deshilachada que no se le notaban los rotos a menos que tropezaras con uno.

Al fondo, paralela a los archivadores, detrás de la mesita de la máquina de escribir, había una puerta interior de madera, abierta. A través de la puerta llegaban los típicos ruiditos que hace un hombre cuando no está haciendo nada. Entonces oí la seca voz de Elisha Morningstar que llamaba:

—Pase, por favor. Pase.

Crucé la habitación y entré. El despacho interior era igual de pequeño pero tenía muchas más cosas dentro. Una caja de seguridad verde ocupaba casi toda la mitad de delante. Más allá de la caja, una pesada mesa antigua de caoba, apoyada en la puerta de entrada, sostenía unos cuantos libros misteriosos, varias revistas viejas desencuadernadas y un montón de polvo. En la pared del fondo había una ventana abierta unos centímetros, que no ejercía ningún efecto sobre el olor a moho. Había un perchero con un grasiento sombrero de fieltro negro colgado. Había tres mesas de patas largas, con tableros de cristal y más monedas debajo de los cristales. En medio de la habitación había un gran escritorio con el tablero forrado de cuero negro. Encima de él, los habituales utensilios de un escritorio, y además una balanza de joyero bajo una cúpula de cristal, dos grandes lupas con montura niquelada y una lente de joyero colocada sobre un cuaderno con tapas de ante, junto a un arrugado pañuelo de seda amarilla manchado de tinta.

Sentado tras el escritorio en un sillón giratorio había un personaje de edad avanzada que vestía un traje gris oscuro con solapas altas y demasiados botones por delante. Tenía algunos pelos blancos y estropajosos, lo bastante largos como para hacerle cosquillas en las orejas. En medio de los pelos se alzaba una calva grisácea, como una roca sobresaliendo por encima de la vegetación. Le salía vello de las orejas, lo suficientemente largo como para atrapar a una polilla.

Tenía los ojos negros y penetrantes, con una bolsa debajo de cada uno, de color pardusco y surcada por una red de arrugas y venas. Sus mejillas eran brillantes y su nariz, corta y afilada, daba la impresión de que en sus tiempos había padecido las resacas de un buen montón de copas. Un cuello Hoover que ninguna lavandería decente habría admitido en sus locales le estrujaba la nuez, y una corbatilla negra de lazo dejaba asomar un nudo pequeño y duro por la parte inferior del cuello, como un ratón que se dispone a salir de su agujero.

—La señorita que me ayuda ha tenido que ir al dentista —dijo—. ¿Es usted el señor Marlowe?

Asentí.

—Por favor, siéntese. —Hizo un gesto con una mano fina, indicándome el sillón que había frente al escritorio. Me senté—. Tendrá usted algún tipo de identificación, supongo.

Se la enseñé. Mientras la leía, le olfateé desde mi lado del escritorio. Despedía una especie de olor a moho seco, como un chino aceptablemente limpio.

Dejó mi tarjeta boca abajo sobre el escritorio y cruzó las manos encima de ella. Sus penetrantes ojos negros no se perdían ni un detalle de mi cara.

—Bien, señor Marlowe, ¿en qué puedo servirle?

—Hábleme del doblón Brasher.

—Ah, sí —dijo—. El doblón Brasher. Una moneda interesante. —Levantó las manos del escritorio y formó una torre de iglesia con los dedos, como un antiguo abogado de familia preparándose para soltar un poco de jerga enrevesada—. En algunos aspectos, la más interesante y valiosa de las antiguas monedas norteamericanas. Como, sin duda, ya sabe usted.

—Con lo que yo no sé sobre monedas norteamericanas antiguas casi se podría llenar el Rose Bowl.

—¿De verdad? —dijo—. ¿De verdad? ¿Quiere que se lo diga yo?

—Para eso estoy aquí, señor Morningstar.

—Es una moneda de oro, más o menos equivalente a una moneda de oro de veinte dólares, y aproximadamente del tamaño de medio dólar. Casi exacta. Se hizo para el estado de Nueva York en 1787. No tiene cuño. No hubo cuños hasta 1793, cuando se fundó la primera casa de la moneda en Filadelfia. Probablemente, el doblón Brasher se fabricó mediante moldeado a presión, y su fabricante fue un orfebre particular llamado Ephraim Brasher, o Brashear. Donde sigue existiendo ese apellido se suele escribir Brashear, pero en la moneda no. No sé por qué.

Me puse un cigarrillo en la boca y lo encendí. Pensé que tal vez sirviera para combatir el olor a moho.

—¿Qué es el moldeado a presión?

—Las dos caras de la moneda se grababan en acero, en contrarrelieve, por supuesto. A continuación, estas mitades se montaban en plomo. Las piezas de oro se prensaban entre ellas, en una prensa para monedas. Después se repasaban los bordes para que el peso fuera exacto, y se pulían. Esta moneda no se acuñó a máquina. En 1787 no había máquinas de acuñar.

—Parece un proceso lento —dije.

Asintió con su cabeza blanca y picuda.

—Mucho. Y como en aquella época no se podía endurecer la superficie del acero sin distorsión, los moldes se gastaban y había que volverlos a hacer cada cierto tiempo. Con las consiguientes variaciones de diseño, ligeras pero visibles con un buen aumento. De hecho, se podría decir que no hay dos monedas idénticas, si las juzgamos con los métodos modernos de examen microscópico. ¿Me explico?

—Sí —dije—. Hasta cierto punto. ¿Cuántas de esas monedas existen, y cuánto valen?

Deshizo la torre de dedos, volvió a colocar las manos sobre el escritorio y tamborileó suavemente.

—No sé cuántas hay. Nadie lo sabe. Varios centenares, mil, tal vez más. Pero de ésas hay muy pocos ejemplares que no hayan circulado y se encuentren en lo que llamamos condición impecable. El valor varía, desde unos dos mil dólares para arriba. Yo diría que en estos tiempos, desde la devaluación del dólar, un ejemplar que no haya circulado, cuidadosamente manejado por un numismático de prestigio, podría venderse fácilmente por diez mil dólares, o incluso más. Tendría que tener historial, eso sí.

—Ah —dije, y dejé que el humo saliera lentamente de mis pulmones, disipándolo con la palma de la mano para alejarlo del anciano que se sentaba al otro lado del escritorio. Tenía aspecto de no fumar—. Y si no tiene historial y no se maneja con tanto cuidado... ¿cuánto?

Se encogió de hombros.

—Siempre existiría la sospecha de que la moneda se adquirió ilegalmente. Robada, u obtenida mediante fraude. Por supuesto, podría no ser así. Aparecen monedas raras en los sitios y momentos más inesperados. En viejas cajas fuertes, en cajones secretos de los escritorios de las casas antiguas de Nueva Inglaterra... No es frecuente, eso se lo aseguro, pero ocurre. Conozco un caso de una moneda muy valiosa que apareció en el relleno de un sofá de crin que estaba restaurando un anticuario. El sofá había estado en la misma habitación de la misma casa de Fall River, Massachusetts, durante noventa años. Nadie sabía cómo llegó allí la moneda. Pero hablando en general, las sospechas de robo serían muy fuertes. Sobre todo en esta parte del país.

Miró hacia un rincón del techo con mirada ausente. Yo le miré con una mirada no tan ausente. Parecía un hombre al que se podía confiar un secreto... siempre que fuera su propio secreto.

Bajó poco a poco la mirada hasta mi nivel y dijo:

—Cinco dólares, por favor.

—¿Qué? —dije yo.

—Cinco dólares, por favor.

—¿A cuento de qué?

—No sea ridículo, señor Marlowe. Todo lo que le he contado se puede encontrar en la biblioteca pública. En el *Registro* de Fosdyke, concretamente. Usted ha preferido venir aquí y hacerme perder el tiempo contándoselo. Mi tarifa por eso son cinco dólares.

—Suponga que no le pago —dije.

Se echó hacia atrás y cerró los ojos. En las comisuras de sus labios se dibujó una levísima sonrisa.

—Pagará —dijo.

Pagué. Saqué de mi cartera un billete de cinco, me levanté, me incliné sobre el escritorio y lo deposité cuidadosamente delante de él. Acaricié el billete con la punta de los dedos, como si fuera un gatito.

—Cinco dólares, señor Morningstar —dije.

Abrió los ojos y miró el billete. Sonrió.

—Y ahora —dije—, hablemos del doblón Brasher que alguien intentó venderle.

Abrió los ojos un poco más.

—Ah, ¿alguien ha querido venderme un doblón Brasher? ¿Y por qué lo harían?

—Necesitaban dinero —dije yo—. Y no querían que les hicieran demasiadas preguntas. Sabían, o averiguaron, que usted se dedica a esto y que el edificio en el que tiene su oficina es un vertedero asqueroso donde puede pasar cualquier cosa. Sabían que su oficina está al final de un pasillo y que usted es un hombre anciano que probablemente no intentaría ningún truco... por el bien de su propia salud.

—Pues parece que sabían muchas cosas —dijo secamente Elisha Morningstar.

—Sabían lo que tenían que saber para llevar a cabo su negocio. Como usted y como yo. Y nada de ello fue difícil de averiguar.

Se metió el dedo meñique en la oreja, hurgó un poco y lo sacó con un pegote de cera oscura. Se lo limpió en la chaqueta como si tal cosa.

—¿Y usted ha deducido todo eso del simple hecho de que yo llamara a la señora Murdock y le preguntara si su doblón Brasher está en venta?

—Pues claro. Ella pensó lo mismo. Es lo lógico. Como le dije por teléfono, usted tenía que saber que la moneda no estaba en venta. Si es que sabe algo de su negocio. Y ya me doy cuenta de que sí que sabe.

Hizo una inclinación de cabeza, como de un par de centímetros. No llegó a sonreír, pero parecía tan complacido como pueda estarlo un hombre con un cuello Hoover.

—A usted le habrán ofrecido esa moneda —dije— en circunstancias sospechosas. Usted querría comprarla, si pudiera conseguirla barata y tuviera el dinero necesario. Pero querría saber de dónde procedía. E incluso si estuviera completamente seguro de que era robada, usted podría comprarla si pudiera conseguirla suficientemente barata.

—Ah, ¿conque podría? —Parecía estarse divirtiendo, pero no a lo grande.

—Claro que podría..., si es usted un numismático de prestigio. Voy a suponer que lo es. Al comprar la moneda, barata, estaría librando al propietario o a su compañía de seguros de una pérdida completa. Estarían encantados de pagarle su desembolso. Se hace constantemente.

—Entonces, el Brasher de Murdock ha sido robado —dijo bruscamente.

—No diga que se lo he dicho yo —dije—. Es un secreto.

Esta vez estuvo a punto de hurgarse la nariz. Pero se contuvo a tiempo. En vez de eso, se arrancó un pelillo de la nariz, con un rápido tirón y un estremecimiento. Lo sostuvo en alto y lo miró. Luego alargó la mirada hacia mí y dijo:

—¿Y cuánto pagaría su cliente por recuperar la moneda?

Me incliné sobre el escritorio y le dediqué mi tenebrosa mirada de reojo.

—Mil pavos. ¿Cuánto pagó usted?

—Creo que es usted un joven muy listo —dijo.

Y entonces, su cara se distorsionó, su mandíbula se puso a temblar y el pecho empezó a saltarle para dentro y para fuera, mientras emitía un ruido parecido al de un gallo convaleciente que está aprendiendo a cacarear de nuevo tras una larga enfermedad.

Se estaba riendo.

Al cabo de un rato, se paró. Su cara volvió a la normalidad, lo mismo que sus ojos, abiertos, negros, penetrantes y astutos.

—Ochocientos dólares —dijo—. ¡Ochocientos dólares por un ejemplar sin circular del doblón Brasher! —Soltó una risa ahogada.

—Estupendo. ¿Lo tiene aquí? Con eso se gana doscientos. Buena jugada. Solución rápida, beneficio razonable y ningún problema para nadie.

—No está en mi oficina —dijo—. ¿Me toma por tonto? —Se sacó del chaleco un antiguo reloj de plata con leontina negra. Tuvo que forzar la vista para mirar la hora—. Digamos que a las once de la mañana. Venga con el dinero. La moneda podrá estar aquí o no, pero si su comportamiento me parece satisfactorio, dejaremos arreglado el asunto.

—Me parece bien —dije, levantándome—. De todos modos, tengo que ir por el dinero.

—Tráigalo en billetes usados —dijo en tono casi soñador—. De veinte usados me valen. Aunque haya alguno de cincuenta, no pasa nada.

Sonreí y eché a andar hacia la puerta. A mitad de camino di media vuelta, volví hasta el escritorio, apoyé las dos manos en él y adelanté la cabeza.

—¿Qué aspecto tenía ella?

Se quedó inexpresivo.

—La chica que le vendió la moneda.

Más inexpresivo aún.

—Está bien —dije—. No fue una chica. Alguien la ayudó. Fue un hombre. ¿Qué aspecto tenía el hombre?

Frunció los labios y formó otra torre de iglesia con los dedos.

—Era un hombre maduro, corpulento, aproximadamente un metro setenta de estatura y unos ochenta kilos de peso. Dijo que se llamaba Smith. Llevaba un traje azul, zapatos negros, corbata y camisa verdes, sin sombrero. En el bolsillo del pechó, un pañuelo con bordes marrones. Pelo castaño oscuro, con algunas canas. Tenía una calva en la coronilla del tamaño de un dólar, y una cicatriz como de cinco centímetros en la línea de la mandíbula. En el lado izquierdo, creo. Sí, en el lado izquierdo.

—No está mal —dije—. ¿Y qué me dice del tomate en el calcetín derecho?

—No se me ocurrió quitarle los zapatos.

—Mire que es usted descuidado —dije.

No dijo nada. Nos quedamos mirándonos el uno al otro, medio curiosos y medio hostiles, como vecinos nuevos. De pronto, se echó a reír otra vez.

El billete de cinco dólares que yo le había dado seguía sobre su lado del escritorio. Estiré una mano y lo cogí.

—Ahora ya no querrá esto —dije—. Dado que hemos empezado a hablar de miles.

Dejó de reírse de golpe. Después se encogió de hombros.

—A las once de la mañana —dijo—. Y nada de trucos, señor Marlowe. No crea que no sé protegerme.

—Espero que sepa —dije—, porque lo que tiene entre manos es dinamita.

Le dejé y crucé a zancadas la vacía oficina exterior, abrí la puerta y dejé que se cerrara, quedándome dentro. Tendrían que oírse pasos por el pasillo, pero su puerta estaba cerrada y yo no había hecho mucho ruido al llegar, con mis suelas de goma. Esperaba que se acordara de eso. Retrocedí a hurtadillas sobre la moqueta deshilachada y me escondí detrás de la puerta, entre la puerta y la mesita de la máquina de escribir. Una treta de niños, pero de vez en cuando funciona, sobre todo después de una larga y animada conversación, llena de toques mundanos y argucias ingeniosas. Y si esta vez no funcionaba, volveríamos a hacernos comentarios sarcásticos el uno al otro.

Funcionó. Durante un buen rato no ocurrió nada, aparte de una sonada de nariz. Después, aun estando solo, se dejó llevar otra vez por aquella risa suya de gallo enfermo. A continuación, hubo un carraspeo. Después, un sillón giratorio crujió y unos pies echaron a andar.

Una cabeza blanca y ajada se asomó a la habitación, sobresaliendo unos cinco centímetros del borde de la puerta. Se quedó allí suspendida y yo entré en un estado de animación suspendida. Después, la cabeza se echó hacia atrás y cuatro dedos sucios agarraron el borde de la puerta y tiraron de él. La puerta se cerró, dio un chasquido, quedó cerrada. Empecé a respirar de nuevo y apliqué la oreja al tabique de madera.

El sillón giratorio crujió una vez más. El sonido mecánico de marcar un teléfono. Me lancé hacia el aparato que había sobre la mesita de la máquina de escribir y lo levanté. Al otro extremo de la línea, el timbre había empezado a sonar. Sonó seis veces. Por fin, una voz de hombre dijo:

—¿Diga?

—¿Apartamentos Florence?

—Sí.

—Querría hablar con el señor Anson, del apartamento 204.

—No cuelgue. Voy a ver si está.

Ni el señor Morningstar ni yo colgamos. Se oía ruido, el sonido estridente de una radio muy alta que transmitía un partido de béisbol. No estaba cerca del teléfono, pero hacía bastante ruido.

Entonces oí el sonido hueco de pasos que se acercaban y el áspero golpeteo del auricular al ser levantado, y la voz dijo:

—No está. ¿Algún recado?

—Llamaré más tarde —dijo el señor Morningstar.

Colgué rápidamente y patiné a toda velocidad por el suelo hasta la puerta de entrada. La abrí sin hacer nada de ruido, como la nieve que cae, y dejé que se cerrara del mismo modo, deteniendo su impulso en el último momento, de manera que el chasquido del pestillo no se habría oído ni a un metro de distancia.

Respiré hondo y fuerte mientras andaba por el pasillo, escuchándome. Pulsé el botón del ascensor. Después saqué la tarjeta que el señor George Anson Phillips me había dado en el vestíbulo del Hotel Metropole. A decir verdad, ni la miré. No tenía necesidad de mirarla para recordar que en ella se hacía referencia al 204 de los Apartamentos Florence, en la calle Court 128. Me limité a darle golpecitos con una uña mientras el viejo ascensor subía a trompicones por el hueco, con tanto esfuerzo como un camión cargado de grava al tomar una curva en horquilla.

Eran las tres y cincuenta minutos.

8

Bunker Hill es un barrio viejo, un barrio perdido, un barrio mugriento, un barrio de sinvergüenzas. En otro tiempo, hace mucho, fue el barrio residencial preferido de la ciudad, y todavía quedan en pie unas pocas mansiones góticas que parecen recortables, con sus amplios porches y sus muros cubiertos de ripias con los extremos redondeados, y sus miradores que ocupan toda una esquina, con torretas en forma de huso. Ahora todas ellas son pensiones, el parqué de sus suelos está rayado y gastado hasta haber perdido el reluciente acabado que en otro tiempo tuvo, y las amplias escaleras están oscuras a causa del tiempo y del barniz barato aplicado sobre generaciones de suciedad. En sus habitaciones de techo alto, patronas que parecen brujas parlotean con inquilinos evasivos. En los amplios y frescos porches, extendiendo las agrietadas suelas de los zapatos hacia el sol y mirando hacia la nada, se sientan los viejos con caras que parecen batallas perdidas.

En las viejas casonas y en sus alrededores hay restaurantes llenos de moscas, fruterías italianas, casas de apartamentos baratos y pequeñas confiterías en las que se pueden comprar cosas aún peores que sus confites. Y hay hoteles infestados de ratas en cuyos registros sólo firma gente que se llama Smith y Jones, y donde el conserje de noche es mitad perro guardián y mitad alcahuete.

De las casas de apartamentos salen mujeres que deberían ser jóvenes, pero que tienen la cara como la cerveza rancia; hombres con sombreros calados hasta muy abajo y ojos penetrantes que inspeccionan la calle ocultos tras la mano cóncava que protege la llama de una cerilla; intelectuales consumidos, con tos de tanto fumar y sin dinero en el banco; policías de la secreta, con caras de granito y ojos resueltos; cocainómanos y traficantes de cocaína; gente que no tiene pinta de nada en particular y lo sabe; y de vez en cuando, hasta hombres que van a trabajar. Pero éstos salen temprano, cuando las anchas y agrietadas aceras están vacías y todavía tienen rocío.

Faltaba un poco para las cuatro y media cuando llegué allí, pero no mucho. Aparqué al final de la calle, donde llega el funicular que sube a duras penas desde la calle Hill por la ladera de arcilla blanca, y caminé por la calle Court hasta los apartamentos Florence. El edificio tenía una fachada principal de ladrillo oscuro, tres pisos, las ventanas más bajas al nivel de la calle y enmascaradas por telas metálicas oxidadas y visillos descoloridos. La puerta de entrada tenía un panel de cristal y todavía se podía leer gran parte del nombre. La abrí y bajé tres escalones con bordes de latón hasta un pasillo del que podías tocar los dos lados a la vez sin estirarte. Puertas sombrías, con números pintados con pintura sombría. Al pie de las escaleras, un nicho con un teléfono público. Un letrero: «Encargado, Apt. 106». Al fondo del pasillo, una puerta con tela metálica; y en la callejuela que había detrás, cuatro cubos de basura altos y abollados puestos en fila, con una multitud de moscas bailando al sol encima de ellos.

Subí por la escalera. La radio que había oído por teléfono seguía vociferando el partido de béisbol. Miré los números y seguí adelante. El apartamento 204 estaba en el lado derecho, y el partido de béisbol estaba justo enfrente, en el mismo pasillo. Llamé con los nudillos, no obtuve respuesta y llamé más fuerte. A mis espaldas, tres Dodgers fallaron sus tiros en medio del estruendo pregrabado de la multitud. Llamé por tercera vez y miré por la ventana del pasillo que daba a la fachada principal, mientras palpaba en mi bolsillo en busca de la llave que George Anson Phillips me había dado.

Al otro lado de la calle había una funeraria italiana, pulcra, tranquila y discreta, de ladrillo pintado de blanco hasta el nivel de la acera. Pompas Fúnebres Pietro Palermo. La fina caligrafía verde de un letrero de neón recorría su fachada con aire recatado. Un hombre alto con traje oscuro salió por la puerta principal y se apoyó en la pared blanca. Parecía un tipo muy guapo. Tenía la piel oscura y una bonita cabeza de pelo gris acero, peinado hacia atrás desde la frente. Sacó algo que, visto desde tan lejos, parecía una pitillera de plata o platino y esmalte negro, la abrió lánguidamente con dos dedos largos y morenos y eligió un cigarrillo con filtro dorado. Se guardó la pitillera y encendió el cigarrillo con un encendedor de bolsillo que parecía a juego con la pitillera. Lo guardó también, cruzó los brazos y se quedó mirando a la nada con los ojos semicerrados. De la punta de su inmóvil cigarrillo salía un hilillo de humo que subía en línea recta por encima de su cara, tan fino y tan recto como el humo de una fogata moribunda al amanecer.

Otro bateador falló o acertó a mis espaldas en el partido regrabado. Me volví, dejando de mirar al italiano alto, metí la llave en la cerradura del apartamento 204 y entré.

Una habitación cuadrada con moqueta marrón, muy pocos muebles y esos pocos nada acogedores. La cama de pared, con el habitual espejo deformante, fue lo primero que vi al abrir la puerta y me hizo sentir como un ex presidiario pringado que llega furtivamente a casa después de haber estado fumando marihuana. Había un butacón de abedul, y a su lado una cosa tapizada con forma de sofá-cama que parecía durísima. Delante de la ventana, una mesa sostenía una lámpara con pantalla de papel fruncido. Había una puerta a cada lado de la cama.

La puerta de la izquierda daba a una cocinita con un fregadero de piedra marrón, una cocina de tres fuegos y una vieja nevera eléctrica que dio un chasquido y empezó a palpitar de dolor en cuanto yo abrí la puerta. En el escurridor del fregadero de piedra permanecían los restos del desayuno de alguien, posos en el fondo de una taza, una corteza de pan chamuscada, migas en una tabla, un pringue amarillo de mantequilla derretida que bajaba por un plato inclinado, un cuchillo manchado y una cafetera granítica que olía como los sacos en un granero muy caliente.

Retrocedí rodeando la cama de pared y pasé por la otra puerta. Daba a un pasillo corto con un espacio abierto para ropa y una cómoda empotrada en la pared. En la cómoda había un peine y un cepillo negro con algunos pelos rubios entre sus negras cerdas. También había un bote de talco, una pequeña linterna con el cristal roto, un cuaderno de papel de cartas, una pluma de las que usan en los bancos, un tintero encima de un secante, cigarrillos y cerillas en un cenicero de cristal que contenía media docena de colillas.

En los cajones de la cómoda había más o menos lo que podría contener una maleta en cuestión de calcetines y ropa interior. En una percha había un traje gris, no nuevo pero todavía en buen estado, y debajo, en el suelo, un par de zapatos negros con bastante polvo.

Empujé la puerta del cuarto de baño. Se abrió aproximadamente un palmo y después se atascó. Me picó la nariz y sentí que se me ponían rígidos los labios al oler el áspero y penetrante olor que venía de detrás de la puerta. Cargué mi peso sobre ella. Cedió un poco pero volvió hacia atrás, como si alguien hiciera fuerza contra mí. Asomé la nariz por la abertura.

El suelo del cuarto de baño era demasiado pequeño para él, y por eso tenía las rodillas dobladas hacia arriba, colgando flojas hacia fuera, y la cabeza apretada contra el rodapié del otro extremo, no simplemente apoyada, sino encajada. Su traje marrón estaba un poco arrugado, y sus gafas oscuras sobresalían del bolsillo del pecho en un ángulo poco seguro. Como si eso importara. Tenía la mano derecha cruzada sobre el estómago y la izquierda caída en el suelo, con la palma hacia arriba y los dedos un poco curvados. En el lado derecho de la cabeza, entre el pelo rubio, tenía una herida con sangre seca. La boca abierta estaba llena de sangre carmesí brillante.

Era una pierna lo que atascaba la puerta. Empujé con fuerza, me escurrí por la abertura y entré. Me agaché para apoyar dos dedos en el lateral de su cuello, sobre la arteria grande. No había pulso en la arteria, ni siquiera un suspiro. Nada de nada. La piel estaba helada. No debería estar helada, pero a mí me pareció que lo estaba. Me incorporé, apoyé la espalda en la puerta, metí los puños en los bolsillos y olí el humo de la pólvora. El partido de béisbol seguía en marcha, pero a través de dos puertas cerradas sonaba muy lejano.

Me puse en pie y lo miré desde arriba. No hay nada que ver, Marlowe, nada de nada. Y aquí no pintas nada de nada. Ni siquiera lo conocías. Sal de aquí, lárgate a toda prisa.

Me aparté de la puerta, la abrí de un tirón y volví por el pasillo al cuarto de estar. Una cara me miró desde el espejo. Una cara tensa y burlona. Me alejé rápidamente de ella, saqué la llave que George Anson Phillips me había dado, la froté entre mis húmedas palmas y la dejé junto a la lámpara.

Froté también el picaporte que abría la puerta y el pomo que la cerraba por fuera. Los Dodgers iban ganando por siete a tres, en la primera mitad del octavo tiempo. Una tipa que sonaba a borracha perdida cantaba «Frankie and Johnny» en versión marinera, con una voz que ni el whisky había logrado mejorar. Una voz ronca de hombre le rugió que se callara, y ella siguió cantando. Se oyó un rápido movimiento de pasos sobre el suelo, una bofetada, un grito. Ella dejó de cantar y el partido de béisbol continuó.

Me puse un cigarrillo en la boca, lo encendí, bajé las escaleras y me detuve en la penumbra del ángulo del pasillo, mirando el letrero que decía «Encargado, Apt. 106».

Sólo mirarlo ya era de idiotas. Me quedé mirándolo durante un buen rato, mordiendo con fuerza el cigarrillo.

Di media vuelta y volví hacia el final del pasillo. Había una puerta con una plaquita esmaltada que decía «Encargado». Llamé a la puerta.

9

Una silla empujada hacia atrás, pies que se arrastraban, la puerta se abrió.

—¿Es usted el encargado?

—Sí.

Era la misma voz que había oído por teléfono, hablando con Elisha Morningstar.

Tenía en la mano un vaso vacío y mugriento. Parecía que alguien hubiera criado peces de colores en él. Era un tipo larguirucho, con pelo corto color zanahoria que le caía hasta la mitad de la frente. Tenía una cabeza larga y estrecha, llena de marrullerías. Unos ojos verdosos me miraban desde debajo de unas cejas anaranjadas. Las orejas eran tan grandes que con buen viento podrían aletear. La nariz era larga y propensa a meterse en todo. El conjunto de la cara era una cara con experiencia, una cara que sabría guardar un secreto, una cara que mantenía la compostura con tan poco esfuerzo como un cadáver en el depósito.

Llevaba el chaleco abierto, sin chaqueta, una cadena de reloj de crin trenzada y ligas azules en las mangas, con presillas metálicas.

—¿El señor Anson? —pregunté.

—Dos cero cuatro.

—No está.

—¿Y qué quiere que haga yo? ¿Poner un huevo?

—Qué bueno —dije—. ¿Le salen siempre así o es que es su cumpleaños?

—Largo de aquí —dijo—. Ahueque. —Empezó a cerrar la puerta, pero la volvió a abrir para añadir—: A tomar viento. Esfúmese. Dese el piro. —Y habiendo dejado claro lo que quería decir, empezó a cerrar la puerta otra vez.

Me apoyé contra la puerta. Él se apoyó por su lado. Aquello hizo que nuestras caras se acercaran.

—Cinco pavos —dije.

Aquello le hizo efecto. Abrió la puerta de golpe y tuve que dar un paso rápido hacia delante para no darle con la cabeza en la barbilla.

—Pase —dijo.

Un cuarto de estar con una cama de pared, todo siguiendo estrictamente el diseño de la casa, incluyendo la pantalla de papel fruncido y el cenicero de cristal. Esta habitación estaba pintada de amarillo yema de huevo. Lo único que le faltaba eran unas cuantas arañas negras y gordas pintadas sobre el amarillo para parecer un ataque de bilis.

—Siéntese —dijo, cerrando la puerta.

Me senté. Nos miramos el uno al otro con los ojos puros e inocentes de un par de vendedores de coches usados.

—¿Una cerveza? —preguntó.

—Gracias.

Abrió dos latas, llenó el vaso mugriento que había tenido en la mano y fue a coger otro igual. Dije que bebería directamente de la lata. Me pasó la lata.

—Diez centavos —dijo.

Le di diez centavos.

Los dejó caer en un bolsillo del chaleco y siguió mirándome. Tiró de una silla, se sentó en ella separando sus huesudas y protuberantes rodillas y dejó caer entre ellas la mano libre.

—No me interesan sus cinco pavos —dijo.

—Estupendo —dije yo—. En realidad, no pensaba dárselos.

—Un listillo —dijo—. ¿Qué busca? Éste es un sitio respetable. No se permiten cosas raras.

—Y bien tranquilo —dije—. Arriba casi se puede oír el canto de las águilas.

Su sonrisa era amplia, como de centímetro y medio.

—No es fácil hacerme gracia —dijo.

—Igual que a la reina Victoria —dije.

—No lo pillo.

—No espero milagros —dije.

Aquel diálogo absurdo me producía una especie de efecto tonificante, poniéndome de un humor cortante y abrasivo.

Saqué mi cartera y elegí una tarjeta. No era mía. Decía «James B. Pollock, Compañía de Reaseguros e Indemnizaciones. Agente de ventas». Intenté acordarme del aspecto que tenía James B. Pollock y de dónde le había conocido. No pude recordarlo. Le di la tarjeta al hombre zanahoria.

La leyó y se rascó la punta de la nariz con una de sus esquinas.

—¿Ha hecho alguna pifia? —preguntó, manteniendo sus ojos verdes pegados a mi cara.

—Joyas —dije, haciendo un gesto con la mano.

Se lo pensó. Mientras él se lo pensaba, intenté adivinar si le preocupaba o no. No parecía.

—Alguno se nos cuela de vez en cuando —admitió—. No se puede evitar. Aunque a mí no me pareció mal tipo. Tenía pinta de blando.

—A lo mejor me han informado mal —dije.

Le describí a George Anson Phillips. George Anson Phillips vivo, con su traje marrón y sus gafas de sol y su sombrero de paja color cacao con la cinta estampada marrón y amarilla. Me pregunté qué habría sido del sombrero. Arriba no estaba. Se habría deshecho de él, pensando que llamaba mucho la atención. Su pelo rubio era casi igual de malo, aunque no tanto.

—¿Le suena parecido a él?

El hombre zanahoria se tomó su tiempo para decidir. Por fin hizo un gesto de asentimiento, observándome detenidamente con sus ojos verdes, mientras su mano delgada y dura llevaba la tarjeta a la boca y la hacía pasar por los dientes como quien pasa un palo por las estacas de una valla.

—No me imaginaba que fuera un granuja —dijo—. Pero, qué demonios, los hay de todas las tallas y colores. Sólo lleva aquí un mes. Si hubiera parecido un mal elemento, no se habría podido quedar.

Hice un buen trabajo no riéndome en sus narices.

—¿Qué le parece si registramos el apartamento mientras él está fuera?

Negó con la cabeza.

—Al señor Palermo no le gustaría.

—¿El señor Palermo?

—Es el propietario. El de enfrente. El dueño de la funeraria. Es propietario de este edificio y de muchos edificios más. Prácticamente es el dueño del barrio, ya me entiende usted. —Me dedicó una mueca con el labio y un parpadeo del ojo derecho—. Tiene muchos apoyos. No conviene meterse con él.

—Bueno, pues mientras él está ganando apoyos o jugando con un fiambre o lo que esté haciendo en este momento, vamos arriba a registrar el apartamento.

—No haga que me cabree —dijo brevemente el hombre zanahoria.

—Eso me preocuparía aproximadamente el dos por ciento de nada —dije—. Vamos arriba a registrar el apartamento.

Tiré a la papelera la lata de cerveza vacía y la vi rebotar y rodar hasta el centro de la habitación.

El hombre zanahoria se puso en pie de pronto, separó los pies, se frotó las manos y se mordió el labio inferior.

—Dijo algo de cinco pavos. —Se encogió de hombros.

—Eso fue hace horas —respondí—. Me lo he pensado mejor. Vamos arriba a registrar el apartamento.

—Como diga eso una vez más... —Su mano derecha se deslizó hacia la cadera.

—Si está pensando sacar una pistola, al señor Palermo no le gustaría —dije.

—Al diablo el señor Palermo —rugió con voz repentinamente furiosa, salida de un rostro repentinamente cargado de sangre oscura.

—Al señor Palermo le gustará mucho enterarse de lo que opina de él —dije yo.

—Mire —dijo muy despacio el hombre zanahoria, dejando caer la mano a un costado, adelantando la mitad superior del cuerpo y poniéndome la peor cara que pudo poner—. Mire. Yo estaba aquí tan tranquilo, tomándome un par de cervezas. O tres. O nueve. ¡Qué demonios importa! No estaba molestando a nadie. Ha hecho un buen día. Parecía que iba a hacer buena noche... y entonces, viene usted. —Agitó con violencia una mano.

—Vamos arriba a registrar el apartamento —dije.

Echó hacia delante los dos puños, muy apretados. Al final del movimiento, abrió del todo las manos, estirando los dedos todo lo que pudo. La nariz le temblaba con fuerza.

—Si no fuera por el empleo... —dijo.

Abrí la boca.

—¡No lo diga! —chilló.

Se puso un sombrero, pero no la chaqueta, abrió un cajón y sacó un manojo de llaves, pasó junto a mí para abrir la puerta y se quedó en ella, haciéndome un gesto con la barbilla. Su cara todavía parecía un poco alterada.

Salimos al pasillo, lo recorrimos y subimos la escalera. El partido de béisbol había terminado y una música de baile había ocupado su puesto. El hombre zanahoria escogió una de las llaves y la introdujo en la cerradura del apartamento 204. Detrás de nosotros, en el apartamento de enfrente, sobre el chunda-chunda de la orquesta de baile, una voz de mujer dio de repente un chillido histérico.

El hombre zanahoria sacó la llave y me enseñó los dientes. Cruzó el estrecho pasillo y aporreó la puerta de enfrente. Tuvo que golpear con fuerza y muchas veces para que le hicieran algún caso. Entonces la puerta se abrió de golpe y una rubia de rostro afilado con pantalones escarlata y un jersey verde le miró con ojos ardientes, uno de los cuales estaba hinchado mientras que el otro había recibido un guantazo varios días antes. También tenía un moratón en el cuello y llevaba en la mano un vaso alto y fresco con un líquido ámbar.

—Baje el volumen ya mismo —dijo el hombre zanahoria—. Demasiado jaleo. No quiero tener que decírselo otra vez. A la próxima, llamo a la poli.

La chica miró hacia atrás por encima de su hombro y gritó sobre el ruido de la radio:

—¡Eh, Del! Este tío dice que bajes el volumen. ¿Quieres sacudirle?

Una silla crujió, el ruido de la radio cesó de repente, y un tipo moreno y corpulento con mirada feroz apareció detrás de la rubia, la apartó a un lado con una mano y estiró la cara hacia nosotros. Le hacía falta un afeitado. Llevaba pantalones, zapatos de calle y una camiseta.

Plantó los pies en el umbral, soltó un pequeño resoplido por la nariz y dijo:

—Lárgate de aquí. Acabo de venir de comer. La comida estaba asquerosa. No me gustaría que nadie se pusiera chulo conmigo.

Estaba muy borracho, pero se veía que tenía práctica.

—Ya me ha oído, señor Hench —dijo el hombre zanahoria—. Baje esa radio y deje de armar bronca. Ahora mismo.

El hombre al que llamaban Hench dijo:

—Oye, soplapollas...

Y se lanzó hacia delante, intentando dar un fuerte pisotón con el pie derecho. El pie izquierdo del hombre zanahoria no esperó a que lo pisaran. El delgado cuerpo retrocedió rápidamente, soltando el manojo de llaves, que cayó al suelo a su espalda, chocando con la puerta del apartamento 204. La mano derecha del hombre zanahoria describió un arco y apareció con una cachiporra forrada de cuero trenzado.

Hench dijo «¡Yah!» y agarró dos grandes puñados de aire con sus peludas manos, cerró las manos apretando los puños y le sacudió un tremendo golpe al vacío.

El hombre zanahoria le golpeó en lo alto de la cabeza y la chica volvió a chillar y tiró el vaso de licor a la cara de su amigo. No sabría decir si lo hizo porque ahora podía hacerlo sin que le pasara nada, o si fue un error involuntario.

Hench se dio la vuelta a ciegas, con la cara sangrando, se tambaleó y atravesó corriendo la habitación, dando bandazos que amenazaban con hacerle caer de narices a cada paso. La cama estaba bajada y revuelta. Hench llegó a la cama sobre una rodilla y metió una mano bajo la almohada.

—Cuidado —dije—. Una pistola.

—También puedo apañarme con eso —dijo el hombre zanahoria entre dientes, y metió la mano derecha, que ya estaba vacía, bajo su chaleco abierto.

Hench estaba de rodillas. Levantó una, se giró y vimos que tenía una pistola negra de cañón corto en la mano derecha. La estaba mirando fijamente, sin empuñarla por la culata, sosteniéndola en la palma de la mano.

—¡Tírala! —dijo con fuerza la voz del hombre zanahoria mientras él entraba en la habitación.

Al instante, la rubia se le subió a la espalda y enroscó sus largos y verdes brazos en torno a su cuello, chillando con frenesí. El hombre zanahoria se tambaleó, soltando tacos y moviendo su pistola de un lado a otro.

—¡Dale, Del! —chillaba la rubia—. ¡Dale fuerte!

Hench, con una mano sobre la cama y un pie en el suelo, las dos rodillas dobladas, la mano derecha sosteniendo la pistola de plano en la palma y los ojos fijos en ella, se fue poniendo en pie poco a poco y gruñó desde las profundidades de su garganta:

—Éste no es mi revólver.

Despojé al hombre zanahoria de la pistola que no le estaba sirviendo de nada y pasé junto a él, dejándole que se quitara la rubia de encima como buenamente pudiera. Una puerta se cerró de golpe en el pasillo y se oyeron pasos que venían hacia nosotros.

—Tírela, Hench —dije.

Alzó la mirada hacia mí. Sus oscuros y desconcertados ojos estaban repentinamente sobrios.

—No es mi revólver —dijo, extendiendo la mano que sostenía el arma—. El mío es un Colt 32, de cañón corto.

Le quité la pistola. No hizo ningún esfuerzo para impedírmelo. Se sentó en la cama, frotándose lentamente la cabeza y retorciendo la cara como si le costara pensar.

—¿Dónde demonios...? —Su voz se perdió en la nada, y él sacudió la cabeza y se estremeció.

Olfateé la pistola. La habían disparado. Saqué el cargador y conté las balas a través de los agujeritos laterales. Había seis. Con una más que había en la recámara, hacían siete. La pistola era una Colt automática del 32, de ocho tiros. Había sido disparada. Si no la habían recargado, se había disparado un tiro.

El hombre zanahoria ya se había quitado a la rubia de la chepa. La había tirado a un sillón y se estaba limpiando un arañazo en la mejilla. Sus ojos verdes tenían un aire siniestro.

—Más vale que llame a la poli —dije—. Con esta pistola se ha disparado un tiro, y ya va siendo hora de que se entere de que hay un muerto en el apartamento de enfrente.

Hench me miró con cara de idiota y dijo con voz tranquila y razonable:

—Hermano, de verdad que esa pistola no es mía.

La rubia sollozaba de manera bastante teatral y me enseñó una boca abierta, contorsionada por el sufrimiento y la mala actuación. El hombre zanahoria salió discretamente por la puerta.

10

—Un tiro en el cuello con un arma de calibre mediano y bala de punta blanda —dijo el teniente de policía Jesse Breeze—. Aquí hay un arma de ese tipo, con balas como la de ahí dentro. —Hizo bailar la pistola en su mano, la pistola que Hench había dicho que no era suya—. La bala entró con trayectoria ascendente, y probablemente pegó en la parte posterior del cráneo. Todavía está dentro de la cabeza. El tipo lleva muerto unas dos horas. Manos y cara frías, pero el cuerpo aún caliente. No hay rígor mortis. Antes de dispararle, le atizaron con algo duro. Probablemente, con la culata de una pistola. ¿Les dice algo todo esto, chicos y chicas?

El periódico sobre el que estaba sentado crujió. Se quitó el sombrero y se secó con un pañuelo la cara y la parte superior de su cabeza casi calva. Alrededor de la coronilla había una franja de pelo de color claro, mojado y oscurecido por el sudor. Se volvió a poner el sombrero, un panamá de copa plana tostado por el sol. No era un sombrero de ese año, y probablemente tampoco del año anterior.

Era un hombre grande, con bastante barriga, que llevaba zapatos marrones y blancos, calcetines caídos y pantalones blancos con rayitas negras, una camisa con el cuello abierto que dejaba ver algunos pelos de color rojizo en lo alto del pecho, y una chaqueta deportiva azul celeste de tela áspera, que por los hombros no era mucho más ancha que un garaje para dos coches. Tendría unos cincuenta años, y el único detalle que indicaba sin lugar a dudas que era policía era la mirada fija y penetrante, tranquila, sin parpadeos, de sus abultados ojos azules, una mirada que no tenía intención de ser grosera, pero que cualquiera que no fuera policía consideraría grosera. Por debajo de sus ojos, cruzando la parte alta de los pómulos y el puente de la nariz, tenía un ancho sendero de pecas que parecían un campo de minas en un mapa de guerra.

Estábamos sentados en el apartamento de Hench, con la puerta cerrada. Hench se había puesto una camisa y se estaba anudando la corbata con expresión ausente, con dedos gruesos, torpes y temblorosos. La chica estaba tendida en la cama. Se había puesto una cosa verde enrollada alrededor de la cabeza, tenía un bolso a su lado y se tapaba los pies con un abrigo corto de ardilla. Tenía la boca entreabierta y cara de estar exhausta y conmocionada.

Hench habló con voz espesa:

—Si lo que quiere decir es que a ese tío lo mataron con la pistola que había debajo de la almohada, vale. Es muy posible que sí. Esa pistola no es mía y, por mucho que hagan, no conseguirán hacerme decir que es mi pistola.

—Suponiendo que sea así —dijo Breeze—, ¿cómo lo explicas? ¿Alguien se llevó tu arma y dejó a cambio ésta? ¿Cuándo, cómo, qué clase de arma tenías?

—Salimos a eso de las tres y media para comer algo en la casa de comidas de la esquina —dijo Hench—. Lo pueden comprobar. Debimos de dejar la puerta sin cerrar. Habíamos estado dándole un poco a la botella. Creo que hicimos bastante ruido. Estuvimos oyendo el partido por la radio. Creo que la apagamos cuando salimos. No estoy seguro. ¿Tú te acuerdas? —Miró a la chica que estaba tumbada en la cama, callada y con la cara blanca—. ¿Te acuerdas, cariño?

La chica ni le miró ni le respondió.

—Está hecha polvo —dijo Hench—. Yo tenía un revólver, un Colt 32, del mismo calibre que ésa, pero un revólver de cañón corto. Un revólver, no una automática. Tiene roto un trozo de la cacha de goma. Me lo pasó un judío llamado Morris hace tres o cuatro años. Trabajábamos juntos en un bar. No tengo licencia, pero tampoco voy por ahí con el revólver.

—Pegándole como le pegáis a la priva —dijo Breeze— y teniendo un arma bajo la almohada, tarde o temprano alguien iba a recibir un tiro. Eso teníais que saberlo.

—¡Pero qué demonios!, si ni siquiera conocíamos a ese tío —dijo Hench.

Ya se había anudado la corbata, muy mal anudada. Estaba completamente sobrio y temblaba mucho. Se puso en pie, recogió una chaqueta que había a los pies de la cama, se la puso y se volvió a sentar. Vi cómo le temblaban los dedos al encender un cigarrillo.

—No sabemos cómo se llamaba. No sabemos nada de él. Lo he visto dos o tres veces por el pasillo, pero ni me hablaba. Supongo que será el mismo tío. Ni siquiera estoy seguro de eso.

—Es el que vivía ahí —dijo Breeze—. Vamos a ver, ese partido de béisbol era una retransmisión en diferido, ¿no?

—Empiezan a las tres —dijo Hench—. Desde las tres hasta más o menos las cuatro y media, a veces hasta más tarde. Cuando salimos iban como por la segunda mitad del tercer tiempo. Estuvimos fuera durante una mano y media, puede que dos. De veinte minutos a media hora, no más.

—Es muy posible que lo mataran justo antes de que salierais —dijo Breeze—. La radio taparía el sonido de un disparo que se hiciera cerca. Debisteis de dejar la puerta sin cerrar con llave, incluso puede que abierta.

—Podría ser —dijo Hench en tono cansado—. ¿Tú te acuerdas, cariño?

Una vez más, la chica de la cama se negó a responderle e incluso a mirarle.

—Dejasteis la puerta abierta o sin cerrar con llave —continuó Breeze—. El asesino os oyó salir. Entró en vuestro apartamento para deshacerse de su arma, vio la cama bajada, fue a ella y metió su pistola bajo la almohada, y entonces... imaginaos su sorpresa. Encontró allí otra arma esperándole. Así que se la llevó. Ahora bien, si quería deshacerse de su pistola, ¿por qué no dejarla en el mismo lugar del crimen? ¿Por qué arriesgarse a entrar en un apartamento ajeno? ¿Por qué molestarse tanto?

Yo estaba sentado en una esquina del sofá-cama, junto a la ventana. Aporté mi granito de arena, diciendo:

—Suponga que ya había salido del apartamento de Phillips y cerrado la puerta, cuando se le ocurrió que tenía que deshacerse del arma. Suponga que al empezar a pasársele la conmoción de haber cometido un asesinato, se encontró en el pasillo, todavía con el arma del crimen en la mano. Querría deshacerse de ella a toda prisa. Y si la puerta de Hench estaba abierta y él los había oído salir por el pasillo...

Breeze me miró un instante y gruñó:

—No digo que no haya sido así. Sólo estoy reflexionando. —Volvió a dirigir su atención a Hench—. Vamos a ver: si se comprueba que ésta es la pistola que mató a Anson, tenemos que intentar encontrar *tu* revólver. Y mientras hacemos eso, necesitamos teneros a mano a ti y a la señorita. Lo comprendes, ¿verdad?

—No tiene usted gente capaz de atizarme lo bastante fuerte como para hacerme decir otra cosa —dijo Hench.

—Siempre podemos intentarlo —dijo Breeze con suavidad—. Y podríamos empezar ahora mismo.

Se puso en pie, se giró y barrió con la mano los periódicos arrugados que había sobre la silla, tirándolos al suelo. Fue hasta la puerta, dio media vuelta y se quedó mirando a la chica tumbada en la cama.

—¿Estás bien, hermana, o quieres que llame a una enfermera?

La chica de la cama no le respondió.

—Necesito un trago —dijo Hench—. Necesito un trago como sea.

—Mientras yo te esté mirando, no —dijo Breeze, y salió por la puerta.

Hench cruzó la habitación, se metió en la boca el cuello de una botella y tragó licor ruidosamente. Bajó la botella, miró lo que quedaba y se acercó a la chica. La tocó en el hombro.

—Despierta y echa un trago —le gruñó.

La chica siguió mirando al techo. Ni le respondió ni dio señal alguna de haberle oído.

—Déjela en paz —dije yo—. Tiene un *shock*.

Hench se terminó lo que quedaba en la botella, dejó con cuidado la botella vacía y miró de nuevo a la chica. Después le dio la espalda y se quedó mirando al suelo con el ceño fruncido.

—Dios, ojalá me acordara mejor —dijo para sus adentros.

Breeze volvió a entrar en la habitación con un inspector de paisano, joven y con pinta de novato.

—Éste es el teniente Spangler —dijo—. Él se hará cargo de vosotros. En marcha, ¿vale?

Hench volvió a acercarse a la cama y sacudió el hombro de la chica.

—Arriba, nena. Vamos a dar un paseo.

La chica movió los ojos sin girar la cabeza y le miró despacio. Levantó los hombros de la cama, metió una mano bajo las piernas para empujarlas sobre el borde y se puso en pie, dando pataditas con el pie derecho, como si se le hubiera quedado dormido.

—Lo siento, chica..., pero ya sabes cómo es la cosa —dijo Hench.

La chica se llevó una mano a la boca y se mordió el nudillo del dedo meñique, mirando a Hench con rostro inexpresivo. De pronto alzó la mano y le sacudió en la cara con todas sus fuerzas. Después salió de la habitación medio corriendo.

Hench no movió ni un músculo durante un largo momento. Se oyó un ruido confuso de hombres que hablaban fuera, y un ruido confuso de coches abajo en la calle. Hench encogió sus macizos hombros, estiró la espalda y recorrió la habitación con la mirada, como si no esperara volver a verla pronto, o tal vez nunca. Después salió, pasando junto al joven inspector con pinta de novato.

El inspector salió. La puerta se cerró. El ruido confuso de abajo se apagó un poquito, y Breeze y yo nos quedamos sentados, mirándonos uno a otro con cara de pocos amigos.

11

Al cabo de un rato, Breeze se cansó de mirarme y se sacó un puro del bolsillo. Rajó la funda de celofán con una navaja, recortó la punta del cigarro y lo encendió con mucho cuidado, haciéndolo girar sobre la llama y manteniendo la cerilla apartada mientras él miraba pensativamente al vacío y daba chupadas al puro para asegurarse de que ardía tal como él quería que ardiera.

Después apagó la cerilla sacudiéndola muy despacio y se estiró para dejarla sobre el alféizar de la ventana abierta. Y después me miró un poco más.

—Usted y yo —dijo— vamos a llevarnos bien.

—Estupendo —dije yo.

—No se lo cree —dijo—, pero nos llevaremos bien. Pero no porque de repente le haya cogido cariño, sino porque es mi manera de trabajar. Todo a las claras. Todo con sensatez. Todo con tranquilidad. No como esa individua. Es la típica tía que se pasa la vida buscando líos y cuando los encuentra, le echa la culpa al primer fulano al que pueda hincarle las uñas.

—Él le puso los ojos a la funerala —dije yo—. No creo que con eso la chica le vaya a querer demasiado.

—Ya veo que entiende mucho de mujeres —dijo Breeze.

—No saber mucho sobre ellas me ha ayudado en mi trabajo —dije—. Estoy abierto a todo.

Asintió y examinó la punta de su cigarro. Sacó un papel del bolsillo y lo leyó.

—Delmar B. Hench, cuarenta y cinco años, camarero en paro. Maybelle Masters, veintiséis años, bailarina. Eso es todo lo que sé de ellos. Y me da la impresión de que no hay mucho más que saber.

—¿No cree que él haya matado a Anson? —pregunté.

Breeze me miró sin ningún placer.

—Hermano, yo acabo de llegar. —Sacó del bolsillo una tarjeta y la leyó también—. James B. Pollock, Compañía de Reaseguros e Indemnizaciones. Agente de ventas. ¿De qué va esto?

—En un barrio como éste es de mala educación usar tu verdadero nombre —dije—. Anson tampoco lo usaba.

—¿Qué tiene de malo este barrio?

—Prácticamente todo —dije.

—Lo que me gustaría saber —dijo Breeze— es qué sabe usted del muerto.

—Ya se lo he dicho.

—Dígamelo otra vez. La gente me cuenta tantas cosas que se me lía todo.

—Sé lo que dice en su tarjeta, que se llama George Anson Phillips y que decía ser detective privado. Estaba a la puerta de mi oficina cuando salí a comer. Me siguió al centro, hasta el vestíbulo del Hotel Metropole. Hice que me siguiera hasta allí. Hablé con él y reconoció que me había estado siguiendo, y dijo que era porque quería averiguar si yo era lo bastante listo como para que se pudieran hacer negocios conmigo. Todo eso era un cuento chino, claro. Probablemente no sabía qué hacer y estaba esperando que algo le ayudara a decidirse. Estaba haciendo un trabajo que no le parecía nada claro, según me dijo, y quería aliarse con alguien, tal vez con alguien que tuviera un poco más de experiencia que él, si es que él tenía alguna. No se portaba como si la tuviera.

—Y la única razón de que le eligiera a usted —dijo Breeze— fue que hace seis años usted trabajó en un caso en Ventura, cuando él era ayudante del sheriff.

—Ésa es mi historia —dije.

—Pero no tiene por qué aferrarse a ella —dijo Breeze con calma—. Siempre puede contarnos una mejor.

—Ésa es bastante buena —dije yo—. Quiero decir que es bastante buena en el sentido de que es lo bastante mala como para ser verdad.

Asintió con su lenta cabezota.

—¿Qué opina usted de todo esto? —preguntó.

—¿Han investigado ustedes la dirección de la oficina de Phillips?

Negó con la cabeza.

—Pues yo creo que descubrirán que le contrataron porque era tonto. Le contrataron para que alquilara ese apartamento de ahí con un nombre falso e hiciera algo que a él no le gustó. Estaba asustado. Buscaba un amigo, quería ayuda. El hecho de que me eligiera a mí después de tanto tiempo y sabiendo tan poco de mí indica que no conocía a mucha gente en el mundillo de los detectives.

Breeze sacó su pañuelo y se secó otra vez la cabeza y la cara.

—Pero eso no explica que le fuera siguiendo a usted de un lado a otro, como un cachorro perdido, en lugar de ir directamente a su oficina y entrar por la puerta.

—No —dije yo—. No lo explica.

—¿Puede explicarlo usted?

—Pues no, la verdad.

—Bueno..., ¿y cómo intentaría explicarlo?

—Ya lo he explicado de la única manera que se me ocurre. Estaba indeciso, no sabía si hablar conmigo o no. Estaba esperando que ocurriera algo que le decidiera. Lo decidí yo, hablando con él.

—Ésa es una explicación muy simple —dijo Breeze—. Tan simple que da asco.

—Puede que tenga razón.

—Y como consecuencia de esa breve charla en el vestíbulo de un hotel, este tipo, un completo desconocido, le invita a usted a su apartamento y le da la llave. Sólo porque quería hablar con usted.

—Sí —dije.

—¿Por qué no podía hablar con usted en aquel momento?

—Yo tenía una cita.

—¿De trabajo?

Asentí.

—Ya veo. ¿En qué está trabajando?

Negué con la cabeza y no respondí.

—Se trata de un asesinato —dijo Breeze—. Va usted a tener que contármelo.

Negué de nuevo. Se sonrojó un poco.

—Mire —dijo en tono tenso—. Tiene que hacerlo.

—Lo siento, Breeze —dije—. Pero tal como van las cosas, no me convence.

—Naturalmente, sabe que puedo meterle en chirona como testigo presencial —dijo como quien no quiere la cosa.

—¿Basándose en qué?

—Basándome en que fue usted quien encontró el cadáver, en que le dio un nombre falso al encargado, y en que no ha ofrecido una explicación satisfactoria de sus relaciones con la víctima.

—¿Va usted a hacerlo? —pregunté.

Sonrió con frialdad.

—¿Tiene usted abogado?

—Conozco a varios abogados. No tengo un abogado fijo.

—¿A cuántos comisarios conoce personalmente?

—A ninguno. Bueno, he hablado con tres, pero puede que no se acuerden de mí.

—Pero tendrá buenos contactos en el ayuntamiento, y cosas así.

—Ah, pues dígamelos usted —dije—. Me gustaría enterarme.

—Mire, colega —dijo muy serio—. Tiene usted que tener amigos en alguna parte. Seguro.

—Tengo un buen amigo en la oficina del sheriff, pero preferiría no meterlo en esto.

Levantó las cejas.

—¿Por qué? Es muy posible que necesite usted amigos. Una buena palabra de un policía del que nos fiemos podría hacer mucho.

—Es sólo un amigo personal —dije—. No voy por ahí subido a su chepa. Si me meto en líos, no le beneficiaría en nada.

—¿Y qué me dice de la brigada de homicidios?

—Está Randall —dije—. Si es que sigue trabajando en la Central. Tuve tratos con él una vez, por un caso. Pero no le caigo demasiado bien.

Breeze suspiró y movió los pies sobre el suelo, haciendo crujir los periódicos que él mismo había tirado de la silla.

—¿Esto que me cuenta es cierto... o se está haciendo el listo? Me refiero a lo de la gente importante que no conoce.

—Es cierto —dije—. Lo que pasa es que lo utilizo en plan listo.

—Pues no es muy de listo decirlo así de claro.

—Yo creo que sí.

Se llevó a la cara una manaza pecosa que le tapaba toda la parte inferior del rostro y apretó. Cuando retiró la mano, se veían en sus mejillas marquitas rojas y redondas, producidas por la presión de los dedos. Observé cómo se desvanecían las marcas.

—¿Por qué no se va a casa y me deja trabajar? —preguntó en tono de fastidio.

Me levanté asintiendo y me dirigí a la puerta. Breeze habló a mi espalda:

—Deme la dirección de su casa.

Se la dije y él la apuntó.

—Hasta la vista —dijo en tono cansino—. No salga de la ciudad. Querremos tomarle declaración... puede que esta noche.

Salí. En el descansillo había dos policías de uniforme. La puerta de enfrente estaba abierta y dentro todavía estaba trabajando el de las huellas dactilares. En la planta baja encontré otros dos policías en el pasillo, uno a cada extremo. No vi al encargado zanahoria. Salí por la puerta principal. Una ambulancia se separaba de la acera en aquel momento. Había grupillos de gente remoloneando en ambos lados de la calle, no tanta como la que se habría congregado en otros barrios.

Me abrí paso por la acera. Un hombre me agarró del brazo y preguntó:

—¿Qué ha pasado, tío?

Me desprendí de su brazo sin hablar ni mirarle a la cara y seguí calle abajo, hasta donde estaba mi coche.

12

Eran las siete menos cuarto cuando entré en mi oficina, encendí la luz y recogí un papel que había en el suelo. Era un aviso del Servicio de Mensajeros Green Feather. Decía que tenían un paquete en espera de mi llamada y que me lo llevarían cuando yo quisiera, a cualquier hora del día o de la noche. Lo dejé sobre el escritorio, me despojé de la chaqueta y abrí las ventanas. Saqué media botella de Old Taylor del último cajón del escritorio y bebí un trago corto, saboreándolo con la lengua. Después me quedé allí sentado, agarrado al frío cuello de la botella y preguntándome cómo sería eso de ser un poli de homicidios y encontrar cadáveres por ahí tirados sin que te importara nada, sin tener que escabullirte de los sitios limpiando los picaportes, sin tener que sopesar cuánto podías decir sin perjudicar al cliente y cuánto podías callarte sin perjudicarte gravemente a ti mismo. Decidí que no me gustaría.

Tiré del teléfono, miré el número que ponía en el papel y lo marqué. Me dijeron que podían mandarme el paquete al instante. Dije que estaría esperando.

Fuera ya se estaba haciendo de noche. El ruido intenso del tráfico había disminuido un poco, y el aire que entraba por la ventana abierta, aunque aún no era el aire fresco de la noche, tenía ese olor típico de cuando se acaba el día: a polvo, a escapes de automóviles, al calor que escapa de las fachadas y aceras recalentadas por el sol, más el lejano olor de la comida de mil restaurantes y tal vez, si se tenía el olfato de un perro de caza, el olor que baja desde las colinas residenciales que dominan Hollywood, ese peculiar toque de olor a gato macho que desprenden los eucaliptos cuando hace calor.

Me quedé allí sentado, fumando. A los diez minutos, llamaron a la puerta. Abrí y era un chico con gorra de uniforme que me hizo firmar y me entregó un paquetito cuadrado, de no más de siete centímetros de anchura, si es que llegaba. Le di diez centavos al chico y escuché cómo silbaba mientras volvía a los ascensores.

La etiqueta tenía mi nombre y dirección escritas a tinta, en una buena imitación de la letra de imprenta, más grande y más fina que la de un cícero. Corté el cordel que sujetaba la etiqueta al paquete y quité el envoltorio de fino papel marrón. Dentro había una cajita de cartón barata, pegada con papel engomado y con las palabras «Made in Japan» estampadas con un sello de caucho. Era el tipo de caja que te dan en las tiendas japonesas para meter algún animalito tallado o una pieza pequeña de jade. La tapa llegaba hasta abajo del todo y estaba muy ajustada. La quité y vi papel de seda y algodón.

Los aparté y contemplé una moneda de oro, aproximadamente del tamaño de medio dólar, brillante y reluciente como si acabara de salir de la prensa.

La cara visible mostraba un águila con las alas desplegadas, un escudo en el pecho y las iniciales E.B. troqueladas en el ala izquierda. A su alrededor había un círculo de puntitos, y entre los puntitos y el canto liso y sin cordoncillo de la moneda, la leyenda E PLURIBUS UNUM. En la parte inferior figuraba la fecha: 1787.

Le di la vuelta a la moneda sobre la palma de la mano. Era pesada y fría, y me hacía sentir la palma húmeda. En el reverso había un sol saliendo o poniéndose tras el puntiagudo pico de una montaña, un doble círculo de cosas que parecían hojas de roble y más latín: NOVA EBORACA COLUMBIA EXCELSIOR. En la parte inferior de esta cara, en letras mayúsculas más pequeñas, la palabra BRASHER.

Estaba contemplando el doblón Brasher.

No había nada más en la caja ni en el papel, nada en el envoltorio. Las letras escritas a mano no me decían nada. No conocía a nadie que escribiera así.

Llené hasta la mitad una petaca vacía, envolví la moneda en papel de seda, le puse una goma elástica alrededor, la metí entre el tabaco de la petaca y eché más tabaco encima. Cerré la cremallera y me metí la petaca en el bolsillo. Guardé el papel, la cuerda y la caja en un archivador, me volví a sentar y marqué el número de teléfono de Elisha Morningstar. El timbre sonó ocho veces al otro extremo de la línea. Nadie respondió. Aquello no me lo esperaba. Colgué, busqué a Elisha Morningstar en la guía y vi que el teléfono de su casa no aparecía en el listín de Los Ángeles ni en los de las poblaciones vecinas que venían en la guía.

Saqué del escritorio una funda sobaquera, me la puse y metí en ella una automática Colt del 38. Me puse el sombrero y la chaqueta, cerré las ventanas, guardé el whisky, apagué las luces y ya había abierto la puerta de la oficina cuando sonó el teléfono.

El timbre tenía un sonido siniestro, no por sí mismo sino por los oídos para los que sonaba. Me quedé allí de pie, inmóvil y tenso, con los labios contraídos en una media sonrisa. Al otro lado de la ventana cerrada brillaban las luces de neón. El aire muerto no se movía. Fuera, en el pasillo, no había ningún movimiento. El timbre sonaba en la oscuridad, fuerte y perseverante.

Volví hasta el escritorio, me apoyé en él y contesté. Se oyó un clic, un zumbido en la línea y nada más. Apreté la palanca de conexión y me quedé allí a oscuras, inclinado sobre la mesa, sujetando el teléfono con una mano y la palanca del soporte con la otra. No sabía qué estaba esperando.

El teléfono volvió a sonar. Hice un ruido con la garganta y me lo llevé otra vez a la oreja, sin decir ni palabra.

Y así nos quedamos, los dos callados, puede que a kilómetros de distancia, cada uno con un teléfono en la mano, respirando, escuchando y sin oír nada, ni siquiera la respiración.

Por fin, después de lo que me pareció un rato muy largo, se oyó el tranquilo y lejano susurro de una voz que decía bajito, sin ninguna entonación:

—Lo siento por usted, Marlowe.

Después oí otra vez el clic y el zumbido en la línea. Colgué, atravesé la oficina y salí.

13

Conduje hacia el oeste por el Sunset, di la vuelta a unas cuantas manzanas sin llegar a tener claro si alguien intentaba seguirme, y por fin aparqué cerca de un *drugstore* y me metí en su cabina telefónica. Eché mis cinco centavos y le pedí a la telefonista un número de Pasadena. Ella me dijo cuánto dinero tenía que poner.

La voz que respondió al teléfono era fría y angulosa.

—Residencia de la señora Murdock.

—Soy Philip Marlowe. Con la señora Murdock, por favor.

Me dijo que esperara. Una voz suave pero muy clara dijo:

—¿Señor Marlowe? La señora Murdock está descansando. ¿Puede decirme de qué se trata?

—No debió usted decírselo a él.

—Yo... ¿A quién?

—A ese petimetre en cuyo pañuelo llora usted.

—¿Cómo se atreve?

—Bueno, está bien —dije—. Ahora déjeme hablar con la señora Murdock. Tengo que hacerlo.

—Muy bien, lo intentaré.

La voz suave y clara se marchó y yo esperé un buen rato. Supongo que tendrían que apuntalarla con almohadones, arrancarle la botella de oporto de su dura zarpa gris y ponerle el teléfono en la boca. De pronto, una garganta carraspeó al otro lado del hilo. Sonaba como un tren de mercancías pasando por un túnel.

—Habla la señora Murdock.

—¿Podría identificar el objeto del que hablamos esta mañana, señora Murdock? Quiero decir, ¿podría distinguirlo de otros iguales?

—Bueno... ¿Es que hay otros iguales?

—Tiene que haberlos. Docenas, cientos, yo qué sé. Por lo menos, docenas. Claro que no sé dónde están.

Tosió.

—En realidad, no sé mucho de eso. Así que supongo que no podría identificarlo. Pero dadas las circunstancias...

—A eso quiero llegar, señora Murdock. Parece que la identificación depende de que se pueda seguir la historia del artículo hasta llegar a usted. Al menos, para que sea convincente.

—Sí, supongo que será así. ¿Por qué? ¿Sabe usted dónde está?

—Morningstar dice que lo ha visto. Dice que se lo ofrecieron en venta, tal como usted sospechaba. No quiso comprarlo. Dice que el vendedor no era una mujer, pero eso no significa nada, porque me dio una descripción tan detallada del individuo que o bien era inventada o era la descripción de alguien a quien conocía más que superficialmente. Así que es posible que el vendedor fuera una mujer.

—Ya veo. Ahora ya no tiene importancia.

—¿No tiene importancia?

—No. ¿Tiene algo más que informar?

—Una pregunta más. ¿Conoce a un jovenzuelo rubio que se llama George Anson Phillips? Un tipo más bien corpulento, con un traje marrón y un sombrero de copa plana con cinta de colorines. Eso es lo que llevaba hoy. Dijo que era detective privado.

—No. ¿Por qué habría de conocerlo?

—No lo sé. Entra en la historia por alguna parte. Yo creo que fue él el que intentó vender el artículo. Morningstar intentó llamarle cuando yo me marché. Yo me encalomé en su oficina y lo oí.

—¿Qué dice que hizo?

—Me encalomé.

—Por favor, no se haga el gracioso, señor Marlowe. ¿Algo más?

—Sí. Quedé en pagarle a Morningstar mil dólares por la devolución del... del artículo. Dijo que podía conseguirlo por ochocientos.

—¿Y de dónde piensa usted sacar el dinero, si me permite la pregunta?

—Bueno, era un decir. Ese Morningstar es un pajarraco. Ése es el idioma que entiende. Por otra parte, a lo mejor quería usted pagar. No es que yo quiera convencerla. Siempre puede acudir a la policía. Pero si por alguna razón no quiere recurrir a la policía, ése podría ser el único modo de recuperarlo: comprándolo de nuevo.

Probablemente habría seguido así durante un buen rato, sin saber exactamente qué quería decir, si ella no me hubiese interrumpido con un ruido que parecía el ladrido de una foca.

—Todo esto es ya completamente innecesario, señor Marlowe. He decidido olvidar este asunto. Me han devuelto la moneda.

—Un momento, no cuelgue —dije.

Dejé el teléfono sobre el estante, abrí la puerta de la cabina y saqué la cabeza, llenándome los pulmones de lo que utilizaban en aquel *drugstore* en lugar de aire. Nadie me prestaba la menor atención. Enfrente de mí, el encargado, con su bata azul claro, charlaba por encima del mostrador del tabaco. El chico de la barra lavaba vasos en el fregadero. Dos chicas en pantalones jugaban a la máquina de bolas. Un tipo alto y delgado, con camisa negra y un pañuelo amarillo claro al cuello, manoseaba revistas en el expositor. No tenía pinta de pistolero.

Cerré la puerta de la cabina, recogí el teléfono y dije:

—Una rata me estaba mordiendo el pie. Ya lo he arreglado. Dice que se la han devuelto. Así como así. ¿Cómo es eso?

—Espero que no se sienta muy decepcionado —dijo con su intransigente voz de barítono—. Las circunstancias son un poco delicadas. Puede que decida explicárselo y puede que no. Puede pasarse por mi casa mañana por la mañana. Como ya no quiero seguir adelante con la investigación, quédese el anticipo como pago completo.

—A ver, que quede claro —dije—. Le han devuelto la moneda, de verdad. No es una simple promesa.

—Desde luego que no. Y ya me estoy cansando. Así que si usted...

—Un momento, señora Murdock. No va a ser tan sencillo. Han ocurrido cosas.

—Me las podrá contar mañana —dijo en tono cortante, y colgó.

Salí de la cabina y encendí un cigarrillo con unos dedos que no me respondían. Volví a la parte delantera del establecimiento. El encargado se había quedado solo. Estaba sacándole punta a un lápiz con una navajita, muy concentrado, con el ceño fruncido.

—Qué bonito lápiz tiene, y qué bien afilado —le dije.

Levantó la mirada, sorprendido. Las chicas de la máquina de bolas me miraron sorprendidas. Me miré en el espejo que había detrás del mostrador. Parecía sorprendido.

Me senté en uno de los taburetes y dije:

—Un escocés doble, solo.

El hombre del mostrador parecía sorprendido.

—Lo siento, señor, esto no es un bar. Puede comprar una botella en el mostrador de las bebidas.

—Conque ésas tenemos —dije—. Es decir, no tenemos. He sufrido una conmoción y estoy un poco aturdido. Póngame una taza de café flojo y un sándwich de jamón con muy poco jamón y pan rancio. No, será mejor que no coma todavía. Adiós.

Me bajé del taburete y caminé hasta la puerta en medio de un silencio que era tan estruendoso como una tonelada de carbón cayendo por una tolva. El hombre de la camisa negra y el pañuelo amarillo me miraba con sonrisa burlona por encima del *New Republic*.

—Debería dejar esas tonterías e hincarle el diente a algo con más sustancia, como una revista de crímenes —le dije, sólo por ser amable.

Salí. Detrás de mí, alguien dijo:

—Hollywood está lleno de tipos así.

14

El viento había empezado a soplar, produciendo una sensación seca y tensa, moviendo las copas de los árboles y haciendo que las farolas de arco de la calle se balancearan y proyectaran sombras que parecían lava arrastrándose. Cambié de sentido y volví hacia el este.

La casa de empeños estaba en Santa Mónica, cerca de Wilcox. Una tiendecita tranquila y pasada de moda, erosionada suavemente por el oleaje del tiempo. En el escaparate había todo lo que se le pueda ocurrir a uno, desde un juego de moscas para trucha en una cajita de madera hasta un órgano portátil, desde un cochecito de niño plegable hasta una cámara de retratista con un objetivo de diez centímetros, desde unos impertinentes de nácar con una funda de felpa descolorida hasta un Colt Frontier del calibre 44 de los que hay que amartillar, un modelo que aún se sigue fabricando para polizontes del Oeste, cuyos abuelos les enseñaron a limar el gatillo y a disparar amartillando el revólver.

Entré en la tienda y una campanilla sonó sobre mi cabeza. Al fondo del establecimiento, alguien arrastró los pies y se sonó la nariz, y unos pasos se acercaron. Un viejo judío con un gorrito negro apareció detrás del mostrador, sonriéndome por encima de unas tallas de cristal.

Saqué mi petaca, y de ella el doblón Brasher, y lo deposité sobre el mostrador. El escaparate era de cristal transparente y yo me sentía como desnudo. Nada de reservados con escupideras talladas a mano y puertas que se bloqueaban solas cuando tú las cerrabas.

El judío cogió la moneda y la sopesó en la mano.

—Oro, ¿eh? ¿Tiene usted un tesoro escondido? —dijo con un centelleo en los ojos.

—Veinticinco dólares —dije—. Mi mujer y mis niños tienen hambre.

—Vaya, eso es terrible. Sí, parece oro, por el peso. Sólo oro y tal vez algo de platino. —La pesó con naturalidad en una balanza pequeña—. Oro, sí —dijo—. ¿Así que quiere diez dólares?

—Veinticinco dólares.

—¿Y qué hago yo con ella por veinticinco dólares? ¿Venderla, tal vez? Debe de tener oro por valor de unos quince dólares. De acuerdo, quince dólares.

—¿Tiene una buena caja fuerte?

—Caballero, en este negocio tenemos las mejores cajas fuertes que se pueden comprar con dinero. Por eso no tiene que preocuparse. Hemos dicho quince dólares, ¿no?

—Haga el recibo.

Lo escribió en parte con la pluma y en parte con la lengua. Le di mi verdadero nombre y mi dirección: Apartamentos Bristol, avenida Bristol Norte 1624, Hollywood.

—Viviendo en ese barrio, y tiene que pedir prestados quince dólares —dijo el judío con tristeza, arrancando mi mitad del resguardo y contando el dinero.

Fui andando hasta el *drugstore* de la esquina, compré un sobre, pedí prestada una pluma y me envié a mí mismo el resguardo de la casa de empeños.

Tenía hambre y me sentía vacío. Fui a Vine a comer y después volví en coche al centro. El viento seguía soplando y era más seco que nunca. El volante tenía un tacto arenoso bajo mis dedos, y mis fosas nasales estaban resecas y encogidas.

En los edificios altos había luces encendidas por aquí y por allá. Los almacenes de ropa de la esquina de la Novena con Hill, verdes y cromados, eran una explosión de luz. En el ascensor seguía estando el mismo caballo viejo de tiro, sentado sobre su arpillera doblada, mirando directamente al frente con los ojos en blanco, casi pasado a la historia.

Le dije:

—Supongo que no sabrá dónde puedo ponerme en contacto con el administrador del edificio.

Giró la cabeza lentamente y miró más allá de mis hombros.

—Dicen que en Nueva York tienen ascensores que van como flechas. Suben treinta pisos de una vez. Alta velocidad. Eso es en Nueva York.

—Al diablo Nueva York —dije—. A mí me gusta esto.

—Tiene que hacer falta todo un tío para manejar esos chismes tan rápidos.

—No se engañe, abuelo. Lo único que hacen esos guaperas es apretar botones, decir «Buenos días, señor Fulánez» y mirarse los lunares en el espejo del ascensor. En cambio, manejar un Modelo T como éste..., para eso sí que hace falta un hombre. ¿Satisfecho?

—Trabajo doce horas al día —dijo—. Y gracias que tengo esto.

—Que no le oigan los del sindicato.

—¿Sabe lo que pueden hacer los del sindicato?

Negué con la cabeza. Me lo dijo. Después bajó la mirada hasta casi encontrarse con la mía.

—¿No le he visto en alguna parte?

—Lo del administrador —dije con suavidad.

—Hace un año se le rompieron las gafas —dijo el viejo—. Casi me da la risa. A punto estuve.

—Sí. ¿Dónde puedo ponerme en contacto con él a esta hora de la tarde?

Me miró un poco más directamente.

—Al, el administrador del edificio. Estará en su casa, ¿no?

—Seguro. Lo más probable. O se habrá ido al cine. Pero ¿dónde está su casa? ¿Cómo se llama?

—¿Desea usted algo?

—Sí. —Apreté el puño dentro del bolsillo y me esforcé por no chillar—. Quiero la dirección de uno de sus inquilinos. El inquilino cuya dirección quiero no viene en la guía de teléfonos. No viene su casa. Quiero decir, el sitio donde vive cuando no está en la oficina. Ya sabe, su casa.

Saqué las manos del bolsillo y dibujé formas en el aire, escribiendo despacio las letras C-A-S-A.

—¿Qué inquilino? —dijo el viejo.

Fue tan directo que me dio un sobresalto.

—El señor Morningstar.

—No está en casa. Sigue en su oficina.

—¿Está seguro?

—Segurísimo. No me fijo mucho en la gente. Pero ése es viejo como yo y me fijo en él. Aún no ha bajado.

Entré en el ascensor y dije:

—Al octavo.

Forcejeó con las puertas para cerrarlas y emprendimos la ascensión. Ya no volvió a mirarme. Cuando el ascensor se detuvo y yo salí, no me dijo nada ni me miró. Se quedó allí sentado con los ojos en blanco, encorvado sobre la arpillera y el taburete de madera. Cuando doblé la esquina del pasillo, seguía sentado allí. Y la expresión ausente había vuelto a su cara.

Al final del pasillo había dos puertas con luz encendida. Eran las dos únicas de las que estaban a la vista que tenían luz. Me detuve fuera para encender un cigarrillo y escuchar, pero no oí ningún sonido que indicara actividad. Abrí la puerta con el letrero de «Entrada» y pasé a la estrecha oficina con la mesita cerrada para la máquina de escribir. La puerta de madera seguía entreabierta. Fui hasta ella y golpeé con los nudillos, diciendo «Señor Morningstar».

No hubo respuesta. Silencio. No se oía ni una respiración. Se me erizó el pelo de la nuca. Pasé por la puerta entreabierta. La luz del techo arrancaba brillos a la campana de cristal de la balanza de joyero y a la vieja madera pulida del escritorio con tablero de cuero, bajaba por el costado del escritorio y caía sobre un zapato negro de punta cuadrada y ajuste elástico, más arriba del cual había un calcetín blanco de algodón.

El zapato estaba en un ángulo raro, apuntando hacia un rincón del techo. El resto de la pierna estaba detrás de la esquina de la enorme caja fuerte. Entré en la habitación con la sensación de ir vadeando en el fango.

Estaba tendido de espaldas y arrugado. Muy solo, muy muerto. La puerta de la caja fuerte estaba abierta de par en par, y las llaves colgaban de la cerradura del compartimento interior. Habían abierto un cajón metálico. Ahora estaba vacío; puede que antes hubiera dinero en él.

En el resto de la habitación no parecía haber cambiado nada.

Los bolsillos del viejo estaban vueltos del revés, pero yo no le toqué excepto al agacharme y poner el dorso de la mano sobre su lívido rostro de color violáceo. Era como tocarle la barriga a una rana. Había manado sangre de la sien, donde le habían golpeado. Pero esta vez no había olor a pólvora en el aire, y el color violeta de su piel indicaba que había muerto de un paro cardiaco, probablemente debido al susto y al miedo. No por ello dejaba de ser un asesinato.

Dejé las luces encendidas, limpié los picaportes y bajé por la escalera de incendios hasta el sexto piso. Al pasar iba leyendo los nombres de las puertas, sin ninguna razón en particular. «H. R. Teager, Laboratorio dental», «L. Pridview, Contable público», «Dalton y Rees, Servicio de mecanografía», «Dr. E. J. Blaskowitz», y debajo del nombre, en letras pequeñas, «Médico quiropráctico».

El ascensor subió gruñendo y el viejo ni me miró. Su cara estaba tan vacía como mi cerebro.

Llamé al hospital desde la esquina, sin decir mi nombre.

15

Las piezas de ajedrez, de hueso rojo y blanco, estaban alineadas y listas para entrar en acción, y presentaban ese aspecto decidido, competente y complicado que siempre tienen al principio de una partida. Eran las diez de la noche y yo estaba en mi apartamento, con una pipa en la boca, una copa al lado y nada en la cabeza, con excepción de dos asesinatos y el misterio de que la señora Elizabeth Bright Murdock hubiera recuperado su doblón Brasher mientras yo aún lo tenía en mi bolsillo.

Abrí un librito en rústica de partidas de torneos, publicado en Leipzig, elegí un gambito de reina que parecía deslumbrante, moví el peón de reina blanco a la casilla cuatro, y sonó el timbre de la puerta.

Pasé al otro lado de la mesa, cogí la Colt 38 del ala abatible del escritorio de roble y me acerqué a la puerta empuñándola pegada a mi pierna derecha.

—¿Quién es?

—Breeze.

Volví al escritorio a dejar la pistola antes de abrir la puerta. Breeze estaba allí plantado y se le veía tan grande y desaliñado como siempre, pero un poco más cansado. Con él estaba el inspector joven con cara de novato que se llamaba Spangler.

Me hicieron retroceder al interior de la habitación sin que pareciera que lo hacían y Spangler cerró la puerta. Sus brillantes y juveniles ojos iban de un lado para otro mientras Breeze dejaba que los suyos, más viejos y más duros, se detuvieran en mi cara durante un buen rato. Después pasó de largo junto a mí, en dirección al sofá-cama.

—Echa un vistazo —dijo con una esquina de la boca.

Spangler se separó de la puerta y cruzó la habitación hasta el comedorcito, lo miró, volvió sobre sus pasos y se metió por el pasillo. La puerta del cuarto de baño chirrió y sus pasos siguieron adelante.

Breeze se quitó el sombrero y se secó la cúpula medio calva. A lo lejos se abrieron y cerraron puertas. Armarios. Spangler regresó.

—No hay nadie —dijo.

Breeze asintió y se sentó, colocando su panamá a su lado.

Spangler vio la pistola sobre el escritorio y dijo:

—¿Le importa que la mire?

—Váyanse a paseo los dos —dije yo.

Spangler se acercó a la pistola y se llevó el cañón a la nariz para olfatearlo. Sacó el cargador, hizo saltar la bala que había en la recámara, la recogió y la metió en el cargador. Dejó el cargador sobre el escritorio y sostuvo el arma de manera que la luz penetrara por el extremo abierto de la culata. Sosteniéndola de ese modo, miró por el cañón.

—Un poco de polvo —dijo—. No mucho.

—¿Qué esperaba? —dije yo—. ¿Rubíes?

Sin hacerme ni caso, miró a Breeze y añadió:

—Yo diría que esta pistola no se ha disparado en las últimas veinticuatro horas. Seguro.

Breeze asintió, se mordisqueó los labios y exploró mi cara con sus ojos. Spangler volvió a montar el arma con eficiencia, la dejó a un lado y fue a sentarse. Se puso un cigarrillo entre los labios y expulsó humo con aire satisfecho.

—De todas maneras, sabemos perfectamente que no fue un 38 largo —dijo—. Un tiro de uno de estos chismes atravesaría una pared. La bala jamás se quedaría dentro de la cabeza.

—¿Se puede saber de qué hablan? —pregunté.

—De lo normal en nuestro oficio: asesinato —dijo Breeze—. Ande, coja una silla y relájese. Me pareció haber oído voces aquí. A lo mejor era en el piso de al lado.

—A lo mejor —dije yo.

—¿Siempre tiene una pistola encima de la mesa?

—Menos cuando la tengo debajo de la almohada —dije—. O debajo del brazo. O en el cajón del escritorio. O en alguna otra parte y no me acuerdo de dónde la dejé. ¿Le sirve esto de alguna ayuda?

—No hemos venido a ponernos duros, Marlowe.

—Eso está muy bien —dije—. O sea, que se meten a fisgar en mi casa y tocan mis cosas sin pedirme permiso. ¿Qué es lo que hacen cuando se ponen duros? ¿Tirarme al suelo de un golpe y patearme la cara?

—¡Qué demonios! —dijo, y sonrió. Yo le devolví la sonrisa. Todos sonreímos. Entonces Breeze dijo—: ¿Puedo usar su teléfono?

Se lo señalé. Marcó un número y habló con alguien llamado Morrison.

—Breeze. Estoy en el... —Miró en el soporte del teléfono y leyó el número—. En cualquier momento. El nombre es Marlowe. Claro. Dentro de cinco o diez minutos está bien.

Colgó y volvió al sofá-cama.

—Apuesto a que no adivina por qué hemos venido.

—Siempre espero que se pase algún amiguete —dije.

—Un asesinato no es cosa de risa, Marlowe.

—¿Quién ha dicho que lo sea?

—¿No actúa usted como si lo fuera?

—Pues no me había dado cuenta.

Miró a Spangler y se encogió de hombros. Después miró al suelo. A continuación, alzó la mirada muy despacio, como si le pesaran los ojos, y me miró otra vez a mí. Yo me había sentado junto a la mesa de ajedrez.

—¿Juega mucho al ajedrez? —preguntó, mirando las piezas.

—No mucho. De vez en cuando me entretengo con una partida, pensándome las jugadas.

—¿No hacen falta dos para jugar al ajedrez?

—Repito partidas de torneos, que están anotadas y publicadas. Hay muchas publicaciones sobre ajedrez. De vez en cuando, resuelvo problemas. Hablando estrictamente, eso no es jugar al ajedrez. ¿Por qué estamos hablando de ajedrez? ¿Una copa?

—En este momento, no —dijo Breeze—. He hablado de usted con Randall. Le recuerda muy bien, en relación con un caso en la playa. —Movió los pies sobre la alfombra, como si los tuviera muy cansados. Su sólido y viejo rostro estaba surcado de arrugas y gris por la fatiga—. Dice que usted no mataría a nadie. Dice que es usted buena gente, un tío legal.

—Es muy amable por su parte —dije.

—Dice que hace buen café, que se levanta más bien tarde por las mañanas, que es capaz de mantener una buena conversación y que debemos creer todo lo que usted diga, siempre que podamos confirmarlo con cinco testigos independientes.

—Que se vaya al infierno —dije.

Breeze asintió como si yo hubiera dicho exactamente lo que él quería que dijera. No estaba sonriendo y no estaba poniéndose duro; era sólo un hombre grandote y macizo haciendo su trabajo. Spangler estaba sentado con la cabeza echada hacia atrás y los ojos medio cerrados, mirando el humo que salía de su cigarrillo.

—Randall dice que debemos tener cuidado con usted. Dice que no es usted tan listo como se cree, pero que es un tipo al que le pasan cosas, y que un tío así puede causar muchos más problemas que un tipo verdaderamente listo. Eso es lo que él dice, entiéndame. A mí usted me parece bien. Me gustan las cosas claras, por eso se lo cuento.

Dije que era muy amable por su parte.

Sonó el teléfono. Miré a Breeze, pero él no se movió, así que lo cogí y respondí. Era una voz de chica. Me pareció vagamente conocida, pero no fui capaz de situarla.

—¿El señor Philip Marlowe?

—Sí.

—Señor Marlowe, estoy en un apuro, un apuro muy grande. Necesito verle desesperadamente. ¿Cuándo puedo verle?

—¿Quiere decir esta noche? —pregunté—. ¿Con quién hablo?

—Me llamo Gladys Crane. Vivo en el Hotel Normandía, en Rampart. ¿Cuándo puede...?

—¿Es que quiere que vaya allí esta noche? —pregunté, pensando en la voz y tratando de recordar de qué la conocía.

—Yo... —El teléfono hizo clic y la comunicación quedó cortada.

Me quedé sentado con el teléfono en la mano, mirándolo con el ceño fruncido y después mirando a Breeze. Su cara estaba tranquila y no demostraba ningún interés.

—Una chica que dice que está en apuros —dije—. Se ha cortado.

Apreté la palanquita del soporte del teléfono, esperando que volviera a sonar. Los dos polis estaban completamente callados e inmóviles. Demasiado callados, demasiado inmóviles.

El timbre del teléfono sonó de nuevo y yo solté la palanquita y dije:

—Quiere hablar con Breeze, ¿verdad?

—Sí. —Era una voz de hombre y sonaba un poco sorprendida.

—Venga, siga con sus trucos —dije, levantándome de la silla y pasando a la cocina.

Oí que Breeze hablaba muy brevemente, y después el ruido del teléfono al ser devuelto a su soporte.

Saqué del armario de la cocina una botella de Four Roses y tres vasos. Saqué hielo y «ginger-ale» de la nevera, preparé tres tragos largos, los llevé en una bandeja y dejé la bandeja en la mesita de cócteles, delante del sofá-cama donde estaba sentado Breeze. Cogí dos de los vasos, le pasé uno a Spangler y me llevé el otro a mi silla.

Spangler sostuvo el vaso sin saber qué hacer, pellizcándose el labio inferior con el pulgar y el índice y mirando a Breeze para ver si éste aceptaba la bebida.

Breeze me miró muy detenidamente. Después suspiró. A continuación, cogió el vaso, lo probó, suspiró de nuevo y meneó la cabeza de un lado a otro con una media sonrisa; lo que hace un hombre cuando le ofreces un trago y él lo necesita desesperadamente y el trago está en su punto y el primer sorbo es como una ojeada a un mundo más limpio, más soleado y más luminoso.

—Parece que pilla usted las cosas muy deprisa, señor Marlowe —dijo, echándose hacia atrás en el sofá-cama, completamente relajado—. Creo que ahora vamos a poder trabajar juntos.

—De esa manera, no —dije.

—¿Eh? —Frunció el ceño hasta juntar las cejas. Spangler se echó hacia delante en su asiento y parecía despierto y atento.

—Haciendo que me llamen chicas en apuros para contarme un cuento y que así pueda usted decir que reconocieron mi voz en alguna parte, en alguna ocasión.

—El nombre de la chica es Gladys Crane —dijo Breeze.

—Eso me dijo. Nunca he oído hablar de ella.

—Está bien —dijo Breeze—. Está bien. —Me enseñó la palma de su pecosa mano—. No estamos intentando hacer nada que no sea lícito. Sólo esperamos que usted tampoco lo haga.

—¿Que tampoco haga qué?

—Que tampoco intente hacer nada que no sea lícito. Como ocultarnos cosas.

—¿Y por qué no habría de ocultarles cosas, si me da la gana? —pregunté—. No son ustedes los que pagan mi salario.

—Mire, Marlowe, no se haga el duro.

—No me hago el duro. No tengo ni idea de cómo hacerme el duro. Sé lo bastante sobre los polis como para no hacerme el duro con ellos. Adelante, diga lo que tenga que decir y no intente hacerme más jugarretas como la de esa llamada de teléfono.

—Estamos en un caso de asesinato —dijo Breeze—. Tenemos que intentar llevarlo lo mejor que podamos. Usted encontró el cadáver. Usted había hablado con la víctima. Él le había pedido que fuera a su apartamento. Le dio su llave. Usted dice que no sabía para qué quería verle. Supusimos que tal vez, con un poco de tiempo para pensárselo, se podría haber acordado.

—En otras palabras, que la primera vez les mentí —dije.

Breeze sonrió con sonrisa cansada.

—Lleva usted en esto el tiempo suficiente para saber que la gente siempre miente en los casos de asesinato.

—El problema es: ¿cómo van a saber cuándo dejo de mentir?

—Cuando lo que diga empiece a tener sentido, nos daremos por satisfechos.

Miré a Spangler. Estaba tan inclinado hacia delante que casi se salía de la silla. Parecía que fuera a saltar. No se me ocurría ninguna razón para que saltara, así que pensé que debía de estar excitado. Volví a mirar a Breeze. Estaba más o menos tan excitado como un agujero en la pared. Tenía entre sus gruesos dedos uno de sus puros envueltos en celofán, y estaba rajando el celofán con una navajita. Miré cómo quitaba el envoltorio, recortaba la punta del cigarro y se guardaba la navaja después de limpiar cuidadosamente la hoja en sus pantalones. Miré cómo rascaba una cerilla de madera y encendía el puro con mucho cuidado, haciéndolo girar en la llama, y cómo apartaba la cerilla del cigarro, todavía encendida, y daba chupadas al cigarro hasta que decidió que estaba correctamente encendido. Después sacudió la cerilla para apagarla y la dejó junto al celofán arrugado, sobre el tablero de cristal de la mesita de cócteles. Luego se echó hacia atrás, se estiró una pernera del pantalón y fumó apaciblemente. Cada uno de sus movimientos había sido exactamente igual que cuando encendió el puro en el apartamento de Hench, y exactamente igual a lo que haría cada vez que encendiera un cigarro. Era de ese tipo de hombres, y eso lo hacía peligroso. No tan peligroso como un hombre inteligente, pero mucho más peligroso que un tipo fácil de excitar como Spangler.

—Nunca había visto a Phillips hasta hoy —dije—. No cuento la vez que él dijo que me había visto en Ventura, porque yo no me acuerdo de él. Le conocí exactamente como les he contado. Me estaba siguiendo y yo me encaré con él. Quería hablar conmigo, me dio su llave, fui a su apartamento, y al ver que no respondía, usé la llave para entrar, como él me había dicho que hiciera. Estaba muerto. Llamamos a la policía y, después de una serie de sucesos o incidentes que no tenían nada que ver conmigo, se encontró una pistola debajo de la almohada de Hench. Una pistola que había sido disparada. Eso es lo que les dije y es la verdad.

—Cuando usted lo encontró —dijo Breeze—, fue al apartamento del encargado, un tipo llamado Passmore, y le hizo subir con usted sin decirle que había un muerto. Le dio a Passmore una tarjeta falsa y le habló de joyas.

Asentí.

—Con gente como Passmore y en casas como ésa, vale la pena echarle un poco de astucia. A mí me interesaba Phillips. Pensé que Passmore podría contarme algo de él si no sabía que estaba muerto, y que no era muy probable que me lo contara si sabía que los polis se le iban a echar encima de un momento a otro. Eso es todo.

Breeze bebió un poco de su vaso y fumó un poco de su cigarro, y dijo:

—Lo que quiero dejar claro es esto: todo lo que usted nos cuenta podría ser verdad en términos estrictos, y sin embargo podría no estar diciéndonos la verdad. No sé si me explico.

—¿Qué quiere decir? —pregunté, sabiendo perfectamente lo que quería decir.

Se dio un golpecito en la rodilla y me miró con una tranquila mirada de abajo arriba. Sin hostilidad, ni siquiera con suspicacia. Era sólo un hombre tranquilo que hacía su trabajo.

—Por ejemplo: usted está trabajando en algo. No sabemos en qué. Phillips jugaba a ser detective privado. Estaba trabajando en algo. Le siguió a usted. ¿Cómo podemos saber, a menos que usted nos lo diga, que su trabajo y el de él no están conectados por alguna parte? Y si lo están, eso nos incumbe. ¿De acuerdo?

—Es una manera de verlo —dije—. Pero no es la única manera, y no es la mía.

—No olvide que es un caso de asesinato, Marlowe.

—No lo olvido. Pero no olvide usted que llevo mucho tiempo en esta ciudad, más de quince años. He visto un montón de casos de asesinato que vienen y se van. Algunos se han resuelto, otros no se han podido resolver, y algunos se podrían haber resuelto pero no se resolvieron. Y uno o dos o tres de ellos se han resuelto mal. A alguien le pagaron para que cargara con las culpas, y lo más probable es que eso se supiera o se sospechara. Y se hizo la vista gorda. Pero dejemos eso. Ocurre a veces, pero no muy a menudo. Consideremos un caso como el de Cassidy. Supongo que se acordará, ¿no?

Breeze miró su reloj.

—Estoy cansado —dijo—. Vamos a olvidarnos del caso Cassidy. Centrémonos en el caso Phillips.

Negué con la cabeza.

—Quiero dejar clara una cosa, y es una cosa importante. Fíjese en el caso Cassidy. Cassidy era un hombre muy rico, un multimillonario. Tenía un hijo ya mayor. Una noche llamaron a la policía para que fuera a la casa. Se encontraron al joven Cassidy tendido de espaldas en el suelo, con sangre por toda la cara y un agujero de bala en un lado de la cabeza. Su secretario estaba también tendido de espaldas en un cuarto de baño contiguo, con la cabeza apoyada en la segunda puerta del cuarto de baño, que daba a un pasillo, y con un cigarrillo consumido entre los dedos de la mano izquierda, una colilla que le había quemado la piel de los dedos. Junto a su mano derecha había un revólver tirado. Le habían disparado en la cabeza, pero no era una herida de contacto. Allí se había bebido mucho. Habían pasado cuatro horas desde las muertes, y el médico de la familia había estado allí tres de las cuatro horas. Ahora dígame: ¿qué hicieron ustedes con el caso Cassidy?

Breeze suspiró.

—Homicidio y suicidio durante una borrachera. Al secretario se le cruzaron los cables y mató al joven Cassidy. Lo leí en los periódicos, o algo así. ¿Es eso lo que quiere que diga?

—Lo leyó en los periódicos —dije yo—. Pero no fue así. Y lo que es más: usted sabía que no fue así, y el fiscal del distrito sabía que no fue así, y a los investigadores del fiscal los sacaron del caso en cuestión de horas. No hubo investigación. Pero todos los periodistas de sucesos de la ciudad y todos los polis de todas las unidades de homicidios sabían que fue Cassidy el que disparó, que fue Cassidy el que se volvió loco de la borrachera, que el secretario intentó contenerlo y no pudo, y que al final intentó huir de él, pero no fue lo bastante rápido. La de Cassidy era una herida de contacto y la del secretario no. El secretario era zurdo y tenía un cigarrillo en la mano izquierda cuando le dispararon. Aunque uno sea diestro, no se cambia el cigarrillo a la otra mano y le pega un tiro a un hombre mientras sostiene el cigarrillo como si tal cosa. Puede que lo hagan en las noveluchas baratas, pero los secretarios de los ricos no hacen esas cosas. ¿Y qué estuvieron haciendo la familia y el médico durante las cuatro horas que pasaron sin llamar a la poli? Amañándolo todo para que sólo hubiera una investigación superficial. ¿Por qué no se hizo la prueba del nitrato en las manos? Porque ustedes no querían la verdad. Cassidy era un pez demasiado gordo. Pero ése también era un caso de asesinato, ¿o no?

—Los dos tipos estaban muertos —dijo Breeze—. ¿Qué demonios importaba quién hubiera disparado a quién?

—¿No se paró usted a pensar —pregunté— que el secretario de Cassidy podía tener madre, o hermana, o novia... o las tres cosas? ¿Y que éstas tenían su orgullo y su fe y su amor puestos en un chico al que se hizo figurar como un borracho paranoico sólo porque el padre de su jefe tenía cien millones de dólares?

Breeze levantó su vaso despacio y se terminó su bebida despacio y dejó el vaso despacio y lo hizo girar despacio sobre el tablero de cristal de la mesita de cócteles. Spangler estaba sentado rígido, con los ojos muy brillantes y los labios entreabiertos en una especie de semisonrisa rígida.

—¿Adónde quiere ir a parar? —preguntó Breeze.

—Mientras ustedes no sean dueños de sus propias almas —dije—, no tendrán la mía. Mientras no se pueda confiar en que ustedes, todas y cada una de las veces, en todo momento y en cualquier circunstancia, buscarán la verdad y la encontrarán, caigan las cabezas que caigan..., hasta que llegue ese momento, tengo derecho a hacer caso a mi conciencia y proteger a mi cliente de la mejor manera que pueda. Hasta que pueda estar seguro de que no le harán a él más daño que el beneficio que le hacen a la verdad. O hasta que me llevan a rastras ante alguien capaz de obligarme a hablar.

—Lo que dice me suena un poco al clásico tío que intenta acallar su conciencia —dijo Breeze.

—Qué demonios —dije yo—. Tomemos otra copa. Y después, pueden hablarme de esa chica con la que me han hecho hablar por teléfono.

Breeze sonrió.

—Es una señorita que vive en la puerta de al lado de Phillips. Una noche oyó a un hombre que hablaba con él en la puerta. Trabaja de acomodadora durante el día. Así que pensamos que tal vez conviniera que oyera su voz. No piense mal por ello.

—¿Qué clase de voz era?

—Una voz como desagradable. Dice que no le gustó.

—Supongo que por eso pensaron ustedes en mí —dije.

Recogí los tres vasos y fui con ellos a la cocina.

16

Cuando llegué a la cocina se me había olvidado de quién era cada vaso, así que los aclaré todos, los sequé y estaba empezando a preparar más bebidas cuando entró Spangler y se quedó de pie justo detrás de mi hombro.

—Todo va bien —dije—. Esta noche no estoy echando cianuro.

—No se ponga muy chinche con el viejo —dijo en voz baja, hablándome en la nuca—. Está más enterado de lo que usted se piensa.

—Es usted muy amable —dije yo.

—Oiga, me gustaría leer eso del caso Cassidy —dijo—. Parece interesante. Debió de ocurrir antes de mis tiempos.

—Fue hace mucho tiempo —dije—. Y no ocurrió nunca. Era sólo una broma.

Coloqué los vasos en la bandeja, los llevé otra vez al cuarto de estar y los distribuí. Me llevé el mío a mi sillón, detrás de la mesa de ajedrez.

—Otro truquito —dije—. Su adlátere se me cuela en la cocina y me da consejos a sus espaldas, recomendándome que tenga cuidado porque usted sabe un montón de cosas que yo ni me imagino que usted sepa. Tiene la cara perfecta para eso. Amistoso y franco, y fácilmente ruborizable.

Spangler se sentó en el borde de su asiento y se ruborizó. Breeze le miró como sin darle importancia, sin intención.

—¿Qué han averiguado sobre Phillips? —pregunté.

—Sí —dijo Breeze—. Phillips. Bueno, George Anson Phillips es un caso más bien patético. Se creía detective, pero parece que no pudo conseguir que nadie más se lo creyera. He hablado con el sheriff de Ventura. Dice que George era un buen chico, tal vez demasiado buen chico para ser buen policía, aun en el caso de que hubiera tenido cerebro. George hacía lo que le mandaban, y lo hacía bastante bien, siempre que le dijeran con qué pie debía echar a andar y cuántos pasos tenía que dar, en qué dirección y cosillas por el estilo. Pero no progresó mucho, no sé si me entiende. Era la clase de policía que es capaz de echarle el guante a un ladrón de gallinas, siempre que vea al ladrón robar la gallina y luego el ladrón se caiga al huir y se golpee la cabeza contra un poste o algo así, y se quede inconsciente. De no ser así, la cosa se le podría poner un poco difícil, y George tendría que volver a comisaría a pedir instrucciones. En fin, el sheriff se hartó al cabo de un tiempo y dejó que George se marchara.

Breeze bebió un poco más de su vaso y se rascó la barbilla con una uña de pulgar que parecía la hoja de una pala.

—Después de aquello, George trabajó en unos almacenes de Simi para un tipo llamado Sutcliff. Era un negocio de ventas a crédito, con un librito para cada cliente, y George tuvo problemas con los libros. O se le olvidaba apuntar las cosas, o las apuntaba en el libro que no era, y algunos clientes le corregían pero otros lo dejaban pasar. Así que Sutcliff pensó que tal vez a George le fuera mejor en otra parte, y así fue como vino a Los Ángeles. Había ahorrado un poco de dinero, no mucho, pero sí lo suficiente para sacarse una licencia, depositar una fianza y conseguirse un trozo de oficina. He estado en ella. Lo que tenía era un despacho compartido con un tipo que dice que vende tarjetas de Navidad. Se llama Marsh. Si George tenía un cliente, habían acordado que Marsh se fuera a dar una vuelta. Marsh dice que no sabe dónde vivía George, y que George no tenía ningún cliente. Es decir, que a la oficina no llegaba ningún trabajo, que Marsh supiera. Pero George puso un anuncio en el periódico y es posible que así consiguiera algún cliente. Supongo que así fue, porque hace más o menos una semana Marsh encontró una nota en su despacho, diciendo que George iba a estar fuera de la ciudad unos cuantos días. Eso fue lo último que supo de él. De modo que George se fue a la calle Court, alquiló un apartamento bajo el nombre de Anson y se dejó liquidar. Y eso es todo lo que sabemos de George por ahora. Un caso más bien patético.

Me miró con una mirada llana, nada inquisitiva, y se llevó el vaso a los labios.

—¿Qué hay de ese anuncio?

Breeze dejó el vaso, sacó de su cartera un trocito de papel y lo dejó sobre la mesita de cócteles. Me acerqué, lo recogí y lo leí. Decía: «¿Por qué preocuparse? ¿Por qué tener dudas o incertidumbres? ¿Por qué dejarse roer por las sospechas? Consulte a un investigador frío, meticuloso, confidencial, discreto. George Anson Phillips. Glenview 9521».

Lo dejé de nuevo sobre el cristal.

—No es peor que muchos anuncios profesionales —dijo Breeze—. Y no parece dirigido al negocio del automóvil.

Spangler intervino:

—Se lo escribió la chica de la agencia. Dice que le costaba contener la risa, pero que a George le pareció estupendo. La oficina del *Chronicle* de Hollywood Boulevard.

—Esto lo han averiguado rápido —dije.

—No tenemos problemas para conseguir información —dijo Breeze—. Excepto tal vez con usted.

—¿Y qué hay de Hench?

—De Hench, nada. Él y la chica estaban de juerga alcohólica. Bebían un poco, cantaban un poco, se zurraban un poco, oían la radio y salían a comer de vez en cuando, cuando se acordaban. Supongo que llevaban así días. Menos mal que les hicimos parar. La chica tenía los dos ojos morados. En la siguiente agarrada, Hench le podría haber roto el cuello. El mundo está lleno de borrachos holgazanes como Hench... y su chica.

—¿Y qué hay de la pistola que Hench dice que no es suya?

—Es el arma del crimen. Aún no tenemos la bala, pero tenemos el casquillo. Estaba debajo del cuerpo de George, y coincide. Hemos disparado un par más y hemos comparado las marcas del cañón y del percutor.

—¿Cree que alguien la metió bajo la almohada de Hench?
—Seguro. ¿Por qué iba Hench a matar a Phillips? No le conocía.
—¿Cómo lo sabe?
—Lo sé —dijo Breeze, extendiendo las manos—. Mire, hay cosas que uno sabe porque las tiene escritas en letras de molde. Y otras las sabes porque son razonables y tienen que ser así. Uno no le pega un tiro a alguien y después arma un follón que llame la atención, teniendo todo el tiempo el arma debajo de la almohada. La chica estuvo con Hench todo el día. Si Hench hubiera matado a alguien, ella tendría que haberse dado cuenta. Pero no tiene ni idea del asunto. Si la tuviera, habría hablado. ¿Qué significa Hench para ella? Un tipo con el que divertirse, y nada más. Mire, olvídese de Hench. El tipo que cometió el crimen oyó la radio muy alta y sabía que ahogaría el disparo. Pero por si acaso, le sacudió a Phillips y le arrastró al cuarto de baño y cerró la puerta antes de dispararle. No estaba borracho. Era un tío que iba a lo suyo, y que ponía cuidado. Salió, cerró la puerta del cuarto de baño, y la radio dejó de sonar. Hench y la chica habían salido a comer. Tuvo que ocurrir así.
—¿Cómo sabe que la radio dejó de sonar?
—Me lo dijeron —dijo Breeze con calma—. Hay más gente que vive en ese vertedero. Puede estar seguro de que la radio dejó de sonar y ellos salieron. Y no en silencio. El asesino sale del apartamento y ve la puerta de Hench abierta. Tuvo que ser así, porque si no, no se le habría ocurrido pensar en la puerta de Hench.
—La gente no deja la puerta abierta en las casas de apartamentos. Sobre todo en barrios como ése.
—Los borrachos sí. Los borrachos no toman precauciones. La cabeza no se les centra bien. Y sólo piensan en una cosa cada vez. La puerta estaba abierta..., puede que sólo un poquito, pero abierta. El asesino entró, metió su pistola en la cama y encontró allí otra arma. Se la llevó, sólo para ponerle peor las cosas a Hench.
—Puede usted buscar el revólver —dije.
—¿El revólver de Hench? Lo vamos a intentar, pero Hench dice que no se sabe el número. Si lo encontráramos, algo podríamos sacar de ahí. Pero lo dudo. Al arma que tenemos intentaremos seguirle la pista, pero ya sabe cómo son estas cosas. Se llega hasta cierto punto y piensas que las cosas se van a aclarar, y de pronto la pista se corta de golpe y porrazo. Un callejón sin salida. ¿Se le ocurre algo más que nosotros podamos saber y que pueda servirle de ayuda en su trabajo?
—Estoy algo cansado —dije—. No me funciona muy bien la imaginación.
—Pues hace un rato lo estaba haciendo muy bien —dijo Breeze—. Cuando lo del caso Cassidy.
No dije nada. Llené otra vez la pipa, pero estaba demasiado caliente para encenderla. La dejé sobre el borde de la mesa para que se enfriara.
—Le juro por Dios —dijo Breeze muy despacio— que no sé qué pensar de usted. No me lo imagino encubriendo deliberadamente un asesinato. Pero tampoco me creo que sepa tan poco de todo esto como quiere hacernos creer.
Una vez más, no dije nada.

Breeze se inclinó hacia delante para aplastar su cigarro sobre el cenicero hasta apagar la brasa. Se terminó su bebida, se puso el sombrero y se levantó.

—¿Cuánto tiempo piensa seguir haciéndose el mudo? —preguntó.

—No lo sé.

—Permítame que le ayude. Le doy hasta mañana al mediodía, poco más de doce horas. De todas maneras, hasta entonces no me van a dar el informe postmórtem. Le doy hasta entonces para que hable del asunto con su cliente y se decida a soltar prenda.

—¿Y después de esa hora?

—Después de esa hora, iré a ver al capitán y le diré que un detective privado llamado Philip Marlowe está ocultando información que yo necesito para la investigación de un asesinato, o que estoy seguro de que la oculta. ¿Y qué pasará? Me imagino que le meterá entre rejas tan deprisa que se le chamuscarán los pantalones.

—Ajá —dije—. ¿Han registrado el escritorio de Phillips?

—Pues claro. Un joven muy pulcro. No había nada de nada, aparte de una especie de diario. Y ahí tampoco había nada, aparte de contar que había ido a la playa, o que había llevado a una chica al cine y ella no se había puesto a tono. O que se había quedado sentado en la oficina sin que llegaran clientes. Una vez se cabreó bastante con su lavandería y escribió toda una página. Por lo general, sólo escribía tres o cuatro líneas. Sólo hay una cosa curiosa: todo está escrito como en letras de imprenta.

—¿De imprenta? —dije.

—Sí, letras de imprenta escritas a pluma. Nada de mayúsculas grandes, como hace la gente que trata de disimular su letra. Eran letras de imprenta pequeñas y claras y escritas con soltura, como si el tío pudiera escribir así con tanta facilidad y rapidez como de la otra manera.

—Pues no escribió así en la tarjeta que me dio a mí —dije.

Breeze se lo pensó un momento. Después asintió.

—Es verdad. A lo mejor es así. Tampoco había ningún nombre en el diario, en la tapa. A lo mejor lo de las letras de imprenta era sólo un jueguecito privado.

—Como la taquigrafía de Pepys —dije yo.

—¿Qué es eso?

—Un diario que escribió un tío en un sistema de taquigrafía propio, hace mucho tiempo.

Breeze miró a Spangler, que estaba de pie delante de su silla, apurando las últimas gotas de su vaso.

—Más vale que nos larguemos —dijo Breeze—. Este tío se dispone a soltarnos otro caso Cassidy.

Spangler dejó su vaso y los dos se encaminaron a la puerta. Breeze frenó arrastrando un pie y me miró de reojo, con la mano en el picaporte.

—¿Conoce a alguna rubia alta?

—Tendré que pensarlo —dije—. Espero que sí. ¿Cómo de alta?

—Simplemente alta. No sé lo alta que es. Excepto que le parece alta a un tipo que es alto. Un italiano llamado Palermo, el dueño de la casa de apartamentos de la calle Court. Cruzamos la calle para verlo en su funeraria. También es el dueño de eso. Dice que vio a una rubia alta salir de la casa de apartamentos a eso de las tres y media. El encargado, Passmore, no conoce a ninguna inquilina a la que se pueda calificar de rubia alta. El italiano dice que era guapa. Le doy cierto crédito a lo que dice, porque nos dio una buena descripción de usted. No vio entrar a la rubia alta, sólo la vio salir. Llevaba pantalones, chaqueta de sport y un pañuelo a la cabeza. Pero tenía el pelo rubio claro, y muy abundante, debajo del pañuelo.

—No se me ocurre nada —dije—. Pero acabo de acordarme de otra cosa. Apunté el número de matrícula del coche de Phillips en la parte de atrás de un sobre. Con eso, seguro que averiguan su dirección anterior. Voy a por él.

Esperaron de pie mientras yo iba a sacarlo de mi chaqueta, que estaba en la alcoba. Le di a Breeze el trozo de sobre y él leyó lo que había escrito y lo guardó en su billetera.

—Así que se acaba de acordar de esto, ¿eh?

—Eso es.

—Vaya, vaya —dijo—. Vaya, vaya.

Los dos se marcharon por el pasillo, en dirección al ascensor, meneando la cabeza.

Cerré la puerta y volví a mi casi intacta segunda copa. Se había quedado floja. La llevé a la cocina y la reforcé a base de botella, y me quedé allí con el vaso en la mano, mirando por la ventana los eucaliptos que bamboleaban sus flexibles copas contra el oscuro cielo azulado. Parecía que se había vuelto a levantar el viento. Daba contra las ventanas del norte, y se oía un fuerte y lento golpeteo en la pared del edificio, como un cable grueso golpeando el estuco entre los aislamientos.

Probé la bebida y deseé no haber malgastado más whisky en ella. La tiré al fregadero, cogí un vaso limpio y bebí un poco de agua helada.

Doce horas para dejar resuelta una situación que aún no había empezado ni a entender. O eso, o revelar quién era mi cliente y dejar que los polis la trabajaran a ella y a toda su familia. Contrate a Marlowe y le llenará la casa de polis. ¿Por qué preocuparse? ¿Por qué tener dudas o incertidumbres? ¿Por qué dejarse roer por las sospechas? Consulte a un investigador pirado, chapucero, manazas, disoluto. Philip Marlowe, Glenview 7537. Acuda a mí y conocerá a los mejores polis de la ciudad. ¿Por qué desesperarse? ¿Por qué estar solo? Llame a Marlowe y vea venir el coche celular.

Esto tampoco me llevó a ninguna parte. Volví al cuarto de estar y apliqué una cerilla a la pipa, que ya se había enfriado en el borde de la mesa de ajedrez. Aspiré el humo lentamente, pero seguía sabiéndome a goma quemada. Dejé la pipa y me quedé de pie en medio de la habitación, tirándome del labio inferior y soltándolo para que me pegara en los dientes.

Sonó el teléfono. Lo cogí y di un gruñido.

—¿Marlowe?

La voz era un susurro áspero y bajo. Un susurro áspero y bajo que ya había oído antes.

—Está bien —dije—. Dígalo ya, quienquiera que sea. ¿En qué bolsillo he metido la mano esta vez?

—A lo mejor es usted listo —dijo el susurro áspero—. A lo mejor le gustaría hacerse algún bien a sí mismo.

—¿Como cuánto bien?

—Digamos que unos quinientos de bien.

—Eso es buenísimo —dije—. ¿Por hacer qué?

—Por mantener limpias las narices —dijo la voz—. ¿Quiere hablar de ello?

—¿Dónde, cuándo y con quién?

—En el Idle Valley Club. Con Morny. En cuanto pueda venir.

—¿Quién es usted?

A través del cable me llegó una risita apagada.

—Pregunte en la puerta por Eddie Prue.

El teléfono hizo clic y se cortó. Colgué.

Eran casi las once y media cuando saqué el coche del garaje, marcha atrás, y me puse en camino hacia Cahuenga Pass.

17

A unos treinta kilómetros al norte del paso, un amplio bulevar con musgo florido en sus laterales torcía hacia las faldas de las colinas. Recorría unas cinco manzanas y moría... sin una sola casa en toda su longitud. De su extremo partía una carretera curva de asfalto que se adentraba en las colinas. Aquello era Idle Valley.

Casi en lo alto de la primera colina, junto a la carretera, había un edificio blanco y bajo con tejado de tejas. Tenía un porche cubierto, y en él un letrero iluminado que decía «Patrulla de Idle Valley». Los portones abiertos estaban echados hacia atrás sobre las cunetas de la carretera, en cuyo centro había un letrero cuadrado y blanco, colocado de punta, que decía ALTO en letras salpicadas de botones reflectantes. Otro foco achicharraba el trozo de carretera delante de la señal.

Me detuve. Un hombre uniformado, con una estrella y un arma enfundada en una pistolera de cuero trenzado, miró mi coche y después una tablilla que había en un poste.

Se acercó al coche.

—Buenas noches. No tengo apuntado su coche. Ésta es una carretera privada. ¿Viene de visita?

—Voy al club.

—¿A cuál?

—Al Idle Valley Club.

—Ochenta y siete-setenta y siete. Así lo llamamos aquí. ¿Se refiere al local del señor Morny?

—Eso es.

—No es usted socio, supongo.

—No.

—Necesito una referencia. Alguien que sea socio o que viva en el valle. Aquí todo es propiedad privada, ya sabe.

—No se cuela nadie, ¿eh?

Sonrió.

—No se cuela nadie.

—Me llamo Philip Marlowe —dije—. Voy a ver a Eddie Prue.

—¿Prue?

—Es el secretario del señor Morny, o algo así.

—Un momento, por favor.

Fue hasta la puerta del edificio y habló. En el interior, otro hombre de uniforme metió una clavija en una centralita telefónica. Un coche llegó por detrás de mí y tocó la bocina. Por la puerta abierta de la oficina de la patrulla llegaba el claqueteo de una máquina de escribir. El hombre que había hablado conmigo miró el coche que pitaba y le hizo un gesto para que pasara. Se deslizó a mi lado y salió zumbando hacia la oscuridad, un sedán descapotable largo y verde, con la capota bajada y con tres mujeres de aspecto atontado en el asiento delantero, todas ellas cigarrillos y cejas en arco y cara de por ahí te pudras. El coche relampagueó al tomar una curva y desapareció.

El hombre uniformado volvió hasta mí y apoyó una mano en la puerta del coche.

—Muy bien, señor Marlowe. Preséntese al guardia del club, por favor. Está kilómetro y medio más adelante, a su derecha. Hay un aparcamiento iluminado, con el número en la pared. Sólo el número: ochenta y siete-setenta y siete. Allí preséntese al guardia, por favor.

—¿Por qué tengo que hacer eso? —pregunté.

Era un tipo muy tranquilo, muy educado y muy firme.

—Tenemos que saber exactamente dónde va. Hay mucho que proteger en Idle Valley.

—Suponga que no me presento al guardia.

—¿Es una broma? —Su voz se endureció.

—No. Sólo quería saber.

—Un par de coches patrulla empezarán a buscarle.

—¿Cuántos son ustedes en la patrulla?

—Lo siento —dijo—. A kilómetro y medio, a la derecha, señor Marlowe.

Miré el arma que llevaba enfundada en la cadera, la insignia especial pinchada en la camisa.

—Y a esto lo llaman democracia —dije.

Miró a sus espaldas y después escupió en el suelo y apoyó una mano en el borde de la puerta del coche.

—Puede que no sea usted el único —dijo—. Yo conocía a uno que pertenecía al Club John Reed. Allá en Boyle Heights.

—Tovarich —dije yo.

—Lo malo de las revoluciones —dijo— es que caen en manos de la peor gente.

—Totalmente de acuerdo —dije yo.

—Por otra parte —dijo—, ¿puede haber algo peor que la panda de ricos pretenciosos que vive por aquí?

—A lo mejor acaba usted viviendo aquí algún día —dije.

Escupió de nuevo.

—No viviría aquí ni aunque me pagaran cincuenta mil al año y me dejaran dormir en pijama de gasa, con un collar de perlas rosas a juego al cuello.

—No me gustaría tener que hacerle yo la oferta —dije.

—Hágame la oferta cuando quiera —dijo—. De día o de noche. Hágame la oferta y verá lo que consigue.

—Bueno, ahora voy para allá, a presentarme al guardia del club —le dije.

—Dígale que se vaya a mear por la pernera del pantalón —dijo—. Dígale que lo he dicho yo.

—Así lo haré —dije yo.

Llegó un coche por detrás y tocó la bocina. Arranqué. Una limusina oscura de media manzana de longitud me sacó a bocinazos de la carretera y me adelantó haciendo un ruido como de hojas secas que caen.

El viento estaba en calma por aquella parte, y la luz de la luna en el valle era tan intensa que las sombras negras parecían talladas con un instrumento de grabar.

Al doblar la curva, el valle entero se desplegó ante mí. Mil casas blancas construidas en lo alto y en lo bajo de las colinas, diez mil ventanas iluminadas y las estrellas colgando educadamente por encima de ellas, sin acercarse demasiado, no fuera a aparecer la patrulla.

La pared del edificio del club que daba a la carretera era blanca y desnuda, sin puerta de entrada ni ventanas en la planta baja. El número era pequeño pero bien visible, en neón violeta: 8777. Nada más. A un lado, bajo hileras de luces con pantallas enfocadas hacia abajo, había filas de coches muy bien ordenados, aparcados en los espacios marcados con líneas blancas sobre el liso asfalto negro. Bajo las luces se movían empleados ataviados con uniformes limpios y bien planchados.

La carretera seguía, dando la vuelta al edificio. Al otro lado había un largo porche de hormigón, con una marquesina de cristal y cromo pero con luces muy tenues. Salí del coche y me dieron un resguardo con el número de matrícula apuntado. Lo llevé a un pequeño mostrador donde había un hombre uniformado y se lo planté delante.

—Philip Marlowe —dije—. Visita.

—Gracias, señor Marlowe.

Apuntó el nombre y el número, me devolvió mi resguardo y levantó un teléfono.

Un negro con uniforme de portero de lino blanco, con chaqueta cruzada, charreteras doradas y una gorra con una ancha banda dorada, me abrió la puerta.

El vestíbulo parecía un musical de alto presupuesto. Montones de luces y cosas brillantes, muchos decorados, mucho vestuario, mucho sonido, un reparto de estrellas y un argumento con toda la originalidad y la emoción de una uña rota. Bajo la bella iluminación, suave e indirecta, la pared parecía ascender hasta el infinito, perdiéndose entre suaves y lascivas estrellas que titilaban de verdad. Si te esforzabas, conseguías andar por la alfombra sin botas altas. Al fondo había una escalinata de amplio arco, con barandilla de cromo y esmalte blanco, que ascendía en anchos escalones alfombrados, de poca altura. En la entrada del comedor, un rechoncho jefe de camareros aguardaba negligentemente, con una franja de raso de cinco centímetros en los pantalones y un taco de menúes dorados bajo el brazo. Tenía ese tipo de cara que puede pasar de una sonrisa bobalicona y cortés a la furia despiadada casi sin mover un músculo.

La entrada al bar estaba a la izquierda. Era tranquilo y oscuro, y un camarero se movía como una polilla sobre el débil brillo de fondo de los vasos apilados. Una rubia alta y guapa, con un vestido que parecía agua de mar espolvoreada con polvo de oro, salió del servicio de señoras retocándose los labios y giró hacia el arco, tarareando.

Por el arco llegaba el sonido de una rumba, y ella meneaba su dorada cabeza al ritmo de la música, sonriendo. Un hombre bajo y gordo, con la cara colorada y ojos brillantes, la esperaba con un chal blanco en el brazo. Clavó sus gruesos dedos en el brazo desnudo de ella y le sonrió lascivamente.

Una chica del guardarropa, con pijama chino de flores de melocotón, se acercó a recoger mi sombrero y poner mala cara ante mi vestimenta. Sus ojos sugerían extraños pecados.

Una cigarrera llegó por el corredor. Llevaba un penacho de plumas en el pelo, una cantidad de ropa que se podría haber escondido detrás de un palillo de dientes, y una de sus largas y bonitas piernas desnudas era plateada mientras que la otra era dorada. Tenía la expresión de absoluto desdén de una dama que concierta sus citas por conferencia interurbana.

Entré en el bar y me hundí en un taburete de cuero relleno de plumón. Los vasos tintineaban suavemente, las luces brillaban con suavidad, se oían susurros apagados que hablaban de amor, del diez por ciento o de lo que se susurrara en un sitio así.

Un hombre alto y apuesto, con un traje gris cortado por un ángel, se levantó de pronto de una mesita pegada a la pared, fue hasta la barra y empezó a insultar a uno de los camareros. Lo insultó en voz alta y clara durante más de un minuto, llamándole unas nueve cosas que no es normal que digan los hombres altos y apuestos con trajes grises bien cortados. Todo el mundo dejó de hablar y le miró en silencio. Su voz se abría paso a través de la música apagada de la rumba como una pala a través de la nieve.

El camarero aguantó completamente inmóvil, mirando al hombre. El camarero tenía el pelo rizado, la piel clara y cálida y ojos separados y atentos. No se movió ni dijo una palabra. El hombre alto dejó de hablar y salió del bar a zancadas. Todo el mundo le miró salir, excepto el camarero.

El camarero se desplazó lentamente a lo largo de la barra, hasta el extremo donde yo estaba sentado, mirando hacia otra parte, sin nada en la cara aparte de la palidez. Entonces se volvió hacia mí y dijo:

—Dígame, señor.

—Quiero hablar con un hombre llamado Eddie Prue.

—¿Y...?

—Trabaja aquí —dije.

—¿Qué trabajo tiene aquí? —Su voz era perfectamente uniforme y tan seca como la arena seca.

—Tengo entendido que es el tipo que camina detrás del jefe. No sé si me entiende.

—Ah, Eddie Prue. —Movió despacio un labio por encima del otro y describió pequeños y apretados círculos sobre la barra con el paño.

—¿Cómo se llama usted?

—Marlowe.

—Marlowe. ¿Tomará algo mientras espera?

—Con un martini seco me apaño.

—Un martini. Seco. Muuuy, muuuy seco.

—Eso es.

—¿Se lo comerá con cuchara o con cuchillo y tenedor?

—Córtelo en tiras —dije—. Le iré dando bocaditos.

—Camino del cole —dijo—. ¿Le pongo la aceituna en una bolsa?

—Tóqueme las narices con ella —dije—. Si con eso se siente mejor.

—Gracias, señor —dijo él—. Un martini seco.

Se alejó tres pasos de mí, y entonces volvió, se apoyó en la barra y dijo:

—Me equivoqué con una bebida. Ese caballero me lo estaba explicando.

—Ya le oí.

—Me lo estaba explicando como te explican esas cosas los caballeros. Como hacen los grandes directores para indicarte tus pequeños errores. Usted le oyó.

—Sí —dije, preguntándome cuánto tiempo iba a durar aquello.

—Se hizo oír..., el caballero se hizo oír. Y yo vengo aquí y prácticamente le insulto a usted.

—Me hago cargo —dije.

Levantó un dedo y se lo miró pensativamente.

—Así por las buenas —dijo—. A un completo desconocido.

—Es por mis grandes ojos castaños —dije—. Dan impresión de amabilidad.

—Gracias, amigo —dijo, y se alejó en silencio.

Le vi hablar por teléfono al extremo de la barra. Después le vi trabajar con la coctelera. Cuando volvió con la bebida, estaba otra vez perfectamente.

18

Me llevé la copa a una mesita pegada a la pared, me senté allí y encendí un cigarrillo. Transcurrieron cinco minutos. La música que llegaba a través del corredor había cambiado de ritmo sin que yo me diera cuenta. Una chica estaba cantando. Tenía una voz de contralto rica, profunda y envolvente, que resultaba agradable escuchar. Estaba cantando «Ojos negros» y daba la impresión de que la banda que la acompañaba se estaba quedando dormida.

Cuando terminó, hubo una fuerte salva de aplausos y algunos silbidos.

En la mesa de al lado, alguien le dijo a su chica:

—Otra vez tienen a Linda Conquest con la banda. Me dijeron que se había casado con un tío rico de Pasadena, pero que no duró.

—Bonita voz —dijo la chica—. Si te gustan las cantantes melódicas.

Empecé a levantarme, pero una sombra cayó sobre mi mesa y allí había un hombre de pie.

Era un tipo altísimo y patibulario, con la cara hecha una ruina y un ojo derecho macilento y congelado, con el iris coagulado y la mirada fija de la ceguera. Era tan alto que tuvo que agacharse para apoyar la mano en el respaldo de la silla que había enfrente de mí, al otro lado de la mesa. Allí se quedó plantado, tomándome las medidas sin decir nada, y allí me quedé sentado yo, dándole los últimos sorbos a mi copa y escuchando la voz de contralto, que cantaba otra canción. Por lo visto, a los clientes de aquel sitio les gustaba la música rancia. Puede que todos estuvieran cansados de intentar estar a la última en sus lugares de trabajo.

—Soy Prue —dijo el hombre en su susurro áspero.

—Ya me lo figuraba. Usted quiere hablar conmigo, yo quiero hablar con usted, y también quiero hablar con la chica que acaba de cantar.

—Vamos.

Al fondo del bar había una puerta cerrada con llave. Prue la abrió, la sujetó para que yo pasara y los dos entramos y subimos un tramo de escalones alfombrados que había a la izquierda. Un pasillo largo y recto, con varias puertas cerradas. Al final, una brillante estrella cruzada por la malla de una tela metálica. Prue llamó a una puerta que había junto a la tela metálica, la abrió y se hizo a un lado para que yo pasara.

Era una especie de despacho acogedor, no muy grande. Junto al ventanal había una rinconera de obra con asiento tapizado, y un hombre con esmoquin blanco estaba de pie, de espaldas a la habitación, mirando al exterior. Tenía el pelo gris. Había una caja fuerte grande, negra y niquelada, algunos archivadores, un gran globo terráqueo sobre un soporte, un pequeño bar de obra, y el típico escritorio de ejecutivo, ancho y pesado, con el típico sillón de cuero con respaldo alto detrás.

Miré los adornos del escritorio. Todo era vulgar y todo de cobre. Una lámpara de cobre, escribanía de cobre, cenicero de cobre y cristal con un elefante de cobre en el borde, un abrecartas de cobre, un termo de cobre sobre una bandeja de cobre, esquineras de cobre en el sujetador de papel secante. En un jarrón de cobre había un ramo de guisantes de olor casi del color del cobre.

Parecía un buen montón de cobre.

El hombre de la ventana dio media vuelta y me dejó ver que rondaba los cincuenta años, tenía el pelo suave, de color gris ceniza y abundante, y una cara sólida y atractiva que no tenía nada de particular, aparte de una pequeña cicatriz arrugada en la mejilla izquierda, que casi daba la impresión de un hoyuelo profundo. Yo me acordaba de aquel hoyuelo. Del hombre no me habría acordado. Recordaba haberlo visto en las películas hacía mucho tiempo, por lo menos diez años atrás. No me acordaba de en qué películas, ni de qué trataban ni qué era lo que hacía él en ellas, pero me acordaba de aquella cara morena y sólida con la cicatriz arrugada. Por aquel entonces, su pelo era oscuro.

Fue hasta su escritorio, se sentó, cogió el abrecartas y se pinchó con él la yema del dedo pulgar. Me miró sin ninguna expresión y dijo:

—¿Es usted Marlowe?

Asentí.

—Siéntese.

Me senté. Eddie Prue se sentó en una silla pegada a la pared y la inclinó hacia atrás, levantando las patas delanteras.

—No me gustan los fisgones —dijo Morny.

Me encogí de hombros.

—No me gustan por muchas razones —dijo—. No me gustan de ninguna manera ni en ningún momento. No me gustan cuando molestan a mis amigos. No me gustan cuando acosan a mi mujer.

No dije nada.

—No me gustan cuando le hacen preguntas a mi chófer ni cuando se ponen chulos con mis invitados —siguió.

No dije nada.

—En pocas palabras —dijo—, que no me gustan.

—Estoy empezando a captar lo que quiere decir —dije.

Se puso colorado y sus ojos centellearon.

—Por otra parte —dijo—, en este preciso momento podría usted serme útil. Y a usted le podría convenir cooperar conmigo. Podría ser una buena idea. Saldría usted ganando si no metiera las narices.

—¿Cuánto saldría ganando? —pregunté.

—Ganaría en tiempo y en salud.

—Me parece que ese disco ya lo he oído en alguna parte —dije—. Sólo que no me acuerdo del título.

Dejó el abrecartas, abrió una puerta del escritorio y sacó una licorera de cristal tallado. Vertió algo de líquido en un vaso, se lo bebió, volvió a poner el tapón en la licorera y guardó la licorera en el escritorio.

—En mi negocio —dijo—, hay tipos duros a diez centavos la docena. Y chicos que se creen duros a cinco centavos la gruesa. Usted ocúpese de sus asuntos y yo me ocuparé de los míos y no tendremos problemas.

Encendió un cigarrillo. Le temblaba un poco la mano.

Miré al otro lado de la habitación, al hombre alto sentado en la silla inclinada contra la pared, como un holgazán en una tienda de pueblo. Se limitaba a estar allí sentado sin moverse, con sus largos brazos colgando y su gris y arrugada cara llena de nada.

—Alguien dijo algo acerca de algún dinero —le dije a Morny—. ¿Para qué era? Todo este fanfarroneo ya sé para qué es. Está usted intentando convencerse de que puede asustarme.

—Hábleme así —dijo Morny— y tiene muchas posibilidades de llevar botones de plomo en el chaleco.

—Imagínese —dije yo—. El pobrecito Marlowe con botones de plomo en el chaleco.

Eddie Prue hizo un sonido seco con la garganta que bien podría haber sido una risita.

—Y eso de que me ocupe de mis asuntos y no me meta en los suyos... —dije—, podría darse el caso de que sus asuntos y los míos anden un poco mezclados. Y no por culpa mía.

—Más vale que no —dijo Morny—. ¿De qué manera?

Alzó los ojos rápidamente y los dejó caer de nuevo.

—Pues por ejemplo, que este chico suyo tan duro me llame por teléfono y trate de matarme de miedo. Y que me vuelva a llamar más tarde para hablarme de cinco billetes de cien y de lo provechoso que me resultaría venir aquí a hablar con usted. Y por ejemplo, que ese mismo chico duro, o alguien que se le parece mucho, lo cual es muy improbable, anduviera siguiendo a un colega mío, al que casualmente han pegado un tiro esta tarde en la calle Court, en Bunker Hill.

Morny se apartó el cigarrillo de los labios y juntó los ojos para mirar la punta. Cada movimiento, cada gesto, estaba directamente sacado del catálogo.

—¿A quién le han pegado un tiro?

—A un tipo llamado Phillips, un jovenzuelo rubio. A usted no le habría gustado. Era un fisgón. —Le describí a Phillips.

—Nunca he oído hablar de él —dijo Morny.

—Y también, por ejemplo, una rubia alta que no vivía allí, pero que la vieron salir de la casa de apartamentos justo después de que lo mataran —dije.

—¿Qué rubia alta? —Su voz había cambiado un poco. Había urgencia en ella.

—Eso no lo sé. La vieron, y el hombre que la vio podría identificarla si la viera otra vez. Claro que a lo mejor no tenía nada que ver con Phillips.

—Ese tío, Phillips, ¿era un detective?

Asentí.

—Ya se lo he dicho dos veces.

—¿Por qué le mataron, y cómo?

—Le dieron un porrazo y le pegaron un tiro en su apartamento. No sabemos por qué lo mataron. Si lo supiéramos, probablemente sabríamos también quién lo mató. Parece que es una de esas situaciones.

—¿Quiénes «sabríamos»?

—La policía y yo. Yo encontré el cadáver. Así que tuve que quedarme.

Prue dejó caer sobre la alfombra las patas delanteras de su silla sin hacer ningún ruido y me miró. Su ojo bueno tenía una expresión soñolienta que no me gustó.

—¿Qué les dijo usted a los polis? —preguntó Morny.

—Muy poco —dije—. De los primeros comentarios que me ha hecho usted, deduzco que sabe que estoy buscando a Linda Conquest. La señora de Leslie Murdock. La he encontrado. Está cantando aquí. No sé por qué hay que hacer un secreto de eso. Me parece que su esposa o el señor Vannier me lo podrían haber dicho. Pero no me lo dijeron.

—Lo que le diga mi mujer a un fisgón —dijo Morny— se podría escribir en el ojo de un mosquito.

—Sin duda, tendría sus razones —dije—. Sin embargo, eso ya no tiene mucha importancia. De hecho, tampoco es muy importante que yo vea a la señorita Conquest. Aun así, me gustaría hablar un poco con ella. Si a usted no le importa.

—Suponga que me importa —dijo Morny.

—Supongo que aun así me gustaría hablar con ella —dije.

Saqué un cigarrillo del bolsillo y lo hice rodar entre los dedos mientras admiraba sus cejas tupidas y aún oscuras. Tenían una forma bonita, una curvatura elegante.

Prue soltó una risita. Morny le miró y frunció el ceño, y volvió a mirarme a mí, manteniendo el ceño fruncido.

—Le he preguntado qué le dijo a la poli —dijo.

—Les dije lo menos posible. El tal Phillips me había pedido que fuera a verlo. Dio a entender que estaba muy metido en un asunto que no le gustaba y que necesitaba ayuda. Cuando llegué, ya estaba muerto. Eso es lo que le conté a la policía. No se creyeron que fuera la historia completa. Lo más probable es que no lo sea. Tengo hasta mañana a mediodía para llenar los huecos. Así que estoy tratando de llenarlos.

—Ha perdido el tiempo viniendo aquí —dijo Morny.

—Me había dado la impresión de que me pidieron que viniera.

—Puede irse de vuelta al infierno cuando quiera —dijo Morny—. O puede hacer un trabajito para mí... por quinientos dólares. En cualquiera de los dos casos, a mí y a Eddie déjenos fuera de sus conversaciones con la policía.

—¿Un trabajo de qué tipo?

—Ha estado en mi casa esta mañana. Debería imaginárselo.

—No me ocupo de casos de divorcio —dije.

Se le puso la cara blanca.

—Quiero a mi mujer —dijo—. Sólo llevamos casados ocho meses. No quiero ningún divorcio. Es una chica estupenda y sabe lo que se hace, por lo general. Pero creo que en estos momentos está jugando al número equivocado.

—¿Equivocado en qué sentido?

—No lo sé. Es lo que quiero averiguar.

—A ver, que quede claro —dije—. ¿Me está contratando para que haga un trabajo... o para que deje el trabajo que ya tengo?

Prue soltó otra risita hacia la pared.

Morny se sirvió un poco más de brandy y se lo echó rápidamente garganta abajo. Su cara recuperó el color. No me respondió.

—Y otra cosa que hay que dejar clara —dije—. A usted no le importa que su mujer juguetee por ahí, pero no quiere que juegue con el tal Vannier. ¿Es eso?

—Me fío de su corazón —dijo despacio—, pero no me fío de su juicio. Podríamos decirlo así.

—¿Y quiere usted que yo averigüe algo sobre ese Vannier?

—Quiero que averigüe qué está tramando.

—Ah. ¿Es que está tramando algo?

—Yo creo que sí. Pero no sé qué.

Me miró a los ojos un momento y después tiró del cajón central de su escritorio, metió la mano y me arrojó un papel doblado. Lo recogí y lo desplegué. Era una copia de una factura gris: «Compañía de Suministros Dentales Cal-Western», y una dirección. La factura era por 13 kilos de cristobolita Kerr, 15,75 dólares, y 11 kilos de albastone White, 7,75 dólares, más impuestos. Estaba a nombre de H. R. Teager, que «pasará a buscarlo», y llevaba el sello de «Pagado» estampado con un sello de caucho. Llevaba la firma en una esquina: L. G. Vannier.

La dejé sobre el escritorio.

—Eso se le cayó del bolsillo una noche que estuvo aquí —dijo Morny—. Hace unos diez días. Eddie puso encima uno de sus enormes pies y Vannier no se dio cuenta de que se le había caído.

Miré a Prue, después a Morny, y después me miré el pulgar.

—¿Se supone que esto tiene que significar algo para mí?

—Creía que era usted un detective listo. Suponía que podría averiguarlo.

Miré otra vez el papel, lo doblé y me lo metí en el bolsillo.

—Doy por supuesto que usted no me lo daría si no significara algo —dije.

Morny se dirigió a la caja fuerte negra y niquelada que había contra la pared y la abrió. Volvió con cinco billetes nuevos, extendidos en abanico como una mano de póquer. Los cerró juntando los bordes, los peinó con el dedo como si fueran naipes y los arrojó sobre el escritorio delante de mí.

—Aquí tiene sus cinco de cien —dijo—. Saque a Vannier de la vida de mi mujer y recibirá otro tanto. No me importa cómo lo haga, y no quiero saber cómo lo hace. Hágalo y ya está.

Toqué los crujientes billetes nuevos con un dedo hambriento. Y después, los aparté.

—Puede pagarme cuando haya hecho el trabajo, si es que lo hago —dije—. Esta noche me doy por pagado con una breve entrevista con la señorita Conquest.

Morny no tocó el dinero. Levantó la licorera cuadrada y se escanció otro trago. Esta vez sirvió uno para mí y lo empujó sobre el escritorio.

—Y volviendo al asesinato de ese Phillips —dije—, aquí el amigo Eddie andaba siguiendo a Phillips. ¿Quiere decirme por qué?

—No.

—Lo malo de los casos como éste es que la información puede llegar de otra parte. Cuando un asesinato sale en los periódicos, nunca se sabe qué puede salir a la luz. Y si sale, usted me echará la culpa a mí.

Me miró fijamente y dijo:

—No lo creo. Estuve un poco brusco cuando usted entró, pero parece usted buena gente. Correré el riesgo.

—Gracias —dije—. ¿Le importaría decirme por qué hizo que Eddie me llamara para meterme miedo?

Bajó la mirada y tamborileó sobre el escritorio.

—Linda es una vieja amiga mía. El joven Murdock estuvo aquí esta tarde para verla. Le dijo que usted estaba trabajando para la vieja señora Murdock. Ella me lo dijo a mí. Yo no sabía de qué iba el trabajo. Dice usted que no acepta casos de divorcio, así que queda descartado que la vieja le haya contratado para arreglar algo por el estilo. —Alzó los ojos mientras decía las últimas palabras y me miró.

Yo le devolví la mirada y aguardé.

—Simplemente, soy un tipo al que le gustan sus amigos —dijo—, y no le gusta que los detectives les molesten.

—Murdock le debe algo de dinero, ¿no?

Frunció el ceño.

—No hablo de cosas como ésa.

Se terminó su bebida, asintió y se puso en pie.

—Le diré a Linda que suba a verle. Coja su dinero.

Se dirigió a la puerta y salió. Eddie Prue desplegó su largo cuerpo, se puso en pie, me dirigió una leve sonrisa gris que no significaba nada y se marchó detrás de Morny.

Encendí otro cigarrillo y miré otra vez la factura de la compañía de suministros dentales. Algo se retorció en el fondo de mi mente, sin mucha fuerza. Fui hasta la ventana y me quedé mirando hacia el otro lado del valle. Un coche serpenteaba subiendo una colina hacia una casa con una torre hecha en parte con pavés, detrás del cual se veía luz. Los faros del coche la recorrieron de lado a lado y se dirigieron hacia un garaje. Las luces se apagaron y el valle pareció más oscuro.

Todo estaba muy silencioso y muy tranquilo. La orquesta de baile parecía estar en algún lugar bajo mis pies. Sonaba muy apagada y la melodía era indistinguible.

Linda Conquest entró por la puerta abierta a mis espaldas, la cerró y se quedó de pie, mirándome con una luz fría en sus ojos.

19

Se parecía a su foto y no se parecía. Tenía la misma boca ancha y fría, la misma nariz corta, los mismos ojos separados y fríos, el mismo pelo oscuro con raya al medio, y la misma ancha línea blanca en la raya del pelo. Llevaba un abrigo blanco encima del vestido, con el cuello subido. Tenía las manos metidas en los bolsillos del abrigo y un cigarrillo en la boca.

Parecía mayor, sus ojos eran más duros y sus labios parecían haber olvidado cómo se sonríe. Sonreirían cuando cantaba, con esa sonrisa artificial de la escena. Pero en reposo eran finos, apretados y airados.

Se desplazó hasta el escritorio y se quedó de pie, mirando hacia abajo, como si estuviera contando los adornos de cobre. Vio la licorera de cristal tallado, le quitó el tapón, se sirvió una copa y se la metió en el cuerpo con un rápido golpe de muñeca.

—¿Es usted el tal Marlowe? —preguntó, mirándome. Apoyó las caderas contra el extremo del escritorio y cruzó los tobillos.

Le dije que yo era el tal Marlowe.

—Hablando en plata —dijo—, estoy segurísima de que no me va a gustar usted ni un pelo. Así que suelte su rollo y esfúmese.

—Lo que me gusta de este sitio es que todo se ajusta perfectamente al tópico —dije—. El guardia de la entrada, el negro de la puerta, las chicas del tabaco y del guardarropa, el judío gordo, grasiento y sensual con la corista alta, imponente y aburrida, el directivo bien vestido, borracho y espantosamente grosero que insulta al camarero, el tipo callado con la pistola, el propietario del club con su suave cabello gris y sus maneras de película de serie B, y ahora usted..., la cantante romántica alta y morena con la mueca negligente, la voz ronca y el vocabulario de tía dura.

—¿Ah, sí? —dijo, colocándose el cigarrillo entre los labios y aspirando lentamente—. ¿Y qué me dice del fisgón graciosillo, con chistes del año pasado y sonrisa de aquí te espero nena?

—¿Y qué es lo que me da derecho a dirigirle la palabra a usted? —dije.

—Me rindo. ¿Qué?

—Ella quiere que se lo devuelvan. Y deprisa. Tiene que ser rápido o habrá problemas.

—Yo creía... —Empezó a decir, pero se detuvo en seco. Vi cómo eliminaba de su rostro la repentina señal de interés, jugando con el cigarrillo e inclinando la cara hacia él—. ¿Quién quiere que le devuelvan qué, señor Marlowe?

—El doblón Brasher.

Me miró y asintió, haciendo memoria..., haciéndome ver que hacía memoria.

—Ah, el doblón Brasher.
—Apuesto a que se había olvidado por completo de él —dije.
—Bueno, no. Lo he visto unas cuantas veces —dijo ella—. Dice que quiere que se lo devuelvan. ¿O sea, que cree que yo me lo llevé?
—Sí. Eso mismo.
—Es una vieja mentirosa y asquerosa —dijo Linda Conquest.
—Lo que uno cree no le convierte en mentiroso —dije yo—. Sólo que a veces uno se equivoca. ¿Está ella equivocada?
—¿Para qué me iba yo a llevar su ridícula moneda vieja?
—Bueno..., vale un montón de dinero. Ella cree que usted podría andar necesitada de dinero. Me da la impresión de que no era demasiado generosa.
Se echó a reír, una risita tensa y despreciativa.
—No —dijo—. No se puede decir que la señora Elizabeth Bright Murdock sea muy generosa.
—Puede que usted se lo llevara por despecho, o algo así —dije esperanzado.
—Puede que le arree un tortazo en la cara.
Apagó el cigarrillo en la pecera de cobre de Morny, apuñaló distraídamente la colilla aplastada con el abrecartas y la tiró a la papelera.
—Dejemos eso y pasemos a otras cuestiones, tal vez más importantes —dije—. ¿Le concederá usted el divorcio?
—Por veinticinco de los grandes —dijo sin mirarme—. Lo haría encantada.
—No quiere usted a ese tipo, ¿eh?
—Me rompe usted el corazón, Marlowe.
—Él la quiere a usted —dije—. Al fin y al cabo, usted se casó con él.
Me miró con aire lánguido.
—Amigo, no se crea que no he pagado ese error. —Encendió otro cigarrillo—. Pero una chica tiene que buscarse la vida. Y no siempre es tan fácil como parece. Así que una chica puede cometer un error, casarse con el tipo equivocado y de la familia equivocada, buscando algo que allí no hay. Seguridad, o lo que sea.
—Y para hacer eso no hace falta nada de amor —dije yo.
—No quiero ponerme muy cínica, Marlowe. Pero le sorprendería la cantidad de chicas que se casan para conseguir un hogar, sobre todo chicas que tienen cansados los músculos de los brazos de tanto apartar a los optimistas que vienen a estos garitos de ginebra y oropel.
—Usted tenía un hogar y renunció a él.
—Me salía demasiado caro. Esa vieja farsante macerada en oporto hizo que saliera perdiendo en el trato. ¿A usted qué le parece como cliente?
—Los he tenido peores.
Se quitó una hebra de tabaco de los labios.
—¿Se ha fijado en lo que le está haciendo a esa chica?
—¿Merle? Me fijé en que la tenía intimidada.
—No es sólo eso. La tiene como para el psiquiátrico. Esa chica tuvo algún tipo de trauma, y la bestia de la vieja se ha aprovechado del efecto para dominar por completo a la chica. En público le chilla, pero en privado es capaz de acariciarle el pelo y susurrarle al oído. Y la niña se estremece.

—De todo eso no me enteré —dije.

—La niña está enamorada de Leslie, pero no lo sabe. Emocionalmente, es como si tuviera diez años. Cualquier día de éstos, en esa familia va a pasar algo raro. Menos mal que no estaré allí.

—Usted es una chica lista, Linda —dije—. Y además es dura y sabe de la vida. Supongo que cuando se casó con él pensaría que podría pillar bastante.

Torció la boca.

—Pensé que por lo menos serían unas vacaciones. Pero ni eso. Esa mujer es lista e implacable, Marlowe. No sé lo que le ha dicho que haga, pero seguro que no es lo que ella le ha dicho que es. Algo se trae entre manos. Ándese con cuidado.

—¿Sería capaz de matar a un par de hombres?

Se echó a reír.

—No es broma —dije—. Han matado a un par de hombres y por lo menos uno de ellos tenía que ver con monedas raras.

—No entiendo. —Me miró a los ojos—. ¿Quiere decir asesinados?

Asentí.

—¿Le ha contado todo eso a Morny?

—Le hablé de uno de ellos.

—¿Se lo ha dicho a la poli?

—Les hablé de uno de ellos. Del mismo.

Recorrió mi rostro con la mirada. Nos miramos el uno al otro. Se la veía un poco pálida, tal vez simplemente cansada. Me pareció que se había puesto un poco más pálida que antes.

—Eso se lo está inventando —dijo entre dientes.

Sonreí y asentí. Aquello pareció tranquilizarla.

—Volviendo al doblón Brasher —dije—, usted no se lo llevó. Muy bien. Y del divorcio, ¿qué?

—Eso no es asunto suyo.

—Estoy de acuerdo. Bien, gracias por haber hablado conmigo. ¿Conoce usted a un tipo llamado Vannier?

—Sí. —El rostro se le quedó como congelado—. No mucho. Es amigo de Lois.

—Muy buen amigo.

—Y cualquier día de éstos va a tener un bonito y tranquilo funeral.

—Algo se ha insinuado en ese sentido —dije—. Ese tío tiene algo. Cada vez que se menciona su nombre, el ambiente se congela.

Me miró fijamente sin decir nada. Me pareció que en el fondo de sus ojos se agitaba una idea, pero si era así no salió al exterior. Habló en voz baja:

—Puede estar seguro de que Morny lo va a matar si no deja en paz a Lois.

—No me diga. Lois se enreda con el primero que pasa. Eso lo ve cualquiera.

—A lo mejor Alex es la única persona que no lo ve.

—De todos modos, Vannier no tiene nada que ver con mi trabajo. No tiene ninguna relación con los Murdock.

Ella levantó una esquina de la boca y dijo:

—¿No? Permita que le diga una cosa. No tengo por qué decírselo, pero es que soy una chica con un corazón muy grande. Vannier conoce a Elizabeth Bright Murdock, y muy bien. Mientras yo estaba en la casa, no fue allí más que una vez, pero llamó por teléfono montones de veces. Yo cogí algunas de las llamadas. Siempre preguntaba por Merle.

—Vaya, qué curioso —dije—. Merle, ¿eh?

Se inclinó para aplastar su cigarrillo, y una vez más apuñaló la colilla y la tiró a la papelera.

—Estoy muy cansada —dijo de pronto—. Por favor, váyase.

Me quedé un momento más, mirándola y haciéndome preguntas. Después dije:

—Buenas noches y gracias. Buena suerte.

Salí y la dejé allí de pie, con las manos en los bolsillos del abrigo blanco, la cabeza gacha y los ojos mirando al suelo.

Eran las dos cuando llegué de regreso a Hollywood, dejé el coche y subí a mi piso. El viento ya no soplaba, pero el aire seguía teniendo la sequedad y ligereza del desierto. Dentro del piso, el aire estaba rancio, y la colilla del puro de Breeze lo había dejado peor que rancio. Abrí ventanas y ventilé el piso mientras me desvestía y vaciaba los bolsillos de mi traje.

De ellos salió, entre otras cosas, la factura de la empresa de suministros dentales. Seguía pareciendo una factura para un tal H. R. Teager por 15 kilos de cristobolita y 13 de albastone.

Cargué con la guía telefónica hasta la mesa del cuarto de estar y busqué Teager. Entonces, el recuerdo confuso encajó en su sitio. Su dirección era el 422 de la calle Nueve Oeste. La dirección del Edificio Belfont era el 422 de la calle Nueve Oeste.

H. R. Teager, Laboratorio Dental, era uno de los nombres que había visto en las puertas del sexto piso del Edificio Belfont cuando me escabullí escaleras abajo de la oficina de Elisha Morningstar.

Pero hasta los de Pinkerton tienen que dormir y Marlowe necesitaba más sueño, mucho más, que los de Pinkerton. Me fui a la cama.

20

En Pasadena hacía tanto calor como el día anterior, y la casa de ladrillo rojo oscuro de la avenida Dresden parecía igual de tranquila, y el negrito pintado que aguardaba junto al bloque para atar los caballos parecía igual de triste. La misma mariposa se posó en la misma mata de hortensias —a mí me pareció la misma—, en la mañana flotaba el mismo aroma cargado del verano, y la misma mujer mayor y avinagrada con voz de pionera abrió cuando toqué el timbre.

Me condujo por los mismos pasillos hasta el mismo solario sin sol. En él, la señora Elizabeth Bright Murdock estaba sentada en la misma tumbona de mimbre, y cuando yo entré en la habitación se estaba sirviendo un trago de lo que parecía la misma botella de oporto, aunque lo más probable era que fuera una nieta.

La doncella cerró la puerta, yo me senté y dejé el sombrero en el suelo, igual que el día anterior, y la señora Murdock me dirigió la misma mirada intensa y dura y dijo:

—¿Y bien?

—Las cosas van mal —dije—. La poli va a por mí.

Pareció tan afectada como un costillar de vaca.

—Pues vaya. Pensé que sería usted más competente.

Lo dejé pasar.

—Cuando me marché de aquí, ayer por la mañana, un hombre me siguió en un cupé. No sé qué estaba haciendo aquí ni cómo llegó. Supongo que me seguiría hasta aquí, pero tengo mis dudas. Me lo quité de encima, pero volvió a aparecer en el pasillo del edificio donde está mi oficina. Me volvió a seguir, así que le invité a explicar el porqué, y me dijo que sabía quién era yo y que necesitaba ayuda, y me pidió que fuera a su apartamento en Bunker Hill para hablar con él. Fui allí, después de ver al señor Morningstar, y me lo encontré muerto de un tiro en el suelo de su cuarto de baño.

La señora Murdock sorbió un poco de oporto. Puede que le temblara un poquito la mano, pero la luz de la habitación era demasiado escasa para estar seguro. Carraspeó.

—Siga.

—Se llamaba George Anson Phillips. Un tipo joven, rubio y bastante tonto. Decía que era detective privado.

—Nunca he oído hablar de él —dijo fríamente la señora Murdock—. Nunca lo he visto, que yo sepa, y no sé nada de él. ¿Cree que yo lo contraté para que le siguiera a usted?

—No sabía qué pensar. Me habló de unir nuestras fuerzas y me dio la impresión de que trabajaba para algún miembro de su familia. Pero no lo dijo con estas palabras.

—No trabajaba para mi familia. De eso puede estar bien seguro. —La voz de barítono era firme como una roca.

—Me parece que no sabe usted tanto de su familia como cree que sabe, señora Murdock.

—Ya sé que ha estado interrogando a mi hijo... en contra de mis órdenes —dijo fríamente.

—Yo no le interrogué. Él me interrogó a mí. O lo intentó.

—Ya hablaremos de eso más tarde —dijo en tono áspero—. ¿Qué hay de ese hombre que usted encontró muerto? ¿Por eso tiene líos con la policía?

—Naturalmente. Quieren saber por qué me seguía, en qué estaba trabajando yo, por qué habló conmigo, por qué me pidió que fuera a su apartamento y por qué fui. Pero eso es sólo la mitad del asunto.

Se terminó su oporto y se sirvió otro vaso.

—¿Cómo va su asma? —pregunté.

—Mal —dijo—. Siga con su historia.

—Vi a Morningstar. Eso ya se lo conté por teléfono. Aseguró que no tenía el doblón Brasher, pero admitió que se lo habían ofrecido y dijo que lo podía conseguir. Tal como le conté. Pero entonces usted me dijo que se lo habían devuelto, así que asunto concluido.

Esperé, pensando que me contaría algún cuento acerca de cómo le habían devuelto la moneda, pero ella se limitó a dirigirme una mirada sombría por encima del vaso de vino.

—Entonces, como había llegado a una especie de acuerdo con Morningstar para pagarle mil dólares por la moneda...

—Usted no estaba autorizado a hacer nada semejante —ladró.

Asentí, dándole la razón.

—Puede que le estuviera engañando un poquito —dije—. Y desde luego, me estaba engañando a mí mismo. De todas maneras, después de lo que usted me dijo por teléfono, intenté ponerme en contacto con él para decirle que no había trato. En la guía no viene su teléfono, sólo el del despacho. Fui a su despacho. Era bastante tarde. El ascensorista me dijo que todavía estaba en el despacho. Estaba tendido de espaldas en el suelo, muerto. Lo mataron de un golpe en la cabeza y del susto, al parecer. Los viejos se mueren con facilidad. Llamé al hospital, pero no di mi nombre.

—Eso fue muy inteligente por su parte —dijo ella.

—¿Usted cree? Fue considerado por mi parte, pero yo no diría que fue inteligente. Quiero ser amable, señora Murdock. Espero que lo entienda, a su tosca manera. Pero ha habido dos asesinatos en cuestión de horas, y los dos cadáveres los encontré yo. Y ambas víctimas estaban relacionadas, de alguna manera, con su doblón Brasher.

—No comprendo. ¿También ese otro hombre, el más joven?

—Sí. ¿No se lo dije por teléfono? Creía que se lo había dicho.

Arrugué el entrecejo, haciendo memoria. Yo sabía que se lo había dicho. Ella habló con calma:

—Es posible. No estaba prestando mucha atención a lo que usted me decía. Verá, ya me habían devuelto el doblón. Y usted sonaba como si estuviera un poco borracho.

—No estaba borracho. Puede que estuviera un poco conmocionado, pero borracho no. Se toma usted todo esto con mucha calma.

—¿Qué quiere que haga?

Respiré hondo.

—Ya estoy complicado en un asesinato, porque fui yo el que encontró el cadáver y avisó. Y en cualquier momento pueden implicarme en el otro, por haber encontrado el cadáver y no avisar. Lo cual es mucho más grave para mí. Por lo pronto, tengo hasta el mediodía de hoy para revelar el nombre de mi cliente.

—Eso —dijo ella, todavía con demasiada calma para mi gusto— sería una violación del secreto profesional. Estoy segura de que no me hará eso a mí.

—Me gustaría que dejara de una vez el maldito oporto e hiciera algún esfuerzo por entender la situación —estallé.

Pareció vagamente sorprendida y dejó su vaso... a unos diez centímetros de distancia.

—Ese tal Phillips —dije— tenía una licencia de detective privado. ¿Cómo es que lo encontré muerto? Porque él me siguió y yo le interpelé y él me pidió que fuera a su apartamento. Y cuando llegué allí, estaba muerto. La policía sabe todo esto. Incluso puede que se lo crean. Pero lo que no se creen es que la relación entre Phillips y yo sea tanta coincidencia. Creen que existe una conexión más profunda entre Phillips y yo, e insisten en saber qué estoy haciendo, para quién estoy trabajando. ¿Está claro?

—Ya encontrará usted una manera de salir de esto —dijo—. Naturalmente, ya supongo que me costará un poco más de dinero.

Me sentí como si me estuvieran pellizcando la nariz. Tenía la boca seca. Necesitaba aire. Respiré hondo otra vez y lancé otro ataque contra aquella cuba de grasa que estaba sentada frente a mí en la tumbona de mimbre, con el mismo aspecto imperturbable que un presidente de banco negando un crédito.

—Estoy trabajando para usted —dije—. Ahora, esta semana, hoy. La semana que viene estaré trabajando para algún otro, espero. Y la semana siguiente, para otra persona distinta. Para poder hacer eso, tengo que mantener unas relaciones razonablemente buenas con la policía. No es preciso que me amen, pero tienen que estar bastante seguros de que no les voy a hacer trampa. Vamos a suponer que Phillips no sabía nada del doblón Brasher. Supongamos, incluso, que sí que sabía, pero que su muerte no tuvo nada que ver con eso. Aun así, tengo que decirles a los polis lo que sé de él. Y ellos tienen que interrogar a quien les apetezca interrogar. ¿Es capaz de entender eso?

—¿Es que la ley no le da derecho a proteger a un cliente? —dijo en tono cortante—. Porque si no, ¿de qué le sirve a uno contratar a un detective?

Me levanté, di una vuelta alrededor de mi silla y me volví a sentar. Me incliné hacia delante, me agarré las rodillas y apreté hasta que me brillaron los nudillos.

—La ley, sea lo que sea eso, es cuestión de toma y daca, señora Murdock.

Como casi todo. Aunque yo tuviera derecho legal a cerrarme en negativa..., a negarme a hablar..., y me saliera con la mía una vez, eso sería el fin de mi negocio. Estaría marcado e irían a por mí. De un modo o de otro, acabarían pillándome. Sus asuntos tienen importancia para mí, señora Murdock, pero no tanta como para cortarme el cuello por usted y desangrarme en su regazo.

Ella echó mano a su vaso y lo vació.

—Parece que ha liado usted bien todo este asunto —dijo—. Ni ha encontrado a mi nuera ni ha encontrado mi doblón Brasher. Pero sí que ha encontrado un par de muertos que no tienen nada que ver conmigo y ha arreglado las cosas tan bien que ahora tengo que contarle a la policía todos mis asuntos personales y privados para protegerle a usted de su propia incompetencia. Así lo veo yo. Si estoy equivocada, por favor, corríjame.

Se sirvió un poco más de vino, se lo tragó demasiado deprisa y le dio un paroxismo de tos. Su temblorosa mano deslizó el vaso sobre la mesa, derramando el vino. Se echó hacia delante en su asiento y se le puso la cara morada.

Yo me levanté de un salto, me acerqué a ella y le sacudí un golpe en la carnosa espalda que habría hecho temblar el ayuntamiento.

Dejó escapar un largo alarido ahogado, recuperó el aliento con grandes dificultades y dejó de toser. Apreté una de las teclas de su dictáfono y, cuando alguien respondió con voz metálica y ruidosa a través del disco metálico, dije:

—¡Traigan un vaso de agua para la señora Murdock, rápido! —Y solté la tecla.

Me senté de nuevo y miré cómo se recomponía. Cuando empezó a respirar de manera uniforme y sin esfuerzo, dije:

—Usted no es dura. Sólo se cree que es dura. Ha vivido demasiado tiempo con gente que le tiene miedo. Espere a conocer a algún poli. Esos chicos son profesionales. Usted no es más que una aficionada malcriada.

Se abrió la puerta y entró la doncella con una jarra de agua con hielo y un vaso. Colocó las dos cosas en la mesa y se marchó.

Le serví a la señora Murdock un vaso de agua y se lo puse en la mano.

—Bébasela a sorbitos, no de un trago. No le va a gustar el sabor, pero no le hará daño.

Sorbió, después se bebió la mitad del vaso, y por fin dejó el vaso en la mesa y se secó los labios.

—Y pensar —dijo con voz rasposa— que entre todos los fisgones de alquiler que pude haber contratado, tuve que elegir a un hombre que me iba a maltratar en mi propia casa.

—Con eso tampoco llegará a ninguna parte —dije—. No tenemos mucho tiempo. ¿Qué le vamos a decir a la policía?

—La policía no me importa nada. Absolutamente nada. Y si les da usted mi nombre, lo consideraré un abuso de confianza completamente repugnante.

Aquello volvió a dejarme donde estaba al empezar.

—El asesinato lo cambia todo, señora Murdock. No se puede uno cerrar en banda en un caso de asesinato. Tendremos que decirles por qué me contrató y qué tenía que hacer yo. No lo publicarán en los periódicos, ¿sabe? Es decir, no lo harán si se lo creen. Desde luego, no se creerán que usted me contrató para investigar a Elisha Morningstar sólo porque él llamó aquí y quería comprar el doblón. Puede que no descubran que usted no podía vender la moneda aunque hubiera querido, porque no se les ocurra pensar en eso. Pero no creerán que contrató usted a un detective privado sólo para investigar a un posible comprador. ¿Por qué iba a hacer eso?

—Eso es asunto mío, ¿no?

—No. No puede quitarse de encima a la poli de ese modo. Tiene que dejarlos convencidos de que es usted abierta y sincera y no tiene nada que ocultar. Mientras piensen que está ocultando algo, no soltarán la presa. Deles una historia razonable y verosímil y se marcharán tan contentos. Y la historia más razonable y verosímil es siempre la verdad. ¿Tiene alguna objeción a contarla?

—Todas las objeciones del mundo —dijo—. Pero parece que eso no importa mucho. ¿Tiene usted que decirles que yo sospechaba que mi nuera había robado la moneda y que me equivocaba?

—Sería mejor.

—¿Y que la han devuelto, y cómo lo hicieron?

—Sería mejor.

—Eso me va a humillar mucho.

Me encogí de hombros.

—Es usted una bestia insensible —dijo—. Un pez de sangre fría. No me gusta usted. Lamento de todo corazón haberle conocido.

—Lo mismo digo —respondí.

Estiró un grueso dedo hacia una tecla y ladró en el aparato.

—Merle. Dile a mi hijo que venga aquí inmediatamente. Y ven tú también con él.

Soltó la tecla, juntó sus gruesos dedos y dejó caer las manos a plomo sobre los muslos. Sus sombríos ojos miraron al techo.

Su voz sonó tranquila y triste al decir:

—Mi hijo se llevó la moneda, señor Marlowe. Mi hijo. Mi propio hijo.

No dije nada. Nos quedamos sentados, fulminándonos con la mirada el uno al otro. Al cabo de un par de minutos entraron los dos y ella les ladró que se sentaran.

21

Leslie Murdock vestía un traje flojo verdoso y su pelo parecía mojado, como si se acabara de duchar. Se sentó encorvado hacia delante, mirándose los zapatos de cabrito blanco que llevaba en los pies y dándole vueltas a un anillo que tenía en el dedo. No llevaba la larga boquilla negra y parecía un poco solitario sin ella. Hasta su bigote parecía un poco más caído que en mi oficina.

Merle Davis tenía exactamente el mismo aspecto que el día anterior. Probablemente, siempre tenía el mismo aspecto. Su pelo rubio cobrizo estaba igual de aplastado, sus gafas con montura de concha parecían igual de grandes y vacías, y los ojos que había detrás igual de inexpresivos. Incluso llevaba el mismo vestido de lino de una pieza y mangas cortas, sin ninguna clase de adornos, ni siquiera pendientes.

Tuve la curiosa sensación de revivir algo que ya había ocurrido.

La señora Murdock sorbió su oporto y dijo con calma:

—Muy bien, hijo. Cuéntale al señor Marlowe lo del doblón. Me temo que hay que contárselo.

Murdock me miró en silencio y después volvió a bajar la mirada. Le temblaba la boca. Cuando habló, su voz tenía una calidad atonal, un sonido plano y cansado, como la voz de un hombre que hace una confesión después de una agotadora lucha con su conciencia.

—Como ya le dije ayer en su oficina, le debo a Morny un montón de dinero. Doce mil dólares. Después lo negué, pero es verdad. Se los debo. No quería que mi madre lo supiera. Él me estaba presionando mucho para que le pagara. Supongo que sabía que al final tendría que contárselo a mamá, pero fui lo bastante débil como para querer aplazarlo. Cogí el doblón, usando sus llaves una tarde en que ella dormía y Merle había salido. Se lo di a Morny y él accedió a quedárselo como garantía, porque le expliqué que no podría sacar doce mil dólares por él a menos que pudiera contar su historia y demostrar que lo poseía legítimamente.

Paró de hablar y alzó la mirada hacia mí para ver cómo me lo estaba tomando. La señora Murdock tenía los ojos fijos en mi cara, prácticamente pegados a ella. La chiquilla miraba a Murdock con los labios entreabiertos y una expresión de sufrimiento en el rostro.

Murdock continuó:

—Morny me dio un recibo, en el que accedía a guardar la moneda como garantía y no venderla sin previo aviso y oferta. O algo así. No pretendo saber hasta qué punto era legal. Cuando llamó ese Morningstar y preguntó por la moneda, sospeché al instante que Morny estaba intentando venderla o que, cuando menos, estaba pensando en venderla y quería que se la valorara alguien que entendiera de monedas raras. Me asusté mucho.

Levantó la mirada y me hizo una especie de mueca. Puede que intentara poner cara de alguien que está muy asustado. Después sacó un pañuelo, se secó la frente y se quedó con el pañuelo agarrado en las manos.

—Cuando Merle me dijo que mamá había contratado a un detective... Merle no debió contármelo, pero mamá ha prometido no regañarla por ello. —Miró a su madre. La vieja percherona apretó las mandíbulas y puso gesto de mal humor. La chiquilla seguía con los ojos clavados en él y no parecía muy preocupada por la regañina. Murdock prosiguió—. Entonces estuve seguro de que había echado en falta el doblón y le había contratado a usted por eso. No me creí que le hubiera contratado para encontrar a Linda. Yo siempre supe dónde estaba Linda. Fui a su oficina para ver qué podía averiguar. No averigüé gran cosa. Ayer por la tarde fui a ver a Morny y le conté todo. Al principio, se rió en mi cara, pero cuando le dije que ni siquiera mi madre podía vender la moneda sin infringir lo estipulado en el testamento de Jasper Murdock y que con toda seguridad le echaría la policía encima en cuanto yo le dijera dónde estaba la moneda, entonces se ablandó. Se levantó, fue a la caja fuerte, sacó la moneda y me la dio sin decir palabra. Yo le devolví su recibo y él lo rompió. Así que me traje la moneda a casa y se lo conté todo a mi madre.

Dejó de hablar y se secó de nuevo la cara. Los ojos de la cría subían y bajaban, siguiendo los movimientos de sus manos.

En el silencio que siguió, dije:

—¿Le amenazó Morny?

Negó con la cabeza.

—Dijo que quería su dinero, que lo necesitaba y que más valía que me pusiera en acción para conseguirlo. Pero no estuvo amenazador. La verdad es que se portó muy decentemente. Dadas las circunstancias.

—¿Dónde ocurrió esto?

—En el Club Idle Valley, en su despacho privado.

—¿Estaba allí Eddie Prue?

La chiquilla apartó los ojos de su cara y me miró a mí. La señora Murdock preguntó con voz gruesa:

—¿Quién es Eddie Prue?

—El guardaespaldas de Morny —dije yo—. Ayer no perdí del todo el tiempo, señora Murdock.

Miré a su hijo, aguardando.

—No —dijo él—. No lo vi. Le conozco de vista, claro. Basta con verlo una vez para acordarse de él. Pero ayer no estaba allí.

—¿Eso es todo? —pregunté.

Murdock miró a su madre. Ella dijo en tono áspero:

—¿Es que no es bastante?

—Podría bastar —dije—. ¿Dónde está ahora la moneda?

—¿Dónde le parece a usted que puede estar? —replicó cortante.

Estuve a punto de decírselo, sólo para verla saltar. Pero me las arreglé para aguantarme y dije:

—Entonces, eso parece que está arreglado.

La señora Murdock habló con voz solemne.

—Dale un beso a tu madre, hijo, y sal de aquí.

Él se levantó obedientemente, se acercó a ella y la besó en la frente. Ella le dio una palmadita en la mano. Él salió de la habitación con la cabeza gacha y cerró la puerta sin hacer ruido. Yo le dije a Merle:

—Creo que lo mejor será que vaya usted a que le dicte todo eso, tal como lo ha contado, y que haga una copia y consiga que se la firme.

Pareció sorprendida. La vieja rugió:

—Desde luego que no hará nada semejante. Vuelve a tu trabajo, Merle. Quería que oyeras esto. Pero si te vuelvo a coger revelando asuntos confidenciales, ya sabes lo que ocurrirá.

La chiquilla se puso en pie y le sonrió con los ojos brillantes.

—Oh, sí, señora Murdock. No lo haré nunca más. Nunca. Puede confiar en mí.

—Eso espero —gruñó la vieja dragona—. Márchate.

Merle se marchó con suavidad.

Dos enormes lágrimas se formaron en los ojos de la señora Murdock y poco a poco se abrieron paso por la piel de elefante de sus mejillas, llegaron a las esquinas de su carnosa nariz y se deslizaron labio abajo. Ella revolvió en busca de su pañuelo, se las secó y después se secó los ojos. Guardó el pañuelo, echó mano a su vino y dijo con placidez:

—Quiero mucho a mi hijo, señor Marlowe. Mucho. Esto me aflige muchísimo. ¿Cree que tendrá que contarle esta historia a la policía?

—Espero que no —dije—. Las iba a pasar moradas intentando que le creyeran.

Se le abrió la boca de golpe y sus dientes brillaron hacia mí a la luz mortecina. Cerró los labios y los apretó con fuerza, mirándome con el ceño fruncido y la cabeza baja.

—¿Qué quiere decir exactamente con eso? —saltó.

—Lo que he dicho. La historia no suena a cierta. Suena a fabricada, demasiado simple. ¿Se la inventó él solo, o se le ocurrió a usted y se la hizo aprender?

—Señor Marlowe —dijo con voz letal—, está usted andando sobre hielo muy fino.

Hice un gesto con la mano.

—¿Y quién no? Muy bien, supongamos que es verdad. Morny lo negará, y volveremos a estar donde empezamos. Morny tendrá que negarlo, porque si no, eso le implicaría en un par de asesinatos.

—¿Por qué es tan improbable que esa sea la situación exacta? —vociferó.

—¿Por qué iba Morny, un hombre con respaldos, protección y cierta influencia, a complicarse en un par de pequeños asesinatos sólo para evitar que le impliquen en algo trivial, como vender un artículo dejado en prenda? A mí no me parece lógico.

Me miró fijamente sin decir nada. Yo le sonreí, porque por primera vez iba a gustarle algo de lo que yo decía.

—He encontrado a su nuera, señora Murdock. Me parece un poco raro que su hijo, al que parece tener tan bien controlado, no le dijera dónde estaba.

—No se lo pregunté —dijo en voz curiosamente baja, para tratarse de ella.

—Está otra vez donde empezó, cantando con la banda del Club Idle Valley. Hablé con ella. Es una chica bastante dura, a su manera. Usted no le cae demasiado bien. No me parece imposible que se llevara de verdad la moneda, en parte por fastidiar. Y me parece algo menos imposible que Leslie lo supiera o lo averiguara, y se inventara ese cuento para protegerla. Dice que está muy enamorado de ella.

Sonrió. No fue una sonrisa bonita, ya que la cara no era la más adecuada. Pero era una sonrisa.

—Sí —dijo en tono suave—. Sí. Pobre Leslie. Es perfectamente capaz de hacer eso. Y en ese caso... —Se detuvo y su sonrisa se ensanchó hasta volverse casi extática—. En ese caso, mi querida nuera podría estar implicada en un asesinato.

La vi regodearse con la idea durante un cuarto de minuto.

—Y a usted le encantaría —dije.

Asintió sin dejar de sonreír, recreándose en la idea que le gustaba antes de captar la rudeza de mi voz. Entonces se le endureció el rostro y apretó con fuerza los labios. Hablando entre dientes, dijo:

—No me gusta su tono. No me gusta nada su tono.

—No se lo reprocho —dije—. A mí tampoco me gusta. Nada me gusta. No me gusta esta casa, ni usted, ni la atmósfera de represión que tiene este antro, ni la cara consumida de esa chiquilla, ni ese mequetrefe de hijo que tiene usted, ni este caso, ni la verdad que no me cuentan y las mentiras que me cuentan, ni...

Entonces empezó a chillar, un ruido que salía de una cara emborronada por la furia, con los ojos saltándosele de rabia, afilados por el odio.

—¡Fuera! ¡Salga inmediatamente de esta casa! ¡No se quede ni un instante más! ¡Fuera!

Me levanté, recogí el sombrero de la alfombra y dije:

—Con mucho gusto.

Le dirigí una especie de mueca de cansancio, eché a andar hacia la puerta, la abrí y salí. La cerré sin hacer ruido, sujetando el picaporte con una mano rígida y dejando que el pestillo encajara suavemente en su sitio.

Sin ningún motivo en particular.

22

Sonó un repiqueteo de pasos detrás de mí, me llamaron por mi nombre y yo seguí andando hasta llegar a la mitad del cuarto de estar. Allí me detuve, di media vuelta y dejé que la chica me alcanzara, sin aliento, con los ojos a punto de salírsele a través de las gafas, y con su reluciente pelo rubio cobrizo captando curiosos reflejos de los ventanales.

—¡Señor Marlowe! ¡Por favor! Por favor, no se marche. Le quiere a usted. ¡De verdad que sí!

—No me diga. Esta mañana se ha puesto usted brillo en los labios. Pues le sienta muy bien.

Me agarró de la manga.

—¡Por favor!

—Que se vaya al diablo —dije—. Dígale que se tire a un lago. También Marlowe puede enfadarse. Dígale que se tire a dos lagos, si no cabe en uno. No es un método muy inteligente, pero es rápido.

Miré la mano que me agarraba la manga y le di una palmadita. La retiró rápidamente y sus ojos parecían escandalizados.

—Por favor, señor Marlowe. Está en un apuro. Le necesita.

—Yo también estoy en apuros —gruñí—. Estoy metido en líos hasta las orejas. ¿Y usted por qué llora?

—Es que le tengo mucho aprecio. Ya sé que es gruñona y soberbia, pero tiene un corazón de oro.

—Al diablo su corazón también —dije—. No tengo intención de intimar con ella lo suficiente para que eso tenga importancia. Es una vieja estúpida y mentirosa. Ya estoy harto de ella. Ya sé que está en apuros, sí, pero yo no trabajo en obras de excavación. Me tienen que contar las cosas.

—Estoy segura de que si tiene usted paciencia...

Sin pensar lo que hacía, le pasé un brazo por los hombros. Dio un salto como de un metro y sus ojos llamearon de terror.

Nos quedamos allí mirándonos el uno al otro, haciendo ruidos al respirar, yo con la boca abierta, como suele ocurrirme con demasiada frecuencia, y ella con los labios bien apretados y las pálidas ventanitas de la nariz temblándole. Tenía el rostro tan pálido como permitía el chapucero maquillaje.

—Oiga —dije despacio—. ¿A usted le ocurrió algo cuando era pequeña?

Asintió muy rápidamente.

—¿Un hombre la asustó, o algo parecido?

Volvió a asentir. Se mordió el labio inferior con sus blancos dientecitos.

—¿Y desde entonces está así?

Se limitó a quedarse inmóvil, completamente blanca.

—Mire —dije—. Yo no voy a hacer nada que le asuste. Nunca.

Sus ojos se deshicieron en lágrimas.

—Si la he tocado —continué—, era como tocar una silla o una puerta. No lo hice con ninguna intención. ¿Está claro?

—Sí. —Por fin le salía una palabra. El pánico todavía se agitaba en el fondo de sus ojos, detrás de las lágrimas—. Sí.

—Pues lo mío ya está aclarado —dije—. Asunto arreglado. Por mí ya no tiene que preocuparse. Ahora pasemos a Leslie. Tiene otras cosas en la cabeza. Usted ya sabe que es buen tipo... en ese aspecto concreto. ¿De acuerdo?

—Sí, sí —dijo ella—. Claro que sí.

Leslie era lo más. Para ella. Para mí era un puñado de cagadas de pájaro.

—Pasemos ahora a la vieja cuba de vino —dije—. Es grosera y antipática, y se cree que puede comerse una pared y escupir ladrillos, y le pega gritos, pero en general se porta bien con usted, ¿no?

—Ah, sí, señor Marlowe. Lo que intentaba decirle...

—Sí, claro. Pues bien, ¿por qué no lo supera? ¿Anda todavía por aquí... aquel otro que le hizo daño?

Se llevó la mano a la boca y se mordió la parte carnosa de la base del pulgar, mirándome por encima de la mano como si ésta fuera un balcón.

—Murió —dijo—. Se cayó por... por una... por una ventana.

La interrumpí con mi manaza derecha.

—Ah, aquel tipo. Ya oí hablar de él. Olvídelo. ¿No puede?

—No —dijo, negando muy seria con la cabeza por detrás de la mano—. No puedo. Parece que me es imposible olvidarlo. La señora Murdock siempre está diciéndome que lo olvide. Me habla durante horas y horas diciéndome que lo olvide. Pero no puedo.

—Sería muchísimo mejor —gruñí— que se callara la maldita bocaza durante horas y horas. Lo único que consigue es reavivarlo.

Aquello pareció sorprenderla y dejarla algo dolida.

—Es que eso no es todo —dijo—. Yo era su secretaria. Ella era su mujer. Fue su primer marido. Como es natural, ella tampoco lo olvida. ¿Cómo iba a poder?

Me rasqué una oreja. Me pareció que aquello no me comprometía a nada. Ahora su expresión no decía gran cosa, aparte de que creo que ni se daba cuenta de que yo estaba allí. Yo era una voz que salía de alguna parte, pero más bien impersonal. Casi una voz dentro de su propia cabeza.

Y entonces tuve una de mis curiosas y generalmente poco fiables corazonadas.

—Dígame —dije—. ¿Hay alguien que conozca que le produzca ese efecto? ¿Alguna persona que le afecte más que otras?

Paseó la mirada por toda la habitación. Yo miré con ella. No había nadie debajo de ninguna silla, ni espiándonos a través de una puerta o una ventana.

—¿Por qué tengo que decírselo? —susurró.

—No tiene. Haga lo que le parezca.

—¿Me promete no decírselo a nadie... a nadie en el mundo, ni siquiera a la señora Murdock?

—A ella menos que a nadie —dije—. Se lo prometo.

Abrió la boca y dibujó en su cara una graciosa sonrisita confidencial, y entonces todo se estropeó. Se le congeló la garganta. Hizo un ruido como de croar. Le castañetearon los dientes.

Yo quería darle un buen achuchón, pero me daba miedo tocarla. Nos quedamos parados. No pasó nada. Seguimos parados. Yo le resultaba tan útil como un huevo de colibrí.

Entonces dio media vuelta y echó a correr. Oí sus pasos por todo el pasillo. Oí una puerta que se cerraba.

Fui tras ella por el pasillo y llegué a la puerta. Ella estaba sollozando detrás. Me quedé allí quieto y escuché los sollozos.

Yo no podía hacer nada. Me pregunté si alguien podría hacer algo.

Volví al porche acristalado, llamé a la puerta, la abrí y metí la cabeza. La señora Murdock estaba sentada tal como yo la había dejado. No parecía que se hubiera movido en absoluto.

—¿Quién está matando de miedo a esa pobre niña? —le pregunté.

—Fuera de mi casa —dijo por entre sus gordos labios.

No me moví. Entonces se rió de mí con risa ronca.

—¿Se considera usted un hombre listo, señor Marlowe?

—Bueno, no es que chorree inteligencia —dije.

—¿Por qué no lo averigua usted solo?

—¿Por cuenta de usted?

Encogió sus pesados hombros.

—Podría ser. Depende. ¿Quién sabe?

—No ha comprado usted nada —dije—. Sigo teniendo que hablar con la policía.

—Yo no he comprado nada —dijo— y no he pagado por nada. Excepto por la devolución de la moneda. Me doy por satisfecha con aceptar eso por el dinero que le he dado. Ahora márchese. Usted me aburre. Hasta lo indecible.

Cerré la puerta y volví sobre mis pasos. Ya no se oían sollozos detrás de la puerta. Silencio absoluto. Seguí andando.

Salí de la casa. Me quedé allí parado, escuchando cómo el sol quemaba la hierba. Un coche se puso en marcha en la parte de atrás y un Mercury vino como a la deriva por el sendero lateral de la casa. Lo conducía el señor Leslie Murdock. Al verme, se detuvo.

Salió del coche y caminó rápidamente hacia mí. Iba muy bien vestido; ahora llevaba gabardina color crema, y todo ropa nueva: pantalones anchos, zapatos blancos y negros con puntera negra y reluciente, una chaqueta de sport a cuadritos blancos y negros muy pequeños, pañuelo blanco y negro, camisa crema, sin corbata. Sobre la nariz llevaba un par de gafas de sol verdes.

Se detuvo cerca de mí y dijo en voz baja y como tímida:

—Supongo que piensa que soy un granuja despreciable.

—¿Por esa historia que ha contado sobre el doblón?

—Sí.

—Eso no ha afectado ni lo más mínimo a la opinión que tengo de usted —dije.

—Bueno...

—¿Qué quiere que le diga?

Movió sus bien cortadas hombreras en un encogimiento de desaprobación. Su ridículo bigotito pardo rojizo relucía al sol.

—Supongo que me gusta caer bien —dijo.

—Lo siento, Murdock. Me gusta que cuide tanto de su esposa. Si es que es eso.

—Ah, ¿no cree que dije la verdad? O sea..., ¿cree que dije todo eso sólo para protegerla?

—Existía esa posibilidad.

—Ya veo. —Insertó un cigarrillo en la larga boquilla negra, que sacó de detrás del pañuelo de pecho—. Bueno..., supongo que puedo encajar que no le gusto a usted.

Detrás de los cristales verdes se veía el movimiento borroso de sus ojos, como peces moviéndose en un estanque profundo.

—Es un tema ridículo —dije—. Y maldita la importancia que tiene. Para los dos.

Aplicó una cerilla al cigarrillo y aspiró.

—Ya veo —dijo en voz baja—. Perdone que haya sido tan grosero como para sacarlo a colación.

Giró sobre sus talones, volvió a su coche y se metió en él. Yo le miré alejarse antes de moverme. Después me acerqué al negrito pintado y le di un par de palmaditas en la cabeza antes de marcharme.

—Hijo —le dije—, tú eres la única persona de esta casa que no está chiflada.

23

El altavoz de la pared de la comisaría gruñó y una voz dijo:

—KGPL. Probando.

Se oyó un clic y se apagó.

El teniente de detectives Jesse Breeze estiró los brazos hasta una buena altura, bostezó y dijo:

—Llega con un par de horas de retraso, ¿no?

—Sí —dije yo—. Pero le dejé un mensaje diciendo que llegaría tarde. Tuve que ir al dentista.

—Siéntese.

Tenía un pequeño escritorio muy desordenado en una esquina de la habitación. Estaba sentado oblicuamente detrás del escritorio, con una ventana alta y desnuda a su izquierda y una pared con un gran calendario más o menos a la altura de los ojos a su derecha. Los días que ya habían pasado a la historia estaban cuidadosamente tachados con lápiz negro blando, de manera que Breeze siempre supiera exactamente, con un simple vistazo al calendario, qué día era.

Spangler estaba sentado de lado detrás de un escritorio más pequeño y mucho más ordenado. Tenía un secante verde y una escribanía de ónice y un pequeño calendario de latón y una concha de oreja de mar llena de ceniza, cerillas y colillas de cigarrillos. Spangler estaba lanzando plumillas contra el dorso de fieltro de un cojín puesto de pie contra la pared, como un lanzacuchillos mexicano lanzando cuchillos a un blanco. No estaba consiguiendo nada. Las plumas se negaban a clavarse.

La habitación tenía ese olor remoto, sin corazón, ni del todo sucio ni del todo limpio ni del todo humano, que tiene siempre esta clase de habitaciones. Dale a un departamento de policía un edificio completamente nuevo, y en tres meses todas sus habitaciones olerán así. Debe de haber algo simbólico en ello.

Un periodista de sucesos de Nueva York escribió una vez que cuando pasas más allá de las luces verdes de una comisaría, sales completamente de este mundo para entrar en un lugar que está fuera de la ley.

Me senté. Breeze sacó del bolsillo un puro envuelto en celofán e inició el ritual con él. Lo observé sin perderme detalle, invariable, preciso. Aspiró el humo, sacudió la cerilla para apagarla, la depositó suavemente en el cenicero de cristal negro y dijo:

—Eh, Spangler.

Spangler volvió la cabeza y Breeze volvió la suya. Se sonrieron el uno al otro. Breeze me apuntó con su cigarro.

—Mira cómo suda —dijo.

Spangler tuvo que mover los pies para volverse lo suficiente como para mirarme sudar. Que yo supiera, no estaba sudando.

—Son ustedes tan ingeniosos como dos pelotas de golf perdidas —dije—. ¿Cómo demonios se las arreglan?

—Déjese de gracias —dijo Breeze—. ¿Ha tenido una mañana movidita?

—Bastante —dije yo.

Él seguía sonriendo. Spangler seguía sonriendo. Fuera lo que fuera aquello que Breeze estaba saboreando, no tenía ningunas ganas de tragárselo.

Por fin carraspeó, recompuso su cara grande y pecosa, giró la cabeza lo suficiente como para no mirarme pero aún poder verme y dijo, con una voz que sonaba como inexpresiva y vacía:

—Hench ha confesado.

Spangler se giró del todo para mirarme. Se echó hacia delante sobre el borde de su asiento y separó los labios en una extática semisonrisa que resultaba casi indecente.

—¿Qué sistema han usado con él? —dije—. ¿Un picahielos?

—No.

Los dos se quedaron callados, mirándome.

—Un espagueti —dijo Breeze.

—¿Un qué?

—¿No está usted contento, muchacho? —dijo Breeze.

—¿Me lo van a contar o se van a quedar ahí sentados, gordos y satisfechos, mirando cómo me pongo contento?

—Nos gusta mirar a la gente que está contenta —dijo Breeze—. No tenemos muchas ocasiones.

Me puse un cigarrillo en la boca y lo hice moverse arriba y abajo.

—Utilizamos un espagueti con él —dijo Breeze—. Un espagueti llamado Palermo.

—Ah. ¿Sabe usted una cosa?

—¿Qué? —preguntó Breeze.

—Acabo de entender qué es lo que pasa con los diálogos de los policías.

—¿Qué?

—Que piensan que todas las frases son el golpe final de un chiste.

—Porque nos gusta pillar a los que dan el golpe —dijo Breeze tranquilamente—. ¿Quiere usted enterarse o prefiere que sigamos diciendo gracias?

—Quiero enterarme.

—Pues fue así. Hench estaba borracho. Me refiero a que estaba borracho hasta la médula, no sólo superficialmente. Borracho como una cuba. Llevaba semanas alimentándose de alcohol. Prácticamente había dejado de comer y de dormir. Sólo alcohol. Llegó a un punto en el que el licor ya no le emborrachaba, le mantenía sobrio. Era la última conexión que le quedaba con el mundo real. Cuando un tío llega a ese punto y le quitas el licor y no le das nada para que se mantenga entero, se vuelve tarumba.

No dije nada. Spangler seguía teniendo la misma mueca erótica en su juvenil rostro. Breeze dio un golpecito a su cigarro sin que cayera nada de ceniza, se lo volvió a meter en la boca y continuó.

—Es un caso de psiquiatra, pero no queremos que nuestra detención se convierta en un caso de psiquiatra. Eso que quede claro. Queremos un tipo que no tenga ningún historial psiquiátrico.

—Creía que estaban seguros de que Hench era inocente.

Breeze asintió vagamente.

—Eso era anoche. O puede que yo estuviera bromeando un poquito. Sea como sea, durante la noche, plaf, Hench se vuelve majareta. Así que se lo llevan a la enfermería y le llenan el cuerpo de drogas. Lo hizo el médico de la prisión. Esto que quede entre nosotros. Nada de mandanga en el informe. ¿Capta la idea?

—No puede estar más claro —dije.

—Sí. —Parecía ligeramente suspicaz a causa de mi comentario, pero estaba demasiado metido en su asunto como para perder tiempo en eso—. Bueno, esta mañana ya estaba bien. La mandanga le sigue haciendo efecto, y el tío está pálido pero calmado. Vamos a visitarlo. ¿Cómo te va, chico? ¿Necesitas algo? ¿Cualquier cosilla? Te la conseguimos encantados. ¿Te tratan bien aquí? Ya sabe cómo va el rollo.

—Sí —dije—. Sé cómo va el rollo.

Spangler se lamió los labios de un modo desagradable.

—Y al cabo de un rato, el tío abre el pico lo justo para decir «Palermo». Palermo es el nombre del espagueti de la acera de enfrente, el dueño de la funeraria y de la casa de apartamentos y todo eso. ¿Se acuerda? Sí que se acuerda. Por aquello que dijo de una rubia alta. Chorradas. Esos espaguetis no piensan más que en rubias altas. De doce en doce. Pero este Palermo es importante. Pregunté por ahí. Es un tío muy bien considerado allí arriba. No es alguien a quien se pueda avasallar. Bueno, yo no pretendo avasallarlo. Le digo a Hench: «¿Quieres decir que Palermo es amigo tuyo?», y él dice: «Que venga Palermo». Así que nos volvemos aquí, a la chabola, llamamos por teléfono a Palermo y Palermo dice que viene enseguida. Pues eso. Viene enseguida. Vamos y le decimos: «Hench quiere verle, señor Palermo. No sé por qué». «Es un pobre hombre», dice Palermo. «Un buen tipo. Me cae bien. Si quiere verme, pues vale. Le veré. Le veré a solas. Sin polis.» Yo le digo que muy bien, señor Palermo, y vamos a la enfermería de la cárcel y Palermo habla con Hench sin que nadie los escuche. Al cabo de un rato, Palermo sale y dice: «Muy bien, poli. Va a confesar. Puede que yo le pague el abogado. Me cae bien el pobre hombre». Tal como se lo cuento. Y se marchó.

No dije nada. Hubo una pausa. El altavoz de la pared soltó un boletín y Breeze torció la cabeza, escuchó diez o doce palabras y dejó de hacer caso.

—Así que entramos con una taquígrafa y Hench nos suelta el rollo. Phillips le había tirado los tejos a la chica de Hench. Eso pasó anteayer, en el pasillo. Hench estaba en la habitación y lo vio, pero Phillips se metió en su apartamento y cerró la puerta antes de que Hench pudiera salir. Pero Hench no estaba de buenas. Le sacudió a la chica en el ojo, pero aquello no le dejó satisfecho. Le siguió dando vueltas al asunto, como hacen estas cosas los borrachos. Diciéndose a sí mismo: «Este tío no le tira los tejos a mi chica. Le voy a dar yo algo para que se acuerde de mí». Así que se pone ojo avizor por si ve a Phillips. Ayer por la tarde ve a Phillips entrar en su apartamento. Le dice a la chica que se vaya a dar una vuelta. Ella no quiere salir a dar una vuelta y Hench la sacude en el otro ojo. La chica se va a dar una vuelta. Hench llama a la puerta de Phillips y Phillips abre. A Hench eso le tiene un poco sorprendido, pero yo le dije que Phillips le estaba esperando a usted. Bueno, el caso es que la puerta se abre y Hench entra y le dice a Phillips cómo se siente y lo que va a hacer, y Phillips se asusta y saca una pistola. Hench le atiza con una cachiporra. Phillips cae al suelo y Hench no se queda satisfecho. Le pegas a un tío con una cachiporra, el tío se cae y ¿qué ganas con eso? No te sientes satisfecho ni vengado. Hench recoge la pistola del suelo y se queda ahí, todo borracho e insatisfecho, y entonces Phillips le agarra de un tobillo. Hench no sabe por qué hizo lo que hizo entonces. Tiene la cabeza toda enfollonada. Arrastra a Phillips al cuarto de baño y le da matarile con su propia pistola. ¿Le gusta?

—Me encanta —dije—. Pero ¿qué satisfacción sacó Hench con eso?

—Bueno, ya sabe cómo son los borrachos. El caso es que le da matarile. El arma no es de Hench, dese cuenta, pero no puede simular un suicidio. Con eso no sacaría ninguna satisfacción. Así que Hench se lleva la pistola y la mete debajo de la almohada, saca de allí su propio revólver y se deshace de él. No quiere decirnos dónde. Lo más probable es que se lo pasara a algún matón del barrio. Después va a buscar a la chica y se van a comer.

—Ése sí que fue un detalle encantador —dije—. Guardar la pistola debajo de la almohada. A mí no se me habría ocurrido jamás.

Breeze se echó hacia atrás en su asiento y miró al techo. Spangler, habiendo terminado la parte principal del espectáculo, se giró en su silla, cogió un par de plumas y lanzó una al cojín.

—Mírelo de este modo —dijo Breeze—. ¿Qué efecto tuvo esa maniobra? Fíjese en cómo lo hizo Hench. Estaba borracho, pero fue listo. Sacó esa pistola y la enseñó antes de que encontraran muerto a Phillips. Lo primero que se nos ocurre es que con la pistola que había bajo la almohada de Hench se había matado a alguien, porque había sido disparada, y después encontramos el fiambre. Nos creímos la historia de Hench. Parecía razonable. ¿Cómo íbamos a pensar que un tío pudiera ser tan lerdo como para hacer lo que hizo Hench? No tiene ningún sentido. Así que nos creímos que alguien había metido la pistola bajo la almohada de Hench y se había llevado el revólver de Hench para hacerlo desaparecer. Supongamos que Hench hubiera tirado el arma del crimen en vez de la suya. ¿Le habría ido mejor? Tal como estaban las cosas, seguro que habríamos sospechado de él. Y en tal caso, no nos habría hecho pensar desde el principio lo que pensábamos de él. Tal como lo hizo, nos hizo pensar que era un borracho inofensivo que había salido dejándose la puerta abierta, y que alguien se deshizo de un arma colocándosela a él.

Aguardó con la boca un poquito abierta y el cigarro delante, sujeto por una mano dura y pecosa, con sus claros ojos azules repletos de sombría satisfacción.

—Bueno —dije—, si de todas maneras iba a confesar, no parece que tenga mucha importancia. ¿Se va a declarar culpable?

—Seguro. Creo yo. Me figuro que Palermo puede hacer que lo dejen en homicidio sin agravantes. Naturalmente, no estoy seguro.

—¿Por qué va a querer Palermo ayudarle en algo?

—Le cae bien Hench. Y Palermo es un tipo al que no podemos avasallar.

—Ya veo —dije. Me puse en pie. Spangler me miró de reojo con los ojos resplandecientes—. ¿Y qué hay de la chica?

—No suelta ni palabra. Es lista. No podemos hacerle nada. No se irá usted a quejar, ¿verdad que no? Sea cual sea su asunto, sigue siendo asunto suyo. ¿Me sigue?

—Y la chica es una rubia alta —dije—. No de las más lucidas, pero no deja de ser una rubia alta. Aunque sólo una. Puede que a Palermo no le importe.

—Demonios, no había pensado en eso —dijo Breeze. Se lo pensó un poco y lo descartó—. No, eso no puede ser, Marlowe. No tiene bastante clase.

—Una vez arreglada y sobria, nunca se sabe —dije—. La clase tiene tendencia a disolverse rápidamente en alcohol. ¿Ya han terminado conmigo?

—Creo que sí. —Inclinó el puro y me apuntó con él a los ojos—. No digo que no tenga ganas de oír su historia. Pero tal como están las cosas, no creo que tenga absoluto derecho a insistir en ello.

—Eso es muy decente por su parte, Breeze —dije—. Y por la suya también, Spangler. Les deseo a los dos lo mejor en la vida.

Me miraron marchar, los dos con la boca un poco abierta.

Bajé al amplio vestíbulo de mármol, salí y saqué mi coche del aparcamiento para policías.

24

El señor Pietro Palermo estaba sentado en una habitación que, si no teníamos en cuenta un escritorio de caoba con tapa corredera, un tríptico religioso con marcos dorados y un enorme crucifijo de ébano y marfil, era exactamente igual que un salón victoriano. Contenía un sofá en forma de herradura y sillones con madera de caoba tallada y tapetes de encaje. En la repisa de la chimenea, de mármol gris verdoso, había un reloj con chapado de oro; en un rincón, un reloj de caja alta que hacía tictac perezosamente; y sobre una mesa ovalada con tablero de mármol y elegantes patas curvadas, unas cuantas flores de cera bajo una campana de cristal. La alfombra era gruesa y llena de suaves motivos florales. Había incluso una vitrina para objetos curiosos, con un montón de objetos curiosos dentro: tacitas de porcelana fina, figuritas de cristal y porcelana, cachivaches de marfil y de palo de rosa oscuro, platos decorados, un juego de antiguos saleros americanos en forma de cisne, y cosas por el estilo.

Las ventanas estaban cubiertas con largos visillos de encaje, pero la habitación daba al sur y tenía mucha luz. Al otro lado de la calle se veían las ventanas del apartamento donde habían matado a George Anson Phillips. En medio, la calle estaba soleada y silenciosa.

El italiano alto de piel morena y elegante cabeza con cabellera gris acero leyó mi tarjeta y dijo:

—Tengo trabajo dentro de doce minutos. ¿Qué desea usted, señor Marlowe?

—Soy el que encontró al muerto ayer en la casa de enfrente. Era amigo mío.

Sus fríos ojos negros me recorrieron en silencio.

—No es eso lo que le dijo a Luke.

—¿Luke?

—El que se encarga del edificio para mí.

—No hablo mucho con desconocidos, señor Palermo.

—Eso está bien. Pero sí que habla conmigo, ¿eh?

—Usted es un hombre de buena posición, un hombre importante. Con usted puedo hablar. Usted me vio ayer. Me describió a la policía. Con mucha exactitud, me dijeron.

—Sí. Tengo buena vista —dijo sin emoción.

—Usted vio a una mujer alta y rubia salir de ahí ayer.

Me estudió.

—Ayer no. Fue hace dos o tres días. Ayer se lo dije a los polis. —Chasqueó sus largos y morenos dedos—. Los polis..., ¡bah!

—¿Vio ayer a algún desconocido, señor Palermo?

—Hay entrada y salida por detrás —dijo—. Y también escalera desde el segundo piso. —Miró su reloj de pulsera.

—Entonces, nada —dije—. Esta mañana ha ido a ver a Hench.

Alzó los ojos y los pasó perezosamente por toda mi cara.

—Se lo han dicho los polis, ¿eh?

—Me han dicho que ha convencido a Hench de que confiese. Dicen que es amigo suyo. Lo que no saben, claro, es el grado de amistad.

—Entonces Hench ha confesado, ¿eh? —Sonrió con una sonrisa repentina y brillante.

—Sí, sólo que Hench no mató a nadie —dije.

—¿No?

—No.

—Qué interesante. Siga, señor Marlowe.

—Esa confesión es una sarta de memeces. Usted le convenció de que la hiciera por alguna razón particular suya.

Se levantó, fue hasta la puerta y llamó:

—Tony.

Volvió a sentarse. Un italiano bajito y con pinta de duro entró en la habitación, me miró y se sentó en una silla pegada a la pared.

—Tony, este hombre es un tal señor Marlowe. Mira, toma la tarjeta.

Tony se acercó a coger la tarjeta y se sentó con ella en la mano.

—Mira muy bien a este hombre. No lo olvides, ¿eh?

—Déjemelo a mí, señor Palermo —dijo Tony.

—Conque era amigo suyo, ¿eh? ¿Un buen amigo?

—Sí.

—Es una pena. Sí. Es una pena. Le voy a decir una cosa: un amigo es un amigo. Así que se lo voy a contar. Pero usted no se lo cuente a nadie más. No se lo diga a esos malditos polis, ¿eh?

—No.

—Eso es una promesa, señor Marlowe. Una cosa que no se debe olvidar. ¿No lo olvidará?

—No lo olvidaré.

—Tony no le olvidará a usted. ¿Capta la idea?

—Le he dado mi palabra. Lo que usted me diga queda entre nosotros.

—Eso está bien. De acuerdo. Yo tengo una familia muy grande. Muchos hermanos y hermanas. Un hermano muy malo. Casi tan malo como Tony.

Tony sonrió.

—Bien, pues este hermano vive escondido. En la casa de enfrente. Tiene que largarse. De pronto, la casa se llena de polis. Eso no es bueno. Hacen demasiadas preguntas. No es bueno para el negocio, no es bueno para ese hermano malo. ¿Capta la idea?

—Sí —dije—. Capto la idea.

—Bien, ese Hench es un inútil, pero es un pobre hombre, un borracho sin trabajo. No paga el alquiler, pero yo tengo mucho dinero. Así que le digo: mira, Hench, vas a confesar. Estás enfermo. Te tiras dos o tres semanas enfermo. Vas a juicio. Yo te llevo un abogado. Dices que al diablo la confesión, que estabas borracho. Los malditos polis se quedan con un palmo de narices. El juez te suelta y tú vienes a mí y yo me ocupo de ti. ¿Vale? Hench dice que vale, y confiesa. Eso es todo.

—Y dentro de dos o tres semanas —dije—, el hermano malo está muy lejos de aquí, se ha perdido el rastro y lo más probable es que los polis archiven el asesinato de Phillips como caso sin resolver. ¿Es eso?

—Sí. —Sonrió de nuevo. Una sonrisa brillante y cálida, como el beso de la muerte.

—Con eso queda arreglado lo de Hench, señor Palermo —dije—. Pero a mí no me ayuda mucho en lo de mi amigo.

Meneó la cabeza y miró otra vez su reloj. Me puse en pie. Tony se puso en pie. No iba a hacer nada, pero es mejor estar de pie. Te mueves con más rapidez.

—Lo malo de los pájaros como ustedes —dije— es que de cualquier cosa hacen un misterio. Tienen que dar la contraseña antes de darle un bocado a un pedazo de pan. Si fuera a la comisaría y les contara todo lo que me ha contado usted, se reirían en mis narices. Y yo me reiría con ellos.

—Tony no se ríe mucho —dijo Palermo.

—El mundo está lleno de gente que no se ríe mucho, señor Palermo —dije yo—. Usted debería saberlo. Ha metido a muchos de ellos en el hoyo.

—Es mi negocio —dijo, encogiéndose muchísimo de hombros.

—Mantendré mi promesa —dije—. Pero si acaso llega a dudarlo, no se le ocurra intentar hacer negocio conmigo. Porque en mi parte de la ciudad soy bastante bueno, y si luego resulta que el negocio tiene que hacerlo con Tony, correría por cuenta de la casa. No habría beneficios.

Palermo se echó a reír.

—Eso está bien —dijo—. Tony. Un funeral por cuenta de la casa. Muy bien.

Se puso en pie y me extendió la mano, una mano bonita, fuerte y cálida.

25

En el vestíbulo del Edificio Belfont, en el único ascensor que tenía luz, sobre el trozo de arpillera doblada, la misma vieja reliquia de ojos acuosos seguía sentada inmóvil, haciendo su imitación de un hombre olvidado. Entré con él y dije:

—Al sexto.

El ascensor se puso en movimiento con muchas sacudidas y ascendió a trompicones. Se detuvo en el sexto piso, yo salí y el viejo asomó la cabeza para escupir y dijo en voz apagada:

—¿Qué se está cociendo?

Me volví con todo el cuerpo a la vez, como un maniquí en una plataforma giratoria. Me lo quedé mirando.

—Hoy se ha puesto un traje gris —me dijo.

—Pues sí —dije—. Eso es.

—Es bonito —dijo él—. También me gustaba el azul que llevaba ayer.

—Venga, suéltelo —dije.

—Usted subió al octavo —dijo—. Dos veces. La segunda vez, de noche. Después cogió el ascensor en el sexto. Y al poco rato llegaron los chicos de azul a todo correr.

—¿Queda aún alguno ahí arriba?

Negó con la cabeza. Su cara era como un solar vacío.

—No les he dicho nada —dijo—. Y ahora ya es demasiado tarde para mencionarlo. Me arrancarían el culo a mordiscos.

—¿Por qué? —pregunté.

—¿Por qué no les dije nada? Que se vayan al infierno. Usted me habló con educación. Poquísima gente lo hace. Qué diablo, yo sé que usted no tuvo nada que ver con ese asesinato.

—Me he portado mal con usted —dije—. Muy mal.

Saqué una tarjeta y se la di. Él pescó de su bolsillo un par de gafas con montura metálica, se las colocó en la nariz y sostuvo la tarjeta a un palmo y medio de distancia. La leyó despacio, moviendo los labios, me miró por encima de las gafas y me devolvió la tarjeta.

—Será mejor que se la quede —dijo—. Por si acaso me descuido y se me cae. Qué vida tan interesante la suya, me imagino.

—Pues sí y no. ¿Cómo se llama usted?

—Grandy. Llámeme Pop. ¿Quién lo mató?

—No lo sé. ¿No vio usted a nadie subir allí, o bajar? ¿Alguien que le pareciera fuera de lugar en este edificio, o que le resultara raro?

—No me fijo mucho —dijo—. Dio la casualidad de que me fijé en usted.

—Una rubia alta, por ejemplo, o un hombre alto y delgado, con patillas, de unos treinta y cinco años.

—*Ná.*

—Todo el que subiera o bajara a esas horas tuvo que hacerlo en su ascensor.

Asintió con su marchita cabeza.

—A menos que vayan por la escalera de incendios. Sale al callejón, con una puerta con cerrojo. Quien fuera tuvo que entrar por aquí, pero hay escaleras por detrás del ascensor hasta el segundo piso. Y desde ahí pueden pasar a la escalera de incendios. No pudo ser de otra manera.

Asentí.

—Señor Grandy, ¿le vendría bien un billete de cinco dólares..., no como soborno ni nada parecido, sino como una muestra de aprecio de un amigo sincero?

—Hijo, le sacaría tanto jugo a un billete de cinco, que a Lincoln le iban a sudar las patillas.

Le di uno. Lo miré antes de entregárselo. Efectivamente, en el de cinco está Lincoln.

Lo dobló varias veces y se lo guardó en las profundidades del bolsillo.

—Es usted muy amable —dijo—. Espero que no piense que intentaba sacarle algo.

Negué con la cabeza y avancé por el pasillo, leyendo otra vez los nombres. «Dr. E. J. Blaskowitz, médico quiropráctico.» «Dalton y Rees, servicio de mecanografía.» «L. Pridview, contable público.» Cuatro puertas sin letrero. «Compañía de envíos por correo Moss.» Otras dos puertas sin letrero. «H. R. Teager, laboratorio dental.» En la misma situación relativa que la oficina de Morningstar dos pisos más arriba, pero las habitaciones tenían una disposición diferente. Teager tenía sólo una puerta y había más longitud de pared entre su puerta y la siguiente.

El pomo no giraba. Llamé con los nudillos. No hubo respuesta. Llamé más fuerte, con el mismo resultado. Volví al ascensor. Todavía estaba en el sexto piso. Pop Grandy me miró llegar como si no me hubiera visto en la vida.

—¿Sabe algo de H. R. Teager? —le pregunté.

Se lo pensó.

—Corpulento, tirando a viejo, ropa desaliñada, uñas sucias, como las mías. Ahora que lo pienso, no le he visto venir hoy.

—¿Cree que el encargado me dejaría entrar en su oficina para echar un vistazo?

—Menudo cotilla es el encargado. Yo no se lo recomendaría.

Giró la cabeza muy despacio y miró a lo alto de la pared de la cabina. Sobre su cabeza, en una gran anilla metálica, colgaba una llave. Una llave maestra. Pop Grandy volvió a girar la cabeza hasta dejarla en la posición normal, se levantó de su taburete y dijo:

—Voy a tener que ir al retrete ahora mismo.

Se marchó. Cuando la puerta se cerró tras él, cogí la llave de la pared del ascensor y volví a la oficina de H. R. Teager, abrí la puerta y entré.

Dentro había una pequeña antesala sin ventanas, en cuyo amueblamiento se había ahorrado un montón de pasta. Dos sillones, un cenicero de pie de una tienda de oportunidades, una lámpara de pie sacada del sótano de unos almacenes de mala muerte, una mesa de madera manchada con algunas viejas revistas ilustradas encima. La puerta se cerró detrás de mí empujada por su cerrador de muelle y todo quedó a oscuras, a excepción de la poca luz que se filtraba por el panel de cristal esmerilado. Tiré de la cadena del interruptor de la lámpara y me dirigí a la puerta interior, situada en un tabique que dividía en dos la habitación. Tenía un rótulo: «H. R. Teager. Privado». No estaba cerrada con llave.

Dentro había un despacho cuadrado con dos ventanas que daban al este, sin cortinas y con los alféizares llenos de polvo. Había un sillón giratorio y dos sillas, las dos de madera vulgar y manchada, y también un escritorio cuadrado de tablero plano. Encima del escritorio no había nada, aparte de un viejo secante, una escribanía barata y un cenicero redondo de cristal con ceniza de puro. Los cajones del escritorio contenían unos forros de papel polvorientos, unos cuantos clips, gomas elásticas, lápices gastados, mangos de pluma, plumillas oxidadas, secantes usados, cuatro sellos de dos centavos sin matar y algunos papeles de carta, sobres y facturas con membrete.

La papelera estaba llena de basura. Perdí casi diez minutos en examinarla a fondo. Al cabo de ese tiempo ya sabía lo que había sabido casi con seguridad desde el principio: que H. R. Teager tenía un pequeño negocio de técnico dental y hacía trabajos de laboratorio para unos cuantos dentistas de la parte menos próspera de la ciudad, dentistas de ésos que tienen consultas mugrientas en galerías del segundo piso de encima de las tiendas, que carecen de preparación y de equipo para hacer sus propios trabajos de laboratorio y prefieren encargárselos a otros hombres como ellos, en lugar de a los grandes laboratorios, eficientes y despiadados, que no les darían ningún crédito.

Una cosa sí encontré: la dirección de la casa de Teager, el 1354B de la calle Toberman, en el resguardo de una factura del gas.

Me incorporé, volví a tirarlo todo a la papelera y me dirigí a la puerta de madera con el rótulo de «Laboratorio». Tenía una cerradura Yale nueva y la llave maestra no entraba en ella. No había nada que hacer. Apagué la luz del despacho de fuera y me marché.

El ascensor estaba de nuevo en la planta baja. Pulsé el botón de llamada y cuando llegó me deslicé junto a Pop Grandy, con la llave escondida en la mano, y la colgué sobre su cabeza. La anilla tintineó contra la cabina. Pop sonrió.

—Se ha marchado —dije—. Debió de marcharse anoche. Parece que se ha llevado un montón de cosas. Su escritorio está vacío.

Pop Grandy asintió.

—Se llevó dos maletas. Pero eso no me llamó la atención. Casi siempre lleva una maleta. Supongo que para recoger y entregar sus trabajos.

—¿Qué clase de trabajos son? —pregunté mientras el ascensor chirriaba de bajada. Sólo por decir algo.

—Del tipo de hacer dientes que no encajan —dijo Pop Grandy— para pobres desgraciados como yo.

—¡Que no le llamó la atención! —dije cuando las puertas se abrieron con dificultad en el vestíbulo—. ¡Tampoco se fijaría en el color de los ojos de un colibrí a quince metros de distancia! ¡Claro que no!

Sonrió.

—¿Qué ha hecho Teager?

—Ahora voy a su casa a averiguarlo —dije—. Creo que lo más probable es que se haya ido de viaje a ninguna parte.

—Me cambiaría por él —dijo Pop Grandy—. Aunque sólo llegara hasta San Francisco y allí le pillaran, me cambiaría por él.

26

La calle Toberman, una calle ancha y polvorienta, más allá de Pico. El número 1354B era un apartamento en un piso alto, orientado al sur, en un edificio de estructura amarilla y blanca. La puerta de entrada estaba en el porche, al lado de otra con el número 1352A. Las entradas a los apartamentos bajos estaban perpendiculares a éstas, una frente a otra a ambos lados del porche. Seguí llamando al timbre, incluso después de estar seguro de que nadie iba a responder. En un barrio como ése siempre hay un cotilla experto mirando por la ventana.

Y efectivamente, se abrió la puerta del 1354A y una mujer pequeñita de ojos brillantes se asomó a mirarme. Su pelo oscuro, recién lavado y ondulado, estaba convertido en una intrincada masa de horquillas.

—¿Busca a la señora Teager? —chirrió.

—Al señor o a la señora.

—Se marcharon anoche de vacaciones. Cargaron el equipaje y se marcharon bastante tarde. Me dijeron que avisara al lechero y al repartidor de periódicos. Ellos no tenían tiempo. Fue algo un poco precipitado.

—Gracias. ¿Qué clase de coche llevan?

El desgarrador diálogo de un serial de amor salió de la habitación que había a sus espaldas y me golpeó en la cara como un paño de cocina mojado.

La mujer de ojos brillantes preguntó:

—¿Es usted amigo suyo? —La suspicacia que había en su voz era casi tan espesa como las cursiladas de su radio.

—No se preocupe —dije con voz dura—. Lo único que queremos es nuestro dinero. Hay muchas maneras de averiguar qué coche llevan.

La mujer torció la cabeza para escuchar.

—Ésa es Beula May —me explicó con una sonrisa triste—. No quiere ir al baile con el doctor Myers. Ya me temía yo que no iba a querer.

—Vaya por Dios —dije, y volví a mi coche y me puse en marcha de regreso a Hollywood.

La oficina estaba vacía. Abrí la puerta del cuarto interior, levanté las ventanas y me senté.

Otro día tocando a su fin, el aire monótono y cansado, el intenso rugido del tráfico de regreso a casa por el bulevar, y Marlowe en su despacho dando sorbitos a una copa y clasificando el correo del día. Cuatro anuncios; dos facturas; una bonita postal en colores de un hotel de Santa Rosa donde había pasado cuatro días un año antes, trabajando en un caso; una larga carta, mal escrita a máquina, de un hombre llamado Peabody, de Sausalito, cuyo tema general y un tanto nebuloso era que una muestra de escritura de una persona sospechosa podía revelar, si se sometía al examen investigador de Peabody, las características emocionales internas del individuo, clasificadas según los sistemas freudiano y jungiano.

Dentro había un sobre con dirección y sello. Mientras arrancaba el sello y tiraba la carta y el sobre, tuve una visión de un viejo pájaro de pelo largo, sombrero de fieltro negro y pajarita negra, meciéndose en un porche destartalado delante de una ventana rotulada, con una puerta al lado despidiendo olor a repollo con jamón.

Suspiré, recuperé el sobre, escribí el nombre y la dirección en uno nuevo, doblé un billete de un dólar dentro de una hoja de papel y escribí en ella: «Ésta es, definitivamente, la última contribución». Firmé con mi nombre, cerré el sobre, pegué un sello en él y me serví otra copa.

Llené mi pipa, la encendí y me quedé sentado fumando. No vino nadie, no llamó nadie, no ocurrió nada, a nadie le importaba si me moría o me largaba a El Paso.

Poco a poco, el rugido del tráfico se fue acallando. El cielo perdió su resplandor. Por el oeste debía de estar rojo. Un neón madrugador se encendió a una manzana de distancia, en diagonal por encima de los tejados. El ventilador giraba monótonamente en la pared del café, en el callejón de abajo. Un camión entregó una carga y retrocedió gruñendo hasta salir al bulevar.

Por fin sonó el teléfono. Respondí y una voz dijo:

—¿Señor Marlowe? Soy el señor Shaw. Del Bristol.

—Sí, señor Shaw. ¿Cómo está usted?

—Muy bien, gracias, señor Marlowe. Espero que usted también. Aquí hay una señorita que quiere que la deje entrar a su apartamento. No sé por qué.

—Yo tampoco, señor Shaw. No he dejado dicho nada de eso. ¿Ha dado algún nombre?

—Ah, sí, claro. Se llama Davis. Merle Davis. Está..., ¿cómo se lo diría?..., al borde de un ataque de histeria.

—Déjela pasar —dije rápidamente—. Estaré ahí dentro de diez minutos. Es la secretaria de un cliente. Un asunto puramente profesional.

—Naturalmente. Ah, sí. ¿Debo... esto... quedarme con ella?

—Como le parezca —dije, y colgué.

Al pasar por la puerta abierta del lavabo vi en el espejo un rostro tenso y excitado.

27

Cuando hice girar la llave de mi puerta y la abrí, Shaw ya se estaba levantando del sofá-cama. Era un hombre alto con gafas y un cráneo calvo y picudo que daba la impresión de que las orejas hubieran resbalado cabeza abajo. Tenía en su rostro la sonrisa fija del idiota educado.

La chica estaba sentada en mi butaca, detrás de la mesa de ajedrez. No estaba haciendo nada, aparte de estar sentada allí.

—Ah, ya está usted aquí, señor Marlowe —gorjeó Shaw—. Sí, eso es. La señorita Davis y yo hemos tenido una conversación muy interesante. Yo le estaba diciendo que tengo orígenes ingleses. Ella no..., esto..., no me ha dicho de dónde procede.

Al decir esto ya estaba a mitad de camino de la puerta.

—Ha sido usted muy amable, señor Shaw —dije.

—No ha sido nada —gorjeó—. No ha sido nada. Bueno, ya me voy. Creo que la cena...

—Ha sido muy amable —dije—. Se lo agradezco.

Asintió y desapareció. Me pareció que el brillo antinatural de su sonrisa se quedaba flotando en el aire después de que se hubiera cerrado la puerta, como la sonrisa de un gato de Cheshire.

—Hola —dije.

—Hola —dijo ella.

Su voz era muy tranquila, muy seria. Vestía chaquetilla y falda de lino parduzco, un sombrero de paja de copa baja y ala ancha con una cinta de terciopelo marrón que hacía juego perfectamente con el color de sus zapatos y los rebordes de cuero de su bolso de lino. Llevaba el sombrero ladeado de un modo bastante atrevido, para tratarse de ella. No tenía puestas las gafas.

De no ser por la cara, habría tenido buen aspecto. En primer lugar, los ojos estaban completamente enloquecidos. Se les veía el blanco todo alrededor del iris, y tenían una especie de mirada fija. Cuando se movían, el movimiento era tan rígido que casi se podía oír un chasquido. La boca formaba una línea apretada en las comisuras, pero la parte central del labio superior no paraba de levantarse sobre los dientes, hacia arriba y hacia afuera, como si un hilo muy fino, sujeto al borde del labio, tirara de él. Subía tan alto que parecía imposible, y entonces toda la parte inferior de la cara sufría un espasmo; y cuando el espasmo terminaba, la boca quedaba firmemente cerrada, y entonces todo el proceso comenzaba de nuevo poco a poco. Además de todo esto, algo le pasaba en el cuello, porque la cabeza se le iba inclinando muy poco a poco hacia la izquierda, hasta un ángulo de unos 45 grados. Allí se detenía, el cuello daba un tirón, y la cabeza empezaba a volver por donde había venido.

La combinación de estos dos movimientos, junto con la inmovilidad del cuerpo, las manos crispadas sobre el regazo y la mirada fija de los ojos, era suficiente para poner a cualquiera de los nervios.

Sobre el escritorio había una lata de tabaco, y entre el escritorio y su butaca estaba la mesa de ajedrez con las figuras metidas en su caja. Saqué la pipa del bolsillo y fui a llenarla con tabaco de la lata. Aquel movimiento me situó justo al otro lado de la mesa de ajedrez, enfrente de ella. Había dejado el bolso al borde de la mesa, delante de ella y un poco hacia un lado. Dio un saltito cuando yo me acerqué allí, pero después se quedó como estaba antes. Incluso hizo un esfuerzo por sonreír.

Llené la pipa, rasqué una cerilla de papel, encendí la pipa y me quedé sujetando la cerilla después de haberla apagado de un soplido.

—No lleva las gafas —dije.

Habló. Su voz era tranquila, contenida.

—Sólo me las pongo en casa y para leer. Las tengo en el bolso.

—Ahora está en casa —dije—. Debería ponérselas.

Estiré la mano hacia el bolso, con naturalidad. Ella no se movió. No me miró las manos. Tenía los ojos fijos en mi cara. Giré un poco el cuerpo al abrir el bolso. Saqué el estuche de las gafas y lo empujé hacia ella sobre la mesa.

—Póngaselas —dije.

—Ah, sí, me las voy a poner —dijo ella—. Pero tendré que quitarme el sombrero, me parece.

—Sí, quítese el sombrero —dije.

Se quitó el sombrero y se lo colocó sobre las rodillas. Entonces se acordó de las gafas y se olvidó del sombrero. El sombrero cayó al suelo mientras ella cogía las gafas. Se las puso. Aquello mejoraba mucho su aspecto, me pareció a mí.

Mientras ella hacía todo eso, yo saqué la pistola de su bolso y me la guardé en un bolsillo. No creo que me viera. Parecía la misma automática Colt del 25 con cachas de nogal que había visto el día anterior en el primer cajón de la derecha de su escritorio.

Fui hasta el sofá-cama, me senté y dije:

—Bueno, pues aquí estamos. ¿Qué hacemos ahora? ¿Tiene usted hambre?

—He estado en casa del señor Vannier —dijo.

—Ah.

—Vive en Sherman Oaks. Al final de Escamillo Drive. Al final del todo.

—Sí, es muy probable —dije sin ninguna intención, y traté de formar un anillo de humo, pero no me salió. Un nervio de mi mejilla estaba intentando vibrar como una cuerda de acero. Aquello no me gustó.

—Sí —dijo ella con su voz controlada, con el labio superior todavía haciendo el movimiento de subida y bajada, y la barbilla todavía oscilando hasta quedar anclada, y otra vez para atrás—. Es un sitio muy tranquilo. El señor Vannier lleva ya tres años viviendo allí. Antes vivía en las colinas de Hollywood, en la calle Diamond. Compartía la casa con otro hombre, pero no se llevaban muy bien, dice el señor Vannier.

—Me parece que eso también soy capaz de entenderlo —dije—. ¿Cuánto tiempo hace que conoce al señor Vannier?

—Hace ocho años que le conozco. No le conozco demasiado. He tenido que llevarle un... algún paquete de vez en cuando. Le gustaba que se los llevara yo.

Intenté otra vez lo del anillo de humo. Nada.

—Naturalmente —dijo—, a mí nunca me gustó mucho él. Tenía miedo de que fuera a... Tenía miedo de que...

—Pero no lo hizo —dije yo.

Por primera vez, su cara adoptó una expresión humana natural: de sorpresa.

—No —dijo—. No hizo nada. Es decir, la verdad es que no. Pero estaba en pijama.

—La buena vida —dije yo—. Toda la tarde por ahí tirado, en pijama. Hay tíos con suerte, ¿no le parece?

—Bueno, para eso tienes que saber algo —dijo muy seria—. Algo que haga que la gente te pague. La señora Murdock se ha portado maravillosamente conmigo, ¿verdad?

—Desde luego —dije—. ¿Cuánto le ha llevado hoy?

—Sólo quinientos dólares. La señora Murdock dijo que era todo lo que podía dar, y la verdad es que no podía prescindir ni de eso. Dijo que eso tenía que terminar. Que no podía seguir así. El señor Vannier siempre prometía parar, pero nunca paraba.

—Así es esa gente —dije.

—Así que sólo se podía hacer una cosa. En realidad, lo he sabido desde hace años. Todo era por mi culpa, y la señora Murdock se ha portado tan maravillosamente conmigo... Eso no podía hacerme peor de lo que ya era, ¿no cree?

Levanté una mano y me froté con fuerza la mejilla, para tranquilizar al nervio. Ella se olvidó de que yo no le había respondido y siguió hablando.

—Así que lo hice —dijo—. Allí estaba él en pijama, con una copa a su lado. Me miraba de un modo raro. Ni siquiera se levantó para abrirme. Pero había una llave en la puerta de entrada. Alguien había dejado puesta una llave allí. Era... Era... —La voz se le atascó en la garganta.

—Era una llave en la puerta de entrada —dije—. Para que usted pudiera entrar.

—Sí. —Asintió, y casi logró sonreír de nuevo—. La verdad es que no fue nada difícil. Ni siquiera recuerdo haber oído el ruido. Porque tuvo que haber un ruido, claro. Un ruido bastante fuerte.

—Supongo —dije.

—Me acerqué mucho a él para no fallar —dijo.

—¿Y qué hizo el señor Vannier?

—No hizo nada de nada. Sólo mirarme de manera rara, o algo así. Bueno, pues eso es todo. No quería volver a casa de la señora Murdock y causarle más problemas. Ni a Leslie. —Su voz se apagó al pronunciar el nombre y quedó flotando en el aire, y un pequeño estremecimiento recorrió su cuerpo como una ondulación—. Así que vine aquí. Y al ver que usted no respondía al timbre, busqué la conserjería y le pedí al encargado que me dejara entrar a esperarle. Estaba segura de que usted sabría qué hacer.

—¿Y qué tocó en la casa mientras estuvo allí? —pregunté—. ¿Se acuerda de algo? Quiero decir, aparte de la puerta de entrada. ¿Entró por la puerta y salió sin tocar nada de la casa?

Se puso a pensar y su cara dejó de moverse.

—Ah, me acuerdo de una cosa —dijo—. Apagué la luz. Antes de marcharme. Era una lámpara. Una de esas lámparas que dan luz hacia arriba, con bombillas grandes. La apagué.

Asentí y le sonreí. Marlowe, una sonrisa, animando.

—¿A qué hora fue esto? ¿Cuánto hace?

—Pues justo antes de venir aquí. He venido en coche. Tenía el coche de la señora Murdock. Por el que preguntaba usted ayer. Me olvidé decirle que no se lo llevó cuando se marchó. ¿O sí se lo dije? No, ahora me acuerdo de que sí se lo dije.

—Vamos a ver —dije yo—. Media hora para llegar aquí, como poco. Lleva aquí cerca de una hora. Según eso, serían aproximadamente las cinco y media cuando salió de casa del señor Vannier. Y apagó la luz.

—Eso es. —Asintió de nuevo, muy animada. Encantada de acordarse—. Apagué la luz.

—¿Le apetece una copa? —pregunté.

—Oh, no. —Negó con la cabeza con bastante energía—. Nunca bebo nada.

—¿Le importa que yo me tome una?

—Claro que no. ¿Por qué iba a importarme?

Me levanté y la estudié con la mirada. El labio seguía saltando hacia arriba y la cabeza se le seguía torciendo, pero me pareció que no tanto como antes. Era como un ritmo que va decelerando.

Era difícil saber hasta dónde se podía llegar con aquello. Era posible que cuanto más hablara, mejor. Nadie sabe con exactitud cuánto se tarda en asimilar un choque.

—¿Dónde está su casa? —pregunté.

—Bueno... Vivo con la señora Murdock. En Pasadena.

—Digo su casa de verdad. Donde está su familia.

—Mis padres viven en Wichita —dijo—. Pero no voy por allí. Nunca. Escribo de vez en cuando, pero hace años que no los veo.

—¿A qué se dedica su padre?

—Tiene un hospital para perros y gatos. Es veterinario. Ojalá no se enteren de esto. La otra vez no se enteraron. La señora Murdock no se lo dijo a nadie.

—A lo mejor no tienen que enterarse —dije—. Voy a por mi copa.

Pasé por detrás de su butaca hacia la cocina, empecé a escanciar y me puse una copa que era una copa. Me la metí de un trago, saqué la pistolita del bolsillo y vi que tenía puesto el seguro. Olí el cañón, saqué el cargador. Había una bala en la recámara, pero era una de esas pistolas que no disparan cuando tienen sacado el cargador. La sostuve de modo que pudiera mirar por la recámara. El casquillo que había allí era de otro calibre y estaba atascado en el cierre del cañón. Parecía del 32. Las balas del cargador eran del calibre correcto, el 25. Volví a montar el arma y regresé al cuarto de estar.

Yo no había oído ni un solo ruido. Pero ella se había escurrido hacia delante y estaba hecha una bola delante de la butaca, encima de su bonito sombrero. Estaba tan fría como una caballa.

La estiré un poco, le quité las gafas y me aseguré de que no se había tragado la lengua. Introduje mi pañuelo doblado por la comisura de su boca para que no se mordiera la lengua al volver en sí. Fui al teléfono y llamé a Carl Moss.

—Soy Phil Marlowe, doc. ¿Tiene más pacientes o ha terminado?

—Ya terminé —dijo él—. Me iba ya. ¿Algún problema?

—Estoy en casa —dije—. Apartamentos Bristol, cuatro cero ocho, por si no se acuerda. Tengo aquí una chica que se ha desmayado. No me preocupa el desmayo, lo que me preocupa es que puede estar majareta cuando se le pase.

—No le dé nada de alcohol —dijo él—. Voy para allá.

Colgué y me arrodillé junto a ella. Me puse a frotarle las sienes. Abrió los ojos. Los labios empezaron a separarse. Le saqué el pañuelo de la boca. Alzó la mirada hacia mí y dijo:

—He estado en casa del señor Vannier. Vive en Sherman Oaks. Yo...

—¿Le importa que la levante y la acueste en el sofá-cama? Ya me conoce. Marlowe, el imbécil que va por ahí preguntando lo que no debe.

—Hola —dijo ella.

La levanté. Se puso rígida al cogerla, pero no dijo nada. La tumbé en el sofá-cama, le bajé la falda para taparle las piernas, le coloqué una almohada debajo de la cabeza y recogí su sombrero. Estaba más aplastado que un lenguado. Hice lo que pude para recomponerlo y lo dejé encima del escritorio.

Ella me miraba de reojo mientras tanto.

—¿Ha llamado a la policía? —preguntó en voz baja.

—Todavía no —dije—. No he tenido tiempo.

Parecía sorprendida. No estoy muy seguro, pero también me pareció un poco dolida.

Abrí su bolso y me puse de espaldas a ella para meter la pistola. Mientras lo hacía, eché un vistazo a las demás cosas que había en el bolso. Las nimiedades de siempre: un par de pañuelos, lápiz de labios, una polvera esmaltada en rojo y plata llena de polvos, un par de pañuelos de papel, un monedero con algo de calderilla y unos cuantos billetes de dólar; ni cigarrillos, ni cerillas, ni entradas de teatro.

Abrí la cremallera del bolsillo lateral. Allí llevaba el carné de conducir y un fajo de billetes, diez de cincuenta. Pasé el dedo por los cantos. Ninguno era nuevo. Metido en la gomita que sujetaba el fajo había un papel doblado. Lo saqué, lo desdoblé y lo leí. Estaba pulcramente escrito a máquina, y con la fecha del día. Era un recibo normal, que una vez firmado daría fe del pago de 500 dólares. «Pago a cuenta.»

Ya no parecía que lo fueran a firmar. Me guardé el dinero y el recibo en el bolsillo. Cerré el bolso y me volví a mirar al sofá-cama.

Ella estaba mirando al techo y haciendo otra vez aquello con la cara. Fui a mi alcoba y cogí una manta para echársela por encima.

Después fui a la cocina a por otra copa.

28

El doctor Carl Moss era un judío grande y corpulento con bigote a lo Hitler, ojos saltones y la calma de un glaciar. Dejó su sombrero y su maletín en un sillón, dio unos pasos y se quedó parado, observando desde arriba a la chica del sofá-cama con mirada inescrutable.

—Soy el doctor Moss —dijo—. ¿Cómo se encuentra?

—¿No es de la policía? —preguntó ella.

Él se agachó, le tomó el pulso y se incorporó de nuevo, mirándola respirar.

—¿Dónde le duele, señorita...?

—Davis —dije yo—. Merle Davis.

—Señorita Davis.

—No me duele nada —dijo ella, mirándolo fijamente desde abajo—. Ni siquiera sé por qué estoy tumbada aquí de esta manera. Creía que era usted de la policía. Verá, he matado a un hombre.

—Bueno, eso es un impulso humano normal —dijo el doctor—. Yo he matado a docenas. —No sonreía.

Ella levantó el labio y movió la cabeza de un lado a otro para que él lo viera.

—¿Sabe? No hace falta que haga eso —dijo él con mucha suavidad—. Siente un tirón de los nervios por aquí y por allá, y usted se dedica a magnificarlo y dramatizarlo. Puede controlarlo, si quiere.

—¿Puedo?—susurró ella.

—Si quiere —dijo él—. No está obligada. A mí me da lo mismo que lo haga o no. No le duele nada, ¿eh?

—No —dijo ella, negando con la cabeza.

El doctor le dio unas palmaditas en el hombro y se dirigió a la cocina. Yo le seguí. Apoyó las caderas en el fregadero y me lanzó una mirada fría.

—Cuénteme la historia.

—Es la secretaria de una cliente. Una tal señora Murdock, de Pasadena. La cliente es bastante bestia. Hace unos ocho años, un hombre se propasó con Merle. Cuánto se propasó, eso no lo sé. Y después..., no quiero decir inmediatamente, pero más o menos por entonces, el hombre se cayó por una ventana, o se tiró. Desde entonces, ella no puede soportar que un hombre la toque... ni siquiera de la manera más normal, quiero decir.

—Ajá. —Sus ojos saltones seguían leyendo mi cara—. ¿Ella cree que el hombre se tiró por la ventana por su causa?

—No lo sé. La señora Murdock es la viuda de ese hombre. Se volvió a casar y su segundo marido también murió. Merle se ha quedado con ella. La vieja la trata como trataría un padre severo a un niño revoltoso.

—Ya veo. Regresiva.

—¿Qué es eso?

—Un choque emocional, y el subconsciente trata de escapar volviendo a la infancia. Si la señora Murdock la regaña mucho, pero no demasiado, eso acentuaría la tendencia. Identificación de la subordinación infantil con la protección al niño.

—¿Tenemos que hablar de esos rollos? —gruñí.

Él me sonrió con calma.

—Mire, amigo. Está claro que la chica es una neurótica. Eso en parte es inducido y en parte deliberado. Quiero decir que disfruta mucho con ello. Aunque no se dé cuenta de lo mucho que disfruta. Pero eso no tiene importancia en este momento. ¿Qué es eso de que mató a un hombre?

—A un hombre llamado Vannier, que vive en Sherman Oaks. Parece que hay un asunto de chantaje. Merle tenía que llevarle su dinero de vez en cuando. Le tenía miedo. He visto al fulano. Un tío repelente. Ella fue a su casa esta tarde y dice que le pegó un tiro.

—¿Por qué?

—Dice que no le gustó cómo la miraba.

—¿Con qué le pegó el tiro?

—Llevaba una pistola en el bolso. No me pregunte por qué, que no lo sé. Pero si le ha pegado un tiro, no ha sido con eso. La pistola tiene un cartucho de otro calibre atascado en la recámara. Estando así, no puede disparar. Y no se ha disparado.

—Esto es demasiado lioso para mí —dijo él—. Yo sólo soy médico. ¿Qué quería usted que yo hiciera con ella?

—Además —dije, haciendo caso omiso de su pregunta—, dice que la lámpara estaba encendida, y eran las cinco y media de una bonita tarde de verano. Y el tipo estaba en pijama, y había una llave en la cerradura de la puerta principal. Y él no se levantó para recibirla. Se quedó allí sentado con una especie de mirada rara.

El doctor asintió y dijo «Oh». Se encajó un cigarrillo entre sus gruesos labios y lo encendió.

—Si espera que yo le diga si ella cree realmente haberlo matado, no puedo decírselo. Por lo que usted me dice, deduzco que el hombre está muerto, ¿no es así?

—Hermano, yo no he estado allí. Pero eso parece bastante claro.

—Si ella cree que lo mató y no está sólo actuando..., ¡y válgame Dios, cómo actúa esta gente!..., eso indica que la idea no era nueva para ella. Dice usted que llevaba una pistola. Así que no debía de serlo. Es posible que tenga un complejo de culpa. Quiere ser castigada, quiere expiar algún crimen real o imaginario. Se lo vuelvo a preguntar: ¿qué quiere que yo haga con ella? Ni está enferma ni está loca.

—No va a volver a Pasadena.

—Ah. —Me miró con curiosidad—. ¿Tiene familia?

—En Wichita. El padre es veterinario. Le llamaré, pero ella tendrá que quedarse aquí esta noche.

—No sé qué decir de eso. ¿Confía en usted lo suficiente como para pasar la noche en su piso?

—Vino aquí por su propia voluntad, y no venía de visita. Así que supongo que sí.

Se encogió de hombros y se pasó los dedos por los laterales de su áspero bigote negro.

—Bien, le daré un poco de nembutal y la meteremos en la cama. Y usted puede pasear por el pasillo, luchando con su conciencia.

—Tengo que salir —dije—. Tengo que ir allí a ver qué ha ocurrido. Y ella no puede quedarse aquí sola. Y ningún hombre, ni siquiera un médico, la va a meter en la cama. Llame a una enfermera. Yo dormiré en alguna otra parte.

—Philip Marlowe —dijo él—. El Galahad de ocasión. Está bien, me quedaré aquí hasta que llegue la enfermera.

Volvió al cuarto de estar y telefoneó al Servicio de Enfermeras. Después telefoneó a su mujer. Mientras él telefoneaba, Merle se incorporó en el sofá-cama y cruzó recatadamente las manos sobre el regazo.

—No entiendo por qué estaba encendida la lámpara —dijo—. La casa no estaba oscura. No tanto como para eso.

—¿Cuál es el nombre de pila de su padre? —pregunté.

—Doctor Wilbur Davis. ¿Por qué?

—¿No le gustaría comer algo?

Desde el teléfono, Carl Moss me dijo:

—Eso déjelo para mañana. Probablemente, esto es sólo un momento de calma.

Terminó su llamada, colgó, fue hasta su maletín y volvió con un par de cápsulas amarillas en la mano, sobre un trozo de algodón. Cogió un vaso de agua, le ofreció las cápsulas a la chica y le dijo:

—Trágueselas.

—No estoy enferma, ¿verdad? —dijo ella, levantando la mirada hacia él.

—Trágueselas, hija mía, trágueselas.

Ella las cogió, se las metió en la boca, cogió el vaso de agua y bebió.

Yo me puse el sombrero y me marché.

Mientras bajaba en el ascensor, me acordé de que en su bolso no había ninguna llave, así que paré en la planta baja y salí por el vestíbulo a la avenida Bristol. No me resultó difícil encontrar el coche. Estaba aparcado de cualquier manera, como a medio metro de la acera. Era un Mercury gris descapotable, y su número de matrícula era 2X1111. Recordé que aquél era el número del coche de Linda Murdock.

Del contacto colgaba un llavero de cuero. Me metí en el coche, puse en marcha el motor, vi que había bastante gasolina y me largué con él. Era un cochecito bonito y potente. Al pasar por Cahuenga Pass volaba como un pájaro.

29

Escamillo Drive cambiaba tres veces de dirección en cuatro manzanas, sin ninguna razón que yo pudiera apreciar. Era muy estrecha, con una media de cinco casas por manzana, y por encima de ella se alzaba un segmento de ladera hirsuta, en la que no crecía nada en esta época del año, aparte de salvia y manzanilla. En su quinta y última manzana, Escamillo Drive hacía una pequeña y delicada curva a la izquierda, chocaba directamente con la base de la colina y moría sin emitir un gemido. En esta última manzana había tres casas, dos en las esquinas opuestas y una en el fondo sin salida. Aquella era la de Vannier. Mis faros me permitieron ver que la llave seguía en la puerta.

Era un bungalow estrecho de estilo inglés, con tejado alto, ventanas delanteras emplomadas, un garaje a un lado y un remolque aparcado junto al garaje. La luna tempranera brillaba en silencio sobre su pequeña parcela de césped. Un enorme roble crecía casi en el porche delantero. Ahora no había luces en la casa, al menos ninguna que se viera desde delante.

Dada la configuración del terreno, que hubiera una luz encendida de día en el cuarto de estar no parecía del todo improbable. La casa debía de ser oscura, excepto por la mañana. Como nidito de amor, el sitio tenía sus ventajas, pero como residencia para un chantajista yo no le daba mucha puntuación. La muerte súbita puede llegarte en cualquier parte, pero Vannier se lo había puesto muy fácil.

Me metí por el sendero de entrada, maniobré para quedar de cara a la salida, y después avancé hasta la esquina y aparqué allí. Eché a andar por la calle misma porque no había acera. La puerta principal era de tablas de roble con sujeciones de hierro, biseladas en las junturas. En lugar de tirador, tenía un picaporte. De la cerradura sobresalía la cabeza de la llave plana. Toqué el timbre, que sonó con el sonido lejano de un timbre que suena de noche en una casa vacía. Rodeé el roble y proyecté la luz de mi linterna-lápiz por entre las hojas de la puerta del garaje. Había un coche dentro. Di la vuelta a la casa y contemplé un pequeño patio sin flores, con una tapia baja de piedra rústica. Otros tres robles, una mesa y un par de sillas metálicas bajo uno de ellos. Un quemadero de basuras al fondo. Antes de volver a la parte de delante, enfoqué mi linterna al interior del remolque. No parecía haber nadie dentro de él. La puerta estaba cerrada.

Abrí la puerta principal, dejando la llave en la cerradura. No pensaba andarme con disimulos en aquel sitio. Lo que tuviera que pasar, pasaría. Yo sólo quería asegurarme. Palpé la pared por la parte de dentro de la puerta en busca de un interruptor de la luz, encontré uno y le di para arriba. Por toda la habitación se encendieron pálidas bombillas en forma de vela, a pares en apliques, mostrándome entre otras cosas la gran lámpara de la que había hablado Merle. Me acerqué a encenderla y después retrocedí para apagar los apliques. La lámpara tenía una bombilla grande en posición invertida, dentro de un globo de cristal aporcelanado. Se podían obtener tres intensidades de luz diferentes. Le di al botón del interruptor hasta que conseguí la máxima luz.

La habitación era alargada de delante a atrás, con una puerta al fondo y un arco delante a la derecha. Al otro lado del arco había un pequeño comedor. Las cortinas del arco estaban medio corridas, cortinas pesadas, de color verde claro con brocados, nada nuevas. La chimenea estaba en el centro de la pared izquierda, y enfrente y a ambos lados había estanterías que no eran de obra. Había dos sofás-camas en posición oblicua en los rincones, y una butaca dorada, una butaca rosa, una butaca marrón y una butaca con tapicería jacquard en pardo y oro, con escabel.

Sobre el escabel se apoyaban unas piernas con pijama amarillo, tobillos desnudos y pies metidos en babuchas de cuero marroquí verde oscuro. Mi mirada fue subiendo desde los pies lentamente, con mucha atención. Un batín de seda estampada verde oscura, ceñido con un cinturón de borlas. Abierto por encima del cinturón, dejando ver un monograma en el bolsillo del pijama. Un pañuelo pulcramente colocado en el bolsillo, con dos puntas almidonadas de lino blanco. Un cuello amarillo, la cara vuelta hacia un lado, en dirección a un espejo de pared. Me acerqué y miré en el espejo. Era verdad que la cara tenía una mirada rara.

El brazo y la mano izquierdos estaban caídos entre la rodilla y el brazo de la butaca; el brazo derecho colgaba por fuera de la butaca, con las puntas de los dedos tocando la alfombra. Y tocando también la culata de un pequeño revólver, más o menos del calibre 32, un revólver de cañón corto sin apenas cañón. El lado derecho de la cara se apoyaba en el respaldo de la butaca, pero el hombro derecho tenía una gran mancha de sangre marrón oscura, y también había algo en la manga derecha. Y en la butaca. En la butaca había mucha.

No me pareció que la cabeza hubiera adoptado aquella posición de manera natural. A algún alma sensible no le había gustado el aspecto del lado derecho.

Levanté un pie y empujé con cuidado el escabel hacia un lado, unos pocos centímetros. Los tacones de las babuchas se movieron de mala gana sobre la superficie tapizada, no con ella. El hombre estaba tan rígido como una tabla. Me agaché y le toqué un tobillo. El hielo no estaba ni la mitad de frío.

Sobre una mesa, a la altura de su codo derecho, había un vaso lleno hasta la mitad de bebida pasada y un cenicero lleno de colillas y ceniza. Tres de las colillas tenían manchas de lápiz de labios. De color rojo China brillante. Lo que se pondría una rubia.

Junto a otra butaca había otro cenicero. En él había cerillas y un montón de ceniza, pero ninguna colilla.

En el aire de la habitación, un perfume bastante denso luchaba con el olor de la muerte, y perdía. Pero, aun derrotado, seguía estando allí.

Eché un vistazo por el resto de la casa, encendiendo y apagando luces. Dos alcobas, una con muebles de madera clara y la otra de arce rojo. La de madera clara parecía ser para invitados. Un bonito cuarto de baño con azulejos cobrizos y morados y una ducha elevada con puerta de cristal. La cocina era pequeña. En el fregadero había un montón de botellas. Montones de botellas, montones de vasos, montones de huellas dactilares, montones de pruebas. O no, que también podría ser.

Volví al cuarto de estar y me quedé plantado en el centro, respirando por la boca lo más a fondo posible y preguntándome cómo irían las cosas cuando avisara de esto. Avisar de esto y decir que yo era el mismo que había encontrado a Morningstar y había salido corriendo. Las cosas no iban a ir bien, nada bien. Marlowe, tres asesinatos. Marlowe, prácticamente hasta el cuello de cadáveres. Y ninguna explicación razonable, lógica, amistosa, de su proceder. Pero aquello no era lo peor. En cuanto abriera la boca, dejaría de ser un agente libre. Tendría que dejar de hacer lo que estuviera haciendo, y de averiguar lo que estuviera averiguando.

Carl Moss podría estar dispuesto a proteger a Merle con el manto de Esculapio, hasta cierto punto. O podría decidir que, a la larga, a la chica le vendría bien sacar todo lo que llevaba dentro, fuera lo que fuera.

Volví a acercarme a la butaca con tapicería jacquard, apreté los dientes y le tiré del pelo lo suficiente para separar la cabeza del respaldo de la butaca. La bala había entrado por la sien. Por las apariencias, podría haber sido un suicidio. Pero la gente como Louis Vannier no se suicida. Un chantajista, aunque sea un chantajista asustado, tiene una sensación de poder, y eso le encanta.

Dejé que la cabeza volviera a donde quisiera ir, y me agaché para restregarme la mano en la lanilla de la alfombra. Y al agacharme vi la esquina de un marco de cuadro bajo el estante inferior de la mesa que había junto al codo de Vannier. Rodeé la butaca y lo cogí con un pañuelo.

El cristal estaba rajado de lado a lado. Se había caído de la pared. Vi el clavito. Pude imaginarme cómo había ocurrido. Alguien de pie a la derecha de Vannier, incluso inclinándose sobre él, alguien a quien conocía y de quien no tenía miedo, había sacado de pronto un revólver y le había disparado en la sien derecha. Y entonces, sobresaltado por la sangre o por el retroceso del tiro, el asesino había saltado hacia atrás, chocando con la pared y haciendo caer el cuadro. Éste había caído de punta y había rebotado hasta debajo de la mesa. Y el asesino se había guardado muy mucho de tocarlo, o no se había atrevido.

Lo miré. Era un cuadro pequeño, sin ningún interés. Un tipo con jubón y calzas, con encaje en las bocamangas y uno de esos sombreros de terciopelo redondos y abombados, con una pluma, asomándose mucho a una ventana y al parecer llamando a alguien que estaba abajo. El abajo no salía en el cuadro. Era una reproducción en color de algo que no había tenido ningún interés desde el principio.

Eché una ojeada a la habitación. Había más cuadros, un par de acuarelas bastante bonitas, algunos grabados (los grabados están muy pasados de moda este año, ¿no?). Media docena en total. Bueno, a lo mejor a aquel tipo le gustaba el cuadro. ¿Y qué? Un hombre asomándose a una ventana alta. Hace mucho tiempo.

Miré a Vannier. Él no me iba a servir de ninguna ayuda. Un hombre asomándose a una ventana alta, hace mucho tiempo.

Al principio, el roce de la idea fue tan leve que casi ni me di cuenta y estuve a punto de dejarla pasar. El roce de una pluma, casi ni eso. El roce de un copo de nieve. Una ventana alta, un hombre asomándose..., hace mucho tiempo.

Todo encajó en su sitio. Estaba tan caliente que chisporroteaba. Por una ventana alta, hace mucho tiempo..., hace ocho años..., un hombre asomándose..., asomándose demasiado... Un hombre cayendo..., matándose. Un hombre llamado Horace Bright.

—Señor Vannier —dije con un leve tono de admiración—. Ésa sí que fue una buena jugada.

Le di la vuelta al cuadro. Al dorso se habían escrito fechas y cantidades de dinero. Fechas que abarcaban casi ocho años, cantidades de 500 dólares en su mayoría, algunas de 700, dos de 1.000. La suma total estaba anotada en números pequeños: 11.100 dólares. El señor Vannier no había recibido el último pago. Ya estaba muerto cuando llegó. No era mucho dinero, para estar repartido en ocho años. La cliente del señor Vannier había regateado como una fiera.

El respaldo de cartón estaba sujeto al marco con agujas de acero, de gramófono. Dos de ellas se habían caído. Desprendí el cartón y lo rasgué un poco al quitarlo. Entre el respaldo y el cuadro había un sobre blanco. Cerrado y sin nada escrito. Lo abrí rasgándolo. Contenía dos fotografías cuadradas y un negativo. Las dos fotos eran iguales. En ellas se veía a un hombre muy asomado a una ventana, con la boca abierta, gritando. Tenía las manos sobre los bordes de ladrillo del alféizar. Detrás de su hombro había un rostro de mujer.

Era un hombre flacucho, de pelo oscuro. No se le veía muy bien la cara, ni tampoco la cara de la mujer que estaba detrás de él. Estaba asomado a una ventana y gritando o llamando.

Allí estaba yo, sosteniendo la fotografía y mirándola. Y por más que la mirara, aquello no significaba nada. Yo sabía que tenía que significar algo. Sólo que no sabía por qué. Pero seguí mirándola. Y al cabo de un ratito, vi algo que no encajaba. Era un detalle muy pequeño, pero vital. La posición de las manos del hombre, alineadas con la esquina de la pared allí donde ésta se cortaba para formar el marco de la ventana. Las manos no estaban agarrando nada, no estaban tocando nada. Era el interior de sus muñecas lo que se alineaba con el borde de los ladrillos. Las manos estaban en el aire.

El hombre no se estaba asomando. Se estaba cayendo.

Metí las fotos en el sobre, doblé el cartón y me lo guardé todo en el bolsillo. Escondí el marco, el cristal y el cuadro en el armario de la ropa blanca, debajo de unas toallas.

Todo aquello me había llevado demasiado tiempo. Un coche se detuvo fuera de la casa. Se oyeron pasos en el sendero.

Me escabullí detrás de las cortinas del arco.

30

La puerta principal se abrió y luego se cerró sin ruido.

Hubo un silencio que quedó flotando en el aire como el aliento en un día de helada, y después un fuerte grito terminado en un gemido de desesperación.

Entonces, una voz de hombre hirviendo de furia dijo:

—No está mal, pero tampoco bien. Inténtalo otra vez.

La voz de mujer dijo:

—¡Dios mío, es Louis! ¡Está muerto!

La voz de hombre dijo:

—Puede que me equivoque, pero sigo pensando que apesta.

—¡Dios mío! ¡Está muerto, Alex! Haz algo. Por amor de Dios, ¡haz algo!

—Sí —dijo la voz dura y tensa de Alex Morny—. Debería hacer algo. Debería ponerte a ti igual que a él. Con sangre y todo. Debería dejarte igual de muerta, igual de fría, igual de podrida. Pero no, eso no hace falta. Eso ya lo estás. Igual de podrida. Ocho meses de casados y ya me la pegas con un desgraciado como ése. ¡Dios mío! ¿En qué estaría pensando para liarme con una fulana como tú?

Al llegar a la parte final estaba casi gritando.

La mujer emitió otro sonido lastimero.

—Deja de hacerte la tonta —dijo Morny con fiereza—. ¿Para qué te crees que te he traído aquí? No engañas a nadie. Te han estado vigilando desde hace semanas. Anoche estuviste aquí. Y yo ya he estado aquí hoy. He visto lo que hay que ver. Tu pintura de labios en los cigarrillos, el vaso en el que bebiste. Es como si te estuviera viendo, sentada en el brazo de su butaca, acariciándole su pelo engominado, y después metiéndole un balazo mientras él todavía estaba ronroneando. ¿Por qué?

—Oh, Alex, cariño, no digas esas cosas tan horribles.

—Lillian Gish, primera época —dijo Morny—. De lo primerísimo de Lillian Gish. Déjate de llantos, monada. Tengo que pensar cómo arreglar esto. ¿Para qué demonios crees que he venido aquí? Tú ya no me importas un pimiento. Ya no, monada, ya no, mi precioso y querido ángel rubio y asesino. Pero sí que me importa mi persona, y mi reputación y mi negocio. Por ejemplo: ¿limpiaste el revólver?

Silencio. Entonces se oyó un golpe. La mujer gimió. Estaba dolida, terriblemente dolida. Herida en lo más profundo del alma. Le salió bastante bien.

—Mira, ángel —gruñó Morny—. Déjate de comedias. He actuado en el cine. Soy experto en escenitas. Puedes ahorrártelo. Vas a decirme cómo lo hiciste aunque tenga que arrastrarte de los pelos por toda la habitación. A ver: ¿limpiaste el revólver?

De pronto, ella se echó a reír. Una risa nada natural, pero clara y con un timbre agradable. Y después dejó de reírse, también de golpe.

Su voz dijo:

—Sí.

—¿Y el vaso que utilizaste?

—Sí —Ahora sonaba muy tranquila, muy fría.

—¿Y pusiste sus huellas en el revólver?

—Sí.

Él se quedó pensando en silencio.

—No creo que les engañe —dijo—. Es casi imposible poner las huellas de un muerto en un arma y que queden convincentes. Pero en fin... ¿Qué más limpiaste?

—Nada. Oh, Alex, por favor, no te pongas tan bruto.

—Calla. ¡Cállate! Enséñame cómo lo hiciste, dónde estabas, cómo tenías cogido el revólver.

Ella no se movió.

—No te preocupes por las huellas —dijo Morny—. Pondré unas mejores. Mucho mejores.

Ella se movió despacio por delante de la abertura de las cortinas y la vi. Llevaba pantalones de gabardina de color verde claro, una chaquetilla de color gamuza con bordados y un turbante escarlata con una serpiente dorada. La cara estaba sucia de tanto llorar.

—Recógelo —le chilló Morny—. ¡Que yo lo vea!

Ella se agachó junto a la butaca y se incorporó con el revólver en la mano y enseñando los dientes. Por la abertura de las cortinas vi cómo apuntaba con el arma en dirección a la puerta.

Morny no se movió ni hizo ningún ruido.

La mano de la rubia empezó a temblar y el revólver hizo un extraño bailoteo en el aire, para arriba y para abajo. Le empezó a temblar la boca y dejó caer el brazo.

—No puedo hacerlo —jadeó—. Debería matarte, pero no puedo.

La mano se abrió y el revólver cayó al suelo con un golpe sordo.

Morny avanzó con rapidez, pasando ante la abertura de las cortinas, la quitó de en medio de un manotazo y empujó el revólver con el pie hasta volver a colocarlo más o menos donde había estado.

—No podías hacerlo —dijo en tono insultante—. No podías hacerlo. Pues fíjate.

Sacó un pañuelo, desplegándolo de una sacudida, y se agachó para recoger el revólver de nuevo. Apretó algo y el tambor se abrió. Metió la mano derecha en un bolsillo e hizo rodar una bala entre los dedos, manoseando bien el metal. Introdujo la bala en el tambor. Repitió la operación cuatro veces, cerró de golpe el tambor, lo volvió a abrir y lo hizo girar un poco para dejarlo colocado en cierta posición. Dejó el revólver en el suelo, retiró la mano y el pañuelo y se incorporó.

—No podías matarme —se burló— porque en el revólver no había nada más que un casquillo vacío. Pero ahora está cargado otra vez. Los cilindros están en la posición correcta. Se ha disparado un tiro. Y tus huellas están en el arma.

La rubia estaba muy quieta, mirándole con ojos enfermizos.

—Se me olvidó decirte —continuó él en voz baja— que yo sí que limpié el revólver. Pensé que sería mucho mejor asegurarme de que el arma tuviera tus huellas. Estaba bastante seguro de que ya las tenía..., pero me pareció más conveniente estar completamente seguro. ¿Vas entendiendo?

La chica dijo en voz baja:

—¿Vas a entregarme?

Él estaba de espaldas a mí. Ropa oscura. Sombrero de fieltro muy calado. De modo que no podía verle la cara. Pero era como si pudiera ver la sonrisa malévola con la que dijo:

—Sí, ángel, voy a entregarte.

—Ya veo —dijo ella, mirándole a los ojos. Una solemne dignidad había aparecido de pronto en su superexagerado rostro de corista.

—Te voy a entregar, ángel —dijo él lentamente, espaciando las palabras como si estuviera disfrutando con su actuación—. Habrá quien sienta lástima por mí y habrá quien se ría de mí. Pero eso no le hará ningún daño a mi negocio. Ni el más mínimo daño. Eso es lo bueno de un negocio como el mío. Un poco de notoriedad no le vendrá nada mal.

—Así que ahora sólo tengo para ti un valor publicitario —dijo ella—. Aparte, claro, de que corrías el peligro de que sospecharan de ti.

—Precisamente —dijo él—. Precisamente.

—¿Y cuál ha sido mi móvil? —preguntó ella, todavía tranquila, todavía mirándole a los ojos, y tan solemnemente despreciativa que él no captó en absoluto su expresión.

—No lo sé —dijo él—. Ni me importa. Algún manejo te traías con él. Eddie te siguió por la ciudad, hasta una calle de Bunker Hill donde te encontraste con un tipo rubio con traje marrón. Eddie te dejó a ti y siguió al tipo hasta una casa de apartamentos cerca de aquí. Intentó seguirle un poco más, pero le dio la impresión de que el tío le había visto y tuvo que dejarlo. No sé de qué iba el asunto, pero sí que sé una cosa: en esa casa de apartamentos mataron ayer a un joven llamado Phillips. ¿Tú no sabrás nada de eso, cariño mío?

—No sé nada de nada —dijo la rubia—. No conozco a nadie que se llame Phillips y, por extraño que parezca, no voy por ahí matando gente por pura diversión de chiquilla.

—Pero sí que mataste a Vannier, querida —dijo Morny, casi con suavidad.

—Ah, sí —dijo ella con voz arrastrada—. Naturalmente. Nos estábamos preguntando cuál habría sido mi móvil. ¿Se te ha ocurrido ya?

—Eso arréglalo tú con los polis —cortó él—. Di que fue una pelea de enamorados. Di lo que te parezca.

—A lo mejor —dijo ella— fue porque cuando se emborrachaba se parecía un poco a ti. Puede que fuera ése el motivo.

Él dijo «Ah» y se le cortó el aliento.

—Era más guapo —dijo ella—, más joven, con menos barriga. Pero con la misma expresión agilipollada de autosatisfacción.

—Ah —dijo Morny, y estaba sufriendo.

—¿Servirá eso? —le preguntó ella con suavidad.

Él dio un paso adelante y lanzó un puño. Le pegó en un lado de la cara y la chica cayó y quedó sentada en el suelo, con una larga pierna estirada hacia delante, una mano en la mandíbula y los ojos azulísimos alzados hacia él.

—A lo mejor no debías haber hecho esto —dijo—. A lo mejor ahora ya no quiero entrar en el juego.

—Entrarás en el juego, ya lo creo que sí. No vas a tener elección. Saldrás de ésta con facilidad. Dios, bien lo sé yo. Con lo guapa que eres. Pero entrarás en el juego, ángel. Tus huellas dactilares están en ese revólver.

Ella se puso en pie despacio, todavía con la mano en la mandíbula.

Y entonces sonrió.

—Sabía que estaba muerto —dijo—. La llave de la puerta es la mía. Estoy dispuesta a ir a la policía y decir que yo lo maté. Pero no me vuelvas a poner la zarpa encima... si quieres que cuente el cuento. Sí, estoy dispuesta a ir a los polis. Me sentiré mucho más segura con ellos que contigo.

Morny se volvió y pude ver la dura mueca blanca de su cara y el hoyuelo de la cicatriz en la mejilla, que estaba temblando. Pasó ante la abertura de las cortinas. La puerta principal se abrió de nuevo. La rubia se quedó quieta un momento, miró por encima del hombro al cadáver, se encogió ligeramente de hombros y salió de mi línea de visión.

La puerta se cerró. Pasos en el sendero. Después, puertas de coche abriéndose y cerrándose. El motor ronroneó y el coche se alejó.

31

Al cabo de un buen rato, salí de mi escondite y eché otra ojeada por el cuarto de estar. Me acerqué a recoger el revólver, lo limpié con mucho cuidado y lo volví a dejar. Recogí las tres colillas manchadas de carmín que había en el cenicero de la mesa, las llevé al cuarto de baño, las eché en el inodoro y tiré de la cadena. Después busqué por todas partes el segundo vaso con las huellas de la chica. No había segundo vaso. El que estaba medio lleno de bebida pasada lo llevé a la cocina, lo enjuagué y lo sequé con un paño.

Ahora venía la parte desagradable. Me arrodillé sobre la alfombra junto a su butaca, recogí el revólver y le agarré la mano que colgaba rígida como un hueso. Las huellas no quedarían bien, pero serían unas huellas, y no las de Lois Morny. El revólver tenía cachas de goma cuadriculada, con un trozo roto en el lado derecho, por debajo del tornillo. Nada de huellas por ahí. Una huella del índice en el lado derecho del cañón, dos dedos en la guarda del gatillo, una huella de pulgar en la pieza plana del lado izquierdo, detrás de las cámaras. Con eso bastaba.

Eché una ojeada más por el cuarto de estar.

Bajé la intensidad de la lámpara. Seguía dando demasiada luz sobre el rostro amarillo del muerto. Abrí la puerta principal, saqué la llave, la limpié y la volví a meter en la cerradura. Cerré la puerta, limpié el picaporte y me marché por mi camino, calle abajo hasta el Mercury.

Regresé a Hollywood, cerré el coche con llave y eché a andar por la acera, pasando junto a otros coches aparcados, hasta la entrada del Bristol.

Un áspero susurro me habló desde la oscuridad, desde un coche. Dijo mi nombre. El largo e inexpresivo rostro de Eddie Prue flotaba cerca del techo de un pequeño Packard, detrás del volante. Estaba solo. Me apoyé en la puerta del coche y le miré.

—¿Cómo te va, polizonte?

Rasqué una cerilla y le eché el humo a la cara. Después dije:

—¿A quién se le cayó esa factura de materiales de dentista que me diste anoche? ¿A Vannier o a algún otro?

—A Vannier.

—¿Y qué se suponía que tenía que hacer yo con eso? ¿Adivinar la biografía de un tal Teager?

—No me caen bien los tontos —dijo Eddie Prue.

—¿Por qué iba a caérsele del bolsillo? —dije yo—. Y si se le cayó, ¿por qué no se la devolviste? En otras palabras, en vista de que soy un tonto, explícame por qué una factura de materiales de dentista le pone a uno tan excitado que le hace querer contratar detectives privados. Sobre todo a un caballero como Alex Morny, al que no le gustan los detectives privados.

—Morny tiene buena cabeza —dijo Eddie Prue fríamente.

—Pero si es el tío para el que se inventó la frase «tan ignorante como un actor».

—Deja ya eso. ¿Es que no sabes para qué sirve ese material de dentista?

—Sí, lo he averiguado. El albastone se usa para hacer moldes de dientes y cavidades. Es muy duro, de grano muy fino y permite reproducir todos los detalles. La otra sustancia, la cristobolita, se utiliza para fundir la cera de los moldes inversos. Se usa porque aguanta mucho calor sin deformarse. Dime que no sabes de qué estoy hablando.

—Supongo que también sabes cómo hacer buenos empastes —dijo Eddie Prue—. Seguro que lo sabes, ¿a que sí?

—Hoy me he pasado dos horas aprendiendo. Soy un experto. ¿De qué me sirve eso?

Se quedó callado un ratito y después dijo:

—¿Alguna vez lees los periódicos?

—De vez en cuando.

—Naturalmente, no habrás leído que se han cepillado a un viejo llamado Morningstar en el Edificio Belfont de la calle Nueve, justo dos pisos más arriba de donde este H. R. Teager tenía su oficina. ¿No habrás leído eso por casualidad?

No le respondí. Me miró un ratito más y después echó la mano hacia delante y apretó el botón de arranque. El motor del coche se puso en marcha y él empezó a soltar el embrague.

—Nadie podría ser tan tonto como tú finges ser —dijo suavemente—. No hay nadie tan tonto. Buenas noches.

El coche se apartó de la acera y se alejó cuesta abajo, en dirección a Franklin. Yo sonreía hacia la distancia mientras se perdía de vista.

Subí a mi piso, metí la llave en la cerradura, abrí la puerta unos centímetros y después llamé con unos golpecitos. Hubo movimiento en la habitación. La puerta se abrió de un tirón, dado por una chica con pinta de fuerte y una banda negra en el gorro de su uniforme de enfermera.

—Soy Marlowe. Vivo aquí.

—Pase, señor Marlowe. El doctor Moss me lo ha dicho.

Cerré la puerta sin hacer ruido y hablamos en voz baja.

—¿Cómo está? —pregunté.

—Está dormida. Ya estaba atontada cuando yo llegué. Soy la señorita Lymington. No sé mucho de ella, aparte de que su temperatura es normal y su pulso sigue bastante rápido, aunque va bajando. Un trastorno mental, supongo.

—Encontró un hombre asesinado —dije—. Eso la ha dejado hecha polvo. ¿Está lo bastante dormida como para que yo pueda entrar y coger unas cosas para llevarme al hotel?

—Sí, si no hace ruido. No creo que se despierte. Y si se despierta, no importa.

Fui hasta el escritorio y dejé algo de dinero encima.

—Aquí hay café, tocino, huevos, pan, zumo de tomate, naranjas y alcohol —dije—. Si quiere alguna otra cosa, tendrá que pedirla por teléfono.

—Ya he investigado sus provisiones —dijo sonriendo—. Tenemos aquí todo lo necesario hasta después del desayuno de mañana. ¿Se va a quedar ella aquí?

—Eso depende del doctor Moss. Yo creo que se irá a su casa en cuanto esté en condiciones. Es que la casa queda un poco lejos, en Wichita.

—Yo no soy más que una enfermera —dijo ella—, pero no creo que le pase nada que no se cure con una buena noche de sueño.

—Una buena noche de sueño y un cambio de compañía —dije yo, pero aquello no significaba nada para la señorita Lymington.

Avancé por el pasillo y eché un vistazo al interior de la alcoba. Le habían puesto uno de mis pijamas. Estaba tumbada casi de espaldas, con un brazo por fuera de las sábanas. La manga de la chaqueta del pijama estaba subida quince centímetros o más. La manita que había más allá del final de la manga formaba un puño apretado. La cara parecía exhausta, pálida y bastante apacible. Hurgué en el armario, saqué una maleta y metí unas cuantas cosas en ella. Cuando me disponía a salir, miré otra vez a Merle. Sus ojos se abrieron y miraron directamente al techo. Después se movieron lo justo para verme, y una débil sonrisa estiró las comisuras de sus labios.

—Hola.

Era una vocecita débil y agotada, una voz que sabía que su propietaria estaba en la cama y tenía una enfermera y todo lo demás.

—Hola.

Me acerqué a ella y me quedé mirándola desde lo alto, con mi sonrisa educada en mis bien perfiladas facciones.

—Estoy bien —susurró—. Estoy bien, ¿verdad?

—Pues claro.

—¿Es ésta su cama?

—No tenga miedo, no le va a morder.

—No tengo miedo —dijo. Una mano se deslizó hacia mí y se quedó con la palma hacia arriba, esperando que la cogieran. Se la cogí—. No tengo miedo de usted. Ninguna mujer tendría miedo de usted, ¿a que no?

—Viniendo de usted —dije—, supongo que eso pretende ser un cumplido.

Sus ojos sonrieron y después volvieron a ponerse serios.

—Le mentí —dijo con suavidad—. Yo... yo no he matado a nadie.

—Ya lo sé. He estado allí. Olvídelo. No piense en eso.

—La gente siempre te dice que olvides las cosas desagradables. Pero nunca las olvidas. Me parece una tontería que te digan eso, de verdad.

—De acuerdo —dije, fingiendo estar ofendido—. Soy tonto. ¿Qué tal si dormimos un poco más?

Volvió la cabeza hasta poder mirarme a los ojos. Me senté en el borde de la cama, cogiéndole la mano.

—¿Va a venir la policía? —preguntó.

—No. Pero procure que eso no la desilusione.

Frunció el ceño.

—Debe usted pensar que soy tonta de remate.

—Bueno..., tal vez.

Un par de lágrimas se formó en sus ojos, se deslizó por las esquinas y resbaló suavemente por sus mejillas.

—¿Sabe la señora Murdock dónde estoy?

—Todavía no. Voy a ir a decírselo.

—¿Tendrá usted que contárselo... todo?

—Sí. ¿Por qué no?

Volvió la cabeza hacia el otro lado.

—Lo entenderá —dijo—. Ella sabe eso tan horrible que hice hace ocho años. Aquella cosa tan espantosa.

—Claro —dije yo—. Por eso le ha estado pagando a Vannier durante todo este tiempo.

—Ay, Dios mío —dijo, sacando la otra mano de debajo de la sábana y retirando la que yo tenía cogida para poder juntarlas y apretárselas—. Ojalá no se hubiera enterado usted de eso. Ojalá no lo supiera. Nadie lo ha sabido nunca, aparte de la señora Murdock. Mis padres no se enteraron. Ojalá no lo supiera usted.

La enfermera apareció en la puerta y me miró con severidad.

—No creo que a ella le venga bien estar hablando de este modo, señor Marlowe. Creo que debería usted marcharse.

—Mire, señorita Lymington, hace dos días que conozco a esta chiquilla. Usted sólo la conoce desde hace dos horas. Esto le está haciendo mucho bien.

—Podría provocarle otro..., esto..., espasmo —dijo, evitando concienzudamente mi mirada.

—Bueno, pues si le va a dar, ¿no es mejor que le dé ahora, estando usted aquí, y se libre de una vez de eso? Ande, vaya a la cocina e invítese a una copa.

—Nunca bebo estando de servicio —dijo fríamente—. Además, alguien podría olerme el aliento.

—Ahora está trabajando para mí. Todos mis empleados están obligados a tomar una dosis de alcohol de vez en cuando. Además, si cena usted bien y se toma un par de Chasers de las que hay en el armarito de la cocina, nadie le podría oler el aliento.

Me dirigió una sonrisa rápida y salió de la habitación. Merle había escuchado todo esto como si se tratara de una interrupción frívola en una función muy seria. Bastante molesta.

—Quiero contárselo todo —dijo sin aliento—. Yo...

Estiré el brazo y planté una zarpa sobre sus manitas entrelazadas.

—No se moleste. Ya lo sé. Marlowe lo sabe todo... excepto cómo ganarse la vida aceptablemente. Que no es poco. Ahora va usted a volverse a dormir, y mañana la llevaré de vuelta a Wichita, a visitar a sus padres. Paga la señora Murdock.

—Caramba, que detalle tan maravilloso ha tenido —exclamó, con los ojos bien abiertos y relucientes—. Aunque siempre se ha portado maravillosamente conmigo.

Me levanté de la cama.

—Es una mujer maravillosa —dije, sonriéndole desde las alturas—. Maravillosa. Ahora voy a ir allá y vamos a tener una conversación absolutamente maravillosa mientras tomamos el té. Y si usted no se duerme ahora mismo, no le permitiré que confiese más asesinatos.

—Es usted odioso —dijo—. No me gusta.

Volvió la cabeza hacia el otro lado, metió los brazos bajo la sábana y cerró los ojos.

Me dirigí a la puerta. Al llegar, me volví y eché una mirada rápida. Había abierto un ojo y me estaba mirando. Sonreí maliciosamente y el ojo se cerró a toda prisa.

Volví al cuarto de estar, le di a la señorita Lymington lo que quedaba de mi sonrisa maliciosa y me marché con mi maleta.

Conduje hasta el bulevar Santa Mónica. La tienda de empeños todavía estaba abierta. El viejo judío con el gorrito negro pareció sorprendido de que yo estuviera en condiciones de rescatar mi prenda tan pronto. Le dije que así eran las cosas en Hollywood.

Sacó el sobre de la caja fuerte, lo rasgó, cogió mi dinero y el resguardo, e hizo caer la brillante moneda de oro en la palma de su mano.

—Es tan valiosa que me revienta devolvérsela —dijo—. El acabado, ya me entiende, el acabado es tan hermoso...

—Y el oro que lleva debe de valer por lo menos veinte dólares —dije yo.

Se encogió de hombros y yo me guardé la moneda en el bolsillo y le deseé buenas noches.

32

La luz de la luna se extendía como una sábana blanca por el césped del jardín, excepto por debajo del cedro de la India, donde había una oscuridad espesa como el terciopelo negro. Había luces encendidas en dos de las ventanas de la planta baja y en una de las del piso de arriba que se veían por delante. Recorrí el sendero de piedras y llamé al timbre.

No miré al negrito pintado con su bloque para atar los caballos. Esa noche no le palmeé la cabeza. La broma parecía haber perdido la gracia.

Una mujer de pelo blanco y rostro colorado que yo no había visto hasta entonces abrió la puerta, y yo dije:

—Soy Philip Marlowe. Me gustaría ver a la señora Murdock. La señora Elizabeth Murdock.

Pareció dudar.

—Creo que se ha acostado ya —dijo—. No creo que pueda usted verla.

—Son sólo las nueve.

—La señora Murdock se acuesta temprano —empezó a cerrar la puerta.

Era una viejecita agradable y no quise darle un empujón a la puerta. Me limité a apoyarme en ella.

—Es acerca de la señorita Davis —dije—. Es importante. ¿Puede decirle eso?

—Voy a ver.

Di un paso atrás y dejé que cerrara la puerta.

Un sinsonte cantó en un árbol cercano y oscuro. Un coche pasó por la calle a demasiada velocidad y patinó al doblar la siguiente esquina. Por la calle oscura llegaron los finos jirones de la risa de una muchacha, como si el coche los hubiera dispersado con su acometida.

Al cabo de un rato se abrió la puerta y la mujer dijo:

—Puede usted pasar.

La seguí a través del gran vestíbulo vacío. Una sola luz mortecina brillaba en una sola lámpara y a duras penas llegaba a la pared de enfrente. El sitio estaba demasiado inmóvil y el aire necesitaba renovarse. Recorrimos el pasillo hasta el final y subimos por unas escaleras con pasamanos tallado y poste central. Arriba, otro pasillo, y casi al fondo, una puerta abierta.

Se me invitó a pasar por la puerta abierta y la puerta se cerró detrás de mí. Era una sala grande, con mucha tapicería estampada, empapelado azul y plata, un diván, una alfombra azul y ventanales de dos hojas que daban a un balcón. Sobre el balcón había un toldo.

La señora Murdock estaba sentada en un mullido sillón de orejas, con una mesita de cartas delante. Vestía una bata acolchada y me pareció que tenía el pelo un poco alborotado. Estaba haciendo un solitario. Tenía el mazo de cartas en la mano izquierda y puso una carta sobre la mesa y cambió otra de sitio antes de alzar la mirada hacia mí.

Entonces dijo:

—¿Y bien?

Me acerqué a la mesa de cartas y miré a qué jugaba. Era un solitario Canfield.

—Merle está en mi apartamento —dije—. Le ha dado un jamacuco.

Sin levantar la mirada, ella dijo:

—¿Y se puede saber qué es un jamacuco, señor Marlowe?

Movió otra carta y después dos más, muy deprisa.

—Un vahído, como decían antes —dije—. ¿Alguna vez se ha pillado haciendo trampas?

—Si haces trampa no tiene gracia —refunfuñó—. Y aunque no las hagas, tiene muy poca. ¿Qué pasa con Merle? Nunca había faltado a casa como esta vez. Estaba empezando a preocuparme por ella.

Acerqué una butaquita y me senté al otro lado de la mesa, frente a ella. Quedé demasiado bajo. Me levanté, encontré un asiento mejor y me senté en él.

—No tiene que preocuparse por ella —dije—. Llamé a un médico y a una enfermera. Está dormida. Había ido a casa de Vannier.

Ella dejó la baraja, cruzó sus manazas grises sobre el borde de la mesa y me miró impasible.

—Señor Marlowe —dijo—, lo mejor sería que usted y yo habláramos claro. Cometí un error al llamarle, eso para empezar. Estaba muy disgustada por haber hecho el primo, como diría usted, a manos de una alimaña sin escrúpulos como Linda. Pero habría sido mucho mejor que no hubiera removido el asunto. La pérdida del doblón habría resultado mucho más soportable que usted. Aunque no lo hubiera recuperado nunca.

—Pero sí que lo recuperó.

Asintió. Sus ojos seguían fijos en mi cara.

—Sí, lo recuperé. Ya sabe usted cómo.

—No me lo creí.

—Tampoco yo —dijo ella, muy tranquila—. Simplemente, el tonto de mi hijo cargó con las culpas de Linda. Una actitud que me parece infantil.

—Tiene usted una especie de habilidad —dije— para rodearse de gente que adopta ese tipo de actitudes.

Recogió otra vez sus cartas y estiró la mano para colocar un diez negro encima de una sota roja, dos cartas que ya estaban en la mesa. Después alargó el brazo hacia un lado, hacia una mesita pesada donde estaba su oporto. Bebió un poco, dejó el vaso y me miró con dureza a los ojos.

—Me da la impresión de que se va usted a poner insolente, señor Marlowe.

Negué con la cabeza.

—Insolente no. Sólo franco. No le he hecho tan mal servicio, señora Murdock. Ha recuperado el doblón. He mantenido a la policía alejada de usted... hasta ahora. No he hecho nada de lo del divorcio, pero encontré a Linda, aunque su hijo siempre supo dónde estaba, y no creo que tenga usted ningún problema por su parte. Sabe que cometió un error al casarse con Leslie. Sin embargo, si le parece que no ha sacado suficiente por lo que pagó...

Dio un resoplido y jugó otra carta. Colocó el as de diamantes en la fila de arriba.

—Maldita sea, el as de tréboles está tapado. No voy a poder sacarlo a tiempo.

—Sáquelo de matute —dije yo— mientras no esté usted mirando.

—¿No sería mejor —dijo con mucha calma— que siguiera contándome lo de Merle? Y no se regodee demasiado si ha descubierto algún que otro secreto de familia, señor Marlowe.

—No me regodeo nada. Usted mandó a Merle a casa de Vannier esta tarde, con quinientos dólares.

—¿Y qué si lo hice?

Se sirvió un poco más de oporto y le dio sorbitos, mirándome fijamente por encima del vaso.

—¿Cuándo se los pidió él?

—Ayer. No pude sacarlos del banco hasta hoy. ¿Qué ha pasado?

—Vannier ha estado haciéndole chantaje desde hace ocho años, ¿verdad? Por algo que ocurrió el 26 de abril de 1933, ¿no?

Algo parecido al pánico se agitó en el fondo de sus ojos, pero muy al fondo, muy borrosamente, y como si llevara allí mucho tiempo y sólo se hubiera asomado un segundo para mirarme.

—Merle me contó unas cuantas cosas —dije—. Su hijo me contó cómo murió su padre. Yo he estado hoy mirando los archivos y los periódicos. Muerte accidental. Había habido un accidente en la calle, debajo de su despacho, y mucha gente se asomó a las ventanas. Él, simplemente, se asomó demasiado. Se habló un poco de suicidio, porque estaba arruinado y tenía un seguro de vida de cincuenta mil dólares a favor de la familia. Pero el juez de guardia fue muy amable y pasó eso por alto.

—¿Y bien? —dijo ella. Era una voz fría y dura, no un graznido ni un jadeo. Una voz fría y dura, totalmente controlada.

—Merle era la secretaria de Horace Bright. Una chiquilla un poco rara, demasiado tímida, nada sofisticada, con mentalidad infantil, muy dada a dramatizar sus cosas, con ideas muy anticuadas acerca de los hombres, y todas esas cosas. Me imagino que un día él se sintió eufórico y quiso aprovecharse de ella, y le dio a la chica un susto de los gordos.

—¿Sí? —Otro monosílabo frío y duro, pinchándome como el cañón de un arma.

—Ella empezó a rumiarlo y le entró una pequeña tendencia asesina. Se le presentó la oportunidad y le devolvió la atención. Cuando él estaba asomado a una ventana. ¿Le dice algo esto?

—Hable claro, señor Marlowe. Puedo soportar que me hablen claro.

—Válgame Dios, ¿lo quiere más claro? Ella empujó a su jefe por la ventana. En dos palabras: lo asesinó. Y se salió de rositas. Con ayuda de usted.

Bajó la mirada hacia su mano izquierda, crispada sobre las cartas. Asintió. La barbilla se movió apenas dos centímetros, abajo y arriba.

—¿Tenía Vannier alguna prueba? —pregunté—. ¿O simplemente vio por casualidad lo que pasó y empezó a pedir, y usted le pagó un poco ahora y otro poco después para evitar el escándalo... y porque apreciaba usted a Merle?

Jugó otra carta antes de responderme. Firme como una roca.

—Hablaba de una fotografía —dijo—, pero nunca le creí. Es imposible que hubiera sacado una foto. Y si la hubiera sacado, me la habría enseñado... tarde o temprano.

—No —dije—. Yo no lo creo. Habría sido una foto muy de chiripa, aunque hubiera tenido la cámara en la mano a causa de lo que estaba pasando abajo, en la calle. Pero entiendo que no se atreviera a enseñársela. En ciertos aspectos, es usted una mujer muy dura. Es posible que él tuviera miedo de que usted ordenara que se encargaran de él. Quiero decir que así es como lo vería él, un buscavidas. ¿Cuánto le ha pagado?

—Eso no le... —empezó a decir, pero se interrumpió y encogió sus grandes hombros. Una mujer poderosa, fuerte, ruda, implacable y buena encajadora. Se lo pensó—. Once mil cien dólares, sin contar los quinientos que le envié esta tarde.

—Ah, pues fue realmente amable por su parte, señora Murdock, teniendo en cuenta cómo fue el asunto.

Movió una mano en un gesto vago y se encogió otra vez de hombros.

—La culpa fue de mi marido —dijo—. Era un borracho y un miserable. No creo que le hiciera ningún daño a la chica, pero, como usted dice, le dio un susto que la sacó de sus cabales. Yo... no puedo echarle la culpa a ella. Bastante se ha culpado ella misma todos estos años.

—¿Tenía ella que llevarle en persona el dinero a Vannier?

—Ése era su concepto de la penitencia. Una extraña penitencia.

Asentí.

—Supongo que será propio de su carácter. Después, usted se casó con Jasper Murdock, mantuvo a Merle a su lado y se ocupó de ella. ¿Alguien más lo sabe?

—Nadie. Sólo Vannier. Seguro que él no se lo ha dicho a nadie.

—No, no me parece probable. Bueno, todo ha terminado. Vannier ya no existe.

Alzó los ojos despacio y me dirigió una larga mirada de poder a poder. Su cabeza gris era una roca en lo alto de una montaña. Dejó las cartas por fin y cruzó las manos, muy apretadas, sobre el borde de la mesa. Los nudillos se le pusieron relucientes.

Yo dije:

—Merle vino a mi apartamento cuando yo estaba fuera. Le pidió al conserje que la dejara entrar. Él me telefoneó y yo dije que sí. Fui a toda prisa. Me dijo que había matado a Vannier.

Su respiración era un leve y rápido susurro en la quietud de la habitación.

—Tenía una pistola en el bolso. Sabe Dios por qué. Supongo que con idea de protegerse de los hombres. Pero alguien, yo diría que Leslie, la había inutilizado encajando un casquillo de otro calibre en la recámara. Me dijo que había matado a Vannier y se desmayó. Llamé a un médico amigo mío y fui a casa de Vannier. Había una llave en la puerta. Estaba muerto en una butaca, muerto desde hacía mucho tiempo, frío, rígido. Muerto desde mucho antes de que llegara Merle. Ella no le mató. Me lo dijo sólo porque le gusta hacer teatro. El médico lo explicó de cierta manera, pero no voy a aburrirla con eso. Seguro que usted lo entiende perfectamente.

—Sí —dijo—. Creo que lo entiendo. ¿Y ahora?

—Está en la cama, en mi apartamento. Hay una enfermera con ella. He llamado por teléfono al padre de Merle. Quiere que vuelva a casa. ¿A usted le parece bien?

Se limitó a seguir mirándome.

—Él no sabe nada —dije rápidamente—. Ni de esto ni de la otra vez. Estoy seguro. Sólo quiere que ella vuelva a casa. He pensado llevarla yo. Parece que ahora es responsabilidad mía. Voy a necesitar esos últimos quinientos dólares que Vannier no cobró... para los gastos.

—¿Y cuánto más? —preguntó ella bruscamente.

—No diga eso. Sabe que no está bien.

—¿Quién mató a Vannier?

—Parece que se suicidó. Un revólver en la mano derecha. Herida de contacto en la sien. Morny y su mujer estuvieron allí cuando estaba yo. Me escondí. Morny está intentando cargarle el muerto a su mujer. Ella estaba tonteando con Vannier. Así que es probable que ella piense que lo hizo él, o que lo mandó hacer. Pero tiene toda la pinta de un suicidio. La poli ya debe de estar allí. No sé a qué conclusión llegarán. Tendremos que quedarnos sentaditos y esperar.

—Los hombres como Vannier —dijo ella en tono sombrío— no se suicidan.

—Eso es como decir que las chicas como Merle no empujan a la gente por las ventanas. No significa nada.

Nos miramos el uno al otro con aquella hostilidad interior que había existido desde el primer instante. Al cabo de un momento, eché hacia atrás mi butaca y me acerqué al ventanal. Abrí la persiana y salí al porche. La noche lo envolvía todo, suave y silenciosa. La blanca luz de la luna era fría y transparente, como la justicia con la que soñamos pero nunca encontramos.

Los árboles de abajo proyectaban oscuras sombras a la luz de la luna. En medio del jardín había una especie de jardín dentro de un jardín. Percibí el brillo de un estanque ornamental. Junto a él, un columpio en el césped. En el columpio había alguien sentado y pude ver brillar la punta de un cigarrillo.

Volví a entrar en la habitación. La señora Murdock estaba otra vez con el solitario. Me acerqué a la mesa y miré.

—Ha sacado el as de tréboles —dije.

—He hecho trampa —dijo ella sin levantar la mirada.

—Hay una cosa que quería preguntarle —dije—. Ese asunto del doblón sigue estando un poco turbio, con ese par de asesinatos que no parecen tener sentido ahora que le han devuelto a usted la moneda. Me preguntaba si habría algo en el Brasher de Murdock que pudiera servir para que lo identificara un experto..., alguien como el viejo Morningstar.

Se lo pensó, completamente inmóvil, sin alzar la mirada.

—Sí. Podría ser. Las iniciales del fabricante, E. B., están en el ala izquierda del águila. Me han dicho que normalmente están en el ala derecha. Es lo único que se me ocurre.

—Creo que con eso bastaría —dije yo—. ¿Es verdad que le devolvieron la moneda? Quiero decir, ¿no lo dijo sólo para que yo dejara de husmear?

Alzó la vista rápidamente y la volvió a bajar.

—En estos momentos está en la caja fuerte. Si puede usted encontrar a mi hijo, él se la enseñará.

—Bien, pues le deseo buenas noches. Por favor, haga que le preparen el equipaje a Merle y me lo envíen a mi apartamento por la mañana.

Su cabeza saltó de nuevo hacia arriba, con los ojos relampagueantes.

—Se da usted muchos humos en este asunto, joven.

—Que lo preparen —dije—. Y que me lo envíen. Ya no necesita a Merle... ahora que Vannier ha muerto.

Nuestras miradas chocaron con fuerza y permanecieron enzarzadas durante un largo momento. Una extraña sonrisa rígida movió las comisuras de sus labios. Después, su cabeza descendió y su mano derecha cogió la carta de encima del mazo que sostenía en la mano izquierda, le dio la vuelta y sus ojos la miraron y ella la añadió al montón de cartas sin jugar que había bajo las cartas desplegadas, y después sacó la siguiente carta tranquilamente, con calma, con una mano tan firme como un pilar de piedra ante una brisa suave.

Crucé la habitación y salí, cerré la puerta con suavidad, recorrí el pasillo, bajé las escaleras, anduve por el pasillo de la planta baja pasando por el solario y el despachito de Merle, y desemboqué en el triste, abarrotado y desaprovechado cuarto de estar, que sólo de estar en él me hacía sentir como un cadáver embalsamado.

Las puertas con vidriera del fondo se abrieron, y Leslie Murdock entró y se quedó parado, mirándome.

33

Su traje flojo estaba desordenado, lo mismo que su pelo. Su bigotito rojizo impresionaba tan poco como de costumbre. Las sombras bajo los ojos parecían pozos.

Llevaba su larga boquilla negra vacía y se daba golpecitos con ella en la palma de la mano izquierda mientras se quedaba plantado ante mí, sin que yo le gustara, sin querer encontrarse conmigo, sin querer hablar conmigo.

—Buenas noches —dijo con rigidez—. ¿Ya se marcha?

—Todavía no. Quiero hablar con usted.

—No creo que tengamos nada de que hablar. Y estoy cansado de hablar.

—Sí, sí que tenemos. De un hombre llamado Vannier.

—¿Vannier? Apenas le conozco. Lo he visto por ahí. Y lo que sé de él no me gusta.

—Le conoce un poco mejor de lo que dice —dije yo.

Avanzó hacia el interior de la habitación, se sentó en uno de los sillones marca «¿A que no te atreves a sentarte aquí?» y se inclinó hacia delante para apoyar la barbilla en la mano derecha y mirar al suelo.

—Está bien —dijo en tono cansado—. Adelante. Me da la sensación de que va usted a estar deslumbrante. Un implacable chorro de lógica e intuición y todas esas paparruchas. Como un detective de novela.

—Pues claro. Considerar las evidencias una a una, integrarlas todas en un patrón coherente, añadir algún que otro detalle que me saco de la manga por aquí y por allá, analizar los motivos y los personajes y presentarlos de un modo totalmente diferente de lo que todo el mundo, incluido yo mismo, pensaba que eran hasta este momento mágico... y por último lanzarme en picado, como quien no quiere la cosa, sobre el sospechoso menos prometedor.

Levantó la mirada y a punto estuvo de sonreír.

—El cual, en ese momento, se pone pálido como un papel, echa espuma por la boca y se saca una pistola de la oreja derecha.

Me senté cerca de él y saqué un cigarrillo.

—Eso es. Tenemos que jugar a eso algún día. ¿Tiene usted pistola?

—No la llevo encima. Pero tengo una, ya lo sabe.

—¿La llevaba encima anoche, cuando fue a ver a Vannier?

Se encogió de hombros y enseñó los dientes.

—Ah, ¿o sea que anoche fui a ver a Vannier?

—Yo creo que sí. Deducción. Usted fuma cigarrillos Benson & Hedges, de Virginia. Dejan una ceniza muy sólida que conserva la forma. En casa de Vannier había un cenicero con rollos grises de ésos en cantidad suficiente para haber salido de dos cigarrillos, por lo menos. Pero en el cenicero no había colillas. Porque usted fuma en boquilla, y una colilla que ha estado en una boquilla tiene un aspecto diferente. Así que retiró las colillas. ¿Le gusta?

—No. —Su voz era tranquila. Volvió a mirar al suelo.

—Esto es un ejemplo de deducción. Un ejemplo malo. Porque podría no haber habido colillas. Y si las hubiera habido y las hubieran quitado, podría haber sido porque tenían manchas de lápiz de labios. De un cierto tono que al menos indicaría la coloración de la fumadora. Y su mujer tiene la curiosa costumbre de tirar las colillas a la papelera.

—A Linda no la meta en esto —dijo fríamente.

—Su madre sigue pensando que Linda se llevó el doblón y que la historia de que usted se lo llevó a Alex Morny no era más que un cuento para protegerla.

—Le digo que no meta a Linda en esto. —El golpeteo de la boquilla negra contra sus dientes tenía un sonido agudo y rápido, como el de una señal telegráfica.

—Estoy dispuesto a complacerle —dije—. Pero yo no me creí su historia por una razón diferente. Ésta.

Saqué el doblón y se lo planté debajo de las narices.

—Esta mañana, mientras usted contaba su historia, esto estaba empeñado en el bulevar Santa Mónica para tenerlo guardado en lugar seguro. Me lo envió un detective de pacotilla llamado George Phillips. Un tipo más bien simple, que se dejó meter en un mal lío por falta de juicio y excesivas ganas de trabajar. Un tipo rubio y macizo con traje marrón, gafas oscuras y un sombrero bastante amariconado. Que conducía un Pontiac color arena casi nuevo. Es posible que usted lo haya visto rondando por el pasillo de fuera de mi oficina, ayer por la mañana. Había estado siguiéndome, y antes es posible que le hubiera seguido a usted.

Pareció auténticamente sorprendido.

—¿Para qué iba a seguirme a mí?

Encendí mi cigarrillo y dejé caer la cerilla en un cenicero de jade que daba la impresión de no haberse utilizado jamás como cenicero.

—He dicho que es posible. No estoy seguro de que lo hiciera. Puede que sólo estuviera vigilando esta casa. Aquí fue donde se me enganchó, y no creo que me hubiera seguido hasta aquí. —Todavía tenía la moneda en la mano. Bajé la vista hacia ella, le di la vuelta lanzándola al aire, miré las iniciales E. B. estampadas en el ala izquierda y me la guardé—. Es posible que estuviera vigilando la casa porque le habían contratado para venderle una moneda rara a un viejo numismático llamado Morningstar. Y de alguna manera, el viejo numismático sospechó de dónde venía la moneda y se lo dijo a Phillips, o se lo insinuó, y también que la moneda era robada. Dicho sea de paso, en eso se equivocaba. Si es cierto que su doblón Brasher está en este momento en el piso de arriba, entonces la moneda que Phillips estaba contratado para vender no era una moneda robada. Era una falsificación.

Sus hombros dieron una pequeña sacudida rápida, como si hubiera cogido frío. Aparte de eso, no se movió ni cambió de postura.

—Me temo que, después de todo, ésta va a ser una de esas historias largas

—dije con bastante suavidad—. Lo siento. Más vale que la organice un poco mejor. No es una historia bonita, porque incluye dos asesinatos, puede que tres. Un hombre llamado Vannier y un hombre llamado Teager tuvieron una idea. Teager es un técnico dental del edificio Belfont, el edificio del viejo Morningstar. La idea consistía en falsificar una moneda de oro rara y valiosa, no tan rara como para no poderse comercializar, pero sí lo bastante rara como para valer un montón de dinero. El método que se les ocurrió fue el que utilizan los protésicos dentales para hacer una pieza de oro. Se necesitan los mismos materiales, los mismos aparatos, la misma técnica. A saber: reproducir exactamente un modelo, en oro, haciendo una matriz con un cemento blanco, fino y duro llamado albastone, y después hacer una réplica del modelo de esa matriz en cera de moldear, completa hasta el último detalle; después, invertir la cera, como ellos dicen, en otro tipo de cemento llamado cristobolita, que tiene la propiedad de resistir altas temperaturas sin deformarse. Se deja en la cera una pequeña abertura al exterior, metiendo un alfiler de acero que se retira cuando el cemento fragua. Después se calienta a la llama el molde de cristobolita hasta que la cera se derrite y sale por el agujerito, dejando un molde hueco del modelo original. Éste se acopla a un crisol dentro de una centrifugadora, y la fuerza centrífuga inyecta en él oro fundido del crisol. Entonces se coloca la cristobolita, todavía caliente, bajo un chorro de agua fría, y se desintegra, dejando el núcleo de oro con una puntita de oro que correspondía al agujerito. Se recorta la punta, se limpia la pieza con ácido, se pule, y tenemos, en este caso, un doblón Brasher nuevecito, hecho de oro macizo y exactamente igual que el original. ¿Se hace una idea?

Asintió y se pasó una mano por la cabeza con gesto de cansancio.

—La habilidad necesaria para hacer esto —continué— es justo la que tendría un protésico dental. El proceso no valdría la pena para una moneda actual, si ahora tuviéramos monedas de oro, porque el material y la mano de obra costarían más de lo que vale la moneda. Pero en el caso de una moneda de oro que es valiosa por ser rara, resultaría muy adecuado. Y eso es lo que hicieron. Pero necesitaban un modelo. Y ahí es donde entra usted. Usted se llevó el doblón, sí señor, pero no para dárselo a Morny. Se lo llevó para dárselo a Vannier. ¿Verdad que sí?

Se quedó mirando al suelo y no dijo nada.

—Vamos, admítalo —dije—. Dadas las circunstancias, no es tan terrible. Supongo que él le prometió dinero, porque usted lo necesitaba para pagar sus deudas de juego y su madre es muy agarrada. Pero le tenía pillado a usted por algo más fuerte.

Entonces alzó rápidamente la mirada, con la cara muy blanca y una especie de horror en los ojos.

—¿Cómo sabe usted eso? —preguntó casi en un susurro.

—Lo averigüé. Un poco que me contaron, otro poco que investigué y algo que me figuré. Ya llegaremos a esa parte. Ahora Vannier y su socio han hecho un doblón y quieren someterlo a prueba. Quieren saber si su mercancía puede pasar la inspección de un hombre que se supone que entiende de monedas raras. Así que a Vannier se le ocurre la idea de contratar a un primo para que intente venderle la falsificación al viejo Morningstar, a un precio lo bastante barato como para que el viejo piense que es robada. Eligen a George Phillips para el papel de primo, por un anuncio tonto que había publicado en los periódicos para conseguir trabajo. Yo creo que Lois Morny fue el contacto de Vannier con Phillips, al menos al principio. Pero no creo que estuviera en el ajo. La vieron dándole a Phillips un paquetito. Seguro que dicho paquetito contenía el doblón que Phillips tenía que intentar vender. Pero cuando se lo enseñó al viejo Morningstar surgió un problema. El viejo era un entendido en colecciones y monedas raras. Seguramente creyó que la moneda era auténtica, porque habría que haberla sometido a muchas pruebas para demostrar que no lo era, pero la manera en que estaban estampadas las iniciales del fabricante no era la habitual, y eso le hizo pensar que la moneda podría ser el Brasher de Murdock. Llamó aquí para intentar averiguarlo. Eso despertó los recelos de su madre, que descubrió que la moneda no estaba en su sitio y sospechó de Linda, a la que odia, y me contrató a mí para recuperarla y presionar a Linda para que aceptara un divorcio sin pensión.

—Yo no quiero divorciarme —dijo Murdock acaloradamente—. Jamás se me ha pasado por la cabeza. Ella no tenía derecho... —Se interrumpió e hizo un gesto de desesperación y un sonido que parecía un sollozo.

—Vale, eso ya lo sé. Pues bien, el viejo Morningstar le metió miedo a Phillips, que no era un granuja sino un simple tonto. Consiguió sacarle su número de teléfono. Yo oí al viejo llamar a ese número, escuchando a escondidas en su oficina cuando él creía que me había marchado. Yo acababa de ofrecerle recomprar el doblón por mil dólares, y Morningstar había aceptado la oferta, pensando que podía comprarle la moneda a Phillips, sacarse algo de dinero y todos tan contentos. Mientras tanto, Phillips estaba vigilando esta casa, puede que para ver si había policías yendo y viniendo. Me vio a mí, vio mi coche, leyó mi nombre en la licencia y resultó que sabía quién era yo.

»Me siguió de un lado a otro, intentando decidir si pedirme ayuda, hasta que yo lo abordé en un hotel del centro, y entonces empezó a largar que me conocía de un caso en Ventura, cuando él era ayudante del sheriff, que estaba metido en un asunto que no le gustaba y que le iba siguiendo un tipo alto con un ojo raro. Se trataba de Eddie Prue, el gorila de Morny. Morny sabía que su mujer estaba tonteando con Vannier y la había hecho seguir. Prue la vio establecer contacto con Phillips cerca de donde éste vivía, en la calle Court de Bunker Hill, y después siguió a Phillips hasta que le pareció que Phillips le había visto, que sí que le había visto. Y Prue, o alguien que trabajaba para Morny, debió de verme ir al apartamento de Phillips en la calle Court, porque intentó meterme miedo por teléfono y después me pidió que fuera a ver a Morny.

Me deshice de la colilla de mi cigarrillo en el cenicero de jade, miré el rostro sombrío y triste del hombre que estaba sentado frente a mí, y seguí machacando. Me estaba poniendo algo pesado y el sonido de mi voz empezaba a hartarme.

—Ahora llegamos a usted. Cuando Merle le dijo que su madre había contratado a un detective, el que se asustó fue usted. Se figuró que había echado en falta el doblón y vino a todo correr a mi oficina para intentar sonsacarme. Muy airoso, muy sarcástico al principio, muy interesado por su mujer, pero muy preocupado. No sé lo que pensó que había averiguado, pero se puso en contacto con Vannier. Tenía que devolverle la moneda a su madre a toda prisa, contándole algún cuento. Se citó con Vannier en alguna parte y él le dio un doblón. Lo más probable es que sea otra falsificación. Seguro que él se quedó con el auténtico. Ahora Vannier ve que su tinglado corre peligro de venirse abajo antes de empezar. Morningstar ha llamado a su madre y ella me ha contratado a mí. Morningstar se ha percatado de algo. Vannier va al apartamento de Phillips, se cuela por la parte de atrás y le monta una escena a Phillips, para tratar de averiguar cómo está la situación.

»Phillips no le dice que ya me ha enviado a mí el doblón falso, con la dirección escrita en una especie de letra de imprenta igual que la que más tarde se encontró en un diario en su oficina. Eso lo infiero del hecho de que Vannier no intentó sacármelo a mí. Naturalmente, no sé qué le diría Phillips a Vannier, pero lo más probable es que le dijera que el asunto no era limpio, que sabía de dónde venía la moneda y que iba a acudir a la policía o a la señora Murdock. Y Vannier sacó una pistola, le atizó en la cabeza y le pegó un tiro. Registró a Phillips y su apartamento, pero no encontró el doblón. Así que fue a ver a Morningstar. Morningstar tampoco tenía el doblón falso, pero Vannier debió de pensar que lo tenía. Le rompió el cráneo al viejo de un culatazo y buscó en la caja fuerte. Puede que encontrara algo de dinero y puede que no, pero lo dejó todo de modo que pareciera un robo. Y después, el señor Vannier se marchó tranquilamente a su casa, todavía bastante molesto por no haber encontrado el doblón, pero con la satisfacción de haberle sacado buen partido a una tarde de trabajo. Un par de asesinatos bonitos y limpios. Sólo quedaba usted.

34

Murdock me dirigió una mirada de fatiga y después sus ojos volvieron a la boquilla negra que seguía teniendo apretada en la mano. Se la metió en el bolsillo de la camisa, se puso en pie de repente, se frotó las palmas de las manos y volvió a sentarse. Sacó un pañuelo y se secó la cara.

—¿Por qué yo? —preguntó con voz espesa y cansada.

—Usted sabía demasiado. Tal vez supiera de la existencia de Phillips y tal vez no. Depende de lo metido que estuviera en el asunto. Pero sí que sabía lo de Morningstar. El plan había salido mal y Morningstar había sido asesinado. Vannier no podía quedarse sentado y confiar en que usted no se enterara. Tenía que cerrarle la boca bien cerrada. Pero para eso no hacía falta que le matara. De hecho, matarle a usted habría sido una mala jugada. Le habría hecho perder el dominio que tenía sobre su madre. Es una mujer fría, despiadada y avarienta, pero si le hicieran daño a usted se convertiría en una gata salvaje. No le importaría lo que pudiera pasar.

Murdock alzó los ojos. Intentó que parecieran inexpresivos a causa del asombro. Sólo consiguió que parecieran aburridos y escandalizados.

—¿Que mi madre... qué?

—No me tome el pelo más de lo necesario —dije—. Estoy hasta las narices de que la familia Murdock me tome el pelo. Merle vino a mi apartamento esta tarde. Ahora mismo está allí. Había ido a casa de Vannier para llevarle dinero. Dinero de un chantaje. Dinero que le han estado pagando durante ocho años. Y yo sé por qué.

No se movió. Tenía las manos agarrotadas por la tensión, sobre las rodillas. Los ojos casi habían desaparecido en el fondo de su cabeza. Eran los ojos de un condenado.

—Merle encontró a Vannier muerto. Vino a mí y me dijo que le había matado ella. No vamos a meternos en por qué piensa que debe confesar los crímenes que cometen otros. Fui allí y vi que llevaba muerto desde anoche. Estaba más tieso que un muñeco de cera. Había un revólver caído en el suelo junto a su mano derecha. Era un revólver que yo había oído describir, un revólver que perteneció a un hombre llamado Hench, que vivía en un apartamento enfrente del de Phillips. Alguien dejó allí el arma que mató a Phillips y se llevó la de Hench. Hench y su chica estaban borrachos y habían dejado abierta la puerta de su apartamento. No está demostrado que sea el revólver de Hench, pero seguro que se demuestra. Si es el revólver de Hench, y si Vannier se suicidó, eso relaciona a Vannier con la muerte de Phillips. También Lois Morny lo relaciona con Phillips por otro lado. Si Vannier no se suicidó..., y yo no creo que se suicidara, el arma todavía podría relacionarle con Phillips. O podría relacionar a algún otro con Phillips, alguien que también mató a Vannier. Por determinadas razones, no me gusta esa idea.

La cabeza de Murdock se levantó. Dijo «¿No?» con una voz repentinamente clara. Había una nueva expresión en su rostro, algo luminoso y brillante, y al mismo tiempo un poco tonto. La expresión de un hombre débil que se siente orgulloso.

—Yo creo que usted mató a Vannier —dije.

Él no se movió y la expresión brillante y luminosa se mantuvo en su cara.

—Usted fue allí anoche. Él le hizo llamar. Le dijo que estaba en un aprieto y que si caía en manos de la ley, se las arreglaría para que usted cayera con él. ¿No le dijo nada parecido?

—Sí —dijo Murdock muy tranquilo—. Me dijo exactamente eso. Estaba borracho y un poco eufórico, parecía tener una sensación de poder. Casi fanfarroneaba. Dijo que si le llevaban a la cámara de gas, yo estaría sentado a su lado. Pero no fue eso lo único que dijo.

—No. No quería ir a la cámara de gas y en aquel momento tampoco veía razones para acabar así, si usted mantenía la boca bien cerrada. Así que jugó su carta de triunfo. La primera cosa que le dio poder sobre usted, lo que hizo que usted cogiera el doblón y se lo diera, aunque también le prometiera dinero, era el asunto de Merle y su padre. Estoy enterado. Su madre me ha dicho lo poco que yo no había averiguado todavía. Con aquello le tenía pillado desde un principio, y con bastante fuerza. Porque le dejaría a usted teniendo que justificarse solo. Pero anoche quería algo aún más fuerte. Así que le contó la verdad y le dijo que tenía pruebas.

Se echó a temblar, pero la luminosa expresión de orgullo consiguió mantenerse en su cara.

—Le saqué una pistola —dijo con voz casi feliz—. Al fin y al cabo, es mi madre.

—Eso no se lo puede negar nadie.

Se puso en pie, muy derecho, muy alto.

—Me acerqué a la butaca en la que estaba sentado y le planté la pistola en la cara. Él tenía un revólver en el bolsillo de su bata. Intentó sacarlo, pero no lo sacó a tiempo. Se lo quité. Me volví a guardar mi arma en el bolsillo, le puse la suya pegada a la sien y le dije que le mataría si no sacaba sus pruebas y me las entregaba. Empezó a sudar y a balbucear que sólo estaba bromeando. Amartillé el revólver para asustarle un poco más.

Se detuvo y extendió una mano hacia delante. La mano temblaba, pero mientras él la miraba fijamente se fue quedando quieta. La dejó caer a un lado y me miró a los ojos.

—El revólver debía de estar limado o ser muy sensible. Se disparó. Yo di un salto hacia atrás, choqué con la pared y tiré un cuadro. Salté porque me sorprendió que el revólver se disparara, pero eso me libró de mancharme de sangre. Limpié el revólver y puse sus dedos en él, y después lo dejé en el suelo, cerca de su mano. Murió al instante. Apenas sangró, aparte del primer borbotón. Fue un accidente.

—¿Por qué estropearlo? —me medio burlé—. ¿Por qué no decir que fue un asesinato en toda regla, limpio y honrado?

—Eso fue lo que pasó. No puedo demostrarlo, como es natural. Pero creo que habría sido capaz de matarlo de todos modos. ¿Qué pasa con la policía?

Me puse en pie y me encogí de hombros. Me sentía cansado, agotado, derrengado y exhausto. Tenía la garganta irritada de tanto parlotear y me dolía la cabeza de intentar mantener mis ideas en orden.

—No sé nada de la policía —dije—. No somos muy buenos amigos, porque ellos piensan que les oculto cosas. Y Dios sabe que tienen razón. Puede que lleguen hasta usted. Pero si no le vio nadie, si no dejó huellas en la casa..., e incluso si las dejó, si ellos no tienen algún otro motivo para sospechar de usted y no le toman las huellas para compararlas, puede que no se les ocurra pensar en usted. Si averiguan lo del doblón y descubren que era el Brasher de Murdock, no sé en qué posición quedaría usted. Todo depende de lo bien que les aguante el tipo.

—Aparte de por mi madre —dijo—, no me importa gran cosa. Siempre he sido un fracasado.

—Y por otra parte —dije, haciendo caso omiso de sus memeces—, si es verdad que el revólver era muy sensible y usted consigue un buen abogado y cuenta una historia sincera y todo eso, ningún jurado le condenaría. A los jurados no les gustan los chantajistas.

—Es una lástima —dijo él—, porque no estoy en condiciones de utilizar esa defensa. No sé nada del chantaje. Vannier me hizo ver cómo podía ganar algo de dinero, y yo lo necesitaba con urgencia.

—Ya —dije yo—. Si le aprietan hasta el punto de necesitar la excusa del chantaje, ya verá como la usa. Su vieja le obligará. Puesta a elegir entre su cuello o el de usted, lo contará todo.

—Es horrible —dijo—. Es horrible decir eso.

—Tuvo usted suerte con ese revólver. Toda la gente que conocemos ha estado jugando con él, borrando huellas y poniendo otras. Hasta yo puse unas cuantas para seguir la moda. Es difícil cuando la mano está rígida, pero tenía que hacerlo. Morny estuvo allí, haciendo que su mujer pusiera las suyas. Cree que ella mató a Vannier, y probablemente ella cree que lo hizo él.

Se me quedó mirando. Me mordí un labio. Lo noté tan rígido como un trozo de cristal.

—Bueno, creo que ya es hora de que me marche —dije.

—¿Quiere decir que va a dejar que me libre? —Su voz volvía a ponerse un poco altanera.

—No le voy a entregar, si se refiere a eso. Pero aparte de eso, no le garantizo nada. Si me veo involucrado, tendré que hacer frente a la situación. No es una cuestión de moralidad. No soy un poli, ni un soplón, ni un funcionario del juzgado. Usted dice que fue un accidente. Vale, pues fue un accidente. Yo no lo presencié. No tengo pruebas ni en un sentido ni en el otro. He estado trabajando para su madre, y si eso le da a ella algún derecho a mi silencio, puede contar con él. No me gusta ella ni me gusta usted. No me gusta esta casa. No me gustó de manera especial su mujer. Pero me gusta Merle. Es más bien tonta y morbosa, pero también es bastante agradable. Y sé lo que le han estado haciendo en esta maldita familia desde hace ocho años. Y sé que ella no empujó a nadie por ninguna ventana. ¿Explica eso las cosas?

Hizo un sonido con la garganta, pero no le salió nada coherente.

—Me llevo a Merle a su casa —dije—. Le he pedido a su madre que envíe su ropa a mi apartamento por la mañana. Por si acaso se le olvida, ya que está tan ocupada con su solitario, ¿querría usted encargarse de que lo hagan?

Asintió como atontado. Después dijo con una vocecita extraña:

—¿Se va... así como así? No he... Ni siquiera le he dado las gracias. Un hombre al que apenas conozco, arriesgándose por mí... No sé qué decir.

—Me voy como me voy siempre —dije—. Con una airosa sonrisa y un rápido giro de muñeca. Y con la sincera y cordial esperanza de no verle a usted enjaulado. Buenas noches.

Le di la espalda, me dirigí a la puerta y salí. Cerré con un tranquilo y firme chasquido del pestillo. Una salida bonita y elegante, a pesar de toda aquella miseria. Por última vez me acerqué a darle al negrito pintado una palmadita en la cabeza, y después atravesé el largo trecho de césped, pasando junto a los arbustos y el cedro bañados en luz de luna hasta llegar a la calle y a mi coche.

Regresé a Hollywood, me compré medio litro de whisky del bueno, cogí una habitación en el Plaza y me senté en el borde de la cama, mirándome los pies y bebiendo directamente de la botella.

Como cualquier otro borracho vulgar de dormitorio.

Cuando hube tomado lo suficiente para que el cerebro se me nublara hasta el punto de parar de pensar, me desnudé y me metí en la cama, y al poco rato, aunque no lo suficientemente poco, me quedé dormido.

35

Eran las tres de la tarde y había cinco piezas de equipaje en la parte de dentro de la puerta del apartamento, una junto a otra sobre la moqueta. Estaba mi maleta de cuero amarillo, bien rozada por los dos lados de tanto meterla en los maleteros de los coches. Había dos bonitas maletas, ambas con las iniciales L. M. Había una cosa negra y vieja, en imitación de piel de morsa, con las iniciales M. D. Y había uno de esos neceseres pequeñitos de cuero de imitación que se compran en los *drugstores* a un dólar cuarenta y nueve.

El doctor Carl Moss acababa de salir por la puerta maldiciéndome porque había hecho esperar a su parroquia vespertina de hipocondriacos. El olor dulzón de su Fátima me envenenaba el aire. Yo estaba dándole vueltas, con lo que quedaba de mi mente, a lo que me había dicho cuando le pregunté cuánto tardaría Merle en ponerse bien.

—Depende de lo que entendamos por bien. Siempre estará alta de nervios y baja en emociones animales. Siempre se tomará las cosas a la tremenda y se ahogará en un vaso de agua. Habría sido una monja perfecta. La ensoñación religiosa, con su estrechez, sus emociones estilizadas y su austera pureza, habrían sido un perfecto alivio para ella. Tal como están las cosas, probablemente acabará siendo una de esas vírgenes de cara avinagrada que están sentadas detrás de un pequeño escritorio en las bibliotecas públicas, estampando fechas en los libros.

—No es para tanto —había dicho yo, pero él se había limitado a sonreírme con su cara de judío sabio y había salido por la puerta—. Y además, ¿cómo sabe que son vírgenes? —añadí, hablándole a la puerta cerrada, pero aquello no me sirvió de mucho.

Encendí un cigarrillo y me acerqué hasta la ventana, y al cabo de un rato ella apareció por la puerta que llevaba hacia el dormitorio y se quedó allí plantada, mirándome con sus ojos ojerosos y una carita pálida y sosegada, sin nada de maquillaje excepto en los labios.

—Ponte un poco de colorete en las mejillas —le dije—. Pareces la dama de las nieves después de una dura noche de trabajo en la flota pesquera.

Volvió sobre sus pasos y se puso colorete en las mejillas. Cuando regresó, miró el equipaje y dijo suavemente:

—Leslie me ha prestado dos de sus maletas.

—Sí —dije yo, mientras la examinaba. Estaba muy mona. Llevaba unos pantalones anchos, de cintura alta y color caldero, sandalias, una blusa estampada marrón y blanca y un pañuelo naranja. No llevaba puestas las gafas. Sus grandes y claros ojos de color cobalto tenían una mirada un poco atontada, pero no más de lo que cabría esperar. Tenía el pelo aplastado y tirante, pero respecto a eso yo no podía hacer gran cosa.

—He sido una terrible molestia —dijo—. Lo siento muchísimo.

—Tonterías. He hablado con tu padre y con tu madre. Están contentísimos. Sólo te han visto dos veces en más de ocho años y casi te daban por perdida.

—Me encantará verlos una temporada —dijo, bajando la mirada a la moqueta—. La señora Murdock es muy amable al dejarme ir. Nunca ha podido prescindir de mí tanto tiempo.

Movió las piernas como si no supiera qué hacer con ellas dentro de los pantalones, aunque los pantalones eran suyos y ya tenía que haber afrontado el problema antes. Por fin juntó mucho las rodillas y cruzó las manos sobre ellas.

—Si hay algo de lo que tengamos que hablar —dije—, o algo que quieras decirme, hagámoslo ahora. Porque no pienso atravesar medio país conduciendo con una crisis nerviosa en el asiento de al lado.

Se mordió un nudillo y me lanzó un par de miradas furtivas por un lado del nudillo.

—Anoche... —dijo, se detuvo y se ruborizó.

—Vamos a dejar una cosa clara —dije—. Anoche me dijiste que habías matado a Vannier y después me dijiste que no. Yo sé que no lo mataste. Eso ya está resuelto.

Dejó caer los nudillos, me miró a los ojos, tranquila, sosegada y ya sin apretarse las manos sobre las rodillas.

—Vannier ya estaba muerto desde mucho antes de que tú llegaras. Fuiste allí para darle dinero de parte de la señora Murdock.

—No..., de parte mía —dijo—. Aunque, claro, el dinero era de la señora Murdock. Le debo más de lo que podré pagarle en mi vida. Claro que no me paga mucho, pero eso no quita para...

La corté bruscamente.

—El que no te pagara mucho sueldo es un toque característico suyo, y lo de que le debes más de lo que jamás podrás pagarle es más verdad que poesía. Haría falta todo el equipo de los Yankees, con dos bates cada uno, para darle todo lo que se merece por tu parte. Pero eso ahora no tiene importancia. Vannier se suicidó porque le habían pillado en un negocio sucio. Eso es así y no hay más que hablar. Tu comportamiento fue más o menos una actuación. Sufriste un fuerte choque nervioso al ver la mueca de su cara muerta en un espejo, y ese choque se mezcló con otro de hace mucho tiempo y tú lo dramatizaste a tu manera, que es bastante retorcida.

Me miró tímidamente y asintió con su cabecita cobriza, como si estuviera de acuerdo.

—Y tú no empujaste a Horace Bright por ninguna ventana —dije.

Su cara dio un respingo y se puso increíblemente pálida.

—Yo... Yo... —Se llevó la mano a la boca y allí la dejó, mirándome por encima de ella con ojos escandalizados.

—No haría esto —dije— si el doctor Moss no me hubiera dicho que no iba a pasar nada y que bien podíamos planteártelo ahora. Creo que es muy posible que pienses que tú mataste a Horace Bright. Tenías un motivo, tuviste la oportunidad y creo que durante un segundo pudiste sentir el impulso de aprovechar la oportunidad. Pero eso no va con tu carácter. En el último instante te habrías echado atrás. Pero probablemente, en aquel último instante algo ocurrió de repente y tú te desmayaste. Él cayó, desde luego, pero no fuiste tú quien lo empujó.

Aguardé un momento y vi cómo la mano volvía a descender para unirse a la otra, y cómo las dos se entrelazaban y tiraban con fuerza una de la otra.

—Te hicieron creer que tú lo habías empujado —dije—. Se hizo con cuidado, deliberación y esa clase de crueldad tranquila que sólo se da en cierto tipo de mujeres cuando tratan con otra mujer. Si uno mira ahora a la señora Murdock, no se le ocurriría pensar en celos..., pero si ése fue el motivo, ella lo tenía. Tenía un móvil aún mejor: los cincuenta mil dólares del seguro de vida, lo único que quedaba de una antigua fortuna. Ella sentía por su hijo ese extraño amor posesivo y salvaje que siente esta clase de mujeres. Es fría, amargada, sin escrúpulos, y te utilizó sin piedad ni misericordia, a modo de seguro, por si acaso Vannier se hartaba. Tú no eras más que un chivo expiatorio para ella. Si quieres escapar de esa lúgubre vida sin emociones que has estado viviendo, tienes que entender y creer lo que te estoy diciendo. Ya sé que es duro.

—Es completamente imposible —dijo en voz baja, mirándome el puente de la nariz—. La señora Murdock ha sido siempre maravillosa conmigo. Es verdad que nunca he recordado muy bien... Pero no debería usted decir cosas tan horribles de la gente.

Saqué el sobre blanco que había estado al dorso del cuadro de Vannier. Dos copias y un negativo. Me planté delante de ella y deposité una de las fotos en su regazo.

—Está bien, mírala. La tomó Vannier desde la acera de enfrente.

La miró.

—Pero si es el señor Bright —dijo—. No es muy buena foto, ¿verdad? Y ésta es la señora Murdock..., bueno, entonces era la señora Bright..., la que está detrás de él. El señor Bright parece enfadado.

Alzó la mirada hacia mí con una especie de moderada curiosidad.

—Si aquí te parece enfadado —dije—, deberías haberlo visto unos segundos después, cuando rebotó.

—¿Cuando qué?

—Mira —dije, y a estas alturas ya había en mi voz un toque de desesperación—, ésta es una foto de la señora Elizabeth Bright Murdock dándole a su primer marido el adiós definitivo por la ventana de su despacho. Él se está cayendo. Mira la posición de sus manos. Está gritando de miedo. Ella está detrás de él y tiene la cara deformada por la rabia..., o algo así. ¿No entiendes nada? Ésta es la prueba que Vannier ha tenido todos estos años. Los Murdock no la han visto nunca, y en realidad nunca han creído que existiera. Pero existía. La encontré anoche, por un golpe de suerte similar al que permitió que se tomara la foto. Lo cual viene a ser un acto de justicia. ¿Empiezas a comprender?

Miró otra vez la foto y la dejó a un lado.

—La señora Murdock siempre ha estado encantadora conmigo —dijo.

—Te cargó con la culpa —dije con la voz tensa y contenida de un director teatral en un mal ensayo—. Es una mujer lista, dura y paciente. Conoce sus puntos flacos. Sería capaz de gastar un dólar para ganar un dólar, que es una cosa que muy pocas de su clase harían. Eso se lo concedo. Me gustaría concedérselo con un rifle para cazar elefantes, pero mi buena educación me lo impide.

—Bueno —dijo ella—. Pues ya está. —Me di cuenta de que había oído una palabra de cada tres y no había creído nada de lo que había oído—. No debe enseñarle nunca esto a la señora Murdock. Le daría un disgusto terrible.

Me levanté, le quité la foto de la mano, la rasgué en pedacitos y tiré los pedacitos a la papelera.

—A lo mejor llegas a lamentar que haya hecho esto —dije, callándome que tenía otra copia y el negativo—. Puede que una noche..., dentro de tres meses, dentro de tres años, te despiertes en mitad de la noche y te des cuenta de que te he dicho la verdad. Y a lo mejor entonces desearías poder volver a mirar esta fotografía. Y también es posible que me equivoque. A lo mejor te sientes muy decepcionada al descubrir que en realidad no has matado a nadie. Pues muy bien. Pues muy bien, de cualquiera de las dos maneras. Ahora vamos a bajar y a meternos en mi coche y nos vamos a Wichita a ver a tus padres. Y no creo que vayas a volver con la señora Murdock, pero a lo mejor también me equivoco en esto. Pero ya no vamos a volver a hablar del asunto. Nunca más.

—No tengo nada de dinero —dijo ella.

—Tienes quinientos dólares que te ha dado la señora Murdock. Los llevo en el bolsillo.

—Hay que ver qué bien se porta conmigo —dijo.

—Por todos los demonios del infierno —dije yo.

Pasé a la cocina y me aticé un lingotazo rápido antes de ponernos en marcha. No me sentó nada bien. Sólo me entraron ganas de subirme por la pared y abrirme paso a mordiscos por el techo.

36

Estuve fuera diez días. Los padres de Merle eran gente discreta, amable, paciente, que vivían en una vieja casa de madera en una calle tranquila y sombreada. Se echaron a llorar cuando les conté la parte de la historia que me pareció que debían saber. Dijeron que estaban muy contentos de tenerla otra vez en casa, y que cuidarían bien de ella, y se echaron un montón de culpas, y yo les dejé que lo hicieran.

Cuando me marché, Merle tenía puesto un delantal campestre y estaba pasando el rodillo a la masa para un pastel. Salió a la puerta limpiándose las manos en el delantal, me besó en la boca, se echó a llorar y volvió a entrar corriendo en la casa, dejando el umbral vacío hasta que su madre vino a llenar el espacio con una amplia sonrisa hogareña en su rostro, para ver cómo me alejaba.

Tuve la curiosa sensación, al ver desaparecer la casa, de que había escrito un poema que era muy bueno y lo había perdido y nunca volvería a recordarlo.

Cuando llegué, llamé al teniente Breeze y me pasé a preguntarle cómo iba el caso Phillips. Lo habían resuelto bastante bien, con la mezcla adecuada de cerebro y suerte que siempre hay que tener. Los Morny, después de todo, nunca acudieron a la policía, pero alguien llamó y dijo que había oído un tiro en casa de Vannier y colgó a toda prisa. Al experto en huellas no le gustaron nada las del revólver, así que analizaron la mano de Vannier para ver si había nitratos de la pólvora. Cuando los encontraron, decidieron que sí que había sido un suicidio. Entonces a un poli llamado Lackey, de la brigada central de homicidios, se le ocurrió investigar un poco sobre el revólver y descubrió que se había distribuido una descripción y que se buscaba un arma como aquélla en relación con el asesinato de Phillips. Hench lo identificó, pero hubo algo mejor: encontraron media huella de su pulgar a un lado del gatillo, que, como no se había apretado de la manera normal, no se había borrado del todo.

Con todo eso en las manos y un juego de huellas de Vannier mejor que el que yo había podido dejar, fueron otra vez al apartamento de Phillips y al de Hench. Encontraron la mano izquierda de Vannier en la cama de Hench y uno de sus dedos en la parte inferior de la palanca de la cisterna del apartamento de Phillips. Entonces se trabajaron el vecindario con fotografías de Vannier y demostraron que había estado por el callejón dos veces y por una calle lateral tres veces, por lo menos. Lo curioso era que en el edificio de apartamentos nadie le había visto, o nadie quería decirlo.

Lo único que faltaba todavía era un móvil. Y Teager tuvo la amabilidad de proporcionárselo al dejarse detener en Salt Lake City intentando venderle un doblón Brasher a un numismático que pensó que era auténtico pero robado. Tenía una docena más en el hotel, y uno de ellos resultó ser el de verdad. Les contó toda la historia y les enseñó una diminuta marca que le había servido para identificar la moneda auténtica. No sabía de dónde la había sacado Vannier y ellos nunca lo averiguaron, porque, de haber sido robada, el asunto habría salido en los periódicos lo suficiente para que el propietario saliera a la luz. Y el propietario nunca apareció. Y la policía dejó de interesarse por Vannier en cuanto se convenció de que había cometido un asesinato. Lo dejaron como suicidio, aunque tenían algunas dudas.

Al cabo de algún tiempo soltaron a Teager, porque no creían que tuviera ni idea de los asesinatos cometidos y lo único que tenían contra él era un intento de fraude. Había comprado el oro legalmente, y falsificar una moneda antigua del estado de Nueva York no estaba contemplado por las leyes federales contra la falsificación. Utah no quiso saber nada de él.

Nunca se habían creído la confesión de Hench. Breeze dijo que la había utilizado sólo para presionarme, por si acaso les estaba ocultando algo. Sabía que yo no habría podido quedarme callado si hubiera tenido pruebas de que Hench era inocente. El caso es que a Hench no le benefició en nada. Lo llevaron a ruedas de identificación y le cargaron, a él y a un espagueti llamado Gaetano Prisco, con cinco atracos a tiendas de licores, en uno de los cuales había muerto un hombre de un disparo. Nunca llegué a saber si Prisco era pariente de Palermo, pero de todos modos nunca lo atraparon.

—¿Le gusta? —me preguntó Breeze después de contarme todo esto, o todo lo que había ocurrido después.

—Hay dos detalles que no están claros —dije—. ¿Por qué huyó Teager y por qué Phillips vivía en la calle Court con nombre falso?

—Teager huyó porque el ascensorista le dijo que habían asesinado al viejo Morningstar y se olió una encerrona. Phillips utilizaba el nombre de Anson porque la compañía financiera le quería embargar el coche y él estaba prácticamente sin blanca y empezaba a desesperarse. Eso explica que un buen chico como él se dejara enredar en un asunto que desde el principio tuvo que parecer sospechoso.

Asentí y estuve de acuerdo en que pudo ser así.

Breeze me acompañó hasta la puerta. Apoyó una mano dura en mi hombro y apretó.

—¿Se acuerda del caso Cassidy que nos echó en cara a Spangler y a mí aquella noche en su piso?

—Sí.

—Le dijo a Spangler que no había existido tal caso Cassidy. Pero sí que lo hubo... con otro nombre. Yo trabajé en él.

Retiró la mano de mi hombro, me abrió la puerta y me sonrió, mirándome directamente a los ojos.

—A causa del caso Cassidy —dijo— y de cómo me hizo sentirme, a veces le doy a un tío una oportunidad que a lo mejor no se merece. Así compenso con una pequeña parte de los millones sucios a alguien que trabaja duro..., como yo... o como usted. Sea bueno.

Era de noche. Me fui a casa, me puse la ropa vieja de andar por casa, saqué el ajedrez, me preparé una copa y repasé otra partida de Capablanca. Tenía cincuenta y nueve movimientos. Ajedrez bello, frío, sin escrúpulos, casi siniestro de puro callado e implacable.

Cuando terminé, escuché un rato por la ventana abierta y olfateé la noche. Después me llevé mi vaso a la cocina, lo lavé, lo llené de agua helada y me quedé de pie ante el fregadero, dando sorbitos y mirando mi cara en el espejo.

—Tú y Capablanca —dije.

LA DAMA DEL LAGO

TRADUCCIÓN DE CARMEN CRIADO

1

El edificio Treloar estaba, y sigue estando, en la calle Olive, cerca de la calle Sexta, en el lado oeste. El pavimento de la acera delante de él era de losas de caucho blancas y negras. Las estaban levantando para entregarlas al gobierno, y un hombre pálido, sin sombrero y con cara de inspector de obras, vigilaba el trabajo como si le partiera el corazón.[1]

Pasé junto a él, atravesé una galería de tiendas de lujo y entré en un amplio vestíbulo negro y oro. La Compañía Guillerlain estaba en el séptimo piso, al frente, tras una doble puerta de cristal enmarcada en metal de color platino. La recepción tenía alfombras chinas, paredes pintadas de un plata mate, muebles angulosos pero muy trabajados, varias piezas de escultura abstracta en materiales brillantes sobre pedestales y, en uno de los rincones, una alta vitrina triangular que, en estantes y peldaños, islas y promontorios de brillante espejo, contenía, al parecer, todos los frascos y cajas de lujo que se hubieran diseñado alguna vez. Había allí cremas y polvos, jabones y colonias para todos los gustos y todas las ocasiones. Había perfumes en frasquitos tan finos y alargados que parecía que un simple soplo pudiera volcarlos, y perfumes en pequeñas botellitas de color pastel con coquetos lazos de satén como niñas de una clase de baile. La flor y nata era, al parecer, algo muy pequeño y sencillo contenido en un frasquito achatado de color ámbar. Estaba en el centro, a la altura de los ojos y en medio de un gran espacio vacío, y la etiqueta decía: «Guillerlain Regal, el champán de los perfumes». Decididamente, aquello era lo que había que comprar. Una sola gota en el hueco de tu garganta y sartas de perlas rosadas a juego comenzaban a caer sobre ti como un aguacero de verano.

Una rubita muy arreglada estaba sentada en un rincón, al fondo, ante una pequeña centralita telefónica y detrás de una barandilla, alejada de todo peligro. Tras un escritorio, frente a las puertas, estaba una preciosidad morena, alta y delgada, cuyo nombre, según la placa de metal colocada en ángulo sobre la mesa, era Adrienne Fromsett.

Vestía un traje sastre de color gris acero y, bajo la chaqueta, una blusa azul oscuro con corbata masculina de un tono más claro. Los bordes del pañuelo que asomaba por el bolsillo de la chaqueta parecían lo bastante afilados como para cortar pan. Llevaba como única joya una pulsera de cadena. Peinada con raya en medio, su melena oscura caía a ambos lados de su rostro en ondas no

1. La acción de *La dama del lago* se enmarca en la segunda guerra mundial, cuando las dificultades para obtener caucho en Estados Unidos obligaban a reciclar el ya existente en el país. *(N. de la T.)*

precisamente descuidadas. Tenía el cutis suave y marfileño, cejas bastante severas y unos grandes ojos oscuros que parecían capaces de enternecerse en el momento y lugar adecuados.

Dejé sobre su escritorio mi tarjeta, una de las que no tienen el revólver impreso en una esquina, y le dije que quería ver a Derace Kingsley. Miró la tarjeta y me dijo:

—¿Tiene usted cita con él?

—No.

—Es muy difícil ver al señor Kingsley sin cita previa.

Eso no podía discutírselo.

—¿De qué se trata, señor Marlowe?

—De un asunto personal.

—Entiendo. ¿Le conoce el señor Kingsley, señor Marlowe?

—Creo que no, pero es posible que haya oído mi nombre. Puede decirle que vengo de parte del teniente M'Gee.

—¿Y conoce el señor Kingsley al teniente M'Gee?

Puso mi tarjeta junto a un montón de cartas recién mecanografiadas, se arrellanó en su asiento, apoyó un brazo en el escritorio y empezó a dar golpecitos en la mesa con un lápiz dorado.

Sonreí. La rubita de la centralita enderezó una oreja que parecía una concha y sonrió con una sonrisa esponjosa. Parecía una chica juguetona y deseosa de agradar, aunque no muy segura de sí misma, como una gatita recién llegada a una casa en que a nadie le importan mucho los gatos.

—Espero que sí —le dije—. Pero quizá el mejor modo de averiguarlo sea preguntárselo.

Se apresuró a escribir sus iniciales en tres de las cartas para vencer la tentación de tirarme la escribanía a la cabeza. Luego volvió a hablar sin levantar la vista.

—El señor Kingsley está reunido. Le pasaré su tarjeta en cuanto tenga ocasión.

Le di las gracias y fui a sentarme en un sillón de cromo y cuero que resultó ser mucho más cómodo de lo que parecía. Pasó el tiempo y el silencio entró en escena. Nadie entraba ni salía. Las manos elegantes de la señorita Fromsett se movían entre los papeles y sólo de vez en cuando se oía el piar quedo de la gatita en la centralita telefónica y el clic suave de las clavijas al meterlas y sacarlas.

Encendí un cigarrillo y arrastré un cenicero hasta el asiento. Los minutos pasaban de puntillas con un dedo sobre los labios. Miré a mi alrededor. Es imposible saber qué pasa en una compañía así. Pueden estar ganando millones o pueden tener al sheriff en la trastienda con el respaldo de la silla apoyado en la caja fuerte.

Media hora y tres o cuatro cigarrillos después se abrió una puerta tras el escritorio de la señorita Fromsett y dos hombres salieron riendo de un despacho. Un tercero mantuvo la puerta abierta y también sonreía. Se estrecharon las manos calurosamente y los dos primeros cruzaron la sala y se fueron. El tercero dejó caer la sonrisa de su cara y de pronto pareció como si no se hubiera reído en la vida. Era un tipo alto vestido de gris y con poca gana de bromas.

—¿Alguna llamada? —preguntó con voz aguda y autoritaria.

La señorita Fromsett dijo suavemente:

—Un tal señor Marlowe desea verle. Viene de parte del teniente M'Gee. Se trata de un asunto personal.

—No le conozco —gruñó el hombre alto.

Cogió mi tarjeta y, sin mirarme siquiera, volvió a su despacho. La puerta se cerró sobre un mecanismo neumático con un ruido ahogado. La señorita Fromsett me dirigió una falsa sonrisa triste que yo le devolví transformada en una mueca grosera. Me comí otro cigarrillo y siguió pasando el tiempo. Empezaba a sentir un gran cariño por la Compañía Guillerlain.

Diez minutos después volvió a abrirse la misma puerta. El pez gordo salió con el sombrero puesto y gruñó que iba a cortarse el pelo. Echó a andar sobre la alfombra china con paso atlético, recorrió la mitad de la distancia que le separaba de la puerta y, de pronto, se volvió y se acercó a donde yo estaba sentado.

—¿Quería verme? —me espetó.

Medía aproximadamente un metro noventa y de blando no tenía casi nada. En sus ojos color gris piedra brillaban unas chispitas de luz fría. Llenaba un traje de talla grande de franela gris oscuro con rayita blanca y lo llenaba con elegancia. Su porte revelaba que era un hombre difícil.

Me levanté.

—Si es usted Derace Kingsley, sí.

—¿Y quién diablos cree que soy?

Le dejé que se apuntara ese tanto y le entregué mi otra tarjeta, una de las que indican mi profesión. La apretó en su zarpa y la miró con el ceño fruncido.

—¿Quién es M'Gee? —preguntó bruscamente.

—Un sujeto amigo mío.

—Me fascina el asunto —dijo mientras miraba a la señorita Fromsett. A ella le gustó. Le gustó mucho—. ¿Podría decirme algo más, si no es demasiada molestia?

—Verá usted, le llaman Violetas M'Gee —le dije— porque masca constantemente unas pastillas para la garganta que huelen a violeta. Es un hombretón con el pelo plateado y una boquita preciosa hecha para besar a recién nacidos. La última vez que le vi llevaba un bonito traje azul, zapatos marrones de puntera ancha y sombrero gris. Iba fumando opio en una pipa de brezo.

—No me gustan sus modales —dijo Kingsley con una voz que, por sí sola, habría podido partir una nuez del Brasil.

—No se preocupe por eso. No los vendo.

Retrocedió como si le hubiera colgado delante de las narices un arenque pescado la semana anterior. Luego me dio la espalda y me dijo por encima del hombro:

—Le doy exactamente tres minutos. Dios sabrá por qué.

Cruzó a toda prisa la alfombra china pasando junto al escritorio de la señorita Fromsett en dirección a su despacho, abrió la puerta de un empujón y dejó que se me cerrara en las narices. También eso le gustó a la señorita Fromsett, pero ahora creí adivinar además, tras sus ojos, una risa furtiva.

2

Su despacho era un despacho modelo. Era amplio y silencioso, estaba en penumbra y tenía aire acondicionado. Las ventanas estaban cerradas y las persianas de lamas, entreabiertas para que no pudiera penetrar la claridad de julio. Las cortinas eran grises, lo mismo que la alfombra. En un rincón había una caja fuerte negra y plateada y una fila de ficheros bajos a juego. De la pared colgaba una enorme fotografía coloreada de un anciano de nariz corva cincelada a escoplo, patillas y cuello de pajarita. La nuez que sobresalía del cuello de la camisa parecía más dura que la barbilla de la mayoría de la gente. En una placa, bajo la fotografía, se leía: «Matthew Guillerlain, 1860-1934».

Derace Kingsley fue a instalarse enérgicamente tras unos ochocientos dólares de escritorio para ejecutivos y plantó su parte posterior en un alto sillón de cuero. Sacó un puro de una caja de cobre y caoba, cortó la punta y lo encendió con un pesado encendedor de cobre. Se tomó todo el tiempo que quiso. El mío no importaba. Cuando acabó, se arrellanó en el asiento, lanzó una bocanada de humo y dijo:

—Soy un hombre de negocios y voy directamente al grano. Según su tarjeta es usted detective profesional. Enséñeme algo que lo demuestre.

Saqué la cartera y le enseñé varias cosas que lo demostraban. Él las miró y las arrojó después sobre la mesa. La funda de plástico que contenía la fotocopia de mi licencia cayó al suelo. No se molestó en disculparse.

—No conozco a M'Gee —me dijo—. Pero conozco al sheriff Petersen. Le pedí que me mandara a un hombre de confianza para encargarle un trabajo y supongo que es usted.

—M'Gee está en la comisaría de Hollywood, que depende de la oficina del sheriff —le dije—. Puede usted comprobarlo.

—No es necesario. Creo que usted servirá, pero no se pase conmigo. Y recuerde que cuando contrato a alguien, ese alguien me pertenece. Hace exactamente lo que yo le digo y no se va de la lengua. Si no, le largo enseguida, ¿entendido? Espero no parecerle demasiado duro.

—¿Por qué no dejamos esa cuestión en suspenso? —le dije.

Frunció el ceño. Luego dijo bruscamente:

—¿Cuánto cobra?

—Veinticinco dólares al día más los gastos. Y ocho centavos el kilómetro por el uso de mi coche.

—Absurdo —me dijo—. Es demasiado. Quince dólares al día es más que suficiente. Le pagaré por el uso del coche una cantidad prudencial de acuerdo con las tarifas vigentes. Pero nada de irse por ahí a mi costa.

Lancé una bocanada de humo gris que disipé con la mano. No dije nada. Él pareció un poco extrañado de mi silencio. Se inclinó sobre el escritorio y me señaló con el puro.

—Aún no le he contratado, pero si lo hago —dijo— el trabajo será absolutamente confidencial. Nada de comentarlo con sus amigos de la policía, ¿entendido?

—¿Qué es lo que quiere exactamente, señor Kingsley?

—¿Y a usted qué más le da? Hace toda clase de investigaciones, ¿no?

—Todas no. Sólo las razonablemente honradas.

Me miró abiertamente con la mandíbula apretada. En sus ojos grises había una mirada opaca.

—Para empezar, no me ocupo de asuntos de divorcio —dije—. Y cobro cien dólares de fianza a los desconocidos.

—¡Vaya, vaya! —dijo de pronto con voz suave—. ¡Vaya, vaya!

—En cuanto a si me parece usted demasiado duro o no —le dije—, la mayoría de mis clientes empiezan o llorándome en el hombro, o gritándome para demostrar quién manda. Pero, por lo general, acaban siendo muy razonables. Eso si siguen vivos.

—¡Vaya, vaya! —volvió a decir con la misma voz suave y sin dejar de mirarme—. ¿Y son muchos los que pierde usted? —preguntó.

—Si me tratan bien, no —contesté.

—Coja un puro —me dijo.

Lo cogí y me lo metí en el bolsillo.

—Quiero que encuentre a mi mujer —continuó—. Desapareció hace un mes.

—Muy bien —le dije—. Encontraré a su mujer.

Dio unas palmaditas en la mesa con las dos manos. Me contempló fijamente.

—Empiezo a creer que lo hará —dijo. Luego sonrió—. Hacía cuatro años que nadie me paraba los pies como acaba de hacerlo usted. —Me callé—. Y qué quiere que le diga —continuó—. Me ha gustado. Me ha gustado mucho. —Hundió los dedos en su espesa cabellera oscura—. Desapareció hace un mes —dijo— de una casita que tenemos en las montañas, cerca de Puma Point. ¿Conoce usted Puma Point?

Le dije que sí, que lo conocía.

—Tenemos allí una casita, a unos cinco kilómetros del pueblo —dijo—, a la que se llega en parte por un camino particular. Está junto a un lago también particular, el lago del Corzo. Hay allí un embalse que construimos entre tres para aumentar el valor de las tierras. Soy dueño de esos terrenos junto con otras dos personas. Son bastante grandes, pero no están urbanizados ni lo estarán durante bastante tiempo. Mis amigos tienen cada uno su casa, yo tengo la mía y un hombre llamado Bill Chess vive gratis en otra con su esposa y cuida de la propiedad. Es mutilado de guerra y cobra una pensión. Eso es todo lo que hay. Mi mujer se fue allí a mediados de mayo, vino a Los Ángeles a pasar un par de fines de semana y tenía que volver aquí para asistir a una fiesta el 12 de junio, pero no apareció. Desde entonces no he vuelto a verla.

—¿Qué ha hecho usted? —le pregunté.

—Nada. Absolutamente nada. Ni siquiera he ido por allí.

Esperó. Deseaba que le preguntara por qué.

—¿Por qué? —pregunté.

Echó hacia atrás el sillón para abrir un cajón que tenía cerrado con llave. Sacó de él un papel doblado y me lo entregó. Lo desdoblé y vi que era un telegrama. Lo habían cursado en El Paso el día 14 de junio, a las nueve diecinueve de la mañana. Iba dirigido a Derace Kingsley, Carson Drive, 965, Beverly Hills, y decía:

> Cruzo frontera para pedir divorcio en México. Stop. Me caso con Chris. Stop. Adiós y buena suerte. Crystal.

Lo dejé sobre mi lado de la mesa y él me entregó una fotografía grande y clara, en papel brillante, en la que se veía a un hombre y a una mujer sentados en la arena bajo una sombrilla de playa. El hombre llevaba un calzón de baño y la mujer un bañador de rayón blanco muy atrevido. Era una rubia delgada y joven. Tenía muy buen tipo y sonreía. Él era un hombre corpulento, de tez morena, guapo, de hombros y piernas fuertes, pelo oscuro liso y brillante y dientes blancos. Un metro ochenta del tipo habitual de destructor de hogares. Unos brazos fuertes para abrazar y todo el cerebro en la cara. Llevaba unas gafas de sol en la mano y sonreía a la cámara con una sonrisa fácil lograda a base de mucha práctica.

—Ésa es Crystal —dijo Kingsley—. Y él es Chris Lavery. Pueden quedarse el uno con el otro y que se vayan los dos al infierno.

Puse la foto sobre el telegrama.

—Bien. ¿Cuál es el problema entonces? —le pregunté.

—Allí no hay teléfono —me dijo— y la fiesta para la que tenía que venir Crystal no era muy importante, así que hasta que me llegó el telegrama no me preocupé gran cosa del asunto. El telegrama no me sorprendió demasiado. Crystal y yo no nos entendemos desde hace años. Ella vive su vida y yo la mía. Tiene dinero, y mucho. Unos veinte mil dólares de renta anual procedentes de una empresa familiar que posee valiosas concesiones de petróleo en Texas. Ella tiene aventuras y yo sabía que Lavery era uno de sus amiguitos. Me sorprendió, quizá, que quisiera casarse con él, porque ese hombre no es más que un donjuán profesional, pero hasta ese momento todo entraba dentro de lo que podía considerarse normal, ¿me comprende usted?

—¿Y luego?

—Durante dos semanas, nada. Después me llamaron del hotel Prescott, de San Bernardino, y me dijeron que un Packard Clipper, con la patente a nombre de Crystal Grace Kingsley y con mi dirección, estaba abandonado en su garaje y que qué hacían con él. Les dije que me lo guardaran allí y les mandé un cheque. Tampoco era raro eso. Pensé que Crystal se encontraba fuera de California, y que si se había ido en coche, se habría ido en el de Lavery. Pero anteayer me encontré a Lavery delante del Athletic Club que está ahí en la esquina y me dijo que no sabía dónde estaba Crystal.

Kingsley me dirigió una mirada rápida y puso una botella y dos vasos de cristal ahumado sobre la mesa. Llenó los vasos y me acercó uno. Miró el suyo a contraluz y me dijo lentamente:

—Lavery me dijo que no se había ido con ella, que no la había visto en dos meses y que no habían estado en contacto en todo este tiempo.

—¿Y usted le creyó?

Asintió con el ceño fruncido, se bebió el contenido del vaso y lo dejó a un lado. Probé lo que contenía el mío. Era whisky. Escocés y no muy bueno.

—Si le creí —me dijo—, y probablemente me equivoqué al hacerlo, no es porque Lavery sea precisamente un individuo en quien se pueda confiar. Ni pensarlo. Le creí porque es un hijo de puta que considera elegante acostarse con las mujeres de sus amigos y presumir de ello. Le habría encantado soltarme que había convencido a mi mujer de que huyera con él dejándome plantado. Conozco bien a esos tipos y especialmente a ése. Fue viajante nuestro una temporada y siempre estaba metiéndose en líos. No dejaba en paz a ninguna de las secretarias. Por otra parte, estaba el telegrama que había recibido de El Paso, y se lo dije. ¿Por qué iba a pensar que valía la pena mentirme?

—Es posible que ella le dejara plantado —dije—, y eso le habría herido en lo más vivo: en su complejo de Casanova.

Kingsley se animó un poco, pero no mucho. Negó con la cabeza.

—Me inclino a creer que no me mintió —dijo—. Tendrá usted que demostrarme que me equivoco. Por eso le necesito, en parte. Pero hay otro aspecto del asunto que me preocupa mucho. Tengo un buen empleo aquí que no es más que eso, un buen empleo. No podría soportar un escándalo. Me echarían sin contemplaciones si mi mujer se metiera en un lío con la policía.

—¿Con la policía?

—Entre sus actividades —dijo Kingsley sombrío—, Crystal encuentra tiempo para birlar lo que puede en los grandes almacenes. Creo que es una especie de manía de grandeza que le da cuando ha bebido demasiado, pero lo cierto es que hemos tenido algunas escenas bastante desagradables con varios encargados. Hasta el momento he conseguido que no la denuncien, pero si llegara a hacer algo semejante en una ciudad en que nadie la conociera... —Levantó las manos y las dejó caer de golpe sobre la mesa—. Podrían meterla en la cárcel, ¿no?

—¿Le han tomado alguna vez las huellas?

—Nunca la han detenido —dijo.

—No me refería a eso. En algunos de los grandes almacenes, para no denunciar a quien ha robado algo, ponen como condición tomarle las huellas. Eso asusta a los aficionados, y los propietarios, por otro lado, se hacen con un archivo de cleptómanos que la asociación utiliza para protegerse. Cuando las huellas aparecen un determinado número de veces, se acabó.

—Que yo sepa, nunca ha ocurrido nada semejante —dijo.

—Bueno, creo que por el momento podemos dejar a un lado ese asunto de los robos —dije—. Si la hubieran detenido, la habrían registrado, y aunque la policía le hubiera permitido utilizar un nombre falso, probablemente se habrían puesto en contacto con usted. Por otra parte, ella, al verse en un apuro, le habría pedido ayuda. —Di unos golpecitos con el dedo en el papel azul y blanco del telegrama—. Esto es de hace más de un mes. Si lo que usted teme hubiera ocurrido por entonces, el caso se habría cerrado ya. Por tratarse de una primera detención, habría salido del paso con una condicional y una buena reprimenda.

Se sirvió otra copa para aliviar su preocupación.

—Eso me tranquiliza un poco —dijo.

—Pueden haberle ocurrido muchas otras cosas —le dije—. Que se fugara con Lavery y después discutieran. Que se largara con otro hombre y le enviara a usted ese telegrama para despistarle. Que se fuera sola o con otra mujer. Que bebiera más de la cuenta y esté ahora en un centro de desintoxicación haciéndose una cura. Que se metiera en un lío del que no tenemos ni la menor idea. O que se encontrara en una situación realmente peligrosa.

¡Dios mío! ¡No diga eso! —exclamó Kingsley.

—¿Por qué no? También tiene que tenerlo en cuenta. Me hago una vaga idea de cómo es la señora Kingsley. Creo que es joven, guapa, alocada e indomable. Que bebe, y que cuando bebe, hace cosas peligrosas. Que se deja engatusar fácilmente por los hombres y que es capaz de largarse con cualquier desconocido que luego pueda resultar un delincuente. ¿Es así?

—Palabra por palabra.

—¿Cuánto dinero llevaba?

—Le gusta llevar bastante. Tiene su cuenta en un banco distinto del mío. Podía llevar cualquier cantidad.

—¿Tienen ustedes hijos?

—No.

—¿Administra usted los negocios de su mujer?

Negó con la cabeza.

—Su único negocio consiste en ingresar talones, sacar dinero y gastárselo. Nunca invierte un céntimo. Y su dinero nunca me ha servido de nada, si es eso lo que está pensando.

Hizo una pausa y continuó.

—No crea que no lo he intentado. Soy un hombre como los demás y no me hace ninguna gracia ver cómo una renta de veinte mil dólares anuales desaparece sin dejar más rastro que unas cuantas resacas y unos amantes del tipo de Chris Lavery.

—¿Cómo se lleva usted con los del banco de su mujer? ¿Podrían darle una lista de las cantidades que ha retirado durante los dos últimos meses?

—No querrán. Intenté que me dieran ese tipo de información una vez, cuando me dio por pensar que le estaban haciendo chantaje. No me hicieron ni caso.

—Podemos conseguirla —le dije—, y quizá tengamos que hacerlo. Pero supondría denunciar su desaparición y eso usted no quiere hacerlo, ¿verdad?

—Si quisiera, no le habría llamado.

Asentí, reuní mis documentos y me los guardé en el bolsillo.

—El asunto tiene más vueltas de las que veo en este momento —le dije—, pero comenzaré por hablar con Lavery, acercarme al lago del Corzo y hacer allí unas cuantas preguntas. Necesito la dirección de Lavery y una nota de presentación para el hombre que cuida de la casa.

Sacó una hoja de papel de un cajón, escribió algo y me la entregó. Decía: «Estimado Bill: le presento al señor Marlowe, que desea ver la propiedad. Por favor, enséñele la casa y ayúdele en todo lo necesario. Suyo, Derace Kingsley».

Doblé la nota y la introduje en el sobre que él había estado escribiendo mientras yo leía.

—¿Qué me dice de las otras casas? —le pregunté.

—Hasta el momento, este año no ha ido nadie por allí. De los propietarios, uno trabaja para el gobierno en Washington y el otro está en Fort Leavenworth. Sus mujeres están con ellos.

—Ahora, deme la dirección de Lavery —le dije.

Miró a un punto situado muy por encima de mi cabeza.

—Vive en Bay City. Sabría ir a su casa, pero he olvidado la dirección. La señorita Fromsett podrá dársela, creo. No es necesario que le diga para qué la necesita. Aunque probablemente lo sabrá. Y ahora, me ha dicho que quiere cien dólares.

—No se preocupe. Lo dije sólo por sus malos modos.

Sonrió. Me levanté y dudé un poco junto a la mesa. Al cabo de un momento dije:

—No me ocultará usted nada, ¿verdad? Nada de importancia, quiero decir.

Fijó la vista en sus pulgares.

—No, no le oculto nada. Estoy preocupado y quiero saber dónde está mi mujer. Estoy muy preocupado. Si averigua usted algo, llámeme a cualquier hora del día o de la noche.

Le aseguré que así lo haría, nos dimos la mano, salí del amplio y fresco despacho y volví a la recepción, donde la señorita Fromsett seguía elegantemente sentada tras su escritorio.

—El señor Kingsley cree que usted puede darme la dirección de Chris Lavery —le dije.

Observé fijamente su rostro.

Cogió lentamente una agenda de piel marrón y pasó unas páginas. Luego habló con voz tensa y fría.

—La dirección que tenemos es calle Altair, 623, Bay City. Teléfono 12523 de Bay City. Pero el señor Lavery dejó de trabajar para nosotros hace más de un año. Puede haberse mudado.

Le di las gracias y me dirigí a la puerta. Desde allí me volví a mirarla. Estaba sentada, muy quieta, con las manos entrelazadas sobre el escritorio y la mirada fija en el vacío. Un par de manchas rojas ardían en sus mejillas y su mirada era remota y amarga.

Me dio la impresión de que Chris Lavery no le resultaba un pensamiento agradable.

3

La calle Altair estaba en el ángulo de la uve que formaba el extremo interior de un profundo cañón. Hacia el norte se extendía la fresca curva azul de la bahía hasta adentrarse en el mar más arriba de Malibú. Hacia el sur, a lo largo de la carretera de la costa, se desparramaba sobre un acantilado la población costera de Bay City.

Era una calle corta, de sólo tres o cuatro manzanas, que terminaba en la alta verja de hierro de una enorme propiedad. Tras las puntas doradas de los barrotes se veían árboles y arbustos, algo de césped y parte de la curva de un camino asfaltado, pero la casa estaba oculta. En el lado de la calle más alejado del mar, las casas estaban bien cuidadas y eran bastante grandes, pero los pocos bungalows diseminados por el borde del cañón no eran gran cosa. En la media manzana cortada por la verja de hierro había sólo dos casas, una a cada lado de la calle y casi frente por frente. La más pequeña era el número 623.

Pasé ante ella sin detener el coche, di la vuelta en el semicírculo asfaltado en que terminaba la calle y aparqué ante el solar contiguo a la casa de Lavery. Estaba construida hacia abajo, produciendo un efecto como de planta trepadora, con la puerta principal a un nivel un poco más bajo que la calle, el patio sobre el tejado, el dormitorio en el sótano y un garaje semejante a la tronera de una mesa de billar. Una buganvilla escarlata susurraba contra el muro de la fachada principal y las losas del camino que conducía a la puerta estaban bordeadas de musgo. La puerta era estrecha, tenía una mirilla enrejada y estaba coronada por un arco apuntado. Bajo la mirilla había una aldaba de hierro. Llamé varias veces.

No ocurrió nada. Pulsé el timbre que había a un lado de la puerta y lo oí sonar no muy lejos en el interior de la casa. Esperé y tampoco ocurrió nada. Volví a llamar con la aldaba. Nada otra vez. Volví a subir el caminito de losas, me acerqué al garaje y levanté un poco la puerta, lo suficiente para ver que dentro había un coche con los neumáticos ribeteados de blanco. Volví a la puerta principal.

Un bonito Cadillac negro salió del garaje de la casa de enfrente, retrocedió, dio la vuelta, pasó ante la casa de Lavery, aminoró la marcha y un hombre delgado con gafas de sol me miró severamente desde el interior como si yo no tuviera derecho a estar allí. Le dirigí mi mirada de acero y siguió adelante.

Volví por el caminito y de nuevo martilleé con la aldaba. Esta vez dio resultado. La mirilla se abrió y, a través de la reja, vi a un sujeto guapo y de ojos brillantes.

—Está armando un escándalo —dijo.

—¿Es usted el señor Lavery?

Me contestó que sí y que y qué. Pasé una tarjeta a través de la reja. La cogió una mano grande y morena. Volvieron los brillantes ojos castaños y la voz dijo:

—Lo siento. Hoy no necesito ningún detective.

—Trabajo para Derace Kingsley.

—Pues váyanse al diablo los dos —dijo, y cerró de un golpe la mirilla.

Apoyé el dedo en el timbre, saqué un cigarrillo con la mano que tenía libre, y, acababa de encender una cerilla raspándola contra el marco de la puerta cuando ésta se abrió de pronto y un tipo grande, vestido con bañador, sandalias de playa y un albornoz de felpa blanco se encaró conmigo.

Dejé de tocar el timbre y le sonreí.

—¿Qué le pasa? —le pregunté—. ¿Tiene miedo?

—Vuelva a tocar el timbre —dijo— y le mandó al otro lado de la calle.

—No sea niño. Sabe perfectamente que yo voy a hablar con usted y que usted va a hablar conmigo.

Saqué el telegrama azul y blanco del bolsillo y lo puse ante sus brillantes ojos castaños. Lo leyó lentamente, se mordió el labio inferior y gruñó:

—¡Maldita sea, pase de una vez!

Me abrió la puerta de par en par y entré en la penumbra de una habitación muy acogedora decorada con una alfombra china color albaricoque que parecía cara, unos cuantos sillones de brazos muy altos, varias lámparas cilíndricas blancas, un escritorio grande en el rincón, un sofá largo y muy ancho tapizado en mohair color tostado y marrón y una chimenea con guardafuegos de cobre y repisa de madera blanca. Tras el guardafuegos había leña, oculta en parte por una rama de manzanita en flor. Las flores empezaban a amarillear, pero seguían siendo muy bonitas. Sobre una mesa baja y redonda de madera de nogal y sobre de cristal había una bandeja con una botella de Vat 69, vasos y una cubitera de cobre. La habitación se prolongaba hasta el fondo de la casa y terminaba en un arco bajo, a través del cual se veían tres ventanas estrechas y el arranque de la barandilla de hierro blanco de la escalera de bajada.

Lavery cerró dando un portazo y se sentó en el sofá. Sacó un cigarrillo de una caja de plata, lo encendió y me miró irritado. Yo me senté frente a él y le observé. En cuanto al aspecto físico, era todo lo guapo que permitía anticipar la fotografía. Tenía un torso estupendo y unos muslos magníficos. Sus ojos eran castaños, con el blanco ligeramente grisáceo. El pelo, bastante largo, se le rizaba un poco sobre las sienes. La piel morena no mostraba la menor señal de disipación. Era un hermoso trozo de carne, pero para mí no era más que eso. Aunque entendía que encandilara a las mujeres.

—¿Por qué no nos dice dónde está? —le pregunté—. De todos modos vamos a averiguarlo, pero si nos lo dice ahora, dejaremos de molestarle.

—Se necesita algo más que un detective privado para molestarme a mí —dijo él.

—No, no es cierto. Un detective privado puede molestar a cualquiera. Somos tercos y estamos acostumbrados a los desplantes. Nos pagan por día y lo mismo nos da emplear el tiempo en molestarle a usted que en cualquier otra cosa.

—Óigame usted —me dijo inclinándose hacia delante y apuntándome con el cigarrillo—. He leído lo que dice el telegrama, pero es mentira. Yo no fui a El Paso con Crystal Kingsley. Hace mucho que no la veo, desde mucho antes de la fecha de ese telegrama. No he estado en contacto con ella. Ya se lo dije a Kingsley.

—Él no tiene por qué creerle.

—¿Y por qué habría de mentirle?

Parecía sorprendido.

—¿Y por qué no?

—Mire —me dijo con vehemencia—, usted puede creer que miento porque no la conoce, pero no es así. Kingsley no tiene ningún control sobre ella. Y si no le gusta cómo se porta, ya sabe lo que tiene que hacer. Los maridos posesivos me ponen enfermo.

—Si no fue usted a El Paso con Crystal —le dije—, ¿por qué puso ella este telegrama?

—No tengo la menor idea.

—Seguro que puede decirme algo más —le dije. Señalé la rama de manzanita que había en la chimenea—. ¿La cogió en el lago del Corzo?

—Las colinas de por aquí están llenas de manzanita —dijo con desprecio.

—Pero aquí no florece como allí.

Rió.

—Está bien. Fui allí la tercera semana de mayo. Supongo que podría averiguarlo por su cuenta. Ésa fue la última vez que la vi.

—¿Pensaba casarse con ella?

Lanzó una bocanada de humo y dijo a través de él:

—Lo he pensado, sí. Es rica y el dinero siempre viene bien. Pero sería un modo demasiado difícil de conseguirlo.

Asentí con la cabeza, pero no dije nada. Él miró la rama de manzanita y se apoyó en el respaldo del sofá para lanzar al aire una nube de humo y mostrarme el perfil fuerte y moreno de su garganta. Al poco rato, viendo que yo seguía sin decir nada, empezó a inquietarse. Miró la tarjeta que le había dado y dijo:

—Así que cobra usted por sacar trapos sucios a la luz, ¿eh? ¿Da mucho dinero eso?

—No crea que es para forrarse. Un dólar por aquí, otro por allá...

—Y todos bastante asquerosos.

—Oiga usted, señor Lavery. No es necesario que discutamos. Kingsley cree que usted sabe dónde está su mujer, pero no quiere decírselo. Por maldad o por delicadeza.

—¿Por qué razón preferiría él que fuera? —gruñó el guapo moreno.

—Lo mismo le da con tal de que le dé esa información. No le importa mucho lo que hagan ustedes dos, ni adónde puedan ir, ni si ella se divorcia o no. Sólo quiere asegurarse de que todo va bien y de que ella no se ha metido en ningún lío.

Lavery pareció interesado.

—¿En un lío? ¿Qué clase de lío?

Lamió la palabra sobre sus labios morenos, saboreándola.

—Quizá no sepa usted nada del tipo de lío en que piensa él.

—Dígamelo —suplicó con sarcasmo—. Me encantará saber que existe algún tipo de lío del que yo no sepa nada.

—¡Qué bien lo hace usted! —le dije—. Para las cosas serias no tiene tiempo, pero para hacer chistes, le sobra. Si cree que vamos a hacer que le detengan por haber cruzado la frontera del estado con ella, se equivoca.

—¡Váyase al cuerno! Tendría que demostrar que pagué el transporte o la denuncia no serviría de nada.

—Este telegrama tiene que significar algo —repetí tozudamente.

Me pareció que ya lo había dicho antes. Varias veces.

—Probablemente se trata de una de sus cosas. Ella siempre usa trucos como ése. Todos bastante tontos y algunos hasta perversos.

—Pues a éste no le veo ningún sentido.

Sacudió cuidadosamente la ceniza del cigarrillo sobre la mesita de cristal. Me lanzó una mirada solapada e, inmediatamente, desvió la vista.

—La dejé plantada —dijo lentamente—. Puede que ésta sea su forma de vengarse de mí. Había quedado en ir a verla un fin de semana. Y no fui. Estaba harto de ella.

—Ya —dije. Y le miré largamente—. No me gusta mucho. Habría preferido que se hubiera ido a El Paso con ella, que hubieran discutido allí y después se hubieran separado. ¿No podría decirme eso?

Se puso como la grana bajo el bronceado.

—¡Maldita sea! Ya le he dicho que no fui a ninguna parte con ella. ¡A ninguna parte! ¿Es que no se acuerda?

—Me acordaré cuando le crea.

Se inclinó hacia delante para apagar el cigarrillo. Se levantó con un movimiento ágil, sin apresurarse, se apretó el nudo del cinturón del albornoz y se detuvo junto al brazo del sofá.

—Muy bien —dijo con voz tensa y clara—. ¡Largo de aquí! ¡Fuera! Estoy harto de tanto interrogatorio. Estamos perdiendo mi tiempo y el suyo, si es que el suyo vale algo.

Me levanté y le sonreí.

—No mucho, pero por poco que valga, me lo pagan. ¿No habrá tenido usted por casualidad algún contratiempo, digamos que en la sección de joyería o de medias de algunos grandes almacenes?

Me miró atentamente con el ceño sombrío y los labios fruncidos.

—No le entiendo —dijo, pero su voz traslucía cierta preocupación.

—Eso es todo lo que necesitaba saber —le dije—. Gracias por escucharme. Y a propósito, ¿en qué trabaja usted desde que dejó la compañía de Kingsley?

—¿Qué demonios le importa a usted eso?

—Nada, pero naturalmente puedo averiguarlo —dije, y avancé un poco hacia la puerta, no mucho.

—Por el momento no hago nada —dijo fríamente—. Espero en cualquier momento un nombramiento de la Marina.

—Es un trabajo que le va.

—Sí. Hasta la vista, sabueso, y no se moleste en volver por aquí. No pienso estar en casa.

Me acerqué a la puerta y la empujé. Se quedó atascada en el umbral a causa de la humedad del mar. Cuando al fin conseguí abrirla me volví a mirar a Lavery. Seguía de pie, con el ceño fruncido y lleno de truenos mudos.

—Quizá tenga que volver —le dije—. Pero entonces no será para intercambiar bromitas. Será porque haya averiguado algo que exija una conversación.

—Así que sigue creyendo que miento —exclamó salvajemente.

—Creo que se calla algo. He visto demasiadas caras para no saberlo. Puede que no sea asunto mío. Si es así tendrá que echarme otra vez.

—Será un placer —dijo—. Pero a la próxima, tráigase a alguien que le lleve a casa. Por si se cae de espaldas y se parte la crisma.

Luego, sin motivo aparente, escupió en la alfombra a sus pies.

Me sorprendió. Fue como ver a un tipo desprenderse del barniz y convertirse de pronto en un tipo duro en medio de un callejón. O como oír a una mujer supuestamente refinada empezar a decir tacos.

—Adiós, belleza —le dije, y le dejé allí de pie.

Cerré la puerta tirando con fuerza y subí por el sendero hasta la calle. Luego me quedé en la acera mirando la casa de enfrente.

4

Era una construcción ancha y baja, con muros de estuco que habían sido de un rosa fuerte y habían ido perdiendo color hasta quedar de un agradable tono pastel y con los marcos de las ventanas pintados de color verde mate. La cubierta era de tejas verdes, redondeadas y toscas. La puerta principal estaba enmarcada por una banda de mosaico multicolor y ante ella se extendía un jardincillo de flores rodeado por una cerca baja de estuco rematada por barrotes de hierro que la humedad del mar había empezado a corroer. Fuera de la cerca, a la izquierda, había un garaje para tres coches con una puerta que daba al interior del jardín y de la cual arrancaba un caminito de asfalto que llegaba hasta la entrada lateral de la casa. Junto a la puerta de la cerca había una placa de bronce que decía: «Albert S. Almore. Doctor en Medicina».

Mientras contemplaba la casa desde la acera de enfrente, el Cadillac negro que había visto poco antes dobló por la esquina ronroneando y avanzó manzana arriba. Aminoró la marcha y se hizo a la derecha con el fin de disponer de espacio para entrar en el garaje, decidió que mi coche le estorbaba, siguió hasta el final de la calle y dio la vuelta donde había más espacio, ante la verja ornamentada del fondo. Volvió lentamente y entró en el tercio de garaje que estaba vacío.

El hombre delgado con gafas de sol comenzó a recorrer el sendero que conducía a la casa con un maletín de médico de doble asa en la mano. A medio camino, comenzó a andar lentamente para mirarme. Yo me dirigí a mi coche. Al llegar a la casa sacó una llave y, mientras abría, se volvió de nuevo a mirarme.

Subí al Chrysler y me senté en el interior a fumar un cigarrillo y a pensar si valía la pena o no pagar a alguien para que siguiera a Lavery. Decidí que, tal como estaban las cosas, de momento era mejor no hacerlo.

Unas cortinas se movieron tras una ventana de la planta baja cercana a la puerta por la que había entrado el doctor Almore. Las sostenía una mano delgada y adiviné el reflejo de la luz en los cristales de unas gafas. Las cortinas permanecieron apartadas bastante tiempo antes de volver a cerrarse.

Miré hacia la casa de Lavery. Desde el lugar en que me hallaba vi que el porche de servicio daba a un tramo de escalones de madera pintada que acababa en un camino asfaltado y en otro tramo de escalones, esta vez de cemento, que iba a morir a su vez en el callejón asfaltado de abajo.

Volví a mirar la casa del doctor Almore mientras me preguntaba distraídamente si éste conocería a Lavery y hasta qué punto. Era más que probable, puesto que eran los dos únicos vecinos en aquella manzana. Pero tratándose de un médico no me diría nada acerca de él. Al mirar vi que las cortinas que había visto moverse estaban ahora completamente descorridas.

El panel central de la triple ventana no tenía persiana. Tras él, el doctor Almore me miraba con su rostro delgado contraído en un gesto torvo. Sacudí la ceniza del cigarrillo por la ventanilla del coche y él se volvió bruscamente y se sentó ante un escritorio. Sobre el tablero, a su lado, se hallaba el maletín de doble asa. Permaneció sentado rígidamente, golpeando la madera con los dedos junto al maletín. Hizo ademán de descolgar el teléfono, lo tocó y retiró la mano. Encendió un cigarrillo, sacudió la cerilla con furia, se acercó a zancadas a la ventana y volvió a mirarme.

El asunto me interesó aunque sólo fuera porque se trataba de un médico, que son, por lo general, los hombres menos curiosos del mundo. Con los secretos que oyen mientras hacen prácticas en el hospital tienen bastante para el resto de su vida. El doctor Almore parecía interesado por mí. Más que interesado, molesto.

Me inclinaba hacia delante para hacer girar la llave de contacto cuando se abrió la puerta de la casa de Lavery. Retiré la mano y me arrellané de nuevo en el asiento. Lavery recorrió a paso vivo el caminito de losas, lanzó una mirada a la calle y se volvió hacia el garaje. Iba vestido como antes. Llevaba al brazo una gruesa toalla y una esterilla de playa. Oí el ruido que hizo la puerta del garaje al levantarse, el de la puerta del coche al abrirse y al cerrarse y, por último, el carraspear del motor al ponerse en marcha. El coche subió marcha atrás el empinado trecho hasta la calle soltando por el tubo de escape un humo blanco. Era un pequeño descapotable azul muy gracioso. Sobre la capota plegada sobresalía la lustrosa cabeza morena de Lavery. Ahora llevaba unas gafas de sol muy de moda con patillas blancas anchas. El automóvil recorrió la media manzana y dobló la esquina zigzagueando a toda velocidad.

Aquello ya no tenía ningún interés para mí. El señor Lavery se dirigía a la orilla del vasto océano Pacífico para tenderse al sol y dejar ver a las chicas lo que no tenían por qué seguir perdiéndose.

Concentré de nuevo mi atención en el doctor Almore. Estaba en el teléfono, sin hablar, pero con el auricular pegado a la oreja, fumando y esperando. Luego se inclinó hacia delante, como hace uno cuando vuelve a oír una voz al otro lado del hilo. Escuchó, colgó y anotó algo en un cuaderno que tenía ante él. Después, un grueso libro amarillo apareció sobre su escritorio y él lo abrió aproximadamente por la mitad. Mientras lo hacía lanzó una mirada rápida por la ventana, directamente a mi Chrysler.

Encontró en el libro lo que buscaba, se inclinó sobre él y unas fugaces bocanadas de humo se elevaron en el aire sobre las páginas. Escribió algo más, dejó el libro a un lado y volvió a coger el teléfono. Marcó un número, esperó y empezó a hablar rápidamente mientras asentía y hacía gestos en el aire con el cigarrillo.

Acabó de hablar y colgó. Apoyó la espalda en el respaldo del asiento y permaneció sentado, rumiando sus pensamientos, con la vista fija en el escritorio, pero sin olvidarse de mirar por la ventana a cada rato. Él esperaba y yo esperaba con él sin ningún motivo. Los médicos hacen llamadas telefónicas y hablan con mucha gente. Los médicos miran por la ventana, los médicos fruncen el ceño, los médicos se ponen nerviosos, los médicos tienen preocupaciones y las demuestran. Los médicos son personas como las demás, nacidas para sufrir y librar la larga y terrible batalla como todos nosotros.

Pero algo en la conducta de este médico en concreto me intrigaba. Consulté el reloj, decidí que era hora de comer algo, encendí otro cigarrillo y no me moví.

Fue cosa de unos cinco minutos. Un coche de color verde dobló por la esquina a toda velocidad y avanzó manzana arriba. Paró ante la casa del doctor Almore y su esbelta antena de radio se cimbreó en el aire. Un hombre fornido de cabello de un rubio ceniciento se bajó y se acercó a la entrada principal de la casa. Llamó al timbre y se inclinó para encender una cerilla rascándola contra el escalón. Volvió la cabeza y dirigió la vista exactamente hacia el lugar donde yo me encontraba.

La puerta se abrió y el hombre entró en la casa. Una mano invisible corrió las cortinas del despacho del doctor Almore impidiéndome ver la habitación. Seguí sentado contemplando el forro de las cortinas desteñido por el sol. El tiempo pasó lentamente.

La puerta volvió a abrirse y el hombretón bajó al desgaire los escalones de la entrada y cruzó la puerta de la cerca. Arrojó la colilla al suelo y se pasó la mano por el pelo. Se encogió de hombros, se pellizcó la barbilla y cruzó la calzada en diagonal. En el silencio de la calle sus pisadas resonaban pausadas y claras. Las cortinas del doctor Almore volvieron a abrirse a sus espaldas. Almore estaba de pie junto a la ventana y miraba.

Una mano grande y pecosa se posó sobre la puerta del coche junto a mi codo, y una cara grande, surcada de profundas arrugas, pareció flotar en el aire sobre ella. El hombre tenía los ojos de un azul metálico. Me miró fijamente y habló con voz ronca.

—¿Está esperando a alguien? —preguntó.

—No sé —le dije—. ¿Lo estoy?

—Yo soy quien pregunta aquí.

—No me diga —contesté—. Así que ésta es la explicación de toda esa comedia.

—¿Qué comedia?

Me lanzó una mirada dura y airada de sus ojos muy azules. Yo señalé a la acera de enfrente con el cigarrillo.

—Ese tipo tan nervioso y la llamada de teléfono. Ha avisado a la policía probablemente después de averiguar mi nombre, probablemente por medio del Automóvil Club, y de buscarlo en la guía. ¿Qué pasa?

—Enséñeme su carné de conducir.

Le devolví la mirada.

—¿No enseña nunca su placa de policía? ¿O cree que hacerse el duro es toda la identificación que necesita?

—Cuando tenga que ser duro lo notará inmediatamente, amigo.

Me incliné hacia delante, hice girar la llave de contacto y tiré del estárter. El motor empezó a ronronear suavemente.

—Apague ese motor —dijo violentamente mientras ponía un pie sobre el estribo.

De nuevo apagué el motor, me apoyé en el respaldo del asiento y le miré.

—¡Maldita sea! —dijo—. ¿Quiere que le saque a rastras de ahí dentro y le haga botar sobre el asfalto?

Saqué la cartera y se la entregué. Él sacó la funda de plástico y miró mi carné de conducir. Luego le dio la vuelta y examinó la fotocopia de mi licencia de detective. Volvió a meterla despreciativamente en la cartera, me la devolvió y yo me la guardé. Se metió la mano en el bolsillo y sacó la placa azul y dorada de la policía.

—Teniente Degarmo —dijo con su voz pesada y brutal.

—Encantado de conocerle, teniente.

—Ahórrese las formalidades y dígame por qué está aquí husmeando en la casa de Almore.

—No estoy husmeando en la casa de Almore, como usted dice, teniente. No sé quién es el doctor Almore y no tengo ningún motivo para husmear en su casa.

Volvió la cabeza y escupió. Se ve que aquel día les daba a todos por escupir.

—¿Qué se trae entre manos entonces? Aquí no nos gustan los detectives. No hay ni uno en la ciudad.

—¿De verdad?

—De verdad, así que vamos, desembuche. A menos que quiera venir conmigo a la comisaría y sudar un poco bajo las luces.

No le contesté.

—¿Le ha contratado la familia de ella? —me preguntó de pronto.

Negué con la cabeza.

—El último que lo intentó acabó condenado a trabajos forzados.

—Estupendo —le dije—. Sólo que me gustaría saber un poco de qué se trata. ¿Qué fue lo que intentó?

—Trató de hacerle chantaje —contestó tenuemente.

—Lástima que yo no sepa hacerlo. Parece un hombre fácil de chantajear.

—Hablando así no conseguirá nada bueno —dijo.

—Entendido —le respondí—. Pues se lo diré de otro modo. No conozco al doctor Almore, no sé nada de él y no me interesa en lo más mínimo. He venido a visitar a un amigo y a admirar el panorama. Si estoy haciendo algo más, no es asunto suyo. Y si no le gusta, lo mejor que podemos hacer es ir derechos a la comisaría y hablar con el capitán de servicio.

Arrastró pesadamente el pie que tenía sobre el estribo y pareció dudar.

—¿Dice la verdad?

—Digo la verdad.

—¡Maldita sea! Ese tipo está chiflado —dijo. De pronto se volvió a mirar hacia la casa por encima del hombro—. Debería ver a un médico.

Rió con una risa nada divertida, quitó el pie del estribo y volvió a pasarse la mano por el pelo.

—¡Vamos, lárguese de aquí! —dijo—. No vuelva a meterse en nuestro terreno y no se creará enemigos.

Volví a tirar del estárter. Cuando el motor empezó a zumbar suavemente le dije:

—¿Cómo está Al Norgaard?

Me miró asombrado.

—¿Conoce usted a Al?

—Sí. Trabajamos juntos en un caso hace un par de años cuando Wax era jefe de policía.

—Al está en la policía militar. Ojalá estuviera yo también —dijo amargamente. Echó a andar y de pronto giró sobre los talones—. ¡Venga, lárguese antes de que me arrepienta! —gritó.

Cruzó pesadamente la calle y la cerca de la casa del doctor Almore. Pisé el embrague y arranqué. Durante todo el camino de vuelta a la ciudad fui rumiando mis pensamientos. Entraban y salían de mi mente tan inquietos como las manos del doctor Almore cuando movía las cortinas de su despacho.

Ya de vuelta en Los Ángeles comí y subí a mi oficina del edificio Cahuenga para ver el correo. Desde allí llamé a Kingsley.

—He visto a Lavery —le dije—. Estuvo lo bastante desagradable como para parecer sincero. Traté de apretarle las clavijas pero no hubo manera. Sigue gustándome la idea de que Crystal y él discutieron, de que cada uno se marchó por su lado y de que él sigue pensando que aún pueden hacer las paces.

—Entonces tiene que saber dónde está ella —dijo Kingsley.

—Quizá, pero no necesariamente. A propósito, en la calle de Lavery me pasó una cosa muy curiosa. Hay sólo dos casas. En la otra vive un tal doctor Almore.

Y le conté brevemente el curioso incidente. Se quedó callado un momento y al final me dijo:

—¿El doctor Albert Almore?

—Sí.

—Fue médico de Crystal durante algún tiempo. Vino a verla a casa en varias ocasiones en que ella había..., bueno, en que había bebido más de la cuenta. Me pareció que se le iba un poco la mano con la aguja hipodérmica. Su mujer... Vamos a ver, a su mujer le pasó algo. ¡Ah, sí! Se suicidó.

—¿Cuándo? —le pregunté.

—No me acuerdo. Hace mucho tiempo. No teníamos amistad con ellos. ¿Qué va usted a hacer ahora?

Le dije que pensaba ir al lago del Puma, pero que se me había hecho un poco tarde. Me contestó que tenía tiempo de sobra y que en las montañas anochecía una hora más tarde. Le dije que de acuerdo y colgamos.

5

San Bernardino hervía y se cocía bajo el calor de la tarde. El aire ardía lo bastante como para levantar ampollas en la lengua. Atravesé la ciudad jadeando, paré sólo el tiempo suficiente para comprar una botella de whisky por si me desmayaba antes de llegar a las montañas y comencé a subir la larga pendiente que conduce a Crestline. En veinticinco kilómetros la carretera ascendía más de mil quinientos metros, pero incluso allí arriba el aire estaba muy lejos de ser fresco. Cuarenta y cinco kilómetros más de carretera de montaña me condujeron hasta los altos pinos y un lugar llamado Bubbling Springs. No había más que una tienducha de madera y un surtidor de gasolina, pero me pareció un paraíso. De allí en adelante ya refrescó todo el camino.

En la presa del lago del Puma había un centinela armado a cada extremo y otro en el centro. El primero me hizo subir las ventanillas del coche antes de cruzarla. Como a unos cien metros de la presa una cuerda, mantenida a flote por medio de corchos, marcaba a las embarcaciones particulares el límite hasta donde podían llegar. Aparte de esos detalles, la guerra no parecía haber afectado mucho al lago del Puma. Las canoas surcaban sus aguas azules y unas cuantas lanchas y barcos de remo con motor fuera borda, presumiendo como chiquillos descarados, levantaban crestas de espuma y giraban en increíble equilibrio mientras las chicas que iban a bordo gritaban y hundían las manos en el agua. Sacudidos por las estelas de los motores, los que habían pagado dos dólares por una licencia de pesca trataban de recuperar unos cuantos centavos con unos cuantos pececillos de carne insípida.

La carretera bordeaba una escarpada ladera de granito y descendía después hacia praderas cubiertas de hierba donde crecían, aunque ya no muy abundantes, lirios salvajes, flores silvestres blancas y moradas, aguileñas, menta y plantas del desierto. Las copas amarillentas de los pinos se hundían en el cielo azul y despejado. La carretera volvió a descender hasta el nivel del lago y el paisaje comenzó a llenarse de chicas con pantalones de colores chillones, redecillas en el pelo, pañuelos de campesina, mochilas, sandalias de suela gruesa y muslos blancos y rollizos. Los ciclistas se bamboleaban cuidadosamente sobre la carretera y, de vez en cuando, algún que otro tipo de aspecto inquieto me adelantaba a todo gas en su moto.

A un kilómetro aproximadamente del pueblo partía de la carretera general otra comarcal que iba a perderse entre curvas en el interior de las montañas. Bajo el cartel oficial de señalización colgaba otro de madera rústica que decía: «Lago del Corzo, 3 km». Doblé. A lo largo de un kilómetro vi varias casitas encaramadas a la ladera de la montaña. Luego nada. Un camino vecinal partía a su vez de esta segunda carretera y en el cruce un letrero anunciaba: «Lago del Corzo. Camino particular. Prohibido el paso».

Enfilé con el Chrysler el camino de tierra y repté cuidadosamente entre enormes peñascos de granito. Pasé junto a una pequeña cascada y atravesé un laberinto de robles, tamarindos, madroños y silencio. Un pájaro graznó en una rama y una ardilla me miró ceñuda mientras hundía airadamente una pata en la piña que sostenía. Un pájaro carpintero de penacho rojo dejó de picar sólo el tiempo suficiente para mirarme con un ojo tan brillante como una cuenta de cristal, se ocultó un segundo tras el tronco del árbol y reapareció después al otro lado para mirarme con el otro. Llegué a un cercado de madera rústica y a otro cartel. Más allá la carretera serpenteaba a lo largo de unos doscientos metros, abriéndose paso entre una espesura de árboles. De pronto apareció a mis pies un pequeño lago ovalado hundido entre follaje, rocas y prados, como una gota de rocío prisionera en el cuenco de una hoja. En el extremo más cercano había un dique de cemento con pasamanos de cuerda en la parte superior y una rueda de molino en un extremo. Muy cerca del dique, se alzaba una casita de troncos de pino sin desbastar.

Al otro lado del lago, a considerable distancia si se seguía el camino que bordeaba el agua, pero bastante cerca si se cruzaba el dique, una casita de madera de secoya se alzaba justo a la orilla, y algo más allá, bastante separadas una de otra, se veían otras dos. Todas estaban cerradas y silenciosas y tenían las cortinas echadas. La más grande tenía unas persianas entre amarillo y naranja y un enorme ventanal que daba al lago.

En la orilla opuesta al dique se elevaban lo que parecía un pequeño muelle y un quiosco de música. En un letrero de madera combada por el tiempo se leía en grandes letras blancas: «Campamento Kilkare». No entendí qué podía hacer una construcción semejante en aquellos parajes. Me bajé del coche y eché a andar hacia la casa más cercana. Detrás de ella sonaba en algún lugar el golpear de un hacha.

Llamé a la puerta. El hacha se detuvo y sonó la voz de un hombre. Me senté en una piedra y encendí un cigarrillo. Alguien se acercaba rodeando la casa con pisadas arrítmicas. De pronto, un individuo de rostro tosco y tez aceitunada apareció ante mí con un hacha de doble filo en la mano.

Era un hombre fornido y no muy alto que cojeaba al andar lanzando con cada paso la pierna derecha al aire y dibujando con el pie un círculo casi a ras de tierra. Iba sin afeitar, tenía los ojos azules, de mirar impávido, y un cabello fosco que caía en rizos sobre las orejas y estaba pidiendo a gritos unas tijeras. Vestía pantalones vaqueros y una camisa azul que llevaba desabrochada, descubriendo un cuello moreno y musculoso. De la comisura de sus labios colgaba un cigarrillo. Habló con la voz dura y áspera del hombre de ciudad.

—¿Qué quiere?

—¿El señor Chess?

—El mismo.

Me levanté, saqué del bolsillo la nota de presentación de Kingsley y se la entregué. La miró bizqueando, entró en la casa y volvió a salir con unas gafas encaramadas en el caballete de la nariz. Leyó la nota dos veces lentamente. Se la metió en el bolsillo de la camisa, se abrochó el botón que lo cerraba y me tendió la mano.

—Encantado de conocerle, señor Marlowe.

Nos estrechamos la mano. La suya parecía de lija.

—Quiere ver la casa de Kingsley, ¿eh? Se la enseñaré encantado. Espero que no esté en venta.

Me miró fijamente mientras señalaba con el dedo la orilla opuesta del lago.

—Es muy posible —le dije—. En California todo está en venta.

—¿Verdad que sí? Es ésa. La de madera de secoya. Tiene revestimiento de pino, tejado prefabricado, cimientos y porche de piedra, baño completo, ducha, persianas venecianas en todas las ventanas, chimenea, estufa de petróleo en el dormitorio principal (y le aseguro que se necesita en primavera y en otoño) y cocina mixta de gas y de leña. Todo de primera clase. Costó unos ocho mil dólares, que ya es dinero tratándose de una casita de montaña. ¡Ah! Y un depósito particular en lo alto de la colina para el agua.

—¿Tiene luz eléctrica y teléfono? —le pregunté sólo por ser amable.

—Luz, desde luego. Teléfono no. Ahora no se lo pondrían. Y si se lo pusieran, costaría una fortuna traer el cable hasta aquí.

Me miró fijamente con sus ojos azules y yo le miré a mi vez. A pesar de su apariencia sana habría jurado que bebía. Esa piel tan lustrosa, esas venas tan marcadas, ese brillo en los ojos.

—¿Vive alguien ahí ahora? —le pregunté.

—No. La señora Kingsley vino hace unas semanas, pero se fue. Supongo que volverá un día de éstos. ¿No se lo dijo su marido?

Me hice el sorprendido.

—¿Por qué? ¿Es que va incluida en el precio de la casa?

Frunció el ceño y luego echó la cabeza hacia atrás y lanzó una carcajada que sonó como el tubo de escape de un tractor. Hizo añicos el silencio de los bosques.

—¡Vaya golpe! —jadeó—. ¡Preguntar que si va incluida en el precio...!

Soltó otra carcajada y luego cerró la boca a cal y canto.

—Como le digo, es una casa de primera —dijo mirándome con desconfianza.

—¿Son cómodas las camas? —le pregunté.

Se inclinó hacia delante y sonrió.

—¿Quiere que le llene la cara de nudillos? —dijo.

Le miré con la boca abierta.

—Ésa ha ido demasiado rápida. No he podido ni pescarla al vuelo.

—¿Cómo quiere que sepa si son cómodas las camas? —gruñó echándose un poco más hacia delante para poder tenerme, si se terciaba, a tiro de un directo.

—No lo sé —le dije—. Ni voy a volver a preguntárselo. Puedo averiguarlo por mi cuenta.

—Ya —me dijo amargamente—. No crea que no sé oler a un sabueso hasta de lejos. He jugado al escondite con ellos por todos los estados de la Unión. ¡Váyase al diablo, amigo! Y que le acompañe Kingsley. Conque se ha buscado a un detective para que venga a averiguar si me estoy metiendo en su pijama,

¿eh? Pues escúcheme bien, amigo. Puede que tenga una pierna tiesa, pero le aseguro que en cuanto a mujeres puedo...

Alcé la mano con la esperanza de que no me la arrancara y la tirara al lago.

—Se está pasando de listo —le dije—. No he venido hasta aquí para investigar su vida sentimental. No conozco a la señora Kingsley y hasta esta mañana no había visto jamás a su marido. ¿Qué locura le ha dado?

Bajó la mirada y se pasó el dorso de la mano por la boca salvajemente, como si quisiera hacerse daño. Luego la levantó a la altura de los ojos, la cerró en un puño apretado, volvió a abrirla y se miró los dedos. Le temblaban un poco.

—Lo siento, señor Marlowe —me dijo lentamente—. Anoche estuve bebiendo y hoy tengo una resaca de caballo. Llevo aquí meses completamente solo y creo que empiezo a sentir los efectos. Además, me ha sucedido algo...

—¿Algo que una copa no pueda ayudar a olvidar?

Sus pupilas se achicaron y me lanzó una mirada llena de fuego.

—¿Tiene algo de beber?

Saqué del bolsillo la botella de whisky y la coloqué de manera que pudiera ver la etiqueta de color verde que sellaba el tapón.

—No lo merezco —me dijo—. ¡Maldita sea! No lo merezco. Espere, voy a buscar un par de vasos. ¿O quiere que entremos?

—Prefiero quedarme aquí. Me gusta el paisaje.

Se alejó trazando círculos en el aire con la pierna rígida, entró en la casa y volvió a salir con un par de vasos. Se sentó en la roca a mi lado. Olía a sudor seco.

Arranqué el sello que cubría el tapón de la botella y serví un largo trago para él y otro más ligero para mí. Hicimos chocar los vasos y bebimos. Paladeó el alcohol y una sonrisa triste llevó un poco de alegría a su cara.

—¡Oiga, este whisky es del bueno! —me dijo—. No sé por qué le he hablado así. Supongo que empieza uno a volverse loco aquí solo. Sin compañía, sin amigos, sin esposa... —Hizo una pausa y me miró de soslayo—. Sobre todo sin esposa.

Yo seguía con la vista fija en el agua azul del lago. Un pez saltó bajo una roca, con un rayo de luz y una serie de círculos concéntricos. La brisa movía con un rumor de oleaje las copas de los árboles.

—Me abandonó —dijo lentamente—. Se fue hace un mes. El viernes 12 de junio. Nunca olvidaré ese día.

Me sorprendí, pero no lo suficiente como para olvidarme de volver a llenarle el vaso. El viernes 12 de junio era el día en que Crystal Kingsley tenía que haber vuelto a Los Ángeles para asistir a una fiesta.

—Pero, claro, a usted eso no le interesa —me dijo.

En sus ojos azul pálido se reflejó el profundo deseo de hablarme del asunto de la forma más clara posible.

—No es asunto mío —le dije—, pero si le sirve de algo desahogarse...

Asintió rotundamente.

—A veces dos desconocidos coinciden en un banco de un parque y al rato se ponen a hablar de Dios. ¿Se ha fijado usted alguna vez? Dos tipos que no hablarían de Dios ni con sus mejores amigos.

—Es verdad —le dije.

Bebió un sorbo de whisky y miró a la otra orilla del lago.

—Era una chica estupenda —continuó quedamente—. A veces tenía mala lengua, pero aun así era estupenda. Fue amor a primera vista lo que surgió entre Muriel y yo. La conocí en un bar de Riverside, hace un año y tres meses. No era el tipo de local que frecuentaban mujeres como Muriel, pero así fue. Nos casamos. Yo la quería. Podía darme con un canto en los dientes y, sin embargo, fui tan canalla que no supe tratarla con decencia.

Me moví un poco para demostrarle que seguía ahí, pero no dije nada por miedo a romper el encanto. Seguí sentado con el vaso en la mano sin beber una gota. Me gusta beber, pero no mientras un hombre me está utilizando como diario íntimo. Él siguió hablando sombrío.

—Ya sabe usted lo que pasa con cualquier matrimonio; con el tiempo los tipos despreciables como yo quieren sentir otras piernas que no sean las de su mujer. Será horrible, pero así es.

Me miró y le dije que captaba perfectamente la idea.

Echó otro trago. Le pasé la botella. En un pino cercano un pájaro empezó a saltar de rama en rama sin mover las alas y sin permanecer un segundo en equilibrio.

—Sí —continuó Bill Chess—. Todos los hombres de estas montañas están medio locos y yo empiezo a estarlo también. Vivo como un rey, sin alquiler que pagar, con una buena pensión mensual, la mitad de mis ahorros en bonos de guerra, casado con la rubia más guapa que se pueda imaginar, y soy tan idiota que ni me doy cuenta. Voy y busco *eso* —dijo señalando la casita de secoya que se alzaba al otro lado del lago y que al sol del atardecer iba adquiriendo el color de la sangre de buey—. Ahí mismo comenzó la cosa, en el jardín, justo debajo de las ventanas, con una golfa que no significa nada para mí. ¡Dios mío! ¡Lo bajo que puede caer uno!

Se tomó un tercer trago y dejó la botella en equilibrio sobre la peña. Sacó un cigarrillo del bolsillo de la camisa, encendió una cerilla raspándola contra la uña del pulgar, y aspiró el humo ansiosamente. Yo respiré con la boca abierta, tan silencioso como un ladrón oculto tras una cortina.

—¡Qué diablos! —dijo al fin—. Pensará usted que un tipo a quien se le ocurre echar una cana al aire se irá un poco lejos de su casa y al menos buscará una mujer distinta de la suya. Pues esa golfa ni siquiera es distinta. Es rubia como Muriel, de la misma altura, el mismo peso y casi el mismo color de ojos. Aunque el parecido no pasa de ahí. Guapa sí es, pero no más que otras muchas mujeres y, desde luego, ni la mitad de guapa que la mía. Pero como le decía, una mañana estaba yo quemando basura y ocupándome de mis asuntos, como siempre, cuando va ella y sale por la puerta de atrás con un pijama tan fino que se le transparentaba el rosa de los pezones. Y me dice con esa voz de zorra perezosa que tiene: «Venga a tomar una copa, Bill. No trabaje tanto en una mañana tan hermosa». Y yo, que tengo debilidad por el alcohol, me acerco a la puerta de la cocina y acepto la invitación. Y me tomo una copa, y otra, y otra, hasta que de pronto me encuentro dentro de la casa. Y cuanto más me acerco, más me pone ella ojos de cama.

Hizo una pausa y me dirigió una mirada dura y franca.

—Me ha preguntado si las camas son cómodas y yo me he enfadado. Usted no quería ofenderme, pero me ha hecho recordarlo todo. Sí, la cama en que estuve era muy cómoda.

Dejó de hablar y sus palabras quedaron flotando en el aire. Poco a poco fueron cayendo y se hizo el silencio. Se inclinó a coger la botella y se quedó mirándola. Parecía librar internamente una batalla con ella. Como de costumbre, ganó el whisky. Bebió un trago largo y salvaje y luego enroscó el tapón muy fuerte, como si eso fuera a servirle de algo. Cogió una piedra y la arrojó al agua.

—Volví a casa atravesando el dique —continuó lentamente con la lengua entorpecida por el alcohol—. Me creía el amo del mundo. Me había salido con la mía. Cómo nos equivocamos los hombres en esos casos, ¿verdad? Lo cierto es que no había logrado engañar a nadie en absoluto. En absoluto. En cuanto me vio llegar, ella empezó a hablar sin levantar siquiera la voz. Pero me dijo cosas sobre mí que nunca hubiera imaginado. ¡Y yo que creía que se la había pegado!

—Y luego le abandonó —dije yo cuando él acabó de hablar.

—Esa misma noche. Yo ni siquiera estaba en casa. Me sentía tan mal por dentro que no quería estar sobrio. Me metí en el Ford, me fui al norte del lago, me junté con otro par de sinvergüenzas y cogí una tajada de las buenas. Pero ni con eso me animé. Hacia las cuatro de la madrugada volví a casa. Muriel se había ido. Había hecho las maletas y se había largado. No dejó más que una nota encima del escritorio y una mancha de crema en la funda de la almohada.

De una cartera vieja sacó un pedazo de papel sucio y manoseado y me lo tendió. Era una hoja blanca con rayas azules arrancada de un cuaderno. Estaba escrita a lápiz. Decía: «Lo siento, Bill, pero prefiero morir a seguir viviendo contigo. Muriel».

Se la devolví.

—¿Y qué pasó con aquélla? —le pregunté, señalando a la otra orilla del lago con la mirada.

Bill Chess cogió un canto plano y trató de hacerlo saltar sobre el agua, pero el canto se negó.

—¿Con aquélla? Nada —me dijo—. Hizo las maletas y se marchó también aquella misma noche. No he vuelto a verla. Ni quiero volver a verla jamás. De Muriel no he sabido una palabra en todo el mes. Ni una palabra. No tengo ni la menor idea de dónde está. Quizá esté con otro hombre. Espero que la trate mejor que yo.

Se levantó, sacó unas llaves del bolsillo y las hizo tintinear en el aire.

—Así que si quiere ver la casa de Kingsley nada va a impedírselo. Gracias por escuchar este dramón. Y gracias también por el whisky. Tenga.

Cogió la botella y me devolvió lo que quedaba del whisky.

6

Bajamos la cuesta hasta la orilla del lago y hasta el estrecho reborde de la presa. Bill Chess iba delante de mí, balanceando en el aire la pierna rígida y agarrándose a la maroma tendida entre pilares de hierro. En algunos lugares el agua lamía perezosamente el cemento con un manso remolino.

—Soltaré un poco de agua mañana aprovechando la rueda de molino —me dijo por encima del hombro—. Es para lo único que sirve ese maldito cacharro. Lo construyó hace tres años una productora cinematográfica. Rodaron aquí una película. Y ese muelle pequeño que hay al otro lado también fue cosa de ellos. Casi todo lo que hicieron lo derribaron y se lo llevaron, pero Kingsley les dijo que dejaran el muelle y la rueda de molino. Dan al paisaje un toque así como pintoresco.

Subí tras él los pesados escalones de madera que conducían al porche de la casa de Kingsley. Abrió la puerta y pasamos a un tibio silencio. Hacía casi calor dentro de aquella habitación cerrada. La luz que se filtraba a través de las persianas dibujaba en el suelo unas barras estrechas. La sala era grande y acogedora, y estaba decorada con alfombras indias, muebles rústicos con tiras de metal en las junturas, cortinas de cretona, suelo de madera, muchas lámparas y, en un rincón, un bar empotrado y varios taburetes redondos. Todo estaba limpio y ordenado y no daba la impresión de que nadie hubiera salido de allí corriendo.

Pasamos a los dormitorios. Dos de ellos tenían camas gemelas y el otro, una cama de matrimonio con colcha color crema bordada en lana color ciruela. Ése era el dormitorio principal, según me dijo Bill Chess. Sobre una cómoda de madera barnizada había un juego de tocador de esmalte verde jade y acero y gran variedad de cosméticos. Un par de tarros de crema llevaban la etiqueta dorada de la compañía Guillerlain. Toda una pared de la habitación consistía en armarios empotrados de puertas correderas. Abrí uno de ellos y me asomé al interior. Estaba lleno del tipo de ropa que llevan las mujeres en esos lugares de vacaciones. Bill Chess me miró agriamente mientras la manoseaba. Cerré la puerta y abrí un cajón inferior para zapatos. Contenía al menos media docena de pares que parecían nuevos. Cerré el cajón y me incorporé. Bill Chess estaba plantado frente a mí con la barbilla alzada y los puños cerrados apoyados en las caderas.

—¿Por qué ha tenido que mirar la ropa de la señora? —me preguntó con voz airada.

—Tengo mis razones —le dije—. Una de ellas es que la señora Kingsley no volvió a su casa cuando se marchó de aquí. Su marido no la ha visto desde entonces. No sabe dónde está.

Dejó caer los puños y los hizo girar lentamente colgando a los costados.

—Detective, como me imaginaba —bramó—. Claro, la primera impresión es la que cuenta. No me equivocaba. Y con todo lo que le he contado... Vamos, que le he abierto mi corazón. Me está bien empleado, por idiota.

—Yo sé respetar una confidencia como cualquier otra persona —le dije, y le rodeé para entrar en la cocina.

Había una cocina blanca y verde de gas y de carbón, una pila de pino barnizado, un calentador de agua automático en el porche de servicio, y, al otro lado, un comedorcito alegre con muchas ventanas y, sobre la mesa, un juego de desayuno de plástico muy caro. Los estantes estaban cargados de platos y vasos de colores alegres y un juego de bandejas de peltre.

Reinaba un orden perfecto. No había tazas ni platos sucios junto a la pila ni vasos manchados o botellas vacías por en medio. No se veían hormigas ni moscas. La señora Kingsley podía llevar una vida disipada, pero lo cierto es que no dejaba tras ella el desorden típico de Greenwich Village.

Volví a la sala, salí al porche principal y esperé a que Bill Chess cerrara la puerta. Cuando acabó de hacerlo se volvió hacia mí con el ceño fruncido. Le dije:

—Yo no le obligué a que se sacara el corazón y lo exprimiera delante de mí, pero también es cierto que no le impedí que lo hiciera. Kingsley no tiene por qué saber que su mujer se le insinuó, a menos que en todo eso haya mucho más de lo que veo en este momento.

—¡Váyase al demonio! —me dijo sin dejar de fruncir el entrecejo.

—Bueno, me iré al demonio, pero dígame, ¿cree que hay alguna posibilidad de que su mujer y la señora Kingsley se fueran juntas?

—No le entiendo.

—Es posible que mientras usted ahogaba sus penas ellas dos tuvieran una discusión, que luego se reconciliaran y lloraran la una en el hombro de la otra. Es posible también que la señora Kingsley llevara a Muriel a algún sitio. En algún coche tuvo que irse, ¿no?

Era una tontería, pero él se lo tomó muy en serio.

—No, Muriel no es de las que lloran en el hombro de nadie. La hicieron incapaz de llorar. Y si le hubiera dado por hacerlo, no lo habría hecho en el hombro de esa zorra. En cuanto a lo del coche, ella tiene su Ford. No puede conducir el mío porque tiene cambiados los pedales por lo de mi pierna.

—Ha sido sólo una idea que se me ha pasado por la cabeza.

—Pues si se le pasa alguna más como ésa, déjela que siga su camino.

—Para ser un tipo que abre el corazón al primer desconocido que llega —le dije—, es usted la mar de susceptible.

Dio un paso hacia mí.

—¿Quiere ver lo susceptible que soy?

—Oiga, amigo —le dije—, estoy haciendo todo lo posible por convencerme de que es fundamentalmente una buena persona. Ayúdeme un poco, ¿quiere?

Respiró pesadamente unos momentos. Luego dejó caer las manos a lo largo del cuerpo y las abrió impotente.

—¡Estoy como para alegrarle la tarde a nadie! —suspiró—. ¿Quiere que volvamos por el camino que rodea el lago?

—Claro, si es que puede aguantarlo su pierna.

—Lo ha aguantado muchas veces.

Echamos a andar el uno al lado del otro, otra vez tan amigos como dos cachorros. Probablemente la amistad nos duraría unos cincuenta metros. El camino, apenas lo bastante ancho como para un coche, corría sobre el nivel del lago, ocultándose a trechos entre las rocas. A poca distancia había otra casita más pequeña, construida sobre cimientos de piedra. La tercera estaba bastante más lejos del final del lago, sobre un terreno casi llano. Ambas estaban cerradas y tenían aspecto de llevar así mucho tiempo.

Tras un minuto o dos de silencio, Bill Chess dijo:

—Así que esa golfa se largó, ¿eh?

—Eso parece.

—¿Es usted policía o sólo detective privado?

—Sólo detective privado.

—¿Y se largó con otro?

—Es muy probable.

—Seguro que sí. No lo dude. Kingsley debía haberlo sospechado. Esa mujer tenía muchos amigos.

—¿Aquí?

No me contestó.

—¿Se llamaba Lavery uno de ellos?

—No lo sé —me dijo.

—Sobre eso no hay ningún secreto —le dije—. Ella puso un telegrama en El Paso en el que decía que se iba con él a México.

Saqué el telegrama del bolsillo y se lo tendí. Se puso las gafas y se paró a leerlo. Me lo devolvió, se guardó las gafas en el bolsillo y dirigió la vista al agua azul.

—Es una confidencia que le hago para compensar las que me ha hecho usted a mí —le dije.

Habló lentamente:

—Lavery vino una vez.

—Él admite que la vio hace un par de meses, probablemente aquí. Pero asegura que no ha vuelto a verla desde entonces. No sabemos si creerle o no. No hay razón ni para lo uno ni para lo otro.

—Así que ahora no está con Lavery.

—Eso dice él.

—Esa mujer no es de las que se preocupan por detallitos insignificantes como el de casarse —dijo con mucho sentido común—. Unas vacaciones con un tipo en Florida es lo que a ella le va.

—Pero ¿no puede darme ninguna información concreta? ¿No la vio irse ni le oyó decir nada que sonara a verdad?

—No —dijo él—. Y aunque supiera algo, creo que no se lo diría. Puede que sea un cerdo, pero no de ese tipo.

—Bueno. Gracias de todos modos por intentarlo.

—Yo no le debo a usted ningún favor —continuó él—. Por mí puede irse al infierno con todos los de su profesión.

—¡Vuelta a la carga! —le dije.

Habíamos llegado al extremo del lago. Le dejé allí de pie solo y me acerqué al muelle. Me apoyé en la barandilla de madera y vi que lo que había tomado por quiosco de música no era más que unos trozos de pared formando un chaflán que miraba hacia el agua rematado por un tejado de casi sesenta centímetros de grosor. Bill Chess se acercó a mí y se apoyó también en la barandilla a mi lado.

—No crea que no le agradezco lo del whisky —me dijo.

—Ya. ¿Hay peces en este lago?

—Unas cuantas truchas viejas más listas que el hambre. No han traído especies nuevas. A mí el pescado me trae sin cuidado. No movería un dedo por él. Siento haberme enfadado otra vez.

Sonreí, me apoyé en la barandilla y fijé la vista en las aguas quietas y profundas. Si se miraba muy fijo parecían verdes. De pronto se hizo en el interior una especie de remolino y una veloz forma verdosa se movió en el agua.

—Ahí está la abuelita de todas —dijo Bill Chess—. Fíjese en el tamaño que tiene el angelito. Debería darle vergüenza estar tan gorda.

Bajo el agua vi algo que parecía una tarima. No entendía la utilidad que podía tener y se lo pregunté:

—Ése era el embarcadero antes de que construyeran el muelle. Luego el nivel del agua subió tanto que el suelo quedó a unos dos metros de profundidad.

Un bote se balanceaba en el agua, amarrado a uno de los postes por medio de una maroma desflecada. Flotaba casi inmóvil, pero no del todo. En el aire reinaban la paz, la tranquilidad, la luz del sol y un silencio desconocido en las ciudades. Podía haber pasado allí horas enteras sin hacer más que olvidarme de Derace Kingsley, de su mujer y de sus amantes.

Bill Chess se incorporó violentamente a mi lado.

—¡Mire eso! —dijo con una voz que resonó como un trueno en las montañas.

Me clavó los dedos en el brazo de tal forma que yo comencé a enfadarme. Inclinado sobre la barandilla, miraba el agua como un poseso, lívido el rostro bajo su cutis tostado. Miré junto con él la plataforma sumergida.

Al borde de la gran plancha verdosa algo surgía lánguidamente de la oscuridad, asomaba, dudaba, ondeaba de nuevo y volvía a ocultarse bajo la plataforma. Un algo que se parecía demasiado a un brazo humano.

Bill Chess se enderezó de pronto. Se volvió sin pronunciar palabra y se alejó por el muelle cojeando. Se acercó a un montón de piedras y se agachó. Hasta mí llegaba el sonido de su respiración jadeante. Cogió un enorme pedrusco, lo levantó a la altura del pecho y avanzó de nuevo hacia el muelle con él. Debía de pesar más de cincuenta kilos. Los músculos de su cuello se marcaban como maromas bajo la lona de su piel tensa y tostada. Tenía los dientes fuertemente apretados y el aire que exhalaba siseaba entre ellos.

Llegó al final del muelle, afirmó los pies en el suelo y levantó la piedra. La mantuvo un segundo en el aire mientras medía la distancia con la vista. Profirió un gemido vago, inclinó el cuerpo hacia delante apoyándose en la insegura barandilla, y la piedra cayó pesadamente al agua.

Las salpicaduras llegaron hasta nosotros. La piedra cayó como una plomada y fue a dar en el extremo justo de la plataforma sumergida, exactamente en el lugar en que habíamos visto ondear aquella forma.

Durante unos segundos el agua no fue sino un confuso hervidero. Luego las ondas se fueron perdiendo en la distancia y se hicieron más pequeñas, dejando un rastro de espuma en el centro. En lo más profundo se oyó un quebrarse de maderas, un sonido que pareció llegar hasta nosotros mucho tiempo después de haberse apagado. Un tablón de madera carcomida subió de pronto a la superficie, uno de sus extremos asomó casi treinta centímetros por encima del agua, cayó otra vez y la tabla quedó flotando mansamente sobre la superficie.

Las profundidades se aclararon de nuevo. Algo que no era una tabla se movía allá abajo. Poco a poco se fue elevando con infinita languidez. Era una forma larga, oscura y retorcida que ondeaba perezosamente en el agua mientras ascendía. Salió a la superficie ondulándose, meciéndose lentamente, sin prisa. Vi lana empapada y oscura, una chaqueta de cuero más negra que la tinta y un par de pantalones. Vi unos zapatos y algo que abultaba desagradablemente entre ellos y las vueltas de los pantalones. Vi una onda de cabellos rubios extenderse sobre el agua, permanecer inmóvil durante un solo instante, como para crear un efecto calculado, y enredarse después en un remolino.

La forma giró otra vez sobre sí misma y un brazo sobresalió un momento sobre la piel del agua, un brazo rematado por una mano hinchada que era la mano de un monstruo. Luego apareció la cara. Una masa hinchada de un gris blancuzco sin rasgos, ni ojos, ni boca. Un borrón de pasta grisácea, una pesadilla con cabellera humana.

En lo que había sido un cuello brillaba, medio incrustado en la carne, un collar de gruesas piedras verdes, toscamente labradas y unidas por algo que relucía entre piedra y piedra. Bill Chess se aferró a la barandilla y sus nudillos blanquearon como huesos pulidos.

—¡Muriel! —exclamó con un grito ronco—. ¡Cielo santo! ¡Es Muriel!

Su voz parecía llegarme desde muy lejos, desde el otro lado de un monte y por entre una densa arboleda silenciosa.

7

A través de la ventana del barracón de madera se veía en el interior el extremo de un mostrador cubierto de carpetas polvorientas. En la mitad superior de la puerta de cristal, en letras negras y descascarilladas, se leía: «POLICÍA. BOMBEROS. POLICÍA MUNICIPAL. CÁMARA DE COMERCIO». Pegados al cristal, en las esquinas inferiores, se veían los emblemas del ejército y de la Cruz Roja.

Entré. En un rincón de la habitación había una salamandra de hierro y en el otro, detrás del mostrador, un escritorio de persiana. En la pared había un mapa del distrito y, junto a él, un perchero con cuatro colgadores; de uno de ellos pendía un chaquetón de lana de colores muy remendado. Sobre el mostrador, junto a las carpetas, yacía la inevitable pluma de plumilla acompañada de un secante ya inservible y un tintero lleno de tinta espesa y medio seca. La pared, junto al escritorio, estaba cubierta de infinidad de números de teléfono garrapateados con trazos tan indelebles que probablemente durarían tanto como la madera misma. Parecía como si los hubiera escrito un niño.

Tras el escritorio había un hombre sentado en un sillón de madera que tenía las patas clavadas, a babor y a estribor, a unos tablones planos semejantes a un par de esquís. Junto a su pierna derecha, había una escupidera de tales dimensiones que podría enrollarse en ella una manguera. Llevaba sobre la nuca un sombrero Stetson manchado de sudor y tenía las manos, grandes y lampiñas, cruzadas cómodamente sobre el estómago, sobre la cinturilla de unos pantalones color caqui que debieron de ser viejos hacía ya varios años. La camisa hacía juego con los pantalones, sólo que estaba aún más descolorida. La llevaba abrochada hasta el cuello y sin corbata. Tenía el cabello de un castaño grisáceo y ratonil, excepto en las sienes, donde mostraba el color de la nieve vieja. Estaba sentado inclinado hacia la izquierda porque en el bolsillo de la cadera derecha llevaba una funda de revólver de la que asomaban quince centímetros de culata que iban derechos a clavársele en una espalda maciza. La estrella de metal que lucía a la izquierda del pecho tenía una punta torcida.

Tenía las orejas grandes y la mirada amable, mascaba lentamente sin parar y, en general, daba la impresión de ser tan peligroso como una ardilla y mucho menos nervioso. Todo en él me cayó bien. Me apoyé en el mostrador, le miré, me miró; bajó la cabeza y soltó aproximadamente medio litro de jugo de tabaco que cayó paralelamente a su pierna derecha y fue a parar a la escupidera con un ruido desagradable, como un objeto que cayera al agua.

Encendí un cigarrillo y miré en torno mío buscando un cenicero.

—Pruebe a tirarla al suelo, hijo —dijo el hombretón amable.

—¿Es usted el sheriff Patton?

—Represento a la policía municipal y a la del Estado. A toda la ley que tenemos por aquí. Hasta las elecciones, porque esta vez se presentan un par de chicos muy decentes y puede que me ganen. La paga consiste en ochenta dólares mensuales más alojamiento, leña y electricidad gratis, lo que, por en estas montañas, no es moco de pavo.

—Ya verá cómo las gana —le dije—. Va a tener un montón de publicidad gratis.

—Sí, ¿eh? —dijo con indiferencia. Y otra vez volvió a pringar la escupidera.

—Eso, claro, si el lago del Corzo cae dentro de su jurisdicción.

—¿La propiedad de Kingsley? Desde luego. ¿Le ha molestado algo por ahí, hijo?

—Hay una mujer muerta en el lago.

La noticia le sacudió hasta los huesos. Desentrelazó las manos y se rascó una oreja. Se levantó apoyándose en los brazos del sillón y empujándolo hacia atrás con las corvas. De pie era un hombre tosco y fornido. La gordura era sólo buen humor.

—¿Alguien que yo conozca? —preguntó inquieto.

—Muriel Chess. Supongo que la conocía. La mujer de Bill Chess.

—Sí, conozco a Bill Chess —dijo, y su voz se endureció un poco.

—Parece un suicidio. Dejó una nota que daba a entender que se iba, aunque puede interpretarse también como la despedida de un suicida. El cuerpo no es un espectáculo muy agradable que se diga. Llevaba mucho tiempo en el agua. Aproximadamente un mes, a juzgar por las circunstancias.

Se rascó la otra oreja.

—¿A qué circunstancias se refiere?

Sus ojos estudiaban mi rostro. Con lentitud, con calma, pero lo estudiaban. No parecía tener ninguna prisa por dar la alarma.

—Tuvieron una discusión hace un mes. Bill se fue al norte del lago unas horas. Cuando volvió a casa, ella se había ido. Desde entonces no había vuelto a verla.

—Entiendo. ¿Y usted quién es, hijo?

—Me llamo Marlowe y he venido de Los Ángeles a ver la propiedad. Kingsley me dio una nota de presentación para Bill Chess. Bill me enseñó el lago y luego fuimos al muelle que construyeron los del cine. Estábamos apoyados en la barandilla mirando el agua, cuando bajo la plataforma que hay sumergida, el antiguo amarradero, vimos algo que parecía un brazo. Bill echó un pedrusco al fondo y el cuerpo salió a la superficie.

Patton me miró sin mover un músculo de la cara.

—Oiga, sheriff —continué—, ¿no cree que deberíamos ir cuanto antes? Ese hombre se ha vuelto medio loco de la impresión y está allí completamente solo.

—¿Cuánto whisky tiene?

—Cuando me fui, muy poco. Yo llevaba una botella. Mientras hablábamos nos la bebimos casi entera.

Se acercó al escritorio y abrió un cajón que tenía cerrado con llave. Sacó tres o cuatro botellas y las miró al trasluz.

—Ésta está casi llena —dijo dando una palmadita a una de ellas—. Mount Vernon. Le animará un poco. No quieren darme una subvención para comprar whisky para estos casos de emergencia, así que tengo que arreglármelas como puedo, pellizcando un poco de aquí y otro poco de allá. Yo no lo cato. Nunca he podido entender cómo hay gente que pueda perderse por el alcohol.

Se metió la botella en el bolsillo de la cadera izquierda y cerró el cajón con llave. Luego pegó una tarjeta en el interior del cristal de la puerta. La miré mientras salía. «Volveré dentro de veinte minutos. A lo mejor», decía.

—Iré a buscar al doctor Hollis —me dijo—. Volveré enseguida a recogerle a usted. ¿Es suyo ese coche?

—Sí.

—Entonces puede seguirme cuando vuelva con el médico.

Subió a un automóvil equipado con sirena de policía, dos faros rojos, otros dos faros antiniebla, la placa blanca y roja de bomberos, una alarma para caso de ataque aéreo en el techo, tres hachas, dos rollos de cuerda y un extintor de incendios en el asiento trasero, una lata de gasolina, otra de aceite y otra de agua en el estribo, y una rueda atada a la de repuesto que llevaba sobre la baca. La tapicería estaba llena de agujeros, por los que asomaba el relleno, y dos dedos de polvo tapaban la poca pintura que cubría la carrocería.

En la esquina inferior derecha del parabrisas llevaba una tarjeta, impresa en letras mayúsculas, que decía: «¡ATENCIÓN, ELECTORES! VOTAD A JIM PATTON. ESTÁ YA MUY VIEJO PARA EMPEZAR A TRABAJAR».

Arrancó y se alejó calle abajo entre una polvareda blanca.

8

Paró frente a un edificio de madera, pintado de blanco, situado frente a la estación de los coches de línea. Entró y volvió a salir al poco rato acompañado de un hombre que se instaló en el asiento de atrás, entre las hachas y las cuerdas. El coche volvió calle arriba y yo le seguí. Nos abrimos paso por la calle principal del pueblo entre pantalones y shorts, camisetas marineras, pañuelos anudados al cuello, rodillas nudosas y labios color escarlata. Ya fuera del pueblo, ascendimos la pendiente de una colina polvorienta y paramos ante una casa de madera. Patton hizo sonar bajito la sirena y un hombre vestido con un mono descolorido apareció en la puerta.

—Sube, Andy, que hay faena.

El hombre del mono azul asintió morosamente y desapareció en el interior de la casa. Al poco salió de nuevo tocado con un sombrero gris claro de cazador de pumas y subió al asiento del conductor, mientras Patton se acomodaba en el contiguo. Contaría unos treinta años de edad, era moreno, ágil y tenía el aspecto característico de los hombres de aquella región, mezcla de un poco de suciedad y un poco de malnutrición.

Tomamos el camino que conducía al lago del Corzo. Con el polvo que tragué en aquel recorrido se habría podido hacer una bandeja entera de bollos de tierra. Al llegar al portón, Patton se bajó para abrirlo y seguimos hasta el lago. Allí Patton volvió a bajarse, se acercó al borde del agua y miró hacia el muelle. Bill Chess estaba sentado en el suelo, desnudo y con la cabeza entre las manos, sobre el piso de madera mojada. Junto a él había algo tendido en el suelo.

—Sigamos un poco más —dijo Patton.

Seguimos en los dos coches hasta el final del lago. Allí nos bajamos todos y nos acercamos por detrás a Bill Chess. El médico se detuvo para toser, tapándose la boca con un pañuelo que examinó después con aire meditabundo. Era un individuo anguloso, de ojos de insecto y rostro enfermizo y triste.

Lo que un día fuera mujer yacía boca abajo sobre los tablones del muelle con una soga bajo los brazos. A su lado estaban las ropas de Bill Chess, que seguía sentado, ahora con la pierna rígida extendida ante él, mostrando la cicatriz de la herida culpable de su cojera, y la otra pierna doblada, con la frente apoyada en la rodilla. Ni se movió ni levantó la cabeza cuando nos acercamos a él.

Patton sacó del bolsillo la botella de Mount Vernon, desenroscó el tapón y se la tendió.

—Dale un buen tiento, Bill.

En el aire flotaba un hedor espantoso, nauseabundo. Ni Bill Chess, ni Patton, ni el médico parecían notarlo. El hombre que respondía al nombre de Andy sacó del coche una manta parda y polvorienta y la arrojó sobre el cuerpo. Luego, sin decir palabra, se apartó un poco y vomitó bajo un pino.

Bill Chess bebió un buen trago y permaneció en el suelo con la botella apoyada en la rodilla desnuda. Empezó a hablar con voz monótona y dura, sin mirar a nadie ni dirigirse a ninguno en particular. Habló de la discusión y de lo que había ocurrido después, pero no del motivo de la pelea. No mencionó a la señora Kingsley ni de pasada. Dijo que después de que yo me fuera había cogido una cuerda, se había desnudado, se había tirado al agua y había sacado el cuerpo. Lo había arrastrado hasta la orilla, se lo había cargado a la espalda y lo había subido hasta el muelle. No sabía por qué. Después se había vuelto a tirar al agua. Esta vez no tuvo necesidad de explicarnos la razón.

Patton se metió en la boca un pellizco de tabaco y lo masticó en silencio con sus ojos tranquilos totalmente vacíos de expresión. Luego apretó los dientes y se inclinó hacia delante para descubrir el cadáver. Le dio la vuelta con cuidado, como si fuera a romperse en pedazos. El sol del atardecer se reflejó en las cuentas verdes del collar medio incrustadas en el cuello hinchado. Eran piedras, toscamente talladas y sin brillo, de algo que parecía esteatita o falso jade. Cerraba el collar una cadenita dorada que terminaba en un broche en forma de águila con brillantitos incrustados. Patton enderezó sus anchas espaldas y se sonó la nariz con un pañuelo marrón.

—¿Usted qué dice, doctor?

—¿De qué? —gruñó el hombre de ojos de insecto.

—De la causa y la fecha de la muerte.

—No sea usted idiota, Patton.

—¿No puede decir nada?

—¿Sólo con mirar eso? ¡No fastidie!

Patton suspiró.

—Parece haber muerto ahogada —dijo—, pero nunca se sabe. Hay casos en que el criminal le clava un cuchillo a la víctima o la envenena o lo que sea, y luego la tira al agua para que parezca algo diferente.

—¿Ha visto muchos de ésos por aquí? —le preguntó el médico de malos modos.

—El único asesinato como Dios manda que ha habido por aquí —dijo Patton mientras miraba a Bill Chess con el rabillo del ojo— fue el de Dad Meacham. Vivía en una cabaña en el Cañón Sheedy y en los veranos se iba a buscar oro a un pequeño placer que tenía cerca de Belltop, en el valle. Pasó el otoño y Dad no apareció. Un día cayó una nevada de las buenas y el techo de su cabaña se vino abajo. Fuimos a arreglárselo un poco pensando que había bajado a pasar el invierno en el valle sin decir nada a nadie, como suelen hacer los buscadores de oro, y resultó que no se había ido. Allí estaba, echado en su cama y con un hacha clavada en la nuca. Nunca averiguamos quién le mató. A alguien se le ocurrió que podían haberle matado porque tenía escondida una bolsita con el oro que había encontrado aquel verano.

Miró a Andy pensativo. El individuo del sombrero de cazador de pumas le escuchaba impasible, tocándose una muela con el dedo. Al ratito habló:

—Claro que sabemos quién fue el asesino. Fue Guy Pope. Sólo que había muerto de pulmonía nueve días antes de que encontráramos a Meacham.

—Once —dijo Patton.

—Nueve —dijo el del sombrero de cazador de pumas.

—Va a hacer seis años de eso. Lo que tú digas, hijo. ¿Y cómo sabes que fue Guy Pope quien le mató?

—En su cabaña encontramos tres onzas de oro en pepitas y él no había encontrado en su vida más que arena. Dad, en cambio, muchas veces encontraba pepitas de hasta un gramo y medio.

—Así es la vida —dijo Patton mientras me sonreía vagamente—. Siempre se olvidan de algo, ¿verdad? Por mucho cuidado que tengan.

—Ésas son bobadas de policías —dijo Bill Chess con disgusto. Se puso los pantalones y volvió a sentarse para calzarse y ponerse la camisa. Se levantó, se agachó a coger la botella, bebió otro trago y volvió a dejarla cuidadosamente en el suelo. Luego extendió hacia Patton sus muñecas peludas.

—Si es eso lo que piensan, póngame las esposas y acabemos de una vez —dijo con voz salvaje.

Patton no le hizo caso. Se acercó a la barandilla y miró hacia abajo.

—¡Vaya sitio raro para encontrar un cuerpo! No es que haya aquí mucha corriente, pero la poca que hay tira hacia la presa.

Bill Chess bajó las muñecas y dijo en voz muy baja:

—Se suicidó, imbécil. Muriel era una nadadora estupenda. Buceó hasta llegar bajo la plataforma de madera y allí dejó que los pulmones se le llenaran de agua. Tuvo que ser así. No pudo ocurrir de otra manera.

—Yo no diría tanto, Bill —dijo Patton suavemente con una mirada vacía como una matrícula en blanco.

Andy negó con la cabeza. Patton le miró con una sonrisa astuta.

—Sigues rumiando la cosa, ¿verdad, Andy?

—Te digo que fueron nueve días. Acabo de contarlos hacia atrás —dijo con lentitud el del sombrero de cazador de pumas.

El médico alzó los brazos al cielo y se alejó con una mano en la cabeza. Luego volvió a toser en el pañuelo que miró otra vez con una atención casi apasionada.

Patton me guiñó un ojo y escupió por encima de la barandilla.

—Vamos a concentrarnos en esto, Andy.

—¿Has intentado alguna vez arrastrar un cuerpo hundido a dos metros de profundidad?

—No, la verdad es que no, Andy. ¿Por qué? ¿Es que no se puede hacer con una cuerda?

Andy se encogió de hombros.

—Si lo hubieran hecho con una cuerda se notaría en el cuerpo. Y para delatarse de ese modo, ¿qué necesidad tenía el asesino de ocultar tanto el crimen?

—Cuestión de tiempo —dijo Patton—. El hombre podía tener asuntos que arreglar.

Bill Chess soltó un bufido y volvió a inclinarse para coger la botella. Miré aquellos rostros solemnes de hombres de montaña y fui incapaz de adivinar qué estarían pensando.

Patton habló como ausente:
—Alguien mencionó una nota.
Bill Chess sacó su cartera, revolvió en ella y sacó la hoja de papel rayado. Patton la tomó y la leyó lentamente.
—Parece que no tiene fecha —observó.
Bill Chess negó sombríamente.
—No. Se fue hace un mes. El 12 de junio.
—Ya te había dejado otra vez, ¿verdad?
—Sí —respondió Bill Chess mientras le miraba fijamente—. Me emborraché y me quedé a pasar la noche en el pueblo con una fulana. Fue en diciembre del año pasado, poco antes de que cayera la primera nevada. Se pasó por ahí una semana y volvió muy peripuesta. Me dijo que había tenido que irse y que había estado con una amiga suya, una antigua compañera de trabajo, en Los Ángeles.
—¿Te dijo cómo se llamaba? —preguntó Patton.
—Ni me lo dijo ni yo se lo pregunté. Todo lo que hacía Muriel me parecía de perlas.
—Claro, hombre, claro. ¿Y aquella vez no te dejó ninguna nota, Bill? —dijo Patton con mucha suavidad.
—No.
—Pues ésta se me hace que es bastante vieja.
—La he llevado en la cartera un mes —gruñó Bill Chess—. ¿Y quién le ha dicho lo de la otra vez?
—Se me ha olvidado —dijo Patton—, pero ya sabes tú cómo son las cosas por aquí. A la gente no se le escapa una. Quizá sólo en el verano, cuando vienen tantos forasteros.
Permanecimos un rato callados y, al fin, Patton dijo distraído:
—¿Y dices que se marchó el 12 de junio? ¿O son figuraciones tuyas? ¿Había alguien entonces en la casa de la otra orilla?
Bill Chess me miró y su rostro se ensombreció de nuevo.
—Pregunten a ese fisgón, si es que no les ha ido ya con el cuento.
Patton no me miró. Miraba las montañas, más allá del lago. Luego dijo tranquilamente:
—El señor Marlowe no me ha dicho nada, Bill. Sólo cómo había aparecido un cuerpo y de quién era. Bueno, y que Muriel se había ido dejándote la nota que tú le enseñaste. A mi modo de ver, eso no tiene nada de malo, ¿no?
Se hizo otro silencio y Bill Chess miró el cadáver, que se hallaba a pocos pasos de él cubierto por la manta. Apretó los puños y una gruesa lágrima rodó por su mejilla.
—La señora Kingsley estaba aquí —dijo—. Se fue ese mismo día. En las otras casas no había nadie. Los Perry y los Farquar no han venido en todo el año.
Patton asintió y guardó silencio. Flotó en el aire una especie de vacío tenso, como si hubiera algo tan evidente para todos que no fuera necesario decirlo. Luego Bill Chess bramó con voz salvaje:
—¡Venga, detenedme ya, hijos de puta! Claro que fui yo. Yo la ahogué. Era mi mujer y la quería. Soy un canalla. Siempre lo fui y siempre lo seré, pero aun

así la quería. Ya sé que no podéis entenderlo. No os molestéis ni siquiera en intentarlo. ¡Venga, detenedme! ¡Maldita sea!

Nadie dijo una palabra. Bill Chess fijó la mirada en su puño moreno. Cogió un tremendo impulso y se asestó un puñetazo en la cara con todas sus fuerzas.

—¡Cochino hijo de puta! —dijo para su capote con un murmullo sordo.

La nariz empezó a sangrarle lentamente. Se puso de pie. La sangre le rodó por la comisura de los labios hasta la barbilla. Una gota cayó perezosa sobre la pechera de su camisa.

Patton dijo muy despacio:

—Tengo que llevarte para interrogarte, Bill, ya lo sabes. No te acusamos de nada, pero los chicos tienen que hablar contigo.

Bill preguntó sordamente:

—¿Puedo cambiarme de ropa?

—Claro. Andy, ve con él, y a ver si encuentras con qué envolver esto.

Se alejaron los dos por el camino que bordeaba el lago. El médico se aclaró la garganta, miró fijamente la superficie del agua y suspiró.

—Querrá usted que bajemos el cuerpo en mi ambulancia, ¿no, Jim? —preguntó.

Patton negó con la cabeza.

—¡Quiá! Estas tierras son pobres, doctor. La señora va a tener que viajar de un modo más barato que lo que cobra usted por esa ambulancia.

El médico se alejó furioso, volviéndose para decir por encima del hombro:

—Avíseme si quiere que pague el funeral.

—¡Qué modales! —suspiró Patton.

9

El hotel La Cabeza del Indio era un edificio pardo que ocupaba una esquina frente al nuevo salón de baile. Aparqué delante de la entrada y me dirigí a los lavabos para lavarme la cara y las manos y quitarme del pelo las agujas de pino antes de entrar en el bar-comedor contiguo al vestíbulo. El local estaba repleto de hombres de aliento cargado de alcohol, vestidos con chaqueta de sport, y de mujeres de risa chillona, uñas pintadas del color de la sangre de toro y nudillos renegridos. El gerente del hotel, un duro de poca monta, recorría la sala con mirada vigilante, en mangas de camisa y con un puro mordisqueado colgándole de los labios. Junto a la caja registradora, un hombre de cabellos pálidos luchaba por oír el último parte de guerra en una radio tan cargada de interferencias como el puré de patata lo estaba de agua. En el rincón más lejano del local, una rústica orquesta de cinco músicos, vestidos con camisa morada y unas chaquetas blancas mal cortadas, trataban de imponerse al escándalo del bar mientras sonreían distraídamente al humo de los cigarrillos y al ruido confuso de las voces alcoholizadas. El verano, esa deliciosa estación, estaba en todo su apogeo en Puma Point.

Engullí lo que llamaban el menú de la casa, me tomé una copa de coñac para que se sentara encima de él y conseguir así retenerlo en el estómago y salí a la calle principal. Seguía siendo de día, pero algunos de los letreros de neón estaban ya encendidos y el atardecer bullía en el alegre resonar de las bocinas de los automóviles, los gritos de los niños, el entrechocar de los bolos, los disparos de los rifles del calibre 22 de los puestos de tiro y la música de las máquinas de discos que atronaban a lo loco. En la lejanía, allá en el lago, se oía como telón de fondo el bramido de las motoras que, sin ir a ninguna parte, corrían como si compitieran con la muerte.

Sentada en el interior de mi Chrysler, una chica de expresión muy seria, cabellos castaños y pantalones de un color oscuro, esperaba fumando un cigarrillo y hablando con un vaquero que se había sentado en el estribo. Subí al automóvil. El vaquero se alejó subiéndose los pantalones. La chica ni se movió.

—Soy Birdie Keppel —me dijo amablemente—. Trabajo de peluquera por las mañanas y por las tardes de redactora en el *Banner* de Puma Point. Perdóneme por sentarme en su coche.

—No importa —le dije—. ¿Quiere que nos quedemos aquí o prefiere que la lleve a algún sitio?

—Prefiero que vayamos un poco más adelante, donde haya un poco de silencio, señor Marlowe. Si es que es usted tan amable que no le importa hablar conmigo.

—Veo que radio-macuto funciona bien en este pueblo —le dije mientras ponía el coche en marcha.

Dejé atrás la oficina de Correos y seguí hasta una esquina donde una flecha azul y blanca que decía «Teléfonos» señalaba hacia un camino estrecho que conducía al lago. Doblé, pasé ante la oficina de teléfonos —un barracón de madera con un pequeño jardín rodeado por una cerca—, dejé atrás una cabaña y detuve el coche junto a un enorme roble cuyas ramas cubrían todo el ancho de la carretera y aún sobresalían unos quince metros.

—¿Le parece bien aquí, señorita Keppel?

—Señora. Pero llámeme Birdie. Todos me conocen por ese nombre. Encantada de conocerle, señor Marlowe. Ya sé que es usted de Hollywood, la ciudad del pecado.

Me tendió una mano firme y morena y yo se la estreché. La práctica de clavar horquillas en las cabezas de rubias gordas había proporcionado a sus manos la fuerza de un par de tenazas para barras de hielo.

—He hablado con el doctor Hollis acerca de la pobre Muriel Chess —me dijo—. Y he pensado que quizá pueda darme algún detalle de lo sucedido. Me han dicho que fue usted quien encontró el cadáver.

—En realidad fue Bill Chess quien lo encontró. Yo estaba con él. ¿Ha hablado usted con Jim Patton?

—Todavía no. Ha bajado a San Bernardino. Además, no creo que quiera decirme mucho.

—Se acercan las elecciones y usted es periodista.

—Jim no es ningún político, señor Marlowe, y yo apenas me considero periodista. Nuestro periódico no es más que una publicación de aficionados.

—¿Y qué quiere usted saber?

Le ofrecí un cigarrillo y se lo encendí.

—Cuénteme toda la historia.

—Vine con una carta de Derace Kingsley para echar una ojeada a la propiedad. Bill Chess me la enseñó, hablamos, me dijo que su mujer se había ido y me enseñó la nota que le había dejado. Yo llevaba una botella de whisky y él la castigó a su gusto. Estaba muy deprimido. El alcohol le soltó la lengua, pero de todos modos es evidente que se sentía solo y estaba deseando hablar. Así fue como ocurrió. Yo no le conocía de nada. Volvimos por el camino que bordea el lago, subimos al muelle y Bill descubrió un brazo en el fondo del agua, bajo una plataforma de madera. Resultó pertenecer a lo que queda de Muriel Chess. Creo que eso es todo.

—Me ha dicho el doctor Hollis que llevaba mucho tiempo en el agua. Que el cadáver estaba muy descompuesto.

—Sí, probablemente todo el mes que Bill estuvo creyendo que ella seguía viva. No hay razón para pensar otra cosa. La nota es una despedida de suicida.

—¿Hay alguna duda sobre ello, señor Marlowe?

La miré de soslayo. Sus ojos oscuros y pensativos me miraban bajo una nube de cabellos castaños y esponjosos. El crepúsculo caía muy lentamente. No era más que un leve cambio en la calidad de la luz.

—Supongo que la policía siempre duda en estos casos —dije.

—¿Y usted?

—Mi opinión no cuenta para nada.

—Dígamela de todos modos.

—He conocido a Bill Chess esta misma tarde —le dije—. Me ha parecido un tipo bastante irascible y, según propia confesión, no es ningún santo. Pero parece que quería a su mujer y no me lo imagino rondando el lago un mes entero sabiendo que ella se estaba pudriendo bajo esa plancha de madera, saliendo de su cabaña a la luz del sol, mirando a la superficie azul del agua y viendo con la imaginación lo que había debajo y lo que le estaba ocurriendo. Y sabiendo que era él quien lo había puesto allí.

—Tampoco yo puedo imaginármelo —dijo Birdie Keppel suavemente—. Ni nadie. Y, sin embargo, sabemos que ese tipo de cosas han sucedido y volverán a suceder. ¿Es usted agente de la propiedad, señor Marlowe?

—No.

—¿En qué trabaja usted, si me permite la pregunta?

—Prefiero no decírselo.

—Eso casi equivale a delatarse —dijo ella—. Además, el doctor Hollis oyó a Jim Patton llamarle por su nombre. En mi oficina tenemos una guía de profesionales de Los Ángeles. Pero no tema, no se lo he dicho a nadie.

—Es usted muy amable —le dije.

—Y lo que es más, seguiré sin decirlo si así lo desea.

—¿Qué va a costarme eso?

—Nada. Nada en absoluto. No pretendo ser una buena periodista. Y tampoco publicaría nada que dejara a Jim Patton en evidencia. Jim es muy buena persona. Pero la verdad es que en todo este asunto hay algo sospechoso, ¿verdad?

—No se equivoque en sus conclusiones —le dije—. Bill Chess no me interesa nada.

—¿Tampoco le interesa Muriel Chess?

—¿Por qué habría de interesarme?

Aplastó la colilla cuidadosamente en el cenicero que había bajo el salpicadero.

—Como quiera —dijo—. Pero hay un pequeño detalle sobre el cual quizá quiera reflexionar si es que nadie se lo ha mencionado todavía. Hará unas seis semanas vino por aquí un policía de Los Ángeles, un tal De Soto. Un matón con unos modales muy groseros. Nos cayó muy mal a todos y no le contamos nada. Me refiero a los tres empleados del *Banner*. Nos enseñó una fotografía y nos dijo que buscaba a una mujer llamada Mildred Haviland. Se trataba de un asunto relacionado con la policía. Era una foto corriente, ampliada, no de ficha. Nos dijo que le habían informado de que vivía por aquí. La de la foto se parecía mucho a Muriel Chess. Tenía el pelo rojizo, un peinado muy distinto y las cejas muy depiladas, y ya sabe usted que eso cambia mucho la cara de una mujer, pero aun así se parecía muchísimo a la mujer de Bill Chess.

Tamborileé con los dedos en la puerta del automóvil y, tras un momento de silencio, le pregunté:

—¿Y qué le dijeron ustedes?

—Nada. Para empezar, no estábamos seguros de que fuera ella. Segundo, no nos gustaron sus modales. Y tercero, aunque hubiéramos estado seguros y De Soto nos hubiera gustado, no la habríamos delatado. ¿Qué motivo teníamos para hacerlo? Todos tenemos algo de que arrepentirnos. Yo, por ejemplo. Estuve casada con un profesor de clásicas de la Universidad de Redlands.

Rió tenuemente.

—Podría haber conseguido un buen artículo.

—Sí, pero aquí preferimos ser personas.

—Ese tal De Soto, ¿vio a Jim Patton?

—Debió de verle, pero Jim no nos dijo nada.

—¿Les enseñó su placa de policía?

Meditó un momento y luego negó con la cabeza.

—No recuerdo, creo que no. Dimos por supuesto que decía la verdad. Y lo cierto es que tenía toda la grosería de un policía de la ciudad.

—Pues yo, en cambio, considero eso una razón para dudar de que lo fuera. ¿Le habló alguien a Muriel Chess de ese tipo?

Dudó. Miró por la ventanilla durante un largo rato antes de volver la cabeza hacia mí y asentir.

—Yo. No era asunto mío, ¿verdad?

—¿Qué le dijo ella?

—No me dijo nada. Soltó una risita extraña como si le acabara de gastar una broma pesada. Luego se fue. Pero durante unos segundos me dio la impresión de que había en sus ojos una mirada muy rara. ¿Sigue sin interesarle Muriel Chess, señor Marlowe?

—¿Por qué había de interesarme? No he sabido de su existencia hasta esta tarde. De veras. Y en mi vida he conocido a ninguna mujer que se llamara Mildred Haviland. ¿Quiere que la lleve al pueblo?

—No, gracias. Prefiero andar. Es un paseo de nada. Muchísimas gracias. Espero que Bill Chess no se meta en un lío. Sobre todo de esta clase.

Tenía ya un pie en el estribo cuando de pronto echó la cabeza atrás y se echó a reír.

—Dicen que soy buena peluquera —dijo—. Espero que sea verdad, porque haciendo entrevistas soy un desastre. Buenas noches.

Nos despedimos y se adentró en el crepúsculo. La seguí con la mirada hasta que llegó a la calle principal, dobló por la esquina y desapareció de mi vista. Luego bajé del Chrysler y me acerqué a la rústica construcción de la compañía telefónica.

10

Un cervatillo domesticado, con un collar de perro, cruzó la carretera por delante de mí. Le di unas cuantas palmaditas en el cuello peludo y entré en la oficina de teléfonos. Ante un pequeño escritorio había una chica bajita, vestida con pantalones, trabajando en los libros de contabilidad. Me informó de las tarifas para hablar con Beverly Hills y me proporcionó cambio para la llamada. La cabina estaba fuera, adosada a la fachada principal del edificio.

—Espero que le guste este pueblo —me dijo—. Es muy tranquilo, muy pacífico.

Me encerré en la cabina. Por noventa centavos podía hablar con Derace Kingsley durante cinco minutos. Conseguí la conferencia enseguida. Kingsley estaba en casa, pero había muchas interferencias.

—¿Ha averiguado usted algo? —me preguntó con una voz que revelaba tres whiskys con soda. De nuevo se expresaba con dureza, muy seguro de sí mismo.

—Demasiado —le dije—, pero nada de lo que nos interesa. ¿Está usted solo?

—¿Qué importa eso?

—A mí nada. Pero es que yo sé lo que voy a decirle. Y usted no.

—Venga, suéltelo ya. Lo que sea.

—Tuve una larga conversación con Bill Chess. Se sentía muy solo. Su mujer le abandonó hace un mes. Se pelearon, él se emborrachó y, cuando volvió, ella se había largado. Le dejó una nota en que decía que prefería morir a seguir viviendo con él.

—Creo que Bill bebe demasiado —dijo la voz de Kingsley en la distancia.

—Cuando Bill volvió, las dos mujeres habían desaparecido. No sabe adónde pudo ir la señora Kingsley. Chris Lavery estuvo aquí en mayo y no ha vuelto desde entonces, pero eso ya lo había admitido él. Pudo volver a buscarla, desde luego, mientras Bill estaba emborrachándose por ahí, pero habría sido un poco absurdo porque luego habrían tenido que bajar en dos coches. Se me ocurrió que quizá se hubieran ido juntas, pero Muriel Chess también tenía coche propio. Además, ha ocurrido algo que invalida totalmente esa idea. Muriel Chess no se marchó. Fue a parar al fondo de su lago particular. Y ha vuelto a salir hoy. Yo estaba presente.

—¡Dios mío! —la voz de Kingsley reflejaba todo el horror adecuado a las circunstancias—. ¿Quiere usted decir que se suicidó?

—Quizá. La nota que dejó podría ser una despedida de suicida. Puede querer decir tanto una cosa como otra. El cuerpo estaba debajo de esa plataforma de madera que hay sumergida en el lago. Bill fue quien descubrió un brazo moviéndose en el fondo mientras mirábamos el agua desde el muelle y sacó el cadáver. Le han detenido. El pobre hombre está destrozado.

—¡Dios mío! —volvió a decir Kingsley—. No me extraña en absoluto. ¿Hay motivos para sospechar que...?

Hizo una pausa, durante la cual se oyó la voz de la telefonista exigiendo otros cuarenta y cinco centavos. Introduje dos monedas de veinticinco en la ranura y volvió a darme línea.

—¿Decía usted que si hay motivos para qué?

De pronto, la voz de Kingsley dijo con toda claridad:

—Para sospechar que la haya matado él.

—Sí, muchos. A Jim Patton, el jefe de la policía de aquí, no le convence que la nota no esté fechada. Al parecer, Muriel le había abandonado ya otra vez por un asunto de faldas y creo que Patton sospecha que Bill guardaba la nota desde entonces. En todo caso, se lo han llevado a San Bernardino para interrogarle y van a hacer la autopsia al cadáver.

—¿Usted qué impresión tiene? —preguntó lentamente.

—Verá, fue Bill quien encontró el cuerpo. No tenía por qué llevarme al muelle. El cadáver podía haberse quedado en el agua mucho más tiempo, quizá para siempre. La nota puede parecer vieja porque Bill la ha llevado en la cartera todo este tiempo y la ha manoseado mucho, meditando sobre ella. Su mujer lo mismo pudo dejarla sin fechar esta vez que la otra. Yo diría que este tipo de cartas por lo general no llevan fecha. Los que las escriben suelen hacerlo a toda prisa y no se preocupan de esas cosas.

—El cadáver debe de estar muy descompuesto. ¿Qué se puede averiguar a estas alturas?

—No sé con qué equipo técnico cuentan. Pueden averiguar si murió ahogada o no, supongo, y si hay huellas de violencia que no hayan borrado ni el agua ni la descomposición. Pueden decir si la mataron de un tiro o a puñaladas. Por ejemplo, si encuentran fracturado el hueso hioides de la garganta sabrán que murió estrangulada. Pero en lo que nos concierne a nosotros, ahora tendré que decir por qué he venido aquí. Me harán declarar en la instrucción del caso.

—Eso no me gusta —dijo Kingsley—. No me gusta nada. ¿Qué piensa hacer ahora?

—En el camino de vuelta pararé en el hotel Precott y veré si puedo averiguar algo. ¿Se llevaban bien su esposa y la mujer de Chess?

—Supongo que sí. Crystal es el tipo de mujer con la que es fácil llevarse bien en circunstancias normales. Yo apenas conocía a Muriel Chess.

—¿Y ha conocido alguna vez a una mujer llamada Mildred Haviland?

—¿Qué?

Repetí el nombre.

—No —respondió—. ¿Hay alguna razón por la que debería conocerla?

—Cada vez que le hago una pregunta, usted me contesta con otra —dije—. No, no tiene por qué conocer a Mildred Haviland. Sobre todo si apenas conocía a Muriel Chess. Le llamaré mañana por la mañana.

—Sí —dijo, y vaciló unos segundos—. Siento haberle metido en semejante lío —añadió. Luego dudó otra vez, se despidió y colgó.

Casi inmediatamente sonó el timbre del teléfono y la voz de la telefonista me anunció secamente que me sobraban cinco centavos. Le contesté lo que suelo decir cuando me hablan en ese tono. No le gustó.

Salí de la cabina y me llené los pulmones con un poco de aire puro. El cervatillo domado con su collar de cuero me estaba esperando justo al final del camino bloqueando la puerta de la cerca. Traté de apartarle, pero él se apretó contra mí y no quiso moverse. Salté la cerca, volví al Chrysler y regresé al pueblo.

En la puerta de la oficina de Patton había un farol encendido, pero el barracón estaba vacío y el letrero que decía: «Vuelvo dentro de veinte minutos» seguía tras el cristal de la puerta. Continué andando hasta llegar al lugar donde atracaban los botes y aún más allá, hasta el borde de una playa desierta. Unas cuantas motoras seguían haciendo el loco sobre la superficie sedosa del agua. En el interior de unas cabañas de juguete encaramadas en laderas en miniatura comenzaban a encenderse unas diminutas lucecillas amarillas. Un único lucero brillaba en el cielo, hacia el noreste, sobre el perfil de las montañas. En la rama superior de un pino de treinta metros de altura un petirrojo esperaba a que oscureciera lo bastante para cantar su canción de despedida. Al poco rato, cuando hubo oscurecido lo suficiente, cantó y se sumergió en las profundidades invisibles del cielo. Arrojé mi cigarrillo al agua inmóvil, subí al coche y arranqué en dirección al lago del Corzo.

11

El portón del camino particular estaba cerrado con un candado. Dejé el Chrysler entre dos pinos, salté la cerca y me deslicé como un gato por la cuneta hasta que el destello del pequeño lago floreció súbitamente a mis pies. La casita de Bill Chess se hallaba sumida en la oscuridad. Las tres de la otra orilla no eran sino sombras abruptas que destacaban sobre el granito pálido. El agua brillaba blanca donde chorreaba a través de la parte superior de la presa y caía por la pendiente de cemento para ir a morir en silencio en la corriente de abajo. Escuché y no oí ningún otro ruido.

La puerta de la casa de Chess estaba cerrada con llave. Me acerqué a la puerta trasera y me topé con una enormidad de candado. Anduve junto a las paredes, tanteando las telas metálicas de las ventanas. Estaban todas perfectamente clavadas. Sólo carecía de ella una ventana doble situada en el centro de la fachada norte. También estaba cerrada. Me detuve y escuché un poco más. No corría ni un soplo de aire y los árboles estaban tan silenciosos como sus sombras.

Introduje la hoja de una navaja en la ranura central de la ventana. Nada. El pasador se negaba a moverse. Me apoyé en la pared, medité y de pronto cogí un pedrusco y pegué con él en el lugar en que se unían los dos marcos. El pasador se desprendió de la madera con un crujido sordo y la ventana se abrió hacia la oscuridad del interior. Me encaramé al alféizar, pasé una pierna por encima, me introduje a través de la abertura y me dejé caer al interior de la habitación. Me volví jadeando un poco por el esfuerzo a esa altura y volví a escuchar.

El haz de luz de una linterna fue a acertarme justo en los ojos.

Una voz dijo con mucha calma:

—Yo que usted descansaría ahí mismo, hijo. Debe de estar agotado.

La linterna me mantenía clavado a la pared como una mosca aplastada. Sonó después un interruptor de luz y se encendió una lámpara de mesa. La linterna se apagó. Jim Patton se hallaba sentado en un viejo sillón marrón junto a la mesa. Una bufanda marrón deshilachada colgaba del tablero de madera y le rozaba la gruesa rodilla. Llevaba la misma ropa que aquella tarde más una chaqueta de cuero que debió de ser nueva alguna vez, quizá allá por los tiempos del primer mandato de Grover Cleveland. Tenía las manos vacías, a excepción de la linterna, y la mirada igualmente vacía. Movía las mandíbulas con lentitud, rítmicamente.

—¿Qué se proponía hacer, hijo, además de allanar una morada?

Cogí una silla, la volví, me senté en ella a horcajadas con los brazos sobre el respaldo y miré a mi alrededor.

—Se me había ocurrido una idea —le dije—. En su momento me pareció muy buena, pero creo que tendré que aprender a vivir sin ella.

La casa era más grande de lo que parecía desde fuera. Estábamos en la sala, que contenía unos cuantos muebles modestos, una alfombra raída sobre el suelo de madera de pino y una mesa redonda colocada contra la pared del fondo con una silla a cada lado. A través de una puerta abierta se veía el extremo de una cocina grande de color negro.

Patton asintió y sus ojos me estudiaron sin ningún rencor.

—Oí llegar un coche —me dijo— y supe que venía hacia aquí. Anda usted pero que muy bien. No le he oído dar un paso. Me ha despertado la curiosidad, hijo.

No dije nada.

—Espero que no le moleste que le llame «hijo» —continuó—. Sé que no debería tratarle con tanta familiaridad, pero es que no puedo quitarme la costumbre. Para mí es «hijo» todo el que no tenga artritis y una larga barba blanca.

Le dije que podía llamarme lo que quisiera. Que no era susceptible.

Sonrió.

—En la guía telefónica de Los Ángeles hay un montón de detectives —dijo—, pero sólo hay uno que se llame Marlowe.

—¿Qué le impulsó a mirarla?

—Curiosidad, mayormente. Además de que Bill Chess me dijo que es una especie de policía. Porque usted no se molestó en decírmelo.

—Antes o después se lo habría dicho. Siento que eso le haya molestado.

—No me ha molestado. No soy de los que se pican fácilmente. ¿Tiene usted identificación?

Saqué la cartera y le enseñé alguna cosilla que otra.

—¡Vaya, pues tiene usted condiciones para el trabajo! —dijo satisfecho—. Y en la cara en cambio no se le nota el oficio. Supongo que venía con intención de registrar la casa.

—Sí.

—Pues le diré que ya lo he mirado yo todo. Me vine para acá directamente. Mejor dicho, paré en la oficina un momento y luego me vine. No creo que pueda dejarle registrar por su cuenta. —Se rascó una oreja—. Bueno, la verdad es que no sé. ¿Puede decirme quién le ha contratado?

—Derace Kingsley. Para que busque a su mujer. Le dejó plantado hace un mes. Ella salió de aquí y yo decidí partir de aquí también. Parece que se fue con un hombre, pero éste lo niega. Pensé que a lo mejor encontraba aquí una pista.

—¿Y encontró algo?

—No. Podemos seguirle los pasos sin la menor duda hasta San Bernardino y de allí a El Paso. Pero ahí se acaba el rastro. Aunque no he hecho más que empezar.

Patton se levantó y abrió la puerta. Un aroma acre de pinos inundó la habitación. Escupió hacia el exterior, volvió a sentarse y se rascó el pelo gris ratón bajo el Stetson. Su cabeza ofrecía el aspecto obsceno de las que raramente se muestran sin un sombrero.

—¿No tenía usted interés en Bill Chess?

—Ninguno en absoluto, se lo aseguro.

—Parece que ustedes se ocupan de muchos casos de divorcio —continuó—. A mi modo de ver, un trabajo muy sucio.

Ésa la dejé correr.

—Y Kingsley no ha ido a la policía para que le ayuden a buscar a su esposa, ¿no?

—Claro que no. Conoce a su mujer demasiado bien.

—Pues de lo que me ha dicho no deduzco yo qué necesidad tiene usted de registrar la casa de Bill —dijo con mucha sensatez.

—Me gusta meter la nariz en todo.

—¡Vamos! Seguro que se le ocurre algo mejor.

—Digamos entonces que me interesa Bill Chess, pero sólo porque está metido en un lío y me parece un caso bastante patético, aunque sea un sinvergüenza. Si mató a su mujer tiene que haber algo aquí que apunte en esa dirección. Y lo mismo digo si no la mató.

Ladeó la cabeza como un pájaro al acecho.

—¿Como qué, por ejemplo?

—Ropa, joyas, artículos de tocador..., lo que se llevan siempre las mujeres cuando se van para no volver.

Patton se arrellanó lentamente en el sillón.

—Pero ella no se fue, hijo.

—Entonces todo eso tiene que estar aquí. Pero en ese caso Bill tuvo que darse cuenta de que no se lo había llevado. Tuvo que saber que no se había ido.

—Ninguna de esas dos explicaciones me gusta un pelo.

—Por otra parte, si fue él quien la asesinó —continué—, tuvo que deshacerse de las cosas que ella se habría llevado de haberse ido.

—¿Y cómo cree usted que podría haberlo hecho, hijo?

La luz amarilla de la lámpara convertía en bronce la mitad de su rostro.

—Creo que su mujer tenía coche propio, un Ford. Exceptuando el automóvil, pudo quemar lo más posible y enterrar el resto en el bosque. Hundirlo en el lago podía resultar peligroso. Pero lo que ni pudo quemar ni enterrar fue el coche. ¿Podía conducirlo?

Patton pareció sorprendido por mi pregunta.

—Desde luego. Bill no puede doblar la pierna derecha, o sea, que no puede usar el freno de pie, pero puede arreglárselas con el de mano. Lo único diferente que tiene su Ford es que el pedal del freno está a la izquierda del volante, al lado del embrague, de modo que puede pisar los dos con el mismo pie.

Sacudí la ceniza del cigarro en un tarro de cristal azul que había contenido cuatrocientos gramos de miel, según rezaba la etiqueta dorada que seguía pegada a él.

—Librarse del coche habría sido el problema principal —le dije—. Lo llevara a donde lo llevase, lo cierto es que tenía que volver a casa, con lo cual corría peligro de ser visto. No podía abandonarlo por las buenas en una calle de San Bernardino, por ejemplo, porque lo habrían identificado sin la menor dificultad y eso no le interesaba en absoluto. Lo mejor habría sido venderlo a uno de esos sujetos que se dedican a comprar coches robados, pero no creo que él conozca a ninguno. Así que lo más probable es que lo escondiera en el bosque, en un lugar desde el que pudiera venir andando, lo que, en su caso, no puede ser muy lejos.

—Para no interesarle el asunto parece que le ha dado algunas vueltas —dijo Patton secamente—. Pero, bueno, ya tenemos el coche escondido en el bosque. Y ahora, ¿qué?

—Ahora Bill tiene que tener en cuenta la posibilidad de que alguien dé con él. Los bosques son bastante solitarios, pero los guardabosques y los leñadores andan por ellos de vez en cuando. Si encontraban el coche era mejor que lo hallasen con todas las cosas de Muriel dentro. Eso podía darle un par de salidas, ninguna muy brillante, pero ambas al menos posibles. Una, que la asesinó algún desconocido que tuvo cuidado de hacerlo todo de modo que si se descubría el crimen sospecharan de Bill. Dos, que Muriel se suicidó realmente, pero que dejó todo dispuesto de forma que le culparan a él de su muerte. Un suicidio por venganza.

Patton meditó con calma y meticulosidad. Se acercó a la puerta para descargar otra vez. Luego se sentó y volvió a rascarse el pelo. Me miró con franco escepticismo.

—Lo primero es posible tal y como usted dice —admitió—. Pero la posibilidad es muy remota y no se me ocurre quién pudiera hacer una cosa así. Además, queda el pequeño detalle de la nota.

Negué con la cabeza.

—Digamos que Bill había guardado la nota de otra ocasión. Digamos que esta vez ella se fue, o al menos él creyó que se había ido, sin dejar nada escrito. Al ver que pasaba un mes sin que se supiera nada de su mujer, pudo empezar a preocuparse y enseñar a todos la nota para curarse en salud en caso de que le hubiera ocurrido algo. No dijo nada a nadie, pero pudo pensarlo.

Patton negó con la cabeza. No le gustaba mi versión. A mí tampoco. Luego dijo lentamente:

—En cuanto a la segunda teoría, hijo, me parece una locura. Suicidarse y dejarlo todo de modo que culpen a alguien no cuadra con la sencilla idea que me hago yo de la naturaleza humana.

—Entonces es que la idea que se hace usted de la naturaleza humana es demasiado sencilla —le dije—, porque lo que acabo de decirle se ha hecho en varias ocasiones y casi siempre lo han hecho precisamente mujeres.

—No —insistió él—. Tengo ya cincuenta y siete años y le aseguro que he visto un montón de locos, pero esa teoría suya le digo que no vale un pimiento. Yo creo que ella pensaba irse y que escribió la nota, pero que Bill la sorprendió antes de que pudiera largarse, se le subió la sangre a la cabeza y la mató en el sitio. Luego, probablemente tuvo que hacer todas esas cosas que hemos dicho.

—Yo no conocía a Muriel —le dije—, así que no tengo ni idea de lo que era capaz o no de hacer. Bill me dijo que la había conocido en Riverside hace poco más de un año. Quizá tuviera una historia larga y complicada. ¿Qué clase de mujer era?

—Una rubia de muy buen ver cuando se arreglaba. Pero con Bill se había abandonado un poco. Era una chica callada, con una cara que sabía guardar sus secretos. Bill dice que tenía mal genio, pero yo nunca la vi enfadada. En cambio, a él sí que le he visto perder los estribos.

—¿Se parecía a la foto de esa mujer llamada Mildred Haviland?

Dejó de mascar y apretó los labios hasta casi hacerse daño. Muy lentamente, empezó a mascar de nuevo.

—Oiga usted —dijo—, esta noche voy a mirar debajo de la cama no sea que por un casual esté usted debajo. ¿De dónde ha sacado esa información?

—Me lo ha dicho una chica muy simpática que se llama Birdie Keppel. Me ha hecho una entrevista para el periódico. Mencionó que un policía de Los Ángeles, un tal De Soto, anduvo por aquí enseñando una fotografía.

Patton se dio una palmada en la rodilla y se encogió de hombros.

—Ahí metí la pata —dijo con calma—. Me equivoqué. Pero es que el muy imbécil le fue enseñando la foto a medio pueblo antes de preguntarme a mí. Y eso me molestó. Se parecía un poco a Muriel, pero no como para decir que era ella con seguridad. Le pregunté que por qué la buscaba y me dijo que eso era cosa de la policía. Yo le contesté que por ignorante y de pueblo que uno fuera también era del oficio. Pero él me dijo que le habían dado instrucciones para buscar a esa mujer y que no sabía más. Creo que hizo mal en contestarme así. Pero a lo mejor yo tampoco debí decirle que no conocía a nadie que se pareciera a la de la fotografía.

Sonrió vagamente a una esquina del techo y luego bajó la vista y me miró fijamente.

—Espero que me respete usted esta confidencia que le hago, señor Marlowe —continuó—. No anda muy descarriado en sus figuraciones. ¿Conoce el lago del Mapache?

—Es la primera vez que oigo ese nombre.

—Como a kilómetro y medio de aquí —dijo, señalando con el pulgar sobre el hombro— hay un camino que va hacia el oeste. Apenas cabe un coche, tan prietos están los árboles por allí. En kilómetro y medio sube unos ciento cincuenta metros y acaba en el lago del Mapache. Es un sitio muy bonito. De vez en cuando va alguien allí de excursión, pero de tarde en tarde. Se destrozan los neumáticos. Hay allí dos o tres lagunas poco profundas y llenas de juncos, y donde no da el sol aún queda nieve a estas alturas del año. Lo único que se ve son unas cuantas cabañas de troncos medio derruidas y una casa de madera que hizo hace unos diez años la Universidad de Montclair para sus campamentos de verano. Hace mucho que nadie la utiliza. Está entre los árboles, retirada del lago. En la parte de atrás tiene un lavadero con un calentador de agua lleno de herrumbre y al lado un barracón de madera con puerta corredera. Lo construyeron para que sirviera de garaje, pero lo usaban para guardar la leña y lo cerraban con llave en el invierno. La leña es una de las pocas cosas que roba la gente por aquí, pero no llegarían al extremo de descerrajar una puerta. Para mí que ya sabe usted lo que he encontrado en ese barracón.

—Creí que había ido usted a San Bernardino.

—Cambié de idea. No me pareció muy propio que Bill se fuera en el coche con el cadáver de su mujer en el asiento de atrás, así que envié el cuerpo en la ambulancia y mandé a Andy con Chess. Me pareció que debía mirar por ahí un poco más antes de presentar el caso al sheriff y al juez de primera instancia.

—¿Fue el coche de Muriel lo que encontró en el barracón?

—Sí, y dentro del coche dos maletas sin cerrar. Hechas a toda prisa y llenas de ropa de mujer. Lo interesante, hijo, es que ningún forastero podía saber que existía ese barracón.

Asentí. Él hundió la mano en el bolsillo de su chaqueta y sacó una bolita de papel de seda. La abrió y me la enseñó en la palma de la mano.

—Mire esto.

Me incliné hacia delante y miré. Sobre el papel había una fina cadena de oro con una cerradura diminuta apenas mayor que uno de los eslabones. La habían roto dejando la cerradura intacta. Tenía unos quince centímetros de longitud. Tanto la cadena como el papel estaban cubiertos de un polvillo blanco.

—¿Dónde cree que la encontré? —preguntó Patton.

Cogí la cadena y traté de unir los dos extremos rotos. No encajaban. Me callé los comentarios, pero mojé el dedo en la lengua, toqué el polvo y lo probé.

—En una caja o en una bolsa de azúcar glas —le dije—. Es una de esas cadenas que llevan las mujeres en los tobillos. Algunas no se las quitan nunca, como si fuera el anillo de matrimonio. Quien rompió ésta no tenía la llave.

—¿Qué opina de ello?

—Nada especial —le dije—. No veo el sentido de que Bill le quitara la cadena y le dejara, en cambio, ese collar verde en el cuello. Tampoco veo qué razón podía tener Muriel para romperla (suponiendo que hubiera perdido la llave) y esconderla de forma que alguien pudiera encontrarla luego. Nadie iba a registrar la casa con detenimiento a menos que encontraran antes el cadáver. Si Bill la hubiera roto, la habría tirado también al fondo del lago. Sólo entiendo que Muriel la escondiera donde usted la encontró si quería conservarla y, al mismo tiempo, ocultársela a su marido. Y eso tendría sentido teniendo en cuenta el lugar en que estaba escondida.

Esta vez Patton sí pareció sorprendido.

—¿Por qué?

—Porque es un escondrijo típico de mujeres. El azúcar glas se utiliza sólo en repostería. Un hombre nunca miraría ahí. Muy inteligente por su parte haberla encontrado, sheriff.

Me dirigió una sonrisa tímida.

—Verá, volqué la caja sin querer y se cayó parte del azúcar —dijo—. De no haber sido por eso, no creo que la hubiera encontrado nunca.

Volvió a envolver la cadenita y se la metió en el bolsillo. Luego se levantó con aire decidido.

—¿Se queda aquí o vuelve a la ciudad, señor Marlowe?

—Volveré a la ciudad hasta que me llame para la instrucción. Porque supongo que me llamará, ¿no?

—Eso depende del juez. Cierre usted como pueda la ventana que ha roto. Yo apagaré la lámpara y echaré la llave.

Le obedecí. Él encendió la linterna y apagó la luz. Salimos y se aseguró de que la cabaña quedaba bien cerrada. Cerró la puerta de tela metálica y permaneció unos segundos mirando el lago iluminado por la luna.

—No creo que Bill tuviera intención de matarla —dijo tristemente—. Pero es capaz de estrangular sin querer a una mujer. Tiene mucha fuerza en las manos. Luego, después de matarla, tendría que arreglárselas para ocultar el crimen con el poco o mucho cerebro que Dios le ha dado. Me da mucha lástima, pero eso no cambia los hechos ni las posibilidades. La explicación que le damos al caso es la lógica y natural, y las cosas lógicas y naturales son las que al final suelen resultar verdad.

—Yo creo que si la hubiera matado habría huido. No veo cómo hubiera podido aguantar quedarse aquí.

Patton escupió sobre el terciopelo negro de la sombra de un arbusto. Luego dijo lentamente:

—Cobra una pensión del gobierno y la habría perdido. Por otra parte, la mayoría de los hombres aguantan cualquier cosa cuando no les queda más remedio. No tiene usted más que ver lo que están haciendo en el mundo en este momento. Que tenga usted buenas noches. Voy a ir a ese muelle a quedarme ahí un rato a la luz de la luna y a pasar el mal trago. ¡Una noche así y uno teniendo que pensar en crímenes!

Se hundió lentamente en las sombras y se fundió con ellas. Me quedé allí de pie hasta que le perdí de vista y luego volví a saltar la cerca. Subí al coche y retrocedí un trecho por el camino buscando dónde ocultarme.

12

A unos trescientos metros del portón, un estrecho camino cubierto de hojas de roble del otoño anterior se curvaba en torno a un promontorio de granito y desaparecía. Lo seguí a lo largo de unos veinte o treinta metros dando tumbos sobre las piedras, di la vuelta en torno a un árbol con el coche y lo dejé con el morro apuntando hacia el camino por donde había venido. Apagué los faros, hice girar la llave de contacto y me quedé allí esperando.

Pasó media hora. Sin tabaco, se me hizo eterna. Luego oí un motor arrancar en la distancia. El ruido fue creciendo y el haz de luz blanca de un par de faros pasó a mis pies por el camino. El sonido se desvaneció en la lejanía y un leve olor a polvo quedó flotando en el aire una vez que hubo desaparecido.

Bajé del coche y volví hasta el portón y hasta la cabaña de Bill Chess. Esta vez me bastó un empujón para abrir la ventana que había forzado. Subí de nuevo al alfeizar, salté al suelo y recorrí todo el cuarto con el rayo de luz de la linterna hasta posarlo sobre la lámpara de mesa. La encendí, escuché unos segundos, no oí nada y pasé a la cocina. Allí encendí una bombilla que colgaba sobre la pila.

El cajón de la leña que había junto a la cocina estaba lleno de astillas cuidadosamente amontonadas. No había platos sucios en la pila ni cacharros malolientes sobre la chapa de la cocina. Bill Chess, solo o no, mantenía su casa en un orden perfecto. Una puerta comunicaba la cocina con el dormitorio y otra puertecilla más estrecha separaba éste de un baño diminuto que sin duda había sido añadido a la construcción recientemente. El revestimiento de las paredes así lo revelaba. Del baño no saqué nada en limpio.

El dormitorio contenía una cama de matrimonio, un tocador de pino con un espejo redondo colgado de la pared, una cómoda, dos sillas de respaldo recto y una papelera de hojalata. En el suelo había dos alfombrillas ovaladas, una a cada lado de la cama. Bill Chess había clavado en las paredes una serie de mapas de guerra sacados del *National Geographic.* El tocador estaba vestido con unas faldas absurdas rojas y blancas.

Hurgué en los cajones. Encontré un joyero, que imitaba piel, lleno de un surtido de bisutería muy llamativa, que Muriel no se había llevado. Estaban también las cosas habituales que suelen ponerse las mujeres en la cara, las uñas y las cejas, pero en una cantidad que me pareció excesiva. Naturalmente era sólo mi opinión. En la cómoda encontré ropa de hombre y de mujer, no mucha ni de una ni de otra. Bill Chess tenía allí, entre otras cosas, una camisa de cuadros muy chillona con el cuello almidonado. En un rincón, bajo una hoja de papel de seda azul, encontré una cosa que no me gustó. Unas bragas, nuevas al parecer, de seda color albaricoque ribeteadas de encaje. Unas bragas de seda no era cosa que se dejara olvidada aquel año ninguna mujer en sus cabales.

Aquello no iba a ayudar a Bill Chess. Me pregunté qué habría pensado Jim Patton al verlas.

Volví a la cocina y rebusqué en los estantes que había junto a la pila y por encima de ella. Estaban repletos de latas, tarros y cajas de comestibles. El azúcar glas se hallaba en una caja cuadrada de color marrón que tenía una esquina rota. Patton había intentado recoger la que había caído. Junto al azúcar glas había sal, bórax, levadura, harina, azúcar morena y cosas por el estilo. Aquellas latas podían ocultar cualquier cosa. Algo que había sido arrancado de una cadena cuyos extremos rotos no encajaban.

Cerré los ojos y señalé al azar con un dedo que fue a descansar sobre el bote de la levadura. Saqué un periódico de detrás del cajón de la leña, lo desplegué y vacié en él el contenido de la lata. Lo revolví con una cuchara. Había una cantidad de levadura realmente exagerada, pero nada más. Volví a meterla en la lata y probé con el bórax. Allí no había más que bórax. A la tercera va la vencida, me dije. Y probé con la harina. Se armó una nube de polvo y no encontré más que harina.

El sonido distante de unos pasos me heló hasta los tobillos. Apagué la luz de la cocina, corrí agazapado hacia el salón y apagué la luz. Demasiado tarde, desde luego. Las pisadas sonaron de nuevo, leves y cautelosas. Se me erizaron los cabellos.

Esperé en medio de la oscuridad con la linterna en la mano izquierda. Dos minutos mortalmente largos pasaron arrastrándose. Respiré sólo parte de ellos.

No podía ser Patton. Él iría directamente a la puerta, la abriría y me diría que me largara. Las pisadas cautelosas parecían ir de acá para allá; un movimiento, una larga pausa, otro movimiento, otra larga pausa. Me deslicé hasta la puerta e hice girar el picaporte silenciosamente. Abrí de golpe y apuñalé la oscuridad con el haz luminoso de la linterna. Dos ojos se transformaron en focos dorados. Un bulto saltó hacia atrás y resonó entre los árboles un rápido correr de cascos. No era más que un ciervo curioso.

Cerré la puerta de nuevo y volví a la cocina precedido de la luz de la linterna. El resplandor redondo fue a caer directamente sobre la caja de azúcar glas.

Encendí otra vez la luz, cogí la caja y la vacié en el periódico. Patton no había buscado lo suficiente. Encontró la cadena por casualidad y supuso que eso era todo lo que había allí. Al parecer, no se había dado cuenta de que tenía que haber algo más.

Otra bolita de papel de seda blanco destacó entre el fino polvo blanco. La sacudí para limpiarla y la abrí. Contenía un corazoncito de oro no mayor que la uña del dedo meñique de una mujer.

Volví a meter el azúcar en la caja a cucharadas, la coloqué en el estante e introduje el periódico, hecho una bola, en el fogón. Volví al salón y encendí la lámpara. A su luz pude leer las palabras grabadas en el dorso del corazón de oro sin necesidad de lupa. Formaban una inscripción que decía: «Para Mildred de Al. 28 de junio de 1938. Con todo mi amor».

Para Mildred de Al. Para Mildred Haviland de Al Algo. Mildred Haviland era Muriel Chess. Y Muriel Chess había muerto dos semanas después de que un policía llamado De Soto la estuviera buscando.

Me quedé allí de pie, con el corazón de oro en la mano, preguntándome qué tendría que ver conmigo todo aquello. Preguntándomelo, pero sin tener la menor idea de la respuesta.

Volví a envolver el colgante en el papel de seda, salí de la casa y regresé al pueblo. Patton estaba en su oficina telefoneando cuando yo llegué. La puerta estaba cerrada con llave. Tuve que esperar a que acabara de hablar. Al cabo de un rato colgó y se acercó a abrir. Pasé de largo junto a él, dejé la bolita de papel de seda sobre el mostrador y la abrí.

—No buscó lo suficiente en el azúcar glas —le dije.

Miró primero el corazoncito de oro, luego a mí, se situó detrás del mostrador y sacó del cajón de su escritorio una lupa de las baratas. Estudió el dorso del colgante. Luego dejó la lupa a un lado y me miró con el ceño fruncido.

—Debí figurarme que si quería registrar la casa, acabaría haciéndolo. ¿No se habrá propuesto usted amargarme la vida, verdad, hijo?

—Debería haberse dado cuenta de que los extremos de la cadena no encajaban —le dije.

Me miró tristemente.

—Hijo, yo ya no tengo la vista que tiene usted.

Dio unos empujoncitos al corazón con la punta de un índice tosco y cuadrado. Me miró sin decir nada.

—Usted probablemente pensó que esa cadena significaba algo que pudo inspirarle celos a Bill, si es que la vio. Yo también lo pensé. Pero, aunque puede que me equivoque, apostaría el cuello a que Bill no la encontró jamás y a que nunca ha oído el nombre de Mildred Haviland.

—Quizá debería disculparme con ese De Soto —dijo lentamente.

—Si es que vuelve a verle.

Me dirigió una mirada vacía y yo se la devolví.

—No me diga nada, hijo. Déjeme adivinar que tiene una teoría nueva sobre el caso.

—Sí. Bill no mató a su mujer.

—¿No?

—No. A Muriel la mató alguien que surgió de su pasado. Un hombre que le había perdido la pista y que finalmente la encontró. La encontró casada con otro y no le gustó. Un hombre que conocía esta región, como tantos centenares de personas que no viven por aquí, y que sabía dónde había un escondite adecuado para el coche y la ropa. Un hombre que sabía disimular el odio que sentía, que persuadió a Muriel para que se fugara con él y que, una vez que ella preparó todo y escribió la nota, la cogió por la garganta y le dio lo que él consideraba su merecido. Luego la hundió en el lago y siguió su camino. ¿Qué le parece?

—Bueno —dijo con mucha calma—, eso complica un poco las cosas, ¿no cree? Pero no es imposible. En absoluto.

—Cuando se canse de esa teoría, dígamelo. Habré pensado otra —le dije.

—Eso ya lo sé yo, ¡qué leñe! —dijo.

Por primera vez desde que le conocía se echó a reír.

Le di las buenas noches y me fui dejándole allí de pie, trajinando con sus pensamientos con la laboriosa energía del colono que desbroza sus tierras.

13

Hacia las once llegué al pie de la montaña y aparqué en batería junto al hotel Prescott, de San Bernardino. Saqué una bolsa del maletero y no había dado más de tres pasos cuando un botones de pantalón con galones, camisa blanca y corbata negra de lazo me la arrancó de la mano.

El empleado de guardia en el mostrador de recepción era un tipo calvo que no mostró el menor interés ni por mí ni por nada en absoluto. Vestía parte de un traje de lino blanco, y mientras me entregaba la pluma para que firmase, bostezó con la mirada perdida en la distancia como si recordase su infancia.

El botones y yo subimos en un pequeño ascensor al segundo piso y recorrimos dos manzanas de pasillo doblando recodos. Conforme avanzábamos el aire se iba cargando. Al final abrió la puerta de un cuartito tamaño cadete, provisto de una ventana que daba a un respiradero. La rejilla del aire acondicionado, situada en una esquina del techo, no era mayor que un pañuelo de mujer. De ella colgaba un pedacito de cinta que ondeaba débilmente para demostrar que algo se movía.

El botones era alto, flaco, amarillento, no muy joven y más frío que un pedazo de pollo en gelatina. Se pasó de un carrillo a otro el chicle que mascaba, dejó la bolsa sobre una silla y miró primero a la rejilla y luego a mí. Tenía los ojos del color de un sorbo de agua.

—Debería haber pedido una habitación de las de a dólar la noche. Ésta me aprieta un poco —dije.

—Pues ha tenido usted suerte. El pueblo está de bote en bote.

—Súbenos un par de vasos, ginger ale y hielo —le dije.

—¿A usted y a mí?

—Si es que bebes.

—Creo que a estas horas puedo arriesgarme.

Salió. Me quité la chaqueta, la camisa y la camiseta y me paseé por la calurosa corriente que creaba la puerta abierta. El aire olía a hierro caliente. Entré en el baño de perfil —era de ésos— y me mojé un poco el pecho con un agua fría más bien templada. Respiraba algo mejor cuando el alto botones lánguido volvió con una bandeja. Cerró la puerta y yo saqué una botella de whisky. Él mezcló las bebidas, intercambiamos las habituales sonrisas falsas y bebimos. El sudor me resbalaba por la nuca y a lo largo del cuello y de la columna vertebral. Me había llegado ya a medio camino de los calcetines cuando deposité el vaso sobre la mesa. Aun así me sentía un poco mejor. Me senté en la cama y miré al botones.

—¿Cuánto tiempo puedes quedarte?

—¿Para qué?

—Para hacer memoria.

—No crea que se me da muy bien eso.

—Tengo dinero para gastar a mi manera.

Saqué la cartera del bolsillo trasero de los pantalones y extendí sobre la cama una hilera de billetes de dólar bastante gastados.

—Perdone —dijo el chico—. Pero creo que usted debe de ser policía.

—No seas tonto. ¿Has visto alguna vez a un policía haciendo solitarios con su dinero? Digamos que soy detective.

—En principio me interesa —dijo él—. El alcohol me hace pensar mejor.

Le di un billete de un dólar.

—Pues a ver si esto ayuda. Se te nota que eres tejano y de Houston.

—Soy de Amarillo —dijo—, pero no importa. ¿Qué le parece mi acento de Texas? A mí me pone malo, pero a mucha gente le encanta.

—Sigue con él —le contesté—. Hasta el momento, no ha hecho perder a nadie un dólar.

Sonrió y se metió el billete bien doblado en el bolsillo de los pantalones.

—¿Qué hiciste el viernes 12 de junio? —le pregunté—. A última hora de la tarde o a primera de la noche. Era viernes.

Se tomó un sorbo de whisky y meditó unos segundos haciendo girar el hielo dentro del vaso y bebiendo sin sacarse el chicle de la boca.

—Estuve aquí. Tuve el turno de seis a doce —dijo.

—Una mujer rubia, delgada y guapa estuvo en este hotel hasta la hora en que partió el tren nocturno para El Paso. Creo que tomó ese tren porque estaba en El Paso el domingo por la mañana. Llegó aquí conduciendo un Packard Clipper, matriculado a nombre de Crystal Grace Kingsley, Carson Drive, 9658 Beverly Hills. No sé cómo se registraría en el hotel. Pudo utilizar su nombre verdadero o un nombre falso. Hasta puede que no se registrara. Su coche sigue aquí en el garaje. Quiero hablar con los muchachos que estaban en recepción cuando llegó y cuando se fue. Te has ganado otro dólar sólo por pensarlo.

Separé del muestrario otro billete que fue a parar al bolsillo del botones con un ruido como de orugas peleando.

—Es factible —dijo con mucha calma.

Dejó el vaso sobre la mesa y salió de la habitación cerrando la puerta tras él. Me bebí el whisky que quedaba en mi vaso y me serví otro. Fui al baño y volví a mojarme el pecho con un poco más de agua caliente. Mientras lo hacía sonó el teléfono que había en la pared. Me deslicé como pude por el reducido espacio que quedaba entre la cama y la puerta del baño para contestar.

La voz tejana dijo:

—Fue Sonny, pero le han llamado a filas. Se fue la semana pasada. Les estaba en recepción cuando ella se fue. Él sí está aquí.

—Muy bien. Mándamelo enseguida, ¿quieres?

Estaba tomándome una segunda copa y pensando en la tercera cuando oí llamar con los nudillos a la puerta. Abrí y vi a un tipejo diminuto, una rata de ojos verdes y boquita fruncida como la de una mujer. Entró casi bailando y se quedó mirándome con una ligera sonrisa de desdén.

—¿Un trago?

—Sí —dijo fríamente.

Se sirvió una cantidad de whisky respetable, añadió una sombra de ginger ale, bebió un trago larguísimo que vació el vaso, introdujo un cigarrillo entre sus labios suaves y encendió una cerilla mientras la sacaba del bolsillo. Echó al aire una bocanada de humo y siguió contemplándome. Con el rabillo del ojo miró los billetes que seguían sobre la cama. En el bolsillo de la camisa llevaba bordado, en vez de un número, el distintivo del jefe de botones del hotel.

—¿Tú eres Les? —le pregunté.

—No —respondió. Hizo una pausa—. Aquí no nos gustan los detectives —añadió—. En el hotel no tenemos y no queremos saber nada de los que trabajan para otros.

—Gracias —le dije—. Puedes retirarte.

—¿Qué?

Torció la boquita en un gesto desagradable.

—¡Largo! —le dije.

—Creí que quería verme —gruñó.

—¿Eres el jefe de los botones?

—Sí.

—Sólo quería invitarte a un trago y darte un dólar. Toma —se lo tendí—. Y gracias por subir.

Cogió el dólar y se lo guardó en el bolsillo sin dar las gracias. No se movió. De la nariz le salía un hilillo de humo y en sus ojos había una expresión dura y perversa.

—Aquí se hace siempre lo que yo digo —dijo.

—Mientras puedas —contesté—. Y en este caso no vas a poder mucho. Te has bebido tu trago y te has guardado el dólar. Ahora, largo de aquí.

Se volvió después de encogerse de hombros y salió de la habitación sin hacer ruido.

Pasaron cuatro minutos y otra vez volvieron a llamar suavemente a la puerta. El botones larguirucho entró sonriendo. Me aparté de él y volví a sentarme en la cama.

—Parece que Les no le ha caído muy bien.

—No mucho. ¿Se ha quedado satisfecho?

—Supongo. Ya sabe cómo son esos tipos. Tienen que llevarse siempre su tajada. Puede llamarme Les, señor Marlowe.

—Así que fuiste tú quien estaba en recepción cuando ella pagó.

—No, ha sido una comedia. Esa señora no se registró. Pero recuerdo su Packard. Me dio un dólar para que se lo aparcara y cuidara de sus cosas hasta la hora de la salida del tren. Cenó aquí. Un dólar de propina no es cosa que se olvide en esta ciudad. Por otra parte, se ha comentado que el automóvil sigue en el garaje.

—¿Puedes describirme a la mujer?

—Llevaba un vestido blanco y negro, más blanco que negro, y un sombrero de paja con una cinta también blanca y negra. Era una rubia muy guapa como usted ha dicho. Luego se fue en un taxi a la estación. Yo cargué las maletas en él. Llevaban sus iniciales, pero no las recuerdo. Lo siento.

—Pues yo me alegro. Me habría parecido sospechoso que las recordaras. Tómate otro trago. ¿Qué edad dirías que tenía?

Enjuagó el otro vaso y se sirvió un trago bastante civilizado.

—Es difícil calcular la edad de una mujer en estos tiempos —dijo—. Supongo que tendría unos treinta años, poco más o menos.

Busqué en el bolsillo de la chaqueta la foto de Crystal y Lavery en la playa y se la di. La miró con atención, primero de lejos y luego de cerca.

—No tendrás que jurar nada ante un juez —le dije.

Asintió.

—No me gustaría tener que hacerlo. Estas rubitas se parecen tanto unas a otras que sólo una pequeña diferencia en la ropa, la luz o el maquillaje puede hacerlas parecer iguales o diferentes.

Dudó sin dejar de mirar la foto.

—¿Qué te preocupa? —le dije.

—Estoy pensando en el sujeto que va con ella. ¿Tiene algo que ver en el asunto?

—Sigue —le dije.

—Creo que habló con ella en el vestíbulo. Luego cenaron juntos. Era un hombre alto, guapo, con la constitución de un peso medio. Se fue con ella en el taxi.

—¿Estás completamente seguro de eso?

Miró el dinero que había sobre la cama.

—¿Cuánto me va a costar? —le pregunté cansadamente.

Se puso rígido, dejó la foto en la mesa, se sacó los dos billetes doblados del bolsillo y los tiró sobre la cama.

—Gracias por el trago y váyase al diablo.

Echó a andar hacia la puerta.

—Siéntate y no seas tan susceptible —gruñí.

Se sentó y me lanzó una mirada fiera.

—Todos los sureños sois iguales —le dije—. Hace muchos años que vengo entendiéndomelas con botones de hotel. Si al fin he encontrado uno que no trata de aprovecharse, estupendo. Pero no puedes esperar de mí que espere encontrarlo.

Sonrió levemente y asintió. Cogió la foto de nuevo y me miró.

—El tipo ha salido calcado —me dijo—. Mucho más que ella. Pero hay otro detalle que me ha hecho acordarme de él. Me dio la impresión de que a la mujer no le hizo ninguna gracia que se acercara a ella en el vestíbulo, así, a la vista de todos.

Medité y decidí que eso no significaba mucho. Podía estar enfadada con él porque se hubiera retrasado o porque no hubiera acudido a una cita anterior.

—Tenía motivos para actuar así. ¿Te fijaste en las joyas que llevaba? ¿En los pendientes, en algún anillo, en algo que llamara la atención o que te pareciera muy valioso?

No se había fijado en nada especial, dijo.

—¿Tenía el pelo largo o corto, liso, ondulado o rizado, rubio natural o teñido?

Se echó a reír.

—¡Caray! Eso último es imposible saberlo, señor Marlowe. Hasta cuando lo tienen rubio natural se lo tiñen para aclarárselo. Pero creo recordar que lo llevaba bastante largo y como lo llevan ahora, bastante liso y con las puntas vueltas hacia dentro. Pero puedo equivocarme. —Miró de nuevo la fotografía—. Aquí lo lleva recogido atrás. No puedo decírselo.

—Es verdad —le dije—. Sólo te lo he preguntado para asegurarme de que no habías visto demasiado. Los tipos que se fijan en demasiados detalles suelen ser testigos tan poco de fiar como los que no ven nada. Por lo general se inventan la mitad de lo que dicen. Tú te fijaste lo justo, teniendo en cuenta las circunstancias. Muchas gracias.

Le devolví sus dos dólares y añadí cinco más para que les hicieran compañía. Me dio las gracias, apuró su bebida y se fue sin hacer ruido. Yo terminé la mía, volví a lavarme un poco y decidí que prefería irme a casa que dormir en aquel agujero. Me puse la camisa y la chaqueta y bajé con mi bolsa.

La rata pelirroja era el único botones que se veía en el vestíbulo. Me acerqué al mostrador con la bolsa en la mano sin que él hiciera el mínimo ademán de ayudarme. El empleado calvo me separó de dos dólares sin mirarme siquiera.

—Dos dólares por pasar una noche en esta cloaca, cuando podía haber dormido gratis en un cubo de basura bien aireado —le dije.

El empleado bostezó, reaccionó con retraso y me contestó animadamente:

—Hacia las tres de la madrugada refresca mucho. Desde las tres hasta las ocho o las nueve hace una temperatura muy buena.

Me limpié el sudor de la nuca con el pañuelo y me dirigí a mi coche con paso inseguro. Hasta el asiento estaba caliente, y eso que era medianoche.

Llegué a casa hacia las dos cuarenta y cinco. Hollywood era una nevera. Incluso Pasadena me había parecido fresquito.

14

Soñé que me hallaba en lo más profundo de un lago verde y helado con un cadáver bajo el brazo. El cadáver tenía una melena rubia y larga que ondeaba en el agua ante mi cara. Un pez enorme de ojos saltones, cuerpo hinchado y brillantes escamas putrefactas nadaba en torno mío, mirándome con gesto de viejo libertino. Cuando estaba a punto de reventar por la falta de aire, el cuerpo cobró vida bajo mi brazo y se apartó de mí. Luego, yo me enzarzaba en una pelea con el pez y el cuerpo giraba y giraba en el agua meciendo su larga cabellera.

Me desperté con la sábana entre los dientes y las dos manos aferradas a los barrotes de la cabecera. Cuando los solté, me dolían los músculos. Me levanté, paseé por la habitación y encendí un cigarrillo sintiendo la alfombra bajo los pies desnudos. Acabé de fumar y volví a la cama.

Eran las nueve cuando me desperté de nuevo. Me daba el sol en la cara y la habitación estaba caliente. Me duché, me afeité, me vestí en parte y me preparé en la cocina el desayuno habitual de tostadas con huevos y café. No había terminado de comer cuando llamaron a la puerta.

Fui a abrir con la boca llena de tostada. Era un hombre delgado y serio, vestido con un severo traje gris.

—Teniente Floyd Greer, Brigada Criminal —dijo mientras pasaba al interior de la habitación.

Me tendió una mano huesuda y yo se la estreché. Se sentó en el borde de una silla como se sientan ellos, empezó a dar vueltas al sombrero entre las manos y me miró con esa calma fría con que miran ellos.

—Nos han llamado desde San Bernardino en relación con el caso del lago del Puma. El de la mujer ahogada. Al parecer estaba usted allí cuando se descubrió el cadáver.

Asentí y pregunté:

—¿Quiere tomar un café?

—No, gracias. Desayuné hace un par de horas.

Cogí mi taza y me senté frente a él.

—Nos pidieron que averiguáramos quién es usted —dijo— y les enviáramos un informe.

—Ya.

—Y así lo hicimos. En lo que a nosotros concierne, tiene usted un historial limpio. Pero es una curiosa coincidencia que un hombre de su profesión se hallara presente cuando encontraron el cuerpo.

—Yo soy así —dije—. Tengo suerte.

—Así que decidí venir a saludarle.
—Me parece muy bien. Encantado de saludarle, teniente.
—Curiosa coincidencia —repitió él—. ¿Había ido allí de servicio, por decirlo así?
—Aunque así fuera —le dije—, mi trabajo no tenía nada que ver con la mujer que apareció ahogada. Al menos que yo sepa.
—Pero no podría asegurarlo.
—Hasta que remata uno un caso nunca puede saber cuáles son las ramificaciones, ¿no le parece?
—Eso es cierto.
Volvió a dar vueltas al sombrero como un vaquero tímido. Pero en sus ojos no había nada de timidez.
—Quiero asegurarme de que en el caso de que esas ramificaciones de que habla llegaran a alcanzar a la mujer ahogada, usted nos lo comunicaría inmediatamente.
—Creo que puede contar con ello.
Se pasó la lengua por el interior del labio inferior.
—Queremos algo más que eso. Por el momento, ¿no quiere decirnos nada?
—Por el momento no sé nada que no sepa también Patton.
—¿Quién es Patton?
—El jefe de policía de Puma Point.
El hombre delgado y serio sonrió con aires de condescendencia. Hizo crujir los huesos de un nudillo y, después de una pausa, prosiguió:
—Probablemente el fiscal del distrito de San Bernardino querrá hablar con usted antes de la encuesta. Pero eso tardará. Primero quieren tener las huellas. Les hemos mandado a un técnico.
—No será fácil. El cuerpo está bastante descompuesto.
—Lo hacemos todo el tiempo. Hay un sistema que inventaron en Nueva York, donde siempre están sacando del agua algún cadáver. Cortan trozos de la piel de los dedos, los endurecen en una solución de tanino y luego toman las huellas. Por lo general da resultado.
—¿Creen que la mujer estaba fichada?
—Siempre tomamos las huellas a los cadáveres —dijo él—. Debería saberlo.
—Yo no la conocía. Si creen que la conocía y que por eso fui allí, se equivocan.
—Pero no quiere decirnos por qué fue.
—Y usted cree que le miento.
Hizo girar el sombrero en torno a un dedo huesudo.
—Me ha interpretado mal, señor Marlowe. Nosotros no pensamos nada. Nos limitamos a investigar y averiguar. Todo esto es pura rutina y también debería saberlo. Lleva ejerciendo de detective el tiempo suficiente. —Se levantó y se puso el sombrero—. Avíseme si abandona la ciudad. Se lo agradeceré mucho.
Le dije que lo haría y le acompañé hasta la puerta. Salió con una inclinación de cabeza y una media sonrisa triste. Le vi alejarse lánguidamente por el pasillo y llamar al ascensor.

Volví a la cocina a ver si quedaba algo más de café. Había casi una taza. Añadí leche y azúcar y me instalé junto al teléfono. Llamé a la jefatura de policía y pregunté por la Brigada Criminal y por el teniente Floyd Greer.

Una voz respondió.

—El teniente Greer no está en este momento. ¿Puedo ponerle con otra persona?

—¿Está De Soto?

—¿Quién?

Repetí el nombre.

—Dígame la graduación y el departamento.

—Es de los de paisano.

—Un momento.

Esperé. Al rato volvió a sonar la gruesa voz masculina.

—¿Se ha propuesto tomarnos el pelo? No hay un solo De Soto en todo el cuerpo de policía. ¿Quién está al aparato?

Colgué, acabé de tomarme el café y marqué el número de la oficina de Derace Kingsley. La fría y suave señorita Fromsett me dijo que su jefe acababa de llegar y me puso con él sin un murmullo.

—¿Qué hay de nuevo? —me dijo con la voz alta y decidida propia del comienzo de un nuevo día—. ¿Qué averiguó en el hotel?

—No hay duda de que su mujer estuvo allí. Y allí se encontró con Lavery. El botones que me dio el chivatazo le sacó a relucir por su cuenta, sin que yo tuviera que animarle. Cenaron juntos y luego se fue con ella en el taxi a la estación.

—Debí imaginar que mentía —dijo Kingsley lentamente—. Pero me dio la impresión de que se sorprendió cuando le hablé del telegrama que había recibido de El Paso. Creo que me pasé de listo. ¿Algo más?

—Allí nada. Esta mañana he recibido la visita de un policía que me ha sometido al interrogatorio habitual y me ha advertido que no salga de la ciudad sin avisarle. Quería saber por qué fui a Puma Point. No se lo he dicho. No sabía siquiera de la existencia de Jim Patton, lo que significa que Patton no ha dicho nada de nada.

—Jim hará lo posible por portarse bien en este caso —dijo Kingsley—. ¿Por qué me preguntó usted anoche si conocía a una tal Mildred no sé cuántos?

Se lo expliqué brevemente. Le conté cómo y dónde habían encontrado el coche y la ropa de Muriel Chess.

—Eso no va a ayudar en nada a Bill —dijo—. Conozco el lago del Mapache, pero nunca se me habría ocurrido usar ese viejo barracón. Ni siquiera sabía que existía. No sólo parece sospechoso sino también premeditado.

—En eso no estoy de acuerdo. Si suponemos que él conoce bien toda esa región, no tenía que cavilar mucho para encontrar un sitio apropiado para esconder el coche. Recuerde que estaba muy limitado por la distancia.

—Quizá. ¿Qué piensa hacer ahora?

—Volver a enfrentarme con Lavery, naturalmente.

Estuvo de acuerdo en que eso era lo mejor. Luego él añadió:

—Ese otro asunto, por trágico que sea, no nos concierne en absoluto, ¿verdad?

—No, a menos que su mujer supiera algo de eso.

Su voz sonó más aguda, cuando dijo:

—Mire usted, Marlowe, comprendo que su instinto de detective le lleve a relacionar todo lo ocurrido en torno a un caso, pero no se deje llevar por sus impulsos. La vida no es así, por lo menos tal como yo la veo. Deje que la policía se encargue de resolver el asunto de los Chess y usted dedíquese exclusivamente a los Kingsley.

—De acuerdo —le dije.

—No trato de ser autoritario —repuso.

Me reí de buena gana, dije adiós y colgué. Acabé de vestirme, bajé al garaje a buscar el Chrysler y me dirigí otra vez a Bay City.

15

Pasé de largo el cruce de la calle Altair y seguí hasta una trasversal que continuaba hasta el borde del cañón e iba a morir en una zona de aparcamiento semicircular, rodeada de una acera y una cerca de madera pintada de blanco. Permanecí dentro del coche un rato, pensando, mirando el mar y admirando el gris azulado de las laderas que descendían hacia la costa. Intentaba decidir si debía tratar a Chris Lavery con guante de seda o utilizar, en cambio, el dorso de la mano y el filo de la lengua. Decidí que no perdía nada con ir por las buenas. Si esa técnica no daba resultado, como sería lo más probable, las cosas seguirían su curso natural y podríamos empezar a romper los muebles.

El callejón asfaltado que se abría a media ladera bajo las casas que colgaban de lo alto de la pendiente estaba desierto. Más abajo, en la calle siguiente, un par de niños tiraban al aire un bumerán entre los empujones habituales y los consabidos insultos. Aún más abajo se veía una casa rodeada de árboles y de una tapia de ladrillo rojo. En el jardín de atrás vislumbré ropa tendida. Dos palomas se paseaban por la pendiente del tejado, subiendo y bajando la cabeza. Al fondo de la calle apareció un autobús marrón y azul, avanzó bamboleándose, pasó junto a la tapia de ladrillo y se detuvo para dejar bajar a un anciano que descendió lentamente y con cuidado, afianzó los pies en el suelo y tanteó en torno suyo con su bastón antes de comenzar a subir la cuesta.

El aire era más claro que el día anterior y la mañana estaba henchida de paz. Dejé el coche donde estaba y me dirigí al 623 de la calle Altair.

Las persianas estaban echadas en las ventanas de la fachada delantera y la casa tenía un aire somnoliento. Avancé sobre el musgo del camino, toqué el timbre y vi que la puerta no estaba cerrada. Se había descolgado un poco, como suele suceder. Recordé que casi se había quedado atascada el día anterior cuando salí de allí. La empujé suavemente y se abrió hacia dentro con un ligero chirrido. La sala estaba en penumbra, pero por las ventanas que daban al oeste entraba un poco de luz. Nadie acudió a abrirme. No volví a llamar. Empujé la puerta un poco más y entré.

En el interior flotaba ese olor caliente y silencioso de las casas que aún no se han ventilado a media mañana. La botella de Vat 69 que había sobre la mesita baja junto al sofá estaba casi vacía y otra sin abrir esperaba junto a ella. La cubitera tenía un poco de agua en el fondo. Junto a ella había dos vasos sucios y un sifón medio vacío.

Dejé la puerta más o menos como la había encontrado, y me quedé junto a ella escuchando. Si Lavery había salido, podía arriesgarme a registrar la casa. No tenía gran cosa con que amenazarle, pero probablemente sí lo suficiente como para que no se atreviera a llamar a la policía.

El tiempo pasó en silencio. Pasó en el sonido sordo del reloj eléctrico que había sobre la repisa de la chimenea, en el ruido lejano de una bocina que sonó en la calle Aster, en el zumbido de un avión que volaba sobre las colinas cruzando el cañón, en el gruñir del refrigerador de la cocina...

Me adentré un poco más en la habitación y me detuve a mirar en torno mío. Escuché y no oí más que los sonidos habituales de la casa, totalmente independientes de los seres humanos que pudieran habitarla. Avancé sobre la alfombra hacia el arco que se abría al fondo de la sala.

Una mano enguantada apareció en la barandilla de metal blanco de las escaleras que conducían al piso de abajo. Apareció y se detuvo. Volvió a moverse y, tras ella, apareció un sombrero femenino y luego una cabeza. Una mujer ascendía silenciosamente las escaleras. Acabó de subir, pasó bajo el arco y aun así, al parecer, siguió sin verme. Era delgada y de edad indefinida. Tenía el cabello castaño y desordenado, un revoltijo escarlata por boca, demasiado colorete en los pómulos y los ojos maquillados. Llevaba un traje de chaqueta de tweed azul, enemigo jurado del sombrero morado que hacía lo posible por mantenerse ladeado en lo alto de su cabeza.

Me vio y ni se detuvo ni cambió en lo más mínimo la expresión de su rostro. Entró lentamente en la habitación con la mano derecha alejada del cuerpo. En la izquierda llevaba puesto el guante marrón que había visto posado sobre la balaustrada. El guante correspondiente a la mano derecha envolvía la culata de una pequeña pistola automática.

Se detuvo de pronto, su cuerpo se arqueó hacia atrás y de su boca surgió un débil sonido de alarma. Luego rió con risa nerviosa. Me apuntó con la pistola y siguió avanzando hacia mí.

Me quedé mirando el arma sin gritar.

La mujer se acercó. Cuando se me hubo aproximado tanto que parecía que iba a hacerme alguna confidencia, me apuntó al estómago con su pistola y me dijo:

—Yo sólo quería cobrar el alquiler. La casa parece estar en buenas condiciones. No he visto nada roto. Siempre ha sido un buen inquilino, muy ordenado. Sólo quería que no se retrasase mucho en el pago del alquiler.

Un tipo con una voz tensa y quejumbrosa, que no parecía la mía, le preguntó amablemente:

—¿Cuánto tiempo lleva sin pagarle?

—Tres meses —contestó ella—. Me debe doscientos cuarenta dólares. Ochenta mensuales es un alquiler razonable por una casa tan bien amueblada como ésta. Hasta ahora siempre me había resultado un poco difícil cobrarlos, pero al final pagaba. Me prometió que me daría un cheque esta mañana. Hablé con él por teléfono. Me prometió que me lo daría esta mañana.

—¿Por teléfono? —repetí a mi vez—. ¿Esta mañana?

Me hice un poco a un lado como quien no quiere la cosa. Mi idea era acercarme lo suficiente como para darle un manotazo, desviar su brazo y saltar antes de que pudiera volver a apuntarme con la pistola. Nunca me ha dado buen resultado esa técnica, pero de vez en cuando no viene mal practicarla. Y esta vez parecía la ocasión más adecuada.

Me moví unos quince centímetros. Aún no estaba lo bastante cerca como para alcanzarla.

—¿Es usted la dueña de la casa? —le pregunté.

No miré la pistola directamente. Tenía la vaga esperanza, la vaguísima esperanza de que no se hubiera dado cuenta de que me apuntaba con ella.

—Naturalmente. Soy la señora Fallbrook. ¿Quién creía usted que era?

—Verá, me imaginaba que era la dueña de la casa —le dije—, porque ha hablado del alquiler y todo eso. Pero no sabía cómo se llamaba usted.

Otros quince centímetros. Buen trabajo. Sería una pena que al final no me sirviera de nada.

—¿Y usted quién es, si no tiene inconveniente en decírmelo?

—Vengo a cobrar el plazo del coche —dije—. La puerta estaba un poco entreabierta y me colé. No sé por qué.

Puse cara de empleado de financiera que viene a cobrar una letra. Rostro duro, pero listo para romper en una amable sonrisa.

—¿Quiere usted decir que el señor Lavery también se ha retrasado en pagar los plazos del coche? —me preguntó preocupada.

—Un poco, no mucho —dije con tono tranquilizador.

Ya estaba en el lugar exacto. La distancia era la justa. Ahora debía actuar con la velocidad necesaria. Sólo tenía que dar un buen golpe a la pistola y hacerla saltar hacia fuera. Comencé a levantar un pie de la alfombra.

—¿Sabe usted? —decía ella mientras tanto—. Tiene gracia lo de esta pistola. Me la he encontrado en la escalera. Qué porquería son estos cacharros, ¿verdad?, tan grasientos. Con el color tan bonito que tiene esta alfombra. Y lo cara que es.

Y me tendió la pistola.

Yo le tendí una mano tan rígida como la cáscara de un huevo y casi tan frágil. Cogí la pistola. Ella olió con repugnancia el guante que había envuelto la culata y continuó hablando en el mismo tono absurdamente racional. Las rodillas dejaron de temblarme.

—Claro, para usted es mucho más fácil —dijo—. A lo del coche, me refiero. Si es necesario puede llevárselo. Pero llevarse una casa con todos los muebles dentro no es tan fácil. Lleva tiempo y dinero echar a un inquilino. Estos casos despiertan un enorme resentimiento y a veces el demandado destroza las cosas a propósito. Esta alfombra me costó más de doscientos dólares y eso que era de segunda mano. Es de yute, pero tiene un color precioso, ¿no le parece? Nadie diría que es de yute, ni que la compré de segunda mano. Pero, al fin y al cabo, eso es una tontería porque todo es de segunda mano en cuanto se ha usado una vez. Me vine andando para no gastar los neumáticos por eso de la guerra. La verdad es que podía haber tomado el autobús parte del camino, pero esos trastos parece que van siempre en dirección contraria a donde va uno.

Yo apenas me enteraba de lo que decía. Su voz sonaba como un rumor de olas que rompieran en un punto lejano, invisible. La pistola centraba toda mi atención.

Saqué el cargador. Estaba vacío. La recámara estaba también vacía. Olí el cañón. Apestaba.

Me la guardé en el bolsillo. Era una automática del calibre 25, de seis tiros. Alguien la había disparado hasta vaciar el cargador. Y no hacía mucho tiempo, aunque sí más de media hora.

—¿La han disparado? —preguntó amablemente la señora Fallbrook—. Espero que no.

—¿Ha habido motivo para que la dispararan? —le pregunté.

La voz sonaba tranquila, pero el cerebro seguía funcionando a cien por hora.

—Verá, me la encontré tirada en la escalera —dijo—. Y después de todo, hay gente que las dispara.

—Es cierto. Pero en este caso parece ser que todo se reduce a que el señor Lavery tiene un agujero en cada mano. No está en casa, ¿verdad?

—No.

Negó con la cabeza. Parecía decepcionada.

—Y no me parece bien. Me prometió que me daría el cheque y yo he venido...

—¿Cuándo le telefoneó? —le pregunté.

—Ayer por la noche.

Frunció el ceño. No le gustaba que le hiciera tantas preguntas.

—Han debido de llamarle con urgencia.

Miró fijamente a un punto situado entre mis grandes ojos castaños.

—Oiga usted, señora Fallbrook —le dije—, vamos a dejar de andarnos por las ramas. No me gusta ser tan brusco, ni me gusta tampoco hacerle una pregunta así, pero no habrá matado usted al señor Lavery porque le debe tres meses de alquiler, ¿verdad?

Se sentó muy lentamente en el borde de un sillón y se humedeció con la lengua la cuchillada escarlata de su boca.

—¿Cómo ha podido ocurrírsele semejante atrocidad? —me preguntó furiosa—. ¡No es usted muy amable que se diga! ¿No acaba de decir, además, que esa pistola no ha sido utilizada?

—Todas las pistolas han sido disparadas alguna vez. Todas han sido cargadas alguna vez. Y ahora ésta no está cargada.

—Entonces...

Hizo un gesto de impaciencia y olió el guante manchado de grasa.

—Está bien, reconozco que me he equivocado. De todos modos no ha sido más que una broma. El señor Lavery ha salido y usted ha recorrido toda la casa. Es la dueña y tiene la llave, ¿me equivoco?

—No quería meterme en lo que no me importa —dijo ella mordiéndose una uña—. Quizá no debí entrar. Pero creo que tengo derecho a ver cómo cuida la casa.

—Pues ya lo ha visto. ¿Está segura de que él no está?

—No he mirado ni debajo de las camas ni en el refrigerador —dijo fríamente—. Cuando vi que no acudía a abrir, entré y llamé por el hueco de la escalera. Luego bajé al piso de abajo y volví a llamarle. Hasta me asomé al dormitorio.

Bajó los ojos como avergonzada y se apretó nerviosamente la rodilla con una mano.

—Entonces no hay más que hablar —le dije.

Asintió alegremente.

—Eso. Entonces no hay más que hablar. ¿Cómo dijo usted que se llamaba?

—Vance —contesté—. Philo Vance.

—¿Y en qué compañía trabaja usted, señor Vance?

—En este momento no tengo trabajo. Hasta que el comisario de policía vuelva a meterse en un lío.

Me miró sorprendida.

—Pero acaba de decirme que venía a cobrar el plazo del coche...

—Ése es otro trabajo que tengo —le dije—. Una chapuza.

Se levantó y me miró fijamente. Luego me dijo con voz fría:

—En ese caso, creo que debe irse inmediatamente.

—Echaré una ojeada primero, si no le importa. Puede que a usted se le haya escapado algo.

—No creo que sea necesario —dijo—. Está usted en mi casa y le agradeceré que se vaya inmediatamente, señor Vance.

—Si no me voy, irá usted a buscar ayuda. Siéntese un momento, señora Fallbrook. Echaré un vistazo rápido. Esto de la pistola me parece raro, ¿sabe?

—Ya le he dicho que me la encontré tirada en la escalera —me dijo airadamente—, y no sé más del asunto. No entiendo nada de pistolas. No he disparado un arma en toda mi vida.

Abrió un bolso grande de color azul, sacó de él un pañuelo y se sonó.

—Eso es lo que usted dice —objeté—, pero yo no tengo por qué creerla.

Extendió hacia mí la mano izquierda con gesto patético, como una heroína de tragedia.

—¡No debí entrar! —exclamó—. ¡He hecho una cosa horrible, lo sé! ¡El señor Lavery se pondrá furioso!

—Lo que debió hacer —dije yo— es no dejarme descubrir que el cargador estaba vacío. Hasta ese momento había hecho su papel a la perfección.

Dio una patada en el suelo. Era el detalle que le faltaba a la escena. Con eso quedaba perfecta.

—¡Es usted un hombre horrible! —gritó—. ¡No se atreva a tocarme! ¡Ni dé un paso más hacia mí! ¡No permaneceré aquí con usted ni un minuto más! ¿Cómo se atreve a insultarme de...?

Se interrumpió de golpe, cortando la voz como de un tijeretazo. Luego bajó la cabeza, con sombrero morado y todo, y corrió hacia la puerta. Cuando pasó junto a mí extendió una mano como para evitar que pudiera detenerla, pero yo estaba demasiado lejos para hacerlo y no me moví. Abrió la puerta de golpe, salió como una tromba y corrió hacia la calle. El sonido de sus rápidas pisadas sobre la acera apagó el ruido que hizo la puerta al cerrarse.

Me pasé una uña por los dientes y luego me di unos golpes en la barbilla con un nudillo, escuchando. No había en ninguna parte ruido alguno que escuchar. Una pistola automática de seis disparos totalmente descargada...

—En todo esto hay algo muy raro —dije en voz alta.

En la casa reinaba un silencio fuera de lo común. Recorrí la alfombra color melocotón y crucé el arco en dirección a la escalera. Me detuve allí un momento más y volví a escuchar.

Me encogí de hombros y bajé la escalera sin hacer ruido.

16

En el pasillo del piso de abajo había una puerta a cada extremo y dos en el centro, la una junto a la otra. Una correspondía a un armario de ropa blanca y la otra estaba cerrada con llave. Anduve hasta el fondo y miré el interior de un dormitorio de invitados que tenía las persianas echadas y parecía que no se utilizaba. Me acerqué al otro extremo del pasillo y entré en un segundo dormitorio amueblado con una cama amplia, una alfombra de color café con leche, muebles angulosos de madera clara y un espejo colgado de la pared, sobre un tocador, e iluminado por un largo tubo de luz fluorescente. En una esquina había una mesa con sobre de espejo y encima un galgo de cristal y una caja del mismo material llena de cigarrillos.

Sobre el tocador había desparramados polvos para la cara. En una toalla que colgaba del borde de la papelera se veía una mancha de carmín rojo. Sobre la cama estaban colocadas dos almohadas, una junto a otra, con dos huecos que podían haber sido hechos por sendas cabezas. Bajo una de ellas asomaba un pañuelo de mujer. A los pies de la cama yacía un pijama transparente de color negro. En el aire flotaba un rastro demasiado marcado de olor a sándalo.

Me pregunté qué habría pensado de todo aquello la señora Fallbrook.

Volví la cabeza y me miré en el largo espejo de la puerta del armario. La puerta estaba pintada de blanco y tenía pomo de cristal. Lo hice girar con una mano previamente envuelta en un pañuelo y miré en el interior de lo que resultó ser un armario forrado de cedro. Estaba repleto de ropa de hombre que exhalaba un agradable aroma a lana inglesa. Pero no era sólo ropa de hombre lo que contenía. Había allí un traje sastre de mujer blanco y negro, más blanco que negro, unos zapatos a juego, y, sobre el estante superior, un sombrero de paja con su banda, también blanca y negra. Había otros vestidos de mujer, pero no me detuve a mirarlos.

Cerré la puerta del armario y salí del dormitorio con el pañuelo en la mano, listo para abrir más puertas.

La contigua al armario de la ropa blanca, la que estaba cerrada, tenía que ser la del baño. La sacudí, pero siguió cerrada. Me incliné y vi que en el centro del pomo había una pequeña ranura. Era una de esas puertas que se cierran apretando un botón desde dentro. La ranura de la cara exterior era para una de esas llaves especiales sin dentar con las que se puede abrir desde fuera si alguien se desmaya dentro del baño o si un crío se encierra sin querer y arma un escándalo.

La llave debía de estar en la balda superior del armario de la ropa blanca, pero no estaba. Probé con la hoja de mi navaja, pero era demasiado fina. Volví al dormitorio y saqué del cajón del tocador una lima de uñas. Eso sí funcionó. La puerta del baño se abrió.

Sobre un cesto para ropa sucia había un pijama de hombre de color arena. En el suelo descansaban unas zapatillas verdes. Sobre el borde del lavabo se veía una navaja de afeitar y un tubo de crema destapado. La ventana del baño estaba cerrada y en el aire flotaba un olor acre que no se parece a ningún otro.

Tres casquillos vacíos despedían destellos cobrizos sobre las losas verde Nilo del suelo y en el cristal esmerilado de la ventana se abría un agujerito perfectamente circular. A la izquierda, poco más arriba de la ventana, había dos cicatrices en la pared que descubrían el yeso blanco hasta entonces oculto por la pintura y en las que se había incrustado algo que podía ser una bala. La cortina de la ducha, de seda plastificada blanca y verde, colgaba de unas brillantes anillas de cromo y estaba corrida. La descorrí y, al hacerlo, las anillas respondieron con un leve tintineo que por algún motivo sonó de pronto escandaloso.

Al inclinarme hacia delante me crujieron un poco las vértebras del cuello. Allí estaba... No podía encontrarse en ningún otro lugar. Se hallaba agazapado en un rincón bajo los dos grifos brillantes y sobre su pecho goteaba el agua que caía de la ducha de metal cromado.

Tenía las rodillas dobladas, pero sin rigidez. Los dos agujeros abiertos en el pecho eran de un azul oscuro y ambos estaban tan próximos al corazón que cualquiera de ellos habría bastado para matarle. La sangre, al parecer, había resbalado con el agua.

En sus ojos había una mirada curiosamente brillante y esperanzada como si estuviera oliendo el café de la mañana y fuera a salir de la ducha de un momento a otro.

Un trabajo bien hecho. Acabas de afeitarte, te desnudas para darte una ducha, y, sujetando la cortina, ajustas la temperatura del agua. La puerta se abre a tus espaldas y entra alguien. Alguien que es, al parecer, una mujer. Lleva en la mano una pistola. Tú la miras y ella dispara. Yerra tres tiros. Parece imposible fallar a esa distancia, pero falla. Quizá sea lo normal. Tengo tan poca experiencia en estas cosas... No puedes escapar. Podrías abalanzarte sobre ella y arriesgarte si fueras de esa clase de hombres y estuvieras preparado para ello. Pero inclinado hacia dentro sobre los grifos de la ducha, sujetando la cortina, no tienes el suficiente equilibrio. Por otra parte, si eres un ser humano como los demás, probablemente el pánico te ha dejado como petrificado. Así que no te queda más camino que huir al interior de la ducha.

Y allá es a donde vas. Te metes lo más adentro que puedes, pero el hueco es muy pequeño y el muro alicatado te cierra el paso. Estás acorralado contra el último muro. No te queda espacio, no te queda vida. Y suenan dos tiros más, posiblemente tres, y tú te vas deslizando contra la pared y en tus ojos ya ni siquiera hay miedo. Tienen la mirada vacía de la muerte.

Ella se inclina hacia el interior de la ducha y cierra los grifos. Deja también cerrada la puerta del baño. Al salir de la casa tira la pistola sobre la alfombra de la escalera. Debe de estar preocupada. Probablemente la pistola es tuya.

¿Fue así? Más valía.

Me agaché y le toqué en el brazo. El hielo no podía ser ni más frío ni más rígido. Salí del cuarto dejando la puerta abierta. Ya no había necesidad de cerrarla. Sólo habría servido para dar trabajo a la policía.

Entré en el dormitorio y saqué el pañuelo de debajo de la almohada. Era un diminuto cuadrado de lino blanco con el borde festoneado de rojo. En una esquina, dos pequeñas iniciales bordadas también en rojo. A. F.

—Adrienne Fromsett —dije.

Me eché a reír. Fue una risa bastante macabra.

Sacudí el pañuelo en el aire para quitarle parte del olor a sándalo, lo envolví en un papel de seda y me lo metí en el bolsillo. Volví al salón y hurgué un poco en el escritorio que había adosado a la pared. No contenía ni cartas interesantes, ni números de teléfono, ni una de esas carteritas de cerillas que pudiera despertar alguna idea interesante. Si había algo, yo no lo encontré.

Miré el teléfono. Estaba sobre una mesita baja junto a la chimenea. Tenía un cordón muy largo de forma que Lavery pudiera tenderse boca arriba en el sofá, con un cigarrillo entre sus labios tersos y morenos, una bebida fría al lado y un montón de tiempo para mantener una larga conversación con una amiga, una conversación fácil, lánguida, coqueta, ligera, ni demasiado sutil ni demasiado profunda, el tipo de conversación que probablemente le gustaba.

Todo para nada. Fui del teléfono a la puerta de la calle, dejé el pomo de modo que pudiera volver a entrar y cerré con fuerza tirando de ella hasta que oí el clic de la cerradura. Recorrí el sendero de losas y me detuve un momento bajo la luz del sol a mirar al otro lado de la calle, a la casa del doctor Almore.

Nadie gritó ni salió corriendo por la puerta. No sonó el silbato de la policía. Todo estaba tranquilo, soleado y silencioso. No había motivo alguno para el nerviosismo. Sólo ha ocurrido que Marlowe ha encontrado otro cadáver. A estas alturas lo hace ya bastante bien. «Marlowe, Crimen Diario», le llaman. Le siguen con un furgón para ir recogiendo todo lo que encuentra.

Buen chico ese Marlowe, un poco ingenuo.

Volví al cruce, subí al coche, lo puse en marcha, retrocedí y me fui de allí.

17

El botones del Athletic Club volvió a los tres minutos y me hizo una seña para que le siguiera. Subimos en el ascensor al cuarto piso, doblamos por un recodo y me mostró una puerta entreabierta.

—A la izquierda, señor. Haga el menor ruido posible. Varios socios del club están durmiendo.

Entré en la biblioteca. Había libros alineados tras los cristales de las librerías, revistas sobre una larga mesa central y un retrato iluminado del fundador del club. Pero, al parecer, lo que de verdad se hacía allí era dormir. Las estanterías dividían la sala en varios cubículos, en cada uno de los cuales había sillones de cuero de respaldo alto y de unas dimensiones y una comodidad increíbles. En varios de aquellos sillones dormitaban plácidamente sendos vejetes, violetas los rostros por la presión sanguínea y emitiendo por los orificios de la nariz unos ronquidos broncos.

Salté por encima de unos cuantos pies y doblé hacia la izquierda. Derace Kingsley se hallaba en el último cubículo, al fondo de la habitación. Había colocado dos sillones, el uno junto al otro, de cara al rincón. Su cabeza oscura asomaba por encima del respaldo de uno de ellos. Me senté en el sillón vacío y le saludé con una rápida inclinación de cabeza.

—Hable en voz baja —me dijo—. Esta habitación es para dormir la siesta. Dígame, ¿qué ocurre? Le contraté para que me ahorrara problemas, no para que añadiera unos cuantos más a los que ya tengo. Me ha obligado a cancelar una cita importante.

—Lo sé —le dije. Y acerqué mi rostro al suyo. Olía a whisky, pero de un modo agradable—. Ella le ha matado.

Sus cejas pegaron un brinco y en su rostro apareció una expresión de dureza. Apretó los dientes. Respiró calladamente y su mano se crispó sobre la rodilla.

—Siga —dijo con una voz del tamaño de una canica.

Me volví a mirar por encima del respaldo de mi sillón. El vejete más cercano dormía plácidamente moviendo al respirar el vello de la nariz.

—Nadie abría en casa de Lavery —dije—. La puerta estaba entornada. Pero ayer me fijé en que se queda atascada en el umbral. La abrí de un empujón. Sala a oscuras. Dos vasos vacíos. Todo en silencio. Al rato una mujer delgada y morena, que dijo ser la señora Fallbrook, la dueña de la casa, subió las escaleras con una pistola envuelta en un guante, que, según ella, se había encontrado en la escalera. Dijo también que había venido a cobrar tres meses de alquiler. Y que había abierto con su propia llave. La deducción lógica es que había aprovechado la ocasión para fisgonear. Le quité la pistola y me di cuenta de que había sido disparada recientemente, pero me callé. Ella me dijo que Lavery no estaba en casa. Me deshice de ella poniéndola furiosa y salió hecha un basilisco. Puede que llame a la policía, pero es mucho más probable que se vaya por ahí a cazar mariposas y se olvide de todo..., menos del dinero del alquiler.

Hice una pausa. Kingsley se había vuelto hacia mí. Tenía los músculos de la mandíbula hinchados de tanto apretar los dientes. Había en sus ojos una mirada de enfermo.

—Bajé y encontré indicios de que una mujer había pasado la noche con Lavery. Pijama, polvos, perfume, lo habitual. El baño estaba cerrado por dentro, pero lo abrí. Tres casquillos vacíos en el suelo, dos balas incrustadas en la pared y un agujero en la ventana. Lavery en la ducha, desnudo y muerto.

—¡Dios mío! —susurró Kingsley—. ¿Quiere usted decir que la mujer que pasó la noche con él le mató esta mañana en el baño?

—¿Y qué otra cosa puedo querer decir? —le pregunté.

—Baje usted la voz —gruñó—. Me ha dejado helado, naturalmente. Pero ¿por qué en el baño?

—Bájela usted —le dije—. ¿Y por qué no en el baño? ¿Se le ocurre algún otro sitio donde pueda sorprenderse a un hombre más desprevenido?

—Pero usted no sabe si fue una mujer quien le mató. Bueno, no lo sabe con seguridad, ¿no?

—No —le dije—, eso es cierto. Pudo ser un hombre que utilizara una pistola pequeña y disparara descuidadamente adrede para que pareciera que había sido una mujer. El baño está abajo y da hacia el exterior de la ladera, al espacio. No creo que pudiera oír los disparos nadie que no estuviera dentro de la casa. La mujer que pasó la noche con Lavery pudo irse antes. Incluso es posible que no hubiera tal mujer, que el criminal falsificara las apariencias. Hasta pudo matarle *usted.*

—¿Por qué iba a matarle yo? —dijo Kingsley casi gimiendo, con las manos crispadas sobre las rodillas—. Soy un hombre civilizado.

Tampoco valía la pena iniciar una discusión sobre aquel asunto.

—¿Tiene pistola su mujer? —le pregunté.

Volvió hacia mí un rostro desolado y me dijo con voz cavernosa:

—¡Dios mío! ¿No pensará usted que fue ella, verdad?

—¿La tiene o no?

Soltó las palabras a sacudidas.

—Sí. Una automática pequeña.

—¿La compró usted aquí?

—Yo... No la compré. Se la quité a un borracho en una fiesta en San Francisco, hará un par de años. Andaba jugando con ella haciéndose el gracioso. Nunca se la devolví. —Se pellizcó la barbilla hasta que le blanquearon los nudillos—. Probablemente él ni siquiera recuerde cómo la perdió. Estaba bastante bebido.

—Todo encaja demasiado bien —le dije—. ¿Reconocería usted esa pistola?

Meditó profundamente, sacando mucho la mandíbula y entornando los ojos. Yo me volví a mirar atrás. Uno de los ancianitos dormilones se había despertado a sí mismo con un ronquido que casi le había tirado del asiento.

Tosió, se rascó la nariz con una mano sarmentosa y sacó del bolsillo del chaleco un reloj de oro. Lo miró con mirada sombría, se lo guardó y volvió a dormirse.

Me saqué la pistola del bolsillo y la deposité sobre la mano abierta de Kingsley, que la miró tristemente.

—No sé —dijo—. Se parece, pero no puedo decir si es la misma.

—Tiene a un lado el número de serie.

—Nadie recuerda el número de serie de una pistola.

—Esperaba que no lo recordara. De otro modo, me habría preocupado mucho.

Su mano se cerró en tomo a la pistola y la dejó junto a él, en el sillón.

—¡El muy cerdo! —susurró—. Debió de dejarla plantada.

—No lo entiendo —le dije—. El motivo no le parecía suficiente para usted porque es un hombre civilizado. Pero sí le parece suficiente para ella.

—Los motivos son distintos —dijo—. Además, las mujeres son más impulsivas.

—Como los gatos son más impulsivos que los perros.

—¿Qué quiere decir con eso?

—Que hay mujeres impulsivas lo mismo que hay hombres impulsivos. Nada más. Si quiere convencerme de que le mató su mujer, tendrá que encontrar un motivo mejor.

Volvió la cabeza lo suficiente como para dirigirme una mirada franca en la que no había el menor destello de diversión. En las comisuras de su boca se dibujaban unas medias lunas blancas.

—No creo que el momento se preste mucho a bromas —dijo—. No podemos permitir que la policía encuentre el arma. Crystal tenía licencia y la pistola estaba registrada, así que no les costará trabajo averiguar el número aunque yo no lo sepa. No podemos dejar que la encuentren.

—Pero la señora Fallbrook sabe que la tengo yo.

Negó testarudo con la cabeza.

—Tendremos que arriesgarnos. Sí, ya sé que eso supone un riesgo para usted. Y trataré de compensarle por ello. Si la muerte de Lavery pudiera interpretarse como suicidio, le diría que dejara la pistola donde la encontró. Pero tal como usted lo ha explicado, no cabe tal posibilidad.

—No. Tendría que haber fallado los tres primeros disparos. Pero no puedo prestarme a encubrir un asesinato, ni siquiera por una prima de diez dólares. Tengo que volver a dejar la pistola donde la encontré.

—Yo estaba pensando en una cantidad mayor —dijo él en voz baja—. Pensaba en quinientos dólares.

—¿Qué intenta comprar con eso?

Se inclinó hacia mí. Su mirada era seria y fría, pero estaba desprovista de dureza.

—¿Ha encontrado en casa de Lavery algo, además de la pistola, que pueda indicar que Crystal estuvo allí recientemente?

—Un traje blanco y negro y un sombrero que concuerdan con la descripción que hizo de ella el botones de San Bernardino. Pero puede haber docenas de cosas más que yo no haya visto. Casi seguro que hay huellas dactilares. Usted dice que nunca se las han tomado a su mujer, pero eso no quiere decir que no puedan conseguirlas. El dormitorio de su casa, por ejemplo, debe de estar lleno de huellas. Y la casa del lago del Corzo. Y su coche.

—Hay que recoger ese coche... —comenzó a decir.

Le interrumpí.

—Sería inútil. Son demasiados sitios. ¿Qué clase de perfume usa ella?

Me miró unos instantes sin comprender.

—Ah... Guillerlain Regal, el champán de los perfumes —dijo después secamente—. Y, de vez en cuando, uno de Chanel, no sé qué número.

—¿A qué huele ese perfume que hacen ustedes?

—A sándalo.

—El dormitorio apesta a eso —le dije—. A mí me huele a perfume barato, pero no soy quién para juzgar.

—¿Barato? —preguntó Kingsley, herido en lo más hondo—. ¡Dios mío! ¡Barato! ¡Lo vendemos a treinta dólares la onza!

—Pues olía más bien a perfume de tres dólares el litro.

Puso las manos sobre las rodillas y meneó la cabeza.

—Estaba hablando de dinero —dijo—. Quinientos dólares. Le doy un cheque ahora mismo.

Dejé que su oferta cayera al suelo remolineando como una pluma sucia. Uno de los muchachos que había detrás de nosotros se puso en pie con mucho trabajo y salió fatigosamente de la biblioteca.

Kingsley habló gravemente:

—Le contraté para que me protegiera del escándalo y, naturalmente, para que protegiera también a mi mujer si llegaba a necesitarlo. Aunque no ha sido por su culpa, la posibilidad de evitar el escándalo se ha volatilizado. Ahora se trata de salvar el pellejo a mi mujer. No creo que haya matado a Lavery. Mi convicción no se basa en nada. En nada en absoluto. Pero estoy convencido de que es inocente. Puede que incluso estuviera allí anoche y que esta pistola sea suya, pero eso no demuestra que le matara ella. Pudo ser tan descuidada con la pistola como lo es con todo. Cualquiera pudo apoderarse de ella.

—No crea que la policía va a tragarse esa versión tan fácilmente —le dije—. Si el inspector que conocí es un espécimen típico, lo que harán será agarrar la primera cabeza que encuentren y atizarle con la porra. Y puede estar seguro de que la primera cabeza que van a encontrar cuando investiguen la situación será la de su mujer.

Juntó las manos por la base. Su dolor tenía algo de teatral, como suele ocurrir a menudo con la expresión del dolor más real.

—Creo que podré ayudarle hasta cierto punto —dije—. Allí todo encaja perfectamente a primera vista. Demasiado bien. Su mujer deja allí el traje con el que ha sido vista y por el que probablemente pueden identificarla y, encima, deja tirada su pistola en la escalera. Cuesta trabajo creer que fuera tan tonta.

—Eso me anima un poco —dijo Kingsley con voz fatigada.

—Sí, pero nada de eso significa nada, porque nosotros estamos examinando el caso desde el punto de vista de la premeditación, y el que comete un crimen por pasión o por odio, sencillamente lo comete y se va. Todo lo que sé de ella indica que es una mujer impulsiva y descuidada. En todo lo que vi en aquella casa no había el menor indicio de premeditación. Sólo hay indicios de una completa falta de premeditación. Pero aunque no hubiera nada allí que pudiera hacer sospechar de su mujer, la policía la relacionará inmediatamente con el muerto. Investigarán el pasado de Lavery, sus amigos y las mujeres con quienes ha tenido algo que ver. Antes o después su nombre saldrá a la luz en el curso de la investigación y, cuando salga, el hecho de que desapareciera hace un mes, les hará frotarse las manos de satisfacción. Naturalmente, investigarán la procedencia de la pistola y si resulta ser la de su mujer...

La mano derecha de Kingsley buscó el arma en el sillón a su lado.

—No —le dije—. Tienen que encontrar esa pistola. Marlowe puede ser un tipo muy listo y, personalmente, puede sentir una gran simpatía por usted, pero no puede permitir la supresión de una prueba tan vital como es el arma con que se ha matado a un hombre. Tendré que actuar basándome en la premisa de que su mujer es evidentemente sospechosa, pero que esa evidencia puede ser falsa.

Gruñó y me tendió la mano abierta con la pistola sobre la palma. La cogí y me la guardé. Luego volví a sacarla y le dije:

—Déjeme su pañuelo. No quiero usar el mío. Puede que me registren.

Me tendió un pañuelo blanco almidonado. Limpié con él la pistola cuidadosamente y me la guardé en el bolsillo. Luego le devolví el pañuelo.

—No importa que queden mis huellas —dije—, pero no quiero que vean las suyas. Lo único que puedo hacer por ahora es volver a casa de Lavery, dejar la pistola donde la encontré y llamar a la policía. Les ayudaré en la investigación y dejaré que las cosas sigan su curso. La historia saldrá a la luz.. Tendré que decir qué hacía yo en esa casa y por qué fui. En el peor de los casos, encontrarán a su mujer y demostrarán que fue ella quien le mató. En el mejor, la encontrarán mucho antes que yo y me permitirán así dedicar todas mis energías a demostrarles que es inocente, lo que significa que tendré que demostrar que el asesino es otra persona. ¿Está de acuerdo?

Asintió lentamente. Luego dijo:

—Sí. Y la oferta de los quinientos dólares sigue en pie. Por demostrar que Crystal no le mató.

—No espero ganármelos —le dije—. Eso quiero que quede claro desde ahora. ¿Hasta qué punto conocía a Lavery la señorita Fromsett? Fuera de las horas de oficina.

Su rostro se tensó como si le hubiera dado un calambre. Sus puños se crisparon sobre los muslos. No contestó.

—Puso una cara un poco rara cuando le pedí su dirección ayer por la mañana —continué.

Exhaló el aire lentamente.

—Como si tuviera un mal sabor de boca —dije—. Quizá un idilio que acabara mal. ¿Le parezco demasiado brusco?

Las aletas de la nariz le temblaron un segundo y aspiró el aire con un sonido ronco. Luego se relajó y dijo quedamente:

—Le conoció bastante... hace tiempo. En ese sentido es una mujer capaz de hacer lo que le plazca. Y supongo que Lavery debía de ser un tipo fascinante... para las mujeres.

—Tendré que hablar con ella —dije.

—¿Para qué? —me preguntó bruscamente.

En sus mejillas aparecieron un par de chapetas rojas.

—Eso no importa. Mi trabajo consiste en hacer toda clase de preguntas a toda clase de personas.

—Entonces hable con ella —dijo con tirantez—. Lo cierto es que conocía a los Almore. A la mujer, mejor dicho, a la que se suicidó. Lavery la conocía también. ¿Puede tener eso algo que ver con todo este asunto?

—No lo sé. Está usted enamorado de ella, ¿verdad?

—Me casaría con ella mañana si pudiera —dijo tenso.

Asentí y me levanté. Me volví hacia la habitación. Estaba ya casi vacía. En el rincón del fondo un par de viejas reliquias seguían roncando plácidamente. El resto de los muchachos había vuelto a enderezar sus pasos inciertos hacia lo que hicieran cuando estaban conscientes.

—Una cosa más —dije mirando a Kingsley—. La policía se pone inmediatamente de uñas si no se la llama en cuanto se descubre un crimen. Esta vez me he retrasado y voy a retrasarme más. Volveré a casa de Lavery y haré como si fuera ésa la primera visita de hoy. Creo que lo conseguiré, si no menciono a la señora Fallbrook.

—¿La señora Fallbrook? —Apenas sabía de qué estaba hablando—. ¿Quién diablos...? Ah, sí. Ya recuerdo.

—Pues no la recuerde. O mucho me equivoco, o no va a abrir el pico. No es el tipo de mujer dispuesta a tener nada que ver con la policía por voluntad propia.

—Entiendo —dijo.

—Y usted, hágalo bien. Le interrogarán antes de decirle que Lavery ha muerto y antes de que yo pueda ponerme en contacto con usted, o eso es lo que creerán ellos. No caiga en la trampa. Si cae ya no podré investigar nada. Estaré en la trena.

—Podría llamarme desde la casa de Lavery antes de avisarles a ellos —dijo muy razonablemente.

—Sí, pero el hecho de no hacerlo dirá mucho en mi favor. Y una de las primeras cosas que harán es comprobar qué llamadas se han hecho desde ese teléfono. Si digo que le llamé desde otro teléfono, para eso lo mismo me da admitir que vine a verle.

—Entiendo —me dijo—. Puede confiar en que sabré hacerlo.

Nos dimos la mano y le dejé allí de pie.

18

El Athletic Club estaba en una esquina situada a media manzana poco más o menos del edificio Treloar, en la acera de enfrente. Crucé la calle y avancé en dirección norte hasta la puerta. Sobre la acera que antes fuera de losas de caucho habían terminado de tender cemento color rosa. Habían colocado barreras alrededor, de modo que no quedaba más que una estrecha pasarela para entrar y salir del edificio. En ese momento estaba abarrotada de empleados que volvían de almorzar.

La recepción de la Compañía Guillerlain parecía aún más vacía que el día anterior. Allí seguía la rubita esponjosa en su rincón, detrás de la centralita telefónica. Me dirigió una sonrisa rápida y yo la respondí apuntando hacia ella con un dedo índice rígido, los otros tres dedos doblados hacia dentro y moviendo el pulgar como un pistolero del Oeste disparando su revólver. Se rió de buena gana en voz baja. No se había divertido tanto en toda la semana.

Señalé al escritorio vacío de la señorita Fromsett. La rubita asintió, introdujo una clavija en el tablero y habló. Se abrió una puerta y la señorita Fromsett se acercó elegantemente a su mesa, se sentó y me dirigió una mirada fría y expectante.

—Usted dirá, señor Marlowe. Me temo que el señor Kingsley no está en este momento.

—Vengo de verle. ¿Dónde podemos hablar?

—¿Hablar?

—Quiero enseñarle una cosa.

—Ah, ¿sí?

Me miró pensativa. Probablemente eran muchos los tipos que habrían pretendido enseñarle alguna cosa, incluidos grabados. En otras circunstancias no me habría importado intentarlo.

—Se trata de un asunto relacionado con el señor Kingsley —dije.

Se levantó y abrió la puerta de la barandilla metálica.

—En ese caso podemos hablar en su despacho.

Mantuvo la puerta abierta para que entrara. Al pasar junto a ella olfateé el aroma que exhalaba. Sándalo.

—¿Guillerlain Regal, el champán de los perfumes? —pregunté.

Ella sonrió levemente sin dejar de sostener la puerta.

—¿Con mi sueldo?

—No he hablado para nada de sueldos. No me parece una mujer que tenga que comprarse su perfume.

—Sí, es Guillerlain Regal —me dijo—. Y por si le interesa le diré que detesto llevar perfume en la oficina. Pero él me obliga.

Entramos en el largo despacho fresco y en penumbra y se sentó junto a un extremo del escritorio. Yo me instalé en el mismo asiento que el día anterior. Nos miramos. Levaba un vestido marrón con chorrera de encaje. Parecía un poco menos fría, pero tampoco era un fuego devorador.

Le ofrecí uno de los cigarrillos de Kingsley. Lo tomó, lo encendió con el encendedor de mesa y se apoyó en el respaldo de la silla.

—No hay necesidad de que perdamos el tiempo con rodeos —le dije—. Usted ya sabe quién soy yo y lo que hago. Y si no lo supo ayer es porque a él le gusta darse importancia.

Se miró la mano que descansaba sobre su rodilla, levantó la vista y me sonrió casi con timidez.

—Es un tipo estupendo —me dijo—, a pesar de esos aires de ejecutivo duro que le gusta darse. Después de todo, sólo se engaña a sí mismo. Y si usted supiera todo lo que ha tenido que aguantarle a esa golfa. —Blandió el cigarrillo en el aire—. Bueno, será mejor que no toque ese tema. ¿Para qué quería verme?

—Kingsley me ha dicho que usted conocía a los Almore.

—La conocí a ella. Mejor dicho, la vi un par de veces.

—¿Dónde?

—En casa de un amigo. ¿Por qué?

—¿En casa de Lavery?

—No irá a ponerse grosero, ¿verdad, señor Marlowe?

—No sé qué entiende usted por grosería. Estoy hablando de un asunto concerniente a mi trabajo como hablo siempre de estas cosas, no como si se tratara de diplomacia internacional.

—Entendido —dijo asintiendo levemente con la cabeza—. Sí, fue en casa de Chris Lavery. Yo iba allí de vez en cuando. Solía dar fiestas con frecuencia.

—Eso significa que Lavery conocía a los Almore, mejor dicho, a la señora Almore.

Se ruborizó ligeramente.

—Sí. La conocía muy bien.

—A ella y a otras muchas mujeres. De eso no tengo la menor duda. ¿La conocía también la señora Kingsley?

—Sí, mejor que yo. Ellas dos se tuteaban. La señora Almore murió, ¿sabe? Se suicidó hace aproximadamente año y medio.

—¿Hay alguna duda acerca de eso?

Levantó las cejas con una expresión que me pareció fingida, como si considerara ese gesto el complemento adecuado a la pregunta, un puro formulismo. Luego dijo:

—¿Tiene usted alguna razón concreta para hacerme esa pregunta de ese modo concreto? Quiero decir que si tiene eso alguna relación con... con lo que está haciendo.

—Yo creía que no. Aún no lo sé con seguridad. Pero ayer el doctor Almore llamó a la policía sólo porque yo miraba su casa. Antes había averiguado quién era por el número de matrícula de mi coche. El policía me trató con muy malos modos sólo por estar allí. No sabía qué hacía y no le dije que había ido a ver a Lavery. Pero Almore tenía que sospecharlo porque me había visto ante la puerta de la casa. ¿Por qué consideró necesario llamar a la policía? ¿Y por qué consideró necesario el policía decirme que el último sujeto que había intentado hacer chantaje a Almore había terminado en un penal? ¿Y por qué tuvo que preguntarme si me había contratado la familia de ella, refiriéndose, supongo, a la señora Almore? Si usted puede contestarme a alguna de estas preguntas sabré si es asunto mío o no.

Meditó unos segundos lanzándome una mirada rápida mientras pensaba y volviendo después a mirar hacia otro lado.

—Sólo vi dos veces a la señora Almore —dijo lentamente—. Pero creo que puedo responder a sus preguntas. A todas. La última vez que la vi fue en casa de Lavery, como le he dicho, en una fiesta en la que había mucha gente. Todo el mundo bebía y hablaba a gritos. Ni las mujeres iban con sus maridos, ni los maridos iban con sus mujeres, si es que las tenían. Había allí un hombre llamado Brownwell que estaba muy bebido. Ahora está en la Marina, según me han dicho. No dejaba de molestar a la señora Almore bromeando sobre las actividades de su marido. Al parecer es uno de esos médicos que se pasan la noche yendo de casa en casa con un maletín lleno de jeringuillas, acudiendo en ayuda de todos los juerguistas del barrio para que al abrir los ojos por la mañana no se sienten a desayunar con unos cuantos elefantes rosas. Florence Almore le dijo que no le importaba cómo ganara el dinero su marido con tal de que ganara lo bastante y ella pudiera gastárselo a su gusto. Estaba también bastante bebida y creo que ni sobria debía de ser una persona muy agradable. Era una de esas mujeres que llevan siempre vestidos brillantes y muy ceñidos, que se ríen demasiado y que se sientan siempre enseñando toda la pierna. Una rubia platino con mucho maquillaje y unos ojos enormes de un azul muy pálido. Brownwell le dijo que no se preocupara, que ése era un negocio que nunca fallaba. Que consistía en entrar en casa de un paciente y salir a los quince minutos con diez o hasta puede que cincuenta dólares más en el bolsillo. Sólo una cosa no entendía, dijo, que era cómo podía un médico conseguir tanta droga sin tener amigos del hampa. Y entonces le preguntó a la señora Almore si invitaban a muchos gánsters a cenar a su casa. Ella le tiró a la cara un vaso de whisky.

Sonreí, pero la señorita Fromsett no sonrió. Aplastó el cigarrillo en el cenicero de cobre y cristal que había sobre el escritorio de Kingsley y me miró gravemente.

—Me parece muy razonable —le dije—. Cualquiera que no tuviera unos buenos puños habría hecho lo mismo.

—Sí. Pocas semanas después encontraron muerta a Florence Almore. Estaba en el garaje con la puerta cerrada y el motor del coche encendido. —Se detuvo y se humedeció ligeramente los labios—. Fue Chris Lavery quien la encontró al volver a su casa quién sabe a qué hora de la madrugada. Estaba tirada, en pijama, sobre el suelo de cemento y con la cabeza bajo una manta que cubría también el tubo de escape del coche. El doctor Almore no estaba. En los periódicos sólo se dijo que había muerto de repente. Se echó tierra al asunto.

Levantó ligeramente las manos entrelazadas y volvió a dejarlas caer lentamente sobre el regazo.

—¿Hubo algo raro en el asunto, entonces? —le pregunté.

—Eso pensó la gente, pero es lo que pasa siempre. Algún tiempo después me contaron lo que se rumoreaba confidencialmente sobre el caso. Me encontré a ese tal Brownwell en la calle Vine y me invitó a tomar una copa con él. No me caía muy bien, pero tenía media hora libre. Nos sentamos en Levy's, a una mesa del fondo, y me preguntó si recordaba a la mujer que le había tirado el whisky a la cara. Le dije que sí y mantuvimos más o menos la siguiente conversación. La recuerdo palabra por palabra. Brownwell me dijo: «Nuestro amigo Lavery está de enhorabuena. Si alguna vez le fallan sus amiguitas, aún puede hacerse con un montón de dinero». «No entiendo lo que quieres decir», le dije yo. Y él me contestó: «Quizá es que no quieres entenderlo. La noche en que murió, la mujer de Almore estuvo jugando en el local de Lou Condy y perdiendo allí hasta la camisa en la ruleta. Se puso como una fiera, dijo que las ruletas estaban trucadas y armó un escándalo. Condy tuvo que llevársela prácticamente a rastras a su despacho. Localizó al marido a través de la telefonista que toma los recados de urgencia, y, al cabo de un rato, apareció Almore, le inyectó con una de sus incansables jeringuillas y volvió a largarse. Al parecer tenía que atender a un caso muy urgente. Condy llevó a la señora Almore a su casa y poco después llegó la enfermera, avisada por el médico. Condy la subió al piso de arriba, y la enfermera la acostó, mientras Condy volvía a sus fichas. O sea, que tuvieron que llevarla en brazos a la cama, y, sin embargo, esa misma noche ella sola se levantó, se fue al garaje y se suicidó con monóxido de carbono. ¿Qué te parece?», me preguntó Brownwell. «Yo no sé nada de eso», le dije. «¿Cómo es que lo sabes tú?» Y él me contestó: «Conozco a un redactor de esa porquería que allí llaman periódico. No hubo ni encuesta ni autopsia. Si se hicieron análisis, no se informó de los resultados. Allí no tienen forense. Son los de las pompas fúnebres los que se encargan de esos menesteres. Se van turnando, uno por semana. Naturalmente tienen una actitud totalmente servil con respecto a los políticos de la localidad. Es muy fácil echar tierra a un asunto como ése en una ciudad pequeña, si es que hay alguien con influencia interesado en encubrir la cosa. Y Condy en aquel momento la tenía de sobra. No quería la publicidad que habría supuesto una investigación y el doctor tampoco».

La señorita Fromsett dejó de hablar y esperó a que yo dijera algo. Cuando vio que no decía nada continuó:

—Supongo que se da usted cuenta de cómo interpretaba Brownwell lo sucedido, ¿no?

—Claro. Pensó que Almore la había matado y que luego entre Condy y él se las habían arreglado para silenciar la cosa. Eso se ha hecho ya en ciudades más decentes de lo que Bay City ha pretendido ser jamás. Pero no acaba ahí la historia, ¿verdad?

—No. Parece ser que los padres de la señora Almore contrataron a un detective privado, un hombre que dirigía un servicio de vigilancia nocturna en Bay City y que, precisamente, había llegado al lugar del suceso el segundo, poco después que Chris. Brownwell me dijo que ese hombre tenía cierta información, pero que no había tenido ocasión de utilizarla. Le detuvieron por conducir borracho y le metieron en la cárcel.

—¿Es eso todo? —pregunté.

Ella asintió.

—Y por si cree que lo recuerdo demasiado bien, le diré que mi trabajo consiste en parte en recordar conversaciones.

—Lo que estaba pensando era que todo esto no tiene por qué tener mucha importancia. No veo qué puede tener que ver con Lavery, aunque fuese él quien la encontrara. Su amigo Brownwell creyó, al parecer, que alguien aprovechó lo sucedido para hacerle chantaje al doctor Almore. Pero para eso tenía que haber alguna prueba, especialmente si la ley le había dado ya por inocente.

La señorita Fromsett dijo:

—Yo también lo veo así. Y preferiría pensar que el chantaje es una de las pocas porquerías que Lavery no ha intentado hasta el momento. Creo que esto es todo lo que puedo decirle, señor Marlowe. Debería estar ahí fuera.

Se incorporó para levantarse y en ese momento le dije:

—Aún no he terminado. Quiero enseñarle una cosa.

Saqué del bolsillo el pañuelo perfumado que había encontrado bajo la almohada de Lavery y me incliné para dejarlo ante ella sobre el escritorio.

19

Miró el pañuelo, me miró a mí, cogió un lápiz y movió el cuadrado de lino con el extremo de goma.

—¿A qué huele? —preguntó—. ¿A insecticida?

—A una especie de sándalo, creo.

—Es una imitación barata. Repulsivo no es adjetivo suficiente para describirlo. ¿Por qué me enseña este pañuelo, señor Marlowe?

Volvió a apoyarse en el respaldo del asiento y me miró con ojos francos y fríos.

—Lo encontré en casa de Chris Lavery, debajo de su almohada. Tiene unas iniciales.

Desdobló el pañuelo con ayuda del lápiz, sin tocarlo. Su expresión era ahora tensa y sombría.

—Tiene bordadas dos letras —dijo con una voz gélida e irritada—. Dos letras que casualmente son mis iniciales. ¿Es eso lo que quiere decir?

—Sí —respondí—. Aunque es muy probable que él conozca a media docena de mujeres con las mismas iniciales.

—Así que después de todo ha decidido ponerse grosero —dijo sin alzar la voz.

—¿Es suyo el pañuelo o no?

Dudó. Se inclinó hacia delante y, con mucha calma, cogió otro cigarrillo que encendió con una cerilla. La sacudió muy lentamente, mirando cómo trepaba la llama por la astilla de madera.

—Sí, es mío —dijo—. Debí de dejármelo olvidado allí. Hace mucho tiempo. Le aseguro que no fui yo quien lo puso bajo la almohada. ¿Es eso lo que quería saber?

No dije nada. Ella añadió:

—Debió de prestárselo a alguna mujer a quien... a quien le gustara esta clase de perfume.

—Me imagino cómo debe de ser esa mujer —dije— y no me parece que encaje muy bien con Lavery.

Su labio superior se curvó un poco. Era un labio muy largo. Y me gustan los labios superiores largos.

—Creo —me contestó— que debería rectificar un poco la idea que se ha formado de Chris Lavery. Cualquier rasgo de refinamiento que haya creído adivinar en él es pura coincidencia.

—No me parece bonito hablar así de un muerto —dije.

Durante unos segundos permaneció sentada y me miró como si yo no hubiera dicho nada y ella estuviera esperando a que hablara. De pronto, un súbito estremecimiento partió de su garganta y le recorrió todo el cuerpo. Sus manos se crisparon doblando el cigarrillo por la mitad. Lo miró y lo arrojó al cenicero con un gesto rápido.

—Le mataron en la ducha. Y, al parecer, fue una mujer que había pasado la noche con él. Acababa de afeitarse. La mujer dejó una pistola en la escalera y este pañuelo en la cama.

Se movió ligeramente en el asiento. Sus ojos estaban ahora totalmente vacíos de expresión. Su rostro era tan frío como el de una estatua.

—¿Y esperaba que yo pudiera darle información sobre el asunto? —me preguntó amargamente.

—Óigame usted, señorita Fromsett. Me gustaría poder tener una actitud distante, fría y sutil con respecto a todo este asunto. Me encantaría jugar a este juego aunque fuera sólo una vez como a usted le gustaría que jugara. Pero nadie me deja... ni mis clientes, ni la policía, ni la gente con la que me enfrento. Por mucho que trate de ser amable, siempre acabo con la nariz en el polvo y el pulgar hundido en el ojo de alguien.

Asintió como si apenas me hubiera oído.

—¿Cuándo le mataron? —preguntó. Y volvió a estremecerse ligeramente.

—Esta mañana, supongo. Poco después de que se levantara. Ya he dicho que acababa de afeitarse y que iba a darse una ducha.

—Probablemente habrá ocurrido bastante tarde. Yo llevo aquí desde las ocho y media.

—No he pensado que le haya matado usted.

—Muy amable de su parte —dijo—. Pero este pañuelo es mío, ¿no? Claro, no huele al perfume que uso, pero no creo que los policías sean muy sensibles a la calidad del perfume... ni a nada.

—No. Y lo mismo puede decirse de los detectives privados —le dije—. ¿Qué? ¿Está disfrutando con esto?

—¡Dios mío! —exclamó. Y se tapó la boca con el dorso de la mano.

—Le dispararon cinco o seis veces —dije—, y fallaron todas menos dos. Le acorralaron dentro de la ducha. Debió de ser una escena bastante horrible. Había mucho odio por una de las partes. O mucha sangre fría.

—Era fácil odiarle —dijo ella con voz vacía—. Y era fácil quererle, pero ese amor era como un veneno. Las mujeres, incluso las decentes, nos equivocamos de un modo espantoso con respecto a los hombres.

—Lo que quiere decirme con eso es que hubo un tiempo en que creyó amarle, que ya no le quiere y que no fue usted quien le mató.

—Sí —hablaba ahora con una voz seca y tan leve como ese perfume que no le gustaba llevar en la oficina—. Espero que respete usted la confidencia. —Rió brusca y amargamente—. Muerto —dijo—. Era un pobre hombre, egoísta, mezquino, desagradable, guapo y falso. Y ahora está muerto, frío y acabado. No, señor Marlowe. Yo no le maté.

La dejé que se desahogara. Al rato me dijo lentamente:

—¿Lo sabe el señor Kingsley?

Asentí.

—Y, naturalmente, también la policía.

—Todavía no. Al menos no por mí. Fui yo quien lo encontró. La puerta de la casa no estaba cerrada. Entré y me lo encontré.

Ella cogió el lápiz y hurgó de nuevo en el pañuelo.

—¿Sabe el señor Kingsley lo del pañuelo perfumado?

—No lo sabe nadie más que usted, yo y quien lo pusiera allí.

—Ha sido usted muy amable —dijo secamente—. Y muy amable también en pensar lo que ha pensado.

—Tiene usted un aire de reserva y de dignidad que me gusta —le dije—. No lo estropee. ¿Qué quería usted que pensara? Probablemente pretendía que yo sacara el pañuelo de debajo de la almohada, que lo oliera, lo sacudiera en el aire y me dijera: «¡Vaya, vaya, vaya! Un pañuelo de la señorita Fromsett con sus iniciales y todo. La señorita Fromsett debe de haber conocido a Lavery, quizá íntimamente. Digamos entre nosotros que tan íntimamente como puede imaginarse un tipo tan mal pensado como yo. Y créame que sería mucho. Pero resulta que el pañuelo huele a perfume barato, y la señorita Fromsett no usaría un perfume barato. Y este pañuelo estaba debajo de la almohada de Lavery y la señorita Fromsett jamás guarda sus pañuelos bajo la almohada de un hombre. Por lo tanto, este pañuelo no puede tener nada que ver en absoluto con la señorita Fromsett. No es más que una ilusión óptica».

—¡Cállese! —me dijo.

Sonreí.

—¿Qué clase de mujer cree que soy? —saltó.

—He llegado demasiado tarde para decírselo.

Enrojeció, pero esta vez con un rubor suave que se extendió por todo su rostro. Luego dijo:

—¿Tiene usted alguna idea de quién puede haberlo hecho?

—Ideas sí, pero nada más. Me temo que la policía va a considerarlo un caso muy sencillo. En el armario del señor Lavery hay colgadas ropas de la señora Kingsley. Y cuando sepan toda la historia, incluido lo que ocurrió ayer en el lago del Corzo, me temo que echarán mano a las esposas. Antes tendrán que encontrarla, claro, pero no les costará mucho trabajo.

—Crystal Kingsley... —dijo pensativa—. Ni eso ha podido ahorrarle.

—No tiene que haber sido así —le dije—. Quizá le hayan matado por motivos totalmente distintos, por algo de lo que no sabemos nada en absoluto. Puede haber sido alguien como el doctor Almore.

Me miró fugazmente y luego negó con la cabeza.

—Es posible —insistí—. No hay nada en contra de esa probabilidad. Para ser un hombre que no tiene nada que temer, ayer estaba bastante nervioso. Pero, naturalmente, no sólo tienen miedo los culpables.

Me levanté y di unas cuantas palmaditas en el borde de la mesa. Tenía un cuello precioso. Ella señaló al pañuelo.

—¿Y qué me dice de esto? —preguntó secamente.

—Si fuera mío lo lavaría para quitarle ese olor a perfume barato.

—Pero debe de significar algo, ¿no? —dijo—. Puede significar mucho.

Me eché a reír.

—No creo que signifique nada. Las mujeres siempre andan perdiendo pañuelos por ahí. Un sujeto como Lavery podía coleccionarlos y guardarlos en un cajón con un saquito de sándalo. Alguien pudo encontrarlos y coger uno para utilizarlo. O puede que los prestara él mismo para disfrutar con la reacción que despertaban en las mujeres las iniciales de una rival. Yo diría que era de esa clase de sinvergüenzas. Adiós, señorita Fromsett, y gracias por hablar conmigo.

Eché a andar hacia la puerta y de pronto me detuve y le pregunté:

—¿Sabe el nombre del periodista que le dio a Brownwell esa información?

Negó con la cabeza.

—¿Ni sabe cómo se llamaban los padres de la señora Almore?

—No, tampoco. Pero probablemente podría averiguarlo. Lo intentaré encantada.

—¿Cómo?

—Esas cosas se mencionan por lo general en las necrológicas, ¿no? Seguro que apareció una en todos los periódicos de Los Ángeles.

—Se lo agradecería mucho —le dije.

Pasé un dedo por el borde de la mesa y la miré de soslayo. Piel pálida y marfileña, ojos oscuros, encantadores, y un pelo tan luminoso como puede serlo el pelo y tan negro como la noche.

Crucé el despacho y salí. La rubita de la centralita me miró expectante, con los labios rojos entreabiertos, esperando un poco más de diversión. No me quedaba más. Seguí adelante y salí.

20

Ante la casa de Lavery no había coches de la policía estacionados, ni había gente esperando en la acera, y cuando abrí la puerta principal, dentro no había olor a puro ni a humo de cigarrillos. El sol se había retirado de las ventanas y una mosca zumbaba suavemente sobre uno de los vasos. Fui hasta el fondo del cuarto y me incliné sobre la barandilla de la escalera. Nada se movía en la casa del señor Lavery. No se oía el menor ruido, a excepción del ligerísimo que provenía de allá abajo, del baño: el del agua que goteaba sobre el hombro de un hombre muerto.

Me acerqué al teléfono y busqué en la guía el número de la policía. Marqué y, mientras esperaba que me contestaran, saqué del bolsillo la pistola automática y la dejé sobre la mesita junto al aparato.

Cuando una voz de hombre dijo: «Jefatura de Policía de Bay City. Aquí Smoot», contesté:

—Alguien ha disparado una pistola en el 623 de la calle Altair. En la casa de un hombre llamado Lavery. Está muerto.

—Altair, 623. ¿Y usted quién es?

—Me llamo Marlowe.

—¿Está en la casa?

—Sí.

—No toque nada.

Colgué, me senté en el sofá y esperé.

No tuve que esperar mucho. A lo lejos gimió una sirena y el sonido fue acercándose en grandes oleadas. Unos neumáticos chirriaron al doblar por la esquina y la sirena se fue acallando hasta quedar reducida primero a un gruñido metálico y después a silencio. Las ruedas volvieron a chirriar ante la puerta. La policía de Bay City conservando sus neumáticos. Unos pasos sonaron en la acera y yo me acerqué a abrir la puerta.

Dos policías de uniforme entraron como dos trombas en la habitación. Eran del tamaño habitual y tenían el rostro curtido y la expresión de sospecha habituales. Uno de ellos llevaba un clavel bajo la gorra, tras la oreja derecha. El otro era más viejo y un poco gris y sombrío. Se quedaron de pie en medio del salón mirándome con ojos severos. Luego el más viejo dijo brevemente:

—¡A ver! ¿Dónde está?

—Abajo en el baño. Tras la cortina de la ducha.

—Tú quédate aquí con él, Eddie.

Recorrió a grandes zancadas la habitación y desapareció. El otro me contempló fijamente y dijo sin casi mover los labios:

—No haga un solo movimiento en falso, amigo.

Volví a sentarme en el sofá. El policía recorrió la habitación con la mirada. Del piso de abajo llegaba el sonido de pisadas. El policía que estaba conmigo descubrió de pronto la pistola que había junto al teléfono. Se abalanzó sobre ella como un jugador de rugby.

—¿Es ésta el arma homicida? —dijo casi a gritos.

—Supongo. La han disparado.

—¡Ajá!

Se inclinó sobre la pistola enseñándome los dientes y se llevó la mano a la funda del revólver. La desabrochó y agarró con fuerza la culata.

—¿Qué ha dicho?

—Que supongo.

—Esto se pone bien —gruñó—, pero que muy bien.

—No tanto —le dije.

Retrocedió un poco. Sus ojos me miraban con cautela.

—¿Por qué le ha disparado? —gruñó.

—No hago más que preguntármelo.

—¡Vaya, un gracioso!

—Sentémonos a esperar a los chicos de Homicidios —le dije—. Me reservo mi defensa.

—No me venga con historias.

—No le voy a usted con nada. Si le hubiera matado yo, no estaría aquí sentado. No les habría llamado y ustedes no habrían encontrado la pistola. Además, no trabaje tanto en el caso. No va a encargarse de él más de diez minutos.

Me miró con expresión herida. Se quitó la gorra y el clavel cayó al suelo. Se inclinó, lo recogió, lo hizo girar entre los dedos y luego lo arrojó a la chimenea.

—Yo que usted no haría eso —le dije—. Pueden tomarlo por una pista y perder horas con él.

—¡Maldita sea! —Se inclinó sobre el guardafuego, recuperó el clavel y se lo metió en el bolsillo—. Usted se las sabe todas, ¿verdad?

El otro policía subió la escalera con expresión grave. Se detuvo en medio de la habitación, consultó el reloj, anotó algo en un cuaderno y luego miró por las ventanas que daban la calle apartando las persianas.

El que se había quedado conmigo habló.

—¿Puedo echar un vistazo? —preguntó.

—Déjalo estar, Eddie. Este caso no es para nosotros. ¿Has llamado al forense?

—Pensé que lo harían los de Homicidios.

—Tienes razón. Le darán el caso al capitán Webber, y a él le gusta hacer todo solo. —Luego me miró y me preguntó—: ¿Es usted el tal Marlowe?

Le dije que sí, que era el tal Marlowe.

—Es un enterado. Se las sabe todas —dijo Eddie.

El mayor de los dos me miró distraído, miró a Eddie distraído, vio la pistola que estaba sobre la mesa y la miró nada distraído.

—Sí, ésa es el arma homicida —dijo Eddie—. No la he tocado.

El otro asintió.

—Los de Homicidios no se dan hoy mucha prisa que digamos. ¿Qué tiene usted que decir? —me espetó—. ¿Es uno de sus amigos? —continuó mientras señalaba con el pulgar al piso de abajo.

—Le vi ayer por primera vez. Soy detective privado. De Los Ángeles.

—¡Ah! —dijo lanzándome una penetrante mirada.

Su compañero me miró con profunda sospecha.

—¡Atiza! Eso quiere decir que el caso va a ser liado —dijo.

Era la primera observación sensata que hacía. Le sonreí con afecto.

El policía mayor volvió a mirar por la ventana.

—Esa de enfrente es la casa de Almore, Eddie —dijo.

Eddie se le acercó y miró con él.

—Claro —dijo—. Lo dice ahí en la placa. Oye, a lo mejor ese sujeto de abajo es el que...

—¡Cállate! —dijo el otro, y dejó caer la persiana.

Los dos se volvieron a una y me contemplaron impávidos.

Un coche se acercó manzana arriba y se detuvo, una puerta se cerró de golpe y se oyeron pasos en el camino de losas. El mayor de los dos agentes del coche patrulla abrió la puerta a un par de hombres vestidos de paisano, a uno de los cuales yo ya conocía.

21

El que entró primero era un hombre más bien bajo para ser policía, maduro, de rostro enjuto y expresión de permanente cansancio. Tenía la nariz afilada y un poco torcida hacia un lado, como si alguien le hubiera atizado un buen puñetazo en alguna ocasión en que la había metido donde no debía. Muy derecho sobre la cabeza llevaba un sombrero de ala ancha azul, bajo el que asomaban el cabello color tiza. Llevaba un traje marrón y las manos hundidas en los bolsillos de la chaqueta con los pulgares fuera.

El que le seguía era Degarmo, el policía alto, fornido, con el pelo rubio ceniza, ojos azul metálico y rostro salvaje surcado de arrugas, aquel al que no le había gustado que estuviera ante la casa de Almore.

Los dos policías uniformados miraron al más bajo y se llevaron la mano a la gorra.

—El cuerpo está abajo, capitán Webber. Parece que le mataron de dos disparos después de fallar un par de veces. Lleva muerto bastante tiempo. Este hombre se llama Marlowe. Es un detective privado de Los Ángeles. No le he preguntado nada más.

—Muy bien —dijo Webber secamente con voz llena de sospecha. Me examinó con una mirada igualmente suspicaz e inclinó ligeramente la cabeza—. Soy el capitán Webber —dijo—. Éste es el teniente Degarmo. Veremos el cuerpo primero.

Cruzó la habitación. Degarmo me miró como si fuera la primera vez que me veía y luego le siguió. Bajaron acompañados del mayor de los dos hombres del coche patrulla. El agente llamado Eddie y yo nos miramos mutuamente durante unos segundos.

—Esta casa está justo enfrente de la del doctor Almore, ¿verdad? —dije.

Desapareció de su rostro toda expresión, lo que no fue difícil, porque no había habido tanta.

—Sí, ¿por qué?

—Por nada —dije.

Se hizo un silencio. Del piso de abajo llegaban voces confusas y amortiguadas. El policía torció la cabeza y dijo en tono un poco más amable:

—¿Se acuerda de aquello?

—Un poco.

Rió.

—Ese caso sí que lo taparon bien —dijo—. Lo envolvieron y lo escondieron detrás de todo en el estante más alto del cuarto de baño. En ese estante al que no llega uno nunca a no ser que se suba en una silla.

—Así es —le contesté—. Y me pregunto por qué.

El policía me miró con severidad.

—Tenían sus razones, amigo. No crea usted que no. ¿Conocía usted bien a ese tal Lavery?

—No muy bien.

—¿Andaba tras él por algo?

—Le investigaba un poco —le dije—. Y usted, ¿le conocía?

El policía llamado Eddie negó con la cabeza.

—No. Es sólo que me acordé que fue un tipo que vivía en esta casa quien descubrió a la mujer de Almore en el garaje aquella noche.

—Quizá Lavery no viviera aquí entonces.

—¿Desde cuándo vivía aquí?

—No lo sé —le dije.

—Hará de eso como año y medio —dijo el policía como ausente—. ¿Hablaron del caso los periódicos de Los Ángeles?

—Un párrafo en la página de noticias de la región —contesté sólo por mover la boca.

Él se rascó la oreja y escuchó. Se oían pasos subiendo la escalera. De su cara desapareció toda expresión, se apartó de mí y se enderezó.

El capitán Webber se acercó a toda prisa al teléfono, marcó un número y habló. Luego apartó el auricular de la oreja y se volvió a mirar por encima del hombro.

—¿Quién es el forense de turno esta semana, Al?

—Ed Garland —dijo el teniente con voz neutra.

—Llamen a Ed Garland —dijo Webber en el teléfono—. Que venga para acá inmediatamente. Y digan a los fotógrafos que aceleren.

Colgó el auricular y bramó:

—¿Quién ha tocado esta pistola?

—Yo —dije.

Se me acercó, se meció sobre los talones y levantó hacia mí su fino mentón. En la mano sostenía delicadamente la pistola envuelta en un pañuelo.

—¿Es que no sabe que no se debe tocar un arma que encuentra en el lugar donde se ha cometido un crimen?

—Claro que sí —le dije—, pero es que cuando la toqué aún no sabía que se hubiera cometido ningún crimen. Ignoraba que nadie la hubiera disparado. Estaba tirada en la escalera y pensé que se le había caído a alguien.

—Una historia muy verosímil —dijo Webber secamente—. ¿Tropieza usted con mucho de esto en su trabajo?

—¿Con mucho de qué?

Siguió mirándome con dureza y no contestó.

—¿Y si le contara lo ocurrido? —le dije.

Se encrespó como un gallo.

—¿Y si se limitara a responder exactamente a mis preguntas?

Me callé. Webber se volvió de pronto y dijo a los dos policías uniformados:

—Ustedes pueden volver a su coche y pedir instrucciones a la central.

Saludaron y salieron cerrando la puerta hasta que quedó atascada en el umbral y poniéndose tan furiosos como todos los que habíamos pasado por eso. Webber escuchó hasta que oyó alejarse el coche. Luego volvió a fijar en mí su mirada insolente y vacía.

—Enséñeme su documentación.

Le entregué mi cartera y él la examinó. Degarmo estaba sentado en un sillón con las piernas cruzadas y miraba distraídamente al techo. Sacó una cerilla del bolsillo y comenzó a mordisquear la punta. Webber me devolvió la cartera. Me la guardé.

—La gente de su oficio crea muchos problemas.

—No necesariamente —le dije.

Él levantó la voz, que, de entrada, ya había sido fuerte.

—He dicho que crea muchos problemas y así es. Pero oiga lo que le voy a decir. Usted no va a crearnos ningún problema en Bay City.

No le contesté. Me apuntó con el índice.

—Usted viene de la gran ciudad —continuó—. Se cree duro y se cree listo. No se preocupe. Sabemos tratar a sujetos como usted. Seremos pocos, pero estamos muy unidos. Aquí no hay luchas políticas. Trabajamos limpiamente y trabajamos deprisa. No se preocupe por nosotros, amigo.

—No me preocupo —le dije—. No tengo ningún motivo para preocuparme. Yo sólo trato de ganarme honradamente unos cuantos dólares.

—Y no me venga con desplantes —dijo Webber—. No me gustan.

Degarmo bajó la mirada y dobló el dedo índice para mirarse la uña. Luego habló con voz pesada y aburrida.

—Oiga, jefe. El tipo de abajo se llama Lavery. Está muerto. Yo le conocía un poco. Era un donjuán.

—¿Y qué? —le espetó Webber sin dejar de mirarme.

—Todo parece indicar que ha sido una mujer —dijo Degarmo—. Y ya sabe usted a qué se dedican todos estos detectives privados. A casos de divorcio. Supongamos que le dejamos que nos dé su versión del asunto en vez de empeñarnos en darle un susto de muerte.

—Si le estoy asustando —dijo Webber— me gustaría notarlo. Yo no veo señales de miedo.

Se acercó a la ventana de la fachada principal y subió la persiana de golpe. La luz que inundó la sala resultó casi cegadora tras la penumbra anterior. Volvió a balancearse sobre los talones, me señaló con un dedo huesudo y dijo:

—Hable.

—Trabajo para un hombre de negocios de Los Ángeles que quiere evitar una publicidad escandalosa. Por eso me contrató. Hace un mes su mujer se marchó y luego llegó un telegrama que indicaba que se había ido con Lavery. Pero mi cliente se encontró con él hace un par de días y Lavery lo negó. Mi cliente le creyó lo bastante como para preocuparse. Parece que su mujer es bastante alocada. Pensó que podía haber conocido a un tipo sin escrúpulos y haberse metido en un buen lío. Vine a ver a Lavery y él me negó que se hubiera ido con ella. Yo le creí a medias, pero más tarde encontré pruebas razonables de que había estado con la mujer en cuestión en un hotel de San Bernardino la noche en la que, al parecer, ella abandonó la casa de las montañas en que había estado. Con eso en el bolsillo vine a sonsacar a Lavery otra vez. No acudió nadie a abrirme y la puerta estaba entornada. Entré, miré, encontré la pistola y registré la casa. Y le encontré. Tal como está ahora.

—No tenía derecho a registrar la casa —dijo Webber fríamente.

—Claro que no —admití—. Pero no iba a desperdiciar semejante oportunidad.

—¿Cómo se llama el hombre para quien trabaja?

—Kingsley. —Le di su dirección en Beverly Hills—. Es director-gerente de una compañía de cosméticos domiciliada en el edificio Treloar, en la calle Olive. La Compañía Guillerlain.

Webber miró a Degarmo que escribía perezosamente en un sobre. Luego volvió a mirarme y me dijo:

—¿Qué más?

—Fui a la casa donde había estado su mujer. Se encuentra en un lugar que se llama el lago del Corzo, cerca de Puma Point, a unos sesenta kilómetros de San Bernardino.

Miré a Degarmo. Escribía lentamente. Se detuvo un momento y su mano pareció quedar suspendida rígidamente en el aire. Luego la dejó caer y siguió escribiendo. Continué hablando:

—Hace aproximadamente un mes la esposa del hombre que cuida de la propiedad de Kingsley se peleó con su marido y le abandonó, o al menos eso es lo que pensó todo el mundo. Ayer apareció ahogada en el lago.

Webber entornó los ojos y se meció sobre los talones. Casi con suavidad preguntó:

—¿Por qué me cuenta todo eso? ¿Cree que están relacionados los dos sucesos?

—Hay una conexión en el tiempo. Lavery había estado allí. No sé que haya otra relación, pero creí que debía mencionarlo.

Degarmo seguía sentado muy quieto mirando al suelo. Tenía el rostro tenso y parecía aún más salvaje de lo habitual. Webber me preguntó:

—Esa mujer que encontraron ahogada, ¿se suicidó?

—No se sabe si fue suicidio o asesinato. Dejó una nota de despedida. Pero han detenido a su marido como sospechoso. Se llama Chess. Bill y Muriel Chess.

—No me importa nada de eso —dijo Webber bruscamente—. Vamos a limitarnos a lo que ha ocurrido aquí.

—Aquí no ha ocurrido nada —dije mirando a Degarmo—. Yo he venido dos veces. La primera hablé con Lavery y no saqué nada en limpio. La segunda no he podido hablar con él y tampoco he sacado nada en limpio.

Webber dijo lentamente:

—Voy a hacerle una pregunta y quiero que me responda con toda franqueza. No va a querer contestarme, pero antes o después va a tener que decírnoslo. De todos modos lo averiguaré y usted lo sabe. La pregunta es ésta. Ha registrado la casa y me imagino que bastante a fondo. ¿Ha visto algo que sugiera que estuvo aquí la esposa de ese tal Kingsley?

—No puede hacerme esa pregunta. Obliga a hacer sus propias deducciones al testigo.

—Quiero que me responda —dijo sombrío—. No estamos ante un tribunal.

—La respuesta es sí —dije—. En el armario de abajo hay un traje que responde a la descripción que me dieron del que llevaba en San Bernardino la señora Kingsley la noche en que se encontró allí con Lavery. La descripción, sin embargo, no fue totalmente exacta. Un traje de chaqueta blanco y negro, más blanco que negro, y un sombrero de paja con una banda, también blanca y negra.

Degarmo tamborileó con un dedo en el sobre en que había estado escribiendo.

—Debe de ser usted una joya para sus clientes —dijo—. Por lo que acaba de decirnos esa mujer ha estado en esta casa, donde se ha cometido un crimen, y se supone que es la mujer con quien él se fue. No creo que tengamos que esforzarnos mucho por encontrar al asesino, jefe.

Webber me miraba fijamente con poca o ninguna expresión en la cara, pero con una especie de vigilancia tensa. Asintió levemente a lo que acababa de decir Degarmo.

—Doy por supuesto que no son ustedes una panda de imbéciles. Es un traje hecho a medida y, por tanto, fácil de rastrear. Con lo que les he dicho les he ahorrado, como mucho, una hora de trabajo. Quizá sólo una simple llamada telefónica.

—¿Algo más? —dijo Webber con suavidad.

Antes de que pudiera responderle, un coche se detuvo ante la casa, seguido por otro. Webber se acercó a abrir la puerta. Entraron tres hombres, bajo y con el pelo rizado el primero y el segundo alto y fuerte como un buey. Ambos llevaban unos pesados maletines de cuero negro. Tras ellos entró un tipo alto y delgado, vestido con un traje gris oscuro y una corbata negra. Tenía los ojos muy brillantes y un rostro totalmente impávido.

Webber apuntó con un dedo al hombre de pelo rizado y le dijo:

—Abajo en el baño, Busoni. Quiero todas las huellas que encuentre por la casa, especialmente las que parezcan de mujer. Será un trabajo largo.

—Déjelo de mi cuenta —gruñó Busoni.

Él y el hombre-buey cruzaron la habitación y bajaron la escalera.

—Tenemos un cadáver para usted, Garland —dijo Webber al que había entrado en tercer lugar—. Vamos abajo a verlo. ¿Ha llamado a la ambulancia?

El hombre de los ojos brillantes hizo un gesto afirmativo y bajó con Webber detrás de los otros dos.

Degarmo dejó a un lado el sobre y el lápiz y me miró fríamente.

—¿Debo hablar de nuestra conversación de ayer o fue un asunto personal? —le pregunté.

—Puede hablar de ella todo lo que quiera —respondió—. Nuestra tarea consiste en proteger al ciudadano.

—Mejor hable usted —le dije—. Me gustaría saber algo más del caso de la señora Almore.

Se sonrojó lentamente y a sus ojos asomó una mirada perversa.

—Me dijo que no conocía a Almore.

—Ayer no le conocía. Ni sabía nada de él. Pero de ayer a hoy he averiguado que Lavery conocía a la señora Almore, que ella se suicidó, que Lavery encontró el cuerpo y que se sospecha que trató de hacerle chantaje al marido. Por lo menos se cree que se hallaba en situación de hacerlo. A los policías del coche patrulla les ha interesado mucho el hecho de que la casa de Almore se halle justo enfrente. Y uno de ellos dijo que se había echado tierra al asunto, o algo así.

Degarmo dijo entonces en un tono bajo y letal:

—¡Haré que le arranquen la placa a ese hijo de puta! No saben más que darle a la lengua. ¡Malditos imbéciles!

—Entonces, ¿no es cierto?

Miró su cigarrillo.

—No es cierto, ¿qué?

—No es cierto que Almore asesinara a su mujer y que tuviera la influencia suficiente como para encubrir el crimen.

Degarmo se levantó y se acercó para inclinarse sobre mí.

—Repita eso —dijo en voz baja.

Lo repetí.

Me cruzó la cara con la palma abierta obligándome a volver la cabeza bruscamente. Sentí la cara grande y caliente.

—Vuelva a decirlo.

Volví a decirlo. Su mano volvió a obligarme a volver la cabeza.

—Otra vez.

—No. A la tercera va la vencida. Esta vez podría fallar.

Levanté la mano y me froté la mejilla.

Él se quedó inclinado sobre mí con los labios plegados sobre los dientes y un duro destello animal en sus ojos muy azules.

—Quien habla así a un policía —dijo— ya sabe lo que le espera. Vuelva a intentarlo y no será la palma de la mano lo que utilice contra usted.

Me mordí fuerte los labios y seguí frotándome la mejilla.

—Como meta las narizotas en nuestros asuntos —continuó—, cualquier día se despertará en un callejón rodeado de gatos.

No dije una palabra. Él volvió a sentarse respirando pesadamente. Dejé de frotarme la cara, abrí la mano derecha y empecé a flexionar lentamente los dedos para desentumecerlos.

—No lo olvidaré —le dije—. En los dos sentidos.

22

Caía la tarde cuando volví a Hollywood y subí a mi oficina. El edificio estaba vacío y los pasillos silenciosos. Las puertas estaban abiertas y, dentro de los despachos, las mujeres de la limpieza pasaban aspiradoras, fregonas y plumeros. Abrí la puerta del mío, cogí un sobre que había ante el buzón del correo y lo dejé sobre el escritorio sin mirarlo. Abrí las ventanas y me asomé al exterior mirando las brillantes luces de neón y aspirando el aire caliente, cargado de olor a comida, que ascendía desde el extractor de humos de la cafetería de al lado.

Me quité la chaqueta y la corbata, me senté tras el escritorio, saqué del cajón la botella que guardo siempre en la oficina y me invité a una copa. No me sirvió de nada. Me tomé otra con el mismo resultado.

Webber habría visto ya a Kingsley. Habría dado la alarma general para buscar a su mujer, o si aún no la había dado, lo haría muy pronto. El caso les parecería pan comido. Un asunto feo entre dos personas de costumbres dudosas. Demasiado amor, demasiada bebida y demasiada proximidad, mezcla que había desembocado en odio salvaje, un impulso asesino y muerte.

En mi opinión, era todo demasiado sencillo.

Cogí el sobre y lo abrí. No llevaba sello. La nota decía: «Señor Marlowe: los padres de Florence Almore son el señor y la señora Grayson, que actualmente residen en el edificio Rossmore Arms, avenida Oxford, 640 Sur. Lo he comprobado llamando al número que viene en la guía telefónica. Suya, Adrienne Fromsett».

La letra era tan elegante como la mano que la había escrito. Dejé la nota a un lado y me tomé otra copa. Empecé a sentirme un poco menos salvaje. Aparté todos los objetos que había sobre el escritorio. Sentía las manos calientes, pesadas y torpes. Pasé un dedo por una esquina del escritorio y miré el surco que había dejado en el polvo. Contemplé después la suciedad acumulada en mi dedo y me lo limpié. Miré el reloj. Miré la pared. Miré al vacío.

Guardé la botella de whisky y me acerqué al lavabo para enjuagar el vaso. Después me lavé las manos, me mojé la cara con agua fría y me miré al espejo. El color rojo había desaparecido de la mejilla izquierda, pero aún estaba hinchada. No mucho, pero sí lo bastante como para indignarme de nuevo. Me cepillé el pelo y me miré las canas. Empezaban a salirme muchas. La cara que vi reflejada bajo el pelo tenía un aspecto enfermizo. No me gustó nada en absoluto.

Volví al escritorio y leí de nuevo la nota de la señorita Fromsett. La alisé sobre el cristal del escritorio, la olí, volví a alisarla, la doblé y me la metí en el bolsillo de la chaqueta.

Seguí sentado en silencio y oí cómo la noche se calmaba tras las ventanas abiertas. Y muy lentamente me fui calmando con ella.

23

El Rossmore Arms era un siniestro montón de ladrillos color rojo oscuro levantado en torno a un enorme patio. Tenía un vestíbulo alfombrado que contenía silencio, maceteros con plantas, un canario aburrido metido en una jaula tan grande como una caseta de perro, olor a alfombra vieja y la agobiante fragancia de las gardenias ajadas.

Los Grayson vivían en el quinto piso, en un apartamento exterior del ala norte. Estaban los dos sentados en una habitación que parecía decorada a propósito con veinte años de retraso. Muebles amazacotados con demasiado relleno, pomos de latón en forma de huevo, un enorme espejo de marco dorado colgado de la pared, una mesita con sobre de mármol junto a la ventana y cortinas de terciopelo rojo oscuro. Olía a humo de tabaco y, tras él, el aire me decía que habían cenado chuletas de cordero y brécol.

La señora Grayson era una mujer rolliza que en algún tiempo lejano debió de tener unos ojos enormes de un azul muy pálido. Ahora parecían desvaídos, velados por las gafas y un poco saltones. Tenía el pelo blanco y ensortijado. Estaba sentada remendando calcetines con los gruesos tobillos cruzados, los pies apenas rozando el suelo y una gran cesta de costura en el regazo.

Grayson era un hombre fornido de rostro amarillento, hombros altos, cejas muy pobladas y una barbilla casi inexistente. La parte superior de su rostro resultaba casi amenazadora. La inferior sólo decía adiós. Llevaba lentes bifocales y había estado devorando con ansia el periódico de la tarde. Me había preocupado de buscar su nombre en el directorio de la ciudad. Era funcionario y todo en él lo delataba. Hasta tenía los dedos manchados de tinta y llevaba cuatro lápices asomando por el bolsillo del chaleco.

Leyó cuidadosamente mi tarjeta por séptima vez, me miró de arriba abajo y me dijo lentamente:

—¿Para qué quería vernos, señor Marlowe?

—Me interesa un hombre llamado Lavery. Vive en la casa de enfrente del doctor Almore, el que fue marido de su hija. Lavery fue quien la encontró la noche en que... murió.

Enderezaron de golpe las orejas como dos perros de caza cuando me oyeron dudar deliberadamente ante la última palabra. Grayson miró a su mujer y ella negó con la cabeza.

—No queremos hablar de eso —dijo Grayson precipitadamente—. Nos resulta demasiado doloroso.

Esperé unos segundos y puse una cara tan triste como la suya. Luego dije:

—No me extraña. Y no quiero obligarles a hablar. Pero sí me gustaría ponerme en contacto con el hombre a quien contrataron ustedes para investigar el caso.

Volvieron a mirarse. Esta vez la señora Grayson no negó con la cabeza.

—¿Para qué? —preguntó el señor Grayson.

—Será mejor que les cuente un poco mi historia.

Les hablé del caso que estaba investigando sin mencionar el nombre de Kingsley. Les conté el incidente que había tenido con Degarmo frente a la casa de Almore el día anterior. Al oírlo, otra vez enderezaron las orejas.

Grayson dijo secamente:

—Si no he entendido mal, usted no conocía al doctor Almore, no se había dirigido a él para nada en absoluto y, sin embargo, él llamó a la policía sólo porque le vio frente a la casa.

—Eso es —le dije—. Aunque también es cierto que cuando lo hizo yo llevaba más de una hora en la calle. Mejor dicho, en mi coche.

—Eso es muy raro —dijo Grayson.

—Parecía que estaba muy nervioso —continué—. Degarmo me preguntó si me habían contratado sus padres, refiriéndose a su hija. Da la sensación de que Almore aún no se siente a salvo, ¿no creen?

—¿A salvo de qué? —dijo él sin mirarme.

Volvió a llenar su pipa lentamente, apelmazó el tabaco con ayuda de un lápiz de metal y la encendió de nuevo. Me encogí de hombros y no contesté. Él me dirigió una ojeada rápida y miró hacia otro lado. La señora Grayson no me miró, pero las aletas de la nariz le temblaron.

—¿Cómo supo él quién era usted? —preguntó su marido de pronto.

—Tomó el número de la matrícula de mi coche, llamó al Automóvil Club y, cuando le dieron mi nombre, lo buscó en la guía de Los Ángeles. Al menos eso es lo que yo habría hecho y le vi por la ventana moverse como si fuera eso lo que hacía.

—Eso significa que tiene a la policía a su servicio.

—No necesariamente. Pero si en aquella ocasión cometieron un error, no querrán que se descubra ahora.

—¡Un error!

Soltó una carcajada casi histérica.

—Óigame —le dije—, comprendo que el asunto es doloroso, pero no creo que les venga mal airearlo un poco. Ustedes siempre han creído que él la asesinó, ¿verdad? Por eso contrataron a un sabueso... digo a un detective.

La señora Grayson levantó la cabeza, me miró, volvió a agacharla y enrolló otro par de calcetines remendados. Su marido no dijo una palabra.

—¿Había alguna prueba o es que simplemente Almore no les caía bien?

—Había pruebas —dijo Grayson amargamente. Y de pronto continuó con una voz muy clara, como si al final hubiera decidido hablar del asunto—: Tuvo que haberlas. Es lo que nos dijeron, pero nunca llegamos a saber de qué se trataba. La policía se encargó de impedirlo.

—Me han dicho que detuvieron al detective y le acusaron de conducir borracho.

—Es cierto.

—Así que nunca les dijo qué pista había descubierto.

—No.

—No me gusta el asunto —les dije—. Es posible que ese hombre aún no hubiera decidido qué hacer. Si utilizar esa información en beneficio de ustedes o guardársela para hacer chantaje al doctor Almore.

Grayson volvió a mirar a su mujer. Ella dijo en voz baja:

—El señor Talley no me dio nunca esa impresión. Era un hombrecillo muy callado y sin pretensiones. Claro que nunca se sabe...

—Así que se llamaba Talley. Ésa es una de las cosas que esperaba que me dijeran.

—¿Qué más quería saber? —preguntó Grayson.

—Dónde puedo encontrar a Talley y qué fue lo que les hizo empezar a sospechar. Algo tuvieron que saber. No iban a contratar a un detective sin que les demostrara que *él* tenía la posibilidad de hallar una prueba.

Grayson sonrió con una sonrisa leve y tímida. Levantó la mano y se rascó la barbilla con un dedo largo y amarillento.

—Drogas —dijo la señora Grayson.

—Tal como lo oye —dijo su marido enseguida, como si esa sola palabra equivaliera a una luz verde—. Almore era y sigue siendo, sin duda, un médico de los que utilizan drogas. Nuestra hija nos lo dijo claramente. Y en su presencia. A él no le hizo ninguna gracia.

—¿Qué entiende usted por un médico que utiliza drogas, señor Grayson?

—Un médico que atiende primordialmente a pacientes que viven al borde del colapso nervioso debido al alcohol y a una vida disipada, pacientes de esos a los que hay que suministrar continuamente sedantes y narcóticos. Llega un momento en que los médicos decentes se niegan a seguir tratándolos, a menos que ingresen en un sanatorio. Pero los médicos como el doctor Almore, no actúan así. *Ellos* continúan inyectándoles mientras sigan cobrando y el paciente no se muera, aunque con ello le conviertan en drogadicto. Es una práctica muy lucrativa —dijo amargamente—, y me imagino que bastante peligrosa para el médico.

—Sin duda —le dije—. Pero ganan mucho dinero. ¿Conoció usted a un hombre llamado Condy?

—No, pero sabemos quién es. Florence sospechaba que era uno de los que proporcionaba las drogas a Almore.

—Es muy posible —le dije—. Me imagino que no le interesaba extender demasiadas recetas. ¿Conocieron a Lavery?

—Tampoco, pero sabemos quién es.

—¿Se le ocurrió a usted pensar alguna vez que Lavery pudiera estar haciendo chantaje a Almore?

Era una idea nueva para él. Se pasó la mano por la cabeza, luego por la cara y, finalmente, la dejó caer sobre la rodilla huesuda. Negó con la cabeza.

—No. ¿Por qué habría de pensarlo?

—Fue quien encontró el cadáver. Lo que Talley viera de sospechoso, tuvo que verlo él también.

—¿Es Lavery capaz de una cosa así?

—No lo sé. No tiene medios visibles de subsistencia. No trabaja. Sale mucho, especialmente con mujeres.

—Es una idea —dijo Grayson—. Esas cosas pueden hacerse con mucha discreción. —Sonrió amargamente—. En mi trabajo me he tropezado con asuntos que hacen sospechar algo así. Préstamos sin garantía a largo plazo. Inversiones, aparentemente sin valor, hechas por hombres incapaces de cometer un error de esa clase. Deudas que debían haber sido pagadas y que no han sido reclamadas por miedo a que eso acarreara una investigación por parte de Hacienda... Sí, puede hacerse fácilmente.

Miré a la señora Grayson. Sus manos no habían dejado de moverse. Había zurcido ya una docena de pares. Los pies grandes y huesudos del señor Grayson debían de destrozar los calcetines.

—¿Qué pasó con Talley? ¿Le tendieron una trampa?

—Creo que respecto a eso no cabe la menor duda. Su mujer estaba destrozada. Dijo que le habían drogado en un bar en el que había estado bebiendo con un policía. Que cuando salió de allí había enfrente un automóvil de la policía esperando a que arrancara en su coche y que le detuvieron enseguida. Que luego, en la comisaría, le hicieron un análisis rápido sólo para cubrir las apariencias.

—Eso no tiene ningún valor. Es lo que diría él a su mujer después de la detención. Automáticamente.

—Verá, no me gusta creer que la policía no es honrada —dijo Grayson—, pero esas cosas suceden y todo el mundo lo sabe.

—Si es cierto que en el caso de su hija se equivocaron, no podían permitir que Talley lo descubriera. Habrían despedido a varios. Por otra parte, si creyeron que lo que se proponía era hacer chantaje a Almore, tampoco debieron de andarse con él con muchas contemplaciones. ¿Dónde está Talley ahora? El asunto se reduce a que si había una prueba importante, o bien Talley la tenía o sabía dónde encontrarla y qué era lo que buscaba.

—No sabemos dónde está —dijo Grayson—. Le echaron seis meses, pero de eso hace ya mucho tiempo.

—¿Y su mujer?

Grayson miró a su esposa.

—Calle Westmore, 1618 1/2, Bay City —dijo ella brevemente—. Eustace y yo le mandamos algo de dinero. Quedó en muy mala situación económica.

Tomé nota de la dirección, me arrellané en el asiento y dije:

—Alguien ha matado a Lavery esta mañana en el baño.

Las manos regordetas de la señora Grayson se detuvieron en el borde del cesto de costura. Grayson se quedó inmóvil, con los labios entreabiertos y la pipa suspendida en el aire. Se aclaró la garganta quedamente, como en presencia de un muerto. Nunca había visto nada moverse tan lentamente como aquella vieja pipa negra que volvió a instalarse al fin entre sus dientes.

—Supongo que sería pedir demasiado —dejó flotar estas palabras en el aire, las empujó con una bocanada de humo pálido y siguió hablando— que el doctor Almore tuviera algo que ver con eso.

—Me gustaría que así fuera —le dije—. Lo cierto es que vive a muy poca distancia de la víctima. La policía cree que le mató la mujer de mi cliente. Y puede resultarles fácil demostrarlo, cuando la encuentren, claro. Pero si Almore tiene algo que ver con el asunto, será consecuencia de la muerte de su hija. Por eso intento averiguar algo más sobre el caso.

—Un hombre que ha cometido un crimen no dudaría más de un veinticinco por ciento antes de cometer otro —dijo el señor Grayson con el aire de quien ha meditado considerablemente sobre el tema.

—Sí, es posible. ¿Cuál creen que fue el motivo del primero?

—Florence era una chica muy alocada —dijo él tristemente—. Alocada y difícil. Era manirrota y derrochadora, siempre estaba buscando amigos nuevos y de conducta dudosa, hablaba demasiado con el primero que se encontraba y, en general, no tenía el menor dominio de sí misma. Una mujer así podía resultar muy peligrosa para un hombre como Albert S. Almore. Pero aun así no creemos que fuera ése el motivo principal, ¿no es cierto, Lettie?

Volvió los ojos hacia su mujer, pero ella no le devolvió la mirada. Hundió la aguja en un ovillo de lana y no dijo nada.

Grayson suspiró y continuó:

—Tenemos razones para creer que Almore se entendía con su enfermera y que Florence le había amenazado con armar públicamente un escándalo. Eso él no podía tolerarlo. Un escándalo podía conducir fácilmente a otro.

—¿Cómo creen que la asesinó? —pregunté.

—Con morfina, naturalmente. Siempre tenía morfina y la usaba continuamente. En eso era un verdadero experto. Luego, cuando ella estaba ya en coma, debió de llevarla al garaje y poner el coche en marcha. No hubo autopsia, ya lo sabe. Pero si la hubieran hecho habrían descubierto que le habían inyectado esa noche.

Asentí. Él se acomodó en su sillón satisfecho, volvió a pasarse la mano por la cabeza y la cara y volvió a dejarla caer lentamente sobre la rodilla huesuda. Era evidente que había estudiado también con detenimiento ese ángulo de la cuestión.

Los miré. Un par de ancianitos sentados tranquilamente, envenenándose de odio año y medio después de haber ocurrido el hecho. ¡Cómo les gustaría que hubiera sido Almore quien hubiera matado a Lavery! Les calentaría hasta los mismísimos tobillos.

Después de una pausa dije:

—Claro, ustedes se creen todo esto porque quieren creérselo. Pero es posible que su hija se suicidara y que si se encubrió el caso fue, en parte, para proteger el club de juego de Condy y, en parte también, para impedir que Almore tuviera que declarar en la encuesta.

—Tonterías —dijo Grayson secamente—. La asesinó, de eso no cabe duda. Ella estaba en la cama. Dormida.

—Eso no lo saben. Puede ser que su hija se drogara por su cuenta y que hubiera adquirido con respecto a la morfina una tolerancia fuera de lo común. En ese caso los efectos no le habrían durado mucho. Pudo despertarse de madrugada, mirarse al espejo y sentir de pronto horror hacia la vida que llevaba. Esas cosas ocurren.

—Creo que ya le hemos concedido bastante tiempo —dijo Grayson.

Me levanté, les di las gracias, avancé un metro hacia la puerta y dije:

—Una vez que detuvieron a Talley, ¿ya no hicieron ustedes nada más?

—Fui a ver al ayudante del fiscal del distrito, un hombre llamado Leach —gruñó Grayson—. No conseguí absolutamente nada. Consideró que no había motivo para que él interviniera en el asunto. No le interesó siquiera el hecho de que hubiera narcóticos de por medio. Pero un mes después cerraron el club de Condy. Puede que fuera consecuencia de aquella visita.

—Debió de hacerlo la policía de Bay City para echar un poco de humo sobre el asunto. Si supieran dónde buscar, verían cómo no les costaba mucho trabajo localizar a Condy en otro lugar con todo su equipo original.

Di unos pasos más hacia la puerta. Grayson se levantó de su sillón y cruzó pesadamente la habitación tras de mí. Su rostro amarillento tenía ahora un tinte rojizo.

—No he querido ser grosero —dijo—. Sé que ni Lettie ni yo deberíamos pensar en este asunto con tanto rencor.

—Los dos han tenido mucha paciencia —le dije—. ¿Hubo alguien más relacionado con el caso y cuyo nombre no hayamos mencionado?

Negó con la cabeza y luego miró a su mujer, cuyas manos inmóviles sostenían el calcetín de turno sobre el huevo de zurcir. Tenía la cabeza inclinada hacia un lado en actitud de escucha, pero no nos escuchaba a nosotros.

—Según me han dicho —continué—, fue la enfermera del doctor Almore quien acostó a su hija esa noche. ¿Pudo ser la que se entendía con él?

La señora Grsyson dijo secamente:

—Espere un momento. No llegamos a conocerla, pero recuerdo que tenía un nombre muy bonito. Deme sólo un segundo.

Le dimos un segundo.

—Mildred algo —me dijo. Y apretó los dientes con fuerza.

Respiré hondo.

—¿No sería Mildred Haviland, señora Grayson?

Sonrió satisfecha y asintió.

—Eso, Mildred Haviland. ¿No te acuerdas, Eustace?

Eustace no se acordaba. Nos miró como un caballo que se hubiera equivocado de establo. Luego abrió la puerta y dijo:

—¿Qué importancia tiene eso?

—Ha dicho que Talley era un hombrecillo muy callado —insistí yo—. ¿No será por casualidad un sujeto alto y gritón con muy malos modales?

—No, no —dijo la señora Grayson—. El señor Talley es un hombre más bien bajo, de edad madura y cabellos castaños y que habla en voz muy baja. Parecía siempre como preocupado.

—Por lo que me han contado de él, no me extraña —comenté.

Grayson me tendió una mano huesuda y se la estreché. Me sentí como si estrechara la mano a un toallero.

—Si consigue atraparle —dijo antes de volver a clavar los dientes en la pipa—, vuelva a vernos y tráiganos la cuenta. Me refiero a Almore, claro.

Le dije que ya sabía que se refería a Almore, pero que no habría cuenta.

Volví a recorrer el pasillo silencioso. El ascensor era automático y estaba alfombrado de rojo. Dentro olía a viejo, como a tres viudas tomando el té.

24

La casa de la calle Westmore era un pequeño bungalow de madera medio oculto tras un edificio mayor. No tenía numeración visible, pero junto a la puerta del edificio de delante había una placa de cristal iluminada por dentro con el número 1618. Un estrecho sendero pavimentado de cemento conducía, bajo una hilera de ventanas, hasta el bungalow. En el diminuto porche había sólo una silla. Subí los escalones y toqué el timbre.

Lo oí sonar no muy lejos. La puerta de madera estaba abierta tras la anterior de tela metálica, pero no se veía luz en el interior. De la negrura surgió una voz quejumbrosa.

—¿Quién es?

Hablé a la oscuridad.

—¿Está el señor Talley?

La voz respondió grave y sin tono.

—¿Quién le busca?

—Un amigo.

La mujer que había en el interior, sentada en medio de la oscuridad, profirió un sonido vago que podía interpretarse como risa. O quizá se limitaba a aclararse la voz.

—¡Está bien! —respondió—. ¿Cuánto le debo esta vez?

—No es una factura, señora Talley. Porque supongo que es usted la señora Talley.

—Váyase y déjeme en paz —dijo la voz—. Mi marido no está aquí. Ni ha estado ni estará.

Aplasté la nariz contra la tela metálica y traté de mirar al interior de la habitación. Distinguí el vago perfil de los muebles. En el lugar de donde procedía la voz se adivinaba la silueta de un sofá. Había en él una mujer tendida, al parecer boca arriba y mirando al techo. Estaba totalmente inmóvil.

—Estoy enferma —dijo la voz—. Y ya he tenido bastantes problemas. Váyase y déjeme en paz.

—Vengo de hablar con los Grayson —le dije.

Hubo un silencio, pero todo siguió inmóvil. Después se oyó un suspiro.

—No sé quiénes son.

Me apoyé en la puerta de tela metálica y miré por el estrecho sendero hacia la calle. En la acera de enfrente había un coche parado con las luces de posición encendidas. Había otros cuantos más aparcados a lo largo de la manzana.

—Sí sabe quiénes son, señora Talley. Yo trabajo para ellos. Siguen en la brecha. ¿Y usted? ¿No quiere nada?

—Sólo quiero que me dejen en paz —dijo la voz.

—Necesito que me dé información y voy a conseguirla. Sin escándalo si es posible, con él si es necesario.

—Otro de la bofia, ¿eh? —dijo la voz.

—Usted sabe que no soy de la bofia, señora Talley. Los Grayson no hablarían jamás con la bofia. Llámeles y pregúnteselo.

—No sé quiénes son esos señores —dijo la voz—. Y aunque los conociera, no tengo teléfono. Lárguese ya. Estoy enferma. Llevo un mes enferma.

—Me llamo Marlowe, Philip Marlowe, y soy un detective privado de Los Ángeles. Acabo de ver a los Grayson. Sé algo, pero quiero hablar con su marido.

La mujer tendida en el sofá soltó una carcajada tan débil que a duras penas logró cruzar el cuarto.

—Conque sabe algo, ¿eh? —dijo—. Eso me suena. ¡Dios mío! ¡Cuántas veces lo he oído! Conque sabe usted algo. George Talley sabía algo también... hace mucho tiempo.

—Pues ahora va a poder utilizarlo —le dije—, si sabe usar bien sus triunfos.

—Si es eso lo que tiene que hacer —dijo ella—, puede irle borrando de su lista.

Me apoyé de nuevo en el marco de la puerta y me rasqué la barbilla. Alguien en la calle había encendido una linterna. Me pregunté por qué. La linterna se apagó. Parecía estar muy cerca de mi coche.

La mancha pálida y borrosa de la cara que se veía en el sofá se movió y desapareció. Una mata de pelo vino a sustituirla. La mujer se había vuelto de cara a la pared.

—Estoy cansada —dijo con una voz apagada ahora por la posición en que se hallaba—. ¡Maldita sea, estoy agotada! Lárguese usted. Sea bueno y lárguese.

—¿Serviría de algo un poco de dinero?

—¿No huele a humo de puro?

Husmeé el aire. No olía a humo de puro.

—No —le dije.

—Han estado aquí. Han estado aquí dos horas. ¡Dios mío! ¡Qué harta estoy de este asunto! Váyase.

—Óigame, señora Talley...

Volvió a darse la vuelta en el sofá y la mancha borrosa apareció de nuevo. Casi podía ver sus ojos, no del todo.

—Óigame usted a mí —me dijo—. Ni le conozco ni quiero conocerle. No tengo nada que decirle. Y si lo tuviera, tampoco se lo diría. Vivo aquí, señor mío, si es que se puede llamar vivir a esto. Es a lo más que llego. Y lo único que quiero es un poco de calma y de tranquilidad. Ahora lárguese y déjeme en paz.

—Permítame entrar —le dije— y hablaremos del asunto. Creo que puedo enseñarle...

Se volvió a dar la vuelta en el sofá y unos pies chocaron contra el suelo. En su voz se introdujo una ira tensa.

—Si no se larga en este mismo instante, empezaré a gritar hasta desgañitarme. Ahora mismo. Ya.

—Muy bien —le dije—. Pero dejaré mi tarjeta en la puerta para que no se olvide de mi nombre. Puede que cambie de opinión.

Saqué una tarjeta de visita y la introduje en una ranura del marco metálico.

—Buenas noches, señora Talley —le dije.

No hubo respuesta. Sus ojos me miraban desde el otro lado de la habitación, vagamente luminosos en medio de la oscuridad. Bajé los escalones del porche y volví por el estrecho pasillo hasta la calle.

Junto al bordillo de la acera opuesta, el motor del coche que tenía las luces de posición encendidas ronroneaba suavemente. En todas partes, en miles de calles, hay miles de motores ronroneando suavemente. Subí al Chrysler y arranqué.

25

Westmore es una calle que va de norte a sur en el barrio menos recomendable de la ciudad. Yo fui hacia el norte. Al llegar a la primera esquina crucé unas vías de tren abandonadas y me adentré en una manzana ocupada totalmente por almacenes de chatarra. Tras las bajas cercas de madera yacían apilados esqueletos en descomposición de automóviles viejos dibujando formas grotescas como un moderno campo de batalla. Las piezas oxidadas formaban montones informes a la luz de la luna. Montones tan altos como casas, separados por estrechos pasillos.

Unos faros brillaron en el espejo retrovisor de mi coche. Aumentaron de tamaño. Pisé el acelerador, saqué una llave del bolsillo y abrí la guantera. Cogí del interior una pistola del 38 y la dejé en el asiento contiguo al mío, junto a mi pierna.

Más allá de los almacenes de chatarra había una fábrica de ladrillos. La alta chimenea del horno, apagada y sin humo, se elevaba sobre los yermos baldíos. Montones de ladrillos oscuros, un barracón de madera con un letrero en la puerta, silencio, nadie, oscuridad.

El coche que me seguía iba ganando terreno. El gemido de una sirena a poco volumen resonó en la noche y se extendió después sobre los terrenos de un campo de golf abandonado hacia el este y sobre la fábrica de ladrillos hacia el oeste. Pisé más fuerte el acelerador, pero fue inútil. El automóvil que me seguía aceleró también y la luz de un enorme faro rojo resplandeció de pronto sobre la carretera.

El coche me alcanzó, rebasó el mío y trató de cortarme el paso. Frené mi Chrysler de golpe y, con un viraje rápido, di la vuelta detrás del coche de la policía, pasando a un centímetro de la acera. Seguí a toda velocidad en dirección opuesta. A mi espalda sonó el estruendo de una caja de cambios y el bramido de un motor airado. El resplandor del faro rojo iluminó los terrenos de la fábrica de ladrillos en un radio que me dio la impresión de abarcar kilómetros.

Era inútil. Venían otra vez tras de mí y a toda velocidad. Yo no tenía la menor intención de huir. Sólo quería llegar hasta donde hubiera casas y gente que saliera a mirar y que quizá pudiera recordar después.

No lo logré. El coche de la policía me alcanzó, se colocó a la altura del mío y una voz gritó desde el interior:

—¡Pare junto al bordillo o le abrimos un agujero en la cabeza!

Me acerqué a la acera y pisé el pedal del freno. Volví a guardar el arma en la guantera y la cerré de un golpe seco. El coche de la policía saltó sobre sus ballestas justo delante de la aleta izquierda del mío. Un hombre gordo se bajó de él bramando:

—¿Es que no sabe reconocer la sirena de la policía? ¡Baje de ese coche!

Me bajé y me quedé de pie junto al automóvil a la luz de la luna. El policía gordo llevaba en la mano un revólver.

—Su carné de conducir —gritó con una voz tan dura como el filo de una azada.

Lo saqué de la cartera y se lo tendí. El otro policía se bajó del asiento del conductor, se acercó a mí y lo cogió. Dirigió hacia él la luz de la linterna y lo leyó.

—Se llama Marlowe —dijo— y es detective privado. Imagínate, Cooney.

—¿No es más que eso? —preguntó Cooney—. Entonces no necesito revólver.

Enfundó el arma y abrochó la funda de cuero.

—Creo que podré arreglármelas con estas manitas —dijo—. No creo que me haga falta más.

El otro habló:

—Iba a noventa y cinco por hora. Seguro que ha estado bebiendo.

—Huele el aliento a este cerdo —dijo Cooney.

El otro se inclinó hacia delante con una mueca obsequiosa.

—¿Me deja olerle, sabueso?

Le dejé que me oliera el aliento.

—Bueno —dijo con bastante sentido común—, no está como una cuba, eso hay que admitirlo.

—Para ser verano hace una noche muy fría. Invítale a un trago, Dobbs.

—Me parece una idea estupenda —dijo Dobbs.

Fue al coche y sacó una botella. La miró al trasluz. Quedaba una tercera parte aproximadamente del contenido.

—Con esto no hay para mucho —dijo mientras me la tendía—. ¡Salud, amigo!

—Supongamos que no quiera beber —dije.

—No me diga eso —gimoteó Cooney—. Podríamos imaginarnos que lo que quiere es acabar con el estómago lleno de huellas de pies.

Cogí la botella y la destapé. Olía a whisky. Simplemente a whisky.

—No pueden echar mano siempre del mismo truquito —dije.

—Son las ocho y veintisiete. Apúntalo, Dobbs.

Dobbs volvió al automóvil y se inclinó para anotarlo en su informe. Yo levanté la botella y le dije a Cooney:

—¿Insiste en que beba esto?

—No. Si lo prefiere puedo saltarle sobre la tripa.

Empiné la botella, cerré la laringe y me llené la boca de whisky. Cooney se inclinó hacia delante y me hundió un puño en el estómago. Escupí el licor y me doblé hacia delante tosiendo. Solté la botella.

Me incliné a recogerla y vi la rodilla de Cooney que avanzaba hacia mi cara. Me hice a un lado, me enderecé y le pegué en la nariz con todas mis fuerzas. Se llevó la mano izquierda a la cara, lanzó un grito y su mano derecha saltó a la pistolera. Dobbs corrió hacia mí por el otro lado y blandió un brazo en el aire.

La porra me alcanzó en la corva izquierda. La pierna quedó insensible y me senté en el suelo, rechinando los dientes y escupiendo whisky.

Cooney se apartó la mano de la cara llena de sangre.

—¡Maldita sea! —dijo con una voz ronca, horrible—. Es sangre. ¡Sangre mía!

Soltó un rugido salvaje y quiso darme un puntapié en la cara.

Me di la vuelta con la rapidez suficiente como para encajarlo en el hombro. Bastante malo era ya que me alcanzara ahí.

Dobbs se interpuso y dijo:

—Ya vale, Charlie. Es mejor que no liemos más las cosas.

Cooney retrocedió tres pasos, se sentó en el estribo del coche y se tapó la cara con las manos. Luego sacó un pañuelo del bolsillo y se limpió suavemente la nariz.

—Dame un minuto —dijo a través del pañuelo—. Sólo un minuto. No necesito más.

—Cálmate, hombre. Ya vale. Ya le has atizado bastante —dijo Dobbs.

Blandió la porra lentamente a la altura de la pierna. Cooney se levantó del estribo y avanzó dando traspiés. Su compañero le empujó suavemente poniéndole una mano sobre el pecho. Cooney intentó zafarse.

—Tengo que ver sangre —bramó—. Tengo que ver más sangre.

—Ni hablar de eso. Cálmate. Ya hemos conseguido lo que queríamos —dijo Dobbs bruscamente.

Cooney se volvió y se acercó pesadamente al coche. Se apoyó en él y murmuró unas palabras a través del pañuelo. Dobbs me dijo entonces:

—Póngase en pie, amigo.

Me levanté y me froté la corva. El nervio de la pierna me brincaba como un mono furioso.

—Suba al coche —dijo Dobbs—. A nuestro coche.

Subí al coche.

—Conduce tú el otro trasto, Charlie.

—¡Maldita sea! ¡Voy a destrozarle los guardabarros! —rugió Cooney.

Dobbs recogió la botella de whisky del suelo, la lanzó por encima de la cerca y se sentó a mi lado. Tiró del estárter.

—Esto le va a costar caro —me dijo—. No debió atizarle.

—¿Por qué no?

—Porque Cooney es un buen tipo —dijo Dobbs—. Sólo es un poco gritón.

—Eso puede, pero de gracioso no tiene nada —le dije.

—No se lo diga —contestó Dobbs. El coche comenzó a moverse—. Le daría un disgusto.

Cooney cerró de un portazo mi Chrysler, puso el motor en marcha y metió la primera dispuesto a cargarse la caja de cambios. Dobbs dio la vuelta con suavidad y avanzó hacia el norte, siguiendo de nuevo la fábrica de ladrillos.

—Verá cómo le gusta nuestra nueva cárcel.

—¿De qué van a acusarme?

Meditó un momento mientras conducía con mano segura y miraba en el retrovisor si Cooney nos seguía.

—Exceso de velocidad —dijo—, resistencia a la autoridad y CE. Es la abreviatura que usamos nosotros cuando cogemos a un tío conduciendo borracho.

—¿Y qué abreviatura usan cuando atizan en el estómago a un sujeto desarmado, le pegan una patada en el hombro, le obligan a beber whisky, le amenazan con un arma y le sacuden con una porra? ¿No van a sacar partido de eso también?

—Olvídelo —dijo cansadamente—. ¿Se cree que lo hago por divertirme?

—Creía que habían limpiado esta ciudad —le dije—. Pensaba que un hombre honrado podía pasearse de noche por las calles sin tener que ponerse un chaleco blindado.

—La han limpiado un poco —dijo—. Pero no quieren que quede demasiado limpia. Podrían ahuyentar al dinero sucio.

—No hable así —le dije—, o le retirarán su carné del sindicato.

Se rió.

—¡Que se vayan al demonio! Yo estaré en el ejército dentro de dos semanas.

Para él el incidente estaba zanjado. No significaba nada. Simple cuestión de rutina. Ni siquiera le había disgustado.

26

La galería de celdas era casi nueva. La pintura color gris acorazado de las paredes y de la puerta de acero tenía el brillo fresco de lo nuevo desfigurado en dos o tres lugares por un chorro de jugo de tabaco. La luz estaba empotrada en el techo, cubierta por un grueso cristal opaco. A un lado de la celda había dos literas y un hombre envuelto en una manta gris oscura roncaba en la de arriba. Del hecho de que se hubiera dormido tan pronto, de que no oliera a whisky ni a ginebra y de que hubiera elegido la litera de arriba, deduje que llevaba allí bastante tiempo.

Me senté en la litera inferior. Me habían cacheado para ver si iba armado, pero no me habían vaciado los bolsillos. Saqué un cigarrillo y me froté la corva hinchada y caliente. El dolor me llegaba hasta el tobillo. El whisky que había tosido sobre mi chaqueta olía a rancio. Levanté la tela y arrojé una bocanada de humo sobre ella. El humo ascendió y quedó flotando en torno al cuadrado iluminado del techo. La cárcel parecía muy tranquila. De algún lugar muy lejano situado en otra parte del edificio llegaban los gritos de una mujer. Pero en la parte donde yo estaba reinaba un silencio de iglesia.

La mujer seguía chillando, dondequiera que estuviese. Sus gritos tenían ahora una calidad irreal, como el aullar de los coyotes a la luz de la luna, pero sin la nota aguda, plañidera, del animal. Al poco rato cesaron.

Me fumé dos cigarrillos enteros y tiré las colillas al retrete que había en un rincón. El hombre de la litera de arriba seguía roncando. No se veía de él más que unos mechones de pelo grasiento que asomaban por encima del borde de la manta. Dormía sobre el estómago y dormía a pierna suelta. Como el mejor.

Volví a sentarme en la litera. Consistía en un entramado de tiras de acero cubierto por un colchón delgado y duro. Sobre él había dos mantas de color oscuro cuidadosamente dobladas. Era una cárcel muy agradable. Estaba en el piso doce del nuevo ayuntamiento, un ayuntamiento también muy agradable. Bay City era una ciudad muy agradable. La gente que vivía en ella así lo creía y si yo viviera allí probablemente lo creería también. Vería la hermosa bahía azul, y los acantilados, y el puerto deportivo, y las calles tranquilas flanqueadas de edificios, casas viejas sombreadas por árboles añejos y casas nuevas con sus jardincillos de hierba y sus cercas de tela metálica y sus filas de arbustos bordeando las aceras. Conocía a una chica que vivía en la calle Veinticinco. Era una calle agradable y ella era una chica agradable. Le gustaba Bay City. Nunca pensaba en los barrios de negros o mexicanos que ocupaban los tristes terrenos llanos al sur de las vías del ferrocarril, ni en los antros que se abrían a lo largo de los muelles al sur de los acantilados, ni en los salones de baile de la carretera que apestaban a sudor, ni en los tugurios donde se fumaba marihuana, ni en los rostros enjutos y taimados que asomaban sobre periódicos desplegados en vestíbulos de hoteles demasiado silenciosos, ni en los rateros, tramposos, borrachos, chulos y maricas que pululaban por el paseo de tablas de la playa.

Me acerqué a la puerta y allí me detuve. Nada se movía. Las luces de la galería brillaban desoladas y silenciosas. Aquella cárcel era un negocio desastroso.

Miré el reloj. Las nueve cincuenta y cuatro. Hora de llegar a casa, ponerse las zapatillas y jugar una partida de ajedrez. Hora de tomarse un trago largo y frío y fumarse una pipa con silencio y tranquilidad. Hora de poner los pies en alto y no pensar en nada. Hora de bostezar hojeando las páginas de una revista. Hora de sentirse un ser humano, una criatura doméstica, un hombre sin otra ocupación que descansar y aspirar el aire de la noche y reconstruir el cerebro para el día siguiente.

Un tipo vestido con el uniforme azul grisáceo de los carceleros pasó entre las celdas leyendo los números. Se detuvo ante la puerta de la mía, la abrió y me dirigió esa mirada dura que ellos creen por sistema que han de lucir en la cara para siempre jamás y que significa: «Soy un polizonte, amigo. Soy duro, así que ándate con mucho ojo o acabarás andando a cuatro patas, amigo. Desembucha ya, suéltalo cuanto antes, amigo, y no te olvides de que somos unos tipos duros, que somos policías y hacemos lo que nos da la gana con desgraciados como tú».

—¡Fuera! —dijo.

Salí de la celda. Él volvió a cerrarla, me indicó el camino con el pulgar, nos acercamos a una puerta de acero, la abrió, salimos, volvió a cerrarla con un bonito tintineo de las llaves contra la arandela de metal y, al poco rato, atravesamos otra puerta de acero pintada de gris por la parte de dentro y de imitación a madera por la que daba al otro lado.

Degarmo estaba junto a un mostrador hablando con el sargento de guardia. Me miró con sus ojos de un azul metálico y me dijo:

—¿Qué tal?

—Bien.

—¿Qué le parece nuestra cárcel?

—Bien.

—El capitán Webber quiere hablar con usted.

—Bien.

—¿No sabe decir más que «bien»?

—Ahora no —le dije—. Aquí no.

—Cojea usted un poco —dijo—. ¿Ha tropezado con algo?

—Sí —le contesté—. Con una porra. Saltó del suelo y me mordió detrás de la rodilla izquierda.

—Lástima —dijo Degarmo con una mirada vacía—. Pídale sus cosas al sargento de guardia.

—Las tengo. No me las quitaron.

—Me parece muy bien.

—Sí. Está muy bien.

El sargento de guardia levantó la cabeza cubierta de una maraña de pelo y nos contempló largamente.

—Debería echarle un vistazo a la naricita irlandesa de Cooney —dijo—. Le parecería muy bien. La tiene desparramada por toda la cara como jarabe sobre unas tortitas.

—¿Qué le ha pasado? —preguntó Degarmo como ausente—. ¿Se ha peleado con alguien?

—No lo sé —dijo el sargento—. Quizá fue la misma porra, que pegó otro salto y le mordió a él.

— Para ser un sargento habla usted demasiado —dijo Degarmo.

—Los sargentos de guardia siempre hablan demasiado —le contestó el otro—. A lo mejor es por eso por lo que no llegan a tenientes de Homicidios.

—Ya ve usted lo bien que nos llevamos —me dijo Degarmo—. Somos una gran familia feliz.

—Tenemos una sonrisa radiante en la cara —intervino el sargento— y los brazos extendidos en señal de bienvenida, con una piedra en cada mano.

Degarmo me hizo una seña con la cabeza y salimos.

27

El capitán Webber adelantó su nariz torcida y afilada sobre el escritorio y dijo:

—Siéntese.

Me senté en un sillón de madera de respaldo curvo y estiré la pierna izquierda para no rozar con la corva el borde del asiento. Era un despacho grande y agradable situado en una esquina del edificio. Degarmo se sentó en un extremo del escritorio, cruzó las piernas, se frotó un tobillo con expresión meditabunda y miró hacia fuera por la ventana.

—Usted se lo ha buscado —continuó Webber—. Iba a noventa y cinco por hora en una zona residencial y se resistió a parar cuando un coche de la policía le hizo señales con la sirena y el faro rojo. Cuando se detuvo, insultó a los policías y golpeó a uno de ellos en la cara.

No dije nada. Webber cogió una cerilla, la rompió por la mitad y tiró los pedazos por encima del hombro.

—¿O es que mienten... como de costumbre? —preguntó.

—No he visto el informe —le dije—. Probablemente es cierto que iba a noventa y cinco por hora en una zona residencial o, al menos, dentro de los límites de la ciudad. El coche de la policía estaba aparcado precisamente delante de una casa a la que yo había ido. Me siguió cuando arranqué y en ese momento yo no sabía que era de la policía. No tenían motivo alguno para seguirme y no me gustó el asunto. Aceleré, es cierto, pero porque quería llegar a una parte de la ciudad mejor iluminada.

Degarmo movió los ojos para dirigirme una mirada anodina. Webber apretó los dientes con impaciencia.

—Cuando se dio cuenta de que era un coche de la policía dio la vuelta en medio de la manzana y trató de huir, ¿no es cierto?

—Sí —dije—, pero para explicarle eso tendríamos que hablar con sinceridad.

—No me dan miedo las conversaciones sinceras —dijo Webber—. Creo que estoy especializado en conversaciones sinceras.

—Los dos policías que me detuvieron tenían el coche aparcado ante la casa de la mujer de George Talley. Ya estaban allí antes de que yo llegara. Talley es el hombre que trabajaba aquí como detective privado. Yo quería hablar con él. Degarmo sabe por qué.

Degarmo sacó del bolsillo una cerilla y empezó a mordisquearla por el extremo blando en silencio. Asintió sin expresión. Webber no le miró.

—Es usted un estúpido, Degarmo —continué—. Todo lo que hace es estúpido y sus métodos son estúpidos. Cuando se enfrentó conmigo ayer frente a la casa de Almore se acercó en son de pelea cuando no tenía motivo alguno para hacerlo. Despertó mi curiosidad cuando no tenía por qué hacerlo. Hasta me dio a entender cómo podía satisfacerla si es que me parecía importante hacerlo. Si lo que usted quería era proteger a sus amigos, lo mejor que podía haber hecho era no haber despegado los labios hasta que yo hubiera hecho algo. Yo no me habría metido en nada y usted se habría ahorrado todo esto.

—¿Qué diablos tiene que ver todo eso con el hecho de que le arrestaran a la altura del numero 1200 de la calle Westmore? —dijo Webber.

—Tiene que ver con la muerte de la señora Almore —contesté—. George Talley trabajó en el caso hasta que le trincaron y le acusaron de conducir borracho.

—Yo no trabajé en el caso Almore —dijo Webber de pronto—. Y tampoco sé quién asestó la primera puñalada a Julio César. Vaya derecho al grano, ¿quiere?

—Voy derecho al grano. Degarmo sabe mucho sobre el caso Almore, pero no quiere que se hable de eso. Hasta sus chicos del coche patrulla saben del asunto. Cooney y Dobbs no tenían motivo para seguirme, a menos que lo hicieran porque había ido a ver a la mujer del detective que había investigado el caso. Yo no iba a noventa y cinco kilómetros por hora cuando empezaron a seguirme. Si traté de huir fue sólo porque pensé que iban a darme una paliza. Degarmo me había dado la idea.

Webber miró a Degarmo, que clavó sus duros ojos azules en la pared que tenía frente a él.

—Y no pegué a Cooney en la nariz hasta que él me obligó a beber whisky y, mientras lo hacía, me atizó en el estómago para que lo escupiera y mi chaqueta oliera después a alcohol. Seguro que no es la primera vez que oye hablar de ese truco, capitán.

Webber rompió otra cerilla. Se apoyó en el respaldo de su asiento y fijó la vista en sus nudillos tensos. Miró otra vez a Degarmo y dijo:

—No sabía que le hubieran nombrado hoy jefe de la policía. Esas cosas se avisan.

—¡Maldita sea! ¡Solamente le han pegado un par de tortas jugando! No ha sido más que una broma. Si no puede encajar una...

—¿Mandó usted allí a Dobbs y a Cooney?

—Verá.. Bueno, sí —dijo Degarmo—. No veo por qué tenemos que aguantar que unos sabuesos vengan a nuestra ciudad a revolver un montón de hojas secas para conseguir un trabajo y sacarles un buen dinero a un puñado de imbéciles. Lo que necesitan esos tipos es una buena lección.

—¿Es eso lo que piensa usted? —preguntó Webber.

—Eso es lo que pienso exactamente, sí señor —respondió Degarmo.

—Me pregunto qué es lo que necesitan los tipos como usted —dijo Webber—. Aunque creo que lo que le vendría mejor en este momento es un poco de aire fresco. ¿Quiere salir a tomarlo, teniente?

Degarmo abrió la boca muy despacio.

—¿Quiere decir que me largue?

Webber se inclinó de pronto hacia delante y su pequeña barbilla surcó el aire como la proa de un crucero.

—¿Sería usted tan amable?

Degarmo se levantó lentamente con las mejillas como la grana. Apoyó una mano abierta sobre el escritorio y miró a Webber. Se hizo un pesado silencio. Luego dijo:

—Está bien, capitán. Pero se equivoca.

Webber no le contestó. Degarmo abrió la puerta y salió. Webber esperó a que la puerta se cerrara y habló:

—¿Quiere decir que la muerte de la señora Almore sucedida hace año y medio está relacionada con el crimen de hoy, o trata de tender una cortina de humo porque sabe perfectamente que ha sido la mujer de Kingsley quien ha matado a Lavery?

—El caso de la señora Almore estaba relacionado con Lavery antes de que le asesinaran. Quizá de una forma muy leve, pero lo suficiente como para darle a uno que pensar.

—He estudiado este asunto un poco mejor de lo que usted se imagina —dijo Webber fríamente—, a pesar de que no intervine directamente en el caso Almore y de que en aquellos días aún no era jefe. Si hasta ayer por la mañana ni siquiera sabía usted de la existencia de Almore, se ve que desde entonces ha oído hablar mucho de él.

Le dije exactamente lo que me habían contado la señorita Fromsett y los Grayson.

—Entonces, ¿su teoría es que Lavery pudo hacer chantaje al doctor Almore —me preguntó— y que eso podría tener algo que ver con su muerte?

—No es una teoría. Es sólo una posibilidad. Pero no sería buen detective si no la tuviera en cuenta. Entre Almore y Lavery pudo haber una relación profunda y peligrosa, una amistad superficial, o nada en absoluto. No puedo afirmar con seguridad que hayan cruzado jamás una sola palabra. Pero si en el caso Almore no había nada sospechoso, ¿por qué tratar con tanta dureza a un tipo que se interesaba en él? Pudo ser una coincidencia que detuvieran a George Talley mientras investigaba el asunto. Pudo ser una coincidencia que Almore llamara a un policía por la simple razón de que yo estaba mirando hacia su casa, y pudo ser una coincidencia que mataran a Lavery antes de que pudiera hablar con él por segunda vez. Pero no es una coincidencia que dos de los hombres de su brigada estuvieran vigilando esta noche la casa de Talley listos para armar camorra si se me ocurría entrar allí.

—En eso tiene razón —dijo Webber—. No crea que doy por terminado el incidente. ¿Quiere presentar una denuncia?

—La vida es demasiado corta para perder el tiempo presentando denuncias contra oficiales del cuerpo de policía.

Frunció un poco el entrecejo.

—Entonces olvidémoslo y que nos sirva de lección. Parece que no le han fichado, así que es usted libre para irse a su casa cuando quiera. Y yo que usted dejaría que el capitán Webber se ocupara del caso Lavery y de cualquier remota relación que pueda existir entre ése y el caso Almore.

—¿Y de cualquier remota relación que pueda existir entre esos dos casos y el de una mujer llamada Muriel Chess, cuyo cadáver fue hallado ayer en un lago cercano a Puma Point?

Arqueó sus pequeñas cejas.
—¿Cree que existe alguna?
—Aunque es posible que a esa mujer no la conocieran ustedes por el nombre de Muriel Chess. Debían de conocerla, si es que la conocían, por el nombre de Mildred Haviland, la enfermera del doctor Almore. La que acostó a su mujer la noche que la encontraron muerta en el garaje y la que, si de verdad fue un crimen, pudo descubrir al autor. Después el asesino pudo asustarla o hacerle chantaje hasta que se vio obligada a abandonar la ciudad.
Webber cogió dos cerillas y las rompió en pedacitos. Sus ojillos inexpresivos estaban fijos en mi cara. No dijo nada.
—Y al llegar a este punto —dije—, nos enfrentamos con una coincidencia básica, la única que estoy dispuesto a admitir en todo este asunto. Porque esa tal Mildred Haviland conoció en un bar de Riverside a un hombre llamado Bill Chess y, por razones sólo por ella conocidas, se casó con él y se fue a vivir al lago del Corzo, que es propiedad de un hombre cuya esposa mantenía una relación íntima con Lavery, precisamente el que había encontrado el cadáver de la señora Almore. Eso es lo que yo llamo una verdadera coincidencia. No debe de ser más que eso, coincidencia, pero es fundamental. Todo lo demás parte de ahí.
Webber se levantó de su sillón, se acercó a una fuente que había en un rincón del despacho y se bebió dos vasos de agua. Luego hizo con los dos vasos de cartón una pelota que arrojó a una papelera de metal marrón. Se acercó a la ventana y miró hacia la bahía. Aún no se había dado la orden de reducir al mínimo las luces de la costa como medida de seguridad y en el puerto deportivo brillaban muchas luces.
Volvió lentamente a su escritorio y se sentó. Luego levantó la mano y se rascó la nariz. Estaba decidiendo algo.
Al fin dijo lentamente:
—No entiendo qué sentido tiene relacionar eso con algo que ocurrió año y medio después.
—Comprendo —dije—. Gracias por concederme tanto tiempo.
Me levanté para irme.
—¿Le duele la pierna? —me preguntó cuando me incliné para frotarme la corva.
—Bastante, pero ya está mejor.
—El problema que tiene el cuerpo de policía —dijo casi con suavidad— es muy complicado. Se parece a la política. Exige hombres de una honradez a toda prueba, pero tiene muy poco que ofrecer a ese tipo de personas. En consecuencia, tenemos que trabajar con lo que tenemos. Y lo que tenemos es esto.
—Lo sé —dije—. Siempre lo he sabido. Y no crea que me amargo la vida por ello. Buenas noches, capitán Webber.
—Un momento —dijo—. Siéntese usted un rato. Si vamos a mezclar en esto el caso Almore, será mejor que lo saquemos a la luz y lo estudiemos con detenimiento.
—Ya era hora de que alguien lo hiciera —le dije.
Y volví a sentarme.

28

Webber habló con calma:

—Supongo que algunos nos consideran un hatajo de sinvergüenzas. Se creen que un tipo mata a su mujer y luego no tiene más que llamarme y decirme: «Oiga, capitán. Hay aquí un cadáver estorbando en medio del salón y yo tengo quinientos pavos que no me rinden nada». Y que entonces yo le digo: «Espere. Voy para allá enseguida con una manta».

—No es para tanto.

—¿Para qué quería ver a Talley cuando fue a su casa esta noche?

—Talley tenía una pista sobre la muerte de Florence Almore. Los padres de ella le contrataron para que la siguiera, pero él nunca les dijo qué era lo que había descubierto.

—¿Y pensaba que iba a decírselo a usted? —preguntó Webber con sarcasmo.

—Al menos quería probar.

—¿No sería que al ver la actitud de Degarmo quiso vengarse de él?

—Puede que hubiera también algo de eso —respondí.

—Talley era un vulgar chantajista —dijo Webber con desprecio—. Lo fue en más de una ocasión. Cualquier método era bueno con tal de librarse de él. Le diré qué era lo que tenía. Un zapato que le había quitado del pie a Florence Almore.

—¿Un zapato?

Sonrió levemente.

—Sólo un zapato. Lo encontramos escondido en su casa. Un zapato de baile de terciopelo verde con unas piedras incrustadas en el tacón. Se los había hecho un zapatero de Hollywood especialista en este tipo de calzado. Ahora pregúnteme por qué era tan importante ese zapato.

—¿Por qué era importante, capitán?

—Florence Almore tenía dos pares exactamente iguales que había encargado al mismo tiempo. Parece ser algo que hacen las mujeres bastante a menudo por si un par se estropea o algún borracho se empeña en pisarles mientras bailan. —Hizo una pausa y sonrió ligeramente—. Al parecer, uno de esos dos pares no llegó a usarlo nunca.

—Creo que empiezo a entenderlo —le dije.

Se arrellanó en el asiento y empezó a dar golpecitos en los brazos del sillón. Esperó.

—El camino que va del garaje a la casa es de cemento —le dije—. Y bastante áspero. Supongamos que no anduvo por él, sino que la llevaron. Y supongamos que quien la llevó se equivocó al ponerle los zapatos en cuestión y cogió uno de los que no había estrenado.

—Siga.

—Supongamos que Talley se fijó en ello mientras Lavery llamaba al doctor Almore, que estaba haciendo su ronda de visitas. Cogió el zapato nuevo considerándolo prueba de que Florence Almore había sido asesinada.

Webber asintió con la cabeza.

—Y habría sido una prueba si lo hubiera dejado donde la policía hubiera podido verlo. Pero una vez que él se lo llevó, sólo servía para demostrar que Talley era un sinvergüenza.

—¿Se analizó la sangre de la víctima para ver si quedaban restos de monóxido de carbono?

Posó las manos abiertas sobre el escritorio y las miró largamente.

—Sí —dijo—. Y lo encontraron. Los oficiales encargados del caso se dieron por satisfechos con lo que vieron. No hallaron señales de violencia. Se quedaron convencidos de que el doctor Almore no había asesinado a su mujer. Quizá se equivocaron. Creo que la investigación fue un poco superficial.

—¿Quién estuvo a cargo de ella?

—Me parece que ya sabe la respuesta.

—Cuando llegó la policía, ¿no se dieron cuenta de que faltaba un zapato?

—Cuando llegó la policía no faltaba ningún zapato. Como usted recordará, el doctor Almore estaba ya de vuelta en casa porque Lavery le había avisado al descubrir el cadáver y antes de llamar a la policía. Todo lo que sabemos de ese zapato es lo que nos dijo el propio Talley. Puede que lo robara él mismo del interior de la casa. La puerta lateral estaba abierta y las criadas dormían. Lo único que hay en contra de esa posibilidad es que no es muy probable que supiera que existía otro par igual. Aun así yo no la descartaría totalmente. Ese hombre es un sinvergüenza de mucho cuidado. Pero no puedo asegurar que lo hiciera.

Nos quedamos en silencio, mirándonos el uno al otro y pensando.

—A menos —continuó Webber— que supongamos que la enfermera se había puesto de acuerdo con él para hacer después chantaje a Almore. Es posible que así fuera. Hay datos a favor de esa teoría. Pero hay bastantes más en contra. ¿Qué razones tiene usted para afirmar que la mujer que hallaron muerta en las montañas era esa enfermera?

—Dos, ninguna de ellas concluyente por sí misma, pero bastante poderosas si se contemplan juntas. Un tipo, que por la descripción se parecía mucho a Degarmo, estuvo en Puma Point hace pocas semanas enseñando una fotografía de Mildred Haviland que se parecía bastante a Muriel Chess. Las cejas, el color del pelo y todo eso eran distintos, pero la semejanza era bastante marcada. Nadie le ayudó mucho. Dijo que se llamaba De Soto y que era un policía de Los Ángeles. He preguntado en la jefatura y no hay nadie allí que se llame De Soto. Cuando Muriel Chess se enteró del asunto parece que se asustó. No nos será difícil averiguar si se trataba de Degarmo o no. La otra razón es que en la casa de Chess se encontró escondida en una caja de azúcar glas una cadenita de oro para el tobillo con un corazoncito también de oro. La hallaron después de que apareciera el cadáver de Muriel y de que detuvieran a su marido. En el corazón había una inscripción que decía: «Para Mildred de Al. 28 de junio de 1938. Con todo mi amor».

—Podría tratarse de otro Al y de otra Mildred —dijo Webber.

—Eso ni usted se lo cree, capitán.

Se inclinó hacia delante y, con el dedo índice, abrió un agujero en el aire.

—¿Adónde quiere ir a parar exactamente con todo esto?

—Quiero probar que la mujer de Kingsley no mató a Lavery. Que la muerte de Lavery está relacionada con el caso de Florence Almore. Y con Mildred Haviland. Y posiblemente también con el doctor Almore. Quiero probar que la mujer de Kingsley desapareció porque ocurrió algo que le asustó mucho. Que puede que no sea totalmente inocente, pero que no ha asesinado a nadie. Si puedo demostrarlo me pagarán quinientos dólares. Creo que tengo derecho a intentarlo.

Asintió.

—Desde luego que sí. Y yo le ayudaría si viera alguna base para ello. Aún no hemos encontrado a la señora Kingsley, pero tampoco hemos tenido mucho tiempo para buscarla. En lo que no puedo ayudarle es en culpar de nada a uno de mis hombres.

—Una vez le oí llamar Al a Degarmo —le dije—. Pero yo pensaba en Almore. Se llama Albert.

Webber se miró el pulgar.

—Pero el doctor Almore no estuvo casado nunca con esa mujer y Degarmo sí —dijo con voz mesurada—. Y puedo asegurarle que ella le hizo la vida imposible. Gran parte de lo que parece malo en él es consecuencia de aquel matrimonio.

Me quedé sentado muy quieto. Al poco rato dije:

—Estoy empezando a ver cosas que ni siquiera había sospechado. ¿Qué clase de mujer era?

—Lista, taimada y peligrosa. Sabía manejar bien a los hombres. Les hacía bailar al son que ella tocaba. Pero ese gigante que acaba de salir le arrancaría la cabeza ahora mismo si le oyera decir lo más mínimo en contra de ella. Mildred se divorció de él, pero eso no significa que Degarmo dejara de quererla.

—¿Sabe que ha muerto?

Webber guardó silencio unos segundos antes de responder.

—No ha dicho una sola palabra, pero si realmente se trata de la misma mujer, él tiene que saberlo.

—Que nosotros sepamos, no logró localizarla en las montañas.

Me levanté y me apoyé en el escritorio.

—Oiga, capitán, no me estará tomando el pelo, ¿verdad?

—¡Maldita sea! ¡En absoluto! Existen hombres como Degarmo, lo mismo que existen mujeres capaces de hacerles así. Si cree que Degarmo fue allí porque quería matarla, está muy equivocado.

—No he llegado a pensar eso exactamente —le dije—. Aunque sería posible, ya que Degarmo conocía esa región muy bien. Y el asesino la conocía perfectamente.

—Todo esto ha sido confidencial —dijo—, y quiero que quede entre nosotros.

Asentí, pero no prometí nada. Le di las buenas noches y salí. Siguió contemplándome mientras cruzaba la habitación. Parecía dolido y triste.

Mi Chrysler estaba en el aparcamiento de la jefatura con las llaves puestas y sin los guardabarros abollados. Cooney no había cumplido su amenaza. Volví a Hollywood y subí a mi apartamento del Bristol. Era tarde, casi medianoche.

El pasillo marfil y verde estaba desierto y no se oía más ruido que el timbre de un teléfono en el interior de uno de los apartamentos. Llamaba insistentemente y su sonido fue aumentando de volumen conforme me acercaba a mi puerta. Abrí. Era el mío.

Recorrí la habitación en medio de la oscuridad hasta llegar junto al aparato, que estaba sobre un escritorio de roble adosado a la pared. Debía de haber sonado como diez veces cuando descolgué.

Contesté. Era Kingsley. Su voz sonó tensa, débil y nerviosa.

—¡Vaya por Dios! ¿Dónde se había metido? Llevo horas tratando de localizarle.

—Pues aquí me tiene. ¿Qué ocurre?

—He tenido noticias de ella.

Sujeté el auricular con fuerza y exhalé muy lentamente el aire que tenía en los pulmones.

—Siga —le dije.

—No estoy lejos. Llegaré en cinco o seis minutos. Y prepárese para entrar en acción.

Colgó.

Me quedé inmóvil con el auricular a medio camino entre mi oreja y el soporte. Luego lo colgué muy despacio y miré la mano que acababa de soltarlo. Seguía medio abierta y muy tensa, como si continuara sosteniéndolo.

29

Unos golpecitos discretos, muy apropiados para la medianoche, sonaron en la puerta. Abrí. Kingsley parecía tan grande como un caballo con su chaqueta de lana color crema y un pañuelo verde y amarillo al cuello. Llevaba un sombrero marrón encasquetado hasta media frente y, bajo el ala, sus ojos brillaban como los de un animal enfermo.

Le acompañaba la señorita Fromsett, vestida con pantalones, sandalias y un chaquetón verde oscuro. Iba sin sombrero y sus cabellos brillaban con un lustre perverso. De sus orejas colgaban unos largos pendientes con un par de gardenias artificiales diminutas, dos en cada oreja la una sobre la otra. El champán de los perfumes, Guillerlain Regal, entró en la habitación con ella.

Cerré la puerta, señalé a un par de asientos y dije:

—No nos vendrá mal una copa.

La señorita Fromsett se sentó en un sillón, cruzó las piernas y buscó en torno suyo un cigarrillo. Lo encontró, lo encendió con un largo gesto florido y sonrió vagamente a una esquina del techo.

Kingsley permaneció de pie en el centro de la habitación tratando de morderse la barbilla. Fui a la cocina, llené tres copas, volví al salón y les di una a cada uno. Me acerqué con la mía al sillón colocado junto a la mesita de ajedrez.

—¿Qué ha estado haciendo y qué le pasa en la pierna?

—Me dieron una patada. Obsequio del cuerpo de policía de Bay City. Es un servicio gratuito que dan allí. En cuanto a dónde he estado... en la cárcel por conducir borracho. Y a juzgar por la expresión de su rostro no me extrañaría nada que volviera a verme allí muy pronto.

—No sé de qué está hablando —dijo—. No tengo ni la más ligera idea. Pero me parece que no es ocasión para bromear.

—Muy bien, pues no bromeemos. ¿Qué ha sabido usted y dónde está su esposa?

Se sentó sin soltar su vaso, flexionó los dedos de la mano derecha y se la metió en el bolsillo de la chaqueta. Sacó un sobre alargado.

—Tiene que llevarle esto. Son quinientos dólares. Quería más, pero es todo lo que he logrado reunir. He tenido que cambiar un talón en un club nocturno. No ha sido fácil. Crystal tiene que salir de esa ciudad.

—¿De qué ciudad?

—Está en algún lugar de Bay City. No sé dónde exactamente. Se encontrará con usted en un bar llamado El Pavo Real, Bulevar Arguello esquina a la calle Ocho más o menos.

Miré a la señorita Fromsett. Seguía contemplando el techo como si hubiera venido sólo por darse una vuelta.

Kingsley me arrojó el sobre, que fue a aterrizar sobre la mesa de ajedrez. Miré en su interior. Sí, era dinero. Al menos ese aspecto de la historia tenía bastante lógica. Dejé el sobre en el tablero de cuadritos incrustados marrón y oro pálido.

—¿Por qué no puede conseguir ella su propio dinero? —le pregunté—. Podría cambiar un cheque en cualquier hotel. La mayoría de los hoteles los cambian. ¿O es que tiene el tétanos su cuenta?

—¡Ésa no es forma de hablar! —dijo Kingsley de mal talante—. Crystal está en un aprieto. Y no sé cómo se ha enterado, pero el caso es que lo sabe. Quizá la emisora de la policía haya radiado la orden de detención. ¿Usted qué cree?

Le dije que no sabía. Que últimamente no había tenido mucho tiempo de oír esa emisora. Que había estado ocupado escuchando a varios policías en directo.

—En cualquier caso, no puede arriesgarse a cobrar un talón en estas circunstancias. Antes podía, pero ahora ya no.

Levantó la vista lentamente y me dirigió una de las miradas más vacías que he visto en mi vida.

—Claro, es imposible encontrar lógica donde no puede haberla —le dije—. Bueno, el caso es que está en Bay City. ¿Habló con usted?

—No. Habló con la señorita Fromsett. Cuando llamó acabábamos de cerrar la oficina, pero ese policía, el capitán Webber, seguía hablando conmigo. Naturalmente, la señorita Fromsett no quiso pasarme la llamada en ese momento y le dijo que telefoneara más tarde porque ella se negó a dejar ningún número.

Miré a la señorita Fromsett, que bajó del techo la mirada para dirigirla a lo alto de mi cabeza. En sus ojos no había nada en absoluto. Eran como dos cortinas corridas. Kingsley continuó:

—Ni yo quería hablar con ella, ni ella quería hablar conmigo. No quiero verla. Supongo que creen sin ninguna duda que fue ella quien mató a Lavery. Webber parecía estar seguro.

—Eso no significa nada. Lo que él diga y lo que piense no tienen que coincidir necesariamente. No me gusta que ella sepa que la están buscando. Hace ya mucho que nadie escucha la radio de la policía por puro entretenimiento. Así que volvió a llamar más tarde. ¿Qué pasó entonces?

—Eran casi las seis y media —dijo Kingsley—. Tuvimos que esperar en la oficina a que telefoneara. Díselo tú.

Se volvió a mirar a la chica.

—Contesté a la llamada en el despacho del señor Kingsley —dijo la señorita Fromsett—. Él estaba sentado a mi lado, pero no habló con ella. Me dijo que le mandáramos el dinero a ese bar y me preguntó quién iba a llevarlo.

—¿Parecía asustada?

—Ni lo más mínimo. Estaba perfectamente tranquila. Casi diría que con una calma gélida. Lo tenía todo planeado. Comprendía que la persona que le llevara el dinero tendría que ser un desconocido. Ya suponía que no sería Derry, quiero decir el señor Kingsley.

—Llámele Derry —dije—. Creo que adivinaré a quién se refiere.

Sonrió vagamente.

—Dijo que entraría en El Pavo Real a y cuarto más o menos de cada hora. Supuse que iría usted, así que le di su descripción. Y le dije que llevaría puesto el pañuelo de Derry. Se lo describí también. Él siempre guarda algunas prendas en la oficina y el pañuelo estaba entre ellas. Es lo bastante llamativo como para reconocerlo.

Efectivamente lo era. Tenía como una especie de riñones verdes sobre un fondo color yema de huevo. Aparecer allí con ese pañuelo al cuello sería como entrar arrastrando una carretilla pintada de blanco, azul y rojo.

—Para ser tan tonta no parece que se organice mal.

—No es momento para bromas —dijo Kingsley secamente.

—Eso ya lo ha dicho antes. Pero está usted listo si cree que voy a presentarme allí para colaborar en la huida de una mujer a quien anda buscando la policía.

Su mano se crispó sobre su rodilla y su rostro se crispó también en una sonrisa maligna.

—Comprendo que es mucho pedir —contestó—. Pero ¿qué dice? ¿Sí o no?

—Nos convertiría a los tres en cómplices, lo cual podría resultar no demasiado duro ni para el marido ni para su secretaria confidencial. Pero lo que harían conmigo le aseguro que no es lo que soñaría nadie para unas vacaciones.

—Le compensaré por ello —dijo—. Y, en cualquier caso, si ella no ha hecho nada no pueden considerarnos cómplices.

—Estoy dispuesto a dar por supuesta su inocencia —dije—. De otro modo no estaría hablando con usted. Pero añadiré que si ha cometido algún crimen, la entregaré a la policía.

—No querrá hablar con usted.

Cogí el sobre y me lo metí en el bolsillo.

—Si quiere el dinero, tendrá que hacerlo.

Consulté mi reloj.

—Si salgo ahora mismo puede que llegue a la una y cuarto. Hace tantas horas que ha llamado que deben de sabérsela de memoria en ese bar. Es lo único que nos faltaba.

—Se ha teñido el pelo de castaño oscuro —dijo la señorita Fromsett—. Eso ayudará un poco a que pase desapercibida.

—Pero no contribuye a convencerme de que se trate de una pobre viajera inocente.

Acabé de beber mi copa y me puse en pie. Kingsley apuró de un trago lo que quedaba de la suya, se levantó, se quitó el pañuelo y me lo tendió.

—¿Qué hizo para que se le echara encima la policía?

—Estaba utilizando cierta información que me había proporcionado muy amablemente la señorita Fromsett. Me llevó a buscar a un hombre llamado Talley que había investigado el caso de la señora Almore, lo cual a su vez me llevó a chirona. Tenían la casa vigilada. Talley era el detective que contrataron los Grayson —dije mirando a la mujer alta y morena—. Usted probablemente podrá explicarle de qué se trata. Pero, en cualquier caso, no importa. No tengo tiempo de hablar de eso ahora. ¿Quieren quedarse aquí hasta que vuelva?

Kingsley negó con la cabeza.

—Iremos a mi casa y esperaremos allí su llamada.

La señorita Fromsett se puso en pie y bostezó.

—No, estoy cansada, Derry. Yo me voy a la cama.

—Tú vienes conmigo —dijo él bruscamente—. Tienes que ayudarme a impedir que pierda la cabeza.

—¿Dónde vive usted, señorita Fromsett? —le pregunté.

—En Sunset Place. Bryson Tower, apartamento 716. ¿Por qué? —dijo con una mirada de sospecha.

—Puede que necesite ponerme en contacto con usted alguna vez.

En el rostro de Kingsley se leía una vaga irritación, pero sus ojos seguían siendo los de un animal enfermo. Me puse el pañuelo y me fui a la cocina a apagar la luz. Cuando volví, los dos me esperaban junto a la puerta. Kingsley rodeaba con un brazo los hombros de la mujer. Ella parecía muy cansada y bastante aburrida.

—Bueno, espero que... —comenzó a decir él. Luego se interrumpió, dio un rápido paso hacia delante y me tendió la mano—. Es usted un tipo decente, Marlowe.

—Vamos, largo de aquí —dije—. Váyase. Lo más lejos posible.

Me dirigió una mirada extraña y salieron.

Esperé hasta que oí cómo el ascensor llegaba, se detenía, se abría, se cerraba y bajaba de nuevo. Luego salí, bajé por la escalera hasta el garaje y volví a despertar al Chrysler.

30

El Pavo Real ocupaba un estrecho local junto a una tienda de regalos en cuyo escaparate brillaba, a la luz de las farolas, una bandeja llena de animalitos de cristal. La fachada era de ladrillos de vidrio y en torno al pavo real de cristal policromado incrustado en la pared, brillaba una luz suave. Entré, rodeé un biombo chino, recorrí la barra con la vista y me senté a una mesa. La luz era de color ámbar, los asientos de cuero rojo y las mesas de plástico. No muy lejos bebían cuatro soldados con un resplandor opaco en los ojos y aspecto de estar aburridos hasta de la cerveza. Frente a ellos, un grupo formado por dos chicas y un par de tipos muy peripuestos armaban todo el ruido que se oía en el local. No vi a nadie que respondiera a la idea que me había hecho de Crystal Kingsley.

Un camarero acartonado de ojos malignos y cara de hueso roído dejó en la mesa delante de mí una servilleta de papel con un pavo real grabado y un Bacardí. Lo bebí lentamente mientras miraba la esfera color ámbar del reloj del bar. Era poco más de la una y cuarto.

Uno de los hombres que estaban con las dos chicas se levantó de repente y se acercó a la puerta con paso inseguro.

Se oyó la voz del otro.

—¿Por qué has tenido que ofenderle?

Una vocecita de chica respondió:

—¿Ofenderle yo? Tiene gracia. Pero si es él quien me ha estado haciendo proposiciones.

La voz del hombre volvió a sonar quejumbrosa.

—Aun así. No veo por qué tenías que ofenderle.

Uno de los soldados se echó a reír de pronto con una carcajada que le salía de lo más hondo del pecho. Luego, se borró la risa de la cara con una mano morena y bebió un poco más de cerveza. Me froté la corva. La seguía notando caliente e hinchada, pero al menos la sensación de parálisis había desaparecido.

Un mexicanito diminuto de tez blanca y enormes ojos negros entró con los periódicos de la mañana y anduvo entre las mesas tratando de vender alguno antes de que le echara el barman. Le compré uno y lo hojeé para ver si traía algún crimen interesante. No traía ninguno.

Lo doblé y levanté la vista. Una chica delgada y de cabellos castaños, vestida con unos pantalones negros, una camiseta amarilla y un chaquetón gris, salió no sé de dónde y pasó junto a mí sin mirarme. Traté de decidir a toda prisa si su rostro me resultaba conocido o si era, simplemente, que respondía al tipo de mujer guapa, delgada y de facciones duras que debo de haber visto ya como diez mil veces. Desapareció tras el biombo y salió a la calle. Dos minutos después volvió a entrar el niño mexicano, lanzó al barman una mirada rápida y se detuvo ante mí.

—Señor —me dijo mientras sus ojos enormes brillaban traviesos.

Me hizo señas de que le siguiera y salió.

Acabé mi copa y salí tras él. La chica del chaquetón gris, la camiseta amarilla y los pantalones negros estaba de pie ante la tienda de regalos mirando el escaparate. Sus ojos me siguieron cuando me vio salir. Me acerqué a ella y me paré a su lado.

Volvió a mirarme. Estaba pálida y cansada. Sus cabellos parecían más que castaños, negros. Dejó de mirarme y habló con la cara vuelta hacia el escaparate.

—Deme el dinero, por favor.

Su aliento formó una nube de vaho en la luna del cristal.

—Primero tendré que saber quién es.

—Ya sabe quién soy —dijo en voz baja—. ¿Cuánto me ha traído?

—Quinientos.

—No basta. Con eso no tengo ni para empezar. Démelo enseguida. Llevo media eternidad esperándolo.

—¿Dónde podemos hablar?

—No tenemos nada de que hablar. Deme el dinero y lárguese.

—No es tan sencillo. Me estoy arriesgando mucho. Al menos quiero tener la satisfacción de saber qué pasa y en qué situación estoy.

—¡Maldita sea! ¿Por qué no ha podido venir él mismo? No quiero hablar. Lo que quiero es irme de aquí cuanto antes.

—Fue usted quien no quiso que viniera. Él pensó que ni siquiera quería hablarle por teléfono.

—Es verdad —dijo rápidamente. Y echó la cabeza hacia atrás.

—Pero va a tener que hablar conmigo —le dije—. Y no soy nada fácil de manejar. O yo, o la policía, elija. No tiene salida. Soy detective privado y tengo que protegerme.

—¡Qué maravilla! Un detective y todo.

En su voz había un tono de sarcasmo.

—Ha hecho lo que le ha parecido mejor. No crea que le ha resultado fácil decidir.

—¿De qué quiere hablar?

—De usted, de lo que ha estado haciendo hasta ahora, de dónde ha estado y de lo que piensa hacer. Cosas así. Detalles, pero que tienen su importancia.

Respiró muy cerca de la luna del escaparate y esperó a que desapareciera la nubecilla en el cristal.

—Creo que sería mucho mejor —siguió diciendo con voz fría y vana— que me diera el dinero y me dejara arreglármelas sola.

—No.

Me dirigió otra punzante mirada de soslayo. Luego encogió los hombros con impaciencia dentro de su chaquetón gris.

—Muy bien. Como usted quiera. Estoy en el Granada, dos manzanas al norte de aquí, en la calle Ocho. Apartamento 618. Deme diez minutos. Quiero ir sola.

—Tengo aquí mi coche.

—Prefiero ir sola.

Se volvió y se alejó apresuradamente. Llegó a la esquina, cruzó el bulevar y se perdió a lo largo de la manzana bajo una fila de árboles. Volví al Chrysler, me senté y esperé los diez minutos que me había pedido antes de arrancar.

El Granada era un feo edificio gris que hacía esquina. La puerta de cristal de la entrada estaba al nivel de la calle. Doblé sin detener el coche y vi un globo de cristal lechoso en el cual se leía la palabra «garaje». La rampa de entrada descendía al silencio denso, impregnado de olor a goma, de varias filas de coches aparcados. Un negro larguirucho salió de la oficina encristalada y miró mi Chrysler.

—¿Cuánto me va a costar dejarlo aquí un rato? Voy arriba.

Me dedicó una mueca dudosa.

—Es tarde, jefe. Y no le vendría mal al coche que lo limpiaran un poco. Será un dólar.

—¿Qué clase de sitio es éste?

—Un dólar —repitió impasible.

Me bajé. Me dio un tique. Yo le entregué el dólar. Sin necesidad de que le preguntara nada, me dijo que el ascensor estaba al fondo, junto al lavabo de caballeros.

Subí al sexto piso, miré los números pintados en las puertas, escuché el silencio y olfateé el olor a playa que llegaba del fondo del corredor. Parecía un edificio bastante decoroso. En algunos apartamentos debían de vivir mujeres de vida alegre. Eso podría explicar el dólar del negro larguirucho. Sin duda el chico sabía calar a sus clientes.

Llegué ante la puerta del apartamento 618, esperé fuera un momento y luego llamé suavemente con el pie.

31

Aún no se había quitado el chaquetón gris. Se apartó para dejarme entrar y pasé a una habitación cuadrada en la que había un par de camas empotradas y un mínimo de muebles totalmente desprovistos de interés. Una lamparita colocada sobre una mesita junto a la ventana iluminaba el cuarto con luz amarillenta.

La ventana estaba abierta.

—Ya que se empeña, siéntese y hable —dijo la chica.

Cerró la puerta y fue a sentarse en una oscura mecedora que había en un extremo de la habitación. Yo me instalé en un sofá. Junto a éste, cerrando el vano de una puerta, colgaba una cortina verde mate. Por allí se debía de ir al vestidor y al baño. En la pared opuesta había una puerta cerrada que supuse daría a una cocina americana. Probablemente eso era todo.

Ella cruzó los tobillos, apoyó la cabeza en el respaldo de la mecedora y me miró bajo sus pestañas largas y brillantes. Tenía las cejas finas, arqueadas y tan oscuras como el pelo. Era un rostro silencioso, secreto. No parecía la cara de una mujer que desperdiciara muchos movimientos.

—Por lo que me dijo Kingsley me había formado una idea bastante distinta de usted —le dije.

Torció un poco la boca, pero no dijo nada.

—Y por lo que me dijo Lavery, también. Eso demuestra que hablamos con un lenguaje distinto a cada persona.

—No tengo tiempo para este tipo de conversación —me dijo—. ¿Qué es lo que quiere saber?

—Su marido me contrató para que la encontrara. Y he estado buscándola. Supongo que ya lo sabe.

—Sí. Su amiguita de la oficina me lo dijo por teléfono. Me dijo que me traería el dinero un hombre llamado Marlowe. Y mencionó ese pañuelo.

Me lo quité, lo doblé y me lo metí en el bolsillo. Luego dije:

—Sé algo de sus movimientos, no mucho. Sé que dejó el coche en el hotel Prescott, de San Bernardino, y que se encontró allí con Lavery. Sé que envió un telegrama desde El Paso. ¿Qué hizo después?

—Yo sólo quiero el dinero que él me envía. No creo que lo que yo haga sea asunto suyo.

—No pienso discutirlo. Usted verá si quiere el dinero o no.

—Está bien. Fuimos a El Paso —dijo con voz cansada—. Entonces pensaba casarme con él. Por eso mandé el telegrama. ¿Lo ha visto?

—Sí.

—Luego cambié de opinión. Le dije que se fuera a su casa y me dejara en paz. Él me organizó una escena.

—¿Y se fue a su casa y la dejó?

—Sí. ¿Por qué no?

—¿Qué hizo usted entonces?

—Me fui a Santa Bárbara y pasé allí unos días. De hecho, más de una semana. Luego me fui a Pasadena. Lo mismo. Luego a Hollywood. Y luego vine aquí. Eso es todo.

—¿Ha estado sola todo este tiempo?

Dudó un momento y luego respondió:

—Sí.

—¿No ha pasado con Lavery una temporada?

—Desde que él volvió a su casa, no.

—¿Por qué lo hizo?

—¿Por qué hice qué?

Su voz se había agudizado un poco.

—¿Por qué se fue a todos esos sitios sin avisar a nadie? ¿No sabía que él se angustiaría?

—¿Se refiere a mi marido? —dijo fríamente—. No me preocupaba mucho. Debía de pensar que yo estaba en México. En cuanto a por qué me fui, verá, tenía que pensar. Mi vida era un lío tremendo. Tenía que estar completamente sola y organizarme.

—Antes de eso había pasado un mes entero en el lago del Corzo tratando de organizarse y sin llegar a nada concreto, ¿no?

Se miró los zapatos, luego me miró a mí y al fin asintió. La melena ondulada cayó hacia delante en torno a sus mejillas. Levantó la mano izquierda, se apartó el cabello de la cara y se frotó la sien con un dedo.

—Necesitaba un sitio nuevo —dijo—. No tenía por qué ser interesante. Bastaba con que fuera un sitio que no conociera. Que no me recordara nada. Un sitio donde pudiera estar completamente sola. Un hotel, por ejemplo.

—¿Y cómo le va?

—No muy bien. Pero no pienso volver con Derace Kingsley. ¿Quiere él que vuelva?

—No lo sé. Pero ¿por qué ha venido aquí, a la ciudad donde estaba Lavery?

Se mordió un nudillo y me miró por encima de la mano.

—Quería verle otra vez. Estoy hecha un lío con respecto a él. Sé que no estoy enamorada y, sin embargo, bueno, quizá lo esté en cierto modo. Pero no creo que quiera casarme. ¿Tiene sentido?

—Eso sí. Pero el hecho de irse de casa y alojarse en hoteles sórdidos, no. Según creo, hace años que vive su vida.

—Tenía que estar sola, pensar bien las cosas... —afirmó con tono de desesperación. Volvió a morderse el nudillo, muy fuerte—. Ahora, ¿quiere darme el dinero y largarse, por favor?

—Claro, enseguida. Pero ¿no hubo otra razón por la que se fue del lago del Corzo ese día? ¿Algo relacionado con Muriel Chess, por ejemplo?

Me miró sorprendida. Pero cualquiera puede fingir sorpresa.

—¡Santo cielo! ¿Por qué iba yo a irme por ella? Esa pelmaza de cara de palo, ¿qué tiene que ver conmigo?

—Creí que quizá se había peleado con ella a causa de Bill.

—¿A causa de Bill? ¿De Bill Chess?

Se sorprendió aún más. Casi demasiado.

—Bill afirma que usted intentó seducirle.

Echó hacia atrás la cabeza y soltó una carcajada débil y artificial.

—¡Dios mío! ¿Ese sucio borracho? —Su rostro se serenó de pronto—. ¿Qué ha pasado? ¿A qué viene todo este misterio?

—Es posible que sea borracho y sucio, pero la policía cree que además es un asesino. Que ha matado a su mujer. La encontraron ahogada en el lago. Llevaba allí un mes.

Se humedeció los labios e inclinó la cabeza hacia un lado mirándome fijamente. Se hizo un silencio. El húmedo aliento del Pacífico se coló en la habitación y nos rodeó.

—No me sorprende demasiado —me dijo lentamente—. Así que acabaron de ese modo. Tenían unas peleas terribles. ¿Cree usted que me fui por eso?

—Era una posibilidad —asentí.

—Yo no tuve nada que ver con el asunto —me dijo muy seria mientras negaba con la cabeza—. Todo sucedió como acabo de decirle. No sé más.

—Muriel ha muerto —le dije—. Ahogada en el lago. Y a usted no le ha impresionado mucho la noticia, ¿no?

—Apenas la conocía —dijo—. De verdad. Era una mujer muy reservada. Después de todo...

—Supongo que no sabrá que fue enfermera del doctor Almore.

Ahora sí que pareció totalmente asombrada.

—No estuve nunca en la consulta del doctor Almore —dijo lentamente—. Vino a atenderme a casa unas cuantas veces hace tiempo. ¿A qué se refiere?

—Muriel Chess se llamaba en realidad Mildred Haviland y había sido enfermera del doctor Almore.

—¡Qué extraña coincidencia! —dijo meditabunda—. Sé que Bill la conoció en Riverside. No sé cómo, ni en qué circunstancias, ni de dónde había salido. Conque era enfermera del doctor Almore ¿eh? Pero eso no tiene por qué querer decir nada, ¿no?

—No. Supongo que no es más que una coincidencia. A veces ocurre. Pero ahora entenderá por qué tenía que hablar con usted. A Muriel Chess la encuentran ahogada, usted se va y, para colmo, Muriel resulta ser una tal Mildred Haviland, relacionada con el doctor Almore, quien a su vez tuvo que ver con Lavery en cierta ocasión, aunque de un modo distinto. Por otra parte, como usted sabe, Lavery vive justo enfrente del doctor Almore. ¿Le pareció que conocía a Muriel de algo?

Meditó un momento mientras se mordía el labio inferior.

—La vio en las montañas —dijo finalmente—. Pero no dio muestras de conocerla.

—Pues debía de conocerla, dado el tipo de hombre que era.

—No creo que Chris tuviera nada que ver con el doctor Almore —dijo ella—. Conocía a su mujer, eso sí, pero no creo que le conociera a él. Así que, probablemente, no conocía tampoco a su enfermera.

—Bueno, no creo que me ayude mucho lo que acaba de contarme. Pero al menos ahora sabe por qué tenía que hablar con usted. Supongo que ya puedo entregarle el dinero.

Saqué el sobre del bolsillo, me levanté y lo dejé caer sobre sus rodillas. Ella no lo tocó y yo volví a sentarme.

—Interpreta muy bien este papel —le dije—. Esa inocencia mezclada con un toque de dureza y de amargura. La gente se ha equivocado con usted. La juzgan idiota, una alocada sin pizca de cerebro ni control. Y se han equivocado.

Me miró y arqueó las cejas. No dijo nada. Luego una leve sonrisa levantó las comisuras de sus labios. Cogió el sobre, se dio unos golpecitos con él en la rodilla y lo dejó sobre la mesa. Todo sin dejar de mirarme.

—E interpretó muy bien el papel de la señora Fallbrook. Ahora, en retrospectiva, me parece que cargó un poco las tintas, pero en aquel momento confieso que me la pegó. Ese sombrero morado que habría ido muy bien con una melena rubia, pero que con el pelo castaño oscuro se daba de bofetadas; ese maquillaje que parecía puesto en medio de la oscuridad por una persona con una muñeca torcida; ese atolondramiento... Todo perfecto. Cuando me puso la pistola en la mano, confieso que me quedé de piedra.

Sonrió irónicamente y hundió las manos en los bolsillos del chaquetón. Dio unos golpecitos con los tacones en el suelo.

—Pero ¿para qué volvió? —le pregunté—. ¿Por qué arriesgarse tanto a plena luz del día, a media mañana?

—Así que cree que fui yo quien mató a Chris Lavery —dijo en voz baja.

—No lo creo, lo sé.

—¿Por qué volví? ¿Es eso lo que quiere saber?

—La verdad es que no me importa —dije.

Rió. Fue una carcajada fría y aguda.

—Tenía todo mi dinero. Me había dejado el bolso vacío. Se había quedado todo, hasta las monedas. Por eso volví. No corría el menor riesgo. Conocía sus costumbres. La verdad es que era más seguro volver. Para entrar la leche y el periódico, por ejemplo. La gente suele perder la cabeza en esas situaciones. Yo no. No veo el motivo. Es más seguro no perderla.

—Entiendo —le dije—. Entonces es que le había asesinado la noche anterior. Debí pensarlo, aunque no tiene importancia. Acababa de afeitarse cuando le mataron, pero esos hombres que tienen la barba muy cerrada y muchas amigas, a veces se afeitan antes de acostarse, ¿no?

—Eso dicen —afirmó casi con desenfado—. ¿Y qué piensa hacer ahora que lo sabe?

—En mi vida he visto a una zorra con mayor sangre fría que usted —le dije—. ¿Quiere saber qué voy a hacer? Entregarla a la policía ahora mismo, naturalmente. Será un placer.

—No lo creo —arrojó las palabras al aire una por una, casi rítmicamente—. Se pregunta por qué le entregué la pistola vacía. ¿Quiere saberlo? Porque tenía otra en el bolso. Ésta.

Sacó la mano derecha del bolsillo y me apuntó con el arma. Sonreí. Quizá no fuera la sonrisa más sincera del mundo, pero el caso es que sonreí.

—Nunca me han gustado esta clase de escenas —le dije—. Detective se enfrenta con asesino. Asesino saca pistola y apunta detective. Asesino cuenta detective su triste historia con idea de matarle después, perdiendo así un tiempo precioso aun en el caso de que al final lograra liquidarle. Sólo que el asesino nunca lo logra. Siempre ocurre algo que lo impide. A los dioses tampoco les gusta la escena. Siempre consiguen estropearla.

—Supongamos que esta vez lo hacemos de un modo un poco distinto —dijo ella en voz baja acercándose a mí suavemente a través de la alfombra—. Supongamos que esta vez no le digo nada, no ocurre nada y le mato.

—Seguiría sin gustarme la escena —le dije.

—No parece que tenga usted miedo —dijo, y siguió avanzando hacia mí pasándose la lengua por los labios y sin que sus pasos hicieran el menor ruido sobre la alfombra.

—No, no tengo miedo —mentí—. Es demasiado tarde, hay demasiado silencio, la ventana está abierta y el disparo haría demasiado ruido. Hay un largo camino hasta la calle y a usted no se le dan bien las armas. Probablemente erraría el tiro. Con Lavery falló tres veces.

—Levántese —me dijo.

Me levanté.

—Estaré demasiado cerca para fallar —dijo. Apoyó en mi pecho el cañón de la pistola—. Así. Ahora ya es imposible, ¿no? Quédese muy quieto. Levante las manos, déjelas a la altura de los hombros y no haga el más mínimo movimiento. Si se mueve, la pistola se disparará sola.

Levanté las manos a la altura de los hombros y miré el arma. Notaba la lengua pesada, pero aun así podía moverla.

Me cacheó con la mano izquierda, pero no encontró ningún arma. Dejó caer el brazo y se mordió el labio sin dejar de mirarme. El cañón de la pistola seguía clavado en mi pecho.

—Tendrá que volverse —me dijo con voz deferente, como si fuera un sastre probándome un traje.

—En todo lo que usted hace hay siempre algo un poco fuera de lugar —le dije—. Decididamente no se le dan bien las pistolas. Me tiene demasiado cerca. Y no se moleste por lo que voy a decirle, pero cuando se va a disparar hay que quitar el seguro. También eso se le ha olvidado.

Quiso hacer las dos cosas a la vez, dar un largo paso hacia atrás y quitar el seguro a la pistola, todo sin dejar de mirarme. Dos cosas muy sencillas que requerían sólo un segundo. Pero no le gustó que yo se lo dijera. No le gustó que mi pensamiento corriera a la velocidad del suyo. Y la confusión le cegó.

Dejó escapar un sonido ahogado mientras yo bajaba la mano derecha y le apretaba la cara contra mi pecho. Mi mano izquierda fue a parar a su muñeca y aplasté con la palma la base de su dedo pulgar. La pistola saltó y cayó al suelo. Su rostro se contorsionó contra mi pecho. Creo que quería gritar.

Luego trató de darme una patada y perdió el poco equilibrio que le quedaba. Sus manos se alzaron para aferrarse a mí. Le cogí una muñeca y comencé a retorcérsela a la espalda. Era fuerte, pero yo lo era mucho más. Así que decidió dejar de forcejear y aplicar, en cambio, todo su peso a la mano que sostenía su cabeza. No pude aguantarla con una sola mano. Ella comenzó a caer y yo a caer con ella.

Hubo unos ruidos sordos, mezcla de lucha y jadeo. Si el suelo de madera crujió, no lo oí, pero sí creí oír el entrechocar de las argollas de la cortina contra la barra de metal. No estaba seguro de que fuera eso y tampoco tuve tiempo de meditar sobre la cuestión. Una figura surgió de pronto a mi izquierda justo detrás de mí y fuera del campo de mi visión. Supe que había ahí un hombre y que era un hombre fornido.

Eso fue todo. La escena estalló en fuego y oscuridad. Ni siquiera recuerdo que me alcanzara una bala. Sólo recuerdo eso, fuego y oscuridad, y, justo antes de la oscuridad, un agudo relámpago de náusea.

32

Olía a ginebra. No era un olor ligero, como si me hubiera tomado cuatro o cinco copas para salir de la cama una mañana de invierno. Era como si todo el océano Pacífico fuera ginebra pura y yo me hubiera tirado a él de cabeza desde la cubierta de un barco. Tenía ginebra en el pelo y en las cejas, en la barbilla y bajo la barbilla. Tenía ginebra en la camisa. Olía a sapos muertos.

Estaba en mangas de camisa, tendido boca arriba junto a un sofá sobre una alfombra ajena y mirando un grabado enmarcado que colgaba de la pared. El marco era de madera barata barnizada y el grabado representaba una locomotora de un negro muy brillante que arrastraba una serie de vagones azul Prusia a lo largo de un puente altísimo color amarillo pálido. A través de un arco del puente se veía una ancha playa, también amarilla, salpicada de bañistas y sombrillas de rayas. En primer plano avanzaban tres chicas con sombrillas de papel, una vestida de color cereza, otra de azul pálido y otra de verde. Más allá de la playa se abría una bahía mucho más azul de lo que tienen derecho a ser las bahías. Estaba inundada de sol y salpicada de blancas velas hinchadas. Más allá de la curva de la bahía se elevaban tres cadenas montañosas en colores perfectamente opuestos: oro, terracota y malva.

Al pie del grabado decía en letras mayúsculas: «VISITE LA COSTA AZUL EN EL TREN AZUL». La sugerencia no podía ser más oportuna.

Me incorporé trabajosamente y me toqué la nuca. La sentí inflamada. Una punzada de dolor me llegó directa a las plantas de los pies. Articulé una queja que convertí rápidamente en gruñido por orgullo profesional —el poco que me quedaba. Me di la vuelta lenta y cuidadosamente y miré a los pies de la cama, que alguien había bajado de la pared. La otra seguía en su lugar. El dibujo florido de la madera me resultó familiar. El grabado, en cambio, había estado allí todo ese tiempo colgado sobre el sofá y yo ni siquiera lo había visto.

Cuando me di la vuelta, una botella cuadrada de ginebra cayó de mi pecho y fue a dar en el suelo. Era blanca y estaba vacía. Parecía mentira que pudiera haber tanta ginebra en una sola botella.

Conseguí doblar las rodillas y me quedé a cuatro patas un buen rato olisqueando como un perro que no puede acabar su cena, pero que tampoco se resigna a dejar nada. Moví la cabeza a un lado y a otro. Me dolía. La moví un poco más y me siguió doliendo, así que me puse de pie y al hacerlo descubrí que no llevaba zapatos. Estaban junto al rodapié con ese aire de disipación que tienen siempre los zapatos. Me los calcé cansadamente. Me sentía viejo. Bajaba lentamente la última larga cuesta del camino. Pero aún me quedaba un diente. Lo sentía con la punta de la lengua. Y no parecía que supiera a ginebra.

—Lo recordarás todo —me dije—. Algún día lo recordarás todo. Y no te gustará.

Allí estaba la lámpara sobre la mesa, junto a la ventana abierta. Allí estaba el sofá de color verde. Allí estaba el vano de la puerta con su cortina verde. Nunca se sienten de espaldas a una cortina verde. Siempre sale mal. Siempre ocurre algo. ¿A quién le había dicho eso? A la chica que me apuntaba con una pistola. Una mujer de rostro despejado y vacío y de cabellos castaños que habían sido rubios.

Miré en torno mío buscándola con la mirada. Aún estaba allí. Echada sobre la cama.

Llevaba un par de medias de un tono tostado y nada más. Tenía el cabello revuelto y unos cuantos cardenales en el cuello. De la boca abierta rebosaba una lengua hinchada. Los ojos saltaban de las órbitas y el blanco que rodeaba las pupilas había dejado de serlo. Cuatro arañazos salvajes cruzaban su vientre desnudo, rojos sobre la palidez de la carne. Cuatro arañazos profundos, salvajes, trazados por cuatro uñas llenas de rencor.

En el sofá había un montón de ropas revueltas, la mayor parte de ella. Mi chaqueta estaba allí también. La saqué de aquel revoltijo y me la puse. Algo crujió bajo mi mano entre las ropas. Era un sobre alargado. Aún tenía el dinero dentro. Me lo metí en el bolsillo. Quinientos dólares, Marlowe. Ojalá no faltara nada. No cabía esperar mucho más.

Anduve suavemente de puntillas como si caminara sobre una fina capa de hielo. Me incliné a frotarme la corva y me pregunté qué me dolía más, si la pierna o la cabeza al agacharme.

Se oyeron unos pasos pesados en el corredor y un murmullo sordo de voces. Los pasos se detuvieron. Un duro puño dio unos cuantos golpes en la puerta. Me detuve mirando hacia ella con los labios apretados contra los dientes. Esperé a que alguien abriera y entrara. El picaporte se movió, pero no entró nadie. Llamaron otra vez, dejaron de llamar y se oyeron de nuevo las voces. Los pasos se alejaron. Me pregunté cuánto tiempo tardarían en volver con el portero y una llave maestra. No mucho. En cualquier caso, no el suficiente como para que Marlowe volviera de la Costa Azul.

Me acerqué a la cortina verde, la descorrí y vi un pasillo corto y oscuro que terminaba en un baño. Entré y encendí la luz. Dos bayetas en el suelo, una alfombrita doblada sobre el borde de la bañera, y, sobre ésta, una ventana de cristal esmerilado. Cerré la puerta, me subí al borde de la bañera y abrí la ventana. Era el sexto piso. Saqué la cabeza y miré a la oscuridad y a una estrecha faja de calle bordeada de árboles. Miré hacia un lado y vi que la ventana del baño del apartamento contiguo estaba a menos de un metro de distancia. Una cabra montesa bien alimentada podría pegar el salto sin la menor dificultad. La cuestión radicaba en si sería capaz de hacer lo mismo un detective privado muy baqueteado y, en caso de que pudiera, qué consecuencias le traería.

A mis espaldas sonó una voz remota y ahogada que parecía entonar la cantinela propia de los policías: «¡Abra o echamos la puerta abajo!». Hice una mueca burlona a la voz. No echarían la puerta abajo a patadas porque eso es malo para los pies y los policías suelen tratar muy bien a sus pies. La verdad es que es lo único a lo que suelen tratar bien.

Cogí una toalla del toallero, me subí al antepecho de la ventana y saqué medio cuerpo fuera sin soltarme del marco. Alcanzaba lo bastante como para abrirla si estaba entreabierta. No lo estaba. Estiré la pierna y propiné al cristal una patada. El escándalo debió de oírse hasta en Reno. Me envolví la mano izquierda en la toalla y traté de mover la manija. Por la calle pasó un coche, pero nadie me gritó nada.

Abrí la ventana rota y salté al otro antepecho. La toalla se cayó de mi mano y revoloteó lentamente en la oscuridad hasta ir a posarse allá abajo sobre una franja de césped, entre las dos alas del edificio.

Trepé a la ventana del otro baño.

33

Salté al interior de la oscuridad, me abrí camino a tientas hasta llegar a una puerta, la abrí y escuché. La luz de la luna, que se filtraba a través de las ventanas orientadas hacia el norte, iluminaba un dormitorio con dos camas hechas y vacías. No eran camas empotradas. Este apartamento era mayor. Pasé junto a las camas, llegué a otra puerta y entré en el salón. Las dos habitaciones estaban cerradas y olían a humedad. Me acerqué tanteando a una lámpara y la encendí. Pasé un dedo por el borde de una mesa. Había una capa de polvo muy fina, como la que se suele acumular en las habitaciones que se dejan algún tiempo cerradas, aun en las más limpias.

En el salón había una mesa con revistero, un sillón de orejas, un estante para libros, una librería llena de novelas con las sobrecubiertas impecables, una mesita baja y, sobre ella, una bandeja de latón indio con un sifón, un frasco de cristal tallado y cuatro vasos rayados boca abajo. Junto a la bandeja, un marco doble de plata con las fotografías de un hombre y una mujer de edad madura de rostros redondos y sanos y ojos alegres. Me miraban como si no les molestara en absoluto mi presencia.

Olí el licor, que era whisky escocés, y me serví una parte. La cabeza me dolió más, pero el resto de mí mejoró bastante. Encendí la luz del dormitorio y hurgué en los armarios. En uno de ellos había ropa de hombre, hecha a medida y en abundancia. La etiqueta del sastre que encontré en el interior del bolsillo de una de las chaquetas afirmaba que su dueño era un tal H. G. Talbot. Me acerqué a la cómoda, hurgué en ella y encontré una camisa azul pálido que me pareció un poco pequeña para mí. Me la llevé al baño, me quité la que llevaba, me lavé la cara y el pecho, me froté el pelo con una toalla y me la puse. Me apliqué después una abundante cantidad del persistente tónico capilar del señor Talbot y utilicé su cepillo y su peine para peinarme. Cuando acabé, si olía a ginebra era sólo remotamente.

El botón del cuello se negó a unirse con su ojal, de modo que decidí seguir buscando en la cómoda hasta que encontré una corbata de seda azul oscuro y me la anudé al cuello. Volví a ponerme la chaqueta y me miré al espejo. Un poco demasiado puesto para la hora que era, aun tratándose de un hombre tan cuidadoso como parecía ser, por su ropa, el señor Talbot. Demasiado puesto y demasiado sobrio.

Me revolví un poco el pelo, me aflojé el nudo de la corbata, volví junto al frasco de whisky e hice todo lo que estaba en mi mano para resolver el problema de mi excesiva sobriedad. Encendí uno de los cigarrillos que encontré por allí y deseé interiormente que el señor y la señora Talbot, allá donde se hallaran, lo estuvieran pasando mucho mejor que yo. Deseé también vivir lo suficiente como para poder ir después a visitarles.

Me acerqué a la puerta del salón, la que daba al pasillo, y me apoyé en el marco de la puerta fumando. Pensaba que no iba a resultar, pero tampoco creía que esperar allí dentro en silencio a que me siguieran los pasos a través de la ventana fuera mejor solución.

Un hombre tosió en el pasillo, no muy lejos. Asomé un poco más la cabeza y vi que me estaba mirando. Se acercó a mí a paso enérgico. Era un hombrecillo despierto, con su uniforme de policía impecablemente planchado. Tenía el cabello rojizo y los ojos de un rojo dorado. Bostecé y le dije con languidez:

—¿Qué pasa, agente?

Me miró meditabundo.

—Un problemilla en el apartamento de al lado. ¿Ha oído algo?

—Me pareció oír llamar a la puerta. Pero he llegado a casa hace un momento.

—Pues es un poco tarde.

—Eso depende —le dije—. Conque ha habido lío al lado, ¿eh?

—Una señora —dijo él—. ¿La conoce usted?

—Creo que la he visto alguna vez.

—Ya —dijo—. Pues debería verla ahora...

Se llevó las manos a la garganta, abrió mucho los ojos y tragó saliva con un ruido desagradable.

—Así está —dijo—. Conque no ha oído nada, ¿eh?

—Nada. Sólo unos golpes en la puerta.

—Ya. ¿Y cómo se llama usted?

—Talbot.

—Un segundo, señor Talbot. Espere aquí un momento.

Se alejó por el pasillo y se inclinó hacia el interior de una habitación por cuya puerta salía el resplandor de la luz.

—Teniente —dijo—. Teniente, el vecino de al lado está despierto.

Un individuo alto cruzó el umbral y se quedó parado en el pasillo mirándome. Era un hombre alto, fornido con el pelo rubio y los ojos muy azules. Degarmo. Lo que faltaba.

—Éste es el sujeto de al lado —dijo el policía arregladito con deseos de ayudar—. Se llama Talbot.

Degarmo me miró directamente, pero nada en sus ácidos ojos azules demostró que me hubiera visto antes. Avanzó tranquilamente a lo largo del pasillo, posó una mano firme sobre mi pecho y me empujó al interior de la habitación. Cuando ya me tenía a unos dos metros de la puerta se volvió y dijo por encima del hombro:

—Entra y cierra la puerta, Shorty.

El policía bajito entró y cerró la puerta.

—No está mal el truquito —dijo Degarmo con desgana—. Apúntale con la pistola, Shorty.

Shorty se desabrochó la funda del revólver y, con la velocidad del rayo, empuñó su 38. Luego se pasó la lengua por los labios.

—¡Toma! —dijo en voz baja con un ligero silbido—. ¡Toma! ¿Cómo lo ha sabido, teniente?

—¿Cómo he sabido qué? —dijo Degarmo con su mirada fija en la mía—. ¿Qué se proponía, amigo? ¿Bajar a comprar un periódico a ver si estaba muerta?

—¡Toma! —volvió a decir Shorty—. ¡Un maníaco sexual! Desnudó a la chica y la estranguló con sus propias manos. ¿Cómo lo ha sabido, teniente?

Degarmo no contestó. Se quedó quieto, de pie, balanceándose un poco sobre los talones con rostro de expresión vacía y duro como el granito.

—Sí, seguro que es el asesino —dijo de pronto Shorty—. Huela usted, teniente. Aquí no ha entrado aire fresco en varios días. Y mire el polvo que hay en esas estanterías. Y el reloj de la repisa está parado, teniente. Seguro que ha entrado por... Déjeme echar un vistazo. ¿Me deja, teniente?

Salió corriendo de la habitación y entró en el dormitorio. Le oí revolver un poco. Degarmo seguía impasible.

Shorty volvió.

—Ha entrado por la ventana del baño. Hay cristales rotos por toda la bañera y un olor a ginebra que tira de espaldas. ¿Se acuerda de que olía igual en el otro apartamento cuando entramos? Aquí hay una camisa, teniente. Huele como si la hubieran lavado con ginebra.

Sostuvo en el aire la camisa que perfumó la habitación rápidamente. Degarmo la miró distraído, dio un paso adelante, me abrió la chaqueta de golpe y miró la camisa que llevaba.

—¡Ya sé lo que ha hecho! —dijo Shorty—. Le ha robado una camisa al tipo que vive aquí. ¿Se da cuenta, teniente?

—Sí.

Degarmo mantuvo la mano sobre mi pecho y la dejó caer lentamente. Hablaban de mí como si no fuera más que un trozo de madera.

—Cachéale, Shorty.

Shorty revoloteó en torno mío tanteando aquí y allá en busca de un arma.

—Nada —dijo.

—Vamos a sacarle por la puerta de atrás —dijo Degarmo—. Si conseguimos llevárnoslo antes de que llegue Webber nos apuntaremos el tanto. Ese imbécil de Reed no sabría encontrar ni una polilla en una caja de zapatos.

—Pero este caso no se lo han asignado a usted —dijo Shorty dudando—. ¿No estaba expedientado o algo así?

—Pues si estoy expedientado, ¿qué puedo perder?

—Yo sí puedo perder este uniforme —dijo Shorty.

Degarmo le miró con cansancio. El policía bajito se ruborizó y sus ojos de un rojo dorado miraron angustiados.

—Vamos, Shorty. Vaya a decírselo a Reed.

El policía bajito se pasó la lengua por los labios.

—A mandar, teniente, que yo obedezco. No tengo por qué saber que le han expedientado.

—Le llevaremos a la jefatura nosotros dos —dijo Degarmo.

—Muy bien.

Degarmo me puso un dedo en la barbilla.

—Conque un maníaco sexual —dijo en voz baja—. ¡Vaya! ¡Quién iba a decirlo!

Sonrió muy levemente moviendo sólo las comisuras de su boca ancha y brutal.

34

Salimos del apartamento y echamos a andar por el pasillo en dirección opuesta al apartamento 618. De la puerta, que continuaba abierta, seguía saliendo un raudal de luz. Dos policías de paisano estaban ahora en el corredor fumando sendos cigarrillos que protegían con el hueco de la mano como si soplara un vendaval. Dentro del apartamento sonaban voces confusas.

Doblamos por un recodo del pasillo y llegamos al ascensor. Degarmo abrió la puerta de la salida de incendios que estaba al fondo, más allá del hueco del ascensor y, piso tras piso, bajamos la escalera de cemento produciendo ecos. Al llegar ante la puerta que daba al vestíbulo, Degarmo se detuvo, apoyó la mano en el picaporte y escuchó. Se volvió a mirar por encima del hombro.

—¿Ha traído su coche? —me preguntó.

—Está en el garaje.

—Es una idea.

Seguimos bajando y entramos en el garaje lleno de sombras. El negro larguirucho salió de su pequeño despacho y le entregué el tique. Miró furtivamente el uniforme de Shorty, pero no dijo nada. Sólo señaló hacia el Chrysler.

Degarmo se instaló ante el volante. Yo me coloqué junto a él y Shorty se acomodó en el asiento trasero. Subimos la rampa y salimos al aire fresco y húmedo de la noche. A un par de manzanas de distancia un coche grande con dos faros gemelos de luz roja corría a toda velocidad hacia nosotros.

Degarmo escupió a través de la ventanilla e hizo un rápido viraje para enderezar el Chrysler en la otra dirección.

—Seguro que es Webber —dijo—. Vuelve a llegar tarde al funeral. Esta vez le dejamos con tres palmos de narices, Shorty.

—No me gusta este asunto, teniente. Se lo digo sinceramente.

—Ánimo, hombre. Puede que vuelvan a destinarte a Homicidios.

—Prefiero llevar uniforme y comer.

Degarmo recorrió diez manzanas a toda velocidad y luego aminoró la marcha. Shorty dijo inquieto:

—Usted sabrá lo que hace, teniente, pero éste no es el camino de la jefatura.

—Tienes razón —dijo Degarmo—. Nunca lo ha sido, ¿verdad?

Redujo la marcha al mínimo y enfiló una avenida de barrio residencial con sus casitas, todas iguales, agazapadas tras idénticos cuadrados de césped. Frenó suavemente, acercó el coche al bordillo y paró más o menos en el centro de la manzana. Echó el brazo por encima del asiento y se volvió a mirar a Shorty.

—¿Tú crees que la mató este individuo?

—Le escucho —dijo Shorty con voz tensa.

—¿Tienes una linterna?

—No.

—Hay una en la bolsa de la puerta izquierda —intervine.

Shorty rebuscó un momento, sonó un chasquido metálico y apareció el haz de luz blanco de una linterna. Degarmo dijo:

—Échale un vistazo a la nuca.

El haz de luz se movió y se detuvo. Oí a mi espalda la respiración del policía y sentí en el cuello su aliento. Algo me tocó en la nuca. Gruñí. La luz se apagó y la oscuridad de la calle volvió a adentrarse en el coche.

—Yo diría que le han atizado, teniente —dijo Shorty—. No lo entiendo.

—También a la chica —dijo Degarmo—. No se le notaba mucho el bulto, pero yo lo vi. Le dieron un golpe para poder desnudarla y arañarla antes de asesinarla. Para que los arañazos pudieran sangrar. Luego la estrangularon. Y todo sin hacer ruido. ¿Por qué? Además, no hay teléfono en el apartamento. ¿Quién lo denunció, Shorty?

—¿Cómo demonios quiere que lo sepa? Llamó un individuo. Dijo que habían asesinado a una mujer en el apartamento 618 del edificio Granada, en la calle Ocho. Reed seguía buscando a un fotógrafo cuando usted llegó. El de la centralita dijo que había sido un tipo con voz gruesa probablemente camuflada. No dijo cómo se llamaba.

—Muy bien —continuó Degarmo—. Ahora dime, si hubieras matado a una mujer, ¿cómo habrías salido del edificio?

—Andando —dijo Shorty—. ¿Por qué no? Oiga —me espetó de pronto—, ¿por qué no se fue?

No le contesté. Degarmo habló con voz neutra:

—No saltaría por la ventana de un baño del sexto piso a la ventana del baño contiguo y al interior de un apartamento donde podía haber gente durmiendo, ¿verdad? No fingiría ser el hombre que vive allí ni perdería un tiempo precioso llamando a la policía, ¿verdad? Esa mujer podría haberse quedado allí muerta una semana entera sin que nadie la descubriera. No habría desperdiciado la oportunidad de huir sin ninguna molestia, ¿verdad?

—No, creo que no —dijo Shorty con mucha cautela—. Ni creo que hubiera llamado tampoco. Pero ya sabe que los maníacos sexuales hacen cosas muy raras, teniente. No son normales como nosotros. Además, puede que tuviera un cómplice y fuera el otro el que le atizara un golpe en la cabeza para cargarle el mochuelo.

—No me digas que eso último se te ha ocurrido a ti solo —gruñó Degarmo—. En todo caso, aquí estamos buscando explicaciones cuando el hombre que lo sabe todo está sentado al lado nuestro sin decir una palabra. —Volvió hacia mí su enorme cabezota y me miró fijamente—. ¿Qué hacía usted allí?

—No me acuerdo —le dije—. El porrazo que me han dado me ha dejado sin memoria.

—Le ayudaremos a recordar —dijo Degarmo—. Le llevaremos a las montañas, a unos kilómetros de aquí, donde pueda estar tranquilo, mirar a las estrellas y recordar. Seguro que recordará.

—Ése no es modo de hablar, teniente. ¿Por qué no vamos a la jefatura y hacemos las cosas como dice el reglamento?

—¡Al diablo el reglamento! —dijo Degarmo—. Me cae bien este sujeto. Quiero tener con él una conversación larga y afectuosa. Necesita cariño, Shorty. Es muy tímido.

—Yo no quiero saber nada del asunto —dijo Shorty.

—¿Qué quieres hacer?

—Volver a la jefatura.

—Nadie te lo impide, hombre. ¿Quieres volver andando?

Shorty guardó silencio unos segundos.

—Sí —dijo al final en voz baja—. Quiero andar.

Abrió la puerta del coche y bajó a la acera.

—Ya se imagina usted que tendré que informar de esto, teniente —agregó tímidamente.

—Claro —dijo Degarmo—. Dile a Webber que estuve preguntando por él. Y la próxima vez que vaya a tomar una hamburguesa ponga al lado un plato boca abajo para mí.

—No entiendo qué quiere decir con eso —dijo el policía bajito.

Luego cerró la puerta del coche con fuerza.

Degarmo pisó el embrague, aceleró a fondo y en manzana y media había puesto el automóvil a sesenta por hora. Tres manzanas más allá alcanzó setenta y cinco. Al llegar al bulevar aminoró la marcha, dobló hacia el este y siguió a la velocidad legal. Algún que otro coche pasaba en ambas direcciones, pero en su mayoría el mundo estaba sumido en el silencio frío de la madrugada.

Al poco rato cruzamos el límite de la ciudad y Degarmo empezó a hablar.

—Le escucho —dijo con calma—. Quizá podamos resolver este asunto entre los dos.

El automóvil coronó una larga pendiente y volvió a bajar hacia el lugar donde el bulevar serpentea entre la zona ajardinada del Hospital de Veteranos. Las altas farolas de tres luces brillaban rodeadas de un halo producido por la humedad de la playa que se había adentrado en tierra durante la noche.

Comencé a hablar.

—Kingsley vino a verme anoche y me dijo que su mujer le había llamado por teléfono. Necesitaba dinero, y rápido. La idea del señor Kingsley era que yo se lo llevara y la sacara de cualquier lío en que pudiera haberse metido. La mía era un poco distinta. Le dijo a su mujer cómo identificarme, y a mí que estuviera en El Pavo Real, en la esquina de la Octava con Arguello, a y cuarto de cada hora.

Degarmo habló lentamente:

—Tenía que largarse, y eso significa que había algún motivo. Un asesinato, por ejemplo.

Levantó un poco las manos y volvió a posarlas sobre el volante.

—Fui al lugar convenido unas horas después de que ella llamara. Me habían dicho que se había teñido el pelo de castaño. Pasó junto a mí y salió del bar, pero no la reconocí. Era la primera vez que la veía en persona. Hasta entonces sólo la había visto en una fotografía que parecía bastante buena, pero aun así ya sabe usted que a veces el parecido no es muy claro. Mandó a un chico mexicano para que supiera que me esperaba fuera. Quería el dinero y nada de conversación. Yo quería oír su versión. Al final se dio cuenta de que no tenía más remedio que hablar y me dijo que estaba en el Granada. Me pidió que esperara diez minutos antes de seguirla.

—El tiempo justo para tenderle una trampa.

—Trampa hubo, desde luego, pero no estoy seguro de que tuviera nada que ver con ella. No quería que subiera a su casa, no quería hablar. Claro que ya debía suponerse que yo iba a insistir en que me diera alguna explicación antes de entregarle el dinero, así que pudo fingir resistencia para hacerme creer que era yo quien controlaba la situación. Era muy buena actriz, de eso no cabe duda. Bueno, el caso es que yo fui y hablamos. Todo lo que dijo fue bastante absurdo hasta que hablamos del asesinato de Lavery. Entonces cantó de plano y demasiado rápido. Le dije que iba a entregarla a la policía.

Westswood Village se extendía hacia el norte frente a nosotros sumido en una oscuridad interrumpida solamente por las luces de una gasolinera abierta toda la noche y unas cuantas ventanas iluminadas en unos edificios lejanos.

—Entonces sacó una pistola —continué—. Creo que estaba dispuesta a utilizarla, pero se me acercó demasiado y pude inmovilizarla. Mientras luchábamos, alguien que estaba oculto tras una cortina verde salió, me sacudió un golpe y me dejó sin sentido. Cuando recobré el conocimiento, la habían asesinado.

—¿Pudo ver al hombre que le golpeó? —preguntó Degarmo lentamente.

—No. Todo lo que intuí o vi a medias fue que era un hombre fornido. En el sofá, entre un lío de ropas, encontré esto.

Saqué del bolsillo el pañuelo amarillo y verde de Kingsley y lo dejé extendido sobre su rodilla.

—Se lo vi puesto a Kingsley esta noche —dije.

Degarmo miró el pañuelo. Lo levantó para verlo mejor a la luz del espejo retrovisor.

—No es de los que se olvidan fácilmente —dijo—. Salta a la vista y le pega a uno en los ojos. Conque Kingsley, ¿eh? ¡Vaya! ¡Quién iba a decirlo! ¿Y qué pasó luego?

—Llamaron a la puerta. Yo seguía un poco mareado. No podía pensar y estaba un poco asustado. Me habían inundado con ginebra, me habían quitado la chaqueta y los zapatos y, probablemente, tenía la pinta y el olor de un tipo capaz de desnudar a una mujer y estrangularla. Así que me escapé por la ventana del baño y me lavé lo mejor que pude. El resto ya lo sabe.

—¿Y por qué no se echó un sueñecito en el apartamento donde se metió?

—¿Para qué? Supongo que hasta un policía de Bay City habría descubierto al poco rato por dónde había escapado. Mi única oportunidad consistía en huir antes de que lo descubrieran. Si no me tropezaba con nadie que me reconociera, tenía bastantes posibilidades de salir del edificio.

—No lo creo —dijo Degarmo—, pero entiendo que no tenía mucho que perder con intentarlo. ¿Cuál cree que fue el motivo?

—¿Por qué la mató Kingsley..., si es que la asesinó él? No es difícil contestar a eso. Había estado engañándole, creándole un montón de problemas, poniendo en peligro su trabajo... Y ahora, para colmo, había matado a un hombre. Por otra parte, era rica y Kingsley quería casarse con otra mujer. Debió de temerse que con el dinero que tenía se las arreglara para que la declararan inocente y acabara riéndose de él. En todo caso, aunque la sentenciaran y la metieran en la cárcel, él no podría tocar ni un céntimo de su dinero. Para librarse de ella.tenía que divorciarse. Ahí tiene montones de motivos para un asesinato. Por otra parte, me vio a mí como posible chivo expiatorio. Al final descubrirían que no tenía nada que ver con el asunto, pero mientras tanto habría confusiones y retrasos. Si los criminales no pensaran que pueden salirse con la suya, se cometerían muy pocos asesinatos.

—Aun así pudo ser otra persona, alguien que no ha aparecido en escena. Aunque Kingsley fuera a verla, no tuvo por qué ser él necesariamente quien la matara. Y lo mismo digo del caso de Lavery.

—Si le gusta más esa explicación...

Volvió la cabeza.

—No me gusta, ni ésa ni ninguna. Pero si resuelvo el caso, saldré de ésta con una simple reprimenda de mis superiores. Si no lo resuelvo, me veo haciendo autostop para salir de la ciudad. En una ocasión usted me dijo que era un estúpido. Es cierto, lo soy. ¿Dónde vive Kingsley? Porque una cosa si sé hacer, y es obligar a hablar a la gente.

—Carson Drive, 965, Beverly Hills. Siga derecho unas cinco manzanas y gire hacia el norte, en dirección al pie de las colinas. La casa está en la acera de la izquierda, poco antes de llegar a Sunset. No he estado nunca allí, pero sé a qué numeración corresponden esas manzanas.

Me tendió el pañuelo amarillo y verde.

—Métase esto en el bolsillo hasta que llegue el momento de sorprenderle con él.

35

Era una casa blanca de dos pisos con tejado oscuro. La luz de la luna cubría su fachada como una capa de pintura fresca. Unas rejas de hierro forjado adornaban la mitad inferior de las ventanas de la fachada principal. Una pradera de césped llegaba hasta la puerta principal, que estaba colocada en diagonal en el ángulo de un muro saliente. Todas las ventanas que se veían desde la calle estaban a oscuras.

Degarmo se bajó del coche, cruzó la acera y miró hacia el camino particular que conducía al garaje. Avanzó por él hasta que la casa le ocultó a mi vista. Le oí subir la puerta del garaje y luego un ruido sordo cuando la bajó. Degarmo reapareció en la esquina de la casa, me hizo una seña afirmativa con la cabeza y cruzó el césped en dirección a la puerta principal. Apoyó un dedo en el timbre y con la otra mano sacó un cigarrillo del bolsillo y se lo colocó entre los labios.

Se volvió para encenderlo y el resplandor de la cerilla abrió profundos surcos en su rostro. Al poco rato se iluminó el montante de la puerta. La mirilla se abrió y vi a Degarmo enseñar su placa de policía. La puerta se abrió lentamente y con desgana. Entró.

Estuvo en el interior cuatro o cinco minutos. Varias ventanas se iluminaron y volvieron a apagarse. Luego salió de la casa y, mientras se acercaba al coche, la luz desapareció del montante de la puerta y la casa quedó tan a oscuras como la habíamos encontrado.

Se quedó de pie junto al coche mirando hacia la curva que dibujaba la calle.

—Hay un coche pequeño en el garaje —dijo—. La cocinera dice que es suyo. Ni rastro de Kingsley. Dicen que no le han visto desde esta mañana. Miré en todas las habitaciones. Supongo que dicen la verdad. Webber y el de las huellas vinieron esta tarde. He visto por todo el dormitorio principal el polvo que utilizan para sacarlas. Probablemente Webber quiere ver si corresponden a las que han debido de hallar en casa de Lavery. No me dijo qué había encontrado. ¿Dónde puede estar Kingsley?

—En cualquier parte. En la carretera, en un hotel o en un baño turco tranquilizándose los nervios. Pero podemos intentar ver si está con su amiga. Se llama Adrienne Fromsett y vive en Bryson Tower, en Sunset Place, hacia el centro, muy cerca de la sucursal de Bullock's de Wilshire.

—¿A qué se dedica? —preguntó Degarmo mientras se acomodaba tras el volante.

—Cuida de la oficina de Kingsley y fuera de las horas de trabajo le tiene de la mano. Pero no es el tipo de secretaria tonta y guapa. Tiene estilo y tiene cerebro.

—Tal como están las cosas, va a necesitarlo —dijo Degarmo.

Bajó hasta Wilshire y dobló hacia el este.

Veinticinco minutos después llegábamos al Bryson Tower, un palacete de estuco blanco con farolas de cristal tallado y altas palmeras de dátiles en el patio principal. La entrada tenía forma de L. Se subían después unos escalones de mármol, se atravesaba un arco moruno y se cruzaba un vestíbulo demasiado grande, con una alfombra demasiado azul y decorado con unas jarras también azules, estilo Alí Baba, de dimensiones tales que en cada una de ellas cabían varios tigres. Había un mostrador de recepción y tras él un vigilante nocturno cuyos bigotes podrían entrar por el ojo de una aguja.

Degarmo pasó junto a él sin detenerse y se dirigió a un ascensor abierto, junto al cual un viejo con cara de cansancio esperaba a sus clientes sentado en un taburete. El empleado de la recepción ladró a espaldas de Degarmo como un foxterrier:

—Un momento, por favor. ¿A quién desean cumplimentar?

Degarmo giró sobre los talones y me miró sorprendido.

—¿Ha dicho cumplimentar?

—Sí, pero no le pegue. La palabra existe.

Degarmo se pasó la lengua por los labios.

—Sabía que existía. Lo que no sabía es que se utilizara. Oiga, amigo —le dijo al empleado—, subimos al 716. ¿Tiene algo que objetar?

—Desde luego que sí —dijo el empleado fríamente. Levantó el brazo y lo dobló elegantemente para consultar el reloj ovalado que llevaba con la esfera vuelta hacia el interior de la muñeca—. No anunciamos visitas a las cuatro y veintitrés de la madrugada.

—Ya me lo imaginaba —dijo Degarmo—. Por eso no le había molestado. ¿Capta la idea? —Sacó del bolsillo la placa de policía y la levantó de forma que la luz se reflejara en el oro y en el esmalte azul—. Soy teniente de policía.

El empleado se encogió de hombros.

—Está bien. Espero que no haya escándalo. Será mejor que les anuncie. Sus nombres, por favor.

—Teniente Degarmo y el señor Marlowe.

—¿Apartamento 716? Es el de la señorita Fromsett. Un momento.

Desapareció tras una mampara y después de una pausa más bien larga le oímos hablar por teléfono. Luego volvió e hizo un gesto de asentimiento.

—La señorita Fromsett está en casa y les recibirá.

—No sabe el peso que me quita de encima —dijo Degarmo—. Y no se moleste en mandar al detective de la casa a fisgonear. Tengo alergia a los detectives.

El empleado le dirigió una sonrisita fría y entramos en el ascensor.

El séptimo piso estaba fresco y silencioso. El corredor parecía interminable. Al final llegamos ante una puerta en la que se leía 716 en números dorados rodeados de una corona de hojas también doradas. Junto al marco había un timbre de color marfil. Degarmo lo apretó. Unas notas sonaron dentro y se abrió la puerta.

La señorita Fromsett vestía un pijama y sobre él una bata azul guateada. En los pies llevaba unas zapatillas de tacón alto con borlas. Tenía el cabello oscuro revuelto en atractivo desorden, se había quitado la crema de la cara y se había aplicado sólo el maquillaje suficiente.

Pasamos junto a ella y entramos en una sala bastante estrecha, decorada con unos cuantos espejos ovalados muy bonitos y unos muebles grises de época tapizados en damasco azul. No era el mobiliario típico de los apartamentos amueblados. Se sentó en un sofá para dos, se recostó en el respaldo y esperó tranquilamente a que alguien dijera algo.

—Éste es el teniente Degarmo, de la policía de Bay City —le dije—. Buscamos a Kingsley. No está en su casa y hemos pensado que quizá usted pueda darnos una idea de dónde podemos encontrarle.

Habló sin mirarme.

—¿Tan urgente es?

—Sí. Ha sucedido algo importante.

—¿De qué se trata?

—Sólo queremos saber dónde está Kingsley, nena. No tenemos tiempo para historias —dijo Degarmo secamente.

Ella le miró con una cara totalmente vacía de expresión. Luego se volvió hacia mí y me dijo:

—Será mejor que me lo diga, señor Marlowe.

—Fui allí con el dinero. La encontré tal como estaba previsto. Luego fui a su apartamento a hablar con ella. Mientras estaba allí, un hombre que estaba oculto detrás de una cortina me golpeó y me dejó inconsciente. No le vi. Cuando recobré el conocimiento estaba muerta.

—¿Asesinada?

—Asesinada —le dije.

Cerró sus bonitos ojos y frunció sus preciosos labios. Luego se levantó con un rápido estremecimiento y se acercó a una mesita con tablero de mármol y patas más bien largas. Sacó un cigarrillo de una cajita de plata y lo encendió mirando sin ver al mármol de la mesa. Sacudió la cerilla en el aire cada vez más lentamente y luego la dejó caer, aún encendida, en un cenicero. Finalmente se volvió de espaldas a la mesa.

—Supongo que debería gritar o algo por el estilo —dijo—, pero no siento nada en absoluto.

—En este momento no nos interesan excesivamente sus sentimientos —dijo Degarmo—. Lo que queremos saber es dónde está Kingsley. Puede decírnoslo o no. En cualquier caso, ahórrese los gestos teatrales y decídase.

Ella se volvió hacia mí y preguntó lentamente:

—¿El teniente pertenece a la policía de Bay City?

Asentí. Se volvió hacia él muy despacio y dijo con una dignidad y un desprecio encantadores:

—En ese caso, tiene tanto derecho a estar en este apartamento como cualquier otro zángano fanfarrón que trate de abusar de su autoridad.

Degarmo la miró fríamente. Sonrió, cruzó la habitación y se sentó en un sillón, estirando las piernas todo lo largas que eran. Me hizo un gesto con la mano.

—Convénzala usted. Yo puedo pedir toda la colaboración que quiera a la policía de Los Ángeles, pero para cuando haya acabado de explicarles el asunto será el martes de la semana que viene.

—Señorita Fromsett —dije yo—, si sabe dónde está o adónde ha ido, díganoslo. Comprenda que tenemos que encontrarle.

—¿Por qué? —preguntó sin inmutarse.

Degarmo echó la cabeza hacia atrás y soltó una carcajada.

—Esta tipa se las trae —dijo—. Quizá se crea que deberíamos ocultar a Kingsley que se han cargado a su mujer.

—Vale más de lo que usted se imagina —le aseguré. Se puso serio y se mordió el pulgar. Luego miró a Adrienne Fromsett de arriba abajo con insolencia.

—¿Le buscan sólo para decírselo? —preguntó ella.

Me saqué del bolsillo el pañuelo verde y amarillo y lo agité en el aire ante ella.

—Han encontrado esto en el apartamento en que la asesinaron. Creo que usted conoce este pañuelo.

Lo miró, me miró a mí y ninguna de las dos miradas dejó traslucir absolutamente nada.

—Me pide que confíe enormemente en usted, señor Marlowe —dijo—, lo cual me resulta difícil teniendo en cuenta que, como detective, no ha demostrado ser muy listo.

—Le pido que confíe en mí y espero que lo haga. En cuanto a si he sido listo o no, es algo de lo que usted no sabe nada en absoluto.

—¡Qué delicia! —exclamó Degarmo—. Forman un equipo estupendo. No necesitan más que unos cuantos acróbatas que les sigan. Pero por el momento...

Ella habló como si Degarmo no existiera.

—¿Cómo la mataron?

—La estrangularon, la desnudaron y la arañaron.

—Derry no sería capaz de hacer una cosa así —dijo con calma.

Degarmo hizo un ruido con los labios.

—Nadie sabe nunca de lo que es capaz una persona. Sólo lo sabemos los policías —afirmó.

Ella siguió sin mirarle. Luego, en el mismo tono preguntó:

—¿Quiere saber adónde fuimos cuando salimos de su apartamento? ¿Si me trajo a casa, por ejemplo?

—Sí.

—Porque, claro, si me hubiera acompañado a casa no habría tenido tiempo de ir hasta Bay City y matarla, ¿no?

—En buena parte sí, por eso.

—No me acompañó a casa —dijo lentamente—. Tomé un taxi en Hollywood Boulevard unos cinco minutos después de hablar con usted. No he vuelto a verle. Suponía que se había ido a casa.

—Por lo general —aseguró Degarmo—, las mujeres suelen dar a su novio una coartada mejor que ésa. Pero en el mundo hay de todo, ¿no?

—Él quería acompañarme —continuó la señorita Fromsett—, pero tenía que desviarse mucho y estábamos los dos muy cansados. Si le digo esto es porque estoy completamente segura de que no importa nada. Si sospechara en lo más mínimo que podía importar, me lo habría callado.

—Así que tuvo tiempo de ir a Bay City —le dije.

Ella negó con la cabeza.

—No lo sé. No sé cuánto se tarda en llegar allí ni entiendo cómo podía saber él adónde ir. Por mí no pudo saberlo, porque ella no me lo dijo. —Hundió sus ojos oscuros en los míos, buscando, registrando—. ¿Es así como quería que confiara en usted?

Doblé el pañuelo y volví a metérmelo en el bolsillo.

—Queremos saber dónde está ahora.

—No puedo decírselo porque no tengo ni idea. —Sus ojos siguieron al pañuelo hasta mi bolsillo. Y allí se quedaron—. Dice usted que le golpearon. ¿Quiere decir que le dejaron inconsciente?

—Sí. Alguien que estaba escondido detrás de una cortina. Aún seguimos cayendo en las mismas trampas. Ella sacó una pistola, me apuntó y yo traté de quitársela. No cabe duda de que fue ella quien mató a Lavery.

Degarmo se levantó de pronto.

—La escena le está saliendo bordada, amigo —gruñó—. Pero no llegará a ninguna parte. Vámonos.

—Un momento —le dije—. No he terminado. Supongamos que algo le preocupara a Kingsley, señorita Fromsett, que algo le preocupara profundamente. Ésa es la impresión que me dio esta noche. Supongamos que sabía más de lo que nosotros creemos, más de lo que yo creo. Y que sabía que iba a ocurrir algo importante. Lo natural es que quisiera irse a algún lugar tranquilo para tratar de decidir qué hacer. ¿No le parece?

Me detuve y esperé estudiando con el rabillo del ojo la impaciencia de Degarmo. Al poco rato, ella dijo con voz neutra:

—No habría huido ni se habría escondido porque no tenía motivo alguno para hacer ni lo uno ni lo otro. Pero sí podía querer estar solo para pensar.

—En un lugar totalmente desconocido, en un hotel —dije pensando en la historia que había oído en el Granada—. O en un sitio todavía más tranquilo.

Miré en torno mío buscando un teléfono.

—El teléfono está en el dormitorio —dijo la señorita Fromsett adivinando al momento qué era lo que buscaba.

Crucé el salón y abrí la puerta del fondo. Degarmo me siguió. El dormitorio era de color marfil y palo de rosa. Había una cama grande y, en la almohada, el hueco de una cabeza. Unos cuantos productos de tocador brillaban sobre una cómoda empotrada entre paneles de espejo. A través de una puerta entornada se veía una pared de azulejos morados. El teléfono estaba en la mesilla de noche.

Me senté en el borde de la cama, di unas palmaditas en el lugar donde había apoyado la cabeza la señorita Fromsett, descolgué el auricular y marqué el número de información. Cuando la telefonista respondió, le dije que quería hablar con Jim Patton, de Puma Point, y que era muy urgente. Colgué y encendí un cigarrillo. Degarmo me miraba indignado, de pie, con las piernas separadas, duro, infatigable y dispuesto a ponerse desagradable.

—¿Qué pasa ahora?

—Espere y verá.

—¿Quién lleva aquí la batuta?

—El hecho de que lo pregunte es suficiente respuesta. Yo. A menos que prefiera que sea la policía de Los Ángeles.

Rascó una cerilla en la uña del dedo pulgar, miró cómo ardía y trató de apagarla con un soplo de aire que sólo consiguió torcer un poco la llama. Dejó la cerilla, se metió otra entre los dientes y empezó a mordisquearla. Al poco sonó el teléfono.

—Le pongo con Puma Point.

Se oyó la voz adormilada de Patton.

—¿Diga? Aquí Patton, de Puma Point.

—Soy Marlowe, de Los Ángeles —le dije—. ¿Se acuerda de mí?

—Claro que me acuerdo, hijo. Pero estoy medio dormido.

—Hágame un favor —le dije—, aunque ya sé que no tiene motivo para hacérmelo. Vaya, o mande a alguien, al lago del Corzo y mire si está allí Kingsley. No deje que él le vea. Puede comprobar si está su coche por los alrededores o si están encendidas las luces de la casa. Trate de que no se vaya. Llámeme en cuanto sepa algo. Voy para allá enseguida. ¿Puede hacerlo?

—Si le da la gana de irse, no podré impedírselo —dijo Patton.

—Voy con un teniente de la policía de Bay City que quiere interrogarle acerca de un asesinato. No el suyo, otro.

Se hizo un sonoro silencio en la línea. Luego Patton respondió:

—No será un truquito, ¿verdad, hijo?

—No. Llámeme al 2722 de Tunbridge.

—Tardaré una media hora.

Colgué. Degarmo me miraba sonriendo.

—Se ve que esa muñeca le ha hecho alguna señal que yo no he sabido interpretar.

Me levanté de la cama.

—No. Sólo trato de leerle el pensamiento a Kingsley. No es hombre capaz de asesinar a sangre fría. Si ha ardido un fuego en su interior, se habrá apagado ya. Se me ocurrió que podía haberse ido al sitio más tranquilo y más remoto que conoce para recuperar el control. Probablemente se entregará dentro de unas cuantas horas. Pero usted quedaría mucho mejor si le encontrara antes.

—A menos que le dé por meterse una bala en la cabeza —dijo Degarmo fríamente—. Es lo que suelen hacer los tipos como él.

—Pues para impedírselo tiene que encontrarle antes.

—Eso es verdad.

Volvimos al salón. La señorita Fromsett asomó la cabeza por la puerta de la cocina para decirnos que estaba haciendo café y preguntarnos si queríamos una taza. Nos sentamos los tres con el aire de quien ha ido a despedir a un amigo a la estación.

A los veinticinco minutos llamó Patton. Había luz en la casa de Kingsley y el coche estaba aparcado fuera.

36

En Alhambra desayunamos y llenamos el depósito del coche. Enfilamos la carretera 70 y avanzamos, adelantando camiones, hacia la zona de pastos y colinas. Conducía yo. Degarmo iba sentado ceñudo en el rincón, con las manos metidas en los bolsillos.

Miré las gruesas filas de naranjos que pasaban junto a nosotros, raudas como los radios de una rueda. Oí el chirriar de los neumáticos sobre el asfalto y me sentí cansado, exhausto por la falta de sueño y el exceso de tantas emociones.

Al sur de San Dimas llegamos a ese tramo en que la carretera asciende una larga pendiente y vuelve a descender hacia Pomona. Allí termina el cinturón de niebla y comienza la región semidesértica donde el sol por la mañana es claro y seco como el jerez añejo, arde como un horno a mediodía y cae como un ladrillo al rojo al atardecer.

Degarmo se introdujo entre los dientes la punta de una cerilla y dijo casi burlón:

—Webber me machacó anoche. Me dijo que había hablado con usted y me contó todo lo que le dijo.

No contesté. Me miró y luego apartó la vista. Señaló hacia el exterior.

—No viviría en estas malditas tierras ni aunque me las regalasen. El aire está ya rancio antes de que amanezca.

—Llegaremos a Ontario enseguida. Tomaremos el Foothill Boulevard y durante ocho kilómetros verá los árboles de grevillo más bonitos del mundo.

—No sabría distinguir un árbol de ésos de un poste de teléfonos —dijo Degarmo.

Llegamos al centro de la ciudad, doblamos hacia el norte en Euclide y enfilamos la espléndida carretera. Degarmo miró los árboles con una mueca de desprecio. Al cabo de un rato me dijo:

—Era mi mujer la que encontraron ahogada en ese lago. Desde que me enteré no ando bien de la cabeza. Lo veo todo rojo. Si pudiera ponerle la mano encima a ese Chess...

—Ya armó usted bastante lío dejándola salir impune del asesinato de la señora Almore.

Miré fijamente hacia el frente a través del cristal del parabrisas. Sabía que había vuelto la cabeza y que su mirada se había petrificado sobre mí. No sabía lo que hacían sus manos. Ni sabía qué expresión había en su rostro. Al cabo de un largo rato llegaron sus palabras. Llegaron a través de unos dientes apretados y de unos labios torcidos. Y rasparon un poco al salir.

—¿Está usted un poco loco, o qué?

—No —respondí—. Y tampoco lo está usted. Sabe mejor que nadie que Florence Almore no se levantó sola de la cama ni fue por su pie al garaje. Sabe que la llevaron. Sabe que por eso robó Talley el zapato, un zapato que nunca había pisado cemento. Usted sabía que Almore había puesto a su mujer una inyección en el brazo en el casino de Condy y que le había inyectado una dosis de morfina ni insuficiente ni excesiva. A él se le daba tan bien lo de inyectar en el brazo como a usted tratar a un pobre vagabundo que no tiene ni dinero ni un sitio donde dormir. Sabe muy bien que Almore no asesinó a su mujer, y que si la hubiera asesinado, lo último que habría utilizado habría sido morfina. Sabe que la mató otra persona y que lo que hizo Almore fue llevarla hasta el garaje cuando aún estaba técnicamente lo bastante viva como para inhalar monóxido de carbono, pero médicamente tan muerta como si hubiera dejado ya de respirar. Usted lo sabe.

—Oiga, ¿cómo se las ha arreglado para vivir tanto tiempo? —dijo Degarmo con mucha suavidad.

—Haciendo lo posible por no creerme demasiados cuentos y por no temer a matones profesionales. Sólo un canalla podría haber hecho lo que hizo Almore, un canalla muy asustado y que ocultara en su corazón cosas que no se atreviera a sacar a la luz del día. Técnicamente hasta quizá habría podido considerársele culpable del asesinato. Creo que ese punto nunca ha quedado claro. Desde luego, le habría costado mucho trabajo demostrar que su mujer se hallaba en un estado de coma tan profundo que no cabía la menor posibilidad de hacerla reaccionar. Pero, en cuanto al hecho objetivo de quién la mató, usted sabe que fue ella.

Degarmo rió. Era una risa agria y desagradable, no sólo desprovista de alegría, sino también de sentido.

Llegamos a Foothill Boulevard y volvimos a doblar hacia el este. A mí me parecía que aún hacía fresco, pero Degarmo iba sudando. No podía quitarse la chaqueta por el revólver que llevaba bajo el brazo.

—Mildred Haviland jugaba a las casitas con Almore y su mujer lo sabía. Le había amenazado. Me lo dijeron sus padres. Mildred Haviland sabía todo lo que hay que saber acerca de la morfina. Sabía dónde encontrar toda la que necesitaba y qué dosis utilizar en cada caso. Se quedó sola con Florence Almore después de acostarla. No pudo tener la menor dificultad en llenar una jeringuilla con cuatro o cinco gramos e inyectárselos a una mujer inconsciente exactamente en el mismo pinchazo que Almore le había hecho. Moriría probablemente mientras su marido seguía fuera de casa y cuando éste volviera la hallaría muerta. El problema sería de Almore. Él sería quien tendría que resolverlo. Nadie creería que había sido otra persona la que había inyectado a su mujer una sobredosis de droga. Nadie que no estuviera al tanto de las circunstancias. Pero usted sí lo estaba. Tendría que ser mucho más estúpido de lo que yo le juzgo para no haberse imaginado lo que había ocurrido. Usted encubrió a la chica. Seguía enamorado de ella. La asustó, la hizo abandonar la ciudad, huir del peligro, ponerse fuera del alcance de todos, pero la encubrió. Dejó que el asesinato quedara impune y de ese modo quedó a merced de ella. ¿Por qué fue a buscarla a las montañas?

—¿Y cómo sabía yo dónde encontrarla? —dijo secamente—. Ya puesto, ¿le importaría explicarme eso también?

—En absoluto —dije—. Ella se hartó de Bill Chess, de sus borracheras, de su mal genio, de su vulgaridad, de su vida miserable. Pero para romper con él necesitaba dinero. Se creyó a salvo, pensó que podía utilizar lo que sabía con toda impunidad y le escribió a Almore para pedirle dinero. Almore le envió a usted para que hablara con ella. Ella no le dijo a Almore qué nombre utilizaba, ni le dio detalles de dónde ni cómo vivía. Sólo le decía que escribiera una carta a Puma Point dirigida a Mildred Haviland. Después ya se encargaría ella de pedirla. Pero la carta no llegó y nadie en el pueblo la relacionó con Mildred. Todo lo que usted tenía era una vieja fotografía y sus malos modos habituales, que con la gente de allí no le sirvieron de nada.

Degarmo dijo con voz áspera:

—¿Quién le ha dicho que trató de sacarle dinero a Almore?

—Nadie. Tuve que pensar en alguna explicación para lo que había ocurrido. Si Lavery o la señora Kingsley hubieran sabido quién era Muriel Chess y se lo hubieran dicho, usted habría sabido dónde buscarla y qué nombre usaba ahora. Pero usted no lo sabía. Así que su información tenía que provenir de la única persona de allí que sabía quién era Muriel, es decir, de ella misma. Por eso supuse que había escrito a Almore.

—Bueno —dijo él al fin—. Olvidemos el asunto. Ya no importa. Si estoy metido en un lío es asunto mío. En las mismas circunstancias volvería a hacer lo mismo.

—No se preocupe —le dije—. No pienso hacer chantaje a nadie, ni siquiera a usted. Le digo todo esto sólo para que no trate de endosarle a Kingsley ningún crimen que no le corresponda. Si de verdad ha cometido alguno, ya se verá.

—¿Me lo dice sólo por eso? —me preguntó.

—Sí.

—Creí que lo hacía porque me odiaba —me dijo.

—Eso se acabó. Ya no le odio. Puedo odiar mucho, pero se me pasa pronto.

Cruzábamos ahora una zona de viñedos, esos campos arenosos que se extienden a lo largo de los flancos, llenos de cicatrices, de las colinas. Al poco tiempo llegamos a San Bernardino y atravesamos la ciudad sin detenernos.

37

En Crestline, a más de mil quinientos metros de altura, aún no había empezado a hacer calor. Nos paramos a tomar una cerveza. Cuando volvimos al coche, Degarmo sacó el revólver de la funda que llevaba bajo el brazo y lo miró. Era un Smith & Wesson del calibre 38 y el tamaño de uno del 44, un arma de mucho cuidado con el retroceso del un revólver del 45 y un alcance efectivo muchísimo mayor.

—No va a necesitar eso —le dije—. Kingsley es alto y fuerte, pero no violento.

Enfundó el revólver y gruñó. No hablamos más. No teníamos más de que hablar. Doblamos por curvas y más curvas separadas del precipicio por pequeñas vallas de metal pintadas de blanco y, en algunos lugares, por muros bajos de piedra y pesadas cadenas de hierro. Trepamos entre altas encinas y llegamos a la altura donde las encinas no son tan altas y donde los pinos, en cambio, crecen más y más. Al fin llegamos a la presa del lago Puma.

Detuve el coche. El centinela se terció el fusil y se acercó a nosotros.

—Suban las ventanillas antes de cruzar la presa, por favor.

Me eché hacia atrás en el asiento pan cerrar la ventanilla posterior. Degarmo sacó su placa de policía.

—Déjenos en paz, amigo. Soy teniente de la policía —dijo con su tacto habitual.

El centinela le dirigió una mirada maciza y sin expresión.

—Cierren todas las ventanillas, por favor —dijo en el mismo tono que antes.

—Vete al cuerno —dijo Degarmo—. Vete al cuerno, chico.

—Es una orden —dijo el centinela. Los músculos de la mandíbula se le hincharon ligeramente y siguió contemplando a Degarmo con sus ojos opacos y grisáceos—. Y no la he escrito yo, señor. Suban las ventanillas.

—¿Y si le digo que se tire de cabeza al lago? —bramó Degarmo.

—Puede que lo haga —dijo el centinela—. Me asusto fácilmente.

Se palpó la correa del fusil con una mano curtida.

Degarmo se volvió y cerró las ventanillas de su lado. Cruzamos la presa. Había un centinela en el centro y otro al final. El primero debía de haberles hecho alguna seña porque nos miraron fijamente y sin ninguna simpatía.

Seguimos nuestro camino entre masas de granito y bajamos a las praderas de hierba áspera. Los mismos pantalones de colores chillones, los mismos shorts y los mismos pañuelos de campesina de dos días antes, la misma brisa ligera, el mismo sol dorado, el mismo cielo azul y despejado, el mismo olor a agujas de pino y la misma dulzura fresca del verano de montaña. Pero lo de anteayer había ocurrido en realidad hacía cien años. Estaba cristalizado en el tiempo como una mosca en el ámbar.

Doblé al llegar al camino que conducía al lago del Corzo, trepamos por entre las rocas enormes y dejamos atrás el gorgoteo de la cascada. El portón de la cerca estaba abierto. Poco más allá encontramos el coche de Patton parado en medio del camino con el morro orientado hacia el lago, que desde ese punto era invisible. Estaba vacío. La tarjeta adosada al parabrisas seguía diciendo: «VOTAD A JIM PATTON. ESTÁ YA MUY VIEJO PARA EMPEZAR A TRABAJAR».

Cerca de él, mirando en dirección opuesta, había un coche pequeño, muy baqueteado. Dentro había un sombrero de cazador de pumas. Paré mi coche detrás del de Patton y me bajé. Andy se bajó del suyo y se quedó de pie mirándonos impasible.

—El teniente Degarmo de la policía de Bay City —le dije.

—Jim está un poco más adelante, pasada la cima. Les está esperando. Aún no ha desayunado.

Echamos a andar cuesta arriba mientras Andy regresaba a su coche. Más allá, el camino bajaba hacia el pequeño lago azul. Al otro lado, la casa de Kingsley no mostraba señales de estar habitada.

—Ése es el lago —dije.

Degarmo lo miró en silencio. Se encogió de hombros pesadamente.

—¡Vamos a por ese cerdo! —fue todo lo que dijo.

Seguimos adelante. Patton surgió de detrás de una peña. Llevaba el mismo viejo Stetson, los mismos pantalones caqui y la misma camisa abotonada hasta el grueso cuello. La estrella que lucía sobre el pecho seguía teniendo una punta torcida. Sus mandíbulas se movían lentas, mascando sin parar.

—Me alegro de verle —dijo, pero no me miraba a mí sino a Degarmo.

Tendió la mano derecha y estrechó la dura zarpa de Degarmo.

—La última vez que le vi, teniente, se llamaba usted de otra manera. Camuflaje, creo que le dicen ustedes a eso. No le traté muy bien que se diga. Usted perdone. Sabía quién era la de la fotografía.

Degarmo hizo un gesto de asentimiento, pero no dijo nada.

—Si yo hubiera estado alerta y hubiera hecho lo que está mandado, nos habríamos ahorrado todos muchos problemas —continuó Patton—. Y hasta puede que se hubiera salvado una vida. No crea que no lo siento, pero soy de los que se les pasa todo pronto. ¿Qué les parece si nos sentamos un rato y me dicen qué pasa?

—Anoche mataron a la mujer de Kingsley en Bay City. Quiero hablar con él de eso —dijo Degarmo.

—¿Quiere decir que sospechan de él?

—¡Y cómo! —gruñó el teniente.

Patton se rascó el cuello y miró a la otra orilla del lago.

—No ha salido de la casa. Debe de seguir durmiendo. Esta mañana muy tempranito husmeé un poco alrededor. Sonaba dentro la radio y oí ruido como de una botella y un vaso. Pero no quise acercarme. ¿Hice bien?

—Iremos ahora —dijo Degarmo.

—¿Va armado, teniente?

Degarmo se palpó bajo el brazo izquierdo. Luego Patton me miró y yo negué con la cabeza. No llevaba ningún arma.

—Puede que Kingsley vaya armado —dijo Patton—. No quisiera que hubiera tiros por aquí, teniente. No me haría ningún bien. A los de por estas tierras no les gustan esas cosas y se me hace que usted es de los que tiran de revólver enseguida.

—Soy rápido en desenfundar, si es eso lo que quiere decir. Pero en este caso lo que quiero es que ese sujeto hable.

Patton miró a Degarmo, me miró a mí, volvió a mirar a Degarmo y soltó un chorro de jugo de tabaco.

—Aún no he oído lo suficiente como para empezar siquiera a hablar con él —dijo obstinado.

Nos sentamos en el suelo y le contamos toda la historia. Nos escuchó en silencio sin pestañear siquiera. Cuando terminamos me dijo:

—Tiene usted una manera un poco rara de trabajar para su clientela. Para mí que están ustedes mal informados. Pero iremos a ver. Entraré yo primero por si acaso, no vaya a ser que no anden tan descaminados y el señor Kingsley tenga pistola y esté un poco desesperado. Tengo tanta tripa que suelo ser un buen blanco.

Nos levantamos y nos dirigimos a la casa por el camino que bordeaba el lago. Cuando llegamos al muelle le dije:

—¿Han hecho ya la autopsia, sheriff?

Patton asintió.

—Se ahogó, de eso no hay duda. Dijeron que así fue cómo murió. Ni la apuñalaron, ni le dispararon, ni le abrieron la cabeza. Tenía marcas en el cuerpo, pero eran demasiadas para significar nada. No es agradable trabajar con ese cuerpo.

Degarmo le miraba pálido y furioso.

—No debí decir eso, teniente —añadió Patton suavemente—. Buen trago debe de estar pasando conociendo a la señora como parece que la conocía.

—Acabemos de una vez y hagamos lo que tenemos que hacer —dijo Degarmo.

Seguimos andando por la orilla del lago y llegamos a la cabaña de Kingsley. Subimos los escalones. Patton cruzó el porche en silencio hasta llegar a la entrada. Tanteó primero la puerta de tela metálica. No estaba cerrada. La abrió y se dispuso a abrir la de madera. Tampoco estaba cerrada por dentro. Hizo girar el picaporte mientras Degarmo mantenía abierta la puerta metálica. Al fin Patton abrió y entramos en la habitación.

Derace Kingsley estaba sentado en un sillón junto a la chimenea apagada, con la espalda apoyada en el respaldo y los ojos cerrados. A su lado, sobre una mesita, había un vaso y una botella casi vacía. La habitación olía a whisky. Junto a la botella había un cenicero lleno de colillas y, sobre ellas, dos cajetillas aplastadas.

Todas las ventanas estaban cerradas. Hacía mucho calor y olía a rancio. Kingsley llevaba un jersey y tenía el rostro rojizo y abotargado. Roncaba y sus manos colgaban lacias a ambos lados del sillón, con las puntas de los dedos casi rozando el suelo.

Patton se adelantó, se detuvo a pocos metros de él y le miró en silencio un largo rato antes de pronunciar una sola palabra.

—Señor Kingsley —dijo al fin con voz pausada—, tenemos que hablar un poco con usted.

38

Kingsley se estremeció con una especie de sacudida, abrió los ojos y movió las pupilas sin volver la cabeza. Miró primero a Patton, luego a Degarmo y, por fin, a mí. Su mirada era pesada, pero la luz se agudizó en ellos. Se incorporó lentamente en el sillón y se frotó las sienes con las palmas de las manos.

—Me he quedado dormido —dijo—. Hace como un par de horas. Estaba más borracho que una cuba, creo. En cualquier caso, mucho más de lo que me gusta estar.

Bajó las manos y las dejó colgando.

—Está aquí el teniente Degarmo, de la policía de Bay City —dijo Patton—. Quiere hablar con usted.

Kingsley miró brevemente a Degarmo y luego volvió la vista hacia mí. Cuando volvió a hablar lo hizo con voz clara, baja y definitivamente cansada.

—Así que dejó que la detuvieran, ¿eh?

—Les habría dejado, pero no lo hice —respondí.

Kingsley meditó sobre lo que acababa de decirle mientras seguía mirando a Degarmo. Patton había dejado la puerta abierta. Subió las persianas de las dos ventanas del frente. Se sentó en una silla junto a una de ellas y entrelazó las manos sobre el estómago. Degarmo se quedó de pie, mirando a Kingsley con furia.

—Su mujer ha muerto —dijo brutalmente—. No creo que la noticia le pille de nuevas.

Kingsley le miró fijamente y se humedeció los labios.

—Vaya, parece que se lo toma con calma —continuó Degarmo—. Enséñele el pañuelo.

Saqué del bolsillo el pañuelo verde y amarillo y lo sacudí en el aire. Degarmo lo señaló con un dedo.

—¿Es suyo?

Kingsley asintió y volvió a humedecerse los labios.

—¡Qué descuido el suyo, dejárselo allí olvidado! —exclamó Degarmo.

Respiraba ruidosamente. Arrugó la nariz y unas líneas profundas se dibujaron desde las aletas a las comisuras de los labios.

—¿Que me lo dejé olvidado? ¿Dónde? —preguntó Kingsley en voz baja.

Apenas había mirado el pañuelo. A mí, nada en absoluto.

—En el edificio Granada de la calle Ocho de Bay City. Apartamento 716, ¿le dice algo eso?

Kingsley levantó la vista lentamente hasta que su mirada tropezó con la mía.

—¿Es ahí donde estaba ella? —preguntó.

Asentí.

—Ella no quería que fuera, pero me negué a darle el dinero hasta que hubiéramos hablado —dije—. Admitió que había matado a Lavery y luego sacó una pistola y se dispuso a hacer lo mismo conmigo. Alguien salió de detrás de una cortina y me golpeó antes de que pudiera ver quién era. Cuando recobré el conocimiento estaba muerta.

Le dije cómo la había encontrado y el aspecto que presentaba el cadáver. Le dije lo que yo había hecho y lo que me habían hecho a mí. Él me escuchó sin mover un solo músculo de la cara. Cuando acabé de hablar señaló el pañuelo con un gesto vago.

—¿Qué tiene que ver eso con este asunto?

—El teniente lo considera la prueba de que era usted la persona oculta en el apartamento.

Kingsley meditó sobre lo que acababa de decirle. Al parecer, no lograba entender el significado de mis palabras. Apoyó la cabeza en el respaldo del asiento.

—Continúe —dijo—. Supongo que usted sabrá de qué está hablando, porque yo no entiendo nada.

—Está bien —dijo Degarmo—, hágase el tonto. Veamos adónde le lleva esa actitud. Puede empezar por decirnos qué hizo usted anoche después de dejar a su amiguita en casa.

—Si se refiere a la señorita Fromsett, no la llevé a su casa. Se fue ella sola en taxi. Yo pensaba irme a la cama, pero al final decidí venirme aquí. Pensé que el viaje, el aire de la noche y el silencio me ayudarían a serenarme.

—¡No me diga! —gruñó Degarmo—. ¿Y por qué necesitaba serenarse, si puede saberse?

—Por todas las preocupaciones que he tenido últimamente.

—¡Maldita sea! ¡No me diga que una cosita de nada como estrangular a su mujer y dejarle el vientre lleno de arañazos le preocupa mucho a usted!

—No debería usted decir cosas así, hijo —dijo Patton desde el fondo de la habitación—. Ése no es modo de hablar. Hasta ahora no parece que tenga ninguna prueba.

—No, ¿eh? —Degarmo se volvió hacia él—. ¿Y qué me dice de este pañuelo, gordinflón? ¿No le parece una prueba?

—No demuestra nada, que yo sepa —dijo Patton pacíficamente—. Además, yo no estoy gordo. Sólo un poco metido en carnes.

Degarmo se apartó de él con un gesto de repugnancia. Señaló a Kingsley con el dedo.

—Supongo que usted no apareció por Bay City, claro —dijo bruscamente.

—No. ¿Por qué había de ir? Marlowe se estaba encargando del asunto. Y no entiendo por qué le da tanta importancia a ese pañuelo. Era él quien lo llevaba.

Degarmo clavó los pies en el suelo, como un par de raíces, con una expresión salvaje. Se volvió muy lentamente y me lanzó una mirada airada.

—No lo entiendo —bramó—. Juro que no lo entiendo. No será que alguien me está tomando el pelo, ¿verdad? ¡Usted, por ejemplo!

—Todo lo que le he dicho de ese pañuelo ha sido que estaba en el apartamento y que Kingsley lo llevaba puesto anoche. Y usted se contentó con eso. Naturalmente podía haber añadido que luego me lo puse yo para que la mujer con quien tenía que encontrarme me reconociera más fácilmente.

Degarmo se apartó de Kingsley y fue a apoyarse en la pared junto a la chimenea. Se pellizcó el labio inferior con el índice y el pulgar de la mano izquierda. La derecha le colgaba fláccida a un costado con los dedos un poco curvados.

—Ya le dije que sólo conocía a la señora Kingsley de haberla visto en una fotografía. Uno de los dos tenía que estar seguro de poder identificar al otro. Ese pañuelo era, evidentemente, inconfundible. Lo cierto es que yo ya había visto a esa mujer, aunque cuando fui a encontrarme con ella no lo sabía. No la reconocí inmediatamente —dije volviéndome hacia Kingsley—. Era la señora Fallbrook.

—Pero usted me dijo que la señora Fallbrook era la dueña de la casa —observó Kingsley lentamente.

—Eso fue lo que dijo ella entonces. Y yo me lo creí. ¿Qué motivo tenía para dudar?

Degarmo ahogó un sonido en su garganta. Tenía la mirada un poco enloquecida. Yo hablé de la señora Fallbrook, de su sombrero morado, de su incoherencia y de la pistola vacía que llevaba en la mano y que después me entregó.

Cuando terminé, Degarmo me dijo con mucha cautela:

—No oí que contara a Webber nada de eso.

—No se lo conté. No quería tener que admitir que había estado en la casa tres horas antes ni que había ido a hablar del crimen con Kingsley antes de avisar a la policía.

—Le guardaremos eterna gratitud por ello —dijo Degarmo con una sonrisa fría—. ¡Dios mío! ¡Qué idiota he sido! ¿Cuánto le paga a este sabueso para que encubra los crímenes que usted comete, señor Kingsley?

—La tarifa normal —respondió Kingsley con voz vacía—. Y una prima de quinientos dólares si es capaz de demostrar que mi mujer no mató a Lavery.

—Lástima que no pueda ganárselos —gruñó Degarmo.

—No sea tonto —le dije—. Ya me los he ganado.

Se hizo un silencio en la habitación. Uno de esos silencios cargados que amenazan con romper de un momento a otro en un fragor de truenos. Pero no rompió. Siguió allí en medio, pesado y macizo como un muro. Kingsley se removió en su asiento y, al cabo de un largo rato, asintió con la cabeza.

—Y nadie puede saberlo mejor que usted, Degarmo —le dije.

Patton tenía tanta expresión en la cara como un trozo de leño. Vigilaba a Degarmo en silencio. A Kingsley no le miraba. Degarmo, en cambio, tenía la vista fija en mi entrecejo, pero no como si estuviera en aquella habitación con él. Parecía contemplar algo muy lejano, como una montaña que se alzara en la distancia, al otro lado de un valle.

Después de lo que me pareció un largo rato, dijo en voz baja:

—No veo por qué. No sé nada de la mujer de Kingsley. Que yo sepa no la había visto... hasta anoche.

Entornó un poco los párpados y me miró pensativo. Sabía perfectamente lo que yo iba a decir. Lo dije de todos modos.

—Y anoche tampoco la vio porque llevaba muerta más de un mes, porque la habían hundido en el lago del Corzo, porque la mujer que vio muerta en el edificio Granada era Mildred Haviland, y Mildred Haviland era Muriel Chess. Y teniendo en cuenta el hecho de que la señora Kingsley había muerto mucho antes de que asesinaran a Lavery, es evidente que no pudo matarle ella.

Kingsley cerró los puños con fuerza sobre los brazos del sillón, pero no hizo ningún ruido. Ni el más mínimo.

39

Se hizo otro pesado silencio. Esta vez lo rompió Patton para decir con voz lenta y cautelosa:

—¿Qué locura es ésa? ¿No considera a Bill Chess capaz de reconocer a su mujer?

—¿Después de un mes en el agua? ¿Llevando como llevaba la ropa y la bisutería de Muriel? ¿Con el cabello empapado rubio como el de su mujer y con el rostro casi irreconocible? ¿Cómo podía dudar siquiera? Ella le había dejado una nota que podía interpretarse como la despedida de un suicida. Se había ido. Habían reñido. Sus ropas y su automóvil habían desaparecido. Durante todo el mes Chess no había recibido noticias de ella. No tenía ni idea de dónde estaba. Y, de pronto, surge del agua un cuerpo que lleva las ropas de Muriel. Una mujer rubia de la misma estatura que su mujer. Naturalmente que habría diferencias, y que, si se hubiera sospechado que había tenido lugar una suplantación, se habrían descubierto y comprobado. Pero no había motivos para sospechar nada de eso. Crystal Kingsley seguía viva. Había huido con Lavery, dejando su coche en San Bernardino, y había mandado un telegrama desde El Paso a su marido. Para Bill Chess, todo lo referente a ella estaba claro. Ni se le pasó su nombre por la imaginación. Para él no podía estar ni remotamente relacionada con el asunto. ¿Por qué iba a estarlo?

—No sé cómo no se me ocurrió —dijo Patton—. Pero supongo que aunque se me hubiera ocurrido habría desechado inmediatamente la idea. La habría juzgado demasiado inverosímil.

—Y aparentemente lo es —dije—, pero sólo en apariencia. Supongamos que el cuerpo no se hubiera descubierto en un año entero o nunca, lo que habría podido suceder muy bien a no ser que a alguien se le hubiera ocurrido dragar el lago. Muriel Chess había desaparecido y nadie iba a molestarse mucho en buscarla. Probablemente nunca se habría vuelto a saber de ella. Pero lo de la señora Kingsley era otra cuestión. Ella dejaba detrás dinero, amigos influyentes y un marido angustiado. Antes o después tendrían que buscarla, como de hecho ocurrió. Pero no inmediatamente, a menos que sucediera algo que despertara sospechas. Podrían haber pasado meses antes de que se descubriera nada. Si iba dejando un rastro que indicara que se había ido de la casa, que había bajado a San Bernardino y había tomado un tren en dirección al este, nunca habría motivo para dragar el lago. Y aunque llegaran a hacerlo y encontraran el cuerpo, la posibilidad de que lo identificaran correctamente era muy remota. A Bill Chess le detuvieron por el asesinato de su mujer. Probablemente le habrían juzgado, le habrían declarado culpable, y con eso se habría cerrado el caso del cuerpo hallado en el lago. A Crystal Kingsley se la consideraría desaparecida y eso sí que sería un misterio imposible de resolver. Con el tiempo se habría llegado a la conclusión de que algo le había ocurrido, de que había muerto. Pero nadie sabría ni dónde, ni cómo, ni cuándo. De no ser por Lavery, probablemente ni siquiera estaríamos hablando de ello ahora. Lavery es la clave de todo el asunto. Estuvo en el hotel Prescott, de San Bernardino, la noche en que, al parecer, se fue de aquí la señora Kingsley. Allí se encontró a una mujer que había llegado en el coche de Crystal Kingsley y vestía las ropas de Crystal Kingsley. Y la reconoció. Pero no tenía motivo para sospechar que hubiera gato encerrado. No tenía por qué saber que ese traje pertenecía a Crystal Kingsley ni que el coche de Crystal Kingsley estaba en el garaje. Él sólo supo que se había encontrado a Muriel Chess. Y Muriel se encargó del resto.

Hice una pausa y esperé a que alguien hablara. Nadie dijo nada. Patton estaba inmóvil en su asiento con las manos regordetas y lampiñas cruzadas cómodamente sobre el estómago. Kingsley seguía con la cabeza apoyada en el respaldo, con los ojos medio cerrados y sin moverse. Degarmo estaba apoyado en la pared junto a la chimenea, tenso, blanco y frío, un hombre grande, duro, solemne, cuyos pensamientos estaban profundamente ocultos.

Seguí hablando:

—Si Muriel pudo suplantar a Crystal Kingsley fue porque la había matado, eso es elemental. Pues bien, examinemos la cuestión. Sabemos quién era y qué clase de mujer era. Había cometido ya un crimen antes de conocer a Bill Chess y casarse con él. Había sido enfermera y amiguita del doctor Almore y había asesinado a la mujer de éste con tanta habilidad que a él no le quedó más remedio que colaborar en el crimen. Por otra parte, había estado casada con un policía de Bay City que fue lo bastante imbécil como para encubrir su delito. Es evidente que sabía manejar a los hombres a su antojo. No la conocí lo bastante como para averiguar cómo lo hacía, pero su historial lo prueba y lo que hizo con Lavery lo demuestra también. Era una mujer capaz de asesinar a cualquiera que se interpusiera en su camino, y la mujer de Kingsley se interpuso. No tenía intención de hablar de este asunto, pero ya no importa. Crystal Kingsley era también de las que saben hacer bailar a los hombres al son que ellas tocan. Hizo bailar a Bill Chess, pero la mujer de Bill no era de las que aguantan una cosa así con una sonrisa. Por otra parte, estaba hasta la coronilla de la vida que llevaba aquí (tenía que estarlo) y quería escapar de ella. Pero necesitaba dinero. Trató de sacárselo a Almore y eso hizo que Degarmo apareciera por aquí a buscarla. Eso la asustó un poco. Degarmo es de esa clase de hombres en los que nunca se llega a confiar del todo. Y Mildred tuvo razón al no fiarse de él, ¿no es verdad, Degarmo?

Degarmo arrastró un pie.

—No le queda mucho tiempo de vida, amigo —dijo sombríamente—. Hable mientras pueda.

—Mildred no necesitaba ni el coche, ni la ropa, ni la documentación de Crystal Kingsley, pero podían servirle de ayuda. El dinero sí tenía que ayudarle y por Kingsley sabemos que su mujer solía llevar mucho encima. Por otra parte, debía de llevar también joyas que podían transformarse en dinero. Todo esto debió de convertir el asesinato en algo lógico y útil, además de agradable. Esto en cuanto al motivo. Ahora veamos el cómo y la oportunidad. Ésta se le presentó como hecha de encargo. Muriel había discutido con Bill y éste había ido a emborracharse con unos amigos. Conocía bien a su marido y sabía hasta qué punto era capaz de beber y cuánto tiempo podía pasar fuera de casa. Y tiempo era lo que ella necesitaba. El tiempo era absolutamente esencial. Tenía que estar segura de que iba a tenerlo de sobra. Si no, todo su plan fallaría. Tenía que hacer las maletas, meterlas en su coche, llevar éste al lago del Mapache y esconderlo allí, porque tanto el equipaje como el coche tenían que desaparecer. Tenía que volver andando. Tenía que matar a Crystal Kingsley, vestirla con sus ropas y hundirla en el lago. Y todo eso lleva tiempo. En cuanto al asesinato en sí, supongo que la emborracharía o le pegaría un golpe en la cabeza y la ahogaría después en la bañera. Es la explicación más lógica y natural. Era enfermera y sabía manejar un cuerpo. Por otra parte, Bill nos dijo que era una excelente nadadora. Y un cuerpo ahogado se hunde en el agua. Todo lo que tenía que hacer era llevarlo a la parte más honda del lago, al lugar donde quería que se quedara, y eso es cosa que puede hacer cualquier mujer que sepa nadar bien. Y ella lo hizo. Se puso después un traje de Crystal Kingsley, cogió todo lo que quiso, se subió al coche de la víctima y se fue. Pero en San Bernardino se encontró con el primer obstáculo: Lavery.

»Lavery la conocía como Muriel Chess. No tenemos ni pruebas ni motivos para creer que la conociera por otro nombre. La había visto en este mismo lugar y probablemente venía para acá cuando la encontró. No podía dejarle que continuara el viaje. No sólo porque encontraría la casa cerrada, sino porque podía empezar a hablar con Bill y parte de su plan se basaba en el hecho de que su marido no supiera nunca con seguridad que ella se había ido del lago del Corzo, de forma que si algún día encontraban el cadáver creyeran que era el suyo. Así, pues, echó el anzuelo a Lavery, quien picó probablemente con toda facilidad. Si una cosa sabemos con absoluta certeza es que a Chris Lavery le gustaban a rabiar las mujeres. Cuantas más, mejor. Debió de ser presa fácil para una chica lista como Mildred Haviland. Así que Mildred le sedujo, se lo llevó con ella a El Paso y desde allí puso un telegrama sin decirle nada a él.

»Luego volvió con Lavery a Bay City. Probablemente eso fue algo que no pudo evitar. Él quería volver a casa y ella no podía perderle de vista porque le resultaba peligroso. Sólo Lavery podía destruir todas las indicaciones de que Crystal Kingsley se había ido realmente del lago del Corzo. Una vez que empezaran a buscarla, por fuerza tendrían que hablar con él. Y desde el preciso momento en que lo hicieran, Lavery tendría un pie en la tumba. Sus primeras negativas probablemente no las creería nadie, como de hecho sucedió, pero una vez que tirara de la manta y dijera toda la verdad, le creerían, por la sencilla razón de que podían comprobar si eran ciertas sus afirmaciones. De modo que la búsqueda comenzó, e, inmediatamente, fue asesinado en el baño, precisamente la misma noche del día en que fui a hablar con él.

»Esto es todo más o menos. Sólo queda explicar por qué volvió Mildred a casa de Lavery a la mañana siguiente. A veces los criminales hacen cosas así. Ella me dijo que Lavery le había robado todo el dinero que llevaba, pero no lo creí. Es posible que pensara que Lavery tenía dinero escondido, o que decidiera perfeccionar su trabajo con un poco de sangre fría y quisiera asegurarse de que no había dejado detrás ninguna pista. O hasta puede que lo hiciera por el motivo que me dijo ella: para entrar el periódico y la leche. Todo cabe dentro de lo posible. El caso es que volvió, la encontré, y ella llevó a cabo una interpretación que me engañó como a un chino.

—¿Pero quién la mató, hijo? Para mí que no le encaja Kingsley en ese trabajito.

Miré a Kingsley y dije:

—Usted me dijo que no habló con ella por teléfono. ¿Y la señorita Fromsett? ¿Creyó que hablaba con su mujer?

Kingsley negó con la cabeza.

—Lo dudo. Sería difícil engañarla a ella. Pero sólo me dijo que la había encontrado muy cambiada, muy sumisa. Entonces no sospeché nada. La verdad es que no empecé a sospechar nada hasta que llegué aquí. Cuando entré en esta casa anoche, pensé que había algo raro. Estaba todo demasiado limpio, demasiado ordenado. Crystal no dejaba las cosas así. Esperaba encontrar ropas tiradas por el dormitorio, colillas por todas partes y botellas y vasos en la cocina. Esperaba encontrar platos sucios, hormigas y moscas. Pensé que la habría limpiado la mujer de Bill, pero luego recordé que era imposible, que no había podido limpiarla porque ese día ya había tenido bastante que hacer peleándose con su marido y dejando que la asesinaran, o suicidándose, una de dos. Lo pensé de un modo muy confuso, pero no llegué a ninguna conclusión.

Patton se levantó y salió al porche. Volvió limpiándose los labios con un pañuelo marrón. Volvió a sentarse en la silla, recostándose en la cadera izquierda a causa de la pistolera que llevaba en la derecha. Miró pensativo a Degarmo, que seguía apoyado contra la pared, derecho y rígido, como un hombre de piedra. Su mano derecha continuaba colgando floja a un costado con los dedos un poco curvados.

—Aún no ha dicho nadie quién mató a Muriel —dijo Patton—. ¿Es parte de la función o es que aún hay que deducirlo?

—Tuvo que ser alguien que pensó que era necesario matarla —contesté yo—, alguien que la había querido y que la odiaba, alguien que era lo bastante policía como para no dejarla cometer más crímenes impunemente, pero no lo suficiente como para entregarla y dejar que se descubriera la verdad. Alguien como Degarmo.

40

Degarmo se apartó de la pared y se enderezó con una sonrisa vaga. Su mano derecha hizo un movimiento rápido. En ella apareció un revólver. Lo mantuvo alzado sin fuerza, de modo que el cañón apuntara al suelo a poca distancia de él. Se dirigió a mí sin mirarme.

—Creo que usted no va armado —dijo—. Patton sí lleva revólver, pero no creo que pueda sacarlo con la velocidad suficiente como para que le sirva de algo. Espero que tenga usted alguna prueba en que apoyar su última suposición. ¿O no le parece un detalle lo bastante importante como para perder el tiempo con él?

—Tengo una prueba —le dije—. No es todavía gran cosa, pero crecerá. Alguien estuvo escondido detrás de la cortina verde del apartamento del Granada durante más de media hora. Alguien que pudo esperar con un silencio del que sólo es capaz un policía acostumbrado a vigilar. Alguien que llevaba una porra. Alguien que sabía que me habían golpeado con ella y que lo supo sin necesidad de mirarme la cabeza. Se lo dijo a Shorty, ¿recuerda? Alguien que sabía que a la mujer a quien acababan de matar le habían pegado también con una porra, aunque las consecuencias no fueran muy visibles y aunque no hubiera tenido tiempo de examinar el cadáver. Alguien que la desnudó y que le destrozó el cuerpo con unos arañazos salvajes llevado de ese odio sádico que un hombre como usted es muy capaz de sentir por una mujer que ha convertido su vida en un infierno. Alguien que bajo las uñas tiene, en este momento, la sangre y la piel suficientes como para darle a un químico trabajo de sobra. Le apuesto lo que quiera, Degarmo, a que no le permite a Patton que le examine las uñas de la mano derecha.

Degarmo alzó un poco la pistola y sonrió con una sonrisa amplia y blanca.

—¿Y cómo supe dónde encontrarla? —preguntó.

—Almore la vio entrar o salir de casa de Lavery. Eso es lo que le puso nervioso y por eso le llamó a usted cuando me vio rondando por allí. En cuanto a cómo la siguió usted hasta el apartamento en que vivía, no lo sé. Pero no creo que le resultara muy difícil. Pudo ocultarse en casa del doctor Almore y seguirla al verla salir, o pudo seguir a Lavery. Simple trabajo de rutina para un policía.

Degarmo asintió y permaneció en silencio un momento meditando. Tenía una expresión sombría, pero en sus ojos azul metálico había una chispa casi diría que de regocijo. En la habitación reinaba ese ambiente caliente y pesado del desastre ya imposible de evitar. Pero, al parecer, él era quien menos lo sentía.

—Quiero salir de aquí —dijo al fin—. Puede que no llegue muy lejos, pero no permitiré que me detenga un palurdo. ¿Alguna objeción?

—No puede ser, hijo —dijo Paton con mucha calma—. Sabe que tengo que detenerle. No se ha demostrado nada, pero no puedo dejarle que se vaya.

—Tiene usted una buena tripa, Patton. Y yo tengo buena puntería. ¿Cómo cree que va a poder detenerme?

—Eso me he estado preguntando —dijo Patton. Se rascó el cabello bajo el sombrero que llevaba echado para atrás—, pero hasta ahora no se me ha ocurrido nada. No quiero que me llene la tripa de agujeros, la verdad, pero tampoco puedo dejar que nadie me tome el pelo dentro de mi jurisdicción.

—Déjele que se vaya —le dije—. No puede escapar de estas montañas. Por eso le traje aquí.

—Pero puede herir a cualquiera que intente detenerle —dijo Patton gravemente—, y eso no estaría bien. Si alguien sale mal parado, lo mejor es que sea yo.

Degarmo sonrió.

—Es usted un buen chico, Patton —dijo—. Mire, voy a enfundar el revólver y partiremos los dos de cero. Soy lo bastante rápido como para poder darle esa ventaja.

Enfundó el arma y se quedó con los brazos colgando a ambos lados del cuerpo y la barbilla un poco hacia delante, a la expectativa. Patton mascaba lentamente con sus ojos pálidos clavados en los mirada intensa de Degarmo.

—Pero yo estoy sentado —se quejó—. Además, no soy tan rápido como usted. Lo que pasa es que tampoco me gusta pasar por cobarde. —Me miró tristemente—. ¿Por qué me lo ha tenido que traer aquí? Éste no es problema mío. Mire en el lío en que me ha metido.

Parecía dolido, confuso y bastante débil.

Degarmo echó hacia atrás la cabeza y dejó escapar una carcajada. Mientras reía, su mano voló otra vez hacia la funda del revólver.

No vi moverse a Patton, pero la habitación tembló con el rugido de su Colt.

Degarmo extendió el brazo derecho con la velocidad del rayo. Su pesado Smith & Wesson saltó en el aire y fue a chocar contra la pared de pino nudoso a sus espaldas. Sacudió la mano derecha y la miró con ojos llenos de asombro.

Patton se levantó lentamente. Cruzó muy despacio la habitación y, de una patada, lanzó el revólver debajo de una silla. Miró tristemente a Degarmo, que se chupaba la sangre de los nudillos.

—Me dio la oportunidad —dijo Patton sombrío—. Nunca debe dar una oportunidad a un hombre como yo. Llevo disparando más años de los que usted tiene, hijo.

Degarmo asintió, se enderezó y se dirigió a la puerta.

—No haga eso —le dijo Patton con calma.

Degarmo siguió avanzando. Llegó al umbral y empujó la puerta de tela metálica. Se volvió a mirar a Patton. Su rostro estaba ahora muy pálido.

—Voy a salir de aquí —dijo—, y sólo tiene una manera de detenerme. Adiós, gordinflón.

Patton no movió un solo músculo.

Degarmo salió. Se oyeron sus pisadas primero en el porche y luego en los escalones de la entrada. Me acerqué a la ventana y miré al exterior. Patton seguía inmóvil. Degarmo acabó de bajar los escalones y comenzó a cruzar el dique.

—Está cruzando el dique —dije—. ¿Y Andy? ¿Lleva algún arma?

—Aunque la llevara, no creo que la usara —dijo Patton pausadamente—. No sabe que haya motivo para hacerlo.

—¡Maldita sea! —exclamé.

Patton suspiró.

—No debió darme una oportunidad —dijo—. Me tenía bien cogido. Ahora no he tenido más remedio que darle una oportunidad a él. Pero es inútil. No va a servirle de nada.

—Es un asesino —dije.

—No de esa clase, hijo. ¿Dejó cerrado su coche?

Asentí.

—Andy va hacia el otro extremo del dique —dije—. Degarmo le detiene. Está hablando con él.

—A lo mejor se va en el coche de Andy —dijo Patton tristemente.

—¡Maldita sea! —exclamé, y miré a Kingsley.

Tenía la cabeza entre las manos y miraba fijamente al suelo. Me volví hacia la ventana. Degarmo había desaparecido de mi vista. Andy cruzaba el dique y venía hacia nosotros lentamente, parándose de vez en cuando para volver la cabeza. A lo lejos sonó el ruido de un motor. Andy miró hacia la casa, se dio media vuelta y echó a correr por donde había venido.

El sonido del motor se apagó en la distancia. Cuando se extinguió del todo, habló Patton:

—Bueno, será mejor que volvamos a mi oficina y hagamos unas cuantas llamadas.

Kingsley se levantó de pronto, fue a la cocina y volvió con una botella de whisky. Se sirvió un buen trago y se lo bebió de pie. Señaló la botella con la mano y salió pesadamente de la habitación. Después oímos gemir los muelles de su cama.

Patton y yo salimos sin hacer ruido de la casa.

41

Acababa de ordenar Patton que establecieran controles de carretera cuando recibió una llamada del sargento a cargo del destacamento de vigilancia de la presa del lago del Puma. Salimos, subimos a su coche y Andy condujo a toda velocidad por la carretera que conducía al lago. Cruzamos el pueblo y llegamos a la presa. Allí nos indicaron el lugar donde el sargento nos esperaba en un jeep junto al cobertizo que hacía las veces de cuartel general.

Nos hizo una seña con la mano, puso el jeep en marcha y nosotros le seguimos a lo largo de unos cien metros hasta el lugar donde un grupo de soldados estaban reunidos al borde de un precipicio mirando hacia abajo. Varios coches se habían parado y junto a los soldados había un grupo de personas. El sargento se bajó del jeep y un segundo después Patton, Andy y yo bajábamos del coche y nos acercábamos a él.

—No se detuvo cuando se lo indicó el centinela —digo el sargento con un deje de amargura en su voz—. Por poco le atropella. El que estaba de guardia en el centro del puente tuvo que apartarse de un salto. El que estaba de este lado lo vio todo, se hartó y le dio el alto. Pero él siguió adelante.

El sargento mascó el chicle que tenía en la boca y miró hacia el fondo del precipicio.

—En estos casos tenemos orden de disparar y eso fue lo que hizo el centinela. Cayó por ahí —dijo señalando un par de surcos claramente visibles en el borde del precipicio.

Allá abajo, a unos cuarenta metros del lugar donde nos hallábamos, se veía un pequeño automóvil estrellado contra una enorme roca de granito. Estaba casi boca arriba, un poco ladeado. Junto a él se encontraban tres hombres. Habían conseguido levantar el coche lo suficiente como para sacar algo del interior.

Algo que había sido un hombre.

LA HERMANA PEQUEÑA

TRADUCCIÓN DE JUAN MANUEL IBEAS DELGADO

1

El cristal esmerilado de la puerta tiene un letrero escrito con pintura negra descascarillada que dice: «Philip Marlowe – Investigaciones». Se trata de una puerta moderadamente desvencijada, al extremo de un pasillo moderadamente cochambroso, en uno de esos edificios que eran nuevos por la época en que los cuartos de baño alicatados se convirtieron en la base de la civilización. La puerta está cerrada, pero al lado hay otra con el mismo rótulo que no lo está. Pasen... aquí no hay nadie más que yo y un moscardón azul. Pero no se molesten en pasar si vienen de Manhattan, Kansas.

Era una de esas claras y brillantes mañanas que nos ofrece California al principio de la primavera, antes de que se asiente la niebla alta. Las lluvias ya han cesado. Las colinas están aún verdes y, desde el valle, al otro lado de las colinas de Hollywood, se ve nieve en los montes más altos. Los peleteros anuncian sus rebajas anuales. Los prostíbulos especializados en vírgenes de dieciséis años están haciendo su agosto. Y en Beverly Hills empiezan a florecer los jacarandás.

Ya hacía cinco minutos que espiaba al moscardón azul, esperando que se posara. No tenía intención de posarse. Lo único que quería era hacer piruetas y entonar la obertura de Pagliacci. Yo tenía el matamoscas en alto y estaba preparado. Un brillante rayo de sol caía sobre la esquina del escritorio y yo sabía que tarde o temprano aterrizaría allí. Pero cuando lo hizo no me di cuenta en un primer momento. El zumbido cesó y allí estaba él. Y entonces sonó el teléfono.

Alargué la mano izquierda centímetro a centímetro, despacio y con paciencia. Descolgué el teléfono lentamente y hablé en voz baja:

—Un momento, por favor.

Dejé delicadamente el aparato sobre el secante de color marrón. Él continuaba allí, brillante, azulverdoso y completamente pecaminoso. Respiré hondo y golpeé. Lo que quedó de él salió disparado atravesando media habitación y cayó en la alfombra. Me acerqué a recogerlo, agarrándolo por el ala que le quedaba, y lo eché a la papelera.

—Gracias por esperar —dije al teléfono.

—¿Es el señor Marlowe, el detective? —dijo una vocecita débil y algo precipitada, como de niña pequeña. Contesté que era Marlowe, el detective—. ¿Cuánto cobra por sus servicios, señor Marlowe?

—¿Qué es lo que quiere que haga?

La voz se hizo algo más aguda.

—No podría decírselo por teléfono. Es... es muy confidencial. Antes de perder el tiempo yendo a su oficina, me gustaría tener una idea...

—Cuarenta pavos al día, más los gastos. A menos que sea uno de esos trabajos que se pueden hacer a tarifa fija.

—Es demasiado —dijo la vocecilla—. Esto podría costar cientos de dólares y yo sólo cobro un sueldo pequeño y...

—¿Dónde está en este momento?

—En un drugstore. En el edificio de al lado de su oficina.

—Se podría haber ahorrado cinco centavos. El ascensor es gratis.

—¿Cómo... cómo dice?

Se lo repetí.

—Suba, y así podré verla —añadí—. Si sus problemas son de mi estilo, le podré dar una idea más aproximada...

—Necesito saber una cosa sobre usted —dijo la vocecita con firmeza—. Éste es un asunto muy delicado, muy personal. No puedo ir contándoselo a cualquiera.

—Si es tan delicado —dije—, quizá necesite usted una mujer detective.

—¡Dios mío! No sabía que las hubiera. —Pausa—. Pero no creo que una mujer detective sirva para esto. Verá, Orrin vivía en un barrio muy malo, señor Marlowe. Al menos, a mí me ha parecido malo. El dueño de la pensión es una persona de lo más desagradable. Apestaba a alcohol. ¿Bebe usted, señor Marlowe?

—Bueno, ahora que lo menciona...

—Creo que no podría emplear a un detective que beba alcohol de la clase que sea. Incluso estoy en contra del tabaco.

—¿Le parecería bien si pelara una naranja?

Capté la brusca inhalación al otro lado de la línea.

—Al menos podría hablar como un caballero —dijo.

—Será mejor que pruebe en el University Club —le respondí—. Dicen que allí todavía les queda un par, pero no estoy seguro de que se los dejen a usted.

Y colgué. Fue un paso en la dirección correcta, pero no llegué suficientemente lejos. Debí cerrar la puerta con llave y esconderme bajo el escritorio.

2

Cinco minutos después sonaba el zumbador en la puerta exterior de la antesala. Oí que la puerta se cerraba de nuevo, y ya no oí nada más. La puerta que comunicaba mi despacho con la antesala estaba entreabierta. Agucé el oído y llegué a la conclusión de que alguien se había asomado a la oficina por error y se había marchado sin entrar. Entonces se oyó un golpecito en la madera, y a continuación una tosecilla de las que se usan para el mismo propósito. Quité los pies de encima de la mesa, me levanté y fui a mirar. Allí estaba ella. No hacía falta que abriera la boca para que yo supiera quién era. Nunca ha habido nadie que se pareciera tan poco a lady Macbeth. Era una muchachita menuda, pulcra, de aspecto bastante relamido, con pelo castaño liso y muy repeinado y gafas sin montura. Vestía un traje de chaqueta marrón, y de una correa que llevaba al hombro colgaba uno de esos ridículos bolsos cuadrados que te hacen pensar en una hermana de la caridad llevándoles los primeros auxilios a los heridos. Sobre su liso pelo castaño llevaba un sombrero al que debieron de separar de su madre cuando era muy pequeño. No llevaba maquillaje, ni pintura de labios ni joyas. Las gafas sin montura le daban un aire de bibliotecaria.

—Ésa no es manera de hablar a la gente por teléfono —me dijo secamente—. Debería darle vergüenza.

—Es que soy demasiado orgulloso para que se me note —respondí—. Pase.

Le sujeté la puerta. A continuación, le acerqué una silla. Se sentó aproximadamente a cinco centímetros del borde.

—Si yo le hablara así a algún paciente del doctor Zugsmisth —dijo— me quedaría sin empleo. Es muy estricto en la manera de hablarles a los pacientes... incluso a los difíciles.

—¿Y cómo está el buen hombre? No lo he visto desde aquella vez en que me caí del techo del garaje.

Puso cara de sorpresa y muy seria.

—¡Caramba! No es posible que conozca al doctor Zugsmith.

Entre sus labios asomó la punta de una lengua bastante anémica, que se movió furtivamente sin buscar nada en particular.

—Conozco a un doctor George Zugsmith —dije—. En Santa Rosa.

—¡Oh, no! Yo digo el doctor Alfred Zugsmith, de Manhattan. El Manhattan de Kansas, ya sabe, no el Manhattan de Nueva York.

—Debe de ser otro doctor Zugsmith —dije—. Y usted, ¿cómo se llama?

—No sé si quiero decírselo.

—Sólo estaba mirando el escaparate, ¿no?

—Podría decirse así. Si tengo que contarle mis problemas familiares a un desconocido, por lo menos tengo perfecto derecho a saber si es la clase de persona en quien se puede confiar.

—¿Le han dicho alguna vez que es usted muy mona?

Sus ojos relampaguearon detrás de las gafas sin montura.

—Confío en que no.

Cogí la pipa y empecé a cargarla.

—Confiar no es la palabra más adecuada —dije—. Deshágase de ese sombrero y cómprese unas gafas de ésas de fantasía, con montura de colores. Ya sabe, de esas extravagantes y de aspecto oriental...

—El doctor Zugsmith no toleraría una cosa así —se apresuró a decir—. ¿Lo dice en serio? —preguntó a continuación, ruborizándose muy levemente.

Apliqué una cerilla a la pipa y eché una bocanada de humo por encima del escritorio. Ella se replegó como asustada.

—Si me contrata —dije—, éste es el tipo que va a contratar. Yo. Tal como soy. Si cree que en este negocio va a encontrar santos varones, está loca. Le colgué el teléfono, pero subió aquí a pesar de todo. O sea, que me necesita. ¿Cómo se llama y qué problema tiene?

Se limitó a mirarme fijamente.

—Escuche —le dije—. Viene usted de Manhattan, Kansas. La última vez que me estudié el atlas, era un pueblecito no lejos de Topeka, con unos doce mil habitantes. Trabaja para el doctor Alfred Zugsmith y busca a alguien llamado Orrin. Manhattan es un pueblecito. Tiene que serlo. En Kansas no hay más que media docena de sitios que sean otra cosa. Tengo ya información suficiente sobre usted como para averiguar toda la historia de su familia. Pero ¿para qué iba a querer saber eso? Estoy harto de que venga gente a contarme historias. Si estoy aquí es porque no tengo donde ir. No tengo ganas de trabajar. No tengo ganas de nada.

—Habla usted demasiado.

—Sí —dije—. Hablo demasiado. Los hombres solos siempre hablan demasiado. O eso, o no dicen ni palabra. ¿Y si vamos al grano? Usted no parece de la clase de personas que recurren a detectives privados, y menos a detectives privados a los que no conocen.

—Ya lo sé —dijo muy tranquila—. Orrin se quedaría lívido si se enterara. Y también mamá se pondría furiosa. Encontré su nombre en la guía telefónica...

—¿Qué criterio utilizó? —pregunté—. ¿Y lo hizo con los ojos abiertos o cerrados?

Me miró fijamente durante un momento, como si yo fuera una especie de monstruo.

—Siete y trece —dijo en voz baja.

—¿Cómo dice?

—Marlowe tiene siete letras —explicó—. Y Philip Marlowe tiene trece. Y siete más trece...

—¿Cómo se llama usted? —pregunté, casi rugiendo.

—Orfamay Quest —contestó, frunciendo los ojos como si fuera a echarse a llorar. Me deletreó su nombre, que resultó ser una sola palabra—. Vivo con mi madre —prosiguió, hablando ya más rápido, como si ya me pagara por horas—. Mi padre murió hace cuatro años. Era médico. Mi hermano Orrin también iba a ser médico, pero después de dos años de estudiar medicina se pasó a ingeniería. Y hace un año, Orrin vino a trabajar a la compañía aeronáutica Cal-Western, en Bay City. No tenía por qué venir. Tenía un buen trabajo en Wichita. Supongo que le hacía ilusión venir aquí, a California. A todo el mundo le pasa.

—A *casi* todo el mundo —dije—. Y si se empeña en llevar esas gafas sin montura, por lo menos podría intentar adaptarse a ellas.

Soltó una risita y pasó la punta del dedo sobre el escritorio, bajando la mirada.

—¿Dice usted unas gafas de esas con puntas oblicuas que le dan a una aspecto oriental?

—Ajá. Sigamos con Orrin. Ya lo tenemos en California, trabajando en Bay City. ¿Qué hacemos ahora con él?

Reflexionó un momento y frunció el ceño. Luego estudió mi rostro, como si estuviera tomando una decisión. Por fin, empezó a hablar atropelladamente:

—No es nada propio de Orrin dejar de escribir regularmente. Pero sólo le ha escrito dos cartas a mamá y tres a mí en los últimos seis meses. Y la última carta es de hace varios meses. Mamá y yo estábamos preocupadas. Y como ahora tengo vacaciones, he venido a verle. Él nunca había salido de Kansas. —Hizo una pausa—. ¿No va a tomar notas? —preguntó.

Solté un gruñido.

—Creía que los detectives siempre lo anotaban todo en un cuadernito.

—De los chistes me encargo yo —dije—. Usted limítese a contarme la historia. Vino aquí de vacaciones. ¿Y qué más?

—Escribí a Orrin para decirle que venía, pero no me contestó. Entonces le envié un telegrama desde Salt Lake City, pero tampoco contestó. Así que lo único que podía hacer era ir al sitio donde vivía. Está terriblemente lejos. Cogí el autobús. Es en Bay City, calle Idaho, 449.

Se interrumpió de nuevo y después repitió la dirección, pero ni así la anoté. Me limité a quedarme allí sentado, mirándole las gafas, y el pelo castaño y lacio, y el ridículo sombrerito, y las uñas sin pintar, y la boca sin lápiz de labios, y la puntita de la lengua, que salía y entraba entre los pálidos labios.

—Puede que no conozca Bay City, señor Marlowe.

—¡Ja! —dije—. Lo único que sé de Bay City es que cada vez que voy tengo que comprarme una cabeza nueva. ¿Quiere que termine yo su historia?

—¿Quéeee?

Sus ojos se abrieron tanto que, a través de las gafas, parecían una de esas cosas que se ven en los acuarios de peces de las profundidades.

—Se ha marchado —dije—. Y usted no sabe dónde ha ido. Y teme que esté viviendo una vida de pecado en un ático de lujo en Regency Towers, junto a una criatura con abrigo largo de visón y perfume hipnotizante.

—¡Por el amor de Dios!

—¿Quizá soy demasiado vulgar?

—Por favor, señor Marlowe —dijo por fin—. No se me ocurriría pensar algo así de Orrin. Y si Orrin le oyera decir eso, se arrepentiría usted. Puede ponerse muy desagradable. Pero estoy segura de que algo ha ocurrido. Era una pensión barata y el encargado no me ha gustado nada. Es un hombre espantoso. Me dijo que Orrin se había marchado hace un par de semanas, y que no sabía dónde ni le importaba, y que lo único que le interesaba era un buen lingotazo de ginebra. No sé cómo Orrin ha podido vivir en un sitio así.

—¿Ha dicho un lingotazo de ginebra?

Se sonrojó.

—Es lo que dijo el encargado. Yo sólo se lo repito.

—Está bien —dije—. Continúe.

—Bueno, llamé al sitio donde trabajaba. Ya sabe, la compañía Cal-Western. Y me dijeron que le habían despedido, como a muchos otros, y que no sabían nada más. Entonces fui a la oficina de Correos para ver si había dejado una nueva dirección. Pero me dijeron que no podían darme ninguna información, que iba en contra del reglamento. Entonces les expliqué lo que ocurría y el hombre me dijo que bueno, que si yo era su hermana iría a mirar. Fue a mirar, pero volvió y dijo que no, que Orrin no había dejado ninguna dirección. Así que empecé a asustarme un poco. A lo mejor había tenido un accidente o algo parecido.

—¿No se le ocurrió preguntarle a la policía?

—No me atrevería a acudir a la policía. Orrin no me lo perdonaría nunca. Hasta en sus mejores momentos tiene un carácter difícil. Nuestra familia... —vaciló y en el fondo de sus ojos apareció algo que procuró que no se notara. Así que siguió hablando casi sin aliento—. Nuestra familia no es de esas familias que...

—Escuche —dije en tono cansado—. No digo que robara una cartera. Pero a lo mejor le atropelló un coche y perdió la memoria o está demasiado grave para hablar.

Me dirigió una mirada impasible y nada admirativa.

—Si fuera algo así, nos habríamos enterado —dijo—. Todo el mundo lleva algo en los bolsillos que permite identificarle.

—A veces lo único que queda son los bolsillos.

—¿Es que intenta meterme miedo, señor Marlowe?

—De ser así, no estoy consiguiendo gran cosa. ¿Qué cree usted que ha podido ocurrir?

Se llevó el delgado índice a la boca y lo tocó cuidadosamente con la puntita de la lengua.

—Supongo que si lo supiera no tendría necesidad de venir a verle a usted. ¿Cuánto me cobraría por encontrarle?

Tardé un buen rato en contestar, y por fin dije:

—¿Quiere decir yo solo, sin hablar con nadie?

—Sí, quiero decir usted solo, sin hablar con nadie.

—Ya. Bueno, eso depende. Ya le dije mis tarifas.

Cruzó las manos sobre el borde del escritorio y las apretó con fuerza. Tenía el repertorio de gestos con menos sentido que yo había visto jamás.

—Yo creía que siendo detective y todo eso, lo podría encontrar enseguida —dijo—. Me es imposible pagar más de veinte dólares. Todavía tengo que pagarme las comidas y el hotel, y el tren de regreso a casa, y no sabe lo carísimo que es el hotel y comer en el tren...

—¿En qué hotel se aloja?

—Preferiría no decírselo, si no le molesta.

—¿Por qué?

—Lo prefiero así, simplemente. Me da mucho miedo que Orrin se enfade. Y... bueno... siempre puedo localizarle por teléfono, ¿no?

—Ya. ¿De qué tiene usted miedo, señorita Quest, aparte de la cólera de Orrin?

Había dejado que la pipa se apagara. Encendí una cerilla y la acerqué a la cazoleta, mirándola a ella por encima de la pipa.

—¿No le parece que fumar en pipa es una costumbre asquerosa? —preguntó.

—Es muy posible —respondí—. Pero tendrían que pagarme más de veinte dólares para que la dejara. Y no intente eludir mis preguntas cambiando de tema.

—¡A mí no me hable de ese modo! —explotó—. ¡Fumar en pipa *es* un vicio asqueroso! Mamá jamás permitió que papá fumara dentro de casa, ni siquiera durante los dos últimos años, después de sufrir el ataque. A veces se quedaba sentado, con la pipa vacía en la boca. Pero en realidad, a mamá tampoco le gustaba eso. Además, teníamos un montón de deudas y ella decía que no podía darle dinero para cosas inútiles como el tabaco. La parroquia lo necesitaba mucho más que él.

—Empiezo a entender —dije lentamente—. En una familia como la suya siempre tiene que haber un garbanzo negro.

Se levantó de un salto apretando contra el cuerpo su maletín de primeros auxilios.

—No me gusta usted —dijo—. Y creo que no voy a contratarle. Si pretende insinuar que Orrin ha hecho algo malo, le puedo asegurar que él no es la oveja negra de la familia.

No moví ni una pestaña. Ella dio media vuelta y se dirigió hacia la puerta, puso la mano en el pomo y entonces giró de nuevo, volvió sobre sus pasos y de pronto de echó a llorar. Yo reaccioné exactamente como reacciona un pez disecado ante un cebo. Sacó su pañuelito y se frotó las comisuras de los ojos.

—Y ahora, supongo que llamará a la policía —dijo con voz entrecortada—. Y el periódico de Manhattan se enterará de todo y publicarán cosas horrendas sobre nosotros.

—No se cree nada de lo que me está diciendo. Deje de apelar a mis emociones y enséñeme una foto de él.

Guardó rápidamente el pañuelo y sacó algo de su bolso. Me lo pasó por encima del escritorio. Era un sobre. Delgado, pero podía contener un par de fotos. No miré lo que había dentro.

—Descríbamelo tal como usted lo ve —dije.

Se concentró, lo cual le dio ocasión para hacer algo con las cejas.

—Cumplió veintiocho años en marzo. Cabello castaño claro, mucho más rubio que el mío, y ojos azules también más claros. Se peina hacia atrás. Es muy alto, más de metro ochenta. Pero sólo pesa unos sesenta y cinco kilos. Es más bien huesudo. Antes llevaba un bigotito rubio, pero mamá se lo hizo afeitar. Decía que...

—No me lo diga. Que el pastor lo necesitaba para rellenar un cojín.

—¡No le permito que hable así de mi madre! —aulló, pálida de rabia.

—Venga, deje de hacer el tonto. Hay muchas cosas que ignoro de usted. Pero ya puede dejar de hacerse la mojigata. ¿Tiene Orrin alguna señal particular, como lunares, cicatrices, o quizá el salmo 23 tatuado en el pecho? Y no se moleste en sonrojarse.

—Oiga, no hace falta que me grite. ¿Por qué no mira la foto?

—Seguramente estará vestido. Al fin y al cabo, usted es su hermana, y debería saberlo.

—No, no tiene nada —dijo un poco picada—. Sólo una pequeña cicatriz en la mano izquierda, un quiste que le quitaron.

—¿Y sus costumbres? ¿Qué hace para divertirse, aparte de no fumar, no beber y no salir con chicas?

—Pero... ¿cómo sabe usted eso?

—Me lo ha dicho su madre.

Sonrió. Empezaba a preguntarme si sabría hacerlo. Tenía unos dientes muy blancos y no se le veían las encías. Aquello ya era algo.

—¡Qué tonto es usted! —dijo—. Estudia mucho y tiene una cámara fotográfica muy cara con la que le gusta fotografiar a la gente cuando no se dan cuenta. Algunas veces se ponen furiosos. Pero Orrin dice que la gente debería verse tal como es en realidad.

—Esperemos que no le ocurra nunca a él —dije—. ¿Qué clase de cámara es?

—Una de esas cámaras pequeñitas con un objetivo muy bueno. Se pueden tomar instantáneas casi con cualquier clase de luz. Una Leica.

Abrí el sobre y saqué dos fotos pequeñas, muy nítidas.

—Éstas no se tomaron con una de esas cámaras —dije.

—Oh, no, éstas las hizo Philip, Philip Anderson. Un chico con el que salí una temporada. —Hizo una pausa y suspiró—. Supongo que ésa es la verdadera razón de que haya venido aquí, señor Marlowe: simplemente porque usted también se llama Philip.

Me limité a decir «Ajá», pero me sentía vagamente conmovido.

—¿Y qué fue de Philip Anderson?

—Pero si estábamos hablando de Orrin...

—Ya lo sé —la interrumpí—. Pero ¿qué fue de Philip Anderson?

—Sigue allá, en Manhattan. —Desvió la mirada—. A mamá no le gusta mucho. Ya se hará usted una idea.

—Sí —dije—. Me hago una idea. Puede llorar si le apetece; no se lo tendré en cuenta. Yo también soy un desastre sentimental.

Examiné las fotos. En una estaba con la cabeza gacha y no me servía de nada. La otra era una instantánea bastante buena de un tipo grandullón y anguloso con ojos muy juntos, boca fina y mandíbula puntiaguda. Tenía exactamente la expresión que yo esperaba ver. Si se te olvidaba limpiarte el barro de los zapatos en el felpudo, era el clásico tipo que te lo decía. Dejé las fotos a un lado y miré a Orfamay Quest, intentando encontrar en su rostro algún parecido, por remoto que fuera. No lo encontré. Ni el más mínimo rastro de parecido familiar, lo cual, desde luego, no significa nada. Jamás ha significado nada.

—Muy bien —dije—. Iré allí abajo a echar un vistazo. Pero usted debería ser capaz de adivinar lo que ha pasado. Está en una ciudad que no conoce. Durante una temporada gana bastante dinero. Puede que más de lo que ha ganado en su vida. Conoce a gente de una clase que no había conocido nunca. Y es una ciudad que no se parece en nada... créame que no, conozco Bay City... a Manhattan, Kansas. Ha roto con su vida anterior y no quiere que su familia se entere. Ya se enmendará.

Me miró unos segundos sin pronunciar palabra y después negó con la cabeza:

—No, señor. Orrin no es de los que harían eso, señor Marlowe.

—Le pasa a cualquiera —dije—, y en especial a tipos como Orrin. Es un provinciano santurrón, que se ha pasado toda la vida pegado a las faldas de su madre y con el pastor llevándole de la manita. Aquí se siente solo. Tiene pasta. Le gustaría pagarse un poco de cariño y de luz, y no me refiero a la luz que entra por las vidrieras de una iglesia. No es que yo tenga nada en contra de eso. Pero él ya estaba hasta las narices de todo aquello, ¿no?

Ella asintió con la cabeza sin decir nada.

—Así que empieza a divertirse —continué—. Pero no sabe cómo es el juego. Se necesita una cierta experiencia. Se encuentra liado con una golfa y una botella de whisky, y lo que está haciendo le parece tan malo como si le hubiera robado los pantalones al obispo. Después de todo, el chico va a cumplir veintinueve años, y si le da la gana revolcarse en el fango, es asunto suyo. Con el tiempo encontrará alguien a quien echarle la culpa.

—Me niego a creerle, señor Marlowe —dijo lentamente—. Y no querría que mamá...

—Dijimos algo de veinte dólares —la interrumpí.

Parecía escandalizada.

—¿Tengo que pagarle ahora?

—¿Qué se acostumbra hacer en Manhattan, Kansas?

—En Manhattan no tenemos detectives privados. Sólo la policía normal. Es decir, no creo que los haya.

Exploró otra vez en su caja de herramientas y sacó un monedero rojo, y de él unos cuantos billetes cuidadosamente doblados y separados: tres de cinco dólares y cinco de uno. No parecía que quedara mucho más. Se las arregló para sostener el monedero de forma que yo pudiera ver lo vacío que estaba. Luego desplegó los billetes encima de la mesa, puso unos encima de otros y los empujó hacia mí. Muy despacio, muy tristemente, como si estuviera ahogando a su gatito preferido.

—Le daré un recibo —dije.

—No necesito recibo, señor Marlowe.

—Yo sí. No quiere darme su nombre ni su dirección, así que necesito algún papel donde ponga su nombre.

—¿Para qué?

—Para demostrar que la represento.

Saqué la libreta de recibos, llené uno y sostuve la libreta para que firmara la copia. Ella no quería hacerlo. Al cabo de unos segundos cogió de mala gana el bolígrafo y escribió «Orfamay Quest» con pulcra letra de secretaria en el anverso de la copia.

—¿Sigue sin decirme la dirección? —le pregunté.

—Prefiero no decírsela.

—Bueno, telefonéeme cuando quiera. El número de mi casa está también en la guía. Edificio Bristol, apartamento 428.

—No es muy probable que vaya a verle —dijo fríamente.

—Todavía no la he invitado —dije yo—. Llámeme a eso de las cuatro, si le parece bien. A lo mejor tengo algo. Y a lo mejor no tengo nada.

Se levantó.

—Espero que mamá no piense que he obrado mal —dijo, rascándose el labio con su pálida uña—. Quiero decir, al venir aquí.

—Mire, no me diga más cosas que no le gustarían a su madre —dije—. Vamos a prescindir de esa parte.

—¡Pero bueno!

—Y deje de decir «pero bueno».

—Me parece usted una persona muy desagradable —dijo.

—No, no es cierto. Le parezco guapo. Y usted a mí me parece una mentirosa fascinante. No creerá que hago esto por los veinte pavos, ¿verdad?

Me dirigió una mirada directa y súbitamente glacial.

—Entonces, ¿por qué? —Y como yo no contestaba añadió—: ¿Porque ha llegado la primavera?

Seguí sin responder. Se sonrojó ligeramente. Luego se echó a reír.

No tuve valor para decirle que me aburría como una ostra sin hacer nada. Y quizá fuera también por la primavera. Y por algo que había en sus ojos, que era mucho más antiguo que Manhattan, Kansas.

—Creo que es usted muy simpático.... de verdad —dijo con voz dulce.

Luego se volvió rápidamente y casi huyó del despacho. A lo largo del corredor, sus pasos hacían un ruidito agudo, como un picoteo, como el que debía de hacer mamá tamborileando sobre el borde de la mesa del comedor cuando papá intentaba servirse un segundo trozo de tarta. Y el pobre, sin dinero. Sin nada. Sentado en su mecedora en el porche de su casa de Manhattan, Kansas, con la pipa vacía en la boca. Balanceándose en el porche, lenta y suavemente, porque cuando se ha sufrido un ataque hay que tomárselo todo con calma y esperar al siguiente. Y con la pipa vacía en la boca. Sin tabaco. Sin nada que hacer más que esperar.

Metí en un sobre los veinte dólares de Orfamay Quest, tan duramente ganados, escribí su nombre y lo metí en el cajón del escritorio. No me gustaba la idea de ir rondando por ahí con tantísimo dinero encima.

3

Se puede conocer Bay City desde hace mucho tiempo sin saber dónde está la calle Idaho. Y se puede saber mucho de la calle Idaho sin conocer el número 449. La acera de delante tenía el pavimento casi reducido a polvo. Al otro lado de las calle, la torcida valla de un almacén de madera llegaba hasta el borde de la agrietada acera. En medio de la manzana, los oxidados raíles de un ramal de ferrocarril se dirigían hacia unas puertas de madera, cerradas con cadenas, que parecían no haberse abierto en veinte años. Los niños habían escrito y dibujado con tizas en las puertas y a todo lo largo de la valla.

El número 449 tenía un porche poco profundo y sin pintar, en el que holgazaneaban desvergonzadamente cinco mecedoras de madera y mimbre que se mantenían enteras a base de alambres y de la humedad procedente de la playa. Las persianas verdes de las ventanas inferiores de la casa estaban bajadas dos terceras partes y llenas de grietas. Junto a la puerta de entrada había un gran letrero impreso: «No hay habitaciones». También el letrero llevaba allí mucho tiempo. Estaba despintado y lleno de cagadas de mosca. La puerta daba a un largo vestíbulo de donde partía una escalera que empezaba a un tercio de su longitud. A la derecha había un estante estrecho, y a su lado un lápiz indeleble colgando de una cadena. Había un timbre de llamada y encima de él un letrero amarillo y negro que decía «Gerente», sujeto con tres chinchetas, todas diferentes. En la pared opuesta, había un teléfono público.

Pulsé el timbre. Sonó en alguna parte cercana, pero no pasó nada. Volví a hacerlo sonar. Volvió a no pasar nada. Avancé hasta una puerta que tenía una placa metálica blanca y negra: «Gerente». Llamé a la puerta. Después la pateé. A nadie parecía importarle que la pateara.

Salí de la casa y la rodeé por un estrecho camino de hormigón que llevaba a la entrada de servicio. Me pareció que aquél era el sitio adecuado para los aposentos del gerente. El resto de la casa debía de tener sólo habitaciones. En el pequeño porche había un mugriento cubo de basura y una caja de madera llena de botellas de licor. Detrás de la puerta con tela metálica, la puerta de servicio estaba abierta. El interior estaba oscuro. Apoyé la cara contra la tela metálica y eché un vistazo. Al otro lado de la puerta interior abierta, más allá del porche de servicio, vi una silla con una chaqueta de hombre colgada en el respaldo. Y sentado en la silla había un hombre en mangas de camisa, con el sombrero puesto. Era un hombre pequeño. No podía ver lo que estaba haciendo, pero me pareció que estaba sentado al extremo de una mesa de desayuno montada en la pared de un rincón.

Golpeé con fuerza la tela metálica. El hombre no hizo ningún caso. Golpeé otra vez, más fuerte. Esta vez hizo bascular su silla y me mostró una carita pálida con un cigarrillo en medio.

—¿Qué busca? —ladró.

—Al encargado.

—No está, hermano.

—¿Quién es usted?

—¿A usted qué le importa?

—Quiero una habitación.

—No hay habitaciones libres, hermano. ¿No sabe leer letra de imprenta?

—A mí me han dicho otra cosa —dije.

—¿Ah, sí? —Sacudió la ceniza de su cigarrillo rascándola con una uña sin sacárselo de su triste boquita—. Pues se lo puede meter donde le quepa.

Puso su silla en equilibrio y siguió haciendo lo que fuera que estaba haciendo.

Bajé del porche haciendo mucho ruido y volví a subir sin hacer ninguno. Palpé con cuidado la puerta de la tela metálica. Estaba cerrada con un gancho. Con la hoja de mi navaja levanté el gancho y lo saqué de la argollita. Hizo un pequeño tintineo, pero de la cocina venían otros tintineos mucho más fuertes.

Entré en la casa, crucé el porche de servicio, pasé por la puerta de la cocina. El hombrecito estaba demasiado ocupado para darse cuenta de mi presencia. Había una cocina de gas con tres quemadores, unos cuantos estantes con platos grasientos, una nevera desportillada y el rincón del desayuno. La mesa del rincón del desayuno estaba cubierta de dinero. Casi todo eran billetes, pero también había monedas de todos los tamaños, desde pequeñas hasta de dólar. El tipo estaba contando y apilando el dinero, y haciendo anotaciones en una libreta. Chupaba el lápiz para mojarlo sin molestar al cigarrillo que vivía en su cara.

Debía de haber varios cientos de dólares en aquella mesa.

—¿Hoy se cobra el alquiler? —pregunté jovial.

El hombrecito se dio la vuelta precipitadamente. Durante un momento sonrió sin decir nada. Era la sonrisa de un hombre cuya mente no sonríe. Se sacó de la boca la colilla de cigarrillo, la tiró al suelo y la pisó. Sacó un nuevo cigarro de la camisa, lo introdujo en el mismo agujero de su cara y tanteó en busca de una cerilla.

—Qué bien ha entrado usted —dijo en tono agradable.

Al no encontrar cerillas se giró con naturalidad en su silla y metió la mano en el bolsillo de su americana. Una cosa pesada chocó contra la madera de la silla. Yo le agarré la muñeca antes de que la cosa pesada saliera del bolsillo. Lanzó todo su peso hacia atrás y el bolsillo de la americana empezó a subir hacia mí. De un tirón, le quité la silla de debajo.

Cayó de culo al suelo, y se golpeó la cabeza contra el extremo de la mesa de desayuno. Eso no le impidió intentar darme una patada en la entrepierna. Me eché hacia atrás con la chaqueta y saqué un 38 del bolsillo en el que él había estado jugueteando.

—No te sientes en el suelo sólo para hacerte el hospitalario —dije.

Se levantó despacio, fingiendo estar más aturdido de lo que estaba en realidad. Se llevó la mano a la nuca y algo metálico brilló mientras su brazo se lanzaba hacia mí. Era duro de pelar, el tío.

Le aticé de lado en la mandíbula con su propio revólver y lo senté de nuevo en el suelo. Le pisé la mano que empuñaba la navaja. Su cara se crispó de dolor, pero no dejó escapar ni un sonido. De una patada envié la navaja a un rincón. Era una navaja larga, muy fina, y parecía muy afilada.

—¡Debería darte vergüenza! —le dije—. Sacar pistolas y navajas a la gente que sólo busca un sitio para vivir. Incluso en estos tiempos, eso está muy feo.

Metió la mano magullada entre las rodillas, la apretó, y se puso a silbar entre dientes. El golpe en la mandíbula no parecía haberle hecho ningún daño.

—Está bien —dijo—. Está bien. No soy perfecto. Toma el dinero y lárgate. Pero no pienses que no te pillaremos.

Contemplé la colección de billetes pequeños y medianos y las monedas que había en la mesa.

—Debe de costarte mucho cobrar, a juzgar por el armamento que llevas —le dije.

Me dirigí a la puerta interior y la probé. No estaba cerrada con llave. Me volví.

—Dejaré tu revólver en el buzón —dije—. Y la próxima vez, pide que te enseñen la placa.

Continuó silbando suavemente entre dientes y agarrándose las manos. Me dirigió una mirada ceñuda y pensativa, metió el dinero en un raído maletín y echó el cierre. Se quitó el sombrero, lo arregló, se lo puso airosamente en la parte de atrás de la cabeza y me lanzó una sonrisa tranquila y eficiente.

—No te preocupes por el hierro —me dijo—. La ciudad está llena de chatarra vieja. Pero le podrías dejar el pincho a Clausen. He trabajado mucho en él para mantenerlo en condiciones.

—¿Y con él? —pregunté.

—Podría ser. —Me señaló amenazadoramente con un dedo—. Puede que nos volvamos a ver uno de estos días, cuando tenga un amigo a mi lado.

—Pues dile que se ponga una camisa limpia —repliqué—, y que te preste a ti otra.

—Vaya, vaya —dijo el hombrecillo en tono reprobatorio—. Qué pronto nos ponemos duros en cuanto podemos lucir una placa.

Pasó suavemente junto a mí y bajó los escalones de madera del porche trasero. Sus pisadas resonaron hasta llegar a la calle y se fueron apagando. Sonaban muy parecidas a las de Orfamay taconeando por el pasillo del edificio de mi oficina. Y por alguna razón, experimenté esa sensación de vacío que te entra cuando has contado mal tus triunfos. Desde luego, sin ningún motivo. O quizá a causa de la dureza de carácter del hombrecillo. Ni lloriqueos ni fanfarronadas: sólo la sonrisa, el silbido entre dientes, el tono ligero y la mirada que no olvida.

Fui a recoger la navaja. Tenía una hoja larga, redonda y fina como una lima de cola de rata limada. El mango y la guarda eran de plástico claro y parecían de una sola pieza. Agarré la navaja por el mango y di una sacudida hacia la mesa. La hoja salió disparada y se clavó vibrando en la madera.

Respiré hondo, coloqué el mango sobre el extremo de la hoja y arranqué la hoja de la mesa. Una navaja curiosa, con diseño e intención, y ninguna de las dos cosas era agradable.

Abrí la puerta que había al extremo de la cocina y la crucé, con el revólver y la navaja en la misma mano.

Era un saloncito con una cama plegable. La cama estaba bajada y deshecha. Había un sillón excesivamente relleno, con un agujero de quemadura en un brazo. Un escritorio alto, de roble, con puertecitas inclinadas como las de las antiguas bodegas, estaba adosado a la pared, junto a la ventana que daba a la parte de delante. Al lado había un sofá, y en el sofá había un hombre tumbado. Sus pies sobresalían del extremo del sofá, envueltos en calcetines grises de nudos. La cabeza estaba a dos palmos de la almohada. Dado el color de la funda, no se perdía gran cosa. La parte superior del cuerpo estaba metida en una camisa incolora y un suéter gris muy gastado. Tenía la boca abierta, la cara bañada en sudor y respiraba como un viejo Ford con la junta de culata destrozada. A su lado, sobre una mesa, había un plato lleno de colillas, muchas de las cuales parecían de pitillos liados a mano. En el suelo, una botella de ginebra casi llena y una taza que parecía haber contenido café, pero no en tiempos recientes. La habitación olía principalmente a ginebra y a cerrado, pero también había un vago aroma de marihuana.

Abrí una ventana y apoyé la frente contra la tela metálica para meterme un poco de aire puro en los pulmones. Eché una mirada a la calle. Dos chavales montaban en bicicleta siguiendo la valla del almacén de madera, deteniéndose de vez en cuando para estudiar las muestras de arte de retrete que decoraban las tablas. Nada más se movía en el vecindario, ni siquiera un perro. Abajo, en la esquina, el aire estaba cargado de polvo, como si hubiera pasado por allí un coche.

Me dirigí al escritorio. En su interior estaba el registro de la pensión, así que lo hojeé de atrás adelante hasta que apareció el nombre de Orrin P. Quest, escrito en letra clara y cuidadosa, y al lado el número 214, añadido a lápiz por otra mano que no era nada clara ni cuidadosa. Seguí mirando el registro hasta el final pero no encontré ninguna otra entrada correspondiente a la habitación 214. Un tal G. W. Hicks ocupaba la 215. Dejé el registro en el escritorio y me acerqué al sofá. El hombre interrumpió sus ronquidos y burbujeos y movió el brazo derecho de lado a lado como si estuviera pronunciando un discurso. Me agaché, le agarré la nariz con el pulgar y el índice y le metí una punta de su suéter en la boca. Dejó de roncar y abrió los ojos de golpe. Estaban vidriosos e inyectados de sangre. Forcejeó contra mi mano. Cuando estuve seguro de que estaba bien despierto, le solté, recogí del suelo la botella de ginebra llena y eché un poco en un vaso que estaba tumbado junto a la botella. Le ofrecí el vaso al hombre.

Su mano se lanzó a por él con la hermosa ansiedad de una madre que recupera a un hijo perdido.

Lo aparté fuera de su alcance y pregunté:

—¿Es usted el encargado?

Se lamió los labios con la lengua pegajosa y dijo:

—Grrrrr...

Intentó alcanzar el vaso. Lo coloqué en la mesa delante de él. Lo tomó cuidadosamente con las dos manos y se metió la ginebra para adentro. Luego se echó a reír cordialmente y me lanzó el vaso. Logré cogerlo al vuelo y ponerlo en pie sobre la mesa. El tipo me miró de arriba abajo, en un estudiado pero fracasado intento de adoptar un aire de severidad.

—¿Qué pasa? —graznó con voz irritada.

—¿Es el encargado?

Asintió con la cabeza y por poco no se cayó de la cama.

—Bueno, debo estar borracho —dijo—. Un poquirritín borracho, como quien dice.

—No está tan mal —le contesté—. Todavía respira.

Plantó los pies en el suelo y se levantó a empujones. Soltó una risita como si algo le hubiera hecho gracia de pronto, dio tres pasos vacilantes, cayó a cuatro patas y se puso a morder la pata de una silla.

Lo volví a poner en pie, le instalé en el sillón excesivamente relleno con el brazo quemado y le serví otro lingotazo de su medicina. Se lo bebió, tuvo un violento escalofrío, y de golpe su mirada pareció volverse cuerda y astuta. Los alcohólicos de este tipo tienen ciertos momentos de lucidez y equilibrio. Nunca se puede saber cuándo ocurrirán ni cuánto van a durar.

—¿Quién demonios es usted? —gruñó.

—Busco a un hombre llamado Orrin P. Quest.

—¿Eh?

Se lo repetí. Se frotó la cara con las dos manos y respondió lacónicamente:

—Se fue.

—¿Cuándo se fue?

Hizo un movimiento con la mano que casi le hace caerse del sillón, y la volvió a mover en sentido contrario para recuperar el equilibrio.

—Deme un trago —dijo.

Le serví otro lingotazo de ginebra y lo mantuve fuera de su alcance.

—Démelo —dijo el hombre en tono ávido—. No me encuentro bien.

—Lo único que quiero es la dirección actual de Orrin P. Quest.

—Mira tú qué cosas —dijo en tono socarrón, tendiendo torpemente la mano hacia el vaso que yo sostenía.

Dejé el vaso en el suelo y saqué una de mis tarjetas para que la viera.

—Puede que esto le ayude a concentrarse —dije.

Miró la tarjeta de cerca, hizo un gesto de desprecio, la dobló por la mitad y la volvió a doblar. Se la puso en la palma de su mano, escupió en ella y la tiró por encima de un hombro.

Le di el vaso de ginebra. Se lo bebió a mi salud, movió la cabeza con solemnidad y tiró también el vaso por encima del hombro. El vaso rodó por el suelo y chocó contra el rodapié. El hombre se puso en pie con una sorprendente facilidad, alzó un pulgar hacia el techo, dobló los dedos bajo el pulgar e hizo un ruido chasqueante con la lengua y los dientes.

—Largo —dijo—. Tengo amigos. —Miró el teléfono de pared y después a mí, con ojos taimados—. Un par de muchachos que se ocuparán de ti —añadió con desprecio.

Yo no dije nada.

—No me crees, ¿eh? —rugió, repentinamente furioso.

Yo negué con la cabeza.

Se acercó al teléfono, descolgó el auricular de un zarpazo y marcó las cinco cifras de un número. Yo le miraba fijamente. Uno, tres, cinco, siete, dos.

Aquello acabó momentáneamente con sus fuerzas. Dejó caer el auricular, que rebotó contra la pared, y se sentó en el suelo al lado del aparato. Se lo acercó a la oreja y gruñó en dirección a la pared:

—Póngame con el doctor.

Yo escuchaba en silencio.

—¡Vince, el doctor! —gritó con furia.

Sacudió el auricular y lo tiró lejos. Apoyó las manos en el suelo y empezó a arrastrarse en círculo. Cuando me vio, pareció sorprendido y molesto. Se levantó de nuevo, temblando, y tendió la mano:

—Deme un trago.

Recogí el vaso caído y ordeñé en él la botella de ginebra. Lo aceptó con la dignidad de una viuda alcohólica, se lo bebió con una airosa floritura, caminó tranquilamente hasta el sofá y se tumbó, colocándose el vaso bajo la cabeza a modo de almohada. Se quedó dormido al instante.

Colgué el auricular del teléfono en su gancho, eché un nuevo vistazo a la cocina, cacheé al tipo del sofá y le saqué unas llaves de un bolsillo. Una de ellas era una llave maestra. La puerta del vestíbulo tenía una cerradura de resorte; lo puse de forma que pudiera volver a entrar y empecé a subir la escalera. A medio camino hice un alto para apuntar en un sobre «Doctor – Vince – 13572». Podía ser una pista.

La casa estaba en completo silencio mientras yo subía.

4

La bien lijada llave maestra del patrón abrió sin ruido la cerradura de la 214. Abrí la puerta de un empujón. La habitación no estaba vacía. Un tiarrón corpulento estaba inclinado sobre una maleta que había encima de la cama, de espaldas a la puerta. Sobre la colcha tenía colocadas camisas, calcetines y ropa interior, que él iba metiendo en la maleta con cuidado y sin prisas, silbando entre dientes una sola nota baja.

Se puso rígido al oír chirriar las bisagras de la puerta. Su mano hizo un rápido movimiento hacia la almohada de la cama.

—Usted perdone —dije—. El encargado me dijo que esta habitación estaba libre.

Era calvo como un huevo. Llevaba un pantalón de franela gris y tirantes de plástico transparente sobre una camisa azul. Su mano subió desde la almohada a la cabeza y volvió a bajar. Cuando el tío se dio la vuelta, tenía pelo.

Parecía una cabellera de lo más natural, suave, castaña, sin raya. Me lanzó una mirada furiosa desde debajo de ella.

—Podría haber probado a llamar —me dijo.

Tenía una voz gruesa y una cara ancha y recelosa, de tío que se las sabe.

—¿Por qué iba a llamar si el patrón me había dicho que la habitación estaba desocupada?

Asintió con la cabeza, tranquilizado. Sus ojos perdieron la expresión de ira.

Me adentré en la habitación sin aguardar a que me invitara. Una revista barata de amor estaba tirada boca abajo sobre la cama, al lado de la maleta. En un cenicero de cristal verde humeaba un cigarro. La habitación estaba recogida y ordenada y, para una casa como aquélla, limpia.

—Debió pensar que usted ya se habría marchado —dije yo, tratando de parecer un tipo bienintencionado, con ciertas dotes para decir la verdad.

—La tendrá libre dentro de media hora —dijo el hombre.

—¿Le parece bien que eche un vistazo?

Sonrió sin la menor alegría.

—No lleva mucho tiempo en la ciudad, ¿verdad?

—¿Por qué lo dice?

—Es nuevo por aquí, ¿a que sí?

—¿Por qué?

—¿Le gustan esta casa y este barrio?

—No mucho —dije—. Pero la habitación no está mal.

Sonrió, mostrando una funda dental de porcelana mucho más blanca que los demás dientes.

—¿Cuánto tiempo lleva buscando?

—Acabo de empezar —dije—. ¿A qué vienen todas estas preguntas?

—Usted me da risa —dijo el tipo, sin reírse en absoluto—. En este sitio uno no mira las habitaciones. Las coges sin verlas. Esta ciudad está ya tan repleta de gente que podría ganarme diez pavos con sólo decir que aquí hay una habitación libre.

—Qué lástima —dije—. A mí me dijo lo de la habitación un tipo llamado Orrin P. Quest. Son diez pavos que no se va a poder gastar.

—¿Ah, sí?

Ni un parpadeo, ni un solo músculo que se moviera. Era como si le estuviera hablando a una tortuga.

—No se ponga chulo conmigo —dijo el hombre—. Conmigo no conviene ponerse chulo.

Cogió su cigarro del cenicero de cristal verde y echó un poco de humo. Me miró a través del humo con ojos grises y glaciales. Yo saqué un cigarrillo y me rasqué la barbilla con él.

—¿Qué les pasa a los que se ponen chulos con usted? —pregunté—. ¿Les obliga a sostenerle el peluquín?

—¡Deje en paz mi peluquín! —dijo en un tono feroz.

—Lo siento mucho —dije.

—Hay un cartel abajo que dice que no hay habitaciones —dijo él—. ¿Cómo es que viene aquí y encuentra una?

—No ha oído bien el nombre —dije—. Orrin P. Quest.

Se lo deletreé. Pero aquello no le dejó satisfecho. Se hizo un silencio embarazoso.

De pronto dio media vuelta y metió un montón de pañuelos en la maleta. Me acerqué un poquito más a él. Cuando se volvió, había en su rostro una expresión que podría haber sido de desconfianza. Pero lo de la desconfianza era sólo para empezar.

—¿Es amigo suyo? —preguntó con naturalidad.

—Nos criamos juntos —dije yo.

—Un tipo muy tranquilo —dijo el hombre pausadamente—. He pasado unos cuantos ratos con él. Trabaja en Cal-Western, ¿no?

—Trabajaba.

—¡Ah! ¿Lo dejó?

—Le echaron.

Nos seguimos mirando en silencio. Aquello no nos llevó a ninguna parte. Los dos habíamos hecho aquello demasiadas veces como para esperar milagros.

El hombre se colocó el puro en la boca y se sentó en el borde de la cama, al lado de la maleta abierta. Al echar una ojeada en su interior, vi la culata cuadrada de una automática que asomaba bajo unos calzoncillos mal doblados.

—El amigo Quest se marchó hace ya diez días —dijo al fin, en tono pensativo—. ¿Y aún cree que la habitación estaría libre?

—Según el registro, está libre —le contesté.

Soltó un gruñido de desprecio.

—Ese borracho de abajo seguro que no ha mirado el registro en todo un mes. Oiga, espere un segundo...

Su mirada se hizo más penetrante, su mano vagabundeó como al azar por encima de la maleta abierta y palpó como sin querer algo que estaba al lado de la pistola. Cuando retiró la mano, la pistola ya no se veía.

—He estado medio dormido toda la mañana. Si no, me habría dado cuenta antes: usted es un poli.

—Vale, digamos que soy un poli.

—¿Hay alguna queja?

—Ninguna queja. Simplemente me preguntaba por qué tiene usted esta habitación.

—Me mudé de la 215, al otro lado del pasillo. Este cuarto es mejor. Eso es todo, así de simple. ¿Satisfecho?

—Perfecto —dije, vigilando la mano que podía acercarse a la pistola cuando quisiera.

—¿Qué clase de poli? ¿Municipal? A ver la placa.

No dije nada.

—Creo que no tiene ninguna placa.

—Si se la enseñara, es usted el tipo de persona que diría que es falsa. Así que usted es Hicks.

Pareció sorprendido.

—George W. Hicks —proseguí—. Está en el registro. Habitación 215. Me acaba de decir que se mudó de la 215. —Eché una mirada por la habitación—. Si tuviera una pizarra, se lo escribiría.

—La verdad, no tenemos por qué seguir gruñéndonos —dijo—. Sí, claro que soy Hicks. Encantado de conocerle. Y usted, ¿cómo se llama?

Me ofreció la mano y yo se la estreché, pero sin que diera la impresión de que había estado suspirando porque llegara aquel momento.

—Me llamo Marlowe —dije—. Philip Marlowe.

—¿Sabe una cosa? —dijo Hicks con educación—. Es un maldito mentiroso.

Me reí en su cara.

—Con esos aires risueños no va a llegar muy lejos, compañero —dijo—. ¿Qué negocios se trae?

Saqué la cartera y le pasé una de mis tarjetas profesionales. La leyó con mucha atención y se golpeó la funda de porcelana con el canto.

—Puede haberse largado a donde sea sin que me lo diga —murmuró.

—Tiene usted una gramática aun más floja que su peluquín.

—Deje en paz mi peluquín, si sabe lo que le conviene —gritó.

—No me lo iba a comer —dije—. No tengo tanta hambre.

Dio un paso hacia mí, bajando el hombro derecho. Y puso un gesto de furia que le hizo bajar el labio casi hasta el hombro.

—No me pegue. Estoy asegurado —le dije.

—Bah, qué leches. No es más que un chiflado. —Se encogió de hombros y volvió a colocarse el labio en la cara—. ¿Cuál es su trabajo?

—Tengo que encontrar a ese Orrin P. Quest —dije.

—¿Por qué?

No contesté. Al cabo de un momento, él dijo:
—Bueno, yo soy un tío precavido. Por eso me largo.
—A lo mejor es que no le gusta el humo de marihuana.
—Eso entre otras cosas —dijo en tono anodino—. Por eso se marchó Quest. Era un tipo respetable. Como yo. Creo que un par de matones le metieron miedo.
—Entiendo. Será por eso que no dejó ninguna dirección. ¿Y por qué querían meterle miedo?
—Usted acaba de hablar de marihuana, ¿no? ¿No cree que era de la clase de tipo que hubiera ido a chivarse a la policía?
—¿En Bay City? —pregunté—. ¿Para qué iba a molestarse? En fin, muchas gracias, señor Hicks. ¿Va muy lejos?
—No —dijo—, no muy lejos, justo lo necesario.
—¿Y cuál es su tema? —le pregunté.
—¿Tema? —parecía ofendido.
—Sí, eso. ¿Cómo se busca la vida? ¿Cómo se gana las alubias?
—Se equivoca conmigo, hermano. Soy oculista retirado.
—¿Y por eso tiene ahí una automática del 45? —señalé la maleta.
—No se inquiete por eso —dijo con brusquedad—. Ha pertenecido a mi familia durante muchos años. —Volvió a leer mi tarjeta—. Investigador privado, ¿eh? —dijo pensativo—. ¿Qué clase de trabajos suele hacer?
—Cualquier cosa razonablemente honrada.
Asintió.
—Razonablemente es una palabra muy elástica. Y honrada también.
Le miré de reojo.
—Tiene mucha razón —concedí—. Deberíamos vernos uno de estos días para estirarlas. —Extendí la mano, le quité la tarjeta de entre los dedos y me la guardé en el bolsillo—. Gracias por su atención —le dije.
Salí, cerré la puerta y me pegué a ella, escuchando. No sé qué esperaba oír. Fuera lo que fuese, no lo oí. Me dio la sensación de que el tipo se había quedado plantado en el lugar exacto donde lo había dejado, mirando el punto por donde yo había hecho mutis. Avancé por el pasillo procurando hacer ruido y me detuve al llegar a la escalera.
Un coche arrancó delante de la casa. Una puerta se cerró en alguna parte. Volví a grandes zancadas a la habitación 215 y usé la llave maestra para entrar. Luego cerré la puerta con llave, sin hacer ruido, y esperé a la entrada de la habitación.

5

No habían pasado ni dos minutos cuando el señor George W. Hicks se puso en marcha. Salió tan sigilosamente que no le habría oído si no hubiera estado escuchando en espera de ese tipo exacto de movimiento. Oí el ruidito metálico del picaporte que giraba. Luego, pasos lentos. Después, la puerta que se cerraba con suavidad. Los pasos se alejaron. Un débil y lejano crujido en los escalones. Y después, nada. Esperé oír el ruido de la puerta de entrada. No llegó. Abrí la puerta de la 215 y avancé por el pasillo hasta la escalera. Desde abajo subía el ruido de una puerta que alguien intentaba abrir con cuidado. Me incliné y vi a Hicks entrar en los aposentos del encargado. La puerta se cerró a sus espaldas. Esperé que llegara sonido de voces. No oí voces.

Me encogí de hombros y volví a la 215.

La habitación tenía toda la pinta de estar ocupada. Había una pequeña radio en la mesilla de noche, una cama deshecha con zapatos debajo, y un viejo albornoz de baño colgado encima de la agrietada persiana verde para que no entrara el sol.

Miré todo aquello como si tuviera algún significado, y después volví a salir al pasillo y cerré la puerta. Hice otra peregrinación a la habitación 214. Ahora la puerta estaba sin cerrar con llave. La registré paciente y minuciosamente y no encontré nada que tuviera la más mínima relación con Orrin P. Quest. Tampoco había esperado encontrarlo. ¿Por qué iba a haber nada? Pero siempre hay que mirar.

Bajé a la planta baja, arrimé la oreja a la puerta del encargado, no oí nada, entré y fui a dejar las llaves en el escritorio. Lester B. Clausen estaba tumbado de costado en el sofá, con la cara hacia la pared, como muerto para el mundo. Inspeccioné el escritorio y encontré un viejo libro de cuentas que sólo parecía ocuparse de los alquileres cobrados y los gastos pagados, y de nada más. Consulté otra vez el registro. No estaba al día, pero, viendo al tío del sofá, aquello no tenía nada de extraño. Orrin P. Quest se había largado. Alguien había ocupado su habitación. Alguien más había inscrito a Hicks en ella. El pequeñajo que contaba dinero en la cocina cuadraba a la perfección con el vecindario. El hecho de que llevara un revólver y una navaja constituía una pequeña excentricidad social que no provocaría comentario alguno en la calle Idaho.

Tomé el pequeño listín telefónico de Bay City, que colgaba de un gancho junto al escritorio. No pensé que fuera muy difícil encontrar al individuo que atendía por Doc o Vince y que tenía el teléfono uno-tres-cinco-siete-dos. Pero antes volví a hojear el registro. Es lo que tenía que haber hecho desde el principio. La página con la entrada de Orrin Quest había sido arrancada. Un tío prudente, el señor George W. Hicks. Muy prudente.

Cerré el registro, eché otra mirada a Lester B. Clausen, arrugué la nariz a causa del aire rancio y el olor dulzón y pegajoso de la ginebra y de algo más, y me encaminé hacia la puerta de entrada. De pronto, una idea me penetró por primera vez en la cabeza. Un borracho como Clausen tendría que estar roncando muy fuerte. Tendría que estar roncando a toda máquina, con un variado surtido de ahogamientos, gorgoteos y resoplidos. Pero no hacía ni el menor ruido. Una manta militar pardusca le cubría los hombros y la parte inferior de la cabeza. Parecía estar muy cómodo, muy sosegado. Me incliné sobre él y le observé con atención. Algo que no era un pliegue accidental levantaba la manta al nivel de su nuca. Moví la manta. Un mango de madera, amarillo y cuadrado, estaba acoplado a la nuca de Lester B. Clausen. En una cara del mango amarillo estaban impresas estas palabras: «Obsequio de la Compañía Ferretera Crumsen». El mango estaba situado justo debajo de la protuberancia occipital.

Era el mango de un picahielos...

Me largué del barrio con tranquilidad, sin pasar de 55 kilómetros por hora. Al llegar al límite de la ciudad, a un salto de rana de la línea, me metí en una cabina telefónica y llamé a la policía.

—Policía de Bay City. Habla Moot —contestó una voz carraspeante.

—En el 449 de la calle Idaho —dije—. En las habitaciones del encargado. Se llama Clausen.

—¿Sí? —dijo la voz—. ¿Y qué hacemos?

—No lo sé —contesté—. Yo mismo lo encuentro un poco misterioso. Pero el tío se llama Lester B. Clausen. ¿Entendido?

—¿Y por qué es importante eso? —dijo la voz carraspeante sin alterarse.

—Al forense le interesará averiguarlo —contesté, y colgué.

6

De regreso en Hollywood me encerré en mi oficina con el listín telefónico de Bay City. Tardé un cuarto de hora en descubrir que el abonado del uno-tres-cinco-siete-dos de Bay City era un tal doctor Vincent Lagardie, que se describía como neurólogo y tenía su residencia y consulta en la calle Wyoming, que según mi plano no estaba ni del todo dentro ni del todo fuera del mejor barrio residencial. Guardé la guía telefónica de Bay City en mi escritorio y bajé al bar de la esquina a tomar un bocadillo y una taza de café. Desde una cabina llamé al doctor Vincent Lagardie. Me respondió una mujer, y me costó un poco que me pusiera con el doctor Lagardie en persona. Cuando lo conseguí, oí una voz impaciente. Estaba muy ocupado, me dijo, en mitad de una consulta. Nunca he conocido un médico que dijera otra cosa. ¿Conocía a Lester B. Clausen? Nunca había oído hablar de él. ¿A qué venía mi pregunta?

—El señor Clausen intentó llamarle esta mañana —dije—, pero estaba demasiado borracho para expresarse con claridad.

—No conozco al señor Clausen —respondió secamente la voz del doctor.

Ya no parecía tener tanta prisa.

—Bueno, entonces, perfecto —dije—. Sólo quería asegurarme. Alguien le ha clavado un picahielos en la nuca.

Se hizo un silencio. La voz del doctor Lagardie era ahora tan cortés que resultaba casi untuosa.

—¿Se ha informado a la policía?

—Naturalmente —dije—. Pero usted no tiene por qué preocuparse, a menos que el picahielos sea suyo, claro.

Hizo como que no lo había oído.

—¿Y quién está al aparato? —pregunto con voz suave.

—Me llamo Hicks —contesté—. George W. Hicks. Acabo de marcharme de allí. No me gusta verme mezclado en este tipo de asuntos. Es sólo que pensé que como Clausen intentó llamarle, antes de morir, por supuesto, pensé que quizá le interesaría.

—Lo siento, señor Hicks —dijo el doctor Lagardie—, pero no conozco a ese señor Clausen. Jamás he oído hablar del señor Clausen y nunca he tenido contacto alguno con él. Y tengo una memoria excelente para los nombres.

—Eso está muy bien —dije—. Y ahora ya no le va a poder conocer. Pero alguien podría querer saber por qué intentó telefonearle a usted... a menos que yo me olvide de pasar esa información.

Después de una larga pausa, el doctor Lagardie dijo:

—No se me ocurre qué decir sobre eso.

—A mí tampoco. Es posible que le vuelva a llamar. No me malinterprete, doctor. No se trata de chantaje ni nada parecido. Soy sólo un pobre tipo desorientado que necesita un amigo. Y me dije que un doctor... lo mismo que un cura...

—Estoy a su entera disposición —dijo el doctor Lagardie—. No dude en venir a consultarme cuando le apetezca.

—Gracias, doctor —dije fervientemente—. Muchísimas, muchísimas gracias.

Colgué. Si el doctor Lagardie era un tipo legal, llamaría inmediatamente a la policía de Bay City para contarles la historia. Si no llamaba a la policía, es que no era un tío legal. Saberlo podía resultarme útil, o tal vez no.

7

A las cuatro en punto, sonó el teléfono de mi oficina.

—¿Ha encontrado ya a Orrin, señor Marlowe?

—Todavía no. ¿Dónde está usted?

—Pues en el drugstore, al lado de...

—Suba y deje de jugar a la Mata Hari.

Colgué y me metí un trago de Old Forester para prepararme los nervios para la entrevista. Todavía estaba inhalándolo cuando oí sus pasos trotando por el pasillo. Crucé la habitación y abrí la puerta.

—Pase por aquí, lejos de las multitudes.

Se sentó recatadamente y aguardó.

—Lo único que he podido averiguar —empecé— es que en ese antro de la calle Idaho se trafica con canutos. O sea, cigarrillos de marihuana.

—¡Qué horror!

—En esta vida hay que estar a las duras y a las maduras —dije—. Orrin debió de darse cuenta y les amenazó con avisar a la policía.

—¿Quiere decir —preguntó ella con su aire de niña— que podrían hacerle daño por eso?

—Bueno, lo más probable es que empezaran por meterle miedo.

—Ah, no, a Orrin no le podrían meter miedo, señor Marlowe —me contestó en un tono categórico—. Se pone como una fiera cuando intentan avasallarle.

—Sí, ya —dije—. Pero no estamos hablando de lo mismo. Se le puede meter miedo a cualquiera... si se usa la técnica adecuada.

Ella apretó la boca en un gesto obstinado.

—No, señor Marlowe, a Orrin nadie le puede meter miedo.

—Como quiera —dije—. Entonces no le metieron miedo. Supongamos que sólo le cortaron una pierna para aporrearle con ella la cabeza. ¿Qué es lo que haría en ese caso? ¿Escribir a la oficina de defensa del consumidor?

—Se burla usted de mí —dijo educadamente, con una voz tan fría como la sopa de una pensión—. ¿Eso es todo lo que ha hecho durante el día? ¿Descubrir que Orrin se había marchado y que el barrio es malo? Eso ya lo había averiguado yo por mi cuenta, señor Marlowe. Yo creía que, siendo usted detective y todo eso... —Se calló, dejando el resto de la frase en el aire.

—He hecho algo más —dije—. Le di un poco de ginebra al patrón, miré el registro y hablé con un tipo llamado Hicks. George W. Hicks. Usa peluquín. No creo que usted le conozca, pero ocupa, u ocupaba, la habitación de Orrin. Así que pensé que era posible... —Esta vez me tocaba a mí dejar frases colgadas en el aire.

Ella me traspasó con sus ojos azules, magnificados por las gafas. Tenía la boca pequeña, firme y apretada, y las manos crispadas sobre el escritorio, por encima de su enorme bolso cuadrado. Todo su cuerpo estaba rígido, erguido, formal y expresando disgusto.

—Le pagué veinte dólares, señor Marlowe —dijo fríamente—. Se suponía que eran en pago de un día de trabajo. Y no me parece que haya usted cumplido una jornada de trabajo.

—No —dije—. Es verdad. Pero el día aún no ha terminado. Y no se preocupe por sus veinte dólares. Si quiere, se los devuelvo. Ni los he arrugado.

Abrí el cajón y saqué su dinero. Lo dejé encima del escritorio. Lo miró, pero no lo tocó. Alzó poco a poco la mirada para encontrarse con la mía.

—No me refería a eso. Estoy segura de que hace todo lo que puede, señor Marlowe.

—Con los datos que poseo.

—Pero yo le dije todo lo que sabía.

—No me da esa impresión —le contesté.

—Bueno, desde luego no puedo evitar que piense lo que quiera —me dijo en un tono mordaz—. Pero, en fin, si yo supiera todo lo que quiero saber, no habría venido aquí a pedirle a usted que lo averiguara, ¿no cree?

—No digo que sepa todo lo que quiere saber —respondí—. Lo que digo es que yo no sé todo lo que debería saber para hacer el trabajo que usted quiere. Y, por otra parte, lo que me ha contado no concuerda.

—¿Qué es lo que no concuerda? Le he dicho la verdad. Soy la hermana de Orrin. Digo yo que sabré la clase de persona que es.

—¿Cuánto tiempo estuvo trabajando en la Cal-Western?

—Ya se lo he dicho. Vino a California hace cosa de un año. Empezó a trabajar nada más llegar, porque ya tenía prácticamente asegurado el empleo antes de venir.

—¿Con qué frecuencia escribía a casa? Antes de que dejara de escribir.

—Cada semana. Y a veces más. Nos escribía por turnos a mamá y a mí, aunque, naturalmente, las cartas eran para las dos.

—¿Y qué decía?

—¿Se refiere a lo que nos decía en las cartas?

—¿A qué voy a referirme, si no?

—No se ponga sarcástico. Nos hablaba de su trabajo, de la fábrica y de la gente que trabajaba allí, y a veces nos contaba algún espectáculo que había visto. O nos contaba cosas de California. También hablaba de la iglesia.

—¿Y de chicas, nada?

—No creo que a Orrin le interesaran mucho las chicas.

—¿Y todo el tiempo estuvo viviendo en la misma dirección?

Asintió, con expresión de desconcierto.

—¿Cuánto tiempo hace que dejó de escribir?

Aquello tuvo que pensárselo. Apretó la boca y se aplicó la punta del dedo al labio inferior.

—Hace unos tres o cuatro meses —dijo por fin.

—¿Qué fecha tenía su última carta?

—Yo... me temo que no puedo decirle la fecha exacta. Pero, como le digo, fue hace tres o cuatro...

La interrumpí con un gesto de la mano.

—¿Había algo fuera de lo corriente en ella? ¿Decía o dejaba de decir algo poco habitual?

—Pues no. A mí me pareció igual que las demás.

—¿Tienen ustedes amigos o parientes aquí?

Me echó una mirada extraña, empezó a decir algo y después negó bruscamente con la cabeza.

—No.

—Muy bien. Ahora le diré lo que no encaja. Paso por alto el hecho de que no quiera darme su dirección, porque a lo mejor es sólo que tiene miedo de que yo me presente con una botella de whisky bajo el brazo para intentar ligármela...

—Ésas no son maneras de hablar —dijo.

—Nada de lo que digo es agradable. No soy agradable. Según sus criterios, nadie que no lleve encima por lo menos tres devocionarios es agradable. Pero soy curioso. Lo que no encaja en su historia es que usted no está asustada. Ni usted ni su madre. Y deberían estar muertas de miedo.

Sus deditos apretaron el bolso contra su vientre.

—¿Quiere usted decir que le ha ocurrido alguna desgracia?

Su voz se perdió en una especie de suspiro de tristeza, como cuando un encargado de pompas fúnebres pide que le paguen por anticipado.

—No sé si le ha ocurrido algo. Pero yo en su lugar, sabiendo el tipo de persona que es Orrin y cómo llegaban sus cartas y cómo dejaron de llegar, no habría esperado a las vacaciones para empezar a hacer preguntas. No habría dejado de acudir a la policía, que dispone de una organización especial para encontrar personas. Y no habría recurrido a un lobo solitario totalmente desconocido para pedirle que husmeara entre los escombros por usted. Y tampoco me imagino a su querida mamá quedándose tan tranquila allá en su Manhattan de Kansas durante tantas semanas, zurciendo los calzoncillos de invierno del pastor. Ni una carta de Orrin. Ni una noticia suya. Y lo único que hace al respecto es suspirar y zurcir otro par de calzoncillos.

Se puso en pie de un salto.

—Es usted un ser abominable y asqueroso —dijo indignada—. Me parece abyecto. No le consiento que diga que mamá y yo no estábamos preocupadas. No se lo consiento.

Empujé los veinte dólares en billetes un poco más, hacia el borde opuesto del escritorio.

—Se ha preocupado por valor de veinte dólares, encanto —dije—. Pero yo no sé nada de eso. Y me parece que no tengo ganas de saber. Vuelva a meter este fajo en su alforja y olvídese de que me ha conocido. Mañana podría necesitarlo, para prestárselo a otro detective.

Cerró con rabia el bolso después de haber guardado el dinero.

—No olvidaré fácilmente su grosería —dijo entre dientes—. Nadie me había hablado nunca de ese modo.

Me levanté y caminé rodeando el escritorio.

—No piense mucho en ello. Podría acabar gustándole.

Estiré la mano y le quité las gafas. Dio medio paso atrás, casi tropezó, y por puro instinto le pasé un brazo en torno a la cintura. Sus ojos se abrieron de par en par, puso las manos en mi pecho y me empujó hacia atrás. Ha habido gatitos que me han empujado más fuerte.

—Sin esas gafotas tiene unos ojos francamente bonitos —dije con voz reverencial.

Se relajó, echó hacia atrás la cabeza y abrió un poquito los labios.

—Seguro que esto se lo hace a todas sus clientes —dijo con suavidad.

Había bajado las manos hasta los costados. El bolso me golpeó la pierna. Apoyó todo su peso en mi brazo. Si lo que quería era que la soltara, no había elegido el mejor sistema.

—Sólo quería evitar que perdiera el equilibrio —dije.

—Ya sabía que es usted muy previsor.

Se relajó aún más. Echó más atrás la cabeza. Bajó los párpados, pestañeando un poquito y abrió más los labios. En ellos apareció esa media sonrisa provocadora que nadie les puede enseñar.

—Supongo que pensó que lo hice adrede —me dijo.

—¿Que hizo adrede qué?

—Tropezar, o lo que sea.

—Bueeeno...

Con un rápido movimiento me agarró por el cuello y empezó a tirar. Así que la besé. O la besaba o le atizaba un guantazo. Durante un buen rato aplastó sus labios contra los míos. Luego, con dulzura, suavemente, se deslizó entre mis brazos y se acomodó allí. Dejó escapar un largo suspiro.

—En Manhattan, Kansas, le podrían detener por esto —dijo.

—Si hubiera justicia en el mundo, me podrían detener sólo por ir allí —contesté.

Se echó a reír y me pegó con un dedo en la punta de la nariz.

—Seguro que prefiere mujeres más atrevidas —dijo mirándome de soslayo—. Al menos conmigo no tendrá necesidad de limpiarse las señales de carmín. Quizá me lo ponga la próxima vez.

—¿Y si nos sentamos en el suelo? —dije—. Se me están cansando los brazos.

Se echó a reír de nuevo y se soltó con bastante gracia.

—Seguro que piensa que me han besado montones de veces —afirmó.

—¿Y a qué chica no la han besado?

Asintió, dirigiéndome una de esas miradas de abajo arriba a través de las pestañas.

—Hasta en las reuniones parroquiales se juega a juegos de besos —dijo.

—Si no, nadie iría a las reuniones parroquiales —dije yo.

Nos miramos el uno al otro sin ninguna expresión en particular.

—Bueno... —empezó a decir por fin.

Le devolví sus gafas. Se las puso, abrió su bolso, se miró en un espejito de bolsillo, hurgó en el interior del bolso y sacó el puño cerrado.

—Siento haber estado desagradable —me dijo y metió algo debajo del cartapacio de mi escritorio.

Me obsequió con otra de sus frágiles sonrisas, se dirigió a la puerta y la abrió.

—Le llamaré —dijo en tono de intimidad.

Levanté el cartapacio y alisé los arrugados billetes que había debajo. Como beso, no había sido nada sensacional, pero parecía que me habían dado otra oportunidad en lo referente a los veinte dólares.

El teléfono sonó antes de que hubiera empezado a preocuparme por el señor Lester B. Clausen. Descolgué distraídamente. La voz que oí era brusca, pero difusa y apagada, como si hablara detrás de una cortina o tras una larga barba blanca.

—¿Marlowe? —preguntó.

—Al habla.

—¿Tiene usted una caja fuerte, Marlowe?

Ya estaba harto de portarme con educación esa tarde.

—Deje de preguntar y cuénteme algo —dije.

—Le he hecho una pregunta, Marlowe.

—Y yo no le he contestado; así son las cosas.

Estiré la mano y apreté el interruptor del teléfono. Lo mantuve así mientras buscaba un cigarrillo. Sabía que volvería a llamar inmediatamente. Siempre hacen igual cuando se creen duros. Necesitan decir ellos la última palabra. Cuando volvió a llamar, empecé a hablar yo primero.

—Si tiene algo que proponerme, dígalo. Y cuando todavía no se me ha pagado, se me llama «señor».

—No se deje llevar por ese genio, amigo. Tengo problemas. Necesito guardar una cosa en una caja de seguridad. Sólo por unos días, nada más. Y usted se ganaría un poco de dinero rápido.

—¿Cuánto es un poco? —pregunté—. ¿Y cómo de rápido?

—Un billete de cien. Está aquí esperándole. Se lo estoy calentando.

—Ya le oigo ronronear —le contesté—. ¿Y dónde me espera?

Estaba oyendo la voz por duplicado: la que oía por teléfono y la que resonaba en mi memoria.

—Hotel Van Nuys, habitación 332. Llame con dos golpecitos cortos y dos largos. No muy fuerte. Necesito que venga a la carrera. ¿Cuánto puede tardar...?

—¿Qué es lo que quiere que le guarde?

—Se lo diré cuando llegue aquí. Ya le digo que tengo prisa.

—¿Cómo se llama usted?

—Habitación 332. Con eso basta.

—Gracias por el buen rato —dije—. Hasta nunca.

—Eh, aguarde un momento, idiota. No es nada ilegal como usted se piensa. Ni diamantes, ni pendientes de esmeraldas. Es sólo una cosa que para mí vale un montón de dinero... pero que para otros no vale absolutamente nada.

—El hotel tendrá una caja fuerte.

—¿Quiere usted morir pobre, Marlowe?

—¿Por qué no? Rockefeller murió pobre. Adiós otra vez.

La voz cambió. Perdió el tono borroso y se hizo más clara y rápida.

—¿Cómo marchan las cosas en Bay City?

No dije nada, limitándome a esperar. Al otro lado de la línea sonó una ligera risita.

—Ya suponía que eso le iba a interesar, Marlowe. Habitación 332. Vamos, póngase en marcha y dese prisa.

Oí el clic del teléfono al ser colgado. Yo también colgué. Sin razón aparente, un lápiz rodó, cayó de la mesa y se rompió la punta contra el chisme de cristal que había bajo una de las patas del escritorio. Lo recogí y le saqué punta lenta y concienzudamente con el sacapuntas Boston atornillado al borde del marco de la ventana, dándole vueltas para que quedara perfecto y uniforme. Lo coloqué en la bandeja del escritorio y me sacudí el polvo de las manos. Tenía tiempo de sobra. Me asomé a mirar por la ventana. No vi nada ni oí nada.

Y entonces, con menos motivos aún, vi la cara de Orfamay Quest sin gafas, toda arreglada y maquillada, con una mata de pelo rubio alzándose sobre la frente y una trenza en medio. Y con ojos de cama. Todas tienen que tener ojos de cama. Intenté imaginar ese rostro en primerísimo plano, mordisqueado por algún personaje viril salido de los vastos espacios abiertos del bar Romanoff.

Tardé veintinueve minutos en llegar al hotel Van Nuys.

8

En otros tiempos debió de ser un lugar bastante elegante, pero aquella época ya había pasado. El recuerdo de antiguos cigarros puros aún permanecía en su vestíbulo, lo mismo que los sucios adornos dorados del techo y los muelles deformados de los sillones de cuero. El mármol de la recepción había adquirido un tono pardo amarillento con la edad. Pero la alfombra era nueva y tenía el mismo aire agresivo que el recepcionista. Pasé de largo ante él y me acerqué al despacho de tabaco del rincón, puse un cuarto de dólar sobre el mostrador y pedí un paquete de Camel. La dependienta era una rubia pajiza con el cuello largo y ojos cansados. Dejó los cigarrillos delante de mí, añadió una caja de cerillas y metió el cambio en una hucha que decía «El Fondo de Acción Social se lo agradece».

—Le parece bien que haga esto, ¿verdad? —dijo con una sonrisa fatalista—. Le parece bien que su cambio vaya a parar a los chicos pobres y desheredados, con las piernas torcidas y todo eso, ¿verdad?

—¿Y si no me pareciera bien?

—Recuperaría sus siete centavos —dijo la chica—, pero me costaría mucho trabajo.

Tenía una voz baja y lánguida, con una especie de caricia húmeda como una toalla mojada. Añadí un cuarto de dólar a los siete centavos. Me obsequió con su sonrisa de los domingos. Se le veían hasta las amígdalas.

—Es usted muy amable —dijo—. Se ve enseguida que es amable. Muchos tíos habrían aprovechado para intentar ligar conmigo. ¿Se lo imagina? Por siete centavos, a ligar.

—¿Quién es el vigilante de este hotel? —le pregunté, sin aprovechar aquella opción.

—Hay dos. —Se tocó la nuca con un gesto lento y elegante, enseñando durante el proceso una cantidad que parecía excesiva de uñas color rojo sangre—. El señor Hady hace el turno de la noche y el señor Flack el de día. Ahora es de día, así que debe de estar el señor Flack.

—¿Dónde le puedo encontrar?

Se inclinó sobre el mostrador y me permitió oler su cabellera, señalando la jaula del ascensor con una uña de media pulgada.

—Está en ese pasillo de ahí, al lado del cuarto del conserje. El cuarto del conserje no tiene pérdida, porque la puerta es de dos piezas y en la parte de arriba dice «CONSERJE» en letras doradas. Sólo que esa mitad está abierta hacia atrás, así que a lo mejor no la ve.

—La veré —afirmé—. Aunque me tenga que atornillar una bisagra al cuello. ¿Qué pinta tiene ese Flack?

—Bueno... —dijo—. Es un tipo bajito y rechoncho, con una especie de bigotillo. Un tío como gordito. Corpulento, pero no alto.

Sus dedos se movieron lánguidamente sobre el mostrador, hasta donde yo habría podido tocarlos sin tener que dar un salto.

—No es nada interesante —dijo—. ¿Por qué preocuparse por él?

—Negocios —contesté, escapando antes de que me hiciera una llave de lucha libre.

Me volví a mirarla desde los ascensores. Me miraba con una expresión que, seguramente, ella habría descrito como pensativa.

El cuarto del conserje estaba a mitad del pasillo que llevaba a la entrada de la calle Spring. La puerta siguiente estaba entreabierta. Miré por la abertura, entré y cerré la puerta.

Había un hombre sentado ante un escritorio que tenía mucho polvo, un cenicero muy grande y poca cosa más. Era bajito y grueso. Debajo de la nariz tenía algo oscuro y con pelillos. Me senté frente a él y puse mi tarjeta encima de la mesa.

La cogió sin interés, la leyó, le dio la vuelta y leyó el reverso con tanto interés como el anverso. No había nada escrito en el reverso. Cogió del cenicero una colilla de puro y se quemó la nariz al encenderla.

—¿Alguna queja? —gruñó.

—Ninguna queja. ¿Es usted Flack?

No se molestó en responder. Me dirigió una mirada helada que tal vez ocultara sus pensamientos, en el caso de que tuviera algún pensamiento que ocultar.

—Desearía informarme sobre uno de sus clientes —dije.

—¿Cómo se llama? —preguntó Flack, sin entusiasmo.

—No sé qué nombre ha utilizado aquí. Está en la 332.

—¿Y cómo se llamaba antes de venir aquí? —preguntó Flack.

—Tampoco lo sé.

—Bueno, entonces, ¿cómo es?

Flack empezaba a recelar. Volvió a leer mi tarjeta, pero aquello no añadió nada a sus conocimientos.

—Que yo sepa, no le he visto jamás.

—Debo de estar fatigado —dijo Flack—, porque no le entiendo.

—Me llamó por teléfono —dije—. Quería verme.

—¿Y hay algo que se lo impida?

—Escuche, Flack. En mi profesión, a veces nos creamos enemigos. Usted debería saberlo. Este tipo quiere que hagan un trabajo para él. Me dice que venga aquí, pasa de decirme su nombre y cuelga el teléfono. Así que he decidido husmear un poco antes de subir.

Flack se sacó el puro de la boca y habló en tono paciente:

—Estoy hecho polvo. Sigo sin entender. Ya no entiendo nada de nada.

Me incliné sobre el escritorio y hablé despacio y con claridad:

—Todo esto podría ser un apaño para hacerme venir a un hotel, dejarme tieso de un porrazo y después largarse tranquilamente. No le gustaría que ocurriese algo así en su hotel, ¿verdad, Flack?

—Aun suponiendo que eso me preocupara —dijo—, ¿tan importante se cree usted?

—¿Fuma este pedazo de cuerda porque le gusta o porque cree que le da aspecto de duro?

—Con cuarenta y cinco dólares a la semana —contestó Flack—, ¿cree que puedo fumar algo mejor?

Me miró fijamente.

—Aún no tengo cuenta de gastos —le dije—. Todavía no hay nada acordado.

Hizo un sonido como de lamentación, se levantó con aire cansino y salió de la habitación. Encendí un cigarrillo y esperé. Volvió al poco rato y dejó caer una ficha de inscripción encima de la mesa. En ella ponía «Doctor G. H. Hambleton, El Centro, California», escrito con letra firme y redondeada. Flack señaló con un dedo que estaba pidiendo a gritos una manicura o, en su defecto, un cepillo de uñas.

—Ha llegado a las dos cuarenta y siete de la tarde —dijo—. Es decir, hoy. No hay nada anotado en su cuenta. Un día de alojamiento. Ninguna llamada telefónica. Nada de nada. ¿Es esto lo que quería?

—¿Qué aspecto tiene? —pregunté.

—No lo he visto. ¿Se figura usted que estoy de guardia en recepción y les saco fotos mientras se inscriben?

—Gracias —dije—. Doctor G. W. Hambleton. El Centro. Muchas gracias.

Le devolví la ficha.

—Si hay algo que yo deba saber —dijo Flack cuando me marchaba—, no se olvide de dónde vivo. Si a esto se le puede llamar vivir.

Asentí y salí. Hay días como éste, en que uno sólo se encuentra con tarugos. Uno empieza a mirarse en el espejo y a dudar de sí mismo.

9

La habitación 332 se encontraba en la parte trasera del edificio, cerca de la salida de incendios. El pasillo que llevaba a ella olía a alfombra vieja, a cera para muebles y al gris anonimato de un millar de vidas sórdidas. El cubo de arena colocado junto a la manguera contra incendios estaba lleno de colillas de cigarrillos y de puros, acumuladas allí durante varios días. A través de un montante abierto, una radio atronaba con música de charanga. Por otro montante se oía como si alguien se estuviera muriendo de risa. Al final del pasillo, donde estaba la habitación 332, había más tranquilidad.

Llamé con dos golpes largos y dos cortos, como me habían indicado. No pasó nada. De repente me sentí viejo y cansado. Tenía la impresión de haberme pasado toda la vida llamando a puertas de hoteles baratos sin que nadie se molestara en abrir. Lo intenté otra vez. Luego hice girar el picaporte y entré. Una llave con una tablilla de fibra roja colgaba de la cerradura por la parte de dentro.

Había una pequeña antesala con un cuarto de baño a la derecha. Más allá se veía la mitad superior de una cama, y en ella estaba tumbado un hombre en camisa y pantalón.

—¿Doctor Hambleton? —pregunté.

El hombre no contestó. Me acerqué, pasando junto a la puerta del cuarto de baño. Una bocanada de perfume llegó hasta mí y empecé a darme la vuelta, pero no con la suficiente rapidez. Una mujer que salía del cuarto de baño estaba en el umbral, tapándose la parte inferior de la cara con una toalla. Por encima de la toalla se veían unas gafas negras, y más arriba el ala de un sombrero de paja de ala ancha, de un color que podría llamarse azul lavanda polvoriento. Debajo del sombrero había cabellos ahuecados, de un rubio muy claro. Unos pendientes azules brillaban entre las sombras. Las gafas de sol tenían montura blanca con patillas anchas. El vestido hacía juego con el sombrero. Sobre el vestido había un abrigo abierto, de seda recamada o rayón. Llevaba guantes con puño de crespón y en la mano derecha tenía una pistola automática. Con cachas de hueso blanco. Parecía del calibre 32.

—Vuélvase y ponga las manos en la espalda —dijo a través de la toalla.

La voz ahogada por la toalla me era tan poco familiar como las gafas negras. No era la voz que me había hablado por teléfono. No me moví.

—No crea que estoy de broma —dijo—. Le doy exactamente tres segundos para hacer lo que digo.

—¿No podría darme un minuto? Me gusta mirarla.

Me hizo un gesto amenazador con su pistola.

—¡Dese la vuelta! —dijo en tono cortante—. ¡Y rápido!
—También tiene una voz muy bonita.
—Muy bien —dijo en tono tenso y peligroso—. Si lo prefiere por las malas, será por las malas.
—No se olvide de que es una dama —le dije, y me volví con las manos levantadas hasta los hombros.
El cañón de la pistola me hurgó la nuca. Su aliento casi me hacía cosquillas en la piel. El perfume era de alguna marca elegante, no muy fuerte, nada comprometedor. La pistola se retiró de mi nuca y una llamarada blanca ardió por un instante detrás de mis ojos. Solté un gruñido, caí hacia delante a cuatro patas y lancé rápidamente una mano hacia atrás. Mi mano tocó una pierna enfundada en una media de nailon, pero resbaló, con gran pesar por mi parte. Al tacto me había parecido una buena pierna. Otro golpe en la cabeza le quitó el placer a la situación y me hizo emitir el sonido ronco propio de un tipo que está en las últimas. Me derrumbé en el suelo. La puerta se abrió. Sonó una llave. La puerta se cerró. La llave giró. Silencio.
Me puse en pie a duras penas y me metí en el cuarto de baño. Me mojé la cabeza con una toalla empapada en agua fría.
Parecía como si me hubieran pegado con el tacón de un zapato. Desde luego, no con la culata de una pistola. Había un poco de sangre, no mucha. Enjuagué la toalla y me quedé allí, palpándome el chichón y preguntándome por qué no había echado a correr detrás de ella, gritando. En cambio, estaba mirando el botiquín abierto que había encima del lavabo. La tapa de un bote de polvos de talco había sido arrancada. Había talco por todo el estante. También habían rajado un tubo de pasta dentífrica. Alguien había estado buscando algo.
Volví a la antesala e intenté abrir la puerta del pasillo. Estaba cerrada por fuera. Me agaché a mirar por el ojo de la cerradura. Pero era una de esas cerraduras que tienen los agujeros de dentro y de fuera a diferentes alturas. La chica de las gafas de sol con montura blanca no sabía mucho de hoteles. Di la vuelta al pestillo de noche, que abrió el cierre de fuera. Abrí la puerta, eché una mirada al pasillo vacío y volví a cerrar.
Entonces me acerqué al hombre tumbado en la cama. No se había movido en todo aquel tiempo, por alguna razón de peso.
Más allá del pequeño vestíbulo la habitación se ensanchaba. Había dos ventanas por las que entraba el sol de la tarde en rayos oblicuos que caían casi de lleno sobre la cama y se posaban bajo la nuca del hombre tumbado. El objeto sobre el que se posaban era azul y blanco, brillante y redondo. El hombre estaba cómodamente tumbado, casi boca abajo, con las manos a los costados y sin zapatos. Apoyaba una mejilla en la almohada y parecía relajado. Llevaba peluquín. La última vez que había hablado con él se llamaba George W. Hicks. Ahora era el doctor G. W. Hambleton. Las mismas iniciales. Aunque aquello ya no tenía importancia; ya no iba a volver a hablar con él. No había sangre. Ni una gota, que es una de las pocas cosas agradables de un buen trabajo con picahielos.
Le palpé el cuello. Todavía estaba caliente. Mientras yo hacía aquello, el rayo de sol se fue moviendo desde el mango del picahielos hacia su oreja izquierda.

Me volví e inspeccioné la habitación. El cajetín del teléfono estaba abierto. La Biblia de Gedeón estaba tirada en un rincón. El escritorio había sido registrado. Fui hasta el armario y eché una mirada a su interior. Dentro había ropas y una maleta que yo ya había visto antes. No encontré nada que pareciera importante. Recogí del suelo un sombrero de ala estrecha, lo dejé encima de la mesa y volví al cuarto de baño. La cuestión era saber si los que habían matado al doctor Hambleton con el picahielos habían encontrado lo que buscaban. Habían tenido muy poco tiempo.

Registré metódicamente el cuarto de baño. Levanté la tapa de la cisterna y la vacié. No había nada dentro. Eché un vistazo a la tubería de desagüe. No había ningún cordel con un pequeño objeto atado al extremo. Registré la cómoda. Estaba vacía, aparte de un viejo sobre. Desmonté las persianas y palpé bajo los alféizares de las ventanas. Recogí del suelo la Biblia y la hojeé. Inspeccioné el reverso de tres cuadros y estudié el borde de la moqueta. Estaba clavada casi hasta la pared y había bolsas de polvo en las depresiones hechas por los clavos. Me tiré al suelo para mirar debajo de la cama. Lo mismo. Me subí a una silla y miré el globo de la lámpara. Sólo había polvo y polillas muertas. Examiné la cama de arriba abajo. Estaba hecha por manos profesionales y no la habían tocado desde entonces. Palpé la almohada bajo la cabeza del difunto, y después saqué del armario la almohada de repuesto y examiné sus bordes. Nada.

La chaqueta del doctor Hambleton estaba colgada del respaldo de una silla. La examiné, sabiendo que era el lugar en que había menos probabilidades de encontrar lo que buscaba. Habían rasgado el forro y las hombreras con una navaja. Encontré cerillas, un par de cigarros, unas gafas de sol, un pañuelo barato sin usar, un trozo de entrada de un cine de Bay City, un peine pequeño y un paquete de cigarrillos sin abrir. Lo examiné a la luz. No presentaba ninguna señal de haber sido manipulado. Yo sí que lo manipulé. Rasgué el precinto y busqué en su interior, pero no encontré nada más que cigarrillos. Sólo quedaba por mirar el propio doctor Hambleton. Le di la vuelta con cuidado y busqué en los bolsillos del pantalón. Calderilla, otro pañuelo, un tubito de hilo dental, más cerillas, un manojo de llaves, un horario de autocares. En una cartera de piel de cerdo había sellos, otro peine (he ahí un hombre que cuidaba de verdad su peluquín), tres bolsitas de polvo blanco, siete tarjetas que decían «Dr. G. W. Hambleton, Edificio O.D. Tustin, El Centro, California. Horario: de 9 a 12 y de 2 a 4 previa petición de hora. Teléfono: El Centro 50406». No había permiso de conducir, ni tarjeta de la Seguridad Social, ni pólizas de seguro, ningún verdadero documento de identidad. En la cartera había ciento sesenta y cuatro dólares en billetes. Volví a dejar la cartera donde la había encontrado.

Cogí el sombrero del doctor Hambleton de encima de la mesa y examiné la badana del forro y la cinta. El lazo de la cinta había sido arrancado con la punta de una navaja, dejando hilos colgantes. No había nada escondido en el lazo. Tampoco había señales de que lo hubieran descosido y vuelto a coser.

Aquello era un indicio. Si los asesinos sabían lo que buscaban, se trataba sin duda de un objeto que se podía esconder en un libro, en un cajetín de teléfono, en un tubo de pasta de dientes o en la cinta de un sombrero. Regresé al cuarto de baño para volver a mirarme la cabeza. Todavía salía un hilillo de sangre. Me eché más agua fría, me sequé la herida con papel higiénico y lo tiré al retrete. Luego volví a la habitación y me quedé un momento mirando al doctor Hambleton, preguntándome qué error habría cometido. Me había parecido un tío bastante listo. La luz del sol se había corrido ya hacia el fondo de la habitación, abandonando la cama para posarse en un rincón triste y polvoriento.

De repente sonreí, me incliné y con un gesto rápido y la sonrisa aún en mi cara, aunque no estuviera a tono con la situación, le quité el peluquín al doctor Hambleton y lo volví del revés. Así de sencillo. En el forro del peluquín había un papel de color naranja pegado con cinta adhesiva y protegido con celofán. Lo arranqué, le di la vuelta y vi que era un resguardo numerado del estudio fotográfico Camera Shop de Bay City. Lo metí en mi cartera y volví a poner con cuidado el peluquín en la cabeza de huevo del muerto.

Y como no había manera de cerrar la puerta con llave, la dejé sin cerrar.

En el corredor, la radio continuaba atronando por el montante y las exageradas risas alcohólicas la acompañaban al otro lado del pasillo.

10

Al otro lado del hilo telefónico, el empleado del estudio fotográfico Camera Shop me dijo:

—Sí, señor Hicks. Ya las tenemos. Seis ampliaciones de su negativo en papel satinado.

—¿A qué hora cierran? —pregunté.

—Dentro de cinco minutos. Por la mañana abrimos a las nueve.

—Las recogeré mañana por la mañana. Gracias.

Colgué, metí mecánicamente la mano en el cajetín y encontré una moneda que alguien había dejado olvidada. Me encaminé a la barra y la invertí en una taza un café. Me quedé un rato sentado, dando sorbos al café y escuchando los lamentos de las bocinas de los coches en la calle. Era hora de irse a casa. Sonaron silbatos, rugieron motores, chirriaron frenos en mal estado. Sobre la acera resonaba un sordo y constante rumor de pasos. Acababan de dar las cinco y media. Me terminé el café, llené la pipa y caminé media manzana, de regreso al hotel Van Nuys. En la sala de lectura metí el resguardo de la tienda de fotografía en un papel de cartas del hotel y escribí mi dirección en el sobre. Le puse un sello de correo urgente y lo eché en el buzón que había cerca del ascensor. Luego volví al despacho de Flack.

Cerré una vez más la puerta y me senté ante él. Flack no parecía haberse movido ni un centímetro. Seguía masticando con aire melancólico la misma colilla de puro, y sus ojos seguían completamente inexpresivos. Encendí la pipa, rascando una cerilla en un costado de su escritorio. Aquello le hizo fruncir el ceño.

—El doctor Hambleton no contesta —dije.

—¿Cómo? —Flack me miró con mirada ausente.

—El tipo de la 332, ¿se acuerda? No contesta.

—¿Y qué quiere que haga? ¿Rasgarme las vestiduras? —preguntó Flack.

—He llamado varias veces —continué—. Sin respuesta. Entonces pensé que a lo mejor estaba en el baño, aunque no se oía nada. Me marché a dar una vueltecita y volví a intentarlo. Sigue sin responder.

Flack consultó un reloj que sacó de su chaleco.

—Termino a las siete —dijo—. Dios mío, falta más de una hora. Y me muero de hambre.

—Trabajando de esta manera —le dije—, no es de extrañar. Necesita reponer las fuerzas. ¿Le interesa lo que le digo de la 332?

—Dice que el tío no está —respondió Flack en tono irritado—. ¿Y qué? Pues no está.

—No he dicho que no estuviera, he dicho que no contesta.

Flack se inclinó hacia delante. Con movimientos muy lentos, se sacó de la boca los restos del puro y los dejó en el cenicero de cristal.

—Siga. Cuénteme más —dijo pausadamente.

—A lo mejor le interesaría subir a mirar. Puede que haga bastante tiempo que no ve un buen trabajo con picahielos.

Flack apoyó las dos manos en los brazos de su sillón y apretó con fuerza la madera.

—Ay —dijo desperezándose—. Ay, ay...

Se puso en pie y abrió el cajón de la mesa. Sacó un enorme revólver negro, abrió el tambor, examinó los cartuchos, miró el interior del cañón, volvió a poner el tambor en posición. Se desabrochó el chaleco y se metió el revólver bajo el cinturón. En caso de urgencia, probablemente lo habría podido sacar en menos de un minuto. Se caló el sombrero y señaló la puerta con el dedo pulgar.

Subimos al tercer piso sin decir palabra. Recorrimos el pasillo. Nada había cambiado. Ningún sonido había aumentado ni disminuido. Flack se precipitó hasta la 332 y llamó a la puerta por la fuerza de la costumbre. Después intentó abrirla. Se volvió hacia mí con una mueca en la boca.

—Me dijo que la puerta no estaba cerrada —refunfuñó.

—No dije exactamente eso. Sin embargo, usted tiene razón. No estaba cerrada.

—Pues ahora lo está —dijo Flack, desenfundando una llave sujeta al extremo de una larga cadena.

Abrió la cerradura y miró pasillo arriba y pasillo abajo. Luego hizo girar el pomo despacio, sin ruido, y abrió la puerta cuatro o cinco centímetros. Escuchó. No llegaba ruido alguno del interior. Flack dio un paso atrás y sacó su revólver de debajo del cinturón. Quitó la llave de la cerradura, abrió la puerta de una patada y apuntó con el revólver hacia delante, como el malvado capataz del Rancho Maldito.

—Vamos —dijo con una comisura de la boca.

Por encima de su hombro, yo podía ver al doctor Hambleton, tumbado exactamente igual que antes, pero desde la entrada no se veía el mango del picahielos. Flack se inclinó hacia delante y avanzó cautelosamente hacia la habitación.

Llegó al cuarto de baño, echó una ojeada por la abertura de la puerta y luego le pegó un empujón que la hizo rebotar contra la bañera. Entró, salió y avanzó hacia el interior de la habitación, con el aire de un tipo nervioso y prudente que no quiere correr riesgos.

Probó la puerta del armario, apuntó con el revólver y la abrió de golpe. Ningún sospechoso en el armario.

—Mire debajo de la cama —le dije.

Flack se agachó rápidamente y miró debajo de la cama.

—¿Me está tomando el pelo? —preguntó en tono de enfado.

—No, es que me gusta verle trabajar.

Se inclinó sobre el muerto y examinó el picahielos.

—Alguien cerró esa puerta con llave —dijo en tono sarcástico—. A menos que mintiera usted al decir que no estaba cerrada.

No dije nada.

—Bueno, creo que habrá que llamar a la poli —dijo lentamente—. No hay forma de tapar esto.

—No es culpa suya —dije—. Sucede hasta en los buenos hoteles.

11

El médico pelirrojo llenó la ficha y se metió la estilográfica en el bolsillo de pecho de su chaqueta blanca. Cerró de golpe la libreta con una leve sonrisa en la cara.

—Herida punzante en la médula espinal, justo debajo de la protuberancia occipital, diría yo —dijo tranquilamente—. Un punto muy vulnerable, si uno sabe encontrarlo. Supongo que usted sabrá.

El teniente inspector Christy French gruñó:

—¿Cree que es la primera vez que veo una cosa así?

—No, supongo que no —dijo el médico. Le echó una última mirada al muerto y salió de la habitación—. Llamaré al forense —informó por encima del hombro. La puerta se cerró tras él.

—A estos pájaros, un fiambre les hace el mismo efecto que a mí un plato de coles —dijo con amargura Christy French.

Su asistente, un poli llamado Fred Beifus, estaba arrodillado junto al cajetín del teléfono. Lo había recubierto de polvo para tomar las huellas digitales y había soplado el polvo sobrante. Ahora examinaba las huellas con una pequeña lupa. Movió la cabeza y retiró algo del tornillo que servía para cerrar el cajetín.

—Guantes grises de algodón, guantes de enterrador —dijo con aire asqueado—. Cuestan unos cuatro centavos el par, comprados al por mayor. Ni de coña vamos a encontrar buenas huellas en este chisme. Buscaban algo en el cajetín del teléfono, ¿no?

—Evidentemente, algo que podía caber ahí dentro –dijo French—. No esperaba encontrar huellas. Esto del picahielos es trabajo de especialistas. Ya vendrán los expertos dentro de un rato. Ahora sólo estamos echando un vistazo rápido.

Estaba vaciando los bolsillos del muerto y colocando su contenido sobre la cama, al lado del cadáver inmóvil y ya cerúleo. Flack estaba sentado en una silla cerca de la ventana, mirando al exterior con melancolía. El subgerente había hecho acto de presencia, se había quedado un rato sin decir nada, con expresión fúnebre, y se había largado. Yo estaba apoyado en la pared del cuarto de baño, mirándome las puntas de los dedos.

De pronto, Flack dijo:

—Yo creo que eso del picahielos es más bien propio de mujeres. Se puede comprar en cualquier parte por diez centavos. Y si no quieres pagarlo, te lo metes bajo la falda, lo sujetas con la liga y te lo llevas.

Christy French le dirigió una rápida mirada con un leve toque de asombro. Beifus saltó:

—¿Con qué clase de mujeres sales últimamente, encanto? Con el precio que tienen hoy día las medias, las señoras preferirían meterse serruchos en los calcetines.

—No se me había ocurrido —dijo Flack.

—Deja lo de pensar para nosotros, cariño —dijo Beifus—. Se necesita equipo para ello.

—No hay por qué ponerse grosero —dijo Flack.

Beifus se quitó el sombrero e hizo una reverencia.

—No nos niegue esos pequeños placeres, señor Flack.

—Además —añadió Christy French—, una mujer habría seguido golpeando. No sabría cuántos golpes harían falta. Hay muchos chorizos que no lo saben. El que ha hecho esto es un artista. Acertó en la médula espinal al primer golpe. Y hay algo más: el tipo tiene que estar muy quieto para poder conseguirlo. Esto significa que eran varios, a menos que drogaran al pobre tipo o que el asesino fuera amigo suyo.

Entonces intervine yo:

—No veo cómo podría haber estado drogado, si fue él quien me llamó por teléfono.

French y Beifus me miraron con la misma expresión de paciencia y aburrimiento.

—Si es que fue él —dijo French—. Y dado que, según nos ha dicho, no conocía a este individuo, siempre existe una remota posibilidad de que no conociera su voz. ¿O me estoy poniendo demasiado sutil?

—No sé —dije—. No he leído las cartas de sus admiradores.

French sonrió.

—No pierdas el tiempo con él —le dijo Beifus—. Ahorra energías para cuando tengas que hablar en el Club del Viernes por la Mañana. Algunas de esas viejas de nariz colorada se vuelven locas por los detalles más suculentos de los asesinatos.

French lió un cigarrillo y lo encendió con una cerilla de cocina que rascó contra el respaldo de una silla. Suspiró.

—Esta técnica proviene de Brooklyn —explicó—. Los chicos de Sunny Moe Stein estaban especializados, pero acabaron pasándose. Llegó un momento en que no podías andar por un descampado sin tropezar con algún trabajito suyo. Luego vinieron aquí, los que quedaban de la banda. Me pregunto por qué.

—A lo mejor porque aquí hay más descampados —sugirió Beifus.

—Sin embargo, es gracioso... —continuó French en un tono casi soñador—. Cuando Weepy Moyer hizo liquidar a Sunny Moe Stein en la avenida Franklin, el pasado febrero, el asesino utilizó un revólver. A Moe no debió de gustarle nada.

—Apuesto a que por eso tenía aquella cara de desilusión, cuando le lavaron la sangre —comentó Beifus.

—¿Quién es Weepy Moyer? —preguntó Flack.

—Era el segundo de Moe en su banda —le contestó French—. Esto podría haber sido obra suya. Aunque no lo habría hecho él en persona.

—¿Por qué no? —preguntó Flack, en un tono arisco.

—¿Vosotros no leéis nunca los periódicos? Actualmente Moyer es un señor. Frecuenta la alta sociedad. Incluso ha cambiado de nombre. Y en cuanto al caso de Sunny Moe Stein, resulta que teníamos encerrado a Moyer por un asunto de juego. Al final se quedó en nada. Pero le proporcionamos una coartada perfecta. De todas formas, como dije, ahora es un señor, y cuando uno es un señor, no va por ahí clavando picahielos en la nuca de la gente. Paga a alguien para que lo haga.

—¿Jamás tuvieron pruebas contra Moyer? —pregunté yo.

French me lanzó una mirada aguda.

—¿Por qué?

—Se me acaba de ocurrir una idea. Pero es muy poca cosa —dije.

French me miró con detenimiento.

—Aquí entre nosotros —dijo al fin—, jamás pudimos probar que el tipo que encerramos fuera realmente Moyer. Pero no lo vaya contando por ahí. Se supone que esto no lo sabe nadie más que él, su abogado, el fiscal del distrito, la brigada de turno, el municipio y doscientas o trescientas personas más.

Hizo chasquear sobre su muslo la cartera vacía del muerto y se sentó sobre la cama. Se apoyó como si tal cosa en la pierna del cadáver, encendió un cigarrillo y señaló con él.

—Bien, ya nos hemos divertido bastante. A ver lo que tenemos, Fred. Primero, este paisano no era demasiado listo. Se hacía pasar por el doctor G. W. Hambleton, y tenía tarjetas con una dirección de El Centro y un número de teléfono. Nos bastaron dos minutos para averiguar que no existe esa dirección y tampoco ese número de teléfono. Un chico listo no se queda al descubierto tan fácilmente. Segundo, está claro que no nadaba en la abundancia. No llevaba más que catorce billetes de dólar y algo de calderilla. En su llavero no había llave de automóvil, ni llave de caja de seguridad, ni llave de casa. Sólo había una llave de maleta y siete llaves maestras limadas. Limadas hace muy poco. Me imagino que tenía pensado rondar un poco por el hotel. ¿Le parece que estas llaves servirían para este antro, Flack?

Flack se acercó a mirar las llaves.

—Dos de ellas son del tamaño adecuado —dijo—. No puedo saber si funcionarán o no con sólo mirarlas. Si yo quiero una llave maestra, tengo que cogerla en la oficina. Lo único que llevo encima es un llavín, y sólo puedo utilizarlo cuando el huésped está fuera. —Se sacó del bolsillo una llave sujeta a una larga cadena y la comparó con las otras. Negó con la cabeza—. No sirven. Habría que trabajarlas más. Tienen demasiado metal.

French se echó ceniza en la palma de la mano y la sopló como si fuera polvo. Flack volvió a su silla junto a la ventana.

—Prosigamos —dijo French—. No tiene permiso de conducir, ni ningún otro documento de identidad. Ninguna de sus ropas proviene de El Centro. Algún chanchullo se traía entre manos, pero no parece de los que pagan con cheques falsos.

—No lo has visto en plena forma —apuntó Beifus.

—Y este hotel no es muy prometedor que digamos —continuó French—. Tiene una reputación asquerosa.

—¡Oiga usted! —protestó Flack.

French le cortó con un gesto.

—Conozco todos los hoteles del distrito metropolitano, Flack. Forma parte de mi trabajo. Por cincuenta pavos podría organizar una orgía en cualquier habitación de este hotel, en menos de una hora. No se quede conmigo. Usted se gana la vida a su manera y yo me la gano a la mía. Pero no quiera quedarse conmigo, ¿vale? El amigo estaba en posesión de algo que le daba miedo seguir llevando. Eso significa que sabía que alguien iba a por él y se le estaba acercando. Entonces, le ofrece cien dólares a Marlowe para que se lo guarde. Pero no tenía encima esa suma. Probablemente planeaba meter a Marlowe en el asunto. Por lo tanto, no podía tratarse de joyas robadas. Tenía que ser algo más o menos legítimo. ¿De acuerdo, Marlowe?

—Incluso podría suprimir el más o menos —contesté.

French esbozó una sonrisa.

—Así pues, eso que tenía era algo que se podía esconder doblado o enrollado en un cajetín de teléfono, en una cinta de sombrero, en una Biblia, en un bote de polvos de talco. No sabemos si lo encontraron o no. Pero sabemos que no tuvieron mucho tiempo. No más de media hora.

—Suponiendo que fuera el doctor Hambleton el que telefoneó —dije—. Recuerde que eso lo dijo usted.

—Si no fue él, la cosa no tendría sentido. Los asesinos no tendrían ninguna prisa por que lo encontraran. ¿Para qué iban a pedirle a nadie que viniera aquí?

Se volvió hacia Flack.

—¿Puede comprobarse si recibió visitas?

Flack movió la cabeza con expresión sombría.

—No es necesario pasar por delante de recepción para llegar al ascensor.

—Quizá por eso eligió este hotel —dijo Beifus—. Por eso y por el ambiente hogareño.

—Muy bien —dijo French—. Entonces el que lo liquidó pudo entrar y salir sin que nadie le hiciera preguntas. Sólo tenía que saber el número de la habitación. Y esto es más o menos todo lo que sabemos. ¿De acuerdo, Fred?

Beifus asintió. Intervine yo:

—No, no del todo. Es un peluquín muy bien hecho, pero no deja de ser un peluquín.

French y Beifus se volvieron bruscamente. French estiró la mano, levantó delicadamente la peluca del muerto y emitió un silbido.

—Me preguntaba qué le hacia sonreír a ese imbécil del médico —dijo—. El muy cabrón no dijo nada. ¿Ves lo que yo, Fred?

—Lo único que veo es un tipo calvo —contestó Beifus.

—¿No le viste nunca? Mileaway Marston. Hace tiempo trabajaba para Ace Devore.

—¡Dios mío, claro que sí! —cloqueó Beifus.

Se inclinó sobre el muerto y palmeó suavemente el cráneo calvo.

—¿Cómo has estado todo este tiempo, Mileaway? Te dejabas ver tan poco que te habíamos olvidado. Pero ya me conoces, viejo amigo. Siempre he sido un sentimental.

Sin su peluca, el hombre de la cama parecía más viejo, más duro, más enjuto. La máscara amarilla de la muerte empezaba a endurecerle los rasgos.

French dijo tranquilamente:

—Bueno, esto me quita un peso de encima. Ya no tendré necesidad de preocuparme todo el día por este chorizo. ¡Que se vaya al infierno!

Le puso la peluca sobre un ojo y se levantó de la cama.

—Ya he terminado con vosotros dos —nos dijo a Flack y a mí.

Flack se levantó.

—Gracias por el crimen, encanto —le dijo Beifus—. Si tienes algún otro en tu precioso hotel, no te olvides de solicitar nuestros servicios. No seremos buenos, pero somos rápidos.

Flack salió a la pequeña antesala y abrió la puerta de un tirón. Le seguí. Llegamos al ascensor en silencio, y seguimos sin hablarnos durante el descenso. Caminé junto a él hasta su despacho, entré detrás de él y cerré la puerta. Parecía sorprendido.

Se sentó ante su escritorio y echó mano al teléfono.

—Tengo que hacer un informe para el subdirector. ¿Desea algo?

Hice rodar un cigarrillo entre los dedos, lo encendí y soplé lentamente el humo por encima de la mesa.

—Ciento cincuenta dólares —contesté.

Los ojillos atentos de Flack se transformaron en agujeros redondos en un rostro sin expresión.

—No es momento para hacerse el gracioso —dijo.

—Después de ver a esos dos payasos de arriba, no se me podría reprochar. Pero no me estoy haciendo el gracioso.

Me puse a tamborilear con los dedos en el borde de la mesa, esperando.

Minúsculas gotas de sudor se formaron en el labio superior de Flack, encima de su bigotito.

—Tengo trabajo —gruñó Flack, con una voz algo más vacilante—. Lárguese y no vuelva por aquí.

—Qué hombrecito más duro —dije—. El doctor Hambleton tenía ciento sesenta y cuatro dólares en su cartera cuando yo le registré. Me había prometido cien dólares de anticipo, ¿se acuerda usted? Ahora, en la misma cartera sólo hay catorce dólares. Y yo dejé la puerta de su habitación sin cerrar. Otra persona la cerró: usted, Flack.

Flack agarró los brazos de su sillón y apretó. Su voz parecía salir del fondo de un pozo.

—No puede demostrar nada, maldita sea.

—¿Quiere que lo intente?

Sacó el revólver de su cinturón y lo puso ante él, sobre la mesa. Lo miró fijamente, pero el revólver no le dijo nada. Volvió a mirarme a mí.

—¿Mitad y mitad? —propuso con voz entrecortada.

Hubo un momento de silencio entre los dos. Sacó una cartera vieja y deformada y hurgó en su interior. Extrajo un puñado de dinero y esparció billetes sobre la mesa. Los repartió en dos montones y empujó uno hacia mí.

—Quiero los ciento cincuenta —dije.

Se hundió en su sillón y miró una esquina de la mesa. Al cabo de un buen rato suspiró, juntó los dos montones y lo empujó todo hacia mi lado de la mesa.

—A él no le iban a servir de nada —dijo—. Vamos, coge la pasta y lárgate. Me acordaré de ti, hermano. Todos vosotros me dais asco. ¿Cómo sé que no le has birlado quinientos dólares?

—Yo lo habría cogido todo. Y el asesino también. ¿Por qué dejarle catorce dólares?

—¿Y por qué le dejé yo los catorce dólares? —preguntó él con voz cansada, haciendo vagos movimientos con los dedos en el borde de la mesa.

Recogí el dinero, lo conté y se lo arrojé.

—Porque eres del oficio y calibraste al tipo. Sabías que por lo menos tenías que dejarle con qué pagar la habitación, y unos cuantos dólares más. Es lo que los polis esperarían encontrar. Toma, no quiero el dinero, es otra cosa lo que busco.

Me miró con la boca abierta.

—Quita ese dinero de mi vista —dije.

Cogió los billetes y los volvió a meter en la cartera.

—¿Qué otra cosa quieres? —Sus ojos eran pequeños y desconfiados, su lengua empujó el labio inferior—. Me parece que tú tampoco estás en muy buena situación para negociar.

—En eso puede que te equivoques. Si fuese arriba a decirles a Christy French y a Beifus que yo estuve allí antes y que registré el cadáver, me costaría una bronca, de acuerdo. Pero comprenderían que si no dije nada, no era únicamente para hacerme el listo. Saben que en alguna parte tengo un cliente y que estaba procurando protegerlo. Me ganaría unos cuantos gritos y malas palabras. Pero a ti te iría mucho peor.

Dejé de hablar y miré el leve brillo del sudor que se iba formando en su frente. Tragó saliva con bastante esfuerzo. Tenía una mirada de loco.

—Deja de dártelas de listo y pon las cartas encima de la mesa —dijo. De repente sonrió con sonrisa de lobo—. Llegaste demasiado tarde para protegerla, ¿verdad?

Su habitual expresión de burla y desprecio iba reapareciendo poco a poco, pero con alegría.

Apagué mi cigarrillo, luego saqué otro y ejecuté todos esos gestos lentos y triviales que sirven para guardar las apariencias: encenderlo, tirar la cerilla, echar el humo hacia un lado, inhalar a fondo como si aquel pequeño y mugriento despacho fuera un ático con vistas al encrespado mar... en fin, todos los viejos y trillados manierismos del oficio.

—De acuerdo —dije—. Admito que era una mujer. También admito que debe de haber estado arriba con el muerto, si eso te hace feliz. Supongo que fue el susto lo que la hizo huir.

—Sí, claro —dijo Flack maliciosamente. La expresión socarrona había vuelto a ocupar su sitio—. O quizá hacía más de un mes que no le clavaba a nadie su picahielos. No querría perder práctica.

—Pero ¿por qué iba llevarse la llave? —dije para mí mismo—. ¿Y por qué dejarla en recepción? ¿Por qué no salir simplemente dejándolo todo tal cual? Y aunque pensara que tenía que cerrar la puerta con llave, ¿por qué no la tiró en un cubo de arena y la tapó? ¿O por qué no se la llevó para luego deshacerse de ella? ¿Por qué dejó la llave de tal manera que se pudiera establecer una relación entre ella y esa habitación? —Bajé los ojos; luego, bruscamente, le dirigí a Flack una mirada grave—. A menos, naturalmente, que alguien la viera al salir de la habitación con la llave en la mano, y la siguiera hasta salir del hotel.

—¿Para qué iba nadie a hacer eso? —preguntó Flack.

—Porque el que la vio pudo entrar enseguida en la habitación. Tenía una llave maestra.

Los ojos de Flack subieron hacia mí y volvieron a bajar en un solo movimiento.

—Así pues, el tipo debió de seguirla —continué—. La vio dejar la llave en recepción y salir del hotel, e incluso pudo seguirla fuera.

Flack dijo en tono irónico:

—¡Eres un portento!

Adelanté el cuerpo y tiré del teléfono.

—Más vale que llame a Christy y aclaremos esto —dije—. Cuanto más lo pienso, más me asusta. Es posible que ella le matara, y no puedo encubrir a una asesina.

Descolgué el receptor. Flack dejó caer con fuerza su sudorosa zarpa sobre mi mano. El aparato rebotó sobre la mesa.

—Déjalo estar. —Su voz era casi un sollozo—. La seguí hasta un coche aparcado calle abajo. Cogí la matrícula. ¡Por Dios, tío, dame un respiro! —Rebuscó desesperadamente en sus bolsillos—. ¿Sabes lo que saco de este trabajo? Lo justo para cigarrillos y puros, y ni un centavo más. Espera, creo... —Bajó la mirada, jugó un solitario con unos cuantos sobres sucios, escogió por fin uno y me lo arrojó—. Éste es el número de la matrícula —dijo con tono cansado—, y si con eso no te basta, ya no me acuerdo de cuál era.

Miré el sobre. Efectivamente, en él había un número de matrícula garabateado. Muy mal escrito, poco claro y torcido, como si lo hubieran escrito a toda prisa en la calle, apoyando el papel en una mano. 6N333. California 1947.

—¿Satisfecho?

Era la voz de Flack. Por lo menos, salía de su boca. Rasgué la parte que tenía el número y le devolví el sobre.

—4P 327 —dije, mirándole a los ojos. Ni un parpadeo. Ni rastro de burla o de disimulo—. ¿Pero cómo sé que no es un número cualquiera que tenías por aquí?

—Tienes que fiarte de mi palabra.

—¿Cómo era el coche?

—Un Cadillac descapotable, no muy nuevo, con la capota levantada. Modelo del 42, aproximadamente. De color azul polvoriento.

—Describe a la mujer.

—Le sacas partido a tu dinero, ¿eh, sabueso?

—El dinero del doctor Hambleton.

Puso mala cara.

—Está bien. Es una rubia. Chaqueta blanca con apliques de colores. Sombrero grande, de paja azul. Gafas negras. Aproximadamente un metro sesenta. Con un cuerpazo de modelo.

—¿La reconocerías si la volvieras a ver, sin gafas? —pregunté con cautela.

Fingió que reflexionaba. Luego negó con la cabeza. No.

—¿Cuál era ese número de matrícula, Flackie? —le pillé desprevenido.

—¿Cuál? —dijo.

Me incliné sobre el escritorio e hice caer la ceniza del cigarrillo sobre su revólver. Practiqué un poco más lo de mirarle a los ojos. Pero sabía que aquello era todo. Él también parecía saberlo. Recogió su revólver, sopló la ceniza y lo guardó en el cajón de su mesa.

—Venga, largo —dijo entre dientes—. Anda a decirles a los polis que registré al fiambre. ¿Y qué? A lo mejor pierdo mi empleo. A lo mejor me meten en chirona. ¿Y qué? Cuando salga lo tendré chupado. El pequeño Flack ya no tendrá que preocuparse por el café y las pastas. No creas ni por un momento que esas gafas negras han engañado al pequeño Flack. He visto demasiadas películas para no reconocer esa carita. Y si quieres saber mi opinión, esa chica va a hacer carrera. Va para arriba y ¿quién sabe? —Me miró de reojo con aire triunfal—. Cualquiera de estos días puede necesitar un guardaespaldas. Un tipo que esté a mano, que cuide sus asuntos y la saque de los líos, un tipo que se sepa los trucos y que no sea muy goloso en cuestión de dinero... ¿Qué pasa?

Yo había torcido la cabeza, inclinándome hacia delante en ademán de escuchar.

—Me pareció oír la campana de una iglesia —dije.

—Por aquí no hay ninguna iglesia —contestó con desprecio—. Es ese cerebro de platino tuyo, que se está cascando.

—Una sola campana —dije—. Tocando muy despacio. Creo que se llama doblar.

Flack aguzó el oído.

—Yo no oigo nada —dijo, molesto.

—Oh, claro que no —dije—. Tú eres la única persona del mundo que no va a poder oírla.

Se quedó sentado, mirándome fijamente, con sus repugnantes ojillos medio cerrados y su repugnante bigotito reluciendo. Una de sus manos tembló sobre el escritorio, en un movimiento sin propósito alguno.

Le dejé con sus pensamientos, que debían ser tan mezquinos, tan desagradables y tan cobardes como él mismo.

12

El edificio de apartamentos estaba en Doheny Drive, al pie de la bajada del Strip. En realidad, eran dos edificios, uno detrás del otro, más o menos conectados por un patio pavimentado, con una fuente. En el portal de mármol de imitación había buzones y timbres. Tres de los dieciséis buzones no tenían nombre. Los nombres que leí no me dijeron absolutamente nada. Aquello iba a requerir un poco más de trabajo. Probé la puerta de entrada, vi que no estaba cerrada, y el asunto seguía requiriendo más trabajo.

Fuera estaban estacionados dos Cadillac, un Lincoln Continental y un Packard Clipper. Ninguno de los dos Cadillac tenía el color ni la matrícula que buscaba. Al otro lado de la calle, un tipo con pantalones de montar estaba despatarrado en un Lancia deportivo, con los pies apoyados en la puerta, fumando y contemplando las pálidas estrellas, que son lo bastante listas como para mantenerse alejadas de Hollywood. Subí la pendiente hasta el bulevar, caminé una manzana hacia el este y entré a sofocarme en una cabina telefónica que era como un baño turco. Llamé a un tipo al que llamaban Sopaboba Smith. Le llamaban así porque era tartamudo; otro misterio que yo no había tenido tiempo de resolver.

—Mavis Weld —dije—. Quiero su teléfono. Soy Marlowe.

—N-n-n-naturalmente —dijo—. ¿D-d-dice usted Mavis Weld? ¿S-s-s-su número de teléfono?

—¿Cuánto?

—S-s-s-serán diez dólares.

—Entonces no he dicho nada.

—E-e-e-espere un minuto. Yo no p-p-puedo ir dando los números de teléfono de esas t-t-tías; es muy arriesgado para un ayudante de utilería.

Esperé, respirando el aire que yo mismo había soltado.

—Y además, le doy la dirección, naturalmente —gimió Sopaboba, olvidándose de tartamudear.

—Cinco pavos —dije—. La dirección ya la tengo. Y no regatees. Si te crees que eres el único mangante de los estudios que se dedica a vender números de teléfono que no vienen en la guía...

—Un instante —dijo en tono agobiado, y fue a consultar su agendita roja.

Era un tartamudo zurdo: sólo tartamudeaba cuando no estaba nervioso. Volvió y me dijo el número. Era un número de Crestview, naturalmente. En Hollywood, si no tienes un número de Crestview eres un muerto de hambre.

Abrí la celda de acero y cristal para que entrara un poco de aire mientras marcaba otra vez. Después de dos timbrazos, una voz lánguida y sensual me contestó. Cerré la puerta.

—¿Sííííí? —arrulló la voz.
—La señorita Weld, por favor.
—¿De parte de quién, por favor?
—Tengo que darle unas fotos esta noche, de parte de Whitey.
—¿Whitey? ¿Quién es Whitey, amigo?[1]
—El jefe de foto fija del estudio —dije—. ¿Es que no lo sabe? Subo enseguida si hace el favor de indicarme el número del apartamento. Sólo estoy a dos manzanas de ahí.
—La señorita Weld se está bañando.
Se echó a reír. Supongo que donde ella estaba, aquello era un repiqueteo cristalino. Donde estaba yo, sonaba como si alguien estuviera apilando sartenes.
—Pues claro, traiga las fotos. Seguro que se muere de ganas de verlas. Es el apartamento número 14.
—¿Estará también usted?
—Pues claro, naturalmente. ¿Por qué lo pregunta?
Colgué y salí tambaleándome al aire libre. Volví a bajar la cuesta. El tipo de los pantalones de montar seguía recostado en su Lancia, pero uno de los Cadillac había desaparecido y dos Buick descapotables se habían incorporado a los coches aparcados delante del inmueble. Pulsé el timbre del número 14, crucé el patio con su madreselva escarlata china iluminada por un pequeño foco. Otro foco iluminaba el gran estanque ornamental, lleno de peces de colores gordinflones y de nenúfares callados, que habían cerrado bien sus pétalos para pasar la noche. Había un par de bancos de piedra y un columpio de jardín. No parecía un sitio muy caro, aunque aquel año todo estaba carísimo. El apartamento estaba en el segundo piso. Era una de las dos puertas que daban a un amplio rellano.
El timbre campanilleó y una morenaza en pantalones de montar abrió la puerta. Decir que era sexy es no decir nada. Sus pantalones, igual que sus cabellos, eran de color negro azabache. Llevaba una blusa de seda blanca y un pañuelo rojo al cuello. El rojo no era tan vivo como el de su boca. Sostenía un cigarrillo pardo muy largo con un par de pinzas doradas. Los dedos con que lo sostenía estaban más que suficientemente enjoyados. El pelo negro estaba peinado con raya en medio, y una línea de cuero cabelludo blanca como la nieve recorría la cabeza y se perdía de vista por detrás. A cada lado de su cuello delgado y moreno caía una gruesa trenza de pelo negro y reluciente. En cada trenza llevaba un lacito escarlata. Pero ya hacía mucho tiempo que había dejado de ser una niña.
Miró inquisitivamente mis manos vacías. Las fotos de cine suelen ser demasiado grandes para llevarlas en el bolsillo.
—¿La señorita Weld, por favor? —dije.
—Puede darme las fotos.
La voz era fría, pausada e insolente, pero los ojos decían otra cosa. Llevársela a la cama debía de ser tan difícil como cortarse el pelo.

1. Cuando habla este personaje, Dolores Gonzales, la palabra *amigo* siempre aparece en castellano en el original. *(N. del T.)*.

—Lo siento, pero es personal, para la señorita Weld.
—Ya le dije que está en el baño.
—Esperaré.
—¿Está seguro de tener esas fotos, amigo?
—Todo lo seguro que se puede estar. ¿Por qué?
—¿Cómo se llama usted?
Su voz se congeló en la última palabra, como una pluma que se lleva el viento. Enseguida empezó a arrullar y a remontarse y a revolotear y a hacer remolinos, y un mudo amago de sonrisa apareció delicadamente en sus labios, muy despacio, como un niño que intenta coger un copo de nieve.
—Su última película era sensacional, señorita Gonzales.
La sonrisa brilló como un relámpago y le cambió todo el rostro. El cuerpo se irguió, vibrante de gozo.
—¡Pero si era asquerosa! —exclamó radiante—. Una absoluta porquería. Qué hombre tan encantador. Sabe usted de sobra que era una porquería.
—Para mí, ninguna película en la que salga usted es una porquería, señorita Gonzales.
Se apartó de la puerta y me hizo señas para que entrara.
—Tomaremos una copa —dijo—. Un auténtico copazo. Me encantan los halagos, por poco sinceros que sean.
Entré. No me habría sorprendido que me aplicara una pistola a los riñones. Se había situado de tal manera que prácticamente tuve que apartarle los pechos para poder pasar por la puerta. Su olor era como la imagen del Taj Mahal a la luz de la luna. Cerró la puerta y bailó hacia un pequeño mueble-bar.
—¿Whisky? ¿O quizá prefiere un cóctel? Sé preparar un martini perfectamente espantoso —dijo.
—El whisky está bien, gracias.
Preparó un par de copas en dos vasos tan grandes que habrían podido servir de paragüeros. Me senté en un sillón estampado y eché una mirada alrededor. El sitio era de estilo anticuado. Había una falsa chimenea con fuego de gas y repisa de mármol, grietas en el yeso, un par de cuadros vigorosamente embadurnados que parecían lo bastante malos como para ser caros, un viejo piano Steinway lleno de descascarillados y, por una vez en la vida, sin un mantón español encima. Había un montón de libros que parecían nuevos, con portadas de colores brillantes, esparcidos por todas partes. Y en un rincón había una escopeta de dos cañones, con la culata primorosamente tallada y un lazo de raso blanco atado a los cañones. El típico ingenio de Hollywood.
La belleza morena con pantalones de montar me pasó una copa y se sentó en el brazo de mi sillón.
—Puedes llamarme Dolores, si te apetece —me dijo, pegándole un buen envite a su vaso.
—Gracias.
—Y yo, ¿cómo debo llamarte?
Sonreí.
—Naturalmente —prosiguió—, soy perfectamente consciente de que no eres más que un condenado mentiroso y que no tienes ninguna foto en los

bolsillos. No es que quiera indagar en tus asuntos, que sin duda son privadísimos.

—¿Ah, no? —Sorbí dos dedos de mi licor—. Dígame, ¿qué clase de baño se está dando la señorita Weld? ¿Con jabón vulgar, o con sales aromáticas de Arabia?

Agitó la colilla del cigarrillo marrón sujeto con la pequeña pinza dorada.

—¿Es que te gustaría echarle una mano? El cuarto de baño está aquí al lado. Por esa puerta con arco, a la derecha. Estoy casi segura de que la puerta no está cerrada con llave.

—Si es tan fácil, no me interesa —contesté.

—¡Oh! —Me volvió a obsequiar con su radiante sonrisa—. Te gustan las dificultades. Tendré que procurar no parecer tan accesible, entonces.

Se levantó elegantemente del brazo de mi sillón y apagó el cigarrillo, curvándose lo suficiente para que yo pudiera apreciar el contorno de sus caderas.

—No se preocupe, señorita González. Sólo soy un tipo que viene por una cuestión de trabajo. No tengo intención de violar a nadie.

—¿No?

La sonrisa se volvió blanda, lánguida y, si no se les ocurre una palabra mejor, provocativa.

—Pero desde luego empiezo a pensármelo —añadí.

—Eres un hijo de puta encantador —dijo, encogiéndose de hombros.

Y se marchó por la puerta de arco, llevándose su medio litro de whisky con agua. Oí unos golpecitos en una puerta y su voz, que decía:

—Querida, hay un tipo que dice que te trae unas fotos del estudio. Eso dice. *Muy Simpático. Muy guapo también. Con cojones.*[2]

Una voz que yo ya había oído antes contestó secamente:

—Anda, cállate, pedazo de putilla. Salgo en un segundo.

La Gonzales volvió a aparecer por el arco de la puerta, tarareando. Su vaso estaba vacío. Volvió al bar.

—¿No bebes? —se quejó, mirando mi vaso.

—He comido. Y mi estómago tiene capacidad limitada. Entiendo algo de español.

Meneó la cabeza.

—¿Estás escandalizado?

Puso los ojos en blanco. Sus hombros iniciaron un baile erótico.

—Soy bastante difícil de escandalizar.

—¿Pero has entendido lo que he dicho? *¡Madre de Dios!*[3] Lo siento muchísimo.

—Seguro que sí —dije.

Acabó de prepararse una segunda copa.

—Pues sí, lo siento mucho —suspiró—. Bueno, creo que lo siento. A veces no estoy segura. A veces me importa un pepino. Es todo tan lioso. Todos mis amigos me dicen que soy una bocazas. Te escandalizo, ¿verdad?

2. En castellano en el original. *(N. del T.)*
3. En castellano en el original. *(N. del T.)*

Otra vez se había sentado en el brazo de mi sillón.

—No, pero cuando tenga ganas de escandalizarme ya sé dónde venir.

Echó indolentemente el brazo hacia atrás para dejar la copa y luego se inclinó hacia mí.

—Pero es que yo no vivo aquí —dijo—. Vivo en el Chateau Bercy.

—¿Sola?

Me dio una palmadita en la nariz. Un instante después estaba sobre mis rodillas y trataba de arrancarme la lengua a bocados.

—Eres un hijo de puta encantador —dijo.

Su boca estaba todo lo caliente que puede estar una boca. Sus labios quemaban como el hielo. Su lengua se apretaba contra mis dientes. Sus ojos eran inmensos y negros y se les veía el blanco.

—Estoy tan cansada —susurró en mi boca—. Tan hecha polvo, tan increíblemente cansada...

Sentí su mano en mi bolsillo interior. La aparté de un empujón, pero ya había cogido mi cartera. Se la llevó bailando y riéndose, la abrió con un gesto rápido y la exploró con dedos ágiles como pequeñas serpientes.

—Me alegro de que ya hayan hecho amistad —dijo una voz fría que venía del lateral. Mavis Weld estaba en la puerta de arco.

Sus cabellos caían en desorden y no se había molestado en maquillarse. Llevaba un vestido largo de estar por casa y prácticamente nada más. Sus piernas terminaban en unas chinelas verde y plata. Su mirada era inexpresiva, su boca despreciativa. Pero con o sin gafas era la misma chica, no cabía duda.

La Gonzales le lanzó una rápida mirada, cerró mi cartera y me la tiró. La cogí al vuelo y me la metí en el bolsillo. Se dirigió con paso lento a una mesa y cogió un bolso negro con correa larga, se lo colgó del hombro y echó a andar hacia la puerta.

Mavis Weld no se movió ni la miró. Me estaba mirando a mí. Pero en su cara no había ningún tipo de emoción. La Gonzales abrió la puerta, echó una mirada al exterior, la medio cerró y se dio la vuelta.

—Se llama Philip Marlowe —le dijo a Mavis Weld—. Es una monada, ¿no te parece?

—No sabía que te tomaras la molestia de preguntarles el nombre —contestó Mavis Weld—. Casi nunca te da tiempo de hacerlo.

—Ya veo —respondió la Gonzales con suavidad. Se volvió hacia mí esbozando una sonrisa—. Qué manera tan exquisita de llamarme puta, ¿no te parece?

Mavis Weld no dijo nada. Su rostro seguía sin expresión.

—Al menos —dijo la Gonzales en tono suave, mientras volvía a abrir la puerta—, yo no me he acostado últimamente con ningún pistolero.

—Será que no te acuerdas —le contestó Mavis Weld exactamente en el mismo tono—. Vamos, abre la puerta, cariño. Hoy toca sacar la basura.

La Gonzales se volvió a mirarla despacio, fijamente, con puñales en los ojos. Luego hizo un leve sonido con los labios y los dientes y abrió la puerta de un tirón. La cerró con un portazo tremendo. El ruido no alteró ni lo más mínimo el firme brillo azul oscuro de los ojos de Mavis Weld.

—Y ahora, ¿qué tal si usted hace lo mismo, pero con menos ruido? —me dijo.

Saqué un pañuelo y me froté el carmín de la cara. Tenía el color exacto de la sangre, de sangre fresca.

—Esto le puede pasar a cualquiera —dije—. Yo no la estaba achuchando. Era ella la que me achuchaba a mí.

Caminó hasta la puerta y la abrió con fuerza.

—En marcha, guaperas. Mueva esos pies.

—He venido por un asunto, señorita Weld.

—Sí, ya me lo imagino. Largo. No le conozco y no quiero conocerle. Si alguna vez me entraran ganas, no va a ser hoy.

—Nunca coinciden el día, el lugar y el ser amado —dije.

—¿De qué habla? —intentó echarme con la punta de la barbilla, pero eso ni ella podía lograrlo.

—Browning. El poeta, no la pistola. Seguro que usted prefiere la pistola.

—Escuche, pollo. ¿Quiere que llame al administrador para que le tire por las escaleras, botando como una pelota?

Me acerqué y empujé la puerta para cerrarla. Ella la sujetó hasta el último momento. No me dio de patadas, pero tuvo que esforzarse para no hacerlo. Intenté apartarla de la puerta sin que pareciera que la empujaba. Ella no cedió ni un pelo. Mantuvo su terreno, todavía agarrando el picaporte con una mano, con los ojos llenos de furia azul oscuro.

—Si tiene la intención de quedarse tan cerca de mí —dije—, tal vez sería mejor que se pusiera algo de ropa.

Echó la mano hacia atrás y me sacudió un buen bofetón. Sonó tan fuerte como el portazo de la Gonzales, y dolió. Me hizo acordarme del chichón que tenía en la cabeza.

—¿Le le hecho daño? —preguntó con suavidad.

Asentí.

—Me alegro.

Tomó impulso y me abofeteó de nuevo, sólo que más fuerte.

—Sería mejor que me besara —susurró.

Su mirada era clara y límpida, provocadora. Bajé la mirada como quien no quiere la cosa. Su mano derecha estaba cerrada, formando un puño muy profesional. Y tampoco era demasiado pequeño, que digamos.

—Créame —le dije—, sólo hay una razón que me lo impide. La besaría aunque llevara encima su pistolita negra. O los nudillos metálicos que sin duda guarda en la mesilla de noche.

Sonrió educadamente.

—Es posible que esté trabajando para usted —dije—. Y además, no tengo la costumbre de correr como una puta detrás de todas las piernas que veo.

Miré sus piernas. Las veía perfectamente, y el banderín que indicaba la línea de meta era del tamaño justo y ni una pizca más. Se cerró el vestido, me dio la espalda y se encaminó hacia el pequeño bar, meneando la cabeza.

—Soy una mujer libre, blanca y mayor de veintiún años —me dijo—. Conozco todos los trucos, o creo conocerlos. Si no puedo asustarle, ni pegarle, ni seducirle, ¿cómo demonios puedo ganármelo?

—Bueno...

—No me lo diga —me interrumpió bruscamente, dándose la vuelta con un vaso en la mano. Bebió un trago, agitó la melena y sonrió con una sonrisita muy pequeña—. Dinero, claro. Qué tonta soy por no haber pensado en eso.

—El dinero nunca viene mal —dije.

Su boca hizo una mueca de asco, pero la voz era casi afectuosa.

—¿Cuánto dinero?

—Cien dólares estarían bien para empezar.

—Es usted barato. Un tipejo de tres al cuarto, ¿eh? Cien dólares, dice. ¿Eso es dinero en su ambiente, guapetón?

—Bueno, que sean doscientos. Con eso podría retirarme.

—Sigue siendo barato. Doscientos a la semana, por supuesto. ¿En un bonito sobre blanco?

—Puede prescindir del sobre, se me ensuciaría.

—¿Y qué es lo que me dará a cambio de este dinero, mi querido polizonte? Porque seguro que eso es lo que es.

—Le daría un recibo. ¿Quién le dijo que yo era un poli?

Me miró con ojos desorbitados durante un instante, antes de reemprender la actuación.

—Debe de haber sido el olor.

Bebió un sorbito y me miró con una leve sonrisa de desprecio.

—Empiezo a creer que escribe usted misma sus diálogos —dije—. Me estaba preguntando por qué eran tan malos.

Me agaché. Algunas gotas me salpicaron. El vaso se hizo añicos contra la pared detrás de mí. Los pedazos cayeron sin hacer ruido.

—Y con esto —me dijo—, creo que he agotado todo mi repertorio de encantos femeninos.

Fui a recoger mi sombrero.

—Nunca pensé que usted lo asesinara —dije—. Pero vendría bien tener algún motivo para no contar que usted estuvo allí. Siempre viene bien tener bastante dinero para establecerse. Y una información que justifique que haya aceptado el dinero.

Sacó un cigarrillo de una caja, lo lanzó al aire, lo cogió entre sus labios sin esfuerzo y lo encendió con una cerilla que surgió de la nada.

—Dios mío. ¿Se supone que he matado a alguien? —preguntó.

Yo seguía con el sombrero en la mano. No sé por qué, eso me hacía parecer un idiota. Me lo puse y eché a andar hacia la puerta.

—Espero que tenga para el autobús —dijo a mi espalda su voz desdeñosa.

No respondí. Seguí andando. Cuando estaba a punto de abrir la puerta, me dijo:

—Y también confío en que la señorita Gonzales le haya dado su dirección y su número de teléfono. De ella podrá conseguir prácticamente cualquier cosa... incluso dinero, según me han dicho.

Solté el picaporte y volví rápidamente sobre mis pasos. Ella se mantuvo impasible y la sonrisa en sus labios no se desvió un milímetro.

—Escuche —le dije—. Le va a costar creer esto. Pero vine aquí con una leve idea de que usted podría ser una chica que necesitara algo de ayuda, y que le resultaría difícil encontrar alguien en quien confiar. Pensé que había ido a esa habitación del hotel para hacer algún tipo de pago. Y el hecho de que fuera sola, arriesgándose a ser reconocida... y efectivamente, fue reconocida por un detective de hotel cuyos principios éticos son tan sólidos como una telaraña muy vieja... Bueno, todo eso me hizo pensar que a lo mejor estaba metida en uno de esos escándalos de Hollywood que significan el fin de una carrera. Pero no está metida en ningún lío. Se mantiene en primer plano bajo los focos, soltando todos los viejos clichés que ha utilizado en esas vulgares películas de serie B en las que actúa... si a eso se le puede llamar actuar.

—¡Cállese! —gritó con los dientes tan apretados que rechinaban—. ¡Cállese, asqueroso chantajista, fisgón!

—Usted no me necesita —continué—. No necesita a nadie. Es tan puñeteramente lista que sería capaz de salir de una caja fuerte a base de hablar. Perfecto. Adelante, empiece a hablar, a ver cómo sale de ésta. No se lo voy a impedir. Pero no me obligue a escucharla. Me echaría a llorar sólo de pensar que una niñita inocente como usted puede ser tan lista. Usted me conmueve, encanto. Tanto como Margaret O'Brien.

No se movió ni respiró mientras yo llegaba a la puerta y la abría. No sé por qué. No había sido un parlamento tan bueno.

Bajé las escaleras, atravesé el patio y al salir por la puerta principal estuve a punto de tropezar con un tipo flaco de ojos negros, que se había detenido a encender un pitillo.

—Perdón —me dijo con voz tranquila—. Creo que le estoy cerrando el paso.

Empecé a rodearle cuando me fijé en que su mano derecha, que tenía alzada, empuñaba una llave. Sin saber por qué, se la quité de la mano y miré el número que llevaba grabado: el número 14. El apartamento de Mavis Weld. La tiré detrás de un seto.

—No la va a necesitar —le dije—. La puerta no está cerrada.

—Naturalmente —me dijo, con una extraña sonrisa en su rostro—. Qué tonto soy.

—Sí —dije yo—. Los dos somos unos tontos. Hay que ser tonto para liarse con esa golfa.

—Yo no diría tanto —me contestó muy tranquilo mientras sus ojillos tristes me miraban sin ninguna expresión en particular.

—No hace falta que lo diga. Ya lo digo yo por usted. Le pido perdón, voy a recoger su llave.

Me metí detrás del seto, recogí la llave y se la devolví.

—Muchas gracias —me dijo—. Y por cierto...

Se detuvo. Me detuve.

—Espero no haber interrumpido una interesante pelea —continuó—. Me sabría muy mal, de verdad. —Sonrió—. Bueno, ya que la señorita Weld es amiga común, permítame que me presente. Me llamo Steelgrave. ¿No le he visto en alguna parte?

—No, no me ha visto en ninguna parte, señor Steelgrave —dije—. Me llamo

Marlowe. Philip Marlowe. Es muy improbable que nos hayamos encontrado. Y aunque parezca extraño, jamás he oído hablar de usted, señor Steelgrave. Por otra parte, me importa un comino, y me daría igual que se llamara Weepy Moyer.

Nunca he sabido bien por qué dije eso. Una peculiar rigidez se apoderó de su rostro. Una peculiar mirada fija apareció en sus silenciosos ojos negros. Se sacó el cigarrillo de la boca, miró la punta, sacudió un poco de ceniza, aunque no había ceniza que sacudir, y bajó la mirada para decir:

—¿Weepy Moyer? Curioso nombre. No creo haberlo oído nunca. ¿Es alguien que yo debería conocer?

—No, a menos que sea usted un auténtico forofo de los picahielos —contesté, dejándole plantado.

Bajé los escalones, crucé la calle hasta mi coche y miré atrás antes de entrar. El tipo seguía allí plantado, mirándome, con el cigarrillo entre los labios. A aquella distancia, no se podía ver la expresión de su cara. No se movió ni hizo gesto alguno cuando yo me volví a mirarle. Ni siquiera dio media vuelta. Se quedó donde estaba. Me metí en el coche y me largué.

13

En Sunset giré hacia el este, pero no fui a casa. En La Brea torcí hacia el norte y seguí por Highland, Cahuenga Pass, el Bulevar Ventura, la zona de los estudios, Sherman Oaks y Encino. No fue un viaje solitario. No existe tal cosa en esa carretera. Jovencitos alocados, a bordo de Fords trucados, entraban y salían de la corriente principal, rozando los parachoques pero sin llegar a chocar nunca. Hombres fatigados que conducían cupés y sedanes polvorientos se sobresaltaban y agarraban con fuerza el volante, siguiendo los rumbos norte y oeste que los llevaban hacia su hogar y su cena, una tarde en compañía de la página de deportes, el estruendo de la radio, los llantos de sus niños mimados y el parloteo de sus estúpidas esposas. Dejé atrás los chillones letreros de neón y las falsas fachadas sobre las que estaban montados; las lujosas hamburgueserías que parecen palacios multicolores, y los aparcamientos circulares de los bares para automóviles, alegres como circos, con sus camareras pizpiretas y de mirada dura, sus mostradores brillantes y sus cocinas rebosantes de sudor y grasa, en cantidad suficiente para envenenar a un sapo. Enormes camiones con remolque bajaban rugiendo por Sepúlveda, procedentes de Wilmington y San Pedro, y cruzaban hacia la carretera de la Cresta, arrancando en los semáforos con rugidos como los de los leones del zoo.

Más allá de Encino, se veía alguna que otra luz brillando entre los tupidos árboles de las colinas. Eran las mansiones de las estrellas de cine. A la mierda las estrellas de cine. Veteranos de mil camas. Aguanta, Marlowe, que esta noche no eres humano.

El aire se volvió más fresco. La carretera se estrechó. A estas alturas había tan pocos coches circulando que sus faros hacían daño en los ojos. La pendiente ascendía entre paredes calizas, y en lo alto bailaba la brisa marina, que llegaba inalterada del océano.

Me detuve para comer cerca de Thousand Oaks. Comida basura, pero servicio rápido. Te dan de zampar y te echan a patadas. El negocio va viento en popa, señor, y no podemos perder tiempo con gente que se queda sentada y pide otro café. Está usando un espacio que vale dinero. ¿Ve esa gente de ahí, detrás del cordón? Todos quieren comer. Por lo menos, eso creen. Sabe Dios por qué querrán comer aquí. Les iría mejor en su casa, a base de latas. Pero es que son inquietos, como usted. Necesitan coger el coche e ir a alguna parte, y son presa fácil de los salteadores que dirigen los restaurantes. Ya empiezas otra vez. Esta noche no eres humano, Marlowe.

Pagué la comida y me detuve en un bar para regar con un poco de brandy el chuletón neoyorquino. Me pregunté por qué lo llamarían neoyorquino, si es en

Detroit donde fabrican la maquinaria pesada. Tomé un poco de aire nocturno, aprovechando que nadie ha encontrado aún la manera de cobrarte por él. Pero seguro que hay ya un montón de gente buscando el modo, y acabarán por encontrarlo.

Seguí hasta la desviación de Oxnard y di la vuelta a la orilla del mar. Enormes camiones de ocho y dieciséis ruedas se dirigían hacia el norte, rebosantes de luces anaranjadas. Por la derecha, el inmenso y sólido Pacífico se estrellaba contra la costa con la energía de una fregona que regresa a casa después del trabajo. Ni luna, ni agitación, ni apenas ruido de oleaje. Ni siquiera olor, ese olor salvaje y picante del mar. Aquél era el mar de California. California, el estado que es como unos grandes almacenes. Donde hay más de todo, pero nada es lo mejor. Ya empiezas otra vez. Esta noche no eres humano, Marlowe.

Pues muy bien. ¿Por qué tendría que serlo? Estoy yo tan tranquilo, sentado en mi oficina, jugando con un moscardón muerto, y se me cuela esa mosquita muerta de Manhattan, Kansas, que me lía con veinte mugrientos dólares para que encuentre a su hermano. El tío parece ser un bicho raro, pero ella está empeñada en encontrarle. Así pues, con semejante fortuna apretada contra el pecho, me presento en Bay City y paso por una rutina tan aburrida que casi me quedo dormido de pie. Conozco gente encantadora, unos con picahielos en la nuca y otros sin picahielos. Me marcho y, además, bajo la guardia. Entonces vuelve a aparecer ella, me quita los veinte pavos, me da un beso y me los devuelve porque no he trabajado lo suficiente en un día.

Voy a ver al doctor Hambleton, oculista retirado (y de qué manera) de El Centro, y me encuentro otra vez con el último grito de la moda para la nuca. Y no llamo a la policía. Lo único que hago es registrar el peluquín del muerto y montar un numerito. ¿Por qué? ¿Por quién me voy a dejar cortar el cuello esta vez? ¿Por una rubia con ojos sensuales y demasiadas llaves? ¿Por una chica de Manhattan, Kansas? No lo sé. Lo único que sé es que aquí hay algo que no es lo que parece, y que la vieja pero siempre fiable intuición me dice que si la partida se juega tal como se han dado las cartas, alguien que no se lo merece va a perder hasta la camisa. ¿Que no es asunto mío? ¿Y cuáles son mis asuntos? ¿Acaso lo sé? ¿Lo he sabido alguna vez? Vamos a dejarlo. Esta noche no eres humano, Marlowe. Tal vez nunca lo hayas sido y nunca lo serás. A lo mejor soy un ectoplasma con una licencia de detective privado. A lo mejor todos somos así en este mundo frío y en penumbras donde siempre sucede lo que no debería suceder.

Malibú. Más estrellas de cine. Más bañeras rosas y azules. Más camas con dosel y borlas. Más Chanel número 5. Más Lincoln Continental y más Cadillac. Más pelos al viento, más gafas de sol, más poses, más voces seudorrefinadas y más moralidad de bajos fondos. Eh, oye, alto ahí. Hay un montón de gente decente que trabaja en el cine. Lo que te pasa es que tienes una actitud negativa, Marlowe. No eres humano esta noche.

Supe que estaba llegando a Los Ángeles por el olor. Olía a rancio y a viejo, como una sala de estar que lleva demasiado tiempo cerrada. Pero las luces de colores daban el pego. Eran unas luces preciosas. Deberían hacerle un monumento al tío que inventó las luces de neón. De mármol macizo y quince pisos de altura. He aquí un individuo que de verdad hizo algo a partir de la nada.

Me metí en un cine y, naturalmente, tenían que poner una película de Mavis Weld. Uno de esos engendros de superlujo en los que todo el mundo sonríe demasiado y habla demasiado y es consciente de ello. Las mujeres se pasaban todo el tiempo subiendo por una larga escalinata curva para cambiarse de ropa, y los hombres no hacían más que sacar cigarrillos con sus iniciales de pitilleras carísimas y encender mecheros igualmente caros en las narices de los demás. Los camareros estaban hechos unos cachas, de tanto llevar bandejas con bebidas a una piscina del tamaño del lago Hurón, aunque mucho más cuidada.

El protagonista era un tipo simpático con un montón de encanto, parte del cual se le estaba poniendo ya un poco amarillo por los bordes. La chica era una morena con mal genio, ojos despreciativos y un par de primeros planos tan mal tomados que se la veía perfectamente luchar a brazo partido con sus cuarenta y cinco años. Mavis Weld era la segunda chica y actuaba muy cohibida. Estaba bien, pero podría haber estado diez veces mejor. Claro que si hubiera actuado diez veces mejor, habrían cortado la mitad de sus escenas para proteger a la estrella. Era como caminar en la cuerda floja. Aunque, pensándolo bien, a partir de ahora ya no iba a tener que andar por la cuerda floja, sino por una cuerda de piano, muy alta y sin ninguna red debajo.

14

Tenía que pasar por la oficina. Ya tendría que haber llegado un sobre de entrega urgente con un resguardo anaranjado en su interior. La mayoría de las ventanas del inmueble estaban oscuras, pero no todas. Hay gente que trabaja por las noches en cosas diferentes de las mías. El ascensorista me lanzó un «hola» desde las profundidades de su garganta y me transportó a las alturas. A lo largo del corredor había puertas abiertas, con la luz encendida, donde las mujeres de la limpieza todavía estaban retirando los residuos de las horas malgastadas. Doblé por una esquina, dejando atrás el zumbido lastimero de una aspiradora, me introduje en las tinieblas de mi oficina y abrí las ventanas. Me senté ante el escritorio, sin hacer nada ni pensar en nada. No había sobre de entrega urgente. Parecía que todos los sonidos del edificio, con excepción del de la aspiradora, habían escapado a la calle, perdiéndose entre las ruedas de innumerables automóviles. Entonces, en alguna parte del pasillo de fuera, un hombre empezó a silbar «Lili Marlene» con elegancia y virtuosismo. Sabía de quién se trataba: era el vigilante nocturno, que comprobaba las puertas de las oficinas. Encendí la lámpara de mi escritorio para que pasara de largo por mi puerta. Sus pasos se alejaron, para regresar al poco rato con un sonido diferente, más arrastrado. Sonó el zumbador de la puerta de fuera, que, como siempre, no había cerrado. Debía de ser el cartero con el sobre. Me levanté para ir a recogerlo, pero no era él.

Un tipo gordo con pantalones azul celeste estaba cerrando la puerta con esa elegante calma que sólo los gordos consiguen. No estaba solo, pero le miré primero a él. Era un tío enorme y muy ancho. Ni joven ni guapo, pero parecía duradero. Más arriba de los pantalones de gabardina azul celeste, llevaba una americana deportiva blanca y negra que le habría quedado fatal hasta a una cebra. El cuello de la camisa de color amarillo canario estaba muy abierto, como tenía que ser para que su propio cuello pudiera salir. No llevaba sombrero, y su enorme cabeza estaba decorada con una cantidad aceptable de cabellos color salmón claro. Tenía la nariz rota, pero bien recompuesta, y de todas formas jamás debió de ser una pieza de museo.

La criatura que le acompañaba era un tipejo famélico, con los ojos enrojecidos y mocos caídos. Unos veinte años, metro setenta y cinco, delgado como un palo de escoba. Le temblaba la nariz, le temblaba la boca, le temblaban las manos y tenía aspecto de estar de muy mal humor.

El gigantón sonrió cordialmente.

—El señor Marlowe, sin duda.

—¿Quién otro iba a ser? —dije.

—Es un poco tarde para una visita de negocios —continuó el grandullón, tapando la mitad de la habitación con sólo extender las manos—. Espero que no le moleste. ¿O ya tiene tanto trabajo que no puede aceptar más?

—No se burle de mí. Tengo los nervios a flor de piel —dije—. ¿Quién es este yonqui?

—Ven aquí, Alfred —le dijo el gigantón a su acompañante—. Y deja de portarte como una nena.

—Que te den, tío —le respondió Alfred.

El gigante se volvió hacia mí con aire plácido.

—¿Por qué estos choricillos no paran de decir lo mismo? No tiene gracia. No tiene gancho. No quiere decir nada. Un verdadero problema, este Alfred. Le curé de la droga, ¿sabe usted? Al menos por el momento. Dile hola al señor Marlowe, Alfred.

—Que le den —contestó Alfred.

El gordo suspiró.

—Me llamo Sapo —continuó—. Joseph P. Sapo.

No dije nada.

—Ande, ríase usted —dijo el gordo—. Estoy acostumbrado. He cargado con ese nombre toda mi vida.

Se me acercó, con la mano extendida. Se la estreché. El gigantón sonrió agradablemente, mirándome a los ojos.

—Ya, Alfred —dijo sin volverse a mirar.

Entonces Alfred hizo un movimiento que parecía muy leve e insignificante, y que terminó con una automática de las gordas apuntándome.

—Ten cuidado, Alfred —dijo el gordo, apretándome la mano con una garra que habría podido doblar una viga—. Todavía no.

—Que te den —dijo Alfred.

La pistola me apuntaba al pecho. El dedo de Alfred se crispó en torno al gatillo. Miré cómo apretaba. Sabía exactamente en qué momento la presión soltaría el martillo. Pero al fin y al cabo, daba igual. Aquello le estaba pasando a otro, en una mala película de relleno. No me estaba pasando a mí.

El martillo de la automática golpeó secamente sobre la nada. Alfred bajó el arma con un gruñido de fastidio, y la pistola desapareció por donde había venido. Alfred empezó a temblar otra vez. En cambio, sus movimientos con la pistola no habían tenido nada de nerviosos. Me pregunté de qué droga se habría quitado.

El grandullón me soltó la mano, todavía con la sonrisa jovial en su enorme y saludable cara.

Se palmeó un bolsillo.

—El cargador lo tengo yo —me dijo—. Cada vez se puede uno fiar menos de Alfred. El muy cabrito le podría haber matado.

Alfred se dejó caer en una silla que hizo bascular para apoyarse en la pared y empezó a respirar por la boca.

Dejé que mis talones tocaran de nuevo el suelo.

—Apuesto a que le asustó —dijo Joseph P. Sapo.

Noté un sabor salado en la boca.

—No es usted tan duro —añadió Sapo, clavándome en el estómago su grueso índice.

Di un paso atrás, apartándome del dedo, y le miré a los ojos.

—¿Cuánto va a costar? —preguntó casi con suavidad.

—Pasemos a mis salones —dije yo.

Le di la espalda y crucé la puerta del otro despacho. Me resultó difícil, pero lo conseguí. Sudé durante todo el camino. Pasé al otro lado del escritorio y me quedé de pie, esperando. El señor Sapo me siguió apaciblemente. El yonqui entró temblando detrás de él.

—¿No tiene algún tebeo por aquí? —preguntó el Sapo—. Así se quedaría tranquilo.

—Siéntese, voy a ver —dije.

Echó mano a los brazos del sillón. Yo abrí un cajón y puse la mano en la culata de una Luger. La levanté despacio, mirando a Alfred. Alfred no se dignó mirarme. Estaba estudiando un rincón del techo y esforzándose por mantener la boca apartada del ojo.

—Esto es lo más divertido que tengo —dije.

—No le va a hacer falta —dijo el gordo, en un tono cordial.

—Eso está bien —dije, como si fuera otro el que hablaba, muy lejos, al otro lado de una pared. Apenas podía oír las palabras—. Pero por si acaso la necesito, aquí está. Y ésta está cargada. ¿Quieren que se lo demuestre?

El gordo adoptó una expresión casi preocupada, que era lo más a lo que podía llegar.

—Lamento mucho que se lo tome así —dijo—. Estoy tan acostumbrado a Alfred que casi no me fijo en él. Pero quizá tenga usted razón. Tal vez debería hacer algo con este chico.

—Sí —dije—. Debió haberlo hecho esta tarde, antes de venir aquí. Ahora es demasiado tarde.

—¡Oh, vamos, señor Marlowe!

Extendió una mano y yo le aticé en ella un golpe con la Luger. Era rápido, pero no lo suficiente. Le hice un corte en el dorso de la mano con el punto de mira de la pistola. Se agarró la mano y se chupó la herida.

—¡Por favor, hombre! Alfred es mi sobrino. El chico de mi hermana. Yo cuido de él. Además, es incapaz de matar una mosca, de verdad.

—La próxima vez que vengan, tendré una mosca preparada para que no la mate —dije.

—Vamos, no se ponga así, hombre. No se ponga así. Vengo a hacerle una bonita propuesta que...

—A callar —corté.

Me senté muy despacio. Me ardía el rostro. Casi no podía hablar con claridad. Estaba como borracho. Hablé con voz lenta y pastosa:

—Un amigo mío me contó la historia de un tipo al que le hicieron una cosa parecida a ésta. Estaba sentado ante su escritorio, igual que yo. Tenía una pistola, lo mismo que yo. Y al otro lado de la mesa había dos hombres, como Alfred y usted. El tipo que estaba sentado donde estoy yo empezó a ponerse nervioso. No podía evitarlo. Se puso a temblar. No podía ni hablar. Tenía su pistola en la mano y eso era todo. Así que, sin decir palabra, disparó dos veces por debajo de la mesa, a la altura justa de su barriga.

El gordo se puso verde cetrino e hizo ademán de levantarse. Pero cambió de idea, se sacó del bolsillo un pañuelo de colores chillones y se secó la cara.

—Eso lo ha visto en una película —dijo.

—Exacto —dije yo—. Pero el tío que hizo la película me contó de dónde había sacado la idea. Y aquello no había sido ninguna película.

Dejé la Luger sobre la mesa, delante de mí, y seguí hablando, ya con una voz más natural.

—Hay que tener cuidado con las armas de fuego, señor Sapo. No sabe hasta qué punto puede trastornar a un hombre que le disparen a la cara con una 45 del ejército, sobre todo si no sabe que está descargada. Por un instante, casi me pongo nervioso. No me he metido un pico de morfina desde la hora del almuerzo.

El Sapo me estudió atentamente con los ojos entrecerrados. El yonqui se levantó, se dirigió hacia otra silla, le dio unas cuantas patadas, se sentó y echó hacia atrás su grasienta cabeza, apoyándola en la pared. Pero la nariz y las manos seguían temblándole.

—Me habían dicho que era usted un tío duro —dijo el Sapo despacio, con la mirada fría y vigilante.

—Le informaron mal. Soy un tío muy sensible. Me vengo abajo por cualquier cosa.

—Sí. Ya veo. —Me miró un buen rato sin decir palabra—. Creo que hemos empezado con mal pie. ¿Me permite que meta la mano en un bolsillo? No llevo armas.

—Adelante —dije—. Me proporcionaría un placer inmenso verle intentar sacar una pistola.

Frunció el ceño; luego, con mucha calma, sacó una cartera de piel de cerdo, y de ella un crujiente billete nuevo de cien dólares. Lo puso en el borde del cristal de la mesa, sacó otro igual y después tres más, uno detrás de otro. Los alineó cuidadosamente a lo largo del escritorio, con los bordes tocándose. Alfred dejó caer las patas de su silla al suelo y miró fijamente el dinero, con los labios temblorosos.

—Quinientos dólares —dijo el gordo. Cerró su cartera y se la guardó. Yo vigilaba todos sus movimientos—. Y por no hacer nada, sólo dejar de meter la nariz donde no le importa. ¿De acuerdo?

Me limité a mirarle.

—Usted no va a buscar a nadie —continuó el gordo—. No va a poder encontrar a nadie. No tiene tiempo de trabajar para nadie. No ha visto nada, ni ha oído nada. No sabe nada. Sólo sabe que tiene quinientos dólares. ¿Vale?

El único ruido que se oía en la habitación era el que hacía Alfred sorbiéndose los mocos. El gordo volvió la cabeza.

—Tranquilo, Alfred. Ya te daré una dosis cuando nos vayamos —le dijo—. Procura portarte bien.

Se volvió a chupar el corte de la mano.

—Teniéndole a usted de modelo, debería ser fácil —dije.

—Que te den —dijo Alfred.

—Vocabulario limitado —me dijo el gordo—. Muy limitado. Bueno, ¿capta la idea, amigo? —Señaló el dinero. Yo palpé la culata de la Luger. Él se echó un poco hacia delante—. Relájese, hombre. Es muy sencillo. Esto es un anticipo. Nadie hace nada por nada. Y eso es lo que tiene que hacer usted: nada. Y si sigue sin hacer nada durante una temporada razonable, recibirá una cantidad igual más adelante. Es sencillo, ¿no?

—¿Y para quién tengo que no hacer nada? —le pregunté.

—Para mí, Joseph P. Sapo.

—¿Y a qué se dedica usted?

—Podríamos decir que soy representante comercial.

—¿Y qué más podríamos decir de usted? Aparte de lo que se me ocurre sin ayuda de nadie.

—Podríamos decir que soy un tío que quiere ayudar a otro tío que no quiere causarle problemas a otro tío.

—¿Y qué podríamos decir de ese personaje tan encantador? —pregunté.

Joseph P. Sapo juntó los cinco billetes de cien dólares, igualó cuidadosamente los bordes y empujó el paquete sobre el escritorio.

—Se podría decir que es un tipo que prefiere hacer correr dinero antes que sangre —dijo—. Aunque no le molestaría derramar sangre si le parece que tiene que hacerlo.

—¿Y qué tal maneja el picahielos? —le pregunté yo—. Ya sé lo peligroso que es con una 45.

El gordo se mordió el labio inferior, luego lo estiró con el índice y el pulgar y continuó mordisqueándolo lentamente por dentro, como una vaca rumiando.

—No estamos hablando de picahielos —dijo por fin—. Hablamos de que usted podría dar un mal paso y salir muy perjudicado. En cambio, si no mueve ni un dedo, le irá de maravilla y el dinero acudirá solito.

—¿Quién es la rubia? —pregunté.

Reflexionó unos segundos y asintió con la cabeza.

—Puede que ya esté demasiado metido —suspiró—. Quizá sea demasiado tarde para llegar a un acuerdo.

Al cabo de un momento se inclinó hacia delante y dijo amablemente:

—Bueno. Hablaré con mi superior y veremos hasta dónde está dispuesto a llegar. A lo mejor todavía podemos hacer un trato. Deje las cosas tal como están hasta que tenga noticias mías. ¿De acuerdo?

Le dejé que dijera la última palabra. Apoyó las manos en el escritorio y se levantó muy despacio, mirando la pistola que yo estaba moviendo por el cartapacio.

—Puede guardarse la pasta —dijo—. Vamos, Alfred.

Dio media vuelta y salió del despacho con andares pesados.

Los ojos de Alfred reptaron de lado, mirándole a él, y después saltaron hacia el dinero que había en el escritorio. La enorme automática reapareció como por arte de magia en su delgada mano derecha. Moviéndose como una anguila, avanzó hacia el escritorio. Sin dejar de apuntarme, agarró el dinero con la mano izquierda. Los billetes desaparecieron en su bolsillo. Me dirigió una sonrisa plana, fría y vacía, asintió y se apartó, sin que pareciera darse cuenta ni por un instante de que yo también empuñaba una pistola.

—Vamos, Alfred —llamó a voces el gordo desde fuera.

Alfred se deslizó hacia la puerta y desapareció.

La puerta exterior se abrió y se cerró. Sonaron pasos por el corredor. Después, silencio. Me quedé allí sentado, intentando decidir si aquello había sido pura idiotez o sólo un nuevo sistema de meterle a uno miedo.

Cinco minutos más tarde, sonó el teléfono.

Una voz grave y jovial preguntó:

—Por cierto, señor Marlowe, imagino que conocerá a Sherry Ballou, ¿no?

—No.

—Sheridan Ballou, Inc. El gran agente. Debería hacerle una visita uno de estos días.

Durante un momento, sostuve el teléfono sin decir nada. Luego pregunté:

—¿Es el agente de la chica?

—Podría ser —dijo Joseph P. Sapo, e hizo una pequeña pausa—. Supongo que se ha dado cuenta de que nosotros no somos más que un par de figurantes, señor Marlowe. Nada más que eso. Un par de comparsas. Alguien quería saber una cosilla sobre usted. Pensaron que era la mejor manera de hacerlo. Yo no estoy tan seguro.

No contesté. Colgó. Casi inmediatamente, el teléfono volvió a sonar. Una voz seductora dijo:

—No te gusto mucho, ¿verdad, amigo?

—Claro que me gustas. Pero tienes que dejar de morderme.

—Estoy en casa, en el Chateau Bercy. Y estoy sola.

—Llama a una agencia de acompañantes.

—Por favor... Esa no es manera de hablar. Se trata de un negocio de muchísima importancia.

—Seguro que sí. Pero yo no me dedico a esa clase de negocios.

—Esa zorra... ¿Qué te dijo de mí? —siseó.

—Nada. Bueno, puede que te llamara puta de Tijuana con pantalones de montar. ¿Eso te importaría?

Aquello le hizo gracia. La risita argentina duró un buen rato.

—Como siempre, haciéndote el gracioso, ¿eh? Pero date cuenta de que entonces no sabía que eres detective. Así, la cosa es muy diferente.

Podría haberle explicado lo equivocada que estaba, pero me limité a decir:

—Señorita Gonzales, ha dicho algo de un negocio. ¿Qué clase de negocio, si es que no era una broma?

—¿Te gustaría ganar mucho dinero? ¿Muchísimo dinero?

—¿Quiere decir sin que me peguen un tiro? —pregunté.

La oí tomar aliento a través de la línea.

—Sí —dijo—. Esa posibilidad también hay que tenerla en cuenta. Pero eres tan valiente, tan fuerte, tan...

—Estaré en mi oficina a las nueve de la mañana, señorita Gonzales. A esa hora seré mucho más valiente. Ahora, si me perdona...

—¿Tienes una cita? ¿Es guapa? ¿Más guapa que yo?

—¡Por amor de Dios! —exclamé—. ¿Es que no piensas más que en una cosa?

—Vete a la mierda, cariño —dijo, colgando el teléfono.

Apagué las luces y me marché. No había dado ni tres pasos por el corredor cuando me encontré con un individuo que miraba los números de las puertas. Llevaba en la mano una carta urgente. Tuve que volver al despacho para guardarla en la caja fuerte. Y mientras lo hacía, el teléfono volvió a sonar.

Lo dejé sonar. Ya estaba bien por aquel día. Nada me importaba. Ya podía ser la reina de Saba en pijama de celofán y hasta sin pijama, que yo estaba demasiado cansado para molestarme. Tenía el cerebro como un cubo de arena mojada.

Seguía sonando cuando llegué a la puerta. Era inútil. Tenía que volver. El instinto era más fuerte que la fatiga. Levanté el auricular.

La vocecita aguda de Orfamay Quest dijo:

—Ah, señor Marlowe. Llevo horas intentando localizarle. Estoy tan nerviosa. Yo...

—Mañana por la mañana —contesté—. La oficina está cerrada.

—Por favor, señor Marlowe... sólo porque perdí los papeles un momento...

—Mañana por la mañana.

—Pero es que tengo que verle. —La voz no llegaba a ser un chillido, pero por poco—. Es importantísimo.

—Ajá.

La voz hizo un pucherito.

—Usted... me besó.

—Desde entonces he dado besos mejores —dije.

A la mierda con ella. A la mierda con todas ellas.

—He tenido noticias de Orrin —dijo.

Aquello me dejó cortado un instante. Después, me eché a reír.

—Es usted una mentirosa encantadora —dije—. Adiós.

—De verdad que sí. Me llamó, por teléfono. Al sitio donde me alojo.

—Muy bien —dije—. Entonces, ya no necesita un detective para nada. Y si lo necesitara, tiene uno mucho mejor que yo en su propia familia. Yo no sé ni dónde se aloja usted.

Hubo una breve pausa. La tipa había conseguido que siguiera hablando con ella. No me dejaba colgar. Había que reconocer que tenía mérito.

—Le escribí diciéndole dónde pensaba alojarme —me dijo al fin.

—Ajá. Sólo que él no pudo recibir la carta porque se había mudado sin dejar su nueva dirección. ¿Se acuerda usted? Vuelva a intentarlo en otra ocasión, cuando no esté tan cansado. Buenas noches, señorita Quest. Y es inútil que ahora me cuente dónde se aloja. Ya no trabajo para usted.

—Muy bien, señor Marlowe. Ahora creo que lo mejor será avisar a la policía. Pero no creo que a usted le guste. No creo que le guste nada.

—¿Por qué?

—Porque se trata de un asesinato, señor Marlowe, y asesinato es una palabra muy desagradable, ¿no cree?

—Vamos, suba —dije—. La espero.

Colgué. Saqué la botella de Old Forester. Y sin perder un segundo, me serví una copa y me la metí en el cuerpo.

15

Esta vez venía bastante animada. Sus movimientos eran cortos, rápidos y decididos. Traía en el rostro una de esas sonrisitas pequeñitas y brillantes. Dejó su bolso con gesto firme y se instaló en el sillón de las visitas sin dejar de sonreír.

—Ha sido muy amable al esperarme —dijo—. Apuesto a que todavía no ha cenado.

—Se equivoca —le contesté—. He cenado. Y ahora estoy bebiendo whisky. Usted está en contra del whisky, ¿verdad?

—Desde luego.

—Me parece perfecto —dije—. Tenía la esperanza de que no hubiera cambiado de ideas.

Dejé la botella sobre el escritorio y me serví otro trago. Bebí un poquito y le dirigí una mirada maliciosa por encima del vaso.

—Si sigue así no estará en condiciones de escuchar lo que tengo que decirle —dijo en tono seco.

—Ah, sí, lo del asesinato —dije—. ¿Es alguien que yo conozca? Ya veo que no la han asesinado a usted... todavía.

—Por favor, no se ponga innecesariamente desagradable. No es culpa mía. No me creyó por teléfono y he tenido que persuadirle. Es cierto que Orrin me telefoneó. Pero no quiso decirme dónde estaba ni qué hacía. Me pregunto por qué.

—Quiere que le encuentre por sí misma —dije—. Para fortalecer su carácter.

—Eso no tiene gracia. Ni siquiera es ingenioso.

—Pero tiene que admitir que tiene mala uva. ¿A quién han asesinado? ¿O también eso es un secreto?

Jugueteó un poco con su bolso. No lo bastante para sobreponerse a su confusión, porque no estaba nada confusa, pero sí lo suficiente para incitarme a beber otro trago.

—Han asesinado a aquel hombre horrible de la pensión... El señor... He olvidado su nombre.

—Vamos a olvidarlo los dos —dije—. Por una vez, hagamos algo juntos. —Dejé caer la botella de whisky en el cajón del escritorio y me puse en pie—. Escúcheme, Orfamay, no le pregunto cómo se ha enterado. O mejor dicho, cómo lo ha sabido Orrin. Ni si es verdad que él lo sabe. Usted lo ha encontrado, y eso es lo que quería que hiciera yo. O él la ha encontrado a usted, que viene a ser lo mismo.

—No, no es lo mismo —exclamó—. En realidad, no le he encontrado. No ha querido decirme dónde vive.

—Bueno, si es un sitio como el anterior, no se lo reprocho.

Cerró los labios, formando una firme línea de disgusto.

—La verdad es que no quiso decirme nada.

—Sólo le habló de asesinatos —dije—, y fruslerías por el estilo.

Soltó una risa burbujeante.

—Eso sólo lo dije para asustarle. En realidad no sé que hayan asesinado a nadie, señor Marlowe. Pero como sonaba usted tan frío y distante... Creí que ya no quería ayudarme más. Y... bueno, me inventé eso.

Respiré hondo un par de veces y me miré las manos. Extendí lentamente los dedos. Me puse en pie sin decir nada.

—¿Está enfadado conmigo? —me preguntó tímidamente, describiendo un pequeño círculo sobre el escritorio con la punta del dedo.

—Debería romperle la cara de una bofetada —le contesté—. Y deje de hacerse la inocente, o no le daré precisamente en la cara.

Se le cortó la respiración.

—¿Cómo se atreve?

—Eso ya lo dijo antes. Lo dice con demasiada frecuencia. Cállese y lárguese de aquí echando leches. ¿Se cree que me gusta que me agobien? Ah, sí, tome esto.

Abrí de golpe un cajón, saqué los veinte dólares y los tiré delante de ella.

—Llévese ese dinero. Dónelo para un hospital o un laboratorio de investigación. Me pone nervioso tenerlo aquí.

Su mano cogió automáticamente el dinero. Detrás de sus gafas, sus ojos estaban muy abiertos y expresaban sorpresa.

—Dios mío —dijo cerrando su bolso con gran dignidad—. Desde luego, no pensé que se asustaría usted tan fácilmente. Le tenía por un tipo duro.

—Es sólo una fachada —gruñí dando la vuelta al escritorio. Ella se echó hacia atrás en el sillon, apartándose de mí—. Sólo soy duro con chiquillas como usted, que no se dejan las uñas largas. Por dentro soy todo blandura.

La cogí por el brazo y la levanté de un tirón. Echó hacia atrás la cabeza. Sus labios se entreabrieron. Hay que ver cómo se me daban las mujeres aquel día.

—Pero encontrará a Orrin, ¿verdad? —susurró—. Todo era mentira. Todo lo que le he dicho era mentira. No me ha llamado. Yo... no sé absolutamente nada.

—Perfume —dije, olfateando—. Mira qué encanto, se ha puesto perfume detrás de las orejas... y lo ha hecho por mí.

Asintió moviendo un centímetro su barbillita. Sus ojos se derretían.

—Quítame las gafas, Philip —susurró—. No me importa que bebas un poco de whisky de vez en cuando, de verdad que no.

Nuestras caras estaban a menos de un palmo una de otra. No me atrevía a quitarle las gafas por miedo a darle un golpe en la nariz.

—Sí —dije con una voz que sonaba como la de Orson Welles con la boca llena de galletas—. Te lo encontraré, preciosa, si todavía está vivo. Y además, gratis. No te costará ni un centavo. Sólo quiero preguntarte una cosa.

—¿Qué, Philip? —preguntó dulcemente, abriendo un poco los labios.

—¿Quién era la oveja negra de tu familia?

Se apartó de un salto como lo habría hecho un cervatillo asustado si yo hubiera tenido un cervatillo asustado y él se hubiera apartado de mí. Me miró con cara de piedra.

—Dijiste que no era Orrin la oveja negra de la familia, ¿recuerdas? Insististe en ello de un modo muy curioso. Y cuando mencionaste a vuestra hermana Leila, cambiaste rápidamente de tema, como si se tratara de una cuestión desagradable.

—Yo... no recuerdo haber dicho nada semejante —dijo muy despacio.

—Ya me extrañaba a mí —dije—. ¿Qué nombre utiliza tu hermana Leila en las películas?

—¿En las películas? —Adoptó un tono impreciso—. Ah, quieres decir en el cine. Pero si yo nunca he dicho que trabajara en el cine. Nunca he dicho nada así de ella.

Le dediqué mi célebre sonrisa ladeada. De pronto, le dio un ataque de rabia.

—Ocúpese de sus asuntos y deje en paz a mi hermana Leila —me escupió en la cara—. Deje de hacer comentarios asquerosos sobre mi hermana Leila.

—¿Qué comentarios asquerosos? —pregunté—. ¿Tengo que intentar adivinarlos?

—¡No piensa más que en mujeres y en alcohol! —chilló—. ¡Le detesto!

Se precipitó hacia la puerta, la abrió de un tirón y salió. Se marchó casi corriendo por el pasillo.

Volví a rodear mi escritorio y me dejé caer en el sillón. ¡Qué chiquilla tan extraña! Más rara que un perro verde.

Al cabo de un rato, el teléfono se puso a sonar de nuevo, como era de esperar. Al cuarto timbrazo, apoyé la cabeza en una mano y agarré el teléfono, llevándomelo a la cara.

—Aquí la Funeraria de Utter McKinley —dije.

Una voz de mujer dijo «¿Quéee?» y se echó a reír con una risa que parecía un graznido. Aquél había sido el chiste de moda entre los polis en 1921. Qué ingenio el mío. Más grande que el pico de un colibrí. Apagué las luces y me marché a casa.

16

A las ocho cuarenta y cinco de la mañana siguiente, aparqué a un par de casas de distancia de la Camera Shop de Bay City, desayunado y tranquilo, leyendo el periódico local a través de un par de gafas de sol. Ya me había devorado el periódico de Los Ángeles, que no traía nada sobre picahielos, ni en el Van Nuys ni en ningún otro hotel. Ni siquiera eso de «Muerte misteriosa en un hotel del centro», sin especificar nombres ni armas. En el *Bay City News* no se andaban con tantos remilgos para informar de asesinatos. Lo sacaban en primera página, justo al lado del precio de la carne:

VECINO DE BAY CITY APUÑALADO EN UNA PENSIÓN DE LA CALLE IDAHO

Ayer al anochecer, una llamada telefónica anónima hizo que la policía acudiera rápidamente a una pensión de la calle Idaho, enfrente de los almacenes de madera de la empresa Seamans y Jansing. Al penetrar en la casa, que no estaba cerrada, los agentes encontraron a Lester B. Clausen, de cuarenta y cinco años, encargado de la pensión, muerto en un sofá. Clausen había sido apuñalado en la nuca con un picahielos, que todavía estaba clavado en el cadáver. Tras un examen preliminar, el forense Frank L. Crowdy declaró que Clausen había bebido mucho y que es posible que estuviera inconsciente en el momento de su muerte. La policía no observó ningún indicio de lucha.

El inspector Moses Maglashan se hizo cargo del caso inmediatamente, e interrogó a los huéspedes de la pensión que regresaban del trabajo, pero hasta ahora no se ha averiguado nada nuevo sobre las circunstancias del crimen. Entrevistado por este periodista, el forense Crowdy declaró que cabía la posibilidad de un suicidio, pero que era muy improbable, dada la situación de la herida. Al examinar el registro de la pensión, se descubrió que una página había sido arrancada recientemente. El inspector Maglashan, tras un largo interrogatorio a los huéspedes, ha declarado que un hombre corpulento, de unos cuarenta años, pelo castaño y facciones duras, fue visto en varias ocasiones en el vestíbulo de la pensión, pero que ninguno de los huéspedes conoce su nombre ni su profesión. Después de registrar a fondo todas las habitaciones, Maglashan dice que da la impresión de que uno de los huéspedes había abandonado su habitación recientemente y con cierta prisa. No obstante, la desaparición de la hoja del registro, las características del barrio y la falta de una buena descripción del hombre huido, hacen muy difícil la tarea de encontrarlo.

«Por el momento, no tengo ni idea de por qué mataron a Clausen —declaró Maglashan a última hora de la noche de ayer—. Pero yo ya le tenía echado el ojo desde hace tiempo. Conozco a muchos de sus compinches. Es un caso difícil, pero lograremos resolverlo.»

Era un bonito reportaje y sólo mencionaba a Maglashan doce veces en el texto y otras dos en pies de fotos. En la página tres había una fotografía suya esgrimiendo un picahielos y mirándolo con profunda reflexión, arrugando el entrecejo. También había una foto del 449 de la calle Idaho, que lo presentaba muy favorecido, y otra foto del inspector Maglashan señalando muy serio una cosa tendida en un sofá y cubierta con una sábana. Incluso había un primer plano del alcalde en su despacho, con aspecto de hombre eficacísimo, y una entrevista con él, en la que hablaba del crimen en épocas de posguerra y decía lo que uno puede esperar que diga un alcalde: una versión descafeinada de John Edgar Hoover con algunos fallos gramaticales de más.

A las nueve menos tres minutos se abrió la puerta del estudio fotográfico y un negro bastante viejo empezó a barrer el polvo de la acera hacia la alcantarilla. A las nueve en punto, un joven muy atildado, con gafas, trabó el cierre y yo entré con el recibo negro y anaranjado que el doctor G. W. Hambleton había pegado al forro de su peluquín.

El joven atildado me dirigió una mirada inquisitiva mientras me cambiaba el resguardo y algo de dinero por un sobre que contenía un minúsculo negativo y media docena de copias en papel satinado, ampliadas ocho o diez veces. No dijo nada, pero por su manera de mirarme comprendí que se acordaba perfectamente de que yo no era el mismo que había llevado el negativo.

Salí, me senté en mi coche y examiné el botín. En las fotos se veía a un hombre y a una mujer rubia sentados en un reservado de un restaurante, con comida en la mesa. Levantaban la mirada como si algo les hubiera llamado la atención de repente y apenas hubieran tenido tiempo de reaccionar antes de que la cámara disparara. Por la iluminación, era evidente que no se había usado flash.

La chica era Mavis Weld. El tío era tirando a pequeño, tirando a moreno, tirando a inexpresivo. No le reconocí. Ni tenía por qué reconocerlo. El mullido asiento de cuero estaba cubierto de minúsculas figuras de parejas bailando. Así pues, el restaurante era Los Bailarines. Pero esto aumentaba la complicación. Cualquier fotógrafo aficionado que hubiera intentado sacar a relucir su cámara allí sin permiso de la dirección habría sido echado a la calle con tanta fuerza que habría ido rebotando hasta la esquina de Hollywood con Vine. Así que me figuré que habría utilizado el viejo truco de la cámara oculta, como hicieron para fotografiar a Ruth Snyder en la silla eléctrica. El fotógrafo debía de llevar una cámara en miniatura colgada con una correa por debajo del cuello de la americana, de manera que el objetivo apenas asomara por la chaqueta abierta, y debió de disparar con una perilla que llevaría en el bolsillo. No me resultó muy difícil adivinar quién había tomado la foto. El señor Orrin P. Quest tuvo que actuar con rapidez y discreción, si logró salir de allí con la cara todavía en la parte delantera de la cabeza.

Me metí las fotografías en el bolsillo de la chaqueta y mis dedos tocaron un trozo de papel arrugado. Lo saqué y leí: «Doctor Vincent Lagardie, calle Wyoming 965, Bay City». Aquél era el Vincent con quien yo había hablado por teléfono, el hombre al que seguramente había intentado llamar Lester B. Clausen.

Un viejo guardián deambulaba a lo largo del aparcamiento, marcando los neumáticos con una tiza amarilla. Me indicó dónde estaba la calle Wyoming. Me dirigí hacia allí en el coche. Era una calle que atravesaba la ciudad bastante lejos del distrito comercial, paralela a dos calles numeradas. El número 965, una casa de madera pintada de blanco y gris, estaba en una esquina. En la puerta, una placa de latón decía: «Doctor Vincent Lagardie. Consulta de 10 a 12 h y de 2.30 a 4.00».

Parecía una casa tranquila y decente. Una mujer subía los escalones con un niño que se resistía. Leyó la placa, consultó un reloj que llevaba prendido en la solapa y se mordió el labio, indecisa. El niño miró atentamente a su alrededor y le atizó una patada en el tobillo. La mujer gimió, pero su voz sonaba paciente:

—Vamos, Johnny, eso no se le hace a la tía Fern —dijo con suavidad.

Abrió la puerta y arrastró al pequeño macaco al interior. Al otro lado del cruce, en diagonal, se alzaba una enorme mansión colonial blanca, con un pórtico cubierto que era demasiado pequeño para la casa. Habían instalado focos en el césped de delante. El sendero de entrada estaba bordeado por rosales en flor. Encima del pórtico, un gran letrero negro y plateado decía: «GARLAND, LA CASA DEL ETERNO REPOSO». Me pregunté qué le parecería al doctor Lagardie eso de tener frente a sus ventanas una empresa de pompas fúnebres. A lo mejor aquello le hacía poner más cuidado.

Di la vuelta en el cruce y volví a Los Ángeles. Subí al despacho para mirar el correo y guardar en la abollada caja fuerte el botín obtenido en la Camera Shop de Bay City. Todas las copias menos una. Me senté ante el escritorio y estudié ésa una con una lupa. Incluso así, y a pesar de la ampliación, los detalles se seguían viendo claros. En la mesa, delante del moreno flaco e inexpresivo que se sentaba junto a Mavis Weld, había un periódico de la tarde, el *News-Chronicle*. Pude leer un titular: «Peso semipesado fallece a causa de las heridas recibidas en el ring». Un titular como aquél sólo podía corresponder a una edición deportiva de mediodía o de tarde. Tiré del teléfono. Justo cuando le ponía la mano encima, empezó a sonar.

—¿Marlowe? Aquí Christy French, del centro. ¿Tiene algo para nosotros esta mañana?

—No, si su teletipo funciona. He leído el periódico de Bay City.

—Ya. Nosotros también —dijo sin darle importancia—. Parece obra del mismo individuo, ¿no? La misma firma, la misma descripción, el mismo método... y el factor tiempo parece coincidir. Quiera Dios que esto no signifique que la banda de Sunny Moe Stein ha vuelto a las andadas.

—Si es así, han cambiado de técnica —dije—. Lo estuve repasando anoche. La banda de Stein dejaba a sus víctimas como coladores. Una de ellas tenía más de cien pinchazos.

—Puede que hayan aprendido —dijo French en plan evasivo, como si no quisiera hablar del asunto—. Pero yo le llamo para hablar de Flack. ¿Lo ha vuelto a ver desde ayer por la tarde?

—No.

—Se ha evaporado. No fue al trabajo. El hotel llamó a su patrona. Anoche hizo el equipaje y se largó. Con destino desconocido.

—Ni lo he visto ni he sabido nada de él —dije.

—¿No le parece algo raro que nuestro fiambre no tuviera más que catorce dólares en el bolsillo?

—Un poco. Pero usted mismo lo explicó.

—Sólo por decir algo. Ahora ya no me lo creo. Una de dos: o Flack tiene miedo o ha pillado dinero. O vio algo que no nos dijo y alguien le ha pagado para que se esfume, o le levantó la billetera al cliente, dejando los catorce pavos para cubrir las apariencias.

—Cualquiera de las dos cosas me parece creíble —dije—. Incluso las dos a la vez. El que registró esa habitación tan a fondo no iba buscando dinero.

—¿Por qué no?

—Porque cuando el doctor Hambleton me llamó, yo le sugerí que usara la caja de caudales del hotel, pero no pareció interesarle.

—De todas formas, un tipo de su calaña no le habría contratado a usted para guardar su dinero —dijo French—. No le habría contratado para que le guardara nada. Lo que buscaba era protección o un ayudante... o tal vez un simple mensajero.

—Lo siento —dije—. Me dijo sólo lo que le he contado.

—Y como ya estaba muerto cuando usted llegó —dijo French, arrastrando las sílabas de una manera demasiado ostensible—, usted no tuvo ocasión de darle una de sus tarjetas.

Agarré el teléfono con fuerza y recordé rápidamente mi conversación con Hicks en la pensión de la calle Idaho. Le volví a ver con mi tarjeta en la mano, examinándola. Y me vi a mí mismo, quitándosela de la mano con rapidez, antes de que se la quedara. Respiré hondo y dejé salir el aire despacio.

—Pues no —dije—. Y deje de intentar meterme miedo.

—Tenía una, amigo. Doblada en cuatro, en el bolsillo del reloj. La primera vez que le registramos no nos fijamos...

—Le di una a Flack —dije, con los labios rígidos.

Hubo un silencio. Al fondo se oían voces y el repiqueteo de una máquina de escribir. Por fin, French dijo en tono seco:

—Muy bien. Ya nos veremos.

Colgó bruscamente.

Coloqué el teléfono en su sitio muy despacio y moví mis entumecidos dedos. Volví a mirar la foto que tenía delante, encima del escritorio. Lo único que me decía era que dos personas, una de las cuales yo conocía, habían comido en Los Bailarines. El periódico sobre la mesa me indicaba la fecha, o me la indicaría.

Llamé al *News-Chronicle* y pregunté por la sección de deportes. Cuatro minutos más tarde escribía en un cuadernito: «Ritchy Belleau, joven y popular boxeador del peso semipesado, murió en el hospital de la Caridad poco antes de medianoche del 19 de febrero, a consecuencia de las heridas sufridas la noche anterior durante el combate estelar en el estadio de Hollywood Legion. Los titulares corresponden a la edición deportiva del mediodía del 20 de febrero».

Volví a marcar el mismo número y llamé a Kenny Haste, de la sección municipal. Era un antiguo reportero de sucesos que yo conocía desde hacía muchos años. Charlamos durante un minuto y luego le pregunté:

—¿Quién de vosotros se encargó del asesinato de Sunny Moe Stein?

—Tod Barrow. Ahora está en el *Post-Despatch.* ¿Por qué?

—Me gustaría saber detalles, si es que los hay.

Dijo que pediría el archivo del caso y que me llamaría. Lo hizo diez minutos más tarde:

—Le pegaron dos tiros en la cabeza, estando en su coche, a dos manzanas del Chateau Bercy, en Franklin, aproximadamente a las once y cuarto de la noche.

—El veinte de febrero. ¿No es eso? —pregunté.

—Exacto. Ni testigos, ni detenciones, exceptuando el habitual desfile de apostadores, mánagers de boxeo sin trabajo y otros sospechosos profesionales. ¿Qué quieres saber?

—¿No estaba por entonces en la ciudad uno de sus amigos?

—Aquí no dice nada de eso. ¿Qué nombre?

—Weepy Moyer. Un poli amigo mío dijo algo de un ricachón de Hollywood al que detuvieron como sospechoso, pero luego lo soltaron por falta de pruebas.

—Un momento —dijo Kenny—. Creo recordar algo... Sí, un tal Steelgrave, el propietario de Los Bailarines, presunto jugador y todo eso. Un tío simpático. Yo le conocía. Fue una metedura de pata.

—¿Qué quieres decir con una metedura de pata?

—Algún listillo le sopló a la policía que aquél era Weepy Moyer. Y le tuvieron encerrado diez días por estar reclamado en Cleveland. Pero Cleveland lo desmintió. Aquello no tuvo nada que ver con el asesinato de Stein. Steelgrave estuvo entre rejas toda aquella semana. No hay ninguna relación. Tu poli ha leído demasiadas novelas policíacas.

—Todos los polis las leen —dije—. Por eso son tan chulos hablando. Gracias, Kenny.

Nos despedimos y colgamos, y yo me quedé repantingado en mi sillón y mirando mi foto. Al cabo de un rato, agarré unas tijeras y corté el trozo en el que aparecía el periódico. Metí los dos trozos en sobres separados y me los guardé en el bolsillo junto con la hoja del cuaderno.

Marqué el número de la señorita Mavis Weld, en Crestview. Después de varios timbrazos, una voz de mujer me contestó. Era una voz distante y formal, y no sabría decir si ya la había oído antes o no. Lo único que dijo fue «¿Diga?».

—Aquí Philip Marlowe. ¿Está la señorita Weld?

—La señorita Weld no volverá hasta la noche, muy tarde. ¿Quiere dejar algún recado?

—Es muy importante. ¿Dónde podría encontrarla?

—Lo siento, pero no lo sé.

—¿Lo sabrá su agente?

—Es posible.

—¿Seguro que no es usted la señorita Weld?

—La señorita Weld no está.

Y colgó.

Me quedé sentado, concentrándome en esa voz. Primero me dije que sí, luego que no.

Y cuantas más vueltas le daba, menos seguro estaba. Bajé hasta el aparcamiento y saqué mi automóvil.

17

En la terraza de Los Bailarines, unos pocos madrugadores se disponían a beberse el desayuno. El salón acristalado de arriba tenía el toldo bajado. Dejé atrás la curva que baja hasta el Strip y me detuve enfrente de un edificio cuadrado de ladrillo rosa, de dos pisos, con pequeños miradores blancos y un porche griego sobre la puerta principal, que, desde la acera de enfrente, parecía tener un pomo antiguo de peltre. Sobre la puerta había un adorno en abanico y el nombre Sheridan Ballou, Inc., en letras de madera negra muy estilizadas. Cerré el coche y crucé la calle hasta la puerta. Era una puerta blanca, alta y ancha, con un ojo de cerradura lo bastante grande para que pudiera pasar un ratón. Dentro de aquel agujero estaba la verdadera cerradura. Eché mano al llamador, pero también habían pensado en eso: estaba pegado a la puerta y no servía para llamar.

Así pues, di una palmadita en una de las delgadas columnas blancas acanaladas, abrí la puerta y me fui derecho a la recepción, que ocupaba toda la parte delantera del edificio. Estaba amueblada con muebles oscuros que parecían antiguos y muchos sillones y divanes de un material acolchado que parecía chintz. En las ventanas había cortinas con encajes, y a su alrededor recuadros tapizados que hacían juego con la tapicería de los muebles. Había una alfombra de flores y un montón de gente que esperaba ser recibido por el señor Sheridan Ballou.

Algunos parecían alegres, animados y llenos de esperanza. Otros parecía que llevaban días esperando. En un rincón, una morena pequeñita se sonaba en su pañuelo. Nadie le prestaba la más mínima atención. Me enseñaron un par de perfiles en ángulos escogidos, pero enseguida comprendieron que yo no compraba nada y que no trabajaba allí.

Una pelirroja de aspecto peligroso estaba sentada lánguidamente ante un escritorio de época, hablando por un teléfono absolutamente blanco. Me acerqué a ella y me pegó dos balazos con sus fríos ojos azules; después se puso a mirar la cornisa que daba la vuelta a la sala.

—No —dijo al aparato—. No. Lo siento. Me temo que es inútil. Mucho, mucho, muy ocupado.

Colgó, tachó algo de una lista y me administró otra dosis de su mirada de acero.

—Buenos días. Desearía ver al señor Ballou —dije.

Dejé mi tarjeta de visita sobre su escritorio. La cogió por una punta y sonrió divertida mientras la miraba.

—¿Hoy? —preguntó amablemente—. ¿Esta semana?

—¿Cuánto tiempo se tarda normalmente?

—Hay personas que han esperado seis meses —respondió alegremente—. ¿No le sirve algún otro?

—No.

—Lo siento. Ninguna posibilidad. Vuelva a pasar uno de estos días. Como a finales de noviembre.

Vestía una falda blanca de lana, una blusa de seda color borgoña y una chaqueta de terciopelo negro de manga corta. Su pelo era como un atardecer de los buenos. Llevaba una pulsera de oro y topacios, pendientes de topacios y un anillo con un topacio en forma de escudo. Las uñas hacían perfecto juego con la blusa. Daba la impresión de que tardaba un par de semanas en vestirse.

—Tengo necesidad de verle —dije.

Leyó de nuevo mi tarjeta. Sonrió con mucho encanto.

—Como todo el mundo, señor... eh... señor Marlowe. Fíjese en toda esa gente tan interesante. Todos están aquí desde que se abrió la oficina, hace dos horas.

—Esto es importante.

—No lo pongo en duda. ¿En qué sentido, si me permite la pregunta?

—Tengo un poco de basura en venta.

Sacó un cigarrillo de una caja de cristal y lo encendió con un encendedor de cristal.

—¿En venta? ¿Quiere decir por dinero? ¿En Hollywood?

—Podría ser.

—¿Qué clase de basura? No tenga miedo de escandalizarme.

—Es un poco obsceno, señorita... señorita...

Me retorcí el cuello para leer la placa que había sobre su escritorio.

—Helen Grady —dijo—. Bueno, una pequeña obscenidad con elegancia nunca hace daño, ¿no cree?

—No he dicho que fuera elegante.

Se echó hacia atrás con cuidado y me lanzó el humo a la cara.

—En otras palabras, chantaje —suspiró—. ¿Por qué no se larga zumbando de aquí, colega? Antes de que le eche encima un puñado de policías bien gordos.

Me senté en una esquina de su escritorio, cogí dos puñados de humo de su cigarrillo y se los soplé en el pelo.

Se apartó furibunda:

—¡Fuera de aquí, cretino! —dijo con una voz que se habría podido utilizar para decapar pintura.

—¡Huy, huy! ¿Qué le ha ocurrido a su acento de colegio de pago?

Sin volver la cabeza, llamó con fuerza:

—¡Señorita Vane!

Una morena alta, esbelta y elegante, con cejas altivas, levantó la mirada. Acababa de entrar por una puerta interior camuflada como una vidriera. La morena se acercó a nosotros. La señorita Grady le pasó mi tarjeta.

—Para Spink.

La señorita Vane volvió a pasar por la cristalera con mi tarjeta.

—Siéntese y descanse los tobillos, pez gordo —dijo Helen Grady—. Puede que tenga que esperar una semana.

Me senté en un sillón de orejas con tapicería de chintz cuyo respaldo terminaba unos veinte centímetros por encima de mi cabeza. Me hacía sentir como si hubiera encogido. La señorita Grady me obsequió con otra de sus sonrisas, la del filo trabajado a mano, y volvió a inclinarse sobre el teléfono.

Miré a mi alrededor. La morenita del rincón había dejado de sollozar y se maquillaba la cara tan tranquila, como si nada le preocupara. Un tipo muy alto y elegante movió con soltura un brazo para mirar su lujoso reloj de pulsera y se puso en pie lentamente. Se encasquetó en la cabeza un sombrero gris perla, ladeándolo graciosamente, recogió sus guantes amarillos de gamuza y su bastón con puño de plata, y se dirigió con andares lánguidos hacia la recepcionista pelirroja.

—Llevo dos horas esperando para ver al señor Ballou —dijo en tono helado, con una voz dulce y cálida, modulada a base de mucho trabajo—. No estoy acostumbrado a tener que esperar dos horas para ver a nadie.

—Lo siento mucho, señor Fortescue. El señor Ballou está demasiado ocupado para hablar esta mañana.

—Siento no poder dejarle un cheque —dijo el elegante con fatigado desprecio—. Seguro que es lo único que le interesa. Pero a falta de eso...

—Un momento, cariño. —La pelirroja cogió un teléfono y habló por él—. ¿Sí?... ¿Y quién lo dice, aparte de Goldwyn? ¿No puedes tratar con alguien que no esté loco?... Bueno, sigue intentándolo.

Colgó el teléfono de un porrazo. El tipo alto y elegante no se había movido.

—A falta de eso —continuó, como si no hubiera dejado de hablar—, me gustaría dejarle un breve mensaje personal.

—Déjelo, por favor, y yo se lo haré llegar —dijo la señorita Grady.

—Dígale, con todo mi cariño, que es una comadreja asquerosa.

—Será mejor que le llame mofeta, encanto —dijo ella—. No entiende palabras tan largas como comadreja.

—Pues mofeta, y por partida doble —dijo Fortescue—. Con un toque añadido de ácido sulfhídrico y perfume de casa de putas de las más baratas. —Se ajustó el sombrero y comprobó su perfil en un espejo—. Y ahora, señorita, buenos días tenga usted, y a la mierda Sheridan Ballou Incorporated.

El altísimo actor hizo mutis con paso elegante, abriendo la puerta con el bastón.

—¿Qué le pasa a ése? —pregunté.

Me miró con expresión compasiva.

—¿A Billy Fortescue? No le pasa nada. Como no le ofrecen papeles, viene todos los días a montar su numerito. Por si alguien lo ve y le gusta.

Cerré la boca poco a poco. Puedes vivir en Hollywood un montón de tiempo sin llegar a ver nunca lo que hay detrás de las películas.

La señorita Vane apareció por la puerta interior y me hizo una señal con el mentón. Entré, pasando a su lado.

—Por aquí. La segunda puerta a la derecha.

Me miró avanzar por el pasillo hasta la segunda puerta, que estaba abierta. Entré y la cerré.

Un judío regordete y canoso estaba sentado tras el escritorio, sonriendo tiernamente.

—Buenos días —me dijo—. Soy Moss Spink. ¿Qué le come el seso, amigo? Aparque ahí el cuerpo. ¿Un cigarrillo?

Abrió una cosa que parecía un baúl y me ofreció un cigarro que apenas mediría palmo y medio, y que venía en un tubo individual de cristal.

—No, gracias —dije—. Sólo fumo tabaco.

Suspiró.

—Como quiera. Veamos. Usted se llama Marlowe, ¿eh? Marlowe... Marlowe... ¿Conozco yo a algún Marlowe?

—Seguramente no —dije—. Yo nunca he oído hablar de nadie que se llame Spink. Pregunté por un hombre llamado Ballou. ¿Acaso suena parecido a Spink? Yo no quiero ver a ningún Spink. Y aquí entre nosotros, que se vayan al cuerno todos los que se llaman Spink.

—Antisemita, ¿eh? —dijo Spink. Movió una mano magnánima con un diamante amarillo canario que parecía un semáforo en ámbar—. No se ponga así. Siéntese y sacúdale el polvo al cerebro. Usted no me conoce. Ni quiere conocerme. De acuerdo. No me ofende. En un negocio como éste, tiene que haber por lo menos uno que no se ofenda fácilmente.

—Ballou —insistí yo.

—Veamos, sea razonable, amigo. Sherry Ballou es una persona muy ocupada. Trabaja veinte horas al día y aun así va retrasado según el plan previsto. Siéntese y cuéntele su asunto al pequeño Spinky.

—¿Cuál es su función aquí? —le pregunté.

—Soy su pantalla, amigo. Tengo que protegerle. Un hombre como Sherry no puede recibir a todo el mundo. Yo veo a gente en su lugar. Es como si yo fuera él... hasta cierto punto, ya me comprende.

—Podría ser que yo estuviera más allá de ese punto que dice —respondí.

—Podría ser —concedió Spink amablemente. Le quitó el grueso precinto al tubo de aluminio de un cigarro, extrajo el cigarro con cariño y lo miró buscando marcas de nacimiento—. No le digo que no. Pero ¿por qué no me hace una pequeña introducción? Después, ya veremos. Hasta ahora, no ha hecho más que soltar frases. Pero aquí estamos tan acostumbrados que no nos hace el menor efecto.

Observé cómo cortaba y encendía el cigarro, que parecía ser carísimo.

—¿Cómo sé que no va usted a engañarle? —pregunté en plan astuto.

Los estrechos ojillos de Spink parpadearon y hasta me pareció ver lágrimas en ellos, aunque no estoy seguro.

—¿Yo, engañar a Sherry Ballou? —preguntó con voz susurrante y entrecortada, como la que se emplea en un funeral de seiscientos dólares—. ¿Yo? Antes traicionaría a mi propia madre.

—Eso a mí no me dice nada —dije—. No conozco a su madre.

Spink depositó su cigarro en un cenicero tan grande como un baño para pájaros y gesticuló con las dos manos. La pena le estaba consumiendo.

—Ay, amigo. ¡Qué cosas dice! —gimió—. Quiero a Sherry Ballou como si fuera mi padre. Más aún. Mi padre... bueno, vamos a dejarlo. Venga, tío, sea humano. ¿Qué tal un poco de confianza y amistad, como en los viejos tiempos? Suéltele los trapos sucios al pequeño Spinky, ¿vale?

Saqué de mi bolsillo un sobre que arrojé sobre la mesa. Él sacó la fotografía y la examinó con aire solemne. La volvió a depositar sobre la mesa, me miró, miró la foto y me volvió a mirar.

—¿Y bien? —me dijo con voz inexpresiva, súbitamente despojada de la confianza y amistad de los viejos tiempos, de las que tanto hablaba—. ¿Qué tiene esto de extraordinario?

—¿Tengo que decirle quién es la chica?

—¿Quién es el hombre? —cortó.

No le contesté.

—Le pregunto quién es el hombre —dijo Spink casi gritando—. Vamos, granuja, desembuche.

Seguí sin decir nada. Spink estiró lentamente la mano hacia el teléfono, mirándome a la cara con sus ojos duros y brillantes.

—Adelante, llámelos —le animé yo—. Llame a la comisaría del centro y pregunte por el inspector Christy French, de la Brigada de Homicidios. Tampoco es un tipo fácil de convencer.

Spink apartó la mano del teléfono. Se incorporó despacio y salió con la foto. Esperé. Desde fuera llegaba el rumor lejano y monótono del tráfico en el Sunset Boulevard. Los minutos iban cayendo como gotas en un pozo, sin hacer ruido. El humo del cigarro recién encendido de Spink flotó en el aire unos instantes y después fue absorbido por el aparato de aire acondicionado. Contemplé las innumerables fotos autografiadas de las paredes, todas ellas dedicadas a Sherry Ballou con amor eterno. Me figuré que toda aquella gente andaría ya de capa caída, si sus fotos estaban en el despacho de Spink.

18

Al cabo de un rato, volvió Spink y me hizo una seña. Le seguí a lo largo de un corredor, atravesando puertas dobles, hasta una antecámara en la que había dos secretarias. Luego pasamos por más puertas dobles de grueso cristal negro con pavos reales plateados grabados en los paneles. Las puertas se abrían solas cuando nos acercábamos.

Bajamos tres escalones alfombrados y entramos en un despacho que tenía de todo menos piscina. Tenía una altura de dos pisos y lo rodeaba una galería repleta de estanterías con libros. Había un piano de cola Steinway en un rincón, un montón de muebles de cristal y de madera blanca, una mesa del tamaño de una pista de bádminton, sillones, divanes, mesas, y un hombre tumbado en uno de los divanes, sin chaqueta y con la camisa abierta sobre un fular de Charvet que se podría localizar en la oscuridad con sólo escucharle ronronear. Tenía un paño blanco sobre los ojos y la frente, y una rubia elástica estaba retorciendo otro en una jofaina de plata llena de agua y hielo que había a su lado, sobre una mesa.

Era un tipo grande y bien formado, con cabello negro y ondulado; bajo el paño blanco, la cara era recia y bronceada. Un brazo colgaba sobre la alfombra, sosteniendo entre los dedos un cigarrillo que dejaba escapar un hilillo de humo.

La rubia cambió el paño con habilidad. El tipo del diván gimió.

—Aquí está el tío, Sherry —dijo Spink—. Se llama Marlowe.

—¿Qué quiere? —gruñó Ballou.

—No suelta prenda —contestó Spink.

—Entonces, ¿por qué le has traído? Estoy hecho polvo —dijo el hombre del diván.

—Bueno, Sherry, ya sabes cómo son las cosas —dijo Spink—. A veces no te queda más remedio.

—¿Cuál era ese nombre tan bonito que has dicho? —preguntó el hombre del diván.

Spink se volvió hacia mí.

—Ahora puede decir lo que tenga que decir. Y sea breve, Marlowe.

No dije nada.

Al cabo de unos instantes el hombre del diván levantó lentamente el brazo que tenía un cigarrillo en su extremo. Se llevó el cigarrillo a la boca con gesto de fatiga y aspiró con la infinita languidez de un aristócrata decadente pudriéndose en su castillo en ruinas.

—Le estoy hablando, amigo —dijo Spink en tono duro.

La rubia volvió a cambiar el paño, sin mirar a nadie. El silencio flotaba en la habitación, tan agrio como el humo del cigarrillo.

—Venga, pelmazo, suéltelo ya.

Saqué un Camel, lo encendí, elegí un sillón y me senté.

Extendí una mano y me la miré. El pulgar temblaba despacio, para arriba y para abajo, cada pocos segundos.

La voz de Spink interrumpió con furia mi actividad.

—Sherry no tiene todo el día, ¿sabe?

—¿Y qué va a hacer el resto del día? —me oí preguntar—. ¿Sentarse en un diván de raso blanco y hacerse dorar las uñas de los pies?

La rubia se volvió bruscamente hacia mí y me miró fijamente. Spink se quedó con la boca abierta y pestañeando. El hombre del diván alzó muy despacio una mano hacia la punta de la toalla que le cubría los ojos. La apartó lo justo para mirarme con un ojo castaño como la piel de foca. La toalla volvió a caer con suavidad.

—Aquí no puede hablar de esa manera —dijo Spink en tono severo.

Me puse en pie y dije:

—Perdón, me olvidé de traer el misal. Hasta ahora ignoraba que Dios trabajaba al tanto por ciento.

Durante uno minuto nadie dijo nada. La rubia volvió a cambiar la toalla.

Desde debajo, el hombre del diván dijo con calma:

—Desalojad, queridos. Todos, menos el nuevo amigo.

Spink me dirigió una mirada de odio. La rubia se marchó en silencio.

—¿Por qué no le echo de culo a la calle? —dijo Spink.

La cansada voz de debajo de la toalla le respondió:

—Llevo tanto tiempo preguntándomelo que he perdido el interés por el problema. Lárgate.

—Está bien, jefe —dijo Spink, retirándose de mala gana.

En la puerta se detuvo, me hizo otra mueca silenciosa y desapareció.

El hombre del diván esperó a oír cómo se cerraba la puerta y entonces dijo:

—¿Cuánto?

—Usted no quiere comprar nada.

Se quitó la toalla de la cabeza, la tiró a un lado y se incorporó lentamente. Apoyó en la alfombra sus zapatos de cuero granulado hechos a medida y se pasó una mano por la frente. Parecía cansado, pero no resacoso. Sacó de alguna parte otro cigarrillo, lo encendió y miró malhumorado el suelo a través del humo.

—Continúe —dijo.

—No sé por qué se ha molestado en montarme este numerito —le dije—. Pero le supongo lo bastante inteligente como para saber que no se puede comprar una cosa y pensar que ya la tienes comprada para siempre.

Ballou recogió la foto que Spink había dejado a su alcance en una mesa baja y larga. Extendió una mano indolente.

—Sin duda, el trozo que falta debe ser la clave del enigma —dijo.

Saqué el sobre de mi bolsillo y le di el trozo cortado. Le miré juntar los dos pedazos.

—Con una lupa se puede leer el titular —precisé.
—Hay una en mi escritorio, si es tan amable...
Fui a su escritorio a por la lupa.
—Está acostumbrado a hacerse servir, ¿eh, señor Ballou?
—Pago por ello.
Examinó la fotografía a través de la lupa y suspiró.
—Me parece que vi ese combate. Deberían cuidar más a estos chicos.
—Como hace usted con sus clientes —dije yo.
Dejó la lupa y se echó hacia atrás, mirándome con ojos fríos y despreocupados:
—Éste es el dueño del club Los Bailarines. Se llama Steelgrave. Y la chica es cliente mía, claro. —Hizo un vago gesto en dirección a un sillón. Me senté en él—. ¿Qué pensaba pedir, señor Marlowe?
—¿Por qué?
—Por todas las copias y el negativo. El lote completo.
—Diez de los grandes —dije mirándole la boca.
La boca sonrió, con una sonrisa bastante agradable.
—Hará falta un poco más de explicación, ¿no cree? Yo no veo más que dos personas comiendo en un lugar público. Nada especialmente desastroso para la reputación de mi cliente. Y supongo que eso es lo que usted había pensado.
Sonreí.
—Usted no puede comprar nada, señor Ballou. Siempre puedo hacer un positivo del negativo y otro negativo del positivo. Si esa foto es una prueba de algo, jamás podrá estar seguro de haberla suprimido.
—Para ser un chantajista, habla como si no le interesara mucho vender su artículo —dijo, sin dejar de sonreír.
—Siempre me he preguntado por qué la gente paga a los chantajistas. No se les puede comprar nada. Y sin embargo, la gente paga, una vez, y otra, y otra. Y al final, están igual que cuando empezaron.
—El miedo de hoy —dijo Ballou— siempre supera al miedo de mañana. Un axioma básico de los efectos dramáticos dice que la parte es mayor que el todo. Si uno ve en la pantalla a una estrella guapísima en una situación de grave peligro, teme por ella con una parte de la mente, la parte emocional. Y eso a pesar de que la mente racional sabe que, siendo la estrella de la película, no puede ocurrirle nada muy malo. Si el suspense y la amenaza no fueran más fuertes que la razón, el drama no tendría mucho futuro.
—Creo que ésa es una gran verdad —dije, esparciendo el humo de mi Camel.
Sus ojos se estrecharon un poco.
—En cuanto a lo de poder comprar algo de verdad, si yo le pagara un buen precio y no obtuviera lo que he comprado, haría que se encargaran de usted. Le dejarían hecho papilla. Y si al salir del hospital todavía se sintiera agresivo, siempre podría intentar que me detuvieran.
—Ya me ha ocurrido —dije—. Soy detective privado. Sé lo que quiere decir. ¿Por qué me lo cuenta?
Se echó a reír. Tenía una risa cálida, agradable, que no le costaba esfuerzo.

—Soy agente, hijo. Siempre tiendo a pensar que los traficantes se guardan algo en la manga. Pero de diez mil, ni hablar. Ella no los tiene. De momento no gana más que mil dólares a la semana. Sin embargo, reconozco que le falta muy poco para sacar pasta de la gorda.

—Y esto la cortaría en seco —dije señalando la foto—. Nada de pasta gansa, nada de piscinas con luces bajo el agua, nada de visones plateados, nada de anuncios de neón con su nombre. Todo volaría como puro polvo.

Soltó una risa desdeñosa.

—Entonces, ¿le parece bien que les enseñe esto a los polis del centro? —dije.

Dejó de reír. Sus ojos se achicaron. Preguntó con mucha calma:

—¿Por qué habría de interesarles?

Me levanté.

—Me parece que no vamos a entendernos, señor Ballou. Y usted es una persona muy ocupada. Así que me marcho.

Se levantó y se estiró hasta la totalidad de su metro noventa. Era un buen pedazo de hombre. Se me acercó y se quedó parado muy cerca de mí. Sus ojos castaños tenían pintitas doradas.

—Veamos quién es usted, amigo.

Extendió la mano. Deposité en ella mi cartera abierta. Miró la fotocopia de mi licencia, sacó de la cartera algunas cosas más y las miró por encima. Me la devolvió.

—¿Qué pasaría si usted le enseñara su foto a la poli?

—Primero tendría que relacionarla con algo que están investigando. Algo que ocurrió en el hotel Van Nuys ayer por la tarde. La conexión sería la chica. Ella no quiere hablar conmigo, y por eso vengo a hablar con usted.

—Me lo contó anoche —suspiró.

—¿Cuánto le contó? —pregunté.

—Que un detective privado llamado Marlowe había intentado obligarla a contratarle, alegando que la habían visto en un hotel del centro que estaba inconvenientemente cerca del lugar donde se había cometido un crimen.

—¿Cómo de cerca? —insistí yo.

—Eso no lo dijo.

—Y un cuerno no se lo dijo.

Se apartó de mí, dirigiéndose a un jarrón cilíndrico y alargado que había en un rincón, lleno de bastones de rota cortos y finos. Sacó uno de los bastones y se puso a caminar de un lado a otro sobre la alfombra, balanceando hábilmente el bastón detrás de su pie derecho.

Me senté de nuevo, apagué mi cigarrillo y respiré hondo.

—Esto sólo podría ocurrir en Hollywood —gruñí.

Ballou dio media vuelta con gran soltura y me miró.

—¿A qué se refiere?

—A que un hombre aparentemente cuerdo ande de un lado a otro de la casa con andares de Piccadilly y un bastoncito en la mano.

Asintió.

—Este vicio me lo pegó un productor de la MGM. Un tipo encantador, o por lo menos eso me han dicho. —Se detuvo y me apuntó con el bastón—. Usted me hace mucha gracia, Marlowe. De verdad. Es tan transparente. Pretende utilizarme como pértiga para salir de un lío en el que se ha metido.

—Hay algo de verdad en eso. Pero el lío en el que estoy metido yo no es nada en comparación con el lío en el que se habría metido su cliente si yo no hubiera hecho lo que hice, que fue lo que me metió en este lío.

Se quedó inmóvil un momento. Luego arrojó el bastón a lo lejos, se acercó a un mueble-bar y lo abrió en dos mitades. Vertió algo en dos vasos anchos y se acercó a mí para ofrecerme uno. A continuación, volvió por el suyo y se sentó en el sofá, con el vaso en la mano.

—Armagnac —dijo—. Si me conociera, se daría cuenta de que es un cumplido. Este material escasea mucho. Los boches se han quedado con casi todo, y nuestros generales han arramblado con el resto. Brindo por usted.

Levantó el vaso, lo olfateó y bebió un sorbito. Yo me sacudí el mío de un trago. Sabía a coñac francés del bueno.

Ballou se mostró escandalizado.

—Dios mío, esto se bebe a sorbitos, no se traga de una vez.

—Lo siento, yo me lo trago de una vez —dije—. ¿Le dijo ella también que si alguien no me callaba la boca se iba a ver metida en un buen lío?

Asintió.

—¿Sugirió alguna manera de callarme la boca?

—Me dio la impresión de que era partidaria de hacerlo con algún tipo de instrumento contundente. Yo opté por un término medio entre la amenaza y el soborno. En esta misma calle tenemos un equipo especializado en proteger a la gente del cine. Pero, por lo visto, ni le asustaron ni el soborno fue suficiente.

—Me asustaron bastante —le dije—. A punto estuve de liarme a tiros con mi Luger. Ese yonqui de la 45 hace un número impresionante. Y respecto a eso de que el dinero no era suficiente... todo es cuestión de la manera en que se ofrece.

Bebió unos sorbos más de su Armagnac. Señaló la fotografía que tenía delante, con las dos partes juntas.

—Estábamos en que usted iba a enseñar esto a la poli. ¿Y entonces qué pasa?

—Creo que no habíamos llegado todavía a eso. Nos habíamos quedado en por qué ella le encargó esto a usted, en lugar de a su novio. Él llegaba justo cuando yo me iba. Tenía llave propia.

—Por lo visto, no lo hizo y ya está.

Frunció el ceño y miró su Armagnac.

—Eso me gusta —dije—, pero aún me gustaría más si él no tuviera la llave de su apartamento.

Levantó la mirada con aire triste.

—También a mí. Estamos de acuerdo. Pero la farándula siempre ha sido así. Si los actores no llevaran una vida intensa y bastante desordenada, si no se dejaran arrastrar tanto por sus emociones... bueno, no serían capaces de coger esas emociones al vuelo e imprimirlas en unos metros de celuloide o proyectarlas a través de las candilejas.

—Yo no hablo de su vida amorosa —dije—. Nadie la obliga a compartir cama con un gánster.

—No hay pruebas de eso, Marlowe.

Señalé la foto.

—El tipo que sacó esta foto ha desaparecido y no se le encuentra. Seguramente está muerto. Otros dos hombres que vivieron en la misma dirección han muerto también. Uno de ellos estaba intentando vender estas fotos justo antes de que lo mataran. Ella fue en persona al hotel para hacer la transacción. Y el que lo mató también. Pero ni ella ni el asesino consiguieron la mercancía. No sabían dónde buscar.

—¿Y usted sí?

—Tuve suerte. Yo ya le había visto sin peluquín. Nada de esto constituye lo que yo llamo una prueba. Se podría elaborar un argumento en contra. ¿Para qué molestarse? Dos hombres han sido asesinados, tal vez tres. Ella corrió un riesgo enorme. ¿Por qué? Porque quería esa foto. Por conseguirla valía la pena correr todo ese riesgo. ¿Y por qué, vuelvo a decir? Son sólo dos personas comiendo un día concreto. El día en que mataron a tiros a Moe Stein en la avenida Franklin. El día en que un tal Steelgrave estaba entre rejas porque la poli recibió el chivatazo de que era un gánster de Cleveland llamado Weepy Moyer. Eso dicen los papeles. Pero la foto dice que ese día estaba fuera de la cárcel. Y al decir eso sobre él en ese día concreto, dice también quién es. Y ella lo sabe. Y a pesar de todo, él tiene la llave de su apartamento.

Hice una pausa y durante un rato nos miramos fijamente uno a otro. Proseguí:

—En realidad, usted no quiere que esta foto caiga en manos de la poli, ¿verdad? Salga lo que salga, a ella la crucificarían. Y cuando todo haya acabado, a nadie le importará un pepino si Steelgrave era Weepy Moyer, si Moyer mató a Stein, o si le hizo matar, o si resulta que estaba preso el día en que lo mataron. Si se sale con la suya, siempre habrá un montón de gente que piense que todo estaba amañado. En cambio, ella no tiene escapatoria. A los ojos del público es la chica de un gánster. Y en lo que respecta a su negocio, está completa y definitivamente acabada.

Ballou permaneció en silencio unos momentos, mirándome sin expresión.

—¿Qué es exactamente lo que quiere usted? —ahora su voz era suave y amarga.

—Lo que le pedí a ella y ella no me dio. Algo que certifique que yo actuaba en su nombre hasta un punto en el que decidí que ya no podía ir más lejos.

—¿Eliminando pruebas? —preguntó en tono tenso.

—Si es que es una prueba. La policía no podría descubrirlo sin manchar la reputación de la señorita Weld. Tal vez yo sí pueda. Ellos no se molestarían en intentarlo, porque les da lo mismo. Yo lo haría.

—¿Por qué?

—Digamos que así es como me gano la vida. Podría tener otros motivos, pero con ése basta.

—¿Cuál es su precio?

—Anoche me lo hizo llegar. Entonces no lo acepté. Ahora lo acepto. Con un papel firmado en el que contrata mis servicios para investigar un intento de chantaje a una de sus clientes.

Me levanté con el vaso vacío en la mano y fui a dejarlo sobre el escritorio. Al inclinarme oí un suave zumbido.

Pasé al otro lado del escritorio y abrí un cajón de golpe. Dentro había un magnetofón en un estante articulado. El motor estaba en marcha y la fina cinta metálica giraba uniformemente de un carrete al otro. Miré a Ballou por encima del escritorio.

—Puede apagarlo y llevarse la cinta —dijo—. No puede reprocharme que lo utilizara.

Accioné el mando para rebobinar y la cinta empezó a girar en sentido contrario, ganando velocidad hasta que llegó un momento en que no se la veía. Emitía una especie de chirrido que parecía el ruido de dos mariquitas peleándose por una blusa de seda. La cinta acabó por soltarse y el aparato se detuvo. Saqué el rollo y me lo guardé en el bolsillo.

—Es posible que tenga otra —dije—, pero tendré que correr ese riesgo.

—Parece muy seguro de sí mismo, Marlowe.

—Ojalá fuera así.

—¿Quiere apretar el botón que está en el extremo de la mesa?

Lo apreté. Las puertas de cristal negro se abrieron y entró una chica morena con un bloc de taquimecanógrafa.

Ballou empezó a dictar sin mirarla.

—Carta dirigida al señor Philip Marlowe, con su dirección. Estimado señor Marlowe: Por la presente, esta agencia le contrata para investigar un intento de chantaje a uno de mis clientes, cuyos detalles se le han explicado verbalmente. Sus honorarios son cien dólares diarios con un anticipo de quinientos, de los que se acusa recibo en la copia de esta carta, etc, etc. Eso es todo, Eileen. Ahora mismo, por favor.

Le di mi dirección a la chica y ella salió.

Saqué del bolsillo el rollo de cinta y lo volví a meter en el cajón. Ballou cruzó las piernas e hizo bailar la reluciente punta de su zapato, mirándosela. Se pasó la mano por sus rizados cabellos negros.

—Un día de éstos —me dijo— voy a cometer el error que un hombre de mi oficio teme por encima de todos los demás errores. Acabaré haciendo negocios con un tipo del que pueda fiarme y voy a ser tan condenadamente listo que no me fiaré de él. Tenga, es mejor que se lleve esto.

Me dio los dos trozos de la fotografía.

Me marché cinco minutos después. Las puertas de cristal se abrieron cuando me acerqué a un metro de ellas. Pasé ante las dos secretarias y recorrí el pasillo donde estaba el despacho de Spink, con la puerta abierta. No salía ningún sonido, pero se olía el humo de su cigarro. En la recepción me pareció que seguían estando exactamente las mismas personas, sentadas en los sillones de zaraza. La señorita Helen Grady me dedicó su sonrisa de los sábados por la noche. La señorita Vane me miraba con ojos radiantes.

Había estado cuarenta minutos con el jefe. Aquello me convertía en algo tan asombroso como el mapa anatómico de un quiropráctico.

19

El guardia de los estudios, que estaba en una garita acristalada semicircular, dejó el teléfono y garabateó en una libreta. Arrancó la hoja y la metió por la estrecha ranura, de no más de dos centímetros, donde el cristal no llegaba del todo a la superficie de la mesa. A través de la rejilla para hablar instalada en el panel de cristal, su voz tenía una resonancia metálica.

—Recto hasta el final del pasillo —me dijo—. En medio del patio hay una fuente para beber. Allí lo recogerá George Wilson.

—Gracias —dije—. ¿Este cristal es a prueba de balas?

—Pues claro. ¿Por qué?

—Pura curiosidad —dije—. Nunca he sabido de nadie que intentara entrar a tiros en la industria del cine.

Oí una risita detrás de mí. Me volví y vi una chica en pantalones, con un clavel rojo detrás de la oreja. Estaba sonriendo.

—Ay, amigo, si bastara con pegar unos tiros...

Me encaminé a una puerta verde oliva que no tenía picaporte. La puerta emitió un zumbido y permitió que la empujara. Al otro lado había un pasillo verde oliva, de paredes desnudas, con una puerta en el otro extremo. Una ratonera. Si te metías allí y algo no iba bien, todavía podían cortarte el paso. La puerta del fondo zumbó y chasqueó igual que la otra. Me pregunté cómo sabría el guardia que había llegado a ella. Entonces levanté la mirada y vi sus ojos que me miraban desde un espejo inclinado. En cuanto toqué la puerta, el espejo quedó en blanco. Aquella gente pensaba en todo.

Afuera, bajo el cálido sol del mediodía, había una orgía de flores en un pequeño patio con senderos pavimentados, un estanque en el centro y un banco de mármol. Un hombre mayor, impecablemente vestido, estaba recostado en el banco de mármol, mirando cómo tres bóxers de color rojizo arrancaban de raíz unas begonias color rosa de té. En su rostro había una expresión de intensa pero tranquila satisfacción. No me miró cuando yo me acerqué. Uno de los bóxers, el más grande, se le acercó y regó el banco de mármol justo al lado de la pernera de su pantalón. Él se inclinó y acarició la cabeza del perro, de pelo corto y duro.

—¿Es usted el señor Wilson? —pregunté.

Me miró con aire ausente. El bóxer mediano se acercó al trote, olfateó y orinó en el mismo lugar que el primero.

—¿Wilson? —Tenía una voz lánguida y un pelín arrastrada—. No, no me llamo Wilson. ¿Debería?

—Perdone.

Me acerqué a la fuente y me eché un chorro de agua en la cara. Mientras me secaba con un pañuelo, el más pequeño de los bóxers hizo lo suyo en el banco de mármol.

El hombre que no se llamaba Wilson dijo con cariño:

—Siempre lo hacen exactamente en el mismo orden. Me fascina.

—¿Qué hacen? —pregunté.

—Mear —dijo él—. Parece que es cuestión de antigüedad. Por riguroso orden. Primero *Maisie*, que es la madre. Luego *Mac*. Tiene un año más que *Jock* el cachorro. Siempre igual. Incluso en mi despacho.

—¿En su despacho? —dije, y nadie tenía una cara más idiota que yo en aquel momento.

Alzó sus blancas cejas hacia mí, se sacó de la boca un puro corriente de color marrón, mordió la punta y escupió en el estanque.

—Eso no les va a sentar nada bien a los peces —dije yo.

Me miró de abajo arriba.

—Yo crío bóxers, que se vayan a la mierda los peces.

Aquello me pareció puro Hollywood. Encendí un cigarrillo y me senté en el banco.

—En su despacho, ¿eh? —dije—. Bueno, nunca te acostarás sin saber una cosa más.

—En la esquina del escritorio. Lo hacen constantemente. A mis secretarias las pone histéricas. Dicen que manchan la alfombra. No sé qué les pasa a las mujeres en estos tiempos. A mí no me molesta. Más bien me gusta. Si te gustan los perros, también te gusta verlos mear.

Uno de los perros depositó una begonia en flor a sus pies, en medio del sendero pavimentado. Él la recogió y la tiró al estanque.

—Supongo que esto fastidia a los jardineros —comentó, volviendo a sentarse—. Pero bueno, si no les gusta, por mí pueden...

Se interrumpió en seco y se quedó mirando a una mensajera delgada con pantalones amarillos, que daba un rodeo deliberado para cruzar el patio. Al pasar ante nosotros, le dirigió al viejo una rápida mirada de soslayo y se alejó haciendo música con las caderas.

—¿Sabe usted qué es lo malo de este negocio? —me preguntó el viejo.

—Nadie lo sabe —respondí.

—Demasiado sexo —dijo—. Está muy bien en su momento y en su lugar, pero aquí lo tenemos a carretadas. Chapoteamos en él. Estamos hasta el cuello. Acaba siendo como el papel matamoscas. —Se puso en pie—. También tenemos un exceso de moscas. Encantado de haberle conocido, señor...

—Marlowe —dije—. Me temo que usted no me conoce.

—No conozco a nadie —prosiguió—. Se me va la memoria. Veo a demasiadas personas. Me llamo Oppenheimer.

—¿Jules Oppenheimer?

Asintió.

—El mismo. Tome un cigarro.

Me ofreció uno. Yo le enseñé mi pitillo. Tiró el puro a la fuente, y después frunció el ceño.

—Se me va la memoria —dijo con tristeza—. Acabo de malgastar cincuenta centavos. No debería hacer eso.

—Usted es el jefe de los estudios —dije.

Asintió con aire ausente.

—Debería haber guardado ese puro. Si uno ahorra cincuenta centavos, ¿qué es lo que consigue?

—Cincuenta centavos —le contesté, preguntándome de qué demonios estaba hablando el tío.

—En este negocio, no. En este negocio, si ahorras cincuenta centavos, te cuesta cinco dólares de contabilidad.

Calló y les hizo un gesto a los tres bóxers. Ellos dejaron de arrancar lo que estaban arrancando y le miraron.

—Yo sólo me ocupo de la parte económica —me dijo—. Eso es fácil. ¡En marcha, niños! ¡Volvamos al burdel! —suspiró—. Mil quinientas salas de cine —añadió.

Supongo que volví a poner mi cara de idiota. Él hizo un gesto con la mano que abarcaba todo el patio.

—Mil quinientos cines es lo único que se necesita. Es mucho más fácil que criar bóxers de pura raza. El cine es el único negocio del mundo en el que se pueden cometer todos los errores posibles, y aun así ganar dinero.

—Debe de ser el único negocio del mundo en el que uno puede tener tres perros que se mean en el escritorio de su despacho —dije.

—Para eso hay que tener mil quinientos cines.

—Resultará un poco difícil empezar —contesté.

Pareció muy complacido.

—Sí, ésa es la parte difícil.

Miró hacia el otro lado del cuidado césped, donde se alzaba un edificio de cuatro plantas que formaba una de las fachadas de la plazoleta cuadrada.

—Ahí están todos los despachos —dijo—. Yo nunca voy allá. Siempre están cambiando la decoración. Me pone enfermo ver las cosas que algunos de esos tipos ponen en sus suites. El talento más caro del mundo. Hay que darles todo lo que pidan, todo el dinero que quieran. ¿Por qué? Porque sí, por pura costumbre. Lo que hagan y cómo lo hagan me importa un pito. A mí que me dejen con mis mil quinientos cines.

—No querrá que se sepa que ha dicho eso, ¿eh, señor Oppenheimer?

—¿Es usted periodista?

—No.

—Qué lástima. Sólo por ver qué pasa, me gustaría que alguien intentara publicar en los periódicos un hecho de la vida tan elemental y simple como ése. —Hizo una pausa y sorbió—. Nadie lo publicaría. Les daría miedo. ¡Vamos, niños!

El perro grande, *Maisie*, vino corriendo y se situó a su lado. El mediano se entretuvo un momento para destrozar otra begonia y luego corrió al lado de *Maisie*. El pequeño, *Jock*, se colocó en su sitio de la fila y luego, con una súbita inspiración, levantó una pata trasera e intentó mojar la vuelta del pantalón de Oppenheimer. *Maisie* se lo impidió, apartándolo con naturalidad.

—¿Ha visto eso? —dijo Oppenheimer, radiante—. *Jock* intentaba saltarse el orden y *Maisie* no se lo ha permitido.

Se inclinó para rascarle la cabeza a *Maisie*. Ella le miró con adoración.

—Los ojos de tu perro —murmuró Oppenheimer— son la cosa más inolvidable del mundo.

Echó a andar por el camino enlosado hacia el edificio de los ejecutivos, con los tres bóxers trotando tranquilamente a su lado.

—¿El señor Marlowe?

Me volví y vi que un tipo alto, con el pelo amarillento y una nariz que parecía el codo de un pasajero de autobús agarrado a la barra, se había deslizado furtivamente a mis espaldas.

—Soy George Wilson. Encantado de conocerle. Veo que conoce al señor Oppenheimer.

—He estado charlando con él. Me ha explicado cómo se lleva el negocio del cine. Parece que lo único que se necesita es tener mil quinientas salas.

—Yo llevo cinco años trabajando aquí y jamás he hablado con él.

—Será que no se deja mear por los perros adecuados.

—Podría ser eso. ¿Qué puedo hacer por usted, señor Marlowe?

—Quiero ver a Mavis Weld.

—Está en el plató. Rodando una película.

—¿Podría verla en el plató, sólo un minuto?

Pareció dudar.

—¿Qué clase de pase le han dado?

—Un pase normal, supongo.

Se lo di y él lo examinó.

—Le envía el señor Ballou, su agente. Creo que lo podremos arreglar. Plató doce. ¿Quiere ir allí ahora mismo?

—Si tiene usted tiempo...

—Yo soy el agente de publicidad del equipo. Para eso está mi tiempo.

Caminamos por el sendero enlosado hacia las esquinas de dos edificios. Estaban separados por una pista de cemento, que llevaba hacia el solar de atrás y los platós.

—¿Trabaja usted en la agencia Ballou? —preguntó Wilson.

—Vengo de allí.

—Una gran organización, según he oído. He estado pensando en meterme en ese negocio. Aquí lo único que sacas es un montón de disgustos.

Pasamos junto a dos guardias uniformados y nos metimos por un estrecho pasadizo entre dos platós. Una banderola roja ondeaba en medio del pasadizo, una luz roja brillaba sobre una puerta marcada con el número 12, y un timbre sonaba insistentemente sobre la luz roja. Wilson se detuvo ante la puerta. Otro guardia, sentado en una silla inclinada hacia atrás, le saludó con la cabeza y me miró de arriba abajo con esa expresión muerta y gris que se forma en estos tipos como la espuma en el agua estancada.

La banderola dejó de ondear, el timbre calló y la luz roja se apagó. Wilson abrió una pesada puerta y yo entré tras él. Dentro había otra puerta. Y más adentro parecía, después de haber estado al sol, que todo estaba en tinieblas.

Después distinguí una concentración de luces en el rincón más lejano. El resto del enorme plató parecía vacío.

Fuimos hacia las luces. A medida que nos acercábamos, el suelo parecía estar cada vez más cubierto de gruesos cables negros. Había hileras de sillas plegables y un conjunto de camerinos portátiles con nombres en las puertas. Habíamos entrado por la parte de atrás del decorado y lo único que yo veía era el reverso de madera, con una gran pantalla a cada lado. Dos proyectores de transparencias zumbaban en los laterales.

Una voz gritó:

—¡Proyección!

Sonó una campana muy ruidosa. Las dos pantallas cobraron vida, llenándose de olas agitadas. Otra voz, más calmada, dijo:

—Fíjense bien en sus posiciones, por favor. Es posible que tengamos que repetir esta composición. Muy bien... ¡Acción!

Wilson se detuvo en seco y me tocó el brazo. Las voces de los actores parecían surgir de la nada, débiles y poco claras, como un murmullo sin importancia ni significado.

De repente, una de las pantallas quedó en blanco. La voz tranquila dijo, sin cambiar de tono:

—Corten.

El timbre sonó de nuevo y se oyó un rumor general de movimiento. Wilson y yo reemprendimos la marcha. Me susurró al oído:

—Si Ned Gammon no consigue una toma buena antes de comer, le va a partir la cara a Torrance.

—Ah, ¿Torrance trabaja en esta película?

Dick Torrance era por entonces una estrella de segunda fila, un tipo bastante común de actor de Hollywood, de ésos que nadie quiere expresamente pero que al final muchos utilizan por falta de algo mejor.

—¿Te importaría repetir la escena, Dick? —preguntó la voz tranquila en el momento en que doblábamos por la esquina y veíamos por fin el escenario: la cubierta de un yate de recreo, cerca de la popa.

En escena había dos mujeres y tres hombres. Uno de los hombres era maduro, vestía ropa deportiva y estaba echado en una tumbona. Otro vestía de blanco, era pelirrojo y parecía ser el capitán del yate. El tercero era un navegante aficionado con la típica gorra bonita, la típica chaqueta azul con botones dorados, los típicos zapatos y pantalones blancos, y el típico encanto arrogante. Éste era Torrance. Una de las mujeres era Susan Crawley, una belleza morena que había sido más joven en otro tiempo. La otra era Mavis Weld. Llevaba un bañador mojado de rayón blanco, y era evidente que acababa de subir a bordo. El maquillador le rociaba de agua la cara, los brazos y el cabello rubio.

Torrance no había contestado. Se volvió bruscamente y miró a la cámara.

—¿Te crees que no me sé mis diálogos?

Un individuo de cabellos grises y vestido de gris salió de la zona de sombra. Tenía ojos negros y ardientes, pero su voz no estaba acalorada.

—A menos que los hayas cambiado a propósito... —dijo, con la mirada fija en Torrance.

—También puede ser que no esté acostumbrado a actuar delante de una pantalla de transparencias que tiene la costumbre de quedarse sin película a mitad de la toma.

—En eso tienes razón —dijo Ned Gammon—. El problema es que sólo tenemos setenta y cinco metros de película, y eso es culpa mía. Pero si pudieras hacer la escena un poco más deprisa...

—¡Ja! —bufó Torrance—. Si *yo* pudiera hacerlo más deprisa. Tal vez se pudiera persuadir a la señorita Weld de que suba a bordo en un poco menos de tiempo del que se tardaría en construir el puto barco entero.

Mavis Weld le lanzó una rápida mirada de desprecio.

—Mavis tarda lo justo —dijo Gammon—. Y su actuación también es justita.

Susan Crawley se encogió elegantemente de hombros.

—A mí me da la impresión de que podría hacerlo un poquito más deprisa, Ned. Está bien, pero *podría* estar mejor.

—Si estuviera mejor, cariño —le dijo Mavis Weld con suavidad—, alguien podría pensar que estoy actuando. No querrás que ocurra eso en *tu* película, ¿verdad?

Torrance se echó a reír. Susan Crawley se volvió y le fulminó con la mirada.

—¿De qué te ríes tú, señor Trece?

La cara de Torrance se convirtió en una máscara de hielo.

—¿Cómo me has llamado? —preguntó casi siseando.

—Dios mío, no me digas que no lo sabías —dijo Susan Crawley muy sorprendida—. Te llaman señor Trece, porque cada vez que te dan un papel es porque otros doce actores lo han rechazado antes.

—Ya entiendo —dijo Torrance fríamente, y después volvió a estallar en carcajadas y se volvió hacia Ned Gammon—. Bueno, Ned. Ahora que todo el mundo se ha sacado el veneno de las entrañas, tal vez podamos hacerlo como tú quieres.

Ned Gammon asintió.

—No hay nada como una pequeña batalla de egos para despejar el aire. ¡Bueno, vamos allá!

Volvió a situarse al lado de la cámara. El asistente gritó «¡Cámara!» y la escena se rodó sin una sola pega.

—¡Corten! —dijo Gammon—. Imprimid ésta. Descanso para comer, todo el mundo.

Los actores bajaron unos escalones de madera sin pulir y saludaron con la cabeza a Wilson. Mavis Weld llegó la última, porque se había parado a ponerse un albornoz y un par de sandalias de playa. Al verme se detuvo de golpe. Wilson se adelantó:

—Hola, George —dijo Mavis Weld mirándome fijamente—. ¿Quieres algo de mí?

—El señor Marlowe quiere hablar un momento con usted. ¿Le parece bien?

—¿El señor Marlowe?

Wilson me lanzó una rápida mirada inquisitiva.

—De la oficina de Ballou. Creí que le conocía.

—Es posible que le haya visto. —Seguía con la mirada fija en mí—. ¿De qué se trata?

No dije nada.

Al cabo de un momento, Mavis dijo:

—Gracias, George. Es mejor que venga a mi camerino, señor Marlowe.

Dio media vuelta y se dirigió al otro extremo del plató.

Apoyado en la pared, había un camerino pintado de verde y blanco en cuya puerta decía «Señorita Weld». Al llegar a la puerta se paró y miró alrededor con cautela. Luego fijó en mi rostro sus encantadores ojos azules.

—¿Y ahora, señor Marlowe...?

—¿Se acuerda usted de mí?

—Creo que sí.

—¿Reemprendemos la conversación donde la habíamos dejado... o empezamos a jugar otra vez con baraja nueva?

—Alguien le ha dejado entrar aquí. ¿Quién? ¿Por qué? Exijo una explicación.

—Ahora trabajo para usted. Me han pagado un anticipo y Ballou tiene el recibo.

—Qué considerado. Suponga que yo no quiero que trabaje para mí. Sea cual sea su trabajo.

—Muy bien, como quiera —dije.

Saqué de mi bolsillo la foto de Los Bailarines y se la enseñé. Me miró durante un largo e intenso momento antes de bajar los ojos. Luego estudió la instantánea de ella y Steelgrave en el reservado. La miró muy seria, sin moverse. Después, levantó una mano muy despacio y se tocó los mechones de pelo mojado de un lado de la cara. Se estremeció casi imperceptiblemente. Extendió la mano y cogió la fotografía. La miró detenidamente. Su mirada volvió a alzarse despacio, muy despacio.

—¿Y qué? —preguntó.

—Tengo el negativo y algunas copias más. Usted las habría conseguido si hubiera tenido más tiempo y hubiera sabido dónde buscar. O si el tío hubiera seguido con vida para vendérselas.

—Tengo un poco de frío —dijo—. Y necesito comer algo.

Me devolvió la foto.

—Tiene un poco de frío y necesita comer algo —repetí yo.

Me pareció advertir una pulsación en su cuello. Pero la luz no era buena. Sonrió muy levemente, con aire de aristócrata aburrida.

—Se me escapa el significado de todo esto —dijo.

—Es que se pasa demasiado tiempo en yates. Lo que quiere decir es que yo la conozco a usted y conozco a Steelgrave; así pues, ¿qué tiene esta foto para que todo el mundo quiera ponerme un collar de perro de diamantes?

—Muy bien —afirmó—. ¿Qué tiene?

—No lo sé —dije yo—. Pero si tengo que averiguarlo para hacer que deje esos aires de duquesa, lo averiguaré. Y mientras tanto, usted sigue teniendo frío y necesita comer algo.

—Y usted ha esperado demasiado —aseguró tranquilamente—. No tiene nada que vender. Excepto su vida, tal vez.

—Eso lo vendería barato. Por el amor de unas gafas negras, un sombrero azul lavanda y un buen golpe en la cabeza con un zapato de tacón.

Su boca tembló como si fuera a reírse, pero no había risa en sus ojos.

—Y eso por no hablar de tres bofetadas en la cara —dijo—. Adiós, señor Marlowe. Llega demasiado tarde. Demasiado, demasiado tarde.

—¿Para mí o para usted?

Extendió la mano hacia atrás y abrió la puerta del camerino.

—Me parece que para los dos.

Entró rápidamente, dejando la puerta abierta.

—Entre y cierre la puerta —dijo su voz desde el camerino.

Entré y cerré la puerta. No era el camerino de fantasía de una estrella, hecho a su medida. Era estrictamente utilitario. Un diván raído, un sillón, un pequeño tocador con un espejo y dos bombillas, una silla delante del tocador y una bandeja en la que había habido café.

Mavis Weld se agachó para encender una estufa eléctrica redonda. Luego cogió una toalla y se frotó las puntas mojadas del pelo. Yo me senté en el diván y esperé.

—Deme un cigarrillo.

Tiró la toalla a un lado. Sus ojos se acercaron a mi cara cuando le encendí el cigarrillo.

—¿Qué le ha parecido la escenita que hemos improvisado en el yate?

—Mucho viboreo.

—Aquí todos somos víboras. Algunas sonríen más que otras, pero eso es todo. Es la farándula. Tiene algo de mezquino, siempre lo ha tenido. En otras épocas, los actores tenían que entrar por la puerta de atrás. Y la mayoría debería seguir entrando por ahí. Muchas tensiones, mucha urgencia, mucho odio, y todo sale a flote en escenitas perversas. Pero no tienen importancia.

—Pura palabrería —dije.

Avanzó la mano y me acarició la mejilla con el dedo. Quemaba como un hierro candente.

—¿Cuánto gana usted, Marlowe?

—Cuarenta pavos al día más los gastos. Eso es lo que pido. Pero acepto veinticinco. Y he aceptado menos —pensé en los manoseados veinte dólares de Orfamay.

Me volvió a hacer aquello con el dedo, y por un pelo no la abracé. Se apartó de mí y se sentó en el sillón, cerrándose bien el albornoz. La estufa eléctrica estaba calentando el cuartito.

—Veinticinco dólares diarios —dijo ella, admirada.

—Veinticinco solitarios dólares.

—¿Tan solos están?

—Solos como un faro.

Cruzó las piernas y el pálido brillo de su piel bajo la luz pareció llenar la habitación.

—Bueno, hágame esas preguntas —dijo, sin intentar taparse los muslos.

—¿Quién es Steelgrave?

—Un hombre al que conozco desde hace años. Y que me gusta. Es dueño de algunas cosas... uno o dos restaurantes. De dónde viene, eso no lo sé.

—Pero le conoce muy bien.

—¿Por qué no me pregunta si me acuesto con él?

—Yo no hago ese tipo de preguntas.

Se echó a reír y sacudió la ceniza de su cigarrillo.

—A la señorita Gonzales le encantaría contárselo. Es morena, guapa y apasionada. Y muy, muy complaciente.

—Y tan exclusiva como un buzón de correos —dije yo—. Que se vaya al cuerno. Volviendo a Steelgrave... ¿Alguna vez ha tenido problemas?

—¿Y quién no?

—Digo con la policía.

Sus ojos se agrandaron un poco demasiado inocentemente. Su risa era un poco demasiado cristalina.

—No sea ridículo. Tiene un par de millones de dólares.

—¿Cómo los ganó?

—¿Cómo quiere que lo sepa?

—Está bien, no lo sabe. Ese cigarrillo le va a quemar los dedos.

Me incliné hacia delante y le quité la colilla de la mano. La mano quedó abierta sobre el muslo desnudo. Le rocé la palma con la punta de un dedo. Se echó hacia atrás y cerró el puño.

—No haga eso —dijo con rabia.

—¿Por qué? Se lo hacía a las niñas cuando era pequeño.

—Lo sé. —Su respiración se aceleró un poco—. Me hace sentir muy joven e inocente y algo traviesa. Y hace mucho que ya no soy joven e inocente.

—Entonces, ¿de verdad que no sabe nada de Steelgrave?

—Me gustaría que decidiera de una vez si piensa someterme a un tercer grado o ligar conmigo.

—No es cuestión de pensar —dije.

Después de un silencio, ella aseguró:

—De verdad que tengo que comer algo, Marlowe. Tengo que trabajar esta tarde. ¿No querrá que me caiga desfallecida en el plató, supongo?

—Eso sólo lo hacen las estrellas. —Me puse en pie—. Muy bien, me marcho. No se olvide de que trabajo para usted. No lo haría si pensara que ha matado a alguien. Pero usted estuvo allí. Se jugó el tipo. Tenía que ser por algo que quisiera conseguir a toda costa.

Cogió la foto de donde estaba y la miró, mordiéndose el labio. Su mirada se alzó sin que su cabeza se moviera.

—No creerá que fue por esto.

—Esto era lo único que él tenía tan bien escondido que nadie lo encontró. Pero ¿de qué puede servir? Usted y un tal Steelgrave en un reservado de Los Bailarines. Eso no quiere decir nada.

—Absolutamente nada.

—Entonces tiene que ser algo que tenga que ver con Steelgrave... o con la fecha.

Sus ojos bajaron de golpe hacia la foto.

—Aquí no hay nada que indique la fecha —dijo rápidamente—. Aun suponiendo que significara algo. A menos que el trozo que falta...

—Tenga. —Le di el trozo recortado—. Pero necesitará una lupa. Enséñesela a Steelgrave. Pregúntele a él si significa algo. O pregúnteselo a Ballou.

Me encaminé hacia la puerta del camerino.

—Y no se haga la ilusión de que no se puede determinar la fecha —le dije por encima del hombro—. Steelgrave no se la hará.

—Está construyendo un castillo de arena, Marlowe.

—¿De verdad? —Me volví a mirarla, sin sonreír—. ¿De verdad cree eso? No, claro que no se lo cree. Usted estuvo allí. El tipo fue asesinado. Usted tenía una pistola. El tipo era un conocido maleante. Y yo encontré algo que a la policía le encantaría saber que le he ocultado. Porque entonces el móvil quedaría tan claro como el agua de la fuente. Como se enteren los polis, adiós mi licencia. Y como se entere alguien más, me veo con un picahielos en la nuca. ¿Le parece a usted que mi profesión está demasiado bien pagada?

Se quedó sentada, mirándome, apretándose la rótula con una mano mientras movía incesantemente la otra mano, un dedo detrás de otro, sobre el brazo del sillón.

Yo no tenía que hacer más que girar el picaporte y salir. No sé por qué me resultó tan difícil.

20

En el corredor que llevaba a mi despacho había las idas y venidas habituales, y cuando abrí la puerta y penetré en el mohoso silencio de la pequeña sala de espera sentí la habitual sensación de haberme caído al fondo de un pozo que se había quedado seco hacía veinte años y al que jamás se volvería a acercar nadie. El olor a polvo viejo flotaba en el aire, tan rancio y tan vulgar como una entrevista a un jugador de fútbol.

Abrí la puerta interior, y dentro había el mismo aire muerto, el mismo polvo en la madera contrachapada, la misma promesa rota de una vida cómoda. Abrí las ventanas y encendí la radio. Empezó a sonar demasiado fuerte, y cuando la bajé a un volumen normal sonó el teléfono como si llevara llamando un rato. Quité el sombrero de encima y descolgué el receptor.

Ya iba siendo hora de recibir noticias suyas. Su voz tranquila y compacta dijo:

—Esta vez se lo digo de verdad.

—Siga.

—La otra vez le mentí. Pero ahora no miento. Es verdad que he tenido noticias de Orrin.

—Siga.

—No me cree. Lo noto por el tono de su voz.

—No puede usted deducir nada de mi voz. Soy detective. ¿Cómo ha sabido de él?

—Me telefoneó desde Bay City.

—Un momento.

Dejé el receptor sobre el secante marrón lleno de manchas y encendí la pipa. Sin prisas. Las mentiras son siempre pacientes. Levanté de nuevo el aparato.

—Ese cuento ya lo tengo muy oído —dije—. Es usted bastante olvidadiza para la edad que tiene. No creo que al doctor Zugsmith le guste.

—Por favor, no se burle de mí. Esto es muy serio. Recibió mi carta. Fue a la oficina de Correos a pedir su correspondencia. Así se enteró de dónde me alojaba yo y de cuándo podría encontrarme. Y me llamó. Está viviendo en casa de un doctor que conoció allí. Hace algún tipo de trabajo para él. Ya le dije que había estudiado dos años de medicina.

—¿Y tiene nombre ese doctor?

—Sí. Un nombre raro. El doctor Vincent Lagardie.

—Un momento, llaman a la puerta.

Dejé el teléfono con mucho cuidado. Como si pudiera romperse, como si estuviera hecho de cristal hilado. Saqué un pañuelo y me sequé la palma de la mano, la mano que había tenido agarrado el teléfono. Me levanté, fui hasta el armario empotrado y me miré la cara en el deteriorado espejo. Sí, era yo. Tenía un aspecto fatigado. Había estado viviendo demasiado deprisa.

El doctor Vincent Lagardie, del 965 de la calle Wyoming, en la esquina de enfrente de la Casa Garland del Eterno Reposo. Una casa de madera que hacía esquina. Tranquila. Un barrio agradable. Amigo del difunto Clausen. Tal vez. Según él, no, pero tal vez.

Volví al teléfono y reprimí el temblor de mi voz.

—¿Cómo se deletrea? —pregunté.

Me lo deletreó con soltura y precisión.

—Entonces, ya no hay nada que hacer, ¿no? —dije—. Todo ha salido de perlas, o como se diga en Manhattan, Kansas.

—Deje de burlarse de mí. Orrin está en un terrible apuro. Unos... —su voz tembló ligeramente y el aliento salió con rapidez— unos gánsters lo buscan.

—No sea tonta, Orfamay. No hay gánsters en Bay City. Están todos trabajando en el cine. ¿Cuál es el número de teléfono del doctor Lagardie?

Me lo dijo. Era el mismo. No diré que las piezas del rompecabezas empezaban a encajar, pero al menos empezaban a parecer piezas del mismo rompecabezas. Y eso es lo único que yo pido.

—Por favor, vaya allí, hable con él, ayúdele. Tiene miedo a salir de la casa. ¡Al fin y al cabo, yo le he pagado!

—Le devolví el dinero.

—Bueno, pero yo se lo volví a ofrecer.

—Y, más o menos, también me ofreció otras cosas que yo no estaba dispuesto a aceptar.

Hubo un silencio.

—Muy bien —dije—, de acuerdo. Si todavía estoy libre para entonces. Yo también estoy metido en un buen lío.

—¿Por qué?

—Por decir mentiras y no decir la verdad. A mí siempre me pillan. No tengo tanta suerte como otros.

—Pero Philip, yo no miento. No miento. Estoy muy nerviosa.

—A ver, respire hondo y póngase frenética para que yo la oiga.

—Podrían matarlo —dijo tranquilamente.

—¿Y qué hace el doctor Vincent Lagardie mientras tanto?

—Él no lo sabe, como es natural. Por favor, por favor, vaya enseguida. Tengo aquí la dirección. Un momento.

Entonces sonó el pequeño timbre de alarma, ese timbre que siempre suena a lo lejos, como al final del pasillo, y que no suena muy fuerte, pero que más vale que escuches. Por muchos otros ruidos que haya, más te vale escucharlo.

—Vendrá en la guía de teléfonos —dije—. Y por una extraña coincidencia yo tengo una guía de Bay City. Llámeme a eso de las cuatro. O a las cinco, mejor a las cinco.

Colgué apresuradamente. Me quedé de pie y apagué la radio, sin haber oído nada de lo que decía. Volví a cerrar las ventanas. Abrí el cajón de mi escritorio, saqué la Luger y me la colgué del sobaco. Me coloqué el sombrero delante del espejo. Al salir, me eché otro vistazo a la cara.

Tenía cara de haber decidido tirarme con el coche por un acantilado.

21

En Garland, la Casa del Eterno Reposo, estaban terminando un servicio funerario. Un enorme coche fúnebre de color gris aguardaba en la entrada lateral. Había coches aparcados a ambos lados de la calle, y tres sedanes negros en fila a un costado de la casa del doctor Vincent Lagardie. De la capilla funeraria salía gente que recorría sosegadamente el sendero hasta la esquina y se iba subiendo a sus coches. Me detuve a media manzana de distancia y esperé. Los coches no se movían. Entonces salieron de la capilla tres personas, con una mujer enlutada y cubierta de abundantes velos. Tuvieron que llevarla medio en volandas hasta una enorme limusina. El empresario de pompas fúnebres pululaba de un sitio a otro, haciendo gestos elegantes y movimientos tan airosos como un final de Chopin. Su rostro gris y compungido era lo bastante largo como para dar dos vueltas alrededor de su cuello.

Los portaféretros voluntarios sacaron el ataúd por la puerta lateral, y los profesionales les libraron del peso y lo deslizaron por la trasera del coche fúnebre con tanta facilidad que parecía que no pesara más que una bandeja de rollitos de mantequilla. Empezaron a caer flores encima hasta formar una montañita. Se cerraron las puertas de cristal y empezaron a rugir motores en toda la manzana.

Unos minutos más tarde no quedaba más que un sedán al otro lado de la calle y el empresario de pompas fúnebres que se paró a oler un rosal mientras regresaba para contar el botín. Con una sonrisa radiante, desapareció por la pulcra entrada colonial y el mundo volvió a quedar vacío e inmóvil. El sedán que quedaba no se había movido. Puse el coche en marcha, di una vuelta en U y me coloqué detrás de él. El chófer vestía uniforme de sarga azul y una gorra flexible con visera reluciente. Estaba haciendo el crucigrama de un periódico matutino. Me puse sobre la nariz unas gafas de sol de esas de espejo y eché a andar hacia la casa del doctor Lagardie pasando junto al sedán. El chófer no levantó la mirada. Unos metros más adelante me quité las gafas y fingí limpiarlas con un pañuelo. Localicé al chófer en uno de los espejos. Seguía sin alzar la mirada. No era más que un tipo que hacía un crucigrama. Me volví a colocar las gafas de sol sobre la nariz y llegué a la puerta principal del doctor Lagardie.

La placa que había en la puerta decía «Llame y entre». Llamé, pero la puerta no me dejó entrar. Esperé, volví a llamar y volví a esperar. Dentro reinaba el silencio. Entonces, la puerta se entreabrió muy despacio y un rostro fino e inexpresivo me miró desde encima de un uniforme blanco.

—Lo siento, pero el doctor no recibe hoy —dijo la mujer.

Puso mala cara al ver las gafas de espejo. No le gustaban. La lengua se movía sin descanso dentro de su boca.

—Estoy buscando al señor Quest. Orrin P. Quest.

—¿Quién?

En el fondo de sus ojos había un leve reflejo de sobresalto.

—Quest. Q de quintaesencia, U de umbilical, E de extrasensorial, S de subliminal y T de tururú. Júntelo todo y sale la palabra Hermano.

Me miró como si yo acabara de surgir del fondo del mar con una sirena ahogada debajo del brazo.

—Lo siento, el doctor Lagardie no...

Unas manos invisibles la apartaron y un tipo delgado, moreno y con aspecto angustiado apareció en el umbral de la puerta a medio abrir.

—Soy el doctor Lagardie. ¿De qué se trata, por favor?

Le enseñé mi tarjeta. La leyó y me miró. Tenía la cara pálida y atormentada del hombre que espera que ocurra una catástrofe.

—Ya hemos hablado por teléfono —le dije—. Acerca de un hombre llamado Clausen.

—Pase, por favor —contestó con presteza—. No me acuerdo, pero entre.

Entré. La habitación estaba oscura, con las persianas bajadas y las ventanas cerradas. Estaba oscuro y hacía frío.

La enfermera se apartó y se sentó detrás de un pequeño escritorio. Era un cuarto de estar corriente, con paredes de madera pintada de color claro, aunque en otro tiempo debió de ser oscuro, a juzgar por la edad que aparentaba tener la casa. Una arcada cuadrada separaba la sala de estar del comedor. Había un par de sillones y una mesa central con revistas. Parecía exactamente lo que era: la sala de espera de un médico que ejerce su profesión en lo que antes era una casa particular.

Sonó el teléfono que había en la mesa de la enfermera. Ella se sobresaltó, disparó una mano y después se detuvo, mirando fijamente el teléfono. Al cabo de un rato, éste dejó de sonar.

—¿Qué nombre ha dicho usted? —preguntó suavemente el doctor Lagardie.

—Orrin Quest. Su hermana me ha dicho que estaba haciendo algún trabajo para usted, doctor. Le busco desde hace varios días. Él la llamó ayer por la noche. Desde aquí, según ella.

—Aquí no hay nadie con ese nombre —afirmó educadamente el doctor Lagardie—. Y nunca lo ha habido.

—¿No lo conoce de nada?

—Nunca he oído hablar de él.

—Pues no me explico por qué le habrá dicho eso a su hermana.

La enfermera se frotó discretamente los ojos. El teléfono de su escritorio sonó y la hizo saltar de nuevo.

—No conteste —le dijo el doctor Lagardie, sin volver la cabeza.

Esperamos a que acabara de sonar. Todo el mundo se calla mientras suena un teléfono. Al cabo de unos instantes, se paró.

—¿Por qué no se va a casa, señorita Watson? Ya no tiene nada que hacer aquí.

—Gracias, doctor.

Se quedó sentada sin moverse, mirando al escritorio. Cerró los ojos, apretándolos, y los volvió a abrir, parpadeando. Meneaba la cabeza con expresión desamparada.

El doctor Lagardie se volvió hacia mí.

—¿Y si pasamos a mi despacho?

Cruzamos otra puerta que daba a un pasillo. Yo andaba como si pisara huevos. La atmósfera de la casa estaba cargada de presagios. El doctor abrió una puerta y me invitó a pasar a lo que en otro tiempo debió de ser una alcoba, pero que ahora no se parecía en nada a una alcoba. Era un pequeño y apretado despacho de médico. Por una puerta abierta se veía parte de una sala de consulta. En un rincón había un autoclave funcionando. Dentro de él se cocía un montón de agujas hipodérmicas.

—Cuántas agujas —dije yo, siempre de ideas rápidas.

—Siéntese, señor Marlowe.

Pasó detrás de su escritorio, se sentó y cogió un largo y afilado abrecartas. Me miró a la cara con sus ojos tristes.

—No, señor Marlowe, no conozco a nadie que se llame Orrin Quest. Y no se me ocurre ninguna razón para que una persona con ese nombre diga que estaba en mi casa.

—Para esconderse —dije yo.

Él levantó las cejas

—¿De qué?

—De unos tipos que a lo mejor le quieren clavar un picahielos en la nuca. El motivo es que se da demasiada maña con su pequeña Leica. Fotografía a la gente cuando ésta quiere estar en privado. Aunque podría ser otra cosa, como que alguien vendiera pitillos de marihuana y él se hubiera enterado. ¿O todo esto le suena a chino?

—Fue usted quien envió a la policía aquí —dijo fríamente.

Yo no dije nada.

—Fue usted quien les llamó para informar de la muerte de Clausen.

Dije lo mismo que antes.

—Y fue usted quien me llamó para preguntar si conocía a Clausen. Le contesté que no.

—Pero no era cierto.

—No tenía ninguna obligación de informarle de nada, señor Marlowe.

Asentí con la cabeza, saqué un cigarrillo y lo encendí. El doctor Lagardie consultó su reloj. Hizo girar su sillón y desconectó el autoclave. Miré las agujas. Un montón de agujas. Una vez tuve problemas con un tipo de Bay City que hervía demasiadas agujas.

—Bueno, ¿qué me cuenta? —le pregunté—. ¿Qué tal el embarcadero de yates?

Él cogió el siniestro abrecartas con mango de plata en forma de mujer desnuda. Se pinchó la yema del pulgar. Apareció una gotita de sangre oscura. Se llevó el dedo a la boca y se lo chupó.

—Me gusta el sabor de la sangre —dijo con suavidad.

Se oyó un sonido lejano, como el de la puerta de la calle abriéndose y cerrándose. Los dos escuchamos con atención. Oímos pasos que se alejaban por los escalones de entrada de la casa. Seguimos escuchando atentamente.

—La señorita Watson se ha marchado —dijo el doctor Lagardie—. Ahora estamos solos en la casa.

Meditó sobre el asunto y se lamió de nuevo el pulgar. Luego dejó con cuidado el abrecartas sobre el secante del escritorio.

—Ah, la cuestión del embarcadero de yates —añadió—. Sin duda está pensando en lo cerca que queda México. La facilidad con que la marihuana...

—Ya no pensaba tanto en la marihuana.

Miré otra vez las agujas. Él siguió mi mirada y se encogió de hombros.

—¿Por qué tantas agujas? —insistí.

—¿Acaso es asunto suyo?

—Nada es asunto mío.

—Pues parece que espera que la gente responda a sus preguntas.

—Es sólo por hablar —dije—, mientras espero que ocurra algo. Algo va a ocurrir en esta casa. Me está acechando desde los rincones.

El doctor Lagardie se lamió otra gota de sangre del dedo pulgar. Yo clavé la mirada en él. No conseguí penetrar en su alma. Estaba callado, sombrío y cerrado, y en sus ojos se veía todo el sufrimiento de la vida. Pero seguía mostrándose amable.

—Permita que le diga una cosa sobre las agujas —dije.

—Sí, por favor —contestó, y volvió a empuñar el largo y afilado abrecartas.

—No haga eso —dije bruscamente—. Me da escalofríos. Es como acariciar serpientes.

Dejó el abrecartas con suavidad y sonrió.

—Parece que hablamos con muchos rodeos —comentó.

—Ya entraremos en materia. Iba a hablarle de agujas. Hace un par de años, tuve un caso que me trajo por aquí y me hizo entablar relación con un doctor llamado Almore. Vivía en la calle Altair. Tenía un trabajo divertido. Todas las noches salía con un enorme maletín lleno de jeringuillas hipodérmicas, todas preparadas. Cargadas de mandanga. Su clientela era algo especial. Ricos borrachos y drogadictos, que son mucho más numerosos de lo que la gente cree, personas sobreexcitadas que habían llegado más allá de toda posibilidad de relajarse, insomnes... en fin, toda clase de neuróticos que no pueden aceptar las cosas como son. Necesitan sus pastillitas y sus pinchacitos en el brazo. Necesitan que alguien les ayude a superar los baches. Al cabo de un tiempo, todo son baches. Un buen negocio para el doctor. Almore era el médico ideal para ellos. Ahora ya se puede decir: murió hace un año, o así. A causa de su propia medicina.

—¿Y usted supone que yo he heredado su clientela?

—Alguien la habrá heredado. Mientras existan los pacientes, habrá un médico para ellos.

Pareció aun más agotado que antes.

—Creo que es usted un imbécil, amigo mío. No conocí al doctor Almore. Y no tengo la clase de clientela que usted le atribuye a él. En cuanto a las agujas, para acabar de una vez con esta tontería, en la actualidad se utilizan constantemente en la práctica médica, muchas veces para inyectar medicamentos tan inocentes como las vitaminas. Y las agujas se embotan. Y cuando se embotan hacen daño. Así que en un solo día puedo utilizar más de una docena. Sin que haya narcóticos en una sola de ellas.

Levantó la cabeza despacio y me fulminó con una mirada de desprecio.

—Puedo estar equivocado —dije—. Después de aquel olor a marihuana que había ayer en casa de Clausen, y después de ver cómo marcaba su número de teléfono y le llamaba por su nombre de pila... es probable que todo ello me llevara a sacar conclusiones erróneas.

—He tratado con adictos —dijo—. ¿Qué médico no lo ha hecho? Pero es una absoluta pérdida de tiempo.

—A veces se curan.

—Se les puede hacer prescindir de su droga. Con el tiempo, y después de muchos sufrimientos, consiguen pasarse sin ella. Pero eso no es curarse, amigo mío. Con eso no se resuelven los problemas nerviosos o emotivos que los llevaron a convertirse en adictos. Lo único que se consigue así es convertirlos en gente pasiva y negativa, que se sienta al sol pensando en las musarañas hasta que se mueren de aburrimiento e inanición.

—Es una teoría algo brutal, doctor.

—Es usted quien ha sacado el tema. Yo lo he cerrado. Voy a plantear yo otro tema. Quizá se haya percatado que en esta casa hay cierta atmósfera de tensión. Incluso a través de esas ridículas gafas de espejo que lleva puestas. Ya se las puede quitar. No le hacen parecerse en absoluto a Cary Grant.

Me quité las gafas. Me había olvidado por completo de ellas.

—La policía ha estado aquí, señor Marlowe. Un tal inspector Maglashan, que está investigando la muerte de Clausen. Le encantaría conocerle a usted. ¿Quiere que le llame? Estoy seguro de que vendría corriendo.

—Adelante, llámele —dije—. Sólo he parado aquí un momento, cuando iba camino de suicidarme.

Su mano se dirigió hacia el teléfono, pero fue desviada a un lado por el magnetismo del abrecartas. Lo empuñó de nuevo. Por lo visto, no podía dejarlo.

—Se podría matar a alguien con eso —dije.

—Muy fácilmente —respondió con una leve sonrisa.

—Clavándolo a cuatro centímetros de profundidad en la nuca, en el mismo centro, justo debajo de la protuberancia occipital.

—Un picahielos iría mucho mejor —dijo él—. Sobre todo uno muy corto y bien afilado. No se doblaría. Si no se acierta en la médula espinal, no se hace demasiado daño.

—Entonces, ¿hace falta un poco de conocimiento médico?

Saqué un viejo y arrugado paquete de Camel y desenredé un cigarrillo de entre el celofán.

Él seguía sonriendo. Una sonrisa muy leve y bastante triste. No era la sonrisa de un hombre que tiene miedo.

—Eso siempre viene bien —dijo con suavidad—. Pero cualquier persona medianamente hábil puede aprender la técnica en diez minutos.

—Orrin Quest hizo dos años de medicina —dije.

—Ya le he dicho que no conozco a nadie que se llame así.

—Ya, ya lo sé. Pero no le he creído.

Se encogió de hombros. Pero sus ojos, como siempre, acabaron en el abrecartas.

—Nos estamos portando como un par de tortolitos —dije—. Aquí sentados a la mesa, charlando de nuestras cosas como si no tuviéramos ninguna preocupación en la vida. Porque los dos vamos a acabar entre rejas esta misma noche.

Alzó de nuevo las cejas. Yo continué.

—Usted, porque Clausen le conocía por su nombre de pila. Y es muy posible que fuera usted la última persona con la que habló. Yo, porque he estado haciendo todas las cosas que llevan a la ruina a un detective privado: ocultar pruebas, retener información, encontrar cadáveres y no presentarse con el sombrero en la mano ante esos encantadores e incorruptibles policías de Bay City. Oh, sí, estoy acabado. Completamente acabado. Pero esta tarde hay un aroma tan salvaje en el aire que creo que no me importa. A lo mejor es que estoy enamorado. Todo me da lo mismo.

—Ha estado bebiendo —dijo él lentamente.

—Sólo Chanel número 5, y besos, y el brillo apagado de unas piernas bonitas y la invitación burlona de unos ojos azul oscuro. Cosas así de inocentes.

El doctor parecía más triste que nunca.

—Las mujeres pueden debilitar terriblemente a un hombre, ¿verdad? —dijo.

—Clausen.

—Un alcohólico incurable. Seguro que ya sabe usted cómo son. Beben y beben, y no comen nada. Y poco a poco, la avitaminosis hace surgir los síntomas del delirium trémens. Sólo se puede hacer una cosa por ellos. —Se volvió a mirar el autoclave—. Agujas y más agujas. Me hace sentir indigno. Soy licenciado por la Sorbona. Pero ejerzo entre gente pequeña y sucia, en una ciudad pequeña y sucia.

—¿Por qué?

—Por culpa de algo que ocurrió hace años, en otra ciudad. No me pregunte demasiadas cosas, señor Marlowe.

—Le llamó por su nombre de pila.

—Es costumbre entre cierto tipo de personas, sobre todo los que han sido actores. O los que han sido delincuentes.

—¡Ah! —dije—. ¿Eso es todo?

—Eso es todo.

—Entonces no es por Clausen por lo que le preocupa que venga aquí la poli. Tiene miedo por esa otra cosa que ocurrió en otra parte hace mucho tiempo. Incluso podría ser por amor.

—¿Amor?

Dejó que la palabra cayera lentamente de la punta de la lengua, saboreándola hasta el final. Una sonrisita amarga quedó detrás de la palabra, como el olor de la pólvora que queda en el aire después de disparar un arma de fuego. Se encogió de hombros y empujó hacia mi lado de la mesa una caja de cigarrillos que había detrás de un fichero.

—Bueno, entonces no es amor —dije—. Estoy intentando leerle el pensamiento. Aquí le tenemos a usted, un tipo con un título de la Sorbona y una clientela pequeña y de baja estofa en una ciudad pequeña y desagradable. La conozco bien. ¿Qué está haciendo aquí? ¿Qué está haciendo con gente como Clausen? ¿En qué lío se metió, doctor? ¿Narcóticos, abortos? ¿O por casualidad era usted el médico de una banda en alguna ciudad caliente del Este?

—¿Como por ejemplo? —preguntó con una leve sonrisa.

—Como por ejemplo, Cleveland.

—Una sugerencia disparatada, amigo mío.

Ahora su voz era como el hielo.

—Un disparate de todos los demonios —dije—. Pero los tipos como yo, con un cerebro muy limitado, tendemos a hacer encajar todas las cosas que sabemos en una pauta. Muchas veces nos equivocamos, pero en mí es una enfermedad. Se lo voy a explicar, si quiere escucharme.

—Le escucho.

Volvió a coger el abrecartas y pinchó un poquito el papel secante de su escritorio.

—Usted conocía a Clausen. A Clausen lo mataron con mucha habilidad con un picahielos. Lo mataron mientras yo estaba en la casa, en el piso de arriba, hablando con un mangante llamado Hicks. Hicks se largó a toda prisa, llevándose una hoja del registro, la hoja que tenía el nombre de Orrin Quest. Poco después, esa misma tarde, a Hicks lo mataron con un picahielos en Los Ángeles. Habían registrado su habitación. Allí había una mujer que había ido a comprarle una cosa a Hicks. Se quedó sin ella. Yo tuve más tiempo para buscar, y la encontré. Hipótesis A: Clausen y Hicks fueron asesinados por el mismo hombre, aunque no necesariamente por el mismo motivo. A Hicks lo mataron porque metió la nariz en los asuntos de otro fulano y le quitó el negocio al otro. A Clausen lo mataron porque era un borracho parlanchín y podía saber quién tenía intención de matar a Hicks. ¿Le parece bien hasta aquí?

—No tiene el más mínimo interés para mí —dijo el doctor Lagardie.

—Pero está escuchando. Por pura educación, supongo. Bueno, ¿qué es lo que encontré? Una foto de una estrella de cine en compañía de un presunto ex gánster de Cleveland, en una fecha concreta. Un día en que se suponía que el ex gánster de Cleveland estaba en un calabozo de la prisión del condado, y también el día en que un ex compinche del ex gánster de Cleveland fue asesinado a tiros en la avenida Franklin de Los Ángeles. ¿Por qué estaba en el calabozo? Alguien se había chivado de quién era, y digan lo que digan de los polis de Los Ángeles, hay que reconocer que se esfuerzan por limpiar la ciudad de pistoleros que vienen del Este. ¿Quién les dio el chivatazo? El propio tío al que pescaron, porque su antiguo socio se estaba poniendo molesto y había que deshacerse de él, y estar en la cárcel era una coartada de primera para cuando ocurriera.

—Todo eso es fantástico. —El doctor Lagardie sonrió con gesto cansado—. Absolutamente fantástico.

—Sí, claro. Pues aún se pone peor. La poli de aquí no tenía pruebas contra el ex gánster, y la poli de Cleveland se desentendió del asunto. La poli de Los Ángeles le dejó libre. Pero no le habrían dejado libre si hubieran visto esa foto. Eso convierte la foto en un importante instrumento de chantaje, primero contra el ex gánster de Cleveland, si es realmente él; segundo, contra la estrella de cine, por dejarse ver con él en público. Un tipo listo podría hacer una fortuna con esa foto. Hicks no era lo bastante listo. Punto y aparte. Hipótesis B: Orrin Quest, el chico que estoy intentando encontrar, es el que hizo la foto. Con una Contax o una Leica sin flash, sin que los retratados supieran que los estaban fotografiando. Quest tenía una Leica y le gustaba hacer cosas así. En este caso, por supuesto, tenía un motivo más comercial. Pregunta: ¿Cómo pudo tomar la fotografía? Respuesta: La estrella de cine era su hermana. Le permitiría acercarse y hablar con ella. No tenía trabajo, necesitaba dinero... Lo más probable es que ella le diera algo, con la condición de que se mantuviera alejado de ella. La chica no quiere saber nada de su familia. ¿Sigue siendo absolutamente fantástico, doctor?

Me miró con aire melancólico.

—No lo sé —dijo lentamente—. Empieza a tener posibilidades. ¿Pero por qué me cuenta a mí esta historia que parece tan peligrosa?

Sacó un cigarrillo de la caja y me echó otro con naturalidad. Lo cogí al vuelo y lo miré bien. Era egipcio, grueso y de sección ovalada, demasiado aromático para mi gusto. No lo encendí y me limité a sujetarlo entre los dedos, mientras miraba sus ojos oscuros y tristes. Él encendió el suyo y expulsó nerviosamente el humo.

—Ahora es cuando entra usted —dije—. Usted conocía a Clausen. Por motivos profesionales, dice. Cuando le dije a Clausen que era detective, lo primero que hizo fue intentar llamarle a usted. Pero estaba demasiado borracho para hablar. Yo me fijé en el número y más tarde le llamé para decirle que Clausen había muerto. ¿Por qué? Si usted no tuviera nada que ocultar, llamaría a la policía. No la llamó. ¿Por qué? Usted conocía a Clausen, y puede que conociera también a algunos de sus huéspedes. No puedo probar nada de eso. Punto y aparte. Hipótesis C: usted conocía a Hicks, o a Orrin Quest, o a los dos. Los polis de Los Ángeles no pudieron o no quisieron demostrar la identidad del ex gánster de Cleveland. Llamémosle por su nombre actual, llamémosle Steelgrave. Pero tiene que haber *alguien* capaz de hacerlo; si no, no valdría la pena matar por esa foto. ¿Ha ejercido alguna vez la medicina en Cleveland, doctor?

—Desde luego que no.

Su voz parecía venir de muy lejos. También su mirada se había vuelto muy lejana. Sus labios se abrieron justo lo suficiente para dejar entrar al cigarrillo. Estaba completamente inmóvil.

Yo continué:

—En la oficina de teléfonos tienen todo un cuarto lleno de listines de todo el país. Le busqué a usted. Tuvo una suite en un edificio del centro. Y ahora, esto: una consulta casi furtiva en una pequeña ciudad costera. Le habría gustado cambiar de nombre, pero no podía porque quería conservar su licencia. Alguien tenía que ser el cerebro de esta operación, doctor. Clausen era un borracho holgazán, Hicks un patán estúpido, Orrin Quest un rastrero retorcido. Pero se les podía utilizar. Usted no podía atacar directamente a Steelgrave. No habría durado vivo ni el tiempo suficiente para cepillarse los dientes. Tenía que actuar por medio de peones... peones prescindibles. Bueno, ¿vamos llegando a alguna parte?

Sonrió débilmente y se echó hacia atrás en su sillón con un suspiro.

—Hipótesis D, señor Marlowe —dijo casi en un susurro—. Es usted un imbécil sin remedio.

Sonreí y eché mano a un mechero para encender su grueso cigarrillo egipcio.

—A todo esto hay que añadir —dije— que la hermana de Orrin me llama y me dice que Orrin está en esta casa. Considerados uno por uno, los argumentos son flojos, lo reconozco; pero parecen apuntarle de algún modo a usted.

Chupé apaciblemente el cigarrillo. Él me observaba. Su cara pareció fluctuar y desdibujarse, retrocediendo hasta muy lejos y volviendo hacia delante. Sentí una opresión en el pecho. Mi mente se estaba volviendo tan lenta como el galope de una tortuga.

—¿Qué pasa aquí? —me oí murmurar.

Apoyando las manos en los brazos del sillón, logré ponerme en pie.

—Mira que he sido burro, ¿eh? —dije, con el cigarrillo todavía en la boca y sin dejar de chupar.

Burro no era la palabra adecuada. Habría que inventar una palabra nueva. Estaba fuera del sillón y tenía los pies metidos en dos barriles de cemento. Cuando hablaba, mi voz sonaba como a través de algodón.

Solté los brazos del sillón e intenté coger el cigarrillo. Después de fallar un par de veces, logré rodearlo con la mano. No parecía un cigarrillo. Más bien parecía la pata trasera de un elefante, con las uñas muy afiladas. Las uñas se me clavaron en la mano. Agité la mano y el elefante se llevó su pata a otra parte.

Una silueta imprecisa pero gigantesca se movió delante de mí y una mula me arreó una coz en todo el pecho. Me caí sentado al suelo.

—Un poco de hidrocianuro de potasio —dijo una voz a través del teléfono trasatlántico—. No es mortal, ni siquiera peligroso. Simplemente sedante...

Intenté levantarme del suelo. Probadlo alguna vez, para que veáis. Pero primero procurad que alguien clave bien el suelo. Éste estaba rizando el rizo. Al cabo de un rato se calmó un poquito. Me decidí por un ángulo de cuarenta y cinco grados. Hice acopio de fuerzas y eché a andar hacia alguna parte. En el horizonte se veía una cosa que bien pudiera ser la tumba de Napoleón. Aquello me pareció un objetivo que valía la pena. Me dirigí hacia allá. El corazón me latía a toda velocidad y tenía algunos problemas para abrir los pulmones. Como cuando te han placado en el fútbol, que te parece que no vas a recuperar jamás el aliento. Jamás de los jamases.

Resultó que aquello no era la tumba de Napoleón. Era una balsa en medio del oleaje, y había un hombre en ella. Yo había visto a aquel tipo en alguna parte. Un tío simpático, nos llevábamos fenomenalmente. Me encaminé hacia él y mi hombro chocó contra un muro. El golpe me desequilibró. Moví las manos en el aire, buscando algo a lo que agarrarme. Sólo encontré la alfombra. ¿Cómo había llegado allí abajo? De nada valía preguntarlo. Era un secreto.

Cada vez que preguntas algo, te pegan con el suelo en plena cara. Muy bien; me puse a reptar por la alfombra. Avancé sobre lo que antes habían sido mis manos y mis rodillas. Ahora no notaba ninguna sensación que demostrara que lo fueran.

Me arrastré hacia una pared de madera oscura. Aunque, pensándolo bien, más parecía mármol oscuro. Otra vez la tumba de Napoleón. ¿Qué le habría hecho yo a Napoleón para que se empeñara en darme con su tumba en las narices?

—Necesito un vaso de agua —dije.

Escuché, esperando el eco. No hubo eco. Nadie dijo nada. A lo mejor yo tampoco había dicho nada. Quizá había sido sólo una idea y después me lo había pensado mejor. Hidrocianuro de potasio. Son unas palabras muy largas, demasiado largas para preocuparse por ellas cuando te arrastras por un túnel. Que no era mortal, había dicho. Vale, esto no es más que una broma. Lo que podríamos llamar semimortal. Philip Marlowe, de treinta y ocho años, detective privado de dudosa reputación, fue detenido anoche por la policía cuando reptaba por las alcantarillas de Ballona con un piano de cola a la espalda. Interrogado en la comisaría de University Heights, Marlowe declaró estar llevando el piano al maharajá de Coot-Berar. Al preguntársele por qué llevaba espuelas, Marlowe alegó que las confidencias de un cliente son sagradas. Marlowe continúa detenido, mientras se llevan a cabo indagaciones. El comisario Hornside dijo que la policía no tenía nada más que decir por el momento. Al preguntársele si el piano estaba afinado, el comisario Hornside declaró que había tocado en él el Vals de las Horas en treinta y cinco segundos y que, que él supiera, el piano no tenía cuerdas, dando a entender que tenía otra cosa. El comisario Hornside cortó la entrevista, prometiendo un informe completo a la prensa antes de doce horas. Corren rumores de que Marlowe estaba intentando deshacerse de un cadáver.

Un rostro emergió de las sombras y nadó hacia mí. Cambié de dirección y me encaminé hacia el rostro. Pero era demasiado tarde y el sol se estaba poniendo. Estaba oscureciendo con mucha rapidez. No había rostro. No había muro, no había escritorio. Después no hubo ni suelo. No había nada de nada.

Ni siquiera yo estaba allí.

22

Un enorme gorila negro con una enorme zarpa negra había puesto su negra zarpa sobre mi cara e intentaba empujarla hasta la nuca. Yo empujé en dirección contraria. Aprovechar el punto débil de un argumento ha sido siempre mi especialidad. Entonces me di cuenta de que intentaba impedirme que abriera los ojos.

A pesar de todo decidí abrirlos. Otros lo habían hecho, ¿por qué yo no? Hice acopio de fuerzas y, poco a poco, manteniendo derecha la espalda, doblando los muslos y las rodillas, utilizando los brazos a manera de cuerdas, levanté el enorme peso de mis párpados.

Estaba mirando al techo, tumbado de espaldas en el suelo, una posición que mi oficio me lleva a adoptar de vez en cuando. Balanceé la cabeza. Tenía los pulmones rígidos y la boca seca. Me encontraba en la consulta del doctor Lagardie. El mismo sillón, el mismo escritorio, las mismas paredes, la misma ventana. Todo estaba en absoluto silencio.

Levanté los cuartos traseros, apoyé las manos en el suelo y sacudí la cabeza. Todo empezó a darme vueltas. La cabeza salió disparada a mil kilómetros de distancia y tuve que tirar de ella para volvérmela a colocar. Parpadeé. El mismo suelo, el mismo escritorio, las mismas paredes. Pero ni rastro del doctor Lagardie.

Me humedecí los labios y logré emitir una especie de sonido impreciso al que nadie prestó la más mínima atención. Me puse en pie. Estaba más mareado que un derviche, más hecho polvo que una bayeta vieja, más arrastrado que la barriga de un tejón, más asustado que un pajarito y tan seguro de mi porvenir como una bailarina de ballet con una pata de palo.

Llegué al escritorio como pude, me desplomé sobre el sillón de Lagardie y empecé a hurgar febrilmente entre sus cosas en busca de algo que pareciera una botella de líquido tonificante. Nada de nada. Me volví a levantar. Me resultó tan fácil como levantar un elefante muerto. Me tambaleé de un lado a otro, mirando en los relucientes armaritos de esmalte blanco, que contenían todo lo que cualquier otra persona podía necesitar con urgencia. Por fin, después de lo que me parecieron cuatro años de trabajos forzados, mi manita se cerró sobre un frasco de alcohol etílico. Le quité el tapón y lo olí. Alcohol de grano, justo lo que decía la etiqueta. Ya sólo necesitaba un vaso y un poco de agua. Un hombre de verdad debería ser capaz de conseguirlo. Eché a andar y crucé la puerta de la sala de reconocimiento. El aire continuaba oliendo a melocotones excesivamente maduros. Al pasar por la puerta tropecé con los dos lados del marco y tuve que detenerme para enfocar la vista.

En aquel momento me di cuenta de que se oían pasos que venían del vestíbulo. Muerto de fatiga, me apoyé en la pared y escuché.

Pasos lentos, arrastrados, con una larga pausa entre uno y otro. Al principio, me parecieron furtivos. Luego me parecieron sólo cansados, muy cansados, los pasos de un anciano que intenta llegar a su última butaca. Con él ya éramos dos. Y entonces, sin ningún motivo en particular, pensé en el padre de Orfamay saliendo al porche de su casa de Manhattan, Kansas, para sentarse en silencio en su mecedora, con su pipa apagada en la boca, y contemplar el césped mientras echaba una fumadita económica, para la que no se necesitaban ni cerillas ni tabaco, y además sin manchar la alfombra del cuarto de estar. Le preparé mentalmente la mecedora, colocándola a la sombra, en un extremo del porche, donde las buganvillas eran más frondosas. Le ayudé a sentarse. Él alzó la mirada y me dio las gracias con la parte buena de su cara. Al recostarse en el asiento, sus uñas arañaron los brazos de la mecedora.

Había uñas arañando, pero no arañaban los brazos de ninguna mecedora. Era un sonido real. Sonaba muy cerca, al otro lado de una puerta cerrada que comunicaba la sala de consulta con el pasillo. Un rascar débil, como el de un gatito que quiere que le abran la puerta. Vamos, Marlowe, a ti siempre te han gustado los animales, deja entrar al gatito. Eché a andar. Lo conseguí con la ayuda de la bonita camilla de reconocimiento, con sus anillas en un extremo y sus limpísimas toallas. El ruido de las uñas había cesado. ¡Pobre gatito, que estaba fuera y quería entrar! Una lágrima se me formó en el ojo y resbaló por mi agrietada mejilla. Dejé la camilla y corrí los cuatro metros lisos hasta la puerta. El corazón me saltaba en el pecho. Y todavía tenía la sensación de que mis pulmones habían pasado un par de años en el almacén. Tomé aliento, agarré el picaporte de la puerta y la abrí. En el último instante se me ocurrió echar mano a la pistola. Se me ocurrió, pero no pasé de ahí. Yo soy de esos tipos que cuando tienen una idea la ponen a la luz y le echan una buena mirada. Habría tenido que soltar el picaporte, y eso me parecía una operación demasiado complicada. Así que me limité a hacer girar el picaporte y abrir la puerta.

El tipo estaba agarrado al marco de la puerta con cuatro dedos engarfiados, hechos de cera blanca. Tenía los ojos de color gris-azulado claro, hundidos en las órbitas y abiertos de par en par. Me miraban, pero no me veían. Nuestros rostros estaban a pocos centímetros de distancia. Nuestras respiraciones se mezclaban. La mía entrecortada y ronca, la suya con ese imperceptible susurro que precede al estertor final. Le salían de la boca burbujas de sangre que caían en regueros por la barbilla. Algo me hizo mirar al suelo. Por el interior de una pernera del pantalón caía un lento chorro de sangre que se le metía en el zapato, y del zapato fluía sin prisa hacia el suelo. Ya había formado un charquito.

No podía ver dónde le habían herido. Le castañetearon los dientes, y pensé que iba a hablar o, al menos, a intentarlo. Pero fue el único sonido que emitió. Había dejado de respirar. Su mandíbula se aflojó y cayó. Y entonces empezó el estertor. No es un ronquido. No se parece en nada a un ronquido.

Sus suelas de goma rechinaron sobre el linóleo, entre la alfombra y la puerta. Los dedos blancos soltaron el marco. El cuerpo empezó a girar sobre las piernas. Las piernas se negaban a sostenerlo. Adoptaron la forma de unas tijeras. El torso giró en el aire, como un nadador que coge una ola, y me cayó encima.

Al mismo tiempo, su otro brazo, el que no estaba a la vista, se alzó en un movimiento automático que no parecía deberse a ningún impulso vivo y cayó sobre mi omóplato izquierdo. Algo cayó al suelo, además del frasco de alcohol que yo tenía en la mano, y chocó ruidosamente contra la base de la pared.

Apreté los dientes, abrí las piernas y lo agarré por debajo de los brazos. Pesaba toneladas. Di un paso hacia atrás e intenté enderezarlo. Era como intentar levantar por un extremo un tronco de árbol caído. Me derrumbé con él. Su cabeza chocó contra el suelo. No pude evitarlo. Mi parte funcional no era suficiente para sostenerlo. Lo enderecé un poquito y me aparté de él. Me puse de rodillas, agaché la cabeza y escuché. El estertor cesó. Hubo un largo silencio y después un suspiro ahogado, muy tranquilo, indolente y sin urgencia. Otro silencio. Otro suspiro, aun más lento, lánguido y apacible, como una brisa de verano acariciando los rosales en flor.

Entonces, algo ocurrió en su cara y detrás de su cara, ese algo indefinible que ocurre en ese desconcertante e inescrutable momento: el apaciguamiento, el retroceso en el tiempo hasta la edad de la inocencia. Ahora la cara tenía una vaga expresión de alegría interior, un mohín casi travieso en las comisuras de los labios. Una cosa completamente ridícula, porque yo sabía perfectamente, si es que alguna vez en mi vida había sabido algo, que Orrin P. Quest no había sido de esa clase de chicos.

A lo lejos sonaba una sirena. Permanecí arrodillado, escuchando. El sonido de la sirena se alejó. Me puse en pie y fui a mirar por la ventana lateral. Delante de la Casa Garland del Eterno Reposo se estaba formando otro cortejo fúnebre. La calle estaba otra vez llena de coches y la gente avanzaba a paso lento por el sendero flanqueado de rosales. Andaban muy despacio, y los hombres llevaban el sombrero en la mano desde mucho antes de llegar al pequeño porche colonial.

Corrí la cortina, recogí el frasco de alcohol etílico, lo limpié con el pañuelo y lo dejé a un lado. Ya no tenía ganas de alcohol. Me volví a agachar, y la picadura que sentía entre los omóplatos me recordó que tenía que recoger otra cosa. Una cosa con mango de madera blanco y redondo, que estaba caída junto al rodapié. Un picahielos con la hoja limada, reducida a una longitud de unos siete centímetros. Lo sostuve a contraluz y examiné la punta, fina como una aguja. Era posible que hubiera en ella una manchita de mi sangre. Pasé suavemente un dedo por la punta. No había sangre. La punta estaba muy afilada.

Froté un poco más con mi pañuelo y después me agaché y coloqué el picahielos en la palma de su mano derecha, blanca y cerúlea, que contrastaba con el pelo apagado de la alfombra. Parecía demasiado bien colocado. Le moví el brazo lo justo para que el picahielos rodara de su mano al suelo. Se me ocurrió registrarle los bolsillos, pero pensé que ya lo habría hecho una mano más despiadada que la mía.

En cambio, en un repentino ataque de pánico, registré los míos. No me habían quitado nada. Incluso me habían dejado la Luger bajo el sobaco. La saqué y olí el cañón. No la habían disparado, aunque eso tendría que haberlo sabido sin necesidad de mirar: cuando te disparan con una Luger, no sigues andando mucho trecho.

Pasé por encima del oscuro charco rojo que había en la puerta y miré hacia el vestíbulo. La casa continuaba en silencio y al acecho. El rastro de sangre me llevó hasta una habitación amueblada como un estudio. Había un diván y un escritorio, algunos libros y revistas de medicina y un cenicero con cinco colillas gruesas, de sección ovalada. Un brillo metálico que había junto a una pata del diván resultó ser el casquillo de una automática del calibre 32. Encontré otro bajo el escritorio. Me los guardé en el bolsillo.

Volví atrás y subí la escalera. Había dos alcobas, y las dos parecían estar siendo utilizadas, aunque en una no había casi nada de ropa. En un cenicero había más colillas ovaladas del doctor Lagardie. En la otra habitación encontré el escaso vestuario de Orrin Quest: su otro traje y su abrigo pulcramente colgados en el armario; sus camisas, calcetines y ropa interior colocados con igual pulcritud en los cajones de una cómoda. Debajo de las camisas, al fondo, descubrí una Leica con objetivo F-2.

Dejé todas estas cosas tal como estaban y volví a bajar a la habitación en la que yacía el muerto, indiferente a todas aquellas bagatelas. Limpié unos cuantos picaportes más por puro vicio, vacilé ante el teléfono de la sala de recepción y lo dejé sin tocar. El hecho de que todavía estuviera andando era una señal bastante convincente de que el bueno del doctor Lagardie no había matado a nadie.

La gente seguía arrastrando los pies por el sendero que llevaba al anormalmente pequeño porche colonial de la funeraria de enfrente. Un órgano gemía en el interior.

Di la vuelta a la esquina, me instalé en el coche y me marché. Conducía despacio, aspirando el aire a pleno pulmón, pero ni así me parecía que obtenía el oxígeno suficiente.

Bay City se acaba a unos seis kilómetros del océano. Me detuve delante del último drugstore. Había llegado el momento de hacer otra de mis llamadas anónimas. Vengan a recoger el cadáver, muchachos. ¿Que quién soy yo? Sólo un tipo con suerte que no para de encontrarlos para ustedes. Y además, modesto. Ni siquiera deseo que se mencione mi nombre.

Eché una ojeada al interior del drugstore, a través del escaparate. Una chica con gafas de puntas oblicuas estaba leyendo una revista. Tenía un cierto parecido con Orfamay Quest. Se me hizo una especie de nudo en la garganta.

Embragué y continué mi camino: la chica tenía derecho a saberlo la primera, dijera lo que dijera la ley. Y yo ya me había situado bastante fuera de la ley.

23

Me detuve en la puerta de la oficina, con la llave en la mano. Después pasé sin ruido hasta la otra puerta, la que no cerraba nunca, y escuché. A lo mejor ella ya estaba allí, esperando, con sus ojos brillando detrás de las gafas de puntas oblicuas y la boquita húmeda deseando ser besada. Tenía que contarle una noticia más terrible de lo que ella podía imaginarse, y después, al cabo de un rato, se marcharía y no la volvería a ver.

No oí nada. Retrocedí, abrí la primera puerta, recogí el correo, entré con él y lo dejé caer encima del escritorio. No había nada en el correo que sirviera para subirme la moral. Lo dejé, crucé la habitación para echar el pestillo de la otra puerta, y después de un momento bastante largo la volví a abrir y eché una ojeada al exterior. Silencio, todo desierto. A mis pies había una hoja de papel doblada. La habían metido por debajo de la puerta. La recogí y la desdoblé.

«Por favor, llámame a mi casa. Muy urgente. Tengo que verte.» Lo firmaba D.

Marqué el número del Chateau Bercy y pregunté por la señorita Gonzales. ¿De parte de quién, por favor? Un momento, por favor, señor Marlowe. Ring, ring, ring, ring.

—¿Diga?

—Tiene un acento muy fuerte esta tarde.

—Ah, eres tú, amigo. Estuve esperando mucho rato en esa oficina tuya tan graciosa. ¿Puedes venir aquí a hablar conmigo?

—Imposible, estoy esperando una llamada.

—Bueno, ¿puedo ir yo ahí?

—¿De qué se trata?

—No te lo puedo decir por teléfono, amigo.

—Bueno, venga.

Me senté y esperé que sonara el teléfono. No sonó. Miré por la ventana. El bulevar era un hervidero de gente, la cocina del bar de al lado desprendía aromas de su menú del día por el tubo de ventilación. Pasó el tiempo y yo seguía encorvado sobre el escritorio, con la barbilla apoyada en una mano, mirando el revoco amarillo mostaza de la pared de enfrente, en el que veía la figura borrosa de un moribundo con un picahielos muy corto en la mano. Aún sentía el aguijonazo de su punta entre los omóplatos. Es asombroso lo que puede hacer Hollywood con un don nadie. Es capaz de convertir en una deslumbrante vampiresa a una vulgar mujerzuela que sólo sirve para plancharle las camisas a un camionero. Un mozalbete hiperdesarrollado, que parecía destinado a acudir todos los días al tajo con la tartera, se transforma en un héroe varonil, de mirada radiante y sonrisa resplandeciente. Una camarera de Texas, con la cultura de un personaje de historieta, se convierte en una cortesana de fama mundial, casada seis veces con seis millonarios, y acaba tan hastiada y decadente que lo único que le parece emocionante es seducir a un mozo de cuerda con la camiseta bien sudada.

Y por control remoto, es incluso capaz de coger a un pobre paleto sinvergüenza como Orrin Quest y convertirlo en cuestión de meses en el asesino del picahielos, elevando su mal carácter natural al nivel del sadismo clásico del asesino en serie.

Tardó poco más de diez minutos en llegar. Oí cómo se abría y se cerraba la puerta, salí a la sala de espera y allí estaba ella, la Flor de las Américas. Fue como si me atizaran entre los ojos. Los suyos eran oscuros e insondables, y no sonreían.

Iba toda vestida de negro, como la noche anterior, pero esta vez llevaba un traje de chaqueta, un sombrero de paja negro, de ala ancha y coquetamente ladeado, y una blusa de seda blanca con el cuello sacado por encima de las solapas de la chaqueta. Su cuello era moreno y elástico y su boca tan roja como un coche de bomberos sin estrenar.

—Te estuve esperando muchísimo tiempo —dijo—. Y todavía no he comido nada.

—Yo ya almorcé —dije yo—. Cianuro. Estaba muy bueno. Acaba de quitárseme el color azul.

—Esta mañana no estoy de humor para bromas, amigo.

—No hace falta que me divierta —dije—. Me divierto yo solo. Hago un número con unos hermanos que me hace caerme al suelo de risa. Pasemos adentro.

Entramos a mi salón privado de meditación y nos sentamos.

—¿Siempre va de negro? —pregunté.

—Pues claro. Así es más excitante cuando me quito la ropa.

—¿Es preciso que hable como una puta?

—No sabes mucho de putas, amigo. Siempre son de lo más refinado. Excepto las muy baratas, naturalmente.

—Ya —dije—. Gracias por explicármelo. ¿Cuál es ese asunto tan urgente del que teníamos que hablar? Irse a la cama con usted no es urgente. Se puede hacer en cualquier momento.

—Estás de mal humor.

—De acuerdo, estoy de mal humor.

Sacó del bolso uno de sus cigarrillos largos y oscuros y lo encajó con cuidado en las pinzas de oro. Aguardó a que yo se lo encendiera, pero yo no me moví y tuvo que encendérselo ella misma con un encendedor de oro.

Sostuvo el chisme en su mano enguantada de negro y me miró fijamente con sus ojos negros y profundísimos, que ya no eran nada risueños.

—¿Te gustaría acostarte conmigo?

—¿Y a quién no le gustaría? Pero por ahora vamos a dejar el sexo aparte.

—Nunca he hecho una distinción tajante entre los negocios y el sexo —me contestó tranquilamente—. Y no lograrás humillarme. El sexo es una red que utilizo para pescar tontos. Algunos de esos tontos son útiles y generosos. De vez en cuando, cae uno peligroso.

Se detuvo, pensativa. Hablé yo.

—Si espera que diga algo que dé a entender que sé quién es cierta persona... de acuerdo, sé quién es.

—¿Lo puedes demostrar?

—Seguramente no. La policía no pudo.

—Los polis —dijo con desprecio— no siempre dicen todo lo que saben. Y no siempre demuestran todo lo que podrían demostrar. Supongo que sabes que pasó diez días en la cárcel en febrero pasado.

—Sí.

—¿Y no te parece raro que no lo dejaran en libertad provisional?

—No sé de qué se le acusaba. Si lo habían detenido como testigo ocular...

—¿No crees que habría podido conseguir que cambiaran la acusación a algo que le permitiera salir bajo fianza... si realmente le hubiera interesado?

—No pensé mucho en ello —mentí—. No le conozco.

—¿No has hablado nunca con él? —preguntó con naturalidad, casi con demasiada naturalidad.

No le contesté.

Soltó una breve risita.

—Ayer por la noche, amigo. En la entrada de la casa de Mavis Weld. Yo estaba en un coche al otro lado de la calle.

—Quizá me crucé con él por casualidad. ¿Era él?

—A mí no me engañas.

—Está bien. Mavis Weld estuvo bastante grosera conmigo. Cuando me marché, estaba furioso. Entonces me encontré a aquel fulano con la llave del apartamento de la Weld en la mano. Se la quité y la tiré detrás de unos arbustos. Después le pedí disculpas y fui a recogerla. Parecía un tipo más bien simpático.

—Muuuy, muy simpático —dijo arrastrando la voz—. También fue amante mío.

—Aunque le parezca extraño, señorita Gonzales —le contesté—, no estoy tan terriblemente interesado en su vida amorosa. Doy por supuesto que abarca un amplio campo... de Stein a Steelgrave.

—¿Stein? —me preguntó con voz dulce—. ¿Quién es Stein?

—Un pistolero de Cleveland al que acribillaron delante de la casa donde vive usted, el pasado mes de febrero. Tenía un apartamento allí. Pensé que a lo mejor usted lo había conocido.

Dejó escapar una risita cristalina.

—Amigo, hay hombres a los que no conozco. Incluso en el Chateau Bercy.

—Según el informe, se lo cargaron a dos manzanas de distancia —dije—. Pero a mí me gusta más pensar que ocurrió delante de la puerta. Y que usted estaba asomada a la ventana y lo vio. Y que vio huir al asesino, y que el asesino volvió la cara justo debajo de un farol, y que la luz le iluminó la cara y, mira tú qué cosas, era nuestro amigo Steelgrave. Usted lo reconoció por su nariz de goma y porque llevaba el sombrero de copa con palomas posadas.

No se rió.

—Te gusta más esa versión —ronroneó.

—Con ella podríamos sacar más dinero.

—Pero Steelgrave estaba en la cárcel. —Sonrió—. E incluso si no hubiera estado en la cárcel... incluso si resultara que yo era, por ejemplo, muy amiga de un tal doctor Chalmers, que entonces era el médico de la prisión del condado, y éste me hubiera contado en un momento de intimidad que el día en que liquidaron a Stein le había dado permiso a Steelgrave para ir al dentista, con un guardia, naturalmente, aunque este guardia era una persona razonable... Incluso si todo esto fuera cierto, ¿no crees que no sería muy inteligente utilizar esa información para hacerle chantaje a Steelgrave?

—Detesto ponerme grandilocuente —dije—, pero no le tengo miedo a Steelgrave, ni a doce como él en un mismo paquete.

—Pues yo sí, amigo. Ser testigo de un ajuste de cuentas entre gánsters no es una posición muy segura en este país. No, no le vamos a hacer chantaje a Steelgrave. Y no diremos nada sobre el señor Stein, al que tal vez yo conociera y tal vez no. Ya tenemos bastante con que Mavis Weld sea la amiga íntima de un conocido gánster y se deje ver en público con él.

—Tendríamos que demostrar que él era un conocido gánster —dije.

—¿No podríamos hacerlo?

—¿Cómo?

Hizo una mueca de decepción.

—Pero yo estaba segura de que eso es lo que habías estado haciendo estos dos últimos días.

—¿Por qué?

—Tengo mis razones.

—Eso a mí no me sirve de nada mientras se las guarde para usted sola.

Dejó la colilla del cigarrillo marrón en mi cenicero. Yo me incliné hacia delante y la aplasté con la contera de un lápiz. Ella me acarició la mano con un dedo enguantado. Su sonrisa era lo contrario de anestésica. Se echó hacia atrás y cruzó las piernas. En sus ojos empezaron a bailar lucecitas. Para tratarse de ella, llevaba ya mucho tiempo sin insinuarse.

—«Amor» es una palabra tan sosa —murmuró—. Siempre me ha llamado la atención que el idioma inglés, tan rico en poesía amorosa, tenga una palabra tan floja para expresar eso. No tiene vida, ni sonoridad. A mí me hace pensar en niñitas con vestiditos de volantes y sonrisitas rosas y vocecitas tímidas. Y seguro que con una ropa interior deplorable.

No dije nada. Sin esfuerzo aparente, entró otra vez en materia.

—A partir de ahora, Mavis Weld ganará setenta y cinco mil dólares por película y con el tiempo llegará a ciento cincuenta mil. Está lanzada hacia arriba y ya nada la detendrá... salvo tal vez un desagradable escándalo.

—Entonces, alguien debería decirle quién es Steelgrave —sugerí—. ¿Por qué no lo hace usted? Y, dicho sea de paso, suponiendo que tuviéramos todas las pruebas en la mano, ¿cómo reaccionaría Steelgrave, al ver que le sacábamos el jugo a la Weld?

—¿Por qué habría de enterarse? No creo que ella se lo dijera. De hecho, no creo que ella quisiera seguir relacionándose con él. Pero eso no debería preocuparnos a nosotros si tuviéramos nuestras pruebas... y si ella supiera que las teníamos.

Su mano enguantada de negro se movió hacia el bolso negro, se detuvo, tamborileó ligeramente sobre el borde del escritorio y volvió hasta un punto desde donde pudiera dejar caer el bolso sobre sus rodillas. No había mirado el bolso. Yo tampoco.

Me levanté.

—Podría darse el caso de que yo tuviera cierto compromiso con Mavis Weld. ¿No había pensado en ello?

Se limitó a sonreír.

—Y si así fuera —continué—, ¿no cree que ya va siendo hora de que salga pitando de mi despacho?

Puso las manos en los brazos del sillón y empezó a levantarse sin dejar de sonreír. Yo cogí el bolso antes de que pudiera cambiar de dirección. Sus ojos brillaron de rabia. Hizo un sonido como de escupir.

Abrí el bolso, hurgué en su interior y encontré un sobre blanco que me pareció familiar. Saqué la foto de Los Bailarines, con los dos trozos unidos y pegados sobre otro papel.

Cerré el bolso y se lo lancé.

Ahora estaba de pie, con los labios de nuevo cerrados sobre los dientes. Estaba muy callada.

—Muy interesante —dije, señalando con un dedo la superficie brillante de la foto—. No está trucada. ¿Éste es Steelgrave?

La risa argentina burbujeó de nuevo.

—Eres un tipo ridículo amigo. De verdad. No sabía que quedaran personas así.

—De antes de la guerra —contesté—. Cada día quedamos menos. ¿De dónde ha sacado esto?

—Del bolso de Mavis Weld, en su camerino, mientras ella estaba en el plató.

—¿Lo sabe ella?

—No lo sabe.

—Me pregunto de dónde la sacó ella.

—De ti.

—Qué tontería. —Levanté las cejas unos centímetros—. ¿De dónde la iba a haber sacado yo?

Extendió su mano enguantada por encima del escritorio. Su voz era glacial.

—Devuélvemela, por favor.

—Se la devolveré a Mavis Weld. Y me fastidia decirle esto, señorita Gonzales, pero como chantajista no doy la talla. Carezco de la personalidad atractiva que se precisa.

—¡Devuélvemela! —dijo en tono cortante—. O si no...

Se interrumpió de golpe. Esperé la continuación. Su bonito rostro hizo una mueca de desprecio.

—Muy bien —dijo—. Es culpa mía. Te creía listo, y ahora me doy cuenta de que no eres más que otro sabueso imbécil. Este despachito mugriento... —lo señaló con su mano enguantada—, y la vida mezquina y mugrienta que se vive aquí... Estas cosas deberían haberme indicado qué clase de idiota eres.

—Y lo hacen —dije yo.

Dio media vuelta lentamente y caminó hacia la puerta. Pasé al otro lado del escritorio y ella me permitió que se la abriera.

Salió despacio. De una manera que no se aprende en las escuelas de comercio.

Se marchó por el pasillo sin mirar atrás. Andaba de maravilla.

La puerta golpeó contra el cierre neumático y se cerró muy suavemente. Me pareció que había tardado mucho en hacerlo. Me quedé mirándolo como si nunca lo hubiera visto antes. Después di media vuelta, eché a andar hacia el escritorio y sonó el teléfono.

Lo descolgué y contesté. Era Christy French.

—¿Marlowe? Nos gustaría verle en comisaría.

—¿Ahora mismo?

—Antes, si puede ser —dijo, y colgó.

Saqué la foto recompuesta de debajo del cartapacio y la guardé en la caja fuerte con las demás. Me puse el sombrero y cerré la ventana. No había ninguna razón para seguir esperando. Miré la punta verde del segundero de mi reloj. Aún faltaba mucho para las cinco. El segundero daba vueltas y más vueltas por la esfera como un vendedor que va de puerta en puerta. Las manillas marcaban las cuatro y diez. Ya tenía que haberme llamado. Me quité la americana, me descolgué la sobaquera y la guardé junto con la Luger en el cajón del escritorio. A los polis no les gusta que andes con armas por su territorio. Aunque tengas derecho a llevarlas. Les gusta que vayas con la debida humildad, con el sombrero en la mano, hablando en voz baja y con educación, con los ojos llenos de nada.

Miré otra vez el reloj. Escuché. El edificio parecía muy tranquilo aquella tarde. Dentro de poco quedaría en completo silencio, y la madonna de la fregona gris llegaría arrastrando los pies por el corredor, probando los picaportes.

Me volví a poner la americana, cerré la puerta de comunicación, desconecté el zumbador y salí al pasillo. Y en ese instante sonó el teléfono. Casi arranco la puerta de sus goznes para llegar a él. Era su voz, sí, pero tenía un tono que no había oído antes. Un tono frío y equilibrado, nada plano, ni vacío, ni muerto, ni siquiera infantil. Era la voz de una chica que yo no conocía, a pesar de conocerla. Supe por qué tenía esa voz antes de que pronunciara tres palabras.

—Le llamo porque usted me dijo que llamara —dijo—. Pero no tiene que contarme nada. He estado allí.

Yo sujetaba el auricular con las dos manos.

—Ha estado allí —dije—. Sí, ya la oigo. ¿Y qué?

—Yo... tomé prestado un automóvil —siguió— y aparqué al otro lado de la calle. Había tantos coches que usted no podía fijarse en mí. Hay una casa de pompas fúnebres. No estaba siguiéndole a usted. Intenté seguirle cuando salió, pero no conozco ese barrio y le perdí. Así que volví allí.

—¿Por qué volvió?

—No lo sé muy bien. Me pareció que usted tenía un aspecto muy raro cuando salió de la casa. O tal vez fuera un presentimiento. Al fin y al cabo, él es mi hermano y todo eso. Así que volví y llamé al timbre. Nadie contestó. Y eso también me pareció extraño. A lo mejor tengo un sexto sentido o algo así, pero de repente me pareció que era preciso que entrara en la casa. No sabía cómo hacerlo, pero tenía que hacerlo.

—A mí me ha pasado —le dije, con una voz que era la mía, pero que parecía como si la hubieran usado como papel de lija.

—Llamé a la policía y dije que había oído tiros —continuó—. Llegaron y uno de ellos entró en la casa por una ventana. Después hizo que pasara otro. Y al cabo de un rato me dejaron entrar a mí. Después ya no querían dejarme marchar. Tuve que explicárselo todo: quién era él, y que lo de los tiros era mentira, pero que tenía miedo de que le hubiera ocurrido algo a Orrin. Y también tuve que hablarles de usted.

—No importa —le dije—. Yo pensaba decírselo en cuanto hubiera tenido ocasión de hablar con usted.

—Es una situación incómoda para usted, ¿no?

—Sí.

—¿Le van a detener o algo así?

—Podrían.

—Usted le dejó tirado en el suelo, muerto. Supongo que no podía hacer otra cosa.

—Tenía mis razones —dije—. Puede que no le parezcan muy convincentes, pero las tenía. Y a él le daba lo mismo.

—Oh, seguro que tenía sus razones —dijo ella—. Usted es muy listo. Siempre tiene razones para hacer las cosas. Pues supongo que tendrá que explicarle sus razones a la policía.

—No necesariamente.

—Ah, sí, ya lo creo que sí —dijo la voz, con un tono de satisfacción que yo no llegaba a explicarme—. Claro que lo hará. Le obligarán.

—No discutiremos sobre este tema —dije—. En mi oficio, uno hace todo lo que puede para proteger al cliente. Y a veces uno va demasiado lejos. Es lo que ha pasado. Me he colocado en una situación en la que pueden hacerme daño. Pero no fue sólo por usted.

—Estaba muerto y usted lo dejó tirado —dijo—. No me importa lo que le puedan hacer. Si le meten en la cárcel, creo que me alegraré. Estoy segura de que lo encajará con mucha valentía.

—Pues claro. Siempre con una alegre sonrisa —dije—. ¿Vio usted lo que tenía en la mano?

—No tenía nada en la mano.

—Bueno, al lado de la mano.

—No había nada. No había nada de nada. ¿De qué habla?

—Vale, pues muy bien —dije—. Me alegro. Bueno, adiós. Me voy a comisaría. Quieren verme. Si no la vuelvo a ver, que tenga buena suerte.

—Guárdese la buena suerte para usted —me dijo—. Quizá la necesite. Y yo no la quiero.

—Hice todo lo que pude por usted —le dije—. Tal vez si me hubiera dado un poco más de información al principio...

Colgó, dejándome con la palabra en la boca.

Dejé el teléfono en su horquilla con tanta suavidad como si fuera un bebé. Saqué el pañuelo y me sequé la palma de las manos. Luego me acerqué al lavabo y me lavé las manos y la cara. Me eché agua fría en la cara y me la sequé frotando fuerte con la toalla. Me miré al espejo.

—Bueno, ya has saltado por el precipicio —le dije a la cara reflejada.

24

En medio de la habitación había una mesa larga de roble amarillo. Sus bordes estaban irregularmente ondulados por las quemaduras de cigarrillos. Detrás había una ventana con una tela metálica encima del cristal esmerilado. También detrás de ella, con una masa de papeles desordenados delante de él, estaba el inspector adjunto, Fred Beifus. En un extremo de la mesa, echado hacia atrás en un sillón apoyado sólo sobre dos patas, había un hombre corpulento cuya cara me pareció vagamente familiar, tal vez por haberla visto antes en blanco y negro en algún periódico. Tenía la mandíbula como un banco del parque, y sostenía entre los dientes la punta de un lápiz de carpintero. Parecía consciente y respiraba, pero aparte de eso no hacía nada más que estar sentado.

Al otro lado de la mesa había dos escritorios de persiana y otra ventana. Uno de los escritorios estaba de espaldas a la ventana. Junto a él había una mujer de pelo naranja que escribía un informe en una máquina con mesita propia. En el otro escritorio, paralelo a la ventana, estaba Christy French, sentado en una silla giratoria inclinada hacia atrás y con los pies sobre una esquina de la mesa. Miraba por la ventana, que estaba abierta y ofrecía una magnífica vista del aparcamiento de la policía y el reverso de una valla publicitaria.

—Siéntese ahí —dijo Beifus, señalándome una silla.

Me senté enfrente de él, en una silla normal de roble que no tenía nada de nueva y que no había sido bonita ni cuando era nueva.

—Éste es el inspector Moses Maglashan, de la policía de Bay City —dijo Beifus—. Y usted le gusta tan poco como a nosotros.

El inspector Moses Maglashan se sacó de la boca el lápiz de carpintero y examinó las marcas de dientes en el grueso extremo octogonal del lápiz. A continuación me miró a mí. Sus ojos me recorrieron lentamente, examinándome, catalogándome. No dijo nada. Se volvió a meter el lápiz en la boca.

Beifus empezó:

—A lo mejor soy un poco raro, pero para mí tiene usted menos atractivo sexual que una tortuga. —Se medio volvió hacia la mecanógrafa del rincón—. Millie.

Ella dejó la máquina de escribir para girar hacia un bloc de taquigrafía.

—Nombre: Philip Marlowe —dictó Beifus—. Terminado en e, para que quede más fino. ¿Número de licencia?

Volvió la mirada hacia mí. Se lo dije. La princesa naranja escribía sin levantar la vista. Decir que tenía una cara capaz de parar un reloj habría sido insultarla. Habría podido detener a un caballo desbocado.

—Y ahora, si le parece bien —me dijo Beifus—, podría empezar por el principio y contarnos todo lo que se calló ayer. No se moleste en seleccionar. Deje que vaya saliendo con naturalidad. Ya sabemos lo suficiente para salirle al paso sobre la marcha.

—¿Quiere que haga una declaración?

—Una declaración completa —contestó Beifus—. Qué divertido, ¿eh?

—¿Va a ser una declaración voluntaria sin coacción?

—Sí, como todas —dijo Beifus sonriendo.

Maglashan me miró fijamente durante un momento. La princesa naranja volvió a su máquina de escribir. Todavía no había nada para ella. Treinta años de experiencia habían perfeccionado su sentido del tiempo.

Maglashan se sacó del bolsillo un guante de piel de cerdo muy usado, se lo puso en la mano derecha y flexionó los dedos.

—¿Para qué es eso? —le preguntó Beifus.

—A veces me muerdo las uñas —contestó Maglashan—. Tiene gracia. Sólo las de la mano derecha. —Alzó sus lentos ojos para mirarme—. Hay gente más voluntaria que otra —dijo como quien no quiere la cosa—. Me han dicho que tiene algo que ver con los riñones. He conocido tíos de la variedad no muy voluntaria que después de volverse voluntarios se pasaron semanas teniendo que ir a mear cada cuarto de hora. Parece que no podían aguantarse el pis.

—Hay que ver —dijo Beifus con admiración.

—Luego están los tíos que sólo hablan en susurros roncos —continuó Maglashan—. Como boxeadores sonados que han recibido demasiados golpes en el cuello.

Maglashan me miraba. Parecía que me tocaba hablar a mí.

—También están los tipos que se resisten a ir al talego —dije—. Hacen todo lo que pueden. Se sientan en una silla como ésta, muy derechos, y se pasan así treinta horas. Entonces se caen y se rompen el bazo o se les revienta la vejiga. Se pasan de cooperativos. Y por la mañana, después de pasar por el juzgado, cuando vacían los calabozos, te los encuentras muertos en un rincón oscuro. Tal vez deberían haber ido al médico, pero uno no puede pensar en todo, ¿verdad, inspector?

—En Bay City pensamos a fondo —dijo—. Cuando tenemos algo en qué pensar.

Tenía nudos de músculos duros en el ángulo de la mandíbula. En el fondo de sus ojos había un resplandor rojizo.

—Contigo podría hacer un bonito trabajo —dijo, sin quitarme los ojos de encima—. Un trabajo muy bonito.

—Seguro que sí, inspector. Yo siempre me lo he pasado de maravilla en Bay City... mientras he estado consciente.

—Yo te mantendría consciente mucho tiempo, nene. Pondría el alma en ello. Te dedicaría mi atención personal.

Christy French volvió lentamente la cabeza y bostezó.

—¿Cómo sois tan bestias en Bay City? —preguntó—. ¿Metéis los huevos en salmuera, o qué?

Beifus sacó la punta de la lengua y se la pasó por los labios.

—Siempre hemos sido brutos —contestó Maglashan sin mirarle—. Nos gusta ser brutos. Los payasos como éste nos mantienen en forma. —Se volvió hacia mí—. Así que fuiste tú el guapito que llamó para decir lo de Clausen. Se te dan bien los teléfonos públicos, ¿verdad, guapo?

No dije nada.

—Te estoy hablando a ti, guapo —dijo Maglashan—. Te he hecho una pregunta, guapo. Y cuando yo hago una pregunta, se me responde. ¿Entendido, guapo?

—Sigue hablando y te responderás tú mismo —dijo Christy French—. Y a lo mejor no te gusta la respuesta, y como eres tan puñeteramente duro, te vas a tener que atizar tú mismo con ese guante. Sólo para demostrarlo.

Maglashan se enderezó. En sus mejillas se formaron manchas rojas del tamaño de monedas de medio dólar.

—He venido aquí en busca de cooperación —le dijo a French muy despacio—. Para comentarios sarcásticos ya tengo a mi mujer en casa. Aquí no esperaba que os pusierais a hacer gracias.

—Tendrás cooperación —dijo French—, pero no intentes robar la película con esos diálogos de 1930. —Hizo girar su silla y me miró—. Vamos a sacar una hoja de papel nueva y hagamos como que estamos empezando esta investigación. Ya me sé todos sus argumentos, y no voy a juzgarlos. La cuestión es: ¿prefiere usted hablar o que le empapelemos como testigo presencial?

—Haga las preguntas —dije—. Y si no le gustan mis respuestas, puede detenerme. Si me detiene, tengo derecho a hacer una llamada.

—Exacto —dijo French—. *Si* le detenemos. Pero no tenemos por qué hacerlo. Podemos recorrer todo el circuito con usted. Se pueden tardar días.

—Comiendo carne picada en lata —añadió Beifus en tono jovial.

—Estrictamente hablando, no sería legal —dijo French—. Pero lo hacemos constantemente. De la misma manera que usted hace ciertas cosas que no debería hacer. ¿Diría usted que ha actuado legalmente en esta historia?

—No.

Maglashan dejó escapar un ronco «¡Ajá!».

Miré a la princesa naranja, que había vuelto a su cuaderno, callada e indiferente.

—Tiene un cliente al que debe proteger —dijo French.

—Es posible.

—Querrá decir que tenía un cliente. Ella ha cantado.

No dije nada.

—Se llama Orfamay Quest —dijo French, mirándome.

—Haga sus preguntas —le dije.

—¿Qué ocurrió en la calle Idaho?

—Fui allí en busca de su hermano. Ella me dijo que había venido aquí para verlo y que él se había mudado. Estaba preocupada. El encargado, Clausen, estaba tan borracho que no decía nada que tuviera sentido. Miré el registro y vi que otro tipo se había trasladado a la habitación de Quest. Hablé con ese hombre, pero no me dijo nada que me sirviera.

French extendió la mano, cogió un lápiz de la mesa y se golpeó los dientes con él.

—¿Y después volvió a ver a ese hombre?

—Sí. Le dije quién era yo. Cuando volví a bajar, Clausen estaba muerto. Y alguien había arrancado una hoja del registro, la que tenía el nombre de Quest. Llamé a la policía.

—Pero no se quedó allí.

—No sabía nada sobre la muerte de Clausen.

—Pero no se quedó —repitió French.

Maglashan hizo un ruido terrorífico con la garganta y tiró el lápiz de carpintero al otro extremo de la habitación. Lo miré rebotar contra la pared y rodar por el suelo hasta detenerse.

—Así es —dije.

—En Bay City —dijo Maglashan—, podríamos matarte por eso.

—En Bay City me podrían matar sólo por llevar una corbata azul —contesté.

Hizo ademán de levantarse. Beifus le miró de reojo y dijo:

—Déjale hacer a Christy. Siempre hay una segunda sesión.

—Podríamos buscarle la ruina por una cosa así —me dijo French sin la menor inflexión.

—Considéreme en la ruina. De todas maneras, nunca me gustó este oficio.

—Después volvió a su oficina. ¿Y qué más pasó?

—Informé a mi cliente. Después me llamó un tipo, pidiéndome que fuera al hotel Van Nuys. Era el tipo con el que yo había hablado en la calle Idaho, pero con un nombre diferente.

—Podría habérnoslo dicho, ¿no le parece?

—Si se lo hubiera dicho, habría tenido que contárselo todo. Y eso habría sido infringir las cláusulas de mi contrato.

French asintió con la cabeza y dio unos golpecitos con el lápiz. Habló despacio:

—Un asesinato anula ese tipo de acuerdos. Dos asesinatos tendrían que anularlo por partida doble. Y si los dos asesinatos son con el mismo método, por partida triple. No me gusta su conducta, Marlowe. No me gusta nada.

—Ni siquiera le gusta a mi cliente —dije—. Después de lo de hoy.

—¿Qué ha pasado hoy?

—Me dijo que su hermano la había llamado desde la casa de un médico, el doctor Lagardie. Que el hermano estaba en peligro. Que yo tenía que ir allí a toda prisa y que le ayudara. Fui a toda prisa. El doctor Lagardie y su enfermera tenían la consulta cerrada. Parecían asustados. La policía había estado allí.

Miré a Maglashan.

—Otra de sus llamaditas —gruñó éste.

—No, esta vez no fui yo —dije.

—Está bien, continúe —dijo French, tras una pausa.

—Lagardie dijo que no sabía nada de Orrin Quest. Mandó a su enfermera a casa. Luego me colocó un cigarrillo drogado y me quedé ausente durante un buen rato. Cuando recuperé el conocimiento, estaba solo en la casa. Bueno, no tan solo. Orrin Quest, o lo que quedaba de él, estaba rascando la puerta. La abrí, se me cayó encima y murió. Con su último átomo de fuerza intentó clavarme un picahielos.

Moví los hombros. El punto entre ellos estaba todavía un poco hinchado y sensible, pero nada más.

French interrogó a Maglashan con la mirada. Maglashan negó con la cabeza, pero French siguió mirándole. Beifus se puso a silbar entre dientes. Al principio no reconocí la canción, pero enseguida me acordé. Era «Old Man Moses Is Dead».

French volvió la cabeza y dijo muy despacio:

—No se encontró ningún picahielos junto al cuerpo.

—Yo lo dejé donde había caído —dije yo.

—Me parece —dijo Maglashan— que voy a tener que ponerme otra vez el guante. —Se lo estiró sobre los dedos—. Aquí hay un maldito mentiroso, y no soy yo.

—Vamos, vamos —dijo French—. No nos pongamos teatrales. Aun suponiendo que el chico tuviera un picahielos en la mano, esto no prueba que naciera con él.

—Un picahielos recortado con lima —dije—. Muy corto. Unos siete centímetros desde el mango hasta la punta. No es así como los venden en las ferreterías.

—¿Por qué iba a querer clavárselo a usted? —preguntó Beifus con su sonrisa burlona—. Usted era un amigo, su hermana le envió allí para protegerle.

—Yo sólo era una cosa que se interponía entre él y la luz —dije—. Algo que se movía y que podría ser un hombre, tal vez el hombre que le había disparado. Estaba muriéndose de pie. Yo nunca le había visto. Y no sé si él me habría visto antes a mí.

—Podría haber sido una hermosa amistad —dijo Beifus, suspirando—. Aparte de lo del picahielos, por supuesto.

—El hecho de que tuviera en la mano el picahielos e intentara clavármelo podría significar algo.

—¿Por ejemplo?

—En el estado en que él se encontraba, un hombre actúa por instinto. No inventa nuevas técnicas. Me dio entre los omóplatos, un picotazo, el último y débil esfuerzo de un moribundo. Pero si hubiera estado sano, tal vez me habría dado en otro sitio y habría penetrado mucho más.

—¿Cuánto tiempo más vamos a tener que charlar con este mono? —preguntó Maglashan—. Habláis con él como si fuera humano. Dejadme que hable yo con él a mi manera.

—Al capitán no le gusta eso —dijo French tranquilamente.

—A la mierda el capitán.

—Al capitán no le gusta que los polis de pueblo le manden a la mierda —continuó French.

Maglashan apretó los dientes con fuerza y la línea de su mandíbula se puso blanca. Sus ojos se estrecharon y echaron chispas. Respiró hondo por la nariz.

—Gracias por la cooperación —dijo, poniéndose en pie—. Me marcho.

Rodeó la esquina de la mesa y se plantó ante mí. Extendió la mano izquierda y me levantó la barbilla.

—Ya nos veremos, guapo... En mi pueblo.

Me cruzó la cara dos veces con el puño de su guante. Los botones me hicieron daño. Levanté la mano y me froté el labio inferior.

—¡Por Dios, Maglashan! —protestó French—. Siéntate y deja que el tío suelte su rollo. Y no le pongas la mano encima.

Maglashan se volvió a mirarlo y dijo:

—¿Crees que puedes impedírmelo?

French se encogió de hombros. Al cabo de unos momentos Maglashan se pasó la manaza por la boca y volvió a su sillón, arrastrando los pies. French continuó:

—Oigamos lo que piensa de todo esto, Marlowe.

—Entre otras cosas, que Clausen probablemente vendía hierba —contesté—. Su habitación olía a marihuana. Y cuando llegué allí, había un pequeñajo muy correoso contando dinero en la cocina. Tenía una pistola y un pincho hecho con una lima afilada, y trató de utilizar las dos cosas conmigo. Se las quité y se marchó. Puede que fuera el proveedor. Pero Clausen estaba tan alcoholizado que uno ya no se podía fiar de él. A las bandas organizadas no les gusta eso. Esa gente no querría que Clausen se dejara pillar. Sería fácil hacerle cantar. En cuanto olieran a poli en la casa, Clausen iba a desaparecer.

French miró a Maglashan:

—¿Esto tiene sentido para ti?

—Podría ocurrir —contestó Maglashan de mala gana.

—Suponiendo que fuera así —dijo French—, ¿qué pinta en todo eso el tal Orrin Quest?

—Cualquiera puede fumar marihuana —dije yo—. Si estás aburrido y solo, y deprimido y sin trabajo, puede resultar muy atractiva. Pero cuando fumas te entran ideas raras y se te alteran las emociones. Además, la marihuana no le hace el mismo efecto a todo el mundo. A unos los embrutece, a otros los deja indiferentes a todo. Supongamos que Quest quisiera sacarle pasta a alguien y le amenazara con ir a la policía. Es muy posible que los tres asesinatos estén relacionados con la misma banda de traficantes.

—Eso no concuerda con que Orrin Quest tuviera un picahielos recortado —dijo Beifus.

—Según dice aquí el inspector, no lo tenía. Debieron de ser imaginaciones mías. Por otra parte, podría haberlo recogido por ahí. Tal vez formaba parte de los útiles de trabajo del doctor Lagardie. ¿Tienen algo sobre él?

Negó con la cabeza.

—Hasta ahora, no.

—No me mató, y probablemente no mató a nadie —dije—. Quest le contó a su hermana, según dice ella, que estaba trabajando para el doctor Lagardie, pero que le perseguían unos bandidos.

—Ese Lagardie —dijo French, pinchando el secante con la punta de una pluma—. ¿Qué opina de él?

—Hace años ejercía en Cleveland. En pleno centro y a lo grande. Tuvo que tener buenos motivos para esconderse en Bay City.

—En Cleveland, ¿eh? —dijo French con voz arrastrada, mirando un rincón del techo.

Beifus se sumergió en sus papeles. Maglashan habló.

—Seguro que era abortista. Le tenía echado el ojo desde hace tiempo.

—¿Qué ojo? —preguntó Beifus suavemente.

Maglashan se puso colorado.

—Probablemente el que no tenía puesto en la calle Idaho —dijo French.

Maglashan se levantó de un salto.

—Vosotros os creéis muy listos, pero tal vez os interese saber que la nuestra es una comisaría de pueblo pequeño, con poco personal. De vez en cuando tenemos que multiplicarnos. Aun así, me interesa eso de la marihuana. Podría simplificar mucho mi trabajo. Voy a echarle un vistazo ahora mismo.

Caminó con paso seguro hacia la puerta y se marchó. French le siguió con la mirada. Lo mismo hizo Beifus. Cuando la puerta se cerró, se miraron uno a otro.

—Apuesto a que vuelven a hacer redada esta noche —dijo Beifus.

French asintió.

—Tienen un piso encima de una lavandería —continuó Beifus—. Bajarán a la playa, pillarán a tres o cuatro vagabundos, los llevarán al piso y los pondrán en fila para que los periodistas saquen fotos de la redada.

—Hablas demasiado, Fred —dijo French.

Beifus sonrió y se quedó callado. French se dirigió a mí:

—Ya que se le dan también las suposiciones, ¿qué cree que buscaban en la habitación del hotel Van Nuys?

—El resguardo de consigna de una maleta llena de hierba.

—No está mal —dijo French—. Y siguiendo con las suposiciones, ¿dónde podría estar escondido?

—Ya pensé en eso. Cuando hablé con Hicks en Bay City, no llevaba puesto su peluquín. Eso es normal cuando uno está en casa. Pero en la cama del Van Nuys lo tenía puesto. A lo mejor no se lo puso él.

—¿Y qué? —preguntó French.

—No sería mal sitio para esconder un resguardo —dije.

—Se puede sujetar con cinta adhesiva —comentó French—. Sí, es una idea.

Se hizo un silencio. La princesa naranja volvió a ponerse a escribir a máquina. Yo me miré las uñas. No estaban tan limpias como deberían estar. Después de la pausa, French dijo:

—No se imagine ni por un segundo que se ha librado, Marlowe. Sigamos con las hipótesis. ¿Cómo fue que el doctor Lagardie le habló de Cleveland?

—Me tomé la molestia de informarme sobre él. Si un médico quiere continuar ejerciendo no puede cambiar de nombre. A ustedes, el picahielos les hizo pensar en Weepy Moyer. Weepy Moyer trabajaba en Cleveland. Sunny Moe Stein trabajaba en Cleveland. Es cierto que la técnica de manejo del picahielos era diferente, pero seguía siendo un picahielos. Usted mismo dijo que los chicos podían haber aprendido. Y esas bandas siempre tienen un médico a mano.

—Eso está muy traído por los pelos —dijo French—. La relación no está nada clara.

—¿Me resultaría de algún provecho aclararla?

—¿Puede hacerlo?

—Puedo intentarlo.

French suspiró.

—La chica Quest está limpia —dijo—. He hablado con su madre, que está en Kansas. Es verdad que vino aquí a buscar a su hermano. Y es cierto que le contrató a usted para eso. Su declaración le favorece... hasta cierto punto. Ella sospechaba que su hermano estaba metido en algún asunto turbio. ¿Saca usted dinero de esto?

—No mucho —dije—. Le devolví su dinero. No parecía andar muy sobrada.

—Así no tendrá que pagar impuestos —dijo Beifus.

—Terminemos con esto —dijo French—. El siguiente paso lo tiene que dar el fiscal del distrito. Y, o yo no conozco a Endicott, o tardará más de una semana en decidir qué va a hacer.

Hizo un gesto en dirección a la puerta.

Me levanté.

—¿Les parece bien que no salga de la ciudad? —pregunté.

No se molestaron en contestarme.

Me quedé mirándolos un momento. La herida del picahielos que tenía entre los hombros me escocía, y la carne estaba hinchada. Tenía dolorido el lado de la cara y de la boca donde Maglashan me había azotado con su muy usado guante de piel de cerdo. Estaba metido en un buen lío. Estaba a oscuras, confuso, y con sabor a sal en la boca.

Ellos siguieron sentados, devolviéndome la mirada. La princesa naranja tecleaba en su máquina de escribir. Las conversaciones policiales le hacían tanta impresión como las piernas a un director de baile. Ellos tenían la cara tranquila y curtida de hombres sanos que llevan una vida dura. Tenían la mirada que tienen todos ellos, nublada y gris como el agua congelada. La boca dura y firme, patas de gallo muy marcadas a los lados de los ojos, y esa expresión dura y hueca que no significa nada, que no es exactamente cruel pero que está a mil kilómetros de ser amable. Los vulgares trajes de confección que llevaban sin ningún estilo, como con desprecio. El aspecto de hombres que son pobres y sin embargo están orgullosos de su poder y siempre están buscando la manera de hacértelo sentir, de machacarte con él y sonreír mientras te ven retorcerte, implacables sin malicia, crueles pero no siempre brutales. ¿Cómo esperabas que fueran? La civilización no significaba nada para ellos. De ella sólo veían los fallos, la suciedad, las heces, las aberraciones y el asco.

—¿Qué está esperando? —preguntó Beifus buscamente—. ¿Quiere darnos un besazo a tornillo? Vaya, no hay réplica ingeniosa, qué lástima.

Su voz se transformó en un zumbido monótono. Frunció el ceño y cogió un lápiz de la mesa. Con un rápido movimiento de sus dedos lo rompió en dos y me enseñó las dos mitades en la palma de la mano.

—Esto es todo el respiro que le vamos a dar —dijo a media voz, sin rastro de sonrisa—. Vaya y arregle las cosas. ¿Por qué coño cree que le dejamos suelto? Maglashan le ha dado una segunda oportunidad. Aprovéchela.

Levanté una mano y me froté un labio. Mi boca tenía demasiados dientes.

Beifus bajó la mirada hacia la mesa, cogió un papel y se puso a leerlo. Christy French hizo girar su silla, puso los pies encima de la mesa y miró por la ventana abierta, hacia el aparcamiento. La princesa naranja dejó de escribir a máquina. De pronto, el cuarto estaba tan lleno de silencio como si se hubiera caído un pastel al suelo.

Salí a través del silencio como si estuviera andando por debajo del agua.

25

Mi despacho estaba desierto, una vez más. Ni morenas de piernas largas, ni muchachitas con gafas oblicuas, ni tíos siniestros con pinta de bandidos.

Me senté a mi mesa y miré cómo iba oscureciendo. Ya habían cesado los ruidos de la gente que se iba a su casa. En la calle, los anuncios de neón empezaban a hacerse guiños unos a otros, de lado a lado del bulevar. Tenía que hacer algo, pero no sabía qué. Hiciera lo que hiciera, no serviría de nada. Ordené mi escritorio mientras escuchaba el roce de un cubo sobre las baldosas del pasillo. Guardé los papeles en un cajón, coloqué bien las plumas, saqué una bayeta y limpié los cristales y después el teléfono. Qué negro y brillante se veía el teléfono a la luz crepuscular. Esta noche ya no sonaría. Ya nadie me iba a llamar. Esta vez sí que no. Y tal vez nunca.

Dejé la bayeta doblada con el polvo dentro, me eché hacia atrás en mi asiento y me quedé allí recostado, sin fumar y sin pensar siquiera. Era un hombre vacío. No tenía rostro, ni intenciones, ni personalidad, ni siquiera nombre. No tenía ganas de comer; ni siquiera tenía ganas de beber. Era una hoja del calendario del año pasado, arrugada y tirada a la papelera.

Así que tiré del teléfono y marqué el número de Mavis Weld. Sonó y sonó, y siguió sonando. Nueve veces. Ésos son muchos timbrazos, Marlowe. Es de suponer que no hay nadie. No hay nadie para ti. Colgué. ¿A quién te gustaría llamar ahora? ¿Tienes algún amigo al que le pueda gustar oír tu voz? No, nadie.

Que suene el teléfono, por favor. Que alguien me llame y me vuelva a conectar con la especie humana. Aunque sea un poli. Aunque sea un Maglashan. No hace falta que yo le guste. Sólo quiero salir de esta estrella apagada y helada.

El teléfono sonó.

—Amigo —dijo la voz—, esto va mal. Muy mal. Ella quiere verte. Le gustas. Cree que eres un tío honrado.

—¿Dónde? —pregunté.

En realidad, no era una pregunta, sino un simple sonido. Di una chupada a la pipa apagada y apoyé la cabeza en una mano, mientras apretaba con cariño el teléfono. Al fin y al cabo, era una voz con la que hablar.

—¿Vas a venir?

—Esta noche saldría hasta con un loro enfermo. ¿Dónde tengo que ir?

—Voy yo a buscarte. Estaré delante de tu edificio dentro de un cuarto de hora. No es fácil llegar al sitio al que vamos.

—¿Y es fácil volver? —pregunté—. ¿O eso no nos importa?

Pero ella ya había colgado.

En la barra del drugstore tuve tiempo de ingerir dos tazas de café y un sándwich de queso fundido con dos laminillas de bacon de imitación incrustadas como peces muertos en el fango del fondo de una charca desecada.

Estaba tan loco que me gustó.

26

Era un Mercury negro descapotable, con la capota clara. La capota estaba levantada. Cuando me asomé a su puerta, Dolores Gonzales se deslizó hacia mí sobre el asiento de cuero.

—Conduce tú, por favor, amigo. La verdad es que no me gusta conducir.

La luz del drugstore le daba en plena cara. Se había cambiado otra vez de ropa, pero seguía yendo toda de negro, con excepción de una blusa del color del fuego. Vestía pantalones y una especie de chaquetilla floja que parecía una chaqueta deportiva de hombre.

Me apoyé en la puerta del coche.

—¿Por qué no me llamó ella misma?

—No podía. No llevaba el número encima y tenía muy poco tiempo.

—¿Por qué?

—Creo que aprovechó el momento en que alguien salió un momento de la habitación.

—¿Y dónde está ese sitio desde donde llamó?

—No sé el nombre de la calle. Pero puedo encontrar la casa. Por eso he venido. Por favor, sube y démonos prisa.

—Podría subir —dije— y también podría no subir al coche. La edad y la artritis me han vuelto prudente.

—Siempre haciéndose el gracioso —dijo—. Qué hombre más raro.

—Me hago el gracioso siempre que puedo —dije—. Y soy sólo un tío muy normal con una sola cabeza, que a veces ha sido muy maltratada. Y esas veces suelen empezar así.

—¿Vas a hacer el amor conmigo esta noche? —me preguntó con voz dulce.

—Ésa es una cuestión a decidir. Probablemente, no.

—No te arrepentirías. Yo no soy una de esas rubias sintéticas que tienen una piel en la que se pueden encender cerillas. De esas ex lavanderas con manos grandotas y huesudas, rodillas salientes y pechos que no valen nada.

—Sólo durante media hora, vamos a dejar aparte el sexo —dije—. Es una cosa estupenda, como los batidos de chocolate, pero llega un momento en que uno preferiría cortarse el pescuezo. Creo que ahora preferiría cortármelo.

Rodeé el coche, me metí bajo el volante y puse en marcha el motor.

—Hacia el oeste —me dijo—. Pasando por Beverly Hills y siguiendo más allá.

Embragué y giré en una esquina para ir hacia el sur, en dirección al Sunset. Dolores sacó uno de sus largos pitillos marrones.

—¿Has traído un arma? —preguntó.

—No. ¿Para qué iba a querer un arma?
La parte interior de mi brazo izquierdo apretó la Luger, que iba metida en su sobaquera.
—Tal vez sea mejor.
Encajó el cigarrillo en las pinzas doradas y lo encendió con el encendedor dorado. La llama se reflejó en su cara y pareció que sus insondables ojos negros se la tragaban.
En el Sunset torcí hacia el oeste y me dejé engullir por tres carriles llenos de pilotos de carreras que espoleaban a fondo sus monturas para llegar a ninguna parte y allí no hacer nada.
—¿En qué clase de apuro está la señorita Weld?
—No lo sé. Sólo me dijo que había problemas, que tenía mucho miedo y que te necesitaba.
—Se te podía haber ocurrido un pretexto mejor.
No respondió. Me detuve en un semáforo y me volví a mirarla. Estaba llorando en silencio en la oscuridad.
—Yo no le haría ningún daño a Mavis Weld —dijo—. Pero no espero que me creas.
—Por otra parte —dije yo—, el hecho de que no traigas una historia preparada es positivo.
Empezó a deslizarse sobre el asiento hacia mí.
—Quédate en tu lado del coche —dije—. Tengo que conducir este cacharro.
—¿No quieres que apoye la cabeza en tu hombro?
—Con este tráfico, no.
En Fairfax me detuve ante un semáforo en verde para dejar que otro coche girara a la izquierda. Detrás de mí empezaron a sonar violentos bocinazos. Cuando me puse en marcha de nuevo, el coche que venía justo detrás aceleró, se situó a mi altura y un tipo gordo en camiseta me gritó:
—¿Estás dormido o qué?
Me adelantó, cortándome el paso de tal manera que tuve que frenar.
—Y pensar que me gustaba esta ciudad —dije, sólo por decir algo y no ponerme a pensar demasiado—. Pero eso fue hace mucho. Había árboles por todo el Bulevar Wilshire. Beverly Hills era un pueblecito. Westwood estaba sin urbanizar y se vendían parcelas a mil cien dólares, pero nadie las compraba. Hollywood era un conjunto de barracas en la línea interurbana. Los Ángeles era sólo un sitio grande, seco y soleado, con casas feas y sin estilo, pero con gente amable y pacífica. Tenía el clima del que ahora tanto presumen. La gente dormía al aire libre, en los porches de las casas. Había grupitos de seudointelectuales que la llamaban la Atenas de América. No lo era, pero tampoco era un basurero con letreros de neón, como es ahora.
Cruzamos La Ciénaga y torcimos en la curva del Strip. El club Los Bailarines era un derroche de luces. La terraza estaba abarrotada y el aparcamiento parecía un montón de hormigas atacando una fruta pasada.
—Ahora tenemos personajes como este Steelgrave que son dueños de restaurantes. Tenemos tipos como ese gordo que me chilló antes. Hay dinero a

espuertas, pistoleros, comisionistas, chicos en busca de dinero fácil, maleantes de Nueva York, Chicago y Detroit... y hasta de Cleveland. Esa gente es dueña de los restaurantes de moda, de los clubes nocturnos, de los hoteles y de las casas de apartamentos. Y en esas casas vive toda clase de timadores, bandidos y aventureras. Putas de superlujo, decoradores mariquitas, diseñadoras lesbianas, toda la chusma de una ciudad grande y despiadada, con menos personalidad que un vaso de papel. En las urbanizaciones elegantes, el querido papá lee la crónica de deportes delante de un ventanal, con los zapatos quitados, convencido de que es un tío con clase porque posee un garaje para tres coches. Mamá está delante de su tocador de princesa, intentando disimular con maquillaje las bolsas que tiene debajo de los ojos. Y el hijo del alma está pegado al teléfono, llamando a una serie de colegialas que no saben hablar, pero que llevan la polvera llena de preservativos.

—Pasa lo mismo en todas las grandes ciudades, amigo.

—Las ciudades auténticas tienen otra cosa, una especie de estructura ósea individual debajo de toda la porquería. Los Ángeles tiene a Hollywood... y lo detesta. Debería darse con un canto en los dientes. Si no fuera por Hollywood, esta ciudad sería como un catálogo de venta por correo. Todo lo que hay en el catálogo se puede encontrar en otro sitio, sólo que mejor.

—Vaya mosqueo que tienes esta noche, amigo.

—Tengo algunos problemas. La única razón de que vaya en este coche contigo es que tengo tantos problemas que uno más sería como poner la guinda.

—¿Has hecho algo malo? —preguntó, acercándose más a mí.

—Bueno, no, sólo coleccionar cadáveres —dije—. Depende de cómo se mire. A la poli no le gusta cómo trabajamos los aficionados. Tienen su propio servicio.

—¿Qué pueden hacerte?

—Podrían echarme de la ciudad, y a mí me daría lo mismo. No te aprietes tanto contra mí. Necesito este brazo para cambiar de marcha.

Se apartó ofendida:

—Estás muy antipático hoy —dijo—. Tuerce a la derecha en Lost Canyon Road.

Al poco rato pasamos por la Universidad. Todas las luces de la ciudad estaban ya encendidas, una inmensa alfombra de luces que se extendía por toda la ladera hacia el sur, hasta una distancia casi infinita. En Lost Canyon torcí a la derecha, bordeando los portalones que llevan a Bel-Air. La carretera empezó a serpentear y ascender. Había demasiados coches; los faros brillaban furiosos sobre los meandros de hormigón blanco. Una ligera brisa soplaba en la cresta. Traía el perfume de la salvia silvestre, el aroma picante del eucalipto y el tranquilo olor a polvo. En la ladera brillaban algunas ventanas iluminadas. Pasamos ante una casa de dos pisos, estilo Monterrey, que debió de haber costado 70.000 dólares y que tenía delante un letrero iluminado: «Cairn Terriers».

—La próxima a la derecha —dijo Dolores.

Hice el giro. La carretera se hizo más empinada y estrecha. Había casas detrás de las tapias y de las masas de follaje, pero no se veía nada. Entonces llegamos a una bifurcación, y allí parado había un coche de policía con un faro rojo; y a la derecha de la bifurcación había dos coches parados, uno perpendicular al otro. Una linterna se movió de arriba abajo. Aminoré la marcha y me detuve al lado del coche de policía. Dentro había dos polis fumando. No se movieron.

—¿Qué pasa?

—No tengo ni idea, amigo.

Su voz sonaba apagada y contenida. Es posible que tuviera un poco de miedo, pero yo no sabía de qué.

Un tipo alto, el que tenía la linterna, se nos acercó y me enfocó en plena cara; después bajó la luz.

—La carretera está cerrada esta noche —dijo—. ¿Van a algún sitio en particular?

Eché el freno y cogí la linterna que Dolores había sacado de la guantera. Enfoqué al tipo alto. Vestía pantalones que parecían caros, una camisa deportiva con iniciales en el bolsillo y un pañuelo de lunares anudado al cuello. Llevaba gafas con montura de concha y su cabello era negro, ondulado y lustroso. Era más de Hollywood que la madre que le parió.

—¿Hay alguna explicación? —pregunté—. ¿O simplemente está jugando a policías?

—La policía está ahí al lado, si quiere hablar con ella. —Su voz tenía un cierto tono de desprecio—. Somos sólo ciudadanos particulares. Vivimos aquí. Ésta es una zona residencial, y queremos que siga siéndolo.

Un hombre con una escopeta de caza salió de las sombras y se acercó al tipo alto. Traía el arma en el hueco del brazo izquierdo, con el cañón apuntando al suelo. Pero no parecía llevarla sólo para hacer bulto.

—A mí todo eso me parece muy bien —dije—. No tenía ningún otro plan al respecto. Sólo queremos ir a un sitio.

—¿A qué sitio? —preguntó fríamente el alto.

Me volví hacia Dolores.

—¿A qué sitio?

—Es una casa blanca, en lo alto de la colina —dijo ella.

—¿Y qué piensan hacer allí arriba? —preguntó el tipo alto.

—El hombre que vive allí es amigo mío —dijo Dolores en tono irritado.

El tío le enfocó la linterna a la cara durante un momento.

—Con usted no hay problemas —dijo—. Pero su amigo no nos gusta. No nos gustan los tipos que intentan montar garitos de juego en este vecindario.

—Yo no sé nada de garitos de juego —le contestó secamente Dolores.

—Tampoco los polis —dijo el alto—. Ni siquiera quieren enterarse. ¿Cómo se llama su amigo, monada?

—Eso a usted no le importa —le escupió Dolores.

—Ande, guapa, vuélvase a casa a zurcir calcetines —le dijo el alto.

Después se dirigió a mí.

—La carretera está cerrada esta noche. Ahora ya sabe por qué.

—¿Creen que pueden salirse con la suya? —pregunté.

—Haría falta algo más que usted para hacernos cambiar de planes. Tendría usted que ver nuestras declaraciones de impuestos. Y esos pringados del coche patrulla, igual que otros muchos en el Ayuntamiento, se quedan cruzados de brazos cuando les pedimos que hagan cumplir la ley.

Quité el seguro de la puerta y la abrí. Él dio un paso atrás y me dejó salir. Me acerqué al coche patrulla. Los dos polis estaban recostados como un par de vagos. La radio policial estaba muy baja, un murmullo que apenas se oía. Uno de ellos masticaba chicle rítmicamente.

—¿Qué tal si quitan esa barrera y dejan pasar a los ciudadanos? —le pregunté.

—No tenemos órdenes, amigo. Estamos aquí sólo para mantener el orden. Si alguien empieza algo, nosotros lo terminamos.

—Dicen que hay una casa de juego ahí arriba.

—Eso dicen —replicó el poli.

—¿Ustedes no lo creen?

—Ni me molesto en pensar en ello, amigo —dijo, y escupió junto a mi hombro.

—Suponga que tengo un asunto urgente ahí arriba.

Me miró sin ninguna expresión y bostezó.

—Muchas gracias, amigo —dije.

Volví al Mercury, saqué la cartera y le pasé una tarjeta al tipo alto. Él la iluminó con su linterna y luego dijo:

—¿Y qué?

Apagó la linterna y se quedó callado. Su rostro empezó a cobrar cierta forma en la oscuridad.

—Estoy aquí por cuestión de trabajo. Para mí es un asunto importante. Déjenme pasar y tal vez mañana ya no necesiten bloquear la carretera.

—Palabras mayores, amigo.

—¿Tengo yo pinta de tener la pasta que se necesita para frecuentar un garito privado de juego?

—Ella podría —le echó una rápida mirada a Dolores—. Puede que le traiga a usted para que la proteja.

Se volvió hacia el hombre de la escopeta.

—¿Qué te parece a ti?

—Podemos arriesgarnos. Sólo son dos, y van sobrios.

El tipo alto volvió a encender la linterna y la movió de delante a atrás. Un motor se puso en marcha. Uno de los dos coches que formaban la barrera dio marcha atrás hasta la bifurcación. Entré en el Mercury, arranqué, pasé por el hueco y vi por el retrovisor que el auto volvía a su posición y apagaba los faros.

—¿Es éste el único camino de entrada y de salida?

—Eso creen ellos, amigo. Hay otro camino, pero pasa por una propiedad particular. Tendríamos que haber ido por el valle.

—Casi no pasamos —le dije—. No será tan grave el lío en el que está metido quién sea.

—Sabía que te las arreglarías, amigo.

—Algo me huele mal —dije en tono malhumorado—. Y no son las lilas silvestres.

—Qué hombre más desconfiado. ¿Seguro que no quieres besarme?

—Tendrías que haber empleado ese sistema allá abajo, en la barrera. Aquel tío alto parecía sentirse muy solo. Te lo podrías haber llevado a los matorrales.

Me pegó en la boca con el dorso de la mano.

—Hijo de puta —dijo como quien no quiere la cosa—. La primera desviación a la izquierda, si te parece bien.

En lo alto de la cuesta la carretera acababa de golpe en un amplio círculo negro, bordeado por mojones encalados. Enfrente se alzaba una cerca de alambre con una puerta ancha y un letrero encima de la puerta que decía «Camino privado. Prohibido el paso». La puerta estaba abierta y en uno de los postes había un candado colgando de una cadena. Rodeé con el coche un macizo de adelfas blancas y desemboqué en el aparcamiento de una casa blanca, larga y baja, con tejado de tejas y un garaje para cuatro coches en la esquina, debajo de un mirador. Las dos puertas del garaje estaban cerradas. Las luces de la casa estaban apagadas. La luna estaba alta y arrancaba reflejos azulados a las paredes de estuco blanco. Algunas de las ventanas de la planta baja tenían las contraventanas cerradas. Al pie de los escalones había cuatro cajas de embalaje llenas de basura, colocadas en fila. También había un cubo de basura grande y vacío, y dos bidones metálicos llenos de papeles.

No se oía ningún sonido ni se advertía signo alguno de vida en la casa. Detuve el Mercury, apagué las luces y el motor, y me quedé allí sentado. Dolores se removió en el rincón. El asiento parecía temblar. Extendí una mano y la toqué. Estaba temblando.

—¿Qué pasa?

—Sal... sal, por favor —dijo como si le castañetearan los dientes.

—¿Y tú, qué?

Ella abrió la portezuela de su lado y saltó afuera. Yo salí por mi lado y dejé la puerta abierta y las llaves puestas. Ella dio la vuelta por detrás del coche y se acercó a mí. Casi podía sentir su temblor antes de que me tocara. Se apretó con fuerza contra mí, muslo con muslo y pecho con pecho. Me rodeó el cuello con los brazos.

—Estoy cometiendo una locura —dijo en voz baja—. Me matará por esto... como mató a Stein. Bésame.

La besé. Sus labios estaban ardientes y secos.

—¿Está él ahí?

—Sí.

—¿Y quién más?

—Nadie más... excepto Mavis. A ella también la matará.

—Escucha...

—Bésame otra vez, que no voy a vivir mucho tiempo, amigo. Cuando eres el gancho de un tipo como ése... no llegas a viejo.

La aparté de un empujón, pero con suavidad.

Ella dio un paso atrás y levantó rápidamente la mano derecha. Tenía una pistola en ella.

Miré la pistola. Tenía un brillo apagado, debido a la luna. La sostenía alzada y su mano ya no temblaba.

—Menudo amigo podría conseguir ahora, si apretara el gatillo —dijo.

—Oirían el tiro abajo, en la carretera.

Negó con la cabeza.

—No, hay una pequeña colina entre medias. No creo que lo oyeran, amigo.

Pensé que la pistola daría una sacudida cuando apretara el gatillo. Si me tiraba al suelo en el momento preciso...

No era tan rápido. No dije nada. La lengua no me cabía en la boca.

Ella siguió hablando despacio, con voz suave y fatigada.

—Lo de Stein no me importó. Yo misma le habría matado con mucho gusto. ¡Qué tío más inmundo! Morir no es gran cosa, matar no es gran cosa. Pero atraer a una persona a la muerte... —Se interrumpió con algo que podría ser un sollozo—. Amigo, por alguna extraña razón me gustabas. Ya debería estar muy por encima de esas tonterías. Mavis me lo quitó, pero yo no quería que la matara. El mundo está lleno de hombres con dinero.

—Parece un chico encantador —dije sin quitar el ojo de la mano que sostenía la pistola. No temblaba ni lo más mínimo.

Dolores soltó una risa de desprecio.

—Ya lo creo que sí. Gracias a eso llegó a ser lo que es. Tú te crees que eres duro, amigo. Pero no eres más que un pastelito comparado con Steelgrave.

Bajó el arma. Era el momento de saltar. Seguía sin ser tan rápido.

—Ha matado a una docena de hombres —dijo—. Con una sonrisa para cada uno. Hace mucho tiempo que le conozco. Le conocí en Cleveland.

—¿Con picahielos? —pregunté.

—Si te doy esta pistola, ¿lo matarás por mí?

—¿Me creerías si te lo prometiera?

—Sí.

En alguna parte, colina abajo, se oyó el ruido de un coche. Pero parecía tan lejano como Marte, tan sin sentido como el parloteo de los monos en la jungla brasileña. No tenía nada que ver conmigo.

—Le mataría si no tuviera más remedio —dije, pasándome la lengua por los labios.

Me incliné ligeramente hacia delante, flexionando las rodillas, preparándome para saltar.

—Buenas noches, amigo. Si visto de negro es porque soy hermosa, malvada... y estoy perdida.

Me tendió el arma. La cogí. Me quedé allí plantado, empuñándola. Hubo un momento de silencio en el que ninguno de los dos se movió. Después, ella sonrió, agitó la cabeza y saltó al interior del coche. Puso en marcha el motor y cerró la puerta de golpe. Después, paró el motor y se volvió a mirarme, con una sonrisa en el rostro.

—No ha estado mal mi actuación, ¿eh? —dijo en voz baja.

El coche dio marcha atrás violentamente con un fuerte rechinar de neumáticos sobre el asfalto. Se encendieron los faros. Dio la vuelta y desapareció detrás del macizo de adelfas. Los faros torcieron a la izquierda, hacia el camino particular. Las luces se alejaron entre los árboles y el ruido se fue perdiendo entre el croar arrastrado de las ranas arborícolas. De repente, el croar cesó y durante un momento no se oyó ningún sonido. Y no había más luz que la de la vieja y cansada luna.

Saqué el cargador de la pistola. Tenía siete balas. Todavía quedaba una en la recámara. Dos menos que la carga completa. Olí el cañón. La pistola había sido disparada después de la última limpieza. Dos tiros, tal vez.

Volví a meter el cargador en su sitio y sostuve la pistola en la palma de la mano. Tenía las cachas blancas de hueso. Calibre 32.

A Orrin Quest le habían pegado dos tiros. Los dos casquillos usados que yo había recogido del suelo eran del calibre 32.

Y ayer por la tarde, en la habitación 332 del hotel Van Nuys, una mujer rubia que se tapaba la cara con una toalla me había amenazado con una automática del 32 con cachas de hueso.

Este tipo de cosas te puede disparar la imaginación. Pero a veces no eres lo bastante imaginativo.

27

Caminé sin hacer ruido hasta el garaje y traté de abrir una de las dos grandes puertas. No tenían picaportes, o sea que debía haber algún botón para abrirlas. Alumbré el marco con una linternita en forma de lápiz, pero ningún botón me devolvió la mirada.

Dejé el garaje y me acerqué con sigilo a los cubos de basura. Unos escalones de madera llevaban a una puerta de servicio. No había esperado que dejaran la puerta sin cerrar para facilitarme las cosas. Debajo del porche había otra puerta. Ésta sí que estaba sin cerrar, y daba a unas tinieblas con olor a haces de leña de eucalipto. Entré, cerré la puerta y encendí de nuevo la linternita. En un rincón había otra escalera, con una especie de montaplatos a un lado. No respondió a mis esfuerzos. Empecé a subir los escalones.

En algún lugar lejano sonó un timbrazo. Me detuve. El timbre se detuvo también. Me puse de nuevo en marcha. El timbre no. Llegué a otra puerta sin picaporte, a ras de la escalera. Otro mecanismo ingenioso.

Pero esta vez encontré el mando. Era una placa ovalada móvil, instalada en el marco de la puerta, que había sido tocada por infinitas manos sucias. La apreté y la cerradura se abrió con un chasquido. Empujé la puerta con la ternura de un médico recién licenciado que trae al mundo a su primer bebé.

Al otro lado había un pasillo. A través de las ventanas cerradas, la luz de la luna iluminaba la blanca esquina de una cocina eléctrica con la plancha niquelada. La cocina era lo bastante grande como para dar clases de danza en ella. Un arco sin puerta daba a una despensa alicatada hasta el techo. Un fregadero, una enorme nevera empotrada en la pared, un montón de aparatos eléctricos para preparar bebidas sin mover un dedo. Uno escoge su veneno, aprieta un botón, y cuatro días más tarde se levanta en la mesa de masajes de un centro de rehabilitación.

Al otro lado de la despensa había una puerta de batientes. Al otro lado de la puerta de batientes, un comedor oscuro que se continuaba en un salón acristalado, en el que la luz de la luna se derramaba como el agua por las esclusas de una presa.

Un vestíbulo alfombrado conducía a alguna parte. Detrás de otro arco, una escalera voladiza ascendía hacia nuevas tinieblas, en las que se advertían algunos brillos que podrían ser de ladrillos de vidrio y acero inoxidable.

Al fin llegué a lo que debía de ser el cuarto de estar. Tenía cortinas y estaba muy oscuro, pero daba la sensación de ser muy grande. Las tinieblas eran opresivas, y mi nariz se crispó al captar un resto de olor que indicaba que alguien había estado allí no hacía mucho. Dejé de respirar y agucé el oído. Podía haber tigres acechándome en la oscuridad. O tíos con pistolones, que aguardaban respirando por la boca para no hacer ruido. O nada de nada, aparte de un exceso de imaginación mal empleada.

Caminé de lado hasta la pared y la palpé en busca de un interruptor de la luz. Siempre hay un interruptor de la luz. Todo el mundo tiene interruptores. Por lo general, a la derecha, según se entra. Entras en una habitación y quieres luz; pues muy bien, tienes un interruptor en un sitio normal, a una altura normal. Esta habitación no lo tenía. Esta casa era diferente. Aquí tenían manías muy raras en lo referente a las puertas y las luces. Seguro que esta vez el truco era algo verdaderamente ingenioso, como cantar un *la* seguido de un *do* sostenido, o pisar un botón plano escondido bajo la alfombra, aunque puede que bastara con decir en voz alta «Hágase la luz»: entonces un micrófono recogería tu voz y transformaría las vibraciones sonoras en impulsos eléctricos de baja intensidad, que luego un transformador amplificaría hasta alcanzar el voltaje suficiente para accionar un interruptor de mercurio totalmente silencioso.

Aquella noche me sentía clarividente. Era un tipo que buscaba compañía en un lugar oscuro y estaba dispuesto a pagar un alto precio por ella. La Luger que llevaba en el sobaco y la 32 que tenía en la mano me convertían en un tipo duro de pelar. Marlowe Dos Pistolas, el terror de la Quebrada del Cianuro.

Me quité las arrugas de los labios y dije en voz alta:

—¡Ah de la casa! ¿Alguien ha pedido un detective?

Nadie me contestó, ni siquiera el suplente del eco. El sonido de mi voz cayó en el silencio, como una cabeza cansada sobre una almohada de plumas.

Y entonces, una luz ámbar empezó a surgir por detrás de la cornisa que daba la vuelta a la inmensa habitación. Se fue haciendo más brillante poco a poco, como si estuviera controlada por una mesa de luces de teatro. Las ventanas estaban tapadas por pesados cortinajes de color albaricoque.

También las paredes eran de color albaricoque. Al fondo, a un lado, había un bar, un agradable rinconcito que llegaba hasta la despensa. Había también un gabinete con mesitas y asientos acolchados. Había lámparas de pie, mullidos sillones, sofás de dos plazas y toda la parafernalia habitual de una sala de estar, y en medio de la sala había mesas largas cubiertas con telas.

Después de todo, los chicos de la barrera no andaban descaminados. Pero el garito estaba desierto. La habitación estaba vacía de vida. Casi vacía. No del todo vacía.

Una rubia con un abrigo de pieles de color cacao claro estaba de pie, apoyada en el costado de un butacón. Tenía las manos metidas en los bolsillos del abrigo. El pelo estaba ahuecado como al descuido y su cara no estaba blanca como el yeso, pero sólo porque la luz no era blanca.

—Hola otra vez —dijo con voz apagada—. Sigo pensando que llega demasiado tarde.

—¿Demasiado tarde para qué?

Me acerqué a ella, un movimiento que siempre era un placer. Incluso en aquel momento, incluso en aquella casa tan excesivamente silenciosa.

—Es usted listo —dijo—. No pensé que fuera tan listo. Ha encontrado la manera de entrar. Es...

La voz se le ahogó en la garganta y se apagó.

—Necesito un trago —dijo tras de una opresiva pausa—. Si no, creo que me voy a desmayar.

—Vaya abrigo bonito —dije.

Ya estaba muy cerca de ella. Extendí la mano y toqué el abrigo. Ella no se movió. Su boca sí que se movía, temblando.

—Garduña —dijo—. Cuarenta mil dólares. Es alquilado. Para la película.

—¿Esto también forma parte de la película?

Hice un gesto que abarcaba la habitación.

—Ésta es la película que acaba con todas las películas, al menos para mí. Yo... necesito ese trago. Si intento andar...

La clara voz se difuminó en la nada. Sus párpados aleteaban arriba y abajo.

—Adelante, desmáyese —le dije—. Yo la cogeré al primer rebote.

Una sonrisa luchó para hacer que la cara sonriera. Apretó los labios, haciendo grandes esfuerzos para mantenerse en pie.

—¿Por qué llego demasiado tarde? —pregunté—. ¿Demasiado tarde para qué?

—Demasiado tarde para que le peguen un tiro.

—¡Vaya por Dios! Y yo que llevaba toda la noche esperando ese momento. Me ha traído aquí la señorita Gonzales.

—Ya lo sé.

Volví a extender la mano para acariciar la piel. Da gusto tocar cuarenta mil dólares, aunque sean alquilados.

—Dolores estará muy decepcionada —dijo; su boca tenía un reborde blanco.

—No.

—Le ha conducido al matadero, como hizo con Stein.

—Puede que se propusiera hacer eso. Pero luego cambió de parecer.

Se echó a reír. Era una risita tonta, engolada, como la de un niño que quiere darse importancia en una merienda infantil.

—Vaya éxito que tiene con las mujeres —susurró—. ¿Cómo demonios lo haces, monada? ¿Con cigarrillos de droga? No puede ser por su elegancia, ni por su dinero, ni por su personalidad. No tiene ninguna de esas cosas. No es muy joven ni tampoco muy guapo. Ya dejó atrás sus mejores tiempos y...

Su voz se había ido acelerando más y más, como un motor con el regulador roto. Al final le castañeteaban los dientes. Cuando paró, dejó escapar un suspiro de agotamiento que se perdió en el silencio, se le aflojaron las rodillas y cayó directamente en mis brazos.

Si era un truco, funcionó a la perfección. Ya podía yo tener mis nueve bolsillos repletos de pistolas, que me habrían sido tan útiles como nueve velitas rosas en un pastel de cumpleaños.

Pero no ocurrió nada. No aparecieron tipos patibularios apuntándome con automáticas, ni un Steelgrave sonriéndome con esa sonrisilla seca y distante del asesino. No se oyeron pasos sigilosos detrás de mí.

Quedó colgando en mis brazos, tan fláccida como una servilleta de papel mojada. No pesaba tanto como Orrin Quest, porque estaba menos muerta, pero sí lo suficiente como para que me dolieran los tendones de las rodillas. Cuando aparté su cabeza de mi pecho, vi que tenía los ojos cerrados. Su respiración era imperceptible, y los labios entreabiertos tenían ese característico tono azulado.

Pasé mi brazo derecho por debajo de sus rodillas, la llevé hasta un diván dorado y la acosté en él. Me incorporé y me dirigí al bar. Había un teléfono en la esquina de la barra, pero no pude encontrar una manera de pasar al otro lado, donde las botellas. Así que tuve que saltar por encima. Escogí una botella que me pareció interesante, con etiqueta azul y plata y cinco estrellas en la etiqueta. El corcho estaba aflojado. Escancié un brandy oscuro y picante en un vaso que no era el adecuado y volví a saltar por encima de la barra, llevándome la botella.

Ella estaba tendida como yo la había dejado, pero ahora tenía los ojos abiertos.

—¿Puede sostener un vaso?

Podía, si la ayudaban un poco. Se bebió el brandy y apretó con fuerza el borde del vaso contra los labios, como para mantenerlos quietos. Vi cómo respiraba dentro del vaso y lo empañaba. Una sonrisa se formó poco a poco en su boca.

—Hace frío esta noche —dijo.

Pasó las piernas por el borde del diván y apoyó los pies en el suelo.

—Más —dijo, extendiendo hacia mí el vaso. Se lo llené—. ¿Y el suyo?

—Yo no bebo. Ya tengo las emociones bastante alteradas sin necesidad de beber.

El segundo vaso la hizo estremecerse. Pero el color azul había desaparecido de su boca, y sus labios ya no brillaban como semáforos en rojo, y las arruguitas de las comisuras de los ojos ya no estaban en relieve.

—¿Qué es lo que le altera las emociones?

—Oh, un montón de mujeres que no paran de colgarse de mi cuello y desmayarse en mis brazos, hacerse besar y cosas por el estilo. Han sido dos días demasiado agitados para un pobre sabueso hecho polvo que no tiene ni yate.

—No tiene yate —dijo—. Yo no lo soportaría. Me crié en medio de lujos.

—Ya —dije yo—. Nació con un Cadillac en la boca. Y seguro que adivino dónde.

Sus ojos se estrecharon.

—¿Sería capaz?

—No creerá que es un secreto de Estado, ¿verdad?

—Yo... yo... —Se interrumpió e hizo un gesto de indefensión—. No recuerdo mis frases esta noche.

—Es el diálogo en tecnicolor —dije—. Se te queda congelado.

—¿No estamos hablando como un par de chiflados?

—Podemos ponernos cuerdos. ¿Dónde está Steelgrave?

Se limitó a mirarme. Extendió el vaso vacío y yo lo cogí y lo dejé en cualquier parte, sin apartar mi vista de ella. Ella tampoco me quitaba los ojos de encima. Pareció que transcurría un largo minuto.

—Estaba aquí —dijo por fin, tan despacio que parecía que iba inventando las palabras una a una—. ¿Me da un cigarrillo?

—Tengo el estanco abierto —dije.

Saqué un par de cigarrillos, me los metí en la boca y los encendí. Me incliné hacia delante e introduje uno entre sus labios de rubí.

—Es lo más hortera que he visto —dijo ella—. Con la posible excepción de hacerse caricias con las pestañas.

—El sexo es una cosa maravillosa —dije—. Sobre todo, cuando uno no quiere responder preguntas.

Aspiró un poco de humo, parpadeó y levantó la mano para recolocarse el cigarrillo. Después de tantos años, todavía no he aprendido a ponerle a una chica un cigarrillo en la parte de la boca que a ella le gusta.

Sacudió la cabeza, agitando los suaves cabellos que le caían alrededor de las mejillas, y me miró para ver si me había hecho mucho efecto. Toda la palidez había desaparecido. Había un poco de rubor en sus mejillas. Pero detrás de los ojos había cosas escondidas, que aguardaban su momento.

—Es usted bastante simpático —dijo, en vista de que yo no hacía nada sensacional—. Para ser la clase de hombre que es.

Aquello también lo encajé bastante bien.

—Aunque, en realidad, no sé qué clase de hombre es, ¿verdad? —De pronto se echó a reír y una lágrima surgida de la nada resbaló por su mejilla—. A lo mejor es simpático a secas. —Se sacó el cigarrillo de la boca y se mordió la mano—. ¿Qué demonios me pasa? ¿Estoy borracha?

—Intenta ganar tiempo —le dije—. Pero aún no sé si es que espera que llegue alguien o si le está dando tiempo a alguien para que se aleje de aquí. Por otra parte, también pueden ser los efectos del brandy después del shock. Es una pobre niñita que quiere llorar en el delantal de su madre.

—De mi madre, no —dijo—. Sería lo mismo que llorar sobre un barril de agua de lluvia.

—Dejemos eso. Bueno, ¿dónde está Steelgrave?

—Esté donde esté, usted debería estar contento. Él iba a matarle. Creía que era necesario.

—Usted me hizo venir aquí, ¿no? ¿Tan colada está por él?

Se sopló la ceniza que le había caído en el dorso de la mano. Un poco me cayó en el ojo y me hizo parpadear.

—Debo de haberlo estado —dijo—. En otro tiempo.

Se puso una mano sobre la rodilla y estiró los dedos, examinando las uñas. Luego levantó lentamente la vista sin mover la cabeza.

—Parece que fue hace mil años cuando conocí a un muchacho encantador y callado, que sabía comportarse en público y que no hacía ostentación de su encanto por todos los bares de la ciudad. Sí, me gustaba. Me gustaba muchísimo.

Se llevó la mano a la boca y se mordió un nudillo. Luego metió esa misma mano en el bolsillo del abrigo de pieles y sacó una automática de empuñadura blanca, hermana gemela de la que yo tenía.

—Y al final le amé con esto —dijo.

Me acerqué y se la quité de la mano. Olfateé el cañón. Sí. Con aquélla eran dos las pistolas que habían sido disparadas.

—¿No va a envolverla en un pañuelo, como hacen en las películas?

La dejé caer en otro bolsillo, donde pudieran pegársele interesantes hebras de tabaco y ciertas semillas que sólo crecen en la pendiente sureste del Ayuntamiento de Beverly Hills. Los químicos de la policía se lo iban a pasar en grande durante un buen rato.

28

La miré durante un minuto, mordiéndome un labio. Ella me miraba a mí. No advertí ningún cambio en su expresión. Eché un vistazo por la habitación. Levanté la funda que cubría una de las mesas alargadas. Debajo había un tablero de ruleta, pero sin rueda. Bajo la mesa no había nada.

—Mire en ese sillón de las magnolias —dijo ella.

Ella no miraba hacia el sillón, de modo que tuve que encontrarlo por mi cuenta. Es increíble lo que tardé. Era un sillón de orejas de respaldo alto, tapizado en chintz floreado. La clase de butaca que en otros tiempos servía para resguardarte de la corriente mientras te sentabas encogido ante un brasero de carbón.

Estaba con el respaldo hacia mí. Me acerqué despacio, con el motor en primera. Estaba casi de cara a la pared. Pero incluso así, parecía ridículo que no lo hubiera visto al volver del bar. Había un tío en el hueco del sillón, con la cabeza caída hacia atrás. Su clavel era rojo y blanco, y parecía tan fresco como si la florista se lo acabara de colocar en la solapa. Sus ojos estaban entreabiertos, como suelen estar los ojos en esas circunstancias. Miraban un punto de un rincón del techo. La bala había atravesado el bolsillo del pecho de su chaqueta cruzada. El que la había disparado sabía dónde estaba el corazón.

Le toqué una mejilla y todavía estaba caliente. Le levanté una mano y la dejé caer. Estaba completamente fláccida y su tacto era como el de cualquier otra mano. Busqué la arteria grande del cuello. La sangre no circulaba. La mancha de la chaqueta era muy pequeña. Me limpié las manos con el pañuelo y me quedé un rato mirándole la cara, pequeña y tranquila. Todo lo que yo había hecho y dejado de hacer, lo que había hecho bien y lo que había hecho mal... todo había sido en vano.

Volví a sentarme junto a ella, agarrándome las rodillas.

—¿Qué quería que hiciese? —preguntó—. Él mató a mi hermano.

—Su hermano no era ningún angelito.

—No tenía ninguna necesidad de matarle.

—Algún otro sí que la tenía... y deprisa.

Sus ojos se agrandaron de repente.

—¿No se ha preguntado nunca —dije— por qué Steelgrave no me hizo nada, y por qué permitió que fuera usted ayer al Van Nuys en lugar de ir él? ¿No se ha preguntado por qué un hombre con sus recursos y experiencia no intentó apoderarse de esas fotos, costara lo que costara?

No me respondió.

—¿Cuánto tiempo hace que sabía usted que existían esas fotos? —pregunté.

—Semanas, casi dos meses. Recibí una por correo, dos días después..., después de aquel día en que comimos juntos.

—Después de que mataran a Stein.

—Sí, claro.

—¿Sospechaba que Steelgrave había matado a Stein?

—No. ¿Por qué iba a pensar eso? Hasta esta noche, claro.

—¿Qué pasó después de recibir la foto?

—Mi hermano Orrin me llamó para decirme que se había quedado sin trabajo y que estaba sin blanca. Quería dinero. No dijo nada de la foto. No era necesario. Sólo se podía haber tomado en un momento preciso.

—¿Cómo averiguó su número?

—¿Mi número de teléfono? ¿Cómo lo averiguó usted?

—Lo compré.

—Bueno... —Hizo un vago movimiento con la mano—. ¿Por qué no llamamos a la policía y acabamos de una vez?

—Espere un momento. ¿Y después, qué? ¿Le llegaron más copias de la foto?

—Una cada semana. Se las enseñé a *él.* —Hizo un gesto hacia el sillón—. No le gustaron. No le dije nada de Orrin.

—Debió de enterarse. Los tipos como él se enteran de todo.

—Supongo que sí.

—Pero no sabía dónde se escondía Orrin —dije—. De lo contrario, no habría esperado tanto. ¿Cuándo se lo dijo usted a Steelgrave?

Apartó la mirada. Se amasó un brazo con los dedos.

—Hoy —dijo con voz lejana.

—¿Por qué hoy?

Se le cortó el aliento en la garganta.

—Por favor —dijo—, deje de hacerme preguntas inútiles. No me atormente. Usted no puede hacer nada. Creí que podría... cuando llamé a Dolores. Ahora ya no.

—Muy bien —dije yo—. Pero hay algo de lo que no parece darse cuenta. Steelgrave sabía que quien hubiera hecho la foto querría dinero... muchísimo dinero. Sabía que tarde o temprano el chantajista tendría que dar la cara. Eso era lo que Steelgrave estaba esperando. La foto en sí no le importaba nada, excepto por usted.

—Y desde luego, lo demostró —dijo en tono cansado.

—A su manera —respondí.

Su voz me llegaba con calma glacial.

—Mató a mi hermano. Me lo dijo él mismo. El gánster salió a la superficie por fin. Qué gente tan curiosa se encuentra uno en Hollywood, ¿no le parece? Incluyéndome a mí.

—Usted le amó en otro tiempo —dije sin miramientos.

Unas manchas rojas llamearon en sus mejillas.

—Yo no amo a nadie —dijo—. Para mí se acabó eso de querer a las personas. —Lanzó una breve mirada al sillón de respaldo alto—. Dejé de quererlo anoche. Me preguntó por usted, que quién era y todo eso. Se lo dije. Le dije también que yo tendría que reconocer que estuve en el hotel Van Nuys cuando aquel hombre yacía muerto.

—¿Iba usted a decirle eso a la policía?

—Pensaba decírselo a Julius Oppenheimer. Él sabría cómo manejar el asunto.

—Y si no él, cualquiera de sus perros —dije.

No sonrió. Yo tampoco.

—Si Oppenheimer no podía hacer nada, el cine se habría acabado para mí —añadió con indiferencia—. Ahora estoy acabada también para todo lo demás.

Saqué un cigarrillo y lo encendí. Le ofrecí uno. Lo rechazó. Yo no tenía ninguna prisa. Parecía que el tiempo había dejado de interesarme. Como casi todo. Estaba reventado.

—Va usted demasiado deprisa para mí —dije al cabo de un momento—. Cuando fue al Van Nuys, ¿no sabía que Steelgrave era Weepy Moyer?

—No.

—Entonces, ¿por qué fue allí?

—Para comprar las fotos.

—No lo entiendo. Entonces, las fotos no significaban nada para usted. Sólo eran fotos de ustedes dos comiendo.

Me miró fijamente, cerró los ojos con fuerza y los abrió de par en par.

—No me voy a echar a llorar. He dicho que no lo sabía. Pero cuando le metieron preso aquella vez, comprendí que había algo de su pasado que él no quería que se supiera. Yo sabía que había estado metido en algún negocio turbio, eso sí, pero no en asesinatos.

Dije «ajá», me levanté y di otra vuelta alrededor del sillón de respaldo alto. Ella movió muy despacio los ojos para observarme. Me incliné sobre el cadáver de Steelgrave y palpé bajo su brazo, en el lado izquierdo. Había un arma en una sobaquera. No la toqué. Volví a sentarme enfrente de ella.

—Va a costar un montón de dinero acallar esto —le dije.

Por primera vez sonrió. Fue una sonrisa pequeña, pero una sonrisa al fin y al cabo.

—Yo no tengo un montón de dinero —dijo—. Así que eso queda descartado.

—Oppenheimer lo tiene. Ahora vale usted millones para él.

—No querrá arriesgarse. En estos tiempos el cine está sufriendo demasiados ataques. Aceptará la pérdida y en seis meses lo habrá olvidado.

—Me acaba de decir que iba a recurrir a él.

—He dicho que recurriría a él si estuviera metida en un lío pero sin haber hecho nada en realidad. Pero ahora he hecho algo.

—¿Y Ballou? También para él vale usted mucho.

—No valgo ni un centavo para nadie. Olvídese de eso, Marlowe. Tiene usted buena intención, pero yo conozco a esa gente.

—Entonces me toca la china a mí. Supongo que por eso me hizo llamar.

—Maravilloso —dijo—. Arréglelo usted, cariño. Y gratis.

Su voz era de nuevo quebradiza y hueca.

Me senté en el diván a su lado. Le cogí el brazo, tiré para sacarle la mano del bolsillo del abrigo y se la agarré.

Estaba casi helada, a pesar de las pieles.

Volvió la cabeza y me miró a los ojos. Sacudió un poquito la cabeza.

—Créame, cariño, no valgo la pena... ni siquiera para ir a la cama.

Le hice girar la mano y se la abrí. Sus dedos estaban apretados y se resistían. Los abrí uno a uno. Le alisé la palma de la mano.

—Dígame por qué llevaba la pistola.

—¿La pistola?

—No se pare a pensar. Dígamelo. ¿Tenía intención de matarlo?

—¿Por qué no, cariño? Creí que yo le importaba algo. Supongo que soy un poco vanidosa. Se burló de mí. Para los Steelgrave de este mundo, nadie importa nada. Y ahora, tampoco a las Mavis Weld de este mundo les importa nada nadie. —Se soltó de mi mano y sonrió levemente—. No debí darle esa pistola. Si le matara a usted, todavía podría salir de ésta.

La saqué y se la ofrecí. La cogió y se puso en pie rápidamente. Apuntándome con la pistola. La pequeña sonrisa cansada movió una vez más sus labios. Su dedo estaba muy firme en el gatillo.

—Dispare a la parte de arriba —dije—. Hoy llevo puestos los calzoncillos antibalas.

Bajó la pistola a un costado y durante un momento se limitó a mirarme. Después arrojó el arma sobre el diván.

—Me parece que no me gusta el guión —dijo—. No me gustan los diálogos. No siento el papel, no sé si me entiende.

Se echó a reír y miró al suelo. La punta de su zapato iba y venía sobre la alfombra.

—Hemos tenido una agradable charla, cariño. El teléfono está allí, al extremo de la barra.

—Gracias. ¿Recuerda el número de Dolores?

—¿Por qué Dolores?

Al ver que yo no respondía, me lo dijo. Crucé la habitación hasta el extremo de la barra y marqué. La misma rutina que la vez anterior. Buenas noches, aquí el Chateau Bercy, quién pregunta por la señorita Gonzales, por favor, un momento, por favor, ring, ring, y después una voz tórrida que decía «¿Diga?».

—Soy Marlowe. ¿De verdad querías llevarme al matadero?

Casi pude oír cómo se le cortaba el aliento. Pero sólo casi. En realidad, esas cosas no se oyen por teléfono. Pero a veces te parece que las oyes.

—Amigo, cómo me alegro de oír tu voz —dijo—. Me alegro muchísimo, muchísimo.

—¿Lo hiciste o no?

—Pues... no lo sé. Me pone muy triste pensar que a lo mejor sí. Me gustas mucho.

—Tengo aquí un pequeño problema.

—¿Está él...? —Larga pausa. Teléfono con centralita. Precaución—. ¿Está él ahí?

—Bueno... en cierto sentido. Está aquí, pero como si no estuviera.

Esta vez sí que oí su aliento. Un largo suspiro hacia dentro que casi era un silbido.

—¿Y quién más está ahí?

—Nadie. Sólo yo y mis deberes del cole. Quiero preguntarte una cosa. Es terriblemente importante. Dime la verdad. ¿De dónde sacaste ese objeto que me diste esta noche?

—Pues... de él. Él me lo dio.

—¿Cuándo?

—Hoy, a media tarde. ¿Por qué?

—¿A qué hora?

—A eso de las seis, creo.

—¿Y por qué te lo dio?

—Me pidió que se lo guardara. Siempre lleva uno encima.

—¿Por qué te pidió que se lo guardaras?

—No me lo dijo, amigo. Él hacía cosas así. No solía dar explicaciones.

—¿Y tú no notaste nada anormal? ¿En el objeto que te dio?

—Pues... no, no noté nada.

—Sí que lo notaste. Notaste que había sido disparado y que olía a pólvora quemada.

—Pero si yo no...

—Sí, tú sí. Claro que sí. Y pensaste en ello. No te gustaba tener que guardarlo. Y no lo guardaste. Se lo devolviste a él. De todas maneras, a ti no te gusta tener esa clase de cosas cerca.

Hubo un largo silencio. Al fin dijo:

—Claro, claro. ¿Pero por qué quería él que lo tuviera yo? Quiero decir, si es eso lo que ocurrió.

—No te dijo por qué. Sólo trató de endosarte una pistola y tú no quisiste hacerte cargo. ¿Te acuerdas ya?

—¿Es eso lo que tendré que decir?

—Sí.

—¿Y estaré segura si digo eso?

—¿Desde cuándo te ha preocupado la seguridad?

Soltó una suave risita.

—Ay, amigo, qué bien me entiendes.

—Buenas noches —dije.

—Un momento. No me has contado lo que ha pasado.

—Es que ni siquiera te he telefoneado.

Colgué y me di la vuelta.

Mavis Weld estaba de pie en medio de la habitación, mirándome.

—¿Tiene aquí su coche? —pregunté.

—Sí.

—Pues lárguese.

—¿Y qué hago?

—Váyase a casa, eso es todo.

—No logrará salir de ésta —me dijo con dulzura.

—Usted es mi cliente.

—No puedo dejarle. Yo lo maté. ¿Por qué tiene usted que meterse en este lío?

—No pierda más tiempo. Y cuando se marche, vaya por el camino de atrás, no por donde me trajo Dolores.

Me miró a los ojos y repitió con voz nerviosa:

—¡Pero yo le maté!

—No oigo nada de lo que dice.

Sus dientes hicieron presa en su labio inferior y lo mordieron con ferocidad. Casi parecía que no respiraba. Estaba rígida. Me acerqué a ella y le toqué la mejilla con la punta de los dedos. Apreté con fuerza y miré cómo la mancha blanca se volvía roja.

—Si quiere conocer mis motivos —le dije—, le diré que no tienen nada que ver con usted. Se lo debo a los polis. No he jugado limpio en esta partida. Ellos lo saben y yo también. Sólo les voy a dar la oportunidad de darse un poco de bombo.

—Como si necesitaran que alguien se la diera —dijo, y dando bruscamente media vuelta, se marchó.

La miré caminar hacia el arco, esperando que se volviera. Pasó por él sin volver la cabeza. Al cabo de un buen rato, oí un zumbido. Luego un golpe de algo pesado: la puerta del garaje que se alzaba. Un coche se puso en marcha muy lejos. El ruido se estabilizó y después de otra pausa se volvió a oír el zumbido.

Cuando el zumbido cesó, el sonido del motor se perdió en la distancia. Ya no se oía nada. El silencio de la casa me envolvía en apretados pliegues, como los del abrigo de piel que rodeaba los hombros de Mavis Weld.

Llevé el vaso y la botella de brandy al bar y pasé por encima de la barra. Lavé el vaso en un pequeño fregadero y coloqué la botella en su estante. Esta vez descubrí el mecanismo y abrí la puerta, que estaba en el extremo opuesto al del teléfono. Volví una vez más con Steelgrave.

Saqué la pistola que me había dado Dolores, la limpié, coloqué la mano inerte de Steelgrave alrededor de la culata, la apreté y luego la solté. El arma cayó sobre la alfombra con un ruido apagado. La posición parecía natural. No me preocupaban las huellas dactilares. Debía de hacer mucho tiempo que Steelgrave había aprendido a no dejarlas en ningún arma.

Aquello me dejaba con tres armas. Saqué la que él llevaba en la sobaquera y la deposité en un estante del bar, debajo de la barra, envuelta en una servilleta. No toqué la Luger. Quedaba la otra automática de culata blanca. Intenté calcular la distancia a la que le habían disparado. No había sido a quemarropa, pero probablemente había sido desde muy cerca. Me situé aproximadamente a un metro de distancia y disparé dos tiros que pasaron junto a él. Las balas se incrustaron cómodamente en la pared. Di la vuelta al sillón de modo que estuviera de cara a la habitación. Coloqué la pequeña automática sobre la funda de una de las mesas de ruleta.

Palpé el gran músculo lateral del cuello del cadáver, que generalmente es el primero que se pone rígido. No habría sabido decir si había empezado o no a endurecerse. Pero la piel estaba más fría que antes.

No tenía mucho tiempo para andar jugando.

Cogí el teléfono y marqué el número de la policía de Los Ángeles. Pedí al telefonista que me pusiera con Christy French. Se puso una voz de la Brigada de Homicidios que me dijo que se había ido a su casa y que de qué se trataba.

Le contesté que era una llamada personal que él estaba esperando. Me dieron el número de su casa de mala gana, no porque les importara, sino porque nunca les gusta dar nada a nadie.

Marqué el número y contestó una voz de mujer que le llamó a gritos. Parecía descansado y tranquilo.

—Soy Marlowe. ¿Qué estaba haciendo en este momento?

—Leía tebeos a mi chico. Ya debería estar en la cama. ¿Qué pasa?

—¿Se acuerda de que ayer, en el Van Nuys, usted dijo que quien le diera información sobre Weepy Moyer se ganaría un amigo?

—Sí.

—Necesito un amigo.

No pareció muy interesado.

—¿Y qué sabe usted de él?

—Creo que es el mismo tío, Steelgrave.

—Eso es mucho suponer, muchacho. Nosotros lo enchironamos porque pensábamos lo mismo. Pero todo se quedó en nada.

—Ustedes recibieron un chivatazo. Él mismo se encargó de que lo recibieran. De ese modo, la noche en que liquidaran a Stein, él estaría donde ustedes lo supieran.

—¿Eso se lo está inventando... o tiene alguna prueba? —ya sonaba un poco menos relajado.

—Si un detenido sale de la cárcel con una autorización del médico de la prisión, ¿lo pueden ustedes comprobar?

Hubo un silencio. Oí la voz de un niño que se quejaba y la de una mujer que hablaba con el niño.

—Ha pasado otras veces —dijo French muy despacio—. No sé... Me parece difícil. De salir, iría con un guardián. ¿Cree que sobornó al guardián?

—Ésa es mi teoría.

—Será mejor pensárselo. ¿Algo más?

—Estoy en Stillwood Heights. En una casa grande que estaban acondicionando como sala de juego, cosa que no gustaba nada a los vecinos.

—He leído sobre eso. ¿Está Steelgrave ahí?

—Aquí está. Estoy a solas con él.

Otro silencio. El crío chilló y me pareció oír una bofetada. El crío chilló más fuerte. French le gritó a alguien.

—Dígale que se ponga —dijo por fin French.

—No está usted muy en forma esta noche, Christy. ¿Por qué cree que le he llamado?

—Ya —dijo—. Qué tonto soy. ¿Cuál es la dirección?

—No lo sé. Pero está al final de Tower Road, en Stillwood Heights, y el número de teléfono es Halldale 9-5033. Aquí le espero.

Repitió el número y luego dijo despacio:

—Esta vez espere de verdad, ¿vale?

—Alguna vez tenía que ocurrir.

El teléfono hizo clic y colgué.

Recorrí la casa en sentido inverso, encendiendo todas las luces que encontré, y llegué a la puerta trasera, la que estaba en lo alto de la escalera. Encontré el interruptor de la luz del aparcamiento y la encendí. Bajé las escaleras y caminé hasta las adelfas. La puerta de fuera estaba abierta, como antes. La cerré, enganché la cadena y puse el candado. Regresé a la casa andando despacio, mirando la luna, aspirando el aire de la noche, escuchando el canto de las ranas arborícolas y los grillos. Entré en la casa, fui hasta la puerta principal y encendí la luz de la entrada. Delante había un amplio espacio para aparcar y un césped circular con rosales. Pero para escapar de allí había que rodear la casa hasta la parte de atrás.

La casa estaba en un callejón sin salida, aparte del sendero que pasaba por los terrenos vecinos. Me pregunté quién viviría allí. A bastante distancia, a través de los árboles, se veían las luces de una casa muy grande. Algún pez gordo de Hollywood, pensé; probablemente un mago del beso húmedo y el fundido pornográfico.

Volví a entrar y toqué la pistola que acababa de disparar. Ya estaba suficientemente fría. Y empezaba a parecer que el señor Steelgrave había decidido seguir muerto.

Ninguna sirena. Pero por fin oí el sonido de un motor que subía por la cuesta. Salí a su encuentro, yo y mi bello sueño.

29

Llegaron como llegan ellos: grandes, duros y tranquilos, con los ojos chispeantes, mirándolo todo y dispuestos a no creerse nada.

—Bonito sitio —dijo French—. ¿Dónde está el cliente?

—Ahí adentro —dijo Beifus sin esperar mi respuesta.

Atravesaron la habitación sin prisas y se detuvieron delante de él, mirando solemnemente desde las alturas.

—Yo diría que está muerto, ¿y tú? —dijo Beifus, dando comienzo a la actuación.

French se agachó y recogió la pistola caída en el suelo, cogiéndola por la guarda del gatillo con el pulgar y el índice. Movió los ojos hacia un lado e hizo un movimiento con la barbilla. Beifus cogió la otra pistola de cachas blancas introduciendo un lápiz por el cañón.

—Espero que todas las huellas estén donde deben estar —dijo Beifus, oliendo el cañón—. Pues sí, este chisme ha estado funcionando. ¿Qué hay del tuyo, Christy?

—Disparado —dijo French. Lo olfateó de nuevo—. Pero no recientemente. —Sacó una linternita de su bolsillo e iluminó el interior del cañón—. Hace horas.

—En Bay City, en una casa de la calle Wyoming —dije yo.

Las dos cabezas se volvieron a mirarme a la vez.

—¿Es una corazonada? —preguntó French muy despacio.

—Sí.

Se acercó a la mesa cubierta y dejó la pistola a cierta distancia de la otra.

—Más vale que las etiquetemos ahora mismo, Fred. Son gemelas. Los dos firmaremos las etiquetas.

Beifus asintió y buscó en sus bolsillos. Sacó dos etiquetas con cordeles. Hay que ver las cosas que llevan encima los polis.

French vino hacía mí.

—Vamos a dejarnos de suposiciones y vayamos a lo que usted sabe.

—Una chica que conozco me llamó esta noche, para decirme que un cliente mío estaba en peligro aquí, por culpa de él. —Señalé con la barbilla al cadáver del sillón—. Esa chica me trajo aquí. Pasamos por la barrera de abajo. Varias personas nos vieron. La chica me dejó en la parte de atrás de la casa y se marchó a la suya.

—¿Y esa chica tiene nombre? —preguntó French.

—Dolores Gonzales. Apartamentos Chateau Bercy. En Franklin. Trabaja en el cine.

—Ajajá —dijo Beifus, haciendo girar los ojos.

—¿Y quién es su cliente? ¿La misma de antes? —preguntó French.

—No. Es una persona completamente distinta.

—¿Tiene nombre?

—Todavía no.

Me miraron con expresión dura y tensa. La mandíbula de French se movió casi con una sacudida. A los lados se habían formado nudos de músculos.

—Nuevas reglas, ¿eh? —dijo suavemente.

—Tenemos que llegar a un acuerdo respecto a la publicidad que se le dé a esto —dije—. El fiscal debería estar dispuesto.

Beifus intervino:

—No conoce al fiscal del distrito, Marlowe. Devora publicidad, como yo guisantes tiernos de huerta.

—No le damos ninguna garantía —dijo French.

—Entonces, no tiene nombre —dije yo.

—Hay docenas de maneras de averiguarlo, muchacho —dijo Beifus—. ¿Por qué pasar por esta rutina que nos dificulta las cosas a todos?

—Nada de publicidad —dije—, a menos que se la acuse de algo.

—No puede salirse con la suya, Marlowe.

—Maldita sea —dije—. Este tipo mató a Orrin Quest. Llévense esa pistola y compárenla con las balas que liquidaron a Quest. Concédanme al menos eso, antes de acorralarme en una situación imposible.

—No le concedería ni la punta quemada de una cerilla gastada —dijo French.

Yo no dije nada. Él me miraba con odio en los ojos. Sus labios se movieron lentamente y su voz se endureció al preguntar:

—¿Estaba usted aquí cuando la palmó?

—No.

—¿Quién estaba?

—Él —le dije mirando al cadáver de Steelgrave.

—¿Y quién más?

—No les quiero mentir —dije—, y no les voy a decir nada que no quiera decir... excepto con las condiciones que acabo de exponer. No sé quién estaba aquí cuando la palmó.

—¿Quién estaba aquí cuando llegó usted?

No respondí. Él volvió la cabeza despacio y le dijo a Beifus:

—Ponle las esposas. Por detrás.

Beifus dudó. Después, sacó un par de esposas de acero del bolsillo izquierdo de su pantalón y se me acercó.

—Ponga las manos a la espalda —dijo en tono de fastidio.

Obedecí. Cerró las esposas. French se acercó lentamente y se plantó delante de mí. Tenía los ojos medio cerrados. La piel que los rodeaba estaba grisácea a causa de la fatiga.

—Voy a soltarle un discursito —dijo— que no le va a gustar.

Yo no dije nada.

French continuó:

—Las cosas con nosotros son así, chaval. Somos los polis y le caemos mal a todo el mundo. Y por si no tuviéramos suficientes problemas, tenemos que aguantarle a usted. Como si no nos hubieran puteado bastante los tíos de la oficina del forense, la mafia del ayuntamiento, el comisario de día y el comisario de noche, la Cámara de Comercio y Su Excelencia el alcalde, con su despacho revestido de madera, cuatro veces más grande que las tres asquerosas habitaciones en las que tiene que trabajar todo el personal de la Brigada de Homicidios. Como si no hubiéramos tenido que ocuparnos de ciento catorce asesinatos el año pasado, en tres habitaciones que no tienen las suficientes sillas para que los agentes de servicio puedan sentarse todos a la vez. Nos pasamos la vida revolviendo trapos sucios y oliendo dientes podridos. Subimos por escaleras oscuras para detener a pistoleros de mierda con el cuerpo repleto de droga, y a veces no llegamos arriba, y nuestras mujeres nos esperan para cenar esa noche y todas las noches... pero nosotros ya no volvemos a casa. Y las noches en que podemos volver, llegamos a casa tan hechos polvo que no podemos ni comer ni dormir, ni siquiera leer las mentiras que los periódicos cuentan de nosotros. Así que nos quedamos despiertos, tumbados en la oscuridad, en una casa sórdida, en un barrio sórdido, escuchando cómo se divierten los borrachos en la esquina. Y justo en el momento en que empezamos a quedarnos dormidos, suena el teléfono y hay que levantarse y empezar de nuevo. Nada de lo que hacemos está bien hecho, nunca jamás. Ni una sola vez. Si obtenemos una confesión, dicen que es porque se la hemos sacado a golpes, y nunca falta un picapleitos que nos llama Gestapo en el juzgado y se burla de nosotros si cometemos un fallo gramatical. Al primer error, nos ponen otra vez de uniforme, a patrullar por los barrios bajos, y nos pasamos las agradables noches de verano recogiendo borrachos del arroyo, siendo insultados por las putas y requisando navajas a chulitos vestidos de figurines. Pero todo esto no basta para hacernos del todo felices. Encima tenemos que aguantarle a usted.

Hizo una pausa para tomar aliento. Su cara brillaba un poco, como si sudara. Inclinó el busto hacia delante.

—Tenemos que aguantarle —prosiguió—. Tenemos que aguantar a unos mangantes con licencia privada, que ocultan información, que escurren el bulto por las esquinas y que levantan el polvo para que nosotros nos lo traguemos. Tenemos que aguantar que escamoteen pruebas y se inventen unos montajes que no engañarían ni a un niño enfermo. ¿Le molestaría que le dijera que es usted un maldito fisgón rastrero y tramposo? ¿Le molestaría, guapito?

—¿Quiere que me moleste? —pregunté.

—Me encantaría —dijo, enderezando el cuerpo—. Me volvería loco de gusto.

—Parte de lo que ha dicho es cierto —dije—. Todo detective privado intenta jugar limpio con la policía. A veces es un poco difícil saber quién pone las reglas del juego. A veces uno no se fía de la policía, y con razón. A veces uno se mete en un lío sin querer y tiene que jugar sus cartas tal como le vienen. Normalmente, preferiría que le dieran otras cartas. Le gustaría poder seguir ganándose la vida.

—Su licencia está anulada —dijo French—. Desde ahora. Ya no tendrá que preocuparse por ese problema.

—Estará anulada cuando lo diga la comisión que me la dio. No antes.

Beifus intervino con calma:

—Sigamos con esto, Christy. Lo otro puede esperar.

—Estoy en ello —dijo French—. A mi manera. Este pájaro todavía no ha dicho ninguna gracia. Estoy esperando que suelte una gracia. Una respuesta bien ingeniosa. No me diga que se le ha acabado el repertorio, Marlowe.

—¿Qué quiere exactamente que diga? —pregunté.

—Adivínelo.

—Está hecho una fiera esta noche —dije—. Quiere partirme en dos, pero para ello necesita una excusa. ¿Y quiere que yo se la proporcione?

—Eso podría venir bien —dijo entre dientes.

—¿Qué habría hecho usted en mi lugar?

—No me veo cayendo tan bajo.

Se lamió la punta del labio superior. Su mano derecha colgaba floja a un costado. Cerraba y abría el puño de manera maquinal.

—Tómatelo con calma, Christy —dijo Beifus—. Déjalo estar.

French no se movió. Beifus se acercó y se interpuso entre los dos. French dijo:

—Sal de aquí, Fred.

—No.

French cerró el puño y le atizó un buen golpe en el ángulo de la mandíbula. Beifus se tambaleó hacia atrás y chocó conmigo. Sus rodillas vacilaron. Se inclinó hacia delante y tosió. Luego movió la cabeza lentamente, todavía doblado por la mitad. Después de unos instantes se enderezó con un gruñido. Se volvió hacia mí y me miró. Estaba sonriendo.

—Es una nueva modalidad de tercer grado —dijo—. Los polis se dan de hostias y el sospechoso confiesa, aterrorizado por el espectáculo.

Se llevó la mano al ángulo de la mandíbula. Ya empezaba a hincharse. Su boca sonreía, pero sus ojos todavía andaban un poco perdidos. French se quedó inmóvil y callado.

Beifus sacó un paquete de cigarrillos, extrajo uno y le ofreció el paquete a French. French miró el cigarrillo y después a Beifus.

—Diecisiete años llevo así —dijo—. Hasta mi mujer me detesta.

Alzó una mano abierta y le dio a Beifus un cachetito en la mejilla. Beifus siguió sonriendo.

French le preguntó:

—¿Te he pegado a ti, Fred?

—A mí no me ha pegado nadie, Christy —dijo Beifus—. Nadie, que yo recuerde.

French continuó:

—Quítale las esposas y llévale al coche. Está detenido. Espósalo a la barra si lo crees necesario.

—De acuerdo.

Beifus se puso detrás de mí. Las esposas se abrieron.

—En marcha, muchacho —dijo Beifus.
Le dirigí a French una mirada dura.
Él me miró como quien mira una pared empapelada. Daba la impresión de que no me veía.
Pasé bajo el arco y salí de la casa.

30

Jamás supe su nombre, pero era bastante bajito y flaco para ser poli, aunque sin duda era poli, en parte porque estaba allí y en parte porque cuando se inclinó para coger una carta de la mesa, le vi la sobaquera de cuero y la culata de un 38 de reglamento.

No era muy locuaz, pero cuando hablaba tenía una voz agradable, como de agua mansa. Y tenía una sonrisa que calentaba toda la habitación.

—Magnífica jugada —dije, mirándole por encima de las cartas.

Estábamos haciendo un solitario. Bueno, lo estaba haciendo él. Yo sólo estaba allí mirándole, mirando sus manos pequeñas, muy limpias y muy cuidadas, yendo y viniendo por encima de la mesa, tocando una carta y levantándola con delicadeza para colocarla en alguna otra parte. Cada vez que lo hacía, fruncía un poquito los labios y silbaba sin melodía, un silbido suave, como el de un motor muy joven que aún no está muy seguro de sí mismo.

Sonrió y colocó un nueve rojo sobre un diez negro.

—¿Qué hace usted en su tiempo libre? —le pregunté.

—Toco mucho el piano. Tengo un Steinway de concierto. Sobre todo Mozart y Bach. Soy un poco anticuado. A casi todo el mundo le parecen unos pesados. A mí no.

—Estupenda jugada —dije, colocando un naipe en alguna parte.

—Le sorprendería lo difíciles que son ciertas piezas de Mozart —dijo—. Parecen tan sencillas cuando las oyes bien tocadas...

—¿Quién las toca bien? —pregunté.

—Schnabel.

—¿Y Rubinstein?

Negó con la cabeza.

—Demasiado pomposo. Demasiado emotivo. Mozart es música pura. No necesita ningún comentario por parte del intérprete.

—Apuesto a que es usted un hacha arrancando confesiones —dije—. ¿Le gusta este trabajo?

Movió otra carta y flexionó ligeramente los dedos. Tenía las uñas limpias y bien cortadas. Se notaba que le gustaba mover las manos, hacer con ellas pequeños movimientos que pasaban inadvertidos, movimientos que no significaban nada en particular, pero que eran elegantes, fluidos y tan ligeros como el plumón de cisne. Aquello le daba un aire de cosas delicadas hechas con delicadeza, pero sin rastro de debilidad. Conque Mozart, ¿eh? Sí, ya me iba haciendo una idea.

Eran más o menos las cinco y media, y el cielo, detrás de la ventana con tela metálica, empezaba a iluminarse. La tapa del escritorio de la esquina estaba cerrada. La habitación era la misma en la que había estado la tarde anterior. En un extremo de la mesa estaba el lápiz de carpintero que alguien había recogido y puesto en su sitio después de que el inspector Maglashan, de Bay City, lo tirara contra la pared. La mesa que había ocupado Christy French estaba cubierta de ceniza. Una vieja colilla de puro colgaba en el borde mismo de un cenicero de cristal. Una polilla revoloteaba alrededor de la bombilla del techo, que tenía una de esas pantallas de cristal verdes y blancas que todavía se ven en los hoteles de pueblo.

—¿Cansado? —me preguntó.

—Reventado.

—No debería meterse en líos tan complicados. No le veo el sentido.

—¿No tiene sentido matar a un hombre?

Sonrió con su sonrisa cálida.

—Usted no ha matado a nadie.

—¿Qué le hace decir eso?

—El sentido común... y un montón de experiencia de estar aquí con gente.

—Parece que le gusta su trabajo.

—Es un trabajo nocturno. Me deja el día libre para ensayar. Llevo doce años en esto. He visto pasar un montón de gente rara.

Sacó un as, justo a tiempo. Estábamos casi bloqueados.

—¿Consigue muchas confesiones?

—Yo no recibo confesiones —dijo—. Sólo me encargo de ponerlos en disposición.

—¿Por qué me lo revela?

Se echó hacia atrás y dio golpecitos con el canto de una carta en el borde de la mesa. La sonrisa volvió a aparecer.

—No le revelo nada. Hace ya mucho rato que le tenemos calado.

—Entonces, ¿por qué me retienen aquí?

No me contestó y miró el reloj de la pared.

—Creo que podríamos pedir algo de comer.

Se levantó y fue hasta la puerta, la entreabrió y le dijo algo en voz baja a alguien que estaba fuera. Luego volvió a sentarse y examinó nuestra situación en lo referente a las cartas.

—Es inútil —me dijo—. Tres más y estaremos bloqueados. ¿Le parece que empecemos de nuevo?

—A mí me habría parecido bien no empezar en absoluto. Yo no juego a las cartas. Me gusta el ajedrez.

Me dirigió una rápida mirada.

—¿Por qué no me lo dijo? Yo también habría preferido jugar al ajedrez.

—Yo lo que preferiría es beberme un café hirviendo, negro y amargo como el pecado.

—Enseguida viene. Pero no le garantizo que sea un café como a usted le gusta.

—Qué demonios, yo como en cualquier parte... Bueno, si yo no lo maté, ¿quién lo hizo?

—Creo que eso es lo que les preocupa.

—Deberían alegrarse de que se lo hayan cargado.

—Y probablemente se alegran —dijo—. Pero no les gusta la manera en que se hizo.

—Personalmente, opino que ha sido un trabajo muy bien hecho.

Me miró sin decir nada. Tenía en las manos todo el mazo de cartas. Lo igualó y empezó a sacar cartas a toda velocidad, colocándolas boca arriba en dos montones. Las cartas parecían fluir de sus manos como un torrente, con tal rapidez que se veían borrosas.

—Si fuera igual de rápido con un revólver... —empecé a decir.

El torrente de cartas se detuvo. Sin que hubiera habido ningún movimiento aparente, un revólver había ocupado el lugar de la baraja. Lo empuñaba con soltura en la mano derecha, apuntando a un rincón de la habitación. De pronto, el arma desapareció y las cartas empezaron a fluir de nuevo.

—Aquí está usted desaprovechado —dije—. Debería estar en Las Vegas.

Recogió uno de los mazos de cartas, lo barajó un poquito con rapidez, cortó y me sirvió una escalera de color hasta el rey.

—Tengo menos peligro con el Steinway —dijo.

La puerta se abrió y entró un poli en uniforme con una bandeja. Comimos carne de lata y bebimos café caliente, pero flojo. Para cuando terminamos, ya se había hecho de día.

A las ocho y cuarto, entró Christy French y se quedó plantado, con el sombrero echado hacia atrás y tremendas ojeras.

Busqué con la mirada al hombrecillo que había estado al otro lado de la mesa. Ya no estaba. También las cartas habían desaparecido. Sólo quedaba una silla cuidadosamente arrimada a la mesa y los platos en los que habíamos comido, recogidos en la bandeja. Por un momento se me puso la carne de gallina.

Entonces, Christy French pasó al otro lado de la mesa, separó la silla, se sentó y apoyó la barbilla en una mano. Se quitó el sombrero y se mesó los cabellos. Me miró con ojos duros y malhumorados. Ya estaba otra vez en Villa Poli.

31

—El fiscal del distrito quiere verle a las nueve —dijo—. Después, supongo que se podrá ir a su casa. Es decir, si no decide detenerle. Lamento haberle tenido sentado en esa silla toda la noche.

—No se preocupe —dije—. Me venía bien hacer ejercicio.

—Sí, ya veo que está otra vez en forma —dijo, mirando melancólicamente los platos de la bandeja.

—¿Han encontrado a Lagardie? —pregunté.

—No. Pero sí que es médico de verdad. —Sus ojos buscaron los míos—. Ejerció en Cleveland.

—No me gusta nada que todo cuadre tan bien —dije.

—¿Qué quiere decir?

—El joven Quest quiere extorsionar a Steelgrave, y por pura casualidad se encuentra con el único tipo de Bay City que puede demostrar quién había sido Steelgrave. Demasiada coincidencia.

—¿No se olvida de nada?

—Estoy tan cansado que me olvidaría de mi propio nombre. ¿De qué?

—Yo estoy igual —contestó French—. *Alguien* tuvo que decirle quién era Steelgrave. Cuando se tomó la foto, todavía no se habían cargado a Moe Stein. Así pues, la foto no tenía ningún valor, a menos que alguien supiera quién era Steelgrave.

—Supongo que Mavis Weld lo sabía —dije—. Y Quest era su hermano.

—Lo que dice no tiene mucho sentido, amigo. —Esbozó una sonrisa cansada—. ¿Cree que ella iba a ayudar a su hermano a extorsionar a su novio y de rebote a ella misma?

—Me rindo. A lo mejor lo de la foto fue pura chiripa. Según su otra hermana, la que fue cliente mía, le encantaba fotografiar a la gente sin que ésta se diera cuenta. Cuanto más desprevenida, mejor. Si hubiera vivido lo suficiente, le habrían acabado deteniendo por cualquier tontería.

—Por asesinato —dijo French en tono indiferente.

—¿Eh?

—La verdad es que Maglashan encontró el picahielos. Pero no se lo quiso decir a usted.

—Harían falta más pruebas.

—Las hay, pero es un caso cerrado. Clausen y Mileaway Marston tenían antecedentes. El chico está muerto. Su familia es respetable. Él tenía malas tendencias y se mezcló con mala gente. No tiene sentido manchar a su familia sólo para demostrar que la policía es capaz de resolver un caso.

—Qué gentileza la suya. ¿Y qué hay de Steelgrave?

—Eso no está en mis manos. —Empezó a levantarse—. Cuando le dan lo suyo a un gánster, ¿cuánto tiempo dura la investigación?

—Lo que dure la noticia en primera plana —dije yo—. Pero hay que resolver un problema de identidad.

—No.

Le miré con estupor.

—¿Cómo que no?

—Como que no. Estamos seguros.

Ya estaba de pie. Se pasó los dedos por el pelo, se arregló la corbata y se puso el sombrero. En voz baja y por la comisura de la boca, dijo:

—Aquí entre nosotros: siempre estuvimos seguros. Sólo que no teníamos nada sólido contra él.

—Gracias —dije—. No se lo diré a nadie. ¿Y qué hay de las pistolas?

Se detuvo y bajó la mirada hacia la mesa. Sus ojos se fueron alzando muy despacio hacia mí.

—Las dos pertenecían a Steelgrave. Y lo que es más, tenía permiso de armas. Se lo había dado la oficina del sheriff de otro condado. No me pregunte por qué. Una de ellas... —Hizo una pausa y miró hacia la pared por encima de mi cabeza—. Una de ellas mató a Quest... y era la misma pistola con la que mataron a Stein.

—¿Cuál?

Sonrió débilmente.

—Sería la leche que el tío de balística las confundiera y no lo pudiéramos saber —dijo.

Esperó a que yo dijera algo. Pero yo no tenía nada que decir. Hizo un gesto con la mano.

—Bueno, hasta la vista. No es nada personal, ya lo sabe, pero espero que el fiscal le saque la piel a tiras... tiras largas y finas.

Me dio la espalda y salió.

Yo podría haber hecho lo mismo, pero me quedé allí sentado, mirando la pared que había al otro lado de la mesa, como si hubiera olvidado cómo ponerme en pie. Al cabo de un rato, la puerta se abrió y entró la princesa naranja. Abrió la tapa de su escritorio, se quitó el sombrero de su inverosímil peinado y colgó la chaqueta de un gancho desnudo clavado en la pared desnuda. Abrió la ventana que tenía más cerca, destapó su máquina de escribir y metió en ella un papel. Sólo entonces me miró.

—¿Espera a alguien?

—Me alojo aquí —dije—. Llevo aquí toda la noche.

Me miró fijamente durante un momento.

—Estuvo aquí ayer por la tarde. Me acuerdo.

Se volvió hacia su máquina de escribir y sus dedos empezaron a volar. Por la ventana abierta llegaba el rugido de los coches que empezaban a llenar el aparcamiento. El cielo tenía un resplandor blanco y no había demasiada niebla. Iba a ser un día de calor.

Sonó el teléfono en el escritorio de la princesa naranja. Habló en un tono inaudible y colgó. Me miró de nuevo.

—El señor Endicott está en su despacho —dijo—. ¿Sabe el camino?

—He trabajado allí. Pero cuando no estaba él. Me despidieron.

Me miró con esa mirada municipal que tiene toda esta gente. Una voz que parecía venir de cualquier parte menos de su boca dijo:

—Péguele en la cara con un guante mojado.

Me acerqué a ella y miré desde lo alto su cabello anaranjado. Había mucho blanco en las raíces.

—¿Quién ha dicho eso?

—Ha sido la pared —dijo ella—. Habla. Son las voces de los muertos que han pasado por aquí de camino al infierno.

Salí de la habitación caminando despacio y cerré la puerta con cuidado para que no hiciera ningún ruido.

32

Se entra por una puerta doble de batientes. Detrás de la puerta doble, hay una combinación de centralita telefónica y ventanilla de información, en la que se sienta una de esas mujeres sin edad que se ven en todas las oficinas municipales del mundo. Mujeres que nunca fueron jóvenes y que nunca serán viejas. Mujeres que carecen de belleza, encanto y estilo. No tienen que agradar a nadie. Están seguras. Son correctas sin llegar jamás a ser amables, y son inteligentes y cultas aunque no tienen verdadero interés por nada. En eso se convierten los seres humanos cuando cambian la vida por la mera existencia y renuncian a la ambición en aras de la seguridad.

Detrás de esa mesa hay una hilera de cabinas acristaladas que ocupan todo un lado de una sala muy larga. El otro lado hace las veces de sala de espera, con una hilera de sillas duras que miran todas en la misma dirección: hacia las cabinas.

Aproximadamente la mitad de las sillas estaban ocupadas por gente que esperaba, con cara de llevar mucho tiempo esperando y estar convencidos de que aún tendrían que esperar mucho más. Casi todos estaban andrajosos. Había uno que venía de la cárcel, vestido de dril y acompañado por un guardián. Era un muchacho de rostro blanco, cuerpo de defensa de rugby y ojos vacíos y enfermizos.

Al final de la hilera de cabinas había una puerta con un letrero que decía: «SEWELL ENDICOTT, FISCAL DEL DISTRITO». Llamé con los nudillos y entré en una habitación grande y bien ventilada que ocupaba una esquina del edificio. Era una habitación bastante agradable, amueblada a la antigua, con sillones de cuero negro y fotografías de los anteriores fiscales y gobernadores en las paredes. El aire hacía revolotear los visillos de las cuatro ventanas. En un estante alto, un ventilador zumbaba y oscilaba lentamente en un lánguido arco.

Sewell Endicott estaba sentado tras una mesa de madera oscura, mirando cómo entraba yo. Me señaló una silla que estaba enfrente de él. Me senté. Era un tipo alto, delgado y moreno, con pelo negro y lacio y dedos largos y delicados.

—¿Es usted Marlowe? —me dijo con una voz que tenía un ligero acento sureño.

No me pareció necesario contestar a eso. Me limité a esperar.

—Está metido en un mal asunto, Marlowe. Tiene muy mala pinta. Le han pillado ocultando pruebas necesarias para la solución de un asesinato. Eso es obstrucción a la justicia. Podrían procesarle por eso.

—¿Qué pruebas he ocultado? —pregunté.

Cogió una foto del escritorio y frunció el ceño. Yo eché una ojeada a las otras dos personas que estaban en la habitación. Estaban sentadas en sendos sillones, una al lado de la otra. Una de ellas era Mavis Weld. Llevaba sus gafas negras de patillas anchas y blancas. No le veía los ojos, pero me dio la impresión de que me estaba mirando. No me sonrió. Estaba muy quieta.

A su lado se sentaba un hombre con un impecable traje de franela gris perla con un clavel del tamaño de una dalia en la solapa. Fumaba un cigarrillo con iniciales y echaba la ceniza al suelo, haciendo caso omiso del cenicero de pie que tenía junto al codo. Lo reconocí porque había visto fotografías suyas en los periódicos. Era Lee Farrell, uno de los abogados más de moda y más activos del país. Tenía el pelo blanco, pero sus ojos eran brillantes y juveniles. Lucía un intenso bronceado. Y su aspecto daba la impresión de que sólo estrecharle la mano costaba mil dólares.

Endicott se echó hacia atrás, y sus largos dedos tamborilearon sobre el brazo de su sillón. Se volvió hacia Mavis Weld con cortés deferencia.

—¿Hasta qué punto conocía usted a Steelgrave, señorita Weld?

—Íntimamente. Era encantador, en cierto modo. Casi no puedo creer...

Se interrumpió y se encogió de hombros.

—¿Está dispuesta a declarar bajo juramento cuándo y en qué lugar se tomó esta fotografía?

Dio la vuelta a la fotografía y se la enseñó.

Farrell dijo en tono indiferente:

—Un momento. ¿Es ésa la prueba que se supone que Marlowe ocultó?

—Las preguntas las hago yo —replicó bruscamente Endicott.

Farrell sonrió.

—En fin, en caso de que la respuesta fuera afirmativa, esa foto no es una prueba de nada.

Endicott dijo suavemente:

—¿Quiere contestar a mi pregunta, señorita Weld?

Ella habló tranquila y con soltura:

—No, señor Endicott, no podría jurar cuándo ni dónde se tomó esa foto. No me enteré de que la estaban tomando.

—Lo único que tiene que hacer es mirarla —sugirió Endicott.

—Y yo lo único que sé es lo que veo en ella —contestó Mavis.

Yo sonreí. Farrell me miró con un centelleo en los ojos. Endicott captó mi sonrisa con el rabillo del ojo.

—¿Algo le hace gracia? —me soltó.

—He pasado toda la noche en vela. Se me resbala la cara —respondí.

Me echó una mirada severa y se volvió de nuevo hacia Mavis Weld.

—¿Quiere usted ampliar eso, señorita Weld?

—Me hacen muchas fotografías, señor Endicott. En muchos sitios diferentes y con muchas personas diferentes. He comido y cenado en Los Bailarines con el señor Steelgrave y con otros muchos hombres. No sé qué quiere que le diga.

Farrell intervino en tono conciliador:

—Si no he entendido mal, a usted le gustaría que la señorita Weld testificara para relacionar esta foto con algo. ¿En qué tipo de proceso?

—Eso es asunto mío —respondió secamente Endicott—. Anoche, alguien mató a Steelgrave de un tiro. Pudo haber sido una mujer. Incluso podría haber sido la señorita Weld. Siento decir esto, pero me parece inevitable.

Mavis Weld se miró las manos y retorció entre sus dedos un guante blanco.

—Bueno. Imaginemos un proceso —dijo Farrell—. Un proceso en el que esta foto forma parte de las pruebas, suponiendo que pueda incluirla como tal. Pero usted no puede incluirla. Y la señorita Weld no lo hará por usted. Todo lo que ella sabe de esta foto es lo que ve al mirarla. Lo que ve cualquiera. Usted tendría que relacionarla con otro testigo que jurara cuándo, cómo y dónde se tomó la foto. De lo contrario, yo protestaría... si fuera el abogado de la otra parte. Podría incluso presentar expertos que jurarían que la foto está trucada.

—Estoy seguro de que podría —dijo secamente Endicott.

—La única persona que podría establecer una relación para usted es el hombre que hizo la foto —continuó Farrell, sin prisa ni acaloramiento—. Tengo entendido que ese hombre está muerto. Y sospecho que fue por esto por lo que le mataron.

—Esta foto —dijo Endicott— es en sí misma una prueba evidente de que en cierto momento y lugar Steelgrave no estaba en la cárcel, y por lo tanto no tenía coartada para el asesinato de Stein.

—Sería una prueba si usted consiguiera que se incluyera como prueba, Endicott —dijo Farrell—. Por amor de Dios, no le voy a enseñar cómo es la ley. Usted lo sabe. Olvídese de esa foto. No demuestra nada de nada. Ningún periódico se atrevería a publicarla. Ningún juez la aceptaría como prueba, porque ningún testigo competente podría relacionarla con nada. Y si ésa es la prueba que Marlowe ocultó, entonces, legalmente hablando, no ha ocultado ninguna prueba.

—No tenía intención de procesar a Steelgrave por asesinato —replicó Endicott secamente—. Pero *sí* que estoy un poco interesado en saber quién le mató. Y al departamento de policía, por inverosímil que le parezca, también le interesa. Espero que nuestro interés no le resulte ofensivo.

—A mí nada me ofende —dijo Farrell—. Por eso estoy donde estoy. ¿Está seguro de que Steelgrave fue asesinado?

Endicott se limitó a mirarlo fijamente. Farrell siguió hablando con aplomo.

—Tengo entendido que se encontraron dos pistolas, y que las dos pertenecían a Steelgrave.

—¿Quién se lo dijo? —preguntó Endicott con brusquedad, inclinándose hacia delante con el ceño fruncido.

Farrell dejó caer su cigarrillo en el cenicero de pie y se encogió de hombros.

—Venga, hombre, esas cosas siempre se saben. Una de esas pistolas mató a Quest, y también a Stein. La otra es la que mató a Steelgrave. Y además, disparada a corta distancia. Reconozco que, por lo general, esta gente no elige esa salida. Pero podría ocurrir.

Endicott habló en tono muy serio:

—Sin duda alguna. Gracias por la sugerencia. Pero resulta que se equivoca.

Farrell sonrió un poquito y se calló. Endicott se volvió lentamente hacia Mavis Weld.

—Señorita Weld: este departamento, o al menos su actual titular, no estima necesario buscar publicidad a costa de personas a las que cierto tipo de publicidad les podría resultar fatal. Es mi deber determinar si se debe llevar a alguien a juicio por estas muertes, y actuar como acusación si las pruebas lo justifican. Pero no entra en mis deberes arruinar su carrera explotando el hecho de que tuvo usted la mala suerte o el mal criterio de hacer amistad con un hombre que, aunque nunca fue condenado, ni siquiera procesado, fue indudablemente miembro de una banda de criminales. Creo que no ha sido usted del todo sincera conmigo en lo referente a esta fotografía, pero no insistiré por ahora en esa cuestión. No tendría mucho sentido que le preguntara si mató usted a Steelgrave. Pero sí que le pregunto si sabe algo que pudiera indicar quién pudo o habría podido matarlo.

Farrell intervino rápidamente.

—Ha dicho saber, señorita Weld. No una mera sospecha.

Ella miró a Endicott a los ojos.

—No.

Él se levantó e hizo una inclinación de cabeza.

—Entonces, eso es todo por ahora. Gracias por haber venido.

Farrell y Mavis Weld se levantaron. Yo no me moví. Farrell preguntó:

—¿Va a convocar una conferencia de prensa?

—Creo que eso se lo dejaré a usted, señor Farrell. Siempre se le ha dado muy bien tratar con la prensa.

Farrell asintió y fue a abrir la puerta. Salieron los dos. Ella no hizo ademán de mirarme al salir, pero algo me acarició ligeramente la nuca. Probablemente, por pura casualidad. Su manga.

Endicott observó cómo se cerraba la puerta. Después me miró desde el otro lado de la mesa.

—¿Farrell le representa? Olvidé preguntárselo.

—No puedo permitirme tanto lujo. Así que soy vulnerable.

Esbozó una breve sonrisa.

—Cree que les dejaré utilizar todos los trucos y luego salvaré mi dignidad apretándole las tuercas a usted, ¿eh?

—No se lo puedo impedir.

—No está precisamente orgulloso de la manera en que ha llevado las cosas, ¿no es así, Marlowe?

—Empecé con mal pie. Después de eso, tuve que encajar las cosas tal como venían.

—¿No cree que tiene usted ciertas obligaciones para con la justicia?

—Lo creería... si la justicia fuera como usted.

Pasó sus largos y pálidos dedos por su enmarañada cabellera negra.

—Podría darle muchas respuestas a eso. Pero todas vienen a sonar igual. El ciudadano es la ley. En este país todavía no se ha llegado a entender esto. Pensamos en la ley como si fuera un enemigo. Somos una nación que odia a la policía.

—Va a ser muy difícil cambiar eso —dije—. Tanto en un lado como en el otro.

Se echó hacia delante y apretó un botón.

—Sí —dijo pausadamente—. Será difícil. Pero alguien tiene que empezar. Gracias por haber venido.

Mientras yo salía, entró una secretaria con un grueso expediente en la mano.

33

Un afeitado y un segundo desayuno lograron que dejara de sentirme como la caja de virutas en la que la gata ha parido gatitos. Subí al despacho, abrí la puerta y aspiré el aire de segunda mano y el olor a polvo. Abrí una ventana e inhalé el olor a fritanga del bar de al lado. Me senté ante mi escritorio y palpé su mugre con la punta de los dedos. Llené la pipa, la encendí, me arrellané en el sillón y miré a mi alrededor.

—¡Hola! —dije.

Hablaba con el mobiliario del despacho: los tres ficheros verdes, la alfombra andrajosa, el sillón para el cliente que estaba enfrente de mí y la lámpara del techo, con sus tres polillas muertas que llevaban allí por lo menos seis meses. Hablaba con el cristal granulado de la ventana, con la mugrienta ebanistería, con la escribanía del escritorio y con el veterano y cansado teléfono. Hablaba con las escamas de un caimán, un caimán llamado Marlowe, detective privado de nuestra pequeña y próspera comunidad. No es el mejor cerebro del mundo, pero es barato. Empezó siendo barato y acabó más barato aún.

Bajé la mano para sacar la botella de Old Forester y la puse encima del escritorio. Quedaba todavía un tercio. Old Forester. ¿Quién te dio eso, compañero? Etiqueta verde, nada menos, muy por encima de tu nivel. Debió de ser un cliente. Una vez tuve un cliente.

Y aquello me hizo pensar en ella, y es posible que mis pensamientos sean más poderosos de lo que yo creía: el teléfono sonó, y la graciosa y puntillosa vocecilla sonaba como si fuera la primera vez que me llamaba:

—Estoy en la cabina telefónica —dijo—. Si está solo, subo.

—Ajá.

—Supongo que estará enfadado conmigo.

—No estoy enfadado con nadie. Sólo cansado.

—Sí que lo está —dijo la pulcra vocecilla—. Pero voy a subir de todas formas. No me importa que esté enfadado conmigo.

Colgó. Le saqué el corcho a la botella de Old Forester y la olí. Me dio un escalofrío. Estaba claro. Si no podía oler un whisky sin que me diera un escalofrío, es que estaba acabado.

Dejé la botella en su sitio y fui a abrir la puerta de comunicación. Entonces oí su trotecillo por el corredor. Habría reconocido esos pasitos nerviosos en cualquier parte. Abrí la puerta y ella se acercó a mí tímidamente.

Todo había desaparecido: las gafas oblicuas, el nuevo peinado, el sombrerito elegante, el perfume y el toque acicalado. La bisutería, el lápiz de labios... todo. No quedaba nada. Estaba exactamente como al principio, como aquella primera mañana. El mismo traje de chaqueta marrón, el mismo bolso cuadrado, las mismas gafas sin montura, la misma sonrisita mojigata y llena de prejuicios.

—Soy yo —dijo—. Me vuelvo a casa.

Me siguió a mi sala privada de meditación y se sentó recatadamente. Yo me senté a la buena de Dios y la miré.

—Así que vuelve a Manhattan —dije—. Me sorprende que la dejen.

—Puede que tenga que volver.

—¿Podrá permitírselo?

Soltó una risita rápida y medio avergonzada.

—No me costará nada —aseguró, alzando la mano para tocar las gafas sin montura—. Ya no me convencen nada estas gafas. Me gustaban más las otras, pero al doctor Zugsmith no le iban a parecer nada bien.

Dejó su bolso en el escritorio y trazó una línea a lo largo de éste con la punta de un dedo. También aquello era igual que la primera vez.

—No recuerdo si le devolví o no los veinte dólares —dije—. Nos los hemos estado pasando del uno al otro hasta que perdí la cuenta.

—Oh, sí que me los devolvió —contestó—. Gracias.

—¿Seguro?

—Nunca me equivoco en cuestión de dinero. ¿Está usted bien? ¿Le han hecho daño?

—¿La policía? No. Y les costó un buen esfuerzo no hacerlo.

Pareció inocentemente sorprendida. Luego sus ojos brillaron.

—Usted debe de ser muy valiente —dijo.

—Tuve suerte —afirmé.

Cogí un lápiz y probé la punta. Una buena punta, bien afilada, por si alguien quería escribir algo. Yo no quería. Estiré el brazo, enganché con el lápiz la correa de su bolso y tiré de él hacia mí.

—No toque mi bolso —dijo al instante, alargando la mano hacia él.

Sonreí y lo puse fuera de su alcance.

—Está bien, pero es un bolso tan bonito, se parece tanto a usted.

Se echó hacia atrás. Había una cierta inquietud en el fondo de sus ojos, pero sonreía.

—¿Le parezco bonita... Philip? Soy tan vulgar.

—Yo no diría eso.

—¿De verdad?

—No, qué demonios. Creo que es una de las chicas más fuera de lo normal que he conocido en mi vida.

Balanceé el bolso por la correa y lo dejé en una esquina del escritorio. Sus ojos se clavaron rápidamente en él, pero se lamió un labio y siguió sonriéndome.

—Apuesto a que ha conocido a un montón de chicas —dijo—. ¿Por qué... —bajó la mirada e hizo otra vez aquello con el dedo sobre el escritorio— ... por qué no se ha casado nunca?

Pensé en todas las respuestas que se pueden dar a esta pregunta. Pensé en todas las mujeres que me habían gustado lo suficiente. Bueno, no en todas. Sólo en unas cuantas.

—Creo que sé por qué —contesté—. Pero iba a sonar muy cursi. Con las que me habría gustado casarme... bueno, no tengo lo que ellas necesitaban. Y con las otras no hay necesidad de casarse. Se las seduce... si no te toman ellas la delantera.

Se ruborizó hasta las raíces de su pelo de ratón.

—Cuando habla de ese modo, es usted abominable.

—Eso también va por algunas de las buenas —dije—. No lo que ha dicho usted, sino lo que he dicho yo. Usted misma no habría sido muy difícil de conquistar.

—No diga esas cosas, por favor.

—Bueno, ¿es cierto, o no?

Bajó la mirada hacia el escritorio.

—Me gustaría que me explicara —dijo lentamente— lo que le ocurrió a Orrin. Yo no entiendo nada.

—Ya le dije que probablemente se le cruzaron los cables. Se lo dije la primera vez que vino, ¿recuerda?

Asintió despacio, todavía ruborizada.

—Una vida familiar anormal —dije—. Un muchacho muy inhibido, con un sentido muy desarrollado de su propia importancia. Eso saltaba a la vista en la foto que usted me enseñó. No pretendo dármelas de psicólogo con usted, pero me figuro que era el clásico tipo al que cuando se le funden los plomos, se le funden por completo. Y además, hay que tener en cuenta esa terrible avidez de dinero que padece toda su familia... todos menos uno.

Esto la hizo sonreír. Si pensaba que me refería a ella, por mí podía seguir pensándolo.

—Hay una cosa que quiero preguntarle —continué—. ¿Su padre estuvo casado antes?

Hizo un gesto afirmativo.

—Eso lo explica. Leila es hija de otra madre. Ahora lo entiendo. Dígame otra cosa. Al fin y al cabo, he trabajado mucho para usted por un precio muy bajo, cero dólares netos.

—Le han pagado —replicó secamente—. Y bien. Leila le ha pagado. Y no espere que la llame Mavis Weld, porque no pienso hacerlo.

—Usted no sabía si me iban a pagar.

—Bueno... —Hubo una larga pausa, durante la cual su mirada se dirigió una vez más a su bolso—. El caso es que ha cobrado.

—Vale, dejemos eso. ¿Por qué no quiso decirme quién era ella?

—Me daba vergüenza. Mamá y yo estábamos avergonzadas.

—Pero Orrin no. A él le encantaba.

—¿Orrin? —Hubo un nuevo silencio mientras volvía a mirar el bolso. Empezaba a intrigarme aquel bolso—. Pero él había estado aquí, y supongo que se había acostumbrado.

—Trabajar en el cine no es tan malo, créame.

—No era sólo eso —dijo muy deprisa, mientras un diente asomaba por el borde de su labio inferior y algo se encendía en sus ojos, apagándose muy poco a poco. Apliqué otra cerilla a mi pipa. Estaba demasiado cansado para dejar traslucir mis emociones, aun en el caso de que sintiera alguna.

—Lo sé. O al menos creo adivinarlo. ¿Cómo pudo Orrin averiguar cosas sobre Steelgrave que ni la policía sabía?

—Pues... no lo sé —dijo lentamente, abriéndose paso entre las palabras como un gato encima de una valla—. ¿Pudo haber sido ese médico?

—Sí, seguro —dije con una amplia y cálida sonrisa—. Él y Orrin estaban hechos para entenderse. Tenían un interés común por los instrumentos puntiagudos.

Se echó hacia atrás en su sillón. Su carita se veía delgada y angulosa. Sus ojos denotaban desconfianza.

—Otra vez se pone usted desagradable —dijo—. Parece que tiene que hacerlo cada cierto tiempo.

—Sí, es una lástima —dije—. Sería una persona encantadora si me dejara en paz a mí mismo. Bonito bolso.

Lo agarré, lo coloqué delante de mí y lo abrí de golpe.

Ella se levantó del sillón y saltó hacia mí.

—¡Deje en paz mi bolso!

La miré directamente a las gafas sin montura.

—Quiere volver a Manhattan, Kansas, ¿no? ¿Hoy? ¿Ya tiene el billete y todo eso?

Recompuso sus labios y se volvió a sentar lentamente.

—Muy bien —dije—. No pienso impedírselo. Sólo me preguntaba cuánta pasta ha sacado de este asunto.

Se echó a llorar. Abrí el bolso y lo registré. No encontré nada hasta que llegué al bolsillo con cremallera que había en la parte de atrás. Abrí la cremallera y metí la mano. Dentro había un fajo de billetes nuevos. Los saqué y los conté pasando el dedo. Diez de cien. Nuevecitos. Preciosos. Mil dólares justos. Una bonita cantidad para gastos de viaje.

Me eché hacia atrás en el sillón y golpeé el canto del fajo contra el escritorio. Ella se había callado y me miraba con los ojos húmedos. Saqué un pañuelo de su bolso y se lo arrojé por encima de la mesa. Se secó los ojos, mirándome por los bordes del pañuelo. De vez en cuando, dejaba escapar un bonito e interesante sollozo.

—El dinero me lo dio Leila —dijo en voz baja.

—¿Qué mentira le contó para sacárselo?

Abrió la boca y una lágrima le bajó por la mejilla y se metió dentro.

—Dejemos eso. —dije. Volví a meter el fajo de billetes en el bolso, lo cerré y lo empujé hacia ella—. Ya veo que usted y Orrin pertenecen a esa clase de personas que son capaces de convencerse a sí mismas de que todo lo que hacen está bien. Él le hace chantaje a su propia hermana, y cuando un par de granujas de poca monta se enteran del negocio y se lo intentan quitar, él se les acerca por la espalda y les clava un picahielos en la nuca. Seguro que eso no le quitó el sueño aquella noche. Y usted es capaz de hacer otro tanto. Este dinero no se lo dio Leila. Se lo dio Steelgrave. ¿A cambio de qué?

—Es usted despreciable, es vil —dijo—. ¿Cómo se atreve a decirme esas cosas?

—¿Quién le dijo a la policía que el doctor Lagardie conocía a Clausen? Lagardie creía que había sido yo. Pero yo no fui. Fue usted. ¿Por qué? Para obligar a su hermano, que la había dejado fuera del asunto, a salir a la superficie, porque justo en ese momento las cosas se habían puesto feas y estaba escondido. Lo que me gustaría ver alguna de esas cartas que escribía a casa. Anda que no debían ser jugosas. Y me lo imagino en acción, espiando a su hermana, intentando que se pusiera a tiro de su Leica, mientras el bueno del doctor Lagardie esperaba calladito en la sombra su parte del pastel. ¿Por qué me contrató usted?

—Yo no sabía nada —dijo con calma. Se secó los ojos otra vez, guardó el pañuelo en el bolso y se quedó muy compuesta y lista para marcharse—. Orrin nunca mencionaba nombres. Yo ni siquiera sabía que había perdido las fotos. Pero sabía que las había hecho y que tenían mucho valor. Vine aquí para asegurarme.

—¿Asegurarse de qué?

—De que Orrin me trataba como es debido. A veces se ponía tan mezquino... Habría sido capaz de quedarse con todo el dinero.

—¿Por qué la llamó anteanoche?

—Tenía miedo. El doctor Lagardie estaba disgustado con él. Había perdido las fotos. Alguien las tenía, y Orrin no sabía quién. Tenía miedo.

—Las tenía yo. Y las sigo teniendo —dije—. Están en esa caja fuerte.

Volvió la cabeza muy despacio para mirar la caja. Se pasó la punta del dedo por el labio, en un gesto de duda. Después se volvió hacia mí.

—No le creo —dijo, mirándome como mira un gato el agujero del ratón.

—¿Qué tal si nos repartimos esos mil dólares? Usted se queda con las fotos.

Se lo pensó.

—No veo por qué tendría que darle todo ese dinero por una cosa que no le pertenece —dijo, sonriendo—. Démelas, por favor. Por favor, Philip. Hay que devolvérselas a Leila.

—¿A cambio de cuánta pasta?

Frunció el ceño y puso cara de ofendida.

—Ahora ella es mi cliente —dije—. Pero traicionarla no sería mal negocio. Es cuestión de precio.

—No me creo que las tenga.

—Muy bien.

Me levanté y fui a la caja fuerte. Un instante después estaba de vuelta con el sobre. Volqué las copias y el negativo sobre el escritorio... por mi lado del escritorio. Ella miró las fotos y estiró la mano.

Yo las recogí, las junté y le tendí una copia para que pudiera verla. Cuando intentó cogerla, me eché atrás.

—Desde tan lejos no la puedo ver —se quejó.

—Para verla de cerca, hay que pagar.

—Nunca pensé que fuera usted un ladrón —dijo con dignidad.

No dije nada y volví a encender la pipa.

—Podría obligarle a dárselas a la policía —dijo.

—Puede intentarlo.

De repente, empezó a hablar muy deprisa:

—De verdad que no puedo darle este dinero, de verdad que no puedo. Nosotras... en fin, mamá y yo tenemos todavía muchas deudas a causa de papá, y la casa aún no está pagada del todo y...

—¿Qué le ha vendido a Steelgrave por esos mil dólares?

Abrió la boca y puso una cara horrible. Cerró la boca y apretó los labios. Ahora tenía ante mí una carita dura y tensa.

—Sólo tenía una cosa que vender —dije—. Usted sabía dónde estaba Orrin. Para Steelgrave, esa información bien valía mil dólares. Es muy simple. Basta con hacer encajar los hechos. Usted no lo entendería. Steelgrave fue allá y lo mató. Y ese dinero se lo dio a cambio de la dirección.

—Se lo dijo Leila —dijo con voz lejana.

—Leila me dijo que se lo había dicho ella —dije—. Si fuera necesario, Leila le diría a todo el mundo que fue ella. También le diría a todo el mundo que mató a Steelgrave, si no le quedara otra salida. Leila es una de esas chicas de Hollywood ligeras de cascos y de moralidad algo dudosa, pero cuando hay que echarle agallas, tiene lo que hay que tener. El picahielos no es su estilo. Y el dinero manchado de sangre, tampoco.

El color desapareció de su rostro, dejándola tan pálida como el hielo. Su boca tembló y después se endureció, formando un nudo apretado. Empujó el sillón hacia atrás y adelantó el cuerpo para levantarse.

—Dinero ensangrentado —dije lentamente—. Su propio hermano. Y usted lo delató para que lo mataran. Por mil dólares. Espero que sea muy feliz con ellos.

Se apartó del sillón y retrocedió un par de pasos. De repente se echó a reír.

—¿Quién podría demostrarlo? —gritó—. ¿Quién queda vivo para demostrarlo? ¿Usted? ¿Y quién es usted? Un fisgón barato, un don nadie. —Soltó una carcajada estridente—. ¡Si se le puede comprar por veinte dólares!

Yo todavía tenía el paquete de fotos. Rasqué una cerilla, dejé caer el negativo en el cenicero y lo miré arder.

Se calló de golpe y porrazo, como petrificada de horror. Empecé a rasgar las fotos en tiras, sonriéndole a ella.

—Un fisgón barato —dije—. Bueno, ¿qué esperaba? Yo no tengo hermanos ni hermanas que vender. Así que vendo a mis clientes.

Estaba rígida y sus ojos echaban llamas. Yo terminé de rasgar y prendí fuego a los trozos en el cenicero.

—Hay una cosa que lamento —continué—. No poder asistir a su reencuentro con la querida y vieja mamaíta en Manhattan, Kansas. No poder ver cómo se pelean por el reparto del botín. Seguro que es un espectáculo digno de verse.

Removí el montón de papeles con un lápiz para que siguieran ardiendo. Ella se acercó lentamente, paso a paso, con los ojos fijos en el llameante montoncito de fotos rasgadas.

—Podría decírselo a la policía —susurró—. Les podría decir un montón de cosas. Y me creerían.

—Y yo les podría decir quién mató a Steelgrave —dije—. Porque sé quién no lo hizo. Y puede que me creyeran *a mí*.

La cabecita dio una brusca sacudida. La luz se reflejaba en las gafas, pero detrás de ellas no había ojos.

—No se preocupe —dije—. No voy a hacerlo. No me serviría de mucho, y a alguien le costaría demasiado caro.

El teléfono sonó y ella dio un salto de un palmo. Me di la vuelta, lo descolgué, me lo llevé a la cara y dije:

—¿Diga?

—¿Estás bien, amigo?

Oí un ruido detrás de mí. Volví la cabeza y vi cerrarse la puerta. Estaba solo en la oficina.

—¿Estás bien, amigo?

—Estoy cansado. He estado levantado toda la noche. Aparte de...

—¿Te ha ido a ver la pequeña?

—¿La hermana pequeña? Estaba aquí hace un momento. Se vuelve a Manhattan, con el botín.

—¿El botín?

—El dinero que le sacó a Steelgrave por señalar a su hermano para que lo mataran.

Hubo un silencio y luego dijo muy seria:

—Eso tú no lo sabes, amigo.

—Lo sé tan bien como sé que estoy apoyado en este escritorio y agarrado a este teléfono. Como sé que estoy oyendo tu voz. Y como sé, aunque no con tanta seguridad pero sí con bastante fundamento, quién mató a Steelgrave.

—Estás haciendo un poco el tonto diciéndome eso a mí, amigo. Yo no soy perfecta. No deberías fiarte demasiado de mí.

—Cometo errores, pero éste no es uno de ellos. He quemado todas las fotos. Intenté vendérselas a Orfamay, pero no pujó lo suficiente.

—¿Te estás burlando, amigo?

—¿Yo? ¿De quién?

Su risita tintineó al otro lado del hilo.

—¿Quieres llevarme a comer?

—A lo mejor. ¿Estás en tu casa?

—Sí.

—Paso a recogerte dentro de un rato.

—Estaré encantada.

Colgué.

La función había terminado. Yo estaba sentado en el teatro vacío. El telón estaba bajado y yo aún veía la acción proyectada borrosamente sobre él. Pero ya algunos actores se estaban volviendo difusos e irreales. La hermana pequeña, sobre todo. Dentro de un par de días me habría olvidado de su cara. Porque, en cierto modo, *era* un ser irreal. La imaginaba trotando hacia Manhattan, Kansas, a reunirse con su vieja y querida mamaíta, con aquellos mil dólares nuevecitos en el bolso. Unas cuantas personas habían sido asesinadas para que ella pudiera conseguirlos, pero no creo que eso la fuera a incomodar mucho tiempo. Pensé en ella acudiendo por la mañana a la consulta de... ¿cómo se llamaba aquel tipo? Ah, sí, el doctor Zugsmith. Y quitando el polvo de su escritorio antes de que él llegara, arreglando las revistas de la mesa de la sala de espera. Llevaría sus gafas sin montura y un trajecito serio y la cara sin maquillar, y siempre trataría a los pacientes con una corrección ejemplar.

«El doctor Zugsmith la recibirá ahora mismo, señora Fulánez.»

Le sujetaría la puerta con una sonrisita y la señora Fulánez pasaría a su lado y el doctor Zugsmith estaría sentado detrás de su escritorio, más profesional que la madre que lo parió, con su bata blanca y su estetoscopio colgado del cuello. Tendría delante un fichero de pacientes, y su cuaderno de notas y su bloc de recetas estarían perfectamente colocados y alineados. No había nada que el doctor Zugsmith no supiera. Imposible engañarle. Lo controlaba todo. Le bastaba con mirar a un paciente para saber las respuestas a todas las preguntas que iba a hacer sólo para guardar las formas.

Cada vez que miraba a su recepcionista, la señorita Orfamay Quest, veía una jovencita pulcra y callada, vestida como se debe vestir en una consulta médica, sin uñas rojas ni maquillaje llamativo ni nada que pudiera ofender a los clientes conservadores. La recepcionista ideal, eso era la señorita Quest.

Si alguna vez pensaba en ella, el doctor Zugsmith se sentía satisfecho de sí mismo. Él la había convertido en lo que era. La chica era así por prescripción facultativa.

Lo más seguro era que ni siquiera hubiera intentado ligársela. Puede que en esos pueblecitos no se hicieran cosas así. Ja, ja. Yo me crié en uno de esos pueblecitos.

Cambié de postura, consulté mi reloj y por fin, qué demonios, saqué del cajón la botella de Old Forester. La olí. Olía bien. Me serví un buen pelotazo y lo miré al trasluz.

—Bueno, doctor Zugsmith —dije en voz alta como si él estuviera sentado al otro lado del escritorio con un vaso en la mano—. No le conozco muy bien y usted no me conoce en absoluto. Normalmente, no soy partidario de dar consejos a los desconocidos, pero he seguido un cursillo intensivo sobre la señorita Orfamay Quest y voy a infringir mi norma. Si alguna vez esa niña le pide algo, déselo inmediatamente. No intente darle largas, ni le hable de sus impuestos y sus gastos generales. Ponga su mejor sonrisa y afloje la mosca. No se meta en discusiones sobre si esto es mío o tuyo. Usted procure que la chica esté contenta, que eso es lo importante. Buena suerte, doctor. Y no deje instrumentos afilados en su despacho.

Me bebí la mitad de mi vaso y esperé a que me hiciera entrar en calor. Y entonces me bebí el resto y guardé la botella.

Vacié mi pipa de ceniza y la cargué de nuevo en el humidificador de cuero que un admirador me había regalado por Navidad. Dicho admirador, por una extraña coincidencia, se llamaba exactamente igual que yo.

Cuando tuve llena la pipa, la encendí con cuidado, sin prisas, y salí al vestíbulo tan airoso como un inglés al regresar de una cacería de tigres.

34

El Chateau Bercy era un edificio antiguo pero restaurado. Tenía esa especie de vestíbulo que pide a gritos mucho lujo y árboles del caucho, pero sólo consigue ladrillos de vidrio, luces indirectas y el aspecto general de haber sido redecorado por alguien al que le han dado permiso para salir del manicomio. Su gama de colores era verde bilis, marrón cataplasma, gris de bordillo de acera y azul culo de mono. Era tan acogedor como un labio partido.

El mostrador de recepción estaba vacío, pero como el espejo que había detrás podía ser transparente, no intenté entrar por la escalera a escondidas. Hice sonar un timbre y un tipo grandote y fofo fluyó lentamente de detrás de una pared y me sonrió con unos labios blandos y húmedos, unos dientes algo azulados y unos ojos anormalmente brillantes.

—¿La señorita Gonzales? —pregunté—. Soy Marlowe. Me está esperando.

—Ah, sí, claro —dijo, haciendo revolotear sus manos—. Sí, claro, ahora mismo la llamo.

También su voz revoloteaba. Levantó el teléfono, dijo algo gutural y colgó.

—Sí, señor Marlowe, la señorita Gonzales dice que suba. Apartamento 412. —Soltó una risita—. Aunque supongo que ya lo sabía.

—Lo sé ahora —dije—. Y hablando de todo un poco, ¿estaba usted aquí el mes de febrero?

—¿El febrero pasado? ¿Febrero? Ah, sí, claro que estaba aquí en febrero.

—¿Se acuerda de la noche en que se cargaron a Stein ahí delante?

La sonrisa desapareció de su gorda cara en un santiamén.

—¿Es usted de la policía?

Ahora su voz era fina y aguda.

—No, pero lleva la bragueta abierta, por si le interesa.

Bajó la mirada, horrorizado, y se subió la cremallera con manos casi temblorosas.

—Ah, gracias, muchas gracias —dijo, apoyándose en el mostrador—. No fue exactamente ahí delante. No, no fue exactamente ahí. Fue casi en la siguiente esquina.

—Él vivía aquí, ¿no?

—Preferiría no hablar de ello, de verdad, preferiría no hablar de ello. —Hizo una pausa y se pasó la lengüecita por el labio inferior—. ¿Por qué lo pregunta?

—Sólo para hacerle hablar. Tiene usted que ser más cuidadoso, amigo. Se le nota en el aliento.

El rubor le invadió hasta el cuello.

—Si pretende insinuar que he estado bebiendo...

—Sólo té —dije—. Y no en taza.

Di media vuelta. Él se quedó callado. Al llegar al ascensor me volví para mirarle. Tenía las manos apoyadas en el mostrador y la cabeza torcida para mirarme. Incluso visto de lejos, parecía que temblaba.

No había ascensorista. El cuarto piso estaba pintado de gris y tenía una moqueta gruesa. Junto a la puerta del apartamento 412 había un timbre que sonó con suavidad en el interior. La puerta se abrió al instante. Los bellos y profundos ojos negros me miraron, y la boca roja rojísima me sonrió. Pantalones negros y blusa color fuego, igual que la noche anterior.

—Amigo —dijo dulcemente.

Abrió los brazos. La cogí por las muñecas y le junté las manos, haciendo que las palmas se tocaran. Jugué a las palmitas con ella durante un momento. La expresión de sus ojos era lánguida y ardiente al mismo tiempo.

Le solté las muñecas, cerré la puerta con el codo y me deslicé junto a ella para entrar. Fue igual que la primera vez.

—Deberías asegurarlas —dije, tocándole una.

Eran de verdad. Tenía los pezones duros como rubíes.

Le entró su risa alegre. Yo me adelanté e inspeccioné la habitación. Estaba decorada en gris francés y azul polvoriento. No eran sus colores, pero eran agradables. Había una falsa chimenea de gas con troncos falsos y bastantes sillas, mesas y lámparas, aunque no demasiadas. En un rincón había un bonito mueble-bar.

—¿Te gusta mi apartamentito, amigo?

—No digas apartamentito, que eso también suena a puta.

No la miré. No quería mirarla. Me senté en un diván y me pasé una mano por la frente.

—Cuatro horas de sueño y un par de copas —dije—, y seré capaz otra vez de hablar de tonterías contigo. En este momento, apenas tengo fuerzas para hablar en serio. Pero tengo que hacerlo.

Vino a sentarse a mi lado. Yo negué con la cabeza.

—Quédate ahí. De verdad que tengo que hablar en serio.

Se sentó enfrente de mí y me miró con ojos oscuros y serios.

—Pues claro, amigo, lo que tú quieras. Soy tu chica. O por lo menos, sería tu chica con mucho gusto.

—Allá en Cleveland, ¿donde vivías?

—¿En Cleveland? —Su voz era muy dulce, casi arrulladora—. ¿He dicho yo que haya vivido en Cleveland?

—Dijiste que le conociste allí.

Se lo pensó y después asintió.

—Por entonces yo estaba casada, amigo. ¿A qué viene eso?

—O sea, que has vivido en Cleveland.

—Sí —dijo con suavidad.

—¿Cómo conociste a Steelgrave?

—Bueno, es que en aquella época estaba de moda conocer a un gánster. Una especie de esnobismo al revés, supongo. Íbamos a los sitios a los que se decía que iban ellos, y si tenías suerte, a lo mejor una noche...

—Te dejabas ligar.

Asintió con entusiasmo.

—Más bien fui yo quien me lo ligué. Era un tío encantador. De verdad que lo era.

—¿Y el marido, qué? Tu marido. ¿O ya no te acuerdas?

Sonrió.

—Las calles del mundo están pavimentadas con maridos desechados —dijo.

—Una gran verdad. Te los encuentras por todas partes. Incluso en Bay City.

No conseguí nada con aquello. Se encogió educadamente de hombros.

—No lo dudo.

—Incluso podría ser un licenciado de la Sorbona. Pudriéndose en una consulta de un pueblo insignificante. Esperando su ocasión. Es una casualidad que me encantaría que fuera cierta. Tiene un toque poético.

La sonrisa educada siguió instalada en su bonito rostro.

—Hemos estado tan separados —dije—. Tan alejados. Y tenemos que reunirnos durante unos días.

Bajé la mirada hacia mis dedos. Me dolía la cabeza. No estaba ni al cuarenta por ciento del nivel deseable. Ella me acercó una caja de cristal con cigarrillos y cogí uno. Insertó uno para ella en las pinzas doradas. Lo había sacado de una caja diferente.

—Me gustaría probar uno de los tuyos —dije.

—Pero el tabaco mexicano le parece muy fuerte a la mayoría de la gente.

—Mientras sea tabaco... —dije mirándola. Me decidí—. No, tienes razón, no me iba a gustar.

—¿Qué significa esta digresión? —preguntó con cautela.

—El conserje fuma marihuana.

Asintió lentamente.

—Ya le he advertido —dijo—. Más de una vez.

—Amigo —dije yo.

—¿Qué?

—No hablas mucho español, ¿verdad? A lo mejor es que no sabes mucho español. Lo de amigo lo tienes ya gastadísimo.

—No iremos a ponernos como ayer por la tarde, espero —dijo despacio.

—No. Lo único que tienes tú de mexicana son unas pocas palabras y una manera muy estudiada de hablar que pretende dar la impresión de que hablas un inglés aprendido. No utilizando contracciones, y cosas por el estilo.

No respondió. Chupaba tranquilamente su cigarrillo y sonreía.

—Estoy metido en un buen lío con la poli —continué—. Al parecer, Mavis Weld tuvo la sensatez de decírselo todo a su jefe, Julius Oppenheimer, y éste entró en acción. Hizo venir a Lee Farrell. No creo que piensen que ella mató a Steelgrave. Pero están convencidos de que yo sé quién lo hizo, y ya no me quieren.

—¿Y lo sabes, amigo?

—Ya te dije por teléfono que sí.

Me miró fijamente durante un rato tirando a largo.

—Yo estaba allí. —Por una vez, su voz sonaba seca y seria—. Fue algo muy raro, de verdad. La hermanita quería ver la casa de juego. Nunca había visto nada parecido, y como había salido en los periódicos...

—¿Ella se alojaba aquí? ¿Contigo?

—En mi apartamento no, amigo. En una habitación que yo le conseguí en el edificio.

—No me extraña que no me lo quisiera decir —comenté—. Pero supongo que no tuviste tiempo de enseñarle el oficio.

Frunció el ceño muy ligeramente e hizo un movimiento con el cigarrillo marrón. Miré cómo el humo escribía algo ilegible en el aire inmóvil.

—Por favor. Como iba diciendo, ella quería ir a esa casa. Así que yo le llamé y él me dijo que podíamos ir. Cuando llegamos, estaba borracho. Yo nunca le había visto borracho. Se echó a reír, cogió por la cintura a la pequeña Orfamay y le dijo que se había ganado bien su dinero. Después le dijo que tenía algo para ella y sacó del bolsillo una billetera envuelta en una especie de tela y se la dio. Al desenvolverla, vimos que tenía un agujero en medio, y que el agujero estaba manchado de sangre.

—No estuvo muy sutil —dije—. No me parece muy propio de él.

—Tú no le conocías bien.

—Es cierto. Continúa.

—La pequeña Orfamay cogió la cartera, se la quedó mirando, después le miró a él, y todo sin mover su carita blanca. Después le dio las gracias y abrió el bolso para guardar la billetera, o eso pensé yo... Fue todo tan raro...

—Como para troncharse —dije—. Yo me habría caído al suelo de risa.

—... pero en vez de eso sacó una pistola del bolso. Era una pistola que él le había dado a Mavis, creo. Era igual que la que...

—Sé exactamente cómo era —dije—. Jugué con ella un poquito.

—Se volvió hacia él y lo mató de un solo tiro. Fue impresionante.

Se llevó de nuevo a la boca el cigarrillo marrón y me sonrió. Una sonrisa curiosa, más bien distante, como si pensara en algo ya muy lejano.

—Tú la obligaste a confesar ante Mavis Weld —dije.

Asintió.

—Supongo que Mavis no te habría creído a ti.

—No quise correr el riesgo.

—¿No serías tú quien le dio los mil pavos a Orfamay, cariño? ¿Para hacer que lo dijera? Es una chiquilla capaz de hacer cualquier cosa por mil dólares.

—No pienso ni responder a eso —dijo con dignidad.

—No. O sea, que anoche, cuando me llevaste allí arriba, ya sabías que estaba muerto y que no había nada que temer. Y toda aquella comedia con la pistola no era más que una comedia.

—No me gusta jugar a ser Dios —dijo en voz baja—. Había una situación comprometida y yo sabía que, de una manera o de otra, tú sacarías a Mavis de ella. Nadie más podía hacerlo. Mavis estaba decidida a cargar con las culpas.

—Me vendría bien un trago —dije—. Estoy muerto.

Se levantó de un salto y fue al mueble-bar. Volvió con un par de inmensos vasos de whisky escocés con agua. Me tendió uno y me miró por encima del suyo mientras yo lo probaba. Estaba de maravilla. Bebí un poco más. Se hundió de nuevo en su butaca y volvió a coger las pinzas doradas.

—La obligué a marcharse —continué yo—. Me refiero a Mavis. Me dijo que le había matado. Tenía la pistola. La gemela de la que tú me diste. Probablemente ni te fijaste en que la tuya había sido disparada.

—No entiendo mucho de armas —dijo suavemente.

—Por supuesto. Conté las balas y, suponiendo que al principio estuviera llena, se habían disparado dos. A Quest lo mataron de dos tiros con una automática del 32. El mismo calibre. Recogí los casquillos vacíos, allí abajo.

—¿Allí abajo, dónde, amigo?

Aquello ya empezaba a chirriar. Demasiado amigo, ya me tenía hasta las narices.

—Naturalmente, yo no podía saber si era la misma pistola, pero pensé que valía la pena probar, aunque sólo fuera para complicar un poco más las cosas y darle a Mavis un respiro. Así que le cambié el arma a Steelgrave y dejé la suya detrás de la barra del bar. Era un 38 negro. Mucho más propio de él, era lo que llevaría en caso de ir armado. Incluso en una culata cuadriculada se dejan huellas; en una de marfil, seguro que dejas un buen conjunto de huellas en el lado izquierdo. Steelgrave jamás habría utilizado un arma así.

Sus ojos estaban redondos, vacíos e intrigados.

—Me temo que no te sigo muy bien.

—Y si él hubiera matado a alguien, le habría matado bien muerto y se habría asegurado. Aquel chico se levantó y dio algunos pasos.

Un relámpago asomó en sus ojos y desapareció.

—Me gustaría poder decir que habló —continué—. Pero no lo hizo. Tenía los pulmones llenos de sangre. Murió a mis pies. Allí abajo.

—¿Allí abajo, dónde? Todavía no me has dicho dónde...

—¿Tengo que decirlo?

Bebió un sorbito, sonrió y dejó el vaso. Yo continué.

—Tú estabas presente cuando la pequeña Orfamay le dijo dónde tenía que ir.

—Ah, sí, claro.

Buena recuperación, rápida y limpia, pero su sonrisa parecía un poco más cansada.

—Sólo que él no fue —añadí.

Su cigarrillo se detuvo en el aire. Eso fue todo. Nada más. Llegó lentamente a sus labios. Expulsó el humo con elegancia.

—Eso me ha estado rondando la cabeza todo el tiempo —dije—. Sólo que me negaba a aceptar lo que tenía delante de las narices. Steelgrave es Weepy Moyer. Eso es un hecho, ¿no?

—Desde luego, y se puede demostrar.

—Steelgrave es un gánster retirado, y las cosas le van bien. Aparece Stein y empieza a fastidiarle, pretendiendo meterse en sus negocios. Todo esto me lo imagino, pero estoy seguro de que debió ocurrir así. Muy bien. Stein tiene que desaparecer. Steelgrave no quiere matar a nadie... nunca se le acusó de matar a nadie. Los polis de Cleveland no tenían ningún interés en llevárselo. No había ningún cargo contra él. Ninguna causa pendiente, excepto que en otros tiempos estuvo relacionado con una banda de cierta importancia. Pero tiene que desembarazarse de Stein. Entonces se hace encarcelar, sale de la cárcel sobornando al médico de la prisión, mata a Stein y vuelve inmediatamente a la cárcel. Cuando se descubre el crimen, los que le dejaron salir se dan toda la prisa del mundo en destruir cualquier constancia que pueda haber de su salida. Porque los polis vendrán y harán preguntas.

—Sí, naturalmente, amigo.

La miré intentando descubrir algún signo de desfallecimiento, pero aún no había ninguno.

—Hasta aquí, todo marcha bien. Pero hay que suponer que el chico tenía algo de cerebro. ¿Por qué se dejó encarcelar durante diez días? En primer lugar, para procurarse una coartada. En segundo lugar, porque sabía que tarde o temprano saldría a la luz la cuestión de que él era Moyer, así que, ¿por qué no darle a la poli tiempo suficiente para hacer sus indagaciones y acabar de una vez por todas con ese asunto? De esta manera, cada vez que liquidaran a un maleante en los alrededores, no irían a buscar a Steelgrave para intentar cargarle con el muerto.

—¿Te gusta esa idea, amigo?

—Sí. Míralo desde este punto de vista: ¿por qué se fue a comer a un lugar público el mismo día que salió del talego para cargarse a Stein? Y además de eso, ¿cómo dio la casualidad de que el joven Quest estaba precisamente allí para sacar la foto? Stein aún no había muerto, así que la foto no demostraba nada. Admito que existen coincidencias, pero eso es demasiada coincidencia. Además, aunque Steelgrave no se diera cuenta de que le habían fotografiado, sabía quién era Quest. Tenía que saberlo. Quest andaba sacándole dinero a su hermana desde que se quedó sin trabajo, y puede que desde antes. Steelgrave tenía la llave del apartamento de ella. Tenía que saber algo de ese hermano suyo. Y todo esto conduce a una conclusión: que aquella noche entre todas las noches, Steelgrave *no podía* matar a Stein, aunque hubiera tenido la intención de hacerlo.

—Ahora me toca a mí preguntar quién lo hizo —dijo educadamente.

—Alguien que conocía a Stein y se le podía acercar. Alguien que ya sabía que se había tomado la foto, que sabía quién era Steelgrave, que sabía que Mavis Weld estaba a punto de convertirse en una estrella, que sabía que su relación con Steelgrave era peligrosa, pero que sería mil veces más peligrosa si lograba endosarle a Steelgrave el asesinato de Stein. Alguien que conocía a Quest porque había estado en casa de Mavis Weld y le había conocido allí y se lo había llevado al huerto. Quest era un chico muy propenso a perder la cabeza con ese tipo de tratamiento. Alguien que sabía que esas automáticas del 32 con cachas de hueso estaban registradas a nombre de Steelgrave, aunque él las había comprado para regalárselas a un par de chicas; porque él, si llevaba un arma, sería una que no estuviera registrada y no se pudiera relacionar con él. Alguien que sabía...

—¡Basta! —Su voz era como una puñalada de sonido, pero ni asustada ni furiosa—. Para de una vez, por favor. No pienso aguantar esto ni un segundo más. ¡Vete!

Me levanté. Ella se echó hacia atrás, con el cuello palpitando. Era exquisita, tenebrosa, letal. Y nada la afectaría nunca, ni siquiera la justicia.

—¿Por qué mataste a Quest? —le pregunté.

Se levantó y se acercó a mí, sonriendo de nuevo.

—Por dos razones, amigo. Estaba más que medio loco y al final me habría matado él a mí. La otra razón es que nada de todo esto, absolutamente nada, se hizo por dinero. Fue por amor.

Estuve a punto de reírme en sus narices. Pero no lo hice. Estaba mortalmente seria. Parecía algo de otro mundo.

—Por muchos amantes que una mujer pueda tener —dijo en voz baja—, siempre hay uno que no soportas que te lo quite otra mujer. Y ese uno era Steelgrave.

Miré fijamente sus preciosos ojos negros.

—Te creo —dije al fin.

—Bésame, amigo.

—¡Válgame Dios!

—Necesito tener hombres, amigo. Pero el hombre que amaba está muerto. Yo le maté. Aquel hombre que no quise compartir.

—Esperaste mucho tiempo.

—Puedo ser muy paciente... mientras haya esperanzas.

—Qué conmovedor.

Sonrió con una sonrisa libre, hermosa y perfectamente natural.

—Y tú no puedes hacer absolutamente nada, cariño, a menos que destruyas a Mavis Weld por completo y para siempre.

—Ayer por la noche ella misma demostró que estaba dispuesta a autodestruirse.

—A menos que estuviera actuando. —Me miró fijamente y se echó a reír—. Eso te ha dolido, ¿eh? Estás enamorado de ella.

Respondí despacio:

—Eso sería una tontería. Podría sentarme a su lado en la oscuridad y hacer manitas, pero ¿durante cuánto tiempo? Enseguida saldría volando hacia una nube de glamour, vestidos caros, frivolidad, irrealidad y sexo con sordina. Dejaría de ser una persona de carne y hueso. Sólo sería una voz en una banda sonora, un rostro en una pantalla. Yo quiero algo más que eso.

Me dirigí a la puerta sin darle la espalda. En realidad, no temía que me pegara un tiro. Me parecía que a ella le gustaba más tenerme como me tenía, sin poder hacer absolutamente nada de nada.

La miré por última vez al abrir la puerta. Esbelta, morena, encantadora y sonriente. Rezumando sexo. Totalmente fuera de las leyes morales de este mundo y de cualquier otro que yo pudiera imaginar.

Desde luego, estaba condenada. Salí sin hacer ruido. Cuando cerraba la puerta, me llegó su voz, muy dulce.

—Querido... Con lo mucho que me gustabas. Es una lástima.

Cerré la puerta.

35

Cuando el ascensor se abrió en el vestíbulo, había un hombre esperándolo. Era alto y delgado y tenía el sombrero bajado, tapándole los ojos. Hacía calor, pero él llevaba una gabardina con el cuello subido. Mantenía la cabeza gacha.

—Doctor Lagardie —dije en voz baja.

Me miró sin dar señales de reconocerme. Entró en el ascensor y el ascensor empezó a subir.

Fui corriendo a la recepción y golpeé el timbre con fuerza. El grandote gordo y fofo salió de su agujero y se quedó parado, con una sonrisa pintada en su boca floja. Sus ojos ya no estaban tan brillantes.

—Deme el teléfono.

Echó mano al aparato y lo puso encima del mostrador. Marqué Madison 7911. Una voz dijo «Policía». Era el departamento de emergencias.

—Apartamentos Chateau Bercy. En la esquina de Franklin y Girard, en Hollywood. Un hombre llamado doctor Vincent Lagardie, buscado en relación con un homicidio por los inspectores French y Beifus, acaba de subir al apartamento 412. Soy Philip Marlowe, detective privado.

—¿Franklin y Girard? No se mueva de ahí. ¿Está armado?

—Sí.

—Si intenta escapar, reténgalo.

Colgué y me limpié la boca. El gordinflas se había apoyado de codos en el mostrador, con los ojos bordeados de blanco.

Llegaron muy rápido, pero no lo suficiente. Quizá debería haberle detenido. Quizá tuve un presentimiento de lo que iba a hacer y deliberadamente le dejé que lo hiciera. De vez en cuando, cuando estoy deprimido, intento razonar los hechos. Pero todo se embrolla enseguida. Todo el maldito caso fue así. No hubo ni un solo momento en el que pudiera hacer lo que era lógico y natural sin tener que parar a devanarme los sesos pensando cómo afectaría a alguien a quien yo debía algo.

Cuando echaron la puerta abajo, él estaba sentado en el diván y la tenía apretada contra su pecho. Sus ojos ya no veían y de sus labios salía una espuma sanguinolenta. Se había mordido la lengua.

Bajo el pecho izquierdo de ella, muy apretado sobre la blusa color fuego, se veía el mango de plata de un instrumento que yo conocía muy bien. Un mango con la forma de una mujer desnuda. Los ojos de Dolores Gonzales estaban entreabiertos y en sus labios quedaba el tenue fantasma de una sonrisa provocativa.

—La sonrisa de Hipócrates —dijo el médico de la ambulancia, suspirando—. En ella queda bonita.

Echó una breve mirada al doctor Lagardie, que, a juzgar por su cara, ni veía ni oía nada.

—Supongo que a alguien se le rompió un sueño —dijo el médico.

Se inclinó sobre ella y le cerró los ojos.

EL LARGO ADIÓS

TRADUCCIÓN DE JOSÉ LUIS LÓPEZ MUÑOZ

1

La primera vez que le eché la vista encima, en el interior de un Rolls-Royce Silver Wraith, junto a la terraza de Los Bailarines, Terry Lennox estaba borracho. El guardacoches había traído el automóvil hasta la entrada y mantenía la portezuela abierta porque el pie izquierdo de Lennox seguía balanceándose fuera, como si su propietario hubiera olvidado que le pertenecía. Aunque sus facciones eran juveniles, tenía el pelo canoso. Bastaba mirarlo a los ojos para darse cuenta de que estaba más borracho que una cuba pero, por lo demás, su aspecto lo asemejaba a cualquier joven de buena familia, vestido de esmoquin, dispuesto a gastarse demasiado dinero en uno de esos locales que sólo existen para sacarles los cuartos a tipos como él.

Había una chica a su lado. Su pelo tenía una preciosa tonalidad de rojo, en los labios lucía una sonrisa distante y sobre los hombros llevaba un abrigo de visón azul que casi convertía el Rolls-Royce en un automóvil más. No del todo. Nada lo consigue.

El guardacoches era un tipo duro a medias, como suelen serlo los de su clase, enfundado en una chaqueta blanca con el nombre del restaurante bordado en rojo. Empezaba a estar hasta las narices.

—Oiga, jefe —dijo con voz que dejaba traslucir su irritación—, ¿le costaría demasiado trabajo meter la pierna dentro para que pueda cerrar la puerta? ¿O será mejor que la abra del todo y vea si se cae?

La chica le lanzó una mirada capaz de atravesar a cualquiera y sobresalirle por detrás al menos diez centímetros. Pero el otro no se echó a temblar. En The Dancers están acostumbrados al tipo de gente que hace dudar de que las clases particulares de tenis mejoren a las personas.

Un coche deportivo extranjero, descapotable, el chasis casi pegado al suelo, entró en el aparcamiento; el conductor se apeó y utilizó el mechero del salpicadero para encender un pitillo desmesuradamente largo. Vestía camisa a cuadros, pantalones amarillos y botas de montar. Luego se alejó dejando una estela de nubes de incienso, sin molestarse siquiera en mirar al Rolls-Royce. Probablemente le parecía cursi. Antes de empezar a subir los escalones que llevaban a la terraza, se detuvo para colocarse el monóculo.

La chica dijo con un simpático estallido de buen humor:

—Se me ha ocurrido una idea estupenda, cariño. ¿Por qué no vamos a tu apartamento en taxi y sacamos el descapotable? Hace una noche maravillosa para subir por la costa hasta Montecito. Sé de unos tipos que dan un baile junto a una piscina.

El muchacho del pelo blanco dijo cortésmente:

—Lo siento muchísimo, pero ya no lo tengo. Me he visto obligado a venderlo. —Por su voz y la manera de vocalizar nadie habría pensado que hubiera bebido algo más alcohólico que un zumo de naranja.

—¿Venderlo, corazón? ¿Qué quieres decir?

Se apartó de él en el asiento, pero su voz se alejó bastante más.

—Quiero decir que no me ha quedado otro remedio —dijo él—. Dinero para comer.

—Ah, entiendo. —Un helado al corte no se le hubiera derretido en la boca.

El encargado del aparcamiento tenía ya al muchacho del pelo canoso en un sitio donde estaba por completo a su alcance: un nivel muy bajo de ingresos.

—Oiga, amigo —dijo—. Tengo que ocuparme de otro coche. Ya hablaremos más adelante, quizá.

Dejó que la portezuela se abriera por completo. El borracho se deslizó del asiento y acabó sentado sobre el asfalto. De manera que di un paso al frente e hice mi buena obra. Imagino que siempre es un error meter baza con un borracho. Aunque te conozca y le caigas bien siempre es posible que se ponga flamenco y te salte un par de dientes. Lo agarré por los sobacos y conseguí ponerlo en pie.

—Muchísimas gracias —dijo cortésmente.

La chica se deslizó por el asiento delantero para colocarse delante del volante.

—Siempre se pone así de británico cuando está hasta la bandera —dijo con voz de acero inoxidable—. Gracias por sujetarlo.

—Lo pondré en el asiento de atrás —dije.

—Lo siento mucho. Voy a llegar tarde a una cita. —Pisó el acelerador y el Rolls empezó a deslizarse—. No es más que un perro perdido. —Añadió con una sonrisa distante—. Quizá consiga usted encontrarle un hogar. Está enseñado..., más o menos.

El Rolls se alejó despacio hasta llegar a Sunset Boulevard, giró a la derecha y desapareció. Aún miraba yo en su dirección cuando regresó el guardacoches. Yo seguía sujetando al borracho, que se me había dormido entre los brazos.

—Bueno; es una manera de hacerlo —le dije al de la chaqueta blanca.

—Claro —respondió cínicamente—. ¿Por qué malgastar el tiempo con un borrachín? ¿Con esas curvas tan preciosas y todo lo demás?

—¿Usted lo conoce?

—He oído a esa prójima llamarlo Terry. Pero lo que se dice conocerlo, no lo distinguiría del trasero de una vaca. Aunque sólo llevo aquí dos semanas.

—Tráigame el coche, haga el favor. —Le di el tique.

Para cuando apareció con el Oldsmobile tenía la impresión de estar sosteniendo un saco de plomo. El de la chaqueta blanca me ayudó a meterlo en el coche. El otro abrió un ojo, nos dio las gracias y se volvió a dormir.

—Es el borracho más educado que he conocido nunca —le comenté al guardacoches.

—Los hay de todas las formas y tamaños y se comportan de las maneras más distintas —dijo—. Pero son todos unos mantas. Parece que a éste le han arreglado la cara alguna vez.

—Sí.

Le di un dólar y me lo agradeció. Tenía razón en lo de la cirugía plástica. El lado derecho de la cara de mi nuevo amigo estaba rígido y lechoso y con un rosario de estrechas y delicadas cicatrices. La piel, a lo largo de las cicatrices, tenía un brillo especial. Operación de cirugía plástica y de las más radicales.

—¿Qué piensa hacer con él?

—Llevarlo a casa y conseguir que se despeje lo suficiente para que me diga dónde vive.

El de la chaqueta blanca me sonrió.

—De acuerdo, primo. Si fuera yo, lo dejaba caer en la cuneta y seguía adelante. Los borrachines sólo traen problemas y no son nada divertidos. Tengo mi filosofía sobre esas cosas. Tal como está la competencia hoy en día, uno tiene que ahorrar fuerzas para protegerse cuando se encuentra en un aprieto.

—Ya veo que le ha servido para cosechar grandes éxitos —dije.

Pareció desconcertado y luego empezó a enfadarse, pero para entonces yo estaba en el coche y en movimiento.

Tenía razón en parte, claro está. Terry Lennox me trajo muchos problemas. Pero, después de todo, es así como me gano el sustento.

Aquel año vivía yo en una casa de la avenida Yucca, en el distrito de Laurel Canyon. Una casita en la ladera de una colina y en una calle sin salida, con un tramo muy largo de escalones de secuoya hasta la puerta principal y un bosquecillo de eucaliptos al otro lado. Estaba amueblada y pertenecía a una mujer que se había ido a pasar una temporada a Idaho con su hija viuda. El alquiler era modesto, en parte porque la propietaria quería poder volver sin tener que avisarme con mucho tiempo, y en parte por los escalones. La dueña empezaba a ser demasiado mayor para superarlos cada vez que volvía a casa.

No sé muy bien cómo, pero conseguí subirlos con el borracho, que estaba deseoso de ayudar, pero tenía las piernas de goma y seguía quedándose dormido a mitad de cada frase de disculpa. Abrí la puerta, lo arrastré dentro, lo tumbé en el sofá, le eché por encima una manta de viaje y lo dejé que siguiera durmiendo. Roncó como una marsopa por espacio de una hora. Luego se despertó de repente y quiso ir al baño. Cuando regresó me miró inquisitivamente, los párpados semicerrados, y quiso saber dónde demonios estaba. Se lo expliqué. Dijo que se llamaba Terry Lennox, que vivía en un apartamento de Westwood y que no le esperaba nadie. Se expresaba con claridad y sin arrastrar las palabras.

Luego añadió que no le vendría mal una taza de café. Cuando se la traje, bebió el contenido cuidadosamente, manteniendo el platillo muy cerca de la taza.

—¿Cómo he llegado hasta aquí? —preguntó, mirando a su alrededor.

—Salió un poco cargado de Los Bailarines en un Rolls Royce. La chica que lo acompañaba se deshizo de usted.

—Claro —dijo—. Estoy seguro de que tenía toda la razón del mundo.

—¿Es inglés?

—He vivido allí, pero soy americano. Si me permite llamar a un taxi, no le molestaré más.

—Tiene uno esperándolo.

Bajó los escalones de la entrada sin ayuda de nadie. No dijo gran cosa camino de Westwood, excepto que yo era muy amable y que sentía mucho haberme causado tantas molestias. Probablemente lo había dicho con tanta frecuencia y a tanta gente que se había convertido en algo maquinal.

Su apartamento era pequeño, opresivo e impersonal. Podría haberse mudado allí aquella misma tarde. Sobre una mesita de café, delante de un sofá muy duro tapizado de verde, había una botella de whisky medio vacía, hielo licuado en un cuenco, tres botellas de soda vacías, dos vasos y un cenicero de cristal cargado de colillas con manchas de carmín y sin ellas. No había ni fotografías ni objetos personales en toda la casa. Podría haber sido una habitación de hotel, alquilada para un encuentro o una despedida, para beber unas copas y charlar, o para darse un revolcón. No parecía un sitio donde viviera nadie.

Me ofreció una copa y dije no, gracias. Tampoco me senté. Al salir me volvió a dar las gracias, no como si hubiera escalado por él una montaña, pero tampoco de manera puramente formularia. Estaba un poco tembloroso y se mostraba un tanto tímido, pero cortés hasta decir basta. Luego mantuvo la puerta abierta esperando a que subiera el ascensor y me metiese dentro. Puede que tuviera muchos defectos, pero sus modales eran impecables.

No había vuelto a mencionar a la chica. Tampoco me había dicho que no tenía trabajo ni perspectivas de empleo, y que casi se había gastado el último dólar pagando la cuenta en Los Bailarines, deseoso de obsequiar a un bombón de clase alta que no se quedó después lo bastante para comprobar si los polizontes de algún coche patrulla lo ponían a la sombra o si un taxista sin escrúpulos se lo llevaba y lo dejaba tirado en algún terreno baldío.

Mientras bajaba en el ascensor tuve la tentación de subir otra vez y quitarle la botella de whisky. Pero no era asunto mío y de todos modos nunca sirve para nada. Los borrachos siempre encuentran alguna manera de conseguir su veneno particular si es eso lo que quieren.

Volví a casa mordiéndome los labios. Se supone que soy un tipo duro, pero había algo en aquel individuo que me afectó. No sabía de qué se trataba, como no fuese el pelo blanco, el rostro marcado por las cicatrices, la voz bien modulada y la cortesía. Quizá bastara con eso. No había ninguna razón para que tuviera que volver a verlo. No era más que un perro perdido, como había dicho la chica.

2

Me lo encontré una semana después del día de Acción de Gracias. Las tiendas de Hollywood Boulevard empezaban a llenarse de bazofia de Navidad a precios de escándalo y los diarios empezaban a poner el grito en el cielo sobre las terribles consecuencias de no hacer con tiempo las compras de Navidad. Resultaría terrible de todos modos; siempre es así.

Tres manzanas antes del edificio donde tengo mi despacho vi un coche patrulla aparcado en doble fila; sus dos ocupantes miraban a algo junto a un escaparate, en la acera. Aquel algo era Terry Lennox —o lo que quedaba de él— y el espectáculo no tenía nada de agradable.

Estaba recostado contra la fachada de la tienda. Necesitaba apoyarse en algo. Llevaba sucia la camisa, en parte dentro de los pantalones y en parte no, y el cuello abierto. Barba de cuatro o cinco días. Respiraba con dificultad. Estaba tan pálido que apenas se le notaban las cicatrices de la cara. Y los ojos parecían agujeros en un montículo de nieve. Era evidente que los polizontes del coche patrulla se disponían a echarle el guante, de manera que me acerqué lo más deprisa que pude y lo agarré del brazo.

—Enderécese y camine —dije, haciéndome el duro, antes de guiñarle un ojo—. ¿Lo puede hacer? ¿Está bebido?

Me miró casi sin verme y luego me obsequió con su media sonrisa torcida.

—Lo estuve —suspiró—. En este momento imagino que sólo estoy un poco..., vacío.

—De acuerdo, pero utilice los pies. Están a punto de meterlo en la pecera.

Hizo un esfuerzo y me dejó llevarlo, entre los mirones de la acera, hasta el bordillo. Había una parada de taxis y abrí la portezuela que me quedaba más a mano.

—Ése va primero —dijo el taxista, señalando con el pulgar al colega que tenía delante. Volvió la cabeza y vio a Terry—. Si es que quiere —añadió.

—Es una emergencia. Mi amigo está enfermo.

—Claro —dijo el taxista—. Pero podría irse a vomitar a otro sitio.

—Cinco pavos —le propuse—, y déjeme ver esa sonrisa suya tan atractiva.

—Suban —respondió, al tiempo que escondía detrás del espejo retrovisor una revista con un marciano en la portada.

Metí a Terry Lennox en el taxi y la sombra del coche patrulla oscureció la ventanilla del otro lado. Un policía de cabellos grises se apeó y vino hacia nosotros. Di la vuelta alrededor de nuestro vehículo para reunirme con él.

—Un minuto, hijo. ¿Qué es lo que tenemos ahí? ¿El caballero de la camisa manchada es de verdad íntimo amigo suyo?

—Lo bastante íntimo para permitirme saber que necesita un amigo. No está borracho.

—Por motivos financieros, sin duda —dijo el policía. Extendió la mano y le entregué mi licencia. La miró y me la devolvió—. Ah, ah —dijo—. Un detective privado recogiendo a un cliente. —Se le endureció la voz—. Eso me dice algo acerca de usted, señor Marlowe. ¿Y él?

—Se llama Terry Lennox. Trabaja en el cine.

—Estupendo —dijo el policía sarcásticamente. Se inclinó hacia el interior del taxi y miró a Terry, en el extremo opuesto del asiento—. Diría que no ha trabajado demasiado últimamente. Y también diría que no ha dormido demasiado bajo techado últimamente. Diría incluso que es un vagabundo y que quizá deberíamos ponerlo a la sombra.

—No es posible que necesite usted un arresto así para su historial —dije—. No en Hollywood.

Todavía estaba mirando a Terry.

—¿Cómo se llama tu amigo, muchacho?

—Philip Marlowe —dijo Terry muy despacio—. Vive en la avenida Yucca, Laurel Canyon.

El policía retiró la cabeza del hueco de la ventanilla. Se volvió e hizo un gesto con la mano.

—Se lo puede haber dicho ahora mismo.

—Podría, pero no ha sido así.

Me miró fijamente un segundo o dos.

—Lo dejaré pasar por esta vez. Pero retírelo de la calle.

Volvió al coche patrulla, que se puso en marcha y se alejó.

Entré en el taxi y recorrimos las tres manzanas hasta el aparcamiento donde guardaba mi coche. Ofrecí al taxista el billete de cinco dólares. Me miró con severidad y dijo que no con la cabeza.

—Sólo lo que marca el taxímetro, o un dólar justo si le apetece. También yo he vivido en la miseria. En Frisco. Y nadie me recogió con un taxi. Una ciudad con corazón de piedra.

—San Francisco —dije, maquinalmente.

—Yo la llamo Frisco —respondió—. Al infierno con las minorías. Gracias.

Guardó el billete de dólar y se alejó.

Fuimos a un *drive-in* donde preparaban unas hamburguesas que ni siquiera sabían como algo que un perro estuviera dispuesto a comerse. Hice que Terry Lennox ingiriese un par y las rociara con una cerveza; luego lo llevé a mi casa. Los escalones se le hicieron duros, pero sonrió y jadeó y terminó la ascensión. Una hora después se había bañado y afeitado y parecía de nuevo un ser humano. Nos sentamos a beber sendos whiskies con mucha agua.

—Ha sido una suerte que se acordara de mi nombre —dije.

—Me propuse no olvidarlo —respondió—. Incluso lo busqué en la guía. ¿Podía hacer menos?

—¿Y por qué no me ha llamado? Vivo aquí todo el tiempo. Y hasta tengo un despacho.

—¿Para qué molestarlo?

—Parece que tenía que molestar a alguien. No da la sensación de tener muchos amigos.

—Sí que tengo amigos —respondió—, o algo parecido. —Giró el vaso sobre la mesa—. Pedir ayuda no resulta fácil..., sobre todo cuando la culpa es toda tuya. —Alzó los ojos con una sonrisa de cansancio—. Quizá deje de beber uno de estos días. Todos lo dicen, ¿no es cierto?

—Se necesitan unos tres años.

—¿Tres años? —Pareció horrorizado.

—De ordinario es lo que hace falta. Hay que acostumbrarse a unos colores más pálidos, a unos sonidos más reposados. Hay que contar con las recaídas. Toda la gente a la que uno conocía bien se vuelve un poquito extraña. Ni siquiera encontrará agradable a la mayoría, y tampoco usted les parecerá demasiado bien a ellos.

—Eso no cambiaría mucho las cosas —dijo. Se volvió para mirar el reloj de pared—. Tengo una maleta que vale doscientos dólares en la consigna de la estación de autobuses de Hollywood. Si la recupero podría comprar otra más barata y empeñar ésa por el dinero suficiente para irme hasta Las Vegas en autobús. Allí puedo conseguir un empleo.

No dije nada. Asentí con la cabeza y seguí sentado con el whisky en la mano.

—Está pensando que esa idea se me podía haber ocurrido un poco antes —prosiguió con mucha calma.

—Estoy pensado que hay algo detrás de todo eso que no es asunto mío. ¿Ese empleo es cosa segura o sólo una esperanza?

—Es seguro. Un tipo al que conocí muy bien en el ejército lleva un club muy importante, el Terrapin. En parte es un mafioso, todos lo son, por supuesto; pero el resto es un buen chico.

—El billete de autobús y algo más corren de mi cuenta. Pero preferiría comprar con eso algo que siguiera comprado una temporada. Será mejor que hable con su amigo por teléfono.

—Gracias, pero no es necesario. Randy Starr no me dejará tirado. No lo ha hecho nunca. Y por la maleta darán cincuenta dólares en la casa de empeños. Lo sé por experiencia.

—Escuche —le dije—; voy a prestarle lo que necesita. No soy una persona crédula que se trague cualquier cuento. De manera que acepte lo que se le ofrece y pórtese bien. Quiero quitármelo de encima porque tengo un presentimiento.

—¿De verdad? —Miró dentro del vaso. Apenas hacía otra cosa que mojarse los labios—. Sólo nos hemos visto en dos ocasiones y no se ha podido portar mejor conmigo las dos veces. ¿Qué clase de presentimiento?

—Que la próxima vez lo encontraré metido en un problema del que no seré capaz de sacarlo. No sé por qué tengo ese presentimiento, pero lo tengo.

Se tocó suavemente el lado derecho de la cara con la punta de dos dedos.

—Quizá sea esto. Me hace parecer un poco siniestro, imagino. Pero es una herida honrosa o, al menos, el resultado de una.

—No es eso. Eso no me preocupa en absoluto. Soy detective privado. Usted es un problema que no tengo que resolver. Pero el problema está ahí. Llámelo una corazonada. Si quiere que nos pongamos extraordinariamente corteses, llámelo sentido de la personalidad. Quizá aquella chica no lo abandonó en el aparcamiento sólo porque estuviese borracho. Quizá también tuviera un presentimiento.

Sonrió débilmente.

—Estuve casado con ella. Se llama Sylvia Lennox. Me casé con ella por su dinero.

Me puse en pie, mirándolo con cara de pocos amigos.

—Voy a hacerle unos huevos revueltos. Necesita comer.

—Espere un momento, Marlowe. Se está preguntando por qué, si yo estoy sin un céntimo y Sylvia tiene de sobra, no le pedí unos cuantos dólares. ¿Ha oído hablar alguna vez de orgullo?

—Va usted a acabar conmigo, Lennox.

—¿De verdad? Mi tipo de orgullo es diferente. Es el orgullo de un hombre que no tiene nada más. Siento molestarle.

Fui a la cocina y preparé un poco de beicon con huevos revueltos, café y tostadas. Comimos en el rincón para desayunar. La casa pertenecía al período en que los ponían en todas las cocinas.

Le dije que tenía que ir a mi despacho y que recogería su maleta a la vuelta. Lennox me dio el tique de la consigna. Su rostro había adquirido ya algo de color y los ojos no estaban tan hundidos en las órbitas como para tener que buscarlos a tientas.

Antes de marcharme coloqué la botella de whisky en la mesa delante del sofá.

—Utilice su orgullo en eso —le dije—. Y llame a Las Vegas, aunque sólo sea por hacerme un favor.

Se limitó a sonreír y a encogerse de hombros. Todavía me sentía molesto mientras bajaba los escalones de secuoya. No sabía por qué, como tampoco entendía que un individuo pasara hambre y viviera en la calle en lugar de empeñar su guardarropa. Fueran cuales fuesen sus reglas, estaba claro que se atenía a ellas.

La maleta era la cosa más increíble que pueda imaginarse. De piel de cerdo y de color crema pálido cuando nueva. Con herrajes de oro. Estaba fabricada en Inglaterra y si era posible comprarla en Estados Unidos, el precio se acercaría más a los ochocientos que a los doscientos dólares.

Al llegar a casa se la puse delante. Miré la botella que había dejado sobre la mesa. No la había tocado. Estaba tan sobrio como yo. Fumaba, pero no lo encontraba demasiado placentero.

—He llamado a Randy —dijo—. Le ha molestado mucho que no lo llamase antes.

—Se necesita un desconocido para ayudarlo a usted —dije—. ¿Un regalo de Sylvia? —pregunté, señalando la maleta.

Miró por la ventana.

—No. Me la dieron en Inglaterra, mucho antes de conocerla. Muchísimo tiempo, a decir verdad. Me gustaría dejársela, si me puede usted prestar una maleta vieja.

Saqué de la cartera cinco billetes de veinte dólares y se los puse delante.

—No necesito que me deje nada en prenda.

—No se trata de eso. Ya sé que no es usted prestamista. Sencillamente no la quiero conmigo en Las Vegas. Y no necesito tanto dinero.

—De acuerdo. Usted se queda con el dinero y yo con la maleta. Pero aquí no estará muy protegida contra el robo.

—No tendría importancia —dijo con indiferencia—. Ni la más mínima.

Se cambió de ropa y cenamos en Musso hacia las cinco y media. Sin alcohol. Tomó el autobús en el Bulevar Cahuenga y yo regresé a casa pensando en esto y en lo de más allá. Su maleta vacía descansaba sobre la cama, donde Terry la había abierto para poner sus cosas en otra más ligera que yo le había prestado. La suya tenía una llave de oro, colocada en uno de los cierres. Procedí a echarla, la até al asa y metí la maleta en el estante superior de mi armario ropero. No daba la sensación de estar completamente vacía, pero lo que hubiera dentro no era asunto mío.

Era una noche tranquila y la casa parecía más vacía que de ordinario. Saqué el ajedrez y jugué una defensa francesa contra Steinitz. Me ganó en cuarenta y nueve jugadas, pero conseguí hacerle sudar un par de veces.

A las nueve y media sonó el teléfono; ya había oído antes la voz que sonó al otro lado del hilo.

—¿Hablo con el señor Philip Marlowe?

—Sí, soy yo.

—Soy Sylvia Lennox, señor Marlowe. Una noche, el mes pasado, charlamos unos instantes delante de Los Bailarines. He sabido después que tuvo usted la amabilidad de ocuparse de que Terry llegara a su casa.

—Así es.

—Como imagino que sabe, ya no somos marido y mujer, pero he estado un tanto preocupada por él. Dejó el apartamento que tenía en Westwood y nadie parece conocer su paradero.

—Ya me di cuenta de lo preocupada que estaba la noche que nos conocimos.

—Oiga, señor Marlowe, he estado casada con él. Tengo muy poca paciencia con los borrachos. Quizá me mostré un poco dura y quizá tenía algo importante que hacer. Usted es detective privado y tal vez podríamos tratar esto desde un punto de vista profesional, si lo prefiere.

—No hace falta que lo tratemos desde ningún punto de vista, señora Lennox. Terry está en un autobús camino de Las Vegas. Tiene allí un amigo que le dará trabajo.

Sylvia Lennox se alegró de repente.

—¿Se ha ido a Las Vegas? ¡Qué sentimental! Fue allí donde nos casamos.

—Supongo que lo habrá olvidado —dije—. De lo contrario se habría marchado a otro sitio.

En lugar de colgarme se echó a reír. Una risita afectada.

—¿Siempre es así de grosero con sus clientes?

—Usted no es una cliente, señora Lennox.

—Podría serlo algún día. ¿Quién sabe? Digamos entonces con sus amigas.

—La respuesta es la misma. El pobre tipo estaba acabado, hambriento, sucio, sin un céntimo. Podría haberlo encontrado si le hubiera merecido la pena. No quería nada de usted entonces y es probable que tampoco quiera nada ahora.

—Eso —dijo con frialdad— es algo de lo que no tiene usted ni la más remota idea. Buenas noches.

Y me colgó.

Tenía más razón que una santa, por supuesto, y yo no podía estar más equivocado. Pero no me pareció que me equivocara. Sólo estaba indignado. Si hubiera llamado media hora antes, quizá la indignación me habría servido para darle una paliza a Steinitz..., aunque es cierto que llevaba cincuenta años muerto y que la partida de ajedrez estaba sacada de un libro.

3

Tres días antes de Navidad, y procedente de Las Vegas, recibí un cheque bancario por valor de cien dólares. Lo acompañaba una nota escrita en el papel para cartas de un hotel. Terry Lennox me daba las gracias, me deseaba unas felices navidades, junto con todas las venturas imaginables, y decía que esperaba verme pronto. El golpe de efecto lo reservaba para la posdata. «Sylvia y yo hemos iniciado una segunda luna de miel. Me ruega decirle que no se enfade usted con ella por intentarlo de nuevo.»

Me enteré del resto gracias a una de esas columnas para esnobs que se publican en la página de sociedad de los periódicos. No las leo con frecuencia: sólo cuando se me acaban las cosas que no me gustan.

«A esta corresponsal le emociona la noticia de que Terry y Sylvia Lennox, esa pareja tan encantadora, se hayan reenganchado en Las Vegas. Sylvia es la hija menor del multimillonario Harlan Potter, de San Francisco y Pebble Beach, por supuesto. Ha encargado a Marcel y Jeanne Duhaux que le decoren de nuevo la mansión de Encino, desde el sótano al tejado, en el *dernier cri* más irresistible. Curt Westerheym, el penúltimo de Sylvia, queridos míos, le ofreció esa chocita con dieciocho habitaciones como regalo de boda, quizá lo recuerden ustedes. ¿Y qué ha sido de Curt?, preguntarán. ¿O no lo hacen? Saint-Tropez tiene la respuesta, y de manera permanente, según he oído. Junto con cierta duquesa gala, de sangre pero que muy azul, con dos hijos absolutamente adorables. ¿Y qué piensa Harlan Potter de esta repetición de boda?, podrían también preguntar ustedes. Sólo es posible hacer conjeturas. El señor Potter es una persona que nunca, lo que se dice *nunca*, concede entrevistas. ¿Hasta dónde se puede llegar en esto de ser personas selectas, queridos míos?»

Tiré el periódico en un rincón y encendí el televisor. Después del vomitado de perro que era la página de sociedad, hasta la lucha libre resultaba reconfortante. Pero lo que relataba era, con toda probabilidad, cierto. En la página de sociedad más les vale.

Yo tenía una imagen mental del tipo de chocita de dieciocho habitaciones que entonaba con unos cuantos de los millones de Potter, por no decir nada de las decoraciones de Duhaux en el último simbolismo subfálico. Pero me faltaban las imágenes mentales de Terry Lennox holgazaneando alrededor de la piscina con unas bermudas y pidiendo al mayordomo por radioteléfono que pusiera a enfriar el champán y metiese el faisán en el horno. No había razón para que fuera de otro modo. Pero si aquel tipo quería ser el osito de trapo de alguien, a mí ni me iba ni me venía. Sencillamente no tenía ganas de volver a verlo. Pero no se me ocultaba que no sería así..., aunque sólo fuera por su condenada maleta de piel de cerdo con herrajes de oro.

Eran las cinco de la tarde de un húmedo día de marzo cuando se presentó en mi desastrado emporio profesional. Parecía cambiado. Mayor, sobrio, muy serio y extraordinariamente tranquilo. Parecía un tipo que ha aprendido a encajar los golpes reduciendo al mínimo los daños. Llevaba impermeable color blanco ostra, guantes, y la cabeza descubierta, con los cabellos blancos tan suaves como el pecho de un pájaro.

—Vayamos a algún bar tranquilo a tomarnos una copa —dijo, como si sólo hubiera faltado diez minutos—. Si tiene tiempo, claro está.

No nos dimos la mano. No lo hacíamos nunca. Los ingleses no se dan la mano constantemente como los americanos y, aunque Terry Lennox no era inglés, tenía algunas de sus peculiaridades.

—Mejor a mi casa, para que recoja esa maleta suya tan lujosa. Es un pequeño detalle que me tiene un tanto preocupado.

Negó con la cabeza.

—Le agradecería que me la siguiera guardando.

—¿Por qué?

—Lo prefiero así. ¿Le importa? Digamos que es un vínculo con un tiempo en el que no era un vago que no sirve para nada.

—Eso es una tontería —dije—. Pero usted sabrá lo que hace.

—Si le preocupa porque piensa que podrían robarla...

—Eso también es asunto suyo. Vamos a tomar esa copa.

Fuimos a Victor's. Me llevó en un Jowett Jupiter color ladrillo con una delgada capota de lona para la lluvia, debajo de la cual sólo había sitio para nosotros dos. La tapicería era de cuero claro y los accesorios parecían de plata. No es que yo sea demasiado exigente en cuestión de automóviles, pero aquel condenado vehículo logró que se me hiciera la boca agua. Lennox dijo que llegaba a cien en segunda. Tenía una caja de cambios pequeña y baja que apenas le llegaba a la rodilla.

—Cuatro velocidades —dijo—. Todavía no han inventado un cambio automático que funcione con estos cacharros. En realidad no se necesita. Se le puede poner en marcha en tercera incluso cuesta arriba y, de todos modos, es la velocidad más alta que se llega a utilizar por ciudad.

—¿Regalo de boda?

—No. Lo recibí sin otra explicación que un distraído «Vi ese chisme en un escaparate». Soy un tipo muy mimado.

—Estupendo —dije—. Si no lleva una etiqueta con el precio.

Lennox me miró de reojo y enseguida clavó los ojos en la calzada mojada por la lluvia. Los limpiaparabrisas susurraban con suavidad.

—¿Precio? Todo tiene su precio, amigo. ¿Quizá cree que no soy feliz?

—Lo siento. Ha sido un comentario fuera de lugar.

—Tengo mucho dinero. ¿A quién demonios le interesa ser feliz?

Había en su voz una amargura nueva para mí.

—¿Qué tal la bebida?

—De una elegancia exquisita. Por alguna razón misteriosa parece que soy capaz de controlarme. Pero nunca se sabe, ¿no es cierto?

—Quizá no haya sido nunca borracho de verdad.

Nos sentamos en un rincón de Victor's y bebimos gimlets.

—No los saben hacer —dijo Terry Lennox—. Lo que aquí llaman gimlet no es más que un poco de zumo de lima o de limón con ginebra, algo de azúcar y un toque de angostura. Un verdadero gimlet es mitad ginebra y mitad Rose's Lime Juice, y nada más. Los martinis no tienen nada que hacer a su lado.

—Nunca he sido demasiado exigente en cuestión de bebidas. ¿Qué tal le fue con Randy Starr? Por mi barrio está catalogado de tipo duro.

Se recostó en el asiento con aire pensativo.

—Supongo que lo es. Supongo que todos lo son. Pero en su caso no se nota. Podría darle el nombre de un par de muchachos que están en el mismo negocio en Hollywood y que representan bien su papel. Pero Randy no se molesta. En Las Vegas es un verdadero hombre de negocios. Vaya a verlo la próxima vez que pase por allí. Harán buenas migas.

—Es poco probable. No me gustan los maleantes.

—Eso no son más que palabras, Marlowe. Vivimos en el mundo que nos ha tocado. Dos guerras nos lo han traído y vamos a conservarlo. Randy, otro tipo y yo pasamos juntos un momento difícil que creó un lazo entre nosotros.

—Entonces ¿por qué no le pidió ayuda cuando la necesitaba?

Terminó la copa e hizo un gesto al camarero.

—Porque no me hubiera podido decir que no.

El camarero nos sirvió de nuevo.

—Eso para mí no son más que palabras —dije—. Si por casualidad le debía algo, póngase en su caso. Seguro que le hubiera gustado devolverlo.

Negó despacio con la cabeza.

—Sé que tiene razón. Por supuesto que le pedí un empleo. Y luego trabajé mientras conservé aquel puesto. Pero pedir favores o limosnas, no.

—Pero los ha aceptado de un desconocido.

Me miró de hito en hito.

—El desconocido puede pasar de largo y hacer como que no oye.

Nos tomamos tres gimlets, que no le afectaron en absoluto. La cantidad suficiente para poner en marcha a un borrachín. Deduje que quizá estuviera curado.

Luego me devolvió a mi despacho.

—En casa cenamos a las ocho y cuarto —dijo—. Sólo los millonarios se lo pueden permitir. Únicamente sus criados aceptan una cosa así. Muchos invitados, la flor y nata.

A partir de entonces se convirtió en una costumbre que Lennox apareciera a eso de las cinco. No siempre íbamos al mismo bar, pero acudíamos a Victor's con más frecuencia que a cualquier otro. Quizá tuviera alguna relación con Terry de la que yo no estaba enterado. Nunca bebía mucho y siempre le sorprendía.

—Debe de ser algo así como las fiebres terciarias —dijo—. Cuando las tienes lo pasas fatal. Pero cuando no, es como si no las hubieras tenido nunca.

—Lo que no entiendo es que a un tipo con una situación tan privilegiada como la suya le guste beber con un detective privado de mala muerte.

—¿Un ataque de modestia?

—No. Sólo desconcertado. Soy una persona razonablemente amistosa, pero usted y yo vivimos en mundos distintos. Ni siquiera sé dónde vive, excepto que se trata de Encino. Imagino que su vida familiar es aceptable.

—No tengo vida de familia.

Seguíamos bebiendo gimlets. El bar estaba casi vacío. Aunque no faltaba un número reducido de bebedores habituales, de los que acercan la mano muy despacio a la primera copa, vigilándola para no tirar nada, y se entonan en los taburetes pegados al mostrador.

—No lo entiendo. ¿Se supone que debería entenderlo?

—Gran producción, falta de argumento, como dicen en los estudios de cine. Imagino que Sylvia es feliz a su modo, pero no conmigo. En nuestro círculo eso no es demasiado importante. Siempre hay algo que hacer si uno no tiene que trabajar ni preocuparse por el precio. No es divertido de verdad pero los ricos no se dan cuenta. No saben lo que es eso. Nunca quieren nada con pasión excepto, quizá, la mujer de otro, y eso es bien poca cosa comparado con la manera en que la mujer del fontanero quiere cortinas nuevas para el cuarto de estar.

No dije nada. Lo dejé que siguiera llevando el balón.

—Me dedico sobre todo a matar el tiempo —dijo—, pero le cuesta morirse. Un poco de tenis, un poco de golf, natación, montar a caballo y el placer exquisito de contemplar cómo los amigos de Sylvia tratan de resistir hasta el almuerzo sin combatir la resaca.

—La noche en que se fue usted a Las Vegas, su mujer me dijo que no le gustaban los borrachos.

Sonrió torciendo la boca. Me estaba acostumbrando tanto a su rostro, marcado por las cicatrices, que sólo reparaba en él cuando un cambio de expresión subrayaba el acartonamiento del lado derecho.

—Se refería a borrachos sin dinero. Si están forrados se convierten en grandes bebedores. Cuando vomitan en la terraza es el mayordomo quien lo recoge.

—No estaba usted obligado a que las cosas fueran así.

Se terminó la copa de un trago y se puso en pie.

—Tengo que irme, Marlowe. Además le estoy aburriendo y bien sabe Dios que incluso me aburro a mí mismo.

—No me está aburriendo. Soy un oyente profesional. Antes o después quizá descubra por qué le gusta vivir como un caniche de lujo.

Se tocó suavemente las cicatrices con la punta de un dedo mientras me obsequiaba con una sonrisita remota.

—Tendría que preguntarse por qué me quiere tener en casa mi mujer, y no por qué quiero yo estar allí, esperando pacientemente en mi cojín de satén a que me dé palmaditas en la cabeza.

—Le gustan los cojines de satén —dije, mientras me ponía en pie para marcharme con él—. Le gustan las sábanas de seda y tocar el timbre para que aparezca el mayordomo con su sonrisa respetuosa.

—Tal vez. Me crié en un orfanato de Salt Lake City.

Salimos a la tarde que se acababa y Lennox dijo que quería andar. Habíamos utilizado mi coche y por una vez había tenido la velocidad de reflejos necesaria para apoderarme de la nota. Estuve mirándolo hasta que se perdió de vista. La iluminación de un escaparate hizo brillar por un momento sus cabellos blancos mientras desaparecía en la neblina.

Me gustaba más borracho, miserable, hambriento y acabado, pero orgulloso. Aunque tal vez no. Quizá sólo me gustaba ser el más importante. Sus razones eran difíciles de precisar. En mi oficio hay un tiempo para hacer preguntas y otro para dejar que el interlocutor hierva hasta salirse. Todo policía competente lo sabe. En buena parte es igual que el ajedrez o el boxeo. A algunas personas hay que hostigarlas para que pierdan el equilibrio. En otros casos basta con boxear y acaban por derrotarse solas.

Me habría contado la historia de su vida si se lo hubiera pedido. Pero ni siquiera le pregunté cómo le habían destrozado la cara. Si lo hubiera hecho y me lo hubiese contado, es posible que se hubieran salvado un par de vidas. Sólo posible, nada más.

4

La última vez que bebimos juntos en un bar fue en mayo y más temprano que de costumbre: acababan de dar las cuatro. Parecía cansado y más delgado, pero miraba a su alrededor con una tranquila sonrisa de satisfacción.

—Me gustan los bares cuando acaban de abrir para la clientela de la tarde. Dentro el aire todavía está limpio, todo brilla, y el barman se mira por última vez en el espejo para comprobar que lleva la corbata en su sitio y el pelo bien alisado. Me gustan las botellas bien colocadas en la pared del fondo, las copas que brillan y las expectativas. Me gusta verle mezclar el primer cóctel, colocarlo sobre el posavasos y situar a su lado la servilletita de papel perfectamente doblada. También me gusta saborear despacio ese primer cóctel. La primera copa de la tarde, sin prisas, en un bar tranquilo... Eso es maravilloso.

Le dije que estaba de acuerdo.

—El alcohol es como el amor —dijo—. El primer beso es mágico, el segundo íntimo, el tercero pura rutina. Después desnudas a la chica.

—¿Es malo eso? —le pregunté.

—Es una emoción de orden superior, pero impura..., impura en el sentido estético. No estoy despreciando las relaciones sexuales. Son una cosa necesaria y no tienen por qué ser feas. Pero siempre hay que gestionarlas. Hacerlas seductoras es una industria de mil millones de dólares y se necesita hasta el último céntimo.

Miró a su alrededor y bostezó.

—No duermo como debiera últimamente. Se está bien aquí. Pero al cabo de un rato los borrachines llenarán el bar y hablarán muy alto y se reirán; y las mujeres, a quienes Dios confunda, empezarán a agitar las manos y a hacer muecas y ruido con sus condenadas pulseras y a ponerse guapas con esos polvos mágicos que, de manera ligera pero inconfundible, huelen cada vez más a sudor a medida que avanza la velada.

—Tómeselo con calma —dije—. Son humanas, como es lógico, sudan, se manchan, tienen que ir al baño. ¿Qué esperaba? ¿Mariposas doradas revoloteando en una neblina de color rosa?

Apuró la copa, la puso boca abajo y contempló cómo, en el borde, se formaba lentamente una gota, que a continuación temblaba y caía.

—Lo siento por ella —dijo despacio—. Es una perfecta bruja. Puede que también yo le tenga cariño de una forma bastante despegada. Algún día me necesitará y seré el único a su alrededor que no tenga una piedra en la mano. Aunque lo más probable será que no dé la talla.

Me lo quedé mirando.

—Es usted un artista haciéndose propaganda —le dije al cabo de un momento.

—Sí; lo sé. Soy una persona débil, sin agallas ni ambición. Atrapé un anillo de latón y me escandalizó descubrir que no era de oro. Un tipo como yo tiene un momento estelar en la vida, un recorrido perfecto en el trapecio más alto. Luego se pasa el resto de sus días tratando de no caerse a la cuneta desde la acera.

—¿De qué se trata exactamente?

Saqué la pipa y empecé a llenarla.

—Está asustada. Muy asustada.

—¿De qué?

—No lo sé. Casi hemos dejado de hablarnos. Tal vez de su padre. Harlan Potter es un hijo de puta sin corazón. Todo dignidad victoriana en el exterior. Por dentro tan despiadado como un matón de la Gestapo. Sylvia es una golfa. Su padre está enterado y le sabe a cuerno quemado, aunque no puede hacer nada. Pero espera y vigila y si Sylvia se mete en un buen lío y organiza un escándalo la partirá por la mitad y enterrará las dos mitades a mil kilómetros de distancia.

—Usted es su marido.

Alzó la copa vacía y, al golpearla con energía contra el borde de la mesa, se rompió con un fuerte sonido metálico. El barman miró, pero no dijo nada.

—Así, muchacho. Así. Claro que soy su marido. Eso es lo que dice el registro. Soy los tres escalones blancos, la gran puerta verde y el llamador de latón con el que se da un golpe largo y dos cortos y la doncella permite la entrada en el burdel de cien dólares.

Me puse en pie y dejé algo de dinero sobre la mesa.

—Habla demasiado —dije—, y sobre todo habla demasiado sobre sí mismo. Hasta la vista.

Salí, dejándolo desconcertado y pálido si es que no me engañó la poca luz que hay en los bares. Dijo algo en mi dirección, pero seguí adelante.

Diez minutos después me había arrepentido. Pero para entonces ya estaba en otro sitio. No vino nunca más al despacho. Nunca, ni una sola vez. Le había acertado donde duele.

Tardé un mes en volver a verlo. Eran las cinco de la mañana y empezaba a clarear. El timbre de la puerta que no cesaba de sonar me sacó de la cama. Me arrastré por el pasillo y el cuarto de estar y abrí la puerta. Allí estaba Terry Lennox, con aspecto de haber pasado una semana sin dormir. Vestía un abrigo ligero con el cuello levantado y parecía tiritar. El sombrero oscuro de fieltro casi le tapaba los ojos.

Llevaba una pistola en la mano.

5

No me apuntaba, tan sólo la sostenía. Una pistola automática de calibre medio, fabricada en el extranjero, ni Colt ni Savage, desde luego. Con la palidez y las cicatrices en la cara, el cuello del abrigo levantado, el sombrero hundido hasta las cejas y la pistola, podía haberse escapado directamente de una película de gánsteres al viejo estilo.

—Me va a llevar a Tijuana para que tome un avión a las diez quince —dijo—. Dispongo de pasaporte y visado y lo tengo todo a punto excepto el medio de transporte. Ciertas razones me impiden utilizar el tren, el autobús o el avión desde Los Ángeles. ¿Le parece que quinientos dólares es un precio razonable por el trayecto?

Seguí en la puerta sin apartarme para dejarlo entrar.

—¿Quinientos además de la pistola? —pregunté.

Bajó los ojos para mirar el arma con expresión un tanto ausente. Luego se la guardó en el bolsillo.

—Podría servir de protección —dijo—. Para usted. No para mí.

—Pase, entonces.

Me hice a un lado y Terry Lennox entró con la violencia del agotamiento y se dejó caer en una silla.

El cuarto de estar se hallaba aún a oscuras, porque la dueña de la casa había permitido que las plantas del jardín crecieran hasta casi tapar las ventanas. Encendí una lámpara y le gorroneé un cigarrillo, que procedí a encender. Me quedé un rato mirándolo. Me despeiné más de lo que ya estaba. Y conseguí que me subiera hasta los labios una sonrisa cansada.

—¿Qué demonios me pasa? —dije—. ¡Seguir dormido en una mañana tan encantadora! Las diez y cuarto, ¿eh? Bueno; tenemos tiempo de sobra. Vamos a la cocina y haré un poco de café.

—Estoy metido en un buen lío, sabueso.

Era la primera vez que utilizaba conmigo aquel apelativo. Pero encajaba con su manera de entrar, la manera en que iba vestido, la pistola y todo lo demás.

—Va a ser un día perfecto. Brisa suave. Se oye susurrar a los viejos eucaliptos del otro lado de la calle. Hablan de los viejos tiempos en Australia, cuando los ualabíes saltaban de aquí para allá entre las ramas y los osos koala llevaban a sus crías a cuestas. Sí; ya me he hecho cargo en general de que tiene algún problema. Hablaremos de ello después de que me haya tomado un par de tazas de café. Siempre estoy un poco ido al despertarme. Consultaremos al señor Huggins y al señor Young.

—Oiga, Marlowe, no es el momento...

—No tema nada, muchacho. El señor Huggins y el señor Young son dos de los mejores. Hacen el café Huggins-Young para mí. Es la tarea de su vida, su orgullo, su gran satisfacción. Un día de éstos me voy a ocupar de que se les tribute el homenaje que merecen. Hasta el momento sólo han ganado dinero. Pero cabe esperar que eso no les baste.

Lo dejé sin detener el parloteo intrascendente y me dirigí a la cocina en la parte trasera de la casa. Abrí el agua caliente y saqué la cafetera del estante. Humedecí el vástago y medí la cantidad de café; para entonces humeaba el agua. Llené la mitad inferior del cacharro y lo puse al fuego. Coloqué encima la parte superior y la hice girar para que encajara.

Terry Lennox me había seguido hasta la cocina. Se apoyó un momento en el quicio de la puerta y luego cruzó en diagonal para sentarse a la mesita del desayuno. Todavía estaba temblando. Bajé del estante una botella de Old Grand Dad y le serví un par de dedos en un vaso grande. Sabía que necesitaba un vaso grande. Incluso así tuvo que usar las dos manos para llevárselo a la boca. Tragó, dejó el vaso dando un golpe en la mesa y cayó con fuerza contra el respaldo del asiento.

—Casi me he desmayado —murmuró—. Parece como si llevara una semana en pie. Anoche no dormí en absoluto.

El agua de la cafetera estaba a punto de hervir. Bajé la llama y contemplé el agua mientras subía. Se detuvo al principio del tubo de cristal. Subí otra vez el fuego para que pasase el codo y luego lo bajé otra vez muy deprisa. Removí el café y lo tapé. Puse la alarma para tres minutos. Un tipo muy metódico, el tal Marlowe. Nada que lo distraiga de su técnica para preparar el café. Ni siquiera una pistola en manos de un tipo desesperado.

Le serví otra dosis de whisky.

—Siga donde está. No diga una palabra. Quédese quieto.

Para el segundo whisky sólo necesitó una mano. Me lavé deprisa en el cuarto de baño y la alarma sonó exactamente cuando volvía. Apagué el fuego y puse la cafetera en la mesa sobre un salvamanteles de paja. ¿Por qué tanto detalle? Porque el ambiente estaba tan cargado que hasta la acción más insignificante se convertía en espectáculo, en un movimiento autónomo de extraordinaria importancia. Era uno de esos momentos sumamente delicados en los que todos los movimientos maquinales, aunque funcionen desde hace mucho tiempo, por habituales que sean, se convierten en actos voluntarios singulares. Es como una persona que aprende de nuevo a andar después de la poliomielitis. No se da nada por sentado, absolutamente nada.

Todo el café había pasado y empezó a entrar aire con el alboroto habitual y el líquido burbujeó y luego se quedó quieto. Retiré la parte superior de la cafetera y la dejé en el escurreplatos.

Serví dos tazas y añadí un chorro de whisky a la suya.

—Para usted café solo.

Al mío le añadí dos terrones de azúcar y un poco de crema. Estaba volviendo a la normalidad. No tuve conciencia de cómo abría el frigorífico y sacaba el envase de la crema. Me senté frente a él. No se había movido, siempre apoyado en el rincón de la cocina, rígido. Luego, sin preparación alguna, bajó la cabeza a la altura de la mesa y se echó a llorar.

No prestó la menor atención cuando extendí la mano para sacarle la pistola del bolsillo. Era una Mauser 7,65: una preciosidad. Me la acerqué a la nariz para olerla. No se había utilizado. Saqué el cargador. Estaba lleno. Nada en la recámara.

Terry Lennox alzó la cabeza, vio el café y bebió unos sorbos muy despacio, sin mirarme.

—No la he usado —dijo.

—Bueno; al menos no recientemente. Y habría que haberla limpiado. No es nada probable que haya disparado con esto.

—Se lo voy a contar —afirmó.

—Espere un momento. —Me bebí el café todo lo deprisa que pude sin quemarme. Volví a llenarme la taza—. Me explico —dije—. Tenga mucho cuidado con lo que me cuenta. Si realmente quiere que lo lleve a Tijuana, hay dos cosas que no se me deben contar. Una... ¿Me escucha?

Asintió de manera casi imperceptible. Miraba sin ver a la pared por encima de mi cabeza. Las cicatrices de la cara presentaban una palidez extrema. La piel era casi anormalmente blanca, pero las cicatrices parecían brillar de todos modos.

—Una —repetí lentamente—, si ha cometido un delito o algo que la justicia llama delito (un delito grave, quiero decir) no me lo puede contar. Dos, si tiene información básica de que se ha cometido un delito de esas características, tampoco me lo puede contar. No, si quiere que lo lleve a Tijuana. ¿Está claro?

Me miró de hito en hito, pero sus ojos carecían de vida. Se había bebido el café. Había perdido el color pero estaba tranquilo. Le serví un poco más de café y volví a añadirle whisky.

—Ya le he dicho que estoy en un aprieto —dijo.

—Le he oído. No quiero saber en qué tipo de aprieto. He de ganarme la vida y tengo una licencia que proteger.

—Podría apuntarle con la pistola —afirmó.

Sonreí y empujé la Mauser hacia el otro lado por encima de la mesa. La miró pero no la tocó.

—No podría tenerme apuntado hasta Tijuana. Ni para cruzar la frontera, ni al subir la escalerilla del avión. Soy una persona que tiene a veces trato con pistolas. Vamos a olvidarla. Quedaría como un héroe diciéndoles a los polis que estaba tan asustado que tuve que hacer todo lo que me decía. Suponiendo, claro está, cosa que ignoro, que hubiera algo que contar a los polis.

—Escuche —dijo—; hasta mediodía, o quizá incluso más tarde, nadie llamará a esa puerta. La servidumbre sabe de sobra que más vale no molestarla cuando duerme hasta tarde. Pero hacia mediodía su doncella llamará a la puerta y entrará. No la encontrará en su habitación.

Bebí un sorbo de café y no dije nada.

—La doncella se dará cuenta de que no ha deshecho la cama —prosiguió—. Entonces pensará en otro sitio donde mirar. Hay un pabellón para invitados bastante grande y alejado del edificio principal. Tiene su propia avenida y garaje y todo lo demás. Sylvia ha pasado allí la noche. La doncella acabará por encontrarla allí.

Fruncí el entrecejo.

—He de tener mucho cuidado con las preguntas que le hago, Terry. ¿No podría haber pasado la noche en otro sitio?

—Habrá tirado la ropa por toda su habitación. Nunca cuelga nada. La doncella sabrá que se ha puesto una bata sobre el pijama para ir al pabellón de invitados. De manera que sólo puede tratarse de ese sitio.

—No necesariamente —dije yo.

—Tiene que ser el pabellón de invitados. Demonios, ¿cree que no saben lo que pasa en ese pabellón? Los criados lo saben siempre.

—Olvídelo —dije.

Se pasó con fuerza un dedo por el borde de la mejilla en buen estado y dejó una línea roja.

—Y en el pabellón de invitados —prosiguió, hablando despacio—, la doncella encontrará...

—A Sylvia borracha como una cuba, con un tablón a cuestas de aquí te espero, cocida hasta las cejas —dije con aspereza.

—Ah. —Se lo pensó. Con calma—. Por supuesto —añadió—, así será. Sylvia no es una alcohólica. Cuando se pasa de la raya lo hace a conciencia.

—Fin de la historia —dije—. O casi. Déjeme que improvise. La última vez que bebimos juntos estuve un poco duro con usted, me fui, no sé si lo recuerda. Me puso de muy mal humor. Pensando después en ello, me di cuenta de que sólo trataba de superar mediante el desdén la sensación de desastre. Dice que dispone de pasaporte y de visado. Requiere algún tiempo conseguir un visado para México. No dejan entrar a cualquiera. De manera que lleva algún tiempo pensando en desaparecer. Me preguntaba cuánto tiempo iba a durar.

—Imagino que sentía vagamente algo así como la obligación de estar presente, la idea de que quizá Sylvia me necesitara para algo más que para hacer de pantalla y evitar que su padre fisgoneara más de la cuenta. Por cierto, intenté hablar con usted a medianoche.

—Duermo a pierna suelta. No he oído el teléfono.

—Luego fui a unos baños turcos. Un par de horas, baño de vapor, zambullida, ducha a presión y masaje. Hice también un par de llamadas telefónicas desde allí. Dejé el coche en el cruce de La Brea y Fountain. He venido andando. Nadie me ha visto entrar por su calle.

—¿Me interesan esas conversaciones telefónicas?

—Una fue con Harlan Potter. Se había ido ayer a Pasadena en avión, cuestión de negocios. No había vuelto a casa. Me costó trabajo ponerme en contacto. Pero finalmente habló conmigo. Le dije que lo sentía, pero que me marchaba.

Miraba un poco de lado mientras decía aquello, hacia la ventana sobre el fregadero y el arbusto de madreselva que rozaba contra el mosquitero exterior.

—¿Qué tal se lo tomó?

—Dijo que lo lamentaba. Me deseó suerte. Preguntó si necesitaba dinero. —Terry rió con aspereza—. Dinero. Las seis primeras letras de su alfabeto. Dije que tenía más que suficiente. Luego llamé a la hermana de Sylvia. Casi la misma historia. Eso es todo.

—Hay algo que le quiero preguntar —dije—. ¿La ha encontrado alguna vez con otro hombre en ese pabellón para invitados?

Negó con la cabeza.

—No lo he intentado nunca. No hubiera sido difícil. Nunca lo ha sido.

—Se le está enfriando el café.

—No quiero más.

—¿Muchos, eh? Pero se volvió a casar con ella. Reconozco que es muy atractiva, pero de todos modos...

—Ya le dije que soy un desastre. Demonios, ¿por qué la dejé la primera vez? ¿Por qué después me emborrachaba cada vez que la veía? ¿Por qué preferí arrastrarme por el fango a pedirle dinero? Ha estado casada cinco veces, sin contarme a mí. Cualquiera de ellos volvería sólo con que Sylvia moviera un dedo. Y no sólo por un millón de dólares.

—Es muy atractiva —dije. Miré el reloj—. ¿Por qué tiene que ser precisamente el avión de las diez quince en Tijuana?

—Siempre hay sitio en ese vuelo. Nadie que viva en Los Ángeles quiere viajar en un DC-3 sobre montañas cuando puede tomar un Constellation y llegar a Ciudad de México en siete horas. Además los Constellation no paran donde yo quiero ir.

Me puse en pie, apoyándome contra el fregadero.

—Ahora vamos a resumir y no me interrumpa. Se ha presentado en mi casa hoy por la mañana muy nervioso para pedirme que lo llevara a Tijuana para tomar un vuelo a primera hora. Llevaba una pistola en el bolsillo, pero no es necesario que yo la haya visto. Me ha dicho que ha aguantado todo lo que ha podido, pero que anoche estalló al encontrar a su mujer borracha como una cuba y descubrir que había estado con otro hombre. Se marchó de casa, fue a unos baños turcos para pasar el tiempo hasta que amaneciera y telefoneó a los dos parientes más próximos de su esposa para decirles lo que estaba haciendo. No era asunto mío cuál fuera su destino. Tenía la documentación necesaria para entrar en México. Cómo fuera usted allí tampoco era asunto mío. Somos amigos e hice lo que me pedía sin pensármelo dos veces. ¿Por qué tendría que no hacerlo? No me ha pagado. Usted tenía su coche pero estaba demasiado nervioso para conducir. También eso es asunto suyo. Es una persona muy impulsiva y le hirieron gravemente en la guerra. Creo que debería recoger su coche y meterlo en algún garaje para retirarlo de la circulación.

Se buscó en los bolsillos, se sacó un llavero de cuero y lo empujó por encima de la mesa en mi dirección.

—¿Qué tal suena? —preguntó.

—Depende de quién esté escuchando. No he terminado. No se llevó nada, con excepción de lo puesto y algún dinero que le había dado su suegro. Ha dejado todos los regalos de su mujer, incluida esa máquina maravillosa que está aparcada en el cruce de La Brea y Fountain. Quiere marcharse con las manos lo más vacías posible, pero sin renunciar por ello a marcharse. De acuerdo. A mí me sirve. Voy a afeitarme y a vestirme.

—¿Por qué lo hace, Marlowe?

—Tómese otra copa mientras me afeito.

Lo dejé acurrucado ante la mesa del desayuno. Seguía sin quitarse ni el sombrero ni el abrigo de entretiempo. Pero parecía mucho más despierto.

Fui al cuarto de baño y me afeité. Me estaba haciendo el nudo de la corbata en el dormitorio cuando apareció y se quedó en el umbral.

—He lavado las tazas por si acaso —dijo—. Pero también he estado pensando. Quizá sea mejor que llame usted a la policía.

—Llámelos usted. No tengo nada que contarles.

—¿Quiere que llame?

Me volví bruscamente y lo miré con desaprobación.

—¡Maldita sea! —casi le grité—. ¿Quiere hacerme el favor de no darle más vueltas?

—Lo siento.

—Claro que lo siente. Los tipos como usted siempre lo sienten, y siempre demasiado tarde.

Se dio la vuelta y regresó por el pasillo al cuarto de estar.

Terminé de vestirme y cerré con llave la parte trasera de la casa. Cuando volví al cuarto de estar se había quedado dormido en una silla, la cabeza caída hacia un lado, el rostro descolorido, el cuerpo desmadejado por el agotamiento. Resultaba lastimoso. Cuando lo toqué en el hombro se despertó muy despacio, como si hubiera una gran distancia desde donde estaba él a donde estaba yo.

—¿Qué tal una maleta? —le pregunté cuando tuve la seguridad de que me escuchaba—. Todavía tengo ese numerito de piel de cerdo en el armario.

—Está vacía —dijo sin interés—. Además es demasiado llamativa.

—Aún resultará usted más llamativo sin equipaje.

Regresé al dormitorio, me subí a la pequeña escalera del armario ropero y bajé del estante más alto la maleta blanca de piel de cerdo. En el techo, exactamente encima de mi cabeza, estaba la trampilla cuadrada de ventilación, de manera que la empujé para abrirla, metí el brazo lo más que pude y dejé caer el llavero de cuero detrás de uno de los polvorientos tirantes de madera, o como quiera que se llamen.

Bajé de la escalera con la maleta, le quité el polvo y metí dentro unas cuantas cosas: un pijama sin estrenar, pasta de dientes, un cepillo de dientes de repuesto, un par de toallas de mala calidad, media docena de pañuelos de algodón, un tubo de crema de afeitar de quince centavos y una de esas maquinillas que regalan con los paquetes de hojas de afeitar. Nada que estuviera usado, nada marcado, nada llamativo, aunque hubiera sido mejor disponer de algunos objetos personales. Añadí una botella de whisky todavía con la bolsa de papel de la tienda. Cerré la maleta con llave y la dejé puesta antes de sacarla al vestíbulo. Terry Lennox se había vuelto a dormir. Abrí la puerta de la calle sin despertarlo, llevé la maleta al garaje y la puse en mi descapotable detrás del asiento delantero. Saqué el coche, cerré el garaje con llave y volví a la casa para despertarlo. Cerré con llave la puerta principal y nos pusimos en camino.

Conduje deprisa pero no como para llamar la atención de la policía. Apenas hablamos durante el trayecto. Tampoco nos paramos a tomar nada. No nos sobraba el tiempo.

Las autoridades de la frontera no se interesaron por nosotros. En la meseta ventosa donde está situado el aeropuerto de Tijuana aparqué el coche junto a las oficinas y esperé a que Terry comprara el billete. Los motores del DC-3 ya estaban girando lentamente, aunque sólo lo suficiente para mantener el calor. Un piloto alto y apuesto charlaba con un grupo de cuatro personas. Uno de ellos medía un metro noventa y llevaba un rifle con su funda. A su lado había una joven con pantalones, un hombre de mediana edad más bien pequeño y una mujer de cabellos grises tan alta que le hacía parecer insignificante. A su alrededor conté tres o cuatro personas más, evidentemente mexicanos. Parecían ser todo el pasaje. La escalera para subir al avión estaba colocada, pero nadie parecía con prisa por entrar. Luego un auxiliar de vuelo mexicano bajó las escaleras y se quedó esperando. No parecía que hubiera sistema de altavoces. Los mexicanos subieron al avión, pero el piloto siguió departiendo con los estadounidenses.

A mi lado estaba aparcado un Packard de grandes dimensiones. Me apeé y salí a echar una ojeada a la licencia. Quizá algún día aprenda a no ocuparme más que de mis propios asuntos. Cuando apartaba la cabeza de la ventanilla vi que la mujer alta de cabellos grises miraba en mi dirección.

Luego Terry se acercó a través de la grava polvorienta.

—Todo a punto —dijo—. Aquí es donde digo hasta la vista.

Me ofreció la mano. Se la estreché. Tenía bastante buen aspecto ya, sólo cansado, absolutamente exhausto.

Saqué la maleta de piel de cerdo del Oldsmobile y la dejé a su lado sobre la grava. Se la quedó mirando, muy enfadado.

—Le dije que no la quería —aseguró con voz cortante.

—Contiene una simpática botella de matarratas, Terry. Un pijama y algunas cosas más. Y todo anónimo. Si lo prefiere, déjela en consigna. O tírela.

—Tengo mis razones —dijo con frialdad.

—También las tengo yo.

Sonrió de repente. Recogió la maleta y me apretó el brazo con la mano libre.

—Está bien. Usted manda. Y recuerde que si las cosas se ponen difíciles, dispone de un cheque en blanco. No me debe nada. Fuimos de copas unas cuantas veces, nos hicimos amigos y le hablé mucho de mí. Le he dejado cinco billetes de cien en el bote del café. No se enfade conmigo.

—Preferiría que no lo hubiera hecho.

—Nunca me gastaré ni la mitad de lo que tengo.

—Buena suerte, Terry.

Los dos americanos estaban subiendo las escaleras del avión. Un tipo rechoncho de cara morena y ancha salió por la puerta del edificio de oficinas, agitó la mano y señaló hacia el avión.

—Suba —le dije—. Sé que no la ha matado. Por eso estoy aquí.

Todo su cuerpo se puso rígido. Se dio la vuelta lentamente, luego miró para atrás.

—Lo siento —dijo sin levantar lo voz—. Pero se equivoca en eso. Voy a caminar muy despacio hacia el avión. Tiene tiempo más que suficiente para detenerme.

Echó a andar. Lo fui siguiendo con la vista. El tipo a la puerta de las oficinas estaba esperando, pero sin dar síntomas de impaciencia. Los mexicanos no suelen hacerlo. Palmeó la maleta de piel de cerdo y sonrió a Terry. Luego se hizo a un lado y Terry cruzó la puerta. Poco después salió por la del otro lado, donde se sitúan los agentes de aduanas cuando se desciende de un vuelo. Caminó, todavía despacio, sobre la grava hasta la escalerilla. Se detuvo al llegar y miró en mi dirección. No hizo ningún gesto ni agitó los brazos. Yo tampoco. Luego subió al avión y retiraron la escalerilla.

Me metí en el Oldsmobile, lo puse en marcha, retrocedí y me dirigí hacia la salida del aparcamiento. La mujer alta y su acompañante de poca estatura seguían en la pista de aterrizaje. La mujer había sacado un pañuelo para saludar. El avión empezó a rodar hacia un extremo de la pista, levantando mucho polvo. Giró al llegar al final y aceleró los motores con un rugido ensordecedor. Empezó a avanzar, aumentando la velocidad poco a poco.

El polvo se alzó en nubes detrás del aparato. Luego ya había despegado. Vi cómo se alzaba lentamente en el aire ventoso hasta desaparecer por el sudeste en el vacío cielo azul.

Después me marché. Nadie me miró al cruzar la frontera, como si mi rostro fuese tan anónimo como las manecillas de un reloj.

6

El viaje desde Tijuana es cansado y uno de los recorridos más aburridos del estado de California. Tijuana no es nada; allí sólo quieren dólares. El crío que se acerca sigilosamente a la ventanilla del coche, te mira con grandes ojos soñadores y dice «Diez centavos, por favor, caballero», tratará de venderte a su hermana un instante después. Tijuana no es México. Las ciudades fronterizas no son más que ciudades fronterizas, de la misma manera que los muelles no son más que muelles. ¿San Diego? Uno de los puertos más hermosos del mundo, pero allí no hay más que buques de guerra y unos cuantos barquitos de pesca. Por la noche es el país de las hadas. Un oleaje tan suave como una anciana dama entonando cánticos religiosos. Pero Marlowe tiene que volver a casa y contar los cubiertos de plata.

La carretera hacia el norte es tan monótona como la salmodia de un marinero. Atraviesas un pueblo, desciendes una colina, pasas por un trozo de playa, otro pueblo, otra colina, otra playa.

Eran las dos cuando llegué a casa. Me estaban esperando en un sedán oscuro, sin placas oficiales ni luz roja; sólo la antena doble, y hay otros coches, además de los de la policía, que la usan. Ya estaba a mitad de los escalones de madera cuando se apearon y me llamaron a gritos, la pareja habitual con los trajes de costumbre, los mismos movimientos pausados e indiferentes, como si el mundo estuviera esperando, encogido y en silencio, a que le dijeran lo que tenía que hacer.

—¿Es usted Marlowe? Queremos hacerle unas preguntas.

El que había hablado me enseñó el brillo de una placa. Si tengo que juzgar por lo que vi, podría haberse tratado del distintivo de la Lucha contra las Plagas. Rubio tirando a gris y de aspecto desagradable. Su compañero era alto, bien parecido, limpio, con un algo meticuloso y siniestro; un esbirro bien educado. Los dos tenían ojos vigilantes y atentos, ojos pacientes y cuidadosos, ojos desdeñosos, ojos de polizontes. Se los entregan en el desfile de graduación de la academia.

—Sargento Green, de la Central de Homicidios. Éste es el detective Dayton.

Terminé de subir los escalones y abrí la puerta. A los polis de las ciudades grandes no se les da la mano. Demasiada intimidad.

Se sentaron en el cuarto de estar. Abrí las ventanas y la brisa susurró. Green era el que hablaba.

—Un individuo llamado Terry Lennox. Lo conoce, ¿no es cierto?

—Tomamos unas copas juntos de cuando en cuando. Vive en Encino, casado con una mujer rica. No he estado nunca en su casa.

—Dice que de cuando en cuando —comentó Green—. ¿Con qué frecuencia sería eso?

—Es una expresión poco precisa, pero es eso lo que quería decir. Puede ser una vez a la semana o una vez cada dos meses.

—¿Conoce a su mujer?

—La vi una vez, muy poco tiempo, antes de que se casaran.

—¿Cuándo y dónde estuvo con Lennox la última vez?

Saqué la pipa de una mesita auxiliar y la llené. Green se inclinó para acercarse más a mí. El tipo alto estaba más lejos, con un bolígrafo listo para escribir en un bloc de bordes rojos.

—Aquí es cuando yo digo «¿De qué se trata?» y ustedes responden «Las preguntas las hacemos nosotros».

—Así que usted se limita a contestarlas, ¿de acuerdo?

Encendí la pipa. El tabaco estaba demasiado húmedo. Necesité algún tiempo y tres cerillas para que prendiera como es debido.

—No tengo prisa —dijo Green—, pero la espera ha sido larga. De manera que vaya al grano, amigo. Sabemos quién es usted. Y usted sabe que no hemos venido aquí para abrir el apetito.

—Sólo estaba pensando —dije—. Solíamos ir a Victor's con bastante frecuencia, y algo menos a La Linterna Verde y al Toro y el Oso, ese sitio al final del Strip que trata de parecerse a una hostería inglesa...

—Déjese de rodeos.

—¿Quién ha muerto? —pregunté.

El detective Dayton tomó la palabra. Tenía una voz fuerte, madura, del tipo «a mí no trate de engañarme».

—Limítese a contestar a lo que se le pregunta, Marlowe. Estamos llevando a cabo una investigación rutinaria. Es todo lo que necesita saber.

Quizá estaba cansado y de mal humor. O tal vez me sentía un poco culpable. No me iba a costar nada detestar a aquel tipo antes incluso de conocerlo. Me habría bastado verlo al otro extremo de una cafetería para tener ganas de saltarle los dientes.

—No me venga con ésas —le dije—. Guárdese sus discursitos para el departamento de menores. Hasta ellos se morirán de la risa.

Green rió entre dientes. En la cara de Dayton no se produjo ningún cambio que pudiera señalarse con el dedo, pero de repente pareció diez años mayor y veinte más desagradable. El aire que le salía por la nariz silbó débilmente.

—Ha aprobado el examen para ejercer de abogado —dijo Green—. No hay que bromear con Dayton.

Me levanté despacio y fui a las estanterías donde guardo los libros. Saqué el ejemplar encuadernado del código penal de California y se lo ofrecí a Dayton.

—¿Sería tan amable de buscarme la sección en la que dice que tengo que responder a sus preguntas?

No se movió. Quería atizarme y los dos lo sabíamos. Pero iba a esperar una ocasión mejor. Lo cual quería decir que no estaba seguro de que Green lo apoyase si sacaba los pies del tiesto.

—Todo ciudadano —dijo— ha de cooperar siempre, incluso con el uso de la fuerza física, y de manera especial ha de responder a todas las preguntas no comprometedoras que la policía considere necesario hacer.

Su voz, mientras decía todo aquello, era dura, nítida y bien modulada.

—Eso es lo que acaba pasando —dije—. Casi siempre por un proceso de intimidación directa o indirecta. En derecho esa obligación no existe. Nadie tiene que decirle nada a la policía, en ningún momento ni en ningún sitio.

—Vamos, cierre la boca —dijo Green con impaciencia—. Nos está dando largas y lo sabe perfectamente. Siéntese. Han asesinado a la mujer de Lennox. En un pabellón para invitados en su casa de Encino. Lennox se ha largado. Al menos no se le encuentra. De manera que estamos buscando a un sospechoso en un caso de asesinato. ¿Le basta con eso?

Dejé el libro en una silla y me senté en el sofá, al otro lado de la mesa, frente a Green.

—¿Por qué acudir a mí? —pregunté—. No he estado nunca cerca de esa casa. Ya se lo he dicho.

Green se pasó las manos por los muslos, arriba y abajo, arriba y abajo, sonriéndome tranquilo. Dayton seguía inmóvil en su silla, comiéndome con los ojos.

—Porque Lennox escribió su número de teléfono en un bloc durante las últimas veinticuatro horas —dijo Green—. Es un bloc con fechas; la página de ayer estaba arrancada pero se veían las huellas de los números en la página de hoy. No sabemos cuándo le telefoneó. Tampoco sabemos dónde ha ido ni por qué ni cuándo. Tenemos que preguntar, es de cajón.

—¿Por qué en el pabellón de invitados? —pregunté, sin esperar que me contestara, aunque lo hizo.

—Parece que la señora Lennox iba allí con frecuencia —se sonrojó un poco—. De noche. Tenía visitantes. El servicio ve a través de los árboles si las luces están encendidas. Hay automóviles que llegan y se van, a veces tarde, en ocasiones muy tarde. Le he dicho más que suficiente. No se engañe. Lennox es nuestro hombre. Fue hacia allí a la una de la madrugada. Da la casualidad de que lo vio el mayordomo. Regresó solo, quizá al cabo de veinte minutos. Después de eso, nada. Las luces siguieron encendidas. Por la mañana Lennox no estaba en casa. El mayordomo fue al pabellón de huéspedes. Se encontró a la prójima en la cama, tan desnuda como Dios la trajo al mundo, y déjeme decirle que no la reconoció por la cara. Prácticamente había dejado de tenerla. Se la machacaron con una estatuilla de bronce que representa a un mono.

—Terry Lennox no habría hecho nunca nada semejante —dije—. Es verdad que le ponía los cuernos. Viene de antiguo. Lo ha hecho desde siempre. Se habían divorciado y volvieron a casarse. Imagino que no le gustaba, pero ¿por qué tendría que tomárselo tan a pecho de repente?

—Nadie tiene la respuesta —dijo Green con mucha paciencia—. Pero pasa continuamente. Con hombres y con mujeres, los dos. Un tipo aguanta y aguanta y aguanta. Hasta que deja de hacerlo. Probablemente ni él mismo lo sabe; por qué en un momento determinado se vuelve loco. Pero es lo que pasa, y alguien muere. Como ve, tenemos un problema que resolver y hacemos una pregunta bien sencilla. Así que deje de hacer el tonto o le pondremos a la sombra.

—No se lo va a contar, sargento —dijo Dayton agriamente—. Se ha leído el código. Como mucha gente que lee un libro de derecho, piensa que la ley está ahí.

—Usted encárguese de tomar nota —dijo Green—, y no se esfuerce por pensar. Si de verdad se porta bien le dejaremos cantar una balada irlandesa en la fiesta de la policía.

—Váyase al infierno, sargento, si se me permite decirlo con el debido respeto a su graduación.

—¿Por qué no se pelean? —le dije a Green—. Lo recogeré cuando caiga.

Dayton se desprendió del bloc y del bolígrafo con mucho cuidado. Luego se puso en pie con un brillo en los ojos. Dio unos pasos y se situó delante de mí.

—Levántese, chico listo. El que haya ido a la universidad no significa que tenga que aceptar impertinencias de un cretino como usted.

Me golpeó cuando aún estaba incorporándome. Un gancho de izquierda que luego remató con la derecha. Sonaron campanas, aunque no para anunciar el desayuno. Me senté y agité la cabeza. Dayton seguía en el mismo sitio. Ahora sonreía.

—Vamos a intentarlo de nuevo —dijo—. No estaba usted preparado. No ha sido del todo legal.

Miré a Green. Se contemplaba el pulgar como si se estuviera examinando un padrastro. No me moví ni hablé, esperando a que alzara los ojos. Si me levantaba de nuevo, Dayton me volvería a golpear. Quizá lo hiciera de todos modos. Pero si me ponía en pie y me atizaba, yo iba a hacerle picadillo, porque los golpes demostraban que era un boxeador de libro. Colocaba bien los golpes, pero iba a necesitar muchos para acabar conmigo.

—Excelente trabajo, muchacho —dijo Green, casi distraídamente—. Le ha dado exactamente lo que quería. Razones para no abrir la boca.

Luego alzó los ojos y dijo con mucha suavidad:

—Se lo voy a preguntar una vez más, para que quede constancia, Marlowe. Dónde fue la última vez que vio a Terry Lennox, y cómo y de qué hablaron; también quiero que me diga de dónde venía usted hace un momento. ¿Sí o no?

Dayton seguía de pie, relajado, en perfecto equilibrio. Había un brillo suave, casi alegre en sus ojos.

—¿Qué hay del otro tipo? —pregunté, sin hacerle el menor caso.

—¿Qué otro tipo es ése?

—El del pabellón de invitados. Sin ropa. No me irá a decir que la señora Lennox fue allí para hacer solitarios.

—Eso viene después, cuando tengamos al marido.

—Estupendo. Si no resulta demasiado trabajo cuando ya se tiene un cabeza de turco.

—Si no habla, nos lo llevamos, Marlowe.

—¿Como testigo de cargo?

—Nada de testigo. Como sospechoso. Sospechoso de encubrir un asesinato. De ayudar a escapar a un sospechoso. Mi suposición es que lo ha llevado a algún sitio. Y en este momento una suposición es todo lo que necesito. El patrón juega muy duro en los tiempos que corren. Se sabe las reglas pero a veces se distrae. Esto puede resultar un verdadero calvario para usted. De una manera o de otra conseguiremos que hable. Cuanto más nos cueste, más seguros estaremos de que es lo que andamos buscando.

—Todo eso no es más que una estupidez para él —dijo Dayton—. Se sabe el código.

—Es una estupidez para todo el mundo —dijo Green con calma—. Pero todavía funciona. Vamos, Marlowe. Ya sabe lo que le espera.

—De acuerdo —dije—. Me doy por avisado. Terry Lennox era amigo mío. He invertido en él una considerable cantidad de afecto. Lo bastante como para no tirarla por la ventana sólo porque un policía dice que debo hacerlo. Ustedes tienen algo contra él, quizá bastante más de lo que me cuentan. Motivo, oportunidad y el hecho de haber salido por pies. El motivo es agua pasada, neutralizado hace mucho tiempo, casi parte del acuerdo. No es que admire un acuerdo así, pero Terry Lennox es ese tipo de persona, un poco débil y muy discreto. Todo lo demás no significa nada, excepto que si supo que su mujer estaba muerta también sabía que era un blanco seguro. En la investigación judicial, si es que llega a haberla y si es que me llaman, tendré que responder a las preguntas. Pero no tengo que contestar a las de la policía. Me doy cuenta de que es usted buena persona, Green. Como también veo que su socio es uno de esos a los que les gusta lucir la placa, con complejo de persona importante. Si quiere meterme en un buen lío, déjele que me pegue otra vez. Le prometo que le romperé el bolígrafo.

Green se puso en pie y me miró con tristeza. Dayton no se había movido. Era un tipo duro de corto recorrido. Tenía que tomarse un descanso para darse palmaditas en la espalda.

—Voy a usar el teléfono —dijo Green—. Pero sé lo que me van a decir. No le arriendo la ganancia, Marlowe. Desde luego que no. Apártese de mi camino. —Esto último a Dayton, que se dio la vuelta y fue a recoger su bloc.

Green se llegó hasta el teléfono y lo levantó despacio, el rostro marcado por una expresión más bien pesarosa. Es uno de los problemas con los polizontes. Estás decidido a mirarlos con odio africano y de pronto te encuentras a uno que se compadece de ti.

El capitán dijo que me llevaran, y sin contemplaciones.

Me pusieron las esposas. No registraron la casa, lo que me pareció un descuido por su parte. Posiblemente pensaron que tenía demasiada experiencia para guardar algo que pudiera comprometerme. Y en eso se equivocaban. Un registro bien hecho habría dado con las llaves del coche de Lennox. Y cuando apareciera el automóvil, cosa que sucedería antes o después, sumarían dos y dos y sabrían que Terry había estado conmigo.

De hecho, tal como sucedieron las cosas, no habría servido de nada. La policía no encontró nunca el automóvil. Lo robaron en algún momento de la noche, lo llevaron probablemente hasta El Paso, y de allí, con llaves nuevas y documentos falsos, lo pusieron finalmente a la venta en Ciudad de México. Un procedimiento habitual. La mayor parte del dinero regresa a California en forma de heroína. Parte de la política de buena vecindad, desde el punto de vista de los delincuentes.

7

Aquel año el patrón de la Brigada de Homicidios era un tal capitán Gregorius, un tipo de polizonte que va escaseando pero al que no se puede calificar ni mucho menos de extinto; de los que resuelven los delitos con el reflector en los ojos, la cachiporra blanda, la patada en los riñones, el rodillazo en el bajo vientre, el puñetazo en el plexo solar, el golpe en la rabadilla. Seis meses después compareció ante un jurado de acusación por perjurio, lo pusieron de patitas en la calle sin proceso, y más tarde lo coceó hasta matarlo un semental en su rancho de Wyoming.

Pero en aquel momento estaba dispuesto a comérseme crudo. Me recibió sentado, sin chaqueta y con la camisa remangada casi hasta los hombros. Calvo como una pelota de ping-pong y, como todos los hombres musculosos de mediana edad, en proceso de ensanchamiento por la cintura. Ojos de color agua sucia. La nariz, grande, convertida en una red de capilares rotos. Bebía café, pero no en silencio. Vello espeso en el dorso de las manos, toscas, fuertes. De las orejas le salían mechones grises. Dio unas palmaditas a algo que tenía sobre la mesa y miró a Green.

—Todo lo que tenemos contra él —dijo el sargento— es que no quiere contarnos nada, patrón. El número de teléfono ha hecho que vayamos a verlo. Ayer fue en coche a algún sitio pero no quiere decirnos dónde. Conoce bien a Lennox y no cuenta cuándo lo ha visto por última vez.

—Se cree duro —comentó Gregorius con aire indiferente—. Eso lo podemos cambiar. —Lo dijo como si le diera lo mismo cuál fuera el resultado. Probablemente era cierto. Nadie se le resistía—. Porque lo cierto es que el fiscal del distrito prevé muchos titulares en este caso. No tiene nada de sorprendente, si uno se fija en quién es el padre de la chica. Supongo que será mejor que le tiremos un poco de la lengua.

Me miró como si yo fuera una colilla o una silla vacía. Tan sólo algo en su campo visual, sin interés para él.

—Es evidente que toda su actitud estaba dirigida a crear una situación que le permitiera negarse a hablar —dijo Dayton respetuosamente—. Nos citó el código y consiguió sacarme de quicio para que le diera un puñetazo. Sin duda me extralimité, capitán.

Gregorius lo contempló con expresión sombría.

—No debe de ser difícil sacarle a usted de quicio si este mequetrefe lo ha conseguido. ¿Quién le ha quitado las esposas?

Green dijo que había sido él.

—Vuelva a ponérselas —dijo Gregorius—. Apretadas. Así se animará.

Green volvió a ponerme las esposas o, más bien, empezó a hacerlo.

—Las manos detrás de la espalda —ladró Gregorius. Green hizo lo que se le decía. Yo estaba sentado en una silla de respaldo recto.

—Más ajustadas —dijo Gregorius—. Haga que muerdan.

Green me apretó las esposas. Las manos empezaron a dormírseme.

Gregorius me miró con aire triste.

—Ahora empiece a hablar. ¡Y rápido!

No le contesté. El capitán se recostó en el asiento y sonrió. Su mano se dirigió despacio hacia la taza de café. Luego Gregorius se inclinó un poco hacia delante. El contenido de la taza salió disparado, pero lo evité tirándome de lado. Caí con violencia sobre un hombro, rodé por el suelo y volví a levantarme despacio. Tenía las manos completamente entumecidas. Insensibles. Los brazos, por encima de las esposas, empezaban a dolerme.

Green me ayudó a sentarme de nuevo. El café había manchado el respaldo y parte del asiento, pero la mayor parte cayó al suelo.

—No le gusta el café —dijo Gregorius—. Es ágil. Se mueve deprisa. Buenos reflejos.

Nadie dijo nada. Gregorius me miró de arriba abajo con ojos de pez.

—Aquí una licencia de detective no tiene más valor que una tarjeta de visita. De manera que va a hacernos su declaración, de viva voz primero. Ya tendremos tiempo de ponerla por escrito. Y que sea completa. Un relato íntegro, digamos, de todos sus movimientos desde las diez de la noche de ayer. Y cuando digo íntegro, es exactamente eso lo que quiero decir. Este departamento está investigando un asesinato y el principal sospechoso ha desaparecido. Usted está relacionado con él. Un tipo sorprende a su mujer engañándolo y le golpea la cabeza hasta que sólo queda carne desfigurada, hueso y pelo empapado en sangre. Nuestra vieja amiga la estatuilla de bronce. No es muy original pero funciona. Si piensa que un detective de tres al cuarto me va a citar el código en un caso así, le esperan tiempos difíciles. Ningún cuerpo de policía de este país podría hacer su trabajo con el código en la mano. Tiene usted información y yo la necesito. Podría haber dicho no y podría no haberle creído. Pero ni siquiera ha dicho no. A mí no me va a dar la callada por respuesta. Adelante.

—¿Me quitaría las esposas, capitán? —pregunté—. Si hago una declaración, quiero decir.

—Podría ser. Pero aligere.

—Si le dijera que no he visto a Lennox en las últimas veinticuatro horas, que no he hablado con él y que no tengo ni idea de dónde pueda estar..., ¿se daría por satisfecho, capitán?

—Tal vez..., si me lo creyera.

—Si le dijera que lo he visto, y dónde y cuándo, pero que no tenía ni idea de que hubiera asesinado a nadie ni de que se hubiera cometido ningún delito y que ignoro además dónde pueda estar en este momento, eso tampoco le satisfaría, ¿no es cierto?

—Si me lo dijera de manera más detallada, quizá le escuchase. Si me dijera dónde, cuándo, qué aspecto tenía Lennox, de qué se habló, hacia dónde se dirigía. Podría llegar a ser algo.

—Con el tratamiento que usted utiliza —dije—, probablemente llegaría a convertirme en cómplice.

Se le marcaron los músculos de la mandíbula. Sus ojos eran hielo sucio.

—¿Y bien?

—No sé —dije—. Necesito consultar a un abogado. Me gustaría cooperar. ¿Qué tal si hiciésemos venir a alguien del despacho del fiscal del distrito?

Gregorius soltó una risotada estridente que duró muy poco. Se levantó despacio y dio la vuelta alrededor de la mesa. Se inclinó, acercándose a mí, una manaza apoyada en la madera, y sonrió. Luego, sin cambiar de expresión, me golpeó en un lado del cuello con un puño que me pareció de hierro.

La mano sólo hizo un recorrido de veinte o veinticinco centímetros, como máximo, pero casi me arrancó la cabeza. La boca se me llenó de bilis, y sentí el sabor de la sangre mezclada con ella. No oía nada a excepción de un rugido dentro de la cabeza. Gregorius volvió a inclinarse hacia mí, todavía sonriente, la mano izquierda todavía sobre la mesa. Me pareció que su voz me llegaba desde muy lejos.

—Solía ser duro, pero me estoy haciendo viejo. Es usted un buen encajador, y es todo lo que voy a darle. En la cárcel municipal tenemos a unos muchachos que estarían mejor trabajando en el matadero. Tal vez no deberíamos tenerlos porque no son púgiles limpios y corteses, estilo borla de polvos, como Dayton, aquí presente. Tampoco tienen cuatro hijos y una rosaleda como Green. Son otras las diversiones que les gustan. Se necesita gente de todas clases y hay escasez de mano de obra. ¿Tiene más ideas graciosas sobre lo que podría decir, si es que se molestara en decirlo?

—No con las esposas puestas, capitán.

Me dolió incluso pronunciar una frase tan breve.

Se inclinó aún más en mi dirección y me llegó el olor de su sudor y la fetidez de su aliento. Luego se enderezó, dio la vuelta a la mesa y plantó las sólidas nalgas en el sillón. Se apoderó de una regla triangular y pasó el pulgar por uno de los bordes como si se tratara de un cuchillo. Miró a Green.

—¿A qué está esperando, sargento?

—Órdenes.

Green trituró la palabra como si le molestara el sonido de su propia voz.

—¿Se lo tienen que decir? Es usted un hombre con experiencia, según su historial. Quiero una declaración detallada de los movimientos de este individuo en las últimas veinticuatro horas. Quizá desde antes, pero eso es un primer paso. Quiero saber lo que hizo en cada minuto. La quiero firmada, atestiguada y comprobada. Y la quiero dentro de dos horas. Después me lo trae de nuevo aquí limpio, pulcro y sin señales. Y una cosa más, sargento...

Hizo una pausa y lanzó una mirada a Green que hubiera helado a una patata recién asada.

—... la próxima vez que le haga a un sospechoso unas cuantas preguntas corteses no quiero que se me quede usted mirando como si le hubiera arrancado las orejas.

—Sí, patrón. —Green se volvió hacia mí—. Nos vamos —dijo con aspereza.

Gregorius me enseñó los dientes. Estaban muy necesitados de una limpieza.

—La frase de despedida, amigo.

—Sí, señor —dije cortésmente—. Probablemente no era ésa su intención, pero me ha hecho un favor. Con una contribución por parte del detective Dayton. Me ha resuelto un problema. A nadie le gusta traicionar a un amigo pero, tratándose de usted, tampoco traicionaría a un enemigo. Además de matón es incompetente. Ni siquiera sabe cómo llevar unas averiguaciones bien sencillas. Mi decisión pendía de un hilo y podría usted haberme inclinado en cualquier sentido. Pero ha tenido que insultarme, tirarme café a la cara y utilizar sus puños contra mí cuando no tenía otra posibilidad que encajar los golpes. A partir de ahora no le voy a decir ni la hora que marca el reloj de la pared.

Por alguna extraña razón permaneció inmóvil y me dejó decirle todo aquello. Luego sonrió.

—No es usted más que un pobre diablo que detesta a la policía. Eso es todo, sabueso.

—Existen sitios donde no se detesta a la policía. Pero en esos sitios a usted no le dejarían ponerse el uniforme.

También aquello lo encajó. Supongo que se lo podía permitir. Probablemente le habían dicho cosas peores muchas veces. Luego sonó el teléfono que tenía sobre la mesa. Lo miró e hizo un gesto. Dayton, diligente, se acercó a la mesa y descolgó el auricular.

—Despacho del capitán Gregorius. El detective Dayton al habla.

Escuchó un instante. Un leve fruncimiento acercó sus cejas bien dibujadas.

—Un momento, por favor —dijo en voz baja. Luego tendió el teléfono a Gregorius—. El inspector jefe Allbright, capitán.

Gregorius puso cara de pocos amigos. «¿Sí? ¿Qué quiere ese estirado hijo de puta?», dijo casi para sus adentros. Luego tomó el teléfono, esperó un momento y suavizó la expresión.

—Gregorius, inspector jefe.

Escuchó unos instantes.

—Sí, está aquí en mi despacho. Le he estado haciendo unas cuantas preguntas. No está dispuesto a cooperar. Nada en absoluto... ¿Le importa repetírmelo? —Un brusco gesto feroz le retorció las facciones. La sangre le ensombreció la frente. Pero el tono de voz no cambió en lo más mínimo—. Si se trata de una orden directa, deberá llegarme por conducto del jefe de detectives, inspector... Por supuesto, me atendré a ella en espera de recibir confirmación. Por supuesto... Ni muchísimo menos. Nadie le ha tocado un pelo de la ropa... Sí, señor inspector. Inmediatamente.

Colgó el teléfono. Me pareció que le temblaba un poco la mano. Levantó la vista, me miró primero a mí y luego a Green.

—Quítele las esposas —dijo con voz apagada.

Green obedeció. Me froté las manos, esperando el hormigueo de la circulación recobrada.

—Enciérrelo en la cárcel municipal —dijo Gregorius muy despacio—. Sospechoso de asesinato. El fiscal del distrito acaba de quitarnos el caso de las manos. Un sistema encantador, el que nos ha tocado en suerte.

Nadie se movió. Green estaba cerca de mí, respirando audiblemente. Gregorius miró a Dayton.

—¿Qué está esperando, bollito de nata? ¿Un helado de cucurucho?

Dayton casi se ahogó.

—No me ha dado ninguna orden, patrón.

—¡Llámeme capitán, maldita sea! Soy patrón para sargentos y personas de graduación más alta. No para usted, mocito. No para usted. Fuera.

—Sí, capitán.

Dayton se dirigió a buen paso hacia la puerta y salió. Gregorius se puso en pie con dificultad, se acercó a la ventana y se quedó allí, de espaldas a la habitación.

—Vamos, en marcha —me dijo Green al oído.

—Sáquelo de aquí antes de que lo desfigure —dijo Gregorius sin dejar de mirar por la ventana.

Green fue hasta la puerta y la abrió. Me dispuse a cruzarla.

—¡Esperen! ¡Cierre esa puerta! —ladró Gregorius de repente.

Green la cerró y se recostó en ella.

—¡Usted venga aquí! —me ladró Gregorius.

No me moví. Seguí donde estaba y lo miré. Green tampoco se movió. Se produjo una tensa pausa. Luego, muy despacio, Gregorius atravesó el despacho, se detuvo delante de mí y me miró de pies a cabeza. Se metió las manazas en los bolsillos y empezó a mecerse sobre los talones.

—No le he tocado un pelo de la ropa —dijo entre dientes, como hablando solo.

La mirada, remota e inexpresiva. Movía la boca de manera convulsa.

Luego me escupió en la cara y dio un paso atrás.

—Eso es todo, muchas gracias.

Se dio la vuelta y regresó junto a la ventana. Green abrió la puerta de nuevo.

La crucé mientras echaba mano al pañuelo.

8

La celda número tres en la sección de preventivos de la cárcel municipal tiene dos catres, estilo pullman, pero no había muchos detenidos y me dejaron solo. En la sección de preventivos le tratan a uno bastante bien. Te suministran dos mantas, ni sucias ni limpias, y una colchoneta de cinco centímetros de grosor, con bultos, que descansa sobre tiras de metal entrecruzadas. Hay un retrete con agua corriente, un lavabo, toallas de papel y jabón gris y rasposo. El bloque de celdas está limpio y no huele a desinfectante. Los presos de confianza hacen el trabajo. La disponibilidad de presos de confianza es siempre considerable.

Los celadores te revisan y te valoran con prudencia. A no ser que estés borracho, tengas trastornos mentales o actúes como si los tuvieras te permiten que conserves fósforos y cigarrillos. Hasta la primera comparecencia ante el juez conservas tu ropa. Después llevas el uniforme de la cárcel, sin corbata, ni cinturón, ni cordones para los zapatos. Te sientas en la litera y esperas. No hay nada más que hacer.

En la sección donde encierran a los borrachos las cosas están peor. Ni litera, ni silla, ni mantas, ni nada. Te tumbas en el suelo de cemento. Te sientas en el retrete y te vomitas en el regazo. Es el abismo de la abyección. Lo he visto.

Aunque aún era de día, las luces del techo ya estaban encendidas. En el interior de la puerta de acero que aísla el bloque de celdas hay un denso entramado de barras de acero que cubre la mirilla. Las luces se controlan desde el otro lado. Las apagan a las nueve de la noche. Nadie cruza antes la puerta ni dice nada. Puedes estar a mitad de una frase de un periódico o de una revista. Sin un clic ni aviso alguno, la oscuridad. Y allí te quedas hasta el alba sin nada que hacer, excepto dormir si es que puedes, fumar si tienes tabaco, o pensar si es que tienes algo en que pensar que no te haga sentirte peor que si dejas de pensar por completo.

En la cárcel el ser humano carece de personalidad. Los detenidos crean un problema poco importante de distribución y requieren unas cuantas anotaciones en distintos registros. A nadie le importa quién los quiera o quién los odie, qué aspecto tengan, qué hayan hecho con su vida. Nadie se ocupa de ellos a no ser que creen dificultades. Nadie los maltrata. Todo lo que se les pide es que vayan tranquilamente a la celda que les corresponde y que no molesten una vez que estén allí. No hay posibilidad de luchar contra nada, ni nada con lo que sea posible enfadarse. Los celadores son gente tranquila sin animosidad ni sadismo. Todo lo que se lee sobre individuos que gritan y chillan, que golpean los barrotes, que producen estrépito con cucharas, sobre carceleros que llegan corriendo con porras..., todo eso es para las grandes penitenciarías. Una cárcel corriente es uno de los sitios más tranquilos de la tierra. Si recorres un bloque de celdas por la noche y miras a través de los barrotes, verás un bulto cubierto con una manta marrón, o una cabellera, o un par de ojos que no miran nada. Tal vez oigas un ronquido. Muy de tarde en tarde se escucha a alguien que se debate con una pesadilla. La vida en la cárcel es vida en suspenso, sin finalidad ni significado. En otra celda quizá veas a alguien que no puede dormir o que ni siquiera trata de dormir. Está sentado en el borde de la litera sin hacer nada. Quizá te mire o quizá no. Lo miras tú a él. No dice nada y tampoco tú dices nada. No hay nada que comunicar.

En un extremo del bloque de celdas puede haber una segunda puerta de acero que lleva a la sala de reconocimientos. Una de sus paredes es de tela metálica pintada de negro. Sobre la pared trasera hay líneas dibujadas para precisar la estatura de los detenidos y en lo alto focos. Entras allí a primera hora por regla general, poco antes de que el capitán de noche termine su turno. Te colocas pegado a las líneas de medir, los focos te deslumbran y no hay luz detrás de la tela metálica. Pero ese sitio está lleno de gente: agentes, detectives, ciudadanos a los que se ha robado, o agredido, o estafado o a los que se ha echado de sus automóviles a punta de pistola o a los que se ha embaucado para apoderarse de los ahorros de toda una vida. Ni los ves ni los oyes. Oyes la voz del capitán de noche, que te llega con fuerza y claridad. Te hace ir y venir como si fueras un perro en una exposición canina. Está cansado y es cínico y competente. Es el director de escena de la obra que lleva más tiempo representándose en todo el mundo pero que ha dejado de interesarle.

—Vamos a ver, usted. Enderécese. Meta la tripa. La barbilla arriba. Los hombros atrás. La cabeza recta. Mire al frente. Gire a la izquierda. A la derecha. De nuevo al frente y levante las manos. Las palmas hacia arriba. Hacia abajo. Remánguese. Sin cicatrices visibles en los brazos. Cabellos de color castaño oscuro, algunas canas. Ojos marrones. Altura, un metro ochenta. Peso, unos ochenta y cinco kilos. Nombre, Philip Marlowe. Ocupación, detective privado. Vaya, me alegro de verle, Marlowe. Eso es todo. El siguiente.

Muy agradecido, capitán. Gracias por atenderme. Se olvidó de pedirme que abriera la boca. Tengo algunos empastes que están muy bien y una funda de porcelana de excelente calidad. Ochenta y siete dólares de funda de porcelana. También olvidó mirarme la nariz, capitán. Muchas cicatrices. Operación de tabique nasal ¡y el cirujano era un matarife! Dos horas por aquel entonces. Me han dicho que ahora tardan sólo veinte minutos. Me pasó jugando al fútbol americano, capitán. Un ligero error de cálculo en un intento de detener un despeje. Detuve el pie de mi adversario cuando ya había atizado al balón. Sanción de quince metros, aproximadamente la longitud de esparadrapo ensangrentado que me sacaron de la nariz, centímetro a centímetro, el día después de la operación. No estoy presumiendo, capitán. Sólo se lo cuento. Son las cosas pequeñas lo que importa.

Al tercer día un celador abrió la puerta de mi celda a media mañana.

—Está aquí su abogado. Apague la colilla, y que no sea en el suelo.

La eché al retrete y tiré de la cadena. El celador me llevó a una sala de reuniones. Un individuo alto, pálido, de cabellos oscuros, de pie junto a la ventana, miraba hacia el exterior. Sobre la mesa había dejado una gruesa cartera de color marrón. Se volvió al entrar yo y esperó a que se cerrara la puerta. Luego se sentó, cerca de la cartera, al extremo más distante de una mesa de roble cubierta de cicatrices y que parecía proceder directamente del Arca. Noé la compró de segunda mano. El abogado abrió una pitillera de plata labrada, se la colocó delante y procedió a mirarme.

—Siéntese, Marlowe. ¿Un cigarrillo? Me llamo Endicott. Sewell Endicott. Se me ha pedido que lo represente sin costo ni desembolso alguno por su parte. Imagino que le gustaría salir de aquí, ¿no es cierto?

Me senté y cogí uno de los pitillos. El abogado me acercó su mechero.

—Me alegro de volver a verlo, señor Endicott. Nos conocemos..., de cuando era usted fiscal del distrito.

Asintió con la cabeza.

—No lo recuerdo, pero es perfectamente posible. —Sonrió débilmente—. Aquel cargo no era lo más conveniente para mí. Imagino que ando algo escaso de ferocidad.

—¿Quién lo envía?

—No estoy autorizado a decirlo. Si me acepta como abogado no tendrá que pagar la minuta.

—Supongo que eso quiere decir que lo han cogido.

Se me quedó mirando. Aspiré el humo del cigarrillo, que tenía filtro. Sabía como niebla pasada por algodón en rama.

—Si se refiere a Lennox —dijo—, y sin duda es así, no; no lo han cogido.

—¿Por qué el misterio, señor Endicott? Acerca de quién lo envía.

—Mi mandante desea permanecer anónimo. Es su privilegio. ¿Me acepta?

—No lo sé —dije—. Si no han encontrado a Terry, ¿por qué me retienen? Nadie me ha preguntado nada, nadie se me ha acercado.

Frunció el ceño y se contempló los dedos, largos, blancos, delicados.

—Springer, el fiscal del distrito, se encarga personalmente de este asunto. Quizá haya estado demasiado ocupado para interrogarle. Pero tiene usted derecho a comparecer ante el juez y a una audiencia preliminar. Le puedo sacar de aquí con fianza si presento un recurso de hábeas corpus. Probablemente conoce usted los fundamentos jurídicos.

—Me han detenido como sospechoso de asesinato.

Se encogió de hombros, dando muestras de impaciencia.

—Eso no es más que un cajón de sastre. Podrían haberlo detenido por ir de camino hacia Pittsburgh o por otros diez motivos diferentes. Lo que probablemente quieren decir es encubridor. Llevó a Lennox a algún sitio, ¿no es eso?

No le contesté. Tiré al suelo el insípido cigarrillo y lo pisé. Endicott se encogió de hombros una vez más y frunció el ceño.

—Supongamos por un momento que lo hizo. No es más que una suposición. Para poder acusarlo de encubridor tienen que demostrar la intención. En California eso significa conocimiento de que se ha cometido un delito y de que Lennox es un prófugo de la justicia. En cualquier caso es posible la libertad bajo fianza. En realidad es usted un testigo básico. Pero en este Estado no se puede retener a una persona en la cárcel como testigo si no es con una orden judicial.

Ninguna persona es testigo básico si un juez no lo declara así. Aunque las fuerzas de seguridad siempre encuentran la manera de hacer lo que quieren hacer.

—Cierto —dije—. Un detective llamado Dayton me dio un par de puñetazos. Un capitán del departamento de homicidios llamado Gregorius me arrojó una taza de café, me golpeó en el cuello con la fuerza suficiente para reventarme una arteria, puede que todavía lo tenga hinchado, y cuando una llamada del inspector jefe Allbright le impidió entregarme al equipo de demolición, me escupió en la cara. Tiene toda la razón, señor Endicott. Los chicos de las fuerzas de seguridad siempre hacen lo que quieren.

Se miró el reloj de pulsera de forma harto significativa.

—¿Quiere salir bajo fianza o no?

—Gracias. Creo que no. Un detenido que sale en libertad bajo fianza ya es culpable a medias ante la opinión pública. Si más adelante lo absuelven es porque tenía un abogado muy listo.

—Eso es una tontería —dijo el señor Endicott, impaciente.

—De acuerdo: es una tontería. Soy tonto. De lo contrario no estaría aquí. Si está en contacto con Lennox dígale que no se preocupe por mí. No estoy aquí por él. No me quejo. Es parte de mi oficio. Trabajo en una profesión en la que la gente viene a mí con problemas. Grandes, pequeños, pero siempre con problemas que no quieren llevar a la policía. ¿Cuánto tiempo seguirían acudiendo a mí si cualquier matón con una placa de policía pudiera ponerme cabeza abajo y obligarme a cantar?

—Entiendo su punto de vista —dijo despacio—. Pero déjeme rectificarle en un punto. No estoy en contacto con Lennox. Apenas lo conozco. Soy un funcionario de los tribunales, como todos los abogados. Si supiera el paradero de Lennox, no podría ocultar esa información al fiscal del distrito. Lo más que podría hacer sería aceptar entregarlo en un momento y sitio especificados después de mantener con él una entrevista.

—Nadie más se molestaría en mandarle aquí para ayudarme.

—¿Me está llamando mentiroso?

Se inclinó para apagar la colilla de su cigarrillo en la parte inferior de la mesa.

—Me parece recordar que es usted virginiano, señor Endicott. En este país tenemos algo así como una fijación histórica acerca de los virginianos. Los consideramos la flor y nata de la caballerosidad y del honor sureños.

El señor Endicott sonrió.

—Eso ha estado muy bien dicho. Ojalá fuese verdad. Pero perdemos el tiempo. Si hubiera tenido una pizca de sentido común le habría dicho a la policía que llevaba una semana sin ver a Lennox. No era necesario que fuese cierto. Bajo juramento siempre podría haber contado la verdad. No hay ninguna ley que prohíba mentir a la policía. Es lo que esperan. Se quedan mucho más contentos cuando se les miente que cuando alguien se niega a hablar con ellos. Eso es un desafío directo a su autoridad. ¿Qué esperaba conseguir?

No respondí. En realidad no tenía una respuesta que darle. El señor Endicott se puso en pie, recogió el sombrero, cerró de golpe la pitillera y se la metió en el bolsillo.

—Tuvo que representar la gran escena —dijo con frialdad—. Defender sus derechos, hablar de la justicia. ¿Hasta dónde se puede llevar la ingenuidad, Marlowe? ¿Una persona como usted, que se supone que sabe bandearse? La justicia humana es un mecanismo muy imperfecto. Si presiona los botones adecuados y además tiene suerte, tal vez le aparezca en la respuesta. Un mecanismo es todo lo que los tribunales de justicia han pretendido ser desde siempre. Supongo que no está de humor para que se le ayude. De manera que me retiro. Me puede localizar si cambia de idea.

—Seguiré en mis trece un día o dos más. Si atrapan a Terry no les importará cómo se escapó. Sólo les importará el circo en el que puedan convertir el juicio. El asesinato de la hija del señor Harlan Potter es material de primera plana en todo el país. Con el olfato que tiene Springer para agradar a las masas, un espectáculo como ése puede hacerle directamente fiscal general y de ahí llevarlo al sillón de gobernador del Estado y de ahí...

Me callé y dejé que lo demás flotara en el aire.

Endicott sonrió despacio y con desdén.

—Me parece que no sabe mucho sobre el señor Harlan Potter —dijo.

—Y si no encuentran a Lennox, no querrán saber cómo se escapó, señor Endicott. Sólo querrán olvidarse de este asunto cuanto antes.

—Lo tiene todo pensado, ¿no es eso, Marlowe?

—He tenido tiempo suficiente. Sobre el señor Harlan Potter sólo sé que vale unos cien millones de dólares y que es el dueño de nueve o diez periódicos. ¿Cómo va la publicidad?

—¿La publicidad? —Su voz adquirió la frialdad del hielo.

—Sí. Ningún periodista me ha entrevistado. Esperaba hacer mucho ruido en la prensa con todo esto. Conseguir un montón de clientes. Detective privado prefiere ir a la cárcel antes que traicionar a un amigo.

El señor Endicott se dirigió hacia la puerta y sólo se volvió cuando ya tenía la mano en el picaporte.

—Me divierte usted, Marlowe. Es usted infantil en algunas cosas. Cierto, con cien millones de dólares se puede comprar mucha publicidad. Pero también, amigo mío, si se emplean juiciosamente, sirven para comprar muchísimo silencio.

Abrió la puerta y salió. Luego llegó un celador y me devolvió a la celda tres en la sección de presos preventivos.

—Imagino que no seguirá mucho tiempo con nosotros si lo defiende Endicott —me dijo amablemente mientras cerraba con llave la puerta de la celda.

Le respondí que ojalá tuviera razón.

9

El celador del primer turno de noche era un tipo grande y rubio de hombros poderosos y sonrisa amistosa. Persona de mediana edad, había prescindido, hacía ya mucho tiempo, tanto de la lástima como de la indignación. Todo lo que quería era una jornada de ocho horas sin problemas y daba la impresión de que, por su parte, era bien difícil creárselos. Abrió la puerta de mi celda.

—Alguien que viene a verlo. Un tipo del despacho del fiscal del distrito. No estaba dormido, ¿eh?

—Un poco pronto para mí. ¿Qué hora es?

—Las diez y catorce. —Se quedó en la puerta y examinó la celda. En la litera de abajo había una manta extendida y la otra estaba doblada, a modo de almohada. Un par de toallas de papel usadas en el cubo de la basura y un poco de papel higiénico en el borde del lavabo. Hizo un gesto de aprobación con la cabeza—. ¿Algo personal aquí?

—Sólo yo.

Dejó abierta la puerta de la celda. Recorrimos un corredor muy tranquilo hasta el ascensor y bajamos al mostrador de admisiones. Un tipo gordo con un traje gris fumaba una pipa hecha con una mazorca de maíz. Tenía las uñas sucias y olía.

—Soy Spranklin, del despacho del fiscal del distrito —me dijo, ahuecando la voz—. El señor Grenz quiere verlo arriba. —Echó la mano detrás de la cadera y se sacó del bolsillo unas esposas—. Vamos a ver si sirven.

El celador que me acompañaba y el recepcionista le sonrieron, muy divertidos ambos.

—¿Qué sucede, Sprank? ¿Tienes miedo de que te atraque en el ascensor?

—No quiero problemas —gruñó—. Un tipo se me escapó una vez. Me hicieron la vida imposible. Vamos, muchacho.

El recepcionista le presentó un impreso y Spranklin lo firmó añadiendo una rúbrica.

—No me gusta correr riesgos innecesarios —dijo—. En esta ciudad nunca sabes con quién te juegas los cuartos.

Un policía de un coche patrulla entró con un borracho que tenía una oreja ensangrentada. Spranklin y yo nos dirigimos hacia el ascensor.

—Tienes problemas, muchacho —comentó cuando estuvimos dentro—. Un montón de problemas. —Aquello parecía producirle cierta satisfacción—. Una persona puede meterse en muchos líos en esta ciudad.

El ascensorista volvió la cabeza y me guiñó un ojo. Yo le sonreí.

—Ni intentes nada, muchacho —me advirtió Spranklin con severidad—.

Una vez disparé contra un individuo. Trató de escapar. Me hicieron la vida imposible.

—Tanto si te pasas como si te quedas corto, ¿no es eso?

Se lo pensó.

—Sí —dijo—. En cualquier caso te hacen la vida imposible. Es una ciudad muy dura. No existe el respeto.

Salimos del ascensor y atravesamos las puertas dobles de la zona reservada al fiscal del distrito. No había nadie en la centralita, aunque algunas líneas estaban conectadas para toda la noche. Tampoco había nadie esperando en las sillas de la entrada. Luces encendidas en un par de despachos. Spranklin abrió la puerta de una habitacioncita bien iluminada que contenía un escritorio, un archivo, una silla o dos de respaldo recto y un individuo macizo, de mentón pronunciado y ojos estúpidos. Había enrojecido y estaba metiendo algo en el cajón del escritorio.

—Podías llamar —le ladró a Spranklin.

—Lo siento, señor Grenz —se trastabilló el aludido—. Estaba pensando en el detenido.

Me metió en el despacho.

—¿Le quito las esposas, señor Grenz?

—No sé por qué demonios se las has puesto —dijo Grenz con acritud.

Contempló cómo Spranklin me quitaba las esposas. Llevaba la llave metida dentro de un manojo del tamaño de un pomelo y le costó algún trabajo encontrarla.

—De acuerdo, lárgate —dijo Grenz—. Espera fuera para volvértelo a llevar.

—Se puede decir que no estoy de servicio, señor Grenz.

—Dejarás de estar de servicio cuando yo lo diga.

Spranklin se puso colorado y fue retirando despacio su voluminoso trasero hasta cruzar la puerta. Grenz lo miró con ferocidad y luego, cuando la puerta se cerró, me obsequió a mí con la misma mirada. Tomé una silla y me senté.

—No le he dado permiso para sentarse —ladró Grenz.

Saqué un cigarrillo suelto del bolsillo y me lo puse en la boca.

—Tampoco le he dado permiso para fumar —rugió.

—Se me permite fumar en el bloque de celdas. ¿Por qué aquí no?

—Porque es mi despacho. Aquí las reglas las dicto yo.

Desde el otro lado del escritorio me llegó olor a whisky de mala calidad.

—Échese otro traguito —le dije—. Eso le calmará. Tengo la impresión de que le hemos interrumpido al entrar.

Su espalda golpeó con fuerza el respaldo del sillón. El rojo de la cara se hizo más intenso. Prendí una cerilla y encendí el cigarrillo.

Después de un larguísimo minuto Grenz dijo sin alzar la voz:

—De acuerdo, tío duro. Es usted todo un hombre, ¿no es eso? ¿Me deja contarle algo? Los hay de todas las formas y tamaños cuando entran aquí, pero todos son iguales cuando se marchan: pequeños. Y con la misma forma: hundidos.

—¿Por qué quería verme, señor Grenz? A mí no me importa si tiene ganas de echarle un tiento a la botella. Soy una persona que también echa un trago cuando estoy cansado y nervioso y he trabajado más de la cuenta.

—No parece darse cuenta del lío en que está metido.
—No considero que me haya metido en ningún lío.
—Eso lo veremos. Mientras tanto quiero una declaración, pero que muy completa. —Señaló con un dedo una grabadora en una estantería junto al escritorio—. Se la tomaremos hoy y haremos que la transcriban mañana. Si el jefe se da por satisfecho con lo que cuente, quizá salga mañana de la cárcel siempre que se comprometa a no marcharse de la ciudad. Empecemos.
Puso en marcha la grabadora. Su voz era fría, resuelta y todo lo desagradable que le era posible hacerla. Pero la mano derecha seguía moviéndose hacia el cajón del escritorio. Era demasiado joven para tener dilatadas las venas de la nariz, pero las tenía de todos modos, y de muy mal color el blanco de los ojos.
—Acabo muy cansado —dije.
—¿Cansado de qué? —preguntó con brusquedad.
—De hombrecitos duros, en despachitos igualmente duros, diciéndome palabras duras que no significan absolutamente nada. Llevo cincuenta y seis horas en la sección de preventivos. Nadie se ha extralimitado conmigo, nadie ha tratado de demostrarme lo duro que es. No les hace falta. Tienen la dureza metida en hielo para cuando la necesiten. ¿Y por qué estaba allí? Me han detenido por sospechoso. ¿Qué demonios de sistema legal es éste que permite meter a una persona en una celda porque un polizonte no consiguió que le respondieran a una pregunta? ¿Qué pruebas tenía? Un número de teléfono en un bloc. ¿Y qué trata de probar encerrándome? Absolutamente nada, excepto que lo puede hacer. Y ahora está usted en la misma onda; tratando de hacerme sentir todo el inmenso poder que genera usted en esta caja de puros que llama su despacho. Manda a ese canguro asustado que me traiga aquí a altas horas de la noche. ¿Cree que después de estar solo con mis pensamientos durante cincuenta y seis horas tengo el cerebro hecho papilla? ¿Piensa que le voy a llorar en el regazo y a pedirle que me pase la mano por el lomo porque me siento terriblemente solo en esta cárcel tan grande? Olvídeme, Grenz. Échese su trago y humanícese; estoy dispuesto a aceptar que sólo está haciendo su trabajo. Pero quítese las nudilleras de metal antes de empezar. Si es usted lo bastante grande no las necesita y si las necesita es que no es lo bastante grande para zarandearme.
Me miró fijamente mientras me escuchaba. Luego sonrió con acritud.
—Bonito discurso —dijo—. Ahora que ya ha echado toda la bilis del sistema, vamos con la declaración. ¿Prefiere responder a preguntas concretas o contarlo todo a su manera?
—Todo lo que he dicho no ha servido de nada —respondí—. Ha sido para usted como quien oye llover. No voy a hacer ninguna declaración. Es usted abogado y sabe que no tengo que hacerla.
—Eso es cierto —dijo con frialdad—. Conozco la legislación. Sé también cómo trabaja la policía. Le estoy ofreciendo una oportunidad de justificarse. Si no la quiere, me parece perfecto. Le puedo hacer comparecer mañana por la mañana a las diez y dejarlo todo listo para un juicio preliminar. Quizá pueda salir bajo fianza, aunque procuraré impedirlo; pero si fijan la fianza, será alta. Le va a salir muy cara. Es una manera de hacerlo.

Examinó un papel sobre el escritorio, lo leyó y le dio la vuelta.

—¿De qué se me acusa? —le pregunté.

—Sección treinta y dos. Encubridor. Un delito grave. Condena hasta de cinco años en San Quintín.

—Será mejor que encuentren antes a Lennox —dije, cauteloso.

Grenz sabía algo: se lo había notado en el tono de voz. Ignoraba cuánto sabía, pero sin duda sabía algo.

Se recostó en el asiento, cogió una pluma y la hizo girar lentamente entre las palmas de las manos. Luego sonrió. Estaba disfrutando.

—Lennox no tiene nada fácil lo de esconderse, Marlowe. Con la mayoría de la gente se necesita una foto; una foto que sea además buena y nítida. Pero no sucede lo mismo en el caso de un sujeto con cicatrices en todo un lado de la cara. Y no digamos nada del pelo blanco en alguien que, como mucho, tiene treinta y cinco años. Contamos con cuatro testigos, tal vez más.

—¿Testigos de qué?

Notaba un sabor amargo en la boca, a bilis, como después del golpe del capitán Gregorius. También reparé en que aún tenía el cuello dolorido e hinchado. Me lo froté suavemente.

—No se haga el tonto, Marlowe. Un juez del tribunal de apelación de San Diego y su mujer fueron a despedir a su hijo y a su nuera al aeropuerto. Los cuatro vieron a Lennox y la esposa del juez se fijó además en el coche en el que llegó y en quién lo acompañaba. ¿Qué tal encomendarse a Dios?

—Eso está bien —dije—. ¿Cómo los han localizado?

—Un boletín especial por la radio y la televisión. Todo lo que hizo falta fue una descripción completa. El juez nos llamó.

—Tiene buena pinta —dije juiciosamente—. Pero se necesita un poco más que eso, Grenz. Deberán atraparlo y probar que ha cometido un asesinato. Y probar después que yo lo sabía.

Golpeó con un dedo el revés del telegrama.

—Creo que me voy a tomar ese trago —dijo—. Llevo demasiadas noches trabajando. —Abrió el cajón y puso una botella y un vasito sobre la mesa. Lo llenó hasta el borde y se lo echó al coleto—. Mejor —dijo—. Mucho mejor. Siento no poder invitarle, dado que está detenido. —Cerró la botella y la apartó, pero no mucho—. Sí, claro, tenemos que demostrar algo, dice usted. Bueno, podría ser que tuviéramos incluso una confesión. ¿Qué le parece? ¿No le gusta demasiado, eh?

Una sensación muy fría me recorrió la espina dorsal, como un insecto helado arrastrándose.

—¿Para qué necesitan entonces una declaración mía?

Sonrió.

—Nos gustan las cosas ordenadas. Repatriaremos a Lennox para juzgarlo. Necesitamos cuanto podamos conseguir. No se trata tanto de lo que queremos de usted como de lo que estamos dispuestos a consentirle, si coopera.

Me lo quedé mirando. Jugueteó un poco con sus papeles. Se agitó en el asiento, miró la botella de whisky y necesitó mucha fuerza de voluntad para no echarle mano de nuevo.

—Quizá le guste conocer todo el libreto —dijo, de repente, con ironía un tanto destemplada—. De acuerdo, chico listo, para que vea que no bromeo, aquí lo tiene.

Me incliné hacia delante sobre su escritorio y creyó que mi objetivo era la botella. La retiró a toda prisa y la guardó en el cajón. Yo sólo quería dejar una colilla en el cenicero. Mi incliné hacia atrás y encendí otro cigarrillo. Grenz empezó a hablar a gran velocidad.

—Lennox desembarcó del avión en Mazatlán, un punto de enlace para líneas aéreas y una ciudad de unos treinta y cinco mil habitantes. Luego desapareció durante dos o tres horas. A continuación, un individuo alto, moreno y de pelo negro, y lo que podrían ser un montón de cicatrices por heridas de arma blanca, sacó un billete para Torreón con el nombre de Silvano Rodríguez. Su español era bueno, pero no lo suficiente para una persona con ese apellido. También era demasiado alto para un mexicano tan moreno. El piloto mandó un informe sobre él. En Torreón la policía procedió más bien despacio. Los policías mexicanos no son precisamente bolas de fuego. Lo que hacen mejor es acertar cuando disparan contra alguien. Cuando se pusieron en movimiento Silvano Rodríguez ya había alquilado un avión para trasladarse a un pueblito en las montañas llamado Otatoclán, pequeño centro turístico de veraneo con un lago. El piloto que lo llevó se había formado en Texas como piloto militar y hablaba bien inglés. Lennox fingió no entender lo que decía.

—Si es que era Lennox —precisé yo.

—Espere un momento, amigo. Ya lo creo que era Lennox. Desembarcó en Otatoclán y alquiló una habitación, esta vez como Mario de Cerva. Llevaba una pistola, una Mauser 7,65, lo que no quiere decir gran cosa en México, es cierto. Pero el piloto pensó que aquel tipo no era oro de ley, de manera que fue a hablar con la policía local. Decidieron vigilarlo. Después de algunas comprobaciones en Ciudad de México intervinieron.

Grenz cogió una regla y la contempló en toda su longitud, un gesto desprovisto de sentido que le permitió seguir sin mirarme.

—Ya —dije—. Chico listo ese piloto suyo, y muy servicial con sus clientes. Esa historia no se sostiene.

Alzó la vista de repente.

—Lo que queremos —dijo con sequedad— es un juicio rápido; queremos que se declare culpable de homicidio en segundo grado y lo aceptaremos. Hay algunos aspectos que preferimos dejar de lado. Después de todo se trata de una familia muy influyente.

—Quiere decir Harlan Potter.

Hizo un rápido gesto de asentimiento.

—A mí me parece absurdo. Springer podría ponerse las botas. Lo tiene todo. Sexo, escándalo, dinero, una esposa guapa e infiel, un marido héroe de guerra, imagino que de ahí le vienen las cicatrices, qué demonios, sería material para la primera página durante semanas. Toda la prensa sensacionalista se mataría por la exclusiva. De manera que optamos por una discreta desaparición. —Se encogió de hombros—. De acuerdo, si el jefe lo quiere así, es cosa suya. ¿Hacemos esa declaración? —Se volvió hacia la grabadora que había estado encendida todo aquel tiempo, esperando pacientemente.

—Apáguela —dije.

Se volvió para lanzarme una mirada feroz.

—¿Le gusta la cárcel?

—No está demasiado mal. No se tropieza uno con gente distinguida, pero ¿a quién demonios le interesa la gente distinguida? Sea razonable, Grenz. Quiere convertirme en soplón. Quizá sea cabezota, incluso sentimental, pero también tengo sentido práctico. Supongamos que tuviera usted que contratar a un detective privado; sí, claro, ya sé que no le gustaría nada, pero supongamos que no le quedara otro remedio. ¿Querría uno que delatara a sus amigos?

Me miró con odio.

—Un par de cosas más. ¿No le parecen excesivamente transparentes las tácticas de Lennox para escapar? Si quería que lo pillaran, no tenía por qué tomarse tantas molestias. Si no quería, tiene cabeza suficiente para no disfrazarse de mexicano en México.

—¿Qué quiere decir con eso? —Grenz me estaba gruñendo ya.

—Quiero decir que quizá me haya contado una sarta de mentiras de su cosecha; que no hubo ningún Rodríguez con el pelo teñido, ni tampoco un Mario de Cerva en Otatoclán, y que sabe tanto de dónde está Lennox como de dónde enterró su tesoro el pirata Barbanegra.

Echó de nuevo mano a la botella. Se llenó el vasito y lo trasegó de golpe, como la vez anterior. Tardó en recobrar la calma. Giró en la silla y apagó la grabadora.

—Me hubiera gustado procesarle —dijo con voz todavía crispada—. Es usted la clase de tipo listo al que me gustaría darle un buen repaso. Esta historia la va a llevar colgando una temporada muy larga, amiguito. Caminará con ella, comerá con ella y hasta dormirá con ella. Y la próxima vez que saque los pies del tiesto le machacaremos con ella. Pero ahora mismo tengo que hacer algo que me da ganas de vomitar.

Palpó el escritorio con la mano, cogió el papel que había colocado boca abajo, le dio la vuelta y lo firmó. Siempre se sabe cuándo una persona está escribiendo su propio nombre. Tiene una manera especial de mover la mano. Luego se puso en pie, dio la vuelta alrededor de la mesa, abrió de golpe la puerta de su caja de zapatos y llamó a Spranklin a gritos.

El gordo entró, acompañado de su intenso olor corporal. Grenz le entregó el papel.

—Acabo de firmar la orden para que lo pongan en libertad —dijo—. Soy funcionario público y a veces me corresponden deberes desagradables. ¿Quiere saber por qué la he firmado?

Me puse en pie.

—Si me lo quiere decir.

—El caso Lennox está cerrado. No hay caso Lennox. Redactó una confesión completa esta tarde en la habitación del hotel y se pegó un tiro. En Otatoclán, exactamente donde le he dicho.

Me quedé allí sin mirar a nada. Con el rabillo del ojo vi retroceder lentamente a Grenz, como si pensara que podía querer darle un puñetazo. Debí de poner una cara muy desagradable por un momento. Enseguida estuvo otra vez detrás de la mesa y Spranklin me había agarrado del brazo.

—Vamos, en marcha —dijo con una voz que era casi un gemido—. A la gente le gusta estar en casa por la noche de cuando en cuando.

Salí con él y cerré la puerta. La cerré tan silenciosamente como si dentro acabara de morirse alguien.

10

Me busqué por los bolsillos la copia de la lista de objetos personales, la entregué y firmé el original. Luego guardé mis pertenencias. Había un individuo recostado en el mostrador de admisiones y cuando me di la vuelta se irguió y me habló. Medía un metro noventa y era tan flaco como un alambre.

—¿Necesita alguien que lo lleve a casa?

Iluminado por aquella luz inhóspita parecía un joven prematuramente viejo, cansado y cínico, pero no un timador.

—¿Cuánto me cobra?

—Gratis. Soy Lonnie Morgan, del *Journal.* He terminado mi turno.

—Ah, sección de delitos —dije.

—Sólo por esta semana. De ordinario me ocupo de asuntos municipales.

Salimos del edificio. Su coche estaba en el aparcamiento. Miré al cielo. Había estrellas, pero escaso resplandor. Era una noche fresca, agradable. Respiré hondo. Luego me subí al automóvil. Morgan lo puso en marcha.

—Vivo lejos, en Laurel Canyon —dije—. Déjeme donde le venga bien.

—Lo trajeron en coche —dijo—, pero les tiene sin cuidado cómo vuelve a casa. Me interesa este caso, aunque también me repele.

—Parece que el caso ha dejado de existir —dije—. Terry Lennox se ha pegado un tiro esta tarde. Al menos eso dicen. Eso es lo que dicen.

—Muy conveniente —respondió Lonnie Morgan, sin apartar la vista del parabrisas. Su coche se deslizaba pausadamente por calles tranquilas—. Les sirve para construir el muro.

—¿Qué muro?

—Alguien está levantando un muro en torno al caso Lennox, Marlowe. Usted tiene el caletre suficiente para darse cuenta, ¿no es cierto? No ha conseguido la atención que se merece. El fiscal del distrito ha salido esta noche de la ciudad camino de Washington. Para asistir a no sé qué conferencia. Abandonando la oportunidad más extraordinaria de hacerse publicidad que ha tenido desde hace años. ¿Por qué razón?

—A mí no me pregunte. Me han tenido a buen recaudo.

—Porque alguien ha hecho que le merezca la pena, ésa es la razón. No me refiero a nada tan prosaico como un fajo de billetes. Alguien le ha prometido algo importante y sólo hay una persona relacionada con el caso en condiciones de hacer eso. El padre de la víctima.

Recosté la cabeza en una esquina del coche.

—No parece demasiado probable —respondí—. ¿Qué me dice de la prensa?

Harlan Potter es dueño de unos cuantos periódicos, pero ¿qué pasa con la competencia?

Me lanzó una breve mirada irónica y luego se concentró en la conducción.

—¿Ha trabajado alguna vez en un periódico?

—No.

—Los propietarios y los editores de periódicos son hombres ricos. Todos los ricos pertenecen al mismo club. Cierto, existe la competencia; competencia dura, sin contemplaciones en materia de circulación, fuentes de noticias, relatos exclusivos. Siempre que no perjudique el prestigio, los privilegios y la posición de los propietarios. De lo contrario, desciende la tapadera. Y la tapadera ha bajado en el caso Lennox. El caso Lennox, amigo mío, adecuadamente administrado, podría haber vendido un montón de periódicos. No le falta nada. El juicio habría reunido a especialistas de todo el país. Pero no habrá juicio. Por la sencilla razón de que Lennox ha dicho adiós antes de que el circo se pusiera en movimiento. Como ya he dicho: muy conveniente para Harlan Potter y su familia.

Me erguí y lo miré fijamente.

—¿Me está diciendo que hay tongo?

Torció la boca sarcásticamente.

—Podría tratarse tan sólo de que Lennox ha tenido alguna ayuda para suicidarse. Resistirse un poco a que lo detuvieran. Los policías mexicanos aprietan el gatillo con cierta facilidad. Si está dispuesto a hacer una pequeña apuesta, le propongo, uno a tres, a que nadie consigue contar los agujeros de las balas.

—Creo que se equivoca —dije—. Conozco bastante bien a Terry Lennox. Hace mucho tiempo que se dio por perdido. Si lo hubieran devuelto vivo, les habría dejado que se salieran con la suya. Habría aceptado una simple acusación de homicidio.

Lonnie Morgan negó con la cabeza. Yo sabía lo que iba a decir y, efectivamente, lo dijo:

—Ni por lo más remoto. Si hubiera disparado contra ella o le hubiera roto la cabeza, quizá sí. Pero hubo demasiada brutalidad. El rostro de su mujer destrozado. Asesinato en segundo grado sería la acusación más favorable, e incluso eso provocaría un escándalo.

—Puede que tenga razón —dije.

Me miró de nuevo.

—Ha dicho que lo conocía bien. ¿Acepta usted ese montaje?

—Estoy cansado. Esta noche no me siento capaz de pensar.

Se produjo una pausa muy larga. Luego Lonnie Morgan dijo en voz baja:

—Si yo fuera un tipo brillante de verdad en lugar de un periodista de tres al cuarto, pensaría que quizá no fue él quien la mató.

—Es una idea.

Se colocó un pitillo en la boca y lo encendió rascando una cerilla contra el salpicadero. Fumó en silencio con el ceño fruncido. Cuando llegamos a Laurel Canyon le dije dónde tenía que salir del bulevar y luego volver a torcer para llegar a mi calle. Su coche trepó colina arriba y se detuvo al pie de mis escalones de secuoya.

Me apeé.

—Gracias por el paseo, Morgan. ¿Le apetece un trago?

—Le tomo la palabra para mejor ocasión. Imagino que preferirá estar solo.

—Dispongo de tiempo de sobra para estar solo. Demasiado.

—Y además un amigo a quien decir adiós —respondió—. Seguro que le tenía cariño si les dejó que lo pusieran a la sombra por causa suya.

—¿Quién dice que haya hecho eso?

Sonrió cansadamente.

—Aunque no pueda publicarlo, eso no quiere decir que no lo sepa, compadre. Hasta siempre. Ya nos veremos.

Cerré la portezuela del coche, Morgan dio la vuelta y se alejó colina abajo. Cuando las luces traseras desaparecieron en la esquina, subí los escalones, recogí los periódicos y entré en la casa vacía. Encendí todas las luces y abrí todas las ventanas. El aire estaba cargado.

Hice café, me lo bebí y saqué del bote los cinco billetes de cien. Estaban enrollados al máximo y hundidos en el café lo más cerca posible de las paredes. Paseé de aquí para allá con una taza en la mano, encendí la televisión, la apagué, me senté, me levanté y me volví a sentar. Leí los periódicos que se habían acumulado delante de mi puerta. El caso Lennox había empezado con fuerza, para convertirse después en noticia de la crónica local. Había una fotografía de Sylvia, pero ninguna de Terry. Y también una instantánea mía que yo no sabía que existiera. «Detective privado de Los Ángeles a quien la policía está interrogando.» Una foto grande de la casa de Lennox en Encino. Estilo pseudoinglés con techos de muchas aristas; debía de costar cien dólares lavar las ventanas. Se alzaba en un montículo en un terreno de una hectárea, lo que supone una propiedad considerable para los alrededores de Los Ángeles. Otra foto del pabellón para invitados, que era reproducción en miniatura de la casa principal y estaba cercado de árboles. Las fotos se habían tomado a cierta distancia para después ampliarlas y recortarlas. No las había de lo que los periódicos llamaban la «habitación de la muerte».

Todo aquello lo había visto ya, en la cárcel, pero lo leí y lo volví a mirar con otros ojos. No me dijo nada, excepto que una mujer joven y hermosa había sido asesinada y que a la prensa se la había excluido casi por completo. De manera que la influencia había empezado a funcionar muy pronto. Los chicos encargados de la sección de crímenes debían de haberse tirado de los pelos inútilmente. Era de esperar. Si Terry habló con su suegro la noche misma del asesinato, una docena de vigilantes habrían ocupado la propiedad antes incluso de que se notificara lo sucedido a la policía.

Y también había algo de lo que no se hablaba en absoluto: la brutalidad de los golpes y el rostro desfigurado. Nadie podría convencerme de que Terry había hecho aquello.

Apagué las luces y me senté junto a una ventana abierta. Fuera, en un arbusto, un sinsonte lanzó unos cuantos trinos y quedó muy satisfecho de sí mismo antes de acomodarse para pasar la noche.

Me picaba el cuello, de manera que me afeité, me duché, me tumbé en la cama y estuve escuchando, boca arriba, como si desde muy lejos, en la noche, quizá fuese a llegarme una voz, el tipo de voz tranquila y paciente que todo lo aclara. No la oí y supe que tampoco la oiría en el futuro. Nadie me iba a explicar el caso Lennox. No hacía falta ninguna explicación. El asesino había confesado y estaba muerto. Ni siquiera se haría una investigación.

Como había señalado Lonnie Morgan, del *Journal,* todo resultaba muy conveniente. Si Terry Lennox había matado a su mujer, estupendo. No había necesidad de juzgarlo ni de sacar a relucir todos los detalles desagradables. Si no la había matado, estupendo también. Un muerto es la mejor cabeza de turco. Nunca desmiente acusación alguna.

11

Por la mañana volví a afeitarme, me vestí, fui en coche al centro como de costumbre, aparqué en el sitio de siempre y si el encargado del aparcamiento sabía que yo era una destacada figura pública consiguió disimularlo a la perfección. Subí al piso donde tengo mi despacho, avancé por el pasillo y saqué las llaves para abrir la puerta. Un tipo moreno, con aire desenvuelto, se me quedó mirando.

—¿Marlowe?

—¿De qué se trata?

—No se vaya —me dijo—. Hay una persona que quiere verlo.

Despegó la espalda de la pared y se alejó lánguidamente.

Entré en mi despacho y recogí el correo que estaba en el suelo. Encontré más sobre la mesa, donde lo había dejado la mujer que limpia por las noches. Rasgué los sobres después de abrir las ventanas y arrojé a la papelera lo que no quería, que era prácticamente todo. Conecté el timbre que anunciaba la llegada de los clientes, llené la pipa, la encendí y luego me limité a esperar a que apareciera alguien pidiendo auxilio.

Pensé en Terry Lennox con cierto distanciamiento. Ya empezaba a alejarse, cabellos blancos y rostro cubierto de cicatrices, con su atractivo un poco desvaído y su peculiar variante de orgullo. No lo juzgué ni lo analicé, de la misma manera que nunca le había preguntado cómo lo hirieron ni cómo había llegado a casarse con alguien como Sylvia. Me recordaba a esas personas que tratas durante una travesía y a las que crees conocer muy bien, aunque, en realidad, no conoces en absoluto. Lennox se había marchado como ese individuo que se despide en el muelle y dice adiós, no dejemos de llamarnos, y sabes que no lo haréis ninguno de los dos. Lo más probable es que nunca vuelvas a verlo. Si llegas a echarle la vista encima, será una persona completamente distinta, otro rotario más en un vagón restaurante. ¿Cómo van los negocios? No me puedo quejar. Tienes buen aspecto. Tú también. He ganado demasiados kilos. ¿No nos pasa a todos? ¿Recuerdas el viaje en el *Franconia* (o como quiera que se llamara)? Claro que sí, un viaje maravilloso, ¿no es cierto?

Y un cuerno con el viaje maravilloso. Te aburrías como una ostra. Sólo hablaste con él porque no había nadie que te interesase de verdad. Quizá fuera eso lo que había sucedido entre Terry Lennox y yo. No; no del todo. Me pertenecía en parte. Había invertido tiempo y dinero en él, además de tres días a la sombra, por no hablar de un puñetazo en la mandíbula y un golpe en el cuello que aún sentía cada vez que tragaba. Pero estaba muerto y ni siquiera podía devolverle sus quinientos dólares. Aquello me dolía. Son siempre las cosas pequeñas las que duelen.

El timbre de la puerta y el teléfono sonaron al mismo tiempo. Respondí primero al teléfono porque el timbre sólo indicaba que había entrado alguien en mi minúscula sala de espera.

—¿Hablo con el señor Marlowe? Le llama el señor Endicott. Un momento, no se retire.

Enseguida se puso al teléfono.

—Aquí Sewell Endicott —dijo, como si no supiera que su maldita secretaria me había informado ya de quién llamaba.

—Buenos días, señor Endicott.

—Me alegra oír que lo han dejado en libertad. Creo que posiblemente estaba usted en lo cierto en cuanto a no remover las cosas.

—No fue una idea. Sólo testarudez.

—No creo que vuelvan a molestarle por ese asunto. Pero si sucediera y necesitase ayuda, hágamelo saber.

—¿Para qué voy a necesitarla? Lennox ha muerto. Les iba a costar muchísimo trabajo demostrar incluso que se acercó a mí. Luego necesitarían probar que tuve conocimiento de algún hecho delictivo. Y finalmente que Terry cometió un delito o estaba huyendo de la justicia.

Endicott se aclaró la garganta.

—Quizá no le hayan informado —dijo con mucho cuidado— de que dejó una confesión completa.

—Me lo dijeron, señor Endicott. Estoy hablando con un abogado. ¿Sería impropio por mi parte sugerir que también la confesión tendría que probarse, tanto en cuanto a su autenticidad como a su veracidad?

—Mucho me temo que no dispongo de tiempo para un debate legal —dijo con tono cortante—. Me dispongo a volar hacia México para llevar a cabo una misión bastante melancólica. ¿Se imagina usted de qué se trata?

—No estoy seguro. Depende de a quién represente usted. No me lo dijo, ¿recuerda?

—Lo recuerdo perfectamente. Bien, hasta la vista, Marlowe. Mi ofrecimiento de ayuda sigue en pie. Pero déjeme darle también un consejo sin mayor importancia. No esté demasiado seguro de haber quedado libre de toda sospecha. Trabaja usted en una profesión demasiado vulnerable.

Colgó. Y yo dejé el teléfono en su sitio con mucho cuidado. Permanecí quieto un momento sin levantar la mano, frunciendo el ceño. Luego lo desarrugué antes de abrir la puerta de comunicación con la sala de espera.

Sentado junto a la ventana, un individuo hojeaba una revista. Vestía un traje gris azulado con cuadros de color azul pálido casi invisibles. Llevaba zapatos negros bajos, estilo mocasín, del tipo con dos ojetes que son casi tan cómodos como zapatillas y que no te destrozan los calcetines cada vez que caminas un par de manzanas. El pañuelo blanco del bolsillo del pecho estaba doblado en recto y por detrás asomaban apenas unas gafas de sol. Cabello espeso, oscuro, rizado. Piel muy bronceada. Alzó unos ojos tan brillantes como los de un pájaro y sonrió por debajo de un bigote muy fino. La corbata era de color marrón oscuro, con un lazo muy puntiagudo sobre una resplandeciente camisa blanca.

—Las porquerías que publican esos periodicuchos —dijo, abandonando la revista—. Estaba leyendo un artículo sobre Costello. Sí, claro, lo saben todo sobre Costello. Como yo sobre Elena de Troya.

—¿En qué puedo servirle?

Me miró sin prisa de arriba abajo.

—Tarzán sobre una gran moto roja —dijo.

—¿Qué?

—Usted, Marlowe. Tarzán sobre una gran moto roja. ¿Le pegaron mucho?

—Un poco de todo. ¿Qué interés tiene eso para usted?

—¿Después de que Allbright hablara con Gregorius?

—No. Después no.

Asintió brevemente con la cabeza.

—Toda una audacia pedirle a Allbright que le parase los pies a ese cerdo.

—Le he preguntado qué interés tiene todo eso para usted. Le diré de pasada que no conozco al inspector jefe Allbright y que no le pedí nada. ¿Por qué tendría que ocuparse de mí?

Me miró con aire taciturno. Luego se levantó despacio, con la elegancia de una pantera. Cruzó el cuarto y examinó el interior de mi despacho. Después de hacerme un gesto con la cabeza entró en él. Se trataba de un individuo que siempre era dueño del lugar donde se encontraba. Lo seguí y cerré la puerta. Se detuvo junto a la mesa, mirando a su alrededor, divertido.

—Muy poca categoría —dijo—. Poquísima.

Me situé detrás del escritorio y esperé.

—¿Cuánto gana al mes, Marlowe?

Lo dejé pasar y encendí la pipa.

—Setenta y cinco y me paso de optimista —dijo.

Dejé caer la cerilla consumida en el cenicero y lancé una bocanada de humo.

—Es usted un pobre hombre, Marlowe. Un tramposo de medio pelo. Tan poca cosa que hace falta una lupa para verlo.

No dije nada.

—Tiene emociones baratas. Es barato de pies a cabeza. Compadrea con un tipo, toma unas copas con él, comparten unas bromas, le pasa un poco de dinero cuando está en las últimas y ya se lo ha metido en el bote. Como cualquier chico de colegio que lee las aventuras de Frank Merriwell. No tiene usted ni agallas, ni cerebro, ni relaciones, ni tampoco sentido común, de manera que se pone a fingir como un loco y espera que la gente lo compadezca muchísimo. Tarzán sobre una gran moto roja. —Sonrió apenas y cansadamente—. Según mis cálculos vale menos que una moneda agujereada.

Se inclinó sobre la mesa y me golpeó en la cara con el revés de la mano, tranquilo y desdeñoso, sin intención de hacerme daño y sin perder su atisbo de sonrisa. Luego, como seguí sin moverme después de aquello, se sentó despacio, apoyó un codo en el escritorio y se sujetó la barbilla con una mano igualmente morena. Los ojos brillantes de pájaro me contemplaron sin que hubiera en ellos otra cosa que su misma brillantez.

—¿Sabe quién soy, muerto de hambre?

—Se apellida Menéndez. Los muchachos lo llaman Mendy. ¿Tiene negocios en el Strip?

—Claro. ¿Cómo he llegado tan lejos?

—No sabría decirlo. Probablemente empezó de chulo de putas en un burdel mexicano.

Se sacó una pitillera de oro del bolsillo y con un mechero también de oro encendió un cigarrillo marrón. Lanzó humo acre y asintió. Dejó la pitillera de oro sobre el escritorio y la acarició con la punta de los dedos.

—Soy una mala persona y una persona importante, Marlowe. Gano muchísima pasta. Tengo que ganar muchísima pasta para untar a los tipos a los que tengo que untar para ganar muchísima pasta y untar así a los tipos que tengo que untar. Soy dueño de una casa en Bel-Air que me costó noventa de los grandes y en la que ya me he gastado más de eso para arreglarla. Tengo una encantadora mujercita rubia platino y dos hijos en colegios privados del este. Mi mujer posee ciento cincuenta de los grandes en piedras y otros setenta y cinco en pieles y ropa. Mayordomo, dos doncellas, cocinero, chófer, sin contar el guardaespaldas que va siempre detrás de mí. Donde quiera que voy soy el niño mimado. Lo mejor de todo, la mejor comida, la mejor bebida, la mejor ropa, las mejores habitaciones en los hoteles. Tengo una segunda casa en Florida y un yate para navegación de altura con cinco de tripulación. Además de un Bentley, dos Cadillacs, un Chrysler familiar y un MG para mi chico. Dentro de dos años la chica también dispondrá del suyo. ¿Usted qué tiene?

—Poca cosa —respondí—. Este año, una casa en la que vivir..., toda para mí solo.

—¿Sin mujer?

—Únicamente yo. Además de eso, lo que ve usted aquí, mil doscientos dólares en el banco y unos pocos miles en obligaciones. ¿He respondido a su pregunta?

—¿Qué es lo máximo que ha ganado por un solo trabajo?

—Ochenta y cinco.

—¡Cielos! ¿Cómo es posible caer tan bajo?

—Deje el histrionismo y explíqueme lo que quiere.

Aplastó el cigarrillo a medio fumar y encendió otro. Se recostó en el asiento. Luego torció el gesto en honor mío.

—Éramos tres tipos que estábamos comiendo en un pozo de tirador —dijo—. Hacía un frío del infierno, nieve por todas partes. Comíamos directamente de las latas. Todo a temperatura ambiente. Artillería pesada de cuando en cuando y fuego de morteros. Amoratados de frío, imposible estarlo más, Randy Starr y yo y el tal Terry Lennox. Una granada de mortero cae exactamente entre nosotros y por alguna razón no explota. Esos boches saben muchos trucos. Tienen un sentido del humor algo retorcido. A veces piensas que es una granada defectuosa y tres segundos después ya no lo es. Terry la agarra y sale del pozo antes de que Randy y yo empecemos siquiera a reaccionar. Rápido de verdad, hermano. Como un buen jugador de béisbol. Se tira al suelo boca abajo y arroja lo más lejos que puede la granada, que explota en el aire. La mayor parte le pasa por encima, pero un trozo le da en un lado de la cara. En ese mismo momento los boches lanzan un ataque y la siguiente cosa de la que nos damos cuenta es que ya no estamos donde estábamos.

Menéndez dejó de hablar y me miró fijamente con todo el brillante resplandor de sus ojos oscuros.

—Gracias por contármelo —dije.

—Tiene mucho aguante, Marlowe. Es usted un buen tipo. Randy y yo estuvimos hablando y decidimos que lo que le había sucedido a Terry Lennox era suficiente para trastornar a cualquiera. Durante mucho tiempo creímos que había muerto, pero no era cierto. Lo atraparon los boches. Se ocuparon de él durante cosa de año y medio. Lo dejaron bastante bien pero le hicieron demasiado daño. Nos costó dinero averiguarlo y también nos costó dinero encontrarlo. Pero habíamos ganado mucho en el mercado negro después de la guerra y nos lo podíamos permitir. Todo lo que Terry había conseguido por salvarnos la vida era media cara nueva, el pelo blanco y los nervios destrozados. De vuelta al este se aficiona a la botella, lo recogen aquí y allá, se desmorona por completo. Tiene algo en la cabeza, pero no sabemos nunca de qué se trata. La noticia siguiente es que se ha casado con una prójima muy rica y que está en la cresta de la ola. Se descasa, se hunde una vez más, se casa de nuevo con la misma prójima, que acaba muerta. Ni Randy ni yo podemos hacer nada por él. No nos lo permite, excepto un trabajo en Las Vegas que dura muy poco. Y cuando se encuentra en un verdadero aprieto no acude a nosotros, sino a un muerto de hambre como usted, un tipo al que zarandean los polis. De manera que es él quien se muere, y sin decirnos adiós, ni darnos una oportunidad de devolverle lo que le debemos. Tengo contactos en México que podrían haberlo enterrado para siempre. Podría haberlo sacado del país más deprisa de lo que un tahúr amaña una baraja. Pero se va a llorarle a usted. Me pone de muy mal humor. Un muerto de hambre, un tipo que se deja zarandear por los polis.

—Los polis pueden zarandear a cualquiera. ¿Qué quiere que haga sobre todo eso?

—Dejarlo —dijo Menéndez sin apenas separar los labios.

—¿Dejar qué?

—De intentar conseguir dinero o publicidad con el caso Lennox. Está terminado, cerrado del todo. Terry ha muerto y no queremos que se le incordie más. Sufrió demasiado.

—Un matón sentimental —dije—. No salgo de mi asombro.

—La lengua, muerto de hambre. La lengua. Mendy Menéndez no discute con nadie. Le dice a la gente lo que tiene que hacer. Búsquese otra manera de conseguir unos dólares. ¿Me entiende?

Se puso en pie. Había terminado la entrevista. Recogió los guantes. Eran de piel de cerdo, blancos como la nieve. No daba la sensación de que se los hubiera puesto nunca. Un tipo elegante, el señor Menéndez. Pero muy duro detrás de tanta elegancia.

—No busco publicidad —dije—. Y nadie me ha ofrecido dinero. ¿Por qué tendrían que hacerlo y para qué?

—No me cuente cuentos, Marlowe. No se ha pasado tres días en chirona por su buen corazón. Le han pagado. No voy a decir quién, pero me hago una idea. Y el particular en el que estoy pensando tiene bien forrado el riñón. El caso Lennox está cerrado y seguirá cerrado incluso aunque...

Se detuvo en seco y golpeó el borde de la mesa con los guantes.

—Incluso aunque Terry no matara a su mujer —dije.

Su sorpresa fue tan poco convincente como el oro en una alianza falsa.

—Me gustaría estar de acuerdo en eso, muerto de hambre, aunque no tiene ningún sentido. Pero si lo tuviera, y Terry quisiera de todos modos que las cosas siguieran como están, será así como se queden.

No dije nada. Al cabo de un momento Menéndez sonrió despacio.

—Tarzán sobre una gran moto roja —dijo, arrastrando las palabras—. Un tipo duro. Que me deja venir aquí y pisotearlo. Un tipo que se alquila por calderilla y se deja mangonear por cualquiera. Ni dinero, ni familia, ni futuro, ni nada. Hasta la vista, muerto de hambre.

Seguí sentado, apretando los dientes, contemplando el resplandor de su pitillera de oro en una esquina de la mesa. Me sentía viejo y cansado. Me puse en pie despacio y eché mano a la pitillera.

—Se olvida esto —dije, dando la vuelta al escritorio.

—Tengo media docena —respondió con desdén.

Cuando estuve lo bastante cerca, le ofrecí la pitillera. Menéndez extendió la mano distraídamente.

—¿Qué tal media docena de éstos? —le pregunté, al tiempo que le golpeaba con toda la fuerza de que fui capaz en el estómago.

Se dobló por la cintura gimiendo débilmente. La pitillera cayó al suelo. Retrocedió hasta apoyarse contra la pared y agitó las manos espasmódicamente. Le costó trabajo volver a llenarse los pulmones. Sudaba profusamente. Muy despacio y con un esfuerzo extraordinario se irguió hasta que sus ojos estuvieron a la altura de los míos. Extendí la mano y le pasé un dedo por el borde de la mandíbula. No se movió. Finalmente consiguió que apareciera una sonrisa en su rostro moreno.

—No creía que fuera capaz —dijo.

—La próxima vez traiga una pistola..., o no me llame muerto de hambre.

—Tengo a un tipo para que lleve la pistola.

—Que venga con usted. Lo necesitará.

—No resulta fácil conseguir que se enfade, Marlowe.

Aparté la pitillera con el pie, me agaché y se la devolví. La recogió y se la echó al bolsillo.

—No acababa de entenderlo —dije—. Por qué le merecía la pena venir aquí a insultarme. Luego se hizo monótono. Todos los tipos duros son monótonos. Como jugar a las cartas con una baraja que sólo tiene ases. Lo tiene todo y no tiene nada. Se limita a estar ahí sentado mirándose el ombligo. No me extraña que Terry no fuese a pedirle ayuda. Sería como pedirle un préstamo a una puta.

Se palpó delicadamente el estómago con dos dedos.

—Siento que haya dicho eso, muerto de hambre. Podría llegar a pasarse de la raya.

Se llegó hasta la puerta y la abrió. Fuera, el guardaespaldas abandonó la pared contra la que estaba recostado y se dio la vuelta. Menéndez le hizo un gesto con la cabeza. El guardaespaldas entró en mi despacho y se me quedó mirando sin expresión alguna.

—Fíjate bien en él, Chick —dijo Menéndez—. Asegúrate de que lo conoces, por si acaso. Tú y él quizá tengáis un asunto cualquier día de éstos.

—Ya lo he visto, jefe —dijo el tipo tranquilo, moreno y de pocas palabras con el tono reticente que adoptan todos ellos—. No me hará perder el sueño.

—No le dejes que te pegue en la tripa —dijo Menéndez con una sonrisa avinagrada—. Su gancho de derecha no tiene nada de divertido.

El guardaespaldas se rió de mí.

—No le dejaré acercarse.

—Vaya, hasta la vista, muerto de hambre —me dijo Menéndez antes de salir.

—Ya nos veremos —me dijo con frialdad el guardaespaldas—. Me llamo Chick Agostino. Supongo que me reconocerá.

—Como un periódico sucio —dije—. Recuérdeme que no le pise la cara.

Se le marcaron los músculos de la mandíbula. Luego se volvió bruscamente para seguir a su jefe.

La puerta se cerró despacio gracias al mecanismo que la controlaba. Me paré a escuchar, pero no los oí avanzar pasillo adelante. Caminaban con la suavidad de gatos. Sólo para asegurarme, abrí de nuevo la puerta al cabo de un minuto y miré fuera. El pasillo estaba desierto.

Volví a la mesa, me senté y estuve algún tiempo preguntándome por qué un mafioso local de cierta importancia como Menéndez pensaba que le merecía la pena venir en persona a mi despacho y hacerme una advertencia para que no se me ocurriera meter la nariz donde nadie me llamaba, sólo minutos después de haber recibido de Sewell Endicott una advertencia similar aunque expresada de manera distinta.

No llegué a ninguna conclusión, de manera que decidí tratar de equilibrar el resultado. Descolgué el teléfono y puse una conferencia al Club Galápago de Las Vegas, de persona a persona, Philip Marlowe con el señor Randy Starr. Nada de nada. El señor Starr estaba ausente y, ¿no querría hablar con alguna otra persona? No quería. Ni siquiera estaba muy necesitado de hablar con Starr. No era más que un capricho pasajero. Se encontraba demasiado lejos para atizarme.

Después de aquello no sucedió nada durante tres días. Nadie me dio un mamporro, ni disparó contra mí, ni me llamó por teléfono para decirme que no me metiera donde nadie me llamaba. Nadie me contrató para encontrar a la hija descarriada, a la esposa culpable, el collar de perlas extraviado ni el testamento perdido. Me quedé allí sentado, mirando a la pared. El caso Lennox murió casi tan de repente como había nacido. Se llevó a cabo una breve investigación para la que ni siquiera se me convocó. Se celebró a una hora poco corriente, sin anuncio previo y sin jurado. El magistrado sentenció por su cuenta que la muerte de Sylvia Potter Westerheym di Giorgio Lennox había sido causada con intención homicida por su esposo, Terence William Lennox, posteriormente fallecido fuera de la jurisdicción del magistrado. Supongo que se leyó la confesión para incluirla en el acta. También supongo que se habían hecho las comprobaciones necesarias para satisfacer al magistrado.

Las autoridades mexicanas entregaron el cuerpo para que se procediera a darle sepultura. Llegó en avión y se le enterró en el panteón familiar. No se invitó a la prensa. Nadie concedió entrevistas, y menos que nadie el señor Harlan Potter, que nunca las concedía. Era tan inaccesible como el Dalai Lama. Tipos con cien millones de dólares llevan una vida peculiar, detrás de una cortina de criados, guardaespaldas, secretarios, abogados y dóciles ejecutivos. Supongo que comen, duermen, les cortan el pelo y llevan ropa. Pero nunca estás completamente seguro. Todo lo que lees u oyes sobre ellos ha pasado por el filtro de un equipo de especialistas en relaciones públicas a quienes se paga mucho dinero por crear y mantener una personalidad utilizable, algo sencillo y limpio y afilado, como una aguja esterilizada. No hace falta que sea verdad. Basta que concuerde con los hechos conocidos y los hechos conocidos se pueden contar con los dedos de una mano.

A última hora de la tarde del tercer día sonó el teléfono y hablé con un individuo que dijo llamarse Howard Spencer, representante para California de una editorial de Nueva York en un breve viaje de negocios y con un problema del que le gustaría hablar conmigo si no tenía inconveniente en reunirme con él en el bar del hotel Ritz-Beverly a las once de la mañana del día siguiente.

Quise saber de qué clase de problema se trataba.

—Uno bastante delicado —dijo—, pero que no choca en absoluto con la ética. Si no llegamos a un acuerdo, le recompensaré por el tiempo empleado, como es lógico.

—Gracias, señor Spencer, pero no será necesario. ¿Me ha llamado usted por recomendación de alguien?

—Alguien que tiene información sobre usted..., incluido su roce reciente con la policía, señor Marlowe. Debo añadir que ha sido eso lo que me ha interesado. Mi llamada, sin embargo, no tiene ninguna relación con ese trágico asunto. Es sólo que...; bueno, será mejor que hablemos de ello mientras tomamos una copa y no por teléfono.

—¿Está seguro de querer compartirla con un individuo que ha estado en chirona?

Se echó a reír. Su risa y su voz eran ambas agradables. Hablaba de la manera en que solían expresarse los neoyorquinos antes de que aprendieran el dialecto de Flatbush.

—Desde mi punto de vista, señor Marlowe, eso es una recomendación. No, permítame añadir, el hecho de que haya estado, como usted dice, en chirona, sino el hecho, me atrevería a decir, de que parece haberse mostrado reticente en extremo, incluso bajo presión.

Era un individuo que hablaba poniendo muchas comas, como en una novela con empaque. Al menos por teléfono.

—De acuerdo, señor Spencer, estaré allí mañana por la mañana.

Me dio las gracias y colgó. Me pregunté quién podría haberme hecho propaganda. Se me ocurrió que tal vez Sewell Endicott y lo llamé para enterarme.

Pero llevaba toda la semana fuera de la ciudad y aún no había regresado. No tenía mayor importancia. Incluso en mi profesión se consigue a veces un cliente satisfecho. Y yo necesitaba un trabajo porque necesitaba el dinero..., o creía que lo necesitaba, hasta que llegué a mi casa aquella noche y encontré la carta con un retrato de Madison dentro.

12

La encontré en el buzón rojo y blanco, con forma de casa para pájaros, al pie de los escalones. El pájaro carpintero sujeto al brazo movible estaba alzado, pero incluso así podría no haber mirado dentro porque todo el correo lo recibo en el despacho. Pero el pájaro carpintero acababa de perder la punta del pico. Hacía muy poco que la madera estaba rota. Algún graciosillo había disparado contra él con su pistola atómica.

La carta decía Correo Aéreo, traía todo un rebaño de sellos mexicanos y una caligrafía que podría no haber reconocido si México no hubiera ocupado casi constantemente mi imaginación en los últimos tiempos. El matasellos me resultó ilegible. Estaba puesto a mano y apenas quedaba tinta en el tampón. La carta era gruesa. Subí los escalones y me senté a leerla en el cuarto de estar. La noche parecía muy tranquila. Quizá la carta de un muerto trae consigo su propio silencio.

Empezaba sin fecha ni preámbulo.

> Estoy sentado junto a una ventana en una habitación del segundo piso de un hotel no demasiado limpio en un lugar llamado Otatoclán, una población de montaña junto a un lago. Hay un buzón de correos debajo de la ventana y cuando venga el mozo con el café que le he pedido, va a echar la carta, pero la sostendrá en alto para que yo la vea antes de introducirla por la ranura del buzón. Cuando lo haya hecho recibirá un billete de cien pesos, lo que para él es muchísimo dinero.
>
> ¿Por qué tantas complicaciones? Al otro lado de la puerta hay un tipo moreno de zapatos puntiagudos y camisa sucia que vigila. Está esperando algo, no sé qué, pero no me deja salir. No importa demasiado con tal de que la carta llegue al correo. Quiero que tengas este dinero porque no lo necesito y la policía local se lo quedaría sin duda alguna. No está destinado a comprar nada. Llámalo una disculpa por las muchas molestias que te he causado y como muestra de aprecio hacia una persona realmente buena. Lo he hecho todo mal, como de costumbre, pero todavía tengo la pistola. Mi presentimiento es que probablemente habrás llegado a alguna conclusión en un momento determinado. Podría haberla matado y quizá lo hice, pero nunca golpearla de esa manera. Ese tipo de brutalidad no va conmigo. De manera que hay algo que no funciona en absoluto. Pero no tiene importancia, ni la más mínima. Ahora lo más importante es evitar un escándalo tan inútil como innecesario. Su padre y su hermana nunca me han hecho ningún daño. Tienen sus vidas que vivir y yo no podría estar más asqueado con la mía. Sylvia no me echó a perder, ya estaba perdido de antes. No te puedo dar una respuesta muy clara sobre la razón de que se casara conmigo. Supongo que fue sólo un capricho. Por lo menos ha muerto joven y hermosa. Se dice que la lujuria hace envejecer a los varones pero mantiene jóvenes a las mujeres. Se dicen muchas tonterías. Se dice que los ricos siempre pueden pro-

tegerse y que en su mundo siempre es verano. He vivido con ellos y son gente aburrida y solitaria.

He escrito una confesión. Me siento un poco enfermo y bastante asustado. Uno lee sobre esas situaciones en los libros, pero lo que dicen no es verdad. Cuando te sucede a ti, cuando todo lo que te queda es la pistola en el bolsillo, cuando estás acorralado en un sucio hotel insignificante en un país extranjero y no te queda más que una salida, créeme, no hay nada exaltante ni dramático en todo ello. Sólo es desagradable y sórdido y gris y macabro.

De manera que olvídate de todo y también de mí. Pero antes bébete un gimlet en Victor's a mi salud. Y la próxima vez que hagas café, sírveme una taza, añádele un poco de whisky, enciéndeme un pitillo y ponlo junto a la taza. Y después olvídate de todo. Terry Lennox, corto y fuera. Así que adiós.

Llaman a la puerta. Imagino que será el mozo con el café. Si no lo es, habrá un tiroteo. Por regla general me gustan los mexicanos, pero no sus cárceles. Hasta la vista.

Terry

Eso era todo. Volví a doblar la carta y la guardé en el sobre. Sin duda era el mozo con el café. De lo contrario nunca habría recibido la carta. No con el retrato de Madison dentro. Un retrato de Madison es un billete de cinco mil dólares.

Lo tenía delante de mí, verde y terso, sobre la mesa. No lo había visto nunca. Mucha gente que trabaja en bancos, tampoco. Es muy probable que personajes como Randy Starr y Menéndez los lleven todos los días encima. Pero si van ustedes a un banco y piden uno, no se lo darán. Tendrían que conseguirlo pidiéndoselo a la Reserva Federal. Tal vez tardara varios días. Sólo circulan alrededor de un millar en todo Estados Unidos. El mío producía un agradable resplandor. Creaba una pequeña luminosidad solar totalmente privada y personal.

Lo estuve mirando durante mucho tiempo. Finalmente lo guardé en un cajoncito del escritorio y fui a la cocina a preparar el café. Hice lo que Terry me pedía, sentimental o no. Serví dos tazas, añadí un poco de whisky a la suya y la coloqué en el lado de la mesa donde se había sentado la mañana que lo llevé al avión de Tijuana. Encendí un cigarrillo para él y lo coloqué en un cenicero junto a la taza. Contemplé el vapor que salía del café y el delgado hilo de humo que se alzaba desde el pitillo. Fuera, en los arbustos junto a la casa, revoloteaba un pájaro, hablando consigo mismo en suaves gorjeos, con un breve sacudir de alas de cuando en cuando.

Luego el café dejó de humear y el pitillo se apagó y ya no era más que una colilla muerta en el borde de un cenicero. La tiré al cubo de la basura debajo del fregadero. Vertí el café, lavé la taza y la guardé.

Eso fue todo. No me pareció que bastara para justificar cinco mil dólares.

Después de un rato me fui a la última sesión de un cine. No saqué gran cosa en limpio. Apenas vi lo que sucedía. Ruido y primeros planos. De nuevo en casa intenté distraerme con una partida de Ruy López que resultó muy aburrida y de la que tampoco saqué gran cosa en limpio. De manera que me fui a la cama.

Pero no me dormí. A las tres de la madrugada estaba paseando y escuchaba a Katchaturian trabajando en una fábrica de tractores. Él lo llamaba concierto para violín. Yo, correa de ventilador suelta, y al diablo con todo.

Para mí una noche en blanco es tan rara como un cartero gordo. Si no hubiera sido por el señor Howard Spencer en el Ritz-Beverly, me habría soplado una botella hasta quedar fuera de combate. Y la próxima vez que viera a un borracho muy cortés en un Rolls-Royce Silver Wraith, saldría corriendo muy deprisa en varias direcciones. No hay trampa más mortal que la que se prepara uno mismo.

13

A las once estaba sentado en el tercer reservado de la derecha, según se entra desde el comedor. Tenía la espalda pegada a la pared y veía a todos los que entraban o salían. Era una mañana despejada, sin niebla, ni siquiera en las capas altas de la atmósfera, y el sol se reflejaba en la superficie de la piscina, que empezaba inmediatamente del otro lado de la pared de cristal del bar y se extendía hasta el final del comedor. Una joven con un traje de baño blanco y una figura seductora trepaba por la escalera de mano hacia el trampolín superior. Yo contemplaba la tira de piel blanca que aparecía entre el bronceado de los muslos y el traje de baño, y lo hacía carnalmente. Luego desapareció, oculta por el pronunciado alero del tejado. Un momento después la vi lanzarse al agua y dar vuelta y media de campana. Las salpicaduras ascendieron lo suficiente para capturar el sol y crear arco iris que eran casi tan bonitos como la muchacha. Luego salió de la piscina, se quitó el gorro blanco y se sacudió la melena desteñida. Onduló el trasero en dirección a una mesita blanca y se sentó junto a un leñador con pantalones blancos de dril, gafas oscuras y un bronceado tan pronunciado y homogéneo que sólo podía tratarse del encargado de la piscina. Este último procedió a dar unas palmaditas en el muslo a la chica, que abrió una boca tan grande como un cubo y se echó a reír. Aquello me mató el interés. No oía la risa, pero el agujero en la cara, cuando abrió la cremallera de los dientes, era todo lo que necesitaba.

El bar estaba francamente vacío. Tres reservados más allá dos tipos a la última se vendían mutuamente trozos de la Twentieth Century Fox, y utilizaban el continuo movimiento de los dos brazos en lugar de dinero. Tenían un teléfono en la mesa y cada dos o tres minutos se desafiaban a ver quién llamaba a Zanuck con una idea brillante. Eran jóvenes, morenos, entusiastas y estaban llenos de vitalidad. Empleaban tanta energía muscular en una conversación telefónica como necesitaría yo para subir a un gordo a cuestas cuatro tramos de escaleras.

Un individuo triste sobre un taburete conversaba con el barman, que sacaba brillo a una copa y escuchaba con esa sonrisa de plástico que luce la gente cuando está tratando de no gritar. El cliente era de mediana edad, elegantemente vestido y estaba borracho. Quería hablar y no podía dejarlo aunque quizá, en realidad, ni siquiera tuviese ganas de hablar. Parecía cortés y amable y cuando yo le oía no daba la impresión de arrastrar demasiado las palabras, pero no cabía duda de que se levantaba por la mañana con la botella y que sólo la dejaba cuando se dormía por la noche. Seguiría así durante el resto de su existencia y ésa era la única vida que tenía. Nadie sabría nunca cómo había llegado a aquella situación dado que incluso aunque lo contara él no sería verdad. En el mejor de los casos un recuerdo distorsionado de la verdad tal como él la conocía. Hay un hombre triste como ése en todos los bares tranquilos de la tierra.

Consulté mi reloj y descubrí que aquel editor de altos vuelos se había retrasado ya veinte minutos. Esperaría media hora y después me iría. Nunca da buenos resultados permitir que el cliente fije todas las reglas. Si se te sube a las barbas, concluirá que otras personas también harán lo mismo, y no te contrata para eso. Y en aquel momento, precisamente, no estaba tan necesitado de trabajo como para aceptar que un imbécil del este me utilizara para sujetarle el caballo, un ejecutivo de los de despacho en el piso ochenta y cinco con revestimiento de madera, hilera de interruptores, interfono y secretaria con modelo especial para profesionales de Hattie Carnegie y un par de ojos, grandes, azules y prometedores. Ése era el tipo de vivales que te decía que te presentaras a las nueve en punto y si no estabas plácidamente sentado con una sonrisa beatífica cuando apareciera dos horas después con un blazer se sentiría tan ultrajado en sus capacidades ejecutivas que necesitaría de cinco semanas en Acapulco para poder recuperar la buena forma habitual.

El anciano camarero se acercó y examinó con indulgencia mi whisky con agua. Le hice un gesto negativo con la cabeza, asintió con un movimiento de la blanca pelambrera y precisamente en aquel momento entró en el bar un sueño. Por un instante me pareció que cesaban todos los ruidos, que los tipos a la última dejaban de competir y que el borracho del taburete detenía su parloteo, y fue exactamente como cuando el director de una orquesta da unos golpecitos en el atril con la batuta, alza los brazos y los inmoviliza en el aire.

Era esbelta y alta, con un traje sastre blanco de lino y un pañuelo blanco y negro con lunares en torno al cuello. Su cabello era el oro pálido de un princesa de cuento de hadas y llevaba un sombrerito en el que el pelo se recogía como un pájaro en su nido. Los ojos eran azul aciano, un color poco frecuente, y las pestañas largas y casi demasiado pálidas. Llegó a la mesa al otro lado del pasillo y se estaba quitando un guante blanco cuando el viejo camarero le apartó la mesa como ningún camarero la apartaría nunca para mí. La recién llegada se sentó y colocó los guantes bajo la correa del bolso y dio las gracias con una sonrisa tan amable, de un candor tan exquisito, que el destinatario casi quedó paralizado. La dama rubia le dijo algo en voz baja. El otro se alejó con premura, inclinado hacia delante. Era una persona que, de pronto, tenía una misión en la vida.

Me quedé mirándola. La dama rubia me sorprendió haciéndolo. Alzó la vista un centímetro y dejé de estar allí. Pero dondequiera que estuviese, seguía conteniendo el aliento.

Hay rubias y rubias y a estas alturas esa palabra es casi un chiste. Todas las rubias tienen sus puntos positivos, excepto quizá las rubias metálicas que son, debajo del tinte, tan rubias como un zulú y que, en cuanto a carácter, son tan tiernas como una acera. Está la rubia pequeña y graciosa que pía y gorjea, y la rubia grande y escultural que te para los pies con el hielo azul de su mirada. Está la rubia que te obsequia con miradas reverenciales de cuerpo entero, huele maravillosamente, se te cuelga del brazo y siempre está pero que muy cansada cuando la llevas a casa. Hace ese conocido gesto de indefensión y tiene esa condenada jaqueca y te gustaría darle un mamporro si no fuera porque te alegras de haber sabido lo de la jaqueca antes de invertir demasiado tiempo, dinero y esperanzas en ella. Porque la jaqueca resulta ser permanente, un arma que nunca pierde eficacia y es tan mortal como el estoque del espadachín o el frasquito de veneno de Lucrecia Borgia.

Luego está la rubia suave y complaciente y alcohólica a quien le tiene sin cuidado lo que lleva puesto con tal de que sea visón o adónde va con tal de que se trate del club nocturno más *dernier cri* y no falte champán seco. O la rubia pequeñita y animada que es un poquito pálida e insiste en pagar lo suyo y está siempre de buen humor y es un prodigio de sentido común y sabe judo de pe a pa y es capaz de lanzar a un camionero por encima del hombro sin saltarse más de una frase del editorial de la *Saturday Review*. Y la rubia pálida, muy pálida, con algún tipo de anemia que no es mortal pero sí incurable. Muy lánguida y muy enigmática y habla con una voz muy dulce y sin origen conocido y no le puedes poner un dedo encima porque en primer lugar no te apetece y en segundo lugar está leyendo *La tierra baldía* o Dante en el original, o Kafka o Kierkegaard o estudia provenzal. Es una apasionada de la música y cuando la Filarmónica de Nueva York toca a Hindemith sabe decirte cuál de las seis violas ha entrado un cuarto de compás tarde. Creo que Toscanini también. Ya son dos.

Y finalmente está la espléndida joya que sobrevive a tres jefes de la mafia y luego se casa con un par de ricachones a millón por cabeza y termina con una villa de color rosa pálido en Cap d'Antibes, un alfa romeo con piloto y copiloto, y una cuadra de gastados aristócratas a los que trata con la distraída condescendencia con que un duque ya entrado en años da las buenas noches al mayordomo.

El sueño al otro lado del bar no pertenecía a ninguna de aquellas categorías; ni siquiera a esa clase de mundo. Era inclasificable, tan remota y transparente como agua de montaña, tan difícil de aprehender como su color. Todavía la estaba mirando cuando una voz, cerca de mi codo, dijo:

—Llego horrorosamente tarde. Le pido perdón. Tendrá que echarle la culpa a esto. Me llamo Howard Spencer. Usted es Marlowe, por supuesto.

Volví la cabeza para mirarlo. Era un individuo de mediana edad, más bien rollizo, vestido como si no le preocupara en absoluto su aspecto, pero bien afeitado y con el cabello ralo cuidadosamente peinado hacia atrás sobre una cabeza con mucho espacio entre las orejas. Llevaba un llamativo chaleco cruzado, el tipo de prenda que casi nunca se ve en California, excepto quizá cuando nos visita algún bostoniano, y gafas sin montura. Evidentemente, el «esto» que había mencionado era la vieja cartera muy gastada que procedió a palmear varias veces.

—Tres manuscritos tamaño libro totalmente inéditos. Narrativa. Sería embarazoso perderlos antes de tener la oportunidad de rechazarlos. —Hizo una señal al camarero viejo que acababa de retroceder después de colocar un vaso alto con algo verde delante del sueño—. Siento debilidad por la ginebra con naranja. Una bebida bastante tonta, a decir verdad. ¿Querría acompañarme? Estupendo.

Asentí y el camarero viejo se alejó.

—¿Cómo sabe que va a rechazar esos manuscritos? —dije, señalando la cartera.

—Si merecieran la pena, no los habrían dejado en mi hotel los mismos autores. Ya los tendría algún agente de Nueva York.

—En ese caso, ¿por qué recogerlos?

—En parte para no herir los sentimientos de quienes han escrito esas novelas. En parte por esa posibilidad entre mil que anima a vivir a los editores. Pero sobre todo porque cuando asistes a una fiesta te presentan a toda clase de personas y algunas han escrito novelas y tú has bebido lo suficiente para sentirte benevolente y lleno de afecto por la especie humana en su conjunto, de manera que dices que te encantaría ver el manuscrito. A continuación lo dejan en tu hotel con una velocidad tan invitada que te obliga a hacer el paripé de que lo lees. Pero supongo que no le interesan demasiado ni los editores ni sus problemas.

El camarero nos trajo lo que habíamos pedido. Spencer se apoderó de su vaso y bebió con ansia. No prestaba atención a la muchacha dorada al otro lado del pasillo. Toda su atención era para mí. Se le daba bien establecer contactos personales.

—Si es parte del trabajo —dije—, soy capaz de leer un libro de cuando en cuando.

—Uno de nuestros autores más importantes vive por aquí cerca —dijo casi con indiferencia—. Quizá haya leído algo suyo. Roger Wade.

—Ah.

—Comprendo su punto de vista. —Sonrió tristemente—. No le interesan las novelas históricas. Pero se venden como rosquillas.

—No tengo punto de vista, señor Spencer. En una ocasión hojeé uno de sus libros. Me pareció basura. ¿Es algo que no debería haber dicho?

—Oh, no. —Sonrió—. Hay mucha gente que está de acuerdo con usted. Pero lo importante por el momento es que todos sus libros son otros tantos éxitos. Y tal como están los costos hoy en día todo editor tiene que tener un par de *best-sellers* en su catálogo.

Miré hacia la mujer de oro sentada frente a nosotros. Había terminado su zumo de lima o lo que fuera y estaba consultando un reloj de pulsera microscópico. El bar se había llenado un poco más, pero sin llegar a ser ruidoso. Los dos individuos vestidos a la última seguían agitando las manos y el bebedor solitario en el taburete junto al mostrador tenía un par de amigos haciéndole compañía. Me volví a mirar a Howard Spencer.

—¿Algo que ver con su problema? —le pregunté—. Me refiero a Wade, el escritor.

Asintió con la cabeza. Me estaba examinando con cuidado.

—Cuénteme algo acerca de usted, señor Marlowe. Quiero decir, si no le parece que mi petición es impertinente.

—¿Qué tipo de cosas? Soy un investigador privado con licencia y llevo algún tiempo en este trabajo. Tengo algo de lobo solitario, no estoy casado, ya no soy un jovencito y carezco de dinero. He estado en la cárcel más de una vez y no me ocupo de casos de divorcio. Me gustan el whisky y las mujeres, el ajedrez y algunas cosas más. Los policías no me aprecian demasiado, pero hay un par con los que me llevo bien. Soy de California, nacido en Santa Rosa, padres muertos, ni hermanos ni hermanas y cuando acaben conmigo un día en un callejón oscuro, si es que sucede, como le puede ocurrir a cualquiera en mi oficio, y a otras muchas personas en cualquier oficio, o en ninguno, en los días que corren, nadie tendrá la sensación de que a su vida le falta de pronto el suelo.

—Ya veo —dijo—. Pero todo eso no me dice exactamente lo que quiero saber.

Me terminé la ginebra con naranja. No me había gustado. Sonreí a mi interlocutor.

—He omitido un detalle, señor Spencer. Llevo un retrato de Madison en el bolsillo.

—¿Un retrato de Madison? Mucho me temo que no...

—Un billete de cinco mil dólares —dije—. Lo llevo siempre. Mi amuleto.

—Santo cielo —dijo, bajando la voz—. ¿No es terriblemente peligroso?

—¿Quién fue el que dijo que pasado cierto punto todos los peligros son iguales?

—Creo que fue Walter Bagehot. Hablaba de una persona que reparaba torres y chimeneas. —A continuación sonrió—. Lo siento, pero ya sabe que soy editor. Me cae usted bien, Marlowe. Me arriesgaré. Si no lo hiciera me diría usted que me fuera al infierno, ¿no es cierto?

Le devolví la sonrisa. Spencer llamó al camarero y pidió otra ronda.

—Se trata de lo siguiente —dijo, midiendo bien sus palabras—. Tenemos problemas graves con Roger Wade. No consigue terminar el libro que tiene entre manos. Está perdiendo el control y hay algo detrás de todo ello. Parece a punto de desmoronarse. Bebe sin medida y tiene ataques de cólera. De cuando en cuando desaparece durante muchos días. Hace poco tiró escaleras abajo a su mujer, que acabó en el hospital con cinco costillas rotas. No existen entre ellos los problemas habituales en estos casos, ninguno en absoluto. Sucede que Roger se vuelve loco cuando bebe. —Spencer se recostó en el asiento y me miró sombríamente—. Necesitamos que termine ese libro. Lo necesitamos como agua de mayo. En cierta medida mi empleo depende de ello. Pero necesitamos más que eso. Queremos salvar a un escritor muy capaz que podría hacer cosas mucho mejores de lo que ha hecho hasta ahora. Hay algo que no funciona en absoluto. En este viaje ni siquiera se ha dignado verme. Me doy cuenta de que parece más bien un trabajo para un psiquiatra. La señora Wade piensa de manera distinta. Está convencida de que la salud de su marido es perfecta, pero que algo le preocupa terriblemente. Un chantajista, por ejemplo. Los Wade llevan cinco años casados. Puede haber reaparecido algo del pasado de Roger. Quizá se trate incluso (tal vez una suposición sin fundamento) de un accidente mortal en el que después Wade se dio a la fuga y alguien tiene la prueba. No sabemos de qué se trata, pero queremos saberlo. Y estamos dispuestos a pagar para solucionar ese problema. Si resultara ser una cuestión médica, bien, no habría más que decir. En caso contrario ha de haber una respuesta. Y mientras tanto es necesario proteger a la señora Wade. Podría matarla la próxima vez. Nunca se sabe.

Llegó la segunda ronda de bebidas. No toqué la mía y vi cómo Spencer se bebía la mitad de la suya de un trago. Encendí un cigarrillo y me quedé mirándolo.

—Usted no quiere un detective —dije—. Quiere un mago. ¿Qué demonios podría hacer yo? Si por casualidad estuviera presente en el momento preciso, y si no me resultara demasiado difícil de manejar, quizá pudiera dejarlo fuera de combate y llevarlo a la cama. Pero tendría que estar allí. Es una probabilidad entre cien. Eso lo sabe usted.

—Es más o menos de su tamaño —dijo Spencer—, pero no está tan en forma. Y podría usted quedarse a vivir allí.

—Difícilmente. Además los borrachos son astutos. Con toda seguridad elegiría el momento en que yo no estuviera para organizar su numerito. No quiero trabajar de enfermero.

—Un enfermero no serviría de nada. Roger Wade no es el tipo de hombre dispuesto a aceptarlo. Es una persona con mucho talento que ha perdido el control. Ha ganado demasiado dinero escribiendo basura para imbéciles. Pero la salvación de un escritor es escribir. Si hay algo bueno en él, acabará por aparecer.

—De acuerdo, ya me ha hecho el artículo —dije, cansado—. Es un tipo estupendo. Y además condenadamente peligroso. Tiene un secreto que le hace sentirse culpable y trata de ahogar en alcohol el sentimiento de culpabilidad. No es la clase de problemas de que yo me ocupo, señor Spencer.

—Entiendo. —Contempló su reloj de pulsera con un fruncimiento de ceño que le arrugaba la cara y hacía que pareciese de más edad y de menor tamaño—. Bien, no se me puede culpar por intentarlo.

Extendió la mano hacia la gruesa cartera y miró a la joven de oro al otro lado del pasillo, que se preparaba para marcharse. El camarero de pelo blanco revoloteaba a su alrededor con la cuenta. La chica le dio algo de dinero y una sonrisa encantadora y al camarero se le puso cara de que acababa de estrecharle a Dios la mano. Ella se retocó los labios, se puso los guantes blancos y el camarero le apartó la mesa mucho más de lo necesario para que pudiera salir.

Miré a Spencer. Contemplaba con el ceño fruncido el vaso vacío cerca del borde de la mesa. Tenía la cartera sobre las rodillas.

—Escuche —le dije—. Iré a ver a su hombre y trataré de hacerme una idea, si está usted de acuerdo. Hablaré con su mujer. Pero imagino que Wade me echará de su casa.

Una voz que no era la de Spencer dijo:

—No, señor Marlowe, no creo que lo haga. Opino, por el contrario, que quizá le guste usted.

Alcé la vista hasta un par de ojos de color violeta. La chica dorada estaba al otro lado de la mesa. Me puse en pie, inclinándome hacia la pared trasera del reservado, de esa manera tan incómoda en que hay que levantarse cuando no es posible salir.

—Por favor, no se levante —dijo ella con una voz semejante al material que se utiliza para forrar las nubes de verano—. Sé que le debo una disculpa, pero me parecía importante tener una oportunidad de observarlo antes de presentarme. Soy Eileen Wade.

—No está interesado —dijo Spencer de mal humor.

—Creo que eso no es cierto —sonrió amablemente la señora Wade.

Hice un esfuerzo por serenarme. Me había quedado allí de pie, en equilibrio precario, y respiraba con la boca abierta como una colegiala angustiada. Aquella mujer era realmente una preciosidad. Vista de cerca casi cortaba la respiración.

—No he dicho que no estuviera interesado, señora Wade. Lo que he dicho o quería decir es que no creo que pueda hacer nada bueno y que intentarlo quizá sea una equivocación mayúscula. Podría hacer muchísimo daño.

Se puso muy seria y desapareció la sonrisa.

—Está tomando decisiones demasiado pronto. No debe juzgar a las personas por lo que hacen. Si es que llega a juzgarlas, hágalo por lo que son.

Asentí sin convicción. Porque exactamente así había pensado en el caso de Terry Lennox. Viendo sus obras no era precisamente una ganga, a excepción de un breve momento de gloria en un pozo de tirador (si Menéndez había dicho la verdad), pero las obras en modo alguno contaban toda la historia. Era, sin embargo, una persona a la que no se podía dejar de apreciar. ¿Con cuántas personas se tropieza uno en la vida de las que se pueda decir algo parecido?

—Y para eso tiene que conocerlas —añadió amablemente—. Hasta la vista, señor Marlowe. Si cambiara de idea... —Abrió rápidamente el bolso y me dio una tarjeta—. Gracias por venir.

Hizo una inclinación de cabeza en dirección a Spencer y se alejó. Vi cómo salía del bar y, por el anexo acristalado, cómo llegaba al comedor. Caminaba maravillosamente. La vi torcer bajo el arco que llevaba al vestíbulo. Vi el último destello de su falda de lino blanco al doblar la esquina. Luego me dejé caer en el asiento del reservado y eché mano a la ginebra con naranja.

Spencer me estaba mirando. Había un algo de dureza en sus ojos.

—Buen trabajo —dije—, pero debería haberla mirado alguna que otra vez. Un sueño como ése no se te sienta delante por espacio de veinte minutos sin que te des cuenta.

—Una estupidez por mi parte, ¿no es cierto? —Estaba tratando de sonreír, pero en realidad no quería. No le había gustado mi manera de mirarla—. La gente tiene ideas muy extrañas sobre detectives privados. Cuando piensas en tener a uno en tu casa...

—Olvídese de tener en su casa a éste, su seguro servidor —dije—. De todos modos, invéntese primero otra historia. Se le ocurrirá algo mejor que tratar de convencerme de que nadie, borracho o sobrio, vaya a tirar a esa preciosidad escaleras abajo y a romperle cinco costillas.

Spencer enrojeció. Sus manos aferraron la cartera.

—¿Cree que soy un mentiroso?

—¿Qué más da? Ha hecho usted su jugada. Quizá tampoco a usted le sea del todo indiferente la señora.

Se puso en pie de repente.

—No me gusta su tono —dijo—. Tampoco estoy seguro de que me guste usted. Hágame el favor de olvidarse de todo este asunto. Creo que esto bastará para compensarle por el tiempo que ha perdido.

Arrojó un billete de veinte dólares sobre la mesa, y luego añadió varios de un dólar para el camarero. Se inmovilizó un momento mirándome de arriba abajo. Le brillaban los ojos y aún seguía con el rostro encendido.

—Soy un hombre casado y tengo cuatro hijos —me informó con brusquedad.

—Enhorabuena.

Hizo un ruido con la garganta, se dio la vuelta y se fue. Se marchó muy deprisa. Lo miré durante un rato y luego aparté la vista. Terminé de beberme la ginebra con naranja, saqué mis cigarrillos, me puse uno entre los labios y lo encendí. El camarero viejo se acercó y miró el dinero.

—¿Quiere que le traiga algo más? —preguntó.

—No. Los billetes son todos suyos.

Los recogió despacio.

—Éste es de veinte, señor. El otro caballero se ha equivocado.

—Sabe leer. Todo para usted, como ya le he dicho.

—Se lo agradezco mucho, por supuesto, si está completamente seguro...

—Completamente.

Inclinó la cabeza y se alejó, con gesto todavía preocupado. El bar se estaba llenando. Un par de semivírgenes aerodinámicas pasaron por delante de mí, entre exclamaciones y saludos. Conocían a los dos personajes que estaban un poco más allá. El aire empezó a salpicarse de «cariños» y de uñas carmesíes.

Fumé la mitad del pitillo, frunciendo el ceño al vacío y luego me levanté para marcharme. Me volví para recoger la cajetilla y algo me golpeó con fuerza por detrás. Era exactamente lo que necesitaba. Al girarme me encontré con el perfil de un seductor de multitudes, de gran sonrisa radiante y traje Oxford de franela con más hombreras de las necesarias. Tenía el brazo extendido de los personajes populares y la sonrisa en cinemascope del tipo que nunca falla una venta.

Lo agarré por el brazo y le hice girar en redondo.

—¿Qué le sucede, amigo? ¿No hacen pasillos bastante amplios para su personalidad?

Retiró el brazo y adoptó un tono agresivo.

—No se desmande, hermano. Podría aflojarle la mandíbula.

—Ja, ja —dije—. Tan poco probable como batear con una *baguette.*

Cerró un puño, mostrándomelo.

—Cariño, piense en la manicura.

Controló sus emociones.

—Ande y que lo zurzan, tío listo —dijo con desdén—. En otra ocasión, cuando tenga menos cosas en la cabeza.

—¿Es eso posible?
—¡Vamos! ¡Lárguese! —gruñó—. Un chiste más y necesitará dentadura postiza.
Le sonreí.
—No deje de telefonearme. Pero hay que mejorar el diálogo.
Le cambió la expresión y se echó a reír.
—¿Trabaja en el cine?
—Sólo para fotos de fugitivos de la justicia.
—Nos veremos en el despacho de algún agente —dijo, alejándose, todavía con la sonrisa puesta.
Era todo muy tonto, pero consiguió que se me pasara el mal humor. Atravesé el comedor y el vestíbulo del hotel hasta llegar a la entrada principal. Antes de salir me detuve un instante para ponerme las gafas de sol. Sólo me acordé de leer la tarjeta que me había dado Eileen Wade dentro ya del coche. Las letras estaban impresas en relieve, pero no era una tarjeta de visita en sentido estricto, porque tenía una dirección y un número de teléfono. Señora de Roger Stearns Wade, 1247 Idle Valley Road. Teléfono: Idle Valley 5-6324.
Sabía bastantes cosas sobre Idle Valley, y también que había cambiado mucho desde los días en que tenían la casa del guarda a la entrada, un cuerpo de policía privado, el casino en el lago y chicas alegres por cincuenta dólares. Un dinero más respetable había tomado posesión de la zona después de que cerraran el casino. Ese dinero más respetable lo había convertido en lugar ideal para los vendedores de parcelas. Un club era propietario del lago y de su orilla y si no admitían a alguien esa persona no tenía posibilidad de disfrutar de los deportes acuáticos. Era un lugar exclusivo en el único sentido de esa palabra que no quiere decir sencillamente caro.
Yo encajaba tan bien en Idle Valley como una cebollita para cóctel en un banana split.
Howard Spencer me llamó a última hora de la tarde. Se le había pasado el enfado; me dijo que lo sentía, que no se había comportado correctamente y quiso saber si había cambiado de opinión.
—Iré a ver al señor Wade si él me lo pide. En ningún otro caso.
—Entiendo. Habría una prima importante...
—Escuche, señor Spencer —dije, impaciente—, no es posible contratar al destino. Si la señora Wade tiene miedo de su marido, puede irse de la casa. Es un problema suyo. Nadie puede protegerla veinticuatro horas al día de su propio esposo. No existe tanta protección en ningún lugar del mundo. Y además no se conforma usted con eso. Quiere saber por qué y cómo y cuándo su hombre descarriló, y luego arreglarlo para que no lo vuelva a hacer..., al menos hasta que acabe ese libro. Y eso depende de él. Si quiere de verdad escribir el maldito libro, dejará el alcohol hasta que lo consiga. Quiere usted demasiado.
—Todo va junto —dijo Spencer—. Es un mismo problema. Pero creo que entiendo su postura. Un poco demasiado sutil para el tipo de trabajo que hace usted de ordinario. Bien, hasta la vista. Tomo el avión de vuelta para Nueva York esta noche.

—Buen viaje.

Me dio las gracias y colgó. Me olvidé de decirle que le había dado los veinte dólares al camarero. Pensé en llamarle para decírselo, pero luego se me ocurrió que ya estaba suficientemente abatido.

Cerré el despacho y tomé la dirección de Victor's para beberme un gimlet, como Terry, en su carta, me había pedido que hiciera. Pero cambié de idea. No me sentía lo bastante sentimental. De manera que me fui a Lowry's, donde pedí un martini y unas chuletas con *pudding* de Yorkshire.

Cuando llegué a casa encendí la televisión para ver los combates de boxeo. No merecían la pena; no eran más que una panda de maestros de danza que deberían trabajar para Fred Astaire. Todo lo que hacían era sacar los brazos, mover la cabeza arriba y abajo y fingir que perdían el equilibrio. Ninguno de ellos golpeaba con la fuerza suficiente para despertar a su abuela de un sueño ligero. El público los abucheaba y el árbitro daba palmadas una y otra vez pidiendo acción, pero ellos seguían moviéndose, nerviosos, lanzándose largos golpes de izquierda. Me pasé a otro canal y estuve viendo un programa policiaco. La acción transcurría en una *boutique* y los rostros sólo mostraban cansancio, eran demasiado conocidos y no tenían nada de hermoso. El diálogo resultaba tan detestable que ni siquiera la Monogram lo hubiera utilizado. El poli tenía un criado negro que, supuestamente, debía proporcionar la distracción cómica, pero no la necesitaba porque él era ya decididamente cómico. Y los anuncios habrían hecho enfermar a una cabra criada con alambre espinoso y botellas de cerveza rotas.

Apagué la televisión y me fumé un cigarrillo largo, refrescante, de tabaco muy apretado. Mi garganta lo agradeció. Estaba hecho con tabaco de buena calidad. Me olvidé de fijarme en la marca. Me disponía a irme a la cama cuando me llamó el sargento Green, de Homicidios.

—He pensando que quizá le gustaría saber que a su amigo Lennox lo enterraron hace un par de días en la ciudad mexicana donde murió. Un abogado que representaba a la familia se trasladó allí y se ocupó de todo. Ha tenido mucha suerte, Marlowe. La próxima vez que se le ocurra ayudar a un amigo a escapar del país, no lo haga.

—¿Cuántos agujeros de bala?

—¿Cómo? —ladró. Luego no dijo nada durante un rato. Y a continuación añadió con cuidado excesivo—: Uno, diría yo. De ordinario es suficiente para volarle la cabeza a un individuo. El abogado regresa con un juego de huellas y todo lo que llevaba en los bolsillos. ¿Algo más que quiera saber?

—Sí, pero no me lo va a decir. Me gustaría saber quién mató a la mujer de Lennox.

—Demonios, ¿no le dijo Grenz que dejó una confesión completa? Apareció en los periódicos, de todas formas. ¿Es que ya no los lee?

—Gracias por telefonearme, sargento. Muy amable por su parte.

—Escúcheme, Marlowe —dijo con voz áspera—. Si se le ocurren ideas curiosas sobre este caso, no le recomiendo que hable por ahí de ellas: puede buscarse muchos problemas. El caso está cerrado, terminado y puesto en conserva con bolas de naftalina. Y tiene mucha suerte de que sea así. Servir de encubridor supone cinco años de prisión en este estado. Y déjeme decirle una cosa más. Llevo muchos años de policía y he aprendido bien una cosa: no siempre lo que haces es lo que te manda a la cárcel, sino lo que se puede hacer que parezca cuando se llega a los tribunales. Buenas noches.

Cortó la comunicación sin darme tiempo a decir nada. Dejé el teléfono pensando que un policía honrado con mala conciencia siempre se hace el duro. También lo hacen los policías que no son honrados. Y casi todo el mundo, incluido yo mismo.

14

A la mañana siguiente sonó el timbre cuando me estaba quitando polvos de talco del lóbulo de una oreja. Al llegar a la puerta y abrirla, me encontré mirando un par de ojos azul aciano. Esta vez vestía de lino marrón, con una bufanda color pimentón, sin pendientes ni sombrero. La encontré un poco pálida, pero no como si alguien la hubiera tirado escaleras abajo. Me obsequió con una sonrisa dubitativa.

—Sé que no debería venir aquí a molestarlo, señor Marlowe. Probablemente no habrá desayunado. Pero no me gustaba la idea de ir a su despacho y me desagrada usar el teléfono para cuestiones de carácter personal.

—Por supuesto. Pase, señora Wade. ¿Tomaría una taza de café?

Entró en el cuarto de estar y se sentó en el sofá sin mirar a nada. Se colocó el bolso en equilibrio sobre el regazo y mantuvo los pies muy juntos. Parecía un tanto remilgada. Abrí ventanas, levanté persianas venecianas y retiré un cenicero lleno de colillas de la mesa de cóctel que tenía delante.

—Gracias. Café solo, por favor. Sin azúcar.

Fui a la cocina y extendí una servilleta de papel sobre una bandeja verde de metal. Parecía tan hortera como un cuello de celuloide. La arrugué y saqué una de esos mantelitos con flecos que hacen juego con unas servilletitas triangulares. Venían con la casa, como la mayor parte de los muebles. Coloqué encima dos tazas de café Desert Rose, las llené y me fui con la bandeja al cuarto de estar.

La señora Wade tomó un sorbo.

—Excelente —dijo—. Hace usted buen café.

—La última vez que alguien tomó café conmigo fue antes de ir a la cárcel —dije—. Como imagino que sabe, me retiraron de la circulación, señora Wade.

Asintió con la cabeza.

—Por supuesto. Se sospechaba que le había ayudado a escapar, ¿no es eso?

—No llegaron a decirlo. Encontraron mi número de teléfono en un bloc en su habitación. Me hicieron preguntas que no contesté..., sobre todo por la manera que tuvieron de hacérmelas. Pero no creo que eso le interese.

Dejó la taza con mucho cuidado, se recostó en el sofá y me sonrió. Le ofrecí un cigarrillo.

—No fumo, gracias. Por supuesto que me interesa. Un vecino nuestro conocía a los Lennox. Tuvo que volverse loco. No parecía en absoluto una persona capaz de hacer algo así.

Llené la pipa y la encendí.

—Es posible —dije—. Debió de volverse loco. Había sufrido heridas muy graves en la guerra. Pero está muerto y se ha acabado todo. Y no creo que haya venido usted para hablar de eso.

Hizo, despacio, un gesto negativo con la cabeza.

—Era amigo suyo, señor Marlowe. Debe de tener una opinión bastante formada. Y creo que es usted una persona que actúa con mucha decisión.

Aplasté el tabaco de la pipa y volví a encenderla. Me llevó algún tiempo y estuve contemplándola por encima de la cazoleta mientras lo hacía.

—Mire usted, señora Wade —dije finalmente—. Lo que yo opine no significa nada. Sucede todos los días. Las personas más insospechadas cometen los delitos más sorprendentes. Ancianas encantadoras envenenan a familias enteras. Muchachos en apariencia ejemplares cometen atracos en serie y provocan tiroteos. Directores de banco con veinte años de historial impecable resultan ser estafadores a largo plazo. Y novelistas populares y con éxito, felices en apariencia, se emborrachan y mandan a su esposa al hospital. Sabemos francamente poco de lo que hace actuar incluso a nuestros mejores amigos.

Pensé que aquello la afectaría bastante, pero no pasó de apretar un poco los labios y de entornar los ojos.

—Howard Spencer hizo mal contándoselo —dijo—. Tengo yo la culpa. No había aprendido aún a mantenerme a distancia. Después he sabido que una cosa que no se puede hacer con alguien que bebe demasiado es tratar de impedírselo. Probablemente está usted más al tanto de eso que yo.

—Desde luego no bastan las palabras —respondí—. Si se tiene suerte, y la fortaleza suficiente, a veces se consigue evitar que se hagan daño o que se lo hagan a otras personas. Incluso eso requiere suerte.

Mi interlocutora tomó pausadamente la taza de café y el platillo. Sus manos eran hermosas, como toda ella. Tenía unas uñas muy bonitas y cuidadas y con un esmalte casi imperceptible.

—¿Le dijo Howard que en este viaje no había visto a mi marido?

—Sí.

Terminó el café y dejó cuidadosamente la taza en la bandeja. Jugueteó durante unos segundos con la cucharilla. Luego habló sin mirarme.

—No le dijo por qué, puesto que no lo sabía. Le tengo mucho afecto, pero le gusta controlarlo todo, llevar la batuta. Está convencido de que es muy eficaz.

Esperé, sin decir nada. Se produjo otro silencio. Me miró un instante y enseguida apartó los ojos.

—Mi marido lleva tres días desaparecido —dijo en voz muy baja—. No sé dónde está. He venido a pedirle que lo encuentre y que lo traiga a casa. Sí, claro, ya ha sucedido otras veces. En una ocasión se fue en coche hasta Portland, se puso muy enfermo en un hotel y tuvo que llamar a un médico para que lo ayudase a superar la crisis. Es un milagro que llegara tan lejos sin meterse en algún lío. Llevaba tres días sin comer. Otra vez se quedó en unos baños turcos de Long Beach, uno de esos sitios suecos donde administran irrigaciones terapéuticas del colon. Y la última se refugió en un pequeño sanatorio privado, sin demasiada buena reputación probablemente. Eso sucedió hace menos de tres semanas. No me quiso decir cómo se llamaba ni dónde estaba; se limitó a explicar que había recibido un tratamiento y que se encontraba perfectamente.

Pero se quedó muy débil y tan pálido como un muerto. Vi durante un momento al individuo que lo trajo a casa. Un tipo alto, vestido con un traje de vaquero como los que sólo se ven en el teatro o en las películas musicales en tecnicolor. Dejó a Roger en la entrada para coches, dio marcha atrás y desapareció al instante.

—Podría tratarse de algún rancho que funciona como lugar de vacaciones —dije—. Algunos de esos vaqueros de mentirijillas se gastan hasta el último céntimo en disfraces lujosos. Las mujeres se vuelven locas. Para eso están allí.

La señora Wade abrió el bolso y sacó un papel doblado.

—Le he preparado un cheque de quinientos dólares, señor Marlowe. ¿Querrá aceptarlo como anticipo?

Dejó el cheque doblado sobre la mesa. Lo miré, pero no hice nada más.

—¿Por qué? —quise saber—. Dice usted que hace tres días que falta. Se necesitan tres o cuatro para que se le pase la borrachera y para conseguir que coma algo. ¿No volverá a casa como lo hizo en ocasiones anteriores? ¿O sucede esta vez algo distinto?

—No creo que lo soporte mucho más, señor Marlowe. Acabará con él. Los intervalos cada vez son más breves. Estoy muy preocupada. Más que preocupada, estoy asustada. No es normal. Llevamos cinco años casados. Roger siempre ha bebido, pero no era un borracho psicópata. Hay algo que no funciona en absoluto. Quiero encontrarlo. Anoche no dormí más de una hora.

—¿Alguna idea de por qué bebe?

Los ojos de color aciano me miraban fijamente. Parecía un poco frágil aquella mañana, pero desde luego nada indefensa. Se mordió el labio inferior y negó con la cabeza.

—A no ser que sea yo —dijo por fin, casi con un susurro—. Los hombres se cansan de sus mujeres.

—No soy más que un psicólogo aficionado, señora Wade. En mi oficio hay que serlo un poco. Diría que es más probable que haya dejado de gustarle el tipo de literatura que escribe.

—Es muy posible —respondió calmosamente—. Supongo que todos los escritores atraviesan etapas así. Es verdad que no parece capaz de acabar el libro en el que está trabajando. Pero tampoco necesita terminarlo para pagar el alquiler. No me parece que sea razón suficiente.

—¿Qué tipo de persona es cuando está sobrio?

Sonrió.

—Bueno, no creo que yo sea muy imparcial. A mí me parece que es una persona muy agradable.

—¿Y cuando está borracho?

—Horrible. Brillante y duro y cruel. Cree ser muy ingenioso, pero sólo resulta desagradable.

—Ha olvidado mencionar violento.

Alzó las cejas de color leonado.

—Sólo una vez, señor Marlowe. Y se le ha dado demasiada importancia. Yo no se lo hubiera dicho nunca a Howard Spencer. Fue Roger.

Me puse en pie y paseé por la habitación. Iba a ser un día caluroso. De hecho hacía calor ya. Cambié la inclinación de la veneciana en una de las ventanas para que no entrara el sol. Luego se lo dije sin andarme con rodeos.

—Ayer por la tarde leí lo que dicen de él en *Quién es quién*. Cuarenta y dos años, sólo se ha casado con usted y no tienen hijos. Su familia es de Nueva Inglaterra. Estudió en Andover y en Princeton. Estuvo en la guerra y su historial militar es bueno. Ha escrito doce de esas voluminosas novelas históricas de capa y espada, con bastante sexo añadido, y todas ellas, sin dejar una, han estado en las listas de los libros más vendidos. Debe de tener el riñón bastante forrado. Si hubiera dejado de querer a su esposa, creo que lo habría dicho y se hubiera divorciado. Si se viera con otra mujer, es probable que usted lo supiera y, de todos modos, no necesitaría emborracharse para demostrar lo mal que se siente. Si llevan cinco años de matrimonio, su marido tenía treinta y siete cuando se casaron. Pienso que para entonces ya sabía la mayor parte de lo que hay que saber sobre las mujeres. Digo la mayor parte porque nadie lo sabe nunca todo.

Me callé, la miré y me sonrió. No estaba hiriendo sus sentimientos. Proseguí:

—Howard Spencer sugirió, ignoro qué razones tenía para hacerlo, que el problema con Roger Wade es algo que sucedió hace mucho tiempo, antes de que se casaran y que ha resurgido ahora y le está golpeando con más fuerza de lo que es capaz de soportar. Spencer pensaba en chantaje. ¿Sabe usted algo de eso?

Negó lentamente con la cabeza.

—Si me pregunta sobre la posibilidad de que Roger haya estado pagando mucho dinero a alguien, tengo que contestarle que no sabría decirlo. No me inmiscuyo en sus asuntos económicos. Podría desprenderse de mucho dinero sin que yo me enterase.

—De acuerdo entonces. Sin conocer al señor Wade es difícil que me imagine cómo reaccionaría ante un intento de chantaje. Si tiene un carácter violento, podría romperle la crisma a alguien. Si el secreto, sea lo que sea, puede hacer peligrar su situación social o profesional o incluso, para poner un caso extremo, hacer que intervenga la justicia, podría pagar, al menos durante una temporada. Pero nada de todo eso nos lleva a ninguna parte. Quiere usted encontrarlo, está preocupada, incluso más que preocupada. De manera que surge la cuestión de cómo hacer para encontrarlo. No quiero su dinero, señora Wade. No ahora, en cualquier caso.

Volvió a buscar dentro del bolso y sacó dos papeles amarillos. Parecían hojas para hacer copias; estaban dobladas y una de ellas arrugada. La señora Wade las alisó y me las pasó.

—Una la encontré en su escritorio —dijo—. Era muy de noche o más bien primeras horas de la mañana. Sabía que Roger había estado bebiendo y también que no había subido al piso alto. Bajé a eso de las dos para ver si se encontraba bien, o relativamente bien, inconsciente en el suelo o en el sofá o algo por el estilo. Pero se había ido. La otra hoja estaba en la papelera o más bien enganchada en el borde, de manera que no había caído dentro.

Examiné la primera, la que no estaba arrugada. Había un párrafo muy breve, escrito a máquina, nada más. Decía así: «No me interesa estar enamorado de mí mismo y ya no hay nadie más de quien enamorarse. Firmado Roger (F. Scott Fitzgerald) Wade. P.S. Ésa es la razón de que no terminase nunca *El último magnate*».

—¿Esto le dice algo, señora Wade?

—No es más que una pose. Siempre ha sido un gran admirador de Scott Fitzgerald. Dice que Fitzgerald es el mejor escritor borracho desde Coleridge, que tomaba hachís. Fíjese en la mecanografía, señor Marlowe. Clara, uniforme y sin errores.

—Me he dado cuenta. La mayoría de las personas ni siquiera son capaces de escribir su nombre correctamente cuando están bebidas.

Examiné la hoja arrugada. También mecanografiada, sin errores ni desigualdades, y decía: «No me gusta usted, doctor V. Pero en este momento es la persona que necesito».

La señora Wade habló cuando aún la estaba mirando.

—No tengo ni idea de quién es el doctor V. No conocemos a ningún médico con un apellido que empiece así. Supongo que es el director del sitio donde estuvo Roger la última vez.

—¿Cuando lo trajo a casa el vaquero? ¿Su marido no mencionó ningún apellido..., tampoco nombres de sitios?

Negó con la cabeza.

—Nada. He mirado en la guía. Hay docenas de médicos de un tipo u otro cuyo apellido empieza por V. También cabe que no sea su apellido.

—Es muy probable que ni siquiera sea médico —dije—. Eso plantea la cuestión del dinero en efectivo. Un profesional en regla aceptaría un talón, pero no un curandero. Podría utilizarse como prueba. Y un tipo así no sale barato. La pensión completa en su casa costará dinero. Y no digamos nada los pinchazos.

Mi interlocutora pareció desconcertada.

—Los pinchazos —repitió.

—Todos esos personajes turbios recurren a las drogas. Es la manera más fácil de manejar a sus enfermos. Se los deja inconscientes durante diez o doce horas y cuando despiertan son buenos chicos. Pero utilizar estupefacientes sin licencia puede significar pensión completa con el tío Sam. Y eso cuesta caro.

—Entiendo. Roger llevaba encima probablemente varios cientos de dólares. Siempre tiene bastante dinero en el escritorio. No sé por qué. Supongo que no es más que un capricho. Ahora no hay nada.

—De acuerdo —dije—. Trataré de encontrar al doctor V. Todavía no sé cómo, pero haré lo que pueda. Llévese el talón, señora Wade.

—Pero ¿por qué? ¿No tiene usted derecho...?

—Más adelante, gracias. Y preferiría recibirlo del señor Wade. No le va a gustar lo que yo haga, de todos modos.

—Pero si está enfermo e indefenso...

—Podría haber llamado a su médico de cabecera o haberle pedido a usted que lo hiciera. No ha sido así. Eso quiere decir que no quiso.

Se guardó el talón y se puso en pie. Parecía muy desamparada.

—Nuestro médico se negó a tratarlo —dijo con amargura.

—Hay cientos de médicos, señora Wade. Cualquiera de ellos se ocuparía de él al menos una vez. La mayoría resistiría algún tiempo. La medicina es un negocio bastante competitivo en los tiempos que corren.

—Entiendo. Debe estar en lo cierto.

Caminando despacio y acompañada por mí se dirigió hacia la puerta, que procedí a abrirle.

—Podría usted haber llamado a un médico. ¿Cómo es que no lo hizo?

Me miró de frente. Le brillaban los ojos. Quizá hubiera en ellos un conato de lágrimas. Una criatura preciosa, no había la menor duda.

—Porque quiero a mi marido, señor Marlowe. Haría cualquier cosa por ayudarlo. Pero también sé la clase de persona que es. Si llamara a un médico cada vez que bebe demasiado, no tendría marido durante mucho tiempo. No se puede tratar a un adulto como si fuera un niño con dolor de garganta.

—Se puede si se trata de un borracho. A menudo no hay otro remedio.

Estaba muy cerca de mí. Me llegaba su perfume. O por lo menos eso me pareció. No se lo había aplicado con un pulverizador. Quizá no fuera más que la fragancia de un día de verano.

—Supongamos que haya algo vergonzoso en su pasado —dijo, pronunciando las palabras una a una como si todas ellas tuvieran un gusto amargo—. Incluso algo delictivo. A mí me daría lo mismo. Pero no quiero que se descubra por culpa mía.

—¿Pero está bien en cambio que Howard Spencer me contrate para descubrirlo?

Sonrió muy despacio.

—¿Cree de verdad que yo esperaba que le diera usted a Howard una respuesta distinta de la que le dio? ¿Una persona que ha ido a la cárcel para no traicionar a un amigo?

—Gracias por la propaganda, pero no me retiraron de la circulación por eso.

Asintió después de un momento de silencio, dijo adiós y empezó a descender los escalones de madera. La vi entrar en el coche, un Jaguar gris, aerodinámico, que parecía muy nuevo. Llegó hasta el final de la calle y dio la vuelta allí. Me saludó al pasar de nuevo por delante, colina abajo. Luego el coche tomó una curva a toda velocidad y desapareció.

Había una adelfa roja pegada a la pared delantera de la casa. Oí un revoloteo y vi a un polluelo de sinsonte que empezaba a piar ansiosamente. Lo descubrí en una de las ramas más altas, agitando las alas como si le costara trabajo conservar el equilibrio. De los cipreses en la esquina de la pared llegó un sola nota áspera de advertencia. El piar cesó al instante y el polluelo guardó silencio.

Entré en la casa, cerré la puerta y lo dejé con su lección de vuelo. También los pájaros tienen que aprender.

15

Por muy listo que uno se crea, siempre tiene que empezar por algún sitio; un nombre, una dirección, un barrio, unos antecedentes, un ambiente, un punto de referencia de algún tipo. Todo lo que tenía era una hoja amarilla arrugada en la que estaba escrito a máquina: «No me gusta usted, doctor V. Pero en este momento es la persona que necesito». Con aquello podía situarme en el océano Pacífico, pasar un mes peleándome con las listas de media docena de asociaciones médicas de distrito y acabar con un cero muy grande y muy redondo. En nuestra ciudad los curanderos se multiplican como conejillos de Indias. Existen ocho distritos en un radio de ciento cincuenta kilómetros y en todas las poblaciones de cada uno de ellos hay médicos, algunos verdaderos profesionales de la medicina, otros nada más que graduados por correspondencia, con licencia de callistas o para saltarle a uno arriba y abajo por la columna vertebral. De los médicos auténticos los hay prósperos y pobres, unos son honrados y otros no están seguros de poder permitírselo. Un paciente acaudalado con delírium trémens podría ser maná caído del cielo para muchos viejales que se han quedado atrás en el comercio de las vitaminas y de los antibióticos. Pero sin una pista no había sitio por donde empezar. Yo no tenía esa pista y Eileen Wade tampoco; o si la tenía no lo sabía. E incluso aunque yo encontrase a alguien que encajaba y tenía la inicial justa, podía resultar un mito, por lo que a Roger Wade se refería. Quizá aquella frase se le pasó simplemente por la cabeza cuando se estaba poniendo a tono. De la misma manera que la alusión a Scott Fitzgerald podía no ser otra cosa que una manera poco convencional de decir adiós.

En una situación así, alguien con pocos recursos trata de conseguir información de la gente importante. De manera que llamé a un amigo que trabajaba en la Organización Carne, una llamativa entidad de Beverly Hills especializada en protección para la industria del transporte; en donde protección significa casi cualquier cosa con un pie dentro de la ley. Mi amigo se llamaba George Peters, y me dijo que me podía dedicar diez minutos si me daba prisa.

Estaban instalados en la mitad del segundo piso de uno de esos edificios de cuatro plantas de color rosado donde las puertas de los ascensores se abren solas gracias a una célula fotoeléctrica, donde los corredores están frescos y en silencio, el aparcamiento tiene un nombre en cada plaza, y el farmacéutico más cercano se está curando un esguince de muñeca de tanto llenar frascos de píldoras para dormir.

La puerta era gris por fuera con rótulos metálicos en relieve, tan limpios y nítidos como un cuchillo nuevo. «LA ORGANIZACIÓN CARNE, INC. GERALD C.

CARNE, PRESIDENTE». Debajo y más pequeño: «ENTRADA». Se podía haber tratado de una sociedad de inversión mobiliaria.

Dentro había una antesala pequeña y fea, pero la fealdad era intencionada y cara. Los muebles, rojo escarlata y verde oscuro, las paredes de un verde cobre sin gracia y los cuadros que colgaban de ellas enmarcados en un verde tres tonos más oscuro. Los cuadros representaban a individuos de casacas rojas sobre enormes caballos deseosos de saltar sobre vallas muy altas. También había dos espejos sin marco coloreados de un rosa débil pero muy desagradable. Las revistas, sobre la mesa de brillante caoba blanca, eran todas del número más reciente y estaban protegidas con tapas de plástico transparente. El decorador de aquella habitación no era alguien que se dejara asustar por los colores. Probablemente vestía una camisa color rojo pimiento, pantalones morados, zapatos de piel de cebra y calzoncillos bermellón con sus iniciales en un agradable y simpático naranja.

Todo aquello era pura fachada. A los clientes de la Organización Carne se les cobraba un mínimo de cien machacantes diarios, y no se sentaban en salas de espera porque exigían servicio a domicilio. Carne era un ex coronel de la policía militar, un tipo grande de piel rosada y blanca tan duro como una tabla. En una ocasión me ofreció trabajo, pero nunca he llegado al grado de desesperación necesario para aceptar. Existen ciento noventa maneras de ser un hijo de mala madre y Carne las conocía todas.

Se abrió un panel corredizo de vidrio esmerilado y una recepcionista se me quedó mirando. Tenía una sonrisa de acero y ojos capaces de contarme el dinero que llevaba en la cartera.

—Buenos días. ¿En qué puedo servirle?

—George Peters, por favor. Me llamo Marlowe.

Colocó un registro de cuero verde sobre el mostrador.

—¿Le está esperando, señor Marlowe? No encuentro su nombre en la lista de citas.

—Es un asunto personal. Acabo de hablar con él por teléfono.

—Entiendo. ¿Cómo deletrea su nombre, señor Marlowe? ¿Y su nombre de pila, si es tan amable?

Se lo dije, lo escribió con letra larga y estrecha y luego deslizó el borde del registro bajo un artilugio que marcaba la hora.

—¿A quién se supone que tiene que impresionar eso? —le pregunté.

—Cuidamos mucho los detalles —me respondió con frialdad—. El coronel Carne dice que nunca se sabe cuándo el hecho más insignificante puede resultar vital.

—O todo lo contrario —comenté, pero no se enteró.

Cuando hubo terminado su anotación alzó los ojos y dijo:

—Voy a anunciarle al señor Peters.

Le respondí que me hacía muy feliz. Un minuto después se abrió una puerta en el revestimiento de madera y Peters me hizo señas para que me reuniera con él en un corredor de color gris plomo con una sucesión de despachitos que parecían celdas. El suyo tenía aislamiento acústico en el techo, un escritorio gris acero con dos sillas a juego, un dictáfono gris sobre una base gris, y un teléfono y un juego de plumas del mismo color que las paredes y el suelo. En las paredes había además un par de fotografías enmarcadas: una de Carne vestido de uniforme, con su casco de reglamento, y otra de Carne de paisano, sentado detrás de una mesa y con expresión inescrutable. También enmarcada en la pared se hallaba una pequeña inscripción edificante en letras aceradas sobre fondo gris. Decía lo siguiente:

UN AGENTE DE LA ORGANIZACIÓN CARNE VISTE, HABLA Y SE COMPORTA COMO UN CABALLERO EN TODO MOMENTO Y EN TODOS LOS SITIOS. ESTA REGLA NO ADMITE EXCEPCÒIONES.

Peters cruzó la habitación en dos zancadas y apartó uno de los cuadros. En la pared gris de detrás había un micrófono gris empotrado. Lo sacó, desconectó un cable y lo volvió a colocar en su sitio. Luego puso el cuadro delante.

—En este mismo momento me habría quedado ya sin empleo —dijo—, si no fuera porque ese hijo de perra ha salido para sacarle las castañas del fuego a un actor al que se acusa de conducir bebido. Los interruptores de los micrófonos están en su oficina. Tiene toda la casa vigilada. El otro día le sugerí que instalara una cámara con luz infrarroja detrás de un espejo transparente en recepción. No le gustó demasiado la idea. Quizá porque no se le había ocurrido a él.

Se sentó en una de las sillas grises. Me lo quedé mirando. Era un individuo desgarbado, piernilargo, de cara huesuda y entradas pronunciadas. Su piel tenía el aspecto curtido de una persona que ha pasado mucho tiempo al aire libre, en todos los climas. Ojos hundidos y labio superior casi tan prominente como la nariz. Cuando sonreía, la mitad inferior de su rostro desaparecía entre dos enormes pliegues que corrían desde los orificios nasales hasta las comisuras de la ancha boca.

—¿Cómo lo aguantas?

—Siéntate, colega. Respira con calma, no levantes la voz y recuerda que un agente de la Carne es a un sabueso de tres al cuarto como tú lo que Toscanini a un mono que toca el organillo. —Hizo una pausa y sonrió—. Lo aguanto porque me tiene sin cuidado. La paga es buena y cuando Carne empiece a portarse como si pensara que estoy cumpliendo condena en la cárcel de máxima seguridad que dirigía en Inglaterra durante la guerra, cobraré lo que me deban y saldré pitando. ¿Qué problema tienes? Oí que lo pasaste mal hace poco.

—No me quejo. Me gustaría echar una ojeada a vuestro fichero de establecimientos con barrotes en las ventanas. Sé que tenéis uno. Me lo dijo Eddie Dowst después de marcharse de aquí.

Hizo un gesto de asentimiento.

—Eddie era una pizca demasiado sensible para la Organización Carne. El fichero que mencionas es secreto. En ninguna circunstancia se puede facilitar información confidencial a gente de fuera. Lo traigo ahora mismo.

Salió y me quedé mirando la papelera gris y el linóleo gris y las esquinas de cuero gris del secante. Peters regresó con un archivador de cartulina gris. Lo depositó sobre la mesa y lo abrió.

—Por los clavos de Cristo, ¿no tenéis algo que no sea gris?

—Son los colores del centro, muchacho. El espíritu de la organización. Pero sí, tengo algo que no es gris.

Abrió un cajón del escritorio y sacó un puro de veinte centímetros.

—Un Upmann Treinta —dijo—. Regalo de un anciano caballero inglés que lleva cuarenta años en California pero todavía habla de «telegrafía sin hilos». Cuando está sobrio no es más que una loca entrada en años con una buena dosis de encanto superficial, cosa que para mí está perfectamente bien, porque la mayoría de la gente no tiene nada, ni superficial ni de ninguna otra clase, Carne incluido. Carne tiene tanto encanto como los calzoncillos de un minero. Cuando está bajo los efectos del alcohol, nuestro cliente tiene la extraña costumbre de firmar talones para bancos que nunca han oído hablar de él. Siempre acaba pagando y con mi afectuosa ayuda ha conseguido hasta ahora que no lo metan en la cárcel. Me lo dio él. ¿Nos lo fumamos juntos, como un par de jefes indios mientras planean una masacre?

—No fumo puros.

Peters contempló con tristeza el enorme cigarro.

—A mí me pasa lo mismo —dijo—. Pensé dárselo a Carne. Pero en realidad no es un puro para una sola persona, aunque esa persona sea Carne. —Frunció el entrecejo—. ¿Sabes lo que te digo? Hablo demasiado de Carne. Debo de tener los nervios de punta. —Volvió a meter el puro en el cajón y miró el archivador abierto—. ¿Qué es exactamente lo que quieres?

—Estoy buscando a un alcohólico con gustos caros y dinero para pagarlos. Hasta ahora no le ha dado por los cheques sin fondos. Al menos no he oído que lo haya hecho. Tiene una veta de violencia y su mujer está preocupada. Piensa que se ha escondido en algún sitio mientras pasa la crisis, pero no lo sabe a ciencia cierta. La única pista de que disponemos son unas frases en las que se menciona a un doctor V. Nada más que la inicial. Lleva tres días desaparecido.

Peters me miró pensativo.

—No es mucho tiempo —dijo—. ¿Qué motivo hay para preocuparse?

—Si lo encuentro antes de que vuelva, me pagan.

Me miró un poco más y movió la cabeza.

—No lo entiendo, pero no importa. Veamos. —Empezó a pasar páginas—. No es demasiado fácil —dijo—. Esa gente aparece y desaparece. Una sola letra no es mucha ayuda. —Sacó una hoja del archivador, pasó algunas páginas más, sacó otra y finalmente una tercera—. Tenemos tres —dijo—. El doctor Amos Varley, osteópata. Un sitio muy grande en Altadena. Atiende llamadas nocturnas, o al menos solía hacerlo, por cincuenta machacantes. Dos enfermeras diplomadas. Tuvo problemas con la brigada de estupefacientes hace un par de años y le retiraron el cuaderno de recetas. La información no está realmente al día.

Apunté el nombre y la dirección en Altadena.

—Luego tenemos al doctor Lester Vukanic. Otorrinolaringólogo, edificio Stockwell, en el Bulevar Hollywood. Toda una joya. Clientela en su consulta sobre todo, y parece ser especialista en infecciones sinusales crónicas. Una manera bastante sencilla de actuar. Llegas, te quejas de una migraña sinusal y te limpia las cavidades. Primero, por supuesto, necesita anestesiarte con novocaína. Pero si le gusta tu aspecto no tiene por qué ser novocaína. ¿Te haces cargo?

—Claro.

Anoté también los datos.

—Esto está bien —continuó Peters, leyendo algo más—. Evidentemente su problema son los suministros. De manera que nuestro doctor Vukanic pesca mucho cerca de Ensenada y vuela hasta allí en su propio avión.

—No creo que durase mucho si volviera con la droga encima —dije.

Peters se lo estuvo pensando y luego hizo un gesto negativo con la cabeza.

—Me parece que no estoy de acuerdo. Puede durar eternamente si no es demasiado avaricioso. El único peligro real es un cliente descontento (perdón, quería decir paciente), pero probablemente sabe cómo resolver esos problemas. Lleva quince años con la consulta en el mismo sitio.

—¿Dónde demonios conseguís todos esos datos? —le pregunté.

—Somos una organización, muchacho, y no un lobo solitario como tú. Algunos nos los proporcionan los mismos clientes; otros se consiguen indagando. A Carne no le asusta gastar dinero. Y tiene don de gentes cuando le interesa.

—Le encantaría esta conversación.

—Que le den por saco. Nuestra última ofrenda para el día de hoy es un individuo llamado Verringer. El agente que redactó el informe desapareció hace ya tiempo. Al parecer una poetisa se suicidó en el rancho que tiene en Sepulveda Canyon. Verringer dirige algo así como una colonia artística para escritores y similares que quieren aislarse en un ambiente agradable. Tarifas razonables. Parece que es un tipo de fiar. Se presenta como doctor, pero no practica la medicina. Puede ser que tenga un doctorado en otra disciplina. Si he de ser sincero, no sé por qué está aquí. Tal vez hubiera algo especial relacionado con ese suicidio. —Tomó un recorte de periódico pegado en una hoja en blanco—. Claro, sobredosis de morfina. Sin indicios de que Verringer supiera nada del asunto.

—Me gusta Verringer —dije—. Me gusta muchísimo.

Peters cerró la carpeta y le dio una palmadita.

—No la has visto —dijo.

Se levantó y salió de la habitación. Cuando regresó yo estaba ya en pie para marcharme. Empecé a darle las gracias, pero me interrumpió.

—Debe de haber cientos de sitios donde podría estar tu hombre.

Dije que ya lo sabía.

—Y, por cierto, he oído algo sobre tu amigo Lennox que quizá te interese. Uno de nuestros muchachos se encontró en Nueva York, hace cinco o seis años, a un individuo que respondía exactamente a su descripción. Pero no se apellidaba Lennox, dice, sino Marston. Por supuesto podría estar equivocado. El tipo se pasaba la vida borracho, de manera que no se puede estar muy seguro.

—Dudo que fuera la misma persona —dije—. ¿Por qué cambiarse el apellido? Tenía un historial de guerra que se podía comprobar.

—No estaba al tanto de eso. Nuestro agente se encuentra en Seattle en estos momentos. Podrás hablar con él cuando regrese, si eso te sirve de algo. Se llama Ashterfelt.

—Gracias por todo, George. Han sido diez minutos francamente largos.

—Quizá algún día necesite que me ayudes.

—La Organización Carne —dije— nunca necesita nada de nadie.

Hizo un gesto muy grosero con el pulgar. Lo dejé en su celda de color gris metálico y me marché pasando por la sala de espera. Ahora me pareció entonada. Los colores chillones estaban justificados después del gris de los despachos.

16

A cierta distancia de la carretera, en el fondo de Sepulveda Canyon, había dos postes cuadrados pintados de amarillo. A uno de ellos estaba sujeto, y abierto, un portón de cinco travesaños. Encima colgaba un cartel: «CAMINO PARTICULAR. PROHIBIDA LA ENTRADA». El aire era tibio y tranquilo e impregnado del olor a gato característico de los eucaliptos.

Me metí con el coche y seguí un camino de grava que bordeaba una colina, ascendía una suave cuesta, cruzaba una divisoria y descendía por el otro lado hasta un valle en sombra. Hacía calor allí, tres o cuatro grados más que en la carretera. Se podía ver ya que el camino de grava concluía en círculo en torno a una extensión de hierba con un cerco de piedras encaladas. A la izquierda se divisaba una piscina vacía, y no hay nada que parezca más vacío que una piscina sin agua. En tres de sus lados quedaban los restos de un césped salpicado de hamacas de secuoya con cojines que habían sido de muchos colores —azul, verde, amarillo, naranja, rojo ladrillo—, pero que ya estaban muy apagados. En algunos sitios se habían descosido los laterales de las fundas, faltaban los botones y los cojines se habían hinchado. En el cuarto lado se alzaba la alta alambrada de una pista de tenis. El trampolín sobre la piscina vacía parecía cansado e incluso un tanto encorvado. La estera que lo alfombraba colgaba deshilachada y los accesorios de metal se habían oxidado.

Llegué al círculo donde se daba la vuelta y me detuve delante de un edificio de madera con un techo de ripias y un amplio porche. La entrada tenía doble puerta mosquitera, sobre la que dormitaban jejenes de gran tamaño. Distintas sendas se alejaban entre robles californianos siempre polvorientos y cabañas rústicas distribuidas al azar por la falda de la colina, algunas ocultas casi por completo. Las que me era posible ver tenían el aspecto desolado de todo lo que está fuera de temporada. Puertas cerradas, ventanas cegadas por cortinas de estambre o algo parecido. Casi se sentía el espesor del polvo en los alféizares.

Apagué el motor y me quedé quieto, las manos en el volante, escuchando. No se oía nada. El sitio parecía tan muerto como los faraones, si bien las puertas interiores, más allá del doble mosquitero, estaban abiertas y algo se movía en la penumbra de la habitación. Luego oí un silbido suave y bien modulado, la silueta de un varón se dibujó del otro lado de la tela metálica, la puerta se abrió de un empujón y el ocupante de la casa descendió los escalones de la entrada. Era todo un espectáculo.

Llevaba un sombrero negro de gaucho con el barbuquejo trenzado bajo la barbilla. Camisa blanca de seda, inmaculadamente limpia, desabrochado el último botón, puños muy ajustados y mangas muy amplias. Al cuello un pañuelo negro con flecos, anudado de manera desigual para que un extremo fuera muy corto y el otro le llegase casi a la cintura. Ancha faja negra y pantalones del mismo color, muy ceñidos a la cadera y con un filete de hilo de oro que descendía por los costados hasta donde estaban acuchillados y acampanados, con botones de oro a ambos lados del acuchillado. En los pies, zapatos de baile de charol.

Se detuvo al pie de los escalones y me miró, sin dejar de silbar. Parecía tan flexible como un látigo. Tenía —bajo largas pestañas sedosas— los ojos de color humo más grandes y más vacíos que yo había visto nunca. Sus facciones eran delicadas y perfectas sin dar por ello sensación de debilidad: la nariz, recta y casi fina, aunque no del todo; la boca, bien dibujada, que reflejaba mal humor; un hoyuelo en la barbilla, orejas pequeñas que descansaban armoniosamente contra la cabeza y en la piel la densa palidez de quien nunca se pone al sol.

Adoptó una pose estudiada con la mano izquierda sobre la cadera mientras la derecha describía en el aire una curva elegante.

—Saludos —dijo—. Un día precioso, ¿no es cierto?

—Demasiado caliente para mí.

—Me gusta el calor. —La afirmación era tajante y definitiva y cerraba el debate. Lo que a mí me gustara le tenía sin cuidado. Se sentó en un escalón, sacó de algún sitio una lima muy larga y empezó a repasarse las uñas—. ¿Es usted del banco? —preguntó sin levantar la vista.

—Busco al doctor Verringer.

Dejó de trabajar con la lima y dirigió la mirada hacia una remota y cálida lejanía.

—¿Quién es ése? —preguntó sin el más mínimo interés.

—Es el dueño. ¿No se pasa un poco de lacónico, muchacho? Como si no lo supiera.

Volvió a la lima y a las uñas.

—Se lo han explicado mal, corazón. El banco es el dueño. Han ejecutado la hipoteca o está bajo la custodia de un tercero o algo por el estilo. He olvidado los detalles.

Me miró con la expresión de una persona para quien los detalles no significan nada. Me bajé del Oldsmobile y me apoyé en la portezuela, que ardía; a continuación me alejé hacia donde había un poco de aire.

—¿Qué banco sería ése?

—Si no lo sabe, no viene de allí. Si no viene de allí, aquí no se le ha perdido nada. Pies en polvorosa, corazón. Ya se está largando, y deprisa.

—Tengo que ver al doctor Verringer.

—El local no funciona, corazón. Camino particular, como dice el cartel. Algún imbécil olvidó cerrar el portón.

—¿Es usted el encargado?

—Algo así. No me haga más preguntas, corazón. A veces no consigo dominarme.

—¿Qué hace cuando se enfada? ¿Baila un tango con una marmota?

Se puso en pie de repente y con elegancia. Sonrió unos instantes, una sonrisa vacía.

—Parece que tendré que hacerle volver a su venerable descapotable —dijo.

—Después. ¿Dónde podría encontrar al doctor Verringer?

Se guardó la lima en el interior de la camisa y cogió otra cosa con la mano derecha. Un breve movimiento y ya tenía en el puño una brillante nudillera de metal. Se le había tensado la piel sobre los pómulos al tiempo que surgía una llama en la profundidad de sus grandes ojos de color humo.

Avanzó en dirección a mí. Retrocedí para tener más sitio. Seguía silbando, pero el silbido era alto y estridente.

—No es necesario que nos peleemos —le dije—. No tenemos ningún motivo para hacerlo. Y se le podrían descoser esos pantalones tan bonitos.

Fue tan rápido como un fogonazo. Se me acercó de un salto y la mano izquierda salió disparada. Yo esperaba un puñetazo y aparté la cabeza lo suficiente, pero lo que buscaba era mi muñeca derecha y la cogió, sujetándola además. De un tirón me hizo perder el equilibrio y la mano con la nudillera de metal se dispuso a obsequiarme con un gancho por detrás. Un golpe en la nuca con aquel instrumento me dejaría para el arrastre. Si intentaba esquivarle, me alcanzaría en un lado de la cara o en la parte superior del brazo. Eso supondría un brazo o un rostro inservibles, lo que me cayera en suerte. En una situación así sólo se puede hacer una cosa.

Me lancé hacia delante, aprovechando su impulso. Al pasar le bloqueé el pie izquierdo desde detrás, le agarré por la camisa y oí que se rasgaba. Algo me golpeó en el cogote, pero no fue el metal. Giré hacia la izquierda, él me superó de costado, cayó como los gatos y estaba otra vez de pie antes de que yo hubiera recobrado el equilibrio. Sonreía ya. No podía ser más feliz. Le encantaba su trabajo. Se vino hacia mí deprisa.

Una voz potente y sonora gritó desde algún sitio:

—¡Earl! ¡Detente ahora mismo! ¡Ahora mismo! ¿Me oyes?

El gaucho se detuvo. La sonrisa se transformó en mueca dolorosa. Con un rápido movimiento, la nudillera de metal desapareció en el interior de la ancha faja por encima de los pantalones.

Al volverme vi a un individuo corpulento con una camisa hawaiana que corría hacia nosotros por uno de los senderos, agitando los brazos. Al llegar a nuestra altura respiraba con alguna dificultad.

—¿Estás loco, Earl?

—No diga nunca eso, doctor —le contestó el otro con mucha suavidad.

Luego sonrió, se dio la vuelta y fue a sentarse en los escalones de la entrada. Se quitó el sombrero de gaucho, sacó un peine y empezó a alisarse el cabello, negro y espeso, con expresión ausente. Al cabo de un par de segundos empezó a silbar con suavidad.

El individuo corpulento con camisa de colores chillones se detuvo para mirarme. Le pagué con la misma moneda.

—¿Qué está pasando aquí? —gruñó—. ¿Quién es usted?

—Me llamo Marlowe. He preguntado por el doctor Verringer. El muchacho al que usted ha llamado Earl quería jugar un poco. Imagino que hace demasiado calor.

—El doctor Verringer soy yo —dijo mi interlocutor con dignidad. Volvió la cabeza—: Entra en la casa, Earl.

Earl se levantó despacio. Miró meditativamente al doctor Verringer, como estudiándolo, los grandes ojos color humo desprovistos de expresión. Luego subió los escalones y abrió la puerta mosquitera. Una nube de jejenes zumbó enfadada para volver a instalarse sobre la tela metálica al cerrarse la puerta.

—¿Marlowe? —El doctor Verringer me consagró de nuevo toda su atención—. ¿En qué puedo servirle, señor Marlowe?

—Earl dice que ya no tienen residentes.

—Así es. Sólo estoy esperando a resolver ciertos detalles legales antes de mudarme. Nos hemos quedado solos, Earl y yo.

—Sí que lo siento —dije, poniendo cara de sentirme decepcionado—. Creía que un individuo llamado Wade estaba aquí con usted.

Alzó un par de cejas que hubieran hecho las delicias de un vendedor de cepillos.

—¿Wade? Es posible que conozca a alguien con ese apellido..., es bastante corriente; pero ¿por qué tendría que estar aquí conmigo?

—Haciendo la cura.

Frunció el entrecejo. Cuando una persona tiene unas cejas como las suyas puede ser todo un espectáculo.

—Soy un profesional de la medicina, caballero, pero no practico. ¿A qué clase de cura se refiere usted?

—Ese tipo es un borrachín. De cuando en cuando pierde la cabeza y desaparece. Algunas veces vuelve a casa por sus propios medios, otras lo llevan, y hay ocasiones en las que cuesta algún trabajo encontrarlo.

Saqué una tarjeta y se la entregué.

El doctor Verringer la leyó con evidente desagrado.

—¿Qué le pasa a Earl? —le pregunté—. ¿Se cree que es Rodolfo Valentino o algo parecido?

De nuevo echó mano de las cejas. Resultaban fascinantes. Algunas partes se disparaban por libre hasta tres o cuatro centímetros. Luego se encogió de hombros.

—Earl es completamente inofensivo, señor Marlowe. A veces..., parece un poco distraído. Podemos decir que vive en un mundo irreal.

—Según usted, doctor. Desde mi punto de vista, más bien violento.

—Vamos, vamos, señor Marlowe. Sin duda exagera. Le gusta disfrazarse, es cierto. En ese sentido es un poco infantil.

—Quiere decir que está como una cabra —respondí—. Este sitio es algo así como un sanatorio, ¿no es cierto? O lo ha sido.

—Desde luego que no. Cuando funcionaba era una colonia de artistas. Yo me ocupaba de las comidas, el alojamiento, las instalaciones para el ejercicio y la diversión y, sobre todo, del aislamiento. Y a precios moderados. Los artistas, como sabe usted probablemente, raras veces son personas con dinero. En el término artistas incluyo por supuesto escritores, músicos, etc. Fue para mí una ocupación gratificante..., mientras duró.

Su expresión se hizo triste. Las cejas se le cayeron por los extremos para equipararse con la boca. Si las dejaba crecer un poco más se la taparían.

—Estoy al tanto —dije—. Figura en el informe. Como el suicidio hace algún tiempo. Un caso de drogas, ¿no es cierto?

Las cejas caídas se le erizaron.

—¿Qué informe? —preguntó con tono brusco.

—Tenemos un fichero de los, así llamados, chicos con barrotes en las ventanas, doctor. Sitios de los que no se puede salir dando un salto cuando se pierden los estribos. Pequeños sanatorios privados o establecimientos análogos que tratan alcohólicos, drogadictos y casos leves de manía.

—Esos lugares requieren autorización legal —dijo con aspereza el doctor Verringer.

—Sí. Al menos en teoría. A veces parece que se olvida.

Se irguió hasta ponerse casi rígido. Lograba hacerlo con cierta dignidad.

—Esa sugerencia es insultante, señor Marlowe. No hay ningún motivo para que mi nombre figure en una lista como la que ha mencionado. He de pedirle que se vaya.

—Volvamos a Wade. ¿No podría estar aquí, quizá bajo otro nombre?

—Aquí no hay nadie, excepto Earl y yo. Estamos completamente solos. Hará el favor de excusarme...

—Me gustaría echar una ojeada.

A veces se consigue enfadarlos lo suficiente para que digan algo comprometedor. Pero no el doctor Verringer. Mantuvo la dignidad. Y las cejas le acompañaron hasta el final. Miré hacia la casa. Del interior llegaba un sonido de música, música de baile. Y apenas audible, el chasquido de unos dedos que llevaban el compás.

—Apuesto algo a que está bailando —dije—. Eso es un tango. Apuesto a que está bailando solo ahí dentro. Todo un personaje.

—¿Va usted a marcharse, señor Marlowe? ¿O tendré que pedirle a Earl que me ayude a sacarlo de mi propiedad?

—De acuerdo; me marcho. Sin rencor, doctor Verringer. Sólo había tres nombres que empezaran con V y usted parecía el más prometedor. Era la única pista que teníamos... Doctor V. Lo garrapateó en un trozo de papel antes de marcharse. Doctor V.

—Debe de haber docenas —dijo el doctor Verringer con tono neutral.

—Claro. Pero no docenas en nuestro fichero de gente con barrotes en las ventanas. Gracias por el tiempo que me ha dedicado, doctor. Earl me preocupa un poco.

Di la vuelta, llegué hasta mi automóvil y entré. Para cuando tuve cerrada la portezuela el doctor Verringer estaba a mi lado. Se inclinó con una expresión que era la amabilidad misma.

—No es necesario que nos peleemos, señor Marlowe. Comprendo que en su profesión tiene que actuar de manera más bien impertinente. ¿Qué es lo que le preocupa acerca de Earl?

—Todo es falso en él. Cuando se encuentra una cosa falsa, lo normal es temer que no sea la única. Se trata de un maníaco depresivo, ¿acierto? Ahora mismo está en la fase maníaca.

Me miró en silencio, con aire serio y cortés.

—He tenido conmigo a muchas personas interesantes y con talento, señor Marlowe. No todos eran tan equilibrados como pueda serlo usted. Con frecuencia las personas con talento son neuróticos. Pero carezco de instalaciones para cuidar de locos o de alcohólicos, incluso aunque me gustara ese tipo de trabajo. No tengo más personal que a Earl, y difícilmente se le puede considerar la persona adecuada para ocuparse de enfermos.

—¿Para qué diría usted que es la persona adecuada, doctor? ¿Aparte de los bailes de salón y otras cosas por el estilo?

Se apoyó en la portezuela. Su voz bajó de tono y se hizo confidencial.

—Los padres de Earl eran amigos míos muy queridos, señor Marlowe. Alguien tiene que ocuparse de Earl y sus padres ya no están con nosotros. Ese muchacho necesita llevar una vida tranquila, lejos del fragor y de las tentaciones de una gran ciudad. Es inestable, pero básicamente inofensivo. Lo controlo sin el menor problema, como ha podido ver.

—Tiene usted mucho valor —dije.

Suspiró. Las cejas se le agitaron suavemente, como las antenas de algún insecto desconfiado.

—Ha supuesto un sacrificio —dijo—. Bastante costoso. Pensé que Earl podría ayudarme con el trabajo de aquí. Juega muy bien al tenis, nada y salta desde el trampolín como un campeón, y es capaz de bailar toda la noche. Casi todo el tiempo es la amabilidad personificada. Pero de cuando en cuando se producían..., incidentes. —Agitó una mano muy ancha como para apartar recuerdos dolorosos—. Al final tuve que elegir entre Earl y este sitio.

Alzó las dos manos con las palmas hacia arriba, las separó, les dio la vuelta y las dejó caer a los lados del cuerpo. Se le humedecieron los ojos con lágrimas contenidas.

—Lo he vendido todo —dijo—. Este tranquilo vallecito se convertirá en una urbanización. Habrá aceras, faroles y muchachitos con motos y radios a todo volumen. Habrá incluso —dejó escapar un suspiro de tristeza— televisión. —Hizo un gesto amplio con la mano—. Espero que respeten los árboles —dijo—, pero me temo que tampoco lo hagan. A lo largo de las crestas, ahí arriba, habrá en cambio antenas de televisión. Pero Earl y yo estaremos muy lejos, es mi esperanza.

—Adiós, doctor. Le acompaño en el sentimiento.

Me ofreció la mano. Estaba húmeda pero estrechó la mía con mucha firmeza.

—Aprecio su comprensión, señor Marlowe. Y siento no poder ayudarle en su tarea de localizar al señor Slade.

—Wade —dije.

—Perdóneme. Wade, por supuesto. Adiós y buena suerte.

Puse el coche en marcha y regresé por el mismo camino de grava que me había llevado hasta allí. Me sentía triste, pero no tanto como le hubiera gustado al doctor Verringer que me sintiese.

Atravesé el portón y, carretera adelante, avancé lo suficiente, más allá de la curva, para poder estacionarme a cubierto de las vistas. Me apeé y regresé por el borde de la calzada hasta donde —desde la alambrada de púas que rodeaba la propiedad— podía divisar el portón. Me situé bajo un eucalipto y esperé.

Pasaron más o menos cinco minutos. Luego un coche descendió por el camino particular aplastando la grava. Se detuvo en un sitio donde me era imposible verlo. Me alejé aún más metiéndome entre la maleza. Oí un crujido, luego el clic de un pesado pestillo y el ruido de una cadena. El motor aceleró y el coche regresó por donde había venido.

Cuando se hubo desvanecido el ruido regresé a mi viejo Oldsmobile e hice un giro de 180 grados para tomar la dirección de Los Ángeles. Al pasar por delante de la entrada al camino particular del doctor Verringer vi que el portón estaba cerrado con una cadena y un candado. Por hoy se han acabado las visitas, muchas gracias.

17

Recorrí los treinta y pico kilómetros de vuelta a la ciudad y almorcé. Mientras comía me iba sintiendo cada vez más incómodo sobre lo que hacía. No se encuentra a la gente con un sistema así. Se encuentra a tipos interesantes como Earl y el doctor Verringer, pero no a la persona que se está buscando. Se malgastan neumáticos, gasolina, palabras y energía mental en un juego sin resultados. Menos probabilidades incluso que en la apuesta más arriesgada que se puede hacer en una mesa de ruleta. Con tres apellidos que empezaban con V tenía tantas posibilidades de encontrar a mi hombre como de ganar a las cartas a un tahúr.

De todos modos el primer intento nunca funciona, es un callejón sin salida, una pista prometedora que te explota en la cara sin acompañamiento musical. Pero el doctor Verringer no tendría que haber dicho Slade en lugar de Wade. Era un hombre inteligente. No olvidaría con tanta facilidad, y si lo hacía, el olvido sería completo.

Quizá sí y quizá no. No había pasado el tiempo suficiente en su compañía. Mientras me tomaba el café pensé en los doctores Vukanich y Varley. ¿Sí o no? Aquellas gestiones me llevarían casi toda la tarde. Después podría regresar a la residencia de los Wade en Idle Valley, donde quizá me informaran de que el cabeza de familia había regresado a su domicilio y brillaba con luz propia hasta nueva orden.

El doctor Vukanich era fácil de encontrar. Tan sólo cuestión de media docena de manzanas calle abajo. Pero el doctor Varley habitaba imposiblemente lejos, en las colinas de Altadena, un viaje largo, caluroso y aburrido. ¿Sí o no?

La respuesta definitiva fue sí. Por tres buenas razones. Una era que nunca se llega a saber demasiado sobre actividades más o menos clandestinas y las personas que viven de ellas. La segunda, que cualquier cosa que pudiera añadir al fichero que Peters había consultado en beneficio mío era una manera de darle las gracias y una manifestación de buena voluntad. La tercera, que no tenía nada mejor que hacer.

Pagué la cuenta, dejé el coche donde estaba y, por la misma calle, fui caminando en dirección norte hasta el edificio Stockwell, toda una antigualla con un estanco en la entrada y un ascensor manual que daba bandazos y al que no le gustaba nada quedar exactamente a la altura de los pisos. El corredor del sexto era estrecho, con puertas de cristales esmerilados; todo más antiguo y mucho más sucio que donde yo tenía mi despacho. Rebosaba médicos, dentistas y practicantes de Ciencia Cristiana a los que no les iba demasiado bien, abogados de la clase que uno espera que tenga el otro litigante, médicos y dentistas de los que sólo consiguen sobrevivir. No demasiado competentes, no demasiado limpios, ni con mucho que ofrecer, tres dólares y, por favor, pague a la enfermera; personas cansadas, desanimadas, que saben exactamente dónde están, qué tipo de pacientes pueden conseguir y cuánto dinero les van a pagar. Por Favor No Pidan Que Se Les Fíe. El Doctor Está. El Doctor Ha Salido. Esa muela que tiene usted ahí se le mueve demasiado, señora Kazinski. Ahora bien, si quiere el nuevo empaste acrílico, que es tan eficaz como si fuera de oro, sólo le costará catorce dólares. La novocaína serán dos dólares más, si es eso lo que quiere. El Doctor Está. El Doctor Ha Salido. Serán Tres Dólares. Por Favor, Pague a la Enfermera.

En un edificio como ése siempre hay unos cuantos tipos que sí ganan dinero, pero no se les nota. Encajan en ese ambiente venido a menos, que es para ellos un disfraz protector. Picapleitos especializados en estafas sobre fianzas (sólo se recupera alrededor del dos por ciento de todas las fianzas entregadas). Abortistas que se presentan como cualquier cosa que les permita justificar sus instalaciones. Traficantes de drogas que se hacen pasar por urólogos, dermatólogos o cualquier rama de la medicina en cuyos tratamientos pueda ser frecuente y normal la utilización sistemática de anestésicos locales.

El doctor Lester Vukanich tenía una sala de espera pequeña y pobremente amueblada en la que se agolpaba una docena de personas, todas con aire de sentirse incómodas. Su aspecto era normal, sin signos especiales. De todos modos, tampoco se distingue a un drogadicto bien controlado de un contable vegetariano. Los pacientes pasaban por dos puertas. Un otorrinolaringólogo activo puede atender a cuatro pacientes al mismo tiempo si dispone del espacio suficiente.

Finalmente me llegó el turno. Me senté en un sillón de cuero marrón junto a una mesa cubierta con una toalla blanca sobre la que descansaba un juego de instrumentos. Un esterilizador burbujeaba junto a la pared. El doctor Vukanich —bata blanca y paso enérgico— entró con el espejo redondo en la frente. Enseguida se sentó delante de mí en un taburete.

—Jaqueca sinusal, ¿no es eso? ¿Muy dolorosa?

Examinó una carpeta que le había pasado la enfermera.

Dije que terrible. Cegadora. Sobre todo cuando me levantaba por la mañana. El doctor asintió con gesto de experto.

—Característico —opinó, mientras procedía a encajar un capuchón de cristal sobre un objeto que parecía una pluma estilográfica y que acto seguido me introdujo en la boca—. Cierre los labios pero no los dientes, por favor.

Mientras hablaba extendió el brazo y apagó la luz. La habitación carecía de ventanas. En algún sitio zumbaba un ventilador.

El doctor Vukanich retiró el tubo de cristal, volvió a encender la luz y me miró con atención.

—No existe congestión, señor Marlowe. Si tiene jaquecas, no proceden de un trastorno de los senos. Me atrevería a suponer que no ha padecido sinusitis en toda su vida. Hace ya tiempo le operaron del tabique nasal, según veo.

—Sí, doctor. Una patada jugando al fútbol.

Asintió con la cabeza.

—Hay un pequeño saliente óseo que debería habérsele extirpado. Pero sin entidad suficiente para dificultar la respiración.

Se echó para atrás en el taburete y se sujetó la rodilla con las manos.

—¿Qué esperaba exactamente que hiciera por usted? —me preguntó.

Era un individuo de rostro enjuto con una palidez nada interesante. Parecía una rata blanca enferma de tuberculosis.

—Quería hablar con usted de un amigo mío. Está en pésima forma. Escritor. Mucho dinero, pero anda mal de los nervios. Necesita ayuda. Vive de la botella durante días y más días. Necesita alguna pequeña dosis extra. Su médico de cabecera ya no quiere colaborar.

—¿Qué quiere decir exactamente con colaborar? —me preguntó el doctor Vukanich.

—Todo lo que necesita es un pinchazo de cuando en cuando para calmarlo. Se me ha ocurrido que quizá pudiéramos arreglar algo. La compensación económica sería importante.

—Lo siento, señor Marlowe. No me ocupo de esos problemas. —Se puso en pie—. Un planteamiento más bien burdo, si me permite decírselo. Su amigo puede acudir a mi consulta, si lo desea. Pero será mejor que tenga algún problema real que necesite tratamiento. Serán diez dólares, señor Marlowe.

—Vamos, doctor. Figura en la lista.

El doctor Vukanich se recostó en la pared y encendió un cigarrillo. Estaba ganando tiempo. Expulsó el humo y se lo quedó mirando. Le di una de mis tarjetas para que mirase otra cosa. Así lo hizo.

—¿Qué lista sería ésa? —quiso saber.

—Los chicos con barrotes en las ventanas. Quizá conoce a mi amigo. Se apellida Wade. Tal vez lo tenga escondido en alguna habitacioncita blanca. El tal Wade falta de casa.

—Es usted un cretino —me dijo el doctor Vukanich—. No me dedico a cosas de poca monta como curas de cuatro días para borrachos. Que no solucionan nada, de todos modos. No dispongo de habitacioncitas blancas ni conozco al amigo que usted menciona, si es que existe. Serán diez dólares, en efectivo, ahora mismo. ¿O prefiere más bien que llame a la policía y me queje de que me ha pedido estupefacientes?

—Eso sería estupendo —dije—. Vamos a hacerlo.

—Salga de aquí, chantajista de medio pelo.

Me puse en pie.

—Es posible que me haya equivocado, doctor. La última vez que ese tipo quebrantó la libertad condicional se fue a esconder con un médico cuyo nombre empieza por V. Fue una operación estrictamente confidencial. Lo recogieron de madrugada y lo devolvieron cuando había superado los temblores. Ni siquiera esperaron a que entrara en casa. De manera que cuando ahueca el ala de nuevo y no vuelve durante unos cuantos días, es normal que miremos nuestro fichero en busca de una pista. Y encontramos tres médicos con apellidos que empiezan por V.

—Interesante —dijo con una sonrisa desolada. Seguía ganando tiempo—. ¿Cuál es la base de su selección?

Lo miré fijamente. La mano derecha subía y bajaba suavemente por la parte interior del brazo izquierdo. Tenía el rostro cubierto por un ligero sudor.

—Lo siento, doctor. Funcionamos de manera muy confidencial.

—Perdóneme un momento. Tengo otro paciente que...

Dejó colgando en el aire el resto de la frase y abandonó la habitación. Durante su ausencia una enfermera asomó la cabeza por la puerta, me miró un instante y volvió a desaparecer.

El doctor Vukanich regresó enseguida con paso elástico. Sonreía, tranquilo. Le brillaban los ojos.

—¿Cómo? ¿Todavía aquí? —Me miró muy sorprendido o fingió estarlo—. Creía que nuestra breve conversación había concluido.

—Me estoy marchando. Pensé que quería que lo esperase.

Rió entre dientes.

—¿Sabe una cosa, señor Marlowe? Vivimos en tiempos que se salen de lo corriente. Por la modesta cifra de quinientos dólares podría mandarlo a usted al hospital con varios huesos rotos. Cómico, ¿no le parece?

—Divertidísimo —dije—. Una inyección intravenosa, ¿no es eso, doctor? ¡Vaya! ¡Cómo ha revivido!

Me dirigí hacia la puerta.

—*Hasta luego, amigo* —gorjeó—. No se olvide de mis diez pavos. Pague a la enfermera.

Se trasladó a un interfono y estaba hablando por él mientras yo salía. En la sala de espera las mismas doce personas u otras doce exactamente iguales seguían teniendo el mismo aire de incomodidad. La enfermera entró inmediatamente en acción.

—Diez dólares, por favor, señor Marlowe. La norma de esta consulta es el pago inmediato en efectivo.

Pasé entre los pies amontonados camino de la puerta. La enfermera saltó del asiento y dio la vuelta corriendo alrededor de la mesa. Abrí la puerta exterior.

—¿Qué sucede cuando no lo recibe? —le pregunté.

—Ya se enterará de lo que sucede —respondió muy enfadada.

—Claro. Está usted cumpliendo con su deber. Yo hago lo mismo. Eche un vistazo a la tarjeta que le he dejado y verá cuál es mi trabajo.

Salí. Los enfermos que esperaban me miraron con desaprobación. No era forma de tratar a un médico.

18

Con el doctor Amos Varley fue todo muy distinto. Disponía de una gran casa antigua con un jardín muy extenso y grandes robles añosos que le daban sombra: un enorme edificio de madera con complicadas volutas a lo largo de los voladizos de las galerías; las barandillas blancas tenían soportes verticales redondos y estriados como las patas de un piano de cola pasado de moda; unos cuantos ancianos de aspecto frágil ocupaban tumbonas en los porches, bien envueltos en mantas de viaje.

Las puertas de entrada eran dobles, con paneles de cristal esmerilado. El vestíbulo era amplio y fresco y el suelo de parqué relucía y estaba libre de alfombras. Altadena es un lugar caluroso en verano. Está muy al pie de las colinas y la brisa fresca de las montañas pasa por encima. Hace ochenta años la gente sabía cómo construir casas para un clima así.

Una enfermera de uniforme blanco recién planchado tomó mi tarjeta y después de una espera el doctor Amos Varley se dignó recibirme. Era un individuo grande y calvo de sonrisa risueña. Su larga bata blanca estaba inmaculada y avanzó hacia mí ruidosamente sobre suelas de goma.

—¿En qué puedo ayudarle, señor Marlowe?

Tenía una voz suave y bien modulada, perfecta para aliviar el dolor y consolar al corazón ansioso. El doctor está aquí, no hay motivo para preocuparse, todo irá bien. El comportamiento perfecto con el enfermo, en gruesas capas azucaradas. Era maravilloso..., y tan duro como el blindaje de un acorazado.

—Busco a un individuo llamado Wade, doctor, un alcohólico acaudalado que ha desaparecido de su casa. Su historia anterior hace pensar que se ha escondido en algún establecimiento discreto que pueda tratarlo de manera competente. Mi única pista es la referencia a un doctor V. Usted es ya el tercero y estoy empezando a desanimarme.

Sonrió benévolamente.

—¿Sólo el tercero, señor Marlowe? Sin duda debe de haber un centenar de médicos en Los Ángeles y sus alrededores cuyos apellidos empiecen por V.

—Sin duda, pero no son tantos los que tienen habitaciones con barrotes en las ventanas. He visto algunas en el piso alto, en un lateral de la casa.

—Ancianos —dijo el doctor Varley tristemente, aunque su tristeza era modulada y cálida—. Ancianos solitarios, ancianos deprimidos y desgraciados, señor Marlowe. A veces... —Hizo un gesto expresivo con la mano, un amplio movimiento ascendente, una pausa, luego una caída suave, como una hoja muerta que revolotea hacia el suelo—. No trato alcohólicos aquí —añadió con precisión—. De manera que si tiene la amabilidad de disculparme...

—Lo siento, doctor. Pero estaba usted en nuestra lista. Probablemente una equivocación. Algo sobre un roce con los chicos de estupefacientes hace un par de años.

—¿Está seguro? —Pareció desconcertado, pero luego se hizo la luz—. Ah, sí, un ayudante a quien di trabajo de manera algo imprudente. Durante muy poco tiempo. Pero abusó terriblemente de mi confianza. Sí, es cierto.

—No fue eso lo que oí —dije—. Supongo que oí mal.

—Y ¿qué fue lo que oyó, señor Marlowe?

Todavía me estaba concediendo el tratamiento completo, con sonrisas y tono de voz que eran la afabilidad personificada.

—Le obligaron a devolver su recetario de estupefacientes.

Aquello le afectó un tanto. No llegó a fruncir el ceño, pero se desprendió de unas cuantas capas de amabilidad. En sus ojos azules apareció un brillo gélido.

—¿Y cuál es la fuente de esa fantástica información?

—Una importante agencia de detectives que dispone de los medios para preparar ficheros sobre ese tipo de cosas.

—Una colección de chantajistas baratos, sin duda.

—No tan baratos, doctor. Su tarifa base son cien dólares diarios. La dirige un antiguo coronel de la policía militar. Nada de estafador de poca monta. Está muy bien considerado.

—Le diré sin ambages lo que pienso de él —dijo con frío desagrado—. ¿Su nombre?

El sol se había puesto en los modales del doctor Varley. La noche iba a ser más bien fría.

—Información confidencial, doctor. Pero no le dé la menor importancia. Cosas de todos los días. ¿El apellido Wade no le trae ningún recuerdo?

—Creo que ya sabe cómo salir, señor Marlowe.

La puerta de un pequeño ascensor se abrió a sus espaldas. Una enfermera sacó del interior una silla de ruedas. La silla contenía lo que quedaba de un anciano, los ojos cerrados, la piel de tonalidad azulada. Iba muy abrigado. La enfermera lo llevó en silencio a través del vestíbulo resplandeciente hasta una puerta lateral.

—Ancianos. Ancianos enfermos. Ancianos solitarios. No vuelva, señor Marlowe. Podría usted molestarme. Cuando se me molesta puedo ser bastante desagradable. Diría incluso que muy desagradable.

—Sin objeciones por mi parte, doctor. Gracias por su tiempo. Simpático hogar para morirse el que tienen aquí.

—¿Cómo ha dicho?

Dio un paso hacia mí y se le cayeron las restantes capas de miel. Las líneas suaves de su rostro se petrificaron.

—¿Qué sucede? —le pregunté—. Ya me he convencido de que el tipo que busco no puede estar aquí. No buscaría aquí a alguien a quien le quedaran fuerzas para luchar. Ancianos enfermos. Ancianos solitarios. Usted lo ha dicho, doctor. Ancianos a quien nadie quiere, pero con dinero y herederos hambrientos. En su mayor parte, es lo más probable, declarados incapaces por los tribunales.

—Me estoy enfadando —dijo el doctor Varley.

—Alimentos ligeros, sedación igualmente ligera, tratamiento firme. Sacarlos al sol, devolverlos a la cama. Barrotes en algunas ventanas por si quedara un poco de energía. Le adoran, doctor, todos y cada uno. Mueren dándole la mano y viendo la tristeza en sus ojos. Auténtica, sin duda.

—Desde luego que lo es —dijo Varley con un ronco gruñido.

Sus manos se habían convertido un puños. Tendría que haberlo dejado. Pero había conseguido que me dieran ganas de vomitar.

—Claro que sí —dije—. A nadie le gusta perder a un cliente que paga bien. Sobre todo cuando ni siquiera hay que agradarle.

—Alguien tiene que hacerlo —dijo—. Alguien se tiene que ocupar de esos ancianos tan tristes, señor Marlowe.

—Alguien tiene que limpiar los pozos negros. Si uno se pone a pensar en ello, es un trabajo limpio y honrado. Hasta la vista, doctor Varley. Cuando mi trabajo haga que me sienta sucio me acordaré de usted. Me alegrará más de lo que soy capaz de expresar.

—Canalla despreciable —dijo el doctor Varley, enseñándome sus grandes dientes blancos—. Debería partirle la crisma. La mía es una valiosa especialidad de una profesión honorable.

—Sí. —Me quedé mirándolo con cansancio infinito—. Lo sé. Pero huele a muerto.

No llegó a golpearme, de manera que me alejé y salí del edificio. Volví la vista desde el otro lado de las amplias puertas dobles. No se había movido. Tenía bastante trabajo: volver a poner en su sitio todas las capas de miel.

19

Regresé a Hollywood con la sensación de ser un trocito de cuerda masticada. Era demasiado pronto para almorzar y hacía demasiado calor. Puse en marcha el ventilador en mi despacho. No logré que refrescara el aire, tan sólo que estuviera un poco más vivo. En el bulevar el tráfico clamaba interminablemente. Dentro de mi cabeza los pensamientos se apelmazaban como moscas sobre una tira de papel pegajoso.

Tres intentos, tres fallos. Sólo había conseguido ver a demasiados médicos.

Llamé a casa de los Wade. Respondió alguien con un acento que parecía mexicano y dijo que la señora no estaba. Pregunté por el señor Wade y la voz respondió que tampoco estaba. Dejé mi nombre. La voz, que aseguró ser el criado, pareció entenderlo a la primera.

Llamé a George Peters a la Organización Carne. Quizá conociera a algún médico más. Tampoco estaba. Dejé un nombre falso y un número de teléfono correcto. Pasó una hora que me dio la sensación de arrastrarse como una cucaracha enferma. Yo no era más que un grano de arena en el desierto del olvido. Un vaquero con dos revólveres sin proyectiles. Tres disparos, tres fallos. No me gusta nada cuando vienen de tres en tres. Llamas al señor A. Nada. Llamas al señor B. Nada. Llamas al señor C. Más de lo mismo. Una semana después descubres que tendrías que haber acudido al señor D. Pero no sabías que existía y cuando lo descubres el cliente ha cambiado de idea y ha puesto fin a la investigación.

Los doctores Vukanich y Varley quedaban eliminados. Varley tenía un negocio demasiado próspero para perder el tiempo con borrachos. Vukanich era un maleante de poca categoría, un funámbulo que se inyectaba droga en la consulta. Las enfermeras tenían que saberlo. Al menos algunos de los pacientes también. Todo lo que se necesitaba para acabar con él era un cascarrabias y una llamada telefónica. Wade no se le habría acercado ni a medio kilómetro, borracho o sobrio. Quizá no fuera el tipo más brillante del mundo —muchas personas con éxito distan mucho de ser gigantes intelectuales—, pero no podía ser tan tonto como para tener tratos con Vukanich.

La única posibilidad era el doctor Verringer. Contaba con el espacio suficiente y con el aislamiento. Probablemente también tenía la paciencia necesaria. Pero Sepulveda Canyon quedaba muy lejos de Idle Valley. Dónde estaba el punto de contacto, cómo se habían conocido; si, por otra parte, Verringer era el dueño de la propiedad y tenía un comprador, estaba a mitad de camino de tener mucho dinero. Aquello me dio una idea. Llamé a un conocido que trabajaba en una sociedad inmobiliaria para enterarme de la situación de la propiedad. No respondió nadie. La sociedad inmobiliaria había terminado su jornada de trabajo.

También eché yo el cierre y me dirigí en coche a La Ciénaga, a la Barbacoa de Rudy. Di mi nombre al maestro de ceremonias y esperé el gran momento en un taburete delante del mostrador del bar con un whisky sour delante de mí y en los oídos música de vals de Marek Weber. Al cabo de un rato pasé la divisoria de terciopelo rojo y comí uno de los filetes Salisbury de Rudy, «famosos en todo el mundo», que no son otra cosa que una hamburguesa sobre una tabla, rodeada de puré de patata dorado al horno y con un suplemento de aros de cebolla fritos y una de esas ensaladas variopintas que los varones comen con absoluta docilidad en los restaurantes, aunque probablemente empezarían a lanzar alaridos si sus esposas trataran de dárselas en casa.

Después volví a mi domicilio. El teléfono empezó a sonar cuando abría la puerta de la calle.

—Eileen Wade, señor Marlowe. Quería usted que lo llamara.

—Sólo para saber si había sucedido algo ahí. He visto médicos todo el día sin conseguir hacer muchos amigos.

—Por aquí sin novedad, lo siento. Roger no ha vuelto y reconozco que estoy preocupada. No tiene usted nada que decirme, imagino.

Hablaba en voz baja y abatida.

—El país es grande y está muy poblado, señora Wade.

—Esta noche hace cuatro días que se marchó.

—Sí, pero no es demasiado tiempo.

—Para mí lo es. —Guardó silencio durante un rato—. He pensado mucho, tratando de recordar alguna cosa —prosiguió—. Tiene que haber algo, algún indicio o recuerdo. Roger habla mucho sobre todo tipo de cosas.

—¿Le dice algo el apellido Verringer, señora Wade?

—No, me temo que no. ¿Acaso debería?

—Mencionó usted que al señor Wade lo devolvió a casa en una ocasión un individuo alto vestido de vaquero. ¿Lo reconocería si volviera a verlo?

—Supongo que sí —dijo con tono dubitativo—, si las circunstancias fueran las mismas. Sólo lo tuve delante unos instantes. ¿Se llama Verringer?

—No. Verringer es un tipo fornido, de mediana edad, que dirige o, más exactamente, dirigía, en Sepulveda Canyon, algo así como un rancho para invitados. Un muchacho llamado Earl, que parece ir siempre disfrazado de algo, trabaja para él. En cuanto a Verringer, dice ser médico.

—Eso es estupendo —exclamó la señora Wade con calor—. ¿No le parece que está en el buen camino?

—También podría haber metido la pata hasta el zancajo. La llamaré cuando lo sepa. Sólo quería asegurarme de que Roger no había vuelto a casa y de que usted no había recordado nada más preciso.

—Mucho me temo que no le he sido de gran ayuda —dijo Eileen Wade con tristeza—. Por favor, no dude en telefonearme, por muy tarde que sea.

Dije que lo haría y colgamos. Esta vez me llevé un revólver y una linterna con tres pilas. El arma era un 32 de cañón corto, pequeño pero recio, con proyectiles de punta plana. Earl, el chico del doctor Verringer, podía tener otros juguetes además de las nudilleras de metal. Si los tenía, era lo bastante estúpido como para utilizarlos.

Volví de nuevo a la carretera y conduje todo lo deprisa que pude. Iba a ser una noche sin luna, y estaría oscureciendo cuando llegara a la entrada de la propiedad del doctor Verringer. Oscuridad era lo que yo necesitaba.

El portón seguía cerrado con la cadena y el candado. Pasé de largo y aparqué a cierta distancia de la carretera. Aún quedaba algo de luz bajo los árboles pero no duraría mucho. Salté por encima del portón y avancé por el lateral de la colina buscando una senda para excursionistas. Muy atrás en el valle me pareció oír una codorniz. Una paloma torcaz se quejó de los sufrimientos de la vida. No había ningún sendero para excursionistas o no lo pude encontrar, de manera que volví al camino principal y seguí el borde de la grava. Los eucaliptos dieron paso a los robles; crucé la divisoria y muy a lo lejos divisé algunas luces. Me llevó tres cuartos de hora ir por detrás de la piscina y de las pistas de tenis hasta un lugar desde donde me era posible contemplar, debajo de mí, el edificio principal al final del camino. Había luces encendidas y salía música del interior. Más lejos, entre los árboles, también había luz en una de las cabañas. Todo el espacio libre estaba salpicado de pequeñas cabañas. Esta vez seguí un sendero y, de repente, se encendió un reflector en la parte trasera de la cabaña principal. Me detuve en seco. El reflector no buscaba nada en particular. Estaba orientado directamente al suelo y creó un amplio charco de luz en el porche trasero y en el espacio adyacente. Luego una puerta se abrió de golpe y salió Earl. En aquel momento supe ya que estaba en el sitio correcto.

Iba vestido de vaquero, y un vaquero había llevado a Roger Wade a su casa la vez anterior. Earl daba vueltas a una cuerda, llevaba una camisa oscura con remates en blanco, un pañuelo de lunares muy suelto en torno al cuello, un ancho cinturón de cuero cargado de plata y un par de fundas repujadas con revólveres de cachas de marfil. Elegantes pantalones de montar y botas inmaculadas con adornos blancos en punto de cruz. Muy echado hacia atrás lucía un sombrero blanco y lo que parecía un cordón trenzado con plata que colgaba suelto camisa abajo, a modo de barbuquejo, aunque los extremos no estaban atados.

Permaneció inmóvil bajo la luz blanca del reflector, haciendo girar la cuerda a su alrededor, saliendo y entrando de su círculo mágico, actor sin público, vaquero de punta en blanco, alto, esbelto, bien parecido, que presentaba un espectáculo sin otro espectador que él y que disfrutaba con cada minuto de actuación. Earl Dos-Pistolas, el Terror del distrito Cochise. Tendría que trabajar en uno de esos ranchos, para huéspedes de pago, tan decididamente partidarios de los caballos que hasta las telefonistas van a trabajar con botas de montar.

De pronto oyó un ruido o fingió oírlo. Dejó caer la cuerda, las manos desenfundaron velozmente y los pulgares se habían colocado ya sobre los percutores cuando los revólveres alcanzaron la línea horizontal. Earl escudriñó la oscuridad. No me atreví a moverme. Los malditos revólveres podían estar cargados. Pero el reflector le había cegado y no veía nada. Volvió a meter las armas en sus fundas, recogió la cuerda, dejándola que colgara, y regresó a la casa. La luz se apagó y también desaparecí yo.

Seguí mi camino entre los árboles y me acerqué a la pequeña cabaña iluminada. No se oía ningún ruido. Me asomé a una ventana cubierta con una tela metálica y miré dentro. La luz procedía de una lámpara sobre una mesilla de noche junto a una cama, en la que yacía, boca arriba, un individuo con aire tranquilo —los brazos, en mangas de pijama, por fuera de las sábanas—, que miraba al techo con los ojos bien abiertos. Parecía muy grande. El rostro quedaba parcialmente en sombra, pero pude comprobar su palidez, la necesidad de un afeitado y que llevaba sin rasurarse más o menos la cantidad adecuada de tiempo. Los dedos extendidos de las manos permanecían inmóviles sobre el exterior de la cama. Daba la sensación de llevar horas sin moverse.

Oí ruido de pasos por el sendero al otro lado de la cabaña. Chirrió una puerta mosquitera y luego la sólida silueta del doctor Verringer apareció en el dintel de la puerta. Llevaba en la mano algo que parecía un vaso grande de jugo de tomate. Encendió una lámpara de pie. Su camisa hawaiana despidió un fulgor amarillo. El individuo de la cama ni siquiera se volvió para mirarlo.

El doctor Verringer dejó el vaso sobre la mesilla de noche, acercó una silla y se sentó. Tomó una de las muñecas del otro y le buscó el pulso.

—¿Qué tal se encuentra hoy, señor Wade? —Su voz era amable y solícita.

El individuo tumbado en la cama ni le respondió ni lo miró. Siguió con los ojos fijos en el techo.

—Vamos, vamos, señor Wade. No caigamos en la melancolía. Su pulso sólo va ligeramente más deprisa de lo normal. Está usted débil, pero por lo demás...

—Tejjy —dijo de repente el otro—, dile a este individuo que, si sabe cómo estoy, el muy hijo de perra no necesita molestarse en preguntármelo.

Tenía una voz agradable y nítida, pero el tono era de amargura.

—¿Quién es Tejjy? —preguntó pacientemente el doctor Verringer.

—Mi portavoz. Está en aquel rincón.

El doctor Verringer alzó los ojos.

—Sólo veo una arañita —exclamó—. Deje de hacer teatro, señor Wade. Conmigo no es necesario.

—*Tegenaria domestica*, la araña alguacil, amigo. Me gustan las arañas. Casi nunca llevan camisas hawaianas.

El doctor Verringer se humedeció los labios.

—No tengo tiempo para juegos, señor Wade.

—Tejjy no tiene nada de juguetona. —Wade volvió la cabeza lentamente, como si le pesara muchísimo, y contempló al doctor Verringer con desprecio—. Es de lo más serio. Se acerca sin ser notada. Cuando no estás mirando da un salto rápido y silencioso. Le chupa a uno hasta vaciarlo, doctor. Vaciarlo por completo. No te come. Te chupa el jugo hasta que sólo queda la piel. Si tiene intención de seguir llevando esa camisa mucho más tiempo, doctor, diría que nunca sucederá demasiado pronto.

El doctor Verringer se recostó en la silla.

—Necesito cinco mil dólares —dijo tranquilamente—. ¿Como cuánto de pronto podría suceder eso?

—Ha conseguido ya seiscientos cincuenta pavos —dijo Wade con tono desagradable—. Además de todo el dinero que llevaba suelto. ¿Cuánto más cuesta vivir en esta condenada casa de lenocinio?

—Una miseria —dijo el doctor Verringer—. Ya le dije que mis tarifas habían subido.

—No me dijo que hubieran trepado al monte Wilson.

—No me conteste con evasivas, Wade —dijo con tono cortante el doctor Verringer—. No está en condiciones de hacerse el gracioso. Ha traicionado además mi confianza.

—No sabía que le quedara.

El doctor Verringer tamborileó despacio sobre los brazos del sillón.

—Me llamó a medianoche —dijo—. Se hallaba en una situación desesperada. Dijo que se quitaría la vida si no acudía. No quería hacerlo y usted sabe por qué. Carezco de licencia para practicar la medicina en California. Trato de desprenderme de esta propiedad sin perderlo todo. He de cuidar de Earl, que está a punto de atravesar uno de sus períodos críticos. Le dije que le costaría un montón de dinero. Usted insistió y fui. Quiero cinco mil dólares.

—Estaba borracho como una cuba —dijo Wade—. No se puede exigir a nadie que cumpla una promesa en esas condiciones. Ya le he pagado más que suficiente.

—Además —dijo muy despacio el doctor Verringer—, mencionó mi nombre a su esposa. Le dijo que iba a recogerlo.

Wade pareció sorprendido.

—No le dije nada —dijo—. Ni siquiera la vi. Estaba dormida.

—En alguna otra ocasión, entonces. Un detective privado ha estado aquí preguntando por usted. No es posible que supiera dónde acudir, a no ser que alguien se lo hubiese dicho. Conseguí quitármelo de encima, pero es posible que vuelva. Debe usted regresar a su casa, señor Wade. Pero antes quiero mis cinco mil dólares.

—No es usted el tipo más listo del mundo, ¿verdad, doctor? Si mi mujer supiera dónde estoy, ¿para qué necesitaría un detective? Podría haber venido en persona..., suponiendo que le importase tanto. Podría haber traído a Candy, nuestro criado. Candy habría hecho pedacitos a su príncipe azul mientras su príncipe azul decidía qué película iba a protagonizar hoy.

—Tiene usted una lengua muy desagradable, Wade. Y una mente retorcida.

—También tengo cinco mil dólares muy desagradables, doctor. Trate de conseguirlos.

—Me extenderá un talón —dijo el doctor Verringer con firmeza—. Ahora mismo. Luego se vestirá y Earl lo llevará a casa.

—¿Un talón? —Wade casi se reía—. Claro que le extenderé un talón. Estupendo. ¿Cómo conseguirá cobrarlo?

El doctor Verringer sonrió plácidamente.

—Cree que podrá hacer que no me lo paguen. Pero no lo hará. Le aseguro que no lo hará.

—¡Sinvergüenza del carajo! —le gritó Wade.

Verringer negó con la cabeza.

—En algunas cosas, sí. No en todas. Tengo una personalidad compleja, como la mayoría de la gente. Earl lo llevará a casa.

—Ni hablar. Ese muchacho me pone los pelos de punta —dijo Wade.

El doctor Verringer se puso en pie sin prisa, extendió una mano y palmeó el hombro de su paciente.

—Para mí Earl es completamente inofensivo, señor Wade. Tengo maneras de controlarlo.

—Cíteme una —dijo una voz nueva, al tiempo que Earl aparecía en la puerta con su disfraz de Roy Rogers.

El doctor Verringer se volvió, sonriendo.

—Mantenga a ese psicópata lejos de mí —gritó Wade, dando muestras de miedo por primera vez.

Earl se llevó las manos al cinturón. Su rostro era inexpresivo. Un suave sonido silbante le brotó de entre los dientes. Avanzó despacio por la habitación.

—No debería haber dicho eso —dijo el doctor Verringer muy deprisa antes de volverse hacia Earl—. Está bien, Earl. Voy a ocuparme personalmente del señor Wade. Le ayudaré a vestirse mientras traes el coche, acercándolo lo más que puedas a la cabaña. El señor Wade está muy débil.

—Y dentro de poco estará aún mucho más débil —dijo Earl con una voz que tenía algo de silbido—. Apártate, gordinflón.

—Escucha, Earl... —intentó sujetar a su joven amigo por el brazo—, ¿verdad que no quieres volver a Camarillo? Una palabra mía y...

No dijo nada más. Earl liberó el brazo y su mano derecha ascendió con un brillo metálico. El puño blindado fue a estrellarse contra la mandíbula del doctor Verringer, que se derrumbó como si una bala le hubiera atravesado el corazón. Su caída hizo que retemblara toda la cabaña. Eché a correr.

Al llegar a la puerta la abrí de golpe. Earl giró en redondo, inclinándose un poco hacia delante y mirándome sin reconocerme. Un sonido como de burbujas le salía de entre los labios. Vino hacia mí muy deprisa.

Saqué el revólver y se lo enseñé. No le dijo nada. O los suyos no estaban cargados o los había olvidado por completo. Las nudilleras de metal era todo lo que necesitaba. Siguió avanzando.

Disparé a través de la ventana abierta más allá de la cama. En la habitacioncita el estrépito pareció multiplicarse. Earl se detuvo en seco. Volvió la cabeza y vio el agujero en la tela metálica. Me miró de nuevo. Muy despacio, su rostro recobró la vida y sonrió.

—¿Qué ha sucedido? —preguntó alegremente.

—Quítate las nudilleras —dije, mirándole a los ojos.

Se contempló la mano sorprendido. Luego se sacó las nudilleras y las arrojó con toda tranquilidad en un rincón.

—Ahora el cinturón con las pistoleras —dije—. No toques los revólveres, sólo la hebilla.

—No están cargados —dijo, sonriendo—. Caramba, ni siquiera son armas de verdad, sólo de guardarropía.

—El cinturón. Deprisa.

Se quedó mirando mi 32 de cañón corto.

—¿Es auténtico? Sí, claro que sí. La pantalla de la ventana. Sí, la pantalla.

La persona tumbada en la cama ya no estaba allí. Se había colocado detrás de Earl. Con un rápido movimiento sacó de su funda uno de los revólveres relucientes. A Earl no le gustó. Su cara lo puso de manifiesto.

—Déjelo en paz —dije, indignado—. Póngalo donde la ha encontrado.

—Tiene razón —comentó Wade—. Son de juguete. —Retrocedió y dejó el arma reluciente sobre la mesa—. Dios, estoy tan débil que no me tengo en pie.

—Quítate el cinturón —dije por tercera vez.

Cuando se empieza algo con un tipo como Earl hay que terminarlo. Todo muy sencillo y nada de cambiar de idea.

Finalmente lo hizo, de bastante buen grado. Luego se acercó a la mesa, recuperó el otro revólver, lo introdujo en la funda y volvió a ponerse el cinturón. Le dejé hacerlo. Hasta entonces Earl no había reparado en el doctor Verringer derrumbado en el suelo, junto a la pared. Al verlo dejó escapar un ruido como de preocupación, cruzó la habitación para entrar en el cuarto de baño y regresó con una jarrita de cristal llena de agua, que arrojó sobre la cabeza del caído. El doctor Verringer tosió atragantándose y se dio la vuelta. Luego gimió. A continuación se llevó una mano a la mandíbula. Después empezó a levantarse. Earl le ayudó.

—Lo siento, doctor. Debo de haber soltado la mano sin ver quién era.

—Está bien, no hay nada roto —dijo Verringer, apartándolo—. Trae aquí el coche, Earl. Y no olvides la llave para el candado de abajo.

—El coche aquí, claro. Inmediatamente. Llave para el candado. La tengo yo. Ahora mismo, doctor.

Abandonó la cabaña silbando.

Wade se había sentado en el borde de la cama y parecía no sentirse muy bien.

—¿Es usted el detective del que hablaba Verringer? —me preguntó—. ¿Cómo me ha encontrado?

—Consultando a gente que sabe de estas cosas —dije—. Si quiere volver a casa, será mejor que se vista.

El doctor Verringer se frotaba la mandíbula apoyado contra la pared.

—Le ayudaré —dijo con dificultad—. No hago más que ayudar a la gente y todos me lo agradecen saltándome los dientes.

—Sé exactamente cómo se siente —le respondí.

Salí fuera y les dejé que resolvieran juntos el problema de vestir a Wade.

20

El automóvil ya estaba aparcado cuando salieron los dos. Earl había detenido el coche, apagó las luces y echó a andar hacia el edificio de mayor tamaño sin decirme nada. Seguía silbando, tratando de reconstruir una melodía recordada a medias.

Wade se subió con muchas precauciones al asiento de atrás y yo me coloqué a su lado. El doctor Verringer conducía. Si le molestaba mucho la mandíbula o le dolía la cabeza, no lo dejó traslucir ni lo mencionó. Cruzamos la divisoria y descendimos hasta el final del camino de grava. Earl ya había quitado el candado y abierto el portón. Le dije a Verringer dónde estaba mi coche y se acercó con el suyo. Wade entró y se sentó en silencio, mirando al infinito. Verringer se apeó también y dio la vuelta para colocarse a su lado. Luego habló amablemente con él.

—Qué hay de mis cinco mil dólares, señor Wade. El talón que me prometió.

Wade se recostó hasta apoyar la cabeza en el respaldo del asiento.

—Me lo pensaré.

—Me los prometió. Y los necesito.

—La palabra es coacción, Verringer, amenaza de daño corporal. Ahora tengo protección.

—Le he alimentado y lavado —insistió Verringer—. Acudí de noche. Le he protegido. Le he curado..., por el momento, al menos.

—No por valor de cinco de los grandes —dijo Wade con desdén—. Me ha sacado una barbaridad de los bolsillos.

Verringer no estaba dispuesto a renunciar.

—Tengo la oportunidad de iniciar una nueva etapa en Cuba, señor Wade. Es usted un hombre rico. Debería ayudar a otros cuando lo necesitan. Tengo que cuidar de Earl. Para aprovechar esta oportunidad que se me presenta necesito ese dinero. Se lo devolveré hasta el último centavo.

Empecé a retorcerme. Quería fumar, pero temía que Wade se mareara.

—Y un cuerno me lo devolverá —dijo Wade con voz cansada—. No vivirá lo suficiente. Una de estas noches su príncipe azul lo matará mientras duerme.

Verringer dio un paso atrás. Yo no veía su expresión, pero su voz se hizo más dura.

—Hay maneras más desagradables de morir —dijo—. Creo que la suya será una de ésas.

Regresó a su coche. Lo puso en marcha, cruzó el portón y desapareció. Retrocedí, di la vuelta y me dirigí hacia la ciudad. Al cabo de un par de kilómetros Wade murmuró:

—¿Por qué tendría que regalarle cinco mil dólares a ese gordo imposible?

—Por ningún motivo.

—Entonces, ¿por qué me siento como un mal nacido por no hacerlo?

—Por ningún motivo.

Volvió la cabeza lo bastante para mirarme.

—Me ha cuidado como a un bebé —dijo Wade—. Casi nunca me dejaba solo por temor a que Earl se presentara y me diera una paliza. Pero se ha quedado hasta con la última moneda que llevaba en los bolsillos.

—Probablemente le dijo usted que lo hiciera.

—¿Está de su parte?

—No me haga caso —dije—. Para mí esto sólo es un trabajo.

Silencio durante otros tres kilómetros. Pasamos por la periferia de un barrio residencial. Wade volvió a hablar.

—Quizá le dé el dinero. Está arruinado. Van a embargarle la propiedad. No le tocará ni un céntimo. Todo por culpa de ese psicópata. ¿Por qué lo hace?

—No sabría decir.

—Soy escritor —dijo Wade—. Se supone que entiendo lo que hace funcionar a las personas. Pero no entiendo ni una palotada de lo que hace nadie.

Torcí después del paso y, al concluir una nueva ascensión, las luces del valle se extendieron interminablemente ante nosotros. Descendimos hasta la carretera dirección norte y oeste que lleva a Ventura. Algo después atravesamos Encino. Un semáforo me obligó a detenerme y miré hacia las luces en lo alto de la colina donde estaban las casas de las personas importantes. En una de ellas habían vivido los Lennox. Seguimos adelante.

—Falta poco para hacer el giro —dijo Wade—. ¿O ya lo conoce?

—Lo conozco.

—Por cierto, no me ha dicho cómo se llama.

—Philip Marlowe.

—Bonito nombre. —La voz le cambió de pronto, al decir—: Espere un momento. ¿El tipo que tuvo que ver con Lennox?

—Sí.

Me estaba mirando en la oscuridad del coche. Pasamos los últimos edificios de la calle principal de Encino.

—A ella la conocía —dijo Wade—. Un poco. A él no lo vi nunca. Extraño asunto ese. Los chicos de la pasma le hicieron pasar un mal rato, ¿no es cierto?

No le contesté.

—Quizá no le guste hablar de eso —dijo.

—Podría ser. ¿Por qué le interesaría?

—Demonios, soy escritor. Debe de ser toda una historia.

—Tómese un descanso esta noche. Debe de sentirse bastante débil.

—De acuerdo, Marlowe. De acuerdo. No le caigo bien. Me doy por enterado.

Llegamos a la salida de la autovía y nos dirigimos hacia las colinas de menor altura y al hueco entre ellas que era Idle Valley.

—Ni me cae mal ni me cae bien —dije—. No le conozco. Su esposa me pidió que lo encontrase y lo llevara a casa. Cuando lo deje allí habré terminado. No sabría decir por qué me eligió la señora Wade. Como ya le he explicado, sólo es un trabajo.

Rodeamos la ladera de una colina y nos encontramos con una carretera más ancha y mejor pavimentada. Wade dijo que su casa estaba kilómetro y medio más allá, a la derecha. Me dio el número que ya sabía. Para un tipo en su situación era un hablador bastante pertinaz.

—¿Cuánto le paga mi mujer? —preguntó.

—No hemos hablado de eso.

—Sea lo que sea, no es suficiente. Le debo muchísimo. Ha hecho un gran trabajo, amigo. No me merezco tantas molestias.

—Eso es sólo cómo se siente esta noche.

Se echó a reír.

—¿Quiere que le diga una cosa, Marlowe? Incluso podría caerme bien. Tiene su poquito de mal nacido, igual que yo.

Llegamos a la casa. Era un edificio de dos pisos con tejado de madera, un pequeño pórtico con columnas y una gran extensión de césped desde la entrada hasta una densa hilera de arbustos por dentro de la valla blanca. Había una luz en el pórtico. Entré por la avenida y detuve el coche junto al garaje.

—¿Podrá llegar hasta la casa sin ayuda?

—Por supuesto. —Se bajó del automóvil—. ¿No viene conmigo a tomar una copa o algo?

—Esta noche no, gracias; esperaré aquí hasta que entre en la casa.

Se inmovilizó unos instantes respirando hondo.

—De acuerdo —dijo con brusquedad.

Dio la vuelta y se dirigió con cuidado hacia la puerta principal por un sendero bien marcado. Se apoyó por un momento en una de las columnas blancas y luego probó con la puerta. Consiguió abrirla y entró. No se preocupó de cerrarla y la luz se derramó sobre el verdor del césped. Se produjo un repentino aleteo de voces. Empecé a retroceder por la avenida para los coches, guiándome por la luz trasera. Alguien llamó.

Miré y vi a Eileen Wade recortada en la puerta abierta. Seguí retrocediendo y ella echó a correr. De manera que tuve que detenerme. Apagué las luces y salí del automóvil. Cuando llegó a mi lado le dije:

—Debería haberle telefoneado, pero no me atrevía a dejarlo solo.

—Por supuesto. ¿Ha resultado muy difícil?

—Bueno..., un poco más que llamar al timbre.

—Por favor, entre en la casa y cuéntemelo todo.

—Su marido debería acostarse. Mañana se sentirá como nuevo.

—Candy se ocupará —dijo ella—. No beberá esta noche, si está pensando en eso.

—No se me había ocurrido. Buenas noches, señora Wade.

—Debe de estar cansado. ¿No quiere tomar una copa?

Encendí un cigarrillo. Me pareció que llevaba dos semanas sin sentir el sabor del tabaco. Aspiré el humo con avidez.

—¿Me permite una calada?

—Claro. Creía que no fumaba.

—No lo hago a menudo. —Se acercó a mí y le pasé el pitillo. Aspiró el humo y empezó a toser. Me lo devolvió riendo—: Nada más que una aficionada, como puede ver.

—De manera que conocía a Sylvia Lennox —dije—. ¿Quería usted contratarme por eso?

—¿Conocía a quién?

Parecía desconcertada.

—Sylvia Lennox.

Yo había recuperado el cigarrillo y me lo estaba fumando muy deprisa.

—Oh —dijo, sobresaltada—. La chica que fue..., asesinada. No, no la conocía personalmente. Sabía quién era. ¿No se lo dije?

—Lo siento, he olvidado qué fue lo que me dijo exactamente.

Aún seguía allí, a mi lado, esbelta y alta con su vestido blanco. La luz de la puerta abierta le rozaba el cabello, haciéndolo brillar suavemente.

—¿Por qué me ha preguntado si eso tenía algo que ver con mi deseo, como usted lo llama, de contratarlo? —Al no contestarle de inmediato, añadió—: ¿Le ha dicho Roger que la conocía?

—Dijo algo sobre el caso Lennox cuando le conté cómo me llamo. No me relacionó de inmediato, pero sí al cabo de un momento. Ha hablado tanto que no recuerdo la mitad de lo que ha dicho.

—Entiendo. Tengo que volver dentro, señor Marlowe, para ver si mi marido necesita algo. Y si no quiere usted entrar...

—Voy a dejarle esto —dije.

La acerqué hacia mí y le incliné la cabeza hacia atrás. Luego la besé con fuerza en los labios. No se resistió, pero tampoco respondió. Se apartó tranquilamente y se quedó allí, mirándome.

—No debería haber hecho eso —dijo—. Ha estado mal. Es usted demasiado buena persona.

—Seguro. Muy mal —asentí—. Pero he sido durante todo el día un perro de caza muy bueno y muy fiel y me he portado maravillosamente. Me he dejado cautivar para emprender una de las aventuras más tontas de mi vida, y que me aspen si no parece que alguien había escrito el guión. ¿Le hago una confidencia? Creo que usted sabía todo el tiempo dónde estaba su marido..., o al menos sabía el nombre del doctor Verringer. Quería que tuviera alguna relación con Roger, que me ligara de algún modo para que el sentimiento de responsabilidad me llevara a cuidar de él. ¿O es que estoy loco?

—Por supuesto que está loco —dijo con frialdad—. Es la tontería más absurda que he oído nunca.

Empezó a alejarse.

—Espere un momento —dije—. Ese beso no dejará cicatriz. Sólo le parece que la hará. Y no me diga que soy demasiado buena persona. Prefiero ser un canalla.

Volvió la cabeza.

—¿Por qué?

—Si no hubiese sido buena persona con él, Terry Lennox aún seguiría vivo.

—¿Sí? —dijo con mucha tranquilidad—. ¿Cómo puede estar tan seguro? Buenas noches, señor Marlowe. Y muchísimas gracias por casi todo.

Regresó siguiendo el borde del césped. La vi entrar en la casa. La puerta se cerró y se apagó la luz del porche. Saludé al vacío y puse el coche en marcha.

A la mañana siguiente me levanté tarde en razón de los importantes honorarios que iba a recibir por el trabajo de la noche anterior. Bebí una taza más de café, fumé un cigarrillo extra, comí una loncha más de beicon canadiense y por centésima vez me juré a mí mismo que nunca volvería a utilizar una máquina de afeitar eléctrica. Eso hizo que el día volviera a la normalidad. Llegué al despacho alrededor de las diez, recogí algo de correo y dejé el contenido de las cartas sobre el escritorio. Abrí las ventanas todo lo que pude para eliminar el olor a polvo y a lobreguez que se acumulaba durante la noche y quedaba suspendido en el aire inmóvil, en los rincones de la habitación y hasta en las tablillas de las venecianas. Una mariposa nocturna yacía con las alas desplegadas en una esquina de la mesa. En el alféizar una abeja con las alas destrozadas se arrastraba por la madera, zumbando de una manera cansada y remota, como si supiera que sus esfuerzos eran inútiles, que estaba acabada, que había volado en demasiadas misiones y no volvería nunca a la colmena.

No se me ocultaba que iba a ser uno de esos días locos. Todo el mundo los tiene. Días en los que sólo se presentan quienes tienen los tornillos flojos, los chiflados que aparcan el cerebro con la goma de mascar, las ardillas que no encuentran sus cacahuetes, los mecánicos a los que siempre les sobre una ruedecita de la caja de cambios.

El primero fue un tipo grande y rubio apellidado Kuissenen o algo igualmente finlandés. Metió como pudo su gigantesco trasero en el asiento de los clientes, colocó dos enormes manos callosas sobre mi escritorio y dijo que era maquinista de excavadora, que vivía en Culver City y que su vecina, la muy condenada, estaba tratando de envenenarle al perro. Todas las mañanas antes de dejar que el animal se diera unas carreras por el patio trasero, tenía que registrarlo de un extremo a otro en busca de las albóndigas arrojadas desde la casa vecina por encima de los jazmines. Ya había encontrado nueve y estaban repletas de un polvo verdoso que era un compuesto de arsénico para matar malas hierbas.

—¿Cuánto por estar vigilante y pillarla con las manos en la masa?

Me miró con la misma fijeza que un pez en una pecera.

—¿Por qué no lo hace usted?

—Tengo que trabajar para vivir. Estoy perdiendo cuatro dólares veinticinco a la hora sólo por venir aquí a preguntar.

—¿Lo ha intentado con la policía?

—Lo he intentado. Quizá se pongan con ello el año que viene. En este momento están muy ocupados haciéndole la pelota a la Metro Goldwyn Mayer.

—¿La Sociedad contra la Crueldad con los Animales? ¿Los Tailwaggers?

—¿Quiénes son?

Le hablé de los Tailwaggers. No le interesaron nada. Estaba al tanto de la Sociedad contra la Crueldad con los Animales. Podían irse al infierno. No eran capaces de ver nada que fuese más pequeño que un caballo.

—En la puerta dice que es usted investigador —dijo con ferocidad—. Muy bien, mueva el culo e investigue. Cincuenta dólares si la pilla.

—Lo siento —dije—. Estoy ocupado. Y pasarme un par de semanas escondido en una topera en su patio trasero no es una de las cosas que hago habitualmente..., ni siquiera por cincuenta dólares.

Se puso en pie con el ceño fruncido.

—Un pez gordo —dijo—. No necesita la pasta, ¿eh? No se toma la molestia de salvarle la vida a un pobre perro. Ande y que lo zurzan, pez gordo.

—También yo tengo mis problemas, señor Kuissenen.

—Le retorcería el cuello si la pillara —dijo, y no tuve la menor duda de que podía hacerlo. Le retorcería la pata de atrás a un elefante—. Ésa es la razón de que quiera que la vigile otra persona. Todo porque el pobre chucho ladra cuando pasa un coche por la calle. Una bruja con muy malas pulgas.

Se dirigió hacia la puerta.

—¿Está seguro de que es al perro a quien quiere envenenar? —pregunté a su espalda.

—Claro que estoy seguro. —Iba ya a mitad de camino cuando se hizo la luz. Giró en redondo a toda velocidad—. ¿Cómo ha dicho?

Hice un gesto negativo con la cabeza. No quería pelearme con él. Quizá me diera en la cabeza con el escritorio. Resopló y salió, casi llevándose la puerta.

La siguiente alhaja fue una mujer, ni vieja, ni joven, ni limpia, ni demasiado sucia, pero evidentemente pobre, desastrada, quejumbrosa y estúpida. La chica con la que compartía habitación —en su ambiente cualquier mujer que trabaja es una chica— le cogía dinero del bolso. Un dólar por aquí, cincuenta centavos por allá, pero la suma iba creciendo. Calculaba que no andaba ya lejos de los veinte dólares. No se lo podía permitir. Tampoco se podía mudar. Ni pagar a un detective. Se le había ocurrido que yo estaría dispuesto a asustar un poco a su compañera de cuarto, sólo por teléfono, sin dar nombres.

Tardó unos veinte minutos en contármelo. Amasaba el bolso sin parar mientras hablaba.

—Eso lo puede hacer cualquier conocido suyo —le dije.

—Sí, pero como usted es detective...

—No tengo licencia para amenazar a personas de las que no sé nada.

—Voy a decirle a mi compañera que he venido a verle. No tengo que decirle que se trata de ella. Sólo que trabaja en el caso.

—Yo no lo haría si fuera usted. Si menciona mi nombre quizá me llame su compañera de cuarto. Y si lo hace tendré que decirle la verdad.

Se puso en pie y se golpeó el estómago con el bolso raído.

—No es usted un caballero —dijo con voz chillona.

—¿Dónde dice que tenga que serlo?

Se marchó murmurando.

Después del almuerzo me vino a ver el señor Simpson W. Edelweiss. Tenía una tarjeta de visita para probarlo. Era gerente de un negocio de máquinas de coser. Un hombrecillo de aspecto cansado y de unos cuarenta y ocho o cincuenta años, manos y pies pequeños, con un traje marrón de mangas demasiado largas y un cuello duro detrás de una corbata morada con un dibujo de rombos negros. Se sentó en el borde de la silla sin juguetear con nada y me miró con unos ojos negros muy tristes. También el pelo era negro, espeso y crespo, sin el menor signo visible de gris. Llevaba un bigote recortado de tonalidad rojiza. Podría haber pasado por treinta y cinco si uno no reparaba en el dorso de sus manos.

—Llámeme Simp, de simplón —dijo—. Todo el mundo lo hace. Estaba cantado. Un judío que se casa con una mujer que no lo es, de veinticuatro años y muy guapa. Ya se ha escapado otras dos veces.

Sacó una foto de su esposa y me la enseñó. Quizá a él le pareciera hermosa. Para mí era una mujer descuidada, grande como una vaca, y con una boca que denunciaba falta de voluntad.

—¿Qué problema tiene, señor Edelweiss? No me dedico a los divorcios. —Traté de devolverle la foto. La rechazó—. Al cliente siempre lo trato de señor —añadí—. Al menos hasta que me ha contado unas cuantas docenas de mentiras.

Sonrió.

—Las mentiras no me sirven de nada. No se trata de divorcio. Sólo quiero que Mabel vuelva. Pero no lo hace hasta que la encuentro. Quizá sea para ella algo así como un juego.

Me habló de su mujer con paciencia, sin rencor. Mabel bebía, se buscaba apaños, no era muy buena esposa, según los criterios del señor Edelweiss, pero quizá la habían educado de manera demasiado estricta. Mabel tenía un corazón como una casa, dijo, y además él la quería. No se hacía ilusiones sobre su persona; no era un galán de cine, tan sólo un trabajador serio que volvía a casa con la paga. Tenían una cuenta conjunta en el banco. Mabel se lo había llevado todo, pero no le importaba. Adivinaba con quién se había marchado y, si estaba en lo cierto, el otro se desharía de ella en cuanto la dejara sin blanca.

—Kerrigan de apellido —dijo—. Monroe Kerrigan. No tengo nada contra los católicos. Hay muchos judíos indeseables. El tal Kerrigan es barbero cuando trabaja. Tampoco tengo nada contra los barberos. Pero muchos son culos de mal asiento y les gusta apostar en las carreras de caballos. Gente poco segura.

—¿No tendrá noticias de Mabel cuando la dejen sin blanca?

—Se avergüenza muchísimo. Podría intentar cualquier cosa.

—Es un trabajo para el departamento de personas desaparecidas, señor Edelweiss. Debería ir allí y dar parte.

—No; no tengo nada contra los policías, pero no quiero acudir a ellos. Mabel se sentiría humillada.

El mundo parecía estar lleno de personas contra las que el señor Edelweiss no tenía nada. Puso algún dinero sobre mi escritorio.

—Doscientos dólares —dijo—. La entrega inicial. Prefiero hacerlo a mi manera.

—Volverá a suceder —le dije.
—Seguro. —Se encogió de hombros y extendió las manos amablemente—. Pero sólo tiene veinticuatro años y yo casi cincuenta. ¿Cómo podría ser de otra manera? Acabará por sentar la cabeza. El problema es que no tenemos hijos. Mabel no puede. A un judío le gusta tener familia. Lo sabe y se siente humillada.
—Es usted una persona muy comprensiva, señor Edelweiss.
—Bueno, no soy cristiano —dijo—. No tengo nada en contra de los cristianos, entiéndalo. Pero conmigo es de verdad. No sólo lo digo. También lo hago. Ah, casi olvidaba lo más importante.
Sacó una tarjeta postal y la empujó en mi dirección junto con el dinero.
—La envió desde Honolulu. Allí no dura mucho el dinero. Un tío mío tenía una joyería. Jubilado. Ahora vive en Seattle.
Tomé de nuevo la foto.
—Tendré que mandarla fuera —le dije—. Y será necesario que haga copias.
—Se lo estaba oyendo decir antes de entrar, señor Marlowe. De manera que he venido preparado. —Sacó un sobre que contenía otros cinco ejemplares de la foto—. También tengo a Kerrigan, aunque es sólo una instantánea.
Se buscó en otro bolsillo y me entregó otro sobre. Examiné a Kerrigan. Tenía una cara de bribón melifluo que no me sorprendió en absoluto. Tres fotografías de Kerrigan.
El señor Simpson Edelweiss me dio otra tarjeta con su nombre, su dirección y su número de teléfono. Dijo que confiaba en que no le costara demasiado pero que respondería de inmediato a cualquier petición de nuevos fondos y que esperaba tener pronto noticias mías.
—Doscientos debería ser casi suficiente si Mabel está todavía en Honolulu —dije—. Lo que necesito además es una descripción detallada de los dos para incluirla en un telegrama. Altura, peso, edad, color, cualquier cicatriz visible u otras marcas que permitan identificarlos, la ropa que Mabel vestía y la que se llevó y cuánto dinero había en la cuenta que vació. Si ya ha pasado usted por esto anteriormente, señor Edelweiss, ya sabe lo que quiero.
—Tengo una sensación algo especial sobre el tal Kerrigan. Inquietud.
Pasé otra media hora interrogándolo estrechamente y anotando lo que me dijo. Luego se puso en pie, me dio la mano, hizo una inclinación de cabeza y salió sin prisa del despacho.
—Dígale a Mabel que no se preocupe —añadió mientras se marchaba.
Todo salió a pedir de boca. Mandé un telegrama a una agencia de Honolulu a lo que siguió un envío por correo aéreo con las fotos y la información no incluida en el telegrama. Encontraron a Mabel trabajando como auxiliar de camarera en un hotel de lujo, fregando bañeras, suelos de cuartos de baño y otras cosas por el estilo. Kerrigan había hecho exactamente lo que el señor Edelweiss esperaba que hiciera: desplumarla mientras dormía y darse a la fuga, dejándola con la factura del hotel. Empeñó una sortija que Kerrigan no le hubiera podido quitar sin recurrir a la violencia y consiguió lo bastante para pagar el hotel, pero no para regresar a casa. Así que Edelweiss se montó en un avión y se fue a buscarla.
Era demasiado bueno para ella. Le mandé una factura por veinte dólares y el

costo de un telegrama bastante largo. La agencia de Honolulu se quedó con los doscientos. Con un retrato de Madison en la caja de caudales de mi despacho podía permitirme el lujo de aplicar tarifas reducidas.

Así transcurrió un día en la vida de un investigador privado. No exactamente un día típico, pero tampoco del todo atípico. Nadie sabe qué es lo que hace que sigamos en este oficio. No te haces rico, ni tampoco es frecuente que te lo pases bien. A veces te dan una paliza o te pegan un tiro o te meten en chirona. Una vez en la vida te matan. Cada dos meses decides dejarlo y encontrar alguna ocupación razonable mientras todavía caminas sin decir que no con la cabeza. Entonces suena el timbre, abres la puerta de la sala de espera y te encuentras con una cara nueva y un problema igualmente nuevo, un nuevo cargamento de dolor y una cantidad muy pequeña de dinero.

—Pase, señor Fulano de Tal. ¿En qué puedo ayudarle?

Tiene que haber una razón.

Tres días después, a última hora de la tarde, Eileen Wade me llamó para pedirme que fuera a su casa la noche siguiente. Habían invitado a unos cuantos amigos para tomar unos cócteles. A Roger le gustaría verme y darme las gracias de manera adecuada. Y, por favor, ¿tendría la amabilidad de mandar una factura?

—No me debe nada, señora Wade. Lo poco que hice se me ha pagado ya.

—Debo de haber resultado bastante estúpida comportándome de manera tan victoriana —dijo—. Un beso no significa gran cosa en los tiempos que corren. Vendrá, ¿no es cierto?

—Imagino que sí. Desobedeciendo al sentido común.

—Roger está otra vez completamente bien. Trabaja.

—Me alegro.

—Hoy suena usted muy solemne. Supongo que se toma la vida muy en serio.

—De vez en cuando. ¿Por qué?

Rió amablemente, dijo adiós y colgó. Me quedé un rato al lado del teléfono tomándome la vida en serio. Luego traté de pensar en algo divertido que me permitiera reír a carcajadas. No funcionó de ninguna de las dos maneras, así que saqué la carta de adiós de Terry Lennox de la caja de caudales y volví a leerla. Me recordó que no había ido a Victor's para tomarme un gimlet en su nombre. Era más o menos el momento adecuado del día para que el bar estuviera tranquilo, tal como a él le habría gustado si hubiera podido ir conmigo. Pensé en él con algo que se asemejaba a la tristeza e incluso con amargura. Cuando llegué a la altura de Victor's casi pasé de largo. Casi, pero no del todo. Tenía demasiado dinero suyo. Terry me había puesto en ridículo pero había pagado con creces el privilegio.

22

Victor's estaba tan en silencio que casi se oía el descenso de la temperatura al cruzar la puerta. En un taburete, ante el mostrador, una mujer con un vestido negro hecho a la medida que, en aquella época del año, tenía que ser de algún tejido sintético como orlón, estaba sola, con una bebida pálida de color verdoso delante, al tiempo que fumaba un cigarrillo con una larga boquilla de jade. Tenía ese aire intenso, delicadamente demacrado, que denuncia unas veces el temperamento neurótico, otras el hambre de sexo y que en ocasiones es sólo el resultado de una dieta drástica.

Me senté dos taburetes más allá y el barman me hizo una inclinación de cabeza, pero no sonrió.

—Un gimlet —dije—. Sin angostura.

Me colocó delante la servilletita y después me siguió mirando.

—¿Sabe una cosa? —dijo con voz satisfecha—. Una noche les oí hablar a usted y a su amigo y conseguí una botella de Rose's Lime Juice. Pero después no volvieron ya y no la he abierto hasta esta noche.

—Mi amigo se ausentó —le expliqué—. Doble, si no le parece mal. Y gracias por tomarse la molestia.

El barman se alejó. La mujer de negro me lanzó una ojeada y luego volvió a mirar su copa.

—Son muy pocas las personas que los beben por aquí —dijo en voz tan baja que en un primer momento no me di cuenta de que estaba hablando conmigo. Luego miró de nuevo en mi dirección. Tenía grandes ojos oscuros y las uñas más rojas que yo había visto nunca. Pero no parecía un ligue fácil ni había indicios en su voz de que estuviera tirándome los tejos—. Me refiero a los gimlets.

—Un amigo tuvo la culpa de que me aficionara —dije.

—Sería inglés.

—¿Por qué?

—El zumo de lima. Es tan inglés como el pescado cocido acompañado de esa espantosa salsa de anchoas que parece como si el cocinero hubiese sangrado encima. Uno de los apodos de los ingleses viene de ahí.

—Pensaba más bien que era una bebida tropical, para defenderse del calor. Malaya u otro sitio por el estilo.

—Quizá tenga razón.

Se volvió y dejó de mirarme.

El barman me colocó delante la copa. El zumo de lima le da al gimlet un aspecto levemente verdoso-amarillento y algo turbio. Lo probé. Era al mismo tiempo dulce y fuerte. La mujer de negro me observaba. Luego alzó hacia mí su copa. Los dos bebimos. Fue entonces cuando me di cuenta de que bebíamos lo mismo.

El paso siguiente estaba cantado, de manera que no lo di. Seguí en mi sitio.

—No era inglés —dije al cabo de un momento—. Imagino que tal vez estuvo allí durante la guerra. Veníamos aquí de cuando en cuando, a primera hora como hoy. Antes de que al local se le salten las costuras.

—Es una hora agradable —dijo ella—. En un bar casi la única hora agradable. —Apuró su copa—. Quizá conocía a su amigo —dijo—. ¿Cómo se llamaba?

No contesté de inmediato. Encendí un cigarrillo y la contemplé mientras expulsaba de la boquilla de jade la colilla de uno y lo reemplazaba con otro. Extendí el brazo con un mechero.

—Lennox —dije.

Me dio las gracias por el fuego y me lanzó una breve mirada inquisitiva. Luego asintió.

—Sí, lo conocía muy bien. Quizá un poco demasiado bien.

El barman se acercó a donde estábamos y miró mi copa.

—Otras dos de lo mismo —dije—. En una mesa.

Me bajé del taburete y esperé. Podía aceptar mi invitación o rechazarla. No me importaba demasiado. De vez en cuando, en este país excesivamente consciente del sexo, es posible que un hombre y una mujer se conozcan y hablen sin intervención directa de la cama. Aquél podía ser uno de esos casos, aunque quizá la mujer de negro pensara que quería ligar. Si era así, podía irse al infierno.

Vaciló, pero no mucho. Recogió unos guantes negros y un bolso negro de ante con cierre dorado, se dirigió a una mesa en una esquina y se sentó sin decir palabra. Me senté enfrente.

—Me llamo Marlowe.

—Y yo Linda Loring —dijo calmosamente—. Es usted un poquito sentimental, señor Marlowe, ¿no le parece?

—¿Porque vengo aquí a beber un gimlet? ¿Qué me dice de usted?

—Quizá me gusten.

—Quizá también a mí. Pero sería demasiada coincidencia.

Me sonrió vagamente. Llevaba pendientes de esmeraldas y un broche en la solapa también con esmeraldas. Parecían auténticas por la manera en que estaban cortadas: planas con bordes biselados. E incluso a la escasa luz del bar tenían un brillo interior.

—De manera que es usted el hombre —dijo.

El barman trajo las copas y las dejó sobre la mesa. Cuando se marchó dije:

—Soy un tipo que conocía a Terry Lennox; confieso que me caía bien y que de vez en cuando tomaba un trago con él. Era una cosa de poca monta, una amistad casual. No estuve nunca en su casa ni llegué a conocer a su mujer. La vi una vez en un aparcamiento.

—Hubo un poco más de lo que dice, ¿no es cierto?

Tomó la copa. Llevaba una sortija con una esmeralda en un lecho de brillantes. A su lado, una fina alianza de platino hacía saber que estaba casada. La situé en la segunda mitad de los treinta, al comienzo de la segunda mitad.

—Quizá —dije—. Era un tipo que me incomodaba. Aún lo sigue haciendo. ¿Y a usted?

Se apoyó en un codo y me miró sin ninguna expresión en particular.

—Ya he dicho que quizá lo conocía demasiado bien. Demasiado bien para pensar que tuviera mucha importancia lo que le sucediera. Tenía una mujer rica que le permitía todos los lujos. Todo lo que pedía a cambio era que la dejaran en paz.

—Parece razonable —dije.

—No se ponga sarcástico, señor Marlowe. Algunas mujeres son así. No lo pueden evitar. Y no es que Terry no lo supiera desde el principio. Si de pronto se acordó de su orgullo, la puerta estaba abierta. No necesitaba matarla.

—Estoy de acuerdo con usted.

Se enderezó y me miró con dureza. Sus labios se curvaron.

—De manera que salió corriendo y, si lo que se oye es verdad, usted le ayudó. Imagino que se enorgullece de ello.

—No —dije—. Sólo lo hice por el dinero.

—Lo que ha dicho no tiene nada de divertido, señor Marlowe. La verdad, no sé por qué estoy sentada aquí bebiendo con usted.

—Eso se soluciona fácilmente, señora Loring. —Apuré mi copa de un trago—. Pensé que podría decirme algo sobre Terry que yo no supiera. No estoy interesado en especular sobre el motivo por el que golpeó el rostro de su mujer hasta convertirlo en una masa sanguinolenta.

—Es una manera muy brutal de contarlo —dijo, enfadada.

—¿No le gustan las palabras? A mí tampoco. Y no estaría aquí bebiendo un gimlet si creyera que Terry había hecho una cosa así.

Me miró fijamente. Al cabo de un momento dijo muy despacio:

—Se suicidó y dejó una confesión completa. ¿Qué más quiere?

—Tenía un arma —dije—. En México eso pudo ser excusa suficiente para que cualquier policía nervioso lo llenara de plomo. Muchos policías americanos han matado de la misma manera..., algunos a través de puertas que no se abrían lo bastante deprisa para su gusto. En cuanto a la confesión, yo no la he visto.

—Sin duda la falsificó la policía mexicana —dijo Linda Loring con aspereza.

—No sabrían cómo hacerlo; no en un sitio tan pequeño como Otatoclán. No; la confesión, probablemente, es real, pero no demuestra que matara a su mujer. No me lo demuestra a mí, en cualquier caso. Todo lo que demuestra es que Terry no vio ninguna salida. En una situación así, cierto tipo de hombre, al que se le puede llamar débil o blando o sentimental, si eso le divierte a uno, quizá decida salvar a otras personas de mucha publicidad dolorosa.

—Eso es increíble —dijo—. Un hombre no se quita la vida ni se hace matar aposta para evitar un pequeño escándalo. Sylvia ya estaba muerta. En cuanto a su hermana y a su padre..., son capaces de cuidarse solos de manera bastante eficaz. Las personas con dinero, señor Marlowe, siempre se pueden proteger.

—De acuerdo; me equivoco en cuanto al motivo. Quizá me equivoque de cabo a rabo. Hace un minuto estaba muy enfadada conmigo. ¿Quiere que me vaya ahora..., para que pueda beberse su gimlet?

Sonrió de repente.

—Lo siento. Empiezo a creer que es usted sincero. Lo que pensaba entonces era que trataba de justificarse, bastante más que justificar a Terry. Pero por alguna razón creo que no es cierto.

—No me estoy justificando. Hice una tontería y tuve que pagarla. Hasta cierto punto, al menos. No niego que la confesión de Terry me libró de algo bastante peor. Si lo hubieran repatriado y juzgado, supongo que también me habría tocado a mí algo. Al menos me habría costado bastante más dinero del que me puedo permitir.

—Por no hablar de su licencia —dijo la señora Loring con sequedad.

—Quizá. Hubo una época en la que cualquier polizonte con resaca podía darme un disgusto. Ahora es un poco distinto. Se celebra una vista ante una comisión del organismo estatal que concede las licencias. Y esas personas están un poco hartas de la policía metropolitana.

Saboreó su copa y dijo despacio:

—Considerándolo todo, ¿no le parece que lo que ha pasado ha sido lo mejor? Ni juicio, ni titulares sensacionales, nada de echar porquería sobre la gente sólo para vender periódicos y sin el menor respeto por la verdad o el juego limpio o por los sentimientos de personas inocentes.

—¿No ha sido eso lo que he dicho? Y usted lo ha calificado de increíble.

Se recostó en el asiento y apoyó la cabeza en el almohadillado del respaldo.

—Increíble que Terry Lennox se quitara la vida sólo para conseguir eso. Pero no que fuese mejor así para todos los interesados.

—Necesito otra copa —dije, e hice un gesto para llamar al camarero—. Siento un soplo helado en la nuca. ¿No estará relacionada, por casualidad, con la familia Potter, señora Loring?

—Sylvia Lennox era mi hermana —dijo con sencillez—. Pensé que lo sabía.

El camarero se acercó y le transmití un mensaje urgente. La señora Loring hizo un gesto con la cabeza y dijo que no quería nada más.

—Dado el silencio que el viejo Potter, perdóneme, el señor Harlan Potter, ha impuesto sobre esta historia —dije cuando el camarero se alejó—, sería todo un éxito para mí hasta saber que la mujer de Terry tenía una hermana.

—Sin duda exagera, señor Marlowe. El poder de mi padre no llega tan lejos y no es, desde luego, tan implacable. Reconozco que tiene ideas muy anticuadas sobre el respeto a su intimidad. Nunca concede entrevistas, ni siquiera a sus periódicos. Nunca aparece en fotografías, no pronuncia discursos y viaja sobre todo en coche o en su avión personal con su propia tripulación. Pero es bastante humano a pesar de todo eso. Terry le caía bien. Decía que era un caballero las veinticuatro horas del día en lugar de los quince minutos que transcurren desde la llegada de los invitados hasta los efectos del primer cóctel.

—Se dejó ir un poco al final. Eso fue lo que le pasó a Terry.

El camarero se acercó con mi tercer gimlet. Lo probé para cerciorarme del sabor y luego me quedé quieto con un dedo en la base de la copa.

—La muerte de Terry ha sido de verdad un golpe para él, señor Marlowe.

Y está usted volviendo al sarcasmo. No lo haga, por favor. Mi padre sabía que a algunas personas les iba a parecer demasiado perfecto. Le hubiese gustado mucho más que Terry se limitara a desaparecer. Y si Terry le hubiera pedido ayuda, creo que se la habría prestado.

—No, no, señora Loring. Era su hija la asesinada.

Mi interlocutora hizo un gesto de irritación y me miró con frialdad.

—Esto que voy a decir le va a parecer muy violento, me temo. Mi padre había prescindido de Sylvia hacía mucho tiempo. Cuando se veían apenas hablaba con ella. Si dijera lo que piensa, cosa que ni ha hecho ni hará, estoy segura de que tendría tantas dudas sobre la culpabilidad de Terry como usted. Pero una vez muerto, ¿qué importaba? Los dos podrían haberse matado al estrellarse un avión o haber perdido la vida en un fuego o en un accidente de tráfico. Si Sylvia tenía que morir, era el mejor momento para que lo hiciera. Dentro de otros diez años habría sido una bruja atormentada por el sexo como alguna de esas espantosas mujeres que se ven en las fiestas de Hollywood, o se veían hace unos años. Los desechos de la sociedad internacional.

De repente me enfadé mucho, sin ninguna buena razón. Me levanté y miré más allá de la mesa. La más cercana estaba aún vacía. En la siguiente un tipo leía el periódico ajeno a todo. Me volví a dejar caer del golpe, aparté la copa y me incliné sobre la mesa. Tenía el buen sentido suficiente para mantener la voz baja.

—Por todos lo demonios del infierno, señora Loring, ¿qué está tratando de venderme? ¿Que Harlan Potter es un personaje tan dulce y encantador que nunca soñaría con utilizar su influencia sobre un fiscal del distrito con intereses políticos para lograr que un asesinato nunca llegara a investigarse? ¿Que tenía dudas sobre la culpabilidad de Terry pero no permitió que nadie levantase un dedo para descubrir quién era realmente el asesino? ¿Que no utilizó el poder político de sus periódicos y de su cuenta en el banco y de los novecientos tiparracos que se tropezarían con la barbilla tratando de averiguar lo que Harlan Potter quiere que se haga antes de que él mismo lo sepa? ¿Que no arregló las cosas de manera que un abogado muy dócil y nadie más, nadie del despacho del fiscal del distrito o de la policía metropolitana, se trasladase a México para asegurarse de que era verdad que Terry se había metido una bala en la cabeza en lugar de caer a manos de algún indio con una pistola robada y que sólo quería divertirse? Su padre de usted vale cien millones de dólares, señora Loring. No sabría decir cómo los ha ganado, pero sé perfectamente que no los habría conseguido sin una organización que llega muy lejos. No es un blandengue. Es un hombre duro y fuerte. Hay que serlo en nuestro tiempo para ganar dinero en esas cantidades. Y hay que hacer negocios con gente curiosa. Quizá no se reúna uno con ellos ni les estreche la mano, pero están ahí, en el límite, y se hace negocios con ellos.

—Es usted un imbécil —dijo, enfadada—. Ya he tenido más que suficiente.

—Seguro. No toco el tipo de música que le gusta oír. Déjeme decirle algo. Terry habló con el señor Potter la noche que murió Sylvia. ¿De qué? ¿Qué le dijo su padre? «Vete corriendo a México y pégate un tiro, muchacho. Que todo quede en familia. Sé que mi hija es una golfa y que cualquiera entre una docena de cabrones borrachos podría, después de perder los estribos, haberle machacado la cara. Pero eso es secundario, muchacho. El asesino se arrepentirá cuando se le pase la cogorza. Has llevado una vida muy regalada y ahora te toca pagar. Lo que queremos es mantener el hermoso apellido Potter tan fragante como los lirios del valle. Sylvia se casó contigo porque necesitaba una tapadera. Ahora que está muerta la necesita más que nunca. Y ahí entras tú. Si te puedes perder y seguir perdido, estupendo. Pero si te encuentran, te despides por el foro. Nos veremos en el depósito de cadáveres.»

—¿De verdad cree —preguntó la mujer de negro con hielo en la voz— que mi padre habla así?

Me eché hacia atrás y reí desagradablemente.

—Podríamos pulir un poco el diálogo si eso ayuda.

Recogió sus cosas y se deslizó entre la mesa y el asiento.

—Me gustaría ofrecerle unas palabras de advertencia —dijo despacio y con mucho cuidado—; unas simples palabras de advertencia. Si cree que mi padre es ese tipo de persona y si va por ahí pregonando ideas como las que acaba de expresar en mi presencia, su carrera en ésta, o en cualquier otra profesión, está destinada a ser extraordinariamente breve y a concluir de forma repentina.

—Perfecto, señora Loring. Perfecto. Me lo dice la policía, me lo dicen los maleantes, me lo dicen las personas pudientes. Cambian las palabras, pero el significado es el mismo. Déjalo ya. Vengo aquí a beber un gimlet porque un individuo me lo pidió. Y ahora míreme. Estoy casi en el cementerio.

De pie, asintió brevemente con un gesto de cabeza.

—Tres gimlets. Dobles. Quizá esté borracho.

Dejé demasiado dinero sobre la mesa y me levanté también, colocándome a su lado.

—Usted se ha tomado uno y medio, señora Loring. ¿Por qué tanto? ¿Se lo pidió alguien o fue idea suya? También a usted se la ha soltado un poco la lengua.

—¿Quién sabe, señor Marlowe? ¿Quién sabe? ¿Hay alguien que sepa de verdad algo? Por cierto, un individuo que está junto al mostrador no nos pierde de vista. ¿Algún conocido suyo?

Me volví, sorprendido de que la señora Loring se hubiera dado cuenta. Un individuo delgado y moreno estaba sentado, ante el mostrador, en el taburete más cercano a la puerta.

—Es Chick Agostino —dije—. El guardaespaldas de un dueño de garitos llamado Menéndez. Vamos a saltarle encima y a ponerlo fuera de combate.

—No hay duda de que está usted borracho —dijo Linda Loring muy deprisa, echando a andar.

La seguí. El individuo del taburete se dio la vuelta y miró al frente. Cuando llegué a su altura me coloqué detrás de él y le cacheé rápidamente debajo de ambos brazos. Es posible que estuviera un poquito borracho.

Agostino se volvió muy enfadado y se bajó del taburete.

—Ándese con ojo, payaso —gruñó.

Con el rabillo del ojo vi que la señora Loring se había detenido junto a la puerta para volverse a mirar.

—¿Desarmado, señor Agostino? ¡Qué imprudencia por su parte! Es casi de noche. ¿Y si se tropezara con un enano correoso?

—¡Lárguese! —dijo con ferocidad.

—Vaya, esa réplica tan brillante se la ha robado al *New Yorker*.

Se le movieron los labios, pero siguió donde estaba. Lo dejé y seguí a la señora Loring hasta el espacio bajo la marquesina. Un chófer de cabellos grises conversaba con el chico del aparcamiento. Se llevó la mano a la gorra, desapareció y regresó con una vistosa limusina Cadillac. Abrió la portezuela y la señora Loring entró. El chófer cerró como si estuviera poniéndole la tapa a un joyero. Luego dio la vuelta al coche para regresar al asiento del conductor.

Linda Loring bajó el cristal de la ventanilla y me miró, sonriendo a medias.

—Buenas noches, señor Marlowe. Ha sido agradable, ¿o quizá no?

—Nos hemos peleado mucho.

—Quiere decir que se ha peleado usted, sobre todo consigo mismo.

—Suele suceder. Buenas noches, señora Loring. No vive por aquí cerca, ¿verdad?

—No exactamente. Vivo en Idle Valley. Al otro extremo del lago. Mi marido es médico.

—¿No conocerá por casualidad a un matrimonio llamado Wade?

Frunció el ceño.

—Sí; conozco a los Wade. ¿Por qué?

—¿Por qué lo pregunto? Son las únicas personas de Idle Valley que conozco.

—Entiendo. Bien, buenas noches otra vez, señor Marlowe.

Se recostó en el asiento, el Cadillac ronroneó educadamente y se incorporó al tráfico que circulaba por el Strip.

Al darme la vuelta, casi choqué con Chick Agostino.

—¿Quién es esa muñeca? —dijo con sorna—. Y la próxima vez que quiera hacer un chiste búsquese otro pardillo.

—Nadie que tenga interés en conocerle —dije.

—De acuerdo, lumbrera. He apuntado el número de la matrícula. A Mendy le gusta enterarse de pequeñeces como ésa.

Se abrió con violencia la portezuela de un coche y un gigante de dos metros de alto y más de un metro de ancho se apeó de un salto, reparó en Agostino, dio una zancada y lo agarró por la garganta con una mano.

—¿Cuántas veces tengo que deciros, matones de mierda, que no rondéis por los sitios donde como? —rugió.

Zarandeó a Agostino y luego lo empujó con fuerza contra la pared. Chick se arrugó, tosiendo.

—La próxima vez —gritó el gigante—, acabarás con más agujeros que un colador y, créeme, muchacho, te encontrarán con un arma en la mano.

Chick movió la cabeza y no dijo nada. El gigante me lanzó una mirada penetrante y sonrió.

—Usted lo pase bien —dijo, antes de entrar en Victor's.

Vi cómo Chick se enderezaba y recobraba un poco de compostura.

—¿Quién es su amigo? —le pregunté.

—Big Willie Magoon —dijo con dificultad—. Un imbécil de la brigada antivicio. Se cree duro.

—¿Quiere decirme que no está convencido? —le pregunté cortésmente.

Me miró sin emoción y se alejó. Recogí el coche en el aparcamiento y regresé a casa. En Hollywood puede suceder cualquier cosa, absolutamente cualquier cosa.

23

Un Jaguar deportivo me adelantó al subir la colina y luego redujo la velocidad para no bañarme con polvo de granito durante casi un kilómetro de calzada deteriorada a la entrada de Idle Valley. Daba la impresión de que los propietarios preferían dejarla así para desanimar a los automovilistas dominicales, acostumbrados a deslizarse por las grandes autopistas. Vislumbré un fular de colores brillantes y unos anteojos para el sol. Una mano me hizo un saludo distraído, de vecino a vecino. El polvo volvió a caer para añadirse a la película blanca que ya cubría los matorrales y la hierba quemada por el sol. Luego dejé atrás la parte más silvestre, la calzada se normalizó y todo empezó a estar liso y bien cuidado. Los robles se iban acercando a la carretera, como si sintieran curiosidad por ver quién pasaba, y gorriones de cabeza rosada saltaban de aquí para allá, picoteando cosas que sólo a un gorrión se le ocurre que merezca la pena picotear.

Después aparecieron algunos álamos pero ningún eucalipto. Más adelante un espeso bosquecillo de chopos de Carolina que ocultaban una casa blanca. Luego vi una muchacha a caballo por el arcén de la carretera. La chica llevaba pantalones, una camisa chillona y mascaba un tallo de hierba. El caballo parecía tener calor pero no había llegado a producir espuma y la muchacha le cantaba en voz baja. Del otro lado de una cerca de piedra un jardinero dirigía un cortacésped eléctrico por una enorme extensión de hierba que, mucho más allá, terminaba en el pórtico de una mansión colonial Williamsburg, tamaño de lujo. En algún sitio alguien hacía ejercicios para la mano izquierda en un piano de cola.

Finalmente todo aquello desapareció, surgió el fulgor del lago, caliente y encendido, y empecé a mirar los números en las verjas delante de las casas. Sólo había visto una vez el hogar de los Wade y a oscuras. No era tan grande como me había parecido de noche. La avenida estaba repleta de coches, de manera que aparqué a un lado de la calle y entré. Un criado mexicano con una chaqueta blanca me abrió la puerta. Era esbelto, pulcro, bien parecido, la chaqueta le sentaba bien y daba la sensación de ser un mexicano que ganaba cincuenta dólares a la semana y no se mataba a trabajar.

—*Buenas tardes, caballero* —dijo en español, y procedió a sonreír como si se hubiera apuntado un tanto—. *¿Su nombre, por favor?*

—Marlowe —respondí—. ¿A quién estás tratando de eclipsar, Candy? Hemos hablado por teléfono, ¿recuerdas?

Sonrió y entré. Era el mismo cóctel party de siempre, con todo el mundo hablando a voz en grito, sin nadie que escuchara, cada invitado sujetando la copa como si en ello le fuera la vida, ojos muy brillantes, mejillas encendidas o pálidas y sudorosas según la cantidad de alcohol consumida y la capacidad del individuo para controlarla. Luego Eileen Wade se materializó a mi lado con un algo de color azul pálido que no la perjudicaba en absoluto. En la mano llevaba una copa que parecía sólo utilería.

—Me alegro muchísimo de que haya podido venir —dijo con mucha seriedad—. Roger quiere verlo en su estudio. Detesta las fiestas. Está trabajando.

—¿Con todo este estruendo?

—Nunca parece molestarle. Candy le conseguirá algo de beber..., o si prefiere ir al bar...

—Haré eso último —dije—. Siento lo de la otra noche.

La señora Wade sonrió.

—Creo que ya se ha disculpado. No fue nada.

—¿Nada? Eso lo dirá usted.

Conservó la sonrisa el tiempo suficiente para hacer una inclinación de cabeza, darse la vuelta y alejarse. Localicé el bar en un rincón, junto a unas puertas ventana muy amplias. Era una de esas cosas que se llevan de un sitio a otro. Ya había atravesado media habitación, tratando de no tropezar con nadie, cuando una voz dijo:

—Ah, señor Marlowe.

Me volví y vi a la señora Loring en un sofá, junto a un individuo de aspecto remilgado y gafas sin montura, con una mancha en la barbilla que podría haber sido una perilla. Linda Loring tenía una copa en la mano y parecía aburrida. Su acompañante permanecía inmóvil, los brazos cruzados y el ceño fruncido.

Me acerqué a donde estaban. La señora Loring me sonrió y me tendió la mano.

—Mi marido, el doctor Loring. El señor Philip Marlowe, Edward.

El tipo de la perilla me miró brevemente y me hizo una inclinación de cabeza todavía más escueta. No se movió por lo demás. Parecía estar ahorrando energía para cosas mejores.

—Edward está muy cansado —dijo Linda Loring—. Edward está siempre muy cansado.

—A los médicos les sucede con frecuencia —dije—. ¿Quiere que le traiga algo de beber, señora Loring? ¿O a usted, doctor?

—Mi mujer ya ha bebido bastante —dijo Loring sin mirarnos a ninguno de los dos—. Yo no bebo. Cuanto más veo a personas que sí lo hacen, más me alegro de no ser una de ellas.

—Días sin huella —dijo la señora Loring con entonación soñadora.

El doctor se dio la vuelta y la miró fijamente. Me alejé de allí y puse rumbo al bar. En compañía de su marido Linda Loring parecía distinta. Advertí un filo en su voz y un desdén en su expresión que no había utilizado conmigo ni siquiera cuando estaba enfadada.

Candy se ocupaba del bar. Me preguntó qué quería beber.

—Nada ahora mismo, gracias. El señor Wade quiere verme.

—Está muy ocupado, señor.

Me pareció que Candy no me iba a caer simpático. Cuando me limité a mirarlo, añadió:

—Pero voy a ver. *Un momento, señor.*

Se abrió camino hábilmente entre la multitud y regresó muy poco después.

—De acuerdo, compadre, vamos —dijo alegremente.

Lo seguí por el salón y atravesamos la casa de un extremo a otro. Candy abrió una puerta, la atravesé, la cerró detrás de mí y el ruido disminuyó en gran medida. Me encontré en una habitación que hacía esquina, grande, fresca y tranquila, con puertas ventana, rosales en el exterior y un acondicionador de aire a un lado. Se veía el lago y a Wade tumbado en un amplio sofá, tapizado de cuero de color muy claro. Sobre un gran escritorio de madera descolorida descansaba una máquina de escribir, con un montón de hojas amarillas al lado.

—Le agradezco que haya venido, Marlowe —dijo perezosamente—. Póngase cómodo. ¿Se ha tomado una copa o dos?

—Aún no. —Me senté y lo miré. Seguía pareciendo un poquito pálido y tenso—. ¿Qué tal el trabajo?

—Bien, excepto que me canso demasiado pronto. Es una lástima que cueste tanto superar una borrachera de cuatro días. Con frecuencia produzco después lo mejor de mi trabajo. En mi oficio es facilísimo ponerse tenso y sentirse envarado y molesto. Entonces lo que se escribe no sirve de nada. Cuando es bueno no cuesta trabajo. Todo lo que haya leído u oído en contra es pura palabrería.

—Depende, tal vez, de quién sea el escritor —dije—. A Flaubert no le resultaba nada fácil escribir, pero lo que producía era bueno.

—De acuerdo —dijo Wade, incorporándose—. De manera que ha leído a Flaubert y eso le convierte en intelectual, en crítico, en sabio del mundo literario. —Se frotó la frente—. Estoy sin alcohol y no me gusta nada. Aborrezco a cualquier persona con una copa en la mano. Y tengo que salir ahí fuera y sonreír a todos esos indeseables, que saben que soy un alcohólico. De manera que se preguntan de qué huyo. Algún freudiano hijo de mala madre ha hecho de eso un lugar común. Hasta los niños de diez años lo saben. Si tuviera un hijo de diez años, Dios no lo quiera, el muy repelente me estaría preguntando: «¿De qué escapas cuando bebes, papi?».

—Tal como me lo han contado, hace muy poco de todo eso —dije.

—Ha empeorado, pero siempre he tenido problemas con la botella. Cuando eres joven y estás en forma encajas bien los golpes. Pero cuando rondas los cuarenta ya no te recuperas con la misma facilidad.

Me recosté en el asiento y encendí un cigarrillo.

—¿Por qué quería verme?

—¿De qué cree que escapo, Marlowe?

—Ni idea. Me falta información. Además, todo el mundo huye de algo.

—Pero no todo el mundo se emborracha. ¿De qué huye usted? ¿De su juventud, de una conciencia culpable o de saberse un operario de poca monta en un negocio sin importancia?

—Ya lo entiendo —dije—. Lo que necesita es alguien a quien insultar. Dispare, amigo. Cuando empiece a hacerme daño se lo haré saber.

Sonrió y se pasó la mano por los espesos cabellos rizados. Luego se golpeó el pecho con un dedo.

—Está usted mirando a un operario de poca monta en un negocio sin importancia, Marlowe. Todos los escritores son basura y yo soy uno de los peores. He escrito doce *best-sellers*, y si alguna vez termino ese montón de hojas que están en el escritorio es posible que haya escrito trece. Y ni siquiera uno de ellos vale la pólvora necesaria para mandarlo al infierno. Soy propietario de una casa preciosa en una zona residencial privilegiada que pertenece a un multimillonario también privilegiado. Tengo una esposa encantadora que me quiere y un editor estupendo que también me aprecia y finalmente estoy yo que me quiero más que nadie. Soy un hijo de perra egotista, una prostituta o un chulo literario, elija la palabra que más le guste, y un canalla de tomo y lomo. En consecuencia, ¿qué puede hacer por mí?

—¿Qué es lo que tendría que hacer?

—¿Por qué no se enfada?

—No tengo ningún motivo. Me limito a escuchar cómo se desprecia. Es aburrido pero no lastima mis sentimientos.

Rió con violencia.

—Me gusta usted —dijo—. Vamos a tomarnos una copa.

—Aquí no, amigo. No usted y yo solos. No me apetece presenciar cómo se toma la primera. Nadie le puede detener y no creo que nadie vaya a intentarlo. Pero no tengo por qué ayudarle.

Se puso en pie.

—No tenemos por qué beber aquí. Vayamos fuera y echemos una ojeada a un notable grupo de personas del tipo de las que se llega a conocer cuando se gana el dinero suficiente para vivir donde lo hacen ellos.

—Escuche —insistí—. Olvídelo. Déjelo ya. No son diferentes del resto del mundo.

—Es verdad —respondió molesto—, pero deberían serlo. Si no lo son, ¿de qué sirven? Son la aristocracia de la zona, pero no mejores que una pandilla de camioneros con una mona de whisky barato. Ni siquiera comparables.

—Déjelo ya —repetí—. Si lo que quiere es emborracharse, emborráchese. Pero no la tome con unas personas que se entrompan sin necesidad de ir a esconderse con el doctor Verringer ni de perder la cabeza y tirar a su mujer por la escalera.

—Ya —dijo y, de repente, pareció tranquilo y reflexivo—. Pasa el examen, compadre. ¿Qué tal si se viene a vivir aquí una temporada? Podría hacerme mucho bien sólo con estar aquí.

—No veo cómo.

—Pero yo sí. Sólo con estar aquí. ¿Mil al mes le interesarían? Soy peligroso cuando estoy borracho. No quiero ser peligroso y no quiero estar borracho.

—No podría pararlo.

—Inténtelo por tres meses. Terminaría la maldita novela y luego me iría lejos una temporada. Me refugiaría en algún lugar de las montañas suizas para limpiarme.

—El libro, ¿eh? ¿Necesita el dinero?

—No. Pero tengo que terminar algo que he empezado. De lo contrario estaré acabado. Se lo pido como amigo. Por Lennox hizo más que eso.

Me puse en pie, me acerqué a él y lo miré con muy poco afecto.

—Conseguí que Lennox muriera, señor mío. Conseguí matarlo.

—Tonterías. No se me ponga sentimental, Marlowe. —Se colocó el borde de la mano contra la garganta—. Estoy hasta aquí de blandengues.

—¿De blandengues? —pregunté—. ¿O simplemente de personas amables?

Dio un paso atrás y tropezó con el borde del sofá, pero no perdió el equilibrio.

—Váyase al infierno —dijo sin perder la compostura—. No hay trato. No le culpo, por supuesto. Hay algo que quiero saber, que necesito saber. Usted no sabe qué es y yo no estoy seguro. Mi única certeza es que hay algo y que tengo que saberlo.

—¿Acerca de quién? ¿Su mujer?

Movió los labios como para humedecérselos.

—Creo que se trata de mí —dijo—. Vamos a tomarnos esa copa.

Se llegó hasta la puerta, la abrió y salimos.

Si quería que me sintiera incómodo, había triunfado en toda la línea.

24

Cuando Roger Wade abrió la puerta, el ruido de la sala de estar nos explotó en la cara. Parecía más intenso que antes, si es que eso era posible. Como unas dos copas más alto. Wade saludó a diestro y siniestro, y la gente pareció alegrarse de verlo. Pero para entonces se hubieran alegrado de ver a un asesino en serie con su sierra mecánica. La vida no era más que un gran espectáculo de variedades.

Camino del bar nos encontramos, cara a cara, con el doctor Loring y su esposa. El médico se puso en pie y dio un paso al frente para colocarse delante de Wade, el rostro casi desfigurado por el odio.

—Me alegro de verlo, doctor —dijo Wade amablemente—. Qué tal, Linda. ¿Dónde te has escondido últimamente? No; me parece que ha sido una pregunta un poco tonta. Quería...

—Señor Wade —dijo Loring con voz un tanto temblorosa—. Tengo algo que decirle. Algo muy sencillo y espero que muy definitivo. No se acerque a mi mujer.

Wade lo miró con curiosidad.

—Doctor, está usted cansado. Y no se ha tomado una copa. Déjeme traérsela.

—No bebo, señor Wade, como muy bien sabe. Estoy aquí con un propósito y ya he dicho lo que quería decir.

—Bien; creo que me doy por enterado —dijo Wade, siempre amable—. Y dado que es usted un invitado en mi casa, no tengo nada que decir excepto que me parece que desvaría.

A nuestro alrededor se habían interrumpido muchas conversaciones. Los chicos y las chicas eran todo oídos. Gran producción. El doctor Loring se sacó un par de guantes del bolsillo, los estiró, luego sujetó uno por la parte de los dedos y golpeó con fuerza el rostro de Wade.

Wade ni siquiera pestañeó.

—¿Pistolas y café al amanecer? —preguntó sin alzar la voz.

Vi cómo Linda Loring, roja de indignación, se ponía en pie despacio y se enfrentaba con su marido.

—Dios del cielo, cariño, cómo te gusta el histrionismo. Deja de comportarte como un cretino, ¿no te parece? ¿O prefieres seguir aquí hasta que alguien te cruce la cara?

Loring se volvió hacia ella y alzó los guantes. Wade se interpuso.

—Cálmese, doctor. En nuestro círculo sólo pegamos a las mujeres en privado.

—Si habla de sí mismo, lo sé perfectamente —replicó Loring con desdén—. Y desde luego no necesito que me dé lecciones de comportamiento.

—Sólo acepto alumnos prometedores —dijo Wade—. Siento que tenga que marcharse tan pronto. —Alzó la voz—: ¡Candy! *¡Que el doctor Loring salga de aquí en el acto!* —Se volvió hacia Loring—. En el caso de que no sepa español, eso quiere decir que la puerta se encuentra en esa dirección.

Hizo un gesto con la mano.

Loring lo miró fijamente sin moverse.

—Le he hecho una advertencia, señor Wade —dijo con entonación helada—. Y son bastantes las personas que me han oído. No le haré ninguna más.

—No será necesario —dijo Wade con tono cortante—. Pero si lo hace, busque un terreno neutral. Eso me dará un poco más de libertad de acción. Lo siento, Linda. Pero tú te casaste con él.

Se frotó la mejilla suavemente en el sitio donde le había golpeado el extremo más pesado del guante. Linda Loring, que sonreía amargamente, se encogió de hombros.

—Nos marchamos —dijo Loring—. Vamos, Linda.

Su mujer se sentó de nuevo y cogió la copa, al tiempo que lanzaba una mirada de tranquilo desprecio al médico—. Tú te marchas —dijo—. Tienes varias visitas que hacer, recuérdalo.

—Tú vienes conmigo —dijo Loring, furioso.

Su mujer le volvió la espalda. El médico se inclinó de repente y la agarró por el brazo. Wade le puso la mano en el hombro y le obligó a girar.

—Cálmese, doctor. No se pueden ganar todas.

—¡Quíteme las manos de encima!

—Claro, pero tranquilícese —dijo Wade—. Se me ocurre una idea, doctor. ¿Por qué no va a ver a un buen médico?

Alguien rió con fuerza. Loring se tensó como un animal que se dispone a saltar. Wade se dio cuenta y, con gran habilidad, le dio la espalda y se alejó, lo que dejó al doctor Loring en una situación desairada. Si se lanzaba tras Wade, aún caería más en el ridículo. No le quedaba otra solución que marcharse, lo que efectivamente hizo. Atravesó rápidamente la habitación, mirando siempre hacia delante, mientras Candy mantenía la puerta abierta. Cuando salió el doctor, Candy cerró la puerta, el rostro impasible, y regresó junto al bar. Me acerqué a él y pedí whisky. No vi qué hacía Wade. Simplemente desapareció. Tampoco vi a Eileen. Me volví de espaldas a la habitación y los dejé que chisporrotearan mientras me bebía el whisky.

Una chiquita de pelo color cieno y una cinta en la frente apareció a mi lado, depositó una copa en el bar y dijo algo con tono lastimero. Candy asintió y le preparó otra.

La chiquita se volvió hacia mí.

—¿Le interesa el comunismo? —me preguntó. Tenía una mirada vidriosa y se pasaba una lengüecita muy roja por los labios como si buscara una miguita de chocolate—. Creo que debería interesarle a todo el mundo —continuó—. Pero cuando preguntas a cualquiera de los varones aquí presentes lo único que quieren es sobarte.

Asentí y contemplé por encima de mi copa la nariz respingona y la piel estropeada por el sol.

—No es que me importe mucho si se hace con delicadeza —me dijo, extendiendo el brazo para apoderarse de la nueva copa.

A continuación me mostró los molares mientras ingería la mitad.

—No cuente conmigo —dije.

—¿Cómo se llama?

—Marlowe.

—¿Con «e» o sin ella?

—Con.

—Ah, Marlowe —salmodió—. Un apellido muy hermoso y muy triste.

Dejó la copa, casi completamente vacía, cerró los ojos, echó la cabeza hacia atrás y casi me sacó un ojo al extender los brazos. Su voz vibró, emocionada, mientras decía:

> ¿Fue éste el rostro que navíos mil lanzó al mar
> Y de Troya las torres truncas incendió?
> Hazme, dulce Elena, con un beso, inmortal[1].

Abrió los ojos, recuperó su copa y me guiñó un ojo.

—Eso no te quedó nada mal, amigo. ¿Has escrito algo de poesía últimamente?

—No mucho.

—Me puedes besar si quieres —dijo tímidamente.

Un tipo con una chaqueta de *shantung* y una camisa de cuello abierto apareció por detrás de mi interlocutora y me sonrió por encima de su cabeza. Llevaba el pelo rojo muy corto y tenía un rostro semejante a un pulmón colapsado. Nunca había visto a nadie tan feo. Acto seguido procedió a darle unas palmadas en la cabeza a mi acompañante.

—Vamos, gatita. Hora de irse a casa.

La interpelada se volvió furiosa.

—¿Vas a decirme que tienes que volver a regar tus begonias, maldita sea? —preguntó a voz en grito.

—Vamos, gatita, escucha...

—Quítame las manos de encima, maldito violador —aulló antes de arrojarle a la cara lo que había en la copa, apenas un sorbo de líquido y dos trozos de hielo.

—Por el amor de Dios, corazón, soy tu marido —respondió él, gritando también, mientras buscaba un pañuelo para secarse la cara—. ¿Te enteras? Tu marido.

La chiquita empezó a sollozar con fuerza y se arrojó en sus brazos. Di la vuelta a su alrededor y me alejé de allí. Todas las fiestas son iguales, incluido el diálogo.

La casa empezaba a gotear invitados sobre el aire de la noche. Voces que se

1. Cita del doctor Faustus de Christopher Marlowe. *(N. del T.)*

debilitaban, coches que se ponían en marcha, los adioses saltaban de aquí para allá como pelotas de goma. Me dirigí hacia una de las puertas ventana y salí a la terraza embaldosada. El terreno se inclinaba hacia el lago, que estaba tan inmóvil como un gato dormido. Distinguí un embarcadero de madera con un bote de remos atado con una amarra blanca. Hacia la orilla más distante, que no estaba muy lejos, una polla de agua describía, como un patinador, curvas perezosas que no parecían provocar siquiera ondas superficiales.

Extendí una hamaca almohadillada de aluminio, encendí una pipa y me puse a fumar pacíficamente mientras me preguntaba qué demonios estaba haciendo allí. Roger Wade parecía tener control suficiente para dominarse si realmente quería hacerlo. Lo había hecho a la perfección con Loring. Ni siquiera me habría sorprendido un puñetazo bien colocado en la puntiaguda barbillita de Loring. Una cosa así habría estado fuera de lugar. Pero la actuación del médico había estado aún mucho más fuera de lugar.

Si las reglas tienen todavía algún sentido, señalan que no se puede elegir una habitación repleta de gente para amenazar a un individuo y cruzarle la cara con un guante cuando tu mujer está a tu lado y prácticamente la estás acusando de ponerte los cuernos. Para una persona todavía insegura después de un paso difícil con el alcohol, Wade lo había hecho bien. Más que bien. Por supuesto yo no le había visto borracho. Ignoraba cómo se comportaría. Ni siquiera tenía la seguridad de que fuera alcohólico. Ésa es la gran diferencia. Una persona que a veces bebe demasiado sigue siendo la misma persona que cuando está serena. Un alcohólico, un alcohólico de verdad, no es la misma persona en absoluto. No se puede predecir nada con seguridad, excepto que será alguien con quien no has tratado nunca.

Pasos ligeros sonaron detrás de mí y Eileen Wade atravesó la terraza y vino a sentarse a mi lado en el borde de una silla.

—Y bien, ¿qué le ha parecido? —preguntó sin alzar la voz.

—¿El caballero al que se le disparan los guantes?

—No, no. —Frunció el ceño. Luego se echó a reír—. Detesto a las personas que montan esos números tan teatrales. Loring es un médico excelente, pero ha interpretado esa escena con la mitad de los varones del valle. Su mujer no es una cualquiera. Ni lo parece, ni habla como si lo fuera, ni se comporta así. Ignoro qué es lo que hace que el doctor Loring actúe de ese modo.

—Quizá sea un bebedor reformado —sugerí—. Muchos se vuelven muy estrictos.

—Es posible —dijo, antes de ponerse a contemplar el lago—. Este sitio es muy tranquilo. Cualquiera pensaría que un escritor puede ser feliz aquí..., si es que existen escritores felices en algún sitio. —Se volvió para mirarme—. De manera que no se le puede convencer para que haga lo que Roger le ha pedido.

—Carece de sentido, señora Wade. No serviría nada de lo que yo pueda hacer. Ya lo he dicho antes. ¿Cómo estar presente en el momento oportuno? Tendría que acompañarlo constantemente. Eso es imposible, incluso aunque yo no tuviera nada más que hacer. Si sufriera un ataque, por ejemplo, pasaría todo en un abrir y cerrar de ojos. Y no he tenido la menor indicación de que sufra ataques. A mí me parece francamente sólido.

Eileen Wade se miró las manos.
—Si pudiera acabar el libro creo que las cosas irían mucho mejor.
—No le puedo ayudar en eso.
Mi interlocutora miró hacia lo alto y puso las manos en el borde de la silla vecina. Luego se inclinó un poco hacia delante.
—Le puede ayudar si Roger lo cree así. Eso es lo más importante. ¿Tal vez le parece desagradable hospedarse aquí y que se le pague por ello?
—Lo que Roger necesita es un psiquiatra. Si conocen ustedes a alguno que no sea un charlatán.
Pareció sorprendida.
—¿Un psiquiatra? ¿Por qué?
Sacudí la ceniza de la pipa y me quedé con ella en la mano, esperando a que la cazoleta se enfriara antes de guardármela.
—Puesto que quiere la opinión de un simple aficionado, ahí va. Su marido cree que guarda un secreto en la cabeza, pero es incapaz de desenterrarlo. Quizá sea un secreto vergonzoso suyo o tal vez de otra persona. Cree que lo que le lleva a beber es el hecho de no poder descubrir ese secreto. Probablemente piensa que, ocurriera lo que ocurriese, sucedió mientras estaba borracho, y debería descubrirlo yendo a dondequiera que va la gente cuando está borracha, realmente muy borracha, como le sucede a él. Eso es tarea para un psiquiatra. Hasta ahí no hay nada que objetar. Si eso no es cierto, entonces se emborracha porque quiere o porque no lo puede evitar, y en ese caso la idea del secreto es sólo su excusa. No es capaz de escribir el libro o al menos no es capaz de acabarlo. Porque se emborracha. Es decir, el punto de partida sería que no puede acabar el libro porque la bebida lo deja fuera de combate. Pero podría ser exactamente al revés.
—No, no —dijo ella—. Roger tiene muchísimo talento. Estoy totalmente convencida de que lo mejor de su obra está todavía por llegar.
—Ya le he dicho que era la opinión de un aficionado. Hace unos días dijo usted que quizá ya no estaba enamorado de su mujer. Ésa es otra cosa que podría funcionar a la inversa.
Eileen Wade miró hacia la casa y luego se volvió de espaldas. Miré en la misma dirección y vi a su marido, junto a una puerta ventana, que nos contemplaba. Y a continuación vi que se situaba detrás del bar y echaba mano a una botella.
—No sirve de nada importunarlo —dijo ella, hablando deprisa—. No lo hago nunca. Nunca. Supongo que tiene usted razón, señor Marlowe. Hay que dejarle que haga el esfuerzo de sacarse la bebida del organismo.
La pipa se había enfriado y me la guardé.
—Dado que estamos buscando a tientas en el fondo del cajón, ¿qué tal si lo enfocamos a la inversa?
—Quiero a mi marido —dijo Eileen Wade con sencillez—. Quizá no como una chica joven, pero le quiero. Las mujeres sólo son jóvenes una vez. La persona que quise ha muerto. Murió en la guerra. Su nombre, extrañamente, tenía las mismas iniciales que el de usted. Ahora ya no importa..., excepto que a veces no me acabo de creer que esté muerto. Nunca encontraron el cadáver.

Pero eso ha sucedido con otros muchos. —Me miró inquisitivamente—. A veces, no con frecuencia, por supuesto, cuando voy a un bar tranquilo o estoy en el vestíbulo de un buen hotel en una hora sin movimiento, o en la cubierta de un transatlántico a primera hora de la mañana o ya de noche, pienso que quizá lo vea, esperándome en algún rincón en sombra. —Hizo una pausa y bajó los ojos—. Es una tontería y me avergüenzo de ello. Estábamos muy enamorados; esa clase de amor desenfrenado, misterioso, improbable, que sólo se siente una vez.

Dejó de hablar y se quedó inmóvil, medio en trance, mirando hacia el lago. Volví los ojos hacia la casa. Wade estaba delante de una de las puertas ventana abiertas, con una copa en la mano. Luego miré otra vez a Eileen. Para ella yo había dejado de estar allí. Me levanté y regresé a la casa. Wade seguía en el mismo sitio y lo que bebía parecía bastante fuerte. La expresión de sus ojos tampoco auguraba nada bueno.

—¿Qué tal se entiende con mi mujer, Marlowe?

Acompañó la frase con una mueca.

—No me he propasado con ella, si es eso lo que quiere decir.

—Exactamente eso. La otra noche consiguió besarla. Probablemente se considera un conquistador relámpago, pero le aseguro que pierde el tiempo, compadre. Incluso aunque tuviera usted el lustre adecuado.

Traté de entrar en la casa evitándolo, pero me lo impidió con un hombro robusto.

—No tenga tanta prisa. Nos gusta tenerlo aquí. Vienen muy pocos detectives privados.

—Soy yo el que sobra, de todos modos —dije.

Alzó la copa y bebió. Al volverla a bajar me miró de soslayo maliciosamente.

—Tendría que concederse un poco más de tiempo para reforzar la resistencia —le dije—. Palabras vacías, ¿no es eso?

—Está bien, jefe. Tengo delante a todo un reformador moral, ¿no es eso? Le falta un poco de sentido común si trata de educar a un borracho. Los borrachos no son educables, amigo mío. Se desintegran. Parte del proceso es sumamente divertido. —Bebió una vez más de la copa, dejándola casi vacía—. Y otra parte es horrible. Pero si se me permite citar las palabras chispeantes del excelente doctor Loring (un hijo de mala madre con un maletín negro, donde los haya) no se acerque a mi mujer, Marlowe. Seguro que va tras ella. Todos lo hacen. Le gustaría llevársela al huerto. Lo mismo que a todos. Le gustaría compartir sus sueños y aspirar el aroma de la rosa de sus recuerdos. Quizá también a mí. Pero no hay nada que compartir, compadre; nada, absolutamente nada. Está usted completamente solo en la oscuridad.

Terminó la copa y la puso boca abajo.

—Vacía, Marlowe. Nada de nada. Soy el experto.

Dejó la copa en el borde del bar y caminó rígidamente hasta el pie de la escalera. Subió como unos doce escalones, agarrado al pasamanos, se detuvo y se inclinó sobre él. Luego me miró desde arriba con una sonrisa amarga.

—Perdone el sarcasmo sensiblero, Marlowe. Es usted un tipo simpático. No me gustaría que le sucediera nada.

—¿Nada como qué?

—Quizá Eileen no haya tenido aún tiempo de llegar a la magia evocadora de su primer amor, el fulano que desapareció en Noruega. No le gustaría desaparecer también, ¿verdad, compadre? Usted es mi detective privado particular, que me encuentra cuando estoy perdido en el esplendor salvaje de Sepulveda Canyon. —Inició un movimiento circular con la palma de la mano sobre la madera barnizada del pasamanos—. Me dolería muchísimo que también se perdiera usted. Como aquel personaje que combatió con los ingleses. Acabó tan perdido que a veces uno se pregunta si existió alguna vez. Cabe imaginar que quizá Eileen lo inventó para tener un juguete con que distraerse.

—¿Cómo podría saberlo yo?

Me miró otra vez desde arriba. Ahora tenía unas ojeras muy marcadas y un rictus de amargura en la boca.

—¿Cómo podría saberlo nadie? Quizá no lo sabe ni ella misma. Este niñito está cansado. Este niñito ha pasado demasiado tiempo con sus juguetes rotos y se quiere ir a la cama.

Siguió escaleras arriba. Me quedé allí hasta que apareció Candy y empezó a poner orden en el bar, colocando copas en una bandeja, examinando botellas para ver lo que quedaba, sin prestarme la menor atención. O eso creía yo. Luego dijo:

—*Señor*. Lo justo para una copa. Una lástima desperdiciarlo.

Alzó una botella.

—Bébaselo usted.

—*Gracias, señor, no me gusta. Una cerveza, no más*. Ése es mi límite.

—Hombre sensato.

—Un borrachín en la casa es suficiente —dijo, mirándome con fijeza—. Hablo buen inglés, ¿no es cierto?

—Claro que sí, estupendo.

—Pero pienso en español. A veces pienso con una navaja. El patrón es asunto mío. No necesita ninguna ayuda, *carajo*. Soy yo quien lo cuida.

—Un trabajo de primera el que estás haciendo, mequetrefe.

—*Hijo de la flauta* —dijo entre dientes, sumamente blancos.

Recogió una bandeja repleta de copas, y se la colocó sobre el borde del hombro y la palma de la mano, estilo camarero.

Fui hasta la puerta y salí, preguntándome cómo una expresión como aquélla había llegado a convertirse en un insulto. No medité mucho rato. Tenía demasiadas cosas en las que pensar. Había algo más que alcohol en los problemas de la familia Wade. El alcohol no era más que una cortina de humo.

Más tarde, aquella noche, entre nueve y media y diez, llamé al número de los Wade. Después de ocho timbrazos colgué, pero no había hecho más que retirar la mano cuando empezó a sonar el mío. Era Eileen Wade.

—Alguien acaba de llamar —dijo—. He tenido la sensación de que podía ser usted. Me disponía a darme una ducha.

—Era yo, pero no se trataba de nada importante. Parecía un poco perdido cuando me fui..., me refiero a Roger. Quizá me sienta ya algo responsable.

—Está perfectamente —dijo—. Profundamente dormido. Creo que el doctor Loring le ha disgustado más de lo que dejaba traslucir. Sin duda le ha dicho a usted muchas tonterías.

—Me dijo que estaba cansado y que se quería ir a la cama. Me pareció muy razonable.

—Si todo lo que dijo es eso, sí. Bien; buenas noches y gracias por llamar, señor Marlowe.

—No he dicho que eso fuera todo. Sólo he dicho que dijo eso.

Después de una pausa, la señora Wade prosiguió:

—Todo el mundo fantasea de cuando en cuando. No le haga demasiado caso a Roger. No olvide que tiene una imaginación muy fértil. Es lógico. No debería haber vuelto a beber tan pronto después de la última vez. Por favor, trate de olvidarlo todo. Imagino que, entre otras cosas, fue descortés con usted.

—No fue descortés conmigo. Y ha dicho cosas muy sensatas. Su marido es una persona capaz de mirarse con calma y de ver lo que encuentra en su interior. No es un don muy corriente. La mayoría de la gente utiliza la mitad de su energía en proteger una dignidad que nunca ha tenido. Buenas noches, señora Wade.

Colgamos y yo saqué el tablero de ajedrez. Llené la pipa, coloqué las piezas, les pasé revista para ver si se habían afeitado correctamente o les faltaba algún botón, y jugué una partida de campeonato entre Gortchakoff y Meninkin, setenta y dos movimientos para hacer tablas, ejemplo destacado de una fuerza irresistible que encuentra un objeto inamovible, una batalla sin armadura, una guerra sin sangre, y un desperdicio de inteligencia tan llamativo como pueda darse en cualquier otro sitio a excepción quizá de una agencia de publicidad.

25

No sucedió nada durante una semana, excepto que seguí ocupándome de mi trabajo, más bien escaso por aquel entonces. Una mañana me llamó George Peters, de la Organización Carne, para decirme que había tenido que pasar por Sepulveda Canyon y que, por simple curiosidad, había echado una ojeada a la propiedad del doctor Verringer. Pero el doctor Verringer ya no estaba allí. Media docena de equipos de agrimensores trazaban el mapa del terreno para una subdivisión. Las personas con las que habló ni siquiera sabían quién era el doctor Verringer.

—Al pobre imbécil lo han excluido por causa de una hipoteca —dijo Peters—. Lo he comprobado. Le dieron mil dólares por firmar la renuncia, con la excusa de que así se ahorraba tiempo y gastos, y ahora alguien se va a embolsar un millón de dólares al año, sólo por dividir la propiedad y convertirla en zona residencial. Ésa es la diferencia entre delito y negocio. Para los negocios necesitas capital. A veces me parece que es la única diferencia.

—Una observación adecuadamente cínica —dije—, pero la delincuencia de alto nivel también necesita capital.

—¿Y de dónde sale, compadre? No de la gente que asalta tiendas de ultramarinos. Hasta pronto.

Eran las once menos diez de un jueves por la noche cuando me llamó Wade. Una voz ronca, casi ahogada, pero la reconocí de todos modos. Por el teléfono se oía un jadeo rápido y laborioso.

—Estoy mal, Marlowe. Francamente mal. Casi he perdido el ancla. ¿Podría venir cuanto antes?

—Claro, pero déjeme hablar un momento con la señora Wade.

No contestó. Se oyó un estruendo, luego silencio total y a continuación un ruido como de golpeteo durante un breve período. Grité algo por el teléfono pero no conseguí respuesta alguna. Pasó el tiempo. Por fin, el suave clic del teléfono cuando alguien lo cuelga, y el tono de una línea utilizable.

Cinco minutos después estaba en camino. Tardé muy poco más de media hora y aún no sé cómo. Bajé de la colina como si volara y aunque alcancé el Bulevar Ventura con el semáforo en rojo giré hacia la izquierda de todos modos, zigzagueé entre camiones y, en líneas generales, hice el loco de la manera más injustificable. Atravesé Encino muy cerca de los cien con un foco en el límite exterior de los coches aparcados para inmovilizar a cualquiera con intención de salir de repente. Tuve la suerte que sólo se consigue cuando te despreocupas. Ni policías, ni sirenas, ni señalizaciones con luz roja. Sólo visiones de lo que podía estar sucediendo en casa de los Wade, ninguna de ellas muy agradable. Eileen sola en la casa con un borracho enajenado, tal vez caída al pie de las escaleras con el cuello roto, detrás de una puerta cerrada mientras alguien que aullaba fuera intentaba forzarla, descalza y corriendo por una carretera iluminada por la luna, mientras un negro gigantesco la perseguía con un cuchillo de carnicero.

No era en absoluto así. Cuando entré con el Oldsmobile en su avenida, había luces encendidas por toda la casa y la señora Wade, ante la puerta abierta, fumaba un cigarrillo. Llevaba pantalones y una camisa con el cuello abierto. Me apeé y fui hasta ella caminando por las baldosas. Me miró tranquilamente. Si había algo de nerviosismo en el ambiente, era yo quien lo traía.

La primera cosa que dije fue tan disparatada como el resto de mi comportamiento.

—Creía que no fumaba.

—¿Cómo? No, no lo hago de ordinario. —Se quitó el cigarrillo de la boca, lo tiró y lo pisó—. Muy de tarde en tarde. Roger ha llamado al doctor Verringer.

Era una voz plácida y distante, una voz oída de noche sobre el agua. Extraordinariamente tranquila.

—No es posible —dije—. El doctor Verringer se ha marchado. Me ha llamado a mí.

—¿Sí? Sólo le he oído telefonear y pedirle a alguien que viniera cuanto antes. Pensé que se trataba del doctor Verringer.

—¿Dónde está ahora?

—Se cayó —dijo la señora Wade—. Debe de haber inclinado la silla demasiado para atrás. Ya le ha pasado otras veces. Tiene una brecha en la cabeza. Un poco de sangre, no mucha.

—Vaya, eso está bien —dije—. No nos gustaría que hubiese muchísima sangre. Le he preguntado que dónde está ahora.

Me miró solemnemente. Luego señaló con el dedo.

—En algún sitio por ahí fuera. Junto al borde de la carretera o entre los matorrales a lo largo de la valla.

Me incliné hacia delante y la miré con detenimiento.

—Caramba, ¿no ha mirado?

Para entonces ya había decidido que estaba conmocionada. Luego me volví para examinar el césped. No vi nada pero había una sombra densa cerca de la valla.

—No, no he mirado —respondió con absoluta calma—. Encuéntrelo usted. He soportado todo lo que he podido. Pero no puedo más. Encuéntrelo usted.

Se dio la vuelta y entró en la casa, dejando la puerta abierta. No llegó muy lejos. Apenas recorrido un metro, se derrumbó y se quedó en el suelo. La recogí y la llevé hasta uno de los dos grandes sofás que se enfrentaban a ambos lados de una larga mesa de cóctel de madera clara. Le busqué el pulso. No me pareció ni muy débil ni irregular. Tenía los ojos cerrados y los párpados azules. La dejé y volví a salir.

Roger Wade estaba allí, efectivamente, como había dicho su mujer. Tumbado de costado a la sombra del hibisco. El pulso era rápido y violento, la respiración anormal y advertí algo pringoso en la nuca. Le hablé y lo zarandeé un poco. Le abofeteé un par de veces. Murmuró algo pero siguió inconsciente.

Conseguí sentarlo, pasé uno de sus brazos sobre mi hombro, intenté alzarlo vuelto de espaldas y agarrándole una pierna. No conseguí nada. Era tan pesado como un bloque de cemento. Los dos nos sentamos en la hierba, descansé un poco y lo intenté de nuevo. Finalmente conseguí ponérmelo sobre los hombros a la manera de los bomberos y con mucha dificultad atravesé el césped en dirección a la puerta principal, siempre abierta. Fue como ir a pie hasta Siam. Los dos escalones de la entrada me parecieron de dos metros. Llegué dando traspiés hasta el sofá, me arrodillé y me deshice de mi carga con un movimiento rotatorio. Cuando me enderecé de nuevo tuve la sensación de que la espina dorsal se me había roto al menos por tres sitios.

Eileen Wade había desaparecido. La habitación era toda para mí. Pero estaba demasiado agotado para que me importara dónde se habían escondido los demás. Me senté, miré a Wade y esperé a recuperar un poco el aliento. Luego le examiné la cabeza. Estaba manchada de sangre y el pelo apelmazado. No parecía nada grave, pero con una herida de cabeza nunca se sabe.

Luego Eileen Wade apareció a mi lado, mirando a su marido con la misma expresión remota.

—Siento haberme desmayado —dijo—. No sé por qué.

—Será mejor que llamemos a un médico.

—He telefoneado al doctor Loring. Es mi médico, ¿sabe? No quería venir.

—Inténtelo con otro.

—No, no; vendrá —dijo la señora Wade—. No quería, pero vendrá tan pronto como le sea posible.

—¿Dónde está Candy?

—Es su día libre. Jueves. La cocinera y Candy libran los jueves. Es lo habitual por aquí. ¿Puede llevarlo a la cama?

—No sin ayuda. Será mejor traer una colcha o una manta. No hace frío, pero en casos como éste no es difícil enfermar de neumonía.

Dijo que traería una manta de viaje. Pensé que era muy amable por su parte. Pero no pensaba con mucha claridad. Estaba demasiado agotado después de acarrear a Wade.

Lo tapamos cuando su mujer regresó con la manta; al cabo de quince minutos se presentó el doctor Loring en todo su esplendor: cuello almidonado, gafas sin montura y la expresión de una persona a la que se ha pedido que limpie vomitados de perro.

Examinó la cabeza de Wade.

—Un corte superficial y algunas magulladuras —dijo—. Sin posibilidad de conmoción cerebral. Yo diría que su manera de respirar indica con claridad cuál es el problema.

Echó mano del sombrero y recogió el maletín.

—Manténganlo abrigado —dijo—. Pueden lavarle suavemente la cabeza y limpiarle la sangre. Se le pasará durmiendo.

—No puedo subirlo yo solo al piso de arriba, doctor —dije.

—En ese caso déjenlo donde está. —Me miró sin interés—. Buenas noches, señora Wade. Como ya sabe, no trato alcohólicos. Aunque lo hiciera, su marido no sería uno de mis pacientes. Estoy seguro de que lo entiende.

—Nadie le está pidiendo que lo trate —dije—. Sólo le pido que me ayude a llevarlo a su dormitorio para poder desnudarlo.

—¿Y usted quién es, exactamente? —me preguntó el doctor Loring con voz gélida.

—Me llamo Marlowe. Estuve aquí hace una semana. Su esposa nos presentó.

—Interesante —dijo—. ¿Cómo es que conoce a mi esposa?

—¿Qué importancia tiene eso? Todo lo que quiero es...

—No me interesa lo que usted quiera —me interrumpió.

Se volvió hacia Eileen, hizo una breve inclinación de cabeza y echó a andar. Me coloqué entre él y la puerta y me recosté contra ella.

—Sólo un minuto, doctor. Debe de hacer muchísimo tiempo que no le pone la vista encima a ese breve texto en prosa que es el juramento hipocrático. El señor Wade me llamó por teléfono y yo vivo bastante lejos. Daba la impresión de estar muy mal y para llegar pronto me he saltado todas las normas de tráfico del estado de California. Lo he encontrado tumbado en el césped y lo he traído hasta aquí; puede creerme si le digo que no es ligero como una pluma. El criado no está en casa y no hay nadie que me ayude a subir a Wade al piso de arriba. ¿Qué le parece todo eso?

—Apártese de mi camino —dijo entre dientes—. O llamaré al jefe de policía y le diré que mande a un agente. En mi calidad de profesional...

—En su calidad de profesional es usted un montón de basura —dije, apartándome.

Enrojeció; despacio, pero con claridad. Ahogándose en su propia bilis. Luego abrió la puerta y salió. La cerró con mucho cuidado. Mientras lo hacía me miró. Nunca me han dirigido una mirada más asesina ni he visto un rostro más deformado por el odio.

Cuando me alejé de la puerta Eileen estaba sonriendo.

—¿Qué es lo que le parece tan divertido?

—Usted. No le importa lo que le dice a la gente, ¿no es cierto? ¿No sabe quién es el doctor Loring?

—Sí; y también sé lo que es.

La señora Wade consultó su reloj de pulsera.

—Candy debe de haber vuelto ya —dijo—. Voy a ver. Su habitación está detrás del garaje.

Salió por uno de los arcos y yo me senté y contemplé a Wade. El gran escritor siguió roncando. Aunque tenía gotas de sudor en el rostro le dejé que siguiera con la manta de viaje. Al cabo de un minuto o dos regresó Eileen, acompañada por Candy.

26

El mexicano llevaba una camisa a cuadros blancos y negros con lorzas en la pechera, pantalones negros ajustados sin cinturón y zapatos de gamuza también blancos y negros, inmaculadamente limpios. El pelo, negro y espeso, peinado hacia atrás y untado con brillantina.

—*Señor* —dijo, antes de esbozar una reverencia tan breve como sarcástica.

—Ayude al señor Marlowe a llevar a mi marido al piso alto, Candy. Se ha caído y se ha hecho daño. Siento molestarle.

—*No es molestia, señora* —respondió Candy, sonriente.

—Creo que voy a darle las buenas noches —me dijo a mí—. Estoy agotada. Pídale a Candy cualquier cosa que necesite.

Subió despacio las escaleras. Candy y yo la contemplamos.

—Una preciosidad —dijo el criado con tono campechano—. ¿Se queda a pasar la noche?

—Nada de eso.

—*Qué lástima*. Está muy sola.

—Quítese ese brillo de los ojos, muchacho. Vamos a acostarlo.

Candy miró con pena a Wade roncando en el sofá.

—*Pobrecito* —murmuró como si lo sintiera de verdad—. *Borracho como una cuba.*

—Quizá esté borracho, pero no tiene nada de pobrecito —dije—. Cójalo por los pies.

Lo subimos. Aunque éramos dos nos resultó tan pesado como un ataúd de plomo. Después de las escaleras recorrimos una galería abierta y dejamos atrás una puerta cerrada. Candy la señaló con la barbilla.

—*La señora* —susurró—. Llame muy bajito; quizá le deje entrar.

No dije nada porque aún lo necesitaba. Seguimos acarreando el cuerpo de Wade, nos metimos por otra puerta y lo dejamos caer sobre la cama. Luego sujeté el brazo de Candy, muy cerca del hombro, en un sitio donde, si se aprieta con los dedos, duele. Logré que sintiera los míos. Hizo un gesto de dolor pero enseguida se dominó.

—¿Cómo te llamas, *cholo?*

—Quíteme las manos de encima —dijo con altanería—. Y no me llame *cholo*. No soy un espalda mojada. Me llamo Juan García de Soto y Sotomayor. Soy chileno.

—De acuerdo, don Juan. Limítate a no sacar los pies del tiesto. Y límpiate la boca cuando hables de las personas para las que trabajas.

Se soltó con un movimiento violento y dio un paso atrás, los negros ojos brillantes de indignación. Deslizó una mano en el interior de la camisa y la sacó con una navaja muy larga y de hoja muy fina. La mantuvo en equilibrio, abierta, sobre la palma sin apenas mirarla. Luego dejó caer la mano y recogió la navaja por el mango mientras caía. Lo hizo muy deprisa y sin esfuerzo aparente. La mano subió hasta la altura del hombro; enseguida movió el brazo con decisión y la navaja voló por el aire hasta clavarse, estremecida, en la madera del marco de la ventana.

—*¡Cuidado, señor!* —dijo con tono desdeñoso—. Las manos quietas. Nadie se toma libertades conmigo.

Atravesó ágilmente la habitación, sacó de la madera la hoja de la navaja, la tiró al aire, se dio la vuelta sobre la punta de los pies y la recogió por detrás. Con un chasquido desapareció bajo la camisa.

—Bien —dije—, aunque tal vez un poco pasado de rosca.

Se acercó a mí con una sonrisa burlona.

—Y podría conseguirte un hombro dislocado —dije—. De esta manera.

Le sujeté la muñeca derecha, le hice perder el equilibrio, me moví hacia un lado y detrás de él y le coloqué el antebrazo en la articulación del codo. Le apliqué presión, utilizando mi antebrazo como punto de apoyo.

—Un tirón violento —dije— y la articulación del codo se agrieta. Basta con una fisura. Se te acabaría el lanzar navajas durante varios meses. Con un tirón un poco más fuerte, la pérdida sería irreparable. Quítale los zapatos al señor Wade.

Lo solté y me sonrió.

—Un truco excelente —dijo—. No lo olvidaré.

Se volvió hacia Wade y echó mano a uno de sus zapatos, luego se detuvo. Había una mancha de sangre en la almohada.

—¿Quién le ha hecho un corte al patrón?

—Yo no, compadre. Se cayó y chocó con la cabeza contra algo. Es un corte superficial. Ya lo ha visto el médico.

Candy dejó salir despacio el aire que retenía en los pulmones.

—¿Usted lo ha visto caer?

—Fue antes de que yo llegara. Le tienes ley, ¿no es eso?

No me respondió y procedió a quitarle los zapatos a Wade. Lo desnudamos poco a poco y Candy sacó de algún sitio un pijama verde y plata. Se lo pusimos, lo metimos en la cama y lo tapamos. Todavía estaba sudoroso y seguía roncando. Candy lo miró entristecido, moviendo la cabeza de un lado a otro, despacio.

—Alguien tendría que cuidar de él —dijo—. Voy a cambiarme de ropa.

—Vete a dormir. Yo me ocuparé de él. Te llamaré si te necesito.

Se me puso delante.

—Más le valdrá cuidarlo bien —dijo con voz reposada—. Pero que muy bien.

Abandonó el dormitorio. Entré en el cuarto de baño y me procuré una toallita húmeda y otra toalla muy tupida. Giré un poco a Wade, extendí la toalla sobre la almohada y le limpié la sangre de la cabeza con mucho cuidado para no provocar una nueva hemorragia. Así conseguí ver un corte limpio y poco profundo de unos cinco centímetros. Nada importante. El doctor Loring había acertado al menos en eso. No habría estado mal darle algún punto, pero probablemente no era necesario. Encontré unas tijeras y le corté el pelo para poderle poner una tira de esparadrapo. Luego lo coloqué boca arriba y le lavé la cara. Supongo que eso fue un error.

Abrió los ojos. Perdidos y desenfocados en un primer momento, se aclararon después y me vio de pie junto a la cama. Movió una mano, se la llevó a la cabeza y notó el esparadrapo. Sus labios murmuraron algo, y luego se le fue aclarando la voz.

—¿Quién me golpeó? ¿Usted?

Con la mano siguió tocándose el esparadrapo.

—Nadie le golpeó. Fue una caída.

—¿Una caída? ¿Cuándo? ¿Dónde?

—Desde donde estuviera telefoneando. Me llamó. Le oí caer. Por teléfono.

—¿Le llamé? —Sonrió despacio—. Siempre disponible, ¿no es eso, amigo? ¿Qué hora es?

—Algo más de la una.

—¿Dónde está Eileen?

—Se fue a la cama. Ha sido duro para ella.

Pensó en silencio sobre lo que le acababa de decir. Los ojos llenos de dolor.

—¿Es que...? —se interrumpió con una mueca.

—No la tocó, que yo sepa. Si es a eso a lo que se refiere. Salió usted de la casa sin rumbo fijo y se desmayó junto a la cerca. Deje de hablar. Duérmase.

—Dormir —dijo en voz baja y despacio, como un niño que repite la lección—. ¿En qué consiste eso?

—Quizá le ayude una pastilla. ¿Tiene alguna?

—En el cajón. La mesilla de noche.

Lo abrí y encontré un frasco de plástico con cápsulas rojas. Seconal. Prescrito por el doctor Loring. El simpático doctor Loring. Para la señora de Roger Wade.

Saqué dos cápsulas, puse otra vez el frasco en el cajón y, en un vaso, serví agua procedente de un termo situado sobre la mesilla. Wade dijo que una cápsula sería suficiente. La tomó, bebió algo de agua, volvió a tumbarse y se quedó mirando al techo. Pasó el tiempo. Me senté en una silla y lo estuve mirando. No me pareció que se adormilara. Al cabo de un rato dijo muy despacio:

—Hay algo que sí recuerdo. Hágame el favor, Marlowe. He escrito unas cosas muy absurdas y no quiero que Eileen las vea. Están sobre la máquina de escribir, pero debajo de la funda. Hágame el favor de romperlas.

—Claro. ¿Es eso todo lo que recuerda?

—¿Eileen está bien? ¿Me lo garantiza?

—Sí. Sólo cansada. Déjelo correr, Wade. No siga pensando. No debería haberle hecho esa pregunta.

—Deja de pensar, dice el samaritano. —Su voz era ya un poco somnolienta. Hablaba solo—. Deja de pensar, deja de soñar, deja de querer, deja de vivir, deja de odiar. Buenas noches, dulce príncipe. Tomaré también la otra cápsula.

Se la di con un poco más de agua. Volvió a tumbarse. Esta vez giró la cabeza para poder verme.

—Escuche Marlowe. He escrito unas cosas que no quiero que Eileen...
—Ya me lo ha dicho. Me ocuparé de ello cuando se duerma.
—Ah. Gracias. Me alegro de tenerlo aquí. Muy conveniente.
Otra pausa considerable. Empezaban a pesarle los párpados.
—¿Ha matado alguna vez a alguien, Marlowe?
—Sí.
—Muy desagradable, ¿no es cierto?
—Hay a quien le gusta.
Los ojos se le cerraron por completo. Luego los abrió de nuevo, pero desenfocados ya.
—¿Cómo pueden?
No respondí. Una vez más se le cayeron los párpados, despacio, como un lento telón teatral. Empezó a roncar. Esperé un poco más. Luego reduje la intensidad de la luz y salí del dormitorio.

27

Me detuve junto a la puerta de Eileen y escuché. No oí ruido ni movimiento alguno, de manera que no llamé. Si quería saber cómo estaba su marido, tendría que tomar la iniciativa. En el piso de abajo, la sala de estar parecía muy iluminada y vacía. Apagué algunas de las luces. Desde cerca de la puerta principal miré hacia la galería abierta. La parte central de la sala de estar se elevaba hasta la altura total de la casa y la cruzaban vigas descubiertas que también sostenían la galería, amplia y protegida en dos lados por una sólida barandilla como de un metro de altura. El pasamanos y los soportes verticales eran cuadrados para hacer juego con las vigas. Al comedor se llegaba por un arco cuadrado, que cerraban unas puertas dobles correderas. Supuse que encima se hallaban las habitaciones del servicio. Aquella parte del segundo piso estaba cerrada, de manera que debía de haber otra escalera que llegara hasta allí desde la zona de la cocina. El dormitorio de Wade ocupaba una esquina, encima de su estudio y, desde mi posición, veía la luz que salía por la puerta abierta reflejada en el alto techo; también veía la parte superior del marco.

Apagué todas las luces menos una lámpara de pie y crucé hasta el estudio. La puerta estaba cerrada pero había dos luces encendidas: una lámpara de pie, al extremo del sofá de cuero, y otra de mesa que tenía una pantalla. La máquina de escribir se hallaba sobre un sólido pie, bajo la luz, y a su lado, en la mesa, había un desordenado montón de papel amarillo. Me senté en una silla y estudié la distribución del mobiliario. Lo que quería saber era cómo se había hecho Roger Wade el corte en la cabeza. Me senté en el sillón del escritorio con el teléfono a mi izquierda. El resorte del sillón estaba muy flojo. Si me inclinaba demasiado y caía hacia atrás, podía darme con la cabeza en la esquina de la mesa. Mojé mi pañuelo y froté la madera. Ni sangre, ni nada. Sobre el escritorio había muchísimas cosas, incluida una hilera de libros entre elefantes de bronce, y un tintero de cristal pasado de moda. Examiné todo aquello sin resultado. No tenía demasiado sentido porque, si le había golpeado otra persona, lo probable era que el arma utilizada no estuviera en la habitación. Por otra parte, no había nadie más en la casa. Me puse en pie y encendí las luces del techo, que iluminaron también los rincones hasta entonces oscuros y, por supuesto, la respuesta era bastante obvia. Una papelera cuadrada de metal estaba caída contra la pared, su contenido derramado. No había llegado hasta allí por sus propios medios, de manera que la habían tirado o alguien le había dado una patada. Pasé el pañuelo humedecido por sus agudas aristas. Esta vez obtuve una mancha de sangre entre roja y marrón. No había misterio. Wade se había caído hacia atrás, golpeándose la cabeza contra un ángulo de la papelera

—un golpe de refilón, con toda probabilidad—; luego, al ponerse en pie, le había pegado una patada al objeto agresor, mandándolo al otro extremo del estudio. Bien fácil.

Después se habría tomado otra copa rápidamente. Las bebidas estaban en una mesa de cóctel delante del sofá. Una botella vacía, otra llena, un termo con agua y un cuenco de plata con un agua que antes había sido cubitos de hielo. Sólo había un vaso, de los de agua.

Después de beber se había sentido un poco mejor. Se dio cuenta confusamente de que el teléfono estaba descolgado y es muy probable que ya no recordara la conversación interrumpida. De manera que se acercó a la mesa y lo colgó de nuevo. El tiempo transcurrido coincidía con mi recuerdo de su llamada. Hay un algo apremiante en el teléfono. El hombre de nuestra época, perseguido por los ingenios modernos, lo ama, lo detesta y le tiene miedo. Pero siempre lo trata con respeto, incluso cuando está borracho. El teléfono es un fetiche.

Cualquier persona normal habría dicho «*aló*» antes de colgar, sólo para estar seguro. Pero no necesariamente un individuo adormilado por el alcohol que acaba de sufrir una caída. Carecía de importancia de todos modos. Podía haberlo hecho su mujer; quizá hubiese entrado en el estudio al oír el ruido de la caída y el golpe de la papelera contra la pared. Más o menos, la última copa le dio el golpe de gracia en aquel momento. Salió tambaleándose de la casa y cruzó el césped para ir a derrumbarse donde yo lo había encontrado. Alguien venía a por él. Para entonces ya no sabía quién era. Quizá el bueno del doctor Verringer.

Hasta ahí, la cosa funcionaba. ¿Qué hacía entonces su mujer? No podía enfrentarse con él ni tratar de razonar y era incluso posible que tuviera miedo de intentarlo. Llamaría a alguien para que viniera a ayudarla. Los criados habían salido, de manera que tendría que recurrir al teléfono. Bien; había llamado a alguien: al simpático doctor Loring. Yo había supuesto que la llamada se había producido después de llegar yo. Pero Eileen no había dicho que hubiera sido así.

A partir de ahí las cosas no cuadraban ya. Uno esperaría que buscase a su marido, lo encontrara y se cerciorase de que no estaba herido. No le perjudicaría estar tumbado en el césped durante un rato en una cálida noche de verano. Eileen no era capaz de moverlo. Yo me había tenido que emplear a fondo para hacerlo. Pero nadie esperaría encontrarla en la puerta abierta, fumando un cigarrillo, con una idea absolutamente vaga de dónde estaba su marido. ¿O sí lo esperaría? Yo ignoraba los malos ratos que había pasado con él, hasta qué punto era peligroso en aquella situación, el miedo que sentía al acercársele. «He soportado todo lo que he podido —me dijo cuando llegué—. Encuéntrelo usted.» Luego había entrado en la casa, procediendo a desmayarse.

No acababa de verlo claro, pero tenía que dejarlo así. Suponer que era eso lo que hacía, después de haberse enfrentado con aquella situación el número de veces necesario para saber que no había nada que hacer, excepto permitir que el episodio siguiera su curso. Tan sólo eso: que siguiera su curso. Dejarlo tumbado en el césped hasta que apareciera alguien con la fuerza suficiente para ocuparse de él.

Seguía sin verlo claro. También me molestaba que se hubiera despedido, retirándose a su habitación mientras Candy y yo lo llevábamos a la cama. Decía que quería a Wade. Se trataba de su marido, llevaban cinco años casados y Roger era una persona encantadora cuando estaba sobrio: palabras de la misma Eileen. Borracho, la cosa cambiaba: había que apartarse de él porque era peligroso. De acuerdo, olvídalo. Pero por alguna razón seguía sin verlo claro. Si realmente estaba asustada no se habría quedado en la puerta abierta fumando un cigarrillo. Si sólo estaba amargada, desinteresada y disgustada, no se habría desmayado.

Había algo más. Otra mujer, quizá. Y acababa de descubrirlo. ¿Linda Loring? Tal vez. El doctor Loring lo creía así y lo había dicho delante de muchos testigos.

Dejé de pensar en todo ello y retiré la funda de la máquina de escribir. El material estaba allí: varias hojas sueltas de papel mecanografiado que yo debía destruir, para que Eileen no las viera. Me las llevé al sofá y decidí que me había ganado una copa como acompañamiento de la lectura. Anexo al estudio había un servicio con un lavabo. Enjuagué el vaso, me serví una dosis razonable y me senté a leer. Y lo que leí era de verdad delirante. Así:

28

«Han pasado cuatro días desde la luna llena y en la pared hay una mancha cuadrada de luz de luna que me mira como un gran ojo ciego, lechoso. Metáfora grotesca. Escritores. Todo tiene que ser como otra cosa. Mi cabeza está tan esponjosa como nata montada, pero no tan dulce. Más símiles. Siento arcadas sólo de pensar en este absurdo tinglado. Tengo ganas de vomitar de todos modos. Probablemente lo haré. No hay que meterme prisa. Necesito tiempo. Los gusanos que me horadan el plexo solar se arrastran y se arrastran. Estaría mejor en la cama, pero habría debajo un animal oscuro que también se arrastraría entre crujidos, que tropezaría con el somier y me haría gritar al final, aunque nadie me oiría, excepto yo mismo. Un grito soñado, un grito en una pesadilla. No hay motivo para asustarse y no tengo miedo porque no hay razón para tenerlo, pero de todos modos una vez estaba tumbado en la cama y el animal oscuro se puso a ello, golpeándose con el somier, y tuve un orgasmo. Lo que me dio más asco que ninguna de las otras cosas desagradables que he hecho.

»Estoy sucio. Necesito un afeitado. Me tiemblan las manos. Sudo, me doy cuenta de que huelo mal. La camisa que llevo está mojada por los sobacos, el pecho, la espalda. También las mangas y los pliegues de los codos. El vaso sobre la mesa está vacío. Necesitaría los dos brazos para verter el líquido. Quizá podría sacarle un trago a la botella para sentirme mejor. El sabor del whisky es repugnante. Y no me serviría de nada. Al final tampoco sería capaz de dormir y el mundo entero gemiría ante el horror de los nervios torturados. ¿Buena calidad, eh, Wade? Más.

»Funciona muy bien durante los dos o tres primeros días, pero luego se cambian las tornas. Sufres y tomas un trago y durante un ratito mejora, pero el precio sigue subiendo y subiendo y lo que recibes a cambio cada vez es menos y menos y siempre llega el momento en el que el único resultado es sentir náuseas. Entonces llamas a Verringer. De acuerdo, Verringer, voy de camino. Pero ya no hay ningún Verringer. Se ha ido a Cuba o está muerto. La loca lo ha matado. Pobrecito Verringer, qué destino, morir en la cama con una loca..., con esa clase de loca. Vamos, Wade, levántate y sal. Vete a algún sitio donde no hayamos estado nunca y adonde no volveremos una vez que hayamos estado. ¿Tiene sentido esa frase? No. De acuerdo, no estoy pidiendo que me paguen por ella. Aquí una breve pausa para un anuncio muy largo.

»Vaya, lo he hecho. Me he levantado. Qué tío. He llegado hasta el sofá y aquí estoy, arrodillado a su lado con las manos apoyadas en él y la cara entre las manos, llorando. Luego he rezado y me he despreciado por rezar. Borracho de tercer grado que se desprecia. ¿A quién demonios estás rezando, imbécil? Si reza un hombre sano, eso es fe. Un enfermo que reza sólo está asustado. Al infierno con las oraciones. Éste es el mundo que te has hecho tú solito con la poca ayuda exterior que has recibido..., bueno, también es cosa tuya. Deja de rezar, cretino. Ponte de pie y tómate ese whisky. Es demasiado tarde para cualquier otra cosa.

»Bien, me lo he tomado. Con las dos manos. Y hasta me lo he servido. Apenas he derramado una gota. Ahora hay que ver si soy capaz de retenerlo sin vomitar. Mejor añadir un poco de agua. Ahora levántalo despacio. Con calma, no demasiado de una vez. Noto la tibieza. El calor. Si pudiera dejar de sudar. El vaso está vacío. Otra vez encima de la mesa.

»Está turbia la luz de la luna, pero he dejado el vaso de todos modos, con muchísimo cuidado, como un ramo de rosas en un jarrón muy alto y estrecho. Las rosas mueven la cabeza con el rocío. Quizá sea yo una rosa. No me falta rocío, hermano. Ahora al piso de arriba. Quizá un traguito sin agua para el camino. ¿No? De acuerdo, lo que tú digas. Beberé cuando llegue arriba. Algo que me suponga un estímulo, si es que llego. Si consigo llegar arriba tengo derecho a una recompensa. Una prueba de autoestima. Me quiero muchísimo, y lo mejor de todo es que carezco de rivales.

»Doble espacio. He subido y he bajado. No me gusta estar arriba. La altura hace que el corazón me palpite con fuerza. Pero sigo dándole a las teclas de la máquina. Vaya mago que es el subconsciente. ¡Si estuviera dispuesto a trabajar con un horario! También había luz de luna arriba. Probablemente la misma luna. No hay variedad en lo que a la luna se refiere. Va y viene como el lechero, y la leche de la luna siempre es la misma. La luna de la leche siempre es... Para el carro, amigo. Se te han cruzado los pies. No es momento para involucrarse en el historial clínico de la luna. Tienes suficiente historial clínico como para llenar todo el valle, maldita sea.

»Dormida de costado sin hacer ruido. Las rodillas dobladas. Demasiado inmóvil, me pareció. Siempre se hace algo de ruido cuando se duerme. Quizá no dormida, quizá sólo tratando de dormir. Si me acercase más lo sabría. También podría caerme. Abrió un ojo, ¿o no fue así? ¿Me miró o no me miró? No. Se habría incorporado y habría dicho: ¿No te encuentras bien, cariño? No, no me encuentro bien, cariño. Pero que no te quite el sueño, cariño, porque este malestar es mi malestar y no el tuyo, así que duerme con sosiego y encantadoramente y sin recuerdos y sin que te lleguen mis babas ni se acerque a ti nada que sea sombrío, gris y feo.

»Eres un desastre, Wade. Tres adjetivos, escritor de mala muerte. ¿Es que no puedes hacer siquiera un monólogo interior, pobre desgraciado, sin meter tres adjetivos, por el amor de Dios? Bajé otra vez agarrándome al pasamanos. Las tripas me daban saltos con cada escalón y conseguí sujetarlas con una promesa. Llegué al piso de abajo y luego al estudio y finalmente al sofá y luego esperé a que el corazón fuese un poco más despacio. Tengo la botella a mano. Un punto a favor de cómo están dispuestas las cosas para Wade es que siempre tiene la botella a mano. Nadie la esconde, nadie la encierra bajo llave. Nadie dice, ¿no te parece que ya es suficiente, cariño? Vas a enfermar, cariño. Nadie lo dice. Tan sólo duerme de lado suavemente como las rosas.

»Le di demasiado dinero a Candy. Equivocación. Debería de haber empezado con una bolsa de cacahuetes y subir hasta un plátano. Luego un poquito de calderilla de verdad, despacio y poco a poco, para tenerlo siempre interesado. Pero si le das desde el principio un trozo muy grande del pastel, pronto tiene unos ahorros. En México puede vivir un mes, vivir por todo lo alto, con lo que aquí se gasta en un día. De manera que cuando consigue esos ahorros, ¿qué hace? Bien; ¿hay algún hombre a quien le parezca que ya tiene dinero suficiente si piensa que puede conseguir más? Quizá no lo haya hecho tan mal. Quizá debería matar a ese hijo de mala madre al que tanto le brillan los ojos. Un hombre bueno murió por mí en una ocasión, ¿por qué no una cucaracha con una chaqueta blanca?

»Olvídate de Candy. Siempre hay una manera de despuntar la aguja. Al otro no lo olvidaré nunca. Lo tengo grabado en el hígado a fuego verde.

»Mejor telefonear. Pierdo control. Los siento saltar y saltar. Mejor llamar a alguien deprisa antes de que las cosas de color rosa se me suban, arrastrándose, por la cara. Mejor llamar, llamar. Llamar a Sue de Sioux City. Oiga, señorita, quiero poner una conferencia. ¿Conferencias? Póngame con Sue de Sioux City. ¿Su número? No tengo número, sólo nombre, señorita. La encontrará paseándose por la calle Diez, en la parte que queda en sombra, bajo los altos árboles de maíz con sus mazorcas desplegadas... De acuerdo, señorita, de acuerdo. Anule todo el programa y déjeme contarle algo, quiero decir, preguntarle algo. ¿Quién va a pagar todas esas fiestas superelegantes que Gifford está dando en Londres si anula usted mi conferencia? Claro, usted cree que su empleo es seguro. Eso es lo que cree. Bien, más valdrá que hable directamente con Gifford. Que se ponga al teléfono. Su ayuda de cámara acaba de traerle el té. Si no puede hablar mandaremos a alguien que pueda.

»¿Para qué demonios he escrito todo eso? ¿Qué era lo que estaba intentando dejar de pensar? Teléfono. Será mejor telefonear ahora. Poniéndome muy mal, pero que muy...»

Eso era todo. Doblé las cuartillas varias veces y me las guardé en el bolsillo interior del pecho, detrás del billetero. Fui hasta las puertas ventanas, las abrí por completo y salí a la terraza. La luz de la luna había perdido brillo. Pero era verano en Idle Valley y el verano nunca se estropea del todo. Me quedé allí mirando al lago —inmóvil e incoloro— y haciéndome preguntas. Luego oí un disparo.

29

En la galería había ahora dos puertas iluminadas y abiertas, la de Eileen y la de Wade. La habitación de ella estaba vacía. Me llegó un ruido de forcejeo procedente de la otra, entré de un salto y me la encontré inclinada sobre la cama y peleando con su marido. El brillo oscuro de un revólver en el aire, dos manos lo sostenían, una masculina grande y otra pequeña de mujer, ninguna por la culata. Roger se había incorporado en la cama y estaba inclinado hacia delante, empujando. Eileen llevaba una bata de color azul pálido, una de esas cosas guateadas, el pelo por la cara y —ya con las dos manos en el revólver— consiguió quitárselo a su marido con un tirón decidido. Me sorprendió que tuviera fuerza suficiente, incluso aunque él estuviese medio aturdido. Wade cayó para atrás en la cama, indignado y jadeante y ella dio unos pasos atrás y tropezó conmigo.

Se quedó quieta, apoyándose en mí, mientras sujetaba con fuerza el revólver contra el pecho, agitada por sollozos violentos. Alargué una mano en torno a su cuerpo y la puse sobre el revólver.

Se dio la vuelta como si hubiera hecho falta aquello para que se percatara de que estaba yo allí. Se le dilataron los ojos y su cuerpo se distendió contra el mío. Dejó escapar el revólver. Era un arma pesada, poco manejable, un Webley de doble acción y sin percutor. El cañón estaba tibio. Retuve a Eileen con una mano, me guardé el revólver en el bolsillo y miré a Roger. Nadie dijo nada.

Luego él abrió los ojos y apareció en sus labios la habitual sonrisa de cansancio.

—Ningún herido —murmuró—. Tan sólo un disparo al aire que ha dado en el techo.

Sentí que Eileen se tensaba. Luego se apartó. No había desconcierto en su mirada. La dejé ir.

—Roger —dijo con una voz que no era mucho más que un susurro angustiado—, ¿tenías que hacer precisamente eso?

Wade la miró con aire de quien está de vuelta de todo, se pasó la lengua por los labios y no dijo nada. Eileen fue a apoyarse contra el tocador. Movió la mano maquinalmente para retirarse el pelo de la cara. Todo su cuerpo se estremeció, al tiempo que movía la cabeza de un lado para otro.

—Roger —susurró de nuevo—. Pobre Roger. Pobre desventurado Roger.

Wade miraba directamente al techo.

—He tenido una pesadilla —dijo despacio—. Alguien con una navaja, inclinado sobre la cama. No sé quién. Se parecía un poco a Candy. Pero no podía ser Candy.

—Claro que no, cariño —dijo Eileen dulcemente. Abandonó el tocador, se sentó en el borde de la cama y empezó a acariciarle la frente con una mano—. Hace mucho que Candy se fue a la cama. ¿Y por qué iba a tener él una navaja?

—Es mexicano. Todos tienen navajas —dijo Roger con la misma voz remota e impersonal—. Les gustan. Y no le caigo bien.

—No le cae bien a nadie —dije brutalmente.

Su mujer volvió muy deprisa la cabeza.

—Por favor..., no hable así, por favor. Roger no sabía. Ha tenido un sueño...

—¿Dónde estaba el revólver? —gruñí, pendiente de ella, sin prestar la menor atención a Wade.

—En el cajón de la mesilla.

Wade volvió la cabeza y aguantó mi mirada. No había ningún revólver en el cajón y él sabía que yo lo sabía. Estaban las pastillas y cosas sueltas sin importancia, pero no había ningún arma.

—O debajo de la almohada —añadió—. No estoy nada seguro. He disparado una vez —alzó una mano robusta y señaló—, ahí arriba.

Alcé la vista. Parecía, efectivamente, que había un agujero en la escayola del techo. Me acerqué para verlo mejor. Sí; el tipo de agujero que hace un proyectil. Con aquel revólver se podía atravesar el suelo, y llegar hasta el desván. Me acerqué a la cama y me quedé mirándolo, con cara de pocos amigos.

—Tonterías. Quería quitarse de en medio. Nada de pesadillas. Estaba nadando en un océano de autocompasión. Tampoco había un revólver ni en el cajón ni debajo de la almohada. Se levantó, lo cogió en otro sitio y volvió a la cama dispuesto a acabar de una vez con esta historia tan desagradable. Pero creo que no ha tenido el valor. Disparó al aire y su mujer vino corriendo; eso era lo que quería. Compasión y simpatía, compadre. Nada más. Incluso el forcejeo ha sido casi todo mentira. Su mujer no le puede quitar un revólver si usted no quiere que lo haga.

—Estoy enfermo —dijo—. Pero quizá tenga razón. ¿Importa mucho?

—Importa en el sentido que le voy a explicar. Podrían llevarlo a una sala de psiquiatría y, créame, las gentes que dirigen esos sitios tendrían con usted la misma comprensión que los guardianes de una cadena de presos en Georgia.

Eileen se puso en pie de repente.

—Ya es suficiente —dijo con voz cortante—. Está enfermo y usted lo sabe.

—Quiere estar enfermo. Sólo le he recordado lo que le costaría.

—No es momento para decírselo.

—Vuelva a su habitación.

Los ojos azules lanzaron llamaradas.

—Cómo se atreve...

—Vuelva a su habitación. A no ser que quiera que llame a la policía. Supuestamente hay que informar de cosas así.

Wade casi sonrió.

—Sí, llame a la policía —dijo—, como hizo con Terry Lennox.

No me di por aludido. Aún estaba pendiente de Eileen. Parecía agotada ya, y frágil y muy hermosa. El momento de indignación había pasado. Extendí una mano y le toqué el brazo.

—No pasa nada —dije—. No lo volverá a hacer. Vuelva a la cama.

Miró a su marido un buen rato y luego salió del dormitorio. Cuando el hueco de la puerta quedó vacío me senté en el borde de la cama, en el sitio que había ocupado ella.

—¿Más pastillas?

—No, gracias. No importa que duerma o no. Me siento mucho mejor.

—¿Tenía razón en lo del disparo? ¿Es cierto que no ha sido más que un ataque de teatralidad?

—Más o menos —apartó la vista—. Creo que estaba un poco mareado.

—Nadie impedirá que se mate, si realmente quiere hacerlo. Lo sé yo. Y usted también.

—Sí. —Seguía sin mirarme—. ¿Hizo lo que le pedí con lo que estaba en la máquina de escribir?

—Ya. Me sorprende que se acuerde. Unas cosas muy raras. Pero todo muy bien mecanografiado.

—Eso lo hago siempre, borracho o sereno; hasta cierto punto al menos.

—No se preocupe por Candy —dije—. Se equivoca si cree que no le tiene afecto. Y mentí cuando dije que no le cae bien a nadie. Trataba de crispar a Eileen, hacer que se enfadara.

—¿Por qué?

—Ya se ha desmayado una vez hoy.

Movió un poco la cabeza.

—Eileen no se desmaya nunca.

—Entonces lo fingió.

Tampoco le pareció bien aquello.

—¿Qué quería decir con que «un hombre bueno murió por usted»? —pregunté.

Frunció el ceño, pensando en ello.

—Una estupidez. Ya le he dicho que he tenido un sueño...

—Estoy hablando de las tonterías que puso por escrito.

Esta vez me miró, volviendo la cabeza sobre la almohada como si le pesara enormemente.

—Otro sueño.

—Voy a intentarlo de nuevo. ¿Qué sabe Candy de usted?

—Déjelo estar —dijo, cerrando los ojos.

Me levanté y cerré la puerta.

—No se puede correr eternamente, Wade. Candy podría ser un chantajista, claro. Nada más fácil. Podría incluso hacerlo con amabilidad: usted le cae bien, pero le saca dinero al mismo tiempo. De qué se trata, ¿una mujer?

—Se ha creído las tonterías de Loring —dijo con los ojos cerrados.

—No exactamente. ¿Qué me dice de la hermana, la que está muerta?

Era un palo de ciego en cierto sentido, pero puse el dedo en la llaga. Los ojos se le salieron de las órbitas. Le apareció entre los labios una burbuja de saliva.

—Es ésa... ¿la razón de que esté aquí? —preguntó despacio con una voz que era un susurro.

—Sabe perfectamente que no. He venido invitado. Usted me invitó.

Movió la cabeza de un lado a otro sobre la almohada. Pese al seconal le dominaban los nervios. Tenía el rostro cubierto de sudor.

—No soy el primer esposo amante que ha cometido adulterio. Déjeme solo y váyase al infierno. Déjeme solo.

Fui al baño y regresé con una toallita para secarle la cara. Le sonreí irónicamente. Yo era el canalla capaz de superar a todos los canallas. Espera a que esté caído y empréndela entonces a puntapiés. No tiene fuerza. Ni se resistirá ni devolverá las patadas.

—Uno de estos días volveremos sobre ello —dije.

—No estoy loco —respondió.

—Sólo tiene la esperanza de no estar loco.

—He vivido en el infierno.

—Sí, claro. Eso es evidente. Pero lo interesante es por qué. Tenga, tome esto.

Había sacado otro seconal de la mesilla y también le ofrecí el vaso de agua. Se incorporó sobre un codo, intentó hacerse con el vaso pero erró por más de diez centímetros. Se lo puse en la mano. Consiguió beber y tragarse la pastilla. Luego se tumbó, exhausto, el rostro vacío de expresión. La nariz tan lívida que casi podría haberse tratado de un muerto. No estaba en condiciones de tirar a nadie por la escalera aquella noche. Lo más probable era que ninguna noche.

Cuando empezaban a cerrársele los párpados salí del cuarto. Sentía el peso del revólver contra la cadera, un peso considerable en el bolsillo de la chaqueta. Me dirigí de nuevo al piso de abajo. Encontré abierta la puerta de Eileen. Aunque la habitación estaba a oscuras, bastaba la luz de la luna para enmarcarla a ella muy cerca del umbral. Dijo algo que sonaba como un nombre. Me acerqué.

—No levante la voz —le advertí—. Se ha vuelto a dormir.

—Siempre supe que volverías —dijo suavemente—. Aunque pasaran diez años.

La miré fijamente. Uno de los dos no estaba en sus cabales.

—Cierra la puerta —dijo con la misma voz acariciante—. Todos estos años me he guardado para ti.

Me volví y cerré la puerta. Parecía una buena idea en aquel momento. Cuando me volví había empezado a caer hacia mí. De manera que la sujeté. No me quedaba otro remedio. Se apretó con fuerza y sus cabellos me rozaron la cara. Su boca se alzó para que la besara. Temblaba. Abrió los labios, separó los dientes y apareció la lengua como una saeta. Luego bajó las manos, tiró de algo y la bata que llevaba se abrió y debajo estaba tan desnuda como la Venus de Botticelli pero muchísimo menos recatada.

—Llévame a la cama —musitó.

Lo hice. Al rodearla con mis brazos toqué piel desnuda, suave, carne elástica. La llevé los pocos pasos que nos separaban de la cama y la deposité en ella. Eileen mantuvo los brazos en torno a mi cuello. Hacía un ruido silbante con la garganta. Luego se agitó con violencia y gimió. Aquello era terrible. Estaba tan excitado como un semental y perdía rápidamente el control. Una mujer así no hace semejante invitación con demasiada frecuencia.

Candy me salvó. Un crujido mínimo me hizo volver la cabeza; noté que se movía el pomo, me solté del abrazo, abrí la puerta y vi cómo el mexicano volaba por el corredor y escaleras abajo. A mitad de camino se detuvo, se dio la vuelta y me obsequió con una mirada burlona. Luego desapareció.

Regresé a la habitación de Eileen y cerré la puerta, pero esta vez desde fuera. La ocupante de la cama producía algunos ruidos extraños, pero ya no pasaban de ser eso: ruidos extraños. Se había roto el hechizo.

Bajé las escaleras deprisa, entré en el estudio, agarré la botella de whisky y me la llevé a la boca. Cuando no pude tragar más, me apoyé contra la pared, jadeé y permití que el alcohol hiciera su efecto hasta que los vapores me llegaran al cerebro.

Había pasado mucho tiempo desde mi última comida. Mucho tiempo desde la última vez que había hecho algo normal. El whisky me golpeó enseguida con fuerza y seguí trasegándolo hasta que la habitación se enturbió, los muebles se colocaron en sitios equivocados y la luz eléctrica me pareció un incendio o un relámpago estival. Me encontré tumbado en el sofá de cuero, tratando de mantener la botella en equilibrio sobre el pecho. Daba la impresión de estar vacía. Acabó por rodar y golpear contra el suelo.

Aquello fue lo último de lo que tuve una conciencia relativamente precisa.

30

Un rayo de luz de sol me hizo cosquillas en un tobillo. Abrí los ojos y vi la copa de un árbol moviéndose dulcemente sobre el fondo de un neblinoso cielo azul. Me di la vuelta y el cuero me tocó la mejilla. Un hacha me hendió la cabeza. Me incorporé. Me cubría una manta de viaje. La aparté y puse los pies en el suelo. Miré el reloj con cara de pocos amigos. El reloj decía que faltaba un minuto para las seis y media.

Necesité decisión para ponerme en pie, además de fuerza de voluntad. Hice un considerable gasto de energía, y ya no me quedaban tantas reservas como en otros tiempos. Los años, con su dureza y sus dificultades, me habían dejado su huella.

Llegué como pude al aseo, me quité la corbata y la camisa y me rocié la cara y la cabeza con agua fría. Cuando estaba ya chorreando utilicé la toalla para secarme con fuerza. Volví a ponerme la camisa y la corbata. Al echar mano de la chaqueta, el revólver que seguía en el bolsillo golpeó contra la pared. Lo saqué, abrí el cilindro e hice que me cayeran en la mano los proyectiles; cinco intactos y un cartucho vacío y ennegrecido. Luego pensé, de qué sirve, siempre hay más. De manera que volví a ponerlos donde habían estado antes, llevé el arma al estudio y lo metí en uno de los cajones del escritorio.

Cuando alcé la vista Candy estaba en el umbral, impecable con su chaqueta blanca, el cabello brillante y peinado hacia atrás y la frialdad en los ojos.

—¿Quiere café?

—Gracias.

—He apagado las luces. El patrón está bien. Dormido. Le he cerrado la puerta. ¿Por qué se ha emborrachado?

—Tenía que hacerlo.

Me miró con desdén.

—No se acostó con ella, ¿eh? Le dieron una patada en el culo, sabueso.

—Como prefieras.

—No ejerce de duro esta mañana, sabueso. Nada de nada.

—Tráeme el café, estúpido —le grité.

—*¡Hijo de puta!*

De un salto lo sujeté por el brazo. No se movió. Se limitó a mirarme con desprecio. Me eché a reír y lo solté.

—Tienes razón, Candy. No soy nada duro.

Dio la vuelta y se marchó. Tardó muy poco en regresar con una bandeja de plata que contenía una cafeterita también de plata, azúcar, leche y una pulcra servilleta triangular. La depositó en la mesa de cóctel y se llevó la botella vacía y el resto de los utensilios relacionados con la bebida. Del suelo recogió otra botella.

—Recién hecho —dijo antes de salir.

Bebí dos tazas de café solo. A continuación intenté fumar. Sin problema. Aún pertenecía a la raza humana. Luego reapareció Candy.

—¿Quiere desayunar? —preguntó con aire taciturno.

—No, gracias.

—De acuerdo, lárguese. No lo queremos por aquí.

—¿Quiénes?

Levantó la tapa de una caja y cogió un pitillo. Lo encendió y me echó el humo de manera insolente.

—Yo me cuido del patrón —dijo.

—¿Es mucho lo que le sacas?

Frunció el ceño primero y luego asintió.

—Sí, claro. Mucho dinero.

—¿Cuánto dinero extra, por no contar lo que sabes?

Volvió al español.

—*No entiendo.*

—Entiendes perfectamente. ¿Cuánto consigues que afloje? Apuesto a que no pasa de un par de metros.

—¿Qué es eso? ¿Un par de metros?

—Doscientos dólares.

Sonrió.

—Es usted el que me va a dar un par de metros, sabueso. Para que no le diga al patrón que anoche salió del cuarto de su esposa.

—Con eso compraría un autobús entero de espaldas mojadas como tú.

Se limitó a encogerse de hombros.

—El patrón se vuelve muy violento cuando se enfada. Mejor pagar, sabueso.

—Calderilla para escuincles —dije despreciativamente—. Lo que te llega no es nada. Muchos hombres echan una cana al aire cuando están borrachos. En cualquier caso, la señora lo sabe todo. No tienes nada que vender.

Le brillaron los ojos.

—Lo que hace falta es que no vuelva por aquí, tío duro.

—Ya me marcho.

Me puse en pie y di la vuelta a la mesa. Se movió lo suficiente para seguir viéndome de frente. Le vigilé la mano, pero no llevaba una navaja. Cuando estuvo lo bastante cerca, lo abofeteé.

—A mí el servicio no me llama hijo de puta, bola de sebo. Tengo cosas que hacer aquí y vengo siempre que me apetece. La lengua quieta de ahora en adelante. Podrían marcarte con una pistola y esa bonita cara tuya no volvería nunca a ser la misma.

No reaccionó en absoluto, ni siquiera a la bofetada. Eso y que lo llamara bola de sebo eran insultos mortales. Pero se quedó quieto, con cara de palo. Luego, sin una palabra, recogió la bandeja del café y se marchó.

—Gracias por el café —le dije cuando ya me daba la espalda.

Siguió andando. Cuando se hubo marchado me toqué la barbilla, necesitada de un afeitado, me desperecé y decidí marcharme. Había tenido más que suficiente de la familia Wade.

Mientras cruzaba la sala de estar Eileen bajaba las escaleras vestida con pantalón blanco, sandalias que dejaban los dedos al descubierto y camisa de color azul pálido. Me miró con auténtica sorpresa.

—No sabía que estuviera aquí, señor Marlowe —dijo, como si llevara una semana sin verme y hubiera aparecido en aquel momento para tomar el té.

—He dejado el revólver en el escritorio —dije.

—¿Revólver? —Al cabo de un momento pareció tomar conciencia de lo que le decía—. Sí, claro. Tuvimos una noche algo agitada, ¿no es cierto? Pero pensé que habría vuelto a su casa.

Me acerqué a ella. Llevaba una fina cadena de oro en torno al cuello y algún tipo de elegante medallón en oro y azul sobre esmalte blanco. La parte de esmalte azul parecía un par de alas, pero no estaban desplegadas. Recortada sobre ellas había una daga ancha de esmalte blanco y oro que atravesaba un pergamino. No me fue posible leer las palabras. Era algún tipo de emblema militar.

—Me emborraché —dije—. A sabiendas y de manera nada elegante. Estaba un poco solo.

—No hubiera sido necesario —dijo, y sus ojos tenían la transparencia del agua. Ni una brizna de malicia en ellos.

—Una cuestión opinable —dije—. Voy a marcharme ya y no estoy seguro de que vuelva. ¿Ha oído lo que he dicho sobre el revólver?

—Que lo ha puesto en el escritorio de Roger. Quizá fuera una buena idea llevarlo a otro sitio. Aunque en realidad no tenía intención de pegarse un tiro, ¿no es cierto?

—No estoy en condiciones de responder a eso. Pero quizá su marido lo utilice de verdad la próxima vez.

Negó con la cabeza.

—No lo creo. De verdad. Nos prestó usted una ayuda maravillosa anoche, señor Marlowe. No sé cómo darle las gracias.

—Hizo un excelente intento.

Se puso colorada primero y luego se echó a reír.

—Tuve un sueño muy extraño por la noche —dijo despacio, mirando al infinito por encima de mi hombro—. Alguien a quien conocí hace tiempo estaba aquí, en casa. Alguien que lleva diez años muerto. —Tocó con los dedos el medallón de oro y esmaltes—. Ésa es la razón de que hoy me haya puesto esto. Me lo regaló él.

—También yo tuve un sueño curioso —dije—. Pero no le voy a contar el mío. Infórmeme de qué tal sigue Roger y de si hay algo que pueda hacer.

Me miró directamente a los ojos.

—Ha dicho que no iba a volver.

—He dicho que no estaba seguro. Tal vez tenga que volver. Espero que no. Hay algo muy negativo en esta casa. Y sólo procede en parte de las botellas de whisky.

Me miró fijamente, frunciendo el ceño.

—¿Qué significa eso?

—Creo que sabe de qué estoy hablando.

Se lo pensó con calma. Aún seguía tocándose con suavidad el medallón. Dejó escapar un suspiro lento y paciente.

—Siempre hay alguna mujer —dijo sin levantar la voz—. En un momento u otro. No es mortal de necesidad. Estamos hablando desde dos puntos de vista diferentes, ¿no es cierto? Quizá ni siquiera de la misma cosa.

—Podría ser —dije. Eileen seguía en los escalones, el tercero empezando por abajo. Acariciaba el medallón con los dedos y aún parecía un sueño dorado—. Sobre todo si se tiene en cuenta que la otra mujer es Linda Loring.

La mano abandonó el medallón y Eileen descendió un escalón más.

—El doctor Loring parece estar de acuerdo conmigo —dijo con indiferencia—. Debe de tener alguna fuente de información.

—Usted dijo que había interpretado esa escena con la mitad de los varones del valle.

—¿Eso dije? Bueno... Es la frase convencional que se dice en esos momentos.

Bajó otro escalón.

—No me he afeitado —dije.

Aquello la sobresaltó. Luego se echó a reír.

—Oh; no esperaba que me hiciese el amor.

—Exactamente, ¿qué esperaba de mí, señora Wade, al principio, cuando me persuadió por primera vez para que saliera de caza? ¿Por qué yo? ¿Por qué me hizo aquella oferta?

—Mantuvo su palabra —dijo tranquilamente—. Aunque no creo que le resultara nada fácil.

—Me conmueve usted. Pero no creo que fuera ésa la razón.

Bajó el último escalón y tuvo que alzar los ojos para mirarme.

—Entonces, ¿cuál fue la razón?

—Si lo fue..., es difícil elegir peor. Probablemente la peor razón del mundo.

Frunció apenas el ceño.

—¿Por qué?

—Porque lo que hice, mantener la palabra, es algo que ni siquiera un tonto hace dos veces.

—¿Sabe lo que me parece? —dijo con tono desenfadado—. Creo que esta conversación se está volviendo muy enigmática.

—Es usted una persona muy enigmática, señora Wade. Hasta la vista y buena suerte. Si realmente se interesa por Roger, será mejor que le encuentre un médico que le convenga..., y que lo haga cuanto antes.

Rió de nuevo.

—Lo de anoche fue un ataque sin importancia. Debería verlo cuando se encuentra realmente mal. Esta misma tarde estará levantado y trabajando.

—Eso no se lo cree ni usted.

—Pues le aseguro que lo hará. Lo conozco muy bien.

Le disparé la última andanada a bocajarro y sonó francamente desagradable.

—En realidad no quiere salvarlo, ¿no es cierto? Sólo quiere que parezca que está tratando de salvarlo.

—Eso que acaba de decir —respondió muy despacio— ha sido una cosa imperdonable.

Pasó a mi lado y atravesó las puertas del comedor. La gran sala de estar quedó vacía, crucé la puerta principal y abandoné la casa. Era una perfecta mañana de verano en aquel luminoso valle tan apartado. Estaba demasiado lejos de Los Ángeles para que le llegara la contaminación de la gran ciudad y las montañas lo libraban de la humedad del océano. Iba a hacer calor más adelante, pero de una manera delicada, refinada, selecta; nada tan brutal como el calor del desierto, ni pegajoso y fétido como el calor de la urbe. Idle Valley era un lugar perfecto para vivir. Perfecto. Personas agradables con casas muy bonitas, coches agradables, caballos agradables y perros simpáticos; era posible que hasta hijos simpáticos.

Pero todo lo que un individuo llamado Marlowe quería de aquel sitio era marcharse. Y cuanto antes.

31

Volví a casa, me duché, me afeité, me cambié de ropa y empecé a sentirme otra vez limpio. Me preparé algo de desayunar, me lo comí, fregué los cacharros, barrí la cocina y la entrada de servicio, llené la pipa y llamé a la centralita que recogía mis llamadas telefónicas. Ni una sola. ¿Para qué ir al despacho? Sólo encontraría otro cadáver de mariposa nocturna y otra capa de polvo. Y en la caja fuerte, mi retrato de Madison. Podía ir y jugar con él y con los cinco billetes de cien completamente nuevos que todavía olían a café. Podía, pero no quería. Algo dentro de mí se había agriado. Aquel dinero no era mío en realidad. ¿Qué se pagaba con él? ¿Cuánta lealtad puede usar un muerto? Tonterías. Estaba viendo la vida a través de los vapores de una resaca.

Fue una de esas mañanas que parecen prolongarse eternamente. Estaba desinflado, cansado y aburrido y los minutos parecían caer en el vacío, con un suave zumbido, como cohetes gastados. Los pájaros gorjeaban en los arbustos de los alrededores de la casa y los coches iban y venían interminablemente por Laurel Canyon. De ordinario ni siquiera los oía. Pero estaba ensimismado e irritable y molesto y susceptible en exceso. Decidí matar la resaca.

De ordinario no bebo por la mañana. El clima del sur de California es demasiado suave para eso. No se metaboliza el alcohol con suficiente rapidez. Pero me preparé un cóctel muy frío, de los que requieren abundancia de líquido, me senté en una poltrona con la camisa abierta, ojeé una revista y leí una historia disparatada de un individuo que tenía dos vidas y dos psiquiatras, uno de ellos un ser humano y el otro alguna especie de insecto en una colmena. El protagonista iba y venía de la consulta del uno a la del otro, y toda la historia era perfectamente absurda, pero divertida de una manera poco convencional. Yo controlaba lo que bebía con mucho cuidado, un sorbo cada vez, vigilándome.

Más o menos a mediodía sonó el teléfono y la voz dijo:

—Linda Loring al habla. He llamado a su despacho y su servicio telefónico me ha dicho que probara ahí. Me gustaría verlo.

—¿Por qué?

—Preferiría explicárselo en persona. Va usted a su despacho de cuando en cuando, imagino.

—Claro. De cuando en cuando. ¿Algún provecho económico?

—No lo había enfocado desde ese ángulo. Pero no tengo ninguna objeción si quiere que se le pague. Podríamos quedar en su despacho dentro de una hora.

—Chachi.

—¿Qué demonios le pasa? —preguntó con tono cortante.

—Resaca. Pero no estoy paralizado. Llegaré a tiempo. A no ser que prefiera venir aquí.

—Su despacho me parece más conveniente.

—Vivo en un sitio tranquilo y agradable. Calle sin salida, ningún vecino cerca.

—Las connotaciones no me atraen..., si es que le entiendo.

—Nadie me entiende, señora Loring. Soy enigmático. De acuerdo. Me arrastraré hasta ese agujero.

—Muchísimas gracias.

A continuación colgó.

Tardé algo más de lo habitual porque me detuve en el camino para comprar un sándwich. Aireé el despacho, conecté el timbre y cuando asomé la cabeza por la puerta de comunicación Linda Loring ya estaba allí, en el mismo asiento que había ocupado Mendy Menéndez; probablemente también ojeaba la misma revista. Vestía un traje de gabardina color cigarro habano y estaba muy elegante. Dejó la revista, me miró con gesto serio y dijo:

—Su helecho necesita agua. Me parece que también necesita un cambio de maceta. Demasiadas raíces al aire.

Sostuve la puerta abierta para que pasara. Al diablo con el helecho. Cuando hubo entrado y dejé que se cerrase la puerta, le ofrecí la butaca del cliente, mientras ella echaba el típico vistazo a las instalaciones. Yo fui a sentarme en mi lado del escritorio.

—Su despacho no es exactamente lujoso —dijo—. ¿Ni siquiera tiene una secretaria?

—Una vida muy sórdida, pero estoy acostumbrado.

—Tampoco parece que su ocupación sea muy lucrativa —dijo.

—Según como se mire. Depende. ¿Quiere ver un retrato de Madison?

—¿Un qué?

—Un billete de cinco mil. Anticipo. Lo tengo en la caja fuerte.

Me levanté, hice girar el mando, abrí la puerta, luego el cajón interior, saqué un sobre y se lo coloqué delante. Linda Loring lo miró con algo parecido al asombro.

—No se deje engañar por el despacho —dije—. En cierta ocasión trabajé para un tipo que valía por lo menos veinte millones. Incluso su padre de usted lo saludaría. Tenía un despacho que no era mejor que el mío, pero, debido a la sordera, insonorizó el techo. Y el suelo linóleo marrón, sin alfombras.

Linda Loring cogió el retrato de Madison, lo estiró entre los dedos y le dio la vuelta. Luego lo dejó otra vez sobre la mesa.

—Se lo dio Terry, ¿no es eso?

—Caramba, lo sabe todo, señora Loring.

Empujó el billete, alejándolo y frunciendo el ceño.

—Tenía uno. Lo llevaba siempre encima desde que Sylvia y él se casaron la segunda vez. Lo llamaba su dinero loco. No lo encontraron en su cadáver.

—Podría haber otras razones.

—Lo sé. Pero ¿cuántas personas llevan encima un billete de cinco mil? ¿Cuántas que puedan permitirse darle a usted tanto dinero lo harían de esa manera?

No merecía la pena responder. Me limité a asentir con la cabeza. Linda Loring siguió hablando con tono brusco:

—¿Y qué se supone que tenía que hacer a cambio, señor Marlowe? Si es que me lo va a contar. En aquel último viaje hasta Tijuana tuvieron muchísimo tiempo para hablar. La otra noche dejó bien claro que no daba crédito a su confesión. ¿Le dio una lista de los amantes de su mujer para que encontrara al asesino entre ellos?

Tampoco respondí, aunque por razones distintas.

—¿Acaso aparecía por casualidad en esa lista el nombre de Roger Wade? —preguntó con aspereza—. Si Terry no mató a su mujer, el asesino tendría que ser algún hombre violento e irresponsable, un loco y un borracho peligroso. Sólo un hombre así podría, por utilizar su repulsiva frase, convertir su rostro en una masa sanguinolenta. ¿Es ésa la razón de que se haya convertido en una persona tan útil para los Wade? ¿Un alma caritativa que aparece para cuidar a Roger cuando está borracho, para encontrarlo cuando se pierde, para llevarlo a casa cuando no se vale por sí mismo?

—Déjeme que le aclare las ideas en un par de puntos, señora Loring. Terry puede haberme dado o no ese estupendo trozo de papel impreso. Pero no me dio ninguna lista ni tampoco mencionó nombres. No me pidió que hiciera nada por él a excepción de lo que usted parece estar segura de que hice, que fue llevarlo en coche a Tijuana. Mi asociación con los Wade ha sido obra de un editor de Nueva York que quiere a toda costa que Roger Wade termine su libro, lo que exige que esté relativamente sereno, lo que a su vez implica descubrir si existe algún problema especial que lo empuja a emborracharse. Si existe y es posible averiguarlo, el paso siguiente sería esforzarse por hacerlo desaparecer. Digo esforzarse, porque lo más probable es que no sea posible. Pero al menos se podría intentar.

—Yo podría explicarle con una sola frase por qué se emborracha —dijo Linda Loring desdeñosamente—. Esa preciosidad rubia y anémica con la que se casó.

—No sabría decirlo —respondí—. Yo no la llamaría anémica precisamente.

—¿De verdad? Qué interesante.

Le brillaron los ojos.

Recogí el retrato de Madison.

—No le dé demasiadas vueltas, señora Loring. No me acuesto con esa dama. Siento desilusionarla.

Fui a la caja fuerte y guardé el dinero en el compartimento que tenía llave. Cerré la puerta e hice girar el mando exterior.

—Pensándolo mejor —dijo Linda Loring a mi espalda—, dudo mucho que nadie se acueste con ella.

Esta vez me senté en una esquina de la mesa.

—Está diciendo maldades, señora Loring. ¿Por qué? ¿Siente debilidad por nuestro alcohólico amigo?

—Detesto comentarios como ése —dijo con tono cortante—. Los aborrezco. Supongo que la estúpida escena que hizo mi marido le da derecho a insultarme. No; no siento debilidad por Roger Wade. Nunca la he sentido; ni siquiera cuando era una persona sobria que sabía comportarse. Todavía menos ahora que es lo que es.

Me dejé caer en el sillón, eché mano a las cerillas y me la quedé mirando. Ella consultó su reloj.

—A ustedes, las personas con mucho dinero, hay que echarles de comer aparte —dije—. Piensan que todo lo que les apetece decir, por muy desagradable que sea, es perfectamente correcto. Hace usted comentarios despectivos sobre Wade y su mujer a una persona a la que apenas conoce, pero si yo le devuelvo algo de cambio, lo que yo digo es un insulto. Muy bien, vamos a poner las cartas sobre la mesa. Todo borracho acaba a la larga con una mujer de vida alegre. Wade es un borracho, pero usted no es una de esas mujeres. Se trata tan sólo de una sugerencia sin fundamento que su noble esposo deja caer para animar una fiesta de sociedad. No lo dice en serio, sólo quiere que todo el mundo se ría un poco. De manera que a usted la descartamos y buscamos a esa mujer en otro sitio. ¿A qué distancia tenemos que mirar, señora Loring, para encontrar una que tenga que ver con usted lo bastante para hacerla venir aquí y a intercambiar comentarios despectivos conmigo? Se tiene que tratar de alguien más bien especial, ¿no es cierto? De lo contrario, ¿qué interés tendría para usted?

No hizo ningún comentario, tan sólo me miraba. Pasó medio minuto largo. Las comisuras de su boca habían perdido el color y las manos apretaban con fuerza el bolso de gabardina, a juego con el traje.

—No se puede decir que haya perdido el tiempo, ¿verdad que no? —dijo por fin—. ¡Qué conveniente que ese editor pensara en recurrir a usted! ¡De manera que Terry no mencionó nombres! Ni uno solo. Pero daba lo mismo, ¿no es cierto, señor Marlowe? Su instinto no falla. ¿Le puedo preguntar qué se propone hacer a continuación?

—Nada.

—¡Vaya, qué manera de desperdiciar tanto talento! ¿Cómo compaginarlo con sus obligaciones ligadas al retrato de Madison? Sin duda habrá algo que pueda hacer.

—Déjeme decirle confidencialmente —respondí— que peca de ingenuidad. Está claro que Wade conocía a su hermana. Gracias por decírmelo, aunque haya sido de manera indirecta. ¿Y qué? Tan sólo uno entre una colección bastante amplia, con toda probabilidad. Vamos a dejarlo ahí. Y volvamos al motivo por el que deseaba usted verme. Parece que lo hemos perdido de vista en medio de la confusión, ¿no cree?

Linda Loring se puso en pie. Consultó una vez más su reloj.

—Tengo un coche esperando. ¿Puedo convencerlo para que me acompañe a casa y tomemos juntos una taza de té?

—Siga —dije—. Cuéntemelo todo.

—¿Tan sospechosa le resulto? Tengo un invitado al que le gustaría conocerle.

—¿El viejo?

—Yo no lo llamo así —dijo sin alterarse.

Me levanté y me incliné por encima de la mesa.

—A veces, cariño, es usted terriblemente atractiva. De verdad. ¿Algún inconveniente en que lleve un arma?

—No irá a decirme que tiene miedo de un viejo.

Torció un poco la boca.

—¿Por qué no? Apuesto a que usted se lo tiene..., y mucho.

Suspiró.

—Sí, me temo que sí. Desde siempre. A veces resulta bastante aterrador.

—Quizá sea mejor que lleve dos —dije, para desear, acto seguido, no haberlo dicho.

32

Era la casa más rara que había visto nunca. Una caja cuadrada y gris, de tres pisos, con tejado abuhardillado, muy inclinado e interrumpido por veinte o treinta ventanas dobles con muchísimas decoraciones —a su alrededor y entre ellas— de estilo tarta nupcial. La entrada tenía dobles columnas de piedra a cada lado, pero la guinda del pastel era una escalera de caracol exterior con barandilla de piedra, coronada por un torreón desde donde debía de verse el lago en toda su extensión.

El piso del patio para los coches también era de piedra. Lo que aquel sitio parecía necesitar era una alameda de un kilómetro de largo, un parque con ciervos, un jardín romántico, una terraza con tres niveles, unos cuantos centenares de rosas en el exterior de la ventana de la biblioteca y, desde todas las ventanas, un amplio panorama verde que terminara en bosque, silencio y tranquila inmensidad. Lo que tenía en realidad era un muro de piedra en torno a cinco o seis hectáreas, lo que supone bastante espacio para una zona superpoblada. Un seto de cipreses podados en redondo bordeaba la entrada de los coches. Había árboles ornamentales de todas clases en pequeños grupos aquí y allá, pero no parecían árboles californianos. Plantas de importación. El constructor, fuera quien fuese, había tratado de traer la costa atlántica al otro lado de las montañas Rocosas. Se había esforzado, pero sin llegar a conseguirlo.

Amos, el chófer negro de mediana edad, detuvo suavemente el Cadillac delante de la entrada con columnas, se apeó y dio la vuelta al automóvil para mantener la puerta abierta mientras salía la señora Loring. Descendí primero y le ayudé a sujetar la puerta. Luego ayudé a Linda Loring a salir. Apenas había abierto la boca desde que entramos en el coche delante de mi despacho. Parecía cansada y nerviosa. Quizá la deprimía aquel absurdo pedazo de arquitectura. Hubiera deprimido hasta a un asno, obligándolo a zurear como una paloma torcaz con mal de amores.

—¿Quién construyó este sitio? —le pregunté—. ¿Y con quién estaba enfadado?

Sonrió por fin.

—¿No lo había visto nunca?

—Nunca he llegado tan lejos por este valle.

Me llevó hasta el otro lado de la avenida y señaló hacia lo alto.

—La persona que construyó este edificio se tiró desde el torreón y cayó más o menos donde está usted ahora. Era un conde francés apellidado La Tourelle y, a diferencia de la mayoría de los condes franceses, tenía mucho dinero. Se casó con Ramona Desborough, que tampoco estaba precisamente en la miseria. En los días del cine mudo ganaba treinta mil dólares a la semana. La Tourelle construyó esta casa para darle un hogar. Se supone que es una reproducción en miniatura del *château* de Blois. Lo conoce usted, por supuesto.

—Como la palma de mi mano —dije—. Ya recuerdo. Una de esas historias que publican los periódicos en su edición dominical. Ramona lo dejó y el conde se suicidó. Había también un testamento muy extraño, ¿no es eso?

La señora Loring asintió.

—Dejó a su ex mujer unos cuantos millones para gastos de bolsillo y creó una fundación con el resto. La propiedad tenía que conservarse tal como estaba, sin cambiar nada. Había que poner la mesa todas las noches como en los días de fiesta y no se permitía la entrada a nadie, a excepción de los criados y los abogados. El testamento fue impugnado y se anuló, por supuesto. A la larga la propiedad se dividió en cierta medida y cuando me casé con el doctor Loring mi padre me la ofreció como regalo de boda. Debió de costarle una fortuna hacer las reformas necesarias para poder habitarla de nuevo. Es un sitio que detesto. Desde siempre.

—No tiene por qué seguir aquí, ¿no es cierto?

Se encogió de hombros con un gesto de cansancio.

—Parte del tiempo, al menos. Una de sus hijas debe dar a mi padre algún signo de estabilidad. Al doctor Loring le gusta este sitio.

—Lógico. Un individuo capaz de hacer la escena que organizó en casa de Wade debería llevar polainas con el pijama.

Arqueó las cejas.

—Vaya, gracias por tomarse tanto interés, señor Marlowe. Pero creo que ya se ha dicho bastante sobre ese asunto. ¿Entramos? A mi padre no le gusta que le hagan esperar.

Cruzamos de nuevo la avenida, subimos los escalones de piedra, la mitad de las grandes puertas dobles se abrieron sin ruido y un personaje sin duda muy bien pagado y de aspecto altanero se hizo a un lado para dejarnos pasar. El vestíbulo era más grande que todo el espacio habitable de la casa en que yo vivía. Suelo de mosaico y, al parecer, ventanas con vidrieras de colores en la parte de atrás; si hubiera pasado algo de luz a través de ellas quizá podría haber visto qué más había. Después del vestíbulo atravesamos otras dobles puertas talladas para llegar a una habitación en penumbra que no tendría menos de veinte metros de largo. Una persona que nos contempló con frialdad estaba sentada allí, en silencio, esperando.

—¿Llego tarde, padre? —preguntó precipitadamente la señora Loring—. Te presento al señor Philip Marlowe. El señor Harlan Potter.

El aludido se limitó a mirarme y bajó la barbilla algo así como un centímetro.

—Llama para que traigan té —dijo—. Siéntese, señor Marlowe.

Me senté y lo miré. Harlan Potter me examinó como un entomólogo a un coleóptero. Nadie dijo nada. El silencio fue completo hasta que llegó el té, que se colocó sobre una enorme bandeja de plata en una mesa china. Linda se sentó delante y sirvió el té.

—Dos tazas —dijo Harlan Potter—. Tú lo puedes tomar en otra habitación, Linda.

—Sí, padre. ¿Cómo le gusta el té, señor Marlowe?

—De cualquier manera —dije.

Mi voz pareció resonar muy lejos, empequeñecida y solitaria.

La señora Loring ofreció una taza al anciano y otra a mí. A continuación se levantó sin decir nada y salió de la habitación. Estuve mirándola mientras salía. Bebí un sorbo de té y saqué un cigarrillo.

—No fume, por favor. Sufro de asma.

Volví a colocar el pitillo en el paquete. Me quedé mirándolo. No sé lo que se siente cuando se poseen cien millones, pero desde luego el señor Harlan Potter no daba la impresión de pasárselo nada bien. Era un hombre enorme, más de un metro noventa, y construido a escala. Llevaba un traje gris de *tweed* sin hombreras. No las necesitaba. Camisa blanca con corbata oscura, sin pañuelo en el bolsillo exterior, del que sobresalía en cambio la funda de unas gafas, de color negro, como los zapatos. El pelo también negro, sin nada de gris. Se lo peinaba de lado, a la manera del general MacArthur. Tuve la corazonada de que no había nada debajo, excepto el cráneo desnudo. Su voz parecía venir desde muy lejos. Bebió el té como si lo aborreciera.

—Ahorraremos tiempo, señor Marlowe, si le digo con claridad lo que pienso. Creo que está interfiriendo en mis asuntos. Si eso es cierto, me propongo poner fin a esa interferencia.

—No sé lo suficiente de sus asuntos para interferir en ellos, señor Potter.

—Disiento.

Bebió algo más de té y dejó la taza a un lado. Se recostó en el amplio sillón en el que estaba sentado y me desmenuzó con sus implacables ojos grises.

—Sé quién es usted, como es lógico. Y cómo se gana la vida, si es que se la gana, y cómo entró en relación con Terry Lennox. Se me ha informado de que ayudó a Terry a salir del país, de que tiene dudas sobre su culpabilidad y de que posteriormente se ha puesto en contacto con un individuo que mi difunta hija conocía. No se me ha explicado con qué propósito. Explíquemelo.

—Si ese individuo tiene un nombre —dije—, démelo.

Sonrió muy levemente pero no como si estuviera simpatizando conmigo.

—Wade. Roger Wade. Alguien que escribe, según creo. Autor, me dicen, de libros más bien lascivos que nunca me ha interesado leer. Tengo entendido además que es un alcohólico peligroso. Tal vez eso le haya dado a usted ideas peculiares.

—Quizá sea mejor que me permita tener mis propias ideas, señor Potter. No son importantes, por supuesto, pero son todo lo que tengo. En primer lugar, no creo que Terry asesinara a su mujer; por la manera en que se hizo y porque no creo que fuera esa clase de persona. En segundo lugar, no me puse en contacto con Wade. Se me pidió que viviera en su casa y que hiciera lo que pudiera para mantenerlo sobrio mientras acababa un libro. En tercer lugar, si es un alcohólico peligroso, no he tenido la menor prueba de ello. Cuarto, mi primer encuentro con Roger Wade se produjo a petición de su editor neoyorquino y en aquel momento no tenía ni la más remota idea de que hubiera conocido a su hija Sylvia. Quinto, rechacé aquella oferta de empleo y más adelante, cuando la señora Wade me pidió que encontrase a su marido, desaparecido, al parecer, por causa de una cura, lo encontré y lo devolví a su casa.

—Muy metódico —dijo el señor Potter con sequedad.

—No he terminado de ser metódico, señor Potter. Sexto (creo que es el número correcto), usted, o alguien que seguía sus instrucciones, envió a un abogado llamado Sewell Endicott para sacarme de la cárcel. No dijo quién lo enviaba, pero no había nadie más que pudiera hacerlo. Séptimo, cuando salí de la cárcel un maleante llamado Mendy Menéndez me dio un repaso y me advirtió que no metiera la nariz donde nadie me llamaba y me contó con pelos y señales cómo Terry Lennox les había salvado la vida a él y al dueño de un casino de Las Vegas llamado Randy Starr. Hasta donde se me alcanza la historia podría ser cierta. Menéndez aseguraba estar dolido porque Terry no le había pedido ayuda para llegar a México y sí, en cambio, a un don nadie como yo. Él, Menéndez, podría haberlo hecho por activa y por pasiva con sólo levantar un dedo y mucho mejor por añadidura.

—Sin duda —dijo Harlan Potter con una sonrisa desolada— no se le ha ocurrido pensar que los señores Menéndez y Starr figuran entre mis conocidos.

—No sabría decirlo, señor Potter. Un hombre no gana el dinero que usted tiene de maneras que yo pueda entender. La siguiente persona que me aconsejó desinteresarme del caso Lennox fue su hija, la señora Loring. Nos encontramos por casualidad en un bar y hablamos porque los dos bebíamos gimlets, la bebida favorita de Terry, pero poco frecuente por estos parajes. No supe quién era hasta que me lo dijo. Le conté algo de mis sentimientos hacia Terry y me hizo saber que tendría una carrera breve y desgraciada si enojaba a su señor padre. ¿Está usted enojado, señor Potter?

—Cuando lo esté —dijo con frialdad— no necesitará preguntármelo. No tendrá duda alguna sobre el particular.

—Era lo que pensaba. He estado más o menos esperando que se presentara una cuadrilla de matones, pero por el momento no ha sido así. Tampoco me ha molestado la policía. Podría. Y hacerme pasar un mal rato. Creía que todo lo que usted deseaba, señor Potter, era tranquilidad. ¿En qué manera, exactamente, la he alterado?

Sonrió. Era una sonrisa un poco agria, pero una sonrisa al fin y al cabo. Unió sus largos dedos amarillos, se cruzó de piernas y se recostó cómodamente en el asiento.

—Un discursito muy convincente, señor Marlowe, que, como ve, le he permitido hacer. Ahora escúcheme usted. Tiene toda la razón cuando piensa que todo lo que quiero es tranquilidad. Es muy posible que su relación con los Wade sea casual, accidental y una simple coincidencia. Que siga siendo así. Soy un hombre apegado a la familia en una época en la que eso apenas significa nada. Una de mis hijas se casó con un mojigato de Boston y la otra hizo una serie de bodas absurdas, la última con un sumiso indigente que le permitía llevar una vida sin sentido e inmoral hasta que de repente y sin ninguna razón de peso perdió el control y la asesinó. Usted piensa que eso es imposible de aceptar debido a la brutalidad del crimen. Se equivoca. La mató con una Mauser automática, la misma arma que se llevó a México. Y después de disparar hizo lo que todos sabemos para ocultar la herida de bala. Reconozco la brutalidad de esto último, pero recuerde que la persona en cuestión estuvo en una guerra, fue gravemente herido, sufrió mucho y vio sufrir a otros. Quizá no se propusiera matarla. Puede que haya habido un forcejeo de algún tipo, dado que el arma pertenecía a mi hija. Era un arma pequeña pero potente, de calibre 7,65 mm, un modelo llamado PPK. El proyectil le atravesó por completo la cabeza y fue a incrustarse en la pared, detrás de una cortina de cretona. No se encontró de inmediato y es un dato al que no se ha dado publicidad. Consideremos ahora la situación. —Se interrumpió—. ¿Está muy necesitado de un cigarrillo?

—Lo siento, señor Potter. Lo he sacado sin pensar. La fuerza de la costumbre.

Volví a guardar el pitillo por segunda vez.

—Terry acababa de matar a su esposa. Desde el punto de vista policial, siempre bastante limitado, tenía motivos más que suficientes. Pero disponía además de una defensa excelente: se trataba de la pistola de Sylvia, que él trató de arrebatarle, sin conseguirlo, y ella se quitó la vida. Un buen abogado defensor podría haber hecho mucho con eso. Probablemente lo habrían absuelto. Si me hubiera llamado entonces, le habría ayudado. Pero al convertir el asesinato en un acto de brutalidad para ocultar las huellas del proyectil, Terry cerró ese camino. Tenía que escapar y hasta eso lo hizo torpemente.

—Desde luego que sí, señor Potter. Pero antes le llamó a usted a Pasadena, ¿no es cierto? A mí me dijo que lo hizo.

Harlan Potter asintió.

—Le dije que desapareciese y que de todos modos vería lo que podía hacer. No quería saber dónde estaba. Eso era imperativo. No me era posible esconder a un criminal.

—Moralmente impecable, señor Potter.

—¿Detecto acaso una nota de sarcasmo? No importa. Cuando supe los detalles vi que no se podía hacer nada. No podía permitir el tipo de proceso que esa clase de asesinato acarrearía. Si he de ser sincero, me alegré mucho de saber que Terry se había suicidado en México y que había dejado una confesión.

—Lo entiendo perfectamente, señor Potter.

Frunció las cejas.

—Tenga cuidado, joven. No me gusta la ironía. ¿Entiende ahora por qué no puedo tolerar ninguna investigación más por parte de nadie? ¿Y por qué he utilizado toda mi influencia para hacer lo más breve posible la que se llevó a cabo y darle además la mínima publicidad?

—Claro que sí..., si está convencido de que Terry la mató.

—Claro que lo hizo. Con qué propósito es otra cuestión. Pero ya no tiene importancia. No soy un personaje público y no tengo intención de llegar a serlo. Siempre me he esforzado por evitar cualquier clase de publicidad. Tengo influencia, pero no abuso de ella. El fiscal del distrito de Los Ángeles es un hombre ambicioso con demasiado sentido común para destrozar su carrera por una notoriedad momentánea. He visto un destello en sus ojos, señor Marlowe. Olvídelo. Vivimos en lo que se llama una democracia, el gobierno de la mayoría. Un espléndido ideal si fuese posible hacer que funcionara. El pueblo elige, pero la maquinaria del partido nomina, y las maquinarias de partido, para ser eficaces, necesitan mucho dinero. Alguien se lo tiene que dar, y ese alguien, ya sea individuo, grupo financiero, sindicato o cualquier otra cosa espera cierta consideración a cambio. Lo que yo y las personas como yo esperamos es que se nos permita vivir nuestra vida en la intimidad. Soy propietario de periódicos, pero no me gustan. Los considero una amenaza constante a la poca intimidad que todavía nos queda. Sus constantes aullidos en pro de una prensa libre significan, con honrosas pero escasas excepciones, libertad para vender escándalos, delincuencia, sexo, sensacionalismo, odio, insinuaciones y para la utilización política y financiera de la propaganda. Un periódico es un negocio en el que se trata de ganar dinero gracias a los ingresos que proporcionan los anuncios. Eso depende de los ejemplares que se vendan y ya sabe usted de qué dependen las ventas.

Me levanté y di una vuelta alrededor de mi asiento. El señor Potter me estudió con fría atención. Me volví a sentar. Necesitaba un poquito de suerte. Demonios, necesitaba carretadas de suerte.

—De acuerdo, señor Potter, ¿adónde vamos a parar a partir de ahí?

No me escuchaba. Fruncía el ceño ante sus propios pensamientos.

—Hay algo muy peculiar acerca del dinero —continuó—. En grandes cantidades tiende a adquirir vida propia, incluso conciencia propia. El poder del dinero resulta muy difícil de controlar. El ser humano ha sido siempre un animal venal. El crecimiento de las poblaciones, el enorme costo de las guerras, las presiones incesantes de una fiscalidad insoportable... Todas esas cosas hacen al hombre más y más venal. El hombre corriente está cansado y asustado y un hombre cansado y asustado no está en condiciones de permitirse ideales. Necesita comprar alimentos para su familia. En esta época nuestra hemos visto un deterioro escandaloso tanto de la moral pública como de la privada. De personas cuya vida está constantemente sujeta a la falta de calidad, no cabe esperar calidad. No se puede tener calidad con producción en masa. No se la desea porque dura demasiado. De manera que se echa mano del diseño, que es una estafa comercial destinada a producir una obsolescencia artificial. La producción en masa no puede vender sus productos al año siguiente si no logra que parezca pasado de moda lo que ha vendido este año. Tenemos las cocinas más blancas y los cuartos de baño más resplandecientes del mundo. Pero en esas cocinas blancas tan encantadoras el ama de casa americana es incapaz de producir una comida aceptable, y los baños resplandecientes son sobre todo un receptáculo para desodorantes, laxantes, pastillas para dormir y todos los productos de esa estafa organizada que recibe el nombre de industria cosmética. Hacemos los mejores paquetes del mundo, señor Marlowe. Pero lo que hay dentro es en su mayor parte basura.

Sacó un pañuelo blanco de gran tamaño y se lo pasó por las sienes. Yo seguía allí sentado con la boca abierta, preguntándome qué era lo que movía a aquel hombre, porque todo parecía disgustarle.

—Para mí hace demasiado calor en esta parte del país —dijo—. Estoy acostumbrado a climas más fríos. Empiezo a parecerme a esos editoriales que han olvidado qué era lo que se proponían demostrar.

—Le he entendido perfectamente, señor Potter. No le gusta cómo va el mundo y usa el poder que tiene para aislar un rincón privado donde vivir lo más cerca posible del estilo de vida de hace cincuenta años, antes de la época de la producción en masa. Tiene usted cien millones de dólares, pero con ellos sólo ha comprado decepciones.

Tensó el pañuelo tirando de dos esquinas opuestas, luego hizo un rebujo con él y se lo metió en el bolsillo.

—¿Y entonces? —se limitó a preguntar.

—Eso es todo lo que hay, nada más. Le tiene sin cuidado quién asesinó a su hija, señor Potter. La dio por perdida hace mucho tiempo. Incluso aunque Terry Lennox no la hubiera matado y el verdadero asesino siguiera en libertad, a usted le daría lo mismo. No quiere que se le encuentre, porque eso reviviría el escándalo y habría un juicio y el abogado defensor haría saltar por los aires su intimidad hasta convertirla en algo tan visible como el Empire State. A no ser, por supuesto, que tuviera la delicadeza de suicidarse antes de que se celebrase el juicio. Preferiblemente en Tahití o en Guatemala o en medio del desierto del Sahara. En cualquier sitio donde al distrito de Los Ángeles encontrara muy fastidioso incurrir en el gasto de enviar a alguien para comprobar lo sucedido.

Sonrió de pronto; una gran sonrisa espontánea con un porcentaje razonable de sentimientos amistosos.

—¿Qué quiere de mí, Marlowe?

—Si está pensando en dinero, no quiero nada. No he pedido venir aquí. Se me ha traído. He contado la verdad sobre cómo conocí a Roger Wade. Pero esa persona conocía a su hija y tiene un historial de violencia, aunque yo no he visto nada de todo eso. Anoche Wade trató de pegarse un tiro. Es un hombre obsesionado. Tiene un complejo de culpa fenomenal. En el caso de que yo estuviera buscando un buen sospechoso, podría servirme. No se me oculta que es sólo uno entre muchos, pero sucede que es el único que conozco.

Harlan Potter se levantó del asiento y de pie era realmente grande. Además de duro. Se acercó y se me puso delante.

—Una llamada telefónica, señor Marlowe, le privaría de su licencia. No intente jugar conmigo. No lo permitiría.

—Dos llamadas telefónicas y me despertaría besando una alcantarilla y con un agujero en la nuca.

Rió con aspereza.

—No es ésa mi manera de actuar. Imagino que en su peculiar tipo de trabajo es natural que piense así. Ya le he concedido demasiado tiempo. Llamaré al mayordomo para que le acompañe.

—No será necesario —dije, poniéndome en pie—. He venido y se me ha hecho una advertencia. Gracias por dedicarme parte de su tiempo.

Me tendió la mano.

—Gracias por venir. Creo que es usted una persona muy sincera. Pero no se esfuerce por ser un héroe, mi joven amigo. No se consigue ningún tanto por ciento.

Nos dimos la mano. Me apretó como lo haría una llave inglesa, sonriéndome benévolamente ya. Era el Gran Hombre, el vencedor, todo controlado.

—Cualquier día de estos quizá esté en condiciones de proporcionarle algún trabajo —dijo—. Y no se vaya pensando que compro ni a los políticos ni a la policía. No necesito hacerlo. Hasta la vista, señor Marlowe. Y gracias de nuevo por haber venido.

Se quedó donde estaba y me siguió con la vista hasta que abandoné la habitación. Tenía ya la mano en el picaporte de la puerta principal cuando Linda Loring salió de una sombra en algún sitio.

—¿Y bien? —me preguntó sin alzar la voz—. ¿Qué tal se ha entendido con mi padre?

—Estupendamente. Me ha explicado la civilización. Me refiero a la opinión que le merece. Va a permitir que siga adelante por el momento. Pero más le valdrá tener cuidado y no interferir con su vida privada. Si eso sucede, es muy capaz de telefonear a Dios y anular el pedido.

—Es usted imposible —dijo.

—¿Yo? ¿Imposible? Señora, eche una ojeada a su progenitor. Comparado con él, soy un bebé de ojos azules con un sonajero recién estrenado.

Salí y allí estaba Amos, esperándome con el Cadillac, para devolverme a Hollywood. Quise darle una propina pero no la aceptó. Me ofrecí a comprarle los poemas de T. S. Eliot. Dijo que ya los tenía.

33

Pasó una semana sin que supiera nada de los Wade. El tiempo era cálido y pegajoso y el escozor acre del *smog* se había deslizado hasta Beverly Hills. Desde lo alto de Mulholland Drive era visible, semejante a una bruma matutina, extendido por toda la ciudad. Dentro, lo sentías como sabor y como olor, además de hacer que te llorasen los ojos. Todo el mundo se quejaba. En Pasadena, refugio de los millonarios más retrógrados una vez que la gente del cine echó a perder Beverly Hills para ellos, los padres de la ciudad gritaban rabiosos. Todo era culpa del *smog*. Si el canario no cantaba, si se retrasaba el lechero, si el pequinés tenía pulgas, si un vejestorio de cuello almidonado sufría un infarto camino de la iglesia, la culpa era del *smog*. Donde yo vivía la atmósfera estaba de ordinario límpida por la mañana temprano y casi siempre de noche. De cuando en cuando teníamos un día entero despejado, nadie sabía por qué.

Un día así, en este caso se trataba de un jueves, me llamó Roger Wade.

—¿Qué tal? Wade al habla.

Daba la sensación de encontrarse perfectamente.

—Bien, ¿y usted?

—Sobrio, mucho me temo. Trabajando para ganarme el pan. Deberíamos charlar un rato. Y creo además que le debo algún dinero.

—No.

—Bueno; ¿qué tal si almorzamos juntos hoy? ¿Podría estar aquí a eso de la una?

—Imagino que sí. ¿Qué tal está Candy?

—¿Candy? —Pareció sorprendido. Debió de pasar mucho tiempo fuera de juego la noche que intentó suicidarse—. Sí, claro. Le ayudó a acostarme aquella noche.

—Así es. Es un muchachito útil, a veces. ¿Y la señora Wade?

—También está bien. Ha ido de compras a la ciudad.

Colgamos y yo me senté y me mecí en la silla giratoria. Debería de haberle preguntado qué tal iba el libro. Quizá a los escritores siempre hay que preguntarles qué tal va su libro. Aunque tal vez, pensándolo mejor, acaben más bien cansados de esa pregunta.

Recibí otra llamada poco después, una voz desconocida.

—Aquí Roy Ashterfelt. George Peters me ha dicho que le telefoneara, Marlowe.

—Ah, sí, gracias. Usted conoció a Terry Lennox en Nueva York. Entonces se llamaba Marston.

—Así es. Andaba siempre bastante borracho. Pero no hay duda de que se trata de la misma persona. Es imposible confundirse. Lo vi una noche en Chasen's con su mujer. Yo estaba con un cliente que los conocía. Pero no le puedo decir el nombre del cliente, mucho me temo.

—Entiendo. Ya no tiene importancia, supongo. ¿Recuerda su nombre de pila?

—Espere un momento, mientras me muerdo el pulgar. Sí, claro, Paul. Paul Marston. Y había una cosa más, si le interesa. Llevaba un distintivo del ejército inglés. La versión británica de la licencia absoluta con todos los honores.

—Entiendo. ¿Qué fue de él?

—No lo sé. Me vine al Oeste. La siguiente vez que me tropecé con él fue aquí... Casado con la hija incontrolable de Harlan Potter. Pero todo eso ya lo sabe usted.

—Los dos han muerto. Pero gracias por contármelo.

—No hay de qué. Encantado de poder ayudar. ¿Le dice algo?

—Nada en absoluto —respondí, pero estaba mintiendo—. Nunca le pregunté por su pasado. Una vez me dijo que se había criado en un orfanato. ¿No existe alguna posibilidad de que esté usted equivocado?

—¿Con el pelo blanco y las cicatrices en la cara, hermano? Ni la más mínima. No diré que nunca olvido una cara, pero ésa desde luego no.

—¿Le vio él a usted?

—Si me vio, no se le notó. Muy poco probable, dadas las circunstancias. De todos modos, quizá no me recordase. Como ya le he dicho, siempre tenía unas copas de más cuando estaba en Nueva York.

Volví a darle las gracias, me dijo que el gusto era suyo y colgamos.

Estuve pensando durante un rato. El fragor del tráfico en el exterior del edificio ponía un *obbligato* muy poco musical a mis pensamientos. En verano y con calor los ruidos son siempre excesivos. Me levanté, cerré la parte de abajo de la ventana y llamé al sargento Green en Homicidios. Tuvo la amabilidad de estar presente.

—Mire —le dije, después de los saludos preliminares—, he oído algo sobre Terry Lennox que me tiene desconcertado. Un individuo que conozco lo recuerda de Nueva York, pero con otro nombre. ¿Comprobaron ustedes su hoja de servicios?

—Hay tipos que no aprenden nunca —dijo Green con aspereza—. Nunca aprenden a quedarse en su lado de la calle. Ese asunto está cerrado, con siete cerrojos y plomo añadido para que no vuelva a la superficie después de arrojarlo al océano. ¿Se entera?

—La semana pasada estuve un buen rato con Harlan Potter. En casa de su hija en Idle Valley. ¿Quiere comprobarlo?

—¿Haciendo qué? —preguntó con acritud—. Suponiendo que le creyera.

—Intercambio de opiniones. Me invitaron. Le caigo bien. Por cierto, me dijo que su hija tenía una herida de bala; producida por una Mauser 7,65 mm, modelo PPK. ¿Estaba usted enterado?

—Siga.

—El arma de la víctima, amigo. Quizá suponga una pequeña diferencia. Pero no me interprete mal. No estoy hurgando en rincones oscuros. Se trata de una cuestión personal. ¿Dónde hicieron a Lennox las heridas que tenía en la cara?

Green guardó silencio. Oí el ruido de una puerta que se cerraba. Luego dijo:

—Probablemente en alguna pelea con arma blanca al otro lado de la frontera.

—No me cuente cuentos de miedo, mi sargento; tenían ustedes sus huellas dactilares. Las mandaron a Washington como hacen siempre. Recibieron un informe..., como sucede siempre. Lo que pregunto es algo que estaría recogido en su hoja de servicios.

—¿Quién ha dicho que tuviera una?

—Bueno; Mendy Menéndez para empezar. Según cuenta, Lennox le salvó la vida en una ocasión y fue entonces cuando lo hirieron. Capturado por los alemanes, que le reconstruyeron la cara.

—Menéndez, ¿eh? ¿Le da crédito a ese hijo de mala madre? No tiene usted la cabeza en su sitio, Marlowe. Lennox no tenía hoja de servicios. No apareció ningún historial a su nombre. ¿Satisfecho?

—Si usted lo dice —respondí—. Pero no entiendo por qué Menéndez se iba a molestar en venir aquí para contarme ese cuento y advertirme que no me metiera en líos dado que Lennox era amigo suyo, y también de Randy Starr en Las Vegas, y no querían que nadie hiciera tonterías. Después de todo Lennox ya estaba muerto.

—¿Quién sabe qué composición de lugar se hace un maleante? —preguntó Green muy enojado—. ¿O por qué razón? Quizá Lennox estaba en algún tinglado con ellos antes de casarse con la hija de un multimillonario y hacerse respetable. Fue jefe de planta en el local de Starr en Las Vegas durante una temporada. Allí conoció a la hija de Potter. Una sonrisa, una inclinación de cabeza y un esmoquin bien planchado. Que los clientes estén contentos, pero sin perder de vista a los empleados de la casa. Supongo que reunía las condiciones para ese trabajo.

—Tenía distinción —dije—. Algo que no se necesita en el ramo de la policía. Muy agradecido, mi sargento. ¿Cómo le van las cosas al capitán Gregorius?

—Pidió la jubilación anticipada. ¿No lee los periódicos?

—No la crónica negra, mi sargento. Demasiado sórdida.

Empecé a decir adiós, pero Green me interrumpió.

—¿Qué le quería el señor Dinero?

—Sólo tomamos juntos una taza de té. Simple visita de cortesía. Dijo que quizá me diera algún trabajo. También insinuó (fue sólo una insinuación, no lo dijo con todas las palabras) que cualquier policía que me mirase torcido iba a tener un futuro poco prometedor.

—No dirige el departamento de policía.

—Eso lo reconoce. Ni siquiera tiene que comprar inspectores jefes ni fiscales de distrito, dice. Pero se le hacen un ovillo en el regazo cuando se echa la siesta.

—Váyase al infierno —dijo Green antes de colgar con cierta violencia.

Es difícil ser policía. Nunca se sabe cuál es el estómago sobre el que se puede saltar sin tener problemas.

34

El trozo de carretera mal pavimentada desde la autovía hasta la curva de la colina bailaba con el calor del mediodía y los matorrales que puntuaban la tierra reseca a ambos lados tenían ya blancura de harina gracias al polvo de granito. El olor de la maleza casi mareaba. Soplaba una brisa insignificante, pero caliente y acre. Me había quitado la chaqueta y remangado la camisa, pero la portezuela del coche estaba demasiado caliente para apoyar el brazo. Un caballo atado dormitaba cansinamente bajo un grupo de robles de Virginia. Un mexicano muy moreno, sentado en el suelo, comía algo que estaba envuelto en papel de periódico. Una planta rodadora cruzó perezosamente la carretera y fue a detenerse contra un afloramiento de granito, y un lagarto que había estado allí un instante antes desapareció sin dar en absoluto sensación de moverse.

Luego estaba ya del otro lado de la colina, en la carretera asfaltada y en un país distinto. Al cabo de cinco minutos entré por la avenida de la casa de los Wade, aparqué el coche, crucé las baldosas y llamé al timbre. Salió a abrirme Roger en persona, con una camisa de manga corta a cuadros blancos y marrones, pantalones vaqueros de color azul claro y zapatillas para estar por casa. Parecía tostado por el sol y en buena forma. Tenía una mancha de tinta en la mano y un tiznón de ceniza de cigarrillo a un lado de la nariz.

Me llevó hasta su estudio y se colocó detrás del escritorio, sobre el que descansaba un grueso montón de hojas amarillas mecanografiadas. Dejé la chaqueta en un silla y me senté en el sofá.

—Gracias por venir, Marlowe. ¿Una copa?

Se me puso la expresión que aparece de manera instintiva cuando un borracho te pide que bebas con él. Lo sentí sin necesidad de verme la cara. Wade sonrió.

—Yo tomaré una coca-cola —dijo.

—Aprende deprisa —dije—. Me parece que no quiero una copa ahora mismo. Le acompañaré con una coca-cola.

Roger Wade apretó algo con el pie y, al cabo de algún tiempo, se presentó Candy. Parecía de mal humor. Llevaba una camisa azul y un pañuelo naranja para el cuello y había prescindido de la chaqueta blanca. Zapatos blancos y negros y elegantes pantalones de gabardina con la cintura muy alta.

Wade pidió las coca-colas. Candy me miró con severidad y desapareció.

—¿El libro? —pregunté, señalando al montón de hojas.

—Sí. Apestoso.

—No me lo creo. ¿Muy adelantado?

—Las dos terceras partes, más o menos..., si es que vale para algo. Más bien poco, creo yo. ¿Sabe cuándo un escritor puede decir que está acabado?

—No sé nada sobre escritores.

Llené la pipa.

—Cuando empieza a leer sus obras anteriores para inspirarse. Eso es definitivo. Tengo aquí quinientas páginas de manuscrito, bastante más de cien mil palabras. Mis libros son largos. Al público le gustan los libros largos. El público es lo suficientemente tonto para pensar que si hay muchas páginas también habrá mucho oro. No me atrevo a releerlo. Y no me acuerdo de la mitad de lo que hay dentro. Sencillamente, me da miedo enfrentarme a mi propia obra.

—Pues su aspecto es excelente —dije—. Pensando en la otra noche no lo habría creído posible. Tiene más agallas de lo que piensa.

—Lo que necesito ahora mismo es más que agallas. Algo que no se consigue sólo con desearlo. Creer en uno mismo. Soy un escritor mimado que ha dejado de creer. Tengo un hogar estupendo, una mujer hermosa y un extraordinario volumen de ventas. Pero lo que de verdad quiero es emborracharme y olvidar.

Apoyó la barbilla en las dos manos y miró al infinito por encima de la mesa.

—Eileen dice que traté de pegarme un tiro. ¿Así de desastroso?

—¿No lo recuerda?

Negó con la cabeza.

—Nada en absoluto, excepto que me caí y me hice un corte en la cabeza. Y al cabo de algún tiempo me hallaba en la cama. Y también estaba usted. ¿Lo llamó Eileen?

—Sí. ¿No se lo ha dicho ella?

—No ha hablado mucho conmigo durante la última semana. Creo que ya no aguanta más. Está hasta aquí. —Colocó el borde de una mano contra el cuello justo por debajo de la barbilla—. El espectáculo que montó Loring no fue precisamente una ayuda.

—La señora Wade dijo que no significaba nada.

—Bueno; es lo lógico, ¿no le parece? Sucede que es verdad, pero probablemente no lo creía cuando lo dijo. Ese individuo es anormalmente celoso. Te tomas una copa o dos con su mujer en un rincón, te ríes un poco, le das un beso de despedida e inmediatamente saca la conclusión de que te estás acostando con ella. Una de las razones es que él no lo hace.

—Lo que me gusta de Idle Valley —dije— es que todo el mundo lleva una vida perfectamente normal y sana.

Frunció el ceño, pero entonces se abrió la puerta y entró Candy con dos coca-colas y vasos y sirvió los refrescos. Me colocó uno delante sin mirarme.

—Almuerzo dentro de media hora —dijo Wade—, ¿y dónde está la chaqueta blanca?

—Es mi día libre —dijo Candy sin inmutarse—. No soy la cocinera, jefe.

—La cocinera no está, de manera que fiambres o sándwiches y cerveza serán suficiente —afirmó Wade—. He invitado a un amigo a almorzar.

—¿Cree que es amigo suyo? —dijo Candy con sorna—. Será mejor que pregunte a su mujer.

Wade se recostó en el asiento y le sonrió.

—Vigila esa lengua, hombrecito. Llevas una vida muy regalada y no te pido favores con frecuencia, ¿miento?

Candy miró al suelo. Al cabo de un momento alzó la vista y sonrió.

—De acuerdo, jefe. Me pondré la chaqueta blanca. Y me ocuparé del almuerzo, supongo.

Se dio la vuelta sin prisa y salió. Wade vio cómo se cerraba la puerta. Luego se encogió de hombros y me miró.

—Solíamos llamarlos sirvientes. Ahora los llamamos personal doméstico. Me pregunto cuánto tiempo pasará antes de que tengamos que llevarles el desayuno a la cama. Le pago demasiado dinero. Está muy mal acostumbrado.

—¿Se trata del sueldo? ¿O algo más, añadido?

—¿Como qué? —preguntó con voz cortante.

Me levanté y le hice entrega de unas hojas amarillas dobladas.

—Será mejor que lea eso. Es evidente que no recuerda haberme pedido que lo rompiera. Estaban en su máquina de escribir, debajo de la funda.

Desdobló las hojas y se recostó en el asiento para leerlas. Delante, el vaso de coca-cola burbujeó inadvertido. Leyó despacio, con el ceño fruncido. Cuando terminó, volvió a doblarlas y pasó un dedo por el borde.

—¿Vio esto Eileen? —preguntó, reflexivo.

—No sabría decirlo. Cabe.

—Bastante disparatado, ¿no es cierto?

—A mí me gustó. En especial la parte que habla de un hombre bueno muriendo por usted.

Desdobló de nuevo las hojas y procedió a rasgarlas con violencia en largas tiras, que luego arrojó a la papelera.

—Imagino que un borracho escribe, dice o hace cualquier cosa —comentó despacio—. Para mí no tiene ningún sentido. Candy no me chantajea. Me tiene afecto.

—Tal vez merezca la pena que se emborrache de nuevo. Quizá así recuerde lo que quería decir. Quizá recuerde muchas cosas. Ya hemos pasado por eso antes..., la noche en que se disparó la pistola. Imagino que el seconal también le hizo perder la memoria. Entonces parecía usted suficientemente sobrio. Pero ahora finge no recordar que escribió lo que acabo de entregarle. No me sorprende que no pueda escribir su libro, Wade. Es un milagro que siga vivo.

Con un movimiento lateral abrió uno de los cajones del escritorio. Su mano rebuscó dentro y reapareció con un grueso talonario de cheques. Lo abrió y buscó una pluma.

—Le debo mil dólares —dijo sin levantar la voz. Rellenó primero el talón y luego la matriz. Arrancó el cheque, dio la vuelta alrededor de la mesa con él y lo dejó delante de mí—. ¿Le parece bien?

Me recosté en el sofá y lo miré; ni toqué el cheque ni le respondí. Wade tenía las facciones tensas y desencajadas. Los ojos hundidos y vacíos.

—Piensa que la maté y que permití que Lennox pagara el pato —dijo despacio—. Era una golfa, desde luego. Pero no le machacas la cabeza a una mujer porque sea una golfa. Candy sabe que iba allí a veces. Lo divertido es que no creo que lo cuente. Podría estar equivocado, pero me parece que no.

—No importaría que lo hiciera —dije—. Los amigos de Harlan Potter no le escucharían. Además, no la mataron con aquel objeto de bronce. Le atravesaron la cabeza con un proyectil de su propia pistola.

—Quizá tuviera una —dijo Wade, casi como en sueños—. Pero no sabía que alguien hubiera disparado contra ella. No se publicó.

—¿No lo sabía o no lo recordaba? —le pregunté—. No, no se publicó.

—¿Qué está intentando hacer conmigo, Marlowe? —Su voz era todavía soñadora, casi amable—. ¿Qué es lo que quiere que haga? ¿Que se lo diga a mi mujer? ¿A la policía? ¿De qué serviría?

—Usted dijo que un hombre bueno murió por usted.

—Lo que quería decir era que si se hubiera realizado una verdadera investigación me podrían haber identificado como uno, pero sólo uno, de los posibles sospechosos. Eso habría acabado conmigo en varios sentidos.

—No he venido aquí para acusarle de asesinato, Wade. Lo que no le deja vivir es que usted mismo no está seguro. Tiene un historial de violencia con su esposa. No recuerda lo que hace cuando se emborracha. No es un argumento decir que a una mujer no se le machaca la cabeza sólo porque sea una golfa. Eso es exactamente lo que sí hizo alguien. Y la persona a quien se atribuye semejante hazaña encaja mucho menos que usted como sospechoso.

Wade se llegó a la puerta ventana que estaba abierta y se quedó mirando el temblor del aire que el calor provocaba sobre el lago. No me contestó. Aún no se había movido ni había dicho nada un par de minutos después, cuando alguien llamó suavemente a la puerta y entró Candy con un carrito para el té, con un terso mantel blanco, platos con cobertores de plata, una cafetera y dos botellas de cerveza.

—¿Abro la cerveza, jefe? —le preguntó Candy a la espalda de Wade.

—Tráeme una botella de whisky.

Wade no se dio la vuelta.

—Lo siento, jefe. No hay whisky.

Wade giró en redondo y le gritó, pero Candy no se amilanó. Miró al cheque sobre la mesa de cóctel y tuvo que torcer la cabeza para leerlo. Luego me miró y dijo algo entre dientes. Después se volvió hacia Wade.

—Ahora me voy. Es mi día libre.

Se dio la vuelta y se marchó. Wade se echó a reír.

—Tendré que cogerla yo mismo —dijo con brusquedad antes de salir.

Alcé uno de los cobertores y vi algunos sándwiches triangulares cuidadosamente preparados. Me serví cerveza y me comí uno de pie. Wade regresó con una botella y un vaso. Se sentó en el sofá, se sirvió una dosis de caballo y se la echó al coleto. Se oyó el ruido de un automóvil alejándose de la casa, probablemente Candy saliendo por la entrada del servicio. Cogí otro sándwich.

—Siéntese y póngase cómodo —dijo Wade—. Tenemos toda la tarde por delante. —Le brillaban ya los ojos y la voz era vibrante y alegre—. No le caigo bien, ¿no es eso, Marlowe?

—Esa pregunta ya se hizo y fue contestada.

—¿Sabe una cosa? Es usted un implacable hijo de puta. Haría cualquier cosa por encontrar lo que busca. Incluso hacerle el amor a mi mujer mientras yo estaba borracho perdido en la habitación vecina.

—¿Se cree todo lo que le cuenta su experto lanzador de navajas?

Se sirvió algo más de whisky y colocó el vaso contra la luz.

—No todo, no. Es bonito el color del whisky, ¿no le parece? Ahogarse en un diluvio dorado..., no está demasiado mal. «Perecer a medianoche sin sufrir.» ¿Cómo continúa ese verso de Keats? Perdone, claro; no tiene por qué saberlo. Demasiado literario. Porque usted es un polizonte, ¿no es eso? ¿Le importa decirme por qué está aquí?

Bebió algo más de whisky y me sonrió. Luego reparó en el cheque que seguía sobre la mesa. Alzándolo, lo leyó por encima del vaso.

—Parece hecho a nombre de alguien apellidado Marlowe. Me pregunto por qué, con qué finalidad. Y lo he firmado yo. Qué estupidez por mi parte. Soy un tipo muy crédulo.

—Prescinda del teatro —dije con brusquedad—. ¿Dónde está su mujer?

Alzó la vista cortésmente.

—Mi mujer estará en casa a su debido tiempo. Para entonces, sin duda, habré perdido el conocimiento y podrá agasajarlo sin prisas. La casa será suya.

—¿Dónde está la pistola? —pregunté de repente.

Pareció desconcertado. Le expliqué que la había dejado en su escritorio.

—Ahora no está ahí, se lo aseguro —dijo—. Tiene permiso para buscarla, si eso le divierte. Pero no me robe las gomas.

Fui a la mesa y registré los cajones. No estaba la pistola. Ya era algo. Probablemente Eileen la había escondido.

—Escuche, Wade. Le he preguntado dónde está su mujer. Creo que debería volver a casa. No para darme gusto a mí, amigo mío, sino por usted. Alguien tiene que cuidarlo, y ni por lo más remoto estoy dispuesto a hacerlo yo.

Me miró como si fuese incapaz de comprender. Seguía con el cheque en la mano. Dejó el vaso, lo rasgó por la mitad y luego varias veces más antes de dejar que los trozos cayeran al suelo.

—Por lo visto la cantidad no era suficiente —dijo—. Sus servicios, señor Marlowe, son muy caros. Ni siquiera mil dólares y mi mujer bastan para satisfacerlo. Lo siento mucho, pero no puedo pagar más. Excepto con esto.

Dio palmaditas a la botella.

—Me marcho —dije.

—Pero ¿por qué? ¿No quería que recordara? Pues aquí, en la botella, se encuentra mi memoria. Quédese, compadre. Cuando esté suficientemente cargado le hablaré de todas las mujeres que he asesinado.

—De acuerdo, Wade. Me quedaré un poco más. Pero no aquí. Si me necesita, estrelle una silla contra la pared.

Salí y dejé la puerta abierta. Crucé la gran sala de estar y salí al patio. Coloqué una de las hamacas a la sombra del voladizo y me tumbé. Del otro lado del lago había una neblina azul cerca de las colinas. La brisa del océano había empezado a filtrarse a través de los montes de poca altura al oeste, limpiando el aire y llevándose además la cantidad exacta de calor. Idle Valley estaba teniendo un verano perfecto. Alguien lo había planeado así. Paraíso S.A. y además Sumamente Restringido. Sólo la gente más elegante. Nada de oriundos del centro de Europa. Sólo la flor y nata. *La crème de la crème.* Como los Loring y los Wade. Oro puro.

35

Estuve allí tumbado durante media hora tratando de decidir qué hacer. Parte de mí quería dejar que Roger Wade se emborrachara a conciencia para ver si sacábamos algo en limpio. No me parecía que en su estudio y en su casa pudiera sucederle nada demasiado grave. Podía volver a caerse, pero tendría que pasar algo más de tiempo. Era un bebedor con resistencia. Y, de todos modos, un borracho nunca se hace demasiado daño. También podía volver a su exacerbado sentimiento de culpabilidad. Lo más probable, esta vez, sería que se limitara a quedarse dormido.

Otra parte de mí quería marcharse para no regresar nunca, pero ésa era la parte de la que nunca hago caso. Porque de lo contrario me habría quedado en el pueblo donde nací, habría trabajado en la ferretería, me habría casado con la hija del dueño, habría tenido cinco hijos, les habría leído las historietas del suplemento dominical del periódico, les habría dado capones cuando sacaran los pies del tiesto y me habría peleado con mi mujer sobre el dinero que se les debía dar para sus gastos y sobre qué programas podían oír y ver en la radio y en la televisión. Quizás, incluso, habría llegado a rico, rico de pueblo, con una casa de ocho habitaciones, dos coches en el garaje, pollo todos los domingos, el *Reader's Digest* en la mesa del cuarto de estar, la mujer con una permanente de hierro colado y yo con un cerebro como un saco de cemento de Portland. Se lo regalo, amigo. Me quedo con la ciudad, grande, sórdida, sucia y deshonesta.

Me levanté y volví al estudio. Wade seguía sentado, con la mirada perdida, la botella de whisky con menos de la mitad, una expresión ceñuda que ya no era de preocupación y un brillo muerto en los ojos. Me miró como un caballo que mirase por encima de una valla.

—¿Qué quiere?

—Nada. ¿Se encuentra bien?

—No me moleste. Tengo un enanito sobre el hombro que me está contando historias.

Cogí otro sándwich del carrito del té y otra copa de cerveza. Mordisqueé el sándwich y me bebí la cerveza apoyado en el escritorio.

—¿Sabe una cosa? —me preguntó de repente; y su voz, también de repente, me pareció mucho más clara—. Tuve una vez un secretario. Solía dictarle. Lo despedí. Me molestaba tenerlo ahí sentado, esperando a que yo creara. Una equivocación. Debería haberlo conservado. Se habría corrido la voz de que era homosexual. Los chicos listos que escriben críticas de libros porque no saben escribir otra cosa, se habrían enterado y habrían empezado a hacerme propaganda. Tienen que cuidar de los suyos, dese cuenta. Son todos invertidos, todos y cada uno. Los invertidos son los árbitros artísticos de nuestra época, amigo. El pervertido es el que manda.

—¿Es eso cierto? Los ha habido siempre, ¿no es verdad?

No me miraba. Sólo hablaba. Pero oyó lo que dije.

—Claro, miles de años. Y sobre todo en las épocas de mayor esplendor artístico. Atenas, Roma, el renacimiento, la época isabelina, el movimiento romántico en Francia..., montones de ellos. Invertidos por todas partes. ¿Ha leído *La rama dorada*? No; un libro demasiado largo para usted. Hay una versión abreviada de todos modos. Debería leerlo. Demuestra que las costumbres sexuales son pura convención..., como llevar corbata negra con el esmoquin. Yo escribo sobre sexo, pero con florituras y convencional.

Alzó los ojos para mirarme y adoptó un aire despectivo.

—¿Sabe una cosa? Soy un mentiroso. Mis héroes miden más de dos metros y mis heroínas tienen callos en el trasero de estar tumbadas en la cama con las rodillas en alto. Encajes y volantes, espadas y diligencias, refinamiento y ocio, duelos y muertes gallardas. Todo mentira. Usaban perfumes en lugar de jabón, los dientes se les pudrían por falta de limpieza, las uñas de los dedos les olían a salsa rancia. La nobleza de Francia orinaba contra las paredes en los corredores de mármol de Versalles y cuando finalmente conseguías que la encantadora marquesa se despojara de varios juegos de ropa interior lo primero que notabas era que necesitaba un baño. Debería contarlo así.

—¿Por qué no lo hace?

Rió entre dientes.

—Claro; y vivir en un piso de cinco habitaciones en Compton..., si es que tenía tanta suerte. —Extendió la mano y le dio unas palmaditas a la botella de whisky—. Estás muy sola, amiguita. Necesitas compañía.

Se puso en pie y salió del estudio sin hacer demasiadas eses. Esperé, sin pensar en nada. Una lancha motora se acercó ruidosamente por el lago. Cuando fue posible verla comprobé que llevaba buena parte de la proa fuera del agua y que remolcaba una tabla de surf y encima un fornido muchacho tostado por el sol. Me acerqué a la puerta ventana y vi cómo hacía un giro muy cerrado. Demasiado rápido, la lancha casi volcó. El chico de la tabla bailó sobre un pie tratando de mantener el equilibrio, pero finalmente salió disparado y cayó al agua. La lancha acabó deteniéndose y el accidentado se dirigió hacia ella nadando sin prisa, después siguió la cuerda de remolque y acabó tumbándose sobre la tabla de surf.

Wade regresó con otra botella de whisky. La lancha motora ganó velocidad y acabó perdiéndose en la distancia. El dueño de la casa puso la nueva botella junto a la primera y procedió a sentarse, meditabundo.

—Caramba, ¿no irá a beberse todo eso?

Me miró, estrábico.

—Lárguese, tío listo. Vuélvase a casa y friegue el suelo de la cocina o algo parecido. Me está quitando la luz.

La voz era otra vez pastosa. Se había tomado un par de tragos en la cocina, como de costumbre.

—Si me necesita, grite.

—No podría caer tan bajo como para necesitarle.

—De acuerdo, gracias. Me quedaré por aquí hasta que vuelva la señora Wade. ¿Ha oído hablar alguna vez de un tal Paul Marston?

Levantó despacio la cabeza. Consiguió enfocar la mirada, aunque con dificultad. Vi cómo luchaba por controlarse. Ganó la pelea..., por el momento. Su rostro perdió toda expresión.

—Nunca —dijo cuidadosamente, hablando muy despacio—. ¿Quién es?

La siguiente vez que eché una ojeada estaba dormido, la boca abierta, el cabello humedecido por el sudor y apestaba a whisky. Los labios dejaban los dientes al descubierto, en una mueca involuntaria; la superficie blanquecina de la lengua parecía seca.

Una de las botellas estaba vacía. El vaso que descansaba sobre la mesa tenía unos centímetros de whisky y a la otra botella le faltaba la cuarta parte. Coloqué la vacía en el carrito del té, que saqué de la habitación; regresé para cerrar las puertas ventana y oscurecer el estudio moviendo las láminas de las venecianas. La lancha motora podía volver y despertarlo. Cerré la puerta del cuarto.

Llevé el carrito del té hasta la cocina, que era azul y blanca, espaciosa y aireada y estaba vacía. Todavía tenía hambre. Me comí otro sándwich y bebí lo que quedaba de la cerveza; luego me serví una taza de café y me la bebí. La cerveza había perdido la fuerza pero el café aún estaba caliente. Luego regresé al patio. Pasó mucho tiempo hasta que la lancha motora regresó por el lago a toda velocidad. Eran casi las cuatro cuando advertí cómo su distante rugido iba creciendo hasta convertirse en ruido ensordecedor. Debería de haber una ley. Probablemente existía, pero al tipo de la lancha motora le tenía sin cuidado. Disfrutaba molestando al prójimo, como otras personas que había conocido últimamente. Descendí hasta el borde del lago.

Esta vez lo consiguieron. El piloto redujo adecuadamente la velocidad al tomar la curva y el chico moreno sobre la tabla de surf se inclinó mucho para compensar el tirón centrífugo. La tabla llegó a estar casi fuera del agua, pero un borde siguió dentro y después la lancha enderezó el rumbo y la tabla aún conservaba a su tripulante. Luego regresaron por donde habían venido y eso fue todo. Las olas provocadas por la embarcación se precipitaron contra la orilla del lago, a mis pies. Golpearon con fuerza los pilares del pequeño embarcadero e hicieron columpiarse al bote que estaba atado. Aún seguían balanceándolo cuando regresé a la casa.

Al llegar al patio oí sonar un carillón que parecía proceder de la cocina. Al oírlo por segunda vez, decidí que sólo la puerta principal debía de tener un carillón. Me llegué hasta ella y la abrí.

Eileen Wade estaba allí, vuelta de espaldas a la casa. Mientras se volvía, dijo:

—Lo siento, olvidé la llave. —Entonces me vio—. Ah. Creía que era Roger o Candy.

—Candy no está. Hoy es jueves.

Entró y cerró la puerta. Dejó el bolso sobre la mesa entre dos sofás. Parecía tranquila y también distante. Se quitó unos guantes blancos de piel de cerdo.

—¿Sucede algo?

—Bueno; está bebiendo un poco. Nada grave. Se ha quedado dormido en el sofá del estudio.

—¿Le llamó él?

—Sí, pero no para eso. Me invitó a almorzar. Mucho me temo que no ha comido nada.

—Ah. —Se sentó despacio en un sofá—. ¿Sabe? Había olvidado por completo que era jueves. También la cocinera ha salido. Tonta de mí.

—Candy nos trajo el almuerzo antes de irse. Ahora sí que me marcho. Espero que mi coche no haya sido un estorbo.

La señora Wade sonrió.

—No. Había sitio de sobra. ¿No querrá un poco de té? Voy a prepararlo para mí.

—De acuerdo.

No sé por qué lo dije. No quería té. Sólo lo dije.

Eileen se quitó la chaqueta. No llevaba sombrero.

—Voy a echar una ojeada para ver si Roger está bien.

La vi cruzar hasta la puerta del estudio y abrirla. Se quedó allí un momento, volvió a cerrar la puerta y regresó.

—Todavía está dormido. Profundamente. Subo un momento al piso de arriba. Vuelvo enseguida.

La vi recoger la chaqueta, los guantes y el bolso, subir las escaleras y entrar en su cuarto. La puerta se cerró. Me dirigí hacia el estudio con la idea de retirar la botella de whisky, casi llena todavía. Si estaba dormido, no iba a necesitarla.

36

Cerrar las puertas ventana había cargado el ambiente del estudio, a lo que se añadía la penumbra creada por las venecianas. Había además un olor acre en el aire y el silencio resultaba demasiado denso. La puerta no estaba a más de cinco metros del sofá, pero me hizo falta menos de la mitad para saber que lo que tenía delante era un cadáver.

Roger Wade estaba de lado, el rostro contra el respaldo del sofá, un brazo extrañamente doblado bajo el cuerpo y el antebrazo del otro casi encima de los ojos. Entre el pecho y el respaldo había un charco de sangre y sobre ese charco descansaba el Webley Hammerless. Un lado de la cara era una máscara ensangrentada.

Me incliné sobre él, examinando el ojo completamente abierto, el brazo descubierto, con la camisa de vivos colores, dentro de cuya curva interior se veía, en la cabeza, el agujero hinchado y ennegrecido que aún rezumaba sangre.

Lo dejé tal cual. La muñeca aún conservaba calor pero no cabía duda de que estaba muerto. Miré alrededor en busca de alguna nota o de alguna frase garrapateada. No había nada, a excepción de la pila de hojas mecanografiadas sobre el escritorio. Hay suicidas que no dejan notas. La máquina de escribir tenía quitada la funda. Tampoco había nada allí. Por lo demás todo parecía bastante normal. Los suicidas se preparan de maneras muy distintas, algunos con alcohol, otros recurren a cenas principescas con champán. Unos con traje de etiqueta, otros desnudos. La gente se ha matado encima de muros, en zanjas, en cuartos de baño, dentro del agua, por encima del agua, sobre el agua. Se han ahorcado en graneros y asfixiado con gas en garajes. Aquel suicidio parecía sencillo. Yo no había oído el disparo pero podía haber sucedido mientras estaba junto al lago viendo cómo el muchacho de la tabla de surf hacía su giro. En aquel momento el ruido era considerable. Por qué eso tendría que haberle importado a Roger Wade era algo que no entendía. Quizá no le había importado. Quizá el impulso definitivo había coincidido con el paso de la lancha motora. No me gustaba, pero sin duda daba lo mismo lo que a mí me gustara.

Las tiras del cheque rasgado seguían en el suelo, pero las dejé donde estaban. Los trozos de las páginas escritas noches atrás estaban en la papelera. Ésos no los dejé. Los recogí, asegurándome de que no olvidaba ninguno, y me los guardé en el bolsillo. La papelera estaba casi vacía, lo que me facilitó la tarea. No servía de nada preguntarse por el revólver. Había demasiados sitios donde esconderlo. Podía haber estado en una silla o en el sofá, debajo de uno de los cojines. Podía haber estado en el suelo detrás de los libros: en cualquier sitio.

Salí y cerré la puerta. Me detuve a escuchar. Ruidos procedentes de la cocina.

Me dirigí hacia allí. Eileen se había puesto un delantal azul y, como la tetera empezaba a silbar, bajó la llama y me lanzó una mirada breve e impersonal.

—¿Cómo le gusta el té, señor Marlowe?

—Tal como sale de la tetera.

Me recosté en la pared y saqué un cigarrillo sólo para tener algo que hacer con los dedos. Lo pellizqué y lo aplasté y lo partí en dos y tiré la mitad al suelo. Los ojos de Eileen lo siguieron mientras caía. Me incliné para recogerlo. Luego hice una bola con las dos mitades.

La señora Wade añadió agua al té.

—Yo siempre le pongo crema y azúcar —dijo por encima del hombro—. Extraño, cuando pienso que el café lo tomo solo. Me acostumbré al té en Inglaterra. Utilizaban sacarina en lugar de azúcar. Durante la guerra tampoco tenían crema, claro está.

—¿Vivió en Inglaterra?

—Trabajé allí. El tiempo que duraron los bombardeos alemanes. Conocí a un hombre..., pero ya se lo he contado.

—¿Y a Roger, dónde lo conoció?

—En Nueva York.

—¿Se casaron allí?

Se volvió, con el ceño fruncido.

—No; no nos casamos en Nueva York, ¿por qué?

—Sólo para llenar el tiempo mientras termina de hacerse el té.

Eileen Wade contempló el lago por la ventana situada encima del fregadero. Luego se apoyó contra el borde del escurreplatos y sus dedos juguetearon con un paño doblado de cocina.

—Hay que pararlo —dijo—. Y no sé cómo. Quizá internarlo en una institución. Pero no acabo de verme haciendo una cosa así. Tendría que firmar algo, ¿no es cierto?

Se volvió al preguntarlo.

—Podría hacerlo él mismo —dije—. Es decir, podría haberlo hecho antes de ahora.

Sonó el timbre del mecanismo de la tetera. Eileen se volvió hacia el fregadero y pasó el té de un recipiente a otro. Luego colocó el que acababa de llenar en la bandeja en la que ya estaban las tazas. Me acerqué, recogí la bandeja y la llevé a la mesa situada entre los dos sofás de la sala de estar. La señora Wade se sentó frente a mí y sirvió dos tazas. Recogí la mía y me la coloqué delante mientras se enfriaba. Vi cómo ella añadía dos terrones de azúcar y crema a la suya. Después probó el té.

—¿Qué ha querido decir con esa última observación? —me preguntó de repente—. Que podría haberlo hecho antes de ahora..., internarse él mismo en alguna institución, se refería a eso, ¿no es cierto?

—Supongo que ha sido un palo de ciego. ¿Escondió el revólver del que le hablé? Ya sabe, la mañana después de que Roger montara aquel número en el piso de arriba.

—¿Esconderlo? —repitió, frunciendo el ceño—. No. Nunca hago cosas así. No creo que sirva para nada. ¿Por qué me lo pregunta?

—¿Y hoy ha olvidado las llaves de casa?

—Ya se lo he dicho.

—Pero no la llave del garaje. De ordinario en casas como ésta las llaves están unificadas.

—No necesito llave para el garaje —dijo con voz cortante—. Se abre automáticamente. Hay un interruptor dentro de la casa, junto a la puerta principal, que tocamos al salir. Luego otro interruptor junto al garaje controla esa puerta. A menudo dejamos el garaje abierto. O sale Candy y lo cierra.

—Entiendo.

—Está haciendo algunas observaciones bastante extrañas —dijo con acritud en la voz—. También las hizo el otro día.

—He tenido algunas experiencias bastante extrañas en esta casa. Armas que se disparan por la noche, borrachos tumbados en el jardín y médicos que aparecen y no quieren hacer nada. Mujeres encantadoras que me rodean con sus brazos y me hablan como si creyeran que soy otra persona, criados hispanos que arrojan navajas. Es una lástima lo del revólver. Pero en realidad no quiere a su marido, ¿no es cierto? Me parece que también eso lo he dicho ya.

—¿Ha..., ha pasado algo ahí dentro? —preguntó muy despacio, antes de mirar hacia el estudio.

Apenas tuve tiempo de asentir con la cabeza antes de que echara a correr. Llegó a la puerta en un abrir y cerrar de ojos. La abrió con violencia y entró. Si esperaba un grito desgarrador, no se cumplieron mis previsiones. No oí nada. Me sentí muy mal. No debería haberla dejado entrar y debería haber utilizado en cambio el sistema habitual de las malas noticias, prepárese, haga el favor de sentarse, mucho me temo que ha pasado algo grave. Etc., etc., etc. Y cuando llegas al final no le has evitado nada a nadie. Con bastante frecuencia no has hecho más que empeorarlo.

Me levanté y la seguí al interior del estudio. Se había arrodillado junto al sofá, tenía la cabeza de Roger apoyada contra el pecho y se estaba manchando con su sangre. No emitía sonido alguno, los ojos cerrados. Se mecía hacia atrás y hacia delante sobre las rodillas lo más que podía, sujetando con fuerza la cabeza de su marido.

Volví a salir y encontré un teléfono y una guía. Llamé a la comisaría de policía que me pareció más cercana. No importaba, transmitirían la información por radio en cualquier caso. Luego fui a la cocina, abrí el agua e hice pasar las tiras de papel amarillo que llevaba en el bolsillo por el triturador eléctrico de residuos. También tiré los posos del té que estaban en la otra tetera. En cuestión de segundos todo había desaparecido. Cerré el grifo del agua y apagué el motor. Volví a la sala de estar, abrí la puerta principal y salí fuera.

Debía de haber un agente patrullando por los alrededores, ya que no tardó más de seis minutos en hacer acto de presencia. Cuando lo conduje hasta el estudio Eileen seguía arrodillada junto al sofá. El policía se le acercó de inmediato.

—Lo siento, señora. Comprendo sus sentimientos, pero no debería tocar nada.

Eileen volvió la cabeza, luego se levantó con dificultad.

—Es mi marido. Han disparado contra él.

El agente se quitó la gorra y la dejó sobre el escritorio. Echó mano del teléfono.

—Se llama Roger Wade —dijo con voz aguda y quebradiza—. Es el famoso novelista.

—Sé quién es, señora —dijo el policía antes de marcar un número.

Eileen se miró la pechera de la blusa.

—¿Puedo subir y cambiarme?

—Claro. —Hizo un gesto de asentimiento y habló por el teléfono; luego colgó y se volvió—. Dice usted que han disparado contra él. ¿Otra persona?

—Creo que este hombre lo ha asesinado —afirmó sin mirarme y antes de salir muy deprisa del estudio.

El agente me miró. Sacó un bloc y escribió algo en él.

—Será mejor que me diga cómo se llama —dijo con tranquilidad—, y su dirección. ¿Es usted la persona que telefoneó a comisaría?

—Sí.

Le di mi nombre y dirección.

—Tómeselo con calma hasta que llegue el teniente Ohls.

—¿Bernie Ohls?

—Sí. ¿Lo conoce?

—Claro. Desde hace mucho tiempo. Trabajaba para el fiscal del distrito.

—No últimamente —dijo el agente—. Ahora es subdirector de Homicidios y trabaja para el sheriff de Los Ángeles. ¿Amigo de la familia, señor Marlowe?

—No parece que la señora Wade me considere así.

Se encogió de hombros y sonrió a medias.

—Tómeselo con calma, señor Marlowe. ¿No lleva armas, verdad?

—Hoy no.

—Será mejor que me asegure. —Así lo hizo. Luego miró en dirección al sofá—. En momentos así no se puede esperar que la esposa diga cosas muy sensatas. Más valdrá que esperemos fuera.

37

Ohls era un individuo robusto de estatura mediana, cabellos rubios descoloridos y muy cortos, y ojos azules desvaídos. Cejas blancas muy tiesas; en los tiempos anteriores a que dejara de usar sombrero, siempre se quedaba uno un poco sorprendido cuando se lo quitaba, porque debajo había mucha más cabeza de la esperada. Era un policía duro y fuerte con una idea muy negativa de la vida, pero un tipo muy decente a pesar de todo. Tenía que haber ascendido a capitán años atrás. Había pasado el examen entre los tres primeros puestos media docena de veces. Pero al sheriff no le gustaba y a él tampoco le gustaba el sheriff.

Bajó las escaleras frotándose un lado de la mandíbula. Los fogonazos de los flashes llevaban bastante tiempo sucediéndose en el estudio. Distintas personas habían entrado y salido. Yo estaba sentado en la sala de estar con un policía de paisano y esperaba.

Ohls se sentó en el borde de una silla y dejó caer las manos. Mordisqueaba un cigarrillo todavía sin encender. Me miró meditativamente.

—¿Recuerdas cuando Idle Valley tenía un guarda a la entrada y una policía privada?

Asentí con la cabeza.

—Y también juego.

—Claro. No se puede impedir. Todo el valle sigue siendo propiedad privada. Como pasaba con Arrowhead y Emerald Bay. Hace mucho tiempo que no trabajaba en un caso sin tener periodistas saltando a mi alrededor. Alguien ha debido susurrar algo al oído del sheriff Petersen. La noticia no ha llegado a los teletipos.

—Muy considerado por su parte —dije—. ¿Qué tal está la señora Wade?

—Demasiado tranquila. Debe de haberse tomado algunas pastillas. Dispone de media docena de preparados ahí arriba, demerol incluido. Un somnífero peligroso. Tus amigos no tienen demasiada suerte últimamente, ¿no te parece? Se mueren.

Difícil objetar algo.

—Los suicidios por herida de bala siempre me interesan —comentó Ohls con tono casual—. Tan fáciles de amañar. La esposa dice que lo mataste tú. ¿Por qué dice una cosa así?

—No hay que tomarlo al pie de la letra.

—Nadie más estaba aquí. Dice que tú sabías dónde estaba el revólver, sabías que se estaba emborrachando, sabías que Wade había hecho un disparo con él la otra noche cuando su mujer tuvo que forcejear para quitárselo. También estabas aquí según parece. Se diría que no ayudas mucho, ¿no crees?

—Registré la mesa del despacho por la tarde. No estaba el revólver. Le había dicho a la señora Wade dónde estaba y le había pedido que lo escondiera. Ahora dice que no cree en ese tipo de cosas.

—¿Cuándo sería ese «ahora»? —preguntó Ohls con aspereza.

—Después de que volviera a casa y antes de que yo telefoneara a la comisaría.

—Registraste el escritorio. ¿Por qué?

Ohls alzó las manos y las puso sobre las rodillas. Me miraba con indiferencia, como si no le importara lo que yo dijese.

—Se estaba emborrachando. Me parecía conveniente que el revólver estuviera en otro sitio. Pero la otra noche no trató de matarse. Sólo quería llamar la atención.

Ohls asintió con la cabeza. Se quitó de la boca el pitillo que estaba mordisqueando, lo dejó en una bandeja y sustituyó el viejo por uno nuevo.

—He dejado de fumar —dijo—. Tosía demasiado. Pero el maldito tabaco todavía me tiene pillado. No me siento bien sin un cigarrillo en la boca. ¿Se suponía que tenías que vigilarlo cuando estaba solo?

—Desde luego que no. Me pidió que viniera para almorzar juntos. Hablamos; estaba más bien deprimido porque el libro que tenía entre manos no iba bien y decidió darle a la botella. ¿Crees que hubiera debido quitársela?

—Todavía no estoy pensando. Sólo trato de hacerme una idea. ¿Cuánto bebiste tú?

—Cerveza.

—Ha sido una triste suerte que estuvieras aquí, Marlowe. ¿Para qué era el cheque? ¿El que hizo y firmó y luego rompió?

—Todos querían que viniera a vivir aquí y lo tuviera a raya. Cuando digo todos me refiero a él, a su mujer y a su editor, un sujeto llamado Howard Spencer. Está en Nueva York, supongo. Se lo puedes preguntar. Rechacé el ofrecimiento. Después la señora Wade vino a verme, me contó que su marido se había ido de juerga, que estaba preocupada y que si hacía el favor de encontrarlo y traerlo a casa. Lo hice. La vez siguiente lo recogí en el jardín y lo llevé a la cama. No quería tener nada que ver con todo ello, Bernie. No acabo de entender cómo ha crecido a mi alrededor.

—Nada que ver con el caso Lennox, ¿eh?

—Por el amor de Dios. No existe un caso Lennox.

—Qué razón tienes —dijo Ohls con sequedad.

Se apretó las rodillas. Un individuo entró por la puerta principal y habló con el otro policía antes de acercarse a Ohls.

—Ahí fuera está un tal doctor Loring, mi teniente. Dice que lo han llamado. Es el médico de la señora.

—Que pase.

El policía salió y entró el doctor Loring con su impecable maletín. Parecía relajado y elegante con un traje tropical de estambre. Pasó a mi lado sin mirarme.

—¿Arriba? —le preguntó a Ohls.

—Sí, en su habitación. —Ohls se puso en pie—. ¿Para qué le ha recetado el demerol, doctor?

El doctor Loring frunció el ceño.

—Prescribo a mis pacientes lo que me parece adecuado —dijo con frialdad—. No tengo por qué explicarlo. ¿Quién dice que he dado demerol a la señora Wade?

—Yo. El frasco está arriba y tiene su nombre, doctor Loring. La señora Wade dispone de una verdadera farmacia en el cuarto de baño. Quizá usted no lo sepa, doctor, pero tenemos un muestrario muy completo de esas pastillitas en jefatura. Arrendajos, cardenalitos, avispas, caballo blanco, y toda la lista al completo. Demerol es probablemente lo peor. Ayudaba a Goering a sobrevivir, según he oído en algún sitio. Tomaba dieciocho cápsulas al día cuando lo capturaron. Los médicos militares necesitaron tres meses para reducirle la dosis.

—No sé lo que significan esas palabras —dijo el doctor Loring glacialmente.

—¿No? Lástima. Arrendajos es lo mismo que amital sódico. Los cardenalitos, seconal. Avispas, nembutal. También está de moda una combinación de barbitúricos con bencedrina. Demerol es un narcótico sintético que crea dependencia con facilidad. Usted se limita a recetarlos, ¿no es eso? ¿Sufre la señora alguna enfermedad grave?

—Un marido borracho puede ser, sin duda, una dolencia muy grave para una mujer sensible —dijo el doctor Loring.

—A él no llegó usted a tratarlo, ¿eh? Lástima. La señora Wade está arriba, doctor. Gracias por su tiempo.

—Considero impertinente su actitud, señor mío. Voy a dar parte de usted.

—Sí, hágalo —respondió Ohls—. Pero antes haga otra cosa. Consiga que la señora tenga la cabeza clara. He de hacerle algunas preguntas.

—Haré exactamente lo que considere mejor, según su estado. ¿Sabe quién soy, por casualidad? Y, sólo para dejar las cosas claras, el señor Wade no era uno de mis pacientes. No trato a alcohólicos.

—Sólo a sus mujeres, ¿eh? —le gruñó Ohls—. Sí, sé quién es usted, doctor. El miedo me hace sangrar por dentro. Mi apellido es Ohls, teniente Ohls.

El doctor Loring subió al piso de arriba. Ohls se sentó de nuevo y me sonrió.

—Hay que mostrarse diplomático con esa clase de personas —dijo.

Uno de los técnicos —un individuo flaco de aspecto serio, con gafas y frente amplia— salió del estudio y se acercó a Ohls.

—Teniente.

—Dispare.

—Herida de contacto, típica de los suicidios, con notable dilatación por la presión de los gases. Exoftalmos por la misma razón. No creo que se encuentren huellas en el exterior del arma. Está demasiado manchada de sangre.

—¿Podría ser homicidio en el caso de que el muerto estuviera dormido o inconsciente por la bebida? —le preguntó Ohls.

—Por supuesto, pero no hay indicios. El arma es un Webley Hammerless. Normalmente requiere un notable esfuerzo para amartillarlo, pero basta un toque muy ligero para disparar. El retroceso explica su posición. Hasta el momento no veo nada que contradiga la hipótesis del suicidio. Espero una alcoholemia elevada. Si es lo bastante alta —se detuvo y se encogió de hombros de manera significativa—, quizá me sienta inclinado a poner en duda el suicidio.

—Gracias. ¿Se ha avisado al juez instructor?

El otro asintió con la cabeza y se alejó. Ohls bostezó y miró su reloj de pulsera. Luego me miró a mí.

—¿Te quieres largar?

—Por supuesto, si me lo permites. Creía figurar entre los sospechosos.

—Tal vez podamos complacerte más adelante. Quédate en un sitio donde podamos encontrarte, eso es todo. Fuiste policía en otros tiempos, ya sabes cómo funcionan. En algunos casos hay que trabajar deprisa para que no se te escapen las pruebas. Esta vez es exactamente lo contrario. Si se trata de homicidio, ¿quién lo quería muerto? ¿Su mujer? No estaba aquí. ¿Tú? De acuerdo, tenías la casa para ti solo y sabías dónde estaba el arma. Un montaje perfecto. Todo menos el motivo, y quizá tengamos que valorar tu experiencia. Supongo que si querías matarlo, lo hubieras hecho de manera un poco más discreta.

—Gracias, Bernie. Desde luego que sí.

—Los criados no estaban. Habían salido. De manera que fue alguien que apareció casualmente. Ese alguien tenía que saber dónde se hallaba el arma, encontrar a Wade lo bastante borracho para que se hubiera dormido o hubiese perdido el conocimiento, y apretar el gatillo cuando esa lancha motora estaba haciendo el ruido suficiente para ahogar el disparo y luego marcharse antes de que tú regresaras a la casa. Eso es algo que no consigo creerme con la información de que dispongo hasta ahora. La única persona que tenía los medios y la oportunidad es precisamente la persona que no los habría utilizado, por la sencilla razón de que era él, y ningún otro, quien los tenía.

Me levanté para marcharme.

—De acuerdo, Bernie. Estaré en casa toda la noche.

—Sólo hay otra cosa —dijo Ohls caviloso—. El tal Wade era un escritor de éxito. Dinero en abundancia, gran reputación. Personalmente no me interesa nada ese tipo de porquerías. En un burdel se encuentra gente más interesante que sus personajes. Pero es cuestión de gusto y se sale de mis competencias en tanto que policía. Con todo ese dinero había conseguido una casa estupenda en uno de los mejores sitios para vivir que hay en este país. Una esposa muy guapa, montones de amigos y ningún problema. Lo que quiero saber es qué le complicó tanto la vida que acabó impulsándole a apretar el gatillo. Porque está más claro que el agua que algo le empujó. Si lo sabes, será mejor que te dispongas a decírnoslo. Hasta la vista.

Fui hacia la puerta. El policía allí situado se volvió a mirar a Ohls, captó la señal y me dejó salir. Subí a mi coche y tuve que meterme en el césped para evitar los distintos automóviles oficiales que se amontonaban en la avenida. Al llegar a la puerta otro agente me examinó cuidadosamente pero no dijo nada. Volví a ponerme las gafas oscuras y me dirigí hacia la carretera principal, vacía y tranquila. El sol de la tarde caía a plomo sobre los céspedes bien arreglados y las casas grandes, espaciosas y caras situadas detrás.

Un hombre no desconocido para el mundo había muerto en un charco de sangre en una casa de Idle Valley, pero la quietud de aquellos parajes seguía intacta. Por lo que a los periódicos se refería, podría haber sucedido en el Tíbet.

En un recodo de la carretera las cercas de dos propiedades llegaban hasta el arcén y un coche de la policía de color verde oscuro estaba aparcado allí. Un agente se apeó y alzó una mano. Me detuve. Se acercó a la ventanilla.

—¿Me permite su carné de conducir, si es tan amable?

Saqué la cartera y se la tendí, abierta.

—Sólo el carné, por favor. No estoy autorizado a tocar su cartera.

Lo saqué y se lo di.

—¿Qué sucede?

Miró dentro de mi coche y me devolvió el carné.

—No sucede nada —dijo—. Tan sólo una comprobación rutinaria. Perdone las molestias.

Me indicó que siguiera y regresó al coche estacionado. Los policías son siempre así. Nunca te explican por qué hacen algo. De esa manera no te enteras de que tampoco ellos lo saben.

Regresé a casa, bebí algo frío, salí a cenar, regresé, abrí las ventanas y mi camisa y esperé a que sucediera algo. Esperé mucho tiempo. Eran las nueve cuando Bernie Ohls llamó y me dijo que fuera al despacho del sheriff y que no me detuviera por el camino a recoger flores.

38

Tenían a Candy en una silla de respaldo recto contra la pared de la antesala del sheriff. Me obsequió con una mirada de odio cuando pasé a su lado para entrar en el gran despacho cuadrado donde el sheriff Petersen concedía audiencia en medio de una colección de testimonios de gratitud por sus veinte años de servicios al estado de California. Las paredes estaban llenas de fotografías de caballos y el sheriff Petersen aparecía en todas ellas. Las esquinas de su escritorio de madera tallada eran cabezas de caballos. Su tintero era una pezuña de caballo abrillantada y montada y las plumas estaban colocadas en otra igual llena de arena blanca. Una placa dorada en cada una decía algo sobre una fecha. En el centro del inmaculado secante había una bolsita de tabaco Bull Durham y un librillo de papel de fumar moreno. Petersen se liaba los cigarrillos. Era capaz de hacerlo a caballo con una mano, y a menudo lo demostraba, sobre todo cuando presidía un desfile a lomos de un gran caballo blanco con silla de montar mexicana repujada en plata. A caballo Petersen llevaba un sombrero mexicano de copa plana. Montaba con gran soltura y su caballo sabía exactamente cuándo mantenerse tranquilo y cuándo encabritarse un poco de manera que el sheriff, con su sonrisa tranquila e inescrutable, pudiera controlarlo con una sola mano. El sheriff ofrecía un buen espectáculo. Tenía un excelente perfil aguileño y, aunque empezaba ya a flaquearle un poco debajo de la barbilla, sabía cómo mantener la cabeza de forma que no se notara demasiado. Trabajaba a conciencia para que lo sacaran bien en las fotos. Era un cincuentón con mucho camino recorrido hacia los sesenta y su padre, danés de origen, le había dejado mucho dinero. El sheriff no parecía danés, porque era moreno y tenía el pelo oscuro y el aplomo imperturbable de un indio de estanco y aproximadamente la misma inteligencia. Pero nadie había dicho nunca de él que fuese un sinvergüenza. Había habido pillos en su departamento que le habían engañado a él, además de a los contribuyentes, pero la sinvergonzonería le era completamente ajena. Se limitaba a conseguir que lo eligieran sin tener que esforzarse, montaba caballos blancos a la cabeza de los desfiles e interrogaba a sospechosos delante de las cámaras. Eso al menos era lo que decían los pies de las fotos. En realidad nunca interrogaba a nadie. No hubiera sabido cómo hacerlo. Se limitaba a sentarse detrás de la mesa de su despacho mirando con severidad al sospechoso y ofreciendo su perfil a la cámara. Se disparaban los flashes, los fotógrafos daban las gracias al sheriff respetuosamente y se retiraba al sospechoso, que no había llegado a abrir la boca, mientras Petersen regresaba a su rancho en el valle de San Fernando. Allí se le podía localizar siempre. Y si no se lograba entrevistarlo personalmente, siempre se podía hablar con uno de sus caballos.

De cuando en cuando, al llegar la época de las elecciones, algún político mal aconsejado trataba de quitarle el cargo al sheriff Petersen, y era perfectamente posible que lo llamase El Tipo Con El Perfil Incorporado y otras lindezas por el estilo, pero no servía de nada. Al sheriff Petersen seguían reeligiéndolo, vivo testimonio del hecho de que en nuestro país se puede desempeñar un cargo público importante por los siglos de los siglos sin más título que una nariz aguileña, un rostro fotogénico y una boca bien cerrada. Y si además de eso quedas bien encima de un caballo, eres invencible.

Al entrar Ohls y yo, los chicos de la prensa salían por otra puerta y el sheriff Petersen estaba de pie detrás de su escritorio. Tenía puesto el *stetson* blanco y liaba un cigarrillo. Estaba listo para marcharse a su casa. Me miró con severidad.

—¿Quién es? —preguntó con sonora voz de barítono.

—Se llama Philip Marlowe, jefe —dijo Ohls—. La única persona presente en la casa cuando Wade se quitó la vida. ¿Quiere una foto?

El sheriff me estudió.

—Me parece que no —dijo, antes de volverse hacia un individuo grande, de aspecto cansado y cabellos de color gris acerado—. Si me necesita, estaré en el rancho, capitán Hernández.

—De acuerdo, jefe.

Petersen prendió el cigarrillo con una cerilla de cocina que frotó contra la uña del pulgar. Nada de mecheros para el sheriff Petersen. Era estrictamente «el tipo que los lía y los enciende con una sola mano».

Dio las buenas noches y salió. Un personaje con cara de palo y ojos negros de considerable dureza —su guardaespaldas— se fue con él. La puerta se cerró. El capitán Hernández se dirigió entonces a la mesa, se sentó en el enorme sillón del sheriff y el taquígrafo que estaba en una esquina con su mesita se separó un poco de la pared para tener más espacio. Ohls se sentó en un extremo del escritorio y dio la sensación de estar pasándoselo bien.

—De acuerdo, Marlowe —dijo Hernández con tono enérgico—. Hable.

—¿Cómo es que no me hacen la foto?

—Ya ha oído lo que ha dicho el sheriff.

—Sí, pero ¿por qué? —me lamenté.

Ohls se echó a reír.

—Sabes demasiado bien por qué.

—¿Te refieres a que soy alto, moreno y bien parecido y alguien podría mirarme a mí?

—Ya vale —dijo Hernández con frialdad—. Vayamos con su declaración. Empiece por el principio.

Así lo hice: mi entrevista con Howard Spencer, mi entrevista con Eileen Wade, su petición de que buscara a Roger, cómo lo encontré, la nueva petición de que me quedara en la casa, lo que Wade me pidió que hiciera y cómo lo encontré desmayado cerca de los hibiscos, y todo lo demás. El taquígrafo lo escribió palabra por palabra. Nadie me interrumpió. Todo era verdad. La verdad y nada más que la verdad. Pero no toda la verdad. Lo que dejé fuera era asunto mío.

—Estupendo —dijo Hernández al final—. Pero incompleto. —El tal Hernández era un tipo tranquilo, competente, peligroso. Alguien tenía que serlo en el despacho del sheriff—. La noche en que Wade disparó el revólver en su dormitorio entró usted en el cuarto de la señora Wade y se quedó durante algún tiempo con la puerta cerrada. ¿Qué hizo allí?

—La señora Wade me llamó y me preguntó cómo estaba su marido.

—¿Por qué cerrar la puerta?

—Wade estaba medio dormido y yo no quería hacer ruido. Además el criado andaba por la casa aguzando el oído. Eileen Wade también me pidió que cerrase la puerta. No me di cuenta de que fuese a ser tan importante.

—¿Cuánto tiempo estuvo allí?

—No lo sé. Tres minutos quizá.

—Sugiero que estuvo un par de horas —dijo Hernández con frialdad—. ¿Me ha entendido o tengo que repetírselo?

Miré a Ohls. Ohls no miraba a nada. Estaba mordisqueando un cigarrillo sin encender, como de costumbre.

—No le han informado bien, capitán.

—Veremos. Después de salir de la habitación bajó al estudio y pasó la noche en el sofá. Quizá debería decir el resto de la noche.

—Eran las once menos diez cuando Roger Wade me telefoneó a casa y bastante después de las dos cuando entré en el estudio por última vez aquella noche. Llámelo el resto de la noche si le gusta.

—Traiga al criado aquí —dijo Hernández.

Ohls salió y regresó con Candy. Lo pusieron en una silla. Hernández le hizo unas cuantas preguntas para determinar quién era y todo lo demás. Luego dijo:

—De acuerdo, Candy (vamos a llamarle así por comodidad), ¿qué sucedió después de que ayudase a Marlowe a acostar a Roger Wade?

Sabía más o menos lo que me esperaba. Candy contó su historia con voz tranquila, feroz, casi sin acento. Parecía capaz de ponerlo y de quitarlo a voluntad. Su historia era que se había quedado en el piso de abajo por si se le necesitaba otra vez, parte del tiempo en la cocina, donde comió algo, y parte en la sala de estar. Mientras estaba allí, sentado cerca de la puerta principal, había visto a Eileen Wade de pie en el umbral de su dormitorio y había visto cómo se quitaba la ropa. Luego se puso una bata sin nada debajo; a continuación Candy me vio entrar en la habitación de la señora, cerrar la puerta y quedarme allí mucho tiempo, unas dos horas, calculaba él. Durante ese tiempo subió por las escaleras y escuchó. Los muelles de la cama hacían ruido. También escuchó susurros. Dejó muy claro el significado que daba a su relato. Cuando terminó me lanzó una mirada feroz al tiempo que su boca se contraía en un gesto de odio.

—Llévenselo —dijo Hernández.

—Un minuto —dije—. Quiero hacerle unas preguntas.

—Aquí las preguntas las hago yo —dijo Hernández con tono cortante.

—Le faltan datos, capitán. Usted no estaba allí. Candy miente, lo sabe y también lo sé yo.

Hernández se recostó en el sillón y cogió una de las plumas del sheriff. Dobló el mango, largo y puntiagudo y hecho con pelo de caballo endurecido. Cuando lo soltó, volvió a la posición primitiva.

—Dispare —dijo por fin.

Me volví hacia Candy.

—¿Dónde estabas cuando viste desnudarse a la señora Wade?

—Estaba sentado en una silla cerca de la puerta principal —respondió Candy con tono malhumorado.

—¿Entre la puerta principal y los dos sofás enfrentados?

—Lo que he dicho.

—¿Dónde estaba la señora Wade?

—Junto a la puerta de su habitación, abierta.

—¿Qué luz había en la sala de estar?

—Una lámpara. La alta a la que llaman la lámpara para el bridge.

—¿Qué luz había en la galería?

—Ninguna luz. La luz del dormitorio de la señora Wade.

—¿Qué clase de luz hay en su dormitorio?

—No mucha luz. La de la mesilla de noche, quizá.

—¿No una luz en el techo?

—No.

—Después de desnudarse, de pie, has dicho, junto a la puerta de su habitación, se puso una bata. ¿Qué clase de bata?

—Bata azul. Larga, para estar por casa. La cierra con un cinturón.

—¿De manera que si no la hubieras visto desnudarse no habrías sabido lo que llevaba debajo de la bata?

Se encogió de hombros. Parecía vagamente preocupado.

—Sí. Es cierto. Pero vi cómo se quitaba la ropa.

—Eres un mentiroso. No hay ningún sitio en la sala de estar desde donde pudieras ver cómo se quitaba la ropa: ni en su misma puerta ni menos aún dentro de su habitación. Tendría que haber salido hasta el borde de la galería. Y si hubiera hecho eso te habría visto.

Me miró con odio. Yo me volví hacia Ohls.

—Tú has visto la casa. El capitán Hernández, no..., ¿o estoy equivocado?

Ohls negó apenas con la cabeza. Hernández frunció el ceño y no dijo nada.

—Si la señora Wade estaba en la puerta de su cuarto o dentro de él, no hay ningún sitio en esa sala de estar, capitán Hernández, desde donde Candy pudiera ver siquiera la parte alta de su cabeza, aunque él estuviera de pie, y dice que estaba sentado. Yo mido diez centímetros más y de pie junto a la puerta principal de la casa sólo logro ver la parte superior de una puerta abierta. La señora Wade tendría que haber salido hasta el borde de la galería para que Candy viera lo que dice que vio. Pero ¿por qué tendría que hacer una cosa así la señora Wade? ¿Por qué iba a desnudarse incluso en el umbral de su puerta? No tiene el menor sentido.

Hernández se limitó a mirarme. Luego miró a Candy.

—¿Qué hay del factor tiempo? —preguntó suavemente, hablando conmigo.

—Ahí se trata ya de su palabra contra la mía. Estoy hablando de lo que se puede probar.

Hernández habló en español a Candy demasiado deprisa para que yo me enterase. Candy se limitó a mirarlo con gesto malhumorado.

—Lléveselo —dijo Hernández.

Ohls movió un pulgar y abrió la puerta. Candy salió. Hernández sacó una cajetilla, se colocó un pitillo entre los labios y lo encendió con un mechero de oro.

Ohls regresó. Hernández dijo con mucha calma:

—Sólo le he explicado que si hubiera una investigación judicial y contase esa historia, se iba a encontrar cumpliendo de uno a tres años en San Quintín por perjurio. No ha parecido impresionarle mucho. Es bastante evidente lo que le pasa. Un caso muy tradicional de tipo salido. Si hubiera estado en la casa y tuviéramos alguna razón para sospechar un asesinato, haría un excelente sospechoso..., aunque el tal Candy habría utilizado la navaja. Ya me había parecido antes que estaba muy afectado por la muerte de Wade. ¿Quiere hacer alguna pregunta, Ohls?

Bernie negó con la cabeza. Hernández me miró y dijo:

—Venga mañana por la mañana y firme su declaración. La tendremos mecanografiada para entonces. Es posible que para las diez tengamos también el informe de la autopsia, al menos el preliminar. ¿Hay algo que no le guste en este asunto, Marlowe?

—¿Le importaría formular de otra manera la pregunta? La forma que tiene de hacerla sugiere que quizá haya algo que me gusta.

—De acuerdo —dijo con tono cansado—. Lárguese. Me voy a casa.

Me puse en pie.

—Por supuesto nunca me creí esa historia que Candy intentaba colarnos —dijo—. Sólo lo he utilizado como sacacorchos. No me guardará rencor, espero.

—Nada en absoluto, capitán. Por supuesto.

Me vieron marchar y no me dieron las buenas noches. Recorrí el largo corredor hasta la entrada de Hill Street, subí a mi coche y me fui a casa.

Nada en absoluto era la expresión correcta. Me sentía tan hueco y tan vacío como el espacio entre las estrellas. Cuando llegué a casa me serví un whisky muy abundante, me situé junto a la ventana abierta en el cuarto de estar, escuché el ruido sordo del tráfico en el bulevar de Laurel Canyon y contemplé el resplandor de la gran ciudad enfurecida que asomaba sobre la curva de las colinas a través de las cuales se abrió el bulevar. Muy lejos subía y bajaba el gemido como de alma en pena de las sirenas de la policía o de los bomberos, que nunca permanecían en silencio mucho tiempo. Veinticuatro horas al día alguien corre y otra persona está intentando alcanzarle. Allí fuera, en la noche entrecruzada por mil delitos, la gente moría, la mutilaban, se hacía cortes con cristales que volaban, era aplastada contra los volantes de los automóviles o bajo sus pesados neumáticos. A la gente la golpeaban, la robaban, la estrangulaban, la violaban y la asesinaban; gente que estaba hambrienta, enferma, aburrida, desesperada por la soledad o el remordimiento o el miedo; airados, crueles, afiebrados, estremecidos por los sollozos. Una ciudad no peor que otras, una ciudad rica y vigorosa y rebosante de orgullo, una ciudad perdida y golpeada y llena de vacío.

39

La investigación preliminar fue un fracaso. El juez de instrucción —por temor a perderse la publicidad— se lanzó a navegar antes de que estuvieran completos los informes médicos. Podía haberse ahorrado la preocupación. La muerte de un escritor —incluso de un escritor llamativo— no es noticia durante mucho tiempo, y aquel verano la competencia era excesiva. Un rey abdicó y otro fue asesinado. En la misma semana se estrellaron tres aviones con muchos pasajeros. El director de una destacada agencia de noticias fue acribillado a balazos en Chicago dentro de su automóvil. Veinticuatro presos murieron abrasados por un fuego en la cárcel donde estaban recluidos. El juez de instrucción del distrito de Los Ángeles no tenía suerte. Las cosas buenas de la vida le pasaban de largo.

Al abandonar el estrado de los testigos vi a Candy. Tenía una amplia sonrisa maliciosa en la cara —yo ignoraba por qué— e iba, como de costumbre, excesivamente bien vestido con una camisa blanca de nailon y una corbata de lazo azul marino. En el estrado de los testigos se mostró sereno y causó buena impresión. Sí, el jefe había estado borracho con mucha frecuencia últimamente. Sí, me había ayudado a acostarlo la noche que se disparó el revólver en el piso de arriba. Sí, el jefe había pedido whisky antes de que él, Candy, se marchara el último día, pero se había negado a llevárselo. No, no sabía nada sobre sus trabajos literarios, pero sí que estaba desanimado. Una y otra vez tiraba las hojas mecanografiadas y luego las recogía de la papelera. No, nunca le había oído pelearse con nadie. Etcétera. El juez trató de apretarle los tornillos pero fue muy poco lo que sacó. Alguien había hecho un buen trabajo aleccionando a Candy.

Eileen Wade iba vestida de negro y blanco. Muy pálida, habló en voz baja pero con una claridad que ni siquiera los altavoces consiguieron disminuir. El juez la trató con dos pares de guantes de terciopelo. Le habló como si le costara trabajo evitar los sollozos. Cuando abandonó el estrado se puso en pie y le hizo una reverencia; Eileen le obsequió con una tenue sonrisa fugitiva que casi logró que se ahogara con su propia saliva.

Al salir, Eileen Wade casi pasó a mi lado sin mirarme, si bien en el último momento torció la cabeza unos centímetros e hizo una leve inclinación, como si yo fuese alguien que hubiera conocido en algún sitio hacía mucho tiempo, pero sin conseguir situarlo en sus recuerdos.

Fuera, en la escalinata, cuando todo hubo terminado, me tropecé con Ohls. Estaba contemplando el tráfico que pasaba por la calle, o fingía hacerlo.

—Buen trabajo —dijo sin volver la cabeza—. Enhorabuena.

—Tú has hecho un buen trabajo con Candy.

—Yo no, muchacho. El fiscal del distrito decidió que el ingrediente sexual no venía al caso.

—¿Qué ingrediente sexual es ése?

Entonces me miró.

—Ja, ja, ja —dijo—. Y no me refiero a ti. —Luego su expresión se hizo distante—. Llevo demasiados años ocupándome de ellas. Cualquiera se cansa. Ésta ha salido de una botella muy especial. Gran reserva añeja. Estrictamente para las clases privilegiadas. Hasta la vista, pardillo. Llámame cuando empieces a llevar camisas de veinte dólares. Me pasaré a verte y te sostendré la chaqueta.

La gente que subía o bajaba por la escalinata se arremolinaba en torno nuestro, pero seguíamos allí. Ohls se sacó un cigarrillo del bolsillo, lo miró, lo dejó caer sobre el cemento y lo redujo a la nada con el talón.

—Qué despilfarro —dije.

—No es más que un cigarrillo, compadre. No se trata de una vida. Después de una temporada quizá te cases con la chica, ¿eh?

—Vete al carajo.

Rió con acritud.

—He estado hablando de lo que no debía con las personas adecuadas —dijo mordazmente—. ¿Alguna objeción?

—Ninguna objeción, teniente —respondí y empecé a descender los escalones. Ohls dijo algo a mi espalda pero no me detuve.

Fui a una casa de comidas en Flower. Era lo que respondía a mi estado de ánimo. Un cartel impresentable a la entrada decía: «Hombres sólo. No se admiten ni perros ni mujeres». En el interior el servicio era igualmente refinado. El camarero que te tiraba la comida necesitaba un afeitado y descontaba la propina sin consultar al cliente. Los platos eran elementales pero de buena calidad y tenían una cerveza sueca que te golpeaba con tanta fuerza como un martini.

Cuando regresé al despacho estaba sonando el teléfono. Era la voz de Ohls.

—Voy hacia allí. Tengo cosas que decir.

Debía de estar en la comisaría de Hollywood o cerca de ella, porque tardó menos de veinte minutos en presentarse. Se instaló en el asiento del cliente, cruzó las piernas y masculló:

—Lo que dije antes estaba fuera de lugar. Lo siento. Olvídalo.

—¿Por qué olvidarlo? Será mejor abrir la herida.

—Por mí, de acuerdo. Y de todo esto ni pío. Para algunas personas no eres de fiar. Pero en mi opinión no has hecho nunca nada de verdad poco recomendable.

—¿A qué venía ese comentario sobre las camisas de veinte dólares?

—No me hagas caso, estaba molesto —dijo Ohls—. Pensaba en el viejo Potter. Parece que le dijo a una secretaria que le dijera a un abogado que le dijera a Springer, el fiscal del distrito, quien, a su vez, tenía que transmitírselo al capitán Hernández, que eres amigo personal suyo.

—No se tomaría la molestia.

—Estuviste con él. Te dedicó tiempo.

—Estuve con él, punto. No me cayó bien, pero quizá sólo era envidia. Me mandó llamar para darme algunos consejos. Grande, duro y no sé qué más. No creo que sea un sinvergüenza.

—No hay ninguna manera transparente de ganar cien millones de dólares —dijo Ohls—. Quizá la persona que manda cree que tiene las manos limpias pero en algún sitio de tejas abajo hay gente a la que se pone contra la pared, hay pequeños negocios que funcionan bien pero les cortan la hierba bajo los pies y tienen que dejarlo y vender por cuatro perras, hay personas decentes que se quedan sin empleo, hay valores en la bolsa que se amañan, hay apoderados que se compran como si fueran un gramo de oro viejo, y hay personas más influyentes y grandes bufetes de abogados que cobran honorarios de cien mil dólares por conseguir que se rechace una ley que quería el ciudadano medio pero no los ricos, en razón de que reduciría sus ingresos. El gran capital es el gran poder y el gran poder acaba usándose mal. Es el sistema. Tal vez sea el mejor que podemos tener, pero de todos modos sigue sin ser mi sueño dorado.

—Hablas como un rojo —dije, sólo para pincharle.

—No sabría decirlo —dijo con desdén—. No me han investigado todavía. A ti te ha parecido bien el veredicto de suicidio, ¿no es cierto?

—¿Qué otro podría ser?

—Ninguno, supongo. —Colocó las manos, fuertes, rotundas, sobre la mesa y se contempló las manchas del dorso—. Me estoy haciendo viejo. Queratosis senil, es como llaman a esas manchas marrones. No aparecen hasta después de los cincuenta. Soy un poli viejo y un viejo poli es un hijo de perra. Hay varias cosas que no me gustan en la muerte de Wade.

—¿Como cuáles?

Me recosté en el asiento y me fijé en sus patas de gallo.

—Llega un momento en que eres capaz de oler un montaje que no funciona, incluso aunque sabes que no puedes hacer maldita la cosa. Te limitas a sentarte y a hablar como lo estoy haciendo ahora. No me gusta que no dejara una nota.

—Estaba borracho. Probablemente un incontrolable impulso repentino.

Ohls alzó los ojos y bajó las manos de la mesa.

—Vi las cosas que tenía en el escritorio. Se escribía cartas. Escribía sin parar. Borracho o sereno le daba a la máquina. Algunas cosas eran disparatadas, otras más bien divertidas y también las había tristes. Tenía algo en la cabeza. Escribía dando vueltas alrededor de eso, pero nunca llegaba a tocarlo. Un tipo así habría dejado una carta de dos páginas antes de quitarse de en medio.

—Estaba borracho —repetí.

—En el caso de Wade eso no tenía importancia —respondió Ohls con tono cansado—. La siguiente cosa que no me gusta es que lo hiciera en esa habitación y dejara que lo encontrase su mujer. De acuerdo, estaba borracho. Sigue sin gustarme. Tampoco me gusta que apretara el gatillo precisamente cuando el estruendo de la lancha motora ahogaba el ruido del disparo. ¿A él qué más le daba? Pura coincidencia, ¿no es eso? Todavía más coincidencias que su mujer olvidara la llave de la puerta el día en que libraba el servicio y tuviera que llamar para entrar en casa.

—Podría haber dado la vuelta para entrar por detrás —dije.

—Sí, ya lo sé. De lo que estoy hablando es de una situación concreta. Nadie para abrirle la puerta excepto tú, pero dijo en la vista que no sabía que estabas allí. Wade no habría oído llamar a la puerta aunque estuviera vivo y trabajando en su estudio. La puerta está insonorizada. Los criados habían salido. Era jueves. También se olvidó de eso. Como se olvidó de las llaves.

—Tú también te estás olvidando de algo, Bernie. Mi coche estaba delante de la casa. De manera que sabía que estaba allí..., o que alguien estaba allí, antes de tocar el timbre.

Ohls sonrió.

—He olvidado eso, ¿verdad? De acuerdo: examinemos la escena. Tú estabas junto al lago, la lancha motora hacía un ruido de mil demonios, por cierto eran dos tipos del lago Arrowhead, sólo de visita, llevaban la lancha en un remolque, Wade dormido o desmayado en su estudio, alguien se había apoderado ya del revólver que tenía en el escritorio, y ella sabía que tú lo habías puesto ahí porque se lo habías dicho. Supongamos que no olvidó las llaves, que entró en la casa, miró hacia el lago y te vio en la orilla, miró en el estudio y vio a Wade dormido, sabía dónde estaba el revólver, lo cogió, esperó el momento preciso, disparó, dejó caer el arma donde luego se encontró, salió otra vez, esperó un poco hasta que se alejó la lancha motora y entonces llamó al timbre y esperó a que abrieras la puerta. ¿Alguna objeción?

—¿Con qué motivo?

—Sí —dijo con acritud—. Eso lo echa todo abajo. Si quería deshacerse de él, nada más sencillo. Lo tenía entre la espada y la pared, borracho empedernido, historial de maltrato. Excelente pensión alimenticia y sin duda un acuerdo muy favorable en cuanto a la propiedad. Ningún motivo. De todos modos la sincronización es demasiado perfecta. Cinco minutos antes y no hubiera podido, a no ser que tú estuvieras en el ajo.

Empecé a decir algo pero levantó la mano.

—Tranquilo. No estoy acusando a nadie, tan sólo hago conjeturas. Cinco minutos después y tampoco. Dispuso de diez minutos para salirse con la suya.

—Diez minutos —dije, irritado—, eso no podía en modo alguno preverse y menos aún planearse.

Se recostó en el asiento y suspiró.

—Lo sé. Tienes respuesta para todas las preguntas. También yo. Pero sigue sin gustarme. ¿Qué demonios hacías con esa gente en cualquier caso? El tal Wade te extiende un cheque por mil dólares y luego lo rompe. Se enfadó contigo, dices. No lo querías, de todos modos, no lo hubieras aceptado, dices. Quizá. ¿Creía que te acostabas con su mujer?

—¡Ya está bien, Bernie!

—No te he preguntado si te acostabas; he preguntado si él creía que lo hacías.

—Misma respuesta.

—De acuerdo, prueba con ésta. ¿Qué sabía de Wade el mexicano?

—Nada de lo que yo esté al corriente.

—El mexicano tiene demasiado dinero. Más de mil quinientos en el banco, ropa por todo lo alto, un coche deportivo recién estrenado.

—Quizá trafique con drogas —dije.

—Tienes muchísima suerte, Marlowe. Dos veces has conseguido escurrirte cuando se te venía encima una de aúpa. Podrías confiarte en exceso. Has ayudado una barbaridad a esa gente sin sacar un céntimo. También ayudaste muchísimo a un tipo llamado Lennox, por lo que he oído. Y tampoco eso te produjo nada. ¿Qué haces para ganarte la vida, compadre? ¿Tienes tanto ahorrado que ya no necesitas trabajar?

Me levanté, di la vuelta alrededor del escritorio y me puse delante de él.

—Soy un romántico, Bernie. Oigo voces que lloran en la noche y salgo a ver qué es lo que sucede. No se gana nada haciendo eso. Si tienes sentido común cierras las ventanas y subes el volumen del televisor. O aprietas el acelerador y te alejas lo más que puedes. Evitas los problemas de otras personas. Todo lo que puedes conseguir es mancharte. La última vez que vi a Terry Lennox nos tomamos juntos una taza de café que hice yo mismo en esta casa y nos fumamos un cigarrillo. De manera que cuando me enteré de que había muerto fui a la cocina, hice café, le serví una taza y encendí un pitillo para él; y cuando el café se quedó frío y el cigarrillo se consumió le di las buenas noches. No se gana un céntimo así. Tú no lo harías. Por eso eres un buen policía y yo un detective privado. Eileen Wade está preocupada por su marido y yo salgo y lo encuentro y lo llevo a casa. En otra ocasión Wade pasa por un mal momento, me llama, voy, lo recojo en el jardín y lo meto en la cama y tampoco gano un céntimo con ello. Sin tantos por ciento. Nada de nada, excepto que a veces me rompen la cara o me ponen a la sombra o me amenaza un mafioso como Mendy Menéndez. Pero de dinero, nada; ni un céntimo. Tengo un billete de cinco mil dólares en la caja fuerte pero nunca me gastaré un centavo de ese dinero. Porque hay algo que no estuvo bien en la manera de conseguirlo. Jugué un poco con él al principio y todavía lo saco de vez en cuando para mirarlo. Pero eso es todo; ni un centavo para gastos.

—Será falso —respondió Ohls secamente—, aunque no los hacen de tanto valor. Dime, ¿adónde quieres llegar con todo ese discurso?

—A ningún sitio. Ya te he dicho que soy un romántico.

—Te he oído. Y no ganas un céntimo. También eso lo he oído.

—Pero siempre le puedo decir a un polizonte que se vaya al infierno. Vete al infierno, Bernie.

—No me dirías que me fuera al infierno si te tuviera en comisaría bajo unos focos, compadre.

—Quizá lo descubramos algún día.

Fue hasta la puerta y la abrió de golpe.

—¿Sabes una cosa, muchacho? Te crees muy listo, pero no pasas de estúpido. No eres más que una sombra sobre el muro. Llevo veinte años en la policía y nadie se ha quejado nunca de mí. Sé cuándo me están tomando el pelo y sé cuándo un tipo no es sincero conmigo. El listillo se engaña él, pero a nadie más. Hazme caso, muchacho. Lo sé.

Sacó la cabeza del hueco de la puerta y la cerró. Sus tacones martillearon por el corredor. Aún los seguía oyendo cuando empezó a sonar el teléfono sobre mi escritorio. La voz dijo, con característica nitidez profesional:

—Nueva York llama al señor Philip Marlowe.

—Philip Marlowe soy yo.

—Gracias. Un momento, por favor, señor Marlowe. No se retire.

La voz siguiente me era familiar.

—Howard Spencer, señor Marlowe. Hemos sabido lo de Roger Wade. Ha sido un golpe muy duro. No tenemos todos los detalles, pero parece que se menciona su nombre.

—Estaba allí cuando sucedió. Sencillamente se emborrachó y se pegó un tiro. La señora Wade llegó un poco después. El servicio estaba ausente... El jueves es el día que libran.

—¿Estaba usted solo con él?

—No estaba con él. Estaba fuera de la casa, haciendo tiempo en espera de que regresara su mujer.

—Entiendo. Bueno, imagino que habrá una investigación.

—Todo ha terminado, señor Spencer. Suicidio. Y sorprendentemente muy poca publicidad.

—¿De verdad? Eso es curioso. —No sonó exactamente decepcionado; más bien desconcertado y sorprendido—. Era tan conocido. Yo habría pensado..., bueno; da lo mismo lo que yo pensara. Será mejor que vaya, pero no podré hasta finales de la semana que viene. Enviaré un telegrama a la señora Wade. Quizá haya algo que pueda hacer por ella..., también en lo referente al libro. Me refiero a que quizá tengamos texto suficiente como para conseguir que alguien lo acabe. Imagino que no aceptó el trabajo después de todo.

—No. Aunque es cierto que me lo pidió el mismo Wade. Le dije que no podía conseguir que dejara de beber.

—Al parecer ni siquiera lo intentó.

—Escuche, señor Spencer, no sabe usted ni lo más elemental sobre esta situación. ¿Por qué no espera a informarse antes de sacar conclusiones precipitadas? No es que no me culpe un poco. Supongo que es inevitable cuando sucede algo así y estás presente.

—Por supuesto —dijo—. Siento haber hecho esa observación. No estaba en absoluto justificada. ¿Encontraré a Eileen Wade en su casa en estos momentos..., o no lo sabe?

—No lo sé, señor Spencer. ¿Por qué no la llama?

—No creo que quiera hablar con nadie todavía —dijo despacio.

—¿Por qué no? Habló con el juez instructor sin pestañear una sola vez.

Se aclaró la garganta.

—No parece muy bien dispuesto.

—Roger Wade está muerto, Spencer. Tenía su parte de malnacido y quizá también su poquito de genio. No estoy en condiciones de juzgarlo. Era un borracho egocéntrico y no se soportaba. Me causó muchos problemas y al final también me ha hecho sufrir. ¿Por qué demonios tendría que estar bien dispuesto?

—Hablaba de la señora Wade —dijo con voz cortante.

—Yo también.

—Le llamaré cuando llegue —dijo bruscamente—. Hasta la vista.

Colgó. Hice lo mismo. Estuve mirando el teléfono un par de minutos sin moverme. Luego puse la guía sobre la mesa y miré un número.

40

Llamé al bufete de Sewell Endicott. Alguien me dijo que estaba en los tribunales y no sería posible hablar con él hasta última hora de la tarde. ¿Quería dejar mi nombre? No.

Marqué el número del local de Mendy Menéndez en el Strip. Aquel año se llamaba El Tapado, un nombre que tampoco estaba nada mal. En el español de América eso significa, entre otras cosas, tesoro enterrado. Había tenido otros nombres en el pasado, toda una sucesión. Un año no fue más que un número azul con tubos de neón sobre una alta pared vacía que miraba hacia el sur en el Strip, de espaldas a la colina y a una avenida que se curvaba en torno a una ladera hasta perderse de vista desde la calle. Muy selecto. Nadie sabía mucho sobre aquel lugar excepto los policías de la Brigada Antivicio, los mafiosos y la gente que podía gastarse treinta dólares en una buena cena y cualquier cantidad hasta cincuenta de los grandes en la tranquila y amplia habitación del piso de arriba.

Hablé con una mujer que no estaba al corriente de nada. Luego me pasaron a un capitán con acento hispano.

—¿Desea hablar con el señor Menéndez? ¿Quién lo llama?

—Nada de nombres, *amigo*. Un asunto privado.

—*Un momento, por favor*.

La espera fue larga. Esta vez me tocó un tipo duro. Sonaba como si hablara a través de la rendija de un coche blindado. Probablemente no era más que la rendija de su cara.

—Adelante. ¿Quién lo quiere?

—El apellido es Marlowe.

—¿Quién es Marlowe?

—¿Hablo con Chick Agostino?

—No, no soy Chick. Vamos, la contraseña.

—Anda y que te zurzan.

Se oyó una risa entre dientes.

—Un momento.

Finalmente otra voz dijo:

—Qué tal, muerto de hambre. ¿Cómo le van las cosas?

—¿Está solo?

—Puede hablar, muerto de hambre. Estaba revisando algunos números para nuestro espectáculo.

—Podría rebanarse el gaznate en escena.

—¿Y qué haría si pidieran un bis?

Me eché a reír. También él.

—¿Sigue sin meter la nariz donde no lo llaman?

—¿No se ha enterado? Conseguí hacerme amigo de otro tipo que se ha suicidado. Creo que me van a llamar el «Chico del beso de la muerte» de ahora en adelante.

—Le parece divertido, ¿eh?

—No, no me parece divertido. Y la otra tarde tomé el té con Harlan Potter.

—Eso está bien. No pruebo el té.

—Dijo, refiriéndose a usted, que se portara bien conmigo.

—No he hablado nunca con él ni tengo intención de hacerlo.

—Es una persona muy influyente. Todo lo que quiero es un poquito de información. Acerca de Paul Marston, por ejemplo.

—No sé quién es.

—Lo ha dicho demasiado deprisa. Paul Marston fue el nombre que Terry Lennox utilizaba en Nueva York antes de venir al Oeste.

—¿Y bien?

—Se hizo una comprobación de sus huellas en los archivos del FBI. No se encontró nada. Eso significa que no estuvo nunca en el ejército.

—¿Y bien?

—¿Tengo que hacerle un diagrama? O bien la historia de usted sobre el pozo de tirador era todo un cuento chino o sucedió en otro sitio.

—No dije dónde había sucedido, muerto de hambre. Acepte una advertencia amable y olvídese de todo ello. Se le dijo lo que le convenía, más valdrá que no lo olvide.

—Seguro. Hago algo que no le gusta y llego nadando hasta la isla Catalina con un tranvía en la espalda. No trate de asustarme, Mendy. Me las he visto con verdaderos profesionales. ¿Ha estado alguna vez en Inglaterra?

—Sea listo, muerto de hambre. En esta ciudad le pueden pasar cosas a cualquiera. Pueden pasarles cosas incluso a tipos grandes y fuertes como Big Willie Magoon. Eche una ojeada al periódico de la tarde.

—Compraré uno si usted me lo dice. Quizá salga incluso mi foto. ¿Qué pasa con Magoon?

—Como ya he dicho, a cualquiera le pueden suceder cosas. Y no lo sabría si no fuera porque lo he leído. Parece que Magoon trató de cachear a cuatro muchachos en un coche con matrícula de Nevada. Una matrícula con números más altos de los que tienen en el estado. Debe de haber sido una broma de algún tipo. Aunque Magoon no se está divirtiendo mucho, con los dos brazos escayolados, la mandíbula fracturada por tres sitios y una pierna colgada del techo. Magoon ya no es un tipo duro. Podría sucederle a usted.

—Hizo algo que no le gustó, ¿eh? Vi cómo le daba un meneo a ese amigo suyo, Chick, delante de Victor's. ¿Debería telefonear a un conocido en el despacho del sheriff y contárselo?

—Hágalo, muerto de hambre —dijo muy despacio—. Hágalo.

—Y también mencionaré que en aquel momento acababa de tomarme una copa con la hija de Harlan Potter. Prueba que lo corrobora, en cierto sentido, ¿no le parece? ¿También se propone romperle unos cuantos huesos a ella?

—Escúcheme con atención, muerto de hambre...

—¿Estuvo alguna vez en Inglaterra, Mendy? ¿Usted y Randy Starr y Paul Marston o Terry Lennox o comoquiera que se llamara? ¿En el ejército inglés, quizá? ¿Tenían un tingladillo en Soho, las cosas se calentaron un poco y decidieron que el ejército era un buen sitio para enfriarlo todo?

—No cuelgue.

No colgué. No sucedió nada, excepto que esperé y se me cansó el brazo. Me cambié el auricular al otro lado. Finalmente Menéndez regresó.

—Ahora escuche con atención, Marlowe. Remueva el caso Lennox y es hombre muerto. Terry era un amigo y también yo tengo sentimientos, como los tiene usted. Estoy dispuesto a ir con usted sólo hasta ahí. Éramos parte de un comando británico. Sucedió en Noruega, en una de esas islas cercanas a la costa. Tienen millones. Noviembre de 1942. ¿Se quedará tranquilo ahora y le dará un descanso a ese fatigado cerebro suyo?

—Gracias Mendy. Lo haré. Su secreto está a salvo conmigo. No se lo voy a decir a nadie excepto a las personas que conozco.

—Cómprese un periódico, muerto de hambre. Léalo y no lo olvide. Willie Magoon, el duro. Apaleado delante de su propia casa. ¡No se quedó sorprendido ni nada cuando salió de la anestesia!

Colgó. Bajé a la calle, compré el periódico y era exactamente como había dicho Menéndez. Encontré una fotografía de Big Willie Magoon en la cama del hospital. Se le veía la mitad de la cara y un ojo. Lo demás eran vendas. Heridas graves pero su vida no corría peligro. Los agresores habían tenido mucho cuidado. Querían que viviera. Después de todo era policía. En nuestra ciudad los mafiosos no matan policías. Eso lo dejan para los delincuentes juveniles. Y un policía vivo que ha pasado por la máquina de picar carne es un anuncio mucho más eficaz. A la larga se pone bien y vuelve al trabajo. Pero a partir de ese momento le falta algo: los últimos centímetros de acero que suponen toda la diferencia. Ese policía se convierte en lección ambulante de lo equivocado que resulta presionar demasiado a los chicos de la mafia, sobre todo si formas parte de la Brigada Antivicio, comes en los mejores restaurantes y conduces un Cadillac.

Me quedé allí un rato pensando sobre todo aquello y luego marqué el número de la Organización Carne y pregunté por George Peters. Había salido. Dejé mi nombre y expliqué que era urgente. Se esperaba que volviera hacia las cinco y media.

Me fui a la biblioteca pública de Hollywood e hice unas preguntas en la sala de consulta, pero no encontré lo que quería. De manera que volví a por mi Oldsmobile y me fui hasta el centro a la biblioteca principal de Los Ángeles. Lo encontré allí, en un libro más bien pequeño, encuadernado en rojo y publicado en Inglaterra. Copié lo que necesitaba y regresé a casa. Llamé de nuevo a la Organización Carne. Peters seguía fuera, de manera que pedí a la chica que me pasara la llamada a casa.

Coloqué el tablero de ajedrez en la mesa de café y situé las piezas para un problema llamado «La esfinge». Está impreso en las guardas de un libro escrito por Blackburn, el mago inglés del ajedrez, probablemente el jugador de ajedrez más dinámico que haya existido nunca, si bien no llegaría a ninguna parte con el tipo de ajedrez de guerra fría que se juega en la actualidad. La esfinge requiere once jugadas y su nombre está justificado. Los problemas de ajedrez pocas veces exigen más de cuatro o cinco jugadas. Más allá de ese límite las dificultades para resolverlos aumentan casi en proporción geométrica. Un problema con once movimientos es una pura y auténtica tortura.

Una vez cada mucho tiempo, cuando me siento suficientemente desgraciado, lo saco y busco una manera nueva de resolverlo. Es una manera agradable y tranquila de volverse loco. Ni siquiera llegas a gritar, pero te falta el canto de un duro.

George Peters me llamó a las cinco cuarenta. Intercambiamos bromas y pésames.

—Ya veo que te has metido en otro lío —dijo alegremente—. ¿Por qué no te dedicas a alguna profesión más tranquila, como embalsamador?

—Se tarda demasiado en aprender. Escúchame, quiero convertirme en cliente de tu agencia, si no cuesta demasiado.

—Depende de lo que quieras que se haga. Y tendrás que hablar con Carne.

—No.

—Bueno; cuéntamelo a mí.

—Londres está lleno de gente que hace lo mismo que yo, pero no sabría a quién dirigirme. Las llaman agencias privadas de información. Tu empresa tendrá conexiones. Yo me vería obligado a elegir un nombre al azar y probablemente me embaucarían. Quiero cierta información que debería de ser bastante fácil de conseguir, y la quiero deprisa. La necesito dentro de una semana como mucho.

—Escupe.

—Quiero información sobre el historial militar de Terry Lennox o Paul Marston, depende del nombre que utilizara. Participó en los comandos ingleses. Lo capturaron, herido, en noviembre de 1942 durante una incursión a alguna isla noruega. Quiero saber de qué unidad formaba parte y que le sucedió. El Ministerio de Defensa tendrá todo eso. No se trata de información secreta o, al menos, no creo que lo sea. Digamos que hay por medio la adjudicación de una herencia.

—No necesitas un investigador privado para eso. Podrías conseguirlo directamente. Escríbeles una carta.

—Ni hablar, George. Quizá consiga una respuesta dentro de tres meses. Y la necesito dentro de cinco días como mucho.

—Tengo que darte la razón. ¿Algo más?

—Sólo una cosa. Existe un sitio llamado Somerset House donde conservan todos los datos de población. Quiero saber si figura ahí por cualquier motivo: nacimiento, boda, naturalización, cualquier cosa.

—¿Por qué?

—¿Qué pregunta es ésa? ¿Quién va a pagar la factura?

—Supongamos que no aparecen los nombres.

—Entonces habré perdido el tiempo y el dinero. Pero si aparecen, quiero copias legalizadas de todo lo que se encuentre. ¿Cuánto me va a costar la broma?

—Tendré que preguntar a Carne. Puede que se niegue en redondo. No queremos el tipo de publicidad que tú consigues. Si permite que me ocupe yo, y aceptas no mencionar nuestra participación, diría que unos trescientos machacantes. La gente de allí no cobra demasiado, si piensas en dólares. Quizá nos pasen una factura de diez guineas, menos de treinta dólares. A lo que se añaden los gastos que puedan tener. Digamos cincuenta dólares en total, si bien Carne no abre un expediente por menos de doscientos cincuenta.

—Tarifas profesionales.

—Ja, ja. Nunca ha oído hablar de ellas.

—Llámame, George. ¿Te invito a cenar?

—¿En Romanoff?

—De acuerdo —gruñí—, si es que aceptan mi reserva, cosa que dudo.

—Podemos quedarnos con la mesa de Carne. Sé que cena en casa de unos amigos. Es un habitual de Romanoff. Resulta positivo para el negocio frecuentar un lugar de lujo como ése. Carne es un pez gordo en esta ciudad.

—Por supuesto. Conozco a alguien, y lo conozco personalmente, al que se le podría perder Carne bajo la uña del meñique.

—Buen trabajo, chico. Siempre he sabido que acabarías por salir a flote en cualquier emergencia. Nos veremos a las siete en el bar de Romanoff. Dile al jefe de ladrones que estás esperando al coronel Carne. Hará un hueco a tu alrededor para evitarte codazos de gente de medio pelo como guionistas o actores de televisión.

—Hasta las siete.

Colgamos y volví junto al tablero de ajedrez. Pero parecía que «La esfinge» había dejado de interesarme. Poco después Peters me llamó para decirme que Carne estaba de acuerdo en hacer la gestión con tal de que el nombre de su agencia no se relacionara con ninguno de mis problemas. Peters añadió que enviaría de inmediato una carta urgente a Londres.

41

Howard Spencer me llamó el viernes siguiente por la mañana. Se alojaba en el Ritz-Beverly y sugirió que fuese al bar del hotel para tomarnos una copa.

—Mejor en su habitación —dije.

—Muy bien, si lo prefiere. Habitación 828. Acabo de hablar con Eileen Wade. Parece resignada. Ha leído lo que Roger dejó escrito parte de su nueva novela y en su opinión se podría terminar sin dificultad. Será bastante más breve que las anteriores, pero eso queda compensado por el valor de la publicidad. Imagino que usted piensa que los editores somos gente insensible. Eileen estará en casa toda la tarde. Como es lógico quiere verme y yo quiero verla.

—Estaré allí dentro de media hora.

La suite de Spencer en el lado oeste del hotel era agradable y espaciosa. Las ventanas de la sala de estar, muy altas, daban a una galería estrecha, con barandilla de hierro. Los muebles estaban tapizados con una tela a rayas, lo que, junto con el marcado dibujo floral de la alfombra daba a toda la habitación un aire pasado de moda, excepto que todos los sitios donde se podía dejar una copa tenían encima una placa de cristal y había diecinueve ceniceros distribuidos por todas partes. Las habitaciones de los hoteles permiten hacerse una idea bastante precisa de la buena educación de sus clientes. El Ritz-Beverly no esperaba que los suyos la tuvieran.

Spencer me dio la mano.

—Siéntese —dijo—. ¿Qué tomará?

—Cualquier cosa o nada en absoluto. No tengo por qué beber.

—A mí me apetece una copa de amontillado. California no es un buen sitio para beber durante el verano. En Nueva York se puede consumir cuatro veces más con sólo la mitad de la resaca.

—Tomaré un whisky sour.

Se acercó al teléfono y pidió las bebidas. Luego se sentó en una de las sillas tapizadas a rayas y se quitó las gafas sin montura para limpiarlas con un pañuelo. A continuación se las volvió a poner, se las ajustó cuidadosamente y me miró.

—Entiendo que hay algo que le preocupa. Por eso ha querido verme aquí y no en el bar.

—Lo llevaré en coche a Idle Valley. También a mí me gustaría ver a la señora Wade.

Mi sugerencia pareció turbarlo.

—No estoy seguro de que quiera verlo —dijo.

—Sé que no quiere. Me puedo colar aprovechándome de su entrada.

—Eso no sería muy diplomático por mi parte, ¿no es cierto?
—¿Le ha dicho ella que no quería verme?
—No del todo, no de manera tan explícita. —Se aclaró la garganta—. Al parecer le culpa de la muerte de Roger.
—Sí. Se lo dijo ya al agente que se presentó en la casa la tarde que murió Roger. Es probable que se lo repitiera al teniente del Departamento de Homicidios que investigaba lo sucedido. No se lo dijo al juez de instrucción, sin embargo.
Spencer se recostó en el asiento y se rascó la palma de la mano con un dedo, despacio. Era un gesto parecido al de pintar garabatos.
—¿De qué le servirá verla, Marlowe? Eileen ha pasado por una experiencia terrible. Imagino que su vida ha sido un infierno durante algún tiempo. ¿Para qué hacérselo revivir? ¿Espera convencerla de que no falló usted al menos un poco?
—Le dijo al agente que yo lo había matado.
—No pudo ser una afirmación literal. De lo contrario...
Sonó el timbre de la puerta. Spencer se levantó y la abrió. El camarero del servicio de habitaciones entró con las bebidas y las sirvió con tantas florituras como si se tratara de una cena de siete platos. Spencer firmó la cuenta y dio una propina de cincuenta centavos. El camarero se marchó. Spencer cogió su copa de jerez y se alejó como si no quisiera entregarme el whisky sour. Dejé que siguiera donde estaba.
—¿De lo contrario qué? —le pregunté.
—De lo contrario le habría dicho algo al juez, ¿no es así? —Frunció el ceño en mi dirección—. Me parece que estamos diciendo tonterías. ¿Por qué quería verme, exactamente?
—Usted quería verme.
—Sólo —respondió con frialdad— porque cuando hablamos por teléfono hace unos días me dijo que estaba sacando conclusiones precipitadas. Supuse que tenía algo que explicar. Bien, ¿de qué se trata?
—Querría hacerlo en presencia de la señora Wade.
—No me gusta nada esa idea. Será mejor que se las arregle por su cuenta. Siento un gran respeto por Eileen Wade. Como hombre de negocios me gustaría, si es humanamente posible, aprovechar el trabajo de Roger. Si Eileen siente hacia usted lo que usted mismo ha sugerido, no puedo ser yo el pretexto para que entre en su casa. Sea razonable.
—De acuerdo —dije—. Olvídelo. Puedo conseguir verla sin ningún problema. Sólo pensaba que me gustaría llevar conmigo alguien que sirviera de testigo.
—¿Testigo de qué? —explotó casi.
—Lo oirá delante de ella o no lo oirá.
—Entonces no lo oiré.
Me levanté de la silla.
—Probablemente está haciendo lo más conveniente, Spencer. Quiere ese libro de Wade, si es que se puede utilizar. Y quiere ser además una persona amable. Ambiciones muy laudables ambas, pero que no comparto. Le deseo toda la suerte del mundo. Adiós.
Se puso en pie de pronto y avanzó en mi dirección.

—Un minuto nada más, Marlowe. No sé qué es lo que le preocupa, pero parece ser importante. ¿Es que hay algún misterio en la muerte de Roger Wade?

—Ningún misterio. Le atravesaron la cabeza con un proyectil procedente de un revólver Webley Hammerless. ¿No vio el informe de la investigación judicial?

—Por supuesto. —Se hallaba muy cerca de mí y parecía sorprendido—. Lo que publicaron los periódicos del este y un par de días después un relato mucho más completo en el periódico de Los Ángeles. Roger estaba solo, aunque usted no se encontraba muy lejos. El servicio, Candy y la cocinera, libraban ese día. Eileen había ido al centro de compras y regresó a casa después del suicidio. En el momento mismo en que sucedió, una lancha motora muy ruidosa que navegaba por el lago ahogó el sonido del disparo, de manera que ni siquiera usted lo oyó.

—Todo eso es exacto —dije—. Luego la lancha motora se alejó y yo regresé desde el borde del lago a la casa, oí el timbre de la puerta, abrí y me encontré con que Eileen Wade había olvidado las llaves. Roger ya estaba muerto. Su mujer miró dentro del estudio desde la puerta, pensó que estaba dormido en el sofá, y se fue a la cocina a hacer té. Un poco después de que mirase ella, también me asomé yo, advertí que no se oía siquiera respirar a Roger y descubrí por qué. A su debido tiempo llamé a la policía.

—No veo ningún misterio —dijo Spencer sin alzar la voz, desaparecida por completo la aspereza en el tono—. Era el revólver de Roger y tan sólo una semana antes había disparado con él en su propio dormitorio. Usted encontró a Eileen forcejeando con él para quitárselo. Su estado de ánimo, su comportamiento, lo deprimido que estaba con su trabajo..., todo eso salió a relucir.

—La señora Wade le ha dicho que la novela es buena. ¿Por qué tendría Roger que estar deprimido?

—Es sólo la opinión de Eileen, dese cuenta. Podría ser muy mala. O Roger podría haber pensado que era peor de lo que era. Siga. No soy tonto. Me doy cuenta de que hay más.

—El teniente de la Brigada de Homicidios que investigó el caso es un antiguo amigo mío. Un bulldog y un sabueso y un policía prudente y con experiencia. Hay unas cuantas cosas que no le gustan. ¿Por qué Roger no dejó una nota, cuando era un fanático de la escritura? ¿Por qué se pegó el tiro de manera que el sobresalto se lo llevara su mujer? ¿Por qué se molestó en elegir el momento en el que yo no podía oír el disparo? ¿Por qué olvidó Eileen las llaves de la casa de manera que fuese necesario abrirle la puerta? ¿Por qué se marchó y lo dejó solo el día que libraba el servicio? Recuerde: la señora Wade dijo no saber que yo iba a estar allí. Si lo sabía, tampoco sirve la explicación anterior.

—Dios mío —gimió Spencer—, ¿me está diciendo que ese imbécil de policía sospecha de Eileen?

—Lo haría si se le ocurriera un motivo.

—Eso es ridículo. ¿Por qué no sospechar de usted? Tuvo toda la tarde. Eileen sólo dispuso de unos minutos..., y había olvidado las llaves de la casa.

—¿Qué motivo podría tener yo?

Se dio la vuelta, se apoderó de mi whisky sour y se lo tomó de un solo trago. Luego dejó la copa cuidadosamente, sacó un pañuelo y se limpió los labios y también los dedos donde la copa helada los había humedecido. Se guardó el pañuelo y se me quedó mirando.

—¿La investigación está todavía en marcha?

—No sabría decirlo. Una cosa es segura. A estas alturas saben ya si había ingerido suficiente alcohol para perder el conocimiento. Si es así, quizá todavía surjan problemas.

—Y usted quiere hablar con ella —dijo lentamente—, en presencia de un testigo.

—Así es.

—Eso sólo significa, en mi opinión, una de dos cosas, Marlowe. O está muy asustado o considera que debería estarlo ella.

Asentí con la cabeza.

—¿Cuál de las dos? —preguntó sombríamente.

—No estoy asustado.

Se miró el reloj.

—Espero de todo corazón que esté completamente loco.

Los dos nos miramos en silencio.

42

Hacia el norte, al atravesar Coldwater Canyon, aumentó la temperatura. Cuando coronamos la subida e iniciamos el sinuoso descenso hacia el valle de San Fernando el aire era irrespirable y el sol abrasaba. Miré de reojo a Spencer. Llevaba chaleco, pero el calor no parecía molestarlo. Había algo que le preocupaba muchísimo más. Miraba al frente a través del parabrisas y no decía nada. Una densa capa de *smog* había descendido sobre todo el valle. Desde arriba parecía niebla ordinaria, pero luego entramos en ella y eso sacó a Spencer de su silencio.

—Dios del cielo, creía que el sur de California disfrutaba de un clima excelente —dijo—. ¿Qué están haciendo? ¿Quemar neumáticos viejos?

—En Idle Valley se estará mejor —le tranquilicé—. Tienen la brisa del océano.

—Me alegro de que tengan algo además de borrachos —dijo—. Por lo que he visto de la población local en los barrios residenciales de los ricos, creo que Roger Wade cometió una trágica equivocación al venir aquí a vivir. Un escritor necesita estímulos, y no de los que se embotellan. No hay nada por estos alrededores si se exceptúa una enorme resaca tostada por el sol. Me refiero, por supuesto, a la gente de la clase más alta.

Abandoné la autovía y reduje la velocidad durante el trozo polvoriento de la entrada a Idle Valley, luego encontramos de nuevo el firme pavimentado y al cabo de muy poco la brisa del océano se dejó sentir, penetrando a través del hueco entre las colinas en el extremo más alejado del lago. Rociadores que lanzaban el agua muy alta daban vueltas sobre amplias y suaves extensiones de césped y el agua hacía un sonido peculiar al golpear la hierba. En aquel momento del año la mayor parte de la gente con dinero se había marchado a algún otro sitio. Se notaba en las casas, que parecían cerradas a cal y canto, y en la manera en que la furgoneta del jardinero estaba aparcada en mitad de la avenida. Luego llegamos a la propiedad de los Wade, pasé entre los pilares de la entrada y detuve el coche detrás del Jaguar de Eileen. Spencer se apeó y se dirigió con decisión a través de las baldosas al pórtico de la casa. Llamó al timbre y la puerta se abrió casi al instante. Candy estaba allí con la chaqueta blanca, el rostro moreno y bien parecido y los penetrantes ojos negros. Todo en orden.

Spencer entró. Candy, después de mirarme un momento me dio con la puerta en las narices. Esperé y no pasó nada. Me apoyé en el timbre y oí el carillón. La puerta se abrió de golpe y Cady salió gruñendo.

—¡Váyase! Desaparezca. ¿Quiere una navaja en la tripa?

—He venido a ver a la señora Wade.

—La señora no quiere saber nada de usted.

—Apártate de mi camino, palurdo. Tengo cosas que hacer.

—¡Candy! —Era la voz de Eileen, con un tono muy cortante.

Me miró una última vez con cara de pocos amigos y retrocedió hacia el interior de la casa. Entré y cerré la puerta principal. La señora Wade estaba de pie al extremo de uno de los sofás enfrentados y Spencer se hallaba a su lado. Parecía más hermosa que nunca. Llevaba pantalones blancos, con la cintura muy alta, una camisa blanca de sport con manga corta y del bolsillo sobre el pecho izquierdo se le desbordaba un pañuelo de color lila.

—Candy se está volviendo bastante dictatorial últimamente —le dijo a Spencer—. Me alegro de verte, Howard. Te agradezco mucho que te hayas molestado en venir hasta aquí. No sabía que ibas a hacerlo acompañado.

—Marlowe se ofreció a traerme —respondió Spencer—. Me ha dicho además que quería verte.

—No se me ocurre por qué razón —dijo con frialdad. Finalmente me miró, pero no como si dejar de verme una semana hubiera provocado un vacío en su vida—. ¿Bien?

—Llevará algún tiempo —dije.

Se sentó despacio. Yo lo hice en el otro sofá. Spencer fruncía el ceño. Se quitó las gafas y las limpió. Aquello le dio una oportunidad de fruncir el ceño con más naturalidad. Luego se sentó en el otro extremo del sofá que ocupaba yo.

—Estaba convencida de que llegarías a tiempo para almorzar —le dijo Eileen, sonriendo.

—Hoy no, gracias.

—¿No? Lo comprendo, si estás demasiado ocupado. Entonces sólo quieres ver la novela.

—Si es posible.

—Claro que sí. ¡Candy! Vaya, se ha marchado. Está en el escritorio de Roger. Iré a por ella.

Spencer se puso en pie.

—¿Puedo ir yo?

Sin esperar una respuesta empezó a cruzar la habitación. Tres metros más allá, desde detrás de ella, se detuvo y me dirigió una mirada llena de crispación. Luego siguió adelante. No me moví y esperé a que la cabeza de Eileen se volviera y sus ojos me dirigiesen una mirada fría e impersonal.

—¿Por qué motivo deseaba verme? —me preguntó con voz cortante.

—Varios motivos. Veo que se ha puesto otra vez el colgante.

—Me lo pongo con frecuencia. Me lo regaló un amigo muy querido hace ya mucho tiempo.

—Sí. Me lo contó. Es una insignia militar británica de algún tipo, ¿no es cierto?

La alzó con la mano todo lo que le permitió la delgada cadena de la que colgaba.

—Es una reproducción, hecha por un joyero. Más pequeña que la original y en oro y esmaltes.

Spencer regresó, se sentó de nuevo y colocó el montón de hojas amarillas en la esquina de la mesa de cóctel, delante de donde él se había sentado. Lo contempló distraídamente, pero enseguida sus ojos se volvieron hacia Eileen.

—¿Podría verlo un poco más de cerca? —le pregunté.

Eileen hizo girar la cadena hasta que estuvo en condiciones de abrir el cierre. Después me tendió el colgante o, más bien, me lo dejó caer en la mano. Luego cruzó las suyas sobre el regazo y miró con curiosidad.

—¿Por qué le interesa tanto? Es la insignia de un regimiento de la reserva llamado Artists' Rifles. La persona que me lo regaló desapareció poco después. En Andalsnes de Noruega, en la primavera de aquel año terrible..., 1940. —Sonrió e hizo un breve gesto con una mano—. Estaba enamorado de mí.

—Eileen pasó en Londres todo el período de los bombardeos —dijo Spencer con voz opaca—. No podía marcharse.

Ninguno de los dos le hicimos caso.

—Y usted estaba enamorada de él —dije yo.

Miró hacia el suelo, luego alzó la cabeza y nuestras miradas se encontraron.

—Fue hace mucho tiempo —me respondió—. Durante una guerra siempre suceden cosas extrañas.

—Hubo un poco más que eso, señora Wade. Tal vez olvida hasta qué punto se sinceró conmigo. «Esa clase de amor desenfrenado, misterioso, improbable, que sólo se siente una vez.» Cito sus palabras. En cierta manera todavía sigue enamorada de él. Es todo un detalle por mi parte compartir las mismas iniciales. Supongo que eso influyó en el hecho de que usted me eligiera.

—Su nombre no era en absoluto como el de usted —dijo con frialdad—. Y está muerto, requetemuerto.

Tendí el colgante de oro y esmaltes a Spencer. Lo aceptó a regañadientes.

—Ya lo he visto antes —murmuró.

—Corríjame si me equivoco —dije—. Consiste en una daga de hoja ancha en esmalte blanco con un borde de oro. La daga está dirigida hacia abajo y la hoja pasa por delante de dos alas en esmalte azul que se curvan hacia lo alto. Luego atraviesa un pergamino, en el que están escritas las palabras: «QUIEN SE ATREVE VENCE».

—Parece exacto —dijo Spencer—. ¿En dónde radica su importancia?

—La señora Wade dice que es la insignia de los Artists' Rifles, una unidad de la reserva. Dice que se lo dio alguien que formaba parte de ese regimiento, pero que desapareció en la primavera de 1940 en Andalsnes, durante la campaña en Noruega del ejército británico.

Había conseguido que me prestaran atención. Spencer no me quitaba ojo. Se daba cuenta de que no hablaba a tontas y a locas. También Eileen lo sabía. Sus cejas leonadas se unían en una expresión de perplejidad que podía ser sincera, además de muy poco amistosa.

—Es una insignia que se lleva en la manga —dije—. Se creó porque los Artists' Rifles se incorporaron o se integraron o se trasladaron temporalmente, o cualquiera que sea el término correcto, a una unidad especial de las fuerzas aéreas. Originalmente había sido un regimiento de infantería de la reserva. Esa insignia ni siquiera existía antes de 1947. Por consiguiente, nadie se la dio a la señora Wade en 1940. Ningún integrante del Artists' Rifles desembarcó en Andalsnes en Noruega en 1940. Fueron los regimientos de los Sherwood Foresters y de los Leicestershires, ambos de la reserva. Artists' Rifles, no. ¿Estoy resultando desagradable?

Spencer dejó el colgante sobre la mesa y lo empujó despacio hasta situarlo delante de Eileen. No dijo nada.

—¿Cree que no lo sabría si fuera cierto? —preguntó Eileen desdeñosamente.

—¿Cree que el Ministerio de la Guerra británico no lo sabría? —le pregunté a mi vez.

—Sin duda existe algún error —dijo Spencer con ánimo conciliador.

Me di la vuelta y lo miré con severidad.

—Es una manera de enfocarlo.

—Otra es decir que soy una mentirosa —protestó gélidamente Eileen—. Nunca conocí a nadie llamado Paul Marston; nunca lo quise ni él a mí. Nunca me regaló una reproducción de la insignia de su regimiento, nunca desapareció en el campo de batalla, ni existió nunca. La insignia la compré en una tienda de Nueva York especializada en artículos de lujo importados de Gran Bretaña, cosas como objetos de cuero, zapatos de artesanía, corbatas de regimientos y de colegios privados y chaquetas de cricket, chucherías con escudos de armas y otras cosas por el estilo. ¿Le resultaría satisfactoria esa explicación, señor Marlowe?

—La última parte, sí. No la primera. Sin duda alguien le dijo a usted que era una insignia de los Artists' Rifles y olvidó mencionar de qué clase, o no lo sabía. Pero es cierto que conoció usted a alguien llamado Paul Marston, que luchó en esa unidad y al que dieron por desaparecido en Noruega. Pero eso no sucedió en 1940, señora Wade. Sucedió en 1942 y por entonces Paul Marston pertenecía a los comandos, y no fue en Andalsnes, sino en una islita cerca de la costa, donde su comando hizo una incursión rápida.

—No veo la necesidad de adoptar una actitud tan hostil —dijo Spencer con tono de ejecutivo.

Había empezado a juguetear con las hojas amarillas que tenía delante. Yo no sabía si trataba de hacer de comparsa en beneficio mío o si estaba sencillamente irritado. Alzó un montón de hojas amarillas y lo sopesó con la mano.

—¿Lo va a comprar al peso? —le pregunté.

Pareció sorprendido, pero luego me obsequió con una sonrisa un tanto difícil.

—Eileen lo pasó muy mal en Londres —dijo—. La memoria juega a veces malas pasadas.

Me saqué del bolsillo un papel doblado.

—Seguro —dije—. Como olvidar a la persona con la que nos casamos. Esto es una copia legalizada de un certificado de matrimonio. El original se encuentra en el registro civil de Caxton Hall. La fecha de la boda es agosto de 1942. Los contrayentes son Paul Edward Marston y Eileen Victoria Sampsell. En cierto sentido la señora Wade tiene razón. No existía nadie llamado Paul Edward Marston. Era un nombre falso porque en el ejército se necesita tener permiso para casarse. El contrayente se inventó una identidad nueva. En el ejército su nombre era otro. Dispongo de todo su historial militar. Me parece sorprendente que la gente nunca quiera darse cuenta de que todo lo que hay que hacer es preguntar.

Spencer callaba ya. Se recostó en el asiento y miró fijamente. Pero no a mí. Miró a Eileen. Y ella le devolvió la mirada con una de esas sonrisas mínimas, mitad de desaprobación, mitad seductoras, que las mujeres utilizan con tanta destreza.

—Pero había muerto, Howard. Mucho antes de que conociera a Roger. ¿Qué importancia puede tener? Roger lo sabía todo. Nunca dejé de utilizar mi apellido de soltera. Dadas las circunstancias tenía que hacerlo. Estaba en el pasaporte. Luego, después de que Paul muriera en acción... —Se detuvo, respiró despacio y dejó caer una mano lenta y suavemente sobre la rodilla—. Todo terminado, acabado; todo perdido.

—¿Estás segura de que Roger lo sabía? —preguntó Howard muy despacio.

—Sabía algo —intervine—. El nombre de Paul Marston tenía un significado para él. Se lo pregunté en una ocasión y apareció en sus ojos una expresión curiosa. Pero no me dijo por qué.

Eileen hizo caso omiso de mis palabras y se dirigió a Spencer.

—Claro que Roger lo sabía.

Sonreía ya pacientemente, como si Spencer estuviera demostrando ser un poco duro de mollera. ¡Las mañas que tienen!

—En ese caso, ¿por qué mentir sobre las fechas? —preguntó Spencer con sequedad—. ¿Por qué decir que desapareció en 1940 cuando eso sucedió en 1942? ¿Por qué ponerte una insignia que no pudo regalarte y repetir una y otra vez que sí lo hizo?

—Quizás estaba perdida en un sueño —dijo Eileen dulcemente—. O en una pesadilla, para ser más exactos. A muchos de mis amigos los mataron en los bombardeos. Cuando decías buenas noches por aquel entonces tratabas de conseguir que no sonara como un adiós. Pero con frecuencia lo era. Y cuando decías adiós a un soldado todavía era peor. A los más amables y simpáticos los mataban siempre.

Spencer no dijo nada. Tampoco yo. Eileen contempló el colgante que descansaba sobre la mesa delante de ella. Lo recogió y volvió a colocárselo en la cadena que llevaba alrededor del cuello. Luego se recostó serenamente en el asiento.

—Sé que no tengo ningún derecho a seguir interrogándote, Eileen —dijo Spencer despacio—. Vamos a olvidarlo. Marlowe ha hecho una montaña de la insignia, del certificado de matrimonio y de todo lo demás. Supongo que por un momento ha conseguido desconcertarme.

—El señor Marlowe —le dijo ella con mucha tranquilidad— desorbita cosas sin importancia. Pero cuando se trata de algo realmente importante, como salvarle la vida a una persona, se encuentra en la orilla del lago, contemplando una estúpida lancha motora.

—Y nunca más volvió a ver a Paul Marston —dije yo.

—¿Cómo hubiera podido si estaba muerto?

—Usted no sabía que hubiera muerto. La Cruz Roja nunca le informó de su muerte. Podían haberlo hecho prisionero.

Se estremeció de repente.

—En octubre de 1942 —dijo muy despacio—, Hitler dio la orden de que los prisioneros de los comandos se entregaran a la Gestapo. Creo que todos sabíamos lo que eso significaba. La tortura y una muerte anónima en cualquier calabozo. —Se estremeció de nuevo—. Es usted horrible —me lanzó, ardiendo de indignación—. Quiere que viva todo aquello otra vez, para castigarme por una mentira sin importancia. Imagine que alguien a quien usted amaba hubiese sido capturado por esa gente y supiera lo que le había sucedido, lo que tuvo que sucederle. ¿Es tan extraño que trate de construirme otro tipo de recuerdos, aunque sean falsos?

—Necesito una copa —dijo Spencer—. La necesito de verdad. ¿Puedo...?

Eileen dio unas palmadas y Candy se materializó de la nada, como hacía siempre. Inclinó la cabeza en dirección a Spencer.

—¿Qué le gustaría beber, señor Spencer?

—Whisky solo, y mucho —dijo Spencer.

Candy se acercó a un rincón e hizo aparecer el bar que estaba empotrado en la pared. Tomó una botella y sirvió una buena cantidad en un vaso. Regresó y lo colocó en la mesa delante de Spencer. Enseguida inició la retirada.

—Quizá, Candy —dijo Eileen muy serena—, también el señor Marlowe quiera beber algo.

El mexicano se detuvo y la miró, testarudo, la expresión sombría.

—No, gracias —dije—. Nada para mí.

Candy resopló y se alejó. Se produjo otro silencio. Spencer dejó sobre la mesa la mitad de su whisky. Encendió un cigarrillo. Y se dirigió a mí sin mirarme.

—Estoy seguro de que la señora Wade o Candy podrán llevarme más adelante a Beverly Hills. O puedo pedir un taxi. Considero que ya ha dicho usted lo que quería decir.

Volví a doblar la copia legalizada del certificado de matrimonio y me la guardé en el bolsillo.

—¿Seguro que es eso lo que quiere? —le pregunté.

—Eso es lo que quiere todo el mundo.

—Bien. —Me puse en pie—. Supongo que he sido un tonto llevando las cosas de esta manera. Dado que es usted un editor importante y que tiene la capacidad intelectual correspondiente, si es que se necesita alguna, debería haber comprendido que no he venido hasta aquí sólo para hacer de malo. No saco a relucir historias pasadas ni me gasto dinero en enterarme de los hechos sólo para retorcérselos a alguien en torno al cuello. No he investigado a Paul Marston porque la Gestapo lo asesinara, ni porque la señora Wade llevara una insignia equivocada, ni porque confundiera las fechas, ni porque se casara con él en unas de esas precipitadas bodas que se producen en las guerras. Cuando empecé a investigar a Paul Marston no sabía ninguna de esas cosas. Todo lo que sabía era su nombre. ¿Y cómo supone usted que lo supe?

—Sin duda alguien se lo dijo —me replicó Spencer con tono cortante.

—Cierto, señor Spencer. Alguien que lo conoció en Nueva York después de la guerra y más adelante lo vio aquí, en Chasen's, con su mujer.

—Marston es un apellido muy corriente —dijo Spencer antes de tomar otro trago de whisky. Volvió la cabeza hacia un lado y el párpado derecho se le bajó algo así como un centímetro. De manera que me volví a sentar—. Incluso es bien difícil que haya un solo Paul Marston. En la guía telefónica del Gran Nueva York, por ejemplo, hay diecinueve Howard Spencer. Y cuatro de ellos son exactamente Howard Spencer sin inicial intermedia.

—Sí. ¿Cuántos Paul Marston diría usted que podrían tener un lado de la cara destrozado por un proyectil de mortero de acción retardada y que mostrasen las cicatrices y las marcas de la cirugía plástica con que se corrigieron los destrozos?

A Spencer se le abrió la boca. Hizo un ruido como de alguien que respira con dificultad. Sacó un pañuelo y se lo pasó por las sienes.

—¿Cuántos Paul Marston diría usted que podrían haber salvado simultáneamente la vida de un par de dueños de garitos llamados Mendy Menéndez y Randy Starr? Los dos están aún vivitos y coleando y tienen buena memoria. Saben hablar cuando les conviene. ¿Por qué seguir fingiendo, Spencer? Paul Marston y Terry Lennox eran la misma persona. Y se puede probar sin sombra de duda.

No esperaba que nadie diera saltos de dos metros o gritara y nadie lo hizo. Pero hay un tipo de silencio que es casi tan fuerte como un grito. Eso fue lo que conseguí. Un silencio a todo mi alrededor, denso y total. Oí correr el agua en la cocina. En el exterior, oí el ruido sordo de un periódico doblado al golpear la avenida, y luego el silbar suave, desafinado, del chico que se alejaba otra vez en su bicicleta.

Sentí una picadura insignificante en la nuca. Me aparté lo más deprisa que pude y volví la cabeza. Vi a Candy de pie, con la navaja en la mano. El rostro, moreno, seguía como tallado en madera, pero advertí en sus ojos algo que no había visto otras veces.

—Está cansado, *amigo* —dijo amablemente—. Le preparo algo de beber, ¿no?

—Whisky con hielo, gracias —dije.

—*Ahorita mismo, señor.*

Cerró la navaja con un ruido seco, la dejó caer en el bolsillo de la chaqueta blanca y se alejó sin hacer ruido.

Luego miré por fin a Eileen. Estaba inclinada hacia delante, las manos entrelazadas con fuerza. La inclinación del rostro ocultaba su expresión, si es que tenía alguna. Y cuando habló, su voz transmitió la lúcida vacuidad de la voz impersonal que da el tiempo por teléfono y que, si se siguiera escuchando, cosa que nadie hace porque no hay razón para ello, seguiría diciendo eternamente cómo pasan los segundos, sin el menor cambio de inflexión.

—Lo vi una vez, Howard. Sólo una vez. Pero no le hablé. Ni él a mí. Estaba terriblemente cambiado. El pelo blanco y el rostro..., no era ya la misma cara. Por supuesto lo reconocí y claro está que él a mí. Nos miramos. Eso fue todo. Luego salió de la habitación y al día siguiente se había marchado también de la casa. Era en el domicilio de los Loring donde lo vi, y también a ella. Una tarde, a última hora. Estabas allí, Howard. Roger también. Supongo que lo viste.

—Nos presentaron —dijo Spencer—. Sabía con quién estaba casado.

—Linda Loring me dijo que desapareció sin dar explicación alguna. No hubo una pelea. Luego, al cabo del tiempo, esa mujer se divorció de él. Y más adelante oí que lo volvió a encontrar. Paul estaba en una situación penosa. Se casaron de nuevo. Dios sabe por qué. Supongo que como no tenía un céntimo, todo le daba igual. Sabía que me había casado con Roger. Estábamos perdidos el uno para el otro.

—¿Por qué? —preguntó Spencer.

Candy me puso el vaso delante sin decir una palabra. Miró a Spencer, que hizo un gesto negativo con la cabeza. Candy se esfumó. Nadie le prestaba la menor atención. Era como el atrezista en una obra de teatro chino, el individuo que cambia de sitio las cosas en el escenario, mientras los actores y el público se comportan como si no existiera.

—¿Por qué? —repitió ella—. No; no lo entenderías. Lo que teníamos en común se había perdido. Imposible recuperarlo. La Gestapo no acabó con él después de todo. Debió de haber algunos nazis decentes que no obedecieron la orden de Hitler sobre los comandos. De manera que sobrevivió y regresó. Por mi parte, fantaseaba a veces con la esperanza de volver a verlo tal como había sido, entusiasta, joven, intacto. Pero encontrarlo casado con aquella puta pelirroja..., aquello era repugnante. Yo sabía ya lo de ella y Roger. No me cabe duda de que también Paul lo sabía. Y Linda Loring, que también es un poco golfa, pero no del todo. Todas lo son en ese grupo. Me preguntas por qué no dejé a Roger y volví con Paul. ¿Después de que hubiera estado en brazos de su mujer, los mismos brazos en los que Roger había encontrado tan buena acogida? No, muchas gracias. Necesito algo un poco más estimulante. A Roger podía perdonárselo. Bebía, no sabía lo que estaba haciendo. Le angustiaba su trabajo y se despreciaba porque no era más que un mercenario, un emborronador de cuartillas. Una persona débil, en guerra consigo mismo, frustrado, pero disculpable. Un marido. Paul o era mucho más o no era nada. Al final no fue nada.

Bebí un trago de mi whisky. Spencer había terminado el suyo. Rascaba distraídamente la tela del sofá. Se había olvidado del montón de papel que tenía delante: la novela inconclusa de un autor muy popular y totalmente acabado.

—Yo no diría que no era nada —intervine.

Eileen alzó los ojos, me miró distraídamente y bajó de nuevo la cabeza.

—Menos que nada —dijo, con una nota de sarcasmo en la voz que era nueva—. Sabía lo que Sylvia hacía y se casó con ella. Luego, porque su mujer era lo que era, la mató. Y después salió huyendo y se suicidó.

—No la mató —dije—, y usted lo sabe.

Se irguió, sin brusquedad alguna, y me miró como sin comprender. Spencer dejó escapar un ruido impreciso.

—La mató Roger —dije—, y también eso lo sabe.

—¿Se lo dijo él? —preguntó sin alzar la voz.

—No hizo falta. Me dio un par de pistas. Lo hubiera contado con el tiempo, a mí o a otra persona. Le estaba destrozando no hacerlo.

Eileen negó apenas con la cabeza.

—No, señor Marlowe. Ésa no es la razón de que se atormentara de la manera en que lo hacía. Roger no sabía que la había matado. No recordaba nada en absoluto. Sabía que algo no encajaba y quería sacarlo a la superficie, pero no lo conseguía. La violencia de los hechos había borrado el recuerdo de lo sucedido. Quizá acabaría por aflorar y quizá fue eso lo que sucedió en los últimos momentos de su vida. Pero no antes. No hasta entonces.

—Cosas así no suceden, Eileen —dijo Spencer con algo parecido a un gruñido.

—Sí, sí; suceden —intervine yo—. Sé de dos casos totalmente comprobados. Uno de un borracho con lagunas en la memoria que mató a una mujer con la que ligó en un bar. La estranguló con un fular que se sujetaba con un alfiler llamativo. La mujer fue a casa del borracho y no se sabe lo que sucedió allí, excepto que ella acabó muerta y que cuando la policía echó el guante al asesino, llevaba el alfiler en la corbata y no tenía ni la más remota idea de cómo había llegado a su poder.

—¿Nunca? —preguntó Spencer—. ¿O sólo en el momento?

—Nunca reconoció haberlo hecho. Y ya no es posible preguntárselo. Lo enviaron a la cámara de gas. El otro caso es de un individuo con una herida en la cabeza. Vivía con un homosexual rico, de esos que coleccionan primeras ediciones, son expertos en cocina y tienen una biblioteca secreta, muy lujosa, detrás de una pared falsa. Los dos discutieron y se pelearon por toda la casa, de habitación en habitación; todo acabó patas arriba y el tipo con dinero se llevó finalmente la peor parte. El homicida, cuando lo atraparon, tenía docenas de magulladuras y un dedo roto. Sólo estaba seguro de que le dolía la cabeza y de que no encontraba el camino para regresar a Pasadena. No hacía más que dar vueltas y detenerse en la misma gasolinera para que lo orientaran. El tipo de la gasolinera decidió que estaba loco y llamó a la policía. Cuando volvió a pararse allí, lo estaban esperando.

—No creo que a Roger le pasara una cosa así —dijo Spencer—. No estaba más loco que yo.

—Perdía el conocimiento cuando se emborrachaba —aseguré.

—Yo estaba presente. Le vi hacerlo —dijo Eileen con perfecta calma.

Sonreí a Spencer. Era al menos algo parecido a una sonrisa, no una muy alegre con toda seguridad, pero noté que mi cara lo estaba haciendo lo mejor que podía.

—Nos lo va a contar —le dije—. Escuche. Es eso lo que va a hacer. No se puede contener.

—Sí, es cierto —afirmó Eileen sesudamente—. Hay cosas que a nadie le gusta contar acerca de un enemigo, y mucho menos aún de su propio esposo. Y si tengo que contarlas públicamente en el estrado de los testigos, no lo vas a pasar bien, Howard. Tu excelente autor, con tanto talento, incluso tan popular y lucrativo, va a resultar bastante despreciable. Un conquistador, irresistible para las mujeres, ¿no es eso? En la página impresa, quiero decir. ¡Y hasta qué punto el pobre imbécil se esforzaba por estar a la altura de su reputación! Sylvia Lennox no era para él más que un trofeo de caza. Los espié. Debería avergonzarme de haberlo hecho. Es obligado decir cosas así, pero no me avergüenzo de nada. Presencié la odiosa escena. El pabellón de huéspedes que utilizaba para sus aventuras es un lugar convenientemente aislado con garaje propio y entrada por un callejón sin salida, a la sombra de grandes árboles. Llegó el momento, como inevitablemente sucede con personas como Roger, en que dejó de ser un amante satisfactorio. Tan sólo un poquito demasiado borracho. Roger trató de marcharse, pero ella fue detrás gritando, completamente desnuda, esgrimiendo una estatuilla. Utilizaba un lenguaje tan sucio y depravado que no voy a intentar describirlo. Luego trató de golpearlo con la estatuilla. Ustedes dos son hombres y deben de saber que nada escandaliza tanto a un varón como oír a una mujer, en teoría refinada, emplear el lenguaje del arroyo y de los urinarios públicos. Estaba borracho, sufría ataques repentinos de violencia y tuvo uno entonces. Le arrancó la estatuilla de la mano. Pueden imaginarse lo demás.

—Tuvo que correr mucha sangre —dije.

—¿Sangre? —rió amargamente—. Deberían haberlo visto cuando llegó a casa. Mientras yo salía corriendo en busca de mi coche para marcharme, Roger, inmóvil, se limitaba a contemplarla, tendida a sus pies. Luego se inclinó, la cogió en brazos y la devolvió al pabellón de huéspedes. Yo sabía entonces que la impresión lo había serenado en parte. Volvió a casa al cabo de una hora. Muy tranquilo. Se estremeció al ver que lo estaba esperando. Pero ya no estaba borracho. Sólo aturdido. Tenía sangre en la cara, en el pelo, en toda la parte delantera de la chaqueta. Lo llevé al aseo anexo al estudio, lo desnudé y lo limpié lo suficiente para que pudiera subir a ducharse al piso alto. Luego lo acosté. Busqué una maleta vieja, bajé, recogí toda la ropa manchada de sangre y la metí dentro. Limpié el lavabo y el suelo y luego me aseguré también, con una toalla húmeda, de que su coche quedaba limpio. Lo guardé en el garaje y saqué el mío. Me fui al embalse de Chatsworth y ya se pueden imaginar lo que hice con la maleta llena de ropa y toallas ensangrentadas.

Guardó silencio. Spencer se estaba rascando la palma de la mano izquierda. Eileen lo miró un instante y prosiguió.

—Mientras yo estaba fuera Roger se levantó y bebió muchísimo whisky. A la mañana siguiente no recordaba absolutamente nada. Es decir, no dijo una palabra sobre todo ello, y se comportó como si no tuviera otra cosa en la cabeza que los efectos de la resaca. Y yo no dije nada.

—Echaría de menos la ropa —dije.

Eileen asintió con la cabeza.

—Creo que se dio cuenta a la larga, pero no lo dijo. Todo pareció precipitarse. Los periódicos no hablaban de otra cosa, Paul desapareció y a los pocos días estaba muerto en México. ¿Cómo iba yo a saber lo que sucedería? Se trataba de mi marido. Había hecho una cosa terrible, pero Sylvia era una mujer espantosa. Y Roger ni siquiera supo lo que hacía. Luego, casi tan de repente como había empezado, los periódicos dejaron de hablar del asunto. El padre de Linda tuvo sin duda algo que ver. Roger leía los periódicos, por supuesto, y hacía exactamente el tipo de comentarios que se esperaría de un simple espectador que por casualidad conoce a los protagonistas.

—¿No tenías miedo? —preguntó Spencer con tono sosegado.

—Enfermé de miedo, Howard. Si Roger recordaba lo sucedido, lo más probable sería que me matara. Era un buen actor, la mayoría de los escritores lo son, y quizá lo sabía ya y estaba esperando una oportunidad. Pero tampoco estaba segura. Cabía, era posible, que lo hubiera olvidado todo para siempre. Y Paul había muerto.

—Si no mencionó nunca la ropa que usted había tirado al embalse, eso demuestra que sospechaba algo —intervine—. Y, recuerde, en aquellas notas que dejó en la máquina de escribir, cuando disparó una vez en el piso de arriba y la encontré a usted tratando de quitarle la pistola, decía que un hombre bueno había muerto por él.

—¿Decía eso?

Sus ojos se dilataron en la medida adecuada.

—Lo escribió..., a máquina. Lo rompí, me lo pidió él. Supuse que usted lo había leído ya.

—Nunca leía nada de lo que escribía en su estudio.

—Leyó la nota que dejó cuando Verringer se lo llevó. Incluso sacó algo de la papelera.

—Aquello fue diferente —dijo con frialdad—. Buscaba una pista que me indicara dónde se había ido.

—De acuerdo —dije, recostándome en el asiento—. ¿Hay algo más?

Negó con la cabeza, despacio, con infinita tristeza.

—Supongo que no. Al final, la tarde que se quitó la vida, cabe que recordara. Nunca lo sabremos. ¿Queremos saberlo?

Spencer se aclaró la garganta.

—¿Qué papel desempeñaba Marlowe en todo esto? Fue idea tuya utilizarlo. Tú me convenciste, no sé si lo recuerdas.

—Estaba terriblemente asustada. Me daba miedo Roger y también temía por él. El señor Marlowe era amigo de Paul, casi la última persona entre quienes lo conocían que lo había visto con vida. Paul podía haberle contado algo. Tenía que estar segura. Si era peligroso, quería que estuviese de mi parte. Si descubría la verdad, quizá hubiera aún alguna manera de salvar a Roger.

De repente, y sin ningún motivo que a mí me pareciera claro, Spencer endureció su actitud. Se inclinó hacia delante y sacó la mandíbula.

—Vamos a ver si consigo aclararme, Eileen. Tenemos a un detective privado que ya estaba mal visto por la policía. Lo habían metido en la cárcel. Se suponía que había ayudado a Paul (lo llamo así porque lo haces tú) a escapar a México. Eso es un delito grave si Paul era un asesino. De manera que si lograba descubrir la verdad y demostrar su inocencia, ¿contabas con que se quedara mano sobre mano sin hacer nada? ¿Era ésa tu idea?

—Tenía miedo, Howard. ¿Es que no lo entiendes? Vivía con un asesino capaz de ataques violentos de locura. Estaba sola con él buena parte del tiempo.

—Eso lo entiendo —dijo Spencer, todavía mostrándose duro—. Pero Marlowe no aceptó y tú seguías sola. Luego Roger disparó con el revólver y durante una semana más seguiste sola. Finalmente Roger se suicidó y, muy convenientemente, fue Marlowe quien se quedó solo con él.

—Es cierto —dijo ella—. ¿Qué quieres decir con eso? ¿Podía yo evitarlo?

—De acuerdo —dijo Spencer—. Existe otra posibilidad: quizá pensaste que Marlowe descubriría la verdad y, con el precedente de que Roger ya había disparado una vez, entregara el revólver a tu marido y le dijera algo así como

«Mire, amigo, es usted un asesino; lo sé yo y también lo sabe su esposa, que es una mujer estupenda. Ya ha sufrido bastante. Por no decir nada del marido de Sylvia Lennox. ¿Por qué no se porta como un caballero y se quita de en medio? Todo el mundo dará por sentado que ha sido consecuencia de los excesos en la bebida. De manera que me iré dando un paseo hasta la orilla del lago y me fumaré un pitillo, compadre. Buena suerte y hasta siempre. Ah, aquí está el revolver. Cargado y todo suyo».

—Te estás poniendo insoportable, Howard. No pensé nada parecido.

—Le dijiste a la policía que Marlowe había matado a Roger. ¿Se puede saber con qué intención?

Eileen me miró brevemente, casi con timidez.

—Fue una terrible equivocación. No sabía lo que decía.

—Quizá pensabas que Marlowe había disparado contra Roger —sugirió Spencer con mucha calma.

Eileen entornó los ojos.

—¡No, Howard, no! ¿Por qué haría Marlowe una cosa así? Es una idea abominable.

—¿Por qué? —Spencer quería saberlo—. ¿Qué tiene de abominable? La policía pensó la mismo. Y Candy les dio el motivo. Dijo que Marlowe pasó dos horas en tu dormitorio la noche que Roger hizo un agujero en el techo..., después de que Roger se durmiera a fuerza de pastillas.

La señora Wade enrojeció hasta la raíz del pelo. Lo miró incapaz de hablar.

—Y además que ibas desnuda —añadió Spencer de manera brutal—. Eso fue lo que Candy les dijo.

—Pero durante la investigación... —protestó Eileen con la voz quebrada.

Spencer la interrumpió.

—La policía no creyó la historia de Candy. Por eso no la repitió ante el juez de instrucción.

—Ah. —Era un suspiro de alivio.

—Además —continuó Spencer con gran frialdad— la policía sospechaba de ti. Todavía sospecha. Todo lo que se necesita es un motivo. Tengo la impresión de que ahora estarían en condiciones de encontrar uno.

Eileen se había puesto en pie.

—Será mejor que salgan los dos de mi casa —dijo indignada—. Cuanto antes mejor.

—Bien, ¿lo hiciste o no lo hiciste? —preguntó Spencer con mucha tranquilidad, sin moverse excepto para buscar su vaso, que estaba vacío.

—¿Hice o no hice qué?

—Disparar contra Roger.

De pie, se lo quedó mirando. El color había desaparecido. La tez, blanca, y el rostro tenso y furioso.

—Estoy haciéndote las preguntas que te harían en un juicio.

—Había salido. Olvidé las llaves. Tuve que llamar al timbre para entrar en casa. Estaba muerto cuando llegué. Son hechos conocidos. ¿Qué mosca te ha picado, por el amor de Dios?

Spencer se sacó el pañuelo y se limpió los labios.

—He estado veinte veces en esta casa, Eileen. Nunca he visto que, de día, la puerta principal se cerrase con llave. No digo que disparases. Sólo te lo he preguntado. Y no me digas que era imposible. Tal como se pusieron las cosas habría sido muy fácil.

—¿Maté a mi esposo? —preguntó despacio y con asombro.

—Suponiendo —dijo Spencer con el mismo tono indiferente— que fuese tu marido. Tenías otro cuando te casaste con él.

—Gracias, Howard. Muchísimas gracias. El último libro de Roger, su canto del cisne, está ahí delante de ti. Cógelo y vete. Creo que será mejor que llames a la policía y les digas lo que piensas. Un final encantador para nuestra amistad. Imposible superarlo. Adiós, Howard. Estoy muy cansada y me duele la cabeza. Voy a ir a mi habitación a tumbarme un rato. En cuanto al señor Marlowe, y supongo que es él quien está detrás de todo lo que has dicho, sólo puedo decirle que si no mató a Roger en un sentido literal, desde luego lo empujó a la muerte.

Se dio la vuelta para marcharse.

—Señora Wade —dije con aspereza—; sólo un momento. Vamos a terminar el trabajo. No hay por qué tomárselo a mal. Todos estamos tratando de hacer las cosas como es debido. La maleta que tiró usted al pantano de Chatsworth, ¿pesaba mucho?

Se volvió y me miró fijamente.

—Era una maleta vieja, como ya he dicho. Sí, pesaba mucho.

—¿Cómo consiguió pasarla por encima de la cerca metálica, muy alta, que rodea el pantano?

—¿La cerca? —Hizo un gesto de impotencia—. Supongo que en los momentos difíciles se tiene una fuerza anormal para hacer lo que se tiene que hacer. No sé cómo pero el caso es que lo hice. Nada más.

—No hay ninguna cerca —dije.

—¿No hay una cerca? —repitió débilmente, como si la frase no significase nada.

—Ni había sangre en la ropa de Roger. En cuanto a Sylvia Lennox, no la mataron fuera del pabellón de huéspedes, sino dentro, en la cama. Y no hubo sangre prácticamente, porque ya estaba muerta, por herida de bala, de manera que cuando se utilizó la estatuilla para convertirle la cara en una masa sanguinolenta, se estaba golpeando a una muerta. Y los muertos, señora Wade, apenas sangran.

Torció el gesto en mi dirección, despreciativamente.

—Supongo que estaba usted allí —dijo con desdén.

Luego se alejó.

Nos quedamos mirándola. Subió despacio las escaleras, moviéndose con tranquila elegancia. Desapareció en su habitación y la puerta se cerró con suavidad pero con firmeza tras ella. Silencio.

—¿Qué historia es ésa de la cerca metálica? —me preguntó Spencer distraídamente.

Movía la cabeza hacia atrás y hacia delante, muy colorado y cubierto de sudor. Se lo estaba tomando con mucho ánimo, pero no le resultaba fácil.

—Sólo un truco —dije—. Nunca he estado lo bastante cerca del pantano de Chatsworth para saber el aspecto que tiene. Puede que tenga una cerca, puede que no.

—Entiendo —dijo melancólicamente—. Pero lo importante es que Eileen tampoco lo sabía.

—Por supuesto que no. Fue ella quien mató a los dos.

43

Algo se movió con suavidad y Candy apareció de pie junto al extremo del sofá, mirándome. Tenía en la mano la navaja de resorte. Apretó el botón y apareció la hoja. Lo apretó de nuevo y la hoja desapareció dentro del mango. Había un brillo peligroso en sus ojos oscuros.

—*Mil perdones, señor* —dijo—. Me había equivocado con usted. Fue ella quien mató al jefe. Creo que... —dejó de hablar y la hoja de la navaja apareció de nuevo.

—No. —Me levanté y tendí la mano—. Dame la navaja, Candy. No eres más que un simpático criado mexicano. Te echarían a ti la culpa y lo harían encantados. Exactamente el tipo de cortina de humo que les haría morirse de risa. Tú no sabes de lo que estoy hablando, pero yo sí. Lo han enredado tanto que ya no podrían arreglarlo aunque quisieran. Y no quieren. Te arrancarían una confesión tan deprisa que ni siquiera tendrías tiempo de darles tu nombre y dos apellidos. Y, al cabo de tres semanas a partir del martes, te encontrarías convertido en inquilino de San Quintín para toda la vida.

—Ya le dije que no soy mexicano. Soy chileno de Viña del Mar, cerca de Valparaíso.

—La navaja, Candy. Todo eso lo sé. Eres libre. Tienes dinero ahorrado. Probablemente ocho hermanos y hermanas en casa. Sé un chico listo y regresa al sitio de donde has venido. Este empleo ya no existe.

—Hay mucho trabajo por aquí —dijo sin inmutarse. Luego extendió el brazo y dejó caer la navaja en mi mano—. Esto lo hago por usted.

Me la guardé en el bolsillo. Candy miró hacia la galería.

—*La señora,* ¿qué hacemos ahora?

—Nada. No hacemos nada. La *señora* está muy cansada. Ha vivido sometida a una gran tensión. No quiere que se la moleste.

—Tenemos que llamar a la policía —dijo Spencer con gran energía.

—¿Por qué?

—Santo cielo, Marlowe, hemos de hacerlo.

—Mañana. Coja el manuscrito de su novela inacabada y vayámonos.

—Tenemos que llamar a la policía. Existe una cosa llamada justicia.

—No tenemos que hacer nada de eso. Las pruebas de que disponemos no servirían siquiera para aplastar a una mosca. Que quienes aplican las leyes hagan su trabajo sucio. Que lo resuelvan los abogados. Son ellos quienes redactan leyes para que otros abogados las analicen delante de otros abogados llamados jueces, de manera que otros jueces puedan decir a su vez que los primeros no tenían razón y el Tribunal Supremo dictamine que el segundo grupo se equivocó. Estamos metidos hasta el cuello en todo eso. Y apenas sirve para otra cosa que para dar trabajo a los abogados. ¿Cuánto cree que durarían los peces gordos de la mafia si los abogados no les enseñaran cómo actuar?

—Eso no tiene nada que ver —dijo Spencer, indignado—. En esta casa se ha matado a un hombre. Sucede que era un autor, con mucho éxito y muy importante, aunque eso tampoco tiene nada que ver. Era un ser humano y usted y yo sabemos quién lo mató. Existe una cosa llamada justicia.

—Mañana.

—Es usted tan poco recomendable como ella si la deja salirse con la suya. Empiezo a hacerme algunas preguntas acerca de usted, Marlowe. Podría haberle salvado la vida a Wade si hubiera estado lo bastante atento. En cierto sentido permitió que Eileen se saliera con la suya. Y por lo que veo toda la actuación de esta tarde no ha sido más que eso, una actuación.

—Es cierto. Una escena de amor disimulada. Se ve a la legua que Eileen está loca por mí. Cuando se calmen las aguas quizá nos casemos. No andará nada mal de cuartos. Todavía no he sacado un céntimo de la familia Wade y estoy empezando a impacientarme.

Spencer se quitó las gafas y procedió a limpiarlas. Se secó el sudor bajo los ojos, se volvió a poner las gafas y miró al suelo.

—Lo siento —dijo—. He recibido un golpe muy duro esta tarde. Ya fue un desastre saber que Roger se había suicidado. Pero esta otra versión hace que me sienta envilecido..., por el simple hecho de saberlo. —Alzó la vista hacia mí—. ¿Puedo confiar en usted?

—¿Para que haga qué?

—Lo más correcto, sea lo que sea. —Recogió el montón de hojas amarillas y se lo colocó debajo del brazo—. No, no me haga caso. Imagino que sabe usted lo que está haciendo. Como editor soy bastante bueno, pero esto me desborda. Supongo que no soy más que un tío estirado.

Cruzó por delante de mí, Candy se apartó y luego fue deprisa a la puerta principal para abrírsela. Spencer le hizo una breve inclinación de cabeza antes de salir. Le seguí, pero me detuve delante de Candy y le miré a los ojos.

—Nada de trucos, *amigo* —le dije.

—La *señora* está muy cansada —me respondió en voz baja—. Se ha ido a su cuarto. Nadie la molestará. *No me acuerdo de nada... A sus órdenes, señor.*

Saqué la navaja del bolsillo y se la tendí. Sonrió.

—Nadie se fía de mí, pero yo sí me fío de ti, Candy.

—Lo mismo digo, señor. Muchas gracias.

Spencer estaba ya en el coche. Lo puse en marcha, di marcha atrás para salir de la avenida y lo llevé a Beverly Hills. Nos despedimos en la entrada lateral de su hotel.

—No he pensado en otra cosa durante todo el camino —dijo mientras se apeaba—. Debe de estar mal de la cabeza. Supongo que nunca la declararían culpable.

—Ni siquiera lo intentarán —dije—. Pero ella no lo sabe.

Tuvo algunos problemas con el montón de hojas que llevaba bajo el brazo, pero consiguió restablecer el orden y me hizo una inclinación de cabeza. Le vi empujar la puerta para abrirla y entrar. Levanté el pie del freno y el Oldsmobile se apartó del borde blanco de la acera y aquélla fue la última vez que vi a Howard Spencer.

Llegué a mi casa tarde, cansado y deprimido. Era una de esas noches en las que el aire pesa y los ruidos nocturnos suenan ahogados y remotos. Había una luna alta y neblinosa, indiferente a los problemas de aquí abajo. Me paseé por la casa y puse unos cuantos discos, pero apenas los escuché. Me parecía oír un continuo tictac en algún sitio, pero no había nada en la casa que justificara aquel ruido. El tictac estaba en mi cabeza. Velaba yo solo a una condenada a muerte.

Pensaba en la primera vez que había visto a Eileen Wade y en la segunda y la tercera y la cuarta. Pero después de eso hubo algo en ella que empezó a desdibujarse. No parecía del todo real. Un asesino es siempre irreal una vez que sabes que es un asesino. Hay personas que matan por odio, por miedo o por avaricia. Hay asesinos astutos que lo planean todo y confían en que no los descubran. Hay asesinos enfurecidos que no piensan en absoluto. Y luego están los asesinos enamorados de la muerte, para quienes el asesinato es una especie de suicidio vicario. En cierta manera todos están locos, pero no en el sentido que le daba Spencer.

Casi amanecía ya cuando por fin me metí en la cama.

El timbre del teléfono me sacó de un negro muro de sueño. Di varias vueltas en la cama, busqué a tientas las zapatillas y me di cuenta de que no llevaba durmiendo más de un par de horas. Me sentía como una cena a medio digerir engullida en un antro de mala muerte. No conseguía despegar los párpados y tenía la boca llena de tierra. Logré ponerme en pie, fui dando tumbos hasta el cuarto de estar, descolgué el teléfono y dije:

—Espere un momento.

En el cuarto de baño me rocié la cara con agua fría. Del otro lado de la ventana algo hacía zip, zip, zip. Miré sin mucha convicción y descubrí un rostro moreno e inexpresivo. Era el jardinero japonés que venía una vez a la semana y al que yo llamaba Harry Corazón de Piedra. Estaba podando el arbusto de tecoma siguiendo el ritual de los jardineros japoneses para podar los tecomas. Se lo preguntas cuatro veces y dicen «la semana que viene», y luego se presentan a las seis de la mañana y empiezan por el que está junto a la ventana del dormitorio.

Me froté la cara hasta secármela y volví al teléfono.

—¿Sí?

—Aquí Candy, *señor*.

—Buenos días, Candy.

—*La señora está muerta*.

Muerta. Qué palabra tan fría, negra y sorda en español y en inglés.

—Nada que hayas hecho tú, espero.

—Creo que ha sido la medicina. Se llama demerol. Creo que había cuarenta, cincuenta en el frasco. Ahora está vacío. Anoche no cenó. Por la mañana me he subido a la escalera de mano para mirar por la ventana. Vestida igual que ayer por la tarde. He roto el mosquitero de tela metálica para entrar. *La señora está muerta. Fría como agua de nieve.*

—¿Has llamado a alguien?

—Sí. *Al doctor Loring*, que ha llamado a los polis. Todavía no han aparecido.

—El doctor Loring, ¿eh? La persona indicada para llegar demasiado tarde.

—No le he enseñado la carta —dijo Candy.

—¿Carta para quién?

—Para el señor Spencer.

—Dásela a la policía, Candy. Que no la coja el doctor Loring. Sólo la policía. Y una cosa más, Candy. No ocultes nada, no les mientas. Estábamos allí. Di la verdad. Esta vez la verdad y toda la verdad.

Se produjo una breve pausa. Luego dijo:

—Sí. Entiendo. *Hasta la vista, amigo*. —Y colgó.

Llamé al Ritz-Beverly y pregunté por Howard Spencer.

—Un momento, por favor. Le paso con recepción.

Una voz masculina dijo:

—Aquí recepción. ¿En qué puedo servirle?

—Pregunto por Howard Spencer. Ya sé que es muy temprano, pero es urgente.

—El señor Spencer se marchó anoche. Tomó el avión de las ocho para Nueva York.

—Ah. Lo siento. No estaba al tanto.

Fui a la cocina a hacer café, cubos de café. Fuerte, amargo, ardiente, cruel, depravado. El fluido vital de las personas cansadas.

Bernie Ohls me llamó un par de horas después.

—De acuerdo, chico listo —dijo—. Ven aquí y sufre.

44

Igual que la vez anterior, excepto que era de día y estábamos en el despacho del capitán Hernández; el sheriff se había marchado a Santa Bárbara para inaugurar la Semana Grande. El capitán Hernández, Bernie Ohls, un subordinado del juez de instrucción, el doctor Loring, que daba la impresión de que lo habían sorprendido practicando un aborto, y un individuo llamado Lawford, ayudante del fiscal del distrito, un tipo alto, flaco, inexpresivo, de cuyo hermano se rumoreaba vagamente que era uno de los mandamases de la lotería ilegal en Central Avenue.

Hernández tenía delante unas hojas de bloc escritas a mano, papel de barba color carne, y tinta verde.

—Esta reunión es oficiosa —dijo Hernández, cuando todo el mundo estuvo todo lo cómodo que se puede estar en sillas de respaldo recto—. Ni taquígrafos ni grabaciones. Digan lo que quieran. El doctor Weiss representa al juez de instrucción que decidirá si se necesita una investigación. ¿Doctor Weiss?

Era un individuo gordo y alegre y parecía competente.

—En mi opinión no es necesaria —dijo—. Existen todos los indicios de intoxicación por estupefacientes. Cuando llegó la ambulancia la víctima todavía respiraba débilmente, pero se hallaba en coma profundo y todos los reflejos eran negativos. En ese estadio tan avanzado no se consigue salvar ni a un uno por ciento de los pacientes. La piel estaba fría y sin un examen detenido no se hubiera advertido que respiraba aún. El criado la juzgó muerta. El óbito se produjo aproximadamente una hora después. Tengo entendido que la señora Wade sufría de cuando en cuando violentos ataques de asma bronquial. El doctor Loring había recetado demerol como medida de emergencia.

—¿Alguna información o deducción sobre la cantidad de demerol ingerida, doctor Weiss?

—Una dosis mortal —dijo, sonriendo débilmente—. No hay ninguna manera rápida de confirmarlo sin conocer el historial médico, la tolerancia adquirida o natural. De acuerdo con su propia confesión habría tomado dos mil trescientos miligramos, cuatro o cinco veces la dosis letal mínima para alguien sin dependencia.

Miró de manera inquisitiva al doctor Loring.

—La señora Wade no era una toxicómana —dijo el doctor Loring con frialdad—. La dosis prescrita oscilaba entre una o dos tabletas de cincuenta miligramos. Y lo máximo que permito son tres o cuatro durante un período de veinticuatro horas.

—Pero usted le dio cincuenta de una vez —dijo el capitán Hernández—. Un medicamento más bien peligroso para tenerlo disponible en esa cantidad, ¿no le parece? ¿Hasta qué punto era grave esa asma bronquial, doctor?

Loring sonrió desdeñosamente.

—Era intermitente, como sucede siempre con el asma. Nunca llegaba a lo que denominamos en medicina «estado asmático», un ataque tan intenso que el enfermo parece a punto de asfixiarse.

—¿Alguna observación, doctor Weiss?

—Bien —dijo Weiss muy despacio—, en el caso de que no existieran ni la nota ni otras pruebas acerca de la cantidad ingerida, podría tratarse de una sobredosis accidental. El margen de seguridad no es muy amplio. Mañana lo sabremos con certeza. Hernández, por el amor de Dios, ¿no querrá prescindir de la nota?

Hernández frunció el ceño con la vista fija en la mesa del despacho.

—Sólo estaba reflexionando. No sabía que los estupefacientes fuesen un tratamiento normal en caso de asma. Todos los días se aprende algo nuevo.

Loring enrojeció.

—He hablado de medida de emergencia, capitán. Un médico no puede estar en todas partes al mismo tiempo. El comienzo de una nueva crisis asmática puede ser muy repentino.

Hernández lo miró un instante y luego se volvió hacia Lawford.

—¿Qué sucedería en su departamento si pasara esta carta a la prensa?

El ayudante del fiscal del distrito me miró sin expresión.

—¿Qué hace aquí ese tipo, Hernández?

—Lo he invitado yo.

—¿Cómo sabe que no va a repetir todo lo que se diga aquí a algún periodista?

—Claro, es muy hablador. Ya lo descubrieron ustedes. Cuando lo retiraron de la circulación.

Lawford sonrió y después se aclaró la garganta.

—He leído esa pretendida confesión —dijo midiendo mucho las palabras—. Y no me creo una sola palabra. Nos encontramos con unos antecedentes de agotamiento emocional, pérdida reciente del cónyuge, cierta utilización de drogas, el estrés de la vida en Inglaterra en época de guerra bajo los bombardeos, el matrimonio clandestino, el esposo que regresa a Estados Unidos, etc., etc. Sin duda se creó en la difunta un sentimiento de culpa del que trató de liberarse por medio de algo semejante a una transferencia. —Se detuvo y miró a su alrededor, pero todo lo que vio fueron rostros carentes de expresión—. No puedo hablar en nombre del fiscal del distrito, pero mi impresión personal es que esa confesión de ustedes no serviría de base para formular cargos ni siquiera en el caso de que la difunta hubiese vivido.

—Y dado que creyeron en su día otra confesión, no tienen interés en creer una segunda que contradice la primera —dijo Hernández con causticidad.

—No se suba a la parra, Hernández. Cualquier organismo encargado de hacer que se cumpla la ley ha de tener en cuenta las relaciones públicas. Si los periódicos publican esa confesión tendremos problemas. Eso es seguro. Existen grupos reformistas en abundancia, muy entusiastas y trabajadores, que están esperando una oportunidad como ésa para darnos una puñalada. Tenemos un jurado de acusación que ya está nervioso por la paliza que le dieron al teniente de su Brigada Antivicio la semana pasada.

—De acuerdo —dijo Hernández—, la criaturita es toda suya. Fírmeme el recibo.

Reunió las hojas de papel de barba rosado y Lawford se inclinó para firmar un impreso. Recogió las hojas, las dobló, se las guardó en el bolsillo del pecho y salió de la habitación.

El doctor Weiss se puso en pie. Era un tipo de natural amable, pero firme y que no se dejaba impresionar fácilmente.

—La última investigación judicial sobre la familia Wade se hizo demasiado deprisa —dijo—. Supongo que ni siquiera nos molestaremos en convocar ésta.

Saludó con una inclinación de cabeza a Ohls y a Hernández, dio la mano ceremoniosamente a Loring y salió. Loring se puso en pie para marcharse, pero luego tuvo un momento de vacilación.

—¿Deduzco que puedo hacer saber a cierta persona interesada que no se volverá a investigar sobre este asunto en el futuro? —preguntó fríamente.

—Siento haberle mantenido tanto tiempo alejado de sus pacientes, doctor.

—No ha contestado a mi pregunta —dijo Loring con aspereza—. Será mejor que le advierta...

—Piérdase de vista —dijo Hernández.

El doctor Loring casi se tambaleó de la impresión. Luego se dio la vuelta y salió de la habitación lo más rápidamente que pudo. La puerta se cerró y pasó medio minuto antes de que alguien abriera la boca. Hernández se estiró y luego encendió un pitillo. A continuación me miró.

—¿Bien? —dijo.

—¿Bien qué?

—¿Qué está esperando?

—¿Esto es el fin, entonces? ¿Acabado? *¿Kaput?*

—Díselo, Bernie.

—Sí, claro que se ha terminado —dijo Ohls—. Yo ya estaba preparado para traerla aquí e interrogarla. Wade no se mató. Demasiado alcohol en el cerebro. Pero, como ya te dije, ¿dónde estaba el motivo? Su confesión puede ser falsa en algunos detalles, pero demuestra que lo espiaba. Conocía la distribución de las habitaciones en el pabellón de huéspedes de Encino. La mujer de Lennox le había quitado a sus dos hombres. Lo que sucedió allí es exactamente lo que quieras imaginar. Olvidaste hacerle una pregunta a Spencer. ¿Tenía Wade una Mauser PPK? Sí, era propietario de una pequeña Mauser automática. Hoy ya hemos hablado por teléfono con Spencer. Wade era un borracho con lagunas en el recuerdo. El pobre desgraciado o bien creía que había matado a Sylvia Lennox o la mató de verdad o tenía alguna razón para saber que lo había hecho su mujer. En cualquier caso iba a acabar por contarlo. Cierto, llevaba mucho tiempo empinando el codo, pero era un hombre muy masculino casado con una hermosa nulidad. El mexicano está informadísimo. El muy condenado se lo sabe prácticamente todo. Eileen Wade era una mujer perdida en sus sueños. Parte de ella estaba aquí y ahora, pero la mayor parte estaba en otro sitio y en el pasado. Si alguna vez tuvo un intenso deseo sexual, el objeto no era su marido. ¿Sabes de lo que estoy hablando?

No le contesté.

—Estuviste a punto de beneficiártela, ¿no es cierto?

Le di la misma respuesta.

Tanto Ohls como Hernández sonrieron con acritud.

—No somos del todo unos descerebrados —dijo Ohls—. Sabíamos que tenía algún fundamento esa historia de que se desnudó por completo. Callaste al mexicano a base de palabras y él te dejó. Estaba dolido y confuso, le tenía cariño a Wade y quería estar seguro. Cuando supiera la verdad utilizaría la navaja. Para él se trataba de una cuestión personal. Nunca fue con historias sobre Wade. La mujer sí lo hizo, y complicó deliberadamente las cosas para confundir a Wade. Todo encaja. Al final supongo que le tenía miedo. Pero Wade no la tiró nunca por la escalera. Fue un accidente. Eileen Wade tropezó y su marido intentó sujetarla. También lo vio Candy.

—Nada de eso explica por qué quería tenerme cerca.

—Podría darte algunas razones. Una de ellas es una cosa sabida desde siempre. Todos los policías se han tropezado cien veces con ello. Eras el cabo perdido, el tipo que había ayudado a escapar a Lennox, su amigo y, probablemente, en cierta medida, su confidente. ¿Qué era lo que sabía Lennox y qué era lo que te había contado? Se apoderó del arma que acabó con su mujer y sabía que alguien la había utilizado. Eileen Wade pudo pensar que lo hizo por ella. Dedujo que sabía que era ella quien la había utilizado. Cuando Lennox se suicidó estuvo segura. Pero ¿y tú? Seguías siendo el cabo suelto. Quería sonsacarte, tenía el arma de su encanto y una situación que le venía como anillo al dedo para acercársete. Y si necesitaba una cabeza de turco, ahí estabas tú. Se puede decir que coleccionaba cabezas de turco.

—Le atribuyes un exceso de conocimientos —dije.

Ohls partió un cigarrillo en dos y empezó a mascar una mitad. La otra se la colocó detrás de la oreja.

—Otra razón es que quería un varón, un tipo grande y fuerte que pudiera estrecharla en sus brazos y hacer que soñara de nuevo.

—Me odiaba —dije—. Ésa no me sirve.

—Por supuesto —intervino Hernández con sequedad—. La había rechazado. Pero lo hubiera superado. Y acto seguido usted le hizo estallar toda la historia en la cara con Spencer como espectador cualificado.

—¿Les ve algún psiquiatra a ustedes dos últimamente?

—Demonios —dijo Ohls—, ¿no lo sabes? Nos los encontramos hasta en la sopa. Tenemos un par en plantilla. Lo que hacemos ya no es trabajo de policías. Se ha convertido en parte del tinglado de la medicina. Esos dos trabajan dentro y fuera de la cárcel, en los tribunales y en las salas donde se llevan a cabo los interrogatorios. Escriben informes de quince páginas sobre por qué un gamberro menor de edad asaltó una bodega o violó a una colegiala o vendía marihuana a los alumnos de un curso superior. Dentro de diez años tipos como Marty y yo estaremos administrando el test de Rorschach y el de asociaciones de palabras en lugar de hacer ejercicios para fortalecer la moral y prácticas de tiro. Cuando salimos a ocuparnos de un caso llevamos maletines negros con detectores de mentiras y frascos de suero de la verdad. Es una pena que no pilláramos a los cuatro graciosos que le dieron un repaso a Big Willie Magoon. Quizá hubiéramos sido capaces de desinadaptarlos y hacerles que quisieran a sus madres.

—¿No tienen inconveniente en que ahueque el ala?

—¿Qué es lo que no le convence? —preguntó Hernández, estirando una goma elástica primero y soltándola después.

—Estoy convencido. El caso está muerto. Eileen Wade está muerta, todos están muertos. Todo muy limpio y muy conveniente. Nada que hacer excepto irse a casa y olvidar que alguna vez pasó algo. De manera que eso es lo que voy a hacer.

Ohls echó mano al medio pitillo que tenía detrás de la oreja, lo miró como si se preguntara qué había estado haciendo allí, y luego lo arrojó por encima del hombro.

—¿De qué se lamenta? —dijo Hernández—. Si la señora Wade no se hubiera quedado sin armas, podría haber vuelto a hacer blanco.

—Además —dijo Ohls ceñudamente— ayer funcionaba el teléfono.

—Sí, claro —dije—. Habrían mandado a alguien a la carrera y al llegar allí sólo habrían conseguido la historia confusa de una persona que no reconocía nada, excepto unas cuantas mentiras estúpidas. Hoy por la mañana tienen lo que imagino es una confesión completa. No me la han dejado leer, pero no habrían hecho venir a un representante del fiscal del distrito si sólo se tratara de una carta de amor. Si hubieran trabajado de verdad en el caso Lennox en su momento, alguien habría desenterrado el historial militar de Terry y habría descubierto dónde lo hirieron y todo lo demás. A lo largo de todo ese recorrido habría aparecido en algún sitio la conexión con los Wade. Roger Wade sabía quién era Paul Marston. Lo mismo le sucedía a otro investigador privado con el que me puse en contacto.

—Quizá —reconoció Hernández—, pero no es así como funciona el trabajo de investigación de la policía. No nos dedicamos a darle vueltas a un caso perfectamente claro, incluso aunque nadie esté presionando para acabarlo y olvidarlo. He investigado cientos de homicidios. Algunos están cortados por el mismo patrón, pulcros, ordenados y de acuerdo con todas las reglas. La mayoría funcionan por un lado, pero no por otro. Ahora bien, cuando se dispone de motivo, medios, oportunidad, huida, confesión escrita y un suicidio inmediatamente después, lo dejas estar. Ningún departamento de policía del mundo dispone ni de los hombres ni del tiempo para dudar sobre lo evidente. El único dato en contra de que Lennox fuera un asesino era que alguien pensaba que era un buen chico incapaz de hacer una cosa así y que otras personas también podían haberlo hecho. Pero los otros no salieron corriendo, ni se confesaron autores de lo sucedido ni se volaron la tapa de los sesos. Lennox sí lo hizo. En cuanto a lo de ser un buen chico, calculo que el sesenta o el setenta por ciento de los asesinos que acaban en la cámara de gas o en la silla eléctrica o al extremo de una soga son personas cuyos vecinos consideran tan inofensivos como un vendedor de enciclopedias. Tan inofensivo y tan tranquilo y tan bien educado como la señora de Roger Wade. ¿Quiere leer lo que escribió en esa carta? De acuerdo, léalo. Tengo que bajar al vestíbulo. —Se puso en pie, abrió un cajón y dejó una carpeta encima de la mesa—. Aquí hay cinco fotocopias, Marlowe. Que no le pille mirándolas.

Se encaminó hacia la puerta, pero luego volvió la cabeza y le dijo a Ohls:

—¿Quieres que vayamos juntos a hablar con Peshorek?

Ohls asintió con la cabeza y salió con él. Cuando me quedé solo en el despacho abrí la carpeta y examiné las fotocopias, con el texto en blanco sobre fondo negro. Luego, tocando únicamente los bordes las conté. Había seis, cada una de varias páginas sujetas con grapas. Me apoderé de la primera, la enrollé y me la guardé en el bolsillo. Luego leí la siguiente. Cuando hube terminado me senté y esperé. Al cabo de unos diez minutos Hernández regresó solo. Se sentó de nuevo detrás del escritorio, contó las fotocopias y volvió a guardar la carpeta en el cajón.

Alzó los ojos y me miró sin expresión alguna.

—¿Satisfecho?

—¿Sabe Lawford que tiene esas copias?

—Yo no se lo he dicho. Bernie tampoco, que es quien las ha hecho. ¿Por qué?

—¿Qué sucedería si una se extraviara?

Sonrió desagradablemente.

—No sucederá. Pero si sucediera, no sería por culpa del despacho del sheriff. También el fiscal del distrito dispone de un aparato para hacer fotocopias.

—No le tiene demasiada simpatía a Springer, ¿no es cierto, capitán?

Pareció sorprendido.

—¿Yo? A mí me cae simpático todo el mundo, incluido usted. Y ahora lárguese. Tengo cosas que hacer.

Me levanté para marcharme.

—¿Suele llevar un arma? —me preguntó de repente.

—A ratos.

—Big Willie Magoon llevaba dos. Me pregunto por qué no las utilizó.

—Pensaba, me imagino, que tenía asustado a todo el mundo.

—Podría ser eso —dijo Hernández con tono indiferente. Cogió una goma elástica y empezó a estirarla entre los pulgares, insistiendo hasta que finalmente se rompió. Luego se frotó el pulgar en el sitio donde la goma rota le había golpeado—. Todo se puede estirar demasiado —dijo—. Por muy dura que parezca una persona. Hasta la vista.

Cerré la puerta al salir y abandoné el edificio lo más deprisa que pude. Primo una vez, primo siempre.

45

De nuevo en mi perrera del sexto piso del edificio Cahuenga repetí mi habitual jugada doble con el correo matutino. Del buzón a la mesa y de la mesa a la papelera. Perfecta combinación de béisbol: de Tinker a Evers y de Evers a Chance, los mejores del momento. Conseguí despejar un trozo de la mesa y extendí las fotocopias. Las había enrollado para no hacer pliegues.

Leí la carta de nuevo. Era lo bastante detallada y razonable para satisfacer a cualquiera sin ideas preconcebidas. Eileen Wade había matado a la mujer de Terry en un ataque de ira provocado por los celos y, más adelante, cuando se presentó la oportunidad, había matado a Roger porque estaba convencida de que lo sabía. El disparo contra el techo aquella noche en la habitación de su marido había sido parte de la preparación. La pregunta no contestada y sin respuesta ya para siempre era por qué Roger Wade no había hecho nada y le había permitido salirse con la suya. Tenía que saber cómo iba a acabar todo. De manera que se dio por perdido y optó por encogerse de hombros. Las palabras eran su ocupación, tenía palabras para casi todo, pero le habían fallado en aquel caso.

«Me quedan cuarenta y seis tabletas de demerol —escribió Eileen Wade—. Me dispongo a tomármelas todas y a tumbarme en la cama. La puerta está cerrada con llave. Dentro de muy poco tiempo ya será imposible salvarme. Esto, Howard, tiene que quedar bien claro. Lo que estoy escribiendo lo escribo en presencia de la muerte. Todo es verdad. No lamento nada, excepto, quizá, no haberlos encontrado juntos para matarlos a los tres. No siento ninguna compasión por Paul, a quien has oído llamar Terry Lennox. Era la cáscara vacía del hombre que amé y con el que me casé. No significaba nada para mí. Cuando lo vi aquella tarde por primera y última vez después de que regresara de la guerra..., en un primer momento ni siquiera lo reconocí. Luego lo hice y él me reconoció al instante. Tendría que haber muerto joven en las nieves de Noruega, el amante que yo había entregado a la muerte. Regresó amigo de jugadores de ventaja, marido de una puta con mucho dinero, mimado y destrozado y probablemente ejerció de maleante durante sus años de oscuridad. El tiempo lo hace todo mezquino, sórdido y repelente. La tragedia de la vida, Howard, no es que las cosas bellas mueran jóvenes, sino que envejezcan y se deterioren. A mí no me sucederá. Adiós, Howard.»

Guardé la fotocopia en un cajón y lo cerré con llave. Era la hora del almuerzo pero no estaba de humor. Del último cajón saqué la botella de la oficina, me serví una copa y luego descolgué el listín del gancho en el que estaba colgado y busqué el teléfono del *Journal*. Lo marqué y pregunté a la chica de la centralita por Lonnie Morgan.

—El señor Morgan no viene hasta las cuatro, más o menos. Pruebe con la sala de prensa en el ayuntamiento.

Llamé allí y lo localicé. Se acordaba de mí suficientemente bien.

—Parece que ha estado muy ocupado, según he oído —me dijo.

—Tengo algo para usted, si lo quiere. Aunque no creo que lo quiera.

—¿Sí? ¿Como qué?

—Una fotocopia de la confesión acerca de dos asesinatos.

—¿Dónde está usted?

Se lo dije. Solicitó más información. Le expliqué que no se la iba a dar por teléfono. Dijo que no se ocupaba de delitos. Le respondí que de todos modos era periodista y que trabajaba en el único diario independiente de la ciudad. Aún insistió en discutir.

—¿Dónde ha conseguido eso que dice que tiene? ¿Cómo sé que me merece la pena?

—El despacho del fiscal del distrito dispone del original. No van a darlo a conocer. Destapa un par de cosas que tienen escondidas detrás de la nevera.

—Le llamaré. Tengo que consultar con la superioridad.

Colgamos. Bajé al *drugstore*, me comí un sándwich de ensalada de pollo y bebí un poco de café. El café era de segunda mano y el sándwich tan sabroso como un trozo de camisa vieja. Los americanos se comen cualquier porquería con tal de que esté tostada, sujeta con un par de mondadientes y se le salga la lechuga por uno de los lados, mejor aún si está un poquito lacia.

Hacia las tres treinta Lonnie Morgan vino a verme. Era el mismo fragmento de humanidad —alto, flaco, nervudo e inexpresivo— que la noche que me llevó a casa desde la cárcel. Me estrechó la mano lánguidamente y sacó un paquete de cigarrillos muy arrugado.

—El señor Sherman, el director gerente, ha dicho que viniera a ver lo que tiene.

—No lo podrán utilizar a no ser que acepten mis condiciones.

Abrí el cajón que había cerrado con llave y le ofrecí la fotocopia. Morgan leyó las cuatro páginas rápidamente y una segunda vez, más despacio. Parecía muy entusiasmado: más o menos tan entusiasmado como un empresario de pompas fúnebres en un funeral de tercera clase.

—Deme el teléfono.

Lo empujé en su dirección por encima de la mesa. Marcó, esperó y dijo:

—Morgan al habla. Póngame con el señor Sherman.

Esperó, habló con otra mujer, y finalmente con el director-gerente, a quien pidió que volviera a llamar por otra línea.

Colgó y esperó con el aparato en el regazo y el dedo índice presionando el botón. El teléfono sonó de nuevo.

—Esto es lo que dice, señor Sherman.

Lo leyó despacio y con claridad. Al final se produjo una pausa. Luego «Un instante». Morgan bajó el teléfono y me miró desde el otro lado de la mesa.

—Quiere saber cómo lo ha conseguido.

Extendí la mano y le quité la fotocopia.

—Dile que no es asunto suyo cómo lo haya conseguido. Dónde, ya es otra cosa. El sello en el reverso de las páginas lo deja bien claro.

—Señor Sherman, se trata, al parecer, de un documento oficial del despacho del sheriff de Los Ángeles. Supongo que no sería difícil comprobar su autenticidad. Tiene además un precio.

Morgan escuchó algo más y luego dijo:

—Sí, señor. Ahora mismo. —Empujó el teléfono por encima de la mesa—. Quiere hablar con usted.

La voz era brusca y autoritaria.

—Señor Marlowe, ¿cuáles son sus condiciones? Y recuerde que el *Journal* es el único periódico de Los Ángeles que se plantearía siquiera abordar un asunto como éste.

—No hicieron mucho en el caso Lennox, señor Sherman.

—No digo que no. Pero en aquel momento era tan sólo cuestión del escándalo por el escándalo. No se trataba de saber quién era el culpable. Ahora nos encontramos, si ese documento es auténtico, con algo completamente distinto. ¿Cuáles son sus condiciones?

—Publicar la confesión completa en forma de reproducción fotográfica. O no publicarla en absoluto.

—Comprobaremos su autenticidad. ¿Lo entiende, verdad?

—No veo cómo, señor Sherman. Si se lo preguntan al fiscal del distrito, o bien lo negará o entregará el documento a todos los periódicos de la ciudad. No le quedará otro remedio. Si preguntan en el despacho del sheriff, sus muchachos cederán la palabra al fiscal.

—No se preocupe por eso, Marlowe. Tenemos nuestros sistemas. ¿Qué hay de sus condiciones?

—Ya se las he dicho.

—Ah. ¿No espera que se le pague?

—No con dinero.

—Bien; supongo que sabe lo que hace. ¿Puedo hablar de nuevo con Morgan?

Le pasé el teléfono a Lonnie Morgan.

Hablaron brevemente y colgaron.

—Acepta —dijo Morgan—. Me llevo la fotocopia y se efectuará la comprobación. Hará lo que dice usted. Reducida a la mitad, ocupará la mitad de la primera página del diario.

Le entregué la fotocopia. La sostuvo y se tocó la punta de su larguísima nariz.

—¿Le importa si le digo que es un loco peligroso?

—No se lo discuto.

—Todavía está a tiempo de cambiar de idea.

—Ni hablar. ¿Recuerda la noche que me llevó a casa desde la cárcel? Me dijo que tenía un amigo del que despedirme. Nunca llegué a hacerlo. Si publican esta fotocopia, ésa será mi despedida. He tardado mucho, muchísimo tiempo.

—De acuerdo, compadre. —Sonrió torciendo la boca—. Pero sigo pensando que es un loco peligroso. ¿Tengo que decirle por qué?

—Dígamelo de todos modos.

—Sé más sobre usted de lo que piensa. Ésa es la parte más frustrante del trabajo periodístico. Siempre sabes muchísimas cosas que no puedes utilizar. Te haces cínico. Si el *Journal* publica esa confesión, se va a enfadar mucha gente.

El fiscal del distrito, el juez instructor, los tipos que trabajan para el sheriff, un ciudadano particular, pero muy poderoso, apellidado Potter, y un par de matones llamados Menéndez y Starr. Lo más probable es que acabe usted de nuevo en el hospital o en la cárcel.

—No creo.

—Piense lo que quiera, amigo. Sólo le estoy dando mi opinión. El fiscal del distrito se cabreará dado que echó tierra sobre el caso Lennox. Incluso aunque el suicidio y la confesión de Lennox parecieron darle la razón en su momento, mucha gente querrá saber cómo Lennox, siendo inocente, llegó a confesar, cómo murió, si de verdad se suicidó o lo ayudaron, por qué no se hizo una investigación sobre las circunstancias de su muerte y cómo fue que todo el asunto se dio por terminado tan pronto. Además, si tiene en su poder el original de la fotocopia, pensará que la gente del sheriff le ha jugado una mala pasada.

—No tienen ustedes que publicar el sello en el reverso de las hojas.

—No lo haremos. Mantenemos buenas relaciones con el sheriff. Nos parece un buen tipo. No le echamos la culpa de que no pueda acabar con tipos como Menéndez. Nadie puede acabar con el juego mientras sea legal en todas sus formas en algunos sitios y legal en algunas formas en todas partes. Esto lo ha robado usted del despacho del sheriff. No sé cómo ha podido hacerlo. ¿Me lo quiere contar?

—No.

—De acuerdo. El juez de instrucción se cabreará porque dijo amén a la teoría de que Wade se había suicidado. Y en eso, además, le ayudó el fiscal del distrito. A Harlan Potter le sabrá a cuerno quemado porque con eso se vuelve a abrir algo que él había conseguido cerrar utilizando el mucho poder de que dispone. A Menéndez y Starr tampoco les gustará nada por razones que no estoy seguro de conocer pero que existen porque usted recibió una advertencia. Y cuando esos muchachos se enfadan con alguien, ese alguien resulta perjudicado. Tiene usted todas las papeletas para recibir el tratamiento que le aplicaron a Big Willie Magoon.

—Magoon probablemente se extralimitaba en su trabajo.

—¿Por qué? —preguntó Morgan recalcando mucho las palabras—. Porque esos muchachos tienen que demostrar que mandan. Si se toman la molestia de decirte que lo dejes, tú vas y lo dejas. Si no lo haces y permiten que te salgas con la tuya, parecen débiles. Los tipos duros que dirigen el negocio, los peces gordos, el consejo de administración, no quieren saber nada de gente débil. Son peligrosos. Y luego está Chris Mady.

—Creo que es quien manda en Nevada, según he oído.

—Ha oído bien, compadre. Mady es un buen tipo, pero sabe lo que le conviene a Nevada. Los matones con dinero que trabajan en Reno y en Las Vegas se cuidan de no molestar al señor Mady. Si lo hicieran, sus impuestos subirían muy deprisa y la cooperación de la policía disminuiría en la misma medida. Entonces los peces gordos de la costa Este decidirían la conveniencia de hacer algunos cambios. Quien no consigue llevarse bien con Chris Mady no funciona correctamente. Hay que sacarlo de allí y poner a otro en su lugar. Sacarlo de allí sólo tiene un significado para ellos. Siempre se hace con el pijama de pino.

—No han oído hablar de mí —dije.

Morgan frunció las cejas y movió un brazo arriba y abajo en un gesto sin sentido.

—No es necesario. La propiedad que tiene Mady en el lado de Nevada del lago Tahoe linda con la de Harlan Potter. Podría ser que se saludaran de cuando en cuando. Podría ser que algún tipo que esté en la nómina de Mady le oiga decir a otro en la nómina de Potter que un don nadie llamado Marlowe habla demasiado alto sobre cosas que no son asunto suyo. Podría ser que ese comentario de pasada se fuera transmitiendo hasta que finalmente sonara un teléfono en algún apartamento de Los Ángeles y un tipo musculoso recibiera la indicación de salir a hacer ejercicio con dos o tres de sus amigos. Si alguien quiere liquidarlo o darle un buen repaso, Marlowe, a esos chicos musculosos no hay que explicarles el porqué. Para ellos es pura rutina. Sin resentimiento. Sólo quedarse quieto hasta que le rompan el brazo. ¿Prefiere que se lo devuelva?

Me ofreció la fotocopia.

—Ya sabe lo que quiero —dije.

Morgan se puso en pie y se la guardó en el bolsillo.

—Podría equivocarme —dijo—. Quizá de eso esté usted mejor enterado. Yo no sabría decir de qué manera ve las cosas una persona como Harlan Potter.

—Con el ceño fruncido —dije—. He hablado con él. Pero no funcionaría con un equipo de matones. Le resultaría imposible reconciliarlo con su idea de cómo quiere vivir.

—No me venga con monsergas —dijo Morgan con tono cortante—; parar una investigación criminal con una llamada telefónica o hacerlo liquidando a un testigo es sólo una cuestión de método. Y las dos maneras apestan si se les acerca la nariz de la civilización. Hasta la vista, espero.

Salió del despacho como una hoja arrastrada por el viento.

46

Me fui a Victor's con la idea de beber un gimlet y quedarme allí hasta que pusieran a la venta la edición vespertina de los periódicos de la mañana. Pero el bar estaba hasta la bandera y no resultaba nada divertido. Cuando el barman que yo conocía se dispuso por fin a atenderme me llamó por mi nombre.

—Le gusta con una gota de angostura, ¿verdad?

—De ordinario, no. Pero esta noche, sí: dos gotas de angostura.

—No he visto a su amiga últimamente. La de las esmeraldas.

—Yo tampoco.

Se marchó y regresó con el gimlet. Me lo fui bebiendo a sorbitos para que durase, porque no tenía ganas de achisparme. O me emborrachaba en serio o practicaba la sobriedad. Después de algún tiempo pedí otro de lo mismo. Acababan de dar las seis cuando el chico de los periódicos entró en el bar. Uno de los camareros le gritó que se largara, pero antes de que le echara mano y lo pusiera de patitas en la calle, consiguió hacer un recorrido rápido entre los clientes y yo fui uno de ellos. Abrí el *Journal* y eché una ojeada a la primera página. Lo habían publicado. Estaba todo allí. Mediante una inversión de la fotocopia, el texto aparecía en negro sobre blanco y reducido de tamaño, de manera que cabía en la mitad superior de la página. Lo acompañaba un editorial breve y directo en otra página. Y, en una tercera, media columna firmada por Lonnie Morgan.

Terminé mi segundo gimlet, me fui a cenar a otro sitio y luego regresé a casa.

El artículo de Lonnie Morgan era una sencilla recapitulación objetiva de los hechos y sucesos relacionados con el caso Lennox y el «suicidio» de Roger Wade; de los hechos tal como se habían publicado. No añadía nada, no deducía nada, no hacía ninguna imputación. Información clara, concisa, eficaz. El editorial ya era otra cosa. Hacía preguntas, las que hace un periódico a los funcionarios públicos cuando se los sorprende con las manos en la masa.

A eso de las nueve y media sonó el teléfono y Bernie Ohls dijo que se iba a pasar por mi casa de paso hacia la suya.

—¿Has visto el *Journal*? —preguntó como sin darle importancia, colgando a continuación sin esperar una respuesta.

Cuando apareció, se quejó de los escalones y dijo que tomaría una taza de café si había. Dije que lo haría. Mientras tanto se paseó por la casa como si fuera suya.

—Vives muy solo para ser un tipo que podría no caerle bien a algunas personas —dijo—. ¿Qué hay en lo alto de la pendiente, por detrás de tu casa?

—Otra calle, ¿por qué?

—Una simple pregunta. Los arbustos de tu jardín necesitan que alguien los pode.

Llevé el café al cuarto de estar y Bernie se sentó y procedió a bebérselo. Encendió uno de mis cigarrillos, le dio chupadas durante un minuto o dos y luego lo apagó.

—Estoy llegando a un punto en el que el tabaco ya no me interesa —dijo—. Quizá sean los anuncios de la televisión. Consiguen que aborrezcas todo lo que tratan de vender. Cielos, deben de pensar que todos los espectadores son retrasados mentales. Cada vez que un cretino con chaqueta blanca y un fonendoscopio colgándole del cuello enseña un tubo de pasta de dientes o un paquete de cigarrillos o una botella de cerveza o un elixir bucal o un frasco de champú o una cajita de algo para que un luchador gordo huela como una montaña de lilas siempre tomo nota para no comprarlos. Demonios, no compraría lo que anuncian aunque me gustara. Has leído el *Journal,* ¿eh?

—Me ha avisado un amigo. Periodista.

—¿Tienes amigos? —preguntó admirado—. No te explicó cómo habían conseguido el material, ¿verdad?

—No. Y en este estado no hay obligación de hacerlo.

—Springer está más cabreado que una mona. Lawford, el ayudante del fiscal que se quedó con la carta esta mañana, asegura que la llevó directamente a su jefe, pero no sabe uno qué pensar. Lo que el *Journal* ha publicado parece una reproducción directa del original.

Bebí de mi café y no dije nada.

—Le está bien empleado —siguió Ohls—. Springer debería de haberse ocupado del asunto personalmente. Por mi parte no creo que la filtración proceda de Lawford. También pertenece a la clase política.

Me miró con gesto inexpresivo.

—¿A qué has venido, Bernie? No te caigo bien. Éramos amigos..., todo lo que se puede ser amigo de un policía duro. Pero la cosa se ha estropeado un poco.

Se inclinó hacia delante y sonrió, de manera un tanto lobuna.

—A ningún policía le gusta que un particular haga su trabajo a espaldas suyas. Si me hubieras hablado de la relación de Wade con la mujer de Lennox cuando Wade apareció muerto, habría entendido. Si hubieras conectado a la señora Wade y al tal Terry Lennox habría tenido a esa prójima en la palma de la mano, viva. Si te hubieras sincerado desde el primer momento, quizá Wade siguiera vivo. Por no decir nada de Lennox. Te crees todo un genio, ¿no es eso?

—¿Qué quieres que te diga?

—Nada. Es demasiado tarde. Ya te expliqué que un tío listo sólo se engaña él. Te lo dije con toda claridad y en voz muy alta. Pero no te diste por enterado. Ahora mismo puede que sea una buena idea que te vayas de la ciudad. No le caes bien a nadie y hay un par de tipos que cuando alguien no les cae bien no se cruzan de brazos. Me ha llegado la información por un soplón.

—No soy tan importante, Bernie. Vamos a dejar de enseñarnos los dientes el uno al otro. Hasta después de la muerte de Wade ni siquiera tenías que ver con el caso. Después de eso no parecía interesaros ni a ti, ni al juez de instrucción, ni al fiscal del distrito ni a nadie. Quizá haya hecho mal algunas cosas. Pero al final se ha sabido la verdad. Podrías haber detenido a Eileen Wade ayer por la tarde..., ¿con qué pruebas?

—Con lo que tú tenías que decirnos sobre ella.

—¿Yo? ¿Con el trabajo policial que hice a espaldas vuestras?

Se puso en pie bruscamente, el rostro encendido.

—De acuerdo, tío listo. Aún estaría viva. Podríamos haberla detenido como sospechosa. La querías muerta, y no lo niegues porque es la verdad.

—Quería que tuviera ocasión de mirarse un buen rato con detenimiento. Las consecuencias que sacara eran asunto suyo. Quería limpiar el nombre de un inocente. Me tenía sin cuidado cómo y tampoco me importa ahora. Sabrás dónde encontrarme cuando sepas lo que quieres hacer conmigo.

—Esos tipos duros se encargarán de ti, fanfarrón. No hará falta que yo me moleste. Piensas que no tienes suficiente importancia para incomodarlos. Como investigador privado llamado Marlowe, de acuerdo. No la tienes. Pero como persona a quien se le dijo dónde tenía que apearse y les hizo públicamente un corte de mangas en un periódico, eso ya es distinto. Eso les ha herido en su orgullo.

—Me dan mucha pena —dije—. Sólo de pensar en ello noto que sangro internamente, por usar tu propia expresión.

Ohls fue hasta la puerta principal y la abrió. Se quedó un momento mirando los escalones de secuoya y los árboles al otro lado de la calle y pendiente arriba, al final de la calle.

—Muy bonito y tranquilo aquí —dijo—. Exactamente la tranquilidad necesaria.

Bajó los escalones, subió a su coche y se marchó. Los policías nunca dicen adiós. Siempre tienen la esperanza de volverte a ver en la rueda de sospechosos.

47

Al día siguiente tuve la impresión durante algún tiempo de que las cosas se estaban animando. Springer, el fiscal del distrito, convocó una rueda de prensa a primera hora e hizo una declaración. Era uno de esos tipos grandes, rubicundos, de cejas oscuras y cabellos prematuramente grises que siempre funcionan bien en política.

> He leído el documento que se presenta como una confesión de la infeliz mujer que recientemente se quitó la vida, un documento que puede ser auténtico o no, pero que, en caso de serlo, es evidentemente el producto de una mente perturbada. Estoy dispuesto a suponer que el *Journal* ha publicado ese escrito de buena fe, pese a sus muchos absurdos e incoherencias, con cuya enumeración no tengo intención de aburrirles a ustedes. Si Eileen Wade escribió esas frases, y mi equipo, en conjunción con el personal de mi respetado colaborador, el sheriff Petersen, descubrirá muy pronto si realmente lo hizo o no, les digo a ustedes que no las escribió ni con cabeza clara ni con mano firme. Hace sólo semanas que esa desgraciada dama encontró a su esposo bañado en sangre, derramada por su propia mano. ¡Imaginen la impresión, la desesperación, la total soledad que debió de seguir a tan espantosa catástrofe! Y ahora se ha reunido con él en la amargura de la muerte. ¿Es que ganaremos algo removiendo sus cenizas? ¿Algo, amigos míos, que vaya más allá de la venta de unos cuantos ejemplares de un periódico que está muy necesitado de aumentar su tirada? Nada en absoluto, amigos míos. Dejémoslo así. Como Ofelia en esa gran obra maestra de la dramaturgia universal llamada *Hamlet,* del inmortal William Shakespeare, Eileen Wade «reaccionó ante su dolor de modo distinto». Mis enemigos políticos querrían desorbitar esa diferencia, pero mis amigos y las personas que me conceden su voto no se dejarán engañar. Saben que desde siempre he defendido una aplicación de la ley prudente y reposada, una justicia temperada por la compasión, y una manera de gobernar conservadora, sólida y estable. Ignoro qué es lo que defiende el *Journal,* y confieso que no me interesa demasiado. Dejemos que la opinión pública ilustrada juzgue por sí misma.

El *Journal* publicó aquella sarta de tonterías en su primera edición (era un periódico que funcionaba las veinticuatro horas del día) y Henry Sherman, el director, contestó de inmediato a Springer con un comentario firmado.

> El fiscal del distrito, señor Springer, se hallaba en excelente forma esta mañana. Es un hombre de muy buena figura y habla con una voz de barítono bien modulada que es un placer escuchar. Desde luego no nos aburrió con hechos. Si en cualquier momento el señor Springer desea que se le demuestre la autenticidad del documento en cuestión, el *Journal* le complacerá con mucho gusto. No esperamos que el se-

ñor Springer tome ninguna medida para volver a abrir casos que se han cerrado de manera oficial con su aprobación o bajo su dirección, de la misma manera que no esperamos que haga el pino en la torre del ayuntamiento. Como el señor Springer afirma con tanto acierto, ¿es que ganaremos algo revolviendo las cenizas de los muertos? O, como el *Journal* preferiría decirlo, de manera menos elegante, ¿es que ganaremos algo descubriendo quién cometió un crimen cuando la asesina ya está muerta? Nada, por supuesto, excepto justicia y verdad.

En nombre del difunto William Shakespeare, el *Journal* quiere dar las gracias al señor Springer por su elogiosa mención de *Hamlet* y por su alusión a Ofelia, básicamente correcta, aunque no del todo. «Debéis llevar el dolor de modo diferente» no se dice de Ofelia, sino que es ella quien lo dice y el significado exacto de esa frase es algo que nunca ha quedado del todo claro para inteligencias como las nuestras, sin duda menos eruditas. Pero dejémoslo pasar. Suena bien y contribuye a desdibujar el problema. Quizá se nos permita citar, también de esa producción dramática tan conocida, y oficialmente aprobada por el señor fiscal, una cosa bien dicha que procede de los labios de un varón:

«Y donde haya crimen, caerá el hacha».[2]

Lonnie Morgan me llamó hacia mediodía y me preguntó si me gustaba. Le dije que no me parecía que fuese a hacerle ningún daño a Springer.

—Sólo lo apreciarán los intelectuales —dijo Lonnie Morgan—, y ésos ya le tienen tomada la medida. Lo que quería decir es: ¿qué pasa con usted?

—A mí no me pasa nada. Sigo aquí, esperando clientes que pidan poco y paguen mucho.

—No era exactamente a eso a lo que me refería.

—Todavía disfruto de buena salud. Deje de intentar asustarme. He conseguido lo que quería. Si Lennox aún estuviera vivo podría acercarse a Springer y escupirle en la cara.

—Ya lo ha hecho usted por él. Y a estas alturas Springer lo sabe. Y esas gentes tienen cien maneras de tenderle trampas a un tipo que no les gusta. No consigo entender por qué le ha dedicado tanto tiempo y esfuerzo a este asunto. Lennox no se lo merecía.

—¿Qué tiene eso que ver?

Guardó silencio un momento. Luego dijo:

—Lo siento, Marlowe. Hablo demasiado. Buena suerte.

Colgamos después de las despedidas habituales.

Linda Loring me llamó hacia las dos de la tarde.

—Nada de nombres, por favor —dijo—. Vengo en avión de ese gran lago situado al norte. Alguien allí arriba está que trina por lo que publicó anoche el *Journal*. A mi casi ex marido le alcanzó de lleno entre los ojos. El pobrecillo se quedó llorando cuando me marché. Había volado hasta allí para informar.

—¿Qué quiere usted decir con su casi ex marido?

—No sea estúpido. Por una vez mi padre está de acuerdo. París es un sitio

2. Las dos citas de *Hamlet* son de la escena quinta del acto cuarto. *(N. del T.)*

excelente para conseguir un divorcio tranquilo. De manera que me marcharé pronto. Y si a usted le quedara un poco de sentido común, podría hacer cosas peores que gastar un poco de aquel notable ejemplar de grabado que me enseñó marchándose también lo más lejos que le sea posible.

—¿Qué tiene todo eso que ver conmigo?

—Ésa es la segunda pregunta estúpida que me hace. Sólo se engaña usted, Marlowe. ¿Sabe cómo cazan a los tigres?

—¿Cómo quiere que lo sepa?

—Atan una cabra a una estaca y luego se esconden. Con frecuencia la cabra no sale muy bien parada. Usted me gusta. No sé por qué, pero me gusta. Y me molesta la idea de que sea la cabra. Se ha esforzado tanto por hacerlo todo bien..., tal como lo entendía.

—Muy amable por su parte —dije—. Y si saco la cabeza y me la cortan, después de todo se trata de mi cabeza.

—No se haga el héroe, estúpido —dijo, irritada—. Sólo porque alguien que conocíamos eligió hacer de chivo expiatorio, no es razón para que lo imite.

—La invitaré a una copa si es que se queda el tiempo suficiente.

—Que sea en París. París es una maravilla en otoño.

—Eso también me gustaría. He oído que es incluso mejor en primavera. Como no lo conozco no puedo opinar.

—Por el camino que lleva no irá nunca.

—Adiós, Linda. Espero que encuentre lo que busca.

—Adiós —me respondió con frialdad—. Siempre encuentro lo que quiero. Pero cuando lo encuentro dejo de quererlo.

A continuación colgó. El resto del día pasó sin pena ni gloria. Cené y dejé el Oldsmobile, para que me revisaran los frenos, en un taller que trabajaba las veinticuatro horas del día. Volví a casa en taxi. La calle estaba vacía como de costumbre. En el buzón de correos encontré un cupón que me daba derecho a una pastilla de jabón gratis. Subí despacio los escalones. La noche era tibia, con una ligera neblina suspendida en el aire. Los árboles de la colina apenas se movían. No había brisa. Empecé a abrir la puerta y me detuve cuando ya estaba a unos treinta centímetros del marco. Dentro reinaba la oscuridad y no se oía ningún ruido. Pero tuve la sensación de que la casa no estaba vacía. Quizá chirrió un muelle levemente o capté el brillo de una chaqueta blanca. Quizá en una noche tibia y tranquila como aquélla la habitación al otro lado de la puerta no estaba lo bastante tibia, aunque sí inmóvil. Quizá había un olor a hombre en el aire. Y quizá tenía yo los nervios a flor de piel.

Abandoné el porche caminando de lado y me recosté en los arbustos. No sucedió nada. No se encendió ninguna luz dentro, ni se produjo movimiento alguno que yo advirtiera. Llevaba el revólver en una funda colgada del cinturón, al lado izquierdo, culata hacia delante, un 38 de la policía de cañón corto. Lo saqué lo más deprisa que pude pero tampoco me sirvió de nada. El silencio no se alteró. Decidí que estaba haciendo el idiota. Me enderecé, levanté un pie para volver a la puerta principal y entonces un coche dobló por la esquina, subió deprisa por la colina y se detuvo, casi sin ruido, al pie de mis escalones. Era un gran sedán negro, con aspecto de Cadillac. Podría haberse tratado del coche de Linda Loring de no ser por dos cosas. Nadie abrió una portezuela y las ventanillas que daban hacia mi lado estaban completamente cerradas. Esperé y escuché, agachado junto a los arbustos, pero no había nada que escuchar ni nada que esperar. Tan sólo un coche inmóvil a oscuras al pie de mis escalones de secuoya, con las ventanillas cerradas. Si aún tenía el motor en marcha yo no lo oía. Luego se encendió un foco rojo y el haz de luz iluminó un punto situado unos siete metros más allá de la esquina de la casa. Después, muy despacio, el coche retrocedió hasta que el foco pudo recorrer la fachada de la casa, de un extremo a otro.

Los policías no utilizan Cadillac. Los Cadillac con focos rojos pertenecen a peces gordos, alcaldes, inspectores jefes, quizá a fiscales de distrito. Quizá también a maleantes.

El foco se acercó a donde yo estaba. Me tiré al suelo pero me descubrió de todos modos. Luego se detuvo sobre mí. Nada más. La portezuela del coche siguió sin abrirse, la casa en silencio y sin luz.

A continuación una sirena gimió en un tono muy bajo por espacio de un segundo o dos y se detuvo. Y entonces, por fin, la casa se llenó de luces, y un individuo con una chaqueta blanca de esmoquin salió hasta el comienzo de los escalones y recorrió con los ojos la pared y los arbustos.

—Entre en la casa, muerto de hambre —dijo Menéndez, riendo entre dientes—. Tiene usted invitados.

Podría haber disparado contra él sin ninguna dificultad. Pero enseguida retrocedió y ya fue demasiado tarde, incluso en el caso de que hubiera querido hacerlo. Acto seguido descendió el cristal de una ventanilla en la parte de atrás del coche y oí el leve chirrido que acompañó al movimiento. Enseguida un fusil ametrallador disparó una breve ráfaga contra la pendiente de la colina, a unos diez metros de distancia de donde yo estaba.

—Entre, muerto de hambre —repitió Menéndez desde el umbral—. No tiene ningún otro sitio donde ir.

De manera que me enderecé y eché a andar y el foco me fue siguiendo con precisión. Volví a meterme el revólver en la funda del cinturón. Subí al pequeño rellano de secuoya, crucé la puerta y me detuve inmediatamente después. Un individuo estaba sentado al otro lado de la habitación con las piernas cruzadas y una pistola colocada de lado sobre el muslo. Parecía un tipo larguirucho y duro y su piel tenía el aspecto reseco de las personas que viven en climas muy cálidos. Llevaba una cazadora de gabardina de color marrón oscuro y la cremallera abierta casi hasta la cintura. Miraba en mi dirección y ni sus ojos ni la pistola se movieron. Siguió tan tranquilo como una pared de adobe a la luz de la luna.

48

Lo miré demasiado tiempo. Junto a mí se produjo un breve movimiento que sólo vi a medias y sentí un dolor lacerante en el hombro. Se me durmió todo el brazo hasta la punta de los dedos. Me volví y vi a un mexicano muy grande y de aspecto cruel. No sonreía, sólo me vigilaba. Bajó al costado el cuarenta y cinco que empuñaba. Era bigotudo y con pelo abundante, negro y aceitoso, peinado hacia arriba y hacia abajo y en todas las direcciones. Un sombrero muy sucio le cubría la parte de atrás de la cabeza y el barbuquejo, suelto, le caía por delante de una camisa bordada que olía a sudor. No hay nada más duro que un mexicano duro, igual que no hay nada más amable que un mexicano amable, ni más honrado que un mexicano honrado ni, sobre todo, nada más triste que un mexicano triste. Aquel tipo era decididamente pétreo. No los hacen más duros en ningún sitio.

Me froté el brazo. Notaba un principio de hormigueo, pero el dolor y el entumecimiento seguían allí. Si hubiera intentado sacar el revólver probablemente se me habría caído.

Menéndez tendió la mano hacia el mexicano, quien, sin dar la sensación de mirar, tiró el revólver. Menéndez, a quien yo tenía delante ya —la cara brillante—, lo recogió.

—¿Dónde te gustaría, muerto de hambre? —Le bailaban los ojos.

Me limité a mirarlo. No hay respuesta para una pregunta así.

—Te he hecho una pregunta, muerto de hambre.

Me mojé los labios y contesté con otra pregunta.

—¿Qué le ha pasado a Agostino? Creía que era su pistolero.

—Chick se ha reblandecido —dijo amablemente.

—Siempre ha sido un blando, como su jefe.

El individuo sentado en la silla parpadeó. Casi llegó a sonreír, aunque no del todo. El tipo duro que me había paralizado el brazo ni se movió ni habló. Yo sabía que respiraba. Eso lo olía.

—¿Alguien ha chocado con tu brazo, muerto de hambre?

—He tropezado con una enchilada.

Despreocupadamente, casi sin mirarme siquiera, me golpeó en la cara con el cañón del revólver.

—No te insolentes conmigo, muerto de hambre. Se te ha acabado el tiempo para eso. Se te advirtió: una advertencia con muy buenas maneras. Cuando me tomo la molestia de hacer visitas personales para decir a alguien que se abstenga, se abstiene. O de lo contrario acaba en el suelo y no se levanta.

Sentía un hilillo de sangre que me bajaba por la mejilla. Y sentía todo el dolor y el entumecimiento del golpe en el pómulo. Se extendió hasta que empezó a dolerme toda la cabeza. No había sido un golpe muy fuerte, aunque el instrumento utilizado sí lo era. Pero todavía me era posible hablar y nadie trató de impedírmelo.

—¿Desde cuándo se encarga usted de las zurras, Mendy? Creía que era trabajo no cualificado, para el tipo de muchachos que le dieron el repaso a Big Willie Magoon.

—Es el toque personal —me respondió sin alzar la voz—, dado que tenía razones personales para advertirte. El asunto Magoon fue estrictamente una cuestión de negocios. Llegó a pensar que podía mangonearme..., a mí que le compro la ropa y los coches, le lleno la caja de seguridad del banco y pago la hipoteca de su casa. Esos chicos de la Brigada Antivicio son todos iguales. Pago incluso los recibos del colegio para su hijo. Pero resulta que el muy cabrón no sabe lo que es la gratitud. ¿Y qué es lo que hace? Se presenta en mi despacho particular y me abofetea delante del personal.

—¿Con qué motivo? —le pregunté, esperando vagamente desviar su indignación hacia otra persona.

—Con el motivo de que una prójima muy pintada dijo que usábamos dados cargados. Parece que era una de sus compañeras de cama. Hice que la sacaran del club..., y que le devolvieran hasta el último centavo que traía encima.

—Normal —dije—. Magoon debería saber que ningún jugador profesional hace trampas en el juego. No lo necesita. Pero ¿qué le he hecho yo, Mendy?

Me golpeó otra vez, con esmero.

—Ha hecho que quedara mal. En mi profesión no hay que decir las cosas dos veces. Ni siquiera a los tipos duros. O va y lo hace o dejas de tener control. Si no tienes control se acabó el negocio.

—Me da el pálpito que hay algo más en este asunto —dije—. Perdóneme si me busco un pañuelo.

El revólver me vigiló mientras sacaba uno del bolsillo y me limpiaba la sangre de la cara.

—Un sabueso de tres al cuarto —dijo despacio mi interlocutor— se imagina que le puede tomar el pelo a Mendy Menéndez. Hacer que la gente se ría de mí. Ridiculizarme..., a mí, a Menéndez. Tendría que utilizar la navaja, muerto de hambre. Cortarte en rebanadas.

—Lennox era amigo suyo —dije, sin perder de vista sus ojos—. Fue y se murió. Lo enterraron como a un perro, incluso sin un nombre sobre la tierra donde pusieron el cadáver. Y yo he tenido algo que ver a la hora de demostrar que era inocente. De manera que eso le hace quedar mal. Terry le salvó la vida y perdió la suya, pero eso no significa nada para usted. Lo único que significa algo es jugar a ser pez gordo. Le importa todo un carajo menos usted. No es una persona importante, sólo grita más.

Se le heló el gesto y alzó el brazo por tercera vez para golpearme con toda la fuerza de que era capaz. Aún estaba levantando el brazo cuando avancé medio paso y le di un puntapié en la boca del estómago.

No lo pensé, no lo planeé, no calculé mis posibilidades; ni siquiera si tenía alguna. Tan sólo me había cansado de escucharlo, me dolía todo, sangraba y quizá estaba un poco sonado para entonces.

Se dobló, la respiración entrecortada, y se le cayó el revólver de la mano. Lo buscó a tientas, frenético, mientras le salían del fondo de la garganta roncos jadeos. Le di un rodillazo en la cara y lanzó un aullido.

El tipo de la silla se echó a reír. Aquello me desconcertó. Luego se puso en pie y al mismo tiempo levantó el revólver que tenía en la mano.

—No lo mate —dijo con voz afable—. Queremos utilizarlo como cebo vivo.

Luego hubo un movimiento en las sombras del vestíbulo y Ohls entró por la puerta, los ojos vacíos, inexpresivo y absolutamente tranquilo. Miró a Menéndez, que estaba arrodillado, con la cabeza en el suelo.

—Blando —dijo Ohls—. Blando como una papilla.

—No es blando —dije—. Le duele. A cualquiera se le puede hacer daño. ¿Era blando Big Willie Magoon?

Ohls me miró. El tipo que había estado sentado también me miró. El mexicano duro, junto a la puerta, no había abierto la boca.

—Quítate el pitillo de la boca, caramba —le grité a Ohls—. O te lo fumas o lo tiras. Estoy harto de verte con él. Estoy harto de ti, punto. Estoy harto de policías.

Me miró sorprendido. Luego sonrió.

—Le hemos tendido una trampa, muchacho —dijo alegremente—. ¿Te duele mucho? ¿Ese hombre tan malísimo te atizó en el morrito? Bueno; te lo tenías bien ganado y además nos ha sido francamente útil.

Miró a Mendy, que estaba de rodillas debajo de él. Iba saliendo de un pozo, centímetro a centímetro. Jadeaba al respirar.

—Vaya chico tan hablador —dijo Ohls— cuando no tiene al lado tres picapleitos que no le dejan abrir la boca.

Puso a Menéndez de pie. Sangraba por la nariz. Se sacó un pañuelo del esmoquin blanco con dedos temblorosos y se lo apoyó contra la cara. No dijo una palabra.

—Te han engañado, corazón —le dijo Ohls, pronunciando con gran cuidado todas las palabras—. No es que Magoon me dé mucha pena. Se lo merecía. Pero es un policía y mequetrefes como tú no le ponen la mano encima a un policía, nunca jamás.

Menéndez bajó el pañuelo y miró a Ohls. Me miró a mí. Miró al individuo que había estado sentado en la silla. Se volvió despacio y miró al mexicano junto a la puerta. Todos le devolvieron la mirada. Rostros sin expresión. Luego una navaja surgió de la nada y Mendy se lanzó sobre Ohls. Ohls se hizo a un lado, le agarró por la garganta con una mano y con un golpe de la otra le quitó la navaja sin esfuerzo, casi con indiferencia. Ohls separó los pies, enderezó la espalda, dobló las piernas ligeramente y levantó a Menéndez varios centímetros del suelo mientras seguía sujetándolo por el cuello. Cruzó la habitación hasta inmovilizarlo contra la pared. Luego permitió que volviera a tocar el suelo con los pies, pero sin soltarle la garganta.

—Tócame con un dedo y te mato —dijo Ohls—. Un dedo. —Luego lo soltó.

Mendy le sonrió desdeñosamente, se miró el pañuelo y lo dobló para ocultar la sangre. Se lo llevó otra vez a la nariz. Lanzó una ojeada al revólver que había utilizado para golpearme.

—No está cargado, en el caso de que pudiera hacerse con él —dijo distraídamente el tipo de la silla.

—Una trampa —le dijo Mendy a Ohls—. Le oí la primera vez.

—Pediste tres matones —dijo Ohls—. Pero te mandaron tres agentes de Nevada. A alguien de Las Vegas no le gusta que te olvides de consultar con ellos. Ese alguien tiene algo que decirte. Puedes acompañar a los agentes o volver al centro conmigo y que te cuelguen por las esposas detrás de una puerta. Hay un par de muchachos allí a los que les gustaría verte la cara de cerca.

—Que Dios se apiade de Nevada —dijo Mendy sin alzar la voz y mirando otra vez al mexicano junto a la puerta.

A continuación se santiguó deprisa y salió por la puerta principal. El mexicano le siguió. Luego el otro, el tipo reseco por el sol del desierto, recogió el revólver y la navaja y salió también, cerrando la puerta. Ohls, inmóvil, esperaba. Se oyó ruido de portezuelas al cerrarse con fuerza y finalmente el automóvil se alejó en la noche.

—¿Estás seguro de que esos fulanos eran agentes? —le pregunté a Ohls.

Se volvió, como sorprendido de verme allí.

—Tenían estrella —dijo concisamente.

—Buen trabajo, Bernie. Excelente. ¿Crees, condenado hijo de perra, que llegará vivo a Las Vegas?

Me fui al baño, dejé correr el agua fría y me apliqué una toalla empapada a la mejilla para calmar el dolor. Me miré en el espejo. Tenía la cara hinchada y azulada y con heridas irregulares causadas por la fuerza del cañón del revólver al golpear contra el pómulo. También tenía una mancha debajo del ojo izquierdo. No iba a ser un espectáculo agradable durante unos cuantos días.

Luego el reflejo de Ohls apareció detrás de mí en el espejo. Seguía dando vueltas entre los labios a su maldito pitillo sin encender, como un gato jugueteando con un ratón medio muerto, tratando de conseguir que salga corriendo una vez más.

—La próxima vez no trates de pasarte de listo con la policía —me dijo con aspereza—. ¿Crees que te dejamos robar la fotocopia sólo para divertirnos? Teníamos el presentimiento de que Mendy te iba a buscar las cosquillas. De manera que hablamos con Starr y le pusimos las cartas sobre la mesa. Le dijimos que no podemos acabar con el juego en el distrito, pero que podemos dificultarlo lo bastante como para que se resientan mucho sus ganancias. Ningún gánster pega a un policía, ni siquiera a un policía corrupto, y se sale con la suya en nuestro territorio. Starr nos convenció de que no tenía nada que ver con lo sucedido, que la organización estaba molesta y que Menéndez iba a recibir un aviso. De manera que cuando Mendy pidió unos tipos duros de fuera de la ciudad para que vinieran a darte un escarmiento, Starr le mandó tres conocidos suyos, en uno de sus propios coches, a sus expensas. Starr es uno de los jefes de la policía en Las Vegas.

Me volví para mirar de frente a Ohls.

—Los coyotes del desierto tendrán algo que comer esta noche. Enhorabuena. El trabajo que hace la policía es maravilloso, edificante, idealista. Lo único malo de ese trabajo son los policías que lo hacen.

—Una lástima para ti, tan amante de los heroísmos —me respondió con helada ferocidad—. Apenas he podido contener la risa cuando te he visto entrar en tu propio cuarto de estar para que te zurrasen la badana. Me lo he pasado bien, chico. Era una faena sucia, y había que hacerla de la manera más sucia posible. Para hacer que esos personajes hablen tienes que darles sensación de poder. No te ha hecho demasiado daño, pero teníamos que dejar que te hiciera algo de daño.

—Lo siento mucho —dije—. Siento mucho que hayas tenido que sufrir tanto.

Me acercó mucho el rostro, tensa la expresión.

—Aborrezco a los jugadores —dijo con voz ronca—. Tanto como a los camellos. Propician una enfermedad que corrompe tanto como la droga. ¿Piensas que esos lujosos edificios de Reno y de Las Vegas sólo son sitios de diversión inofensiva? Ni hablar; están pensados para la gente insignificante, el pardillo que da algo sin recibir nada a cambio, el muchacho que se presenta con el sobre del sueldo y se queda sin el dinero para pagar la compra de fin de semana en el supermercado. El jugador rico pierde cuarenta de los grandes, se lo toma a broma y vuelve a por más. Pero el jugador rico no es el que da dinero de verdad. El robo a gran escala empieza por monedas de diez, de veinticinco, de cincuenta centavos y, de cuando en cuando, billetes de un dólar o incluso de cinco. El dinero del tinglado del juego llega como entra el agua por la cañería de tu cuarto de baño, un flujo constante que no cesa. Siempre que alguien quiere acabar con un jugador profesional, me ofrezco yo. Me gusta. Y cada vez que las autoridades de un estado aceptan dinero procedente del juego y lo llaman impuestos, esas autoridades están ayudando a perpetuar a los mafiosos. El barbero o la chica del salón de belleza apuestan exactamente dos dólares. Eso va a parar al sindicato, eso es lo que de verdad produce beneficios. La gente quiere un cuerpo de policía que sea honrado, ¿no es eso? ¿Para qué? ¿Para proteger a los tipos que ya reciben un trato de favor? En este estado tenemos hipódromos legales que funcionan todo el año. Funcionan con seriedad y el estado se lleva su parte, y por cada dólar apostado legalmente hay cincuenta que van a las apuestas clandestinas. Hay ocho o nueve carreras en un boleto de apuestas y en la mitad, las poco importantes en las que nadie se fija, el tongo es posible en cualquier momento en que alguien lo decida. Sólo hay una manera de que un jinete gane una carrera, pero hay veinte maneras de perderla, aunque haya comisarios por toda la pista encargados de vigilar, porque no pueden hacer absolutamente nada si el jinete es un experto. Eso es juego legal, hermano, un negocio limpio y honrado, con todas las bendiciones oficiales. ¿Está bien, entonces? No, de acuerdo con mis reglas. Porque es juego y engendra jugadores, y cuando lo sumas todo sólo hay una clase de juego, la mala.

—¿Te sientes mejor? —le pregunté, mientras me ponía un poco de tintura de yodo en las heridas.

—Soy un policía cansado, viejo y desastrado. Todo lo que siento es irritación.

Me volví y lo miré fijamente.

—Eres un policía como hay pocos, Bernie, pero con todo y con eso estás equivocado. En cierta manera a todos los policías les pasa lo mismo. Todos le echan la culpa a lo que no la tiene. Si un fulano pierde el sueldo jugando a los dados, hay que acabar con el juego. Si se emborracha, acabar con las bebidas alcohólicas. Si mata a alguien en un accidente, dejar de fabricar automóviles. Si lo pillan con una chica en una habitación de hotel, suprimir las relaciones sexuales. Si se cae por la escalera, dejar de construir casas.

—¡Cierra el pico!

—Claro, mándame callar. No soy más que un ciudadano particular. Desengáñate, Bernie. Tenemos mafias y sindicatos del crimen y asesinos a sueldo porque tenemos políticos corruptos y a sus secuaces en el ayuntamiento y en la asamblea legislativa. El delito no es una enfermedad, es un síntoma. Los policías son como un médico que te da una aspirina para un tumor en el cerebro, excepto que el policía preferiría curarlo con una cachiporra. Somos un pueblo grande, primitivo, rico y desenfrenado y la delincuencia organizada es el precio que pagamos por la organización. Vamos a tenerla mucho tiempo. La delincuencia organizada no es más que el lado sucio del poder adquisitivo del dólar.

—¿Cuál es el lado limpio?

—No lo he visto nunca. Quizá Harlan Potter te lo pueda decir. Vamos a tomarnos una copa.

—No quedabas nada mal, entrando por esa puerta —dijo Ohls.

—Tú has quedado todavía mejor cuando Mendy ha sacado la navaja.

—Choca esos cinco —dijo, ofreciéndome la mano.

Nos tomamos la copa y Bernie se marchó por la puerta de atrás, que había abierto con una palanqueta, porque la noche anterior hizo una visita de reconocimiento. Las puertas traseras no presentan muchas dificultades si se abren hacia fuera y son lo bastante antiguas para que la madera se haya secado y haya encogido. Se sacan los pernos de las bisagras y lo demás es fácil. Antes de marcharse para volver al otro lado de la colina, al sitio donde había dejado el coche, Ohls me mostró una señal en el marco de la puerta. Podría haber abierto la puerta principal casi con la misma facilidad, pero habría tenido que forzar la cerradura y se hubiera notado demasiado.

Lo vi trepar entre los árboles a la luz de una linterna y desaparecer al llegar a la cumbre. Cerré la puerta con llave, me serví otro whisky con mucha agua, volví al cuarto de estar y me senté. Miré el reloj. Todavía era pronto. Sólo parecía que había pasado mucho tiempo desde mi llegada a casa.

Fui al teléfono, llamé a la telefonista y le di el número de la casa de los Loring. El mayordomo preguntó quién llamaba y luego fue a ver si la señora Loring estaba en casa. Estaba.

—Era la cabra, efectivamente —dije—, pero capturaron vivo al tigre. Sólo estoy un poco magullado.

—Tendrá que contármelo en algún momento.

Parecía tan distante como si ya se hubiera marchado a París.

—Se lo podría contar mientras nos tomamos una copa, si tiene tiempo.

—¿Esta noche? Estoy haciendo las maletas. Mucho me temo que no va a ser posible.

—Sí, ya veo. Bien; se me ocurrió que quizá le gustara saberlo. Fue muy amable avisándome. Y no tenía nada que ver con su padre.

—¿Está seguro?

—Completamente.

—Oh. Espere un momento. —Dejó el teléfono y cuando regresó su voz era más cálida—. Quizá tenga tiempo para una copa. ¿Dónde?

—Donde usted diga. Esta noche no tengo coche, pero pediré un taxi.

—Tonterías. Lo recogeré yo, pero tardaré una hora o un poco más. ¿Cuál es la dirección?

Se la dije, colgó, encendí la luz del porche y me quedé un rato en la puerta abierta respirando el aire nocturno. Había descendido bastante la temperatura.

Al entrar de nuevo en casa intenté telefonear a Lonnie Morgan pero no lo encontré. Luego, sólo por ver qué pasaba, hice una llamada al club Terrapin, en Las Vegas, y pregunté por el señor Randy Starr. Probablemente no se pondría. Pero lo hizo. Tenía una voz tranquila, competente, de hombre de negocios.

—Me alegro de hablar con usted, Marlowe. Los amigos de Terry son también amigos míos. ¿En qué puedo ayudarle?

—Mendy va de camino.

—¿De camino hacia dónde?

—Las Vegas, con los tres matones que mandó usted en un gran Cadillac negro con un foco rojo y una sirena. ¿Suyo, imagino?

Se echó a reír.

—En Las Vegas, como dijo algún tipo de un periódico, utilizamos los Cadillac para tirar de remolques. ¿De qué me está hablando?

—Mendy se presentó en mi casa con un par de tipos duros. Su idea era darme un repaso, por decirlo amablemente, debido a una noticia en el periódico de la que, según parecía pensar, me creía responsable.

—¿Y lo era?

—No soy propietario de ningún periódico, señor Starr.

—Tampoco yo poseo tipos duros que viajan en Cadillac, señor Marlowe.

—Quizá fuesen agentes.

—No sabría decirle. ¿Algo más?

—Mendy me golpeó con un revólver. Yo le di una patada en el estómago y le alcancé con la rodilla en la nariz. No pareció muy satisfecho. De todos modos espero que llegue vivo a Las Vegas.

—Estoy seguro de que así será, si fue así como salió. Me temo que voy a tener que dar por terminada esta conversación.

—Sólo un momento, Starr. ¿Intervino usted en el montaje de Otatoclán o fue Mendy quien se ocupó de ello en solitario?

—¿Le importa repetirlo?

—No se haga de nuevas, Starr. Mendy no estaba enfadado conmigo por lo que dijo, no hasta el punto de apostarse en mi casa y darme el tratamiento que utilizó con Big Willie Magoon. No era motivo suficiente. Me advirtió que no me metiera en lo que no me importaba y que no escarbase en el caso Lennox. Pero lo hice, porque sucedió que las cosas salieron así. Y Mendy hizo lo que le acabo de contar. De manera que tiene que haber una razón más poderosa.

—Entiendo —dijo Starr despacio, pero sin perder la calma ni el tono amable—. Piensa que hubo algo no del todo ortodoxo en la muerte de Terry. ¿Que no se suicidó, por ejemplo, sino que otra persona se encargó de ello?

—Creo que los detalles ayudarían. Redactó una confesión que era falsa. A mí me escribió una carta y la recibí. Un camarero o botones iba a sacarla a escondidas y a echarla al correo por él. Terry se había refugiado en el hotel y no podía salir. En la carta había un billete de mucho valor y acababa de terminar la carta cuando llamaron a la puerta. Me gustaría saber quién entró en la habitación.

—¿Por qué?

—Si hubiera sido un botones o un camarero, Terry habría añadido una línea a la carta para decirlo. Si hubiese sido un policía, la carta no hubiera llegado al correo. Mi pregunta es: ¿quién entró y por qué escribió Terry aquella confesión?

—Ni idea, Marlowe. Ni la más remota idea.

—Siento haberle molestado, señor Starr.

—Ninguna molestia, me alegro de tener noticias suyas. Le preguntaré a Mendy si sabe algo.

—Sí..., si lo vuelve a ver..., vivo. Si no, entérese. O alguna otra persona lo hará.

—¿Usted? —Su voz se endureció ya, pero seguía siendo tranquila.

—No, señor Starr. Yo no. Alguien que podría echarlo a usted de Las Vegas sin tener que soplar con demasiada fuerza. Créame, señor Starr. Créame. Soy totalmente sincero en este momento.

—A Mendy voy a verlo vivo. No se preocupe por eso, Marlowe.

—Ya supuse que estaba al tanto. Buenas noches, señor Starr.

49

Cuando el automóvil se detuvo y se abrió la portezuela, salí fuera y me dispuse a bajar los escalones. Pero el chófer negro de mediana edad la mantuvo abierta para que saliera Linda Loring. Luego la siguió, escaleras arriba, llevando un bolso de viaje. De manera que esperé.

Al llegar a mi altura, la señora Loring se volvió hacia el chófer:

—El señor Marlowe me llevará luego al hotel, Amos. Gracias por todo. Lo llamaré por la mañana.

—Sí, señora Loring. ¿Puedo hacer una pregunta al señor Marlowe?

—Por supuesto, Amos.

El chófer dejó el bolso de viaje junto a la puerta y Linda Loring entró en la casa y nos dejó solos.

—«Me hago viejo..., me hago viejo..., me remangaré las perneras del pantalón.» ¿Qué significa eso, señor Marlowe?

—Nada en absoluto. Suena bien, eso es todo.

Sonrió.

—Es de La canción de amor de J. Alfred Prufrock. Otro verso. «En la habitación las mujeres van y vienen hablando de Miguel Ángel.» ¿Le sugiere eso algo, señor Marlowe?

—Sí; me hace pensar que el autor no sabía mucho de mujeres.

—Pienso exactamente lo mismo, señor. Siento, empero, una gran admiración por T. S. Eliot.

—¿Ha dicho «empero»?

—Sí, efectivamente, señor Marlowe. ¿Es incorrecto?

—No, pero no lo diga delante de un millonario. Podría pensar que le está tomando el pelo.

Sonrió tristemente.

—Nada más lejos de mi intención. ¿Ha sufrido usted un accidente?

—No. Estaba planeado así. Buenas noches, Amos.

—Buenas noches, señor.

Descendió los escalones y yo entré en la casa. Linda Loring, de pie en el centro del cuarto de estar, miraba a su alrededor.

—Amos se licenció en la Universidad Howard —dijo—. No vive usted en un sitio muy seguro..., para ser una persona tan temeraria, ¿no le parece?

—No hay sitios seguros.

—¿Qué le ha pasado en la cara? ¿Quién le ha hecho eso?

—Mendy Menéndez.

—¿Y usted a él?

—No demasiado. Uno o dos puntapiés. Cayó en una trampa. Va camino de Nevada acompañado de tres o cuatro policías poco complacientes. Olvídelo.

Se sentó en el sofá.

—¿Qué quiere beber? —pregunté. Le ofrecí una caja con cigarrillos. Dijo que no quería fumar. En cuanto a beber, cualquier cosa.

—He pensado en champán —dije—. No tengo cubo para hielo, pero está frío. Hace años que lo reservo. Dos botellas. *Cordon rouge*. Imagino que es bueno. No soy un experto.

—¿Reservado para qué? —preguntó.

—Para usted.

Sonrió, pero siguió mirándome la cara.

—Está lleno de cortes. —Extendió los dedos y me tocó delicadamente la mejilla—. ¿Reservado para mí? No es muy probable. Sólo hace dos meses que nos conocemos.

—Entonces lo tuve reservado hasta que nos conocimos. Voy a traerlo.

Me apoderé de su equipaje y me dispuse a cruzar la habitación.

—Exactamente, ¿adónde va con eso? —preguntó con tono cortante.

—Es un bolso de viaje, ¿no es cierto?

—Déjelo y vuelva aquí.

Hice lo que me decía. Le brillaban los ojos, que parecían, al mismo tiempo, un tanto somnolientos.

—Esto es algo nuevo —dijo lentamente—. Algo completamente nuevo.

—¿En qué sentido?

—Nunca me ha puesto un dedo encima. Ni intentos de ligar, ni observaciones sugerentes, ni manoseos, ni nada. Le creía duro, sarcástico, cruel y frío.

—Supongo que lo soy, a veces.

—Ahora estoy aquí y supongo que sin preámbulos, después de que nos hayamos tomado una cantidad razonable de champán, se propone agarrarme y llevarme a la cama. ¿Es eso cierto?

—Sinceramente —dije—, una idea de esas características se ha removido en el fondo de mi cerebro.

—Me siento halagada, pero supongamos que no quiero que suceda así. Me gusta. Me gusta usted mucho. Pero de ahí no se sigue que me quiera acostar con usted. ¿No se está precipitando un poco..., por el simple hecho de que he traído conmigo un bolso de viaje?

—Puede que me haya equivocado —afirmé. Recogí el bolso y lo dejé de nuevo junto a la puerta principal—. Voy a por el champán.

—No era mi intención ofenderle. Quizá prefiera guardar el champán para otra ocasión más prometedora.

—Sólo son dos botellas —dije—. Una ocasión verdaderamente prometedora requeriría una docena.

—Ah, entiendo —me respondió, repentinamente furiosa—. Sólo soy una suplente a la espera de que se presente otra más guapa y atractiva. Muchísimas gracias. Ahora sí que me ha ofendido, pero supongo que tiene sus ventajas saber que mi virtud no corre ningún peligro. Si piensa que una botella de champán hará de mí una mujer fácil, le aseguro que está muy equivocado.

—Ya he reconocido mi equivocación.

—El hecho de que le haya dicho que me voy a divorciar y de que haya hecho que Amos me dejara aquí con un bolso de viaje no me hace tan fácil como todo eso —dijo, todavía enfadada.

—¡Maldito bolso de viaje! —gruñí—. ¡Al infierno con el bolso de viaje! Menciónelo una vez más y lo tiraré colina abajo. Le he preguntado si quiere una copa. Y voy camino de la cocina en busca del champán. Eso es todo. No se me había pasado por la cabeza emborracharla. No quiere acostarse conmigo. Lo entiendo perfectamente. No hay ninguna razón para que quiera. Pero, de todos modos, nos podemos tomar una copa o dos sin tener que pelearnos sobre quién va a ser seducido ni cuándo ni dónde ni sobre la cantidad de champán necesaria.

—No hace falta que pierda los estribos —me respondió, enrojeciendo.

—Eso no es más que otra estratagema —gruñí—. Conozco cincuenta y las aborrezco todas de la primera a la última. Son más falsas que Judas y miran torcido.

Linda se puso en pie, se me acercó y me tocó suavemente los cortes y las hinchazones de la cara con la punta de los dedos.

—Lo siento. Soy una mujer cansada y desilusionada. Sea amable conmigo. Ya sé que nadie me consideraría una compra excepcional.

—No está cansada ni tampoco más desilusionada que la mayoría de la gente. Según todos los cálculos debería ser la misma clase de niña mimada, frívola y amoral que era su hermana. Pero por algún milagro no lo es. Tiene toda la sinceridad y gran parte del coraje de su familia. No necesita que nadie sea amable con usted.

Me di la vuelta, salí de la habitación, llegué a la cocina y saqué del frigorífico una de las botellas de champán. La descorché, llené deprisa dos copas poco profundas y bebí de una. El cosquilleo de las burbujas me sacó lágrimas a los ojos, pero la vacié. Volví a llenarla. Luego lo puse todo en una bandeja, y regresé con ella al cuarto de estar.

Linda había desaparecido, al igual que el bolso de viaje. Me desprendí de la bandeja y abrí la puerta principal. No la había oído y además mi visitante no tenía coche. En realidad no había oído ruidos de ninguna clase.

Entonces me habló desde detrás.

—Tonto, ¿pensabas que iba a salir corriendo?

Cerré la puerta y me volví. Se había soltado el pelo y llevaba zapatillas con borlas y una bata de seda del color del crepúsculo en un grabado japonés. Se acercó a mí, despacio, con una sonrisa inesperadamente tímida. Le tendí una copa. La cogió, bebió un par de sorbos y me la devolvió.

—Excelente —dijo.

Luego, tranquilamente y sin sombra de teatralidad ni de afectación, vino a mis brazos, unió su boca a la mía y abrió los labios y los dientes. La punta de su lengua tocó la mía. Después de mucho tiempo apartó la cabeza pero mantuvo los brazos alrededor de mi cuello. Sus ojos se habían vuelto soñadores.

—Era lo que quería que pasara desde el primer momento —dijo—. Pero tenía que hacerme la difícil. No sé por qué. Tal vez los nervios. No soy una mujer disoluta. ¿Te parece mal?

—Si hubiera creído que lo eras me habría insinuado la primera vez que nos vimos en Victor's.

Negó despacio con la cabeza y sonrió.

—Me parece que no. Por eso estoy aquí ahora.

—Quizá no aquella noche —dije—. Aquella noche pertenecía a otra persona.

—Quizá nunca te insinúas a las mujeres que van solas a los bares.

—No con frecuencia. Hay demasiada poca luz.

—Pero hay muchas mujeres que van a los bares para que los hombres traten de ligar con ellas.

—Muchas mujeres se levantan por la mañana con esa misma idea.

—Pero las bebidas alcohólicas son un afrodisíaco..., hasta cierto punto.

—Los médicos las recomiendan.

—¿Quién ha dicho nada de médicos? Quiero mi champán.

La besé un poco más. Un trabajo ligero, agradable.

—Quiero besarte esa pobre mejilla tuya —dijo y procedió a hacerlo—. Está ardiendo —comentó.

—El resto de mi persona está helado.

—No es cierto. Quiero mi champán.

—¿Por qué?

—Porque pierde la fuerza si no se bebe. Además me gusta cómo sabe.

—De acuerdo.

—¿Me quieres mucho? ¿O me querrás si me acuesto contigo?

—Posiblemente.

—No tienes que acostarte conmigo, ¿sabes? No te voy a obligar a hacerlo.

—Muchas gracias.

—Quiero mi champán.

—¿Cuánto dinero tienes?

—¿En total? ¿Cómo quieres que lo sepa? Unos ocho millones de dólares.

—He decidido acostarme contigo.

—Mercenario —dijo ella.

—He pagado el champán.

—Al demonio con el champán —me contestó.

50

Una hora después estiró un brazo desnudo, me hizo cosquillas en una oreja y dijo:

—¿Considerarías la posibilidad de casarte conmigo?

—No duraría seis meses.

—Vaya, por el amor de Dios —dijo—, supongamos que no. ¿No merecería la pena? ¿Qué esperas de la vida? ¿Cobertura completa contra todos los riesgos posibles?

—Tengo cuarenta y dos años. Y la independencia me ha echado a perder. Tú también estás un poco echada a perder, no mucho, por el dinero.

—Yo tengo treinta y seis. No es una desgracia tener dinero y tampoco es una desgracia casarse con alguien que lo tiene. La mayoría de los que lo tienen no se lo merecen y no saben cómo comportarse. Pero eso no durará mucho. Tendremos otra guerra y cuando acabe nadie tendrá dinero, excepto los sinvergüenzas y los estafadores. Al resto nos habrán arruinado a impuestos.

Le acaricié el pelo y me enrosqué un poco en torno a un dedo.

—Quizá tengas razón.

—Podríamos volar a París y pasarlo maravillosamente. —Se incorporó sobre un codo y me miró desde arriba. Veía el brillo de sus ojos pero no podía leer su expresión—. ¿Tienes algo en contra del matrimonio?

—Para dos personas de cada cien es maravilloso. Los demás se limitan a salir adelante. Al cabo de veinte años todo lo que le queda al varón es una mesa de trabajo en el garaje. Las solteras americanas son fantásticas. Las esposas ocupan demasiado territorio. Además...

—Quiero champán.

—Además —dije—, para ti sería sólo un episodio. El primer divorcio es el único duro. Después ya no es más que una cuestión económica. Ningún problema en tu caso. Dentro de diez años te podrías cruzar conmigo por la calle y preguntarte dónde demonios me habías visto antes. Si es que reparabas en mí.

—Eres un hijo de puta autosuficiente, seguro de ti mismo e inalcanzable. Quiero champán.

—De esta manera sí que te acordarás de mí.

—Presuntuoso, además. Un montón de presunción. Levemente magullado en el momento actual. ¿Crees que me acordaré de ti? Prescindiendo de los muchos hombres con los que me case o me acueste, ¿crees que me acordaré de ti? ¿Por qué tendría que hacerlo?

—Pido disculpas. He exagerado en favor mío. Voy a buscarte el champán.

—¿No somos encantadores y razonables? —dijo Linda sarcásticamente—. Soy una mujer rica, cariño, y lo seré aún infinitamente más. Podría comprarte el mundo si mereciera la pena. ¿Qué tienes ahora? Una casa vacía a la que volver después del trabajo, sin siquiera un perro o un gato, y un despacho miserable de tiempos de Matusalén donde sentarte y esperar. Aunque me divorciara de ti, nunca te dejaría volver a eso.

—¿Cómo podrías impedirlo? No soy Terry Lennox.

—Por favor. Vamos a no hablar de él. Ni tampoco de ese témpano dorado, la mujer de Wade. Ni de su pobre marido, borracho y hundido. ¿Quieres ser el único hombre que me ha dado calabazas? ¿Qué clase de orgullo es ése? Te he hecho el mayor cumplido que soy capaz de hacer. Te he pedido que te cases conmigo.

—Me has hecho un cumplido todavía mayor.

Se echó a llorar.

—¡Tonto, más que tonto! —Se le humedecieron las mejillas y sentí las lágrimas—. Supongamos que durase seis meses o un año o dos. ¿Qué habrías perdido, excepto el polvo de tu mesa de despacho, la mugre de tus persianas venecianas y la soledad de una vida francamente vacía?

—¿Todavía quieres un poco de champán?

—De acuerdo.

La estreché contra mí y lloró sobre mi hombro. No estaba enamorada de mí y los dos lo sabíamos. No lloraba por mí. Era sólo el momento adecuado para derramar unas cuantas lágrimas.

Luego se apartó, salió de la cama y pasó al cuarto de baño para arreglarse un poco. Yo fui a por el champán. Cuando regresó, sonreía.

—Siento haber lloriqueado —dijo—. Dentro de seis meses ni siquiera me acordaré de tu nombre. Llévalo todo al cuarto de estar. Quiero ver luces.

Hice lo que me pedía. Se sentó en el sofá como antes. Le puse el champán delante. Miró la copa pero no la tocó.

—Voy a presentarme —dije—. Tomaremos una copa juntos.

—¿Como hace un rato?

—Nunca volverá a ser como hace un rato.

Alzó la copa, bebió un poco muy despacio, giró el cuerpo sobre el sofá y me tiró a la cara el champán que quedaba. Luego empezó otra vez a llorar. Saqué un pañuelo, me limpié la cara y limpié la suya.

—No sé por qué he hecho eso —dijo—. Pero por el amor de Dios no digas que soy mujer y que las mujeres nunca saben por qué hacen nada.

Serví un poco más de champán en su copa y me reí de ella. Linda se lo bebió despacio, luego se volvió del otro lado y apoyó la cabeza en mis rodillas.

—Estoy cansada —dijo—. Esta vez tendrás que llevarme en brazos.

Al cabo de un rato se durmió.

Por la mañana aún seguía dormida cuando me levanté y preparé el café. Me duché, me afeité y me vestí. Se despertó entonces. Desayunamos juntos. Llamé un taxi y bajé los escalones de secuoya con su bolso de viaje.

Nos despedimos. Vi cómo el taxi se perdía de vista. Subí de nuevo, entré en el dormitorio, deshice la cama y volví a hacerla. Había un largo cabello oscuro en una de las almohadas y a mí se me había puesto un trozo de plomo en la boca del estómago.

Los franceses tienen una frase para eso. Los muy cabrones tienen una frase para todo y siempre aciertan.

Decir adiós es morir un poco.

51

Sewell Endicott me explicó que iba a trabajar hasta tarde y que podía pasar a verlo a eso de las siete y media.

Tenía un despacho que hacía esquina, con una alfombra azul, un escritorio de caoba roja con las esquinas talladas, muy antiguo y a todas luces muy valioso, las habituales estanterías con puertas de cristal para libros de derecho encuadernados en amarillo mostaza, las habituales caricaturas, firmadas por Spy, de famosos jueces ingleses, y en la pared orientada al sur un retrato de grandes dimensiones, en solitario, del magistrado Oliver Wendell Holmes. El sillón de Endicott estaba tapizado de cuero negro. Muy cerca se encontraba un secreter de tapa corrediza que estaba abierto y abarrotado de papeles. Era un despacho que ningún decorador había tenido ocasión de afeminar.

Lo encontré en mangas de camisa y parecía cansado, pero se trataba más bien de la estructura de su cara. Fumaba uno de sus insípidos cigarrillos y le había caído ceniza sobre la corbata aflojada. El pelo, negro y lacio, lo llevaba completamente despeinado.

Me miró algún tiempo en silencio después de que me sentara. Luego dijo:

—Nunca he conocido a un hijo de perra más testarudo que usted. No me diga que sigue escarbando en ese lío.

—Hay algo que todavía me preocupa un poco. ¿No es cierto que cuando vino a verme a la jaula representaba al señor Harlan Potter?

Asintió con un gesto de cabeza. Me toqué la cara suavemente con la punta de los dedos. Las heridas estaban cicatrizadas y la hinchazón había desaparecido, pero uno de los golpes debía de haberme dañado un nervio. Aún tenía insensible parte de la mejilla y con frecuencia se me iban las manos. Con el tiempo quedaría bien del todo.

—Y luego, cuando fue a Otatoclán, se incorporó de manera temporal al despacho del fiscal del distrito.

—Sí, pero no restriegue la herida, Marlowe. Potter era un cliente importante. Quizá le concedí más peso del necesario.

—Todavía es cliente suyo, espero.

Negó con la cabeza.

—No. Eso terminó. El señor Potter encarga sus asuntos legales a bufetes de San Francisco, Nueva York y Washington.

—Supongo que no me puede ver ni en pintura..., si es que alguna vez piensa en ello.

Endicott sonrió.

—Aunque parezca curioso, culpa de todo a su yerno, el doctor Loring.

Una persona como Harlan Potter tiene que culpar a alguien. Nunca podría ser él quien se equivocara. En su opinión, si Loring no hubiera prescrito a la señora Wade medicamentos peligrosos, nada de lo que ocurrió se hubiera producido.

—Está equivocado. Usted vio el cuerpo de Terry Lennox en Otatoclán, ¿no es cierto?

—Así es. En la trastienda de una carpintería. No tenían un depósito de cadáveres propiamente dicho. También le hacían allí el ataúd. El cuerpo estaba helado. Vi la herida en la sien. No existe problema de identidad, si sus dudas van en esa dirección.

—No, señor Endicott. No las he tenido, porque en su caso difícilmente sería posible. Estaba un tanto disfrazado de todos modos, ¿no es cierto?

—Rostro y manos oscurecidas, pelo teñido de negro. Pero las cicatrices seguían siendo evidentes. Y las huellas dactilares, por supuesto, se pudieron comprobar fácilmente gracias a objetos que había manejado en su casa.

—¿Qué tipo de policía tienen allí?

—Primitiva. El *jefe* sabe leer y escribir, pero nada más. Estaba al tanto, sin embargo, de la importancia de las huellas dactilares. Hacía calor por entonces. Mucho calor. —Frunció el entrecejo, se sacó el pitillo de la boca y lo dejó caer distraídamente en una especie de enorme receptáculo de basalto negro—. Tuvieron que llevar hielo del hotel —añadió—. Muchísimo hielo. —Me miró de nuevo—. Allí no embalsaman. Las cosas hay que hacerlas deprisa.

—¿Habla español, señor Endicott?

—Sólo unas palabras. El gerente del hotel interpretaba. —Sonrió—. Un tipo atildado, muy bien vestido. Parecía duro, pero era cortés y servicial. Quedó todo resuelto en muy poco tiempo.

—Recibí una carta de Terry. Imagino que el señor Potter estaría enterado. Se lo dije a su hija, la señora Loring. Se la enseñé. Dentro había un retrato de Madison.

—¿Un qué?

—Un billete de cinco mil dólares.

Endicott alzó las cejas.

—Vaya. Es cierto que se lo podía permitir. Su mujer le regaló nada menos que un cuarto de millón la segunda vez que se casaron. Creo que tenía intención de irse a vivir a México de todos modos..., sin relación alguna con lo que sucedió. No sé qué se ha hecho del dinero. No intervine en ese asunto.

—Aquí está la carta, señor Endicott, si no tiene inconveniente en leerla.

La saqué y se la entregué. La leyó con cuidado escrupuloso, como leen todo los abogados. Luego la dejó sobre el escritorio y se recostó en el sillón mirando al infinito.

—Un tanto literaria, ¿no le parece? —dijo calmosamente—. Me pregunto por qué lo hizo.

—¿Matarse, confesar o escribirme la carta?

—Confesar y matarse, por supuesto —dijo Endicott con tono cortante—. La carta es comprensible. Al menos recibió usted una recompensa razonable por lo que hizo por él..., y lo que ha hecho después.

—El buzón es lo que me sorprende —dije—. El párrafo en el que habla del buzón en la calle bajo su ventana y de cómo el camarero del hotel iba a enseñarle la carta antes de echarla, para que viera que lo hacía.

Algo en los ojos de Endicott se quedó dormido.

—¿Por qué? —preguntó sin interés.

Cogió otro de sus cigarrillos con filtro de una caja cuadrada. Le acerqué mi mechero por encima de la mesa.

—No hay motivo para que haya buzones en un sitio como Otatoclán —dije.

—Siga.

—Al principio no me di cuenta. Luego miré un mapa. Es un pueblo pequeño. Mil o mil doscientos habitantes. Una calle parcialmente pavimentada. El *jefe* dispone de un Ford modelo A como coche oficial. La oficina de Correos está en un rincón de una de las tiendas, la carnicería. Un hotel, un par de bares, carreteras en mal estado, un aeródromo diminuto. Hay mucha caza en las montañas de los alrededores. De ahí el campo de aviación. La única manera sensata de llegar.

—Siga. Sabía lo de la caza.

—Así que hay un buzón en la calle. Que es como decir que hay un hipódromo y un canódromo y un campo de golf y un frontón y un parque dotado de una fuente con luces de colores y un quiosco para la música.

—Eso significa que se equivocó —dijo Endicott con frialdad—. Quizá fuese algo que le pareció un buzón..., digamos un basurero.

Me puse en pie. Recogí la carta, la volví a doblar y me la guardé en el bolsillo.

—Un basurero —dije—. Claro, eso es. Pintado con los colores de la bandera mexicana, verde, blanco y rojo y un cartel con letra de imprenta grande y nítida: «MANTENGA LIMPIA NUESTRA CIUDAD». Y, tumbados a su alrededor, siete perros sarnosos.

—No se las dé de listo conmigo, Marlowe.

—Me disculpo si es que he mostrado en exceso mi capacidad intelectual. Otro detalle sin importancia que ya he discutido con Randy Starr. ¿Cómo es que la carta se echó al correo? Según Terry el método estaba convenido de antemano. De manera que alguien le dijo que había un buzón. Por lo tanto alguien mintió. Sin embargo, alguien echó al correo la carta con el billete de cinco mil dólares. Interesante, ¿no le parece?

Endicott expulsó el humo del pitillo y lo contempló alejarse.

—¿Cuál es su conclusión y por qué sacar a colación a Starr?

—Starr y un tipo poco recomendable llamado Menéndez, que ya no está en nuestra ciudad, fueron camaradas de Terry en el ejército británico. Son mala gente en algunos aspectos, diría que en casi todos los aspectos, pero aún les queda algo de sitio para el orgullo personal y cosas así. Aquí se encubrió el asunto por razones obvias. Pero hubo otro encubrimiento en Otatoclán, por razones completamente distintas.

—¿Cuál es su conclusión? —me preguntó Endicott de nuevo y con bastante más acritud.

—¿Cuál es la suya?

No me contestó. De manera que le di las gracias por dedicarme su tiempo y me marché.

Tenía el ceño fruncido cuando abrí la puerta, pero me pareció un gesto sincero de perplejidad. O quizá estaba tratando de recordar cómo eran los alrededores del hotel y si había un buzón de correos.

Era otra rueda que empezaba a dar vueltas..., nada más. Giró durante todo un mes sin que sucediera nada.

Luego, cierto viernes por la mañana, encontré a un desconocido esperándome en el despacho. Un mexicano o sudamericano de algún tipo, muy bien vestido. Se había sentado junto a la ventana abierta y fumaba un pitillo de color marrón con un olor muy fuerte. Alto, muy esbelto y elegante, con un bigote recortado y cabello largo, más de lo que lo llevamos por aquí, y traje beis de un tejido ligero. Gafas de sol verdes. Al entrar yo se puso en pie cortésmente.

—¿*Señor* Marlowe?

—¿En qué puedo servirle?

Me tendió un papel doblado.

—*Un mensaje de parte del señor Starr de Las Vegas. ¿Habla usted español?*

—Sí, pero despacio. Prefiero el inglés.

—Inglés entonces —dijo—. A mí me da lo mismo.

Cogí el papel y lo leí. «Le presento a Cisco Maioranos, un amigo mío. Creo que podrá resolver sus dudas. S.»

—Entremos en mi despacho, señor Maioranos —dije.

Mantuve la puerta abierta para que pasara. Dejó un rastro de perfume al pasar a mi lado. También sus cejas estaban condenadamente bien dibujadas. Pero probablemente no era tan exquisito como parecía porque en ambos lados de la cara tenía cicatrices de navajazos.

Ocupó el asiento del cliente y cruzó las piernas.

—Se me ha dicho que desea cierta información sobre el señor Lennox.

—Sólo la última escena.

—Estuve presente, *señor*. Trabajaba en el hotel. —Se encogió de hombros—. Un puesto de poca importancia y desde luego temporal. Era el recepcionista de día.

Hablaba inglés perfectamente pero el ritmo era español. El español, el de Latinoamérica al menos, hace unas subidas y bajadas que, para un oído estadounidense, dan la sensación de no tener nada que ver con el sentido de la frase. Es como el oleaje del océano.

—No da usted el tipo —dije.

—Todos tenemos problemas alguna vez.

—¿Quién echó al correo la carta que iba dirigida a mí?

Me tendió una pitillera.

—Pruebe uno de éstos.

Hice un gesto negativo con la cabeza.

—Demasiado fuertes para mí. Me gustan los cigarrillos colombianos, pero los cubanos me parecen terribles.

Sonrió apenas, encendió otro pitillo, aspiró humo y lo expulsó. Era tan condenadamente elegante que empezaba a caerme mal.

—Estoy al corriente de la carta, *señor*. Al *mozo* le daba miedo subir a la habitación del tal señor Lennox una vez que colocaron al *guardia*. De manera que fui yo quien echó la carta al *correo*. Después del disparo, claro está.

—Debería haber mirado dentro. Había un billete de banco de mucho valor.

—La carta estaba cerrada —dijo con frialdad—. *El honor no se mueve de lado como los cangrejos.*

—Discúlpeme. Le ruego que continúe.

—El señor Lennox sujetaba un billete de cien pesos cuando le di al *guardia* con la puerta en las narices. Con la otra mano empuñaba una pistola. La carta estaba en la mesa. Y otro papel con algo escrito que no leí. No acepté el billete.

—Demasiado dinero —dije, pero el mexicano no reaccionó ante el sarcasmo.

—El señor Lennox insistió. De manera que al final acepté y más tarde le di el billete al *mozo*. Saqué la carta ocultándola bajo la servilleta que había en la bandeja donde le subieron el último café. El policía me miró mal, pero no dijo nada. Estaba ya a mitad de las escaleras cuando oí el disparo. Escondí la carta muy deprisa y subí corriendo. El policía trataba de abrir la puerta a patadas. Utilicé mi llave. El señor Lennox estaba muerto.

Pasó suavemente la punta de los dedos por el borde del escritorio y suspiró.

—Lo demás lo sabe ya.

—¿Estaba lleno el hotel?

—Lleno, no. Había media docena de personas.

—¿Americanos?

—Dos *americanos del norte*. Cazadores.

—¿Gringos de verdad o sólo mexicanos trasplantados?

Deslizó lentamente la punta de un dedo por la tela beis de su traje, encima de la rodilla.

—Creo que uno de ellos podría haber sido de origen español. Hablaba el dialecto de la frontera. Muy poco elegante.

—¿Se acercaron a la habitación de Lennox?

Alzó la cabeza bruscamente, pero las gafas de sol no me ayudaban mucho.

—¿Por qué tendrían que haberlo hecho, *señor*?

Asentí con un gesto de cabeza.

—Bien, ha sido muy amable viniendo a contármelo, señor Maioranos. Dígale a Randy que le estoy muy agradecido, ¿se lo dirá?

—*No hay de qué, señor*.

—Y más adelante, si tiene tiempo, podría mandarme a alguien que sepa de qué demonios está hablando.

—¿*Señor?* —Su voz era suave, pero helada—. ¿Duda de mi palabra?

—Ustedes los mexicanos siempre están hablando de su honor. El honor, a veces, sirve para esconder a los ladrones. No se enfade. Quédese donde está y permítame que le cuente esa misma historia de otra manera.

Se recostó en el asiento con altanería.

—Sólo estoy adivinando, compréndalo. Podría equivocarme. Pero también podría estar en lo cierto. Esos dos americanos estaban allí con un propósito. Habían llegado en avión. Fingían ser cazadores. Uno de ellos se apellidaba Menéndez, jugador. Se inscribió con otro nombre o quizá no. No tengo manera de averiguarlo. Lennox sabía que esos dos estaban allí. Sabía para qué. Me escribió la carta movido por el remordimiento. Me había engañado como a un chino y era demasiado buena persona para encogerse de hombros sin más. Metió el billete, que era de cinco mil dólares, en la carta, porque tenía mucho dinero y sabía que yo no. También añadió una curiosa pista de la que quizá me diera cuenta. Era la clase de persona que quiere hacer lo que está bien pero que siempre acaba haciendo algo distinto. Dice usted que llevó la carta a la oficina de Correos. ¿Por qué no la echó en el buzón que había delante del hotel?

—¿El buzón, *señor*?

—Sí, el buzón.

Sonrió.

—Otatoclán no es una ciudad, *señor*. Es un sitio muy primitivo. ¿Un buzón en Otatoclán? Nadie entendería su utilidad. Nadie recogería las cartas que hubiera dentro.

—Está bien, olvídelo —dije—. No llevó usted ningún café en una bandeja a la habitación del señor Lennox. No entró en el cuarto cuando ya estaba el policía en la puerta. Pero sí lo hicieron los dos americanos. Al policía lo sobornaron, por supuesto. Y a algunas personas más. Uno de los americanos golpeó a Lennox por detrás. Luego abrió uno de los cartuchos de la Mauser, quitó el proyectil y volvió a colocar el cartucho en la recámara. A continuación apoyó la pistola en la sien de Lennox y apretó el gatillo. Le hizo una herida de aspecto muy feo, pero no lo mató. Después lo sacaron en una camilla, cubierto y bien oculto. Más tarde, cuando llegó el abogado americano, Lennox estaba drogado y metido en hielo en un rincón oscuro de la *carpintería* donde le estaban haciendo el ataúd. El abogado americano vio allí a Lennox, con la frialdad del hielo, completamente aletargado y con una herida en la sien. Lo juzgó muerto. Al día siguiente enterraron un ataúd lleno de piedras. El abogado americano regresó a casa con las huellas dactilares y un documento de algún tipo que no era más que papel mojado. ¿Qué le parece, señor Maioranos?

Se encogió de hombros.

—Cabe dentro de lo posible, *señor*. Se necesitaría dinero e influencia. Sería posible, quizá, si ese señor Menéndez estaba estrechamente relacionado con personas importantes de Otatoclán, el *alcalde,* el propietario del hotel, etc.

—Eso también es posible, claro. Una buena idea. Explicaría por qué eligieron un lugar pequeño y remoto como Otatoclán.

Maioranos se apresuró a sonreír.

—En ese caso, el señor Lennox aún podría estar vivo, ¿no es cierto?

—Claro. Había que fingir un suicidio que respaldara la confesión. Pero la comedia tenía que ser lo bastante buena como para engañar a un abogado que había sido fiscal de distrito, aunque, por otra parte, dejaría en pésimo lugar al actual fiscal si el tiro les salía por la culata. El tal Menéndez no es tan duro como se cree que es, pero sí lo bastante para atizarme con el revólver en la cara por meter la nariz donde nadie me llamaba. De manera que tenía sus razones. Si la superchería llegaba a descubrirse, Menéndez estaría en el centro de un escándalo internacional. A los mexicanos les gusta tan poco como a nosotros que la policía se deje sobornar.

—Todo eso es posible, lo sé muy bien, *señor*. Pero usted me ha acusado de mentir. Ha dicho que no entré en la habitación del señor Lennox y que no recogí la carta.

—Ya estabas allí, compadre..., escribiéndola.

Alzó una mano y se quitó las gafas de sol. Nadie es capaz de cambiar el color de los ojos de una persona.

—Supongo que es un poquito pronto para tomarse un gimlet —dijo.

53

Habían hecho un trabajo espléndido con él en Ciudad de México. ¿Por qué no? Sus médicos, técnicos, hospitales, pintores, arquitectos son tan buenos como los de Estados Unidos. A veces un poco mejores. Un policía mexicano inventó la prueba de la parafina para la pólvora. No podían devolver a Terry una cara perfecta, pero lograron muchísimo. Le habían cambiado incluso la nariz, quitándole algo de hueso y haciendo que pareciera más chata, menos nórdica. No pudieron eliminar todas las cicatrices, de manera que le habían añadido un par al otro lado de la cara. Las cicatrices por cortes no son infrecuentes en países latinos.

—Incluso me injertaron un nervio aquí —dijo, tocándose lo que había sido el lado malo de la cara.

—¿Hasta qué punto he acertado?

—Casi todo. Algunos detalles no coinciden, pero se trata de cosas sin importancia. Fue un acuerdo de última hora, algunas cosas hubo que improvisarlas y yo mismo no sabía exactamente qué iba a suceder acto seguido. Se me dijo que hiciera ciertas cosas y dejara un rastro muy fácil de seguir. A Mendy no le gustó que te escribiera, pero yo insistí. Te infravaloró un poco. Nunca se dio cuenta del detalle del buzón.

—¿Sabías quién había matado a Sylvia?

No me contestó directamente.

—Es muy duro denunciar a una mujer por asesinato..., incluso aunque nunca haya significado gran cosa para ti.

—El mundo es muy duro. ¿Estaba Harlan Potter al tanto de todo esto?

Sonrió de nuevo.

—¿Crees que de ser así permitiría que alguien lo supiera? Me parece que no lo sabe. Probablemente piensa que he muerto. ¿Quién le diría lo contrario, como no seas tú?

—Lo que estoy dispuesto a contarle cabría en una brizna de hierba. ¿Cómo le van las cosas a Mendy, si es que vive?

—No le van mal. Está en Acapulco. Escapó con vida gracias a Randy. Pero a la gente de la profesión no le gusta que se maltrate a los policías. Mendy no es tan malo como piensas. Tiene corazón.

—También lo tienen las serpientes.

—Bueno, ¿qué hay de ese gimlet?

Me levanté sin contestarle y fui a donde estaba la caja de caudales. Giré el mando, saqué el sobre con el retrato de Madison y los cinco billetes de cien que todavía olían a café. Lo puse todo sobre la mesa y luego recogí los billetes de cien.

—Éstos me los quedo. Empleé todo ese dinero en gastos e investigaciones. En cuanto al retrato de Madison disfruté jugando con él. Pero vuelve a ser tuyo.

Lo extendí en el borde de la mesa delante de él. Lo miró pero no lo tocó.

—Es para ti —dijo—. Tengo más que suficiente. Podrías haber dejado las cosas como estaban.

—Lo sé. Después de matar a su marido, si nadie la hubiera descubierto, quizá Eileen habría evolucionado a mejor. Roger no era importante, después de todo. Nada más que un ser humano con sangre, cerebro y emociones. Sabía lo que había sucedido y se esforzó muchísimo por vivir con ello. Escribía libros. Quizá hayas oído hablar de él.

—Escucha, difícilmente podría haber hecho otra cosa —respondió despacio—. No quería hacer daño a nadie. Pero aquí no habría tenido la menor posibilidad. No se puede prever todo en tan poco tiempo. Sentí miedo y salí corriendo. ¿Qué querías que hiciera?

—No lo sé.

—Eileen tenía una veta de locura. Habría matado a Roger de todos modos.

—Tal vez.

—Bueno, relájate un poco. Tomémonos una copa en algún sitio tranquilo y fresco.

—Ahora mismo no tengo tiempo, señor Maioranos.

—Éramos muy buenos amigos antiguamente —dijo Lennox con tristeza.

—¿Lo éramos? Se me olvida. Eran otras dos personas, creo yo. ¿Te quedas permanentemente en México?

—Sí, por supuesto. Ni siquiera estoy aquí legalmente. Nunca lo estuve. Te dije que había nacido en Salt Lake City, pero vine al mundo en Montreal. Seré ciudadano mexicano dentro de poco. Todo lo que se necesita es un buen abogado. Siempre me ha gustado México. No correría un gran riesgo yendo a Victor's para tomarme ese gimlet.

—Recoja su dinero, señor Maioranos. Tiene demasiada sangre encima.

—Eres pobre.

—¿Cómo lo sabes?

Recogió el billete, lo estiró entre los dedos y se lo guardó distraídamente en un bolsillo interior. Se mordió el labio con el tipo de dientes extraordinariamente blancos que se pueden tener cuando se posee un piel morena.

—No te podría haber contado más de lo que te conté la mañana que me llevaste a Tijuana. Te di una oportunidad de llamar a la policía y de entregarme.

—No estoy dolido contigo. Eres así, sencillamente. Durante mucho tiempo no fui capaz de entenderte. Tienes modales agradables y buenas cualidades, pero había algo que no funcionaba. Reconocías unas normas y las respetabas, pero eran estrictamente personales. Sin relación alguna con la ética o con los escrúpulos. Resultabas simpático porque eras de buena pasta. Pero estabas igual de contento con matones o sinvergüenzas que con personas honradas. Con tal de que los matones hablaran un inglés aceptable y se comportaran correctamente en la mesa. Eres un derrotista en cuestiones de moral. Pienso que quizá fue culpa de la guerra, pero también podría ser que nacieras así.

—No lo entiendo —dijo—. De verdad que no lo entiendo. Estoy tratando de recompensarte y no me lo permites. No podría haberte dicho más de lo que te dije. No lo habrías tolerado.

—Nadie me ha dicho nunca nada tan agradable.

—Me alegro de que algo mío no te parezca mal. Me metí en un lío terrible. Sucedió que conocía al tipo de gente que sabe cómo resolver ese tipo de líos. Estaban en deuda conmigo por algo que sucedió hace mucho tiempo en la guerra. Probablemente la única vez en mi vida que hice lo que había que hacer con la velocidad del rayo. Y cuando los necesité, cumplieron. Y gratis. No eres la única persona en el mundo que no tiene una etiqueta con el precio, Marlowe.

Se inclinó por encima de la mesa y se apoderó de uno de mis cigarrillos. Debajo del bronceado, el rostro se le había encendido de manera irregular. Y, en contraste, las cicatrices destacaban. Lo vi sacar un lujoso mechero de un bolsillo y encender el pitillo. Me llegó de él una vaharada de perfume.

—Compraste una buena parte de mí, Terry. Con una sonrisa y una inclinación de cabeza y un gesto de la mano y unas cuantas copas en un bar tranquilo de cuando en cuando. Estuvo bien mientras duró. Hasta la vista, *amigo*. No voy a decirte adiós. Te lo dije cuando significaba algo. Te lo dije cuando era un saludo triste, solitario y definitivo.

—He tardado demasiado en volver —dijo—. La cirugía plástica lleva tiempo.

—No habrías aparecido si no te hubiera obligado a salir de tu escondite.

De repente hubo un brillo de lágrimas en sus ojos. Rápidamente se volvió a poner las gafas de sol.

—No estaba seguro —dijo—. No me había decidido. Mendy y Randy no querían que te dijera nada. No lo tenía decidido.

—No te preocupes por eso, Terry. Siempre hay alguien cerca que lo hace por ti.

—Estuve en los comandos, compadre. No te aceptan si eres un blando. Me hirieron gravemente y no lo pasé nada bien con aquellos cirujanos nazis. Me pasó algo entonces.

—Todo eso lo sé, Terry. Eres una buena persona en muchos sentidos. No te estoy juzgando. No lo he hecho nunca. Lo que sucede es que ya no estás aquí. Te fuiste hace mucho. Llevas ropa de excelente calidad y usas perfume y resultas tan elegante como una puta de cincuenta dólares.

—Sólo estoy representando —dijo, casi con desesperación.

—Pero te gusta, ¿no es cierto?

Se le torció la boca en una sonrisa triste. Y se encogió de hombros de una manera muy latina.

—Por supuesto. La representación es todo lo que hay. Nada más. Aquí dentro —se golpeó el pecho con el encendedor— no hay nada. Tiré la toalla, Marlowe. La tiré hace mucho tiempo. Bien..., supongo que esto es el punto final.

Se levantó. También me levanté yo. Me tendió la mano. Se la estreché.

—Hasta la vista, señor Maioranos. Encantado de haberlo conocido, aunque haya sido por tan poco tiempo.

—Adiós.

Se dio la vuelta, cruzó el despacho y salió. Vi cómo se cerraba la puerta. Escuché sus pasos alejándose por el pasillo de imitación a mármol. Después de un poco se debilitaron hasta cesar por completo. Seguí escuchando de todos modos. ¿Para qué? ¿Quería que se detuviera de repente y volviera para hablarme y convencerme? Quizá, pero no lo hizo. No volví a verlo.

Nunca volví a ver a ninguno de ellos, excepto a los policías. No se ha inventado todavía la manera de decirles adiós definitivamente.

PLAYBACK

TRADUCCIÓN DE FRANCISCO PÁEZ DE LA CADENA

A JEAN *y* HELGA,
sin cuyo estímulo este libro
nunca hubiese sido escrito.

1

La voz del teléfono parecía estridente y perentoria, pero no oí demasiado bien lo que dijo, en parte porque acababa de despertarme y en parte porque había cogido el auricular al revés. Me las arreglé para darle la vuelta y lanzar un gruñido.

—¿Es que no me oye? He dicho que soy Clyde Umney, el abogado.

—Clyde Umney, el abogado. Yo pensé que había más.

—Usted es Marlowe, ¿verdad?

—Sí, supongo que sí. —Consulté mi reloj de pulsera. Eran las seis y media de la mañana, que no es precisamente mi mejor momento.

—No se ponga impertinente conmigo, joven.

—Lo siento, señor Umney, pero no soy joven; soy viejo, estoy cansado y aún no he tomado ni una gota de café. ¿En qué puedo servirle, caballero?

—Quiero que esté en la estación cuando llegue el expreso de las ocho, que identifique a una muchacha entre los pasajeros, que la siga hasta que se registre en algún hotel y que después me informe. ¿Está claro?

—No.

—¿Por qué no? —replicó.

—No sé lo suficiente para saber si puedo aceptar el caso.

—Soy Clyde Um...

—Basta ya —le interrumpí—. Me va a poner histérico. Limítese a los hechos. Quizá le convenga más otro investigador. Yo nunca he sido del FBI.

—Ya. Mi secretaria, la señorita Vermilyea, estará en su despacho dentro de media hora. Le dará toda la información necesaria. Es muy eficiente. Espero que usted también lo sea.

—Lo soy mucho más cuando he desayunado. Dígale que venga aquí, ¿eh?

—¿Dónde es aquí?

Le di la dirección de mi casa de la avenida Yucca y le expliqué cómo llegar.

—Muy bien —repuso, de mala gana—, pero quiero que entienda una cosa: la muchacha no debe saber que la siguen. Es muy importante. Actúo en nombre de una firma muy influyente de abogados de Washington. La señorita Vermilyea le adelantará cierta cantidad de dinero para sus gastos y le pagará un anticipo de doscientos cincuenta dólares. Espero un alto grado de eficacia. Así que no perdamos más tiempo hablando.

—Haré lo que pueda, señor Umney.

Colgó. Yo me levanté de la cama, me duché, me afeité, y ya iba por la tercera taza de café cuando llamaron al timbre.

—Soy la señorita Vermilyea, la secretaria del señor Umney —se presentó con voz aterciopelada.

—Pase, por favor.

Era una verdadera muñeca. Llevaba una gabardina blanca con cinturón, una cabellera platino cuidadosamente arreglada sin sombrero que la ocultase, unas botitas a juego con la gabardina, un paraguas plegable de plástico y un par de ojos azul-grises que me miraron como si yo acabara de soltar un taco. La ayudé a quitarse la gabardina. Olía muy bien. Tenía un par de piernas que, por lo que pude observar, no estaban nada mal. Llevaba medias de seda. Las miré absorto, especialmente cuando cruzó las piernas y sacó un cigarrillo.

—Christian Dior —dijo ella, leyendo mis evidentes pensamientos—. Nunca llevo otra cosa. Fuego, por favor.

—Pues hoy lleva usted bastantes cosas más —repuse, accionando el encendedor.

—No me gusta que se me insinúen a esta hora de la mañana.

—¿A qué hora le iría bien, señorita Vermilyea?

Sonrió con cierto desdén, rebuscó en el bolso y me tiró un sobre de papel Manila.

—Creo que aquí encontrará todo lo que necesita.

—Bueno..., me parece que todo no.

—Ya está bien de tonterías. Lo sé todo sobre usted. ¿Por qué cree que el señor Umney le ha escogido? No ha sido él, he sido yo. Y deje de mirarme las piernas.

Abrí el sobre. Contenía otro sobre cerrado y dos talones a mi nombre. Uno, por doscientos cincuenta dólares, llevaba una nota aclaratoria que decía: «Anticipo a cuenta de sus honorarios por servicios profesionales». El otro era de doscientos dólares y decía: «Anticipo a Philip Marlowe para gastos a justificar».

—Me rendirá usted cuenta de los gastos, hasta el último céntimo —dijo la señorita Vermilyea—. Y las copas se las paga usted.

El segundo sobre lo dejé sin abrir... de momento.

—¿Por qué cree Umney que voy a aceptar un caso del que no sé nada?

—Porque sí. Nadie le pide que haga nada malo. Le doy mi palabra.

—¿Y qué más va a darme?

—Oh, ya discutiremos eso tomando una copa cualquier tarde de lluvia, cuando yo no tenga demasiado trabajo.

—Me ha convencido.

Abrí el otro sobre. Llevaba la foto de una chica. La pose sugería una desenvoltura natural, o quizá una gran experiencia como modelo. Mostraba un cabello oscuro que posiblemente fuera rojizo, una frente ancha y despejada, unos ojos serios, pómulos salientes, nariz pequeña y una boca que no delataba nada. Era una cara bien perfilada, casi tensa, y para nada alegre.

—Dele la vuelta —indicó la señorita Vermilyea.

Detrás había unas cuantas líneas limpiamente mecanografiadas.

«Nombre: Eleanor King. Estatura: un metro sesenta centímetros. Edad: alrededor de veintinueve años. Cabello castaño rojizo, abundante, rizado natural. Porte erguido, voz clara y grave. Viste con elegancia, sin exageración. Maquillaje discreto. Sin cicatrices visibles. Tics: costumbre de mover los ojos sin mover la cabeza al entrar en un recinto cerrado. Se rasca la palma de la mano derecha cuando está nerviosa. Zurda, pero experta en disimularlo. Juega bien al tenis, y es una maestra consumada en natación y saltos de trampolín. Aguanta bien el alcohol. Sin condenas, pero fichada.»

—Ha estado en chirona —dije, mirando a la señorita Vermilyea.

—No tengo más información que ésa. Limítese a seguir las instrucciones.

—Aquí no pone nada de su familia, señorita Vermilyea. Y a los veintinueve años, un bombón como éste tendría que estar casada. No se menciona ninguna alianza ni otras joyas. Lo cual me preocupa.

Ella echó una ojeada a su reloj.

—Más vale que le preocupe en la estación. No le queda mucho tiempo.

Se puso en pie. La ayudé a ponerse la gabardina blanca y le abrí la puerta.

—¿Ha venido en coche?

—Sí. —A medio camino se volvió—. Tiene usted una cosa que me gusta, no es un sobón. Y tiene buenos modales... más o menos.

—No da buen resultado eso de sobar.

—Y hay una cosa que me molesta de usted. Adivine qué es.

—Lo siento. No tengo ni idea.... bueno, hay gente que me odia por estar vivo.

—No me refería a eso.

La seguí escaleras abajo y le abrí la puerta del coche. Era un cacharro barato, un Cadillac Fleetwood. Me dio las gracias con un ligero movimiento de cabeza y se fue colina abajo.

Yo subí otra vez y metí unas cuantas cosas en un neceser de viaje. Nunca se sabe.

2

Resultó bien sencillo. El expreso llegó puntualmente, como casi siempre, y mi objetivo fue tan fácil de localizar como un canguro vestido de esmoquin. Llevaba sólo una novelita barata que tiró en la primera papelera que encontró. Se sentó y se quedó mirando al suelo. Una muchacha desgraciada donde las haya. Al cabo de un rato se levantó y se dirigió hacia el quiosco. Se fue sin comprar nada, echó un vistazo al reloj de la pared y se encerró en una cabina telefónica. Habló con alguien después de meter un puñado de monedas por la ranura. Ni siquiera le cambió la expresión. Colgó y volvió al quiosco, escogió un *New Yorker*, volvió a mirar el reloj y se sentó a leer.

Llevaba un traje sastre de color azul oscuro con una blusa blanca de la que sólo asomaba el cuello, y un broche de zafiros en la solapa que probablemente hacía juego con los pendientes, aunque yo no podía verle las orejas. Tenía el cabello de un rojo oscuro. Se parecía a la fotografía, pero era algo más alta de lo que yo había esperado. Del sombrero azul oscuro colgaba un velo corto. Llevaba guantes.

Al cabo de un rato salió por los arcos que daban a la parada de taxis. Echó un vistazo a la izquierda, hacia la cafetería, se volvió, entró en la sala de espera principal y miró al puesto de periódicos, la cabina de información y la gente sentada en los bancos de madera. Había algunas ventanillas abiertas, otras estaban cerradas. No era aquello lo que le interesaba. Volvió a sentarse y alzó la vista hacia el gran reloj de pared. Se quitó el guante derecho y rectificó la hora de su reloj de pulsera, una chuchería de platino sin ningún adorno. Mentalmente, la comparé con la señorita Vermilyea. No parecía ni mojigata ni remilgada, pero a su lado la Vermilyea no pasaba de un ligue barato.

Tampoco esta vez permaneció mucho rato sentada. Se levantó y paseó. Salió al vestíbulo y volvió, entró en el *drugstore* y se entretuvo mirando los libros y periódicos. Dos cosas resultaban evidentes. Si tenía que encontrarse con alguien, la cita no era a la hora de llegada del tren. Más bien parecía estar esperando otro tren. Entró en la cafetería. Se instaló frente a una de las mesas de plástico, leyó el menú y después empezó a leer su periódico. Se le acercó una camarera con el inevitable vaso de agua con hielo y el menú. Mi objetivo pidió lo que fuera. La camarera se alejó, y mi objetivo continuó leyendo su periódico. Eran cerca de las nueve y cuarto.

Salí por los arcos, donde un mozo aguardaba junto a la parada de taxis.

—¿Del expreso se ocupa usted? —le pregunté.

—Sí, en parte.

Miró sin demasiado interés el dólar que yo tenía entre los dedos.

—Espero a un pasajero del directo Washington-San Diego. ¿Ha bajado alguno?

—¿Quiere decir si ha bajado para quedarse, con maletas y todo?

Asentí.

Reflexionó un momento, estudiándome con sus inteligentes ojos pardos.

—Ha bajado uno —declaró al fin—. ¿Cómo es su amigo?

Describí a un hombre. Alguien que se parecía más o menos a Edward Arnold.[1] El mozo meneó la cabeza.

—No puedo ayudarle, señor. El que ha bajado no se le parece en nada. Lo más probable es que su amigo siga en el tren. Los del directo no tienen que apearse porque lo enganchan otra vez al setenta y cuatro. Sale de aquí a las once y media. El tren todavía no está preparado.

—Gracias —le dije, dándole el dólar.

El equipaje de mi objetivo seguía en el tren, y esto era lo único que yo quería saber.

Volví a la cafetería y miré por el cristal.

Mi objetivo leía su periódico y jugueteaba con un café y una pasta. Me acerqué a una cabina telefónica y llamé a un garaje donde me conocían bien, para pedir que fueran a buscar mi coche si no volvía a llamarles antes de las doce. Ya lo habían hecho otras veces y tenían un duplicado de las llaves. Fui al coche, saqué mi neceser y lo dejé en una consigna. En la enorme sala de espera compré un billete de ida y vuelta a San Diego y regresé a toda prisa a la cafetería.

Mi objetivo seguía en el mismo lugar, pero ya no estaba sola. Frente a ella había un tipo sonriente y parlanchín; bastaba una mirada para darse cuenta de que ella le conocía y de que lo lamentaba. Era un tipo típicamente californiano, desde la punta de sus mocasines granates hasta su camisa a cuadros marrones y amarillos, bien abotonada, pero sin corbata, y parcialmente oculta por una americana deportiva de color crema. Debía medir un metro ochenta y dos centímetros; era esbelto, tenía cara de presumido y demasiados dientes.

Estrujaba sin cesar un pedazo de papel.

Un pañuelo amarillo le sobresalía del bolsillo superior de la americana como un ramillete de narcisos. Y una cosa estaba clara como el agua: a la muchacha no le gustaba que él estuviese allí.

Siguió hablando sin dejar de estrujar el papel. Por último se encogió de hombros y se puso en pie. Alargó una mano y deslizó un dedo por la mejilla de la joven. Ésta hizo un movimiento de retroceso. Él desdobló entonces el arrugado trozo de papel y lo depositó ante ella cuidadosamente. Esperó, sonriente.

La muchacha bajó los ojos despacio, muy despacio, hacia el papel hasta clavar la mirada en él. Alargó la mano para cogerlo, pero él fue más rápido. Se lo metió en el bolsillo, sin dejar de sonreír. Después extrajo una de esas agendas de bolsillo de hojitas intercambiables, escribió unas palabras con una estilográfica, arrancó la hoja y la colocó ante ella. Aquel papel sí podía quedárselo. Ella la cogió, la leyó y se la metió en el bolso. Al fin se decidió a

1. Edward Arnold (1890-1956), actor estadounidense que interpretó muchos papeles de gánster y policía. *(N. del T.)*

mirarle. Y al fin se decidió a sonreírle. Me dio la impresión de que le costó un verdadero esfuerzo. Él le acarició una mano, se apartó de la mesa y salió de la cafetería.

Se encerró en una cabina telefónica, marcó un número y habló durante un buen rato. Salió, llamó a un mozo y se dirigió con él hacia una consigna. Sacó una maleta de color blanco y un maletín del mismo tono. El mozo se las llevó hasta el aparcamiento y le siguió hasta un brillante Buick Roadmaster de dos colores, un modelo de descapotable que no se puede descapotar. El mozo puso el equipaje detrás del asiento, cogió su dinero y se alejó. El tipo de la americana deportiva y el pañuelo amarillo entró, dio marcha atrás y se detuvo el tiempo suficiente para ponerse unas gafas oscuras y encender un cigarrillo. Después se marchó. Tomé nota de la matrícula y volví a la estación.

La siguiente etapa duró tres horas. La muchacha salió de la cafetería y siguió leyendo el periódico en la sala de espera. No lograba concentrarse. Volvía a leer una y otra vez lo que ya había leído. A ratos ni siquiera leía, se limitaba a sostener el periódico y a mirar al infinito. Yo tenía la edición matinal del periódico vespertino, y, con semejante parapeto, la observé y saqué mis propias conclusiones. No llegué a nada. Únicamente me ayudó a pasar el rato.

El tipo que se había sentado a su mesa se había apeado del tren, puesto que llevaba equipaje. Podía haber sido el mismo tren de la chica, y también podía haber sido el pasajero que se había apeado del vagón de la muchacha. La actitud de ella había dado a entender claramente que le molestaba la compañía del tipo, y la de él indicaba que aquello era una lástima pero que, echando un vistazo al trozo de papel, lo mismo cambiaba de opinión. Y al parecer así había sido. Ya que esto había sucedido después de que se apearan del tren, a pesar de que podía haber ocurrido antes, en un ambiente más tranquilo, parecía obvio que él no tenía aquel trozo de papel en el tren.

En este punto de mis reflexiones, la joven se levantó súbitamente, se encaminó al quiosco y volvió con un paquete de cigarrillos. Lo abrió y encendió uno. Fumaba con torpeza, como si no estuviera acostumbrada, y mientras fumaba, pareció cambiar de actitud, pasando a ser más ordinaria, más llamativa, como si tuviese algún motivo para semejante cambio. Miré el reloj de la pared. Las diez y cuarenta y siete minutos. Seguí pensando.

El trozo de papel tenía aspecto de ser un recorte de periódico. Ella había intentado cogerlo, él no le había dejado. Después había escrito unas palabras en una hoja de papel y se la había dado, ella le miró y sonrió. Conclusión: el tipo tenía algo en su contra y ella se veía forzada a simular que le gustaba.

El siguiente punto era que él se había ido de la estación hacía un rato rumbo a quién sabe dónde, quizá a buscar su coche, quizá a buscar el recorte, quizá a cualquier otra cosa. Eso significaba que no tenía miedo de que ella escapara, y eso reforzaba la teoría de que aún no había mostrado todas sus cartas, sino sólo algunas. A lo mejor no estaba seguro de sí mismo. Tenía que comprobarlo. Pero ahora, tras mostrar su mejor carta, se había ido en su Buick con el equipaje. Por lo tanto, ya no tenía miedo de perderla. Fuera el que fuese, el lazo que les unía era lo bastante fuerte como para no romperse.

A las once y cinco descarté todo lo anterior y partí de una nueva premisa. No llegué a ninguna parte. A las once y diez anunciaron por megafonía que el número setenta y cuatro, en el andén once, estaba listo para recibir a los pasajeros con destino a Santa Ana, Oceanside, Del Mar y San Diego. Un montón de gente abandonó la sala de espera, incluida la muchacha. Otro montón de gente ya estaba en el andén. La vi dirigirse hacia allí y fui hacia las cabinas telefónicas. Metí una moneda de diez centavos en la ranura y marqué el número del despacho de Clyde Umney.

La señorita Vermilyea contestó dando sólo el número de teléfono.

—Soy Marlowe. ¿Está el señor Umney?

Con voz muy formal, dijo:

—Lo siento, el señor Umney ha salido. ¿Quiere dejar algún recado?

—Estoy en contacto y a punto de salir en tren hacia San Diego o algún punto intermedio. Aún no puedo decirle cuál.

—Gracias. ¿Alguna otra cosa?

—Sí, hace un sol magnífico y nuestra amiga tiene tantas ganas de esconderse como usted misma. Ha desayunado en una cafetería con grandes cristaleras cara al vestíbulo. Ha estado sentada en la sala de espera con otras ciento cincuenta personas. Y podía haberse quedado en el tren sin que nadie la viera.

—Tomo nota, gracias. Se lo diré al señor Umney en cuanto vuelva. ¿Así que no tiene ninguna opinión concreta?

—Tengo una opinión concreta: que ustedes aún no me lo han dicho todo.

La voz le cambió de golpe. Alguien debía haber salido del despacho.

—Escuche, amigo, le han contratado para hacer un trabajo. Lo mejor es que lo haga y que lo haga bien. Clyde Umney mueve mucha agua en esta ciudad.

—¿Y quién quiere agua, preciosa? Yo la tomo sólo con un poco de whisky. Yo podría sacar más a nada que me animaran.

—Le pagaremos, hombre..., si hace el trabajo. Con esa condición. ¿Está claro?

—Es lo más bonito que me ha dicho usted desde que nos conocemos, encanto. Ahora tengo que decirle adiós.

—Oiga, Marlowe —repuso con súbita inquietud—, no he querido ser antipática con usted. Este asunto es muy importante para Clyde Umney. Si no consigue resolverlo, puede perder un contacto muy valioso.

Era un tanteo.

—Me ha gustado mucho Vermilyea. Eso le va bien a mi subconsciente. Llamaré en cuanto pueda.

Colgué, crucé la puerta de entrada a los andenes, bajé la rampa y caminé muchísimo hasta llegar a la vía once. Allí subí a un vagón que ya estaba lleno de humo de cigarrillos, siempre tan saludable para la garganta y muy apropiado para liquidarte un pulmón. Así que cargué la pipa, la encendí y contribuí a enrarecer el ambiente.

El tren arrancó, pasó lentamente junto a interminables patios y jardines traseros de la zona este de Los Ángeles, adquirió algo de velocidad e hizo su primera parada en Santa Ana. Mi objetivo no se apeó. En Oceanside y Del Mar, tampoco. En San Diego bajé rápidamente, cogí un taxi, y esperé ocho minutos hasta que salieron los mozos con el equipaje. Entonces salió también la chica.

No cogió ningún taxi. Cruzó la calle y dobló una esquina hasta una agencia de alquiler de coches y, tras un largo intervalo, volvió a salir con aspecto decepcionado. Sin carné de conducir no hay coche de alquiler. La joven tendría que haberlo supuesto.

Esta vez cogió un taxi, que dio la vuelta y se dirigió hacia el norte. El mío hizo lo mismo. Me costó un poco convencer al chófer de que tenía que seguirlo.

—Esto es una cosa que sólo pasa en los libros, señor. En San Diego no lo hacemos.

Le alargué un billete de cinco dólares y la fotocopia de mi licencia; echó un vistazo a ambas cosas. Apartó la mirada del documento.

—De acuerdo, pero tendré que dar parte —dijo—. El encargado lo notificará a la oficina de policía. Aquí tenemos esa costumbre, amigo.

—En una ciudad así tendría que vivir yo —repuse—. Pero ya lo ha perdido; ha girado a la izquierda dos manzanas más atrás.

El chófer me devolvió la cartera.

—No veo con el ojo izquierdo —dijo con acritud—. ¿Para qué cree que sirve un radioteléfono?

Lo descolgó y empezó a hablar.

Giró a la izquierda por la calle Ash para enfilar la carretera 101, donde encontramos mucho tráfico y tuvimos que reducir la velocidad a sesenta. Yo le miraba fijamente la nuca.

—No tiene por qué preocuparse —me dijo el chófer por encima del hombro—. Esos cinco son además de la tarifa, ¿no?

—Claro. ¿Por qué no tengo por qué preocuparme?

—Porque la pasajera va a Esmeralda. Esto queda a unos dieciocho kilómetros al norte de aquí, en la costa. Su destino, a menos de que cambie *en route*, y en este caso me enteraré, es un motel llamado El Rancho Descansado. En español eso significa relax, así que tómeselo con calma.

—Demonios, para eso no necesitaba ningún taxi —repliqué.

—No tiene más remedio que pagar el servicio, señor. No nos regalan la comida.

—¿Es usted mexicano?

—Nosotros no nos llamamos así, señor. Nos llamamos hispanoamericanos. Nacidos y criados en Estados Unidos. Algunos ya ni siquiera hablan español.

—*Es gran lástima* —dije yo—. *Una lengua muchíssima hermosa.*

Volvió la cabeza y esbozó una sonrisa.

—*Tiene usted razón, amigo. Estoy muy bien de acuerdo.*

Seguimos hasta Torrance Beach, pasamos de largo y giramos al llegar al promontorio. De vez en cuando, el taxista hablaba por el radioteléfono. Volvió la cabeza para dirigirme otra vez la palabra.

—Supongo que no quiere que le vean.

—¿Qué hay del otro chófer? ¿Le dirá a su pasajera que la sigo?

—Ni él mismo lo sabe. Por eso se lo he preguntado.

—Pásele y lleguemos antes que él, si es que puede. Van otros cinco si lo consigue.

—Cuente con ello. Ni siquiera me verá. Después le tomaré un poco el pelo tomando una botella de Tecate.

Atravesamos un pequeño centro comercial, después la carretera se ensanchó, y observé que las casas de un lado parecían muy caras y no muy nuevas, mientras que las casas del otro lado parecían muy nuevas y no muy baratas. La carretera volvió a estrecharse y entramos en una zona de velocidad limitada a cuarenta kilómetros por hora. Mi chófer atajó por la derecha, recorrió unos cuantos callejones, se saltó un *stop*, y antes de que yo pudiera orientarme bajábamos ya hacia un desfiladero, a la izquierda del cual se divisaban el Pacífico y una playa con dos estaciones salvavidas en sendas torres de metal. Al final del desfiladero, el chófer quiso dirigirse hacia una verja abierta, pero yo le detuve. Un gran letrero, con letras de oro sobre fondo verde, rezaba: «El Rancho Descansado».

—Apártese del camino —le dije—. Quiero asegurarme.

Giró en redondo, bajó hasta el final del muro encalado, se metió por un camino estrecho y tortuoso que había enfrente y se detuvo. Un retorcido eucalipto con el tronco partido en dos se alzaba sobre nosotros. Salí del taxi, me puse unas gafas oscuras, volví andando a la carretera y me apoyé en un *jeep* de color rojo vivo con el nombre de una estación de servicio pintado en uno de los lados. Un taxi bajó por la colina y entró en El Rancho Descansado. Pasaron tres minutos. El taxi salió vacío y se perdió colina arriba. Fui al encuentro de mi chófer.

—Taxi número cuatrocientos veintitrés —le dije—. ¿Era éste?

—Es su pichón. ¿Qué hacemos ahora?

—Esperar. ¿Qué hay ahí dentro?

—Bungalows con garaje. Algunos individuales, otros dobles. La oficina está en uno más pequeño justo frente a la entrada. Los precios en temporada alta son bastante elevados. Ahora estamos en plena temporada baja. Mitad de precio y sitio de sobra.

—Esperaremos cinco minutos. Luego pasaré por recepción, dejaré la maleta, e iré a alquilar un coche.

Me dijo que eso era fácil. En Esmeralda había tres agencias de alquiler de automóviles, por días y por kilómetros, de todas las marcas.

Esperamos los cinco minutos. Eran algo más de las tres. Tenía tanta hambre que le habría robado la comida a un perro.

Pagué a mi chófer, le vi desaparecer y crucé la carretera camino de la recepción.

3

Apoyé cortésmente un codo en el mostrador y miré la sonriente cara del joven con pajarita de lunares. Aparté la mirada para fijarla en la muchacha que estaba a cargo de la pequeña centralita situada junto a la pared lateral. Tenía el aspecto de quien pasa mucho tiempo al aire libre, llevaba un maquillaje reluciente y se recogía el pelo trigueño en una cola de caballo que le salía, rígida, de la coronilla. Pero también tenía unos bonitos ojos dulces que centelleaban al mirar al conserje. Volví a fijar la vista en el muchacho y reprimí un gruñido. La chica de la centralita zarandeó su cola de caballo y me devolvió la mirada.

—Tendré mucho gusto en enseñarle lo que tenemos libre, señor Marlowe —dijo cortésmente el muchacho—. Ya se registrará después, si decide quedarse. ¿Cuánto tiempo permanecerá con nosotros?

—El mismo que ella —contesté—. Me refiero a la muchacha del traje azul. Acaba de registrarse, aunque no sé qué nombre habrá utilizado.

Me miraron los dos fijamente. Ambos rostros tenían la misma expresión de desconfianza mezclada con curiosidad. Hay mil maneras de interpretar esta escena. Sin embargo, aquélla era nueva para mí. No habría dado resultado en ningún hotel de ninguna ciudad. Allí quizá lo diera. En gran parte porque me importaba un pepino.

—No les gusta nada todo esto, ¿verdad? —pregunté.

Él meneó ligeramente la cabeza.

—Por lo menos, es usted franco.

—Estoy harto de cautelas, harto. ¿Se han fijado en su dedo anular?

—Pues no, no me he fijado.

Miró a la joven de la centralita. Ella meneó la cabeza y mantuvo los ojos fijos en mí.

—Sin alianza —dije—. Ya no la lleva. Todo ha terminado. Hecho migas. Años... bah, al diablo con todo. La he seguido desde... bueno, no importa desde dónde. Ni siquiera querrá hablar conmigo. ¿Qué estoy haciendo aquí? El imbécil, supongo. —Volví rápidamente la cabeza y me soné. Había logrado captar su atención—. Lo mejor sería que me fuese a cualquier otra parte —dije, volviéndome de espaldas.

—Usted quiere reconciliarse y ella no —comentó sosegadamente la telefonista.

—Sí.

—Comprendo —dijo el muchacho—, pero ya sabe lo que pasa, señor Marlowe. En un hotel hay que tener mucho cuidado. Estas situaciones pueden llevar a cualquier cosa... a veces acaban a tiros.

—¿Tiros? —Le miré con asombro—. Dios mío, ¿qué clase de gente hace eso?

Él apoyó los dos brazos en el mostrador.

—¿Qué es lo que le gustaría hacer, señor Marlowe?

—Me gustaría estar cerca de ella... por si me necesita. Ni siquiera llamaría a la puerta de su habitación. Pero por lo menos ella sabría que estoy aquí, y también sabría por qué. Estaría esperando. Siempre estaré esperando.

Aquello entusiasmó a la chica. Yo estaba de embustes hasta la coronilla. Suspiré profundamente y disparé el tiro de gracia.

—Además, no me gusta el aspecto del tipo que la ha traído aquí —dije.

—No la ha traído nadie.... bueno, un taxista —repuso el conserje.

Sin embargo, sabía muy bien a qué me refería yo.

La telefonista esbozó una sonrisa.

—No se refiere a eso, Jack. Se refiere a la reserva.

Jack contestó:

—Ya lo suponía, Lucille. No soy tan tonto.

Sacó una tarjeta de debajo del mostrador y la dejó frente a mí. Una tarjeta de registro. En una esquina, en diagonal, estaba escrito el nombre de Larry Mitchell. Con escritura muy distinta y en los lugares correspondientes: (Señorita) Betty Mayfield, West Chatham, Nueva York. Y en la esquina superior izquierda, con la misma caligrafía que Larry Mitchell, una fecha, una hora, un precio y un número.

—Es usted muy amable —le dije—. Así que vuelve a usar su nombre de soltera. Es legal, claro.

—Cualquier nombre es legal si no hay intención de engañar. ¿Quiere una habitación junto a la de ella?

Abrí desmesuradamente los ojos. Hasta puede que centellearan un poco. Nadie lo ha intentado jamás con tanto empeño como yo entonces.

—Mire —contesté—, se lo agradezco muchísimo, pero no puede hacerlo. No pienso armar ningún jaleo, pero usted no tiene por qué saberlo. Si ocurre algo se juega usted el empleo.

—Ya lo sé —repuso—, ya aprenderé. Usted me parece una persona de fiar. No se lo diga a nadie.

Cogió la pluma del tintero y me la alargó. Firmé y escribí una dirección de la calle Sesenta y Uno Este, ciudad de Nueva York.

—Eso cae cerca de Central Park, ¿verdad? —preguntó con aire casual.

—A unas tres manzanas —dije—. Entre Lexington y la Tercera Avenida.

Él asintió. Sabía dónde estaba. Aceptado. Cogió una llave.

—Quisiera dejar la maleta aquí —declaré—. Iré a comer algo y alquilaré un coche, si puedo. ¿Será tan amable de llevármela a la habitación?

Desde luego. Lo haría con mucho gusto. Me acompañó afuera y señaló hacia un bosquecillo de árboles jóvenes. Las casitas, blancas con tejado verde, se hallaban dispuestas en hilera. Tenían un porche con barandilla. Me enseñó la mía a través de los árboles. Le di las gracias. Se dispuso a entrar nuevamente, pero yo le detuve.

—Oiga, se me ha ocurrido una cosa. Es posible que ella se marche cuando se entere.

—Es verdad. No podemos hacer nada por evitarlo, señor Marlowe. La mayoría de nuestros huéspedes sólo se quedan una o dos noches, excepto en verano. En esta época del año tenemos poca gente.

Entró y oí que la muchacha le decía:

—Es un tipo simpático, Jack..., pero no deberías haberlo hecho.

También oí la respuesta.

—Odio a ese Mitchell..., aunque sea amigo del dueño.

4

La habitación no estaba mal. Tenía el habitual sofá-cama de cemento, sillas sin almohadones, una mesita adosada a la pared del fondo, un armario empotrado con una cómoda incorporada, un cuarto de baño con una bañera digna de Hollywood, un tubo fluorescente sobre el espejo del lavabo para poder afeitarse y una pequeña cocina con nevera y hornillo de tres fogones. En un armario, situado encima del fregadero, había bastantes platos y cubiertos. Saqué unos cubitos de hielo y me preparé un trago de la botella que llevaba en la maleta, tomé unos sorbos, y me senté con los oídos bien atentos, tras cerrar ventanas y postigos. En la habitación contigua no se oía ningún ruido; después oí la cadena del retrete. Mi objetivo seguía allí. Terminé la copa, apagué el cigarrillo y observé el primitivo radiador instalado en la pared medianera. Consistía en dos largas bombillas esmeriladas en una caja metálica. No tenía pinta de irradiar mucho calor, pero en el armario había un convector con termostato y enchufe trifásico de doscientos veinte voltios. Quité la rejilla cromada del radiador y desenrosqué las bombillas. Extraje un estetoscopio de la maleta, lo acerqué a la pared metálica y escuché. Si en la habitación contigua había otro radiador similar en ese mismo lugar, como era lo más probable, lo único que había entre ambas habitaciones era una placa metálica y quizá un aislante, seguramente no demasiado grueso.

Durante unos minutos no oí nada; después oí que marcaban un número de teléfono. La recepción fue perfecta. Una voz de mujer dijo:

—Esmeralda cuatro uno cuatro nueve nueve, por favor.

La voz era fría, contenida, de tono normal y muy poco expresiva; cansina. Después de tantas horas siguiéndola, oía su voz por vez primera.

Hubo una larga pausa, al cabo de la cual dijo:

—El señor Larry Mitchell, por favor.

Otra pausa, pero más corta. Y luego:

—Soy Betty Mayfield y estoy en El Rancho Descansado —pronunció mal la «a» de Descansado. Y añadió—: He dicho Betty Mayfield. Por favor, no sea estúpido. ¿Quiere que se lo deletree?

Su interlocutor tenía mucho que decir. Ella escuchó. Al cabo de un rato, dijo:

—Apartamento 12 C. Tendría que saberlo, usted hizo la reserva... Ah, comprendo... Bueno, está bien. No me moveré de aquí.

Colgó. Silencio. Silencio absoluto. Después, la misma voz dijo lentamente:

—Betty Mayfield. Betty Mayfield. Betty Mayfield. ¡Pobre Betty! Eras una buena chica... hace mucho tiempo.

Yo estaba sentado en el suelo, en uno de los almohadones a rayas, con la espalda apoyada en la pared. Me levanté sin hacer ruido, dejé el estetoscopio sobre un almohadón y me tendí en el sofá-cama. Él no tardaría en llegar. Ella le esperaba porque tenía que hacerlo; por el mismo motivo por el que había ido hasta allí. Yo quería saber por cuál.

Debía llevar suelas de goma porque no oí nada hasta que sonó el timbre de la otra habitación. Por lo visto había dejado el coche un poco más lejos. Salté al suelo y cogí el estetoscopio. Ella abrió la puerta, él entró y me imaginé la sonrisa que iluminaba su cara al decir:

—Hola, Betty. Su nombre es Betty Mayfield, si no lo he entendido mal. Me gusta.

—Es mi verdadero nombre —dijo, y cerró la puerta.

Él soltó una risita burlona.

—Supongo que ha hecho bien en cambiarlo. Pero ¿qué hay de las iniciales de su equipaje?

Su voz me gustó tan poco como su risa. Era aguda y alegre, efervescente de malicioso buen humor. No es que fuera precisamente sarcástica, pero casi. Me hizo apretar los dientes.

—Supongo —repuso secamente ella— que eso fue lo primero que vio.

—No, encanto. *Usted* es lo primero que he visto. Segundo, la marca de una alianza que no lleva... Tercero, las iniciales.

—No me llame «encanto», chantajista barato —replicó ella con súbita y mal reprimida cólera.

Eso no le desconcertó en lo más mínimo.

—Quizá sea un chantajista, muñeca, pero —otra risa ahogada— te aseguro que no soy barato.

Ella dio unos pasos, probablemente para alejarse de él.

—¿Quiere un trago? Ya veo que lleva una botella encima.

—Podría ponerme lascivo.

—De usted sólo me asusta una cosa, señor Mitchell —dijo la muchacha fríamente—: su lengua larga. Habla demasiado y tiene una opinión propia demasiado buena. Sería preferible que nos entendiéramos de una vez por todas. Me gusta Esmeralda. Ya he estado aquí otras veces y siempre he querido volver. Ha sido mala suerte que usted viva aquí y que viajara en el mismo tren que yo. El hecho de que me haya reconocido aún es peor. Pero eso es todo... mala suerte.

—Muy buena para mí, muñeca —contestó él, arrastrando las palabras.

—Tal vez —repuso ella—, siempre que no abuse de ella. En tal caso, podría volverse contra usted.

Siguió un breve silencio. Pude imaginarles estudiándose el uno al otro. La sonrisa del hombre debía reflejar cierto nerviosismo, aunque no excesivo.

—Lo único que tengo que hacer —dijo él sin alzar la voz— es coger el teléfono y llamar a los periódicos de San Diego. ¿Quiere publicidad? Yo se la proporcionaré.

—He venido hasta aquí para librarme de ella —contestó ella con amargura.

Él se echó a reír.

—Claro, por aquel juez estúpido que se caía a pedazos de pura demencia senil, y en el único estado de la Unión, eso lo he comprobado, donde la sentencia podía ir en contra del veredicto del jurado. Ya ha cambiado usted dos veces de nombre. Si la historia llegara a publicarse aquí, y es una historia muy sabrosa, muñeca, supongo que tendría que cambiárselo otra vez... y viajar un poco más. Eso termina por cansar, ¿verdad?

—Por eso estoy aquí —dijo ella—. Por eso está usted aquí. ¿Cuánto quiere? Supongo que sólo será un pago a cuenta.

—¿Acaso he hablado de dinero?

—Lo hará —repuso ella—. Y baje la voz.

—El motel entero es suyo, muñeca. He dado una vuelta por ahí antes de entrar. Puertas cerradas, ventanas cerradas, postigos cerrados, y ni un solo coche. Puedo confirmarlo en la oficina, si está usted nerviosa. Tengo algunos amigos por aquí, personas que usted debiera conocer, personas que pueden hacerle la vida agradable. Socialmente hablando, esta ciudad es muy exclusivista. Puede resultarle muy aburrida si no logra introducirse.

—¿Cómo lo logró *usted*, señor Mitchell?

—Mi padre es el pez gordo más importante de Toronto. No nos llevamos bien y no quiere verme por casa. Pero así y todo sigue siendo mi padre y eso es lo que cuenta, aunque me pague por tenerme lejos.

Ella no le contestó. Sus pasos se alejaron. La oí moverse en la cocina y por el ruido deduje que estaba sacando cubitos de hielo. Oí correr el agua y los pasos regresaron.

—A mí sí me apetece una copa —dijo ella—. Quizá haya sido un poco grosera con usted. Estoy cansada.

—Claro —repuso él, comprensivamente—, está cansada. —Pausa—. Bueno, lo nuestro puede esperar. Quedemos a eso de las siete y media en el Glass Room. Vendré a recogerla. Es un buen sitio para cenar. Hay baile. Es tranquilo y muy discreto, si es que todavía le importa la discreción. Pertenece al Club Náutico. No te dan mesa si no te conocen. Allí estoy entre amigos.

—¿Caro? —preguntó ella.

—Un poco. Ah, sí... a propósito, esto me recuerda algo. Hasta que reciba mi cheque mensual, usted me prestará un par de dólares. —Se echó a reír—. Me sorprendo a mí mismo; después de todo, sí que hablo de dinero.

—¿Un par de dólares?

—Mejor un par de cientos.

—Tengo apenas sesenta dólares... hasta que pueda abrir una cuenta o cambiar mis cheques de viaje.

—Se los cambiarán en la oficina, encanto.

—¿De veras? Le daré cincuenta. No quiero malcriarle, señor Mitchell.

—Sea más humana. Llámeme Larry.

—¿Le gustaría?

Le había cambiado la voz: ahora parecía algo insinuante. Imaginé la lenta sonrisa de placer en la cara del fulano. Después supuse, por el silencio que siguió, que él la había abrazado sin que ella se opusiera. Finalmente, la voz de la joven me pareció algo apagada al decir:

—Ya es suficiente, Larry. Sea bueno y lárguese. Estaré lista a las siete y media.

—Uno más para el camino.

Al cabo de un momento la puerta se abrió y él dijo algo que no logré entender. Me levanté, me acerqué a la ventana, y eché un vistazo por las rendijas de la persiana. Un potente reflector iluminaba el bosquecillo. Le vi alejarse colina arriba y desaparecer. Volví junto al radiador y no oí nada durante un buen rato, aunque ni yo mismo sabía lo que esperaba oír. No tardé en averiguarlo.

Pasos que iban de un lado a otro, el ruido de cajones al abrirse, el chasquido de una cerradura, el golpe sordo de una tapa levantada al chocar contra algo.

Estaba haciendo el equipaje para marcharse.

Enrosqué nuevamente las bombillas en su lugar, coloqué la rejilla y guardé el estetoscopio en la maleta. Empezaba a hacer frío. Me puse la americana y permanecí inmóvil en el centro de la habitación. Empezaba a oscurecer y la luz estaba apagada. Me quedé allí y reflexioné. Podía coger el teléfono e informar, y mientras tanto ella coger otro taxi y buscar otro tren o avión hacia otro punto de destino. Podía ir a cualquier parte, pero siempre habría un detective esperándola en la estación si el asunto interesaba realmente a los importantes y todopoderosos hombres de Washington. Siempre habría un Larry Mitchell o un periodista con buena memoria. Siempre existiría una pequeña rareza que llamaría la atención y siempre habría alguien que tomara nota de ella. Nadie puede huir de sí mismo.

Estaba haciendo un trabajo despreciable y subrepticio para una gente que no me gustaba, pero... para eso te contratan, amigo. Ellos pagan y tú desentierras la porquería. Sólo que esta vez no podía oler la basura. Ella no parecía un parásito, y tampoco tenía aspecto de delincuente. Lo cual no quería decir más que podía ser cualquiera de las dos cosas, con mejores resultados precisamente por no parecerlo.

5

Abrí la puerta, me acerqué a la de al lado y toqué el timbre. Ni un ruido dentro, ni siquiera sonido de pasos. Después, el chasquido de la cadena de seguridad y la puerta se abrió un par de centímetros. Se oyó la voz al otro lado:

—¿Quién es?

—¿Puede dejarme un poco de azúcar?

—No tengo azúcar.

—Bueno, ¿entonces qué tal un par de dólares hasta que reciba mi cheque?

Más silencio. Luego la puerta se abrió todo lo que permitía la cadena y su cara asomó por la rendija. Unos ojos me miraron con curiosidad; eran dos puntos de luz en la oscuridad. El reflector colocado en la copa del árbol los iluminaba oblicuamente.

—¿Quién es usted?

—Su vecino. Estaba durmiendo la siesta y me han despertado unas voces. Voces que decían cosas. Y cosas que me han despertado la curiosidad.

—Váyase a otro lado con su curiosidad.

—Podría hacerlo, señora King..., perdón, señorita Mayfield..., pero no estoy seguro de que usted lo desee realmente.

Ella no se movió, ni pestañeó. Saqué un cigarrillo y traté de levantar la tapa de mi Zippo con el pulgar y darle a la ruedecilla. Teóricamente se podía hacer con una sola mano. Se puede, pero es un proceso delicado. Lo conseguí, encendí el cigarrillo, bostecé y expulsé el humo por la nariz.

—¿Qué ganaría usted con repetir lo que ha oído? —preguntó.

—Bueno, si yo fuera un verdadero *kosher*[2] llamaría a Los Ángeles e informaría a los que me han enviado. Quizá me digan que lo deje.

—¡Dios mío! —exclamó fervientemente ella—; dos en una sola tarde. ¿Cómo puedo tener tanta suerte?

—No lo sé —repuse—. No sé nada. Creo que me han tomado el pelo, pero no estoy seguro.

—Un momento.

Me cerró la puerta en las narices. No tardó en reaparecer. Oí cómo descorría la cadena y la puerta se abrió de par en par.

Entré sin prisa y ella retrocedió unos pasos a fin de alejarse de mí.

—¿Qué es lo que ha oído? Y cierre, si no le importa.

Cerré la puerta con el hombro y me apoyé en ella.

2. *Kosher:* palabra hebrea, incorporada al *yidish*, que significa «puro», «purificado». *(N. del T.)*

—El final de una conversación bastante sucia. Estas paredes son tan delgadas como una hoja de papel de fumar.

—¿Está usted en el negocio del espectáculo?

—Justo todo lo contrario. Yo no exhibo nada. Pertenezco al mundo de los que juegan al escondite. Me llamo Philip Marlowe. Usted ya me ha visto antes.

—¿Ah, sí? —Se alejó de mí con pasitos cautelosos y se detuvo junto a la maleta abierta. Se apoyó en el brazo de un sillón—. ¿Dónde?

—En la estación de Los Ángeles. Usted y yo estuvimos esperando para enlazar con otro tren. Yo quería saber qué se traían entre manos usted y el señor Mitchell; se llama así, ¿verdad? No oí nada y no vi gran cosa, pues estaba fuera de la cafetería.

—¿Y eso es lo que le interesó tanto?

—Bueno, no se lo he dicho todo. Lo que más me llamó la atención fue cómo cambió usted después de hablar con ese fulano. Observé la transformación; fue algo deliberado. Hizo todo lo posible para convertirse en una de esas frescas ligeras de cascos. ¿Por qué?

—Y antes de ese cambio, ¿qué era yo?

—Una jovencita discreta y bien educada.

—Ése es el papel que interpretaba —contestó—; el otro es mi verdadera personalidad, y voy a demostrárselo.

Me apuntó con una pequeña pistola automática, salida de no sé dónde.

La miré.

—¡Oh, un arma! —dije—. No pretenda asustarme con ella. He convivido con armas durante toda mi vida. Eché los dientes royendo una vieja Derringer de un solo tiro, como las que llevaban los tahúres del Misisipi. Al ir creciendo me aficioné a una escopeta de caza y, más tarde, a un rifle trescientos tres de tiro al blanco. Una vez alcancé un toro a novecientos metros con un alza de ranura. Por si no lo sabe, a novecientos metros de distancia, un toro parece tan pequeño como un sello de correos.

—Una carrera fascinante —repuso ella.

—Las armas no solucionan nada —dije—. Sólo sirven para poner fin a un mal segundo acto.

Sonrió débilmente y se pasó la pistola a la mano izquierda. Se llevó la derecha al cuello de la blusa y, con un movimiento rápido y firme, la rasgó hasta la cintura.

—Ahora —dijo—, aunque en realidad no hay prisa, cojo la pistola así —volvió a empuñarla con la mano derecha, pero esta vez por el cañón—, y me sacudo un culatazo en el pómulo. Y me hago un cardenal precioso.

—Y después —repliqué yo—, vuelve a coger el arma como Dios manda, quita el seguro y aprieta el gatillo, mientras yo aparezco con enormes titulares en la primera columna de la sección deportiva.

—No le voy a dar tiempo ni de atravesar la habitación.

Crucé las piernas, me eché más atrás aún, cogí el cenicero de cristal verde que había sobre la mesa, me lo puse encima de las rodillas y sostuve el cigarrillo que estaba fumando entre los dedos índice y medio de la mano derecha.

—No me molestaré en intentarlo. Me quedaré donde estoy, cómodamente sentado y relajado.

—Sólo que un poco muerto —observó ella—. Tengo buena puntería y usted no está a novecientos metros.

—Ya. Y así luego le vende a la policía el cuento de que yo quise atacarla y usted se defendió.

Tiró la pistola dentro de la maleta y se echó a reír. La risa me pareció sincera, como si reflejase una auténtica diversión.

—Lo siento —dijo—. Usted ahí sentado con las piernas cruzadas y un agujero en el corazón, y yo tratando de explicar que tuve que matarle para defender mi honor... la escena me da náuseas.

Se dejó caer en un sillón y se inclinó hacia delante, con la mano en la barbilla, el codo apoyado en las rodillas, el rostro tenso y cansado, enmarcado por su abundante cabellera rojiza, que la hacía parecer más pequeña de lo que realmente era.

—¿Por qué no me explica qué quiere hacer conmigo, señor Marlowe? Aunque quizá sea mejor al revés.... ¿qué puedo hacer por usted a cambio de que usted no haga nada?

—¿Quién es Eleanor King? ¿Qué era en Washington, D.C.? ¿Por qué cambió de nombre a mitad de camino e hizo retirar las iniciales del maletín? Esos detalles son los que usted debe aclararme, aunque probablemente no quiera hacerlo.

—Oh, no lo sé. Pedí al conserje que me quitara las iniciales del equipaje. Le dije que había sido muy desgraciada en mi matrimonio, me había divorciado y tenía derecho a usar nuevamente mi nombre de soltera, que es Elizabeth o Betty Mayfield. Podría ser verdad, ¿no?

—Desde luego, pero esto no explica lo de Mitchell.

Se apoyó en el respaldo y se relajó. Sus ojos seguían alerta.

—Un simple conocido de viaje. Venía en el mismo tren.

Asentí.

—Pero vino aquí en su propio coche. Le hizo la reserva. Aquí no le cae bien a nadie, pero por lo visto es amigo de alguien con mucha influencia.

—En los trenes y los barcos se hacen amigos con mucha facilidad —dijo ella.

—Eso parece. Incluso le ha pedido un préstamo. Un trabajo muy rápido. En cambio, a mí me da la impresión de que a usted no le resulta demasiado simpático.

—Bueno —replicó ella—, ¿y qué? La verdad es que estoy loca por él. —Giró la palma de una mano hacia arriba y la contempló—. ¿Quién le ha contratado, señor Marlowe, y para qué?

—Un abogado de Los Ángeles, que a su vez recibe instrucciones de alguien del este. Yo tenía que seguirla y averiguar dónde se alojaba. Es justamente lo que he hecho. Pero ahora usted quiere irse, y tendré que empezar de nuevo.

—Pero ahora yo sé que usted está aquí —contestó ella con sagacidad—, y su trabajo será mucho más difícil. Me imagino que es una especie de detective, ¿no?

Le dije que sí. Hacía un rato que había apagado el cigarrillo. Volví a dejar el cenicero en la mesa y me puse en pie.

—Mucho más difícil para mí, pero hay muchos otros como yo, señorita Mayfield.

—Oh, no me cabe duda, y todos simpatiquísimos. Algunos hasta se lavan y todo.

—La policía no la busca; la habrían pescado fácilmente. Se sabía en qué tren viajaba. Incluso me dieron una foto y una descripción suya. Pero Mitchell puede obligarla a hacer lo que él quiera, y quiere algo más que dinero.

Me pareció que se ruborizaba un poco, pero la luz no le daba de lleno en la cara.

—Quizá sea así —contestó—, y quizá no me importe.

—Le importa.

Se levantó bruscamente y se acercó a mí.

—Seguro que no se está haciendo rico con su profesión, ¿verdad?

Asentí. Estábamos muy cerca el uno del otro.

—Entonces, ¿cuánto quiere por largarse de aquí y olvidar que me ha visto?

—Me largaré gratis. En cuanto al resto, tengo que hacer un informe.

—¿Cuánto? —Lo dijo como si hablara en serio—. Puedo permitirme entregarle un anticipo considerable. He oído que ustedes lo llaman así. Es una palabra más bonita que chantaje.

—Es que no son lo mismo.

—Podrían serlo. Créame, pueden llegar a ser justamente lo mismo... incluso en el caso de ciertos abogados y médicos. Lo sé por experiencia.

—Mala suerte, ¿eh?

—Todo lo contrario, amigo. Soy la mujer más afortunada del mundo. Estoy viva.

—Yo pertenezco al otro bando. No se traicione.

—Bah, usted qué sabe... —dijo, arrastrando las palabras—. ¡Un fisgón con escrúpulos! Cuénteselo a las gaviotas, compañero. A mí me importa un pito. Ya puede irse, señor Philip Marlowe, y hacer esa llamada telefónica que tanto le interesa. No seré yo quien se lo impida.

Hizo ademán de dirigirse hacia la puerta, pero yo la agarré por la muñeca y la hice girar en redondo. La blusa desgarrada no ponía al descubierto ninguna desnudez llamativa salvo algo de piel y parte del sostén. En la playa se ve más, muchísimo más, aunque no a través de una blusa rasgada.

Debí mirarla con cierto entusiasmo, porque de repente crispó los dedos y trató de arañarme.

—No soy ninguna perra en celo —dijo, con los dientes apretados—. Quíteme las pezuñas de encima.

La cogí por la otra muñeca y empecé a atraerla hacia mí. Intentó darme un rodillazo en la ingle, pero ya estaba demasiado cerca. Entonces dejó de resistirse, echó la cabeza hacia atrás y cerró los ojos. Entreabrió los labios en una mueca sardónica. Era una tarde fresca, incluso fría en la playa; pero, donde yo estaba, no hacía frío.

Un instante después, y con voz entrecortada, dijo que debía vestirse para la cena.

Yo repuse:

—Ajá.

Tras una nueva pausa, dijo que era la primera vez en mucho tiempo que un hombre le desabrochaba el sostén. Giramos lentamente en dirección a uno de los sofás-cama gemelos. Estaban recubiertos por una funda rosa y plateada. La clase de detalles insignificantes que uno capta en momentos así.

En sus ojos abiertos había una mirada burlona. Los examiné uno por uno, pues me hallaba demasiado cerca para verlos juntos. Parecían hacer buena pareja.

—Encanto —susurró—, eres una maravilla, pero no tengo tiempo.

Le tapé la boca. Parece que alguien metió una llave en la cerradura, pero yo no prestaba demasiada atención. La cerradura chasqueó, la puerta se abrió y el señor Larry Mitchell hizo su aparición.

Nos separamos bruscamente. Yo di media vuelta y él me miró con sus ojos caídos, desde su metro ochenta y dos de estatura. Era fuerte y ágil.

—He pasado por la oficina —dijo, casi distraídamente—. El 12 B ha sido ocupado esta misma tarde, poco después de que usted llegara. Me ha picado la curiosidad, porque hay muchos otros apartamentos libres en este momento. Así que me han dejado la otra llave. ¿Quién es este ternero, encanto?

—Ya le dijo que no la llamara «encanto», ¿recuerda?

Es posible que mi observación le molestara, pero no lo demostró. Cerró el puño y lo balanceó suavemente junto a su cuerpo.

La muchacha dijo:

—Es un investigador privado y se llama Marlowe. Le han contratado para seguirme.

—¿Tenía que seguirla tan de cerca? Me da la impresión de haber interrumpido una hermosa amistad.

Ella se apartó bruscamente de mi lado y cogió la pistola de la maleta.

—Sólo hemos hablado de dinero —le dijo.

—Otro error —contestó Mitchell. Tenía la cara congestionada y le brillaban demasiado los ojos—; especialmente en esa situación. No le va a hacer falta el arma, encanto.

El derechazo fue muy rápido y bien dirigido. Yo lo esquivé, con rapidez, sangre fría y habilidad. Pero la derecha no constituía su mejor baza: también era zurdo. Tendría que haberme dado cuenta de ello en la estación de Los Ángeles. Un buen observador jamás pasa por alto un detalle. Fallé un gancho de derecha y él no falló con la izquierda.

El golpe me lanzó la cabeza hacia atrás. Perdí el equilibrio el tiempo necesario para que él saltase hacia un lado y arrebatase el arma a la muchacha. La pistola pareció danzar en el aire para caerle justamente en la mano izquierda.

—Tranquilo —dijo—. Quizá suene a fanfarronada, pero podría meterle una bala en el cuerpo y quedarme tal cual. No lo dude ni un momento.

—Está bien —contesté con voz apagada—. Por cincuenta dólares al día no me dejo matar. Eso cuesta setenta y cinco.

—Vuélvase de espaldas, por favor. Será divertido echarle una ojeada a la cartera.

Me eché encima de él, con pistola y todo. Sólo el pánico le habría hecho disparar y él se movía en terreno conocido, donde no tenía nada que temer. Pero quizá la muchacha no estuviese tan segura de sí misma. Por el rabillo del ojo me pareció ver que cogía la botella de whisky que estaba encima de la mesa.

Agarré a Mitchell por el cuello. Lanzó un grito. Me golpeó en alguna parte, pero sin consecuencias. Mi puñetazo fue mejor, pero ni aun así gané el premio gordo, porque en ese momento un ejército de mulas me coceó en mitad de la cabeza. Me sumergí en un mar de sombras y exploté en una lengua de fuego.

6

La primera sensación era que, si alguien me reñía, yo me iba a echar a llorar. La segunda, que la habitación era demasiado pequeña para mi cabeza. Sentía la frente muy lejos de la nuca, y los lados enormemente distantes el uno del otro, a pesar de lo cual un sordo latido me pasaba de una a otra sien. Las distancias no significan nada hoy en día.

La tercera sensación fue que, no lejos de mí, se oía un monótono zumbido. La cuarta y última fue el chorro de agua helada que me corría por la espalda. La funda de un sofá-cama me reveló que estaba tendido de cara, en el caso de que aún la tuviera. Giré sobre mí mismo con sumo cuidado y me incorporé; un insistente cascabeleo terminó en un ruido sordo. Lo que había producido el cascabeleo y el ruido sordo era una toalla anudada llena de cubitos de hielo casi fundidos. Alguien que me quería mucho me los había puesto en la nuca. Alguien que me quería menos me había aporreado en la zona posterior del cráneo. Pudo haber sido la misma persona. La gente cambia de opinión con una rapidez asombrosa.

Me puse en pie y me llevé la mano a la cadera. Noté el bulto de la cartera en el bolsillo izquierdo, pero la solapa estaba desabrochada. La examiné. No faltaba nada. Había revelado toda la información que contenía, pero de todos modos ésta ya no era un secreto. Mi maleta estaba abierta sobre la repisa que había a los pies del sofá-cama. Comprendí que me encontraba nuevamente en mi habitación.

Me acerqué al espejo y me miré la cara. Me pareció conocida. Fui hasta la puerta y la abrí. Oí el zumbido con más claridad. Justo delante de mí había un hombre voluminoso, apoyado en la barandilla. Era gordo, de estatura mediana y no parecía fofo. Llevaba gafas y, bajo un vulgar sombrero de fieltro gris, se veían unas enormes orejas. Llevaba levantado el cuello del abrigo y tenía las manos metidas en los bolsillos. El cabello que el sombrero dejaba al descubierto era gris. Parecía inconmovible. La mayoría de los gordos lo parecen. La luz que se escapaba por la puerta abierta se reflejó en el cristal de sus gafas. En los labios sostenía una pequeña cachimba, de esas que llaman bulldog de bolsillo. Yo aún estaba aturdido, pero su aspecto me inquietó.

—Una tarde preciosa —dijo.

—¿Qué desea?

—Estoy buscando a un hombre; no es usted.

—Aquí no hay ningún otro.

—Está bien —repuso—. Gracias.

Me volvió la espalda e incrustó su panza sobre el pasamanos de la barandilla.

Salí al porche y me dirigí hacia el punto de origen del zumbido. La puerta de la 12 C estaba abierta de par en par, las luces estaban encendidas, y el ruido era el de un aspirador que manejaba una mujer con uniforme verde.

Entré y miré a mi alrededor. La mujer paró el aspirador y me observó con recelo.

—¿Quiere alguna cosa?

—¿Dónde está la señorita Mayfield?

Ella meneó la cabeza.

—La señora que ocupaba este apartamento —dije.

—¡Ah, ésa! Se ha ido; hace media hora. —Volvió a poner el aspirador en marcha—. Mejor que pregunte en la oficina de recepción —gritó por encima del ruido—. Este apartamento está libre.

Alargué un brazo y cerré la puerta. Seguí con la mano el cordón negro del aspirador hasta la pared y lo desenchufé de un tirón. La mujer del uniforme verde me miró con ira. Me acerqué a ella y le di un dólar. Su ira se aplacó un tanto.

—Sólo quiero telefonear —le dije.

—¿Es que no hay teléfono en su habitación?

—Hágame el favor de no pensar —contesté—. Por un dólar, no es demasiado pedir.

Me aproximé al teléfono y lo descolgué. Una voz femenina dijo:

—Recepción. Dígame.

—Soy Marlowe. Estoy muy triste.

—¿Qué...? ¡Ah, sí, señor Marlowe! ¿En qué puedo servirle?

—Se ha ido. Ni siquiera he podido hablar con ella.

—Oh, lo siento, señor Marlowe. —Me pareció que realmente lo sentía—. Sí, se ha marchado. No hemos podido...

—¿Ha dicho dónde?

—Ha pagado y se ha ido, señor. Así, de repente. No ha dejado ninguna dirección.

—¿Con Mitchell?

—No sabría decírselo, señor. No he visto a nadie con ella.

—Tiene que haber visto algo. ¿Cómo se ha ido?

—En un taxi. Me temo que...

—Muy bien. Gracias.

Volví a mi apartamento. El hombre gordo de estatura mediana se hallaba cómodamente sentado en un sillón, con las piernas cruzadas.

—Le agradezco su visita —dije—. ¿En qué puedo serle útil? ¿Algo especial?

—Podría decirme dónde está Larry Mitchell.

—¿Larry Mitchell? —Reflexioné unos minutos—. ¿Le conozco?

Abrió una cartera y extrajo de ella una tarjeta. Logró ponerse en pie y me la alargó. La tarjeta decía: «Goble y Green, investigadores, Edificio Prudence, 310, Kansas City, Missuri».

—Un trabajo interesante, señor Goble.

—No me venga con chistes, compañero. Me enfado muy fácilmente.

—Magnífico. Me gustará ver cómo se enfada. ¿Qué hace..., morderse el bigote?

—No llevo bigote, estúpido.

—Puede dejárselo. No tengo prisa.

Esta vez se levantó mucho más rápidamente. Se miró los puños. Una pistola apareció de pronto en su mano.

—¿Alguna vez le han dado con una pistola, estúpido?

—Evapórese. Ha logrado aburrirme; los cretinos siempre me aburren.

Le tembló la mano y su cara enrojeció. Enfundó el arma en la sobaquera y se dirigió balanceándose hacia la puerta.

—Aún no he terminado con usted —me espetó por encima del hombro.

Le dejé el consuelo de decir la última palabra. No valía la pena contestar.

7

Al cabo de un rato, pasé por recepción.

—Bueno, no resultó —dije—. ¿Alguno de ustedes se ha fijado en el taxista que la ha llevado?

—Joe Harms —dijo rápidamente la muchacha—. Quizá le encuentre en la parada de la calle Grand. O puede llamar a la compañía. Es un chico simpático. Una vez me hizo proposiciones.

—Y metió la pata como de aquí a Paso Robles —replicó el conserje con sorna.

—Yo qué sé. Como tú no estabas por allí...

—Ya —suspiró él—. Trabajas veinte horas al día con la esperanza de ahorrar lo suficiente para comprar una casa y, cuando lo consigues, ya ha habido otros que han podido besar a la novia.

—A ésta no —le dije—. Era sólo una broma; le brillan los ojos cada vez que le mira a usted.

Salí y los dejé sonriéndose el uno al otro.

Como la mayoría de las ciudades pequeñas, Esmeralda tenía una calle mayor a lo largo de la cual, y en ambas aceras, se sucedían los establecimientos comerciales una o dos manzanas. Después, casi sin transición, se convertían en calles residenciales. Pero, a diferencia de la mayor parte de las ciudades pequeñas de California, carecía de fachadas ostentosas, vulgares vallas de anuncios, puestos de hamburguesas al aire libre, estancos o billares con vagabundos holgazaneando a la puerta. Las tiendas de la calle Grand eran antiguas y pequeñas, pero no cursis, y no las habían modernizado basándose en escaparates de grandes lunas, marcos de acero o tubos de neón de colores chillones. No todo el mundo en Esmeralda era rico, no todo el mundo era feliz, no todo el mundo poseía un Cadillac, un Jaguar o un Riley, pero el porcentaje de familias acomodadas era elevado, y las tiendas que vendían artículos caros eran tan bonitas y elegantes como las de Beverly Hills, aunque mucho menos llamativas. Además, había otra pequeña diferencia. En Esmeralda todo lo viejo era también limpio y, a veces, singularmente hermoso. En otras ciudades pequeñas todo lo viejo parece desvencijado.

Aparqué a mitad de manzana, justo delante de la oficina de teléfonos. Estaba cerrada, claro, pero la entrada estaba retranqueada y en aquel espacio que deliberadamente sacrificaba la rentabilidad en aras del estilo había dos cabinas telefónicas de color verde oscuro, parecidas a garitas de centinela. Ante ellas se encontraba un taxi de color tirando a beis aparcado en diagonal sobre una zona reservada pintada de rojo. Un hombre de pelo entrecano estaba sentado al volante, leyendo un periódico. Me acerqué a él.

—¿Es usted Joe Harms?

Meneó la cabeza.

—No tardará en volver. ¿Quiere taxi?

—No, gracias.

Crucé la calle y me detuve delante de un escaparate. Tenían una camisa deportiva a cuadros marrones y beis que me recordó a Larry Mitchell. Sandalias de color tostado, piezas de tejido importado, corbatas —dos o tres—, y camisas que hacían juego con aquéllas. Entre prenda y prenda, mucho espacio libre. En la marquesina, el nombre de un famosísimo ex atleta. Estaba como manuscrito, en cursiva, tallado y pintado en relieve sobre un fondo de madera de secuoya.

Se oyó el repiqueteo de un teléfono y el taxista se apeó de su automóvil y cruzó la acera para contestar. Habló, colgó, se metió en un taxi y salió dando marcha atrás. Cuando hubo desaparecido, la calle quedó completamente vacía durante uno o dos minutos. Después pasaron un par de coches, y un joven atractivo y bien vestido y su emperifollada parejita se pasearon por la misma acera, mirando escaparates sin dejar de charlar. Luego un mexicano con uniforme verde de botones aparcó un Chrysler con matrícula de Nueva York —que lo mismo era suyo—, entró en el *drugstore* y salió poco después con un cartón de cigarrillos. Condujo de nuevo hacia el hotel.

Otro taxi de color beis con el nombre de Compañía de Taxis Esmeralda dobló por la esquina y aparcó en el espacio pintado de rojo. Un individuo corpulento con gafas de gruesos cristales se apeó y habló unos minutos por teléfono, después volvió al taxi y cogió una revista de detrás del espejo retrovisor.

Me acerqué y resultó ser él. Iba sin chaqueta y se había arremangado la camisa hasta más arriba de los codos, a pesar de que la temperatura no fuese la más idónea como para ir en biquini.

—Sí. Soy Joe Harms.

Se metió un cigarrillo en la boca y lo encendió con un Ronson.

—Lucille, de El Rancho Descansado, me ha dicho que usted podría darme una pequeña información.

Me apoyé en el taxi y le obsequié con la más cálida de mis sonrisas. Le hizo el mismo efecto que una patada en el guardabarros.

—Información sobre qué.

—Esta tarde ha recogido a una pasajera en el motel. Estaba en el número 12 C. Una joven bastante alta con cabello rojizo y buena figura. Se llama Betty Mayfield, aunque probablemente no se lo haya dicho.

—Lo normal es que sólo me digan adónde quieren ir. Raro, ¿verdad? —Lanzó una bocanada de humo contra el parabrisas y observó cómo se aplanaba y esparcía por el taxi—. ¿Quién es esa muñeca?

—Mi chica, que acaba de dejarme. Hemos tenido una pequeña discusión. Todo por culpa mía. Me gustaría hacer las paces.

—¿Su chica no tiene casa propia?

—Muy lejos de aquí.

Hizo caer la ceniza del cigarrillo dándole un golpecito con el dedo meñique, sin quitárselo de la boca.

—Puede que ésos sean sus planes. Puede que ella no quiera que usted sepa dónde ha ido. Y puede que usted esté de suerte: aquí pueden echarle el guante por pasar el rato en un hotel con una mujer que no sea su esposa. Claro que tendrían que pescarles in fraganti.

—Y puede que yo sea un embustero —repliqué, sacando una tarjeta de la cartera.

La leyó y me la devolvió.

—Eso está mejor —dijo—, mucho mejor. Pero va contra las normas de la compañía. No conduzco esta carraca sólo para hacer músculos.

—¿Le interesa uno de cinco? ¿O también va contra las normas?

—Mi viejo es el dueño de la empresa. No le gustaría nada enterarse de que yo saco los pies del plato. Y no es que no me guste el dinero, créame.

El teléfono de la pared sonó con estridencia. Salió del taxi y llegó hasta el aparato en tres largas zancadas. Yo me quedé donde estaba, mordiéndome el labio inferior. Habló, regresó, entró en el taxi y se instaló ante el volante, todo en un solo movimiento.

—Tengo que largarme —dijo—. Lo siento. Voy un poco retrasado. Acabo de venir de Del Mar. El tren de las siete cuarenta y siete que va a Los Ángeles hace una parada allí. Los de aquí solemos cogerlo en esa estación.

Puso el motor en marcha y sacó la cabeza por la ventanilla para tirar el cigarrillo a la calle.

—Gracias —dije.

—¿Por qué?

Dio marcha atrás y desapareció.

Volví a consultar mi reloj. Tiempo y distancia coincidían. Había dieciocho kilómetros hasta Del Mar. Se tardaba casi una hora en llevar allí a alguien, dejarle en la estación, dar media vuelta y regresar. Me lo había explicado a su manera. No tenía sentido decírmelo a menos que significara algo. Le seguí con la mirada hasta que se perdió de vista y entonces atravesé la calle en dirección a las cabinas que había frente a las oficinas de la compañía telefónica. Dejé la puerta abierta, metí en la ranura mis diez centavos y marqué O grande.

—Llamada a Los Ángeles Oeste, por favor. —Di un número de Bradshaw—. De persona a persona, con el señor Clyde Umney. Mi nombre es Marlowe y llamo desde el cuatro veintiséis setenta y tres de Esmeralda, un teléfono público.

La telefonista me pasó la comunicación en mucho menos tiempo del que yo necesité para decirle todo eso. Oí la voz de Clyde Umney, cortante y rápida, al cabo de un momento.

—¿Marlowe? ¡Ya era hora de que llamase! Bueno..., suelte lo que haya.

—Estoy en San Diego. La he perdido. Se me ha escapado mientras yo me echaba la siesta.

—Ya sabía yo que usted era un tipo listo —observó desagradablemente.

—No es tan malo como parece, señor Umney. Tengo una idea aproximada del lugar adonde ha ido.

—Las ideas aproximadas no me bastan. Cuando contrato a una persona, espero que haga exactamente lo que le he ordenado. Además, ¿quiere decirme a qué se refiere con eso de una idea aproximada?

—¿No podría explicarme, aunque sea superficialmente, a qué viene todo este jaleo, señor Umney? Con el cuento de llegar a tiempo a la estación, apenas me han dicho nada. Su secretaria me ha dado muchos datos personales, pero muy poca información. Usted querrá que yo trabaje a gusto, ¿verdad, señor Umney?

—Tenía entendido que la señorita Vermilyea le había dicho todo lo que usted debía saber —gruñó—. Actúo en representación de una importante firma de abogados de Washington. Su cliente desea conservar el anonimato por el momento. Lo único que usted tiene que hacer es seguir a la muchacha hasta el lugar donde se detenga y no me refiero a un salón de té ni a un puesto de hamburguesas. Me refiero a un hotel, una casa de apartamentos, tal vez el piso de algún amigo. Eso es todo. ¿Lo quiere todavía más fácil?

—No le pido facilidades, señor Umney. Le pido antecedentes; quién es la muchacha, de dónde procede, y qué se supone que ha hecho para justificar este trabajo.

—¿Justificar? —aulló—. ¿Quién demonios es usted para decidir lo que hay que justificar y lo que no? Encuentre a la joven, impida que se escape y llámeme para decirme su dirección. Y si quiere cobrar, será mejor que se espabile. Dese prisa. Le doy hasta mañana a las diez. Después de esa hora tomaré otras medidas.

—De acuerdo, señor Umney.

—¿Dónde está exactamente y cuál es su número de teléfono?

—¡Oh! Estoy dándome un garbeo. Me han dado en la cabeza con una botella de whisky.

—¡Caramba, qué lástima! —replicó con aspereza—. Supongo que ya había usted vaciado la botella, ¿no?

—Oh, podría haber sido peor, señor Umney. Podía haber sido su cabeza. Le llamaré a su despacho a eso de las diez de la mañana. No se preocupe por quién pierde a quién. Hay dos tipos más trabajando esta misma acera. Uno es de aquí y se llama Mitchell; el otro es un compadre de Kansas City, un tal Goble. Va armado. Bueno, buenas noches, señor Umney.

—¡No cuelgue! —rugió—. ¡Espere un minuto! ¿Qué significa eso de... otros dos fisgones?

—¿Y me lo pregunta a mí? Creí que era yo quien preguntaba. Parece como si no supiera usted de la misa la mitad.

—¡Espere! ¡No cuelgue, por favor! —Hubo un silencio. Después, con una voz serena que ya no fanfarroneaba—: Llamaré a Washington a primera hora de la mañana, Marlowe. Perdone mi brusquedad. Empiezo a creer que tengo derecho a saber algo más de este asunto.

—Ya.

—Si vuelve a establecer contacto, telefonéeme aquí. A cualquier hora del día o de la noche.

—Ya.

—Buenas noches.

Colgó.

Yo hice lo mismo y respiré hondo. Aún me dolía la cabeza, pero ya no estaba aturdido. Aspiré el fresco aire nocturno que traía jirones de bruma marina. Salí de la cabina y miré al otro lado de la calle. El tipo del pelo entrecano que estaba en la parada cuando yo llegué había vuelto. Me acerqué y le pregunté dónde estaba el Glass Room, que era donde Mitchell había prometido llevar a cenar a la señorita Betty Mayfield, le gustase o no. Me lo dijo, le di las gracias, volví a cruzar la calle vacía, subí a mi coche alquilado y me marché por donde había venido.

Era posible que la señorita Mayfield hubiera cogido el tren de las siete cuarenta y siete a Los Ángeles o a otra estación intermedia. Pero también era muy probable que no lo hubiese hecho. Un taxista, cuando lleva a un pasajero a la estación, no se queda a ver si sube o no al tren. No era tan fácil sacudirse de encima a Larry Mitchell. Si tenía poder sobre ella para hacerla venir a Esmeralda, también lo tendría para hacerla quedarse allí. Él sabía quién era yo y qué estaba haciendo. Pero no por qué, pues ni yo mismo lo sabía. Si tenía dos dedos de frente, y yo le daba crédito por algunos dedos más, habría deducido que yo podía seguir los pasos de la muchacha hasta el lugar donde pudiese llevarla un taxi. Mi primera suposición fue que Mitchell habría ido a Del Mar, aparcado su gran Buick en cualquier lugar un poco oscuro, esperando la llegada del taxi. Cuando éste diera la vuelta y regresara, él la habría recogido para traerla de nuevo a Esmeralda. Mi segunda suposición fue que ella no le habría dicho nada que él ya no supiera. Yo era un detective privado de Los Ángeles, que trabajaba por cuenta de un cliente desconocido, y eso había hecho yo hasta que cometí el error de acercarme demasiado. Aquello le inquietaría, porque significaba que no tenía el campo libre. Pero si la información que poseía, fuera la que fuera, provenía de un recorte de periódico, difícilmente podía esperar disfrutarla él solo mucho tiempo. Cualquiera con suficiente interés y suficiente paciencia podía descubrir lo mismo que él tarde o temprano. Cualquiera con razones suficientes para contratar a un detective privado seguramente lo había hecho ya. Y esto significaba que cualquiera que fuese el mordisco que pensaba pegarle a Betty Mayfield, financiero o amatorio o ambos, tenía que hacerse sobre la marcha.

A unos quinientos metros desfiladero abajo, en un pequeño letrero luminoso con una flecha que señalaba hacia el mar se leía en letra cursiva: «The Glass Room». El camino serpenteaba entre las casas edificadas al borde del farallón, casas con acogedoras luces en las ventanas, cuidados jardines, paredes encaladas y una o dos de adobe o ladrillo, y tejas al estilo mexicano.

Doblé la última curva de la última colina y me llegó a la nariz el penetrante aroma de las algas. Las luces de The Glass Room, veladas por la neblina, adquirieron una intensidad ambarina y el sonido de una música bailable invadió la zona de aparcamiento. Aparqué muy cerca del mar, rugiente, pero invisible. No había vigilante. Cerrabas el coche y entrabas.

Dos docenas de coches, tan sólo. Paseé la mirada sobre ellos. Por lo menos, uno de mis presentimientos se había cumplido. El Buick Roadmaster de techo duro tenía la matrícula cuyo número llevaba yo en el bolsillo. Estaba aparcado junto a la entrada; a su lado, en el último espacio cerca de la entrada, había un Cadillac descapotable, verde claro y marfil, con asientos de cuero blanco, una manta escocesa de viaje, a cuadros, encima del asiento delantero para resguardarlo de la humedad y todos los accesorios que se pudiera soñar, incluidos dos enormes faros reflectores, una antena de radio lo bastante larga como para ir a pescar atunes, una baca de equipajes cromada y plegable para descongestionar el portamaletas en viajes largos, una visera para el sol, un reflector de prisma para ver los semáforos oscurecidos por la visera, una radio con tantos mandos como un tablero de control, un encendedor de esos que metes el cigarrillo y el chisme hasta se lo fuma por ti y algunas bagatelas por el estilo que me hicieron preguntarme cuánto tardarán en instalar en los coches radar, equipo de grabación, un bar y baterías antiaéreas.

Observé todo aquello a la luz de una linterna de bolsillo. Enfoqué la tarjeta de identificación: el nombre era Clark Brandon, hotel Casa del Poniente, Esmeralda, California.

8

El vestíbulo se encontraba en una galería que dominaba el bar y un comedor de dos niveles. Una escalera de caracol alfombrada descendía hasta el bar. Arriba no había nadie más que la joven del guardarropa y un tipo entrado en años que telefoneaba desde una cabina; la expresión de su cara sugería que lo mejor era no meterse con él.

Bajé las escaleras hasta el bar y me metí en un pequeño espacio curvo desde donde podía verse toda la pista de baile. Un lado del edificio era una enorme cristalera. Afuera sólo había niebla, pero en las noches claras, con la luna a ras del agua, debía de ser sensacional. Un trío mexicano tocaba la clase de música que siempre toca un trío mexicano. Interpreten lo que interpreten, siempre parece lo mismo. Siempre es la misma canción, con hermosas vocales abiertas y un ritmo dulzón, y el fulano que la canta siempre rasguea una guitarra y tiene un montón de cosas que decir sobre el *amor*, *mi corazón*, sobre una dama que es «linda», pero muy difícil de convencer, y el fulano siempre tiene el pelo demasiado largo y demasiado lleno de brillantina, y cuando no se está ganando los favores de una mujer da la impresión de que su trabajo con navaja en un callejón sería eficiente y económico.

En la pista de baile, media docena de parejas giraban con el descuidado abandono de un sereno artrítico. Casi todos bailaban mejilla con mejilla, en el caso de que bailar sea la palabra apropiada. Los hombres iban de esmoquin blanco y las muchachas tenían ojos brillantes, labios rojos y músculos conseguidos gracias al tenis o al golf. Sólo una pareja no bailaba agarrada. El fulano estaba demasiado borracho como para seguir el compás y ella estaba demasiado ocupada evitando los pisotones de los relucientes zapatos de él como para pensar en cualquier otra cosa. No debía haberme preocupado por haber perdido a la señorita Betty Mayfield. Allí estaba, con Mitchell, pero no parecía feliz. Mitchell tenía la boca abierta, apretaba los dientes, su cara estaba encendida y brillante, y sus ojos tenían una mirada vidriosa. Betty apartaba de él la cabeza lo que podía sin romperse el cuello. Resultaba evidente que el señor Larry Mitchell ya había agotado su paciencia.

Un camarero mexicano, con chaquetilla verde y pantalones blancos con una raya verde lateral, se me acercó. Pedí una Gibson doble y le pregunté si podía traerme un sándwich club. Él repuso: «*Muy bien, señor*», sonrió ampliamente y desapareció.

Cesó la música, se oyeron algunos aplausos. El trío se emocionó muchísimo e interpretó otro número. Un *maître* de cabello negro que parecía Herbert Marshall[3] metido a camionero circulaba entre las mesas, ofreciendo su

3. Popular actor cinematográfico británico que solía hacer papeles románticos. *(N. del T.)*

entrañable sonrisa y deteniéndose aquí y allá para hacerle la pelota a alguien. Finalmente cogió una silla y se sentó frente a un personaje corpulento y elegante, de aspecto irlandés, cuyo pelo empezaba a encanecer y también a escasear. Al parecer estaba solo. Llevaba un esmoquin oscuro y un clavel rojo en la solapa. Tenía aspecto de ser simpático, siempre que no se metieran con él. A esa distancia y con tan poca luz no pude sacar más conclusiones, excepto que para provocarle sería mejor ser grande, rápido, vigoroso y estar muy en forma.

El *maître* se inclinó hacia delante, le dijo algo y ambos miraron hacia Mitchell y la joven Mayfield. El encargado del comedor parecía preocupado; el tipo corpulento no dio muestras de interesarse demasiado. El otro se puso en pie y se marchó. El tipo corpulento metió un cigarrillo en una boquilla y un camarero se apresuró a acercarle un encendedor, como si hubiera esperado esa oportunidad durante toda la noche. El tipo corpulento le dio las gracias sin alzar los ojos.

Me trajeron la bebida, cogí el vaso y bebí. Se acabó la música y esta vez se acabó del todo. Las parejas se separaron y volvieron a sus mesas. Larry Mitchell no soltó a Betty. Seguía sonriendo. La atrajo hacia sí. Le puso una mano en la nuca. Ella trató de desasirse. Él la atrajo con más fuerza y acercó su rostro congestionado al de la muchacha. Ella se debatió, pero él era mucho más fuerte. Siguió acercándose. Ella le dio una patada. Él alzó la cabeza, molesto.

—Suélteme, maldito borracho —dijo ella sin aliento pero muy claramente.

El rostro de Mitchell adquirió una expresión desagradable. Le asió los brazos con fuerza suficiente como para hacerle daño, se la acercó y la retuvo. Todo el mundo les observaba, pero nadie se movió.

—¿Qué te pasa, muñeca? ¿Es que ya no quieres a papaíto? —inquirió él, con voz demasiado alta y estropajosa.

No vi lo que ella le hizo con la rodilla, pero me lo imagino, y a él le dolió. La apartó de un empujón y le cambió la cara. Alzó una mano y la abofeteó en la boca, con toda su fuerza; en la piel le apareció una marca roja. Ella ni se movió. Después, y todos pudimos oírla, dijo clara y lentamente:

—La próxima vez que haga eso, señor Mitchell, asegúrese de llevar un chaleco antibalas.

Dio media vuelta y se alejó. Él se quedó donde estaba. Su rostro adquirió una palidez cadavérica, no sé si de dolor o de rabia. El *maître* se le acercó discretamente y murmuró unas palabras con expresión interrogante.

Mitchell bajó la vista y miró al hombre. Entonces, sin una palabra, echó a andar en línea recta y el *maître* tuvo que apartarse precipitadamente. Mitchell siguió a Betty, y en el camino tropezó con un hombre que estaba sentado y ni se molestó en disculparse. Betty se había sentado a una mesa junto a la cristalera y muy cerca del tipo corpulento vestido de esmoquin. La miró. Miró a Mitchell. Se quitó la boquilla de la boca y también le echó un vistazo. Su rostro era totalmente inexpresivo.

—Me has hecho daño, preciosa —dijo con voz pastosa y demasiado alta—. No me gusta que me hagan daño. ¿Entiendes? Te has portado muy mal conmigo. ¿Quieres disculparte?

Ella se levantó, cogió un chal del respaldo de la silla y se encaró con él.

—¿Pago yo la cuenta, señor Mitchell, o la pagará usted con lo que le he prestado?

Alzó la mano con la intención de abofetearla de nuevo. Ella no se movió. El tipo de la mesa vecina, sí. Se puso en pie con un suave movimiento y agarró a Mitchell por la muñeca.

—Calma, Larry. Supongo que estimas en algo tu pellejo.

Su voz era tranquila, casi irónica.

Mitchell se desasió y se volvió hacia el otro.

—No te metas en esto, Brandon.

—Encantado, viejo. No me meto, pero sería mejor para ti que no pegaras otra vez a la señorita. Aquí no suelen echar a nadie a puntapiés, pero podría ocurrir.

Mitchell se rió con rabia.

—¿Por qué no te vas a freír espárragos?

El hombre corpulento repuso con serenidad:

—He dicho que calma, Larry. No pienso repetírtelo.

Mitchell le miró con una cólera mal reprimida.

—De acuerdo, te veré después —dijo, resentido. Dio unos pasos y se detuvo—. Cuanto más tarde, mejor —añadió, volviéndose.

Entonces se dirigió hacia la salida con paso inseguro, pero rápido, sin fijarse en nada de lo que le rodeaba.

Brandon permaneció inmóvil; la muchacha también. Parecía insegura respecto a lo que debía hacer. Le miró. Él le devolvió la mirada. Sonrió, educado y simpático, no en plan conquistador. Ella no respondió a la sonrisa.

—¿Puedo hacer algo por usted? —le preguntó él—. ¿Acompañarla a algún sitio? —Entonces volvió ligeramente la cabeza—. Eh, Carl.

El *maître* acudió presuroso.

—Nada de cuentas —dijo Brandon—. Sabes, en las circunstancias...

—Por favor —dijo la muchacha tajante—. No quiero que nadie pague mis facturas.

Él meneó lentamente la cabeza.

—Costumbres de la casa —repuso—. Personalmente, no tengo nada que ver. ¿Puedo enviarle una copa?

Ella le miró con algo más de detenimiento. Debió parecerle de fiar.

—¿Enviarme? —preguntó.

Él sonrió cortésmente.

—Bueno, traerle, si lo prefiere..., ¿no quiere sentarse?

Y apartó la silla de su propia mesa. Ella se sentó. Y en aquel momento, ni un segundo antes o después, el *maître* hizo una seña a los músicos y éstos empezaron a tocar otra pieza.

El señor Clark Brandon parecía ser de esa clase de personas que consiguen lo que quieren sin levantar la voz.

Al cabo de un rato me trajeron mi sándwich club. No era nada extraordinario, pero se dejaba comer. Me lo comí. Me quedé otra media hora. Brandon y la muchacha parecían hacer buenas migas. Estaban los dos muy tranquilos.

A los pocos minutos salieron a bailar. Entonces salí, me instalé en el coche y encendí un cigarrillo. Si ella me había visto, no lo había demostrado. En cambio, estaba seguro de que Mitchell no había reparado en mí. Había girado demasiado rápidamente hacia las escaleras, y estaba demasiado furioso como para ver nada.

A eso de las diez y media Brandon salió con ella y ambos se metieron en el Cadillac descapotable y descapotado. Los seguí sin tratar de ocultarme, porque el camino que tomaron fue el que cualquiera cogería para regresar al centro de Esmeralda. Su destino resultó ser la Casa del Poniente, y Brandon bajó la rampa hasta el garaje.

Sólo me quedaba una cosa por averiguar. Aparqué junto al edificio y, cruzando el vestíbulo, me encaminé hacia los teléfonos interiores.

—La señorita Mayfield, por favor. Betty Mayfield.

—Un momento, por favor —una corta pausa—. Ah, sí, acaba de registrarse. Llamo a su habitación, señor.

Otra pausa, mucho más larga.

—Lo siento, la habitación de la señorita Mayfield no contesta.

Le di las gracias y colgué. Me escabullí a toda prisa por si acaso ella y Brandon aparecían en el vestíbulo.

Volví a mi coche alquilado y seguí el camino del desfiladero hasta llegar a El Rancho Descansado. La casa donde estaba la oficina de recepción parecía cerrada y vacía. Una lucecita en el exterior revelaba la existencia de un timbre. Avancé a tientas hasta el 12 B, metí el coche en el cobertizo, y me dirigí bostezando hacia mi apartamento. El tiempo era frío, húmedo y miserable. Alguien se había ocupado de quitar las fundas rayadas del sofá-cama, colocando las almohadas.

Me desnudé, apoyé mi rizada cabeza en una de ellas y me quedé dormido.

9

Me despertaron unos golpecitos. Casi no se oían, pero eran insistentes. Tuve la impresión de que duraban desde hacía largo rato y que, poco a poco, habían penetrado en mi sueño. Di una vuelta en la cama y escuché. Trataron de abrir la puerta y los golpecitos se reanudaron casi inmediatamente. Lancé una ojeada a mi reloj de pulsera. Su débil fosforescencia me reveló que eran más de las tres. Me levanté y me acerqué a la maleta para coger la pistola. Fui hasta la puerta y abrí una rendija. Una figura envuelta en sombras y vestida con pantalones se hallaba ante ella. También llevaba una especie de cazadora y un pañuelo de color oscuro en torno a la cabeza. Era una mujer.

—¿Qué quiere?

—Déjeme entrar, rápido. No encienda la luz.

Conque era Betty Mayfield. Abrí totalmente la puerta y se deslizó en el interior como un jirón de niebla. Cerré la puerta. Alargué una mano hacia mi bata y me la puse.

—¿Hay alguien más ahí fuera? —pregunté—. El apartamento de al lado está vacío.

—No; estoy sola.

Se apoyó en la pared y respiró entrecortadamente. Encontré la linterna en un bolsillo de mi americana y paseé su diminuto rayo por la habitación hasta localizar el interruptor de la luz. Enfoqué el haz luminoso sobre su rostro. Parpadeó y alzó una mano. Yo dejé la linterna en el suelo y seguí su rastro luminoso hasta las dos ventanas, que cerré herméticamente. Después volví sobre mis pasos y encendí la lámpara.

Ella dejó escapar una exclamación y después guardó silencio. Seguía apoyada en la pared. Tenía pinta de necesitar un trago. Fui a la cocina, serví algo de whisky y se lo llevé. Ella hizo ademán de rechazarlo, pero después cambió de opinión, cogió el vaso y se bebió hasta la última gota.

Me senté y encendí un cigarrillo, la inevitable reacción mecánica tan latosa cuando es otro quien la realiza. Permanecí sentado, la miré y esperé.

Nuestros ojos se encontraron. Al cabo de unos minutos, ella metió lentamente una mano en el bolsillo oblicuo de la cazadora y sacó la pistola.

—¡Oh, no! —dije—. ¡Otra vez no!

Bajó la mirada hacia el arma. Frunció los labios. No apuntaba a ningún sitio. Se apartó de la pared y cruzó la habitación hasta apoyar el cañón del arma en mi codo.

—Ya la había visto antes —comenté—. Somos viejos amigos. La última vez que la vi era Mitchell quien la empuñaba. ¿Y bien?

—Por eso le golpeé. Temía que disparara.
—Y eso habría estropeado todos sus planes, fueran cuales fuesen.
—Bueno, yo no podía saberlo. Lo siento. Siento haberle golpeado.
—Gracias por los cubitos de hielo —dije yo.
—¿Es que no piensa mirar el arma?
—Ya lo he hecho.
—He venido andando desde la Casa. Ahora me alojo allí. Me... me he trasladado esta tarde.
—Lo sé. Tomó un taxi hasta la estación de Del Mar para coger un tren de la tarde, pero Mitchell la recogió y la trajo de nuevo aquí. Han cenado juntos, han bailado y han tenido una escena desagradable. Un hombre llamado Clark Brandon la ha acompañado al hotel en su Cadillac descapotable.
Me miró fijamente.
—No le vi allí —dijo por fin, con una voz que denotaba que estaba pensando en otra cosa.
—Estaba en el bar. Y usted estaba demasiado ocupada recibiendo bofetadas y diciéndole a Mitchell que llevase un chaleco antibalas la próxima vez que se acercara a verla. Y, en la mesa de Brandon, estaba sentada de espaldas a mí. He salido antes que ustedes y he esperado fuera.
—Empiezo a creer que realmente es usted un detective —repuso con serenidad. Volvió a mirar la pistola—. No me la devolvió —dijo—; claro que no puedo demostrarlo.
—Esto significa que le gustaría poder hacerlo.
—Quizá me ayudara un poco, aunque probablemente no demasiado. Sobre todo cuando me investiguen. Me imagino que ya sabe de qué estoy hablando.
—Siéntese y deje de rechinar los dientes.
Se acercó lentamente a una silla, se sentó en el borde y se inclinó hacia delante. Clavó los ojos en el suelo.
—Sé que hay algo que se puede investigar —dije—, porque Mitchell lo hizo. Por lo tanto, yo también podría hacerlo..., si quisiera. Todo el que sepa que hay algo por descubrir podría hacerlo. Yo aún no sé nada. Sólo me han contratado para no perderla de vista e informar acerca de su paradero.
Ella alzó brevemente la mirada.
—¿Y lo ha hecho?
—Sí —repuse, después de una pausa—. Antes le perdí la pista. Hablé de San Diego. De todos modos, eso es fácil de averiguar a través de la telefonista.
—Me había perdido la pista —repitió secamente—. El que le ha contratado debe tener una gran opinión de usted, sea quien sea. —Entonces se mordió los labios—. Lo siento, no pretendía decir una cosa así. Estoy tratando de tomar una decisión.
—No se precipite, tiene tiempo de sobra —le dije—. Sólo son las tres y veinte de la madrugada.
—Ahora es usted quien se burla.
Miré hacia el radiador. No parecía calentar demasiado, pero algo tenía que hacer. Decidí que necesitaba un trago. Fui a la cocina y me serví una copa. La apuré, me serví un poco más y volví a la habitación.

Ella tenía una carterita de imitación de cuero entre las manos. Me la enseñó.

—Aquí tengo cinco mil dólares en cheques de American Express; son del tamaño de un billete de cien dólares. ¿Hasta dónde estaría dispuesto a llegar por cinco grandes, Marlowe?

Tomé un sorbo de whisky. Reflexioné con semblante imparcial.

—Con un porcentaje de gastos normal, esta cantidad compraría mis servicios durante varios meses. En el caso, naturalmente, de que yo estuviera en venta.

Dio unos golpecitos con la cartera en el brazo del sillón. Observé que se martirizaba la rodilla con la otra mano.

—Claro que está en venta —repuso—, y esto no sería más que una paga y señal. Puedo comprar todo lo que quiera. Tengo más dinero del que usted podría imaginar. Mi último marido era tan rico que daba pena. Me dejó medio millón de dólares.

Puso cara de mujer insensible y me dio tiempo para acostumbrarme a aquella expresión.

—Supongo que no tendría que matar a nadie, ¿verdad?

—No tendría que matar a nadie.

—No me gusta su manera de decirlo.

Lancé una mirada de soslayo hacia el arma, que hasta entonces ni siquiera había rozado. Había venido andando desde la Casa en plena noche para traérmela. Yo no debía tocarla. La miré fijamente. Me incliné y la olí. Seguía sin tener que tocarla, pero estaba seguro de que acabaría haciéndolo.

—¿Quién tiene la bala en el cuerpo? —le pregunté.

El frío reinante en la habitación me había llegado a la sangre. Estaba helado.

—¿Sólo una bala? ¿Cómo lo ha sabido?

Entonces cogí la pistola. Saqué el cargador, lo miré, y volví a colocarlo en su lugar.

—Bueno, podrían haber sido dos —repuse—. En el cargador hay seis. En esta pistola caben siete. Quizá haya puesto una en la recámara y añadido otra al cargador. Claro que también puede haberlas disparado todas y puesto seis en el cargador.

—Estamos hablando por hablar, ¿no es así? —dijo ella lentamente—. No queremos decirlo con claridad.

—De acuerdo. ¿Dónde está el cadáver?

—En una silla de la terraza de mi habitación. Todas las habitaciones de ese lado tienen terraza. Están rematadas por un muro de cemento y las paredes de los extremos, o sea, las que hay entre las habitaciones o suites, sobresalen oblicuamente hacia fuera. Supongo que un alpinista podría pasar de una a otra, pero no con un peso a la espalda. Estoy en el piso doce. Encima sólo hay una azotea. —Se interrumpió y frunció el ceño, al tiempo que hacía un gesto de impotencia con la mano que había tenido apoyada en la rodilla—. Le parecerá absurdo —continuó—: sólo puede haber llegado hasta allí pasando por mi habitación, y yo no he dejado pasar a nadie.

—¿Está segura de que está muerto?

—Completamente; está muerto y bien muerto. No sé cuándo ha podido suceder. No he oído nada. Es verdad que algún ruido me ha despertado, pero no era un disparo. El caso es que ya estaba frío. De modo que no sé qué es lo que me ha despertado. Además, no me he levantado enseguida; me he quedado en la cama, pensando. No podía volver a dormirme, así que al cabo de un rato he encendido la luz, me he levantado y he fumado un cigarrillo. Entonces he visto que la niebla se había levantado y había salido la luna. Sus rayos no llegaban abajo, pero sí a mi habitación. Al salir a la terraza he visto que aún había algo de niebla baja. Hacía un frío horrible. Las estrellas parecían enormes. He estado un buen rato junto a la pared antes de verle. Me imagino que esto también le parecerá absurdo; o imposible. No creo que la policía se lo crea, ni siquiera al principio. Y después..., bueno, aún se lo creerán menos. No tengo ni una posibilidad entre un millón, a menos que alguien me ayude.

Me levanté, engullí hasta la última gota de whisky que quedaba en el vaso y me acerqué a ella.

—Permítame decirle dos o tres cosas. Primero, su reacción frente a lo ocurrido no es normal. No está muerta de miedo, sino muy tranquila; ni pánico, ni histeria, ni nada de nada. Es fatalista. Además, he oído toda la conversación de esta tarde entre usted y Mitchell. He quitado esas bombillas —señalé hacia el radiador— y he pegado un estetoscopio al tabique del fondo. Lo que Mitchell esgrimía contra usted era cierta información sobre su verdadera personalidad que, si llegaba a publicarse, la obligaría a cambiar otra vez de nombre y huir nuevamente a otra ciudad. Usted misma me ha dicho que era la mujer más afortunada del mundo porque estaba viva. Ahora hay un hombre muerto en su terraza, acribillado con su pistola, y el hombre no puede ser otro que Mitchell. ¿Es así?

Ella asintió.

—Sí, es Larry.

—Y dice que usted no le ha matado. También dice que la policía no creerá ni una sola palabra, ni siquiera al principio; y después mucho menos. Me da la impresión de que ha conocido a la policía muy de cerca.

Ella seguía mirándome. Se puso lentamente en pie. Nuestras caras se rozaban, nos miramos a los ojos. No sirvió de nada.

—Medio millón de dólares es mucho dinero, Marlowe. Podemos llegar a entendernos. En el mundo hay muchos lugares donde usted y yo podríamos llevar una vida agradable. Por ejemplo, en uno de esos altos edificios de apartamentos junto a la playa de Río. No sé cuánto duraría, pero todo tiene remedio, ¿no cree?

Contesté:

—Es usted un montón de mujeres diferentes. Ahora se comporta igual que una fulana. La primera vez que la vi era una educada señorita de buena familia. No le hacía gracia que tipos como Mitchell se tomaran ciertas libertades con usted. Después se compró un paquete de cigarrillos y se fumó uno como si lo odiara. Después se rasgó la blusa delante de mí, ja, ja, ja, tan cínica como una millonaria de Park Avenue después de que su novio se ha ido a casa. Después me permitió acariciarla. Y al poco rato me dio en la cabeza con una botella de whisky. Ahora me habla de una vida idílica en Río. ¿Cuál de todas ellas apoyaría la cabeza en la almohada, a mi lado, cuando me despertara por la mañana?

—Cinco mil dólares a cuenta; y mucho más dentro de poco. La policía no le dará ni cinco. Si opina lo contrario, ahí tiene un teléfono.

—¿Qué debo hacer para ganarme los cinco grandes?

Dejó escapar un suspiro de alivio, como si acabara de superar una crisis.

—El hotel se levanta casi al borde del precipicio. Al pie del muro sólo hay un sendero muy estrecho. Debajo del precipicio sólo están las rocas y el mar. La marea está muy alta. Mi terraza está justamente encima.

Yo asentí.

—¿Hay escaleras de incendios?

—Desde el garaje. Arrancan del rellano del ascensor, en el sótano, que sólo está dos o tres escalones más arriba que el garaje. Pero es una ascensión larga y dura.

—Por cinco de los grandes sería capaz de subir vestido de buzo. ¿Ha salido por el vestíbulo?

—Por la escalera de incendios. En el garaje hay un vigilante, pero estaba dormido en uno de los coches.

—Ha dicho que Mitchell estaba en una silla. ¿Hay mucha sangre?

Ella se sobresaltó.

—Pues no me he fijado. Supongo que sí.

—¡Que no se ha fijado! Se ha acercado lo suficiente para comprobar que estaba frío. ¿Dónde le han disparado?

—No lo sé. Debe de haber sido en la espalda.

—¿Dónde estaba la pistola?

—En el suelo de la terraza..., al lado de su mano.

—¿De cuál mano?

Abrió desmesuradamente los ojos.

—¿Acaso importa? No sé de cuál mano. Está echado sobre la silla, con la cabeza colgando a un lado y las piernas al otro. ¿Es necesario que sigamos hablando de ello?

—Está bien —dije yo—. No sé una palabra de las mareas y corrientes de esta zona. Lo mismo podría aparecer en la playa mañana por la mañana como tardar una o dos semanas. Suponiendo, claro está, que logremos hacerlo. Si pasa mucho tiempo, ni siquiera sabrán que ha muerto de un disparo. Por otra parte, quizá no le encuentren. No hay muchas posibilidades de que eso ocurra, pero sí algunas. En estas aguas hay barracudas, y otras cosas.

—Parece que se empeña en ponerlo peor de lo que es —dijo ella.

—Bueno, tuve unos comienzos difíciles. Estaba pensando si es posible que se suicidase. Entonces tendríamos que dejar el arma de nuevo donde estaba. Era zurdo, ¿sabe? Por eso quería saber qué mano.

—¡Oh! Sí, era zurdo; tiene usted razón. Pero lo del suicidio es imposible; un fulano tan presuntuoso jamás se mataría.

—Dicen que, a veces, el hombre mata lo que más ama. ¿No podría ser su caso?

—No era de ésos —repuso ella, firme y terminantemente—. Teniendo mucha suerte, probablemente creerán que se cayó de la terraza. Dios sabe lo borracho que estaba. Y yo ya estaré en América del Sur. Aún tengo el pasaporte en regla.

—¿Qué nombre usa en su pasaporte?

Alargó una mano y deslizó las yemas de los dedos por mi mejilla.

—No tardará en saberlo todo sobre mí. No se impaciente. Sabrá hasta mis secretos más íntimos; ¿no puede esperar un poco?

—Bueno. Empecemos a intimar con esos cheques de American Express. Aún nos quedan una o dos horas de oscuridad y varias más de niebla. Ocúpese de los cheques mientras yo me visto.

Recogí mi chaqueta y le di una pluma. Ella se sentó junto a la lámpara y empezó a firmarlos. Escribía lenta y cuidadosamente, sacando la lengua entre los dientes. El nombre que escribió era Elizabeth Mayfield.

Así que había planeado el cambio de nombre antes de abandonar Washington.

Mientras me vestía me pregunté si era realmente tan tonta como para creer que la ayudaría a deshacerse del cadáver.

Llevé los vasos a la cocina y recogí la pistola sobre la marcha. Dejé que la puerta giratoria se cerrara y deposité el arma y el cargador en la bandeja del horno. Enjuagué y sequé los vasos. Volví a la sala de estar y me vestí. Ella ni siquiera me miró.

Siguió firmando los cheques. Cuando hubo terminado, cogí el talonario y los hojeé uno por uno, comprobando las firmas. Aquel dinero me importaba un rábano. Me metí el talonario en un bolsillo, apagué la luz y me dirigí hacia la puerta. La abrí y ella se colocó a mi lado, muy cerca de mí.

—Lárguese —dije—. La recogeré en la carretera, donde termina la verja.

Ella me miró y se acercó un poco más.

—¿Puedo confiar en usted? —preguntó en voz baja.

—Hasta cierto punto.

—Por lo menos es sincero. ¿Qué pasará si no lo conseguimos? ¿Y si alguien ha oído el disparo, si lo han encontrado, si llegamos y aquello está plagado de policías?

Yo clavé los ojos en su cara y no le contesté.

—Déjeme adivinarlo —dijo ella, muy tranquila y lentamente—. Se apresurará a traicionarme. Pero no tendrá los cinco mil dólares; esos cheques serán papel mojado. No se atreverá a cobrar ni uno solo.

Seguí sin contestar.

—¡Hijo de perra! —No alzó la voz ni un semitono—. ¿Por qué se me habrá ocurrido venir?

Le cogí la cara entre mis manos y la besé en los labios. Ella se soltó.

—Por esto no, desde luego —dijo—. Y otro pequeño detalle; es terriblemente pequeño e insignificante, ya lo sé y he tenido que aprenderlo; gracias a expertos profesores. Largas, difíciles y penosas lecciones, y muchos profesores. Pero es que da la casualidad de que yo no le he matado.

—Es posible que la crea.

—No se moleste en intentarlo —contestó—; nadie más lo hará.

Dio media vuelta, salió al porche y bajó los escalones. Se internó en el bosquecillo. Cuando estaba a unos diez metros desapareció entre la niebla.

Cerré con llave, subí al coche alquilado y avancé lentamente por el silencioso camino, dejando atrás la casita de la recepción cerrada con la luz encima del timbre. Todo el lugar estaba profundamente dormido, pero a lo largo del desfiladero circulaban camiones con materiales de construcción, carburantes y otros con remolque que acarreaban todo lo necesario para que cualquier ciudad siga viviendo. Llevaban los faros antiniebla encendidos y ascendían lenta y trabajosamente por la colina.

A cincuenta metros de la verja, ella emergió de las sombras y subió al coche. Yo encendí los faros. Oí el gemido de una sirena. Arriba, en las despejadas alturas del cielo, una formación de reactores procedentes de North Island pasó como una exhalación sobre nuestras cabezas y desapareció en menos tiempo del que yo necesité para coger el encendedor del salpicadero y encender un cigarrillo.

La muchacha permanecía inmóvil en el asiento, a mi lado, mirando hacia delante y sin despegar los labios. No veía la niebla ni la parte trasera del camión que nos precedía. No veía nada. Estaba allí, paralizada por la desesperación, como un reo que se dirige hacia la horca.

Aunque también cabía la posibilidad de que fuera la mejor actriz dramática que yo había conocido en muchísimo tiempo.

10

La Casa del Poniente estaba situada al borde del acantilado, con un jardín de unas tres hectáreas de césped y macizos de flores; un patio central en el lado resguardado, mesas dispuestas tras una mampara de cristal, y un sendero bajo una pérgola que conducía a la puerta de entrada. Había un bar a un lado, una cafetería al otro, y a cada extremo del edificio varios cobertizos para automóviles parcialmente ocultos por frondosos setos de dos metros de altura. Había algunos coches aparcados. No todo el mundo se molestaba en usar el garaje subterráneo, a pesar de que el húmedo aire salino no fuera lo más adecuado para los cromados.

Aparqué en un lugar libre cerca de la rampa del garaje, desde el cual se oía claramente el ruido del océano, y se podía notar el rocío de las olas, su aroma y su sabor. Bajamos del coche y nos dirigimos hacia la entrada del garaje. Un estrecho sendero bordeaba la rampa. Un letrero colgado sobre la entrada decía: «Descender en marcha corta. Tocar la bocina». La muchacha me asió de un brazo y me obligó a detenerme.

—Yo entraré por el vestíbulo. Estoy demasiado cansada para subir tantas escaleras.

—De acuerdo; no hay nada que se lo impida. ¿Cuál es el número de su habitación?

—El 1.224. ¿Qué hacemos si nos sorprenden?

—Sorprenden, ¿haciendo qué?

—Ya lo sabe. Tirándolo... tirándolo por el balcón. O lo que sea.

—A mí me atarían de pies y manos; a usted, no lo sé. Depende de lo que tengan en su contra.—¿Cómo puede hablar así antes de desayunar?

Dio media vuelta y se alejó rápidamente. Yo empecé a bajar la rampa. Describía una amplia curva, como casi todas, y al final de ella vi una pequeña oficina con paredes de cristal y una lámpara en el techo. Seguí bajando y comprobé que estaba vacía. Agucé el oído en espera de percibir los característicos sonidos de alguien que arregla un coche, el chorro de agua en el departamento de lavado, pasos, un silbido, cualquier ruido que me revelase dónde estaba el vigilante y qué hacía. En un garaje subterráneo se oye absolutamente todo. Yo no oí nada.

Seguí bajando hasta llegar al mismo nivel del extremo superior de la oficina. Agachándome, pude ver los escalones que conducían al rellano del ascensor. Había una puerta con un letrero que decía: «AL ASCENSOR». Era de cristal y vi luz al otro lado, pero nada más.

Avancé tres pasos y me paré en seco. El vigilante tenía la vista clavada en mí.

Se hallaba en el asiento posterior de un gran Packard. La luz le daba en la cara y, como llevaba gafas, los rayos también se reflejaban en ellas. Estaba cómodamente recostado en un rincón del coche. Permanecí inmóvil y esperé que se moviera. No se movió. Tenía la cabeza apoyada en el respaldo del asiento. La boca abierta. Me extrañó que no se moviera. Quizá sólo fingiese estar dormido hasta que yo desapareciera. Entonces correría al teléfono y llamaría a recepción.

Después pensé que eso era una tontería. Debía haber llegado a última hora de la tarde y no podía conocer a todos los huéspedes de vista. La acera que bordeaba la rampa también daba acceso al hotel. Eran cerca de las cuatro de la madrugada. Al cabo de una hora empezaría a clarear. Ningún ladrón entraría a robar tan tarde.

Me dirigí hacia el Packard sin vacilar y le miré desde fuera. El coche estaba totalmente cerrado, incluso las ventanillas. El hombre no se movió. Agarré la manivela de la puerta e intenté abrirla sin hacer ruido. Siguió sin moverse. Su cara tenía bastante mal color. Parecía dormido y le oí roncar incluso antes de abrir la puerta. Entonces lo recibí en plena cara. El dulce vapor de la marihuana. El fulano estaba fuera de circulación, se encontraba en el valle de la paz, donde el tiempo se detiene y el mundo está lleno de colores y música. Y al cabo de un par de horas habría perdido su empleo, en el caso de que la policía no le detuviese y le metiese en la nevera.

Volví a cerrar el coche y atravesé el garaje en dirección a la puerta de cristal. Me encontré en un rellano pequeño y desnudo con suelo de cemento y dos puertas de ascensor; junto a ellas, tras una puerta más pesada, estaba la escalera de incendios. La abrí e inicié la ascensión. Subí lentamente. En doce pisos y un sótano hay muchos escalones. Conté todas las salidas de emergencia a medida que pasaba frente a ellas porque no estaban numeradas. Eran resistentes, sólidas y grises como el cemento de los escalones. Cuando abrí la puerta que daba al pasillo de la duodécima planta estaba sudando y sin aliento. Avancé cautelosamente hasta la habitación 1.224 e hice girar el pomo. La puerta estaba cerrada con llave, pero se abrió casi enseguida, como si la muchacha me hubiese estado esperando junto a ella. Pasé a su lado sin mirarla y me dejé caer en un sillón para recobrar el aliento. Era una habitación grande y bien ventilada, con puertas de cristal de dos hojas que daban acceso a una terraza. La ancha cama de matrimonio había sido utilizada o, por lo menos, la habían arreglado para que diese esa impresión. Diversas prendas de ropa encima de las sillas, artículos de tocador en la mesa, equipaje. Tenía pinta de costar unos veinte dólares al día, por persona.

Ella corrió el pestillo.

—¿Algún tropiezo?

—El vigilante estaba drogado hasta las cejas. Inofensivo como un gatito.

Me levanté del sillón y me dirigí hacia la puerta de la terraza.

—¡Espere! —exclamó vivamente ella. Volví la cabeza para mirarla—. Es inútil —dijo—; nadie podría hacer algo así.

Permanecí donde estaba y esperé.

—Lo mejor es que llame a la policía —dijo—, a pesar de lo que eso significa para mí.

—Es una magnífica idea —repuse—. ¿Cómo es posible que no se nos haya ocurrido antes?

—Márchese —añadió—. No hay necesidad de que se vea mezclado en este asunto.

Yo no contesté. La miré a los ojos. Apenas podía mantenerlos abiertos. Supuse que era a causa del efecto retardado del shock o de alguna clase de narcótico. No sabía cuál de las dos cosas.

—He tomado dos pastillas para dormir —dijo ella, leyendo mis pensamientos—. Esta noche ya no puedo aguantar nada más. Váyase, por favor. Cuando me despierte, llamaré al servicio de restaurante. Cuando venga el camarero me las ingeniaré para llevarle a la terraza y verá... lo que haya que ver. Yo no sabré absolutamente nada. —Empezaba a trabársele la lengua. Se estremeció de pies a cabeza y se restregó las sienes—. Lamento lo del dinero. Me lo devolverá usted, ¿verdad?

Me acerqué a ella.

—Me imagino que, de lo contrario, les contará toda la historia, ¿no?

—Tendré que hacerlo —contestó, con voz soñolienta—. ¿Acaso puedo evitarlo? Me obligarán. Estoy..., estoy demasiado cansada para seguir luchando.

La agarré por un brazo y la sacudí. Le osciló la cabeza.

—¿Está segura de que sólo ha tomado dos cápsulas?

Abrió los ojos.

—Sí. Nunca tomo más de dos.

—Entonces, escúcheme. Voy a salir a la terraza a echarle un vistazo. Después volveré al Rancho. Me quedaré con el dinero y también me quedaré con la pistola. Quizá no puedan seguirle el rastro hasta mí, pero... ¡despierte! ¡Escúcheme! —La cabeza le cayó nuevamente a un lado. Se enderezó y abrió los ojos, pero carecían de expresión y brillo—. Escuche; si no pueden relacionar la pistola con usted, tampoco la relacionarán conmigo. Trabajo para un abogado y mi trabajo es usted. Los cheques de viaje y la pistola volverán al lugar al que pertenecen. Y la historia que usted explique a la policía no valdrá un céntimo. Lo único que logrará con ella será condenarse a sí misma. ¿Lo ha entendido?

—Sí, sí —contestó—, pero no me importa nada.

—No es usted quien habla; es el somnífero.

Se desplomó hacia delante, pero logré sostenerla a tiempo y la conduje hacia la cama. Se dejó caer de cualquier manera. Le quité los zapatos y la tapé con una manta, arropándola bien. Se quedó dormida inmediatamente. Empezó a roncar. Fui al cuarto de baño y, a tientas, encontré un frasco de Nembutal en el estante. Estaba casi lleno. Había un letrero con el número de la receta y una fecha. La fecha era de un mes antes, y la farmacia era de Baltimore. Vacié el frasco de píldoras amarillas en mi mano y las conté. Había cuarenta y siete y casi llenaban la botella. Cuando las toman para suicidarse las toman todas, menos las que se caen al suelo, que casi siempre se les cae alguna. Volví a meter las pastillas en el frasco y me metí éste en un bolsillo.

Volví a la habitación y contemplé a la chica. Hacía frío. Conecté el radiador y lo ajusté a una temperatura no muy alta. Finalmente, abrí uno de los ventanales y salí a la terraza. Hacía tanto frío como en el Polo Norte. Debía de medir unos tres metros por cuatro, y tenía un muro de setenta y cinco centímetros de una parte a otra, rematado por una barandilla de hierro bastante baja. Era fácil saltar, pero imposible caerse accidentalmente. Había dos sillas de aluminio con mullidos almohadones, y dos sillones del mismo tipo. La pared divisoria de la izquierda sobresalía de la fachada tal como ella me había dicho. Pensé que ni siquiera un alpinista podría doblar por el saliente sin un equipo adecuado. La pared del otro extremo se alzaba perpendicularmente hasta el borde de lo que debía ser una terraza de la azotea.

No había ningún muerto en ninguna de las sillas, ni en el suelo de la terraza, ni en ningún otro sitio. Lo examiné todo en busca de huellas de sangre. Ni una gota. Ni una gota de sangre en la terraza. Revisé el muro de seguridad. Ni una gota de sangre. Ningún indicio de que hubieran arrojado un cuerpo desde allí. Me apoyé en el muro, me así a la barandilla de metal y me incliné hacia fuera todo lo que pude. Miré a lo largo de toda la fachada hasta el jardín. Un grupo de matorrales se levantaba junto a ella, después de una estrecha franja de césped, un sendero de piedrecitas, otra franja de césped y una verja con más arbustos. Calculé la distancia, lo que desde aquella altura no era fácil, pero no podía haber menos de diez metros. Al otro lado de la verja, las olas se estrellaban contra unas rocas semisumergidas.

Larry Mitchell era unos dos centímetros más alto que yo, aunque debía pesar unos cinco kilos menos. Aún no había nacido el hombre que pudiese levantar un cuerpo de setenta y nueve kilos por encima de aquella barandilla y lanzarlo a una distancia suficiente como para que cayera al océano. Era casi imposible que una chica no se diera cuenta de ese detalle; las posibilidades de pasarlo por alto debían andar por la décima parte de un uno por ciento.

Abrí la puerta de cristal, entré en la habitación, volví a cerrar y me acerqué a los pies de la cama. Seguía profundamente dormida. Y roncaba. Le rocé la mejilla con la palma de la mano. Estaba húmeda. Se movió un poco y refunfuñó. Después suspiró y cambió la cabeza de posición en la almohada. Nada de estertores, ni estupor profundo, ni coma y, por tanto, nada de sobredosis.

En eso no me había engañado, no como en casi todo lo demás.

Encontré su bolso en el primer cajón de la mesa. Tenía un compartimiento con cremallera en la parte de atrás. Metí allí el talonario de cheques de viaje y examiné el resto para ver si me enteraba de algo. Unos cuantos billetes doblados, un horario de trenes de Santa Fe, la cartera donde había guardado el billete, el resto del billete de tren y la reserva del Pullman. Había ocupado la litera E del dormitorio 19 en el vagón 19 del tren de Washington a San Diego, California. Ninguna carta, nada que pudiera identificarla. Esto lo habría llevado en la maleta. En el compartimiento principal del bolso había todo lo que una mujer suele llevar: un lápiz de labios, una polvera, un monedero, algunas monedas y unas cuantas llaves en una anilla de la que colgaba un minúsculo tigre de bronce. Un paquete de cigarrillos que parecía estar casi lleno, pero abierto. Una caja de cerillas con una cerilla usada. Tres pañuelos sin iniciales, un paquete de limas para uñas, unas tijeras de manicura y unas pinzas para las cejas, un peine en una funda de cuero, un frasquito redondo de esmalte para uñas y una diminuta agenda. Me abalancé sobre ella. Estaba totalmente en blanco; no había nada escrito. También vi un par de gafas de sol dentro de un estuche en el que no había ningún nombre; una pluma, un lapicero de oro y nada más. Volví a poner el bolso donde lo había encontrado. Abrí otro cajón y saqué una hoja de papel de carta con el membrete del hotel y un sobre.

Usé el bolígrafo del hotel para escribir: «Querida Betty: Lamento muchísimo no haber podido seguir muerto. Se lo explicaré mañana. Larry».

Metí la nota en el sobre, escribí encima: Señorita Betty Mayfield, y lo tiré en el lugar donde habría quedado si lo hubiesen introducido por debajo de la puerta.

Abrí la puerta, salí, cerré, volví a la escalera de incendios, frente a la que exclamé en voz alta: «Al demonio con todo», y llamé al ascensor. No acudió. Volví a llamar y seguí llamando. Finalmente subió y un joven mexicano de mirada soñolienta abrió las puertas y bostezó, sonriendo a modo de disculpa. Yo también sonreí y no dije nada.

No vi a nadie en el mostrador de recepción, situado frente a los ascensores. El mexicano se aposentó en su sillón y volvió a quedarse dormido antes de que yo hubiera dado seis pasos. Todo el mundo dormía menos Marlowe. Trabaja de sol a sol y ni siquiera cobra.

Regresé a El Rancho Descansado, no vi a nadie despierto, miré ansiosamente la cama, pero hice la maleta —poniendo la pistola de Betty en el fondo—, metí doce dólares en un sobre y, en el camino de salida, lo introduje en la ranura de la puerta de la oficina, junto con la llave de mi habitación.

Me dirigí hacia San Diego, devolví el coche alquilado y desayuné en una cafetería situada enfrente de la estación. A las siete y cuarto tomé un tren diésel de dos vagones que iba directamente a Los Ángeles y que llegó a las diez en punto.

Fui a casa en taxi; me afeité, me duché, engullí un segundo desayuno y hojeé el periódico de la mañana. Eran cerca de las once cuando telefoneé al despacho del señor Clyde Umney, el abogado.

Contestó él mismo. Quizá la señorita Vermilyea no se hubiera levantado todavía.

—Soy Marlowe. Estoy en casa. ¿Puedo pasar por ahí?

—¿La ha encontrado?

—Sí. ¿Ha llamado a Washington?

—¿Dónde está?

—Me gustaría decírselo en persona. ¿Ha llamado a Washington?

—Primero quiero tener su informe. Me espera un día muy ajetreado.

Su voz denotaba irritación, carente de amabilidad.

—Estaré ahí dentro de media hora.

Me apresuré a colgar y llamé al garaje donde me guardaban el Oldsmobile.

11

Hay demasiados despachos como el de Clyde Umney. Estaba adornado con paneles cuadrados de madera contrachapada dispuestos en ángulo recto para producir el efecto de un tablero de ajedrez. La iluminación era indirecta, la alfombra de pared a pared, los muebles de color oscuro, los sillones cómodos y los suelos probablemente exorbitantes. Los marcos metálicos de las ventanas se abrían hacia fuera y había un pequeño, pero cuidado aparcamiento detrás del edificio, en el que cada plaza tenía un letrero blanco con un nombre pintado. Por alguna razón, la de Clyde Umney aún estaba desocupada, así que la utilicé. Quizá tuviese un chófer para ir a la oficina. El edificio tenía cuatro pisos de altura, era muy nuevo y estaba ocupado totalmente por médicos y abogados.

Cuando entré, la señorita Vermilyea se disponía a iniciar una dura jornada de trabajo retocándose el peinado de su cabello rubio platino. Pensé que no la favorecía demasiado. Guardó el espejo y encendió un cigarrillo.

—Caramba, caramba, el señor tío duro en persona. ¿A qué debemos tal honor?

—Umney me está esperando.

—*Señor* Umney para usted, compañero.

—Y Umney a secas para usted, hermana.

Montó en cólera inmediatamente.

—¡No me llame «hermana», detective barato!

—Pues no me llame «compañero», secretaria carísima. ¿Qué piensa hacer esta noche? No me diga que sale otra vez con cuatro marineros.

Observé que la piel en torno a los ojos palidecía aún más. Crispó la mano en torno a un pisapapeles. No me lo tiró, como yo imaginaba.

—¡Hijo de perra! —exclamó con cierto sarcasmo. Después accionó un interruptor del interfono y dijo—: El señor Marlowe está aquí, señor Umney.

Entonces se echó hacia atrás y me dirigió una penetrante mirada.

—Tengo amigos que podrían cortarle en trozos tan pequeños que necesitaría una escalera para ponerse los zapatos.

—Ya ha habido alguien que se ha empeñado mucho en eso —repliqué—, pero el mucho empeño es un pobre sustituto del talento.

De repente ambos nos echamos a reír. Se abrió la puerta y Umney sacó la cabeza. Me hizo una seña con la barbilla, pero tenía los ojos puestos sobre la chica rubia.

Yo entré y, al cabo de un momento, él cerró la puerta y tomó asiento al otro lado de una enorme mesa semicircular, con superficie de cuero verde y varios montones de documentos importantes encima. Era un hombre aseado, vestido muy cuidadosamente, demasiado corto de piernas, con una nariz demasiado larga y cabello demasiado escaso. Tenía unos ojos marrones límpidos lo que, en un abogado, inspiraba confianza.

—¿Haciendo proposiciones a mi secretaria? —me preguntó con una voz que era cualquier cosa menos límpida.

—Nada de eso; sólo nos contábamos chistes.

Me senté en el sillón del cliente y le miré con algo parecido a la cortesía.

—A mí me ha parecido que estaba furiosa.

Se acurrucó en su sillón tipo vicepresidente ejecutivo y puso mala cara.

—No tiene un día libre hasta dentro de tres semanas —dije—. Y yo no podía esperar tanto.

—Tenga cuidado, Marlowe; no la moleste. Ella es propiedad privada. No le dedicaría ni media hora. Además de ser un hermoso ejemplar de humanidad femenina, es más lista que el hambre.

—¿Quiere decir que también sabe escribir a máquina y taquigrafía?

—¿A qué se refiere con ese «también»? —Enrojeció de pronto—. Ya le he aguantado demasiadas insolencias. Le aconsejo que tenga cuidado, mucho cuidado. Tengo suficiente influencia en la ciudad como para arruinarle la carrera. Ahora deme su informe y vaya derecho al grano.

—¿Aún no ha hablado con Washington?

—Eso no es asunto suyo. Quiero que me dé su informe ahora mismo. El resto sólo me concierne a mí. ¿Dónde está la joven King?

Cogió un bonito bolígrafo y un bonito cuaderno de notas. Entonces soltó el bolígrafo y se sirvió un vaso de agua de un termo negro y plateado.

—Hagamos un trato —le dije—. Usted me explica por qué quiere encontrarla y yo le digo dónde está.

—Es usted mi empleado —replicó—, y no tengo por qué darle ninguna información.

Seguía mostrándose duro, pero empezaba a flaquear.

—Soy su empleado si yo quiero, señor Umney. No se ha cobrado ningún cheque ni firmado ningún contrato.

—Usted aceptó el trabajo; aceptó un anticipo.

—La señorita Vermilyea me dio un talón de doscientos cincuenta dólares como anticipo, y otro talón de doscientos dólares para gastos. Pero no los he cobrado. Aquí los tiene. —Saqué los dos talones de la cartera y los dejé sobre la mesa, frente a él—. Lo mejor es que los guarde hasta que haya decidido si quiere un investigador o una persona que sólo le diga amén, y hasta que yo haya decidido si me han ofrecido un trabajo o me han metido en una situación de la que no sabía nada.

Miró los dos talones. No parecía satisfecho.

—Ya ha hecho algunos gastos —dijo lentamente.

—No se preocupe, señor Umney. He ahorrado unos cuantos dólares... y los gastos son deducibles. Además, me he divertido mucho.

—Es usted muy terco, Marlowe.

—Supongo que sí, en mi trabajo hay que serlo. De lo contrario, me dedicaría a otra cosa. Le dije que la muchacha era víctima de un chantaje. Sus amigos de Washington deben saber por qué. Si es una estafadora, magnífico; pero tienen que decírmelo. Además, tengo una oferta que usted no puede igualar.

—¿Está dispuesto a cambiar de bando por más dinero? —preguntó airadamente—. No sería ético.

Me eché a reír.

—Así que ahora recurrimos a la ética; quizá lleguemos a alguna parte.

Extrajo un cigarrillo de una caja y lo encendió con un mechero que hacía juego con el termo y el bolígrafo.

—Sigue sin gustarme su actitud —gruñó—. Hasta ayer, yo no sabía más que usted. Di por sentado que una respetable firma de abogados de Washington no me pediría nada que fuera contra la ética legal. Como a esta chica la podían haber detenido sin dificultad, supuse que se trataba de algún conflicto familiar, una esposa o una hija que se habían fugado, o una testigo importante pero reacia que ya había salido de la jurisdicción en la que tenía que hacer la comparecencia. Eso era lo que creía. Esta mañana las cosas han cambiado un poco.

Se levantó, se acercó a la enorme ventana, e hizo girar las lamas de la persiana para que el sol no diera sobre la mesa. Siguió fumando y mirando al exterior, y al cabo de un momento volvió a la mesa y se sentó.

—Esta mañana —prosiguió lentamente y con el ceño fruncido— he hablado con mis socios de Washington y he sido informado de que la joven era la secretaria confidencial de un hombre muy rico e importante, no me han dicho su nombre, y que se ha fugado con ciertos documentos muy peligrosos de sus archivos privados. Documentos que perjudicarían mucho a ese hombre si llegaran a hacerse públicos. No me han dicho en qué sentido. Quizá haya falsificado su declaración de impuestos. Hoy día, nunca se sabe.

—¿Y cree que ella cogió esos papeles para hacerle chantaje?

—Es lógico suponerlo. De lo contrario no le servirían para nada. El cliente, al que podemos llamar señor A, no se dio cuenta de que la muchacha había desaparecido hasta que ella se encontraba ya en otro estado. Entonces inspeccionó los archivos y descubrió que faltaba parte del material. Prefirió no acudir a la policía. Cree que la chica se alejará lo suficiente como para sentirse segura y, desde ese punto, empezar las negociaciones para devolverle el material a un alto precio. Quiere localizarla sin que ella lo sepa, ir a su encuentro y sorprenderla antes de que se ponga en contacto con algún abogado sin escrúpulos, de los que lamento decir que hay demasiados, que elabore un plan que la salve de la justicia. Ahora usted me dice que es víctima de un chantaje. ¿En qué se basa?

—Si esa historia se tuviera en pie, podría ser porque él está en situación de estropearle el juego a la chica —dije yo—. Quizá él sabe alguna cosa que la puede meter en un apuro sin necesidad de sacarse los ases de la manga.

—Ha dicho si la historia se tiene en pie —replicó—. ¿Quiere explicarme a qué se refiere?

—A que está tan llena de agujeros como un colador. Le han embaucado, señor Umney. ¿Dónde guardaría cualquiera un material como los importantes papeles que ha mencionado... si quisiera que permaneciesen en su poder? Le aseguro que no sería donde una secretaria pudiera cogerlos. Y, a menos que él reparase en su desaparición antes de que ella se marchara, ¿cómo pudo hacerla seguir hasta el tren? Además, aunque ella compró un billete para California, podría haberse apeado en cualquier otro sitio. Por lo tanto, tenían que seguir vigilándola en el tren y, en este caso, ¿por qué iban a necesitarme para que la recogiera aquí? Por otra parte, y tal como usted lo enfoca, eso sería una misión para una gran agencia con conexiones a lo largo y ancho del país. Me parece estúpido que se arriesguen a confiársela a un solo hombre. Ayer la perdí. Podría perderla otra vez. Se necesita un mínimo de seis profesionales para seguir a una persona en una ciudad medianamente grande, y fíjese que he dicho un mínimo. En una ciudad grande se requiere una docena. Cualquier detective tiene que comer, dormir y cambiarse de camisa. Si la persecución se hace en coche debe tener un hombre que le releve mientras busca un sitio para aparcar. Los almacenes y hoteles pueden tener media docena de entradas. Pero lo único que hace esta muchacha es pasearse por la estación a la vista de un montón de gente. Y lo único que hacen sus amigos de Washington es enviarle una fotografía, llamarle por teléfono y quedarse tan tranquilos viendo la televisión.

—Está muy claro —repuso—. ¿Algo más?

Tenía el semblante inexpresivo.

—Sí. ¿Por qué, si no esperaba que la siguieran, se habría molestado en cambiar de nombre? ¿Por qué, si esperaba que la siguieran, nos lo ha dejado tan fácil? Le he dicho que hay otros dos tipos trabajando en lo mismo. Uno es un detective privado de Kansas City llamado Goble. Ayer estaba en Esmeralda. Sabía muy bien adónde tenía que ir. ¿Quién se lo dijo? Yo tuve que seguirla y sobornar a un taxista para que usara el radioteléfono y preguntara hacia dónde se dirigía su taxi, para no perderla. De modo que, ¿por qué me han contratado?

—Ya llegaremos a eso —dijo lacónicamente Umney—. ¿Quién es el otro que trabaja en lo mismo que nosotros?

—Un conquistador llamado Mitchell. Vive allí. Conoció a la chica en el tren. Le hizo una reserva en Esmeralda. Están así —alcé dos dedos unidos—, sólo que ella le odia con toda su alma. Él tiene algo con qué atornillarla y ella le tiene miedo. Ese algo es un informe sobre quién es, de dónde viene, qué le sucedió allí, y por qué trata de ocultarse bajo un nombre distinto. Pude oír lo suficiente como para enterarme de todo esto, pero no lo bastante como para saberlo todo.

Umney dijo ásperamente:

—Como es natural, la chica fue sometida a estrecha vigilancia en el tren. ¿Acaso piensa que está tratando con idiotas? Usted no era más que un señuelo... para determinar si ella tenía algún socio. Basándome en su reputación, tal cual es, confié en que actuara de forma que ella se fijara en usted. Supongo que ya sabe lo que es una «sombra al descubierto».

—Claro. Uno que deliberadamente permite que le descubran y se deshagan de él, para que otra «sombra» prosiga el trabajo cuando el sujeto se crea a salvo.

—Esto es lo que usted ha sido. —Me sonrió despreciativamente—. Pero aún no me ha dicho dónde está.

Yo no quería decírselo, pero comprendí que debía hacerlo. Hasta cierto punto, había aceptado el encargo, y el hecho de devolverle el dinero sólo fue un recurso para que me diera la información que deseaba.

Alargué una mano y cogí el talón de doscientos cincuenta dólares que seguía encima de la mesa.

—Cogeré esto como pago total, gastos incluidos. Está registrada como la señorita Betty Mayfield en la Casa del Poniente de Esmeralda. Está forrada de dinero. Pero, claro, su experta organización ya debe saberlo.

Me levanté.

—Gracias por el paseo, señor Umney.

Salí y cerré la puerta. La señorita Vermilyea levantó los ojos de su revista. Oí un débil chasquido procedente de algún lugar de la mesa.

—Lamento haber sido tan descortés con usted —le dije—. Anoche dormí muy poco.

—No tiene importancia. Ha sido un empate. Con algo más de práctica quizá llegara a gustarme. Es usted bastante simpático en algunos momentos.

—Gracias —repuse, dirigiéndome hacia la puerta.

No me pareció exactamente melancólica, pero tampoco me dio la impresión de que fuera tan difícil de conseguir como una información privilegiada sobre la General Motors.

Di media vuelta y cerré la puerta.

—Supongo que esta noche no lloverá, ¿verdad? Teníamos algo de que hablar frente a una copa en una noche de lluvia; siempre que usted no estuviera muy ocupada.

Me dirigió una mirada serena y divertida.

—¿Dónde?

—Donde usted quiera.

—¿Qué le parece si paso por su casa?

—Sería muy amable de su parte. Su Fleetwood podría contribuir a que yo siguiera estando bien considerado.

—Yo no pensaba exactamente en eso.

—Yo tampoco.

—¿Qué tal hacia las seis y media? No se preocupe, cuidaré el detalle de las medias.

—Estaba seguro de que lo haría.

Nuestras miradas se cruzaron. Salí rápidamente.

12

A las seis y media el Fleetwood se detuvo frente al portal y yo abrí antes de que ella hubiera subido los escalones. No llevaba sombrero. Iba vestida con un abrigo de color carne con el cuello levantado. Se quedó inmóvil en el centro del salón y paseó una indiferente mirada a su alrededor. Después se quitó el abrigo con elásticos movimientos, lo tiró encima del escritorio y se sentó.

—La verdad es que no creía que viniera —dije.

—No. Es usted un tímido. Sabía perfectamente que vendría. Escocés y soda, si es que tiene.

—Tengo.

Preparé las bebidas y me senté a su lado, pero no tan cerca como para que tuviera un significado especial. Chocamos nuestros vasos y bebimos.

—¿Qué le parece si vamos a cenar a Romanoff?

—Y después, ¿qué?

—¿Dónde vive?

—En Los Ángeles Oeste. Tengo una casa en una calle vieja y tranquila. Da la casualidad de que me pertenece por entero. Le he preguntado: Y después, ¿qué?, ¿recuerda?

—Eso tiene que decidirlo usted, naturalmente.

—Creí que era usted un tipo duro. ¿Quiere decir que no tendré que pagarme la cena?

—Debería cruzarle la cara de un bofetón por ser tan grosera.

Se echó a reír inesperadamente y me miró por encima del borde de su vaso.

—Considérelo hecho. Ahora ya estamos en paz. Romanoff podría esperar un poco, ¿verdad?

—¿Y si probáramos Los Ángeles Oeste en primer lugar?

—¿Por qué no aquí?

—Supongo que esto la impulsará a abandonarme. Una vez, hace un año y medio, tuve un sueño aquí mismo. Aún quedan algunos jirones. No me gustaría que el resto se desvaneciera.

Se puso rápidamente en pie y cogió el abrigo. Le ayudé a ponérselo.

—Lo siento —dije—; tendría que habérselo contado antes.

Se volvió en redondo, con la cara muy cerca de la mía, pero no la toqué.

—¿Siente haber tenido un sueño y mantenerlo vivo? Yo también he tenido sueños, pero los míos murieron. No tuve el valor de mantenerlos vivos.

—No es exactamente eso. Había una mujer. Era rica. Creyó que deseaba casarse conmigo. No habría salido bien. Lo más probable es que no vuelva a verla, pero la recuerdo.

—Vámonos —repuso ella con dulzura— y evitemos que el recuerdo se desvanezca. ¡Ojalá yo tuviera algo digno de recordar!

Mientras nos dirigíamos hacia el Cadillac tampoco la toqué. Ella conducía muy bien.

Cuando una mujer es buena conductora, es casi perfecta.

13

La casa se encontraba en una calle muy tranquila entre San Vicente y Sunset Boulevard. Estaba un poco retirada y tenía un largo sendero de acceso que conducía a la entrada, situada en la parte posterior, frente a un patio no muy grande. Ella abrió la puerta, encendió las luces de toda la casa y desapareció sin una palabra. La sala de estar se hallaba amueblada con piezas de distintos estilos y parecía cómoda. Aguardé de pie a que ella volviera con dos vasos altos. Se había quitado el abrigo.

—Supongo que habrá estado casada, ¿no? —dije.

—No salió bien. Conseguí esta casa y algo de dinero, aunque yo no reclamé nada. Era un buen chico, pero no estábamos hechos el uno para el otro. Ya ha muerto; en un accidente de aviación; era piloto. Sucede continuamente. Conozco un lugar de aquí a San Diego que está lleno de jóvenes viudas de pilotos.

Bebí un sorbo y dejé el vaso.

Le quité el vaso de las manos y también lo dejé encima de la mesa.

—¿Recuerdas que ayer me dijiste que dejara de mirarte las piernas?

—Creo que sí.

—Intenta contenerme ahora.

La abracé y ella se arrebujó entre mis brazos sin una palabra. La levanté como una pluma y, sin soltarla, me dirigí hacia el dormitorio. Allí, la deposité sobre la cama. Le subí la falda hasta verle los blancos muslos por encima de las largas y hermosas piernas enfundadas en las medias. De repente ella alzó los brazos y atrajo mi cabeza hacia sus senos.

—¡Bruto! ¿No podríamos tener un poco menos de luz?

Fui hacia la puerta y apagué la luz de la habitación. Aún había algo de claridad procedente del rellano. Cuando me volví ella estaba en pie junto a la cama, tan desnuda como Afrodita recién salida del Egeo. Se mantenía orgullosamente erguida, sin vergüenza ni incitación.

—¡Maldita sea! —exclamé—. En mis tiempos se podía desnudar lentamente a una mujer. Hoy en día ella ya está en la cama cuando tú luchas por desabrocharte el botón del cuello de la camisa.

—Pues ya puedes empezar a desabrochártelo.

Retiró el cubrecama y se tendió en el lecho impúdicamente desnuda. Era una hermosa mujer desnuda que no se avergonzaba de ser lo que era.

—¿Satisfecho de mis piernas? —preguntó.

Yo no contesté.

—Ayer por la mañana —dijo ella, con mirada soñadora—, te dije que tenías algo que me gustaba, no manoseabas a las mujeres, y algo que no me gustaba. ¿Sabes qué era?

—No.

—Que no me diste pie para hacer esto.

—Tu actitud no se prestaba a ello.

—Se supone que eres un detective; haz el favor de apagar todas las luces.

Y a los pocos minutos, en la oscuridad, decía cariño, cariño, cariño, en ese tono de voz tan especial que una mujer sólo utiliza en esos momentos especiales. Después, un lento y gradual relajamiento, paz y quietud.

—¿Todavía satisfecho de mis piernas? —preguntó, como en un sueño.

—Ningún hombre lo estaría jamás. Le obsesionarían, por muchas veces que te hiciera el amor.

—Eres un bastardo, un verdadero bastardo. Acércate más.

Apoyó la cabeza en mi hombro y nos mantuvimos muy cerca el uno del otro.

—No te amo —dijo ella.

—¿Por qué ibas a amarme? No seamos cínicos. Hay momentos sublimes..., aunque no sean más que momentos.

Su calor me envolvió. Noté que su cuerpo se agitaba con vitalidad. Sus hermosos brazos me rodearon con fuerza.

Y nuevamente, en la oscuridad, aquella exclamación ahogada, y después la misma lenta y agradable paz.

—Te odio —me dijo con la boca pegada a la mía—. No por esto, sino porque la perfección nunca se logra dos veces y nosotros la hemos logrado demasiado pronto. No volveré a verte, y no me importa. Tendría que ser para toda la vida o nada de nada.

—Y tú te has portado como una cualquiera que conoce demasiado el lado malo de la vida.

—Has hecho lo mismo que yo. Los dos nos hemos equivocado; y es inútil. Bésame fuerte.

De repente saltó de la cama, casi sin ruido ni movimiento.

Al cabo de un rato volvió a encenderse la luz del pasillo y ella apareció en el umbral envuelta en una bata larga.

—Adiós —dijo tranquilamente—. Voy a pedirte un taxi. Espéralo a la puerta. No volverás a verme.

—¿Qué hay de Umney?

—Un pobre latoso asustado. Necesita que alguien cultive su ego, y le proporcione una sensación de poder y conquista. Yo lo hago. El cuerpo de una mujer no es tan sagrado como para que no pueda usarse, sobre todo cuando ya ha fracasado en el amor.

Desapareció. Yo me levanté, me vestí y escuché antes de irme. No oí nada. La llamé, pero no me contestó. Cuando llegué a la acera, frente a la casa, el taxi acababa de llegar. Miré hacia atrás. La casa parecía estar completamente a oscuras.

Allí no vivía nadie. Todo había sido un sueño. Pero alguien había tenido que llamar al taxi. Subí al automóvil y me hice llevar a casa.

14

Salí de Los Ángeles y enfilé la autopista que bordea Oceanside. Tenía tiempo para pensar.

Desde San Onofre hasta Oceanside había veintiocho kilómetros de autopista, dividida en seis carriles y salpicada a intervalos regulares por carcasas de automóviles destrozados, desmantelados y abandonados, que se oxidaban en el terraplén hasta que una grúa iba a recogerlos. De modo que empecé a pensar en las razones que me hacían volver a Esmeralda. El caso ya pertenecía al pasado y, por otra parte, ya no era mi caso. Normalmente, un investigador privado trabaja para un cliente que quiere mucha información por muy poco dinero. La obtienes o no, según las circunstancias. Y lo mismo ocurre con tu sueldo. Pero, de vez en cuando, obtienes la información y mucho más, incluso como la historia de un cadáver en una terraza que no estaba allí cuando tú fuiste a investigar. El sentido común te aconseja que vuelvas a casa y que lo olvides, que no te va a reportar ningún beneficio. El sentido común siempre habla con retraso. El sentido común es el fulano que te dice que tendrías que haber revisado los frenos la semana anterior, cuando ya has abollado el parachoques delantero esta misma semana. El sentido común es el defensa del lunes por la mañana que habría podido ganar el partido si hubiese formado parte del equipo. Pero no juega nunca. Está en los graderíos con una botella en el bolsillo. El sentido común es el hombrecillo de traje gris que nunca se equivoca al sumar. Y que casualmente siempre hace cálculos con el dinero de los demás.

Al llegar al desvío me metí en el desfiladero y terminé en El Rancho Descansado. Jack y Lucille ocupaban su puesto habitual. Solté la maleta y me apoyé en el mostrador.

—¿Dejé la cantidad exacta?

—Sí, gracias —repuso Jack—; supongo que ahora vuelve a querer la habitación, ¿no?

—Si es posible...

—¿Por qué no nos dijo que era investigador privado?

—¡Vaya una pregunta! —le sonreí—. ¿Ha visto a alguno que pregone su oficio a los cuatro vientos? Ve la televisión, ¿no?

—Siempre que puedo, y aquí casi nunca puedo.

—En la televisión, a los detectives se les conoce desde lejos. Nunca se quitan el sombrero. ¿Qué saben de Larry Mitchell?

—Nada —contestó rígidamente Jack—. Es amigo de Brandon. El señor Brandon es el dueño de esto.

Lucille preguntó alegremente:

—¿Logró encontrar a Joe Harms?

—Sí, gracias.

—¿Y pudo...?

—Ajá.

—Cierra la boca, nena —dijo concisamente Jack. Me guiñó un ojo y dejó la llave encima del mostrador—. Lucille lleva una vida muy aburrida, señor Marlowe. Está anclada aquí, conmigo y la centralita; y con un anillo que lleva un brillante minúsculo... tan pequeño que me daba vergüenza regalárselo. Pero ¿qué le vamos a hacer? Si se está enamorado de una chica, te gusta que lo lleve en el dedo.

Lucille alzó la mano izquierda y la agitó para arrancar algún destello a la diminuta piedra.

—Lo odio —dijo—. Lo odio como al sol, al verano, a las estrellas y a la luna llena. Ya puede imaginarse cómo lo odio.

Cogí la llave y la maleta y les dejé solos. Si llego a quedarme un poco más me habría enamorado de mí mismo. Hasta hubiese podido regalarme un pequeño anillo de compromiso.

15

El teléfono interior de la Casa del Poniente no obtuvo respuesta de la habitación 1.224. Me acerqué al mostrador de recepción. Un conserje de aspecto ceremonioso estaba clasificando cartas. Siempre están clasificando cartas.

—La señorita Mayfield está registrada aquí, ¿verdad? —pregunté.

Metió una carta en una casilla antes de contestarme.

—Sí, señor; ¿de parte de quién?

—Sé el número de su habitación, pero no contesta. ¿La ha visto hoy?

Me dedicó un poco más de atención, pero la verdad es que no logré interesarle demasiado.

—Creo que no. —Lanzó una ojeada por encima del hombro—. La llave no está. ¿Quiere dejar algún recado?

—Estoy un poco preocupado. Anoche no se encontraba bien. Podría estar en la cama y ser incapaz de coger el teléfono. Soy amigo suyo. Me llamo Marlowe.

Me miró de pies a cabeza. Tenía una mirada inteligente. Desapareció tras una mampara, en dirección a la oficina del cajero, y habló con alguien. Volvió a los pocos minutos, sonriendo.

—No creo que la señorita Mayfield esté enferma, señor Marlowe. Ha pedido que le sirvieran un desayuno muy abundante en su habitación. Y la comida. Ha recibido varias llamadas telefónicas.

—Muchísimas gracias —dije—. Dele un recado, por favor. Dígale que volveré más tarde.

—Quizá haya salido al jardín o bajado a la playa. Tenemos una playa bien resguardada por un rompeolas. —Echó un vistazo al reloj que tenía detrás—. Si está en la playa no tardará en subir. Está empezando a refrescar.

—Gracias. Ya volveré.

El salón principal estaba separado del vestíbulo por tres escalones y un arco. Allí había varias personas, huéspedes consagrados a la ociosidad que brinda la estancia en un hotel, normalmente viejos, normalmente ricos, y que no hacen nada más que observarlo todo con ojos hambrientos. Así malgastan su vida. Dos señoras de cierta edad, de rostro severo y permanente de color rojizo, luchaban con un enorme rompecabezas extendido sobre una gran mesa de cartas especialmente destinada a ese fin. Un poco más lejos tenía lugar una partida de canasta entre dos mujeres y dos hombres. Una de las mujeres llevaba joyas suficientes como para deslumbrar a cualquiera y maquillaje en tal cantidad como para pintar un barco. Las dos mujeres fumaban con boquilla. Sus acompañantes parecían melancólicos y cansados, probablemente de tanto firmar cheques.

Más lejos, sentada frente al ventanal, una pareja de jóvenes se miraba con las manos entrelazadas. La muchacha llevaba un anillo con un brillante y una esmeralda, y una alianza que tocaba continuamente con las yemas de los dedos. Parecía un poco aturdida.

Atravesé el bar y busqué por el jardín. Seguí el camino que bordeaba el acantilado y no tardé en encontrar el lugar que había contemplado la noche anterior desde la terraza de Betty Mayfield. No me resultó difícil identificarlo gracias al ángulo que formaba.

La playa y el pequeño y curvado rompeolas se hallaban a unos cien metros de distancia. Unas escaleras talladas en la roca conducían a ella. Había algunas personas tumbadas en la arena. Algunas llevaban trajes de baño, otras se habían sentado encima de una toalla. Los niños corrían de un lado a otro sin dejar de gritar. Betty Mayfield no estaba allí.

Volví al hotel y tomé asiento en el salón.

Fumé un cigarrillo. Fui al quiosco y compré un periódico vespertino, lo hojeé y lo dejé encima de una mesita. Me levanté y pasé junto al mostrador de recepción. Mi nota todavía estaba en la casilla 1.224. Entré en una cabina de teléfono interior y llamé al señor Mitchell. No contestaron. Lo siento, el señor Mitchell no coge el teléfono.

Oí una voz femenina a mis espaldas.

—El conserje me ha dicho que quería verme, señor Marlowe —dijo—. ¿Es usted el señor Marlowe?

Estaba tan fresca como una rosa. Llevaba pantalones verde oscuro y zapatos planos, así como una cazadora verde encima de una blusa blanca y un pañuelo de colorines anudado al cuello. Una cinta aprisionaba sus cabellos agitados por el viento. El conserje aguzaba los oídos a dos metros de distancia. Yo contesté:

—¿La señorita Mayfield?

—Yo soy la señorita Mayfield.

—Tengo el coche fuera. ¿Tiene tiempo de echar un vistazo a la finca?

Ella consultó su reloj.

—Sí, sí, creo que sí —repuso—. Tendría que cambiarme enseguida, pero..., bueno, de acuerdo.

—Por aquí, señorita Mayfield.

Me siguió. Atravesamos el vestíbulo. Yo empezaba a sentirme como en mi casa. Betty Mayfield lanzó una mirada de ira a las dos mujeres del rompecabezas.

—Odio los hoteles —dijo—. Vuelva dentro de quince años y encontrará a las mismas personas, sentadas en los mismos sillones.

—Sí, señorita Mayfield. ¿Conoce a alguien llamado Clyde Umney?

Ella meneó la cabeza.

—¿Tendría que conocerle?

—¿A Helen Vermilyea? ¿A Ross Goble?

Meneó nuevamente la cabeza.

—¿Quiere tomar algo?

—Ahora no, gracias.

Salimos del bar, enfilamos el camino y le abrí la portezuela del Oldsmobile.

Di marcha atrás para salir del aparcamiento, y subí por la calle Grand en dirección a las colinas. Ella se puso unas gafas oscuras con montura de brillantitos.

—He encontrado los cheques de viaje —dijo—. Es usted un detective muy extraño.

Me llevé una mano al bolsillo y saqué el frasco de píldoras para dormir.

—Anoche estaba un poco asustado —declaré—. Las conté, pero no sabía cuántas había en un principio. Usted me dijo que había tomado dos. Pensé que a lo mejor se despertaba y engullía un puñado.

Cogió el frasco y se lo metió en uno de los bolsillos de la cazadora.

—Había tomado unas copas. El alcohol y los barbitúricos son una mala combinación. Debí perder el conocimiento; nada más.

—Pero yo no podía saberlo. Se necesita un mínimo de dos gramos y pico de esa sustancia para morirse. A pesar de todo, se tarda varias horas. Yo estaba en una situación comprometida. Su pulso y respiración me parecieron normales, pero no estaba seguro de lo que podía pasar después. Si llamaba a un médico, podían hacerme hablar más de la cuenta. Si usted había tomado una sobredosis, los muchachos de Homicidios no hubieran dejado de enterarse. Investigan todos los intentos de suicidio. Pero si me equivocaba, usted no estaría hoy conmigo. Y, ¿en qué situación quedaría yo?

—Vaya una idea —replicó—. No puedo decir que me preocupe demasiado. ¿Quiénes son esas personas que ha mencionado?

—Clyde Umney es el abogado que me contrató para seguirla, por encargo de una firma de abogados de Washington. Helen Vermilyea es su secretaria. Ross Goble es un detective privado de Kansas City que dice estar buscando a Mitchell. Se lo describí.

Su rostro adquirió una expresión impenetrable.

—¿Mitchell? ¿Por qué iba a interesarse por Larry?

Frené en seco en la esquina de la Cuarta y Grand para dejar pasar a un viejo en una silla de ruedas motorizada, que decidió girar súbitamente hacia E izquierda a seis kilómetros por hora. Esmeralda está llena de estúpidos.

—¿Y por qué tendrá que buscar a Larry Mitchell? —preguntó amargamente—. ¿Es que nadie puede vivir en paz?

—No me cuente nada —repuse—. Siga haciéndome preguntas cuya respuesta no conozco. Es bueno para mi complejo de inferioridad. Le he dicho que estoy sin trabajo. Entonces, ¿por qué estoy aquí? Es fácil de adivinar. Trato de conseguir nuevamente esos cinco grandes en cheques de viaje.

—Gire a la izquierda en la próxima esquina —me dijo— y llegaremos a lo alto de la colina. Desde allí se ve un panorama precioso; y también casas muy curiosas.

—Al diablo con ellas —contesté.

—Además, es un lugar muy tranquilo.

Cogió un cigarrillo del paquete que había en el salpicadero y lo encendió.

—Éste es el segundo en dos días —observé—. Fuma usted demasiado. Anoche también conté sus cigarrillos; y las cerillas. Le revolví el bolso. Soy bastante curioso, sobre todo cuando me meten en una farsa como ésa, y mucho más cuando el cliente se queda dormido y me deja al cuidado del niño.

Volvió la cabeza y me miró fijamente.

—Debió ser la mezcla de somnífero y alcohol —dijo—. Me encontraba en baja forma.

—En El Rancho Descansado estaba en una forma inmejorable. Me pareció muy dura. Teníamos que irnos a Río y vivir en plena lujuria. Al parecer, también en pleno pecado. Lo único que yo debía hacer era librarme del cadáver. ¡Qué desilusión! No había ningún cadáver.

Ella seguía mirándome, pero yo no podía apartar la vista de la calle. Me detuve en un cruce y giré hacia la izquierda. Era una calle de dirección única en la que aún se veían los raíles de un viejo tranvía.

—Gire otra vez a la izquierda al llegar a aquel letrero. Es la escuela superior del barrio.

—¿Quién disparó y contra qué?

Ella se apretó las sienes con la palma de las manos.

—Supongo que fui *yo*. Debía estar loca. ¿Dónde está la pistola?

—A buen recaudo. En el caso de que su sueño se hubiese realizado, habría tenido que presentarla.

La calle era bastante empinada. Reduje la velocidad para poner la tercera. Ella miró el Oldsmobile con interés. Observó los asientos de cuero y todos los indicadores.

—¿Cómo puede permitirse el lujo de tener un coche así? Usted no gana mucho dinero, ¿verdad?

—Hoy en día todos son caros, incluso los baratos. Lo menos que se puede pedir es que tenga un motor potente. No sé dónde leí que un detective debía tener un coche sencillo, de color oscuro, y que no llamara la atención. El tipo que escribió eso no había estado en Los Angeles. En Los Ángeles, para llamar la atención, tendrían que llevar un Mercedes Benz de color rosa con un solárium encima de la capota y tres hermosas jóvenes tomando el sol.

Ella soltó una risa nerviosa.

—Además —añadí, con intención de molestarla—, es una buena publicidad. Quizá soñara con ir pronto a Río. Allí podría venderlo por más dinero del que me costó. No creo que fuese muy caro transportarlo a bordo de un carguero.

Ella suspiró.

—¡Oh, deje de fastidiarme con esto! Hoy no estoy de humor para bromas.

—¿Ha visto a su chico?

Permaneció inmóvil en su asiento.

—¿Larry?

—¿Tiene otros?

—Bueno.... podía referirse a Clark Brandon, a pesar de que casi no le conozco. Larry estaba bastante borracho ayer por la noche. No..., no le he visto. Quizá esté durmiendo la mona.

—No coge el teléfono.

El camino se bifurcaba. Una línea blanca giraba hacia la izquierda. Yo seguí recto, aunque por nada en especial. Pasamos ante casas de estilo español enclavadas en lo alto de la ladera, y algunas muy modernas que se levantaban más abajo, al otro lado. El camino las dejó atrás y describió una amplia curva hacia la derecha. A partir de ahí el pavimento era nuevo. La carretera terminaba en una plazoleta en la que se podía dar la vuelta. Había dos casas de grandes dimensiones, una enfrente de la otra. Estaban hechas de cristal y ladrillo, y las ventanas orientadas hacia el mar eran de cristal verdoso. El panorama era magnífico. Me recreé en su contemplación durante tres segundos. Me detuve junto al final de la acera, apagué el motor y permanecí sentado. Nos encontrábamos a unos trescientos metros de altura y la ciudad se extendía ante nosotros como una fotografía aérea tomada desde un ángulo de cuarenta y cinco grados.

—Quizá se encuentre mal —comenté—. Quizá haya salido. Incluso es posible que esté muerto.

—Le he dicho que...

Empezó a temblar. Le quité la colilla del cigarrillo y la tiré en el cenicero. Apreté el botón que subía el cristal de las ventanillas, puse un brazo alrededor de sus hombros y atraje su cabeza contra mi pecho. Ella me dejó hacer sin oponer resistencia; pero siguió temblando.

—Es usted un hombre muy comprensivo —comentó—, pero no me presione.

—Llevo una botella en la guantera. ¿Quiere un trago?

—Sí.

La saqué y conseguí romper la anilla de metal con una mano y los dientes. Sostuve la botella con las rodillas y desenrosqué el tapón. Se la acerqué a los labios. Ella bebió un poco y se estremeció. Volví a tapar la botella y la guardé.

—Detesto beber de la botella —dijo.

—Sí; es muy poco refinado. No estoy intentando hacerle el amor, Betty. Estoy preocupado. ¿Quiere que haga algo?

Guardó silencio unos momentos. Después repuso con voz firme:

—¿Como qué? Puedo devolverle los cheques. Eran suyos. Yo se los di.

—Nadie regala cinco de los grandes así como así. Es absurdo. Por eso he vuelto de Los Ángeles, fui allí esta madrugada. Nadie le hace la pelota a un tipo como yo, le dice que tiene medio millón de dólares y le ofrece un viaje a Río y un bonito hogar dotado de todos los lujos. Nadie, ni sobrio ni borracho, hace todas esas cosas porque ha soñado que había un hombre muerto en su terraza, nadie pide a nadie que vaya corriendo para tirarlo al océano. ¿Qué esperaba usted que hiciera cuando llegué..., aguantarle la mano mientras soñaba?

Se desasió y fue a acurrucarse lo más lejos que pudo.

—De acuerdo, soy una mentirosa. Siempre lo he sido.

Lancé una ojeada al retrovisor. Un coche pequeño y oscuro se había detenido detrás de nosotros. Estaba demasiado lejos como para distinguir quién o qué había dentro. Después giró bruscamente hacia la acera, dio la vuelta y regresó por donde había venido. Alguien que había tomado un camino equivocado y acababa de darse cuenta de que aquél no conducía a ninguna parte.

—Mientras yo subía por aquella maldita escalera de incendios —proseguí—, usted se tomó las píldoras y después fingió tener un sueño horrible; y al cabo de un rato se quedó realmente dormida..., creo yo. De acuerdo, yo salí a la terraza. Ningún fiambre. Ni una gota de sangre. Si hubiese habido alguno, quizá habría conseguido pasarlo por encima de la barandilla. Era difícil, pero no imposible;

hay que saber cómo hacerlo. Pero ni seis elefantes domesticados habrían podido arrojarle a la distancia suficiente como para que cayera en el océano. Hay diez metros hasta la verja y habría sido necesario tirarle mucho más lejos para que no chocara con ella. Me imagino que, en el caso de un objeto tan pesado como el cuerpo de un hombre, habría tenido que alcanzar una distancia de quince metros para que no chocara.

—Ya le he dicho que soy una mentirosa.

—Pero no me ha dicho por qué. Dejémonos de bromas. Supongamos que realmente hubiese habido un cadáver en su terraza. ¿Qué esperaba que hiciese? ¿Bajarlo por la escalera de incendios, meterlo en el coche, buscar un lugar desierto y enterrarlo? A veces, cuando hay un cadáver por medio, hay que confiar en alguien.

—Usted aceptó mi dinero —replicó ella, con voz apagada—. Me halagó.

—Era la forma de saber quién estaba loco.

—Ya lo sabe. Tendría que estar satisfecho.

—No sé nada... ni siquiera quién es usted.

Montó en cólera.

—Le he dicho que no sabía lo que hacía —repuso con nerviosismo—. Preocupaciones, miedo, alcohol, píldoras..., ¿por qué no me deja en paz? Le he dicho que le devolvería el dinero. ¿Qué más quiere?

—¿Qué debo hacer para que me lo dé?

—Cogerlo —me respondió bruscamente—. Nada más. Cogerlo y largarse. Lejos, lejísimos.

—Creo que necesita un buen abogado.

—Hay una contradicción en los términos —bromeó—. Si fuera bueno, no sería abogado.

—Sí. De modo que ha tenido alguna experiencia desagradable en este campo, ¿eh? Pienso descubrirlo a tiempo; usted u otra persona me lo dirá. Sigo hablando en serio. Usted está en apuros. Aparte de lo que le haya sucedido a Mitchell, si es que le ha sucedido algo, está metida en un lío bastante gordo como para contratar los servicios de un abogado. Ha cambiado de nombre. Por lo tanto, alguna razón tendrá. Mitchell le pidió dinero. Por lo tanto, alguna razón tendría. Una firma de abogados de Washington la está buscando. Por lo tanto, alguna razón tendrán. Lo mismo que su cliente, que tendrá alguna razón para haberles encargado que la busquen.

Me interrumpí y la miré, pero no pude ver su expresión porque las sombras ya empezaban a invadir el coche. Debajo de nosotros el océano iba adquiriendo un tono azul de lapislázuli que de pronto me recordó los ojos de la señorita Vermilyea. Una bandada de gaviotas se dirigía hacia el sur en una formación bastante compacta, pero no eran de esas que se ven surcando el cielo de North Island. El avión vespertino de Los Ángeles pasaba a lo largo de la costa con las luces de babor y estribor encendidas; en aquel momento se encendió la luz intermitente del fuselaje y descendió hacia el mar para describir un largo y perezoso giro en dirección al aeropuerto Lindbergh.

—Así que usted sólo es el señuelo de un astuto abogado —dijo aviesamente ella, mientras cogía otro de mis cigarrillos.

—No creo que sea muy astuto. Hace lo que puede. Pero no es ésta la cuestión. No se trata de dinero. La cuestión es una cosa llamada inmunidad. Un investigador, con licencia y demás, no la tiene. Un abogado sí, siempre que sus intereses coincidan con los del cliente que le haya contratado. Si el abogado contrata a un investigador privado para que trabaje en favor de esos intereses, el investigador obtiene la inmunidad. Ésta es su única manera de conseguirla.

—Ya sabe lo que puede hacer con su inmunidad —contestó ella—. Sobre todo siendo un abogado el que le contrató para espiarme.

Le quité el cigarrillo, di un par de caladas y se lo devolví.

—Está bien, Betty. No le sirvo de nada. Olvide que he intentado serle útil.

—Hermosas palabras, pero sólo porque cree que le pagaré más si me resulta útil. Es igual que ellos. Tampoco quiero su cigarrillo de mierda. —Lo tiró por la ventanilla—. Acompáñeme al hotel.

Salí del coche y pisoteé el cigarrillo.

—Esto no se hace en las montañas de California —le dije—; ni siquiera fuera de temporada.

Volví a meterme en el coche, hice girar la llave y apreté el botón de arranque. Di marcha atrás, giré en redondo y regresé hasta la curva donde la carretera se bifurcaba. En la parte de arriba, donde la sólida línea blanca desaparecía en una curva, había un coche pequeño aparcado. Tenía los faros apagados. Hubiera podido estar vacío.

Di un brusco golpe de volante en dirección opuesta a la que seguíamos y encendí las luces largas. Su potente luz barrió el coche mientras yo giraba la cabeza. Un sombrero descendió sobre una cara, pero no con la suficiente rapidez como para ocultar las gafas, la cara redonda y las afiladas orejas del señor Ross Goble de Kansas City.

Las luces le dejaron atrás y bajamos una larga colina con perezosas curvas. Yo no sabía adónde conducía excepto por el hecho de que, antes o después, todas las carreteras de aquella zona desembocaban en el océano. Abajo había una intersección en forma de T. Giré a la derecha y, tras recorrer unas cuantas manzanas de una calle estrecha, encontré la avenida y giré otra vez a la derecha. Me dirigí de nuevo hacia el centro de Esmeralda.

No abrió la boca hasta que llegamos al hotel. Se apresuró a descender en cuanto frené.

—Si quiere esperar aquí, iré a buscarle el dinero.

—Nos han seguido —dije.

—¿Qué? —Se detuvo en seco, con la cabeza vuelta.

—Un coche pequeño. No creo que usted lo haya visto, a menos que se haya fijado en él cuando lo he iluminado con las luces en una curva.

—¿Quién era? —Su voz me pareció tensa.

—¿Cómo voy a saberlo? Debe habernos seguido el rastro desde aquí, de modo que volverá. ¿Y si fuera un policía?

Me miró, inmóvil, petrificada. Dio un paso adelante con enorme lentitud, y después se precipitó sobre mí como si quisiera arañarme la cara. Me agarró por los brazos e intentó sacudirme. Su respiración se había transformado en un silbido.

—Sáqueme de aquí. Por el amor de Dios, sáqueme de aquí. Lléveme a cualquier parte. Escóndame. Deme un poco de paz. Encuentre un lugar hasta el que no pueda seguirme, acosarme, ni amenazarme. Él juró que lo haría. Dijo que me perseguiría hasta los confines de la Tierra, hasta la isla más remota del Pacífico.

—... Hasta la cima de la más alta montaña, hasta el corazón del más solitario desierto —proseguí yo—. Me parece que ha leído un montón de libros anticuados.

Dejó caer los brazos y los mantuvo inertes a lo largo de su cuerpo.

—Es usted tan compasivo como un usurero.

—No pienso llevarla a ningún lugar —le dije—. No sé qué es lo que le preocupa tanto, pero se quedará quietecita y sabrá afrontarlo.

Di media vuelta y me metí en el coche. Cuando volví la vista atrás, ella ya estaba a medio camino de la entrada del bar y andaba con rápidas zancadas.

16

Si hubiese tenido algo de sentido común, habría cogido la maleta, me habría vuelto a casa y me habría olvidado de ella. Para cuando ella ya hubiese decidido el papel que quería representar, en vaya usted a saber qué acto de qué obra, lo más probable es que fuera demasiado tarde para que yo pudiera intervenir salvo para dejarme detener por vago frente a la oficina de Correos.

Esperé fumando un cigarrillo. Goble y su sucio y destartalado cochecito no tardarían en aparecer y meterse en el aparcamiento. No podía habernos seguido desde ningún otro sitio y, si ya sabía tanto, no podía habernos seguido por otra razón que la de averiguar adónde íbamos.

No apareció. Terminé el cigarrillo, lo tiré por la ventanilla y salí marcha atrás. Al final del sendero, y cuando giraba en dirección a la ciudad, vi su coche al otro lado de la calle, aparcado junto a la acera izquierda. Seguí adelante, giré a la derecha en la avenida, y fui despacio para que no forzara demasiado el motor tratando de no perder mi pista. A unos dos kilómetros de allí había un restaurante llamado Epicure. Un tejado bajo y una pared de ladrillos rojos lo resguardaban de la calle; tenía bar. Se entraba por uno de los lados. Aparqué y entré. Aún no había movimiento. El encargado charlaba con el *maître*, que ni siquiera llevaba esmoquin. Disponía de uno de esos pupitres altos donde guardan el libro de reservas. El libro estaba abierto y en él había una lista de nombres para más tarde. Pero todavía era temprano. Podían darme mesa.

El comedor estaba a media luz y se hallaba dividido en dos mitades por una pared baja. Habrían bastado treinta personas para que pareciera atestado. El *maître* me instaló en un rincón y encendió la vela de mi mesa. Pedí un Gibson doble. Un camarero acudió a retirar el cubierto dispuesto al otro lado de la mesa. Le dije que lo dejara, pues estaba esperando a un amigo. Examiné el menú, que era casi tan enorme como el comedor. De haber sido curioso hubiese necesitado una linterna. Era el local más oscuro que había visto en mi vida. Podías estar sentado a un metro de tu madre sin reconocerla.

Me trajeron el Gibson. Logré vislumbrar el contorno del vaso y me pareció que al menos algo llevaba dentro. Lo probé y no resultó tan malo. En aquel momento Goble tomó asiento frente a mí. Fiándome de lo poco que pude ver, habría afirmado que tenía el mismo aspecto del día anterior. Seguí escudriñando el menú. Tendrían que haberlo impreso en braille.

Goble alcanzó mi vaso de agua con hielo y bebió.

—¿Cómo le va con la chica? —preguntó con indiferencia.

—No he llegado a ninguna parte. ¿Por qué?

—¿Para qué han subido a la colina?

—Pensaba que allí podríamos besuquearnos. Ella no tenía ganas. ¿Acaso le importa? Creía que estaba buscando a un fulano llamado Mitchell.

—Esto sí que es gracioso. Un fulano llamado Mitchell. Me parece recordar que usted no había oído hablar de él.

—Algo he oído, desde entonces. Y también le he visto. Estaba borracho, muy borracho. Estuvieron a punto de echarle de un local.

—Muy gracioso —repuso Goble, burlonamente—. ¿Cómo sabe su nombre?

—Porque oí que le llamaban. Esto sería *demasiado* gracioso, ¿verdad?

Se rió despectivamente.

—Le advertí que no se interpusiera en mi camino. Ahora ya sé quién es; he investigado.

Encendí un cigarrillo y le eché el humo a la cara.

—Váyase a hacer puñetas.

—Un tipo duro de pelar, ¿eh? —se burló—. He despedazado a otros más fuertes que usted.

—Nómbreme a dos de ellos.

Se inclinó sobre la mesa, pero en aquel momento se acercó un camarero.

—Tomaré un bourbon con agua —le dijo Goble—. Embotellado. Nada de porquerías a granel. Y no intente engañarme porque lo noto. Y el agua, también embotellada. El agua del grifo de esta ciudad es horrible.

El camarero se limitó a mirarle.

—Yo tomaré otro de éstos —dije, empujando mi vaso.

—¿Qué me recomienda? —preguntó Goble—. Nunca me he fiado de esas carteleras —señaló el menú con gesto despreciativo.

—El *plat du jour* es carne mechada —dijo el camarero, de mal humor.

—Un picadillo con cuello almidonado —comentó Goble—. Está bien, uno de carne mechada.

El camarero me miró. Le dije que la carne mechada me parecía bien. Se marchó. Goble volvió a inclinarse sobre la mesa, no sin haber lanzado una ojeada hacia atrás y a ambos lados.

—No tiene usted suerte, amigo —dijo alegremente—. No consiguió deshacerse de él.

—Es una pena —contesté—. Deshacerme, ¿de qué?

—No tiene ni pizca de suerte, amigo; ni pizca. Le falló la marea o algo así. Un pescador de abalones, uno de esos tíos con pies de pato y gafas submarinas, se quedó clavado bajo una roca.

—¿Que el pescador de abalones se quedó clavado bajo una roca?

Un escalofrío me recorrió de pies a cabeza. Cuando llegó el camarero con las bebidas tuve que hacer un esfuerzo para no quitarle la mía de las manos.

—Muy gracioso, amigo.

—Repítalo una vez más y le parto esa mierda de gafas —repliqué.

Cogió su bebida, dio un sorbo, la paladeó, reflexionó unos momentos e hizo un movimiento afirmativo con la cabeza.

—He venido hasta aquí para hacer dinero —declaró—. No pretendo armar jaleo. El dinero se hace cuando se tienen las manos limpias. ¿Entiende?

—Debe ser una experiencia nueva para usted —contesté—. En ambos sentidos. ¿Qué era eso del pescador de abalones?

Logré controlar mi voz, pero sólo gracias a un enorme esfuerzo.

Se echó hacia atrás. Mis ojos habían empezado a acostumbrarse a la penumbra. Observé que su cara tenía una expresión divertida.

—Sólo estaba bromeando —dijo—. No conozco a ningún pescador de abalones. La cosa es que ayer aprendí la palabrita. Sigo sin saber qué significa. Pero, de todos modos, la situación sigue siendo muy graciosa. No puedo encontrar a Mitchell.

—Se aloja en el hotel.

Bebí un poco más, no demasiado. No era momento de emborracharse.

—Ya sé que se aloja en el hotel, amigo. Lo que no sé es dónde está. En su habitación, no. Los del hotel no le han visto. Se me ocurrió que quizá usted y la chavala tuvieran alguna idea.

—La chica está loca —repuse—. No la mezcle en esto. Además, en Esmeralda no se dice «chavala». Aquí, el dialecto de Kansas City es una ofensa a la moral pública.

—Déjese de monsergas, amigo. Cuando quiera aprender a hablar correctamente no acudiré a un detective fracasado de California. —Volvió la cabeza y gritó—: ¡Camarero!

Varias caras le miraron con desagrado. El camarero compareció al cabo de unos minutos y permaneció junto a la mesa con la misma expresión que los clientes.

—Otra ronda —dijo Goble, señalando su vaso.

—No es necesario que me llame a gritos —repuso el camarero, mientras cogía el vaso.

—Cuando quiero que me sirvan —le gritó Goble, mientras se alejaba—, quiero que me sirvan bien.

—Espero que le guste el alcohol metílico —le dije a Goble.

—Usted y yo podríamos llegar a entendernos —repuso Goble con indiferencia— si tuviera algo más que serrín en la cabeza.

—Y si usted supiera lo que es la educación, fuese veinte centímetros más alto, tuviera otra cara y otro nombre[4], y no se comportara como si fuese el amo del universo.

—Dejémonos de tonterías y volvamos a Mitchell —dijo bruscamente—; y al atracón que pensaba darse arriba en la colina.

—Mitchell es un fulano que ella conoció en un tren. Le producía el mismo efecto que usted a mí. Despertaba en ella el ardiente deseo de echar a correr en dirección contraria.

Era una pérdida de tiempo. El tipo resultaba tan invulnerable como mi tatarabuelo.

4. Juego de palabras con *gobble* (que se pronuncia igual que el nombre del detective) y que significa tragón, comilón. *(N. del T.)*

—De modo que —se burló— para ella Mitchel sólo es un fulano que encontró en un tren y que no le gustó en cuanto le conoció un poco más. ¿Y le ahorró el trabajo de ahuyentarle? Fue una suerte que usted se encontrara por allí.

El camarero se presentó con la comida. La sirvió con gestos ceremoniosos. Verdura, ensalada, panecillos calientes envueltos en una servilleta.

—¿Café?

Dije que prefería tomarlo más tarde. Goble lo pidió para la comida y quiso saber dónde estaba su bebida. El camarero replicó que estaba en camino; por conducto retardado, según dio a entender por el tono de voz. Goble probó la carne mechada y puso cara de sorpresa.

—¡Caray, está buena! —exclamó—. Al ver tan pocos clientes pensé que esto sería un desastre.

—¿No ha visto la hora que es? —le dije—. La animación empieza mucho más tarde. Además, hay que tener en cuenta cómo es esta ciudad; y no olvide que estamos fuera de temporada.

—Si es mucho más tarde, me parece bien —contestó, sin dejar de masticar—. Muchísimo más tarde. A veces, a las dos o las tres de la madrugada. La gente va a ver a sus amigos. ¿Vuelve a estar en El Rancho, amigo?

Le miré sin decir nada.

—¿Acaso quiere que le haga una foto, amigo? Trabajo muchas horas al día cuando me encomiendan una misión.

No dije nada.

Se limpió la boca.

—Me ha parecido que se sobresaltaba cuando le he dicho lo del individuo atrapado bajo la roca. Claro que quizá me haya equivocado.

No le contesté.

—Está bien, si no quiere abrir la boca... —se burló Goble—. Había pensado que podríamos hacer un trato. Usted tiene un buen físico y debe pelear bien. Pero no sabe nada de nada. No tiene lo que se necesita en mi trabajo. Donde yo vivo hay que tener cerebro para salir adelante. Aquí sólo tienen que estar morenos y no abrocharse el botón del cuello.

—Hágame una proposición —dije, entre dientes.

Comía deprisa, incluso cuando hablaba demasiado. Retiró el plato, tomó un sorbo de café y se sacó un palillo del chaleco.

—Estamos en una ciudad rica, amigo —dijo lentamente—. La tengo bien estudiada. He hablado con otros tipos. Dicen que es uno de los pocos sitios que quedan en nuestro país donde la pasta no lo es todo. En Esmeralda tienen que dar el visto bueno, porque si no no eres nada. Si quieres que te den el visto bueno, te inviten y te acepten entre los importantes, tienes que tener clase. Un fulano, allá en Kansas City, hizo cinco millones de pavos en negocios poco claros. Compró propiedades, las subdividió, edificó casas y se instaló en el mejor lugar de toda la ciudad. Pero no era socio del Club Náutico porque no le aceptaban. Así que lo compró. Saben quién es, le pegan un sablazo siempre que tienen ocasión, le sirven, paga sus facturas, es un buen ciudadano, muy solvente. Da grandes fiestas, pero sus invitados no son de la ciudad, excepto los gorrones, inútiles y demás basura que siempre encuentras en torno al dinero. ¿Y la gente con clase de la ciudad? Para ellos es como si fuera negro.

Fue un discurso largo y, mientras lo soltaba, me iba lanzando ojeadas, paseaba la mirada por el local, se repantigaba en el respaldo y se hurgaba los dientes.

—Debe de tener el corazón destrozado —repuse—. ¿Cómo descubrieron de dónde procedía la pasta?

Goble se inclinó sobre la mesa.

—Hay un mandamás del Departamento del Tesoro que viene todos los años a pasar sus vacaciones. Casualmente vio a don Dinero y averiguó todo lo referente a él. Hizo correr la voz. ¿No cree que es como para destrozarle el corazón? Usted no conoce a esos matones que han hecho de las suyas y se han vuelto respetables. Por dentro está destrozado, amigo. Ha tropezado con algo que no se puede comprar con dinero y no sabe qué hacer.

—¿Cómo ha averiguado tantas cosas?

—Soy listo. Tengo relaciones. Averiguo lo que quiero.

—Excepto una cosa —repliqué.

—¿Cuál?

—No lo entendería.

Compareció el camarero con la bebida de Goble y se llevó los platos. Nos ofreció el menú.

—Nunca tomo postre —dijo Goble—. Lárguese.

El camarero miró el palillo. Alargó la mano y, con un rápido movimiento, lo cogió.

—Tenemos un lavabo para caballeros, ¿sabe?

Tiró el palillo en el cenicero y se lo llevó todo.

—¿Ve a lo que me refiero? —me preguntó Goble—. Clase.

Yo pedí el helado de chocolate y café.

—Y tráigale la cuenta a este señor —añadí.

—Será un placer —repuso el camarero.

Goble parecía molesto. El camarero se escabulló. Me incliné sobre la mesa y hablé en voz baja.

—Es usted el mayor mentiroso que he conocido en dos días. Y le aseguro que he conocido a verdaderas maravillas. No creo que tenga ningún interés en encontrar a Mitchell. No creo que le haya visto, ni oído hablar de él hasta ayer, cuando se le ocurrió la idea de utilizarlo como tapadera. Le han enviado aquí para vigilar a una muchacha y sé quién le ha enviado; no quién le ha contratado, sino quién ha dado la orden. Sé por qué la vigilan y sé lo que debo hacer para evitarlo. Si guarda algún as en la manga, le aconsejo que lo saque enseguida. Mañana podría ser demasiado tarde.

Empujó la silla hacia atrás y se levantó. Dejó caer un billete doblado y arrugado sobre la mesa. Me miró fríamente.

—Lengua larga, cerebro pequeño, ¿eh? No los malgaste, el jueves sacan los cubos de la basura. Usted no sabe nada de nada, amigo; y supongo que nunca aprenderá.

Se dirigió hacia la salida con la cabeza agresivamente echada hacia delante.

Yo alargué un brazo para coger el billete doblado y arrugado que Goble había dejado caer sobre la mesa. Tal como me imaginaba, no era más que un dólar. Cualquier tipo capaz de tener una carraca que sólo podía ir a un máximo de sesenta kilómetros por hora, cuesta abajo, debía comer en tugurios en los que una cena de ochenta y cinco centavos era lo más importante de la solitaria noche de sábado.

El camarero se acercó y me presentó la nota. Pagué y dejé el dólar de Goble en el plato.

—Gracias —dijo el camarero—. Ese tipo es muy amigo suyo, ¿no?

—La palabra adecuada es «íntimo» —repuse.

—Debe de ser pobre —dijo tolerante el camarero—. Una de las mejores cosas de esta ciudad es que las personas que trabajan aquí no pueden permitirse el lujo de vivir aquí.

Había unas veinte personas en el local cuando yo me fui, y las voces empezaban a rebotar en aquel techo tan bajo.

17

La rampa de acceso al garaje tenía el mismo aspecto que a las cuatro de la madrugada, pero esta vez oí el sibilante ruido del agua al doblar por la curva. El cubículo de cristal que servía de oficina estaba vacío. Alguien lavaba un coche, aunque supuse que no sería el encargado. Me dirigí hacia la puerta que conducía al vestíbulo del ascensor y la abrí. En ese preciso momento oí el sonido de un timbre en la oficina. Cerré la puerta y esperé fuera. Un hombre muy delgado con guardapolvo blanco se presentó inmediatamente. Llevaba gafas, tenía la piel de un color parecido a la harina de avena y los ojos hundidos y cansados. Tenía cara de mongol, indio o algo parecido. Cabello negro y corto.

—¿Su coche, señor? ¿Qué nombre, por favor?

—¿Está el coche del señor Mitchell? ¿El Buick de dos colores con capota dura?

No contestó enseguida. Observé la expresión de sus ojos. Yo no era el primero en hacerle esa pregunta.

—El señor Mitchell se ha llevado el coche a primera hora de la mañana.

—¿A qué hora exactamente?

Cogió el lápiz que llevaba sujeto al bolsillo con el nombre del hotel bordado en rojo. Lo sacó y lo miró.

—Poco antes de las siete. Me acuerdo porque yo acabo mi turno a las siete.

—¿Así que trabaja doce horas seguidas? Ahora son un poco más de las siete.

Volvió a meterse el lápiz en el bolsillo.

—Trabajo ocho horas, pero nos turnamos.

—¡Ah! Anoche trabajó de once a siete.

—Así es. —Tenía la vista clavada en la lejanía—. Ahora no estoy de servicio.

Extraje un paquete de cigarrillos y le ofrecí uno.

Meneó la cabeza.

—Sólo nos está permitido fumar en la oficina.

—O en el asiento posterior de un Packard.

Crispó la mano derecha, como si asiera el mango de una imaginaria navaja.

—¿Qué tal anda de existencias? ¿Necesita algo?

Me miró fijamente.

—Tendría que haberme preguntado: «¿Qué existencias?» —le dije.

No contestó.

—Y yo le habría dicho que no hablaba de tabaco —proseguí alegremente—, sino de algo curado con miel.

Nuestras miradas se encontraron. Al fin preguntó en voz baja:

—¿Es usted traficante?

—Se ha salvado de una buena, si realmente está en sus cabales a las siete de la mañana. A mí me pareció que tardaría mucho más en reponerse. Debe tener un despertador en la cabeza... como Eddie Arcaro.

—Eddie Arcaro —repitió—. ¡Ah, sí, el *jockey*! Tiene un despertador en la cabeza, ¿verdad?

—Eso es lo que dicen.

—Podríamos llegar a un acuerdo —dijo, con expresión ausente—. ¿Cuál es su precio?

Volvió a sonar el timbre en la oficina. Oí el ruido del ascensor al detenerse. Se abrió la puerta y apareció la pareja de enamorados que yo había visto en el salón del hotel. La muchacha llevaba un traje de noche y él un esmoquin. Se quedaron uno al lado del otro, como dos niños a los que han sorprendido besándose. El encargado les lanzó una ojeada y se alejó, para volver a los pocos minutos con un coche. Un bonito Chrysler nuevo y descapotable. El muchacho ayudó a subir a la joven, con tanto cuidado como si ya estuviese embarazada. El encargado del garaje mantuvo la puerta abierta. El muchacho dio la vuelta al coche y, tras darle las gracias, se introdujo en él.

—¿Está muy lejos el Glass Room? —preguntó tímidamente.

—No, señor.

El encargado les explicó cómo llegar.

El muchacho sonrió, le dio las gracias, se metió la mano en el bolsillo y le dio un dólar.

—Si quiere que le saque el coche hasta la entrada, señor Preston, sólo tiene que llamarme.

—Oh, gracias, pero no importa —repuso apresuradamente el muchacho.

El Chrysler subió lentamente la rampa y no tardó en perderse de vista.

—Recién casados —comenté—; son un encanto. Lo único que quieren es que nadie les moleste.

El encargado se hallaba nuevamente frente a mí, con la misma mirada apagada en los ojos.

—Pero nosotros no somos un encanto —añadí.

—Si es usted policía, enséñeme la placa.

—¿De verdad cree que soy policía?

—En cualquier caso, es un bastardo entrometido.

Nada de lo que dije consiguió hacer variar el tono de su voz. Estaba aparcado en el *si* bemol. Una sinfonía de una sola nota.

—Algo de eso hay —asentí—. Soy investigador privado. Anoche seguí a una persona hasta aquí. Usted estaba en un Packard, justo allí —señalé—; yo me acerqué, abrí la puerta y noté el olor de la marihuana. Podría haberme llevado cuatro Cadillac y usted ni siquiera hubiese cambiado de postura. Pero eso es asunto suyo.

—Dígame qué desea —replicó—. No quiero hablar de lo sucedido anoche.

—¿Mitchell se fue solo?

Él asintió.

—¿Sin equipaje?

—Nueve maletas. Yo le ayudé a cargarlas. Se marchó, ¿satisfecho?

—Supongo que avisó a recepción, ¿eh?

—Llevaba la cuenta. Sellada y con recibo.

—Ya entiendo. Con todo ese equipaje, debió necesitar un botones.

—El ascensorista. No hay botones hasta las siete y media. Era la una de la madrugada.

—¿Qué ascensorista?

—Un mexicano al que llamamos Chico.

—¿Usted no es mexicano?

—Tengo sangre china, hawaiana, filipina y negra. No le gustaría estar en mi pellejo.

—Una última pregunta. ¿Cómo demonios se las arregla para que no le sorprendan?

Miró a su alrededor.

—Sólo fumo cuando estoy muy deprimido. ¿Qué demonios le importa a usted? ¿Qué demonios le importa a nadie? Es posible que me cojan y pierda esta mierda de empleo. Puede ser que me metan en una celda. Incluso es posible que haya vivido en una desde que nací. ¿Satisfecho?

Hablaba demasiado. Las personas con los nervios desequilibrados son así. Primero monosílabos, y después un discurso. El sonido ahogado y monótono de su voz prosiguió:

—No hago daño a nadie. Vivo. Como. A veces, duermo. Venga a verme algún día. Vivo en una casa de mala muerte que hay en Polton's Lane, un callejón miserable. Vivo justo detrás de la ferretería Esmeralda. El retrete está en un cobertizo. Me lavo en la cocina, en una palangana de hojalata. Duermo encima de un colchón con los muelles rotos. Todo lo que hay allí tiene más de veinte años. Ésta es una ciudad de ricos. Venga a verme. Vivo en la propiedad de un rico.

—En su historia de Mitchell falta una pieza —dije yo.

—¿Cuál?

—La verdad.

—La buscaré debajo del colchón, aunque puede estar un poco polvorienta.

Se oyó el ruido de un coche que bajaba por la rampa. Él se dio media vuelta y yo pasé al rellano y llamé al ascensor. Un tipo extraño el encargado, muy extraño. Sin embargo, resultaba interesante. También daba un poco de pena. Un tipo amargado y desorientado.

El ascensor tardó bastante en llegar y, antes de que llegara, disfruté de la compañía de otra persona. Un hombre guapo y rico de un metro ochenta y siete centímetros de estatura llamado Clark Brandon. Llevaba una cazadora de cuero y un jersey azul de cuello alto, unos pantalones de pana bastante gastados, y botas altas de cordones que usan los ingenieros y topógrafos en el campo. Parecía el jefe de un equipo de perforación. No me cabía duda alguna de que, al cabo de una hora, estaría en el Glass Room vestido de esmoquin y también parecería el dueño del local, cosa que quizá fuera. Mucho dinero, mucha salud y mucho tiempo para sacar el máximo partido de ambas cosas. Sería el amo adondequiera que fuese.

Me lanzó una ojeada y esperó a que yo entrase en el ascensor, cuando al fin llegó. El ascensorista le saludó respetuosamente. Contestó con un movimiento de cabeza. Los dos salimos al vestíbulo. Brandon se dirigió al mostrador de recepción, y el conserje —uno nuevo, al que aún no había visto— le sonrió ampliamente y le entregó un montón de cartas. Brandon se apoyó en un extremo del mostrador y fue abriendo los sobres uno por uno, tirándolos después en la papelera situada junto a él. La mayor parte de las cartas sufrieron el mismo destino. Al otro lado del mostrador había un soporte con folletos de viajes. Encendí un cigarrillo, cogí uno y lo examiné con detenimiento.

Brandon había recibido una carta que le interesó. La leyó varias veces. Vi que era corta y estaba escrita en una hoja de papel con membrete del hotel, pero desde donde yo me encontraba eso era lo único que se alcanzaba a ver. La miró y remiró. Después metió la mano en la papelera y sacó el sobre. Lo examinó. Se guardó la carta en un bolsillo y se dirigió hacia el centro del mostrador. Enseñó el sobre al conserje.

—La han entregado en mano. ¿Ha visto quién la ha traído? El nombre no me dice nada.

El conserje miró el sobre y asintió.

—Sí, señor Brandon, la ha dejado un hombre justo después de que yo llegara. Era un hombre gordo, de edad mediana, con gafas. Traje gris, abrigo y sombrero de fieltro gris. No parecía de aquí. Un zarrapastroso; un don nadie.

—¿Preguntó por mí?

—No, señor. Sólo me dijo que pusiera la carta en su casilla. ¿Ocurre algo malo, señor Brandon?

—¿Tenía aspecto de chalado?

El conserje meneó la cabeza.

—Tenía aspecto de lo que le he dicho: un don nadie.

Brandon se rió entre dientes.

—Quiere convertirme en obispo mormón por cincuenta dólares. Algún loco, seguro. —Cogió el sobre del mostrador y se lo metió en el bolsillo. Se dispuso a dar media vuelta y después preguntó—: ¿Ha visto a Larry Mitchell?

—Desde que estoy aquí, no, señor Brandon. Pero llevo sólo un par de horas.

—Gracias.

Brandon cruzó el vestíbulo hasta el ascensor y entró. Era un ascensor diferente. El ascensorista abrió la boca en una exuberante sonrisa y le dijo algo. Brandon no le contestó ni le miró. El muchacho parecía dolido mientras cerraba la puerta. Brandon estaba de mal humor. No resultaba tan guapo cuando estaba de mal humor.

Volví a dejar el folleto en su soporte y me acerqué al centro del mostrador. El conserje me miró sin interés. Su mirada decía que yo no me alojaba allí.

—Dígame, señor.

Era un hombre de cabello gris que no tenía mala pinta.

—Iba a preguntar por el señor Mitchell, pero he oído lo que ha dicho.

—Los teléfonos interiores están allí —señaló con la barbilla—. La telefonista le dará la comunicación.

—Lo dudo.

—¿Qué quiere decir?

Me abrí la americana a fin de sacar la cartera. Observé que los ojos del conserje se clavaban en la redondeada culata de la pistola que llevaba bajo el brazo. Extraje la cartera y le alargué una tarjeta.

—¿Puedo hablar con el detective del hotel? En el caso de que lo tengan, claro.

Cogió la tarjeta y la leyó. Alzó la vista.

—Haga el favor de esperar en el salón, señor Marlowe.

—Gracias.

Antes de que yo me separase del mostrador ya estaba hablando por teléfono. Pasé por debajo del arco y me senté de espaldas a la pared, en un lugar desde donde se veía todo el vestíbulo. No tuve que esperar demasiado.

El hombre en cuestión tenía una espalda rígida y maciza, y una cara rígida y maciza, con esa clase de piel que nunca llega a broncearse sino que se limita a enrojecer y a palidecer nuevamente. Tenía el pelo de un tono entre rubio y rojizo y le caía un mechón sobre la frente. Se detuvo bajo el arco y paseó lentamente la mirada por el salón. No se fijó en mí más que en las demás personas. Entonces se acercó y tomó asiento a mi lado. Llevaba un traje marrón y una pajarita marrón y amarilla. La ropa le sentaba a la perfección. Tenía algunos pelos rubios en la parte alta de las mejillas. Alguna que otra hebra plateada adornaba sus cabellos.

—Mi nombre es Javonen —dijo sin mirarme—. Ya conozco el suyo. Llevo su tarjeta en el bolsillo. ¿Qué ocurre?

—Un hombre llamado Mitchell; le estoy buscando. Larry Mitchell.

—Le está buscando. ¿Por qué?

—Negocios. ¿Alguna razón por la que no debería buscarle?

—Ninguna. Está fuera de la ciudad. Ha salido a primera hora de la mañana.

—Es lo que me habían dicho. Me sorprendió un poco. Acababa de llegar en el expreso de ayer. Recogió el coche en Los Ángeles y vino desde allí por carretera. Además, no tenía un céntimo. No le quedó más remedio que pedir un préstamo para la cena. Cenó en el Glass Room con una muchacha. Estaba muy borracho, o lo simulaba. Eso le salvó de pagar la cuenta.

—Allí le basta con firmar —repuso Javonen con indiferencia. Siguió paseando la mirada por el salón, como si esperase que uno de los jugadores de canasta sacara un arma y matara a su pareja, o una de las señoras del rompecabezas empezara a tirarse de los pelos. Tenía dos expresiones... la dura y la más dura—. El señor Mitchell es muy conocido en Esmeralda.

—Es verdad, pero no le aprecian demasiado —dije yo.

Volvió la cabeza y me dirigió una mirada sombría.

—Soy el subdirector de este hotel, señor Marlowe. También soy el encargado de seguridad. No puedo discutir con usted la reputación de un huésped.

—No es necesario. La conozco a través de varias fuentes. Le he visto en acción. Anoche apretó las clavijas a una persona y consiguió lo suficiente para largarse de la ciudad; con equipaje, según mis informes.

—¿Quién le ha proporcionado esos informes? —al hacer la pregunta me pareció un tipo duro.

Yo también intenté parecerlo no contestando a su pregunta.
—Además, le confiaré tres suposiciones mías —dije—. Una, que esta noche no ha dormido en su cama. Dos, que durante el día de hoy se ha notificado a recepción que su cuarto estaba vacío. Tres, que un miembro del personal nocturno no vendrá a trabajar. Mitchell no podía sacar todo su equipaje sin ayuda.
Javonen me miró, y después volvió a escudriñar el salón con sus penetrantes ojos.
—¿Tiene algo que demuestre que es cierto lo que dice la tarjeta? Cualquiera puede hacerse imprimir una.
Saqué la cartera, extraje una pequeña fotocopia de mi licencia, y se la di. Él echó una ojeada y me la devolvió. La guardé.
—Tenemos una organización propia para ocuparnos de los que se marchan sin pagar —dijo—. Son cosas que pasan... en todos los hoteles. No necesitamos su ayuda. Además, no nos gustan las armas en el salón. El conserje ha visto la suya. Alguien más podría verla. Hace nueve meses tuvimos un intento de atraco. Uno de los ladrones murió. Yo le maté.
—Lo leí en el periódico —repuse—. Pasé varios días muy asustado.
—Sólo leyó una parte. La semana siguiente perdimos cuatro o cinco mil dólares. Los huéspedes se largaron a docenas. ¿Entiende mi punto de vista?
—He dejado que el conserje me viera la culata del arma a propósito. He pasado todo el día preguntando por Mitchell y no he obtenido más que evasivas. Si se ha marchado, ¿por qué no decirlo claramente? Nadie tenía que decirme que se había ido sin pagar la cuenta.
—Nadie ha dicho que no la haya pagado. Está pagada, señor Marlowe, hasta el último céntimo. ¿Qué piensa usted ahora?
—Me pregunto por qué era un secreto que se hubiese marchado.
Asumió una expresión despectiva.
—Tampoco hemos dicho eso. Usted no oye bien. Le he dicho que había salido de viaje. Le he dicho que su cuenta está pagada hasta el último centavo. No le he dicho cuánto equipaje llevaba. No le he dicho que haya dejado su habitación. No le he dicho que se haya ido con todo lo que tenía... ¿Qué intenta demostrar con todo esto?
—¿Quién le ha pagado la cuenta?
Su cara enrojeció un poco.
—Escuche, amigo, le he dicho que él mismo la había pagado. En persona, anoche, hasta el último centavo y una semana por anticipado. He tenido demasiada paciencia con usted. Ahora va a decirme una cosa. ¿Cuál es su punto de vista?
—No tengo ninguno. Usted me lo ha desbaratado. Me pregunto por qué ha pagado una semana por anticipado.
Javonen sonrió, muy ligeramente. Fue algo así como un anticipo de sonrisa.
—Escuche, Marlowe, he pasado cinco años en Inteligencia Militar. Sé juzgar a un hombre; por ejemplo, el tipo del que estamos hablando. Paga por anticipado para que así estemos más tranquilos. Eso tiene una influencia estabilizadora.

—¿Había pagado alguna vez por anticipado?

—¡Maldita sea!

—Tenga cuidado —le interrumpí—; el caballero anciano del bastón parece muy interesado por sus reacciones.

Desvió la mirada hacia el otro extremo del salón y la posó en un anciano, delgado y pálido, que se hallaba sentado en una silla de respaldo redondo y muy baja, con la barbilla apoyada en las manos enguantadas y éstas reposando sobre el mango del bastón. Nos miraba sin parpadear.

—¡Ah, ése! —exclamó Javonen—. No ve nada a esta distancia. Tiene ochenta años.

Se puso en pie y se encaró conmigo.

—De acuerdo, ya está todo arreglado —dijo tranquilamente—. Usted es un investigador privado, tiene un cliente e instrucciones. Yo sólo quiero mantener el orden en el hotel. La próxima vez deje el arma en casa. Si quiere saber alguna cosa, pregúntemela a mí. No interrogue al servicio. Enseguida corre la voz, y no nos gusta. La policía local tomaría cartas en el asunto si les insinuara que usted busca camorra.

—¿Puedo tomar una copa en el bar antes de irme?

—No se le ocurra desabrocharse la americana.

—Cinco años en Inteligencia Militar presuponen una gran experiencia —comenté, mirándole admirativamente.

—No está mal.

Se despidió con un breve movimiento de cabeza y se alejó hacia el vestíbulo, con la espalda erguida, los hombros levantados, la barbilla hacia dentro y su aspecto de hombre fuerte, delgado y de buena constitución. Un verdadero profesional. Había reducido a la nada todo lo que yo llevaba impreso en mi tarjeta.

Entonces me di cuenta de que el anciano de la silla baja había alzado una mano enguantada del puño de su bastón y me hacía señas con un dedo curvado. Me apunté al pecho con un dedo y le miré interrogativamente. Él asintió, de modo que me acerqué a él.

Era viejo, es verdad, pero de débil no tenía nada y mucho menos de tonto. Llevaba el cabello blanco cuidadosamente peinado, su nariz era larga, afilada y llena de diminutas venas, sus apagados ojos azules aún eran penetrantes, pero los párpados le caían pesadamente. En una oreja llevaba el botón de plástico del aparato para sordos, rosa y gris como la oreja. Los guantes de gamuza que cubrían sus manos tenían los puños vueltos. Llevaba unas polainas grises por encima de los relucientes zapatos negros.

—Acérquese una silla, jovencito.

Tenía una voz fina, seca y crujiente como las hojas de bambú.

Tomé asiento a su lado. Me examinó y su boca esbozó una sonrisa.

—Nuestro magnífico señor Javonen pasó cinco años en Inteligencia Militar, como sin duda le habrá dicho.

—Sí, señor. En la CIC, una sección.

—Inteligencia Militar es una expresión contradictoria. ¿De modo que tiene curiosidad por saber cómo pagó la cuenta el señor Mitchell?

Le miré fijamente. Miré el aparato de su oreja. Él se dio unos golpecitos en el bolsillo superior de la americana.

—Me quedé sordo mucho antes de que inventaran estos aparatos. Ocurrió durante una cacería, cuando mi montura se negó a saltar un obstáculo. Fue culpa mía. Obligué al caballo a tomar impulso demasiado pronto. Yo aún era un muchacho. No me imaginaba a mí mismo con una trompetilla, así que aprendí a leer el movimiento de los labios. Se necesita mucha práctica.

—¿Qué hay de Mitchell, señor?

—Ya llegaremos a eso; no tenga prisa.

Alzó la mirada y asintió.

Una voz dijo:

—Buenas tardes, señor Clarendon.

Un botones siguió su camino hacia el bar. Clarendon le siguió con la mirada.

—No pierda el tiempo haciéndole caso —dijo—. Es un chulo. He pasado muchos, muchísimos años en vestíbulos, salones de té, bares, porches, terrazas y cuidados jardines de infinidad de hoteles en todo el mundo. He sobrevivido a todos los miembros de mi familia. Seguiré mi vida inútil e inquisitiva hasta el día en que en una camilla me lleven a una bonita y aireada habitación de hospital. Unos dragones de cofias blancas y almidonadas me cuidarán. Me alisarán continuamente las sábanas y me ahuecarán la almohada. Me traerán la horrible e insulsa comida de los hospitales en una bandeja. Me tomarán el pulso y la temperatura a intervalos frecuentes, y siempre cuando me esté durmiendo. Desde la cama oiré el susurro de las faldas almidonadas, el ruido apagado de las suelas de unos zapatos de goma sobre el suelo aséptico, y veré el silencioso horror de la sonrisa del médico. Al cabo de unos días, me colocarán una mascarilla de oxígeno e instalarán unos biombos al lado de la camita blanca y yo, sin darme cuenta, haré la única cosa en el mundo que nadie puede hacer dos veces.

Volvió lentamente la cabeza y me miró.

—Me temo que estoy hablando demasiado. ¿Cuál es su nombre, señor?

—Philip Marlowe.

—Yo soy Henry Clarendon IV. Pertenezco a lo que antes se denominaba clase alta. Groton, Harvard, Heidelberg, la Sorbona. Pasé un año en Uppsala. No recuerdo exactamente por qué. Para prepararme para una vida de ocio, sin duda alguna. Así que es usted investigador privado. Como verá, a veces hablo de cosas que no tienen nada que ver conmigo.

—Sí, señor.

—Tendría que haber acudido a mí en busca de información. Pero, claro, usted no podía saberlo.

Meneé la cabeza. Encendí un cigarrillo, no sin antes haber ofrecido uno al señor Henry Clarendon IV. Lo rechazó con un vago movimiento de cabeza.

—Sin embargo, señor Marlowe, esto es algo que debería haber aprendido. En todos los hoteles lujosos del mundo hay media docena de ociosos ancianos de ambos sexos que se dedican a observar a los demás. Miran, escuchan, comparan informaciones, se enteran de todo respecto a todos. No tienen otra cosa que hacer, porque la vida de hotel es la más espantosa de todas las formas de aburrimiento. Sin duda, yo también le estoy aburriendo.

—Preferiría que me hablase de Mitchell, señor. Esta noche, por lo menos.

—Naturalmente. Soy egoísta y absurdo, y charlo como una colegiala. ¿Ve aquella hermosa mujer de pelo negro que juega a la canasta? ¿La que lleva demasiadas joyas y unas gafas con montura de oro macizo?

No la señaló ni la miró, pero no tardé en localizarla. Tenía unos modales ampulosos y parecía bastante insensible. Era la que iba cargada de joyas y maquillaje.

—Se llama Margo West. Se ha divorciado siete veces. Tiene una gran fortuna y un aspecto razonablemente atractivo, pero no consigue retener a ningún hombre. Se esfuerza demasiado por lograrlo. Sin embargo, no es tonta. Tendría un lío con un hombre como Mitchell, le daría dinero y pagaría sus facturas, pero jamás se casaría con él. Anoche se pelearon. No obstante, creo que debe haberle pagado la cuenta. Ya lo ha hecho otras veces.

—Yo creía que su padre le enviaba un talón desde Toronto todos los meses. No tiene suficiente, ¿eh?

Henry Clarendon IV me dirigió una sonrisa sardónica.

—Mi querido amigo, Mitchell no tiene ningún padre en Toronto. No recibe ningún cheque mensual. Él vive de las mujeres. Por eso vive en un hotel como éste. En un hotel de lujo siempre hay alguna mujer rica y sola. Puede que no sea guapa ni muy joven, pero tiene otros encantos. Durante la temporada baja, que empieza después de las fiestas de Del Mar y acaba a mediados de enero, en Esmeralda no hay gran cosa que valga la pena. Es entonces cuando Mitchell aprovecha para viajar; Mallorca o Suiza si tiene dinero, Florida o una de las islas del Caribe si no le quedan muchos ahorros. Este año no ha tenido demasiada suerte. Tengo entendido que sólo ha podido llegar hasta Washington.

Me lanzó una ojeada. Yo mantuve mi inalterable expresión cortés, como un simpático jovencito (según su punto de vista) que escucha amablemente a un viejo que habla demasiado.

—Está bien —repuse—. Es posible que le haya pagado la cuenta del hotel. Pero ¿por qué una semana por anticipado?

Puso una enguantada mano encima de la otra. Inclinó el bastón y siguió su inclinación con el cuerpo. Observó atentamente el dibujo de la alfombra. Al cabo de unos minutos rechinó los dientes. Había resuelto el problema. Volvió a incorporarse.

—Debe ser el pago de la ruptura —dijo secamente—. El definitivo e irrevocable final del romance. La señora West, tal como vulgarmente se dice, está hasta las narices. Además, ayer llegó una nueva huésped en compañía de Mitchell, una muchacha de cabello rojizo, de un tono más parecido a las castañas que al fuego o las fresas. Por lo que pude observar, la relación existente entre ambos era un tanto extraña. Los dos parecían sufrir los efectos de alguna tensión.

—¿Cree que Mitchell chantajearía a una mujer?

—Mitchell chantajearía a un niño de pecho. El hombre que vive de las mujeres siempre les hace algún tipo de chantaje, aunque no sea ésta la palabra que se utilice normalmente. También les roba en cuanto se presenta la ocasión. Mitchell falsificó dos cheques con la firma de Margo West. Ésta fue la causa de la separación. Es indudable que ella tiene los cheques, pero sólo se limita a guardarlos.

—Señor Clarendon, con el debido respeto, ¿cómo puede saber tantas cosas?

—Ella misma me lo contó. Me lloró en el hombro. —Miró hacia la hermosa mujer de cabello negro—. Por su aspecto actual, cualquiera pensaría que no le he dicho la verdad. Sin embargo, así es.

—Y, ¿por qué me lo cuenta?

Su rostro se iluminó con el fantasma de una sonrisa.

—No tengo ninguna delicadeza. Lo normal sería que yo también quisiera casarme con Margo West. Eso supondría un cambio radical en mi vida. No obstante, un hombre de mi edad se distrae con toda clase de detalles insignificantes. Un colibrí, la extraordinaria forma de abrirse de un capullo. ¿Por qué, al llegar a cierto punto de su crecimiento, se separa en ángulos rectos? ¿Por qué se divide tan gradualmente, y por qué la flor emerge siempre en el mismo orden, de modo que el extremo afilado y cerrado de la yema parece el pico de un pájaro y los pétalos de colores forman un ave del paraíso? ¿Qué extraña deidad hizo un mundo tan complicado pudiendo hacerlo tan simple? ¿Es omnipotente? ¿Cómo iba a serlo? Hay demasiado sufrimiento y los inocentes siempre se llevan la peor parte. ¿Por qué una coneja madre, atrapada en una madriguera por un hurón, protege a sus crías con su cuerpo y se deja arrancar el cuello? ¿Por qué? Al cabo de dos semanas, habría sido incapaz de reconocerlos. ¿Cree usted en Dios, joven?

Un largo rodeo, pero no me quedaba más remedio que seguirlo.

—Si se refiere a un Dios omnisciente y omnipotente que hizo las cosas tal como son, no.

—Debería creer en Él, señor Marlowe; es un gran consuelo. Al final todos acabamos creyendo, porque tenemos que morir y convertirnos en polvo. Quizá este mundo lo sea todo y quizá no. Existen muchas dudas acerca de la otra vida. No creo que me gustara demasiado estar en un cielo en el que tuviera que compartir mi alojamiento con un pigmeo del Congo, un coolie chino, un mercader oriental de alfombras, e incluso un productor de Hollywood. Me imagino que soy un esnob, y mis comentarios resultan de mal gusto. Tampoco puedo imaginarme un cielo presidido por un benevolente personaje con larga barba blanca conocido popularmente como Dios. Son concepciones absurdas propias de mentes inmaduras. Pero no se debe uno oponer a las creencias religiosas de ningún hombre, por tontas que sean. Claro que yo no tengo motivos para suponer que iré al cielo. La verdad es que me parece bastante aburrido. Por otra parte, ¿cómo puedo imaginarme un infierno en el que un niño muerto antes del bautismo ocupa la misma degradante posición que un asesino a sueldo o que un comandante de campo de concentración nazi o un miembro del Politburó? ¡Resulta irónico que las aspiraciones del hombre, a pesar de ser un sucio animalillo, hayan sido infinitamente mejores que el destino desafortunado que ha tenido en la tierra! Debe de haber una explicación razonable. No me diga que el honor es simplemente una reacción química, ni que el hombre que deliberadamente da su vida por otro no hace más que seguir una pauta de conducta. ¿Cree que Dios se siente feliz al ver las convulsiones de un gato envenenado en plena calle? ¿Cree que Dios se siente feliz al ver una vida tan cruel y observar que sólo los mejores sobreviven? Los mejores, ¿para qué? ¡Oh, no, ni mucho menos! Si Dios fuera omnipotente y omnisciente en el sentido literal de la palabra, ni siquiera se habría molestado en crear el universo. No hay éxito sin posibilidad de fracaso, no hay arte sin la resistencia del medio. ¿Acaso es una blasfemia afirmar que Dios tiene sus días malos cuando nada va bien, y que los días de Dios son muy, muy largos?

—Es usted un hombre inteligente, señor Clarendon. Creo que ha hablado de un cambio radical de vida.

Esbozó una sonrisa.

—Creía que había perdido el hilo durante mi largo discurso, ¿verdad? No, señor, no lo había perdido. Una mujer como la señora West casi siempre acaba casándose con una serie de seudoelegantes cazadotes, tanguistas de largas patillas, rubios monitores de esquí con atractivos músculos, aristócratas franceses e italianos totalmente arruinados, vulgares principitos de Oriente Medio, cada cual peor que el anterior. Incluso es posible que, en última instancia, se casara con un hombre como Mitchell. Si se casara conmigo, se casaría con un viejo latoso, pero por lo menos se casaría con un caballero.

—Sí.

Se rió entre dientes.

—El monosílabo indica un empacho de Henry Clarendon IV. No le culpo. Muy bien, señor Marlowe, ¿por qué se interesa tanto por Mitchell? Aunque supongo que no podrá decírmelo.

—No, señor, no puedo. Me interesa saber por qué se ha ido enseguida después de regresar, quién le ha pagado la cuenta, y por qué era necesario también abonar una semana por anticipado, si la que pagaba era la señora West o, por ejemplo, algún amigo adinerado como el señor Clark Brandon.

Sus finas y escasas cejas se curvaron hacia arriba.

—Brandon podría saldar fácilmente la cuenta de Mitchell con sólo descolgar el teléfono. La señora West preferiría darle el dinero y hacer que él mismo la pagara. Pero ¿una semana por anticipado? ¿Por qué le habrá dicho nuestro Javonen una cosa así? ¿Qué le sugiere a usted?

—Que en el caso de Mitchell hay algo que el hotel no quiere divulgar. Algo que desataría el tipo de publicidad que no les gusta.

—¿Como qué?

—Me refiero a cosas como el suicidio y el asesinato. Esto es sólo un ejemplo. ¿Se ha fijado en que casi nunca se menciona el nombre de un gran hotel cuando uno de los huéspedes se tira por la ventana? Siempre es un hotel de las afueras o del centro, o un hotel muy conocido o exclusivo... algo así. Y si es un hotel de lujo, nunca se ven policías en el vestíbulo, a pesar de lo que haya sucedido en las habitaciones.

Desvió la mirada y yo seguí la dirección de sus ojos. La partida de canasta había terminado. La acicalada y enjoyada mujer llamada Margo West se alejó hacia el bar con uno de los hombres, con la boquilla sobresaliendo como un bauprés.

—¿Y bien?

—Bueno —repuse, haciendo un gran esfuerzo—, si Mitchell conserva su habitación, sea la que sea...

—La 418 —intercaló sosegadamente Clarendon—. Con vistas al mar. Catorce dólares diarios en esta época del año, y dieciocho en plena temporada.

—No es precisamente barata para un tipo sin dinero. Pero supongamos que aún la tiene. De modo que, pese a lo que haya podido ocurrir, sólo se ha marchado unos cuantos días. Sacó el coche y metió en él el equipaje hacia las siete de la mañana. Una hora muy extraña para irse, teniendo en cuenta lo borracho que estaba anoche.

Clarendon se echó hacia atrás y dejó que sus enguantadas manos colgaran inertes. Me di cuenta de que empezaba a cansarse.

—Si realmente ha ocurrido así, ¿no opina que el hotel preferiría hacerle creer que se había marchado definitivamente? En ese caso tendría que buscarle en otro lugar. Es decir, si es que le está buscando.

Observé su apagada mirada. Sonrió.

—No acabo de entenderle, señor Marlowe. Yo hablo y hablo, pero no sólo para oír el sonido de mi voz. La verdad es que no puedo oírla. Hablar me da la oportunidad de estudiar a la gente sin parecer demasiado grosero. Le he estudiado a usted. Mi intuición, en el caso de que sea la palabra correcta, me dice que su interés por Mitchell es bastante tangencial. De lo contrario, no se mostraría tan abierto.

—Ajá. Podría ser —contesté.

Era el momento oportuno para intercalar un párrafo de lúcida prosa. Algo que Henry Clarendon IV habría hecho muy bien. Yo no tenía absolutamente nada más que decir.

—Váyase —dijo—; estoy cansado. Voy a mi habitación para acostarme un rato. Ha sido un placer conocerle, señor Marlowe.

Se puso lentamente en pie y recuperó el equilibrio con la ayuda del bastón. Fue un verdadero esfuerzo. Yo también me levanté.

—Nunca le doy la mano a nadie —añadió—. Tengo las manos feas y desagradables. Por eso llevo guantes. Buenas noches. Si no vuelvo a verle, buena suerte.

Se alejó, andando lentamente y con la cabeza erguida. Andaba con dificultad. Subió uno por uno los dos escalones que separaban el salón del vestíbulo, haciendo una pausa entre ambos. Siempre adelantaba primero el pie derecho. El bastón se apoyaba con fuerza en el suelo junto al izquierdo. Pasó por debajo del arco y le vi dirigirse hacia un ascensor. Llegué a la conclusión de que el señor Henry Clarendon IV era un personaje poco corriente.

Yo me dirigí hacia el bar. La señora Margo West estaba sentada en las ambarinas sombras con uno de los jugadores de canasta. El camarero depositaba en aquel momento unas copas frente a ellos. No les presté demasiada atención porque un poco más lejos, en un pequeño apartado junto a la pared, vi a una persona a la que yo conocía mucho mejor. Y estaba sola.

Llevaba la misma ropa, pero se había quitado la cinta del cabello, que le caía suelto alrededor de la cara.

Me senté. El camarero se acercó y le pedí lo que deseaba; después, se alejó. La música que se escapaba del invisible tocadiscos era melódica y agradable.

Ella sonrió ligeramente.
—Siento haberme enfadado —dijo—. Me he portado de un modo muy grosero.
—No se preocupe. No tiene importancia.
—¿Me buscaba?
—No, exactamente.
—¿Acaso...? ¡Oh, casi me olvido! —Cogió el bolso y se lo puso sobre el regazo. Rebuscó en su interior y después pasó por encima de la mesa algo bastante pequeño, aunque no tan pequeño como para que su mano pudiera ocultar que era el talonario de cheques de viaje—. Se los había prometido.
—No.
—¡Cójalo de una vez, tonto! No quiero que el camarero lo vea.
Cogí el talonario y me lo guardé en el bolsillo. Metí la mano en el bolsillo interior y saqué una pequeña libreta de recibos. Rellené la matriz y después el recibo propiamente dicho. «Recibí de la señorita Betty Mayfield, hotel Casa del Poniente, Esmeralda, California, la suma de 5.000 dólares en cheques de viaje de la compañía American Express por valor de 100 dólares cada uno, refrendados por la propietaria, y entregada en concepto de depósito, susceptible de que ella lo reclame en cualquier momento hasta que se estipulen unos honorarios y yo acepte algún encargo. Los abajo firmantes.» Firmé aquel galimatías, y le acerqué la libreta para que lo viera.
—Léalo y firme en la esquina inferior izquierda.
Ella lo cogió y sostuvo la libreta cerca de la luz.
—Llega usted a cansarme —declaró—. ¿Se puede saber qué pretende demostrar?
—Que soy honrado y que usted lo cree así.
Cogió la pluma que yo le alargaba, firmó y me devolvió la libreta. Arranqué el recibo y se lo entregué. Después, volví a guardar la libreta.
El camarero se presentó en aquel momento con mi bebida. No esperó a que le pagara; Betty le hizo un signo negativo con la cabeza y se alejó.
—¿Por qué no me pregunta si he encontrado a Larry?
—Está bien. ¿Ha encontrado a Larry, señor Marlowe?
—No. Se ha largado del hotel. Tenía una habitación en el cuarto piso, en el mismo lado que la de usted. Debía estar justo debajo. Ha bajado nueve maletas y las ha metido en su Buick. El detective del hotel, que se llama Javonen, él dice que es subdirector y jefe de seguridad, está muy satisfecho de que Mitchell haya pagado la cuenta e incluso una semana por anticipado. No se preocupe por nada. No le he gustado, naturalmente.
—¿Acaso gusta a alguien?
—A usted... los cinco mil dólares lo demuestran.
—¡Oh, no sea estúpido! ¿Cree que Mitchell volverá?
—Le he dicho que ha pagado una semana por anticipado.
Bebió un sorbo de su copa.
—Sí, me lo ha dicho, pero eso podría significar algo más.
—Desde luego; así a ojo, podría significar, por ejemplo, que él no ha pagado su cuenta, pero sí lo ha hecho otra persona, y que esa persona quería ganar

tiempo para hacer algo..., como librarse de aquel cadáver que había anoche en su terraza. En el caso de que hubiera un cadáver, claro.

—¡Oh, basta ya!

Terminó su bebida, apagó el cigarrillo, se levantó y me dejó solo con la cuenta. La pagué y volví a pasar por el vestíbulo, aunque sin saber exactamente por qué. Debió de ser puro instinto, pues dio la casualidad de que vi a Goble entrando en el ascensor. Su expresión me pareció bastante tensa. Al volverse, él también me vio, o eso creí yo, pero no dio muestras de conocerme. El ascensor subió.

Salí a buscar el coche y regresé a El Rancho Descansado. Me tumbé en el sofá y me quedé dormido. Había sido un día muy largo. Era posible que, si descansaba y se me aclaraba el cerebro, llegase a tener una ligera idea de lo que estaba haciendo.

18

Una hora más tarde tenía el coche aparcado delante de la ferretería. No era la única de Esmeralda, pero sí la única que había detrás del callejón llamado Polton's Lane. Anduve hacia el este y conté las tiendas. Había siete hasta la esquina, y todas exhibían grandes lunas y marcos cromados. En la esquina había una tienda de ropa, con maniquíes en los escaparates, bufandas, guantes y bisutería expuestos bajo los focos. Ni un solo cartel con precios. Doblé por la esquina y me encaminé hacia el sur. Frondosos eucaliptos bordeaban la acera. Las ramas se arqueaban hacia el suelo y los troncos parecían fuertes y sólidos, muy distintos de los altos y escuálidos arbolitos que crecen en Los Ángeles. En la esquina de Polton's Lane había una agencia de alquiler de automóviles. Seguí la alta y blanca pared con la mirada, y vi cajas de embalaje rotas, montones de cajas de cartón, cubos de basura, polvorientos aparcamientos... el patio trasero de la elegancia. Conté los edificios. Fue sencillo. No tuve que preguntar. Había una luz encendida junto a la pequeña ventana de una minúscula casa de madera que, hacía tiempo, debió haber sido el hogar de una familia. La casita tenía un porche de madera con la baranda rota. En otro tiempo quizá estuviese pintada, pero esa época pertenecía a un pasado muy remoto, antes de que las tiendas hiciesen su aparición. Incluso era posible que en otro tiempo hubiese tenido jardín. Las tejas estaban abombadas y ligeramente levantadas. La puerta de entrada era de un amarillo mostaza muy sucio. La ventana estaba atrancada y necesitaba una limpieza a fondo. Encima de ella colgaban los restos de una vieja persiana. Dos escalones conducían al porche, pero de ellos sólo quedaba uno. Detrás de la casita y a medio camino hacia la zona de descarga de la ferretería había lo que seguramente debió ser un retrete separado del edificio. Sin embargo, observé que una cañería de agua atravesaba el lado en ruinas. Mejoras de un hombre rico en la propiedad de un hombre rico. Un suburbio unitario.

Me detuve en el espacio hueco del inexistente peldaño y llamé con los nudillos a la puerta. Ni siquiera había picaporte. Nadie acudió a abrir. Di la vuelta al pomo para ver si cedía. No estaba cerrado con llave. Empujé y entré. Tuve un presentimiento: allí dentro me iba a encontrar con algo desagradable.

La luz procedía de una lámpara destartalada con la base torcida y la pantalla raída. Vi un catre con una manta sucísima encima. También vi una silla vieja de paja, una mecedora y una mesa cubierta por un hule grasiento. En la mesa, desplegado junto a una taza de café había un ejemplar de *El Diario*, un periódico en español, además de un plato con colillas de cigarrillos, un cuenco sucio y una radio minúscula que emitía música. La música cesó y un hombre empezó a recitar un anuncio en castellano. La apagué. El silencio que siguió fue casi peor. Después, el tictac de un despertador al otro lado de una puerta entreabierta. El ruido metálico de una cadena, un aleteo y una voz cascada que dijo rápidamente: «*¿Quién es? ¿Quién es?*».[5] A continuación, el airado parloteo de unos monos. Después, otra vez el silencio.

Desde una gran jaula situada en un rincón me miraba el ojo redondo y colérico de un loro. Se deslizó a lo largo de la percha hasta llegar a los barrotes.

—*Amigo* —dije yo.

El loro soltó una estrepitosa carcajada.

—Cuidado con lo que dices, hermano —le amenacé.

El loro se trasladó al otro lado de la percha, metió el pico en una taza blanca y se sacudió despectivamente del pico las gachas de avena. En otra taza había agua; estaba llena de restos de avena.

—Apuesto algo a que ni siquiera eres simpático —le dije.

El loro me miró fijamente y dio unos pasitos. Volvió la cabeza y me contempló con el otro ojo. Después se inclinó hacia delante, agitó las plumas de la cola y ensució la jaula un poco más.

—*¡Necio!* —chilló—. *¡Fuera!*

Oí el goteo de un grifo mal cerrado. Seguí oyendo el tictac del despertador; el loro imitó el sonido y lo amplificó.

Yo le dije:

—Eres un loro muy parlanchín.

—*Hijo de la chingada* —contestó el loro.

Lo miré burlonamente y empujé la puerta entreabierta que daba acceso a una especie de cocina. El linóleo del suelo estaba desgastado hasta los tablones de debajo del fregadero. Había una oxidada cocina de gas de tres quemadores, un estante con algunos platos y el despertador, y en un rincón un calentador de agua alzado sobre un soporte, de esos que explotan por no tener válvula de seguridad. Vi una estrecha puerta trasera, cerrada, con una llave en la cerradura, y una sola ventana, también cerrada. Una bombilla colgaba del techo. Éste estaba resquebrajado y manchado de goteras. A mi espalda, el loro paseaba de un lado a otro de la jaula y lanzaba algún que otro taladrante graznido.

En el fregadero de zinc había un trozo de goma negra y, junto a él, una jeringa hipodérmica con el émbolo apretado hasta el fondo. En el fregadero tres largos y estrechos tubos de cristal vacíos y los tapones de corcho cerca de ellos. No era la primera vez que veía esos tubos.

Abrí la puerta trasera, salí al exterior y me dirigí hacia el retrete modernizado. El tejado era inclinado, y debía medir unos dos metros y medio por delante y menos de dos por detrás. Estaba cerrado con llave, pero la cerradura era vieja. No resistió demasiado.

Los pies del hombre casi tocaban el suelo. Su cabeza estaba sumida en la oscuridad, a pocos milímetros del techo. Colgaba de un cable negro, probablemente un trozo de cable del alumbrado. Los dedos de los pies apuntaban hacia abajo, como si hubiese querido estirarse para ponerse de puntillas. Los bajos

5. En español en el original. *(N. del T.)*

raídos de sus pantalones de dril caqui le tapaban los talones. Le toqué hasta comprender que estaba demasiado frío como para que descolgarle sirviese de algo.

Lo había planeado muy bien. Se había colocado junto al fregadero de la cocina y atado la goma en torno a su brazo, apretando el puño para ver bien la vena, y después se había inyectado una jeringa llena de sulfato de morfina. Como los tres tubos estaban vacíos, era lógico suponer que al menos uno de ellos había estado lleno. No debía haberse administrado menos cantidad de la necesaria. Después había dejado la jeringa y el trozo de goma en el fregadero. El efecto no debió hacerse esperar, y menos por vía intravenosa. Después se había encerrado en el retrete, se había puesto de pie sobre el asiento y se había atado el cable alrededor del cuello. Seguramente ya estaba aturdido. Debió permanecer en aquella posición hasta que se le doblaron las rodillas y el peso de su cuerpo se encargó de lo demás. Lo más probable era que no se hubiese dado cuenta de nada. Ya debía estar dormido.

Cerré la puerta. No volví a entrar en la casa. Mientras la rodeaba para salir a Polton's Lane, aquella hermosa calle residencial, el loro me oyó desde el interior de la cabaña y chilló: «*¿Quién es? ¿Quién es? ¿Quién es?*».

¿Quién es? Nadie, amigo. Sólo pasos en la noche.

Me alejé silenciosamente.

19

Seguí andando lentamente, sin ir a ningún sitio en particular, aunque sabía dónde terminaría. En el mismo lugar de siempre. En la Casa del Poniente. Volví a subir al coche en Grand y, tras recorrer unas cuantas manzanas sin rumbo fijo, me encontré aparcado cerca de la entrada del bar. Al apearme miré el coche aparcado junto al mío. Era el pequeño y destartalado utilitario de Goble. Tan pegajoso como un trozo de esparadrapo.

En cualquier otro momento me habría devanado los sesos para intentar descubrir lo que se proponía, pero ahora tenía un problema más grave. Debía ir a la policía y notificar el descubrimiento del hombre ahorcado. Pero no tenía ni idea de lo que podía decirles. ¿Por qué fui a aquella casa? Porque, si el tipo no mentía, había visto a Mitchell. Quería hablar con él. ¿Sobre qué? A partir de ahí, no se me ocurría ninguna contestación que no llevara a Betty Mayfield, quién era, qué había sucedido en Washington, o Virginia o dondequiera que fuese y qué la había empujado a huir.

Yo tenía cinco mil dólares suyos en cheques de viaje dentro del bolsillo, y ni siquiera podía decir que fuese mi cliente. Me encontraba en un callejón sin salida.

Me acerqué al borde del acantilado y escuché el sonido de las olas. Sólo vi el brillo ocasional de alguna ola al romper más allá de la cala. En una cala las olas no rompen, sino que se deslizan suavemente. Más tarde habría una luna preciosa, pero aún no había salido.

Vi a otra persona no lejos de allí, una persona que hacía lo mismo que yo. Una mujer. Esperé que se moviera. Cuando lo hiciese, sabría si la conocía o no. No hay dos personas que se muevan igual como tampoco hay dos huellas digitales exactamente iguales.

Encendí un cigarrillo y dejé que la llama del encendedor iluminase mi cara. Ella no tardó en acercarse.

—¿No le parece que ya es hora de que deje de seguirme?

—Es usted mi cliente, y yo intento protegerla. Es posible que cuando cumpla setenta años alguien me diga por qué.

—No le he pedido que me proteja. Además, no soy su cliente. ¿Por qué no se va a su casa, si es que la tiene, y deja de molestar a la gente?

—Claro que es mi cliente.... me ha dado cinco mil dólares. Tengo que hacer algo para ganármelos, aunque no sea más que esperar a que me salga barba.

—Es usted insoportable. Le he dado el dinero para que me deje en paz. Es realmente insoportable; el hombre más insoportable que he conocido en mi vida, y le aseguro que he conocido verdaderas joyas.

—¿Qué ha sido de aquel lujoso edificio de apartamentos en Río? ¿Acaso no debía pasearme en pijama de seda y jugar con su cabellera larga y lasciva, mientras el mayordomo ordenaba la porcelana de Wedgwood y la plata georgiana, con una sonrisa ligera y afectada y gestos delicados, igual que un peluquero afeminado revoloteando en torno a una estrella cinematográfica?

—Oh, ¡cállese!

—No era una oferta firme, ¿eh? Sólo un capricho pasajero, o ni siquiera eso. Sólo un truco para robarme horas de sueño y obligarme a seguirla en busca de un cadáver que no existía.

—¿Le han dado alguna vez un puñetazo en la nariz?

—Con frecuencia, pero muchas veces consigo esquivarlo.

La agarré por ambos brazos. Ella trató de soltarse, pero sin clavarme las uñas. Le di un beso en la coronilla. De pronto me abrazó y levantó la cara.

—Está bien; béseme, si eso le satisface. Aunque supongo que preferiría hacerlo junto a una cama, ¿qué le parece?

—Soy humano.

—No se engañe a sí mismo; es un detective sucio y vil. Béseme.

La besé. Con la boca muy cerca de la suya, le dije:

—Se ha ahorcado esta noche.

Ella se separó violentamente.

—¿Quién? —preguntó, con una voz casi inaudible.

—El vigilante nocturno del garaje. Es posible que no le haya visto nunca. Se atiborraba de pulque, de té y de marihuana; pero esta noche se ha inyectado una buena dosis de morfina y se ha ahorcado en el retrete que hay detrás de su cabaña de Polton's Lane. Es un callejón que está cerca de la calle Grand.

Temblaba. Se agarró a mí como si fuera a caerse. Trató de decir algo, pero su voz fue un gemido.

—Es el fulano que ha visto marcharse a Mitchell con las nueve maletas a primera hora de esta mañana. Yo no sabía si creerle o no. Me dijo dónde vivía y he ido a charlar un poco más con él. Ahora tengo que ir a la policía y contárselo. Y, ¿qué les digo sin hablar de Mitchell y, por lo tanto, de usted?

—Por favor..., por favor..., por favor, no me mezcle en esto —susurró—. Le daré mas dinero, le daré todo el dinero que quiera.

—¡Por el amor de Dios! Ya me ha dado más dinero del que pienso aceptar. Lo que quiero no es dinero; es algún tipo de explicación sobre lo que estoy haciendo y por qué. No sé si sabe lo que es la ética profesional; a mí aún me queda un poco. ¿Es usted mi cliente?

—Sí. Me rindo. Con usted todos acaban rindiéndose, ¿verdad?

—Ni mucho menos. Muchas veces me rechazan.

Me saqué el talonario de cheques de viaje del bolsillo y, después de enfocarlo con una linterna, arranqué cinco. Volví a cerrarlo y se lo di.

—Me quedo con quinientos dólares. Así, todo es legal. Ahora dígame de qué se trata.

—No. No tiene por qué hablar a nadie de ese hombre.

—Sí, tengo que hacerlo. Tengo que ir ahora mismo a la comisaría. Es necesario. Y no tengo ninguna historia sólida que contarles sin que lo averigüen todo en dos minutos. Tenga estos malditos cheques, y como intente dármelos otra vez le doy un buen azote en el trasero.

Cogió el talonario y se internó en la oscuridad, dirigiéndose hacia el hotel. Yo me quedé allí con la sensación de ser un verdadero imbécil. No sé cuánto tiempo estuve en aquel lugar, pero finalmente me guardé los cinco cheques en el bolsillo, volví al coche y me dirigí hacia donde yo sabía que debía ir.

20

Un hombre llamado Fred Pope, que regentaba un pequeño motel, me contó en cierta ocasión sus puntos de vista sobre Esmeralda. Era viejo y hablador, y como nada se pierde por escuchar... A veces, la gente más inverosímil te explica algo que puede significar mucho en mi profesión.

—Llevo aquí treinta años —me dijo—. Cuando vine tenía asma seca. Ahora he cogido asma húmeda. Me acuerdo de cuando esta ciudad era tan tranquila que los perros dormían en medio de la calle y tenías que parar el coche, si es que tenías, y bajar y apartarlos a empujones. Los muy bastardos ni te hacían caso. Los domingos eran como si ya estuvieras bajo tierra. Todo tan cerrado y atrancado como la cámara de seguridad de un banco. Podías pasearte por la calle Grand y divertirte lo mismo que un fiambre en el depósito. No podías comprar ni un paquete de cigarrillos. Estaba todo tan callado que hasta oías cómo las ratas se peinaban los bigotes. Yo y mi vieja, hace quince años que está muerta, jugábamos a las cartas en la casita que teníamos en la calle esa que está al lado del acantilado, y nos parábamos a escuchar todos los ruidos.... como, por ejemplo, un tío viejo que daba un paseo e iba golpeando el suelo con su bastón. No sé si los Hellwig lo habían querido así, o si el viejo Hellwig se empeñó en llevarles la contraria. Jamás había vivido aquí. Era el primero en el negocio de los aperos agrícolas.

—Lo más probable —comenté yo— es que fuera lo bastante inteligente como para saber que un lugar como Esmeralda se convertiría con el tiempo en una inversión rentable.

—Quizá —dijo Fred Pope—. Bueno, el caso es que él creó la ciudad. Y pasado el tiempo se vino a vivir aquí, en la cima de la colina, en una de aquellas casas grandes y estucadas con tejado de tejas. Bastante original. Tenía jardines con terrazas y mucho césped y flores, y verjas de hierro forjado, importadas de Italia, me parece, y caminos con piedra de Arizona, y no un solo jardín, sino una docena. Y bastante terreno como para que los vecinos no le molestaran. Liquidaba un par de botellas al día y me parece que era un tipo de mal carácter. Tenía una hija, la señorita Patricia Hellwig. Era una perla, y aún lo es.

»Para entonces, Esmeralda ya estaba empezando a llenarse. Al principio vinieron montones de viejas y sus maridos, y ya le digo que el negocio de la funeraria era muy buena cosa, con tantos viejos cansados que se morían y que sus amantes viudas hacían enterrar. Las malditas mujeres duran demasiado. La mía fue la excepción.

Se interrumpió y giró la cabeza un momento antes de proseguir.

—Entonces había un tranvía que venía de San Diego, pero la ciudad aún era tranquila.... muy tranquila. Aquí apenas nacía nadie. Se pensaba que el embarazo era una cosa demasiado erótica. Pero la guerra lo cambió todo. Ahora tenemos una juventud atrevida y descarada, unos colegiales que van todo el día en tejanos y camiseta, artistas y borrachos de club de golf, y esas pequeñas tiendas de objetos de regalo que te venden un vaso de un cuarto de dólar por ocho cincuenta. Tenemos restaurantes y bodegas, pero seguimos sin tener vallas de anuncios, billares y autocines. El año pasado quisieron poner un telescopio de esos de monedas en el parque. Tendría que haber oído los gritos del consejo municipal. No lo permitieron, naturalmente, pero ahora ya no hay ningún refugio para los pájaros. Tenemos tiendas tan elegantes como en Beverly Hills. Y la señorita Patricia se ha pasado toda la vida trabajando como una negra para proporcionar cosas a la ciudad. Hellwig murió hace cinco años. Los médicos le dijeron que tenía que reducir la dosis de alcohol porque, si no, no duraría un año. Les echó a patadas y dijo que si no podía beber siempre que le daba la gana, por la mañana, al mediodía o por la noche, ni siquiera pensaba probarlo. Lo dejó.... y al cabo de un año estaba muerto.

»Los médicos lo llamaron con un nombre raro, siempre tienen nombres para todo, y me supongo que la señorita Hellwig también les llamó alguna que otra cosa. El caso es que les echaron del hospital y esto acabó con su carrera en Esmeralda. ¡Tanto daba! Aún tenemos casi sesenta médicos. La ciudad está llena de Hellwig, algunos con otros nombres, pero todos son de la familia por un lado o por otro. Unos son ricos y otros trabajan. La señorita Hellwig trabaja más que todos juntos. Ya tiene ochenta y seis años, pero es fuerte como una mula. No masca tabaco, no bebe, no fuma, no suelta palabrotas, no usa maquillaje. Nos ha proporcionado el hospital, un colegio privado, una biblioteca, un centro artístico, pistas de tenis públicas, y Dios sabe qué más. Y todavía se hace llevar en un Rolls Royce de hace treinta años que mete tanto ruido como un reloj suizo. El alcalde siempre está a dos pasos, cuesta abajo, de algún Hellwig. El centro municipal también se lo debemos a ella, y creo que lo vendió a la ciudad por un dólar. Es una mujer de cuerpo entero. Claro que ahora tenemos a unos cuantos judíos, pero le voy a decir una cosa: se dice que los judíos te exprimen como a un limón y te roban lo que pueden a nada que te descuides. Cuentos. A los judíos les encantan los negocios; adoran eso de regatear, pero sólo son duros por fuera. La verdad es que siempre es un placer hacer negocios con un judío. Son humanos. Si quieres gente desalmada, ahora tenemos a un puñado de tipos que te arrancarían hasta el último centavo y encima cargarían algo más en la cuenta por los servicios prestados. Te sacarían el último dólar de entre los dientes y te mirarían como si tú les hubieses robado a ellos.

21

La comisaría formaba parte de un amplio y moderno edificio enclavado en la esquina de Hellwig y Orcutt. Aparqué y entré, sin saber todavía cómo enfocar mi historia, pero convencido de que era mi deber notificar el descubrimiento del cadáver.

El vestíbulo era pequeño, pero estaba limpio y el oficial de guardia llevaba una camisa con dos pliegues marcados y un uniforme que parecía recién planchado. En la pared había una serie de altavoces que radiaban todos los informes policiales del país. Una placa encima de la mesa indicaba que el nombre del oficial de guardia era Griddell. Me miró igual que todos, con expectación.

—¿En qué puedo servirle, señor?

Tenía una voz serena y agradable, y el aspecto disciplinado que caracteriza a los mejores.

—Quiero notificar una muerte. En una cabaña detrás de la ferretería de la calle Grand, en un callejón llamado Polton's Lane, hay un hombre ahorcado en una especie de retrete. Está muerto. No hubo posibilidad de salvarle.

—¿Cuál es su nombre, por favor? —Ya había empezado a apretarme las tuercas.

—Philip Marlowe. Soy un investigador privado de Los Ángeles.

—¿Conoce el número de la casa?

—Me parece que no tiene, pero está justo detrás de la ferretería Esmeralda.

—Solicito una ambulancia para un caso urgente —dijo, a través del micrófono—. Posible suicidio en una casucha detrás de la ferretería Esmeralda. Hombre ahorcado en un retrete detrás de la casa.

Me miró.

—¿Sabe su nombre?

Meneé la cabeza.

—Sólo sé que era el vigilante nocturno del hotel Casa del Poniente.

Abrió un libro y hojeó algunas páginas.

—Le conocemos. Está fichado por consumo de marihuana. No entiendo cómo conservaba el empleo; claro que aquí no hay muchos que quieran hacer ese tipo de trabajo.

Un sargento de elevada estatura y rostro granítico se acercó a la mesa, me lanzó una ojeada y salió. Oí el motor de un coche que se ponía en marcha.

El oficial de guardia accionó un interruptor de una pequeña centralita.

—Capitán, soy Griddell, en recepción. Un tal señor Philip Marlowe ha dado parte de una muerte en Polton's Lane. La ambulancia está en camino. El sargento Green se dirige hacia allí. Tengo dos coches patrulla en los alrededores.

Escuchó un momento y después me miró.

—El capitán Alessandro querría hablar con usted, señor Marlowe. Al fondo del pasillo, la última puerta a la derecha, por favor.

Antes de que yo traspusiera el umbral, ya estaba hablando nuevamente por el micrófono.

La última puerta de la derecha ostentaba dos nombres. El del capitán Alessandro en una placa sujeta a la madera, y el del sargento Green en un recuadro intercambiable. La puerta estaba entreabierta, así que llamé con los nudillos y entré. El aspecto del hombre sentado detrás de la mesa era tan inmaculado como el del oficial de guardia. Estaba estudiando un mapa con la ayuda de una lupa, y un magnetófono situado junto a él contaba alguna horrible historia con voz ronca y alterada. El capitán debía medir metro ochenta y cinco, tenía abundante cabello negro y piel aceitunada. La gorra del uniforme estaba encima de la mesa. Alzó la vista, desconectó el magnetófono y dejó a un lado la lupa y el mapa.

—Tome asiento, señor Marlowe.

Me senté. El capitán me miró un momento sin hablar. Tenía unos ojos pardos bastante suaves, pero la expresión de su boca no era precisamente acogedora.

—Tengo entendido que conoce usted al mayor Javonen, del hotel Casa del Poniente.

—Le he visto una vez, capitán. No somos amigos íntimos.

Sonrió ligeramente.

—Era de esperar. No le gusta que un investigador privado husmee en el hotel. Estaba en la CIC. Aún le llamamos mayor. Ésta es la ciudad más cortés que he visto en mi vida. Aquí somos muy educados, pero no por eso dejamos de ser policías. ¿Qué hay de Ceferino Chang?

—Así que ése es su nombre; no lo sabía.

—Sí. Nosotros ya le conocíamos. ¿Puedo preguntarle qué hace usted en Esmeralda?

—Fui contratado por un abogado de Los Ángeles llamado Clyde Umney para identificar a una persona que viajaba en el expreso de Washington y seguirla hasta que se detuviera en algún sitio. No me explicaron por qué, pero el señor Umney dijo que trabajaba para una firma de abogados de Washington y que ni él mismo conocía la razón del servicio. Acepté la misión porque no hay nada ilegal en seguir a una persona, siempre que no se interponga uno en su camino. La persona en cuestión vino a Esmeralda. Yo volví a Los Ángeles e intenté averiguar de qué se trataba. No pude, así que acepté lo que me parecieron unos honorarios razonables, doscientos cincuenta dólares, y cubrí gastos. El señor Umney no se mostró demasiado satisfecho de mi actuación.

El capitán asintió.

—Esto no explica qué hace usted aquí, ni cuál era su relación con Ceferino Chang. Y como ya no trabaja para el señor Umney, a menos que trabaje para otro abogado, no goza de inmunidad.

—Tenga un poco de paciencia, capitán. Descubrí que la persona a la que yo seguía era víctima de un chantaje o, por lo menos, un intento de chantaje, por parte de un hombre llamado Larry Mitchell. Vive o vivía en la Casa del Poniente. He intentado ponerme en contacto con él, pero los únicos informes que tengo son de Javonen y del tal Ceferino Chang. Javonen me dijo que había abandonado el hotel y pagado la cuenta, además de una semana por anticipado. Chang me dijo que se había ido a las siete de la mañana con nueve maletas. Observé algo raro en la actitud de Chang, así que decidí tener otra charla con él.

—¿Cómo sabía dónde vivía?

—Él mismo me lo dijo. Era un hombre amargado. Dijo que vivía en la propiedad de un hombre rico, y parecía resentido de que no estuviera más cuidada.

—No es suficiente, Marlowe.

—Está bien, ya me lo imaginaba. Estaba drogado. Yo me hice pasar por traficante. En mi profesión a veces es necesario decir alguna mentira.

—Eso ya está mejor, pero falta algo. El nombre de su cliente..., si es que lo hay.

—¿Podría ser confidencial?

—Depende. Nunca revelamos el nombre de las víctimas de un chantaje, a menos que el caso llegue a los tribunales. Pero si esta persona ha cometido un delito o ha sido procesada, o ha cruzado la frontera de un estado para escapar de la justicia, mi deber como oficial de policía es revelar su paradero y el nombre que utiliza la mujer.

—¿La mujer? Así que ya lo sabe. ¿Por qué me interroga? Yo no sé por qué huye. No ha querido decírmelo. Lo único que sé es que está en apuros y tiene miedo, y que Mitchell sabía lo suficiente como para tenerla en un puño.

Me dirigió otra inquisitiva mirada.

—De acuerdo, Marlowe, por ahora me conformaré con esto. Pero si descubre algo, ya sabe dónde estamos.

Me levanté. Él también lo hizo y me alargó la mano.

—No somos inhumanos. Sólo hacemos nuestro trabajo. No se ponga a malas con Javonen. El dueño de ese hotel mueve muchos hilos en esta ciudad.

—Gracias, capitán. Trataré de ser buen chico... incluso con Javonen.

Volví por donde había venido. El oficial que me había atendido seguía en su puesto. Me saludó con una inclinación de cabeza; yo salí a la calle y me metí en el coche. Apreté el volante con fuerza. No estaba acostumbrado a que los policías me trataran como si tuviese derecho a estar vivo. Seguía en la misma posición cuando el oficial sacó la cabeza por la puerta y me dijo que el capitán Alessandro quería verme de nuevo.

Cuando entré por segunda vez en el despacho del capitán Alessandro, éste estaba hablando por teléfono. Me indicó con un gesto que me sentara y siguió escuchando y tomando rápidas notas con esa especie de escritura abreviada que usan muchos periodistas. Al cabo de un rato, dijo:

—Muchas gracias. Ya le llamaré. —Después se dirigió a mí—: Era un informe de la subcomisaría de Escondido. Han encontrado el coche de Mitchell... al parecer abandonado. He pensado que le gustaría saberlo.

—Gracias, capitán. ¿Hacia dónde cae eso?

—A unos treinta kilómetros de aquí, en un camino vecinal que desemboca en la carretera 395, pero no es la ruta que uno tomaría para llegar a la 395. Es un lugar llamado cañón de los Peñasquitos. No hay más que terrenos baldíos, pedregales y el cauce de un río seco. Esta mañana, un ranchero llamado Gates ha ido por allí en una camioneta, en busca de piedras para levantar un muro.

Ha pasado junto a un Buick de dos colores y capota dura que estaba aparcado a un lado del camino. No se ha fijado demasiado en el Buick, pero ha visto que no estaba destrozado, así que evidentemente alguien lo había aparcado en aquel lugar. Más tarde, alrededor de las cuatro, Gates ha vuelto a buscar un segundo cargamento de piedras. El Buick seguía allí. Esta vez se ha parado y lo ha examinado. Las llaves no estaban, pero el coche no estaba cerrado. Ningún desperfecto. De todos modos, Gates ha tomado nota del número de la matrícula y el nombre y dirección de la tarjeta. Al llegar al rancho ha llamado a la subcomisaría de Escondido. Como es natural, los agentes conocían el cañón de los Peñasquitos. Uno de ellos ha ido allí y ha examinado el coche. Limpio como una patena. El agente se las ha arreglado para abrir el portaequipajes. Vacío, a excepción de la rueda de repuesto y una cuantas herramientas. Así que ha vuelto a Escondido y me ha llamado. Acabo de hablar con él.

Encendí un cigarrillo y ofrecí uno al capitán Alessandro. Lo rechazó con un gesto de la cabeza.

—¿Se le ocurre alguna idea, Marlowe?

—No más que a usted.

—Oigámoslas, de todos modos.

—Si Mitchell tenía buenas razones para desaparecer del mapa y disponía de un amigo que fuese a recogerle, un amigo al que nadie conociera, podía haber dejado el coche en algún garaje. Esto no habría levantado sospechas. Los del garaje lo habrían encontrado normal. Sólo tenían que guardar el automóvil. Las maletas de Mitchell ya estarían en el coche de su amigo.

—¿Y bien?

—No hay tal amigo. A Mitchell se lo ha tragado la tierra, junto con sus nueve maletas, en un camino muy solitario en el que apenas hay circulación.

—Siga.

El tono de su voz fue duro, impaciente. Yo me puse en pie.

—No trate de intimidarme, capitán Alessandro. No he hecho nada malo. Hasta ahora se ha mostrado muy humano. No crea que tengo nada que ver con la desaparición de Mitchell. Yo no sabía, y sigo sin saber, qué tenía contra mi cliente. Lo único que sé es que ella está sola, asustada, y que es muy desgraciada. Cuando descubra por qué, si es que lo consigo, puede que se lo haga saber y puede que no. Si no lo hago, usted sólo tiene que aplicarme todo el rigor de la ley. No sería la primera vez que me ocurre. Yo no me vendo.... ni siquiera a los buenos oficiales de policía.

—Confiemos en no tener que llegar a esos extremos, Marlowe. Confiemos.

—Así lo espero yo también, capitán. Y gracias por tratarme como lo ha hecho.

Salí al pasillo, hice una inclinación de cabeza al oficial de guardia y volví a meterme en el coche. Me sentía veinte años más viejo.

Yo sabía —y probablemente el capitán Alessandro también— que Mitchell no estaba vivo, que él no había conducido su coche hasta el cañón de los Peñasquitos, y que otra persona lo había hecho en su lugar, con el cadáver de Mitchell en el suelo del asiento posterior. No había ninguna otra explicación, posible. Hay cosas que son un hecho, en un sentido estadístico, gracias a un documento, una cinta magnetofónica o algo por el estilo. Y hay cosas que son un hecho porque deben serlo, ya que de lo contrario nada tiene sentido.

22

Es como un súbito grito en la noche, pero no se oye ningún sonido. Casi siempre ocurre de noche, porque las horas de oscuridad son las horas de peligro. Sin embargo, también me ha sucedido en pleno día... es el momento extraño y revelador en que sé algo que no debería saber por ningún motivo. Quizá se deba a mis largos años de experiencia y de ininterrumpidas tensiones y, en el presente caso, es la brusca certeza de que ha llegado lo que los toreros llaman «el momento de la verdad».

No había otra razón, ninguna otra razón lógica. No obstante, me detuve junto a la entrada de El Rancho Descansado y, tras apagar las luces y quitar el contacto, dejé que el coche se deslizara unos cincuenta metros cuesta abajo y tiré del freno de mano.

Me acerqué andando hasta la oficina de recepción. Había un débil reflejo luminoso encima del timbre, pero la puerta estaba cerrada. Sólo eran las diez y media. Di la vuelta hasta la parte de atrás y avancé sigilosamente entre los árboles. Vi dos coches aparcados. Uno era un automóvil de alquiler de la agencia Hertz, tan anónimo como una moneda de cinco centavos en la caja de cobro de un aparcamiento, pero al agacharme conseguí leer el número de la matrícula. El otro era el pequeño utilitario de Goble. No hacía mucho estaba aparcado en la Casa del Poniente; ahora estaba aquí.

Seguí deslizándome a través de los árboles hasta encontrarme debajo de mi habitación. Estaba a oscuras y en silencio. Subí lentamente los peldaños del porche y acerqué la oreja a la puerta. Durante unos minutos no oí nada. Después percibí un sollozo ahogado; de un hombre, no de una mujer. A continuación, una risa entrecortada, temblorosa y sofocada. Después, el ruido sordo de lo que me pareció un fuerte golpe.

Después, silencio.

Volví a bajar los escalones y me interné nuevamente entre los árboles en dirección al coche. Abrí el portaequipajes y saqué una llave de desmontar neumáticos. Volví a mi habitación tan cautelosamente como antes, incluso más. Escuché otra vez. Silencio. Nada. La quietud de la noche. Extraje la linterna del bolsillo y la enfoqué una décima de segundo sobre la ventana; después, me aposté junto a la puerta. Pasaron unos minutos y no ocurrió nada. Entonces, se abrió una rendija en la puerta.

Di un fuerte empujón con el hombro y se abrió de par en par. El hombre se tambaleó hacia atrás y después lanzó una carcajada. Vi el brillo de su revólver en la penumbra. Le rompí la muñeca con la llave de neumáticos. Él soltó un aullido. Le rompí la otra muñeca. Oí el ruido del arma al caer al suelo.

Retrocedí unos pasos y encendí la luz. Cerré la puerta de un puntapié.

Era un pelirrojo de tez pálida y ojos inexpresivos. Tenía el rostro contorsionado por el dolor, pero sus ojos seguían inexpresivos. A pesar de la situación en que se encontraba, no había perdido el valor.

—No vivirá mucho, amigo —dijo.

—Usted no vivirá nada. Apártese.

Consiguió echarse a reír.

—Aún tiene piernas —dije yo—. Dóblelas por las rodillas y tiéndase en el suelo boca abajo, es decir, si quiere conservar la cara.

Intentó escupirme, pero se atragantó. Se arrodilló, con los brazos separados. Había empezado a gemir. De repente se desplomó. Las fuerzas le abandonaron.

Goble estaba tendido sobre la cama. Su rostro era una masa de contusiones y heridas. Tenía la nariz rota. Se hallaba inconsciente y respiraba como si estuviera medio ahogado.

El pelirrojo aún estaba fuera de combate, y su revólver yacía en el suelo junto a él. Le quité el cinturón y le até los tobillos. Después le di la vuelta y le registré los bolsillos. Tenía una cartera con seiscientos setenta dólares, un carné de conducir a nombre de Richard Harvest, y la dirección de un pequeño hotel en San Diego. En uno de los departamentos encontré cheques numerados de unos veinte bancos y varias tarjetas de crédito, pero no permiso de armas.

Le dejé allí y me dirigí a la oficina. Apreté el botón del timbre sin parar. Al cabo de un rato distinguí la silueta de alguien que se acercaba en la oscuridad. Era Jack, en pijama y bata. Yo aún no había soltado la llave.

Pareció sobresaltarse.

—¿Ocurre algo, señor Marlowe?

—¡Oh, no! Sólo un matón que estaba esperándome en mi apartamento para liquidarme; y otro hombre molido a golpes encima de mi cama. Eso es todo, quizá sea normal por estos alrededores.

—Voy a llamar a la policía.

—Sería muy amable de su parte, Jack. Como ve, sigo vivo. ¿Sabe lo que tendría que hacer con este lugar? Convertirlo en hospital.

Abrió la puerta y entró en la recepción. Cuando le oí hablar con la policía volví a mi habitación. El pelirrojo tenía agallas. Había conseguido sentarse con la espalda apoyada en la pared. Su mirada seguía siendo inexpresiva y tenía la boca torcida en una sonrisa despectiva.

Me acerqué a la cama. Goble había abierto los ojos.

—No he podido con él —murmuró—. No soy tan bueno como creía. Me expulsarán de mi pandilla.

—La policía está en camino. ¿Cómo ocurrió?

—Me lo he buscado. No me quejo. Este tipo es un asesino. Tengo suerte. Sigo respirando. Me ha hecho traerle en coche hasta aquí. Después de zumbarme y atarme, ha estado fuera un buen rato.

—Debían esperarle, Goble. He visto un coche de alquiler al lado del suyo. Si lo tenía en la Casa del Poniente, ¿cómo ha vuelto a recogerlo?

Goble giró lentamente la cabeza y me miró.

—Me creía un tipo listo. Estaba equivocado. Lo único que quiero es volver a

Kansas City. Los pequeños no pueden vencer a los más grandes... no siempre. Me ha salvado la vida.

En aquel momento llegó la policía.

Primero dos patrulleros, hombres jóvenes, serios y ecuánimes, con el consabido uniforme inmaculado y la consabida cara inexpresiva. Después un sargento corpulento y rudo que dijo ser el sargento Holzminder, jefe de los patrulleros de ese turno. Miró al pelirrojo y se acercó a la cama.

—Llamen al hospital —dijo lacónicamente, por encima del hombro.

Uno de los agentes salió a cumplir la orden. El sargento se inclinó sobre Goble.

—¿Quiere explicármelo?

—El pelirrojo me ha golpeado. Se ha quedado con todo mi dinero. Estábamos en la Casa del Poniente. Me ha amenazado con un arma y me ha hecho traerle aquí en el coche. Entonces me ha molido a palos.

—¿Por qué?

Goble lanzó un profundo suspiro y cayó inerte sobre la almohada. O había vuelto a desvanecerse o lo había simulado. El sargento se incorporó y se volvió hacia mí.

—¿Cuál es su versión?

—No tengo ninguna, sargento. El hombre de la cama ha cenado conmigo esta noche. Nos habíamos visto un par de veces. Me dijo que era un investigador privado de Kansas City. No sé lo que hacía aquí.

—¿Y esto? —El sargento hizo un gesto en dirección al pelirrojo, que aún sonreía con una extraña mueca epiléptica.

—Es la primera vez que lo veo. No sé nada sobre él, aparte de que me estaba esperando con un arma.

—Esta llave de desmontar neumáticos, ¿es suya?

—Sí, sargento.

El otro agente volvió a entrar en la habitación y se dirigió hacia el sargento.

—Vienen para aquí.

—Así que usted tenía una llave de desmontar neumáticos —preguntó fríamente el sargento—. ¿Se puede saber por qué?

—Digamos que tuve el presentimiento de que me estaban esperando.

—Digamos que no tuvo ningún presentimiento y que ya lo sabía, que sabía mucho más.

—Le aconsejo que no me llame mentiroso antes de que sepa qué se trae entre manos. También le aconsejo que no se ponga tan quisquilloso sólo porque lleva esos tres galones. Y otra cosa más. Este tipo quizá sea un matón, pero tiene las dos muñecas rotas y, ¿sabe lo que eso significa, sargento? Que jamás podrá volver a empuñar un arma.

—Entonces tendré que arrestarle por mutilación criminal.

—Si usted lo dice, sargento...

Llegó la ambulancia. Primero se llevaron a Goble y después el enfermero le entablilló las muñecas al pelirrojo. Le desataron los tobillos. Me miró y se echó a reír.

—La próxima vez, amigo, pensaré en algo original... pero esta vez me ha ganado, con todas las de la ley.

Salió. Las puertas de la ambulancia se cerraron con un chasquido y el zumbido del motor se alejó. El sargento se había sentado y quitado la gorra. Se enjugó la frente.

—Volvamos a empezar —dijo con ecuanimidad—; desde el principio. Como si no nos odiáramos y tratásemos de comprendernos, ¿de acuerdo?

—Sí, sargento, de acuerdo. Gracias por darme esta oportunidad.

23

Finalmente terminé en la comisaría. El capitán Alessandro no estaba. Tuve que firmar una declaración ante el sargento Holzminder.

—Una llave de desmontar neumáticos, ¿eh? —dijo, pensativamente—. Ha corrido un riesgo enorme. Él habría podido dispararle cuatro veces mientras usted la levantaba.

—No lo creo, sargento. Le había dado un buen golpe con la puerta. Además, no tomé demasiado impulso. Por otra parte, quizá no tuviera que dispararme. Dudo de que actuara por su cuenta.

Unas cuantas explicaciones más y me dejaron marchar. Era demasiado tarde para hacer otra cosa aparte de acostarse, demasiado tarde para hablar con nadie. De todos modos, fui a la compañía telefónica, me encerré en una de las dos cabinas que había en el exterior y marqué el número de la Casa del Poniente.

—La señorita Mayfield, por favor. La señorita Betty Mayfield. Habitación 1.224.

—No puedo llamar a un huésped a estas horas.

—¿Por qué? ¿Tiene la muñeca rota? —Aquella noche me estaba comportando como un tipo duro—. ¿Acaso cree que telefonearía si no fuese una emergencia?

Me pasó la comunicación y ella contestó con voz soñolienta.

—Soy Marlowe. Hay problemas. ¿Voy a su hotel o viene usted al mío?

—¿Qué? ¿Qué problemas?

—Aunque sólo sea por esta vez, confíe en mí. ¿La recojo en el aparcamiento?

—Tengo que vestirme. Deme un poco de tiempo.

Volví al coche y me dirigí hacia la Casa del Poniente. Ya iba por el tercer cigarrillo y estaba soñando con tomarme un trago cuando ella se acercó rápida y silenciosamente y se metió en el coche.

—No sé a qué viene todo esto —empezó, pero yo la interrumpí.

—Usted es la única que lo sabe; y esta noche va a explicármelo. No se moleste en enfadarse, porque no le servirá de nada.

Puse el coche en marcha y, tras recorrer varias calles silenciosas a toda velocidad y bajar la colina, entré en El Rancho Descansado y aparqué bajo los árboles. Ella se apeó sin decir una palabra y yo abrí la puerta y encendí la luz.

—¿Una copa?

—Está bien.

—¿Está drogada?

—Esta noche, no, si es que se refiere a los somníferos. He salido con Clark y he tomado bastante champán. Eso siempre me da mucho sueño.

Llené un par de vasos y le di uno. Me senté y apoyé la cabeza en el respaldo.

—Perdóneme —dije—; estoy un poco cansado. Cada dos o tres días tengo que sentarme unos minutos. Es una debilidad que he intentado superar, pero ya no soy tan joven como antes. Mitchell está muerto.

Se atragantó y le tembló la mano. Quizá palideciera; no habría podido asegurarlo.

—¿Muerto? —susurró—. ¿Muerto?

—Bah, deje de fingir. Como dijo Lincoln, es posible engañar a todos los detectives en alguna ocasión, y a algunos detectives en todas las ocasiones, pero no es posible...

—¡Cállese! ¡Cállese inmediatamente! ¿Quién demonios se cree que es?

—Un hombre que ha intentado hacer el bien por todos los medios a su alcance. Un hombre con bastante experiencia y bastante intuición como para saber que usted estaba metida en un buen lío. Un hombre que quería ayudarla a salir de él, sin ninguna ayuda por su parte.

—Mitchell muerto —repitió, en voz baja y entrecortada—. No pretendía ser grosera. ¿Dónde?

—Han encontrado su coche, abandonado, en un sitio que usted no debe conocer. A unos treinta kilómetros hacia el interior, en un camino que no utiliza casi nadie. Un lugar llamado cañón de los Peñasquitos. Sólo hay terrenos baldíos. En el coche no había nada, ni siquiera las maletas. Únicamente un coche vacío, aparcado a un lado de un camino por el que casi nunca pasa nadie.

Clavó los ojos en su vaso y bebió un buen trago.

—Usted ha dicho que estaba muerto.

—Parece que han transcurrido varias semanas, pero sólo hace unas horas que usted se presentó aquí y me ofreció una maravillosa vida en Río por deshacerme del cadáver.

—Pero no había... quiero decir que seguramente fue un sueño.

—Señorita, usted vino aquí a las tres de la madrugada en un estado de gran excitación. Me describió exactamente dónde estaba y qué posición ocupaba en la silla de su terraza. Así que la acompañé y subí por la escalera de incendios, con las infinitas precauciones por las que mi profesión se ha hecho famosa. Ni rastro de Mitchell y, por si eso fuera poco, usted se deja arrullar por una pastillita y se queda dormida en su camita.

—Siga con su actuación —me espetó con rabia—; ya veo que le encanta. ¿Por qué no se encargó usted de arrullarme? De este modo no habría necesitado un somnífero... quizá.

—Vayamos por partes, si no le molesta. Y lo primero es que usted decía la verdad cuando llegó aquí. Mitchell estaba muerto en su terraza. Pero alguien se llevó su cadáver mientras usted estaba aquí haciéndome toda clase de proposiciones. Y alguien lo bajó a su coche, hizo sus maletas y también las bajó. Todo esto requirió tiempo; requirió algo más que tiempo: un importantísimo motivo. Ahora bien, ¿quién haría una cosa así... sólo para ahorrarle el mal trago de notificar a la policía el hallazgo de un cadáver en su terraza?

—¡Oh, cállese! —Apuró su copa y la dejó en la mesa—. Estoy cansada. ¿Le importa que me acueste en su cama?

—Si se desnuda, no.

—De acuerdo... me desnudaré. Esto es lo que ha estado persiguiendo, ¿verdad?

—Es posible que no le guste la cama. Esta misma noche le han dado ahí mismo una buena paliza a Goble... un pistolero a sueldo llamado Richard Harvest. Le ha dejado en un estado lamentable. Se acuerda de Goble, ¿verdad? El gordo del cochecito oscuro que nos siguió la otra noche hasta la cima de la colina.

—No conozco a nadie llamado Goble. Y tampoco conozco a nadie llamado Richard Harvest. ¿Cómo sabe tantas cosas? ¿Por qué estaban aquí... en su habitación?

—El pistolero a sueldo me esperaba a mí. Cuando me dijeron lo del coche de Mitchell tuve un presentimiento. Hasta los generales y otras personas importantes tienen presentimientos. ¿Por qué no yo? El secreto consiste en saber cuándo hacerles caso. Esta noche he tenido mucha suerte. Le he hecho caso. Él tenía un arma, pero yo tenía una llave de desmontar neumáticos.

—¡Qué hombre tan valiente, fuerte e invencible es usted! —exclamó ella amargamente—. Lo de la cama no me importa. ¿Qué le parece si empiezo a desnudarme?

Me acerqué a ella, la obligué a levantarse y la sacudí.

—Déjese de tonterías, Betty. Cuando yo desee su hermoso cuerpo ya no será mi cliente. Quiero saber de qué tiene miedo. ¿Cómo demonios puedo ayudarla si no sé nada? Sólo usted puede decírmelo.

Estalló en sollozos entre mis brazos.

Las mujeres tienen muy pocas defensas, pero no hay duda de que hacen maravillas con las que tienen.

La abracé con fuerza.

—Puede llorar y sollozar todo lo quiera, Betty. Adelante, tengo mucha paciencia. Si no la tuviese..., bueno, diablos, si no la tuviese...

No pude continuar. Ella se apretó con fuerza contra mí, temblando. Levantó la cara y me hizo bajar la cabeza hasta que me sorprendí besándola.

—¿Hay alguna otra mujer? —preguntó dulcemente entre mis dientes.

—La ha habido.

—¿Pero alguna muy especial?

—Lo fue, durante un corto período. Pero de eso ya hace mucho tiempo.

—Tómame. Soy tuya..., soy toda tuya. Tómame.

24

Unos fuertes golpes en la puerta me despertaron. Abrí estúpidamente los ojos. Ella me tenía abrazado de tal forma que casi no podía moverme. Le aparté suavemente los brazos hasta quedar libre. Siguió durmiendo.

Salté de la cama, me puse la bata y me acerqué a la puerta; no la abrí.

—¿Qué pasa? Estaba dormido.

—El capitán Alessandro quiere hablar con usted inmediatamente. Abra la puerta.

—Lo siento, no puedo. Tengo que afeitarme, ducharme y varias cosas más.

—Abra la puerta. Soy el sargento Green.

—Lo siento, sargento. Le aseguro que no puedo. Iré en cuanto me sea posible.

—¿Tiene a una dama ahí dentro?

—Sargento, preguntas como ésa no deben hacerse nunca. Iré enseguida.

Oí sus pasos al alejarse. Oí que alguien se echaba a reír. Y una voz decía:

—¡Vaya tipo con suerte! Me gustaría saber qué hace en su día libre.

Oí que el coche de la policía se alejaba. Entré en el cuarto de baño y me duché, afeité y vestí. Betty seguía abrazada a la almohada. Garabateé una nota y la dejé encima de la mía: «La policía me reclama. Tengo que ir. Ya sabes dónde está mi coche. Te dejo las llaves».

Salí sin hacer ruido, cerré la puerta con llave y me dirigí hacia el coche de la Hertz. Sabía que las llaves estarían puestas. Los fulanos como Richard Harvest no se preocupan por las llaves. Tienen varios juegos para toda clase de coches.

El capitán Alessandro tenía el mismo aspecto que el día anterior. Siempre debía tenerlo. Con él estaba un hombre, un hombre de cierta edad, de rostro insensible y una mirada cruel.

El capitán Alessandro me indicó la silla de costumbre con un gesto. Un agente de uniforme entró en aquel momento y dejó una taza de café frente a mí. Me dirigió una maliciosa sonrisa antes de salir.

—Éste es el señor Henry Kingsolving de Westfield, Carolina, Marlowe. Carolina del Norte. No sé cómo ha llegado hasta aquí, pero aquí está. Dice que Betty Mayfield asesinó a su hijo.

Yo no dije nada. No había nada que yo pudiera decir. Tomé un sorbo de café, que estaba demasiado caliente pero era bueno.

—¿Querrá explicárnoslo todo, señor Kingsolving?

—¿Quién es éste? —La voz era tan desagradable como su cara.

—Un investigador privado llamado Philip Marlowe. Viene de Los Ángeles. Está aquí porque Betty Mayfield es su cliente. Al parecer, tiene opiniones menos drásticas que las suyas acerca de la señorita Mayfield.

—Yo no tengo ninguna opinión sobre ella, capitán —repliqué—. Me gusta abrazarla de vez en cuando. Es algo que me calma.

—¿Le gusta abrazar a una asesina? —me espetó Kingsolving con rabia.

—Bueno, no sabía que fuera una asesina, señor Kingsolving. Es la primera noticia. ¿Le importaría explicármelo?

—La joven que se hace llamar Betty Mayfield, ése es su nombre de soltera, fue la esposa de mi hijo, Lee Kingsolving. Yo nunca aprobé esa boda. Fue una de las muchas estupideces que se hicieron durante la guerra. Mi hijo salió de la guerra con el cuello roto y tenía que llevar un aparato ortopédico que le protegiese la columna vertebral. Una noche ella se lo quitó y le provocó hasta que Lee quiso arrebatárselo. Por desgracia, bebía bastante desde que llegó a casa, y se peleaban con frecuencia. Tropezó y se cayó encima de la cama. Yo entré en la habitación y la sorprendí tratando de ponerle el aparato en el cuello. Ya estaba muerto.

Miré al capitán Alessandro.

—¿Está grabando la conversación, capitán?

Él asintió.

—Hasta la última palabra.

—De acuerdo, señor Kingsolving. Me imagino que habrá algo más.

—Naturalmente. Yo tengo una gran influencia en Westfield. Soy dueño del banco, del periódico más importante y de la mayor parte de la industria. Los habitantes de Westfield son amigos míos. Mi nuera fue detenida y procesada por asesinato y el jurado la declaró culpable.

—¿El jurado estaba compuesto por habitantes de Westfield, señor Kingsolving?

—Así es. ¿Qué tiene de malo?

—No lo sé, señor, pero parece como si fuera la ciudad de un solo hombre.

—No se ponga impertinente conmigo, joven.

—Lo siento, señor. ¿Será tan amable de proseguir?

—En nuestro estado hay una ley muy peculiar, que también existe en algunas otras jurisdicciones. Normalmente, el abogado defensor presenta una moción automática que solicita un veredicto directo de inocencia y que, también automáticamente, es denegada. En mi estado, el juez puede reservarse la decisión hasta después del veredicto. El juez era un viejo. Se reservó la decisión. Cuando el jurado pronunció un veredicto de culpabilidad, él declaró, en un largo discurso, que el jurado no había tomado en cuenta la posibilidad de que mi hijo estuviera borracho y se hubiera quitado el aparato del cuello para aterrorizar a su esposa. Dijo que un hombre tan amargado es capaz de cualquier cosa, y que el jurado no había tenido en cuenta la posibilidad de que mi nuera pudiese estar haciendo exactamente lo que ella dijo que hacía... tratar de ponerle otra vez el aparato en el cuello. Anuló el veredicto y dejó en libertad a la acusada.

»Yo le dije que había matado a mi hijo y que me encargaría de que no pudiera refugiarse en ningún lugar de la Tierra. Por eso estoy aquí.

Miré al capitán. Él miraba al vacío. Dije:

—Señor Kingsolving, a pesar de sus particulares convicciones, la señora de

Lee Kingsolving, a la cual yo conozco por el nombre de Betty Mayfield, ha sido procesada y absuelta. Usted la ha llamado asesina; eso es difamación. Le demandaremos por un millón de dólares.

Se echó a reír de un modo casi grotesco.

—¡Un don nadie y un pueblerino como usted! —dijo casi a gritos—. En mi ciudad le meteríamos en la cárcel por vagabundo.

—Lo elevaremos a un millón y cuarto —repuse—. Yo no valgo tanto como su ex nuera.

Kingsolving se volvió hacia el capitán Alessandro.

—¿Qué pasa aquí? —rugió—. ¿Es que son todos una pandilla de estafadores?

—Está usted hablando con un oficial de policía, señor Kingsolving.

—Me importa un bledo lo que sea usted —dijo furiosamente Kingsolving—. Hay muchos policías deshonestos.

—No sería mala idea que se asegurase... antes de llamarles así —dijo Alessandro, casi divertido. Encendió un cigarrillo, exhaló una bocanada de humo y sonrió—. Tómeselo con calma, señor Kingsolving. Está usted enfermo del corazón. Pronóstico desfavorable. No le conviene excitarse. Estudié algo de medicina, pero terminé convirtiéndome en policía. Azares de la guerra.

Kingsolving se levantó. Tenía saliva en la barbilla. Emitió un sonido estrangulado.

—No crea que esto acabará aquí —farfulló.

Alessandro asintió.

—Una de las cosas más interesantes en el trabajo policíaco es que nada se acaba jamás. Siempre hay demasiados cabos sueltos. ¿Se puede saber qué le gustaría que hiciese? ¿Arrestar a una persona que ha sido procesada y absuelta, sólo porque es usted un mandamás en Westfield, Carolina?

—Le dije que no la dejaría en paz —contestó furiosamente Kingsolving—. ¡Le dije que la seguiría hasta los confines de la Tierra, y que me encargaría de que todo el mundo supiera lo que es!

—¿Y qué es, señor Kingsolving?

—¡Una asesina que mató a mi hijo y fue absuelta por un juez imbécil...! ¡Eso es lo que es!

El capitán Alessandro se puso en pie.

—Lárguese, amigo —dijo fríamente—. Ya estoy harto de oírle. He conocido a toda clase de estúpidos en mi vida. La mayoría eran pobres muchachos retrasados. Ésta es la primera vez que tropiezo con un hombre importante que es tan estúpido y perverso como un delincuente quinceañero. Es posible que sea dueño de Westfield, Carolina del Norte, o que crea que lo es. En mi ciudad no es dueño de nada. Salga de aquí antes de que le haga arrestar por obstaculizar la labor de un oficial en el cumplimiento de su deber.

Kingsolving retrocedió con paso inseguro hasta la puerta y alargó una mano hacia el pomo, a pesar de que la puerta estaba abierta de par en par. Alessandro le siguió con la mirada hasta que desapareció. Se sentó lentamente.

—Ha estado muy duro, capitán.

—No sabe cuantísimo lo siento. Si algo de lo que le he dicho sirve para que cambie de opinión respecto a sí mismo... lo doy por bien empleado.

—No es de ésos. ¿Puedo irme?

—Sí. Goble no presentará ninguna denuncia. Hoy mismo se pondrá en camino hacia Kansas City. Seguramente encontraremos alguna acusación contra Richard Harvest, pero ¿de qué nos valdrá? Le tendremos encerrado unos cuantos meses, pero hay cien iguales que él dispuestos a hacer el mismo trabajo.

—¿Qué hago con Betty Mayfield?

—Tengo la impresión de que ya lo ha hecho —repuso, con su inexpresividad habitual.

—No haré nada hasta saber lo que le ha sucedido a Mitchell.

—Yo me mostré tan inexpresivo como él.

—Lo único que sé es que se ha ido, y esto no es asunto de la policía.

Me levanté. Nos miramos largamente y salí del despacho.

25

Seguía durmiendo, y mi llegada no la despertó. Dormía como una niña, silenciosamente, con la paz reflejada en la cara. La contemplé unos momentos, y después encendí un cigarrillo y fui a la cocina. Cuando hube llenado la sencilla cafetera de aluminio del hotel, volví y me senté en la cama. La nota que había dejado seguía encima de la almohada junto a las llaves del coche.

La sacudí ligeramente hasta que abrió los ojos y parpadeó.

—¿Qué hora es? —preguntó, estirando sus brazos desnudos todo lo que pudo—. Dios mío, he dormido como un tronco.

—Ya es hora de que te vistas. El café se está haciendo. Vengo de la comisaría... me han llamado. Tu suegro está en la ciudad, señora Kingsolving.

Se incorporó bruscamente y me miró conteniendo la respiración.

—El capitán Alessandro le ha echado un buen rapapolvo. Ya no puede hacerte nada. ¿Tanto miedo por eso?

—¿Ha dicho... lo que pasó en Westfield?

—Para eso ha venido. Está loco de atar. ¿Y qué? No lo hiciste, ¿verdad? ¿Hiciste lo que dice?

—No. —Sus ojos echaban chispas.

—Aunque lo hubieras hecho, ahora ya no importaría. Aunque entonces yo no estaría tan satisfecho de lo de esta noche. ¿Cómo se enteró Mitchell?

—Debía estar allí o en otra ciudad de los alrededores. ¡Por todos los santos, los periódicos no hablaron de otra cosa durante varias semanas! No le resultó difícil reconocerme. ¿Acaso los periódicos de aquí no lo publicaron?

—Lo normal habría sido que lo hicieran, aunque sólo fuese por ese insólito procedimiento legal. En todo caso, a mí se me pasó por alto. El café ya debe estar listo. ¿Cómo lo tomas?

—Solo, por favor. Sin azúcar.

—¡Menos mal! No tengo leche ni azúcar. ¿Por qué te hacías llamar Eleanor Ming? No, no me contestes. Soy un estúpido. Kingsolving debía conocer tu nombre de soltera.

Fui a la cocina y, tras levantar la tapa de la cafetera, llené dos tazas. Le llevé la suya. Yo me senté en un sillón con la mía. Nuestras miradas se encontraron y me di cuenta de que habíamos vuelto a convertirnos en dos extraños.

Ella dejó la taza en la mesilla de noche.

—Estaba muy bueno. ¿Te importa mirar hacia otro lado mientras me levanto?

—No faltaría más.

Cogí el periódico de encima de la mesa y fingí leer. Era un artículo sobre un detective privado cuya idea de una escena picante consistía en una mujer desnuda, ahorcada en la ducha, con marcas de tortura en el cuerpo. Betty ya estaba en el cuarto de baño. Tiré el periódico a la papelera, pues en aquel momento no tenía a mano ningún cubo de basura. Entonces me puse a pensar en que hay dos clases de mujeres a las que puedes hacer el amor. Aquellas que se entregan tan completamente y con tanto abandono como Helen Vermilyea, que ni siquiera piensan en su cuerpo, y aquellas que son tímidas y siempre quieren disimular un poco. Recordé haber leído una novela de Anatole France en la que una muchacha insistía en quitarse las medias; el hecho de llevarlas la hacía sentirse como una cualquiera. Tenía razón.

Cuando Betty salió del cuarto de baño parecía una rosa que acabara de abrirse, con el maquillaje perfecto, los ojos brillantes y hasta el último cabello en su sitio.

—¿Me acompañas al hotel? Quiero hablar con Clark.

—¿Estás enamorada de él?

—Creía estar enamorada de ti.

—Yo he sido el capricho de una noche —repuse—. No le demos más importancia de la que tiene. Hay más café en la cocina.

—No, gracias. No quiero nada más hasta la hora de desayunar. ¿Has estado enamorado alguna vez? Quiero decir, ¿hasta el punto de querer estar con una mujer todos los días, todos los meses, todos los años de tu vida?

—Vámonos.

—¿Cómo puede ser tan dulce un hombre tan duro? —preguntó, curiosa.

—Si no fuese duro, no estaría vivo. Si no fuese dulce, no merecería estarlo.

La ayudé a ponerse el abrigo y salimos a buscar el coche. Durante el camino de regreso al hotel no abrió la boca. Cuando llegamos aparqué en el sitio de costumbre, saqué los cinco cheques de viaje del bolsillo y se los alargué.

—Confiemos en que ésta sea la última vez en que cambian de manos —dije—. Se están desgastando.

Los miró, pero no los cogió.

—Creía que eran tus honorarios —dijo, con cierta ironía.

—No discutas, Betty. Sabes muy bien que no podría aceptar tu dinero.

—¿Por lo de esta noche?

—Por nada. No podría; eso es todo. No he hecho nada por ti. ¿Qué piensas hacer ahora? ¿Adónde irás? Ya no tienes nada que temer.

—No tengo ni idea. Ya lo pensaré.

—¿Estás enamorada de Brandon?

—Es posible.

—Era un chantajista. Contrató a un pistolero para ahuyentar a Goble. El pistolero estaba dispuesto a matarme. ¿Estás segura de que podrías amar a un hombre como él?

—Una mujer ama a un hombre, no lo que es. Además, quizá no haya sido ésa su intención.

—Adiós, Betty. He hecho todo lo que he podido, pero no ha sido suficiente.

Alargó lentamente la mano y cogió los cheques.

—Creo que estás loco. Creo que eres el hombre más loco que he conocido en mi vida.

Bajó del coche y se alejó rápidamente, como siempre hacía.

26

Le di tiempo para abandonar el vestíbulo y subir a su habitación, y entonces yo también entré en el vestíbulo y pedí hablar con el señor Clark Brandon por el teléfono interior. Javonen pasó por allí y me dirigió una penetrante mirada, pero no dijo nada.

Una voz masculina me contestó. Era la suya.

—Señor Brandon, usted no me conoce, a pesar de que la otra mañana compartiéramos el ascensor. Me llamo Philip Marlowe. Soy detective privado de Los Ángeles y amigo de la señorita Mayfield. Querría hablar un momento con usted, si no tiene inconveniente.

—Me parece que he oído algo sobre usted, Marlowe. Ahora estoy a punto de salir. ¿Qué le parece si tomamos una copa hacia las seis de la tarde?

—Me gustaría volver a Los Ángeles, señor Brandon. No le entretendré mucho rato.

—Está bien —contestó de mala gana—. Suba.

Él mismo me abrió la puerta, corpulento, alto, un hombre muy musculoso en excelentes condiciones físicas, ni duro ni blando. No dio muestras de querer estrecharme la mano. Se apartó y yo entré.

—¿Está solo, señor Brandon?

—Desde luego. ¿Por qué?

—Preferiría que nadie más oyese lo que tengo que decirle.

—Pues dígalo y acabemos de una vez.

—La primera vez que vine aquí fue con instrucciones de un abogado de Los Ángeles para seguir a la señorita Mayfield, averiguar dónde se alojaba y comunicárselo. Yo no sabía por qué y el abogado tampoco, pero me dijo que actuaba en representación de una importante firma de abogados de Washington. Washington, distrito de Columbia.

—Así que la siguió. ¿Y qué?

—Que ella estableció contacto con Larry Mitchell, o él con ella, y el tipo le hizo chantaje.

—Como a muchas otras mujeres —dijo fríamente Brandon—. Era su especialidad.

—Ya no lo es, ¿verdad?

—¿Qué significa eso?

—Significa que ya no puede hacer nada, porque está muerto.

—Según mis informes, había abandonado el hotel y se había ido en su coche. ¿Qué tiene eso que ver conmigo?

—No me ha preguntado cómo sé que está muerto.

—Escuche, Marlowe —tiró la ceniza del cigarrillo con un gesto despreciativo—, ¿no se le ha ocurrido pensar que quizá no me importe? Procure decirme algo que me interese o lárguese.

—También me he visto complicado, aunque quizá no sea ésta la palabra exacta, con un hombre llamado Goble que decía ser un detective privado de Kansas City y tenía una tarjeta que tal vez lo demostrara o tal vez no. Goble hizo todo lo posible por molestarme. Me seguía a todas partes. Hablaba continuamente de Mitchell. Yo no tenía ni idea de qué era lo que intentaba. Un buen día usted recibió una carta anónima. Yo también estaba en recepción y le vi leerla una y otra vez. Preguntó al conserje quién la había dejado. El conserje no lo sabía. Incluso cogió el sobre de la papelera. Y cuando se metió en el ascensor no parecía demasiado contento.

Brandon ya no parecía tan tranquilo. Su voz reflejó un cierto nerviosismo.

—Es usted un entrometido, señor detective privado. ¿Se le había ocurrido pensarlo alguna vez?

—Creo que es una pregunta tonta. Si no lo fuera, ¿cómo cree que me ganaría la vida?

—Será mejor que se largue mientras sea capaz de andar.

Me reí de él, y esto le enfureció. Se levantó de un salto y se plantó junto a mí en dos zancadas.

—Escuche, amiguito; en esta ciudad gozo de cierta influencia. No estoy acostumbrado a que un detective de tres al cuarto se burle de mí. ¡Fuera!

—¿No quiere oír el resto?

—¡He dicho que fuera!

—Lo siento. Creía que podríamos solucionar este asunto en privado. No se imagine que quiero hacerle chantaje... como Goble. Yo no hago ciertas cosas. Pero si usted me echa, sin dejarme terminar, tendré que acudir al capitán Alessandro. Él me escuchará.

Me miró con ira durante unos momentos. Después, una extraña sonrisa apareció en su cara.

—Así que él le escuchará. ¿Y qué? Podría hacer que le trasladaran de destino con una simple llamada telefónica.

—¡Oh, no! Al capitán Alessandro no. No es tan fácil de manejar. Esta misma mañana se ha enfadado bastante con Henry Kingsolving; y Henry Kingsolving no es un hombre que esté acostumbrado a que la gente le trate de mala manera. Sin embargo, le ha dejado fuera de combate con unas cuantas palabras despectivas. ¿Cree que podría deshacerse de un tipo así? Ni lo sueñe.

—¡Dios mío! —exclamó, sin dejar de sonreír—. Hubo una época en que solía tropezarme de vez en cuando con personas como usted. Hace tanto tiempo que vivo aquí que ya me había olvidado de que existían. De acuerdo; le escucharé.

Volvió a sentarse, cogió otro cigarrillo con filtro dorado de una caja y lo encendió.

—¿Quiere uno?

—No, gracias. Ese muchacho, Richard Harvest... creo que fue una tontería. No es suficientemente bueno para ese trabajo.

—Ni siquiera eso, Marlowe, ni siquiera eso. Un sádico de pacotilla. Eso es lo que pasa cuando se pierde el contacto. Ya no sabes discernir. Podría haber dado un buen escarmiento a Goble sin ponerle la mano encima. Y eso de llevarle a su hotel..., ¡qué estupidez! ¡Qué aficionado! Mírele ahora. Ya no sirve para nada. Tendrá que dedicarse a vender lápices. ¿Quiere tomar algo?

—No le tengo tanta confianza, Brandon. Déjeme terminar. En plena noche, la noche que establecí contacto con Betty Mayfield y la noche en que usted sacó a Mitchell del Glass Room, y debo añadir, que lo hizo muy bien, Betty fue a verme a El Rancho Descansado. Es una de sus propiedades, según creo. Me dijo que Mitchell estaba muerto en una silla de su terraza. Me ofreció todo lo habido y por haber a cambio de que me deshiciera del cadáver. La acompañé hasta aquí, pero en su terraza no había ningún muerto. A la mañana siguiente el vigilante nocturno del garaje me dijo que Mitchell se había ido en su coche con nueve maletas. Había pagado la cuenta y una semana por anticipado para guardar la habitación. El mismo día encontraron su coche abandonado en el cañón de los Peñasquitos. Ni rastro de las maletas, ni rastro de Mitchell.

Brandon me miró inquisitivamente, pero no dijo nada.

—¿Por qué no se atrevía Betty Mayfield a confiarme el motivo de su miedo? Porque había sido juzgada por asesinato en Westfield, Carolina del Norte, aunque el veredicto fue revocado por el juez, que en aquel estado tiene derecho a hacerlo. Pero Henry Kingsolving, el padre del hombre de cuyo asesinato se la acusaba, le dijo que la seguiría adonde quiera que fuese y que no la dejaría en paz. Entonces se encuentra a un hombre muerto en su terraza. La policía investiga y toda su historia sale a la luz. Está asustada y confundida. Piensa que no tendrá tanta suerte esta segunda vez. Al fin y al cabo, el jurado la declaró culpable.

Brandon dijo suavemente:

—Tenía el cuello roto. Se cayó desde mi terraza. Ella no habría podido romperle el cuello. Salga; se lo enseñaré.

Salimos a la espaciosa y soleada terraza. Brandon se dirigió hacia el muro de contención, miré hacia abajo y vi la terraza de Betty Mayfield.

—Este muro no es muy alto —comenté—. No resulta seguro.

—Es verdad —contestó tranquilamente Brandon—. Supongamos que estuviera así —se puso de espaldas a la pared, y el remate no le llegaba mucho más arriba de la mitad de los muslos. Mitchell también era alto—, y que tratase de convencer a Betty para que se acercase lo suficiente; supongamos que ella le rechaza de un empujón, y ya está. Además, da la casualidad de que se cae de una manera tal que se rompe el cuello. Así es precisamente como falleció su marido. ¿Acaso culpa a la chica por sentir pánico?

—No estoy seguro de culpar a nadie, Brandon; ni siquiera a usted.

Se separó de la pared, miró al mar y guardó silencio unos momentos. Después se volvió.

—No le culpo de nada —proseguí—, excepto de lograr deshacerse del cadáver de Mitchell.

—¿Querrá decirme cómo iba a lograr algo así?

—Entre otras cosas, es usted pescador. Estoy seguro de que aquí mismo, en este apartamento, tiene alguna cuerda larga y resistente. Es usted un hombre fuerte. Salta a la terraza de Betty, ata la cuerda bajo los brazos de Mitchell, y tiene la fuerza necesaria para bajarle hasta los matorrales. Entonces, como ya le ha quitado la llave del bolsillo, va a su habitación y hace sus maletas, bajándolas después al garaje, para eso se necesitan tres viajes. No es demasiado para usted. A continuación saca el coche del garaje. Probablemente ya sabe que el vigilante es drogadicto y que no hablará si se entera de que usted lo sabe. Todo esto sucede a primeras horas de la madrugada. Naturalmente, el vigilante miente respecto a la hora. Después, usted sólo tiene que acercar el coche todo lo posible al lugar donde está el cadáver de Mitchell, cargarlo y dirigirse hacia el cañón de los Peñasquitos.

Brandon se echó a reír irónicamente.

—Así que estoy en el cañón de los Peñasquitos, con un coche, un cadáver y nueve maletas. ¿Cómo me las arreglo para salir de allí?

—Con un helicóptero.

—¿Quién va a pilotarlo?

—Usted. Aún no controlan demasiado el tráfico de helicópteros, aunque pronto lo harán, pues cada día son más numerosos. Se hace llevar uno al cañón de los Peñasquitos y consigue que vayan a buscar al piloto. Un hombre de su posición puede hacerlo casi todo, Brandon.

—Y después, ¿qué?

—Sube el cadáver de Mitchell y sus nueve maletas al helicóptero; pone rumbo al mar y se acerca lo más posible al agua, tira el cadáver y las maletas, y regresa al lugar de origen del helicóptero. Un trabajo perfecto, limpio y bien organizado.

Brandon se rió ásperamente..., demasiado ásperamente. Sus carcajadas me parecieron forzadas.

—¿Acaso cree que soy tan estúpido como para hacer todo esto por una chica a la que acabo de conocer?

—Ajá. Piénselo mejor, Brandon. Lo hace por usted. Se olvida de Goble. Goble es de Kansas City. ¿*Usted* no?

—¿Y qué?

—Nada. Final del viaje. Pero Goble no vino aquí de vacaciones. Y no buscaba a Mitchell, a menos que ya le conociese. Y entre los dos se imaginaron que habían encontrado una mina de oro. Usted era la mina de oro. Pero Mitchell se mata y Goble trata de seguir solo con el asunto, a pesar de que es un ratón que lucha contra un tigre. Pero ¿estaría usted dispuesto a explicar cómo se cayó Mitchell de su terraza? ¿Le gustaría que se hiciese una investigación sobre su pasado? ¿Verdad que lo más lógico sería que la policía creyera que usted le empujó? Y, aunque no lograran demostrarlo, ¿cuál sería su situación en Esmeralda a partir de entonces?

Se dirigió lentamente hasta el extremo de la terraza y volvió. Se detuvo frente a mí, con el semblante inexpresivo.

—Podría hacerle matar, Marlowe. Sin embargo, he cambiado mucho en los años que llevo viviendo aquí. Usted gana. No tengo defensa posible, excepto ordenar que le maten. Mitchell era un tipo despreciable, un chantajista de mujeres. Usted podría acabar igual que él y a mí no me importaría. También es posible que lo haya hecho pensando en Betty Mayfield. No espero que me crea, pero es posible. Hagamos un trato. ¿Cuánto?

—¿Cuánto para qué?

—Para que no vaya a la policía.

—Ya le he dicho cuánto; nada. Sólo quería saber lo que había ocurrido. ¿Me he acercado bastante?

—Mucho, Marlowe. Muchísimo. Aún pueden descubrirme.

—Tal vez. Bueno, ahora le dejo en paz. Como le he dicho, quiero volver a Los Ángeles. Quizá me ofrezcan algún trabajo. Tengo que vivir, ¿no?

—¿Querrá estrecharme la mano?

—No. Usted contrató a un pistolero. Eso le coloca en la clase de personas a las que no estrecho la mano. Ahora podría estar muerto, si no hubiera tenido un presentimiento.

—No le contraté para que matara a nadie.

—Pero le contrató. Adiós.

27

Cuando salí del ascensor, Javonen vino a mi encuentro como si hubiese estado esperándome.

—Acompáñeme al bar —dijo—; quiero hablar con usted.

Fuimos al bar, que a aquella hora estaba vacío. Nos sentamos a una mesa del rincón. Javonen dijo serenamente:

—Cree que soy un bastardo, ¿verdad?

—No. Usted tiene un trabajo. Yo tengo un trabajo. El mío le molestaba. No confiaba en mí. Eso no le convierte en un bastardo.

—Yo intento proteger al hotel. ¿A quién intenta proteger usted?

—Nunca lo sé. A menudo, cuando da la casualidad de que sí lo sé, no sé cómo. Investigo al azar y me pongo pesado. En muchas ocasiones actúo de modo bastante deficiente.

—Es lo que el capitán Alessandro me había dicho. No es que me interese demasiado, pero ¿cuánto gana por un trabajo como éste?

—Bueno, éste se sale un poco de lo corriente, mayor. La verdad es que no he ganado ni un centavo.

—El hotel le pagará cinco mil dólares... por proteger sus intereses.

—El hotel es lo mismo que decir el señor Clark Brandon, ¿verdad?

—Supongo que sí. Él es el jefe.

—Suena bastante bien... cinco mil dólares. Bastante bien. Lo iré repitiendo durante el camino hacia Los Ángeles.

Me levanté.

—¿Adónde le envío el cheque, Marlowe?

—El Fondo de Ayuda a la Policía se alegraría de recibirlo. Los policías no ganan mucho dinero. Cuando están en un apuro, el Fondo les presta un poco. Sí, creo que el Fondo de Ayuda a la Policía se lo agradecería.

—¿Y usted no?

—Usted fue mayor en la CIC. Estoy seguro de que tuvo muchas oportunidades para dejarse sobornar. Sin embargo, sigue teniendo que trabajar. Bueno, ya es hora de que me vaya.

—Escuche, Marlowe; no sea tonto. Quiero decirle que...

—Dígaselo a sí mismo, Javonen. Así tendrá alguien obligado a escucharle. Buena suerte.

Salí del bar y me metí en el coche. Llegué a El Rancho Descansado, hice la maleta y me detuve en la recepción para pagar la cuenta. Jack y Lucille estaban en su puesto habitual. Lucille me sonrió.

Jack dijo:

—No hay cuenta, señor Marlowe. Hemos recibido instrucciones. También le pedimos disculpas por lo sucedido anoche; no sirven de mucho, ¿verdad?

—¿A cuánto cree que ascendería la cuenta?

—No demasiado. Unos doce cincuenta.

Dejé el dinero encima del mostrador. Jack lo miró y frunció el ceño.

—Le he dicho que no había cuenta, señor Marlowe.

—¿Por qué no? He ocupado la habitación.

—El señor Brandon...

—Hay gente que nunca aprende, ¿eh? He tenido mucho gusto en conocerles a los dos. Tendrá que hacerme un recibo. Es para deducirlo de mis impuestos.

28

Durante el camino de regreso a Los Ángeles no pasé de los ciento treinta. Bueno, es posible que rozara los ciento cincuenta en algún momento. Cuando llegué a la avenida Yucca, metí el Oldsmobile en el garaje y abrí el buzón. Como de costumbre, no había nada. Subí el largo tramo de escalones de madera y abrí la puerta. Todo estaba igual. La habitación seguía tan mal ventilada, desordenada e impersonal como siempre. Abrí un par de ventanas y me serví una copa en la cocina. Me senté en el sofá y clavé la vista en la pared. Fuera donde fuera, hiciera lo que hiciese, esto era lo que encontraría al volver. Una pared vacía en una habitación vacía de una casa vacía.

Dejé la copa en una mesita baja sin tan siquiera probarla. El alcohol no era la solución. Nada era la solución, excepto tener un corazón endurecido que no pidiera nada a nadie. Sonó el teléfono. Lo descolgué y dije:

—Marlowe al habla.

—¿Es usted Philip Marlowe?

—Sí.

—Han estado intentando localizarle desde París, señor Marlowe. Volveré a llamarle dentro de un rato.

Colgué lentamente el teléfono y creo que la mano me tembló un poco. Exceso de velocidad, o falta de sueño. La llamada tardó quince minutos.

—París al habla, señor. Si tiene alguna dificultad, sea tan amable de llamar a la central.

—Soy Linda, Linda Loring. Te acuerdas de mí, ¿verdad, cariño?

—¿Cómo iba a olvidarte?

—¿Qué tal estás?

—Cansado... igual que siempre. Acabo de llegar y el caso no ha sido fácil. Y tú, ¿cómo estás?

—Sola. Deseando verte. He tratado de olvidarte, pero no he podido. Fue maravilloso hacer el amor contigo.

—Ya ha pasado un año y medio. Además, sólo fue una noche. ¿Qué quieres que te diga?

—Te he sido fiel. No sé por qué. El mundo está lleno de hombres, pero te he sido fiel.

—Yo no te he sido fiel, Linda. Creí que no volvería a verte nunca más. No sabía que esperases que te fuera fiel.

—No lo esperaba. Ni lo espero. Sólo trato de decirte que te quiero. Te estoy pidiendo que te cases conmigo. Me dijiste que no duraría ni seis meses, pero ¿por qué no lo intentamos? Quién sabe... es posible que dure para siempre. Te lo ruego. ¿Qué tiene que hacer una mujer para conseguir al hombre que ama?

—No lo sé. Ni siquiera sé cómo sabe que le ama. Vivimos en mundos diferentes. Tú eres una mujer rica, acostumbrada a todos los lujos. Yo soy un detective cansado con un futuro incierto. Tu padre se encargaría de quitarme hasta eso.

—Tú no temes a mi padre. Tú no temes a nadie. Lo único que te da miedo es el matrimonio. Mi padre conoce a un hombre en cuanto le ve. Por favor, por favor, por favor. Estoy en el Ritz. Voy a mandarte inmediatamente un billete de avión.

—¿Que tú me vas a mandar un billete de avión a mí? ¿Por quién me has tomado? Yo te voy a mandar un billete de avión a ti. Así tendrás tiempo para cambiar de opinión.

—Pero, cariño, no es necesario que me lo envíes. Tengo...

—Ya lo sé. Tienes dinero para quinientos billetes de avión. Pero éste será *mi* billete. Acéptalo o no vengas.

—Iré, cariño. Iré. Abrázame. Abrázame fuerte. No quiero comprarte. Nadie podría hacerlo. Lo único que quiero es amarte.

—Estoy aquí. Igual que siempre.

—Abrázame.

Se oyó un chasquido, luego un zumbido insistente, y la comunicación se cortó.

Alargué una mano hacia la copa. Paseé la mirada por la habitación vacía, que ya no me lo parecía tanto. En ella había una voz, una voz y una mujer alta, esbelta y muy hermosa. En el dormitorio había una cabeza sobre la almohada. Había ese perfume suave y dulce de una mujer que se refugia entre tus brazos, una mujer de labios suaves y dóciles, y ojos que casi no ven.

Volvió a sonar el teléfono. Contesté.

—¿Sí?

—Soy Clyde Umney, el abogado. Aún no he recibido ningún tipo de informe satisfactorio. No le pago para que se divierta. Quiero inmediatamente una relación exacta y detallada de sus actividades. Exijo saber todo lo que ha hecho desde que volvió a Esmeralda.

—Divertirme un poco... a mis expensas.

Su voz se convirtió en un rugido.

—Exijo que me envíe inmediatamente un informe completo. De lo contrario, me encargaré de que le retiren la licencia.

—Voy a hacerle una sugerencia, señor Umney. ¿Por qué no se va a tomar viento?

Todavía oí unos cuantos sonidos ininteligibles antes de colgar el aparato. Casi inmediatamente, el teléfono empezó a sonar de nuevo.

Yo apenas lo oí. El aire estaba lleno de música.

EL CONFIDENTE

TRADUCCIÓN DE ANA HERRERA

1

Salí del jurado de la acusación poco después de las cuatro, y subí a hurtadillas por la escalera de atrás hasta el despacho de Fenweather. Fenweather, el fiscal del distrito, era un hombre de rasgos duros, bien cincelados, y con esas sienes plateadas que tanto les gustan a las mujeres. Jugueteaba con una pluma que tenía en el escritorio y me dijo:

—Me parece que le creen. Creo que esta tarde acusarán a Manny Tinnen del asesinato de Shannon. Si lo hacen, tendrá que ir con mucho cuidado.

Yo le daba vueltas a un cigarrillo entre los dedos y al final me lo metí en la boca.

—No ponga a ningún hombre a seguirme, señor Fenweather. Conozco muy bien todos los callejones de esta bonita ciudad, y sus hombres nunca estarán lo bastante cerca como para serme de utilidad.

Él desvió la vista hacia una de las ventanas.

—¿Conoce usted bien a Frank Dorr? —me preguntó, sin mirarme.

—Sé que es un político importante, alguien con quien hay que contar si se quiere abrir un garito de juego o un burdel, o si se quieren vender artículos legales a los ciudadanos.

—Exacto —Fenweather hablaba con sequedad, y volvió la cara hacia mí. Entonces bajó la voz—. Que tuviéramos pruebas contra Tinnen fue una sorpresa para mucha gente. Si Frank Dorr tenía interés en librarse de Shannon, que era el jefe del comité donde se suponía que Dorr obtenía sus contratos, es bastante probable que se arriesgara. Y me han dicho que él y Manny Tinnen han tenido tratos. Así que yo que usted no le quitaría ojo.

Sonreí.

—Soy sólo una persona —dije—. Frank Dorr cubre mucho territorio. Pero haré lo que pueda.

Fenweather se puso de pie y me tendió la mano por encima del escritorio, diciendo:

—Estaré un par de días fuera de la ciudad. Si se formula la acusación me voy esta noche. Tenga mucho cuidado... y si ocurre algo malo, vaya a ver a Bernie Ohls, mi investigador jefe.

Yo dije:

—Claro.

Nos estrechamos la mano. Cuando me iba pasé junto a una muchacha de aspecto aburrido que, al mirarme, me dedicó una sonrisa cansada y jugueteó con uno de los rizos sueltos que le caían sobre la nuca. Volví a mi despacho pasadas las cuatro y media. Me quedé delante de la puerta de la salita de recepción un momento, mirándola. Luego la abrí, entré y, por supuesto, no había nadie.

No había más que un viejo sofá rojo, dos sillas desparejadas, una alfombra pequeña y una mesita auxiliar con unas revistas antiguas encima. La recepción se dejaba abierta para que los visitantes pudieran entrar, sentarse y esperar... si es que tenía visitas, y si éstas consideraban que valía la pena esperar.

Entré y abrí la puerta de mi despacho privado, rotulado «Philip Marlowe, investigador».

Lou Harger estaba sentado en una silla de madera en el lado del escritorio más alejado de la ventana. Llevaba unos guantes de un amarillo chillón que apoyaba en la empuñadura de un bastón, y un sombrero verde de ala flexible echado hacia atrás. El pelo negro y muy liso sobresalía del sombrero y le tapaba la nuca, ya que lo tenía excesivamente largo.

—Hola. Te estaba esperando —dijo, sonriendo con languidez.

—Hola, Lou. ¿Cómo has entrado aquí?

—La puerta debía de estar abierta. O a lo mejor tenía una llave que entraba en la cerradura. ¿Te importa?

Di la vuelta al escritorio y me senté en mi silla giratoria. Dejé el sombrero encima de la mesa, recogí una pipa bulldog que estaba encima de un cenicero y empecé a llenarla.

—A mí me parece bien, mientras seas tú —dije—. Es que creía que tenía una cerradura mejor.

Él sonrió separando sus labios rojos y gruesos. Era un joven muy apuesto. Dijo:

—¿Todavía sigues cogiendo casos, o pasarás todo el mes que viene en la habitación de un hotel bebiendo licor con un par de chicos de jefatura?

—Sigo cogiendo casos... si me sale alguno.

Encendí la pipa, me arrellané y contemplé su piel de un color claro, oliváceo, y sus cejas rectas y oscuras.

Él dejó el bastón encima del escritorio y colocó los guantes amarillos encima del cristal. Hacía muecas metiendo y sacando los labios.

—Tengo un asuntillo para ti. No es nada del otro mundo. Pero se cobra algo.

Esperé.

—Esta noche voy a jugar un poco en Las Olindas. En lo de Canales.

—¿El White Smoke?

—Ajá. Creo que voy a tener suerte... y me gustaría llevar a un amigo con un arma.

Cogí un paquete nuevo de cigarrillos del primer cajón y se lo pasé por encima del escritorio. Lou lo cogió y empezó a abrirlo.

Le pregunté:

—¿Qué tipo de juego?

Él sacó un cigarrillo a medias y se lo quedó mirando. Había algo en sus gestos que no me acababa de gustar.

—Lleva ya un mes cerrado. No hacía tanto dinero como para poder seguir abierto en esta ciudad. Los chicos de jefatura han estado presionando mucho, desde la revocación. Tienen pesadillas cuando se imaginan viviendo sólo de su paga.

Yo dije entonces:

—No cuesta más operar aquí que en cualquier otro lugar. Y aquí pagas sólo a una organización. Eso ya es algo.

Lou Harger se metió el cigarrillo en la boca.

—Sí... Frank Dorr —gruñó—. ¡Esa sanguijuela gorda, ese hijo de puta!

Yo no dije nada. Ya se me había pasado la edad en la que resulta divertido insultar a alguien a quien no puedes hacer daño. Vi que Lou encendía su cigarrillo con mi encendedor de escritorio. Siguió hablando, expeliendo una nube de humo.

—Es divertido, en cierto modo. Canales ha comprado una ruleta nueva a no sé qué chanchulleros de la oficina del sheriff. Conozco bastante bien a Pina, el jefe de croupiers de Canales. A la ruleta no me dejarán acercar. Está trucada... y yo conozco todos los trucos.

—Y Canales no... Sí, eso parece propio de Canales —dije.

Lou no me miró.

—Va mucha gente a ese local —dijo—. Una pequeña pista de baile, una banda mexicana con cinco músicos para ayudar a los clientes a relajarse... Bailan un poco y luego vuelven a que les desplumen un poco más, en lugar de irse enfadados.

Yo dije:

—¿Y tú qué vas a hacer?

—Supongo que se podría decir que tengo un sistema —dijo bajito, y me miró entre sus largas pestañas.

Yo aparté la mirada y la dejé vagar por la habitación. Tenía una alfombra color rojo óxido, cinco archivadores verdes colocados en fila bajo un calendario de propaganda, un perchero viejo en el rincón, unas cuantas sillas de nogal, cortinas sencillas en las ventanas. Los flecos de las cortinas estaban sucios por el soplo de la corriente que las agitaba. Una franja de sol crepuscular atravesaba mi escritorio y hacía visible el polvo.

—Vamos a ver si lo entiendo —dije yo—. Tú crees que le tienes cogido el truco a esa ruleta y esperas ganar el dinero suficiente para que Canales se ponga furioso contigo, y te gustaría llevar algo de protección... o sea, a mí. Es un disparate.

—No, no es ningún disparate —afirmó Lou—. Todas las ruletas tienen tendencia a funcionar con un ritmo determinado. Si conoces bien la ruleta en concreto...

Yo sonreí y me encogí de hombros.

—Vale, no digo que no. Yo no sé mucho de ruletas. Me parece que tienes debilidad por esos tinglados, pero podría equivocarme. Y además eso no es lo que importa.

—¿Ah, no, y qué es? —preguntó Lou, desanimadamente.

—No me apetece demasiado hacer de guardaespaldas... pero ése tampoco es el asunto. Entiendo que se supone que debo pensar que es un asunto limpio. Pero imagina que no me lo creo, que te dejo plantado y tú te metes en un buen lío. O imagina que yo creo que tienes todas las de ganar, pero Canales no está de acuerdo conmigo y se molesta.

—Por eso necesito a un hombre armado —explicó Lou, sin mover un músculo excepto los necesarios para hablar.

Yo dije, sin alterarme:

—Aunque sea lo bastante duro para este trabajo —y no sabía realmente si lo era—, tampoco es eso lo que me preocupa.

—Pues lo olvidamos —dijo Lou—. Ya me desanima bastante saber que estás preocupado.

Sonreí un poco más y observé sus guantes amarillos que se agitaban encima del escritorio, temblaban demasiado. Dije, lentamente:

—Tú eres la última persona en este mundo que se gastaría dinero en algo así, justo ahora. Y yo soy el último tipo de este mundo que se quedaría detrás de ti mirando, mientras lo haces. Es eso, simplemente.

Lou contestó:

—Sí.

Dejó caer un poco de ceniza de su cigarrillo encima del cristal del escritorio, inclinó la cabeza, sopló y lo limpió. Y continuó, como si hablara de un tema distinto:

—Vendrá conmigo la señorita Glenn. Es una pelirroja alta, sensacional. Era modelo. Se le da muy bien salir de cualquier aprieto, y evitará que Canales me eche el aliento en la nuca. Así que montaremos el número. Pensaba que ya te lo había dicho.

Me quedé callado durante un minuto entero y luego dije:

—Sabes condenadamente bien que acabo de contarle al jurado de la acusación que vi a Manny Tinnen asomarse fuera de ese coche y cortar las cuerdas de las muñecas de Art Shannon cuando lo arrojaron a la calzada, lleno de plomo.

Lou me sonrió débilmente.

—Eso facilitará las cosas para los corruptos de altos vuelos, esos tipos que se limitan a hacerse con los contratos y no aparecen por el negocio. Dicen que Shannon era decente y mantenía a raya al comité. Fue una manera fea de quitarle de en medio.

Negué con la cabeza. No quería hablar de todo aquello. Dije:

—Canales anda metido en asuntos turbios casi todo el tiempo. Y quizá no le gusten las pelirrojas.

Lou se puso de pie lentamente y cogió el bastón de encima del escritorio. Miró la punta de uno de los dedos amarillos. Tenía una expresión casi soñolienta. Luego se dirigió hacia la puerta, haciendo oscilar el bastón.

—Bueno, ya nos veremos... —dijo, arrastrando las palabras.

Dejé que apoyara la mano en el picaporte antes de decir:

—No te vayas enfadado, Lou. Me dejaré caer por Las Olindas, si crees que me necesitas. Pero no quiero dinero, y por el amor de Dios, no me prestes más atención de la que sea necesaria.

Él se humedeció los labios y ni siquiera me miró.

—Gracias, chico. Tendré muchísimo cuidado.

Salió, y sus guantes amarillos desaparecieron tras la puerta.

Me quedé quieto durante cinco minutos más, y mi pipa se calentó demasiado. La dejé, miré el reloj de pulsera y me levanté a encender una radio pequeña que tenía en un rincón, al otro extremo del escritorio. Cuando cesaron las interferencias y salió del altavoz el último tintineo del carillón, una voz decía: «La KLI ofrece ahora su habitual retransmisión de la tarde con el boletín de noticias locales. Un acontecimiento importante de esta tarde ha sido que a última hora, el jurado de la acusación ha desestimado los cargos presentados contra Maynard J. Tinnen, hombre de mundo y conocido miembro de un grupo de presión del ayuntamiento. La acusación, que supuso un golpe para sus muchos amigos, se basaba casi por completo en el testimonio...».

El teléfono sonó entonces y una fría voz femenina sonó en mi oído:

—Un momento, por favor, le llama el señor Fenweather.

Él se puso de inmediato.

—Han desestimado los cargos. Cuide del chico.

Dije que acababa de oírlo por la radio. Hablamos brevemente y él colgó, después de decir que tenía que irse de inmediato a coger un avión.

Me arrellané de nuevo en la silla y me quedé oyendo la radio, sin escucharla. Pensaba que Lou Harger era un maldito idiota y que yo no podía hacer nada para cambiar aquel hecho.

2

Había bastante gente para ser martes, pero nadie bailaba. Sobre las diez la pequeña banda de cinco músicos se cansó de tocar una rumba a la que nadie prestaba atención. El músico que tocaba la marimba dejó las baquetas y buscó un vaso debajo de su silla. Los otros chicos encendieron unos cigarrillos y se quedaron allí sentados, con aire aburrido.

Yo estaba apoyado de lado en la barra, que se encontraba en la misma sala que el estrado de la orquesta. Iba moviendo un vasito de tequila por la superficie de la barra. Toda la animación se encontraba en una de las tres mesas de ruleta, la central.

El barman se inclinó hacia mí, desde el otro lado de la barra.

—La chica pelirroja parece que busca pelea —dijo.

Yo asentí, sin mirarle.

—Se juega los billetes a puñados —dije—. Ni siquiera los cuenta.

La pelirroja era alta. Veía su pelo de un cobre bruñido entre las cabezas que la rodeaban. También veía el pelo lacio y brillante de Lou Harger junto al de ella. Al parecer, todo el mundo jugaba de pie.

—¿Usted no juega? —me preguntó el barman.

—No, los martes no. Una vez tuve un problema, un martes.

—¿Ah, sí? ¿Le gusta esta bebida así tal cual, o se la suavizo un poco?

—¿Suavizármela, con qué? —dije yo—. ¿Tiene una buena lima a mano?

Él sonrió. Yo bebí un poco más de tequila y puse mala cara.

—¿Esto lo inventaron a propósito?

—No lo sé, míster.

—¿Cuál es el límite ahí?

—Tampoco lo sé. Lo que quiera el jefe, supongo.

Las mesas de ruleta estaban en fila, junto a la pared más lejana. Una barandilla baja de metal dorado unía sus extremos y los jugadores estaban al otro lado de esa barandilla.

Empezó a formarse un confuso altercado en la mesa central. Media docena de personas de las dos mesas del final cogieron sus fichas y se acercaron.

Entonces una voz clara, muy educada, con un ligero acento extranjero, se elevó:

—Si tiene paciencia, madame... El señor Canales estará aquí dentro de un minuto.

Me acerqué, me puse junto a la barandilla. Dos croupiers estaban a mi lado de pie con las cabezas juntas y mirando hacia un lado. Uno movía un rastrillo lentamente adelante y atrás junto a la ruleta desocupada. Miraban a la chica pelirroja.

Ésta llevaba un traje de noche negro muy escotado. Tenía unos hombros blancos y finos y era un poquito menos que hermosa y algo más que bonita. Se apoyaba en el borde de la mesa, frente a la ruleta. Sus largas pestañas aleteaban. Tenía un montón de dinero y fichas ante ella.

Hablaba monótonamente, como si ya hubiese repetido lo mismo muchas veces.

—¡Vamos, muévase, haga girar esa ruleta! Lo coge todo muy rápido, pero no le gusta repartir.

El croupier que estaba a cargo esbozó una fría sonrisa. Era alto, oscuro, displicente.

—La mesa no puede cubrir su apuesta —dijo, con tranquilidad—. El señor Canales, quizá... —y encogió sus hombros cuadrados.

La chica dijo:

—Es su dinero, grandullón. ¿No quiere recuperarlo?

Lou Harger se humedeció los labios junto a ella, le puso una mano en el brazo, miró el montón de dinero con ojos febriles. Dijo, suavemente:

—Espera a Canales...

—¡Al demonio Canales! Estoy animada... y quiero seguir.

Se abrió una puerta en el extremo de las mesas y entró en la sala un hombre muy delgado, muy pálido. Tenía el pelo negro, liso y sin brillo, la frente alta y huesuda y los ojos impenetrables. Llevaba un bigote delgado recortado formando dos líneas agudas, casi en ángulo recto cada una con respecto a la otra. Bajaban junto a las comisuras de sus labios más de dos centímetros. El efecto era oriental. Su piel era pálida, gruesa y brillante.

Pasó por detrás de los croupiers, se detuvo en una esquina de la mesa central, miró a la pelirroja y se tocó las puntas del bigote con dos dedos, con unas uñas que tenían un tono amoratado.

De pronto sonrió, y al momento siguiente fue como si nunca hubiese sonreído. Habló con una voz sorda, cargada de ironía.

—Buenas noches, señorita Glenn. Tendré que enviar a alguien para que la acompañe a casa, cuando se vaya. Sería terrible que ese dinero acabara en los bolsillos equivocados.

La pelirroja le miró de una forma nada agradable.

—No pienso irme... a menos que me esté echando.

Canales dijo:

—¿Ah, no? ¿Y qué le gustaría hacer entonces?

—Apostar todo el fajo... morenito.

El ruido de la multitud se convirtió en un silencio mortal. No se oía ni un susurro, ni un sonido. El rostro de Harger se fue poniendo blanco como el marfil, poco a poco.

El rostro de Canales carecía de expresión. Levantó una mano con un gesto delicado, grave, sacó una cartera grande del bolsillo de su esmoquin y la arrojó delante del croupier alto.

—Diez de los grandes —dijo, con una voz que era apenas un roce sordo—. Ése es mi límite... siempre.

El croupier recogió la cartera, la abrió, sacó dos fajos de billetes nuevos, los barajó un poco, volvió a cerrar la cartera y se la pasó a Canales por el borde de la mesa.

Canales no se movió para recogerla. Nadie se movía, excepto el croupier.

La chica dijo:

—Todo al rojo.

El croupier se inclinó por encima de la mesa y con mucho cuidado arrastró el dinero y las fichas de ella. Colocó la apuesta encima del diamante rojo. Puso la mano en la curva de la ruleta.

—Si nadie tiene ninguna objeción —dijo Canales, sin mirar a nadie—, esto es algo entre nosotros dos.

Las cabezas se movieron. Nadie hablaba. El croupier hizo girar la rueda y envió la bolita por el surco con un ligero movimiento de la muñeca izquierda. Luego retiró las manos, colocándolas a plena vista encima de la mesa, en el borde.

Los ojos de la pelirroja brillaban, y sus labios se fueron separando, poco a poco.

La bolita iba corriendo por la ranura, saltó uno de los diamantes de metal brillante, se deslizó por un lado de la ruleta y fue traqueteando por encima de las casillas, junto a los números. De repente dejó de correr, con un chasquido seco. Cayó a continuación del doble cero, en el veintisiete rojo. Luego la ruleta quedó inmóvil.

El croupier sacó su rastrillo y empujó lentamente los dos paquetes de billetes, los añadió al montón y sacó todo el conjunto del tapete de juego.

Canales se metió otra vez la billetera en el bolsillo del pecho, se volvió, se echó a andar lentamente hacia la puerta, y salió por ella.

Yo quité mis dedos agarrotados de la barandilla, y mucha gente se dirigió hacia el bar.

3

Cuando llegó Lou, yo estaba sentado ante una mesita de centro con el tablero de azulejos, en una esquina, a vueltas con un poco más de tequila. La orquestilla tocaba un tango crispado y poco convincente y una pareja maniobraba bastante acartonadamente en la pista de baile.

Lou llevaba una americana color crema, con el cuello vuelto hacia arriba en torno a un enorme pañuelo de seda blanca. Tenía una expresión radiante, sutil. Aquella vez llevaba unos guantes blancos de piel de cerdo, los dejó en la mesa y se inclinó hacia mí.

—Más de veintidós mil —dijo, bajito—. ¡Chico, vaya recaudación!

Yo contesté:

—Sí, un buen dinerillo, Lou. ¿Qué coche llevas?

—¿Has visto algo raro?

—¿En el juego? —Me encogí de hombros, jugueteando con el vaso—. No sé mucho de ruleta, Lou... Pero sí que he visto algo raro en la forma que ha tenido de comportarse tu chica.

—No es mi chica —dijo Lou. Sonaba un poco preocupado.

—Bueno. Ha dejado a Canales como un idiota. ¿Qué coche es?

—Un Buick sedán. Verde Nilo con dos faros y esas luces en el guardabarros que van montadas en unas varillas —su voz seguía teniendo un tono preocupado.

Dije:

—Llévalo bastante despacio al cruzar la ciudad. Dame una oportunidad para ponerme al día.

Él agitó el guante y se alejó. La chica pelirroja no estaba a la vista. Consulté mi reloj de pulsera. Cuando volví a levantar la vista, Canales estaba de pie al otro lado de la mesa. Sus ojos me miraron sin vida por encima del bigote de pega.

—No le gusta mi local.

—Al contrario.

—Pero no ha venido aquí a jugar —lo afirmaba, no me lo preguntaba.

—¿Es obligatorio? —le pregunté, secamente.

Una sonrisa muy vaga aleteó por su cara. Se inclinó un poco y me dijo:

—Creo que es usted un poli. Un poli listo.

—No, sólo un detective —dije—. Y no demasiado listo. No se deje engañar por mi cara de astuto. Es cosa de familia.

Canales rodeó con las manos el respaldo de una silla y apretó los dedos.

—No vuelva por aquí... por ningún motivo —hablaba con voz dulce, casi soñadora—. No me gustan los chivatos.

Me quité el cigarrillo de los labios y lo examiné antes de mirarle a él. Luego dije:

—He oído que le insultaban hace un rato. Se lo ha tomado muy bien... Así que esto tampoco contará.

Durante un momento adoptó una expresión rara. Luego se volvió y se alejó balanceando un poco los hombros. Apoyaba los pies planos y los sacaba bastante hacia fuera al andar. Su forma de caminar era un poco negroide, igual que su rostro.

Me levanté y salí por la gran puerta blanca doble hacia un vestíbulo oscuro, recogí el sombrero y el abrigo y me los puse. Luego atravesé otra puerta de doble hoja que daba a una amplia veranda con adornos de marquetería a lo largo del borde del tejado. Había niebla marina en el aire, y los cipreses de Monterrey que agitaba el viento, frente a la casa, estaban empapados por esa neblina. Los campos descendían con un suave declive en la oscuridad, hasta una larga distancia. La niebla ocultaba el mar.

Había aparcado el coche fuera, en la calle, al otro lado de la casa. Me calé bien el sombrero y fui andando sin hacer ruido por el húmedo musgo que cubría el camino de entrada, di la vuelta al recodo del porche y me quedé quieto, rígido.

Un hombre estaba justo delante de mí con una pistola... pero él no me veía. Llevaba la pistola bajada, contra el costado, apretada contra la tela de su abrigo, y en su mano enorme la pistola parecía bastante pequeña. La luz mortecina que se reflejaba en el cañón parecía proceder de la niebla, ser parte de la niebla. Era un hombre alto y estaba erguido y muy quieto, de puntillas.

Levanté la mano derecha muy despacio y me abrí los dos botones superiores del abrigo, busqué en el interior y extraje un largo 38 con su cañón de quince centímetros de largo. Me lo metí en el bolsillo del abrigo.

El hombre que tenía delante se movió, levantó la mano izquierda y se la llevó hasta la cara. Dio una chupada al cigarrillo que llevaba oculto en la mano hueca, y el resplandor iluminó brevemente una barbilla pesada, amplia, una nariz de aletas oscuras, cuadrada y agresiva, la nariz de un boxeador.

Entonces tiró el cigarrillo y lo pisó, y un paso ligero y rápido emitió un leve ruido detrás de mí. Era demasiado tarde para volverme.

Se oyó un susurro y yo me apagué como una linterna.

4

Cuando recobré el conocimiento hacía frío y humedad y sentí un horrible dolor de cabeza. Tenía una magulladura blanda detrás de la oreja derecha que no sangraba. Me habían dejado inconsciente con una porra.

Me incorporé y vi que estaba a pocos metros del camino de entrada, entre dos árboles húmedos de niebla. Llevaba los empeines de los zapatos algo manchados de barro. Me habían arrastrado para sacarme del camino, pero no demasiado.

Busqué en mis bolsillos. La pistola había desaparecido, por supuesto, pero nada más... bueno, y la idea de que aquella excursión iba a ser agradable.

Anduve husmeando a tientas entre la niebla pero no encontré nada ni vi a nadie, así que dejé de preocuparme y me dirigí por la parte de atrás de la casa hacia una línea curva de palmeras y un farola al viejo estilo que siseaba y parpadeaba, a la entrada de un camino donde había aparcado el Marmon descapotable de 1925 que todavía usaba para mi transporte. Me metí en él. Después de secar el asiento con una toalla, volví a dar vida al motor y éste carraspeó a lo largo de una calle ancha y vacía, con unas vías de tranvía abandonadas en el centro.

Desde allí pasé al Bulevar De Cazens, que era la calle principal de Las Olindas y recibía su nombre por el hombre que había construido el local de Canales, hacía mucho tiempo. Al cabo de un rato empezaba la ciudad, los edificios, unas tiendas que parecían muertas, una gasolinera con timbre nocturno, y al final un *drugstore* que todavía estaba abierto.

Un sedán muy emperifollado estaba aparcado frente al *drugstore* y yo aparqué detrás, salí y vi que en el mostrador estaba sentado un hombre sin sombrero, hablando con un empleado con bata azul. Parecían haberse quedado solos en el mundo. Me dispuse a entrar pero me detuve y eché otra miradita al sedán.

Era un Buick, de un color que podía ser perfectamente verde Nilo, a la luz del día. Tenía dos faros grandes y dos luces color ámbar en forma de huevo colocadas encima de unas delgadas varillas de níquel, sujetas a los guardabarros delanteros. La ventanilla del asiento del conductor estaba bajada. Volví al Marmon y cogí una linterna, la encendí y, sujetando la licencia del Buick, le enfoqué la linterna rápidamente y la apagué enseguida.

Estaba registrado a nombre de Louis N. Harger.

Dejé la linterna y entré en el *drugstore*. A un lado había un expositor con licores, y el empleado de la bata azul me vendió una pinta de Canadian Club, que me llevé al mostrador y la abrí al momento. Había diez taburetes ante el mostrador, pero yo me senté en el que estaba junto al hombre sin sombrero. Éste me miró a través del espejo, atentamente.

Me puse una taza de café, llené dos tercios y añadí mucho whisky de centeno. Me lo bebí y esperé un minuto a que me calentara. Entonces volví a mirar al hombre sin sombrero.

Tenía unos veintiocho años, estaba bastante delgado, tenía la cara roja y saludable, unos ojos bastante honrados, las manos sucias y parecía que no ganaba demasiado dinero. Llevaba una chaqueta de pana gris con botones de metal, y unos pantalones que no hacían juego.

Dije despreocupadamente, en voz baja:

—¿Es suyo el autobús de ahí fuera?

Él se quedó muy quieto. Tenía los labios apretados y tensos, y le costaba apartar sus ojos de los míos, en el espejo.

—De mi hermano —contestó, al cabo de un rato.

Dije:

—¿Le invito a una copa? Su hermano es un viejo amigo mío.

Él asintió lentamente, tragó saliva, movió la mano lentamente, y al final cogió la botella y cortó el café con ella. Se lo bebió todo de golpe. Entonces vi que sacaba un arrugado paquete de cigarrillos, se metía uno en la boca, encendía una cerilla en el mostrador, después de fallar dos o tres veces al intentar hacerlo con la uña del pulgar, e inhalaba con mucha indiferencia fingida, que él sabía que no estaba dando resultado.

Yo me acerqué a él y le dije, sin alterarme:

—No tiene por qué pasar nada malo.

Él respondió:

—Bien... ¿Pe-pero qué problema hay?

El empleado se dirigió furtivamente hacia nosotros. Yo le pedí más café. Cuando me lo sirvió, me quedé mirando al empleado hasta que se alejó y se quedó de pie frente a la cristalera, de espaldas a mí. Cogí mi segunda taza de café y bebí un poco. Observando la espalda del empleado, dije:

—El tipo al que pertenece ese coche no tiene hermanos.

El otro mantuvo la compostura, pero se volvió hacia mí.

—¿Cree que es un coche robado?

—No —respondí—. Simplemente, quiero que me cuente su historia.

—¿Es usted poli?

—No... Pero esto no es ninguna estafa, si es eso lo que le preocupa.

El otro dio una chupada intensa al cigarrillo y fue moviendo la cucharilla en el interior de su taza vacía.

—Puedo perder el trabajo por esto —dijo, bajito—. Pero necesitaba cien pavos. Soy taxista.

—Ya me lo imaginaba.

Él pareció sorprenderse, volvió la cara y me miró.

—Tome otro trago y sigamos —dije—. Los ladrones de coches no los aparcan en la carretera principal y se sientan en un *drugstore*.

El empleado vino desde la ventana y se puso a remolonear cerca de nosotros, ocupado en limpiar con un trapo el recipiente del café. Cayó sobre nosotros un espeso silencio. El empleado dejó entonces el trapo, se dirigió a la parte de atrás de la tienda, detrás del reservado, y empezó a silbar con entusiasmo.

El hombre que tenía a mi lado se sirvió un poco más de whisky y se lo bebió, e inclinó la cabeza prudentemente hacia mí.

—Escuche... Llevaba un pasajero y se suponía que tenía que esperarle. Entonces pasaron un tipo y una chica a mi lado en el Buick, y el tipo me ofreció cien pavos si le dejaba ponerse mi gorra y conducir mi taxi hasta la ciudad. Yo debía quedarme por aquí una hora más o menos, y luego llevarle su cacharro al hotel Carillon, en Towne Boulevard. Allí me esperará mi taxi. Me ha dado los cien pavos.

—¿Y qué historia le ha contado? —le pregunté.

—Ha dicho que estaba jugando y que había tenido algo de suerte, para variar. Temían que les atracaran en el camino de vuelta. Creían que siempre hay espías vigilando a los que juegan.

Yo cogí uno de sus cigarrillos y lo estiré bien con los dedos.

—Me parece una historia creíble —dije—. ¿Tiene alguna identificación?

Me la enseñó. Su nombre era Tom Sneyd y era conductor de la Compañía de Taxis Green Top. Yo le puse el tapón a mi botella, me la metí en el bolsillo y dejé medio dólar en el mostrador.

Vino el empleado y me devolvió el cambio. Casi temblaba por la curiosidad.

—Vamos, Tom —dije, delante de él—. Vamos a buscar ese taxi. No creo que deba esperar más por aquí.

Salimos y seguí al Buick alejándonos de las luces desordenadas de Las Olindas, a través de una serie de pequeñas ciudades costeras con casitas construidas sobre la arena, cerca del mar, y otras de mayor tamaño en las laderas de las colinas que quedaban detrás. Aquí y allá se veía alguna ventana iluminada. Los neumáticos protestaban por la humedad del cemento, y las lucecitas ambarinas del guardabarros del Buick me hacían guiños en las curvas.

En West Cimarron giramos hacia el interior, subimos resoplando por Canal City y llegamos al San Angelo Cut. Nos costó casi una hora llegar al Bulevar Towne 5640, que es el número del hotel Carillon. Es un edificio grande, laberíntico, con el tejado de pizarra, con un garaje en el sótano y una fuente en el patio delantero que iluminan con una luz de un verde pálido al atardecer.

El taxi Green Top n.º 469 estaba aparcado al otro lado de la calle, en la acera oscura. No me pareció que hubiesen tiroteado a nadie en su interior. Tom Sneyd encontró su gorra en la guantera, y se subió a toda prisa tras el volante.

—Con esto queda todo arreglado, ¿no? ¿Puedo irme?

Su voz sonaba estridente debido al alivio.

Le dije que por mí de acuerdo, y le di mi tarjeta. Era la una y doce minutos cuando daba la vuelta a la esquina. Me subí al Buick y lo metí por la rampa del garaje. Se lo dejé a un chico negro que estaba quitando el polvo de los coches con movimientos lentos. Yo me dirigí hacia el vestíbulo.

El recepcionista era un joven de aspecto ascético que leía un libro titulado *Apelaciones en California* a la luz de la centralita telefónica. Me dijo que Lou no estaba y que no se encontraba allí a las once, cuando él empezó su turno. Después de una breve discusión sobre lo tardío de la hora y la importancia de mi visita, llamó a la habitación de Lou, pero no obtuvo respuesta.

Salí y me senté en el Marmon unos minutos, fumé un poco y di unos tragos a mi botella de Canadian Club. Luego volví al Carillon y me metí en una cabina telefónica. Marqué el número del *Telegram*, pregunté por la sección de noticias locales y me pasaron con un hombre llamado Von Ballin.

Éste lanzó una exclamación cuando le dije quién era.

—¿Todavía va andando por ahí? Eso sólo ya es una noticia. Pensaba que a estas alturas los amigos de Manny Tinnen le tendrían criando malvas.

Yo dije:

—Ya basta, escuche esto. ¿Conoce a un hombre llamado Lou Harger? Es un jugador. Tenía un local que cerraron después de una redada, hará más o menos un mes.

Von Ballin dijo que no conocía personalmente a Lou, pero que sabía quién era.

—¿Quién de su periodicucho podía conocerle realmente bien?

Él pensó un momento.

—Hay un tipo llamado Jerry Cross por aquí —contestó—, que se supone que es experto en vida nocturna. ¿Qué quería saber?

—Adónde podría ir, si quisiera celebrar algo —dije. Y luego le conté parte de la historia, aunque no demasiada. Me callé la parte en la que me dejaban noqueado y todo lo del taxi—. No ha aparecido por su hotel —acabé—. Tengo que ponerme en contacto con él.

—Bueno, si es usted amigo suyo...

—Sí, suyo sí, pero no de sus colegas —dije, abruptamente.

Von Ballin se interrumpió un momento para chillarle a alguien que cogiera el teléfono que sonaba y luego me dijo en voz baja, pegado al auricular:

—Vamos, siga, hijo. Adelante.

—Está bien. Pero hablo con usted, y no con su periódico. Me han dejado inconsciente y he perdido el arma al salir del local de Canales. Lou y su chica han cambiado su coche por un taxi que han encontrado. Y ahora han desaparecido. Esto no me gusta. Lou no estaba tan borracho como para ir dando vueltas por la ciudad con tanta pasta en el bolsillo. Y aunque lo hubiera estado, la chica no le habría dejado. Ella tiene los pies en el suelo.

—Veré lo que puedo hacer —dijo Von Ballin—. Pero no suena nada prometedor. Ya le daré un toque.

Le dije que vivía en el Merritt Plaza, por si se había olvidado, salí y me volví a meter en el Marmon. Volví a casa, me envolví la cabeza en unas toallas calientes quince minutos, luego me puse el pijama y fui bebiendo whisky caliente con limón y llamando al Carillon de vez en cuando. A las dos y media Von Ballin me llamó y me dijo que no había habido suerte. No habían localizado a Lou, no estaba en ningún hospital y no había aparecido en ninguno de los clubes que se le ocurrían a Jerry Cross.

A las tres llamé al Carillon por última vez, y al fin apagué la luz y me fui a dormir.

Al día siguiente por la mañana las cosas estaban igual. Intenté seguir la pista de la pelirroja. Había veintiocho personas llamadas Glenn en el listín telefónico, entre ellas tres mujeres. Una no respondía, y las otras dos me aseguraron que no eran pelirrojas. Una incluso se ofreció a demostrármelo.

Me afeité, me duché, desayuné y bajé andando por la colina tres manzanas hasta el edificio Condor.

La señorita Glenn estaba sentada en mi diminuta salita de recepción.

5

Abrí la otra puerta, ella entró y se sentó en la misma silla donde Lou había estado sentado la tarde anterior. Abrí algunas ventanas, cerré la puerta exterior de la salita de recepción, y saqué una cerilla para encender el cigarrillo que ella sujetaba en la mano izquierda, sin guante ni anillo alguno.

Iba vestida con una blusa y una falda de cuadros, con un abrigo suelto por encima, y un sombrero ajustado lo bastante pasado de moda como para sugerir una racha de mala suerte. Pero le ocultaba casi todo el cabello. Su piel no llevaba maquillaje alguno, parecía tener unos treinta años y su rostro tenía el aspecto huraño de alguien que está exhausto.

Sujetaba el cigarrillo con una mano casi demasiado firme, una mano en guardia. Yo me senté y esperé a que ella hablase.

Ella miraba la pared que estaba por encima de mi cara y no decía nada. Al cabo de un rato, llené mi pipa y fumé durante un minuto, más o menos. Luego me levanté y fui hacia la puerta que comunicaba con el vestíbulo, y recogí un par de cartas que alguien había echado a través de la ranura.

Me volví a sentar ante el escritorio, eché una ojeada a las cartas, leí una de ellas un par de veces, como si hubiera estado solo. Mientras hacía todo eso no la miraba directamente ni le hablaba, pero de todos modos la seguía vigilando. Ella parecía una dama que se arma de valor para acometer algo.

Finalmente hizo un movimiento. Abrió un bolso grande y negro de piel que llevaba y sacó un grueso sobre marrón, quitó una goma elástica que lo sujetaba y lo dejó reposar en las palmas de ambas manos, con la cabeza algo echada hacia atrás y el cigarrillo chorreando humo gris desde la comisura de su boca.

Dijo muy despacio:

—Lou decía que si alguna vez me pillaba la lluvia, tenía que venir a verle. Y ahora llueve muy fuerte donde yo estoy.

Miré el sobre marrón.

—Lou es un buen amigo mío —dije yo—. Haría cualquier cosa razonable por él. E incluso algunas cosas poco razonables... como lo de anoche. Eso no significa que Lou y yo siempre juguemos al mismo juego.

Ella aplastó el cigarrillo en el cuenco de cristal del cenicero y dejó que fuera humeando. Una llama oscura ardió súbitamente en sus ojos, y luego se extinguió.

—Lou ha muerto —dijo con voz inexpresiva.

Yo cogí un lápiz y apreté con él el extremo ardiente del cigarrillo hasta que dejó de humear.

Ella siguió hablando:

—Un par de chicos de Canales se lo cargaron en mi piso... con un disparo de un arma pequeña que parecía la mía. La mía había desaparecido cuando la busqué después. Me he pasado la noche entera con él allí, muerto... Tenía que hacerlo.

De repente se derrumbó. Puso los ojos en blanco, se le cayó la cabeza y golpeó el escritorio. Se quedó quieta, con el sobre marrón delante de las manos fláccidas.

Abrí un cajón y saqué una botellita y un vaso, vertí un poco de licor fuerte y di la vuelta con el vasito, y la incorporé en la silla. Apoyé el borde del vaso con fuerza en sus labios... con una fuerza tal que hacía daño. Ella luchó y tragó. Parte del licor le cayó por la barbilla, pero la vida volvió a sus ojos.

Dejé el whisky delante de ella y me volví a sentar. La solapa del sobre se había abierto lo suficiente para ver que dentro había dinero en efectivo, fajos y más fajos.

Ella empezó a hablar con voz ausente.

—Le pedimos al cajero que nos diera billetes grandes, pero de todos modos abulta mucho. Hay veintidós mil justos en el sobre. Me he guardado unos cuantos cientos que sobraban. Lou estaba preocupado. Se imaginaba que sería muy fácil para Canales ir a por nosotros. Aunque usted hubiese estado justo detrás de nosotros, no habría sido capaz de hacer gran cosa.

Yo dije:

—Canales perdió el dinero a plena vista de todo el que estaba allí. Fue una buena publicidad... aunque duela reconocerlo.

Ella siguió hablando, como si yo no hubiese dicho nada.

—Yendo por la ciudad vimos a un taxista que estaba sentado en su taxi aparcado, y Lou tuvo una idea. Le ofreció al chico un billete de los grandes para llevarnos el taxi a San Angelo y que él devolviera el Buick al hotel al cabo de un rato. El chico accedió y fuimos a otra calle e hicimos el cambio. Sentimos tener que abandonarle a usted, pero Lou dijo que no le importaría. Y que quizá tuviéramos la oportunidad de recogerle.

»Lou no fue a su hotel. Cogimos otro taxi y nos fuimos a mi casa. Vivo en el Hobart Arms, en el número 800 de South Minter. Allí no te hacen preguntas en recepción. Subimos a mi apartamento, encendimos la luz y aparecieron dos individuos con caretas detrás de la pared que separa el salón y el comedor. Uno era bajito y delgado, y el otro era un hombre grandote con una barbilla que sobresalía debajo de la careta como una repisa. Lou hizo un movimiento en falso y el hombre alto le disparó una sola vez. El disparo sonó apagado, no muy fuerte, y Lou cayó al suelo y ya no se movió.

Yo dije:

—Debían de ser los que me engañaron como a un chino. Todavía no le he contado eso.

Ella tampoco pareció oír aquella historia. Tenía la cara muy blanca y serena, pero tan inexpresiva como si fuera de yeso.

—Quizá sería mejor que tomara otro dedito —dijo.

Serví unos tragos para los dos y nos los bebimos. Ella siguió:

—Fueron a por nosotros, pero nosotros ya no teníamos el dinero. Nos habíamos parado en un *drugstore* abierto toda la noche y habíamos hecho que pesaran el paquete y lo habíamos enviado por correo en una estafeta. Registraron todo el apartamento, pero claro, nosotros acabábamos de llegar y no habíamos tenido tiempo de esconder nada. El tipo alto me dio un puñetazo y cuando me desperté, habían desaparecido y estaba allí sola con Lou muerto en el suelo.

Señaló una marca que tenía en la mandíbula. Se veía algo, pero no se notaba demasiado. Me removí un poco en la silla y dije:

—Les adelantaron al dirigirse hacia allí. Si hubieran sido listos, habrían inspeccionado a un taxi parado en aquella calle. ¿Cómo sabían adónde ir?

—He pensado en ello durante la noche —dijo la señorita Glenn—. Canales sabe dónde vivo. Me siguió a casa una vez e intentó que le dejara subir.

—Sí —afirmé—, pero ¿por qué fueron a su casa, y cómo consiguieron entrar?

—Eso no es difícil. Hay una cornisa justo debajo de las ventanas, y se puede subir a ella desde la escalera de incendios. Probablemente tenían otros tipos cubriendo el hotel de Lou. Pensamos en esa posibilidad, pero no se nos ocurrió que conocieran mi casa.

—Cuénteme el resto —dije.

—El dinero me lo envié a mí misma —explicó la señorita Glenn—. Lou era un chico estupendo, pero una chica tiene que protegerse... Por eso he tenido que quedarme allí toda la noche, con Lou muerto en el suelo. Hasta que ha llegado el correo. Entonces he venido directa aquí.

Me levanté y miré por la ventana. Una chica gorda aporreaba una máquina de escribir al otro lado del patio. Oía el tecleo. Me volví a sentar, mirándome el pulgar.

—¿Pusieron su arma allí? —pregunté.

—No, a menos que esté debajo del cuerpo. Ahí no miré.

—La dejaron ir con demasiada facilidad. Quizá no fuese Canales, ni mucho menos. ¿Lou le contó muchas cosas?

Ella meneó negativamente la cabeza. Sus ojos eran ahora de un azul pizarra, y pensativos, sin aquella mirada neutra.

—Está bien —dije—. ¿Qué quería que hiciese yo con todo esto?

Ella entrecerró un poco los ojos, luego levantó una mano y empujó el abultado sobre lentamente por encima del escritorio.

—No soy ninguna ingenua y estoy metida en un buen lío. Pero no quiero que me dejen pelada, de todos modos. La mitad de este dinero es mío, y quiero conservarlo y salir bien parada. La mitad, justa. Si hubiese llamado a las autoridades la noche pasada, habrían encontrado una forma de birlármelo... Creo que a Lou le habría gustado que usted se quedara su mitad, si quiere jugar conmigo.

Yo dije:

—Es mucho dinero para hacer ostentación de él delante de un detective privado, señorita Glenn. —Sonreí, cansado—. Ha perdido puntos por no haber llamado a la poli anoche. Pero tiene respuestas para todo lo que le quieran preguntar. Creo que será mejor que vaya ahora mismo y vea lo que se ha roto, si hay algo.

Ella se inclinó hacia delante, rápidamente, y dijo:

—¿Se encargará de guardar el dinero? ¿Se atreve?

—Claro. Ahora mismo me voy a la calle y lo guardo en una caja de seguridad. Usted puede quedarse una de las llaves, y ya hablaremos largo y tendido más tarde. Creo que sería una idea estupenda que Canales supiera que tiene que hablar conmigo, y mucho mejor aún si se escondiera en un hotelito donde tengo un amigo... al menos hasta que yo husmee un poquito por ahí.

Ella asintió. Me puse el sombrero y me metí el sobre dentro del cinturón. Salí, después de decirle que había un arma en el cajón superior izquierdo, por si se ponía nerviosa.

Cuando volví no parecía haberse movido. Pero me dijo que había telefoneado a casa de Canales y había dejado un mensaje para él que ella pensaba que entendería.

Fuimos por caminos bastante intrincados hasta el Lorraine, en Brant y la avenida C. Nadie nos disparó al ir hacia allí, y por lo que yo pude ver, tampoco nos siguieron.

Estreché la mano a Jim Dolan, conserje de día del Lorraine, con un billete de veinte doblado en la mano. Él se llevó la suya al bolsillo y dijo que procuraría que nadie molestara a «la señorita Thompson».

Me fui. En el periódico del mediodía no venía nada sobre Lou Harger, del Hobart Arms.

6

El Hobart Arms era un edificio de apartamentos situado en una manzana con otros edificios similares. Tenía seis pisos de alto y la fachada color beis. Se veían muchos coches aparcados junto a ambas aceras, a lo largo de toda la manzana. Pasé con el coche despacio, examinando la situación. Aquel barrio no parecía haberse visto alterado por nada en un pasado inmediato. Tenía un aspecto pacífico y soleado, y los coches aparcados parecían seguros, como si estuvieran a gusto, en su casa.

Di la vuelta por una calle vallada con tablas a ambos lados y con un montón de endebles garajes que interrumpían la valla. Aparqué junto a uno que tenía un letrero de «Se alquila» y pasé entre dos cubos de basura al patio de cemento del Hobart Arms, en la parte lateral de la calle. Un hombre estaba metiendo unos palos de golf en el maletero de un cupé. En el vestíbulo, un filipino pasaba el aspirador por la alfombra y una judía de piel oscura escribía ante la centralita.

Subí en el ascensor y recorrí un pasillo hasta la última puerta de la izquierda. Llamé, esperé, volví a llamar y entré con la llave de la señorita Glenn.

No había ningún muerto en el suelo.

Me miré en el espejo que había detrás de una cama plegable, atravesé la habitación y miré por una ventana. Debajo de ésta se encontraba un antepecho que en tiempos había sido un remate. Corría a lo largo de la salida de incendios. Hasta un ciego podía haber salido por allí. No vi ningún tipo de huellas de pies en el polvo.

Tampoco vi nada en el comedor ni en la cocina, salvo lo habitual. En la habitación había una alegre alfombra y tenía las paredes pintadas de gris. En el rincón, en torno a una papelera, había mucha basura tirada, y un peine del tocador todavía conservaba algunos cabellos pelirrojos. Los armarios no contenían otra cosa que algunas botellas de ginebra.

Volví al salón, miré detrás de la cama plegable, remoloneé por allí un minuto y luego salí del apartamento.

El filipino del vestíbulo había avanzado tres metros con el aspirador. Me apoyé en el mostrador junto a la centralita.

—¿La señorita Glenn?

La judía de piel oscura dijo:

—Cinco dos cuatro —y puso una marca de comprobación en una lista de lavandería.

—No está. ¿Ha estado por aquí hace poco?

Levantó la vista y me miró.

—No me he fijado. ¿Qué pasa... alguna factura?

Dije que era sólo un amigo, le di las gracias y me fui. Quedaba demostrado el hecho de que no había habido jaleo en el apartamento de la señorita Glenn. Volví al callejón y al Marmon.

De todos modos no me había creído mucho lo que me contó la señorita Glenn.

Crucé Cordova, avancé una manzana más y me detuve junto a un *drugstore* olvidado que dormía detrás de dos falsos pimenteros gigantes y un escaparate polvoriento y atestado. Había una solitaria cabina de teléfonos en un rincón. Un viejo arrastró los pies hacia mí, esperanzado, y luego se alejó cuando vio lo que quería, se bajó las gafas de metal hasta la punta de la nariz y se volvió a sentar con su periódico.

Metí la moneda, marqué, y una voz de muchacha dijo:

—¡Telegraaama! —arrastrando un poquito las palabras.

Pregunté por Von Ballin.

Cuando me pusieron, y él supo quién era, le oí aclararse la garganta. Luego se acercó más al teléfono y dijo, con claridad:

—Tengo algo para usted, pero es malo. Lo siento muchísimo. Su amigo Harger está en la morgue. Nos hemos enterado hace diez minutos.

Me apoyé en la pared de la cabina y noté de pronto los ojos muy cansados. Dije:

—¿Y qué más sabe?

—Un par de polis con el radiopatrulla le encontraron en un jardín, en West Cimarron. Le habían disparado en el corazón. Ocurrió anoche, pero no sé por qué motivo acaban de hacer pública la identificación ahora mismo.

Yo dije:

—¿West Cimarron? Bueno, habrá que ocuparse de eso. Ya nos veremos.

Le di las gracias y colgué. Me quedé un momento mirando a través del cristal a un hombre de mediana edad, canoso, que había entrado en la tienda y andaba husmeando por el expositor de las revistas.

Luego metí otra moneda y marqué el teléfono del Lorraine, y pregunté por el recepcionista.

Le dije:

—¿Puedes hacer que tu chica me pase con la pelirroja, Jim?

Saqué un cigarrillo y lo encendí, exhalé el humo al cristal de la puerta. El humo se aplastó contra el cristal y formó remolinos en aquel aire cerrado. Luego se oyó un clic y la voz de la operadora dijo: «lo siento, no responden».

—Ponme con Jim otra vez —dije. Luego, cuando él respondió—: ¿Podrías perder un momento, subir y ver por qué no contesta al teléfono? A lo mejor es que no se fía...

Jim contestó:

—Desde luego. Enseguida voy arriba con una llave.

El sudor brotaba de todo mi cuerpo, dejé el auricular apoyado en un pequeño estante y abrí la puerta de la cabina. El hombre canoso levantó la vista rápidamente desde las revistas, frunció el ceño y se miró el reloj de pulsera. El humo salió de la cabina. Al cabo de un momento volví a cerrar la puerta con el pie y recogí de nuevo el receptor.

La voz de Jim parecía venir desde muy lejos.

—No está. Quizá haya salido a dar un paseo.

Yo dije:

—Sí... o quizá una vueltecita en coche.

Colgué y salí de la cabina. El desconocido canoso dejó una revista de golpe, tan fuerte que se cayó al suelo. Se agachó a recogerla y yo pasé por su lado. Él se enderezó justo detrás de mí y dijo con voz tranquila pero firme:

—Las manos bajas, y tranquilo. Sal hacia tu cacharro. Esto son negocios.

Por el rabillo del ojo veía al viejo mirándonos, medio cegato. Pero aunque consiguiera distinguirnos a aquella distancia, no había nada que ver. Algo se apoyó en mi espalda. Quizá fuese un dedo, pero me pareció que no era así.

Salimos de la tienda con total tranquilidad.

Un coche largo y gris estaba aparcado junto al Marmon. La portezuela trasera estaba abierta y un hombre con la cara cuadrada y la boca torcida estaba de pie, con un pie apoyado en el estribo. La mano derecha la tenía detrás del cuerpo, metida en el coche.

El hombre que iba conmigo dijo:

—Métete en tu coche y ve hacia el oeste. Coge la primera esquina y avanza a cuarenta por hora, no más.

La calle estrecha estaba soleada y tranquila, y los falsos pimenteros susurraban. El tráfico corría por Cordova, a sólo una manzana de distancia. Me encogí de hombros, abrí la portezuela de mi coche y me metí tras el volante. El hombre canoso entró rápidamente a mi lado, sin perder de vista mis manos. Movió la mano derecha, en la que llevaba una pistola de cañón chato.

—Cuidado cuando saques las llaves, amigo.

Tuve cuidado. Cuando di el contacto, se cerró otra puerta de coche detrás, luego se oyeron unos pasos rápidos y alguien se metió en el asiento de atrás del Marmon. Metí el embrague y avancé doblando la esquina. En el retrovisor veía que el coche gris también daba la vuelta, detrás. Luego se quedó un poco rezagado.

Me dirigí hacia el oeste por una calle paralela a Cordova y, cuando hubimos recorrido una manzana y media, una mano se apoyó en mi hombro desde atrás y me quitó la pistola. El hombre canoso apoyó su chato revólver en su pierna y me palpó cuidadosamente con la mano libre. Se echó atrás, satisfecho.

—Bien. Ahora ve a la calle principal y cógela —dijo—. Pero no intentes rozar un coche patrulla, si ves alguno... O si crees que puedes hacerlo, inténtalo y verás.

Hice los dos giros, aceleré a sesenta por hora y me mantuve ahí. Atravesamos algunos distritos residenciales bastante bonitos, y luego el paisaje empezó a ser menos poblado. Cuando ya estaba bastante solitario, el coche gris que nos seguía se quedó atrás, se volvió hacia la ciudad y desapareció.

—¿Por qué me habéis cogido? —pregunté.

El hombre canoso se echó a reír y se frotó la amplia barbilla roja.

—Sólo son negocios. El gran jefe quiere hablar contigo.

—¿Canales?

—¡Qué Canales ni qué mierda! He dicho el gran jefe.

Miré al tráfico, el que había allí a lo lejos, y no hablé durante unos minutos. Luego dije:

—¿Por qué no me habéis cogido en el apartamento, o en el callejón?

—Queríamos asegurarnos de que no estabas cubierto.

—¿Quién es ese gran jefe?

—Olvídate de eso... hasta que te llevemos allí. ¿Algo más?

—Sí. ¿Puedo fumar?

Sujetó el volante mientras yo encendía un cigarrillo. El hombre del asiento de atrás no había dicho ni una sola palabra en todo aquel tiempo. Al cabo de un rato, el hombre canoso hizo que me levantara y me cambiara de lado, y condujo él.

—Yo tenía un coche de éstos hace seis años, cuando era pobre —exclamó, jovialmente.

No se me ocurría ninguna buena respuesta para aquello, de modo que me limité a dejar que el humo penetrase en mis pulmones y me pregunté por qué los asesinos no se habían quedado con el dinero, si habían matado a Lou en West Cimarron. Y si realmente había muerto en el apartamento de la señorita Glenn, ¿por qué alguien se había tomado la molestia de llevarle nada menos que hasta West Cimarron?

7

Al cabo de veinte minutos estábamos al pie de las colinas. Pasamos por un cerro escarpado, bajamos por una larga cinta blanca de hormigón, cruzamos un puente, subimos hasta la mitad de la colina siguiente y luego dimos la vuelta por una carretera de grava que desaparecía en torno a un repecho con chaparros y manzanitas. Unos penachos de paja brava se agitaban en las laderas de aquella colina, como chorros de agua. Las ruedas crujían en la grava y derrapaban en las curvas.

Llegamos a una cabaña de monte con un amplio porche y unos cimientos de grandes losas unidas con cemento. Las aspas de un generador daban vueltas lentamente en la cima de un espolón, a treinta metros por encima de la cabaña. Un arrendajo azul de las montañas atravesó la carretera como un rayo, se elevó de pronto, giró en un ángulo agudo y cayó fuera de la vista como una piedra.

El hombre canoso llevó el coche hasta el porche, junto a un cupé Lincoln marrón, apagó el motor y tiró del largo freno de mano del Marmon. Sacó las llaves, cerró con cuidado el llavero de piel que las guardaba y se lo metió en el bolsillo.

El hombre que iba en el asiento trasero salió y abrió la portezuela de mi lado. Llevaba una pistola en la mano. Yo salí. El canoso también. Todos entramos en la casa.

Había una habitación grande con las paredes de pino nudoso, muy bien pulido. La atravesamos, pasando sobre unas alfombras indias, y el hombre canoso llamó con cuidado a una puerta.

Una voz exclamó:

—¿Qué hay?

El canoso acercó mucho la cara a la puerta y dijo:

—Beasley... y el tipo con el que quería hablar.

La voz del interior dijo «adelante». Beasley abrió la puerta, me empujó al interior y cerró detrás de mí.

Aquélla era otra habitación grande, con las paredes también de pino nudoso y alfombras indias en el suelo. Un fuego de madera recuperada siseaba y crepitaba en un hogar de piedra.

El hombre que se encontraba sentado detrás de un sobrio escritorio era Frank Dorr, el político.

Era ese tipo de hombre a quien le gusta tener un escritorio delante, apoyaba su grueso estómago en él y jugueteaba con las cosas que tenía encima, con aire astuto. Tenía la cara gruesa, turbia, una franja fina de pelo blanco que sobresalía algo tieso, los ojos pequeños y agudos y unas manos menudas y delicadas.

Por lo que podía ver iba vestido con un traje gris bastante desaliñado, y tenía un enorme gato negro persa en el escritorio, ante él. Iba rascando la cabeza del gato con una de sus manos pequeñas y pulcras, y el gato se apoyaba en aquella mano. El rabo, movible, se agitaba por encima del borde del escritorio y volvía a caer.

—Siéntese —dijo el hombre, sin apartar la mirada del gato.

Me senté en una silla de cuero con el asiento muy bajo. Dorr dijo:

—¿Qué le parece todo esto? Es bonito, ¿verdad? Éste es *Toby*, mi novia. La única novia que tengo. ¿Verdad, Toby?

Yo dije:

—Sí, me gusta mucho este sitio... pero no me gusta nada la forma en que he llegado aquí.

Dorr levantó la cabeza unos centímetros y me miró con la boca ligeramente abierta. Tenía los dientes bonitos, pero no habían crecido en su boca. Dijo:

—Soy un hombre ocupado, hermano. Era más sencillo que discutir. ¿Quiere un trago?

—Claro que quiero un trago —dije.

El hombre apretó suavemente la cabeza del gato entre las palmas de sus manos, luego lo apartó de él y apoyó ambas manos en los brazos de su sillón. Empujó fuerte y la cara se le puso un poco roja, y al final consiguió ponerse en pie. Andando como un pato se dirigió hacia un pequeño armario empotrado y sacó una botella achaparrada de whisky y dos vasitos con vetas doradas.

—No hay hielo hoy —dijo, mientras volvía anadeando al escritorio—. Tendremos que beberlo solo.

Sirvió dos vasos, hizo un gesto y yo me acerqué y cogí el mío. Él volvió a sentarse. Yo también me senté con mi bebida. Dorr encendió un largo cigarro marrón, empujó la caja cinco centímetros en mi dirección, se arrellanó en su sillón y me miró completamente relajado.

—Usted es el hombre que delató a Manny Tinnen —dijo—. Eso no está bien.

Yo bebí un poquito de whisky. Era bastante bueno.

—A veces la vida se complica —siguió Dorr, con la misma voz tranquila y relajada—. La política, aunque resulta muy divertida, ataca los nervios. Usted ya me conoce. Soy duro, y consigo todo lo que quiero. Hay muchísimas cosas, un montón, que no quiero, pero las que quiero... las quiero de verdad. Y la verdad es que no me importa demasiado cómo conseguirlas.

—Tiene usted esa reputación —dije, educadamente.

Los ojos de Dorr chispearon. Miró al gato, lo atrajo hacia él tirando de la cola, le dio la vuelta de lado y empezó a acariciarle el estómago. Al gato parecía que le gustaba.

Dorr me miró y me dijo, con un tono muy dulce:

—Usted se cargó a Lou Harger.

—¿Qué le hace pensar tal cosa? —pregunté, sin poner un énfasis particular.

—Usted mató a Lou Harger. Igual se lo merecía... pero fue usted quien lo hizo. Le dispararon una vez atravesándole el corazón, con una treinta y ocho. Usted lleva una treinta y ocho, y se dice que es buen tirador. Estaba con Lou Harger en Las Olindas anoche y le vio ganar un montón de dinero. Se suponía que iba a hacerle de guardaespaldas, pero se le ocurrió una idea mejor. Los alcanzó a él y a esa chica en West Cimarron, le dio a Harger lo suyo y cogió el dinero.

Me acabé el whisky, me levanté y me serví un poco más.

—Hizo un trato con la chica —siguió Dorr—, pero el trato no funcionó. A ella se le ocurrió una idea mejor. Pero no importa, porque la policía encontró su pistola junto a Harger. Y usted tiene la pasta.

Yo dije:

—¿Estoy en busca y captura, pues?

—No, hasta que yo dé la orden... Y el arma no ha sido entregada... Tengo un montón de amigos, ya sabe.

Dije, lentamente:

—Me dejaron inconsciente cuando salí del antro de Canales. Me estuvo bien empleado. Me quitaron el arma. No perseguí a Harger, en realidad no volví a verle. La chica ha venido esta mañana a verme con el dinero en un sobre y contándome que habían matado a Harger en su apartamento. Y por eso tengo el dinero... para ponerlo a buen recaudo. Yo no estaba muy seguro de que lo que contaba la chica fuese cierto, pero el hecho de que trajera el dinero ha inclinado bastante la balanza. Y Harger era amigo mío. Así que he empezado a investigar.

—Tendría que haber dejado que lo hiciera la policía —dijo Dorr, sonriendo.

—Existía la posibilidad de que hubieran tendido una trampa a la chica. Además, también existía la posibilidad de que pudiera ganarme unos cuantos dólares... legítimamente. Algunas veces ha ocurrido, hasta en San Angelo.

Dorr blandió un dedo ante la cara del gato y éste lo mordió, con expresión ausente. Luego se apartó de él, se sentó en una esquina del escritorio y empezó a chuparse un dedo de la pata posterior.

—Veintidós de los grandes, y la chica se lo pasa a usted para que lo guarde —dijo Dorr—. Qué encanto la chica, ¿no? Usted tenía la pasta, Harger fue asesinado con su arma. La chica ha desaparecido... pero yo podría traerla otra vez. Creo que sería un buen testigo, si lo necesitamos.

—¿Estaba trucado el juego en Las Olindas? —pregunté.

Dorr se acabó la bebida y apretó los labios de nuevo en torno al cigarro.

—Claro —dijo, despreocupadamente—. El croupier, un tipo que se llama Pina, estaba en el ajo. La ruleta estaba cableada para el doble cero. El viejo truco de siempre. Un botón de cobre en el suelo, un botón de cobre en la suela del zapato de Pina, el cable que sube por su pierna, unas pilas en el bolsillo lateral... Lo de siempre.

Dije:

—Canales no parecía saberlo.

Dorr echó una risita.

—Sabía perfectamente que la ruleta estaba amañada. Lo que no sabía es que su jefe de croupiers trabajaba para el equipo contrario.

—Me resultaría odioso ser Pina —dije.

Dorr hizo un movimiento displicente con su cigarro.

—Ya se han encargado de él... El juego fue cuidadoso y tranquilo. No hacían grandes apuestas caprichosas, sólo apuestas medianas, y no siempre ganaban. No podían. Ninguna ruleta trucada es tan buena.

Yo me encogí de hombros y me moví en mi silla.

—Sabe usted mucho del asunto. ¿Todo esto ha sido para ajustar cuentas conmigo?

Él sonrió.

—¡No, demonios! Algunas cosas, sencillamente, han ocurrido... como ocurre con todos los planes, incluso con los mejores. —Agitó su cigarro, y un hilo de humo gris se elevó formando volutas ante sus astutos ojillos. Se oía el sonido apagado de una conversación en la sala exterior—. Tengo contactos a los que debo complacer... aunque no me guste lo que se traen entre manos —añadió, con sencillez.

—¿Como Manny Tinnen? —pregunté—. Iba mucho por el ayuntamiento, sabía demasiado. Bien, míster Dorr. ¿Qué está pensando que haga por usted? ¿Que me suicide?

Él se echó a reír. Sus gordos hombros se agitaron alegremente. Levantó una de sus diminutas manos en dirección a mí.

—No se me ocurriría nada semejante —dijo, secamente—, y lo contrario es mejor negocio para mí. La opinión pública está pendiente de la muerte de Shannon. No estoy seguro de que ese piojo de fiscal del distrito no sea capaz de condenar a Tinnen sin usted... si consigue venderle a la gente que alguien le ha quitado de en medio para cerrarle la boca.

Me levanté de mi silla, me adelanté y me apoyé en el escritorio, acercándome a Dorr.

Éste exclamó con una voz un poco aguda, jadeando:

—¡No haga tonterías!

Llevó la mano a un cajón y lo abrió a medias. Los movimientos de sus manos eran muy rápidos, en contraste con los de su cuerpo.

Yo sonreí mirando su mano, y él la retiró del cajón. Vi un arma dentro de aquel cajón. Dije:

—Ya he hablado con el jurado de la acusación.

Dorr se echó hacia atrás y me sonrió.

—La gente comete errores —dijo—. Hasta los detectives privados más listos... Ha podido usted cambiar de opinión... y ponerlo por escrito.

Yo respondí con calma.

—No. Me acusarían de cometer perjurio, y me las cargaría. Preferiría que me acusaran de asesinato... con ese muerto sí que puedo cargar. Fenweather, sobre todo, querrá que cargue. No quiere inutilizarme como testigo. El caso Tinnen es demasiado importante para él.

Dorr dijo, con voz neutra:

—Entonces tendrá que cargar con ese mochuelo, hermano. Y después de que le echen toda la mierda encima, le quedarán las manos tan sucias que ningún jurado condenará a Manny basándose sólo en su palabra.

Levanté la mano despacio y acaricié la oreja del gato.

—¿Y qué hay de los veintidós de los grandes?

—Podrían ser todos suyos, si quiere entrar en el juego. Después de todo, el dinero no es mío... Si Manny sale libre, yo podría añadir un poco más de mi dinero.

Hice cosquillas al gato debajo de la barbilla y empezó a ronronear. Lo recogí y lo sostuve suavemente en brazos.

—¿Quién mató a Lou Harger, Dorr? —pregunté, sin mirarlo.

Él negó con la cabeza. Yo le miré, sonriente.

—Tiene usted un gato muy bonito —dije.

Dorr se humedeció los labios.

—Parece que usted le gusta a ese hijo de puta —sonrió.

Parecía complacido con la idea.

Yo asentí... y le arrojé el gato a la cara.

Él chilló, pero levantó las manos para recibir al gato. El gato se retorció con agilidad en el aire y aterrizó con las garras delanteras en guardia. Una de ellas abrió la mejilla de Dorr como si fuera la piel de un plátano. El hombre chilló muy fuerte.

Yo ya había sacado la pistola del cajón y tenía la boca del cañón apoyada en la nuca de Dorr cuando Beasley y el hombre de la cara cuadrada entraron corriendo.

Durante un instante aquello pareció una escena muda. Luego el gato se desprendió de los brazos de Dorr, saltó al suelo y se metió bajo el escritorio. Beasley levantó su pistola de cañón chato, pero no parecía que estuviera muy seguro de lo que iba a hacer con ella.

Yo apreté el cañón de mi arma muy fuerte contra la nuca de Dorr y dije:

—Frankie la ha conseguido primero, chicos... Y no es broma.

Dorr gruñó, delante de mí.

—Tranquilos —murmuró a sus matones. Se sacó un pañuelo del bolsillo del pecho y se limpió con él la sangre de la mejilla abierta. El hombre de la boca torcida empezó a deslizarse pegado a la pared.

Yo le dije:

—Ni se le ocurra. Estoy disfrutando de todo esto, pero no soy tonto. Así que clave los tacones ahora mismo.

El hombre de la boca torcida dejó de desplazarse y me dirigió una mirada hosca. Llevaba las manos bajas.

Dorr se volvió a medias e intentó hablarme por encima de su hombro. No veía su cara lo suficiente para captar su expresión, pero no parecía asustado. Dijo:

—Con esto no conseguirá nada. Podría haber hecho que le dejaran fuera de combate con facilidad, si hubiera querido. Y ahora, ¿en qué situación se encuentra? No puede disparar a todo el mundo sin meterse en un lío mucho mayor que lo que le pedía que hiciera. A mí me parece un callejón sin salida.

Pensé un momento mientras Beasley me miraba casi con amabilidad, como si todo aquello no fuese más que pura rutina para él. En cuanto al otro hombre, no tenía nada de amable. Agucé el oído, pero el resto de la casa parecía bastante silenciosa.

Dorr se echó hacia delante apartándose de la pistola y dijo:

—¿Bien...?

Yo respondí:

—Voy a salir. Tengo una pistola, y supongo que puedo cargarme a todo el mundo con ella, si no me queda más remedio. En realidad no quiero hacerlo, y si hace que Beasley me arroje mis llaves y que el otro deje de apuntarme con su pistola, me olvidaré del secuestro.

Dorr movió los brazos como si empezara a encogerse de hombros perezosamente.

—¿Y luego qué?

—Piense un poco mejor su plan —dije—. Si me diera una protección suficiente, yo podría ponerme de su parte... Y si es tan duro como cree, unas cuantas horas darán lo mismo, en un sentido u otro.

—Es una idea —dijo Dorr, y soltó una risita. Luego dijo a Beasley—: Guárdate ese chisme y dale las llaves. Y también su pistola... la que le has quitado hoy.

Beasley suspiró y se metió con mucho cuidado la mano en los pantalones. Me arrojó el llavero de cuero desde el otro lado de la habitación, hacia el final del escritorio. El hombre de la boca torcida levantó la mano, la metió en el bolsillo interior de su chaqueta y yo, mientras tanto, me escondí detrás de la espalda de Dorr. Sacó mi pistola, la dejó en el suelo y la apartó con el pie.

Yo salí de detrás de Dorr, cogí mis llaves y la pistola del suelo, y me desplacé lateralmente hacia la puerta de la habitación. Dorr me miraba con una expresión vacía, que no significaba nada. Beasley me siguió y se apartó de la puerta al acercarme yo. Al otro hombre le costaba muchísimo estarse quieto.

Fui a la puerta y le di la vuelta a una llave que estaba puesta. Dorr dijo, en tono soñador:

—Es usted como una de esas pelotitas de goma que van al final de un elástico. Cuanto más lejos las tiras, con más fuerza rebotan.

—El elástico quizá está un poco podrido —dije, y salí por la puerta, la cerré con llave y me preparé para unos disparos que no llegaron.

Como farol, el mío era más endeble que el oro de un anillo de boda de fin de semana. Funcionó porque Dorr lo permitió, nada más.

Salí de la casa, puse en marcha el Marmon y se echó a andar a regañadientes, derrapando por el repecho de la colina y luego por la carretera abajo. No se oían sonidos de persecución detrás de mí.

Cuando llegué al puente de la carretera de hormigón eran un poco más de las dos, y fui conduciendo con una sola mano durante un rato, mientras me secaba el sudor de la nuca.

8

La morgue estaba al final de un pasillo largo, luminoso y silencioso, que partía de un lado del vestíbulo principal del Edificio del Condado. El pasillo acababa en dos puertas y una pared lisa, forrada de mármol. Una de las puertas tenía pintadas las palabras «Sala de Investigación» en un panel del cristal, detrás del cual no se veía luz. La otra se abría a una oficina pequeña y alegre.

Un hombre con los ojos azul claro y el pelo color rojo óxido, con la raya justo en medio de la cabeza, hojeaba unos formularios en una mesa. Levantó la vista, me vio y sonrió de repente.

Yo le dije:

—Hola, Landon... ¿Recuerda el caso Shelby?

Los ojos azules relampaguearon. El hombre se levantó y vino a mi encuentro con la mano tendida.

—Pues claro... ¿Qué puedo hacer por...? —De repente se calló y chasqueó los dedos—. ¡Demonios! Usted fue el que encontró la bala que encajaba en aquella pistola robada.

Arrojé una colilla por la ventana abierta hacia el pasillo.

—No estoy aquí por eso —dije—. Al menos, esta vez no. Hay un tipo llamado Louis Harger... le dispararon anoche, o esta mañana, en West Cimarron, creo. ¿Podría echarle un vistazo?

—No podrán impedírselo —dijo Landon.

Pasamos por una puerta en el extremo más alejado de su despacho y nos dirigimos hacia una sala toda pintada de blanco y con esmalte blanco, cristales y luces muy intensas. A lo largo de una pared se encontraba una doble hilera de contenedores grandes con unas ventanillas de cristal. A través de aquellas mirillas se veían unos bultos envueltos en sábanas blancas, y mucho más atrás, tuberías escarchadas.

Un cuerpo cubierto con una sábana yacía en una mesa alta por la cabeza y más baja por los pies. Landon apartó despreocupadamente la sábana y reveló el rostro plácido y amarillento de un hombre muerto. El largo pelo negro yacía tendido sobre una almohada pequeña, todavía empapado de agua. Los ojos estaban medio abiertos y miraban al techo sin curiosidad alguna.

Me acerqué un poco más y miré aquel rostro. Landon bajó más la sábana y dio con los nudillos en un pecho que sonó a hueco, como una tabla. Había un agujero de bala en el corazón.

—Un tiro limpio —dijo.

Yo me aparté rápidamente, saqué un cigarrillo y lo hice rodar entre los dedos. Miré al suelo.

—¿Quién lo ha identificado?

—Lo que llevaba en los bolsillos —dijo Landon—. Estamos comprobando sus huellas, por supuesto. ¿Le conoce usted?

—Sí —dije.

Landon se rascó la base de la barbilla suavemente con la uña del pulgar. Volvimos a su despacho y Landon pasó detrás de su mesa y se sentó.

Hojeó algunos documentos, separó uno de la pila y lo examinó un momento.

Dijo:

—Un coche patrulla lo encontró a las doce treinta y cinco de la noche junto a la vieja carretera que sale de West Cimarron, a medio kilómetro del lugar donde empieza el atajo. Ahora ya no se transita mucho por allí, pero el coche de policía pasa de vez en cuando, a ver si hay parejitas metiéndose mano.

Le pregunté:

—¿Se sabe cuánto tiempo llevaba muerto?

—No mucho. Todavía estaba caliente, y las noches por allí son frías.

Me puse el cigarrillo sin encender en la boca y lo fui moviendo arriba y abajo con los labios.

—Y apuesto a que sacaron una bala del treinta y ocho de su cuerpo —dije.

—¿Cómo lo sabe? —preguntó Landon rápidamente.

—Sólo lo supongo. Lo parecía, por el agujero.

Él me miró con los ojos brillantes, inquisitivos. Le di las gracias, le dije que ya nos veríamos, salí y encendí el cigarrillo en el pasillo. Volví a los ascensores y me metí en uno de ellos, me dirigí al séptimo piso y luego recorrí otro pasillo exactamente igual que el de abajo, pero aquél no conducía a la morgue. Llevaba a algunos despachos pequeños y vacíos que usaban los investigadores del fiscal del distrito. A mitad de camino abrí la puerta y entré en uno de ellos.

Bernie Ohls estaba sentado ante un escritorio situado contra la pared, encorvado y desmadejado. El jefe investigador Fenweather me había dicho que fuera a verle si me metía en algún problema. Ohls era un hombre anodino, de mediana estatura, con las cejas blancas y una barbilla protuberante y profundamente hendida. En la otra pared había otro escritorio, un par de sillas, una escupidera de latón encima de una alfombrilla de goma y poca cosa más.

Ohls me dirigió un gesto informal, se levantó de su silla y pasó el cerrojo de la puerta. Luego sacó una lata plana con puritos de su escritorio, encendió uno de ellos, empujó la lata por encima de la mesa y me miró levantando la nariz. Yo me senté en una de las sillas y la incliné hacia atrás.

Ohls dijo:

—Bueno, ¿qué?

—Es Lou Harger. Pensaba que quizá no fuera él.

—No diga estupideces. Yo le podría haber dicho que era Harger.

Alguien intentó abrir la puerta, y luego llamó. Ohls no prestó atención. Quien quiera que fuese, se alejó.

Yo dije, lentamente:

—Lo mataron entre las once treinta y las doce treinta y cinco. Hubo tiempo para hacer el trabajito allí donde lo encontraron. En cambio, no hubo tiempo para hacerlo tal y como me lo contó la chica. Y yo tampoco tuve tiempo de hacerlo.

Ohls dijo:

—Sí. Quizá pueda probarlo. Y quizá pueda probar también que no lo hizo algún amigo suyo con su pistola.

Respondí:

—No es probable que un amigo mío lo matara con mi pistola... si era amigo mío.

Ohls gruñó y me sonrió agriamente, como de soslayo. Dijo:

—Sí, eso es lo que pensaría casi todo el mundo. Y por eso es posible que lo hiciera.

Dejé que las patas delanteras de mi silla se apoyaran en el suelo. Le miré.

—¿Y habría venido yo a hablarle del dinero y de la pistola... de todo lo que me relaciona con este asunto?

Ohls dijo, inexpresivo:

—Sí, lo habría hecho... si hubiera sabido de buena tinta que otra persona ya lo había contado en su lugar.

Yo dije:

—Dorr no ha perdido mucho tiempo.

Me quité el cigarrillo de los labios y lo arrojé hacia la escupidera de latón. Luego me puse en pie.

—Muy bien. Todavía no estoy en busca y captura... así que iré y contaré mi historia.

Ohls dijo:

—Siéntese un momento.

Me senté. Él se sacó el purito de la boca y lo arrojó lejos, con un gesto violento. El cigarro rodó por el linóleo marrón y se quedó humeando en un rincón. El hombre apoyó los brazos en el escritorio y tabaleó con los dedos de ambas manos. Sacó el labio inferior hacia delante, y con él presionó el superior contra los dientes.

—Probablemente Dorr sabe que está aquí —me dijo—. El único motivo de que no esté usted en un tanque del piso de arriba es que no están seguros, pero siempre será mejor darle pasaporte, por si acaso. Si Fenweather pierde las elecciones, yo estaré acabado si voy por ahí con usted.

Yo dije:

—Si consigue que condenen a Manny Tinnen, no perderá las elecciones.

Ohls cogió otro de los puritos, lo sacó de la lata y lo encendió. Recogió el sombrero de su escritorio, le dio vueltas un momento y se lo puso.

—¿Por qué le contó la pelirroja esa historia sobre el encontronazo en su apartamento, el fiambre en el suelo... toda esa comedia?

—Querían que fuera allí. Se imaginaban que iría a ver si alguien había colocado un arma... quizá para comprobar lo que ella me había dicho. Así me apartaban de la zona con más movimiento de la ciudad. Y así sabrían mejor si el fiscal tenía algunos chicos vigilando mi retaguardia.

—Eso no es más que una suposición —dijo Ohls, agriamente.

—Claro —afirmé yo.

Ohls echó a un lado sus gruesas piernas, colocó los pies firmemente en el suelo y apoyó las manos en las rodillas. El purito tembló en la comisura de sus labios.

—Me gustaría ir a conocer a algunos de esos chicos que soltaron veintidós de los grandes sólo para dar más color a un cuento de hadas —dijo, con voz desagradable.

Yo me puse en pie de nuevo y pasé junto a él, de camino hacia la puerta.

Ohls dijo:

—¿Qué prisa tiene?

Me volví en redondo y me encogí de hombros, mirándole inexpresivo.

—No parece usted muy interesado.

Él se puso de pie y dijo, cansado:

—El taxista seguramente es un sinvergüenza de primera. Pero también es posible que los chicos de Dorr no supieran que él está metido en esto. Vamos a verle mientras tenga todavía los recuerdos frescos.

9

El garaje Green Top estaba en Deviveras, a tres manzanas al este de Main Street. Aparqué el Marmon justo enfrente de una boca de riego y salí. Ohls se desplomó en el asiento y gruñó:

—Yo me quedaré aquí. Quizá vea si alguien nos sigue.

Entré en un enorme garaje resonante, en cuyo interior sombrío algunos coches recién pintados eran como salpicaduras de color repentino. En una esquina había una oficina pequeña, sucia, con paredes de cristal, y en ella se encontraba sentado un hombre bajito con un sombrero hongo echado hacia atrás y una corbata roja anudada bajo la papada, que tenía barba de días. Estaba recortando tabaco en la palma de la mano.

Dije:

—¿Es usted el encargado?

—Sí.

—Busco a uno de sus chóferes. Se llama Tom Sneyd.

El hombre dejó el cuchillo y el rollo de tabaco y empezó a desmenuzar el tabaco cortado entre las dos palmas.

—¿Qué ocurre? —preguntó, precavido.

—Nada malo. Soy amigo suyo.

—Más amigos, ¿eh? Trabaja por las noches, míster. Así que supongo que ya no está. Diecisiete veintitrés de Renfrew. Está por el lago Gray.

—Gracias. ¿Teléfono?

—No tiene.

Saqué un mapa de la ciudad doblado de un bolsillo interior, y desdoblé parte del mapa en la mesa, delante de su nariz. El hombre pareció irritado.

—Hay uno grande en la pared —gruñó, y empezó a llenar una pipa corta con su tabaco.

—Estoy acostumbrado a éste —dije yo. Me incliné ante el mapa extendido, buscando la calle Renfrew. Luego me detuve y miré de repente la cara del hombre con sombrero hongo—. Ha recordado esa dirección muy rápido —dije.

El hombre se llevó la pipa a la boca, mordió fuerte y metió dos dedos rápidos en el bolsillo de su americana abierta.

—Otros dos hombres han preguntado por él hace un rato.

Doblé el mapa muy deprisa y me lo metí en el bolsillo mientras salía por la puerta. Recorrí la acera en unas zancadas, me metí tras el volante y arranqué.

—Se nos han adelantado —le dije a Bernie Ohls—. Dos tipos han conseguido la dirección del chico hace un rato. Es posible que...

Ohls se agarró a la portezuela del coche y soltó una palabrota mientras doblábamos por la esquina, derrapando. Yo me incliné hacia delante, encima del volante, y apreté el acelerador. En Central el semáforo estaba en rojo. Me desvié hacia una estación de servicio en una esquina, pasé entre los surtidores, aparecí de nuevo en Central y me metí como pude entre el tráfico, y luego volví a girar a la derecha, hacia el este.

Un policía de color me tocó el silbato y luego me miró intensamente, como si intentara leer el número de la matrícula. Yo seguí avanzando.

Almacenes, un mercado, un enorme depósito de gas, más almacenes, vías de ferrocarril y dos puentes quedaron atrás. No di a tres señales de tráfico por un pelo, y me llevé por delante la cuarta. Seis manzanas después ya me seguía la sirena de un policía en moto. Ohls me pasó una estrella de bronce y la asomé fuera del coche, haciéndola girar para que captara la luz del sol. La sirena se paró. La motocicleta siguió detrás de nosotros una docena de manzanas más y luego se desvió.

Gray es un lago artificial formado en un valle entre dos grupos de colinas, en el extremo este de San Angelo. Unas calles estrechas, pero con pavimento caro, serpentean en torno a las colinas, describiendo elaboradas curvas a lo largo de sus flancos para el beneficio de unas cuantas casitas baratas y desperdigadas.

Nos adentramos en las colinas, leyendo los letreros de las calles a la carrera. La seda gris del lago se alejó de nosotros y el tubo de escape del viejo Marmon rugió entre los arcenes desmenuzados, que arrojaban su tierra encima de las aceras que nadie usaba. Perros callejeros se alojaban entre las hierbas silvestres y las madrigueras de las ardillas.

Renfrew estaba casi arriba de todo. Donde empezaba se encontraba una pequeña casita frente a la cual un niño, que sólo llevaba puesto un pañal, daba tumbos por un trocito de césped, dentro de un corralito de alambre. Después había un trecho sin casas. Luego venían dos casas juntas, y después la carretera bajaba, empezaba a salir y entrar formando curvas pronunciadas, y se metía entre dos terraplenes lo bastante altos para dejar en la sombra toda la calle.

Entonces sonó un disparo al otro lado de un recodo, por delante de nosotros.

Ohls se incorporó repentinamente y dijo:

—¡Eh! Eso no ha sido una escopeta para cazar conejos...

Sacó la pistola de servicio y soltó el seguro de su portezuela.

Salimos de la curva y vimos dos casas más en la ladera de la colina, con un par de solares empinados entre ellas. Un coche largo y gris estaba atravesado en la calle, en el espacio entre ambas casas. Su neumático delantero izquierdo estaba plano, y ambas portezuelas delanteras estaban abiertas de par en par, como las orejas extendidas de un elefante.

Un hombre pequeño, con la cara oscura, estaba arrodillado en la calle, junto a la portezuela de la derecha. El brazo derecho le colgaba sin vida del hombro, y llevaba manchada de sangre la mano correspondiente. Con la otra mano intentaba recoger una pistola automática del asfalto que tenía delante.

Yo frené el Marmon de inmediato y Ohls salió corriendo.

—¡Tira eso ahora mismo! —chilló.

El hombre con el brazo fláccido enseñó los dientes, luego se relajó, cayó hacia atrás, contra el estribo, y de detrás del coche salió un disparo que silbó en el aire no muy lejos de mi oído. Para entonces yo ya me encontraba fuera, en la carretera. El coche gris estaba en un ángulo pronunciado con respecto a las casas, de modo que yo no podía ver parte de su costado izquierdo, excepto la puerta abierta. El disparo parecía venir de allí. Ohls metió dos balas en la portezuela. Yo me dejé caer, miré por debajo del coche y vi unos pies. Apunté a ellos y fallé.

Por entonces sonó un chasquido no muy fuerte, pero sí agudo, que procedía de la esquina de la casa más cercana. Se rompió un cristal del coche gris. El arma que había detrás rugió, y saltó el yeso de la esquina de la pared de la casa, por encima de los arbustos. Luego vi la parte superior del cuerpo de un hombre entre las matas. Estaba tirado colina abajo, de bruces, y tenía un rifle ligero junto al hombro.

Era Tom Sneyd, el taxista.

Ohls gruñó y arremetió contra el coche gris. Disparó dos veces más a la portezuela, luego se escondió agachado detrás del capó. Sonaron más detonaciones detrás del coche. Di una patada al arma del hombre herido, enviándola lejos de su alcance, pasé a su lado y eché un vistazo por encima del depósito de gasolina. Pero el hombre que estaba detrás tenía demasiados ángulos de tiro para calcularlos.

Era un hombre alto, con traje marrón, y traqueteaba al correr velozmente hacia el borde de la colina, entre las dos casitas. El arma de Ohl rugió. El hombre se volvió y disparó, sin detenerse. Ohls estaba a campo abierto. Vi que el sombrero saltaba de su cabeza. Le vi erguido, firme, con los pies separados, apuntando bien la pistola, como si estuviera en la galería de tiro de la policía.

Pero el hombretón ya caía. Mi bala le había perforado el cuello. Ohls le disparó con mucho cuidado y la sexta y última bala de su arma dio al hombre en el pecho y le hizo girar. Su cabeza impactó de lado con el bordillo, con un crujido espantoso.

Nos dirigimos hacia él desde los dos extremos del coche. Ohls se inclinó, dio la vuelta al hombre y lo puso de espaldas. En la muerte su rostro tenía una expresión distendida, amistosa, a pesar de la sangre que le manchaba el cuello. Ohls empezó a rebuscar en sus bolsillos.

Yo miré hacia atrás, para ver qué hacía el otro. No hacía nada, estaba sentado en el estribo, con el brazo sujeto contra el costado y haciendo muecas de dolor.

Tom Sneyd iba gateando por el terraplén y vino hacia nosotros.

Ohls dijo:

—Este tipo se llama Poke Andrews. Le he visto por las salas de billar. —Se levantó y se sacudió la rodilla. Tenía algunos objetos en la mano izquierda—. Sí, Poke Andrews. Pistolero de alquiler por días, horas o semanas. Supongo que se ganaba bien la vida... al menos durante un tiempo.

—No fue éste el pájaro que me tumbó —dije—. Pero sí el que yo vigilaba cuando me noquearon. Y si la pelirroja me ha dicho algo cierto esta mañana, probablemente fue el que mató a Lou Harger.

Ohls asintió, echó un vistazo y cogió su sombrero. Llevaba un agujero en el ala.

—No me sorprendería en absoluto —dijo, poniéndose el sombrero con toda calma.

Tom Sneyd estaba ante nosotros con su pequeño rifle sujeto rígidamente contra el pecho. No llevaba sombrero ni abrigo, e iba calzado con zapatillas deportivas. Sus ojos brillaban, febriles, y empezó a temblar.

—¡Sabía que los había cogido! —graznó—. ¡Sabía que les había dado bien, a esos hijos de puta asquerosos!

Luego dejó de hablar, y su cara empezó a cambiar de color. Se puso verde. Se fue agachando lentamente, dejó caer el rifle, se puso ambas manos sobre las rodillas dobladas.

Ohls dijo:

—Será mejor que se tumbe por ahí en algún sitio, amigo. A juzgar por el color que tiene, va a echar hasta la primera papilla.

10

Tom Sneyd estaba recostado de espaldas en un diván del salón de su casita. Tenía una toalla húmeda colocada en la frente. Una niñita con el pelo color miel estaba sentada junto a él, sujetándole la mano. Sentada en un rincón, una mujer joven, con el pelo un par de tonos más oscuro que la niñita, miraba a Tom Sneyd con fatiga y arrobamiento.

Hacía muchísimo calor cuando entramos. Todas las ventanas estaban cerradas, y las persianas bajadas. Ohls abrió un par de ventanas de la parte de delante y se sentó junto a ellas, mirando hacia fuera, al coche gris. El mexicano moreno estaba esposado al volante por la muñeca buena.

—Lo que han dicho de mi niña —dijo Tom Sneyd, desde debajo de la toalla—. Eso ha sido lo que me ha puesto como loco. Decían que vendrían a buscarla y se la llevarían si yo no les seguía el juego.

—Está bien, Tom. Cuéntenoslo desde el principio —dijo Ohls.

Se puso uno de los puritos que fumaba en la boca, miró a Tom Sneyd con reservas y no lo encendió.

Yo estaba sentado en una silla de madera muy dura, y miraba la alfombra barata, nueva.

—Estaba leyendo una revista, esperando que fuera el momento de comer e irme al trabajo —dijo Tom Sneyd, con detenimiento—. La niña ha abierto la puerta. Han entrado apuntándonos con armas, nos han amenazado a todos y han cerrado las ventanas. Han bajado todas las persianas excepto una, y el mexicano se ha sentado al lado, vigilando. No ha dicho una sola palabra. El tipo grandote se ha sentado aquí en la cama y me ha obligado a contarle lo de anoche... dos veces. Luego me ha dicho que yo tenía que olvidarme de que había conocido a alguien y de que había ido a la ciudad con alguien. Que así todo iría bien.

Ohls asintió y dijo:

—¿A qué hora vio por primera vez a este tipo de aquí?

—Pues no me fijé —dijo Tom Sneyd—. Debían de ser las once y media o las doce menos cuarto. Fiché en la oficina a la una y cuarto, justo después de recoger mi taxi en el Carillon. Nos costó una hora entera llegar a la ciudad desde la playa. Estuvimos en el *drugstore* hablando digamos quince minutos, quizá un poco más.

—Eso quiere decir que era más o menos medianoche cuando le vio —dijo Ohls.

Tom Sneyd negó con la cabeza y la toalla se le cayó de la cara. Se la volvió a subir otra vez.

—Bueno, no. El hombre del *drugstore* me dijo que cerraba a las doce. Y no estaba cerrando cuando nos fuimos nosotros.

Ohls volvió la cabeza y me miró, inexpresivo. Volvió a mirar a Tom Sneyd.

—Cuéntenos todo lo demás sobre los dos pistoleros —ordenó.

—El tipo alto ha dicho que lo más seguro era que no tuviera que hablar con nadie de todo este asunto. Si lo hacía y contaba lo que ellos me pedían, volverían con algo de pasta. Si contaba lo que no debía, vendrían a por mi niña.

—Siga —dijo Ohls—. Son unos mentirosos de mierda.

—Se han ido. Cuando les he visto subir la calle, me he puesto muy nervioso. Renfrew es una calle sin salida, un apaño de esos raros. La calle sigue rodeando la colina un kilómetro más o menos, luego se acaba. No hay forma de salir por otro lado. Así que tenían que volver por este camino... He cogido mi veintidós, es el arma que tengo, y me he escondido entre los arbustos. Con el segundo disparo le he dado al neumático. Supongo que pensaban que era un reventón. He fallado el siguiente y entonces ellos se han puesto sobre aviso. Han sacado las armas. Yo le he dado al mexicano, y el tipo grandullón se ha escondido detrás del coche... y eso es todo. Entonces han llegado ustedes.

Ohls flexionó sus dedos gruesos y duros y sonrió tristemente a la niña que estaba en el rincón.

—¿Quién vive en la casa de al lado, Tom?

—Un hombre que se llama Grandy, conductor del tranvía interurbano. Vive solo. Ahora está en el trabajo.

—Ya me imaginaba que no estaría en casa —sonrió Ohls. Se levantó, se alejó unos pasos y dio unas palmaditas a la niña en la cabeza—. Tendrá que venir a prestar declaración, Tom.

—Claro. —La voz de Tom Sneyd sonaba cansada, indiferente—. Supongo que también he perdido mi trabajo por alquilar el taxi a escondidas anoche.

—De eso no estaría tan seguro —dijo Ohls, suavemente—. No si a su jefe le gusta que conduzcan sus taxis tipos con agallas.

Volvió a darle unas palmaditas en la cabeza a la niña, se dirigió a la puerta y la abrió. Yo saludé con un gesto a Tom Sneyd y salí de la casa con Ohls. Ohls dijo en voz baja:

—Todavía no sabe lo del muerto. No quería soltar prenda delante de la niña.

Fuimos hacia el coche gris. Sacamos unos sacos del sótano y los echamos encima del difunto Andrews, sujetándolos con piedras. Ohls echó una mirada alrededor y dijo, ausente:

—Voy enseguida a ver dónde hay un teléfono.

Se apoyó en la portezuela del coche y miró adentro, al mexicano. Éste estaba sentado con la cabeza echada hacia atrás y los ojos medio cerrados, y una expresión demacrada en el rostro moreno. Su muñeca izquierda estaba esposada a los radios del volante.

—¿Cómo se llama? —le preguntó Ohls.

—Luis Cadena —dijo el mexicano en voz baja, sin abrir los ojos.

—¿Quién de vosotros se cargó a un hombre en West Cimarron la noche pasada?

—No lo entiendo, señor —respondió el mexicano, en un susurro.

—No me tomes por tonto, hombre —dijo Ohls, fríamente—. Me sienta fatal. Se inclinó hacia la ventanilla y se pasó el purito de un lado a otro de la boca.

El mexicano parecía ligeramente divertido, y al mismo tiempo muy cansado. La sangre de su mano derecha ya se había secado.

Ohls dijo:

—Andrews se cargó al tipo en un taxi en West Cimarron. También había una chica. Nosotros tenemos a la chica. Tienes la oportunidad de probar que no estabas metido en el ajo.

En los ojos semiabiertos del mexicano brilló una lucecita y luego se apagó. Sonrió y asomaron fugazmente sus dientes pequeños, blancos.

Ohls dijo:

—¿Qué hizo con el arma?

—No lo entiendo, señor.

Ohls dijo:

—Es duro el tipo. Cuando se ponen así de duros me da miedo.

Se alejó del coche y fue apartando un poco la tierra suelta de la acera, junto a los sacos que envolvían al hombre muerto. Con la punta de pie fue descubriendo gradualmente la marca del contratista en el cemento. La leyó en voz alta:

—Compañía de Pavimentación y Construcción Dorr, San Angelo. Es increíble, ese gordo piojoso es incapaz de meterse sólo en sus propios asuntos.

Me quedé de pie junto a Ohls y miré colina abajo, entre ambas casas. Repentinos destellos de luz provenían de los coches que recorrían el bulevar que bordeaba el lago Gray, mucho más abajo.

Ohls preguntó:

—¿Y bien?

Yo dije:

—Los asesinos sabían lo del taxi, quizá, y el amigo de la chica fue a la ciudad con el botín. De modo que no fue un trabajito de Canales. Canales no deja a nadie ir por ahí jugando con sus veintidós de los grandes. La pelirroja estaba presente, y todo se hizo por algún motivo concreto.

Ohls sonrió.

—Claro. Se hizo para poder echarle la culpa a usted.

Yo dije:

—Es una verdadera vergüenza el poco respeto que sienten algunas personas por la vida humana, o por veintidós de los grandes. A Harger se lo cargaron para inculparme a mí, y la pasta me la entregaron para estrechar más el cerco.

—Quizá pensaban que usted se echaría atrás —gruñó Ohls—. Y así le tendrían en el bolsillo.

Jugueteé con un cigarrillo.

—Eso sería bastante tonto, incluso para mí. ¿Qué hacemos ahora? ¿Esperar hasta que salga la luna para aullarle un poco... o bajar la colina y contar unas cuantas mentirijillas más?

Ohls escupió en uno de los sacos de Poke Andrews. Dijo ásperamente:

—Estamos en territorio del condado. Podría llevar todo esto a la subcomisaría de Solano y procurar que las cosas quedasen en secreto, durante un tiempo. El taxista estará encantado de mantener la boquita cerrada. Y yo ya he llegado bastante lejos, así que me gustaría usar la manguera con ese mexicano personalmente.

—A mí también me gustaría que así fuera —dije—. Supongo que no podrá mantenerlo en secreto durante mucho tiempo, pero al menos sí lo suficiente para que yo vaya a visitar a un gordito con su gatito.

11

A última hora de la tarde volví al hotel. El recepcionista me tendió un papelito en el que se leía: «Por favor, llame a F.D. tan pronto como sea posible».

Subí las escaleras y bebí un poco de licor que quedaba en el fondo de una botella. Luego llamé y pedí otra pinta, me afeité, me cambié de ropa y busqué el número de Frank Dorr en el listín. Vivía en una casa antigua muy bonita en Greenview Park Crescent.

Me preparé un trago largo, suave, sólo con un toquecito, y me senté en una butaca con el teléfono al lado. Primero lo cogió una doncella. Luego me pasaron a un hombre que pronunciaba el nombre de míster Dorr como si pensara que le podía estallar en la boca. Después hablé con otra voz muy sedosa. Por fin hubo un largo silencio y al final de aquel silencio se puso Frank Dorr en persona. Parecía contento de tener noticias mías.

Dijo:

—He estado pensando en nuestra conversación de esta mañana, y tengo una idea mejor. Venga a verme... Y podría traer también el dinero. Tiene el tiempo justo para sacarlo del banco.

Yo dije:

—Sí. El depósito de seguridad cierra a las seis. Pero ese dinero no es suyo.

Le oí soltar una risita.

—No diga tonterías. Está marcado y no quiero acusarle de robo.

Pensé un momento y decidí que no me lo creía, lo de que estuviera marcado. Di un trago a mi vaso y dije:

—Quizá estaría dispuesto a devolverlo a la persona que me lo entregó... en su presencia.

Él contestó:

—Bueno... la verdad es que esa persona se ha ido de la ciudad. Pero veré qué puedo hacer. Sin truquitos, por favor.

Dije que por supuesto, nada de trucos, y colgué. Me acabé la bebida, llamé a Von Ballin, del *Telegram*. Él dijo que la gente del sheriff no parecía tener idea alguna sobre Lou Harger, o bien le importaba un pimiento. Estaba un poco dolido por el hecho de que todavía no le dejara publicar mi historia. Por la forma que tenía de hablarme, supe que no tenía ni idea de lo que había ocurrido junto al lago Gray.

Llamé a Ohls pero no le encontré.

Me puse otra bebida, me bebí la mitad y empecé a notarme demasiado tocado. Me puse el sombrero, cambié de idea sobre la otra mitad de mi bebida y bajé al coche. El tráfico de primera hora del anochecer era intenso. Los padres de familia volvían a casa a cenar. No estaba seguro de si me seguían dos coches o sólo uno. En cualquier caso, nadie intentó cogerme y echarme una granada en el regazo.

La casa era un edificio cuadrado de dos plantas de ladrillo rojo, antiguo, con un bonito jardín, y en torno a éste un muro también de ladrillo rojo, con piedra blanca coronándolo. Una limusina negra y brillante estaba aparcada bajo la puerta cochera que había a un lado. Seguí un caminito marcado por banderolas rojas que subía atravesando dos terrazas, y un hombrecito pálido con chaqué me introdujo en un vestíbulo amplio y silencioso con muebles antiguos y oscuros y un jardín que se entreveía al final. Pasamos por aquella sala y luego por otra en ángulo recto. Luego me llevó con suavidad hacia un estudio con las paredes forradas de madera y tenuemente iluminado, a la escasa luz del anochecer. Seguidamente se fue y me dejó solo.

El extremo de la habitación lo ocupaba casi por entero una puerta-ventana a través de la cual aparecía un cielo color latón, detrás de una hilera de tranquilos árboles. Ante los árboles un aspersor giraba lentamente sobre un césped aterciopelado que ya se veía oscuro. En las paredes colgaban oscuros cuadros al óleo, un enorme escritorio negro con libros ocupaba el extremo más alejado. También había muchas butacas hondas y una gruesa y mullida alfombra que iba de pared a pared. Olía levemente a cigarros buenos y en el fondo un toque de flores de jardín y tierra húmeda. Se abrió la puerta y entró un hombre joven con gafas de pinza, me dirigió una inclinación de cabeza formal, miró a su alrededor vagamente y dijo que el señor Dorr llegaría al cabo de un momento. Salió de nuevo y yo encendí un cigarrillo.

Al cabo de un rato la puerta se abrió y entró Beasley, pasó a mi lado sonriente y se sentó junto a las ventanas. Luego entró Dorr y detrás de él la señorita Glenn.

Dorr llevaba en brazos a su gato negro, y dos preciosos arañazos rojos, brillantes por la aplicación de colodión, en la mejilla derecha. La señorita Glenn llevaba la misma ropa que aquella mañana. Parecía demacrada, triste y desanimada, y pasó junto a mí como si nunca me hubiese visto.

Dorr se introdujo detrás del escritorio, se sentó en una silla de respaldo alto, y colocó el gato delante de él. El gato se fue andando hasta una esquina del escritorio y empezó a chuparse el pecho con un movimiento largo y eficiente.

—Bueno, bueno. Aquí estamos —dijo Dorr, y lanzó una risita.

Entró el hombre del chaqué con una bandeja llena de cócteles, los fue pasando y dejó la bandeja con la coctelera en una mesita baja al lado de la señorita Glenn. Luego salió y cerró la puerta como si tuviera miedo de romperla.

Todos bebimos con aire solemne.

Yo dije:

—Estamos todos menos dos. Supongo que tenemos quórum.

Dorr dijo:

—¿Qué quiere decir?

Inclinó la cabeza.

—Lou Harger está en la morgue, y Canales esquivando a los polis. Todos los demás estamos aquí. Todas las partes interesadas.

La señorita Glenn hizo un movimiento brusco, luego se relajó de pronto y se agarró al brazo de su butaca.

Dorr dio dos sorbos a su cóctel, dejó el vaso y juntó sus manos pequeñas y pulcras encima de la mesa. Su cara tenía un aspecto un poco siniestro.

—El dinero —dijo, fríamente—. Me haré cargo de él ahora.

—Ni ahora ni nunca —repliqué—. No lo he traído.

Dorr me miró y se le puso la cara un poco roja. Yo miré a Beasley. Beasley tenía un cigarrillo en la boca, las manos en los bolsillos, y la cabeza apoyada en el respaldo de su silla. Parecía medio dormido.

Dorr dijo en voz baja y meditativa:

—Así que se lo queda, ¿eh?

—Sí —dije yo, muy serio—. Mientras lo tenga, estoy a salvo. Se equivocó cuando me dejó ponerle las manos encima. Sería un idiota si no me aprovechara de las ventajas que me da.

—¿A salvo? —dijo Dorr con una entonación levemente siniestra.

Yo me eché a reír.

—No a salvo de que me metan en una encerrona —dije—. Aunque la última no ha salido demasiado bien... No a salvo de que me vuelvan a secuestrar con un arma. Pero eso también va a resultar más difícil, la próxima vez... Pero estoy a salvo de que me disparen por la espalda y de que usted me ponga una demanda por la pasta.

Dorr acarició al gato y me miró con el ceño fruncido.

—Aclaremos un par de cosas más importantes —exclamé—. ¿Quién va a pagar el pato por lo de Lou Harger?

—¿Por qué está tan seguro de que no va a ser usted? —preguntó Dorr, malévolo.

—Tengo una buena coartada. No sabía lo buena que era hasta que supe la exactitud con la que se podía determinar la hora de la muerte de Lou. Ahora lo tengo claro... aunque aparezca quien sea con no sé qué arma y cuente algún cuento fantasioso... Y los tipos enviados a echar por tierra mi coartada tuvieron algunos problemas.

—¿Ah, sí? —exclamó Dorr, sin emoción aparente.

—Un matón llamado Andrews y un mexicano que se hace llamar Luis Cadena. Me atrevería a decir que ha oído hablar de ellos.

—No conozco a esas personas —replicó Dorr, puntilloso.

—Entonces no le importará saber que Andrews está muerto y bien muerto, y que las autoridades tienen a Cadena.

—Pues en realidad, no —respondió Dorr—. Eran hombres de Canales. Fue Canales quien hizo asesinar a Harger.

—Así que ésa es su nueva idea. Me parece malísima —dije yo.

Me incliné hacia delante y dejé mi vaso vacío debajo de la silla. La señorita Glenn volvió la cara hacia mí y habló con gravedad, como si fuera muy importante para el futuro de la raza humana que yo creyera lo que iba a decir:

—Por supuesto... por supuesto que fue Canales quien hizo matar a Lou... Al menos, los hombres que mandó a por nosotros fueron los que mataron a Lou.

Yo asentí, educadamente.

—¿Para qué? ¿Para recuperar un dinero que no consiguieron? No le habrían matado. Se lo habrían llevado con ellos, les habrían llevado a los dos. Usted fue quien ordenó que le mataran, y el asunto del taxi era para distraerme a mí, no para engañar a los chicos de Canales.

Ella levantó la mano rápidamente. Sus ojos brillaban. Yo seguí:

—No fui muy listo, pero es que no me imaginaba una cosa tan llamativa. ¿A quién se le habría ocurrido? Canales no tenía motivo alguno para matar a Lou, si no conseguía recuperar el dinero que le había timado. Y eso suponiendo que fuera capaz de averiguar con tanta rapidez que le habían timado.

Dorr se humedecía los labios y le temblaba la papada. Nos miraba a uno y otro con los ojillos tensos. La señorita Glenn dijo sombríamente:

—Lou conocía todo este juego. Él lo planeó con Pina, el croupier. Pina necesitaba dinero para fugarse, quería mudarse a La Habana. Por supuesto, Canales se habría dado cuenta de la estafa, pero no enseguida, si yo no hubiese armado tanto escándalo. Yo fui quien hizo que mataran a Lou... pero no como usted cree.

Dejé caer un par de centímetros de ceniza del cigarrillo que había olvidado por completo.

—Está bien —dije, grave—. Fue Canales quien se lo cargó... Y supongo que ustedes dos, embaucadores, imaginan que eso es lo único que me preocupa... ¿Dónde iba a estar Lou cuando Canales averiguase que le habían estafado?

—Habría desaparecido —dijo la señorita Glenn, con un tono apagado—. Estaría muy, muy lejos. Y yo iba a ir con él.

Exclamé:

—¡Bobadas! Parece olvidar que yo sé por qué mataron a Lou.

Beasley se incorporó en su silla y movió la mano derecha con bastante delicadeza hacia su hombro izquierdo.

—¿Le molesta este listillo, jefe?

Dorr dijo:

—No, todavía no. Déjale que largue su perorata.

Yo me desplacé de modo que estaba un poco más encarado hacia Beasley. El cielo se había oscurecido, y el aspersor estaba apagado. En la habitación se fue imponiendo poco a poco una atmósfera húmeda. Dorr abrió una caja de madera de cedro, se llevó un cigarro puro a la boca y mordió la punta con sus dientes falsos. Se oyó el áspero sonido de una cerilla al rascar, luego las lentas y laboriosas chupadas al cigarro.

Dijo lentamente, entre una nube de humo:

—Olvidemos todo esto y hagamos un trato por el dinero... Manny Tinnen se ha colgado en su celda esta tarde.

La señorita Glenn se puso de pie de repente, apretando los brazos a los costados. Luego volvió a caer lentamente en la silla y se quedó inmóvil.

Yo dije:

—¿Y tuvo alguna ayuda?

Luego hice un movimiento repentino... y me detuve en seco.

Beasley me arrojó una mirada rápida, pero yo no miraba a Beasley. Había una sombra en una de las ventanas... una sombra más clara que el césped y los árboles oscuros. Se oyó un ruido seco, hueco, áspero, como una tos; se vio una leve nubecilla de humo blanco en la ventana.

Beasley se agitó, intentó ponerse en pie y luego cayó de bruces con un brazo doblado bajo su cuerpo.

Canales entró por las ventanas, pasó junto al cuerpo de Beasley, dio tres pasos más y se quedó silencioso, con un revólver largo, negro, de pequeño calibre en la mano, y en la punta el tubo más largo del silenciador que sobresalía.

—Quédense muy quietos —dijo—. Soy un excelente tirador... hasta con este cañón tan gordo.

Tenía la cara tan blanca que casi resultaba luminosa. Sus oscuros ojos eran todo iris color gris humo, sin pupilas.

—El sonido se transmite muy bien por la noche, con las ventanas abiertas —dijo, con voz monótona.

Dorr colocó ambas manos en el escritorio y empezó a dar golpecitos con ellas. El gato negro agachó mucho el cuerpo, saltó de la mesa por un extremo y se metió debajo de una silla. La señorita Glenn volvió la cara hacia Canales muy despacio, como si la moviera algún tipo de mecanismo.

Canales dijo:

—Quizá tenga algún timbre de alarma en ese escritorio. Si se abre la puerta de esta habitación, disparo. Me proporcionaría un enorme placer ver salir la sangre de su gordo cuello.

Yo moví los dedos de mi mano derecha unos centímetros en el brazo de mi sillón. El revólver con su silenciador giró en mi dirección y dejé los dedos quietos al momento. Canales sonrió brevemente bajo su bigote anguloso.

—Es usted un tipo listo —dijo—. Pensé que le había pillado. Pero hay cosas de usted que me gustan.

Yo no dije nada. Canales volvió a mirar a Dorr. Dijo, escrupuloso:

—Llevo mucho tiempo sangrado por su organización. Pero hay algo más. Anoche me estafaron una cantidad de dinero. Aunque eso también es trivial. Me buscan por la muerte de ese tal Harger. Han obligado a un hombre llamado Cadena a declarar que yo le contraté... Eso ya es demasiado.

Dorr se tambaleó, apoyó los codos con fuerza encima del escritorio, escondió la cara entre las pequeñas manos y se echó a temblar. Su cigarro humeaba en el suelo.

Canales dijo:

—Me gustaría que me devolvieran mi dinero, y me gustaría librarme de todo este follón... pero lo que más me gustaría es que me dijera algo... así podría matarle con la boca abierta y ver cómo sale la sangre de ella.

El cuerpo de Beasley se agitaba en el suelo. Sus manos se aferraron un poco a la alfombra. Dorr hacía desesperados esfuerzos por no mirarlo. Por aquel entonces Canales estaba embelesado y sumido en su discurso. Yo desplacé un poco más los dedos por el brazo de mi sillón. Pero aún me quedaba un largo recorrido.

Canales dijo:

—Pina me lo ha confesado todo. Ya lo he procurado yo. Usted mató a Harger porque era un testigo secreto contra Manny Tinnen. El fiscal del distrito mantuvo el secreto, y el tipo ese de ahí, también. Pero Harger no podía guardárselo para sí. Se lo dijo a su chica... y ella se lo dijo a usted... de modo que se arregló el crimen, de forma que arrojara todas las sospechas sobre mí, debido al móvil. Primero implicando a este tipo, y si eso no funcionaba, a mí.

Hubo un silencio. Yo quería decir algo, pero no sabía el qué. No creía que nadie más que Canales volviera a decir nada más.

Canales dijo:

—Usted hizo que Pina dejara ganar mi dinero a Harger y su chica. No fue difícil... porque yo no hago trampas en mis ruletas.

Dorr había dejado de temblar. Su rostro se levantó, blanco como la nieve, y se volvió lentamente hacia Canales. Parecía la cara de un hombre que está a punto de sufrir un ataque epiléptico. Beasley se apoyaba sobre un codo. Sus ojos estaban casi cerrados, pero un arma se levantaba poco a poco en su mano.

Canales se inclinó hacia delante y sonrió. Apretó el dedo del gatillo en el momento exacto en que el arma de Beasley empezó a agitarse y rugir.

Canales arqueó la espalda hasta que su cuerpo formó una curva rígida. Cayó muy tieso hacia delante, golpeó el borde de la mesa y quedó tirado en el suelo junto a ella, sin levantar las manos.

Beasley soltó el arma y cayó de nuevo de cara. Su cuerpo se relajó, sus dedos se agitaron convulsivamente, y luego se quedó quieto.

Yo conseguí mover las piernas, me puse de pie y le di una patada al revólver de Canales, que fue a parar debajo del escritorio, algo absurdo. Al hacer aquello vi que Canales había disparado al menos una vez, porque Frank Dorr no tenía ojo derecho.

Estaba sentado muy quieto, con la barbilla apoyada en el pecho y un toque de melancolía en el lado intacto de su cara.

Entonces se abrió la puerta de la sala y entró el secretario de las gafas de pinza, con los ojos desorbitados. Se tambaleó, retrocedió hacia la puerta y la cerró de nuevo. Oí su rápido aliento mientras atravesaba la habitación.

Jadeó:

—¿Pasa... algo malo?

En un primer momento pensé que aquello era una broma. Entonces me di cuenta de que debía de ser corto de vista, y desde donde estaba él, Frank Dorr tenía un aspecto bastante natural. El resto de la escena quizá fuese habitual para el ayudante de Dorr.

Le respondí:

—Sí... pero ya nos encargamos nosotros. Salga de aquí.

—Sí, señor —dijo, y volvió a salir.

Eso me sorprendió tanto que me quedé con la boca abierta. Recorrí la habitación y me incliné hacia el canoso Beasley. Estaba inconsciente, pero todavía tenía pulso. Sangraba lentamente por el costado.

La señorita Glenn estaba de pie y parecía casi tan aturdida como Canales unos momentos antes.

Me hablaba con rapidez, con una voz aguda:

—Yo no sabía que iban a matar a Lou, pero de todos modos, no podía haber hecho nada. Me quemaron con un fuego al rojo... sólo para que tuviera una idea de lo que podían hacer... ¡Mire!

Miré. Se abrió el vestido por delante y vi una quemadura espantosa entre los dos pechos.

Dije:

—Está bien, hermana. Eso que le hicieron fue muy feo. Pero ahora mismo necesitamos a las autoridades aquí y una ambulancia para Beasley.

Pasé junto a ella, me dirigí al teléfono y me quité de encima la mano que me agarraba. Ella siguió hablando a mis espaldas con una voz aguda, desesperada.

—Pensaba que simplemente iban a apartar a Lou de en medio hasta después del juicio. Pero le arrastraron fuera del taxi y le dispararon sin decir palabra. Luego el más bajito se llevó el taxi a la ciudad y el grandote me llevó a las colinas, a una cabaña. Dorr estaba allí. Me dijo cómo había que embaucarle a usted. Me prometió el dinero si lo hacía, y la tortura hasta la muerte si les delataba.

Se me ocurrió que estaba dando la espalda a demasiada gente. Me di la vuelta, con el teléfono en la mano, todavía con el auricular colgado, y dejé la pistola en el escritorio.

—¡Escuche! Por favor, déme una oportunidad —dijo ella, como loca—. Dorr lo planeó todo con Pina, el croupier. Pina era de la banda que llevó a Shannon adonde le mataron. Yo no...

Dije:

—Desde luego, de acuerdo. Tranquila.

La habitación, toda la casa parecía muy pacífica, como si un montón de gente estuviera escuchando agazapada junto a la puerta.

—No era mala idea —dije, como si tuviera todo el tiempo del mundo—. Lou no era más que una ficha de poco valor para Frank Dorr. Según su plan, nos incapacitaba a ambos como testigos. Pero era demasiado complicado y necesitaba demasiada gente. Ese tipo de cosas siempre acaban estallándote en la cara.

—Lou iba a salir del estado —dijo ella, agarrándose el vestido—. Estaba asustado. Pensaba que el asunto de la ruleta era una especie de soborno para él.

—Sí —dije.

Levanté el auricular y pregunté por la comisaría de policía.

Se abrió de nuevo la puerta de la habitación y de repente apareció el secretario con un arma. Un chófer uniformado se encontraba tras él, con otra arma.

Dije muy alto, por el teléfono:

—Estoy en casa de Frank Dorr. Ha habido un asesinato.

El secretario y el chófer volvieron a salir. Oí carreras por el vestíbulo. Colgué el teléfono, llamé a la oficina del *Telegram* y pregunté por Von Ballin. Cuando me pasaron vi que la señorita Glenn había salido por la puerta ventana hacia el jardín oscuro.

No la perseguí. No me importaba que se fuera.

Intenté hablar con Ohls, pero me dijeron que todavía estaba en Solano. Y por aquel entonces la noche ya estaba llena de sirenas.

Tuve algunos problemas, pero no demasiados. Fenweather ganó mucho peso. No toda la historia se hizo pública, pero sí lo suficiente para que los chicos del ayuntamiento, con sus trajes de doscientos dólares tuvieran que esconder la cara durante algún tiempo.

Cogieron a Pina en Salt Lake City. Cantó e implicó a otros cuatro de la banda de Manny Tinnen. Dos de ellos acabaron muriendo al resistirse al arresto, y los otros dos fueron condenados a cadena perpetua sin condicional.

La señorita Glenn consiguió huir y jamás se supo de ella. Creo que eso es todo, excepto que tuve que devolver los veintidós de los grandes a la Administración Pública. Dejaron que me quedara unos honorarios de doscientos nueve dólares y unas dietas de noventa céntimos. A veces me pregunto qué harían con el resto.

EL LÁPIZ

TRADUCCIÓN DE PILAR GIRALT

NOTA PRELIMINAR

Éste es el primer relato de Marlowe después de veinte años y fue escrito especialmente para Inglaterra. Me he negado con persistencia a escribir cuentos cortos porque creo que los libros son mi elemento natural, pero me convencieron de que lo escribiera personas que tengo en gran estima. Además, siempre he querido escribir un cuento sobre la técnica de los asesinatos del Sindicato.

RAYMOND CHANDLER
1959

1

Era un hombre algo rechoncho, con una sonrisa deshonesta, las comisuras que sobresalían de sus gruesos labios le cerraban mucho la boca y conferían a sus ojos una expresión triste. Para un hombre tirando a grueso, tenía un andar cansino. La mayoría de los hombres gruesos caminan con rapidez y ligereza. Llevaba un traje gris de ojo de perdiz y una corbata pintada a mano en la que se veía parte de una chica en plena zambullida. La camisa estaba limpia, lo cual me animó, y sus mocasines marrones, tan poco indicados como la corbata para el traje que lucía, estaban recién lustrados.

Pasó por delante de mí mientras yo mantenía abierta la puerta que separa la sala de espera de mi sala de meditación. Una vez dentro, echó una rápida mirada a su alrededor. Yo habría dicho que era un mafioso de segunda categoría, si alguien me lo hubiera preguntado. Por una vez, no me equivoqué. Si iba armado, debía llevar el arma en los pantalones. La chaqueta era demasiado ajustada para ocultar el bulto de una sobaquera.

Se sentó con cuidado, yo tomé asiento frente a él y los dos nos miramos. Su rostro tenía la sagacidad de un zorro. Sudaba ligeramente. La expresión de mi rostro indicaba interés, pero no curiosidad. Cogí una pipa y el humidificador de piel donde guardaba mi tabaco Pearce. Le ofrecí cigarrillos.

—No fumo.

Tenía una voz ronca que me disgustaba igual que su indumentaria o su rostro. Mientras yo llenaba la pipa, vi que se metía la mano en el bolsillo, sacaba un billete, lo miraba y lo dejaba sobre la mesa delante de mí. Era un bonito billete, limpio y nuevo. Mil dólares.

—¿Ha salvado alguna vez la vida de algún tipo?

—Quizá sí, de vez en cuando.

—Salve la mía.

—¿Qué ocurre?

—Me habían dicho que enseguida reconocía a sus clientes, Marlowe.

—Por eso sigo siendo pobre.

—Todavía me quedan dos amigos. Usted será el tercero y dejará de ser pobre. Recibirá cinco de los grandes si me saca de este embrollo.

—¿De qué embrollo?

—Está muy hablador esta mañana. ¿No adivina quién soy?

—No.

—¿No ha estado nunca en el este?

—Claro que sí, pero no me moví en su ambiente.

—¿Y qué ambiente cree que es el mío?

Yo ya me estaba cansando.

—Deje de ser tan evasivo o recoja su pasta y desaparezca.

—Soy Ikky Rosenstein. Desapareceré, pero definitivamente, si usted no encuentra una salida. Adivine lo ocurrido.

—Ya lo he adivinado. Ahora usted me lo explica, y deprisa. No tengo todo el día para que me lo vaya dando con cuentagotas.

—He desertado del Equipo. A los peces gordos no les gusta eso. Para ellos significa que has obtenido información buena para vender, o tienes ideas independientes, o has perdido el coraje. En mi caso, es esto último. Estaba hasta aquí. —Se tocó la nuez con el índice—. He hecho cosas malas. He intimidado y maltratado a muchos tipos. Nunca he matado a nadie, pero eso no importa en el Equipo. Me he separado de ellos, de modo que cogen el lápiz y trazan una línea. Me lo han advertido: los matones están en marcha. Cometí un gran error. Intenté ocultarme en Las Vegas. Pensé que nunca me encontrarían en su propia guarida, pero fueron más listos que yo. Cuando tomé el avión de Los Ángeles, alguien debía de ir en él. Ahora están informados de dónde vivo.

—Cambie de domicilio.

—Ya es inútil. Me siguen.

Yo sabía que tenía razón.

—¿Por qué no le han liquidado ya?

—No actúan de ese modo. Siempre son especialistas. ¿No sabe usted cómo funciona?

—Más o menos. Un tipo con una buena ferretería en Buffalo. Un tipo con una pequeña lechería en otra ciudad. Siempre una buena fachada. Envían sus informes a Nueva York o a otro lugar. Cuando suben al avión que les lleva al oeste o adonde quiera que vayan, siempre van con un arma en el maletín. Son silenciosos, visten bien y no se sientan juntos. Podrían ser abogados o recaudadores de impuestos..., cualquier cosa que pase desapercibida. Cualquier persona lleva maletín. Incluso las mujeres.

—Absolutamente correcto. Y cuando tomen tierra, los guiarán hacia mí, pero no desde el aeropuerto. Tienen otros métodos. Si acudo a los polis, alguien estará al corriente de mí. Que yo sepa, podrían tener a un par de chicos de la mafia en el mismo ayuntamiento. Ya se ha hecho. Los polis me darán veinticuatro horas para abandonar la ciudad. Sería inútil. ¿México? Peor que aquí. ¿Canadá? Mejor, pero todavía inútil. También allí tienen conexiones.

—¿Y Australia?

—No puedo obtener un pasaporte. He vivido aquí veinticinco años... ilegalmente. No pueden deportarme si no demuestran que cometí un crimen. El Equipo se encargaría de que no pudieran probarlo. Suponga que me meten en chirona. Saldré por orden judicial a las veinticuatro horas. Y mis simpáticos amigos esperarán en un coche para llevarme a casa... pero no será a casa.

Mi pipa estaba encendida e iba bien. Miré el billete con el ceño fruncido; me iría de perlas. Mi cuenta corriente estaba tocando fondo.

—No perdamos más tiempo —dije—. Supongamos... sólo supongamos que se me ocurriera una salida. ¿Qué haría usted inmediatamente después?

—Sé de un lugar... si pudiera llegar a él sin ser perseguido. Dejaría mi coche aquí y alquilaría uno, que abandonaría en la frontera del estado para comprar otro de segunda mano. A medio camino cambiaría éste por un último modelo, un resto de serie. Ahora es la mejor época del año; te hacen descuento y está a punto de salir un modelo. No lo haría para ahorrar, sino porque es más discreto. El lugar a donde voy es muy espacioso y bastante limpio.

—Ya —observé—. Wichita, tengo entendido. Pero puede haber cambiado.

Me miró amenazadoramente.

—Use el cerebro, Marlowe, pero no demasiado.

—Lo usaré todo lo que quiera. No intente fijarme reglas. Si acepto este trabajo, no habrá ninguna regla. Me embolso estos mil y el resto si todo sale bien. No me engañe; yo podría enviar información. Si me liquidan, ponga una rosa roja en mi tumba. No me gustan las flores cortadas, me gusta verlas crecer. Pero le aceptaría una porque es usted un personaje muy simpático. ¿Cuándo llega el avión?

—Hoy, no sé a qué hora. Son nueve horas desde Nueva York. Probablemente llegará a eso de las cinco y media.

—Podría venir vía San Diego y cambiar de avión o vía San Francisco y cambiar de avión. Hay muchos vuelos desde Dago y Frisco. Necesito un ayudante.

—Maldito sea, Marlowe...

—Espere. Conozco a una chica. Es hija de un jefe de policía al que mataron por exceso de honradez. No hablaría ni bajo tortura.

—No tiene usted derecho a arriesgar su vida —protestó airado Ikky.

Me quedé tan sorprendido que la mandíbula se me abrió. La cerré lentamente y tragué saliva.

—Dios mío, este hombre tiene corazón.

—Las mujeres no están hechas para la violencia —objetó a regañadientes.

Cogí el billete de mil dólares y lo guardé.

—Lo siento, no hay recibo. No puede tener mi nombre en su bolsillo. Y no habrá violencia, si tengo suerte. Me desprestigiaría. Sólo hay un modo de hacerlo. Ahora deme su dirección y toda la información que tenga, nombres y descripciones de los matones que haya visto en carne y hueso.

Lo hizo. Era un observador bastante bueno. Lo malo es que el Equipo sabría a quién había visto. Los matones enviados serían desconocidos para él.

Se levantó en silencio y alargó la mano. Tuve que estrecharla, pero lo que había dicho de las mujeres me lo facilitó. Tenía la mano húmeda. La mía también lo habría estado de encontrarme en su lugar. Saludó con la cabeza y salió sin decir nada.

2

Era una calle tranquila de Bay City, si es que existen calles tranquilas en esta generación beatnik en la que no puedes acabar de comer sin que algún cantante masculino o femenino eructe torrentes de un amor anticuado como el polisón o algún órgano Hammond llene de jazz hasta la sopa del cliente.

La pequeña casa de una sola planta estaba pulcra como un delantal limpio. El césped estaba cortado con amor y era muy verde. El camino de entrada era liso y sin manchas de gasolina, y el seto que rodeaba la casa daba la impresión de recibir a diario los cuidados de un barbero.

La puerta blanca tenía una aldaba en forma de cabeza de tigre, una mirilla y un interfono que permitía a la persona del interior hablar con la del exterior sin tener siquiera que abrir la mirilla.

Habría hipotecado mi pierna izquierda por vivir en una casa como aquélla. No creía que pudiera conseguirlo jamás.

Una campanilla sonó en el interior y a los pocos momentos ella abrió la puerta vestida con una camiseta azul celeste y pantalones cortos de color blanco, lo bastante cortos como para ser acogedores. Tenía los ojos de un azul grisáceo, cabellos rojo oscuro y una bella estructura ósea en el rostro. Solía haber un matiz de amargura en sus ojos. La muchacha no podía olvidar que la vida de su padre había sido segada por el poder fraudulento de un mafioso y que su madre también había muerto. Era capaz de contener la amargura cuando escribía banalidades sobre el amor para las revistas del corazón, pero ésta no era su vida. En realidad, no tenía vida propia, sólo una existencia sin mucho sufrimiento y suficiente dinero para que fuera segura. Pero en situaciones apuradas tenía tanta serenidad e inventiva como un buen policía. Su nombre era Anne Riordan.

Se hizo a un lado y pasé muy cerca de ella. Yo también tengo mis reglas. Cerró la puerta y se aposentó en el sofá, se buscó un cigarrillo y aquí tenemos a una muñeca con fuerza para encendérselo ella sola.

Curioseé un poco a mi alrededor. Había algunos cambios, no muchos.

—Necesito tu ayuda —dije.

—Son las únicas veces que te veo.

—Tengo un cliente que es un ex mafioso; era pistolero del Equipo, el Sindicato, la Gran Banda o como quieras llamarlo. Sabes muy bien que existe y que es tan rico como Rockefeller. No se puede eliminar porque no hay bastante gente que lo desee, en especial los abogados de un millón de dólares al año que trabajan para ellos, y las asociaciones de picapleitos que parecen más ansiosos de proteger a otros abogados que a su propio país.

—Dios mío, ¿estás haciendo méritos para un cargo? Nunca me has sonado tan puro.

Movió las piernas, sin provocar —no era de las de ese tipo—, pero aun así dificultaba mis procesos mentales.

—Deja de mover las piernas —dije—, o ponte pantalones largos.

—Maldito seas, Marlowe. ¿No puedes pensar en otra cosa?

—Lo intentaré. Me gusta pensar que existe al menos una bonita y encantadora hembra que no sea una presa fácil. —Tragué saliva y proseguí—: El hombre se llama Ikky Rosenstein. No es guapo ni me gusta nada de él, excepto un detalle. Se enfureció cuando le dije que necesitaba una ayudante femenina. Adujo que las mujeres no están hechas para la violencia. Por eso acepté el trabajo. Para un mafioso de verdad, la mujer no vale más que un saco de harina. Usan a las mujeres de la forma habitual, pero si es aconsejable deshacerse de ellas, lo hacen sin pensarlo dos veces.

—Hasta ahora has dicho muchas cosas y no has dicho nada. Quizá necesitas una taza de café o una copa.

—Te lo agradezco, pero no bebo por la mañana..., excepto en algunas ocasiones y ésta no es una de ellas. Café más tarde. Ikky ha sido tachado.

—¿Qué significa esto?

—Tienen una lista. Tachan un nombre con un lápiz y el tipo está prácticamente muerto. El Equipo tiene motivos. Ya no lo hacen para divertirse. No les divierte. Ahora es sólo parte de la contabilidad.

—¿Qué diablos puedo hacer yo? Incluso debería preguntar: ¿Qué puedes hacer tú?

—Puedo intentar algo. Lo que tú puedes hacer es ayudarme a localizar su avión y a averiguar adónde van los matones asignados a este trabajo.

—Bueno, pero ¿qué puedes hacer tú?

—He dicho que intentaría algo. Si han tomado un avión nocturno, ya están aquí. Si vienen en un avión que haya despegado esta mañana, no pueden llegar antes de las cinco, lo cual nos deja mucho tiempo para prepararnos. Ya conoces su aspecto.

—Oh, sí, claro. Veo matones todos los días. Les invito a tomar whisky y tostadas con caviar.

Sonrió. Mientras sonreía, yo di cuatro largas zancadas sobre la alfombra de color crudo, levanté a Anne y planté un beso en sus labios. No se defendió, pero tampoco empezó a temblar. Volví a sentarme en mi sitio.

—Tendrán el aspecto normal de una persona que vive de una profesión o un negocio tranquilo y próspero. Llevarán una indumentaria discreta y serán corteses..., cuando les interese serlo. En sus maletines habrá pistolas que han cambiado de manos con tanta frecuencia que es imposible seguirles la pista. Para hacer el trabajo, abandonarán estas pistolas y usarán revólveres, aunque también podrían usar automáticas. No emplearán silenciadores porque pueden encallar el arma y su peso impide apuntar como es debido. No se sentarán juntos en el avión, pero una vez en tierra pueden fingir que se conocen pero que no se han visto durante el vuelo. Se estrecharán la mano con sonrisas adecuadas y cogerán el mismo taxi. Creo que primero irán al hotel, pero muy pronto se trasladarán a un lugar desde donde puedan vigilar los movimientos de Ikky y aprenderse su horario. No tendrán ninguna prisa a menos que Ikky haga algo extraño. Esto indicaría que le han avisado. Según me ha dicho, le quedan un par de amigos.

—¿Dispararán contra él desde un apartamento o habitación de la acera de enfrente, suponiendo que lo alquilen?

—No. Le dispararán desde una distancia de apenas un metro. Se le acercarán por la espalda y le dirán: «Hola, Ikky». Éste se quedará inmóvil o dará media vuelta. Lo llenarán de plomo, tirarán las armas y saltarán al coche que les está esperando. Entonces se alejarán de la escena siguiendo al coche que les abrirá camino.

—¿Quién conducirá este coche?

—Algún ciudadano intachable y rico que no tenga antecedentes penales. Llevará su propio vehículo y les abrirá paso aunque tenga que chocar a propósito con otro coche, incluso uno de la policía. Lo sentirá tanto que empapará de lágrimas su camisa provista de iniciales. Y los asesinos habrán desaparecido hace rato.

—Dios mío —exclamó Anne—. ¿Cómo puedes soportar esta vida? Si logras lo que te propones, enviarán matones a por ti.

—No lo creo. No matan a la gente de fuera. La culpa se la echarán a los matones. Recuerda que los jefes de la mafia son hombres de negocios; quieren más y más dinero. Sólo son realmente implacables cuando deciden que han de matar a alguien, y no les gusta decirlo; siempre existe la posibilidad de un contratiempo, aunque la posibilidad es mínima. Ningún asesinato de la mafia ha sido resuelto aquí o en otra parte, excepto en dos o tres ocasiones. Lepke Buchalter murió electrocutado. ¿Te acuerdas de Anastasia? Era de una gran corpulencia y terriblemente duro. Demasiado grande y demasiado duro. Lápiz.

Ella se estremeció.

—Creo que yo sí necesito un trago.

—Ya has captado el ambiente, querida. —Le sonreí—. Tendré que evitar los detalles.

Anne sirvió dos whiskis con agua y hielo. Mientras bebíamos, le dije:

—Si los reconoces, o crees que son ellos, sígueles a donde vayan... si puedes hacerlo sin riesgo. No de otro modo. Si es un hotel, y hay diez posibilidades contra una de que lo será, regístrate y no dejes de llamarme hasta que me encuentres.

Conocía el número de mi oficina y yo seguía viviendo en la avenida Yucca, cuya dirección también conocía.

—Eres un tipo extraño —replicó—. Las mujeres hacen todo lo que quieres. ¿Cómo puedo continuar siendo virgen a los veintiocho años?

—Nos hacen falta unas cuantas como tú. ¿Por qué no te casas?

—¿Con quién? ¿Con algún cínico mujeriego a quien no le queda más que la técnica? No conozco a ningún hombre realmente bueno..., sólo a ti. No soy partidaria de los dientes blancos y la sonrisa chillona.

Me acerqué y la levanté del sofá. Entonces la besé con entusiasmo y a conciencia.

—Soy sincero —casi murmuré—, y eso ya es algo. Pero estoy demasiado gastado para una chica como tú. He pensado en ti, te he deseado, pero esa dulce y diáfana mirada de tus ojos me obliga a desistir.

—Tómame —dijo ella en voz baja—. Yo también tengo sueños.

—No podría. No es la primera vez que me sucede. He tenido a demasiadas mujeres para merecer a una como tú. Hemos de salvar la vida de un hombre. Me voy.

Me miró con expresión seria mientras me marchaba.

Las mujeres que uno consigue y las que no consigue viven en mundos diferentes. No desprecio a ninguno de los dos. Yo mismo vivo en ambos.

3

En el aeropuerto internacional de Los Ángeles nadie puede acercarse a los aviones a menos que tenga billete para viajar en uno de ellos. Se puede ver cómo aterrizan, si estás situado en el lugar idóneo, pero es preciso esperar ante una barrera para echar un vistazo a los pasajeros. Los edificios del aeropuerto no lo hacen más fácil, pues están diseminados de tal modo que te pueden salir callos yendo a pie de la TWA a la American.

Copié el horario de llegadas del tablero y merodeé por las salas como un perro que ha olvidado dónde escondió el hueso. Los aviones llegaban y despegaban, los mozos transportaban equipajes, los pasajeros sudorosos desfilaban a toda prisa, los niños lloriqueaban y el ruido de los altavoces se alzaba por encima de todos los demás sonidos.

Pasé junto a Anne varias veces. No me hizo ningún caso.

A las 5.45 tenían que haber llegado. Anne desapareció. Yo esperé media hora por si había desaparecido por otra razón. No, no volví a verla. Fui a buscar mi coche y recorrí, por la atestada autopista, los muchos kilómetros que separaban Hollywood de mi oficina. Tomé un trago y me senté. A las 6.45 sonó el teléfono.

—Están en el hotel Beverly-Western —dijo Anne—. Habitación cuatrocientos diez. No he conseguido saber ningún nombre. Ya sabes que hoy en día los empleados no dejan las fichas de registro encima del mostrador, y no me gusta hacer preguntas. Pero subí con ellos en el ascensor y localicé su habitación. Pasé por delante de ellos mientras el botones metía la llave en su puerta, y bajé al entresuelo para entrar con un grupo de mujeres en el salón de té. No me he molestado en tomar una habitación.

—¿Qué aspecto tienen?

—Subieron juntos por la rampa pero no los oí hablar. Los dos llevaban maletines y trajes discretos, nada que llamara la atención. Camisas blancas, almidonadas, una corbata azul y otra negra con rayas grises. Zapatos negros. Un par de hombres de negocios de la costa Este. Podrían ser editores, abogados, médicos, agentes publicitarios... no, olvida esto último, no iban lo bastante chillones. Nadie les miraría dos veces.

—Tú sí, supongo. Las caras.

—Ambos de cabellos castaños, uno más oscuro que el otro. Caras corrientes, sin mucha expresión. Uno tenía ojos grises, el del cabello más claro los tenía azules. Sus ojos eran interesantes. Se movían con rapidez, observando, vigilando cualquier cosa cercana a ellos. Esto pudo ser un error. Tendrían que haber parecido preocupados por lo que les ha traído aquí, o interesados por California. Y parecían interesarse más por las caras de la gente. Es bueno que les haya visto yo y no tú. No tienes aspecto de poli, pero tampoco pareces un hombre que no sea un poli. Estás marcado.

—Tonterías. Soy un rompecorazones muy apuesto.

—Sus facciones eran corrientes. Ninguno de los dos parecía italiano. Ambos llevaban maletines de avión, uno gris con dos franjas rojas y blancas de arriba abajo, a unos doce o quince centímetros de los lados, y el otro de cuadros escoceses azules y blancos. No sabía que existía este tartán.

—Existe, pero no recuerdo el nombre.

—Creía que lo sabías todo.

—Casi todo. Ahora vete a casa.

—¿Merezco una cena y tal vez un beso?

—Más tarde, y si no tienes cuidado, recibirás más de lo que quieres.

—Un violador, ¿eh? Llevaré un revólver. ¿Vas a seguirlos ahora?

—Si son los hombres que buscamos, me seguirán ellos. Ya he alquilado un apartamento en la acera de enfrente de Ikky. Aquella manzana de Poynter y las dos contiguas tienen unos seis edificios de apartamentos baratos cada una. Apostaría algo a que la presencia de mujeres fáciles es muy elevada.

—Es elevada en todas partes hoy día.

—Hasta la vista, Anne. Ya nos veremos.

—Cuando necesites ayuda.

Colgó y yo hice lo mismo. Anne me dejaba perplejo. Demasiado sabia para ser tan simpática. Supongo que todas las mujeres simpáticas son también sabias. Llamé a Ikky. No estaba. Tomé un trago de la botella de la oficina, fumé durante media hora y volví a llamarlo. Esta vez lo encontré.

Le conté lo ocurrido hasta el momento y dije que seguramente Anne había encontrado a los hombres que buscábamos. Le hablé del apartamento que había alquilado.

—¿Cobraré los gastos? —pregunté.

—Cinco de los grandes han de cubrirlo todo.

—Si los gano y llego a cobrarlos. Me dijeron que tenía usted un cuarto de millón —me aventuré a asegurar.

—Podría ser, compañero, pero ¿cómo voy a recogerlo? Los jefazos saben dónde está. Tendrá que permanecer a la sombra una temporada.

Dije que estaba bien. Yo también había permanecido a la sombra bastante tiempo. Como es natural, no esperaba cobrar los cinco mil, ni siquiera si cumplía la misión. Los hombres como Ikky Rosenstein eran capaces de robarle los dientes de oro a su madre. Parecía tener algo bueno... Pero ese algo era muy poco.

Pasé la media hora siguiente maquinando un plan. No se me ocurría ninguno que ofreciera alguna posibilidad de éxito. Eran casi las ocho y necesitaba comer algo. No creía que los muchachos actuaran esa noche. A la mañana siguiente pasarían en coche por delante del domicilio de Ikky y reconocerían el barrio.

Me disponía a abandonar la oficina cuando sonó el timbre de la puerta de mi sala de espera. Abrí la puerta de comunicación. Un hombre bajo se mecía sobre los talones en medio de la sala, con las manos detrás de la espalda. Me sonrió, pero no tenía práctica en hacerlo. Se acercó a mí.

—¿Usted es Marlowe?

—¿Quién si no? ¿Qué puedo hacer por usted?

Ahora estaba muy cerca. Movió hacia delante la mano derecha, que empuñaba una pistola, y apretó el arma contra mi estómago.

—Abandone a Ikky Rosenstein —dijo con una voz que hacía juego con su cara— o acabará con la barriga llena de plomo.

4

Era un aficionado. Si se hubiera quedado a un metro de distancia, podría haberse defendido. Me quité el cigarrillo de la boca y lo sostuve con ademán distraído.

—¿Qué le hace pensar que conozco a un tal Ikky Rosenstein?

Soltó una carcajada estridente y hundió más la pistola en mi estómago.

—¿Le gustaría saberlo?

La burla mezquina, el triunfo vacío de esa sensación de poder que da una gruesa pistola en una mano pequeña.

—Sería justo decírmelo.

Cuando su boca se abría para otro sarcasmo, yo tiré el cigarrillo y actué deprisa. Puedo ser muy rápido cuando no tengo otro remedio. Hay chicos más rápidos, pero no te clavan pistolas en el estómago. Puse el pulgar detrás del gatillo y la mano sobre la suya. Le asesté un rodillazo en la ingle y él se dobló con un gemido. Le torcí el brazo hacia la derecha cogiéndole la pistola, y le hice una zancadilla que dio con él en el suelo. Se quedó parpadeando de sorpresa y dolor, con las rodillas encogidas contra el estómago. Rodó de un lado a otro, gimiendo. Me agaché, le agarré la mano izquierda y lo obligué a levantarse. Le llevaba una ventaja de quince centímetros y doce kilos. Deberían haber enviado a un mensajero más fornido y mejor entrenado.

—Vayamos a mi sala de meditación —dije—. Allí podremos charlar y usted podrá tomar un trago para reponerse. La próxima vez no se acerque tanto a su víctima como para permitirle que se apodere de su mano derecha. Voy a comprobar si lleva más hierro encima.

No llevaba más. Le empujé por la puerta hacia un sillón. Ya no jadeaba tanto.

Sacó un pañuelo y se secó la cara.

—La próxima vez —susurró entre dientes—. La próxima vez.

—No sea optimista. No va con su físico.

Le serví un trago de whisky en un vaso de cartón y lo puse delante de él. Abrí su 38 y dejé caer los cartuchos en el cajón de la mesa. Cerré la recámara de nuevo y puse el arma sobre la mesa.

—Se lo devolveré cuando se vaya..., si se va.

—Éste es un modo sucio de luchar —protestó, todavía jadeando.

—Claro. Matar a un hombre es mucho más limpio. Vamos a ver, ¿cómo ha llegado hasta aquí?

—Adivínelo.

—No sea idiota. Tengo amigos, no muchos, pero algunos. Puedo encerrarlo por asalto a mano armada, y ya sabe qué ocurriría entonces. Saldría bajo fianza y esto es lo último que sabría de usted. Los jefazos no perdonan los fallos. Vamos, ¿quién lo ha enviado y cómo sabía adónde tenía que enviarlo?

—Seguíamos a Ikky —contestó el tipo a regañadientes—. Es un imbécil. Le seguí hasta aquí sin el menor problema. ¿Por qué iba a ver a un detective privado? Los jefes quieren saberlo.

—Más.

—Váyase al infierno.

—Ahora que lo pienso, no necesito acusarlo de asalto a mano armada. Puedo arrancárselo a golpes aquí mismo.

Me levanté de la silla y él levantó una mano.

—Si me golpea, un par de matones de los duros vendrán a visitarlo. Si no vuelvo, lo mismo. No tiene usted ningún as en la manga. Intente creerlo.

—Usted no sabe nada. Si el tal Ikky vino a verme, usted no sabe por qué, ni si le recibí o no. Y si es un mafioso, no es mi tipo de cliente.

—Vino a pedirle que le ayude a salvar el pellejo.

—¿Quién lo amenaza?

—Eso sería hablar.

—Adelante. Su boca parece funcionar bastante bien. Y diga a los muchachos que nunca verán el día en que yo defienda a un mafioso.

De vez en cuando hay que mentir un poco en mi negocio. Yo estaba mintiendo un poco.

—¿Y qué ha hecho Ikky para caer tan mal? ¿O esto también sería hablar?

—Se cree usted muy macho —se burló, frotándose el lugar del rodillazo—. En mi equipo no sería ni bateador suplente.

Me reí en su cara. Luego le agarré la muñeca derecha y se la retorcí en la espalda. Empezó a graznar. Metí la mano izquierda en el bolsillo de su chaqueta y saqué una cartera. Le solté la muñeca y él trató de alcanzar la pistola que estaba sobre la mesa. Le inmovilicé el brazo con un fuerte golpe que lo hizo caer en el sillón con un gemido.

—Tendrá la pistola cuando yo se la dé —advertí—. Ahora pórtese bien o le daré una paliza sólo para divertirme.

En la cartera encontré un carné de conducir extendido a nombre de Charles Hickon. No me sirvió de nada. Los tipos de su clase usaban siempre seudónimos de jerga y seguramente le llamaban Enano, o Flaco, o Canicas, o incluso sólo «tú». Le tiré la cartera, que cayó al suelo. Ni siquiera fue capaz de cogerla al vuelo.

—Diablos —exclamé—, debe haber una campaña económica para que le envíen a hacer otra cosa más que recoger colillas.

—Váyase al infierno.

—Muy bien, primo. Vuelva a la lavandería. Aquí está la pistola.

La cogió, se entretuvo metiéndola dentro del cinturón, se levantó, me dirigió la mirada más furibunda de que era capaz y caminó hacia la puerta, insolente como una prostituta con una nueva estola de visón. En el umbral se volvió para mirarme con sus ojos redondos y pequeños.

—Ten cuidado, hojalatero. La hojalata se dobla con facilidad.

Con esta admirable réplica, abrió la puerta y salió.

Al cabo de un rato cerré con llave la otra puerta, desconecté el timbre, apagué las luces y me fui. No vi a nadie que pareciera un asesino. Me dirigí a casa, hice una maleta, fui a una gasolinera donde casi me tenían afecto, guardé mi coche y elegí un Chevrolet de Hertz. Con este coche fui a la calle Poynter, dejé la maleta en el destartalado apartamento que había alquilado a primera hora de la tarde y me fui a cenar a Victor's. Eran las nueve, demasiado tarde para ir en coche a Bay City y llevar a cenar a Anne. Debía hacer mucho rato que había comido algo.

Pedí un Gibson doble con lima fresca, me lo bebí y luego cené, hambriento como un colegial.

5

De regreso a la calle Poynter di muchas vueltas y me paré otras tantas, siempre con la pistola a mi lado, sobre el asiento. Que yo sepa, nadie me siguió.

Me detuve en una gasolinera de Sunset e hice dos llamadas. Encontré a Bernie Ohls justo cuando se disponía a ir a su casa.

—Soy Marlowe, Bernie. Hace años que no nos peleamos. Empiezo a sentirme solo.

—Pues, cásate. Ahora soy investigador jefe en la oficina del sheriff y tengo el grado de capitán interino hasta que apruebe el examen. No hablo apenas con detectives privados.

—Habla con éste. Puedo necesitar ayuda. Trabajo en un asunto peligroso en el que tal vez acabe asesinado.

—¿Y esperas que yo obstaculice el curso de la naturaleza?

—Vamos, Bernie, no he sido mal chico. Estoy intentando salvar a un ex mafioso de un par de verdugos.

—Cuanto más se destrozan unos a otros, más me gusta.

—Claro. Si te llamo, manda a un par de muchachos listos. Ya habrás tenido tiempo de enseñarles.

Intercambiamos algunos insultos cordiales y colgamos. Marqué el número de Ikky Rosenstein. Su voz, algo desagradable, dijo:

—Está bien, hable.

—Aquí Marlowe. Prepárese para un traslado cerca de medianoche. Hemos localizado a sus amigos, que se alojan en el Beverly-Western. No irán hasta mañana a la calle donde usted vive. Recuerde que ellos no saben que usted ha sido advertido.

—Parece arriesgado.

—Dios mío, nunca dije que sería una merienda en el campo de la escuela dominical. Ha sido muy descuidado, Ikky. Le siguieron hasta mi oficina. Esto disminuye el tiempo de que disponemos.

Guardó silencio unos momentos. Lo oí respirar.

—¿Quién me siguió?

—Un pequeño don nadie que me clavó una pistola en el estómago y me obligó a quitársela. Me imagino que enviaron a un idiota porque no quieren que yo sepa demasiado, en caso de que aún sepa pocas cosas.

—Arriesga usted el pellejo, amigo.

—¿Y cuándo no? Vendré a buscarle hacia medianoche; esté preparado. ¿Dónde tiene el coche?

—Delante de la casa.

—Apárquelo en una calle transversal y asegúrese de cerrarlo con llave. ¿Dónde está la entrada posterior de su antro?

—Detrás. ¿Dónde quiere que esté? En el callejón.

—Deje allí su maleta. Saldremos juntos y subiremos a su coche. Entonces iremos al callejón y recogeremos la maleta.

—¿Y si la roba algún tipo?

—Ya. Suponga que le matan. ¿Qué alternativa prefiere?

—Está bien —gruñó—. Le esperaré. Pero nos arriesgamos mucho.

—También se arriesgan los pilotos de carreras. ¿Acaso esto les detiene? Sólo hay un modo de salir: con rapidez. Apague las luces hacia las diez y deshaga la cama. Sería mejor que dejara algo de ropa; así no parecería tan planeado.

Gruñó otro «Está bien» y colgué. La cabina telefónica estaba bien iluminada, como suelen estarlo en las gasolineras. Di un largo y lento paseo, fingiendo estudiar los mapas de obsequio. No vi nada preocupante. Cogí un mapa de San Diego por puro capricho y subí a mi coche alquilado.

Aparqué en la esquina de la calle Poynter y subí a mi destartalado apartamento del primer piso, donde me senté a oscuras para vigilar la ventana. No vi nada que pudiera preocuparme. Un par de rameras de precios intermedios salieron del edificio de apartamentos de Ikky y fueron recogidas por un coche último modelo. Un hombre de estatura y complexión parecidos a los de Ikky entró en la casa. Diversas personas entraron y salieron. La calle estaba bastante silenciosa. Desde que se inauguró la autopista de Hollywood, nadie usa las calles próximas al bulevar a menos que viva en la vecindad.

Era una bonita noche de otoño, todo lo hermosa que puede ser una noche con la polución de Los Ángeles; fresca pero no fría. No sé qué le ha ocurrido al tiempo en nuestra ciudad superpoblada, pero no es el tiempo que hacía cuando vine a quedarme.

Parecía que nunca llegaría la medianoche. No vi a nadie vigilando la zona, ninguna pareja de hombres discretos merodeaba delante de uno de los seis apartamentos disponibles. Estaba convencido de que irrumpirían primero en el mío, pero no estaba seguro de que Anne hubiera elegido al hombre correcto o que el tenso mensaje enviado a sus jefes hubiera jugado a mi favor. A pesar de las cien posibilidades de que Anne se equivocara, yo intuía que había acertado. Los asesinos no tenían ningún motivo para ser cautelosos si ignoraban que Ikky había sido avisado. Ningún motivo excepto uno: Ikky había ido a mi oficina y lo habían seguido hasta allí. Pero el Equipo, con toda su arrogancia de poder, podía reírse de la idea de que alguien le avisara o de que él acudiera a pedirme ayuda. Yo era tan pequeño que ellos apenas podían verme.

A medianoche abandoné el apartamento, caminé dos manzanas atento a un posible perseguidor, crucé la calle y entré en casa de Ikky. La puerta no estaba cerrada con llave y no había ascensor. Subí por las escaleras hasta el tercer piso y busqué su apartamento. Llamé con mano cauta. Él me abrió la puerta con el arma en la mano; probablemente tenía miedo.

Había dos maletas junto a la puerta y otra apoyada en la pared opuesta. Fui a cogerla y la levanté. Pesaba bastante. La abrí porque no estaba cerrada con llave.

—No se preocupe —me dijo—. Contiene todo lo que un tipo puede necesitar para tres o cuatro noches, y algunos trajes que no podría encontrar en unos almacenes.

Cogí una de las otras maletas.

—Dejemos ésta en la puerta trasera.

—Nosotros también podemos salir por el callejón.

—Saldremos por la puerta principal. En caso de que nos sigan, aunque no lo creo, hemos de parecer dos tipos que salen juntos de la casa. Una advertencia: vaya con ambas manos en los bolsillos y la pistola en la derecha. Si alguien lo llama por su nombre a sus espaldas, vuélvase deprisa y dispare. Nadie que no sea un liquidador lo haría. Yo haré lo mismo.

—Estoy asustado —dijo con su voz ronca.

—Yo también, si eso le consuela. Pero hemos de hacerlo. Si nos acorralan, tendrán armas en las manos. No se moleste en preguntarles nada; no contestarían con palabras. Si se trata de mi pequeño amigo, lo dejaremos dormido y lo tiraremos detrás de la puerta. ¿Entendido?

Asintió, lamiéndose los labios. Bajamos las maletas y las dejamos frente a la puerta trasera. Miré arriba y abajo del callejón: nadie, y sólo una corta distancia hasta la calle transversal. Volvimos a entrar, cruzamos el vestíbulo y salimos a la calle Poynter con la naturalidad de una esposa que sale a comprar una corbata para el cumpleaños de su marido.

Nadie se nos acercó. La calle estaba vacía. Doblamos por la esquina y fuimos hasta el coche alquilado de Ikky. Éste abrió la portezuela y entonces volvimos para recoger las maletas. No había nadie alrededor. Metimos las maletas en el coche, lo pusimos en marcha y salimos a la calle contigua.

Un semáforo estropeado, uno o dos stops en el bulevar y la entrada a la autopista, llena de tráfico a pesar de ser medianoche. California está atestada de gente que va a algún sitio y acelera para llegar antes. Si uno no conduce a ciento cuarenta kilómetros por hora, todos te adelantan, y cuando se conduce a esta velocidad, hay que mirar por el espejo retrovisor por si se acerca una patrulla de autopista. Es la mayor carrera de locos que he visto.

Ikky conducía a cien. Llegamos a la salida, a la carretera 66 y la tomó. Hasta ahora, todo bien. Seguí con él hasta Pomona.

—Esto ya es lejos para mí —dije—. Volveré en autobús, si lo hay, o me quedaré en un motel. Pare en una gasolinera y preguntaremos dónde está la parada del autobús. Debería estar cerca de la autopista. Vamos al barrio comercial.

Obedeció y se detuvo a mitad de una manzana. Sacó la cartera y me alargó cinco billetes de mil.

—No creo que los haya ganado. Ha sido demasiado fácil.

Rió con una especie de extraño regocijo.

—No sea idiota. Yo le metí en esto, y usted no tenía idea de cómo acabaría. Lo que es más, sus problemas no han hecho más que comenzar. El Equipo tiene ojos y oídos por doquier. Tal vez yo me salve si tengo mucho cuidado, o tal vez no esté tan seguro como creo. De todos modos, usted ha cumplido. Quédese con el dinero, yo tengo mucho.

Lo cogí y me lo guardé. Fuimos a una gasolinera abierta día y noche y allí nos dijeron dónde estaba la parada del autobús.

—Hay un Greyhound que va de costa a costa a las dos veinticinco de la madrugada —explicó el empleado, mirando el horario—. Lo dejarán subir si tienen asientos libres.

Ikky me llevó a la parada. Nos estrechamos la mano y él se alejó a toda prisa por la carretera que desembocaba en la autopista. Yo eché una ojeada al reloj y encontré una licorería todavía abierta. Compré medio litro de whisky escocés, entré en un bar y pedí uno doble con agua.

Mis problemas acababan de empezar, había dicho Ikky. Cuánta razón tenía.

Me apeé en una parada de Hollywood, cogí un taxi y fui a la oficina. Pedí al conductor que esperase unos momentos. A aquella hora de la madrugada, lo hizo de mil amores. El vigilante de color me abrió la puerta del edificio.

—Trabaja usted hasta tarde, señor Marlowe. Pero siempre lo ha hecho, ¿verdad?

—Es culpa de este negocio —contesté—. Gracias, Jasper.

En la oficina palpé el suelo buscando el correo y sólo encontré una caja larga y estrecha. Entrega inmediata, con un sello de Glendale.

Todo lo que contenía era un lápiz nuevo y recién afilado, la marca de la muerte en la mafia.

6

No me lo tomé muy en serio. Cuando su decisión está tomada, no te mandan el lápiz. Lo interpreté como un aviso de que abandonara el asunto. Quizá planeaban una paliza; desde su punto de vista, esto es una buena disciplina. «Cuando tachamos a un tipo, cualquier tipo que trate de ayudarlo está sentenciado a un buen vapuleo.» Éste podía ser el mensaje.

Pensé en ir a mi casa de la avenida Yucca. Demasiado solitaria. Pensé en ir al apartamento de Anne en Bay City. Peor. Si se enteraban de la existencia de Anne, los matones no tendrían escrúpulos en violarla y darle una buena paliza.

Estaba escrito que debía quedarme en la calle Poynter. Ahora era el lugar más seguro. Bajé y dije al taxista que me llevara a una calle que estaba a tres manzanas del llamado edificio de apartamentos. Subí, me quité la ropa y dormí desnudo. Lo único que me molestaba era un muelle roto; me hacía polvo la espalda. Yací hasta las 3.30, reflexionando sobre la situación con el cerebro embotado. Guardé la pistola bajo la almohada, un mal sitio para poner el arma cuando se tiene una almohada blanda y delgada como un taco de máquina de escribir. Me molestaba, por lo que la trasladé a mi mano derecha. La práctica me había enseñado a conservarla allí incluso durante el sueño.

Me desperté cuando ya lucía el sol. Me sentí como un pedazo de carne podrida. Me arrastré hasta el cuarto de baño, me duché con agua fría y me froté con una toalla que era invisible si se ponía de perfil. Este apartamento era realmente fantástico. Todo lo que necesitaba eran unos cuantos muebles Chippendale para entrar en la categoría de vivienda barata.

No había nada que comer y, si salía, a la señorita Marlowe podía escapársele algo. Tenía una botella de whisky. La miré y lo olí, pero no podía tomarlo como desayuno, con el estómago vacío, suponiendo que llegara a mi estómago, que flotaba cerca del techo. Revisé los armarios por si un inquilino anterior había dejado algunos mendrugos en su precipitada salida. Nada. No me los habría comido de todos modos, ni siquiera mojados en whisky. Seguí sentado ante la ventana. Al cabo de una hora me sentí dispuesto a morder a un botones.

Me vestí, fui al coche alquilado que tenía a la vuelta de la esquina y me dirigí a una cantina. La camarera tenía cara de pocos amigos. Pasó un trapo por encima del mostrador y me tiró las migas del cliente anterior sobre las piernas.

—Mira, encanto —le dije—, no seas tan generosa, guarda las migas para un día de lluvia. Todo lo que quiero son dos huevos hervidos tres minutos, no más, una rebanada de vuestro famoso pan de centeno, un gran vaso de zumo de tomate con un chorrito de salsa Perrins, una gran sonrisa feliz y todo el café que haya. Lo necesito todo.

—Estoy resfriada —repuso ella—, no me atosigue. Podría darle una bofetada.

—Seamos amigos. Yo también he pasado una mala noche.

Me dedicó media sonrisa y entró de lado por la puerta giratoria, lo cual reveló más sus curvas, que eran amplias, incluso excesivas. Pero me sirvió los huevos tal como me gustaban. El pan tostado estaba untado con una mantequilla un poco rancia.

—No hay Perrins —dijo la camarera, poniendo el zumo de tomate sobre la mesa—. ¿Quiere un poco de tabasco? También se nos ha terminado el arsénico.

Me puse dos gotas de tabasco, engullí los huevos, bebí dos tazas de café y estuve a punto de dejar la tostada como propina, pero luego me ablandé y dejé un cuarto de dólar. Esto la animó considerablemente. Era un antro donde se daban diez centavos o nada. Casi siempre nada.

En la calle Poynter todo seguía igual. Volví a sentarme frente a la ventana. Alrededor de las 8.30, el hombre a quien había visto entrar en la casa de enfrente, el que tenía una estatura y un porte parecidos a los de Ikky, salió con un pequeño maletín y se alejó hacia el este. Dos hombres se apearon de un sedán azul marino. Eran de la misma estatura, iban vestidos con mucha discreción y llevaban los sombreros de fieltro sobre la frente. Cada uno de ellos sacó un revólver.

—¡Eh, Ikky! —gritó uno, y el hombre se volvió.

—Adiós, Ikky —dijo el otro.

Una ráfaga de tiros voló entre las casas. El hombre se desplomó y quedó inmóvil. Los dos individuos alcanzaron corriendo su coche y se alejaron hacia el oeste. A media manzana, un Cadillac se puso en marcha delante de ellos.

En un instante todos habían desaparecido.

Fue un trabajo rápido y limpio. El único error fue que no dedicaron tiempo suficiente a su preparación.

Se habían equivocado de víctima.

7

Me largué de allí rápidamente, casi tan rápidamente como los dos asesinos. En torno a la víctima se había formado un pequeño grupo. No tuve que mirarlo para saber que estaba muerto; los muchachos eran profesionales. No podía verlo porque yacía en la acera de enfrente y la gente lo ocultaba. Pero sabía muy bien cuál era su aspecto y ya oía sirenas en la distancia. Podía haber sido la vigilancia rutinaria de Sunset, pero no lo era. Alguien había telefoneado. Era demasiado temprano para que los polis hubieran salido a almorzar.

Caminé lentamente hacia la esquina con mi maleta, entré en el coche alquilado y me alejé. El barrio ya no me interesaba. Podía imaginarme las preguntas.

«Exactamente, ¿qué lo ha traído por aquí, Marlowe? Usted ya tiene su propio piso en otro barrio, ¿no es así?»

«Me contrató un ex mafioso enemistado con el Equipo. Le mandaron un par de asesinos.»

«¿Insinúa que pretendía reformarse?»

«No tengo la menor idea, pero me gustó su dinero.»

«No hizo usted gran cosa para ganárselo.»

«Anoche lo ayudé a escapar. No sé dónde está ahora. Y no quiero saberlo.»

«¿Dice que lo ayudó a escapar?»

«Eso es lo que he dicho.»

«Ajá..., pues en el depósito de cadáveres se encuentra un hombre con múltiples heridas de bala. Quizá se trata de otro individuo.»

Y así al infinito. El diálogo con la policía es invariable. Lo que dicen no significa nada y lo que preguntan tampoco. Se limitan a interrogarte hasta que por cansancio largas algún dato. Entonces sonríen satisfechos, se frotan las manos y dicen: «Un pequeño descuido, ¿eh? Empecemos otra vez».

Cuanto menos tuviera que soportar, mejor. Aparqué en el lugar habitual y subí a la oficina. Estaba llena de aire viciado. Cada vez que entraba en ella sentía más y más fatiga. ¿Por qué diablos no había conseguido un empleo en la Administración diez años atrás? O tal vez quince. Tenía inteligencia suficiente para estudiar derecho por correspondencia. El país está lleno de abogados que no saben redactar una demanda sin consultar un libro.

Así que me senté en la oficina y pensé mal de mí. Al cabo de un rato me acordé del lápiz. Hice ciertos reajustes en un revólver del calibre 45, que no llevo nunca debido a su peso. Marqué el número de la oficina del sheriff y pedí por Bernie Ohls. Se puso al teléfono con voz desabrida.

—Aquí Marlowe. Estoy en un aprieto, en un auténtico aprieto.

—¿Y por qué me lo dices? —gruñó—. A estas alturas ya debes haberte acostumbrado.

—A esta clase de problemas no te acostumbras nunca. Me gustaría ir a contártelo.

—¿Sigues en la misma oficina?

—Sí, la misma.

—Tengo que pasar por allí. Subiré a verte.

Colgó. Abrí dos ventanas del despacho. La suave brisa me trajo el olor del café y la grasa rancia de la fonda de Joe, contigua al edificio de mi oficina. Lo odiaba, me odiaba a mí mismo, sentía odio por todo.

Ohls no se entretuvo en mi elegante sala de espera. Llamó a mi propia puerta y yo le abrí. Se dirigió con el ceño fruncido al sillón del cliente.

—Está bien. Desembucha.

—¿Alguna vez has oído hablar de un personaje llamado Ikky Rosenstein?

—¿Por qué? ¿Tiene antecedentes?

—Es un ex mafioso que ha sido anatematizado por sus jefes. Le tacharon el nombre con un lápiz y enviaron a los consabidos matones en un avión. Él recibió el aviso y me contrató para que lo ayudara a escapar.

—Un trabajo bonito y limpio.

—Basta ya, Bernie.

Encendí un cigarrillo y le soplé humo a la cara. Como venganza, él empezó a masticar un cigarrillo. Nunca los encendía, pero desde luego los machacaba.

—Escucha —proseguí—, supón que el hombre quiere volverse honrado y supón que no. Tiene derecho a vivir siempre que no haya matado a nadie. Me dijo que no lo había hecho.

—Y tú creíste al rufián, ¿eh? ¿Cuándo empiezas a enseñar en la escuela dominical?

—No le creí ni le dejé de creer. Acepté. No había razón para negarme. Una amiga mía y yo vigilamos los aviones ayer. Ella descubrió a los muchachos y los siguió hasta un hotel. Estaba segura de que eran ellos; su aspecto lo proclamaba a voz en grito. Bajaron del avión por separado y luego fingieron conocerse y no haberse advertido en el avión. Esta chica...

—¿Tiene nombre por casualidad?

—Sólo para ti.

—Dímelo si no ha violado ninguna ley.

—Se llama Anne Riordan y vive en Bay City. Su padre fue en su día jefe de la policía local. Y no digas que esto le convierte en un granuja porque no lo era.

—Vaya, vaya. Escuchemos el resto. Y abrevia.

—Alquilé un apartamento frente al de Ikky. Los matones aún estaban en el hotel. A medianoche saqué a Ikky y lo llevé sano y salvo hasta Pomona. Él siguió con su coche alquilado y yo volví en un Greyhound y me quedé a dormir en el apartamento de la calle Poynter, enfrente mismo del suyo.

—¿Por qué, si ya había escapado?

Abrí el segundo cajón de la mesa y saqué un lápiz bonito y afilado. Escribí mi nombre en un trozo de papel y lo taché con el lápiz.

—Porque alguien me ha enviado esto. No creo que piensen matarme, pero sí darme una buena paliza que me sirva de escarmiento.

—¿Saben que has intervenido?

—A Ikky lo siguió hasta aquí un hombre bajito que más tarde se presentó y me clavó la pistola en el estómago. Le di su merecido, pero tuve que dejarlo marchar. Después de eso pensé que la calle Poynter era más segura. Vivo solo.

—Yo voy de un lado a otro —dijo Bernie Ohls—. Oigo informes. Por lo visto mataron al tipo equivocado.

—La misma estatura, el mismo tipo, el mismo aspecto general. Los vi disparando contra él. Ignoro si se trataba de los dos tipos que están en el Beverly-Western porque no los he visto ni una sola vez. Sólo eran dos tipos vestidos de traje oscuro, con el ala del sombrero bajada sobre la frente. Saltaron a un Pontiac azul, de unos dos años, y se largaron precedidos por un gran Cadillac.

Bernie se levantó y me miró fijamente un buen rato.

—No creo que vuelvan a meterse contigo —dijo—. Han matado a otro hombre y la mafia estará muy quieta durante algún tiempo. ¿Sabes una cosa? Esta ciudad se está volviendo casi tan repugnante como Nueva York, Brooklyn y Chicago. Podemos llegar a contar con una verdadera corrupción.

—De momento hemos empezado muy bien.

—No me has dicho nada que permita entrar en acción, Phil. Hablaré con los muchachos de Homicidios. No creo que estés en un aprieto, pero has presenciado el asesinato, y esto les interesará.

—No podría identificar a nadie, Bernie. No conocía a la víctima. ¿Cómo sabías tú que era el hombre equivocado?

—Tú me lo has dicho, estúpido.

—Pensé que tal vez los muchachos lo han identificado.

—No me lo dirían si así fuera. Además, apenas han tenido tiempo de salir a desayunar. El tipo no es más que un fiambre para ellos hasta que el departamento de identificación encuentre algo. Pero querrán hablar contigo, Phil. Adoran sus grabadoras.

Salió y cerró suavemente la puerta. Yo me quedé pensando si no habría sido una equivocación contárselo todo. O cargar con los problemas de Ikky. Cinco billetes verdes decían que no, pero también ellos pueden equivocarse.

Alguien llamó a mi puerta. Era un uniforme sosteniendo un telegrama. Firmé el recibo y rompí el sobre.

Decía: «Me dirijo a Flasgstaff. Motel Mirador. Creo que he sido descubierto. Venga deprisa».

Rompí el telegrama en pequeños pedazos y los quemé en el cenicero grande.

8

Llamé a Anne Riordan.

—Ha ocurrido algo extraño —dije, y le conté de qué se trataba.

—No me gusta el lápiz —contestó— y no me gusta que hayan matado a ese hombre, probablemente un contable en un negocio del tres al cuarto, o no estaría viviendo en aquel barrio. No deberías haberte metido en esto, Phil.

—Ikky tenía derecho a su vida. En otro lugar podría convertirse en un hombre decente. Puede cambiar de nombre. Debe tener mucho dinero o no me habría pagado tanto.

—He dicho que no me gusta el lápiz. Será mejor que te instales aquí una temporada, aunque sea breve. Puedes hacerte enviar el correo..., si es que recibes cartas. De todos modos, no necesitas ponerte a trabajar enseguida, y Los Ángeles rebosa de detectives privados.

—No lo has entendido. Aún no he terminado el trabajo. Los polis tienen que saber dónde estoy, y si ellos lo saben, todos los reporteros sensacionalistas lo sabrán también. Los polis podrían incluso decidir que soy sospechoso. Ningún testigo del asesinato va a facilitar una descripción que tenga algún valor. Los norteamericanos no quieren ser testigos de asesinatos entre mafiosos.

—Está bien, genio. Pero mi oferta sigue en pie.

Sonó el timbre en la habitación exterior. Dije a Anne que debía colgar. Abrí la puerta de comunicación y vi ante el umbral a un hombre de mediana edad, bien vestido (incluso diría elegantemente vestido), de un metro noventa de estatura. Tenía en el rostro una sonrisa deshonesta pero agradable. Llevaba un Stetson blanco y una de esas corbatas estrechas sujetas por un pasador ornamental. Su traje de franela color crema tenía un corte impecable.

Encendió un cigarrillo con un encendedor de oro y me miró por encima de la primera bocanada de humo.

—¿El señor Marlowe?

Asentí.

—Soy Foster Grimes, de Las Vegas. Dirijo el rancho Esperanza de la calle Quinta Sur. Tengo entendido que está usted en contacto con un hombre llamado Ikky Rosenstein.

—¿Quiere pasar?

Entró en mi oficina. Su aspecto no me decía nada. Un hombre próspero a quien gustaba o creía que era un buen negocio parecer un habitante del Oeste. Se ven a docenas en la temporada invernal de Palm Springs. Su acento me decía que procedía del este, pero no de Nueva Inglaterra, sino, probablemente, de

Nueva York o Baltimore. No de Long Island ni de las Berkshire, que estaban demasiado lejos de la ciudad.

Le indiqué el sillón de los clientes con un giro de la muñeca y me senté en la antigua silla giratoria. Esperé.

—¿Dónde se encuentra Ikky ahora, si es que lo sabe?

—Lo ignoro, señor Grimes.

—¿Cómo se enredó usted con él?

—Por dinero.

—Una buena razón. —Sonrió—. ¿A cambio de qué?

—Lo ayudé a abandonar la ciudad. Le digo esto, aunque ignoro quién diablos es usted, porque ya se lo he dicho a un viejo amigo-enemigo que trabaja en la oficina del sheriff.

—¿Qué es un amigo-enemigo?

—Los policías no van por ahí comiéndome a besos, pero a éste lo conozco desde hace años y somos tan amigos como pueden serlo una estrella privada y un hombre de la ley.

—Ya le he dicho quién soy. Tenemos un complejo único en Las Vegas. Somos dueños del lugar, con excepción de un asqueroso editor de periódicos, que no deja de molestarnos y de molestar a nuestros amigos. Le permitimos vivir porque permitirle vivir nos da mejor imagen que liquidarlo. Los asesinatos ya no son rentables.

—Como Ikky Rosenstein.

—Eso no es un asesinato, es una ejecución. Ikky se ha enfrentado a nosotros.

—Y entonces sus muchachos van y liquidan al tipo equivocado. Podrían haber esperado un poco para asegurarse un poco más.

—Lo habrían hecho si usted no hubiese metido la nariz. Se precipitaron, y esto no nos gusta. Queremos una eficiencia serena.

—¿Quién se oculta tras este complacido «queremos»?

—No se haga el ingenuo, Marlowe.

—Está bien. Digamos que lo sé.

—Queremos lo siguiente. —Metió la mano en el bolsillo y sacó un billete, que dejó sobre la mesa—. Encuentre a Ikky y dígale que vuelva con nosotros y todo se arreglará. Después de haber matado a un hombre inocente, no nos interesa el barullo ni ninguna clase de publicidad. Es así de sencillo. Ahora se embolsa usted esto —señaló el billete, que era de mil, probablemente el billete más pequeño que tenían—, y le daremos otro igual cuando haya encontrado a Ikky y le haya transmitido el mensaje. Si él se niega... telón.

—¿Y si yo digo que se quede sus malditos mil dólares y los use para sonarse la nariz?

—Sería una imprudencia.

Sacó un Colt Woodsman con un silenciador corto. El Colt Woodsman lo admite sin encasquillarse. El tipo era rápido, rápido y frío. La expresión cordial de su rostro no había cambiado.

—No me he movido de Las Vegas —dijo con calma—; puedo probarlo. Usted está muerto en el sillón de su oficina y nadie sabe nada. Sólo otro detective privado que se metió donde no debía. Ponga las manos sobre la mesa y piense un poco. A propósito, soy un tirador de excepción, incluso con este maldito silenciador.

—Sólo para bajar un poco más en la escala social, señor Grimes, no pienso poner las manos sobre la mesa. Pero hábleme de esto.

Le tiré el lápiz nuevo y bien afilado. Lo cogió en el aire tras un rápido cambio del arma a la mano izquierda, muy rápido. Levantó el lápiz para poder mirarlo sin perderme de vista.

—Me llegó por correo urgente —expliqué—, sin mensaje ni remite. Sólo el lápiz. ¿Cree usted que nunca he oído hablar del lápiz, señor Grimes?

Frunció el ceño y dejó caer el lápiz. Antes de que pudiera cambiar la larga y esbelta pistola a su mano derecha, yo puse la mía bajo la mesa, agarré la culata del 45 y puse el dedo firmemente en el gatillo.

—Mire bajo la mesa, señor Grimes. Verá una 45 en una pistolera fija, apuntando a su barriga. Aunque usted me pudiera disparar al corazón, la cuarenta y cinco se dispararía igualmente mediante un movimiento convulsivo de mi mano. Y usted tendría los intestinos colgando y saldría volando de la silla. Una bala del cuarenta y cinco puede hacerle saltar dos metros. Incluso el cine acabó aprendiéndolo.

—Parece un empate mexicano —observó tranquilamente y enfundó el arma—. Un bonito trabajo, Marlowe. Podríamos darle un empleo. Pero, de momento, encuentre a Ikky y no sea remilgado. Él terminará siendo sensato. En realidad, no quiere pasar el resto de su vida huyendo. Un día u otro lo encontraríamos.

—Dígame una cosa, señor Grimes. ¿Por qué me han escogido a mí? Aparte de Ikky, ¿qué he hecho yo para molestarles?

Pensó un momento, inmóvil.

—El caso Larsen. Usted ayudó a enviar a uno de nuestros muchachos a la cámara de gas. No olvidamos aquello. Lo tuvimos en cuenta como cabeza de turco en el caso de Ikky. Usted siempre será la cabeza de turco, a menos que actúe a nuestra manera. Algo le derribará cuando menos lo espere.

—En mi negocio se es siempre cabeza de turco, señor Grimes. Coja su billete y salga sin hacer ruido. A lo mejor decido hacerlo a su manera, pero antes tengo que pensar. En cuanto al caso Larsen, los polis hicieron todo el trabajo, yo sólo sabía dónde estaba. Supongo que no lo echa usted demasiado de menos.

—No nos gustan las intromisiones.

Se levantó, metiéndose en el bolsillo el billete de mil dólares con gesto indiferente. Mientras lo hacía, yo solté la 45 y saqué mi Smith and Wesson del 38 de cinco pulgadas.

Él lo miró con desdén.

—Estaré en Las Vegas, Marlowe. De hecho, nunca me he ido de Las Vegas. Puede encontrarme en el Esperanza. No, no nos importaba Larsen a un nivel personal. Era sólo un pistolero más, de esos que vienen en grandes lotes. Lo que sí nos importa es que algún don nadie de detective lo hubiese marcado.

Saludó con la cabeza y salió de mi oficina.

Reflexioné un poco. Sabía que Ikky no volvería con la mafia; no se fiaría de ellos aunque le ofrecieran la oportunidad. Pero ahora había otro motivo. Llamé otra vez a Anne Riordan.

—Me voy a buscar a Ikky; no tengo más remedio. Si no te he llamado al cabo de tres días, ponte en contacto con Bernie Ohls. Voy a Flagstaff, Arizona, Ikky dice que se dirige allí.

—Eres un estúpido —gimió ella—. Se trata de una trampa.

—Un tal señor Grimes de Las Vegas me ha visitado con una pistola provista de silenciador. Lo he hecho desistir, pero no siempre seré tan afortunado. Si encuentro a Ikky y se lo comunico a Grimes, la mafia me dejará en paz.

—¿Condenarás a muerte a un hombre? —su voz era brusca e incrédula.

—No. Ya no estará allí cuando yo pase el informe. Tendrá que volar a Montreal, comprar documentos falsificados, Montreal es un sitio casi tan corrupto como éste, y huir a Europa en otro avión. Allí puede estar bastante seguro. Pero el Equipo tiene los brazos muy largos e Ikky tendrá mucho trabajo si quiere continuar vivo. Pero no le queda otra alternativa. O se oculta o recibe el lápiz.

—Qué listo eres, querido. ¿Y qué me dices de tu propio lápiz?

—Si pensaran matarme, no lo habrían enviado. Ha sido una especie de técnica disuasoria.

—Y tú no te dejas disuadir, guapo y maravilloso bruto.

—Pero estoy asustado, aunque no paralizado. Hasta la vista. No tengas ningún amante hasta que yo vuelva.

—¡Maldito seas, Marlowe!

Me colgó el teléfono y yo también lo colgué.

Decir lo que no debo es una de mis especialidades.

Salí de la ciudad antes de que los muchachos de Homicidios pudieran localizarme. Tardarían bastante en recibir una pista. Y Bernie Ohls no diría ni una palabra a ningún policía. Los hombres del sheriff y la policía municipal cooperan del mismo modo que dos gatos sobre una cerca.

9

Llegué a Phoenix al atardecer y dejé el coche ante un motel de las afueras. Phoenix era cálido como un horno. El motel tenía restaurante, así que cené allí. Reuní todas las monedas que pude, me encerré en una cabina y empecé a marcar el número del Mirador de Flagstaff. ¿Hasta qué punto llegaría mi estupidez? Ikky podía haberse registrado bajo cualquier nombre, desde Cohen a Cordileone, o desde Watson a Woichehovsky. Llamé, de todos modos, y no conseguí otra cosa que lo más parecido a una sonrisa que puede uno recibir por teléfono, de manera que reservé una habitación para la noche siguiente. No había ninguna libre a menos que alguien se marchara, pero tomaron mi nombre por si ocurría alguna cancelación de última hora. Flagstaff está demasiado cerca del Gran Cañón. Ikky debía haber hecho la reserva algunos días antes, lo cual también era digno de cierta meditación.

Compré un libro de bolsillo y lo leí. Puse el despertador a las 6.30. El libro me asustó tanto que oculté dos pistolas bajo la almohada. Era sobre un tipo que se había rebelado contra el jefe de los matones de Milwaukee y le daban una paliza cada cuarto de hora. Me imaginé que su cabeza y rostro ya no serían más que un pedazo de hueso con algo de piel hecha jirones. Pero en el capítulo siguiente estaba más fresco que una rosa. Entonces me pregunté por qué leía esta basura cuando podía aprenderme de memoria *Los hermanos Karamazov*. Como ignoraba la respuesta, apagué la luz y me dormí. A las 6.30 me afeité, tomé una ducha, desayuné y salí hacia Flagstaff, adonde llegué a la hora del almuerzo, y allí estaba Ikky en el restaurante comiendo trucha de montaña. Me senté frente a él. Pareció sorprendido de verme.

Pedí trucha de montaña y la comí entera, que es la manera apropiada. Quitarle antes las espinas la estropea un poco.

—¿Qué hay? —preguntó con la boca llena. Un comensal delicado.

—¿Ha leído la prensa?

—Sólo la sección deportiva.

—Vayamos a hablar a su habitación. Tenemos mucho que decirnos.

Pagamos nuestros almuerzos y fuimos a su habitación, que era bastante bonita. Los moteles de carretera están mejorando tanto que muchos hoteles parecen baratos en comparación. Nos sentamos y encendimos sendos cigarrillos.

—Los dos matones madrugaron mucho y se dirigieron a la calle Poynter. Aparcaron delante de la casa de apartamentos. No los habían preparado muy bien, así que mataron a un tipo que se parecía un poco a usted.

—Interesante —sonrió Ikky—. Pero la poli lo descubrirá y también el Equipo, así que volverán a perseguirme.

—Debe usted pensar que soy tonto —dije—. Y lo soy.

—Creo que hizo un trabajo de primera clase, Marlowe. ¿Qué hay de tonto en eso?

—¿De qué trabajo habla?

—Me sacó de allí con bastante rapidez.

—¿Acaso hay algo que no pudiera haber hecho usted mismo?

—Con suerte... no. Pero es agradable tener un ayudante.

—Quiere decir un idiota.

Su rostro se endureció. Y su voz herrumbrosa dijo en un gruñido:

—No entiendo nada. Y devuélvame algo de los cinco grandes, ¿quiere? Llevo menos dinero del que pensaba.

—Se lo devolveré cuando encuentre un colibrí dentro de un salero.

—No sea así —casi suspiró, y en su mano apareció un revólver.

La mía agarraba ya una pistola en el bolsillo de la chaqueta.

—He hecho mal en hablar —dije—. Guárdese el arma. No le servirá de nada, aún menos que una máquina tragaperras de Las Vegas.

—Se equivoca. Las máquinas dan dinero de vez en cuando. De otro modo no habría clientes.

—Con muy poca frecuencia, diría yo. Escuche, y hágalo con atención.

Sonrió. Su dentista debía estar cansado de esperarle.

—El montaje me intrigó —continué, jovial como Milo Vance en un relato de Van Dyne pero mucho más claro de cabeza—. Primero, ¿podía hacerse? Segundo, si podía hacerse, ¿dónde quedaría yo? Pero poco a poco fui viendo los pequeños defectos que estropean el cuadro. ¿Por qué acudía usted a mí? El Equipo no es tan ingenuo. ¿Por qué enviaban a un don nadie como este Charles Hickon o sea cual sea el nombre que usa los jueves? ¿Por qué un experto como usted dejaría que alguien le siguiera en una cita arriesgada?

—Me fascina, Marlowe. Es tan indiscreto que podría verlo en plena oscuridad, y tan tonto que no distinguiría a una jirafa roja, blanca y azul delante de sus ojos. Me apuesto algo a que se deleitó jugando con los cinco grandes como un niño con zapatos nuevos. Apostaría que estuvo besando los billetes.

—No después de que usted los tocara. Entonces, ¿por qué me enviaron un lápiz? Una peligrosa amenaza, que corroboraba el resto. Pero, como dije a su monaguillo de Las Vegas, no mandan lápices cuando piensan liquidarte. A propósito, el tipo iba armado. Llevaba una Woodsman del veintidós con silenciador. Tuve que obligarlo a guardarla, y él se apresuró a complacerme. Empezó agitando billetes de mil ante mi cara para que le dijese dónde estaba usted. Un tipo bien vestido y agraciado para una retahíla de ratas sucias. La Asociación Femenina de Templanza Cristiana y algunos políticos lameculos les dieron el dinero para ser grandes, y ellos supieron usarlo y hacerlo crecer. Ahora son guapos e imparables. Pero siguen siendo una manada de ratas sucias. Y están siempre donde no pueden cometer un error, lo cual es inhumano. Todos los hombres tienen derecho a cometer algunos errores. Pero las ratas, no. Tienen que ser siempre perfectas, pues de lo contrario chocan con hombres como usted.

—No sé de qué habla. Sólo sé que tarda demasiado.

—Bueno, se lo diré claramente. Un pobre patán del East Side se ve mezclado con los escalones inferiores de una banda. ¿Sabe qué es un escalón, Ikky?

—He estado en el ejército —gruñó.

—Crece dentro de la banda, pero no está del todo podrido. No está lo bastante podrido, así que trata de escapar. Viene aquí, busca un empleo de cualquier clase, cambia su nombre o sus nombres y vive en un edificio de apartamentos baratos. Pero la banda tiene agentes en muchos sitios. Alguien lo ve y lo reconoce. Podría ser un traficante de drogas, un hombre que sirve de tapadera para un negocio de apuestas, una prostituta, o incluso un poli corrupto. Entonces la banda, o el Equipo, como usted quiera, dice a través del humo del cigarro: «Ikky no puede hacernos esto. Es una operación pequeña porque él es pequeño. Pero nos molesta. Es malo para la disciplina. Llama a un par de muchachos y diles que lo despachen». Pero ¿a qué muchachos llaman? A un par que ya les tienen hartos, están demasiado vistos. Podrían cometer errores o asustarse. Tal vez les gusta matar, y eso también es malo, produce imprudencia. Los mejores muchachos son los que no se inmutan por nada. Pues bien, aunque no lo saben, los muchachos que llaman son de la clase temeraria. Pero sería divertido intimidar por el mismo precio a un tipo que no les gusta, que ha denunciado a un matón llamado Larsen. Uno de estos pequeños chistes que tanto gustan al Equipo. «Mirad, chicos, incluso tenemos tiempo de jugar con un detective privado. Caramba, podemos hacer cualquier cosa, incluso chuparnos el pulgar.» Así que envían a un patán.

—Pero los hermanos Torri no son patanes, son duros de verdad. Lo han probado..., aunque hayan cometido un error.

—Que no es tal error. Liquidaron a Ikky Rosenstein. Usted es sólo un señuelo en este asunto. Y ahora mismo queda arrestado por asesinato. Pero esto no es lo peor que puede ocurrirle. El Equipo lo sacará de chirona y lo hará explotar en pedazos. Ya ha representado su papel y no ha conseguido manejarme como un pelele.

Su dedo iba a apretar el gatillo, pero yo le hice soltar el arma de un disparo. El revólver que tenía en el bolsillo era pequeño, pero a aquella distancia, infalible. Y era uno de mis días infalibles.

Profirió un gemido y se chupó la mano. Yo me acerqué y le propiné un puntapié en el pecho. Ser simpático con los asesinos no figura en mi repertorio. Se tambaleó hacia atrás y luego hacia el lado y dio cuatro o cinco pasos vacilantes. Recogí su pistola y la apreté contra él mientras lo cacheaba por todas partes (no sólo bolsillos o pistoleras) donde un hombre pudiera esconder una segunda arma. Estaba limpio... por lo menos, en este sentido.

—¿Qué intenta hacer conmigo? —gimió—. Le he pagado. Está libre. Le he pagado muy bien.

—Ambos tenemos problemas. El suyo es continuar vivo.

Saqué las esposas del bolsillo, le tiré los brazos hacia atrás y se las puse en las muñecas. Su mano sangraba, por lo que la envolví en su pañuelo, y entonces fui al teléfono.

Flagstaff era lo bastante grande para tener una comisaría de policía; incluso podía haber una oficina del fiscal del distrito. Esto era Arizona, un estado relativamente pobre. Los policías podían ser incluso honrados.

10

Tuve que quedarme unos días, pero no me importaba mientras pudiera comer trucha pescada a dos o tres mil metros de altitud. Llamé a Anne y a Bernie Ohls. También llamé a mi contestador automático. El fiscal de Arizona era un hombre joven, de ojos astutos, y el jefe de policía, uno de los hombres más corpulentos que he visto.

Volví a Los Ángeles con tiempo para llevar a Anne a Romanoff, donde cenamos con champán.

—Lo que no puedo comprender —me dijo sorbiendo la tercera copa de espumoso— es por qué te metieron en esto y por qué hicieron salir a un falso Ikky Rosenstein. ¿Por qué no se limitaron a ordenar a los asesinos que hicieran su trabajo?

—No podría decírtelo. A menos que los jefazos se sientan tan seguros que estén dispuestos a gastar bromas. Y a menos que ese tipo, Larsen, que fue a la cámara de gas, fuese más importante de lo que parecía. Sólo tres o cuatro mafiosos importantes han ido a la silla eléctrica, al cadalso o la cámara de gas. No hay ninguno, que yo sepa, condenado a cadena perpetua en los estados que no tienen pena de muerte, como Michigan. Si Larsen era más importante de lo que todos suponíamos, mi nombre podía haber figurado en la lista de espera.

—Pero ¿por qué esperar? —me preguntó—. Podían matarte cuando quisieran.

—Pueden permitirse el lujo de esperar. ¿Quién va a molestarles... Kefauver? Hizo lo que pudo, pero ¿has notado algún cambio en sus tácticas... excepto cuando ellos lo dicen?

—¿Y Costello?

—Tuvo un tropiezo con el impuesto sobre la renta... como Al Capone. Tal vez Al Capone hizo matar a varios centenares de hombres, y mató a unos cuantos personalmente. Pero fueron los muchachos de la renta quienes lo atraparon. El Equipo no volverá a repetir con frecuencia este error.

—Lo que me gusta de ti, aparte de tu enorme encanto personal, es que cuando no conoces una respuesta, te la inventas.

—El dinero me preocupa —dije—. Cinco mil de su dinero sucio. ¿Qué haré con él?

—No seas un idiota toda tu vida. Has ganado el dinero y arriesgado tu vida por él. Puedes comprar una serie de Bonos E; eso limpiará esos billetes. Y en mi opinión, esto sería parte de la broma.

—Dime una buena razón para que la iniciaran.

—Tu reputación es mayor de lo que imaginas. ¿Y si fue el falso Ikky el que la inició? Parece uno de estos tipos superlistos que no pueden hacer nada sencillo.

—El Equipo se encargará de él por hacer sus propios planes... si es que tú tienes razón.

—Si el fiscal no lo hace primero. No puede importarme menos lo que acabe sucediéndole. Más champán, por favor.